21世纪中国语言文学系列教材

中国古代文学史

（上）远古至唐代卷

ZHONGGUO GUDAI
WENXUESHI

郭英德　过常宝　著

中国人民大学出版社
·北京·

目　　录

第三编　雄风飞扬

第四编　风骨遒上

第五编　清玄雅韵

第六编　盛世气象

第七编　乱世情怀

绪论

"文学"一词概指古往今来的文学创造、文学作品、文学接受等一切文学现象。就其活动方式而言，文学是人类在审美领域进行的一种活动；就其话语形态而言，文学是显现在话语含蕴中的审美意识形态。① 而文学史则是文学的一种时态形式，既用以指称在过去时空中发生与演变的文学现象及其历史进程，也用以指称在过去时空中发生与演变的文学现象及其历史进程在现在的"记忆"，这种"记忆"具体表现为现代人对过去的文学现象及其历史的认识和理解。因此，文学史实际上是由文学史事实与人们对这一事实的认识和理解构成的，并且借助于话语和文本的形式得以显现。

20世纪以来，为了大学教学与学术研究的需要，中国已经生产了数以千百计的中国文学史著作。据称，截至1994年，海内外撰写的中国文学史著作已达1 600种以上②，这个数字已经并还将像滚雪球一样越滚越大。可以说，中国文学史著作已经成为一种特殊的写作范式和历史读物，并始终发挥着特殊的社会文化功能。

---

① 参见童庆炳主编：《文学理论教程（修订版）》，105页，北京，高等教育出版社，1998。

② 参见黄文吉编撰：《台湾出版中国文学史书目提要（1949—1994）》附录"中国文学史总书目（1880—1994）"，台北，万卷楼图书公司，1996；陈玉堂：《中国文学史书目提要》，合肥，黄山书社，1986；吉平平、黄晓静编著：《中国文学史著版本概览》，沈阳，辽宁大学出版社，1992。

第一节 文学史的叙述原则

文学史写作实际上是对过去的文学历史的叙述，而任何文学史叙述都必然遵循一定的叙述原则。那么，本书对中国古代文学史的叙述，遵循什么叙述原则呢？

文学史首先应该是历史。而任何历史都具有三重含义，即客观的历史事实、主观的历史认识与历史理解，以及表述历史的话语和文本，三者共同构成历史意义的显现形态。据此，中国古代文学史便有三种存在方式，即文学史本源、文学史理解和文学史叙述。确立文学史的叙述原则，应以这三种存在方式作为基本依据。

首先，中国古代文学史存在于文学现象（或称文学事实）发生、演变的过去时空之中，这是它的客观的、原初的存在。中国古代文学史这种客观的、原初的存在，主要借助于文献、文物、人的生活方式与思维方式、民族的文化—心理结构等可见的或不可见的留存形态，在当下展现出若显若隐的风貌。借助于这些留存形态，我们坚信，屈原（约前339—约前278）、陶渊明（365？—427）、李白（701—762）、杜甫（712—770）、苏轼（1037—1101）、辛弃疾（1140—1207）、关汉卿（约1220—约1302）、罗贯中（约1315—约1385）、曹雪芹（1715？—1763？）……都曾经是活生生的历史人物，都进行过丰富多彩的文学创作、文学交往和文学接受活动。这种文学史事实是一种原生态的历史，是无法变更的、亘古永存的独立存在（即文学史本源），是任何文学史理解和文学史叙述赖以产生和成立的客观基础。文学史研究的对象首先是不依赖于人的意志而独立存在的时空过程，因此任何文学史研究都必须首先坚持历史事实的外在性和客观性原则。于是，寻求历史真相，探索历史事实，便成为大多数文学史家勤奋工作的主要动力。

但是，这种文学史本源也是后人无法直面的历史存在，因此任何文学史理解和文学史叙述都只能借助于文学事实的留存形态，撩开历史面纱的一角，而无法完全复现历史。文学史本源作为一种存在方式，当它不依赖于当下时空中人的主观认识时，只能是一种可能性，是一种不在场的“存在”。文学史本源这种“存在”无疑是文学史理解和文学史叙述的基石，但它本身却无法直接进入文学史家的视野之中，而只能经由文学史家的想象和理解加以复原式的认识和叙述。我们永远无法借助于“时间隧道”，回到屈原、陶渊明、李白、杜甫、苏轼、辛弃疾、关汉卿、罗贯中、曹雪芹等人生活的时空之中，去感知、观察、描述他们的文学创作活动；我们更无法像《西游记》小说中的孙悟空一样，化身为异类，钻进屈原、陶渊明、李白、杜甫、苏轼、辛弃疾、关汉卿、罗贯中、曹雪芹等人的脑子里，去感知、观察、描述他们的艺术思维过程。就连现存所有的文学史料，都仅仅是古代作家文学活动及其成果的文本记录，我们甚至无法确证它们本身是否具有客观真实性，具有何种程度的客观真实性。因此，无论是中国古代史家所标榜的“实录”[1]，还是德国

① 《汉书·司马迁传赞》称《史记》：“其文直，其事核，不虚美，不隐恶。故谓之实录。”颜师古注云：“实录，言其录事实。”见（西汉）班固著，（唐）颜师古注：《汉书》，2738页，北京，中华书局，1962。

历史学家兰克（1795—1886）所倡导的“如实直书”①，都仅仅是一种肥皂泡式的美好的理想，而不可能在真正意义上成为文学史的叙述原则。

因此，历史事实的外在性和客观性，绝不意味着历史理解、历史叙述的外在性和客观性。恰恰相反，文学事实一旦成为历史，就脱却了它的原初状态，进入了人的内在性和主观性的阐释之境。人类对任何事物的研究都必然带有选择性。中国古代客观存在的文学史现象是如此纷繁杂乱，犹如物理学上所说的“紊流”，而文学史记忆只能是人们筛选和重构的东西，它不可能完全重建在过去的时空中存在的所有文学事实。② 历史上的“文学”本身就是不可定义的“开放性概念”，而对文学作品的选择更是自由开放，对文学史料的判断和阐释也允许言人人殊，各取所需。由于主体的选择和重构，所谓文学史就不可能是历史本源的整体呈现，而只能是历史本源的局部构建，其中空缺之处显然远远多于充实之处。例如，黄人（1866—1913）和林传甲（1877—1922）的《中国文学史》不收通俗小说；胡适（1891—1962）的《白话文学史》则极力贬斥历代的“古文文学”；谢无量（1884—1964）的《中国大文学史》包罗经学、文字学、诸子哲学，乃至史学及理学；郑宾于的《中国文学流变史》专论诗、赋、词的演变史；而郑振铎（1898—1958）的《插图本中国文学史》则以纯文学观念为主，并首次将变文、戏文、诸宫调、散曲、民歌、宝卷、弹词、鼓词等均囊括其中。③

不同的文学史家有着不同的文学史理解，因此文学史的撰写实际上就成为文学史家制造历史的主要方法。④ 在这一意义上，文学史与其说存在于外部世界，不如说存在于文学史家对文学事实的认识与理解之中。文学史存在的重要前提原本就是主体的需要，只有被主体意识到、并且被确定为具有某种当下意义的过去的文学事实，才能成为文学史的一部分。因此，历史理解的内在性和主观性便成为文学史叙述的重要原则。即使对历史上同一种文学事实，不同的文学史家也会有不同的视角、不同的感受和不同的建构。在迄今为止的中国古代文学史著作中，我们不难看到，对《诗经》、《楚辞》、南朝的骈体文和宫体诗、李杜诗歌、李煜（937—978）和柳永（987？—1053？）的词作、高明（1307？—1359）的戏文《琵琶记》、兰陵笑笑生的小说《金瓶梅》、金圣叹（1608—1661）的《古本水浒传》、钱谦益（1582—1664）和袁枚（1716—1797）的诗文、曹雪芹的小说《红楼梦》等，不同的文学史家都曾做出过不同的叙述和不同的评价，这些不同的叙述和评价隐含着文学史家各自不同的文学价值观、文学审美观和文学发展观。由于文学史

① ［德］兰克：《拉丁和条顿各族史》序言，见刘昶：《人心中的历史：当代西方历史理论述评》，47～52页，成都，四川人民出版社，1987。

② 汤因比指出，即使假设历史学家认为所有的事实都是同样重要的，可是他仍然无法写成一部掺和所有这些事实的历史，他不得不进行选择。而且，即使他把这些所有事实都转载出来，也只能突出一些事实并贬低另一些事实。因此，在某种意义上，历史是人为的。见［英］汤因比著，王少如、沈晓红译：《汤因比论汤因比——汤因比与厄本对话录》，14页，上海，三联书店上海分店，1989。

③ 参见黄人：《中国文学史》，国学扶轮社印行，约光绪三十一年（1905）；林传甲：《中国文学史》，武林谋新室，宣统二年（1910）；胡适：《白话文学史》，上海，新月书店，民国十七年（1928）初版；谢无量：《中国大文学史》，北京，中华书局，民国七年（1918）初版；郑宾于：《中国文学流变史》，上海，北新书局，民国十九年至二十年（1930—1931）初版；郑振铎：《插图本中国文学史》，北平，朴社，民国二十一年（1932）初版。

④ 卡尔说：“历史是历史学家的经验。历史不是别人而是历史学家‘制造出来’的：写历史就是制造历史的唯一方法。”见［英］卡尔著，吴柱存译：《历史是什么?》，19页，北京，商务印书馆，1981。

家的思维方式及思想观念千差万别，因此他们对文学事实的认识和理解也总是千变万化的。对于文学史家来说，文学史仅仅是一个认识论问题，而不是一个经典哲学意义上的本体论问题，“历史学家不仅是重演过去的思想，而且是在他自己的知识结构中重演它”①。

因此我们认为，文学史的叙述原则应该是历史事实的外在性和客观性与历史理解的内在性和主观性的统一。文学史叙述实际上是在揭示过去时空中发生和演变的文学现象与当下和将来的关联。② 在文学史叙述中，原生态历史（文学史本源）的实在性，经由留存态历史（文学史料）的实在性作为中介，最终过渡为阐释态历史（文学史著作）的实在性。文学史家总是力图在“曾在”中透视文学现象的历时原生性，在“即在”中关注文学现象的共时衍生性，并在二者的融合中达到对历时性与共时性的整合，将深沉的历史感融化在对现在和将来的关注之中。

而且，任何文学事实都不可能超越表达这些事实的话语形式，如古代文学的作家传记、评论资料，以及诗歌、散文、小说、戏曲作品等。同时，文学史家的历史认识和历史理解仅仅是一种思想形式，它还必须借助于话语和文本，才能得以显现。因此，文学史话语和文学史文本就成为文学史存在的实际方式。这种由文学史话语和文学史文本构成的文学史叙述，具有两种基本特性：第一，文学修辞性。文学史家总是凭借想象，借助于虚构的思维方式和语言的修辞效果，重新构建文学史事实之间的因果联系。例如古人常说的“一代有一代之文学”，认为不同时代往往产生不同的代表性文体作为这一时代的象征，这种观点便是一种虚构的文学史因果关系。③ 第二，意识形态性。文学史家在撰写文学史著作时，并不拥有超出当时通用的语言之外的语言，他们的语言必然融入通用语言所带有的道德含义和文化惯例，因而具有意识形态特性。例如，柳存仁（1917—2009）的《中国文学史》把“文学”对立二分为平民文学和贵族文学，并立场鲜明地站在平民文学一边④；游国恩（1899—1978）等人主编的《中国文学史》“力图遵循马克思列宁主义、毛泽东思想的原则来叙述和探究我国文学历史发展的过程及其规律，给各时代的作家和作品以应有的历史地位和恰当的评价”⑤。因此，历史叙述的文学修辞性和意识形态性，也成为文学史叙述的基本原则。

综上所述，文学史的叙述原则是历史事实的外在性和客观性与历史理解的内在性和主观性的统一，并体现出特定的文学修辞性和意识形态性。从认识论的角度看，没有文学史叙述，就没有文学史理解；没有文学史理解，也就没有文学史本源的当下显现。但

① ［英］柯林武德著，何兆武、张文杰译：《历史的观念》，244页，北京，中国社会科学出版社，1986。

② ［英］艾略特说：“历史感包含了一种感悟，不仅意识到过去的过去性，而且意识到过去的现在性，历史感不但使人在他那一代人的背景下写作，而且使他感到：荷马以来的整个欧洲文学和他本国的整个文学，都是一个同时性的存在，构成一个共时序列。” See D. H. Richter, *The Critical Tradition*, St Martins Press, New York, 1989, p. 467.

③ 参见郭英德等：《中国古典文学研究史》，506～508页，北京，中华书局，1995；蒋寅：《一代有一代之文学——关于文学繁荣问题的思考》，载《文学遗产》，1994（5）。

④ 参见柳存仁：《中国文学史》，香港，大公书局，1956。柳存仁的文学史观，实际上是19世纪末梁启超的“文学革命”和20世纪初胡适《白话文学史》的嗣响。参见陈国球：《关于文学史写作问题——以柳存仁〈中国文学史〉为例》，见陈平原、陈国球主编：《文学史》，第3辑，303～304页，北京，北京大学出版社，1996。

⑤ 游国恩等主编：《中国文学史》，第1册“说明”，1页，北京，人民文学出版社，1963。

是从存在论的角度看，没有文学史本源作为对象，就不可能有文学史理解；没有文学史理解，也就没有文学史叙述。因此，客观的文学史事实、主观的文学史认识和文学史理解以及表述文学史的话语和文本这三个方面，互相依存，共同构成文学史意义的显现形态。

第二节 文学史的叙述对象

文学史的叙述对象，是文学史家根据各自的文学史叙述原则所确立的文学发展的实际存在方式。只有确立了文学史的叙述对象，才能为文学史研究提供基点和起点。那么，本书如何确立中国古代文学史的叙述对象呢?

在古往今来的文学史建构中，大致有三种相互关联又相互区别的文学史叙述对象，即社会性的文学风貌、主体性的作家心态和话语性的文学作品。我们认为，文学史的叙述对象必须首先坚持以文学为本位。文学史应是文学的历史，这虽然是一句大白话，但却是颠扑不破的真理，任何对文学史叙述对象的讨论，都应该以此作为出发点。因此，我们认为，作为文学的历史，虽然离不开对客体性的文学风貌和主体性的作家心态的叙述，但却应以话语性的文学作品作为主要叙述对象。

以客体性的文学风貌作为文学史的叙述对象，这大体上仍然属于文学社会学或文学文化学的范畴。所谓文学风貌实际上是社会文化与文学现象的中介，而文学中介的性质和功能原本应该是文学所独有的，它能将一切非文学的因素转化为文学的因素。为了更为紧密地系连文学现象与社会文化之间的关系，寻求文学现象与社会文化之间相互作用的“中介”，进而据此寻求文学史发展的所谓“客观规律”，古往今来的文学史家进行了不懈的努力。如刘勰（466？—539?）提出“世情”与“时序”两动因说①；丹纳（1828—1893）提出种族、环境、时代的文学史三动因说②；巴赫金（1895—1975）提出社会经济环境、意识形态环境、文学环境、文学作品具体生活的文学史研究四个环节的理论③；莫·卡冈（1921—　）则提出物质文化、精神文化、艺术文化三层次说，以艺术文化作为文化与艺术之间的转换中介④；如此等等。然而，所有这些“中介”都仅能够“贴近”文学，而难

---

① 刘勰《文心雕龙·时序》：“故知文变染乎世情，兴废系乎时序。”参见葛红兵、温潘亚：《文学史形态学》第三章第一节“刘勰的文学史思想”，69～84页，上海，上海大学出版社，2001。

② 参见［法］丹纳著，傅雷译：《艺术哲学》，北京，人民文学出版社，1963。

③ 参见［苏］巴赫金：《文艺学中的形式主义方法》，见陶东风：《文学史哲学》，227页，郑州，河南人民出版社，1994。

④ 参见［苏］莫·卡冈：《文化系统中的艺术》，见《世界艺术与美学》，第6辑，119～151页，北京，文化艺术出版社，1985。

以“切入”文学，因为它们在本质上都不是“文学性”的。

综观20世纪以来的中国古代文学史写作，文学现象与社会文化的关系始终是重要的文学史叙述对象，并俨然成为文学史规律的聚焦点。例如，20世纪60年代，游国恩等主编的《中国文学史》分为9编，每编的“概说”实际上勾勒的是一个文学时期的总体社会风貌，并成为每编各章节写作的纲领性文字。时隔36年，袁行霈（1936— ）主编的《中国文学史》也分为9编，每编均有“绪论”，同样用于描述一个时期的社会风貌，以此统辖该编各章节的叙述。① 当然，20世纪80年代以来，中国古代文学史著作对文学风貌的叙述内容和叙述角度还是发生了显著的变化。从总体上来看，变简单的历史背景叙述为构建文学现象的历史文化语境，即从勾勒文学现象与社会文化的直接对应关系，演变为描述与文学现象相关的文化因素和构置文学生成与存在的文化环境，从着眼于文学作品描写的具体对象的变化去寻求文学史的连续性和社会文化意味，演变为在文学的文本结构的变化中寻求这种连续性和社会文化意味，这是20世纪后期文学社会学研究的发展趋势。

我们认为，所谓历史文化语境，包括政治、经济、思想、文化等发生于特定时期的、非个人化的、特殊的但又有稳定存在性的力量。文学史叙述的职责不在于重新构置这种历史文化语境，而在于以这种历史文化语境衬托出、显影出特定历史时期的文学风貌。而一定历史时期的文学风貌，应该是一定时期的历史文化在文学活动范围内所展现的独特面貌，这种独特的面貌必须也只能经由文学作品得到具体形象的体现。因此，寻找文学作品话语和历史文化语境之间内在的隐含关系，勾勒一定历史时期的文学风貌，以历史的“文化文本”作为展现文学作品的内涵的舞台，这才是文学史叙述应尽的职责。

从主体的角度看，影响一定历史时期文学风貌的有四大因素，即统治者的文化政策、写作者的创作心态、传播者的社会需要和接受者的审美心理。在这四大因素中，对文学风貌的形成起最直接、最重要的作用的，是写作者的创作心态。因此有的学者认为，文学史叙述的任务主要不是描述文学现象本身，而是揭示蕴涵在文学现象之中的文学意义和审美精神；文学史研究的目的不在于考证史实，而在于揭示以文学文本结构的演变为载体的人类审美心理和精神状态的演变。有鉴于此，他们极力主张文学史的叙述对象应以作家的人格为最基本单位。②

但是我们可以追问：作家的人格以什么方式得以体现、得以感知？作家又是以什么方式作用于文学史的呢？回答只能是作品，是作家创作出的作品，是历代流传中的作品。每一个历史时期的作家都承受着时代的压力与负荷，感应着文化的焦虑与召唤，并借助作品创作的方式释放这种压力与负荷，回应这种焦虑与召唤，正是在这一艺术活动机理中，蕴涵着文学史流变的最深刻的历史内涵。而作为这一历史内涵的显现形态的仅仅是作品，我们只能通过解读作品来走进作家的心灵。严格地说，“过去的文学作家”不是指作为物质形态而存在的人，而是其作品总貌的集合体，是人们对其作品总貌所构成的一

① 参见袁行霈主编：《中国文学史》，北京，高等教育出版社，1999。

② 参见葛红兵、温潘亚：《文学史形态学》，18、242～244页，上海，上海大学出版社，2001。

种抽象形态的“人”的认识和理解，没有作品就没有作家。[1] 例如，作为文学史叙述对象的李白，绝不是历史上存在过的李白其人，历史上的李白仅仅是“瞻之在前，忽焉在后”的一种历史“存在”；作为文学史叙述对象的李白，主要是由李白诗篇建构而成的李白，是后人从李白诗篇中“读出”的李白，是人们在自己的头脑中重新建构而成的抽象的李白。因此，在文学史叙述对象的诸要素中，作家仍然是“背景”，真正处于“前景”、作为文学史叙述基本对象的，只能是作品。只有作品的解读，才是文学史的本位。

如果将文学家在长期的艺术活动和人生其他活动中积淀而成的审美心理结构或艺术感受方式看作内形式的话，那么，可以直接为读者所感知的、具体呈现为外在结构范式的文学文本便可称为外形式。内形式作为一种心理结构和感受、体验方式，是以超语言或内部语言为媒介的；而外形式则是以外部语言为媒介的，是一种话语形态，直接呈现于读者的感知。外形式是内形式的外化、物态化，因而外形式与内形式具有一定程度的相似的同构性。正是在这一意义上，文学史家可以也只能通过文学作品的外形式去窥视作家人格的内形式。文学史家拥有文学作品，亦即拥有人类审美精神的直接物化形式；而其他历史类型却大多不拥有这种特殊意义上的史料，一般历史学家所拥有的史料只不过是对于历史事件的间接记录。在这一意义上，文学作品比其他历史类型的史料拥有更高程度的本真性、可信性与贴近本体性。我们怎么能够轻视甚至放弃通过这种直接记录的史料，去窥视文学事实、感受审美精神呢？

因此，我们认为，文学史的叙述对象以社会风貌为主或者以作家心态为主，都还仅仅是文学本位的外在界定；文学本位的内在界定，应该是以文学作品作为文学史叙述的主要对象。过去“曾在”的文学活动，包括作家的创作心态、审美心理等，本身已不能再现，也无法还原。能够作为历史的遗留物留存下来，并且为我们的意识所直接把握的，仅仅是历史上的文学活动的结果。而在所有的结果中最可信赖、最贴近文学活动之本来面目的，则是文学作品，亦即用文学话语构成的历史文本。因此，通过现象学的还原，文学史的外缘因素，无论是政治经济、社会文化，还是审美风貌、作家心态，都可以用括号暂时括起来，而文学史的存在方式便清楚地显现为历史上诸多文学文本所组成的整体序列。应该作为文学史叙述的前景的，不是别的，正是文学作品。

20世纪的中国古代文学史写作，受到中国古代纪传体史书和传统目录学的深远影响，大多取作家本位，并逐渐形成一种陈陈相因的文学史写作模式：作家生平—作家思想—作家创作—作家影响。这种文学史写作模式在骨子里是以求真复原为叙述原则的，力图通过文学史叙述，重现作家的生平经历、人格特征及其写作过程，进而通过作家在时间链条上的序列，展示文学的历史进程。但是如前所述，一方面，这种求真复原本身只是一种虚拟的理想状态，是可望而不可即的；另一方面，文学史家在求真复原时，又不能不求助于文学作品。因此我们认为，文学史叙述与其取作家本位，不如取作品本位；文学史家应该明确地标举文学作品作为文学史叙述的基本对象，并切实地落实到文学史写作之中去。本书就是坚持以文学作品作为文学史叙述主要对象的。

① 参见陈国球：《文学结构与文学演化过程：布拉格学派的文学史理论》，见陈平原、陈国球主编：《文学史》，第1辑，96页，北京，北京大学出版社，1993。

第三节
文学史的叙述方法

文学史的叙述方法，就本书而言，指的是阐释中国古代文学作品的基本方法。本书在阐释中国古代文学作品时，努力贯彻人的主体性原则，强化历史逻辑的关联及其展开过程，坚持以审美为中心进行多角度阐释。主体性、关联性和审美性，这就是本书基本的叙述方法。

首先，贯彻人的主体性原则，就文学史叙述主体而言，是要充分发挥文学史家的主观能动性，调动文学史家全部的历史感受和文化潜能；就文学史叙述客体而言，则是要深入发掘文学作品中人生和生命的丰富内涵。历史，就其本体而言，是人的历史而不是事件的历史；就其话语形态而言，则是关于人的过去的科学而不是关于具象的事物或抽象的思想的科学。为了展开历史事件，在文学史叙述中必须讲究实证，落实细节，勾连关系，但是这还远远不够。更为重要的是，在文学史叙述中，文学史家应该全身心地感知、体验每一部文学作品，竭力阐释作品中人的存在、活动、爱好、生存方式、精神体验等丰富多彩的内涵，并以此为依据揭示作家的创作心态和人格风貌。例如，倘若将《诗经》看作一部文学作品，那么，文学史家所关注的便不仅仅是《诗经》所提供的西周社会文化史料，而且是借由《诗经》作品所展示的西周时期人的生存状态，包括他们在衣食住行、征战服役、离别团圆等生活实践中的感情波澜和精神体验。因此，《周南·关雎》所赞颂的贵族婚礼、《豳风·七月》所描写的一年四季劳作生活、《郑风·溱洧》所展示的三月上巳节男女野外求偶、《秦风·无衣》所歌颂的用兵勤王敌忾同仇等等，所有这些都不仅仅是一种历史事件，而且是历史上中华民族生活感受、精神体验的一段精彩的回放。

在以文学作品为基本对象的文学史叙述中，人不是抽象的，而是一定的文本时空范围内的具体的人，是由一定的文本所虚构的人；人不是个别的、孤立的，而是呼吸着时代空气、浸润着文化滋养的活生生的个体生命。在文学作品中，人在社会文化中的历史存在与人在文本中的话语存在是统一的、相因相生的。文学史家应该经由对文学作品的阐释，表现人在特定时空条件下形成的，并与知识、信仰、传统等相联系的心理状态，从而在现实环境中不断激发人的生命潜能，提升人的生命价值。一方面以人的主体性原则阐释历史留存的文学作品，一方面又以文学作品激发现实存在的主体精神，这就是文学史独特的叙述功能，也是文学史卓有成效的叙述方法。

其次，有鉴于20世纪以来的文学史叙述更多地偏重于一般规律的主宰作用，我们特别提倡在文学史叙述中注重描述历史演变过程中文学现象之间纵向的与横向的复杂联系，从而强化历史逻辑的关联及其展开过程。根据整体大于部分之和的原则，中国古代文学史的整体并不等于历史上所有文学现象的简单叠加，还应该包含构成整体的各部分之间的各种有机联系。我们认为，文学史的有机联系至少应该包括如下几个方面：（1）作家与作家之间的联系；（2）作品与作品之间的联系；（3）文体与文体之间的联系；（4）作家创作与作品传播之间的联系；(5) 作品的文学艺术价值与作品在历史发展中的价值之间的联系；(6) 文学史发展的结局与过程之间的联系。而所有这些联系，都必须也只能以作品为中心。

研究历史上的作家作品，必须上挂下连，左顾右盼，在共时性的呈现中透视历史性的关联。① 20世纪出版的大多数中国古代文学史著作往往仅仅着眼于具体的作家作品，当谈到一位作家或一部作品的内涵与特点时，习惯于“悬空”地、孤立地分析或评价这位作家或这部作品的所谓“特色”。其实，有比较才有鉴别，作家作品的特色只能以同时代和它时代的作家作品作为参照系，才能真正地得以凸显，并得以确定其价值坐标。否则，所谓个别作家作品的“特色”，便极易流为一般作家作品的共性特征。

以往的中国古代文学史著作中也讲究“比较”和“影响”，但却往往是枝节性、松散性、随意性、感悟性的，缺乏严谨的历史逻辑关联。如前所述，文学史的叙述对象应以文学作品为本位。当文学史家确定作家之间的影响、作家对作家的模仿等现象时，他首先应当将这种研究落实到文本关系上，尤其是要落实到文本的整体话语结构即文体关系上。由于文学史的直接呈现方式是有内在关联性的作品—语言结构序列，因而，比较研究和影响研究的第一步应当是对两个或几个作家的文本加以细致的比较分析。比如说，屈原对李白是否有影响？如何才能找到最直接的证据？寻求答案的途径只能是：李白的诗歌文本与屈原的诗歌文本有无相似的语言模式、结构模式？只有在找到这种相似模式之后，第二步的工作才是去分析与寻找其他方面的证据。文学史叙述应当把文学现象之间的因果链挂在整体结构之构成因素的功能上。文学的影响只能通过对结构相似性的发现才能确立，也就是说，应加以比较的不是文本的要素，而是它们的功能。② 重要的不是作品的题材，而是作品中题材的处理方式及其审美效应；重要的不是作品的意象，而是作品中意象的处理方式及其审美效应，如此等等。通过对不同作品中这些同中有异、异中有同的处理方式及其审美效应的具体分析，我们才得以窥见作家各自不同而又相互关联的精神结构。而只有以这种精神结构的关联为基础，文学史家才能真正有效地建立起文学的历史演进过程。

我们常说，科学的研究方法是“实事求是”。在文学史研究中，“实事求是”应该是在选择、认知、考察、描述、分析具体文学现象的过程中，去求得文学史规律之“是”；而不应该拿着先验的所谓“文学史规律”之“是”，去选择、认知、考察、描述、分析文学现象。前者是追根溯源，后者是舍本求末。

最后，我们主张在文学史叙述中坚持以审美为中心进行多角度阐释。

文学作品既像历史的“文献”，可以作为历史史料，用以进行历史学的研究；又像艺术的“碑志”，可以作为历史文物，用以进行艺术学的研究。③ 然而更重要的是，文学作

① 姚斯《文学史作为向文学理论的挑战》中说：“某一共时系统必然包括它的过去和它的未来，作为不可分割的结构因素，在时间中历史某一点上的文学生产，其共时性横断面必然暗示着进一步的历时性以前和以后的横断面。”见［德］H.R.姚斯、［美］R.C.霍拉勃著，周宁、金元浦译：《接受美学与接受理论》，47页，沈阳，辽宁人民出版社，1987。

② See M. Riffaterre, “The Stylistic Approach to Literary History”, In R. Cohen, *New Directions in Literary History*, London, 1974, pp. 150-154. 参见陶东风：《文学史哲学》，259～260页，郑州，河南人民出版社，1994。

③ See Rene Wellek, “Literary History”, In *PMLA* 67 (October 1952): 20. 参见陈国球：《关于文学史写作问题——以柳存仁〈中国文学史〉为例》，见陈平原、陈国球主编：《文学史》，第3辑，294页，北京，北京大学出版社，1996。

品具有一种跨时空的特殊功能，它不仅存在于过去，也存在于现在，直接诉诸现代人的审美感受和文学体验。无论是《诗经》、《楚辞》，是李白、杜甫、白居易（772—846）、苏轼、陆游（1125—1210）、吴伟业（1609—1672）的诗歌，是柳永、苏轼、周邦彦（1056—1121）、李清照（1084—1155?）、辛弃疾的词作，是韩愈（768—824）、柳宗元（773—819）、欧阳修（1007—1072）、曾巩（1019—1083）、王安石（1021—1086）、苏轼的文章，是关汉卿、汤显祖（1550—1616）、洪昇（1645—1703）、孔尚任（1648—1718）的戏曲，还是罗贯中、施耐庵（生卒年不详）、吴承恩（1500—约 1582）、蒲松龄（1640—1715）、吴敬梓（1701—1754）、曹雪芹的小说，它们的存在方式都不在其物质层面，而在其语言的文本层面。在文学史叙述中，它们都可以直接步入“现代”，走到“前台”，面对读者，在读者的反复阅读中不断获得新的艺术生命。

因此，文学史叙述既要类似史家以“求真”的精神去征引材料，以重构属于过去时空的“实况”，更要诉诸审美经验，讲究艺术效应，着力发掘文学作品的审美价值。相比较而言，后者更切近文学史叙述的本质。毫无疑问，文学史叙述受所知的历史事实的限制，不能改变史料本身在时空维度中的历史次序，更不应随意更动时间、地点、人物等确切无误的历史内容。在这一点上，文学史叙事与虚构小说有着本质的区别①，如前所述，文学史叙述必须首先坚持历史事实的外在性和客观性原则。但是，文学史叙述同时明确地肯定文学史家可以发挥自身的主观能动性，鲜明地体现历史理解的内在性和主观性原则。文学史叙述要求文学史家与读者进行情感的交流，心灵的碰撞，精神的感应。读者在阅读文学史著作时，不仅要了解李白出生于何时何地、担任过何官何职、游历过何山何水、接触过何人、写作过何诗，而且更重要的是，他们要了解阅读李白的作品对于现代人的存在有什么意义，李白对于他们的个体存在有什么意义。只有经由情感的交流、心灵的碰撞和精神的感应，李白才能成为现代人的精神源泉和文化传统。

当然，文学史叙述以审美为中心，并不排斥跨学科的多角度阐释。这种多角度阐释，包括文体学（文学作为语言文本）、心理学（文学作为作家文本）、阐释学（文学作为接受文本）、社会学（文学作为社会文本）等等。正如文学是一个“开放性概念”一样，文学史也是一种开放性的历史。

第四节 中国古代文学史的分期

本书的叙述时间，上限溯自上古，下限止于清宣统三年（1911）。为了名副其实，本

① See David Perkins, *Is Literary History Possible*? The Johns Hopkins UP, Baltimore and London, 1992, pp. 34-35. 参见陈国球：《关于文学史写作问题——以柳存仁〈中国文学史〉为例》，见陈平原、陈国球主编：《文学史》，第 3 辑，301 页，北京，北京大学出版社，1996。

书不采用历来习用的《中国文学史》的名称，而名为《中国古代文学史》。

未有文字之前，已有口头文学。自有文字之始，便有书面文学。由于文献资料和传播手段的限制，中国古代的口头文学并没有以声音的形式流传下来，而是见诸文字记载，就其本质而言已是书面文学。① 因此，我们的中国古代文学史只能是一部书面文学的历史。同时，考虑到中国古代文学传播中双向反馈与互动的实际状况，本书的叙述对象仅限于在中国范围内运用汉字写作和传播的文学作品，不包括在域外运用汉字写作和传播的文学作品，也不包括在中国范围内其他各种民族文字写作和传播的文学作品。②

迄今为止发现的中国最早的文字，是作为商代后期占卜记录的甲骨文，距今已有四千多年历史。即使从《诗经》的问世算起，距今也有三千多年历史。在数千年中，中国文学的发展几度沧桑，几多波澜，气势宏伟，景象壮丽。古人说："一花一世界，一叶一如来。"毋庸置疑，在漫长的历史长河中，任何一部文学作品都有它的独特面貌，任何一位作家都有他的独特风格。尽管如此，在一定的历史时期和历史阶段中，所有的作家作品还是足以构成一种大致相同的审美风貌，以此与其他历史时期、历史阶段的作家作品相区别。因此，面对较长时段的历史，人们为了梳理源流、描述事实、分析原委，往往遵循各自不同的原则，将历史划分为不同的时期和阶段。本书所遵循的历史分期原则是：以文学自身审美风貌的转移作为基本依据，同时兼顾朝代兴替和政治变迁。

20 世纪以来的中国古代文学史，大都习惯于采用朝代分期法，按照历史朝代的更替划分文学发展的时期和阶段。这种历史分期法是有一定道理的。因为在中国古代历史中，王朝的更替和政治的兴衰，不仅造成了社会的动荡，往往同时也促使意识形态发生了不同程度的裂变。因此在对中国古代文学史进行历史分期时，我们不能不兼顾朝代兴替和政治变迁。

但是这种朝代分期法的确存在着一些致命的缺陷。例如，在历史上，文学的发展与政治的变迁并非总是同步的，更多的情况下二者具有历史发展的不平衡性，政治的盛世伴随着文学的萧条，而文学的繁荣却产生于政治的动荡，这种现象在中国古代历史上是屡见不鲜的。因此，朝代分期法并不能切实地展现文学风貌的历史演进状况。关于这一点，论者甚多，此处不拟赘述。我们这里着重谈谈朝代分期法在文学史叙述中具体操作方面的窘境。

第一，改朝换代之际的大批作家和作品，其所映现的审美风貌往往具有历史的连贯性，在文学史叙述中难以拦腰斩断。举其大者，如汉魏之际的曹植（192—232），魏晋之际的阮籍（210—263）、嵇康（223—262），晋宋之际的陶渊明，金元之际的元好问（1190—1257），宋元之际的刘辰翁（1232—1297）、周密（1232—1298）、汪元量（1245？—1331）、张炎（1248—1331），元明之际的宋濂（1310—1381）、刘基（1311—1375）、杨基（1326—1373 后）、高启（1336—1374），明清之际的钱谦益、李玉（1602？—1676?）、吴伟业等等，莫不如此。改朝换代的确给他们的文学创作、文学风格

① 钱穆《读诗经》说："即在中国古代，语言文字，早已分途；语言附着于土俗，文字方臻于大雅。文学作品，则必仗雅化之文字为媒介、为工具，断无即凭语言可以直接成为文学之事。"见其《中国学术思想史论丛(一)》，台北，东大图书有限公司，1976。

② 本书也许应更准确地称为《中国古代汉语文学史》。

造成了巨大的影响，但这种影响往往是一个渐变的过程，而不是以朝代建立之年为标志“一刀两断”的突变过程。也就是说，他们的创作往往从整体上映现出易代之际风向转移的文学状貌。而如果按朝代兴替划分文学时期，便意味着“腰斩”了这些代表易代之际独特文学风貌的作家及其作品，人为地造成了一个时代审美风貌的断裂。

第二，在文学史叙述中，朝代分期法还往往伴随着传统的政治观念，从而使一些改朝换代之际的作家在时代归属上出现了不应有的紊乱。如汪元量在宋亡时（1279）约34岁，而入元后生活了53年，他的代表作《湖州歌》、《越州歌》等均作于入元以后，可是以往的文学史却将他作为宋遗民作家置于“宋末爱国诗歌”中叙述；同样，张炎在宋亡时不过32岁，而在统一以后的元朝则生活了整整53年，可是以往的文学史总是将他作为宋遗民作家置于“宋末词坛”中叙述。又如，刘基在元朝生活了57年，入明不过7年，宋濂在元朝生活了58年，入明也不过13年，但是因为他们入仕明朝，是明朝的“开国文臣”，所以以往的文学史总是将二人“削足适履”地置于明代文学史的“明初诗文”或“明代前期诗文”中加以叙述。如果真的严格遵照朝代分期法，那么，汪元量、张炎、刘基、宋濂都应入元代文学史。可是“胜国遗民”和“开国文臣”的传统定位，使我们的文学史家延续了传统史家的政治观念，有意地造成了这几位作家的时代归属本不应有的紊乱。

第三，由于文学史写作采用朝代分期法，在不同地域同时发生的文学现象往往被人为地割裂开来，置于不同的朝代中叙述，从而造成时间上的错位。这以历史上处于分裂状态的南北朝时期、宋金时期、宋元时期最为明显。例如，石君宝（1192？—1276?）、关汉卿、杨显之（与关汉卿同时）、白朴（1226—1306以后）在北方的文学活动，在13世纪上半叶即已非常活跃。他们许多优秀的杂剧作品都创作于南北统一（1279）之前（由于史料阙如，无法确定其具体的创作年代）。到南北统一时，杂剧体制已趋成熟，杂剧创作也已呈现繁盛局面，而关汉卿等人都已步入老年，剧坛上最为活跃的则是他们的后辈马致远（约1250—1321稍后）等剧作家。但是在以往的文学史中，却总是叙述完南宋遗民作家如周密、刘辰翁、汪元量、张炎等人之后，才接着叙述元代文学。而元朝的建元是在忽必烈至元八年（1271），在这之前更准确地说应是“蒙古时期”。因此文学史这样的叙述顺序，就容易给读者造成一种不应有的历史错觉，似乎关汉卿等剧作家都是在元朝建元以后才开始创作杂剧作品的。

我们认为，既然文学史叙述必须以文学为本位，以文学作品为本位，那么我们所关注的焦点就不能以朝代兴衰为线索，而必须以文学自身的演变为轨迹。以文学自身审美风貌的转移作为文学史分期的基本依据，这是由文学史的叙述对象所决定的。就像一个人的一生，虽然社会变动总会投射到他的生平经历之中，但是要恰如其分地划分他的生活时期，还是应该主要依据他个人的活动。因此，我们坚持以文学自身审美风貌的转移作为历史分期的基本依据。

当然，中国古代文学审美风貌的历史演变宛如一条滔滔汩汩的长河大川，很难想象人们可以一劳永逸地一刀就划分出上游、中游、下游来。上游与中游、中游与下游，总会有一条模糊的“过渡带”。与自然科学和社会科学不同，人文科学研究的开放性、多元性，允许乃至提倡对同样的研究对象有不同的看法，这就从根本上否定了在任何一个研究领域中存在具有绝对意志的权威。百家争鸣，百花齐放，这无疑是人文科学研究（包括历史研究）的要义。就这一意义而言，要对中国古代文学史进行分期，这实在是一种悖论，不可为而又不可不为。

正是由于不可不为，为了叙述的方便，在本书中，我们还是依据对中国古代文学审美风貌的认识，兼顾朝代兴替和政治变迁，尝试着将中国古代文学史划分为 4 个时期 13 个阶段。全书据此分为四个阶段，共十三编：

第一阶段是文学生成时期（远古至东汉中期，？—106）：

第一编　空谷足音（远古至周幽王十一年，？—前 771）

第二编　百家争鸣（春秋战国时期，前 770—前 221）

第三编　雄风飞扬（秦统一至汉殇帝延平元年，前 221—106）

第二阶段是文学自觉时期（东汉后期至盛唐，107—754）：

第四编　风骨遒上（汉安帝永初元年至晋惠帝光熙元年，107—306）

第五编　清玄雅韵（晋怀帝永嘉元年至陈后主祯明三年，307—589）

第六编　盛世气象（隋文帝开皇九年至唐玄宗天宝十三年，589—754）

第三阶段是文学多元时期（中唐至明中期，755—1530）：

第七编　乱世情怀（唐玄宗天宝十四年至宋太祖开宝九年，755—976）

第八编　光风霁月（宋太宗太平兴国元年至宋宁宗嘉定十七年，976—1224）

第九编　分久必合（宋理宗宝庆元年至元顺帝至正十九年，1225—1359）

第十编　死水微澜（元顺帝至正二十年至明世宗嘉靖九年，1360—1530）

第四阶段是文学集成时期（明中期至清末，1531—1911）：

第十一编　风云变幻（明世宗嘉靖十年至清圣祖康熙十七年，1531—1678）

第十二编　回光返照（清圣祖康熙十八年至清宣宗道光二十九年，1679—1849）

第十三编　衰极而变（清宣宗道光三十年至清宣统三年，1850—1911）

在这里，我们简要地说明将中国古代文学史划分为 4 个时期的基本思路。至于各个时期中阶段划分的基本思路，则在每一编的第一章中都有清晰的说明，这里就不再重复了。

我们认为，中国古代的文学有一个从不自觉到自觉的发展过程，这一过程具体体现为“文学”与“文”的复杂的因缘关系。在文学的发生时期，文学并不是一种独立自足的意识形态，它同时是经学，是史学，也是子学。无论是从人们的观念来看，还是从人们的写作活动来看，都是如此。例如，这一时期被后代文学史家确认为文学的文本，如《易经》、《尚书》、《诗经》、《春秋》等是经学，《左传》、《国语》、《战国策》、《史记》、《汉书》等是史学，《论语》、《老子》、《孟子》、《庄子》、《荀子》、《韩非子》、《吕氏春秋》、《淮南子》、《论衡》等是子学。只有《楚辞》较有独立的文学意义，可汉人却称它为《离骚经》，到清人编《四库全书总目》时也还将它在集部中单列一类，以示有别于一般的总集与别集。借用前人“六经皆史”的说法，我们可以说“六经皆文”、“诸子皆文”、“史传皆文”。在文学的发生时期，“文”即是“文学”，“文学”即是“文”。因此文学发生时期的作品往往涵容着一股混沌未开的深厚内蕴，具有一种经久不衰的文化魅力。有鉴于此，文学从不自觉到自觉的嬗变，是我们划分文学生成时期和文学自觉时期的主要标准。我们认为，这一嬗变肇始于东汉中期。从东汉中期开始，文学逐渐从“文”中独立出来，逐渐摆脱与经、子、史缠绕不清的状态，而呈现出自身较为清晰的面貌——人们称之为“文章”。从此以后，尽管在人们心目中始终有一种“大文学”、“泛文学”的观念[①]，尽管人们总是期许“文道合一”的崇高境界，但同时却总是约定俗成地默认着一种文学之所以为文学的基本特质，也约定俗成地默认着一种文人之所以为文人的基本特质。

然而，在文学自觉时期，这种自觉的文学实际上主要指称文人阶层自身的一种精神生产和精神消费，它和平民大众的审美活动几乎是毫不相干的。文学的写作和文学的传播仅仅是特定文化圈中的审美游戏和精神对话，由此而产生的文学作品因而具有典雅的品质，讲究风骨、清雅和气象，拒斥柔媚、粗俗和平庸。[②] 这无疑是一种有着高贵血统的精英文学。时过境迁，伴随着世族门阀制度的渐次崩溃和科举选官制度的广泛实施，大批平民阶层经由仕进而携带到文人文化圈中的世俗风气，促成了文人阶层自身从结构成分到思想风貌的“大换血”。得风气之先的杜甫，以特殊的平民气质、敏锐的艺术感受和独创的艺术作品，清晰地传达出这种文学风貌递变消长的信息。于是，从唐玄宗天宝（742—756）末年开始，中国文学进入了一个多元时期，各种风格纷至沓来，各种文体各领风骚，婉约与豪放齐飞，雅韵和俗风共奏。这是中国古代文学史中最富于原创性的时期，历来为人们所津津乐道的“唐诗”、“宋词”、“元曲”和通俗小说，都在这一时期粉墨登场，各呈绝技，上演了一出出精彩绝伦的歌舞戏剧，形成了一个个不可企及的艺术高峰。

如果说文学多元时期是以“创造”为主旋律的话，那么文学集成时期则是以“模仿”为主旋律。面对前人山一般巨大、海一般辽阔的文学业绩，后人一边发出难以逾越的感叹，一边也鼓起超迈前贤的勇气。然而，这种勇气的来源大多不是自我作古、自铸伟词的豪情壮志，而是承续传统、再现荣光的不懈努力。因此，在文学集成时期，除了戏曲小说因其方兴未艾，还能名著迭出以外，诗、文、词、曲的创作却总是笼罩在传统的阴影下，怎么也跳不出前人如来佛手掌心般的魔圈。虽然以往历代文学史中出现过的各种文体、各种风格，都在这一时期再臻极致，但却总是给人以“似曾相识燕归来”的感受，于是中国古代文学也不由自主地进入了“无可奈何花落去”的境地。

以上是对中国古代文学历史演进状况的粗略描述，本书借助于对各时代文学作品的审美阐释，对此将有更为详细的展开和更为生动的叙写。

第五节 本书的写作体例

遵循特定的文学史叙述原则、叙述对象和叙述方法，本书的写作体例可以概括为：

① 参见郭英德等：《中国古典文学研究史》绪论，8～9页，北京，中华书局，1995。

② 有关“雅”与“俗”的历史考察，参见［日］村上哲见著，顾歆艺译：《雅俗考》，见《中国典籍与文化论丛》，第4辑，423～441页，北京，中华书局，1997；于迎春：《“雅”“俗”观念自先秦至汉末的演变及其文学意义》，载《文学评论》，1996（3）。

以历史演进为时间线索，以文体演变为空间场景，在特定的时空环境中展开对文学作品的审美阐释。

首先，本书每一编的第一章，一方面纵向地描述该历史阶段文学风貌的演变过程，对该阶段一些主要的文学现象作出相应的历史定位；另一方面横向地描述该历史阶段文学风貌的基本特征，着重分析与这些基本特征相关的历史文化语境，包括该历史阶段的社会风尚、精英意识、社会心理、文学活动等因素及其相互之间的复杂联系。这一章的写法与以往文学史著作中常见的“概说”或“绪论”有所不同，我们避免孤立地叙述该阶段的政治、经济、思想、文化等状况，而是紧紧围绕该阶段的文学风貌，着力从整体上建构该时期文学生成与变化的历史文化语境；而且，我们避免武断地说明该阶段的政治、经济、思想、文化等状况对文学风貌的“决定”作用，而是始终把握该阶段的文学风貌与历史文化语境之间的互动关系，尽可能地向读者提供该阶段文学的“文化文本”。

其次，本书每一编在第一章之后的各章，都以传统的文体作为结构框架。如前所述，我们认为，文学史叙述应该以文学作品为本位，应该以文学作品作为主要的叙述对象。而文体是具有类型相似性的文学作品的集合体，是独立的文学作品得以产生和接受的空间环境。因此，我们认为，以文体作为文学史叙述的结构框架，最能体现作品本位的写作原则。20 世纪以来的中国古代文学史著作，大都采用文体与作家相结合的叙述框架[①]，这实际上体现的是作家与作品的双重本位观。因此，在以作家设立的章节中，便不得不详细叙述作家的生平思想和创作情况，成为“作家史”而不是“文学史”了。为了一以贯之地体现文学史叙述的作品本位观，本书一律采取以文体为纲的叙述框架，在各类文体的统辖下，以具体的作品为对象来叙述作家的创作特点。这一处理方式，让作品得以走上文学史的“前台”，成为历史的真正主角。

在文体分类方面，为了尽可能地接近中国古代文学的原生状貌，我们采用了中国古代传统的文体分类法，将文学分为诗、文（包括散文、骈文和赋）、词、曲（包括散曲和曲艺）、戏曲（包括杂剧、戏文和传奇）、小说（包括文言小说和通俗小说）几大类型。在具体的写作过程中，我们既注重描述一种文体在该阶段的演变状况，也注重比较一种文体在不同阶段的不同特征。因此，读者将全书同一文体的各章贯通阅读，便可以从整体上观照一种文体在中国古代的历史演变状况。另外，为了便于查检，在全书的最后，我们附录了中国古代文学史上主要作家的小传，简要地介绍作家的主要生平事迹和著述情况。

再次，在各章的写作中，我们始终严格遵循历史时序叙述各种文学现象。我们认为，历史在最原始、最朴素的意义上，实际上呈现为一个时间的链条。因此，历史叙述首先应该尊重时间线索，严格按照历史时序依次排列历史事实。而在以往的中国文学史著作中，为了体现各自的文学发展观或文学价值观，编著者常常主观地重构文学史时序。例如，在宋代文学中，先叙述晏殊（991—1055）、欧阳修、范仲淹（989—1052）、张先（990—1078）、王安石的词作，再叙述柳永的词作；在清代文学中，先叙述顾炎武（1613—1682）、黄宗羲（1610—1695）、王夫之（1619—1692）等遗民诗人，再叙述钱谦

① 如游国恩主编的《中国文学史》第五编“宋代文学”中，便以“苏轼”列为专章，第一节为“苏轼的生平和思想”，第二、三节讨论“苏轼的文论和散文”、“苏轼的诗和词”，第四节为“苏轼的影响”。

益、吴伟业。[1] 这种主观构置的文学史时序，为了文学史家叙述逻辑的需要而牺牲了历史时序的原貌，无疑违背了历史事实外在性和客观性的历史叙述原则，从而造成作家作品时空环境的错乱。如果作为文学作品的审美阐释，这么做是无可厚非的，因为审美阐释完全可以采用共时性的方式，同时并置不同时代甚至不同国度的文学作品。但是，作为文学史的历史叙述，这却是致命的硬伤，因为它传授给人们的是“关公战秦琼”似的错误的历史知识。

我们认为，历史研究的一个基本原则，是将历史事实置于特定的时空中加以认识、阐释和评价，在历史叙述中不允许出现时序紊乱的现象。因此，我们在各章的写作中，总是严格按照历史时序，依次叙述各个作家的创作；即使是对同一位作家的不同作品，我们也尽可能按照历史时序，展示其写作的变化轨迹。在具体的文学史叙述中，我们尽可能地随文注明作家的生卒年和作品的写作年代。在一般情况下，我们是以作家生年为据，依次系连不同的作家。当然时或也有例外。例如以往的文学史为了突出欧阳修在诗文革新运动中的领袖地位，往往先叙述欧阳修，后叙述梅尧臣（1002—1060）和苏舜钦（1008—1048）。但是历史事实却是，梅尧臣、苏舜钦的诗歌革新和苏舜钦的古文创作都要早于欧阳修。[2] 因此本书的相关章节在叙述他们的诗文写作时，我们则是先梅、苏，后欧阳，尽管苏舜钦小欧阳修1岁，但我们认为这更能体现历史事实的原本时序。

最后，对每一部文学作品的阐释，我们尽可能地采用前述主体性、关联性和审美性的叙述方法。在阐释作品的文化内涵与审美价值时，我们既注意作品所含蕴的社会意义，更注意作品所表现的人生追求；既注意作品所具有的哲学思考，更注意作品所渗透的生命体验。在阐释作品的文学形态及其文化意味时，我们既关注历时的文体源流演变，也关注共时的作品体制特征；既把握作品宏观的风格显现，也解析作品微观的修辞方式。总之，我们试图努力做到以审美阐释为中心，从不同的角度、不同的侧面，运用不同的方法，尽可能言简意赅地揭示作品的内在含义。在具体的阐释方法上，我们主要采用描述式的方法，而少用甚至不用评价性的方法。[3] 同时，为了调动和发挥读者的审美主体作用，我们在本书有限的篇幅中尽可能为读者提供一些具体文本，而对这些具体文本仅作

① 参见袁行霈主编：《中国文学史》，北京，高等教育出版社，1999。其第三卷第五编“宋代文学”的第二章是“柳永和北宋前期词风的演变”，第四卷第八编“清代文学”的第一章是“清初诗文的繁荣与词学的复兴”。

② 天圣年间（1023—1032），苏舜元（1006—1054）、苏舜钦兄弟在汴京（今河南开封）从穆修（979—1032）游，“作为古歌诗杂文，时人颇共非笑之”（欧阳修《欧阳文忠公文集·居士集》卷四十一《苏氏文集序》）。梅尧臣早年受晚唐诗风影响，天圣九年（1031）到明道二年（1033）在洛阳（今属河南）钱惟演（977—1034）幕府时，诗风遽变，形成平淡清远的独特风格。而欧阳修在洛阳交游期间，曾向梅尧臣学诗，向尹洙（1001—1047）、苏舜钦学作古文。庆历年间（1041—1048），他的诗歌创作一直步趋梅后，时称“梅欧体”。直到皇祐三年（1051）以后，他才摆脱梅诗影响，形成自身特色。

③ 早在20世纪前期，章太炎在《征信论下》中就批评说：“近世鄙倍之说，谓史有平议者合于科学，无平议者不合科学。案史本错杂之书，事之因果，亦非尽随定则，纵多施平议，亦乌能合科学邪？若夫制度变迁，推其沿革；学术异化，求其本师；风俗殊尚，寻其作始，如班固、沈约、李淳风所志，亦可谓善于平议矣。而今日之平议者，其情异是。上者守社会学之说而不能变，下者犹近苏轼《志林》、吕祖谦《博议》之流，但词句有异尔。盖学校讲授，徒陈事状，则近于优戏，不得已乃多施平议而已。不能自知其故，借科学之号以自尊，斯所谓大愚不灵者矣。”见《章氏丛书·太炎文录初编》，第1卷，51页，民国初上海右文社印本。近年袁行霈在《中国文学史·总绪论》中也主张“将过去惯用的评价式的语言，换成描述式的语言”。见其主编《中国文学史》，第1卷，5页，北京，高等教育出版社，1999。

简明扼要的提示、阐释或释例。

此外，由于本书的读者对象定位为大学本科中文系学生，因此在各个时期、各个阶段具体的文学史叙述中，我们只能从中国古代浩如烟海的名篇佳作中，精选出一些从文体演变、作家创作和审美价值三方面综合来看最有代表性的文学作品作为基本范文。本书的选文，既不求面面俱到，也避免人云亦云。当然，在选文时，我们的标准时或会偏移，我们的眼光时或会短视，我们的阅读也时或会懒惰，凡此一并敬请读者谅宥。①

文学史写作就像生儿育女一样，既是自讨苦吃的事，也是自得其乐的事。在撰写这部中国古代文学史著的过程中，我们一边在自讨苦吃中品尝乐趣，一边也在自得其乐中嚼咀苦味，正所谓“譬如饮水，冷暖自知”。文学史著作的出版，并不意味着文学史写作的结束，恰恰相反，却意味着文学史写作的新的开端。我们知道，现在奉献给读者的还只是一个有待琢磨的未成品。诗云：“有匪君子，如切如磋，如琢如磨。”（《诗经·卫风·淇奥》）我们恳切地希望读者诸君向我们提出宝贵的修改意见，同我们一起为写出更好的中国古代文学史著作切磋琢磨。

2002 年 11 月 28 日

① 有鉴于文学史著述中的选文之难，钱钟书在谈到《宋诗选注》时说：“一切这类选本都带些迁就和妥协。选诗很像有些学会之类选举会长、理事等，有‘终身制’、‘分身制’。一首诗是历来选本都选进的，你若不选，就惹起是非；一首诗是近年来其他选本都选的，要是你不选，人家也找岔子。正像上届的会长和理事，这届得保留名位，兄弟组织的会长和理事，本会也得拉上几个作为装点或‘统战’。所以老是那几首诗在历代和同时各种选本里出现。评选者的懒惰和懦怯或势利，巩固和扩大了作者的文名和诗名。这是构成文学史的一个小因素，也是文艺社会学里一个有趣的问题。”转引自香港《明报》记者彦火（潘耀明）1981 年 4 月 6 日钱钟书访问记。

第一编　空谷足音

（远古至周幽王十一年，？—前771）

第一章 文化革新与文学萌芽

【导入】

文学的起源和文化的起源一样，是一个难以界定的问题。上古时代，文学只是一种精神因素，而不是一种独立的行为方式，很难从人类文化活动中区分开来。因此，仅仅根据有限的文献来描述当时的文学状况，往往和当时的精神状况或文化事实有所差距。了解上古文学必须首先了解上古文化的状况。

中国是一个有着悠久历史的文明古国，先民们在漫长的远古时期创造了灿烂的文化，开启了中国文明的曙光。大约在公元前 21 世纪，禹子启正式建立夏朝，在绵延四五百年后，成汤在众多方国部落的支持下推翻夏朝，建立了商朝。商朝前期处在不断的迁徙之中，最终定都于殷，此后约有二百多年的稳定，直至商朝灭亡。继商而起的是周。周族原居于戎狄之间，他们先后迁徙至豳和岐山下的周原。公元前 11 世纪，在周文王和周武王两代国君的努力下，周部落从“三分天下有其二”而终至于灭掉商朝，建立周朝。公元前 771 年，周平王东迁。史家以此为界，将此前称为西周，此后称为东周。我们以西周结束为限，认为这以前最重要的精神活动是祭祀或礼仪活动，而所谓文学往往与此有关。现在被我们当成文学作品的文本，所反映的社会内容虽然很广泛，但在当时主要用于祭祀和仪式活动之中。

第一节
文学的萌生及其早期形态

文学作为一种精神活动，它的起源是和人的精神需要联系在一起的，是难以追溯的；而文学作为一种自觉的特殊的社会活动方式，在这一阶段尚未出现。这一时期，文化的各个领域尚未如后世那样泾渭分明，而是呈现一种综合的形态，这一时期的文本，大多既是宗教礼仪文献，同时也是史学、哲学、文学文献。所以，我们从现有的文献中只能简要地描述文学因素，以及文学发展的可能性。

一、诗歌的萌生及其在上古时代的发展

中国是诗的国度，诗歌有着极为悠久的历史，它几乎是和古老的文明一起产生的。据说是出自神农时代的《蜡辞》云：

土，反其宅！水，归其壑！昆虫，毋作！草木，归其泽！（《礼记·郊特牲》）

另有一首《驱旱魃咒》云：

神，北行！先除水道，决通沟渎！（《山海经·大荒北经》）

这些都是为了某些实际目的而祭祀神灵的歌谣，它们的年代已经不可得知。早期祭祀活动中，人们相信语言尤其是韵语具有神奇的魅力，能够诱导鬼神的活动，所以，它被经常运用到祭祀中。夏禹时，涂山氏所咏“候人兮猗”是南音之始，而东音则起于夏孔甲的《破斧歌》。相信夏代已有较为完整的歌谣流传，如启时祭祀有所谓“九歌”①，据《山海经·大荒西经》记载：“开上三嫔于天，得《九辩》与《九歌》以下。”因此，这应该是一首祭天神的歌谣。《礼记·郊特牲》说“殷人尚声”，指的就是商朝人在祭祀活动中特别看重歌谣。

商代的歌谣，见于今的有甲骨卜辞中的韵文和《周易》中的某些卦爻辞。卜辞和《周易》都是占卜文献。甲骨卜辞如：

癸卯卜，今日雨。其自西来雨？其自东来雨？其自北来雨？其自南来雨？（郭沫若《卜辞通纂》）

甲骨卜辞（商）

① 《离骚》：“启《九辩》与《九歌》兮，夏康娱以自纵。”又《天问》：“启棘宾商，《九辩》《九歌》。”

就很有韵律。《周易》卦爻辞中保存了很多的谣谚，如“见龙在田”、“或跃在渊”、“飞龙在天”等。① 有学者认为《周易》中的歌谣是《诗经》的前驱。② 此外，《诗经》中的五篇《商颂》，也有学者认为是商代的作品。③ 这五首诗歌主要是颂祖娱神，在叙事、抒情方面已经具有很高的表现技巧。

由于诗歌产生初期具有宗教仪式性特征，这就使得中国早期的诗歌，和音乐、舞蹈有着紧密的联系。《吕氏春秋·古乐篇》云：

> 昔葛天氏之乐，三人操牛尾，投足，以歌八阕：一曰载民；二曰玄鸟；三曰遂草木；四曰奋五谷；五曰敬天常；六曰达帝功；七曰依地德；八曰总禽兽之极。

这一套乐曲应该产生于部落社会时期，我们从曲目中可以大致推测出这套乐曲的内容：“载民”似是赞颂始祖，“玄鸟”应是部落的图腾，“遂草木”和“奋五谷”祈祷五谷茂盛，“敬天常”以下当是赞颂天、地神灵，反映了初民的自然信仰。这支古乐是一整套仪式的一部分，仪式中，由三人手持牛尾，一边跳舞，一边歌唱。这是民间祭祀时的状况，而宫廷祭祀似乎要隆重得多。《尚书·益稷》记载帝舜时的乐曲《大韶》云：“夔曰：戛击鸣球，搏拊琴瑟，以咏。祖考来格，虞宾在位，群后德让，下管鼗鼓，合止柷敔，笙镛以间，鸟兽跄跄。《箫韶》九成，凤皇来仪。夔曰：於！予击石拊石，百兽率舞，庶尹允谐。”《箫韶》即《九韶》，传说是帝舜时夔所作的乐曲。根据这一段记载，这首乐曲在表演时，场面甚是浩大，不仅有钟磬、琴、瑟、管、笙、箫、鼗鼓、柷敔等乐器，还有人化装为各种鸟兽和凤凰进行舞蹈表演，当然也少不得人唱歌辞。

☞ **多学一点**

孔子（前551—前479）还曾观赏过这套乐曲，并称赞说：“《韶》，尽美矣，又尽善也。”（《论语·八佾》）

《礼记·乐记》云：“诗言其志也，歌咏其声也，舞动其容也。”即是强调三者在抒情活动中相辅相成的功用。诗、乐、舞三位一体，一方面与早期诗歌的礼仪活动有关，另一方面反映了古人对诗乐舞抒情功能的认识。春秋以后，随着宗教文化的式微，诗歌从乐舞中逐步分化独立出来，成为专门的艺术样式，但终究和乐舞等艺术有着天然的联系。《诗经》中的作品都是乐歌，而其中的《颂》诗之“颂”被解释为舞容，即说明它是用于祭祀的歌舞曲。后代的乐府诗、词、散曲等，都有诗乐相结合的特点。

中国诗歌的发展，经历了一个由宗教颂赞祷祝诗演进到政治叙事诗、再演进到言志抒情诗的过程。而在此一阶段，诗歌以宗教颂赞祷祝为主，民间祭祀歌谣、甲骨卜辞中的韵文、《周易》卦爻辞、钟鼎铭文中的韵语等，皆是如此，它们体现了上古文化的特点。

---

① 李镜池认为《周易》中的歌谣可达全书的三分之一，见其《周易通义》，2页，北京，中华书局，1981。黄玉顺认为六十四卦无不含有歌谣，见其《易经古歌考释》，成都，巴蜀书社，1995。

② 参见高亨：《周易卦爻辞的文学价值》，载《文汇报》，1961-08-22。后收入黄寿祺、张善文编：《周易研究论文集》，第4辑，北京，北京师范大学出版社，1990。

③ 关于《商颂》的产生，也有学者认为是周时宋国人祭祀自己商朝的先祖的；古文学派一般都认为是商流传至周的。本文从古文学派之说。

二、散文的萌生及其在上古时代的发展

中国散文起源甚早，《尚书》所录《禹贡》和《甘誓》两篇，据说是夏代的遗文，现在可以肯定是出自后人的伪托。一般说来，散文的产生，有赖于文字的成熟。中国早期较为成熟的文字，仍当算是甲骨文，所以散文的源头，只能追寻到商代。甲骨卜辞往往是对占卜过程，或祷祝的内容、结果的载录；由于需刻录在龟甲或兽骨上，篇幅不可能太大，比较简洁。从现有的甲骨文来看，其在叙事或记言上，已经较为清晰。

如一则甲骨文曰：

> 癸巳卜，㱿贞，旬无祸？王固曰：乃兹亦有祟，若偁。甲午，王往逐兕，小臣甾（协）甾车，马硪，驭王车，子央亦坠。（郭沫若《卜辞通纂》第735片）

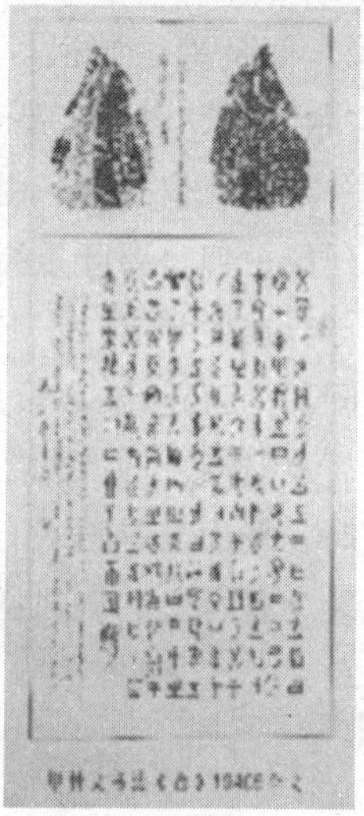

《卜辞通纂》第735片

这段文字所记载的事实还不是很清楚，但看其对逐兕坠车一事的记载，还是颇有声色的。这说明甲骨文的记事，已经颇有规模了。

除甲骨卜辞之外，商代已经出现了完整的散文作品，其代表为《尚书》中的《商书》。其中《盘庚》是较为可靠的殷人作品，它载录了盘庚迁都于殷时对世族发表的训辞，意义清晰明了。这篇训辞也是在仪式中使用的，因而被当时的巫史保存下来。《商书》中其他文章则可能已经过后人的润饰，文风明显不同于《盘庚》。

可以说，巫史是殷商到西周时期散文的主要作者。最早的散文作品主要记录祭祀占卜中的祝祷辞和占卜结果，后来再发展为仪式活动中的训辞。到西周时代，举凡册封、锡命、纪功、赏赐等，都在有巫史参加的某种仪式中进行，也都得到了记录，散文的领域也扩大了。

西周钟鼎铭文往往记录上述册封、锡命等事，文章体制已明显较甲骨卜辞完整。其内容除了记事、记言外，还有祝颂之辞，很多铭文达三四百字。最长的《毛公鼎》铭文达497字，已经很有规模。

如《令鼎》铭文：

> 王大耤农于諆田，餳。王射，有嗣眔师氏小子卿射。王归自諆田，王馭溓中廙。令眔奋先马走。王曰："令眔奋，乃克至，余其舍女臣十家。"王至于溓宫，敃。令拜稽首曰："小□乃学。"令对扬王休。①

令鼎铭文（西周）

① 转引自中国社会科学院考古研究所编：《殷周金文集成释文》，第2卷，370页，香港，香港中文大学中国文化研究所，2001。

这则铭文记载了令受到周王赏赐的过程，叙事明晰，既有记言，又有记事，是一篇完整的散文作品。

西周散文最突出的成就表现为《尚书》中的《周书》。今文《尚书》二十八篇中，有《周书》十九篇，这些文章都是史官所记录的，大多是周公或成王对臣下的诏诰、训诫之辞。这些文章，总结了历史教训，提出敬德保民、勤勉戒乐的治国思想，说理透辟，大大发展了文章在说理方面的功用。在《尚书·周书》中，议论、抒情、描写、叙事无不兼备，条理细密，文思清晰，而且发展了多种修辞方式，已是成熟的文章形式。

分析举例

《周书·无逸》是周公告诫成王要以勤于国事的先王为榜样，不要贪图安逸享乐。其中一段云：

> 周公曰："呜呼！我闻曰，昔在殷王中宗，严恭寅畏，天命自度。治民祗惧，不敢荒宁。肆中宗之享国，七十有五年。其在高宗，时旧劳于外，爰暨小人。作其即位，乃或亮阴，三年不言；其惟不言，言乃雍。不敢荒宁，嘉靖殷邦。至于小大，无时或怨。肆高宗之享国，五十有九年。其在祖甲，不义惟王，旧为小人。作其即位，爰知小人之依，能保惠于庶民，不敢侮鳏寡。肆祖甲之享国，三十有三年。自时厥后立王，生则逸。生则逸，不知稼穑之艰难，不闻小人之劳，惟耽乐之从。自时厥后，亦罔或克寿；或十年，或七八年，或五六年，或四三年。"

这些话都是直录周公口语，其中既有追溯，又有告诫，辞情并茂，不加文饰，显示出质朴的文风。

第二节 制礼作乐和文化变革

从夏、商而至西周，社会文化经历了一个显著的发展变化的过程。王国维（1877—1927）《殷周制度论》指出：

> ……故夏殷间政治与文物之变革，不似殷周间之剧烈矣。殷周间之大变革，自

其表言之，不过一姓一家之兴亡与都邑之移转；自其里言之，则旧制度废而新制度兴，旧文化废而新文化兴。又自其表言之，则古圣人之所以取天下及所以守之者，若无以异于后世之帝王；而自其里言之，则其制度文物与其立制之本意，乃出于万世治安之大计。[1]

王国维认为，周朝文化为后世封建文化奠定了基础，周朝文化的这一贡献是对商朝文化自觉扬弃的结果。也就是说，中国古代文化在殷周之间产生了一个剧烈的变革。

一、商代崇尚巫鬼

《礼记·表记》云："殷人尊神，率民以事神，先鬼而后礼。"也就是说，商朝主要信奉巫祭文化。从已发掘的甲骨文来看，商朝事无巨细，一律通过卜祭的形式，取决于鬼神的意志。国家的政治生活和社会生活都与宗教祭仪紧密联系在一起，巫师阶层享有很高的政治地位。陈梦家（1911—1966）说："王者自己虽为政治领袖，同时仍为群巫之长。"[2] 商朝尚处在原始宗教的文化氛围之中。由于崇尚巫鬼，多行祭仪，商朝歌舞之风颇为盛行，《墨子·非乐上》概括为"恒舞于宫，是谓巫风"。

二、商周之际的文化变革

及至周革殷命，以宗法精神实行分封制度，嫡长子继承制开始确立，构建了中国社会新型的政治结构和经济关系[3]，各种典章、礼仪制度逐渐完备，新的文化形态得以确立。西周初期的统治者在继承天命的同时，发展了尊崇祖先的观念。宗教精神作为维系民族生活的重要手段，已经逐渐让位于血缘关系。周公"制礼作乐"即是针对宗教文化的全面革命，政治伦理色彩很强的礼乐文化成了西周文化的主流。可以认为，相对于夏商而言，西周进入了以礼乐为标志的理性文明阶段。从外在形式上来说，"礼乐"制度来自前代原始巫祭仪式，比如丧祭之礼、乡饮酒之礼等等；但它的精神实质则是通过对祖先的崇拜而对血缘秩序形成自觉的认同，目的在于维护社会等级制度，其核心是"德"、"仁"等伦理观念。

青铜器（西周）

① 王国维：《观堂集林》，第10卷，453页，北京，中华书局，1959。
② 陈梦家：《商代的神话与巫术》，载《燕京学报》，1936（20）。
③ 参见晁福林：《夏商西周的社会变迁》，266～269页，北京，中国人民大学出版社，2010。

史载周公居摄七年，其中一件重要的事务就是“制礼作乐”。周公的礼乐制度所强调的是德行和事功，与商朝巫祭文化迥异其趣，标志了理性文明的新时代。周王朝也由此走向强盛。古史将成康时期与文景、贞观时期并举为盛世。

☞ **多学一点**

《左传·文公十八年》云：“先君周公制《周礼》曰：则以观德，德以处事，事以度功，功以食民。”《礼记·表记》在概括周文化时说：“周人尊礼尚施，事鬼敬神而远之。”

商周之变，实际上是两种文化的更替。从此以后，礼乐从宗教祭仪的氛围中脱颖而出，并具有明显的政治伦理色彩，成了中国传统人文精神的象征。这一改变，对中国文化的发展有着十分重要的意义，中国封建王朝由此开始了自己漫长的历史进程。但西周时期，文化革新是以“神道设教”的方式进行的，因此，祭祀和仪式性活动并没有减少，文学文献也都与祭祀和仪式活动有关。

第三节
作者身份和文献形式的演变

随着社会文化形态由原始文化向理性文化的转变，上古到西周时期的文化主要承担者也逐渐由巫觋而变为贵族士大夫。

一、商代巫政不分的现象与甲骨卜辞的产生

商代以原始宗教文化为主，行巫政，商代的统治者一般都具有巫师身份。不仅商王同时为“群巫之长”，王室的配偶也参加祭祀。学者认为商朝廷最重要的官员“是占卜者和问询者”以及“祭司”，他们“在商时期的政府职能中起着决定性的作用”[①]，如“格于皇天”的伊尹、巫咸等，都有巫师的身份。巫政不分是商朝最重要的文化形态，而巫官则是商朝文化的主要承担者。

巫职官员用占卜、祭祀等巫术行为组织社会生活和政治生活。而在商朝和周初占卜活动中所产生的甲骨卜辞，以及商周之交的《周易》卦爻辞等，是那个时代的文化杰作。

① ［美］张光直著，毛小雨译：《商代文明》，175页，北京，北京工艺美术出版社，1999。

二、史官的出现与其在商周两代身份的嬗变

史官原为巫官集团的一员，上古巫史不分。《左传·昭公二十年》云："祝史祭祀，陈信不愧。"史官的产生应该在商代，他们在甲骨卜辞的记载过程中起着重要的作用，有学者认为甲骨文的契刻者即是史官。① 后人所谓"惟殷先人有册有典"（《尚书·多士》），即缘于史官的载录保存之功。商代史料文献见之于《尚书·商书》的有五篇，《书序》中还提到有《汤征》、《汝鸠》、《汝方》等。这些都应该是在重大事件之前所举行的宗教仪式上的誓辞，出自殷代巫史之手，并由巫史保存下来。

史官在西周时期有了很大的发展。当时朝廷设有太史寮，各级史官分工严密，他们除了承担朝廷的宗教事务外，还从事锡命、册命、载录氏族谱系、外交等政治活动。② 西周末年出现的一些较长的钟鼎铭文，就是出于册命仪式。由于史官对知识的专有，他们渐渐成为社会组织管理的专家。

☞ **多学一点**

王国维《释史》云："大小官名及职事之名多由史出，则史之位尊地要可知矣。"（《观堂集林》卷六）相当一部分史官演变为其他职官后，贵族士大夫开始成为社会的主角。

《国语·周语上》记邵公的话说："天子听政，使公卿至于列士献诗，瞽献曲，史献书，师箴，瞍赋，矇诵。"其中的瞽、史、师、瞍、矇等都是巫祝之官，而公卿、列士都是贵族。可见，西周的贵族和巫史共同参与政治生活，他们通过讽诵、箴、赋、诵等，表达自己的政治观点。

随着分封制的实行，贵族在社会政治和文化中的地位越来越高，而且日益稳固。当时贵族的主要文化修养是六艺："一曰五礼，二曰六乐，三曰五射，四曰五驭，五曰六书，六曰九数。"（《周礼·地官》）它包括了当时社会交际的规则方式和一些必要的文化知识，是当时个人修养和主流文化的主要内容。西周文学就是在巫祭文化和贵族政治文化的混合中产生的。

【温故知新】

祭祀仪式与文学　文学与音乐、舞蹈　巫史　制礼作乐　甲骨卜辞　卦爻辞　《尚书》

① 董作宾认为甲骨占卜中命龟之贞人即是史官，见其《甲骨文断代研究例》，北京，全国图书馆文献缩微中心，2007。而饶宗颐认为"当日锲刻者乃别有史官任之，与贞卜者异其职掌"，见其《殷代贞卜人物通考》，香港，香港大学出版社，1959。

② 徐复观云："祭神的'册'，王者诏诰臣下的'册命'，是史在西周时代的两大基本职务。"见其《两汉思想史》，第3卷，137页，上海，华东师范大学出版社，2001。

【请你思考】

1. 上古时代诗歌与音乐、舞蹈存在怎样的联系？
2. 甲骨卜辞和卦爻辞的主要内容是什么？
3. 礼乐文明的诞生对中国文化的发展产生了怎样的影响？
4. 巫史在商周两代的地位有怎样的变化？这种变化对文学的发展有什么样的影响？

【推荐阅读】

过常宝．原史文化及文献研究．北京：北京大学出版社，2008
晁福林．夏商西周的社会变迁．北京：中国人民大学出版社，2010
郑继娥．甲骨文祭祀卜辞语言研究．成都：巴蜀书社，2007
陈梦家．殷虚卜辞综述．北京：中华书局，1988

第二章 中国古代神话

【导入】

神话涉及自然环境和社会生活的各个方面，包括世界的起源、人类的命运等，它对于原始先民来说是非常重要的。在自然环境险恶和生产力低下的情况下，个人只有融入集体、民族中才能生存。而神话是把个人和集体联系起来的强有力的精神纽带。部落可以通过神话解释和维持社会习俗及社会制度，从而维系部落个体的社会性存在。在适应、改造自然和社会的过程中，先民们积聚了很多强烈的情绪体验，而神话故事使人们以假想的方式把握了现实世界，从而宣泄了种种令人不安的情绪。[①] 神话丰富的内涵及其体验世界的方式也滋养了后世的文学创作。

---

① 以上部分论点参照了理查德·蔡斯所著《神话研究概说》、斯坦利·爱德加·海曼所著《神话的仪式观》(原文皆见《神话与文学》)。

第一节
神话的产生和流传

一、中国上古的神话传说

神话以故事的形式表现了上古先民对自然、社会现象的认识和愿望。由于原始社会生产力水平十分低下，面对雷电、地震、干旱、洪水这些难以捉摸和控制的自然现象，面对人类自身的生老病死，人们会不由自主地产生神秘和敬畏的心理，并由此幻想出种种超自然的神灵和魔力来理解自然和社会。原始先民的世界根据这种幻想的秩序得到了重新的安排，神话由此产生了。神话的构成有以下三个特征①：首先，神话通常以神灵为主人公，他们包括各种自然神以及经过神化的人类英雄；其次，神话的情节一般围绕着变化、神力和法术进行；最后，神话的意义在于对某种自然或社会现象作出解释，有一些表达了原始先民征服自然、变革社会的愿望。

中国在远古时代产生了相当数量的神话传说。在出土文物中，我们发现了大量远古的神形刻绘。如辽宁牛河粟红山文化"女神庙"遗址中的彩绘女神头像②；阴山岩画中"有巫师祈祷娱神的形象，也有拜日的形象"；连云港将军崖岩画中，"天神表现为各式各样的人面画……包括太阳神、月神、星神等"③。较近的出土材料也有反映古代神话的内容。如随县擂鼓墩1号墓内棺上"有一些手执双戈戟守卫的神像，有的长须有角，有的背生羽翼，富于神话色彩"；长沙子弹库出土的楚帛书上的十二月神形象，"或三首，或珥蛇，或鸟身，不一而足，有的骤视不可名状"④。张光直指出，商代早期的刻绘图形中，"其中之动物的确有一种令人生畏的感觉，显然具有由神话中得来的大力量"⑤，并断定"商周青铜器上的动物纹样也扮演了沟通人神世界的使者的角色"⑥。现在可见的各种青铜彝器

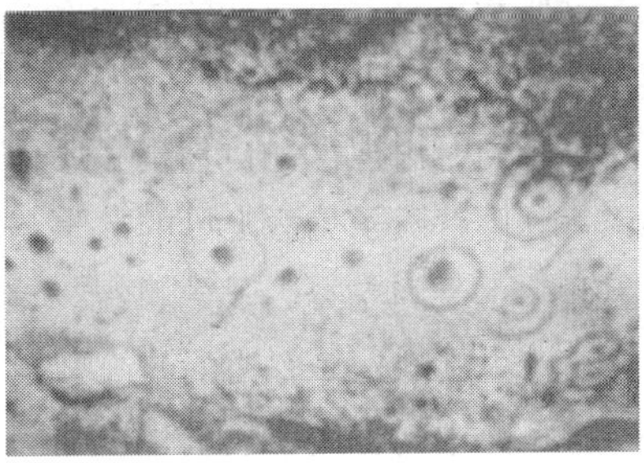

连云港将军崖岩画

① 袁珂认为神话要素包括：一、从物我混同到万物有灵的主导思想；二、变化、神力和法术的表现形式；三、"人神同台演出"；四、意义解释。本文据此有所增删。见其《中国神话史》，重庆，重庆出版社，2007。

② 参见《文物》，1988（8）。

③ 盖山林：《中国岩画学》，37、76页，北京，书目文献出版社，1995。

④ 李学勤：《东周与秦代文明》，284～285、354页，北京，文物出版社，1991。

⑤ ［美］张光直：《商周神话与美术中所见人与动物关系之演变》，见《中国青铜时代》，292页，北京，三联书店，1983。

⑥ ［美］张光直著，郭净译：《美术、神话与祭祀》，52页，沈阳，辽宁教育出版社，2002。

上的动物图形甚多，尤其是一些假想的动物图形，如饕餮、夔、龙、虬等，都应该是具有神性的动物，并有着自身的神话传说。

中国上古时期的神话思维相当发达，除了见于刻绘的，还有关于众多神灵的传说故事。由于时代久远，再加上古代文人对神话的有意排斥，使得上古神话在文献中的载录少而零散，不像古希腊神话那样得到了完整而系统的保留。中国古代的神话，除了在《山海经》等书中得到比较集中的记载之外，也出现在疏注、类书之中，并散见于经、史、子、集各类文献，如诗集《诗经》、《楚辞》，史书《左传》、《国语》、《逸周书》、《穆天子传》，诸子著作《庄子》、《孟子》、《墨子》、《韩非子》等。不过这些材料往往只是片段的情节，有些还经过后世文人的加工。

☞多学一点

李学勤（1933—　）说："楚帛书上的十二月神形象，文献全无描述，看来我们对东周到秦这一历史时期的神话，实际上还没有很多具体知识。《楚辞》、《山海经》等书所述，不过是广大的神话世界的一小部分。"① 可见文献中所记录的神话远不足以说明中国上古神话的全貌。

《诗经》中的《商颂·玄鸟》和《大雅·生民》记录了商部族始祖契和周部族始祖后稷诞生的神奇经历。《楚辞·天问》涉及大量的神话，虽然都是只言片语，但其中有些材料较他书所载更接近于神话的原始面貌。《左传》中一段文字谈到高辛氏的两个儿子因为不能和睦相处，被高辛氏迁往两处，分别掌管商星和参星。② 这则神话实际上是初民对商星和参星不同时出现这一自然现象所作的解释。《穆天子传》是一部采神话材料编写的历史小说，其中穆天子见西王母的故事最富神话色彩。由于神话本身具有深刻而简明的寓意，因此它也受到先秦诸子的重视。诸子著作中以《庄子》援引神话传说最多，如鲲鹏之变、黄帝失玄珠、倏忽凿混沌等。秦汉时编纂而成的《吕氏春秋》、《淮南子》也记录了很多神话。中国古代著名的四大神话女娲补天、共工触山、羿射十日和嫦娥奔月，就是保留在《淮南子》中的。汉代以后的文献中也记录和补充了一些神话。

《山海经》是我国古代保存神话资料最多的著作。《山海经》成书于战国初年到汉代初年，应是由不同时代的巫师、方士根据当时流传的巫史材料编选而成的，是一部具有民间宗教或原始宗教性质的书。③ 全书按方位共分"山经"五卷、"海外经"四卷、"海内经"五卷、"大荒经"四卷。其内容极其驳杂，除神话传说、宗教祭仪外，还涉及我国古代地理、历史、民族、历象、生物、矿产、医药等方面，反映了初民各种知识浑然不分

---

① 李学勤：《东周与秦代文明》，355页，北京，文物出版社，1991。

② 见《左传·昭公元年》："昔高辛氏有二子，伯曰阏伯，季曰实沉，居于旷林，不相能也，日寻干戈，以相征讨。后帝不臧，迁阏伯于商丘，主辰。商人是因，故辰为商星；迁实沉于大夏，主参，唐人是因，以服事夏、商。"

③ 关于《山海经》的性质、成书年代及作者，其说颇多。袁行霈认为《山经》是巫觋之书，成于战国初、中期；《海经》是秦汉间的方士之书，见其《〈山海经〉初探》，载《中华文史论丛》，1979（3）。袁珂则认为"《山海经》确可以说是一部巫书，是古代巫师们传留下来、经战国初年至汉代初年楚国或楚地的人们（包括巫师）加以整理编写而成的"，见其《中国神话史》，18页，重庆，重庆出版社，2007。本书主要采纳袁行霈观点。

的特点。《五藏山经》中描述了众多山神的形貌，它们往往是奇形怪状的动物或兼有人和动物的形体特征，如龙首鸟身或人面马身等，这种描述反映出人类早期的自然崇拜和图腾崇拜。“海经”、“荒经”部分的神话色彩是全书中最浓厚的，记录了很多远方民族的奇异相貌、习性和风俗，如贯胸国、羽民国、长臂国、不死国、大人国、小人国等等。《山海经》中有不少想象奇特的神话，如鲧禹治水、刑天舞干戚等，都流传广远。《山海经》中的神话虽然也有片断的特点，但不少具有清晰的轮廓，有的经过缀合，甚至可以得到相当完整的故事和形象：如夸父逐日，大禹、帝俊和西王母的传说，以及圣地昆仑山的神奇景象等。《山海经》是我国古代神话的一座宝库。

《山海经》插图

从现有的材料来看，中国古代神话曾经非常繁荣，但流传至今的大多只是一些零散的片段。神话散失的一个重要原因，是在理性思维影响下的神话历史化。所谓神话历史化，就是把神话看成是历史事实重新解释，通常的做法是把天神下降为人的祖神，从而构成了虚幻的始祖及其发展谱系。

二、中国神话的历史化

中国神话的历史化，是史家、思想家自觉或不自觉地进行的。古代神话中讲述了很多神异怪奇之事，有很多动物形、半人半兽形的形象，如《山海经》中所叙述的。但在正统的史家或儒家的典籍中，怪奇之事遭到删削，半人半兽的怪神形象也被大量抹杀。其原因如司马迁（前145？—前87？）所说：“其文不雅驯，荐绅先生难言之。”（《史记·五帝本纪》）这些怪异的叙事与形象违背了理性原则，也很难被纳入历史谱系之中。相当一部分神话因此而得不到史家的认可，也就没有进入史籍。一些神话有幸被文人笔录，但在此后的流传过程中，也会遭到删改。比如《列女传》原本所录舜的神话中，有二女教舜服鸟工龙裳从井廪之难中逃脱的情节，而今本《列女传》则不存；再如《淮南子》原本载嫦娥奔月神话时说嫦娥“托身于月，是为蟾蜍，而为月精”，今本《淮南子》亦不存。① 其原因大概都可归于“不雅驯”。

神话历史化的另一个方法就是改造，即对古神话重新进行解释，使其成为历史事件，从而构筑起可理解的远古历史。

分析举例

在儒家传统典籍中，这种做法比比皆是，比如《左传·昭公十七年》载：

① 原文见（宋）洪兴祖《楚辞补注·天问》引古本《列女传》和（唐）徐坚《初学记》卷一引古本《淮南子》。

我高祖少皞挚之立也，凤鸟适至，故纪于鸟，为鸟师而鸟名：凤鸟氏，历正也；玄鸟氏，司分者也；伯赵氏，司至者也；青鸟氏，司启者也；丹鸟氏，司闭者也。祝鸠氏，司徒也；雎鸠氏，司马也；鸤鸠氏，司空也；爽鸠氏，司寇也；鹘鸠氏，司事也。五鸠，鸠民者也。五雉为五工正，利器用、正量度，夷民者也。

我国古代东方部族中有很多以鸟作为图腾，并流行着不少有关鸟的神话。但在这里，神话的原貌已不可知，图腾鸟被改造为一系列的官名，并按照后世的社会官僚系统组织起来。

鸟图腾

从《尚书》、《左传》、《国语》，一直到《史记》、《吴越春秋》、《越绝书》，都做过这样的改造，而宋代罗泌所作《路史》是其集大成之作。改造的结果是神话大量消亡，而历史的谱系愈加严密。儒家思想是中国传统文化的主流，儒家对待神话的态度很大程度上影响了神话在中国文化中的地位。

神话历史化在春秋早期就已开始。孔子就曾提出“不语怪力乱神”，排斥神话。孔子也对神话进行过改造。据《尸子》（孙星衍辑本）卷下载，当子贡向孔子提及黄帝有四张面孔的神话，孔子说：“黄帝取合己者四人，使治四方……此谓之四面也。”四张面孔被解释为四个人面朝四个方向，“黄帝四面”的神话就变成了一件有关治理天下的史实。而“夔一足”的神话，也被孔子解释为有夔一人就足以治天下（见《韩非子·外储说左下》）。

三、神话与仙话

嫦娥奔月

中国古代神话发展变化的另一途径，是为道教所改造利用，成为仙话的一个来源。① 仙话一般讲述的是通过修炼或仙人引导，最后长生不老或幻化成仙的故事。在仙话中有不少古代神话人物的形象，比如奔月的嫦娥、操不死之药的西王母以及黄帝等。

《史记·封禅书》记黄帝在荆山脚下铸鼎，鼎成，有龙垂胡髯在鼎上，迎他骑龙升天，此事明显沾染了仙话的

① 袁珂把仙话也看作神话的一部分，见其《中国神话通论》，成都，巴蜀书社，1993。但本书认为仙话出于某些人或集团的有意识的创造或改编，是与道教特定的意识形态相联系的，有着鲜明而狭窄的目的性，与原始神话无论是其发生还是在意蕴、价值上都相差甚远，故本书不将其算作神话的一部分。

色彩。而黄帝战胜蚩尤，在仙话中则被归功于“九天玄女”“授（黄）帝以三宫五意阴阳之略……灵宝五符五胜之文，遂克蚩尤于中冀”（《广博物志》卷九引《玄女法》）。

不过，仙话从神话中借用的人物通常只集中于少数几个形象，且需有类似于修炼、服药、升天不死的情节；由于仙话以升仙为核心内容，神话人物所蕴涵的民族精神、审美价值，都被严重地削弱了。

第二节 神话的类别和内涵

神话反映了原始先民对世界的认识，其内容包罗万象，大致可划分为创世神话、始祖神话、洪水神话、战争神话、发明创造神话五类。

一、创世神话

中国古代创世神话中以盘古开天地的故事最为著名：

> 天地混沌如鸡子，盘古生其中，万八千岁，天地开辟，阳清为天，阴浊为地。盘古在其中，一日九变，神于天，圣于地。天日高一丈，地日厚一丈，盘古日长一丈，如此万八千岁。天数极高，地数极深，盘古极长。后乃有三皇。（《艺文类聚》卷一引徐整《三五历纪》）

盘古开天地

这则神话假想宇宙从卵中诞生。卵生神话在世界各地的创世神话中普遍存在，这是因为在万物有灵观念的影响下，原始初民认为天地万物都是有生命的，并且将宇宙的诞生与普遍存在的卵生现象联系起来。在盘古开天地的神话中，天地的对立与阳清、阴浊的特点也孕育了中国古代的阴阳太极观念。盘古不仅开辟了天地，他死后的身躯还化为天地万物：呼吸变成风云，声音变成雷霆，两眼变成日月，肢体变为山岳，血液变为江河，发髭变为星辰，皮毛变为草木（见《绎史》卷一引《五运历年记》）。这种“垂死化身”的想法，源于人对自身与自然对应关系的想象，这种思路对天人合一的思想有重要影响。

分析举例

关于天地万物创造的神话还有很多，比如帝舜的妻子羲和生育十个太阳，帝俊的妻子常羲生育了十二个月亮，《山海经》中烛龙的生理行为可以直接引发昼夜、四季等自然现象。这些神话都表明了原始人类对各种自然现象的积极探索。

二、始祖神话

人类自身起源的神话则首推女娲补天造人。《淮南子·览冥训》记载了女娲补天的故事：

往古之时，四极废，九州裂。天不兼覆，地不周载。火爁炎而不灭，水浩洋而不息，猛兽食颛民，鸷鸟攫老弱。于是女娲炼五色石以补苍天，断鳌足以立四极，杀黑龙以济冀州，积芦灰以止淫水。

女娲补天

女娲不仅有开辟之功，同时也创造了人类，《太平御览》卷七十八引《风俗通》云：

俗说天地开辟，未有人民，女娲抟黄土作人，剧务，力不暇供，乃引绳絙于泥中，举以为人，故富贵者，黄土人也；贫贱凡庸者，絙人也。

这一则神话不但虚构了人类的产生，也解释了人类为什么会有社会地位的差别。女娲补天、造人的不朽功绩，反映了人们对女性延续种族作用的肯定，同时也认可了女性的社会地位。除了人类共同的始祖外，各个部族基本上都有自己的始祖神话，并且它们在情节或结构上有相似之处。这类神话反映了部族成员对自己祖先的追念，表现出民族的自豪感和凝聚力。

☞多学一点

商民族始祖契是简狄吞食燕卵而生①，而周民族始祖后稷的诞生则是姜嫄因踩到天帝

① 《史记·殷本纪》："殷契，母曰简狄，有娀氏之女，为帝喾次妃。三人行浴，见玄鸟堕其卵，简狄取吞之，因孕，生契。"

的足印而受孕。《诗经·大雅·生民》中记述说，后稷生下后被丢弃，但得到了牛羊、樵夫、鸟的奇迹般的庇护，在成长之后迅速表现了种植农作物的天赋，并成为周民族的始祖。

三、洪水神话

洪水带来的毁灭性灾难成为原始初民的集体记忆，在神话中依然可以看出人们对自然灾害的戒惧与警觉。国外或中国少数民族的洪水神话，大多将洪水归结于天帝对人类堕落的惩罚，反映了对人性的反省和批判。而中国古代文献中的洪水神话，则主要把洪水看作自然的灾难，讲述人与洪水的抗争，集中反映了先民对抗自然的勇气和智慧。

神话中最为杰出的抗洪英雄当数鲧和禹父子。《山海经·海内经》载：

> 洪水滔天。鲧窃帝之息壤以堙洪水，不待帝命。帝令祝融杀鲧于羽郊。鲧复生禹。帝乃命禹卒布土以定九州。

大禹治水

鲧不惜盗窃天帝的息壤①来拦截泛滥的洪水，但引起了天帝的震怒而被杀。由于志向未竟，鲧死不瞑目，破腹而生禹。又一个治水英雄诞生了。禹在尝试了“堙”（堵）的方法而不见效之后②，改用疏导的方法。据《吕氏春秋》载，禹为探查河道，向东走到海边，向南走到羽人裸民之乡，向西走到三危之国，向北走到犬戎国。大禹治水历尽艰难，“禹八年于外，三过其门而不入”（《孟子·滕文公上》），“股无胈，胫无毛，手足胼胝，面目黧黑”（《史记·李斯列传》）。他还诛杀了妨碍治水的恶神相柳、水怪无支祁。③ 在河伯、伏羲、神龙、灵龟等神灵的帮助下，洪水终于被大禹制服了。大禹也成为中国文化史上不畏艰难、勇敢智慧的英雄。

四、战争神话

频繁的战争，不但促成了中华民族的形成，同时也是神话的重要主题，出现了很多光芒耀眼的神话英雄。

战争神话中最为著名的英雄当数黄帝、炎帝和蚩尤。

---

① 息壤，能够自生自长的土壤。郭璞注《山海经·海内经》云：“息壤者，言土自长息无限，故可以塞洪水也。”高诱注《淮南子·地形训》云：“息土不耗减，掘之益多，故以填洪水。”

② 《淮南子·地形训》云：“禹乃以息土填洪水，以为名山。”《汉书·沟洫志》引《夏书》云：“禹堙洪水十三年。”

③ 前事见于《山海经·大荒北经》、《山海经·海外北经》，后事见于《太平广记》卷四百六十七“李汤”条。

黄帝和炎帝是活跃在中原的两个大的部族，分别兴起于相距不远的姬水和姜水，他们在向东发展的过程中发生了严重的冲突，据《史记·五帝本纪》载：

炎黄二帝

炎帝欲侵陵诸侯，诸侯咸归轩辕。轩辕乃修德振兵，治五气，艺五种，抚万民，度四方，教熊、罴、貔、貅、貙、虎，以与炎帝战于阪泉之野，三战，然后得其志。

熊、罴等猛兽的参加，为这次战争增添了神奇的色彩。而这些猛兽应是一些部落的图腾，它们代表着跟随黄帝参加战斗的不同部落。阪泉之战以黄帝的胜利而告终，更重要的是它使炎黄两大部族融合，并奠定了中华民族的基本成分。黄帝与蚩尤也有过一次大的战事：

蚩尤作兵伐黄帝，黄帝乃令应龙攻之冀州之野。应龙畜水，蚩尤请风伯雨师，从大风雨。黄帝乃下天女曰魃，雨止，遂杀蚩尤。(《山海经·大荒北经》)

黄帝与蚩尤战于涿鹿之野。蚩尤作大雾，弥三日，军人皆惑。黄帝乃令风后法斗机，作指南车，以别四方，遂擒蚩尤。(《太平御览》卷十五引《志林》)

蚩尤属于南方的苗蛮族团。一些文献上提到蚩尤冶炼金属作兵器，神话传说他有81个铜头铁额的兄弟，这应当是指他们已经有金属的盔甲。这两则神话中涉及风伯、雨师等天神，而风、雨、旱、雾等气象状况也成了相互进攻的利器。这两则神话用神异的笔调解释了历史事件。黄帝在部落战争中的胜利，确立了他作为中华民族始祖的形象。

五、发明创造神话

后羿是神话传说中弓箭的发明者，而后羿凭借弓箭为民除害，凿齿、九婴、大风、猰貐、修蛇、封豨等妖孽都死于羿的弓箭之下。不过，羿最为辉煌的业绩，还要数射日。据《山海经·大荒南经》和《大荒东经》载："羲和者，帝俊之妻，生十日"，十日轮流出入。《楚辞·天问》王逸（约89—158）注引《淮南子》云："尧时十日并出，草木焦枯。"而羿并不因太阳是天帝的儿子而有所畏惧，"仰射十日，中其九日，日中九乌皆死，堕其羽翼，故留其一日也"，人间的秩序又得到了恢复。此外，还有燧人氏、有巢氏、神农氏、仓颉、后稷等文化英雄。这些神话的主人公通常具有人的形象，但又有着神异的经历或本领。他们或者有重要的发明，或者克服了自然、社会的障碍，从而成为部族、民族的精神力量。

夸父追日

夸父逐日的神话充分显示了人类英雄的个性与勇气：

夸父与日逐走，入日。渴欲得饮，饮于河渭，河渭不足，北饮大泽。未至，道渴而死。弃其杖，化为邓林。(《山海经·海外北经》)

夸父为何要与日逐走，已不得而知了，但他那强烈的自信心、奋力拼搏的勇气，以及他那融入太阳光芒之中的高大形象，构成了一幅气势磅礴的画面，反映了古代先民壮丽的理想。而他渴死道中的结局，又为整个故事笼上了一层深深的悲剧色彩，震撼着后人的心灵。另一个与自然抗争的悲剧形象是精卫：

有鸟焉，其状如乌，文首、白喙、赤足，名曰精卫，其鸣自詨。是炎帝之少女名曰女娃，女娃游于东海，溺而不返，故为精卫，常衔西山之木石，以堙于东海。(《山海经·北次三经》)

女娃被东海淹死化为精卫鸟，尽管非常弱小，仍然以填海来向东海复仇。这种明知徒劳仍要抗争的精神，是何等的悲壮！也正是这种精神支持初民走过了洪荒岁月。夸父和精卫的神话，讴歌了人类顽强的生命力。

神话中的自然神逐渐代之以人类英雄的形象，无论是英雄的创造和征服，还是个人与自然的抗争，这些神话都凸显出人类本身，显示出人类主体精神的自觉。

六、古代神话中的民族精神

中国古代丰富多彩的神话，是远古历史的遗响，它记录了人类在其童年时代的各种瑰丽的幻想、顽强的抗争以及步履蹒跚的足印。同时，它作为中华民族的文化源头，在很大程度上影响了民族精神的形成。

第一，中国古代神话体现出深重的忧患意识。中华民族发源于黄河流域，而三千年前的原始初民，除了面对不时出现的洪水和干旱，还需要面对密林、沼泽以及其中的毒蛇猛兽。《山海经》中就描述了大量怪异的禽兽，在女娲、羿和禹等神话中也以相当的分量描绘了人类的恶劣处境。从中我们能看到先民对生存环境的警惧，也能看到神话的主人公正视现实，以锲而不舍的辛勤劳作和斗争来战胜自然灾难。神话特别强调了诸神不辞辛劳的现实精神，反映了先民对现实的苦难的深刻体验，这与希腊神话中奥林匹斯诸神的享乐精神形成了鲜明的对比。

第二，中国古代神话具有明确的重生爱民意识。神话在展示人类恶劣的生存境遇的同时，还为人类塑造了一些保护神，如前所说之女娲、羿等。此外，还有一些神话形象如龙、凤等，"见则天下安宁"(《山海经·南山经》)，它们为人类提供了心理上的安慰。所谓"天地之大德曰生"(《易·系辞下》)，对百姓民众生命的爱护和尊重，是中国文化的一贯精神。

重生意识还包括珍惜生命、延续生命的渴望。《太平御览》卷七十九引《管子》曰："黄帝钻燧生火，以熟荤臊，民食之，无肠胃之病。"再如作为南方之神的炎帝，《淮南子·修务训》记他采药为民治病，"一日而遇七十毒"。此外，《山海经》中关于"不死之国”、“不死民”、“不死之药”等的传说，都表现出对人类生命的珍视。

重生意识还表现为自然和人之间的亲和关系，也显示出人们对生命秩序的企盼。如羲和职掌日月出入以调和阴阳风雨，还要“敬授人时”（《尚书·尧典》），以利人类的生产和生活。再如四季之首的春神句芒，它的到来，则是“生气方盛，阳气发泄，句者毕出，萌者尽达”（《礼记·月令》）。与自然和谐相处的愿望，实际上也是对保护和发展生命的希冀。①

第三，中国古代神话体现了先民们的抗争精神。生存环境的艰苦，激发出先民勇于面对现实、抗争命运的倔强品格，并由此孕育出一大批反抗自然、反抗天帝的神话英雄。前者如精卫面对着难以克服的自然，竭尽全力作顽强的拼搏。后者如《山海经·海外西经》中所载的刑天：

> 刑天与帝至此争神，帝断其首，葬之常羊之山。乃以乳为目，以脐为口，操干戚以舞。

在断首的情况下，刑天也要对着天帝大舞干戚，这种顽强的抗争精神已经超越了生死的界限。而刑天形象所包含的知其不可而为之的悲剧意味，在后来的士人身上也时时显现，成为中华民族精神的因素之一。

第三节 神话在文学史上的意义

一、神话思维产生的原因

神话思维与原始初民的心智能力紧密相连。在原始初民眼里，自然万物就和自己一样，拥有活泼的灵魂、意志和情感，能够和人进行神秘的交往，人和外界自然之间存在着一种互渗关系。神话诞生于这种对世界的感受之中。

☞ 多学一点

列维-布留尔（1857—1939）《互渗律》云：“在原始人的思维的集体表象中客体、存在物、现象能够以我们不可思议的方式同时是它们自身，又是其他什么东西。它们也以

① 本节内容参照了胡晓明所著《灵根与情种：先秦文学思想研究》上篇第二节“重生的精神”，南昌，百花洲文艺出版社，1994。

差不多同样不可思议的方式发出和接受那些在它们之外被感觉的、继续留在它们里面的神秘的力量、能力、性质、作用。”①

首先，由于原始初民尚未将自身同自然界截然分开，因此他们在感知自然时，往往不自觉地将自身的属性移到自然之上，形成以己观物、以己感物的神话思维特征。

比如著名的盘古化生万物的神话，就是以人体的各部分推论天地间的诸物形成。又如《山海经·海外北经》：

> 钟山之神，名曰烛阴，视为昼，暝为夜，吹为冬，呼为夏，不饮，不食，不息，息为风，身长千里。在无启之东，其为物，人面，蛇身，赤色，居钟山下。

这则神话即以人的生理行为来解释昼夜、四季以及风的形成。

以己观物还可从人体扩大到人的性情、行为、人所熟悉的环境。比如在解释星系为何多偏移西北、中国地理形势为何西高东低时，一则神话说道：

> 昔者共工与颛顼争为帝，怒而触不周之山，天柱折，地维绝，天倾西北，故日月星辰移焉，地不满东南，故水潦尘埃归焉。（《淮南子·天文训》）

几乎所有的神话都渗透着以自我来观照万物的思维方式，原始初民正是从自身的生命形态来理解外在的神秘世界。

其次，神话思维是一种具体、形象的思维。由于原始初民的抽象思维能力尚处在最初的发展阶段，因此思维还不能脱离具体可感的物象。如原始初民利用太阳在空间的位置变动来把握时间，因此有“日出旸谷，入于虞渊”等神话（见《淮南子·说林训》）。时间的流逝，在神话中就成了具体可感的情节。在神话中，空间也不是纯粹的几何学方位，它和某些特定的情感体验联系在一起。比如东方被表现为春神句芒、春天、青色、木等，而北方则与冬神颛顼、冬天、黑夜、黑色、水等物象相联系。

《淮南子·天文训》载：“东方木也，其帝太皞，其佐句芒，执规而治春。……南方火也，其帝炎帝，其佐朱明，执衡而治夏。……中央土也，其帝黄帝，其佐后土，执绳而制四方。……西方金也，其帝少昊，其佐蓐收，执矩而治秋。……北方水也，其帝颛顼，其佐玄冥，执权而治冬。”这类说法还见于《礼记·月令》、《尔雅》等。这一思维方法与中国传统的阴阳五行观念联系十分紧密。②

龙的形象

不过，神话中也有对事物的综合与概括，但是，神话的综合仍然离不开具体的形象。比如龙的前身只不过是一个以蛇为图腾的部落标志，“接受了兽类的四脚，马的毛，鬣的尾，鹿的角，狗的爪，鱼的鳞和须”，最终形成龙这一威武雄壮的神话形象。③ 显然，龙这一神话形象并非纯粹想象的产物，它只

① ［法］列维-布留尔：《原始思维》，69～70页，北京，商务印书馆，1981。

② 参见［英］李约瑟著，陈立夫等译：《中国古代科学思想史》第6章“中国科学之基本观念”，南昌，江西人民出版社，1990。

③ 以上观点可参见闻一多所著《伏羲考》，见《闻一多全集》，第1卷，北京，三联书店，1982。

不过是对具体物象的再组合。

再次，神话思维伴随着浓烈的情感体验。神秘莫测的大自然在初民心中引起恐惧、敬畏或惊喜等情感，初民也就将这些情感认为是外物固有的属性。这样初民所接触到的，就是具有意志、情感的自然万物，而神话所讲述的也就是人类与世界交往的故事。此外，对神话的传播与复述，也是充满了情感体验的。不过随着社会的发展，神话中所蕴涵的情感已难以为现代人所理解了。

比如《山海经》中每当出现龙凤的形象，总是伴有歌舞音乐，显示出祥和安乐的情感。《山海经·海内经》云："帝俊生晏龙，晏龙是为琴瑟"、"帝俊有子八人，是始为歌舞"。《山海经·大荒西经》云："祝融生太子长琴，是处榣山，始作乐风。有五采鸟三名：一曰皇鸟、一曰鸾鸟、一曰凤鸟。"又云："有弇州之山，五采之鸟仰天，名曰鸣鸟。爰有百乐歌舞之风。"又如《楚辞·九歌》中的人神相恋，来自人们对神话形象的情感期盼。

概念解析

神话思维

神话思维是一种具有象征性、隐喻性的思维。所谓象征、隐喻，是指具体的物象和特定意义之间的联系。随着文化的发展，人们在追溯历史、总结经验，以及交流和表达思想情感时，往往会涉及一些较为抽象的观念。而原始初民往往借用某些具体的物象来表示某一特性或观念，如把葫芦和禽卵视为母体崇拜、生殖崇拜等信仰因素；又如龙的形象，它不但是部落的符号，还包含着特定的民族精神和深厚的民族感情，成为全民族凝聚力的象征。正是这套象征、隐喻系统规定并维系了人们和自然之间，以及集体内部人和人之间的关系，它使每一个成员都能体会到同一种集体意识、集体感情。原始神话就是通过这些不同类型的象征性、隐喻性的意象符号，构筑了原始初民的文化共同体。

二、神话在文学史上的意义

神话是原始初民的认知和表达方式，并不是自觉的文学创作。但神话又在文学宝库中占有一个非常重要的位置，中国神话以其广博精深的意蕴、生动活泼的表现力，为后世文学奠定了基础。神话对文学的影响主要表现在两个方面，一是作为文学创作的素材，一是作为原型直接影响文学创作的思维方式、表现手法、欣赏效果等。

神话除了被后人直接载录之外，还为各类文学作品提供素材。神话可以入诗，如《诗经·大雅·生民》直接描述了后稷的神奇事迹，《楚辞》中各种神灵亦是纷至沓来。后代的诗人，尤其是浪漫主义诗人爱以神话入诗，如李商隐（813—858）《瑶池》诗云：

"瑶池阿母绮窗开，《黄竹》歌声动地哀。八骏日行三万里，穆王何事不重来?"就是对神话意象的妙用。神话入文，最有代表性的当数《庄子》。《庄子》一书以"意出尘外，怪生笔端"、"缥缈奇变"（刘熙载《艺概·文概》）著称，这在很大程度上得益于神话。如《逍遥游》之"鲲鹏变化"、《应帝王》之"凿破混沌"，这两则神话为全文抹上了变幻奇诡的浪漫色彩。至于曹植采用洛水女神宓妃的形象，创作了脍炙人口的《洛神赋》，也是利用神话素材进行的一次成功的创作。小说、戏曲采用神话作素材的就更多，主要是借助了神话的奇特的想象，利用神话形象或神话情节进行再创作。

☞ **多学一点**

唐传奇《柳毅传》，清小说《聊斋志异》、《镜花缘》、《封神演义》、《红楼梦》，以及戏曲《牡丹亭》、《西厢记》等都包含着神话情节。

明清神魔小说对神话的采用和重塑，达到了此类文学的最高点，其代表作为《西游记》。孙悟空、猪八戒以及他们的腾云驾雾、七十二般变化成了中国文学中最有影响的神话意象。从孙悟空身上，不难看到"石中生人"的夏启、"铜头铁额"的蚩尤、"与帝争位"的刑天以及水怪无支祁对这个形象的影响。可以说，古代神话作为素材，遍布在中国古典文学的每一个角落，它经文学家的发掘、改造，在新的作品中，又重新散发出其光芒，使文学作品具有独特的艺术魅力。

神话思维的象征性和情感性，也是文学的主要因素。文学创作不外乎是将主观的思想、感情客观化、物象化，因此，"对许多作家而言，神话是诗歌与宗教之间的共同因素"，"文学的意义与功能主要呈现在隐喻和神话中"[①]。神话原型为文学创作提供了蕴涵深厚情感的象征的源泉。作为原始先民意识形态的集中体现，神话凝结着先民对自身和外界的思考和感受，神话意象包孕着浓郁的情感因素，在历史中积淀下来。自觉或不自觉地运用了神话原型的作品，都可以把作者或读者领入初民曾经有过的那种深厚的情感体验之中，从而缓释现实的压力，超越平凡的世俗。正如荣格所说的那样："一个用原始意象说话的人，是在同时用千万个人的声音说话。……他把我们个人的命运转变为人类的命运，他在我们身上唤醒所有那些仁慈的力量，正是这些力量，保证了人类能够随时摆脱危难，度过漫漫的长夜。"[②] 当屈原（约前339—约前278）在现实世界中屡遭打击的时候，他转向古老的神话：龙凤结驷，巡游天界，四方求女。神话世界使他超越了现实世界，抒泄了内心的愤懑彷徨。同时，《离骚》屡屡运用的香草美人，由于其神话背景和屈原创造性的提炼，而成为一种稳固的神话原型，为一代代作家所沿用，如曹植的《洛神赋》、李贺（790—816）的《苏小小墓》等。而蒲松龄（1640—1715）的《聊斋志异》则不仅以神话为素材，而且以之为精神的寄托，表现出对不公平的现实世界的厌弃和对神话感情、神话世界的皈依。可以说，屈原、蒲松龄等人的作品都体现了神话原型的精髓和力量。相较而言，神话的象征和情感植根于集体意识之中，并带有更多的神秘意味，

① ［美］韦勒克、沃伦著，刘象愚等译：《文学理论》，208、209页，北京，三联书店，1984。
② ［瑞士］荣格著，冯川、苏克译：《心理学与文学》，122页，北京，三联书店，1987。

而文学创作中的象征和情感表达则更具主观和个性的色彩，创作者借助神话原型的情感力量抒发了个人的情怀。

【温故知新】

上古神话　《穆天子传》　中国古代四大神话　《山海经》　神话历史化　神话与仙话　创世神话　始祖神话　洪水神话　战争神话　发明创造神话　神话中的民族精神　神话思维

【请你思考】

1. 试分析中国神话历史化的成因及模式。
2. 中国古代神话主要包含哪些内容？
3. 中国古代神话中体现了什么样的民族精神？
4. 神话思维是如何产生的？
5. 试举例说明神话思维的象征性和情感性对后世的文学产生了怎样的影响？

【推荐阅读】

茅盾．中国神话研究初探．上海：上海古籍出版社，2011

潜明兹．中国古代神话与传说．北京：商务印书馆，1996

王新禧．中国神话：尘封下的幻想之翼．西安：陕西人民出版社，2010

程憬．顾颉刚整理．中国古代神话研究．北京：北京大学出版社，2011

第三章 诗歌比兴传统的确立

【导入】

商至西周时期的诗歌主要用于祭祀、宴饮等仪式性活动，它们产生于不同地域的各个社会阶层，表现了社会生活各方面的内容。这些诗歌经官方收集后，再加上春秋前期的一部分诗，以诗集的形式流传下来，至春秋后期，只剩下三百余篇，故被称为"诗"，或称"诗三百"。其中大、小雅和颂类诗大部分属于西周时期的作品，部分国风也作于此时。后来儒家将这些诗奉为经典，称为《诗经》。虽然《诗经》所收作品的下限是春秋中叶，但考虑到文献本身的完整性，本章将全部《诗经》作为讨论对象，而不再对其进行分期。

第一节
诗歌的采集和整理

一、《诗经》的采集和整理

概念解析

《诗经》

《诗经》是我国第一部诗歌总集，共有诗歌三百零五篇，另有六篇有题无辞的“笙诗”。它所产生的地域相当广泛，包括了现在的陕西、山西、河南、河北、山东及湖北北部一带，而创作的时间至少包括了自周初到春秋中叶五百余年。

《诗经》中的诗歌来自社会各个阶层，能将这些诗歌汇集为一部总集，也必然经过了一个有目的的收集整理过程。关于这一收集整理过程，古人有“献诗”、“采诗”、“删诗”三种说法。

献诗之说源于《国语·周语上》中“天子听政，使公卿至于列士献诗”，《左传·襄公十四年》论王廷政事包括“史为书，瞽为诗，工诵箴谏，大夫规诲”等内容。而献诗的目的，从天子的角度来说，是“观民风”（《礼记·王制》）；从臣子的角度来说，则为讽谏。

采诗之说出自汉人，班固（32—92）说：“古有采诗之官，王者所以观风俗，知得失，自考正也。”（《汉书·艺文志》）又说：“孟春之月，群居者将散，行人振木铎徇于路，以采诗，献之大师，比其音律，以闻于天子。”（《汉书·食货志》）一般说来，诗歌在庙堂上的运用，都与瞽或太师有关，这些人收集诗歌的目的最初应该是用于祭祀或宴享等礼仪活动，后来可能也用于一般娱乐或政治目的。公卿列士献诗应该是较后的事情，其中自己创作的可能性大一些。如果没有瞽、太师等巫史人员，以及公卿大夫的采集和献纳，很难想象这些诗歌是如何汇集到王廷中来的。

孔子像

删诗是指现存《诗经》的编辑过程。汉人认为《诗经》是经过孔子删定的。《史记·孔子世家》说：“古者《诗》三千余篇，及至孔子，去其重，取可施于礼义，上采契、后稷，中述殷、周之盛，至幽、厉之缺……三百五篇孔子皆弦歌之，以求合《韶》、《武》、《雅》、《颂》之音。”也就是说，孔子从周王廷原所存备的三千多首诗歌中挑选出三百零五篇，并经过音乐整理后成为现在的样子。但这一说法并非完全可信。

孔子时代，“诗三百”应该已经基本成型，孔子所能做的事情，大约只是在音乐或文字方面对“诗三百”进行加工整理，并用它教育学生，最终确定了“诗三百”的儒家经典地位。而编定“诗三百”的仍然也应该是周王朝的巫官或乐官。

二、《诗经》的编纂体制

《诗经》的编纂体制，最早见于《左传·襄公二十九年》：

> 吴公子札来聘……请观于周乐。使工为之歌《周南》、《召南》……为之歌《邶》、《鄘》、《卫》……为之歌《王》……《郑》……《齐》……《豳》……《秦》……《魏》……《唐》……《陈》……《郐》……《小雅》……《大雅》……《颂》……

对照今存《诗经》来看，吴公子季札在鲁国所看到的诗的分类，大体是与今天相同的。《诗经》包括十五“国风”，以及“小雅”、“大雅”和“三颂”。关于“风”、“雅”、“颂”分类的依据，宋人郑樵曰：

> 乡土之音曰“风”，朝廷之音曰“雅”，宗庙之音曰“颂”。(《通志》卷七十五)

也就是说，“风”、“雅”、“颂”在形式上表现为音乐类型的差异，而在所用场合上又表现为乡土、朝廷、宗庙的差异。上古时诗乐舞三者一体，主要用于仪式性场合，如民间季节性庆典和朝廷往来朝聘、宴享，以及宗庙祭祀等，都要用诗。而不同场合下的歌谣形式也必然有所区别。这大约就是“风”、“雅”、“颂”在应用方面的不同之处。

第二节 关注现实的精神

一、“国风”中的现实精神

概念解析

十五国风

《诗经》中“风”包括15个部分，皆冠以地名。其中邶、鄘、卫、郑、齐、魏、唐、秦、陈、桧、曹、豳十二国为诸侯国；“王风”指衰败后的周王国；“周南”和“召南”分别指周公姬旦和召公姬奭的采邑，地皆在陕西岐山之南。十五国风实是十五个地域的民间歌谣。通过这些诗歌，我们不但能看到三千年以前的社会政治情况，还能看到当时的民俗风情，更能品味先人们的喜怒哀乐。

“国风”中不少诗歌与礼俗活动有着密切的关系，不但它的抒情方式受到原始宗教的影响①，甚至有很多诗即产生于民间集体祭祀活动中，是“季节祭的宗教感情的产物”②。而在这种集体祭祀活动中，有着丰富的男女感情活动。

《郑风·溱洧》所记载的就是季节祭中男女相约的场面：

溱与洧，方涣涣兮。士与女，方秉蕑兮。女曰：“观乎?”士曰：“既且。”“且往观乎！洧之外，洵訏且乐。”维士与女，伊其相谑，赠之以芍药。

《韩诗》注此诗曰：“三月桃花水下之时……当此盛流之时，众士与众女方执兰而拂除。”（《太平御览》卷九百八十三引）诗中生动地记载了一个融融春日中，男女相邀而至于相悦的情景，极富情趣。

爱情生活中也充满了挫折，《诗经》中颇有一些隽永哀婉的伤情之作。其中最有代表性的当数《秦风·蒹葭》：

蒹葭苍苍，白露为霜。所谓伊人，在水一方。
溯洄从之，道阻且长。溯游从之，宛在水中央。
蒹葭凄凄，白露未晞。所谓伊人，在水之湄。
溯洄从之，道阻且跻。溯游从之，宛在水中坻。
蒹葭采采，白露未已。所谓伊人，在水之涘。
溯洄从之，道阻且右。溯游从之，宛在水中沚。

这首诗表达了一个年轻人对心目中的情人的刻骨铭心的眷念，以及艰苦而无望的追求。苍茫而萧瑟的蒹葭暗示了这一段感情渺茫的前景。宽广而幽冷的河水，既阻断了情人的身影，也激发了追求者的勇气和热情。年轻人沿着这条不可逾越的河流，“溯洄从之”，“溯游从之”，做着坚持不懈的努力，但那“在水一方”的倩影总是缥缈难近。时间的推移，使得这段感情更显执著和凄婉，能够引起人们的共鸣，给人以无限的惆怅和忧伤。

《诗经》中当然也有爱情成功的诗，《诗经》的第一首《周南·关雎》就是一首爱情和婚姻的颂辞。其诗云：

关关雎鸠，在河之洲；窈窕淑女，君子好逑。
参差荇菜，左右流之；窈窕淑女，寤寐求之。
求之不得，寤寐思服；悠哉悠哉，辗转反侧。

① 赵沛霖详细讨论了《诗经》中“兴”的艺术方法即是原始宗教思维的遗留。见其《兴的源起：历史积淀与诗歌艺术》，北京，中国社会科学出版社，1987。

② ［法］格拉耐著，张铭远译：《中国古代的祭礼与歌谣》，141页，上海，上海文艺出版社，1989。

参差荇菜，左右采之；窈窕淑女，琴瑟友之。

参差荇菜，左右芼之；窈窕淑女，钟鼓乐之。

其中“寤寐思服”、“辗转反侧”两句非常形象地写出了青年人恋爱初期的焦急向往的心态。而“琴瑟友之”、“钟鼓乐之”不但将传统婚姻那种欢天喜地，以及上昭明神、下告父母的庄严气氛写了出来，而且写出了夫妇之间琴瑟友好的伦理之情。这首诗可以说是中国传统婚姻理想的一个集中体现。诗中以鸳鸯这种忠贞的水鸟来起兴，既烘托气氛，又有浓郁的象征意味。

《周南·关雎》诗意图

“国风”中还有不少反映社会生活的诗篇，真实地再现了当时的社会状况和精神风貌。

《魏风·伐檀》对统治者不劳而获进行了尖锐的质询，揭露了当时社会的阶级对立：“不稼不穑，胡取禾三百廛兮？不狩不猎，胡瞻尔庭有县貆兮？”而《魏风·硕鼠》也表达了对剥削者同样的愤慨：“国人刺其君重敛，蚕食于民，不修其政，贪而畏人，若大鼠也。”（《毛诗序》）表达了离开这个苦难现实、寻找新生活的强烈愿望。

《豳风·七月》则较为详尽地描述了四季农事的进展过程，以及农人的生活方式，表现了中国文化传统中极为重要的农业精神。诗歌在描写由冬至春的节候演变之时，通过“无衣无褐，何以卒岁”这样一个深沉的发问，揭示了中国农业精神一个最为朴素、最为深厚的道理，那就是为了生存而劳动。所以，诗中有条不紊地记述了农民的四季生活：迁居田间、采桑、织布、打猎、收获、回迁、修缮房屋、岁末会饮等。而这些农事实践，又是和自然的节候变化紧紧联系在一起的，内中充满了对衣食所安的自然的亲切感。如诗的第二章说：

春日载阳，有鸣仓庚。女执懿筐，遵彼微行，爰求柔桑。春日迟迟，采蘩祁祁。女心伤悲，殆及公子同归。

由生长万物的春季，而歌及采桑的少女，再歌及少女的出嫁之思①，诗中洋溢着一种温馨、和煦的气氛；而人们的劳作、生活又与这生生不息的自然有着间不容发的融洽，表达了农业社会的生活对自然节律的遵从和顺应。再如“六月食郁及薁，七月亨葵及菽。八月剥枣，十月获稻，为此春酒，以介眉寿”等，也反映了农人对自然的朴素的感激之情，并从中体验到劳作的快乐。这首诗以“七月流火，九月授衣。一之日觱发，二之日栗烈”开头，在经过四季的运行后，又以“二之日凿冰冲冲，三之日纳于凌阴”结束，显示了一个循环往复的过程，也预示了一个新的农耕周期的开始。这种周而复始的诗歌

① 对“女心伤悲，殆及公子同归”一句，古今多有不同的解释，此处仍从《郑笺》：“春女感阳气而思男，秋士感阴气而思女，是其物化，所以悲也。悲则始有与公子同归之志，欲嫁焉。”此外，民俗有哭嫁之说，表达了对父母的留恋，亦透露出少女对陌生的婚姻生活的担忧。

节奏，体现了农业社会的紧凑而绵长的人生节律，体现了生生不息的自然精神。

此外，“雅”、“颂”中的《噫嘻》、《载芟》、《良耜》、《臣工》、《丰年》等，都是用于农事祭礼活动中的乐歌，表达周人春祈秋报，对天地生民的期望和感戴之情，从中也可以看到周朝贵族阶层对农事的倚重，反映了周人对农事精神的独特理解。[①]

二、“二雅”和“三颂”中的现实精神

《诗经》中的《小雅》和《大雅》主要反映了贵族臣僚以及下层官吏的生活场景，在这些生活场景中，较常出现的有燕飨、战争和仕宦生涯等。

☞ **多学一点**

《国语·周语》中有“饫以显物，宴以合好”的句子，显示了燕飨在周人的社会生活中有着十分重要的作用。

《小雅·伐木》就是一首“燕朋友故旧”（《毛诗序》）的诗，这首诗的第二和第三章既描述了“於粲洒埽，陈馈八簋”的丰盛场面，也表达了主人对朋友的殷切召唤，以及朋友聚饮的欢乐心情。其第一章云：

> 伐木丁丁，鸟鸣嘤嘤。出自幽谷，迁于乔木。嘤其鸣矣，求其友声。相彼鸟矣，犹求友声。矧伊人矣，不求友生？神之听之，终和且平。

诗中以幽谷山林中彼此响应的伐木之声和鸟鸣之声起兴，抒发了自己对亲族、友朋的思念之情，并且将内心对亲族、友朋的渴望和某种天命神意联系在一起，以显示友朋对自己生活的重要性。它实际上反映了周代初年社会人群关系重组过程中，人们对宗亲和姻亲关系的重视。

《小雅·鹿鸣》是一首天子宴群臣嘉宾的诗，后被广泛运用于贵族宴会宾客之时。其第一章云：

> 呦呦鹿鸣，食野之苹。我有嘉宾，鼓瑟吹笙。吹笙鼓簧，承筐是将。人之好我，示我周行。

诗歌通过歌乐演奏、赐赏以及主人对客人的殷勤赞颂，展现了一个热烈祥和的宴饮场面。诗歌最后一句说：“我有旨酒，以燕乐嘉宾之心。”燕飨的真正目的，是敦实君臣之间，或贵族大臣之间的政治联盟。宗法制度下的政治关系也是血缘宗亲关系，而燕飨作为一种家族象征性行为，能有效地敦实这种血缘宗亲关系。周朝的封建宗法制度正是在此基础上建立起来的，因此，燕飨对于周人政治生活有着特别重要的意义。此外，从《鹿鸣》中我们还可以看出，燕飨同时也是一种礼仪性活动，它和钟鼓等一起，共同构成了一个

① 参见李山：《诗经的文化精神》第二章“周人的重农及其在农事经验中所确认的天人关系——《诗经》中的农事诗”，北京，东方出版社，1997。

庄严而和谐的欢聚场面，使人群关系真正达到“合好”的境界，显示了一种温文尔雅的礼乐精神。

《小雅·鹿鸣》诗意图

“二雅”中还有一些怨刺诗，如大雅中的《民劳》、《板》、《荡》、《柔桑》、《瞻卬》，小雅中的《节南山》、《正月》、《十月之交》、《雨无正》、《小旻》、《巧言》、《巷伯》等。这些诗中，有些揭露、批评了政治黑暗，也有一些通过诗人的身世之感抨击了社会的不公正，都较为真实地反映了当时周室衰微、社会动荡不宁的现实，具有明显的社会意义和较高的文学价值，反映了诗人的社会责任感。

《小雅·正月》一诗“作于宗周既灭，二王并立，全社会惊魂未定之际”①，诗人通过自己的痛苦感受，沉痛反思了宗周王朝崩溃的过程。而“赫赫宗周”的崩颓隳灭，却没能引起当时统治者的警惧，统治者依然过着“旨酒”、“嘉殽”的昏乱日子，诗人呼告无应，反而常常遭到他人的侵侮，又遁世无所，于是只能在无限的忧伤中陷入深深的绝望。诗歌开头两节说：

《小雅·正月》诗意图

正月繁霜，我心忧伤。民之讹言，亦孔之将。念我独兮，忧心京京。哀我小心，癙忧以痒。

父母生我，胡俾我愈？不自我先，不自我后。好言自口，莠言自口。忧心愈愈，是以有侮。

① 聂石樵主编，雒三桂、李山注释：《诗经新注》，379页，济南，齐鲁书社，2009。

积聚在诗人心中无以排解的忧伤，使诗人感受到了无限的痛苦和绝望，一种强烈的生不逢时之感油然而生。从诗人对父母的诘问声中，我们能够领略到生命的悲哀和生存的虚无，能够感受到诗人内心的愤恨和忧伤。

有些诗歌揭示了社会的不公，从另一个角度暴露了社会的黑暗。

《小雅·北山》诗云：

陟彼北山，言采其杞。偕偕士子，朝夕从事。王事靡盬，忧我父母。
溥天之下，莫非王土。率土之滨，莫非王臣。大夫不均，我从事独贤。
四牡彭彭，王事傍傍。嘉我未老，鲜我方将。旅力方刚，经营四方。
或燕燕居息，或尽瘁事国。或息偃在床，或不已于行。
或不知叫号，或惨惨劬劳。或栖迟偃仰，或王事鞅掌。
或湛乐饮酒，或惨惨畏咎。或出入风议，或靡事不为。

诗人在描述了自己四处奔波、劳顿不息、无以将养父母之后，用很多篇幅揭露了“役使不均”的社会现象。这一现象是如此普遍，使得诗人深感不平和忧虑。从这一描述中，我们也可以看出，士人对自己的职事，对“经营四方”之事，已经感到了深深的厌倦，完全失去了积极主动的精神。而士人对自己职事的厌倦，不仅来自“役使不均”这一事实，更反映了对朝廷的信心已经丧失殆尽，反映了一种浓浓的衰败颓丧的时代情绪。

《诗经·大雅》和“三颂”中还包括一些宗庙祭祀的诗。这些诗在形式上显得庄重、华丽，内容主要是颂扬祖先的文武功德，记叙本族的发展历史，甚至包括一些神话传说，具有相当高的历史价值和文学价值。在这些庙祭诗中，特别值得注意的是一组祭祀周族先祖的诗。

概念解析

周族的史诗

《大雅》中的《生民》、《公刘》、《绵》、《皇矣》、《大明》。它们分别赞颂了在周族发展历史上有着重要作用的几位先祖：后稷、公刘、太王、王季、文王、武王。这些诗歌基本反映了周族的发展轨迹，所以又被后人称为周族的史诗。

后稷像

《大雅·生民》所颂扬的是周族的始祖后稷。后稷约生活在虞夏之际，曾做过夏的农官，作为周人的男性始祖，他的出生和成长都被赋予了神奇的天命色彩：

厥初生民，时维姜嫄。生民如何？克禋克祀，以弗无子。履帝武敏歆，攸介攸止。载震载夙，载生载育，时维后稷。

诞弥厥月，先生如达。不坼不副，无灾无害，以赫厥灵。上帝不宁，不康禋祀，居然生子。

诞置之隘巷，牛羊腓字之。诞置之平林，会伐平林。诞置之寒冰，鸟覆翼之。鸟乃去矣，后稷呱矣。实覃实訏，厥声载路。

姜嫄因感应神灵的脚印而有孕，并顺利地产下后稷。这一神话，一方面反映了母系社会只知有母不知有父的现实，另一方面也寄托了后人对后稷的开辟之功的理解和钦慕，反映了后人对本民族作为天之骄子的自豪感。以下除了最后一段描写祭仪场面外，其余四章皆是描述后稷的农业稼艺才能。如第四章写他刚能匍匐求食之时，就能种植庄稼："蓺之荏菽，荏菽旆旆。禾役穟穟，麻麦幪幪，瓜瓞唪唪。"这些描写充满了惊奇感和喜悦感，不但反映了后稷超人的稼艺才能，也反映了周人对农功农德的真心认同。他们认为正是这一农事精神，才使他们能够区别于商朝并最终战胜商朝。

后稷的曾孙公刘，在夏朝末年为避夏乱，带领周族人由邰（今陕西武功）迁徙至豳（今陕西彬县、旬邑一带），并能修复后稷之业，从而带领周人重新走向振兴。《公刘》一诗则完整地记述了迁豳的过程，表达了对公刘的崇敬之情。《绵》诗所祭颂的古公亶父，是文王的祖父，后被尊称为太王。古公亶父率领周人再次迁徙至岐（今陕西岐山）之周原，诗中着重记述了古公营建周原和设立官职的过程，尤其是在渲染建筑场面时极为精彩。古公迁岐后，一个民族国家的基本形态已经形成，周族日渐强大。《皇矣》一诗则颂扬了太王、王季和周文王三代人的功绩，太王和王季的德行为周文王的壮大奠定了基础，诗中最后描写了文王灭崇的武功和周师的盛大。《大明》涉及王季、周文王和周武王三代君王。诗中记述了文王的母亲大任、文王的妻子大姒以及武王陈师牧野，讨伐商朝，建立了一个统一而强大的周王朝。这首诗反映了周人对女性祖先的崇敬和感激之情，应该主要是用于祭祀大任和大姒的。这些诗歌是对先人的追思，反映了周人追先慎远的思想，它们组合起来，也就较为完整地反映了周族的历史发展过程。

总起来看，《诗经》三百零五篇，十分广泛地反映了周朝社会生活的各个方面，自天子诸侯、公卿大夫到士卒百姓，自家庭生活、风气习俗到政治状况；既有规模盛大的庙堂典礼，也有隐于墙隅的男女倾诉；既有雄壮悲凉的战争场面，也有倚门而待的怨妇形象。现实生活中所能发生的事，都可以通过诗歌得到反映。《诗经》在情感上又以淳朴的现实感受为主，既没有情感的放纵和泛滥，也很少有那种充满恐惧、卑微、惊奇等的宗教激情。所有的感情都是对现实生活的反映，相比其他民族的早期诗歌，《诗经》显得切实而醇厚。

多学一点

何休以"饥者歌其食，劳者歌其事"（《春秋公羊传注疏·宣公十五年》）说明《诗经》的抒情倾向，大体上是正确的。

在《诗经》所抒发的诸多现实情感中，士大夫的忧患意识最为后人所称道。表现忧患意识的"怨刺诗"在情感形态上少激愤而多沉郁，婉转低回，呜咽悲怆。《诗经》中的忧患意识，基本奠定了中国政治抒情诗的美学风格，使得其社会功能远远超出抒情言志的范围，而成为士子干预政治的一种重要手段。

士大夫出于对国家民族命运的担忧和承担而产生强烈的忧患意识。诗人们在忧患意识的影响下，通过对现实生活、尤其是政治生活中黑暗面的揭示，展现了悯时伤乱的深沉情怀，所谓“知我者谓我心忧，不知我者谓我何求”（《王风·黍离》），就体现了这种绝望中仍孜孜以求的精神面貌，这类诗歌称“怨刺诗”。朱熹（1130—1200）在评论《诗经》中“怨刺诗”时说“其忠厚恻怛之心，陈善闭邪之意，犹非后世能言之士所能及之”（《诗集传序》）。

第三节
比兴的方法

一、《诗经》的音乐性特征

《诗经》最初都是配乐的。[①]《墨子·公孟》云：“诵诗三百，弦诗三百，歌诗三百，舞诗三百。”因此，《诗经》在形式上首先就必然表现出音乐性特点来。

《诗经》以四言句式为主，双音节词较多，往往形成一个二节拍的节奏，显出整齐、短促的音乐特点；四句独立为一章，一首诗由数章构成。整首诗给人以整饬、明快而又舒缓悠扬的感受。这是《诗经》最为基本的韵律形式。《诗经》中也杂以二言到八言的诗句，于整齐中显得参差，同时也丰富了《诗经》的韵律。

《诗经》的音乐性特点还表现在重章叠句和构词方式上。

《诗经》尤其是风诗和雅诗中，章与章之间，往往句式相同，甚至文字也大体相同，只是部分文字有所变化，用以表现同一种意境、行为或情感状态。如《卫风·木瓜》：

投我以木瓜，报之以琼琚。匪报也，永以为好也。
投我以木桃，报之以琼瑶。匪报也，永以为好也。
投我以木李，报之以琼玖。匪报也，永以为好也。

这种形式又称为联章复沓，它以同一个旋律不断再现，给人一种回环往复、余音袅袅的感觉，也能形象地表现出连绵不绝、欲罢不能的情感状态。《诗经》中的复沓方式是多样的。除上所举全诗中每一章都复沓外，还有部分章复沓、部分章不复沓的，如《陈风·衡门》共三章，后两章复沓；也有一首诗中分成两个或几个复沓的，如《郑风·丰》前两章复沓、后两章复沓。形成复沓的章与章之间，所重复的诗句也有多少的不同，有的只是首句，有的差不多包括全章，只是个别字有改易。重章叠句实际上是音乐节段的重复，它以循环的韵律，赋予诗歌以曼妙动人的节奏和韵味。

---

① 参见顾颉刚：《论诗经所录全为乐歌》，载《北京大学研究所国学门周刊》，1925（10～12）。收入《古史辨》，第3册，上海，上海古籍出版社，1982。

叠字和双声叠韵也是诗歌音乐性的表现形式。《诗经》中叠字又称重言，如“关关雎鸠”（《周南·关雎》）之“关关”拟雎鸠的鸣和声，“行迈靡靡”（《王风·黍离》）之“靡靡”形容路途遥远、心情委顿，“杨柳依依”（《小雅·采薇》）之“依依”状柔条飘拂的姿态，都显得节奏舒缓，声律悠扬。而诗歌中的双声词如“参差”（《周南·关雎》）、“黾勉”（《邶风·谷风》）、“踊跃”（《邶风·击鼓》）、“踟蹰”（《邶风·静女》）、“栗烈”（《豳风·七月》）等，叠韵词如“窈窕”（《周南·关雎》）、“委蛇”（《召南·羔羊》）、“差池”（《邶风·燕燕》）、“绸缪”（《唐风·绸缪》）、“栖迟”（《陈风·衡门》）等，这些音节读起来和谐悦耳，非常动听。

《诗经》中押韵形式表现出多样化的特点。有整首诗一韵到底的，也有中途换韵，甚至换多个韵脚的；有的诗逐句押韵，有的诗隔句押韵。一般说来，风诗、雅诗的韵脚较为绵密，显得节奏较为繁急；而颂诗的押韵则较为宽松，甚至有无韵的情况。显然，风诗、雅诗本身具有较强的音乐特点，而颂诗则更多地依赖音乐的伴奏。从音乐风格上说，王国维认定“《颂》之声较《风》、《雅》为缓”（《观堂集林》卷二《说周颂》），舒缓凝重当然是庄重、典雅气氛的体现，是与颂诗作为庙堂之音的功用分不开的。

二、《诗经》中的赋比兴

《诗经》的创作手法最有代表性的应该是赋比兴。

“赋”，即朱熹所谓“敷陈其事而直言之也”（《诗集传》卷一），也就是对事物或行为作直接的铺陈描述，通过再现的方式表述思想感情。

《豳风·七月》按月对农夫生活的记录和描述，就是平铺直叙。

分析举例

《郑风·女曰鸡鸣》通篇采用赋的手法，其诗曰：

> 女曰：“鸡鸣。”士曰：“昧旦。”“子兴视夜，明星有烂。”“将翱将翔，弋凫与雁。”
>
> “弋言加之，与子宜之。宜言饮酒，与子偕老。琴瑟在御，莫不静好。”
>
> “知子之来之，杂佩以赠之。知子之顺之，杂佩以问之。知子之好之，杂佩以报之。”

这一首诗只是记录一对夫妇在清晨时的对话，通过对话叙述了早起、弋猎、对饮、相期以老、以佩相赠等内容，表达了夫妇相得之乐的生活场景。情景逼真，读起来饶有趣味，体现了赋的艺术效果。

赋诗也有用于抒情的。《王风·君子于役》全诗记述了思妇对远行服役的丈夫的担忧和思念，质朴率直。诗中所插入的“鸡栖于埘，日之夕矣，羊牛下来”数句，所铺写的是农家傍晚的情景，那种牛羊归圈的温馨和谐的场景，更加衬托了思妇的孤独，也表达了对和谐安宁的团聚生活的向往。

“比”即比喻，朱熹说是“以彼物比此物也”（《诗集传》卷一）。比喻是《诗经》中最常用的修辞手法，也具有明显的民歌特色。

在《诗经》中，有整首诗都比喻某一事物，称为比体诗。如《魏风·硕鼠》表达了对剥削者的厌恶之情，全诗只是用贪婪的老鼠来做比喻，所指责的剥削者并未出现。《诗经》中更多的是部分采用比喻的方法。最值得称道的是《卫风·硕人》中对庄姜美貌的描写。其诗曰：“手如柔荑，肤如凝脂，领如蝤蛴，齿如瓠犀，螓首蛾眉。”所取的喻体都是日常生活中常见的事物，而诗中或取其质地，或取其颜色，或取其外形，分别描写了庄姜的手指、肌肤、脖颈、牙齿、额头和眉毛。这一连串的比喻不仅生动形象，而且充分地表达了诗人的景仰之情，表现了诗人丰富的想象力，不但给人以联想的空间，而且给人以目不暇接的感觉，有着很强的艺术魅力。

庄姜像

分析举例

《卫风·淇奥》形容君子的风度姿态云：“有匪君子，如切如磋，如琢如磨。”其中切磋、琢磨，是对象牙和美玉的精心加工，此处即以象牙和美玉来比喻君子的雅致和高贵。

《小雅·常棣》比喻夫妇恩爱美满曰：“妻子好合，如鼓琴瑟。”琴瑟和谐作为一种美妙的音乐境界，在这里非常贴切地表现了夫妇的心心相映。

《王风·黍离》在表达诗人内心的忧虑时也采用了比的手法：“中心如醉”，“中心如噎”，非常贴切地再现了诗人的心情。

《诗经》中的“兴”是一个较为独特而复杂的艺术手法。朱熹说：“兴者，先言他物以引起所咏之辞也。”（《诗集传》卷一）通常，兴是指这样一些意象，它们往往用于诗歌或诗歌中某一章的开头，这些意象本身和诗歌的主题现在看来并无直接的关联。比如同是以“黄鸟”起兴，《秦风·黄鸟》表达秦人对“三良”的哀悼之情，《小雅·黄鸟》抒发身在他乡的艰难之感，而《小雅·绵蛮》所表达的是对教养自己的人的感戴之情。当然，我们也能从一些兴象中感受到它和诗歌主题有着某种内在的联系，这种联系可能表现为一种隐约的象征关系，如《周南·关雎》以“关关雎鸠，在河之洲”起兴，其中雎鸠被古人认为是相互忠诚的鸟，可以象征夫妇男女的爱情；也可能表现为渲染气氛、烘托情绪的作用，如《秦风·蒹葭》以“蒹葭苍苍，白露为霜”起兴，就以深秋萧条的景致，渲染出一片凄婉、忧郁和苍凉的气氛，和诗中所表达的情感交融为一体。而《周南·桃夭》以“桃之夭夭，灼灼其华”开头，它既是出嫁女子青春年华和子孙兴旺的象征，也烘托出一片热烈的喜庆气氛，在艺术效果上兼以上两者而有之。当然，还有一些兴象，我们难以将它们和诗歌的内容联系起来。长期以来，它们就被人们认为是诗人触物为之，在诗歌开头起确定节奏和韵脚的作用。

但兴也可能是一种很古老的文化现象。在上古时代，由于受到原始思维的影响，古人对自然动植物有着特殊的感情，某些动植物也在人们生活中有着特殊的功用。比如作为图腾的鸟兽，它容易与人们的祖先观念和宗族认同感情联系在一起；而一些树木兴象，由于充当过社树，所以能够寄托人们对祖先宗族、故国乡里的感情，等等。① 从这些基本的情感出发，我们确实能对相当一部分兴象作出理解，比如前所举的三首有关“黄鸟”意象的诗，再加上《周南·葛覃》一首，或是怀归故乡，或是思报恩德，其中都包含着一种归属情感。这也可以说明兴象和诗歌主题之间的联系应该是存在的，不过随着社会文化的发展，有些我们已经很难理解了。

三、《诗经》对后世文学的影响

中国是诗的国度，而《诗经》是中国诗歌的源头，对后世有着十分重大的影响。后人常以“风雅”二字概括《诗经》的传统。

“风雅”既是指委婉迂曲、温柔敦厚的诗歌风格，也是指关怀人生、关心政治的诗歌内容。诗人立足现实而又执著不懈的精神，与儒家所提倡的积极进取的伦理风范相吻合，《诗经》因此被儒家奉为经典，并经儒家的刻意阐释，而影响了后世士大夫的诗歌观念和诗歌情怀。

司马迁说：“国风好色而不淫，小雅怨诽而不乱。”（《史记·屈原贾生列传》）这些诗歌观念首先就表现在即事抒情、诗以言志等方面。诗歌在很大程度上成为中国传统文人抒泄社会情感的一种主要途径，尤其是在自己的理想受到现实政治的阻碍时，文人就很自然地通过诗歌创作、通过抒情言志的方式宣泄愤懑，表达自己的现实态度。这就是孔子所谓“诗，可以兴，可以观，可以群，可以怨”（《论语·阳货》）的主旨。这一观点，使得中国传统文人在本质上都成为诗人，使得诗歌成为文人生活中不可缺少的一部分，使得诗歌成为一种个人抒情的手段，从而极大地促进了诗歌的发展，也引导了诗歌对现实人生的深刻关注。其次，比兴作为《诗经》最为突出的艺术手段，在经儒家的强调后，和寄托联为一体。比兴就不仅指某些修辞或艺术手法的运用，更指这些艺术手法中所包含着的对现实政治的讽喻，要求诗人要有自觉的政治批评意识，并通过比兴手法将自己的政治态度表露出来。同样，在理解诗歌时，也要求读者能通过一些特定的物象，进而理解诗歌中所包含的政治讽喻意味。这种比兴寄托在很大程度上影响了中国传统诗学思维。最后，由于关注诗歌中所表现的现实精神，后世文人常在理论和实际中自觉抵制个人趣味，抵制诗歌中的形式主义倾向。自唐以后，历朝历代都有以“风雅”为旨趣的诗歌革新运动，并产生较大的社会影响。以上种种原因，使得“风雅”在传统文化里成为评价诗歌的最高标准。

---

① 参见赵沛霖：《兴的源起：历史积淀与诗歌艺术》，北京，中国社会科学出版社，1987。

学术轶事

中国古代文学史上两位最伟大的诗人李白和杜甫，都曾表达过对“风雅”的向往。李白（701—762）说：“大雅久不作，吾衰竟谁陈。”（《古风》其一）杜甫（712—770）说：“别裁伪体亲风雅。”（《戏为六绝句》其六）而且，杜甫之所以被称为最伟大的诗人，在古人看来，就是因为他的诗歌最为典型地体现了“风雅”的诗歌理想。

【温故知新】

《诗经》 诗三百 献诗 采诗 删诗 风、雅、颂 周族史诗 忧患意识 怨刺诗 诗歌音乐性 重章叠句 叠字与双声叠韵 赋、比、兴 风雅

【请你思考】

1. 《豳风·七月》的主要内容是什么？它反映了先民哪些思想？
2. 试通过具体实例分析《诗经》中所体现的忧患意识。
3. 《诗经》的音乐性特征具体体现在哪些方面？
4. 举例说明《诗经》如何运用赋比兴的创作手法。
5. 概述《诗经》对后世文学的影响。

【推荐阅读】

程俊英．诗经译注．上海：上海古籍出版社，2006

李山．诗经析读．海口：南海出版公司，2003

夏传才．诗经研究史概要．北京：清华大学出版社，2007

陈致．吴仰湘，黄梓勇，许景昭译．从礼仪化到世俗化：《诗经》的形成．上海：上海古籍出版社，2009

第二编　百家争鸣

（春秋战国时期，前770—前221）

第一章 传统文化形态的奠基

【导入】

公元前771年，周幽王被犬戎所杀，西周结束。次年，周平王迁都雒邑，史称东周。东周分为春秋、战国两个历史时期。春秋战国是历史上所谓乱世，继贵族之后，新兴的士阶层逐渐成了文化的积极创造者。他们凭着自己的政治热情和社会责任感，凭着自己对人生的领悟，描绘出多种社会图景和人生理想，创造出中国文化发展史上的第一个高潮，史称百家争鸣。在这一历史阶段所形成的文化观念，对中国传统文化形态的形成和稳定，对传统文学的发展有着十分重要的意义。

春秋战国时期的文献创作，主要是史传作品和诸子百家之说，此外，我们把记录战国策士活动和说辞的《战国策》也纳入此阶段的史传著作中。这两类著作不仅奠定了中国文学的叙事和议论的基础，而且取得了令人仰慕的成就。出现于战国后期楚国的《楚辞》则具有强烈的主观感情色彩，它是中国抒情传统的主要源头之一。

第一节
经典的创造和繁盛

春秋战国时期还没有出现自觉的文学创作，各种文学因素还只是沉潜在史官和诸子的作品中。中国古代文化经典主要是在这一阶段产生的。而这些文化经典在思想和风格上，都明显分为两个不同的发展时期。春秋时期的文化和文献是礼乐文化的产物，它有着严谨的内容和从容不迫的形式，即便是如《论语》这样的私家著述，也同样有着优游典雅的风格特征。而战国时期的著作则是个性精神的产物，它纵横议论、意气风发，或汪洋恣肆，或精微诡异，风格多样。这两类文献都是中国传统文化的经典。

一、对礼乐文明的批判反思

春秋时期，分封制度受到越来越严重的破坏，王室衰落，各诸侯国不但不再听命于周天子，还相互争夺土地，自主分封新国。到春秋晚期，宗法分封制度基本已经崩溃，篡位弑君行为层出不穷。社会管理的权力，从周王、诸侯、卿大夫、陪臣逐层下移，各种统属、依附关系也处在不断的重组之中。

日趋混乱的社会秩序，使得一些贵族士大夫产生了深深的恐惧，于是出现了一些对礼乐文明和礼乐精神更为深刻的阐发和反思。《国语》、《左传》中所记载的贤人，如单穆公、州鸠、史伯、观射父、内史过、晏婴、季札等，都对礼乐或诗歌制度作出过一定的评论。而春秋后期的孔子（前551—前479）则特别明确地指出钟鼓玉帛作为一种秩序精神，是维系社会和谐的重要手段，并由此而发展为一整套的儒家文化政治思想体系。

这种理论意识是和社会批判精神紧密结合在一起的，完成于此一时期的《春秋》，其基本精神是“道名分”（《庄子·天下篇》），通过撰史的形式，本着礼乐精神，对春秋时代的社会现实进行了严厉的批判。伴随《春秋》而起的《春秋》三传，进一步阐发了《春秋》的礼乐精神。《春秋》及其三传、《国语》等，是中国文学史上最早的史传作品，是中国叙事文学的源头。孔子通过聚徒讲学等方式，传播、实践自己的政治理想。《论语》是孔子门人对孔子言行的记录，也集中体现了孔子的礼乐德治思想，是儒家学派和中国传统文化的经典著作。此外，《老子》提出“无为而治”的社会政治理想，是道家学派的源头。

二、礼乐文明的崩溃与诸子百家的兴起

战国时期，以宗法封建为支撑的礼乐制度完全崩坍，各诸侯国开展了以兼并为目

的的争霸战争，社会处于极端混乱的状态之中。由于社会主流意识形态的衰颓、社会现实的极端恶劣，一些有识之士凭着自己对社会和人生的理解，或批评时弊，或阐述观点，并通过传授、论辩等方式，发挥自己的理论，从而形成了“百家争鸣”的局面。

☞ **多学一点**

汉人对诸子学说的分类

《史记·太史公自序》载司马谈（？—前110）《论六家要指》把战国诸家学说分为阴阳、儒、墨、名、法、道德六家；班固（32—92）《汉书·艺文志》采刘歆（？—23）《七略》观点，在六家基础上加上纵横、杂、农、小说四家，共成十家。

这些学派所探讨的问题，包括了自然、社会、人生、政治、学理等各个方面，所论述的深度也是罕见的。这其中，以墨家的墨翟（约前468—约前376）、道家的庄周（约前369—前286）、儒家的孟轲（约前372—前289）与荀卿（约前313—前238）、法家的韩非（约前313—前238）以及纵横家最有影响。墨家有感于世道的不义和混乱，站在平民立场，倡导一种平等、简朴、和平、宗教型的社会生活方式。庄子继承老子思想，在批判社会的同时，阐发了一种隐己于物、超然世外的自然旨趣；孟子以昂扬的人格力量，关怀现实民生，宣扬王道仁政；韩非蔑视传统的礼乐德治思想，在总结前代变法实践的基础上，从“法”、“术”、“势”的角度，创发出一整套为君主集权专制服务、为君臣政治斗争服务的学术。不同的学派立场各异，所提出的观点各不同，所表现出的精神气质也迥然有异，其文章也各有鲜明的特点。

一部分士人凭着自己的见识和口才，奔走于诸侯之间，合纵连横，扶危持倾，在社会政治生活中发挥着极为重要的作用。这些纵横策士中，既有争强好胜的苏秦（前337—前284），也有狡诈善辩的张仪（？—前309），还有洁身自好、却强济弱的鲁仲连（生卒年不详）。而记录了他们言行的《战国策》一书，“务于合从连衡，以攻伐为贤”（《史记·孟子荀卿列传》），以奇计为先，言辞诡谲，不但在客观上记录了当时士人的精神面貌和历史进程，而且给我们留下了很有感染力的说辞。这些载录是中国古代文学的瑰宝。

三、充满浪漫气息的楚文化和楚辞

自周朝建立以来，楚国一直处在物产丰茂的长江汉水流域。

☞ **多学一点**

楚国风物

《战国策·楚策一》载：“楚地西有黔中、巫郡，东有夏州、海阳，南有洞庭、苍梧，北有汾陉之塞、郇阳。地方五千里……”所指位置大约包括今之湖北、湖南、安徽、江苏以及陕西、河南、四川、贵州的一部分。此大概可以概括楚国兴盛时期的地域。

《汉书·地理志下》云："江南地广，或火耕水耨。民食鱼稻，以渔猎山伐为业，果蓏蠃蛤，食物常足。"

楚国虽然接受了周廷的分封，但由于地处偏远，所以对中原的礼乐文化一直较为隔膜，因此被中原诸国以蛮夷相视。由于长时间的文化交流，到战国时期，楚文化形成了多重文化交融的特征。一方面，它有中原理性文化成分，不但拥有"周之典籍"甚至"周大史"，以《诗》、《书》、《礼》、《易》、《乐》、《春秋》等教育太子，而且士大夫也能在外交场合征引《诗》、《书》；另一方面，楚文化又深受当地原住民族文化的影响，信巫鬼，重淫祀，表现出非理性的特点。这种巫风弥漫的现象一方面使得楚国政治靡败不堪，另一方面也培养了楚国文学艺术的浪漫精神。

☞ **多学一点**

周太史在楚国的活动

《左传·昭公二十六年》载："王子朝及召氏之族、毛伯得、尹氏固、南宫嚚奉周之典籍以奔楚。"王子朝是周景王之长庶子，因与敬王争夺王位失败，而率人携带了所有的"周之典籍"投奔楚国，造成了周朝文化的一次南移。

《左传·哀公六年》载："楚子使问诸周大史。"说明周太史亦有在楚国者。

楚王子午鼎（春秋）

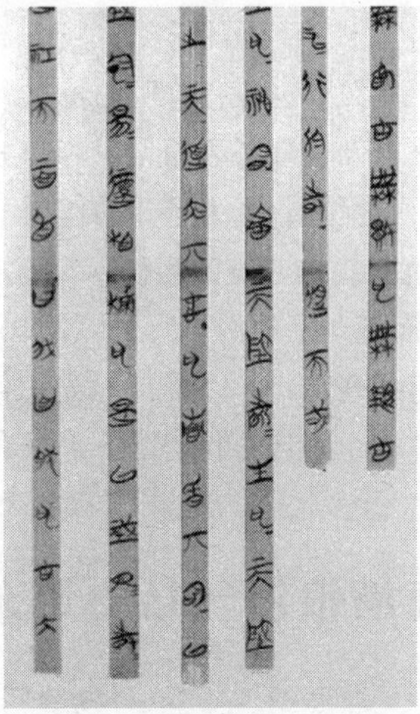

郭店楚墓竹简（战国）

楚辞就是这一文化背景的产物。楚宗族重臣屈原（约前339—约前278）身当宗国倾覆之际，又遭小人嫉害，被楚王贬谪，悲愤孤苦，便借鉴了当地民间祭祀歌的形式，抒发了自己的满腔愤懑之情，表达了对故国的眷念和对楚国黑暗政治的痛恨，创为楚辞。楚辞和《诗经》并为中国诗歌的两个源头，它们共同哺育了源远流长的中国诗歌史。

第二节
士阶层的形成与文献活动

一、史官地位的降低与士阶层的产生

春秋时期，巫史等职官仍有着重要的地位，从《左传》等书中，我们能看到巫史之官在春秋时代受到各诸侯国的尊重，他们不但保留了传统文献，在诸侯国之间建立了通报制度，发展了撰史规范，而且创造出最初的褒贬原则，形成一种裁决社会的伦理政治原则。春秋时代各国都有自己的史传著作，《墨子》中提到了“百国春秋”。而《春秋》、《左传》等传统文化典籍中的著名文献，就是在周和鲁国史官原始载录的基础上修订而成的。

随着政治制度和职官制度的变化，史官的地位越来越低，文献逐渐为贵族所掌握，后来又逐渐为士所用，文献创作活动也随之下移到士。早在西周时期，朝廷就建立了学官制度，贵族子弟不仅要学习御射之术，还要学习礼、乐、书、数等原来属于巫史的专业知识。《礼记·王制》提到乐正这个职务要“顺先王诗书礼乐以造士，春秋教以礼乐，冬夏教以诗书”。到了春秋时期，贵族子弟取代巫史成为社会政治文化活动的主要承担者，原本属于巫史的职业文献，如《春秋》、《世》、《诗》、《礼》、《乐》、《令》、《语》、《故志》和《训典》等（见《国语·楚语上》记载的申叔时教育太子的计划），也成了太子及士大夫的学习内容和文化修养。贵族士大夫成了文化的主要承担者和创造者，所谓“学在官府”就反映了这一时期的文化特征。

概念解析

赋诗言志

“赋诗言志”是春秋时期一个非常引人注目的文化现象，也是贵族士大夫一个重要的文化活动。商代和西周早期，外交往来的活动通常由史官充任，春秋时大臣充当外交使节的情况较多，但各国仍有使者或行人这样的常备外交人员，他们仍属于巫史辖下，并负责双方诵诗方面的沟通。而诗原就属于瞽史的修养，因此赋诗言志是一种职业行为，有着巫史宗教的背景。

所以，在当时“赋诗言志”通常发生在外交礼仪场合。它并不单纯是一种文化装饰性的行为方式，当时人相信任何人都不能在赋诗活动中隐瞒自己的意志或命运。诗歌具有某种启示性，这就是“诗言志”的最初含义。

随着社会动荡的加剧，分封制度的解体，原来的巫史人员和一些贵族失去了自己的地位和官职，只能靠自己所掌握的学识来谋生。而位于贵族和庶人之间的士阶层却显得无比活跃，他们渴望加入到统治阶级中去，因此迫切需要掌握一定的知识。这样，民间聚众讲学活动开始兴盛，私学代替官学成为春秋后期的重要文化现象。

☞ **多学一点**

春秋战国时期的私学发展情况

《韩非子·外储说左上》云："中牟之民弃田圃而随文学者，邑之半。"

《史记·孔子世家》记载，孔子在鲁国传授六艺，"弟子盖三千焉，身通六艺者七十有二人"。

二、士阶层的活跃与百家学说的兴起

战国时期，不但国君"礼贤下士"之风大盛，一些有权势的大臣也多养士。士或为主人奔走游说，在政治、外交上发挥作用；或聚集在一起著书立说，如信陵君（？—前243）之编《魏公子兵法》、吕不韦（？—前235）之编《吕氏春秋》等；也有一些士特立独行，以拯救社会的热情、伟岸的人格，傲视王侯，以道抗势。战国时期，墨家聚合学生，组成了一个很有影响力的政治性集团。士阶层的壮大，使得士在社会政治生活中的作用也越来越明显。

☞ **多学一点**

齐国的稷下学宫

战国时，齐国设有稷下学宫。《史记·田敬仲完世家》载："宣王喜文学游说之士，自如邹衍、淳于髡、田骈、接予、慎到、环渊之徒七十六人，皆赐列第为上大夫，不治而议论。是以齐稷下学士复盛，且数百千人。"

总之，士的地位在战国时期空前提高，也带动了学术文化的发展。各家学派都招徒设学。一些传统经典文献，如《周易》、三礼、《左传》等，大约都在此时整理定型。各学派也都有自己的经典文献问世，如儒家之《孟子》、道家之《庄子》、墨家之《墨子》、纵横家之《战国策》，等等。由于士的加入和私人著述的发展，文献传播和创造活动进入了一个迅速发展的黄金时代。

三、屈原与楚辞

楚国的屈原是战国时代的一个特殊现象。

当时中原诸国普遍认为秦是西方外族，而且以法、势屈挠天下，所以称其为“虎狼之国”，如《战国策·赵策三》所载鲁仲连言曰：“彼秦者，弃礼义而上首功之国也，权使其士，虏使其民。”基本反映了正统中原文化对秦国的排斥态度。

屈原像

屈原出身贵族，为维护楚国的利益，并基于中原传统文化精神，主张合纵反秦。当自己的政治理想和宗族热情遭受到不公正的待遇时，屈原将自己满腔的哀怨、愤激之情，借诗歌倾泻出来，创作出《九歌》、《离骚》、《天问》、《招魂》、《九章》等诗赋。

这些感人肺腑的作品，记录了屈原的坚贞品性和悲剧命运，记录了屈原忠贞不屈、上下求索的奋斗精神，也为中国文化树立了一个士大夫的人格范型，对士人产生了深远的影响。

第三节 审美思潮的变化

一、审美的理性化与对“和”的境界的追求

由于宗法制度的确立，理性精神越来越强烈，人们对原始巫术宗教不再像从前那样依赖，西周以前那种狞厉之美学风格在社会上也就渐渐消去，饕餮形象在青铜器中越来越少见，取而代之的是一些舒展的夔纹[①]，这说明理性精神渐渐取代了早先的巫术迷信，人们的自信心已经较前大为增强。春秋时期仍然广泛存在宗教祭祀，但这些宗教祭祀主要表达一种祖先信仰和天人和合的精神，并通过仪式性行为显示社会等级观念。

妇好钺（商代晚期）

云雷纹

① 参见郭沫若：《青铜时代·彝器形象学试探》，北京，科学出版社，1957。

由于春秋时的祭祀仪式通常在庙堂举行，因而礼器愈加烦琐，乐器也非常发达，金、石、土、草、丝、木、匏、竹等材料，都被用来制作乐器。音乐艺术此时得到了较大的发展，一些著名的思想家如单穆公、伶州鸠、伍举等，都有关于音乐的议论，从这些议论中，我们可以看出，春秋时期，人们开始意识到音乐对个人情感的感发作用。

分析举例

伶州鸠论乐

《国语·周语下》载伶州鸠论乐说："夫政象乐，乐从和，和从平。声以和乐，律以平声。金石以动之，丝竹以行之，诗以道之，歌以咏之，匏以宣之，瓦以赞之，草木以节之。物得其常曰乐极，极之所集曰声，声应相保曰和，细大不逾曰平。如是，而铸之金，磨之石，系之丝木，越之匏竹，节之鼓而行之，以遂八风。于是乎气无滞阴，亦无散阳，阴阳序次，风雨时至，嘉生繁祉，人民和利，物备而乐成，上下不罢，故曰乐正。"这段论述的目的虽然在于推崇乐的政治功能，但它已经阐发了音乐在调和人心和宇宙自然关系上的作用。

李泽厚（1930—　）认为，"中国古代美学对于同'乐'相连的'和'的认识，是从生理感官上的'和'，进到心理、精神上的'和'，然后再进到整个自然和社会的'和'"①。音乐能"和"，是基于它对人精神的影响和作用，也就是说，春秋人已经认识到艺术的感发作用。春秋时代，"和"成为人们的一个美学理想，表明人们已经从神秘自然的恐怖情绪中走出，达到一个新的精神境界。

二、战国社会审美趣味的发展

战国时期，乐器的制作也风格多样，更加精致，更具规模。如湖北随县（今随州市）出土的战国初期曾侯乙墓中，有编钟64件，重达2 500斤，十二律齐备。《战国策·齐策一》云："临淄甚富而实，其民无不吹竽、鼓瑟、击筑、弹琴、斗鸡、走犬、六博、蹹踘者。"可见人们已经从礼乐文化中解放出来，开始真正将艺术当作一种感官享受。战国青铜器刻纹亦"轻灵而多奇构，纹缋刻镂更浅细"，"有镶嵌错金之新奇，有羽人飞兽之跃

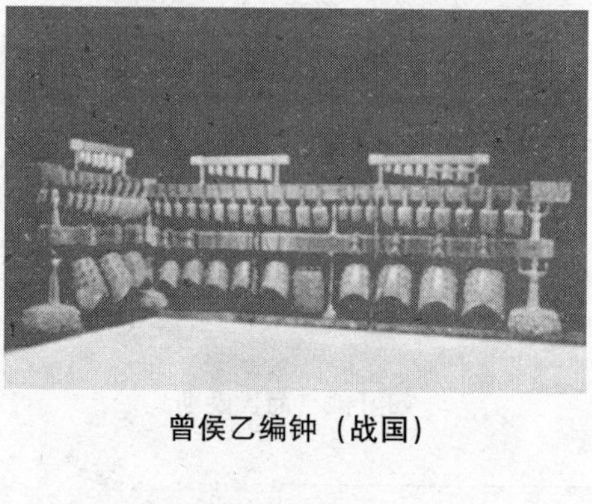

曾侯乙编钟（战国）

① 李泽厚、刘纲纪主编：《中国美学史》，第1卷，91页，北京，中国社会科学出版社，1984。

进，附丽于器体之动物，多用写实形”①。由变形的饕餮等恐怖动物图形，转而为写实图纹，说明人们的心态由敬畏转而为欣赏。

分析举例

李泽厚论战国青铜器图文之美

李泽厚认为战国青铜器图纹的美在于，“宗教束缚的解除，使现实生活和人间趣味更自由地进入传统礼器的青铜器领域”，所有那些纹饰的轻灵而写实的风格，都说明了战国文化的“比较自由生动、不受拘束”② 的特点。

三、奇异浪漫的楚文化和楚文学

楚龙凤人物帛画（战国）

楚文化具有明显的地方文化和原始文化的色彩，后人以“信巫鬼，重淫祀”（《汉书·地理志下》）来概括楚国文化特征。楚国的国君崇尚巫风，贵族阶层也崇信巫祭，而在南方土著聚居的“南郢之邑、沅湘之间”，更是巫风浓烈，“其俗信鬼而好祠，其祠，必作歌乐鼓舞以乐诸神”（王逸《楚辞章句·九歌序》）。

☞ 多学一点

楚国上层对巫风的崇尚

《新论·言体论》记载楚灵王“简贤务鬼，信巫祝之道”，当吴人来攻、国人告急之时，犹“鼓舞自若”，不肯发兵。

据《望山一号墓的年代与墓主》③、《江陵天星观一号楚墓》④、《战国楚竹简概述》⑤研究，在望山一号墓和天星观一号墓出土了大量的竹简，这些竹简基本都是“筮占和祭祀的记录”。其中望山一号墓的墓主悊固“是以悼为氏的楚国王族”，而且“是楚悼王的曾孙”，天星观一号墓的墓主邸阳君番勳的爵位“当是楚国的上卿，官职可能在令尹、上柱国之列”。竹简所记载的贞问的范围十分广泛，包括一般日常生活，如“侍王”、忧患、

---

① 郭沫若：《青铜时代·彝器形象学试探》，北京，科学出版社，1957。

② 李泽厚：《美的历程》，76页，天津，天津社会科学院出版社，2001。

③ 陈振裕：《望山一号墓的年代与墓主》，载《中国考古学会第一次年会论文集》，北京，文物出版社，1980。

④ 湖北省荆州地区博物馆：《江陵天星观一号楚墓》，载《考古学报》，1982（1）。

⑤ 中山大学中文系古文字研究室楚简整理小组：《战国楚竹简概述》，载《中山大学学报（哲学社会科学版）》，1978（4）。

疾病、迁居等等；祭祀的名目也很多，如祷的名目就有遡祷、赛祷、䍦祷、朐祷等，神灵包括山川天地之神和先王先公等。

巫鬼文化给楚国带来了奇异浪漫的美学风貌。楚地的艺术想象奇特，风格瑰丽。楚“风夔人物帛画”，刻画在器物、帛画上的楚舞造型，以及出土的编钟等，都富有飘逸、艳丽、深邃等美学特点。

分析举例

王逸笔下的楚国庙堂壁画

王逸（约89—158）《楚辞章句·天问序》云：“（屈原）见楚有先王之庙及公卿祠堂，图画天地山川神灵，琦玮僪佹，及古贤圣怪物行事。”

第四节 传统文学思想的形成

春秋战国时期，各家学派在提出了自己的社会政治主张和人生理想的同时，也提出了各自的艺术思想和审美理想。其中最为成熟、对后世影响最大的两家是儒家和道家。

一、儒家及其思想主张

儒原是西周末年的祝宗卜史等王官，后散落在民间，形成了一个靠教书相礼为生的阶层。春秋后期，其中一部分儒者希图以所掌握的礼乐制度治理国家，并以礼乐制度为根据创建了一整套的哲学、社会政治理论，形成了儒家学派。[①] 孔子是这一学派的奠基者。孔子以“仁”作为人的道德生活、内在修养的准则，以“礼”作为社会秩序和社会行为的规范，构成了一整套的社会思想体系。

孔子将文艺看作一种道德实践。他说：“兴于诗，立于礼，成于乐。”（《论语·泰伯》）认为诗、乐和礼一样，都可以成就个人品德，也就是说，文艺可以节制和疏导人的情性，可以

① 参见冯友兰：《原儒墨》，见《中国哲学史》下册附录，北京，中华书局，1961。

感化人。因此，孔子认为一个人要“文之以礼乐”，才“可以成人”（《论语·宪问》）。

孔子特别强调文学的政治道德功能，他所提出的“兴、观、群、怨”一组概念，较为详细地阐述了实现这一文学主张的具体途径。

“兴”，孔安国（生卒年不详）注为“引譬连类”，指的是通过文学形象引起读者的联想，达到对某一普遍性事理的认识；朱熹（1130—1200）注为“感发志意”，强调的是文学形象对读者的感染力，唤起读者的社会责任感。这两者可以互为补充①，指的是通过文学形象唤起或传达一种社会性的情感，使读者领会某种普遍的真理，最终达到感化教育的目的。

“观”，郑玄（127—200）注为“观风俗之盛衰”（《论语注疏》卷十七）。儒家诗学认为，诗歌一方面可以提供对现实生活，主要是对政治实践的认识；另一方面可以提供对诗人的主观态度，即对诗人（或诗歌产生地域的人群）伦理修养的认识。

“群”，孔安国注为“群居相切磋”，朱熹注为“和而不流”，指的都是个体之间的相互协调，以达成一种和谐的社会关系，使人达到一种社会认同感。《荀子·乐论》说：“乐在宗庙之中，君臣上下同听之，则莫不和敬；闺门之内，父子兄弟同听之，则莫不和亲；乡里族长之中，长少同听之，则莫不和顺。”也就是说，诗歌和音乐一样，应该成为一个文化共同体的精神凝聚点，应该反映全文化共同体的情感。

“怨”，孔安国注为“怨刺上政”（何晏《论语集解》卷九引），认为诗歌可以表达诗人的怨恨之情，这种感情往往特指对不良政治的揭露和批判，以及维护理想政治信念的勇气。

“兴、观、群、怨”的文学主张，可以看作儒家的文学纲领，它虽然也注意到文学在满足社会个体情感等方面的作用，但它显然更加强调文学的感悟功用、认识功用、教育功用和批判功用。

儒家认为，文学的内容和形式应当并重，要求文艺作品做到“尽善尽美”。但相较而言，向善的思想倾向在儒家看来似乎更为重要，如孔子在论述《诗经》时说：“诗三百，一言以蔽之，曰思无邪。”（《论语·为政》）认为《诗经》的价值主要在于它符合儒家政治理想的思想情感倾向。这一思想制约了唯美观念的发展，促成了中国文学言之有物、积极向善的优良传统。

在文学风格上，儒家提倡“温柔敦厚”，不赞成过分地放纵自己的情感，而是强调“乐而不淫，哀而不伤”（《论语·八佾》）。因此，儒家推崇温润和谐、端庄朴素的文风，尤其是在讽谏时，常常自觉采用一种委婉俯顺的文学手法，或是借用典故来表达对现实态度。这就是所谓的“中和之美”。

☞ **多学一点**

“温柔敦厚”与“中和”

“温柔敦厚”的诗教理论见于《礼记·经解篇》：“孔子曰：入其国，其教可知也。其为人也温柔敦厚，《诗》教也；疏通知远，《书》教也；广博易良，《乐》教也；洁静精

① 参见李泽厚、刘纲纪主编：《中国美学史》，第1卷，北京，中国社会科学出版社，1984。

微，《易》教也；恭俭庄敬，《礼》教也；属辞比事，《春秋》教也。”孔颖达（574—648）《正义》曰：“温，谓颜色温润；柔，谓情性和柔。《诗》依违讽谏，不指切事情，故云‘温柔敦厚’，是《诗》教也。”

最早提出“中和”概念的是荀子，见《荀子·致士》与《荀子·乐论》，但“中和”思想早在孔子那时就已基本成熟。

二、道家及其思想主张

道家是中国思想史上另一个十分重要的学派。该学派的创始人是春秋末期的老子（生卒年不详），而战国时期的庄子则是道家最有代表性的人物。道家思想内在地为现实人生寻求着一种美学的超越，因此，道家精神在很大程度上决定了中国古典文学的审美倾向。

☞ 多学一点

老子与《道德经》

老子，姓李名耳，字伯阳，谥曰聃，又称老聃。春秋末期楚苦县人，约与孔子同时。曾为周藏书室史官。著有《老子》（又称《道德经》）。《老子》一书分上下两篇，后人称上篇为《道经》，下篇为《德经》。近年来在长沙马王堆出土的帛书《老子》则以上篇为《德经》，下篇为《道经》。又有人认为《老子》产生于战国时期。

在道家看来，“天地有大美而不言，四时有明法而不议，万物有成理而不说。圣人者，原天地之美而达万物之理，是故至人无为，大圣不作，观于天地之谓也”（《庄子·知北游》），认为天地自然不但隐含着至上的真理，同时也显现了“大美”。通过自然的“大美”以获取“万物之理”，是人类精神活动的主要意义所在。文学的目的就应该是通过对自然的领悟和回归以达成对现实人生的超越，充分享受生命的快乐。道家推崇人的自然性情，认为只有真性情才有价值。《庄子·渔父》云：“真者，精诚之至也。不精不诚，不能动人……真者，所以受于天也，自然不可易也。故圣人法天贵真。”在这一思想的影响下，肯定人的自然性情，反对矫饰、做作成了中国古代文学的一个优良传统。

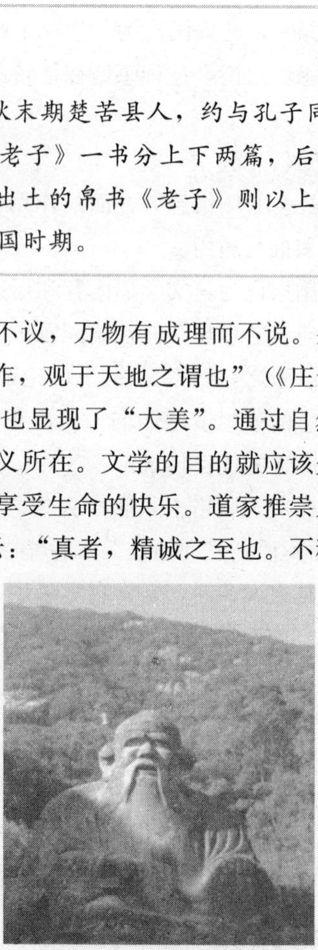

泉州老君岩（宋）

道家将“平淡”看作自然性情的极致。人的喜怒哀乐都有其天然的合理性，但道家并不主张放纵自己的意志和感情，而是主张泯灭自己的感情。《老子》云：“道之出口，淡乎其无味。”（第三十五章）《庄子·刻意》云：“淡然无极而众美从之。”因为宇宙自然也就是以其无目的性来成就整个世界的，所以，只有平平淡淡，才能接近“道”的本体——“无”。淡然无为、顺其自然的人生态度，能够使人从生死得失的悲哀中超脱出来，能够使人将短暂而多挫折的个体生命融入到无限的宇宙自然之中，从而体验永恒的意义。自然的另一层含义是老子所谓的“大巧若拙”（《老子》第四十五章），认为艺术创造的极致是要在外在形式上达到不露人工的痕迹，要显出天然朴素的风格，“朴素而天下莫能与之争美”（《庄子·天道》）。因此，淡泊宁静的情思要求着平淡的形式，只有朴素自然的文学风格才能和自然无为的精神相协调。文学形式的平淡实际上是以语言的平易为特征的。老子说：“道可道，非常道；名可名，非常名。”（《老子》第一章）语言不能传达出道的精微。庄子认为语言是文学的手段，不是文学的目的：“言者所以在意，得意而忘言。”（《庄子·外物》）要克服语言对传情达意的负面影响，就应该尽量淡化语言在文学创作中的显现程度。用最平淡最自然的语言来进行创作，则能容纳更为丰富的意蕴。

儒家美学思想和道家美学思想，分别从不同的角度影响了古代文学的思想内容和艺术特征。一般说来，儒家鼓励文学走向社会人生，强调文学的政治教化功能，文学成了中国传统文人实现自己人生价值的重要手段。儒家在形式上推崇端庄雅正、温柔敦厚的风格，讲求规矩法度。道家则主张文学从现实生活中超脱出来，在宇宙自然中寻求个体精神的自由，其内容主要表达由领悟自然而得到的欣喜。在形式上，道家文学既能表现为冲淡清幽的意境，又能表现为恣意放达的兴味。正是在儒、道思想的共同影响下，中国文学才显得意蕴丰厚，摇曳多姿。

【温故知新】

礼乐文明　赋诗言志　“兴、观、群、怨”　士阶层兴起　审美趣味变化　楚文化和楚辞

【请你思考】

1. 试论述士阶层的产生发展和社会审美思潮的变化对春秋战国文学的影响。
2. 请简要介绍儒家的文学思想。
3. 请简要介绍道家的文学思想。
4. 简要分析楚文学产生的文化背景。

【推荐阅读】

（西汉）司马迁．（宋）裴骃集解．（唐）司马贞索隐．（唐）张守节正义．史记．北京：中华书局，2005

（西汉）刘向集录．战国策．上海：上海古籍出版社，1985

（东汉）班固．（唐）颜师古注．汉书．北京：中华书局，1962

（东汉）桓谭．朱谦之校辑．新辑本桓谭新论．北京：中华书局，2009

（宋）洪兴祖．白化文点校．楚辞补注．北京：中华书局，1983

（清）郭庆藩．王孝鱼点校．庄子集释．北京：中华书局，2004

杨伯峻编著．春秋左传注．北京：中华书局，1981

李学勤．十三经注疏．论语注疏．北京：北京大学出版社，1999

郭沫若．青铜时代·彝器形象学试探．北京：科技出版社，1957

李泽厚，刘纲纪主编．中国美学史．北京：中国社会科学出版社，1984

李泽厚．美的历程．天津：天津社会科学院出版社，2001

陈振裕．望山一号墓的年代与墓主．中国考古学会第一次年会论文集．北京：文物出版社，1980

湖北省荆州地区博物馆．江陵天星观一号楚墓．考古学报，1982（1）

中山大学中文系古文字研究室楚简整理小组．战国楚竹简概述．中山大学学报（哲学社会科学版），1978（4）

第二章 史传作品及其叙事成就

【导入】

春秋时期天子及各诸侯国皆有史官，史官的主要工作是载录本国大事，并将载录结果向他国通报。史官奉行自己的撰史原则，并不惜以生命捍卫自己的职责。据《左传·襄公二十五年》记载：“齐崔杼弑齐庄公，大史书曰：崔杼弑其君。崔子杀之。其弟嗣书，而死者二人。其弟又书，乃舍之。南史氏闻大史尽死，执简以往。闻既书矣，乃还。”春秋史官所面对着的是礼崩乐坏的社会现实，为了维护礼乐制度，他们利用一些极为微妙的书法规则，表达自己对事件的态度，这就是后世所谓“春秋笔法”。干预现实，讽喻社会，是中国史学的优良传统，也是中国文化特别看重撰史工作的原因之一。春秋战国时代的史传作品不但在文化思想建设方面具有重要的意义，而且基本奠定了中国叙事文学的基础。

第一节
"春秋笔法"

一、《春秋》的成书与记事特点

"春秋"原是各诸侯国史书的通名。春秋时期，很多诸侯国都有自己的史书。现存的《春秋》是以鲁国史官的载录为基础加工编定的。司马迁（前145？—前87?）说："孔子明王道，干七十余君莫能用，故西观周室，论史记旧闻，兴于鲁而次《春秋》。"（《史记·十二诸侯年表》）孔子编次《春秋》这一说法为后世学者所普遍接受。

☞ **多学一点**

列国"春秋"

《墨子·明鬼》曾提到有"周之春秋"、"燕之春秋"、"宋之春秋"、"齐之春秋"和"百国春秋"，楚庄王时申叔时谈教育太子时也提到"春秋"一科，而《孟子·离娄下》说"晋之《乘》，楚之《梼杌》，鲁之《春秋》"都是同类型的文献。

《春秋》上起鲁隐公元年（前722），下讫鲁哀公十四年（前483）。全书以编年的方式，记载了春秋时期242年的历史，历十二鲁君，共16 500多字。《春秋》按照时间为序，采取王年、四季、月、日四级时间记事，奠定了我国编年体史书的基本结构模式。书中内容以灾异、礼仪、即位、丧葬、会盟、战争等为主，在表达形式上，只是呈现事件，不叙述事件的因果和过程，也无评论。

分析举例

《春秋》记事简略

隐公元年前三条曰："元年春王正月；三月，公及邾仪父盟于蔑；夏五月，郑伯克段于鄢。"

从载录内容上来看，是非常简略的，叙事冷静得近乎刻板，如果没有《左传》等书的解释，它是非常难以理解的。

但古人却认为《春秋》是孔子发挥其批判思想的一部重要著作。《孟子·滕文公下》说："世道衰微，邪说暴行有作。臣弑其君者有之，子弑其父者有之。孔子惧，作《春秋》。《春秋》，天子之事也。是故孔子曰：'知我者其惟《春秋》乎？罪我者其惟《春秋》乎？'……孔子成《春秋》而乱臣贼子惧。"由此可见，孔子和孟子都将《春秋》看作是一部寓有褒贬的讽世之书。孔子编撰整理《春秋》，是为了自己的教学活动。作为一个有着深切现实关怀的思想家，孔子是可能在其中阐发自己的政治主张的。由于《春秋》本身并没有对事件的详细记录和评论，后人认为《春秋》是通过微言大义来表达褒贬原则和社会理想的。

玉剑饰（春秋晚期）
太原金胜村晋卿赵氏墓出土

二、"春秋笔法"

后世儒家学者总结《春秋》微言大义的表达方法，大约有如下三端：一是"常事不书"，特别指记载了一些不合礼仪制度的事。所谓"常事"原指四时常祀，一般不为史官所载录，史官一旦载录了与四时常祀有关的事件，往往暗示了其中有违背礼仪的不正常之处。推而广之，史官对其他礼仪或社会活动也采取同样的态度，只要史官认为有非礼之处，就有可能被当作非常之事载录下来。如"二月，公矢鱼于棠"（隐公五年），即是对鲁隐公非礼行为的讥刺。二是"讳书"，指一件本该载录的事实真相被全部或部分隐藏。一般来说，只要是重大的仪式性活动，如即位、册命、盟誓、吊问、征伐、朝觐、筑城等，就应该被载录下来。而一旦史官失记，其原因有可能是因为史官为了表达对事实的褒贬态度，而故意隐而不书的。如《春秋》在隐公元年没有载录隐公即位之事，《左传》解释说"摄也"。即位是礼仪大事，但隐公的君位是篡得的，所以史官通过缺失不载这一方法，表达自己的态度。此外，事件载录中史官故意缺少国名、地名、爵位名等，都会产生同样的效果。三是表述中的一些特殊的句法和用词方法，主要表现为两方面：一是称谓，即通常所说的"爵号名氏褒贬说"；二是特殊用词，即所谓"一字褒贬说"。前者如隐公四年，"翚帅师会宋公、陈侯、蔡人、卫人伐郑"。《公羊传》解释说："翚者何？公子翚也。何以不称公子？贬。曷为贬？与弑公也。"后者如昭公十二年，"盗杀卫侯之兄絷"。在史官知道凶手是谁的情况下，这一"盗"字就表达了对这一事件的谴责。这两类用词方法都是一种不正常的记事，它在形式上表现为一种特异状态，而这种特异又和正常的记事体例形成对比，这就是所谓"一字褒贬"的大义所在。

后世儒家学者所总结的这些褒贬笔法，有过于理想化的成分，而且这些笔法在《春秋》中并不统一，并不能完全符合实际。但考虑到《春秋》特殊的文化背景和成书过程，以及《春秋》笔法对后世文人的写作理想和写作手法有着很大的影响，所以，我们还是应该认真对待这些特殊的表达方法。

第二节 因果叙事

一、《左传》的成书

《左传》又名《左氏春秋》或《春秋左氏传》，它和《春秋公羊传》、《春秋谷梁传》并称为“《春秋》三传”。《左传》记事，起于鲁隐公元年（前722），迄于鲁哀公二十七年（前468），比《春秋》略长。司马迁在解释《左传》缘起时说：

> 孔子明王道，干七十余君莫能用，故西观周室，论史记旧闻，兴于鲁而次《春秋》……七十子之徒口受其传指，为有所刺讥褒讳挹损之文辞不可以书见也。鲁君子左丘明，惧弟子人人异端，各安其意，失其真，故因孔子史记具论其语，成《左氏春秋》。（《史记·十二诸侯年表》）

左丘明像

司马迁认为，《春秋》由于自身体例的限制，虽备有“王道”、“人事”，终究隐而不彰，《左传》是为了阐释《春秋》而作。将《左传》的作者指实为左丘明似乎有些勉强，今人一般都相信《左传》成书于战国早期。但司马迁在解释《左传》和《春秋》的关系时是接近文本事实的。《左传》的内容除了针对《春秋》发凡起例、解释书法外，更主要的是展现了更多、更完整的历史事实。

《左传》和《春秋》之间，虽然有着逻辑依存关系，但在叙事原则上，却有着明显的差别。《左传》叙事更强调事实的因果关系，强调对事实的道德评价。

二、《左传》的理性精神

（一）对事件因果联系的探寻

在神权逐渐衰落以后，史官只能依靠自己对历史过程的熟识，来确证、维护封建道德秩序，惩恶褒善。道德秩序不同于天命意志，就在于它看重个人行为的动机，强调行为和后果之间的对等关系。《左传》通过倒叙、预言等手法，强调了事件的起始和结局。唐人刘知几（661—721）在评论《左传》这种叙事方法时说：“夫当时所记或未尽，则先举其始，后详其末，前后相会，隔越取同。”（《史通·模拟》）所谓“前后相会，隔越取同”，就是突破《春秋》的时序意识，从始和末寻找对所记述事实的理解。

《左传》相信，异常事件必有其可供追寻的端绪，在“微”、“渐”和异常事件之间存在着必然的联系。

分析举例

“郑伯克段于鄢”分析

如隐公元年，《春秋》有“郑伯克段于鄢”的记载，这一记载通过称谓词和动词的异常变动，暗示了这是一件有违礼序的事件。而《左传》却具体地叙述了武姜因为“庄公寤生”而对其厌恶，转而溺爱共叔段，并纵容他的贪心；通过请制、请京、筑京不度、贰西鄙北鄙、缮甲兵将袭郑等情节，叙述了共叔段的骄蛮、贪婪和愚蠢；通过郑庄公对公子吕、子封的话，显示了他由无奈而生出的险恶机心，等等。从而将这一非礼事件分解为多种逐渐萌发的非礼因素，体现了各负其责的伦理观念。

《左传》认为真正有意义的不是异常事件本身，而是促使事件发生的诸种原因。命运的原因必然是可寻的，也是可推断的。根据这一逻辑，反过来也可以从微小的事端中推断出未发生的异常事件或人生结局。因此，《左传》还特别看重预言和应验的记载。《左传》预言既有基于灾异或仪式的预言，也有基于诵诗的预言，还有基于普通行为的预言。当然，《左传》中也有不少符合当时文化特征的象征性叙事，如梦占、名占、易占等，这些内容与孔子“不语怪力乱神”相左，如晋人范宁（339—401）所说“左氏艳而富，其失也巫”（《春秋谷梁传序》）。

玉龙纹珮（春秋）

（二）进步的历史观念

《左传》具体而有序地再现了春秋时期恢弘而复杂的历史画面，记录了周王朝逐渐走向衰败的历史进程，也展现了春秋霸主的人格魅力和历史业绩。全书基本上体现了儒家的政治伦理观念和历史观。其中最有价值的是它的民本思想，即认为政治应当以民为根本目的，在人、神、君三者中，民应居于首位。如随季梁说：“夫民，神之主也，是以圣王先成民而后致力于神。”（《左传·桓公六年》）逢滑说：“国之兴也，视民如伤，是其福也；其亡也，以民为土芥，是其祸也。”（《左传·哀公元年》）这种以民为本的思想不仅冲击了前代的鬼神观念，也是衡量现实政治实践的根本标准，对后世的影响是巨大的。《左传》通过对乱世的记录，表现了深切的忧患意识和反思精神，并从中总结出德能致胜的历史观念。这其中所显示的进步的历史观念对促进中国文化思想和社会的发展都有着重大的意义。

第三节 纵横捭阖

一、《战国策》的成书

《战国策》共三十三卷，上接春秋，下迄秦并六国。不同于《春秋》、《左传》的编年记事，它采用分国记事的方法，记录了发生在东周、西周、秦、齐、楚、赵、魏、韩、燕、宋、卫、中山诸国中的策士活动和当时的军政大事，从一个侧面反映了战国时期的历史面貌。《战国策》主要出自战国末期至秦汉间策士之手，西汉刘向（约前77—前6）据秘中所藏前代所传之《国策》、《国事》、《短长》、《事语》、《长书》、《修书》等校定、编次，最后定名为《战国策》。此书其后散佚，现存本是宋人曾巩（1019—1083）重加整理的。

刘向像

二、战国策士的活动状况

战国时期，礼仪德治思想和封建宗法制度已经受到极为严厉的冲击，各诸侯国之间弱肉强食，争相兼并。就大的形势而言，有主张以秦为中心，远交近攻，谓之连横；有主张山东各国联合抗秦，谓之合纵。各诸侯国君主大多昏庸无能，面对如此复杂的形势，只能依靠策士。策士通过自己对形势的认识，通过自己过人的辩才，“扶急持倾”，“转危为安，运亡为存”，在政治舞台上发挥了极大的作用。由于“所在国重，所去国轻”（刘向《战国策书录》），策士的地位和自我意识空前高涨。如颜斶见齐宣王，要求齐宣王下堂来就自己，在辩说士贵君轻时，他说“生王之头，曾不若死士之垄”。齐王请受为弟子，而颜斶却奋袖掉臂而去（见《战国策·齐策四》“齐宣王见颜斶”章）。再如燕昭王为齐所破后，“卑身厚币以招贤者”，为郭隗筑宫，并拜为老师（见《战国策·燕策一》“燕昭王收破燕”章）。

三、《战国策》的思想倾向

《战国策》的思想倾向在很大程度上不同于儒家思想，战国策士大多是一些朝秦暮楚的功名利禄之徒。他们在人生观上强调功名富贵，在策略上强调趋利避害，崇尚谋略诡计。

如著名策士苏秦的事迹就很能说明问题。《秦策一》记载，苏秦起初游说秦惠王连横，但不为秦惠王所用，苏秦于是回家苦读揣摩，说："安有说人主不能出其金玉锦绣，取卿相之尊者乎？"此后转而游说六国合纵，在赵被封为武安君。苏秦苦读、游说的目的在于"金玉锦绣"和"卿相之尊"，当然不可能有鲜明的政治主张，在这一故事中，其嫂在解释自己对待苏秦"前倨后卑"的原因时，毫不掩饰地说："以季子之位尊而多金。"（《战国策·秦策一》"苏秦始以连横说秦"章）由此可见战国时代策士乃至整个社会的道德风尚。

苏秦像

当然，《战国策》也记述了一些"为人排患、释难、解纷乱而无所取"如鲁仲连、颜斶等的光明磊落之士，虽然数量不多，但形象十分突出。就《战国策》的总体思想倾向而言，基本上肯定六国的合纵行为，而对秦国凭借武力暴殄天下以及"权使其士，虏使其民"持否定态度。可以说，《战国策》如实地反映了战国时代的思想状况，虽然书中所宣扬的赤裸裸的功利性确实是应该剔除的糟粕，但其书却有着不容忽视的历史认识价值。

第四节 先秦叙事艺术的发展

先秦史传作品的叙事手段有着自己的发展逻辑，并对后世有着重大的影响。

一、微言大义的《春秋》

《春秋》记事，因关心事实本身是否合乎礼仪，所以只是将事件指示出来，而并不关心事实的发展过程。因此，《春秋》叙事在形式上显示出简约的特征。刘知几《史通·叙事》云："夫国史之美者，以叙事为工；而叙事之工者，以简要为主。简之时义大矣哉！……《春秋》变体，其言贵于省文。"

学术轶事

钱钟书论《春秋》记事简约的原因

钱钟书（1910—1998）认为《春秋》记事之简约实是"文不得不省，辞不得不约"，并引孙鑛（1543—1613）之"汗青刻简，为力不易"和章学诚（1738—1801）之"古人作书，漆文竹简，或著缣帛，或以刀削，繁重不胜"语为证。①

简约确实为《春秋》最为鲜明的形式特征。如僖公十六年记两种异常天象曰："春王正月戊申朔，陨石于宋五；是月，六鹢退飞过宋都。"这两句表述简明扼要，通过词序的巧妙安排而使短短的句子极具表现力。《公羊传》阐释说："曷为先言陨而后言石？陨石，记闻，闻其磌然。视之则石，察之则五。……曷为先言六而后言鹢？六鹢退飞，记见也。视之则六，察之则鹢，徐而察之则退飞。"《公羊传》认为《春秋》作者在寥寥数字中，通过不同感官感受的先后顺序来组织文字，是有一定道理的。

《春秋》以简约为主，但却要表现出史官或编纂者的价值和观念，所以只能通过谨严的选词来暗示自己的态度。如根据征伐的方式和正义与否，而选用"克"、"平"、"灭"、"取"等词或"降"、"获"、"执"、"败"、"败绩"等词。再如编纂者不赞成大夫杀国君，所以此类情况一律用"弑"字以表示谴责，但有时候被杀的国君自己有着不能饶恕的罪过，编纂者就在"弑"句上稍加变化，以示各负其责。如宣公二年载："晋赵盾弑其君夷皋。"这是因为晋灵公暴虐恣睢，需要自负其责，所以将其名字直接写出。从单纯的叙事方法来看，《春秋》由于过于简约而显得佶屈聱牙，难以理解，但其行文简练、词义丰满的特征却为后人所尊重。

二、先秦史传之典范——《左传》的叙事与记言

（一）《左传》的叙事

《左传》具有极高的叙事成就，是我国第一部真正的叙事作品，也是先秦史传作品的

① 参见钱钟书：《管锥编》，第1册，《左传正义》，北京，中华书局，1979。

典范之作。其叙事特点主要表现如下：

首先，《左传》关注事件的原因、发展经过和结局，从而为我们展现了完整的历史事实。《左传》作为一部编年体史传著作，基本上是按照时间顺序来记述事件的发展的。但为了使所记述的事情更加紧凑，为了更为清晰细致地表述事情的发展经过，《左传》在顺叙之外，还大量采用了倒叙、插叙、预言等手法，使得事件更为丰满、翔实。

如晋楚城濮之战（见《左传·僖公二十八年》）写楚子玉之败，先写僖公二十七年有芀贾的预言，二十八年子玉战败后，又追溯子玉梦河神索琼弁玉缨，而子玉不与，从一个侧面说明了子玉的刚愎无礼。再如《左传·宣公三年》记载郑穆公因人刈兰而死，之后倒叙其母亲因梦兰而生穆公，并命其名为子兰，说明兰与郑穆公的神秘联系。还有《左传·宣公二年》记赵盾逃出晋灵公的伏击的过程，中间忽然插入赵盾曾于首山解救灵辄于饥饿之中，然后说灵辄倒戈相助，整个描写不但使读者清楚事情的原委，而且有张有弛，极有趣味。

城濮之战

为了全方位展现历史，《左传》作者采取第三人称全知视角，如对交战双方往往分头各作交代，丝毫不受限制。但《左传》中也出现了从某个人物的角度出发的描写，如鄢陵之战中晋军战前的准备状况，就是通过在巢车上瞭望的楚王和伯州犁的对话叙述出来的。这显示了《左传》的叙事技巧极为灵活、高超。

其次，《左传》既有宏观的历史背景和场面描写，也有细致入微的细节描写，极其真实而生动地展现了丰富多彩的历史画面。《左传》对事件背景的把握往往极为开阔，不仅追究事情的直接起因，也能描述出事情背后复杂的局势。如写晋楚城濮之战，《左传》在一开始，就通过先轸和狐偃的话分析了战争对于晋国的意义，以及所能涉及的曹、卫、齐、宋等国的形势；在战争过程中，又将双方对战争的态度、兵力状况、战争的进程、战争结束后的诸侯国之间的关系，以及晋文公由此而称霸，都尽行交代清楚，使读者在宏观上有所把握。而在细节上，《左传》细致地描写了晋军如何蒙马以虎皮、设二旆、使舆曳柴而伪遁等情节，极其精彩。《左传》为求细节的生动，有时甚至采取想象的方式。如《左传·宣公二年》写鉏麑受晋灵公之命杀赵盾："晨往，寝门辟矣。盛服将朝，尚早，坐而假寐。麑退，叹而言曰：'不忘恭敬，民之主也！贼民之主，不忠；弃君之命，不信。有一于此，不如死也。'触槐而死。"又如《左传·僖公二十四》年，写介子推从晋文公流亡而不得封赏，于是决定与母同隐死，此前母子有一段对话。这些皆是作者据事揣想而出，而不是对史实的记录。由此也可以看出《左传》对细节描写有着超乎史著的兴趣，它是后世小说、戏曲虚拟叙事的萌芽。

以上两个方面的叙事特点突出地表现在战争描写中。《左传》的战争描写历来受人称道，在它所载录的大大小小的各类战争中，给人印象很深的颇为不少，如僖公二十八年城濮之战、僖公三十二年崤之战、宣公十二年邲之战、成公二年鞌之战、成公十六年鄢陵之战等，这些战争过程和场面的描写如冯李骅（生卒年不详）所说"篇篇换局，各各争新"（《左绣·读左卮言》），使人读之不厌。但就总的描写而言，《左传》更重视战争的起因、双方的道义多寡、主帅的人格德行、战争的酝酿过程、战争的结局等。如晋楚城濮之战，在春秋历史上具有重大的意义，它奠定了晋文公的霸主地位。《左传》在描写这场战争之前，不厌其烦地写了晋文公的种种德治：伐怨报德，整饬军纪，教民守信，听取臣民意见，上下齐心等；同时也写了楚方君臣分歧、楚将子玉刚愎无礼等。《左传》的目的是要强调道德和正义在战争中的决定性作用，但在客观上有利于读者全面了解战争的背景和进展状况，从而能较为全面地总结一场战争的经验和教训。战争描写较好地体现了《左传》叙事的根本性特征和艺术水准。

再次，《左传》在叙事的同时，还着意刻画了一系列人物形象，表现人物的性格特征和命运，这一点对中国史传作品有着深远的影响。《左传》由于受到编年体的限制，它刻画人物不可能采取集中描写的形式，而是交织在其他叙事中。如晋文公重耳，书中花了不少篇章描写他在流亡途中的故事，如乞食于野人、以戈逐子犯、对楚王问、在秦降服而囚、寺人披请见等。这些故事和他以后的霸业并没有直接的关系，却能够反映他的性格、品质的磨炼和成长过程。《左传》所记人物众多，其着力刻画的除上举之晋文公外，还有不少，其中德智过人、作为时代精神的典型代表的是子产。前人曰："子产为春秋第一人，左氏摹写之工，亦为第一人。"（王源《文章练要·左传评》）子产凭着自己的政治责任感和博识远见，在诸大国的夹缝中维护了弱小的郑国的生存和尊严，同时也将郑国治理得井井有条。《左传》不但详细地记载了子产各方面的事迹，还通过民谣和孔子的感叹给予他极高的评价。此外，通过具体的事件或片段写出人物的性格、精神，也是《左传》的成功之处。如"郑伯克段于鄢"写郑庄公的老谋深算、奸诈虚伪，再如通过"晋灵公不君"一段描写，随手刻画了鉏麑、灵辄两个侠义形象，用笔不多，却给人很深的印象。

"狗咬赵盾"画像砖（汉）

（二）《左传》的记言

古史有记事和记言之分，一般认为《左传》是记事之史的代表之作，但《左传》记言也有较高成就。春秋是一个非常看重文辞的时代，叔向说："子产有辞，诸侯赖之。"行人辞令之美是当时文化的一个代表性特征。《左传》中所记行人辞令，往往委婉含蓄、温文尔雅。

如成公二年的齐晋鞌之战中，晋将韩厥追及齐侯，行君臣之礼，曰："寡君使群臣为鲁、卫请，曰：'无令舆师陷入君地。'下臣不幸，属当戎行，无所逃隐；切惧奔辟而忝两君。臣辱戎士，敢告不敏，摄官承乏。"在如此谦抑、恭敬的言辞下，却透露出要俘虏对方的决心，这是春秋外交辞令的独特之处。僖公四年，齐侯伐楚，楚子派人问齐侯曰："君处北海，寡人处南海，唯是风马牛不相及也。不虞君之涉吾地也，何故？"不卑不亢、典雅有味。此外如宫之奇谏假道（见《左传·僖公五年》）、展喜犒师（见《左传·僖公二十六年》)、烛之武退秦师(见《左传·僖公三十年》)、吕相绝秦(见《左传·成公十三年》)、子产献捷(见《左传·襄公二十五年》)、子产坏晋馆垣(见《左传·襄公三十一年》)等,都是行人辞令的佳作。

除行人的外交辞令外,《左传》所记人物对话语言也很有特色,它不但是事件发展的有机部分,也能显示人物的个性特征和精神面貌。如齐晋鞌之战到了紧要关头,《左传》这样写道:

> 郤克伤于矢,流血及屦,未绝鼓音,曰:“余病矣!”张侯曰:“自始合,而矢贯余手及肘,余折以御,左轮朱殷,岂敢言病?吾子忍之!”缓曰:“自始合,苟有险,余必下推车,子岂识之?然子病矣。”张侯曰:“师之耳目,在吾旗鼓,进退从之。此车一人殿之,可以集事,若之何其以病,败君之大事也?擐甲执兵,固即死也。病未及死,吾子勉之。”左并辔,右援枹而鼓,马逸不能止,师从之。齐师败绩。逐之,三周华不注。(《左传·成公二年》)

这一段对话,不但营造出战争激烈紧张的气氛,也使我们看到晋国将帅英勇赴敌、视死如归的决心,言语生动、真切。

《左传》本身的叙述语言,一方面继承了《春秋》词约义丰的特点。如宣公十二年晋楚邲之战,晋军败退至河边,竞相争舟,《左传》仅以“舟中之指可掬也”一句,就写出了晋军惨败后的狼狈、凄厉之状,极为形象。另一方面,《左传》叙述语言又有着浅近、平实而富有表现力的特征。《左传》除多用准确、生动的描写外,还多用比喻,如“风马牛不相及”、“皮之不存,毛将焉附”、“三军之士皆如挟纩”等。《左传》语言达到了先秦的最高水平,并对后世散文有着深远的影响。

(元)赵孟頫《鹊华秋色图》

(局部:华不注山)

学术轶事

刘知几评《左传》语言

刘知几论《左传》的语言特点曰:“言近而旨远,辞浅而义深。虽发语已殚,而含意未尽,使夫读者望表而知里,扪毛而辨骨,睹一事于句中,反三隅于字外。”(《史通·叙事》)

三、“文辞之胜”——《战国策》的文学成就

相比较《左传》的叙事成就，《战国策》则更多地表现为“文辞之胜”。战国策士游说诸侯、相互辩难，必先磨炼词锋，务使辩才无碍，他们将春秋时从容不迫、温文尔雅的行人辞令发展为纵横捭阖、扑朔迷离的游说之辞。为求得说辞的耸人听闻、出奇制胜，策士们充分利用了语言本身的感染力，其表现形式如下：

铺陈夸张，大肆张扬，以充沛的气势耸动听者。《齐策一》中，苏秦游说齐宣王合纵，为鼓舞齐宣王的信心，先言齐为四塞之国，再言地广人众、国富兵强。他特别描写齐都临淄的殷实云：“临淄甚富而实，其民无不吹竽、鼓瑟、击筑、弹琴、斗鸡、走犬、六博、蹹踘者。临淄之途，车毂击，人肩摩，连衽成帏，举袂成幕，挥汗成雨，家敦而富，志高而扬。”大段的铺陈罗列，绚丽繁缛的辞藻，整齐急促的节奏，颇能营造出一种势在必然的气势，对齐宣王有着极大的诱惑和鼓舞作用。当齐宣王感觉志得意满时，就失去了判断的权力，只能唯苏秦之言是听了。

鲁仲连像

《赵策三》中鲁仲连为说服赵拒绝尊秦为帝，说秦王称帝，则可以烹醢梁王。为了证明此观点，鲁仲连列举了周烈王之斥齐威王，殷纣王之醢鬼侯、脯鄂侯、拘文王，齐闵王之藐视鲁、邹等，利用历史事实不容置疑的特点，铺陈渲染，势在理先，迫使论辩对手承认尊秦为帝之害。

这些游说之辞作用于听者的感官，是真正有感染力的语言。也有些说辞能巧妙地利用听者的心理，通过引导听者的心理变化，来达到游说的目的，最有代表性的如《赵策四》中的触龙说赵太后。触龙为了解除太后的敌意，先自言老，言养生之道，言对儿子的关怀，不但缓解了气氛，还博得了太后对自己的认同，然后在承认并赞同太后爱子之心的前提下，指出她爱护儿子的方法是不妥的，就容易为太后所接受了。这一段说辞循循善诱，细心体贴，具有一定的戏剧性效果。

战国时代，君德日薄，学识低下，策士的游说活动往往有一定的风险，为了能使诸侯王更容易接受，也为了更好地保护自己，策士往往通过引类譬喻的方法，旁敲侧击。如《齐策一》记邹忌讽齐王纳谏，先称妻、妾、客之赞美自己，是因为私我、畏我、有求于我，从而颠倒了美丑，然后推出齐王朝廷之上一定也是虚美的多、说真话的少。齐王由此接受邹忌“纳谏”的主张，可谓水到渠成，轻松自然。再如《楚策四》载庄辛说楚襄王，以五尺之童粘捕蜻蜓、公子射杀黄雀、网罗捕获黄鹄、楚大夫绳缚蔡灵侯，四事由小而大，譬喻楚襄王身处危境，可谓惊心动魄。

《战国策》说辞大量使用寓言，也是引类譬喻手法发展的必然结果。《战国策》中大约有70则寓言故事，这些寓言如“狐假虎威”、“南辕北辙”、“鹬蚌相争”、“画蛇添足”、

"惊弓之鸟"等，不但生动有趣，而且寓意深刻。当诸侯面对着一个故事而不是自己的实际事务时，距离感使得他容易接受某种思维逻辑或道理，因此，通过寓言进行游说更容易为诸侯所接受。寓言的故事比较简洁明了，结论明确凿实。在寓言的帮助下，可以将事实从它复杂的现实背景中剥离出来，因此更容易解决。《战国策》中的寓言故事，即使独立阅读，也都生动而富有情趣。

《战国策》的文辞历来受人称道，但它也具有相当的叙事成就。如荆轲刺秦王场面的描写，极其细致、生动，人物动作神情也很传神，在细节的精细程度上要超过《左传》。

【温故知新】

史官和史传　《春秋》　"春秋笔法"　《左传》　叙事艺术　《战国策》　"文辞之胜"

【请你思考】

1. 举例分析《春秋》的艺术特点。
2. 举例分析《左传》的思想和艺术成就。
3. 比较《春秋》和《左传》在叙事方面的不同，并简要分析这种现象的成因。
4. 举例分析《战国策》的思想和艺术成就。

【推荐阅读】

(西汉) 刘向集录．战国策．上海：上海古籍出版社，1985

(晋) 杜预集解．春秋左传集解．上海：上海人民出版社，1977

杨伯峻编著．春秋左传注．北京：中华书局，1981

(唐) 刘知几．姚松，朱恒夫译注．史通全译．贵阳：贵州人民出版社，1997

钱钟书．管锥编．北京：中华书局，1979

第三章 诸子文章及其论说方法

【导入】

诸子散文是百家争鸣的产物，而百家争鸣文化态势的形成，又与春秋晚期礼崩乐坏以及民间教育的出现和发展有关。随着士阶层的逐渐壮大和士阶层社会意识的发展，私家著述中的现实内容和个性成分越来越多，最终根据学术思想或行为方式而分帮别派，中国学术达到一个空前繁荣的时期，形成诸子百家的局面。

第一节
各呈其辞

一、《论语》、《孟子》与儒家思想

《论语》一书，是由孔子的弟子及其再传弟子纂录孔子的言行而成，其编定成书应该在战国初年，今存《论语》共二十篇。《孟子》是由孟子及其学生万章等人共同撰述的，主要内容是记载孟子的言论和辩论，共七篇。

《论语》、《孟子》等著作奠定了儒家思想体系。孔子试图用孝悌的天然合理性，来确立社会等级秩序的合理性，所以十分看重“礼”的意义。把礼的意识纳入个人的修养之中，就成了仁。仁在一定程度上可以看做是对社会秩序自觉的体认和维护。战国时期，血缘宗法制已经崩溃，所以孟子把仁的根据完全建立在“人性善”这一理论的基础上，强调“不忍人之心”即是仁，所谓“老吾老以及人之老，幼吾幼以及人之幼”（《孟子·梁惠王上》），也就是要求人们像对待自己的老人和孩子一样对待别人的老人和孩子。可以说，既有严格的等级秩序，又有全社会的和谐、融洽，这就是儒家最为理想的社会秩序图景。

学术轶事

“原始的人道主义”

李泽厚先生将孟子“老吾老以及人之老，幼吾幼以及人之幼”的思想称为“原始的人道主义”①。

《论语》、《孟子》等儒家著作中还展示了儒家士人以道自任的人格力量。这种人格力量首先表现为对道的热切追求和对人世的深切关怀。孔子说“朝闻道，夕死可矣”（《论语·里仁》），希望用自己的生命来体悟、推行道，来拯救社会。他们对自己的思想和行为充满了自信。孔子说：“文王既没，文不在兹乎？”（《论语·子罕》）孟子也当仁不让地表示：“我亦欲正人心，息邪说，距诐行，放淫辞。”（《孟子·滕文公下》）这种以传道、

① 李泽厚：《中国古代思想史论·孔子再评价》，23页，北京，人民出版社，1985。

卫道自许，以天下为己任的入世精神，是儒家对中国民族精神最伟大的贡献之一。其次，这种人格力量表现为刚健不屈的个性品质。孔子说："三军可夺帅也，匹夫不可夺志也。"（《论语·子罕》）孟子提倡"知耻"，以其至大至刚的"浩然之气"藐视世俗的权威，"说大人则藐之，勿视其巍巍然"（《孟子·尽心下》），并时刻准备着"舍生而取义"，体现了刚直不阿的卫道精神。最后，这种人格力量表现为乐观向上的人生态度。儒家士人以积极进取所激发的忘我状态为人生的至境，孔子概括自己是"发愤忘食，乐以忘忧，不知老之将至"（《论语·述而》）。这些通达的人生态度和坚强的意志，能够帮助儒家士人在逆境之中坚持理想，完善人格。

二、《庄子》与道家思想

《庄子》是道家学派最为重要的作品①，现存三十三篇，其中内篇七篇，外篇十五篇，杂篇十一篇。一般认为内篇为庄子所作，外篇和杂篇出自庄子后学之手。道家著作深刻地揭露了当时社会的不公和颓败。庄子学派认为，"今世殊死者相枕也，桁杨者相推也，刑戮者相望也"（《庄子·在宥》），"无耻者富，多信者显"（《庄子·盗跖》）。在悲叹之余，庄子对产生这一残酷现实的原因进行了深刻的思索。庄子认为儒家所孜孜以求的仁义道德不但不能挽救社会，而且加剧了社会的败坏——"彼窃钩者诛，窃国者为诸侯，诸侯之门而仁义存焉"（《庄子·胠箧》），因而愤怒地喊出了"绝圣弃智"、"攘弃仁义"的口号。出于以上的认识，老子和庄子都主张回到原始蒙昧社会"小国寡民"的自然状态，过着"织而衣，耕而食"，"含哺而熙，鼓腹而游"（《庄子·马蹄》）的自然生活。在庄子看来，人的本性是自由的，所以对一切非自然而人为的东西都竭力反对，把它们看做是有碍自然生命的异己力量。而自由也就是要完成对自然无为的回归，人要摆脱现实的束缚，而又无力抗拒现实，就只能让自己的思想"出六极之外，而游无何有之乡"（《庄子·应帝王》），和那无为而无不为的"道"相契合，独与天地精神往来，从无限中体会自由。所谓"坐忘"、"心斋"都是为了在意识中摒除外在的社会价值观念的影响，以实现与整个宇宙合而为一，"体验到真正的生命秩序"②，从而获得绝对的精神自由。

道家哲学是关于人存在及超越的思考。它十分关注人的现实处境，希望通过玄想冥思来领悟无限与自由，从而达到对残酷现实的超脱。庄子的哲学实际上是和美学交融为一体的，它的超脱是一种审美感受，是一种艺术性的超脱。

三、《墨子》与墨家学派

墨家学派兴起于战国初年，和儒家并为当时的显学。墨家学派的创始人墨翟，宋国

① 道家学派的著作还有《管子》、《吕览》中的部分篇章以及《淮南子》等，1973年在长沙马王堆出土的帛书《经法》、《道原》、《称》、《十六经》亦属道家学派。

② 李泽厚：《中国古代思想史论·庄玄禅宗漫述》，188页，北京，人民出版社，1985。

人，生活艰苦，其信徒多来自社会下层。他所组织的墨家学派是一个纪律严明的社会组织，头领称为“巨子”。墨翟即第一代巨子。墨家在战国时期常却强助弱，参加战争，为后世游侠之宗。《墨子》一书主要反映了下层人民的社会理想。墨子主张“兼相爱，交相利”，提倡平均主义的社会大同。墨子反对侵略战争，反对兼并土地，但支持抵抗强暴和诛伐无道的战争。在国家治理方面，墨子主张“尚贤”、“尚同”，要求不拘出身贵贱选拔人才，在管理上要政令严格统一，最终达到天下一致。本着反对浪费、节约财富的精神，墨子提倡“节用”、“节葬”，反对儒家在丧葬等礼仪方面的繁缛铺张；同样，墨子认为一切艺术、娱乐活动，如“大钟鸣鼓琴瑟竽笙之声”和“刻镂文章之色”都是对社会资源的浪费，是导致贫困的原因，因此，墨家否定任何形式的文化艺术活动。墨子思想立足于小生产者阶级，维护劳动者的利益，对贵族宗法制度和旧文化持批判的态度，其主张强本节用，主张平等、兼爱，都有可取之处，但其“非乐”等思想又显得较为片面。墨家学派自秦汉以后就衰微不闻了。

墨子像

四、韩非与法家思想

法家源于一些政治改革家。韩非继承荀子的部分政治思想，将其发展为刑名法术之学。韩非是先秦法家的集大成者，他主张君主治国必须远仁义，而要恃威集权，严刑峻法，以术来驾驭群臣。君王必须时刻保持戒备心理，要采取各种手段来维护自己的统治和威势。韩非还反对崇古，认为社会不断前进，治国方法应随时代而变化。法家政治思想有着赤裸裸的功利色彩，对中国传统社会的独裁专制有着重要的影响，历来为学术界所诟病，但它在鼓励法治、改革等方面也有一定的进步意义。

第二节 语录体和论辩体文章

先秦诸子散文在文体方面，经历了由语录体到对话体，再发展为独立成篇的论述文体的过程。《论语》和《孟子》虽然分章，但每篇并没有一个相对集中的主题，在编排上也没有考虑时间或其他的顺序，每一章的题目也只是采用首句的前几个字而已，所以实际上没有题目。它们都还处在散文文体的初期，在形式上都较松散。

一、语录体的《论语》

《论语》只是记录孔子的只言片语，或是孔子与学生之间简短的对话，尚不能成为独立的文章，所以只能称为语录体。如其所云“己所不欲，勿施于人”（《颜渊》）、“岁寒，然后知松柏之后凋也”（《子罕》）、“三人行，必有我师焉”（《述而》）等，皆能以极为简练而通俗的语句，表达出丰富而耐人寻味的生活经验和人格理想，显示了高超纯熟的语言技巧。这些语言在当时是一种通俗晓畅的日常口语，毫无雕琢之处，读起来使人感到亲切、自然，但却含有无尽的意味。如“逝者如斯夫，不舍昼夜”（《子罕》）一句，语气极平易，却蕴藏着深沉的人生感喟，既有人生苦短的悲凉，又有自强不息、逆流勇进的决心，可谓言浅意深。总的说来，《论语》文辞简约、意蕴丰厚，语言上表现出深厚隽永的特征。但《论语》的语言并不单调，而是富有变化的。如孔子感慨颜回曰：“贤哉，回也！一箪食，一瓢饮，在陋巷，人不堪其忧，回也不改其乐，贤哉，回也！”（《雍也》）孔子自叹曰：“甚矣，吾衰也！久矣，吾不复梦见周公。”（《述而》）这些语言满怀深情，其反复绵长如诗一般的韵调，实始于内心的深沉慨叹，很具有感染力。有时直言不讳，感情尽露，如“八佾舞于庭。子曰：是可忍也，孰不可忍也”（《八佾》），“非吾徒也，小子鸣鼓而攻之可也”（《先进》），毫不掩饰自己的愤怒之情。还有一些语言则显得活泼风趣，如：“子贡曰：有美玉于斯，韫椟而藏诸？求善贾而沽诸？子曰：沽之哉！沽之哉！我待贾者也。”（《子罕》）师生之间采用隐语的形式，巧妙地谈论着这样一个比较尴尬的问题，委婉而富有谐趣。

《论语》中也有少量描写。《先进》中“子路、曾皙、冉有、公西华侍坐”一节，详细记载了师生之间的一场谈话，除了师生的对白外，还有表情、动作和场面的描写。如“子路率尔而对”、“夫子哂之”等，颇能表达人物的性格态度；而“鼓瑟希，铿尔，舍瑟而作”一句写出了曾皙的洒脱和从容不迫；“莫春者，春服既成，冠者五六人，童子六七人，浴乎沂，风乎舞雩，咏而归”，不但描摹出一幅生机盎然的春趣图，更营造出了一种自由放逸的精神境界，充满了抒情意味。

二、对话体的《孟子》

孟子像

《孟子》为对话体，是从语录体发展而来的，虽篇幅更长，表述更复杂，但仍不能算是典型的议论文。孟子凭着自己的社会责任感，以道养气，有着高傲的个性，“说大人则藐之”，词锋凌厉，无所顾忌。《孟子》非常生动地载录了孟子的论辩过程，具有很强的逻辑力量，气势磅礴，咄咄逼人，感情色彩强烈，有着明显的战国时代的特征。如孟子当面指责梁惠王曰：“庖有肥肉，厩有肥马，民有饥色，野有饿莩，此率兽而食人也。兽相食，且人恶之；为民父母，行政，不免于率兽而食人，恶在其为民父母也？仲尼曰：‘始作俑者，其无后乎？’为其象人而用之也。如之何其使斯民饥而死也？”（《梁惠王上》）充分显示了孟子的胆略和气势。

在具体游说中，孟子往往能抓住对方的心理特征，循循善诱，层层推进，最终展示自己的思想。如《梁惠王上》中“齐桓晋文之事章”，孟子为了使齐宣王能够接受自己的政治主张，特别注意把自己的主张说得简单易行，强调齐宣王有能力实行这些主张。孟子一开始就说自己的“王道”理想与齐宣王的“大欲”非但不矛盾，而且王之“大欲”和实现“王道”互为必要条件。为了劝齐宣王实行“王道”，孟子先从齐宣王以羊易牛一事说起，一边为齐宣王开脱，一边把这件小事和仁政的大原则联系起来，认为“以羊易牛”之心就是实行仁政之心。而能否实行仁政不是“能”与“不能”的区别，而是“为”与“不为”的区别。如此一番言语，便巧妙而不露声色地把对方引入自己的论题中，在轻松愉快、充满体贴的谈话中，将“仁政”主张水到渠成地和盘托出，真可谓举重若轻。在这一论辩过程中，关键是体谅、认同齐宣王面对觳觫之牛的不忍之心，诱导齐宣王，显示了极高超的辩论技巧。整篇说辞的总体策略是因势利导，苦口婆心，冀救百姓于水火之中，很令人感动。

孟子还善于在论辩中使用比喻和寓言故事说理。其比喻大多取材于现实生活，通俗易懂。如“民之归仁也，犹水之就下，兽之走圹也”（《离娄上》），再如以“月攘一鸡”比喻朝廷不能立刻减轻关市之征，这些都非常形象，使人会心。此外，如“缘木求鱼”、“五十步笑百步”等比喻，都脍炙人口，流传至今。使用寓言是战国诸子和策士们的普遍风尚，《孟子》寓言颇有自己的特点，都是就近取譬，利用生动有趣的现实生活故事来喻说道理。如“齐人有一妻一妾”的故事以齐人在城外坟间乞食，归来却骄其妻妾之事，来讽刺官场钻营的丑恶现象。当妻妾已经发现了丈夫的卑劣行径正相泣于庭中时，齐人还自以为得计，“施施然从外来”（《离娄下》）。这一情节痛快淋漓地展示了齐人可笑的虚荣心，讽刺得入木三分，极其辛辣，表达了作者的蔑视之情。《孟子》中的其他寓言，如“揠苗助长”、“弈秋诲弈”等都精致隽永，含义深刻，令人回味无穷。这些比喻和寓言使得孟子的辩辞在气势磅礴、逻辑严密之外，更显得生动别致，亲切平易。

第三节 汪洋恣肆的诗性文章

一、松散跳跃的诗性结构

《庄子》文章每篇都有一个中心，并且有了题目。但《庄子》和后来出现的以逻辑性取胜的说理散文也有区别，它主要是通过象征的方法，而不是逐步推理的方法，来表达深刻的见解。所以，《庄子》文章，尤其是内篇和外篇，在形式和结构上仍然给人松散、跳跃性的感觉。不过，由于《庄子》大量采用象征手法，文章中有着繁多的美丽宏大的意象、寓言、神话，显得文采斑斓，美不胜收，因此在先秦散文中独树一帜。《庄子》的文学成就达到了一个空前的高度。

二、“汪洋恣肆”的文风

《庄子》自言其文是“谬悠之说，荒唐之言，无端崖之辞”（《天下》），后人用“汪洋恣肆”和“缥缈奇变”来评论《庄子》的文章风格。这种超乎想象而又拥有无限魅力的文章风格，表现在意境、意象、语言等各方面。

首先，《庄子》追求超越现实的精神境界，常以各种匪夷所思的描写来启发人们打破时空的局限和物我的界限。如《逍遥游》开篇便言鲲鹏变化，曰：

北冥有鱼，其名为鲲。鲲之大，不知其几千里也；化而为鸟，其名为鹏。鹏之背，不知其几千里也；怒而飞，其翼若垂天之云。是鸟也，海运则将徙于南冥。南冥者，天池也。

鲲鹏变化不是一个事实，而是一个极其壮丽而又超乎想象的艺术境界。庄子之所以要塑造一个这样的境界，目的是要人们从这一境界中看到自己的局限，并且认识到，人只有打破自身的局限，才能领略与天地合一的绝对自由；然后再进行各种描写，直至将绝对自由的境界呈现出来。可以说，《庄子》之文最令人着迷的就是这种或缥缈或恢弘的境界。

分析举例

超凡境界的塑造

《齐物论》中庄子写梦境：“昔者庄周梦为胡蝶，栩栩然胡蝶也，自喻适志与！不知周也。俄然觉，则蘧蘧然周也。不知周之梦为胡蝶与，胡蝶之梦为周与？”那种飘然自适，又无所执著的自由和飘逸，构成了一个令人动心的美丽的境界。

再如对“庖丁解牛”的描写：“手之所触，肩之所倚，足之所履，膝之所踦，砉然响然，奏刀騞然，莫不中音；合于桑林之舞，乃中经首之会。”（《养生主》）借助一个普通的宰牛场面，营造出一种从必然性走向自由的精神境界，意境曼妙而灵动，具有莫大的感染力。

关于疾病和死亡的描写，庄子又能创造出另一番动人的境界。如《大宗师》中奇人子舆得了怪病，他感叹道：“浸假而化予之左臂以为鸡，予因以求时夜；浸假而化予之右臂以为弹，予因以求鸮炙；浸假而化予之尻以为轮，以神为马，予因以乘之，岂更驾哉！

且夫得者，时也；失者，顺也；安时而处顺，哀乐不能入也。”庄子借这一故事教人们破除对生老病死的执著，要随遇而安，在安中求乐。在庄子看来，每一物，每一形态，每一时刻，都有一境界，人存在的意义就是使当下这境界完满。庄子就是用这种艺术境界来克服人生的种种缺憾的。

其次，《庄子》一书充满了意出天外的意象。这些意象往往充满了神奇、诡谲的色彩。如其人物，既有“肌肤如冰雪，绰约如处子”（《逍遥游》）的神人形象，也有“颐隐于脐，肩高于顶”（《人间世》）的畸人形象；既有为中央帝混沌凿窍的南海之帝、北海之帝倏和忽，又有跳跃于矮林中的蜩与学鸠，其他如大树、鲲鹏、髑髅、罔两、神龟、佝偻丈人等，无不特异诡怪，充满了奇思妙想，在感官上给人深刻的印象。在这些神奇的意象中，最令人赞叹的是《庄子》中所充斥的各类寓言。这些寓言都有着荒唐无稽、奇丽怪异的外在形式，同时又有着深刻的思想内涵。如《应帝王》中为混沌凿窍的寓言故事，说明了自然本身具有混沌一片的特点，而人类文明中的种种刻意追求，对自然有着无穷的戕害。再如《则阳》中的触蛮之战：

> 有国于蜗之左角者曰触氏，有国于蜗之右角者曰蛮氏，时相与争地而战，伏尸数万，逐北旬有五日而后反。

这则寓言以极其夸张的手法，嘲弄了诸侯之间的战争，认为站在一个更辽阔的空间和一个更加悠远的时间来看，两国之间大肆屠戮的战争实在是微不足道、毫无意义的，就如同蜗角上的触蛮之争，只能让人感到好笑。《庄子》中的词语意象和寓言与当时其他诸子不同，充满了一种荒诞而怪异的色彩。庄子认为现实是混乱污浊的，不可能严肃地表述它，或与之对话，而且庄子还认为“言者所以在意，得意而忘言”（《外物》），为了获得精微的意，就必须让读者丢掉言辞，而那些怪异的言辞使人有距离感，容易抛开。

最后，《庄子》文章的结构形式亦有着与众不同的特点。《庄子》由于所表达内容具有神妙莫测的诗性特征，所以其文章结构也基本采用类似诗歌的方法，通过各种意象的累积来营造一种不同于现实的艺术气氛，来渲染、象征某种超越的境界。如《逍遥游》前半部分，庄子用鲲鹏变化、蜩与学鸠、汤之问棘、宋荣子定乎内外之分、列子御风而行等寓言和形象，连环相缀，最终得出“至人无己，圣人无功，神人无名”的无所待的逍遥境界。整个文章初看起来漫无线索，段落之间的联系也若有似无，但若能突破我们平常对待说理散文的思维方法，领略每一段的意境，则文章的结构又清晰了然。显然，这是一种艺术思维的方法，这使得庄子散文如诗一般优美、飘逸，表现在结构上则如行云流水、遍地生花。《庄子》内七篇基本由连缀寓言故事或神奇形象来结构，所包含的寓言故事就达到五十多则。如《养生主》一篇，除开头说理外，此下连缀了“庖丁解牛”、“右师一足”、“泽雉”等五则寓言故事或含有寓意的意象，以展示养生的要义在于顺应自然。这些连环相缀的艺术形象，给人以逸兴横飞的感觉，很有感染力。

《庄子》的语言具有浓郁的抒情意味。如《逍遥游》末段说：“今子有大树，患其无用，何不树之于无何有之乡，广莫之野，彷徨乎无为其侧，逍遥乎寝卧其下，不夭斤斧，物无害者，无所可用，安所困苦哉？”这一段语言优美流畅，非常贴切地表达了那种逍遥自在的心境。再如《则阳》中这段话：“旧国旧都，望之畅然，虽使丘陵草木之缗，入之者十九，犹之畅然。”表达了思乡怀旧的情感，语言平淡而情思邈远。除了抒情以外，

《庄子》的描写语言也有很突出的成就，如其关于风的描述：

> 夫大块噫气，其名为风，是唯无作，作则万窍怒号。而独不闻之翏翏乎？山林之畏佳，大木百围之窍穴，似鼻，似口，似耳，似枅，似圈，似臼，似洼者，似污者；激者，谪者，叱者，吸者，叫者，譹者，宎者，咬者。前者唱于而随者唱喁。泠风则小和，飘风则大和，厉风济则众窍为虚。而独不见之调调、之刀刀乎？（《齐物论》）

这段文字通过多方铺陈，将无形之风生动地展现在读者面前，而且能渲染出一种生气勃勃、变幻无穷的艺术境界，显示了极为高超的语言能力。

学术轶事

后人评《庄子》文风

刘熙载（1813—1881）论曰："意出尘外，怪生笔端，庄子之文，可以是评之。"（《艺概·文概》）

方东树（1772—1851）以《庄子》之文与李白（701—762）之诗相比，说两者皆"意接而词不接，发想无端，如天上白云、卷舒灭现，无有定形"（《昭昧詹言》卷十二）。

第四节 逻辑严密的说理文章

先秦说理散文发展到《荀子》和《韩非子》，已经相当成熟，基本上脱离了语录体或对话体，而成为首尾完整、层次清晰、论证严密的专题论文。而且全书各篇之间也有着逻辑联系，形成一个理论整体。

一、浑厚严谨的《荀子》

在先秦诸子中，《荀子》的理论色彩是最明显的。《荀子》往往先总论而后分论，构思周密，逐层深入，论述严谨，条理明晰，成为后世论述文的典范。《荀子》继承和发展了传统儒家思想，为了在百家争鸣中脱颖而出，《荀子》运用了大量的反驳手法。如《正论》一开始举“世俗之为说者”的话，然后逐步驳正，一气呵成，最终确立自己的主张，其驳论的手法极其纯熟，具有很强的逻辑力量。《荀子》的文章风格，郭沫若（1892—1978）许之为“浑厚”①，其特点表现为如下数端：首先是一种循循善诱的长者风范。如其《劝学》一文，从学习的重要性、学习的态度、学习的内容、学习的方法等多个方面反复推说，不但旁征博引，还多方譬喻，态度恳切而思虑周详。其次是很少使用寓言，而多用日常生活中的事物做譬喻或做铺垫，因此较少咄咄逼人的气势，显得体贴温和。如《劝学》开篇以“青，取之于蓝，而青于蓝；冰，水为之，而寒于水”来譬喻学无止境；以“不登高山，不知天之高也；不临深溪，不知地之厚也”，来为“不闻先王之遗言，不知学问之大也”做铺垫，这在先秦诸子文章中很有特色。此外《荀子》文章也非常注意句式的安排，在论述中常杂以排比句和韵语，使得文章韵律和谐、气势飞扬。

荀子像

二、冷峻峭拔的《韩非子》

与其思想的专断峻刻相适应，《韩非子》的文风显得冷峻峭拔、锋芒毕现。如其《八奸》论防止内奸篡权，列在前三位的是“在床”的贵夫人、“在旁”的左右近习以及被称为“父兄”的侧室公子，认为这些人皆对帝王有引诱、蒙骗之便，都是帝王潜在的敌人。文章在这些亲密关系中剖析出种种利害冲突，渲染出一种极为紧张的气氛，可谓深刻凌厉，尖锐刻薄。《韩非子》文章亦擅驳论，其驳论技巧甚至要高于《荀子》。如其《难一》针对儒家圣尧贤舜的立场，指出此两者为自相矛盾：“圣人明察在上位，将使天下无奸也。今耕渔不争，陶器不窳，舜又何德而化？舜之救败也，则是尧有失也。贤舜，则去尧之明察；圣尧，则去舜之德化：不可两得也。”从逻辑上可以说是犀利无比，手法也纯熟圆润，很有说服力。《韩非子》散文的另一特点是寓言众多，全书达三百多则，其中《说林》、《储说》诸篇，是韩非将社会上所流行的寓言作系统的收集、整理，再加上自己创作的部分，而分门别类编定的寓言专集。《韩非子》寓言不同于《庄子》的奇幻汗漫，而是典雅庄重、观点突出、事理明晰。如深为后人赏识的“老马识途”、“滥竽充数”、“郑人买履”、“自相矛盾”、“郢书燕说”等等，故事皆平实朴

韩非子像

① 郭沫若：《十批判书·荀子的批判》，219页，北京，东方出版社，1996。

素而构思精巧，所蕴藏的哲理都明晰而深刻，成为脍炙人口的成语。

【温故知新】

礼崩乐坏　士阶层兴起　“百家争鸣”　语录体　对话体　论述体　诸子文章风格

【请你思考】

1. 简要总结《论语》、《孟子》中体现出的儒家思想。
2. 简要总结《庄子》中体现出的道家思想。
3. 举例分析《论语》、《孟子》的文体特点，并简要比较二者在文体方面的异同。
4. 举例论述《庄子》的艺术特点。
5. 举例论述战国散文在文体方面的发展情况，并简要分析其原因。

【推荐阅读】

(清) 刘宝楠．高流水点校．论语正义．北京：中华书局，1990

(清) 王先谦集解．庄子集解．上海：上海书店，1986

(清) 郭庆藩．王孝鱼点校．庄子集释．北京：中华书局，2004

(清) 王先谦．沈啸寰，王星贤点校．荀子集解．北京：中华书局，1988

(清) 刘熙载．艺概．上海：上海古籍出版社，1978

(清) 方东树．汪绍楹校点．昭昧詹言．北京：人民文学出版社，1961

李学勤．十三经注疏·孟子注疏．北京：北京大学出版社，1999

陈鼓应．庄子今译今注．北京：中华书局，2009

郭沫若．十批判书．北京：东方出版社，1996

李泽厚．中国古代思想史论．北京：人民出版社，1985

第四章 浪漫的楚文化之葩

【导入】

战国后期，在楚国出现了另外一种诗歌样式——楚辞。楚辞是屈原的个性精神和南方楚文化结合的产物。它思想深沉，风格绚丽浪漫，有着独特而灿烂的精神魅力，是中国文学史上瑰丽的珍宝。它的作者屈原则是中国文学史上第一个伟大的诗人。楚辞和《诗经》并肩垂范，以其各异的精神品质、美学原则、创作方法，共同哺育了历代诗人，并造成了中国古代诗歌风格多样、众彩纷呈的局面。

《汉书·艺文志》记载屈原赋二十五篇，东汉王逸作《楚辞章句》，认为为屈原所作者有《离骚》、《九歌》、《天问》、《九章》（九篇）、《远游》、《卜居》共二十四篇。对于《渔父》、《大招》两篇，王逸都“疑不能明”，持两可的态度；而司马迁在《史记·屈原贾生列传》中明确说《招魂》为屈原所作，却被王逸归在宋玉（生卒年不详）名下。现存楚辞作品中，可以确认为屈原所作的，有《离骚》、《九歌》（十一篇）、《天问》、《招魂》，以及《九章》。其他作品则可能是出自宋玉，甚至是汉人之手。

概念解析

“楚辞”、“屈赋”

“楚辞”的名称最初出现在西汉武帝之时（见《汉书·朱买臣传》）。在广义上，它指以楚国地方特色的乐调、语言、名物来创作的诗赋；而在狭义上，它专指刘向所辑录的以《离骚》、《九歌》等为代表的诗歌总集。

由于楚辞和汉代赋作之间的渊源关系，所以屈原作品又有“屈赋”之称。

第一节 上下求索的浩叹

一、《离骚》的写作背景

《离骚》是楚辞中最为杰出的一首长篇抒情诗，全诗共370多句，近2 500字。“离骚”按司马迁的说法是遭受忧患的意思，全诗具有自传性质。据司马迁《史记·屈原贾生列传》记载，屈原出身楚贵族，凭着自己的才华深得楚怀王信任，“出则应对诸侯，入则图议国事”。后因遭上官大夫之谗而被怀王疏远，并离开郢都前往汉北。司马迁说：“屈平疾王听之不聪也，谗谄之蔽明也，邪曲之害公也，方正之不容也，故忧愁幽思而作《离骚》。”

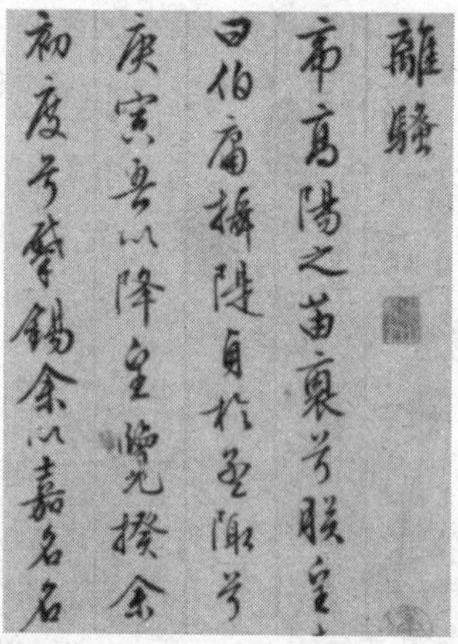

（明）文征明手迹《离骚》（局部）

概念解析

释“离骚”

关于“离骚”的含义，学术界有多种解释，其中有两种解释影响较大：

1. 司马迁《史记·屈原贾生列传》中说：“《离骚》者，犹离忧也。”即遭遇忧愁之意。

2. 王逸《楚辞章句·离骚经序》云：“离，别也；骚，愁也；经，径也；言己放逐离别，中心愁思，犹依道径，以风（讽）谏君也。”认为“离骚”意为离别的忧愁。

司马迁距屈原的年代最近，理解也可能更准确；且楚辞中多有“离尤”或“离忧”之语，而此处之“离”皆不能解释为“别”，故司马迁的说法更可信。

二、上下求索的浩叹

以“岂余心之可惩”为界，可以将《离骚》分为前后两个部分。前一部分的自传性情节较为明显，主要是自叙家世生平、楚王和党人对自己的迫害，陈述了自己美好的品德和政治理想，以及对楚国的忠贞不渝之情。后一部分的主要情节是求女和神游，想象奇特，充满了浪漫诡谲的色彩。屈原的神游和求女都以失败告终，尤其是在最后一次的飞升中，由于眷念宗国而再次流连不行。这些情节，向来被解释为屈原在现实中君臣不谐，理想不能实现，却仍然上下求索、忠于宗国的精神象征。

司马迁说：“虽放流，睠顾楚国，系心怀王，不忘欲返……一篇之中三致志焉。”（《史记·屈原贾生列传》）屈原在《离骚》前八句中，对自己的楚贵族血统和生日的美好非常自信，也是他忠君爱国、坚信自己能有所作为于楚国的出发点。但由于“党人”的谗害和楚王的动摇多变，使得屈原蒙冤受屈。在宗法社会里，国君就是宗族家国的代表，只有君臣和谐，臣子才能实现自己的兴国理想。所以，屈原不能不“系心怀王”，在诗中一再抒发对楚王疏远自己的哀怨之情，如“惟草木之零落兮，恐美人之迟暮”、“指九天以为正兮，夫唯灵修之故也”等。此外，如“曰黄昏以为期兮，羌中道而改路。初既与余成言兮，后悔遁而有他”等，以爱情和婚姻的比喻，表达了屈原身处君臣疏离之境的悲哀。屈原的眷国怀君之情，还表现在对楚国现实政治的关怀上。屈原在诗中表达了对那些误国的奸佞小人的仇恨：“椒专佞以慢慆兮，榝又欲充夫佩帏。既干进而务入兮，又何芳之能祗。”在这严厉的批判中，有着屈原对楚国的命运的深深担忧：“固时俗之工巧兮，偭规矩而改错。背绳墨以追曲兮，竞周容以为度。”屈原在诗中反复列举前代君王的经验教训，他说“皇天无私阿兮，览民德焉错辅。夫唯圣哲以茂行兮，苟得用此下土”，劝诫楚王学习圣贤，亲贤臣而疏小人；他说，商汤夏禹“举贤而授能兮，循绳墨而不颇”，告诫楚王不要只图眼前的享乐。屈原对楚王的殷切讽喻，对君臣和谐的向往，对佞臣小人的愤恨，都与他自己的现实遭遇有关。《史记·屈原贾生列传》说：“屈平正道直行，竭忠尽智以事其君，谗人间之，可谓穷矣。信而见疑，忠而被谤，能无怨乎?”因此，《离骚》中实际蕴涵了屈原对自己不幸遭遇的深切哀叹。

《离骚》后半部，屈原描写了自己的两次壮丽的神游。第一次神游历经了苍梧、县圃、崦嵫、咸池、扶桑等多处神界，终止于帝阍闭门不纳。第二次神游的目的是追求神女，在多次不成功的求女之后，来到“皇之赫戏”，由于目睹故国、人马俱怀而不忍离去。在神游前，“灵氛”曾对屈原说“何所独无芳草兮，尔何怀乎故宇”。所以一般认为，前一次神游象征了屈原的理想在现实中不能实现，而后一次神游则象征着屈原试图离开楚国另寻可以实现自己理想之处，追求“两美必合”的政治前途，但由于普遍的黑暗或对宗国的留恋而终于不能成行。这些情节，反映了屈原身处绝境仍坚持不懈，为追求理想而“上下求索”的漫漫艰难历程。

☞多学一点

历代学者对《离骚》“求女”的理解

关于《离骚》求女，主要有以下数种说法：

1. 喻求贤臣、贤士。汉代王逸《楚辞章句》持此说。
2. 喻求贤君。宋代朱熹《楚辞集注》持此说。
3. 喻求贤后。明末清初钱澄之《屈诂》持此说。
4. 喻理想的政治。汪瑗《楚辞集解》持此说。

此外在现代还有游国恩的“女性中心说”①、李嘉言的“喻求善美说”② 等。

《离骚》形象地再现了屈原高洁执著的人格形象：“进不入以离尤兮，退将复修吾初服。制芰荷以为衣兮，集芙蓉以为裳。不吾知其亦已兮，苟余情其信芳。高余冠之岌岌兮，长余佩之陆离。芳与泽其杂糅兮，唯昭质其犹未亏。”以芳草来修饰自己，既象征着屈原勤勉自励、独善其身的努力，也透露出屈原对自己光彩夺目、芬芳四溢而又苏世独立的人格力量的自信。这种人格自信也同样表现在后半段飞升神游的描写中：望舒先驱，飞廉奔属，凤凰承旂，蛟龙为梁……在这些神圣形象的支持下，屈原显得如此从容、自由，他伟岸的人格也更加突出，光辉灿烂。这些描写显出了屈原对自己信念的执著和骄傲，表现了对世俗社会的蔑视。这种自信鼓励着屈原在逆境中不改初衷，仍然深切地关心着宗国的命运。屈原自知前途艰难，但仍然勤勉追求：“路漫漫其修远兮，吾将上下而求索。”身在疏远之中，屈原仍能对楚王及其佞臣集团展开尖锐的批判：“怨灵修之浩荡兮，终不察夫民心。”“唯党人之偷乐兮，路幽昧以险隘。”直言进谏虽然会给屈原带来危险，但屈原不惜以生命来捍卫自己的理想：“余固知謇謇之为患兮，忍而不能舍也。”“亦余心之所善兮，虽九死其犹未悔!”屈原品行高洁，具有不屈的斗争精神，其人格形象十分突出，对后世士大夫有着很大的影响。

---

① 参见《游国恩学术论文集》，北京，中华书局，1989。

② 参见《李嘉言古典文学论文集》，上海，上海古籍出版社，1987。

第二节
楚地风情及其他

一、《九歌》及其与屈原的关系

《九歌》是一组具有浓郁民间色彩的祭神乐歌，它吟咏爱情，深挚缠绵，语言优美，在楚辞中显得轻灵、妙曼，与屈原本人身世和思想的联系，倒并不是十分紧密。关于《九歌》和屈原的关系，王逸《楚辞章句·九歌》认为：

> 《九歌》者，屈原之所作也。昔楚国南郢之邑，沅、湘之间，其俗信鬼而好祠。其祠，必作歌乐鼓舞以乐诸神。屈原放逐，窜伏其域，怀忧苦毒，愁思沸郁。出见俗人祭祀之礼，歌舞之乐，其词鄙陋。因为作《九歌》之曲……

从这一段话中，我们大体可以判断，《九歌》原是流传于江南楚地的民间祭歌，后经屈原加以改定，而被保留下来。所以，我们基本上可以将《九歌》看作楚地的原始祭歌，但它在精神上和屈原有着某些联系。

☞ **多学一点**

《九歌》与屈原的关系

围绕《九歌》与屈原的关系，除王逸说之外，历史上有多种说法：

1. 明代汪瑗（？—约1566）《楚辞集解·九歌》云："屈子《九歌》之词，亦惟借此题目，漫写己之意兴，如汉魏《乐章》、《乐府》之类。"认为《九歌》为屈原创作的寄托身世的文学作品；

2. 胡适（1891—1962）《读楚辞》云："这九篇大概是最古之作，是当时湘江民族的宗教舞歌。"① 认为《九歌》纯为民间祭歌，与屈原并无关系；

3. 闻一多（1899—1946）等人认为《九歌》是屈原所创作的楚国国家祀典的乐章②，等等。

二、《九歌》的结构、抒情方式与祭祀仪式

《九歌》共十一篇，作为一组祭祀歌谣，前十篇每篇祭一神，他们是"东皇太一"

① 《胡适古典文学研究论集》，348页，上海，上海古籍出版社，1988。

② 参见闻一多：《什么是九歌》，见《闻一多全集》，第1卷，北京，三联书店，1982。

(至尊之天神)、“云中君”(云神丰隆,又名屏翳)、“湘君”、“湘夫人”(湘水之神,亦有人认为是舜妃娥皇、女英)、“大司命”(寿命之神)、“少司命”(子嗣之神)、“东君”(太阳神)、“河伯”(河神)、“山鬼”(山神),以及《国殇》中的阵亡将士之魂(即人鬼)。最末一篇《礼魂》,其意思是“礼成”,为通用的送神曲。闻一多认为,《九歌》是专祭东皇太一的,其余九位神、鬼皆是陪衬,是为了取悦东皇太一的,因此这九首诗歌为娱神曲。除去首尾两章(即《东皇太一》和《礼魂》)为迎、送神曲外,“九歌”之名得自中间九篇娱神曲。[①] 现在看来,《东皇太一》的描述庄重而空泛,与其他九篇明显不同,所以在仪式上也应与其他九位鬼神有区别。虽然闻一多对仪式本身的描述未必符合实际,但他对《九歌》的结构的把握是有道理的。

☞多学一点

《九歌》与“索祭”仪式

本书作者认为,《九歌》的基本仪式可从古代“索祭”仪式中求得。《礼记·郊特牲》记载:“直祭祝于主,索祭祝于祊。不知神之所在,于彼乎?于此乎?或诸远人乎?祭于祊,尚曰求诸远者与?”所谓“直祭”即正祭,在庙堂或坛台等处举行。“索祭”是在祭祀主神之后对其他散处的神灵加以祭祀,祊即庙门旁,这是神灵地位较低、无庙安身的缘故,所以需要搜寻着去祭祀那些不知所在的神灵。这正与《九歌》体制相近,只是《九歌》所表现的更为简陋质朴而已。

显然,作为祭歌,《九歌》的抒情手段一定和它的祭祀方式有联系。朱熹在《楚辞辩证》中探讨了具体的祭祀方式:

> 楚俗祠祭之歌,今不可得而闻矣。然计其间,或以阴巫下阳神,以阳主接阴鬼,则其辞之亵慢淫荒,当有不可道者。(朱熹《楚辞集注·楚辞辩证》卷上)

也就是说,《九歌》祭仪中的迎神,主要采取以感情相招感的方式:如果是女神,则以男巫招之;如果是男神,则以女巫招之。由于以吟咏爱情的方式来招徕祭祀对象,所以才有这一首首极富情致的歌谣。

学术轶事

《九歌》中的“人神恋爱”

苏雪林(1897—1999)在《楚辞九歌与中国古代河神祭的关系》中首先把《九歌》中以感情相招感的迎神方式称为“人神恋爱”,此后得到多数学者的认可。[②]

① 参见闻一多《什么是九歌》和《楚辞校补》等文章。

② 参见苏雪林:《屈赋论丛》,武汉,武汉大学出版社,2007。

除《东皇太一》、《国殇》、《礼魂》外，其他各篇都以描写相思之情见长。如《少司命》“悲莫悲兮生别离，乐莫乐兮新相知”一句，被王世贞（1526—1596）许为“千古情语之祖”（《艺苑卮言》卷二）。“二湘”诗抒写相见未果之怨，缠绵悱恻，非常感人。其中如：

帝子降兮北渚，目眇眇兮愁予。嫋嫋兮秋风，洞庭波兮木叶下。登白薠兮骋望，与佳期兮夕张。鸟何萃兮蘋中，罾何为兮木上？沅有茝兮醴有兰，思公子兮未敢言。荒忽兮远望，观流水兮潺湲。（《湘夫人》）

诗中表达的是对湘夫人刻骨铭心的爱恋之情。在一个令人伤感的深秋季节，萧瑟的秋风中，树叶片片飘零，而那期待已久的恋人，却立在一个孤岛之上，朦朦胧胧，可望而不可即。这其中既有期待，又有失望，热烈的情思和浓郁的哀伤牢牢地交织在一起，构成一幅烟雨迷离而又悱恻凄艳的画面，具有极强的感染力。贺贻孙（1606—?）《骚筏》说“洞庭波兮木叶下”一句“可敌宋玉悲秋一篇”。《山鬼》也是一篇爱情的绝唱。美丽的山鬼披荔带萝，含睇宜笑，但却无缘和自己的恋人相见，“风飒飒兮木萧萧，思公子兮徒离忧”，只能怀抱着无限的怨恨，在幽篁深处与赤豹文狸相伴，巨大的孤独感笼罩着全诗，正如深林淫雨，使人在凄凉中体会到无限的绝望，并寄予深切的同情。

之所以要在祭歌中表达这种悲剧性的情感，其原因主要在于人们在长期的社会实践中，由自然的无从把握而感觉到人神交接的艰难，这种现实的感受会不自觉投射到祭祀之中去。此外，悲剧中的爱情，更能体现祭者的真诚和执著，因而也更能获得神灵的同情。这些都可能是导致《九歌》悲剧倾向的原因。《九歌》中所流露出的这种不可抑制的忧愁幽思，与身处流放中的屈原是相符合的，而且《九歌》中人神爱情的圣洁、执著，又和他贞洁却身遭不遇的自我感受相切合，所以，《九歌》所抒发的感情会得到屈原的认同。

《国殇》在《九歌》中是比较特殊的，它所描述的是一场异常惨烈的战争过程，赞颂了将士们奋勇赴敌，以及面对死亡时所表现出的凛然气概，其中战争场面的描写极为紧张激烈、悲壮激越，非常经典。《周礼·春官·大司乐》曰：“九德之歌，九韶之舞，于宗庙之中奏之，若乐九变，则人鬼可得而礼矣。”《国殇》正是这样一首祭祀人鬼的歌谣。诗歌通过对死者的赞颂来达到祭祀这些人鬼的目的：“带长剑兮挟秦弓，身首离兮心不惩。诚既勇兮又以武，终刚强兮不可凌。身既死兮神以灵，子魂魄兮为鬼雄。”这些诗句刻意渲染了勇士的死亡，不仅是对死者的颂扬，同时也是对生者的激励。也许屈原希望借助这首诗，来悼念那些在疆场上阵亡的楚国将士，并激励后来者继续浴血奋战，以拯救处在危亡之中的楚国。

三、《九章》与屈原生平行迹

《九章》包括《惜诵》、《涉江》、《哀郢》、《抽思》、《怀沙》、《思美人》、《惜往日》、《橘颂》、《悲回风》九篇作品。这九篇作品并非一时所作。一般认为，《橘颂》是屈原早年创作的，而《惜诵》、《抽思》、《思美人》作于被疏之后，《哀郢》、《涉江》、《悲回风》、

《惜往日》、《怀沙》作于被流放江南之后。《橘颂》是一首托物言志的作品，诗中对橘的描摹形神兼备，并从中抽绎出“深固难徙”、“苏世独立”的精神品质，用以激励自己，表达自己的人格理想。这首诗为四言体，采用比兴手法，颇受《诗经》艺术手法的影响。《哀郢》中记述了自己流亡江南的路线，其时郢都已被秦兵所破，楚国危如累卵，屈原在伤怀自己的同时，又深念家国覆亡，诗歌的情绪亦由哀婉而渐至悲愤：

> 羌灵魂之欲归兮，何须臾而忘反。背夏浦而西思兮，哀故都之日远。登大坟以远望兮，聊以舒吾忧心。哀州土之平乐兮，悲江介之遗风……忽若不信兮，至今九年而不复。惨郁郁而不通兮，蹇侘傺而含戚。

在“乱辞”中，屈原还表达了对故国的深切思念：“曼余目以流观兮，冀壹反之何时！鸟飞反故乡兮，狐死必首丘。信非吾罪而弃逐兮，何日夜而忘之！”《涉江》则通过象征手法表达了对自己品行的信念：“余自幼好此奇服兮，年既老而不衰。带长铗之陆离兮，冠切云之崔嵬。被明月兮珮宝璐。世溷浊而莫余知兮，吾方高驰而不顾。驾青虬兮骖白螭，吾与重华游兮瑶之圃。登昆仑兮食玉英，与天地兮同寿，与日月兮同光。”诗中以奇异的服饰象征品格的清高脱俗，抒发了自己坚持己志，不会随波逐流的决心。这首诗气势充沛，表达从容舒畅，具有很高的艺术成就。《九章》诸篇在篇幅上小于《离骚》，但基本继承了《离骚》的思想和艺术特征，或叙述身世、经历，或表达对故国的关心，抒写自己的冤屈和爱国之心，并且纪实的成分更多，为我们了解屈原的生平提供了更多的材料。

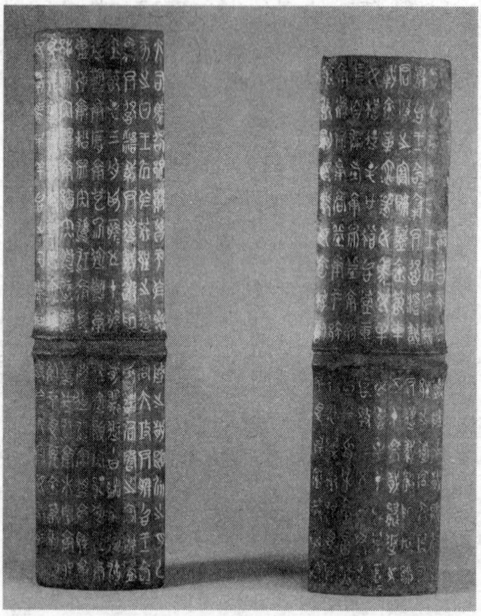

楚错金鄂君启铜节（战国）

四、《天问》与《招魂》

《天问》在形式上非常奇特，全诗几乎都由问句组成，包括172个问题，所问的内容大致包括天地之形成、人事之兴衰，最后归结到楚国的现实。其目的在于探寻自然和历史变化发展的原理。蒋骥（约1678—1745）说："其意念所结，每于国运兴废、贤才去留、谗臣女戎之构祸，感激徘徊，太息而不能自已。"（《山带阁注楚辞·余论》）王夫之（1619—1692）认为《天问》"言虽旁薄，而要归之旨，则以有道而兴，无道则丧"（《楚辞通释·天问》）。这些说法大致能说明《天问》的思想倾向。如《天问》就殷朝兴亡的历史发出自己的感慨云："天命反侧，何罚何佑？……皇天集命，惟何戒之？受礼天下，又使至代之。"认为人事才是朝代兴亡的关键所在，而天命是反复无常、无可依赖的。《天问》在问及楚国的历史和现状时，更是饱含感情，寄寓了自己的无穷感慨。如诗末数句云："伏匿穴处，爰何云？荆勋作师，夫何长？悟过改更，我又何言？吴光争国，久余是胜。何环穿自闾社丘陵，爰出子文？吾告堵敖以不长，何试上自予，忠名弥彰？"这一段问及吴楚战争和楚国朝廷的混乱，表达了自己的满腔愤慨之情。全诗基本上以四言句为主，间杂以少量的五言、六言、七言；四句为一组，每组一韵，也有极少数两句一韵。全诗整齐而不呆板，奇崛生动，感情充沛，很恰当地抒发了屈原的愤懑之情。

☞ **多学一点**

释"天问"

关于"天问"的含义，历来其说不一，比较有影响的有如下三种：

1. 王逸《楚辞章句·天问序》释"天问"二字云："何不言问天？天尊不可问，故曰'天问'也。"谓"天问"即"问天"之意，洪兴祖从而发挥其说。

2. 王夫之《楚辞通释·天问》云："原以造化变迁，人事得失，莫非天理之昭著；故举天之不测不爽者，以问憯不畏明之庸主具臣，是为天问，而非问天。"把"天问"二字释为借天理以责问庸主具臣。

3. 戴震（1724—1777）《屈原赋注·天问》云："问，难也。天地之大，有非恒情所可测者，设难疑之。"即是说，对天地间的一些难以理解的事情设问求解。

前两种说法，在历史上都很有影响，但都拘泥儒家解经的方法，求之太甚。以后一说为通达。此外，《天问》中有些明显的次序不顺畅之处，可能是由于错简导致的，古今都有人对《天问》的错简问题进行研究，但由于年代久远，有些文意难明，所以至今未有确切的结论。

《招魂》是屈原为招怀王之魂而作。全诗由引言、正文、乱辞三部分组成，内容主要是"外陈四方之恶，内崇楚国之美"（王逸《楚辞章句》），目的在于挽留和安慰已经亡故的怀王的魂灵。诗中铺陈了宏美的屋宇、奢华的服饰、艳丽的姬妾、精致的饮食以及繁盛的舞乐，并深切地呼唤"魂兮归来！反故居些"、"魂兮归来哀江南"，从中也流露出屈原对楚怀王的哀悼和伤念之情。而其中关于楚国堂皇富丽的描写，也与屈原的热爱宗国的感情相切合。这首诗，主要采取了铺陈的手法，想象丰富，能出色地营造出或华美、或险恶的意境，并形成鲜明的对比。《招魂》还具有浓郁的抒情色彩，如"湛湛江水兮上有枫，目极千里兮伤春心。魂兮归来哀江南！"那种天涯芳草、一去不返的哀伤，被抒写得极有韵味。

☞ 多学一点

为谁“招魂”?

《招魂》到底为谁招魂，古今大致有如下几种说法：1. 屈原自招生魂；2. 招怀王生魂；3. 招怀王亡魂；4. 招将士亡魂；等等。我们认为以屈原作此诗招怀王亡魂最为贴切。

第三节 楚辞的艺术特征

鲁迅（1881—1936）说屈原的作品“逸响伟辞，卓绝一世”，“其影响于后来之文章，乃甚或在三百篇以上”①。楚辞是中国文学史上瑰丽的奇葩，在艺术上有着自己鲜明的特色，这些特色构成了中国浪漫诗歌的重要源头。

一、新型的诗歌样式——楚辞

屈原在南方民间祭歌的基础上，通过加工改造，创造了楚辞这样一种新的诗歌样式。《诗经》的章法、句式都较为整齐谨严，而楚辞则显得较为自由而且富于变化，诗歌的长度有明显的增加。此外，楚辞的句式以杂言为主，往往是在四言或六言句式中增加一个语助词“兮”字，就构成了五言或七言句式，相比较《诗经》的四言句式来说，楚辞的句式委婉绵长。新的诗歌形式，对塑造复杂的艺术形象，抒发更加幽深、激烈的情感，有着很重要的作用。由于“兮”字的平衡作用，诗句能够更自由地组合，并使得容量大大增加，这些句式和委婉轻灵的楚声相结合，很适合于各种不同情绪和语气之表达。所以有学者认为“兮”字句是楚辞的标志。②

楚辞突出地表现了楚文化的浪漫气息。楚文化具有感情热烈奔放、想象奇幻优美等特征。这些精神特征一方面来自神奇的神话和宗教信仰，另一方面则来自美丽独特的地方风物。楚文化的“好淫祀”特点，决定了楚民对另一个世界有着许多的幻想，这些幻想和神话也必然通过诗歌表现出来。屈原在《离骚》中展示着神奇的装束；那一次次天

① 《鲁迅全集》，第9卷，《汉文学史纲要》，382页，北京，人民文学出版社，2005。

② 参见郭建勋：《汉魏六朝骚体文学研究》第一章第二节“骚体的形式特征”，长沙，湖南教育出版社，1997。

神簇拥的飞升和求女，场面也极为壮观。屈原在《天问》中的激越高亢的指天叩问，同样具有极浪漫的色彩，激动人心。中国神话传世不多，而楚辞中所保存的神话或神话形象很受神话学者的重视。这些来自神话世界的形象使得诗歌显出缥缈迷离、谲怪神奇的美学特征。楚国地处南方山水之间，树木花草极其丰茂，人民能歌善舞，这些都在楚辞中得到充分的表现，尤其是香草美人的意象，更是楚辞对中国诗歌艺术的突出贡献。楚辞还吸收了大量的楚地方言。黄伯思（1079—1118）《东观余论·校定楚词序》云："屈宋诸骚皆书楚语，作楚声。"所谓楚语，即指"些、只、羌、谇、謇、纷、侘傺"这些方言词语，楚声则指"顿挫悲壮，或韵或否"的韵调。这些方言楚声不但具有浓郁的地方色彩，还增加了诗歌的浪漫性特征。

二、香草美人——象征手法以抒情

楚辞最为突出的艺术特征，是它以象征手法来抒发感情。王逸评论《离骚》的创作方法时说："善鸟香草，以配忠贞；恶禽臭物，以比谗佞；灵修美人，以媲于君；宓妃佚女，以譬贤臣；虬龙鸾凤，以托君子；飘风云霓，以为小人。"（《楚辞章句·离骚经序》）认为楚辞以香草美人来象征自我人格和君臣关系，是对《诗经》比兴手法的继承和发展。一般说来，香草通常被屈原用来比喻或象征自己的品质和修养，如"扈江离与辟芷兮，纫秋兰以为佩"、"惟兹佩之可贵兮，委厥美而历兹。芳菲菲其难亏兮，芬至今犹未沬"（《离骚》）等。而美人意象大多是屈原自拟，用以向楚王陈述忠爱之心和被遗弃的哀怨，即用婚姻爱情来象征君臣关系，如"初既与余成言兮，后悔遁而有他"（《离骚》）写楚王毁弃前约，"众女嫉余之娥眉兮，谣诼谓余以善淫"（《离骚》）写自己遭小人嫉害。用爱情失败和被离弃的痛苦来象征君臣乖违的事实，使得诗歌有着更深厚浓郁的抒情意味，更加忧怨悲愤。《离骚》中的香草和美人意象，相互支持，共同营造了一个浪漫而悲怨的情境，使得诗歌蕴藉而且生动。但这一点还不能完全解释"香草美人"的艺术魅力。香草美人意象实际产生于楚地的巫祭文化，在祭祀歌谣《九歌》中，我们能看到大量的香草美人的意象，她们成为仪式活动必不可少的部分，甚至就是宗教仪式的象征。《离骚》中的香草美人意象显然取自以《九歌》为代表的当地祭歌，除继承了《九歌》中人神交接的苦苦追求的悲剧精神外，还包含了屈原本人的生平遭遇、人格精神和情感经历，从而使得香草美人这一意象群既包含了原始宗教的情感体验，又具有文人士大夫的个性特征，对后世产生了极为深远的影响，并形成了一个源远流长的香草美人的文学传统。

三、垂范后世的人格力量

《史记·屈原贾生列传》称赞屈原及其作品云："其文约，其辞微，其志洁，其行廉，其称文小而其指极大，举类迩而见义远。其志洁，故其称物芳。其行廉，故死而不容。自疏濯淖污泥之中，蝉蜕于浊秽，以浮游尘埃之外，不获世之滋垢，皭然泥而不滓者也。

推此志也，虽与日月争光可也。”① 这一崇高的评价得到了后世文人的普遍赞同。屈原以其砥砺不懈、特立独行的节操，以及在逆境中上下求索、不屈服于黑暗统治的精神，明显区别于儒家明哲保身、温柔敦厚等处世原则，鼓励了士大夫和文人敢于斗争、主动承担悲剧的勇气，使得中国文化中多了一股深沉而刚烈之气，这是屈原及其辞赋对民族精神的重大贡献。后人学习楚辞，往往是受到屈原的人格力量的感召，借助楚辞来抒发现实的悲哀和怨恨。如宋代陆游（1125—1210）自嗟报国无门，赋闲家中，作诗云：“《离骚》未尽灵均恨，志士千秋泪满裳。”（《剑南诗稿》卷二《哀郢二首》其一）“听儿诵《离骚》，可以散我愁。”（《剑南诗稿》卷十《沙市阻风》）清代蒲松龄（1640—1715）终生不遇，沉醉于狐鬼花妖，渲染异类恋爱故事，自云：“知我者，其在青林黑塞间乎？”（《聊斋志异自序》）也是对屈原香草美人传统的继承。所以，刘勰（466？—539？）说屈原诗赋“衣被词人，非一代也”（《文心雕龙·辨骚》），李白诗云“屈平词赋悬日月，楚王台榭空山丘”（《全唐诗》卷一百一十六《江上吟》），杜甫诗云“窃攀屈宋宜方驾，恐与齐梁作后尘”（《全唐诗》卷二百二十七《戏为六绝句》之五），即可说明屈原在中国文学史上的崇高地位。

【温故知新】

楚辞　屈原生平和思想　《离骚》的抒情性特征　《九歌》与楚地风情　《九章》和《天问》等其他屈原作品　楚辞的艺术特点　楚辞的影响

【请你思考】

1. 举例分析《离骚》的思想内容和艺术特点。
2. 简要分析《九歌》的性质与其成因，并举例分析其艺术特点。
3. 举例论述楚辞的艺术特征。

【推荐阅读】

（西汉）司马迁．（宋）裴骃集解．（唐）司马贞索隐．（唐）张守节正义．史记．北京：中华书局，2005

（宋）黄伯思．东观余论．影印宋本．北京：中华书局，1988

（宋）朱熹．楚辞集注．上海：上海古籍出版社，1979

（宋）洪兴祖．白化文点校．楚辞补注．北京：中华书局，1983

（明）汪瑗．董洪利点校．楚辞集解．北京：北京古籍出版社，1994

（明）王世贞．罗仲鼎校注．艺苑卮言校注．济南：齐鲁书社，1992

（明）王夫之．楚辞通释 古诗评选 唐诗评选．长沙：岳麓书社，2011

王云五主编．戴震注．万有文库·屈原赋注．上海：商务印书馆，1930

李学勤．十三经注疏·礼记注疏．北京：北京大学出版社，1999

---

① 这段评论应为淮南王刘安《离骚经章句》的序文，后为司马迁引入《屈原贾生列传》之中。《离骚经章句》现不存，班固在《离骚序》中曾称引这些话，并说明为“淮南王安叙《离骚传》”所云。

鲁迅全集．第9卷．汉文学史纲要．北京：人民文学出版社，2005
胡适古典文学研究论集．上海：上海古籍出版社，1988
孙党伯，袁謇正主编．闻一多全集5·楚辞编 乐府诗编．武汉：湖北人民出版社，1993
苏雪林．屈赋论丛．武汉：武汉大学出版社，2007
游国恩学术论文集．北京：中华书局，1989
李嘉言古典文学论文集．上海：上海古籍出版社，1987
郭建勋．汉魏六朝骚体文学研究．长沙：湖南教育出版社，1997

第三编 雄风飞扬

（秦统一至汉殇帝延平元年，前221—106）

第一章 文化整合和大汉气象

【导入】

公元前221年，秦灭六国，建立起中国历史上第一个中央集权的国家。秦废除分封制，实行郡县制，又在全国范围内“一法度衡石丈尺，车同轨，书同文字”（《史记·秦始皇本纪》），统一了度量衡和文字，奠定了大一统的基础。公元前209年，陈涉起义，秦朝灭亡。尽管秦只存在了十余年，但大一统帝国及其制度，为后来的汉王朝所继承，并由汉武帝（前140—前87在位）实现了意识形态的统一，形成了中国封建社会的基本面貌。从汉武帝“独尊儒术”到东汉殇帝（106在位）时期，是儒家思想和大一统政治制度的相互整合、发展时期，其间经过西汉末期帝国的衰败、王莽（9—23在位）和光武帝（25—57在位）的变故，但儒家思想一直居于社会的绝对统治地位，以儒家思想为主导的传统文化形态正式成立。汉安帝（107—125在位）以后，汉帝国急剧衰亡，黄老刑名之学始有所抬头，宣告了一个新的历史阶段的开始。

这一时期的文化以政治大一统为其基本核心，它从总体上显示出恢弘壮阔的美学特征。士人在认同大一统的过程中不断调节自己的心态和行为方式，他们一方面为一个空前盛大的王朝备受鼓舞，以飞扬的气势和瑰丽的文采，来迎合自己的时代。另一方面，他们又不得不从战国士人理想中挣脱出来，调适自己的社会角色，并在迅速边缘化的过程中，抒泄着一个阶层的忧伤和愤懑。这一时期的文学创作突出地反映了时代文化的特点。

第一节
大一统和文学的发展

这一时期的文学仍然处在萌芽阶段，自觉的文学意识尚未出现，很多作品仍然有史著、政论、仪式性功用，但完全以娱乐或以文采欣赏为目的的文体样式已经出现，部分文体在形式上已经表现出独立的文学特征，如汉赋、诗歌等。实用文章在文采和章法上也有了很大的进步，并发展了抒情和审美功能。这些都为文学意识的自觉，为文学自身的发展准备了充分的条件。因此，这一阶段的文学可被看作是中国文学生成时期的最后阶段，而东汉时出现的抒情小赋、文人五言诗则可视为文学真正自觉的开始。

这一阶段的文学可以分为如下几个时期：一，自秦到汉武帝即位之前，文坛弥漫着战国余风；二，自汉武帝到汉成帝（前32—前7在位）时期，这是大汉形态的文学鼎盛时期；三，汉哀帝（前6—前1在位）到汉殇帝时期，是大汉文学的程式化和模仿时期，也是汉文学的典型形态的衰落期。

一、文坛的战国遗风

由于秦朝采取“燔灭文章，以愚黔首”的文化政策，再加上享祚日短，所以基本上没有什么文学活动，仅有李斯（？—前208）的奏议文章和一些刻石铭文传世，刻石铭文亦多出自李斯之手，所以说，“秦之文章，李斯一人而已”（鲁迅《汉文学史纲要·李斯》）。李斯相秦三十余年，前期文章如《谏逐客书》等文采飞扬，辞气纵横。及至秦朝统一，其奏议文章转而为峻洁简要，不假雕饰，与新的政治形态相符合。刘勰（466？—539？）说“李斯之《奏骊山》，事略而意逕”（《文心雕龙·奏启》），就是说他奏议文章的特点。秦代刻石铭文主要是纪功颂德，以四言为主，不尚藻丽，文风浑朴古质。汉建国之初，由于骤经巨变，文人踊跃议论时事，颇有战国遗风。朝廷士人鉴于秦朝的迅速灭亡，写下很多反思秦朝暴政，探讨汉建国措施的政论文章。贾山（生卒年不详）、贾谊（前200—前168）、晁错（前200？—前154）等人的文章为汉初政论散文的代表。这些文章大胆言事、无所避讳，言辞峻切，多夸饰，继承并发展了战国策士的雄辩风气。此时，藩国多招致游士，鲁迅（1881—1936）《汉文学史纲要·藩国之文术》云：“汉高祖不喜儒，文景二帝，亦好刑名黄老，而当时诸侯王中，则颇有倾心养士，致意于文术者。楚、吴、梁、淮南、河间五王，其尤著者也……惟吴、梁、淮南三国之客，较富文词，梁客之上者，多来自吴，甚有纵横家余韵；聚淮南者，则大抵浮辩方术之士。”这些“客”中，以严忌（约前188—前105）、枚乘（？—前140）、邹阳（？—前129）、司马相如（前179—前117）等为代表，他们游走诸王，多呈辩辞，议论煌煌，从今存的不多的上书和辞赋来看，这些“客”都极富文采气势，有明显的战国策士之风。汉初文化深受楚文化的影响，汉初宫廷偏好楚歌，汉初期文人因难以适应大一统的政治形势，用楚辞以抒发内心的愤懑情绪，并衍为骚体赋。最有代表性的当数贾谊的《吊屈原赋》、《鹏鸟赋》等。总之，这一时期的文学风貌，是对战国纵横之气的回归。

二、大汉文学形态的鼎盛时期

武帝时，汉代进入了自己的鼎盛时期，朝廷兴文重教，文学创作也呈现出繁荣兴盛的气象。随着各藩国势力的减弱，文人转投朝廷。汉武帝好辞赋，推动了汉大赋的勃然兴起。文人利用大赋的形式，极尽铺张之能事，罗列物象，夸饰渲染，以“苞括宇宙，总揽人物”的赋家之心展示帝王的声威。最有代表性的作家是司马相如、东方朔（前154—前93）、王褒（生卒年不详）等，出现了如《子虚赋》、《上林赋》等一些鸿篇巨制，表现出宽广的胸襟和恢弘的气势，体现了时代所赋予的自信。同时朝廷承上古“采诗”之制设立乐府，采集了大量的各地歌谣，其目的虽然在于“观风俗、知薄厚”，追比先代圣王的文治之功，但却为我们保留了大量的民间歌谣。在这一时期里，还出现了像司马迁（前145？—前87?）这样伟大的作家，他以“究天人之际，通古今之变，成一家之言”（《报任安书》，见《汉书·司马迁传》）的气概，创作了驰骋古今、极具批判意识的《史记》。

武帝到成帝时期是汉代文学的鼎盛时期，文学气氛亦较为宽松。如汉宣帝（前73—前49在位）从娱悦耳目的功能来肯定辞赋，这比从教化角度来肯定辞赋要更接近文学观念本身。

古都西安

自汉武帝独尊儒术，儒学逐步浸染了政治文化生活的各个方面。西汉后期，上自帝王下至群臣的诏、奏文章普遍称引《诗》、《书》，“元、成以后，刑名渐废。上无异教，下无异学。皇帝诏书，群臣奏议，莫不援引经义，以为据依。国有大疑，辄引《春秋》为断”（皮锡瑞《经学历史》第四章《经学极盛时代》），体现出笃实厚重的经学气息。一些具有浓重儒家思想的文士，如扬雄（前53—18），大赋中更强调了讽谏的成分，还模仿《易》、《论语》等儒家经书写作，以表达继承圣贤事业的人生理想。[①] 文人创作失去了汉初和武帝时的气势。东汉的儒学气氛更加浓重，并且渗透着忠孝等伦理意味。东汉前期出现了一批京都题材的赋作，或者正面颂扬东汉的礼仪制度，或者以讽谏的姿态，宣传崇尚礼义、爱惜民力的儒家思想，如

① 《汉书·扬雄传》说扬雄“实好古而乐道，其意欲求文章成名于后世，以为经莫大于《易》，故作《太玄》；传莫大于《论语》，作《法言》；史篇莫善于《仓颉》，作《训纂》；箴莫善于《虞箴》，作《州箴》；赋莫深于《离骚》，反而广之；辞莫丽于相如，作四赋。皆斟酌其本，相与放依而驰骋云”。

班固（32—92）《两都赋序》所言："或以抒下情而通讽谕，或以宣上德而尽忠孝。"（《文选》卷一）这些赋在风格上也不同于西汉大赋的铺张扬厉，而体现出严谨、儒雅的风貌。班固开始以私人身份撰写《汉书》，但却有着浓厚的官方立场，他批评《史记》云："诚令迁依五经之法言，同圣人之是非，意亦庶几矣。"（《后汉书·班固列传》），班固的《汉书》在思想上要远较《史记》保守。

三、文学样式的定型与发展

在这一时期，文学的样式在大一统国家里可以超越地域来发展，而秦汉时基本定型的散文、辞赋、乐府诗等一直是后世的重要文体，刘师培（1884—1920）说："文章各体，至东汉而大备。"（《中国中古文学史》第三课《论汉魏之际文学变迁》）此外，各体文学的风格特征和表达技巧，都有了明显的发展。尤其是大赋和散文在驾驭文字展现美感、表达情志方面，都较为成熟。文学创作已成为文人表达自身的重要手段。汉代通常以儒家的经学观点来评判文学作品的价值，强调文章应该具有讽谏或润色鸿业的政治功用，文学的地位并不很高。但随着写作数量的增多，汉人也逐步用"文章"来指称在形式上具有美感的作品，并以此来区分文学与非文学，同时也将学者与文人区分开来。应该说，这一时期的文学创作启发了文学的自觉，为后世文学的发展打下了坚实的基础。

第二节 文人社会地位的变化

秦汉大一统政治奠定了中国封建社会的基本形态。在这一政治形态的发展过程中，文人也在这一政治文化框架内不断寻求和调整着自身的位置和价值期待，寻求并调整着文学创作在整个文化框架中的地位。这一阶段，是传统文人的阶级品质形成的重要时期。

一、秦朝文人的情况

秦以法家思想而兴国，崇尚军功，从功利的角度任用士人，文士颇不受重视。

史称，秦"专任狱吏，狱吏得亲幸。博士虽七十人，特备员弗用"（《史记·秦始皇本纪》)。秦时的博士，只负责备问典章制度一类的事务。始皇巡行天下时，曾征召齐鲁儒生70人商议封禅礼仪，但“始皇闻此议各乖异，难施用，由此绌儒生”(《史记·封禅书》)。可见，对于秦王朝来说，中原礼仪制度繁杂迂阔，难以施行，是以儒生不得重用。而且儒生好古非今，不利于新的政治形态的建立，如儒生淳于越指责秦始皇废除分封古制和臣下谄媚颂上。李斯就此上书云“今皇帝并有天下，别黑白而定一尊。私学而相与非法教，人闻令下，则各以其学议之，入则心非，出则巷议，非主以为名，异趣以为高，率群下以造谤。如此不禁，则主势降忽上，党与成乎下。禁之便。臣请诸有文学《诗》、《书》、百家语者，蠲除去之。令到满三十日弗去，黥为城旦。所不去者，医药卜筮种树之书。若有欲学者，以吏为师。”(《史记·李斯列传》)这封奏疏为秦始皇所接受，遂令焚书，儒生受到了空前未有的钳制，思想处于禁锢状态。后因方士私下议论秦始皇短处，秦始皇以“为妖言以乱黔首”的名义坑杀儒生460余人(见《史记·秦始皇本纪》)。

秦始皇像

焚书坑儒的事件因儒生对秦王朝和秦始皇本人的非议而引发，然而这种极端的禁绝也充分显示出秦王朝的专制本质。因此，秦朝士人往往藏匿民间，或参加到反秦的起义斗争中。《汉书·儒林传》云：“及至秦始皇兼天下，燔《诗》、《书》，杀术士，六学从此缺矣……陈涉起匹夫，驱適戍以立号，不满岁而灭亡，其事至微贱，然后搢绅先生负礼器往委质为臣者何也？以秦禁其业，积怨而发愤于陈王也。”

二、汉初诸侯王政治时期的文人

反秦及楚汉战争时期，策士、文士皆得乘机而起，但由于此时的政治形势与战国时期迥然有别，所以士人的地位和功业也远难和战国时相比。及汉政权完全确立，这些奔走游说之士又被诸侯王所罗致。惠帝、高后时“郡国诸侯各务自拊循其民”(《汉书·荆燕吴传》)，吴王刘濞“招致四方游士”(《汉书·贾邹枚路传》)，梁孝王刘武亦“招延四方豪杰，自山东游士莫不至”(《汉书·文三王传》)，河间献王刘德“修礼乐，被服儒术，造次必于儒者，山东诸儒多从而游”(《汉书·景十三王传》)，淮南王刘安“招致宾客方术之士数千人”，作有“言神仙黄白之术”(《汉书·淮南衡山济北王传》)的《淮南鸿烈》。士人中不乏以奇谋自命的纵横之士，如公孙诡、蒯通、主父偃等，但此时毕竟不是战国时代，大多数游士已经不再专心于纵横之策，而致力于文辩之辞。枚乘等甚至还劝谏吴王刘濞不要造反。诸侯国如梁，纳士的目的也是因为爱好文词，邹阳、严忌、枚乘、司马相如都曾客游梁国，在梁国形成了“皆善属辞赋”(《汉书·贾邹枚路传》)的艺文风气。显然，汉初游士的身份和活动方式虽然类似于战国策士，但他们已经渐渐开始为适应新的大一统政治形式而调整自己了。

三、大一统政治形态下的文人

汉景帝削灭七国，武帝继续抑损诸侯，诸侯势力日小，已无力供养士人，而且中央政府颁布了多条旨在阻止士人和诸侯王交往的政策。自战国以来的游士风气始告结束，士人开始将眼光转向朝廷。汉初统治者就通过下诏求贤、推举孝悌力田、贤良方正等方式，招徕士人，给士人指出一条新的进身之阶。汉朝经过几十年的休养生息，“至武帝之初七十年间，国家亡事，非遇水旱，则民人给家足，都鄙廪庾尽满，而府库余财。京师之钱累百钜万，贯朽而不可校。太仓之粟陈陈相因，充溢露积于外，腐败不可食。”（《汉书·食货志》）凭借着雄厚的经济力量，武帝始加大政治改革的力度，建立更加稳固的专制政权。史称：“上方欲用文武，求之如弗及。始以蒲轮迎枚生，见主父而叹息。群士慕响，异人并出……是以兴造功业，制度遗文，后世莫及。”（《汉书·公孙弘卜式兒宽传》）大一统政治需要儒家思想作为理论基础，武帝于是“黜黄老、刑名百家之言，延文学儒者以百数”（《汉书·儒林传》），思想学术逐渐向儒学集中。董仲舒（前179—前104）的《天人三策》反映了此时意识形态的发展趋势：“春秋大一统者，天地之常经，古今之通谊也。今师异道，人异论，百家殊方，指意不同，是以上亡以持一统，法制数变，下不知所守。臣愚以为诸不在六艺之科，孔子之术者，皆绝其道，勿使并进。邪辟之说灭息，然后统纪可一而法度可明，民知所从矣。”（《汉书·董仲舒传》）罢黜百家、独尊儒术为大一统政治建立了思想保障。元光元年（前134），汉始岁举孝廉，中国政治史上极为重要的察举制度开始实行。[①] 此外，朝廷为取士还设立了茂才秀士、贤良方正、贤良文学、敦厚有道等科目，其目的都是为了将士人收拢为朝廷所用，并用朝廷意识形态规范士人的行为。汉武帝为五经博士置弟子50人，并通过一定的选拔与考核，委任以官职，“一岁皆辄课，能通一艺以上，补文学掌故缺；其高第可以为郎中，太常籍奏。”（《汉书·儒林传》）这就为士人开辟了通经致仕的道路。史书称：“自此以来，公卿大夫士吏彬彬多文学之士矣。”（《汉书·儒林传》）以至于后来有“经术苟明，其取青紫如俯拾地芥耳”（《汉书·夏侯胜传》）的说法。士人至此，也就从游说纵横之士，向经生转化，成了封建秩序中的一个重要组成部分。

武帝之后，儒学的地位越来越巩固。昭帝时曾就盐铁问题有过一次思想争论，结果是主张兴教化的文学贤良胜过了主张经济利益的官吏。宣帝则在石渠阁“诏诸儒讲《五经》同异，太子太傅萧望之等平奏其议，上亲称制临决焉”（《汉书·宣帝纪》），之后又立《易》、《尚书》、《谷梁春秋》等多家博士，经学大盛。士人亦可借经学的力量表达了介入政治的强烈愿望，常常借助经学中的阴阳灾异说来批判政治，劝谏帝王纳用贤才等。西汉末，王莽将经学的稽古倾向发挥到极致，他托古改制，行井田、改币制、立学校、制礼乐。其种种举措都以周公、孔子古制为蓝本。这一变革也唤起了习经的士人，以至于王莽“不兴兵领土，而径取天下”（桓谭《新论·谴非》）。但是一味复古也导致王莽的

① 黄留珠云：“察举制以岁举性科目的产生为标志，既表明它本身已经发展为一种比较完备的仕进途径，也表明它作为两汉仕进制度主体的地位的确立。”见其《秦汉仕进制度》，86页，西安，西北大学出版社，1985。

迅速败亡。从这里已经看出，儒家思想已经成为士人的主流思想形态，而经学思维也对士人的行为方式有着较大的影响。

东汉政权依靠豪强地主的势力建立，刘秀在征战时“犹投戈讲艺，息马论道”（《后汉书·樊准传》），后“立五经博士，各以家法教授”，“修起太学，稽式古典”（《后汉书·儒林列传》），并诏令“德行高妙”、“学通行修”、“明达法令”、“刚毅多略”四科取士（见《全后汉文》卷二）。这些举措为经学之士敞开了德行、学术的入仕途径。明帝、章帝也崇尚儒学。明帝还亲自讲论经义。章帝则主持了白虎观的经术讨论，“大会诸儒于白虎观，考详同异，连月乃罢”（《后汉书·儒林列传》），形成了官方的标准经书《白虎通义》。

浓重的儒学氛围使士人能够以经术为业，史称“自光武中年以后，干戈稍戢，专事经学，自是其风世笃焉。其服儒衣，称先王，游庠序，聚横塾者，盖布之于邦域矣。若乃经生所处，不远万里之路，精庐暂建，赢粮动有千百，其耆名高义开门受徒者，编牒不下万人，皆专相传祖，莫或讹杂。”（《后汉书·儒林列传》）这些举措使得士人自觉地投靠了东汉政权。东汉的仕进大多出自察举、征辟，且重视德行，“中兴以后，复增敦朴、有道、贤能、直言、独行、高节、质直、清白、敦厚之属”（《后汉书·左周黄列传》），东汉士人养成了“忠”、“孝”的品格。

第三节 经学兴起和文献整理

秦“焚书令”使传统文献遭到了毁灭性的破坏。汉朝废除了秦的思想钳制制度，为文化的发展提供了有利条件。在汉武帝“独尊儒术”之后，经学成为汉代的官方学术。所有与儒家有关的古代文献受到了极大的尊重。可以说，汉代的文献整理主要是围绕着儒家经典进行的，经学和治经的方法对古代文献的整理和传播有着重要的影响。

一、从兼收诸子到独尊儒术

汉废除了秦的“挟书律”，藏于民间的典籍文献得以重见天日。至孝文帝（前179—前157在位）时，“诗始萌芽，天下众书，往往颇出，皆诸子传说，犹广立学官，为置博士”（刘歆《移书让太常博士》，《文选》卷四十三）。文景时的文献包括先秦诸子之说，博士官贾谊通诸子百家之说，晁错习法家之术。汉初学术的特点是百家并进，诸子兼收。武帝时，大一统政权渐趋完善，始“罢黜百家，独尊儒术”。武帝置《诗》、《书》、《礼》、

《易》、《春秋》五经博士，除《诗》在汉初已有齐、鲁、韩三家之外，“《书》惟有欧阳，《礼》后，《易》杨，《春秋》公羊而已。”（《汉书·儒林传》）自此以后，汉代的官方学术就主要以儒家文本为中心衍生发展了。汉武帝时淮南王刘安曾上所编定的楚辞，并作有《离骚传》。这篇传保留在《史记·屈原贾生列传》中，称“国风好色而不淫，小雅怨诽而不乱，若《离骚》者，可谓兼之矣。上称帝喾，下道齐桓，中述汤武，以刺世事。明道德之广崇，治乱之条贯，靡不毕见”。此传通过将楚辞和《诗经》比附，将其纳入儒家意识形态之中。东汉王逸（约89—158）也是从这一观点出发，再行编定了楚辞。

二、汉代经学博士的设置情况

汉武帝之后，经学博士屡经增设。宣帝于石渠阁诏诸儒讲论《五经》同异，“复立大小夏侯《尚书》，大小戴《礼》，施、孟、梁丘《易》，谷梁《春秋》”。之后，“至元帝世，复立京氏《易》。平帝时，又立左氏《春秋》、毛《诗》、逸《礼》、古文《尚书》，所以罔罗遗失，兼而存之，是在其中矣”（《汉书·儒林传》）。西汉经学共计五经十三家。王莽好古崇圣，广泛征集儒家文献，“立《乐经》，益博士员，经各五人。征天下通一艺教授十一人以上，及有逸《礼》、古《书》、毛《诗》、《周官》、《尔雅》、天文、图谶、钟律、月令、兵法、史篇文字，通知其意者，皆诣公车”（《汉书·王莽传上》）。东汉在西汉宣帝博士制度的基础上进行了重新调整，光武帝时，“立五经博士，各以家法教授，《易》有施、孟、梁丘、京氏，《尚书》有欧阳、大小夏侯，《诗》齐、鲁、韩，《礼》大、小戴，《春秋》严、颜，凡十四博士”（《后汉书·儒林列传》）。光武帝曾一度增设《左氏》博士，后又恢复到五经十四博士，并在后汉一直延续下来。这些名目反映出了汉代士人所传习的经学文献的大致情况。这些经学文献，在一定程度上也是我们文学史所关注的对象。

为了保证这些经学文献的传习，朝廷在立经学博士外，为博士官置弟子员。赋予经学博士教习、传承经学文献的责任，这为儒家文献的传播开辟了稳定的途径。博士弟子员在西汉屡经增置，史称：“昭帝时举贤良文学，增博士弟子员满百人，宣帝末增倍之。元帝好儒，能通一经者皆复。数年，以用度不足，更为设员千人，郡国置五经百石卒史。成帝末，或言孔子布衣养徒三千人，今天子太学弟子少，于是增弟子员三千人。岁余，复如故。平帝时王莽秉政，增元士之子得受业如弟子，勿以为员，岁课甲科四十人为郎中，乙科二十人为太子舍人，丙科四十人补文学掌故云。”（《汉书·儒林传》）东汉光武帝正式建立太学，“建武五年，乃修起太学，稽式古典”。太学的出现为文献的传播和研究开辟了更为广阔的途径，大大促进了文化的普及和发展。明帝时“复为功臣子孙、四姓末属别立校舍，搜选高能以受其业。自期门羽林之士，悉令通《孝经》章句，匈奴亦遣子入学”。但之后太学有所废弛，“及邓后称制，学者颇懈”，“自安帝览政，薄于艺文，博士倚席不讲，朋徒相视怠散，学舍颓敝”。顺帝时重修太学，而至“本初元年，梁太后诏曰：‘大将军下至六百石，悉遣子就学，每岁辄于乡射月一飨会之，以此为常。’自是游学增盛，至三万余生，然章句渐疏，而多以浮华相尚，儒者之风盖衰矣”（《后汉书·

儒林列传》)。总体来看，东汉太学人数在不断地增加，经学文献在社会上的传播越来越广泛。

三、官学、私学与今文经学、古文经学

与官学相对的，民间的授徒讲经，从学者亦不在少数。西汉末年就出现了不少教授弟子数百人的名家。“及东汉中叶以后，学成而归者各教授门徒，每一宿儒，门下著录者至千百人。”(赵翼《陔余丛考》卷十六)东汉末年的大儒马融(79—166)授徒多至几千人。东汉时的私学多为未立学官的古文经学。两汉的习经人数总体上是在不断增加的，至东汉士人普遍修习儒家经典。

汉时经学有今古文之分。所谓今文，是指秦燔灭诗书之后，士人口说流传、至汉重新写定的经学文献；古文，是指用先秦文字写成的、至汉代发现的先秦典籍。[①] 刘歆(？—23)说古文来源于“鲁恭王坏孔子宅，欲以为宫，而得古文于坏壁中”(《文选》卷四十三《移书让太常博士》)。治古文的学者认为，古文经比今文经更贴近典籍的原意，“往者缀学之士，不思废绝之阙，苟因陋就寡，分文析字，烦言碎辞，学者罢老且不能究其一艺。信口说而背传记，是末师而非往古”(同上)。东汉初曾有立左氏《春秋》的争论，但古文经学始终未能立为官学。不过，东汉士人普遍习经，古文经学由经师代代传授，也有很大的影响力，如陈元(生卒年不详)、贾逵(30—101)、马融等人都是精通古文经学的名儒。今、古学之分主要在于治经方法的不同。今学以章句的形式阐发义理，目的在于发挥经典大义。班固评价其弊端说：“务碎义逃难，便辞巧说，破坏形体。说五字之文至于二三万言，后进弥以驰逐。故幼童而守一艺，白首而后能言。”(《汉书·艺文志》)今学由于被立于学官，学者多严守家法以保持官学的纯粹性。而古学由于古文文字的特殊性，偏重于文字训诂，“《左氏传》多古字古言，传者传训故而已”(《汉书·刘歆传》)。用训诂的方法习经，以通晓大意为目的，学者多遍览群经，思想较为通达。[②] 今学与古学在东汉后期逐渐融合，东汉末的郑玄(127—200)“括囊大典，网罗众家，删裁繁诬，刊改漏失，自是学者略知所归”(《后汉书·郑玄传》)，这对经学的融合与发展有重要的作用。今学和古学对后世学者的治学方式和文学、学术、思想流派的发展都有很大的影响。东汉末年的经学集前代之大成，如何休(129—182)注《公羊春秋》、赵岐(？—201)注《孟子》等。郑玄兼综今古，删繁就简，遍注群经，如《周易》、《尚书》、《毛诗》、《仪礼》、《礼记》、《论语》、《孝经》等。这些注释工作已经成为后世理解经籍的基础。

四、汉代文献的整理情况

《汉书·艺文志》记载汉代的文献整理情况说：“汉兴，改秦之败，大收篇籍，广开

① 西汉哀帝时，刘向请立左氏《春秋》、毛《诗》、逸《礼》、古文《尚书》博士，经学的今、古文之分始于此。
② 关于今学、古学的区别可参见钱穆《两汉经学今古文平议》，北京，商务印书馆，2001。

献书之路”，至武帝时，“建藏书之策，置写书之官，下及诸子传说，皆充秘府”。至成帝时，搜求天下之书，并诏令刘向（约前77—前6）等人校书，“每一书已，向辄条其篇目，撮其指意，录而奏之”。刘歆继父业，“总群书而奏其七略，故有《辑略》，有《六艺略》，有《诸子略》，有《诗赋略》，有《兵书略》，有《术数略》，有《方技略》”（《汉书·艺文志》）。刘歆的《七略》记录了西汉搜集整理群书的成果，班固《汉书·艺文志》即依此编撰而成。其中《六艺略》记录了103家著述。《诸子略》记录了189家著述，大部分为先秦诸子著作，汉人著作以儒家著述为主，著录有陆贾（前240—前170）、贾谊、董仲舒、桓宽（生卒年不详）、刘向、扬雄等人的著作，以及杂家著述《淮南子》。东汉著述除经注外，主要有王充（27—约97）《论衡》、应劭（生卒年不详）《风俗通义》、仲长统（179—219）《昌言》等。经过历代战火，两汉图书多有散佚，《隋书·经籍志》所著录的是流传较广、影响较深的著述，也是现存的两汉文献中最重要的部分。

汉代经学对汉代意识形态的建设有着重要的作用，但对后世学术、文学影响较大的，还是东汉后期的经学注释。

第四节 浪漫而宏阔的美学风貌

这一时期的文学还谈不上太多的个性色彩，它们的美学品质是和时代文化风尚紧密相连的。秦汉时期的文化是在先秦文化的基础上成长起来的，但由于社会政治的显著区别，它在继承先秦文化中的美学特征之时，也发展了自己所独有的、有着明显大一统文化色彩的美学风貌，这就是更加宏大壮阔、更具有浪漫精神。

一、楚文化对汉代政治、文人的影响

刘邦起于民间，受楚地文化的影响较深，不好儒文礼法，而喜楚歌、楚服。在楚汉战争时，叔孙通去游说刘邦，“叔孙通儒服，汉王憎之；乃变其服，服短衣，楚制，汉王喜”（《史记·刘敬叔孙通列传》）。汉朝建立之后，汉初宫廷偏好楚歌。高祖唐山夫人作有祭祀祖先的《房中乐》。“高祖乐楚声，故《房中乐》楚声也。”（《汉书·礼乐志》）刘邦本人的《大风歌》，以及后来汉武帝所作的《秋风辞》，昭帝所作的《黄鹄》、《淋池》，也都是楚歌。楚歌楚舞给汉文化带来了浓郁的浪漫色彩，从汉代画像石中我们还能看到那些充满了神仙和精怪的神话世界，不过与楚文化的原始气氛不同，“其艺术风格和美学基调既不恐怖威吓，也不消沉颓废，毋宁是愉快、乐观、积极和开朗的。……它不是神对人的征服，毋宁是人对神的征服。神在这里还没有作为异己的对象和力量，毋宁是人的直接伸延”①。

楚文化对文人的影响，首先是在抒情方式上。屈原于困顿遭际中，能够满怀自信，“发愤抒情”，他“虽九死而犹未悔”执著追求理想的精神，开启了汉代文人情感发泄的阀门。汉代文人自恃其才，渴望建功立业，但却不得不承受大一统的压力，于是纷纷模仿《楚辞》抒发不遇之悲。自贾谊《吊屈原赋》之后，骚体赋的创作在两汉绵延不绝。《文心雕龙·时序》说：“爰自汉室，迄至成、哀，虽世渐百龄，辞人九变，而大抵所归，祖述《楚辞》，灵均余影，于是乎在。”骚体作品为汉初文坛点染了明显的悲凉色彩。另外，楚文化中丰富的想象力、乐观的精神、《楚辞》中的华美辞采，对汉代大赋美学风格的形成有着重要的作用。王逸曾评价《楚辞》说：“屈原之词，诚博远矣。自终没以来，名儒博达之士，著造词赋，莫不拟则其仪表，祖式其模范，取其要妙，窃其华藻。”（王逸《楚辞章句序》）汉赋描摹事物蔚似雕画，赋家囊括宇宙、包揽人物，并不仅仅是“拓宇于楚辞”（《文心雕龙·诠赋》），也与楚文化中的神话色彩有关。

在汉初相当长的一段时间内，士人倾慕战国风尚，崇尚一种激昂凌厉的美学风格，并在文章中反映出来。不论是在朝廷中，还是在藩国中，士人都表现出纵横家的气势。贾山的《至言》描述秦的政治状况说：“贵为天子，富有天下，赋敛重数，百姓任罢，赭衣半道，群盗满山，使天下之人戴目而视，倾耳而听。”（《通志》卷九十七）贾谊《陈政事疏》开篇便说：“臣窃惟事势，可为痛哭者一，可为流涕者二，可为长太息者六，若其他背理而伤道者，难遍以疏举。”（《汉书·贾谊传》）都能以危言动人，再辅以充沛的气势，具有明显的战国遗风。藩国士人如邹阳、严忌、枚乘等，也都慷慨直言，纵横恣肆。比如枚乘《上书谏吴王》：“夫以一缕之任系千钧之重，上悬之无极之高，下垂之不测之渊，虽甚愚之人犹知哀其将绝也。”（《文选》卷三十九）邹阳的《狱中上书自明》列举历代君王对臣子的信任说：“故百里奚乞食于路，穆公委之以政；宁戚饭牛车下，而桓公任之以国。此二人岂素宦于朝，借誉于左右，然后二主用之哉？感于心，合于意，坚如胶漆，昆弟不能离，岂惑于众口哉？”（同上）引譬生动，兼有辞采与气势。鲁迅评价汉初藩国文风说：“盖吴蓄深谋，偏好策士，故文辩之士，亦常有纵横家遗风，词令文章，并长辟阖，犹战国游士之说也。”（《汉文学史纲要·藩国之文术》）

武帝时，汉朝空前强盛，大一统的政治气象得到充分的显示。汉文化呈现出兼收并蓄的宏大的气魄，对于域外的乐舞百戏、工艺器物，都采取拿来主义，创造出繁盛的艺术。文化融合本身说明了汉朝的文化自我中心意识滋长，也拓宽了汉人的眼界和自信心。汉大赋典型地体现了此时的社会美学倾向。肇始景、武时期的汉大赋力求全方位、多角度，极尽铺陈夸饰之能事，构造了一个富丽堂皇、琳琅满目的物质世界，显示出汉人征服世界的满足感。而大赋中所描绘的山川、游猎、宫殿、园囿、游乐等等，又都是以天子为中心，渲染出了时代的升平气象。司马迁撰写《史记》始自三皇五帝、以人物为核心贯穿历史、涉及社会的方方面面，体现出开阔视野与宏大气魄，也与“海内一统”的政治局面和武帝时崇尚功业的社会风气有关。

① 李泽厚：《美的历程》，122 页，天津，天津社会科学院出版社，2001。

二、汉代文学儒雅典重的经学气息

汉文化的另一特征，也是在汉武帝时期形成的，那就是由于独尊儒术而导致的儒雅典重的经学气息，开启了美学思想中的崇古之风。西汉中后期以来，士人的奏议文章中屡屡称引《诗》、《书》，甚至君王诏书也是如此，“元、成以后，刑名渐废。上无异教，下无异学。皇帝诏书，群臣奏议，莫不援引经义，以为据依”（皮锡瑞《经学历史·经学极盛时代》）。儒学的影响在东汉更为深入，不仅文章严谨整饬，大赋中也渗入了儒家教化的思想，追求“雍容揄扬”的美学风度。

西汉文学风貌的发展具有明显的阶段性特征，自初期的纵横捭阖、哀怨发愤，到润色鸿业，而终于典雅整饬，这不但与社会政治文化的发展有关，也反映了文人对自我角色的调适和认同的精神历程。

【温故知新】

大一统　文人心态　古文经学　今文经学　骚体赋　纵横家气息　浪漫宏阔

【请你思考】

1. 分析汉代的政治形态与文学之间的关系。
2. 分析汉代的文人心态有怎样的发展过程。
3. 分析汉代文学对于之前文学的继承与发展。

第二章 乐府诗和讽喻传统

【导入】

汉代设置有“乐府”机构，采集制作配乐协律的“歌诗”，用于宫廷礼乐，或用于观知民风。这些诗歌大部分来自民间，反映了普通民众的生活与情感，它们将掩饰在大汉雄风之下的悲惨、凄凉的民间生活展现出来，使我们对汉代社会有着更完整的认识。汉乐府关注生活、直面苦难的现实态度，丰富并鼓励了中国诗歌的讽喻传统。汉乐府在形式上多用五言，具有相当成熟的叙事和抒情技巧，直接引发了文人五言诗的产生。尽管现存的乐府诗歌数量不多，但它对后世诗歌的影响却十分深远。

第一节
乐府和乐府诗

一、汉代以前与汉代的音乐机构和设置

“乐府”是秦汉时掌管音乐的官署。“乐府”之名始见于秦代，但早在殷、周时代，已有瞽宗、大司乐等执掌音乐事务的官员。汉初沿袭秦制，设有“太乐令”、“乐府令”等职（见班固《汉书·百官公卿表》），负责掌管宗庙祭祀的雅乐。这些雅乐主要承袭前代，《汉书·礼乐志》说“高祖时，叔孙通因秦乐人制宗庙乐”。也有一些是汉时编制的，如高祖唐山夫人所作《房中祠乐》等，这些乐歌迎合了汉初制定朝仪、举行祭仪的需要。至汉武帝独尊儒术，为配合大一统帝国兴礼作乐的文化举措，乐府的规模得到扩大，开始了大规模的乐歌采集与创制。一方面“采诗夜诵，有赵、代、秦、楚之讴”，另一方面“以李延年为协律都尉，多举司马相如等数十人造为诗赋，略论律吕，以合八音之调，作十九章之歌”（《汉书·礼乐志》），这些诗乐除了用于礼乐教化、燕享娱乐外，因其“皆感于哀乐，缘事而发，亦可以观风俗，知薄厚”（《汉书·艺文志》），在政治上也发挥着作用。

二、乐歌在民间的流行和歌诗

西汉末年，汉哀帝有感于乐府中郑声淫曲甚为流行，“罢乐府官”，大量裁减乐府官员，只保留了用于祭祀的雅乐，归“太乐”掌管（见《汉书·礼乐志》）。民间乐歌虽被朝廷排斥，但“百姓渐渍日久，又不制雅乐有以相变，豪富吏民湛沔自若”（《汉书·礼乐志》），乐歌仍在民间流行。东汉初设立“大予乐”专门掌管郊祀乐。“大予乐”没有从民间采诗的任务，不过东汉施行的举谣言制度，还根据民间歌谣审核政绩、任命官吏。光武帝刘秀曾“广求民瘼，观纳风谣”（《后汉书·循吏列传》），和帝刘肇（89—105 在位）曾“分遣使者，皆微服单行，各至州县，观采风谣”（《后汉书·方术列传》）。现存的汉乐府诗中绝大部分是东汉时的民间歌谣。这些歌谣或讥刺时事，或反映民生艰难，如桓、灵时童谣：“举秀才，不知书。举孝廉，父别居。寒素清白浊如泥，高第良将怯如鸡。”（《抱朴子·外篇》卷二）讥讽当时所察举的官吏名不副实。此外如《平陵东》、《十五从军征》、《病妇行》等，都是对社会现实的真切记录。

由乐府采集、制作的诗乐在汉代被称为“歌诗”。《汉书·艺文志》在《诗赋略》中

著录有各地的乐歌，如《吴楚汝南歌诗》、《燕代讴雁门云中陇西歌诗》等。六朝时，这些入乐的诗歌被称作“乐府”。刘勰《文心雕龙·乐府》中说：“乐府者，声依永，律和声也。”乐府由是成为入乐诗歌的代称。六朝所辑的《文选》立有“诗”、“乐府”两类，“乐府”成为与诗并立的一种文体，其主要原因就在于它入乐的特征。乐府的来源包括宫廷创制与民间采集两种，后者又称为乐府民歌，体现出平民的生活与情感，成为汉代乐府诗歌中最富生命力的部分。

三、乐府的分类

较早对汉乐府进行分类的是东汉末年的蔡邕（133—192），他将乐府分为四类：大予乐、周颂雅乐、黄门鼓吹和短箫铙歌（见《全后汉文》卷七十《乐意》）。这四类只包括祭祀、礼仪、宴乐、军乐等朝廷用乐，不包括民间乐歌。唐代吴兢（670—749）《乐府古题要解》将乐府分为八类，包括相和歌、拂舞歌、白歌、铙歌、横吹曲、清商曲、杂题、琴曲，其中相和歌多为民歌。宋人郭茂倩（1041—1099）《乐府诗集》对乐府的分类最为全面系统，他按音乐的不同分为十二类：郊庙歌辞、燕射歌辞、鼓吹曲辞、横吹曲辞、相和曲辞、清商曲辞、舞曲歌辞、琴曲歌辞、杂曲歌辞、近代曲辞、杂歌谣辞、新乐府辞。其中杂歌谣辞类收录徒歌、谣谚，新乐府辞是后人模拟乐府所作的诗，这两类都不入乐。后人论乐府诗，多遵从郭茂倩的分类方法。

《汉书·艺文志》著录西汉时的乐府诗歌有三百一十四篇，其中约一百三十多篇为民歌。沈约（441—513）作《宋书·乐志》时开始收集乐府诗，郭茂倩《乐府诗集》又有所增补。但汉代乐府诗大多已散佚，今仅存约百篇，其中民歌有五十首左右。汉乐府民歌与汉代歌谣主要收录于《乐府诗集》的“鼓吹曲辞”、“相和曲辞”、“杂曲歌辞”、“杂歌谣辞”中。

第二节
感于哀乐，缘事而发

汉代乐府民歌来源于“汉世街陌谣讴”（《晋书》卷二十三）。它的题材广泛，真切地反映了普通民众的生活与情感。从内容来说，可大致将汉乐府民歌分为四类：一是诉说生活艰难、抨击社会不公的诗歌；二是表现人民厌倦战争的诗歌；三是表达漂泊流离、生命忧惧等情感的诗歌；四是反映爱情婚姻的诗歌。

一、诉说生活艰难、抨击社会不公

汉代在大一统帝国强盛外表的背后，隐藏着很多社会矛盾。剥削阶层锦衣玉食，而"贫民常衣牛马之衣，食犬彘之食"，"卖田宅、鬻子孙以偿债"（《汉书·食货志》）。汉代乐府民歌中的很多篇章诉说了生活的艰难，对社会不公的现实表达了愤慨的情绪。

其中《相逢行》一诗描摹了富贵之家的生活：

> 黄金为君门，白玉为君堂。堂上置樽酒，作使邯郸倡。中庭生桂树，华灯何煌煌。兄弟两三人，中子为侍郎。五日一来归，道上自生光。黄金络马头，观者盈道傍。（《乐府诗集》卷三十四）

与此形成鲜明对比的是《东门行》一诗：

> 出东门，不顾归。来入门，怅欲悲。盎中无斗米储，还视架上无悬衣。拔剑东门去，舍中儿母牵衣啼："他家但愿富贵，贱妾与君共餔糜。上用仓浪天故，下当用此黄口儿。""今非，咄，行！吾去为迟，白发时下难久居。"（《乐府诗集》卷三十七）

前者描摹了富贵生活的豪华与荣耀，后者记述了主人公因生活贫困无以自存而不得不铤而走险，深刻地反映了当时贫富阶层的尖锐对立。《东门行》诗中不写"带剑"、"携剑"，而用"拔剑"二字，形象地写出主人公被生活所迫的激愤心情；然而家人"牵衣"阻拦、情愿忍受贫困的场景，写出贫民生活的沉重与无奈。

《妇病行》、《孤儿行》也叙写了生活的辛酸。《妇病行》的后半部分写主人公在丧妻之后无力抚养幼子："抱时无衣，襦复无里。闭门塞牖，舍孤儿到市。道逢亲交，泣坐不能起。从乞求与孤儿买饵。对交啼泣，泪不可止。"（《乐府诗集》卷三十八）极为沉痛地将现实生活的悲惨处境展现出来，令人感慨不已。《孤儿行》则描述了孤儿受兄嫂役使的痛苦："头多虮虱，面目多尘。大兄言办饭，大嫂言视马。上高堂，行取殿下堂，孤儿泪下如雨。使我朝行汲，暮得水来归。手为错，足下无菲。怆怆履霜，中多蒺藜。拔断蒺藜肠肉中，怆欲悲。"（同上）辛苦的劳役不说，兄弟间的亲情早已荡然无存，诗中字字句句都是孤独无助的哭诉。

分析举例

《平陵东》对黑暗吏治的揭露

《平陵东》一诗揭露了当时吏治的黑暗：

> 平陵东，松柏桐，不知何人劫义公。劫义公，在高堂下，交钱百万两走马。两走马，亦诚难，顾见追吏心中恻。心中恻，血出漉，归告我家卖黄犊。（《乐府诗集》卷二十八）

官吏无故劫持义公，只有"交钱百万两走马"才能得到释放。官吏竟然会绑架勒索，面对如此荒唐而凶暴的事实，贫弱无助的百姓又将面临着怎样的命运呢？诗中没有任何评论，仅仅是事件本身就明白无误地呈现了是非曲直。

二、表现人民对于战争的厌倦

自汉武帝始，汉代与边境少数民族的战争一直没有停止过。连年的征战，繁重的兵役和徭役，不但剥夺了无数百姓的生命，也破坏了人民正常的生活，成了百姓难以逃避的苦难深渊。他们借歌谣的形式，表达了对战争的厌倦与不满。

《战城南》描写了战斗结束后荒野横尸的惨景，并对战争的意义提出质问：

> 战城南，死郭北，野死不葬乌可食。为我谓乌，且为客豪。野死谅不葬，腐肉安能去子逃？水深激激，蒲苇冥冥。枭骑战斗死，驽马徘徊鸣。梁筑室，何以南，何以北！禾黍不获君何食？愿为忠臣安可得？思子良臣，良臣诚可思，朝行出攻，暮不夜归。（《乐府诗集》卷十六）

中国古代战争场景

疆场上尸陈荒野，面对这一凄惨的场景，诗人万般无奈，只是借死者之口，向前来觅食的乌鸦发出最后的请求，希望乌鸦能为自己啼号几声，权且作为哀悼。一股透彻人心的悲凉之意令人深感震惊。“良臣”战死沙场，侥幸存活的又将面对怎样的未来——战场上生死未卜，田园里禾黍无收，战争剥夺了普通人民最基本的生活权利。

分析举例

《十五从军征》的老兵归家场景

《十五从军征》则写了一个老兵终于归家时所面对的残破场景：

> 十五从军征，八十始得归。道逢乡里人：“家中有阿谁？”“遥看是君家，松柏冢累累。”兔从狗窦入，雉从梁上飞。中庭生旅谷，井上生旅葵。舂谷持作饭，采葵持作羹。羹饭一时熟，不知贻阿谁。出门东向看，泪落沾我衣。（《乐府诗集》卷二十五）

少年随军出征、年老始得归乡，生命虽得侥幸保存，但一生都在战争中消耗了。漫长的时间也摧毁了自己的家：亲人都已亡故，庭院荒凉破落。当老兵悽悽惶惶收拾完毕，面对着自己做就的粗劣的饭菜，强烈的孤独感与年华耗尽的失落感，一起涌上心头，化作无限的苦涩与悲凉。

乐府诗歌中还有不少征夫思妇的主题，如《古歌》："离家日趋远，衣带日趋缓。心思不能言，肠中车轮转。"（《古诗源》卷三）《饮马长城窟行》写思妇怀念远方的征人："远道不可思，宿昔梦见之。梦见在我傍，忽觉在他乡。他乡各异县，展转不相见。"（同上）这些离别的伤感，也从侧面再现了战争给人们心灵带来的巨大创伤。

三、表达漂泊流离、生命忧惧的情感

西汉末、东汉后期朝政混乱，平民流离失所，士人游宦无门、前途渺茫。生活中的蹉跎与无望，使人们充分感受到了时代的苦难，也因此而对生命本身失去了信心，于是人生无常、忧生惧死成了一种流行的时代情绪。乐府诗歌中颇有一些诗表达了祸福无常、生命短暂的悲哀，显示了浓重的人生忧患意识。如《薤露》云："薤上露，何易晞！露晞明朝更复落，人死一去何时归！"（《乐府诗集》卷二十七）《蒿里》云："蒿里谁家地？聚敛魂魄无贤愚。鬼伯一何相催促，人命不得少踟蹰。"（同上）这两首诗应是当时的丧歌，但它反映了整个时代对命运的畏惧和无奈，对人生短暂的无限伤感。生命的脆弱性在一个战乱的年代里，就显得更加突出。《枯鱼过河泣》写道："枯鱼过河泣，何时悔复及！作书与鲂鱮，相教慎出入。"（《乐府诗集》卷七十四）《怨诗行》说："百年未几时，奄若风吹烛。嘉宾难再遇，人命不可续。"（《乐府诗集》卷四十一）《满歌行》说："为乐未几时，遭时险巇，逢此百罹。"（《乐府诗集》卷四十三）其中慨叹世事险恶、人命无常，弥漫着深沉的忧生惧死之感。死亡不请而至，活着也只是一种艰难的漂泊，不得不体验着无所归依的悲凉感受，如《悲歌》所感慨："悲歌可以当泣，远望可以当归。思念故乡，郁郁累累。欲归家无人，欲渡河无船。心思不能言，肠中车轮转。"（《乐府诗集》卷六十二）

由于生活动荡不安、祸福难测，很多诗歌在哀叹生命短促的同时，希望通过及时行乐的方法解脱自己。如《西门行》：

> 出西门，步念之：今日不作乐，当待何时？夫为乐，为乐当及时。何能坐愁怫郁，当复待来兹！饮醇酒，炙肥牛。请呼心所欢，可用解愁忧。人生不满百，常怀千岁忧。昼短而夜长，何不秉烛游？自非仙人王子乔，计会寿命难与期！自非仙人王子乔，计会寿命难与期！人寿非金石，年命安可期？贪财爱惜费，但为后世嗤！（《乐府诗集》卷三十七）

在"今日不作乐，当待何时"的豪语之后，实际上却流露出内心无可消解的苦闷。在人生短暂的压力下，及时行乐的宣言与其说是世俗生活的享乐，莫如说是急于把握生命的焦灼。

分析举例

《长歌行》的积极态度

另有《长歌行》一诗，却在同样的主题下，表现出了欣欣向上的积极态度，诗中说：

青青园中葵，朝露待日晞。阳春布德泽，万物生光辉。常恐秋节至，焜黄华叶衰。百川东到海，何时复西归？少壮不努力，老大徒伤悲。（《乐府诗集》卷三十）

诗中劝诫人们抓住有限时光，努力有为，激励人们积极地生活。不过这种感情基调在汉乐府中很少见。

四、反映爱情婚姻

汉代乐府中还有很多反映爱情婚姻的诗歌。在这些诗歌中，有的清新柔美，如《江南》：

江南可采莲，莲叶何田田。鱼戏莲叶间，鱼戏莲叶东，鱼戏莲叶西，鱼戏莲叶南，鱼戏莲叶北。（《古诗源》卷三）

诗歌以采莲起兴，以“鱼戏莲叶”暗喻爱情的欢洽，在反复咏唱中，营造了一份清新甜美的愉悦。《上邪》则爽直热烈：

上邪！我欲与君相知，长命无绝衰。山无陵，江水为竭，冬雷震震，夏雨雪，天地合，乃敢与君绝！（同上）

诗中列举了一系列不可能的事情，用它们来宣誓爱情的坚贞，态度果敢坚决、情感炽烈，想象奇特，给人以强烈的冲击力。《有所思》一诗则抒写了爱情受挫前后的情感：

有所思，乃在大海南。何用问遗君，双珠玳瑁簪，用玉绍缭之。闻君有他心，拉杂摧烧之。摧烧之，当风扬其灰。从今已往，勿复相思！（同上）

诗中写女主人公为爱人精心准备礼物，出现变故之后，则将礼物“拉杂摧烧之”，还要“当风扬其灰”。前后两种态度对比鲜明，形象地表达了爱之深与恨之切的强烈感情。

汉乐府还多方面叙写了妇女的命运。《怨歌行》以团扇喻人：“新裂齐纨素，鲜洁如霜雪。裁为合欢扇，团团似明月。出入君怀袖，动摇微风发。常恐秋节至，凉飚夺炎热。弃捐箧笥中，恩情中道绝。”（《乐府诗集》卷四十二）表达了女子对自己依附地位和未来命运的忧虑。《上山采蘼芜》写的是一个被休弃的妇女与故夫相遇，询问新人情况的对话，流露出妇女对自己悲惨身世的幽怨和无奈之情。《白头吟》通过一个被休弃的妇女的命运，表达了天下妇女的真切期望：“凄凄复凄凄，嫁娶不须啼。愿得一心人，白头不相离。”（《乐府诗集》卷四十一）

《孔雀东南飞》也是以妇女生活为题材的诗歌。《孔雀东南飞》原题为《古诗为焦仲卿妻作》，题下小序说本诗是汉末建安时人所作，是我国汉代乐府诗歌中最长的一首叙事诗。它最早见于南朝人徐陵所编的《玉台新咏》，后收入《乐府诗集》。一般认为，在编入《玉台新咏》之前，《孔雀东南飞》已经过文人的多次润色。

《孔雀东南飞》以辞归、送别、逼婚、殉情四个主要情节，写了刘兰芝与焦仲卿的婚姻悲剧。刘兰芝由于不堪焦母的百般挑剔，对焦仲卿说“妾不堪驱使，徒留无所施”，主动要求遣归。焦仲卿以夫妇情深规劝母亲时，焦母“槌床便大怒”，责骂他“小子无所畏，何敢助妇语！吾已失恩义，会不相从许”，逼迫儿子将刘兰芝遣归。刘兰芝与焦仲卿在离别之时，立下“君当作磐石，妾当作蒲苇，蒲苇纫如丝，磐石无转移”的誓言，表达了对爱情的忠贞。但是刘兰芝归家后，屡遭兄长的逼嫁。万般无奈之下，刘兰芝以死抗争，而焦仲卿闻兰芝死讯，亦自缢殉情。在二人合葬的墓地上，“东西植松柏，左右种梧桐。枝枝相覆盖，叶叶相交通。中有双飞鸟，自名为鸳鸯，仰头相向鸣，夜夜达五更”。枝叶交相覆盖、鸳鸯日夕和鸣，象征着二人爱情的绵绵不绝。这首长诗歌颂了坚贞的爱情，感人至深。但给人印象最深的，是它揭示了封建专制家长在儿女婚姻生活中的反面作用，正是他们的骄横和自私，造成了这个爱情悲剧。这一诗歌主题具有深刻的社会教育意义。

第三节 叙事性和抒情性

班固在《汉书·艺文志》中说：“自孝武立乐府而采歌谣，于是有代赵之讴，秦楚之风，皆感于哀乐，缘事而发。”汉乐府民歌“感于哀乐，缘事而发”的特点，使得诗歌具有叙事性与抒情性的双重特征。

一、汉乐府的叙事性

与《诗经》、楚辞相比，汉乐府的叙事成分大大增加，具有一定的情节和场景。如《孤儿行》叙写孤儿遭受兄嫂虐待、辛苦劳役的经历，选取了“行贾”、“汲水”、“收瓜”几件事进行描述。其中“收瓜”一节写道：

> 三月蚕桑，六月收瓜。将是瓜车，来到还家。瓜车反覆，助我者少，啖瓜者多。“愿还我蒂！兄与嫂严，独且急归，当兴校计。”（《乐府诗集》卷三十八）

诗中描写了瓜车翻覆的场景，面对瓜果散落、路人抢食的混乱，孤儿只能哀求路人把瓜蒂留下，好回去与兄嫂交代。孤儿的无助与恐惧通过这一场景得到逼真的呈现。汉乐府诗歌中《平陵东》、《陌上桑》、《孔雀东南飞》等都有完整的故事情节。而一些诗则突出一定的场景或片段，如《病妇行》叙写病妇临终前嘱托、丈夫孤苦无助两个画面，《东门行》截取平民男子欲铤而走险、妻子加以阻拦的片段，《上山采蘼芜》选取弃妇与故夫相遇的场景，等等。《孔雀东南飞》的场景描写是十分典型的。如"太守迎亲"一节，大段叙写太守登门行聘时的车、马、礼物等，描绘出富丽堂皇的场面，而刘兰芝此时却"泪落便如泻"，与迎亲的气氛形成强烈的反差。铺陈手法的运用渲染了气氛，烘托出悲剧性的主题。乐府诗在叙事时，还特别注重记录人物的对话，通过对话再现或推动情节。如《东门行》中丈夫拔剑欲往东门时，妻子哭道："他家但愿富贵，贱妾与君共餔糜。上用仓浪天故，下当用此黄口儿。今非！"丈夫接口说："咄！行！吾去为迟！白发时下难久居。"诗歌后半部分即以这两段对话组成，将一个困顿无依、万般无奈的悲惨生活场景真切地再现出来。"缘事而发"的特点注定了汉乐府民歌的普遍注重情节、场面，促进了古代诗歌叙事手法的渐趋成熟。

在生动的情节与场面中，人物形象也得到了鲜活生动的表现。《孤儿行》中孤儿的委屈与苦楚，《东门行》中丈夫的惆怅与悲愤，都从字里行间表现出来。

《陌上桑》中的人物描写最为人所称道。诗歌首先从用具、服饰的美好来暗示主人公的光彩照人，为人们留下想象的空间。接着又用路人见到罗敷的种种反应来烘托罗敷的美丽：

> 行者见罗敷，下担捋髭须。少年见罗敷，脱帽著帩头。耕者忘其犁，锄者忘其锄。来归相怒怨，但坐观罗敷。（《乐府诗集》卷二十八）

通过行者、少年、耕者、锄者对罗敷美貌的惊叹与欣赏，以至在罗敷面前手足无措的尴尬表现，尤其是"来归相怒怨，但坐观罗敷"这一滑稽的情境，映衬出罗敷令人惊叹的美貌。诗歌后半"使君"的出现，将这一尴尬场面推向一个高潮。使君凭着自己的身份，在一步步靠近罗敷的时候，一心以为艳福将至，发出了"共载"的邀请。而罗敷的"夸夫"，以值得骄傲的夫君和幸福的生活，为自己的美丽增添了分量，也挫折了使君的自信心。使君对美丽的冒犯，其结果是造成了更大的尴尬。《陌上桑》是一首对美丽女性形象的颂歌，整首诗情节生动，富于戏剧性和诙谐的效果。

《孔雀东南飞》的人物形象也刻画得非常成功，刘兰芝的坚贞刚强、焦仲卿的软弱痴情、焦母的专横霸道、刘兄的自私势利，都在诗中极为清晰而深刻地得到了表现。刘兰芝面对婆婆的故意刁难，主动提出遣归，辞归时她向焦母恭敬地告别，说"今日还家去，念母劳家里"，不卑不亢；面对着送别自己的焦仲卿，她则立下"蒲苇纫如丝，磐石无转移"的誓言，表达了对爱情的坚贞；在生死决断的关头，刘兰芝对焦仲卿说"同是被逼迫，君尔妾亦然。黄泉下相见，勿违今日言"，心存死志，语气坚定。这些人物语言，真切地表现了刘兰芝果敢坚强、善良贤惠而又忠于爱情的性格。焦仲卿性格相对软弱，他在处理家庭关系时处于被动状态，他对刘兰芝说"我自不驱卿，逼迫有阿母"，显示了他于孝道和感情之间难以取舍的矛盾；但在与刘兰芝辞别之时，却能深情约定"不久当还归，誓天不相负"；刘兰芝改嫁的消息传来时，他急忙去见刘兰芝，先是倾诉"吾独向黄泉"的悲愤，然后又相约以死抗争，显示了他对爱情的执著。此外，焦母、刘兄等人，虽然只有三言两语，但也非常传神。"小子无所畏，何敢助妇语"，描摹出焦母的专横；"否泰如天地，足以荣汝身"，写出刘兄的势利。这首诗以人物语言来刻画人物性格，在艺术上十分成功。

学术轶事

后人对于《孔雀东南飞》的评价

清代沈德潜（1673—1769）评价本诗说："淋淋漓漓，反反复复，杂述十数人口中语，而各肖其声音面目，岂非化工之笔！"（《古诗源》卷三）

二、汉乐府的抒情性

汉代乐府民歌来源于人们在现实生活中的种种感受，无论是直抒胸臆，还是在叙事、描写中抒情，都包含着浓郁的情感。比如《有所思》中女子听说对方变心，于是将礼物"拉杂摧烧之。摧烧之，当风扬其灰。从今已往，勿复相思"，态度泼辣坚决。又如《满歌行》慨叹"伶仃荼毒，愁苦难为"，《西门行》感伤"人生不满百，常怀千岁忧。昼短苦夜长，何不秉烛游"，表达了生命短暂、世事无常的忧虑。这些都是直接抒情的典型。而《江南》一诗只是描述"鱼戏莲叶"的场景，但在反复的述说中流露出平淡柔和的愉悦。《十五从军征》写一个老兵归家的所见："兔从狗窦入，雉从梁上飞，中庭生旅谷，井上生旅葵"，"羹饭一时熟，不知贻阿谁"，荒凉败落的景象中满含着老兵的孤苦凄凉。《上山采蘼芜》、《孔雀东南飞》等也都在叙事以及特定场景的描写中，抒写了主人公的情感。这些诗将丰富的情感寄寓在叙事、描写过程中，取得了含蓄蕴藉的艺术效果。

三、汉乐府的语言特色

汉乐府民歌突破了《诗经》以四言为主的句式，而多用五言、杂言。现存五十多首汉乐府民歌中有二十多首杂言诗，比如《东门行》一诗中，有三言、四言、五言、六言、七言、八言的句子，还有单字、双字的短句，不拘长短，生动地表现了当时的场景。全篇运用五言的诗歌也有不少，如《长歌行》、《陌上桑》、《十五从军征》、《孔雀东南飞》等，句式整齐，音节单双配合，富于节奏感，便于表现复杂的事件和情感。汉乐府中的五言句式对五言体诗歌的定型，对推动文人五言诗的发展有重要作用。

汉乐府诗歌语言质朴直白，多用口语。如《江南》"江南可采莲，莲叶何田田"等句，全无雕琢，却生动地勾勒出一幅清新自然的画面。乐府民歌中的人物的语言，更是富有生活气息和口语色彩。

☞ **多学一点**

后人对于汉乐府语言特色的评价

胡应麟（1551—1602）评价汉乐府诗歌说："矢口成言，绝无文饰，故浑朴真至，独擅今古。"（《诗薮·内篇》）

汉乐府在中国诗歌史上占有重要地位，它上承《诗经》、楚辞，下启各朝文人乐府诗歌。汉乐府"感于哀乐，缘事而发"的创作动机，以及反映平民的生活与情感、语言浅白朴素的特点，乃至汉乐府的题材与写作技巧，都对后世文人政治抒情诗有着垂范作用。从建安时期曹氏父子借乐府古题言时事，到杜甫（712—770）即事名篇、无复依傍，再到元稹（779—831）、白居易（772—846）提倡的新乐府运动，无不深受汉乐府的影响。

【温故知新】

汉乐府　民生多艰　厌倦战争　人生忧惧　婚姻爱情　叙事性　抒情性　新乐府运动

【请你思考】

1. 简述汉代之前音乐机构的设置对于汉乐府诗歌的影响作用。
2. 简述汉乐府诗歌与音乐的关系。
3. 阐释汉乐府诗歌在内容方面对于前代文学的继承与发展。
4. 试结合《陌上桑》、《孔雀东南飞》等作品分析汉乐府民歌的艺术特性。

【推荐阅读】

（宋）郭茂倩编．乐府诗集．傅增湘藏宋本．北京：人民文学出版社，2010

第三章 文章典范的建立

【导入】

散文是汉代最为成熟的文学样式，不但诸体兼备，而且发展到一个高潮。尤其是政论散文，以其杰出的艺术成就，成为后代古文家所心慕手追的对象。以政论散文和诸子散文来说，西汉初期的文章多有纵横文气，西汉中后期典雅持重、引经据典，东汉则重针砭时弊。汉代散文也一直有着抒写情志的传统，比如司马迁的《报任安书》等文章鲜明地展现了作者个人的思想情感。从文章形式和风格来看，从西汉初期的纵横驰辩，到西汉中后期的典重质实，再到东汉的逐渐骈偶、丽辞化，汉代散文呈现出文采丰赡的发展趋向。

第一节
疏直激切

自秦到武帝以前的政论文章，是中国散文史上的一个高峰，被称为西汉鸿文，垂范后世，有着很高的文学价值和极大的影响。

一、李斯与秦朝政论文

李斯是秦朝唯一留有作品的作家，他早年从荀子（约前313—前238）学习帝王之术，后为秦王嬴政所用。他的文章崇尚功利，语言简洁切实，风格峻切，颇有秦风。《谏逐客书》是他的代表作。《谏逐客书》作于秦王政十年（前237），当时韩人郑国为消耗秦的国力，为秦修建水利，事发后秦国打算驱逐所有的客卿。李斯也在被逐之列，于是他上书力辩，论说逐客之非。《谏逐客书》立论于客卿对秦国的重要作用。文章首先征引史实说明秦国的几代帝王都曾任用客卿富国强兵，接着以秦始皇喜好他国玩好之物的事实，来质疑秦王对客卿的疑虑："今陛下致昆山之玉，有随和之宝，垂明月之珠，服太阿之剑，乘纤离之马，建翠凤之旗，树灵鼍之鼓。此数宝者，秦不生一焉，而陛下说之，何也?"文章最后鼓动秦王延揽人才，成就帝业："臣闻地广者粟多，国大者人众，兵强则士勇。是以太山不让土壤，故能成其大；河海不择细流，故能就其深；王者不却众庶，故能明其德。"（《史记·李斯列传》）文章罗列事实，指陈时势，铺陈与排比相配合，营造出酣畅淋漓的论说气势，体现出纵横驰辩的战国文风。

西汉继秦之后，再次建立了大一统的中央政权。朝代更替激发了士人对历史兴亡的关注，西汉初期的政论文章主要反思秦亡教训，思考兴国之策，文风较战国策士的说辞冷静、严谨，但依然具有纵横铺陈的特点。文帝时，贾山作《至言》谈论治乱之道，这是西汉第一篇以亡秦为鉴的政论文章。《至言》开篇说："臣不敢以久远谕，愿借秦以为谕，唯陛下少加意焉。"他认为，秦的灭亡在于赋敛沉重、刑法严峻、不修礼义，因此告诫汉文帝应当选贤举能，尊崇礼法，"修先王之道"。《至言》直陈利弊、言辞峻切，后人言其"雄肆之气，喷薄横出"（姚鼐《古文辞类纂》）。

二、贾谊与西汉初期的政论文

西汉初期最有代表性的政论文作家是贾谊。贾谊少有文名，早年参政，极富热情，曾多次上疏。他的政论散文主要有《治安策》（又名《陈政事疏》）、《论积贮疏》、《过秦论》等。这些文章涉及藩国、匈奴、政治秩序、经济措施等一系列重大问题，流露出浓厚的忧患意识。当时“匈奴强，侵边；天下初定，制度疏阔；诸侯王僭拟，地过古制，淮南、济北王皆以逆诛，谊数上疏，多所欲匡建”（《汉书·贾谊传》），《治安策》即在此情况下撰成。如在稳定国家方面，贾谊建议削弱诸侯藩国的力量，积极抵御匈奴的侵犯；在治理国家方面，他认为应施行仁政，反对严刑酷法，还应发展农业，重农抑商。《治安策》的分析切中西汉初的政治时势，体现出一定的政治眼光，后人对它有很高的评价。从文章风格上说，《治安策》言辞激烈，很有纵横家的气势。文章一开篇就极力强调形势的严峻：“臣窃惟事势，可为痛哭者一，可为流涕者二，可为长太息者六。若其他背理而伤道者，难遍以疏举。”“夫抱火厝之积薪之下而寝其上，火未及然，因谓之安。方今之势，何以异此！本末舛逆，首尾衡决，国制抢攘，非甚有纪，胡可谓治！”（《汉书·贾谊传》）多用比喻，夸饰其辞，危言耸听，具有耸动人主的效果。贾谊的另外一篇政论文《论积贮疏》更深入地讨论了重视农业、积蓄国力的问题，对《治安策》的相关问题有所补证。

分析举例

贾谊《过秦论》

《过秦论》是贾谊政论文的名篇。文章的主旨在于辨析秦亡的原因，为汉代的统治提供借鉴。《过秦论》分为上、中、下三篇，分别批评秦始皇、胡亥和子婴的统治过失。上篇首先铺叙秦国吞灭六国、一统天下的强大与声威：

> 振长策而御宇内，吞二周而亡诸侯，履至尊而制六合，执棰拊以鞭笞天下，威振四海。

但是这样强大的秦国却亡于一旦：

> 陈涉，瓮牖绳枢之子，甿隶之人，而迁徙之徒。才能不及中人，非有仲尼、墨翟之贤，陶朱、猗顿之富，蹑足行伍之间，而崛起阡陌之中，率罢散之卒，将数百之众，而转攻秦，斩木为兵，揭竿为旗。天下云集响应，赢粮而景从，山东豪俊遂并起而亡秦族矣。

文章通过六国与秦的对比，通过秦与起义徒众的对比，说出了强弱悬殊而成败异变的事实，这不能不发人深思。文章最后精辟地总结道：

> 试使山东之国与陈涉度长絜大，比权量力，则不可同年而语矣。然秦以区区之地，千乘之权，招八州而朝同列，百有余年矣，然后以六合为家，崤函为宫。一夫作难而七庙隳，身死人手，为天下笑者何也？仁义不施而攻守之势异也。

《过秦论》通过几层对比，使得文章的结论警策深刻，深得谋篇布局之法。文中还运用了大量的排比对偶句式，铺排渲染，营造出指陈时势的魄力和气势，用语犀利晓畅，说理有力。

贾谊的政论文一方面体现出政治家的眼光，切中实事、说理透辟；一方面也体现出纵横策士铺排夸饰的文风，富于气势、文笔犀利，是西汉初期散文的代表作。

学术轶事

刘向对于贾谊政论文的评价

刘向说："贾谊言三代及秦治乱之意，其论甚美，通达国体，虽古之伊、管，未能远过也。"(《汉书·贾谊传》)

三、晁错的政论文与政治主张

晁错在景帝时任御史大夫，是一个积极革新的政治家，曾提出很多变革政策法令的建议，并因力主削藩，引发七国叛乱。景帝为缓和矛盾将晁错腰斩。晁错的政论文主要有《言兵事疏》、《论贵粟疏》、《贤良文学对策》等。在这些文章中，他提出削弱藩国力量以加强中央集权、重农抑商以发展农业、巩固国防以抵御匈奴等政治主张。《论贵粟疏》针对文帝时"民近战国，皆背本趋末"(《汉书·食货志》)的现实，分析了这种现象的弊端：农夫"春耕夏耘，秋获冬藏，伐薪樵，治官府，给徭役"，尚流离失所，而商贾"亡农夫之苦，有仟伯之得，因其富贵，交通王侯，力过吏势，以利相倾，千里游敖，冠盖相望，乘坚策肥，履丝曳缟"。晁错接着提出解决的方法："方今之务，莫若使民务农而已矣。欲民务农，在于贵粟；贵粟之道，在于使民以粟为赏罚。今募天下入粟县官，得以拜爵，得以除罪。"(《汉书·食货志》)不仅叙事清楚，而且能提出切实中肯的解决方案，具有可行性。

晁错的文章中也有很多纵横策士的惯用句式，比如《言兵事疏》、《论贵粟疏》都运用了偕偶的辞藻、铺排的句式，通过层层比较得出结论。但由于他对政治问题的剖析深入翔实、中肯冷静，因而总体上表现出平实严谨的风格特点。

贾谊与晁错同为西汉初期敢于言说利弊、主张变革的政治家，二人的政论文章所讨论的主题基本相同。但相比较而言，贾谊的政论文尤善分析利害，气势凌厉，受纵横家的影响较明显；而晁错更善于解决问题，提出切实可行的具体措施，行文上较踏实冷静。

学术轶事

鲁迅对于晁错、贾谊的评价

鲁迅评价说："晁贾性行，其初盖颇同，一从伏生传《尚书》，一从张苍受《左氏》……为文皆疏直激切，尽所欲言……惟谊尤有文采，而沉实则稍逊。如其《治安策》、《过秦论》，与晁错之《贤良对策》、《言兵事疏》、《守边劝农疏》，皆为西汉鸿文，沾溉后世，其泽甚远；然以二人之论匈奴者相较，则可见贾生之言乃颇疏阔，不能与晁错之深识为伦比矣。"（鲁迅《汉文学史纲要·贾谊与晁错》）

四、枚乘、邹阳与诸侯国的政论文

文、景之时，力量较强大的几个诸侯藩国如吴、楚、梁、淮南、河间诸王都集聚势力，各个藩国中都有一批善文属辞的文士，其中，枚乘、邹阳等人不仅善作词赋，也有奏疏等政论文章传世。

枚乘曾作《上书谏吴王》，劝说吴王恪守君臣之义，不要谋反。由于此时吴王初有谋反之心，尚未见之形迹，因而枚乘只能讲正面的道理，运用形象的比喻来暗示利害，进行劝说。文中，枚乘用一系列的比喻暗示谋反的危险："夫以一缕之任系千钧之重，上悬之无极之高，下垂之不测之渊，虽甚愚之人犹知哀其将绝也。马方骇鼓而惊之，系方绝又重镇之。系绝于天不可复结，坠入深渊难以复出"，"必若所欲为，危于累卵，难于上天；变所欲为，易于反掌，安于太山"，"欲汤之沧，一人炊之，百人扬之，无益也，不如绝薪止火而已。不绝之于彼，而救之于此，譬犹抱薪而救火也"（《文选》卷三十九）。这些比喻很形象地阐明了道理，委婉地表达了作者的谏阻之意。《上书谏吴王》说理透辟，譬喻生动，语句偕偶铺排，洋洋洒洒、富有文采，具有战国游说之辞的遗风。

邹阳亦有《上吴王书》劝谏吴王勿反，但他更有名的作品是《狱中上书自明》。当时他客游梁孝王门下，受到谗害，因作此文以自明，最终重新成为梁王的上宾。《狱中上梁王书》意在申诉自己忠心耿耿而遭受谗言的冤屈。文章多处列举了历史上小人作梗、贤才难用的事实，感叹君臣遇合之难：

> 故百里奚乞食于路，穆公委之以政；宁戚饭牛车下，而桓公任之以国。此二人岂素宦于朝，借誉于左右，然后二主用之哉？感于心，合于意，坚如胶漆，昆弟不能离，岂惑于众口哉？故偏听生奸，独任成乱，昔鲁听季孙之说而逐孔子，宋信子冉之计囚墨翟。夫以孔墨之辩，不能自免于谗谀，而二国以危。何则？众口铄金，积毁销骨。（《文选》卷三十九）

邹阳没有为自己直接辩白，却在大量的历史故实中寄予了深沉的感慨，有一唱三叹的表达效果，痛快淋漓地宣泄了自己遭受谗毁的无奈与悲愤。文章铺陈事实时多用排比、对偶的句式，在情感气势之外兼有文采，是一篇很精彩的散文。

第二节 深奥宏博

从汉武帝即位（前140）到西汉末年，是西汉政治、文化发展的中后期。此一时期，经学与政治的关系密切，政论文章有言必称经、以阴阳灾异思想评论政治的特点。董仲舒、谷永（？—前10）、刘向等人的作品可为代表。

一、董仲舒与“天人三策”

董仲舒是公羊学的大师，对汉确立独尊儒术的政策以及今文经学的发展起了重要的作用。汉武帝初即位，策问治国之道，董仲舒上“天人三策”，从《春秋》公羊学立论，阐释了天命、大一统、天人之道等问题。文章首先对抽象的天命进行阐述，认为上天主宰着人世的治乱兴衰，祥瑞、灾异都是天的意志的反映，因此“王道”应和“天道”相一致。他说：

> 臣谨案《春秋》之文，求王道之端，得之于正。正次王，王次春。春者，天之所为也；正者，王之所为也。其意曰，上承天之所为，而下以正其所为，正王道之端云尔。然则王者欲有所为，宜求其端于天。天道之大者在阴阳，阳为德，阴为刑，刑主杀而德主生。是故阳常居大夏，而以生育养长为事；阴常居大冬，而积于空虚不用之处，以此见天之任德不任刑也。
>
> 臣谨案《春秋》谓一元之意，一者万物之所从始也，元者辞之所谓大也。谓一为元者，视大始而欲正本也。《春秋》深探其本，而反自贵者始。故为人君者，正心以正朝廷，正朝廷以正百官，正百官以正万民，正万民以正四方。四方正，远近莫敢不壹于正，而亡有邪气奸其间者。是以阴阳调而风雨时，群生和而万民殖，五谷熟而草木茂，天地之间被润泽而大丰美，四海之内闻盛德而皆徕臣，诸福之物，可致之祥，莫不毕至，而王道终矣。（《汉书·董仲舒传》）

董仲舒认为王者应承应上天的意旨，协调阴阳，养育生民，才能至于德化。董仲舒在君王、百官、民众的统治体系内添加了“天”这一因素，将先秦以来关于“天道”的哲学思想与人世间的统治秩序糅合起来，赋予了帝王的神圣统治地位以合理性，为封建统治建立了理论的基础。

“天人三策”集中地反映了董仲舒的哲学思想和政治主张。文章逻辑严密、联类引证，在风格上不同于汉初文章，而显示出从容论说的典重气息，具有醇厚典雅的风格，代表了西汉中后期散文的发展趋势。

☞多学一点

刘熙载对于董仲舒文风的评价

刘熙载（1813—1881）《艺概·文概》评价董仲舒的文风说：“董仲舒学本《公羊》，而进退容止，非《礼》不行，则其于《礼》也深矣。至观其论大道，深奥宏博，又知于诸经之义，无所不贯。”

二、谷永与灾异政论文

谷永精通天官、京氏《易》，所作政论文多借灾异指责汉成帝荒疏政事，史载其“前后所上四十余事，略相反覆，专攻上身与后宫而已”（《汉书·谷永杜邺传》）。其《灾异对》在解释日食、水灾、饥馑等灾害现象时说：

> 内则为深宫后庭将有骄臣悍妾醉酒狂悖卒起之败，北宫苑囿街巷之中臣妾之家幽闲之处徵舒、崔杼之乱；外则为诸夏下土将有樊并、苏令、陈胜、项梁奋臂之祸。内乱朝暮，日戒诸夏，举兵以火角为期。安危之分界，宗庙之至忧，臣永所以破胆寒心，豫言之累年。下有其萌，然后变见于上，可不致慎！（《汉书·谷永杜邺传》）

谷永对现实政治的大胆批判，一方面凭借着天命的威慑作用，另一方面也往往引经据典。他的文章流露出浓厚的经学气息。

三、刘向与奏议文章

刘向博通经史，曾校阅群书，撰为我国第一部目录学著作《别录》。刘向的散文包括奏议、杂著、叙录三类。其奏议文章往往针对时事而发，如《条灾异封事》、《极谏用外戚封事》、《谏营起昌陵疏》等，具有一定的批判精神，是西汉后期较有代表性的政论文章。

《谏营起昌陵疏》一文基本体现了刘向政论文的特点。汉成帝营造昌陵，数年不成，又重新营建延陵，耗费了大量的人力、物力，刘向因而写了这篇劝谏文章。文章首先以天命不常，有德者才能保国来劝诫成帝，所谓“‘安不忘危，存不忘亡，是以身安而国家可保也。’故贤圣之君，博观终始，穷极事情，而是非分明。王者必通三统，明天命所授者博，非独一姓也”。接着列举了正反两方面的事例，指出尧、舜、禹、孔子等古代贤圣，以及汉文帝都力行薄葬，而吴王阖闾、秦始皇等君王却因厚葬误国。其写秦始皇营建陵墓的危害时云：

> 秦始皇帝葬于骊山之阿，下锢三泉，上崇山坟，其高五十余丈，周回五里有余。石椁为游馆，人膏为灯烛，水银为江海，黄金为凫雁。珍宝之藏，机械之变，棺椁之丽，宫馆之胜，不可胜原。又多杀官人，生埋工匠，计以万数。天下苦其役而反之，骊山之作未成，而周章百万之师至其下矣。项籍燔其宫室营宇，往者咸见发掘。其后牧儿亡羊，羊入其凿，牧者持火照求羊，失火烧其藏椁。自古至今，葬未有盛如始皇者也，数年之间，外被项籍之灾，内罹牧竖之祸，岂不哀哉！（《汉书·楚元王传附刘向传》）

触目惊心的历史事实充分显示了大建陵墓的害处。接下来，刘向针对成帝营建陵墓进行劝说："是故德弥厚者葬弥薄，知愈深者葬愈微。无德寡知，其葬愈厚，丘陇弥高，宫庙甚丽，发掘必速。由是观之，明暗之效，葬之吉凶，昭然可见矣。"《谏营起昌陵疏》一文结构严谨，通过总论、正论、反证、再总论几个步骤深入地阐明了利害得失。文章思虑深远，行文平实恳切，多称引儒家经典，是一篇很有说服力的劝谏文章。

学术轶事

后人对刘向政论文的评价

后人评价这篇奏议说："其言必旁喻远引，不为简捷直致，所以孚化人主，使侵注滋润入其言而不觉也。可谓善立言，善于告君矣。"（《汉书评林》引林希元语）

第三节 会通百家

诸子散文是战国时期百家争鸣的产物，往往能系统地表达士人对宇宙自然、社会人生的看法，理论特点较为明显，在经史子集四类中国文献中列为子书类。汉代也有很多个人著述，比如陆贾的《新语》、贾谊的《新说》等。此外，秦时吕不韦（？—前235）组织其门客编撰的《吕氏春秋》、汉淮南王刘安（前179—前122）召集门客所作的《淮南子》等，都被后世视为先秦诸子的延续，名列子书。

一、吕不韦与《吕氏春秋》

《吕氏春秋》是战国末期的秦相吕不韦组织其门客编撰而成的，大约成书于公元前239年。成于众人之手的《吕氏春秋》融汇了百家之说，因而被视为杂家著作。全书虽然思想驳杂，但体系严密完整。所谓的八览、六论、十二纪各成系列，系列内的文章独立成篇但又围绕共同的主题。《吕氏春秋》依然具有先秦诸子思想活跃、多用寓言譬喻的特点，但在文风上平实质朴。

如《重己》篇中一段说：

> 使乌获疾引牛尾，尾绝力勯，而牛不可行，逆也。使五尺竖子引其棬，而牛恣所以之，顺也。世之人主贵人，无贤不肖，莫不欲长生久视，而日逆其生，欲之何益？凡生之长也，顺之也；使生不顺者，欲也。故圣人必先适欲。

这一段阐明根据事物特点加以引导的道理，以浅显的事例作喻，语言质朴，说理平实畅达。

《吕氏春秋》还善于运用寓言说理。书中有三百多则寓言故事，其数量可与《韩非子》相比。书中常常将多个寓言故事连缀为一组，从不同的角度来阐发某个道理或思想。如《察今》以“循表夜涉”、“刻舟求剑”、“引婴儿投江”三个寓言故事，阐明了“因时变法”的思想。“掩耳盗铃”、“疑邻偷斧”等寓言名篇也都出自《吕氏春秋》。

二、陆贾与《新语》

汉朝成立伊始，陆贾时常向刘邦称说《诗》、《书》等先秦经典文献，并说：“居马上得之，宁可以马上治之乎？”刘邦因而让陆贾“著秦所以失天下，吾所以得之者何，及古成败之国”。陆贾“乃粗述存亡之征，凡著十二篇。每奏一篇，高祖未尝不称善。左右呼万岁，号其书曰《新语》”（《史记·陆贾列传》）。《新语》虽然是通过奏议的方式呈献给君王的，但《新语》并不评论时政，而主要阐述治国之道，这是诸子著书立说传统的延续。《新语》中兼有儒道等多种思想，既提倡无为之治，也强调尊卑贵贱，所谓“道莫大于无为，行莫大于谨敬”（《新语·无为》）；同时也包含有尚用、权变的主张，“圣人因变而立功，由异而致太平”（《新语·思务》）。《新语》杂糅多种思想，但观点明晰、论说严谨、文风平实。在西汉建立初期，陆贾将《新语》呈现于统治者的面前，这是西汉由武功转向文治的一个重要序曲，同时也为士人登上汉代的政治舞台做了铺垫。

三、刘安与《淮南子》

淮南王刘安好艺文，曾招致宾客数千人，编著《内书》二十篇，即今传《淮南鸿烈》，亦称《淮南子》。《淮南子》被《汉书·艺文志》列为《诸子略》中的杂家。这部书内容驳杂，以道家为主，兼综儒、墨、名、法、阴阳各家。

学术轶事

高诱对于《淮南子》的评价

高诱（生卒年不详）《淮南鸿烈解叙》论其书云："其旨近《老子》，淡泊无为，蹈虚守静，出入经道。言其大也，则焘天载地，说其细也，则沦于无限，及古今治乱、存亡祸福、世间诡异瑰奇之事。其义也著，其文也富，物事之类，无所不载。然其大较，归之于道。"

由于出自众人之手，《淮南子》各篇的风格不尽相同，有时浪漫飘逸近《庄子》，如《览冥训》中描述"道"的一段：

> 凤凰之翔至德也，雷霆不作，风雨不兴，川谷不澹，草木不摇，而燕雀佼之，以为不能与之争于宇宙之间。还至其曾逝万仞之上，翱翔四海之外，过昆仑之疏圃，饮砥柱之湍濑。邅回蒙汜之渚，尚佯冀州之际，经蹑都广，入日抑节，羽翼弱水，暮宿风穴。

有时又逻辑严密似《荀子》，如《主术训》中的一段：

> 食者，民之本也：民者，国之本也：国者，君之本也。是故人君者，上因天时，下尽地财，中用人力。是以群生遂长，五谷蕃植。教民养育六畜，以时种树，务修田畴，滋植桑麻。(《淮南子》卷六)

《淮南子》还运用了很多故事、寓言来说理，比如女娲补天、后羿射日、嫦娥奔月、塞翁失马等，多用比喻、象征，在说理时能做到形象生动。

☞ **多学一点**

刘熙载对于《淮南子》的评价

刘熙载评价说："《淮南子》连类喻义，本诸《易》与《庄子》，而奇伟宏富，又能自用其才。虽使与先秦诸子同时，亦足成一家之作。"(《艺概·文概》)

四、桓宽与《盐铁论》

汉昭帝始元六年（前 81）召开了一次关于盐铁问题的会议，参加盐铁会议的有两派人物，一方是以御史大夫桑弘羊为代表的官吏，一方是贤良文学。两派人物陈述各自观点，互相辩驳，除了盐铁问题外，也讨论了政治、经济、军事、思想等多方面的问题。宣帝时，桓宽将当时讨论辩难的内容加以整理，写成《盐铁论》。

《盐铁论》写于宣帝时期，此时朝廷已立五经为官方学术。《盐铁论》对政治问题的讨论也常常涉及先秦的历史与文献，但重在以史为鉴，目的仍是解决现实问题。《盐铁论》并不仅仅是对某次会议情况的记录，而是对历史事件的回顾与思考。史载桓宽“推衍盐铁之义，增广条目，极其论难，著数万言”（《汉书·公孙田刘传赞》）。在《盐铁论》的最末一篇《杂论》中，作者表明了自己对贤良文学的支持，但对御史大夫等的观点也不一概否定，态度较为公允。《四库全书总目提要》概括说：“宽作是书，惟以盐铁为名，盖惜其议不尽行也。书末《杂论》一篇，述汝南朱子伯之言，记贤良茂陵唐生、文学鲁万生等六十余人，而最推中山刘子雍、九江祝生。于桑弘羊、车千秋深著微词。盖其著书之大旨，所论皆食货之事，而言皆述先王，称六经，故诸史皆列之儒家。”（《四库全书总目提要》卷十九《盐铁论》提要）《盐铁论》文章采用对话体，形象生动地再现了双方问难的场景。

分析举例

《本议》

大夫曰：“匈奴背叛不臣，数为寇暴于边鄙。备之则劳中国之士，不备则侵盗不止。先帝哀边人之久患，苦为虏所系获也，故修障塞，饬烽燧，屯戍以备之。边用度不足，故兴盐铁、设酒榷、置均输。蕃货长财，以佐助边费。今议者欲罢之，内空府库之藏，外乏执备之用，使备塞乘城之士饥寒于边，将何以赡之？罢之不便也。”

文学曰：“孔子曰：‘有国有家者不患贫而患不均，不患寡而患不安。’故天子不言多少，诸侯不言利害，大夫不言得丧。蓄仁义以风之，广德行以怀之。是以近者亲附而远者悦服。故善克者不战，善战者不师，善师者不阵。修之于庙堂，而折冲还师。王者行仁政，无敌于天下，恶用费哉？”

从《本议》中的一段可以看出，双方唇枪舌剑，语锋犀利，王充评价说“两刃相割，利害乃知；二论相定，是非乃见”（王充《论衡·案书》）。《盐铁论》文字简洁平实，体现出质实的文风。

五、刘向的作品

刘向的作品被归为诸子类的有《新序》、《说苑》、《列女传》等。班固论这几部书的缘起时说："向睹俗弥奢淫，而赵卫之属起微贱，逾礼制。向以为王教由内及外，自近者始。故采《诗》、《书》所载贤妃贞妇、兴国显家可法则及孽嬖乱亡者，序次为《列女传》凡八篇，以戒天子。及采传记行事，著《新序》、《说苑》凡五十篇奏之。"（《汉书·楚元王传附刘向传》）这些著述杂取诸子、史书、策士之辞及民间故事中的逸闻琐事，借事言理，借古讽今，寓含劝诫之意，与先秦诸子以寓言说理的形式相似。比如《新序》中写叶公好龙，四处雕画图写，但见到真龙却受惊逃走的故事，并引申到君王对待士人的态度："今臣闻君好士，故不远千里之外以见君，七日而君不礼，君非好士也，好夫似士而非士者也。《诗》曰：'中心藏之，何日忘之！'敢托而去。"刘向的诸子散文多具有较强的故事性，形象生动，尤其是《列女传》中一些篇章记述人物言行，表现其行事和精神，与后来的志人小说相类。

六、王充与《论衡》

东汉王朝利用西汉时兴起的谶纬之学取得政权，谶纬的盛行造成了东汉前期虚妄不实的政治文化气氛，但也反激出一批敢于怀疑和批判的士人。他们中的一些人著书立说，表明了自己的立场，其中有代表性的如两汉之际的桓谭（约前23—50）的《新论》（今仅存辑本）、东汉中期王充的《论衡》等。

王充博学多才，会通百家，曾为州县小吏，后退居著述，今存《论衡》八十五篇。王充自言其创作目的是"极笔墨之力，定善恶之实"，"铨轻重之言，立真伪之平"，"伤伪书俗文，多不实诚，故为论衡之书"（《论衡·自纪》）。他以"疾虚妄"为宗旨，以科学的态度批判了阴阳灾异、谶纬之学以及今文经学的学风、俗儒的品格等，表现出朴素的唯物精神。如其《自然》篇云：

> 天地合气，万物自生，犹夫妇合气，子自生矣。万物之生，含血之类，知饥知寒：见五谷可食，取而食之；见丝麻可衣，取而衣之。或说以为天生五谷以食人，生丝麻以衣人，此谓天为人作农夫桑女之徒也。不合自然，故其义疑，未可从也。

认为万物有其生长、发展的自然规律，不能把一切行为都解释成上天意旨的安排，表现了对天人感应之说的质疑。

王充对两汉经学家一味信古、迷信先贤言论的做法也提出质疑。他在《问孔》篇中写道：

> 世儒学者，好信师而是古，以为圣贤所言皆无非，专精讲习，不知难问。夫贤圣下笔造文，用意详审，尚未可谓尽得实；况仓卒吐言，安能皆是？不能皆是，时人不知难；或是而意沉难见，时人不知问。案贤圣之言，上下多相违，其文前后多相伐者，世之学者不能知也。

王充在《问孔》篇中还摘出了十多条《论语》中的语句，以实例指出经典的疏漏。类似的文章还有《刺孟》和《非韩》，都是针对世人迷信经典的驳斥。王充认为不应伏倒在圣人的光环下"述而不作"，提倡思想的创新。他说："饰貌以强类者失形，调辞以务似者失情。”（《论衡·自纪》）此外，王充提倡文风质实、浅显，但并不反对文辞。他说：“口则务在明言，笔则务在露文。高士之文雅，言无不可晓，指无不可睹。观读之者，晓然若盲之开目，聆然若聋之通耳。”又说：“夫笔著者，欲其易晓而难为，不贵难知而易造。口论务解分而可听，不务深迂而难睹。”（同上）他肯定对文辞的适度修饰：“素车朴船，孰与加漆采画也？然则鸿笔之人，国之船车采画也。”（《论衡·须颂》）

第四节 书牍碑记

除了政论文章和诸子文章之外，汉代的一些书牍、记、论以及碑文等形式的文章也具有一定的文学价值。这些文章更多地与个人的思想、情感乃至生活中的交往有关，更能表现个人性情。其中司马迁的《报任安书》、杨恽（？—前54）的《报孙会宗书》有着浓郁的情感成分，而马第伯（生卒年不详）的《封禅仪记》又颇似一篇记游散文。

书牍是一种应用性文体，按照书信对象的不同，可分为三种：以下奉上的上书，与奏议文章相类，如李斯的《谏逐客书》、邹阳的《狱中上梁王书》；平级官员之间传递公文的移书，如刘歆的《移书让太常博士》；此外还有用于个人往来的书牍，如司马迁的《报任安书》。本节着重讨论后两类书牍，它们更真切地流露出作者的人生态度、情志意趣。

一、司马迁与《报任安书》

司马迁的《报任安书》是汉代散文的一篇名作。任安因事下狱，希求司马迁能够进言加以解救，《报任安书》是司马迁的回信。他在信中首先写到自己无力营救的尴尬处境：“顾自以为身残处秽，动而见尤，欲益反损，是以独郁悒而谁与语！”然后讲述了自己因李陵之祸遭受腐刑的前后经过。李陵在兵尽粮绝的情况下投降匈奴，司马迁本着对李陵的信任，不忍陷人于无辜，为李陵作了一些开脱之词，却因此触怒了汉武帝，被下狱处治。司马迁为自己的不幸遭遇感到无比的愤懑，他写道：

> 拳拳之忠，终不能自列，因为诬上，卒从吏议。家贫，货赂不足以自赎，交游莫救，左右亲近，不为一言。身非木石，独与法吏为伍，深幽囹圄之中，谁可告愬者！此真少卿所亲见，仆行事岂不然乎？李陵既生降，隤其家声；而仆又佴之蚕室，重为天下观笑。悲夫！悲夫！事未易一二为俗人言也。（《文选》卷四十一）

李陵事件，让司马迁饱尝了肉体的痛苦和人情的冷漠，是著史的强烈使命感使司马迁忍辱含垢："所以隐忍苟活，幽于粪土之中而不辞者，恨私心有所不尽，鄙陋没世而文采不表于后世也。"他还以古代圣贤的困厄境遇为自己著述的动力，列数了周文王、孔子、左丘明、孙子、韩非等人之后，说"此人皆意有郁结，不得通其道，故述往事，思来者"。

司马迁借着这封信，宣泄了自己内心的痛苦与愤懑，表达了自己在极为艰难的人生境遇中，一定要成就"究天人之际，通古今之变，成一家之言"的著史事业的执著精神。文章所表现的是作者的生死抉择，饱含着辛酸血泪，情感深挚，具有极强的艺术感染力。

二、杨恽与《报孙会宗书》

杨恽是司马迁的外孙，曾被封为平通侯，因事免为庶人。于是他大治产业，轻财好义，结交豪杰。其友人孙会宗写信劝他收敛自己的行为，杨恽于是写了这封《报孙会宗书》，借机抒写了内心的抑郁不满，结果以大逆不道罪被腰斩。杨恽在这封书信中，表达了自己"遭遇变故"的愤懑不平，进而又以反讽的语气来叙写自己的行为："拂衣而喜，奋袖低昂，顿足起舞，诚淫荒无度，不知其不可也。恽幸有余禄，方籴贱贩贵，逐什一之利，此贾竖之事，污辱之处，恽亲行之。下流之人，众毁所归，不寒而栗。虽雅知恽者，犹随风而靡，尚何称誉之有！"文章极坦率地表露了自己的傲气和对世事的不屑，可谓慷慨激烈。与司马迁的《报任安书》相较，《报孙会宗书》少了坚忍的人格与强烈的使命感，更多表现出的是不满与任性。

三、刘歆与《移书让太常博士》

刘歆曾与其父刘向共同校理古籍，刘向死后，他继承父业，撰成我国第一部目录学著作《七略》。刘歆提倡古文经学，上书建议为《周礼》、《左传》、《毛诗》、古文《尚书》等古文经学设立博士，遭到今文学派的反对，他因而作《移书让太常博士》与今文学家辩论，指责今文学家抱残守缺，并详细地叙述了古文经的发现过程和学术价值。移书是不同官署之间官文的传递，但《移书让太常博士》与一般公文不同，是一篇表明学术立场的声讨文章，在学术史、文学史上都具有重要的地位。

刘歆在文章中首先讲述了西汉经学兴起、发展的过程，接着叙述了古文经的发现，指出今文经学本身存在不足，应当兴废继绝：

> 往者缀学之士，不思废绝之阙，苟因陋就寡，分文析字，烦言碎辞，学者罢老且不能究其一艺。信口说而背传记，是末师而非往古。至于国家将有大事，若立辟雍、封禅、巡狩之仪，则幽冥而莫知其原。犹欲保残守缺，挟恐见破之私意，而亡从善服义之公心。或怀妒嫉，不考情实，雷同相从，随声是非，抑此三学，以《尚书》为备，谓左氏不传《春秋》，岂不哀哉！（《文选》卷四十三）

刘歆对今文经学博士不肯接纳古文的顽固态度极为不满，指责他们说："深闭固距而不肯试，猥以不诵绝之，欲以杜塞余道，绝灭微学。夫可与乐成，难与虑始，此乃众庶之所为耳，非所望士君子也。”兴犹未尽，他在文章的结尾继续指责道：“若必专己守残，党同门，妒道真，违明诏，失圣意，以陷于文吏之议，甚为二三君子不取也！”这篇文章因反抗今文学派的排挤而作，文中对今文经学弊病的指责一针见血，反驳峻洁有力，词锋尖锐，富有感情色彩。《文心雕龙》评价说：“刘歆之移太常，辞刚而义辨，文移之首也。”

四、马第伯与《封禅仪记》

东汉时期涌现出了一批新的文体创作，《后汉书·文苑传》所载录的文体就包括诗、赋、颂、铭、箴、赞、记、论、碑、诔等。记、论、碑等属于散文文体，其中《封禅仪记》、《乐志论》、《郭林宗碑》等几篇文章颇有兴味。

马第伯，东汉初人，生平事迹不详。建武三十二年（56）二月，光武帝刘秀率百官登泰山举行封禅仪式。马第伯作为先遣人员探查道路情况，并随从参加了整个封禅仪式。今存《封禅仪记》是后人重新辑成的。

《封禅仪记》记述了封禅仪式的全过程。作者按照时间顺序，叙述了光武帝的行程，以及率百官登山、举行仪式的过程。由于作者是先遣人员之一，文章还有很大篇幅用于记述登山探路时的所见、所感。比如作者叙写登天门的一段路程说：

> 到天关，自以已至也。问道中人，言尚十余里。其道旁山胁大者广八九尺，狭者五六尺。仰视岩石，松树郁郁苍苍，若在云中。俯视溪谷，碌碌不可见丈尺。遂至天门之下。仰视天门，窔辽如从穴中视天，直上七里。赖其羊肠逶迤，名曰环道，往往有絙索可得而登也。两从者扶掖，前人相牵。后人见前人履底，前人见后人顶，如画重累人矣，所谓磨胸捏石扪天之难也。初上此道，行十余步一休。稍疲，咽唇燋，五六步一休。牒牒据顿，地不避湿暗，前有燥地，目视而两脚不随。（《东汉文纪》卷七）

泰山的高与险造成了一种新鲜奇特的视角，山中树木如在云中，溪谷深邃，天门邈远，作者还形象地描绘了磨胸扪天、牒牒据顿的登山经历，通过登山之难显示出泰山之高险。

自秦始皇以来，秦汉帝王多次在泰山上举行封禅仪式，并多被载录，如李斯的泰山刻石文、司马相如的《封禅文》等，他们看重仪式的政治功用，以崇敬态度对待封禅盛事。而马第伯的《封禅仪记》在宣示帝王的威仪之外，着重记述了仪式前后、登山过程中的见闻，表现出好奇记异的态度。其中对登山经历的描写在两汉文里还是第一次出现。作者对山间景物的形象描写、对登山感受的生动记述，使人如身临其境、亲历其险，读之颇似一篇记游散文。

☞多学一点

后人对于《封禅仪记》的高度评价

清人王太岳（1721—1785）将之与柳宗元（773—819）的山水散文并提，说：“他日爱嗜柳子厚永州山水诸记，叹其摘抉窈妙，善写万物之情状，以为游记之作极于此矣。已而读马第伯《封禅仪记》，幽夐廉削，时若不及柳氏；而宽博雅逸，自然奇妙，柳氏之

文盖犹有不至也。”（《青虚山房集》）

【温故知新】

汉代散文　政论文　抒情文　《淮南鸿烈》　《吕氏春秋》　《论衡》　书牍碑记

【请你思考】

1. 汉代政论散文与政治之间的关系。
2. 试举例阐释汉代散文在哪些方面可以体现汉代文人的文学观念的自觉。
3. 分析汉代散文去除政治因素后的个人个性特征。
4. 试分析《文选》对于汉代散文的选取情况并概括其标准。

【推荐阅读】

（战国）吕不韦编著．陈奇猷校释．吕氏春秋新校释．上海：上海古籍出版社，2002

（西汉）刘安编撰．刘文典撰．冯逸，乔华点校．淮南鸿烈集解．北京：中华书局，1989

（南朝梁）萧统编．文选．上海：上海古籍出版社，1986

第四章 辞赋的兴盛

【导入】

汉代辞赋深受楚文化的影响，无论是骚体赋还是汉大赋，都充满了一种浪漫的精神，其文章形式也绚丽斑斓，显示了与中原文化传统颇不相同的审美趣味。但汉赋又是汉朝大一统政治的产物，具有明显的时代感和浓厚的政治文化色彩。汉代文人将其才华尽情挥洒在辞赋创作上，或通过它来表达对大一统政治的衷心赞美，或通过它来抒发集权政治下的压抑和悲愤之情。辞赋成了汉代文人最钟爱的文学样式之一，并得到了充分的发展，是汉代最有代表性的文学样式。

第一节
赋体源流

一、赋体文学的起源

先秦有“赋诗”之说，赋的意思是咏诵，所吟咏的对象是《诗经》。由于汉儒对《诗经》政治讽喻功用的高度重视，所以，他们将“赋”与讽喻观念联系在一起，并由此来推断辞赋这种文体的起源。

班固《汉书·艺文志》曰：

> 传曰：“不歌而诵谓之赋，登高能赋可以为大夫。”言感物造端，材知深美，可与图事，故可以为列大夫也。古者诸侯卿大夫交接邻国，以微言相感，当揖让之时，必称诗以谕其志，盖以别贤不肖而观盛衰焉。故孔子曰“不学诗，无以言”也。春秋之后，周道寖坏，聘问歌咏不行于列国。学诗之士逸在布衣，而贤人失志之赋作矣。大儒孙卿及楚臣屈原离谗忧国，皆作赋以风，咸有恻隐古诗之义。其后宋玉、唐勒，汉兴枚乘、司马相如，下及扬子云，竞为侈丽闳衍之词，没其风谕之义。

班固认为赋与《诗经》有着渊源关系。在他看来，春秋赋诗言志可以“别贤不肖而观盛衰”，具有社会认知功能，而荀子和屈原（约前339—约前278）的赋是对“言志”之诗的继承和发展，也具有政治讽喻的功用。之所以有诗到赋的变化，班固认为：“学诗之士逸在布衣，而贤人失志之赋作矣。”显然，班固过分强调了《诗经》“讽喻之义”的影响，但他将荀子和屈原的创作确定为赋体文学的直接源头，并肯定它的讽喻特征，这是有道理的，也为后人所接受。

刘勰《文心雕龙·诠赋》说：

> 然“赋”也者，受命于诗人，拓宇于楚辞也。于是荀况《礼》、《智》，宋玉《风》、《钓》，爰锡名号，与“诗”画境，六义附庸，蔚为大国。

刘勰认为赋体与六诗、楚辞相关，是从古诗中分化出来、与楚辞相结合而形成的。现在看来，汉赋在形式上与楚辞的关系十分密切。当然汉赋的源头可能是多方面的，如章学诚（1738—1801）认为：“古之赋家者流，原本《诗》、《骚》，出入战国诸子。假设问对，《庄》、《列》寓言之遗也；恢廓声势，苏、张纵横之体也；排比谐隐，韩非《储说》之属也；征材聚事，《吕览》类辑之义也。”①认为影响赋体文学的除了《诗经》和楚辞外，诸

① 章学诚著，叶瑛校注：《文史通义校注》，第3卷，1064页，北京，中华书局，1985。

子散文、寓言、策士辞令、俳谐之辞等，都是辞赋产生的条件。学者多有从不同方面发挥章学诚观点的，如刘师培认为赋出自纵横家辞令[①]，冯沅君（1900—1974）提出俳词说[②]，朱光潜（1897—1986）提出隐语说[③]，等等。总之，辞赋是多源的，不同的因素，对辞赋的不同方面以及辞赋的不同文体都产生了各自的影响。

二、赋体文学与时代因素

汉赋的出现除了前代文学的影响外，汉朝的政治形势和文人的时代责任感，也是重要的因素。

班固在《两都赋序》中对时代因素有特别的强调：

> 赋者，古诗之流也。昔成康没而颂声寝，王泽竭而诗不作。大汉初定，日不暇给。至于武宣之世，乃崇礼官，考文章，内设金马石渠之署，外兴乐府协律之事，以兴废继绝，润色鸿业。
>
> 或以抒下情而通讽谕，或以宣上德而尽忠孝，雍容揄扬，著于后嗣，抑亦雅颂之亚也。（《文选》卷一）

一个勃然兴起的朝代，给士人以无限的希望和强烈的信心，他们自觉地将自己的感情融汇到这一朝代之中。而只有这种雍容华丽的汉赋才能表达自己的欣喜和仰戴之情，所谓“润色鸿业”，所谓“宣上德而尽忠孝”，就成了汉大赋的主要目的。汉武帝本人对汉赋的喜好，以及“金马石渠之署”的设立，更直接地促成了汉赋的发展和繁荣。

三、汉赋的体式特征

关于赋的体式特征，汉人往往从“赋”字本义立论，指出它铺陈描写和“不歌而诵”的形式特征。如郑玄注《周礼·春官宗伯·大师》“六诗”云：“赋之言铺，直铺陈今之政教善恶。”“不歌而诵”是说它与配乐演唱的诗不同，句式较为自由，语意承接的地方常夹杂有虚词。此外，赋主客问答的形式和辞采华美的风格也被注意到，如刘勰《文心雕龙·诠赋》中说：“述客主以首引，极声貌以穷文，斯盖别‘诗’之原始，命‘赋’之厥初也。”总的说来，赋体以铺陈夸饰和词采华美为主，常以主客问答的形式结构全篇，韵散结合，兼有诗、文的特征。

---

① 刘师培言：“夫交接邻国，揖让喻志，咸为行人之专司。行人之术，流为纵横家。故《汉志》叙纵横家，引‘诵诗三百，不能专对’之文，以为大戒，诚以出使四方，必当有得于诗教，则诗赋之学，实惟纵横家所独擅矣。”见其《论文杂记》，126页，北京，人民文学出版社，1959。

② 参见冯沅君：《汉赋与古优》，见《冯沅君古典文学论文集》，78～94页，济南，山东人民出版社，1980。

③ 朱光潜《诗与隐》言：“隐语为描写诗的雏形，描写诗以赋规模为最大，赋即源于隐。”见其《诗论》，40页，北京，三联书店，1984。

四、汉赋的分类

按照形式和内容的不同，可以将赋体作品分为“骚体赋”和“大赋”。骚体赋采用楚辞的句式，以抒发自己的不遇之感为主。如贾谊的《吊屈原赋》、董仲舒的《士不遇赋》、冯衍（生卒年不详）的《显志赋》，以及王逸《楚辞章句》中所收的拟骚作品等。大赋用散句铺排夸饰、摹写事物，所以又称为散体赋。大赋的代表作品有枚乘的《七发》，司马相如的《子虚赋》、《上林赋》，扬雄的《长杨赋》，班固的《两都赋》等。

辞赋作品中还有一些特殊的类别：“七体”，在文中铺排七类事物，如枚乘的《七发》；“九体”，如刘向《九叹》、王逸《九思》等拟骚类作品；“设论”，如东方朔《答客难》、扬雄《解嘲》等自我排遣、辩解的作品。另外，还有诙谐嘲戏、语言浅俗的“俗赋”，如王褒《僮约》、扬雄《逐贫赋》等。这些辞赋作品或有相对固定的写作模式，或有明显的风格特点，可以自成一类。但它们仍属于骚体赋或汉大赋。

现存以“赋”名篇的较早作品，是战国后期荀子的《赋篇》和宋玉的《风赋》、《高唐赋》等，它们被后人视为赋体定型的最早文本。骚体赋以贾谊的《吊屈原赋》和《鹏鸟赋》为先导[①]，汉大赋以枚乘的《七发》为奠基之作，司马相如、扬雄将赋体创作推向高潮。东汉中叶出现了句法类于大赋但篇幅短小、抒情成分增多的赋作，这是一般所说的“抒情小赋”。魏晋以后，又出现了骈赋、律赋、文赋等，赋体创作一直延续到清代而不衰。

第二节 楚骚遗韵

一、贾谊与西汉前期的骚体赋

西汉前期，骚体赋的重要作家是贾谊。年轻的贾谊深受汉文帝的赏识，引起了朝臣的忌惮。文帝四年（前 176），他被从太中大夫之任上谪迁为长沙王太傅。贾谊自认为是遭受谗害，加之长沙远离京城，所以倍感压抑和愤懑，作《吊屈原赋》、《鹏鸟赋》抒发自己的感情。

① 《汉书·艺文志》记载有“陆贾赋三篇”，其年代应早于贾谊，但由于不存，不能判定为骚体赋还是散体大赋。

《吊屈原赋》是贾谊在赴长沙途中经过湘水时所作的，他感念屈原自沉汨罗，借凭吊屈原身世，抨击了朝廷的不公正，抒发了自己怀才不遇的忧愤：

遭世罔极兮，乃殒厥身。呜乎哀哉，逢时不祥。鸾凤伏窜兮，鸱枭翱翔。阘茸尊显兮，谗谀得志。贤圣逆曳兮，方正倒植。世谓随夷为溷兮，谓跖蹻为廉。莫邪为钝兮，铅刀为铦。吁嗟默默，生之无故兮。斡弃周鼎，宝康瓠兮。腾驾罢牛，骖蹇驴兮；骥垂两耳，服盐车兮。章甫荐屦，渐不可久兮。嗟苦先生，独离此咎兮。(《文选》卷六十)

赋中说的虽然是屈原，但明显包含着贾谊的切身感受。楚国黑白颠倒、正邪倒置的混乱形势，也是贾谊对自己朝廷的看法。他认为屈原不值得为这样的朝廷自沉而死，他说："国其莫我知兮，独壹郁其谁语？凤漂漂其高逝兮，固自引而远去。"贾谊在这里并不是要否定屈原的人生观，而是为屈原独立高洁的人格鸣不平，同时也表达了自己对遭受排挤的愤懑和不与流俗苟同的清高。这篇赋作在内容和形式上都与屈原的作品相似，有着明显的承继关系。

贾谊居长沙时，有一只鵩鸟飞入其宅，他认为不祥，作《鵩鸟赋》。在这篇赋中，贾谊感叹世事无常，并以祸福相倚的达观态度来自我安慰。他说："至人遗物兮，独与道俱。众人惑惑兮，好恶积亿。真人恬漠兮，独与道息。释智遗行兮，超然自丧，寥廓忽荒兮，与道翱翔。"(《文选》卷十三）流露出明显的道家思想。《鵩鸟赋》采用主客问答的方式，也与《九章》中《怀沙》等篇有关系。贾谊的骚体作品直抒胸臆、情感浓郁，其中也杂有思考与议论，因此王世贞（1526—1596）评价说："贾傅以文为赋，故《吊屈》、《鵩鸟》率直而少致。"(《艺苑卮言》卷二)

西汉前期赋作家除了贾谊外，还有汉初时的严忌，其作品今仅存《哀时命》一篇。此篇在内容、体式上都模仿屈原的《离骚》，感叹"哀时命之不及古人兮，夫何予生之不遘时"，抒发了不遇明君、彷徨幽怨的情绪。《哀时命》的后半部分写道："下垂钓于溪谷兮，上要求于仙者。与赤松而结友兮，与王侨而比肩。"以退隐求仙作为出路。这与屈原求女不得而徘徊于人世、贾谊依托老庄而与道遨游都有所不同，成为后来骚体赋的一个主题。

二、西汉中后期的骚体赋

西汉中后期的骚体作品有董仲舒的《士不遇赋》、司马迁的《悲士不遇赋》、刘歆的《遂初赋》等。董仲舒的《士不遇赋》、司马迁的《悲士不遇赋》都以不遇为主题，抒发了困顿无路的愁思。这一主题反映了大一统政治条件下，士人在认识自己的价值和作用时有所疑虑和彷徨。《士不遇赋》自云"屈意从人，非吾徒矣；正身俟时，将就木矣"，董仲舒在经过反复的思考后认为："孰若反身于素业兮，莫随世而轮转。虽矫情而获百利兮，复不如正心而归一善。"(《古文苑》卷三）所谓"素业"即是公羊家所强调的孔圣素王之业，而正心归善则是儒家的自我修养，显示了董仲舒将自己的人生价值寄托在儒家的事业之上。司马迁在《悲士不遇赋》中说"恒克己而复礼，惧志行之无闻"，又说"没世无闻，古人惟耻"，表现了通过著述追求人生不朽的热切愿望。刘歆被贬五原，在上任途中感怀古今，作《遂初赋》。刘歆在赋中历数了晋地诸侯的兴衰，感慨了贤才的不遇。赋中还铺陈了大段景物，如“野萧条以寥廓兮，陵谷错以盘纡”，用荒凉惨淡的景物衬托了内心的抑郁情绪。《遂初赋》开创了赋中“纪行”的题材。

扬雄模仿楚辞，作有《反离骚》、《广骚》、《畔牢愁》以哀悼屈原，而以道家弃世的思想来宽解。《汉书·扬雄传》载扬雄“又怪屈原文过相如，至不容，作《离骚》，自投江而死，悲其文，读之未尝不流涕也。以为君子得时则大行，不得时则龙蛇，遇不遇，命也，何必湛身哉！乃作书，往往摭《离骚》文而反之，自岷山投诸江流以吊屈原，名曰《反离骚》；又旁《离骚》作重一篇，名曰《广骚》；又旁《惜诵》以下至《怀沙》一卷，名曰《畔牢愁》”。胡应麟说：“扬子云《反离骚》，盖深悼三闾之沦没，非爱原极切，不至有斯文。”（《诗薮·杂篇》）

此外，汉武帝刘彻作有《李夫人赋》哀悼其宠妃李夫人，其情感浓郁、以景物描写渲染出怀人的情境。班婕妤（生卒年不详）的《自悼赋》抒写了自己从入宫到被冷落、遭贬过程中的不同心态，表现出了细腻的感受。

三、东汉骚体赋主题的开拓

东汉的骚体赋在“士不遇”这一主题之外，又开拓了纪行、自述等题材。两汉之际，社会动荡，班彪（3—54）在避难途中模仿刘歆的《遂初赋》写下了《北征赋》，以记述自己的行程，赋中描摹了途中所见景物，并感怀古今，抒发了浓郁的悲凉之感。冯衍的《显志赋》是他免官回乡后所作，表达了“时俗险厄”、遭遇多舛的悲愤情感。赋中有“病没世之不称兮，愿横逝之无由”的愿望，但随之又说“何天命之不纯兮，信吾罪之所生”，表达了挫折后的无可奈何之情，最后仍归结于道家的安时处顺，“与道翱翔，与时变化，夫岂守一节哉”。班固的《幽通赋》、张衡（78—139）的《思玄赋》也都是作者疏导心志、抒发郁闷情绪的作品，与《显志赋》内容相似。

分析举例

张衡《思玄赋》

《思玄赋》模拟《离骚》上下求索的模式结构篇章，抒发了彷徨苦闷的情绪。但与屈原对理想的执著求索不同，《思玄赋》中的时空转换类似于精神的游历，在游历过程中逐渐摆脱了愤懑和犹疑，赋的结尾写道：“天长地久岁不留，俟河之清祇怀忧。愿得远度以自娱，上下无常穷六区。超逾腾跃绝世俗，飘飖神举逞所欲。”体现出超脱世事、保身全生的心态。

两汉的骚体赋，无论是否以感念屈原为名，它们都从屈原的情感经历和楚辞忧愁幽思的抒情方式中汲取营养，表达自己怀才不遇、穷愁抑郁的情绪。骚体赋情感浓郁，但转相模拟，有面目雷同的弊病。

☞ **多学一点**

后人对骚体赋的评价问题

叶梦得（1077—1148）就骚体赋的雷同问题评价说："尝怪两汉间所作骚文，初未尝有新语，直是句句规模屈、宋，但换字不同耳。"（《苕溪渔隐丛话》前集卷三引《石林诗话》）

第三节 铺张扬厉

散体大赋在西汉发展成熟，并达到兴盛的阶段。西汉重要的散体赋作家有枚乘、司马相如、扬雄。

《汉书·艺文志》著录枚乘赋九篇，今存《七发》、《梁王菟园赋》和《柳赋》三篇。[①]其中，《七发》一篇是标志着散体大赋形成的典范作品，它在如下几个方面体现出了汉大赋的基本文体特征。

第一，《七发》虚拟人物，在问答体的框架中展开描写。《七发》虚拟吴客探望患病的楚太子，指出其患病是因为"久耽安乐，日夜无极"，接着为太子描摹听琴、饮食、跑马、游览、田猎、观涛、方术七种事象，最后以诸子之说为"要言妙道"，使太子"霍然病已"。吴客与楚太子的问答虽然很简单，但起到了结构故事情节的作用。

第二，《七发》铺排描绘，物象繁多，辞采华丽。文章在每一种场景中都极尽描摹之能事，渲染夸饰。如观涛一段写道："其旁作而奔起也，飘飘焉如轻车之勒兵，六驾蛟龙，附从太白，纯驰浩蜺，前后络绎。""诚奋厥武，如振如怒，沌沌浑浑，状如奔马。混混庉庉，声如雷鼓。"用一系列生动的比喻来描摹海涛奔涌的各种形貌、声音。文章除"方术"一节以外，都有铺排描绘，使文章在整体上具有层层铺叙夸饰的特点。刘勰评价说："枚乘摛艳，首制《七发》，腴辞云构，夸丽风骇。"（《文心雕龙·杂文》）

第三，《七发》描写了多种事物，开拓了赋体的题材。《七发》所涉及的题材，在后来的辞赋创作中得到更为集中的描述。田猎、宴游的场景在后世赋作中屡见不鲜，如司

① 《梁王菟园赋》见于《西京杂记》，《柳赋》见于《古文苑》，后人认为是伪作。顾炎武言："《长门赋》乃后人托名之作。相如以元狩五年卒，安得言孝武皇帝哉！"（《日知录》卷十九）何焯言："司马长卿《长门赋》：此文乃后人所拟，非相如作。其词细丽，盖平子之流也。"（《义门读书记》卷四十五）

马相如的《子虚赋》、《上林赋》，扬雄的《校猎赋》等；在音乐方面，有王褒的《洞箫赋》、马融的《长笛赋》；以海涛为题材的，有木华（生卒年不详）的《海赋》、郭璞（276—324）的《江赋》等。

第四，《七发》的情感倾向与价值判断有矛盾。吴客探望楚太子时指出太子的疾病起因于宫中逸豫的生活，“出舆入辇，命曰蹶痿之机；洞房清宫，命曰寒热之媒；皓齿娥眉，命曰伐性之斧；甘脆肥脓，命曰腐肠之药”，并且要以“要言妙道说而去也”。但吴客接着铺陈的事象中，有六种都是声色宴游之事，带有明显的享乐倾向；最后使太子“霍然病已”的虽然是要言妙道，但只是简单地列举了一些方术之士，而没有任何铺陈。所以真正精彩的描写却正是那些逸豫生活本身。

《七发》是汉大赋发展史上的重要作品，它不但标志汉大赋文体的形成，还开拓了“七体”的赋作形式。枚乘之后，不断有模仿者。宋人洪迈（1123—1202）列举了南北朝以前的“七体”作品：“其后继之者，如傅毅《七激》、张衡《七辩》、崔骃《七依》、马融《七广》、曹植《七启》、王粲《七释》、张协《七命》之类，规仿太切，了无新意。”（《容斋随笔》卷七）枚乘之后，司马相如将汉大赋的创作推向高峰。

第四节 苞括宇宙

汉代辞赋创作成就最高、最具有代表性的作家是司马相如。司马相如客游梁时作《子虚赋》，武帝见后，大加赞赏。经狗监杨得意的举荐，司马相如又作《上林赋》献上，武帝擢之为郎。《汉书·艺文志》著录司马相如赋二十九篇，今存《子虚赋》、《上林赋》、《哀秦二世赋》、《大人赋》。[①] 其中《子虚赋》和《上林赋》两篇在内容上相互承接，《史记·司马相如传》合二篇为《天子游猎赋》。《哀秦二世赋》和《大人赋》是骚体赋。《哀秦二世赋》感慨秦“持身不谨兮，亡国失势。信谗不寤兮，宗庙灭绝”，为朝廷提供历史借鉴。《大人赋》的目的是规劝武帝不要沉迷于神仙方术。赋中描写了光怪陆离的神仙世界：“西望昆仑之轧沕荒忽兮，直径驰乎三危。排阊阖而入帝宫兮，载玉女而与之归，等阆风而遥集兮，亢鸟腾而壹止。”（《汉书·司马相如传》）但由于辞藻绚烂、渲染夸饰，汉武帝读后“反缥缥有凌云之志”（《汉书·扬雄传》），结果是劝而不止。

在司马相如所有赋作中，《子虚赋》、《上林赋》是最能体现大赋特点，代表汉大赋水平的作品。

《子虚赋》写楚国使者子虚出使齐国，向齐臣乌有先生夸耀楚国云梦物产之盛，以及

① 《古文苑》载《美人赋》，《文选》载《长门赋》，都系名于司马相如，后人疑为伪托。

楚王游猎的壮观景象。乌有先生批评子虚“奢言淫乐而显侈靡”，并夸耀齐国的山川珍怪，以压倒楚国。《上林赋》接续《子虚赋》，让代表天子的无是公铺陈了天子上林苑的山林鸟兽、宫室玉石，以及天子游猎的壮观景象，表明天子的极度富有与盛大。文章结尾写天子解酒罢猎、体恤民生，宣扬了以民生为本、反对奢靡的思想。

《子虚赋》、《上林赋》假设了子虚、乌有先生、无是公三个人物，采用相互问难的体式，铺排诸侯、天子园囿和田猎之壮观，突出地显示了汉大赋的艺术特点。

一、层层推进与盛大气势

首先，《子虚赋》、《上林赋》在内容上层层推进，后发制人，显示出越来越盛大的气势。

文中先由子虚夸耀楚国云梦物产之盛：

> 臣闻楚有七泽，尝见其一，未睹其余也。臣之所见，盖特其小小者耳，名曰云梦。云梦者，方九百里，其中有山焉。其山则盘纡岪郁，隆崇嵂崒；岑崟参差，日月蔽亏；交错纠纷，上干青云；罢池陂陀，下属江河。(《文选》卷七《子虚赋》)

此下接着铺陈其土、其石，以及东南西北四方上下之物产。而齐国的乌有先生在此基础上，要通过揄扬齐国物产之富庶，以压倒子虚。所以需更上一层楼，其描述齐国疆域山川之壮阔云：

> 且齐东陼钜海，南有琅邪，观乎成山，射乎之罘，浮渤澥，游孟诸。邪与肃慎为邻，右以汤谷为界；秋田乎青丘，彷徨乎海外，吞若云梦者八九于其胸中，曾不蒂芥。若乃俶傥瑰伟，异方殊类，珍怪鸟兽，万端鳞崒，充牣其中，不可胜记，禹不能名，契不能计。(同上)

在疆域阔大之外，他还突出描述了齐国的珍禽异兽。在《上林赋》中，无是公为了夸耀天子园囿之美，特别强调了上林苑辽阔壮观、包揽天下的气势，他说：

> 且夫齐楚之事，又乌足道乎！君未睹夫巨丽也，独不闻天子之上林乎？左苍梧，右西极，丹水更其南，紫渊泾其北；终始灞浐，出入泾渭；酆镐潦潏，纡余委蛇，经营乎其内。荡荡乎八川分流，相背而异态，东西南北，驰骛往来，出乎椒丘之阙，行乎洲淤之浦，经乎桂林之中，过乎泱漭之野。(《文选》卷八)

这两篇赋以楚而齐而天子三个层次，层层拔高，对疆域物产游猎之美进行铺陈，楚国、齐国的气势已极为盛大，而天子更胜一筹，以至无以复加的程度，既表现出天子大一统的赫赫声威，也充分显示了司马相如过人的语言驾驭能力。

二、全方位、多角度的铺陈视角

《子虚赋》、《上林赋》在铺陈描写时，采取全方位、多角度的视角，构造出富丽堂皇的场景。两篇赋都以游猎的过程为序，涉及游猎的场所、景物、行为，从而将山川河海、物产珍怪、酒宴歌舞、宫殿园囿等等都囊括到视野之中，逐一描述。在描写具体场景时，则按照空间顺序描写。如《子虚赋》描述云梦的物产时从九个方位着眼："其东则有蕙圃衡兰……其南则有平原广泽……其高燥则生葴菥苞荔……其埤湿则生藏莨蒹葭……其西则有涌泉清池……其中则有神龟蛟鼍……其北则有阴林巨树……其上则有赤猿蠗蝚……其下则有白虎玄豹。"以方位的顺序来罗列名物、安排事类，给人以目不暇接的印象，具有惊人的艺术效果。司马相如自己谈作赋的体会时说："合綦组以成文，列锦绣而为质。一经一纬，一宫一商，此赋之迹也。赋家之心，苞括宇宙，总揽人物，斯乃得之于内，不可得而传览。"（葛洪《西京杂记》卷二）强调赋家必须具有广阔的心胸和宏大的宇宙意识，才能将事物铺陈到极致。除了方位罗列外，《子虚赋》、《上林赋》在描摹具体物象时又力求穷形尽貌，往往从视、听等多方面充分调动想象，描摹出绘声绘形、有声有色的图景。如《上林赋》描写园囿果木着重其色彩的绚烂，"扬翠叶，扤紫茎，发红华，垂朱荣，煌煌扈扈，照耀巨野"；写江流则写出其奔流的形态与声响，"沉沉隐隐，砰磅訇礚，潏潏淈淈，湁潗鼎沸，驰波跳沫，汩濦漂疾，悠远长怀，寂漻无声，肆乎归永"。调动多方面的感觉能力，对一个事物集中描写，使其形象更加突出。刘勰说赋"写物图貌，蔚似雕画"（《文心雕龙·诠赋》），很准确地说出了大赋描摹物象的特点。

三、密集的意象群

《子虚赋》、《上林赋》辞采赡丽，并且利用中国方块字的构造特点，堆砌排列了字意相近、字形相似的词句，在字面上形成了密集的意象群。如其写山则云"盘纡岪郁，隆崇嵂崒，岑崟参差"，写草木则云"葴菥苞荔"、"藏莨蒹葭"，写水则云"湛湛隐隐，砰磅訇礚，潏潏淈淈，湁潗鼎沸，驰波跳沫，汩濦漂疾"，等等。利用文字构形近似的特点，在视觉上造成了铺排的效果。此外，赋中堆砌了繁多的事类，而且多为日常所罕见，这就需要了解复杂的名物，具有深厚的文字功底。所以，谢榛（1495—1575）认为，"汉人作赋，必读万卷书，以养胸次。《离骚》为主，《山海经》、《舆地志》、《尔雅》诸书为辅。又必精于六书，识所从来，自能作用"；具体到这两篇赋，"命意宏博，措辞富丽，千汇万状，出有入无，气贯一篇，意归数语，此长卿所以大过人者也"（《四溟诗话》卷二）。司马相如曾作用于识字的《急就篇》，而在赋中也屡用怪字、难字，或径造新字，或使用方言，造成了文字繁复甚至生僻的效果。

四、劝、讽并存的价值观念

司马迁认为司马相如的赋"其卒章归之于节俭，因以风谏"（《史记·司马相如列传》)。《子虚赋》、《上林赋》在极度铺张园囿、游猎之盛的同时，也确实表达了讽谏之意。如乌有先生指责子虚"不称楚王之德厚，而盛推云梦以为高，奢言淫乐而侈靡"，而代表天子的无是公则认为以上二人的夸示是“不务明君臣之义而正诸侯之礼，徒事争游戏之乐，苑囿之大，欲以奢侈相胜，荒淫相越。此不可以扬名发誉，而适足以贬君自损也”。《上林赋》结尾写道：“天子茫然而思，似若有亡。曰：‘嗟乎，此大奢侈！朕以览听余间，无事弃日，顺天道以杀伐，时休息于此，恐后叶靡丽，遂往而不返，非所以为继嗣创业垂统也。’”在天子的自我反省中寓有讽谏之意，提出了兴道义、惜民力的主旨。但不可否认，在赋中占据绝大部分篇幅的是享乐的内容。无论是对山川河海、物产珍怪的罗列，还是对酒宴歌舞、宫殿园囿的描摹，都是以诸侯或天子的宫廷生活为中心的。通过对宫廷生活种种场景的铺排与渲染，将本为物质生活的享受变为精神上的愉悦与满足——这反而会达到“劝”的效果。也就是说，在《子虚赋》和《上林赋》中，同时存在着“劝”和“讽”两种价值观念。

劝、讽二者并存，与文人对当时政治环境的认识有关。一方面，大一统带来的空前鼎盛的社会情形，以及作家自我发展的需要，形成了文人乐观、进取的心态，因而具有开阔的胸怀，对事物采取了开放与兼容并包的态度，同时也创作了大量颂美、讴歌时代的作品。在司马相如笔下，“左苍梧，右西极，丹水更其南，紫渊径其北；终始灞浐，出入泾渭；酆镐潦潏，纡余委蛇，经营乎其内”的上林苑，实际上是天下的缩影，包含着大一统时代的自足与自信，体现出蓬勃的大汉气象。因此，赋中对大汉业绩的惊叹与赞美，也体现出文人对大一统的维护。上林苑成为大汉强盛的象征，在对富有的物产、盛大的场景以及人间的快乐进行大篇幅的铺陈时，文人也就在夸示的过程中认同了大汉的升平景象。这使得赋具有了“润色鸿业”的政治功用。另一方面，伴随大一统而来的专制统治，对文人造成了压抑。尤其是赋作家，他们在当时的地位如扬雄所说“颇似俳优淳于髡、优孟之徒，非法度所存”（《汉书·扬雄传》），文人虽然没有放弃自己的政治理想，但汉大赋“劝百讽一”的实际效果表明他们的讽谏意识已较薄弱，这既是他们自身政治地位衰落的表现，也是他们的政治责任感更难以实现的证明。

劝、讽并存还体现出审美判断和政治判断的矛盾。劝有劝勉、劝励的意思，在赋中基于对感官享受的描摹；讽则是讽谏的意思，在赋中是借人物之口直接道出。而司马相如作为一个文人，同时追求这两种标准，既沉溺于物象感发人心的效果，又强调政治伦理的意义。在表达审美感受时铺张扬厉，大肆渲染，而在实现讽谏的政治功能时则显得小心翼翼、委婉徐缓。在实际的描写上，前者胜过后者；在价值判断上，则是政治判断胜过审美判断，它表明审美感受与政治实践的相互矛盾。

相比较其他文体而言，汉大赋侧重对山林鸟兽、游娱场景的描摹，而很少评说历史与政治，远离社会的意识形态。在描写上，汉大赋强调语言的技巧，多用对偶、排比等修辞手段，又利用汉字形、声的特点构成字面上的整齐与音律上的和谐。这些因素形成了审美愉悦，从而使得赋这种文体的文学性特征更加明显。

西汉中后期有一些篇幅较短的散体赋作品，代表作家有东方朔、王褒。东方朔诙谐滑稽，“与枚皋、郭舍人俱在作用，诙啁而已”（《汉书·东方朔传》）。他的身份类似于宫廷弄臣，但他却有着建功立业的渴望。他曾上书陈强国之计，但终不见用，于是以自嘲的笔调作了《答客难》。他在文中以艳羡的口吻称说了战国游士，“说行如流，曲从如环，所欲必得，功若丘山，海内定，国家安”；但是时移事异，在大一统的形势下，士人的命运是“绥之则安，动之则苦。尊之则为将，卑之则为虏。抗之则在青云之上，抑之则在渊泉之下。用之则为虎，不用则为鼠”（《文选》卷四十五）。《答客难》表达了东方朔怀才不遇的苦闷，也指出了士人难以建功立业的时代原因。

《答客难》假设问难，以自嘲的口吻为不遇的处境辩解。后来的士人仿效之作甚多，《文选》以此立“设论”一目，收扬雄的《解嘲》、班固的《答宾戏》。后继者还有韩愈（768—824）的《进学解》、柳宗元的《起废答》等等。

第五节 宏富藻密

扬雄也是重要的大赋作家。《汉书·扬雄传》载：“先是时，蜀有司马相如，作赋甚弘丽温雅，雄心壮之，每作赋，常拟之以为式。”扬雄的四篇大赋《甘泉赋》、《河东赋》、《校猎赋》、《长杨赋》，都是以司马相如的辞赋为范本创作的，《汉书·扬雄传》载录了这四篇赋，并说：“（雄以为）辞莫丽于相如，作四赋，皆斟酌其本，相与放依而驰骋云。”这几篇大赋是扬雄的代表作。扬雄辞赋大多因事而作，往往劝谏帝王尚简朴、息田猎、勤政事、惜民力等，有意识地以讽谏为目的。但讽谏之意含蓄委婉，隐而不显。比如《校猎赋》以绝大部分篇幅描写田猎场面，赞叹汉代的盛世气氛，最终以“上犹谦让而未俞”，虽曲终奏雅，但终不能发挥讽谏的作用。扬雄晚年不喜辞赋，认为赋“劝而不止”，难以达到讽谏的目的。

一、扬雄对于汉大赋题材的拓展

扬雄的辞赋在风格与体式上模仿司马相如，但在内容上拓展了大赋的题材范围。扬雄的《校猎赋》、《长杨赋》基本上发挥了司马相如《天子游猎赋》中园囿、宫殿、田猎等题材，但《甘泉赋》、《河东赋》写到了祭祀场面，《蜀都赋》开始描摹都市、郡邑的繁华，开京都赋的创作先河，影响了班固的《两都赋》、张衡的《二京赋》、左思（250?—305?）的《三都赋》等。除了上几篇作品外，扬雄还作有《反离骚》、《太玄赋》、《逐贫赋》、《酒赋》、《解嘲》、《解难》等。

二、东汉的迁都之议与京都赋

散体大赋极事铺张的特征在东汉又一次达到高潮，不过赋的题材由园林山泽转向都市。东汉有迁都之议，关于定都洛阳还是长安，有长时间的争论。多篇“京都赋”在此背景下产生，如杜笃（？—78）的《论都赋》，傅毅（？—90）的《洛都赋》、《反都赋》，崔骃（？—92）的《反都赋》，班固的《两都赋》，张衡的《二京赋》等，通过对都城的渲染、对比，发表了自己的选都建议。

《后汉书·班彪列传》记载班固作《两都赋》的缘起说：“时京师修起宫室，浚缮城隍，而关中耆老犹望朝廷西顾。固感前世相如、寿王、东方之徒造构文辞，终以讽劝，乃上《两都赋》，盛称洛阳制度之美，以折西宾淫侈之论。”《两都赋》主张建都洛阳。文章通过“西都宾”和“东都主人”相互夸耀辩难的形式结构全篇，辞藻繁缛地铺叙了京都的壮丽景观，并历数汉代帝王的功德，篇幅阔大，颇能显示班固的才华。

分析举例

《两都赋》

除了传统的宫殿、游猎、园囿等题材外，《两都赋》还描绘了都市的街衢、建筑、人物等等。如“西都”部分有这样的描写：

> 建金城而万雉，呀周池而成渊，披三条之广路，立十二之通门。内则街衢洞达，闾阎且千，九市开场，货别隧分。人不得顾，车不得旋，阗城溢郭，旁流百廛，红尘四合，烟云相连。于是既庶且富，娱乐无疆。都人士女，殊异乎五方。游士拟于公侯，列肆侈于姬姜。乡曲豪举，游侠之雄，节慕原尝，名亚春陵，连交合众，骋骛乎其中。（《文选》卷一）

文中显示了都市的市井繁华之状，为此前所未有。《两都赋》具有明显的宣教意味，它借“东都主人”之口，劝止了“西都宾”的自我夸耀，批评了淫侈之风，阐发了尊崇礼义法度的思想，展现出天子之都的非凡气势和热闹场景。与西汉大赋大肆夸饰、词句奇崛不同，班固的《两都赋》相对要严谨、细密，语词典雅，表现出“明绚以雅赡”（刘勰《文心雕龙·诠赋》）的风格特征。

京都赋中成就最高、影响最大的是张衡的《二京赋》。《二京赋》上继班固《两都赋》，其谋篇布局与《两都赋》相似。赋中假托“凭虚公子”和“安处先生”分别夸说东京洛阳和西京长安，表达了崇尚礼义、节财慎用的思想，推崇东汉的文治。与其他京都赋相比，首先，《二京赋》极尽铺张之能事，篇幅更长，物象更为繁复。其中《东京赋》有四千五百余字，是《东都赋》的两倍还多。《二京赋》中所描摹的对象除了园囿、宫殿、田猎等外，也同样将笔触伸向都市的生活场景，比班固的描写更为广阔、详细。赋中既有街市、百戏等市井场景，还有商贾、游侠、辩士等各类人士的活动，更大范围地展示了都市生活的景象。如《西京赋》中描写“角抵百戏”一节云：

临迥望之广场，程角觝之妙戏。乌获扛鼎，都卢寻橦。冲狭燕濯，胸突铦锋。跳丸剑之挥霍，走索上而相逢。华岳峨峨，冈峦参差。神木灵草，朱实离离。总会仙倡，戏豹舞罴。（《文选》卷二）

此外，《东京赋》对景物进行了描写，而非仅仅罗列名称，如这一段：

濯龙芳林，九谷八溪。芙蓉覆水，秋兰被涯。渚戏跃鱼，渊游龟蠵。永安离宫，修竹冬青。阴池幽流，玄泉洌清。鹎鶋秋栖，鹘鸼春鸣。雎鸠丽黄，关关嘤嘤。（《文选》卷三）

这也是此前的大赋中所很少见到的。《二京赋》篇幅巨大，题材有了多方面的开拓，在一定程度上体现了对西汉以来大赋的发展。

其次，《二京赋》讽谏意味更为浓重。《后汉书·张衡列传》云："时天下承平日久，自王侯以下，莫不踰侈。衡乃拟班固《两都》作《二京赋》，因以讽谏。"比起其他大赋作品的劝百讽一，《二京赋》中的讽谏不仅占有大量的篇幅，而且态度鲜明、语词尖锐。如下一段所云：

今公子苟好剿民以媮乐，忘民怨之为仇也，好殚物以穷宠，忽下叛而生忧也。夫水所以载舟，亦所以覆舟。坚冰作于履霜，寻木起于蘖栽。昧旦丕显，后世犹怠。况初制于甚泰，服者焉能改裁。故相如壮上林之观，扬雄骋羽猎之辞，虽系以隤墙填堑，乱以收罝解罘，卒无补于风规，祗以昭其愆尤。（《文选》卷三）

张衡直接批评了司马相如、扬雄的大赋没有达到讽谏的效果，而他自己的态度就较为坚决。

再次，《二京赋》虽有大量的铺张，但在风格上较为典实。刘勰论《二京赋》说："张衡《二京》，迅拔以宏富"（《文心雕龙·诠赋》），又说"平子淹通，故虑周而藻密"（《文心雕龙·体性》）。"宏富"、"藻密"体现出大赋铺排夸饰、辞采丰赡的特点，而"虑周"的特点与《二京赋》"精思傅会，十年乃成"（《后汉书·张衡列传》）不无关系，体现在风格上，就具有典雅、平实的特点。比如写田猎一段说：

戈矛若林，牙旗缤纷。迄上林，结徒营。次和树表，司铎授钲。坐作进退，节以军声。三令五申，示戮斩牲。陈师鞠旅，教达禁成。火列具举，武士星敷。鹅鹳鱼丽，箕张翼舒。（《文选》卷三）

与司马相如等人写田猎的场景相比，《二京赋》注重写井然有序的人物活动，而不特别刻画激动人心的狩猎过程，虽仍具有铺张的形式，但少了扬厉的气势。此外，《二京赋》中有多处对史实、制度等的记述，论理较多，以才学与见识的广博来铺陈事物。这也是典实风格形成的重要原因。

相比较西汉大赋而言，东汉的京都赋在题材方面有了进一步的拓展，尤其是京都赋中多了对市井生活、自然景物的描写，使大赋一定程度上脱离了以天子、宫廷为中心的描写传统，扩大了赋的表现范围。比起西汉利用名物和语词进行铺陈排比的方法而言，东汉赋家更多的是通过发挥才学而形成"雅赡"、"虑周"的风格特征，其铺张扬厉的效果有所减弱。东汉大赋典雅的风格特征，实际上也预示了汉赋铺张严厉的风格难以为继，显示了以铺陈排比名物和语词为主的创作方法本身的局限性。

【温故知新】

汉赋　散体大赋　抒情小赋　劝讽　七体　司马相如　京都赋

【请你思考】

1. 结合历史上一些名人的论述，谈谈你对于汉赋起源的认识。
2. 试就某一种汉赋题材来梳理其在后代的发展演变过程。
3. 分析汉代的大一统政治形态对于汉赋的影响。
4. 谈一谈你对于汉赋劝讽并存的价值观念的认识。

【推荐阅读】

（南朝梁）萧统编．文选．上海：上海古籍出版社，1986
费振刚，仇仲谦，刘南平校注．全汉赋．广州：广东教育出版社，2005
龚克昌．中国辞赋研究．济南：山东大学出版社，2010

第五章 史传文学的高峰

【导入】

中国史传文学发展到汉代，达到了它的一个高峰。伫立在这高峰之巅的是司马迁所撰写的不朽巨著《史记》。《史记》既是对此前史传作品的一个继承和总结，更是一个开辟。司马迁以其深沉而激越的精神力量和卓越的叙事能力，赋予史传作品以无比的感染力，因此，《史记》被鲁迅称为“史家之绝唱，无韵之《离骚》”（《汉文学史纲要》）。司马迁“发愤著书”的精神对后人有着巨大的影响。

《汉书》和《史记》一样，同样表现出高超的叙事能力，但由于文化背景和思想观念的差异，《汉书》在叙事风格等方面，又表现出不同于《史记》的特点。《史记》和《汉书》同是中国史传文学的瑰宝，是大一统时代对文学的巨大贡献。

第一节
述往事，思来者

中国的史传作品自产生以来，一直采用编年或国别的体例，以事件或言论为记述对象，所以说，在《史记》之前，中国还没有出现严格意义上的传记文学作品。《史记》以纪传体的形式，以历史人物为对象，异常关注人物的性格和命运，标志着传记文学体裁的成熟。

一、《史记》的编排体例

《史记》原名《太史公书》，全书共一百三十卷，五十二万字，记事上起轩辕黄帝，下至汉武帝太初年间（前104—前101），是我国第一部纪传体通史。《史记》分为“本纪”、“世家”、“列传”、“书”、“表”五个部分。其中“本纪”记历代帝王，按时间排比大事，共十二卷；“世家”记王侯之事，共三十卷；“列传”为历史上的重要人物作传，共七十卷；“书”记录文化、政治、经济制度及其变迁，共八卷；“表”则以表格的形式，依年代顺序记录三代至汉的大事，共十卷。这五部分形成了一个有机的整体，反映了历史的全貌。

《史记》中最有文学价值的是“世家”和“列传”两部分，它们都是人物传记。司马迁说“世家”传主的选择原则是“忠信行道，以奉主上”（《史记·太史公自序》），但由于它的传主限定在诸侯王这一群体中，所以选择余地较小。而能真正反映司马迁撰史思想的是“列传”。《史记》中的“列传”，既有个人传记，也有人群传记，而以前者为主。司马迁称，他们入传的理由是“扶义俶傥，不令已失时，立功名于天下”（同上）。所谓“不令已失时”，就是能抓住历史际遇，乘便而起，成就自己的人生。所谓“功名”，根据《史记》的具体内容来看，实际指的是使自己从社会人群中脱颖而出的人生情境。也就是说，司马迁的历史，是个人奋斗史，是与命运抗争的历史。清赵翼（1727—1814）谈到这一体例及其影响说：“司马迁参酌古今，发凡起例，创为全史……然后一代君臣政事，贤否得失，总汇于一编之中。自此体例一定，历代作史者遂不能出其范，信史家之极则也。”（《廿二史札记》卷一《史记·汉书》之三“各史例目异同”条）从《汉书》到《清史稿》，基本都采用了这种体例进行编纂。

二、司马迁撰写《史记》的原因

司马迁是汉史官，但撰写史书并不是史官的必然职责①，他为什么要以一人之力来撰写如此一部辉煌巨著呢？

首先，在《太史公自序》中，司马迁对自己家族世代为史官而感到十分自豪，并从这一世代延续的事业中获得了强烈的使命感。这使命感中就包括著史的愿望。司马谈（？—前110）对司马迁说："今汉兴，海内一统，明主贤君忠臣死义之士，余为太史而弗论载，废天下之史文，余甚惧焉，汝其念哉！"（《史记·太史公自序》）并在临终时嘱咐司马迁继承祖先的事业，完成《史记》。家族的理想，使得司马迁把撰史当作是自己一生追求的价值，立志要"究天人之际，通古今之变，成一家之言"（《文选》卷四十一《报任安书》）。其次，"不令己失时，立功名于天下"的人生观，使司马迁无比看重自己的撰史事业。他认为撰史是先圣事业。他说："余闻董生曰：'周道衰废……孔子知言之不用，道之不行也，是非二百四十二年之中，以为天下仪表，贬天子，退诸侯，讨大夫，以达王事而已矣。'……夫《春秋》，上明三王之道，下辨人事之纪，别嫌疑，明是非，定犹豫，善善恶恶，贤贤贱不肖，存亡国，继绝世，补蔽起废，王道之大者也。"（《史记·太史公自序》）《春秋》成就孔子的圣人"功名"，这使司马迁向往不已。他说："自周公卒五百岁而有孔子。孔子卒后至于今五百岁，有能绍明世，正《易传》，继《春秋》，本《诗》、《书》、《礼》、《乐》之际？意在斯乎！意在斯乎！小子何敢让焉。"（同上）成仁成圣这一思想情结，为司马迁著史提供了极大的动力。再次，天汉三年（前98），司马迁为李陵辩护，认为他的投降是出于无奈。武帝大怒，将司马迁下狱，并施以腐刑。司马迁说："每念斯耻，汗未尝不发背沾衣也。"（《文选》卷四十一《报任安书》）但这一遭遇也激发了司马迁"发愤著书"的决心，他说自己"所以隐忍苟活，幽于粪土之中而不辞者，恨私心有所不尽，鄙陋没世而文采不表于后世也"（同上），以古代圣贤的遭遇为自己著述的动力，希望能通过自己的撰史事业"述往事，思来者"，以弥补自己残缺而愤懑的人生。

以上几方面的原因，使得司马迁的《史记》创作，充满了主观精神和个性气质，也就注定了《史记》不可能像《春秋》或《左传》那样，从容排列事实，微言大义，而是充满了理想和激情，表现出强烈的文学色彩。所以，金圣叹将其列为"才子书"。刘鹗说："《离骚》为屈大夫之哭泣……《史记》为太史公之哭泣。"（《老残游记序》）

① 汉武帝置太史令，其主要职责大致有九项：一，掌天时、星历，议造历法，颁行望朔，时日禁忌；二，祭祀仪式；三，礼乐损益，音律改易；四，随从封禅，事鬼神；五，掌天下郡国计书；六，掌术数算学与课试蒙童；七，记录灾异；八，掌灵台候日月星气；九，掌明堂、石室档案图籍。参见牛润珍：《汉至唐初史官制度的演变》，39～40页，石家庄，河北教育出版社，1999。

第二节 非常倜傥之人

扬雄以“爱奇”(《法言·吾子》)来论司马迁的选择原则，所谓“奇”就是司马迁所说的“非常倜傥之人”(《文选》卷四十一《报任安书》)。所谓“非常倜傥之人”，主要包括拥有强烈生命意志、个性品质出众、功业超群等类型的人。

一、有强烈生命意志的人

项羽以其强烈生命意志本身冲击着社会，是能给人以巨大震撼的个人英雄。司马迁在这个人物身上倾注了自己的无限激情。

项羽小时学书、学剑、学兵法，皆“不肯竟学”，看见秦始皇虽说“彼可取而代之”，视如囊中之物，但终生并未称帝。在司马迁看来，他是一个追求性情自由，而不拘泥于任何实在的人。惟其心灵自由、生命意志强烈，所以才有大气象。在钜鹿之战中，项羽破釜沉舟，并带领楚将士以一种求生的本能，一无眷念，拼死而战，让这种生命意志迸发出强烈的光芒：

> 诸侯军救钜鹿下者十余壁，莫敢纵兵。及楚击秦，诸将皆从壁上观。楚战士无不一以当十，楚兵呼声动天，诸侯军无不人人惴恐。于是已破秦军，项羽召见诸侯将，入辕门，无不膝行而前，莫敢仰视。(《史记·项羽本纪》)

☞ **多学一点**

后人对于《项羽本纪》的评论

刘辰翁(1232—1297)说此段“踊跃振动，极羽本色”(凌稚隆《史记评林》引)。

“项羽力拔山气盖世，何等英雄，何等力量！太史公亦以全神付之，成此英雄力量之文。”(吴见思《史记论文》)

项羽是一个凭着生命激情和自由意志创造奇迹的人。“鸿门宴”上，刘邦以自谢的姿态，将自己的懦弱呈现给项羽时，项羽倾心相待：“此沛公左司马曹无伤言之，不然，籍何以至此!”并且一再阻止杀刘邦。一个凭生命意志行动的人，是真正的坦荡无私的人。项羽强烈的生命意志在垓下之围中表现得最为突出。当四面响起楚歌之时，英雄末路的感觉在项羽心里油然而起，自己尝欲平定天下，今却不能保美人名驹，“此天亡我，非战之罪也”。一种命定的悲哀，使得项羽完全放弃了任何实在的目标，生命进入一个更加自由、更加深沉的阶段。他说：“今日固决死，愿为诸君快战，必三胜之，为诸君溃围，斩将，刈旗，令诸君知天亡我，非战之罪也。”一场激烈的战斗之后，项羽乃谓其骑曰：“何如?”(《史记·项羽本纪》)其轻松自得之状，有如游戏，生命意志从现实的纠缠和死亡的阴影中超然而出，于是，战场成了强力意志的剧场。

《项羽本纪》是司马迁对生命意志的赞歌，像项羽这样纯然靠生命意志的指引行动的人，当然令人敬佩。但生命意志也可能由于外在的刺激而突出地表现出来，成就一个刚强而激烈的人格。

比如伍子胥，从《伍子胥列传》中，我们更能看到司马迁自己的身影。楚平王杀了伍子胥的父亲和哥哥，为了复仇，伍子胥背郑而为晋内应，在逃亡途中艰苦备尝，忍辱负重，甚至不惜借助敌国兵力去征服自己的祖国，攻破郢都，“乃掘楚平王墓，出其尸，鞭之三百，然后已”。伍子胥不但报了父兄之仇，使得十数年的隐忍之苦得到报偿，而且也最终成就了自己作为一个复仇者的人格。等到吴王赐剑令其自杀，伍子胥仍然以一个复仇者的形象出现，他要人在他死后，“必树吾墓上以梓，令可以为器；而抉吾眼悬吴东门之上，以观越寇之入灭吴也”(《史记·伍子胥列传》)。

☞多学一点

后人对《伍子胥列传》的评价

李景星说：“太史公满腹怨意，亦借题发挥，洋溢于纸上，不可磨灭矣。以伤心人写伤心事，哪能不十分出色。”(《史记评议》)

司马迁曾在“慕义”“死节”和“隐忍苟活”之间有过艰难抉择，他最终选择了后者，“就极刑而无愠色”。对于司马迁来说，“隐忍苟活”因为没有世俗道德和社会舆论的支持，所以要比“死节”更艰难，需要有更大的承担的勇气。在这一过程中，司马迁体会到个体生命意志的重要。所以，司马迁对那些有强烈的生命意志、敢于为自己的生命负责的人，充满了钦佩之情。

二、个性品质出众的人

在司马迁看来，忠于自己的道德选择，并能以生命捍卫自己理想的人，也是“非常倜傥之人”。比如屈原忠君爱国，“虽放流，睠顾楚国，系心怀王，不忘欲返，冀幸君之一悟，俗之一改也。其存君兴国，而欲反覆之，一篇之中，三致志焉”(《史记·屈原贾生列传》)。屈原行事与伍子胥迥然有别，但司马迁仍然不遗余力地称赞他说：“其志洁，故其称物芳；其行廉，故死而不容。自疏濯淖淤泥之中，蝉蜕于浊秽，以浮游尘埃之外，不获世之滋垢，皭然泥而不滓者也。推此志也，虽与日月争光可也。”(同上)

分析举例

《史记·刺客列传》中的刺客

《史记·刺客列传》中所描写的几位刺客，也都是能以自己的生命来展现自己信念的人。豫让的身份是“客”，而“客”作为一项事业，它的最高理想是以命报主，即“士为知己者死”。所以豫让为了自己已死的主人智伯，向赵襄子寻仇。第一次，他“变名姓为刑人，入宫涂厕，中挟匕首，欲以刺襄子”。失败后，他“又漆身为厉，吞炭为哑，使形状不可知”，伺机行刺。豫让在失败被执时，面对着赵襄子丢出的衣服，“拔剑三跃而击之”（《史记·刺客列传》）。这一行动象征着他已经用生命捍卫了自己作为“忠臣”的“死名之义”，所以能够慨然“伏剑自杀”。其他刺客，如聂政、荆轲，前者感慨于“政乃市井之人，鼓刀以屠；而严仲子乃诸侯之卿相也，不远千里，枉车骑而交臣”（同上）；后者亦是为了报答燕太子丹以“国之大事”相托，遂“提一匕首入不测之强秦”，慨然赴死。对于这些刺客，司马迁在文末评论说：“自曹沫至荆轲五人，此其义或成或不成，然其立意较然，不欺其志。名垂后世，岂妄也哉！”（同上）所谓“立意较然，不欺其志”，就是忠诚于自己的信念，成就自己的人格。

此外，对于横行乡里的游侠，司马迁夸赞他们“其行虽不轨于正义，然其言必信，其行必果，已诺必诚，不爱其躯，赴士之厄困。既已存亡死生矣，而不矜其能，羞伐其德，盖亦有足多者焉”（《史记·游侠列传》）。游侠的道德准则虽不同于士大夫，但他们能忠于自己的选择，并以此显示出自己的人格力量。

三、功业超群的人

同样，能够“不令己失时，立功名于天下”的人，也是司马迁所极为赞赏的人。这些人往往都能忍辱负重，能乘时而起，成就自己的事业。

比如司马迁非常崇敬的孔子，他出身“贫且贱”，一生奔波不已，“去鲁，斥乎齐，逐乎宋、卫，困于陈蔡之间”。在郑国时，“与弟子相失，孔子独立郭东门。郑人或谓子贡曰：‘东门有人，其颡似尧，其项似皋陶，其肩类子产，然自要以下不及禹三寸，累累若丧家之狗。’子贡以实告孔子。孔子欣然笑曰：‘形状，末也。而谓似丧家之狗，然哉！然哉！’”（《史记·孔子世家》）虽然如此，孔子仍然不放弃自己的理想，自我反省曰：“君子病没世而名不称焉。吾道不行矣，吾何以自见于后世哉？”（同上）自我砥砺，著成《春秋》等万世经典。司马迁感慨曰：“天下君王至于贤人众矣，当时则荣，没则已焉。孔子布衣，传十余世，学者宗之。自天子王侯，中国言六艺者折中于夫子，可谓至圣矣！”（同上）孔子终生奋斗不已，从不放弃，最终成就千秋事业，这对司马迁有着巨大的鼓舞。

四、司马迁崇尚的人生观

人所成就的事业有大小，但“不令己失时”，扬名声，显父母，有所成就，这是司马迁所崇尚的人生观。他为商鞅立传是因为“鞅去卫适秦，能明其术，强霸孝公，后世遵其法”（《史记·太史公自序》），为穰侯立传是因为“苞河山，围大梁，使诸侯敛手而事秦者，魏冉之功”（同上），甚至对以工商致富的寡妇清、卓氏，也都予以载录（见《史记·货殖列传》）。在司马迁看来，不论是以功业、德行，还是以文章闻名于世，都是使自己从平凡人群中脱颖而出的方式，都符合司马迁的人生观。而那些能在平时隐忍负重，最终成就事业的人，更受到司马迁的喜爱。比如韩信，“虽为布衣时，其志与众异”（《史记·淮阴侯列传》），但在受到屠中少年欺侮时，能不顾他人耻笑，甘受胯下之辱，终于拜将封侯。司马迁说季布：“以项羽之气，而季布以勇显于楚，身履典军搴旗者数矣，可谓壮士。然至被刑戮，为人奴而不死，何其下也！彼必自负其材，故受辱而不羞，欲有所用其未足也，故终为汉名将。”（《史记·季布栾布列传》）这种思想当然与司马迁本人的遭遇有重要的关系。

司马迁的所谓爱奇，不仅限于“非常倜傥之人”，其实，人有一可取，往往也被司马迁采来入传。比如“能以富贵下贫贱，贤能诎于不肖”的信陵君、“勇于当敌，仁爱士卒，号令不烦”（《史记·太史公自序》）的李广，甚至以文章显世的司马相如、邹阳等，都被司马迁看作“非常倜傥之人”而收入列传。

综上所述，司马迁认为，人活着就要使自己的生命有价值，要通过各种方式将生命意志表现出来。由于司马迁推崇生命意志和性情，所以，他就不可能从道德或政治的角度来臧否人物。比如，苏秦凭着自己的智慧和努力，从一个平民而成为一个身挂六国相印的重臣，司马迁就此论曰：“夫苏秦起闾阎，连六国从亲，此其智有过人者。吾故列其行事，次其时序，毋令独蒙恶声焉。”（《史记·苏秦列传》）这与正统儒家角度的看法大有不同。

第三节 悲剧意识

《史记》异常关注个体的命运，而无论是过于高洁的个人理想，还是强烈的生命意志，往往都会在严酷的社会现实面前遭受挫折，所以，《史记》中充满了浓郁的悲剧气氛。有学者认为《史记》是一座悲剧英雄人物的画廊，并统计出所写及的悲剧人物大大小小约有一百二十多个，将悲剧性看作是《史记》最重要的特点之一。①

一、有德者的个人悲剧

司马迁本人有着坚定的社会理想，但他又看得出来，这些社会理想和社会现实之间存在着矛盾和冲突，也就是说，正是社会现实的不公，造成了有德者的个人悲剧。

《伯夷叔齐列传》在叙述了伯夷、叔齐的事迹后，有如下一段议论：

> 或曰："天道无亲，常与善人。"若伯夷、叔齐，可谓善人者非邪？积仁洁行如此而饿死！且七十子之徒，仲尼独荐颜渊为好学。然回也屡空，糟糠不厌，而卒蚤夭。天之报施善人，其何如哉？盗跖日杀不辜，肝人之肉，暴戾恣睢，聚党数千人，横行天下，竟以寿终。是遵何德哉？此其尤大彰明较著者也。若至近世，操行不轨，专犯忌讳，而终身逸乐富厚，累世不绝；或择地而蹈之，时然后出言，行不由径，非公正不发愤，而遇祸灾者，不可胜数也。余甚惑焉，傥所谓天道，是邪？非邪？（《史记·伯夷叔齐列传》）

这样一个世道，使所有持有高尚社会理想的人，都注定了要遭受不公正的命运。比如屈原，"正道直行，竭忠尽智以事其君"，结果只能"怀石自沉汨罗以死"（《史记·屈原贾生列传》）。这是一个不能接受的事实。司马迁自己对此有着切身的体会，他在《报任安书》里沉痛地提到自己的经历："仆以为戴盆何以望天，故绝宾客之知，亡室家之业，日夜思竭其不肖之才力，务一心营职，以求亲媚于主上。而事乃有大谬不然者夫！"（《文选》卷四十一）这种遭遇使得司马迁对伯夷、叔齐、颜渊、屈原等人的悲剧非常敏感，总能激发出无限的感慨。

二、个体失误或性格缺陷所造成的悲剧

有些悲剧是由个体的失误或性格缺陷所造成的，这些人往往是一些功业有成的人。比如，曾经"九合诸侯，一匡天下"的齐桓公，到了晚年却不能自持，拒绝管仲的劝告，而信用奸佞小人。齐桓公尚在病中，就发生了内乱，以致死后无人理丧，"尸虫出于户外"（《史记·齐太公世家》）。曾"胡服骑射"的赵武灵王，晚年宠爱女姬，竟被围困于沙丘宫，三月余而饿死。

再如李斯，从仓鼠身上悟出人生出处之道，"乃从荀卿学帝王之术"，"历诸侯，入事秦，因以瑕衅，以辅始皇，卒成帝业，斯为三公"，应该说是有大功业于世，结果却为赵高陷害，腰斩于咸阳市。司马迁这样写道：

① 参见韩兆琦：《史记通论》，178～179页，桂林，广西师范大学出版社，1996。

斯出狱，与其中子俱执，顾谓其中子曰："吾欲与若复牵黄犬，俱出上蔡东门，逐狡兔，岂可得乎!"遂父子相哭，而夷三族。(《史记·李斯列传》)

这一段描写颇为凄凉，表明司马迁同情李斯，认为这是一个悲剧。不过，司马迁在"太史公曰"中说："(斯) 不务明政以补主上之缺，持爵禄之重，阿顺苟合，严威酷刑，听高邪说，废適立庶。诸侯已畔，斯乃欲谏争，不亦末乎!"指出李斯品性上的弱点，给这个悲剧以某种程度上合理的解释。类似的还有商鞅，他在秦变法，助秦强大，为秦统一天下奠定了基础，因触动了旧贵族的利益，被诬谋反，终于车裂而死。司马迁亦以"天资刻薄"、"挟持浮说"、"所因由嬖臣"(《史记·商君列传》) 等理由，来解释商鞅的悲剧命运。但李斯也好，商鞅也好，将其悲剧的原因完全归结他们自己，肯定是不合适的。

三、项羽与刘邦的悲剧

《史记》中最具有感染力的悲剧人物，还要数项羽。项羽被困，自言："吾起兵至今八岁矣，身七十余战，所当者破，所击者服，未尝败北，遂霸有天下。然今卒困于此，此天亡我，非战之罪也。"(《史记·项羽本纪》) 项羽不明白其中的原因，司马迁也不明白其中的原因，虽然他在"太史公曰"里给了不少似是而非的理由，但真正的原因，正在于意志本身。任何一个有着强烈意志的人，在这个充满了不公和虚伪的世界里，就只能失败。这是一个英雄的悲剧，是个体意志的悲剧。司马迁对此不能忘怀，他反复的渲染也使我们感到深深震动。

在司马迁笔下，刘邦也是一个有着悲剧色彩的人物。《高祖本纪》中有这样一段描写：

高祖还归，过沛，留。置酒沛宫，悉召故人父老子弟纵酒，发沛中儿得百二十人，教之歌。酒酣，高祖击筑，自为歌诗曰："大风起兮云飞扬，威加海内兮归故乡，安得猛士兮守四方!"令儿皆和习之。高祖乃起舞，慷慨伤怀，泣数行下。(《史记·高祖本纪》)

这是另一种英雄的悲剧，事业走到了顶峰，再也没有什么新的希望；而半辈子的生死、权诈、失败、成功，一切都如过眼云烟，再也留不下任何痕迹。无论是敌人还是自己的伙伴，那些生命中很重要的部分，如今都飘然凋零。他感受到了孤独，感受到了厌倦。这种悲剧感使他脆弱，于是内心充满了同情和依恋。这是一种更为本质的悲剧，它将矛头直接指向人生价值本身，所以同样感人至深。

《史记》中的悲剧感，来自那些悲哀的历史和现实，也来自司马迁本人的悲惨遭遇和生命体验。正是浓烈的悲剧感，使得《史记》充满了文学色彩。

第四节
人物形象刻画

《史记》为我们描绘了空前广大的社会生活场面。以前的史书，如《左传》、《战国策》等，仅以帝王贵族或策士等一类人为中心，而《史记》中的人物却来自社会的不同阶层，尤其是下层平民，如游侠、刺客、商贾等，他们在社会中相当活跃，但却是第一次受到史官的重视。《史记》中人物众多，身份各异，但都能给人很深的印象，说明《史记》的写人艺术，已经达到一个非常高的境界。本节主要谈谈《史记》写人的艺术特点。

一、人物个性的展示

司马迁撰史注意突出人物的性格，展现人物不同的个性特征。在《史记》中，每一个人物都有自己的个性，他们往往又是某一类品质的代表，具有很高的典型性。如项羽直率、粗豪，刘邦狡诈、无赖，屈原高洁执著，范蠡功成身退，魏公子礼贤下士，鲁仲连敢于承担，石奋小心谨慎等等，都给人留下了深刻的印象。即使是品行相近，司马迁也能将不同的个体区别出来。如日人斋藤正谦所说："子长同叙智者，子房有子房风姿，陈平有陈平风姿；同叙勇者，廉颇有廉颇面目，樊哙有樊哙面目；同叙刺客，豫让之与专诸，聂政之与荆轲，才出一语，乃觉口气各不相同。《高祖本纪》见宽仁之气动于纸上，《项羽本纪》觉喑噁叱咤来薄人。读一部《史记》如直接当时人，亲睹其事，亲闻其语，使人乍喜乍愕，乍惧乍泣，不能自止，是子长叙事入神处。"（泷川资言《史记会注考证附校补·史记总论》引斋藤正谦《拙堂文话》）这些不同的性格组成了《史记》斑斓多彩的人物世界。

二、以典型情节刻画人物

司马迁刻画人物性格，往往通过典型情节加以表现。如《陈丞相世家》写陈平为乡党均分社肉，以显示他处事的公平；《万石张叔列传》写石建奏事误书"马"字而惊慌不已，写石庆仅为六匹马而以策细数，以反映他们的拘谨、胆小。泷川资言（1865—1946）说："陈胜曰：'壮士不死即已，死即举大名耳！王侯将相宁有种乎？'汉高曰：'嗟乎，大丈夫当如此也！'项羽曰：'彼可取而代也！'三样词气，三样笔法，史公极力描写。"（《史记会注考证》卷七《项羽本纪》）相比较而言，陈胜的话虽不无豪气，但有明显的逼上梁山的意味，而且对王侯将相有某种敌意。至于刘邦和项羽的话，王鸣盛（1722—

1798）说："项之言，悍而戾；刘之言，津津不胜其歆羡矣。"（《十七史商榷》）刘邦的话里露出艳羡的口吻，而项羽的话则显得直截了当，将帝位看作是囊中之物；艳羡，所以才会仔细谋划；视为囊中之物，所以才不会孜孜以求。这三位开辟性人物的性格由这一小小细节而显露无遗，足见《史记》写人之高超。

在写人物时，《史记》特别注意写出那些能显示人物命运变化的情节。如对于那些成就功业的人，则写他们卑贱时受人轻视的情形，如《淮阴王列传》写韩信受胯下之辱的场面，《苏秦列传》写苏秦说秦不成回家后，受家人冷遇的场面。而那些有着悲剧性结局的人物，则又着重写他们鼎盛时期志得意满的情形，如项羽之宰割天下等。《史记》还通过对人物命运变化时刻的描写和渲染，特别进行强调和提示。如《项羽本纪》中的"垓下之围"一段：

> 项王军壁垓下，兵少食尽，汉军及诸侯兵围之数重。夜闻汉军四面皆楚歌，项王乃大惊曰："汉皆已得楚乎？是何楚人之多也！"项王则夜起，饮帐中。有美人名虞，常幸从；骏马名骓，常骑之。于是，项王乃悲歌慷慨，自为诗曰："力拔山兮气盖世，时不利兮骓不逝。骓不逝兮可奈何，虞兮虞兮奈若何！"歌数阕，美人和之。项王泣数行下，左右皆泣，莫能仰视。（《史记·项羽本纪》）

这一段充满抒情色彩的渲染，揭示了项羽英雄末路的转折过程。吴见思说："'可奈何'，'奈若何'，若无意义，乃一腔怒愤，万种低回，地厚天高，托身无所，写英雄失路之悲，至此极矣。"（《史记论文》）类似写法的还有《刺客列传》中写燕太子丹在易水边送别荆轲的一段，也是风声萧萧，水色苍凉，一种悲壮的气氛预示着一个无可避免的悲剧性结局。

此外，心理描写、采用有特色的人物语言、虚构情节等等，这些手法都被《史记》用来刻画人物形象，而且运用得相当纯熟，表现了极为高超的描写、叙述技巧。

三、互见法

《史记》为求谋篇布局、风格统一或其他原因，常以"互见法"来展现完整的人物性格或命运。

所谓"互见法"，就是以本传为主，将一些必要的事迹分散到不同的地方，起着对本传的补充、纠正等作用。如写刘邦，《高祖本纪》主要写他"仁而爱人"、"常有大度"、善于招揽人才等正面品质，说明他能够得天下的理由。但在相关的其他人的传记中，司马迁就毫不客气，将其"无赖"的一面暴露出来。如《郦生列传》写他侮辱儒生，"解其冠，溲溺其中"。《项羽本纪》写他彭城兵败时，在逃跑路上，将自己的儿女推堕车下。《张丞相列传》中写道："骑周昌项，问曰：'我何如主也？'昌仰曰：'陛下即桀纣之主也。'"《佞幸列传》说"高祖至暴抗也"，等等，这样就把刘邦全貌显示了出来。司马迁写项羽也采用了同样的方法，在其他传记中写他残暴、多疑的个性，以显示他不能得到拥戴的原因。这一写法，使得《史记》保证了"实录"的品质。班固说："自刘向、扬雄博极群书，皆称迁有良史之材，服其善序事理，辨而不华，质而不俚，其文直，其事核，不虚美，不隐恶，故谓之实录。"（《汉书·司马迁传》）

四、《史记》的抒情性特征

《史记》的艺术特点还表现为有着强烈的抒情性，所以鲁迅称其为“无韵之《离骚》”。司马迁在所描写的人物身上寄托了自己的情感，如《伯夷列传》、《屈原贾生列传》等，读起来，仿佛是司马迁在自叙身世，整篇都像是一首抒情诗，将自己的一腔愤懑倾泻而出，非常感人。此外，一些局部描写，如前所举之《项羽本纪》之“悲歌慷慨”、《高祖本纪》之“自为歌诗”、《刺客列传》之“易水送别”等，也都情韵浓烈。

分析举例

《刺客列传》之“易水送别”

兹引《史记·刺客列传》如下：

> 太子及宾客知其事者，皆白衣冠以送之。至易水之上，既祖，取道，高渐离击筑，荆轲和而歌，为变徵之声，士皆垂泪涕泣。又前而为歌曰：“风萧萧兮易水寒，壮士一去兮不复还！”复为羽声慷慨，士皆瞋目，发尽上指冠。于是荆轲就车而去，终已不顾。

这一段描写可谓慷慨悲凉，有无穷的韵味，极富抒情色彩。此外，一些细节描写，也能体现出司马迁的情感，如《刺客列传》中豫让“拔剑三跃而击之”等，极是畅快淋漓。所以，茅坤（1512—1601）说：“读游侠传即欲轻生，读屈原、贾谊传即欲流涕，读庄周、鲁仲连传即欲遗世，读李广传即欲力斗，读石建传即欲俯躬，读信陵、平原君传即欲好士。”（《明文海》卷一百五十五《与蔡白石太守论文书》）所说的就是《史记》的抒情性所带来的感染力。

五、《史记》的语言特色

《史记》的语言也很有特色，其总体风格是浑厚、朴拙，富有韵律感、气势感。[①] 苏辙（1039—1112）说：“太史公行天下，周览四海名山大川，与燕赵间豪俊交游，故其文疏荡，颇有奇气。此二子者（指孟子和司马迁）岂尝执笔学为如此之文哉？其气充乎其中，而溢乎其貌，动乎其言，见乎其文而不自知也。”（《栾城集·上枢密韩太尉书》）又茅

① 参见韩兆琦：《史记通论》，222～228页，桂林，广西师范大学出版社，1996。

坤说："屈宋以来，浑浑噩噩，如长川大谷，探之不穷，揽之不竭，蕴藉百家，包括万代者，司马子长文也。"(《唐宋八大家文钞·论例》)

第五节 《汉书》的文学成就

一、《汉书》的体例

《汉书》是我国第一部断代史著作，作者班固①，记事起自高祖元年（前206），止于王莽地皇四年（23），记录了西汉一代229年间的历史。《汉书》在体例上基本继承了《史记》，只是改"书"为"志"，又取消"世家"，并入"传"。全书"本纪"十二卷、"表"八卷、"志"十卷、"传"七十卷，共一百卷。书中汉武帝以前的史事，基本采自司马迁《史记》，武帝之后的史事则为班固整理编写。《汉书》"十志"仿效《史记》"八书"，记录典章制度的沿革，新立《刑法志》、《五行志》、《地理志》、《艺文志》，对历史文化有新的侧重。其中，《艺文志》在西汉刘向、刘歆父子编辑的《七略》的基础上编订而成，记录了西汉保存的书籍，是我国现存最早的图书目录。

二、《汉书》所载的盛世与人物

《汉书》对汉武帝时的兴盛景况，作了较为全面的展示，它所记载的人物主要也集中在武帝时期。班固认为武帝"雄才大略"（《汉书·武帝纪》），而"汉之得人，于兹为盛"：

> 儒雅则公孙弘、董仲舒、兒宽，笃行则石建、石庆，质直则汲黯、卜式，推贤则韩安国、郑当时，定令则赵禹、张汤，文章则司马迁、相如，滑稽则东方朔、枚皋，应对则严助、朱买臣，历数则唐都、洛下闳，协律则李延年，运筹则桑弘羊，奉使则张骞、苏武，将率则卫青、霍去病，受遗则霍光、金日磾，其余不可胜纪。

① 班固父班彪有见于"《史记》所书，年止汉武，太初以后，阙而不录……于是采其旧事，旁贯异闻，作《后传》六十五篇"（刘知几《史通·古今正史》）。班固在父亲死后着手撰写史著，有人上书控告他私改国史，他因此被捕入狱，其弟班超上书为之辩白，明帝遂召之为兰台令史，令其著史。经过二十多年的努力，《汉书》基本完成。在他死后，其妹班昭和学者马续补写了《汉书》的"表"、"志"部分。

是以兴造功业，制度遗文，后世莫及。(《汉书·公孙弘卜式兒宽传》)

这些人物在《汉书》中大多都有翔实的传记，其中如《苏武传》、《卫青霍去病传》、《霍光传》等，都是著名的传记文章，在刻画人物方面，有着很高的艺术成就。

《汉书》卷五十四《苏武传》完整地叙写了苏武被羁留匈奴19年的经历。苏武先是大义凛然面对卫律的威逼，后被置于大窖中，“绝不饮食”，再徙往“北海上无人处”，但苏武忍受了饥饿和寒冷的考验，“卧啮雪与旃毛并咽之”，或“掘野鼠去草实而食之”，“杖汉节牧羊，卧起操持，节旄尽落”，以惊人的毅力维护自己的信念。最后，匈奴派降将李陵前往劝降。李陵以他“终不得归汉，空自苦亡人之地”的处境，劝说他归降，又告诉他，他的两个在汉做官的弟弟都因过失而自杀，他的妻子已经改嫁，儿女生死不明。而苏武回答说：“武父子亡功德，皆为陛下所成就，位列将，爵通侯，兄弟亲近。常愿肝脑涂地。今得杀身自效，虽蒙斧钺汤镬，诚甘乐之。臣事君，犹子事父也，子为父死，亡所恨。愿勿复再言!”并坚决地对李陵说：“自分已死久矣，王必欲降武，请毕今日之欢，效死于前。”这些话中的道理，虽然不一定能为我们完全接受，但在当时的情况下，它足以表现苏武的气概和决心。身临绝境而志节不改，大有感人之处。在这篇传记中，班固以李陵和苏武对比，也同时刻画了李陵的形象。班固对李陵的投降持有同情的态度，认为李陵既有性格懦弱的原因，也有其不得已的外部原因，是匈奴和汉朝两方逼迫的结果。他两次置酒劝降苏武，但面对着苏武坚毅的态度，又深感自责。他对苏武说自己初降时心情：“陵始降时，忽忽如狂，自痛负汉，加以老母系保宫，子卿不欲降，何以过陵?”及至苏武拒降，李陵泪下沾襟，喟然叹曰：“嗟乎，义士！陵与卫律之罪，上通于天!”其中深自悔悟，而又无可奈何之状，非常真切地再现了李陵复杂的心理状态。《汉书》能完整而准确地进行叙事，生动地塑造人物，描绘场面，是史传文学的成功之作。

学术轶事

学者对于《苏武传》的评价

凌稚隆（生卒年不详）说：“传武数百言，总叙其不辱君命一节，中间插入卫律、李陵等事，则借以形其节云。”(《汉书评林》)

赵翼说：“(《苏武传》)叙次精采，千载下犹有生气，合之《李陵传》，慷慨悲凉，使迁为之，恐亦不能过也。”(《廿二史札记》卷二《史记·汉书》之“汉书增传”条)

三、《史记》与《汉书》的比较

后人常以《汉书》和《史记》并称，南朝范晔（398—445）说：“司马迁、班固父子，其言史官载籍之作，大义粲然著矣。议者咸称二子有良史之才。”（《后汉书·班彪传附子固传》）不过，西汉宏放，司马迁又身遭奇冤，所以《史记》感情浓烈，风格恣肆，成一家之言。而班固作史是从儒家正统思想出发，出于自觉维护汉王朝的目的，并得到统治者的赞赏，从而使《汉书》成为第一部真正的奉诏修制的官史。班固对司马迁的指责就反映了两人立场的不同：“又其（司马迁）是非颇谬于圣人，论大道则先黄老而后六经，序游侠则退处士而进奸雄，述货殖则崇势利而羞贱贫，此其所蔽也。然自刘向、扬雄博极群书，皆称迁有良史之材，服其善序事理，辨而不华，质而不俚，其文直，其事核，不虚美，不隐恶，故谓之实录。乌呼！以迁之博物洽闻，而不能以知自全，既陷极刑，幽而发愤，书亦信矣。”（《汉书·司马迁列传》）立场的区别对《汉书》所表现出的思想、选材、叙事等有着多方面的影响，并造成《汉书》和《史记》的重大差异。

此外，由于东汉时代社会思想转而严密，经学风气甚浓，在很大程度上影响了班固的美学态度。因此，就叙事风格而言，《史记》和《汉书》也有着较大的不同。相对于《史记》的纵横奔放、情感激越而言，《汉书》至少表现出如下两个方面的特征：一是雅懿，一是裁密。① 下面分别论之。

所谓雅懿，就是指文章风格的简洁疏朗，平和典雅，韵味悠长。刘知几（661—721）论《汉书》云：“孟坚辞惟温雅，理多惬当，其尤美者，有典诰之风，翩翩奕奕，良可咏也。”（《史通·论赞》）刘熙载亦称：“班孟坚文……尔雅深厚，其所长也。”（《艺概·文概》）班固述事，往往求其简洁雅致，如《窦田灌韩传》基本从《史记·魏其武安侯列传》移植而来，明代王懋（生卒年不详）比较“婴守荥阳”一节后，说：“文不满百字，而《汉书》删去三十余字不嫌简，此减字法也。”现在读这一百余字，确实简明、典正，与司马迁的原文相比，别有风味。班固和司马迁的差别，更主要表现在叙事态度上，司马迁情感浓烈，而班固更为冷静。

分析举例

《汉书》的雅懿

时朝廷多事，督责大臣。自公孙弘后，丞相李蔡、严青翟、赵周三人比坐事死。石庆虽以谨得终，然数被谴。初贺引拜为丞相，不受印绶，顿首涕泣，曰：“臣本边鄙，以鞍马骑射为官，材诚不任宰相。”上与左右见贺悲哀，感动下泣，曰：“扶起丞相。”贺不肯起，上乃起去。贺不得已，拜出。左右问其故，贺曰：“主上贤明，臣不足以称，恐负重责，从是殆矣。”（《汉书·公孙刘田王杨蔡陈郑传》）

文中将公孙贺拜相时的悲哀情景，淡淡勾勒而出。然而，在这简短的叙述中，却包含着深深的感慨，宋人胡寅（1098—1156）说：“宰相，人臣所愿

① 刘勰《文心雕龙·体性》：“孟坚雅懿，故裁密而思靡。”

为者，而武帝多杀，至使人不敢以辅弼为荣。”（凌稚隆《汉书评林》引）再联想到公孙贺后果然被汉武帝灭族的悲惨结局，就可以从这一相对冷静的叙述中，感受到更多的内涵。总之，班固的文风相对疏淡、典雅，总体上较《史记》缺少激情，生动不足，但也有其独到之处。

所谓裁密，是指叙述详备、清晰，笔法缜密，能较为全面地再现事物或人物。茅坤评曰：“太史公与班掾之材，固各天授。然《史记》以风神胜，而《汉书》以矩矱胜。惟其以风神胜，故其遒逸疏宕如餐霞，如啮雪，往往自眉睫之所及，而指次心田之所不及，令人读之，解颐不已；惟其以矩矱胜，故其规划布置，如绳引，如斧刬，亦往往于其复乱庞杂之间，而有以极其首尾节奏之密，令人读之，鲜不濯筋而洞髓者。”（《茅鹿门集》卷一《刻汉书评林序》）

这一点，差不多已得到后人的公认。比如《陈汤传》写陈汤袭杀郅支单于的情节，以近两千字的篇幅逐步详加叙写，并穿插一些前因后果，条理异常明晰。凌稚隆说：“叙汤击郅支谋略功效，形容如画。曰‘未至单于城六十里止营’，曰‘未至城三十里止营’，曰‘四面围城，各有所守’，盖大兵深入，难于骤进，此正汤沉勇有大虑，多策谋处。”（《汉书评林》）相对来说，《史记》更注重场面、气氛的刻画，而《汉书》在叙事的完整赅备、首尾条贯上颇见优长。《汉书》在细节描写上，也显得精细严密。如《霍光金日磾传》写两个为人谨严的大臣，班固通过一些典型的细节或行事写他们的性格。如写霍光，“每出入下殿门，止进有常处。郎仆射窃识视之，不失尺寸，其资性端正如此”，说其步伐尺寸都极准确，以见其“沉静详审”；写金日磾，“自在左右，目不忤视者数十年。赐出宫女，不敢近。上欲纳其女后宫，不肯”，明其对朝廷心怀恭敬，以见其“笃慎”。这些描写都非常细腻而且缜密，与《史记》的奇荡豪爽不同。

《史记》和《汉书》为我国史传文学史上并峙的双峰。《史记》以卓越的思想、浓烈的情感和起伏跌宕的叙事手法，以及开辟之功，震古烁今；《汉书》继踵而起，以严谨规整的笔法，丰富和发展了史传艺术，并表现出了与《史记》颇不相同的风格特征。“《史记》宏放，《汉书》详整，各有所长也”（王鏊《震泽长语》卷下《文章》），基本是对的。二书对后世史传文学都有着十分深远的影响。

【温故知新】

史传文学　《史记》　《汉书》　实录精神　抒情性　人物悲剧　细腻缜密　盛世人物

【请你思考】

1. 试结合作品和历史分析司马迁撰写《史记》的心理动机。
2. 阐释司马迁选取人物的标准。
3. 试结合具体作品分析司马迁描写人物的主要艺术手法。
4. 结合历史背景和司马迁与班固的人格差异，分析《史记》与《汉书》异同的原因。
5. 阐释《史记》、《汉书》所奠定的中国古代传记文学的传统。

【推荐阅读】

(西汉)司马迁.(宋)裴骃集解.(唐)司马贞索隐.(唐)张守节正义.史记.北京:中华书局,2005

(东汉)班固.(唐)颜师古注.汉书.北京:中华书局,1962

韩兆琦主编.中国传记文学史.石家庄:河北教育出版社,1992

韩兆琦.史记选注集评.桂林:广西师范大学出版社,1995

韩兆琦.史记通论.桂林:广西师范大学出版社,1996

第四编　风骨遒上

（汉安帝永初元年至晋惠帝光熙元年，107—306）

第一章 个性精神和文学自觉

【导入】

从汉安帝（107—125 在位）到晋惠帝（290—306 在位）这一时期，中国历史一直处在政治黑暗或动乱之中。残酷的政治斗争，剥夺了文人的生存目标和生存方式，甚至是生命，这迫使文人不断地反省社会，反省自己，文人在质疑生存价值的同时，也深深地感受到了生命的无常和苦难。深挚而痛苦的精神历程，促成了生命意识的觉醒，促成了文人主体个性精神的自觉。所谓魏晋风度，就是文人主体个性精神觉醒的一个宣言，它以或荒诞或悲凉的审美态度，再现了自己的生存现状，抗议来自外界的抑制和迫害。

文学对于这一时代的精神生活，对于文人的自我体认和自我超越，有着特别重要的意义。在从汉末到西晋这一历史过程中，虽然朝代屡经更迭，但文学发展的脉络一直延续不辍，文学的本质和它独特的精神作用，在这一过程中，开始被人们逐渐把握。文人用诗歌表达最为幽深的个体情感世界，也通过理论反省，揭示文学的价值和规律。中国历史上的文学自觉时代终于来临。

第一节
文学自觉的历程

中国文学在这200年间，经历了汉末、建安、正始三个阶段。在这三个阶段中，汉末文学自觉抒情，表达现实的感受；建安文学在此基础上，发展为具有终极意义的生命感受；而正始文人则通过自己的个性精神，将对残酷现实和悲凉生命的抗议表达出来。

一、汉末：文人五言诗的兴起与文学自觉的开始

从汉安帝永初元年（107）到汉献帝兴平二年（195），共89年，是文学自觉的初始阶段。

汉末政治极其黑暗，宦官和外戚轮流当政，严重破坏了社会道德规范和政治秩序。

多学一点

汉末外戚宦官当权的政治态势

无论是外戚还是宦官，一旦得势，往往“割裂城社，自相封赏。父子兄弟被蒙尊荣，素所亲厚布在州郡，或登九列，或据三司。……州牧郡守承顺风旨，辟召选举，释贤取愚”（《后汉书·宦者列传·曹节传》），瓜分之余，又盛行卖官。

《后汉书·孝灵帝纪》记载，延熹元年（158）十二月，“初开西邸卖官，自关内侯、虎贲、羽林，入钱各有差。私令左右卖公卿，公千万，卿五百万”。上行下效，卖官成一时风气。

天下士子被排斥在官僚机构之外，顺帝（126—144在位）时，滞留在京的太学生就达3万余人。士人由义愤而聚集在一起，成为在野的政治性文人集团，他们评议朝政、褒贬官僚。但这些行为不为统治者所容，于是“党锢之祸”一再发生，相当一批士人被杀，被放逐，或流离失所。因此，社会情绪异常低落，文人看不到前途，社会理想也随之而破灭，于是文人开始关心自己的处境和命运，以《古诗十九首》为代表的五言诗就是这种文化背景的产物。

《古诗十九首》，以及假托苏武、李陵等所作的五言诗，大约产生于汉顺帝至汉献帝（189—220在位）之间，是下层文人忧生念乱、自觉抒情的产物。

☞ 多学一点

《古诗十九首》善言情

陈祚明（1623—1674）曰："此诗（《十九首》）所以为性情之物，而同有之情，人人各具，则人人本自有诗也。但人人有情而不能言，即能言而言不能尽，故特推《十九首》以为至极。……《十九首》善言情，惟是不使情为径直之物，而必取其宛曲者以写之，故言不尽而情则无不尽。"（《采菽堂古诗选》卷三）

《古诗十九首》的基本特征是：一是言情，二是言人人皆有之情。因此，它表达的仍然是一种基本的情感，个性特征尚未得以表现。此外，《古诗十九首》从民间诗歌中借鉴并发展了五言的形式，被后人称为"千古五言之祖"（王世贞《艺苑卮言》卷二）。因此，汉末古诗是文人诗歌由言志向抒情发展的一个转折点，并且在形式体制上为后代诗歌开辟了道路，从而开启了中国诗歌的新局面。

二、建安：建安风骨与文学自觉的兴盛

建安元年（196）曹操（155—220）迎献帝至许昌，太和六年（232）曹植（192—232）病卒，我们把这期间的 37 年，称为建安文学时期。因为这一时期的作家都于建安时期聚集在曹氏父子周围，并形成了较为统一的风格特征。这期间出现的曹丕（187—226）所作的《典论·论文》，称文章乃"经国之大业，不朽之盛事"（《全三国文》卷八），成为文学自觉的标志。

这段时间里，先是魏蜀吴三国鼎立，汉中央集权的政治制度彻底崩溃。公元 220 年，魏文帝曹丕代汉，历史进入了一个新的阶段。战乱既给国家和人民带来了苦难，也为文人提供了建功立业、施展才华的机遇。弥漫于汉末的悲凉情绪和战争所带来的生民离乱、社会凋敝的苦难现实，对文人的精神有着巨大的影响，甚至连曹操也不能游离于这种社会情绪之外。

此际，围绕着曹氏父子形成了一个文人集团。他们的诗歌一方面反映战乱中的悲惨现实图景和人生无常的苦难命运，另一方面又表现了建功立业的希望和自信，有乐观向上的一面，形成了以慷慨悲凉为基本情调的风格特征。后人誉之为"建安风骨"。

曹操赋予典雅的四言体诗歌以刚健、苍凉的新的时代特点，而其他建安诗人则在形式上继承并发扬了汉末五言的传统，但个性特征也越来越明显。其中最有代表性的诗人是曹植。曹植以其独特的身世、敏锐的感受能力及其诗歌华丽的辞藻，为五言诗赢得了崇高的声誉。建安诗歌是文学自觉和兴盛的标志。

学术轶事

后人论建安诗人

钟嵘（467？—519?）概括当时盛况说："降及建安，曹公父子，笃好斯文……刘桢、王粲，为其羽翼。次有攀龙托凤，自致于属车者，盖将百计。彬彬之盛，大备于时矣。"（《诗品序》）

清李重华（生卒年不详）《贞一斋诗话》云："魏诗以陈思作主，余子辅之。五言自汉迄魏，得思王始称大成。"（《贞一斋诗话》第十二条）

三、正始：魏晋风度与文学自觉的完成

自曹植亡故后的公元233年至晋惠帝光熙元年（306），共74年，是文学自觉时期的最后完成阶段。文人在最为恐怖黑暗的年代里，用自己的个性和生命意志顽强地抗拒着外在的压力，创作出具有个性色彩的文学作品，促成了文学观念的成熟。

曹植死时，建安文人亡故殆尽，文学的建安时代宣告结束。公元240年，曹芳（240—254在位）即位，改元正始。此后，司马氏渐渐得势，并与曹魏集团展开了残酷的政治斗争。文人在两个政治集团的夹缝中承受着巨大的压力，大批文人以违背名教的理由而横遭杀害。

文人为了逃避政治选择，往往信奉老庄自然之道，或佯狂，或冷漠，通过饮酒服药、放浪形骸来保全自己的生命。文人不再关心社会功业，而是收缩到自己的内心世界，以个性精神风貌来否定社会理想，形成了"魏晋风度"。

他们将汉以来的清议发展为清谈，清谈又推动了玄学的发展。具有明显老庄色彩的玄学和苦难现实共同启发了魏晋文人对生命的全新感受，启发了文人的情感取向和生命价值观念。这些都大大推动了文学的发展，促使文学透过悲凉和荒谬的生存，更直接地感受生命本身。正始文学的代表作家是阮籍（210—263）和嵇康（223—262）。阮籍所作五言《咏怀诗》，反映了对社会的绝望，抒发了自己内心的极端忧虑，钟嵘称为"言在耳目之内，情寄八荒之表。……颇多感慨之词，厥旨渊放，归趣难求"（《诗品》卷上）；嵇康所作四言诗，《赠秀才入军十八首》以高远清峻的意象表达自己傲世不群的人格，作于狱中的《幽愤诗》激愤悔祸，个性精神都十分突出。后人比较二人曰"嵇志清峻，阮旨遥深"（张溥《汉魏六朝百三家集题辞·嵇中散集》）。此外，"竹林七贤"等其他正始作家，也有作品传世。

四、太康：士族文化的发展与文学自觉的余绪

公元265年，魏晋易代。太康年间（280—289），中国统一，西晋进入了一个较为稳

定繁荣的时期。在政府选官制度的推动下，士族门第得到了迅速的发展。士族文人在晋往往居清要之职，却不着意于社会现实，转而追求生命的长久和现实的荣誉，追求知识的渊博、姿态精神的雅致，为文追求华美绚丽，为人则讲究奢靡优雅。《世说新语》载何晏（190—249）“性自喜，动静粉帛不去手，行步顾影”（《世说新语·容止》注引《魏略》），在一种贵族情态背后，实际上掩藏了生命的孱弱。建安、正始文学中的慷慨和执著的精神渐趋消亡。太康时期是两晋文学的一个高潮，而在风格上，则较建安、正始更为柔弱。西晋士族文人死于非命的亦复不少，如当时著名文人陆机（261—303）、陆云（262—303）、张华（232—300）、潘岳（247—300）等，都因故被害。不少文人因此感到仕途凶险，而效法阮籍、嵇康等正始名士，在玄学的适意口号下，纵情声色，放荡无行。这一阶段的诗文创作数量较多，题材有所扩大，感情更趋细密，出现了如怀念亡妻、珍爱娇女等主题，说明文学在抒情方面进一步朝个性化方向发展。此外，士人高蹈、求生的思想风尚和玄学思潮相结合，于是，玄言诗在西晋开始盛行，至东晋又得到佛教的推波助澜，更是绵延达百年之久。

学术轶事

后人论太康文学

钟嵘《诗品序》曰：“太康中，三张、二陆、两潘、一左，勃尔复兴，踵武前王，风流未沫，亦文章之中兴也。”

刘勰《文心雕龙·明诗》曰：“晋世群才，稍入轻绮，张潘左陆，比肩诗衢，采缛于正始，力柔于建安，或析文以为妙，或流靡以自妍，此其大略也。”

第二节 生命意识和文人风范

残酷而深刻的人生体验，不但深化了文人对社会、人生的理解，也丰富了文人的自我形象，推动了文学的发展。在社会政治和文学之间，最值得我们关注的是文人的应世和立身之道，这也是我们理解这一时期文学的前提。

一、汉末清议之风、党锢之祸与士人心态

东汉末年，皇帝年幼，外戚和宦官轮番执政，社会政治极其黑暗，社会道德风气也沦丧至无可挽救之地。外戚和宦官虽然相互争斗，但在排挤士人这一点上又是共同的。士人面对着恶劣的处境，自发结为群体。顺帝时，梁冀（？—159）权重于皇帝。朝廷曾选派八位当朝耆儒巡行天下，肃整风纪，时人号称“八俊”。其中张纲认为当今“豺狼当道”，恶在朝廷，拒绝就任。而其他七位每每奏请弹劾的都是梁冀等显宦的亲属。士人和外戚宦官的冲突由此拉开大幕。此后，著名直臣李固和杜乔被梁冀迫害致死，朝野震惊，士人以之为榜样。清议之风大盛，士人通过品评人物的方式，激浊扬清，干涉政治。激烈的冲突，终于导致了延熹九年（166）和建宁二年（169）的两次党锢之祸。

☞ 多学一点

士人群体之自觉与党锢之祸的发端

余英时认为：“东汉之士大夫亦遂得在其迭与外戚宦官之冲突过程中逐渐发展群体之自觉。东汉外戚之祸极于梁冀之专权，士大夫之形成清流集团似亦肇端于此际，至其后于宦官争斗时之结党，则是更进一步之发展耳。”①

这两次党锢之祸中的士人领袖是李膺（110—169）、范滂（137—169）等，他们以名节相互激励，舍身就义。文士们在党锢之祸中表现出了强烈的政治责任感和以名节自高的自我意识。在洞穿了现实政治和经学理想的虚妄后，也有一些人从保全生命出发，遁隐世外，体现了对现实人生的悲观态度，在一定程度上影响了汉末文学的抒情风格。

☞ 多学一点

汉末士人的两种处世态度

史载：“京师游士汝南范滂等非讦朝政，自公卿以下皆折节下之。太学生争慕其风，以为文学将兴，处士复用。”（《后汉书·周黄徐姜申屠列传》）

另一种处世态度则如袁闳有见于党锢将起，“遂散发绝世，欲投迹深林”（《后汉书·袁张韩周列传》）；范冉辞官，“徒行敝服，卖卜于市”（《后汉书·独行列传·范冉传》）。

二、建安士人的事功心理与悲剧意识

建安时期，“天下大乱，雄豪并起”（《三国志·魏书·武帝纪》），各地割据势力兴

① 余英时：《士与中国文化》，288页，上海，上海人民出版社，1987。

起。深受党锢之祸打击的文人也都离开朝廷，而将目光投向这些新兴势力，择主而事，甚至投笔从戎，希望能有所成就。曹植《与杨德祖书》回忆云："昔仲宣独步于汉南，孔璋鹰扬于河朔，伟长擅名于青土，公干振藻于海隅，德琏发迹于此魏，足下高视于上京。"（《曹子建集》卷九）随着各军事集团的彼此消长，士人渐渐集中到几个大的势力中。这些军事集团中，曹操集团在政治和文化上有着明显的优势，再加上曹操本人通脱简易，在屡次下令求贤中不论出身，也不强求仁孝，甚至连"盗嫂受金"之人也能容忍，将贤才的含义限定于才干和事功上。这对从黑暗政治和党锢之祸中四散出来，对儒家经典教条失望了的文人来说，有着非常强烈的吸引力。因此，大批文人选择了曹操，如王粲（177—217）依附身列"八俊"、"八友"中的刘表，十余年内不获重用，投奔曹操后，先任丞相军师祭酒，后凭才学升任侍中。其他如孔融（153—208）、陈琳（？—217）、阮瑀（约165—212）、应玚（？—217）、刘桢（？—217）、杨修（175—219）、繁钦（？—218）、路粹（生卒年不详）等，曹操皆辟为丞相府属官，或是诸子属官，虽地位不见得有多高，但深受曹操信任，与闻机要，随军出征，相互唱和，形成了颇具规模的邺下文人集团。士人渐已消沉的社会责任感和功名之念，又得以恢复。

经过汉末的血雨腥风，又身处动乱之中，士人强烈的责任感和进取心，不能不带有浓厚的悲剧意识。他们悲悯战争给生民带来的灾难，也悲悯人生的短暂和虚幻。进取的愿望和深沉的悲剧感相融合，就形成了建安士人"梗概多气"的个性气质，表现在文学上就是"建安风骨"。一些士人因为秉持超越个人功利的人生见识，又得当时通脱简易的风气之鼓励，因此培养了独立不羁的人格模式。

分析举例

建安士人的放达性情

许攸（？—204）"时与太祖相戏，每在席，不自限齐，至呼太祖小字"（《三国志·魏书·崔琰传》注引《魏略》）。

祢衡（173—198）闻曹操相招，"自称狂病，不肯往"，及为鼓吏，居然在曹操大会宾客之时，"裸身而立"，事后又"坐大营门，以杖捶地大骂"（《后汉书·文苑列传·祢衡传》），可谓狂士。

这种狂傲不羁、无所顾忌的行为，并非出于某种政治理想，而是个人性情外化的一种形式，是叛逆精神的具体体现。

三、正始士人的存在方式与生命体验

随着曹植的谢世，建安文学告一段落。曹魏政权自曹丕时实行"九品中正制"，指示各级朝官品第士人并推荐给朝廷，出身于世家大族或在社会上享有声誉的才士就有机会出人头地。当时朝廷也恢复了太学，教习儒家经典，但这些经生往往只能出任低等级官员。再加上上一代通脱任性之风的影响，士人们往往不亲儒术，而是喜交游、尚论辩，社会上大兴浮华之风。

☞ **多学一点**

晋世尚玄虚

《晋书·裴秀传附子頠传》曰："何晏、阮籍素有高名于世，口谈浮虚，不遵礼法，尸禄耽宠，仕不事事；至王衍之徒，声誉太盛，位高势重，不以物务自婴，遂相放效，风教陵迟。"

名士们钟情于老庄的"自然"和"无"，并以"自然"贬低名教，提出"越名教而任自然"(《嵇中散集》卷六《释私论》）的口号。何晏、王弼（226—249）等人推衍老庄有无之论，发展为玄学。玄学虽然"以无为本"，但通过"有情"、"无情"、"才性"等命题，将士人人格突出出来，并使其超越社会伦理规范，成为士人的一种存在方式。玄学也为魏晋风度提供了理论根据。

曹魏集团和司马氏集团的激烈斗争，使得正始士人举步维艰，朝不保夕。高平陵之乱，司马氏诛戮曹爽、何晏等八姓，一时"名士减半"(《三国志·魏书·王凌传》)。统治者动辄以"名教"为借口屠杀异己。士人在感慨世道荒诞、生命脆弱的同时，也加深了对"名教"的厌恶。一些名士从自然出发，蔑弃礼教，以放浪形骸的姿态宣示了对世俗政治的鄙弃，向传统的儒家思想和世俗观念发起了挑战。阮籍、嵇康、山涛（205—283）、向秀（约227—272）、阮咸（生卒年不详）、王戎（234—305）、刘伶（生卒年不详）等结成"竹林七贤"。嵇康风姿卓越，富有才华，但拒绝和司马氏合作，对司马氏持有警惕、敌视的态度。他公开声称自己"非汤武而薄周孔"(《嵇中散集》卷二《与山巨源绝交书》)，在被司马氏处以死刑时，他尚能顾视日影，从容弹奏《广陵散》。在嵇康的生命中，既有咄咄逼人的挑战姿态，又有优雅、飘逸的个性气质，但其根本上是一种特立独行的反抗精神。阮籍，史称其"志气宏放，傲然独得，任性不羁，而喜怒不形于色。或闭户视书，累月不出；或登临山水，经日忘归"(《晋书·阮籍传》)。超然物外，其实只是为了掩饰内心无法摆脱的痛苦和绝望。真正的阮籍"常率意独驾，不由径路，车迹所穷，辄恸哭而反"(《世说新语·栖逸》注引《魏氏春秋》)。无路可走，正是当时士人的现实处境，清醒地认识到自己无路可走，要承受着何等的痛苦！于是只有用酒来麻醉自己。阮籍曾与群猪共饮，又常在酒醉后眠于当垆妇侧。刘伶病酒更甚，史载他"常乘鹿车，携一壶酒，使人荷锸而随之，谓曰：'死便埋我'"(《晋书·刘伶传》)。对于阮籍、刘伶等来说，现实世界除了荒诞就是虚无，逃避或抗拒这个现实世界，是其沉湎于醉境的真正含义。正始时代，是文人士子的黑暗年代，而士人以其短暂的生命、独特的

嵇康弹《广陵散》

个性、扭曲的行为，洞穿了这层黑暗，揭示了人生和历史的荒谬的一面。

（唐）孙位《高逸图》（局部：阮籍、刘伶）

四、西晋士人生命体验的双重性

西晋时期，政治环境转为宽松，晋武帝司马炎（265—290在位）颇能纳谏，在位二十余年没有杀过一名臣下，史称当时“民和俗静，家给人足”（《晋书·武帝纪》）。西晋士族名士有崇尚奢华之风，他们沉湎物质享乐，相互斗富，致使社会风气极度糜烂。西晋推行九品中正制，而品第又是和门第联系在一起的，因此，高门大族的子孙往往垄断了高官的位置。

☞多学一点

晋世士族专权

当时议郎段灼上表云：“今台阁选举，涂塞耳目；九品访人，唯问中正。故据上品者，非公侯之子孙，即当途之昆弟也。”（《晋书·段灼传》）

在这种背景下，士人普遍走向精神堕落，张华、潘岳、陆机等著名文人，也都成了政治上的投机者。西晋士人也有任诞之举，但其意义已远不如正始文人，后人评论：“魏末阮籍嗜酒荒放，露头散发，裸袒箕踞。其后，贵游子弟阮瞻、王澄、谢鲲、胡毋辅之徒，皆祖述于籍，谓得大道之本。故去巾帻，脱衣服，露丑恶，同禽兽。甚者，名之为通。次者，名之为达也。”（《世说新语·德行》注引王隐《晋书》）

由此可以看出，正始士人的生命体验到西晋已经成为一种放纵或做作，这些拙劣的模仿消解了任诞行为中的生命意义。但是，正始士风作为一种精神财富，又不能不对西晋士人产生或显或隐的影响。西晋士人也有追求精致的精神生活的一面，如奢靡不堪的石崇（249—300），一面谄事贾谧，斗富杀美，一面又在金谷园中构筑精美的自然生活，其《金谷诗序》云：“或登高临下，或列坐水滨，时琴瑟笙筑，合载车中，道路并作。……遂各赋诗，以叙中怀。或不能者，罚酒三斗。感性命之不永，惧凋落之无期。”（《全晋文》卷三十三）其内心深处仍然有着一丝凄凉。

此外如任大司马东曹掾的张翰，性情“纵任不拘”，一日，“在洛，见秋风起，因思吴中菰菜羹、鲈鱼脍，曰：‘人生贵得适意尔，何能羁宦数千里以要名爵！’遂命驾便归”（《世说新语·识鉴》）。在张翰看来，个人内在的意志冲动，以及自然惬意的生活，要远比外在的社会事功更为重要。

再如王衍丧幼子，悲不自胜，当别人劝他时，他说：“圣人忘情，最下不及于情。然则情之所钟，正在我辈。”（《晋书·王衍传》）

自然情感和意志冲动一样，也是人的主体性的一部分。不论是“适意”还是“钟情”，都是对社会事功、对伦理人格绝望之后向内心世界的回归，也是生命自觉的表现形态。

第三节 文学观念的发展

东汉末年，政治腐败，社会价值体系紊乱，儒家正统思想以及经学事业顷刻之间土崩瓦解，在一个充满了悲剧和失望的时代，相当一部分士人突然发现了个人情感的意义，于是出现了大量抒写个人情感的五言诗歌。文人对诗歌的看法脱离了经学的视角，在实践的层面上开始了文学自觉的历程。

一、文学观念的正式成立

建安文人在曹操“外定武功，内兴文学”的方针下，依靠诗歌真诚地抒发时代的伤感，展示自己的才华，并由此而形成一个自觉的文学团体。挚虞（？—311）《文章流别论》载：“建安中，魏文帝从武帝出猎，赋命陈琳、王粲、应玚、刘桢并作。琳为《武猎》，粲为《羽猎》，玚为《西狩》，桢为《大阅》。凡此各有所长，粲其最也。”（《古文苑》卷七《羽猎赋》注引）现实的苦难降低了人们对政事、道德、经学的期望，人们开始关注文学的价值，并在文学上寄托了自己永恒的理想。生命的短暂使得建安文人对“不朽”有着异常的敏感和渴望。经邦治国和道德立身，自然是不朽之事业，但历史和现实的体验，又常常在动摇着人们久已形成的信念，所以，文学就适时地被提高到和道德、事功同等的地位上来。

曹丕《典论·论文》说：

> 盖文章，经国之大业，不朽之盛事。年寿有时而尽，荣乐止乎其身，二者必至

之常期，未若文章之无穷。是以古之作者，寄身于翰墨，见意于篇籍，不假良史之辞，不托飞驰之势，而声名自传于后。(《全三国文》卷八)

还在《与王朗书》中说："生有七尺之形，死惟一棺之土，惟立德扬名，可以不朽。其次莫如著篇籍。"(《全三国文》卷七) 建安文人于事功之外，对于立德扬名其实并不十分在意，因此，曹丕所谓"文章"、"著篇籍"，并非注重于它的内容，而是注重文学本身的某些特质。

曹丕认为"气"是文学的主要内涵，他说："文以气为主，气之清浊有体，不可力强而致。"(《全三国文》卷八《典论·论文》) 也就是说，所谓"气"是一种个性化的东西，"主要是指作者的气质情性"，而"反映到文章中来，就是指一种表现出个性特征的感情气势、感情力量，是反映到文章中来的生命力"[①]。这种对主体个性的强调，与对文章的社会内容的强调，在理论上有着天壤之别。个性化或主体性，是文学区别于其他应用文章的一个最为重要的特征。

此外，曹丕还对文体及文体的风格作了区别，认为："奏议宜雅，书论宜理，铭诔尚实，诗赋欲丽。"(同上) 所谓"诗赋欲丽"，是指文学作品应当注意形式的美感，这也是文学的一个重要特征。因此，曹丕的"不朽说"、"文气说"和文体观念，就标志着文学观念在中国文学史上正式成立。

二、玄学对文学观念的影响

正始以来，玄学大盛。玄学是一种基于道家思想的义理思辨哲学。建安以来，尊重情感、发扬个性成为一种社会思潮，而这一思潮在很大程度上和儒家的名教思想有所抵触，因此，玄学的基本问题就是讨论名教和自然的关系。何晏、王弼等主张"贵无"，他们认为"无"是万物的本源，"阴阳恃以化生，万物恃以成形，贤者恃以成德，不肖恃以免身。故无之为用，无爵而贵矣"(何晏《无为论》，《全三国文》卷三十九)。何晏和王弼强调"无"和"有"的相对关系，认为"无"的目的是为了获得最大程度的"有"，在实践上希望能中和、调节名教和自然的关系。而阮籍和嵇康是玄学中的"自然"派。他们完全否定名教，提出"越名教而任自然"(《嵇中散集》卷六《释私论》) 的观点，崇尚一种超越欲望、利害、是非观念的随心所欲的自然生存状态，向往绝对自由的精神境界。玄学对文学观念的影响主要表现在如下几个方面。

首先，玄学的自然观念，培养了文人超越现实、任性率真的文学理想。文人认为任何外在的干涉，尤其是来自礼法以及一些世俗观念的束缚，都是不能容忍的。阮籍的种种现实焦虑，嵇康对潇洒出尘人格的向往，甚至后世陶渊明 (365? —427) 的田园生活，都与玄学思想密切相关。

其次，玄学强调客体和主体的区别。嵇康作《声无哀乐论》讨论音乐和情感的关系，提出"音声有自然之和，而无系于人情"(《嵇中散集》卷五)，也就是说艺术作品有着自己的本体属性，它的美感是超越现实的，是一种自然存在，它本身并不包含属于社会因

① 罗宗强：《魏晋南北朝文学思想史》，30～31 页，北京，中华书局，1996。

素的善恶情感。人们通过艺术作品的感发而体会到的实际上是自己内在的哀乐之情。“声无哀乐”论的意义，在于它强调了音乐自身的艺术特质，从而完全否定了音乐的伦理教化作用，“这就把儒家传统的功利主义乐论给彻底否定了”①。这一观点在客观上促进了文艺作品从经学中解放出来。

最后，玄学的一个重要论题是言意之辨。“言不尽意”本是庄子的一个重要思想。荀粲在评论《易》时说：“盖理之微者，非物象之所举也。今称立象以尽意，此非通于意外者也，系辞焉以尽言，此非言乎系表者也；斯则象外之意，系表之言，固蕴而不出矣。”（《三国志·魏书·荀彧传》注引《晋阳秋》）他认为，精妙的义理是不能通过物象、言辞来表达的。在“言不尽意”的前提下，又如何来体会或传达“意”呢？王弼则从另一个角度谈论了言、象和意的关系。他说：“尽意莫若象，尽象莫若言。言生于象，故可寻言以观象；象生于意，故可寻象以观意……是故，存言者，非得象者也；存象者，非得意者也……得意在忘象，得象在忘言。”（《周易略例·明象》）认为对于意的传达和领悟，既不能离开言和象，也不能完全依赖言和象。它说明，言和象在文学的传达和理解中，不过起一种暗示或启发性作用，文学欣赏中最重要的是感悟；它还说明，文学的意蕴是一种超越现实理解的精神状态。这些对文艺的看法，促进中国文艺理论的发展。不过，真正将这些理论系统地落实到文学创作和欣赏中，还要等到刘勰《文心雕龙》的出现。

【温故知新】

建安风骨　魏晋风度　个性精神的自觉与文学的自觉　不朽说　文气说　言志到抒情　梗概多气　慷慨悲凉　《典论·论文》　玄学

【请你思考】

1. 梳理汉末至魏晋文学自觉的发展历程。
2. 历述汉末至魏晋文人生命意识觉醒的阶段性特征及在文学创作中的体现。
3. 论述玄学对魏晋文学创作的影响，并举例说明。

【推荐阅读】

（魏）曹植．曹子建集．见：四部丛刊初编．第98册．上海：上海书店，1989

（魏）王弼．周易略例．见：楼宇烈校释．王弼集校释．北京：中华书局，1980

（晋）嵇康．嵇中散集．见：四部丛刊初编．第98册．上海：上海书店，1989

殷翔，郭全芝注．嵇康集注．合肥：黄山书社，1986

（晋）陈寿．（南朝宋）裴松之注．三国志．北京：中华书局，1959

（南朝宋）范晔．（唐）李贤注．（晋）司马彪续志．（梁）刘昭注续志．后汉书．北京：中华书局，1965

（南朝宋）刘义庆．（南朝梁）刘孝标．朱铸禹汇校集注．世说新语汇校集注．上海：上海古籍出版社，2002

① 罗宗强：《魏晋南北朝文学思想史》，70页，北京，中华书局，1996。

（南朝梁）刘勰．范文澜注．文心雕龙注．北京：人民文学出版社，1958
（南朝梁）钟嵘．曹旭集注．诗品集注．上海：上海古籍出版社，1994
（唐）房玄龄等．晋书．北京：中华书局，1974
（明）王世贞．罗仲鼎校注．艺苑卮言校注．济南：齐鲁书社，1992
（明）张溥．殷孟伦注．汉魏六朝百三家集题辞注．北京：中华书局，2007
（清）严可均辑．马志伟审订．全三国文．北京：商务印书馆，1999
（清）严可均辑．何宛屏等审订．全晋文．北京：商务印书馆，1999
余英时．士与中国文化．上海：上海人民出版社，1987
罗宗强．魏晋南北朝文学思想史．北京：中华书局，1996

第二章 五言诗的创制

【导入】

汉末到西晋前期，是中国诗歌史上一个非常重要的时期。首先，诗歌成为文人最为重要的抒情手段，差不多每一个文人都有诗歌创作，并出现了如曹植、阮籍这样杰出的诗人，诗歌成为各种文学文体中最重要的一种；其次，这一时期的诗歌，深刻地再现了文人的情感经历和生命体验过程，为我们保留了一段深切感人的精神历史；最后，五言诗体是这一阶段诗歌创作的主流，并发展成熟，无论是诗体形式还是表达技巧，都有了很大的提高。这一时期诗歌的总体风格以悲凉沉郁为主，在各个不同时期，又有不同的表现形式和风格特征，诗人的个性特征也能在诗中得到表现。中国文学史上文人诗的时代由此揭开了大幕。

第一节
意悲而远

《古诗十九首》作为较为固定的一组诗歌，首见于《文选》卷二十九“杂诗”目下。

☞ **多学一点**

《古诗十九首》作者不详

钟嵘《诗品》卷上“古诗”条称所见“陆机所拟十二首”，“其外《去者日以疏》四十五首”，这其中就包括《古诗十九首》，《玉台新咏》卷一将《古诗十九首》中的八首录入“枚乘杂诗”目下。当代学者一般都不认为这八首是枚乘所作。

这十九首诗歌皆无作者名，内容风格相近，大约于魏末晋初在文人间流行，甚至成为文人竞相模拟的典范，如陶渊明、鲍照（？—466）等都有《拟古诗》传世。学者普遍认为，《古诗十九首》非一时一人所作，它的产生年代大约在东汉顺帝（126—144 在位）到献帝（189—220 在位）之时，作者主要是在社会上无所归依的下层知识分子；而且在流传的过程中，可能还经过不断的修改，所以诗中还明显带有集体创作的特点，是西汉乐府民歌到魏晋个人创作的过渡阶段。《古诗十九首》是文人诗歌的发端，它以关注人生、情真意切而影响了文人诗的方向。

一、深沉浓郁的悲剧精神

东汉末年无比黑暗的社会政治，使得大批文人失去了晋身官场的机会，只能在社会上到处飘荡，艰难地寻找自己的前途。文人赖以安身立命的节操、理想，也都随之荡然无存。前途的渺茫，更凸显了岁月的蹉跎。“人生天地间，忽如远行客”（《文选》卷二十九《青青陵上柏》），生命迫切的悲剧感和世事无常的愤懑交织在一起，构成了《古诗十九首》的主旋律。这些诗抒发了人生短暂的焦虑：“浩浩阴阳移，年命如朝露。人生忽如寄，寿无金石固。万岁更相送，贤圣莫能度。”（同上《驱车上东门》）短暂的生命足以导致一种价值的空虚，“贤圣莫能度”就从事实上否定了传统的价值标准。但东汉文人并不就此走向虚无，反而更加紧密地纠缠于短暂的生命，充满了浓郁的悲剧精神。诗人们从那长年“青青”的“陵上柏”，和始终“磊磊”的“涧中石”上，看到了自己的悲哀。节序物候的变化，也能触发他们的无限感慨：“四顾何茫茫，东风摇百草。所遇无故物，焉得不速老。”（同上《回车驾言迈》）“回风动地起，秋草萋已绿。四时更变化，岁暮一何速。”（同上《东城高且长》）在各种景色中，诗人们最难以摆脱的是累累的坟墓和坟上萧萧的白杨，它们将死亡最为直观地呈现在人们的面前：“出郭门直视，但见丘与坟。古墓犁为田，松柏摧为薪。白杨多悲风，萧萧愁杀人。”（同上《去者日以疏》）“驱车上东门，遥望郭北墓。白杨何萧萧，松柏夹广路，下有陈死人，杳杳即长暮。潜寐黄泉下，千载永不寤。”（同上《驱车上东门》）现实的苦难使得文人感到了生命的悲哀，而生命的悲哀又触发了人生短暂这一更为深沉的忧思和苦痛。

当文人不得不直面这短暂而虚幻的人生时，就迫切地为自己寻找着慰藉和解脱之道，而其中之一就是及时行乐。他们希望通过及时行乐来麻痹、充塞自己虚无的人生，希望以短暂的快乐来消释人生的悲凉。《生年不满百》云：“昼短苦夜长，何不秉烛游？为乐当及时，何能待来兹？”文人们等待得太久了，而他们所等来的只有失望，而且，又有多少时日可以这样等待下去呢？他们好像突然发现只有当下的时光才真正属于自己。及时行乐既包括物质享受，如“斗酒相娱乐，聊厚不为薄”（同上《青青陵上柏》），“不如饮美酒，被服纨与素”（同上《驱车上东门》）；也包括对荣誉和地位的渴望：“何不策高足，先据要路津？无为守穷贱，轗轲长苦辛！”（同上《今日良宴会》）“盛衰各有时，立身苦不早。……奄忽随物化，荣名以为宝。”（同上《回车驾言迈》）显然，文人此刻对地位和荣名的追求，不是为了成就事功或人格理想，而是为了能够更好地享受当下的生命。

《古诗十九首》中表现离人相思之情的作品很多，包括夫妇之情、朋友之情，以及对故乡的怀念，这一类作品约占全部十九首的一半以上。离人相思的作品真实地再现了下层文人的现实处境：“或身殁于他邦，或长幼而不归，父母怀茕独之思，室人抱东山之哀，亲戚隔绝，闺门分离”（徐干《中论·谴交》）。漂泊无依的现实处境，使得文人体会到一种深沉的孤独感。

分析举例

孤独的时代情绪

《西北有高楼》云：

> 西北有高楼，上与浮云齐；交疏结绮窗，阿阁三重阶。上有弦歌声，音响一何悲！谁能为此曲？无乃杞梁妻！清商随风发，中曲正徘徊；一弹再三叹，慷慨有余哀。不惜歌者苦，但伤知音稀。愿为双鸿鹄，奋翅起高飞。

高楼女子所弹奏的悲哀之音，正是当时文人的普遍生存感受，也是孤独者对知音的渴望，它自然能引起游子的共鸣。但高高的楼阁阻断了知音的交流，所以，这令人伤感的琴音，只能给孤独的旅人留下更为深沉的悲哀。古人评曰：“空中送情，知向谁是，言之令人悱恻。”（陆时雍《古诗镜》卷二）

孤独的感受，启发了文人对日常情感的认同和依恋。而温馨的情感，也就成了这空虚的人生中唯一值得珍惜的东西，成了文人在漂泊途中的精神支柱：“还顾望旧乡，长路漫浩浩。同心而离居，忧伤以终老。”（《文选》卷二十九《涉江采芙蓉》）情感的价值得到了空前的强调，但注定了的漂泊之路，使得文人只能在岁月中背上浓浓的伤感和歉疚之情。他们深切地体会着女子的哀伤：“思君令人老，轩车来何迟？伤彼蕙兰花，含英扬光辉。过时而不采，将随秋草萎。”（同上《冉冉孤生竹》）青春如花一样绚丽，但也如花季一样短暂。《青青河畔草》描写了一个春日当楼的少妇，绵绵的青草和郁郁的柳条，感发了她深深的思念：“盈盈楼上女，皎皎当窗牖；娥娥红粉妆，纤纤出素手。”她是如此的娇艳和脆弱，由于丈夫远出不返，她为自己青春在等待中耗尽而深感忧虑，发出了“空床难独守”的呼号。从这些细致而充满深情的描绘中，我们能感受到文人对温情的渴望、对生命的惋惜。

《古诗十九首》充满着浓郁的悲观情调，但这悲观情绪之外，又有着对人生的深沉思索，主体生命意识便由此而萌发。“人生寄一世，奄忽如飙尘”（同上《今日良宴会》）、“人生天地间，忽如远行客”（同上《青青陵上柏》）这些诗句中所透露出的空虚和忧虑，是对生命最为深刻的反省，也是主体意识觉醒的前兆。汉末文人一方面希望通过颓废的及时行乐来摆脱这种空虚；另一方面又渴望着亲情、爱情、乡情，希望通过一种温馨体验来赋予生命以意义。前者是一种激愤的表现形态，是一种叛逆的姿态；而后者则标志着文人由于外在事功受挫，开始流连于自己的情感世界。总之，《古诗十九首》所反映的是社会中相当一部分人的共同心理，也可以说代表着一种时代情绪，虽然还没有什么个性特征，但它却开启了魏晋诗歌的先河。

二、浑成纡徐的情感抒写

《古诗十九首》是文人诗成熟的一个标志，也是古代早期文人五言诗的代表作，它直接启发了魏晋南北朝诗歌的发展方向，在文学史上有着极为重要的作用，其艺术成就也深受后人推崇。

王国维（1877—1927）《人间词话》云：“‘生年不满百，常怀千岁忧。昼短苦夜长，何不秉烛游’，‘服食求神仙，多被药所误。不如饮美酒，被服纨与素’，写情如此，方为不隔。”（《人间词话》第四十一条）所谓“不隔”，指的就是诗歌情感的直观、浑然体现。它首先指情感的真实性，而情感的真实性在某种程度上又与它的接受范围有关，能在最大范围内撞击人们的心灵，这是“不隔”的首要条件。《古诗十九首》所呈现的是一种朴素的社会情绪，却深沉动人，不加掩饰，能够在最大限度内引起人们的共鸣。

“不隔”还指情感表达方式的直接天然，不事雕琢，《古诗十九首》的作者虽然都是文人，但不刻意作文，而基本使用明白晓畅的浅近语言，委婉而舒缓地道出。如《孟冬寒气至》云：“客从远方来，遗我一书札。上言长相思，下言久离别。置书怀袖中，三岁字不灭。一心抱区区，惧君不识察。”絮絮如诉，几乎看不到任何人工的痕迹，而其中真情汩汩涌出，让人十分感动。这种几乎不露创作痕迹而又意蕴丰厚的情感抒写，就是“不隔”。所谓“深衷浅貌，短语长情”（陆时雍《古诗镜》卷二），说的也是这种感情表达的境界。

《古诗十九首》常常借助景物、节候特征或音乐等外界事物来渲染、衬托、表达感情，造成情景交融的艺术效果。如《回车驾言迈》以“四顾何茫茫，东风摇百草”来形容人生的短暂和凄凉；《明月皎夜光》以“白露沾野草，时节忽复易。秋蝉鸣树间，玄鸟逝安适”来抒发人情淡薄、世态炎凉的悲哀；《西北有高楼》以“清商随风发，中曲正徘徊；一弹再三叹，慷慨有余哀”来渲染孤独、寂寞的情怀，等等。这些景物描写在很大程度上突出了全诗的主题，增加了诗歌的抒情性。

很多景物或节候描写，实际上是传统比兴方法的继承和发展。如“冉冉孤生竹，结根泰山阿；与君为新婚，兔丝附女萝”（《文选》卷二十九《冉冉孤生竹》）四句，既有兴，又有比，比兴的叠加显示了抒情主人公对新婚这一情境的沉湎和回味，很有表现力。再如《青青河畔草》中以“青青河畔草，郁郁园中柳”兴起少妇的渺渺情思，《行行重行行》中以“胡马依北风，越鸟巢南枝”来比喻游子对家乡的思念，都恰到好处而又淋漓尽致地表达了诗歌的情感。而《迢迢牵牛星》全诗用比，其诗云：

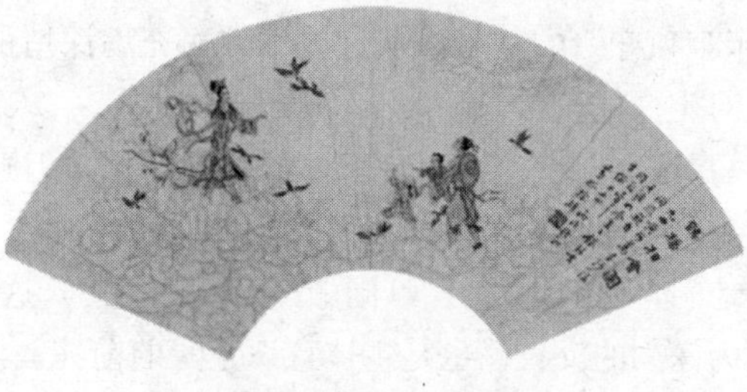
徐操《鹊桥相会图》

迢迢牵牛星，皎皎河汉女。纤纤擢素手，札札弄机杼；终日不成章，泣涕零如雨。河汉清且浅，相去复几许？盈盈一水间，脉脉不得语。

全诗以牛郎织女的传说，以及对天空汗漫的描写，来抒发人间男女的离别之情，可谓一片愁绪，铺天盖地。尤其是结句，更是委婉缠绵，情景难分。

《古诗十九首》在很大程度上成为诗歌的一个标准，因此也就成为后人师法的楷模，曹植、陆机、陶渊明、鲍照以至苏轼（1037—1101），都有模仿的作品传世。

☞ 多学一点

后人论《古诗十九首》

刘勰《文心雕龙·明诗》云：“观其结体散文，直而不野，婉转附物，怊怅切情，实五言之冠冕也。”

钟嵘评论曰：“文温以丽，意悲而远。惊心动魄，可谓几乎一字千金。”（《诗品》卷上）

清人宋长白（生卒年不详）《柳亭诗话》说《古诗十九首》“浑沦磅礴，纯乎元气”（《柳亭诗话》卷三十）。

费锡璜（1664—?）《汉诗总说》云：“古诗浑浑浩浩，纯是元气结成。若以字句求之，真是呓语。”

刘熙载（1813—1881）《艺概·诗概》云：“《十九首》凿空乱道，读之自觉四顾踌躇，百端交集。诗至此，始可谓其中有物也已。”

谢榛（1495—1575）《四溟诗话》云：“《古诗十九首》，平平道出，且无用工字面，若秀才对朋友说家常话，略不作意。”

第二节
气韵沉雄

一、曹操诗慷慨悲凉

学术轶事

后人论曹操诗歌

后人论曹操诗或曰“曹公古直，甚有悲凉之句”（钟嵘《诗品》卷下），或曰“魏武帝如幽燕老将，气韵沉雄”（敖陶孙《诗评》），或曰“苍茫浑健，自有开创之象”（徐世溥《榆溪诗话》），皆准确概括了曹操的诗歌风格。

曹操诗歌是时代精神和他个人气质相结合的完美表现，也是他复杂内心世界的真诚袒露。

曹操像

曹操年轻时任侠放荡，行事不受正统思想或伦理观念约束，为政通脱简易。如其为招徕人才而作《举贤勿拘品行论》，称无论“贱人”，还是“负污辱之名，有见笑之耻”（《全三国文》卷二），只要有才，就可重用。除文学外，曹操对音乐、书法皆有造诣，而且喜读书，曹丕《典论·自叙》云：“上（曹操）雅好诗书文籍，虽在军旅，手不释卷，每定省从容，常言：‘人少好学则思专，长则善忘。长大而能勤学者，唯吾与袁伯业耳。’”（《全三国文》卷八）《三国志·魏书·武帝纪》说他“登高必赋，及造新诗，被之管弦，皆成乐章”。曹操诗歌今存二十二首，全是乐府诗，大多沿用乐府古题，如《短歌行》、《陌上桑》、《薤露》、《蒿里行》等，也有少数诗题取自诗歌首句，如《对酒》等。曹操开创了以乐府古题写时事的创作方法，赋予乐府古调以时代的精神。

曹操的乐府诗真实地记录了汉末动乱的社会图景和生民的疾苦。其《蒿里行》诗云：

关东有义士，兴兵讨群凶。初期会盟津，乃心在咸阳。军合力不齐，踌躇而雁行。势利使人争，嗣还自相戕。淮南弟称号，刻玺于北方。铠甲生虮虱，万姓以死

亡。白骨露于野，千里无鸡鸣。生民百遗一，念之断人肠。(《魏武帝集》)

诗中不但描述了汉末的政治形式，还一针见血地指出了动乱的原因，显示了一个政治家的见识。而“白骨露于野，千里无鸡鸣”更是真实地再现了人民的苦难处境，具有极强的概括力，从中也可以看出曹操作为一个政治家悯时伤乱的情怀。

学术轶事

谭元春评《蒿里》

谭元春（1586—1631）《古诗归》卷七评论云：“一味惨毒人，不能道此；声响中亦有热肠，吟者察之。”

其《苦寒行》记述了士兵行旅的艰辛：“行行日已远，人马同时饥。担囊行取薪，斧冰持作糜。”（同上）《却东西门行》写战争耗费了士兵的青春和生命，写他们对家乡和日常生活的渴望：“戎马不解鞍，铠甲不离傍。冉冉老将至，何时反故乡。”（同上）这些诗中所流露出的对士兵的同情，体现了他直面现实的勇气和胸怀。

曹操诗歌还表现了建安时代精神中积极进取、蓬勃向上的一面。如其作于北征乌桓凯旋途中的《步出夏门行》一组诗，其中《观沧海》诗云：

东临碣石，以观沧海。水何澹澹，山岛竦峙。树木丛生，百草丰茂。秋风萧瑟，洪波涌起。日月之行，若出其中；星汉灿烂，若出其里。幸甚至哉，歌以咏志。（同上）

这首诗以大海的壮阔显示诗人博大的胸襟和叱咤风云的气概；而“秋风萧瑟，洪波涌起”两句又透露了诗人对社会动荡、人生坎坷的深沉忧思，但总体上有着积极进取、总揽天下的乐观精神。这是我国现存第一首完整的山水诗。诗中以“水何澹澹”、“洪波涌起”写大海的静谧和动荡，以“树木丛生，百草丰茂”写大海包孕万物的气概。尤其是“日月之行，若出其中；星汉灿烂，若出其里”，更是再现了大海的辽阔、深邃，以及其中所蕴藏的勃勃生机。此诗也成为古来描写大海的经典之作，沈德潜（1673—1769）认为“有吞吐宇宙气象”（《古诗源》卷五）。

又如《龟虽寿》在悲叹万物皆有死亡后，突然曲调高扬：“老骥伏枥，志在千里；烈士暮年，壮心不已。”（《魏武帝集》）一股乐观向上的精神和一股不甘屈服的气性，拧在一起，和生命短暂的哀伤之情相激越、相碰撞，产生了壮丽的火花。它显示了诗人强大的生命力和奋发向上的精神面貌。

曹操的《短歌行》是一首情感复杂、有着巨大感染力的诗，这首诗更能反映出时代的精神风貌。其诗云：

对酒当歌，人生几何？譬如朝露，去日苦多。慨当以慷，忧思难忘。何以解忧，惟有杜康。青青子衿，悠悠我心。但为君故，沉吟至今。呦呦鹿鸣，食野之苹。我有嘉宾，鼓瑟吹笙。明明如月，何时可掇？忧从中来，不可断绝。越陌度阡，枉用相存。契阔谈讌，心念旧恩。月明星稀，乌鹊南飞。绕树三匝，何枝可依？山不厌高，海不厌深。周公吐哺，天下归心。(《魏武帝集》)

这是曹操在宴席上，为前来投奔的旧友所唱的佐酒之歌。诗人开口即云“对酒当歌，人生几何？譬如朝露，去日苦多”，咏叹了人生的短暂和悲凉。这一主题自汉末古诗延续而来，是战乱年代的普遍的社会情绪。曹操作为一个志在千里的政治家，总有一种时不我待的急迫感，尤其是此诗作于赤壁之战前后，其时，紧张的戎马生涯，又使其平添了一份英雄迟暮的嗟伤，所以在把酒临盏之际，不免喷薄而出。而在一番深沉的感慨之后，曹操随即倾诉了自己对朋友、贤才的思念，以及相见后的喜悦之情。“周公吐哺，天下归心”，既表明了自己海纳百川、求贤若渴的心情，也抒发了成就大业的雄心壮志。人生短暂的悲凉，求贤若渴的急切，构成了这首诗的两个主题。吴淇（1615—1675）评此诗云：“从来真英雄，虽极刻薄，亦定有几分吉凶与民同患意，思其与天下贤才交游，一定有一段缱绻体恤情怀。”（《六朝选诗定论》卷五）人生短暂的感受赋予现实的政治努力以苍凉的情调，但也更显出这种努力的执著和坚强。诗中两个主题，无论是人生恨短的焦虑，还是对友人、贤才的思念之情，都极为深婉诚挚，一气相贯。在表达思念之情时，诗人先写“青青子衿，悠悠我心。但为君故，沉吟至今”，再写“明明如月，何时可掇？忧从中来，不可断绝”，情感如潮水一样，吞吐往复，余音袅袅，给人以荡气回肠的感受。更为可贵的是，诗人并不沉湎于这种忧郁悲凉的情绪，“我有嘉宾，鼓瑟吹笙”以及“周公吐哺，天下归心”这样的句子，有力地振起全诗，使得诗歌的主体情绪由悲凉哀婉升华为慷慨激越，既真实地再现了诗人对人生的感受，也抒发了诗人积极有为的人生信念。

四言诗自《诗经》以后，少有佳作，及至曹操才以质朴而不失典雅的语言，以自己慷慨悲凉的真情实感，赋予四言诗以新的生命。《短歌行》在艺术手法上多承《诗经》的比兴，如“譬如朝露，去日苦多”、“明明如月，何时可掇”、“月明星稀，乌鹊南飞”、“山不厌高，海不厌深”等，或者比喻贴切，或者兴起自然，而且这些句子还恰到好处地控制了诗歌的抒情节奏。此外，这首诗还巧妙地引用了《诗经》的成句，将《子衿》和《鹿鸣》二诗不露痕迹地揉入诗中，从而赋予自己的个人情感以一种庄严典雅的情趣，同时也使得诗歌带有古朴含蓄的韵味。

曹操还有部分游仙诗，如《气出倡》、《精列》、《陌上桑》、《秋胡行》等，也都是有感于生命短暂而作，但其艺术水平不那么突出。

二、曹丕诗便娟婉约

曹丕自言“生于中平之季，长于戎旅之间”，不仅习弓马，常随从父亲出征，而且“少诵诗论，及长而备历五经、四部，《史》、《汉》、诸子百家之言，靡不毕览”（《全三国文》卷八《典论·自叙》)，是一个颇有文才而又勤于著述的贵公子。他是邺下文人集团的核心之一，对建安文学有倡导、组织之功。他在《又与吴质书》中回忆与当时文人的关系说："昔日游处，行则连舆，止则接席，何曾须臾相失！每至觞酌流行，丝竹并奏，酒酣耳热，仰而赋诗。"(《全三国文》卷七)曹丕自己也有很高的文学成就，是建安文学的代表作家之一，他所提出的文学是"经国之大业，不朽之盛事"(《全三国文》卷八《典论·论文》)之观点，对促进文学观念的进步，对后世文学的发展，都有着重要的意义。

曹丕的诗歌今存四十余首，其中古诗和乐府诗约各占一半，诗歌的内容主要有宴游、征伐、游子思妇等。其中表现游子思乡、思妇怀远的诗艺术成就最高，情感充沛，描写细腻，具有自己的特点。如其《燕歌行》诗：

> 秋风萧瑟天气凉，草木摇落露为霜。群燕辞归雁南翔，念君客游多思肠。慊慊思归恋故乡，君何淹留寄他方？贱妾茕茕守空房，忧来思君不敢忘，不觉泪下沾衣裳。援琴鸣弦发清商，短歌微吟不能长。明月皎皎照我床，星汉西流夜未央。牵牛织女遥相望，尔独何辜限河梁？(《魏文帝集》)

曹丕《燕歌行》共两首，这里选的是第一首，它所描写的内容基本沿袭了乐府同调旧曲的主题，重撰新词，反映了离乱时代思妇的哀怨。这首诗真切而细腻地再现了一个独守空闺的少妇对丈夫的深切思念之情。深秋萧瑟凄凉的物候特征，不仅渲染出思妇的孤寂，同时也暗示了一年将尽、年复一年的长久期待，以及绵延在岁月中的一次次的失望。开头四句以景写情，哀婉缠绵，此下转入直接抒情："贱妾茕茕守空房，忧来思君不敢忘，不觉泪下沾衣裳。"心中的哀怨呼号而出，愈显得苍凉、幽怨。这突如其来的三句一组，使得诗歌的节奏更为紧张、绵密，给人以倾诉不尽的感觉，非常形象地展示了思妇此时不能自已的心态。诗人以明月皎皎、斗转星移写出了思妇的彻夜不眠，并且引出牛郎织女这一意象，扩大了思妇的情感范围，赋予思妇的相思之苦以一种普遍的意义。全诗语言浅显清丽，音节流畅婉转，是古代言情诗的佳作，也能代表曹丕诗歌的风格特征。

《燕歌行》是我国现存第一首完整的七言诗，在诗歌发展史上有着特殊的地位。

曹丕的《善哉行》、《杂诗》也是以游子行役为题材，但所抒发的却是漂泊不定、人生无常的感受。如《杂诗》其二云：

> 西北有浮云，亭亭如车盖。惜哉时不遇，适与飘风会。吹我东南行，行行至吴会。吴会非我乡，安得久留滞？弃置勿复陈，客子常畏人。(同上)

这首诗在风格上接近《古诗十九首》，语言平易如话，而诗中所表达的人生悲苦之情，甚至比《古诗十九首》更为凄凉，尤其是"弃置勿复陈，客子常畏人"之句，逼真地写出了人生的绝望、尴尬的处境，动人心魄。

曹丕在诗中所表现出来的是敏感、多愁的个性气质，这种气质既有时代的因素，但更多的是个人对生命的悲凉体验，再加上曹丕善于使用清丽工整的语言以及流利婉转的音韵，所以诗歌个性特征较为明显。

学术轶事

沈德潜论曹丕诗

沈德潜论曹丕诗云："子桓诗有文士气，一变乃父悲壮之习矣。要其便娟婉约，能移人情。"（《古诗源》卷五）

第三节 梗概多气

建安时期，曹操依仗在政治上的优势，招徕文士，鼓励文学创作，形成了一个包括曹氏父子在内的邺下文人集团。

多学一点

邺下文学彬彬大盛

自献帝播迁，文学蓬转，建安之末，区宇方辑。魏武以相王之尊，雅爱诗章；文帝以副君之重，妙善辞赋；陈思以公子之豪，下笔琳琅；并体貌英逸，故俊才云蒸。仲宣委质于汉南，孔璋归命于河北，伟长从宦于青土，公干徇质于海隅，德琏综其斐然之思，元瑜展其翩翩之乐，文蔚休伯之俦，于叔德祖之侣，傲雅觞豆之前，雍容衽席之上，洒笔以成酣歌，和墨以籍谈笑，观其时文，雅好慷慨，良由世积乱离，风衰俗怨，并志深而笔长，故梗概而多气也。（刘勰《文心雕龙·时序》）

邺下文人集团几乎囊括了建安时期的杰出作家，有曹氏父子三人，以及依附于曹氏政权的"建安七子"，还有蔡琰（生卒年不详）等，形成了一个彬彬大盛的文学高潮时期。

建安作家不仅有着很高的文化素养和文学才能，而且都身经战乱，目睹了社会秩序的崩溃、民生的凋敝，以及无处不在的死亡，不少人还有过流徙、播迁的经历，所有这些都会在建安文人的心灵里打下深深的烙印。在一个缺乏主流思想又充满了苦难的时代，他们更能体会到人生价值的缺失，体会到兴衰荣辱的无常，而生命短暂也就成为一个不能回避的问题。因此，建安文人也浸染了流行于汉末的悲观思潮，也都有着悲凉的情怀。

但建安文人又不同于汉末文人，战争不但给社会带来灾难，给文人心灵带来创伤，也给文人带来了治国安邦的希望和建功立业的机遇。曹操作为建安文人的领袖，为人简易，有雄才大略，求贤不拘一格，所以文人争相投效，以至“攀龙托凤，自致于属车者，盖将百计”（钟嵘《诗品序》）。由此可以看出，文人的信心较之前代《古诗十九首》作者大为增强，表现在诗歌里，则是直面现实，不放弃努力的时代精神，以及重气、重文采的创作方法。以上两个方面的综合，就形成了刘勰所谓“志深笔长”、“梗概多气”的特征，也就是后人所说“魏晋风骨”。

一、建安七子各呈异彩

“建安七子”之名首见于曹丕《典论·论文》，包括孔融、陈琳、王粲、徐干（170—217）、阮瑀、应玚、刘桢等七人，曹丕称“斯七子者，于学无所遗，于辞无所假，咸以自骋骥騄于千里，仰齐足而并驰”（《全三国文》卷八）。这七人皆依附于曹操集团，除孔融年龄稍长外，其他都属于邺下文人集团的重要成员，一方面作为僚属参与曹氏集团的政治军事活动，另一方面则共同参加文学活动，不过大抵上应酬之作较多。刘勰说：“暨建安之初，五言腾踊：文帝陈思，纵辔以骋节；王徐应刘，望路而争驱。并怜风月，狎池苑，述恩荣，叙酣宴……此其所同也。”（《文心雕龙·明诗》）这些活动所产生的诗歌虽无多大的价值，但却促进了文学观念和文学技巧的发展。

王粲被称为“七子之冠冕”（刘勰《文心雕龙·才略》），成就最高。《七哀诗》是其代表作。诗云：

> 西京乱无象，豺虎方遘患。复弃中国去，委身适荆蛮。亲戚对我悲，朋友相追攀。出门无所见，白骨蔽平原。路有饥妇人，抱子弃草间。顾闻号泣声，挥涕独不还。“未知身死处，何能两相完？”驱马弃之去，不忍听此言。南登霸陵岸，回首望长安。悟彼下泉人，喟然伤心肝。（《王侍中集》）

这首诗是王粲离京避往荆州途中所作，诗歌记录了汉末战乱给人民带来的深重灾难。诗人以“白骨蔽平原”，形象地描绘出一幅哀鸿遍野的凋敝图景，和曹操《蒿里行》“白骨露于野，千里无鸡鸣”可谓异曲同声；接着又以极其细致的笔触，记述了妇人被迫抛弃自己骨肉的凄惨场面，“顾闻号泣声，挥涕独不还”之句，真切地写出了妇人骨肉相离的惨痛，也写出了妇人内心的无限绝望，场面惊心动魄，惨不忍睹。这首诗深刻地表达了诗人对军阀纷争的深恶痛绝，对离乱百姓的真挚同情。诗歌语言简朴，感情深沉悲凉。诗人继承和发扬了汉乐府的艺术精神，将描写、叙事、抒情有机结合起来，具有较强的艺术感染力。

王粲邺下时期的代表作是《从军行》五首，抒发了乱世的悲哀和自己的抱负，有悲凉慷慨的时代特征，后人认为是杜甫（712—770）《出塞》诗的先声。

学术轶事

方东树评《从军行》

方东树（1772—1851）云："紧健处，杜公时效之，《出塞》诸作可见。但其铺陈处，稍嫌繁缛，乃知杜公有伤尽太冗之病，亦自古人出。"（《昭昧詹言》卷二）

曹丕《又与吴质书》认为刘桢"其五言诗，妙绝当时"（《全三国文》卷七）。刘桢《赠从弟诗》三首分别通过歌咏蘋藻、松、凤凰，来表达自己的节操。其中第二首云：

亭亭山上松，瑟瑟谷中风。风声一何盛，松枝一何劲。冰霜正惨悽，终岁常端正。岂不罹凝寒？松柏有本性。（《刘公干集》）

此诗立意与孔子"岁寒，然后知松柏之后凋也"相同，以松柏于霜寒之下，尚能端正劲直，来表达自己困境之中凛然不移的高尚情操。《诗品》卷上评刘桢曰："仗气爱奇，动多振绝。贞骨凌霜，高风跨俗。"则这首诗可与这段评论相互发明。

陈琳诗最为著名的是《饮马长城窟行》。其诗曰：

饮马长城窟，水深伤马骨。往谓长城吏："慎莫稽留太原卒。""官作自有程，举筑谐汝声。""男儿宁当格斗死，何能怫郁筑长城！"长城何连连，连连三千里。边城多健少，内舍多寡妇。作书与内舍："便嫁莫留住。善待新姑嫜，时时念我故夫子。"报书往边地："君今出语一何鄙！""身在祸难中，何为稽留他家子？生男慎莫举，生女哺用脯。君独不见长城下，死人骸骨相撑拄？""结发行事君，慊慊心意关。明知边地苦，贱妾何能久自全？"（《陈记室集》）

这首诗在风格上非常接近乐府古辞。诗歌纯用叙事形式，通过役卒和长城吏、役卒和远在家乡的妻子的对话，描写了役卒对生还的绝望、妻子对丈夫的牵挂，写出了一个家庭名存实亡的悲剧。其中"生男慎莫举"下几句，表现了役卒的极度愤懑和无奈；而妻子"何能久自全"的感慨，表达了下层人民无法脱离苦难的现实，可谓字字血泪，感人肺腑。这首诗虽然写的是秦代之事，但其中所蕴涵的对下层百姓命运的体认和担忧，却与当时社会凋敝、民不聊生的历史背景有关，表达了陈琳对现实的看法。

建安七子中其他几位也都有诗传世，但数量不多，对后世的影响也很有限。

二、蔡文姬嗣响绝唱

建安诗人中，除了曹氏父子和建安七子外，蔡琰的作品也具有一定的价值。蔡琰，字文姬，在董卓之乱中被掳入匈奴，嫁左贤王，生二子，后被曹操迎回，改嫁董祀。有三篇作品传为蔡琰所作，即五言《悲愤诗》、骚体《悲愤诗》和《胡笳十八拍》，现在基本可以肯定五言《悲愤诗》出自蔡琰之手。

（清）吴友如《古今百美图》之《文姬》

☞多学一点

蔡琰诗真伪之争

关于蔡琰诗三篇作品的真伪，历来争议很大，其中《胡笳十八拍》基本可以肯定是后人伪托，两篇《悲愤诗》见于《后汉书·列女传·董祀妻》，其中五言《悲愤诗》也可以肯定是由蔡琰所作，而另一首《悲愤诗》则有争议。

五言《悲愤诗》是一首自叙性的作品，诗歌的主要情节包括被掳入胡、赎归别儿和回乡再嫁三部分。蔡琰通过自己十余年的悲惨遭遇，揭露了军阀动乱给人民带来的深重苦难，表达了自己内心难以压抑的悲愤之情。其中第二段描写自己被赎归乡时的情景最为凄怆感人，诗云：

> 边荒与华异，人俗少义理。处所多霜雪，胡风春夏起。翩翩吹我衣，肃肃入我耳。感时念父母，哀叹无穷已。有客从外来，闻之常欢喜。迎问其消息，辄复非乡里。邂逅徼时愿，骨肉来迎已。己得自解免，当复弃儿子。天属缀人心，念别无会期。存亡永乖隔，不忍与之辞。儿前抱我颈，问母欲何之。“人言母当去，岂复有还时。阿母常仁恻，今何更不慈？我尚未成人，奈何不顾思！”见此崩五内，恍惚生狂痴。号泣手抚摩，当发复回疑。兼有同时辈，相送告离别。慕我独得归，哀叫声摧裂。马为立踟蹰，车为不转辙。观者皆歔欷，行路亦呜咽。（《后汉书·列女传·董祀妻》）

这一段描写，将自己在去与留、情与义之间的挣扎，以及由选择带来的痛苦，十分逼真地再现出来。尤其是儿子抱颈责问、骨肉分离一节，更有撕心裂肺之痛，令人深感同情。而这一切，都是黑暗的现实强加在一个普通妇女身上的灾难，因此，蔡琰的悲愤是指向整个时代的，是一种命运的控诉，具有极大的震撼力和感染力。

此诗沉痛哀婉，幽怨凄切，后人将此诗与《孔雀东南飞》相比，又有人认为杜甫《赴奉先县咏怀五百字》和《北征》二首，即受这首诗的影响，这些说法都是有道理的。

学术轶事

后人论蔡琰《悲愤诗》

许学夷《诗源辨体》卷三云："（悲愤诗）五言一章与《焦仲卿妻》诗相类，陈绎曾谓'真情极切，自然成文'是也。"

清人施补华《岘佣说诗》云："《奉先咏怀》及《北征》是两篇有韵古文，从文姬《悲愤诗》扩而大之者也。"

第四节 词采华茂

曹植是建安文学最杰出的代表人物，传世诗歌有八十余首，深受时人及后人喜爱，被称为"建安之杰"。曹植的诗歌直接继承了汉乐府和《古诗十九首》的艺术精神，糅合了《诗经》的比兴、楚辞的象征，其抒情风格也介于《诗经》和楚辞之间，温润而深婉，但更讲究句法和用词，钟嵘将曹植的诗歌特点概括为"骨气奇高，词彩华茂"（《诗品》卷上），基本为后人所认同。曹植的诗歌创作以曹丕即位为界，明显分为前后两个时期。

曹植像

一、曹植前期诗歌

前期曹植主要是在邺城度过的，由于年少才高，又得父亲宠爱，所以过着浪漫而充满朝气的生活，精神上显得昂扬矫健。

其《名都篇》曰：

名都多妖女，京洛出少年。宝剑值千金，被服丽且鲜。斗鸡东郊道，走马长楸间。

驰骋未能半，双兔过我前。揽弓捷鸣镝，长驱上南山。左挽因右发，一纵两禽连。余巧未及展，仰手接飞鸢。观者咸称善，众工归我妍。我归宴平乐，美酒斗十千。脍鲤臇胎虾，炮鳖炙熊蹯。鸣俦啸匹侣，列坐竟长筵。连翩击鞠壤，巧捷惟万端。白日西南驰，光景不可攀。云散还城邑，清晨复来还。(《曹子建集》卷六)

诗中描写的是其邺城贵游生活，但并不使人感到糜烂、消沉，相反，在其奢侈孟浪的场景描写中，透露出一种青春活力和积极乐观的精神。此时的曹植对前途充满了自信心，满怀着建功立业的希望，因此，常常在诗中将自己的理想和抱负流露出来。《白马篇》曰：

白马饰金羁，连翩西北驰。借问谁家子，幽并游侠儿。少小去乡邑，扬声沙漠垂。宿昔秉良弓，楛矢何参差。控弦破左的，右发摧月支。仰手接飞猱，俯身散马蹄。狡捷过猴猿，勇剽若豹螭。边城多警急，虏骑数迁移。羽檄从北来，厉马登高堤。长驱蹈匈奴，左顾陵鲜卑。弃身锋刃端，性命安可怀？父母且不顾，何言子与妻！名编壮士籍，不得中顾私。捐躯赴国难，视死忽如归。(同上)

杨立舟《白马篇》诗意图

诗中塑造了一个身怀高超的武艺、渴望能够"捐躯赴国难"的"游侠儿"形象。其中描写射术的几句，从不同的方位渲染变化多姿的动作，给人以目不暇接的感受；而"长驱蹈匈奴，左顾陵鲜卑"两句，颇能写出"游侠儿"气吞山河、壮志凌云的精神面貌。诗中的场景，如西北、沙漠、高堤，以及纵横驰骋的战场，和矫健的人物形象一起，造成极为壮丽的诗歌境界。诗中的"游侠儿"实际上是曹植自我形象的投影，全诗所洋溢的英风豪气，是曹植前期精神状态的生动再现。

当然，曹植作为一个敏感的诗人，也受到社会情绪的感染，诗中也常流露出生命短暂的焦虑。如其《送应氏》其一不但写了战争给社会带来的残破景象，也写了游子流离失所、无家可归的凄凉。其中"不见旧耆老，但睹新少年"(《曹子建集》卷五)则写了战争笼罩下人生的脆弱和短促。但相比较而言，曹植的前期诗歌主要反映了建安时代积极向上的精神特征。

二、曹植后期诗歌

曹植后期生活在曹丕猜忌的阴影下，不但自己年轻时的功业壮志无由实现，甚至连自己的生命和自由都受到威胁，前期的豪情壮志荡然无存，诗中所常弥漫着的是浓郁的"忧生之嗟"(谢灵运《拟魏太子邺中集诗序》，《文选》卷三十)，这使他更深地融入到悲凉慷慨的时代情绪之中，并成为建安诗歌最为杰出的代表。

《野田黄雀行》云：

高树多悲风，海水扬其波。利剑不在掌，结友何须多。不见篱间雀，见鹞自投罗。罗家得雀喜，少年见雀悲。拔剑捎罗网，黄雀得飞飞。飞飞摩苍天，来下谢少年。(《曹子建集》卷六)

这首诗的主题是友情和迫害。当时曹丕为了孤立曹植，杀害其身边的亲近，曹植因为无力救助而发为哀叹之音。诗的前两句所包含的意象极为激烈，象征着作者内心的巨大悲愤和动荡不宁。此下描写触网的黄雀和拔剑的少年，悲喜交加，后四句白日梦般的描写，更显出现实的残酷以及诗人内心的压抑和绝望。

再如《赠白马王彪》诗，其序云："黄初四年五月，白马王、任城王与余俱朝京师，会节气。到洛阳，任城王薨。至七月，与白马王还国。后有司以二王归藩，道路宜异宿止，意毒恨之。盖以大别在数日，是用自剖，与王辞焉，愤而成篇。"(《曹子建集》卷五)

任城王京城暴毙，给本来就深自惶恐的曹植很大的刺激。在回归路上，监国使者又强令他和白马王分开而行，曹植内心极度悲愤，难以自抑，将其生平郁积已久的"忧生之嗟"喷薄而出，作了一个总的爆发。诗中虽然有相当的篇幅书写了兄弟之间的眷念和离别，但全诗显然并非专为离别而作，而是灌注了诗人的现实之感。如"秋风发微凉，寒蝉鸣我侧。原野何萧条，白日忽西匿。归鸟赴乔林，翩翩厉羽翼。孤兽走索群，衔草不遑食"写自己的孤独凄凉；"存者忽复过，亡殁身自衰。人生处一世，去若朝露晞。年在桑榆间，影响不能追。自顾非金石，咄唶令心悲"写生命短暂、人生无常的悲哀，而兄弟离别之悲不过是孤寂而无常的人生的具体体现。诗歌在快结束时写道："苦辛何虑思？天命信可疑。虚无求列仙，松子久吾欺。变故在斯须，百年谁能持？"(同上)从根本上否定了现实人生的价值，充分表达了诗人的绝望之情。本诗共七章，自第二章起，采用辘轳体，章与章之间首尾相接，蝉联而下，感情层层推进，间不容发，形成一种逼人的气势，创造出条理清晰而又酣畅淋漓的抒情效果。诗中对监国使者的指斥和"忧生之嗟"，实际上透露了曹植对曹丕的愤怒和无奈，这也造成了诗歌含蓄、悲壮的美学效果。清人方东树就此诗评论说："气体高峻雄深，直书见事，直书目前，直书胸臆，沉郁顿挫，淋漓悲壮。"(《昭昧詹言》卷二)

☞ **多学一点**

关于任城王之死

据《世说新语·尤悔》载："魏文帝忌弟任城王骁壮，因在卞太后阁共围棋，并啖枣。文帝以毒置诸枣蒂中，自选可食者而进。王弗悟，遂杂进之。……须臾遂卒。"此说可供参考。

后期的曹植仍然不能忘怀他少年时建功立业的志向，如其《杂诗》其五前半云："仆夫早严驾，吾行将远游。远游欲何之，吴国为我仇。将骋万里涂，东路安足由？"(《曹子建集》卷五)表示了为国效力的愿望。但这种愿望又是不可能实现的，曹植清醒地认识到这一点，这又使他更加痛苦。他的《美女篇》、《七哀诗》、《杂诗》等诗以女子失偶或被弃，来象征自己无所作为、空耗生命的处境。如《七哀诗》云："君行逾十年，孤妾常独栖。君若清路尘，妾若浊水泥。浮沉各异势，会合何时谐？愿为西南风，长逝入君怀。君怀良不开，贱妾当何依？"（《曹子建集》卷五）这首诗既是向曹丕的陈情泣诉，也是自己由于君臣不谐而一事无成的内心悲哀的真切写照。此外，如《吁嗟篇》以蓬草为风所吹而四处飘散的形象，象征自己被迫不断迁徙、不能与亲人相聚的流离生活，象征了命运的缥缈而不可把握。曹植还作有一些游仙诗，描绘了令人向往的神仙世界，如其《远游篇》等，其实那不过是现实世界的对照，曲折地反映了曹植对自由和永恒的追求。所有这些诗歌不但再现了曹植艰难的生存状态，也显示了曹植在如此恶劣的环境中仍然执著于自己的生命价值的精神。

三、曹植诗歌的成就及影响

曹植诗歌在艺术上取得了很高的成就，后人对他极为推崇。钟嵘评论曰："陈思之于文章也，譬人伦之有周、孔，鳞羽之有龙凤。"（《诗品》卷上）他是第一个大力写作五言诗的人。曹植现存诗约九十余首，五言诗约占三分之二。除了数量多外，他的五言诗具有很高的艺术成就，成为后代文人学习的楷模。后人评论曰："魏诗以陈思作主，余子辅之。五言自汉迄魏，得思王始称大成。"（李重华《贞一斋诗话》第十二条）五言诗由乐府民歌发展起来，到了曹植手里，完成了文人化的过程。

第五节
深邈清峻

正始时期是文人的一个更加黑暗的年代。在司马氏和曹魏集团的残酷斗争中，文人们用以安身立命的"名教"却成了自己被杀戮的借口。何晏、夏侯玄（209—254）等名士惨遭杀害，文人们时时刻刻感受到死亡的威胁。文人建功立业的理想无所着落，"保身"意识又在一定程度上削弱了他们的社会人格，于是，他们只能在进退失据中默默咀嚼着社会荒诞和人生脆弱的苦果。在行为上，他们或者放浪形骸、醉酒任诞，通过扭曲的姿态抗议社会的荒谬；或者高标独树，以一种潇洒出尘的姿态来缘饰自闭的心灵和孤傲的人格。在诗歌中，他们或者描述了向着绝望的无限沉沦，以倾泻内心的愤懑和悲哀；或者表达对自由人格的热切向往，表达一种超越的理想。他们把汉末以来对生命存在的悲凉体验发掘到更深的层次，给诗歌注入了更多的内涵。

一、阮旨遥深

钟嵘评阮籍的诗歌是“言在耳目之内，情寄八荒之表”，“厥旨渊放，归趣难求”（《诗品》卷上），说的既是其内容的隐晦难明，也是其诗歌风格的深沉绵邈。其诗内容的隐约一则源于生命感受的深广幽邃，一则源于为避祸而不敢直言；其诗歌风格的深邈，则主要由于其感情的浓郁以及创作中多采用比兴、象征手法。阮籍的诗歌是对建安诗歌的继承，后人评曰：“黄初之后，惟阮籍《咏怀》之作，极为高古，有建安风骨。”（严羽《沧浪诗话·诗评》）但阮籍的诗歌完全没有了建安文人模仿乐府民歌的痕迹，个性化程度更高。

阮籍对曹氏政权怀有感情，但慑于司马氏的血腥镇压，又不能不与之虚与委蛇。为求保身远祸，他发言玄远，“未尝谭论时事，臧否人物”，甚至连司马昭（211—265）也称其“至慎”（《世说新语·德行》注引李康《家诫》）。但阮籍仍然通过独特的方式表现出自己的立场，他对礼法之士嫉之若仇，曾宣言“礼岂为我辈设也”（《世说新语·任诞》），并且发明青白眼，“见礼俗之士，以白眼对之”（《晋书·阮籍传》），也曾大醉六十日以逃避司马昭的联姻。阮籍只能将自己的立场，通过这样一些被动的、有限的方式表达出来，但却不能克服他内心的焦虑，于是才有“率意独驾，不由径路，车迹所穷，辄恸哭而反”（《世说新语·栖逸》注引《魏氏春秋》）的异常之举，以无路可走的悲哀诠释了生命的荒诞和绝望。

八十二首《咏怀诗》是阮籍的代表作。这八十二首诗不是一时一地所作，从题目可以看出，这些诗歌主要表达的是阮籍内心的生存感受，也有一部分是对时势的隐蔽讥评，所以显得较为隐晦。颜延之（384—456）评论曰：“嗣宗身仕乱朝，常恐罹谤遇祸，因兹发咏，故每有忧生之嗟。虽志在刺讥，而文多隐避，百代以下，难以情测。”（《文选》卷二十三李善注引）

痛苦的生存感受是阮籍《咏怀诗》的主要内容。其一云：

> 夜中不能寐，起坐弹鸣琴。薄帷鉴明月，清风吹我襟。孤鸿号外野，翔鸟鸣北林。徘徊将何见？忧思独伤心。（《阮步兵集》）

周汉《阮籍咏怀诗意》

这首诗开口即言忧虑无端而起，以至夜不能寐。这种无端而起的焦虑，正是诗人时刻感受到的一种普遍性的人生体验。诗人希望能借助琴声帮助自己排解这种焦虑，但最终只能更加失望。诗歌中间四句所给出的一群意象：明净的月、清冷的风、失群的鸿、哀鸣的鸟，都透露出诗人内心无法排解的凄凉和孤独。这种凄凉和孤独来自阮籍所体验到的生之忧患。

与这一首诗相似的还有其十七：

独坐空堂上，谁可与欢者。出门临永路，不见行车马。登高望九州，悠悠分旷野。孤鸟西北飞，离兽东南下。日暮思亲友，晤言用自写。(《阮步兵集》)

这首诗将孤独感突出到一个更为深广的程度，它不但写出了在巨大的压力之下人和人之间的隔膜，还在一个更为广阔的范围内，透露了个体生命对于自然万物的隔膜，抒发了生命被冷落的悲哀。

其三十三曰："一日复一夕，一夕复一朝。颜色改平常，精神自损消。胸中怀汤火，变化故相招。万事无穷极，知谋苦不饶。但恐须臾间，魂气随风飘。终身履薄冰，谁知我心焦。"（同上）内心的焦虑日复一日地侵害着自己的生命，而周旋于世事之中，又可能在须臾间命丧人手。其二通过咏郑交甫和江妃二女两情相好，"猗靡情欢爱，千载不相忘"，而结果却是"如何金石交，一旦更离伤"（同上），写人生相知的艰难；其六云"膏火自煎熬，多财为患害。布衣可终身，宠禄岂足赖"（同上），写财富爵位不足依凭，等等。

这些都表现了阮籍对生命本身的种种忧患，表现了阮籍在浓重的阴影和巨大的压力下，所体会到的人生的凄凉和哀怨。但在其沉郁悲怨的情感下面，我们还是能感受到他对生命意义的执著，感受到生命的坚韧。

除了抒发生命感受外，阮籍还有一些诗歌表现了现实政治的内容。如其六十七云：

洪生资制度，被服正有常。尊卑设次序，事物齐纪纲。容饰整颜色，磬折执圭璋。堂上置玄酒，室中盛稻粱。外厉贞素谈，户内灭芬芳。放口从衷出，复说道义方。委曲周旋仪，姿态愁我肠。(同上)

这首诗是讽刺当时的礼法之士，揭露他们表面上盛容饰、拘礼法，而背后却灭绝美德、言语放肆。从这首诗中我们也可以看出，阮籍所反对的实际上是被人用作杀人武器的礼法，反对的是被小人用作欺世进身工具的礼法。

《咏怀诗》其三十一是对现实政治的一个预言：

驾言发魏都，南向望吹台。箫管有遗音，梁王安在哉？战士食糟糠，贤者处蒿莱。歌舞曲未终，秦兵已复来。夹林非吾有，朱宫生尘埃。军败华阳下，身竟为土灰。(同上)

诗中借战国史事讽刺魏明帝歌舞荒淫，蔑弃贤才，指出其最终必将灭亡的命运，其寓意十分深刻。

此外，阮籍的《咏怀诗》创造了抒情组诗的先例，后世模仿者，如庾信（513—581）的《拟咏怀》，陈子昂（661—702）、张九龄（678—740）的《感遇》，李白（701—762）的《古风》等，在形式上都受《咏怀诗》的影响。

二、嵇志清峻

嵇康继曹操之后，再一次开拓了四言诗的新境界。他凭着精致、飘逸的意象，创造出了清新通脱的艺术旨趣。刘勰以“清峻”二字概括嵇康诗歌风格，可以理解为意境的自然脱俗和人格内涵的峻朗挺拔，具有独特的美学价值。

相比阮籍，嵇康的反抗精神更突出，其个性精神也更明显。嵇康“身长七尺八寸，风姿特秀”（《世说新语·容止》），而不事修饰，时人喻为“龙章凤姿，天质自然”（《世说新语·容止》注引《康别传》）。山涛曰：“嵇叔夜之为人也，岩岩若孤松之独立；其醉也，傀俄若玉山之将崩。”（《世说新语·容止》）也就是说，嵇康的容止能够恰到好处地将其独立孤傲和自然任性的个性精神显示出来，这一点正是魏晋风度的内核。嵇康清心寡欲、服药、亲近道士孙登、醉心玄学等，都是为了保持一种超迈自在的生存方式，以一种独立的人格精神来抗拒黑暗的社会，来承担脆弱、苍白的人生。

嵇康存诗五十余首，包括四言、五言、六言诗体，也有乐府、骚体等诗，其中以四言诗成就最高。其代表作是《赠秀才入军》十八首。这一组诗是写给哥哥嵇喜的，诗歌叙述兄弟感情，抒发人生感慨等。

☞ **多学一点**

《赠秀才入军》“秀才”之身份

也有人认为这组诗是为朋友所作。《韵语阳秋》卷十云：“《文选》载嵇叔夜《赠秀才入军诗》，李善注，谓兄喜秀才入军。而张铣谓叔夜弟，不知其名。考五诗，或曰‘携我好仇’，或曰‘思我良朋’，或曰‘佳人不在’，皆非兄弟之称。善、铣所注，恐未必然耳。”

其中第九首和第十四首云：

> 良马既闲，丽服有晖。左揽繁弱，右接忘归。风驰电逝，蹑景追飞。凌厉中原，顾盼生姿。
>
> 息徒兰圃，秣马华山。流磻平皋，垂纶长川。目送归鸿，手挥五弦。俯仰自得，游心太玄。嘉彼钓叟，得鱼忘筌。郢人逝矣，谁可尽言？（《嵇中散集》卷一）

前一首诗想象嵇喜从军的形象，后一首诗回忆自己和嵇喜野游时的情景。但这两首诗实际所描绘的正是诗人心目中的一种理想形象：无论是光彩照人、追风蹑影的军人，还是逍遥自得、垂钓弹琴的隐逸者，他们都有一种无所拘牵、自由洒脱的精神风貌。尤其是“目送归鸿，手挥五弦”一句，不但写出依依惜别之情，更刻画出一个从孤独中升华而出、远离尘世的形象，它表现了一种自在独立的人格脱颖而出的艺术境界，是抛弃世俗之后的极度自由的象征。嵇康对清峻脱俗的刻意追求，是他超脱黑暗现实和苦难人生的自觉努力。这与阮籍对苦难的沉湎是不同的。

嵇康下狱后，还作有一首《幽愤诗》，诗中追溯平生，并对自己的性格和思想进行了反省，抒发了囚禁之中的愤懑之情，并一再表达“采薇山阿，散发岩岫”（《嵇中散集》卷一）的隐逸之志。全诗迂曲深沉，从容详尽，是一首难得的四言体好诗。

第六节 采缛力柔

一、太康诗风繁缛柔靡

西晋建立后，政权稳固，司马炎（265—290 在位）采取了较为宽松的统治策略，甚至曹魏政治集团的后人也得到优厚的待遇。文人的生存环境有了很大的改变，但前代文化仍然以各种形式对西晋文人的审美方式产生着影响，然而，其中的生命内涵明显有所减弱。晋武帝太康年间（280—289），诗歌创作出现一个繁盛的局面，有“三张、二陆、两潘、一左”（钟嵘《诗品序》），这些作家是张载（生卒年不详）、张协（生卒年不详）、张亢（生卒年不详）、陆机、陆云、潘岳、潘尼（约 250—约 311）和左思（250？—305?）。除出身寒族的左思外，其他诗人大都热衷于功名富贵，在品格上远逊于建安和正始文人，因此，他们的诗歌也不可能具有前代诗歌中的慷慨之气。

太康诗人的才华主要表现在诗歌外在形式上。陆机在《文赋》中说：“或藻思绮合，清丽千眠。炳若缛绣，悽若繁弦。必所拟之不殊，乃闇合乎曩篇。虽杼轴于予怀，怵他人之我先。”（《陆士衡文集》卷一）因此，词藻华丽、古雅成了一时的风尚，比较陆机所拟作的乐府诗和原诗的差别，就能明显地感受到这一点。《晋书・夏侯湛潘岳张载传》在评论此时诗人的风格时，大体都提到了“繁缛”的特点，如夏侯湛（243—291）“时标丽藻”、“缛彩雕焕”，陆机和潘岳“机文喻海，韫蓬山而育芜；岳藻如江，濯美锦而增绚”、“藻思抑扬”，等等。除了词藻华茂外，他们也很讲究句式的精美和对仗，大量使用偶句。可以说，在诗歌中精心构筑大量骈偶句式，是太康诗人自觉的追求，是呈才竞巧的一种形式。如刘勰所评论的“采缛于正始，力柔于建安”（《文心雕龙・明诗》）、“体情之制日疏，逐文之篇愈盛”（《文心雕龙・情采》），就是说太康诗歌在文辞和文风上较前人华丽、柔靡，而在内容上则显得贫弱乏情，形成了独特的“太康体”诗风。丽藻和骈偶，作为一种诗歌的外在美感形式，既形成了太康诗风“繁缛”的特征，也增加了诗歌的表现力和美感，从形式上为推动中国诗歌的发展作出了一定的贡献。

二、陆海潘江与左思别调

太康作家中，以陆机、潘岳、左思的文学成就为最高。

(一) 陆机

陆机现存诗一百多首，其中有不少拟古乐府或古诗之作，大多只为展示文才，缺少真情实感。能够表现陆机真情实感的诗主要是在洛阳前期时所作的，如《又赴洛道中》其二：

> 远游越山川，山川修且广。振策陟崇丘，安辔遵平莽。夕息抱影寐，朝徂衔思往。顿辔倚嵩岩，侧听悲风响。清露坠素辉，明月一何朗。抚枕不能寐，振衣独长想。(《陆士衡文集》卷五)

诗中写自己求官洛阳途中的艰难和孤独，以及对前途莫测的担忧，很真实地表达出一个闯入陌生的他乡为自己寻找前程的士人的迷茫和伤感。其中“夕息抱影寐，朝徂衔思往”两句，极其生动地勾勒出他乡游子的形象和精神状态，显示了诗人的文学才华。其他如《赠从兄车骑》、《君子行》、《东宫》、《赠弟士龙》等都倾吐了胸中淤积的宦游之情，真实感人。

学术轶事

后人评陆机拟古之作

贺贻孙（1606—?）批评曰：“陆士衡拟古，将古人机轴语意，自起至讫，句句蹈袭，然去古人神思远矣。《拟行行重行行篇》云‘揽衣有余带，循形不盈衿’，即‘相去日已远，衣带日已缓’意也。不惟语句板滞，不如古人之轻宕，且合士衡十字，总一‘缓’字包括无遗，下语繁简迥异如此，便见作者身分矣。”(《诗筏》)

(二) 潘岳

潘岳诗不少为应酬而作，内容往往势利、空洞。而能表现其自然真切的情感的诗，以《悼亡诗》三首最为著名。这三首诗是为了纪念亡妻而作，其中第一首云：

> 荏苒冬春谢，寒暑忽流易。之子归穷泉，重壤永幽隔。私怀谁克从？淹留亦何益？僶俛恭朝命，回心反初役。望庐思其人，入室想所历。帏屏无仿佛，翰墨有余迹。流芳未及歇，遗挂犹在壁。怅恍如或存，周遑忡惊惕。如彼翰林鸟，双栖一朝只；如彼游川鱼，比目中路析。春风缘隟来，晨霤承檐滴。寝息何时忘，沉忧日盈积。庶几有时衰，庄缶犹可击。(《潘黄门集》)

这是中国文学史上最早的悼念亡妻的诗，这一主题是在汉末以来不断发展的生命意识和温情意识的影响下产生的。潘岳这首诗作于妻子亡后一年，诗歌通过节序的变化，通过室内空间的转换，表达了物是人非的凄凉之感，缱绻低回，深情绵邈，深沉地抒发了对亡妻的怀念之情，也透露了人生不永的悲哀。

钟嵘《诗品》以潘岳诗为上品，并以“陆才如海，潘才如江”（《诗品》卷上）称之，可见当时人对潘岳的推崇。

（三）左思

左思才华横溢，常怀建功立业之心，这与当时的士族沉湎于个人的贵族生活颇有不同，其《咏史》其一云：

> 弱冠弄柔翰，卓荦观群书。著论准过秦，作赋拟子虚。边城苦鸣镝，羽檄飞京都。虽非甲胄士，畴昔览穰苴。长啸激清风，志若无东吴。铅刀贵一割，梦想骋良图。左眄澄江湘，右盼定羌胡。功成不受爵，长揖归田庐。（《文选》卷二十一）

诗中对自己的才华充满了自信心，迫切渴望自己的才华能得到展现。“左眄澄江湘，右盼定羌胡”两句，显现了自己澄清天下的宏伟愿望和信心，所刻画的形象飘逸、神奇，具有超人的气概。但由于左思出身寒族，且貌寝口讷，所以在仕途上极不得意，也就不能实现自己建功立业的心愿。这使得他倍感压抑，并且也常在诗中倾诉这种压抑和愤懑之情。《咏史》其二云：

> 郁郁涧底松，离离山上苗，以彼径寸茎，荫此百尺条。世胄蹑高位，英俊沉下僚。地势使之然，由来非一朝。金张藉旧业，七叶珥汉貂。冯公岂不伟，白首不见招。（同上）

这首诗以山涧的松树和山上的小苗做对比，说明小苗虽小，而以其所处地势之高，傲视山下之高松，形象地揭示了当时门阀制度的不合理。作者还举了汉代的金、张之家和冯唐为证，说明此事自古而然，在宣泄了自己的满腔愤慨之余，又流露出内心的无奈之感。该诗具有强烈的批判精神。此外，《咏史》其六也表达了类似的思想感情：

> 荆轲饮燕市，酒酣气益震。哀歌和渐离，谓若傍无人。虽无壮士节，与世亦殊伦。高眄邈四海，豪右何足陈。贵者虽自贵，视之若埃尘。贱者虽自贱，重之若千钧。（同上）

这首诗的主旨仍然是抨击门阀制度，较之前诗，诗人以自己的价值观取代了流俗的价值观，表达了鄙弃豪右、坚持理想的信念。

我国最早以《咏史》为题写诗的是班固，但班诗“质木无文”，很少受到重视。而左思《咏史》诗不但以组诗的形式出现，更以其饱满的内容和精美的艺术构思，对后世产生了很大的影响，使得咏史诗成为一个源流悠长的文学传统。

总的说来，太康诗歌在情感表现上颇不同于建安和正始诗歌，抒发真情实感的诗人如左思、张载、张协等，往往从自己的处境出发，发泄对社会不公的牢骚；而傅玄（217—278）、张华、潘岳、左思等，则有不少通过儿女、夫妇之情来表现自己绮丽情思之作。如傅玄的《秋兰篇》、张华的《情诗》、潘岳的《悼亡诗》、左思的《娇女诗》等，都表现出情思细密、真挚的一面。对于张华、潘岳等人来说，这些沛然而发的真挚情感，在某种程度上平衡了他们庸俗的社会人格，也透露出庸俗背后所背负的痛苦。这些主题既是前代诗人生命悲剧感的流风余韵，也是新的发展，表现出更现实化、生活化、个人化的倾向，但在情感深度上要明显弱于建安、正始诗歌。

【温故知新】

《古诗十九首》　曹操诗气韵沉雄　曹丕诗便娟婉约　曹植诗骨气奇高，词采华茂　建安七子　蔡琰　正始诗歌　嵇志清峻　阮旨遥深　太康诗歌　繁缛　三张二陆两潘一左

【请你思考】

1. 论述《古诗十九首》的思想内涵和艺术风格。
2. 略论魏晋时期四言诗的承继和发展。
3. 以建安七子为例分析建安诗歌创作的总体倾向和个性特征。
4. 分析曹植诗歌风格的内在差异性及其成因。
5. 论述阮籍咏怀诗的艺术风格及其对后来诗歌创作的影响。
6. 比较说明太康诗风与建安、正始诗风的异同，并分析其原因。

【推荐阅读】

曹操集．北京：中华书局，1959

魏宏灿校注．曹丕集校注．合肥：安徽大学出版社，2009

（魏）曹植．曹子建集．见：四部丛刊初编．第98册．上海：上海书店，1989

陈伯君校注．阮籍集校注．北京：中华书局，1987

殷翔，郭全芝注．嵇康集注．合肥：黄山书社，1986

（晋）陈寿．（南朝宋）裴松之注．三国志．北京：中华书局，1959

（南朝宋）刘义庆．（南朝梁）刘孝标注．朱铸禹汇校集注．世说新语汇校集注．上海：上海古籍出版社，2002

（南朝宋）范晔．（唐）李贤注．（晋）司马彪续志．（梁）刘昭注续志．后汉书．北京：中华书局，1965

（南朝梁）萧统编．（唐）李善等注．六臣注文选．北京：中华书局，1987

（南朝梁）刘勰．范文澜注．文心雕龙注．北京：人民文学出版社，1958

（南朝梁）钟嵘．曹旭集注．诗品集注．上海：上海古籍出版社，1994

（唐）房玄龄等．晋书．北京：中华书局，1974

（宋）严羽．郭绍虞校释．沧浪诗话校释．北京：人民文学出版社，1983

（明）陆时雍．古诗镜．见：（明）陆时雍选评．任文京，赵东岚点校．诗镜．保定：河北大学出版社，2010

（明）谢榛．四溟诗话．见：周维德集校．全明诗话．济南：齐鲁书社，2005

（明）许学夷．杜维沫校点．诗源辩体．北京：人民文学出版社，1987

（明）钟惺，谭元春辑．古诗归．见：顾廷龙主编．续修四库全书．上海：上海古籍

出版社，2002

（清）方东树．汪绍楹校点．昭昧詹言．北京：人民文学出版社，1961

（清）刘熙载．艺概．上海：上海古籍出版社，1978

（清）沈德潜选．古诗源．北京：中华书局，2006

逯钦立辑校．先秦汉魏晋南北朝诗．北京：中华书局，1983

王国维．彭玉平编著．人间词话．北京：中华书局，2010

俞绍初辑校．建安七子集．北京：中华书局，2005

第三章 文章的新变

【导入】

东汉后期政治局势恶化，文人已经不可能像王充（27—约 97）那样从容论道，他们利用散文议论时政、指摘时弊，体现出了刺世疾邪的批判精神。魏晋时期，文人多通过诗赋等形式记述行事，表达情感，除了一些学术专论文章外，散文作品一般以文告、书信、奏议等形式出现，实用性较强。但其中有相当一部分文章，或通达晓畅，或有较浓的抒情色彩，也具有自己独特的文学价值。总的说来，文学散文在这一阶段尚处于一个低潮时期。

辞赋在经东汉张衡（78—139）的变革后，这一文学体裁的社会功能发生了很大的变化，它由一种缘饰现实、歌功颂德、明显具有社会意识的大赋，转变为一种具有文人主观色彩、表达个体情感和观念的小赋，这一转变主要是在魏晋时期实现的。魏晋时期的辞赋，尤其是抒情小赋呈现出繁盛的局面，取得了很高的成就，在中国辞赋史上起着承前启后的作用。

第一节
刺世陈理

一、《潜夫论》指摘时弊

王符（生卒年不详）性格耿介，仕途蹉跎，于是隐居著书，讥讽时事，“不欲章显其名，故号曰《潜夫论》”（《后汉书·王符传》）。《潜夫论》共三十六篇，围绕着治国安民，对社会政治中的弊端进行了广泛地批判，涉及吏治、选举、边患、世风的虚伪、奢华等，指出朝廷应当任贤使能、整顿吏治、爱惜民力等。比如他在《忠贵》篇中揭露人情的势利说：

> 夫窃位之人，天夺其鉴。神惑其心，是故贫贱之时。虽有鉴明之资，仁义之志，一旦富贵，则背亲捐旧，丧其本心，皆疏骨肉而亲便辟，薄知友而厚狗马，财货满于仆妾，禄赐尽于猾奴，宁见朽贯千万，而不忍赐人一钱，宁积粟腐仓，而不忍贷人一斗，骨肉怨望于家，细人谤讟于道。（《潜夫论·忠贵》）

毫不留情地揭露世态的丑恶，指斥尖锐犀利。《潜夫论》敢于直指时弊，具有独立的见解，说理透辟、批判尖锐，《后汉书·王符传》评价《潜夫论》说“指讦时短，讨谪物情，足以观见当时风政”。其书语言明快犀利，而且多用排偶。

二、崔寔、荀悦论说时政

崔寔（？—170）的《政论》也是针砭时弊之作，提倡刑名法术。《后汉书·崔寔传》称：“明于政体，吏才有余，论当世便事数十条，名曰《政论》。指切时要，言辩而确，当世称之。”荀悦（148—209）《申鉴》也是针对时政发论，但较少批评而多正面论说治国之道，文风平和质实。《后汉书·荀悦传》说：“时政移曹氏，天子恭己而已。悦志在献替，而谋无所用，乃作《申鉴》五篇，其所论辩，通见政体。”

三、仲长统不拘一格

仲长统（179—219）博学善文、不拘小节、敢于直言，时人谓之“狂生”。所著《昌言》毫无畏忌地揭露了东汉后期社会的不公、朝政的混乱，对经学及谶纬神学中的天命论也加以驳斥。《昌言》的文字质朴，但极富批判的力度，如批评天下士有三俗、三可贱、天下学士有三奸时，皆尖刻犀利。严可均（1762—1843）《全后汉文》评价说："闿陈善道，指抲时弊，剀切之忱，踔厉震荡之气，有不容摩灭者。"（《全后汉文》卷八十八）仲长统也写有洒脱俊爽、怡然自得的《乐志论》，显示了另一种风格特征。如下一段文字云：

使居有良田广宅，背山临流，沟池环匝，竹木周布，场圃筑前，果园树后。舟车足以代步涉之艰，使令足以息四体之役。养亲有兼珍之膳，妻孥无苦身之劳。良朋萃止，则陈酒肴以娱之；嘉时吉日，则烹羔豚以奉之。踌躇畦苑，游戏平林，濯清水，追凉风，钓游鲤，弋高鸿。讽于舞雩之下，咏归高堂之上。安神闺房，思老氏之玄虚；呼吸精和，求至人之仿佛。（《全后汉文》卷八十九）

《乐志论》勾画出的是一幅理想生活的图景，其中流露出精神的愉悦与自得，加之语言的清新隽秀，使文章颇具情趣。

四、蔡邕碑文骈俪典雅

东汉后期出现了不少碑文创作，其中东汉末的蔡邕（133— 192）的作品较有代表性。如他为汉末名士郭泰所作的《郭泰碑》。碑文简略介绍了郭泰的家世，评价其人品才能，表达了悼念之意。文章措辞恰当，极为中肯。其中评论人物一段云：

先生诞应天衷，聪睿明哲，孝友温恭，仁笃慈惠。夫其器量弘深，姿度广大，浩浩焉，汪汪焉，奥乎不可测已。若乃砥节厉行，直道正辞，贞固足以干事，隐括足以矫时。遂考览六经，采综图纬。周流华夏，随集帝学，收文武之将坠，拯微言之未绝。于时缨緌之徒，绅珮之士，望形表而影附，聆嘉声而响和者，犹百川之归巨海，鳞介之宗龟龙也。尔乃潜隐衡门，收朋勤诲，童蒙赖焉，用祛其弊。（《全后汉文》卷七十六）

这篇碑文，为人物盖棺定论，也具有人物品评的意味。文章字句典雅，恰如其分地展示出了一代名士的风采。蔡邕自云："吾为碑铭多矣，皆有惭德，唯郭有道无愧色耳。"（《后汉书·郭泰传》）这篇碑文音律和谐，多用骈偶，表现出东汉末年文章骈偶化的倾向。

蔡邕像（一）

蔡邕像（二）

第二节
简易畅达

汉代末年天下大乱，主流意识形态崩溃，东汉王符、崔寔、仲长统等经师式的高头讲章已经没有了社会基础，取而代之的是以实用、简易为特征的散文。

一、曹操文风务实简易

曹操以实用简易的原则确定了自己的行事法则和政治地位，实用简易表现在文章风格方面就是鲁迅（1881—1936）所说的“清峻”和“通脱”。鲁迅认为“清峻”与施行严刑峻法的统治策略有关，而“通脱”则与清流党人的自命清高之风气有关。此外，曹操本人长期兼有政治领袖和文坛领袖的身份，行事和文章都无所拘忌，为文则畅所欲言，是扭转文风的关键人物。建安文章大多受到曹操的影响。

☞ **多学一点**

鲁迅论曹操为文

鲁迅说：“在曹操本身，也是一个改造文章的祖师，可惜他的文章传的很少。他胆子很大，文章从通脱得力不少，做文章时又没有顾忌，想写的便写出来。”①

曹操所传文章多为疏奏、政令之类，但其中往往能体现他的性情。如其《让县自明本志令》，在自叙生平之后，他说：

> 身为宰相，人臣之贵以极，意望已过矣。今孤言此，若为自大，欲人言尽，故无讳耳。设使国家无有孤，不知当几人称帝，几人称王。或者人见孤强盛，又性不信天命之事，恐私心相评，言有不逊之志，妄相忖度，每用耿耿。（《全三国文》卷二）

后世常以诡诈论曹操的为人，但曹操这篇文章，则显得不掩饰，不造作，满怀自负而又言辞恳切。明人张溥（1602—1641）评论说：“述志一令，似乎欺人，未尝不抽序心腹，慨当以慷也。”（《汉魏六朝百三家集题辞·魏武帝集》）再如《求贤令》云：“今天下得无有被褐怀玉而钓于渭滨者乎？又得无有盗嫂受金而未遇无知者乎？二三子其佐我明扬仄

① 鲁迅：《魏晋风度及文章与药及酒之关系》，见《鲁迅全集》，第3卷，525页，北京，人民文学出版社，1981。

陋，唯才是举，吾得而用之。”（《全三国文》卷二）《举贤勿拘品行令》云：“若文俗之吏，高才异质，或堪为将守；负污辱之名，见笑之行，或不仁不孝而有治国用兵之术。其各举所知，勿有所遗。”（同上）则更是言人所不敢言，通脱、明快，充分显示了曹操崇尚简易实用的性格特点。

曹操务实简易的风格不仅表现在政事方面，也表现在他对待自己的方式上。他有一篇《遗令》，目的在于安排自己的后事，最能显示其这方面的特点。其文曰：

> 天下尚未安定，未得遵古也。吾有头病，自先著帻，吾死之后，持大服如存时勿遗。百官当临殿中者十五举音，葬毕便除服，其将兵屯戍者，皆不得离屯部。有司各率乃职。敛以时服……无藏金玉珍宝。吾婢妾与伎人皆勤苦，使著铜雀台，善待之。……汝等时时登铜雀台，望吾西陵墓田。余香可分与诸夫人，不命祭。诸舍中无所为，可学作组履卖也。吾历官所得绶，皆著藏中；吾余衣裘，可别为一藏，不能者，兄弟可共分之。（《全三国文》卷三）

这篇文章当作于病中，其中吩咐身后之事，极是通情达理，尤其是处置婢妾伎人、吩咐诸夫人分香组履，皆平实殷切，显示了一种较为豁达平易、开通明朗的人生态度。从这些巨细无遗的叙述中，也流露出曹操的常人之情，文章风格朴实自然。

二、《出师表》志尽文畅

这一时期的散文，与曹操风格相近的还有诸葛亮（181—234）的《出师表》。《出师表》是诸葛亮率军北伐前，因忧及后主刘禅缺少政治经验，而上疏给予的种种军政事务的忠告。文章不仅告诫刘禅要开张圣听，明于赏罚，亲贤臣，远小人，勉力度过“危急存忘之秋”，还回顾平生，表达了对刘备知遇之恩的感激之情，以及北定中原、复兴汉室的

（元）赵孟頫《诸葛亮像轴》

诸葛亮像

理想。文章目的虽在说理，但却透露出浓厚的忧患之情。尤其是自述生平一节云：

> 臣本布衣，躬耕于南阳，苟全性命于乱世，不求闻达于诸侯。先帝不以臣卑鄙，猥自枉屈，三顾臣于草庐之中，谘臣以当世之事，由是感激，遂许先帝以驱驰。后值倾覆，受任于败军之际，奉命于危难之间，尔来二十有一年矣。先帝知臣谨慎，故临崩寄臣以大事也。受命以来，夙夜忧叹，恐付托不效，以伤先帝之明，故五月渡泸，深入不毛。今南方已定，兵甲已足，当奖率三军，北定中原，庶竭驽钝，攘除奸凶，兴复汉室，还于旧都，此臣所以报先帝，而忠陛下之职分也。（《诸葛亮集》卷一）

文中反复念及先帝，不但表达了自己对刘备的深切怀念，同时也是用刘备来激励后主，感情深缓、诚挚，绵密紧凑，充分展示了诸葛亮忠心耿耿、兢兢业业、励精图治的政治家情怀，并使文章有着极大的感染力。这篇文章不加雕饰，语言质朴，纯从肺腑自然流出。

学术轶事

后人盛赞《出师表》

刘勰称此文“志尽文畅”（《文心雕龙·章表》），陆游（1125—1210）更以诗赞曰：“出师一表真名世，千载谁堪伯仲间。”（《剑南诗稿》卷十七《书愤》）

第三节 声情并茂

一、曹丕散文清丽谐婉

对于曹操而言，散文是为了实用，能明事达理即可，所以于形式和文辞皆不求精致。而曹丕成长于文人攒集的环境之中，更多地浸润于文才，认为“盖文章经国之大业，不朽之盛事”（《全三国文》卷八《典论·论文》），因而看重文章的抒情，并十分讲求文章的形式和词藻的华美。其与友人书信最有代表性，这些文字或叙旧情，或纵论时事或文事，语言整饬，音韵和谐，具有明显的骈偶化倾向。如其《与吴质书》中有云：

> 每念昔日南皮之游，诚不可忘……高谈娱心，哀筝顺耳，驰骛北场，旅食南馆，浮甘瓜于清泉，沉朱李于寒水。白日既匿，继以朗月，同乘并载，以游后园。舆轮徐动，宾从无声。清风夜起，悲笳微吟。乐往哀来，怆然伤怀。余顾而言，斯乐难常，足下之徒，咸以为然。今果分别，各在一方。元瑜长逝，化为异物，每一念至，何时可言？(《全三国文》卷七)

这段文字感旧伤今，华丽的文辞下流露出一种忧郁、敏感的情性气质，声情并茂，颇为感人。曹丕的议论文字也具有同样的风格特征，其最为后人所称道的《典论·论文》是我国文学史上较早的文学专论文章，骈偶色彩很重，韵律优美。

《典论·论文》中论文章价值的一段云：

> 盖文章经国之大业，不朽之盛事。年寿有时而尽，荣乐止乎其身，二者必至之常期，未若文章之无穷。是以古之作者，寄身于翰墨，见意于篇籍，不假良史之辞，不托飞驰之势，而声名自传于后。故西伯幽而演《易》，周旦显而制《礼》，不以隐约而弗务，不以康乐而加思。夫然则古人贱尺璧而重寸阴，惧乎时之过已。而人多不强力，贫贱则慑于饥寒，富贵则流于逸乐，遂营目前之务，而遗千载之功。日月逝于上，体貌衰于下，忽然与万物迁化，斯志士之大痛也。(《全三国文》卷八)

所论虽然是文章的价值，但其出发点仍然是深感于生命短暂的悲哀，目的是要为此在生命寻求永恒。所以，当曹丕在认可并一再强调文章超越生命的价值以后，仍然感慨于此在生命不得不与万物化迁，纵有传于后世的名声，也难以将自己从当下的忧伤中解脱出来。文中议论和抒情融合为一，发自肺腑，自然和谐，可以看作是一篇优美的骈体散文。

二、曹植文风深情靡丽

曹植的散文在风格上近于曹丕，但情感更委婉细腻，文辞更繁富靡丽。其《与吴季重书》有如下一段云：

> 前日虽因常调，得为密坐，虽燕饮弥日，其于别远会稀，犹不尽其劳积也。若夫觞酌凌波于前，箫笳发音于后，足下鹰扬其体，凤观虎视，谓萧曹不足俦，卫霍不足侔也。左顾右盼，谓若无人，岂非吾子壮志哉？过屠门而大嚼，虽不得肉，贵且快意，当斯之时，愿举太山以为肉，倾东海以为酒，伐云梦之竹以为笛，斩泗滨之梓以为筝，食若填巨壑，饮若灌漏卮。如上言，其乐固难量，岂非大丈夫之乐哉？然日不我与，曜灵急节，面有逸景之速，别有参商之阔。思欲抑六龙之首，顿羲和之辔，折若木之华，闭蒙汜之谷，天路高邈，良久无缘，怀恋反侧，何如何如！(《曹子建集》卷九)

这篇书信在情感和内容上可谓大开大阖，起落极有声势，颇能显示曹植文思如潮、辞采斑斓的特点。曹植时时感于生存之逼仄，所以对亲友阔别、事功难竟尤为耿耿于怀，每每念起，情在辞先，一倾而尽，情感力度要强于曹丕，更富感染力。

除了与朋友的书信外，曹植的表奏文章也具有同样的特色。所作《求自试表》、《求通亲亲表》，都是有代表性的文章。前者恳求明帝给予机会，使其能为国建功，了却毕生之念；后者自叙孤独，慨叹于“婚媾不通，兄弟永绝”，希望能得到皇帝允许，各诸侯国相通庆问。所论皆起自曹植的身世之感，因此表中感情充沛，辞采涣然。如《求自试表》中有云：

> 若使陛下出不世之诏，效臣锥刀之用，使得西属大将军，当一校之队；若东属大司马，统偏师之任，必乘危蹈险，骋舟奋骊，突刃触锋，为士卒先。虽未能擒权馘亮，庶将虏其雄率，歼其丑类，必效须臾之捷，以灭终身之愧，使名挂史笔，事列朝策，虽身分蜀境，首悬吴阙，犹生之年也。(《曹子建集》卷八)

这一段文字情绪昂扬，意气风发，似将积蓄多年的愤懑和心志倾泻而出，极有震撼力。

学术轶事

刘勰论曹植文章

刘勰论曹植文章云：“陈思之表，独冠群才。观其体赡而律调，辞清而志显，应物掣巧，随变生趣，执辔有余，故能缓急应节矣。”(《文心雕龙·章表》)

三、七子表章吐气英伟

三曹外，建安七子中孔融、陈琳、阮瑀等，都以文章著名。孔融所作《与曹操论盛孝章书》，向曹操推荐了名士盛孝章，先说人生短暂，“海内知识，零落殆尽，惟会稽盛孝章尚存”(《全后汉文》卷八十三)，再渲染盛孝章处境悲苦，希望曹操能效仿古之燕昭王诚恳纳贤，将其招之麾下。全文娓娓而谈，情词恳切。此外，其所作《难曹公表制酒禁书》多智善辩，胆大气盛，也很有文采。曹丕《典论·论文》称孔融“体气高妙，有过人者”(《全三国文》卷八)。至于陈琳、阮瑀，皆以表章书记著称，陈琳作有《为袁绍檄豫州》、《为袁绍与公孙瓒书》等，风格激烈，《文心雕龙·檄移》称其“壮有骨鲠”；阮瑀所作《为曹公作书与孙权》被张溥赞为“文词英拔”(《汉魏六朝百三家集题辞·阮元瑜集》)，也是以文采见长。

孔融像

第四节 总采骋词

正始前后，玄风大炽，名士不仅尚清谈，亦以文章阐发道家精微之说，文风迥异此前。刘师培（1884—1920）《中国中古文学史》将此期文章分为两派，一是王弼、何晏之文，“清峻简约，文质兼备”，“与名、法家言为近”；一是嵇康、阮籍之文，“文章壮丽，总采骋词”，“与纵横家言为近”①。前者说理细密，后者个性较强。

一、嵇康自写性情

就散文成就而言，正始时期以嵇康为最高。嵇康长于辩论，其所著《声无哀乐论》、《养生论》等不唯析理细密，亦以文词繁富著称。嵇康除玄理文章之外，更常为人所提到的是《与山巨源绝交书》。山涛原为竹林七贤之一，后投奔司马氏为官，为调和嵇康和司马氏的矛盾，山涛曾举荐嵇康为官。闻山涛又将迁官，嵇康恐其将举自己而代之，作书与山涛绝交。嵇康自称所以不能做官者，“有必不堪者七，甚不可者二”。其文云：

卧喜晚起，而当关呼之不置，一不堪也。抱琴行吟，弋钓草野，而吏卒守之，不得妄动，二不堪也。危坐一时，痹不得摇，性复多虱，把搔无已，而当裹以章服，揖拜上官，三不堪也。素不便书，又不喜作书，而人间多事，堆案盈几，不相酬答，则犯教伤义；欲自勉强，则不能久；四不堪也。不喜吊丧，而人道以此为重，已为未见恕者所怨，至欲见中伤者；虽瞿然自责，然性不可化；欲降心顺俗，则诡故不情，亦终不能获无咎无誉如此，五不堪也。不喜俗人，而当与之共事，或宾客盈坐，鸣声聒耳，嚣尘臭处，千变百伎，在人目前，六不堪也。心不耐烦，而官事鞅掌，机务缠其心，世故繁其虑，七不堪也。又每非汤武而薄周孔，在人间不止此事会显，世教所不容，此甚不可一也。刚肠疾恶，轻肆直言，遇事便发，此甚不可二也。以促中小心之性，统此九患，不有外难，当有内病，宁可久处人间邪？（《嵇中散集》卷二）

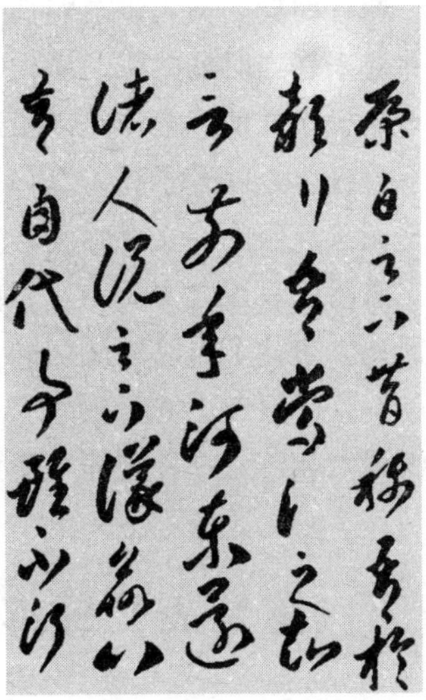

嵇康《与山巨源绝交书》

（唐）李怀琳仿作

① 刘师培：《中国中古文学史 汉魏六朝专家文研究》，35页，北京，商务印书馆，2010。

这一段文字以疏狂简散的生活态度，阐释了老庄的“适性”、“无为”，显示了自己对污浊的官场和虚伪的人伦礼法的蔑视，从而也揭露了所谓“礼法之士”的虚伪和荒唐。当时司马氏鼓吹“孝道”，人伦礼法实际上是他们争夺帝位和诛杀异己的利器，所以，《与山巨源绝交书》实际上是嵇康旗帜鲜明地宣告了自己在政治上与司马氏集团的绝交，表现出过人的胆略。这一段话中所体现的超然物外、抗拒荣利、反对束缚的要求，还显示了嵇康对绝对自由的老庄境界的向往，显示了他愤世嫉俗、特立独行的人格力量。这篇文章锋芒毕露，文风纵横恣肆，左右逢源，散体中夹有骈句，姿态摇曳，而且充满了感情色彩，无论是对礼法之士的嬉笑怒骂，还是表达对宁静自然生活的向往，都是一泻而下，文气充沛，显示了嵇康独特的性情和超人的才华。

学术轶事

刘师培论嵇康文章理词兼盛

刘师培论嵇康：“论文自《养生论》外，有《答向子期难养生论》、《无私论》、《管蔡论》、《明胆论》、《难宅无吉凶摄生论》、《答某氏难宅无吉凶摄生论》，析理绵密，亦为汉人所未有。其所著《声无哀乐论》，文词尤为繁富。”①

二、潘陆力倡骈文

西晋时期，文人讲求对偶工整，用语典雅繁缛，多用典故，使得骈文迅速发展以至成熟起来。当时如陆机、潘岳等，皆以骈文闻名。

陆机骈文的代表作是《吊魏武帝文》，其序就曹操《遗令》一文，慨然有感其“曩以天下自任，今以爱子托人”（《陆士衡文集》卷九），认为人生的短暂和人生中的种种缺憾都是无法克服的，文章弥漫着一种哀婉的情调，极富感染力。

潘岳以哀诔之文著称，所作《马汧督诔》，描写汧督马敦骁勇善战，最终却以细行下狱而死，表达了自己的深切同情。文中描述汧阳危急之形势和艰苦战争的场面，都非常出色。张溥评曰：“予读安仁《马汧督诔》，恻然思古义士，犹班孟坚之传苏子卿也。”（《汉魏六朝百三家集题辞·潘黄门集》）

三、《陈情表》踵继前贤

此一时期值得注意的尚有李密（224—287）的一篇《陈情表》，此表亦具有相当的文

① 刘师培：《中国中古文学史·魏晋文学之变迁》，见《中国中古文学史 汉魏六朝专家文研究》，47页，北京，商务印书馆，2010。

学成就。李密原仕蜀汉，蜀亡后入晋，晋武帝时征李密为太子洗马，李密以祖母刘氏年高多病而婉言相谢。整篇文章反复抒写祖母刘氏的凄凉晚境，以及自己和祖母相依为命的状况，非常感人：

> 臣以险衅，夙遭闵凶：生孩六月，慈父见背；行年四岁，舅夺母志。祖母刘，愍臣孤弱，躬亲抚养。臣少多疾病，九岁不行，零丁孤苦，至于成立。既无伯叔，终鲜兄弟，门衰祚薄，晚有儿息；外无期功强近之亲，内无应门五尺之童。茕茕独立，形影相吊。而刘夙婴疾病，常在床蓐，臣侍汤药，未曾废离。……但以刘日薄西山，气息奄奄，人命危浅，朝不虑夕。臣无祖母，无以至今日；祖母无臣，无以终余年。母孙二人，更相为命。是以私情区区，不能废远。（《全晋文》卷七十）

抒情哀婉而流畅，语言整饬、舒缓，对偶、炼字极精工，但却显得自然质朴，具有极感人的效果。就抒情言志而论，该表可与诸葛亮《出师表》为前后双璧。

第五节 赋体变化

一、汉末抒情小赋的发展

盛行于西汉的骚体赋和散体大赋，至东汉时期，已经发展得十分充分，它在主题、创作方法等方面的局限性也已经显露出来。顺应时代的需要，一种较为短小而带有浓郁抒情色彩的赋体文学发展起来，这就是抒情小赋。抒情小赋的出现，在一定程度上标志着文人开始关注个人性情，辞赋创作也由娱人而变为娱己。

（一）张衡开创之功

张衡像

张衡在辞赋发展史上是一位承前启后的作家，他的大赋和骚体赋都有很高的成就，但他的抒情小赋创作具有更大的意义。他所创作的《归田赋》是抒情小赋的奠基之作。《归田赋》表达了厌倦世事、回归田园的愿望，和恬然自处的人生态度。该赋在形式上还能看出骚体赋的影响，但篇幅短小，全文只有四十句，语句清新流畅，具有浓郁的抒情色彩，如这几句：

于是仲春令月，时和气清。原隰郁茂，百草滋荣。王雎鼓翼，鸧鹒哀鸣，交颈颉颃，关关嘤嘤。于焉逍遥，聊以娱情。（《全后汉文》卷五十三）

这段文字具有诗一般的意境，语言优美，文中采取描写而不是罗列铺陈的方式表现景物，体现出与汉大赋不同的风貌。《归田赋》的抒情化和小品化促使了小赋的发展。

（二）赵壹、祢衡以赋刺世

随着社会环境的恶化，文人或者抨击社会的黑暗，或者转向个人的情感世界。抒情小赋切合了文人抒情的需要，越来越多地为文人所喜爱。汉末较为著名的有赵壹（生卒年不详）的《刺世疾邪赋》、祢衡的《鹦鹉赋》等。

《刺世疾邪赋》愤怒地抨击了汉末朝政混乱、佞幸得势的现实，为贤达之士的窘迫处境发出不平之鸣。文章辛辣地讽刺了外戚与宦官“所好则钻皮出其毛羽，所恶则洗垢求其瘢痕”，在这样的环境下，士人“虽欲竭诚而尽忠，路绝崄而靡缘。九重既不可启，又群吠之狺狺。安危亡于旦夕，肆嗜欲于目前。奚异涉海之失柂，坐积薪而待燃”（《全后汉文》卷八十二）。文章用词峻切，愤激之情溢于言表。《刺世疾邪赋》虽然也写不遇的主题，但与骚体赋中的幽怨抑郁不同，而表现为激昂的批判。

学术轶事

赵壹赋作剀切直露

刘熙载评价说：“后汉赵元叔《穷鸟赋》及《刺世嫉邪赋》，读之知为抗髒之士，惟径直露骨，未能如屈、贾之味余文外耳。”（《艺概·赋概》）

《鹦鹉赋》借描写鹦鹉资质美好而局于囚笼之中、被人赏玩的命运，抒写祢衡自己怀才不遇的困顿处境。赋中写鹦鹉被囚于笼中，“顺笼槛以俯仰，窥户牖以踟蹰。想昆山之高岳，思邓林之扶疏。顾六翮之残毁，虽奋迅其焉如”（《全后汉文》卷八十七）。语言整齐，描写细腻，是抒情小赋中的名作。

（三）蔡邕放怀写情

此外，蔡邕的《述行赋》、《青衣赋》等抒情小赋，也都具有一定的艺术成就。《述行赋》作于桓帝延熹二年（159），写被征召入京的途中所见。《青衣赋》抒发了自己对一个奴婢的倾慕之情。作者在赋中描写了她的美丽动人，并形象地写出因思念而无法入睡、徘徊于庭院之中的情形。蔡邕的小赋不但敢于大胆表露个人的情感，也扩大了赋的题材。

二、汉末抒情小赋的特点

汉末抒情小赋尚在发展的初期，但其特点已经非常明显。首先，具有浓郁的抒情色彩，或是表达对时势的愤懑，或是表达个性情感的愉悦。前者如《刺世疾邪赋》，锋芒毕露，指斥政治黑暗的现实；后者则如张衡《归田赋》、蔡邕《青衣赋》。其次，东汉抒情小赋常用四、六字句式，骈俪化倾向明显，而且喜用典。如蔡邕《青衣赋》中描写奴婢的美貌时说“盼倩淑丽，皓齿蛾眉。玄发光润，领如蝤蛴。修长冉冉，硕人其颀”（《全后汉文》卷六十九），用的是《诗经·硕人》中的词语；赵壹《刺世疾邪赋》“舐痔结驷，正色徒行”（《全后汉文》卷八十二），出自《庄子》。抒情色彩和骈俪化、用典这些因素，构成了抒情小赋自身的特点。

第六节 体物浏亮

魏晋时期，抒情小赋得到迅速发展，数量极多[①]，出现了一大批有影响的杰出作品。这些作品，艺术形象鲜明，抒情意味浓烈，语言优美整饬，是文学史上的宝贵遗产。而且，这一时期也产生了不少对辞赋有相当研究和见解的理论论述，如曹丕、陆机等都有一些精到的见解，这些理论对当时的辞赋创作也有着不小的促进作用。

一、建安辞赋言志写心

建安作家差不多都有赋作，就题材而言，较多咏物赋，所咏对象极为广博，如王粲的《槐赋》、曹植的《鹞雀赋》等。除此之外，辞赋也表现了时代所共有的主题：感乱伤时。其题材表现为军旅行役和思妇两类。前者通常以《述征》、《述行》、《序征》等为题，曹氏兄弟和七子所作尤多，后者通常以《出妇》、《寡妇》、《离居》等为题。这一部分内容表达了时代的艰辛和悲凉。此外，以景物观览为题材的辞赋在此时也非常流行，文人

① 叶幼明根据严可均《全上古三代秦汉三国六朝文》与陈元龙《历代赋汇》，并朱熹《楚辞后语》、姜亮夫《楚辞书目五种·绍骚隅录》所著录的作品，统计出魏晋南北朝时期有赋作传世的作家285人，辞赋作品超过1 100首。见其《辞赋通论》，90页，长沙，湖南教育出版社，1991。

面对自然或人文景观，慷慨抒情，或表达救世之志，或抒发忧生之嗟，如曹操之《登台赋》、王粲之《登楼赋》、曹丕之《济川赋》、曹植之《临观赋》等，数量也颇可观。建安辞赋大多是抒情小赋。

在这些作品中，以王粲的《登楼赋》和曹植的《洛神赋》最具代表性。

多学一点

王粲《登楼赋》创作缘起

据严可均《全后汉文》，王粲有赋作二十多首，大多为咏物之作。其《登楼赋》作于荆州依附刘表之时，当时天下久乱未安，刘表“以粲貌寝而体弱通侻，不甚重也”（《三国志·魏书·王粲传》），王粲自觉前途渺茫、功业无望，由此而生思归之感。这首抒情小赋，即王粲为排遣内心的愤懑而作。

《登楼赋》始以所见之景，而兴去国怀乡之情；后半部分则直抒胸臆，表达了怀才不遇、报国无门的焦虑。赋中景色描写和感情抒发融合为一，如其中以登高所见兴故乡邈远云：“平原远而极目兮，蔽荆山之高岑。路逶迤而修迥兮，川既漾而济深。悲旧乡之壅隔兮，涕横坠而弗禁。”（《全后汉文》卷九十）空间之辽阔，亦足显思乡之情深。此外，赋中以景色由白日的明丽到日暮时的萧条、孤寂，来写情绪的渐次变化，相互渲染，共同营造了一个和谐的艺术境界。这篇小赋的骈偶化，以及用语和用典的精致，也十分值得注意。如其最末一部分描写自己怀才不遇的悲哀云：“惧匏瓜之徒悬兮，畏井渫之莫食。步栖迟以徙倚兮，白日忽其将匿。风萧瑟而并兴兮，天惨惨而无色。兽狂顾以求群兮，鸟相鸣而举翼。原野阒其无人兮，征夫行而未息。心凄怆以感发兮，意忉怛而憯恻。循阶除而下降兮，气交愤于胸臆。夜参半而不寐兮，怅盘桓以反侧。”（同上）整篇文章中，悲凉慷慨之气往复回荡，具有极大的感染力，典型地反映了建安风骨的特征，后人有以为此赋代表了魏赋的最高水平。

学术轶事

后人称评《登楼赋》

朱熹《楚辞后语》引晁补之语云“盖魏之赋极此矣”（《楚辞后语》卷四）。

曹植是这一时期最重要的赋作家之一，曾自集所作赋为《前录》，并有序云：“余少而好赋，其所尚也，雅好慷慨，所著繁多。虽触类而作，然芜秽者众，故删定别撰，为《前录》七十八篇。”（《陈思王集》卷一《前录自序》）现存约四十多首，不过多为残篇。

如同他的诗一样，曹植的赋也分前后两期，前期赋作咏物显志，虽感染了时代的悲情，但内容相对单薄；后期赋作则充分抒发了自己有志难骋、流离孤独的悲愤之情，多托物言志之作，深情绵邈，悲凉慷慨。《洛神赋》是其最有代表性的作品。

《洛神赋》作于黄初四年（223），当时，同朝京师的任城王暴毙，曹植与白马王曹彪结伴回国，又为监国使者所不许。曹植由此深感人生的束缚和孤独，在路过洛水时，作《洛神赋》以抒发内心的愤懑。

☞ 多学一点

《洛神赋》作年考辨

《洛神赋》有序云："黄初三年，余朝京师，还济洛川。……遂作斯赋。"（《曹子建集》卷三）学者一般根据史籍，考定曹植朝京师实在黄初四年，云"三"当是"四"之误。①

曹植自序《洛神赋》是"感宋玉对楚王神女之事"而作，赋中，曹植怀着极为仰慕的心情塑造了神女的形象：

> 其形也，翩若惊鸿，婉若游龙，荣曜秋菊，华茂春松。仿佛兮若轻云之蔽月，飘飖兮若流风之回雪。远而望之，皎若太阳升朝霞；迫而察之，灼若芙蓉出渌波。秾纤得衷，修短合度。肩若削成，腰如约素。延颈秀项，皓质呈露，芳泽无加，铅华弗御。云髻峨峨，修眉联娟。丹唇外朗，皓齿内鲜。明眸善睐，辅靥承权。瓌姿艳逸，仪静体闲。柔情绰态，媚于语言。奇服旷世，骨像应图。披罗衣之璀粲兮，珥瑶碧之华琚。戴金翠之首饰，缀明珠以耀躯。践远游之文履，曳雾绡之轻裾。微幽兰之芳蔼兮，步踟蹰于山隅。（同上）

描写其动作则如：

> 体迅飞凫，飘忽如神，凌波微步，罗袜生尘，动无常则，若危若安；进止难期，若往若还。（同上）

作者又赋予这一美丽的女神以深挚、细腻的情感，细致地刻画了女神对自己的顾盼、依恋之态，以及离别时的悲怆、凄厉之情，生动地演绎了一段由相互仰慕而不得不离别的悲剧爱情故事。赋作凭着这一虚幻的故事，创造了一个神奇瑰丽和缥缈迷离的艺术境界，具有浓郁的浪漫情调。但这一故事却反映了曹植内心的无限悲哀。来自朝廷的猜忌和排挤，使得他深深感到人生理想的破灭，而难以把握的命运和不断的迁徙，又使他感受到人生的孤独。因此，强烈的自我呈现意识和对知音的渴望，使他从这个美丽的人神恋爱故事中找到慰藉。从女神的深情眷顾之中，曹植不但能感受到自我的价值，也能感受到喜获知音的欢娱。而"人神道殊"的悲惨结局，实际上是曹植悲剧命运的投影，体现了曹植对现实的清醒认识。

---

① 参见马积高：《赋史》，155页，上海，上海古籍出版社，1987；曹道衡：《汉魏六朝辞赋》，109页，上海，上海古籍出版社，1989；聂石樵：《魏晋南北朝文学史》，363页，北京，中华书局，2007。

（晋）顾恺之《洛神赋图》（局部）

二、正始辞赋讥世尚玄

魏晋之际，文人深感政治迫害的威胁，辞赋风格明显不同于建安时期，或讥讽世相，或颂扬避世。也有一些辞赋受当时谈玄之风的影响，论理较多。

阮籍的《猕猴赋》讽刺官场对人的本质的羁縻，也讽刺那些卖身投靠的人迷乱本真。其《大人先生传》则继承楚辞和汉代士不遇赋的传统，通过设问的形式，讽刺了世所谓君子不过是裈中之虱，"逃乎深缝，匿乎坏絮，自以为吉宅也。行不敢离缝际，动不敢出裈裆，自以为得绳墨也。……然炎邱火流，焦邑灭都，群虱死于裈中而不能出"（《阮步兵集》），辛辣地讽刺了当时的礼法之士，颂扬道家无为的思想，表达了自己与朝廷不合作的态度。

嵇康亦有赋作传世。《琴赋》以描写音乐见长，同时也阐发了自己的"声无哀乐"的玄学主张；《卜疑》则模仿楚辞《卜居》，讨论出仕和隐居的选择问题，表达遗世归隐的志向。

此外，竹林七贤中向秀的《思旧赋》、刘伶《酒德颂》也是赋中佳作，为后人所传诵。

三、西晋辞赋夸盛侈丽

西晋结束了三国分裂的局面，天下士子欢欣鼓舞，以为又一个盛世即将来临，文人或以辞赋歌颂盛世，或作辞赋以求官，这些都促进了辞赋的创作。太康文人如张华、左思、潘岳、陆机等，都有辞赋创作，有些甚至以辞赋著称。此时，辞赋仍以咏物抒情小赋为主流，成就也最高。

潘岳和陆机是太康时期重要的文学家。潘岳有赋约二十篇，其中《秋兴赋》、《西征赋》、《闲居赋》都很有名。《闲居赋》写郊居的田园生活，抒发天伦之乐和自然意趣，表达了一种恬淡安然的生活态度。后人认为此赋中所表达的思想情趣与潘岳追逐名利的实际生活相差很远，因此作诗讥之曰："高情千古《闲居赋》，争信安仁拜路尘。"（元好问《遗山先生文集》卷十一《论诗绝句三十首》其六）

陆机所作《文赋》既是一篇文学理论的著作，同时也是一篇很好的赋作。在这篇赋中，陆机主张诗赋应该文采华丽、音韵流利："其会意也尚巧，其遣言也贵妍。暨音声之迭代，若五色之相宣。"在这总的原则下，每一种文体应该有自己的风格取向："诗缘情而绮靡，赋体物而浏亮。碑披文以相质，诔缠绵而悽怆……"（《陆士衡文集》卷一《文赋》）至于文学所表现的题材，陆机认为应该从自然、历史和现代典籍中汲取："遵四时以叹逝，瞻万物而思纷。悲落叶于劲秋，喜柔条于芳春。心懔懔以怀霜，志眇眇而临云。咏世德之骏烈，诵先人之清芬。"（同上）在总结文学经验、促进文学自觉方面，这篇赋有着重要的作用。这篇赋本身文辞华美，对仗精巧，显示了陆机本人的文学才华。陆机存世之赋约三十篇，多残缺。

左思以《三都赋》著名，《晋书·文苑传·左思传》说左思"门庭藩溷皆著纸笔，遇得一句，即便疏之"，终于积十年之功而成此文。据说，赋成，"豪贵之家竞相传写，洛阳为之纸贵"。赋中三都，是指魏都邺、蜀都成都、吴都建业。《三都赋》仍继续汉大赋的套路，从山川物产、田猎歌舞、典章制度等方面，层层铺叙，文辞富赡，但创意不足。

四、魏晋辞赋的特点

相比汉代的辞赋而言，魏晋时期辞赋有着明显的特点。

首先，此期的辞赋具有浓郁的抒情特征，抒情小赋成为辞赋的主流。刘熙载《艺概·赋概》云："楚辞风骨高，两汉赋气息厚，建安乃欲由两汉而复于楚辞者。"他认为自建安时期，辞赋始向"楚辞"回归。但魏晋时期抒情小赋的情感指向更为广阔，举凡文人在其他文学体裁中所表达的情感，如男女思慕之情、山水自娱之情、故国亲友之情等，甚至包括文人种种的意趣、意境、情操、志向，以及各种审美感受、人生领悟等，都可以通过小赋的形式来抒写。这些都不是骚体赋所能概括的。

其次，此期小赋的基本情感倾向是忧伤、凄艳的，这与这一阶段的文学思潮相契合。魏晋赋是文人个体的主观情志的体现，因此它也必然反映当时社会的普遍情绪。时人将赋这类有韵的文体称为"文"，萧绎（552—554在位）《金楼子·立言》云："吟咏风谣，流连哀思者谓之文。""流连哀思"正是此期小赋的基本感情倾向。

最后，此期小赋的排偶化特征更为突出。魏晋时期出现了骈赋，又称俳赋，其特点是对仗工整，音韵和谐，而且喜用典故，辞采华丽，成为一种典型的美文形式。

☞ **多学一点**

刘师培论小赋文体特征

刘师培《论文杂记》云："建安之世，七子继兴，偶有撰著，悉以排偶易单行，即非有韵之文，亦用偶文之体，而华靡之作，遂开四六之先，而文体复殊于东汉。"①

① 刘师培著，金文漸校点：《中国中古文学史 论文杂记》，117页，北京，人民文学出版社，1959。

【温故知新】

《潜夫论》　《昌言》　蔡邕碑文　曹操文务实简易　《出师表》志尽文畅　曹丕散文清丽谐婉　曹植文深情靡丽　七子表章吐气英伟　嵇康文理词兼盛　潘陆倡骈文《陈情表》　抒情小赋　建安辞赋言志写心　正始辞赋讥世尚玄　西晋辞赋夸盛侈丽

【请你思考】

1. 论曹操散文的个性特征和时代特色。
2. 阐述《典论·论文》对曹丕及时人散文创作的影响。
3. 论述汉末至西晋辞赋发展的阶段性特征。
4. 以张衡《归田赋》为例，结合其生平，分析汉末抒情小赋的兴起原因、特点及影响。
5. 结合曹植人生经历分析《洛神赋》的寄托之处。
6. 阐释陆机《文赋》的理论价值和艺术价值。

【推荐阅读】

曹操集．北京：中华书局，1959

魏宏灿校注．曹丕集校注．合肥：安徽大学出版社，2009

（魏）曹植．曹子建集．见：四部丛刊初编．第98册．上海：上海书店，1989

陈伯君校注．阮籍集校注．北京：中华书局，1987

殷翔，郭全芝注．嵇康集注．合肥：黄山书社，1986

（南朝梁）萧统编．（唐）李善等注．六臣注文选．北京：中华书局，1987

（南朝梁）刘勰．范文澜注．文心雕龙注．北京：人民文学出版社，1958

（明）张溥．殷孟伦注．汉魏六朝百三家集题辞注．北京：中华书局，2007

（清）刘熙载．艺概．上海：上海古籍出版社，1978

（清）严可均辑．许振生审订．全后汉文．北京：商务印书馆，1999

（清）严可均辑．何宛屏等审订．全晋文．北京：商务印书馆，1999

刘师培．中国中古文学史 汉魏六朝专家文研究．北京：商务印书馆，2010

鲁迅．魏晋风度及文章与药及酒之关系．见：鲁迅全集．北京：人民文学出版社，1981

聂石樵．魏晋南北朝文学史．北京：中华书局，2007

马积高．赋史．上海：上海古籍出版社，1987

曹道衡．汉魏六朝辞赋．上海：上海古籍出版社，1989

叶幼明．辞赋通论．长沙：湖南教育出版社，1991

俞绍初辑校．建安七子集．北京：中华书局，2005

第五编 清玄雅韵

（晋怀帝永嘉元年至陈后主祯明三年，307—589）

第一章 江左文化与士族文学

【导入】

从东晋到陈朝，是门阀士族鼎盛的时代，世家大族不但在政治中居于至高的地位，在文化上也领风气之先。门阀士族偏安江左，苟安现实，崇尚放旷闲散，缺少反省精神，在反映社会人生的深刻程度上比不上建安到太康时期，其最大的特点是强调感性。门阀世族和王室子弟不仅追求性情自适愉悦，也追求形式的精美。因此，东晋南朝文学将狭窄的情感表现得非常纤细，也将诗歌、辞赋等文学形式和表达技巧发展到一个新的高度，并在理论上走向自觉。

第一节 士族文学的勃兴和没落

自永嘉元年（307）士族南渡，至祯明三年（589）陈朝灭亡，在其间的283年间，江南士族文学经历了东晋玄言诗、刘宋山水诗、齐永明体、梁陈宫体诗几个阶段。永明体是士族文学的高峰，而宫体诗则是士族文学的衰落期。

一、理过其辞——东晋玄言诗

我们将永嘉元年（307）到东晋结束（420）的113年，看作是玄言诗阶段。

西晋后期，由于屡遭战乱，名士多死于非命，而侥幸保住生命辗转江东的文士，仅为余绪，不足以承继前代。东晋文人也感到仕途凶险，他们刻意效法阮籍（210—263）、嵇康（223—262）等正始名士，在玄学的适意的口号下，纵情声色，放荡无行。在文学上，士人高蹈、求生的思想风尚和玄学思潮相结合，于是，重在表现自我精神的玄言诗出现了，至东晋又得到佛教的推波助澜，更是绵延达百年之久。

过江诸人中，郭璞（276—324）以游仙诗别开生面，表达求生愿望和内心的忧患。著名的玄言诗人还有孙绰（314—371）和许询（生卒年不详）、王羲之（303—361）、支遁（314—376）等，他们的诗以阐发老庄思想为主，杂以佛理，文学感染力不足。除了玄言诗外，此期还出现了玄言赋，如庾敳的《意赋》、《幽人箴》，郭璞的《客傲》，孙绰的《天台山赋》等，都是满纸玄理，少文学趣味。

☞ **多学一点**

时人评玄言诗

钟嵘（467？—519？）说："永嘉时，贵黄老，稍尚虚谈，于时篇什，理过其辞，淡乎寡味。爰及江表，微波尚传"，"理过其辞"，"皆平典似《道德论》"（《诗品序》）。

刘勰（466？—539？）说："诗必柱下之旨归，赋乃漆园之义疏。"（《文心雕龙·时序》）

二、山水方滋——刘宋山水诗

刘勰说："宋初文咏，体有因革。庄老告退，而山水方滋。"（《文心雕龙·明诗》）山水诗的出现与玄言诗有着密切的关系，也与南方地域文化特征、社会经济的发展有关。老庄思想所带来的隐逸之风，自魏晋时起就对士人有很大的影响，也影响到南方士族的美学情趣，他们在风景优美的山水间修建园林别墅，优游山水，以清高相尚。文人对山水的感受能力提高，他们从山水自然中获得美感，同时也寄托自己的生命理想。

山水诗可以追溯到东晋晚期的殷仲文（？—407）、谢混（？—412）等，但第一个大力写山水诗的诗人是谢灵运（385—433）。谢灵运开始细腻而精美地刻画山水景物，表达自己闲雅、出俗的审美情趣。虽然谢灵运山水诗中仍然包含有玄理的成分，但他以出色的诗歌成就扭转了玄言诗风。谢诗境界高于玄言诗，而且精于炼字锻句，“体尽排偶，语尽雕琢”（《诗源辨体》卷七），发展了诗歌的艺术，开山水诗派，使得江南士族文学进入到一个更加精美、隽永的阶段。

活跃于刘宋时代的著名文学家还有谢惠连（407—433）、颜延之（384—456）、鲍照（？—466）等。谢惠连也写山水诗，但却以咏物小赋《雪赋》闻名，较好的诗有《秋怀》、《捣衣》等，皆是抒情之作。颜延之在当时与谢灵运齐名，其诗歌的主要特点是雕琢刻镂，好用古事，风格典雅华丽。鲍照诗歌以乐府诗成就最高，内容有现实性，语言自然华美，以七言和杂言诗著名。此外，鲍照的骈文和辞赋也都具有很高的艺术成就。

研究进行时

论玄言诗中的山水描写

葛晓音认为：“（东晋时）多数作品中的玄言就是将山水玄理化和佛理化，这样就必然形成玄言诗赋中夹杂着山水描写的特色……东晋玄言诗中的山水成分，往往是触发玄理的媒介，是自然之道无处不在的证明，而不仅仅是点缀，所以在一定条件下很容易转化为山水诗。”①

三、俪采百字之偶——齐永明体

齐朝（479—502）是永明体兴盛的时代。永明体诗歌标志着江南士族文学达到鼎盛时期。

南朝大部分时间都社会安定。此期最为突出的文化现象就是佛教大为盛行，皇帝和士族皆佞佛成风，世家大族竞相崇奉佛法。佛教经典的翻译启发了声律之学，周颙（生卒年不详）、沈约（441—513）等发现了汉语的四声，并将四声运用于诗歌创作，提出四声八病之说，追求诗歌音韵格律的美感，讲求对偶和押韵，永明体诗由此而兴盛。永明体诗是中国古代诗歌格律化的一个标志，同时对骈文、俳赋、词曲都有很大的影响。

① 葛晓音：《山水方滋 庄老未退——从玄言诗的兴衰看玄风与山水诗的关系》，载《学术月刊》，1985（2）。

谢朓（464—499）、王融（467—493）、沈约等，都是永明体诗的重要作家。谢朓山水诗风格清丽，意境明晰，融情入景，比起谢灵运的景、理两分，有了很大的进步。谢朓自觉运用声律规范，技巧更为纯熟，成为唐近体诗的先声。王融诗风接近谢朓，而成就稍逊，但率先以双声叠韵入诗。永明体诗人虽然在现实生活中士行驳杂，但他们通过诗歌所表现出来的美学趣味以优雅精致为主。而且，他们通过对诗歌音韵格律的精心研究和运用，促成了新体诗的发展，为成熟于唐代的格律诗做好了准备，贡献极大。因此，我们把永明体看作是南方士族文学的顶峰。

☞ 多学一点

后人对谢朓的评价

王世贞（1526—1596）云："玄晖不唯工发端，撰造精丽，风华映人，一时之杰。"（《艺苑卮言》卷三）

沈德潜（1673—1769）云："玄晖灵心秀口。每诵名句，渊然泠然，觉笔墨之中，别有一段深情妙理。"（《古诗源》卷十二）

学术轶事

后人论永明体

刘师培说："自周颙、沈约创四声切韵……由是偶文韵语之中，多用双声叠韵。律诗始于萧齐，故双声之体，亦始于王融，厥后唐人多用之。"（《论文杂记》第二十三）

四、淫艳哀音——梁陈宫体诗

梁陈时期（502—589）是宫体诗流行的时期，也是士族文学的衰落时期。

南朝君臣苟安江左，不思进取，唯以追求感官享受为乐，精神气质日渐萎靡纤弱，南朝后期，不论是高门世族的朝臣，还是出身寒微的帝王，都沉湎于感官享乐之中。在这种风气下，再加上南朝民歌的熏陶，从梁到陈，一种风格绮艳柔靡、以女性描写为主的诗体，开始在宫廷中流行，即宫体诗。

梁武帝萧衍（502—549 在位）在写诗阐扬佛理的同时，也写了不少描写女性的诗，这些诗大多数表现了生命的柔弱情态，表达一种怜惜之情。太子萧纲（550—551 在位）、萧绎（552—554 在位）身边聚集了一批文人，皆以描写艳情相互娱乐，切磋诗艺，形成了宫体诗派。宫体诗派在纵情声色的道路上越走越远，形成了浮靡轻艳的诗歌风格。宫体诗在梁陈一直绵延不绝，萧氏兄弟之后，徐摛（474—551）、徐陵（507—583）父子和庾肩吾（487—551）、庾信（513—581）父子皆以宫体诗知名，号徐庾体诗。及致陈后主（583—589 在位）、江总（519—594）等仍然沉湎宫体诗，以致亡国。

宫体诗在本质上是一种感官的追求，内容以女色为主，而形式上也讲究堆垛辞藻。这些诗作由于道德标准较低而深受后人指责，但在客观上促使诗歌艺术更加精细。宫体诗在体裁和风格上的窘境，实际上预示了南方士族文学的没落和衰亡。

☞ 多学一点

南朝君臣的奢靡之状

颜之推（529—约 591）说："梁世士大夫，皆尚褒衣博带，大冠高履，出则车舆，入则扶持，郊郭之内，无乘马者……及侯景之乱，肤脆骨柔，不堪步行，体羸气弱，不耐寒暑，坐死仓猝者，往往而然。"（《颜氏家训·涉务》）

《梁书》记载梁代羊侃"性豪侈，善音律，自造《采莲》、《棹歌》两曲，甚有新致。姬妾侍列，穷极奢靡"（《梁书·羊侃传》）。

《陈书》记载陈后主"宾礼诸公，唯寄情于文酒；昵狎群小，皆委之以衡轴。谋谟所及，遂无骨鲠之臣；权要所在，莫匪侵渔之吏。政刑日紊，尸素盈朝，耽荒为长夜之饮，嬖宠同艳妻之孽"（《陈书·后主纪》）。

五、词义贞刚，重乎气质——北方文学

在南方文学几经流变的同时，北方文学也有所发展。

东晋孝武帝太元十一年（386），北魏拓跋珪（386—409 在位）重建代国，北朝开始。北魏初期力图保留鲜卑族的游牧文化，对中原文化持敌视态度，但随着鲜卑人军事上的不断胜利，北魏的领地不断扩大，农耕的地位越来越重要，北魏统治者开始逐渐接受汉族文化。太武帝时，重用汉族士人。魏孝文帝（471—499 在位）时开展了大规模的汉化运动，经济繁荣，政治稳定，文化得到迅速的发展。孝文帝与群臣联句为诗，郦道元（466？—527）、温子昇（495—547）是北魏末期的代表作家。东魏和北齐时期，邢邵（496？—？）、魏收（506—572）等人学习南朝沈约、任昉（460—508）等人的诗歌风格，一些南朝诗人为了躲避侯景之乱，也来到北朝，以南朝诗歌的技巧和风格，繁荣了北朝文学的创作。西魏和北周时期，南朝著名文学家庾信、王褒（？—577）等，被胁迫留在北朝。在新的社会条件下，庾信等结合自己的身世和北方的风光环境，在南朝绮靡诗风之外，表现出情深意切、风格遒劲的一面。庾信是魏晋南北朝后期最重要的诗人。北朝文学在内容和外在形式上，都与南朝文学差别很大。北朝文学重实用，语言简洁、风格粗豪，为传统文学增添了新的内容，也显示了南北合流、民

族文化相互借鉴的特点。

第二节 南渡士族的精神风貌

一、感悟生命，情寄山水——东晋士族的精神风貌

东晋偏于江南一隅，门阀势力空前强大，甚至有压倒帝室之势，形成门阀政治的局面。先是“王与马，共天下”（《晋书·王敦传》），此后是庾、桓、谢三族轮流执政。大族不但拥有巨大的财产，而且可以坐至公卿，这一政治形态使得东晋士人满足于当前的处境，社会责任感淡薄，却热衷于清谈，沉湎于酒和药，或者醉心于艺术，在外表上显示出淡泊、从容和宁静，但其内心里仍然感受着生存和生命的悲凉。

江山陆沉，身世荣辱对于东晋士人来说，已经并不是最重要的了。当一切都被黑暗的历史吞噬之后，只有生命本身才值得尊重。东晋士人继承了前代的深情和适意，并将其发扬到一个更高的层次。

☞ 多学一点

东晋士人的深情

王恭（？—398）行散至其弟王睹门前，高声吟诵古诗句“所遇无故物，焉得不速老”（《世说新语·文学》）。桓温（312—373）北伐，见自己亲手所种柳树已数十围，慨然曰：“木犹如此，人何以堪？”然后“攀枝执条，泫然流涕”（《晋书·桓温传》）。

谢安（320—385）归隐东山近三十年，清谈钓猎，“每游赏，必以妓女从”，成了士林争相模仿的领袖人物。淝水之战中，谢安为征讨大都督，在敌强我弱的情况下，居然能在大战前夜与亲朋宴饮，并围棋、游山到夜晚方回。大战进行时，谢安正与客围棋，及战报传来，谢安“默默无言，徐向局”，等客人问起时，才淡淡说道：“小儿辈大破贼。”举止不异平常（见《世说新语·雅量》）。这一故事当然说明了谢安沉稳、镇定的个性，但它更反映了谢安不以物悲、不以物喜的精神境界，即庄子所谓“定乎内外之分”（《庄子·逍遥游》）。再大的事功也不能动摇内心的宁静，只有内心的宁静不受到外界事物的侵害，这才能算得上是适意。

发现了自然，钟情于自然山水，这是东晋士人的一个贡献。《世说新语·言语》记载王子敬（344—386）的话说："从山阴道上行，山川自相映发，使人应接不暇。若秋冬之际，尤难为怀。"及至王羲之和谢安、孙绰等四十一人兰亭集会，在一觞一咏中感悟着自然山水的时候，就意味着士人找到了另一片自由的精神领域。

☞ **多学一点**

东晋名士风度

王羲之当"郗公求婿时，东床坦腹，独若不闻"（《艺概·书概》），王子猷雪夜访戴，"乘兴而来，尽兴而返"（《世说新语·任诞》），等等，都是对个性适意的无条件的追求，让纯粹生命意志超越现实，超越功利，成为一个自由的存在。

二、踟蹰胜境，彷徨无依——南朝士族的精神风貌

自刘裕代晋（420）至隋文帝开皇九年（589），中国历史进入了南北朝时期，南方政权历经宋、齐、梁、陈四朝。四朝皇族皆出于布衣素族，他们一方面依赖高门世族在政治上的拥护，一方面又限制他们的政治权力。所以，高门世族往往就任黄门侍郎、散骑侍郎等"清贵"之官。享有高贵的地位、富庶的生活，却不断在政治上体味着失败和冷落，这就使得这些大族只能"与时推迁，为兴朝佐命，以自保其家世，虽朝市革易，而我之门第如故，以是为世家大族，迥异于庶姓而已"（赵翼《廿二史劄记》卷十二）。

在此心态下，他们将东晋文人对山水的些微感悟，落实到生活中，与山水相亲蔚然成风。如刘凝之"性好山水，一旦携妻子泛江湖，隐居衡山之阳"；宗炳"每游山水，往辄忘归"，曾叹曰："老疾俱至，名山恐难遍睹，唯当澄怀观道，卧以游之。"（《宋书·隐逸传》）世族往往在山水绝美处筑有居室，后来又在庄园中营造山水。山水自然不仅是一种审美情趣，也是士人所寻找到的另一个自我。这一个自我以一种自然而优美的存在方式，超越了现实人生。但比起魏晋士人来说，这其中明显缺少了苦难的体验和深沉和反省，但它也是魏晋风度的逻辑性延续。

至齐梁时期，门阀世族更加成为一种政治装饰，并逐渐趋向于瓦解和衰落。士人变得更加脆弱，对一些迅速崛起的布衣素族出身的新兴贵族有着更多的依赖性。这些贵族同样感受到生命的短暂和人生的无常，他们一方面大力倡导佛教，修建庙宇，礼敬沙门，希图以此赎去罪业，换得来生或彼岸的安宁，如梁武帝曾长斋吃素，三次舍身同泰寺；另一方面，一些人则于现世生活中纵情声色，宫闱之中多有怪诞和荒淫之处。审美由追求优雅和自由，而转向感官刺激，追求一种精神上的放荡和怠惰，士大夫的人格力量在齐梁以后就被消解殆尽了。

第三节
文学理论的发展

西晋时期，人们在玄学的影响下，保持着探讨名理的兴趣，文人开始了对文学理论的细致探讨。此时文学理论更关心一些具体问题，如文体特征、创作方法等，其主要代表人物是挚虞（？—311）和陆机（261—303）。《文心雕龙》和《诗品》是这一时期文学观念发展的重要成果，也是文学自觉的重要标志，它们对后世文学理论的发展有着不可估量的影响。

一、辨体析源——《文章流别集》

挚虞的基本文学观点仍然承自传统儒家，强调教化。他编纂了中国文学史上第一部总集《文章流别集》六十卷，其后附《文章流别论》，可惜现已残缺，从残存的片段中可以知道他所论及的文体包括诗、赋、颂、箴、铭、诔、哀辞、哀策、碑、图谶、七、对问等。他的贡献在于对每一种文体都作了历史的考释。

二、作文利害之所由——《文赋》

陆机在其《文赋》中曾对各文体风格特征作过这样的描述："诗缘情而绮靡，赋体物而浏亮，碑披文以相质，诔缠绵而悽怆，铭博约以温润，箴顿挫而清壮，颂优游以彬蔚，论精微而朗畅，奏平彻以闲雅，说炜晔而谲狂。"所论的文体在数量上比曹丕（187—226）要多。

陆机的《文赋》是中国文学史上一篇重要的理论文章，主要探讨的是文学构思、遣词造句的问题。其谈论构思尤重灵感："若夫应感之会，通塞之纪，来不可遏，去不可止。"灵感不可捉摸，但在灵感的驱使下，想象则极为绚丽："其始也，皆收视反听，耽思旁讯，精骛八极，心游万仞；其致也，情曈胧而弥鲜，物昭晰而互进，倾群言之沥液，六艺之芳润，浮天渊以安流，濯下泉而潜浸。于是沈辞怫悦，若游鱼衔钩而出重渊之深；浮藻联翩，若翰鸟缨缴而坠层云之峻。收百世之阙文，采千载之遗韵，谢朝华于已披，启夕秀于未振，观古今于须臾，抚四海于一瞬。"

在语言上，他认为一篇之中要有警句，"立片言以居要，乃一篇之警策"。至若语言的华美、修辞的富赡等，更是陆机重点论述的对象。陆机对文学创作技巧的重视，是文学在理论上进一步发展的必然结果。

三、滋味流于下句，风力穷于和韵——永明体理论

永明体理论在一定程度上与佛教传入有关。东汉时期佛教已经有规模地传入中国，到了魏晋南北朝时期，许多印度和西域僧人来华，佛教的社会影响迅速扩大，全国庙宇和僧众达到空前的规模，文人和僧人的交往成为一种时尚，他们之间就玄学、佛理等相互辩难，也翻译了大量的佛经。在佛经的翻译和唱诵过程中，人们开始关注并认识到汉语的四声特点。

《南齐书·萧子良传》载其“招致名僧，讲语佛法，造经呗新声”。自觉将四声理论运用到诗歌创作中的则是沈约等永明体诗人。沈约自云：“欲使宫羽相变，低昂互节，若前有浮声，则后须切响。一简之内，音韵尽殊，两句之中，轻重悉异。妙达此旨，始可言文……自骚人以来，多历年代，虽文体稍精，而此秘未睹。至于高言妙句，音韵天成，皆闇与理合，匪由思至。”（《宋书·谢灵运传论》）

由四声的组合来论诗歌的音韵效果，永明诗人提出了“八病”说。所谓八病，指的是诗歌写作中应当避讳的八种四声搭配方式。这八病包括：平头、上尾、蜂腰、鹤膝、大韵、小韵、旁纽、正纽（见王应麟《困学纪闻》卷十）。“八病”的基本思想即前所说“一简之内，音韵尽殊，两句之中，轻重悉异”，讲究声调的错杂之美，使得诗歌形式更为精致，更具有感官效果。永明诗人的四声八病理论是中国古代格律诗发展的前提，因此在中国诗歌史上具有重要的意义。

四、体大虑周，笼罩群言——《文心雕龙》

当然，文学理论的全面成熟和高度发展，还得推刘勰的《文心雕龙》。《文心雕龙》是我国第一部体制完整、体系严密的文学理论著作，共十卷，五十篇，论及文学的功用、文体、流派、创作方法、文学史和文学批评诸方面的问题。

全书从儒家思想出发，认为文学的根本目的在于阐发圣人之道，但在具体论述时又往往能突破儒家思想，回归文学本身。刘勰认为自然可以感发人的精神、情感，“人禀七情，应物斯感，感物吟志，莫非自然”（《明诗》），而精神、情感是文学创作的动力和目的。他说：“是以诗人感物，联类不穷。流连万象之际，沉吟视听之区。写气图貌，既随物以宛转；属采附声，亦与心而徘徊。”（《物色》）强调情感和外物的交融汇合。

同样，刘勰认为作家的性情影响了文学风格：“才有庸俊，气有刚柔，学有浅深，习有雅郑，并性情所铄，陶染所凝，是以笔区云谲，文苑波诡者矣。”（《体性》）就文学作品本身而言，刘勰强调情以内容为主，内容和形式应该并重：“故情者文之经，辞者理之纬。经正而后纬成，理定而后辞畅，此立文之本源也。”（《情采》）

此外，《文心雕龙》还具体探讨了文学发展规律，探讨了结体、声律、对偶、用事等创作方法问题，并论及数百作家，可谓体大虑周，是中国文学理论史上的宏伟巨著。

五、思深意远，溯流六艺——《诗品》

刘勰之后，钟嵘撰成《诗品》一书，专门品评五言诗，分为上、中、下三品，涉及一百二十二位诗人。钟嵘在《诗品序》中讨论了当时流行的文学倾向，如关于声病格律和隶事用典，钟嵘基本持反对意见。他认为“气之动物，物之感人，故摇荡性情，形诸舞咏”，诗歌应该反映真情实感。他推崇“风力”和“骨气”，并以以曹植为代表的建安诗歌为准的。

但在具体品评时，钟嵘似乎对于以辞藻取胜的诗人又有所偏爱，如他说曹植“辞采华茂”，赞同谢混所说的“潘诗烂若舒锦，无处不佳；陆文如披沙简金，往往见宝”等。钟嵘对所论及的诗人的风格特点经常有精辟的见解，至今还为人所引用。

第四节
文学创作和文学传播

文学发展到东晋、南朝时期，已是彬彬大盛，数量远胜汉以前。在清人严可均（1762—1843）所编《全上古三代秦汉三国六朝文》中，魏晋南北朝文约占总数的四分之三，在今人逯钦立（1910—1973）编定的《先秦汉魏南北朝诗》中，魏晋南北朝所创作的部分也约占全部的四分之三。从作家的身份来说，从帝王到平民，遍及社会各阶层，所囊括的范围之广，也是前所未有的。大量优秀文学作品的产生，又促进了文学作品的流传，培养了社会的文学风气。

一、诗可以群——文人集会

魏晋南北朝时期，文人常以集体的形式出现，如建安七子、竹林七贤等，不少文学作品是在集体活动中产生的，文人相互酬答、竞赛，在很大程度上促进了文学作品的传播，扩大了读者的范围。在所有的文学活动中，出于保留和传播的目的而将作品编定成集，最能显示文学的自觉意识。南北朝时期文人团体性的创作也有不少，但大多为宫廷命题或酬唱之作。这种交互性的创作活动，对社会文学风尚的形成和文学传播的促进有着重要的作用。

西晋文人“凡三十人”聚集石崇（249—300）金谷园，编有《金谷诗》。

王羲之等东晋名士曾雅集山阴兰亭，曲水流觞，畅序幽情。王羲之作《兰亭集序》，在感慨“死生亦大矣，岂不痛哉”之时，特别注意到文学作品的作用。他说：“每览昔人兴感之由，若合一契，未尝不临文嗟悼，不能不喻之于怀。”通过上代留下的作品，让自己和古人通融为一；同时，他们也将自己的作品编次成集：“故列叙时人，录其所述，虽世殊事异，所以兴怀，其致一也。后之览者，亦将有感于斯文。”认为文学作品的流传，也就是在某种意义上延续了自己的短暂的生命。所以，文学作品的创作和编定成集，以及它的流传，对于王羲之等人来说，是现时生命的一次超越，它体现了文学自觉的真正内涵。当时参加兰亭雅集的士人共四十一人，其中二十六人共赋诗四十一首，包括四言诗和五言诗，有《兰亭诗集》传世。

二、采英撷华——《文选》

《文选》是流传至今的最早的文学总集，它的编定者是梁武帝长子、昭明太子萧统（501—531），后人也称为《昭明文选》，同时参加或协助萧统编定《文选》的还有刘勰和刘孝绰（481—539）等人。《文选》共三十卷，收录先秦至梁代作家一百三十人的作品。萧统在《文选序》中明言选择的标准是“事出于沉思，义归乎翰藻”，而将儒家经典、诸子之言、臣子的辞令、编年史书排斥在外。也就是说，《文选》的选录标准是文辞的美感，而不在于是否实用，因此，其中绝大部分都是文学作品。

《文选》分文体为三十七类，包括：赋、诗、骚、七、诏、册、令、教、策文、表、上书、启、弹事、笺、奏记、书、檄、对问、设论、辞、序、颂、赞、符命、史论、史述赞、论、连珠、箴、铭、诔、哀、碑文、墓志、行状、吊文、祭文等。其中赋和诗的分量最重。这些文体分类的依据和角度不尽相同，有的是从功用出发，有的是从形式上进行区分，分类方法并不能算十分完善。但这些分类在当时应该能帮助人们有效地把握前代纷纭复杂的作品，有利于作品的传播，更有利于人们分门别类地加以学习，如学者所说：“（《文选》）为人们提供一部可供诵读和习作的范本，使‘览者’免于劳倦，‘属辞之士’有所取则。”①

《文选》的出现，反映了当时社会对文学作品的广泛需求，反映了文学接受的活跃。《文选》对保留和传承我国古代文学作品，有着十分重要的贡献。不仅如此，《文选》由于其编选的精到和系统性，为后世的文学学习提供了巨大的方便，所以在唐宋时期，它成了应举士子所必备的“敲门砖”。

☞ **多学一点**

总集的编定

所谓总集，指的是对某个时代、某类文体、某类主题的文学作品的汇总。一般认为中国古代最早的文学总集是《诗经》和《楚辞》，但这两部作品的编定，是出于特定的环境和目的，尚未完全着眼于文学本身。

从文学自觉的角度来看，《隋书》认为西晋挚虞所编定的《文章流别集》是我国文学

① 曹道衡、沈玉成编著：《南北朝文学史》，230页，北京，人民文学出版社，1991。

史上总集编定的真正开始。挚虞前后，还有其他小规模的总集编定，如傅玄（217—278）曾编有《七林》，杜预（222—284）编有《善文》，前者专搜集“七体”，后者收录散文。挚虞之后，总集的编定就更加发达了。如李充（生卒年不详）编《翰林论》，刘义庆（403—444）编《集林》，谢混编《文章流别本》，谢灵运编《诗集》、《赋集》，萧统编《诗苑英华》、《文选》，徐陵编《玉台新咏》等。

研究进行时

挚虞的《文章流别集》与《文章流别论》

挚虞所编定的《文章流别集》已佚，原有三十卷，以文体分类，每类或每卷皆有论，从现在残留的《文章流别论》来看，挚虞对每类作品不但论其特征风格，还讨论了它的发展历史，在理论上颇有建树。《流别集》所选文章以诗赋为主，可以看作是文学总集。

三、艳歌谣曲——《玉台新咏》

《玉台新咏》十卷是徐陵奉萧纲之命所编。与《文选》不同的是，《玉台新咏》只收各体诗歌，它选录自汉迄梁的诗歌六百六十多首。徐陵在《玉台新咏序》中自述编定此书的目的云：“往事名篇，当今巧制，分诸麟阁，散在鸿都，不藉篇章，无由披览。”显然，他是为了诗歌传播的方便才编定这部诗歌总集的。

此书所选诗歌大都描写男女感情，或者是对女性的描摹，风格则倾向于绮丽柔靡，这与当时宫体诗风有关，符合当时社会的审美观念。《玉台新咏》中保留了不少《文选》没有收录的作品，同时也具备鲜明的时代特点，对当时的文学创作和传播有较大的影响。

多学一点

总集的发展历史

总集者，以建安之后，辞赋转繁，众家之集，日以滋广，晋代挚虞，苦览者之劳倦，于是采摘孔翠，芟剪繁芜；自诗赋下，各为条贯，合而编之，谓为《流别》。是后文集总钞，作者继轨，属辞之士，以为覃奥，而取则焉。（《隋书·经籍志》）

四、风流犹存——编次别集

别集的出现，也是当时一个突出的文学现象。至刘宋时期，前代有名的诗人孔融

(153—208)、嵇康、潘岳（247—300）等别集都已编定。齐梁时，文人自编文集的风气已经形成，如王筠《与诸儿书论家世集》自诩“七叶之中，名德重光，爵位相继，人人有集”（《汉魏六朝百三家集》卷九十五）。“人人有集”也可形容齐梁时的别集编纂状况，其时别集数量之多，极为可观。

编纂自己的别集，首先是基于对生命不朽的自觉追求，希望能将有时而尽的生命寄于翰墨，得以永久保留。所以，文人细心地保留、编次自己的作品，目的是为了能使其永久地流传下去。其次，别集的编定，尤其是由后人编定的别集，也像总集一样，是出于保留和学习的需要。从学习、鉴赏的角度来说，别集能够满足他人在审美趣味方面的需要，有利于促进文学的个性化发展。

别集的流传使得作家的声誉得到迅速的提高，同时也促进了文学的交流，在客观上繁荣了文学创作。如南朝文集流传至北朝后，就受到广泛的欢迎。《北齐书·魏收传》记载邢邵曰：“江南任昉，文体本疏，魏收非直模拟，亦大盗窃。”魏收反唇相讥曰：“伊常于《沈约集》中作贼，何意道我偷任昉。”魏收和邢邵是北朝的重要作家，南朝作家的别集对他们的影响是巨大的，从这里我们也可以看到别集流传的意义。

此外，别集的编定和流传还可以改变人们的文学观念和文学风尚。如陶渊明的作品在南朝影响很小，仅被《诗品》列为中品，但经萧统重新编定《陶渊明集》后，陶渊明就逐渐为社会所接受了；而人们也在华丽词藻之外，得以领略一种朴实醇厚的韵味。

☞ 多学一点

文集的编辑

章学诚（1738—1801）《文史通义·文集》云：“自挚虞创为《文章流别》，学者便之，于是别聚古人之作，标为别集，则文集之名，实仿于晋代。”此前文人也有总括自己著作的，或后人综括前人著作的，如《三国志·吴书·薛综传》载，薛综就曾经将自己所著诗、赋、难、论等，都为一编，名曰《私载》。魏明帝（227—239 在位）景初中诏搜集曹植（192—232）作品，“凡百余篇，副藏内外”（《三国志·魏书·陈思王植传》）。这些都是个人别集编辑的先声。

东晋时期别集的编辑成为风气，在形式上也更近于后世的别集。《晋书·蔡漠传》说蔡漠“有集行于世”，《曹毗传》说“（毗）凡所著文笔十五卷，传于世”。

【温故知新】

门阀士族　感性文化　文学的阶段性特征　形式和技巧的发展　南北方文学的不同特征　《文心雕龙》和《诗品》的理论贡献　总集和别集的编订

【请你思考】

1. 钟嵘在《诗品序》中以“理过其辞，淡乎寡味”评价玄言诗，后人在论及玄言诗时也往往引用钟氏的观点，请结合具体的玄言诗作品谈谈你为玄言诗的看法，并阐述玄言诗为中国诗歌提供的正反两面的借鉴。

2. 阐述南渡士族的精神风貌，并分析造成这种现象的心理、社会、经济等方面的原因。

3. 刘勰的《文心雕龙》是我国第一部体制完整、体系严密的文学理论著作，回顾《文心雕龙》中关于文学的功用、文体、流派、创作方法、文学史及文学批评的观点。

【推荐阅读】

（南朝宋）刘义庆．张㧑之译注．世说新语译注．上海：上海古籍出版社，2007

（南朝梁）萧统编．（唐）李善注．文选．上海：上海古籍出版社，1986

（南朝梁）沈约．宋书．北京：中华书局，2000

（南朝梁）刘勰．范文澜注．文心雕龙．北京：人民文学出版社，1975

（南朝梁）钟嵘．曹旭笺注．诗品笺注．北京：人民文学出版社，2009

（南朝陈）徐陵编．（清）吴兆宜注．（清）程琰删补．穆克宏点校．玉台新咏笺注．北京：中华书局，1985

（北齐）颜之推．王利器集解．颜氏家训集解．北京：中华书局，1993

（唐）姚思廉．陈书．北京：中华书局，1972

（唐）姚思廉．梁书．北京：中华书局，1973

（明）王世贞．陆洁栋，周明初批注．艺苑卮言．南京：凤凰出版社，2009

（清）沈德潜选．古诗源．北京：中华书局，2006

（清）赵翼．王树民校证．廿二史劄记校证．北京：中华书局，1984

（清）刘熙载．袁津琥校注．艺概注稿．北京：中华书局，2009

逯钦立辑校．先秦汉魏晋南北朝诗．北京：中华书局，1983

曹道衡，沈玉成编著．南北朝文学史．北京：人民文学出版社，1991

郭绍虞编．中国古代文论选．上海：上海古籍出版社，1989

第二章 五言诗的发展

【导入】

在将近300年的偏安岁月里，诗歌成了士族文人寄托精神、展示才艺的利器，士人们在玄言和山水中显示自己的性情。而南朝士族的性情已经不能和建安、正始文人相比，他们显得孱弱而苍白。所以当这些性情不能再支持自己时，他们就会堕落到声色感官享受之中而不能自拔。这一阶段诗歌正显示了门阀士族在精神上走向衰微的历程。

江南士族诗歌有其鲜明的特征，追求雅致的审美趣味，强调感官享受，在精神内涵方面“气格卑弱”，而在文学形式上却有意识地追求辞藻和句式的工整华丽，追求声韵格律的和谐精美，并且创造出很多足以流传后世的精美的作品，在艺术技法上为中国诗歌进入鼎盛期做好了准备。

第一节
理玄旨邈

永嘉南渡时，士人面对着半壁江山，也曾有过短暂的慷慨激昂，或者中流击水，或者闻鸡起舞。刘琨（271—318）作有《答卢谌》等诗，抒发了兵败国破的惨痛。但在经过那么多的风风雨雨后，南渡士族对政治已经不那么敏感了。《世说新语·言语》记卫玠（286—312）渡江时云：“卫洗马初欲渡江，形神惨悴，语左右云：‘见此茫茫，不觉百端交集。苟未免有情，亦复谁能遣此。’”他们已经习惯于将所有的现实变故，都转变为一种人生的伤感，所以偏安江左并不能激起他们的政治热情，他们顺着西晋士人的风尚，继续谈玄和追求风度，在“斐斐亹亹，若有若无，理玄旨邈，辞简心虚”的境界中，使自己的精神进一步远离现实，更加精致。正是对宁静、闲逸的精神旨趣的追求，使得玄言诗大为盛行。

一、词多慷慨，乖远玄宗——郭璞的游仙诗

楚辞《远游》和曹植的《五游吟》、《远游篇》、《游仙诗》等都是游仙诗的先声，如考虑未以“远游”或“游仙”为题的诗，则写作此类诗的诗人会更多，如曹操（155—220）、嵇康、张协（生卒年不详）等都有游仙诗传世。游仙诗的产生与道教的养生、长生的憧憬和传说有关，也与道家避世思想有关，它从侧面反映了动乱时代人们对生命的担忧。

郭璞有诗二十余首传世，其中以《游仙诗》为题的共十首，是其代表作。

郭璞对道教经籍方术极为爱好，也以道士自居，他的《游仙诗》描写了想象中的仙界生活：“神仙排云出，但见金银台。陵阳挹丹溜，容成挥玉杯。姮娥扬妙音，洪崖颔其颐。升降随长烟，飘飖戏九垓。”（其六）也有的诗想象了游仙得道的过程：“采药游名山，将以救年颓。呼吸玉滋液，妙气盈胸怀。登仙抚龙驷，迅驾乘奔雷。鳞裳逐电曜，云盖随风回。”（其九）这些诗都写得华美而流利，充满了自由和喜悦的感觉。

但郭璞并不是一个纯粹的道教徒，他的《游仙诗》也不仅仅是为了成仙得道而作，而往往包含着深切的现实感受。如下面两首：

> 京华游侠窟，山林隐遁栖。朱门何足荣，未若托蓬莱。临渊挹清波，陵冈掇丹荑。灵溪可潜盘，安事登云梯？漆园有傲吏，莱氏有逸妻。进则保龙见，退为触藩羝。高蹈风尘外，长揖谢夷齐。（其一）
>
> 逸翮思拂霄，迅足羡远游。清源无增澜，安得运吞舟？圭璋虽特达，明月难暗投。潜颖怨清阳，陵苕哀素秋。悲来恻丹心，零泪缘缨流。（其五）

前一首游仙诗表达了归隐的愿望，但诗歌以山林和朱门对比，其目的在于说明社会的不公正，因此，游仙不过是一种社会进退的选择，诗人希望通过游仙来表明自己人格的高洁。后一首诗以一种悲哀的感情，写自己才华在现实世界中无由伸展，而又不甘心“明月暗投”，在这种情况下才逸翮远游，诗歌所发泄的是对现实的不满和厌弃。所以，后人常以其和阮籍《咏怀诗》相比。钟嵘说郭璞“辞多慷慨，乖远玄宗。其云‘奈何虎豹姿’，又云‘戢翼栖榛梗’，乃是坎壈咏怀，非列仙之趣也”（《诗品》卷中）。这一评价基本是正确的。

郭璞诗歌意象壮观、峻拔，语言清丽，在艺术上具有相当的成就，在相对萧条的东晋诗坛有着较大的影响，《文心雕龙·才略》称“景纯艳逸，足冠中兴”，说明了郭璞在诗歌史上的地位。

二、庄老方盛，山水始滋——东晋玄言诗

与游仙诗旨趣相近、表达道家虚静出尘之境、更偏向于析理辩难的是玄言诗。东晋玄风更甚于西晋，王导（276—339）和谢安身为宰辅，而皆简事务善谈玄。王导常与众人陶醉于“共谈析理”之中，“既共清言，遂达三更”（《世说新语·文学》）。早在阮籍、嵇康时，就有以玄言入诗的倾向，张协、张载（生卒年不详）也曾用诗敷衍玄言。东晋之时，玄言诗始大兴。《世说新语·文学》记载当时著名玄学家支遁、许询、谢安、王濛（309？—347？）集会时，谢安提议说：“今日可谓彦会。时既不可留，此集固亦难常。当共言咏，以写其怀。”所谓“言咏”指的是谈玄和咏诗，可见谈玄集会也是玄言诗创作的重要场所，因此，现存的玄言诗多为酬答之作。刘勰说：“自中朝贵玄，江左称盛，因谈余气，流成文体，是以世极迍邅，而辞意夷泰，诗必柱下之旨归，赋乃漆园之义疏。”（《文心雕龙·时序》）东晋较重要的玄言诗人有孙绰、许询等。

玄言诗大体是谈玄的继续，主要以说理为主，如孙绰《答许询诗》其一云：

> 仰观大造，俯览时物。机过患生，吉凶相拂。智以利昏，识由情屈。野有寒枯，朝有炎郁。失则震惊，得必充诎。

这首诗应该基本算是典型的玄言诗，除了押韵外，毫无诗味，基本没有什么文学价值。不过，孙绰的玄言诗中有时也有一些现实内容和世俗情理，如其为悼念母亲而写的《表哀诗》，虽然不脱玄言腔调，但也表达了真挚的情感。孙绰有些玄言诗中描写了深邃悠远的自然风光，以及哀怨悲凉的人生感受，具有较为深厚的意蕴，颇能显示他的文学才华，如《秋日诗》：

> 萧瑟仲秋月，飙戾风云高。山居感时变，远客兴长谣。疏林积凉风，虚岫结凝霄。湛露洒庭林，密叶辞荣条。抚菌悲先落，攀松羡后凋。垂纶在林野，交情远市朝。澹然古怀心，濠上岂伊遥。

诗中感慨自然的美妙和永恒，并由此兴发出人生短暂的感慨，表达了自己超然世外的人生态度。

许询与孙绰齐名，时人称其“非徒有胜情，实有济胜之具”（《世说新语·栖逸》），说他能为山水添光。其诗歌仅存《竹扇诗》及《农里》等残句。其《竹扇诗》残篇曰：“良工眇芳林，妙思触物骋。篾疑秋蝉翼，团取望舒景。”语言流利，也很精致。

东晋诗人中，受玄风熏陶，醉心山水，并有诗传世的还有王羲之。王羲之是玄言诗和山水诗的过渡人物，他虽然颇受老庄影响，但并不热心谈玄，而更喜优游山水的闲适生活。其诗完整者仅存四言和五言的《兰亭诗》。《兰亭诗》写于一次修禊聚会上，王羲之作有《兰亭集序》介绍这次聚会是“群贤毕至，少长咸集”，大家于会稽山阴之兰亭流觞曲水，并各有吟咏，编为《兰亭集》。王羲之两首诗云：

> 代谢鳞次，忽焉以周。欣此暮春，和气载柔。咏彼舞雩，异世同流。乃携齐契，散怀一丘。
>
> 三春启群品，寄畅在所因。仰望碧天际，俯磐绿水滨。寥朗无厓观，寓目理自陈。大矣造化功，万殊莫不均。群籁虽参差，适我无非新。

这两首诗明显具有玄言诗的痕迹，诗中虽然也有生命短暂的含义，但更强调顺应自然，从自然山水中寻找、体悟美感，以各种新的境界来体会大自然的造化神功，来领略人生的趣味。这一观点，应该与王羲之超出他人的审美悟性有关。

王羲之诗歌中的玄言部分已经较为淡薄了，而山水美感明显增强，这是文人在逐渐厌弃了挥麈谈玄之后，所能寻找到的另一片精神天地。因此，王羲之的诗歌，实际已经预示了后世的山水诗和田园诗必将取玄言诗而代之，开创中国诗歌史新的局面。

第二节 田园情怀（上）

晋安帝义熙元年（405），陶渊明（365？—427）从彭泽令上辞职归居，揭开了田园诗的华章。田园诗是出于士族文学之外的美学创造。陶渊明以自己对老庄美学的精确把握和对田园生活的亲切体验，创造出一种自然淳朴的生命机趣，并在自然生活和世俗景物之中，发现一种饱满的至美之境。陶渊明的田园诗虽然在魏晋南北朝时影响不著，但他的诗歌是魏晋南北朝诗歌的一个顶峰，对后世文学有着巨大的影响。

一、开荒南野际，守拙归园田——归隐原因

四十一岁的陶渊明任彭泽令八十余日后，决定辞官归隐。在一个山水方兴、纵游成

风的年代，陶渊明居然醉心田园，这是一个很有意思的文化现象。

陶渊明的思想深受两晋风尚的影响。在他自己的家世叙述中，他非常突出任性自然的精神。在《命子》诗中他提到自己的父亲："于皇仁考，淡焉虚止，寄迹风云，冥兹愠喜。"推崇他的淡然出俗的态度。陶渊明的外祖父孟嘉是东晋的大名士。《世说新语·识鉴》记褚太傅久慕孟嘉之名，并能在人群中一眼将其指出，可见其风度绝佳。陶渊明自撰《晋故征西大将军长史孟府君传》称其"好酣饮，逾多不乱，至于任怀得意，融然远寄，傍若无人"。当桓温以"听妓丝不如竹，竹不如肉"来相问时，孟嘉答曰"渐近自然"。外祖父的风度对陶渊明不可能不产生影响，也就是说，魏晋风度及其背后的生命意识也为陶渊明所接受，所以，陶渊明自觉地追求生命的自然情态，追求老庄的小国寡民、鼓腹而游的生存方式。

但陶渊明为何没能像王羲之等人那样，沉浸于山水之乐中呢？主要原因应该是家境的窘迫。王瑶（1914—1989）先生以山水诗人谢灵运为例，说明社会地位的差别是陶渊明选择田园而非艳丽山水的原因之一。[①] 陶渊明在《与子俨等疏》中也说到了自己的生活景况："吾年过五十，少而穷苦。每以家弊，东西游走。"又其《自祭文》云："自余为人，逢运之贫。箪瓢屡罄，絺绤冬陈。"窘迫的生活，以及低下的地位，使得陶渊明远离了大家世族的生活方式，而以更加逼真的生存方式亲近自然，以更本真的存在超越苦难的现实。

二、暧暧远人村，依依墟里烟——田园诗与山水诗的区别

陶渊明的田园诗虽然也描写自然风光，但更主要的是描写自己在田园中的生活情态，包括闲居交游、劳动生产、饮酒读书等，和山水诗人的山水景物一样，陶渊明的田园风光也是一种远离世俗的理想境界。不同的是，在陶渊明的田园诗中，自然和人是浑然一体的，它不是作为人的性情象征而出现，而是作为人的生命形态而存在。所以陶渊明的田园景物，远没有山水诗那样艳丽、奇峭。

如其《归园田居》其一：

> 少无适俗韵，性本爱丘山。误落尘网中，一去三十年。羁鸟恋旧林，池鱼思故渊。开荒南野际，守拙归园田。方宅十余亩，草屋八九间。榆柳荫后檐，桃李罗堂前。暧暧远人村，依依墟里烟。狗吠深巷中，鸡鸣桑树巅。户庭无尘杂，虚室有余闲。久在樊笼里，复得返自然。

通过这首诗，我们可以看出，田园首先是作为世俗，也就是官场对立面而出现的，是将自己的本性从仕途解脱出来的一个归宿。诗中使用了"尘网"、"樊笼"、"羁鸟"、"池鱼"等比喻，强调了自己的自然性情和仕途的激烈冲突，从而将田园作为人的自然生存情态而呈现出来。诗的后半部是对田园生活的描写：宽敞、洁净的住宅，悠闲、安详的村落。和那些壁立万仞的高山、特异峻拔的林石不同，田园景象不具有任何人格象征意义，而只是一种恬静、悠然的生活环境。

---

① 参见王瑶：《中古文学史论》，278、279页，北京，北京大学出版社，1998。

那些密布于堂前屋后的树、深巷中的狗吠声、树梢上扑腾的鸡的身影，无不显示了日常生活的安宁，也显示了一种自然茂盛的勃勃生机。这些淳朴的自然生活场景，使陶渊明感到了亲切和欢欣，也使那颗在尘世中焦虑不安的心灵得到了安顿。这首诗前半部描写节奏紧张，后半部描写抑扬舒缓，场景转换自然，具有浓郁的生活韵味，很好地体现了诗人悠然自得的心态。

三、户庭无尘杂，虚室有余闲——家居生活

田园生活在某种程度上就是家居生活，就是自在地享受着悠然和亲情。其《和郭主簿》其一描述了这种家居生活情景：

霭霭堂前林，中夏贮清阴。凯风因时来，回飙开我襟。息交游闲业，卧起弄书琴。园蔬有余滋，旧谷犹储今；营己良有极，过足非所钦。舂秫作美酒，酒熟吾自斟。弱子戏我侧，学语未成音。此事真复乐，聊用忘华簪。遥遥望白云，怀古一何深。

在这样的环境中，个人的性情不会受到任何拘束，一切都是如此的美好。菜粮自足，有酒自斟，这种简单的要求不难满足，但它足以使人逍遥自存，而牙牙学语的幼子又平添了生活的乐趣和温馨。生活本身就充满了感动，不必用自己的情性和自由向世俗交换。这是多么美好的生活，它使陶渊明感受到了古朴的意味。同样，陶渊明的读书生活也是这种自然情趣的表现。其《读山海经》其一云：

孟夏草木长，绕屋树扶疏。众鸟欣有托，吾亦爱吾庐。既耕亦已种，时还读我书。穷巷隔深辙，颇回故人车。欢言酌春酒，摘我园中蔬。微雨从东来，好风与之俱。泛览《周王传》，流观《山海图》。俯仰终宇宙，不乐复何如。

陶渊明自称“好读书，不求甚解，每有会意，便欣然忘食”（《五柳先生传》），可见，对于他来说，读书的作用不在于使其成为求取功名或有为于世的利器，读书本身就是一种寻求契合和会心的生活方式，目的既在于自娱，也在于为自己的生活方式寻求来自古人的明证。当一切都怡然自得、各得其所之时，读书使陶渊明穿透时空的屏障，和古人契合如一，于是他不再孤独。而且，他也在俯仰之间领略到了悠久甚至是永恒的意味。

作为家居的田园生活，对陶渊明来说，是自在而闲逸的生活，是充满了情趣和安详的生活，它体现了自然性情的自由发展，体现了存在方式的自然状态。因此，家居生活是一种本真的生活。

四、晨兴理荒秽，带月荷锄归——农耕活动

除了家居生活外，陶渊明还有不少描写农耕场景的诗，如《归园田居》其三：

种豆南山下，草盛豆苗稀。晨兴理荒秽，带月荷锄归。道狭草木长，夕露沾我衣；衣沾不足惜，但使愿无违。

耕种庄稼是田园生活中最重要的一部分，它直接体现了生存和自然的关系，这是一种最为简洁、朴素的关系：在耕耘和收获之间，体现了劳作和生存的自然过程。当陶渊明亲切而简明地描写了荷锄而归的场景时，我们能看出他从劳作之中体验到了人与自然的亲切和谐，体会到了简单明了的生存过程。相比起扑朔迷离、矫情伪性的官场来说，田园中的劳作生活要更为本真。“衣沾不足惜，但使愿无违”，既是指收获的希望，也是指自己寄身田园的理想，它是深藏在陶渊明内心深处的牵挂。

五、相见无杂言，但道桑麻长——人际交往

田园生活的简单淳朴还体现在和农民的交往中。陶渊明《归园田居》其二云：

> 野外罕人事，穷巷寡轮鞅；白日掩荆扉，虚室绝尘想。时复墟曲中，披草共来往。相见无杂言，但道桑麻长。桑麻日已长，我土日已广。常恐霜霰至，零落同草莽。

和“人事”相对照，田园中的人们也是单纯的。“披草来往”，绝无虚情假意，也不用分别贵贱揖让周旋，而“但道桑麻长”又显出了大家对生存本能的关怀，其中毫无机心。在这样的交往中，陶渊明感到轻松愉快。再如《移居》写道：“农务各自归，闲暇辄相思。相思则披衣，言笑无厌时。”不拘形式、礼节，没有任何功利目的的自由交往，不但是田园情感生活的一部分，也是人性本真的真诚显露。

六、采菊东篱下，悠然见南山——感悟自然

在陶渊明的田园诗中，更为人们所欣赏的是他关于自然的描写和领悟。《时运》其一云：

> 迈迈时运，穆穆良朝。袭我春服，薄言东郊。山涤余霭，宇暧微霄。有风自南，翼彼新苗。

这首诗首先表现了诗人远离尘俗、融情自然的心志。而“有风自南，翼彼新苗”八个字不仅写出了自然化育生命、滋润万物的至大境界，而且写出了诗人因对自然的领悟而产生的欣喜之情。这首诗简朴短小，却包含着如此深厚的生命内涵。

再如其一再被人传诵的《饮酒》其五：

> 结庐在人境，而无车马喧。问君何能尔，心远地自偏。采菊东篱下，悠然见南山。山气日夕佳，飞鸟相与还。此中有真意，欲辨已忘言。

这首诗描述了诗人悠然、宁静的田园感受，创造出了一个超然高远的田园意境，充分展示了陶渊明物我两忘的人生境界。其中“采菊东篱下，悠然见南山”通常被看作是陶渊明最为贴切的自画像，它细致地写出了诗人主体是如何融入自然的。

这两句中的“见”，有的版本又作“望”，但宋代文豪苏轼（1037—1101）说“见”字好。“望”，显示了一种主观追寻的姿态，而“见”只是无意中的偶然相遇，是诗人在心神超远的精神状态下，在不经意间和南山的自然遇合。没有了主观意志的诗人是悠然的，凭着这份悠然，诗人才能和随物赋形、安详自在的南山妙合无间，才能体会到天人合一的至高境界。南山和陶渊明，是一个主客不分的自然存在，在这浑然一体中，自然宇宙的造化之功豁然展现出来。这就是庄子所谓“吾丧我”（《庄子·齐物论》）的精神状态。“山气日夕佳，飞鸟相与还”，描述了一个温馨充实的景象：黄昏中，山峦上浮动着薄薄的气体，是如此的清新优美，欣欣然结伴归林的鸟儿，透露出无限的自由、和谐和圆满。“还”字有归宿的含义，它对于“一去三十年”失落在世俗官场上的陶渊明有着真切的启示和安慰。这自然存在的一切，都让诗人领略到生存的真谛，也让诗人感受到莫大的欣喜。在这首诗中，我们分不清物与心的界限，人与菊、山、鸟和谐地相处，揭示了自在而无外求的自然本质，这就是一个绝美的境界。

由此，我们可以看出，田园对陶渊明来说，不仅意味着自由自在的生活方式，同时也帮助诗人从自然无为的角度领悟了生命的本真状态，领会了生命的乐趣和情志，并获得了极大的审美感受。

第三节 田园情怀（下）

陶渊明诗歌的艺术风格在整体上显示出平淡自然的特征。这一特征主要与他诗歌淳朴恬淡的艺术境界有关，也与他只求自娱、不事炫耀的创作态度有关。但在艺术形式特征上，其平淡风格主要表现在三个方面：情感的真实化、意象的自然化、语言的生活化。

一、岂无他好？乐是幽居——情感的真实化

由于志在自然自在的生活，陶渊明的田园诗多抒写自己的性情感悟，抒写在自然中本能直现的心绪，抒写日常生活中最本真的欣喜和悲哀，而很少直接抒发自己的社会情感。因此，其他诗人常有的关于世道、身世，关于人生短暂无常的哀怨、激动等，都很少出现在陶渊明诗中。如苏轼所说：“陶渊明欲仕则仕，不以求之为嫌；欲隐则隐，不以去之为高。饥则叩门而乞食，饱则鸡黍以迎客。古今贤之，贵其真也。”（《苕溪渔隐丛话》前集卷三引）陶渊明把自己的进退出处只当作性情表现，他与那些因为乱世而隐，因为图慕终南捷径而隐，因为挫折而隐，或者纯粹为了名声而隐的人都有不同。所以他

的“投耒去学仕”中并没有阮籍挣扎的痛苦，他的“夏日常抱饥”中亦无左思（250？—305？）不平的怨悱，而他在感悟宁静和化生万物的自然时所产生的欣喜，在体会亲情和悠闲时的舒心，都发自由衷，毫无渲染。自然而真实的情感使陶诗具有莫大的魅力，也赋予诗歌以平实恬淡的感情特征。

二、爰采春华，载警秋霜——意象的自然化

在陶渊明的田园诗中，他所描述的景象都是人们日常所接触的事物，如前文所举之“暧暧远人村，依依墟里烟”（《归园田居》其一）、“采菊东篱下，悠然见南山。山气日夕佳，飞鸟相与还”（《饮酒》其五）、“有风自南，翼彼新苗”（《时运》其一）等，其中的村庄、炊烟、菊花、篱笆、南山、飞鸟、南风、新苗等，皆平淡无奇，作者也不对之进行精细的刻画，而只是白描勾勒，像是水墨画的写意，点到为止，这就舍弃了一种观赏、辨析的态度，而是采用一种常人的眼光，即景而作。也就是说，陶渊明诗歌中所给出的是田家景色，而非文人的景色，因此显得亲切、实在。他在家居生活中所撷取的意象，如“弱子戏我侧，学语未成音”（《和郭主簿》其一）、“既耕亦已种，时还读我书”（《读山海经》其一）等，又是家常生活中常见的场景，是生活的本来样式，未经过任何雕琢、加工。这些意象本身都很朴实、完整，人人能见，亦可以随口道出，所以都具有平淡自然的风格。

三、何以写心，此贻话言——语言的生活化

陶渊明诗常使用平铺直叙的叙述语言，如“相见无杂言，但道桑麻长”（《归园田居》其二）、“微雨从东来，好风与之俱”（《读山海经》其一），给人一种节奏舒缓、如实道来的感受，语调平易，总如家常白话，毫无姿态。其词语本身接近口语，明白易懂，不加修饰，很多时候就是道地的“田家语”。如“种豆南山下”（《归园田居》其三）、“今日天气佳”（《诸人同游周家墓柏下》）、“问君何能尔，心远地自偏”（《饮酒》其五）等，都是即口吟出的口头语。唐顺之（1507—1560）在谈到陶诗的语言特点时说：“陶彭泽未尝较声律，雕文句，但信手写出，便是宇宙间第一等好诗。”（《答茅鹿门知县二》）这种语言风格比起魏晋以来渐趋繁缛的倾向，更是显得质朴、平淡。如元好问（1190—1257）所论：“一语天然万古新，豪华落尽见真淳。南窗白日羲皇上，未害渊明是晋人。”（《论诗绝句》）

四、质而实绮，癯而实腴—— 陶诗的艺术特质

但形式的平淡还不是陶渊明诗歌的艺术价值所在。平淡中有着醇美深厚的内涵，这才使得陶渊明的田园诗具有永恒的魅力。苏轼论陶渊明诗歌“质而实绮，癯而实腴”

(《与苏辙书》)，指的就是这一艺术特质。所谓“质”和“癯”，就是外在形式的简易平淡，而“绮”和“腴”指的是诗歌内涵的充实、丰厚。

首先，陶渊明田园诗在质实自然的情感中，所表达的是旷达、超迈的胸襟；在他对自然的欣悦之情中，表达的是生命超越的大快乐，是几代人在经历了苦难的历练之后，才体悟出的生命之道。如李泽厚（1930— ）所说：“无论人生感叹或政治忧伤，都在对自然和对农居生活的质朴的爱恋中得到了安息。陶潜在劳动中找到了归宿和寄托。他把自《十九首》以来的人的觉醒提到了一个远远超出同时代人的高度，提到了寻求一种更深沉的人生态度和精神境界的高度。”①

其次，陶渊明诗歌中的田园意象，虽然寻常家居可见，并不求深逐远，也不精心描绘，但它在哲理上表达的是一种自在之物，是自然的存在状态。这些平易的物象，在陶渊明田园诗中构成了一个个奇奥动人的“境”，诗人流连忘返，感喟无穷。如“采菊东篱下，悠然见南山。山气日夕佳，飞鸟相与还”这样的句子，虽简洁得无可再省，画面亦非精美细腻，但其中所蕴涵的生命境界极为高远，被王国维（1877—1927）推为“无我之境”之代表作。陶诗中如村舍、鸡犬、禾苗、桑麻、飞鸟等极普通的意象，往往都有造境之妙。

最后，在语言上，陶渊明虽多用田家语，但都经过精心锤炼，简洁明了而富有表现力。如前人颇为推崇的“蔼蔼堂前林，中夏贮清荫”中的“贮”，“有风自南，翼彼新苗”的“翼”，“采菊东篱下，悠然见南山”的“见”，皆能于本色中见出诗人的精心提炼之工，颇有韵味，令人咀嚼不已。所以，又有人认为陶渊明诗歌的语言特点是奇变精巧，如黄文焕（1598—1667）云：“古今尊陶，统归平淡。以平淡概陶，陶不得见也。析之以炼字炼章，字字奇奥，分合隐现，险峭多端，斯陶之手眼出矣。”（《陶诗析义自序》）所以，陶诗语言风格应该是平淡中见精工。

五、采菊东篱，高情千载——陶渊明在中国文学史上的地位

陶渊明是魏晋南北朝时期最伟大的诗人，其所开创的田园诗派对中国文学史有着重大的影响。但在晋宋时期，诗歌尚繁缛、浮靡之风，所以对陶渊明并不重视。刘勰《文心雕龙》就没有谈及陶渊明，钟嵘《诗品》虽然推崇陶渊明的“人德”，称其为“古今隐逸诗人之宗”，但也只是将其诗歌列入中品。萧统开始为陶渊明编定诗集，并为其作传、作序，使得陶诗影响渐大，而萧统自己编撰《文选》时选入陶诗仅八首，数量在颜、谢诸人之下。陶渊明田园诗的艺术价值在唐代开始得到重视。唐代王维（701—761）、孟浩然（689—740）的山水田园诗派，就是对陶渊明的学习和继承。唐宋以后，山水田园的主题一直受到士大夫的青睐，长盛不衰，人们通过对田园生活或田园风光的感受来超越世俗，陶冶情操，启发灵感，大大丰富了传统诗歌的创作。著名诗人如李白（701—762）、杜甫（712—770）、白居易（772—846）、苏轼等，无不表达了对陶渊明的景仰。自鲍照、江淹（444—505）开始学陶诗后，“拟陶”、“和陶”之作相沿不绝，诗人将陶渊明

① 李泽厚：《美的历程》，171、172页，天津，天津社会科学院出版社，2001。

的诗歌境界看作艺术追求的最高目标之一。沈德潜在评论后世学陶之风时说："陶诗胸次浩然，其中有一段渊深朴茂不可到处。唐人祖述者，王右丞（维）有其清腴，孟山人（浩然）有其闲远，储太祝（光羲）有其朴实，韦左司（应物）有其冲和，柳仪曹（宗元）有其峻洁，皆学焉而得其性之所近。"（《说诗晬语》卷上）这一段话说明了陶渊明对后世诗人的巨大影响。

☞ 多学一点

陶渊明其他风格的诗作

陶渊明除了有田园诗外，尚有一些咏怀和咏史诗，集中在《拟古》、《杂诗》、《读山海经》等组诗中。这些诗往往也围绕仕与隐这个主题，或感慨世事物态，或咏叹古代贤良，或回顾自己生平，其内容和风格都与田园诗有所不同。其中如"精卫衔微木，将以填沧海。刑天舞干戚，猛志固常在"（《咏荆轲》）等，被鲁迅称为"金刚怒目式"（《题未定草》）。由此可看出，陶渊明的诗歌风格不是单一的。

第四节 山水方滋

文人从避世和性情出发，将审美的触角指向山水景物，这是东晋后期以来发展的一种自然观。这种山水自然和陶渊明的田园自然不同，这里的山水一般来说已经不是普通的农家景色，而是深山大泽、名山胜水或是精美的仙境。对这些山水景物的细致描述，就是山水诗歌。山水诗的出现，"是隐遁山林、散怀山水的结果，也是当时的隐遁思想、或老庄思想、或神仙思想、或快乐思想流行的结果"①。东晋游仙诗、玄言诗中就有山水诗的萌芽，但山水诗的真正开创者是谢灵运。

一、芙蓉出水，风日流丽——谢灵运山水诗

谢灵运有政治抱负，又自恃门阀和才华，所以对自己屡遭贬谪极为愤懑。于是遨游

① ［日］小尾郊一著，邵毅平译：《中国文学中所表现的自然与自然观》，163页，上海，上海古籍出版社，1989。

山水成为他藐视官场、发泄不满的行为方式，而山水自然也是他寄托心灵、寻求安慰的美学追求。他在游山玩水的过程中，“所至辄为歌咏”（《宋书·谢灵运传》），留下了众多精致的山水诗，成为山水诗派的代表人物。

谢灵运的山水诗多写于被贬永嘉之后，往往细腻地铺陈永嘉、会稽、彭蠡湖等地的山水风光。其《石壁精舍还湖中作》云：

> 昏旦变气候，山水含清晖。清晖能娱人，游子憺忘归。出谷日尚早，入舟阳已微。林壑敛暝色，云霞收夕霏。芰荷迭映蔚，蒲稗相因依。披拂趋南径，愉悦偃东扉。虑淡物自轻，意惬理无违。寄言摄生客，试用此道推。

这首诗写精舍所临湖中的景色，并表达了自己从中所获得的轻松愉悦之感。诗中“林壑敛暝色”等四句，分别以四种物象的光影、姿态，写湖山景致在时光推移中的微妙变化。诗人远看山林、晚霞，近观芰荷、蒲稗，变换角度，铺排有序，而其中光影摇曳，又使景致错落生姿。整个画面透露出一种宁静、和谐、优美的情调，在目不暇接之中给人一种安逸、舒缓的感受。这几句语言精工富丽，颇能显示谢灵运的才思和悟性。

这首诗基本能代表谢灵运山水诗的写作模式。首先，他的诗歌往往在开头记录一次较为完整的出游过程，中间部分才是写景，并且以说理的形式结束，从而形成了叙事、写景、说理的三段式结构。诗中议论的尾巴表明谢诗在很大程度上还受到玄言诗的影响。

谢灵运山水诗对于声音的描写也层次分明，并且与想象交织在一起，形成声色俱美的艺术效果，如“鸟鸣识夜栖，木落知风发。异音同致听，殊响俱清越”（《石门岩上宿》）。其诗句在修辞上也达到了空前的精致，如“白云抱幽石，绿筱媚清涟”（《过始宁墅》）之“抱”和“媚”，皆是拟人手法，化静为动，极其生动，显示了他对语言的敏锐感觉和高超的造语能力；此外，这句诗情调低沉、景色幽深，尤其是诗中的两个动词，具有强烈的内敛效果，颇能体现诗人孤芳自赏的个性特征，表达一种伤感的愁绪。其他写景的句子如“密林含余清，远峰隐半规”（《游南亭》）等，也往往有这样的韵味。

当时人即以“芙蓉出水”（《诗品》引汤惠休语）来形容谢灵运诗句的秀美。谢灵运在意象的经营、语言的精雕细琢等方面，都达到了前所未有的高度，开南朝诗歌风气之先。刘勰说：“宋初文咏，体有因革。庄老告退，而山水方滋。俪采百字之偶，争价一句之奇；情必极貌以写物，辞必穷力以追新。”（《文心雕龙·明诗》）可以概括谢灵运的艺术风格。但由于谢诗三段式结构模式，使得景物描写往往和诗歌的说理旨意难以水乳交融，给人以片段的感觉。后人常常认为谢灵运诗有句无篇，也是这个道理。

谢灵运最受人们称道的是他的《登池上楼》一诗，相比较其他山水诗来，这首诗的情感更为真实：

> 潜虬媚幽姿，飞鸿响远音。薄霄愧云浮，栖川怍渊沉。进德智所拙，退耕力不任。徇禄及穷海，卧疴对空林。衾枕昧节候，褰开暂窥临。倾耳聆波澜，举目眺岖嵚。初景革绪风，新阳改故阴。池塘生春草，园柳变鸣禽。祁祁伤豳歌，萋萋感楚吟。索居易永久，离群难处心。持操岂独古，无闷征在今。

从这一首诗中，我们能看到谢灵运内心的矛盾。诗歌前八句，说自己进不能建功立业，退不能隐居躬耕，吐露了自己进退失据的尴尬处境。中间八句写所见的初春景色，而这充满了生机的清新景致，使诗人从这萋萋春草中，再一次体会到古人的怀乡思归之情，体会到时光流逝、人生蹉跎的悲哀。在这恍如隔世的感叹中，流露出诗人自觉被遗弃的凄凉之感。诗中“初景革绪风”四句，生动地写出了初春的物候特征，在这光影交错之中，小草、树芽、小鸟等，悄悄地光临，使得自然充满了生机。诗人通过简单的描述，给出了一幅有声有色、和谐而充满新鲜之气的画面，表达了诗人和春天重逢的欣喜。后人对“池塘生春草，园柳变鸣禽”两句极为推崇，元好问称“池塘春草谢家春，万古千秋五字新”（《论诗》绝句）。这两句诗虽极平实，但确实表现了谢灵运对自然景物非凡的洞察和感受能力。

可以说，谢灵运通过自己的艺术创作，将山水从自然中独立出来，使其成为供人们欣赏的对象，并从中寻找到一种感官上的愉悦，开辟了诗歌的又一个美感领域，从而将人们从“淡乎寡味”的玄言诗中解脱出来。这是谢灵运山水诗的主要贡献。不过谢灵运的山水诗与陶渊明的田园诗颇为不同，陶渊明诗中自然和人的关系是对等的，彼此无主客之分，诗人只是自然之一部分，而不是旁观者、欣赏者，更不是占有者。因此，山水诗的特点是对景物作精细的描绘，而田园诗往往是点到为止，两者各有特色。

谢灵运诗在当时就有很大影响。史称，“每有一诗至都邑，贵贱莫不竞写，宿昔之间，士庶皆遍，远近钦慕，名动京师”（《宋书·谢灵运传》）。钟嵘《诗品》将其列为上品。清人沈德潜说：“诗至于宋，性情渐隐，声色大开，诗运一转关也。”（《说诗晬语》卷上）谢灵运用浓墨重彩描绘物态声色，正是风气转折的关键人物。

☞ 多学一点

谢灵运山水诗中的优美诗句

谢灵运山水诗中描摹景色的秀美之句甚多，具有很高的艺术价值。如：

白云抱幽石，绿筱媚清涟。（《过始宁墅》）
白芷竞新苔，绿蘋齐初叶。（《登上戍石鼓山》）
野旷沙岸净，天高秋月明。（《初去郡》）
远岩映兰薄，白日丽江皋。原隰荑绿柳，墟囿散红桃。（《从游京口北固应诏》）
春晚绿野秀，岩高白云屯。（《入彭蠡湖口》）

这些写景之句，皆形象鲜明，色泽明丽，给人以清净明朗的印象。谢灵运如同一个工笔画师，在选景和构图上，远远超过了前代诗人，为读者再现了一幅幅精美的画面。

二、柔只雪凝，圆灵水镜——谢惠连与谢庄山水诗

深受谢灵运影响，也以山水诗闻名的诗人有谢惠连和谢庄（421—466）。

谢惠连是谢灵运的族弟，曾与谢灵运在始宁朝夕相处，相互作诗酬答，诗风亦似谢灵运。其诗以《秋怀》和《捣衣》最为有名。前者写身世之感，后者写思妇怀远。钟嵘

《诗品序》云："惠连《捣衣》之作，斯皆五言之警策者也，所谓篇章之珠泽，文彩之邓林。"《捣衣》写景之句如"白露滋园菊，秋风落庭槐。肃肃莎鸡羽，烈烈寒螿啼。夕阴结空幕，霄月皓中闺"，写人句如"微芳起两袖，轻汗染双题"，皆精美流丽，为后人所称道。

谢庄是谢灵运的侄儿，其《北宅秘园》描写园林风光："夕天霁晚气，轻霞澄暮阴。微风清幽幌，余日照青林。收光渐窗歇，穷园自荒深。绿池翻素景，秋怀响寒音。伊人傥同爱，弦酒共栖寻。"语言锤炼也很精工。值得注意的是，谢灵运诗中的论理结尾，在这首诗中已经没有了，说明谢庄已经完全摆脱了玄言诗的影响，而与谢朓的诗风相近。

三、铺锦列绣，错彩镂金——颜延之诗

与谢灵运在诗坛并称为"颜谢"的颜延之，虽不以山水诗知名，但在诗风华丽、雕章琢句方面，确与谢灵运有相似之处。钟嵘《诗品》以"体裁绮密"、"喜用古事"来形容他的诗歌风格，基本贴切。其诗为人所称道的有《北使洛》、《还至梁城作》、《秋胡诗》等。《北使洛》诗云："阴风振凉野，飞云誓穷天。临途未及引，置酒惨无言。隐悯徒御悲，威迟良马烦。游役去芳时，归来屡徂嵒。蓬心既已矣，飞薄殊亦然。"诗中描述行旅之艰和故国之思，较为真切流畅。总的说来，颜延之的艺术成就不能和谢灵运相比，但在当时的崇尚繁词丽句的背景下，他的诗以"铺锦列绣"、"雕缋满眼"（《南史·颜延之传》引鲍照语）、"错彩镂金"（《诗品》卷中引汤惠休语）而为人所认知，对宋初诗风的改变有一定的影响。

第五节 慷慨俊逸

南朝诗风绮丽，多摹写声色才情，而能真正上承建安、抒发现实人生的慷慨不平之气的，是鲍照。

鲍照因为出身孤贱而失意于世，所任官职皆低微不足以骋志，又常为贫贱所困，这使他对门阀制度压抑人才极度愤慨，内心充满了焦虑，发而为诗，往往沉痛悲凉，代表了当时所有寒族士人的不平之鸣。因此，鲍照的诗风独树一帜，具有很高的艺术水平，在当时与谢灵运、颜延之并称为"江左三大家"。

一、拔剑击柱长叹息，举杯断绝歌路难——乐府

鲍照以乐府诗闻名，其代表作是《拟行路难》十八首和《拟古》八首。这些诗皆非一时一地所作，但大多表现了自己备遭压抑的痛苦。《拟行路难》其四云：

> 泻水置平地，各自东西南北流。人生亦有命，安能行叹复坐愁！酌酒以自宽，举杯断绝歌路难。心非木石岂无感？吞声踯躅不敢言。

诗中以水流东西来比喻世道的不平，而将自己的失志不用归结为命运，显示了他对前途的绝望。全诗所抒发的正是绝望中的哀愁和愤懑，情感甚为激烈。又其六云：

> 对案不能食，拔剑击柱长叹息。丈夫生世会几时，安能蹀躞垂羽翼！弃置罢官去，还家自休息。朝出与亲辞，暮还在亲侧。弄儿床前戏，看妇机中织。自古圣贤尽贫贱，何况我辈孤且直！

首二句凭空陡下，真切地表达出诗人内心不可阻遏、喷薄而出的愤怒，显示其积郁已久而难以容忍的压抑之感。这种剑拔弩张的表达方式，造成了诗歌极大的冲击力量。诗人在无奈中选择了对家庭的回归："朝出与亲辞，暮还在亲侧。弄儿床前戏，看妇机中织。"这几句人伦之乐写得十分温馨，充满了柔情，这是失意的士子最后的慰藉。但亲情之乐不能湮灭鲍照的社会热情和人生理想，只能使他感到光阴虚掷，感到自己被社会所冷落，因而更加深了自己的悲愤和孤独。"自古圣贤尽贫贱，何况我辈孤且直"，在这自我安慰的诗句中，仍然能透露出诗人对自己受门阀士族排挤、有志难申的怨恨，是诗人发自内心的挣扎和呼号，悲愤激越，淋漓尽致，有着很强的感染力。

除了失意之悲外，鲍照还有一些诗描写了边塞和行役的主题。如《代出自蓟北门行》：

> 羽檄起边亭，烽火入咸阳。征骑屯广武，分兵救朔方。严秋筋竿劲，虏阵精且强。天子按剑怒，使者遥相望。雁行缘石径，鱼贯渡飞梁。箫鼓流汉思，旌甲被胡霜。疾风冲塞起，沙砾自飘扬。马毛缩如猬，角弓不可张。时危见臣节，世乱识忠良。投躯报明主，身死为国殇。

这首诗表达了立功边塞、捐躯报国的愿望，其出发点仍然是希望能有机会建功立业，成就自己。诗中所写边塞的苦寒情景，形象非常逼真，语言奇峭夸张，气氛森严紧张，极能显示鲍照的诗歌才华。唐代著名诗人岑参（715—770）《走马川行奉送出师西征》等诗颇受本诗的影响。鲍照的此类诗还从多方面描写了征人的身世之悲，如"将死胡马迹，宁见妻子难"（《拟行路难》其十四）、"少壮辞家去，穷老还入门"（《代东武吟》）等等，表现了鲍照对下层人民的同情，也表达了对统治者忘恩负义的谴责。

二、凄风夏起素云回，寒光宛转时欲沉——写景诗

鲍照还有些写景诗。不过，鲍照所写的山水之景都是行旅途中所见，与谢灵运刻意

寻山觅水所见之景颇有不同。其《上浔阳还都道中作》诗云：

昨夜宿南陵，今旦入芦洲。客行惜日月，崩波不可留。侵星赴早路，毕景逐前俦。鳞鳞夕云起，猎猎晚风遒。腾沙郁黄雾，翻浪扬白鸥。登舻眺淮甸，掩泣望荆流。绝目尽平原，时见远烟浮。倏悲坐还合，俄思甚兼秋。未尝违户庭，安能千里游。谁令乏古节，贻此越乡忧。

诗中景色描写也很周详细致，语言华美精致，对仗句式很多，在表达技巧上可以和谢灵运的山水诗相媲美。但诗歌的笔调较阴郁低沉，感情也悲凉，体现了鲍照的一贯情绪，这与谢诗陶然山水颇有不同。鲍照此类诗不少，如《苦雨》、《行京口至竹里》、《发后渚》等，往往都意象阴郁、景色萧条，流露出失路之怨。

三、千秋万岁无音词，孤魂茕茕空陇间——七言体乐府

鲍照对诗歌史最特别的贡献，是他创作了一批较为成熟的七言体乐府诗歌，成为后世七言歌行体诗的先声。如《拟行路难》其十三：

春禽喈喈旦暮鸣，最伤君子忧思情。我初辞家从军侨，荣志溢气干云霄。流浪渐冉经三龄，忽有白发素髭生。今暮临水拔已尽，明日对镜复已盈。但恐羁死为鬼客，客思寄灭生空精。每怀旧乡野，念我旧人多悲声。忽见过客问何我，宁知我家在南城。答云我曾居君乡，知君游宦在此城。我行离邑已万里，今方羁役去远征。来时闻君妇，闺中霜居独宿有贞名。亦云朝悲泣闲房，又闻暮思泪沾裳。形容憔悴非昔悦，蓬鬓衰颜不复妆。见此令人有余悲，当愿君怀不暂忘。

这首诗作为七言诗是较为完整的。此前虽有七言之作——《汉书》载东方朔（前154—前93）、刘向（前77—前6）均作有《七言》，东汉张衡（78—139）的《四愁诗》也是七言，前者今不存，后者为骚体句式，舍乎此，曹丕的《燕歌行》要算是最早的完整的七言诗——但皆不成气候，如王夫之（1619—1692）所论，“前虽有作者，正荒忽中鸟径也”（《古诗评选》卷一）。真正使七言诗趋于定型，并对后世造成影响的，正是鲍照。

☞ **多学一点**

鲍照多样的诗歌才能

鲍照的诗歌才能是多方面的，他的诗歌既有慷慨古朴的一面，也有华美秀丽的一面，体现了从山水诗向永明诗过渡的特征。杜甫《春日忆李白》有句曰“俊逸鲍参军”，后人也往往认可“俊逸”二字为其代表性的风格特征。明人陆时雍（生卒年不详）称鲍照诗歌“材力标举，凌厉当年，如五丁凿山，开人世之所未有。当其得意时，直前挥霍，目无坚壁矣。骏马轻貂，雕弓短剑，秋风落日，驰骋平冈，可以想此君意气所在”（《诗镜总论》），所指的正是鲍照诗歌感情豪放凌厉、造语奇特瑰丽、笔调酣畅淋漓的诗歌风格特点。

第六节
圆美流转

六朝文学发展到齐梁时期，人们对生命和存在的感悟，在经历了深沉的反思、痛苦的体验和面向自然的超脱后，开始流连于当下的感官享乐。齐梁诗人通过发掘生活中的种种情趣，不论是风云月露，还是声色歌舞，甚至是精巧的诗歌形式，来展示个人精美的情致和趣味，来诗化当下的生活。当诗歌的主题从对苦难此在的执著走向对自我情致的玩味时，就在一定程度上意味着人们已经认可了生命的悲剧性存在，放弃了挣扎和反抗，转而以富丽的才情、感官的享受来掩饰、点缀生命意义的缺失。但我们不难看出，在这富艳的背后正透露出生命的更加脆弱，更加空虚。

一、词美英净，调协流畅——永明文学

齐梁时期，皇室往往好诗，推动了社会的诗歌风气。《南齐书·武帝纪》载武帝萧赜（483—493在位）于青溪旧宫“设金石乐，在位者赋诗”，诸王不但自己学习作诗，还多引接文学之士。

竟陵王萧子良（460—494）门下也聚集了许多的文人，如最著名的竟陵八友。所谓永明文学，主要就是以竟陵王门下的诗人为中心的文学创作，这些文人相互切磋、相互推赞，尤其是沈约和任昉先后作为文坛领袖，都能奖掖后进，形成了很好的文学风气。

这种文学风气确实促进了文学的繁荣，但作为一种社会时尚，往往成为人们标榜才华、呈奇斗巧的手段，再加上时代风气柔弱，文学的社会人生内涵因此而大大萎缩。

大多数诗人只能从自己所生活的狭小的圈子中寻找题材，于是在山水景色之外，咏物诗空前繁盛。举凡树木花草、鸟兽虫鱼、日用杂物、自然现象等都能入诗，如王融所咏的对象就有琵琶、幔、药名、星、梨花、梧桐、女萝、四色，谢朓所咏的对象有风、竹、落梅、栀子、蔷薇、蒲、兔丝、桐、镜台、灯、烛、琴、乌皮隐几、席、竹火笼、鸂鶒等。[①]

显然，这样的诗作，主要产生于竞赛或游乐之中，它的形式意义要大于情感思想意义，所以更看重诗歌的形式美感和写作技巧。形式美感既包括辞藻的华丽、意象的生动精美，也包括诗歌的声律句法。

① 参见罗宗强：《魏晋南北朝文学思想史》，218页，北京，中华书局，1996。

概念解析

竟陵八友

《梁书·武帝纪》载，萧衍、沈约、谢朓、王融、萧琛（476—512）、范云（451—503）、任昉、陆倕（470—526）等聚集于竟陵王萧子良西邸，号曰“八友”，是当时文坛的核心人物。

永明体文学的主要贡献，在于它对中国诗歌的声律句法的探讨和实践。

陆机《文赋》曾说“暨音声之迭代，若五色之相宣”，已经意识到了诗歌音韵节律的美感作用，但这只是一种直观感觉。到刘宋范晔（398—445）《狱中与诸甥书》提到“别宫商，识清浊”，则有了音韵理论方面的自觉，但他的具体观点则无由知晓。

永明时期，周颙在前人音韵学的基础上，并受佛经转读的影响，发现了汉语的平、上、去、入四声，并著有《四声切韵》（今佚）。这一理论迅速对诗歌创作产生了影响。《南史·庾肩吾传》云：“齐永明中，王融、谢朓、沈约文章始用四声，以为新变，至是转拘声韵，弥为丽靡，复逾往时。”在将四声运用于诗歌创作的过程中，为求得音韵的和谐优美，沈约等人经过研究比较，提出了诗歌的声律搭配原则：“一简之内，音韵尽殊；两句之中，轻重悉异。”（《宋书·谢灵运传论》）他们还在此基础上提出了“四声八病说”，指出平头、上尾、蜂腰、鹤膝、大韵、小韵、旁纽、正纽等八种声韵搭配必须避免。

“八病”未必是最完美的诗歌韵律理论，在实践中也难以完全遵行，但这些探讨有利于人们对汉语语音规律的认识，也推动了诗歌的格律化过程，是古体诗向格律诗转化的重要阶段，对发展传统诗歌的形式美作出了贡献。

二、圆美流转，逸兴遄飞——谢朓诗

永明体诗人中以谢朓的文学成就最为突出。

谢朓自恃家世、才华，所以不甘寂寞，内心渴望能够成就功名；又由于深知宦海风波险恶，所以常思归隐，以求保身。谢朓正是在留恋利禄和忧惧思隐的夹缝中，作着艰难的选择，这些也在他的诗歌中表现出来。

如《之宣城郡出新林浦向板桥》诗云：

江路西南永，归流东北骛。天际识归舟，云中辨江树。旅思倦摇摇，孤游昔已屡。既欢怀禄情，复协沧州趣。嚣尘自兹隔，赏心于此遇。虽无玄豹姿，终隐南山雾。

这是谢朓在赴宣城太守任的途中所作。对于能远离京城的“嚣尘”，避开政治旋涡的中心，他感到了一些欣慰。但这首诗中流露出的幽怨的旅思，又似乎暗示了他对京城的留恋。“既欢怀禄情，复协沧州趣”正是他内心矛盾的真实写照，这种矛盾的纠结使得谢朓在仕宦的道路上步履维艰，倍感痛苦。

谢朓很多诗歌，如《暂使下都夜发新林至京邑赠西府同僚》、《和江丞北戍琅玡城》等，都表达了这种情感。

谢朓的山水诗成就最高。相比谢灵运而言，谢朓的山水诗风格更为清新、流丽，语言生动流畅，景物和情感的结合更加自然贴切。此外，谢朓的山水诗已经基本上摆脱了玄言诗的影响，很少有说理的尾巴。如《晚登三山还望京邑》：

灞涘望长安，河阳视京县。白日丽飞甍，参差皆可见。余霞散成绮，澄江静如练。喧鸟覆春州，杂英满芳甸。去矣方滞淫，怀哉罢欢宴。佳期怅何许，泪下如流霰。有情知望乡，谁能鬒不变？

这首诗也是谢朓出任宣城太守，离京赴任时所作。诗中描绘了京城秀丽的景色，表达了诗人对京城的留恋，抒发了浓郁的思归之情。诗中最为人所称道的是对江上景物的描写，诗人以“余霞散成绮”四句，渲染出一幅和谐明丽、动静结合的春江暮色图。其中“余霞散成绮，澄江静如练”一联，想象奇妙，更是千古流传的佳句。它描写了黄昏时分天际、江上的景色，使人在一片绚丽灿烂的色彩之中，感受到无限的舒缓和宁静，创造出一个鲜艳而清新的诗歌境界。李白赞赏此二句云：“解道澄江静如练，令人常忆谢玄晖。”（《金陵城西楼月下吟》）

其《游东田》也是一首著名的山水诗。诗云：

戚戚苦无悰，携手共行乐。寻云陟累榭，随山望菌阁。远树暧阡阡，生烟纷漠漠。鱼戏新荷动，鸟散余花落。不对芳春酒，还望青山郭。

诗中“鱼戏新荷动，鸟散余花落”二句，极细致地描绘出了初夏时的物候特征，也表现了诗人对大自然的会心，以及内心的灵动和欣喜，画面极其优美，于节奏清晰的动感中蕴涵了无限的宁静。

谢朓还有一些模仿南朝民歌的小诗，如《玉阶怨》：“夕殿下珠帘，流萤飞复息。长夜缝罗衣，思君此何极。”场景精致，深情绵邈。又如《王孙游》：“绿草蔓如丝，杂树红英发。无论君不归，君归芳已歇。”全用民歌比兴手法，而造语雅致则过之。

谢朓自云“好诗圆美流转如弹丸”（《南史·王筠传》引）。他的诗大多音韵和谐，一韵到底，对仗工整，极其流畅。诗中还常使用叠字双音词，如《游东田》之“远树暧阡阡，生烟纷漠漠”、《高斋视事》之“暧暧江村见，离离海树出”等，都生动圆美，为诗歌平添情致。

☞ 多学一点

谢朓诗中的清词丽句

在谢朓的诗中，清词丽句往往多有，如“天际识归舟，云中辨江树”，王夫之喻为“隐然一含情凝眺之人，呼之欲出”（《古诗评选》卷五）。再如《宣城郡内登望》之“寒城一以眺，平楚正苍然”、《郡内高斋闲望答吕法曹》之“日出众鸟散，山暝孤猿吟”等，都描写如画，而其中袅袅情思，渗透了诗人的情感，往往动人。钟嵘称其“奇章秀句，往往警遒”（《诗品》卷中）。

学术轶事

谢朓诗歌对唐人的影响

谢朓诗歌对唐人有很大的影响，李白曾多次引用谢朓诗句，对其推崇备至，称“我吟谢朓诗上语，朔风飒飒吹飞雨”（《酬殷明佐见赠五云裘歌》），“三山怀谢朓，水淡望长安”（《三山望金陵怀殷淑》），表达了对谢朓的怀念；又“蓬莱文章建安骨，中间小谢又清发”（《宣城谢朓楼饯别校书叔云》），将其与西汉文章和建安风骨相提并论，给予很高的评价，也说明谢朓对唐诗的影响极为深远。

第七节 轻艳靡丽

一、渐入声色——宫体诗产生的原因

从永明体到宫体实际上是一个很自然的发展过程。齐梁诗人心性内敛，生命意志孱弱，以呈现自己的才情和精致的感觉为满足，从而大量咏物。永明诗人所咏之物中就有闺阁用品，如扇、幔等，也出现了对妇女形象、情态的描摹。南朝民歌在很大程度上推进了这种风气。

现在所能看到的南朝乐府民歌差不多全是写男女情爱的，而从谢灵运开始，就不断有文人拟作乐府歌曲。梁武帝天监、普通年间（502—526），徐摛、庾肩吾为皇子萧纲伴读，其时宫体文风已经形成。

如沈约《秋白纻》诗云：

> 白露欲凝草已黄，金管玉柱响洞房。双心一影俱回翔，吐情寄君君莫忘。翡翠群飞飞不息，愿在云间长比翼。佩服瑶草驻容色，舜日尧年欢无极。

这首诗中所描写的女主人公，和以前的思妇的形象有了很大不同，已基本上没有了什么社会意义，女性是作为柔弱而多情的形象出现的。此外，沈约的《六忆诗》四首分别咏女子“来”、“坐”、“食”、“眠”四种情态，在内容上更加接近其后的宫体诗。

二、肇于梁陈——宫体诗的流变

萧纲在中大通三年（531）正式被立为太子入主东宫，一些诗人围绕在萧纲周围，以极为绮丽的笔调，描写男女交往或女性情态的诗。梁武帝萧衍和昭明太子萧统、简文帝萧纲，以及徐摛、庾肩吾等是早期宫体诗的代表作家。

梁陈更代前后，宫体诗风继续延续，徐摛和庾肩吾的儿子徐陵和庾信亦出入东宫，并皆有文才，成为新一代宫体诗的代表作家，时号“徐庾体”，诗风流丽轻艳。入陈后，徐陵官位渐高，更成为“一代文宗”。徐陵为官耿直敢言，而为诗则以流丽相尚，在梁时所编《玉台新咏》多选言情宛转之作，对当时的诗风有推波助澜之用。

宫体诗到陈代后更加盛行，尤其是陈后主时期，史称他“生深宫之中，长妇人之手”（《陈书·后主本纪》），因而性情柔弱，逃避政事，宠爱张贵妃、孔贵嫔，日与江总、陈暄、孔范、王瑗等宴集后庭。其时君臣诗赋往来极为频繁，往往命题而作，诗歌内容常不出于后宫嫔妃。江总、陈后主等人的诗，皆靡丽婉转，情感绮靡更甚于前，几近病态。

☞ **多学一点**

何谓宫体诗

简文之在东宫，亦好篇什。清辞巧制，止乎衽席之间；雕琢蔓藻，思极闺闱之内。后生好事，递相放习，朝野纷纷，号为宫体。（《隋书·经籍传》）

三、流于侧艳——宫体诗的内容

宫体诗的内容主要围绕女性性情，诗人歌咏女子的服饰、器用、交往，但更多地描摹女子的形象、体态、情致、风韵等。女子的柔弱和依恋情态是宫体诗中最常见的主题。如萧纲《咏内容昼眠》诗云：

> 北窗聊就枕，南檐日未斜。攀钩落绮障，插捩举琵琶。梦笑开娇靥，眠鬟压落花。簟文生玉腕，香汗浸红纱。夫婿恒相伴，莫误是倡家。

这首诗特别强调所咏者是自己的妻子，目的就是要回避道德的指责，但诗歌的主题显然不是爱情，而是爱怜。其中“梦笑开娇靥”以下四句所描写的女子睡态，显示了一个毫不设防、非常柔弱而美丽的生命形态。尤其是“眠鬟压落花”一句，更形象地描述了生命的脆弱，具有明显的象征意义。

分析举例

陈后主诗《玉树后庭花》赏析

深受人们批评的陈后主，其《玉树后庭花》云：

丽宇芳林对高阁，新妆艳质本倾城。映户凝娇乍不进，出帏含态笑相迎。妖姬脸似花含露，玉树流光照后庭。

此诗向来被看作亡国之音，这与陈后主的身份有关。也与当时那段历史有关。如就诗论诗，此诗写美丽女子的娇羞之态十分细致，也显示了诗人的爱怜、惜护之心。这部分宫体诗实际上反映了诗人对生命柔弱形态的把握，这种把握是在经历魏晋巨大的心灵阵痛之后的小心翼翼的维护和细致而反复的体验。

四、伤于轻靡——对宫体诗的评价

宫体诗所表现的是一种病态的生命体验方式。它缺乏社会内容，缺乏平等的人性观念，女子形象只是诗人自己脆弱心灵的一个投影，是诗人自哀自怨之后的顾影自怜。所以宫体诗的格调并不高，很容易伤于浮艳轻靡。而且，宫体诗还很容易成为诗人放纵声色的理由和方式，从而从“吟咏情性”向“放荡”过渡。

宫体诗中情调轻薄、格调低下的作品，亦复不少。萧纲曾作有《娈童》诗，色情意味非常浓重，其他诗人往往也有此类的作品。这些诗带来了很坏的影响，也大大降低了宫体诗的品格，并且使后人谈宫体而色变。但就宫体诗的初衷而言，它仍然体现了一个时代的精神状态，具有认知价值。它发掘了生命的柔弱一面，同时在诗歌形态和语言、韵律等方面，继承和发扬了永明体的成就，使诗歌艺术更加精致细密，是向唐诗过渡的重要阶段。

第八节 南北交融

北朝士人长期聚族而居，宗族观念较强，信奉儒学，在思想上和南朝士人颇不相同。

在南朝永明体之后，北朝诗歌才刚刚开始，而且主要是仿古，艺术趣味迥异于南朝。随着南北文化交流的增多，北朝诗人开始接受南朝诗歌，但主要是学习其华丽的辞藻，对南朝诗歌所流行的男女主题和纤弱的诗风则不甚措意。所以，北朝诗歌“辞义贞刚，重乎气质”的特点也一直得到保持。

☞ **多学一点**

后世对南朝和北朝诗歌特征的概括

《隋书·文学传序》在评论南朝和北朝诗歌时说：

> 江左宫商发越，贵于清绮；河朔辞义贞刚，重乎气质。气质则理胜其辞，清绮则文过其意。理胜者便于时用，文华者宜于咏歌。此其南北词人得失之大较也。

大体上认为南朝诗歌在音律、辞藻等外在形式上趋向绮靡、华丽，而内容则过于柔靡；北朝诗歌则以内容充实、风格刚健、语言质朴为特点。所谓“时用”，主要指的是符合儒家思想。

一、辞义贞刚，重乎气质——北地三才

温子昇以骈文见长，其诗歌借鉴南朝，因此诗风较北朝其他诗人更为细腻、含蓄。如《捣衣》诗云：

> 长安城中秋夜长，佳人锦石捣流黄。香杵纹砧知远近，传声递响何凄凉。七夕长河烂，中秋明月光。蠮螉塞边绝候雁，鸳鸯楼上望天狼。

此诗写思妇怀远，其中炼词造句，尤其是前四句有南朝诗风的影响，但意象疏朗，境界阔大，颇似初唐格调。再如其《凉州乐歌》其二云：

> 路出玉门关，城接龙城坂。但事弦歌乐，谁道山川远。

诗歌以欢快、明朗的情调写从军之乐，这与传统的征戍题材大异其趣，反映了北方民族的精神风貌。

邢邵诗歌学习沈约，亦有自己的特色。《冬日伤志篇》是其代表作：

> 昔时惰游士，任性少矜裁。朝驰玛瑙勒，夕衔熊耳杯。折花赠淇水，抚瑟望丛台。繁华夙昔改，衰病一时来。重以三冬月，愁云聚复开。天高日色浅，林劲鸟鸣哀。终风激檐宇，余雪满条枚。遨游昔宛洛，踟蹰今草莱。时事方去矣，抚己独怀哉。

诗中歌咏时事盛衰，既有洛阳城的“繁华夙昔改”，又有昔时少年的“衰病一时来”，两相交织，倍感凄凉。诗中意象简洁、遒劲，尤其是景物描写在这方面更为突出，诗歌语言风格明显较南朝为朴素、硬朗，整首诗具有魏晋诗歌的特点。

魏收诗学任昉，个人风格不明显，成就不如同时的邢邵。其诗如《挟琴歌》云：

春风宛转入曲房，兼送小苑百花香。白马金鞍去未返，红妆玉箸下成行。

感觉细腻，无论是在内容、风格上，还是在写作技巧上，都具有明显的南方特色，与宫体诗相近。当时人以“邢魏”将他和邢邵相提并论。

二、融合南北，深沉隽永——庾信

北朝诗人中成就最高的是来自南朝的庾信。庾信的诗歌是南北文学合流的成果，有着极高的思想艺术价值。

（一）身仕敌国，漂泊他乡——飘零身世

庾信早年聪明博识，与父亲庾肩吾皆长于宫体诗，深得萧纲宠信。庾信在奉命出使西魏时，被留在西魏，一直到老死。

庾信一生身仕南北四朝，经历过承平宴游、丧乱、留滞他乡等。在台城陷落和逃奔江陵中，他的两个儿子和一个女儿相继而亡，途中百般艰难，又目睹百姓之苦，这些都应该对庾信有很大的触动。

身仕敌国，漂泊他乡，虽然事出无奈，但其内心仍然有着沉重的负担，更加上有家难归的恋乡之情，都使得庾信对于人生的体验有独特之处，使得他后期的生活及思想脱离和超越了前期的升平享乐生活，更为深沉、复杂。世事沧桑难料，人生倏忽变化，使得庾信晚年颇信佛道，向往隐逸。

庾信诗歌也以留魏为界，分为前后两期。前期诗歌以宫体和唱和为主，所流传的作品数量较少；后期诗歌多自伤身世和怀乡恋国之情，风格苍凉，诗艺精湛，真诚处极是感人。

（二）轻艳流荡，静谧清幽——庾信南朝时期的作品

庾信前期诗歌流传下来的不多，其宫体诗如《舞媚娘》：

朝来户前照镜，含笑盈盈自看。眉心浓黛直点，额角轻黄细安。只疑落花漫去，复道春风不还。少年惟有欢乐，饮酒那得留残？

诗中以对镜自照这一细节写少女的青春感受，既充满了欢娱和生气，也有着对青春的珍惜。“只疑落花漫去，复道春风不还”一句更透露出青春短暂、一切都将消逝的莫名伤感，显示了宫体诗人内心的脆弱和惆怅。此诗技巧相当成熟，是宫体诗中的清新之作。

除了宫体诗外，庾信有一些描写景物的诗也具有很高的艺术水平，如《奉和山池》，其诗歌后半首云：“桂亭花未落，桐门叶半疏。荷风惊浴鸟，桥影聚行鱼。日落含山气，云归带雨余。”通过清新疏朗的景物描写，渲染出一个静谧幽雅的意境。“桂亭”四句以细

腻的笔调描绘了四幅局部小景，姗姗可爱；末两句境界变大，但仍然秀丽含蓄，可谓错落有致。后人常以此诗说明庾信诗风的清新。

此外如《乌夜啼》诗：

促柱繁弦非《子夜》，歌声舞态异《前溪》。御史府中何处宿，洛阳城头那得栖。弹琴蜀郡卓家女，织锦秦川窦氏妻。讵不自惊长落泪，到头啼乌恒夜啼。

这首诗不唯对仗工整，而且声调基本符合律诗平仄的要求，后人称之“开唐七律”（刘熙载《艺概·诗概》），体现了诗歌格律化的发展倾向。

（三）亡国之哀，羁旅之愁——庾信北朝时期的作品

庾信在北朝时，不但政治上日见显贵，而且其文学才华也受到极大的重视。从帝王到一般士人，皆对庾信的诗文推崇备至。庾信成为北朝文坛的领袖人物。但由于世事的变幻无常，再加上自己被迫仕敌的独特经历以及敏感的性情，庾信常对自己的出处怀着愧疚的心情，所以他后期诗歌中常多悲愤、幽怨之情，风格则一变而为遒劲深沉。

其代表作为《拟咏怀》二十七首。这二十七首诗当非作于一时一地，多抒发身世之感。如第七首云：

榆关断音信，汉使绝经过。胡笳落泪曲，羌笛断肠歌。纤腰减束素，别泪损横波。恨心终不歇，红颜无复多。枯木期填海，青山望断河。

这首诗拟思妇口吻，写自己和南方的隔绝，抒发对家乡故国的思念之情，在意境上很接近蔡琰的《悲愤诗》。其中“胡笳”、“羌笛”两句既描写北地迥异的风光物态，更表达了诗人撕心裂肺的思乡之情，意象轻巧流畅，而感情深挚，是不可多得的好句。诗的最末两句则借用典故，写自己年华无多，面对着这无以逾越的时间和空间，只有倾吐着自己无限的绝望和悲愤。诗歌意蕴深挚、凄凉，是作者内心感受的自然爆发。这首诗语言精美。“纤腰减束素”以下四句，是宫体诗中常用的笔法，而庾信用以描述自己的思乡和自哀自怨的心怀，又别是一番滋味。

（四）刚健深沉，笔意纵横——庾信后期诗歌的艺术特色及影响

庾信后期诗歌较之前期发生了根本性的变化，由绮艳而为刚健深沉。其艺术技巧自南朝诗歌发展而来，且愈见成熟，如用典、对仗、声韵和谐等，已经接近于唐朝的格律诗了。庾信的诗歌代表了南北朝时期诗歌所能达到的最高水平。杜甫有诗赞曰：“庾信文章老更成，凌云健笔意纵横。”（《戏为六绝句》其一）又云：“庾信平生最萧瑟，暮年诗赋动江关。”（《咏怀古迹》其一）颇能道出庾信诗歌的情感色彩和艺术特点。

《拟咏怀》第十八首，也是后人常常称颂的一首诗。其诗云：

寻思万户侯，中夜忽然愁。琴声遍屋里，书卷满床头。虽言梦蝴蝶，定自非庄周。残月如初月，新秋似旧秋。露泣连珠下，萤飘碎火流。乐天乃知命，何时能不忧？

诗的前四句仿佛阮籍《咏怀诗》第一首，自己平生的封侯之愿和如今无端而来的忧愁交织一起，显示了此在人生的茫然和困惑。满屋的琴声和胡乱翻过的书籍，都无法平息自己内心的郁闷。经历过人生的剧烈变故，但却无法做到庄子那样达观，无法将自己安顿于此情此境之中。说是人生如梦，可这梦又是如此的真切，无法逃避，这就是庾信的人生处境。残月在天，秋气袭人，时光流逝，年年如故，日日如昨，悲哀如同无处不在的月色，纠缠着一个个无眠的夜晚。诗人以破碎漂泊的流萤来比喻自己无所依托的现实人生，比喻自己永不熄灭的哀怨，非常感人。

这首诗最能体现庾信后期的情怀：内心苦闷，不断地反省自己，心情永远处于紧张愧疚的状态之中，让人十分同情。全诗不唯意蕴深厚、感情深挚，而且形式上非常精致，尤其是"残月如初月，新秋似旧秋"两句，不仅意象玲珑剔透，而且音韵和谐优美，是难得的佳句。《拟咏怀》中此类诗较多，大多悲凉沉郁，颇为感人。

三、温丽江南，寒苦塞北——王褒

与庾信身世相仿佛的另一位诗人是王褒。

王褒诗歌以景物描写为优，其早年所作写景诗皆意象纯净、疏朗，风格省净自然，上继谢朓，下接唐音。如：

> 竹馆掩荆扉，池光晦晚晖。孤舟隐荷出，轻棹染苔归。浴禽时侣窜，惊羽忽单飞。(《山池落照》)
>
> 送人亭上别，被马枥中嘶。漠漠村烟起，离离岭树齐。落星侵晓没，残月半山低。(《始发宿亭》)

诗中描绘景物，渲染气氛，都极有意境。王褒也写过边塞诗，早年所作《燕歌行》状征人思妇之情，《北史·王褒传》称其"妙尽塞北寒苦之状"，以至元帝和诸文士争相和作。

王褒至北方后所作的诗，也以边塞风光闻名。如其《渡河北》云：

> 秋风吹木叶，还似洞庭波。常山临代郡，亭障绕黄河。心悲异方乐，肠断陇头歌。薄暮临征马，失道北山阿。

再如《关山月》诗云：

> 关山夜月明，秋色照孤城。影亏同汉阵，轮满逐胡兵。天寒光转白，风多晕欲生。寄言亭上吏，游客解鸡鸣。

这两首诗气象萧瑟，刻画了边关景物和戍边生活的凄凉、惨淡，在情感上继承了汉乐府，而在意象选择和描写上，又对唐边塞诗产生了极大的影响。王褒的边塞之作往往渲染苦寒，气象萧森，在当时是非常突出的。

王褒在北方的诗歌不似庾信那样具有强烈的内省意识和愧疚之情，但也有乡关之思和孤寂之情，这些情感到其晚年似更为浓郁。其《和殷廷尉岁暮诗》云：

> 岁晚悲穷律，他乡念索居。寂寞灰心尽，摧残生意余。产空交道绝，财殚密亲

疏。空悲赵壹赋，还著虞卿书。

从王褒在北方的生存实际来看，这首诗描写自己的困苦之状，有可能出于文人的矫情，但他半生为客，终老他乡，虽名盛一时，但内心终不能没有寂寞和悲凉。与庾信终生纠缠执著于自责稍有不同，这首诗中还流露出一丝空寂、衰颓的情绪，当与他本人平生看重荣名的情性有关。

☞ **多学一点**

融合南北方文学的典型

庾信和王褒在南朝就享有文名，有着较高的艺术技巧和成就。北方社会的民风习俗、山水风光，以及他们自己远离父邦宗国、身仕敌国的独特经历，使他们的情感和美学趣味迥异往昔，赋予他们的诗歌以新的内容，从而使他们的诗歌在情感内容和艺术形式两方面都取得了巨大的成就，成为融合南北方文学的典型范例。尤其是庾信，他的诗歌成就更是超越了此一阶段的诗人，成为南北朝时期最有影响的诗人。

第九节 民间情韵

一、南朝乐府民歌

南朝乐府民歌主要是情歌，大多数出自城市下层市民如商贾、歌妓、船户等之口，后经乐府机构采集并重新配乐后演唱，始在上层社会流行。《乐府诗集》卷六十一曰：“自晋迁江左，下逮隋、唐，德泽浸微，风化不竞，去圣逾远，繁音日滋。艳曲兴于南朝，胡音生于北俗。哀淫靡曼之辞，迭作并起，流而忘反，以至陵夷。”显然，乐府民歌中的情爱内容迎合了统治者的萎靡的精神，这才能在南朝风靡，并得以保存下来。

南朝民歌诗意图（一）

(一) 吴歌西曲，盛行民间

南朝乐府民歌包括从东吴至陈这一段时期的创作，今传五百多首，大多辑入郭茂倩(1041—1099)《乐府诗集》的《清商曲辞》中，按照地域可分为“吴歌”、“西曲”两类，其中吴歌三百二十六首，西曲一百四十二首。

吴歌主要产生于当时的政治、经济中心建康（今江苏南京）一带的江南地区。《晋书·乐志》说：“吴歌杂曲，并出江南。东晋以来，稍有增广。其始皆徒歌，既而被之管弦。盖自永嘉渡江之后，下及梁、陈，咸都建业，吴声歌曲起于此也。”(《乐府诗集》卷四十四引)

西曲产生于以江陵为中心的长江中游和汉水流域，“西曲歌出于荆（今湖北江陵）、郢（今湖北江陵附近）、樊（今湖北襄樊）、邓（今河南邓县）之间，而其声节送和，与吴歌亦异，故依其方俗谓之西曲云”(《乐府诗集》卷四十七)。

此外，“吴声歌曲”中有十余首《神弦歌》，是民间祭祀乐曲，与其他民歌风格不同，也产生于建康一带。《乐府诗集》除《清商曲辞》外，《杂曲歌辞》、《杂歌谣辞》中，也收有南朝民歌。

这些民歌之所以能在南朝盛行，有如下的原因：

一是江南经济发达、城市繁华，建康、江陵等地更是兴盛，官宦、商贾云集，他们的娱乐需要推动了市民文化的发达。据《南史·循吏列传》记载，宋文帝（424—453在位）时，“凡百户之乡，有市之邑，歌谣舞蹈，触处成群”，到齐永明年间（483—493），“都邑之盛，士女昌逸，歌声舞节，袨服华妆桃花渌水之间，秋月春风之下，无往非适”。由此可见，歌舞娱乐在当时形成了一定的规模。

二是当时的道德规范较为宽松，礼乐教化的观念淡薄，“王侯将相，歌伎填室；鸿商富贾，舞女成群。竞相夸大，互有争夺，如恐不及，莫为禁令”（裴子野《宋略》）。南朝皇室和文人耽于享乐，喜好新声艳曲，官吏、商贾、市民竞相仿效，形成朝野追逐新声的风气。

三是南方多山水林木，景色优美，柔媚的自然环境也培养了南方重辞采、重情感的特点。

(二) 南朝乐府民歌的主题

南朝乐府民歌的主题虽限于男女之情，范围狭窄，但情感炽烈，质朴而富有情趣。如《读曲歌》：

> 打杀长鸣鸡，弹去乌臼鸟。愿得连冥不复曙，一年都一晓。

南朝民歌诗意图（二）

女主人公为了能和情郎长相厮守，祈望白天永远不要来临，表达了对感情的流连和珍惜。吴歌中的《华山畿》表达了对爱情的执著生死不渝：

华山畿，君既为侬死，独生为谁施？欢若见怜时，棺木为侬开。

诗中女主人公因情郎的死去而悲痛欲绝，表达了以死相报答的决心，非常感人。有的诗表现了相思的痛苦，如《子夜歌》之二十八：

夜长不得眠，转侧听更鼓。无故欢相逢，使侬肝肠苦。

《莫愁乐》之二：

闻欢下扬州，相送楚山头。探手抱腰看，江水断不流。

前诗写不得相见的苦恼，后诗写不忍离别的哀愁。乐府民歌中的爱情往往发生在商贾、船户、行客、妓女之间，漂泊无定的生涯决定了他们爱情的悲剧命运。如《那呵滩》：

闻欢下扬州，相送江津湾。愿得篙橹折，交郎到头还。篙折当更觅，橹折当更安。各自是官人，那得到头还。

女主人公在表达了自己的深切留恋之后，又清醒地认识到注定了的悲惨结局，诗中幽幽的叹息隐含着对命运的无奈和深沉的悲愤。

（三）优美动人的《西洲曲》

《西洲曲》篇幅最长，全诗一百六十字，是南朝乐府民歌中最为动人的一首：

忆郎下西洲，折梅寄江北。单衫杏子红，双鬓鸦雏色。西洲在何处？两桨桥头渡。日暮伯劳飞，风吹乌臼树。树下即门前，门中露翠钿。开门郎不至，出门采红莲。采莲南塘秋，莲花过人头。低头弄莲子，莲子清如水。置莲怀袖中，莲心彻底红。忆郎郎不至，仰首望飞鸿。鸿飞满西洲，望郎上青楼。楼高望不见，尽日栏杆头。栏杆十二曲，垂手明如玉。卷帘天自高，海水摇空绿。海水梦悠悠，君愁我亦愁。南风知我意，吹梦到西洲。

南朝民歌诗意图（三）

这首诗写江南少女对江北情郎的四季相思，深情绵邈，意韵悠长。在春天梅花初落的时节，少女回忆起与情郎在西洲相会。从“单衫杏子红，双鬓鸦雏色”的仲春，到伯劳纷飞、乌臼变绿的夏天；从树木掩映的门前，到红莲摇曳的池塘，少女一往情深地等候着自己的情郎。

作者巧妙地运用谐音双关的手法，以“采莲”、“弄莲”、“怀莲”等词语反复倾诉少女如水一样的柔情。直到深秋，大雁南飞之时，少女仍然只能仰首期待情郎的一纸书信。无论是尽日伫立栏杆，还是深阁卷帘，她所能看见的，只是无边无际的天空和悠悠的流水，空旷而苍茫的景色，凸显出了少女的孤独和忧愁。篇末以“梦”字写出少女痴情的向往。

诗中通过季节物候的变化，既抒发了少女的相思之情，同时又描写了少女的形象和自怜自惜之意。如"单衫杏子红，双鬓鸦雏色"是少女青春的自我写照，其中又包含着一份自怜自惜的意味；"低头弄莲子，莲子清如水"写出少女的满腹心事，且又清纯可爱；"栏杆十二曲，垂手明如玉"，写其寂寞、幽怨，及楚楚动人之态。诗歌将一个多情少女的形象塑造得婉转贴切、极富情韵，具有很强的艺术感染力。

《西洲曲》语言清新明丽，采用顶针手法蝉联而下，一意贯通而顾盼生姿。诗中随处可见谐音双关、象征等修辞手法，形象委婉地描摹出了相思之情。沈德潜评这首诗曰："续续相生，连跗接萼，摇曳无穷，情味愈出。"(《古诗源》卷十二)

(四) 慷慨清音，婉转天然——南朝民歌的修辞手法

南朝乐府民歌在语言上多用双关的修辞手法，用一些特定的事象来进行情感的联想。常见的谐音双关如"丝"谐思念之"思"，"匹"谐匹配之"匹"，"莲"谐怜爱之"怜"。谐音双关的手法，含蓄委婉而又浑融自然，颇具意味。

二、北朝乐府民歌

北朝乐府民歌今存六十多首，多辑入《乐府诗集·梁鼓角横吹曲》。所谓"横吹曲"，"其始亦谓之鼓吹，马上奏之，盖军中之乐也"(《乐府诗集》卷二十一)，是北地军中马上所奏之乐。

(一) 北朝乐府民歌的主题

北朝乐府民歌中包括汉族和少数民族的创作，其中有些本用少数民族语言创作，后被译成汉语，还有些经过了南方乐工的加工。由于北方幅员辽阔，自然景观雄浑苍茫，艰苦的自然环境和游牧、征战生活，养成了北方人粗犷、坚忍的气质。这些因素使得北朝乐府民歌具有刚健激越的特点。相较而言，南朝民歌多道儿女之情，北朝乐府则多表现边地之事；南朝乐府以柔婉细腻取胜，北朝乐府则以率真豪迈见长。

北朝乐府民歌反映了北方民族的游牧生活，如描绘广袤草原风光的《敕勒川》：

> 敕勒川，阴山下，天似穹庐，笼盖四野。天苍苍，野茫茫，风吹草低见牛羊。

这首诗景象极为壮观：满目苍茫的大草原，无边无际地向天边延伸开去，只有那同样辽阔的天宇，如同毡帐一样从四面垂下来，笼罩着浩瀚的草原。诗中虽然没有写到人的活动，但诗歌凭着"穹庐"二字，将辽阔无垠的宇宙牢牢捕捉住了。它使我们意识到，那没有尽头的山、绵延不尽的河和苍茫无边的草原，正是敕勒人的家园。这首诗唱出了北方民族自由开阔的心胸，表现了一种壮丽的美感。

有的民歌反映了北方民族尚武的习俗，如《折杨柳歌辞》：

> 健儿须快马，快马须健儿。跸跋黄尘下，然后别雄雌。

《李波小妹歌》：

> 李波小妹字雍容，褰裙逐马如卷蓬。左射右射必叠双。妇女尚如此，男子安可逢！

诗中所显示的豪迈气概，显示了北方民族坚强的生命力，这是南方民族所缺乏的。

有些诗反映战争给人民带来的苦难，如《企喻歌》：

> 男儿可怜虫，出门怀死忧。尸丧峡谷中，白骨无人收。

直接描写了战争对生命的摧残，非常悲惨。又如《陇头歌辞》写动乱或徭役造成了人民的流离失所：

> 陇头流水，流离山下。念吾一身，飘然旷野。
> 朝发欣城，暮宿陇头。寒不能语，舌卷入喉。
> 陇头流水，鸣声幽咽。遥望秦川，心肝断绝。

写出了漂泊在外的艰难与苦痛。另外，北朝乐府民歌中也有描写爱情的作品，如《地驱乐歌》：

> 驱羊入谷，白羊在前。老女不嫁，蹋地唤天。

又如《幽州马客吟歌》：

> 南山自言高，只与北山齐。女儿自言好，故入郎君怀。

情感表达直截了当、热烈而大胆，与南朝民歌的委婉细腻风格迥异。总的说来，北朝民歌抒情真率，语言质朴，表现出苍劲豪迈的风格特征。

（二）辞意古朴的《木兰诗》

《木兰诗》是北朝乐府中唯一的长篇叙事诗，写木兰女扮男装、代父从军的传奇故事，塑造了英勇善战而又机智活泼的巾帼英雄的形象。诗歌以木兰的叹息声开头：

> 唧唧复唧唧，木兰当户织。不闻机杼声，唯闻女叹息。

这声声叹息，既表现了木兰的焦虑，又暗示了木兰在心中酝酿着代父从军这一不同寻常的选择。而“东市买骏马，西市买鞍鞯，南市买辔头，北市买长鞭”数句，则表现出木兰的果敢。“不闻爷娘唤女声，但闻黄河之水鸣溅溅”，“不闻爷娘唤女声，但闻燕山胡骑鸣啾啾”，这两句既写出木兰远赴沙场的艰难旅程，同时也以对爹娘的思念暗示了她作为女性的特有心情。经历了十年征战之苦，木兰胜利归来，可是她不慕荣利，不愿做官，只愿恢复自己的女儿生活。诗在叙述木兰换装这一情节时，通过反复细致的描写，表达了

《木兰诗》诗意图

一种失而复得的喜悦心情：

开我东阁门，坐我西阁床。脱我战时袍，著我旧时裳。当窗理云鬓，对镜贴花黄。

诗歌最后以“出门看火伴，火伴皆惊惶”的戏剧性场景结束。木兰勇敢而淳朴的形象得到了完满的表现。

这首诗从女扮男装这一特定的角度出发，在结构全诗时，涉及女性心理和身份转换的情节，就详细描述。如购置军备，写其决心之坚定；夜宿黄河，写女性从军之艰难；爷娘迎归和换装，写对女儿身份的回归。而对漫长的战争岁月，仅以“万里赴戎机，关山度若飞。朔气传金柝，寒光照铁衣。将军百战死，壮士十年归”一笔带过。这样的处理，可谓详略得当，富有情韵。

在具体描写中，这首诗运用了多种民歌传统的表现手法，如设问、比喻、排比、对偶、重复等塑造人物，表现主题。其中运用最多的是排比和复叠。如“东市买骏马”四个排比句，写出了木兰代父从军所做的紧张的准备工作；“爷娘闻女来”一段采用复叠手法，尽量铺排欢乐的场面，渲染出木兰归来时家人兴高采烈的气氛。篇末的双兔比喻，令人在感慨中感受到了木兰的矫健与英勇。

这首诗叙事完整，人物形象生动传神，充满了传奇色彩。它与《西洲曲》被视为南北朝乐府民歌之双璧。

☞ 多学一点

颜之推论南北音声之不同

颜之推云：“南方水土和柔，其音清举而切诣，失在浮浅，其词多鄙俗。北方山川深厚，其音沉浊而鈋钝，得其质直，其词多古语。”（《颜氏家训·音辞》）

【温故知新】

偏安江左　“气格卑弱”　诗歌形式的特点和贡献　谢灵运和山水诗　陶渊明和田园诗　鲍照的乐府体诗　谢朓和永明体诗　宫体诗　“北地三才”　融合南北风格的庾信和王褒　乐府民歌

【请你思考】

1. 试阐述谢灵运诗歌语言之美。

2. 试阐述谢朓诗歌对唐人的影响。

3. 杜甫诗云“庾信平生最萧瑟，暮年诗赋动江关”，请结合庾信后期的诗歌创作分析其“动江关”的原因。

4. 阐述南朝民歌兴盛的原因、主题及修辞手法。

5. 颜之推在《颜氏家训》中论及南北音声的不同，其辞云：“南方水土和柔，其音清举而切诣，失在浮浅，其词多鄙俗。北方山川深厚，其音沉浊而鈋钝，得其质直，其词多古语。”请结合具体作品分析南北朝民歌的不同。

【推荐阅读】

逯钦立校注．陶渊明集．北京：中华书局，1979

（南朝宋）鲍照．钱仲联集注．鲍参军集注．上海：上海古籍出版社，2005

（南朝宋）谢灵运，鲍照．黄节注．谢康乐诗注 鲍参军诗注．北京：中华书局，2008

（南朝齐）谢朓．曹融南校注集说．谢宣城集校注．上海：上海古籍出版社，1991

（南朝梁）沈约．宋书．北京：中华书局，2003

（南朝梁）萧子显．南齐书．北京：中华书局，1972

（北周）庾信．庾子山集．吉林：吉林出版集团，2005

（唐）李延寿．南史．北京：中华书局，1975

（唐）李延寿．北史．北京：中华书局，1974

（唐）魏征，令狐德棻．隋书．北京：中华书局，1973

（宋）郭茂倩．乐府诗集．傅增湘藏宋本．北京：人民文学出版社，2010

（金）元好问评选．狄宝心校注．元好问诗编年校注．北京：中华书局，2011

（清）王夫之评选．张国星点校．古诗评选．保定：河北大学出版社，2008

（清）叶燮，沈德潜．孙之梅，周芳批注．原诗 说诗晬语．南京：凤凰出版社，2010

［日］小尾郊一．邵毅平译．中国文学中所表现的自然与自然观．上海：上海古籍出版社，1989

王瑶．中古文学史论．北京：北京大学出版社，1998

陈鼓应．庄子今注今译．北京：中华书局，2009

罗宗强．魏晋南北朝文学思想史．北京：中华书局，1996

李泽厚．美的历程．天津：天津社会科学院出版社，2001

第三章 文体的创新

【导入】

散文在自魏到西晋的时期里是较为沉寂的。随着文士避居江左，自我性情内敛，他们抒情的需要促进了各种文体的进一步发展。散文在经过骈俪化后，也成为一种抒情文体，在江左盛行起来。东晋散文不多，但注重表达个人情感，意境精致，骈句明显增多。南朝时，骈文受到了文人的广泛喜爱，成为一种通用文体，并取得了很高的艺术成就。

辞赋在江左发展为更具有抒情意味、更精致的骈赋，成为文人表现自己情志和才华的常用文体。他们常以集团的形式，以同题共作的方式进行创作，尤其是在永明声律理论之后，辞赋在形式上更趋典雅、流丽，并取得了很高的艺术成就。南朝时期，在骈赋已经成型的情况下，律赋开始萌芽。

第一节 东晋文章

东晋时期，士人社会责任感渐至淡薄，在清谈、饮酒、吃药背后，是人格的淡泊和宁静，是对生命自身的体悟和自我性情的赏玩。西晋散文中的繁缛之风，至此一变而为省净、超远。较之西晋而言，骈句在东晋人笔下往往体现为一种回环往复的悠扬的情致，更为精致，更有韵味。抒发生之忧患的代表性文章是王羲之的《兰亭集序》，表达个人情怀的代表作是陶渊明的《五柳先生传》。

一、兴尽悲来，属之于文——王羲之《兰亭集序》

永和九年（353）三月初三，王羲之和当时名士孙绰、谢安、支遁等，在会稽山阴之兰亭举行“修禊”仪式。王羲之自叙其事云：

王羲之像

> 永和九年，岁在癸丑，暮春之初，会于会稽山阴之兰亭，修禊事也。群贤毕至，少长咸集。此地有崇山峻岭，茂林修竹；又有清流激湍，映带左右。引以为流觞曲水，列坐其次，虽无丝竹管弦之盛，一觞一咏，亦足以畅叙幽情。是日也，天朗气清，惠风和畅。仰观宇宙之大，俯察品类之盛，所以游目骋怀，足以极视听之娱，信可乐也。

山水纵游，对于东晋名士来说，既是一种性情体现，也是生命的一种寄托；三五知己能于美好的水光山色中“畅叙幽情”，这确实是一件赏心乐事。而对于王羲之来说，一切却是如此短暂，“向之所欣，俛仰之间，已为陈迹”，在不断成为过去的岁月里，留下来的只是人生短暂、岁月如水的悲哀。王羲之在文中否认了老庄一死生、齐彭殇的观点，认为今天留给后人的诗文，也必然会将这种欢娱短暂的感受传给后人。正是生命自身的感受启发了晋人对山水自然的感悟。这篇短小的序文既有对景色的描写，又有深沉的人生感慨，清新秀美的文笔中飘荡着浓重的忧郁情绪，内涵极为丰富，而文风疏朗、明净，韵味无穷。

二、文章不群，莫如之京——陶渊明的辞赋作品

陶渊明的《五柳先生传》实际上是他自己人生美学实践和人格理想的真实写照。这

篇文章篇幅短小，内容却十分丰富。全文如下：

> 先生不知何许人也，亦不详其姓字，宅边有五柳树，因以为号焉。闲静少言，不慕荣利。好读书，不求甚解，每有会意，便欣然忘食。性嗜酒，家贫不能常得。亲旧知其如此，或置酒而招之。造饮辄尽，期在必醉；既醉而退，曾不吝情去留。环堵萧然，不蔽风日，短褐穿结，箪瓢累空，晏如也。常著文章自娱，颇示己志，忘怀得失，以此自终。赞曰：黔娄有言"不戚戚于贫贱，不汲汲于富贵"，其言兹若人之俦乎！酣觞赋诗，以乐其志，无怀氏之民欤？葛天氏之民欤！

文中描述了一个自然任性，对社会无所牵挂，而唯以自我适意为务的人格形象，平淡恬静的主题和淳朴流畅的语言风格极为和谐地交织在一起，共同营构出一个飘然洒脱、自由宁静的艺术境界。这一艺术境界和人格形象，成了后世文人士大夫的一种理想。

陶渊明的《桃花源记》也是一篇极有影响的散体文章，文中描述了一个与世隔绝的世界。这是一个充满了宁静、自由和幸福的世界，这里没有国家君臣，没有赋税徭役，没有战乱纷争，人们过着淳朴、自得其乐的自然生活，甘居美服，乐俗安居。文章其实是再现了老庄的自然社会图景，但由于陶渊明在文中描写了优美的农家景色和热情的民风人情，从而使得陶渊明的田园主题和老庄的"老死不相往来"的枯寂心境有了明显的区别。文章语言朴素自然，含蓄有味，格调明丽而又颇显神秘的色彩，是一篇极富魅力的散文。

陶渊明今存赋三首：《感士不遇赋》、《闲情赋》和《归去来兮辞》。《感士不遇赋》承汉代董仲舒（前179—前104）、司马迁（前145？—前87?）"士不遇"的主题而来，表达了不得其时、有才难骋的孤愤之情。但与汉人不同，陶渊明认为社会每况愈下，"密网裁而鱼骇，宏罗制而鸟惊"，所以"不遇"反而是励志保身的方法，是一种自觉的选择："宁固穷以济意，不委曲而累己。"

《闲情赋》取意于张衡的《定情赋》，表达了男子对爱情的热烈追求。其中描写女子形貌，并以"十愿"来表达对女子的无限倾慕之情，都十分精彩，显示了陶渊明深情委婉的一面。末段写此情难谐、终不可得的悲哀。这一构思与曹植《洛神赋》相似，通过追求的失败，来抒发人生落寞的悲哀。

陶渊明的《归去来兮辞》作于自彭泽令上辞官归隐之际，表达自己从官场解脱出来、重获自由的喜悦之情。其描写归乡时的心情和对隐居生活的遐想云：

> 舟遥遥以轻飏，风飘飘而吹衣，问征夫以前路，恨晨光之熹微。乃瞻衡宇，载欣载奔。僮仆欢迎，稚子候门。三径就荒，松菊犹存；携幼入室，有酒盈樽。引壶觞以自酌，眄庭柯以怡颜；倚南窗以寄傲，审容膝之易安。园日涉以成趣，门虽设而常关；策扶老以流憩，时矫首而遐观。云无心以出岫，鸟倦飞而知还。景翳翳以将入，抚孤松而盘桓。

这一小段文字写出了自己摆脱官场后的轻盈和喜悦，写出了对家园的急切渴望，写出了在历经困惑并最终找到人生归宿后的惬意和满足。

《归去来兮辞》还通过亲人的情话、农人的关怀、四季的耕作等描写，在简单朴实的生活中，体会到万物得时、顺应自然的大欢乐。这篇抒情小赋在结构上自然流转，语言风格质朴，而四、六言偶句却构造精致，使得全文于平易、流畅中显示出整饬、精美的一面，是骈赋的代表作。

三、述川渎之美，散象外之说——郭璞和孙绰

东晋赋作除了陶渊明外，成就较高的作家还有郭璞、孙绰等。郭璞所作《江赋》在当时很有影响。《文选》李善注引《晋中兴书》曰："璞以中兴，王宅江外，乃著《江赋》，述川渎之美。"可见《江赋》的写作目的在于鼓励朝廷立国江东，振作士人信心。《江赋》是体物大赋，以堆砌名物的传统方法写成。

郭璞的《登百尺楼赋》是一篇抒情骈赋。赋中记述了南渡时所经历的山川，展现了当时动乱的社会图景和自己的深沉的忧时忧国之情。

孙绰是重要的玄言诗人，所作赋也以论玄为主，语言平淡，宣讲佛老思想。如其《游天台山赋》在描写了世外之景后，云："散以象外之说，畅以无生之篇。悟遣有之不尽，觉涉无之有间。泯色空以合迹，忽即有而得玄。释二名之同出，消一无于三幡。"这些议论也如同其诗"平典似道德论"（《诗品》卷下）。不过，其中的景色描写也有可取之处。文中四言、六言排比属对，骈体的特征较为明显。

第二节 南朝骈文

南朝偏安江左，帝王和士大夫沉溺于一时的安宁，大力倡导诗文创作。他们关注辞采本身的感官效果，喜欢华美的辞章、整齐的句式、古奥的典故。尤其是在永明声律论提出后，骈文不仅讲求字对，也讲求声对，给人以从未有过的耳目愉悦。这也与南朝人的整体审美倾向相一致。因此，骈文在南朝得到了迅速的发展。南朝文人惯于用骈文抒情，骈文不唯数量众多，而且佳作迭出。南朝骈文的文学地位几与诗歌比肩。

一、烟云变幻，尽态极妍——鲍照《登大雷岸与妹书》

刘宋文学以"元嘉三大家"成就最高，他们的共同特点是"铺锦列绣"，文藻富丽。谢灵运多作赋。颜延之骈文较多，其中《陶征士诔》描绘陶渊明的生平和隐居生活，生动而贴切，颇能显示陶渊明的精神境界，深受后人好评。而就骈文而论，成就最高的则要推鲍照。鲍照出身寒门，少雍容典雅之态，多愤懑不平之气，尤以藻丽文辞自负。

在赴江州任所时，鲍照途经安徽望江县之大雷岸。如此山川景物，将其旅途的艰辛、人生之迷茫，尽行逗引而出。鲍照遂作《登大雷岸与妹书》抒发感怀。其中描写大雷岸景色一段云：

南则积山万状，争气负高，含霞饮景，参差代雄。凌跨长陇，前后相属。带天有匝，横地无穷。东则砥原远隰，亡端靡际，寒蓬夕卷，古树云平。旋风四起，思鸟群归。静听无闻，极视不见。北则陂池潜演，湖脉通连。苎蒿攸积，菰芦所繁。栖波之鸟，水化之虫，以智吞愚，以强捕小。号噪惊聒，纷牣其中。西则回江水指，长波天合，滔滔何穷，漫漫安竭？创古迄今，舳舻相接。思尽波涛，悲满潭壑。烟归八表，终为野尘，而是注集，长泻不测。修灵浩荡，知其何故哉？

西南望庐山，又特惊异。基压江潮，峰与辰汉相接。上常积云霞，雕锦缛，若华夕曜，岩泽气通，传明散彩，赫似绛天，左右青霭，表里紫霄。从岭而上，气尽金光。半山以下，纯为黛色。信可以神居帝郊，镇控湘汉者也。

当时文人交往，甚至疏奏，多用骈文，但以骈文作家书则甚为少见。这大概与鲍照兄妹都以文才自负有关。《登大雷岸与妹书》描写景色时多方位、多层次渲染，借鉴了汉大赋的手法，但又不仅铺陈写物，其中包含了作者的穷途困顿之叹，包含了内心的幽怨和愤懑。从语言上看，这篇文章炼字考究，排比繁缛，骈偶句式极多，尤其是写所见庐山之景色，可谓富丽，《六朝文絜》许为“烟云变幻，尽态极研”，显示了南朝骈文的发展趋势。鲍照的文章大抵都是骈文，除这篇《登大雷岸与妹书》外，其他如《瓜步山楬文》、《石帆铭》等，都颇为著名。

骈文在经过刘宋的过渡期以后，“齐永明中，文士王融、谢朓、沈约文章始用四声，以为新变”（《南史·庾肩吾传》），骈文的发展达到了极盛时期。出于声韵格律的考虑，当时文人普遍认为“四字密而不促，六字格而非缓”（《文心雕龙·章句》），只有骈四俪六、隔句相对，才能显得音韵和谐，委婉动听，于是骈文以四、六言为主，遂成为定则。再加上平仄的错落相应，词藻的进一步美化，骈文这种艺术形式更臻于玲珑精致，与当时文人的审美趣味极相投合。所以连应用文字也多以骈文为之，如书信、章表、碑志等，满眼皆是缛文丽词。但文学价值高的骈文，反而较少出于那些著名文人之手。如谢朓所作骈文不可谓少，但被《文选》录入者，只有《拜中军记室辞随王笺》一篇而已。

二、山水清音，滑稽雅谑——孔稚珪《北山移文》

孔稚珪（447—501）所作《北山移文》是一篇极富讽刺意味的文章。旧说该文讽刺周颙，今人多同意是调笑之作。文中云“周子”曾隐居北山，“傲百氏，蔑王侯”，信誓旦旦，其实不过是借以欺世盗名，一旦为官则又另是一番趾高气扬之态。文章借北山山灵之口，表达了对周子等身在山林而心存魏阙的势利之徒的愤怒。其中“尔乃眉轩席次，袂耸筵上，焚芰制而裂荷衣，抗尘容而走俗状”，寥寥数语，将一个小人得志而忘乎所以的情态活灵活现地展现无遗。文章末段写山灵拒绝周子再过北山云：

今又促装下邑，浪拽上京。虽情投于魏阙，或假步于山扃。岂可使芳杜厚颜，薜荔无耻，碧岭再辱，丹崖重滓，尘游躅于蕙路，污渌池以洗耳。宜扃岫幌，掩云关，敛轻雾，藏鸣湍，截来辕于谷口，杜妄辔于郊端。于是丛条瞋胆，叠颖怒魄，或飞柯以折轮，乍低枝而扫迹。请回俗士驾，为君谢逋客。

钱钟书（1910—1998）所评曰："以风物刻画之工，佐人事讥嘲之切，山水之清音与滑稽之雅谑，相得而益彰。"（《管锥篇》卷十九）文中的有关山川寂寞的景物描写亦颇富诗意。这篇骈文实借用赋的写法，只是将赋的设客问答，改为山灵一个角色，使得文章活泼生动。这篇骈文属对工整，文辞华美，音调谐畅，整齐而富有变化的句式，缓急有间，流转自如。孙月峰（1543—1613）认为骈文至此方至"精绝"（于光华《文选集评》引）。

概念解析

任笔沈诗

任昉是南朝著名的骈文作家，和沈约齐名，时有"任笔沈诗"之称。《文选》载其文章共十九篇，数量之多，无人出其右，其所作主要是章表奏疏之文。史称其"才思无穷，当时王公表奏，无不请焉"（《南史·任昉传》）。相较而言，任昉骈文的风格趋于朴素，较少繁文缛词。其最为著名者为《奏弹曹景宗》。

三、江南已绿，游子思归——丘迟《与陈伯之书》

骈文在景物描写方面的成就也越来越高，由于较赋要从容宛转，所以往往更富有情韵，疏朗洒脱。

梁朝时，陈伯之投降北魏为将。丘迟（464—508）为梁军统帅萧宏记室，作书劝陈伯之归梁，在陈述利害之外，突然插入一段写景文字云：

江南春色

暮春三月，江南草长，杂花生树，群莺乱飞。见故国之旗鼓，感平生于畴日；抚弦登陴，岂不怆悢。所以廉公之思赵将，吴子之泣西河，人之情也。将军独无情哉！

其中关于江南春色的描写真可谓神来之笔，寥寥几笔，即写出春光无限，足以启发游子的故乡之情，对陈伯之的感染作用自不待说。

四、山川之美，古来共谈——陶弘景《答谢中书书》

此时，由于心灵的脆弱，美学思潮的熏染，人们对自然景物的感受陡然大大增强，常常借骈文的形式，通过书信来表达自己的自然感悟。著名的如陶弘景（456—536）的《答谢中书书》，其中有云：

山川之美，古来共谈。高峰入云，清流见底。两岸石壁，五色交辉。青林翠竹，四时俱备。晓雾将歇，猿鸟乱鸣，夕日欲颓，沉鳞竞跃。实是欲界之仙都。自康乐以来，未复有能与其奇者。

五、扫除浮艳，澹然无尘——吴均《与宋元思书》

吴均（469—520）所作《与宋元思书》：

风烟俱净，天山共色，从流飘荡，任意东西。自富阳至桐庐，一百许里，奇山异水，天下独绝。水皆缥碧，千丈见底；游鱼细石，直视无碍。急湍甚箭，猛浪若奔。夹岸高山，皆生寒树，负势竞上，互相轩邈，争高直指，千百成峰。泉水激石，泠泠作响；好鸟相鸣，嘤嘤成韵。蝉则千转不穷，猿则百叫无绝。鸢飞唳天者，望峰息心；经纶世务者，窥谷忘反。横柯上蔽，在昼犹昏；疏条交映，有时见日。

前者的景物描写尚流于共相，但语言流利，声韵和谐，怡然自得之情溢于言表。后者专写富春江一段景色，不唯描写出色，历历若在目前，充满了动感，而且意境萧森邈远，其纯净深幽之处，直可以净化精神，感悟顽冥。文章文字清新，音韵和谐，句式整齐，许梿评曰“扫除浮艳，澹然无尘”（《六朝文絜》卷七），将其与陶渊明《桃花源记》相提并论。《与宋元思书》是六朝山水小品文章的代表作品。

六、语似合璧，意如贯珠——刘勰《文心雕龙》

山水小品外，一些说理之文也以骈文的形式出现，最有代表性的当推刘勰在齐时所撰的文学理论著作《文心雕龙》。《文心雕龙》全书五十篇，全部采用骈文的形式写就，是骈文史上杰出的巨著。刘勰本人对骈文理论深有研究，《文心雕龙》中有关章节，如《丽辞》、《事类》、《声律》、《章句》、《比兴》、《夸饰》、《练字》等，都是关于骈文创作方法诸种要素的详细论述。骈文以形象描绘和铺陈渲染见长，其有助于理论阐述者，也正是通过形象化的描述表现精微的文学感觉，通过以类相比总结和说明普遍的文学现象。《文心雕龙》也正是充分运用了骈文的特点，为传统的文学理论奠定了一个基本的表述模式。如其《物色》篇云：

春秋代序，阴阳惨舒，物色之动，心亦摇焉。盖阳气萌而玄驹步，阴律凝而丹鸟羞，微虫犹或入感，四时之动物深矣。若夫珪璋挺其惠心，英华秀其清气，物色相召，人谁获安？是以献岁发春，悦豫之情畅；滔滔孟夏，郁陶之心凝；天高气清，阴沉之志远；霰雪无垠，矜肃之虑深；岁有其物，物有其容；情以物迁，辞以情发。一叶且或迎意，虫声有足引心。况清风与明月同夜，白日与春林共朝哉！

这一段论述自然物候对人心的感发作用，刘勰以多种情境将抽象的思理展现为如诗般的意境，文采飞扬，读之有赏心悦目之感，而理亦在其中。其下更以《诗经》为例，说诗人对自然景物的领悟和把握："故'灼灼'状桃花之鲜，'依依'尽杨柳之貌，'杲杲'为日出之容，'瀌瀌'拟雨雪之状，'喈喈'逐黄鸟之声"连类相属，以说明诗人"写气图貌，既随物以宛转；属采附声，亦与心而徘徊"，可谓说理透辟，同时还具有说理文章所不具有的感染力。《文心雕龙》作为一部体大思精的文学理论著作，后人称其文为"抑扬顿挫，语虽合璧，而意如贯珠。纲举目张，枝分派别，假譬取象，变化不穷"（张之象《文心雕龙序》）。《文心雕龙》也显示了骈文在南朝的地位、影响，及其高超的表现力。

七、骈文佳构，宫体大成——徐陵《玉台新咏序》与《与齐尚书仆射杨遵彦书》

徐陵所编《玉台新咏》选录汉魏以来与女性描写有关的诗作，为宫体诗张本。而《玉台新咏序》本身就是一篇囊括宫体主题的精美骈文，包括容貌、生活场景、才情、寂寞情感等，无所不有。兹举其描写后宫妇女才情之一节如下：

加以天时开朗，逸思雕华，妙解文章，尤工诗赋。琉璃砚匣，终日随身；翡翠笔床，无时离手。清文满箧，非惟芍药之花；新制连篇，宁止蒲萄之树。九日登高，时有缘情之作；万年公主，非无累德之辞。其佳丽也如彼，其才情也如此。

整篇序文风格绮丽，音调流利，对仗工整，文中多处使事用典，可谓集宫体之大成。

徐陵被羁留北齐时，所作书信往往表达对北齐的不满，表达自己的故国之思，希望能回到南方。如其《与齐尚书仆射杨遵彦书》中有如下一段：

岁月如流，人生几何？晨看旅雁，心赴江淮；昏望牵牛，情驰扬越。朝千悲而下泣，夕万绪以回肠，不自知其为生，不自知其为死也！足下素挺词锋，兼长理窟。……若一理存焉，犹希矜眷。何必期令我等必死齐都，足赵魏之黄尘，加幽并之片骨！遂使东平拱树，长怀向汉之悲；西洛孤坟，恒表思乡之梦。千祈以屡，哽恸增深。

此文抒发了真情实感，悲切动人，亦是骈文中的佳构。

第三节
南朝辞赋

南朝辞赋作品也不少，同样具有浓郁的抒情色彩。

一、鲍照旧辞赋，芜城千古愁——《芜城赋》

鲍照今存赋十篇，以《芜城赋》最为有名。《芜城赋》描写了广陵古城的盛衰变化，吊古伤今，抒发了作者华屋丘山、沧海桑田的兴亡自感。全文竭尽描写之能事，无论是昔日的繁华，还是今天的颓败荒寂，都能泼墨如水，细致铺写。文中既有对宏大场面的粗线条勾勒，又有精细的局部描写，绘影绘形，生动鲜明。如其关于广陵荒废后的描写云：

泽葵依井，荒葛罥涂，坛罗虺蜮，阶斗麏鼯。木魅山鬼，野鼠城狐，风嗥雨啸，昏见晨趋。讥鹰厉吻，寒鸱吓雏。伏虣藏虎，乳血飧肤。崩榛塞路，峥嵘古馗。白杨早落，塞草前衰。棱棱霜气，蔌蔌风威，孤蓬自振，惊砂坐飞。灌莽杳而无际，丛薄纷其相依。通池既已夷，峻隅又已颓，直视千里外，唯见起黄埃。凝思寂听，心伤已摧！

文中着力渲染了一种阴森恐怖的气氛，颇能骇人心目，给人强烈的视觉冲击，写出了长期的战乱给社会带来的破坏，显示了作者惊人的想象力和表达能力，也透露了作者内心对现实的不认同。这篇辞赋不但辞藻繁丽，而且通过骈散结合的形式，创造出缓急自如的节奏，自然而贴切地传达出作者内心的焦虑和忧伤，具有很高的艺术成就。

鲍照的《舞鹤赋》也是一篇传世名作，作者以鹤喻人，抒发内心的悲哀和痛苦。

二、流风回雪，素月清晖——《雪赋》和《月赋》

晋宋之际著名的辞赋作品，还有谢惠连的《雪赋》和谢庄的《月赋》。

《雪赋》假托西汉时梁孝王在菟园赏雪，司马相如、枚乘、邹阳等作赋咏雪。作者安排司马相如述景，枚乘言理，邹阳抒情，而其中写雪景一段最为著名，是南朝著名的咏物小赋。赋中借邹阳之口感慨曰："怨年岁之易暮，伤后会之无因。君宁见阶上之白雪，岂鲜耀于阳春?"表达了人生短暂、相会无期的悲哀。

《月赋》假托曹植和王粲月夜游吟的故事，其中关于月色的描写云："若夫气霁地表，云敛天末，洞庭始波，木叶微脱。菊散芳于山椒，雁流哀于江濑，升清质之悠悠，降澄辉之霭霭。列宿掩缛，长河韬映，柔只雪凝，圆灵水镜，连观霜缟，周除冰净。”作者以此渲染了一个思友念旧的悲哀情境。

无论是《雪赋》还是《月赋》，都以体物为主，而所抒发的感情又都是人生的凄凉哀怨，反映了南朝抒情小赋的一般特点。

三、生离死别，古今绝唱——《恨赋》与《别赋》

在辞赋上与鲍照齐名的南朝作家是齐梁时的江淹，时称“江鲍”。江淹最为有名的赋是《恨赋》和《别赋》，分别写两种人生感受。

《恨赋》抒发忧生惧死之情：“试望平原，蔓草萦骨，拱木敛魂。人生到此，天道宁论!”表达了人生短暂的悲哀，其结尾云：“已矣哉！春草暮兮秋风惊，秋风罢兮春草生。绮罗毕兮池馆尽，琴瑟灭兮丘垅平。自古皆有死，莫不饮恨而吞声。”全文极为凄凉哀怨，流露出作者对生命的珍惜和留恋，抒发了面对死亡的无可奈何之情。

而《别赋》则以离别写人生的无常，其开端便云：“黯然销魂者，唯别而已矣。”此下刻画了不同人物在各自特定的场景中的“暂离之别”和“永诀之别”。文章将人间种种离别分为七种类型进行描写：富贵者之别、侠士之别、征人之别、使者之别、宦游之别、求道学仙之别、恋人之别。针对不同的离别所引起的“怨”情，作者作了各有特点的描述。如征人之别，作者将边塞的辽远无极与家乡的绚丽风光和家中的和乐温情对比，渲染出不忍之状：

> 或乃边郡未和，负羽从军，辽水无极，雁山参云。闺中风暖，陌上草熏。日出天而耀景，露下地而腾文。镜朱尘之照烂，袭青气之烟煴。攀桃李兮不忍别，送爱子兮沾罗裙。

其写宦游之别，则侧重写闺阁的寂寞和思妇无穷无尽的期盼：

> 又若君居淄右，妾家河阳。同琼珮之晨照，共金炉之夕香。君结绶兮千里，惜瑶草兮徒芳。惭幽闺之琴瑟，晦高台之流黄。春宫閟此青苔色，秋帐含兹明月光。夏簟清兮昼不暮，冬釭凝兮夜何长。织锦曲兮泣已尽，回文诗兮影独伤。

其写恋人之别，则以春情秋思表现不绝的思念：

> 下有芍药之诗，佳人之歌，桑中卫女，上宫陈娥。春草碧色，春水渌波，送君南浦，伤如之何！至乃秋露如珠，秋月如珪，明月白露，光阴往来。与子之别，思心徘徊。

等等。如作者所说，“别虽一绪，事乃万族”，不同人的分离有不同的气氛，或豪华、或悲壮、或凄恻、或伤感、或幽怨、或超脱、或缠绵，离别的情绪也因之各具特色。所有这些别离的感觉，实际上是作者对人生无常的深切体悟，体现了作者对生命脆弱的无限伤感。

首先，江淹的这两篇辞赋以抽象的、普遍的人生感受为描写对象，而且能将其具象化，非常生动形象地表现出来，确实显示了作者超乎常人的感受能力和表达能力，也显示了作者对人生的执著和真切感悟。其次，江淹的辞赋注重以自然景物来渲染描摹人物的心理感受，语言优美，节奏明晰，创造出情景交融的和美意境。最后，江淹的赋辞采艳丽，以骈四俪六的句式为主，但时有错落变化，音调婉转凄美，典型地显示了骈赋的艺术效果。

☞ 多学一点

南朝其他辞赋作家

江淹之后，萧纲、萧绎、孔稚珪等，都是较为著名的辞赋作家。其中萧纲所作的《采莲赋》、萧绎所作的《荡妇秋思赋》等在刻画人物形貌、描绘景色、叙写别情等方面，都有相当的成就。这些赋作情调低回幽怨，文词清丽，在描写上受到诗歌，甚至是南朝民歌的影响，具有浓郁的抒情意味和相当的文学价值。

秋思图

四、精于咏物，微于体情——南朝赋作之特色

相对而言，南朝的赋作对仗更加精美，甚至出现了“通章无句不对”（李调元《赋话》卷一）的现象，而且在对仗的同时，又讲求音韵谐调。永明体作家都有赋作留传于世，他们的赋作往往苦心追求音乐的和谐，往往以声韵和美著称。祝尧《古赋辨体》评论云：“盖自沈休文（约）以平上去入为四声，至子山尤以音韵为事，后遂流于声律焉。”

对对仗和声律的追求，使得赋进一步向诗靠拢，文人开始用整齐的五、七言入赋，使得辞赋的诗化倾向越来越明显。如萧悫（生卒年不详）的《春赋》云：“落花无限数，飞鸟排花度。禁苑至饶风，吹花春满路。岩前片石迴如楼，水里连沙聚作洲。二月莺声才欲断，三月春风已复流。分流绕小渡，堑水还相注。山头望水云，水底看山树。舞余香尚在，歌尽声犹住。麦垄一惊翚，菱潭两飞鹭。”前四句完全可以看作一首声律和谐的五绝。这些都为骈赋向唐朝的律赋过渡做好了准备。

题材上，南朝赋仍然以咏物小赋为主，所描写的对象，除了传统的皇宫禁苑、舞马玩物外，自然景象、节令物候、人生情境，甚至情感类型都越来越多地成为辞赋的咏诵对象。如“七夕”、“月”、“寒夜”、“离别”、“知己”、“梦”、“别”、“恨”等等，所抒发的都是人生的种种悲凉和幽怨，这说明，南朝文人已经难以在辞赋中重复前人那种昂扬向上或慷慨愤懑了，他们越来越向自己的内心世界龟缩，情感趋于纤弱缠绵，在精巧尖新的艺术形式背后，显示了他们精神的靡弱。

第四节
北朝文章

一、北朝的散文和骈文

北朝散文创作主要模仿南朝。即以北地三才而言，邢邵曾指责魏收云：“江南任昉文体本疏，魏收非直模拟，亦大偷窃。”而魏收则反讥曰：“伊常于沈约集中作贼，何意道我偷任?”（《北史·魏收传》）三才的散文现存很少，其中魏收的《魏书》、温子昇的《寒陵山寺碑》都颇有文才。

王褒和庾信来到北朝以后，创作了一些散文作品，尤其是一些骈文作品，具有很高的艺术价值。

王褒所作之《寄梁处士周弘让书》，抒发其对故乡的思念和人老他乡的怨恨之情。其中有云：“顷年事乃尽，容发衰谢，芸其黄矣，零落无时，还念生涯，繁忧总集。视阴日，犹赵孟之徂年；负杖行吟，同刘琨之积惨。河阳北临，空思巩县；霸陵南望，还见长安。所冀书生之魂，来依旧壤；射声之鬼，无恨他乡。白云在天，长离别矣！会见之期，邈无日矣！援笔揽纸，龙钟横集。”情感极是真切、凄厉。张溥（1602—1641）以之和庾信的《哀江南赋序》相提并论（见张溥《汉魏六朝百三家集·王司空集题辞》）。

庾信除了诗歌成就出众外，亦是南北朝骈文艺术的集大成者，所作序传碑铭等骈文数量极多，宇文逌（？—580）《庾子山集序》称其“诔夺安仁之美，碑有伯喈之情，箴似扬雄，书同阮籍”。这中间除了为数不少的应酬之作外，还有不少是为自己赋作所写的序。这些往往写自己身仕北国的内疚和羁縻怀乡之情的篇什，不仅文才富丽超迈，而且情感幽怨回荡，最为感人。如《哀江南赋序》和《思旧铭并序》等，它们的文学价值都超过了赋和铭本身，成为千古传诵的名篇。

《哀江南赋序》中，庾信将自己的身世和梁朝的灭亡结合起来。在庾信看来，当此家国倾覆之际，自己却觍颜仕周，这中间虽有万般无奈，却不能掩饰自己内心的愧疚。文章的后半截写道：

> 日暮途远，人间何世？将军一去，大树飘零；壮士不还，寒风萧瑟。荆璧睨柱，受连城而见欺；载书横阶，捧珠盘而不定。钟仪君子，入就南冠之囚；季孙行人，留守西河之馆。申包胥之顿地，碎之以首；蔡威公之泪尽，加之以血。钓台移柳，非玉关之可望；华亭鹤唳，岂河桥之可闻？
>
> 孙策以天下为三分，众才一旅；项籍用江东之子弟，人惟八千。遂乃分裂山河，宰割天下。岂有百万义师，一朝卷甲，芟夷斩伐，如草木焉！江淮无涯岸之阻，亭壁无藩篱之固。头会箕敛者，合纵缔交；锄耰棘矜者，因利乘便。将非江表王气，

终于三百年乎？是知并吞六合，不免有轵道之灾；混一车书，无救平阳之祸。呜呼！山岳崩颓，既履危亡之运；春秋迭代，必有去故之悲。天意人事，可以凄怆伤心者矣！况复舟楫路穷，星汉非乘槎可上；风飚道阻，蓬莱无可到之期。穷者欲达其言，劳者须歌其事。陆士衡闻而抚掌，是所甘心；张平子见而陋之，固其宜矣。

庾信在文中一再为自己的软弱感到悔恨自责，感情极为真挚。这种真诚的反省精神，不但赢得了后人由衷的同情，也使得这篇骈文的主题有着独特的价值。庾信还在文中表达了对江南故国的深切思念，但国破家亡的事实，又使得他的思念成为一种绝望的呼唤，十分悲怆。庾信对梁朝的灭亡深为痛切，并谴责了梁统治者的昏庸无能，在“天意人事”的感叹背后，隐藏了无限的凄凉和悲怨。这篇骈文充分显示了庾信的才学和艺术修养，不唯语言工整，对仗妥帖，而且无论叙事、抒情、议论，作者都能借典故予以表达。在反省仕周的经历时，庾信大量使用了历史上的正面事例，并颠倒结局，暗示了自己的愧疚和自责之情，如“畏南山之雨，忽践秦庭；让东海之滨，遂餐周粟”、“荆璧睨柱，受连城而见欺；载书横阶，捧珠盘而不定”等等，都给人以深刻的印象。杜甫所谓“庾信平生最萧瑟，暮年诗赋动江关”中的“赋”，实指此篇序文。

二、北朝辞赋

北朝辞赋数量相对较少，主要是对南方辞赋的模仿。

就其内容而言，北朝赋作初期多京殿大赋，多讽谏美刺之作；北魏后期，始多体物抒情小赋，南北辞赋在题材上趋近。如袁翻（476—528）所作《思归赋》，抒发仕途失意的苦闷，其中写景如：“杂石为峰，诸烟共色。秀出无穷，烟起不极。错翻花而似绣，网游丝其如织。蝶两戏以相追，燕双飞而鼓翼。怨驱马之悠悠，叹征夫之未息。”情景交融，与南朝抒情小赋相同。不过，从风格上来说，北朝辞赋总体上受北朝文化影响，“词义贞刚，重乎气质”，在不断学习南朝辞赋艺术技巧的过程中，能够舍弃南朝辞赋淫靡冶艳和矫饰过度的毛病，保持了较为典正、质朴的一面，这是颇值称道的。

（一）笔意摇荡，情辞婉转 ——庾信前期的辞赋作品

北朝辞赋的整体水平不如南方辞赋，但从南入北的文人，他们具备了南北文化交融的优势，并结合自己独特的身世之感，将辞赋创作推向了一个新的高度，其中的代表人物当推庾信。

庾信前期辞赋作品，如《春赋》、《灯赋》、《镜赋》、《荡子赋》、《鸳鸯赋》等，是其在南朝所作，也能代表南朝抒情小赋的艺术成就。如其《春赋》开篇云：

宜春苑中春已归，披香殿里作春衣。新年鸟声千种啭，二月杨花满路飞。河阳一县并是花，金谷从来满园树。一丛香草足碍人，数尺游丝即横路。开上林而竞入，拥河桥而争渡。出丽华之金屋，下飞燕之兰宫。钗朵多而讶重，髻鬟高而畏风。眉将柳而争绿，面共桃而竞红。影来池里，花落衫中。

意象精美流丽，词藻清新优雅，音节和谐。其《荡子赋》写征妇相思之苦："别后关情无复情，奁前明镜不须明。合欢无信寄，回纹织未成。游尘满床不用拂，细草横阶随意生。"也是体情细致，委婉动人。

(二) 辞寄悲凉，笔传幽恨——庾信后期的辞赋作品

庾信后期作品作于流落北朝之时，与他的诗相似，所抒发的情感和艺术风格都有较大的改变，表达自己屈身仕敌的自责和对故国家乡的思念，慷慨悲凉，荡气回肠，极为感人，其代表作是《哀江南赋》。《哀江南赋》将自己的生平和故国的兴亡联系起来，深刻反省了历史的教训，对梁代帝王的昏庸无能提出了尖锐的批判，对无辜受辱的百姓表达了深切的同情。如其描写江陵陷落后人民被俘北上的场景云：

> 冤霜夏零，愤泉秋沸，城崩杞妇之哭，竹染湘妃之泪。水毒秦泾，山高赵陉，十里五里，长亭短亭。饥随蜇燕，闇逐流萤。秦中水黑，关上泥青。与时瓦解冰泮，风飞电散，浑然千里，淄渑一乱。雪暗如沙，冰横似岸。逢赴洛之陆机，见离家之王粲。莫不闻陇水而掩泣，向关山而长叹。况复君在交河，妾在青波，石望夫而逾远，山望子而逾多。

这一段描写极为惨痛，真切地写出了人民流离失所的凄惨景象，这在赋史上是绝无仅有的。庾信最终抒发了自己漂落他乡、无望归去的悲哀："提挈老幼，关河累年。死生契阔，不可问天。况复零落将尽，灵光岿然。日穷于纪，岁将复始。逼切危虑，端忧暮齿。"在庾信看来，家国、百姓和自己的命运是连在一起的，也正因为如此，这篇赋才显得深刻，具有深厚的思想内涵。它不仅再现了当时的历史，还将作者哀怨幽悔的复杂情绪表现得淋漓尽致。全诗用典极多，而且非常贴切，讲究词藻格律，充分显示了庾信的文学才华，也展示了南北朝文学合流的典范。

分析举例

《小园赋》、《枯树赋》赏析

庾信后期作品中，《小园赋》和《枯树赋》也是世代传诵的佳作。

《小园赋》写作者的闲居生活和田园风光，其写园中景色云：

> 鸟多闲暇，花随四时，心则历陵枯木，发则睢阳乱丝。非夏日而可畏，异秋天而可悲。一寸二寸之鱼，三竿两竿之竹。云气荫于丛蓍。金精养于秋菊。枣酸梨酢，桃榹李薁。落叶半床，狂花满屋，名为野人之家，是谓愚公之谷。试偃息于茂林，乃久羡于抽簪。虽有门而长闭，实无水而恒沉。三春负锄相识，五月披裘见寻。问葛洪之药性，访京房之卜林。草无忘忧之意，花无长乐之心。鸟何事而逐酒，鱼何情而听琴。

整篇赋虽然描写隐居生活，但文中掩饰不住的是内心的凄苦和悲凉，与一般隐逸之作大异其趣，显示了作者的独具匠心。

《枯树赋》则以枯树作比，写作者自己羁旅漂泊、老大无成的悲哀，感情亦极为深挚、沉郁。

☞ **多学一点**

庾信辞赋在文学史上的重要地位

庾信的辞赋，既有南朝的发越清绮，精于用典对仗，又有北朝的气质贞刚，悲凉慷慨，内涵深厚，形成了集大成的艺术特点。这既是南北朝文风交融的结果，也是庾信自己心血和才华的结晶。

在赋体的发展史上，庾信以其杰出的艺术成就，对确立律赋的形式有着重要的意义。李调元云："沈约诸人，音节谐和，属对密切，而古意渐远，庾子山沿其习，开隋唐之先蹋。古变为律，子山实开其先。"（《赋话》卷一）可以说，庾信的赋作是骈赋到律赋的桥梁纽带，对唐赋有着重要的影响。

第五节 三部著作

当江南文人在经历了命运的颠簸，弃实就虚，并逐渐沉湎于性情、声色之时，北方学者往往更关注明理致用。北朝以儒学为正宗，统治者和文人都在儒学的背景下，关心社会现实，因此也给古文以更高的地位。《水经注》、《洛阳伽蓝记》、《颜氏家训》这些学术性、实用性著作即是这种文化思潮的产物。

一、山水清音，自然雅韵——《水经注》

《水经》原是一部三国时人记述水道的地理著作（见《四库全书总目提要》卷六十九《水经注》提要），北魏郦道元以作注的形式，对之加以补充，使原书扩大二十倍，达三十万字。

全书记述水道多达一千二百五十二条[1]，遍及全国各地，而不限于北朝所辖，体现了郦道元的大一统思想[2]。郦道元为完成这部巨著，除亲身考察外，还引用了约四百余种书籍。内容除了对水道本身的记录外，还包括沿途的风光物态、社会风俗、名胜古迹、神话传说等，后人称之为“集六朝地志之大成”（清陈运溶《〈荆州记〉序》）。

《水经注》同时也是一部山水散文的杰作。作者在考察山水的过程中，充分感受到自然的优美，领悟着自然的启发。如卷三十四所引《宜都山川记》文字云：“仰瞩俯映，弥习弥佳，流连信宿，不觉忘返。目所履历，未尝有也。既自欣得此奇观，山水有灵，亦当惊知己于千古矣。”正是这种交融为一的感觉，使得郦道元笔下的山水景物不仅各有风致，而且面对同一景致，也能写出朝暮阴晦变化无穷，充分显示了郦道元的观察能力和表现能力。如其《江水注》写巫峡一段云：

三峡

> 江水又东迳巫峡，杜宇所凿以通江水也。江水历峡，东迳新崩滩……其间首尾百六十里，谓之巫峡，盖因山为名也。
>
> 自三峡七百里中，两岸连山，略无阙处。重岩叠嶂，隐天蔽日，自非亭午夜分，不见曦月。至于夏水襄陵，沿泝阻绝。或王命急宣，有时朝发白帝，暮到江陵，其间千二百里，虽乘奔御风，不以疾也。春冬之时，则素湍绿潭，回清倒影。绝巘多生怪柏，悬泉瀑布，飞漱其间，清荣峻茂，良多趣味。每至晴初霜旦，林寒涧肃，常有高猿长啸，属引凄异，空谷传响，哀转久绝。故渔者歌曰：“巴东三峡巫峡长，猿鸣三声泪沾裳。”

文章从四季不同的景物特征着手，夏季则写其水势汹涌、急湍奔流，春冬则写水中倒影、怪柏挂泉，秋季则以猿声哀厉状其幽深廓远、萧瑟凄清，各具特点，而又浑然一体，给人一种气象万千、幻化无穷的感觉，充分显示了自然的美丽和神秘。此外，如《巨洋水》中对自己少时游乐情景的回忆，亦甚为生动：

> 水色澄明而清冷特异，渊无潜石，浅镂沙文。中有古坛，参差相对，后人微加功饰，以为嬉游之处。南北邃岸凌空，疏木交合。先公以太和中作镇海岱，余总角之年，持节动州。至若炎夏火流，闲居倦想，提琴命友，嬉娱永日，桂棹寻波，轻林委浪，琴歌既洽，欢情亦畅。是焉栖寄，实可凭衿。

作者将自己的少年嬉游的欢恰之情赋予所描绘的自然景色，营造了一个具有温馨浪漫情趣的自然境界，颇为感人。

郦道元的《水经注》体制宏大，场景众多，而书中种种描写皆给人以无限的向往，启发人的自然之趣，在文学手法上也达到了一个很高的水平，可以和南朝散文相媲美。《水经注》是后世山水游记的先声和楷模。明末张岱（1597—1679）云：“古人记山水手，

① 参见辛志贤：《〈水经注〉所记水数考》，载《北京师范大学学报（社会科学版）》，1981（3）。
② 参见吴先宁：《北朝文化特质与文学进程》，159页，北京，东方出版社，1997。

太上郦道元，其次柳子厚，近时则袁中郎。”（《琅環文集》卷五《跋〈寓山注〉二则》其二）由此可见《水经注》的影响之大。

二、黍离之悲，沧海之叹——《洛阳伽蓝记》

杨衒之（生卒年不详）的《洛阳伽蓝记》作于东魏时期，作为一部以人文景观为描写对象的著作，正和《水经注》互为表里，体现了当时文化的两个不同方面。

伽蓝，即寺庙的梵语音译。佛教自入中土以来，得到北朝统治者的大肆提倡，寺庙繁多，为一时之盛。“京师表里，凡有一千余寺。”“昭提栉比，宝塔骈罗；多写天上之姿，竞模山中之影。金刹与灵台比高，广殿供阿房等壮。岂直木衣绨绣，土被朱紫而已哉!”这些辉煌的建筑固多人民血汗，但也代表了一时文化之盛。由于政治上的崇佛灭佛之争，顷刻之间，“城廓崩毁，宫室倾覆，寺观灰烬，庙塔成墟。墙被蒿艾，巷罗荆棘。野兽穴于荒阶，山鸟巢于庭树”（《洛阳伽蓝记序》），这一变化所给人的亦不啻是黍离麦秀之悲和沧海桑田之叹。杨衒之正是有感于此，作《洛阳伽蓝记》，追忆当时梵音缭绕的佛都盛况，以寄托对北魏王朝的怀念之情，抒发世道沧桑的悲凉之感。

《洛阳伽蓝记》共分城内、城东、城南、城西、城北五卷，以寺庙为描写对象，兼及相关的宫殿、园林、佛塔等。作者在描写过程中，还涉及当时的历史事件、各阶层人物、民间风俗、神异故事等内容，可以看作一幅壮丽的社会生活画卷。

作为一部散文杰作，《洛阳伽蓝记》描述细腻生动，文笔奇幻多姿，具有很高的文学价值。如其关于瑶光寺的园林描写：

> 千秋门内道北有西游园，园中有凌云台，即是魏文帝所筑者。台上有八角井，高祖于井北造凉风观，登之远望，目极洛川。台下有碧海曲池。台东有宣慈观，去地十丈。观东有灵芝台，累木为之，出于海中，去地二十丈。风生户牖，云起栋梁。丹楹刻桷，图写列仙。刻石为鲸鱼，背负钓台；既如从地涌出，又似空中飞下。钓台南有宣光殿，北有嘉福殿，西有九龙殿。殿前九龙吐水成一海。凡四殿，皆有飞阁向灵芝往来。三伏之月，皇帝在灵芝台以避暑。有五层浮图一所，去地五十丈。仙掌凌虚，铎垂云表，作工之妙，埒美永宁。讲殿尼房，五百余间。绮疏连亘，户牖相通，珍木香草，不可胜言。

这一段文字着墨不多，却将如此一个庞大的园林叙述得井井有条。在其款款道来的笔调中，还能看出作者内心的由衷赞美。

永宁寺被焚毁的场面，也写得也非常生动，充满了感情：

> 火初从第八级中，平旦大发，当时雷雨晦冥，杂下霰雪，百姓道俗，咸来观火，悲哀之声，震动京邑。时有三比丘赴火而死。火经三月不灭。有火入地寻柱，周年犹有烟气。其年五月，有人从东莱郡来，云：“见浮图于海中，光明照耀，俨然如新，海上之民咸皆见之。俄然雾起，浮图遂隐。”至七月中，平阳王为侍中斛斯椿所挟，奔于长安，十月而京师迁邺。

作者对火势的栩栩如生的描绘，不仅是为了再现当时的场面，更是为了表达内心的凄凉和深切的留恋之情。不仅如此，作者将永宁寺的焚毁和京师迁邺联系起来，也就是将永宁寺的存亡和国家命运的兴衰联系在一起，看作是社会变迁的一个象征，表达了丰富的思想内涵。

《洛阳伽蓝记》词藻秾丽，音节流畅，多采用四言形式，长于描写，状物细致生动。如《永宁寺》"僧房楼观，一千余间，雕梁粉壁，青璅绮疏，难得而言。栝柏椿松，扶疏簷霤，丛竹香草，布护阶墀"，十分整齐，富有韵律。

《洛阳伽蓝记》所涉及的社会生活画面极其广泛。如景明寺中记载的四月八日的佛会场面，《永宁寺》中记载的元魏皇室和尔朱氏军事集团的斗争，《开善寺》中记载的河间王元琛等比富斗奢等等，都具有很高的认识价值。

三、儒学传家，世事洞达——《颜氏家训》

除《水经注》和《洛阳伽蓝记》外，《颜氏家训》一书亦广具影响。《颜氏家训》的作者颜之推，曾在梁为官，后被掳入北方，历任北齐、北周、隋官职。

《颜氏家训》是一部以儒家思想训诫后人的著作，其中亦隐含着作者"齐家、治国、平天下"的政治理想。由于作者身经乱世，阅历丰富，学识渊博，所以在宣介儒家操守之外，多有对当时历史的反思，对世态人情的描述。如《涉务》中就有这样的描写：

> 梁世士大夫，皆尚褒衣博带，大冠高履。出则车舆，入则扶持，郊郭之内，无乘马者。周弘正为宣城王所爱，给一果下马，常服御之，举朝以为放达。至乃尚书郎乘马，则纠劾之。及侯景之乱，肤脆骨柔，不堪行步，体羸气弱，不耐寒暑，坐死仓猝者，往往而然。建康令王复，性既儒雅，未尝乘骑，见马嘶喷陆梁，莫不震慑，乃谓人曰："正是虎，何故名为马乎？"

写梁代士风之萎靡，可谓极生动，入木三分，亦能显示作者的历史见识。书中这样的描写很多。此外《颜氏家训》又多谈学问，对文学、史学、文字、音韵、训诂等，也提出了很多有意思的见解。

在以上三书中，《颜氏家训》的文字最为平实典正，以叙事畅达、说理亲切质朴为自己的特点。后人论其"切切婆心，谆谆诰诫，迄今千余年，只如当面说话"（程荣汉魏丛书本颜星《重刻〈颜氏家训〉小引》），大体能反映《颜氏家训》的文风。

【温故知新】

散文的抒情化　骈文　辞赋的特点　北朝散文　庾信文章的特点和成就

【请你思考】

1. 试阐释南朝山水小品文的艺术之美。
2. 结合具体作品阐释南朝赋作的艺术特点及题材特点。
3. 阐释江淹《恨赋》与《别赋》的艺术特色。

4. 思考《水经注》作为一部山水散文的杰作是如何描绘山水景物的。

【推荐阅读】

（南朝梁）江淹．（明）胡之骥注．李长路，赵威点校．江文通集汇注．北京：中华书局，1984

（北魏）杨衒之．杨勇校笺．洛阳伽蓝记校笺．北京：中华书局，2006

（北魏）郦道元．（清）杨守敬，熊会贞疏．水经注疏．南京：江苏古籍出版社，1989

（北齐）颜之推．庄辉明，章义和译注．颜氏家训译注．上海：上海古籍出版社，2006

（明）张溥编．汉魏六朝百三家集．南京：江苏古籍出版社，2002

（清）严可均辑．何宛屏等审订．全晋文．北京：商务印书馆，1999

（清）严可均辑．苑育新审订．全宋文．北京：商务印书馆，1999

（清）严可均辑．许少峰，史建桥审订．全齐文 全陈文．北京：商务印书馆，1999

（清）严可均辑．冯瑞生审订．全梁文．北京：商务印书馆，1999

（清）严可均辑．任雪芳审订．全北齐文 全后周文．北京：商务印书馆，1999

（清）严可均辑．金欣欣，金菲菲审订．全后魏文．北京：商务印书馆，1999

（清）许梿选编．骆礼刚译注．六朝文絜．贵阳：贵州人民出版社，2009

吴先宁．北朝文化特质与文学进程．北京：东方出版社，1997

第四章 小说的萌芽和初期形态

【导入】

小说作为一种独立的文学样式，在中国文学史上有着重要的地位。但小说发展的历史要迟于诗歌、骈赋等文体。至魏晋南北朝时期，小说才算是正式登堂入室；唐、宋时期，作为中国小说的两支，文言小说和白话小说才分别臻于成熟。

第一节 小说源流

一、街谈巷语，诸子之末——小说的由来

《庄子·外物》云："饰小说以干县令，其于大达亦远矣……其不可与经于世亦远矣。"这是中国文化史上第一次提及"小说"。这里的"小说"与"大达"相对，被认为在说理中无济于事。它的含义是不经之论，与孔子（前551—前479）所谓"道听途说"（《论语·阳货》）或荀子（约前313—前238）所谓"小家珍说"（《荀子·正名》）意思大致相同。

"小说"虽为先秦士人所不齿，但到汉代，地位却有所提高。桓谭（约前23—50）《新论》云："若其小说家，合残丛小语，近取譬论，以作短书，治身理家，有可观之辞。"（《文选》卷三十一）班固（32—92）《汉书·艺文志》更将其列为诸子十家之末，许其自成一家：

> 小说家者流，盖出于稗官。街谈巷语，道听途说者之所造也。孔子曰："虽小道，必有可观者焉，致远恐泥。"是以君子弗为也，然亦弗灭矣。闾里小知者之所及，亦使缀而不忘。如或一言可采，此亦刍荛狂夫之议也。

"小说"本是士人表达主张的一种方式，它不同于那些引经据典的说理，而是取譬而论。至汉，《汉书·艺文志》所著录的十五家小说，大体又包括两类：一部分是古之逸史杂传，如《伊尹说》等；一部分是方士怪诞之论，如《虞初周说》等。则小说的范围更见其广，举凡经史之外的怪异之谈、口传杂史皆可为小说。而古之"近取譬论"反而不被重视。这一观点直接影响了魏晋南北朝小说的兴起。

二、神异之说，奇谈之论——小说文体源流

中国小说就其文体源流而论，大约有以下几个途径：子书的影响，神话的影响，史学的影响。

《庄子》所谓"饰小说以干县令"，班固以小说家为诸子之一，即说明小说与子书的关系。诸子在煌煌议论时，往往杂引传说，甚至驰骋想象，造为神异之说，本身就是奇谈小说。尤其是诸子中的寓言，对小说的形成有着直接的影响。比如《孟子》中的"齐人有一妻一妾"等，《韩非子》的《储说》、《说林》等，都包含着奇异之说。而以"谬悠

之说，荒唐之言，无端崖之辞”为特征的《庄子》，更是直接被后人视为小说之祖（见黄震《黄氏日钞·续诸子·庄子》）。《庄子》对后世小说的影响除了其创作方法外，还有超乎寻常的意境，这些特异恢弘的精神境界，给魏晋南北朝时期的志怪、志人小说提供了追摹的目标和理由。

古代神话传说很早就被诸子和史家所引用。神话传说是民族精神的一个重要源泉，对民族文化的形成有着重要的作用。而它荒诞不经的情节和人物形象，又相对地游离于正统的经史之外，成为一种逸史或纯粹的故事，满足着人们求知和幻想的需要。这些神话故事在此后的发展中，越来越接近于实际，从而也就具有了小说的意味。如先秦著作《穆天子传》就是一个由神话而小说化的典型。《穆天子传》写周穆王巡行天下时的奇闻逸事，其中又穿插西王母等神怪人物，书中种种细节描写极其生动，人物既有神性，又有人性，显示了神话到小说的过渡性特征。此外，如《山海经》这样的充满了神话形象的巫书，对后世志怪小说的影响也是十分明显的。

先秦两汉的史传作品，是小说的另一个源头。史家在记述事件、描摹人物时，往往追求生动，追求传奇色彩，不唯搜罗了不少的神话、灵异故事，还往往设想人物之动作、思想、语言，以求人物性格的丰满和事件的完整。如《左传》之写灵辄触槐、《国语》之写骊姬夜泣等，都符合小说的虚构特征。钱钟书认为：“《左传》记言而实乃拟言、代言，谓是后世小说、院本中对话、宾白之椎轮草创，未过也。”① 及至《史记》以后，史传更以人物为中心，关注人物的性格和命运，对小说有着更直接的影响。

魏晋南北朝小说依据其内容可分为两类：志怪小说和志人小说。志怪小说所讲述的多为殊方异类的鬼怪仙佛或神异故事，志人小说记述人物的逸闻琐事、言谈举止，表现人物的精神风貌。中国古代小说进入魏晋南北朝时期始进入其第一个高潮，所谓汉时作品——托名于东方朔的《神异经》、《十洲记》，托名于班固的《汉武故事》、《汉武帝内传》等，都是魏晋南北朝时人所作。

第二节
志怪小说

一、神佛盛行，鬼道亦炽——志怪小说

志怪小说在很大程度上带有浓郁的宗教色彩。创造和传播神怪故事的，首先是方士

① 钱钟书：《管锥篇》，第1册，166页，北京，中华书局，1979。

或道士，是来自中国传统的神仙道教；其次是佛教僧徒。① 鲁迅（1881—1936）《中国小说史略》云："中国本信巫，秦汉以来，神仙之说盛行，汉末又大畅巫风，而鬼道愈炽；会小乘佛教亦入中土，渐见流传。凡此，皆张皇鬼神，称道灵异，故自晋迄隋，特多鬼神志怪之书。"

志怪小说中多灵怪异类之说。如晋道士王浮（生卒年不详）所撰《神异记》，据《古小说钩沉》所辑得的三则来看，主要写神仙故事。晋道士葛洪（约 281—341）所撰《神仙传》，讲述了八十余位神仙炼丹飞升、长生不老等故事。《幽明录》是刘义庆组织门人采道教故事而编就的志怪小说集，现存二百六十多条，其中以刘晨、阮肇天台山遇仙女的故事最为著名。此外，反映佛教思想的志怪小说，有南朝宋刘敬叔（？—468?）编纂的《异苑》，其中故事多采自佛教传说，但《异苑》并不是一部宣传佛教的书。南朝齐王琰（生卒年不详）所撰《冥祥记》，已佚，《古小说钩沉》辑得一百三十余条，主要宣讲因果报应故事，目的在于弘扬佛法。

一些在形式上承自《山海经》等书的地理博物之书，在志怪小说中也具有相当的数量。地理博物之学是方士的学养之一，因此这一类志怪小说也与宗教有关。② 此类书有《括地图记》和托名东方朔的《神异经》等，以晋张华（232—300）的《博物志》最为著名。《博物志》共十卷，内容颇为杂驳，"载历代四方奇物异事"（晁公武《郡斋读书志》卷十三），其志怪特点主要表现在前七卷中。

取材于古代史传或民间传说的志怪小说一般不反映道教或佛教思想。如《列异传》和王嘉（？—390）所撰《拾遗记》等。前者多民间传说，如《宋定伯捉鬼》等；后者则写自传说的三皇时代到东晋历代帝王或名人的奇异之事，最末一卷记述了中国神话中的昆仑山景象，颇有文采。

二、《搜神记》

在志怪小说中，文学价值最高的是《搜神记》。

（一）"发明神道之不诬"——《搜神记》的撰写目的

《搜神记》的作者为干宝（？—336），原书三十卷，大部散佚，今存二十卷，为明人所辑。此书内容极为博杂，既有神仙术士、妖异灾祥，又有人间奇遇等。干宝自言这些故事或来自"群言百家"，或来自"耳目所受"，自己搜罗这些故事的目的是为了"发明神道之不诬"（《搜神记序》）。从现存的二十卷来看，其内容绝大部分都是取自前人著作，如《墨子》、《吕氏春秋》、《淮南子》、《史记》、《汉书》、《续汉书》等，可以将《搜神记》看作古代志怪故事的集大成者，时人称干宝为"鬼之董狐"（《世说新语·排调》）。

---

① 参见王瑶：《中古文学史论》，114 页，北京，北京大学出版社，1998。

② 同上书，116 页。

(二) 幽冥幻境，人间世相——《搜神记》的内容

《搜神记》一方面申述鬼神的确有，如《阮瞻》故事，写阮瞻以无鬼论自鸣，有一客人与阮瞻辩难，客人在辞穷之际，突然说："鬼神，古今圣贤所共传，君何得独言无？即仆便是鬼。"瞬间变形而灭。

另一方面又区分善恶，这使得《搜神记》含有明显的社会理想，具有社会说教的意味。如《董永》故事，写董永因孝而获天神助佑之事：

> 汉董永，千乘人。少偏孤，与父居。肆力田亩，鹿车载自随。父亡，无以葬，乃自卖为奴，以供丧事。主人知其贤，与钱一万，遣之。
>
> 永行三年丧毕，欲还主人，供其奴职。道逢一妇人曰："愿为子妻。"遂与之俱。主人谓永曰："以钱与君矣。"永曰："蒙君之惠，父葬收藏。永虽小人，必欲服勤致力，以报厚德。"主曰："妇人何能？"永曰："能织。"主曰："必尔者，但令君妇为我织缣百匹。"于是永妻为主人家织，十日而毕。女出门，谓永曰："我，天之织女也。缘君至孝，天帝令我助君偿债耳。"语毕，凌空而去，不知所在。

董永形象

这一故事反映了朴素的道德理想，也反映了普通百姓的善有善报的愿望和对美好生活的向往。

《搜神记》中有关婚姻爱情的故事，能显示当时社会同情妇女、主张婚姻自由的思想。如《韩凭妻》写韩凭妻何氏被宋康王霸占，韩凭被囚，自杀而死，何氏亦跳台自杀，并遗书要与韩凭合葬，但却被分开埋葬。"宿昔之间，便有大梓木，生于二冢之端，旬日而大盈抱，屈体相就，根交于下，枝错于上。又有鸳鸯，雌雄各一，恒栖树上，晨夕不去，交颈悲鸣，音声感人。宋人哀之，遂号其木曰相思树。"这一段描写极似《孔雀东南飞》，充满了深情，表达了作者对韩凭夫妇的忠贞品格的敬佩和赞美。此外，如《吴王小女》记吴王夫差小女紫玉与韩重相悦，私订终身，吴王不许，紫玉因气而亡。韩重至墓前凭吊，紫玉以鬼魂相见，二人入冢三日，尽夫妇之礼，临别赠以明珠。这一故事歌颂了青年男女追求爱情自主、忠于爱情的精神。这样的故事还有《父喻》等。

《搜神记》还表达了人民反抗强暴、追求正义的精神品质。如《三王墓》写干将莫邪为楚王铸剑，三年始成。莫邪恐楚王杀己，便将雌剑留下，嘱咐妻子等儿子长大了再为自己报仇。及至莫邪子长成，报仇之事即告开始：

> 王梦见一儿，眉间广尺，言欲报仇。王即购以千金。儿闻之，亡去。入山行歌。客有逢者，谓："子年少，何哭之甚悲耶？"曰："吾干将莫邪子也，楚王杀吾父，吾欲报之。"客曰："闻王购子头千金。将子头与剑来，为子报之。"儿曰："幸甚！"即

自刎，两手捧头及剑奉之，立僵。客曰："不负子也。"于是尸乃仆。

客持头往见楚王，王大喜。客曰："此乃勇士头也，当于汤镬煮之。"王如其言。煮头三日三夕，不烂。头踔出汤中，踬目大怒。客曰："此儿头不烂，愿王自往临视之，是必烂也。"王即临之。客以剑拟王，王头随堕汤中，客亦自拟己头，头复堕汤中。三首俱烂，不可识别。乃分其汤肉葬之，故名三王墓。今在汝南北宜春县界。

这一报仇故事，表现了"儿"不屈不挠、视死如归的精神品质，也表现了"客"豪侠仗义、赴人困厄的凛然豪情。故事描述得十分惨烈，令人闻之动容。

《搜神记》中还有一些和恶鬼斗争的故事，也饶有趣味。如《李寄》写女童为杜绝蛇怪害人，挺身而出，携剑与犬，终于将大蛇杀死。小说歌颂了李寄刚烈而毫不畏惧的英雄气概，鼓舞人们勇于同危害生人的妖魔做斗争，并相信人凭着自己的智慧和勇气可以战胜妖魔。

（三）《搜神记》对后世小说的影响

《搜神记》中的小说已经具有完整的情节，并有较为生动的细节刻画，有些小说中的人物性格也较清晰。《搜神记》和魏晋南北朝志怪小说中的故事对后世影响很大，成为后世小说、戏剧的素材。而且志怪一派，自魏晋南北朝后，绵延不绝，历代都有其作，如宋洪迈（1123—1202）的《夷坚志》、明瞿佑（1341—1427）的《剪灯新话》、清蒲松龄（1640—1715）的《聊斋志异》等，都是志怪小说的杰出代表。

第三节 志人小说

一、人物品评，玄虚清谈——志人小说产生的原因

志人小说的文体源头是史书中的人物传记，但它的出现又与汉末至魏晋以来的人物品评、清谈之风大有关系。品评作为一种表达形式，同时也是一种社会关注形式，鼓舞和突出了作为一种精神状态的玄虚和疏放，遂促使其成为一种社会风气。而如果要把握这种精神风尚，则需要一种适合的文本形式。

《世说新语》和其他志人小说正是这样一种文本，它不但供人把玩欣赏，反映了文人

对一种生命形态的珍惜，同时也供人揣摩学习，以便其尽快地领悟学会名士的言谈举止。如东晋人裴启（生卒年不详）所撰述的《语林》，此书采集汉魏以来“言语应对之可称者”为一书，偏重言语。据《世说新语》所载：“裴郎作《语林》，始出，大为远近所传，时流年少，无不传写，各有一通。”梁武帝曾敕命殷芸（471—529）编著《小说》。这些都具有揣摩学习的用意。

☞ 多学一点

鲁迅论志人小说产生的原因

鲁迅在论及志人小说产生的原因时说：“汉末士流，已重品目，声名成毁，决于片言，魏晋以来，乃弥以标格语言相尚，惟吐属则流于玄虚，举止则故为疏放……终乃汗漫而为清谈。渡江以后，此风弥甚，有违言者，惟一二枭雄而已。世之所尚，因有撰集，或者掇拾旧闻，或者记述近事，虽不过丛残小语，而俱为人间言动，遂脱志怪之牢笼也。”（《中国小说史略》）

除了记述当时人物的言行外，还有一类小说专录古今笑话，也可列入志人小说一类，大约因其可以佐谈。如三国魏邯郸淳（约 132—221）所撰之《笑林》，《古小说钩沉》辑有二十九则，皆是讽刺性幽默故事，开后世俳谐文字之先。

此外，一些野史中，往往也记录逸闻佚事。如东晋葛洪托名汉刘歆（？—23）所撰之《西京杂记》，就有不少西汉人物故事，如司马相如和卓文君的故事、王昭君的故事等，对后世有很大的影响。因此，亦可并入志人一类。

魏晋南北朝时志人小说，除上所列外，还有东晋郭澄（生卒年不详）所著《郭子》、梁沈约所著《俗说》等，而最有代表性、最具有文学价值的当数刘义庆及其门人所撰的《世说新语》。

二、名士风流，士人群像——《世说新语》的内容

《世说新语》又称《世说》、《世说新书》。该书主要记述魏晋名士的言语、逸事，梁刘孝标（463—522）曾为之作注，注中引书多达四百多种，不但有助于理解《世说新语》中的故事，也保存了不少文献、史料，深受后人重视。

《世说新语》较为全面地展示了魏晋时士人的风尚和性情，刻画了士人飘然出尘、简傲不羁的个性风范。如其《任诞》篇所载王子猷故事：

> 王子猷居山阴，夜大雪，眠觉，开室命酌酒，四望皎然。因起彷徨，咏左思《招隐诗》，忽忆戴安道。时戴在剡，即便夜乘小船就之。经宿方至，造门不前而返。人问其故，王曰：“吾本乘兴而行，兴尽而返，何必见戴！”

所谓“乘兴而行，兴尽而返”，指的是对自己内心意志的完全服从，而不必考虑日常交往的习俗和规范，这就是魏晋士人的率性而为。这种行为强调，人的行为准则应该遵循自

己的意志和性情，而不应该遵循外在规范，所以王子猷在充分享受了雪中探访的意趣之后，一旦兴尽，就没有必要再与戴安道会面了。这则故事显示了魏晋士人以内在精神鄙夷社会规范的人生价值观念。

内在精神的丰盈，必然会体现在外在的体貌和举止之中，《世说新语》中颇多这样的品鉴。如《容止》载嵇康：

嵇康身长七尺八寸，风姿特秀。见者叹曰："萧萧肃肃，爽朗清举。"或云："肃肃如松下风，高而徐引。"山公曰："嵇叔夜之为人也，岩岩若孤松之独立；其醉也，傀俄若玉山之将崩。"

嵇康像

从他人的品评之中，我们能看出，嵇康所拥有的，也是为他人所推崇的，正是他孤傲的性情、不为外物所牵系的姿态。

同样，这种精神状态也可以外化为对自然的感受。《言语》篇载：

顾长康从会稽还，人问山川之美。顾云："千岩竞秀，万壑争流。草木蒙笼其上，若云兴霞蔚。"

简文帝入华林园，顾谓左右曰："会心处不必在远，翳然林木，便自有濠濮间想也，觉鸟兽禽鱼，自来亲人。"

人对自然美的认识，标志着人对自然的亲近和认同。作为社会对立物的自然，正是文人所追求的生存境界和生存方式。从他们对自然的赞美和认同之中，我们能看到，自然的存在方式，自然的美，正是文人自我性情的外在投影。宗白华（1897—1986）说："晋人向外发现了自然，向内发现了自己的深情。山水虚灵化了，也情致化了。"①

这种潇洒的风度，不论是任诞，还是飘逸，它的背后实际上隐藏着文人对个体生命形态的悲观认识。人生短暂和世事无常，使得文人只能龟缩到心灵世界中，以一种自我欣赏的姿态，来展现生命的价值。生命短暂和人生无常的感觉，使得《世说新语》中荡漾着一种悲凉的情绪。② 如《言语》篇所记桓温事：

桓公北征，经金城，见前为琅琊时种柳，皆已十围，慨然曰："木犹如此，人何以堪！"攀枝执条，泫然流泪。

桓温作为一个将军，能如此触景深情，可见人生短暂的悲哀对于魏晋人来说，是无时不在的。每一次死亡，每一次分别，都能给士人带来无名的凄凉。

《世说新语》特设《伤逝》一节，记名士吊亡故事。如郗公临殡"一恸几绝"、王东亭吊唁素所交恶的谢公也是"直前哭，甚恸"，等等，所表现的都是对生命的珍惜和悲惋。对此在人生的悲凉体验，使得他们富有深情，也使得魏晋士人的风流有了深厚的美学内涵。

《世说新语》还对当时的一些丑恶世态有所揭露。如《汰奢》篇载石崇、王敦故事：

① 宗白华：《美学与意境》，189页，北京，人民出版社，1987。

② 参见范子烨：《中古文人生活研究》，431页，济南，山东教育出版社，2001。

石崇每要客燕集，常令美人行酒。客饮酒不尽者，使黄门交斩美人。王丞相（导）与大将军（敦）尝共诣崇。丞相素不能饮，辄自勉强，至于沉醉。每至大将军，固不饮，以观其变。已斩三人，颜色如故，尚不肯饮。丞相让之。大将军曰："自杀伊家人，何预卿事。"

这则故事，一方面要表现王敦我行我素、处事不惊的风度，但另一方面也体现了统治者的残忍和暴虐，透露了所谓风度背后的冷漠，读之让人寒心。《世说新语》中类似的故事也不算少，具有一定的认识意义。

三、记言则玄远冷隽，记行则高简瑰奇——《世说新语》的文学特点

《世说新语》以一言一行写取人物的精神风貌，这与史传作品以事迹传人的写法有很大的区别，如同中国传统写意画，只言片语，创造出意蕴丰厚的艺术世界，予人遐想的空间。其记言，如《伤逝》写王戎悼念阮籍、嵇康曰"今日视此虽近，邈若山河"，可谓神情渺渺；再如《伤逝》中王戎说"圣人忘情，最下不及情；情之所钟，正在我辈"，于时人情怀，可谓一语中的；再如《排调》记载中宗生子赏赐臣下，有臣自谦无功受禄，中宗曰"此事岂可使卿有勋邪"，可谓一句解颐。

除了人物语言外，《世说新语》的叙述语言也充满了诗意。这也是由它所表现的精神内涵和表现方法所决定的。如《栖逸》有云："康僧渊在豫章，去郭数十里立精舍，旁连岭，带长川，芳林列于轩庭，清流激于堂宇。乃闲居研讲，希心理味……"这一段描写，营造了一个清新美好的意境，具有浓郁的抒情意味。

其记事，则往往选取极为典型的情节，再现人物的性格。如《俭啬》篇载："王戎有好李，卖之恐人得其种，恒钻其核。"可谓写人如画，入木三分。又如《忿狷》："王蓝田性急。尝食鸡子，以箸刺之，不得，便大怒，举以掷地。鸡子于地圆转未止，仍下地以屐齿蹍之，又不得，瞋甚，复于地取内口中，啮破即吐之。"写王蓝田急躁的性格，生动而充满了情趣。鲁迅《中国小说史略》论《世说新语》"记言则玄远冷隽，记行则高简瑰奇"，是颇有道理的。

☞ 多学一点

后世的志人小说

后世志人小说中，有不少以《世说新语》续书自称的，如唐人王方庆（？—702）的《续世说新语》、清代王晫（1636—?）的《新世说》等，以及一些以"语林"命名的，如宋代王谠（生卒年不详）的《唐语林》、明代何良俊（1506—1573）的《何氏语林》等，都受《世说新语》的影响。但若就文学成就而言，则《世说新语》在志人小说史上有着不可代替的地位。

【温故知新】

小说的产生　志怪小说和《搜神记》　志人小说和《世说新语》

【请你思考】

1. 中国小说从其文体源流而论，大约有子书、神话、史学三个途径，简述这三个途径对小说文体的影响。

2.《搜神记》内容极为博杂，请简要概述该书的主要内容。

3. 结合具体作品，阐述《世说新语》中所描绘的名士风度。

4.《世说新语》在人物描写方面取得了很大成功，请结合具体故事阐述《世说新语》在人物刻画方面的特点。

【推荐阅读】

张耘点校．山海经·穆天子传．长沙：岳麓书社，2006

（东汉）班固．（唐）颜师古注．汉书·艺文志．北京：中华书局，1962

（西晋）张华．祝鸿杰译．博物志新译．上海：上海大学出版社，2010

（东晋）干宝．陶娥，邹德文，孔永注译．搜神记．郑州：中州古籍出版社，2010

（东晋）葛洪．周天游校注．西京杂记．西安：三秦出版社，2006

（南朝宋）刘义庆．张㧑之译注．世说新语译注．上海：上海古籍出版社，2007

（北宋）李昉等编．太平广记．北京：中华书局，1961

宗白华．美学与意境．北京：人民出版社，1987

钱钟书．管锥篇．北京：中华书局，1979

王瑶．中古文学史论．北京：北京大学出版社，1998

范子烨．中古文人生活研究．济南：山东教育出版社，2001

鲁迅编．古小说钩沉．杭州：浙江古籍出版社，2008

第六编 盛世气象

（隋文帝开皇九年至唐玄宗天宝十三年，589—754）

第一章 盛世文化与诗国高潮

【导入】

在经过270余年的南北分裂和战乱之后，隋文帝（581—604在位）在开皇九年（589）统一了国家，建立隋朝。再经过28个年头，隋朝又被唐朝取代。封建中国进入到又一个鼎盛时代，直到唐玄宗天宝十四年（755）安史之乱爆发。所谓“盛唐气象”这四个字，既是后人的一种深情回味，也是一种遥远的社会理想。盛唐文化包容一切的恢弘气度，是其他各个朝代所没有的。在这个历史阶段里，文学艺术受到空前的尊重，文学家在吸收着时代的精神养分的同时，又能充分展现出自我的胸襟和气质，并以自己的灵性使这一时代充满着更加浪漫的气氛，使得盛唐成为一个难以企及的文学高峰。

由隋到盛唐，中国诗歌走向了自己辉煌的顶峰。诗歌格式完备，风格各异，而一以贯之的是昂扬的时代气质和独领风骚的个性精神。除了李白（701—762）这样伟大的诗人外，其他如王维（701—761）、孟浩然（689—740）、高适（702?—765）、岑参（715—770）等，每一个都是独树一帜的巨匠，都可以为万世宗师。闻一多（1899—1946）说：“一般人爱说唐诗，我却要讲‘诗唐’，诗唐者，诗的唐朝也。”① 盛唐诗歌充满了灵性和激情，是民族精神文化鲜活的灵魂。

---

① 郑临川：《闻一多论古典文学》，82页，重庆，重庆出版社，1984。

第一节 诗国高潮的形成及成就

从南北朝统一（589）到盛唐结束（754），中国诗歌文学走向了自己辉煌的顶点。在这166年间，我们将诗歌的发展分为过渡期、新变期、鼎盛期三个阶段。

一、过渡期（589—663）

从隋文帝开皇九年（589）到唐高宗（650—683在位）龙朔三年（663），共75年，仍然是南朝文学向盛唐文学发展的过渡期，也是唐诗的准备阶段。

隋代灭陈后，来自南朝梁、陈的文人江总（519—594）、许善心（558—618）、虞世基（？—618）、庾自直（？—618）等，和来自北齐、北周的文人如卢思道（531？—582）、杨素（？—606）、薛道衡（540—609）等，会聚在一起，形成了南北合流的趋势。魏征（580—643）就隋朝文学的状况论南北两种文风说："江左宫商发越，贵于清绮；河朔词义贞刚，重乎气质。气质则理胜其词，清绮则文过于意。理深者便于时用，文华者宜于咏歌。此其南北词人得失之大较也。"（《隋书·文学传序》）隋的统一为两者融合准备了条件。北朝入隋的作家如杨素、薛道衡等，在学习南朝文学技巧时，创造了一些文质彬彬的诗歌。但他们并没能产生更大的影响。围绕在晋王杨广（604—618在位）周围的一批来自南朝的文人，仍然沿梁陈旧习，情感柔靡，词采轻艳。杨广自己就是一个宫体诗的著名作家，所作《春江花月夜》性情摇荡，极有韵致。在整个隋朝，南朝诗风仍然居于主导地位。

进入唐朝以后，这种现象仍然没有改变。唐太宗（627—649在位）从政教的角度出发，否定浮华文风，他说："比见前、后汉史载录扬雄《甘泉》、《羽猎》，司马相如《子虚》、《上林》，班固《两都》等赋，此既文体浮华，无益劝诫，何假书之史策？"（《贞观政要·文史》）不过，他又是一个很矛盾的人，从文学欣赏的角度而言，他的趣味似乎又在南朝文风。他称赞陆机曰："文藻宏丽，独步当时……高词迥映，如朗月之悬光；叠意回舒，若重岩之积秀。千条析理，则电坼霜开；一绪连文，则珠流璧合。"（《晋书·陆机传论》）当时重臣如魏征、李百药（565—648）等，也大体和太宗持同样的态度。如魏征指责梁陈文风曰："其意浅而繁，其文匿而彩，词尚轻险，情多哀思。格以延陵之听，盖亦亡国之音乎。"（《隋书·文学传序》）但对于"英华秀发，波澜浩荡"的江淹（444—505）、沈约（441—513）等人的诗又是赞赏的。随着宫廷唱和应酬之风盛行，唐初君臣都在齐梁余风的熏陶之下，"浮靡相矜"（《新唐书·文艺传上》）。唐初诗坛影响较大的是上官仪（608？—644），主要以绮丽纤秾的笔墨，写应制颂圣诗，崇尚绮错婉媚的文风，提出了"六对"、"八对"等明显具有宫廷趣味的创作方法，时称"上官体"，朝野争相仿效。龙朔三年（663），许敬宗（592—672）、上官仪奉诏编成五百卷类书《瑶山玉彩》，将古今英词丽句汇为一起，标志着唐初浮靡文风达到极致。

这一时期，如闻一多所说，“说是唐的头，倒不如说是六朝的尾”①。此时尚没有真正意义上的唐诗，只可视为唐诗的准备阶段。

二、新变期（664—713）

从唐高宗麟德元年（664）到唐玄宗开元元年（713），共50年，为唐代诗歌的新变期。

（一）四杰：“刚健”、“骨气”与表现内容的扩大

就在上官体风行朝野的时候，以初唐四杰王勃（650—676）、杨炯（约650—693?）、卢照邻（534—685?）、骆宾王（619—687）为代表的一批更年轻的作家登上了历史舞台，他们反对绮靡文风，鼓吹与时代相符合的昂扬壮大的气概。杨炯为《王勃集》作序云：“尝以龙朔初载，文场变体，争构纤微，竞为雕刻。糅之金玉龙凤，乱之朱紫青黄，影带以徇其功，假对以称其美，骨气都尽，刚健不闻。思革其蔽，用光志业。”表达了对上官体诗风的不满，提倡“骨气”和“刚健”的风格。所谓“骨气”和“刚健”，结合王勃所向往的“思飞情逸，风云坐宅于笔端；兴洽神清，日月自安于调下”（《王子安集》卷四《山亭思友人序》），可以大体推断，他们所追求的，“是一种表现浓烈壮大高扬的感情的文学”②，向盛唐气象靠近。

王勃、杨炯、卢照邻、骆宾王以广阔的社会景象和个人胸怀冲击着宫廷诗风，他们将市井、江山和塞漠带入诗中，新的诗歌气象始于六朝遗风中见其端倪。他们在继承前代诗歌艺术成就的基础上，发展了五言诗和七言歌行体，取得了很大的成功。

学术轶事

后代学者论四杰诗

许学夷（1536—1633）《诗源辨体》卷十二说：“四子才力既大，风气复还。故虽律体未成，绮靡未革，而中多雄伟之语，唐人之气象风格始见。”

王世贞（1526—1596）《艺苑卮言》卷四说：“卢、骆、王、杨，号称‘四杰’。词旨华靡，固沿陈、隋之遗；翩翩意象，老境超然胜之。五言遂为律家正始。内子安稍近乐府，杨、卢尚宗汉魏，宾王长歌，虽极浮靡，亦有微瑕，而缀锦贯珠，滔滔洪远，故是千秋绝艺。”

① 孙党伯、袁謇正主编：《闻一多全集6·唐诗编上》，3页，武汉，湖北人民出版社，1993。

② 罗宗强：《隋唐五代文学思想史》，61页，上海，上海古籍出版社，1986。

(二) 陈子昂：倡导风雅兴寄

四杰之后，陈子昂（661—702）更进一步从理论和实践上继续扫荡绮靡诗风，提倡风骨兴寄，为盛唐诗歌的发展做好了准备。卢藏用（664—713）作《右拾遗陈子昂文集序》评论当时情况说："宋齐之末，盖憔悴矣。逶迤陵颓，流靡忘返，至于徐、庾，天之将丧斯文也。后进之士，若上官仪者，继踵而生，于是风雅之道扫地尽矣……（子昂）崛起江汉，虎视函夏，卓立千古，横制颓波，天下翕然，质文一变。"（《全唐文》卷二百三十八）陈子昂在诗歌创作上比四杰更看重风雅兴寄，强调诗歌干预社会的功能。

(三) 沈宋：诗律的完善

此后，沈佺期（656—714）、宋之问（656—712）通过自己的创作，"回忌声病，约句准篇，如锦绣成文"（《新唐书·文艺列传中·宋之问传》），后人称"五言至沈、宋，始可称律"（王世贞《艺苑卮言》卷四）。沈、宋完善了诗律，使得齐梁以来诗人们孜孜以求的声律之美，得到较完满的表现，基本确立了近体诗的体式。

(四) 张若虚、刘希夷：兴象玲珑与意境美

张若虚（生卒年不详）的《春江花月夜》被闻一多称为"宫体诗的自赎"，它以"一个更深沉，更寥廓，更宁静的境界"体现了"更夐绝的宇宙意识"[①]，将初唐诗歌的境界豁然打开，使人们看到了盛唐的曙光。与《春江花月夜》相近的还有刘希夷（651—679）的《代悲白头翁》。

新鲜而精美的体制必然会激发诗人的兴趣，而朝廷又将诗歌纳入科举之中，为文人写诗注入了巨大的动力。这一切都为盛唐诗歌准备了条件。

三、鼎盛期（714—754）

殷璠（生卒年不详）所编《河岳英灵集》，遴选了自开元二年（714）到天宝十三年（754）间二十四位诗人的作品。这二十四位诗人的作品，正反映了后人所推崇的盛唐气象。所以我们将这41年称为唐诗的鼎盛期。

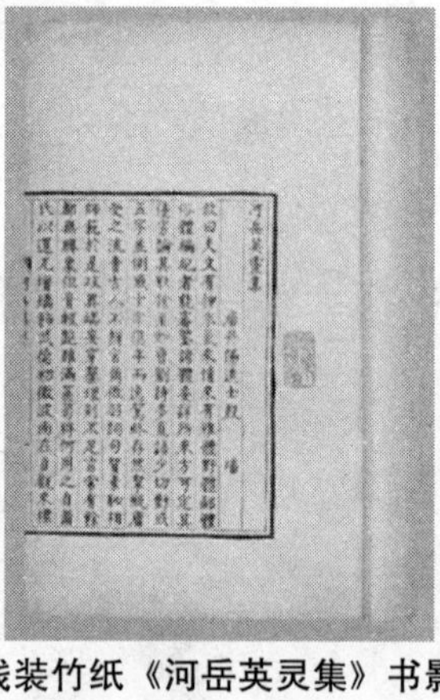

线装竹纸《河岳英灵集》书影
清光绪刻本

☞ **多学一点**

名列《河岳英灵集》的二十四位诗人

《河岳英灵集》共收录了二十四位诗人的作品，他们是：孟浩然、王湾（693—751）、

---

① 孙党伯、袁謇正主编：《闻一多全集6·唐诗编上》，武汉，湖北人民出版社，1993。

刘昚虚（生卒年不详）、李白、崔颢（704—754）、祖咏（生卒年不详）、綦毋潜（691—756）、储光羲（约 706—763）、王昌龄（生卒年不详）、李凝（生卒年不详）、常建（708—765?）、贺兰进明（生卒年不详）、陶翰（生卒年不详）、王维、薛据（生卒年不详）、崔国辅（生卒年不详）、李颀（690—751）、崔曙（约 704—739）、岑参、高适。

这一时期，是唐朝历史上的太平盛世，中国古代诗歌也发展到自己的高潮。鲁九皋（1732—1794）《诗学源流考》云："自后曲江继起，浸浸称盛。开元、天宝之际，笃生李杜二公，集数百年之大成……其辅二家而起者，有王维、孟浩然、高适、岑参、李颀、王昌龄、刘昚虚、裴迪、储光羲、常建、崔颢诸人……故论诗者至开、宝之世，莫不推为千载之盛也。"文人们开始抛开六朝风气，在诗歌中展现自己的个性气质，展现时代的精神风貌，真正的唐诗开始出现，并迅速丰满起来。王维、孟浩然将传统的隐逸情调、山水田园和精美的诗歌形式完美地结合在一起，创山水田园诗派；而王昌龄、高适、岑参又将雄奇的边塞风光、深挚而高亢的报国之志和浓郁的相思之情融为一体，成边塞诗派。

李白更是盛唐精神最醒目的标志，也是中国文学史上最伟大的诗人之一，他的诗不但有着特出的个性气质，而且气象万千，"笔落惊风雨，诗成泣鬼神"（杜甫《寄李十二白二十韵》，《全唐诗》卷二百二十五），风格矫健而意蕴丰厚，是盛唐的最强音。李白以其纵横飘逸、凌云直上的个性气质，将个人的主体精神充塞于浩漫的宇宙。他以无所不在的诗性灵感点染着所能见到的一切场景，点染着所能感受到的一切意绪，不论是青山绿水的田园，还是狂风卷石的朔漠，也不论是陌上枝头的缱绻相思，还是酒肆楼阁的伤今吊古，他使一切都具有诗的灵光，都充满着浪漫的盛唐精神。李白诗的主题可谓无所不包，李白诗的体裁可谓无所不精，他使得中国文学史格外灿烂辉煌。

在盛唐时代，诗歌形式精致、多样，兴象玲珑，而表现内容却极其丰厚，显出士人积极的人生追求和壮丽的人生境界。如严羽（生卒年不详）所说："盛唐诸公之诗，如颜鲁公书，既笔力雄壮，又气象浑厚。"（《答临安吴景仙书》）

四、初、盛唐散文的发展革新

唐初散文也基本继六朝而来，文人多以骈文相尚，讲求形式的典雅、精美。由于散文和社会政治的关系更加密切，所以，在唐朝立国之初，就有来自士大夫阶层的改革文体文风的要求，推崇儒家经典文章。骈文在盛唐时期仍有发展，气势较盛于前。自陈子昂提倡汉魏风骨后，"天下翕然，质文一变"（卢藏用《右拾遗陈子昂文集序》），文人写散体文数量增多，出现了一些优美而富有激情的书信和抒情小文，如王维《山中与裴秀才迪书》、李白《上安州裴长史书》等。

五、唐文学四段分期

就整个唐代诗歌而言，前人有初、盛、中、晚四期之说，并大体上得到学者的赞同。

本编所论，主要包括隋及初唐和盛唐两个文学阶段。

学术轶事

关于唐诗的分期

宋严羽《沧浪诗话》论唐诗有“唐初”、“盛唐”、“大历”、“元和”、“晚唐”五段说。

元杨士弘（生卒年不详）《唐音》始合“大历”、“元和”为“中唐”。

明高棅（1350—1423）《唐诗品汇》云：“至于声律兴象，文词理致，各有品格高下之不同。略而言之，则有初唐、盛唐、中唐、晚唐之不同。”

第二节 三教合一的文化背景

一、开明的文化政策

隋朝短暂，文化上并无突出之处。唐统治者在思想文化上持开放宽容的态度，其基本策略是三教并立，一视华夷，显示出兼容并包的辽阔胸襟。这既与唐朝国力的强盛有关，也与唐统治者的文化背景有关。据陈寅恪（1890—1969）考证，唐李氏有着鲜卑血统①，其文化背景是北方关陇文化。而北方关陇文化“乃关陇区内保存之旧时汉族文化，所适应鲜卑六镇势力之环境，而产生之混合品”②，它以儒家思想为主，具有明显的北方民族朴素、尚武的特点，于礼教相对较为松弛，更并没有华夷之辨，所以唐统治者少有思想文化上的芥蒂。此外，唐在立国后不久，就接连建功西北边陲，势力迅速扩大，而国内经济也短时间内得到快速发展，这就使得唐可以睥睨天下，不但国内南北交融加快，而且即使对域外的一切物质、精神财富，也毫不排斥，中外文化交流得到空前的发展。

① 参见陈寅恪：《唐代政治史述论稿·上篇·统治阶级之氏族及其升降》，见《隋唐制度渊源略论稿 唐代政治史述论稿》，北京，三联书店，2001。

② 陈寅恪：《隋唐制度渊源略论稿 唐代政治史述论稿》，4页，北京，三联书店，2001。

（唐）阎立本《步辇图》（局部）

南朝长期沉浸在感性享乐之中，意识形态建设几乎空白。而当唐太宗还是秦王之时，就“锐意经籍，于秦府开文学馆，广引文学之士，下诏以府属杜如晦等十八人为学士”，并在即位之后，很快就确立了“偃文修武”的统治政策，尊孔子为“先圣”，并以准予参加贡举的方式鼓励天下士子学习儒术。“是时，四方儒士多抱负典籍，云会京师”，儒生多达八千余人，“儒学之盛，古昔未之有也”（《旧唐书·儒学传序》）。唐朝对道教和来自域外的佛教也持欢迎态度。唐太宗贞观年间（627—649），将三教并用定为国家的政策。他认为儒家思想为立国之本，而道教和佛教也有利于唐朝的统治。尤其是道家的祖师爷因与唐朝皇帝同姓，唐太宗说：“今李家据国，李老在前；若释家治化，则释门居上。”（《集古今佛道论衡》卷三）高宗追加老子为“太上玄元皇帝”，给道家以很高的地位。而佛家由于影响渐大，同时被认为具有安民治化的作用，所以也受到唐朝皇帝的优遇。唐太宗曾亲为玄奘撰《大唐三藏圣教序》，高宗也写《序记》，以表示对佛法的尊崇。三教的尊卑次序虽有升降，佛、道两家甚至还遭到过不同形式的打击，但三教并用始终是唐代的主导思想。当时有学者宣传殊途同归，主张三教合流。三派思想家相互援引，相互说明，儒、佛、道迅速地被融合。佛家华严五祖宗密（780—841）在《原人论》中说：“孔、老、释迦，皆是至圣，随时应物；设教殊途，内外相资，共利群庶。”尤其是禅宗一派，由于更深地结合了中土道家、玄学和儒家思想，因而具有十足的中国特色，为文人所广泛接受。道家也将佛家的三世皆空、报应、天堂地狱、轮回等观念，渐次融入道术之中。儒家士人也往往熟悉佛道经典，热衷于与佛道人士交往，倡导外行儒术、内修佛道。

唐代的中外文化交流也十分繁盛。无论是近邻日本、新罗，还是东南亚的真腊、骠国、天竺，西亚的吐火罗、波斯，甚至欧洲诸国，都和唐有商贸、文化交往，更不用说西域各国了。闻名中外的丝绸之路更是中外文化交流的重要路津。当时长安、洛阳、扬州、广州等大都会充斥着来自外邦的行旅商贾，他们的文化习俗对中原有着不小的影响。景教、摩尼教、伊斯兰教等也都随之而传入，并在中原生根，也为唐所容留。

二、开明的文化政策下的文学

唐代不拘一格的文化政策、开明的政治，对文人的出处行止产生了很大的影响。他们在思想上往往不会偏执一隅，而较为通达。初盛唐文人颇受北方民族文化影响，他们轻财好勇、脱略任侠、奋发上进，推崇个性和自由精神，很少受礼法束缚，这些品质是盛唐气象的一个重要来源。在整个唐代，文人由于受三教合流文化多元的影响，往往内外兼修，达则为儒，穷则为道、为佛。相比较汉及宋元以下各朝而言，唐代所受儒家思想的束缚是最轻的。比如，唐代文人在尊经方面较汉、宋都大为逊色，科举考试中明经的地位就大不如进士，甚至有关儒家经典著作的考试也可以用写诗来代替。这使得社会意识形态环境显得较为自由、活跃、宽松。唐人的艺术思维方式、生活情趣、审美理想等，在很大程度上都受到佛道二教思想的影响。他们关注自己的精神世界，在把握世界方面，往往强调悟性，强调对作品的直觉体验，强调对言外之意、象外之旨的捕获，感觉更加敏锐、丰富，而且充满灵动之气，具有很大的创造性。

☞ 多学一点

唐代进士考试可以写诗代替

封演（生卒年不详）《封氏闻见记》卷三《贡举》载："……举司帖经，多有聱牙孤绝倒拔筑注之目，文士多于经不精，至有白首举场者，故进士以帖经为大厄。天宝初，达奚珣、李岩相次知贡举，进士文名高而帖落者，时或试诗放过，谓之赎帖。"

第三节 科举制度和文学繁荣

一、唐代科举制度简介

选士制度是唐代文学繁盛的一个重要原因。隋文帝时，科举考试取代了传统的"九品中正"选人制度，门阀士族垄断政权的现象被打破，出身庶族的普通士人也可凭借着自己的才干获取功名，实现自己的理想。这使得文人的胸襟和自信心都空前开阔，意志昂扬。唐朝的各级各类科试的范围颇为繁杂，其中最主要的科目是进士、明经和制举。

☞ 多学一点

唐代科举制度

《新唐书·选举志上》云："唐制，取士各科，多因隋旧，然其大要有三。由学馆者曰生徒，由州县者曰乡贡，皆升于有司而进退之。其科之目，有秀才，有明经，有俊士，有进士，有明法，有明字，有明算，有一史，有三史，有开元礼，有道举，有童子。而明经之别，有五经，有三经，有二经，有学究一经，有三礼，有三传，有史科。此岁举之常也。其天子自诏者曰制举，所以待非常之才焉。”

进士和明经是常科，朝廷定期举行；而制举是“天子自诏”，视朝廷需要随时设立，往往能反映现实的变化和朝廷在政治文化等领域的主观导向。科目包括文艺辞藻、经学、吏治、军事、品行等方面，多达六七十种。[①] 在这繁多的科目中，进士试最被文人看重，成为唐朝最重要的科目。《唐摭言·散序进士》云：

《科举考试图》(宋)

进士科始于隋大业中，盛于贞观、永徽之际；缙绅虽位极人臣，不由进士者，终不为美，以至岁贡常不减八九百人。其推重谓之“白衣公卿”，又曰“一品白衫”；其艰难谓之“三十老明经，五十少进士”……其有老死于文场者，亦所无恨。故有诗曰：“太宗皇帝真长策，赚得英雄尽白头。”

由此可见进士在社会上的尊贵，在一般士大夫心里的地位。

二、唐代科举制度对文人生活和文学的影响

唐代科举制度不但为士人准备了前途，鼓舞了士人的信心，还在很大程度上影响了唐代的社会风气和生活方式。在长安，不断汇聚而来的新举子，加上历年落第的举子，形成了一个庞大的社会文化阶层。“他们为了取得榜上有名，便多方结交名公贵人，向他们投献诗文，叫做行卷，在考试前又须向礼部交纳习作，称为纳卷；举子们又互通声气，甚至结成朋党，造成声势，唐代习称叫做棚（或朋）；也有眠花醉柳，游宿于倡伎之家，直等到把钱财花尽为止，甚至流落为乞丐的。”[②] 至于放榜之后的社会活动，就更引人注目。新进士的拜谒座主、拜谒宰相，以及名目繁多的宴集，如曲江宴、慈恩题名、杏园探花宴等，甚至下第举子的种种活动，无不轰轰烈烈，在社会上产生广泛的影响。举子的生活方式和行卷活动，对唐朝文学的繁盛都有影响。

制举中的辞标文苑、蓄文藻之思、文艺优长、藻思清华、文辞雅丽、文辞秀逸、辞藻宏丽、文辞清丽等科，显示了朝廷对文学的兴趣。而唐朝最重要的进士试，一般分杂文、帖经、策文三场，杂文主要是试诗赋，以至后世有“唐以诗取士”的说法。文人之所以看重的进士科，也是因为它能体现士子的文学才情。唐朝科举制度和唐代文学发展之间存在着十分紧密的关系。这一点，很早就受到人们的关注。宋人认为：“唐以诗取

① 参见傅璇琮：《唐代科举与文学》，138～139页，西安，陕西人民出版社，1986。
② 傅璇琮：《唐代科举与文学》，72～73页，西安，陕西人民出版社，1986。

士，故多专门之学，我朝之诗所以不及也。”（严羽《沧浪诗话·诗评》）《全唐诗序》亦云：“盖唐当开国之初，即用声律取士；聚天下才智英杰之彦，悉从事于六义之学，以为进身之阶。”唐朝科举制度的发达，以及对诗赋的重视，确实对文学发展有着很大的推动作用，所以理解唐代文学，就不能不了解它的科举背景。

学术轶事

了解唐代科举背景的重要性

马积高（1925—2001）先生在《唐代的科举考试与诗的繁荣》中说：“唐进士科之试杂文，始于高宗末年，然未成定制；至中宗以后，才基本上定下来。然所谓‘杂文’开始并非专用诗、赋，在玄宗时，才逐渐定下来，但后来又两度停试……如果仅从时间上看，我们似乎可以得出结论：唐诗发展的高潮到来的时候，正是在进士考试诗赋的制度逐渐定下来的时候，二者显然有着某种因果关系。但是，我们在考察其关系的时候，却不能看到其他一些情况。”①

第四节 浪漫的社会风气

一、唐乐舞的发达

唐代文化的发达、开放，使得音乐、舞蹈、绘画、书法、工艺等，在唐代都达到了一个空前的鼎盛阶段。艺术的普及和发展，培养了唐代社会各阶层的审美情趣，也就推动了文学的发展。

唐代初期，各民族音乐舞蹈和域外的音乐舞蹈纷纷进入中原，玄宗朝设太常寺及其所属的太乐署、鼓吹署以及内外教坊等音乐舞蹈机构，此外，加上左、右教坊和梨园，

① 唐代文学论丛编辑部编辑：《唐代文学：论丛》，总第三辑，西安，陕西人民出版社，1983。

朝廷中各类音乐从业人员达数万之多。唐分音乐为十部：燕乐、清商乐、西凉乐、高昌乐、龟兹乐、疏勒乐、康国乐、安国乐、天竺乐、高丽乐。诗人王建（生卒年不详）作《凉州行》诗云："城头山鸡鸣角角，洛阳家家学胡乐。"唐玄宗（712—756在位）本人精通音乐，能演奏羯鼓、笛，还能作曲，传说《霓裳羽衣曲》即唐玄宗所作。当时音乐名家辈出，不胜枚举。

二、文人游冶与民间社会对诗歌的热衷

音乐舞蹈不但培养了唐人的艺术情趣和审美能力，还促进了唐代的游冶之风。官民，尤其是文人，常常歌舞宴乐，狎娼嫖妓。《开元天宝遗事·风流薮泽》记载："长安有平康坊，妓女所居之地。京师侠少萃集于此，兼每年新进士以红笺名纸游谒其中，时人谓此坊为'风流薮泽'。"唐诗中描写妓馆生活的诗颇为不少。如徐凝（生卒年不详）《忆扬州》："萧娘脸下难胜泪，桃叶眉头易得愁。天下三分明月夜，二分无赖是扬州。"

唐代民间社会也非常热衷于诗歌艺术，在各种公开场合都鼓励诗人题诗。在这些公开场合之中，最有代表性的当是驿亭和酒店。现存唐诗颇有不少是因为这些驿亭或酒店才得以保留下来的，有的诗题就直接表明题于驿亭或酒店，如初唐王绩（589—644）有诗名《题酒店楼壁绝句八首》等。

淮安靖王李寿墓乐舞壁画（唐）

学术轶事

“诗板”

由于担心墙壁空间的不足，或出于保存的需要，驿亭或酒店主人甚至自备特制的木板，名曰“诗板”，供往来文人题诗。王定保（870—954）《唐摭言》卷十三载：“郑仁表起居，经过沧浪峡，憩于长亭，邮吏坚进一板。”这些诗板制作精细，据《云仙杂记》载，慈恩寺僧人请李白题诗的板是“水松牌，刷以吴胶粉”。

除了驿亭和酒店之外，唐代的一切公共场所似乎都等待着诗人的题诗：名胜古迹、寺观庙宇、城门渡头、村舍山石等等。这一现象在唐代以前是非常少的，而到了唐代却突然在全国流行起来，这就说明民间社会对诗歌有着空前的热情，这必然会促进唐诗的繁荣。

【温故知新】

诗国高潮形成的三个阶段　三教合一　科举　浪漫风气

【请你思考】

1. 唐诗的成熟经历了几个发展阶段？请概括这几个阶段，并简述其特点和表现。
2. 简要论述唐代文化环境中促进唐诗发展的因素和条件。

【推荐阅读】

（唐）王勃．王子安集．上海：上海古籍出版社，1992

徐鹏校点．陈子昂集．北京：中华书局，1960

（唐）殷璠．王克让集注．河岳英灵集注．成都：巴蜀书社，2006

（唐）封演．赵贞信校注．封氏闻见记校注．北京：中华书局，2005

（五代）王定保．唐摭言．北京：中华书局，1959

（五代）王仁裕．曾贻芬点校．开元天宝遗事．见：唐宋史料笔记丛刊．北京：中华书局，2006

（宋）严羽．郭绍虞校释．沧浪诗话校释．北京：人民文学出版社，1983

（明）王世贞．罗仲鼎校注．艺苑卮言校注．济南：齐鲁书社，1992

骈宇骞，骈骅译．贞观政要．北京：中华书局，2009

马积高．唐代的科举考试与诗的繁荣．见：唐代文学论丛编辑部编辑．唐代文学：论丛．总第三辑．西安：陕西人民出版社，1983

郑临川述评．闻一多论古典文学．重庆：重庆出版社，1984

罗宗强．隋唐五代文学思想史．上海：上海古籍出版社，1986

傅璇琮．唐代科举与文学．西安：陕西人民出版社，1986

陈寅恪集．北京：三联书店，2001

第二章 诗国高潮的来临

【导入】

中国文人诗歌，经过汉魏六朝的酝酿、积累，至盛唐始勃然兴发，蔚为大观。而隋代和初唐共一百年左右的时间，是六朝至盛唐的过渡阶段。这一阶段的诗人们一方面继承六朝诗歌的艺术成就，一方面又从诗风和音律方面对之进行革新和改进，为盛唐诗国高潮的来临做好了准备。这一期的诗歌本身也具有相当高的成就，是一个积极向上、自我完善的过程，诗人和诗歌都充满了自信。他们以六朝诗歌为起点，在完善诗歌的艺术形式的同时，也逐步将盛唐的精神风貌尽情展现出来。唐诗的兴象玲珑、气度恢弘、韵味无穷，至盛唐而发展到它的极致。

第一节 南北融合

（唐）阎立本

《历代帝王图·隋文帝杨坚》（摹本）

隋代统一天下后，隋文帝（581—604 在位）提倡儒教，厌恶文词，曾“诏天下公私文翰并宜实录”，并因“文表华艳”的罪名而将泗州刺史“付所司治罪”（《资治通鉴·陈纪十》）。这一文化政策的目的，不仅仅在于反对六朝萎靡文风，更在于反对一切文采，因而也就在实质上压抑了隋代初期的文学创作。隋炀帝（604—618 在位）本人文才出众，一变前风，沉溺于宫体丽辞，“复为《春江》、《玉树》等曲，盖至是南风渐渍于北，而六代淫靡之音极矣”（胡应麟《诗薮·杂编》卷三），鼓励诗歌重蹈六朝旧辙。两代国君的喜好不同，但都不利于诗歌的正确发展，再加上国祚短暂，所以，诗歌在有隋一代基本上无所发展。隋代的诗人主要是来自北朝和南朝两方面的旧臣。前者诗风质朴，写得好的则往往显示了南北合融的特点，主要活跃在文帝时期，代表作家有卢思道、薛道衡和杨素；后者诗风轻绮，纯为六朝遗风，代表作家有江总、柳䛒（541—610）、虞世基等人，而以隋炀帝杨广为代表。

一、卢思道、杨素、薛道衡等北朝诗人

卢思道等北朝诗人，在创作上继承了北方质朴厚重的文学风格，在学习南朝诗歌技巧的基础上，显示了南北融合的文学风貌，但在诗歌成就上，不能和庾信相比。卢思道的代表作是歌行体《从军行》。这首诗描写征夫的边塞生活，其中既有“谷中石虎经衔箭，山上金人曾祭天”的壮志豪情，也有“关山万里不可越，谁能坐对芳菲月”（《先秦汉魏晋南北朝诗·隋诗卷一》）的相思哀怨。诗中对边塞苦寒景象的描写，显示了苍凉慷慨的情怀。杨素所作《出塞》诗也有这样的特点。《出塞》其二后半云：“荒塞空千里，孤城绝四邻。树寒偏易古，草衰恒不春。交河明月夜，阴山苦雾辰。雁飞南入汉，水流西咽秦。风霜久行役，河朔备艰辛。薄暮边声起，空飞胡骑尘。”（同上）诗中所渲染的也是一种浓烈的悲凉情调，真切地反映了诗人曾有过的生活经历和情感体验。这些诗具有明显的北方气质和情感特征，但也有婉转流利的特点，显示了南北合流的趋向。相比较而言，薛道衡的诗最能体现出南方诗歌的影响。其名作《昔昔盐》云：

垂柳复金堤，蘼芜叶复齐。水溢芙蓉沼，花飞桃李蹊。采桑秦氏女，织锦窦家妻。关山别荡子，风月守空闺。恒敛千金笑，长垂双玉啼。盘龙随镜隐，彩凤逐帏低。飞魂同夜鹊，倦寝忆晨鸡。暗牖悬蛛网，空梁落燕泥。前年过代北，今岁往辽西。一去无消息，那能惜马蹄。(《先秦汉魏晋南北朝诗·隋诗卷四》)

这首诗由北方所习惯的写征夫转而为写思妇。其中写思妇别后的失落和慵懒，颇得南方诗歌意蕴。本诗对仗工整，语言华丽，尤其是“暗牖悬蛛网，空梁落燕泥”一联，以极其细腻的笔触，捕获到两个极平常的景物，却十分准确地暗示了思妇寂寥、孤独的心境，可谓体物细致，写情如画，深受后人称颂。本诗在诗律上也较整齐可观，明胡应麟(1551—1602)称：“薛道衡《昔昔盐》等篇，大是唐人排律，时有失粘耳。”(《诗薮·内编》卷四)薛道衡的《人日思归》也颇有唐诗韵味：

入春才七日，离家已二年。人归落雁后，思发在花前。(《先秦汉魏晋南北朝诗·隋诗卷四》)

语言质朴而情感深挚，在含蓄有味这一点上，突破了六朝诗歌意思直显豁露的特点，颇有唐绝句的韵味。

二、隋炀帝与南朝诗人

而杨广和聚集在他身边的一些来自南朝的文人，诗风则大有不同。杨广在历史上以荒淫著称，却极有文采，醉心于梁陈宫体诗风，也能写边塞诗。后人论曰：“炀帝艳情篇什，同符后主；而边塞诸作，铿然独异，剥极将复之候也。”(沈德潜《说诗晬语》卷上)不过，杨广的宫体诗更为有名，所作的《喜春游歌》、《春江花月夜》、《江都宫乐歌》等，既有宫体的秾艳，也有江南民歌的清新。《春江花月夜》二首云：

(唐)阎立本

《历代帝王图·隋炀帝杨广》(摹本)

暮江平不动，春花满正开。流波将月去，潮水带星来。

夜雾含花气，春潭漾月晖。汉水逢游女，湘川值两妃。(《先秦汉魏晋南北朝诗·隋诗卷三》)

第一首写春水、春花、月色、星光，短短二十字，却能做到景色饱满而富有意韵，给人以明净纯美的感觉，使人折服于宇宙自然的神秘和神奇，这是梁陈宫体诗所没有的。后一首诗前两句仍写水光月色，但意境更加清幽静谧，情感也显得朦胧幽深。后两句写人神恋爱的神秘和不可捉摸，为诗歌增加了一些凄艳的色彩，也很优美。杨广还有一首

《野望》诗："寒鸦飞数点，流水绕孤村。斜阳欲落处，一望黯销魂。"（《先秦汉魏晋南北朝诗·隋诗卷三》）以疏落优美的笔触，渲染出一种人生落寞的苍凉意境。这种典型的文人式的感受，居然出于一个暴虐君王之手，也是令人称奇的。追随在杨广身边的一些文臣，如江总、虞世基等，也都以辞采华丽、对仗雕琢为能事，多应制之作，虽时有佳作好句，如虞世基的《初渡江》、王胄（558—613）的《别周记室》等，但水平皆不如杨广。

第二节 六朝遗风

一、旧格局中的新气象

唐朝建立伊始，太宗曾强调反对淫靡文风，并把"文章"放在和"德行"相对立的位置而加以贬斥。但强烈的自信心和阔大的胸怀又使得太宗对文学的政治功用不甚在意，认为所谓"亡国之音"并不存在："悲悦在于人心，非由乐也。"（《贞观政要·礼乐第二十九》）于是贞观诗坛仍在"文质彬彬"的口号下，继续着六朝遗风。贞观诗人主要是唐太宗和他的学士集团中的魏征、褚亮（560—647）、虞世南（558—638）、陈子良（？—632）、李百药等人。君臣在海内一统、天下升平的气氛下宴集赋诗、拈题唱和，内容除了颂圣外，就是宫廷生活和景物描写，文辞则讲求典雅华赡。贞观诗风对梁陈隋代的宫体诗有着明显的继承关系。但相较而言，贞观诗人在纤弱靡丽的南朝文风的基础上，多了一份典正壮阔，气势格局明显大于前朝。

☞ 多学一点

唐太宗反对淫靡文风

《贞观政要·文史》引唐太宗语："若事不师古，乱政害物，虽有词藻，终贻后代笑，非所须也。只如梁武帝父子，及陈后主、隋炀帝，亦大有文集，而所为多不法，宗社皆须臾倾覆。凡人主惟在德行，何必要事文章也。"

唐太宗的诗以写景咏物之作为多，其《赋得樱桃》、《赋得李》、《赋得浮桥》、《赋得白日半西山》、《初晴落景》、《远山澄碧雾》等，都清新生动，词章鲜丽。如《采芙蓉》：

> 结伴戏方塘，携手上雕航。船移分细浪，风散动浮香。流莺无定曲，惊凫有乱行。莲稀钏声断，水广棹歌长。栖乌还密树，泛流归建章。（《全唐诗》卷一）

诗歌描写景物情态非常细腻，文风绮艳，有明显的南朝特色。更能显示贞观宫廷诗特点的是《帝京篇》。此组诗共十首，描绘帝都景观和自己的帝王生活，内容上虽不免空洞，语言也难免浮华，但境界明显阔大。其一：

> 秦川雄帝宅，函谷壮皇居。绮殿千寻起，离宫百雉余。连甍遥接汉，飞观迥凌虚。云日隐层阙，风烟出绮疏。(《全唐诗》卷一)

这种诗虽无可圈点，但却显示了对前代宫体诗的突破，因此也有其价值。

唐太宗像

虞世南曾以文学事陈、隋，后为李世民秦府十八学士之一，其写景咏物小诗大多清新玲珑，虽来自六朝，却能脱去前朝俗艳之气。如《奉和咏风应魏王教》：

> 逐舞飘轻袖，传歌共绕梁。动枝生乱影，吹花送远香。(《全唐诗》卷三十六)

其《侍宴应诏赋韵得前字》中有这样的句子：

> 横空一鸟度，照水百花然。绿野明斜日，青山澹晚烟。(同上)

诗中基本没有了宫廷的脂粉气味。虞世南拟乐府写边塞或游侠的诗歌，也别具特色。如被后人称为“渐开唐风”(沈德潜《唐诗别裁集》卷一)的《从军行》诗，其中有云：“剑寒花不落，弓晓月逾明。凛凛严霜节，冰壮黄河绝。蔽日卷征蓬，浮天散飞雪。”言辞明丽，而境界雄壮苍茫，确实透露出新的气象。虞世南外，其他宫廷诗人诗风也大体相似，成就各有参差而已。而在这些宫廷诗人中，值得注意的倒是魏征的一首《述怀》。魏征以政事见长，存世诗歌只有《述怀》一首，其诗云：

> 中原初逐鹿，投笔事戎轩。纵横计不就，慷慨志犹存。杖策谒天子，驱马出关门。请缨系南粤，凭轼下东藩。郁纡陟高岫，出没望平原。古木鸣寒鸟，空山啼夜猿。既伤千里目，还惊九逝魂。岂不惮艰险，深怀国士恩。季布无二诺，侯嬴重一言。人生感意气，功名谁复论。(《全唐诗》卷三十一)

此诗与唐初诗风颇有不同，诗中写自己抱负，写人生的慷慨艰难，语言朴实，而格调遒劲，沈德潜(1673—1769)论曰：“气骨高古，变从前纤丽靡靡之习，盛唐风格发源于此。”(《唐诗别裁集》卷一)

二、绮错婉媚的“上官体”

在贞观宫廷诗人中，上官仪年龄稍幼，但一直到永徽、龙朔时期都发挥着影响。上官仪于贞观初进士及第，即受唐太宗赏识，“每遣仪视草，又多令继和，凡有宴集，仪尝预焉”(《旧唐书·上官仪传》)。上官仪在太宗朝即以工诗出名，至高宗龙朔年间(661—663)，官加银青光禄大夫、西台侍郎、同东西台三品，兼弘文馆学士，成为当时的文学领袖。

概念解析

上官体

指初唐诗人上官仪的诗风。《旧唐书·上官仪传》云："（上官仪）工于五言诗，好以绮错婉媚为本，仪既显贵，故当时颇有学其体者，时人谓之上官体。"

上官仪的诗以属对工切、言辞艳丽为其特点，多模拟前代宫体之作，如"残红艳粉映帘中，戏蝶流莺聚窗外"（《八咏应制》）等，但也有些诗匠心独具，颇有才情。其《早春桂林殿应诏》诗云：

步辇出披香，清歌临太液。晓树流莺满，春堤芳草积。风光翻露文，雪华上空碧。花蝶来未已，山光暧将夕。（《全唐诗》卷四十）

这首诗在措意上无所可取，是典型的应制之作，但诗人在描写宫苑早春风光时，可谓别出心裁。"风光翻露文"一句，写树叶为风所吹，现出霜露的纹理，反射着日光；"雪华上空碧"写残雪在空中飞舞飘飏，仿佛凌空直上，意象清新灵动。这些精巧的构思和工整的对仗颇能反映诗人的状物才华。上官仪在高宗朝所作的《入朝洛堤步月》也是为人所称道的佳作：

脉脉广川流，驱马历长洲。鹊飞山月曙，蝉噪野风秋。（同上）

全诗意境疏朗、自然宁静，已具盛唐气象。川流广阔，以见其胸襟之辽远；月下鹊飞、秋野蝉噪，又见其高洁清幽，独守怀抱。《唐诗纪事》卷六引《古今诗话》："（仪）尝凌晨入朝，巡洛水堤，步月徐辔，咏诗曰：'脉脉广川流……'音韵清亮，群公望之，犹神仙焉。"胡震亨评曰："音响清越，韵度飘扬，齐梁诸子，咸当敛衽矣。"（《唐音癸签·评汇一》）这首诗所显示的高远境界，确非时人所能拟想。

上官仪除了创作外，对诗歌声律和对仗也提出了系统的看法。比如要求避免犯上去入声，提出"六对"、"八对"之说。这些格律理论是对南朝永明体的进一步发展，对律诗的成熟起着推动作用。上官仪是隋至唐初诗坛有代表性的人物，他的诗里虽然有新的气象，预示着新的发展方向，但仍是南朝诗风的遗绪，真正的唐音还要有待来者。

多学一点

上官仪的诗歌声律对仗理论

《文镜秘府论》西卷："第十三，龃龉病者，一句之内，除第一字及第五字，其中三字，有二字相连，同上去入是。"原注云："若犯上声，其病重于鹤膝，此例文人以为秘密，莫肯传授。上官仪云：'犯上声是斩刑，去入亦绞刑。'"

"六对"、"八对"之说，皆见于魏庆之（生卒年不详）《诗人玉屑》卷七《属对》所引《诗苑类格》，并明言为上官仪所云。"六对"即正名对、同类对、连珠对、双声对、叠韵对、双拟对，"八对"即的名对、异类对、双声对、叠韵对、联绵对、双拟对、回文对、隔句对等。

第三节 淳朴刚健

一、王绩诗率真疏浅

王绩崇奉老庄思想，性情简傲，好饮酒，慕阮籍（210—263）、陶渊明（365？—427）为人，曾于隋唐之际三仕三隐，是唐初诗人中非常特别的一个。王绩的诗主要描写淡泊宁静的自然隐逸生活，也借饮酒抒发内心的牢骚。他的诗逸出初唐诗风之外，却上接阮籍、陶渊明，下接盛唐山水田园诗派，能够艺术地再现出淳朴恬静的自然境界，并对五言律诗的发展有所贡献。

王绩并未系统地表达自己对现实的态度，但他的诗中明显流露出愤世嫉俗、蔑视礼法、追求自由的思想。其《赠程处士》诗云：

> 百年长扰扰，万事悉悠悠。日光随意落，河水任情流。礼乐囚姬旦，诗书缚孔丘。不如高枕上，时取醉消愁。（《全唐诗》卷三十七）

又其《题酒店壁五首》其二云：

> 此日长昏饮，非关养性灵。眼看人尽醉，何忍独为醒。（同上）

显然，王绩认为礼乐社会窒害了人的性灵自由，社会历史中种种功业，不过是庸人自扰，"回头寻仙事，并是一空虚"（同上《田家》其一）。对礼乐社会的失望，使得王绩认同阮籍借酒抗世、放纵性情："浮生知几日，无状逐空名。不如多酿酒，时向竹林倾。"（同上《独酌》）愤世之情，使得王绩在田园自然之中寻找到自己的理想，并由此而将陶渊明引为知己。其《野望》诗云：

> 东皋薄暮望，徙倚欲何依。树树皆秋色，山山唯落晖。牧人驱犊返，猎马带禽归。相顾无相识，长歌怀采薇。（同上）

这首诗描写田园景色的宁静质朴，写田园生活的自然意趣，而这一切使徙倚不定的诗人捕获到一种亲切、安宁的感受，在这远离纷争、静穆如止水一样的山和树之间，诗人终于为自己的不安的心灵寻找到了一个优美而恬静的归宿，诗中那种淡淡的惆怅也因此而变得悠扬、舒缓起来。这是一首陶渊明式的田园诗，但它在对仗技巧、五律体制上，又明显朝前跨了一大步。沈德潜在评论此诗时说："五言律前此失严者多，应以此章为首。"(《唐诗别裁集》卷九）此外，如《秋夜喜遇王处士》也有超然的意趣："北场芸藿罢，东皋刈黍归。相逢秋月满，更值夜萤飞。"(《全唐诗》卷三十七）诗中写田园背景下的故友相逢，充满了轻松和喜悦之情，营造出一个完满而又饱含灵动之气的艺术境界。

学术轶事

翁方纲评王绩诗

清人翁方纲（1733—1818）云："王无功以真率疏浅之格，入初唐诸家中，如鸾凤群飞，忽逢野鹿，正是不可多得也。"(《石洲诗话》卷一）大体能说明王诗的特点。

二、四杰诗"骨气""刚健"

"初唐四杰"是指王勃、杨炯、卢照邻和骆宾王。

王勃像（一）

杨炯像

卢照邻像

骆宾王像

初唐四杰和上官仪同时，少有文名，才高过人，但却沉沦下僚或漂泊江湖，命运多舛。目之所见，生平之感，使他们的见解远较宫廷诗人开阔、深邃，也就和宫廷柔靡诗风格格不入。四杰所代表的正是初唐下层士人历经艰难而又奋发上进的精神。杨炯为《王勃集》作序云："尝以龙朔初载，文场变体，争构纤微，竞为雕刻。糅之金玉龙凤，乱之朱紫青黄，影带以徇其功，假对以称其美，骨气都尽，刚健不闻。思革其蔽，用光志业。”（《盈川集》卷三）也就是说，四杰有着明确的革除唐初宫廷诗风的主张，提倡“骨气”和“刚健”。他们的诗歌实践也体现了这一诗歌观念，在六朝遗风和盛唐气象之间，起着桥梁津渡的作用。

所谓“骨气”和“刚健”，首先表现为积极奋进的壮大的襟怀。四杰正处在万象更新的初唐时期，他们虽身处下僚、政治上也不成熟，但却向往着能建功立业。他们创作了不少边塞诗，如骆宾王的《边城落日》诗云：

> 紫塞流沙北，黄图灞水东。一朝辞俎豆，万里逐沙蓬。候月恒持满，寻源屡凿空。野昏边气合，烽迥戍烟通。膂力风尘倦，疆场岁月穷。河流控积石，山路远崆峒。壮志凌苍兕，精诚贯白虹。君恩如可报，龙剑有雌雄。（《全唐诗》卷七十九）

诗中有苍茫雄奇的边塞风光，也有豪侠报国的英雄之气，诗中充满自信和对功业的向往，显示了诗人襟怀的开阔，气势凌人。骆宾王曾亲临边关，他笔下的边塞风光极其壮阔雄沉，如“落雁低秋塞，惊凫起暝湾。胡霜如剑锷，汉月似刀环”（同上《在军中赠先还知己》），凛冽的边霜风月中，激荡着壮烈的士子情怀。而其他三位虽未到过边塞，但都对边塞充满了向往，并有边塞诗表达自己的功业之念。如杨炯的《从军行》：

> 烽火照西京，心中自不平。牙璋辞凤阙，铁骑绕龙城。雪暗雕旗画，风多杂鼓声。宁为百夫长，胜作一书生。（《全唐诗》卷五十）

激烈的战争、雄壮的军旅、边关的风雪，构成了一曲激动人心的旋律。诗人凭着想象，为自己勾勒出建功边关的宏伟图景，表达了自己的豪情壮志。

其次，四杰诗中着意表现了对此在人生浓烈的情思。他们在诗中表现了自己的人生体验和艰难境遇，使得诗意充实而饱满，含有深情。四杰平生潦倒奔走于仕宦之途，其中感受最深的当是关山漂泊、羁旅穷愁。四杰中王勃最为多愁善感，故而此类诗特多。其《他乡叙兴》诗云：

> 缀叶归烟晚，乘花落照春。边城琴酒处，俱是越乡人。（《全唐诗》卷五十六）

归烟、落花、琴酒，如此景致，虽灿烂绚丽，却遮掩不住漂泊他乡的落寞之感。但王勃的漂泊又非同前人的一味凄凉绝望，而是有着明丽的色彩。其《早春野望》云：“江旷春潮白，山长晓岫青。他乡临睨极，花柳映边亭。”（同上）漂泊他乡虽使人伤感，但却有无限的景色，也值得流连。这反映了诗人归宿无寻却不失信心的心态。漂泊的感受使得王勃分外看重友情，也因此看重离别。王勃的送别诗更有其独特的境界。其代表作为《送杜少府之任蜀川》，诗云：

> 城阙辅三秦，风烟望五津。与君离别意，同是宦游人。海内存知己，天涯若比邻。无为在歧路，儿女共沾巾。（同上）

在这首诗里，人生的孤寂、离别的惆怅，都化为对友情的信念，化为对未来的隐隐的抱负。这其中所隐含的志存高远的心境，赋予王勃的别情一种积极开朗的姿态。王勃另有一首《秋江送别》其一，将别情写哀怨而优美，又别是一番境界：

> 早是他乡值早秋，江亭明月带江流。已觉逝川伤别念，复看津树隐离舟。（同上）

诗中流动着一种岁月流逝、人生恍惚的忧愁，但情感宁静而舒缓，与前不同。其他几位诗人也都有漂泊、离别之作，但都不及王勃的有名。

骆宾王《在狱咏蝉》也浓情勃郁地抒发了人生的感慨。其诗云：

> 西陆蝉声唱，南冠客思侵。那堪玄鬓影，来对白头吟。露重飞难进，风多响易沉。无人信高洁，谁为表予心。(《全唐诗》卷七十八)

这首诗以比兴的手法，托物言志，对自己蒙冤入狱的悲惨遭遇深表愤慨和哀怜，但诗中仍激荡着高傲、激烈的个性精神。后人论此诗"隐然写出狂狷一段，嘐嘐踽踽，不肯阉然媚世意"（贺裳《载酒园诗话·又编·初唐·四杰》），很有道理。

正是这些真切的人生之感，使得四杰的诗显得充实而有内涵，遥寄深远。他们能自振于穷途末路的精神，使得他们的情感慷慨而有刚健之姿。

再次，四杰的诗表现了更多的社会内容，扩大了诗歌表现的领域。

卢照邻的《长安古意》(《全唐诗》卷四十一)，就以较为阔大的场面，再现了京城长安的部分场景，表达了作者对现实的愤懑和对时世变迁的感慨。诗中先写贵族的豪华宅第："百丈游丝争绕树，一群娇鸟共啼花。游蜂戏蝶千门侧，碧树银台万种色。复道交窗作合欢，双阙连甍垂凤翼。梁家画阁天中起，汉帝金茎云外直。"接着写歌妓的繁华生活："片片行云着蝉鬓，纤纤初月上鸦黄。鸦黄粉白车中出，含娇含态情非一。妖童宝马铁连钱，娼妇盘龙金屈膝。……汉代金吾千骑来，翡翠屠苏鹦鹉杯。罗襦宝带为君解，燕歌赵舞为君开。"此外，诗中还有侠客的形象："挟弹飞鹰杜陵北，探丸借客渭桥西。俱邀侠客芙蓉剑，共宿娼家桃李蹊。"诗中对京城权贵的骄横气焰的描写更是入木三分："别有豪华称将相，转日回天不相让。意气由来排灌夫，专权判不容萧相。"诗人以漫画一样的手法，凝练而生动地再现了京城上层的奢侈生活。但诗人以扬雄（前53—18）的落寞作结尾，就非常醒目地突出了现实的不公正，同时也表达诗人孤芳自赏的情怀："寂寂寥寥扬子居，年年岁岁一床书，独有南山桂花发，飞来飞去袭人裾。"同时，诗人还以时世陵夷、沧海桑田等感受，来表达对这些奢侈生活的否定："节物风光不相待，桑田碧海须臾改。昔时金阶白玉堂，即今惟见青松在。"这首诗的部分题材原属于宫体，但卢照邻通过自己的创作，大大开拓了诗歌的表达范围，赋予诗歌以更为深刻的内涵。

此外，骆宾王的《帝京篇》、王勃的《临高台》也都以都城为描写对象，借古讽今，抒发人生无常、怀才不遇的感慨。这些都扩大了诗歌的表现领域，使得诗歌的场面更为壮阔、雄伟。

☞ **多学一点**

都城诗产生的文学传统

斯蒂芬·欧文（1946— ）认为都城诗产自两种文学传统，其一是东汉的都城赋，其二是始于鲍照《芜城赋》的咏怀古迹诗，前者的铺陈描写和后者的盛衰之感，共同促成了都城诗。①

① 参见［美］斯蒂芬·欧文著，贾晋华译：《初唐诗》，61页，南宁，广西人民出版社，1987。

就艺术形式来说，初唐四杰对唐诗的贡献主要在五言律诗和歌行体两个方面。四杰中以王勃和杨炯的五言律诗水平最高。如上举之《从军行》和《送杜少府之任蜀川》，声调和谐圆润，已是非常成熟的五言律诗了。前人常以五言律诗体物唱和，所以气局终究狭小；而到了四杰这里，五言律诗多被用来抒写边塞风光，写胸中之慨然壮志。

☞ **多学一点**

四杰对宫体诗和五律诗表现内容的扩大

闻一多说："正如宫体在卢、骆的手里是由宫廷走到市井，五律到王杨的时代是从台阁移至江山与塞漠。"① 五律此后也就成为写景抒情言志的常用的体裁。

在对偶技巧方面，四杰对五言律诗也有贡献，他们的诗中除了有"牙璋辞凤阙，铁骑绕龙城"、"城阙辅三秦，风烟望五津"这样典正的对句，还有"与君离别意，同是宦游人"、"那堪玄鬓影，来对白头吟"这样流畅的流水对，这就使得诗歌更加轻灵婉转，自然舒展，与此前的对偶的板正凝重之态颇有不同。

七言歌行体以卢照邻、骆宾王成就为高，前所列的《长安古意》、《帝京篇》等，都是著名的七言歌行体诗。七言歌行在四杰时代，是以七言古诗和乐府民歌为基础，而借用了骈赋的表现手法，以铺陈、描绘为手法，回环婉转地描写都市生活的长篇诗篇。这些七言诗中有时夹有三言句式，使得全诗显得错落有致，避免了平铺直叙的缺点。盛唐以后，歌行体常被诗人用以记述现实，或抒发强烈的感情，成为一种常用的诗体。

初唐四杰以江山塞漠和慷慨壮志，以饱含"骨气"的内容和"刚健"的文风，促进了唐诗体裁的成熟，变革、发展了初唐诗歌，使诗歌在脱离六朝余绪的道路上前进了一大步，因此有着重要的贡献，也深受后人赞赏。杜甫（712—770）《戏为六绝句》称赞说："王杨卢骆当时体，轻薄为文哂未休，尔曹身与名俱灭，不废江河万古流。"（《全唐诗》卷二百二十七）

第四节 委婉流畅

一、律诗成于沈宋

四杰之后，从音律形式上对唐诗有所贡献的是沈佺期和宋之问。沈佺期和宋之问前

① 孙党伯、袁謇正主编：《闻一多全集 6·唐诗编上》，16 页，武汉，湖北人民出版社，1993。

期主要是作为台阁诗人，作些唱和、应制、咏物之篇，时人称为“沈宋”。沈宋的诗歌贡献是能在前人或时人的基础上，精研诗律，讲求词藻，尤其是在律诗的“回忌声病，约句准篇”（《新唐书·宋之问传》）方面多有心得，并通过自己的创作，完善了前人的声律之说。比较前人而言，沈宋的格律要求就是在前人的一联之内轻重悉异的基础上，还要求上一联的下句和下一联的上句之间要平仄相粘，从而使全诗的音调更为和谐，也使律诗的形式更为谨严，并最终固定下来，成为有规可循的创作方法。粘式律的运用是律诗定型的重要标志。相较而言，沈佺期更长于七律，而宋之问更擅五律。

☞ 多学一点

律诗的基本条件

罗宗强、郝世峰《隋唐五代文学史》上卷认为：“律诗到它完成的时候，应该具备四个条件：一、一句之中和句与句之间的平仄，都是特定的规则；二、平声押韵，除有时首句入韵外，都是首句仄脚不入韵；三、以每首八句为基本形式（唐人有六句的律调诗，但极少。八句以上的称为长律或排律。唐代科举考试用五言六韵，计十二句，称为‘试律诗’。还有四句的律调绝句，一般长律的不限句数）；四、全诗首尾两联对偶与否可以随意，中间各联必须对偶。当然，这是指律诗完成之后的标准样式，在它的发展过程中，这些条件并不是一下子就具备的。即使在它完成之后，也还有各种各样的例外，包括名作在内。这些条件，从它的发展过程来看，其实是两方面：一是一定的声律规则，一是对偶和句数。”①

学术轶事

后人论沈宋对律诗的贡献

王世贞《艺苑卮言》卷四曰：“五言至沈宋始可称律。律为音律法律，天下无严于是者。知虚实平仄，不得任情而法度明矣。”

胡应麟《诗薮·内编》卷五云：“七言律滥觞沈宋。其时远袭六朝，近沿四杰，故体裁明密，声调高华，而神情兴会，缛而未畅。”

沈佺期前期诗以辞采繁丽、音律和谐著称，但在内容上则无甚可观。后因张易之失势，沈佺期以攀附的罪名被贬驩州（今属越南），写过一些在内容上较好的作品。沈佺期的诗集中现存七律有十六首，皆能做到音调协和、对仗整饬。如其所作《古意呈补阙乔知之》云：

① 罗宗强等：《隋唐五代文学史》，上卷，89页，北京，高等教育出版社，1993。

卢家少妇郁金堂，海燕双栖玳瑁梁。九月寒砧催木叶，十年征戍忆辽阳。白狼河北音书断，丹凤城南秋夜长。谁谓含愁独不见，更教明月照流黄。（《全唐诗》卷九十六）

这首诗对古乐府的常见主题加以重新抒写，在辞采的华美、对仗的精工、音韵的和谐上，有着极高的造诣，而且也符合粘式律的原则。但就内容而言，他于流贬南方途中所作的《遥同杜员外审言过岭》要更为深沉，是有感而发之作。其诗云：

天长地阔岭头分，去国离家见白云。洛浦风光何所似，崇山瘴疠不堪闻。南浮涨海人何处，北望衡阳雁几群。两地江山万余里，何时重谒圣明君。（同上）

诗中抒发自己的羁旅哀愁，也表达了对未来的忧虑，整首诗都弥着一种伤感的情调，且情景交融，自然流畅。这首诗也是一首标准的七言律诗，由于其表达的是自己真实的人生感受，所以更为后人所看重。

与沈佺期身世相仿，宋之问也因攀附权贵的罪名被贬，后被赐死钦州贬所。他的作品也以流放后所作为佳。其《度大庾岭》诗云：

度岭方辞国，停轺一望家。魂随南翥鸟，泪尽北枝花。山雨初含霁，江云欲变霞。但令归有日，不敢恨长沙。（《全唐诗》卷五十二）

再如《渡汉江》诗云：

岭外音书断，经冬复历春。近乡情更怯，不敢问来人。（《全唐诗》卷五十三）

这两首诗都十分细腻地表达了流放思归，以及归乡情怯的感受，意象简明，但情思丰满，具有很高的艺术感染力。前一首是十分严谨的五律，后一首是非常精致的五绝，其格局、意境，都已显露盛唐气象。

二、张若虚、刘希夷与唐诗兴象

与沈宋同时，而在律诗之外，以七言歌行见长的是刘希夷和张若虚。刘希夷所作《代悲白头翁》借桃花凋零来抒发人生短暂、世事无常的感慨：“古人无复洛城东，今人还对落花风。年年岁岁花相似，岁岁年年人不同。”（《全唐诗》卷八十二）诗歌抒情婉转，极其动人。与此主题相似，但更为人所传诵的是张若虚的《春江花月夜》（同上）。

《春江花月夜》诗题来自宫体诗，但闻一多先生称这首诗为“诗中的诗，顶峰上的顶峰”[①]。诗歌一开始描绘了一个美丽的春江花月夜的景色：“春江潮水连海平，海上明月共潮生。滟滟随波千万里，何处春江无月明。”在这水光月色之中，天地一体，无边无际。澄明而颤动着的空气，细密得若有若无的花林，还有朦朦胧胧隐约着的沙滩，都消融在这无边的月色之中。“江天一色无纤尘，皎皎空中孤月轮。”这完美而静谧的景致却只是

① 孙党伯、袁謇正主编：《闻一多全集 6·唐诗编上》，27 页，武汉，湖北人民出版社，1993。

个纤尘皆无的月光世界，只有那一轮永恒的孤月在注释着什么叫空寂。面对这样的宇宙境界，诗人开始重新审视生命的价值和意义："江畔何人初见月？江月何年初照人?"人的生命太短暂了，它甚至来不及举起头来问候一下那轮明月，就匆匆逝去，淹没在汩汩的流水中。相比较那永恒的月亮、广袤的自然，人类生命不过是个虚幻的瞬间显现，永恒的只是月亮。生命由于自身的短暂和虚幻，而在这个宇宙之间失去了自己的落脚点，人类怎样才能找回自己呢？诗人在这一问题下转入下一个主题："白云一片去悠悠，青枫浦上不胜愁。"当诗人用"谁家"、"何处"来发问时，他所要描述的实际上是一个无家不有、无处不在的生命现象——离别。对于古人来说，离别不仅是人生中最为突出的无常现象，而且最真切地凸显了此在的孤独，最形象地暗示了人生的结局。当少妇沉浸在无边的思念之中时，月亮和人交融为一体，"此时相望不相闻，愿逐月华流照君"。这时，鸿雁翩飞，鱼龙潜跃，江水中荡起美丽的波纹。离别不仅是寂寞，离别还催生着温情，温情使这个世界更加美丽。"闲潭落花"，是一个何等清丽的梦境，在那脆弱而美丽的梦境后，是一颗让人深深感动的满怀期待的心。"不知乘月几人归，落月摇情满江树。"因为有了相思，这个宇宙不再冷寂，当这"春江花月夜"摇曳着片片温情时，人类也找到了自己在这宇宙中的位置。生命短暂，人生如逝水，只有温情才能赋予人类生命以价值。

《春江花月夜》将一个宫体诗的题材上升到宇宙人生的高处，诗人用优美的意象和委婉流畅的韵律，赋予这一题材以浓郁的深情和精深的哲理，使这一首诗成为人生的绝唱，境界陡然高远深厚起来，壮阔雄丽的盛唐气象也由此而显示出来。前人称此篇"用《西洲》格调，孤篇横绝，竟为大家"①，可见人们对其评价之高。

第五节 风雅兴寄

一、陈子昂生平及诗歌理论

在变革初唐诗风、确立盛唐气象的历史进程中，居于关键地位的是陈子昂。陈子昂在理论上明确表示了对唐初所弥漫的六朝余绪甚为不满，要求恢复"汉魏风骨"，提倡风

① 王闿运著，王简编辑：《湘绮楼说诗卷一·论唐诗诸家源流——答陈完夫问》，9页，成都，成都书局，1934。

雅兴寄。这对唐诗走出宫廷、反映社会生活、反映真切感受，起着重要的推动作用。陈子昂来自偏远的梓州射洪（今四川射洪县），其政治生涯可谓历经坎坷，既有朝廷的恩宠，也不断受到排挤、迫害，但他始终具有浓烈的政治热情，关怀民生，是一个有着现实精神的诗人。

二、“风雅兴寄”：《感遇》三十八首

陈子昂的诗反映了自己的精神思想和广泛的社会生活，所作《感遇》诗三十八首，学习阮籍《咏怀》诗的比兴手法，充分体现了他所提倡的风雅兴寄的诗学理想。诗中主要表达自己的人生抱负、政治理想，也描写边塞羁旅之苦，表达人生感悟和种种现实体验。如《感遇》其三十五：

陈子昂像

> 本为贵公子，平生实爱才。感时思报国，拔剑起蒿莱。西驰丁零塞，北上单于台。登山见千里，怀古心悠哉。谁言未忘祸，磨灭成尘埃。（《全唐诗》卷八十三）

这首诗是诗人第一次随军赴边关时所作，诗中慷慨述怀，反映了自己匡时济世的政治抱负，气势颇为壮阔。但关怀现实的精神，又能使诗人着眼于国计民生，对战争进行深刻的反省。如《感遇》其三：

> 苍苍丁零塞，今古缅荒途。亭堠何摧兀，暴骨无全躯。黄沙漠南起，白日隐西隅。汉甲三十万，曾以事匈奴。但见沙场死，谁怜塞上孤。（同上）

诗歌在描写边塞场景时，更关注的是战士的凄凉、悲惨的命运，并以此来反省唐朝的拓边战争，对战争给人民带来的灾难表示了极大的同情。再如，《感遇》其二十九对朝廷攻打生羌也深表不满，诗歌在描写了征程的凄惨后，说：“圣人御宇宙，闻道泰阶平。肉食谋何失，藜藿缅纵横。”（同上）矛头直指穷兵黩武的统治者，反映了自己的政治责任感。罗宗强评论说：“他在反映社会生活上比‘四杰’前进一步的地方，就在于他不仅于感悟人生哲理之中慨叹世态炎凉，还鲜明地抨击了社会黑暗。”① 陈子昂诗揭露社会黑暗现象的面是较为广泛的，如《感遇》其十写朝廷群官“谗说相啖食，利害纷㘎㘎”（同上），《感遇》其十二写酷吏“招摇青桂树，幽蠹亦成科”（同上），无事不成狱，等等，这是前代诗人所少见的。

陈子昂空怀壮志，而终生无所施用，这使他深感苦闷，所以常有功业无成、人生如梦的感慨。《感遇》其二云：

> 兰若生春夏，芊蔚何青青。幽独空林色，朱蕤冒紫茎。迟迟白日晚，袅袅秋风生。岁华尽摇落，芳意竟何成。（同上）

---

① 罗宗强：《隋唐五代文学思想史》，67页，上海，上海古籍出版社，1986。

这首诗采用比兴手法，托物寓意，借兰若的向冬凋零，咏叹自己理想的破灭和时光的白白流逝。诗歌前四句写兰若的美艳、孤傲，也是诗人孤芳自赏精神风貌的写照。而更令人感到震撼的是其《登幽州台歌》一首：

> 前不见古人，后不见来者。念天地之悠悠，独怆然而涕下。（《全唐诗》卷八十三）

在这漫漫的历史长河中，在这浩浩的宇宙之下，诗人独居高台之上，怆然流涕，一个无限孤独而凄凉的形象被如此逼真地展现出来。这里既有生不逢时、难展怀抱的悲哀，也有时不我待、人生短暂的凄怆，诗人将其满腔的哀怨弥散在难以穷尽的时空之中，弥散在每一个读者的心灵中。

三、地位和影响

陈子昂在理论上和诗歌内容上，对摧毁六朝余绪，促进唐诗的发展有着重大的贡献。六朝余风的革除、唐诗的建立是众多诗人努力的结果，如初唐四杰、沈宋等等，但陈子昂确实在这一进程中起着标志性的作用。但就其诗歌的艺术成就来说，尚未达到他自己所谓的“音情顿挫，光英朗练，有金石声”（《与东方左史虬修竹篇序》）的境地，也不如四杰和沈宋诗的艺术成就，但陈子昂在诗歌理论和诗歌内容方面的革新对盛唐诗的发展有着重要的影响。

学术轶事

后世对陈子昂文学地位的评价

《唐音癸签》卷五云：“子昂自以复古反正，与有唐一代诗功为大耳。正如夥涉为王，殿屋非必沈沈，但大泽一呼，为群雄驱先，自不得不取冠汉史。”

葛晓音（1946— ）在《论初、盛唐诗歌革新的基本特征》中说：“则天、中宗时期……兴的内涵已由环譬取喻渐渐演变为由形象生发的兴味，这中变化也反映在陈子昂的律诗中。但他借《感遇》所提倡的兴寄，却是蹈袭汉魏蹊径，恢复以喻论理寄慨的构思方式……而且他在用比之后还要点明主旨，与汉魏诗相比，抽象意义附著感性形象的痕迹更加明显，就难免有平直显豁之弊。从诗歌艺术来看，这种复古没有多大变革的意义。”①

① 葛晓音：《论初、盛唐诗歌革新的基本特征》，见《汉唐文学的嬗变》，96页，北京，北京大学出版社，1990。

第六节
山水田园

一、初唐诗到盛唐诗的过渡转型：张说、贺知章、王湾、王翰等

在由初唐转向盛唐的过程中，张说、贺知章、王湾、王翰等，起着重要的作用。张说（667—731）在开元九年任宰相，以延揽文士著名，是当时的文坛领袖。张说自己的诗文除应制之作外，往往能直抒胸怀，别有气象，如其所作《送梁六自洞庭山作》云："巴陵一望洞庭秋，日见孤峰水上浮。闻道神仙不可接，心随湖水共悠悠。"（《全唐诗》卷八十九）意象辽阔超迈，心绪简淡高远，而音律疏朗圆润，后人许此诗为"句格成就，渐入盛唐矣"（《诗薮·内篇》卷六）。贺知章（659—744）为宦四十余年，性格豪放不羁，晚年自号"四明狂客"，也是一位能提携后辈的文坛长者。他的诗以七绝著名，如其《回乡偶书》其一："少小离家老大回，乡音无改鬓毛衰。儿童相见不相识，笑问客从何处来。"（《全唐诗》卷一百一十二）既有漂泊蹉跎之叹，又充满了谐趣。再如《咏柳》："碧玉妆成一树高，万条垂下绿丝绦。不知细叶谁裁出，二月春风似剪刀。"（同上）此诗意境虽未见多高，但清新明净，设喻新奇，还透出对自然满怀惊喜的天真心情，是咏物诗的佳篇。王湾于开元中任职朝廷，有《次北固山下》诗极为著名。诗曰："客路青山外，行舟绿水前。潮平两岸阔，风正一帆悬。海日生残夜，江春入旧年。乡书何处达，归雁洛阳边。"（《全唐诗》卷一百一十五）这首诗境界壮阔而心绪苍茫，给人一种虽在漂泊的愁苦之中，却能独立苍穹、江山一我的感觉，有着极强烈的美感。王翰（生卒年不详）的诗以《凉州词》其一著名。诗曰："葡萄美酒夜光杯，欲饮琵琶马上催。醉卧沙场君莫笑，古来征战几人回。"（《全唐诗》卷一百五十六）诗中豪情四溢，将前代边塞诗的凄凉情怀转为一种浪漫的精神，而诗中所透露出的慷慨悲伤之情，又赋予这份浪漫以充实、丰厚的内涵。这正体现了盛唐诗人的胸襟气概。这些诗人虽然成就不见得有多高，但他们是唐诗由初唐步入盛唐的开风气之先的人物。

二、山水田园诗派

诗人群体和诗歌流派的出现，标示着一种诗歌美学思想和诗学趣味的成熟，也表明了诗歌朝个性化发展的方向，它是盛唐诗歌的一个标志。

最早出现在盛唐诗坛上的流派是山水田园诗派。山水田园诗派的代表人物是孟浩然

和王维。他们从自己的主观意趣出发，通过对自然的领悟来把握人生的深幽意蕴，将谢灵运以来的山水题材和陶渊明的田园题材融合为一体，并在艺术和意境上有了新的开拓，为盛唐诗歌首发新声。此外，常建、储光羲、祖咏、丘为（694—789?）、卢象（生卒年不详）等人，也是山水田园诗派的重要诗人。

（一）质朴平淡的孟浩然诗

孟浩然虽然多次求仕，但却以布衣终老。他所生活的襄阳是一个景致优美、隐士辈出的地方，汉末庞德公和诸葛亮就隐居于此。而盛唐时代士人或慕老庄思想，或以为终南捷径，导致隐逸之风盛行，这些对孟浩然都有影响。所以，他孜孜求仕的同时，又把隐逸作为自己的归宿，时时归来，并最终托以终身。所谓“山水寻吴越，风尘厌洛京。扁舟泛湖海，长揖谢公卿”（《全唐诗》卷一百六十《自洛之越》）正是这一人生选择的真实写照。

孟浩然有一首很好的求仕干谒的诗，是写给丞相张九龄（678—740）的，题为《望洞庭湖赠张丞相》。诗云：

> 八月湖水平，涵虚混太清。气蒸云梦泽，波撼岳阳城。欲济无舟楫，端居耻圣明。坐观垂钓者，徒有羡鱼情。（同上）

孟浩然像

诗中把自己的求官之志写得正大堂皇，而在表达方法上又委婉含蓄，确实是一首好诗，体现了盛唐精神中积极进取、不甘寂寞的一面。但孟浩然的诗最有价值的还是表现隐逸情怀的山水田园诗。如其《夜归鹿门山歌》云：

> 山寺钟鸣昼已昏，渔梁渡头争渡喧。人随沙岸向江村，余亦乘舟归鹿门。鹿门月照开烟树，忽到庞公栖隐处。岩扉松径长寂寥，唯有幽人长来往。（《全唐诗》卷一百五十九）

鹿门山有孟浩然的别业，是他归隐的居处。这首诗平静地记述了自己晚归鹿门的经过，“山寺钟鸣”、“月照烟树”、“岩扉松径”悄悄地过滤了人间的喧嚣，赋予诗人一种清高自守的个性精神。“庞公栖隐”四字表明，孟浩然自觉地将自己归类于隐士，并希望从古之隐士身上获得自我价值的肯定，多少有点明志的意味。孟浩然的山水景物描写往往过于清幽，如《夏日南亭怀辛大》中的“山光忽西落，池月渐东上”、“荷风送香气，竹露滴清响”（同上），《宿业师山房待丁大不至》中的“松月生夜凉，风泉满清听。樵人归欲尽，烟鸟栖初定”（同上），等等。这些清幽深邃的景色中，透露出诗人内心的孤寂和伤感，当然也隐含了诗人孤芳自赏的趣味。因此，这些诗歌是以山水景物来表现着诗人的人格。

孟浩然也有一些诗歌表达了对自然意趣的领悟，创造出了一个浑然的艺术境界，这一类诗的美学价值要高于前者。如《秋登兰山寄张五》云：

> 北山白云里，隐者自怡悦。相望试登高，心飞逐鸟灭。愁因薄暮起，兴是清秋发。

时见归村人，沙行渡头歇。天边树若荠，江畔舟如月。何当载酒来，共醉重阳节。（《全唐诗》卷一百五十九）

这首诗对自然景色的描写也是非常出色的，尤其是“天边树若荠，江畔舟如月”一句，两个精巧的比喻使得诗人在不经意之间，就轻松地把握了自然；“时见归村人，沙行渡头歇”使得人成为大自然的一部分，行和歇都随心所欲，是一种自然而然的状态。在这首诗里，真正引领着诗歌情绪的是自然本身，而不是诗人，诗人的心境随着天上的鸟、随着降临的暮色而自然变化，浑然不觉，人和自然融而为一。正是这种境界使得诗人感到了“怡悦”。显然，这一诗歌境界是超越而高妙的。田园生活本身也能给孟浩然同样的享受。其《过故人庄》诗云：

故人具鸡黍，邀我至田家。绿树村边合，青山郭外斜。开轩面场圃，把酒话桑麻。待到重阳日，还来就菊花。（《全唐诗》卷一百六十）

诗中所表现的“故人具鸡黍”、“把酒话桑麻”的情节，是一种淳朴的生活场面，表达了人和人之间的自然感情，它是对现实中种种奢华或享乐的否定，也是对现实人际功利化关系的否定，它把人带到原初、自然的生活中来，使人体会到脱离尘嚣的轻松和快乐。诗中关于农村景物的描写强化了这种自然本能的生活，并给人一种宁静、优美、惬意的感受。这首诗表达了孟浩然对田园生活的透彻理解和由衷喜爱，是其自然意趣的体现。

除了山水田园诗外，孟浩然还有一些表达旅途情思的诗也是情景交融，隽永有味。如《宿建德江》：

移舟泊烟渚，日暮客愁新。野旷天低树，江清月近人。（同上）

再如《宿桐庐江寄广陵旧游》：

山暝听猿愁，沧江急夜流。风鸣两岸叶，月照一孤舟。建德非吾土，维扬忆旧游。还将数行泪，遥寄海西头。（同上）

前诗后两句所营造的压抑、清冷的意境，很准确地表达了失意之人的漂泊之苦，韵味悠长，给人以巨大的回味空间。后一首前四句以激荡和幽静的景物变化，衬托出诗人内心的不平和孤独；而最后两句想象奇特，深切地表达出诗人的思念之情。当然，孟浩然也能作舒缓、娴静的诗，如脍炙人口的《春晓》：

春眠不觉晓，处处闻啼鸟。夜来风雨声，花落知多少。（同上）

这首诗虽然表达了诗人对时光的珍惜，但全诗的气氛还是清丽朗润、充满了生机的。

孟浩然的诗歌被后人许为“淡”，在这个“淡”下，孟诗还有幽僻、明净的区别。孟浩然诗主要采用白描的艺术手法，以极简练的笔墨勾勒出自然景物，并在这景物中寓以情感，或以之营造气氛，衬托情感。孟诗的语言完全脱离了初唐雕琢、缛丽的风习，而表现出朴素纯净的特点，这对营造诗歌淡雅疏朗的风格有着重要的作用。此外，孟诗音律和谐，富于音乐美。总的说来，孟浩然的山水田园诗虽然在意境和诗艺等方面尚不如王维，但也可自成一家，不唯有开风气之功，亦多有佳作，对促成盛唐诗歌艺术的发展卓有贡献。

学术轶事

后人论孟诗

闻一多在《唐诗杂论·孟浩然》中说孟诗“淡到会令你疑心到底有诗没有”，“淡到看不见诗了”①。

宋人严羽评价孟诗的音乐性：“讽咏之久，有金石宫商之声。”（《沧浪诗话·诗评》）

（二）空灵静谧的王维诗

王维早年就以文才显世，“九岁知属词”（《新唐书·王维传》），十七岁时所作的《九月九日忆山东兄弟》就显示了他过人的才情。诗曰：

独在异乡为异客，每逢佳节倍思亲。遥知兄弟登高处，遍插茱萸少一人。（《全唐诗》卷一百二十八）

王维像

在平常朴实的语言中，却孕育着黯淡的离愁和浓郁的亲情。“遥知”二句则写出自己的心绪飘零，写出自己对家的向往。这种荡开一步，自彼观己的表情方法，自王维首开其端后，为唐人所常用。如杜甫的《月夜》“遥怜小儿女，未解忆长安”（《全唐诗》卷二百二十四），李商隐（813—858）的《夜雨寄北》“君问归期未有期，巴山夜雨涨秋池”（《全唐诗》卷五百三十九）等。王维自言“少年识事浅，强学干名利”（《全唐诗》卷一百二十五《赠从弟司库员外绿》），多有干谒，终以解元得官。做官的王维几次被贬，后又为安禄山（703—757）所俘，被迫接受伪职，可谓坎坷不断。直到老年，始求得朝廷放归田园。所以在其生平诗作中，尤其是前半时期的诗既表达对功业的向往，也表达宦游的艰辛和孤寂。前者如《少年行》：

新丰美酒斗十千，咸阳游侠多少年。相逢意气为君饮，系马高楼垂柳边。（其一）

出身仕汉羽林郎，初随骠骑战渔阳。孰知不向边庭苦，纵死犹闻侠骨香。（其二）（《全唐诗》卷一百二十八）

这其中高迈超逸的豪情，渲染出一种张扬个性的时代精神。在那种游侠形象中，既包含着强健的意志的冲动，也包含着建功边陲的人格理想。是少年的浪漫和盛唐的壮大，共同合成了诗人壮丽的情怀。这两首诗非常简洁地把握了这种奇异的精神姿态，给我们带

① 孙党伯、袁謇正主编：《闻一多全集6·唐诗编上》，54页，武汉，湖北人民出版社，1993。

来永恒的激动。王维曾以监察御史的身份到凉州宣慰边关将士，后改任河西节度副史崔希逸幕下判官，有着边塞生活的经历。他的边塞诗也充满了豪放壮丽的色彩。如其《使至塞上》：

单车欲问边，属国过居延。征蓬出汉塞，归雁入胡天。大漠孤烟直，长河落日圆。萧关逢候骑，都护在燕然。（《全唐诗》卷一百二十六）

末一句说功名在握，将千里的汉塞、胡天看作成就自己的舞台，显示了强烈的自信。诗中的大漠孤烟、长河落日景色，更是于浩瀚苍茫中透露出一种雄奇、壮美，反映了诗人胸襟的阔大。再如《观猎》：

风劲角弓鸣，将军猎渭城。草枯鹰眼疾，雪尽马蹄轻。忽过新丰市，还归细柳营。回看射雕处，千里暮云平。（同上）

将军轻骑踏雪倏忽而过的矫健的身姿、回首射雕万籁苍茫的气定神闲的胸襟，都是如此的洒脱自信，仿佛一切都在唾手之间，描绘出一种强劲旺盛的生命力之美。

宦游的经历，也使王维体会到人生漂泊的苦楚，他在诗中表达了别情，表达了思乡之情，使得生命在壮大之外，更是别有一番情韵。其《送元二使安西》云：

渭城朝雨浥轻尘，客舍青青柳色新。劝君更进一杯酒，西出阳关无故人。（《全唐诗》卷一百二十八）

这首诗后被乐工采集入乐，改名为《阳关三叠》，成了著名的送行乐曲。安西在今新疆库车附近，是当时的安西都护府的治所，是个遥远的边塞。这首诗的前两句写了对朋友的留恋，虽有淡淡的伤感，但却清新适意，使得别情从传统的凄恻、凝重之中摆脱出来，透露出新的希冀。诗人举杯相劝，其中既激荡着西去边关的豪壮、苍茫，也有依依不舍的悠悠别情。这种别情诗只有唐人才有。王维也能写隽永幽婉的诗。其《杂诗三首》之二云：

君自故乡来，应知故乡事。来日绮窗前，寒梅著花未？（同上）

这一首诗写的是思乡，诗中以一个微小的细节，来表达游子对家的牵挂。“来日绮窗前，寒梅著花未？”又是一个什么时节了？在这漂泊的时日中，家中能有什么变化呢？把家里的一切都收藏在自己的心里，希望能够感受到它的每一个节令、每一个角落，这不正是一个游子的孤苦寥落的情怀吗？这首诗给出了一个优美的场景，更刻画出了一个迫切思乡的心。意象单纯，而韵味无穷，这正是盛唐诗的一重境界。

不过，王维诗成就更高的还是他的山水田园之作。他的山水田园诗澄明、静谧、优美，他所营造的诗歌境界更是通透无碍，表达了领悟自然后的愉悦、安宁，也表现了自然的空明、幽深，甚至是空寂。如其所作《山居秋暝》：

空山新雨后，天气晚来秋。明月松间照，清泉石上流。竹喧归浣女，莲动下渔舟。随意春芳歇，王孙自可留。（《全唐诗》卷一百二十六）

诗歌描写的是一场秋雨后的山间晚景。空气中弥漫着清新、鲜美的气味，月光从松树间隙中透出，泉水从石头上轻盈地流过，还有随着喧笑声归来的渔舟和浣女，一切都是如此和谐，一切都是如此明净，光影明暗、溪流淙淙，既展示了自然的静默，更展现了自然隐藏在静默背后的斑斓、和美。但这一切，只有宁静如水的心才能体会、把握，才能感受到自然深处的欢愉，才能与自然合为一体，让小我融入大自然之中。再如《终南山》：

太乙近天都，连山到海隅。白云回望合，青霭入看无。分野中峰变，阴晴众壑殊。欲投人处宿，隔水问樵夫。（《全唐诗》卷一百二十六）

中间两联写自然在有无之间气象万千、倏忽变化，表达了自然的莫测神奇，也抒发了自己的惊奇和喜悦之情，暗示了对自然的真切感悟。自然的一切光阴变化、鸟鸣花开、人来人往，都是自然生机的自我呈现，也是王维天真无机之情的外现。当诗人与自然合而为一时，便感受到造化的大自由，便从现实的迷茫之中解脱出来。王维写了不少这样的诗，对山水自然景色的出色摹写，对山水自然精神的敏锐把握，是王维山水诗最突出的贡献。

与自然万化冥合，从自然中体会人生无为的真谛，这是道家的旨趣。王维对道家很有兴趣，并有所认同，但影响王维的不仅仅是道家，还有佛教。王维的母亲曾师事禅宗北宗的大照普寂（651—739），而王维兄弟“俱奉佛，居常蔬食，不茹荤血”（《旧唐书·王维传》）。因此王维诗中常有发挥禅理之处。如“眼界今无染，心空安可迷”（《全唐诗》卷一百二十七《青龙寺昙壁上人兄院集》）、“一悟寂为乐，此生闲有余”（《全唐诗》卷一百二十五《饭覆釜山僧》）等。王维对禅宗南北两派都有精深的研究，并同时接受了两派的思想，“形成了王维特有的‘以寂为乐’、‘空有不二’的禅观修习方式”①。如其《终南别业》诗云“行到水穷处，坐看云起时”（《全唐诗》卷一百二十六），就是采用南宗的“山林优游禅”的修习方式，通过水生水灭、云起云落等物相，来感悟禅宗所说的刹那生灭、无常无我、虚幻不实的世相。

而在王维诗中，禅宗的空寂之境，被表现得最为充分、深刻。如下面这几首诗：

独坐幽篁里，弹琴复长啸。深林人不知，明月来相照。（《全唐诗》卷一百二十八《竹里馆》）

人闲桂花落，夜静春山空。月出惊山鸟，时鸣春涧中。（同上《鸟鸣涧》）

木末芙蓉花，山中发红萼。涧户寂无人，纷纷开且落。（同上《辛夷坞》）

这几首诗都表现了同一个主题：空寂。在无人知道的茂林深处，诗人在明月的陪伴下独自弹琴长啸，环境是幽深冷寂的，但更为冷寂的是诗人的心。诗人通过对孤独的体验，领悟到某种澄明之境。第二首诗写人迹销尽之后，山涧空无所有，鸟儿甚至被一片冰凉的月光所惊悸，偶然传来的一两声鸣叫声，更显出自然宇宙的幽静。第三首诗写在一个杳无人知的深涧中，芙蓉花在生生灭灭中展现着自己的艳丽。这些诗同样都表达了空寂的幽深和清丽，但仔细比较会发现，在这三首诗中，人的形象是逐渐从自然中退出去的：《竹里馆》是写人的孤独和自然的寂静的合一，《鸟鸣涧》写在人离开之后，自然的冷寂明艳，而《辛夷坞》中的山涧根本就是一个没有人迹的世界。正是在这样远离人烟的山涧里，芙蓉在自生自灭中，在永恒而又悄无声息的开开落落中，展示了瞬息和永恒的交融，展现了自然的自在之美，从而漠视了人类生命的节奏，把人类生命活动排斥在这个

① 胡遂：《论王维诗宗教体验与审美体验之融合》，载《湖南师范大学社会科学学报》，2000（1）。

世界之外。这是一首使人感到凄迷的诗，王维通过无情地否定人类生命而营造了一个彻底的空寂之境，从而也对禅宗的空寂之境做了最为透彻的诠释。这些诗使人在慨叹自然的自在之美的同时，不能不为人类生命本身而感到悲哀。胡应麟论《鸟鸣涧》、《辛夷坞》两诗“读之身世两忘，万年俱寂”（《诗薮·内编》卷六）。

后人论王维诗的艺术特点，最著名的是苏轼（1037—1101）的话：“味摩诘之诗，诗中有画；观摩诘之画，画中有诗。”（《书摩诘蓝田烟雨图》）[①] 所谓“诗中有画”是指王维诗中的构图和色彩精巧鲜洁的特点。王维是历史上著名的画家，史称其“特妙山水，幽深之致，近古未有”（《封氏闻见记》卷五《图画》）。相比较诗来说，绘画的形象性要突出得多，而绘画的形象性，是由构图、颜色、布局等因素形成的。王维的诗也显示了这样的特点。

（唐）王维《长江积雪图》（局部）

王维擅长以敏锐的感觉捕捉最有特色的意象，并以独特的布局构造出绘画般的意境。如其“大漠孤烟直，长河落日圆”一联，前句以横平的地平线加以垂直的孤烟，后句以前伸的黄河加以尽端浑圆的落日，以极简练而富有变化的线条构成了鲜明的形象特征，给人强烈的视觉刺激。再如“山下孤烟远村，天边独树高原”（《全唐诗》卷一百二十八《田园乐》其五）、“千里横黛色，数峰出云间”（《全唐诗》卷一百二十五《崔濮阳兄季重前山兴》）等，都是以纵横有致、显明突出的构图，极为准确地再现了景物的特征。王维的山水田园诗十分讲求色彩的明朗和对比，并以之营造和谐、柔美的境界。其《书事》诗云：“轻阴阁小雨，深院昼慵开。坐看苍苔色，欲上人衣来。”（《全唐诗》卷一百二十八）诗人以“苍苔色”以及这种色彩的浸染来写对湿润的感觉，有着极奇妙的艺术效果，也可看出诗人对色彩的敏感，并能通过色彩表达各种感受。王维诗往往以两种或多种色彩构成巧妙的辉映或对比，使得诗歌的色彩更为丰富，并富于变化，给人以更多的美感。如“荆溪白石出，天寒红叶稀”（同上《阙题》）、“日落江湖白，潮来天地青”（《全唐诗》卷一百二十六《送邢桂州》）、“雨中草色绿堪染，水上桃花红欲然”（《全唐诗》卷一百二十八《辋川别业》）、“漠漠水田飞白鹭，阴阴夏木啭黄鹂”（同上《积雨辋川庄作》）等，皆是以不同色彩两两对照，画面明丽而优美，极为和谐。除了色彩外，诗人还善于利用光影的明暗或流转来传达美感，如“白云回望合，青霭入看无。分野中峰变，阴晴众壑殊”（《全唐诗》卷一百二十六《终南山》），其色彩、光影，就具有明显的变化不定的特征，给人倏忽变幻的印象。画面的布局，远近高低的组合，也是形象美感的一个重要部分。王维的诗往往以几个精练的

① 孔凡礼点校：《苏轼文集》，第70卷，2209页，北京，中华书局，1986。

小景构成一幅画面，并且错落有致，层次分明。如其《送梓州李使君》云："万壑树参天，千山响杜鹃。山中一夜雨，树杪百重泉。"（《全唐诗》卷一百二十六）其中以树为近景，以泉为远景，所以泉如挂在树梢一样，表现出远近层次的区别。再比如"白水明田外，碧峰出山后"（《全唐诗》卷一百二十五《新晴晚望》）、"雾中远树刀州出，天际澄江巴字回"（同上《送崔五太守》）等，都布局巧妙，画面丰富而明晰，耐人寻味。

王维还是一个音乐家，音乐性强也是他诗歌的特点。赵殿成（1683—1743）《王右丞集笺注》附录二引《史鉴类编》云："王维之作，如上林春晓，芳树微烘；百啭流莺，宫商迭奏；黄山紫塞，汉馆秦宫；芊绵伟丽于氤氲杳渺之间，真所谓有声画也。非妙于丹青者，其孰能之?"王维诗中描写了大自然的多种声音：鸟声、虫声、猿声、风声、落叶声、泉声等。如"万壑树参天，千山响杜鹃"（《全唐诗》卷一百二十六《送梓州李使君》）、"兴阑啼鸟换，坐久落花多"（同上《从岐王过杨氏别业应教》）、"雨中山果落，灯下草虫鸣"（同上《秋夜独坐》）等，这些声音在王维的诗集中构成了大自然的万籁和鸣，甚是动听。除了描写声音外，王维诗歌本身也表现出音律谐畅、圆润浏亮的特点。如《山居秋暝》"明月松间照，清泉石上流"句，上句声调由低趋高，下句由细碎的齿音转为圆转的舌音，读起来朗朗上口，极为悦耳，符合诗本身所描写的意象让人联想到的声音美感特征。王维的大部分律诗都有讲求乐感的特点。

盛唐山水田园诗派除了孟浩然、王维外，还有常建、储光羲、祖咏、丘为、卢象等人，也各有特色，对壮大山水田园诗派起着很大的作用。但他们的诗歌成就不能和王、孟相比，尤其不能和王维相比。王维诗歌在意境、形象、音韵等方面，都巧夺天工，自然流利，既具有"玲珑凑泊"诗境之美，也"追求诗境的韵味"，具有十分高超的艺术魅力，并以此特点为盛唐气象作出了贡献[①]，也将山水田园诗推到了它的顶峰。

第七节 大漠边塞

一、边塞诗派的先驱

中国文人一直就有边关的梦想，而只有盛唐诗人才将这边关之梦演绎得如此瑰丽、壮阔，如此激动人心。相比起王维、孟浩然的山水田园情致来说，高适、岑参等人的边

① 参见罗宗强：《隋唐五代文学思想史》第三章第二节"追求兴象玲珑的诗境"，上海，上海古籍出版社，1986。

塞风光和激情更具有盛唐的特点，他们刻意从艰辛、苍茫之中寻找那份属于自己的自信，寻找痛快淋漓的大喜大悲，寻找着豪放、雄浑的人生景观。

唐代前期的开疆拓土、民族矛盾，导致边关战事连绵，诗人常将边关视为成就自己人生功业的起点，而他们真正在边关所得到的是一种昂扬的精神和人格。无论是否去过边关，诗人们差不多都写过边关题材的诗。唐前的诗人主要沿袭汉乐府的悲悯精神，写边关的艰辛；也有以游侠为题材的，讴歌一种仗义报国的豪情。但真正以边塞风光来抒写内心的激情的，却只有盛唐诗人。初盛唐之交的王翰，就以“醉卧沙场君莫笑，古来征战几人回”（《全唐诗》卷一百五十六《凉州词二首》其一）开启了盛唐边塞诗风。边塞诗派的先驱者还有王昌龄、李颀、王之涣（688—742）、崔颢等人。

（一）七绝圣手王龙标

王昌龄，进士出身，为官颇不得意，曾任江宁丞，开元二十七年（739）获罪谪居岭南，任龙标尉，安史之乱时被害。王昌龄早年曾游河陇边地，写过不少边塞诗。他的诗中热情地赞颂了边关将士立功报国的豪迈情怀，如其《从军行七首》：

青海长云暗雪山，孤城遥望玉门关。黄沙百战穿金甲，不破楼兰终不还。（其四）

大漠风尘日色昏，红旗半卷出辕门。前军夜战洮河北，已报生擒吐谷浑。（其五）（《全唐诗》卷一百四十三）

《出塞》其二：

骝马新跨白玉鞍，战罢沙场月色寒。城头铁鼓声犹振，匣里金刀血未干。（同上）

诗中写边关的苦寒和苍茫，充满了一种压抑、悲壮的气氛，而在这沉闷的气氛中，一股豪侠之气破空而出，给人以强烈的震撼力。王昌龄的诗除了抒发边关豪情外，还有对边关战争的思考。其《出塞二首》其一：

秦时明月汉时关，万里长征人未还。但使龙城飞将在，不教胡马度阴山。（同上）

前两句将边关战争放置于悠远而绵延的历史之中，诗人仿佛对着历史发问，到底是什么使得边关连年战争、将士们代代捐躯呢？诗人认为，如果边关用人得当，就可以一劳永逸、关山如铁。相比较而言，诗人前两句的穿越历史的发问要比后两句的结论更为深刻，发人深省。

王昌龄的边塞诗还反映了战争凄怨、悲凉的一面，反映了战争给人们带来的深重哀伤，显示了他细腻、悲悯的情怀。其《从军行七首》又云：

烽火城西百尺楼，黄昏独坐海风秋。更吹羌笛关山月，无那金闺万里愁。（其一）

琵琶起舞换新声，总是关山旧别情。缭乱边愁听不尽，高高秋月照长城。（其二）（同上）

这两首诗写边关的思念之情，写战争给家庭带来的伤害、对征人青春的剥夺，使豪迈的边关蒙上了一层浓重的忧郁。那层无法摆脱的伤感，就如深秋里冷冷的海风和月色，无处不在，总是缥缈荡漾在自己的周围；而被海风月色所包裹的独坐的身影和静静的长城，又显得如此坚毅而又孤独。整首诗的风格是清峻而忧伤的，很是动人。

王昌龄的生活经历较为复杂，而且多所磨难，所以对离别、漂泊之情很是敏感，也写了一些很优美的诗。如其《闺怨》：

> 闺中少妇不知愁，春日凝妆上翠楼。忽见陌头杨柳色，悔教夫婿觅封侯。（《全唐诗》卷一百四十三）

此诗通过一个极其细微的生活场景，通过一种突如其来的自然情绪，表达了这样一种感悟：只有时时刻刻的此在感受是真实的，而那漂泊流离的游宦生涯，以及游宦之中所包含的封侯之梦，是虚幻而无意义的。这应该是诗人自己的切身感受。诗歌不但刻画出思妇情绪的微妙变化，也以小见大，赋予其更深刻的含义。类似风格的还有宫怨诗《长信秋词》等。其送行诗也写得精巧蕴藉，如《芙蓉楼送辛渐二首》其一：

> 寒雨连江夜入吴，平明送客楚山孤。洛阳亲友如相问，一片冰心在玉壶。（同上）

诗人将迷蒙、幽冷的景物描写和客中送客的孤寂之情十分巧妙地融为一体，至于冰心玉壶的比喻，前人说是王昌龄自言“不复为宦情所牵”（唐汝询《唐诗解》卷三十六），今人多论为王昌龄身处“谤议”之中而不屑一辩[①]，大约总是说自己此心如玉，以高洁自守。这首诗语言平实，而蕴藉含蓄，很有意味。

王昌龄的诗风虽然富于变化，但总的说来，倾向于幽婉清峻一途，于明净中透露出劲拔之气。其诗诸体皆备，而最擅长七绝，其七绝诗含蓄隽永，意境优美，情感细致，成就可与李白相媲美。

学术轶事

后人比较王昌龄与李白

叶燮（1627—1703）说：“七言绝句，古今推李白、王昌龄。李俊爽，王含蓄。两人辞、调、意俱不同，各有至处。”（《原诗·外篇》下）

（二）李颀、王之涣、崔颢等人的边塞诗

李颀的边塞诗不多，但水平都很高。其最有代表性的诗是《古从军行》：

① 参见乔象钟、陈铁民主编：《唐代文学史》，上册，367页，北京，人民文学出版社，1995。

白日登山望烽火，黄昏饮马旁交河。行人刁斗风沙暗，公主琵琶幽怨多。野云万里无城廓，雨雪纷纷连大漠。胡雁哀鸣夜夜飞，胡儿眼泪双双落。闻道玉门犹被遮，应将性命逐轻车。年年战骨埋荒外，空见蒲桃入汉家。(《全唐诗》卷一百三十三)

这首诗以更为开阔的视角，能从战争的另一方着眼，反省战争给双方军民所带来的灾难。而无数将士的枯骨，最终却只换来“蒲桃入汉家”的结局。诗歌揭露了统治者是战争的罪魁祸首，具有浓烈的反战色彩。诗歌格调悲怨，苍凉幽暗，能够很贴切地表达诗人内心的愤懑之情。

王之涣，为人“慷慨有大略，倜傥有异才”(靳能《唐故文安郡文安县太原王府君墓志铭并序》)，唐薛用弱（生卒年不详）《集异记》卷二说：“开元中，诗人王昌龄、高适、王之涣齐名。”王之涣的诗现只存六首绝句，其中有三首诗边塞诗。《凉州词二首》其一云：

黄河远上白云间，一片孤城万仞山。羌笛何须怨杨柳，春风不度玉门关。(《全唐诗》卷二百五十三)

前两句写边塞景色，苍茫开阔；后两句抒发征人的哀怨之情，显示了诗人对边关连年战争的不满，表达了对征人的深切同情。王之涣的《登鹳雀楼》则显示了过人的胸襟和气魄，能够代表盛唐气象：

白日依山尽，黄河入海流。欲穷千里目，更上一层楼。(同上)

这首诗的前两句以极简练的笔触，轻松地描绘出一个无限广阔的壮阔、苍茫的大地图景，显示了作者内心囊括天下的豪迈气势。而诗人尚不满足于此，还要更登层楼，再广其胸怀，这种万物皆备于我的精神风貌正是盛唐气象的表现。

崔颢有边塞诗五首传世，但其更有名的却是一首七律《黄鹤楼》：

昔人已乘黄鹤去，此地空余黄鹤楼。黄鹤一去不复返，白云千载空悠悠。晴川历历汉阳树，芳草萋萋鹦鹉洲。日暮乡关何处是，烟波江上使人愁。(《全唐诗》卷一百三十)

诗中上半部分借古迹半怀古，下半部分借春景怀乡。无论是“白云千载空悠悠”还是“烟波江上使人愁”，都渲染出一种迷离悠长的寂寥、落寞的哀怨。诗中景色描写或辽阔，或清丽，描摹如画，给人以极美的感受。这首七律诗意境优美、迷蒙，音律谐畅，严羽评曰：“唐人七言律诗，当以崔颢《黄鹤楼》为第一。”(《沧浪诗话·诗评》)崔颢另有《长干曲》也写得很好：

君家何处住？妾住在横塘。停船暂借问，或恐是同乡。(其一)

家临九江水，来去九江侧。同时长干人，自小不相识。(其二)(《全唐诗》卷一百三十)

诗歌模仿南朝乐府风格，感慨人生中的因缘际遇，充满了怜惜的柔情，诗境清新，意味悠远。

二、盛唐边塞诗人的主将：高适和岑参

高适出生在一个落魄的家庭，多次往长安、燕赵求仕，而一再无果，曾与李白、杜甫等著名诗人结交、同游，一直到快五十岁时才被举荐任封丘县尉，不久弃官，到河西节度使哥舒翰（？—757）幕府任掌书记。为平定李璘乱事，高适被肃宗任为淮南节度使，后又转任剑南西川节度使，官终散骑侍郎，封渤海县侯。《旧唐书·高适传》说："有唐以来，诗人之达者，唯适而已。"

（一）强烈的现实关怀——高适边塞诗

高适一生经历丰富，他的功名之心极强，《旧唐书·高适传》称其"喜言王霸大略，务功名，尚节义"。但其前半生道路崎岖，所以他的诗也多描写怀才不遇的愤慨和落寞孤寂的悲哀。前者如《效古赠崔二》诗，写"我辈今胡为，浩哉迷所至"（《全唐诗》卷二百一十一）的悲哀，但诗人并不因此而沉沦，反而勉励朋友说："长歌增郁怏，对酒不能醉。穷达自有时，夫子莫下泪。"他用"穷达有时"的思想鼓励自己坚持不懈，保持着向上的热情。但不断的挫折，也使他感到孤独的悲哀，如《九月九日酬颜少府》云：

高适像

> 檐前白日应可惜，篱下黄花为谁有。行子迎霜未授衣，主人得钱始沽酒。苏秦憔悴人多厌，蔡泽栖遑世看丑。纵使登高只断肠，不如独坐空搔首。（《全唐诗》卷二百一十三）

时光流逝，而人生无成，在困顿中漂泊的生活使高适倍感凄凉，诗中以苏秦、蔡泽沦落时的情景来写自己当下的潦倒之状。但从这两个比附中，我们也能看到高适心中对前途仍然充满了信心，他相信自己目前的窘状是暂时的，这与前诗"穷达有时"的观点相一致。

分析举例

高适对民生疾苦的关注

高适还写过一些反映百姓疾苦的诗，如《自淇涉黄河途中作十三首》其七云："试共野人言，深觉农夫苦。去秋虽薄熟，今夏犹未雨。耕耘日勤劳，租税兼舄卤。园蔬空寥落，产业不足数。"（《全唐诗》卷二百一十二）也写过反映自己不堪下吏、图慕闲逸的诗，如《封丘县》云："我本渔樵孟诸野，一生自是悠悠者。乍可狂歌草泽中，宁堪作吏风尘下？只言小邑无所为，公门百事皆有期。拜迎官长心欲碎，鞭挞黎庶令人悲。"（《全唐诗》卷二百一十三）

不过，高适最有影响的、成就最高的还是他的边塞诗。

高适的边塞之行，是由于对功名的向往，不甘一生平庸无为。其《塞下曲》云："万里不惜死，一朝得成功。画图麒麟阁，入朝明光宫。大笑向文士，一经何足穷。"（《全唐诗》卷二百一十一）他的诗反映了边塞的风光人情，如其《蓟门行五首》其五云："黯黯长城外，日没更烟尘。胡骑虽凭陵，汉兵不顾身。古树满空塞，黄云愁杀人。"（同上）后两句将边塞凄惨、压抑的情状写得非常贴切，很有感染力。再如《塞上听笛》："雪净胡天牧马还，月明羌笛戍楼间。借问梅花何处落，风吹一夜满关山。"（《全唐诗》卷二百一十四）一支《梅花落》的曲子将整个苍茫边塞带入一个忧郁而缠绵的境界之中。他的《营中歌》写边地人情："营州少年厌原野，狐裘蒙茸猎城下。虏酒千钟不醉人，胡儿十岁能骑马。"（同上）在这样的一个环境中，人生变得如此雄壮，充满了激情，也充满了生命力。由此看出，古今诗人吟咏边塞总是包含着对这种充满激情的人生体验的向往。高适也对唐的守边政策进行过反思，反对用"和亲"的方法来羁縻契丹，也不赞同与敌人长期"转斗"，希望能一举靖边，永除边患。《塞上》云：

> 东出卢龙塞，浩然客思孤。亭堠列万里，汉兵犹备胡。边尘满北溟，虏骑正南驱。转斗岂长策，和亲非远图。惟昔李将军，按节临此都。总戎扫大漠，一战擒单于。常怀感激心，愿效纵横谟。倚剑欲谁语，关阿空郁纡。（《全唐诗》卷二百一十一）

诗人对唐朝无力阻止敌人的不断南侵深感愤懑。诗人自认为有报国之心，有安边奇谋，却不能得到重用，只能空自郁闷。

高适第一次北上归来后所写的《燕歌行》较为全面、深刻地表达了他对边关的种种感受和看法，这是一首极负盛名的边塞诗：

> 汉家烟尘在东北，汉将辞家破残贼。男儿本自重横行，天子非常赐颜色。摐金伐鼓下榆关，旌旆逶迤碣石间。校尉羽书飞翰海，单于猎火照狼山。山川萧条极边土，胡骑凭陵杂风雨。战士军前半死生，美人帐下犹歌舞。大漠穷秋塞草腓，孤城落日斗兵稀。身当恩遇恒轻敌，力尽关山未解围。铁衣远戍辛勤久，玉箸应啼别离后。少妇城南欲断肠，征人蓟北空回首。边庭飘飖那可度，绝域苍茫更何有。杀气三时作阵云，寒声一夜传刁斗。相看白刃血纷纷，死节从来岂顾勋。君不见沙场征战苦，至今犹忆李将军。（《全唐诗》卷二百一十三）

这首诗综合了边塞诗常见的主题，既有男儿横行边塞、破贼保国、视死如归的英雄气概，也写出了沙场的残酷、萧瑟，还写了征人思妇的别离相思之苦，其中"战士军前半死生，美人帐下犹歌舞"两句还揭露了军中的苦乐不均。诗人的情感也随着主题的变换而发生着变化，既有对边关将士辞家破贼的向往和赞颂，也有对将士处境艰难的悲惨命运的深切同情，而对不公平的军中生活，诗人又表达了自己的不满和谴责。这首诗虽然主题杂多，但却在慷慨悲壮的基调上，转切自如，浑然一体，形成了苍凉雄健的整体风格。其中关于边塞景色的描写，如"山川萧条极边土，胡骑凭陵杂风雨"、"大漠穷秋塞草腓，孤城落日斗兵稀"、"边庭飘飖那可度，绝域苍茫更何有"、"杀气三时作阵云，寒声一夜传刁斗"等，以同样的凄迷惨烈，将不同的主题串为一体。而且，这些景色描写中都揉入了边塞生活，包孕了十分深厚的情感内涵。这首诗在整体上显得跌宕起伏，纵横沉雄，具有很强的感染力。

殷璠《河岳英灵集》卷上称高适诗"多胸臆语，兼有气骨，故朝野通赏其文"。也就是说，高适的诗能够反映自己的切实感受，表达艰苦奋发的气概，而且诗风直切，基本不用兴寄的方法，而是直抒其概，故能形成"气骨琅然"（《唐音癸签》卷五引徐献忠语）的特点。与这一特点相适应，高适写得最为出色的诗体是七古。叶燮《原诗·外篇》下云："高（适）七古为胜，时见沉雄，时见冲澹，不一色。其沉雄直不减杜甫。"其实高适诸体皆备，而确实以七言歌行最能表现他雄浑遒劲的精神气质。他的七言歌行铺叙排比，又多议论，造成回环往复、流转自如的气势，在盛唐诗中极有代表性。陆时雍（生卒年不详）《诗镜总论》称："七言古，盛于开元以后，高适当属名手。调响气逸，颇得纵横。"颇能说明高适诗的主要艺术特点及其在诗歌史上的地位。

（二）浪漫雄奇色彩——岑参边塞诗

岑参进士出身，曾在安西节度使高仙芝幕中掌书记，后安西节度使封常清表岑参为大理评事，摄监察御史，充安西北庭节度判官、关西节度判官，后期入剑南西川节度使杜鸿渐幕，官终嘉州刺史。故人称岑嘉州。岑参曾两次出关，"累佐戎幕，往来鞍马烽尘间十余载"（《唐才子传》），对塞外风物和边关生活非常熟悉，其边塞诗和高适齐名，人称"高岑"。但与高适较为强烈的现实关怀不同，岑参的边塞诗更多地充满着浪漫雄奇的色彩，表现的是瑰丽浩瀚的自然风光与浪漫幻想的年轻心灵的汇合交融。所以，再艰苦的环境，在岑参笔下都具有壮丽的色彩。

岑参像

岑参也像高适一样抒发过撷取功名的理想，他说："丈夫三十未富贵，安能终日守笔砚。"（《全唐诗》卷一百九十九《银山碛西馆》）但他的另一首诗又否认了功名的意义："沙上见日出，沙上见日没。悔向万里来，功名是何物?"（《全唐诗》卷二百零一《日没贺延碛作》）其实功名在某些人那里可能是实际的目标，在另外一些人那里则更多的是一种成就自己的符号。对于岑参来说，功名的意义显然不那么实在，他在边塞所寻找到的东西要超过功名本身。他的《凉州馆中与诸判官夜集》诗云：

> 弯弯月出挂城头，城头月出照凉州。凉州七里十万家，胡人半解弹琵琶。琵琶一曲肠堪断，风萧萧兮夜漫漫。河西幕中多故人，故人别来三五春。花门楼前见秋草，岂能贫贱相看老。一生大笑能几回，斗酒相逢须醉倒。（《全唐诗》卷一百九十九）

诗中虽然也有不甘贫贱的牢骚，但这一弯冷月下的胡人琵琶，以及在琵琶的断肠声中的斗酒大笑，显然不是因富贵而生。它所显示的恰是一种幽怨而浪漫的人生体验，正是这种人生体验，使得诗人流连忘返。

岑参最著名的两首边塞诗，一是《走马川行奉送出师西征》：

> 君不见，走马川行雪海边，平沙莽莽黄入天！轮台九月风夜吼，一川碎石大如斗，随风满地石乱走。匈奴草黄马正肥，金山西见烟尘飞，汉家大将西出师。将军

金甲夜不脱，半夜行军戈相拨，风头如刀面如割。马毛带雪汗气蒸，五花连钱旋作冰，幕中草檄砚水凝。虏骑闻之应胆慑，料知短兵不敢接，车师西门伫献捷。（《全唐诗》卷一百九十九）

这首诗是岑参在安西节度使幕中送封常清出师西征播仙城而作。诗中两个场面的描写给人留下了深刻印象，一是边塞寒风的凛冽，一是雪夜行军的壮烈。在所有的边塞诗中，这一首所描写的边塞狂风是最具震撼力的。凄厉的狂风，居然使得如斗碎石满地乱走，这样的苦寒景象，闻之使人动容，但在诗人的狂如游龙的渲染中，我们又分明能感受到一种激动而奋发昂扬的精神，在这飞沙走石之中拔地而起。同样，风刀割面，落雪成冰，这对夜中行军的将士来说，是多么的艰苦，但诗人在这之中所反复抒写的，恰是一种英勇无畏的气概，正是这种气概使边地的苦寒显得如此壮丽。岑参的另一首诗《白雪歌送武判官归京》也是如此。诗云：

《白雪歌送武判官归京》诗意图

北风卷地百草折，胡天八月即飞雪。忽如一夜春风来，千树万树梨花开。散入珠帘湿罗幕，狐裘不暖锦衾薄。将军角弓不得控，都护铁衣冷难着。瀚海阑干百丈冰，愁云惨淡万里凝。中军置酒饮归客，胡琴琵琶与羌笛。纷纷暮雪下辕门，风掣红旗冻不翻。轮台东门送君去，去时雪满天山路。山回路转不见君，雪上空留马行处。（同上）

诗中同样在渲染着边地的早雪和寒冷，风雪席卷了百草，打湿了罗幕，甚至冻住了风中的红旗，那低压凝重的漫天浓云和冰雪覆盖着的万里瀚海连为一片，寒气逼人，令人望而生畏。但诗中“忽如一夜春风来，千树万树梨花开”一句，却透露出诗人内心的喜悦和向往。大自然的鬼斧神工、奇异难料，是如此强有力地撞击着诗人慕奇逞雄之心，才能启发诗人的浪漫情怀，这才有这样奇丽的诗句出现。诗歌最后写送别，在大雪满路、山回路转间散布着淡淡的忧愁。但与其说景色描写是为了衬托离情，还不如说离情充实了诗中的景色描写。这两首诗是中国古代边塞风光的绝唱。

除了上两首外，岑参的其他描写边塞风光的诗也都有同样的风格特点，如《轮台歌奉送封大夫出师西征》、《火山云歌送别》、《热海行》等，都奇丽动人，具有强烈的艺术魅力。

岑参还有一些诗歌描写了西域的风俗和生活场面，在这些描写中我们也能感到诗人逐奇求异的趣味。如下面两首《酒泉太守席上醉后作》：

酒泉太守能剑舞，高堂置酒夜击鼓。胡笳一曲断人肠，座上相看泪如雨。（《全唐诗》卷二百零一）

琵琶长笛曲相和，羌儿胡雏齐唱歌。浑炙犁牛烹野驼，交河美酒金叵罗。三更醉后军中寝，无奈秦山归梦何。（《全唐诗》卷一百九十九）

诗人写了边塞特有的民族交融的生活场景，从中我们感受不到高适那种政治责任感，却能看到诗人对异域生活场景的热切关注。此外，如《田使君美人舞如莲花北铤歌》写艳丽的胡舞，《与独孤渐道别长句》有“花门将军善胡歌，叶河蕃王能汉语”（同上）这样的句子，这些都充满了新奇的感慨，也表现了诗人四海一家的开阔胸襟。诗人的边塞生涯中，也不会没有漂泊思亲之苦。不同于边塞风光之作多七言古诗，这些诗多为七言绝句。如《碛中作》：

走马西来欲到天，辞家见月两回圆。今夜不知何处宿，平沙万里绝人烟。（《全唐诗》卷二百零一）

再如《逢入京使》：

故园东望路漫漫，双袖龙钟泪不干。马上相逢无纸笔，凭君传语报平安。（同上）

这些小诗都非常凝练地表达了自己孤独漂泊中的思乡之苦，反映了岑参感情中细腻、温柔的一面。这些诗不以华丽的语言、腾挪的节奏取胜，而是以平常简朴的语言，以单纯精巧的情节或意象，表达悠长哀怨之情。

岑参的边塞诗不但数量众多，而且风格突出，以奇丽峻峭著称于世，当时人就已经认识到这一点。如杜甫就曾说过“岑参兄弟皆好奇”（《全唐诗》卷二百一十六《渼陂行》），《河岳英灵集》卷中评曰“岑参语奇体峻，意亦造奇”。这种奇丽的风格并不完全来自边塞景色的特异，更来自诗人刻意追求卓异、遒劲、雄壮的个人意志，再加以俊逸清丽的笔触、对意象和比喻的精心打造，以及缓急回旋的诗歌节奏，这才呈现出如此壮丽奇异的艺术境界。岑参的边塞诗多以七言歌行体写成。比较而言，高适的七言歌行在风格上更近于乐府，常常使用乐府旧题；而岑参的七言歌行完全是自创新题，而且常常突破偶句的传统，以三行散句行之，给人突如其来、意犹未尽之感，个性色彩更浓，在一定程度上发展了这一诗歌体裁。岑参的七言绝句也具有相当的成就，不过比起七言古体就显得不那么突出了。

学术轶事

岑参诗在当时的影响

杜确（生卒年不详）《岑嘉州诗集序》云：“（岑参）每一篇绝笔，则人人传写，虽闾里士庶，戎夷蛮貊，莫不讽诵吟习焉。”由此可见岑参诗在当时的影响之大。

第八节
飘然不群（上）

二十四岁的李白从峨眉山沿江东下，直抵渝州，作《峨眉山月歌》曰："峨眉山月半轮秋，影入平羌江水流。夜发清溪向三峡，思君不见下渝州。"（《全唐诗》卷一百六十七）从此这轮明月就高高地挂在盛唐的天空，给人们带来无穷的幻想和愉悦。

一、飘然不群的人格与诗

李白是一个伟大的诗人，他是盛唐文化的一个代表。他自由出入儒、道，但他又不能将自己安顿在任何一种境界里，而是随心所欲，只求适意而已，表现出超出凡俗的个性气质和极度自由的人格风貌。与李白交往颇深的杜甫，对李白这种个性气质极为推崇，他多次以景仰的笔调论及李白的诗歌，说"白也诗无敌，飘然思不群"（《全唐诗》卷二百二十四《春日忆李白》），又云"笔落惊风雨，诗成泣鬼神"（《全唐诗》卷二百二十五《寄李十二白二十韵》）。那么，这种"飘然"的含义到底有哪些呢？

李白像

☞ **多学一点**

学者对李白思想的研究

关于李白的思想，学者多有研究，其中有代表性的观点有两类：一、主要倾向论：在李白的人格和思想中，儒和道其中之一占主要地位。或者认为李白属于儒家文化人格类型，有着深切的用世之心，有忧虑现实、同情苦难的精神；或者认为李白一生徘徊于世俗和山林之间，而思想则以道家为主。二、复杂组合论：李白思想和人格表现为儒和道的冲突或互补。但儒道二家在李白身上是如何表现的，至少有阶段论和两方面论两种不同的看法：阶段论者一般认为李白前期信儒后期宗道，两方面论者把李白的政治理想和生活理想分开来说，认为在政治上李白信儒，而在日常生活中则宗道。不过，我们认为，李白并没有成熟的政治理想，他不甘久隐山林，做个蓬蒿人，但他对朝廷生活的回忆中又多少有些世俗的自得之态："幸陪鸾辇出鸿都，身骑飞龙天马驹。王公大人借颜色，金章紫绶来相趋。"（《全唐诗》卷一百六十八《驾去温泉后赠杨山人》）"昔在长安醉花柳，五侯七贵同杯酒。"（《全唐诗》卷一百七十《流夜郎赠辛判官》）李白平生的道家实践离陶渊明式的浑然静穆，还有相当一段距离。当然，在李白的诗歌中，我们也能领略到庄子自然无为的境界，李白的精神生活中自然也包括道家的理想和美学意境。李白的向往山林，与其说是崇慕道家的自然境界，不如说是向往仙家的自由和长生。

首先，李白具有一种卓尔不群的独立人格精神，那是自由意志的强烈外显。杜甫《饮中八仙歌》记李白道："李白一斗诗百篇，长安市上酒家眠，天子呼来不上船，自称臣是酒中仙。"（《全唐诗》卷二百一十六）这种以抗拒外在权威来显示意志自由的方式，一直为文人所向往，也是唐代精神自由的一个标志。李白的《白马篇》中的一些句子可以看作是其精神的自况：

> 酒后竞风采，三杯弄宝刀。杀人如剪草，剧孟同游遨。发愤去函谷，从军向临洮。叱咤经百战，匈奴尽奔逃。归来使酒气，未肯拜萧曹。（《全唐诗》卷一百六十四）

在李白看来，他所做的一切事情，不论是"杀人如剪草"，还是"从军向临洮"，都只是为了舒展自己内心所郁积的豪气，是为了呈现自己的人格力量，而不是出于任何世俗的目的。所以他对任何外在的规范和权威，都不放在眼里："安能摧眉折腰事权贵，使我不得开心颜"（《全唐诗》卷一百七十四《梦游天姥吟留别》）。

这种追求绝对自由的生存理想，由于不能和同于社会和世人，因此诗人不得不享受着孤独，在云间海上独自高蹈。

分析举例

《月下独酌》其一

> 花间一壶酒，独酌无相亲。举杯邀明月，对影成三人。月既不解饮，影徒随我身。暂伴月将影，行乐须及春。起舞弄清影，何似在人间？我歌月裴回，我舞影零乱。醒时同交欢，醉后各分散。永结无情游，相期邈云汉。（《全唐诗》卷一百八十二）

在世俗的世界里，李白感到了一种异类的孤独，"花间一壶酒，独酌无相亲"，这种无端而起的孤独，是一种生存意义上的孤独，它表达了对现实人生的领悟，表明了李白对人世自觉的离弃。因此，月就是李白，他们因共享孤独而成为一体，并从世俗人类中超脱出来，在幽冷空寂的云的深处高蹈。"我歌月裴回，我舞影零乱。醒时同交欢，醉后各分散。"这是一个人唱出的热闹的戏。在这热闹的孤独中，李白要坚持不懈地演出，没有观众，没有结局，错综杂沓的光影，既营造出一种迎来送往的幻象，也真实地指明了那旋转舞动着的不过是一个支离破碎的灵魂。李白陶醉在这一孤独的处境中，冷冷的月色就是李白孤芳自赏的光辉。他的另一首赞颂月亮的诗说："皎若飞镜临丹阙，绿烟灭尽清辉发。但见宵从海上来，宁知晓向云间没？"（《全唐诗》卷一百七十九《把酒问月》）就在那无人知晓的云间海上，孤独的月为自己绽放出晶莹的色彩。李白正是凭着坚强的人格本身，鄙视现实，升华精神，超脱现实。孤芳自赏又是一种冷漠，因为不再期望任何人的理解，更不愿意将自己和世俗的世界混同为一，所以在冷漠中保持一个距离，在无限的空虚中漂泊游荡。“永结无情游，相期邈云汉”，当李白一往情深地追踪着那轮明月的时候，他迷恋的正是月的高洁、孤独、冷漠，或许还有一种深沉的忧郁。而这绝对的孤独也恰恰说明了李白所追求正是绝对的自由。

其次，李白的自由意志又显示为极为广阔的胸襟，这在诗歌中主要表现为排山倒海的气势和凌厉自然、目空万里的宇宙意识，它实际上是主体得到提升之后的新的精神境界。李白的山水景物描写，往往境界宏阔，纵横捭阖，超出常人的感觉之外，如其描写天姥山曰：“天姥连天向天横，势拔五岳掩赤城。天台四万八千丈，对此欲倒东南倾。”（《梦游天姥吟留别》）写庐山瀑布曰：“飞流直下三千尺，疑是银河落九天。”（《全唐诗》卷一百八十《望庐山瀑布》其二）写黄河曰：“西岳峥嵘何壮哉！黄河如丝天际来。黄河万里触山动，盘涡毂转秦地雷。”（《全唐诗》卷一百六十六《西岳云台歌送丹丘子》）写雪花曰：“燕山雪花大如席，片片吹落轩辕台。”（《全唐诗》卷一百六十二《北风行》）写金陵景色曰：“石头巉岩如虎踞，凌波欲过沧江去。钟山龙盘走势来，秀色横分历阳树。”（《全唐诗》卷一百六十六《金陵歌送别范宣》）等等。这些令人目瞪口呆的场面描写，不是熟稔某种修辞手法所能完成的，而应归因于诗人强盛的生命意志和超迈凡人的感悟世界的方式，也反映了诗人空前汗漫的宇宙意识。再比如，对于古来所备受景仰的黄鹤楼，诗人在愤懑之际，却说：“我且为君槌碎黄鹤楼，君亦为吾倒却鹦鹉洲。”（《全唐诗》卷一百七十《江夏赠韦南陵冰》）其气势之雄豪恣肆，可谓前无古人。

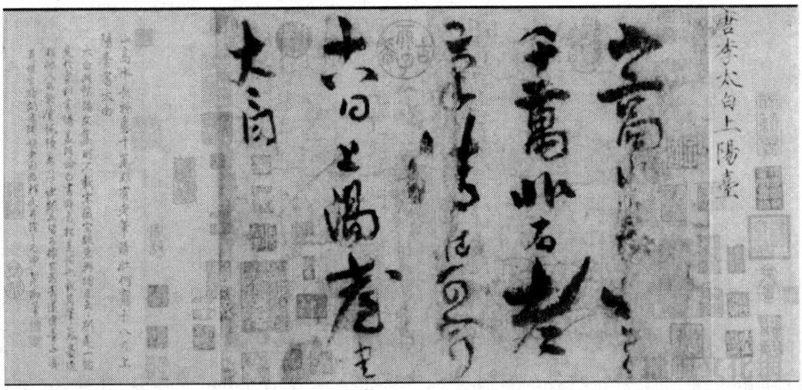

（唐）李白手迹《上阳台》

李白的笔下的自然世界就是他人格精神的再现。如从他的《蜀道难》中，人们就认出了他作为“谪仙人”的人格特征。这首诗一开始就说：“噫吁戏，危乎高哉！蜀道之难，难于上青天！蚕丛及鱼凫，开国何茫然。尔来四万八千岁，不与秦塞通人烟。西当太白有鸟道，可以横绝峨眉颠。地崩山摧壮士死，然后天梯石栈相勾连。”那亿万年的太白峨眉，是亘古洪荒所造就的难以逾越的屏障，是苍茫的岁月为宇宙间这一蕞尔小国所设置的绝境。“地崩山摧壮士死，然后天梯石栈相构连。”一条以壮士血肉铸就的蜀道蜿蜒而上，这既是生命的抗争，也是生命深处所隐藏的不屈意志终于促成了的自然和人类的和解，这险要的天梯石栈是人类生命和自然相融为一的象征。这是一幅壮丽而超越的生命景观：时间的苍茫、境地的险峻、力士的惨烈。它使人们摆脱绝望和卑微的意志，赋予生命以新的境界。在这艰难的蜀道之上，却能目睹“上有六龙回日之高标，下有冲波逆折之回川”的奇观，有“连峰去天不盈尺，枯松倒挂倚绝壁”的至境。一旦你踏上这漫长而深峭的绝道，生命将摆脱自己的渺小和卑微，这些激情伴随着那些壮丽的梦想，挑战着人生的种种艰难和悲凉。无论是九折盘盘的“畏途巉岩”，还是“古木”间“悲鸟”的鸣号，或是“磨牙吮血”的猛虎长蛇和“杀人如麻”的守关奸雄，这些都为这艰难的险途增添了更多激情。当李白用一连串的短韵渲染着艰险、恐怖和神奇时，我们明白，那是一种沉潜在人类内心深处的激情的宣泄。一个“蜀道之难，难于上青天”的感叹，表现出了普通人的震惊和畏惧；但连续几个同样的感叹，则让我们看出了李白的迷恋和快慰。反复地渲染，也就是反复地体验。能为梦想所激励的人很多很多，而能够享受人生中的艰难、悲凉和恐惧的人，是很少很少的，它意味着一种强悍、旺盛、凌轹时空的生命意志。

学术轶事

谪仙人与谪仙诗

孟棨（生卒年不详）《本事诗·高逸》载：“李太白初自蜀至京师，舍于逆旅。贺监知章闻其名，首访之，既奇其姿，复请所为文。出《蜀道难》以示之。读未竟，称叹者数四，号为‘谪仙’，解金龟换酒，与倾尽醉。期不间日，由是称誉光赫。”

殷璠《河岳英灵集》称赞李白曰：“其为文章，率皆纵逸。至如《蜀道难》等篇，可谓奇之又奇。然自骚人以还，鲜有此体调也。”

再次，李白敏感的精神世界充满了惊奇和忧愤，感情深幽炽烈，性情汪洋恣肆，而且往往凭空而泻，一倾而尽，具有摄魄惊心的艺术感染力，即杜甫所谓“笔落惊风雨，诗成泣鬼神”。他在求仕不成时就会大叫：“大道如青天，我独不得出。”（《全唐诗》卷一百六十二《行路难》其二）在得意时就会大笑：“仰天大笑出门去，我辈岂是蓬蒿人。”（《全唐诗》卷一百七十四《南陵别儿童入京》）这只不过是其天真意志的体现，毫不遮掩，这种在常人看来不无夸张的表示方法，实际是其内心情绪激烈的真实反映。但最让李白深切体会，并时常迸发而出的激情，是对人生无常、性情被压抑的悲愤。《将进酒》诗云：

君不见黄河之水天上来，奔流到海不复回。君不见高堂明镜悲白发，朝如青丝暮成雪。人生得意须尽欢，莫使金樽空对月。天生我材必有用，千金散尽还复来。烹羊宰牛且为乐，会须一饮三百杯。岑夫子，丹丘生，将进酒，杯莫停。与君歌一曲，请君为我倾耳听。钟鼓馔玉不足贵，但愿长醉不愿醒。古来圣贤皆寂寞，惟有饮者留其名。陈王昔时宴平乐，斗酒十千恣欢谑。主人何为言少钱，径须沽取对君酌。五花马，千金裘，呼儿将出换美酒，与尔同销万古愁。（《全唐诗》卷一百六十二）

这是一首劝酒歌，李白借以表达了人生短暂的愤懑，并以及时行乐的思想为自己寻求安慰。这是一个传统的主题，前人曾多次表述过，但这一主题在李白的笔下则有着完全不同的情感深度。孔子以“逝者如斯夫，不舍昼夜”来表达对时光流逝的哀叹，但在李白的笔下，这条缓缓流淌的川水，就变成了滚滚东去的滔滔黄河；而漫长的生命衰老过程，又被浓缩到一天之内。人生短暂在李白这里就不仅仅是一声叹息，而是一种急切的悲吼，陡然突出了它的急迫感。李白另一首诗《秋浦歌》其十五说：“白发三千丈，缘愁似个长。不知明镜里，何处得秋霜。”（《全唐诗》卷一百六十七）也以一种极端夸张的形式表达了人生疾逝的悲愤。那么，怎样才能把握这转瞬即逝的人生呢？也许只有酒吧，酒是人生得意的象征，酒也是麻痹自己的良药，在李白看来，只有“一饮三百杯”才能忘却这无法排解的愤懑，因此，酒也是这世上唯一的真实。“将进酒，杯莫停”，“五花马，千金裘，呼儿将出换美酒”，在这殷勤甚至有些急切的劝酒声中，有着李白衔恨万古的悲怨。

《行路难》其一抒发自己人生困顿之悲，诗中的情感也如冲岩之浪，澎湃激越，吞吐往复，回声不绝。其诗云：

金樽清酒斗十千，玉盘珍羞值万钱。停杯投箸不能食，拔剑四顾心茫然。欲渡黄河冰塞川，将登太行雪满山。闲来垂钓碧溪上，忽复乘舟梦日边。行路难，行路难，多歧路，今安在？长风破浪会有时，直挂云帆济沧海。（《全唐诗》卷一百六十二）

这首诗里既有怀才不遇、穷途末路的哀叹，又有信心百倍、坚持不懈的愿望，两种完全不同的情绪又都是如此的强烈，前者以冰塞黄河、雪满太行来形容，后者以乘舟梦日、长风破浪来比喻，都给人极深刻的印象。两者相摩相激，奔腾跳跃，倏忽变化，形成了巨大的情感旋涡，充分显示了李白内心世界的动荡不宁，显示了李白个性气质的奔放幽邃。

二、细腻优美的一面

李白超迈世俗、孤傲独特的个性精神，显示了生命意志的无限激情，也显示了他个性中高蹈张扬的一面。除此而外，李白还有一些兴象玲珑、抒情委婉的诗，展示了他精神中从容宁静、优美灵动、情思细腻的一面。这也是盛唐气象的一个代表性特征。其《山中问答》诗云：

问余何事栖碧山，笑而不答心自闲。桃花流水窅然去，别有天地非人间。（《全唐诗》卷一百七十八）

诗人从“桃花流水”这优美的景色中突然领悟到人生的某种意趣，这种意趣是如此的精妙，无法说与他人，但却使李白心绪悠然，感到了超越人世的快乐，并发出会心的微笑。这首诗在意境上与陶渊明“采菊东篱下，悠然见南山。……此中有真意，欲辨已忘言”相仿佛，但更加轻松、明净。其《清溪行》诗写清溪的清澈幽静，使自己的心感悟到一种空灵、澄明，诗人以“人行明镜中，鸟度屏风里”（《全唐诗》卷一百六十七）这样精致的画面，表达了心净如洗的纯美感受。山水除了以它的自然宁静、优美明朗使李白感悟流连外，它对李白来说也充满了感情，使他感受到温馨和安慰。他的《渡荆门送别》诗云："月下飞天镜，云生结海楼。仍怜故乡水，万里送行舟。"（《全唐诗》卷一百七十四）后两句借万里流水写思乡的惆怅，深情绵邈，格外感人。李白的山水自然千变万化，充满了各种情趣，展示了诗人多方面的感悟能力。

李白有许多写给朋友的诗，在这些诗中，李白袒露出性情中洒脱、开朗、深情的一面。如其《山中与幽人对酌》诗：

> 两人对酌山花开，一杯一杯复一杯。我醉欲眠卿且去，明朝有意抱琴来。（《全唐诗》卷一百八十二）

诗中洋溢着一种浪漫的自然天性，无论是待客、遣客，还是邀客，皆一任兴致所至，毫无矫情之处。正是在这毫无矫饰的洒脱之中，诗人显示了他的一片真情。他的《赠汪伦》诗曰："李白乘舟将欲行，忽闻岸上踏歌声。桃花潭水深千尺，不及汪伦送我情。"（《全唐诗》卷一百七十一）诗中表达自己对汪伦深情厚意的感激之情，脱口而出，却能写得情致款款，毫不做作。李白与王昌龄颇有交往，当他听说王昌龄贬谪的消息后，就写了一首《闻王昌龄左迁龙标遥有此寄》。诗云：

> 杨花落尽子规啼，闻道龙标过五溪。我寄愁心与明月，随风直到夜郎西。（《全唐诗》卷一百七十二）

这短短的几句诗，既流露出了对朋友前途的深切担忧，也表达了自己真挚的思念之情。后两句描写可谓异想天开，诗人驱使明月和清风，将自己的绵绵不绝的思念直接送到遥远的朋友身边，诗人的急切之情跃然纸上，很具感染力。

李白还有一些直接描写女性形象的诗，在这些诗里，李白表达了自己对女子哀婉命运的同情，也表达了对人类美好感情的领悟和珍惜，显示了他心灵深处温柔多情的一面。李白有多首思妇诗，如"长安一片月，万户捣衣声。秋风吹不尽，总是玉关情"（《全唐诗》卷一百六十五《子夜吴歌·秋歌》）等；也有不少宫怨诗，如写班婕妤"谁怜团扇妾，独坐怨春风"（《全唐诗》卷一百八十四《长信宫》）等。

分析举例

《长干行》其一

李白此类诗中最有代表性的当推《长干行》其一，其诗曰：

> 妾发初覆额，折花门前剧。郎骑竹马来，绕床弄青梅。同居长干里，两小无嫌猜。十四为君妇，羞颜未尝开。低头向暗壁，千唤不一回。十五始展眉，愿同尘与灰。常存抱柱信，岂上望夫台。十六君远行，瞿塘滟滪堆。五月不可触，猿声天上哀。门前迟行迹，一一生绿苔。苔深不可扫，落叶秋风早。八月胡蝶黄，双飞西园草。感此伤妾心，坐愁红颜老。早晚下三巴，预将书报家。相迎不道远，直至长风沙。（《全唐诗》卷一百六十三）

这首诗清秀婉丽，写出一个少妇的情感历程：从青梅竹马、两小无猜的童年，到初为人妇的低头羞怯、千唤不回，再到心心相悦、海誓山盟，当此两情正浓之时，别离的阴影在少妇如花的岁月中布满了无限的伤感、寂寞和期待。诗歌对情感的描写可谓细致体贴，婉转动人，如其“低头向暗壁，千唤不一回”写初为人妇的羞涩，可谓惟妙惟肖，充分展示了少妇柔弱、隐秘的情怀；而深苔落叶、蝴蝶双飞，又将少妇忧伤的思念之情如画般地展出，令人深为感动。而如此柔弱多情的少妇，居然要不远千里相迎，不但写出了思念之切，更写出了爱情的力量，震撼人心。这首诗充满了人情的魅力，最能体现李白细腻、隽永的情怀，体现他作为一个诗人对此在人生的敏锐领悟。

李白有着自由超迈的主体精神，有着与自然合一的壮阔情思，也有着对温润人生的深切关怀，正是他内涵丰富、光芒四射的人格力量，使他成为盛唐精神的象征，使他的诗成为人类心灵深处的欢唱，有着永恒的魅力。

第九节 飘然不群（下）

李白诗歌的精神境界决定了它的艺术风格是以豪放飘逸为主。当然，李白同时也有自然清秀、深情隽永之作，呈现出多样性的风格特征，但人们最看重的还是他诗中昂扬高逸的精神。

学术轶事

后人论李白诗之豪放飘逸

白居易（772—846）《与元九书》云：“诗之豪者，世称李、杜。”

赵翼（1727—1814）《瓯北诗话》卷一说：“（李白）诗之不可及处，在乎神识超迈，飘然而来，忽然而去，不屑屑于雕章琢句，亦不劳劳于镂心刻骨，自有天马行空，不可羁勒之势”。

下面我们就李白诗的这一主要艺术风格稍加分析。

一、浓重的主观色彩

李白备感压抑的精神状态，常使其通过诗歌的形式来宣泄，所以他的诗大多是情感爆发、意志直观呈现的产物。诗人以气运辞，辞随情转，主观色彩极为浓重，往往是一落笔就将情感喷泻而出。送别宴席上，他说："弃我去者，昨日之日不可留；乱我心者，今日之日多烦忧。长风万里送秋雁，对此可以酣高楼。"（《全唐诗》卷一百七十七《宣州谢朓楼饯别校书叔云》）此外如前所引《将进酒》、《行路难》等，都具有郁积已久、一冲而起的气势，显示了诗人主观情感的强劲夺人。相对于情感来说，其他诗人所看重的此时此景，对李白的抒情诗歌来说，其实都不重要，所以他的抒情诗中的景物或他人，往往只是泛泛而写，缺少明晰的形象特征。比如长风万里的秋景，在李白高兴时，就是另一幅色调："我觉秋兴逸，谁言秋兴悲。山将落日去，水与晴空宜。鲁酒白玉壶，送行驻金羁。"（《全唐诗》卷一百七十四《秋日鲁郡尧祠亭上宴别杜补阙范侍御》）这种率性抒情、高度自我的精神气质，是李白诗歌豪放飘逸的主要原因。

二、阔大超迈的意境

在这种强烈的主观感情和个性的驱使下，李白诗歌往往选择气吞山河的壮丽意象，或者采用极度夸张、大胆想象的手法，营造阔大超迈的意境，给人造成强烈的印象。李白自云"黄河落天走东海，万里写入胸怀间"（《全唐诗》卷一百六十八《赠裴十四》）。所以，他的诗不但喜欢以大河高山为描写对象，如写黄河的《西岳云台歌送丹丘子》；也喜欢以大河高山来比附自己的情感，如《行路难》中的"欲渡黄河"、"将登太行"等。山川之外的奇丽意象，如巨鱼、长鲸、云海、冰龙、狂士等，也都为李白所喜欢。如在介绍自己时，他选择了《庄子·逍遥游》中的大鹏这一意象："大鹏一日同风起，抟摇直上九万里。假令风歇时下来，犹能簸却沧溟水。"（同上《上李邕》）庄子所塑造的大鹏形象，气势磅礴，已经超越了常人的眼界心胸；而李白则更进一层，写其纵然落下，也能荡空浩瀚的北溟、南溟之水，气势更为壮大，匪夷所思，显示了目空一切的自信和精神力量。再如其《秋浦歌》其十五"白发三千丈，缘愁似个长"，也是骇人耳目，使人不得不震慑于诗人的情感力量。至于《蜀道难》一诗，更是夸张和想象的绝唱，其中壮士开山、六龙回日等神话传说，对百折山路的艰难、猛兽恶人的凶险等描摹，无不出人意料之外，惊心动魄，从而充分地传达出诗人内心的无限激情。

三、意象绵密、跌宕跳跃的结构

情感的激荡起伏、流动变化，使得李白诗歌在结构上往往表现出意象绵密、跌宕开阖、纵横跳跃的特点，尤其是在抒发愤懑之情时最常使用的乐府诗或五七言歌行体诗中，这一特点更为明显。李白诗的意象密度很大，如《答王十二寒夜独酌有怀》一首，诗人在描写人生失意时连用两个情节："君不能狸膏金距学斗鸡，坐令鼻息吹虹霓；君不能学哥舒，横行青海夜带刀，西屠石堡取紫袍。"（《全唐诗》卷一百七十八）在表达对世人不屑一顾的情怀时，更是典故迭出，孔圣、董龙、严陵、韩信、绛灌、祢衡、李北海、裴尚书等历史人物，纷至沓来，给人目不暇接的感觉，也使人深切地领会到诗人内心的激愤和不平。李白诗歌常以突兀而有冲击力的开头，迅速掀起高潮，在反复的咏叹之中，不但渲染、强化情感，而且再次以一种强有力的情感抒发结束全诗。如前所举《将进酒》，开头那种突如其来的悲愤已经构成了李白抒情诗的个性特点，它和结尾时的直白倾诉，前后呼应。而中间则忽而称"烹羊宰牛且为乐"，忽而称"但愿长醉不愿醒"，忽而说"天生我材必有用"，忽而说"古来圣贤皆寂寞"，情绪转化迅速，缺少过渡。这也使他的诗歌在结构上呈现出反复跳跃的特点，给人以荡气回肠、捉摸不定的感觉。清人方东树（1772—1851）说："太白当希其发想超旷，落笔天纵，章法承接，变化无端，不可以寻常胸臆摸测，如列子御风而行，如龙跳天门，虎卧凤阁。"（《昭昧詹言》卷十二）

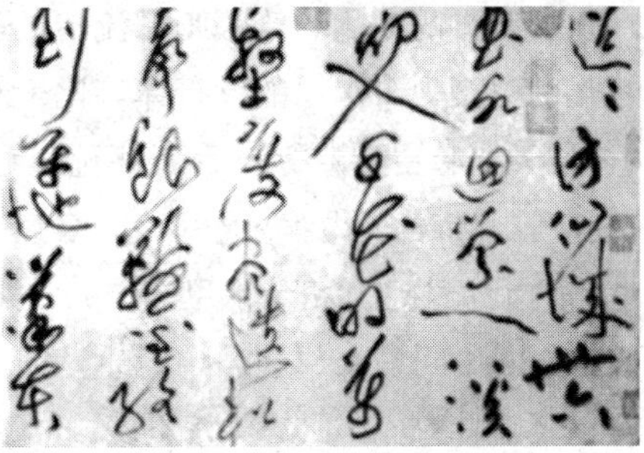

（宋）黄庭坚手迹《李太白忆旧游诗》

四、清新自然的语言

后人常以"清水出芙蓉，天然去雕饰"来形容李白诗歌的语言风格，基本是准确的。李白诗歌语言确实具有清新自然、明快爽净的特征。他的诗中虽然警句颇多，语言具有很大的张力，但并不显露锤炼的痕迹。如《横江词》其一之"一风三日吹倒山，白浪高于瓦官阁"（《全唐诗》卷一百六十六）、《山中与幽人对酌》之"两人对酌山花开，一杯一杯复一杯"等，恍若白话，而景象昭然，富有趣味。其他即使是抒情浓烈的诗句，也是如此，如《结袜子》之"感君恩重许君命，泰山一掷轻鸿毛"，《梦游天姥吟留别》之"安能摧眉折腰事权贵，使我不得开心颜"等，都是不假雕饰、冲口而出的语句。李白诗歌语言已经完全剥去了六朝的堆砌藻丽之风，呈现出清新自然的特点。

五、诸体皆备，古体尤胜

李白诗歌诸体皆备，诸体皆精，乐府歌行、绝句都有着明显的特点和巨大的成就。其乐府诗、歌行体诗，往往用以表达自己豪放不羁的个性，抒发浓郁炽烈的感情，展示壮阔复杂的场面，所以显得极有气势。如《蜀道难》、《将进酒》等，诗人利用长短句的变化、韵脚的变化，笔法腾挪流转，造成一种回环往复、行云流水般的抒情效果，具有很强的感染力。李白的歌行体诗比乐府诗的成就更高，代表作如《襄阳歌》、《梁园吟》、《梦游天姥吟留别》等。后人评论李白的五、七言绝句，认为是“字字神境，篇篇神物”（胡应麟《诗薮·内编》卷六）。其绝句的风格主要体现为清新自然、俊逸爽朗，尤其是那些表达灵光意趣和精致情思的作品，如《黄鹤楼送孟浩然之广陵》、《早发白帝城》、《静夜思》、《山中问答》、《望庐山瀑布》等，或秀美如画，或逸兴飞溅，或意境高妙，都脍炙人口，极富魅力。李白的律诗不多，尤其是七律更少，这可能与律诗抒情较受限制有关。但李白的律诗如《登金陵凤凰台》、《渡荆门送客》、《送友人》等，也很有韵味，田雯（1635—1704）《古欢堂集·杂著》卷二说：“青莲作近体如作古风，一气呵成，无对待之迹，有流行之乐，境地高绝。”正是由于李白常以古体诗的形式作律诗，所以在格律上不是十分严格。

六、李白的影响和地位

李白作为盛唐精神的杰出代表，在当时就受到了极大的尊敬，如杜甫就有多首诗赞颂李白，其《寄李十二白二十韵》云：“昔年有狂客，号尔谪仙人。笔落惊风雨，诗成泣鬼神。声名从此大，汨没一朝伸。文采承殊渥，流传必绝伦。”晚唐以后，李白和杜甫被并称为“诗坛双璧”，成为中国古代诗歌的象征性人物。李白以其特立独行的人格精神和巨大的诗歌成就滋润培育了一代又一代的诗人，以自己炽烈的激情为中国传统文化增添了一道奇异的光彩，并对中国文学产生了深刻而久远的影响。

【温故知新】

南北融合　六朝遗风　“上官体”　初唐四杰　“沈宋”　《春江花月夜》　风雅兴寄　山水田园诗派　王维　孟浩然　边塞诗派　高适　岑参　李白

【请你思考】

1. 简述初唐四杰在诗歌风格方面的主张并分析其成因，举例分析在这种理论的指导下四杰诗歌所达到的思想和艺术成就。

2. 简述陈子昂的诗歌理论，并以《感遇》为例分析其诗歌的思想和艺术特点。

3. 王维和孟浩然是唐代山水田园诗派最重要的代表，但二人诗歌艺术其实不尽相同，请举例分析二人诗风的异同。

4. 苏轼说王维诗“诗中有画”，请举例分析之。

5. 举例分析王昌龄诗歌的思想和艺术特点。

6. 简要概括高适、岑参边塞诗的思想和艺术特点，并举例分析二人诗风之不同。

7. 举例论述李白的人格特点与飘逸诗风的关系。

8. 论述李白诗的艺术特点，并举例分析。

【推荐阅读】

（唐）王维．（清）赵殿成笺注．王右丞集笺注．上海：上海古籍出版社，1992

（唐）孟棨，叶申芗．本事诗 本事词．上海：古典文学出版社，1957

（唐）谷神子，薛用弱．博异志 集异记．北京：中华书局，1980

（宋）计有功．唐诗纪事．上海：上海古籍出版社，1987

（宋）严羽．郭绍虞校释．沧浪诗话校释．北京：人民文学出版社，1983

（明）胡应麟．诗薮．上海：上海古籍出版社，1979

（明）王世贞．罗仲鼎校注．艺苑卮言校注．济南：齐鲁书社，1992

（明）唐汝询选释．王振汉点校．唐诗解．保定：河北大学出版社，2001

（明）胡震亨．唐音癸签．上海：上海古籍出版社，1981

（清）阮元辑．岑嘉州集．南京：江苏古籍出版社，1988

（清）沈德潜选注．唐诗别裁集．上海：上海古籍出版社，1979

（清）方东树．汪绍楹校点．昭昧詹言．北京：人民文学出版社，1961

（清）赵翼．霍松林，胡主佑校点．瓯北诗话．北京：人民文学出版社，1963

（清）叶燮，薛雪，沈德潜．霍松林，杜维沫校注．原诗 一瓢诗话 说诗晬语．北京：人民文学出版社，1979

［日］弘法大师．王利器校注．文镜秘府论校注．北京：中国社会科学出版社，1983

傅璇琮主编．唐才子传校笺．北京：中华书局，1987

中华书局编辑部点校．全唐诗（增订本）．北京：中华书局，1999

骈宇骞，骈骅译．贞观政要．北京：中华书局，2009

郑临川述评．闻一多论古典文学．重庆：重庆出版社，1984

陈寅恪．隋唐制度渊源略论稿 唐代政治史述论稿．北京：三联书店，2001

傅璇琮．唐代科举与文学．西安：陕西人民出版社，1986

罗宗强等．隋唐五代文学史．北京：高等教育出版社，1993

罗宗强．隋唐五代文学思想史．上海：上海古籍出版社，1986

葛晓音．汉唐文学的嬗变．北京：北京大学出版社，1990

尚定．走向盛唐．北京：中国社会科学出版社，1994

［美］斯蒂芬·欧文．贾晋华译．初唐诗．南宁：广西人民出版社，1987

胡遂．论王维诗宗教体验与审美体验之融合．湖南师范大学社会科学学报，2000（1）

第三章 文体的继承与融合

【导入】

初、盛唐时期，文人虽然沉醉于诗，但也创作了不少骈文、辞赋和散文。唐初散体文章的创作相对显得较为冷落，主要是一些奏、论、书、序、碑等文体。不过从现存的文章来看，散文明显吸收了骈文的表达技巧，形成骈散结合的特点。骈文作为一种成熟的文体，常被唐初文人用于写作应对、颂圣等应用文章，也被用于抒发个人情感，因此数量相对较多，成就也高于其他形式的文章。辞赋是文人干谒投献的主要工具，唐代制科中有诗赋的名目，因此文人也有创作辞赋的热情。骈文、辞赋在唐代前期有一定程度的发展。

第一节
散体萧淡

一、王绩放达避世

王绩在隋唐两代都曾出仕，但最终归田隐居，他的散体文也流露出放达简淡的生活态度。他模仿陶渊明《五柳先生传》作《五斗先生传》，表达避世自养的意愿，文中说：

> 有五斗先生者，以酒德游于人间，有以酒请者，无贵贱皆往，往必醉，醉则不择地斯寝矣，醒则复起饮也。常一饮五斗，因以为号焉。先生绝思虑，寡言语，不知天下之有仁义厚薄也。忽然而去，倏然而来，其动也天，其静也地，故万物不能萦心焉。尝言曰：天下大抵可见矣。生何足养，而嵇康著论；途何为穷，而阮籍恸哭。故昏昏默默，圣人之所居也。遂行其志，不知所知。

王绩从道家全身养生的观点出发，“不知天下之有仁义厚薄”，认为应当通过饮酒达到“万物不能萦心”、“昏昏默默”的境界。王绩在散文中表现出率性自然、恬然自适的气度，情感放达，文辞坦率清新。

二、陈子昂追步汉魏

陈子昂被视为唐代古文运动的先驱。他不仅提出了追步“汉魏风骨”的创作主张，而且运用散体进行写作。其散体文今存一百多篇，其中多是议论性的文章。他的《谏灵驾入京书》可为其奏议文章的代表。这篇谏书中讲述当时存在的不安定因素说：

> 燕代迫匈奴之侵，巴陇婴吐蕃之患。西蜀疲老，千里运粮；北国丁男，十五乘塞。岁月奔命，其弊不堪。秦之首尾，今不完矣。即所余者，独三辅之间尔。顷遭荒馑，人被荐饥，自河而西，无非赤地；循陇以北，罕逢青草。莫不父兄转徙，妻子流离，委家丧业，膏原润莽。此朝廷所备知也。

这段文字指摘时势，颇有战国策士纵横铺陈之风。陈子昂在《修竹篇序》中阐述了对诗文创作的看法，文中的文学主张也被后人奉为文学革新的纲领：

> 文章道弊五百年矣。汉魏风骨，晋宋莫传，然而文献有可征者。仆尝暇时观齐、

梁间诗，彩丽竞繁，而兴寄都绝，每以咏叹。思古人常恐逶迤颓靡，风雅不作，以耿耿也。

这篇诗序以论为主，对六朝诗文徒重文辞而无兴寄意旨进行了批评，对汉魏风骨则倍加推崇。两种态度的对比，使作者的观点得到了鲜明的表现。文章通篇散体，句法灵活，有文情并茂的特点。

三、王维文蕴诗情

王维的散文与他的诗一样具有诗情画意，如其《山中与裴秀才迪书》。王维在信中写自己独步山中的感受，并对友人发出邀请：

北涉玄灞，清月映郭。夜登华子冈，辋水沦涟，与月上下。寒山远火，明灭林外。深巷寒犬，吠声如豹。村墟夜舂，复与疏钟相间。此时独坐，僮仆静默，多思曩昔，携手赋诗，步仄泾，临清流也。

当待春中，草木蔓发，春山可望，轻鲦出水，白鸥矫翼，露湿青皋，麦陇朝雊，斯之不远，倘能从我游乎？非子天机清妙者，岂能以此不急之务相邀。然是中有深趣矣，无忽。

作者淡淡几笔，描画出山中静谧恬然的冬景与清新喜人的春景。作者写冬日里清澈的月色和明灭闪烁的远火，写村庄里的犬吠声、舂米声和月远寺的钟声。视觉和听觉形象交相展示，突出山中的宁静、优美。作者设想来年春天的山中景色，设想山水、鱼鸟润泽而鲜亮的色彩，流露出自然生活的情趣和禅意。文章以散体为主而杂有骈句，语言优美，表现出从容而轻盈的风格特征。

四、李白心雄自荐

李白的书信很多都是用散体写作的。他的《上安州裴长史书》、《与韩荆州书》、《代寿山答孟少府移文书》等都是盛唐散文的名作。《与韩荆州书》是一篇干谒书信，其中说：

白闻天下谈士相聚而言曰："生不用封万户侯，但愿一识韩荆州。"何令人之景慕，一至于此耶？岂不以有周公之风，躬吐握之事，使海内豪俊，奔走而归之？一登龙门，则声誉十倍，所以龙盘凤逸之士，皆欲收名定价于君侯。愿君侯不以富贵而骄之，寒贱而忽之，则三千宾中有毛遂，使白得脱颖而出，即其人焉。

白陇西布衣，流落楚汉。十五好剑术，遍干诸侯；三十成文章，历抵卿相。虽长不满七尺，而心雄万丈。王公大人，许与气义。此畴曩心迹，安敢不尽于君侯哉！

君侯制作侔神明，德行动天地，笔参造化，学究天人，幸愿开张心颜，不以长揖见拒。必若接之以高宴，纵之以清谈，请日试万言，倚马可待。今天下以君侯为文章之司命，人物之权衡，一经品题，便作佳士；而君侯何惜阶前盈尺之地，不使白扬眉吐气、激昂青云耶？

李白希望能够得到韩荆州的引荐。在文中，他一方面自许才华，说“请日试万言，倚马可待”，自信能够“一经品题，便作佳士”。另一方面，他毫不掩饰自己对功名的渴望，希望能借助韩荆州的名望获得成功，所谓的“一登龙门，则声誉十倍，所以龙盘凤逸之士，皆欲收名定价于君侯”，表达了李白的急切心情。李白的自荐书充溢着昂扬的气势，其中处处流露的都是“心雄万丈”的豪情。

五、张说尤擅碑志

盛唐时期，碑志文章也较流行，代表作家是张说。碑志的“序”记述传主的生平事迹，“铭”则用韵文来加以赞颂。六朝时，由于骈文的盛行，碑序常常用骈偶的句式，而对传主的赞颂也常常流于空泛。张说的很多碑序则是用散体写的，对人物的记述也充实生动。如其《贞节君碣》着重突出传主阳鸿的节义之气，文中记述说：

初，鸿游太学，有书生李思言物故南馆。鸿伤其终远家属，有丧无主，乃驾柩车，送归东土。

及在曲阿，敬业作难，润州藉鸿得人，历旬坚守。城既陷而犹斗，力虽屈而蹈节。寇义而脱之，因伪加朝散大夫，即署曲阿令。鸿贞而不谅，诡应求伸。既入邑，焚服阖门而设拒矣。

作者选择的两则事例，一则突出传主重情义，一则突出传主重节义，都是围绕着对传主的最终评价“贞节”来选材叙事的。对人物的推重、对特定事件的描述也体现出作者的情感倾向，可以称得上是生动的人物传记。《旧唐书·张说传》推重张说“尤长于碑文、墓志，当代无能及者”。张说的碑志继承了史传散文长于叙事的特点，改变了六朝碑文疏阔的弊端，也为后来碑志的发展奠定了良好的基础。

☞ 多学一点

唐代散文概况

初唐时期散文尽管数量不多，在风格上却能独树一帜，为文坛带来新鲜气息。这一时期较有文学特色的散文作家有王绩和陈子昂。玄宗开元年间（713—741）唐朝出现了政治经济繁荣的盛世局面。此时的散文除奏议等政用文章之外，还有书信、碑志等类型的散文，散文创作的数量有所增加。

第二节
骈俪盛行

一、四杰力改文风

李唐起于北方，但在建立政权后以汉族文化的传承者自居，喜欢代表着南朝文化风尚的骈文。唐太宗李世民自己也颇有兴味地进行骈文创作，他为诗歌《帝京篇》所作的序文就是用骈文写的。《全唐文》录虞世南文章三十多篇、上官仪文章二十篇，均为骈体，多为宣颂功德或游戏娱乐之作，刻画细致，文辞典丽，极尽雕琢之事。初唐的骈俪文章风行一时，这一时期骈文的数量要远远多于散体文。

初唐时期骈文成就较高的是四杰。四杰曾对骈文的形式主义倾向提出过批评。卢照邻主张文章以表达情志为目的，反对六朝骈文堆砌辞藻、以文害意的做法。他在《驸马都尉乔君集序》中说："凡所著述，多以适意为宗；雅爱清虚，不以繁词为贵。"杨炯在《王勃集序》中对当时文风表示不满，认为骈文有"争构纤微，竞为雕刻"、"骨气都尽，刚健不闻"的缺憾。

四杰的骈文与辞赋创作，在继承六朝韵文的文辞、音韵之美的同时，屏弃了文辞繁缛、声情浮靡的文风。他们提倡"刚健"与"适意"，强调声情并茂，为骈文、辞赋带来了流畅、盛大的气势，对后世有所影响。

二、骆宾王义愤讨武

四杰的骈文风格矫健，音韵铿锵，最有代表性如骆宾王的《讨武曌檄》和王勃的《滕王阁序》。

《讨武曌檄》是为徐敬业讨伐武则天而作的。檄文首先历数武则天的罪名，以骈偶句式的层层铺排，使之如历历在目：

> 加以虺蜴为心，豺狼成性，近狎邪僻，残害忠良；杀姊屠兄，弑君鸩母。神人之所共疾，之所不容。犹复包藏祸心，窥窃神器；君之爱子，幽之于别宫；贼之宗盟，委之以重任。

很好地表达了自己的义愤。接着，文章写徐敬业的军威声势说：

> 班声动而北风起，剑气冲而南斗平。喑呜则山岳崩颓，叱咤则风云变色。以此制敌，何敌不摧，以此攻城，何城不克！

"山岳崩颓"、"风云变色"都是用虚写的方法，渲染出军队高涨的斗志与无坚不摧的声势。文章最后鼓动各州郡起兵响应，共同讨伐：

公等或家传汉爵，或地协周亲，或膺重寄于爪牙，或受顾命于宣室，言犹在耳，忠岂忘心！一抔之土未干，六尺之孤何托？倘能转祸为福，送往事居，共立勤王之勋，无废旧君之命，凡诸爵赏，同指山河。若其眷恋穷城，徘徊歧路，坐昧先几之兆，必贻后至之诛。请看今日之域中，竟是谁家之天下！

这篇文章爱憎分明，情感充沛，文辞藻饰华美，声韵顿挫，是一篇掷地有声的檄文。据《新唐书·文艺传》载，武则天初读这篇檄文时，不以为意，"但嬉笑，至'一抔之土未干，六尺之孤何托'，矍然曰：'谁为之?'或以宾王对。后曰：'宰相安得失此人"!'由此可见这篇檄文的艺术魅力。

三、王勃挥笔滕王阁

《滕王阁序》是王勃旅途之中所作。据《唐摭言》卷五记载，王勃省亲路过洪州时，恰逢都督阎公新修成滕王阁，大会宾客，王勃在宴席上慨然不让，援笔作序。阎公令人于左右观其下笔，王勃起笔写道："豫章故郡，洪都新府"，阎公说："故事也!"左右又报说："星分翼轸，地接衡庐"，阎公沉吟不语。至"落霞与孤鹜齐飞，秋水共长天一色"，阎公感叹道："此真天才，当垂不朽矣!"这篇序文首先介绍了洪州的地域、与会的人物，接着描写滕王阁的壮观雄伟和登临的胜景，在篇末则抒写了壮志未酬但颇为自负的情怀。文中对景物的描写颇为精丽、清新：

王勃像（二）

时维九月，序属三秋。潦水尽而寒潭清，烟光凝而暮山紫。俨骖騑于上路，访风景于崇阿；临帝子之长洲，得天人之旧馆。层台耸翠，上出重霄；飞阁流丹，下临无地。鹤汀凫渚，穷岛屿之萦回；桂殿兰宫，即冈峦之体势。披绣闼，俯雕甍，山原旷其盈视，川泽纡其骇瞩。闾阎扑地，钟鸣鼎食之家；舸舰迷津，青雀黄龙之轴。云销雨霁，彩彻区明，落霞与孤鹜齐飞，秋水共长天一色。渔舟唱晚，响穷彭蠡之滨；雁阵惊寒，声断衡阳之浦。

色彩绚丽、声音辽远，构成一幅丰富灵动而意象宽广的画面，爽朗俊逸，回味无穷。在此优美壮观的景色中，王勃抒发了自己怀才不遇的心情：

嗟乎！时运不齐，命途多舛。冯唐易老，李广难封。屈贾谊于长沙，非无圣主；窜梁鸿于海曲，岂乏明时？所赖君子见机，达人知命。老当益壮，宁移白首之心？穷且益坚，不坠青云之志。酌贪泉而觉爽，处涸辙而相欢。北海虽赊，扶摇可接，东隅已逝，桑榆非晚。孟尝高洁，空余报国之情；阮籍猖狂，岂效穷途之哭？

在怀才不遇的慨叹下，却有“老当益壮，宁移白首之心？穷且益坚，不坠青云之志”这样的自负之态与进取之志，由此形成了序文明朗壮大的气势和跌宕起伏的情感魅力。

这篇序文以绚丽典重著称，它有着骈文偶对齐整、音韵谐律以及文辞精致华丽的特点，然而文风却远迈六朝，显示出新的气象。无论“星分翼轸，地接衡庐”的地势特点，还是“落霞与孤鹜齐飞，秋水共长天一色”的美丽景色，或是“老当益壮”、“穷且益坚”的壮丽志向，都显示出作者的自负和气度，流露出充沛壮大的情思，具有飞扬流动的情感气势。

分析举例

四杰散文作品赏析

卢照邻的《南阳公集序》评论历代文人写作特点：“两班叙事，得丘明之风骨；二陆裁诗，含公干之奇伟。邺中新体，共许音韵天成；江左诸人，咸好瑰姿艳发。精博爽丽，颜延之急病于江、鲍之间；疏散风流，谢宣城缓步于向、刘之上。北方重浊，独卢黄门往往高飞；南国轻清，惟庾中丞时时不坠。”句式长短灵活，流畅地表达了自己的观点。

骆宾王的《夏初饯宋三少府之丰城诗序》于景物之中蕴涵惜别之意：“于时晚吹吟桐，疑奏别离之曲；轻秋入麦，似惊摇落之情。白日将颓，青山行暮，想姑苏之地，夕露沾衣，望吴会之郊，断风飘盖。”文辞优美，颇可回味。

王勃的《春思赋》写对远人的怀念：“忽逢江外客，复忆江南春，罗衣乘北渚，锦绣出东邻。江边小妇无形迹，特怨狂夫事行役，凤凰山上花无数，鹦鹉洲中草如积。春江澹容与，春期我处所，春水春鱼乐，春汀春雁举。君道玉门关，何如金陵渚？”婉转亲切、清新可喜。文中五言、七言交替使用，脱去赋中常用的虚词，有诗之齐整、赋之铺排，也有骈文之偶对，显示了韵文文体间相互融合的趋势。

四、张说敏捷制诰

盛唐继续盛行用骈文写作制诏、颂赞等，并产生了号称“燕许大手笔”的制诰名家张说与苏颋（670—727）。另外，此时士人的干谒、交往活动也更为频繁，骈文和辞赋的使用也多于初唐。

张说历仕武后、中、睿、玄宗四朝，《旧唐书·张说传》说他“前后三秉大政，掌文学之任凡三十年。为文俊丽，用思精密，朝廷大手笔皆特承中旨撰述，天下词人咸讽诵之”。他曾奉诏作《封禅坛颂》，记载玄宗效法秦始皇、汉武帝登封泰山之仪典，文中记当时的盛大场面说："千旗云引，万戟林行。霍沪磷烂，飞焰扬精。原野为之震动，草木为之风生。历郡县，省谣俗；问百年，举百祀；兴坠典，葺阙政。"文章雍容典雅，具有宏阔的气势。苏颋制诏敏捷而典重，玄宗颇为赏识，曾对他说："前朝有李峤、苏味道，谓之苏、李，今有卿及李乂，亦不让之。卿所制文诰，可录一本封进，题云臣某撰，朕要留中披览。"（《旧唐书·苏颋传》）

五、李华浩叹古战场

士人也用骈文与辞赋来表达见解或情志。如李华（约715—约774后）于盛唐时代所作的骈文《吊古战场文》，就在描写中夹有议论：

> 浩浩乎平沙无垠，夐不见人。河水萦带，群山纠纷。黯兮惨悴，风悲日曛。蓬断草枯，凛若霜晨。鸟非不下，兽铤亡群。亭长告余曰："此古战场也。常覆三军，往往鬼哭，天阴则闻。"伤心哉！秦欤汉欤？将近代欤？
>
> 吾闻夫齐魏徭戍，荆韩召募。万里奔走，连年暴露。沙草晨牧，河冰夜渡。地阔天长，不知归路。寄身锋刃，腷臆谁诉？秦汉而还，多事四夷；中州耗斁，无世无之。古称戎夏，不抗王师。文教失宣，武臣用奇。奇兵有异于仁义，王道迂阔而莫为。呜呼！噫嘻！

作者描写了古战场鸟兽奔走、惨淡荒疏的凄凉景象，以及战争中人民"万里奔走，连年暴露"、"地阔天长，不知归路"的悲惨命运，揭露了战争所带来的严重后果，并指出战争发生的原因是"文教失宣，武臣用奇"。这篇文章以骈句为主，中间贯以散句，行文跌宕起伏，颇有悲凉感慨之气。

六、李白夜宴桃花园

李白的一些诗序，如《春夜宴从弟桃花园序》、《冬日于龙门送从弟京兆参军令问之淮南觐省序》、《秋日于安府送孟赞兄还都序》等，都是较好的骈文，表达自己的豪迈任性之情。其《春夜宴从弟桃花园序》是一篇颇为人称道的骈文，文中说：

> 夫天地者，万物之逆旅也；光阴者，百代之过客也。而浮生若梦，为欢几何？古人秉烛夜游，良有以也。况阳春召我以烟景，大块假我以文章。会桃李之芳园，序天伦之乐事。群季俊秀，皆为惠连；吾人咏歌，独惭康乐。幽赏未已，高谈转清。开琼筵以坐花，飞羽觞而醉月。不有佳咏，何伸雅怀？如诗不成，罚依金谷酒数。

这篇文章记录一次盛大的游宴活动，而李白却首先写人生的短暂，"浮生若梦，为欢几何"，所以应当仿效古人秉烛夜游，及时享乐。天地赋以美景、假以才华，当然应有"开琼筵以坐花，飞羽觞而醉月"的纵情享乐。表达了"烹羊宰牛且为乐，会须一饮三百杯"（《将进酒》）的放纵与豪情。这篇序文辞雅致，韵律顿挫，情感充沛，气韵生动。李白还作有一些抒情小赋，如《愁阳春赋》、《剑阁赋》等。《悲清秋赋》写秋景道：

> 登九疑兮望清川，见三湘之潺湲。水流寒以归海，云横秋而蔽天。余以鸟道计于故乡兮，不知去荆吴之几千。于时西阳半规，映岛欲没，澄湖练明，遥海上月。念佳期之浩荡，渺怀燕而望越。荷花落兮江色秋，风嫋嫋兮夜悠悠。临穷溟以有羡，思钓鼇于沧州。无修竿以一举，抚洪波而增忧。归去来兮，人间不可以托写，吾将采药于蓬邱。

文章没有从细处写秋天的景物，而是点出一幅幅山水风月的画面，并且这些画面都具有宽广的空间感觉：九疑山之高、三湘之广、水流之远、云天之高、海月之空旷。抒发了采药求仙之思，思绪荡然开阔。

【温故知新】

散体萧淡　骈散结合　骈文和辞赋

【请你思考】

1. 梳理唐代主要散文作品及其作者。
2. 概述辞赋文体在唐代的沿革。

【推荐书目】

（后晋）刘昫等．旧唐书．北京：中华书局，1975

（清）董诰等编．全唐文．北京：中华书局，1983

（清）吴楚材，吴调侯编选．古文观止译注．上海：上海古籍出版社，2006

第七编　乱世情怀

（唐玄宗天宝十四年至宋太祖开宝九年，755—976）

第一章 乱世文化和文学多元化

【导入】

唐玄宗（712—756 在位）天宝十四年（755），安史之乱爆发，“渔阳鼙鼓动地来，惊破霓裳羽衣曲”（白居易《长恨歌》），一个繁花似锦、充满了浪漫气息的盛唐，在一瞬间就堕入到苦难之中。整个中晚唐时期，朝廷都受到朋党相争、宦官擅权、藩镇割据的困扰，国势日益凋敝。文人在盛唐时期所形成的浪漫自信的情怀，已经一去不复返了。他们初期还怀着急切的忧患意识和济世救民思想，热情地关注社会、关注人生，但随着对朝廷失望的加深，到了晚唐时期，这种积极的现实精神为愤世、遁世的情绪所代替。

中唐以后，社会政治更加复杂，城市经济和文化却有较大的发展。士子队伍在科举制度的鼓励下，空前壮大。文人对社会现实有了更深刻的认识，所表现的思想和感情也远较盛唐时期更为复杂，文风显出多元化的倾向。就诗歌而言，诗格更趋完备，且风格各异。除了伟大的诗人杜甫（712—770）外，在各种样式、风格的诗歌中，都有独领风骚的巨匠，如元稹（779—831）、白居易（772—846）、韩愈（768—824）、柳宗元（773—819）、李贺（790—816）、杜牧（803—852）、李商隐（813—858）等。其他如散文、词、小说等等，也都卓有建树，尤其是韩愈和柳宗元的散文，含英咀华，使得所谓古文真正成为传统散文的正宗。唐亡后，历经五代十国，文学继续得到发展，尤其是词体文学在西蜀和南唐成为气候。南唐后主李煜（937—978）的被俘，使得这股文学余绪一直延伸到宋太平兴国初年。

第一节
多元化的文学格局

天宝十四年（755）安史之乱的爆发，标志着中晚唐时代开始。在此后的 222 年间，文学的发展经历了转折期、变革期、内敛期、衰歇期四个阶段。

一、盛唐文学向乱世文学的转折期

从玄宗天宝十四年（755）到德宗（780—805 在位）贞元七年（791），共 37 年，是盛唐文学向乱世文学的转折期。

安史之乱前后，杜甫怀着强烈的忧国忧民之心，用自己的诗追踪着时代的步伐，并创作出大量反映现实和人民疾苦的诗篇，后人称之为“诗史”。杜甫是中国文学史上唯一能和李白并驾齐驱的诗人，他是盛唐精神培养出来的，却生活在一个苦难的时代。方东树（1772—1851）说：“大约飞扬峍兀之气，峥嵘飞动之势，一气喷薄，真味盎然，沉郁顿挫，苍凉悲壮，随意下笔而皆具元气，读之而无不感动心脾者，杜公也。”（《昭昧詹言》卷八《杜公》）显然，昂扬壮大的盛唐气象和苍凉悲壮的乱世情怀，完美地结合在杜甫诗中，标志着盛唐向中晚唐的过渡。

大约与杜甫同时，元结（719—772）及其所编《箧中集》作者七人，伤时感乱，诗风凄苦，尽显乱世之相。大历年间（766—779），安史之乱平息未久，民生凋敝，割据势力时有动乱。当时活跃的诗人有李端（？—785?）、卢纶（生卒年不详）、韩翃（生卒年不详）、钱起（720？—783?）、司空曙（702？—790?）等，相互唱和，人称“十才子”；此外还有刘长卿（？—786 或 791）、顾况（？—约 806 后）等人。他们虽然仍然重复着盛唐诗人的诗歌主题，如山水、边塞等，但战乱已经剥夺了他们的信心，于是转而追求闲适冷寂的意境和清丽的语言，成就平平，气势显然不逮盛唐。这其中也有诗人追踪杜甫，描摹现实，表现了强烈的政治理想。此期的韦应物（737—792）“高雅闲淡，自成一家之体”（白居易《白氏长庆集》卷四十五《与元九书》）。大历时期，是唐代诗歌的一个低潮期。

二、乱世文学的变革期

从贞元八年（792）到长庆四年（824），共 33 年，是乱世文学的变革期。

贞元七年（791），韦应物去世。贞元八年（792），韩愈作《争臣论》，提出“修其辞以明其道”的主张，标志着唐代文学进入到一个变革期。变革是从文和诗两个方向同时进行的。

唐代改革文章的呼声，自初唐陈子昂（661—702）后，就一直没有停止过。但到贞元、元和年间（785—820），骈体文仍然在社会上盛行，与文人社会改革的愿望和呼声相脱节。韩愈、柳宗元等以政治家的胆识和文学巨匠的才力，发起了气势浩大的古文运动，创造出一种既切合实用、畅达明朗，又具有相当高的艺术魅力的新型散文。这种散文接受了骈文的艺术趣味和创作技巧，无论是上书言事，还是阐释经典，都能运用自如。这种散文还可以直接用于抒发情性，描绘物象，相对于前代的儒家经典文体而言，更具有美学色彩，因而能被社会所广泛接受。唐代古文运动，不但创造出大量杰出的散文佳作，而且为后世散文的发展指示了方向。

元和年间（806—820），唐诗也进入了一个变革时期。白居易说：“制从长庆辞高古，诗到元和体变新。”（《白氏长庆集》卷二十三《馀思未尽，加为六韵，重寄微之》）所谓“元和体”是指元、白次韵相酬的长篇排律，后又泛指元和年间的一切新变诗体，如张洎（934—997）所说“元和中，公（张籍）及元丞相、白乐天、孟东野歌词，天下宗匠，谓之‘元和体’”（《全唐文》卷八百七十二《张司业诗集序》）。元和作家有王建（生卒年不详）、张籍（约766—约830）、李绅（772—846）、元稹、白居易等。他们共同的特点是关怀现实，语言通俗流畅。元和四年（809），元稹读到李绅所作《新题乐府二十首》后，选择“病时之尤急者，列而和之”，作十二首。白居易在此基础上，更作成五十首，并在《新乐府序》中提出“为君、为臣、为民、为物、为事而作，不为文而作也”（《白香山诗集》卷三）的诗歌主张，掀起了中唐新乐府运动，并一直影响到晚唐诗坛。

这一阶段诗歌风格的另一变革方向，是提倡“务去陈言”，以险怪为尚的韩孟诗派是其代表。孟郊（751—814）诗多写冷寂萧瑟的意境，以枯槁嶙峋为其风格特征。韩愈自贞元八年（792）和孟郊相见后，诗风一变为盘空硬语、怪异震荡。司空图（837—908）评曰：“韩吏部歌诗累百首，其驱驾气势，若掀雷挟电，奔腾于天地之间，物状奇变，不得不鼓舞而徇其呼吸也。”（《唐文粹》卷九十三《题柳柳州集后序》）韩孟诗派的诗人还有卢仝（生卒年不详）、姚合（775—约845）、贾岛（779—843），以及李贺等。这些诗人的进取之心，已被衰败的现实磨灭殆尽，于是转而独守怀抱，在一片凄苦的心境之中，营造着自己的精神世界。韩孟诗派之外，柳宗元诗简淡幽峭，刘禹锡（772—842）诗雄浑老苍，也都是这一时期的诗歌大家。

这一时期，是文学多元化格局形成的时期。

三、乱世文学的内敛期

从敬宗宝历元年（825）到宣宗大中十三年（859）这35年间，是乱世文学的内敛期。

在宝历元年（825）之前，孟郊、李贺、柳宗元、韩愈相继去世，白居易、元稹虽然还活着，但是已经改变诗风。这一时期文坛的真正主角是杜牧、李商隐、温庭筠（约812—866）。伴随着老大帝国即将谢幕的余晖，尤其经过太和九年（835）的甘露之变后，诗人们已经完全放弃了对现实的努力。白居易诗云：“祸福茫茫不可期，大都早退似先知。当君白首同归日，是我青山独往时。”（《白香山诗集》卷三十三《九年十一月二十一日感事而作》）他们不约而同地在自己内心中为一个壮丽朝代的沦落，为自己的精神落寞，而体会着无限的悲凉。人们在咏史怀古中，在脉脉温情中，逃避对现实的思考和责任。杜牧的情致俊爽，李商隐的绵邈凄迷，温庭筠的绮丽秾艳，虽各有千秋，但实际上皆是通过对内在感性的沉湎，为一个老大帝国歌吟着无限的哀伤。

此时，词，正伴随着城市商业的发展而迅速成长。它以更加婉转而缠绵的歌喉，继续着晚唐文人的落寞和忧伤。温庭筠是第一个大量写词的文人。他的词秾艳香软，情感幽微，和诗风相近。晚唐散文和骈文相并而行。骈文的重新兴盛，是由于文人对政治的疏远和冷漠，因而此期的骈文创作追求唯美。散文的境界在晚唐流于狭小。

四、乱世文学的衰歇期

自懿宗咸通元年（860）到宋太祖开宝九年（976）共117年，是乱世文学的衰歇期。

咸通元年（860）爆发了裘甫领导的农民起义，此后，有王仙芝起义、黄巢起义，直到昭宣帝天祐四年（907）唐朝灭亡。在这47年间，唐朝一直处在在动乱之中，军阀割据，宦官专权，民不聊生。唐朝文学也在这风声鹤唳之中，走向了它的终点。皮日休（约834—883）、杜荀鹤（846—904）、聂夷中（837—?）、曹邺（约816—约875）等，利用诗歌或小品文、杂文等形式对晚唐糜烂的政治进行讽刺，对悲苦的人民表达了深切的同情，也抒发了穷愁文士的满腹牢骚。也有一些诗人如韩偓（842—923）、罗虬（生卒年不详）等，本着及时行乐的思想，创作了一些艳情诗，但基本上没有什么影响。

从五代十国一直到宋太祖的再度统一，这期间朝代不断更替，君臣在朝不保夕的心境中，往往纵情娱乐。他们发展了词这一文学体裁，抒写声色情爱，追求感官享受。《旧五代史·僭伪列传》称蜀后主王衍（918—925在位）“以佞臣韩昭等为狎客，杂以妇人，以姿荒宴，或自旦至暮，继之以烛”。《花间集》正是在这样的背景下产生的。欧阳炯（896—971）《花间集序》云：“镂玉雕琼，拟化工而迥巧；裁花剪叶，夺春艳以争鲜。是以唱云谣则金母词清，挹霞醴则穆王心醉……自南朝之宫体，扇北里之倡风，何止言之不文，所谓秀而不实。有唐以降，率土之滨，家家之香径春风，宁寻越艳；处处之红楼夜月，自锁嫦娥。”描述了当时糜烂的世风。西蜀外，南唐是另一个词作中心。与西蜀不同，南唐君臣在享乐生活之外，还有雅致的精神追求，因此，南唐词的审美情趣和艺术造诣都高于西蜀。南唐词的主要作家有冯延巳（903—960）、李璟（916—961）和李煜。后主李煜生性敏感，文采过人，再加以亡国之痛，故其词作凄怨深沉，意境浑远，在艺术上取得了极大的成功。

宋太平兴国三年（978），李煜被宋太宗派人以牵机药毒死，宣告了乱世文学的终结。

唐诗的初、盛、中、晚反映了一个完整的心路历程，它大约包孕了封建时代文人士子所能有的憧憬、奋进、失落、绝望等情志，也包括了从政治功业、人生感悟到幽婉别情种种体验，还基本包括了中国诗歌史上所应有的风格、境界等。一个伟大的朝代和它的诗人，以自己浓烈的情思赋予这些不同的主题、风格、境界以鲜明的个性特点，使其每一次呐喊，每一声叹息，都具有无可比拟的魅力。可以说唐诗是中国文学史上一座只可仰望的高峰，它基本奠定了后人对诗歌接受的标准。

第二节 文人的入幕、交游和游冶

一、唐代的科举取士与文人的入幕

中晚唐时期，朝廷继续采用科举取士的方法。明胡震亨（1569—1645）说："（唐）中叶后，人主至亲为披阅，翘足吟咏所撰，叹惜移时。或复微行，咨访名誉，袖纳行卷，予阶缘。士益竞趋名场，殚工韵律。诗之日盛，尤其一大关键。"（《唐音癸签》卷二十七）文人除了科举为官之外，另一晋身之途就是入幕。尤其是中唐以后，文人入幕现象就更为普遍。白居易云："今之俊乂，先辟于征镇，次升于朝廷。故幕府之选，下台阁一等，异日入为大夫公卿者十八九焉。"（《白居易集》卷四十九《温尧卿等授官赐绯充沧景江陵判官制》）安史之乱后，方镇政治甚为发达，如欧阳修（1007—1072）所言："唐诸方镇以辟士相高，故当时布衣韦带之士，或行著乡闾，或名闻场屋者，莫不为方镇所取，至登朝廷，位将相，为时伟人者，亦皆出诸侯之幕。"（《集古录跋尾》卷八《唐武侯碑阴记》）文士通过入幕，一者为自己寻觅一个栖身之地，一者也为以后进入朝廷寻找机会。中唐以后科举及第者，往往先入幕为僚。但在这些入幕文人中，真正能跻身庙堂的毕竟是少数，大部分则一直终生游幕，漂泊到老。游幕生活，以及由此而生发的思想感情，对唐代文学也产生了重要的影响。

唐代曾经入幕的作家多不胜数，如胡震亨所列："如高适之依哥舒翰，岑参之依高仙芝，杜甫之依严武，比比而是。中叶后尤多。"（《唐音癸签》卷二十七）中唐以后的重要作家中，很少有人没有入幕经历。前期文人主要入边关方镇，如边塞诗人等，《唐才子传》说岑参"累佐戎幕，往来鞍马烽尘间十余载，极征行离别之情，城障塞堡，无不经行"。后期入幕文人往往选择一些势力较大的方镇，如长江流域及南方地区，特别是剑南西川、淮南等地，来作自己的栖身之所。游幕生活促进了诗文创作，同僚之间相互宴饮唱和、迎来送往，都有诗歌。此外，常年的漂泊之感、对异乡风物的感受，不但拓展了诗歌的表现领域，还使得唐诗在表情方面更加细腻，更加新奇。幕府生活对唐代小说的发展也有促进作用。游幕文人见多识广，他们相互传播或笔录各地的奇风异俗和道听途说，有相当一部分唐传奇作品就是这样创作出来的。

二、文人的交游

唐代文人交游风气较浓，相互推引，这也与前代围绕王公太子形成文人集团有所不同。唐代文人活动范围较前代更广泛，社会活动方式也更丰富，因此，文人之间的交往方式也是多种多样的。首先，科举会导致文人会聚一处。《唐国史补》卷下载："韩愈引致后进，为求科第，多有投书请益者，时人谓之韩门弟子。"而《昌黎先生集》卷三十二《柳子厚墓志铭》则曰："衡、湘以南为进士者，皆以子厚为师。其经承子厚口讲指画为文词者，悉有法度可观。"这里所说的"韩门弟子"，或"以子厚为师"的文士，他们因为科举的目的而聚集为两个文人集团，而这两个文人集团必然在文学思想、创作方法等方面，受到韩愈、柳宗元的影响。其次，一些文人出于共同的文学观念或情趣，相互唱和，出现以唱和为主要活动方式的文人集团，如大历十才子。闻一多中说："所谓大历十才子实际上可看成一个人。"（《唐诗大系》）这十位地位不高的京城诗人，他们有着共同的特点：性格软弱，缺少济世拯物的抱负，而宁愿以诗歌唱的和形式逃避现实。他们在共同的唱和生涯中，自然形成一个诗歌流派。他们遵循着共同的创作原则，无论题材、意境、语言，都保持着统一的风格和文学趣味，而且这一文学团体保持了数十年之久。此外，元稹、白居易以及聚集在他们周围的一些文人，也是因为共同的思想和文学理念而结为唱和集团，并最终形成文学流派。此外，其他形式，比如由于政治观点、共同的经历等原因而形成的文人团体也不少。这些文人集团相互酬唱，共同切磋，影响了唐代文学的风貌。

三、文人的游冶

中晚唐时期，虽然社会政治状况远不如盛唐，但文化娱乐生活依然很发达。歌舞在中晚唐人的生活中有着很重要的地位。杜牧《河湟》诗曰："惟有凉州歌舞曲，流传天下乐闲人。"元稹《法曲》诗曰："女为胡妇学胡妆，伎进胡音务胡乐。《火凤》声沉多咽绝，《春莺啭》罢长萧索。"从宫廷到民间，从《霓裳羽衣》这样的歌舞大曲，到《六幺》、《春莺啭》这样的小型软舞，使得唐朝社会生活呈现出浪漫多姿的特征。唐代很多诗歌是配乐演唱的。《新唐书》卷二百零三载诗人李益、李贺事云："贞元末，（益）名与宗人（李）贺相 。每一篇成，乐工争以赂求取之，被声歌，供奉天子。"唐诗中的"竹枝"、"杨柳枝"等一些诗体，也是供演唱所用。而且，唐诗在很大程度上是由乐人演唱而流行的。此外，词体文学的萌芽和发展，与音乐的关系更为密切。

中晚唐时期，文人更多地流连于"风流薮泽"。长安之外，扬州也是文人喜欢的地方。高彦休（874—944后）《唐史阙》云："扬州，胜地也。每重城向夕，倡楼之上，常有绛纱灯万数，辉罗耀烈空中。九里三十步街中，珠翠填咽，邈若仙境。（杜）牧常出没驰逐其间，无虚夕……所至成欢，无不会意。"① 所谓"十年一觉扬州梦，赢得青楼薄幸

① 见《太平广记》卷二百七十三。今本《唐阙史》无此条。

名”的生活方式，在晚唐是十分流行的。

歌楼妓馆中的感情交流和应酬往来，都离不开诗歌。当时著名的女诗人薛涛（？—832），就是一个在籍官妓。唐代妓女会作诗的应该不会太少，她们对诗歌的传播起着很重要的作用。游冶为文人提供了浪漫的生活方式，促进了社会风气的软化。文人对感情的追求和流连，使得文学朝香艳一路发展，这在唐代后期和五代表现得最为明显。此外，在晚唐较为流行的曲子词，就是文人从歌妓那里接受来的一种演唱文体。从词的词牌名和早期词的内容上就可以推断，词本来是歌妓演出或佐酒助兴之用，由于文人的加入，曲子词最终成为一种新的诗体。词体文学在晚唐和五代蔚然成风，不但是文人和歌妓密切交往的结果，也是文人性情萎靡、对感情过于依赖的结果。

第三节
别集、总集的编纂和流传

唐代文学的发展，在一定程度上也与唐代文献的编纂有关。唐代文献的编纂除了传统的写本书外，至贞观之后，又发展了雕版印刷术。元稹在长庆四年（824）冬为《白香山诗集》作序时的原注中云：“扬、越间多作书模勒乐天及予杂诗，卖于市肆之中也。”所谓“模勒”就是雕版印行。雕版印刷术促进了书籍的出版和流通，这也是唐代涌现出如此之多的个人别集和诗文总集的物质原因。

唐代诗歌的发达，诗歌风格的多样，诗人希求不朽的观念，以及社会对诗歌的需求，种种原因，促成了诗歌别集和总集的流行。尤其是诗歌别集，现存约二百种左右，其中半数以上经由后代重新编定，而遗佚的数量更为庞大。据现有的材料推定，唐代诗歌别集应该超过千家。这一数量是前代所无法比拟的。

一、别集的编纂

别集的编纂，或是出于朝廷的旨意，或是由于社会或同道的认同。比如王维的诗集，是他的弟弟王缙（700—781）受代宗之命而编就进呈的。代宗有批答手敕给王缙云：“卿之伯氏，天下文宗，位列先朝，名高希代。抗行周雅，长揖楚辞。调六气于终编，正五音于逸韵。泉飞藻思，云散襟情。诗家者流，时论归美。”（《王右丞集笺注》卷首）王维在整个唐代都享有盛名，被人称为“文宗右丞”（《中兴间气集》），或被推为盛唐诗人之首（《河岳英灵集》），这与王维诗集的编定、流传颇有关系。此外，贞元八年（792），朝廷令编定皎然（生卒年不详）诗文集藏入秘阁，湖州刺史于頔亲自为之编辑、作序。但更多的个人别集的编定得力于朋友或其爱好者。如杜甫死后就有多种诗集流传于世，早期颇有影响的《杜工部小集》即由润州刺史樊晃编定。樊晃编集的目的，是为了树立杜甫的正统地位，他说："江左词人所传诵者，皆公之戏题剧论耳，曾不知君有大雅之作，当今一人而已。今采其遗文凡二百九十篇，各以事类为六卷，且行于江左。"（《杜工部小集序》）这部诗集对杜诗的流传起到很大的作用。同样，梁肃（753—793）编定他的老师独孤及（725—777）的遗文，就是要阐发老师的古文运动思想，发扬老师的文学精神。他称赞独孤及文章云："于是操道德为根本，总礼乐为冠带，以《易》之精义，《诗》之雅驯，《春秋》之褒贬，属之于辞。故其文宽而简，直而婉，辩而不华，博厚而高明。论人无虚美，比事为实录，天下凛然，复睹两汉之遗风。"（《常州刺史独孤及集后序》）另外，也有出于个人喜好而编定某人别集的，如晚唐陆希声，与中唐散文家李观（766—794）无缘交往，但他认为李观的文章"不古不今，卓然自成一体"，所以搜集其文章编为三卷[1]，使流传于世。

二、总集的编纂

相比较而言，唐人所编定的本朝诗文总集的数量要小于别集，但仍然相当可观。就诗歌总集而言，最近的研究指出其数量约近二百种，包括通代诗选、断代诗选（唐人选唐诗）、诗文合选、诗句选集、唱和集、送别集和家集共七类。[2] 前几类诗歌总集，都由后人编定，反映了选编者的诗学观念或美学趣味，往往有较严格的选择标准。还有一些是诗人自己编定的，如《元白还往诗集》、《元白唱和集》等，是白居易和元稹自选的唱和作品集，目的是传播自己的文学主张，观点也非常鲜明。元白诗在社会上有着广泛的影响，以至"禁省观寺邮候墙壁之上无不书，王公妾妇牛童马走之口无不道"（《白氏长庆集序》），这与他们唱和集的即时编定大有关系。但更多的唱和集、送别集和家集，如《名公唱和集》、《翰林学士集》等，除了给社会增添一些太平气象和文学氛围外，很难说有什么意义。

三、别集、总集编纂的意义

别集和总集的编定对唐朝文学的发展有着重要的影响。首先，它们总结或提倡某种诗歌观念，引导诗歌的发展。如殷璠所编《河岳英灵集》，选录开元、天宝时代王维、王昌龄、储光羲等二十余位作家的诗歌二百余首，并借以阐发、推崇"雅"、"奇"、"风骨"

---

① 《四库全书》收《李观集》为五卷，前三卷即为陆希声所编定。

② 陈尚君《唐人编选诗歌总集叙录》考及一百三十七种，另有存目五十多种，收入其《唐代文学丛考》，北京，中国社会科学出版社，1997。此前吴企明《唐人选唐诗流传散佚考》考及三十七种，孙琴安《唐诗选本六百种提要》考及三十九种。

和“兴象”等诗学概念。[1] 其中“雅”和“兴象”，指的是诗歌意象、语言的雅致而有韵味；而“奇”和“风骨”，则是指积极向上的诗歌内容以及充实、讲求个性等诗人气质。这些诗学观念，是对盛唐诗歌风貌的准确总结，也使得盛唐气象昭然若揭，使得盛唐诗歌精神更加深入人心。中唐元结所编定的《箧中集》，则是有感于“风雅不兴，几及千载，溺于时者，世无人哉”（《箧中集序》），故特选沈千运等七位身沉下潦，而以“忠信”、“仁让”为心的诗人的作品，编定为集。这些诗歌在体制上尽是五言古体，言辞古朴，多为自伤身世之作。《箧中集》在经历了安史之乱的中唐时代也引起了不小的反响，甚至对中唐的诗歌风格产生了影响，这与它所反映的诗歌美学思想切合了时代气氛有关。

其次，一些总集从诗歌艺术的角度，选择各阶段、各类型诗歌的典型，忠实地记录了唐诗的发展经历。如唐初之《正声集》，即以公正无偏赢得人们的信任，诗人亦以被选录为荣[2]，后人称之为“朗照之下，罕有孑遗，而取舍之时，能无少误”（顾陶《唐诗类选序》）。再如选录唐肃宗和唐代宗两朝诗的《中兴间气集》，其选编的原则是“但使体状风雅，理致清新，观者易心，听者竦耳，则朝野通取，格律兼收”，因而反对“曲学专门”。选者虽然提到了“风雅”、“清新”等美学主张，但其实并不十分落实。虽然在实际选择中，高仲武不可避免地流露出个人的美学意趣，在客观上不可能做到平正，但他主观上还是希望将两朝的好诗都囊括进来。[3]《中兴间气集》在当时也是一个颇有影响的选本。这类选本在客观上提高了诗人的地位，对诗歌创作起到鼓励的作用。

再次，一些面向社会的总集，目的在于进行诗歌教育，指导社会进行诗歌鉴赏或诗歌创作。如佚名所编《中书省试咏题诗》、南唐乐史（930—1007）所编《唐登科文选》，是供举子们参考、学习所用；倪宥所编《文章龟鉴》是供人学习作文所用。唐代还有人特意选集一些诗句，供人欣赏、模仿，如褚亮（560—647）《古文章巧言语》、元兢《古今诗人秀句》、元鉴《续古今诗人秀句》、王起（760—847）《文场秀句》、李商隐《梁词人丽句》等。从诗歌教育的角度来说，诗句的练习、鉴赏，是诗歌学习的基础，当然，诗歌名句也是全社会所津津乐道的，所以，它是一种较为基础的文学传播和接受活动。

最后，一些以特别的题材、风格、作家为主题的诗文总集，颇能显示唐代文学的丰富繁荣气象，显示了文学趣味的多样化。如五代前蜀王衍所编之《烟花集》，依陈振孙（1181—1262）《直斋书录解题》卷十五载，共录艳诗二百首，反映了晚唐五代崇尚艳情的风气。再如后蜀人所编《大还丹照鉴登仙集》，专收还丹修炼之诗歌和口诀，显然是出于道家的旨趣。又蔡省风编有《瑶池新咏》二卷，专集唐代女诗人的作品共“二十三人诗什一百五十首”（《郡斋读书志》）。此书虽然不传，但从这一编辑规模，我们可以看到唐代女诗人之盛。这些在题材、风格方面特征明显的诗集，从一个侧面反映了唐代文学的空前繁荣。

唐代别集、总集的编纂和流传，在客观上鼓励和满足了诗人追求不朽的信念，扩大

① 参见王运熙、杨明：《隋唐五代文学批评史》，240～243页，上海，上海古籍出版社，1994。

② 《全唐文》卷七百三十二赵儋《鲜于公为故右拾遗陈公（子昂）建旌德之碑》云“有诗十首入《正声》”，由此可见，人们对《正声集》的评价很高。

③ 后世学者对《中兴间气集》颇有疵病，纷纷指责其“议论凡鄙”（陆游《跋中兴间气集》），也有人肯定其“鉴公衡平”（钱曾《读书敏求记》卷四），这与该集没有一个突出的诗学主张有关。

了诗歌的接受面，对诗文的发展和繁荣有着积极的作用。

【温故知新】

乱世情怀　文学分期　文人交游　歌楼馆妓　别集　总集　文学观念　审美原则

【请你思考】

1. 中晚唐文学与初盛唐文学相比有怎样的变化？

2. 中晚唐时期文人交游与文学创作之间有怎样的关系？

3. 唐代别集和总集的编纂体现了唐代人怎样的文学观念，他们对于唐代作家作品的接受情况是怎样的？

第二章 诗歌的多元化发展

【导入】

天宝十四年（755），安史之乱爆发，战火迅速蔓延至北半个中国。到处是残垣断壁、悲啼哀号，苦难像瘟疫一样，顷刻之间将一个志得意满的盛唐淹没，人们在苦难中挣扎、渴望、摸索、麻木。杜甫是继李白后另一个伟大的诗人，他以对苦难现实的执著而宣告了盛唐的终结，让诗歌再次回到人民，回到生活的每一个脚步，回到历史的最深处。杜甫以一颗伟大而善良的心和浑然天成的诗歌技巧，赢得了历史和人民的尊敬。杜甫标志了盛世诗歌向乱世诗歌的过渡。

乱世诗人们或叹老念贫，发忧生之嗟；或为时为事，发不平之鸣；或寄情江湖，发一己之幽情。现实人生的种种挫折给诗歌带来沉重的色调。诗人们开始关注诗歌技巧和风格的个性化，有意识地锤炼字句，提出自己的理论主张，结成诗派，使得诗歌风格技巧出现多元化的格局。太和九年（835）爆发了宦官大规模杀戮朝臣的“甘露之变”。文士在人人惴恐之中，失去了元和中兴时的那种上进之心，他们在朋党的夹缝中苟延残喘，或者终生不第，过着贫士生活。在无可挽救的危机之中，士人的前途和抱负全都付与虚空，晚唐的诗人们也只有在落寞之中歌咏着自己内心的悲凉和绝望。

第一节 沉郁顿挫（上）

杜甫像

与李白不同，杜甫是一个关切现实人生的儒者，而现实和人生之所以值得关注，就是因为它们都是苦难的。杜甫是一个感受苦难、讴歌苦难的诗人。

☞多学一点

江盈科（1553—1605）说："杜少陵是固穷之士，平生无大得意事，中间兵戈乱离，饥寒老病，皆其实历，而所阅苦楚，都于诗中写出。故读少陵诗，即当得少陵年谱看。"（《杜诗详注·补注》卷下引江盈科《雪涛诗评》）

一、安史之乱与杜甫诗创作

早在安史之乱爆发前，杜甫就已经是一个关怀天下的诗人了。杜甫对自身的处境有着深刻的感触，他对社会中的种种不义、不平也充满了激愤，作有像《丽人行》、《兵车行》这样的诗，讽刺权贵的骄奢，同情人民的苦难命运。

《兵车行》对唐朝热衷于开疆拓土而不顾人民的死活深感愤慨："边庭流血成海水，武皇开边意未已。君不闻汉家山东二百州，千村万落生荆杞。……且如今年冬，未休关西卒。县官急索租，租税从何出？信知生男恶，反是生女好。生女犹得嫁比邻，生男埋没随百草。君不见青海头，古来白骨无人收。新鬼烦冤旧鬼哭，天阴雨湿声啾啾。"（《杜诗详注》卷二）

一场战乱，转眼之间就将一个繁荣富庶的盛唐彻底葬送了，也将诗人的抱负和前途葬送了。历史在其剧烈转变的过程中，会给后人留下很多的追忆和怀想，能如实地记录下这一转变过程，并清晰地指出它的发展趋势，就是史家的胸怀和眼光。后人说杜甫为"诗史"，就是指杜甫对这一段历史的忠实记录和深切反思。

概念解析

诗史

诗史是指杜甫的诗歌反映了当时社会的基本现实，对安史之乱有忠实的记录和深切的反思。《新唐书·文艺传》上云："（杜）甫又善陈时事，律切精深，至千言不少衰，世号诗史。"

分析举例

其《忆昔》其二诗云：

忆昔开元全盛日，小邑犹藏万家室。稻米流脂粟米白，公私仓廪俱丰实。九州道路无豺虎，远行不劳吉日出。齐纨鲁缟车班班，男耕女桑不相失。（《杜诗详注》卷十三）

如此一幅盛世景象，至安史之乱时，已经面目全非。其《无家别》云：

寂寞天宝后，园庐但蒿藜。我里百余家，世乱各东西。存者无消息，死者为尘泥。贱子因阵败，归来寻旧蹊。久行见空巷，日瘦气惨凄。但对狐与狸，竖毛怒我啼。四邻何所有？一二老寡妻。（《杜诗详注》卷七）

剧烈的社会变化，迅速将人们带入一个苦难的境地。作为一个有着强烈的社会责任感和敏锐心灵的诗人，杜甫在危机爆发前就已经感觉到了灾祸的逼近。

杜甫在安史之乱前作有《自京赴奉先县咏怀五百字》，写出了人世间的不平：

凌晨过骊山，御榻在嵽嵲。蚩尤塞寒空，蹴踏崖谷滑。瑶池气郁律，羽林相摩戛。君臣留欢娱，乐动殷胶葛。赐浴皆长缨，与宴非短褐。彤庭所分帛，本自寒女出。鞭挞其夫家，聚敛贡城阙。圣人筐篚恩，实欲邦国活。臣如忽至理，君岂弃此物。多士盈朝廷，仁者宜战栗。况闻内金盆，尽在卫霍室。中堂有神仙，烟雾蒙玉质。暖客貂鼠裘，悲管逐清瑟。劝客驼蹄羹，霜橙压香橘。朱门酒肉臭，路有冻死骨。荣枯咫尺异，惆怅难再述。（《杜诗详注》卷四）

社会等级严格，道德沦丧，导致社会不公，触发社会矛盾，加速了社会危机。当士人沉湎于盛唐的欢娱之时，杜甫却能别具只眼，从另一个角度感受到了风雨欲来的压抑。安史之乱爆发后，差不多所有的重大社会时事，无论是官军兵败，还是收复失地，都会在杜甫诗中得到反映。比如《哀王孙》、《悲陈陶》、《悲青阪》、《哀江头》、《塞芦子》、《洗兵马》、《闻官军收河南河北》等。

分析举例

安史之乱爆发，杜甫在投奔肃宗的途中被掳，又回到了长安。此时的长安，在杜甫眼里又是另一番景象，其《哀江头》云：

少陵野老吞声哭，春日潜行曲江曲。江头宫殿锁千门，细柳新蒲为谁绿。(《杜诗详注》卷四)

他有诗歌记述闻官兵败后的忧虑，如《悲陈陶》：

孟冬十郡良家子，血作陈陶泽中水。野旷天清无战声，四万义军同日死。群胡归来血洗箭，仍唱胡歌饮都市。都人回面向北啼，日夜更望官军至。(同上)

杜甫也关心战争中的人民，他写下了大量描写普通百姓生活的诗篇，通过对人民痛苦感受的反复体验，揭示社会的苦难。这些诗中包含了杜甫更为浓重的辛酸和哀怜，包含了种种凄恻的人生感受。如《三绝句》之三：

殿前兵马虽骁雄，纵暴略与羌浑同。闻道杀人汉水上，妇女多在官军中。(《杜诗详注》卷十四)

除了直接伤害人民外，战争也在经济上给人民带来更大的压力，杜甫《送韦讽上阆州录事参军》诗云：

国步犹艰难，兵革未衰息。万方哀嗷嗷，十载供军食。庶官务割剥，不暇忧反侧。诛求何多门，贤者贵为德。(《杜诗详注》卷十三)

此外，《新安吏》、《潼关吏》、《石壕吏》、《新婚别》、《垂老别》、《无家别》等写战争中的征兵、劳役，无不凄恻惨痛。

朝廷利益和百姓利益即使在面临外族的战争时，也有着对立的一面。两者之间，杜甫毫不犹豫地选择百姓的立场，这是他不同于其他文人的地方，反映了杜甫最为朴素的人本主义思想。

杜甫的"诗史"，同样也是自己平生遭际的忠实记录，而自己的平生遭际，又会使杜甫推己及人，更深刻地体会他人的苦难。他在成都草堂时所作《茅屋为秋风所破歌》对自己的辛酸生活有所描写："布衾多年冷似铁，娇儿恶卧踏里裂。床头屋漏无干处，雨脚如麻未断绝。自经丧乱少睡眠，长夜沾湿何由彻。"如此详尽描写自己的苦楚生活的诗人，在唐朝是不多的。杜甫由自己的苦难推及他人，大发幻想，说："安得广厦千万间，大庇天下寒士俱欢颜，风雨不动安如山。呜呼，何时眼前突兀见此屋，吾庐独破受冻死亦足。"(《杜诗详注》卷十）这种悲天悯人的慈爱胸怀，使得他的苦难之作具有博大深厚的精神内涵。

杜甫在夔州所作的《又呈吴郎》典型地反映了他深广的同情心：

堂前扑枣任西邻，无食无儿一妇人。不为困穷宁有此，只缘恐惧转须亲。即防远客虽多事，便插疏篱却任真。已诉征求贫到骨，正思戎马泪盈巾。(《杜诗详注》卷二十)

其中“不为困穷宁有此，只缘恐惧转须亲”一联，真是婉转体贴，若不对邻妇的穷困处境深有所感，是无法写出的。

杜甫是苦难时代的代言人，他以自己博大的胸怀和杰出的诗歌才能，将人民的悲哀尽情倾泻而出，并因此赢得世世代代的敬重。

二、杜甫的山水诗创作

杜甫的山水景物诗也很有特色。早年所作《望岳》称“荡胸生曾云，决眦入归鸟。会当凌绝顶，一览众山小”（《杜诗详注》卷一），颇能体现少年豪情。也有些山水诗表达了诗人的闲适心情以及自然情趣。

唐代山水

表达其闲适心情的诗如《水槛遣心二首》其一：

> 去郭轩楹敞，无村眺望赊。澄江平少岸，幽树晚多花。细雨鱼儿出，微风燕子斜。城中十万户，此地两三家。（《杜诗详注》卷十）

表达其自然情趣的诗如《江畔独步寻花七绝句》：

> 黄四娘家花满蹊，千朵万朵压枝低。留连戏蝶时时舞，自在娇莺恰恰啼。（其六）
>
> 不是爱花即欲死，只恐花尽老相催。繁枝容易纷纷落，嫩蕊商量细细开。（其七）（同上）

杜甫这类诗虽然不多，但都非常精致优美，色彩明丽而音韵爽朗，可与盛唐任何诗人相比。不过，杜甫的景物描写往往与政治形势或自己的身世之感紧密相连，所谓“感时花溅泪，恨别鸟惊心”就是这个意思，而纯粹从道家或个性出发的山水诗，反倒不多。

分析举例

如《秋兴八首》之一：

> 玉露凋伤枫树林，巫山巫峡气萧森。江间波浪兼天涌，塞上风云接地阴。丛菊两开他日泪，孤舟一系故园心。寒衣处处催刀尺，白帝城高急暮砧。（《杜诗详注》卷十七）

这首诗的意境虽然雄浑开阔，但情绪非常沉闷压抑，渲染了萧瑟阴郁的气氛。前两句描写暗示了国家残破衰落，三、四两句则象征着藩镇割据、边庭不安的现实，而五、六两句，则将丛菊、小舟和自己的漂泊之感、故乡之思紧紧联系在一起。可见，在这一山水景色之间，杜甫倾注了浓重的社会关怀和身世之忧。

如《旅夜书怀》：

细草微风岸，危樯独夜舟。星垂平野阔，月涌大江流。名岂文章著，官应老病休。飘飘何所似，天地一沙鸥。（《杜诗详注》卷十四）

再如《登高》：

风急天高猿啸哀，渚清沙白鸟飞回。无边落木萧萧下，不尽长江滚滚来。万里悲秋常作客，百年多病独登台。艰难苦恨繁霜鬓，潦倒新停浊酒杯。（《杜诗详注》卷二十）

这两首诗都是杜甫晚年所写，诗中描写江上景色，场面宏大，在空阔、豪壮之间，却有着无限的凄凉，充满着萧飒没落的感觉，这都与杜甫晚年自觉终生一事无成、漂泊无归的落寞情绪有关。诗歌情景交融，浑然一体。江水的汹涌澎湃，恰与杜甫激动不平的心态相互吻合，渲染出情绪的弥漫升腾，以至扩散到整个天地之间。

三、杜甫的怀亲念友之作

杜甫终生漂泊，经常品味孤独寂寞之苦，因此对亲情和友情非常执著，所写的怀亲念友或是家庭生活的诗篇，往往充满温情，非常感人。

杜甫早期独自在长安时所作《月夜》诗云：

今夜鄜州月，闺中只独看。遥怜小儿女，未解忆长安。香雾云鬟湿，清辉玉臂寒。何时倚虚幌，双照泪痕干。（《杜诗详注》卷四）

诗中遥想妻子儿女对自己的思念，不但更能显出自己的思念之切，也透露出诗人此时满怀的柔情和深深的负疚感，感情内涵相当丰富。

在此后的漂泊生涯中，杜甫一家风雨同舟，经历了漫长的艰难岁月，他的《江村》诗云：

清江一曲抱村流，长夏江村事事幽。自去自来梁上燕，相亲相近水中鸥。老妻画纸为棋局，稚子敲针作钓钩。多病所须惟药物，微躯此外更何求。（《杜诗详注》卷九）

艰难人生旅途中的片刻悠闲，使得杜甫得以充分享受和妻子儿女“相亲相近”的温馨生活。老妻画纸、稚子敲针，这些宁静、安详而充满生活乐趣的场面，突然使杜甫意识到，生活中真正有意义的，也许正是这些，而不是为了追逐功名而动荡奔波的士人式的生存方式。所以，在他看来，除了药物外，家庭的温情正是生活的全部。

杜甫描写友情的诗也真挚动人，他曾有多首诗赠李白，表达对李白的敬慕和思念之情。及至李白因永王事件而被流放夜郎后，杜甫更是日夜牵挂，其《梦李白二首》其一云：

死别已吞声，生别常恻恻。江南瘴疠地，逐客无消息。故人入我梦，明我长相忆。君今在罗网，何以有羽翼。恐非平生魂，路远不可测。魂来枫林青，魂返关塞黑。落月满屋梁，犹疑照颜色。水深波浪阔，无使蛟龙得。（《杜诗详注》卷七）

诗人因思念心切而夜有所梦，无论是对流放的李白，还是入梦的幽魂，杜甫都异常关切。他在诗中反复揣摩着去路的艰辛，充满了对平安的祈求，诗中弥散着一种深切担忧之情。

杜甫博大的情怀，正是通过对亲戚友人、对百姓士兵的真心关怀而显示出来的，他的价值也正在于此。

☞ 多学一点

袁枚（1716—1797）说："人必先有芬芳悱恻之怀，而后有沉郁顿挫之作。人但知杜少陵每饭不忘君；而不知其于友朋、弟妹、夫妻、儿女间，何在不一往情深耶？"（《随园诗话》卷十四）

第二节 沉郁顿挫（下）

一、杜甫诗风的多样性特点

杜甫对诗艺有着自觉的追求。对前人的诗歌成就，他采取"转益多师"的态度："不薄今人爱古人，清词丽句必为邻。窃攀屈宋宜方驾，恐与齐梁作后尘。"（《杜诗详注》卷十一《戏为六绝句》其五）在诗歌艺术上，杜甫可以算得上是个集大成的人。元稹曾评论杜诗曰："盖所谓上薄风骚，下该沈宋，右傍苏李，气夺曹刘，掩颜谢之孤高，杂徐庾之流丽，尽得古今之体势，而兼昔人之所独专矣。"（《元氏长庆集》卷五十六《杜君墓系铭》）这里说的是前代作家。至于唐本朝作家，甚至是同时的诗人，杜甫也是兼收并蓄。胡应麟（1551—1602）说："唐人则王杨之繁富，陈杜之孤高，沈宋之精工，储孟之闲旷，高岑之浑厚，王李之风华，昌龄之神秀，常建之幽玄，云卿之古苍，任华之拙朴，皆所专也，兼之者杜陵也。"（《杜诗详注·补注》引胡应麟《诗薮》）这些评价未必十分确切，但基本能说明杜诗囊括诸体、无所不能的特征。

杜诗的总体风格特征，文学史上通常以"沉郁顿挫"来概括。[①] 所谓沉郁顿挫，包括

① 杜甫《进〈雕赋〉表》云："臣之述作，虽不能鼓吹六经，先鸣数子，至于沉郁顿挫，随时敏捷，扬雄枚皋之徒，庶可企及也。"（《杜诗详注》卷二十四）后人往往以"沉郁顿挫"四字来概括杜甫诗歌的风格，如屠隆云："其所以擅场当时，称雄百代者，则多得之悲壮瑰丽、沉郁顿挫。"（《杜诗详注·补注》卷下）

了诗歌的感情倾向，也包括了诗歌的表达方式。

☞ **多学一点**

陈廷焯（1853—1892）曰：“所谓沉郁者，意在笔先，神余言外，写怨夫思妇之怀，寓孽子孤臣之感。凡交情之冷淡，身世之飘零，皆可于一草一木发之。而发之又必若隐若见，欲露不露，反复缠绵，终不许一语道破。非独体格之高，亦见性情之厚。”（《白雨斋词话》卷一）

忧愤深广的情感力量和委婉深挚的表述手法，共同构成了沉郁的风格。杜甫自幼习儒，对国家民生有着深切关怀，又生逢乱世，终生过着颠沛流离、漂泊无依的生活，其悲天悯人的情怀远远超过了其他唐代诗人。这些都在诗歌中表现了出来。

杜甫《自京赴奉先县咏怀五百字》写到因饥饿而失去一个幼子，感到“所愧为人父，无食致夭折”，内心异常悲痛，但此刻的杜甫却能“默思失业徒，因念远戍卒”，其胸怀之博大深沉，确实令人深为感动。

诗人能够强压悲伤，将一己之痛，融入天下百姓的普遍境遇之中，使得感情更为深沉、壮阔，有着极大的震撼力。杜甫描写自己生活状况的诗都有这样的感情特点。除了直接描写百姓的苦难、自身的遭遇外，“其诗随所遇之人、之境、之事、之物，无处不发思君王、忧祸乱、悲时日、念友朋、吊古人、怀远道，凡欢愉、幽愁、离合、今昔之感，一一触类而起”（叶燮《原诗》卷一），这些构成了杜诗沉郁的感情基调。杜诗在表达感情时，并不直露峻峭，而总是涵咏再三，反复沉吟，或是通过景色渲染，显示出一种吞吐回环的艺术效果。这就是所谓“欲露不露，反复缠绵”的意思。

分析举例

如杜甫《石壕吏》这样极具冲突性情节的诗，却表现出相当冷静的叙事特征。整首诗主要写老妇的缓缓絮说，场面并不激烈，尤其是等轮到诗人陈述时，他只是如实记录：“夜久语声绝，如闻泣幽咽。天明登前途，独与老翁别。”（《杜诗详注》卷七）从中可以感到杜甫对自我情感的抑制，而这抑制之中，却给人无穷回味的余地，也给情感表达以更大的空间。

《石壕吏》诗意图

再如《白帝》诗：

白帝城中云出门，白帝城下雨翻盆。高江急峡雷霆斗，古木苍藤日月昏。戎马不如归马逸，千家今有百家存。哀哀寡妇诛求尽，恸哭秋原何处村？（《杜诗详注》卷十五）

这首诗揭示战争中百姓的痛苦生活，男人多战死，而寡妇们又被剥削得一无所有，诗人在展示这一惨痛场景时，并不大声疾呼，而主要用暴雨、激流、古木苍藤等激荡、幽怨的意象，来呼应妇人哀哀恸哭之声，从而显出一种情感充沛、而在表达上又含蓄浑厚的特点。

至于“顿挫”，其基本含义类似沉郁，但后人常以此二字来指杜诗在音韵格律上的特点，即全诗节奏的张弛有致、句法的错落变化、音律的高低抑扬等。杜甫诗歌音律和谐，流转自如而富有变化，确是其艺术魅力之一。如《闻官军收河南河北》这样的音节响亮、对仗精工的诗歌，在杜诗中很多。但若就顿挫具体言之，则主要是指通过对近体格律的某种程度的突破，用失粘失对的拗句拗律，造成一种艰涩的艺术效果，来表现苦难的场面或悲愤不平的心境。

☞ **多学一点**

李东阳（1447—1516）说：“长篇中须有节奏，有操有纵，有正有变，若平铺稳布，虽多无益。唐诗类有委曲可喜之处，惟杜子美顿挫起伏，变化不测，可骇可愕，盖其音调与格律正相称。”（《杜诗详注·补注》引李东阳《麓堂诗话》）

分析举例

杜甫《咏怀古迹五首》其二：“摇落深知宋玉悲，风流儒雅亦吾师。怅望千秋一洒泪，萧条异代不同时。江山故宅空文藻，云雨荒台岂梦思。最是楚宫俱泯灭，舟人指点到今疑。”（《杜诗详注》卷十七）此诗就以仄声起头，且第三句失粘，但读起来很符合诗歌的情境。

杜甫的古诗也有这样的特点，如李东阳说：“杜五七言古诗多用侧韵，如《玉华宫》、《哀江头》等篇，其音调起伏顿挫，独为矫绝。”（《杜诗详注·补注》引李东阳《麓堂诗话》）顿挫也是诗人表达感情的需要，它和沉郁一起，共同营造了杜诗特殊的艺术效果。

杜甫诗歌以沉郁顿挫为其基本风格，但杜诗的风格又不仅限于沉郁顿挫，他也有萧散闲淡的一面。和他那些诗史之作多叙事的特点相比，这些诗歌意象精致、描写细腻，如《徐步》诗中的“芹泥随燕嘴，蕊粉上蜂须”、《独酌》诗中的“仰蜂粘落絮，行蚁上枯梨”、《江畔独步寻花七绝句》诗中的“留连戏蝶时时舞，自在娇莺恰恰啼”等，都能显示杜甫敏锐的观察能力和活泼的生活意趣。

分析举例

杜甫《寒食》诗：

寒食江村路，风花高下飞。汀烟轻冉冉，竹日净晖晖。田父要皆

去，邻家问不违。地偏相识尽，鸡犬亦忘归。(《杜诗详注》卷十)

再如《漫成二首》其二：

只作披衣惯，常从漉酒生。眼边无俗物，多病也身轻。江皋已仲春，花下复清晨。仰面贪看鸟，回头错应人。读书难字过，对酒满壶频。近识峨眉老，知余懒是真。(同上)

这些诗歌所营造的意境，很像陶渊明诗，语言清省，意象优美，显示了杜甫对自然生活的领悟和向往。

此外，杜甫的怀亲思友、日常生活、咏史、咏物之作等，皆各有风格，或缠绵婉转，或舒缓安详，或兴致盎然，显示了一个伟大作家多方面的诗歌才华。

☞ **多学一点**

宋人秦观（1049—1100）评论杜甫是“穷高妙之格，极豪逸之气，包冲澹之趣，兼峻洁之姿，备藻丽之态，而诸家之作所不及焉”（《杜诗详注·补注》引秦观言），颇能说明杜甫诗风的多样性特点。

二、杜甫诗歌的体裁特征

在诗歌体裁上，杜甫古今皆长，尤以五、七言律诗为登峰造极。杜甫的乐府诗，如《秦中吟》、“三吏”、“三别”、《兵车行》、《悲青坂》等，往往记叙时事，有着非常高的叙事成就；其五七言古诗，如《饮中八仙歌》、《自京赴奉先县咏怀五百字》、《北征》、《丹青引》、《观公孙大娘弟子舞剑器行》等，都感情充沛、议论酣畅，在结构上也显得波澜壮阔，富于变化。杜诗中绝句虽然不多，但如《绝句》(两个黄鹂鸣翠柳)、《江南逢李龟年》、《戏为六绝句》等，写景、抒情、议论，都非常精到，隽永有味。杜甫的律诗，尤其是七言律诗成就极为后人所推崇。

☞ **多学一点**

管世铭（1738—1798）说：“七言律诗，至杜工部而曲尽其变。盖众人多以自在流行出之，作者独加以沉郁顿挫，其气盛，其言昌，格法、句法、字法、章法、无美不备，无奇不臻，横绝古今，莫能两大。”（《读雪山房唐诗序例》）

杜甫的律诗表现范围较前人有所扩大。他能以律诗写时事，突破了前人以律诗抒情的传统，如《秋笛》、《王命》等。此外，他的律诗往往成组出现，如《秦州杂诗二十首》、《咏怀古迹五首》、《秋兴八首》等，这些诗歌在感情上、思想上有着连贯、统一的地方，相互映衬，显得韵味更加深厚绵长。杜甫自称“晚节渐于诗律细”（《遣闷呈路十九曹长》），其诗歌格律于谨严中透出流畅自然，已达至出神入化的境地。杜甫律诗除谨严外，还有拗律一体，已见前文所述，这一艺术创造充分显示了杜甫于律诗技法运用上，已至于左右逢源的化境。

分析举例

杜甫《登高》，老辣雄浑，音律天然，最能体现杜甫的律诗成就，被后人许为“沉深莫测，而精光万丈，力量万钧。通章章法、句法、字法，前无昔人，后无来学。……然此诗自当为古今七言律第一，不必为唐人七言律第一也”（胡应麟《诗薮·内编》卷五）。

此外，如《闻官军收河南河北》，其中既有“却看妻子愁何在，漫卷诗书喜欲狂”这样毫无痕迹的流水对，也有“即从巴峡穿巫峡，便下襄阳向洛阳”这样精工俊美的地名对，造成了一气而下、势如破竹的态势，淋漓尽致地表现了诗人的喜悦之情。诗中动词、名词的运用巧妙自然，看似流畅的散文，而实为精致的律诗，确实难得。这首诗也能显示杜诗语言锤炼之工，显示杜甫“为人性僻耽佳句，语不惊人死不休”（《江上值水如海势聊短述》）的创作理想。

《登高》诗意图

三、杜甫对后代诗歌创作的影响

杜甫是盛唐向中唐转折的代表性人物。杜诗以其对社会人生的深切关怀，以其全面而卓越的诗歌艺术，为后人树立了楷模，并对后世文学产生了巨大的影响。杜甫生前就有诗名，但其地位在相当长的一段时间内，还不能和李白相比。杜诗沉郁顿挫的美学特征与刚刚过去的盛唐气魄有些不同，当人们还沉浸在对盛唐的怀念之中时，杜诗还难以超越李白。杜诗还以格律精审著称，但人们对格律的兴趣已经不像南朝和初唐那样浓烈了，杜诗在格律上的优势虽能赢得人们的赞赏，但很难点燃人们的热情。不过，随着中晚唐社会形势的恶化，人们越来越认可杜甫的诗。贞元以后，李杜开始并称。

☞ **多学一点**

韩愈说：“李杜文章在，光焰万丈长。”（《昌黎文集》卷五《调张籍》）白居易说：“诗之豪者，世称李杜。”（《白氏长庆集》卷四十五《与元九书》）

晚唐以后，杜甫的地位被逐渐抬高，有超过李白之势。除了杜甫诗歌本身成就很高外，主要有以下两个原因：一是杜甫诗关怀民生，关心政治，与中国传统的诗教观念联系得更为紧密；二是杜甫诗注重规律、句法，比起李白的随心所欲而言，显得有规可循，后人虽然难以达到，但却可以通过分析而认知把握。此后，杜甫被尊为“诗圣”，成了儒家士人眼里的人格典范，杜诗也就成了诗歌典范。

第三节 萧瑟清幽

一、清幽冷寂的大历诗风

大历、贞元年间（766—805），安史之乱虽然已经平息，但战乱给社会带来的创伤却是难以磨灭的。大历诗人都是从盛唐成长起来的，时代以一种恢弘的个性精神、壮美的理想熏陶了他们，然而却将一个苦难而残破的社会留给了他们。战乱将文人抛到了社会的边缘，前人那种倚马成文、立志卿相的豪情，对于他们已经成为一种遥远的梦呓。巨大的反差，在大历诗人心头蒙上了一层消沉、颓丧的阴影，他们的诗歌里弥漫着伤感、孤寂的情调。

大历年间（766—779），诗人众多，而创作倾向也非完全一致[1]，但能真正体现大历诗风，并具有一定成就的是韦应物、刘长卿、大历十才子、李益（748—827）、戴叔伦（732—789）等。

大历十才子

① 蒋寅将大历诗人分为四类：古风派、台阁诗人、地方官诗人、方外派，并认为在这些人当中，最具有代表性的是台阁诗人和地方官诗人，以及韦应物、顾况等。见其《大历诗风》导言，上海，上海古籍出版社，1992。

概念解析

十才子

依姚合《极玄集》及《新唐书·文艺传·卢纶传》所说，十才子是指李端、卢纶、吉中孚（生卒年不详）、韩翃、钱起、司空曙、苗发（生卒年不详）、崔峒（生卒年不详）、耿沣（生卒年不详）、夏侯审（生卒年不详）十人①，他们多为依附于权贵的中下级官员，因在长安相互唱和而知名。

沧桑巨变之后的大历诗人，对文人的政治前程有着清醒的认识，前辈诗人那种抱负和理想，已经一去不复返了。

卢纶《长安春望》应是一首赴京求仕的诗，他在诗中这样写道：

> 东风吹雨过青山，却望千门草色闲。家在梦中何日到，春来江上几人还？川原缭绕浮云外，宫阙参差落照间。谁念为儒逢世难，独将衰鬓客秦关。（《全唐诗》卷二百七十九）

诗中所透露的情绪是萧飒的。出仕对于卢纶来说，似乎是一条不得不走的漂泊之途，而文人梦想中的峨峨宫阙，已在残阳落照中变得虚缈起来，再也难以振奋起士人的雄心壮志了。身逢世难，却独自流荡，这就是诗人所感慨的求仕之途。

韩翃《寒食》云：

> 春城无处不飞花，寒食东风御柳斜。日暮汉宫传蜡烛，轻烟散入五侯家。（《全唐诗》卷二百四十五）

这首诗透露出浓重的冷寂、萧条的情绪，而“御柳”、“汉宫”、“五侯”这些意象，如同卢纶诗中的“宫阙”一样，也都缠绕、飘散在冷冷的轻烟之中。这些诗都流露出对朝廷的失望和对政治的冷漠情绪。

在没有希望的岁月里，人生充满了失落的感受，这种失落感或表现为幽怨，或表现为焦虑。

韦应物《温泉行》，在回忆了玄宗游幸温泉的壮观场景之后，陡然感慨道：

刘长卿像

> 今来萧瑟万井空，唯见苍山起烟雾。可怜蹭蹬失风波，仰天大叫无奈何。弊裘羸马冻欲死，赖遇主人杯酒多。（《韦苏州集》卷九）

再如刘长卿《送李录事兄归襄邓》云：

> 十年多难与君同，几处移家逐转蓬。白首相逢征战后，青春已过乱离中。行人杳杳看西月，归马萧萧向北风。汉水楚云千万

① 此外，《唐诗纪事》、《嘉祐杂志》等，又以李益、郎士元、李嘉祐、皇甫曾等为“十才子”中人。

里，天涯此别恨无穷。(《刘随州集》卷九)

他们都将自己的失意归结于生不逢时，这其中已不再有前人的怀才不遇的抱怨，而是默默承受着这一个孤寂、萧瑟的人生。

虚度年华的感受使得诗人们对生命的消逝非常敏感，因此，大历诗人犹多叹老嗟衰之作。差不多每一个大历诗人都咏叹并哀怜着自己的日渐衰老，而在他们衰老的悲鸣之中，我们又分明能看到他们孤独的影子。不论是与友人分别，还是灯下独处，大历诗人总是将孤独包裹在岁月感中。

分析举例

发鬓已云白，交友日凋疏。(韦应物《兼远简冯生》)

白发乱生相顾老，黄莺自语岂知人。(刘长卿《春日宴魏万成湘水亭》)

不觉老将至，瘦来方自惊。(卢纶《行药前轩呈董山人》)

流年催素发，不觉映华簪。(钱起《省中春暮酬嵩阳焦道士见招》)

雨中黄叶树，灯下白头人。(司空曙《喜外弟卢纶见宿》)

流年不尽人自老，外事无端心已空。(戴叔伦《酬盩厔耿少府沣见寄》)

韩翃《赠别太常李博士兼寄两省旧游》云：

感旧抚心多寂寂，与君相遇头初白。暂夸五首军中诗，还忆万年枝下客。昨日留欢今送归，空披秋水映斜晖。闲吟佳句对孤鹤，惆怅寒霜落叶稀。(《全唐诗》卷二百四十三)

戴叔伦《潘处士宅会别》云：

相邀寒影晚，惜别故山空。邻里疏林在，池塘野水通。十年难遇后，一醉几人同。复此悲行子，萧萧逐转蓬。(《全唐诗》卷二百七十三)

这两首都是吟诵孤独感的诗，白头也好，十年也好，总之，孤独催得人衰老，而在日渐衰老之中，孤独感就更加明显。前一首诗中的"孤鹤"、"落叶"之句，诗人还能在孤独之中找到一种闲雅的情致来略作安慰；而后一首诗中，诗人虽然行近家乡，却只能在满山寂寥之中，寒影自顾。一切都在萧疏的落寞之中，唯有诗人的悲哀是如此的沉重。

诗人在寂寞之中，在悲哀的行旅途中，渐渐老去。"旅馆谁相问？寒灯独可亲。一年将尽夜，万里未归人。寥落悲前事，支离笑此身。愁颜与衰鬓，明日又逢春。"(戴叔伦《除夜宿石头驿》)大历诗人的落寞是如此的沉重，他们习惯于体味着衰老，并在日渐衰老的伤感中清算着自己平生的冷寂和萧飒。

现实的无望，使得大历诗人向往山林，向往归隐，因此他们有不少山水诗和吟咏归隐志向的诗。

韦应物的《滁州西涧》云：

独怜幽草涧边生，上有黄鹂深树鸣。春潮带雨晚来急，野渡无人舟自横。(《韦

苏州集》卷八）

这首历代传诵的诗篇有着很高的艺术价值。诗中描写山水景物非常传神，所要表达的是独处、自由的意趣。但比起盛唐的山水诗来，甚至比起杜甫的“两个黄鹂鸣翠柳”来，这首诗就显得幽冷、孤寂，透露出诗人内心的凄怨和忧郁。

韦应物像

再如钱起赖以成名的《省试湘灵鼓瑟》，其末句云：

曲终人不见，江上数峰青。（《钱仲文集》卷七）

这两句极受后人推崇，确实再现了一幅宁静、优美的山水画，但这幅画的色调是冷的，静谧得近乎冷寂，显示了一种极端虚静的审美情趣。这样的诗在大历诗人的笔下还有很多。如刘长卿《上湖田馆南楼忆朱宴》：

天光映波动，月影随江流。鹤唳静寒渚，猿啼深夜洲。（《刘随州集》卷五）

卢纶的《与从弟瑾同下第出关言别》：

出关愁暮一沾裳，满野蓬生古战场。孤村树色昏残雨，远寺钟声带夕阳。（《全唐诗》卷二百七十六）

大历诗人的山水多在深秋季节，多在黄昏之时，他们的山水其实仍是自己孤寂内心的投影。大历诗人官位皆不高，而且颇有不少是靠依附权贵来获取仕进之途，因此对政治并没有什么雄心大志，往往摆出以官为隐的姿态。[①] 这种姿态虽未见得如何高洁，但却多少反映出他们对仕途的厌倦。

分析举例

韦应物《寄全椒山中道士》云：

今朝郡斋冷，忽念山中客。涧底束荆薪，归来煮白石。欲持一瓢酒，远慰风雨夕。落叶满空山，何处寻行迹？（《韦苏州集》卷三）

隐逸的愿望是大历诗人自我慰藉的一种表现，时常歌咏隐逸恰好表现了他们身不由己的现实处境。如李端《忆故山赠司空曙》云“旧山暂别老将至，芳草欲阑归去来。云在高天风会起，年如流水日长催。知君素有栖禅意，岁晏蓬门迟尔开”（《全唐诗》卷二百八十六），刘长卿《题王少府尧山隐处简陆鄱阳》云“早晚休此官，随君永栖托”（《刘随州集》卷六），等等。

隐逸对于大历诗人来说，还没有像陶渊明、王维那样，是一种对生命哲学的领会，是一种美的创造，而是不得已的选择，是一种疲倦的感觉。

---

① 葛晓音认为“大历十才子既无独善之志，又无隐逸之实，索性就以官为隐”，并称胸无大志、苟求富贵、明哲保身为大历十才子的共同特征，是有一定道理的。见其《诗变于盛衰之际——论大历十才子的诗风及其形成》，收入《汉唐文学的嬗变》，北京，北京大学出版社，1990。

总之，大历诗人已经从盛唐诗人那里全面脱胎换骨，他们以清幽、冷寂的审美意趣，取代了盛唐诗人昂扬、飘逸的精神，从而正式宣告了一个新的诗歌时代的来临。

二、大历诗人中的另类——李益

大历诗人中，李益是比较特殊的一人。李益（748—829）前期有近20年游走于边塞各幕府之间，创作了很多的边塞诗。其边塞诗无论在意境还是在表现方法上，都极具盛唐神韵。

如其所作《塞下曲》其二：

伏波惟愿裹尸还，定远何须生入关。莫遣只轮归海窟，仍留一箭射天山。（《全唐诗》卷二百八十三）

表达了建功边关的壮志，诗风豪迈爽俊。不过，这样主题的边塞诗在李益笔下并不多，他的另一些诗表达了对战争的厌倦和对和平的期待。

李益像

如《暖川》：

胡风冻合鸊鹈泉，牧马千群逐暖川。塞外征行无尽日，年年移帐雪中天。（同上）

诗中描写塞外征战的艰苦和无奈，企盼能够有份和平安宁的生活。李益笔下的边塞风光，开阔悠远，充满奇异的个性，但诗人描写起来却缺少了一份盛唐时代的惊奇和雄壮，而是多了些悲凉、哀怨的色调。

如其所作《夜上受降城闻笛》：

回乐峰前沙似雪，受降城外月如霜。不知何处吹芦管，一夜征人尽望乡。（同上）

其《从军北征》：

天山雪后海风寒，横笛遍吹《行路难》。碛里征人三十万，一时回首月中看。（同上）

诗歌的意象依然阔大、苍茫，但李益渲染的是征人的思乡之情。这种思乡之情是如此的浓郁，一缕芦管的乐声，一曲《行路难》，就将征人的心带回到遥远的家乡。诗里已经不再有盛唐时代那种建功立业的雄心壮志，只有无尽的痛苦和忧怨，像无边的月色一样，随乐声飘散在整个天地之间，浸透着三十万将士的心。诗歌的意境明净而苍凉，非常感人。

李益的思妇诗、山水诗也都很有成就，如其《江南曲》就深得好评。诗曰：

嫁得瞿塘贾，朝朝误妾期。早知潮有信，嫁与弄潮儿。（《全唐诗》卷十九）

这首诗写常年独守的商家妇女的抱怨，反映了妇女对美满生活的期望，语言明快，具有鲜明的民歌风格。

李益的七绝诗在当时很有代表性，可以看作盛唐遗韵。他晚年一直在朝为官，多唱和之作，风格又类似于元稹、白居易，显示出一种过渡性特征。

☞ **多学一点**

胡应麟评曰：“七言绝，开元之下，便当以李益为第一。如《夜上西城》、《从军》、《北征》、《受降》、《春夜闻笛》诸篇，皆可与太白、龙标竞爽，非中唐所得有也。”（《诗薮·内编》卷六）

第四节 硬语横空

韩孟诗与元白诗是中唐两个具有代表性的诗歌流派。前者以新奇险怪为尚，后者追求平易浅俗，各有造化。

一、韩孟诗的总体特征

韩愈像

韩愈早年坎坷，而心气高远，曾自云“少小尚奇伟，平生足悲吒”（《东雅堂昌黎集注》卷二《县斋有怀》）。因此，他能与凄苦潦倒的孟郊交往，并在诗歌理念和风格上相互影响，最终形成颇具特色的韩孟诗派。韩孟诗派的理论基础是“不得其平则鸣”（《东雅堂昌黎集注》卷十九《送孟东野序》）和“欢愉之辞难工，而穷苦之言易好”（《东雅堂昌黎集注》卷二十《荆潭唱和诗序》）。不过，这一理论更适于孟郊。孟郊诗以描写内心苦楚和抒发愤懑为主，如其《秋怀》其四云：“秋至老更贫，破屋无门扉。一片月落床，四壁风入衣。”（《孟东野诗集》卷四）孟郊诗又苦于炼字磨句，后人评曰：“孟郊诗蹇涩穷僻，琢削不假，真苦吟而成，观其句法、格力可见矣。”（魏泰《临汉隐居诗话》）相对于孟郊，韩愈“尚奇伟”的个性精神非常突出，因此，“不平则鸣”表现为情感浓郁，具有强烈的主观色彩。

二、韩愈的诗歌创作风貌

韩愈的七言古诗最有特色，他常以七古表达雄奇豪放的美学境界。如其《卢郎中云夫寄示送盘谷子诗两章歌以和之》云：

> 昔寻李愿向盘谷，正见高崖巨壁争开张。是时新晴天井溢，谁把长剑倚太行。冲风吹破落天外，飞雨白日洒洛阳。东蹈燕川食旷野，有馈木蕨芽满筐。马头溪深不可厉，借车载过水入箱。平沙绿浪榜方口，雁鸭飞起穿垂杨。穷探极览颇恣横，物外日月本不忙。归来辛苦欲谁为，坐令再往之计堕眇芒。闭门长安三日雪，推书扑笔歌慨慷。旁无壮士遣属和，远忆卢老诗颠狂。开缄忽睹送归作，字向纸上皆轩昂。又知李侯竟不顾，方冬独入崔嵬藏。我今进退几时决，十年蠢蠢随朝行。家请官供不报答，何异雀鼠偷太仓。行抽手版付丞相，不等弹劾还耕桑。(《全唐诗》卷三百四十)

这首诗的主题本与隐居之乐有关，传统的写法是状山水田园的宁静和美，写隐居的雅洁安详。但在韩愈笔下，盘谷地势雄奇深邃，高崖蔽云，飞瀑天外，极为壮观；而诗人自己的情感反映也是激烈的："闭门长安三日雪，推书扑笔歌慨慷。"整首诗豪情四溢、逸兴湍飞，显示了诗人爱奇的特征。

分析举例

韩愈这类景色描写很多，如写月食景象是"星如撒沙出，攒集争强雄。油灯不照席，是夕吐焰如长虹"(《月蚀诗效玉川子作》)，想象石鼓文字的写作是"周纲陵迟四海沸，宣王愤起挥天戈。大开明堂受朝贺，诸侯剑佩鸣相磨。蒐于岐阳骋雄俊，万里禽兽皆遮罗。镌功勒成告万世，凿石作鼓隳嵯峨。从臣才艺咸第一，拣选撰刻留山阿。雨淋日炙野火燎，鬼物守护烦㧑呵"(《石鼓歌》)，写山林大火是"天跳地踔颠乾坤，赫赫上照穷崖垠。截然高周烧四垣，神焦鬼烂无逃门，三光弛隳不复暾"(《陆浑山火和皇甫湜用其韵》)，等等，无不气壮神旺，酣畅淋漓，一扫凡俗之状，其中怪异凌厉、张扬狠重之处，更在李白之上。

☞多学一点

司空图评论曰"驱驾气势，若掀雷抉电，奔腾于天地之间"(《唐文粹》卷九十三《题柳柳州集后》)，颇能说明韩诗，尤其是其七言古诗给人带来的震撼力。韩愈曾赞孟郊诗云"横空盘硬语，妥帖力排奡"(《荐士》)，这既是韩愈本人的诗学理想，也可看作是他本人诗歌风格的自述。

韩愈也有一些平实流畅的诗，最有名的是其《早春呈水部张十八员外二首》其一：

天街小雨润如酥，草色遥看近却无。最是一年春好处，绝胜烟柳满皇都。（《全唐诗》卷三百四十四）

这首小诗写初春景象，细腻而温润，清新可爱。此外如《左迁至蓝关示侄孙湘》：

一封朝奏九重天，夕贬潮州路八千。欲为圣明除弊事，肯将衰朽惜残年。云横秦岭家何在，雪拥蓝关马不前。知汝远来应有意，好收吾骨瘴江边。（同上）

这首律诗对仗工整，开合自如，尤其是五、六两句情景交融，很有韵味。其长诗如《山石》，也不同于“盘空硬语”之作，而显出平易流畅的特点。诗云：

山石荦确行径微，黄昏到寺蝙蝠飞。升堂坐阶新雨足，芭蕉叶大栀子肥。僧言古壁佛画好，以火来照所见稀。铺床拂席置羹饭，疏粝亦足饱我饥。夜深静卧百虫绝，清月出岭光入扉。天明独去无道路，出入高下穷烟霏。山红涧碧纷烂漫，时见松枥皆十围。当流赤足蹋涧石，水声激激风吹衣。人生如此自可乐，岂必局束为人鞿？嗟哉吾党二三子，安得至老不更归！（《全唐诗》卷三百三十八）

此诗两句一个景色，随时间推移而变化。每一画面都由人、景、情组成，读之如展画卷，历历在目。诗以散文笔法，按“黄昏到寺”、“夜深静卧”，到“天明独去”的时间顺序，详记游踪，类似游记，在创作方法上是个突破。

☞ **多学一点**

以文为诗也是韩愈诗歌的一个特点。后人对此也有不同的评价：有褒扬的，认为是独创新的诗格，“斩新开辟，务为前人所未有”（赵翼《瓯北诗话》卷三）；有不赞成的，如陈师道（1053—1102）《后山诗话》云：“退之以文为诗，子瞻（苏轼）以诗为词，如教坊雷大使之舞，虽极天下之工，要非本色。”

第五节
慷慨峻峭

刘禹锡像

刘禹锡和柳宗元有着深厚的友情。二人身世相近，都因为永贞革新而有过多年的贬谪生涯，他们的诗大多作于贬所，诗风亦约略相近，而与韩孟或元白皆不同，在中唐诗坛上可谓独树一帜。

一、屡遭贬谪，夙心不坠——刘禹锡的诗歌创作

刘禹锡因参加政治改革而屡遭贬谪，但其夙心不坠，晚年曾作有《酬乐天扬州初逢席上见赠》诗自述生平云：

> 巴山楚水凄凉地，二十三年弃置身。怀旧空吟闻笛赋，到乡翻似烂柯人。沉舟侧畔千帆过，病树前头万木春。今日听君歌一曲，暂凭杯酒长精神。（《刘宾客文集·外集》卷一）

穷乡僻壤的流放生活，耗尽了诗人的青春，也使亲友凋零，诗人虽为自己的凄凉晚景而悲哀，但并没有就此沉沦。“沉舟侧畔千帆过，病树前头万木春”写出了诗人内心中还涌动着希望，这希望虽然不能拯救自己，但却能使自己感到安慰。整首诗在悲凉中现出一种慷慨硬朗的气韵。从这一类诗中可以看出刘禹锡宽阔的胸怀和乐观进取的人生态度。

分析举例

刘禹锡的《秋词》更加有名，其诗云：

> 自古逢秋悲寂寥，我言秋日胜春朝。晴空一鹤排云上，便引诗情到碧霄。（《刘宾客文集》卷二十六）

这首诗一扫人们常有的悲秋情绪，认为秋天自有其值得自豪的景致。所谓“晴空一鹤排云上”，它所描述的正是一种高洁而孤傲的人格情怀，它扫荡了秋的衰颓气象，而赋予秋一种勃勃生机。

刘禹锡诗中写得最好的还是一些咏史怀古之作。他的这些作品，能以最为简洁清晰的意象，表达出深沉的历史意蕴和复杂的人生感慨，能给人以极大的启迪。

刘禹锡《西塞山怀古》云：

> 王濬楼船下益州，金陵王气黯然收。千寻铁锁沉江底，一片降幡出石头。人世几回伤往事，山形依旧枕寒流。今逢四海为家日，故垒萧萧芦荻秋。（《刘宾客文集》卷二十四）

朝代陵替，舆图换稿，总能带给后人很多的惋惜和伤感。那曾经为了家国而浴血奋战的先人们知道这一注定的结局吗？一切的辉煌灿烂都在瞬息变化中灰飞烟灭，无论是“金陵王气”，还是“千寻铁锁”，都不能阻挡这最终的结局，而只有这山形依旧，江流如故，怎能不令人伤怀。

刘禹锡有多首金陵怀古的诗，所表达的感受是相同的。《石头城》云：

> 山围故国周遭在，潮打空城寂寞回。淮水东边旧时月，夜深还过女墙来。（《刘

宾客文集》卷二十四）

六朝时的繁华、浪漫，都已经随着汩汩流水消逝在遥远的历史中，留给诗人的只是浓重的寂寞和深深的哀怨，在那永无止息的潮水声中，在那夜深过墙的冷寂的月色中，又蕴涵着多少留恋和失落感呢？

他的《乌衣巷》也是写金陵的：

朱雀桥边野草花，乌衣巷口夕阳斜。旧时王谢堂前燕，飞入寻常百姓家。（同上）

王谢家族是南朝的骄傲，它是权势、才华、性情的象征，但如今又在哪里呢？那些无人看顾的残花野草，那一抹暗淡着将要消逝的夕阳，又时时向人们提示着一个荡然无存的过去。沧海桑田，人世渺茫，是任何人都不能阻挡的规律。过去了的让人留恋，是因为今天也将要成为过去。哀悯过去，其实正源于对今天的珍惜。

多年的贬谪生活，使得刘禹锡对南方民间的俚歌俗调很有心得，并通过学习这种创作方法，创作出兼有民间气息和文人特色的诗。这些具有浓郁民歌特点的诗，新鲜流利，音调谐和，有着淳朴、生动的生活情趣。这些诗对丰富刘禹锡的诗歌艺术，丰富文人诗歌的创作方法，有着极大的帮助。

分析举例

如下面两首诗：

杨柳青青江水平，闻郎江上唱歌声。东边日出西边雨，道是无晴却有晴。（《刘宾客文集》卷二十七《竹枝词二首》其一）

江南江北望烟波，入夜行人相应歌。桃叶传情竹枝怨，水流无限月明多。（《刘宾客文集》卷二十六《堤上行》）

刘禹锡的诗歌的总体特征是意象优美，语言纯净流畅，音律自然和谐，这是他区别于韩愈、白居易的地方。刘禹锡和柳宗元的区别，主要是格调更为硬朗昂扬，文词更为清丽流美。刘禹锡诗的个性特色是较为明显的。

二、贬谪抑郁，低沉峻峭——柳宗元的诗歌创作

柳宗元是王叔文政治集团的重要成员，后被长期流放，先为永州司马，再为柳州刺史，人称柳柳州，晚年奉佛。柳宗元以散文著名，而诗歌也具有相当的成就。他的诗歌主要记录自己的贬谪生活，或者描写自己的抑郁心境，整体格调比较低沉峻峭，不似刘禹锡开朗，这与柳宗元的过于执著而略显褊狭的个性有关。如其所作《登柳州城楼寄漳汀封连四州》云：

城上高楼接大荒，海天愁思正茫茫。惊风乱飐芙蓉水，密雨斜侵薜荔墙。岭树重遮千里目，江流曲似九回肠。共来百越文身地，犹自音书滞一乡。（《柳河东集》卷四十二）

柳宗元像

这首诗是柳宗元贬至柳州任时所作。首联从登楼起笔，以海天茫茫写自己忧愤深广的愁思；第二联以惊风乱雨写自己躁动、迷茫的心绪；第三联则表达前途渺茫、思乡念友的重重忧虑。景色和心情非常贴切，而且远景、近景搭配和谐，层次清晰。尤其是第二联，惊风乱雨之中翻飞飘摇的芙蓉、薜荔，除能说明心绪迷乱之外，还象征着诗人的身世漂泊不定，也有人说是暗喻时事之险恶，内涵极其丰富。清人纪昀（1724—1805）评曰："赋中之比，不露痕迹。"（纪昀《瀛奎律髓刊误》）整首诗格调沉郁，情绪浓重，正反映了柳宗元贬后再贬的沮丧、忧怨之情。

分析举例

这样的诗还有：

零落残魂倍黯然，双垂别泪越江边。一身去国六千里，万死投荒十二年。桂岭瘴来云似墨，洞庭春尽水如天。欲知此后相思梦，长在荆门郢树烟。（《柳河东集》卷四十二《别舍弟宗一》）

破额山前碧玉流，骚人遥驻木兰舟。春风无限潇湘意，欲采蘋花不自由。（同上《酬曹侍御过象县见寄》）

利用南方景物，尤其是植物，来抒发自己深重的悲楚之情，这是柳宗元对楚辞传统的自觉继承。他自云"投迹山水地，放情咏离骚"（《游南亭夜还叙志七十韵》），姚莹称为"史法骚幽并有神，柳州高咏绝嶙峋"（《论诗绝句》）。

柳宗元醉心山水，其山水游记更是古文中一绝，他所作的山水景物诗也很有特色，往往格调清幽、冷峻，给人凄厉冷寂的感受。

柳宗元《渔翁》诗：

渔翁夜傍西岩宿，晓汲清湘燃楚竹。烟销日出不见人，欸乃一声山水绿。回看天际下中流，岩上无心云相逐。（《柳河东集》卷四十三）

诗中描写了渔翁和潇湘山水交融为一的情景，写了渔翁在这片山水中悠然自得、恬淡而自由的生活。但诗人所渲染的意境显得过于清幽、静谧。再如《江雪》诗：

千山鸟飞绝，万径人踪灭。孤舟蓑笠翁，独钓寒江雪。（同上）

一片人踪灭迹而洁白无垠的广袤雪野，象征着一个尘世之外的世界，而那位孤舟独钓的渔翁，是古人所向往的遗世独立的高洁形象。但诗中所塑造的这一人格理想，在高洁出尘之外，又透露出孤寂、萧飒的意趣。这正反映了柳宗元忧愤的心胸情性，也反映了柳宗元冷峻、雅洁的审美旨趣。

☞ **多学一点**

前人就山水诗将柳宗元和韦应物相提并论，称“韦柳”。苏轼认为“柳子厚诗在陶渊明下，韦苏州上”，并指出其特点是“枯淡”，他说：“所贵乎枯淡者，谓之外枯而中膏，似淡而实美，渊明、子厚是也。”（《东坡题跋·评韩柳诗》）

柳宗元和韩愈同为一时古文名家，二人在诗歌方面亦相颉颃。相比较而言，韩愈的诗歌风格更为豪放、卓异，变化多姿，擅长七古；而柳宗元诗则意象精致幽美，风格淡雅冷峻，以律诗见长。后人评论曰：“韩柳二家以诗论，韩具别才，柳却当家。韩之气魄奇矫，柳不能为；而雅淡幽峭，得骚人之致，则韩须让柳一席也。”（叶矫然《龙性堂诗话·初集》）

第六节 幽深诡异

一、以心血写诗——李贺的诗歌创作风貌

李贺诗歌风格诡异，匠心独出，可归于韩愈一派。李贺是个极度敏感的诗人，吟诗成癖，《新唐书·文艺传》称其“每旦日出，骑弱马，从小奚奴，背古锦囊，遇所得，书投囊中……及暮归，足成之。非大醉、吊丧日率如此”，因此其母总担心“是儿要呕出心乃已耳”。他少年时即以“长短之制名动京华”（王定保《唐摭言》卷十《韦庄奏请追赠不及第人近代者》），曾有过一些抒发少年豪情的诗，如《南园》其五云：

李贺像

> 男儿何不带吴钩，收取关山五十州。请君暂上凌烟阁，若个书生万户侯。（《笺注评点李长吉歌诗》卷一）

可见其自视甚高。但李贺身体孱弱，天生敏感，稍有挫折[①]，即刻洞穿人生的虚无和荒谬，内心充满了焦虑和哀怨。他说“长安有男儿，二十心已朽”（《笺注评点李长吉歌诗》卷三《赠陈商》）、“我当二十不得意，一心愁谢如枯兰”（同上《开愁歌》），李贺在这种忧虑愁苦之中，为我们揭示了世界的另一重面貌。

李贺确实是一个以心血写诗的人，他所感受到的人间，是一个充满了不和谐、光怪陆离的世界。他凭着自己对痛苦的极度敏感，体验并表达着这种独特的现实人生的感受，并放大了种种的错乱和悲哀，因而他的诗歌充满了一种奇异的色彩。

李贺的《秋来》诗云：

> 桐风惊心壮士苦，衰灯络纬啼寒素。谁看青简一编书，不遣花虫粉空蠹。思牵今夜肠应直，雨冷香魂吊书客。秋坟鬼唱鲍家诗，恨血千年土中碧。（《笺注评点李长吉歌诗》卷一）

秋风起，络纬（莎鸡）鸣，时光急速地流逝，生命的意义到底在哪里呢？功名无望，而人们赖以不朽的著述，又难免空饱蠹鱼之腹。这一切都使李贺魂丧气沮，倍感孤寂，长恨不已，只有“秋坟鬼唱”才能使自己稍感安慰吧。在李贺看来，这个世界是令人惊惧和不安的，是难以接受的。

李贺写的《李凭箜篌引》深受后人赞赏，但这首诗却真实地显示了他孤苦惊悸的内心世界。诗云：

> 吴丝蜀桐张高秋，空山凝云颓不流。江娥啼竹素女愁，李凭中国弹箜篌。昆山玉碎凤凰叫，芙蓉泣露香兰笑。十二门前融冷光，二十三丝动紫皇。女娲炼石补天处，石破天惊逗秋雨。梦入神山教神妪，老鱼跳波瘦蛟舞。吴质不眠倚桂树，露脚斜飞湿寒兔。（同上）

在一个“无边落木萧萧下”的深秋，李凭正在演奏一首能令“江娥啼竹素女愁”的悲怨曲调。但诗人此下的描述可以称为怪异：“昆山玉碎凤凰叫，芙蓉泣露香兰笑。”乐曲似乎是在悲怨和欢快之间迅速而频繁地切换，应该不能称为悲喜交加；而且比起“大珠小珠落玉盘”来，“昆山玉碎”的代价太大了；用“叫”取代我们熟悉的“和鸣”来描写凤凰，显得太粗俗；艳丽的芙蓉在幽幽的哭泣之中，又使人感到深夜里某些难以理解的东西，尤其是在“芙蓉泣露”之时，香兰的笑声更使人感到突兀，甚至感到不安。这段感动紫皇的音乐，竟能使“石破天惊”，秋雨如注。这其中虽然不无哀怨之意，但比起女娲炼石补天的苦心来，我们总能感到“石破天惊逗秋雨”中隐约闪烁着一种末世破灭的快意。梦中的神山神妪，还有舞动着的老鱼瘦蛟，这些意象无不充满了一种神秘、拙陋甚至狰狞的意味，对“鱼跃鸟舞”、“沉鱼落雁”这些人们所熟悉的美感意象构成一种尖锐的反讽。因此这首诗实际上已经远离了对李凭音乐的描述。

从李贺所使用的这些怪异的意象组合方式中，我们能感到破碎、不和谐和某种程度上的恶意冒犯。它反映了诗人内心对我们这个世界的不认同，以及由此而形成的厌烦和焦虑。正是这焦虑和厌烦，使得诗人失落了常人的原初状态，失落了世界的正常结构，

① 据《新唐书·文艺传下》，李贺“以父名晋肃，不肯举进士”，后人以为李贺因功名失落，而诗皆源于此。

那些从时间、空间经验中获得的感知的确定性就此被摧毁。在这些意象中，我们再也找不到我们用以组织日常生命的正常秩序，世界和世俗的美感全都失去了，只剩下凌乱和不和谐。

学术轶事

当时杨巨源（755—833?）有两首《听李凭弹箜篌》，诗云："听奏繁弦玉殿清，风传曲度禁林明。君王听乐梨园暖，翻到云门第几声？"又云："花咽娇莺玉漱泉，名高半在御筵前。汉王欲助人间乐，从遣新声坠九天。"细细品味，当以优美流畅为主，或许略有些悲伤，但不可能是李贺笔下所传达出来的诡异情调。

李贺内心愁结万千，所塑造的诗歌意象往往也阴森迷幻，出人意外，如"百年老鸮成木魅，笑声碧火巢中起"（《神弦曲》）、"石脉水流泉滴沙，鬼灯如漆点松花"（《南山田中行》）、"呼星召鬼歆杯盘，山魅食时人森寒"（《神弦》）等等，这些阴惨凄迷的意象，都使人感到惊心动魄，反映了李贺内心世界的百转纠结和怨恨之深广。李贺以其超人的精神力量和想象力，炼字造语，无不具有惊人的感官冲击力。

☞ 多学一点

杜牧说："云烟绵联，不足为其态也；水之迢迢，不足为其情也；春之盎盎，不足为其和也；秋之明洁，不足为其格也；风樯阵马，不足为其勇也；瓦棺篆鼎，不足为其古也；时花美女，不足为其色也；荒国陊殿，梗莽邱垄，不足为其怨恨悲愁也；鲸呿鳌掷，牛鬼蛇神，不足为其虚荒诞幻也。"（《李长吉歌诗叙》）

分析举例

李贺喜用"死"、"血"、"鬼"、"泣"、"梦"、"瘦"、"病"等字，颜色则偏重于夺目的红色、绿色。如《上云乐》云"飞香走红满天春"，《将进酒》云"琉璃钟，琥珀浓，小槽酒滴真珠红"，此外还有"冷红"、"老红"、"愁红"等；再如《河南府试十二月乐词》云"寒绿幽风声短丝"，《昌谷诗》云"颓绿愁堕地"，以及"静绿"、"闲绿"、"凝绿"、"小绿"等。

李贺诗中艳丽的色彩包含着丰富复杂的细腻感受，显得非常突出。陆游（1125—1210）曾评论李贺诗“如百家锦衲，五色眩曜，光夺眼目，使人不敢熟视”（范晞文《对床夜语》卷二引）。李贺描述事物时也是想象奇特，出人意外，而给人以深刻的印象。

分析举例

李贺写埋在地下的古铜箭头云“漆灰骨末丹水沙，凄凄古血生铜花”（《长平箭头歌》），写银河的景象是“天河夜转漂回星，银浦流云学水声”（《天上谣》），写铜人依恋武帝是“空将汉月出宫门，忆君清泪如铅水”（《金铜仙人辞汉歌》），等等，无不突发奇想，以一种变异、夸张的手法，将诗人心目中最精微的感受最大限度地突出出来，给人以深刻的印象。

二、李贺诗对诗歌传统的继承及对后世的影响

李贺诗歌虽然也强调造语奇特，但是由于诗人内心的极度苦闷和焦虑，根子上与韩愈的诗学主张没有多大关系。李贺本人倒是比较认同楚辞的传统，他曾有《昌谷北园新笋四首》其二云：“斫取青光写楚辞，腻香春粉黑离离。无情有恨何人见，露压烟啼千万枝。”他的诗在发愤抒情和意象的奇特上，与楚辞有相同之处。施朴华《岘佣说诗》云：“李长吉七古，虽幽僻多鬼气，其源实自《离骚》来，哀艳荒怪之语，殊不可废。”李贺的诗也有李白的特点，宋代张戒《岁寒堂诗话》卷上云：“贺诗乃李白乐府中出，瑰奇谲怪则似之，秀逸天拔则不及也。贺有太白之语，而无太白之韵。”这一评论是极有道理的。不过，李贺在接受屈原、李白的浪漫传统之外，最主要还是师法自心，他过于敏感的心灵世界才是他诗歌的源头。李贺诗对晚唐李商隐、温庭筠等有一定的影响。

概念解析

昌谷体

李贺诗被人称“昌谷体”，其特点可概括为不拘泥于格律，风格怪奇，词采绚丽，想象力极为丰富，意象瘦硬、诡谲、冷涩、凄艳，时空交错，穷极变化。

第七节 切实平易

一、重视讽喻，言辞浅切——白居易的诗学主张和创作概述

白居易是中唐时期最有影响的诗人，他和元稹一起，提出了明确的诗歌理论主张，在理论上将讽喻诗抬到一个很高的地位。

白居易像

白居易所谓讽喻诗强调的是继承儒家诗教理论，希望能以诗歌干预现实，为政治服务，也就是他所说的“文章合为时而著，歌诗合为事而作”（《白氏长庆集》卷四十五《与元九书》）。所谓“为时”、“为事”指的就是现实政事，因此，他将风雅比兴看作是诗歌的标准。

为了强调诗歌的政治功能，白居易主张诗歌语言应该浅近通俗，“不求宫律高，不务文字奇”（《寄唐生》）。具体来说，他认为写诗应做到：“其辞质而径，欲见之者易谕也；其言直而切，欲闻之者深诫也；其事核而实，使采之者传信也；其体顺而肆，可以播于乐章歌曲也。”（《白氏长庆集》卷三《新乐府序》）所谓新乐府运动，正是在这一理论旗帜下进行的。

白居易在编辑自己的平生诗作时，将自己的诗分为四类：讽喻、闲适、感伤、杂律，而对讽喻诗和闲适诗尤为看重。他的讽喻诗共一百七十余首，大都作于左拾遗任上，其中包括组诗《秦中吟》十首、《新乐府》五十首，以及其他诗作。这些诗都是针对具体社会现实事件而发，揭露社会流弊，可以直接当作谏书使用的。

白居易《秦中吟》“一吟悲一事”（《伤唐衢二首》其二），主要针砭官场的腐败。如《轻肥》：

> 意气骄满路，鞍马光照尘。借问何为者，人称是内臣。朱绂皆大夫，紫绶或将军。夸赴军中宴，走马去如云。樽罍溢九酝，水陆罗八珍。果擘洞庭橘，脍切天池鳞。食饱心自若，酒酣气益振。是岁江南旱，衢州人食人。（《白氏长庆集》卷二）

诗歌描述贵族阶级骄奢淫逸的生活，而与之相对的，竟是江南百姓在饥饿中死亡和挣扎。诗歌可谓锋芒毕露，比杜甫的“朱门酒肉臭，路有冻死骨”更为惨痛。又如《买花》通过一个田舍翁的口，说出“一束深色花，十户中人赋”，由此可想，贵族的生活是靠对百姓怎样的压榨才能维持的。

白居易的《新乐府》诗多写下层人民的痛苦生活，其中《卖炭翁》讽刺宫市政策对

百姓的弊害。诗云：

卖炭翁，伐薪烧炭南山中，满面尘灰烟火色，两鬓苍苍十指黑。卖炭得钱何所营，身上衣裳口中食。可怜身上衣正单，心忧炭贱愿天寒。夜来城外一尺雪，晓驾炭车碾冰辙。牛困人饥日已高，市南门外泥中歇。翩翩两骑来是谁，黄衣使者白衫儿。手把文书口称敕，回车叱牛牵向北。一车炭，千余斤，宫使驱将惜不得。半匹红绡一丈绫，系向牛头充炭直。(《白氏长庆集》卷四)

诗人以极其沉重的笔调，写了卖炭翁的悲惨遭遇：在这样一个冰雪盈天的季节，自己辛苦烧得的炭被宦官所夺，而“身上衣裳口中食”毫无着落，这个可怜的老人的命运会怎样呢?

分析举例

这样的诗还有《新丰折臂翁》，写一个老人年轻时为逃避兵役，免在南诏白白送死，而以大石将自己的手臂锤折，从此以一个残疾的身体艰难地生活着：“至今风雨阴寒夜，直到天明痛不眠。痛不眠，终不悔，且喜老身今独在。不然当时泸水头，身死魂飞骨不收。应作云南望乡鬼，万人冢上哭呦呦。”诗歌对无谓的战争给人民带来的痛苦极为愤恨。此外，《上阳白发人》写一个宫女青春被白白耗费，“一生遂向空房宿”的悲哀，这是对当时摧残人性的宫女制度的深刻批判。

白居易的讽喻诗在题材的选择上往往具有典型的现实意义，有着强烈的批判精神，显示了一个士大夫的政治责任感。但诗人为了使自己的诗能充分发挥政治讽谏的作用，通常在将事件写得较为充分之后，还要卒章显其志，加以议论，颇有累赘之嫌。此外，这些诗歌在语言上也过分讲求浅切易懂，所以有直白、重复的毛病，使诗歌的韵味有所削减。

二、中唐时代其他乐府诗人创作概说

元稹和白居易一起进行新乐府创作，相互唱和，掀起一时诗歌的风尚，时人以“元白”并称之。元稹在元和四年（809）读到李绅所作的二十首组诗《乐府新题》，并选择其中“病时之尤急者”，和作十二首。元和十二年（817），元稹又作十九首《乐府古题》和刘猛、李余，并提出了“寓意古题，刺美见事”和“即事名篇，无复依傍”的口号，同时以旧题和新题两种形式的乐府诗，反映现实，寓以美刺。元稹的乐府诗如《织妇

元稹像

词》、《田家词》、《采珠行》等，都能反映百姓的痛苦，揭露弊政。

学术轶事

元稹与白居易同以书判拔萃科登第，又一同以制科入等，两人保持了深厚的友谊，是诗人交往的佳话。

元稹约于元和十三年（818）所作的七言长诗《连昌宫词》[①]，是一首著名的长篇叙事诗。诗歌借一位“宫边老人”之口，叙述了连昌宫的盛衰经过，借以揭示安史之乱给唐朝带来的巨大灾难，并针对战争频频的现状，寄希望于君臣能“努力庙谟休用兵”，表达自己的讽谏之意。诗人将唐玄宗和杨贵妃的故事挪到连昌宫中，杂以传闻，实多想象虚构成分。诗中关于连昌宫颓败荒凉的景物描写颇能显示诗人状物抒情的才华，如以下一段：

> 去年敕使因斫竹，偶值门开暂相逐。荆榛栉比塞池塘，狐兔骄痴缘树木。舞榭攲倾基尚在，文窗窈窕纱犹绿。尘埋粉壁旧花钿，乌啄风筝碎珠玉。上皇偏爱临砌花，依然御榻临阶斜。蛇出燕巢盘斗栱，菌生香案正当衙。寝殿相连端正楼，太真梳洗楼上头。晨光未出帘影黑，至今反挂珊瑚钩。指似傍人因恸哭，却出宫门泪相续。自从此后还闭门，夜夜狐狸上门屋。（《元氏长庆集》卷二十四）

诗人以极其幽怨哀婉的笔调，将连昌宫的破败没落景象，写得历历在目，形象地再现了偌大的盛唐一朝崩颓、繁华尽逝的凄凉景象，可谓触目惊心，令人倍增伤感。

☞ 多学一点

陈寅恪（1890—1969）论曰：“元微之连昌宫词实深受白乐天、陈鸿长恨歌及传之影响，合并融化唐代小说之史才诗笔议论为一体而成。其篇首一句及篇末结语二句，乃是开宗明义及综括全诗之议论。又与白香山新乐府序所谓‘首句标其目，卒章显其志’者，有密切关系。”[②]

中唐以乐府诗闻名的还有张籍、王建、李绅等，尤其是张王二位，是较早提倡以乐府诗写时事的诗人，他们对中唐写实和平易的诗风有重要的影响。张籍有乐府诗众多，所咏叹的社会内容十分广泛，朝野各界都有涉及，而以描写农民生活悲惨状况的最多，其中如《野老歌》、《牧童词》等，都非常著名。此外，他的有些近体诗也写得很有韵

---

① 该诗的创作时间及有关背景的考证，参见陈寅恪《元白诗笺证稿》第三章“连昌宫词”，上海，上海古籍出版社，1978。

② 陈寅恪：《元白诗笺证稿》第三章“连昌宫词”，上海，上海古籍出版社，1978。

味，如《秋思》："洛阳城里见秋风，欲作家书意万重。复恐匆匆说不尽，行人临发又开封。"王建的乐府诗更多，其中写贫寒妇女的诗篇，如《镜听词》、《当窗织》、《忘夫石》等都很有影响，《镜听词》写思妇以镜为占、思念丈夫的场景，对思妇心理活动的描摹极为细致，有浓郁的生活气息。王建还写有一百首宫词，反映宫女生活，有些也很别致，如其九十一云："树头树底觅残红，一片西飞一片东。自是桃花贪结子，错教人恨五更风。"这首诗因其"意味深婉而悠长"，得到王安石（1021—1086）的喜爱。① 李绅与元缜、白居易私谊甚好，曾作有《乐府新题二十首》，启发了元白的新乐府创作。他还作有长篇叙事诗《莺莺歌》，其中有四段保存在董解元《西厢记诸宫调》中，文笔清新优美，颇能见其文才。李绅更为人所熟悉的诗是《悯农二首》，其二云："锄禾日当午，汗滴禾下土。谁知盘中餐，粒粒皆辛苦。"这是李绅早期的作品，通俗易懂，流传甚广。

白居易、元稹，以及张籍等讽喻诗人，都具有多方面的诗歌才华，他们都期待着唐朝的重新振兴，希望能为国为君兴利除弊，所以共同揭举了实用主义的诗歌主张，并写出了大量的讽喻诗。但在自己的政治努力失败后，他们往往又转而内敛心绪，咏物抒怀，或闲适，或伤感，也都具有很高的艺术价值。

三、白居易诗歌对后世的影响

白居易的诗歌在当时以通俗浅切闻名，他自己也为此而感到自豪。他的《与元九书》云："自长安抵江西三四千里，凡乡校、佛寺、逆旅、行舟之中，往往有题仆诗者。士庶、僧徒、孀妇、处女之口，每有咏仆诗者。"（《白氏长庆集》卷四十五）白居易的诗在社会各阶层都受到欢迎，甚至流传到海外，一个重要原因就是通俗易懂。白居易又具有多方面的艺术才华，元稹《白氏长庆集序》云："大凡人之文，各有所长。乐天之长，可以为多矣。夫以讽喻之诗长于激，闲适之诗长于遣，感伤之诗长于切。五字律诗，百言而上长于赡，五字七字，百言而下长于情。"他对后世诗人的影响，则在于他的诗歌抒情酣畅有味，意象精美丰富，文字平易优美。宋初"元白体"一时风行，此后苏轼、陆游均受其影响。历代尊崇白居易、学习白居易者，都不乏其人。

☞多学一点

周必大（1126—1207）云："本朝苏文忠公（轼）不轻许可，独敬爱乐天，屡形诗篇。"（《二老堂诗话》）龙榆生云："元白除新乐府外，其影响后来最大者，厥惟七言歌行。其所谓'长庆体'，音节谐和，铺叙宛转，最宜于歌咏时事之作；所以后人仿效者，直至近代而犹未全衰也。"②

---

① 陈辅《陈辅之诗话》："王建宫词，荆公独爱其'树头树底觅残红'云云，谓其意味深婉而悠长也。"

② 龙榆生：《中国韵文史》，43页，上海，上海古籍出版社，2002。

第八节
感伤闲适

一、感人肺腑的旷世之作——《长恨歌》与《琵琶行》

白居易最为人所乐于传诵的两首诗，一是《长恨歌》，一是《琵琶行》。这两首诗被白居易归为“感伤”诗，它们抒情婉转，文词优美，极其感人，是古代文学史上少有的名篇佳作。

（一）此恨绵绵无绝期——《长恨歌》

《长恨歌》叙述唐玄宗和杨贵妃的爱情故事。李、杨爱情是一个较难处理的主题。宫廷是爱情的废墟，而唐明皇作为一个少见的多情君王，他和杨贵妃之间的爱情，尤其是爱情的悲剧结局，确实令人感叹。但杨贵妃的得宠多少导致了唐明皇在政治上的懈怠，最终使这段爱情和安史之乱纠缠在一起，尤其是在传统的“女人祸水”的思维中，这一段爱情深受指责。白居易作为一个诗人和一个政治家，对此也颇感困惑，这也反映在诗歌里。不过，白居易作这首诗是在元和元年（806），其时安史之乱已经较为遥远了，这使得诗人有可能发掘这段爱情中的美感，将自己的爱情感受通过这个故事抒发出来，从而使这首诗具有独特的艺术魅力。

《长恨歌》题材浮雕

学术轶事

白居易早时曾与一个叫湘灵的女子相爱，后无果而终。元和初年，白居易有多首诗怀念这段爱情，如《寄湘灵》、《生离别》、《潜离别》、《感情》等。《长恨歌》亦于同时创作，其中应该反映了白居易自己的爱情感受。①

诗人以“回眸一笑百媚生，六宫粉黛无颜色”来描写杨贵妃的美丽，用“春宵苦短日高起，从此君王不早朝。承欢侍宴无闲暇，春从春游夜专夜”来写李杨爱情的缠绵。对于杨贵妃来说，对爱情的追求，自然是无可厚非的。但唐明皇能抛开三千后宫，而集宠爱于杨贵妃一身，沉湎于爱情生活之中，这就与他的政治身份发生了矛盾。一旦“渔阳鼙鼓动地来”，出现政治危机时，人们把政治的过失归罪于帝王对爱情的沉湎：“六军不发无奈何，宛转蛾眉马前死。花钿委地无人收，翠翘金雀玉搔头。”皇宫中的爱情显出了它的脆弱，爱情作为政治的祭品，就这样轻易地断送在一场政治灾难之中。白居易这段描写中也有对唐明皇荒芜国政的婉转讽刺，但更多的是对这一爱情悲剧的同情。安史之乱剥夺了唐明皇的帝王身份，爱情就成了诗歌唯一的主题。“蜀江水碧蜀山青，圣主朝朝暮暮情。行宫见月伤心色，夜雨闻铃肠断声。”对一段深挚情爱的追思，和“君王掩面救不得”的悔恨，就像这迷迷蒙蒙的雨丝和断断续续的铃声，包裹着唐明皇的行踪和后半生。诗中写他回宫以后的相思之情云：

> 归来池苑皆依旧，太液芙蓉未央柳。芙蓉如面柳如眉，对此如何不泪垂。春风桃李花开日，秋雨梧桐叶落时。西宫南内多秋草，落叶满阶红不扫。梨园弟子白发新，椒房阿监青娥老。夕殿萤飞思悄然，孤灯挑尽未成眠。迟迟钟鼓初长夜，耿耿星河欲曙天。鸳鸯瓦冷霜华重，翡翠衾寒谁与共？悠悠生死别经年，魂魄不曾来入梦。（《白氏长庆集》卷十二）

触景生情，无处不是旧时的身影，那些缠绵而快乐的日子，就像风一样消逝了，怎能不令人伤感呢？无论是桃李秾艳的春日，还是雨打梧桐的秋夜，留给唐明皇的都只是无限的相思和空空的寂寞，人生在相思之中衰老了，而老了的生命，又怎么熬过那迟迟钟鼓、耿耿星河的漫长夜晚呢？这一段描写自空间、时间多方面渲染，造成一种回环往复的浓浓情韵，感人至深，充分显示了白居易驾驭诗歌的艺术才华。

此下一段通过临邛道士升天入地的苦苦寻觅，而将已经身在仙境的杨贵妃呈现出来：“玉容寂寞泪阑干，梨花一枝春带雨。”爱情和相思的洗礼，使得杨贵妃如此圣洁，又是如此柔弱，这一楚楚动人的形象，寄托了白居易的一片深情和无限感慨。杨贵妃在经过蓬莱宫中漫长岁月的深情期待后，更加觉得爱情的珍重。诗中写道：“临别殷勤重寄词，词中有誓两心知。七月七日长生殿，夜半无人私语时：在天愿作比翼鸟，在地愿为连理枝。”这是文学史上最动人的爱情的宣言，它把爱情看得像生命一样重要，甚至延伸到现

① 参见钟来因：《〈长恨歌〉的创作心理与创作契机》，载《江西社会科学》，1985（3）；戴武军：《白居易婚前恋情详考》，载《山东师范大学学报（人文社会科学版）》，1991（3）；等等。

实生命之外，成为一种超越时空的永恒力量。它使得这一现实悲剧更具有震撼力，使人感到命运的悲怆。因此，诗人在此发出了深沉的感慨：“天长地久有时尽，此恨绵绵无绝期！”深刻地揭露了人生的孱弱，揭示了美好爱情的短暂。诗中所弥漫的哀怨之情，穿透漫漫时空，直到今天还有巨大的艺术感染力。

（二）同是天涯沦落人——《琵琶行》

《琵琶行》是白居易被贬到江州后所作。诗歌通过一个京城歌女“老大嫁作商人妇”的凄惨命运，抒发了自己被贬后的沦落之感。诗歌在人物描写、音乐渲染和情感表达方面都具有极高超的艺术水准。如其写琵琶女的出场云：“寻声暗问弹者谁？琵琶声停欲语迟”，“千呼万唤始出来，犹抱琵琶半遮面。转轴拨弦三两声，未成曲调先有情”。将一个多愁善感，又身处忧伤之中的女子的情态，非常逼真地描摹出来。诗中描写音乐和演奏技巧的段落更是千古绝唱：

> 弦弦掩抑声声思，似诉平生不得志。低眉信手续续弹，说尽心中无限事。轻拢慢捻抹复挑，初为《霓裳》后《六么》。大弦嘈嘈如急雨，小弦切切如私语；嘈嘈切切错杂弹，大珠小珠落玉盘。间关莺语花底滑，幽咽泉流冰下难；冰泉冷涩弦凝绝，凝绝不通声暂歇。别有幽愁暗恨生，此时无声胜有声。银瓶乍破水浆迸，铁骑突出刀枪鸣。曲终收拨当心画，四弦一声如裂帛。（《白氏长庆集》卷十二）

诗中一连串的比喻将乐曲的或悠扬或急骤，或轻灵或滞涩，或幽怨或愤激，种种变化起伏、宛转情态，都表现得如在目前。这一段描写既有弹奏技巧，又有乐声模拟，还有琵琶女的心绪，极完美地结合在一起，并为全诗奠定了一个感情基调。

琵琶女曾有过艳丽的时光：“曲罢曾教善才伏，妆成每被秋娘妒。五陵年少争缠头，一曲红绡不知数。”但青春短暂，人世多变，转瞬之间，“门前冷落车马稀，老大嫁作商人妇”，而商人的无情，又使得这一可怜的归宿更加冷寂。那个曾经光彩照人的生命，就要在这冷冷的江水中悄悄流逝了吧。人生无常，盛衰无时，对于被流放到僻远之地而又抱病在身的白居易来说，他从琵琶女的身世中体认到自己的艰难处境，不由不发出“同是天涯沦落人，相逢何必曾相识”的悲叹，这也是普天下所有感到命运多舛的人的悲叹，因此能引起巨大的共鸣。

《长恨歌》和《琵琶行》为白居易赢得了崇高的声誉。唐宣宗（847—859 在位）作诗称：“童子解吟长恨曲，牧儿能唱琵琶篇。”（《吊白居易》）可见这两首诗流传之广。这两首诗的语言与白居易的讽喻诗有很大的差别。它们虽然也朴素晓畅，但更加精致，并通过多种修辞手法，通过精心选择的意象，使其更具有表现力，而且音节流利，富有音乐感。

分析举例

这两首诗在艺术上所达到的高度是令人赞叹不已的。这两首诗都有叙事的成分，但诗人为了抒发感情，而将事件减省到很精练的程度，如说杨贵妃之死，只有“六军不发无奈何，宛转蛾眉马前死”几句；写琵琶女出嫁也只有“门前冷落车马稀，老大嫁作商人妇”两句。这样简练的笔法，既表达了诗人的同情之心，更为抒情留下了空间。两首诗中运用了多种抒情方法，有心情的直接描写，如《长恨歌》中的“在天愿作比翼鸟，在地愿为连理枝”，《琵琶行》中的“同是天涯沦落人，相逢何必曾相识”等；更多的是情景相生，触景生情，甚至直接以景色构成内涵丰富的意境，以传达出更为隐微、复杂的情感。如《长恨歌》中的“行宫见月伤心色，夜雨闻铃肠断声”，“春风桃李花开日，秋雨梧桐叶落时。西宫南内多秋草，落叶满阶红不扫”，都是以景色或景色的组合，构成一种或朦胧或萧条的意境，以抒发唐明皇的哀怨、寂寞之情；而《琵琶行》以“枫叶荻花秋瑟瑟”的景致来营造出一种伤感没落的情绪，以“东船西舫悄无言，唯见江心秋月白”来写音乐带给人们的惆怅和哀婉，都非常精到，耐人寻味。

二、元白的抒情小诗创作

白居易还有一些抒情小诗也别致有味。这些抒情小诗有的被他归为感伤诗，有的被他归为闲适诗，甚至是杂律诗。这类诗晚年所作较多，往往表达一些淡泊宁静、悠然自得的情趣。

白居易《问刘十九》云：

绿蚁新醅酒，红泥小火炉。晚来天欲雪，能饮一杯无？（《白氏长庆集》卷十七）

这是邀请朋友来饮酒的诗，但其中洋溢着亲切平和的气氛，表达了一种知足常乐的人生意趣，非常生动。再如《大林寺桃花》：

人间四月芳菲尽，山寺桃花始盛开。长恨春归无觅处，不知转入此中来。（《白氏长庆集》卷十六）

这首诗写迟开的山间桃花，却充满了理趣，它启迪着人们在山穷水尽处寻找另一番天地，这似乎也是白居易本人晚年人生观转变的一个写照。

白居易的抒情诗中写景的作品较多，也都具有很高的艺术价值。

如下面这两首诗：

一道残阳铺水中，半江瑟瑟半江红。可怜九月初三夜，露似真珠月似弓。（《白氏长庆集》卷十九《暮江吟》）

孤山寺北贾亭西，水面初平云脚低。几处早莺争暖树，谁家新燕啄春泥。乱花渐欲迷人眼，浅草才能没马蹄。最爱湖东行不足，绿杨阴里白沙堤。（《白氏长庆集》卷二十《钱塘湖春行》）

前一首写秋景，画面可爱而饱满，色彩明朗，整个景色显得非常优美。后一首写春色，中间两联可谓观察细致，生动灵巧，不但典型地写出初春的节候特征，而且抒发了自己的喜悦之情。

中唐人对自我感情的重视超过了盛唐。盛唐人高扬性情，对于日常情感则不免看得较淡；而中唐诗人向自我内心收缩，对自己的情感生活较为关注。元稹也有一些描写自己情感生活的诗，最著名的是其悼亡诗，如《遣悲怀三首》其一云：

谢公最小偏怜女，自嫁黔娄百事乖。顾我无衣搜荩箧，泥他沽酒拔金钗。野蔬充膳甘长藿，落叶添薪仰古槐。今日俸钱过十万，与君营奠复营斋。（《元氏长庆集》卷九）

其二云：

昔日戏言身后意，今朝皆到眼前来。衣裳已施行看尽，针线犹存未忍开。尚想旧情怜婢仆，也曾因梦送钱财。诚知此恨人人有，贫贱夫妻百事哀。（同上）

这几首诗都为悼念亡妻韦丛而作。诗中所述虽为琐事，但恍惚之间人鬼异路，那些曾有过的温馨情境怎不让人伤怀，尤其是在诗人发达之后，再念及与亡妻共同度过的贫困生活，更添愧意，所以写来情真意切，很是感人。

☞ **多学一点**

后人论曰："古今悼亡诗充栋，终无能出此三首范围者。"（蘅塘退士《唐诗三百首》）

元稹与当时才女薛涛、刘采春多有交往，并作有不少艳情诗，其中有些诗写得深情绵缈，很有韵致。

分析举例

如《离思五首》其四云：

曾经沧海难为水，除却巫山不是云。取次花丛懒回顾，半缘修道半缘君。（《元氏长庆集·补选》卷一）

这首小诗虽然朴素明了，但可谓一往情深，尤其是前两句，精练而又深沉果决，脍炙人口。再如《莺莺诗》：

殷红浅碧旧衣裳，取次梳头暗淡妆。夜合带烟笼晓月，牡丹经雨泣残阳。依稀似笑还非笑，仿佛闻香不是香。频动横波娇不语，等闲教见小儿郎。（《元氏长庆集》卷一）

描写莺莺的娇羞欲滴、柔美动人的情态，可谓呼之欲出，柔情满纸，真实地记录了诗人的情感经历和丰富的内心感受。

第九节 情致豪爽

晚唐最为著名的诗人，是有“小李杜”之称的杜牧和李商隐。他们身世不同，诗风各异，但却都在抒写着时代的悲哀，抒写着士人内心的苦楚。

一、现实关注

杜牧出生于一个有着浓厚文化氛围的仕宦世家，曾长期任朝廷和地方官员，自云通“治乱兴亡之迹，财赋兵甲之事，地形之险易远近，古人之长短得失”（《樊川文集》卷十二《上李中丞书》），前期对政治颇有信心，多次作文上书提出自己的政治、军事方案，期望能再现贞观之治的盛况。他有不少诗反映了他对现实的关注，如《早雁》诗写北方民族冲突中的流民无家可归的惨境：

杜牧像

> 金河秋半虏弦开，云外惊飞四散哀。仙掌月明孤影过，长门灯暗数声来。须知胡骑纷纷在，岂逐春风一一回？莫厌潇湘少人处，水多菰米岸莓苔。（《樊川文集》卷三）

流民像大雁一样被弓弦惊散，他们孤独的身影和凄厉的哀鸣之声，弥布了自塞北到潇湘的整个中国，为什么朝廷视而不见呢？不过，杜牧对皇帝仍怀有希望，认为倘能收复河湟就可天下太平。然而晚唐颓败的事实，最终使杜牧丧失了信心。他的《洛阳》诗云：

> 文争武战就神功，时似开元天宝中。已建玄戈收相土，应回翠帽过离宫。侯门草满宜寒兔，洛浦沙深下塞鸿。疑有女娥西望处，上阳烟树正秋风。（《樊川外集》）

开疆拓土的边功已无法挽住唐朝滚滚而下的车轮，天下弊端丛生，积重难返，诗人透过迷离的烟树，再也看不到任何希望。

二、兴亡感慨

杜牧是个敏感的诗人，他在关注现实的同时，早已嗅到了历史兴衰无常的悲凉气息。

他创作了不少咏史诗，通过吟咏历史来抒发他的现实感慨。如其《题宣州开元寺水阁》云：

六朝文物草连空，天澹云闲今古同。鸟去鸟来山色里，人歌人哭水声中。深秋帘幕千家雨，落日楼台一笛风。惆怅无因见范蠡，参差烟树五湖东。（《樊川文集》卷三）

草色连空，天澹云闲，深秋雨幕，落日风声，在这苍苍茫茫的无限的自然之中，到底发生过什么？又有什么意义呢？时间抹去了一切，那些曾经激动着、躁动着的“人歌人哭”，都悄然湮没在潺潺的流水声中，哪里还有一点痕迹呢？只有这山色草色，只有这风声雨声，依然如故。杜牧的怀古咏史之作往往能别出心裁，翻出新意。

分析举例

杜牧咏史诗的悲剧感

如其《赤壁》诗：

折戟沉沙铁未销，自将磨洗认前朝。东风不与周郎便，铜雀春深锁二乔。（《樊川文集》卷四）

赤壁之战，周瑜以火攻的方式战败曹操，奠定了天下三分的结局。但倘若那天没有东风，历史岂不要改写？东风的有无是人所无法预料、无法把握的，那么，人的命运、历史的发展又有多少是依照人的意志安排的呢？人无力把握自己，一切都不过是一种偶然，对偶然性的体悟导致一种悲剧感，偶然性也导致一种命定的感觉，它透露出杜牧对唐朝命运的绝望。

杜牧的咏史诗在晚唐很有代表性，他如《登乐游原》、《过勤政楼》、《题乌江亭》、《题商山四皓庙》、《泊秦淮》、《过华清宫三绝句》等，都是咏史怀古的杰作。

三、情致朗丽

晚唐冶游之风盛行，杜牧本有公子性情，多愁善感，所以常通过沉湎于声色情感来抒泄内心的愤懑。他的《遣怀》诗自云：“落魄江南载酒行，楚腰肠断掌中轻。十年一觉扬州梦，占得青楼薄幸名。”（《樊川外集》）正是在这青楼之梦中，他从那些歌妓身上感受到了宁静、温情、优美，其《寄扬州韩绰判官》诗云：

青山隐隐水遥遥（《全唐诗》卷五百二十三作迢迢），秋尽江南草木（《文苑英华》卷二百六十一冯注本校：“又木一作未。”）凋。二十四桥明月夜，玉人何处教吹箫？（《樊川文集》卷四）

这是一个非常优美的意境，一切的喧嚣都隐去了，只有明月小桥，只有悠扬轻缈的箫声在水光月色中飘荡，使人感受到纯净、安详和轻快。玉人何处？芳踪无觅，只有一份淡雅托付给这小桥流水，呈现在诗人面前。这是多美的画面啊。再如《赠别》其一：

娉娉袅袅十三余，豆蔻梢头二月初。春风十里扬州路，卷上珠帘总不如。（《樊川文集》卷四）

诗人以在枝梢颤动的二月新发的豆蔻花，来比拟少年娼女娇羞动人的姿态，极为贴切生动。这首诗虽然是为艳情而作，但从中也可以看出诗人的怜惜之意，看出诗人对美好事物的珍爱，所以并不显得轻薄。此外如《秋夕》：

红（《全唐诗》卷五百二十四冯注本校：“一作银。”）烛秋光冷画屏，轻罗小扇扑流萤。瑶（同上：“一作天。”）阶夜色凉如水，坐（同上：“一作卧。”）看牵牛织女星。（《樊川外集》）

这首诗写女子心头朦胧隐约的爱情。清凉幽静的景色之中，既有女主人公幽怨的心境，也有诗人深切的同情。除了这些抒情小诗外，杜牧还作有两首以女性为主人公的长篇叙事诗《杜秋娘诗》和《张好好诗》，它们共同的主题是失宠沦落，倾吐了诗人对女子命运的哀叹和怜悯，和白居易的《琵琶行》同一机杼。

贺成《玉人何处教吹箫》

沈心海《轻罗小扇》

四、即景传情

杜牧还有一些即景抒情的诗，往往以伤感为主要情调，具有很高的艺术感染力。如《江南春绝句》：

千里莺啼绿映红，水村山郭酒旗风。南朝四百八十寺，多少楼台烟雨中。（《樊川文集》卷三）

江南春色正浓，到处都摇曳着酒旗，展现出生活的惬意，然而那些烟雨迷离中的寺庙楼台，又似乎提醒着人们想起江南繁华的往昔。历史的兴亡也只在这风风雨雨之中，除了这些楼台还给人留下伤感之外，还能给后人留下些什么呢？不过，杜牧也有兴致高昂的作品，如《山行》：

远上寒山石径斜，白云生处有人家。停车坐爱枫林晚，霜叶红于二月花。（《樊川外集》）

这首诗一反常人悲秋的心绪，而以鲜艳的枫叶和春天的花朵相媲美，说明了杜牧不甘心就此衰颓的心情。不过，杜牧的这首诗，正如他的一生一样，只是“在暮霭沉沉的晚唐诗坛上投下了最后一道理想的光辉”①。

郑午昌《水村山郭酒旗风》

汪琨《杜牧诗意图》

杜牧诗歌以“情致豪迈”（《石园诗话》卷二）、“雄姿英发”（《艺概·诗概》）为其风格特征，他曾说：“某苦心为诗，本求高绝。”（《樊川文集》卷十六《献诗启》）这些风格特征主要得自他情感的空灵旷放、意象的疏朗绚丽、语言的清新明丽。他的七言律诗和绝句，尤其是七绝诗具有很高的成就。

---

① 葛晓音：《杜牧和他的诗歌》，载《学术月刊》，1981（6）。后收入其《汉唐文学的嬗变》，北京，北京大学出版社，1990。引文见420页。

学术轶事

后人论杜牧诗

《升庵诗话》卷五云："律诗至晚唐，李义山而下，惟杜牧之为最。"

《载酒园诗话·又编》云："杜紫微诗，惟绝句最多风调，味永趣长，有明月孤映，高霞独举之象。"

这些说法都是符合实际的，杜牧和李商隐成为晚唐最杰出的诗人，也在于他们在七言律绝诗方面的巨大成就。

第十节 深情绵邈

李商隐像

李商隐出身于一个破落家庭，九岁亡父，自云"四海无可归之地，九族无可倚之亲"（《樊南文集》卷六《祭裴氏姊文》），后因文才而受天平军节度使令狐楚（765—836）赏识，并在令狐楚儿子的帮助下得中进士。令狐楚死后，李商隐入泾原节度使王茂元幕府，并在次年娶王茂元女儿为妻。在牛李党争中，令狐楚属于牛党，而王茂元属于李党。李商隐因此而被指责为"背恩"，他的仕宦前途就此断送在党争的夹缝中，除了短暂任过朝廷的低阶官员外，只能辗转于各处幕府，过着漂泊无依而又毫无前途的生活。这使李商隐原本就敏感多愁的心灵充满了忧伤，使他艳丽的诗歌带上浓浓的悲剧色彩，在晚唐的斜阳中，像幽林深处飘过的古刹钟声，悠扬而苍凉。

一、激切质直的政治诗

李商隐曾对政治有着深切的关注，并作有《行次西郊作一百韵》来揭露社会的种种危机。这首诗是继杜甫《赴奉先县咏怀五百字》和《北征》之后的又一具有史诗性质的现实主义杰作。当时刘蕡在制科对策中因抨击宦官弄权，遭贬而死，李商隐写过多首悼念刘蕡的诗，其中《哭刘蕡》诗云：

上帝深宫闭九阍，巫咸不下问衔冤。黄陵别后春涛隔，湓浦书来秋雨翻。只有安仁能作诔，何曾宋玉解招魂？平生风义兼师友，不敢同君哭寝门。（《李义山诗集》卷五）

诗中除了夸赞刘蕡外，更将矛头直接指向当朝皇帝，可谓激烈，显示了诗人的政治责任感和勇气。

二、刺世疾邪的咏史诗

李商隐和杜牧一样，也以咏史诗闻名。李商隐的咏史诗多讽刺之作，甚至直接影射当朝，较杜牧的诗更具现实意义。较为著名的如《贾生》：

宣室求贤访逐臣，贾生才调更无伦。可怜夜半虚前席，不问苍生问鬼神。（《李义山诗集》卷六）

中晚唐皇帝多求仙好道、希求长生，而士人仕进之途日窄，李商隐借此诗表达了自己的不满。《马嵬》也是一首传诵不绝的咏史诗，诗云：

海外徒闻更九州，他生未卜此生休。空闻虎旅鸣（一作传）宵柝，无复鸡人报晓筹。此日六军同驻马，当时七夕笑牵牛。如何四纪为天子，不及卢家有莫愁！（《李义山诗集》卷五）

这首诗中虽然不无讽喻之意，但也流露出诗人对唐玄宗的同情，对李杨爱情的悲剧结局的迷惑和惋惜。复杂的感情倾向，显露了诗人对马嵬事件的复杂感受，这使得这首诗内涵更加丰富，在李商隐的咏史诗中是比较突出的。

三、沉郁苍凉的咏怀诗

李商隐还有一些咏怀言志、感慨平生的诗。如他二十六岁应博学宏词科试下第后所作的《安定城楼》云：

迢递高城百尺楼，绿杨枝外尽汀洲。贾生年少虚垂涕，王粲春来更远游。永忆江湖归白发，欲回天地入扁舟。不知腐鼠成滋味，猜意鹓雏竟未休！（同上）

诗中抒发了怀才不遇的悲哀，而情感有些愤激。李商隐的身世之感，到了后期就显得迷离恍惚，于沉郁中见出苍凉来。如著名的《锦瑟》诗：

锦瑟无端五十弦，一弦一柱思华年。庄生晓梦迷蝴蝶，望帝春心托杜鹃。沧海月明珠有泪，蓝田日暖玉生烟。此情可待成追忆，只是当时已惘然。（同上）

这首诗充满了一种朦胧幽怨的情调。诗中叙述了近五十来的人生感受：庄生梦蝶般的迷离，杜鹃啼血般的哀婉，明月珠泪般的凄凉，暖玉生烟般的朦胧。清点平生，只有种种曾经有过的感受，还能时时回味，而当时所发生的事情，已经被时间淹没了，对于人生来说，那些发生过的种种事情都已没有了意义，令人难以忘怀的，是自己曾有过的各种真实的情感体验。这首诗中的所有意象都有一种迷茫忧伤的意味，有着惆怅忧郁的情感指向，而它是诗人对自己平生的真切感受。由于诗歌仅仅表达了自己的情绪感受，所以很难被指实，也就难以被传统的解诗方法所把握。后人感慨曰“一篇锦瑟解人难”（王士禛《渔洋精华录》卷二《戏仿元遗山论诗绝句三十二首》其十一），但它也给后人留下了更大的阐释空间。

卢禹舜《锦瑟诗意图》

☞ **多学一点**

《锦瑟》主题众说纷纭

关于《锦瑟》诗的主题，后人有多种解释，大致有如下数种。

一、悼亡说。朱彝尊（1629—1709）曰：“此悼亡诗也。意亡者喜弹此，故睹物思人，因而托物起兴也。瑟本二十五弦，弦断而为五十弦矣，故曰‘无端’也，取断弦之意也。‘一弦一柱’而接‘思华年’，二十五而殁也。蝴蝶、杜鹃，言已化去也。珠有泪，哭之也。玉生烟，已葬也，犹言埋香瘗玉也。”（沈厚塽《李义山诗集辑评》卷上《锦瑟》引）

二、自伤说。何焯（1661—1722）云：“此篇乃自伤之词。骚人所谓‘美人迟暮’也。‘庄生’句言付之梦寐，‘望帝’句言待之来世，‘沧海’、‘蓝田’言埋韫而不得自见，‘月明’、‘日暖’则清时而独为不遇之人，尤可悲也。”（同上）

三、寄托说。张采田（1874—1945）云：“‘庄生晓梦’，状时局之变迁。‘望帝春心’，叹文章之空托，而悼亡斥外之痛，皆于言外包之。‘沧海’、‘蓝田’二句，则谓卫公毅魄久已与珠海同枯，令狐相业方且如玉田不冷。卫公贬珠崖而卒，而令狐秉钧赫赫，用‘蓝田’喻之，即‘节彼南山’意也。……可望而不可前，非令狐不足当之，借喻显然。”（《玉谿生年谱会笺》“大中十二年戊寅”条）

李商隐还有一首《花下醉》写其后期心态：

> 寻芳不觉醉流霞，倚树沉眠日已斜。客散酒醒深夜后，更持红烛赏残花。（《李义山诗集》卷六）

诗人终生追逐生命的艳丽，但人生在还没有来得及收获之时，很快就走到了自己的尽头。红日西斜，客散酒醒，面对着苍凉老景，诗人还能怎样呢？将要消逝的晚霞，还有将要凋零的残花，仍然给诗人带来最后的慰藉。他说“夕阳无限好，只是近黄昏”（《李义山诗集》卷六《乐游原》），他说“秋阴不散霜飞晚，留得枯荷听雨声”（同上《宿骆氏亭寄怀崔雍崔衮》）。流年似水，一切美丽都会消失，也正是有感于人生的短暂，诗人才如此紧紧地抓住人生的最后一缕美丽，甚至仅是美丽人生的一个痕迹。这其中既有执著生命的一份痴情，也有生命破灭的大悲哀，读之使人深为感动。

四、迷离惝恍的爱情诗

李商隐最为著名的还是他描写爱情感受的诗。古代文学中香草美人的传统，使得失意文人通过对温情的追逐，来排遣现实的苦恼。李商隐是个感情细腻的人，在自己的宦游生涯中，有过一些刻骨铭心的爱情经历（旧说李商隐的恋爱对象有宫娥、女冠等），这些爱情经历是与他仕宦生涯的失意紧紧相联系的。他所作的“无题”诗大多与此有关。这些无题诗主要不在于描写情节和事件，而在于表现个体情感体验，表现朦胧的人生感受，所以显得较为隐晦，但意境深挚优美，具有浓浓的悲剧色彩。

分析举例

李商隐爱情诗的悲剧色彩

如其《无题》（相见时难别亦难）：

相见时难别亦难，东风无力百花残。春蚕到死丝方尽，蜡炬成灰泪始干。晓镜但愁云鬓改，夜吟应觉月光寒。蓬山此去无多路，青鸟殷勤为探看。（《李义山诗集》卷五）

诗中第一联和最后一联，都表示诗人无法通过正常途径接近自己心爱的人，因此，这是一次注定要失败的爱情。从“东风无力百花残”中我们看到了诗人的无奈。但诗人不能忘怀自己所钟情的恋人，“春蚕”、“蜡炬”的比喻既包含了诗人内心深处的绝望，也显示了诗人生死不渝的信念，生命就是为了承载爱而存在，要让全部生命都绽放出凄苦的爱之花。这是多么感人的爱情宣言啊。“晓镜但愁云鬓改，夜吟应觉月光寒”两句写出了相思的孤独，更写出了珍惜时光、唯恐让自己独自老去的惶恐，这种纤细而深刻的精神体验，是如此的真实，充满了悲哀。

李商隐的爱情往往都没有什么结果，但他总是沉湎于一个个远离现实的温馨情境。如其《无题》（昨夜星辰昨夜风）：

昨夜星辰昨夜风，画楼西畔桂堂东。身无彩凤双飞翼，心有灵犀一点通。隔座送钩春酒暖，分曹射覆蜡灯红。嗟余听鼓应官去，走马兰台类转蓬。（同上）

这首诗所描述的是一段不期而遇的爱情，它发生在一个通宵达旦的宴席上。这是一个再平常不过了的官场交际活动，从“隔座送钩”、“分曹射覆”看来，那个女子是其中一个陪酒歌妓。一切都平淡如常：饮酒，行令，所有的感受都淹没在嘈嘈杂杂的喧嚣之中。所谓“心有灵犀一点通”，也只是一个两情相悦的萌发状态，没有表白，没有承诺，也没有任何约定，当应衙的鼓声响起来的时候，一切又都消逝在忙忙碌碌的走马一般的日子里。那只是一个温馨的情境，就像已经逝去的星辰和风，只留下一种淡淡的欢喜，一种深切的感动，还有挥之不去的忧伤，使诗人不能放弃。当诗人在自己的脑海里像慢镜头回放一样，重新体味着昨晚时，一切嘈杂都隐去，只剩下星光闪烁、微风轻拂，只剩下温暖的酒和摇曳的灯，这其中更有无限的惋惜和依恋。“身无彩凤双飞翼，心有灵犀一点通。”现实仕途的绝望，人生信念的毁灭，可以通过感性世界来拯救。在经过不少的情感经历之后，李商隐明白，只有在追忆中，温情才能得到最小心翼翼的守护。所以，李商隐只能把人生虚拟为一个情境，在这个情境中为自己保留下最值得珍惜的东西。

李商隐这样的无题诗还有不少，差不多每一首都有一些让人惊奇不已的妙句，如“春心莫共花争发，一寸相思一寸灰”［《李义山诗集》卷五《无题》（飒飒东南细雨来）］，“梦为远别啼难唤，书被催成墨未浓”［《李义山诗集》卷四《无题》（来是空言去绝踪）］，“直道相思了无益，未妨惆怅是清狂”［《李义山诗集》卷五《无题》（重帏深下莫愁堂）］，“曾是寂寥金烬暗，断无消息石榴红”［同上《无题》（凤尾香罗薄几重）］，等等，这些都是李商隐内心极精微而深沉的情感体验。李商隐的无题诗以其丰富幽微的感受，为传统悲剧爱情诗增添了丰富的内涵，是艳情诗的绝唱。

五、凄艳幽涉的风格

相对于其他诗人而言，李商隐主要表现的是自我的主观感受，而他的主观感受又多细腻的情感经验和复杂的人生感喟，所以较为朦胧迷离，这与其他诗人通过一事一景而抒发的感情有所不同。这些主观感受又只能通过复杂迂曲的意境来再现，所以给人以手法婉曲的感觉。传统的解诗方法总希望从中寻找本事或寄托，这显然与李商隐诗的旨意相差甚远。

☞ **多学一点**

传统解读

如冯浩（1719—1801）《玉谿生诗集笺注》附录二引朱鹤龄话（1606—1683）曰：“义山阨塞当途，沉沦记室。其身危，则显言不可而曲言之；其思苦，则庄语不可而谩语之。计莫若瑶台璚宇、歌筵舞榭之间，言之可无罪，而闻之足以动。”

元好问（1190—1257）《论诗绝句》云：“诗家总爱西昆好，独恨无人作郑笺。”（《遗山先生文集》卷十一《论诗绝句三十首》其十二）

以上都认为李商隐诗中有政治或时事方面的寄托。

由于李商隐诗歌的个性情感特征较浓，“深情绵邈”（刘熙载《艺概·诗概》），而他往往又将诗歌背景隐去，因此确实给人遥深难测的印象，在理解上造成困难，但这并不妨碍其诗歌的感染力。如他描写爱情感受的无题诗，读者即使不了解其中的原委，也照样能产生共鸣，领略其中的韵致。李商隐对人生的悲凉感受贯穿在他的美丽、浓情的诗歌中，就形成了一种凄艳的风格，这种风格特征也表现在辞藻的瑰丽和意境的凄迷悠远上。

李商隐诗常以曲折的构思、含蓄的手法，构成幽深邈远的意境。如其《夜雨寄北》诗：

君问归期未有期，巴山夜雨涨秋池。何当共剪西窗烛，却话巴山夜雨时！（《李义山诗集》卷六）

这首诗怀人，不从自己却从对方写起，不写现在的情形，却写未来的场景。曲曲折折而情深意遥，因此被人称为“玉谿集中第一流”（屈复《玉谿生诗意》卷七《夜雨寄北》）。此外，如“秋阴不散霜飞晚，留得枯荷听雨声”（《李义山诗集》卷六《宿骆氏亭寄怀崔雍崔衮》），写出时间回溯的意义，从情境上造成了一个曲折，从而构成了诗意的多层次性特点，也使得诗歌意境更加深远迷离。

傅抱石《巴山夜雨》

李商隐诗的语言，既有秾丽精工的特点，又有天然纯净的特点，两者相得益彰。前者如：

蜡照半笼金翡翠，麝熏微度绣芙蓉。（《李义山诗集》卷四《无题》四首之一）

一春梦雨常飘瓦，尽日灵风不满旗。（同上《重过圣女祠》）

红楼隔雨相望冷，珠箔飘灯独自归。（《李义山诗集》卷五《春雨》）

其中的名词、动词，包括语言的色彩、声韵等都是精心锤炼而成的。后者如：

嫦娥应悔偷灵药，碧海青天夜夜心。（《李义山诗集》卷六《嫦娥》）

向晚意不适，驱车登古原。夕阳无限好，只是近黄昏！（同上《乐游原》）

天意怜幽草，人间重晚晴。（《李义山诗集》卷三《晚晴》）

这些诗句都明白如话，但却能营造出很好的诗歌意境。

李商隐诗中用典很多，用典的方法也多，有“獭祭鱼”的称号。如《安定城楼》之“贾生年少虚垂涕，王粲春来更远游”、“不知腐鼠成滋味，猜意鹓雏竟未休”等，就采用了不同的用典方式，都很生动地传达出自己的意旨。不过，用典过多，过于冷僻，也是李商隐诗的一个缺陷。

☞ **多学一点**

李商隐作诗好用事

冯浩《玉谿生诗集笺注》附录二引杨文公《谈苑》语：“义山为文，多简阅书册，左右鳞次，号‘獭祭鱼’。”

《读雪山房唐诗凡例》称：“李义山用意深微，使事稳惬，直欲于前贤之外，另辟一奇。”（《读雪山房唐诗凡例·七绝凡例》）

李商隐诗歌众体皆佳，而其七言律诗的造诣最受后人推崇。人称：“善学少陵七言律者，终唐之世，惟李义山一人。胎息在神骨之间，不在形貌。”（《读雪山房唐诗凡例·七律凡例》）其七律诗句式灵活，实词、虚词，尤其是关联词皆运用得非常巧妙，使得诗歌文气回荡，摇曳生姿。

李商隐以自己独有的精神体验，以无限伤感的情怀，以及对悲剧性情感的执著，创造出大量意境迷离优美的诗篇，并以此呈现了晚唐的精神风貌，为后人留下了一份非常精致的精神财富。

第十一节 唐风余韵

一、日暮晚唐的哀歌

晚唐诗人中，与杜牧和李商隐诗风相近的有温庭筠、韩偓等人。

（一）温庭筠诗凄凉悲怨

温庭筠是晚唐另一位才华横溢的诗人，传说其八叉手而成八韵，被人称为“温八叉”。温庭筠精通音律，“能逐弦吹之音，为侧艳之词”（《旧唐书·文苑传·温庭筠传》），而屡试不第，终生穷困潦倒，所以多纵情声色，史称其“薄于行，无检幅”（《新唐书·温庭筠传》），它其实反映了温庭筠愤世嫉俗而至于玩世的性情。温庭筠诗和李商隐齐名，时称“温李”。他的诗歌主题除早期不多的感讽时事之外，多为羁旅行愁、感慨平生、男女情爱，在感情基调上也以凄凉悲怨为主，与李商隐很接近。

温庭筠像

温庭筠的《商山早行》是一首抒发羁旅愁怨的佳作。其诗云：

晨起动征铎，客行悲故乡。鸡声茅店月，人迹板桥霜。槲叶落山路，枳花明驿墙。因思杜陵梦，凫雁满回塘。(《温飞卿诗集》卷七)

诗中的第二联通过清晨凄冷、孤寂的景象描写，传达了征人早行无奈的悲苦心境，同时也写出了漂泊的人生痕迹渺茫、意义难觅的悲哀。这一联以六个意象缀联而成，不用动词，属对工整，显得十分和谐，是古来状景的名句。温庭筠诗写景优美而细腻，如《利州南渡》中的“数丛沙草群鸥散，万顷江田一鹭飞”（《温飞卿诗集》卷四)，《溪上行》中的“风翻荷叶一向白，雨湿蓼花千穗红”（同上）等，画面明丽、新颖，富有层次感，给人以很深的印象。温庭筠往往通过怀古来感怀身世，抒发自己的不遇之悲。如《过陈琳墓》云：

曾于青史见遗文，今日飘蓬过此(《鼓吹》作古)坟。词客有灵应识我，霸才无主始怜君。石麟埋没藏春草，铜雀荒凉对暮云。莫怪临风倍惆怅，欲将书剑学从军。(同上)

诗中所流露出的激愤不平之意，在晚唐是不多的。这样的诗还有《苏武庙》、《过五丈原》等。

温庭筠长期浪迹市井，狭邪狂游，作了不少反映妇女生活和情爱感受的诗歌，主要采用乐府诗的形式。如其《惜春词》云：

百舌问花花不语，低回似恨横塘雨。蜂争粉蕊蝶分香，不似垂杨惜金缕。愿君留得长妖韶，莫逐东风还荡摇。秦女含嚬向烟月，愁红带露空迢迢。(《温飞卿诗集》卷二)

高剑父《鸡声茅店月》

诗中的女主人公为了挽留爱情，恳求自己心爱的人能长留此心。诗人不但描写了女子的痴情和脆弱，也渲染了女子内心深沉的哀怨。整首诗都弥漫着一种凄凉哀伤的气氛，使人不由对女主人公的命运深感担忧。温庭筠此类诗常写美人迟暮的哀伤，写离别的惆怅，如《春日野行》：

骑马踏烟莎，青春奈怨何。蝶翎朝粉尽，鸦背夕阳多。柳艳欺芳带，山愁萦翠蛾。别情无处说，方寸是星河。(《温飞卿诗集》卷三)

这些闺怨题材的作品，风格绮艳、凄迷，不但是这一阶层妇女生活的真实情景，也反映了温庭筠自我的生存感受。这些诗既继承了齐梁遗风，同时也受中晚唐诗风幽微婉约倾向的影响。

（二）韩偓诗绮丽轻靡

（清）焦秉贞《柳院秋千》

韩偓少有诗才，但久困科场，有《香奁集》传世。《香奁集》中所收集的是艳体诗，多描写男女爱情或狎妓生活，诗风绮丽，深受六朝宫体诗的影响。有些诗歌写了女子的情态，表现得很生动。如《偶见》：

> 秋千打困解罗裙，指点醍醐索一尊。见客入来和笑走，手搓梅子映中门。（《全唐诗》卷六百八十三）

诗歌写出了少女娇羞天真的性情，非常形象。再如《踏青》诗，写爱情的萌发：

> 蹋青会散欲归时，金车久立频催上。收裙整鬟故迟迟，两点深心各惆怅。（同上）

两个年轻人在踏青时产生了感情，但却无缘表白，临分手之际，只能各自惆怅，其中"收裙整鬟故迟迟"一句，通过一个生动的细节，表现了女子依依不舍的心情，颇为感人。韩偓还有的诗表现了女子寂寞忧郁的情怀，也写得典雅别致，如《绕廊》：

> 浓烟隔帘香漏泄，斜灯映竹光参差。绕廊倚柱堪（四部丛刊本《香奁集》作槛、更）惆怅，细雨轻寒花落时。（同上）

诗歌借助环境的烘托、象征，很形象地传达出女主人公内心绵绵不绝的哀怨，也能反映女主人公的清雅素洁。这些诗都是《香奁集》中较为健康的部分，至于《咏浴》、《席上有赠》、《昼寝》、《咏手》等，则轻靡浮薄，格调不高。

韩偓也有不少感时伤乱的诗，记录了唐末的时事民生，如《感事三十四韵》、《冬至夜作》、《安贫》等。其中《自沙县抵龙溪县值泉州军过后村落皆空因有一绝》诗云：

> 水自潺湲日自斜，尽无鸡犬有鸣鸦。千村万落如寒食，不见人烟空见花。（《全唐诗》卷六百八十一）

描写如画，语言简白，而感情却极为沉重，是以景抒情的好诗。

温庭筠、韩偓之外，风格相近的诗人还有李群玉（808—862）、吴融（生卒年不详）等诗人，也都有诗作传世。

二、易代之际的葬歌

晚唐社会矛盾越来越尖锐，终于酿成了王仙芝、黄巢领导的农民大起义。在镇压农民起义的过程中，军阀群起混战，并导致了唐帝国的彻底崩溃。晚唐及其易代之际，国家和人民都蒙受了极大的苦难，一些诗人继承了杜甫以来的现实主义传统，通过自己的诗歌揭露现实的腐败，展示百姓的苦难，创作了一些具有批判意义的诗歌作品。其中代表诗人有皮日休、聂夷中、杜荀鹤等。

(一) 皮日休直言危机

皮日休写有多首乐府诗，“欲以知国之利病，民之休戚者也”(《皮子文薮》卷十《正乐府序》)。他的诗都能切入当时的社会危机，其代表作为《橡媪叹》，诗云：

> 秋深橡子熟，散落榛芜冈。伛伛黄发媪，拾之践晨霜。移时始盈掬，尽日方满筐。几曝复几蒸，用作三冬粮。山前有熟稻，紫穗袭人香。细获又精舂，粒粒如玉珰。持之纳于官，私室无仓厢。如何一石余，只作五斗量？狡吏不畏刑，贪官不避赃。农时作私债，农毕归官仓。自冬及于春，橡实诳饥肠。吾闻田成子，诈仁犹自王。吁嗟逢橡媪，不觉泪沾裳。(同上)

诗中充满了对穷苦百姓的同情，对贪官污吏的憎恨，很典型地显示了社会的危机。

(二) 聂夷中关怀疾苦

聂夷中曾任下级官吏，对农民的疾苦有深切的感受，其代表作是《咏田家》：

> 二月卖新丝，五月粜新谷。医得眼前疮，剜却心头肉。我愿君王心，化作光明烛。不照绮罗筵，只照逃亡屋。(《全唐诗》卷六百三十六)

诗中三四两句非常形象地写出了农民在残酷的剥削下举步维艰、无以自存的惨痛状况，后成为众口流传的俗语，可见其生动。

(三) 杜荀鹤摹写丧乱

杜荀鹤出身贫寒，而身经动乱，诗歌多反映乱世百姓的痛苦生活，其代表作是《山中寡妇》和《乱后逢村叟》。其诗云：

> 夫因兵死守蓬茅，麻苎衣衫鬓发焦。桑柘废来犹纳税，田园荒后尚征苗。时挑野菜和根煮，旋斫生柴带叶烧。任是深山更深处，也应无计避征徭。(《全唐诗》卷六百九十二)
>
> 经乱衰翁居破村，村中何事不伤魂。因供寨木无桑柘，为著乡兵绝子孙。还似平宁征赋税，未尝州县略安存。至于鸡犬皆星散，日落前山独倚门。(同上)

诗歌反映了百姓生不如死的现实处境，表达了诗人对战乱和朝廷赋税盘剥的愤怒谴责，也显示了诗人的高度社会责任感。

这些诗人通过自己的作品，深刻地揭露了社会现实的黑暗，对处于水深火热之中的百姓深表同情，实际上也展示了唐代大命将终的历史趋势，为唐代唱响了走向覆亡的葬歌。

三、乱世萍飘的挽歌

哀帝天祐四年（907），朱温剥夺了唐朝的政权，开始了五代十国时期。这一时期，屡经易代，战乱频仍，不但民不聊生，而且士人也多朝不保夕，亡命奔走，被抛到命运的低谷之中。而经历了这一巨大变故的诗人如郑谷（851？—910？）、罗隐（833—909）等，或者自伤身世，或者激愤讽时，从不同的侧面抒写了时代的悲伤。

（一）郑谷离情伤怀

郑谷早年为避兵难，曾奔走江南，足迹遍及荆蜀吴越，自云“十年五年歧路中，千里万里西复东”（《全唐诗》卷六百七十六《倦客》），又云“十口漂零犹寄食，两川消息未休兵”（同上《漂泊》）。郑谷有一百余首诗反映了自己颠沛流离的凄苦生活。在这种漂泊无依的生活中，郑谷对友情和离情甚有感慨，诗也写得摇曳多姿，充满了悲凉的色彩。如《久不得张乔消息》：

> 天末去程孤，沿淮复向吴。乱离何处甚，安稳到家无。树尽云垂野，樯稀月满湖。伤心绕村落，应少旧耕夫。（《全唐诗》卷六百七十四）

邢宝庄《月下泛舟》

诗歌将离情和乱世萧条的景象结合起来，于思念中隐含巨大的悲痛和无奈，在唐离情诗中颇为突出。而《淮上与友人别》则别是一番风味。诗云：

> 扬子江头杨柳春，杨花愁杀渡江人。数声风笛离亭晚，君向潇湘我向秦。（《全唐诗》卷六百七十五）

这首诗则抒发一种依依不舍的忧伤之情，以滔滔不绝的江水和漫天飞舞的杨花，写别情的充盈弥漫，情景交融，意象优美，风情缈缈，令人回味无穷。

（二）罗隐吐属激愤

罗隐大半生都在游历干禄，十次应试皆以下第告终，自觉怀才不遇，愤世之情十分浓郁。诗歌以讽刺为主，情绪较为激烈，风格与郑谷颇不相同。其《感弄猴人赐朱绂》曰：“十二三年就试期，五湖烟月奈相违。何如买取胡孙弄，一笑君王便著绯。”（《甲乙集》）讽刺僖宗封一个弄猴人五品绯袍，蕴涵着自己的身世不平之感。他的《帝幸蜀》

诗，讽刺了僖宗为避黄巢之难而重走玄宗老路：

马嵬山色翠依依，又见銮舆幸蜀归。泉下阿蛮应有语：这回休更怨杨妃。(《全唐诗》六百六十四)

认为正是皇帝本人的荒淫无能，才导致了国难民困，才会有如此的奔波之辱，诗歌虽短小，却极有讽刺之力。罗隐同情百姓的诗也有不少，最为著名的是《蜂》：

不论平地与山尖，无限风光尽被占。采得百花成蜜后，为谁辛苦为谁甜？(《全唐诗》六百六十二)

诗人以咏物的形式，形象地写出劳动者被剥夺的不公处境，内中饱含激愤之情。

无论是沉湎于声色情爱，还是愤世嫉俗，都是晚唐诗人自我发展严重受挫的产物，反映了诗人对社会现实的愤慨、失望。曾经大张旗鼓激扬江山、挥洒意志的唐诗，到了晚唐也只剩下哀怨、激愤和无奈，路已经越来越狭窄，并终于走到了自己的尽头。唐诗在其数百年的发展过程中，在经历了一代代诗人的努力、创造、勃发、哀叹、挣扎之后，终于在一片忧怨凄苦声中落下了自己的帷幕。

齐白石《紫藤蜜蜂》

【温故知新】

诗史　杜甫的山水诗　沉郁顿挫　大历十才子　韩孟诗　元白体　不平则鸣　以文为诗　韦柳　昌谷体　讽喻诗　新乐府运动　《长恨歌》　《琵琶行》　元稹悼亡诗　兴亡感慨、情志朗丽的杜牧诗　深情绵邈的李商隐诗　晚唐哀苦之音

【请你思考】

1. 杜甫诗关怀天下、讴歌苦难，举例说明杜诗如何体现其“诗史”的特征。
2. 试概括杜甫诗歌的创作风格，并简述杜甫在诗歌史上的深远影响。
3. 以一位代表性诗人的作品为例，概括大历时期诗歌的整体风貌。
4. 试以具体作品为例，对比韩孟诗派与元白诗派的创作主张和作品风格。
5. 试举例分析李贺诗中色彩斑斓的奇特意象，并说明他是如何以心血写诗的。
6. 试以具体诗作为例，说明白居易讽喻诗的创作特点和艺术成就。
7. 以李商隐诗为例，论述晚唐诗歌的主要特征及其对后世诗歌的影响。

【推荐阅读】

(唐) 杜牧．陈允吉校点．樊川文集．上海：上海古籍出版社，2007

(唐) 李商隐．(清) 冯浩笺注．蒋凡标点．玉谿生诗集笺注．上海：上海古籍出版社，1998

中华书局编辑部点校．全唐诗（增订本）．北京：中华书局，1999

（后晋）刘昫等．旧唐书．北京：中华书局，1975
（宋）欧阳修，宋祁．新唐书．北京：中华书局，1975
（明）杨慎．王大厚笺证．升庵诗话新笺证．北京：中华书局，2008
（清）贺裳．载酒园诗话．见：郭绍虞，富寿荪编．清诗话续编．上海：上海古籍出版社，1983
（清）刘熙载．艺概．上海：上海古籍出版社，1978
叶嘉莹．叶嘉莹说杜甫诗．北京：中华书局，2008
莫砺锋．杜甫评传．南京：南京大学出版社，1993
葛晓音．汉唐文学的嬗变．北京：北京大学出版社，1990
蒋寅．大历诗人研究．北京：中华书局，1995
张健．王士禛论诗绝句三十二首笺证．台北：文史哲出版社，1994
张采田．玉谿生年谱会笺．上海：上海古籍出版社，2010
吴企明．李贺资料汇编．北京：中华书局，1994
张宗福．李贺研究．成都：巴蜀书社，2009
张修蓉．中唐乐府诗研究．台北：文津出版社，1985

第三章 文章的革新与发展

【导入】

安史之乱后，唐王朝曾出现过短暂的中兴气象，中央政权的稳定、经济和文化的发展促发了士人参与政权的积极心态。辞赋、律诗都有形式上的限制，而散体单行的古文则最为自由，便于运用。于是，古文运动便在贞元、元和年间（785—820），应时代的需要而蓬蓬勃勃地发展起来了。发生于中唐的古文运动，是一场由骈体到散体的文体与文风的革新。韩愈、柳宗元利用散文感怀言志，创造了精练畅达、富有表现力的古文形式，革除了六朝的柔靡文风，开创了中国文学史上以唐宋八大家为代表的古文传统。韩柳的古文运动奠定了此后散文发展的方向和规模，直接启示了北宋的文学革新运动，对后世的影响是极其深远的。

第一节
古文运动理论

所谓的古文是与六朝以来盛行的“时文”即骈文相对而言的。文学史上所称的唐代古文运动指的是以散体文革新骈文，具有相应的理论主张，并在中唐形成一定风尚的古文创作。

一、古文运动兴起的原因

古文运动在中唐兴起，并获得成功，与当时士人关心现实的心态有关。古文运动的提倡者多对时势、政治较为关注，有着较为正统的文学观，希望通过文章来传达他们的政治观点，所以不满意气局狭小的赋和骈文。早在初唐时，陈子昂就感慨“文章道弊五百年矣”，标榜“汉魏风骨”(《陈拾遗集》卷一《与东方左史虬修竹篇序》)。盛唐、中唐之际有一批文士提倡散体文写作，如李华、萧颖士、元结、独孤及等人，他们明确地强调文章应本于“六经之志”(《全唐文》卷三百一十五《赠礼部尚书清河孝公崔沔集序》)，是“王化根源”(同上《扬州功曹萧颖士文集序》)，文人应该改变浮艳的文风，赋予文章以现实的社会功用。

但是真正在理论上赋予古文运动以生命力的，还是韩愈和柳宗元。

二、古文运动的理论纲领

韩愈的古文理论可以分为如下几个方面。

首先，韩愈和柳宗元都主张“文以载道”，强调文章的政治功用。韩愈以儒家学说的继承者自居，通过“修其辞以明其道”(《韩昌黎集》卷十四《争臣论》)，以文章承担起儒家政治教化的责任。而柳宗元则更注重“道”的实用性。他曾说“道之及，及乎物而已耳”(《河东先生集》卷三十四《报崔黯秀才论为文书》)，又说“道之行，物得其利”(《河东先生集》卷三十《与萧翰林俛书》)，强调应当有用于世。

☞ 多学一点

韩愈推崇的“道”

韩愈说：“君子居其位，则思死其官；未得位，则思修其辞以明其道。我将以明道也。”（《韩昌黎集》卷十四《争臣论》）又说：“吾所谓道也，非向所谓老与佛之道也。尧以是传之舜，舜以是传之禹，禹以是传之汤，汤以是传之文、武、周公，文、武、周公传之孔子，孔子传之孟轲，轲之死不得其传焉。荀与扬也，择焉而不精，语焉而不详。”（《韩昌黎集》卷十一《原道》）

其次，韩愈还认为文章应是不平则鸣的产物，强调情感对文章创作的推动作用，强调文章著述以情感尤其是以困顿、坎坷的情感为动力，与司马迁的“发愤著书”观点有异曲同工之妙。柳宗元则强调表达情感时应该持重、含蓄。

☞ 多学一点

韩柳力主“不平则鸣”

韩愈在《送孟东野序》中提出“大凡物不得其平则鸣”，接着解释说：“人之于言也亦然：有不得已者而后言，其歌也有思，其哭也有怀，凡出乎口而为声者，其皆有弗平者乎！乐也者，郁于中而泄于外者也；择其善鸣者而假之鸣。”（《韩昌黎集》卷十九）又说：“夫和平之音淡薄，而愁思之声要妙，欢愉之辞难工，而穷苦之言易好也。是故文章之作，恒发于羁旅草野。至若王公贵人，气满志得，非性能而好之，则不暇以为。”（《韩昌黎集》卷二十《荆潭唱和诗序》）

柳宗元在《答韦中立论师道书》中说：“故吾每为文章，未尝敢以轻心掉之，惧其剽而不留也；未尝敢以怠心易之，惧其弛而不严也；未尝敢以昏气出之，惧其昧没而杂也；未尝敢以矜气作之，惧其偃蹇而骄也。抑之欲其奥，扬之欲其明，疏之欲其通，廉之欲其节，激而发之欲其清，固而存之欲其重，此吾所以羽翼夫道也。”（《河东先生集》卷三十四）

再次，韩愈还重视“气”的作用，认为文章风格与作家修养相关。所谓“气”即是作家所秉有的气质修养、情感个性等。有充实的情感、气质修养，就能自由地驾驭文字，表达作家的意旨。

☞ 多学一点

韩愈论“气盛言宜”

韩愈在《答李翊书》中说：“根之茂者其实遂，膏之沃者其光晔；仁义之人，其言蔼如也。”（《韩昌黎集》卷十六）认为言辞是道德修养的体现。他接着又说：“气，水也；言，浮物也。水大而物之浮者大小毕浮，气之与言犹是也，气盛则言之短长与声之高下者皆宜。”（同上）

韩愈力主创新，提出“惟陈言之务去”（同上）的主张。韩愈提倡的古文创作并非一味复古，而是“师其意不师其辞”。他认为：“能者非他，能自树立，不因循者是也。”（《韩昌黎集》卷十八《答刘正夫书》）柳宗元也反对“荣古虐今”（《河东先生集》卷三十一《与友人论为文书》）的态度。他评论当时的文坛说：“自古文士之多莫如今，今之后生为文，希屈马者，可得数人，希王褒刘向之徒者，又可得十人；至陆机潘岳之比，累累相望。若皆为之不已，则文章之大盛，古未有也。”（《河东先生集》卷三十《与杨京兆凭书》）认为当时人的实际创作成就，已经超过古人。

另外，韩愈还主张文章应流畅易晓。他曾在《进学解》中批评“周《诰》殷《盘》，佶屈聱牙”（《韩昌黎集》卷十二），提出“文从字顺各识职”（《韩昌黎集》卷三十四《南阳樊绍述墓志铭》），又说：“文宜易宜难？必谨对曰：‘无难易，惟其是尔。’”（《韩昌黎集》卷十八《答刘正夫书》）韩愈务去陈言、文从字顺的主张是分别针对骈文好用典故、雕饰文辞而说的，是对古文创作提出的要求。柳宗元虽然也反对藻饰、雕琢，但他主张旨意与文辞二者并美。他在《送豆卢膺秀才南游序》中说：“君子病无乎内而饰乎外、有乎内而不饰乎外者。无乎内而饰乎外，则是设覆为阱也，祸孰大焉；有乎内而不饰乎外，则是焚梓毁璞也，诟孰甚焉。于是有切磋琢磨镞砺括羽之道，圣人以为重。”（《河东先生集》卷二十二）

韩、柳二人关于古文理论的宗旨是基本相同的，但对于创作的一些具体主张则有所不同，往往能互相补充，共同完善古文革新的理论。

第二节
文起八代之衰

韩愈的古文理论在他的散文创作中得到了很好的体现。他的散文作品内容广泛，议论、抒情、记事无所不可，取得了非常高的艺术成就。

学术轶事

后人论韩愈散文成就

苏轼评价韩愈散文的地位说：“文起八代之衰，而道济天下之溺。”（《苏东坡全集·后集》卷十五《潮州韩文公庙碑》）

刘熙载（1813—1881）进一步解释说：“韩文起八代之衰，实集八代之成。盖惟善用古者能变古，以无所不包，故能无所不扫也。”（《艺概·文概》）

一、论说文气势雄辩

韩愈有大量的论说性文章，如《论佛骨表》、《原道》、《原毁》、《争臣论》、《师说》等，以及一些寓言式的杂文。它们或者议政，或者论事、衡文，观点鲜明，有雄辩的气势。如《论佛骨表》批评宪宗佞佛，文章先说古代君王不依靠佛法却能国运长久，而六朝的许多君王信佛却很快就灭国，以此来说明佛法无益于国政。文章接着指出佞佛的害处：

> 然百姓愚冥，易惑难晓，苟见陛下如此，将谓真心事佛；皆云："天子大圣，犹一心敬信；百姓何人，岂合更惜身命！"焚顶烧指，百十为群；解衣散钱，自朝至暮；转相仿效，惟恐后时；老少奔波，弃其业次。若不即加禁遏，更历诸寺，必有断臂脔身，以为供养者；伤风败俗，传笑四方，非细事也。(《韩昌黎集》卷三十九)

韩愈指出佞佛对世风造成的影响，以及不加禁止的严重后果，使得自己的批评有很强的说服力。韩愈在这篇文章中说："佛者夷狄之一法耳。自后汉时流入中国，上古未尝有也。"(同上) 可以看出韩愈其实是从儒家尊王攘夷的观念出发来批评佞佛的。

二、杂文精悍独到

韩愈的很多杂文短小精悍，见解独到。比如《师说》一文意在阐明从师学道的重要性。文章先从正面立论说："人非生而知之者，孰能无惑？惑而不从师，其为惑也，终不解矣。"(《韩昌黎集》卷十二) 然后针对当时耻于从师的流弊，列举了几组人物加以对比——"古之圣人"与"今之众人"，童子之学与成人解惑，"巫医、乐师、百工之人"与"士大夫之族"，指出耻于从师的错误。又如《杂说四》用寓言的形式来讲述才士不遇的状况，文中说：

(唐) 韩干《牧马图》

> 世有伯乐，然后有千里马。千里马常有，而伯乐不常有。故虽有名马，只辱于奴隶人之手，骈死于槽枥之间，不以千里称也。马之千里者，一食或尽粟一石。食马者不知其能千里而食也，是马也，虽有千里之能，食不饱，力不足，才美不见外，且欲与常马等不可得，安求其能千里也。策之不以其道，食之不能尽其材，鸣之而不能通其意，执策而临之曰："天下无马！"呜呼！其真无马邪？其真不知马也！(《韩昌黎集》卷十一)

文章借千里马不遇伯乐的遭遇，感慨了才士的沉沦下僚、有志难伸，其中有韩愈的切肤之痛。韩愈曾四举礼部，三选吏部，但两遭贬谪，仕途颇为坎坷。因此，此文是韩愈的不平之鸣。

三、赠别文议论精到

韩愈的赠别序文也常常有很精到的议论。如《送孟东野序》为孟郊的困顿的遭遇打抱不平，提出了“不平则鸣”之说。在《送董邵南序》中，韩愈对董邵南的怀才不遇表示同情，但并不赞成朋友去为藩镇效力，因此文章又寓规劝之意，表明了对董生、藩镇、朝廷三方的不同态度。文章看似处处送之，实则处处留之。韩愈的《送李愿归盘谷序》借隐士之口讽刺贪求权势之人，文中说：

> 人之称大丈夫者，我知之矣。利泽施于人，名声昭于时。坐于庙朝，进退百官，而佐天子出令。其在外，则树旗旄，罗弓矢，武夫前呵，从者塞途。供给之人，各执其物，夹道而疾驰。喜有赏，怒有刑。才畯满前，道古今而誉盛德，入耳而不烦。曲眉丰颊，清声而便体，秀外而惠中，飘轻裾、翳长袖、粉白黛绿者，列屋而闲居，妒宠而负恃，争妍而取怜。大丈夫之遇知于天子，用力于当世者之所为也。吾非恶此而逃之，是有命焉，不可幸而致也。(《韩昌黎集》卷二十)

文章在极为形象的描述中，又暗暗夹杂着讥讽，辛辣地讽刺了“妒宠而负恃，争妍而取怜”的所谓“大丈夫”。

四、祭文情深语悲

韩愈的抒情散文有着很强的感染力，尤其是一些悼念、赠别的文章，更为明显。如《祭十二郎文》悼念其侄韩老成，文章突破了传统祭文的格式，而在絮絮诉说中，表达对死者的怀念。文中回忆自己幼时与寡嫂、老成相依为命的状况云：

> 兄殁南方，吾与汝俱幼，从嫂归葬河阳。既又与汝就食江南，零丁孤苦，未尝一日相离也。吾上有三兄，皆不幸早世，承先人后者，在孙惟汝，在子惟吾，两世一身，形单影只。嫂常抚汝指吾而言曰：“韩氏两世，惟此而已！”汝时尤小，当不复记忆；吾时虽能记忆，亦未知其言之悲也。(《韩昌黎集》卷二十三)

文章接着又写二人成年后未曾以聚散为意，老成殁世使作者颇为悔痛：“吾与汝俱少年，以为虽暂相别，终当久相与处，故舍汝而旅食京师，以求斗斛之禄，诚知其如此，虽万乘之公相，吾不以一日辍汝而就也。”(同上)文章以“汝”、“吾”相称，仿佛对面交谈，在对往日琐事的追叙中流露出“相养以生，相守以死”(同上)的深挚情感。韩愈的《祭女挐文》祭奠自己夭折的小女，文中抒写自己的悲痛之情云：“昔汝疾极，值吾南逐，苍黄分散，使汝惊忧。我视汝颜，心知死隔，汝视我面，悲不能啼。”(同上)几句话之中呈现出生死相隔的悲切与凄楚，感人至深。

五、传记文写影如真

韩愈还写过一些人物传记类的文章，如《张中丞传后叙》、《毛颖传》、《柳子厚墓志铭》等，皆叙事生动，条理清晰，所塑造的人物形象鲜明传神。《张中丞传后叙》为坚守睢阳的张巡、许远、南霁云几位英雄人物作颂。张巡与许远合守睢阳，在形势极其严峻的情况下坚持了一年之久。作者既写出了张巡等人“守一城，捍天下”（《韩昌黎集》卷十三）的可歌可泣的功绩，也有意从细节处写出人物的特点。如写张巡，突出他博闻强记、体恤百姓，写他就义时“颜色不乱，阳阳如平常”（同上）的从容气魄；写许远则突出他宽厚让贤：“远，宽厚长者，貌如其心。”其“位本在巡上，授之柄而处其下，无所疑忌”（同上）；写南霁云则着意用拔刀断指、抽矢射塔等细节来刻画，文中写道：

> 南霁云之乞救于贺兰也，贺兰嫉巡、远之声威、功绩出己上，不肯出师救。爱霁云之勇且壮，不听其语，强留之。具食与乐，延霁云坐。霁云慷慨语曰：“云来时，睢阳之人，不食月余日矣，云虽欲独食，义不忍，虽食且不下咽。”因拔所佩刀，断一指，血淋漓，以示贺兰，一座大惊，皆感激为云泣下。云知贺兰终无为云出师意，即驰去。将出城，抽矢射佛寺浮图，矢著其上砖半箭，曰：“吾归破贼，必灭贺兰，此矢所以志也。”（同上）

这段文字很形象地表现出南霁云忠勇刚烈的特点，并且在行文中寓含对英雄的景仰与赞颂，情感强烈、气势充沛。比如文中为张巡二人的功绩辩护时说：“守一城，捍天下，以千百就尽之卒，战百万日滋之师，蔽遮江淮，沮遏其势，天下之不亡，其谁之功也？”（同上）这一段议论文字，义正词严，慷慨激昂。韩愈为柳宗元所作的《柳子厚墓志铭》也一向为人所称道，这篇文章按照一般墓志铭的写法，记述了墓主的家世、生平、人品和成就，不过文章并非泛泛褒扬，而以具体事例体现墓主的品格。比如文中写柳宗元重友情的一段说：

> 其召至京师而复为刺史也，中山刘梦得禹锡亦在遣中，当诣播州。子厚泣曰：“播州非人所居，而梦得亲在堂，吾不忍梦得之穷，无辞以白其大人；且万无母子俱往理。”请于朝，将拜疏，愿以柳易播，虽重得罪死不恨。遇有以梦得事白上者，梦得于是改刺连州。呜呼！士穷乃见节义。今夫平居里巷相慕悦，酒食游戏相征逐，诩诩强笑语以相取下，握手出肺肝相示，指天日涕泣，誓生死不相背负，真若可信；一旦临小利害，仅如毛发比，反眼若不相识，落陷阱不一引手救，反挤之，又下石焉者，皆是也。此宜禽兽夷狄所不忍为，而其人自视以为得计，闻子厚之风，亦可以少愧矣！（《韩昌黎集》卷三十二）

韩愈不仅赞颂了柳宗元的情义，而且感慨了世俗的人情浇薄，两相对比之下，更显示出高下的区别。韩愈在这里对人情世态的一段论述，颇为尖锐，体现出韩愈对时事的一贯关注和匡正批评的态度。

六、恣肆雄健的文风

韩愈的散文创作很好地实现了他所提出的古文理论。他的散文多有论说性文字，体现出强烈的是非感，《旧唐书·韩愈传》曾说韩愈“发言真率，无所畏避”。无论是论说佛法当禁还是推重节义、讥讽世俗，韩愈的立场都很明确。韩愈的不平之鸣在相当多的文章中体现出来：同情才士的怀才不遇、为穷愁之士鸣不平。因为有鲜明的立场和强烈的情感，韩愈的散文体现出了率直雄健的气势，柳宗元就曾评价韩愈的文风是“猖狂恣肆”(《河东先生集》卷三十四《答韦珩示韩愈相推以文墨事书》)，苏洵则评价说“韩子之文，如长江大河，浑浩流转，鱼鼋蛟龙，万怪惶惑，而抑遏蔽掩，不使自露；而人自见其渊然之光，苍然之色，亦自畏避，不敢迫视”（《嘉祐集》卷十二《上欧阳内翰第一书》)，都指出了韩愈文章恣肆雄壮的特点。韩愈作文多有创新之处，其旨意、形式以及词语都善于翻新出奇。韩愈多有独特的见解，《师说》、《送孟东野序》等文章都提出了新异之说。

韩愈的散文旨意鲜明，情感充沛，句式灵活，语汇丰富，显示出丰富生动、灵活多变的活力。从文章来看，韩愈善于议论的特点与恣肆的气势固然与他本人强烈的个性有关，但也不能离开前代散文的滋养；韩愈文亦多有骈句，只是运用得灵活自如，不见雕琢而已。总体来看，韩愈的古文革新不只是一味地复古，也非一味地标新立异，而是对前代散文加以利用与改造，是在博采众家之长的基础上熔铸新词。

第三节 文章之俊杰

柳宗元和韩愈的生活年代大致相当，并且也提倡古文写作，但由于经历和个性的不同，两人在散文创作上也具有不同的特点。柳宗元现存五百多篇散文，包括论说文、传记以及山水游记等，其中大部分写于被贬之后，而以被贬永州十年中的作品最多最好。

一、论说文发论精切

柳宗元作有相当数量的论说性文章，其议论的范围非常广泛，议论政治的如《桐叶封弟辩》、《与元饶州论理政书》、《时令论》等，论说学术、文章的如《天说》、《答韦中立论师道书》、《与友人论为文书》等。其议政文章《封建论》讨论古代的封国建侯制度，认为它只能在特定的历史阶段出现，文章最后总结说：

> 夫天下之道，理安斯得人者也。使贤者居上，不肖者居下，而后可以理安。今夫封建者，继世而理。继世而理者，上果贤乎？下果不肖乎？则生人之理乱未可知也。将欲利其社稷，以一其人之视听，则又有世大夫世食禄邑，以尽其封略。圣贤生于其时，亦无以立于天下，封建者为之也。岂圣人之制使至于是乎？吾固曰："非圣人之意也，势也。"（《河东先生集》卷三）

历代儒者都将上古封国建侯制度视为理想政治，但《封建论》则认为这种制度已不可行，不可能靠提倡圣人之制就能实现制度上的复古，所以作者提出"非圣人之意也，势也"的结论。柳宗元的这篇文章，有立、有驳，颇有雄辩的气势。苏轼认为历代论说封建制度的文章中，柳文的议论最有说服力："宗元之论出，而诸子之论废矣。"（《东坡志林·论古》）

柳宗元还写有很多论说杂文如《捕蛇者说》、《观八骏图说》，和一些寓言形式的杂文如《谪龙说》、《三戒》等。这些都是针对现实的种种弊病而发论感慨。《捕蛇者说》中的捕蛇者甘冒生命危险捕蛇来免除徭役之苦，文中写官吏收税时的惊扰道："悍吏之来吾乡，叫嚣乎东西，隳突乎南北，哗然而骇者，虽鸡狗不得宁焉。吾恂恂而起，视其缶，而吾蛇尚存，则弛然而卧。谨食之，时而献焉。"（《河东先生集》卷十六）通过对比捕蛇的危险与赋税的惊恐，作者得出"赋敛之毒有甚是蛇者"的结论，以触目惊心的事实揭露了苛政之害。

☞ 多学一点

柳宗元寓言多用动物形象

柳宗元的寓言多以动物形象来讽喻世态。如《三戒》的写作缘由是："吾恒恶世之人，不知推己之本，而乘物以逞，或依势以干非其类，出技以怒强，窃时以肆暴，然卒迨于祸。有客谈麋驴鼠三物，似其事，作《三戒》。"（《河东先生集》卷十九）又如《蝜蝂传》以小虫比喻那些"日思高其位，大其禄，而贪取滋甚，以近于危坠，观前之死亡不知戒"（《河东先生集》卷十七）的贪图富贵者。这些寓言短小精练、取譬形象，其寓意深刻警醒。

二、传记文传神生动

柳宗元的传记文章不多，但都塑造了丰满的人物形象，《段太尉逸事状》、《种树郭橐驼传》、《童区寄传》等篇章为柳宗元传记散文的代表作。《段太尉逸事状》选取了能表现段秀实性格特点的三件逸事，表现了他平易仁爱而又勇毅果敢的个性特征，刻画了封建社会一位正直廉洁的官吏形象。《童区寄传》记述了一少年的果敢与机智，颇有传奇色彩。《种树郭橐驼传》一文兼有传记和寓言的特点。文章采用了传记文的基本格局，交代了人物的姓名、籍贯、职业、外貌、特长等等，文中记述道：

郭橐驼，不知始何名。病偻，隆然伏行，有类橐驼者，故乡人号之驼。驼闻之曰："甚善！名我固当。"因舍其名，亦自谓橐驼云。其乡曰丰乐乡，在长安西，驼业种树，凡长安豪富人为观游及卖果者，皆争迎取养。(《河东先生集》卷十七)

之后，郭橐驼讲述了一番种植树木的经验，强调顺应事物的自然特性来加以培养：

凡植木之性，其本欲舒，其培欲平，其土欲故，其筑欲密。既然已，勿动勿虑，去不复顾。其莳也若子，其置也若弃。则其天者全而其性得矣。故吾不害其长而已，非有能硕茂之也；不抑耗其实而已，非有能早而蕃之也。(同上)

不过作者在这里用种树之道来喻写治民之道，治民亦讲求"其天者全而其性得矣"的道理。郭橐驼这一人物带有很大的虚构性，未必真有其人其事，而作者又在文中有所寄寓，表现出明显的寓言色彩。

三、游记文别有怀抱

柳宗元的散文以山水游记的成就最高。其游记不仅写景状物颇为精丽，而且其中寄寓着深切细腻的情感。其中，柳宗元在永州、柳州时期创作的"永州八记"及《游黄溪记》等篇章都是其山水游记中的名篇。

柳宗元写景恰切而自然、精微而生动，其描写山水的段落颇为精致、耐读。如其《钴鉧潭记》写一处小潭，文中写道：

蒋贤哲《钴鉧潭图意》

钴鉧潭在西山西，其始盖冉水自南奔注，抵山石，屈折东流；其颠委势峻，荡击益暴，啮其涯，故旁广而中深，毕至石乃止。流沫成轮，然后徐行，其清而平者且十亩余，有树环焉，有泉悬焉。(《河东先生集》卷二十九)

这一段写水流。"颠委势峻，荡击益暴"非常形象地描画出水势的激荡，石、水的撞击回旋宛然可见。而水流徐行时周围的景观则是"有树环焉，有泉悬焉"，一"环"一"悬"貌似随意，却勾勒出一幅疏阔平缓的山水图。又如《至小丘西小石潭记》，文章仅百来字，却准确地捕捉到自然景物的特征，文中写道：

从小丘西行百二十步，隔篁竹，闻水声，如鸣珮环，心乐之。伐竹取道，下见小潭，水尤清冽。全石以为底，近岸卷石底以出，为坻为屿，为嵁为岩。青树翠蔓，蒙络摇缀，参差披拂。潭中鱼可百许头，皆若空游无所依，日光下澈，影布石上，怡然不动，俶尔远逝，往来翕忽，似与游者相乐。(同上)

文章有序展现出溪流的曲折、潭石的多姿、树木的茂密、潭水的清洌、游鱼的活泼。“皆若空游无所依”、“日光下澈，影布石上”二句，实写鱼，而虚写潭水之清澈；“怡然不动，俶而远逝”则是动静结合，刻画出鱼的活泼神态，体物尤为工细。林纾（1852—1924）评论此文说：“至于穷形尽相，物无遁情，体物直到精微地步矣。”① 体物精微是柳宗元山水游记的突出特点，其写水又如《石涧记》的“流若织文，响若操琴”（《河东先生集》卷二十九），《石渠记》的“曲行纡馀，睨若无穷”（同上）；其写山石则如《永州韦使君新堂记》的“或列或跪，或立或仆，窍穴逶邃，堆阜突怒”（《河东先生集》卷二十七），《永州崔中丞万石亭记》中的“怒者虎斗，企者鸟厉，抉其穴，则鼻口相呀，搜其根，则蹄股交峙，环行卒愕，疑若搏噬”（同上）。这些摹形状物的词句，很简练却很恰切，所描摹的形象非常生动传神。

柳宗元的山水游记多用对比衬托的方法写景物的独特奇妙之处，这种谋篇方法不仅使得文章跌宕起伏，而且也很好地表达了作者的情志。比如《始得西山宴游记》写作者发现并宴游西山的经过。文章先叙写平日游览之胜，以此对比西山的人迹罕至。而发现西山则是一次披荆斩棘的经历：

> 今年九月二十八日，因坐法华西亭，望西山，始指异之。遂命仆人，过湘江，缘染溪，斫榛莽，焚茅茷，穷山之高而止。攀援而登，箕踞而遨，则凡数州之土壤，皆在衽席之下。其高下之势，岈然洼然，若垤若穴，尺寸千里，攒蹙累积，莫得遁隐。萦青缭白，外与天际，四望如一，然后知是山之特立，不与培塿为异。（《河东先生集》卷二十九）

孙海莎《小石潭图》

---

① 林纾：《韩柳文研究法》，120页，上海，商务印书馆，1920。

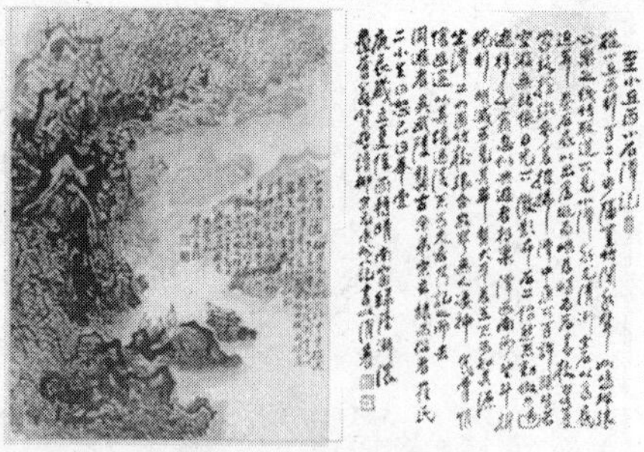

蒋贤哲《小石潭图》

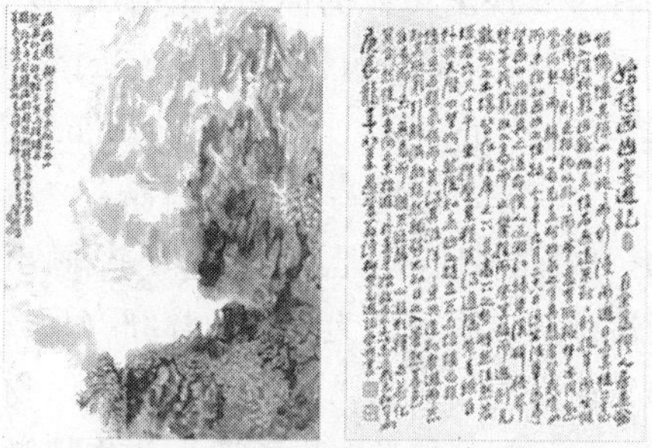

蒋贤哲《西山游》

在具体写景时，作者通过西山与众山的高下对比，突出了它的高峻雄伟。居高临下，俯瞰西山，可以有“数州之土壤，皆在衽席之下”、“尺寸千里”、“外与天际”的胜景，这就从侧面烘托出西山“不与培塿为异”的非凡的气势。而作者“心凝形释，与万化冥合”（《河东先生集》卷二十九）的独特感受，也正是与西山的非凡气势相契合的。又如《钴鉧潭西小丘记》写小丘“货而不售”，自己购得之后则加以整治，以之为佳境：

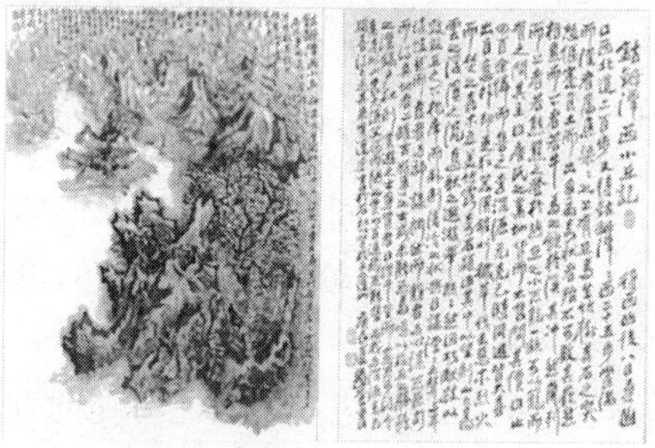

蒋贤哲《钴鉧潭西小丘》

> 丘之小不能一亩，可以笼而有之。问其主，曰：“唐氏之弃地，货而不售。”问其价，曰：“止四百。”余怜而售之。李深源、元克己时同游，皆大喜，出自意外。即更取器用，铲刈秽草，伐去恶木，烈火而焚之。嘉木立，美竹露，奇石显。由其中以望，则山之高，云之浮，溪之流，鸟兽之遨游，举熙熙然回巧献技，以效兹丘之下。枕席而卧，则清泠之状与目谋，潜潜之声与耳谋，悠然而虚者与神谋，渊然而静者与心谋。不匝旬而得异地者二。虽古好事之士，或未能至焉。
>
> 噫！以兹丘之胜，致之沣镐鄠杜，则贵游之士，争买者日增千金而愈不可得。今弃是州也，农夫渔父过而陋之，贾四百，连岁不能售。而我与深源、克己独喜得之，是其果有遭乎！书于石，所以贺兹丘之遭也。（同上）

昔日的弃地经整治成为百草丰茂、鸟兽嬉戏的盛景，这是一重对比；小丘的弃置荒远、连年不能售出，与作者“独喜得之”亦是一重对比。前者的对比使视觉感受豁然开朗，而后者的对比则愈加突出了“有遭”意味。将之与柳宗元长期被贬的处境相呼应，则文章是在借物寓意，蕴涵着无限的身世感慨。《钴鉧潭记》写柳宗元购得潭上田地加以整治，并设想道：“尤与中秋观月为宜，于以见天之高，气之迥。孰使予乐居夷而忘故土者，非兹潭也欤？”（同上）这种寻幽探微而相逢为乐的心境与《钴鉧潭西小丘记》是一致的。又如《小石城山记》着意写一小石山的奇特之处：“无土壤而生嘉树美箭，益奇而坚，其疏数偃仰，类智者所施设也。”（同上）作者从景物中感受到的是“益奇而坚”的特点，这种推重之中也明显包含着作者的襟怀。茅坤（1512—1601）曾评论此文说：“借石之瑰玮，以吐胸中之气。”（《唐宋八大家文钞》卷二十三）这样看来，柳宗元善于从山水中发现乐趣，发现奇山怪石、灵川秀水的独特之处，其实也是在以山水寄托情志，隐含着对自己被贬的不平和对自己才能抱负的期望。

柳宗元借山水的奇特表达自己的个性与抱负，同时也从山水景物之中寻求慰藉，以山水为情感的寄托。《新唐书·柳宗元传》说："宗元少时嗜进，谓功业可就。既坐废，遂不振。"（《新唐书》卷一百六十八）柳宗元因参与永贞革新而长期被贬边地，济世理想遂破灭。他随即从荒远山水中寻找到诗意，发现它们的奇特之处，表现出不肯屈服于困境的坚强和关于人生的幽渺深邃的感叹。

其《至小丘西小石潭记》在描写了石潭周围的怪石与潭中游鱼之乐之后，又写道：

> 潭西南而望，斗折蛇行，明灭可见。其岸势犬牙差互，不可知其源。坐潭上，四面竹树环合，寂寥无人，凄神寒骨，悄怆幽邃。以其境过清，不可久居，乃记之而去。（《河东先生集》卷二十九）

岸势曲折遥远而不可见其源，使潭的外围形成了深邃、幽暗的背景。潭边竹树环合，亦形成了一个封闭的空间。四周的寂静衬托出了孤独的氛围，在潭边久坐之后竟然会有"凄神寒骨，悄怆幽邃"的感觉，并且越来越浓重，以至会令人觉得"其境过清"，不能再坚持下去了。寂寥幽邃的情境由两方面的因素构成：景色的幽深冷清与作者的孤独落寞。二者渗透在一起，隐隐流露出作者的失意情怀。

柳宗元的山水游记以写景最善，其文中有借物言志的感慨、也有借景生情的感触。其写景之所以能善，是因为柳宗元从景物中找到了情志、心境的契合与寄托。茅坤曾评论柳宗元山水散文说："子厚所谪永州、柳州，大较五岭以南，多名山峭壁、清泉怪石，而子厚适以文章之俊杰，客兹土者久之。愚窃谓公与山川两相遭：非子厚之困且久，不能以搜岩穴之奇；非岩穴之怪且幽，亦无以发子厚之文。"（《山晓阁选古文全集》卷二十一）柳宗元的山水游记借物写心、因景发挥，为散文的发展开辟了新的题材领域，并带入了精致而自然流畅的描摹技巧与浓厚的情感因素。

四、清幽峻洁的文风

柳宗元的散文创作与他的古文主张是一致的。他的论说、叙述文章都有较明显的明道意图。不过与韩愈据理论证不同，柳宗元的很多文章具有寓言的性质，寓意通过情节性较强的事件表现出来，虽委婉但清晰明确，读之颇为清新可喜。而柳宗元的山水游记中对情感的表达就更为含蓄了，这与其佛教信仰也有一些关系。韩愈曾批评佛教说："一死生解外胶，是其为心，必泊然无所起，其于世必淡然无所嗜。泊与淡相遭，颓堕委靡，溃败不可收拾。"（《韩昌黎集》卷二十一《送高闲上人序》）但柳宗元却信佛，他说："吾自幼好佛，求其道，积三十年。"（《河东先生集》卷二十五《送巽上人序》）认为佛教可让人"乐山水而嗜闲安"（同上《送僧浩初序》）。这点影响到二人文学主张和文风的不同。不过，韩、柳二人在当时都享有盛名，史书载："南方为进士者，走数千里从宗元游，经指授者，为文辞皆有法。"（《新唐书·柳宗元传》）韩愈的奇崛雄放与柳宗元的清幽峻洁的散文共同支撑起古文运动，对散文的发展有着不可磨灭的贡献。

第四节
小品和杂文

唐代后期骈文兴盛，而古文则显得很落寞。杜牧、孙樵（生卒年不详）之后，出现了一批讥刺时事的杂文作品。晚唐时期社会矛盾尖锐，因此批评时政的杂文较多，代表作家有皮日休、罗隐、陆龟蒙等人。

一、皮日休刀笔刺世

皮日休积极用世，他的杂文批判现实的黑暗，往往三言两语击中要害。如他在《读司马法》一文中说："古之取天下也以民心，今之取天下也以民命。"（《皮子文薮》卷七）一针见血地指出帝王的权位是用老百姓的生命换来的。其《原谤》则认为统治者若非仁君，则可诛杀之。这些文章对统治者进行大胆批判，表现出了强烈的反叛精神。其《鹿门隐书》篇幅长短不一，为随感式的杂文，比如其中数则讽刺说：

> 古之官人也，以天下为己累，故己忧之；今之官人也，以己为天下累，故人忧之。
>
> 今道有赤子，将为牛马所践，见之者，无问贤不肖，必惕惕然，皆欲驱牛马以活之。至夫国有弱君，室有色妇，有谋其国，欲其室者，惟恨其君与夫不罹赤子之祸也。噫！是复何心哉？
>
> 古之杀人也，怒；今之杀人也，笑。
>
> 古之置吏也，将以逐盗；今之置吏也，将以为盗。（《皮子文薮》卷九）

这里用对比的方法写出了官吏的残暴和险恶居心。

二、陆龟蒙托物寄讽

陆龟蒙终身未仕，但他的作品中有不少忧国忧民、愤世嫉俗的文章。他的思想与皮日休相近，二人多有唱和之作。陆龟蒙曾自称"自小读六经、孟轲、扬雄之书，颇有熟者，求文之旨趣规矩，无出于此"（《甫里先生文集》卷十八《复友生论文书》）。他对于文章创作的看法与儒家思想密切相关。表现在具体创作中，则多有反映社会、批判现实的杂文作品。

陆龟蒙的杂文题材广泛，多托古刺今或借物寄讽之作。比如《记稻鼠》一文记鼠害给农民造成的灾难，在文末笔调一转，借《诗经·硕鼠》之义批评了朝廷暴敛的危害："魏风以《硕鼠》刺其君也，有鼠之名，无鼠之实，诗人犹曰：'逝将去汝，适彼乐土。'

况乎上捃其财而下啗其食，率一民而当二鼠，不流浪转徙聚而为盗何哉!”（《甫里先生文集》卷十九）简短几句，点出官逼民反的后果。

《野庙碑》是陆龟蒙杂文的名篇。文章借为野庙立碑纪功引申发挥，一方面对百姓在现实中深受统治者重压，只能依靠虚假的神灵求得庇护深表同情，一方面辛辣地讽刺了那些残酷地剥削百姓的贪官污吏。文章运用了映衬、类比的手法来揭示主题。如第二段以神偶的富庶和百姓的艰辛对比，说明百姓的愚昧；第三段将现实中的官吏和神鬼偶像类比，指出他们对百姓的危害蚕食，文中写道：

> 虽然，若以古言之，则戾；以今言之，则庶乎神之不足过也。何者？岂不以生能御大灾、捍大患，其死也则血食于生人，无名之土木不当与御灾捍患者为比，是戾于古也明矣。今之雄毅而硕者有之，温愿而少者有之；升阶级、坐堂筵、耳弦匏、口粱肉、载车马、拥徒隶者，皆是也。解民之悬，清民之暍，未尝贮（四部丛刊本作怵）于胸中；民之当奉者，一日懈怠，则发悍吏、肆淫刑，驱之以就事。较神之祸福，孰为轻重哉？平居无事，指为贤良，一旦有天下（同上作大夫）之忧，当报国之日，则佪挠脆怯，颠蹶窜踣，乞为囚虏之不暇。此乃缨弁言语之土木耳，又何责其真土木耶？故曰：以今言之，则庶乎神之不足过也。（《甫里先生文集》卷十八）

在这段文字中，作者把现实生活中的官吏与土木偶像作类，抓住它们的相似之处尽意发挥，再在它们的不同之处略下点睛之笔，指出贪官污吏不但食民之禄而不为民办事，而且肆虐于民，更甚于野庙中之土偶。行文之时，欲写官吏之恶，则以神之不足过作陪衬，欲写神之不足过，则尽情渲染神之过，从而深刻地揭露了晚唐吏治的腐败，也痛快淋漓地鞭挞了封建官吏的凶狠残暴和伪善无能。

三、罗隐立言醒世

罗隐的《谗书》作于“及来京师七年，寒饿相接”（《谗书序》）的困穷之时。他说自己著述的目的是：“盖君子有其位，则执大柄以定是非；无其位，则著私书而疏善恶。斯所以警当世而诫将来也。”（《谗书重序》）《谗书》篇幅短小，但富有批评精神。其中《英雄之言》对争夺天下的心理加以辨析，文中说：

> 物之所以有韬晦者，防乎盗也。故人亦然。夫盗亦人也，冠履焉，衣服焉。其所以异者，退逊之心、正廉之节，不常其性耳。视玉帛而取之者，则曰牵于寒饿；视家国而取之者，则曰救彼涂炭。牵于寒饿者，无得而言矣。救彼涂炭者，则宜以百姓心为心。而西刘则曰“居宜如是”，楚籍则曰“可取而代”。意彼未必无退逊之心、正廉之节，盖以视其靡曼骄崇，然后生其谋耳。为英雄者犹若是，况常人乎？是以峻宇逸游，不为人之所窥者，鲜矣。（《谗书》卷二）

刘邦、项羽是历史上公认的英雄人物，但文章借他们见到秦始皇巡游而生感慨的史事发论，发挥《庄子》“窃钩者诛，窃国者侯”的看法，认为英雄人物不过是窃国者而已。文章言辞简短，但立意新颖、讥刺有力。又如《说天鸡》一文以寓言的形式进行讽喻：

狙氏子不得父术，而得鸡之性焉。其父畜养者，冠距不举，毛羽不彰，兀然若无饮啄意；洎见敌则他鸡之雄也，伺晨则他鸡之先也，故谓之天鸡。狙氏死，传其术于子焉。乃反先人之道，非毛羽彩错、嘴距铦利者不与其栖，无复向时伺晨之侍、见敌之勇，峨冠俯步，饮啄而已。吁，道之坏也，有是夫！（《谗书》卷二）

狙氏蓄养的“天鸡”从外表来看没有咄咄的气势，但具有迎敌的实力；而其子由于只重视外表之荣，其蓄养的鸡只能“峨冠俯步，饮啄而已”。作者在结尾仅用一句话点出文章的主旨，指出道术的衰败也是因为忽视道的内涵而徒重外表形式。用斗鸡之术来说道术，寓意深刻，也颇为精警。

第五节 骈文和辞赋

骈文、辞赋和散文三种文体形成于不同的历史时期，它们既有着文体本身各自的发展轨迹，也在相互的影响下发展。唐代的辞赋与散文很多都夹有骈偶之句，散文灵活的句式也常出现在骈文和辞赋中。三种文体在保持自身特点的前提下，互相借鉴，在精神风貌与形式技巧上体现出某些相似之处。

一、中唐：别赋新声

律赋从骈赋演变而来，大约在元和、长庆年间（806—824）兴盛。律赋因为是应试所作，所以一般有对仗、限韵以及篇首破题的要求。相对于律赋，传统的骚体赋和大赋被称为古赋。中唐时期古赋的成就要高于律赋。

☞ 多学一点

唐代律赋发展历程及形式特征

李调元（1734—1803）《赋话》谈及唐代律赋的发展情况说：“唐初进士试于考功，尤重贴经试策，亦有易以箴论表赞。而不试诗赋之时，专攻律赋者尚少；大历贞元之际，风气渐开，至大和八年，杂文专用诗赋，而专门名家之学樊然竞出矣。”（《赋话》卷一）

白居易在《赋赋》中谈到赋的形式特征说：“我国家恐文道寖衰，颂声凌迟；乃举多士，命有司；酌遗风于三代，明变雅于一时。全取其名，则号之为赋；杂用其体，亦不出乎诗。四始尽在，六义无遗。”又说：“义类错综，词采舒布；文谐宫律，言中章句。

华而不艳，美而有度。”（《白氏长庆集》卷三十八）

古赋的作家大体上也是古文的提倡者，如韩愈、柳宗元都创作过很好的古赋作品。韩愈的《进学解》模仿东方朔《答客难》、扬雄《解嘲》，以自嘲的形式来表达不遇的感慨。文章借“国子先生”之口发表了治学和登用的道理：

> 业精于勤，荒于嬉；行成于思，毁于随。方今圣贤相逢，治具毕张，拔去凶邪，登崇畯良，占小善者率以录，名一艺者无不庸。爬罗剔抉，刮垢磨光。盖有幸而获选，孰云多而不扬。诸生业患不能精，无患有司之不明；行患不能成，无患有司之不公。（《韩昌黎集》卷十二）

文章在赞许国子先生的学问人品后，反过来形象地描述了国子先生的种种窘迫：

> 然而公不见信于人，私不见助于友。跋前踬后，动辄得咎。暂为御史，遂窜南夷。三年博士，冗不见治。命与仇谋，取败几时。冬暖而儿号寒，年丰而妻啼饥。头童齿豁，竟死何裨？（同上）

两相对比，表达了对当时朝廷遗弃人才的不满。《进学解》中语言精警，如“业精于勤，荒于嬉；行成于思，毁于随”、“爬罗剔抉，刮垢磨光”、“贪多务得，细大不捐”、“含英咀华”、“佶屈聱牙”（同上）等，都以其精练新奇，为后人用作成语。

柳宗元多次被贬，爱写骚体赋，如《吊屈原文》、《惩咎赋》、《闵生赋》、《梦归赋》等，往往抒写了贬谪之悲。也有托物咏志的如《瓶赋》，以瓶喻君子，赞其“清白可鉴，终不媚私”，“功成事遂，复于土泥，归根反初，无虑无思”（《河东先生集》卷二）。不过，其最有特色的还是寓言性的讽刺作品。如《骂尸虫文》讥刺了伺机谗毁的小人。文中指责尸虫说：

> 以曲为形，以邪为质；以仁为凶，以僭为吉；以淫谀谄诬为族类，以中正和平为罪疾；以通行直遂为颠蹶，以逆施反斗为安佚。谮下谩上，恒其心术；妒人之能，幸人之失。利昏伺睡，旁睨窃出，走谗于帝，遽入自屈，幂然无声，其意乃毕。求味己口，胡人之恤！（《河东先生集》卷十八）

形象地描绘出窥伺他人过错的阴险小人的丑恶行径。柳宗元还有《起答废》、《愚溪对》、《乞巧文》等赋作，也是用揶揄的口吻讽刺了世俗之弊，与其《三戒》等寓言颇为相似。

刘禹锡的《陋室铭》也是一篇赋体作品。文章说：

> 山不在高，有仙则名。水不在深，有龙则灵。斯是陋室，惟吾德馨。苔痕上阶绿，草色入帘青。谈笑有鸿儒，往来无白丁。可以调素琴，阅金经。无丝竹之乱耳，无案牍之劳形。南阳诸葛庐，西蜀子云亭。孔子云：何陋之有？（《刘禹锡集·诗文补遗》）

铭文为韵文中的一种，此文虽用韵但文句灵活随意，读之既抑扬顿挫又流畅活泼，加之立意的巧妙，成为铭文中的名篇。如柳宗元评价刘禹锡的文章所说：“隽而膏，味无穷而炙愈出也。”（《刘宾客文集》卷二十《犹子蔚适越戒》引柳宗元语）

二、晚唐：体兼辞丽

李商隐、温庭筠、段成式三人皆以华美的骈文享誉晚唐文坛，以至其骈文“因三人皆行十六，故曰‘三十六体’”（王应麟《小学绀珠》卷四）。其中李商隐的成就最大。

李商隐的书启类文章都以骈文写就，大多数都很精美。如其《太尉卫公会昌一品集序》中称颂李德裕的功绩说：“公于是奉命有讨北狄之诏，伐上党之制，谕回鹘之命五，慰坚昆之书四。每牙管既拔，芝泥将熟（一作干），上辄曰：‘尔有独断，朕无疑谋，固俟沃心，不可（据《文苑英华》改）假手。’公亦分阴可就，落简如飞。”（《樊南文集》卷七）这段文字骈散兼用，其中的骈句形象简练地概括了李德裕的武功、文才，而其中的散句则连接转承，使文章既文辞错落、音韵顿挫，又流畅挺拔。李商隐的《上河东公启》抒发了悼亡之情：“某悼伤以来，光阴未几。梧桐半死，才有述哀；灵光独存，且兼多病。”（《樊南文集》卷四）对亡妻的依恋之情娓娓道来，沉郁而感伤。其《祭小侄女寄寄文》是为四岁夭折的小侄女所写的祭文，文中写道：“呜呼！荥水之上，檀山之侧，汝乃曾乃祖，松槚森行。伯姑仲姑，冢坟相接。汝来往于此，勿怖勿惊。华采衣裳，甘香饮食。汝来受此，无少无多。汝伯祭汝，汝父哭汝，哀哀寄寄，汝知之耶！”（《樊南文集》卷六）爱怜之心，哀痛之情，沛然而出，凄婉动人。

学术轶事

李商隐祭文成就斐然

后人就哀悼之文将李商隐与潘岳（247—300）相提并论：“魏、晋哀章，尤尊潘令。晚唐奠醊，最重樊南。潘情深而文之绮密尤工，李文丽而情之恻怆自见。”（孙梅《四六丛话》卷二十五）

六朝时，骈文即以四字、六字为基本句式，而李商隐命名其文集为《樊南四六》。他的骈文既有属对工整、精于用典、文辞纤妍的特点，也融入了古文的一些因素，情感真挚、清新挺拔。

晚唐的辞赋以杜牧的《阿房宫赋》最为后人所称道。杜牧自言其创作缘起说：“宝历大起宫室，广声色，故作《阿房宫赋》。”（《樊川文集》卷十六《上知己文章启》）杜牧作此赋的目的是为了讽古喻今。文章前半部分多方面夸饰了阿房宫的华丽奢靡，如其写宫殿：

> 五步一楼，十步一阁。廊腰缦迴，檐牙高啄。各抱地势，钩心斗角。盘盘焉，囷囷焉，蜂房水涡，矗不知乎几千万落。长桥卧波，未云何龙？复道行空，不霁何虹？高低冥迷，不知西东。歌台暖响，春光融融；舞殿冷袖，风雨凄凄。一日之内，一宫之间，而气候不齐。（《樊川文集》卷一）

文章从宫室的复杂结构写出其壮丽精巧，并用龙、虹来拟写长桥、复道，画面井然。接着又从侧面写后宫嫔妃之多、生活之奢靡：

> 明星荧荧，开妆镜也；绿云扰扰，梳晓鬟也；渭流涨腻，弃脂水也；烟斜雾横，

焚椒兰也；雷霆乍惊，宫车过也；辘辘远听，杳不知其所之也。(同上)

(清)袁耀《阿房宫图》

文章的后半部分以阿房宫的奢华为靶子来分析秦国覆灭的原因：

秦爱纷奢，人亦念其家。奈何取之尽锱铢，用之如泥沙？使负栋之柱，多于南亩之农夫；架梁之椽，多于机上之工女；钉头磷磷，多于在庾之粟粒；瓦缝参差，多于周身之帛缕；直栏横槛，多于九土之城郭；管弦呕哑，多于市人之言语。使天下之人，不敢言而敢怒，独夫之心，日益骄固。戍卒叫，函谷举。楚人一炬，可怜焦土。(同上)

从阿房宫的壮观可以见出秦的豪奢，而秦之豪奢又与天下之穷困形成鲜明对比，独夫之骄固与天下人之愤怒亦形成对比，以致有“楚人一炬，可怜焦土”的结果。貌似强大的秦国瞬间就毁于一旦，文章以此忠告统治者应当吸取秦亡的教训，珍惜物力民力。

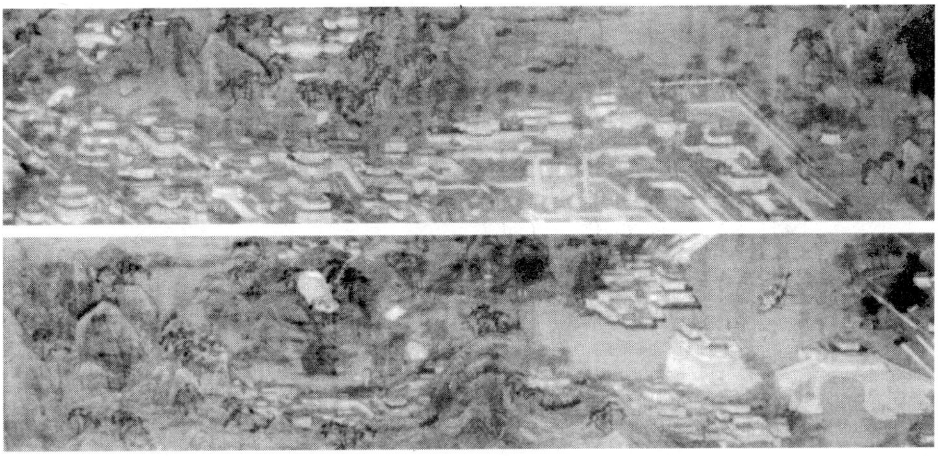

题（唐）李昭道《阿房宫图》

《阿房宫赋》在文体上是一篇赋，但文章也融合了骈文、散文的特点，既有错落有致的声韵之美，也不拘于四六句和声律。其中极写宫殿之盛，美女、宝物之多的部分运用了汉赋的铺排手法，但并不一味铺张，而是围绕中心进行了形象化的描写。这样就把议论的主旨与叙事、描写、抒情等因素有机结合起来，形成了文章寓意深刻、气势充沛的特点。

【温故知新】

古文运动　文起八代之衰的韩愈文　清幽峻洁的柳宗元文　晚唐小品和杂文　骈文和辞赋

【请你思考】

1. 简析中唐古文运动的理论纲领及对当时和后世散文创作的影响。

2. 论述韩愈的古文理论在他创作中的体现。

3. 解读柳宗元散文清峻幽洁的风格。

4. 举例说明晚唐小品文的艺术特征。

5. 以李商隐的作品为例分析晚唐骈文的特点。

【推荐阅读】

（唐）韩愈．韩昌黎全集．北京：中国书店，1991

（唐）柳宗元．柳河东集．上海：上海古籍出版社，2008

顾颉刚校点．白居易集．北京：中华书局，1979

（唐）李商隐．（清）冯浩详注．（清）钱振伦，钱振常笺注．樊南文集．上海：上海古籍出版社，1988

（后晋）刘昫等．旧唐书．北京：中华书局，1975

（宋）欧阳修，宋祁．新唐书．北京：中华书局，1975

（宋）苏轼．东坡志林．北京：中华书局，1981

（明）茅坤编．唐宋八大家文钞．上海：上海古籍出版社，1993

（清）董诰等编．全唐文．北京：中华书局，1983

（清）刘熙载．艺概．上海：上海古籍出版社，1978

林纾．韩柳文研究法．上海：商务印书馆，1920

第四章 传奇小说和俗讲、变文

【导入】

我国小说在经过魏晋南北朝的酝酿、萌芽后，至唐代出现了传奇。唐传奇标志着文言小说的成熟，也标志着我国叙事文学发展到一个新的阶段。中国小说从此走出了预备期，成为可以和诗歌、散文等相提并论的文学体裁。唐传奇是文人和民间文化相结合的产物，它身上寄托了不同阶层的社会理想和人生信念，因此，唐传奇所体现的思想价值和美学价值又不同于诗词文赋，有其独特的魅力。俗讲和变文对中国的说唱艺术有很大的影响。

第一节
唐传奇的兴起

一、唐传奇“始有意为小说”

鲁迅（1881—1936）说：“小说亦如诗，至唐代而一变，虽尚不离于搜奇记逸，然叙述宛转，文辞华艳，与六朝之粗陈梗概者较，演进之迹甚明，而尤显者在是时则始有意为小说。”[①] 六朝志怪小说，“由于作者在写作时都把怪异之事当作真事，按史家‘实录’原则如实记载”，“因而志怪小说的创作一般还不是有意识的文学创作”[②]。而志人小说的小说因素更少。所以，六朝小说在文学样式上尚未完全自觉。唐传奇则大多为文人有意识的创作，而且在人物塑造、情节描写和抒情表意等方面，都达到了一个新的水平。唐传奇的出现标志着中国有了成熟的小说文体。

（一）初盛唐承继志怪

初盛唐时期，小说数量较少，而且在内容和形式上基本承继六朝志怪小说的特点，流传至今的只有三部：《古镜记》、《补江总白猿传》和《游仙窟》。这三部传奇都有明显的志怪特点。

《古镜记》作者王度（585？—625？）是王绩之兄。小说叙述了一面神奇的古镜降妖伏魔的故事，神镜一方面认为妖物是上天惩罚罪人的一种手段，一方面又帮助人类战胜妖物，显示了作者对妖异事件的理解尚不成熟。这面神镜前后串联了十二则伏妖故事，其中志怪小说的影响很明显。不过，《古镜记》的记叙和描写要比六朝志怪小说曲折细腻得多。

《补江总白猿传》作者无考，故事记载梁将欧阳纥略地至长乐，其妻被白猿掠走，欧阳纥追入深山，救回妻子，但妻子已经怀孕，生子类猿，“聪悟绝人”，后以“文学善书，知名于时”。小说意在猎奇，但所记述欧阳纥救妻故事，又颇有英雄气概。

《游仙窟》作者张鷟（约660—740），字文成，以文才闻名。所谓仙窟实指妓院。小说以文士张文成为主人公，写其夜投大宅，与十娘五嫂相遇，宴饮欢笑，诗歌酬唱，止宿而去。情节简单，但其中有大量场面描写，文字采用骈散结合的方式，有不少诗文穿插期间，文风华丽。《游仙窟》基本脱离了志怪小说的主题，而以人事为描写对象，完成

① 鲁迅：《中国小说史略》，见《鲁迅全集》，第8卷，54页，北京，人民文学出版社，1957。

② 齐裕焜主编：《中国古代小说演变史》，20页，兰州，敦煌文艺出版社，1994。

了志怪小说到传奇小说的转变。

（二）中唐描绘现实

中唐时期，传奇迅速发展，达到了高潮。一些著名的文人加入到传奇的写作队伍中，并创作了不少具有很高艺术价值的传奇作品。流传至今的有代表性的唐传奇作品，大多数产生于这一时期。

这一时期的传奇，已经完全摆脱了志怪小说的影响，内容以现实生活为主，即使是以神怪为描写对象的作品，其主旨往往也落在现实上。主题以揄扬男女爱情、再现官场的矛盾斗争、反省安史之乱前后的历史变化等为主，较为全面地反映了当时社会的状况，塑造了各类人物，尤其是塑造了一些引人注目的女性形象，如霍小玉、女娃、倩娘等。这些传奇作品在人物刻画、情节结构、想象和描写等方面，都达到了前所未有的水平。

中唐传奇流传至今的约有四十多种，著名的传奇作品有沈既济（750？—800）的《任氏传》和《枕中记》、蒋防（生卒年不详）的《霍小玉传》、李公佐（生卒年不详）的《南柯太守传》、白行简（776—826）的《李娃传》、元稹的《莺莺传》、陈鸿（生卒年不详）的《长恨歌传》、李朝威（生卒年不详）的《柳毅传》、陈玄佑（生卒年不详）的《离魂记》、李景亮（生卒年不详）的《李章武传》等。其中《莺莺传》、《李娃传》、《长恨歌传》等，都是与长篇歌行体诗歌相辅而成的。诗和传的配合，是这一时期出现的一种特殊文学现象。诗歌的介入，增加了传奇的抒情性特点，也提高了传奇的地位。

（三）晚唐玄怪豪侠

晚唐时期，传奇作品的数量有增无减，出现了不少传奇小说集，如牛僧孺（799—847）的《玄怪录》、李复言（生卒年不详）的《续玄怪录》、袁郊（生卒年不详）的《甘泽谣》、裴铏（生卒年不详）的《传奇》、皇甫枚（生卒年不详）的《三水小牍》、薛用弱（生卒年不详）的《集异集》等。但在内容上，这一时期的传奇又回到猎奇的老路上，以描写神异事件为主，而且大多篇幅短小，情节简单，在社会关注程度和艺术水平上，都不如中唐时期，显示了唐传奇开始由盛转衰。

这一现象也与当时文人社会信心失落、对政治的关怀减弱有关。不过，晚唐传奇作品也有自己的特点，那就是出现了一些以豪士侠客为主人公的作品。这些豪侠或者有意问鼎大位，或者除暴安良，或者快意恩仇，这是前期作品中所少见的。如袁郊的《红线传》、裴铏的《聂隐娘》和《昆仑奴》、杜光庭（850—933）的《虬髯客传》、薛用弱的《贾人妻》等，都是较为出色的作品。此外，还有一些其他题材的作品，如薛用弱的《无双传》、裴铏的《裴航》等描写爱情，牛僧孺的《郭元振》写伏魔等，也都具有一定的艺术成就。

现存唐传奇作品单篇四十多篇，专集四十余部，大都被保存在宋初李昉等编写的《太平广记》中。后鲁迅辑有《唐宋传奇集》。

二、唐传奇产生的原因

(一) 城市生活的滋养

唐朝社会经济的发展，使得城市有很大规模的发展，城市生活不但以其新奇丰富的内容为传奇小说提供了充分的素材来源，而且市民生活有强烈的娱乐需要，会极大地刺激游艺活动的发展。市民之外，文人的游冶宴集时尚，也使他们贴近市民生活，并参与到诸种游艺活动之中。在这些游艺活动中，有专业从事说话的艺人，"市人小说"和"俗讲"相当流行。这些演艺形式都与讲述故事有关，它们赢得了各阶层的欢迎。元稹《酬翰林白学士代书一百韵》云："翰墨题名尽，光阴听话移。"句下有自注云："乐天每与予游，从无不书名屋壁。又尝于新昌宅说《一枝花》话，自寅至卯未毕词也。"连白居易、元稹这样的文人都喜爱说话艺术，可见说话这种说唱艺术已经在士大夫阶层中流行。文中所说的《一枝花》，后经白行简的艺术加工，成为传奇名篇《李娃传》。由此可见，传奇和市民生活、民间说唱艺术有密切联系。

(二) 行卷、纳省卷风气的推动

文人参加进士试时的行卷和纳省卷风气也促进了传奇的发展。"所谓行卷，就是应试的举子将自己的文学创作加以编辑，写成卷轴，在考试以前呈送当时在社会上、政治上和文坛上有地位的人，请求他们向主司即主持考试的礼部侍郎推荐，从而增加自己及第的希望的一种手段"（程千帆《唐代进士行卷与文学》），而纳省卷是指"进士到礼部应试之前……还要向主司官纳省卷"（同上）。而行卷或纳省卷的内容，除了诗文以外，"到开元、天宝以后，渐渐对于诗，有些厌气了，于是就有人把小说也放到行卷里去，而且竟也可以得名。……因之传奇小说，就盛极一时了"（鲁迅《中国小说的历史的变迁》第三讲）。因为文士认为传奇小说能"文备众体，可以见史才、诗笔、议论"（宋赵彦卫《云麓漫钞》卷八），能充分地展示自己的才华，所以，以传奇小说投献也就成为风气。《幽怪录》、《传奇》等集子都曾被用作行卷。

(三) 佛道思想的传播

唐代佛道思想盛行，朝廷提倡三教合一。佛教经典和佛教故事在社会上传播很广，因果报应等思想深入人心，为传奇提供了不少素材。道士、女官具有较高的社会地位，社会求仙问道的风气很浓厚。在这种风气的鼓舞下，民间鬼神崇拜很发达，据载："唐初以来，百姓多事狐神，房中祭祀以乞恩，食饮与人同之，事者非一主。当时有谚曰：'无狐魅，不成村。'"（《太平广记》卷四百四十七《狐神》）因此，神怪故事在社会上很有市场，文人或民间艺人也往往借神怪故事说因果报应或成仙不死之事。也有传奇作品直接取材于宗教文献，如《续玄怪录》中的《杜子春》就是由《大唐西域记》卷七的《烈士池》改编而成的。

（四）唐代文学的影响

唐代文学的多方面成就，也对传奇的发展起了促进作用。前文曾谈及中唐时期歌行体叙事诗的发展，引发了《长恨歌传》等传奇作品的出现，并且影响了传奇小说的题材和抒情倾向。除了唐诗外，唐代古文运动也波及传奇作品的创作。古文运动不但使得散文文体更加自由，以散文叙事与传奇相呼应，而且，古文家还直接参与了传奇小说的创作，如韩愈所作《毛颖传》、柳宗元所作《河间妇传》等，中唐有不少传奇作家也都有古文家的身份，因此，甚至有学者称传奇是古文运动的“别支”。

（五）小说艺术自身的发展

唐传奇也是小说艺术自身发展的结果。六朝志怪小说和志人小说本身就已经具有了一定的成就，并为各阶层所接受，这就为唐传奇的发展提供了接受空间和宝贵的艺术经验。唐传奇有很多故事就直接取材于六朝志怪小说，如《游仙窟》、《枕中记》、《南柯太守传》、《离魂记》等。可以说，唐传奇是六朝志怪小说自然发展的结果。

☞ 多学一点

不同时期的传奇之名

“传奇”之名见于晚唐裴铏所编著的小说集《传奇》，后人始以“传奇”指唐代流行的文言短篇小说。不过“传奇”这一名称在中国文学史的不同时期，指称各不相同，宋代的小说、野史，金元时期的诸宫调、杂剧，明清时期的南戏，都曾被称为“传奇”。被称为“传奇”，除了说明这些文学体裁的内容特征外，还能说明它们与传统的文学样式，如诗歌和散文，在正统文人眼里，有正奇雅俗的区别。

第二节
唐传奇的内容

六朝志怪小说主要是逐奇，或者宣扬神道观念；而唐传奇则主要描写现实，处理社会关注的各种问题，与六朝志怪小说有很大的区别，所以唐传奇在一定程度上反映了唐朝的社会现实和社会风尚，具有一定的认识价值和审美价值。

一、《游仙窟》幻写文人风流

唐传奇早期作品中的《游仙窟》，男主人公是个将要赴任的文人，自称“前被宾贡，已入甲科，后属搜扬，又蒙高第”，以文才科举自负。这样一个功成名就的文士，却有着对风流美色的向往。他自我表白说：“余以少娱声色，早慕佳期，历访风流，遍游天下。”而两个绝世美人五嫂、十娘的出现，正好满足了他的理想。唐文人传奇中的男女情爱的故事很多发生在进士和名妓之间，它实际上反映了新进士人对自己浪漫情怀和自我价值的一种肯定方式。尤其是《游仙窟》的作者干脆以自己的名字命名主人公，以第一人称叙述故事，由此可见作者对这一情事中所包含的行为方式的认同。

二、《李娃传》奇传风尘侠义

《李娃传》写荥阳生进京应试，在平康里邂逅名妓李娃，一见钟情，于是倾囊买欢。当荥阳生资财耗尽之时，李娃虽也眷念荥阳生，但却遵从鸨母的意愿，设计将他逐出。荥阳生流落街头，以为殡仪队唱挽歌谋生。小说描写其唱挽歌的情景曰：“整衣服，俯仰甚徐，申喉发调，容若不胜。乃歌《薤露》之章，举声清越，响振林木，曲度未终，闻者歔欷掩泣。”从中可以看出作者对荥阳生的同情。荥阳生的行为为其父荥阳公发觉，因恨其污辱家门，将其鞭笞至重伤。荥阳生沦为乞丐，以伤病之躯在风雪里煎熬。李娃见此感慨曰：“令子一朝及此，我之罪也!”于是自赎为良，精心护理照料荥阳生，并勉励其重拾功课，终于高擢甲第。李娃终得荥阳生明媒正娶，并被封为汧国夫人。这一故事除了表现进士和妓女的两美风流外，更通过两人身份地位的变化，显示了两者在命运上的联系。这种命运变化，对于妓女李娃来说，是以婚姻为前提的。而婚姻对女性的要求，在美貌和多情之外，更要求德行。所以作者在描写李娃时，又着重强调了李娃的善良。她拯救了沦落为丐的荥阳生，不仅如此，在荥阳生金榜题名、将要走马任官之时，李娃对荥阳生说：“今之复子本躯，某不相负也。愿以残年，归养老姥。君当结媛鼎族，以奉蒸尝。中外婚媾，无自黩也。勉自思爱，某从此去矣。”显示了高尚的品德。当然，从这句话中也可以看到李娃内心的痛苦，因为婚姻原本就在进士和妓女的风流关系之外，但小说作者也正通过对李娃品德的强调而将其纳入婚姻之中。在进士和妓女主题中加入婚姻的内容，使传奇小说内容更加丰富，也具有更多的社会意义。

三、《霍小玉传》悲记男子薄幸

《霍小玉传》同样也是进士—名妓题材的小说，在两美相合进而步入婚姻时，矛盾冲突开始出现。小说的男主人公李益，“门族清华，少有才思，丽词嘉句，时谓无双”，是个人人称羡的少年进士。而女主人公霍小玉，亦大家出身，沦落为妓，“资质浓艳，一生未见，高情逸态，事事过人，音乐诗书，无不通解”。两人的遇合，正体现了文人对自我风流性情的赏识。但男女遇合总是走不出婚姻的阴影，风流性情和婚姻制度的冲突就成为此类题材难以避开的问题。霍小玉自知和李益的情感遇合必然会为婚姻制度所不容，因此和李益有个八年之约，此后任李益“妙选高门，以谐秦晋”，而自己将出家为尼。这种才色遇合一开始就充满了浓郁的悲剧情调。不久，李益受父母逼迫，娶妻甲族卢氏，使得霍小玉八年之约也落了空。霍小玉相思成疾，而李益“惭耻忍割”，不来探视。于是，“风流之士，共感玉之多情；豪侠之伦，皆怒生之薄行”，有黄衫豪士将李益强拉至霍小玉居所。霍小玉悲愤难忍，斥责李益说：

霍小玉形象

> 我为女子，薄命如斯；君是丈夫，负心若此！韶颜稚齿，饮恨而终；慈母在堂，不能供养；绮罗弦管，从此永休。征痛黄泉，皆君所致。李君李君，今当永诀！我死之后，必为厉鬼，使君妻妾，终日不安！

说完之后，“乃引左手握生臂，掷杯于地，长恸号哭数声而绝”。结局极为凄厉，展示了这一冲突的残酷。在这一悲剧冲突中，小说作者着意塑造一个身处低贱，却有着刚烈的性情、敢爱敢恨的女性形象，并对负情男子给予严厉的谴责。这与元稹的《莺莺传》为负心男子曲意维护大异其趣。《霍小玉传》实际上已将原来的进士—名妓题材，由歌咏文士风流性情改造为对社会制度的批判和对女性悲剧的同情。

☞ **多学一点**

唐传奇中的爱情小说

唐传奇中的爱情小说，如《任氏传》写人狐相恋、《离魂记》写魂魄离体、《裴航》写人仙相爱等，则具有明显的怪异神奇色彩，受六朝志怪小说的影响较深，主要歌颂爱情的忠贞。《柳毅传》写柳毅和龙女的离合故事，既表现了柳毅侠义济困的品行，也赞扬了龙女以爱相报的精神。这些小说虽不以现实生活为描写对象，但也曲折地反映了才德美色相遇合的理想。

四、昏暗政治孕育豪侠题材

唐传奇中另一类比较特殊的主人公是豪侠义士，这一类作品多出现在晚唐时期。豪侠义士形象受到重视，与当时的政治形势有关。晚唐朝廷中宦官弄权，党争激烈，而藩镇权重，为扩张势力，往往拥兵攻伐，甚至脱离朝廷公然称王。一些藩镇蓄养刺客，如平卢节度使李师道使刺客于元和十年（815）刺杀宰相武元衡，刺伤中丞裴度，一时朝中人人自危。在这种具有浓烈末世色彩的乱世之中，人们开始对朝廷和政治失望，而寄希望于游侠豪杰之士，幻想着这些豪侠能拔剑而出，扶危济困，平定社会，将百姓从水深火热之中解救出来。豪侠题材的传奇小说即反映了这种社会情绪。

五、红线女智勇息兵乱

《红线传》中的女侠红线，是潞州节度使薛嵩的青衣，而魏博节度使田成嗣觊觎潞州，谋出兵夺取。在薛嵩无计可施的时候，红线挺身而出，“饰其行具”，“倏忽不见”，并在一夜间往返七百里，从田成嗣枕前盗得七星剑的金盒，此举震慑了田成嗣而使其不敢轻举妄动。这一情节本身就充满了神奇的色彩，而红线在描述自己的行程时曰“见铜台高揭，而漳水东注，晨飙动野，斜月在林”，又有着浓郁的闲逸情致。红线的一夜行程，“两地保其城池，万人全其性命，使乱臣知惧，烈士安谋”。可见作者之所以要塑造这样一个女侠，正是有感于藩镇割据混战，使国家动摇，百姓丧生，而朝廷无能，于是只能将平息藩镇的愿望寄托在侠客身上。

六、虬髯客大义避真主

《虬髯客传》则从报主救患这一主题中振拔出来，从更高的精神层次上描写了侠客的形象。这篇传奇将故事的背景放在隋末纷争之时，隋司空杨素宠妓红拂，因不满杨素的尸位素餐，而与布衣奇士李靖私奔，在逃往太原途中结识虬髯客，并成为莫逆之交。虬髯客豪侠仗义，行动诡异，富甲王公，他不同于红拂和李靖要择主而事，而是胸怀天下，有志图王。后由于李靖的引见，虬髯客得以一睹李世民的丰姿，并由衷地感叹曰“真天子也”，于是将自己的资财留给李靖，嘱其辅佐李世民成就大业，而自己则飘然避往海外，自立为王。后人以红拂、李靖、虬髯客为风尘三侠。这篇传奇的思想内涵较为复杂。虬髯客主动避让李世民的行为，也说明了唐朝得天下的命定原因，小说就此议论云：“乃知真人之兴也，由英雄所冀。况非英雄者乎？人臣之谬思乱者，乃螳臂之拒走轮耳。我皇家垂福万叶，岂虚然哉!”这显然有警告天下藩镇的意思。但从小说本身来说，虬髯客乱世图王的志向，又是作者所赞赏的。当此晚唐乱世，士人对朝廷失去信心，天下汹汹，虬髯客的形象又不能不触动那些英雄豪杰内心的憧憬。此外，当虬髯客发现李世民“真英主也，三五年内即当太平”时，能主动避往海外，放弃争夺，这似乎也表达了小说作者既希望真命天子出来拯救天下，又希望天下英雄能识大体、弥纷争的理想。总之，《虬髯客传》即反映了晚唐社会混乱，民心思贤，民心思治，也反映了乱世豪侠建功立业的英雄理想。

☞ **多学一点**

内容丰富的唐传奇

唐传奇除了爱情和侠客题材外，还有一些其他内容的作品。如沈既济的《枕中记》和李公佐的《南柯太守传》，写人生无常，世间的荣辱穷达终不过是黄粱一梦，表达了道教的意趣，但这两篇传奇在客观上也揭露了封建政治的腐败和虚伪。此外一些历史题材的传奇，如《长恨歌传》、《海山记》、《开河记》，或反思历史，或借古讽今，扩大了传奇的表现领域，具有一定的社会意义。唐传奇内容丰富，思想也较为复杂，是值得深入研究的。

学术轶事

进士身份的唐传奇作者

杨义（1946— ）所论："唐传奇不少作者自身，也是进士。著名者如张鷟、许尧佐、李公佐、元稹、白行简、沈亚之、牛僧孺、李复言、郑还古之辈，都是有案可稽的进士。因而他们写进士与妓女，多不含儇薄和鄙夷之意，倒往往是作为风流自赏的抒情诗来写。"[①] 在进士—名妓题材中，白行简的《李娃传》和蒋防的《霍小玉传》最有代表性。

第三节 唐传奇的艺术成就

唐传奇在唐朝文学史上有着很重要的地位。《唐人说荟·凡例》引洪迈（1123—1202）语曰："唐人小说，不可不熟。小小情事，凄惋欲绝，洵有神遇而不自知者。与诗律可称一代之奇。"唐传奇真正摆脱了撰史意识，"始有意为小说"（鲁迅《中国小说史略》），使小说作为一种独立的文学体裁而发展至成熟阶段。作为一种独立的文学体裁，唐传奇表现出很多特点。

① 杨义：《中国古典小说史论》，152页，北京，中国社会科学出版社，1995。

一、编织故事大胆虚构

唐传奇为编织故事而有意识地使用了虚构的创作方法。六朝志怪小说虽多荒诞不经，但在作家的主观意识上，却相信实有其事，他们只是照录而已。而唐传奇作者却真正发挥了自己的想象。除了那些明显是虚构出来的故事外，如《长恨歌传》这样以历史事件为对象的作品，其中的细节描写很多都是借助想象来完成的。许多小说情节曲折、细腻，都得力于虚构的创作方法。

二、形象刻画生动传神

唐传奇在人物形象的刻画方面，取得了很大的成功。像霍小玉、李娃、虬髯客、柳毅、莺莺等这些形象，都是呼之欲出，给后人以很深的印象。唐传奇作品已经注重从人物性格、神态和行为等方面总体塑造人物，并且具有个性色彩。如同是妓女，李娃形象艳冶，性格深沉，而霍小玉形象华美，性格坚强；同是侠客，红拂果敢而有胆识，李靖冷静而有智慧，虬髯客豪放而有胸襟，等等。人物形象刻画是小说艺术的一个重要方面。

三、叙事曲折多致

唐传奇在叙事时，情节丰富而又多曲折变化，显示出结构完整、布局谨严的特点。如《柳毅传》为同时展开爱情和侠义两个主题，先写柳毅仗义传书，钱塘君在解救龙女后，又威逼柳毅和龙女成婚。柳毅虽对龙女有情，但一方面要完善侠义不图报的精神，另一方面要反抗钱塘君的仗势逼迫，所以毅然拒绝，致使波澜横生。龙女在柳毅两次丧妻之后，化为人形嫁给柳毅，但却在相当长一段时间内隐瞒了自己的身世。这些情节的设计都是为了兼顾侠义和爱情两个主题，环环相扣，很是严密，显示了较高的叙事水平。

四、语言丰腴华美

唐传奇对于文人来说，还有一个目的，即“著文章之美，传要眇之情”（沈既济《任氏传》），所以很讲求语言之丰腴华美。传奇作品中或含有大量的骈文、诗歌，或吸收唐代古文革新的成果，甚至提炼民间俚语，因此不论是塑造形象、描绘场景、叙述行动，还是渲染气氛、抒情立论，都能自然流动，左右逢源，具有相当的表现力。如《柳毅传》中写钱塘君闻侄女受难，愤而化龙一段云：

语未毕，而大声忽发，天拆地裂，宫殿摆簸，云烟沸涌。俄有赤龙长千余尺，电目血舌，朱鳞或鬣，项掣金锁，锁牵玉柱，千雷万霆，激绕其身，霰雪雨雹，一时皆下，乃擘青天而飞去。

这一段描写语言整饬，词采灿然，富有节奏感，成功地渲染出激烈、壮大的气势，也形象地表现出钱塘君怒火爆发的情势。唐传奇的语言特色是民间口语和文人语言的有机结合，而在总体上表现为华赡流利、虚实相生、描写生动等特点。

第四节
俗讲和变文

一、寓教于乐弘教义——俗讲的由来

佛教进入中国之后，在唐朝得到了朝廷的认可。僧徒为了弘扬教义，常举行讲经活动。其中面向俗众的讲经被称为俗讲。唐朝寺庙有专门的俗讲僧，俗讲僧中专事咏唱佛经的叫都讲，而对佛经进行解释、发挥的叫法师。俗讲时，先由都讲咏诵经文一段，然后由法师讲解，如此循环，直至将一部经典讲完。俗讲在唐代民间社会非常受欢迎，朝廷也时常鼓励俗讲。据载，开成六年（840），唐武宗为改年号，曾“敕于左右街七寺开俗讲”，“正月十五日起首至二月十五日罢”（圆仁《入唐求法巡礼行记》），可见规模极为庞大。在这些俗讲活动中，出现了一些著名的俗讲法师，如有个叫文溆的和尚，“善吟经，其声宛扬，感动里人”（段安节《乐府杂录》）。而俗讲的目的，除了弘扬佛法外，还有“悦俗邀布施”（《资治通鉴·唐敬宗纪》）。所以俗讲的内容往往要迎合俗众的喜好，如赵璘《因话录》记载文溆的俗讲云：“有文溆僧者，公为聚众谈说，假托经论，所言无非淫秽鄙亵之事。不逞之徒，转相鼓扇扶树。愚夫冶妇，乐闻其说，听者填咽寺舍，瞻礼崇奉，呼为‘和尚教坊’。”所谓教坊，指的就是民间的歌舞场所。从这一段记载可以看出，俗讲的内容，已经越出了佛教经义的范围，而与世俗社会的娱乐活动相仿佛了。

概念解析

变文

俗讲的底本，除了押座文外，敷陈经文意旨的是讲经文，为吸引俗众而说唱的佛教故事或民间故事即是变文。就俗讲来说，讲经文是主要的，而变文是次要的。变文名字的由来，可能与佛教的“变现”（即幻境显现）、“变相”（以图像说佛经）有关（向达《敦煌变文集》），也可能与唐时民间流行的说唱形式“转变”有关，两者之间的关系在学术界尚有争论。

☞多学一点

变文的内容

现存的敦煌变文大致包括这几类：佛教故事，如《降魔变文》、《破魔变文》、《目连救母变文》等；历史故事，如《伍子胥变文》、《王昭君变文》、《汉将王陵变》等；时事，如《张义潮变文》、《张淮深变文》等；民间传说故事，如《董永变文》、《孟姜女变文》等。

二、宗教奇闻扬佛法——佛教故事题材

演说佛教故事的变文，往往渲染佛法的广大或以故事铺陈敷衍经文，通过种种浪漫夸张的艺术手法，呈现出一个个千变万化、神奇莫测的宗教场景。

如《破魔变文》中描写如来在面对三位魔女的色诱时大显神通云：

> 世尊（如来）垂金色臂，指魔女身，三个一时化作老母。且眼如朱盏，面似火曹，额阔头尖，胸高鼻曲，发黄齿黑，眉白口青。面皱如皮裹髑髅，项长一似筋头腿子。浑身锦绣变成两幅布裙，头上梳钗变作一团乱蛇。身倦项缩，恰似害冻老鸱；腰曲脚长，一似过秋谷鹤。浑身笑具，是甚尸骸。三个相看，面无颜色。心中不分，把镜照看：空留百丑之形，不见千娇之貌。

待三魔女跪请忏悔之后，如来慈悲心发，转瞬之间，又使三人恢复美貌，而且更胜于前。美与丑之间的瞬间变化，一方面显示了美色的虚幻，另一方面又展示了佛法无边，想象奇幻，构境瑰丽，具有很大的震撼力，体现了宗教文学的特点。为了表现佛法的强大，变文往往写出魔法的多次变化，因此在结构上采用层层叠加的方法。如《降魔变文》中写舍利佛从容变出金刚、狮子和鸟王，分别战胜魔道六师所变化的宝山、水牛、毒龙等。我们在《西游记》中还能看到这种变化斗法方式的影响。

目连救母

《目连救母变文》表现佛弟子目连为将生母救出苦海，历经艰险，无所畏惧，遍寻地狱，最终从阿鼻地狱中找到正受酷刑的母亲，但却挽救不得，甚至连送上的

饭也变为猛火。目连心如刀割，表示要以身相代，但为狱主所拒。目连终以孝心打动世尊，世尊动用无边法力，使其母“还得人身”。整个故事宣扬“孝”德，佛家希望借助孝道和世俗伦理社会相融通，为世俗社会所接受，显示了佛教到中国后的一些变化。故事着力渲染了地狱的阴森恐怖，描绘了目连舍生忘死出入地狱的艰难经历，并多方展现目连悲苦哀痛的心怀，所以整篇作品都充满了紧张的气氛，并有着浓郁的抒情色彩。这篇变文本身的宗教文学特点很明显，而且由于它在人物塑造和情感表达方面的成功，又使其糅合了世俗文学的特点。

三、历史故事彰忠节——历史时事题材

以历史故事和时事为题材的变文，虽然在形式上受佛教变文影响，但所表达的则完全是世俗社会的思想。伍子胥在《史记》中是作为一个复仇者的形象出现的，所表现的是个人的意志。而这一形象与世俗伦理有抵牾之处，因此，《伍子胥变文》中增加了不少情节，如打纱女在劝勉和赠食后自沉，伍子胥与妻子、姐姐相遇，渔人在救助伍子胥后覆舟而死等，渲染了伍子胥的悲惨命运，以及普通百姓的同情和支持，并以此来确立伍子胥复仇行为的正义性质，一再赞颂伍子胥“忠心尽节”的品质。伍子胥的故事在民间流传甚广，与这篇变文有很大的关系。此外，如《王昭君变文》描述王昭君在塞外受到的种种礼遇，以及她对故乡的思念之情等，也都有所发挥。世俗题材的变文在刻画人物和情节描写方面有着更高的艺术成就。如伍子胥向打纱女乞食一段云：

> 子胥行至颍水旁，渴乏饥荒难进路。遥闻空里打纱声，屈节斜身便即住。虑恐此处人相掩，捻脚攒形而映树。良久隐审不须惊，渐向树间偷眼觑。津旁更亦没男夫，唯见轻盈打纱女。水底将头百过窥，波上玉腕千回举。即欲向前从乞食，心意怀疑生犹豫。进退不敢辄思量，踟躇即欲低头去。

这一段唱词将伍子胥在逃亡途中惊恐不安的处境和谨小慎微的心态表现得非常充分，体现了变文在人物刻画和故事叙述方面的艺术成就。

四、清文丽句传后世——变文的语言特色

变文的韵散相间的语言形式，很适合表达故事和抒情。如《伍子胥变文》写伍子胥渡过吴江后，因“愧荷渔人，哽咽悲啼不已，遂作悲歌而叹曰”：

> 大江水兮淼无边，云与水兮相接连。痛兮痛兮难可忍，苦兮苦兮冤复冤。自古人情有离别，生死富贵总关天。先生恨胥何勿事？遂向江中而覆船。波浪舟兮浮没沉，唱冤枉兮痛切深。一寸愁肠似刀割，途中不禁泪沾襟。望吴邦兮不可到，思帝乡兮怀恨深。傥值明主得迁达，施展英雄一片心。

这一段唱词能很好地抒发伍子胥内心的负疚和悲伤，也抒发了渔人之死对伍子胥自己的

激励，并营造出一种悲愤激越的气氛。这虽然是一段韵文唱词，但在语言风格上，却表现为平易畅达，有着明显的口语特征。这也是变文的总体语言风格。当然，变文中也有一些或典雅、或华丽的语言，如《降魔变文》中对佛家胜地的描述：

> 不远不近，显望当途，忽见一园，竹木非常蓊蔚。三春九夏，物色芳鲜；冬际秋初，残花蓊郁。草青青而吐绿，花照灼而开红。千种池亭，万般果药。香芬芬而扑鼻，鸟噪聒而和鸣。树动扬三宝之名，神钟振息苦之响。祥鸾瑞凤，争呈锦羽之辉；玉女仙童，竞奏长生之乐。

这一段文字有骈文的特点，文风清丽，色彩斑斓，很符合它所要表现的内容。

唐代变文对后世说唱艺术有着很大的影响，后世不少曲艺作品都从变文改编而成。最著名的如目连故事，宋代有杂剧搬演目连故事，明初郑之珍（1518—1595）编《目连救母行孝戏文》收戏达一百出，清张照编《劝善金科》更搜集此类戏达二百四十出。

☞多学一点

变文的形式特征

从敦煌所保存的变文来看，变文的形式一般由散文和韵文交错组成，也就是说它在表演时是说唱相间，不同的变文在说和唱方面各有侧重。唐人吉师老有诗描述当时说唱变文的情景云："妖姬未著石榴裙，自道家连锦水渍。檀口解知千载事，清词堪叹九秋文。翠眉颦处楚边月，画卷开时塞外云。说尽绮罗当日恨，昭君传意向文君。"（《看蜀女转昭君变》）所说大约是在民间"变场"中的"转变"演出。其中"翠眉颦处楚边月，画卷开时塞外云"两句，是说在说唱变文时，还同时给观众展示图画，说唱词和图画配合，将故事表演完。

【温故知新】

唐传奇及其繁荣的原因　唐传奇的内容　唐传奇的艺术成就　俗讲　变文

【请你思考】

1. 回顾唐传奇的具体发展与演变。

2. 中唐时期是唐传奇的鼎盛时期，在这一时期出现了哪些优秀的传奇作者与作品？这些传奇作者的身份有些什么特点？

3. 思考传奇何以在唐代得到了极大地发展，成为我国小说成熟的标志。

4. 结合具体传奇作品阐述唐传奇的艺术之美。

5. 简述唐代变文对后世说唱艺术的影响。

【推荐阅读】

（宋）李昉等编．太平广记．北京：中华书局，1961

鲁迅校录．唐宋传奇集．哈尔滨：北方文艺出版社，2006

鲁迅．中国小说史略．见：鲁迅全集．第8卷．北京：人民文学出版社，1957
程千帆．唐代进士行卷与文学．上海：上海古籍出版社，1980
齐裕焜主编．中国古代小说演变史．兰州：敦煌文艺出版社，1994
杨义．中国古典小说史论．北京：中国社会科学出版社，1995
郑振铎．插图本中国文学史．上海：上海人民出版社，2005
王重民等编．敦煌变文集．北京：人民文学出版社，1957
张锡厚．敦煌文学源流．北京：作家出版社，2001

第五章 词的兴起和成熟

【导入】

唐诗的高度繁荣也推动了其他文学形式的发展，其中词的兴起对中国传统文学的影响至为深远。词产生于唐，经过晚唐五代，至宋而蔚为大观，成为中国传统文学的主要样式之一。词以其特有的神情韵致和曼妙多姿的艺术形式，在社会文化生活中起着重要的作用，晚唐五代以后差不多所有有才华的文学家都钟情于这一文学样式，并为中国文学史留下了大量足以和诗相媲美的优秀作品。

第一节
词的产生

词，初称曲子或曲子词，是一种合乐演唱的诗歌形式。古代乐府诗也是合乐演唱的，但一般是先有诗后配乐，因此还是以诗为主。而唐五代词却是先有乐，然后再按调填词，音乐本身在这一创作过程中实有重要的作用。因此，要了解词的产生过程，必须先了解相关的音乐发展过程和音乐的社会作用。

一、燕乐与词的起源

与词的兴起有直接关系的是燕乐。所谓“燕乐”就是用于“宴享”的音乐。据《宋史·乐志》载，唐太宗时设十部乐，“一曰燕乐，二曰清商，三曰西凉，四曰天竺，五曰高丽，六曰龟兹，七曰安国，八曰疏勒，九曰高昌，十曰康国，而总谓之燕乐”。这其中除清商、高丽外，其他诸乐都来自西域或中亚，所以，隋唐燕乐的主体实是胡乐。胡乐比起传统的雅乐来，节奏明快，旋律婉转，更能引起人们的兴奋之情。早在北朝时期，人们就对西域音乐十分喜爱，“感其声者，莫不奢淫躁竞，举止轻飙，或踊或跃，乍动乍息，跻脚弹指，撼头弄目，情发于中，不能自止”（《通典》卷一百四十二）。胡乐以琵琶为主要乐器，琵琶音域宽广，繁复细腻，如白居易《琵琶行》所描述的那样，具有很强的音乐表现力。唐人对琵琶演奏极度热爱，刘禹锡《曹纲》诗咏叹这位琵琶高手说：“大弦嘈囋小弦清，喷雪含风意思生。一听曹纲弹《薄媚》，人生不合出京城。”可见人们对胡乐的喜爱。

二、唐玄宗与唐代音乐的发展

唐玄宗本人的音乐爱好和音乐才能，对唐朝音乐的发展起到了重要的推动作用。唐玄宗于宫内“更置左右教坊以教俗乐……又选乐工数百人，自教法曲于梨园，谓之‘皇帝梨园弟子’，又教宫中习之，又选伎女，置宜春院，给赐其家”（《资治通鉴》卷二百一十一）。而教坊也就成了各种乐曲汇集的中心，不但收集胡乐、民间里巷之曲，也有自制的各种新曲。据统计，开元、天宝间的教坊曲共有三百二十四支，其中有用于歌唱的，有用于舞蹈伴奏的，也有用于扮演戏弄的。而用于歌唱的曲子后来演变为唐五代词调的，有七十九支之多，另有四十余曲，到宋后被转为词调。① 这些能被转为词调的曲子，多是

① 以上统计数字见吴熊和：《唐宋词通论》，16～18页，杭州，浙江古籍出版社，1989。

燕乐中的杂曲小唱。

三、歌妓与文人的交流

唐代教坊的设立，在很大程度上也促进了竞逐新声的社会风气。唐时，不仅藩镇、衙门有官妓或营妓，士大夫也往往蓄有家妓。“官妓与家妓均以歌舞为职业，也都主要以士大夫为服务对象。所以，她们的隶属籍贯虽然不同，其歌舞表演却共同构筑成了士大夫社会的一种生活样式和时尚。”[①] 而市井之中，歌妓亦复不少，如长安之平康里就是诸妓会聚之所。[②] 这些歌舞妓女的重要活动就是佐酒弹唱，不但官妓、家妓如此，市井之妓亦是如此，如孙棨（生卒年不详）就径直称平康里的妓女为“京中饮妓”，甚至教坊乐妓也会被请到官场或新进士的宴集上来演唱佐酒。白居易《长安道》诗云：“花枝缺处青楼开，艳歌一曲酒一杯。美人劝我急行乐，自古朱颜不再来。”所写的就是妓乐佐酒的场面。宫廷教坊中的乐工歌妓在中晚唐后，由于战乱、裁减等原因，不断地流落民间，将教坊乐曲也带到了民间，并使之在社会上广泛传播，促进了音乐的交流，也扩大了对曲辞的需要，刺激了文人的创作积极性。

歌妓和文人的交流，是词产生的条件。所谓“乐童翻怨调，才子与妍词”（白居易《杨柳枝二十韵》），说的就是音乐和诗歌的结合。文人的趋新心态，歌妓之间的竞争关系，都促使了歌词的不断翻新。白居易《九日寄微之》云：“怕飞杯酒多分数，厌听笙歌旧曲章。”同一支曲子，需要不断以新词和它配合。酒席上除了演唱活动外，还有酒令。唐代酒令艺术非常发达，花蕊夫人《宫词》云“新翻酒令著辞章”。唐代酒令大多数采用曲子歌舞的形式，酒令著辞活动促进了小令体词的发展。今存一百多种以“令”为名的词调，都与酒令有关。唐时的歌曲很多是以五、七言诗入乐的，被称为“声诗”，宋人王灼（生卒年不详）说：“李唐伶伎，取当时名士诗句入歌曲，盖常俗也。”（《碧鸡漫志》卷一）《集异记》中所记载的王昌龄、高适、王之涣“旗亭赌唱”的故事，就说明了当时以诗入乐的情况。由于乐曲本身有自己的特点，与整齐的五、七言诗总有些不谐之处，乐人往往在歌中杂用“和声”、“虚声”，以求得顺畅。直到刘禹锡作《忆江南》二首“和乐天春词，依《忆江南》曲拍为句”，文人始自觉依照曲调而作成长短句，以求歌词和音乐的和谐。除此而外，文人更注意声韵和曲调的搭配，形成词的格律特点。词始和声诗判然有别，并独立发展，至晚唐五代蔚为大观。

由于词产生于歌舞宴席之间，产生于文人和歌妓的交往之中，所以，词天生就具有婉约言情的特点，因而在相当长的时间里，它不登大雅大堂，而与诗保持着俗和雅的区别。这也是词和诗在文化品味上的区别之所在。

---

① 沈松勤：《唐宋词社会文化学研究》，48页，杭州，浙江大学出版社，2000。

② 唐人孙棨作《北里志》，详细记录了平康里中诸妓的生活、歌舞等情况，可参看。

第二节 民间风情

唐五代民间词主要保存在敦煌文献中，其中《云谣集杂曲子》是一部民间词的总集，收录词三十余首。[1] 其编定时间要比第一部文人词集《花间集》的编定早出近三十年。其他大量的曲子词散见于不同的卷子之中，数量很多。

一、敦煌词的题材

敦煌词的作者基本上都来自民间，所以在艺术形式上和当时的文人诗差别很大，而总体上显示出质朴的特点，以民间口语为多。词中所咏唱的主题也较为驳杂，涉及社会生活的多个层面。如王重民（1903—1975）所言："有边客游子之呻吟，忠臣义士之壮语，隐君子之怡情悦志，少年学子之热望与失望，以及佛子之赞颂，医生之歌诀，莫不入调。"（《敦煌曲子词集·叙录》）如《失调名》写边塞之苦云："十四十五上战场，手执长枪。低头落泪悔吃粮，步步近刀枪。昨夜马惊辔断，惆怅无人遮拦。"诗中纯粹士卒声口，所表达的恐惧、伤怀之情，与文人边塞诗中的思乡之忧郁，在情调上颇有不同。再如《酒泉子》："每见惶惶，队队雄军惊御辇。蓦街穿巷犯皇宫，只拟夺九重。　长枪短剑如麻乱，争那失计无投窜。金箱玉印自携将，任他乱芬芳。"写都城军乱场景，当与黄巢起兵之事有关。这些主题，及词中所流露出的简单、淳朴的态度，是文人所无法写出的。

二、敦煌词中的言情之作

敦煌词中当然也少不了"言闺情与花柳者"，这些言情之作，往往具有浓郁的生活气息，能准确地表现下层人民，尤其是妓女们的感情生活，所以较其他词作更有艺术价值。如写真挚爱情，《菩萨蛮》云：

枕前发尽千般愿，要休且待青山烂。水面上秤锤浮，直待黄河彻底枯。　白

① 敦煌文献中，唐人写本《云谣集杂曲子》所收三十余首为词，一般无疑义；而其他各卷中散见的长短句作为演唱作品，哪些是词，哪些不是，则多有不同的看法。因此，各家所整理的敦煌词集在数量上就有很大的差别，如王重民《敦煌曲子词集》收一百六十多首，饶宗颐《敦煌曲》收三百多首，而任二北《敦煌歌辞录》收一千二百多首。

日参辰现，北斗回南面，休即未能休，且待三更见日头。

这首词和汉乐府诗中的《上邪》有异曲同工之妙，都倾诉了对爱情的执著，感情强烈、泼辣，联想丰富，显示了民间感情的特点。

再如《送征衣》写思妇之情：

今世共你如鱼水，是前世因缘。两情准拟过千年。转转计较难，教汝独自孤眠。每见庭前双飞燕，他家好自然。梦魂往往到君边。心穿石也穿，愁甚不团圆。

文人所写思妇诗常以象征手法，抒情哀婉沉郁，而这首敦煌曲子词则冲口直出，抒情直截了当，如面夫直诉，全用口语，是从心中自然流出，风格迥然有异。另有一首《望江南》写歌妓自己的命运：

莫攀我，攀我太心偏。我是曲江临池柳，这人折了那人攀，恩爱一时间。

自己的情感被人随意抛弃，成为他人的玩物，一生无依，这就是歌妓的命运。这首词中饱含悲愤，令人同情，非歌妓本人不能道出。

敦煌民间词表现了词体在其发展初期的状态，其基本特点表现如下：一是有衬字，如《鹊踏枝》云“欲他征夫早归来，腾身却放我向青云里”，其中“却”、“向”都是衬字；二是字数不定，即同一词调下不同的词却有字数的差别；三是平仄不拘，敦煌词大多数都不讲究平仄合律；四是叶韵不定，敦煌词往往一韵到底，而且用韵宽，多叶方音。以上诸点都能说明词调在其发展的初期尚未定型。五是词的内容和调名一致，如《酒泉子》只咏边地将士等；六是曲体曲式丰富多样，敦煌词中有杂曲，有大曲，有单曲，也有数曲联章等。[①] 总体看来，敦煌民间词在形式上尚比较粗糙，格律不严，在语言风格上表现为质朴、俚俗的特点，如朱祖谋（1857—1931）《云谣集杂曲子跋》所云：“其词朴拙可喜，洵倚声椎轮大辂。”

第三节 文人旨趣

一、旧题李白所作的词

文人词的创作，颇有人认为在盛唐时代就已经开始了，并举出李白两首词来说明。

① 本段所总结的敦煌民间体在形式上的六个方面的特点，采自吴熊和：《唐宋词通论》，169～171页，杭州，浙江古籍出版社，1989。

现将这两首词抄录如下：

平林漠漠烟如织，寒山一带伤心碧。暝色入高楼，有人楼上愁。　玉阶空伫立，宿鸟归飞急。何处是归程，长亭接短亭。(《菩萨蛮》)

箫声咽，秦娥梦断秦楼月。秦楼月，年年柳色，灞陵伤别。　乐游原上清秋节，咸阳古道音尘绝。音尘绝，西风残照，汉家陵阙。(《忆秦娥》)

这两首词在艺术形式上已经相当成熟，应该不是文人词初始的形态，而且唐籍中亦不见载录，所以，将它们归之于李白，是值得怀疑的。①

早期文人词大约出现在中唐时期。现在有词作留世的中唐诗人有张志和（生卒年不详）、刘禹锡、白居易等人。

二、张志和的词

张志和，肃宗时曾待诏翰林，后因感于仕途险恶而隐居江湖。张志和有五首《渔父》词写山水田园之乐，其第一首云：

西塞山前白鹭飞，桃花流水鳜鱼肥。青箬笠，绿蓑衣，斜风细雨不须归。

从内容上来说，这首词虽然写的是渔父的生活，但这渔父显然是文人隐居者的一个象征，他从自然中所领略的是一种和谐优美的悠然之状，而不是生活的满足或艰辛，所反映的是典型的文人趣味。这首词的词牌名和内容相吻合，句式、意境、语言更接近于诗，反映了文人词的初期形态特征。

三、刘禹锡和白居易的词

中唐文人中，刘禹锡和白居易留下的词作较多。刘禹锡喜爱民间音乐，其《竹枝》词序云："余来建平，里中儿联歌《竹枝》，吹短笛，击鼓以赴节。歌者扬袂睢舞，以曲多为贤。聆其音中黄钟之羽，卒章激讦如吴声。虽伧伫不可分，而含思宛转，有《淇澳》之艳音……"高度评价了民间音乐。而白居易蓄有多个家妓，并亲自教以歌舞。所以，他们能从音乐和演唱的角度来进行词的创作。

二人都有《忆江南》词，其中刘禹锡词云：

春去也，多谢洛城人。弱柳从风疑举袂，丛兰浥露似沾巾。独坐亦含嚬。

这首词以柳和兰写春天的景色，而又赋予春色以别情，从而将"春去也"三字发挥得淋漓尽致。刘禹锡在这首词题下自注云："和乐天春词，依《忆江南》曲拍为句。"这是文人自觉根据音乐创作词的较早的记录。白居易所作《忆江南》三首亦很著名。其一云：

① 最先认为这两首词为李白所作的是宋人邵博的《邵氏闻见后录》卷十九和黄昇编的《唐宋诸贤绝妙词选》。

江南好，风景旧曾谙。日出江花红胜火，春来江水绿如蓝。能不忆江南？

该词首尾明显有演唱的口吻，而中间两句色泽鲜丽，感情浓烈，能很好地表达作者对江南春光的感受，是古来名句。白居易的一首《长相思》写别情，也很有韵味：

汴水流，泗水流，流到瓜洲古渡头，吴山点点愁。　　思悠悠，恨悠悠，恨到归时方始休，月明人倚楼。

这首词利用水月景色对别情反复渲染，语言浅显，韵律流畅，而意境悠远、缠绵，俞陛云（1868—1950）评曰："此词若晴空冰柱，通体虚明，不着迹象而含情无际。由汴而泗而江，心逐流波，愈行愈远，直至天末吴山，仍是愁痕点点。……结句盼归时之人月同圆，昔日愁眼山中山色江光，皆入倚楼一笑矣。"（《唐词选释》）可谓情致款款，颇能显示出歌词独特的抒情效果。相比较而言，刘禹锡词的内容较为广泛，而白居易词主要写儿女风情，艺术上也更为成熟。

中唐文人的词作虽然受民间词的影响，但在整体上还没有完全和诗区分开来，况周颐（1859—1926）《蕙风词话》卷二云："唐贤为词，往往丽而不流，与其诗不甚相远也。"诗人多以诗法作词，这种现象要到晚唐才有所改观。

第四节
西蜀侧艳

晚唐政治颓败，士风低迷，于是文人转而在情爱声色中寄托人生的失望和悲凉。随着商业的发展、娱乐业的繁盛，社会文化趋于柔靡一途。公元 907 年，唐亡，继之以五代十国，国家再次陷入分裂混乱之中。中原战乱连连，而位于南方相对富庶的楚蜀之地的南唐、西蜀，君臣自知无力参与竞争，皆苟安现状，耽于逸乐。一些有着很高文学修养的北方文臣，避难南下，他们在军阀的杀伐争斗之中早已丧失了信心，也只能在歌儿舞女的欢笑声中纵情沉沦。他们疏远了负担沉重的诗，而钟情于浅斟低唱的词，于是在南唐和西蜀形成了两个词创作的中心。并出现了像温庭筠、韦庄、冯延巳、李璟、李煜这样著名的词人。

一、《花间集》

后蜀赵崇祚（生卒年不详）编的《花间集》是最早的一部文人词总集。编定于广政三年（940）的《花间集》，收录了十八位词人的五百首作品。这些作者中，既有生活在晚唐的温庭筠、皇甫松（生卒年不详），也有仕于西蜀以外的和凝（898—955）、孙光宪（901—968），更多的则是西蜀词人，如韦庄（836—910）、薛昭蕴（生卒年不详）、牛峤（生卒年不详）等。欧阳迥为《花间集》作序时谈到这些词作产生的背景云："有唐已降，率土之滨，家家之香径春风，宁寻越艳；处处之红楼夜月，自锁嫦娥"，"则有绮筵公子，绣幌佳人，递叶叶之花笺，文抽丽锦；举纤纤之玉指，拍按香檀。不无清绝之辞，用助娇娆之态"。可见这些词都是文人才士为歌儿舞女所作，它们所表达的内容则多是相思爱恋之情；而在风格上，则讲求精工细致，逞才斗巧，所谓"镂玉雕琼，拟化工而迥巧；裁花剪叶，夺春艳以争鲜"。他们自认为词创作不过是"自南朝之宫体，扇北里之倡风。何止言之不文，所谓秀而不实"，与主流士文化保持着一定距离，强调词的娱乐性。这些都是《花间集》的基本特征。《花间集》在很大程度上奠定了词体文学的音律形式和艺术风格等方面的基础，对后世词的发展有着至为深远的影响。

二、温庭筠的词

温庭筠在晚唐颇有诗名，但他的词作更有影响。温庭筠精通音律，寄情秦楼楚馆，《旧唐书》本传说其"能逐弦吹之音，为侧艳之词"。温庭筠是文人中大力作词的第一人，《花间集》首列其名，收录其词六十六首，后人集其词为《金荃集》收录，七十六首。后人评其词"极流丽"（黄昇《花庵词选》卷一）、"精妙绝人"（刘熙载《艺概·词曲概》），是当之无愧的"花间词鼻祖"（王士禛《花草蒙拾》）。温庭筠作有十四首《菩萨蛮》，皆抒写"绮怨"，在艺术上极具代表性。

其第一首云：

> 小山重叠金明灭，鬓云欲度香腮雪。懒起画蛾眉，弄妆梳洗迟。　　照花前后镜，花面交相映。新贴绣罗襦，双双金鹧鸪。

词中描写一个女子早期梳洗的场景，从其慵懒的神情中可以看出她内心深处的失望，而从其盛装对镜的举止又可看出她心中的憧憬。词人以一个小小的场景就描绘出一个为情所困扰的女子日复一日的期待之情，可见感受之细腻。这首词所表现的感情虽然是悲凉幽怨的，但在描写方面却表现出精致秾丽的特点。词人以"云"写柔美的秀发，以"雪"写白皙的肌肤，而一个"度"字，不但写出了秀发蓬乱的姿态，也撩拨着读者的怜惜之情。词的后半繁丽的画面和对华美服饰的描绘，渲染出女子的空虚和期盼之情。其中"双双金鹧鸪"的细节描写在这首词中具有很重要的暗示作用。从这首词中可以看出，温词的抒情往往依赖铺陈和渲染的手法，这与诗歌主要以营造意境或借事抒情的方法颇有不同。温词的铺陈和渲染，也造成了风格上的隐约绵密的特征。

分析举例

《更漏子》和《梦江南》

温庭筠的《更漏子》其六也具有同样的特色：

玉炉香，红蜡泪，偏照画堂秋思。眉翠薄，鬓云残，夜长衾枕寒。

梧桐树，三更雨，不道离情正苦！一叶叶，一声声，空阶滴到明。

词中以“玉炉”、“红蜡”、“画堂”写离情，又加以梧桐三更雨的渲染烘托，造成一种既迷蒙又清晰的情感，有着很好的艺术效果。此外如“画罗金翡翠，香烛销成泪。花落子规啼，绿窗残梦迷”（《菩萨蛮》其六），“水精帘里颇黎枕，暖香惹梦鸳鸯锦。江上柳如烟，雁飞残月天”（《菩萨蛮》其二）等写别情，也都具有铺陈秾艳的特点。温庭筠也有较为清新悠远的词作，如《梦江南》：

梳洗罢，独倚望江楼。过尽千帆皆不是，斜晖脉脉水悠悠，肠断白蘋洲。

这首词就具有民歌般明快疏朗的特点，抒情直接，却令人回味无穷。

总的说来，温庭筠词中的意象较为集中，如鬓、眉、钗、烛、衾枕、帘帷等具写实意味的，或如鹧鸪、凤凰、鹦鹉、屏山等具象征意味的，所有这些又往往以富贵气或脂粉气的辞藻如“金”、“玉”、“香”、“红”、“翠”、“黛”等修饰之。这些意象在温词中的重复使用率很高，而且对花间词人形成影响①，在一定程度上限制了词的表达范围和表达方式。

三、韦庄的词

西蜀词人韦庄是花间词派的另一个重要词人，文学史上以“温韦”并称。不过，相比较而言，韦庄的词在题材上虽然也以男女之情为主，但也有一些送别、咏史、抒发人生感慨之作，吟咏范围较温庭筠要广。在抒情方式上，温庭筠词主要代女性主人公抒情，而韦庄往往抒发自我之情。韦词在具有花间词派共有的轻艳柔媚的特点之外，又表现为“运密入疏，寓浓于淡”的个性特点，较之温词显得自然俊爽。

其《女冠子》云：

四月十七，正是去年今日。别君时，忍泪佯低面，含羞半敛眉。　不知魂已断，空有梦相随。除却天边月，没人知。

词中抒写女子惆怅婉转的思念之情，叙事的成分明显要多于描写，而且抒情也是“冲口而出，不假妆砌”（《古今词统》卷四），与温庭筠以多重意象暗示的方法有所不同。再如

① 参见王世达、陶亚舒：《花间词意象运用特点的社会文化学分析》，《成都大学学报》，1991（2）。

《荷叶杯》：

记得那年花下，深夜，初识谢娘时。水堂西面画帘垂，携手暗相期。　　惆怅晓莺残月，相别，从此隔音尘。如今俱是异乡人，相见更无因。

这首词应是写韦庄自己的感情经历，词中以深情的回忆和对当下处境的描述，两相对比，在时间的变化中，表达了情感的渺茫和人生的无奈。此词虽然情感深切，但节奏舒缓深沉，也同样显出"情深语秀"（王国维《唐五代二十一家词辑》）的特点。

总的说来，花间词人在民间词和文人诗之间，开拓出一条表达情感的新的途径，他们以更加细腻委婉的笔触，以错落优美的韵律，表达着相思的伤感或人生的失落，传达出一个没有希望的时代里文人普遍低沉的情绪。花间词人所确立的主题、意象、格律、修辞方式等，被普遍认为是词文学的正宗，对后世有着很大的影响。

第五节 南唐哀怨

南唐君臣偏安江南一隅，以宴享声色为乐，推崇丽词新句，是继西蜀之后发展的另一个词创作中心。[①] 但南唐词人中的重要人物，如冯延巳、李璟等，在《花间集》编定时，已经有词作问世，他们的词作谈不上是受了花间词人的影响。王国维《人间词话》云："冯正中堂庑特大，与中、后二主词，皆在《花间》范围之外。"南唐君臣的词作虽然在题材上和花间词人差别不大，但由于地域文化传统和个人文化修养的原因，他们的词作在精神意蕴和文化趣味上，要明显比西蜀词人更为精致、典雅，表现出词风的差异。

一、冯延巳的词

冯延巳在南唐曾几度为相，不仅于政事毫无建树，且卷入党争，屡遭物议，故心绪复杂而多隐忧，皆系之于词而发之，至老不衰。冯延巳所作词数量居五代词人之首。冯词虽然也多描写男女之情，但更注重创造一种迷离忧怨的意境，表现出深婉蕴藉的风格特征，与花间词颇有区别。

其《鹊踏枝》其一云：

梅花繁枝千万片，犹自多情，学雪随风转。昨夜笙歌容易散，酒醒添得愁无限。　　楼上春山寒四面，过尽征鸿，暮景烟深浅。一晌凭阑人不见，鲛绡掩泪思量遍。

---

① 宋初陈世修为冯延巳《阳春集》作序时称："公（冯延巳）以金陵盛时，内外无事，朋僚亲旧，或当宴集，多运藻思为乐府新词，俾歌者倚丝竹而歌之，所以娱宾而遣兴也。"

再如《谒金门》：

风乍起，吹皱一池春水。闲引鸳鸯香径里，手挼红杏蕊。　　斗鸭阑干独倚，碧玉搔头斜坠。终日望君君不至，举头闻鹊喜。

这两首词虽然也写怀人，但已经脱离了对环境和女子本人的描摹，而转入到女子的内心世界，通过各种物象的组合、象征，将女子凄迷幽怨的心绪展现出来。

冯延巳有不少词作抒发了一些凭空而生的焦虑和忧怨，表达出人生无奈的悲哀，这些情绪与冯延巳本人身处末世的体验有关，具有明显的文人特征，能在很大程度上引起文人的共鸣。

分析举例

《鹊踏枝》其二

谁道闲情抛掷久？每到春来，惆怅还依旧。日日花前常病酒，不辞镜里朱颜瘦。　　河畔青芜堤上柳，为问新愁，何事年年有？独立小桥风满袖，平林新月人归后。

词人无法摆脱的惆怅、愁苦之情，实际上是一种空虚寂寞的人生感受，而这种人生感受对于士人而言，虽起因各有不同，但大多能或多或少有所体会。具体到冯延巳本人，无论是南唐的摇摇欲坠，还是自己政治命运的岌岌可危，都能够触发他的焦虑和愁苦之情，也就自然在词中流露出来。其实在冯延巳的情词中，我们也能感受到人生短暂、世事无常的忧虑，如“几日行云何处去，忘却归来，不道春将暮”（《鹊踏枝》其十一）、“细雨湿流光，芳草年年与恨长”（《南乡子》）等。

王国维评论冯延巳所谓“堂庑特大”，实指其意境饱满，意趣深远，已摆脱花间词人专注于艳情的狭小境界，从而实现了词的文人化和雅化，为后世词人开辟了新的天地。

二、南唐二主的词作

李璟二十八岁即位，在位十九年，后世称南唐中主。作为一国之君，李璟缺乏政治才干，天性懦弱，在多次拓疆兵败之后，心灰意懒，只得向后周奉表称臣。眼见南唐国势将去，他忧愁百端，所作词中往往透露出凄苦哀怨的心境。现存词四首，其意境惨淡更甚于冯延巳。

其《浣溪沙》云：

菡萏香销翠叶残，西风愁起绿波间。还与韶光共憔悴，不堪看。　　细雨梦回鸡塞远，小楼吹彻玉笙寒。多少泪珠无限恨，倚阑干。

这首词代思妇抒发思念伤逝之情，但词中所吟咏的伤感哀愁是如此的幽深沉郁，实已超过了思妇的一己之怨，而达到了极为深刻的程度。“菡萏香销翠叶残，西风愁起绿波间”，写出了所有美好的事物在无可阻挡的节候变化中迅速凋零残破，唯有如风一样的忧愁弥漫在水天之间，表达了一种无可挽回的衰颓萧飒的宿命之悲，令人震撼。王国维亦极赞赏此二句，认为“大有众芳芜秽，美人迟暮之感”（《人间词话》），反映了李璟的落寞之悲。此外如《浣溪沙》：

> 手卷真珠上玉钩，依前春恨锁重楼。风里落花谁是主，思悠悠。　　青鸟不传云外信，丁香空结雨中愁。回首绿波三楚暮，接天流。

其中“风里落花谁是主”一句，表面叹落花无主，而实又蕴涵着世事无常、人生缥缈的感叹；“青鸟”、“丁香”两句写音信不通，写人终不能从忧愁中解脱，与上词“细雨”、“小楼”一样，皆凄苦之极，倍增伤感。李璟词中所流露出的沉重幽深的人生感慨，赋予词以更深刻的精神意蕴。

李煜是南唐最后一个皇帝，人称李后主。这位“生于深宫之中，长于妇人之手”（王国维《人间词话》）的末代之君，却有着非凡的艺术才能，不但精通书画音乐，而且诗词文赋也无所不能。天真而柔弱的性格使得他在风雨飘摇的政治环境中畏缩无为，唯有苟且偷安，或歌舞终日，或佞佛逃禅。终于在他登基后的第十五年，宋兵攻破金陵，李煜肉袒出降，从此开始了他作为阶下囚的生涯，终日品尝着亡国受辱的苦酒，并最终被毒死，时年四十二岁。李煜的词也因国破为虏而分为前后两期。前期纵情声色，多写儿女私情，风格近于花间，而更为生动流丽；后期抒发“家国俱亡”、人生虚幻的悲哀，风格沉郁凄凉，动人心魄，将五代词的发展推到了一个高峰。

李煜前期词情感单纯，情致绵邈，颇能见出词人心灵的敏感和文采的高妙。其《菩萨蛮》云：

> 花明月暗笼轻雾，今宵好向郎边去。刬袜步香阶，手提金缕鞋。　　画堂南畔见，一向偎人颤。奴为出来难，教郎恣意怜。

词中描写少女偷见情人时胆怯而兴奋的心情，细腻而且生动，结句“奴为出来难，教郎恣意怜”，虽极为质朴，但却充满了对生命和感情的珍惜，极为感人。这首词在风格上有着民间词俚俗的特点，但所表达的情感细致深婉，又与民间词不同。此外如写离情别绪的《捣练子令》：“深院静，小庭空，断续寒砧断续风。无奈夜长人不寐，数声和月到帘栊。”情感醇厚，语言省净，韵味悠长。

李煜入宋以后，待罪汴京二年有余，自云“此中日夕，只以眼泪洗面”（王铚《墨记》卷下），所作《破阵子》颇能写出他的今昔之感：

> 四十年来家国，三千里地山河。凤阁龙楼连霄汉，玉树琼枝作烟萝，几曾识干戈。
> 一旦归为臣虏，沈腰潘鬓消磨。最是仓皇辞庙日，教坊犹奏别离歌，垂泪对宫娥。

李煜是个性灵诗人，而不是一个合格的政治家。家国身世的巨大变化，并没有使李煜沉浸于对历史和现实的反思，也没有使他沉湎在对过去日月的怀念之中，而是使他由此更进一步地感受到命运的残酷，领悟了人生的虚无和寂寥。但在这些虚无和寂寥的感慨中，我们却仍能感受到李煜对现实生命的执著和惋惜。

《乌夜啼》其二云：

林花谢了春红，太匆匆。无奈朝来寒雨，晚来风。　　燕脂泪，留人醉，几时重。自是人生长恨，水长东。

对于李煜来说，国破家亡不过使他过早地体会到了生命本身的脆弱，体会到了人生的无常。在他看来，人生注定了要充满哀怨，悲剧性是生命的标签。但从“太匆匆”、“燕脂泪，留人醉，几时重”这些感慨中，我们不但能看出李煜的绝望，也能看出李煜对命运的挣扎，对人生的真切留恋。李煜后期词好写梦，通过梦境来缩结过去和现在，也通过梦境虚化现实，而将其人生感受推至一个更具有普遍意义的层次。

分析举例

《浪淘沙》

帘外雨潺潺，春意阑珊。罗衾不奈五更寒。梦里不知身是客，一晌贪欢。　　独自莫凭栏，无限江山。别时容易见时难。流水落花春去也，天上人间。

这里面自然有故国之思，身世之感。降宋居汴固然是“客”，南唐三十余载的锦绣繁华、欢爱离别岂不也是一场大梦吗？人生如寄，无往而不在客中。当无情的变故将人从梦境中唤醒时，才知道，一切美好的事物都凋零在时光的变换之中，再也无法挽回了，留给人的，只是梦醒时分的虚幻：“流水落花春去也，天上人间。”这两句极深沉，极无奈，道尽了人生的悲凉。

《虞美人》

春花秋月何时了，往事知多少？小楼昨夜又东风，故国不堪回首月明中。　　雕栏玉砌应犹在，只是朱颜改。问君能有几多愁，恰似一江春水向东流。

与循环往复的“春花秋月”相比，人生实在是太短暂，雕栏玉砌仍在，而朱颜已逝，一切都在转眼之间成为往事，只留下牵肠挂肚的留恋。人类生命在宇宙自然的生生灭灭之中是如此的渺小和可悲。当又一轮明月高高挂起的时候，往事如梦，故国虽在，却不堪回首，只有无穷无尽的忧愁，像涌动着的江水，喧嚣东去，滔滔不绝。这首词将李煜内心的悲哀铺写得淋漓尽致，有着极大的感染力。

王国维《人间词话》说：“词至李后主，而眼界始大，感慨遂深，遂变伶工之词而为士大夫之词。”所说的就是，李煜词已经脱离了儿女情长的狭小范围，转而通过自己的遭际关注人类命运的悲剧性，表达了一种具有普遍意义的人生体验，从而赋予词这种来自民间的文体以一种更为阔大深远的境界。李煜词风清丽疏朗，语言凝练自然，尤其是善于点染景物，通过优美阔大的画面，传达出凄婉而深刻的人生感慨，从而营造出物我无间的文学意境来。

李煜词是五代文学的冠冕，也是宋词的先声，它以震撼人心的艺术力量，在文学史上有着重要的地位。

【温故知新】

词　敦煌曲子词　李白　白居易　刘禹锡　温庭筠　《花间集》　韦庄　冯延巳　南唐二主

【请你思考】

1. 分析词的起源及其因素。
2. 试谈谈敦煌民间词与文人词的差异及原因。
3. 分析李煜词在题材上对于花间词的突破与创新。

【推荐阅读】

（后蜀）赵崇祚辑．李一氓校．花间集校．北京：人民文学出版社，1958

曾昭岷等编撰．全唐五代词．北京：中华书局，1999

（南唐）李璟，李煜．（宋）无名氏辑．王仲闻校订．南唐二主词校订．北京：中华书局，2007

21世纪中国语言文学系列教材

中国古代文学史

（下）宋代至晚清卷

ZHONGGUO GUDAI WENXUESHI

郭英德　过常宝　著

中国人民大学出版社
·北京·

目　　录

第八编　光风霁月

第九编　分久必合

第十编　死水微澜

第十一编　风云变幻

第十二编　回光返照

第十三编　衰极而变

第八编　光风霁月

（宋太宗太平兴国元年至宋宁宗嘉定十七年，976—1224）

第一章 宋型文化与宋型文学

【导读】

宋代在中国古代历史进程中是世界瞩目的文化昌明时期，陈寅恪（1890—1969）甚至认为：“华夏民族之文化，历数千年之演进，造极于两宋之世。”[①] 黄庭坚（1045—1105）曾称赞理学家周敦颐（1017—1073）“人品甚高，胸中洒落，如光风霁月”（《豫章黄先生文集》卷一《濂溪诗序》），李侗（1093—1163）认为此语“善形容有道者气象”（《宋史·李侗传》）。就其本体而言，宋人极力秉持的“道”大都是这样一种发自内心生命真源的洒落出尘之思与洪大光朗的精神气象，宋人的文学创作则是自此“道”汩汩流出而又体现此“道”的文字。因此，本书借用“光风霁月”一词，涵盖宋型文学整体的文化特征和审美特征。

本书以宋太宗太平兴国元年（976）作为宋型文学的开端，首先是因为宋太祖赵匡胤（960—976 在位）建国之际，一直忙于统一南北的武事，而至太宗赵光义（976—997 在位），才真正开始广泛奖学，大兴文治，正如真宗赵恒（998—1022 在位）所说的：“以文章化人成俗，请自太宗始也。”（《宋会要·崇儒》六）王曾（978—1038）也说：“太宗以明继圣，而能广文之声，卒其成功，乃大一统。”（《东都事略》卷三）其次，在太祖时期，文坛上活跃的主要还是由五代入宋的文学家，文学承续的是晚唐五代遗风，而从太平兴国年间（976—983）开始，宋朝新人方才渐渐占据文坛中心地位，文坛的新变也才开始渐次展开。经过几代人的努力，在宋仁宗赵祯（1023—1063 在位）时期，终于完成了与唐型文化迥然不同的宋型文化，也完成了与唐型文学迥然不同的宋型文学。

---

① 陈寅恪：《邓广铭宋史职官志考证序》，见《金明馆丛稿二编》，245 页，上海，上海古籍出版社，1980。

第一节
宋型文学的定型与转型

宋型文学的发生、成型、成熟、裂变和转型，从宋太宗太平兴国元年（976）至宋宁宗嘉定十七年（1224），前后249年，经历了五个时期。

一、宋型文学发生期

从宋太宗太平兴国元年（976）至仁宗天圣二年（1024），共49年，是宋型文学的发生期。

从五代入宋，文坛面临的主要病症是卑弱，后人说："五代以来，文体卑弱"（《宋史·梁周翰传》）；"咸通已后，文力衰弱，无复气格"（魏泰《东轩笔录》卷三）；"五季文章趣卑陋甚矣"（蔡绦《铁围山丛谈》卷四）。宋太祖朝，文坛仍承五代余绪，文风绮丽侈靡，王禹偁（954—1001）说："文自咸通后，流散不复雅。因仍历五代，秉笔多艳冶。"（《小畜集》卷四《五哀诗》其二）

为了摆脱五代文风旧习，兴复新朝文运，宋初文人竭力从中晚唐文学中汲取养料，尊为典范，在学唐复古中寻求新变。宋太祖开宝六年（973），柳开（947—1000）进士及第，力图"拯五代之横流，扶百世之大教，续韩、孟而助孔、周"（张景《柳如京文集序》，柳开《河东先生集》卷首）。他针对五代以来骈体通行、文风浮艳的状况，第一个大声疾呼，倡导文风复古，力涤排偶，反对浮丽，说："吾之道，孔子、孟轲、扬雄、韩愈之道；吾之文，孔子、孟轲、扬雄、韩愈之文也。"（《河东先生集》卷一《应责》）开宝八年（975），南唐后主李煜（937—978）降宋，其后期词作标志着词开始进入纯文学领域。同年，徐铉（917—992）以南唐翰林学士身份入宋，受太宗重用，将五代文风带入文坛。蔡珪（？—1174）称："国初沿袭五代之余，士大夫皆宗白乐天诗。"（胡仔《苕溪渔隐丛话》前集卷二十二引《蔡宽夫诗话》）宋初的白乐天体以唱和诗最盛。太宗太平兴国二年至七年（977—982），李昉（925—996）、徐铉、杨徽之（921—1000）等馆阁人士有《翰林酬唱集》一卷（已佚），开宋初馆阁酬唱之风。太宗端拱元年至淳化二年（988—991），翰林学士李昉与秘阁侍郎李至（947—1001）效法白居易（772—846）和元稹（779—831）、刘禹锡（772—842）诗歌唱和，太宗淳化四年（993）编定为《二李唱和集》，充满流连光景的闲适情调。

分析举例

宋初诗人学白居易

吴处厚《青箱杂记》卷一说："昉诗务浅切，效白乐天体。晚年与参政李公至为唱和友，而李公诗格亦相类，今世传《二李唱和集》是也。"至道二年（996），李昉去世，王禹偁作《司空相公挽歌三首》中说："须知文集里，全似白公诗。"（《小畜集》卷十）五代末，徐铉即倡导白居易诗风，说："观乐天之文，主讽刺，垂教化，穷理本，达物情，后之学者服膺研精，则去圣何远。"（《徐公文集》卷二十七《江州新建尚书白公祠堂之记》）

太宗太平兴国八年（983），王禹偁进士及第，他不仅学白居易晚年闲适诗，同时也学其早年讽喻诗，而且还由学白居易进而学杜甫（712—770），在淳化四年（993）赞颂"子美集开诗世界"（《小畜集》卷九《日长简仲咸》），并为诗作近于杜诗而欣喜："本与乐天为后进，敢期子美是前身"（同上《前赋春居杂兴诗二首……》）。王禹偁也大声呼吁文风改革，太宗淳化元年（990），他在《送孙何序》中说："咸通以来，斯文不竞，革弊复古，宜其有闻。"（《小畜集》卷十九）至道元年（995），他明确提出古文创作观，主张文章应"传道而明心"，作文要"远师六经，近师吏部，使句之易道，义之易晓，又辅之以学，助之以气"（《小畜集》卷十八《答张扶书》）。王禹偁以其文学主张和创作实践，"独开有宋风气，于是欧阳文忠得以承流接响"（吴之振《宋诗钞》卷一《小畜集钞》小传）。

真宗景德元年（1004）"澶渊之盟"后，"祥符中，民风豫而泰，操笔之士，率以藻丽为胜"（苏舜钦《苏学士文集》卷十三《石曼卿诗集叙》）。因科举考试的需要，"选学"也兴盛一时。

学术轶事

士子受《文选》之影响

陆游说："国初尚《文选》，当时文人专意此书，故草必称'王孙'，梅必称'驿使'，月必称'望舒'，山水必称'清晖'。……方其盛时，士子至为之语曰：'《文选》烂，秀才半。'"（《老学庵笔记》卷八）

在这种时代风气中，真宗景德二年（1005）秋，翰林学士杨亿（974—1020）、刘筠（970—1030）等奉命在内廷藏书的秘阁编纂大型类书《历代君臣事迹》（即《册府元龟》）。参与编书的馆阁文士和一些未参加修书的文士在秘阁中互相唱酬。大中祥符元年（1008），杨亿将这些唱酬之作编成《西昆酬唱集》。这些诗歌"争奇逞妍，更赋迭咏，铺锦列绣，刻羽引商，烂然成编”（杨亿《武夷新集》卷七《广平公唱集集序》），于是登高一呼，诗风遽变，独领风骚。欧阳修（1007—1072）《六一诗话》说：“盖自杨、刘唱和，《西昆集》行，后进学者争效之，风雅一变，谓之昆体。由是唐贤诸诗集几废而不行。”杨亿、刘筠在文章写作上也学习李商隐（813—858），贵骈尚丽，讲究辞采声韵，风格富丽精工，宏博典雅，主张“文彩焕发，五色以相宣；理道贯通，有条而不紊”（杨亿《武夷新集》卷十八《答并州王太保书》）。后来欧阳修回忆道：“是时天下学者杨、刘之作，号为‘时文’，能者取科第、擅名声，以夸荣当世，未尝有道韩（愈）文者。”（《欧阳文忠公文集·居士外集》卷二十三《记旧本韩文后》）西昆体诗文成为宋调的发硎，“虽颇伤于雕摘，然五代以来芜鄙之气，由兹尽矣”（田况《儒林公议》）。

在“时文”风行时，能够继承柳开、王禹偁，独立不倚地倡导古文的有姚铉、穆修等。姚铉（968—1020）历经10年，在真宗大中祥符四年（1011）编成《唐文粹》一百卷，不收骈文和近体诗，只收古体诗、文和赋，又特立“古文”一门，提出选文标准：“止以古雅为命，不以雕篆为工，故侈言蔓辞，率皆不取。”（《文粹序》，《唐文粹》卷首）穆修（979—1032）用近30年时间校订整理韩、柳文集，并募资刻印数百部，亲自在东京大相国寺设肆出售，以广流传。他论文崇儒道，尊韩、柳（《河南穆公集》卷二《唐柳先生集后序》），当时“独以古文称，苏舜钦兄弟多从之游。修虽穷死，然一时士大夫称能文者，必曰穆参军”（《宋史·穆修传》）。

宋初的诗歌流派，除白体、西昆体以外，尚有晚唐体，即模仿唐代贾岛（779—843）、姚合（775—约845）的诗风。晚唐体也渊源于唐末五代，蔡珪说：“唐末五代，流俗以诗自名者……大抵皆宗贾岛辈，谓之‘贾岛格’。”（胡仔《苕溪渔隐丛话》前集卷五十五引《蔡宽夫诗话》）前期晚唐体代表诗人有杨朴（生卒年不详）、赵湘（959—994?）等。后期晚唐体诗人有两个群体，一是九僧，二是潘阆（？—1009）、魏野（960—1020）、林逋（967—1028）等隐逸之士，诗风均以孤峭清逸为归。晚唐体的审美风格也成为宋调重要的艺术资源。

☞ 多学一点

九僧

司马光（1019—1086）《温公续诗话》说：“所谓九僧者，剑南希昼、金华保暹、南越文兆、天台行肇、沃州简长、贵城惟凤、淮南惠崇、江南宇昭、峨眉怀古也。”

二、宋型文学成型期

宋仁宗天圣三年（1025）至神宗熙宁三年（1070），共46年，是宋型文学的成型期。

前一时期的文学在整体上仍然是晚唐五代文风的沿袭，尚未能显现出宋型文学的独特面貌。后来苏轼（1037—1101）回顾道：“宋兴七十余年，民不知兵，富而教之，至天圣（1023—1032）、景祐（1034—1038）极矣，而斯文终有愧于古。”（《苏轼文集》卷十

《六一居士集叙》）而这一时期的文坛，以复古为革新蔚然成风，奠定了宋型文学的基本面貌。仁宗天圣三年（1025），范仲淹（989—1052）上《奏上时务书》，提出“兴复古道，更延博雅之士，布于台阁，以救斯文之薄而厚其风化”的主张（《范文正公全集》卷七），拉开政治改革和诗文革新的序幕。天圣七年（1029），朝廷下诏申戒浮华，提倡古文，明确支持诗文革新。

天圣八年（1030），欧阳修考取进士第一名，次年（1031）赴洛阳任西京留守推官。这时西昆元老钱惟演（977—1034）判河南府兼西京留守，“其幕府号为天下之盛”（欧阳修《欧阳文忠公文集·居士集》卷二十四《河南府司录张君墓表》）。从天圣九年（1031）至明道二年（1033），欧阳修、尹洙（1001—1047）、梅尧臣（1002—1060）等人曾聚集其门下，声同气应，切磋诗文，尤以古体歌诗的创作见胜。一时间洛阳成为诗歌创作的一个中心，开始清除西昆体、改革诗风的实践。景祐年间（1034—1038），欧阳修、梅尧臣等人的诗歌创作逐渐跳出西昆体的樊篱，变重情韵为重气格，开创了宋诗有别于唐诗而自具面目的时代。

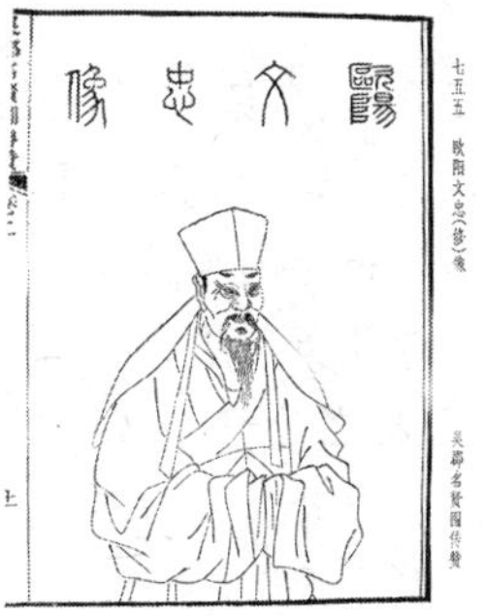
欧阳修像

与此同时，欧阳修还同尹洙、苏舜钦（1008—1048）等人一起议论时事，学作古文。尹洙曾师从穆修，力为古文。范仲淹说：“师鲁深于《春秋》，故其文谨严，辞约而理精，章奏疏议，大见风采。士林方耸慕焉，遽得欧阳永叔，从而大振之，由是天下之文一变。”（《范文正公集》卷六《尹师鲁河南集序》）明道二年（1033），仁宗亲政，力图革新政治，下诏申戒浮文：“近岁进士所试诗赋多浮华，而学古者或不可以自进，宜令有司兼以策论取之。”（《续资治通鉴长编》卷一百一十三）这对于古文在士子中的推广，具有重大意义。这一年，欧阳修撰《与张秀才第二书》，提出明确的古文革新理论：“君子之于学也，务为道，为道必求知古，知古明道，而后履之以身，施之于事，而又见于文章而发之，以信后世。其道，周公、孔子、孟轲之徒常履而行之者是也；其文章，则六经所载，至今而取信者是也。其道易知而可法，其言易明而可行。”（《欧阳文忠公文集·居士外集》卷十六）这一理论标示了宋代古文不同于唐代古文的重要特征，揭开古文革新的序幕。

庆历三年（1043），仁宗“欲更天下弊事”（《续资治通鉴长编》卷一百四十），起用范仲淹为参知政事。范仲淹修《上十事疏》，提出政治改革的十项措施，这些改革措施被称为“庆历新政”。诗文革新成为新政的一个重要组成部分。作为“庆历新政”的内容之一，庆历四年（1044）的科举罢帖经和墨义，改试策论和诗赋，而且策论在先。欧阳修《详定贡举条状》说：“今先策论，则文辞者留心于治乱矣；简其程式，则闳博者得以驰骋矣；问以大义，则执经者不专于记诵矣。”（《欧阳文忠公文集·奏议》卷八）这一系列举措影响巨大而深远，正如苏轼所说的：天圣、景祐间，“士亦因陋守旧，论卑气弱。自欧阳子出，天下争自濯磨，以通经学古为高，以救时行道为贤，以犯颜纳说为忠。长育成就，至嘉祐末，号称多士，欧阳子之功为多”（《苏轼文集》卷十《六一居士集叙》）。

这个时期理学的发轫者孙复（992—1057）、胡瑗（993—1059）、石介（1005—1045）等，也继承柳开、穆修遗风，倡导重道轻文，抨击浮靡文风。

☞ 多学一点

宋初理学三人

欧阳修《胡（瑗）先生墓表》说："自景祐、明道以来，学者有师，惟先生暨泰山孙明复、石守道三人。"（《欧阳文忠公文集·居士集》卷二十五）

石介说："读书不取其语辞，直以根本乎圣人之道；为文不尚其浮华，直以宗树乎圣人之教。"（《徂徕石先生文集》卷二十《代郓州通判李屯田荐士建中表》）景祐二年（1035），石介撰《怪说》三篇，将西昆体与佛老并提，严加声讨："今杨亿穷妍极态，缀风月，弄花草，淫巧侈丽，浮华纂组，刓锼圣人之经，破碎圣人之言，离析圣人之意，蠹伤圣人之道……其为怪大矣！"（《徂徕石先生文集》卷五《怪说中》）庆历二年（1042），石介入召为国子监直讲，运用主讲太学的权力，升降诸生，讥诮时文之作，"时引退者数十人"（文莹《湘山野录》卷中）。于是太学生中出现了以言理为高、鄙薄辞章的古文写作倾向，议论迂阔矫激，文辞僻涩怪诞，不可卒读。

嘉祐元年（1056），苏洵（1009—1066）携其子苏轼、苏辙（1039—1112）到京师，立即得到欧阳修的赏识，三苏文名自此大振。嘉祐二年（1057），欧阳修知礼部贡举，提出"务求平淡简要"的选文标准，凡以"太学体"作文者一概黜罢，"一时以怪僻知名在高等者，黜落几尽"（欧阳修等《事迹》，《欧阳文忠公文集·附录》卷五），专取为文自然流畅的苏轼、苏辙、曾巩（1019—1083）等人。揭榜后，"向之嚣薄者伺修出，聚噪于马首，街逻不能制。然场屋之习，从是遂变"（《宋史·欧阳修传》），"太学体"终于销声匿迹了。

这一时期，欧阳修广延后进，奖掖新贤，成为文坛盟主。《宋史·文苑传序》说："国初，杨亿、刘筠犹袭唐人声律之体，柳开、穆修志欲变古而力弗逮。庐陵欧阳修出，以古文倡，临川王安石、眉山苏轼、南丰曾巩起而和之，宋文日趋于古矣。"以欧阳修为核心的文学集团，展开波澜壮阔的诗文革新，在文学思想和创作实践上都取得丰硕的成果，从而奠定了宋型文学的基本面貌。在词坛上，以晏殊（991—1055）、张先（990—1078）、欧阳修、王安石（1021—1086）等为代表的士大夫之词，承五代词风而有所新变。而柳永（987？—1053？）则独创慢词，开一代词风。

三、宋型文学成熟期

从宋神宗熙宁四年（1071）至徽宗大观四年（1110），共40年，是宋型文学的成熟期。

神宗熙宁二年（1069），王安石为参知政事，始行新法。"熙宁变法"、"元祐更化"、"哲宗绍述"，此起彼伏，党争频仍，刺激了文学的更新和变化。熙宁四年（1071），欧阳修致仕，居颍州，次年（1072）去世。而苏轼取代欧阳修，成为文坛盟主。苏轼秉性爱才，热心待士，从神宗熙宁年间（1068—1077）开始，在他身边逐渐聚集起一批志同道合的文友，组成了新的文学集团活跃于文坛。熙宁四年（1071），张耒（1054—1114）游学于陈州（今河南淮阳），受到学官苏辙称赏，因得纳交于苏轼。熙宁五年（1072），苏轼在湖州看到孙觉（1028—1090）出示的黄庭坚的诗文，以为不凡。熙宁六年（1073），苏轼在通判杭州（今属江苏）任上，晁补之（1053—1110）袖文谒见，成为苏轼门下士。熙宁十年（1077）正月，李常（1027—1090）邀苏轼游西湖，出其甥黄庭坚的诗文向苏轼求正。同年二月，苏轼知徐州，四月到任，陈师道（1053—1102）、秦观（1049—1100）、道潜（1043—1106）等人先后前来拜谒，结为苏门文友。秦观《别子瞻》诗说："我独不愿万户侯，惟愿一识苏徐州。"（《淮海集》卷四）极倾倒之情。苏轼也称誉秦观"新诗说尽万物情"（《苏轼诗集》卷十六《次韵秦观秀才见赠》）。元丰元年（1078），黄庭坚自北京（今河北大名）向徐州知州苏轼投赠《古风二首上苏子瞻》其一，称颂"孤芳忌皎洁，冰雪空自香"的江梅，借以表达对苏轼清旷人格的倾慕（《豫章黄先生文集》卷二）。苏轼次韵两首，并褒扬黄庭坚的为人："意其超逸绝尘，独立万物之表，驭风骑气，以与造物者游。"（《苏轼文集》卷五十二《答黄鲁直五首》）

这一时期活动在文坛上的，先是曾巩、王安石、苏轼兄弟等欧阳修的门客、弟子或后辈。其后，以黄庭坚、秦观、晁补之、张耒、陈师道、李廌（1059—1109）等所谓"苏门六君子"为代表的元祐文人，驰骋文坛，文学创作臻于鼎盛，宋型文学在趋于鼎盛的同时也发生了新的变化。

☞ 多学一点

苏门六君子

六人并提，肇始于苏轼，他说："比年于稠人中，骤得张、秦、黄、晁及方叔、履常辈，意谓天不爱宝，其获盖未艾也。"（《苏轼文集》卷五十三《答李方叔十七首》）

研究进行时

六君子文学

马东瑶在《苏门六君子研究》中探讨了苏门六君子的贬谪文学的特色和其中所体现的心路历程。①

这一时期的文坛，以苏轼的文、诗、词，王安石晚年的"荆公体"诗和黄庭坚的"山谷体"诗，晏几道（1083—1110）、秦观、周邦彦（1056—1121）的词为表征，显现出宋型文学风格独异的成熟面貌和众声喧哗的热闹景象。此外，在仁宗年间（1023—1063）由邵雍（1011—1077）、周敦颐、张载（1020—1077）等人张扬的所谓"理学"，在这一时期由程颢（1032—1085）、程颐（1033—1107）等人发扬蹈厉，将性理之学注入文学，形成独特的理学文学观，从一个侧面催化并消解着宋型文学。

四、宋型文学裂变期

从宋徽宗政和元年（1111）至高宗绍兴三十一年（1161），共51年，是宋型文学的裂

① 参见马东瑶：《苏门六君子研究》，北京，北京大学出版社，2005。

变期。

从吕本中（1084—1145）作《江西诗社宗派图》的徽宗政和元年（1111）左右，至杨万里（1127—1206）、陆游（1125—1210）等以自己面目出现在诗坛上的南宋隆兴元年（1163）之前，文坛上以江西诗派的传承和变异为主要景观。

☞ 多学一点

《江西诗社宗派图》写作年代

吕本中《江西诗社宗派图》的写作年代，向来有两说：一说见范季随（生卒年不详）《陵阳先生室中语》，记吕本中自谓“乃少时戏作”；一说见吴曾（生卒年不详）《能改斋漫录》卷十，记《宗派图》作于“绍兴癸丑之夏”，即绍兴三年（1133），时本中五十岁。本书取范季随之说。

哲宗元符三年（1100），秦观卒于藤州（今广西藤县）；徽宗建中靖国元年（1101）七月，苏轼卒于常州（今属江苏）；同年十二月（公元已入1102年），陈师道卒于开封。黄庭坚不禁惊呼：“年来鬼祟覆三豪，词林根柢颇摇荡。”（《豫章黄先生文集》卷八《次韵文潜》）此后十余年里，黄庭坚（卒于1105年）、晁补之、晏几道（均卒于1110年）、苏辙（卒于1112年）、张耒（卒于1114年）等一批元祐文人，也先后玉树凋零。

徽宗崇宁二年（1103），朝廷下诏将苏洵、苏轼、苏辙、黄庭坚、张耒、晁补之、秦观等人的文集印板悉行焚毁，令州县立党人碑。政和四年（1114），黄潜善（1078—1130）奏禁元祐学术。宣和元年（1119）诏举人传习元祐学术者以违制论，甚至著令“士庶传习诗赋者，杖一百”（葛立方《韵语阳秋》卷五），蔡絛（生卒年不详）因在《西清诗话》中多用苏、黄之说而被劾，受勒停处分。次年，又下诏禁止收藏习用苏、黄之文，犯者以大不恭论。

学术轶事

元祐党人之禁

洪迈《容斋三笔》卷十四“政和文忌”云：“蔡京颛国……士子程文，一言一字稍涉疑忌，必暗黜之。”又周密《齐东野语》卷十六“诗道泰否”云：“政和中，大臣有不能诗者，因建言，诗为元祐学术，不可行。时李彦章为中丞，承望风旨，遂上章论渊明、李、杜而下皆贬之，因诋黄、张、晁、秦等，请为科禁。何清源至修入令式，诸士庶习诗赋者，杖一百。”

但政治的打击与文学思想的流行不相一致。这一时期，苏、黄诗学和诗风在文坛上一直处于主导地位，先是以黄庭坚为学习榜样的江西诗派形成，接着是一批在创作个性方面与苏轼相近的作家出现，再就是产生了融合苏、黄的创作倾向。

哲宗元祐年间（1086—1094），“山谷体”业已形成。黄庭坚对当时诗人具有多方面的典范作用：他的诗歌成就，鲜明地体现了宋代诗坛的审美风范；他的作诗方法，讲究字斟句酌，法度井然，便于他人仿效；他的诗论有的放矢，有法可依。

学术轶事

“山谷体”来历

元祐二年（1087），苏轼作《送杨孟容》，自注：“效黄鲁直体。”（王文诰《苏文忠公诗编注集成》卷二十八引赵次公注）黄庭坚作诗和之，题《子瞻诗句妙一世，乃云“效庭坚体”，盖退之戏效孟郊、樊宗师之比，以文滑稽耳……》（《豫章黄先生文集》卷二）。其后严羽（生卒年不详）《沧浪诗话·诗体》称“山谷体”。

于是黄庭坚便受到众多青年诗人的拥戴追随。如陈师道“及一见黄豫章，尽焚其稿而学焉”（《后山集》卷九《答秦觏书》）。不少诗人或由学苏转而学黄，或同师苏、黄，如潘大临（？—1109）、李彭（生卒年不详）、韩驹（？—1135）、王直方（1069—1109）等。孙觌（1081—1169）说：“元祐中，豫章黄鲁直独以诗鸣，当是时，江右之人学诗者皆自黄氏。”（《鸿庆居士集》卷三十《西山老文集序》）大批诗人更是直接学习黄庭坚，经黄庭坚亲自指导的学生有三洪（洪朋、洪刍、洪炎）、徐俯（1075—1140）、高荷（生卒年不详）等人。许多人虽未亲炙黄庭坚，但也通过各种方式学到黄庭坚的诗法。如饶节（1065—1129）、谢逸（？—1113）等人，通过与王直方、徐俯交游，组成不定期的诗社探讨诗法。到徽宗崇宁四年（1105）黄庭坚去世，以黄庭坚为核心的诗歌流派已逐渐形成。

徽宗政和元年（1111）左右，吕本中根据个人的交游及耳闻目见，编《江西诗社宗派图》，列黄庭坚为“宗派之祖”，下列陈师道、潘大临、谢逸、韩驹等二十五人，“谓其源流皆出豫章也”（胡仔《苕溪渔隐丛话》前集卷四十八引），江西诗派便由此得名。诗派成员大多受到黄庭坚直接或间接的指点，他们的诗歌创作也或深或浅地受到黄诗的影响，所以在题材取向和风格倾向上都比较接近。江西诗派延续到南宋前期，吕本中、曾几（1084—1166）、陈与义（1090—1138）等人也被看作诗派中人。到了宋末，方回（1227—1307）更把杜甫尊为江西诗派之“祖”，把黄庭坚、陈师道、陈与义三人称为诗派之“宗”，提出“一祖三宗”（《瀛奎律髓》卷二十六评陈与义《清明》诗）之说。

南京高宗绍兴三十二年（1162），陆游曾将北宋末年以来的作家划分为两类，即“进士高第及以文辞进于朝者”与“党籍诸家为时论所贬者”（《陆游集·渭南文集》卷十五《傅给事外制集序》）。这两类人分属新、旧党，政治命运不同，文学追求也有区别。这一区分一直延续到南渡以后。由于“靖康之变”带来了巨大的社会变动，这一时期许多作家的创作风格都出现了前后期的变化，如朱敦儒（1181—1159）、吕本中、曾几、李清照（1084—1155?）、陈与义等，江西诗风也随时而变。

南北宋之交的词坛上，朱敦儒、李清照、张元干（1091—1161）等词人，词风由清丽婉约转变为或清旷、或神骏、或豪放，奏响了乱世之音。

五、宋型文学转型期

从宋高宗绍兴三十二年（1162）至理宗嘉定十七年（1224），共63年，是宋型文学的转型期。这一时期的文坛，随着江西诗风的衰变，学唐风气逐渐崛起，促使宋型文学发生了转型。

孝宗隆兴元年（1163）"符篱之役"失败后，南宋王朝一战丧胆，次年（1164）与金朝签订了"隆兴和议"，甘心俯首称臣，纳贡求和，南北对立的局势发生了根本性的变化，金朝由以往的攻势变为守势，此后出现了较长时期南北对峙却基本相安无事的局面。陆游、范成大（1126—1193）、尤袤（1127—1194）、杨万里等所谓"中兴四大诗人"，都在绍兴（1131—1162）中期以后登上了诗坛，领略到了变动中的时代风气。

他们都从学江西诗法入手。陆游十八岁时曾拜曾几为师；尤袤学诗于汪应辰，而汪是吕本中的学生；杨万里自言"予之诗始学江西诸君子"（《诚斋集》卷八十《诚斋荆溪集序》），他师事王庭珪（1079—1171），而王深服黄庭坚；范成大一生都没有改变律诗用拗格，喜用冷僻典、释氏语的江西派习气。但是，中兴四大诗人在学习江西诗法的过程中，也从先辈那里学到纠正江西派弊病的路子。绍兴三十二年（1162），杨万里弃江西体而改学中晚唐诗，自焚少作，诗风自此一变（《诚斋集》卷八十《诚斋江湖集序》），标志着宋型文学转型的发端。陆游现存的诗基本上都作于孝宗乾道二年（1166）以后，而从乾道六年（1170）入蜀，尤其是乾道八年（1172）赴南郑（今属陕西）开始，陆游一变以藻丽为工的诗风，而追求宏肆奔放的风格。尤袤说："近世人士喜宗江西，温润有如范致能者乎？痛快有如杨廷秀者乎？高古如萧东夫，俊逸如陆务观，是皆自出机轴，亶有可观者，又奚以江西为？"（姜夔《白石道人诗集自叙》引，《白石道人诗集》卷首）

学术轶事

南宋中兴诗人

最初与陆游等人齐名的还有萧德藻（号千岩，生卒年不详），但他去世较早，作品不显。宋末方回说："宋中兴以来……言诗者必曰尤、杨、范、陆。其先或曰尤、萧，然千岩早世不显，诗刻留湘中，传者少。尤、杨、范、陆特擅名天下。"（《跋遂初尤先生尚书诗》）

绍兴三十二年（1162），辛弃疾（1140—1207）南归。他的第一首编年词始于隆兴元年（1163），此后四年间词作仅存一首，乾道四年（1168）后词作渐多。在他的影响下，陈亮（1143—1194）、刘过（1154—1206）等形成了辛派词人群体。而姜夔（1155？—1209？）、史达祖（1160？—1210？）等则在词坛上掀起清雅高韵的审美风尚，与稼轩词分庭抗礼。

乾道元年（1165），辛弃疾进奏《美芹十论》，古文写作也出现了新的面貌。而朱熹（1130—1200）继承周、程理学，提倡重道轻文，影响渐大，成为南宋以后正统文学思想的圭臬。

大约在宋光宗绍熙年间（1190—1194），“永嘉四灵”开始出现在文坛上。“永嘉四灵”指永嘉地区的四位诗人：徐照（？—1211）、徐玑（1162—1214）、赵师秀（1170—1220）、翁卷（？—1243后）。他们大力引进晚唐诗风，打出反江西诗派的旗号。他们舍杜甫而尊姚合、贾岛，赵师秀编选贾、姚之诗为《二妙集》，忌用事而贵白描，重景联而轻意联，立意抛弃“宋调”的议论、用典、以文为诗，但却不丢弃以技巧为诗，刻意在字句上下工夫，“虽镂心鉥肾，刻意雕琢，而取径太狭，终不免破碎尖酸之病”（《四库全书总目提要》卷一百六十一《芳兰轩集》提要）。四灵在当时影响极广，尤其在永嘉地区十分风行，以至于“永嘉视昔之江西几似矣，岂不盛哉”（薛师石《瓜庐集》附王绰《薛瓜庐墓志铭》，《南宋群贤小集》本）。

到宁宗开禧年间（1205—1207）和嘉定（1208—1224）初年，杨万里（卒于1206年）、辛弃疾（卒于1207年）、姜夔（约卒于1209年）、陆游（卒于1210年）等几员文坛骁将相继辞世，标志着宋型文学的终结。嘉定六年（1213），蒙古取金东京，金王朝处于风雨飘摇之中，南北逐渐形成宋朝与蒙古的新对立。宋理宗宝庆元年（1225），陈起（？—1256？）刻印《江湖集》，随着江湖诗派的成立，宋型文学渐趋穷途末路。宝庆三年（1227），朝廷将朱熹编注的《四书集注》定为科举考试的指定参考书，从此奠定了程朱理学作为官方哲学的地位，历史掀开了新的一页。

第二节
文官政治与士人风范

宋型文学的第一个特征，是扬弃了六朝隋唐五代文学的“缘情”传统，复苏了先秦两汉文学的“言志”传统，涂染着鲜明的政治化和道德化色彩。文学的政治取向和道德取向，来源于宋代士人政治使命感和道德责任感的普遍高涨，这成为宋代士人特有的风范。而宋代士人的政治风范和道德风范，是有宋一代独特的文官政治的产物。

一、崇文抑武与科举取士

鉴于中唐以来藩镇强盛、尾大不掉的历史教训，宋王朝建国之初，便制定了崇文抑武的基本国策。太祖赵匡胤在即位的次年（961），召禁军将领石守信、王审琦等宴饮，席间劝他们放弃兵权，安享富贵，后来封他们为仅有虚衔的节度使，史称“杯酒释兵权”（《续资治通鉴长编》卷二），这就根除了将领拥兵自重乃至割据叛乱的可能性。与此同时，宋王朝崇尚文治，重用文臣。太祖把朝廷正殿命名为“文德殿”，声明以文物之邦为建国目标。他还将“不得杀士大夫及上书言事人”镌为誓碑，立于太庙密室，垂示嗣君（见旧题陆游《避暑漫钞》引《秘史》。又见《宋稗类钞》卷一《戒碑》）。开宝元年（968），诏令宰相须用“读书之人”（范祖禹《帝学》卷三）。太宗更是大力“兴文教，抑武事”（《续资治通鉴长编》卷十八引司马光语）。他将学士藏书地命名为“崇文馆”，并且亲自撰写《文明政化》一书（见王应麟《玉海》卷三十八）。北宋初姚铉将宋代开国的成功归因于“崇文右学之效”（《唐文粹序》）。南宋时陈亮也说：“艺祖皇帝用天下之士人，以易武臣之任事者，故本朝以儒立国，而儒道之振，独优于前代。”（《宋史·陈亮传》）

由于崇文抑武，科举制度成为文官政体最重要的选官制度。文臣由科举考试而进入仕途，成为宋代官僚阶层的主要成分。宋代科举取士，较之唐代有所发展，所谓“宋承唐制，抑又甚焉”（《宋史·职官一》）。[①] 首先，在录取名额方面，唐时进士科取士，每年不过二三十人，最多不过七十人；而宋代从太宗时起，就不断扩充录取名额，参加省试的举人往往达一两万人。据统计，北宋一代开科 69 次，共取正奏名进士 19 281 人，诸科 16 331 人，合计 35 612 人，如果包括特奏名及史料缺载者，取士总数约为61 000人，平均每年约为 360 人。[②] 南宋时每科进士及第也都在四五百人。其次，宋代科举向普通士人开放，应试者和登第者“家不尚谱牒，身不重乡贯”（陈傅良《止斋先生文集》卷三十五《答林宗简》），唯才是举。苏辙说：“今世之取人，诵文书，习程课，未有不可为吏者也。其求之不难而得之甚乐，是以群起而趋之。凡今农工商贾之家，未有不舍其旧而为士者也。”（《栾城集》卷二十一《上皇帝书》）而且对于多次应试的举人实行“特奏名”法，还特赐各科“出身”（王栐《燕翼诒谋录》卷一《进士特奏》）。第三，在考试制度方面，唐时殿试仅偶尔为之，未形成定制；宋开宝六年（973），太祖亲临讲武殿命题取士，从此确立殿试制度，进士被誉称为“天子门生”。为了防止作弊，从太宗淳化三年（992）起实行“糊名弥封法”和“锁院”制度，真宗大中祥符八年（1015）实行“誊录法”（《宋史·选举一》）等，考试制度愈趋严格。第四，在任职方面，唐时进士及第，仅仅取

① 参见朱瑞熙：《宋代社会研究》，76～82 页，郑州，中州书画社，1983；［日］衣川强著，郑梁生译：《宋代文官俸给制度》，台北，台湾商务印书馆，1977；金铮：《文官政治与宋代文化高峰》，见北京大学古文献研究所、四川大学古籍整理研究所编：《国际宋代文化研讨会论文集》，19～36 页，成都，四川大学出版社，1991。

② 参见张希清：《北宋贡举登科人数考》，见袁行霈主编：《国学研究》，第 2 卷，北京，北京大学出版社，1994。

得做官资格，还需通过吏部“选试”，才能得到实际官职；而宋代只要进士及第，一般都直接按考试成绩等第授官。太平兴国二年（977）就曾选拔士人几五百以补阙(见《续资治通鉴长编》卷十七)。如果科举考试中状元及第，则皇帝临轩放榜，荣耀异常，而且升迁迅速，“不五年即为两制，亦有十年至宰相者”（魏泰《东轩笔录》卷六）。

二、文官政治与士大夫政治使命感

科举制度推行的结果，形成了宋朝独特的文官政治，使魏晋以来的士族门阀制度不再可能死灰复燃。据统计，在《宋史》有传的北宋 167 年间的 1 533 人中，以布衣入士者占 55.12%，比例甚高；北宋一至三品官中来自布衣者约占 53.67%，且自宋初逐渐上升，至北宋末已达 64.44%。[1] 另从最高的宰辅大臣的成分来看，在唐代，科举制度虽然有力地冲击了魏晋以来的门阀制度，但士族仍保持相当强大的政治势力，仅崔氏十房前后就有 23 人任相，占唐代宰相总数 369 人的近十五分之一。而宋代宰辅中，除了吕夷简、韩琦等少数家族多产相才者外，非名公巨卿子弟占了很大的比重，布衣出身者竟达 53.3%，像赵普、寇准、范仲淹、王安石等名相，均出于寒素或低级品官之家，他们形成了宋代文官政府的核心。[2]

而且，在北宋政府中，擅长文学的官员所充任的职位是丰富的。学士和知制诰是两个通常由文学知名之士供职的职位，在太宗朝的 6 位宰相中，有 2 位曾任其职，真宗朝的 12 位宰相中有 7 位，仁宗朝的 23 位宰相中有 14 位。[3] 有宋一代，上自中央，下至地方，大都选用文士任职，正如蔡襄（1012—1067）所说的：“今世用人，大率以文词进：大臣，文士也；近侍之臣，文士也；钱谷之司，文士也；边防大帅，文士也；天下转运使，文士也；知州郡，文士也。虽有武臣，盖仅有也。”（《端明集》卷二十二《国论要目》）《宋史·文苑传序》也说：“上之为人君者，无不典学；下之为人臣者，自宰相以至令录，无不擢科，海内文士彬彬辈出焉。”当时士人戏称：“状元试三场，一生吃著不尽。”（江少虞《宋朝事实类苑》卷九）民间流传的《神童诗》也说：“天子重英豪，文章教尔曹。万般皆下品，唯有读书高。”

由于文官政治的普及，宋代士人的身份出现了与唐代不同的特点，即大都是集官僚、文士、学者三位于一身的复合型人才——士大夫。

☞ 多学一点

士大夫之学

南宋永嘉学派陈傅良（1137—1203）曾论及“宋士大夫之学”说：“盖宋兴，士大夫之学亡虑三变：起建隆至天圣、明道间，一洗五季之陋，知乡方矣，而守故蹈常之习未

① 参见陈义彦：《从布衣入仕情形分析北宋布衣阶层的社会流动》，载《思与言》，第 9 卷，第 4 期，1971。

② 参见王水照主编：《宋代文学通论》，6～7 页，开封，河南大学出版社，1997。

③ 这一数字来自李焘《皇宋四朝纲要》卷二至卷四中高级官员的名单。参见［美］包弼德著，刘宁译：《斯文：唐宋思想的转型》，433 页注 39，南京，江苏人民出版社，2001。

化。范子始与其徒抗之以名节，天下靡然从之，人人耻无以自见也。欧阳子出，而议论、文章，粹然尔雅，轶乎魏晋之上。久而周子出，又落其华，一本于六艺，学者经术遂庶几于三代，何其盛哉！”（《止斋先生文集》卷三十九《温州淹补学田记》）他表彰范仲淹作为政治家的“名节”，欧阳修作为文学家的“议论、文章”，周敦颐作为道学家的“经术”。其实，政治家、文学家、道学家三位一体，是宋代“士大夫之学”的有机构成。

宋代士大夫往往具有强烈的政治使命感，以从政为己任，以吏能相激励。欧阳修常说：“文章止于润身，政事可以及物。”（《宋史·欧阳修传》）他曾作诗道：“折腰莫以微官耻，为政须通异俗情。”（《欧阳文忠公文集·居士集》卷十二《送杨君之任永康》）他自称，当贬官夷陵时，“无以遣日，因取架阁陈年公案，反覆观之。见其枉直乖错，不可胜数”，“当时仰天誓心，自尔遇事，不敢忽也”（吴曾《能改斋漫录》卷十三）。他的这种致力吏政的精神成为宋代士大夫的典范，据说苏轼“亦以吏能自任，或问之，则答曰：‘我于欧阳公及陈公弼处学来’”（同上）。宋代很多士人还喜谈兵。如北宋时王禹偁、富弼（1004—1083）、梅尧臣、尹洙、苏洵、苏轼等都有论兵论战的专著；南宋时辛弃疾更有《美芹十论》、《九议》等鸿篇巨制，连理学家杨万里、朱熹等也都喜欢谈兵。文官政治也造成了激烈的朋党之争和派系倾轧，北宋时有围绕庆历新政和熙宁变法而展开的新旧党争，南宋时有围绕宋金关系而展开的和战之争等等。士人有的主动自觉地投身党争，有的不由自主地卷入党争，在党争中强化了他们的政治使命感。

总体上看，宋代士人普遍以国家栋梁自居，具备参政议政的素质，意气风发地发表政见，有着强烈的从政热情，成为宋代士人特有的精神风貌。叶适（1150—1223）认为，从韩琦、范仲淹开始，“天下议论，相因而起”，以至“朝廷每有一事，则是非蜂起，哗然不安”，至欧阳修，“尤好立论，士之有言者，皆依以为重，遂以成俗”（罗大经《鹤林玉露》卷二引）。风气之盛，甚至金人也对宋使说：“待汝家议论定时，我已渡河矣！”（《宋史纪事本末》卷十三）因此，宋型文学便具有鲜明的政治品格，成为士人干预时事的有力工具。宋代诗文在言情之外尤重议论、说理，这也是一个重要原因。影响所及，以文为诗、以文为词、以文为赋、以文为骈，文学中出现普遍的散文化倾向，甚至记叙文也以议论见长，陈师道说：“退之作记，记其事尔，今之记乃论也。”（《后山诗话》）

分析举例

宋诗中的论政热情

王禹偁《谪居感事》：“兼磨断佞剑，拟树直言旗。”（《小畜集》卷八）

欧阳修《镇阳读书》：“开口揽时事，议论争煌煌。”（《欧阳文忠公文集·居士集》卷二）

王安石《次韵信都公石枕蕲簟》：“深探力取常不寐，思以正议排纵横。”（《临川先生文集》卷五）

三、士大夫道德责任感

宋代士人多尚风节，具有强烈的道德责任感。王禹偁在朝鲠直敢言，三次遭贬，自作《三黜赋》，表达“屈于身兮不屈其道，任百谪而何亏？吾当守正直兮佩仁义，期终身以行之”（《小畜集》卷一）的坚强信念。他把自己的文集题作《小畜集》，《周易正义·杂卦》：“小畜，寡也。”注：“不足以兼济也。”王禹偁以“小畜”名集以示谦，实即怀有“兼济天下”之志。

在宋代士风的转移中，范仲淹具有巨大的典范作用。朱熹推重范仲淹“大厉名节，振作士气，故振作士大夫之功为多”（《朱子语类》卷一百二十九）。《宋史·范仲淹传》也说：“每感激论天下事，奋不顾身。一时士大夫矫厉尚风节，自仲淹倡之。”范仲淹倡行的庆历新政，目的不仅仅在于改变朝廷的政策，更重要的还在于从整体上改变政治精英的道德人格，孙复致范仲淹的信就说：范仲淹“既俾吾宋之学为舜禹文武之学，是将俾吾宋公卿士夫之子弟为舜禹文武公卿大夫之子弟也”（《孙明复小集》）。范仲淹的人格精神影响了整个宋代，《宋史·忠义传序》说：自范仲淹、欧阳修等“诸贤以直言谠论倡于朝，于是中外搢绅知以名节相高，廉耻相尚，尽去五季之陋矣。故靖康之变，志士投袂，起而勤王，临难不屈，所在有之。及宋之亡，忠节相望，班班可书，匡直辅翼之功，盖非一日之积也”。于是，“在朝之士观其见危之大节，在野之士观其奉身之大义”（黄庭坚《豫章黄先生文集》卷二十五《书赠韩琼秀才》），成为宋代士大夫立身处世的准则。在强烈的道德责任感驱动下，文道关系成为宋代文学思想中的一个重要命题，儒家重教化的文学思想成为占主导地位的意识形态。

范仲淹像

学术轶事

范仲淹之影响

文莹（生卒年不详）《湘山野录·续录》“范文正公以言事凡三黜”条，记载范氏三次被贬，僚友们不畏干系，三次设宴饯行，誉其为“此行极光”、“此行愈光”、“此行尤光”。其中有王质（1001—1045）者，更与范“抵掌极论天下利病，留连惜别”。当有人警告他“将有党锢之事，君乃第一人也”时，王质奋然对云：“果得觇者录某与范公数夕邮亭之论，条进于上，未必不为苍生之幸，岂独质之幸哉！”赢得士论的热烈回应。

第三节
三教融通与理性精神

当然，宋代士人政治使命感和道德责任感的普遍高涨，也与宋代崇儒尊道的国策以及与之相适应的理学思想的兴起密切相关。

一、儒家正统观念及道德指向

宋王朝在各个领域都大大强化了中央集权，防止任何人“与人主争黔首”（王安石《临川先生文集》卷八十二《度支副使厅壁题名记》），竭力“收轻重敛散之权归之公上”（《临川先生文集》卷七十《乞制置三司条例》），这种政治概念渗透了宋人的意识，成为他们重要的思想前提。加上先是燕、云未复，后是中原沦丧的现实，更使得孔子以来“尊王攘夷”的思想和溯源于《春秋》公羊学的大一统思想，以及“天下只此一家，古今相传一脉”（钱钟书语）的一统观念，得到空前的强化和深化。在政治上强调“正统”，在思想上强调“道统”，在文学上则强调“文统”，成为时代的思想特色。自真宗朝官修《册府元龟》严别正闰、孙复撰《春秋尊王发微》独尊朝廷，到仁宗朝欧阳修的《正统论上》企图“合天下之不一”（《欧阳文忠公文集·居士集》卷十六）、司马光的《资治通鉴》强调“使九州合而为一统”（卷六十九），以至南宋朱熹的《资治通鉴纲目》以“统系”为核心所阐发的正统历史观等等，都表现了宋人强烈的正统观念。

崇尚儒学是有宋一代的基本国策。真宗赵恒在《崇儒术论》中说：“儒术污隆，其应实大，国家崇替，何莫由斯。”（《宋史·陈彭年传》引）儒学自汉代形成“汉学”以来，长期处于停滞状态。宋初基本上承袭唐代儒学，至宋仁宗庆历年间（1041—1048），风气大变，以新儒学（即理学）为代表的“宋学”应运而生，在中国学术史上与以两汉经学为代表的“汉学”分庭抗礼。宋儒进一步强化儒学原本坚持的君臣、父子等“三纲五常”，将其提高为具有先验本体性质的“天理”；尤其重视有关人性内在修养的“仁学”，将其发展为一套十分精微的“心性”学说。宋儒将宇宙论和心性论最终统一于伦理学中，从而在新的基础上重建了儒家的伦理道德秩序。这套伦理道德学说，特别要求人的主体的道德自觉和理性自觉，反映了宋代士人在崇儒右文政策吸引下积极参与现实政治生活的勇气和决心。张载说：“为天地立心，为生民立命，为往圣继绝学，为万世开太平。”（《宋元学案》卷十八《横渠学案》下《近思录拾遗》）这是从广阔的宇宙空间和邈远的历史时间中确认人的社会角色。这种道德自觉和理性自觉，大大强化了宋型文学的政治化、道德化特点，尤其是强化了文学的道德指向。

程颐曾明确地将学术一分为三，把文学摆在与儒学相对立的地位上：“古之学者一，今之学者三，异端不与焉。一曰文章之学，二曰训诂之学，三曰儒者之学。欲趋道，舍儒者之学不可。”（《河南程氏遗书》卷十八）宋人还特别强调《毛诗序》以来“温柔敦厚”的传统诗教，将文学看作涵咏性情、培育道德的一种手段。理学家语录，如程颢、程颐认为：“兴于诗者，吟咏性情，涵畅道德之中而歆动之，有吾与点之气象。”（《河南程氏外书》卷三）程门弟子杨时（1053—1135）也说：“为文要有温柔敦厚之气，对人主语言及章疏文字，温柔敦厚尤不可无。……君子之所养，要令暴慢邪僻之气不设于身体。”（《龟山集》卷十《龟山语录》卷一）诗论家诗话，如司马光说：“古人为诗，贵于意在言外，使人思而得之，故言之者无罪，闻之者足以戒也。近世诗人，惟杜子美最得诗人之体。”（《温公续诗话》）魏泰说：“唐人亦多为乐府……其述情叙怨，委曲周详，言尽意尽，更无余味。及其末也，或是诙谐，便使人发笑，此曾不足以宣讽。”（《临汉隐居诗话》）文学家论文，如苏轼说：“古今诗人众矣，而杜子美为首，岂非以其流落饥寒，终身不用，而一饭未尝忘君也欤?”（《苏轼文集》卷十《王定国诗集序》）韩驹说：“诗言志，当先正其心志。心志正，则道德仁义之语、高雅淳厚之义自具。《三百篇》中有美有刺，所谓思无邪也。先具此质，却论工拙。”（《诗人玉屑》卷十三引）这种道德化的文学观念一方面要求文学坚持道德教化倾向，另一方面也努力使道德向审美靠拢，从审美中体会、表现儒家理想的道德境界，从而揭示道德与审美的相通之处。将道德与审美融为一体，是宋代文学的突出现象。

二、理性精神与疑辨风气

更重要的是，以理学为代表的宋学大大激发了宋代士人的理性精神。这种理性精神，首先表现为疑辨创新的鲜明倾向。宋学在发展过程中，始终贯穿着疑辨风气——在经典解释中由疑传发展为疑经，在撰述形式上则由谨守传注演变为议古拟圣，自创新说。

☞ **多学一点**

宋学之自创新说

南宋时陆游追述道：“唐及国初，学者不敢议孔安国、郑康成，况圣人乎！自庆历后，诸儒发明经旨，非前人所及。然排《系辞》，毁《周礼》，疑《孟子》，讥《书》之《胤征》、《顾命》，黜《诗》之《序》，不难于议经，况传注乎!”（王应麟《困学纪闻》卷八引）这里提到的“排《系辞》”指欧阳修，“毁《周礼》”指欧阳修与苏轼、苏辙，“疑《孟子》”指李觏、司马光，“讥《书》”指苏轼，“黜《诗》之《序》”指晁说之。

疑辨风气使宋代士大夫大多具有自主、自信、自断的文化性格，不以圣贤之说、社会成见来替代自己的独立思考。如欧阳修说：“篇章异句读，解诂及笺传。是非自相攻，去取在勇断。”（《欧阳文忠公文集·居士集》卷九《读书》）苏轼评价王安石说：“网罗六艺之遗文，断以己意；糠秕百家之陈迹，作新斯人。”（《经进东坡文集事略》卷三十九

《王安石赠太傅制》）苏轼自述："幽居默处而观万物之变，尽其自然之理而断之于中。其所不然者，虽古之所谓贤人之说，亦有所不取。"（《苏轼文集》卷四十八《上曾丞相书》）程颐说："学者要先会疑。"（《河南程氏外书》卷十一）南宋理学之集大成者朱熹曾专门阐述"决疑存信"的问题："前辈固不敢妄议，然论其行事之是非，何害？固不可凿空立论，然读书有疑有所见，自不容不立论。其不立论者，只是读书不到疑处耳。"（《宋元学案》卷四十八）陆九渊（1139—1193）也说："为学患无疑，疑则有进。"（《陆九渊集》卷三十五《语录》下）他提倡："学苟知本，六经皆我注脚。"（《象山集·象山语录》卷四）理性思辨，大胆创新，自出议论，独抒己见，这种疑辨创新的学风是宋代学术的精神倾向，并且成为推动思想文化全面繁荣的强大动力。

三、三教兼容整合

宋代士人的理性精神，还表现为兼容整合的文化思想。① 儒、释、道三教融通，是宋代思想文化的基本特点。

宋代理学虽然标榜为儒学正宗，其实却是子思、孟轲学派以至汉代董仲舒神学、魏晋南北朝玄学和佛学的大杂烩。周敦颐、邵雍被目为道教化的人物，以陆九渊为代表的心学一派又被后人直指为禅学，并非毫无根据。程颐说其兄程颢的学术是"泛滥于诸家，出入于老、释者几十年，返求诸六经而后得之"（《河南程氏文集》卷十二《明道先生行状》）。朱熹早年醉心佛学，"也理会得个昭昭灵灵底禅"（《朱子语类》卷一百四十），他说："端居独无事，聊披释氏书。暂释尘累牵，趣然与道俱。"（《朱文公集》卷一《久雨斋居诵经》）理学家师徒传授的文字常常采用语录体，也是仿效唐以来僧徒记录师语的形式。所以清人全祖望（1705—1755）说："两宋诸儒，门庭径路，半出入于佛老。"（《鲒埼亭集外编》卷三十一《题真西山集》）理学以儒家学说为本位，积极吸收、整合佛、道学说，重建传统文化，给陷入困境的儒学注入新的活力，使儒学得以在与佛、道鼎足而三的思想格局中维护自身的正统地位。

宋代佛教主动吸取儒、道两家的思想，并力求适应传统的伦理观念。释智圆（976—1022）认为，儒、释二教在根本上是协调的："儒者饰身之教，故谓之外典也；释者修心之教，故谓之内典也。""故吾修身以儒，治心以释。"（《闲居集·中庸子传上》）所以他自称"于讲佛教外，好读周、孔、扬、孟书，往往学为古文以宗其道，又爱吟五七言诗以乐其性"（《闲居集序》）。云门宗禅僧契嵩（1007—1072）也宣扬佛家应与儒家一样讲求孝道(见《镡津文集》卷三《孝道》)，并将佛教的五戒十善与儒家的仁义忠孝相印证，以为二者是"异号而一体"（《镡津文集》卷一《原教》）。

因此，三教融通的思潮在宋代士人中广为流行，成为文学家的基本思想倾向。王禹偁三教兼学，在受贬后自称："壮心无复思行道，病眼唯堪学坐禅。"（《小畜集》卷十《朝簪》）他还说："夫禅者，儒之旷达也。"（《小畜集》卷十七《黄州齐安永兴禅院记》）

① 关于宋代儒、释、道三教与文学家、文学创作和文学思想的关系，参见王水照主编：《宋代文学通论》，225～379页，开封，河南大学出版社，1997。

又说："子美集开诗世界，伯阳书见道根源。"（《小畜集》卷九《日长简仲咸》）所谓"伯阳书"即指老子著作《道德经》。欧阳修极力维护儒家道统，著有《本论》二篇，宣传辟佛(见《欧阳文忠公文集·居士集》卷十七)。然而他年轻时即为佛理所"心醉色怍，钦叹忘返"（谢绛《游嵩山寄梅殿丞书》，《欧阳文忠公文集》附录卷五），晚年"更罹忧患"后，"遂有超然物外之志"，向荐福寺颙华严和尚"问其说"（叶梦得《避暑录话》卷上）。他还说："老庄之徒，多寓物以尽人情，信有以也哉。"(《欧阳文忠公文集》卷一百三十《琴枕说》）在北宋中后期，正如司马光所说的："近来朝野客，无座不谈禅。"(《温国文正司马公文集》卷十五《戏呈尧夫》）王安石抱着"经术正所以经世务"的目的(《宋史·王安石传》)，主张对"异学""有所去取"，"所以明吾道而已"(《临川先生文集》卷七十三《答曾子固书》)。他晚年引退后，更向佛教所说的"离一切计度言说"的"无性"中寻求人生解脱（《临川先生文集》卷七十八《答蒋颖叔书》)，自称"宴坐世间观此理，维摩虽病有神通"(《临川先生文集》卷三十四《读维摩经有感》)。苏轼始终以儒学作为出仕从政的主导思想，但对释、道却一直倾心嗜好。通判扬州（今属江苏）时，他喜听海月大师惠辨说法，"时闻一言，则百忧冰解，形神俱泰"(《苏轼文集》卷二十二《海月辨公真赞》)。贬居黄州（今湖北黄冈）时，他"惟佛经以遣日"（《苏轼文集》卷四十九《与章子厚参政书》)，常到安国寺"焚香默坐，深自省察"，感到"一念清净，染污自落"(《苏轼文集》卷十二《黄州安国寺记》)。他认为，"儒、释不谋而同"（同上《南华长老题名记》)，庄子对儒学"阳挤而阴助之"（《苏轼文集》卷十一《庄子祠堂记》)。因此，他自觉地将庄、禅思想渗透进文学观念和文学创作之中。黄庭坚也奉守儒术而融通释、老，于佛学修养颇深，他作诗不仅"多用释氏语"(《说郛》卷二十载吴萃《视听钞》)，而且善于将禅家的"机锋"手法加入韩、孟的句法之中，形成独特的"山谷体"。

南宋士人更倾向于儒、释、道三教的融通，并以三教融通作为文学创作的指导思想。如范成大诗承袭江西习气，是黄庭坚之后、清钱谦益（1582—1664）之前用佛典最多、最内行的诗人。辛弃疾喜掉书袋，词中也同样常用佛老的事语。陆游虽有"坐令事业见真儒"(《陆游集》卷三十五《读书》）的主导思想，但也相信道家的服丹、求仙之术。杨万里排斥佛老之书，声称："予不知佛书，且不解福田利益事也；所知者，儒书尔。"(《诚斋集》卷七十二《石泉寺经藏记》）但他也曾以禅喻诗，认为江西诗派好比"南宗禅"，是诗里最高的境界（见其《江西诗派诗序》、《江西续派二曾居士诗集序》、《送分宁主簿罗宠材》等)。"诚斋体"诗本身也充溢着禅气。

宋代儒、释、道三家合流的交汇点是"天人关系"，即对人在宇宙间的主体地位的寻求和确立、对人的精神世界的探索和把握。质言之，就是以人为本位的人文精神的高扬，表现出对吸纳天地、囊括自然的理想人格的追求。① 因此，宋代士人融通三教的理性精神，在更深的层次上表现为知性内省的致思趋向。

理学着力探求人在自然天地之间、社会人伦关系之中的地位和使命，重视人"与天地参"的自主自觉性。张载说："因明致诚，因诚致明，故天人合一，致学而可以成圣，得天而未始遗人。"(《张子全书》卷三《正蒙·乾称》）程颢说："天人本无二，不必言合。"(《河南程氏遗书》卷十一）程颐更主张"天道"就是"人道"(《河南程氏遗书》卷

① 参见王水照主编：《宋代文学通论》，18～22页，开封，河南大学出版社，1997。

六）。理学家所倡导的所谓“内圣外王”、“圣贤气象”，就是要把仁义礼智信的五常之道和治国平天下的帝王之学结合起来，把道德自律与事功建业统一起来，使个人在内省修身中穷天穷地穷人之理，以臻于与天理合而为一，达到个人与人类社会、自然界和谐融汇的美妙境界。

佛教发展到宋代以禅宗为最盛。禅宗在唐代即已形成随缘任运的人生哲学，晚唐的临济宗认为：“道流佛法无用功处，只是平常之事。”（《临济慧照禅师语录》）宋代的禅宗更以内心的顿悟和超越为宗旨，轻视甚至否定行善、诵经等外部功德。仁宗庆历八年（1048）契嵩撰《原教》，反对那种认为圣人之道足以教人为善的说法，宣称真正的价值最终是内在的，这为佛教的内省与修持留下存在的空间，并且为他所承认的佛儒之道“一以贯之”的主张提供了依据(见《镡津文集》卷一)。禅宗那种保持内心精神宁静的自我解脱，与士大夫独善其身时崇尚清淡闲逸的老庄思想相结合，就产生了一种追求平淡清远境界的审美情趣，在宋代影响深远。

宋代道教逐渐摆脱符箓鬼神等怪诞诡谲之习和走火入魔的外丹炼养之风，转向内丹炼养。内丹学更具有哲理的色彩。陈抟《无极图》、张伯端《悟真篇》等，都引向了人生的课题，即探究生命的起源，关注本体的存亡。精、炁、神等一套内炼成仙的丹法，乃是建立于天人合一论和归根返本论之上的，身内小天地的炼丹取法于身外大天地的自然法则，以求在与物相忘中向自我本性回归，还虚归元，达到与道合一的最高理想境界。

由于融通三教，宋代士人对人生采取更超脱、更达观、更冷静的态度，把世态的炎凉冷暖、人生的荣辱沉浮看得很淡、很透。他们把“穷则独善其身”的传统思想上升为一种具有新的含义的心性修养和理性追求，在官场失意时多能保持乐观、爽朗、超脱、旷达的态度，做到“不以物喜，不以己悲”（范仲淹《范文正公集》卷七《岳阳楼记》）。如尹洙被贬官时，自以为能“进退为乐”，不料一僧人点拨他说：“此犹有所系，不若进退两忘。”于是他“顿若有所得”（沈括《梦溪笔谈》卷二十）。朱熹教诲被贬之人说：“吾人所学，正要此处呈验，已展不缩，已进不退，只得硬脊梁与他厮捱，看如何。”（罗大经《鹤林玉露》卷四甲编）因此，宋代文学便呈现出一种旷达爽朗的格调。宋人往往不像杜甫那样“叹老嗟卑”（朱熹《晦庵先生朱文公文集》卷八十四《跋杜工部同谷七歌》），而是把人生的苦难转化成审美的心境和情趣。如王禹偁说“平生诗句多山水，谪官谁知是胜游”（《小畜集》卷八《听泉》），欧阳修说“行见江山且吟咏，不因迁谪岂能来”（《欧阳文忠公文集·居士集》卷十《黄溪夜泊》），苏轼说“九死南荒吾不恨，兹游奇绝冠平生”（《苏轼诗集》卷四十三《六月二十日夜渡海》），王安石说“意气未宜轻感慨，文章尤忌数悲哀”（《临川先生文集》卷二十二《李璋下第》）。

学术轶事

宋士人文化心态

洪迈（1123—1202）概括宋人这种普遍的文化心态说：“士之处世，视富贵利禄，当如优伶之为参军，方其据几正坐，噫呜诃箠，群优拱而听命，戏罢则亦已矣。见纷华盛丽，当如老人之抚节物，以上元清明言之，方少年壮盛，昼夜出游，若恐不暇，灯收花暮，辄怅然移日不能忘；老人则不然，未尝置欣戚于胸中也。睹金珠珍玩，当如小儿之弄戏剧，方杂然前陈，疑若可悦，即委之以去，了无恋想。遭横逆机阱，当如醉人之受骂辱，耳无所闻，目无所见，酒醒之后，所以为我者自若也，何所加损哉?”(《容斋随笔》卷十四)

理学和庄、禅强调心灵感应，自然无痕，重空静，贵虚美，对宋代文学思想和文学创作也产生了巨大影响。苏轼说：“暂借好诗消永夜，每逢佳处辄参禅。”(《苏轼诗集》卷三十《夜直玉堂》) 李之仪说：“说禅作诗本无差。”(《姑溪居士前集》卷二十九《与李去言书》) 吴可说：“凡作诗如参禅，须有悟门。”(《藏海诗话》) 在文学创作上，禅意与诗意有了更紧密、更自然的结合。苏辙说苏轼在贬谪黄州后，读释氏书，“深悟实相，参之孔老，博辩无碍，浩然不见其涯也”(《栾城集·栾城后集》卷二十二《亡兄子瞻端明墓志铭》)；清人钱谦益评苏轼古文“有得于《华严》，则事理法界，开遮涌现，无门庭，无墙壁，无差择拟议”(《牧斋初学集》卷八十三《读苏长公文》)。

宋代士大夫的三教融通和理性精神，促成了宋型文学的第二个特征，这就是改变了唐代文学“多以丰神情韵擅长”的路向，体现出“多以筋骨思理见胜”(钱钟书《谈艺录》) 的思辨精神和超越精神。如南宋张戒(生卒年不详) 评苏轼文章“长于议论而欠弘丽”(《岁寒堂诗话》卷上)。宋末严羽说“诗有词理意兴”，“本朝人尚理而病于意兴，唐人尚意兴而理在其中”(《沧浪诗话·诗评》)。明人杨慎(1488—1559) 说：“唐人诗主情，去《三百篇》近；宋人诗主理，去《三百篇》却远矣。”(《升庵诗话》卷四)

第四节 文化普及与文学传播

宋代士大夫的理性精神，还表现为他们大都具有学问化、知识化的人文精神。这一特征与宋代的文化普及密切相关。

一、雕版印刷与书集刊刻

文化普及的物质保障，是印刷技术的发达。雕版印刷虽然在唐代就已流行，但当时的印刷品多为佛像、历书之类畅销书籍。五代时，曾由政府主持雕刻九经、五经。而其他各类文献尤其是各种文集的大量印刷，直到宋代才成为现实。在印刷术普及之前，大量书籍只能靠写本形式流传，人们读书治学十分不易，而北宋真宗、仁宗时期印刷术的发达、书籍的大量流通则给人们读书治学带来了极大的方便。景德二年（1005），真宗赵恒考察国子监书库，问祭酒邢昺（932—1010）书板几何，邢昺说：

> 国初不及四千，今十余万，经史正义皆具。臣少时业儒，观学徒能具经疏者百无一二，盖传写不给。今板本大备，士庶家皆有之，斯乃儒者逢时之幸也。（《续资治通鉴长编》卷六十）

苏轼也曾追述：

> 余犹及见老儒先生，自言其少时，欲求《史记》、《汉书》而不可得，幸而得之，皆手自书，日夜诵读，惟恐不及。近岁市人转相摹刻，诸子百家之书，日传万纸。学者之于书，多且易致如此。（《苏轼文集》卷十一《李氏山房藏书记》）

可见，印刷术的普及、书籍的大量流通，正是在北宋真宗、仁宗时期实现的。

宋代刻书分官刻、家刻、坊刻三大系统。官刻又分中央政府主持和地方机构主持两类，主要刊刻经、史类的典籍。由国子监主持刊刻的称监本，此外还有崇文院本、秘书监本、左廊司局本等。地方机构主持刻书的有茶盐司、转运司、提刑司等，凡使用地方政府公库钱刻印的书籍，统称“公使库本”。此外还有各级学术机构所刻书，称为州学本、军学本、郡府学本、县学本、书院本等。私家刻书起源于五代，而盛行于宋代。其中以一家之力刻印的，称私宅本；以家塾名义刻印的，称家塾本。刻者往往就个人爱好，精刻数种书籍。著名刻家有岳珂（1183—1243）、廖莹中（？—1275）等。如廖莹中世彩堂所刻韩、柳文，世称“精妙”（周密《癸辛杂识后集》）。随着文化的普及和商业的发展，宋代出现了由商人经营的书坊，专营刻书，所刻书即称为坊刻本。书坊集中于开封（今属河南）、临安（今浙江杭州）、建安（今江苏南京）、建阳（今属福建）、成都（今属四川）等地，北宋末叶梦得（1077—1148）称：“天下印书，以杭州为上，蜀本次之，福建最下。京师比岁印板，殆不减杭州，但纸不佳。”（《石林燕语》卷八）这些专业书商为文献流传和文学阅读作出了重要贡献。坊刻书除翻刻官刻本以外，还大量刻印民间日常需用的书籍和文艺书籍。

为了普及文化，宋人在文献整理、校勘方面做了大量的工作。太宗和真宗组织修撰多部大型书籍，展示了“盛世修典”的宏伟规模。其中，《太平御览》成书于太宗太平兴国八年（983），共一千卷，计五十五部，按天、地、人的大纲分为五千四百二十六类，“存古佚书最富，故为类书之冠”（范希曾《书目答问补正》卷三）。《太平广记》成书于太宗雍熙四年（987），共五百卷，引用书目在五百种以上，集中于杂史传记之类，以志人、志怪小说为多。《文苑英华》成书于太宗淳化三年（992），共一千卷，收文上起梁，下讫唐，直接承续萧统所编的《文选》，所收什九以上为唐人之作，以唐诗来说，即有一万余首。《册府元龟》成书于真宗大中祥符六年（1013），八年（1015）印行，共一千卷，以编年体式提供了政事方面的包罗万象的记载。《太平御览》、《太平广记》、《文苑英华》、《册府元龟》四部书，被称为宋初“四大书”，具有很高的文献价值。

除了经部、史部、子部书籍的大量刊刻以外，宋代文集刊刻也极为盛兴。例如，新旧《唐书》著录的《杜甫集》六十卷，至宋初已不可见。北宋初年曾有多人编集杜诗，但都不够完备。仁宗时，王洙搜集各种版本，编成《杜工部集》二十卷，所据版本有九种，得诗一千四百余首。此后，王琪又就王洙本重新编订，镂版刊行，遂为杜集定本，世称“二王本”。范成大《吴郡志》卷六记载：

> 嘉祐中，王琪以知制诰守郡，始大修设厅，规模宏壮。假省库钱数千缗，厅既成，漕司不肯除破。时方贵杜（甫）集，人间苦无全书。琪家藏本，雠校素精，即俾公使库镂版印万本，每部为直千钱。士人争买之，富室或买十许部。既偿省库，羡馀以给公厨。

“印万本”之说或有夸饰，但由此可以想见杜甫集受欢迎的程度以及刻书为人们提供的方便。随着学杜之风日盛，人们又对杜集做了大量研究注释工作，杜集版本也日益繁多。

此外，如韩愈集、李白集、王维集、柳宗元集、李贺集等，也都经过宋人的认真整理；再加上宋人刊刻的大量唐及唐以前的其他各种文集，前代文学的所有成果几乎都赖宋代传本而得以保存。宋人还大量刊刻当代作家的文学作品。如南宋吕祖谦（1137—1181）的《皇朝文鉴》一百五十卷（即《宋文鉴》），专选北宋诗文。魏齐贤、叶棻（生卒年均不详）的《五百家播芳大全文粹》一百一十卷，选录范围从北宋扩展到南宋前期的陆游、杨万里、辛弃疾、陈亮、叶适等人的诗文，可视为《宋文鉴》的续编。

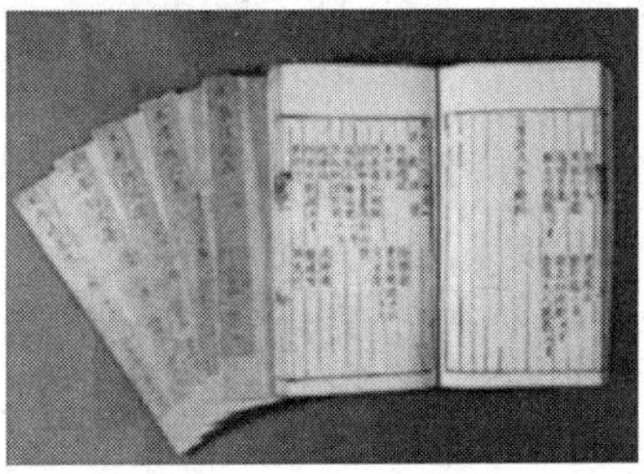

宋代刻本《王摩诘文集》书影
中国国家图书馆藏

宋代刻本《韩昌黎文集》书影
中国国家图书馆藏

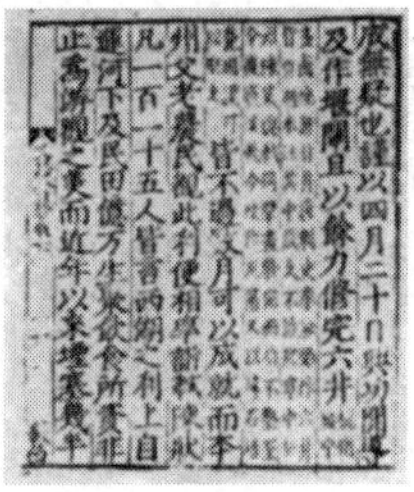

宋代刻本
《苏文忠公集》书影

书籍印刷的普及，使书籍总量大增，宋代的图书事业十分发达。宋仁宗庆历元年（1041），王尧臣（1003—1058）、欧阳修等人奉敕撰成《崇文总目》六十六卷，登录图书共三千四百余部，三万零六百六十九卷。靖康之变，内府藏书荡然无存。宋室南迁后，又极力访求图书，至孝宗淳熙年间（1174—1189），编成《中兴馆阁书目》二十卷，著录图书四万四千四百八十六卷。宁宗嘉定年间（1208—1224），复成《中兴馆阁续书目》三十卷，著录淳熙以后所得图书一万四千九百四十三卷。

研究进行时

雕版刻书与文学

朱迎平提出：“刻书在宋代已经形成一项独立的文化产业，具有相当的规模”；“宋代文化首先是文学的发展，已经与刻书产业密不可分”①。

① 朱迎平：《宋代刻书产业与文学》，上海，上海古籍出版社，2008。

二、学校大兴与教育普及

文化普及的制度保障，则是教育的发达。① 宋初“学校之风未甚流布”（余靖《武溪集》卷六《洪州新置州学记》）。至仁宗庆历（1041—1048）、神宗熙宁（1068—1077）、徽宗崇宁（1102—1106），遂有三次大规模的兴学。在中央，宋初仅设国子学，仁宗庆历三年（1043）、四年（1044）先后立四门学、太学，随后太学逐步取代国子学。在地方，从仁宗时期开始陆续设立郡学、府学、县学，“至庆历以后州郡不置学者鲜矣”（明彭大翼《山堂肆考》卷七十八《教授》）。学校招生人数大增，徽宗崇宁三年（1104），全国学生达21万多人（见《续资治通鉴长编拾补》卷二十四）。此外，民间还有著名学者主持的书院，以及各种乡校、村学、家塾。《宋史·选举一》说：“自仁宗命郡县建学，而熙宁以来，其法浸备，学校之设遍天下，而海内文治彬彬矣。”南宋学校之盛，如耐得翁（生卒年不详）《都城纪胜·三教外地》所记：

> 都城内外，自有文武两学，宗学、京学、县学之外，其余乡校、家塾、舍馆、书会，每一里巷须一二所，弦诵之声，往往相闻。

在宋代，不仅官办学校广开来学之路（潜说友《咸淳临安志》卷十一），接受“远方孤寒之士”（《宋会要辑稿·职官》），而且教育的对象扩展到农工商等其他社会阶层，“濒海裔夷之邦，执耒垂髫之子”（范成大《吴郡志》卷四），都可以入学。欧阳修说：“学校，王政之本也。古者致治之盛衰，视其学之兴废。”（《欧阳文忠公文集·居士集》卷三十九《吉州学记》）在宋代，学校成为一种有效的文化载体，它可以实现振兴斯文的期望，使圣人之道成为社会生活的真实基础和共有的文化，从而在士人中建立起共同的价值观。

宋代教育普及的区域相当广泛，除京洛、齐鲁等传统的文教盛地外，江西、四川以及东南一带，都是文明荟萃、人才辈出之地。如福建，在唐代犹是“有山泉禽鱼之乐，虽有长材秀民通文书吏事与上国齿者，未尝肯出仕”（韩愈《昌黎先生文集》卷二十二《欧阳生哀辞》）；到宋代，则“多向学，喜讲诵，好为文辞，登科第者尤多”（《宋史·地理五》）。四川则“声教攸暨，文学之士，彬彬辈出焉”（《宋史·地理五》），王得臣（生卒年不详）说：“闽蜀同风……今读书应举，为浮屠氏，并多于他所。”（《麈史》卷三）三苏（苏洵、苏轼、苏辙）都出自四川，这并不是偶然的现象。江西在宋代，则是除河南以外，产生学者和文学家最多的地区，如晏殊、欧阳修、曾巩、王安石、刘敞（1019—1068）、黄庭坚、杨万里、陆九渊等均是江西人。

教育的普及，使学诗论文也成为更广泛的社会阶层的爱好。吴可（生卒年不详）《藏海诗话》记载：

> 幼年闻北方有诗社，一切人皆预焉。屠儿为《蜘蛛》诗，流传海内，忘其全篇，

① 参见朱瑞熙：《宋代社会研究》第六章“宋代的教育制度”，86～97页，郑州，中州书画社，1983。

但其记一句云："不知身在网罗中"，亦足为佳句也。元祐间，荣天和先生客金陵，僦居清化市为学馆，质库王四十郎、酒肆王念四郎、货角梳陈二叔，皆在席下，余人不复能记。诸公多为平仄之学，似乎北方诗社。

这些诗社的参加者是屠儿、质库、酒保、货郎等市井平民，可见诗社的广泛流行和平民的附庸风雅。又佚名《东南纪闻》卷二记载："昔有诗客朱少游者，在街市间立卓（桌）卖诗，以精敏得名"，人有出题者，应声即赋。这类专门以诗娱人的"诗客"，其身份已类似于以歌舞伎艺娱人的专职艺人。这些都说明了宋代文学教育的普及程度。文学教育的普及与提高是相辅相成的，宋代文学的发展正是在教育普及的基础上实现的。

在文化教育普及的社会环境中，读书成为宋代士人的基本生活方式，这与唐代士人好游历形成鲜明的对照。王安石自称："某自百家诸子之书，至于《难经》、《素问》、《本草》诸小说，无所不读，农夫女工，无所不问。"（《临川先生文集》卷七十三《答曾子固书》）苏轼"每一书，皆作数过尽之"的"八面受敌"读书法，更是为世所称道，并且极易仿效操作："每次作一意求之。如欲求古人兴亡治乱、圣贤作用，但作此意求之，勿生余念。又别作一次，求事迹故实、典章文物之类，亦如之。他皆仿此。"（《苏轼文集》卷六十《与王庠五首》）黄庭坚说："士大夫三日不读书，则义理不交于胸中，对镜觉面目可憎，向人亦语言无味。"（《苏轼文集·苏轼佚文汇编》卷五《记黄鲁直语》）清人翁方纲（1733—1818）还亲见黄庭坚所作读书摘记，凡35幅732行，所录"皆汉晋间事"（翁方纲《复初斋文集》卷二十九《跋山谷手录杂事墨迹》）。"无所不读"的读书生活，使宋代士人在文学创作中获得了使事用典的充分自由，他们"铺张学问以为富，点化陈腐以为新"（王若虚《滹南诗话》卷中评黄庭坚语）的诗风、文风，正得益于这种铢积寸累、孜孜矻矻的读书方式。苏轼自称："腹有诗书气自华。"（《苏轼诗集》卷五《和董传留别》）黄庭坚评苏轼词："语意高妙，似非吃烟火食语。非胸中有万卷书，笔下无一点尘俗气，孰能至此？"（《豫章黄先生文集》卷二十六《跋东坡乐府》）许尹评黄庭坚诗："一字一句有历古人六七作者。盖其学该通乎儒释老庄之奥，下至于巫卜百家之说，莫不尽摘其英华以发之于诗。"（许尹《黄陈诗集注序》，《山谷诗集注》卷首）因此，作品中洋溢着浓郁的书卷气和学问气，充满着浓厚的人文旨趣，便成为宋型文学的一大特征。

第五节
游冶享乐与文采风流

就其总体而言，宋代士人不仅具有庙堂之中的政客风范和坛坫之上的学者气象，也往往秉承了风流文人甚至是多情种子的人格风貌。

一、士人的多元角色

宋代士人在公共生活领域和在私人生活领域中，往往扮演着不同的角色。例如，周辉《清波杂志》卷十载：“韩黄门持国典藩，觞客，早食则凛然谭经史节义及政事设施，晚集则命妓劝饮，尽欢而罢。虽簿尉小官，悉令登车上马而去。”彭乘《墨客挥犀》卷八载：“程丞相（琳）性严毅，无所推下。出镇大名，每晨起，据案决事，左右皆惴恐，无敢喘息。及开宴召僚佐饮酒，则笑歌欢谑，释然无间。于是人畏其刚果而乐其旷达。”

甚至在私人生活领域中，宋代士人因其人际关系的不同，也可以因时因地变化自身的角色。如《宋人轶事汇编》卷七载：“富文忠、杨隐甫皆元献（晏殊）婿，公在二府，二人已升贵仕。富每诣谒，则书室会话，竟日清谈而去。杨来，则坐堂上置酒，从容出姬侍奏管弦，以相娱乐。人以是知二婿之轻重。”同书卷十二载：“东坡生平不耽女色，而亦与妓游。凡待过客，非其人，则盛女妓丝竹之声，终日不辍，有数日不接一谈，而过客私谓待己之厚。有佳客至，则屏妓衔杯，坐谈累夕。”以俗礼待俗客，以雅礼待佳客，因人下药，自身所扮演的角色也因此有别，这种多元的社会角色意识，正是宋代士人的突出特点。杨万里曾为张镃画像题词说：“香火斋祓，伊蒲文物，一何佛也。襟带诗书，步武琼琚，又何儒也。门有朱珠，坐有桃李，一何佳公子也。冰茹雪食，琱碎月魄，又何穷诗客也。约斋子（张镃号约斋）方内欤？方外欤？风流欤？穷愁欤？老夫不知，君其问诸白鸥。”（《诚斋集》卷九十七《张功父画像赞》）

从整体来看，宋代士人在私人生活领域中，大多以游冶享乐为务，以文采风流见长。这种放浪形骸、雅俗兼具的士人风貌，与城市经济的繁荣、官员俸禄的优厚和奢侈享乐的时尚有关。

二、都市繁华与士人优裕生活

宋代城市经济相当繁荣，北宋的都城汴京（今河南开封）、南宋的都城临安（今浙江杭州）以及建康（今江苏南京）、成都（今属四川）等，都是人口达十万以上的大城市。宋代还逐渐取消了都市里坊（居住区）和市（商业区）的界限，不禁夜市，为商业和娱乐业的迅速发展提供了更有利的环境。孟元老（生卒年不详）的《东京梦华录》、周密的《武林旧事》、张择端（生卒年不详）的《清明上河图》，生动地描绘了汴京、临安城中商贾辐辏、百业兴盛以及朝歌暮舞、弦管填溢的繁华情景。

士夫市民的娱乐需求，促使士大夫创作大量歌词，通过各种途径流传于民间。如柳永常常出入于秦楼楚馆，“多游狭邪，善为歌辞。教坊乐工，每得新腔，必求永为辞，始行于世。于是声传一时”（叶梦得《避暑录话》卷下）。秦观、周邦彦也都为歌妓写了不少词作。宋词的兴盛是与宋代都市的繁荣和文化娱乐业的发展密切相关的。

分析举例

宋徽宗崇宁至政和年间（1102—1118）汴京的繁华概貌

举目则青楼画阁，绣户珠帘。雕车竞驻于天街，宝马争驰于御路。金翠耀目，罗绮飘香。新声巧笑于柳陌花衢，按管调弦于茶坊酒肆。八荒争凑，万国咸通。集四海之珍奇，皆归市易；会寰区之异味，悉在庖厨。花光满路，何限春游；箫鼓喧空，几家夜宴。伎巧则惊人耳目，侈奢则长人精神。（孟元老《东京梦华录自序》，《东京梦华录》卷首）

南宋时杭州元宵灯节的狂欢景象

翠帘绡幕，绛烛纱笼。遍呈舞队，密拥歌姬。脆管清吭，新声交奏，戏具纷婴，鬻歌售艺者，纷然而集。至夜阑，则有持小灯照路拾遗者，谓之“扫街”。遗钿堕珥，往往得之，亦东都遗风也。（周密《武林旧事》卷二“元夕”条）

清院本《清明上河图》（局部）

宋王朝优待士大夫，官员的俸禄及贴补收入比较优厚。宋人王栐（生卒年不详）《燕翼诒谋录》卷五称：“国朝待遇士大夫甚厚，皆前代所无”。石介也说：“古之养士也薄，今之养士也厚。”（《徂徕石先生文集》卷九《养说》）据记载，宋代官吏俸禄名目繁多，除官俸、禄粟、职钱、公用钱、职田等外，还供应春、冬做衣服的绫绢，出差有路费补助，住家有米面、酒肉、茶、厨料、炭薪等补贴，就连他们的仆人，也有粮、棉、餐钱等供给。有声望的官吏，年老不能任事，又有“祠禄之制”优待，即按照原有的品秩，挂名宫使、观使或判官、都监、提举、提点等头衔，支取干薪。官户享有免税、免役等特权。宋朝优待士大夫，连清人赵翼（1727—1814）也感叹：“恩逮于百官者唯恐其不足。”（《廿二史札记》卷二十五）

于是宋代士人奢侈享乐之风极盛。宋太祖赵匡胤劝石守信解除兵权，说：“人生如白驹之过隙，所为好富贵者，不过欲多积金钱，厚自娱乐，使子孙无贫乏耳。尔曹何不释去兵权，出守大藩，择便好田宅市之，为子孙立永远不可动之业？多置歌儿舞女，日饮酒相欢，以终其天年。”（《续资治通鉴长编》卷二）在朝廷的提倡下，北宋官僚生活大都相当侈靡。

分析举例

北宋官僚之奢靡

吕蒙正（944—1011）微时极贫，富贵后喜食鸡舌汤，每朝必用，以至鸡毛在后花园堆积如山（见丁传靖《宋人轶事汇编》卷四）。寇准（961—1023）生活豪侈，女伶唱歌，一曲赐绫一束（见胡仔《苕溪渔隐丛话》后集卷四十）。他在邓州时，尤好夜宴，溷轩马厩，也烧烛达旦，烛泪凝地，往往成堆（见《宋人轶事汇编》卷五）。李纲（1083—1140）“私藏过于国帑”，“每宴客设馔，必至百品，遇出，则厨传数十担”（《宋人佚事汇编》卷十四）。

于是，在北宋文学中出现了以富为美的艺术嗜尚。如真宗赵恒读到王钦若“龙带晚烟离洞府，雁拖秋色入衡阳”诗后，大加赞赏说：“此语落落有贵气。”（胡仔《苕溪渔隐丛话》前集卷二十五）晏殊自诩自己的“楼台侧畔杨花过，帘幕中间燕子飞”、“梨花院落溶溶月，柳絮池塘淡淡风”等诗句，说：“穷儿家有这景致也无?”（吴处厚《青箱杂记》卷五）晁补之评晏殊、晏几道父子词“风调闲雅”，非住“三家村”（吴曾《能改斋漫录》卷十六）人之语。李清照不满于秦观的词，说是“譬如贫家美女，虽极妍丽丰逸而终乏富贵态”（胡仔《苕溪渔隐丛话》后集卷三十三）。

奢侈享乐的生活，使耽恋歌儿舞女、陶醉歌台舞榭成为宋代士人的重要生活内容。高官贵族多家蓄歌妓，朱弁（1083—1140）《曲洧旧闻》卷一说：“两府（中书省、枢密院）、两制（韩林学士、知制诰）家中各有歌舞，官职稍如意，往往增置不已。”如晏殊喜招宾客宴饮，以歌乐相佐，然后亲自赋诗“呈艺”（叶梦得《避暑录话》卷上）。韩琦（1008—1075）“在相府时，家有女乐二十余辈”（江少虞《宋朝事实类苑》卷八）。地位较低的官员也有官伎提供歌舞娱乐，沈括（1031—1095）说：“时天下无事，许臣僚择胜燕饮。当时侍从文馆士大夫为燕集，以至市楼酒肆，往往皆供为游息之地。”（《梦溪笔谈》卷九）出身寒门的士人，一旦入仕之后，也“穷极奢侈”，日夜“点华灯拥歌妓醉饮”，还公然声称当年“吃齑饭”正是为此，来替自己辩护（见丁传靖《宋人轶事汇编》卷七引宋庠、宋祈事）。这种现象甚至被人们视为太平气象的表征。据记载，都尉李文和招军妓夜宴，谏官上疏弹劾，王旦不以为然，反而用红笺题小诗赠李文和，并对真宗赵恒说：“（此事）臣尝知之，亦遗其诗，恨不得往也。太平无象，此其象乎?”（《宋人佚事汇编》卷五）

士人奢侈享乐之风，至南宋仍然不泯。淳熙时士人林升《题临安驿》诗云：“山外青山楼外楼，西湖歌舞几时休？暖风吹得游人醉，直把杭州作汴州。”（田汝成《西湖游览志余》卷二）正是时代风尚和时人心态的写照。如周密《武林旧事》卷三记载道：

西湖天下景，朝昏晴雨，四序总宜。杭人亦无时而不游……贵珰要地，大贾豪民，买笑千金，呼卢百万，以至痴儿骏子，密约幽期，无不在焉。日糜金钱，靡有纪极。故杭谚有“销金锅儿”之号，此语不为过也。

地位高的士大夫大多蓄家伎，如张镃“园池声妓服玩之丽，甲天下”（周密《齐东野语》卷二十），宴客时出以侑酒的歌者乐者竟多达百人。又如姜夔在范成大家做客，范成大因激赏他的词作，赠与歌女一名（见陆友仁《研北杂志》卷下）。而且，南宋时士人的湖山清赏之风比北宋更盛。他们有的陶醉于山清水秀的自然风光，有的大兴亭台楼阁，不出家门而作山水之游。如嘉泰元年（1201）张镃作《赏心乐事》一文，“排比十有二月燕游次序，名之曰‘四并集’”，自称“闲引客携觞，或幅巾曳杖，啸歌往来，淡然忘归”（周密《武林旧事》卷十引）。影响所及，南宋士风大变，“世降俗薄，贪浊成风，反相与嗤笑廉者；谀佞成风，反相与嗤笑直者；软熟成风，反相与嗤笑刚者；竞进成风，反相与嗤笑恬退者；侈靡成风，反相与嗤笑俭约者；傲诞成风，反相与嗤笑谦默者”（罗大经《鹤林玉露》乙编卷一）。以致有人愤愤不平地说：当今之世有四弊，“曰民穷，曰兵弱，曰财匮，曰士大夫无耻”（《宋史·黄震传》）。

三、崇尚闲适优雅

游冶享乐易流于俗，而宋代士人至少在外在的风貌上还是倡导雅风美韵的，因此，闲适优雅便成为宋代士人不同于放浪形骸的另一种生活方式。例如，名臣欧阳修身居要职，却说：“位望愈隆心愈静，每来临水玩游鲦。”（《欧阳文忠公文集·居士集》卷十四《观鱼轩》）名将韩世忠晚年“绝口不言兵，自号清凉居士。时乘小骡，放浪西湖泉石间”（周密《齐东野语》卷十九）。陆游在恢复无望的愤激之余说：“河洛未清非我责，山林高卧复何求。”（《陆游集》卷二十六《著书》）辛弃疾在备受打击的哀怨之际也说：“却将万字平戎策，换得东家种树书。”（《稼轩词编年笺注》卷四《鹧鸪天》）于是，他们在蜗争角斗的纷纭世事之外，无不执著地追求品茗、绘画、金石古玩鉴赏等形形色色的闲适生活，并对这种生活津津乐道。①

品茗如北宋黄儒（生卒年不详）说：“自国初以来，士大夫沐浴膏泽，咏歌升平之日久矣，夫体势洒落，神观冲淡，惟兹茗饮为可喜……故殊绝之品始得出于榛莽之间，而其名遂冠天下。借使陆羽复起，阅其金饼，味其云腴，当爽然自失矣。”（《品茶要论·总论》）徽宗赵佶（1101—1125在位）《大观茶论序》说：“缙绅之士，韦布之流，沐浴膏泽，薰陶德化，咸以雅尚相推，从事茗饮，故近岁以来，采择之精，制作之工，品第之胜，烹点之妙，莫不咸造其极。……天下之士，励志清白，竞为闲暇修索之玩。”（《说郛》卷九十三上）宋人对茶的形、色、味、用水、茶具等无不讲究，旨在追求高情远韵。绘画如郭若虚（生卒年不详）评古今绘画之优劣说：“若论佛道人物、士女、牛马，则近不如古；若论山水、林石、花竹、禽鱼，则古不及近。”（《说郛》卷九十一《山水诀》）

① 参见王毅：《园林与中国文化》，555～611页，上海，上海人民出版社，1990。

宋人将士大夫情趣注入绘画之中，形成了独特的“取其意气所到”的“士人画”（《苏轼文集》卷七十《又跋汉杰画山二首》之二）。同样，书法也以意韵见长，黄庭坚说：“蓄书者能以韵观之，当得仿佛。”（《豫章黄先生文集》卷二十八《题绛本法帖》）陆游说：“洗我堆阜峥嵘之胸次，写为淋漓放纵之词章。”（《陆游集》卷四《醉后草书歌诗戏作》）金石古玩鉴赏如欧阳修“性颛而嗜古”（《欧阳文忠公文集》卷四十一《集古录自序》），搜集三代鼎彝，以为《集古录》。李清照夫妇质衣得钱，到相国寺“市碑文果实，归，相对展玩咀嚼，自谓葛天氏之民也”（《李清照集校注》卷三《金石录后序》）。宣和（1119—1125）中，宫苑中广设邃古、尚古、鉴古、作古、传古、博古、秘古诸阁，以藏各式文玩（蔡京《保和殿曲燕记》，王明清《挥麈录·余话》卷一）；南宋时赵希鹄（生卒年不详）说：“吾辈自有乐地，悦目初不在色，盈耳初不在声，尝见前辈诸老先生多蓄法书、名画、古琴、旧砚，良以是也。”（《洞天清录》卷首《洞天清录序》）此外，宋人所沉溺的闲适生活，还有究心笔砚、嗜好酒食、讲究服饰、倾心谈禅等等。正如张栻（1133—1180）所说的：“莫道闲中一事无，闲中事业有功夫。”（《南轩文集》卷六《题城南书院三十四咏》其二十四）

于是宋代文学中便出现了以闲适为美的艺术嗜尚。作家创作大量流连诗酒、酬酢唱和、逢场作戏的作品，文学题材扩大到了前人未曾涉及的生活琐事，形成了琢字炼句、炫耀学问、追求韵味的审美风气。而且，文学创作还倡导“专以快意为主”（张戒《岁寒堂诗话》卷上评欧阳修语），以更多的篇幅品味人生，欣赏自然，表现解脱羁绊、恢复真我的意愿，乃至直接谈禅论道，戏谑人生。在诗、文等传统文体中，咏物诗、题画诗、谐趣诗、题跋文、散体赋等十分流行。而词更因其通俗性、娱乐性、个人抒情性而风靡一世，成为连通雅文化和俗文化的一条特殊途径。欧阳修撰《六一诗话》，是为了“集以资闲谈”，撰《归田录》，是为了“录之以备闲居之览也”（《归田录·自序》），这成为宋人诗话、笔记类著作勃兴的内在原由。在这一意义上我们可以说，宋型文学是一种生活化、闲适化、个人化的文学，它展现了宋代士人精神世界的另一个重要侧面。

综上所述，宋型文学是一种涂染着鲜明的政治化和道德化色彩的文学，是一种具有思辨精神和超越精神的理性化的文学，是一种洋溢着浓郁的书卷气和学问气的文学，是一种生活化、闲适化、个人化的文学。这四大特征的交相融汇，便形成了宋型文学的基本风貌。

【温故知新】

宋型文学之五期　崇文抑武　科举取士　文官政治　政治责任感　道德责任感　正统观念　疑辨风气　儒释道兼容整合　知性内省　雕版印刷与图书编纂、文集刊刻　大兴学校与教育普及　读书好学　士人多元角色　都市繁华与游冶享乐　闲适优雅。

【请你思考】

1. 宋代文学发展的基本格局是怎样的，大致包括哪几个时期？

2. 宋代文人的参政意识和忧患意识对文学创作产生了什么影响？

3. 试析儒释道三教融合对宋代士大夫文化心态的影响。

4. 何谓宋型文化，其主要特征是什么？

5. 宋代城市经济的繁荣与词的发展有何关联？

6. 如何理解宋代审美趣味的变化及其在文学创作中的表现？

【推荐阅读】

朱瑞熙．宋代社会研究．郑州：中州书画社，1983

钱钟书．谈艺录．北京：中华书局，1984

陈植锷．北宋文化史述论．北京：中国社会科学出版社，1992

王水照主编．宋代文学通论．开封：河南大学出版社，1997

葛兆光．中国思想史．第二卷：七世纪至十九世纪中国的知识、思想与信仰世界．上海：复旦大学出版社，2000

［美］包弼德．刘宁译．斯文：唐宋思想的转型．南京：江苏人民出版社，2001

傅璇琮，蒋寅总主编．刘扬忠卷主编．董希平等撰稿．中国古代文学通论·宋代卷．沈阳：辽宁人民出版社，2005

第二章 诗歌的革新与重构

【导读】

宋诗与唐诗一脉相承，却各具特色，成为中国古典诗歌的两种典范的审美形态。清人蒋士铨（1725—1785）说："唐宋皆伟人，各成一代诗。"（《忠雅堂诗集》卷十三《辨诗》）近人高步瀛说："伟丽变为清新，浑厚沦于镵刻，有宋一代之诗遂与唐分道扬镳矣。"（《唐宋诗举要》卷四）①

典型的宋诗是作为唐诗的反题应运而生的。关于唐宋诗不同的审美形态，前人多有论述。如南宋严羽说："本朝人尚理而病于意兴，唐人尚意兴而理在其中。"（《沧浪诗话·诗评》）又说："盛唐诸人惟在兴趣，羚羊挂角，无迹可求。故其妙处透澈玲珑，不可凑泊，如空中之音，相中之色，水中之月，镜中之象，言有尽而意无穷。近代诸公作奇特解会，遂以文字为诗，以才学为诗，以议论为诗。夫岂不工，终非古人之诗也。盖于一唱三叹之音，有所歉焉。"（《沧浪诗话·诗辨》）明人杨慎说："唐人诗主情，去《三百篇》近；宋人诗主理，去《三百篇》远。"（《升庵诗话》卷八）清人沈德潜（1673—1769）说："唐诗蕴蓄，宋诗发露；蕴蓄则韵流言外，发露则意尽言中。"（《清诗别裁集》卷首《凡例》）翁方纲说："唐诗妙境在虚处，宋诗妙境在实处。"（《石洲诗话》卷四）近人缪钺（1904—1995）说："唐诗以韵胜，故浑雅，而贵蕴藉空灵；宋诗以意胜，故精能，而贵深折透辟。唐诗之美在情辞，故丰腴；宋诗之美在气骨，故瘦劲。"（《诗词散论》）钱钟书（1910—1998）说："唐诗多以丰神情韵擅长，宋诗多以筋骨思理见胜。"（《谈艺录》）

总括而言，在诗歌体制的探索、修辞的雕饰、风格的含蕴等方面，宋人都另辟蹊径，别开生面，拓展了中国古典诗歌的审美表现功能，使宋诗呈现出与唐诗迥然不同的审美形态，在中国古代诗坛上自成一家。唐诗与宋诗，可谓春花秋菊，各擅胜场。

---

① 历代关于唐宋诗比较的争论，可参见齐治平：《唐宋诗之争概述》，长沙，岳麓书社，1984；刘乃昌：《关于宋诗评价问题的讨论综述》，载《文史知识》，1983（9）。

第一节
宗唐三体

宋诗的面貌是从唐诗浓重的阴影里逐渐显现出来的。宋末元初方回说："宋划五代旧习，诗有白体、昆体、晚唐体。"（《桐江续集》卷三十二《送罗寿可诗序》）宋初诗歌三体皆宗唐音，都是力图在宗唐中寻求新变。

概念解析

白体、西昆体、晚唐体

宋初，以李昉、徐铉、王禹偁等人为代表的士大夫，模仿中唐元白、刘禹锡的酬唱活动，创作了不少抒写闲适生活的诗歌，风格浅切清雅，是为"白体"。

宋真宗时期出现一种诗风，其特点是专从形式上模拟李商隐，追求辞藻，多用典故。代表者为杨亿、刘筠、钱惟演等人。因他们曾经相互唱和，编成《西昆酬唱集》，故名"西昆体"。

"晚唐体"诗人是指宋初模仿唐代贾岛、姚合诗风的一群诗人，由于宋人常常把贾、姚看成是晚唐诗人，所以名之为"晚唐体"。代表诗人是九僧、林逋等人。

一、王禹偁诗

（一）咏叹民间疾苦

蔡珪说："国初沿袭五代之余，士大夫皆宗白乐天诗，故王黄州主盟一时。"（《蔡宽夫诗话》，胡仔《苕溪渔隐丛话·前集》卷22引）"王黄州"即王禹偁，以学白体著称。与五代旧臣徐铉、李昉等耽习白居易的杂律诗、闲适诗不同，王禹偁尤喜学白居易的新乐府诗，叙事直捷，议论畅达，首开宋诗散文化、议论化的风气。他的这类诗作大多叙及民间疾苦，而且表现出诗人深切的自我忏悔意识："民瘼不能治，恻隐情悲酸。"（《小畜集》卷六《扬州池亭即事》）太宗端拱元年（988），王禹偁任右拾遗，作五言长诗《对雪》，先叙述自己与家人在京都团聚赏雪的安闲自得的情景，继而联想到河朔民夫和守边军卒辗转穷沙冰雪的艰难困苦的生活，两相对照，触发了他深深的内疚之情：

> 自念亦何人，偷安得如是！深为苍生蠹，仍尸谏官位。謇谔无一言，岂得为直士？褒贬无一词，岂得为良吏？不耕一亩田，不持一只矢。多惭富人术，且乏安边议。空作对雪吟，勤勤谢知己。（《小畜集》卷四）

这种身处安乐之中，却念及百姓疾苦、勇于引咎自责的情感，虽然其源有自，但还是表现出一种位高恤下、推己及人的博大胸怀。淳化三年（991），王禹偁被贬商州团练副使时，作《感流亡》诗，用白描、对话和戏剧式场面，描写一个农夫搀扶年迈双亲、提携三个幼儿去外地逃荒讨饭的场景，构成了一幅荒年流民图。诗作的结尾也写道："我闻斯人语，倚户独长叹：尔为流亡客，我为冗散官。"（《小畜集》卷三）对他人的深切同情与个人的身世之感相映照，引起他心中的强烈共鸣。

☞ **多学一点**

王禹偁学白居易

太宗太平兴国八年（983），王禹偁在成武县任主簿时，与罗处约（960—992）唱和的作品有一百多首，多学白乐天体，如他在《酬安秘丞见赠长歌》中说："还同白傅苏杭日，歌诗落笔人争传。"（《小畜集》卷十三）林逋在《读王黄州诗集》中，将王禹偁与白居易并称，说："放达有唐惟白傅，纵横吾宋是黄州。"（《林和靖集》卷三）可见时人是以白居易的后继者看待王禹偁的。

（二）感叹谪居生活

当然，王禹偁也效法白居易的杂律诗、闲适诗，用以抒情、遣怀、酬赠。宋太宗淳化二年（991），王禹偁因论妖道道安之罪，触忤朝廷，被贬为商州（今陕西商县）团练副使。贬谪期间，他多有吟咏湖山、感慨谪居生活的诗文。如《清明日独酌》：

> 一郡官闲唯副使，一年冷节是清明。春来春去何时尽？闲恨闲愁触处生。漆燕黄鹂夸舌健，柳花榆荚斗身轻。脱衣换得商山酒，笑把《离骚》独自倾。（《小畜集》卷八）

明写暗喻，平淡中寓有深意，在抑郁悲慨中尤能自我解脱。值得注意的是，王禹偁的这类诗歌往往着意追求杜甫的诗艺境界。如《春居杂兴二首》、《新秋即事三首》、《村行》、《杏花》等近体诗，风格平易流畅，简雅古淡，涵容了杜诗凝练含蓄的艺术境界，以修正白体诗的浅俗、直露、率易，在宋初白体诗中独树一帜，显示出宋诗平淡美艺术特征的端倪。如淳化三年（992）秋天在商州写的《村行》：

> 马穿山径菊初黄，信马悠悠野兴长。万壑有声含晚籁，数峰无语立斜阳。棠梨叶落胭脂色，荞麦花开白雪香。何事吟馀忽惆怅，村桥原树似吾乡。（《小畜集》卷九）

诗作以乐景衬托哀情，描写了山间野游时所见所闻的一派生趣盎然的自然景象，同时也反衬出内心深挚的思乡之情和失意之感。尤其是“万壑”两句，意境深远而落笔平淡，成为千古名句。清人吴之振（1640—1717）说：“元之独开有宋风气，于是欧阳文忠得以承流接响。”（《宋诗钞》卷一《小畜集钞》小传）这个评价是合乎事实的。[①]

二、西昆体诗

在宋初，西昆体诗是作为白体诗的对立面而出现的。一方面，西昆体诗人论诗，崇二《雅》而抑《风》、《骚》，不满白体诗时见“风刺”、“忧思”之作，主张“恬愉优柔，无有怨谤，吟咏情性，宣导王泽”（杨亿《武夷新集》卷七《温州聂从事云堂集序》）。因此在《西昆酬唱集》中，诗歌题材不外怀古咏史、咏物、送别、艳情等，着力表现“太极垂裳日，中原偃革初”（杨亿《受诏修书述怀感事》，《西昆酬唱集》卷上）的太平景象，咏唱的是适应太平盛世的雅颂之音。另一方面，西昆体诗人主张“历览遗编，研味前作，挹其芳润，发于希慕，更迭唱和，互相切劘”（杨亿《西昆酬唱集序》，《西昆酬唱集》卷首），尤重诗歌艺术技巧的创新，以华丽、丰赡、雕饰的风格改变了白体的浅俗、粗率、平易，“以雄浑奥衍革五代之弊”（宋祁《景文集》卷五十九《石少傅墓志铭》），煽扬起一股文坛新风。西昆体诗人大多师法李商隐诗的温润密丽、音调铿锵，诗作对仗精工，用事深密，词藻华美，典故繁多，呈现出整饬、典丽的艺术特征。前人概括说：“凡昆体，必于一物之上，入故事、人名、年代及金玉锦绣等以实之。”（方回《瀛奎律髓》卷十八）如杨亿的《无题》：

> 巫阳归梦隔千峰，辟恶香销翠被空。桂魄渐亏愁晓月，蕉心不展怨春风。遥山黯黯眉长敛，一水盈盈语未通。漫托鹍弦传恨意，云鬟日夕似飞蓬。（《西昆酬唱集》卷下）

情感浅薄而诗意细密，典故纷呈而措辞精美，堪称西昆体诗的典型。

西昆体诗人才力富赡，力图提高诗歌的辞藻美、凝练美，显示出宋代文士的文学修养已全面恢复，预示着文学创作繁荣局面的到来。苏轼说：“五季文章堕劫灰，升平格力未全回。故知前辈宗徐庾，数首风流似玉台。”（《苏轼诗集》卷二十八《金门寺中见李西台与二钱唱和》）充分肯定了西昆诗人承前启后的作用。宋人称黄庭坚“独用昆体工夫，而造老杜浑成之地”（朱弁《风月堂诗话》），可见西昆体诗的艺术追求成为宋调成型的重要艺术资源。但是在创作倾向上，西昆体诗人与大多数白体诗人潜相交通，都以诗歌创作为消遣应酬、自我愉悦的技艺，而缺乏深厚的文化蕴涵和真切的个人情感。因此，西昆体与白体虽然分别标示了不同的诗学接受渊源，为后人另辟新途开阔了视野，但本身都未能形成独具一格的时代诗风。而西昆体专事模仿的诗风甚至被时人视为剽窃。

① 关于王禹偁诗歌创作在宋初诗坛的地位，参见陈植锷：《试论王禹偁与宋初诗风》，载《中国社会科学》，1982（2）。

学术轶事

时人嘲笑西昆体之模仿

据刘攽（1023—1089）《刘贡父诗话》载，真宗天禧年间（1017—1021），“后进多窃义山诗句。尝内宴，优人有为义山者，衣服败蔽，告人曰：‘我为馆职挦撦至此。’闻者欢笑”。

三、晚唐体诗

（一）九僧之诗

晚唐体以九僧和林逋为典型。九僧行游往来，结成“吟社”，分题作诗，迭相唱和。景德元年（1004），陈充（944—1013）序编成《九僧诗集》，收诗一百三十五首，所谓“九僧体”便流行一时。九僧诗大多描写清邃幽静的山林景色和枯寂淡泊的世外生活，审美情趣趋于冲和、清远、静寂。张景（970—1018）为简长（生卒年不详）诗作序时说：“上人之诗，始发于寂寞，渐进于冲和，尽出于清奇，卒归于雅静。”（《宋诗纪事》卷九十一引）这正是九僧诗的共同风貌。如惠崇《访杨云卿淮上别墅》：

> 地近得频到，相携向野亭。河分冈势断，春入烧痕青。望久人收钓，吟馀鹤振翎。不愁归路晚，明月上前汀。（方回《瀛奎律髓》卷四十七）

境界清寂，神韵孤远。

☞ **多学一点**

司马光评《访杨云卿淮上别墅》

司马光《温公续诗话》称许此诗“河分”一联，并指出此联乃袭取唐人司空曙（702? —790?）、刘长卿（? —786或791）语合成：“时人或有疑讥其犯古者，嘲之曰：‘河分冈势司空曙，春入烧痕刘长卿。不是师兄多古句，古人诗句似师兄。’”（又见《增修诗话总龟》前集卷三十七引《闲居诗话》）

九僧尤擅五律，其五律的中间二联，最能表现他们镂句钵字的苦心孤诣，如“虫迹穿幽穴，苔痕接断楼”（保暹《秋径》）、“磬断危杉月，灯残古塔霜”（惟凤《与行肇师宿庐山栖贤寺》）、“照水千寻迥，栖烟一点明”（惠崇《池上鹭分赋得明字》）等，用字都颇为精警。在近体诗上下工夫，并有凌驾唐人之势，这正是宋诗体式的突出特色。但九僧诗全篇意境往往不够完整，而且情思较为淡薄。

学术轶事

宋人戏诸僧诗

欧阳修《六一诗话》说："当时有进士许洞者，善为词章，俊逸之士也。因会诸诗僧分题，出一纸，约曰：'不得犯此一字。'其字乃山、水、风、云、竹、石、花、草、雪、霜、星、月、禽、鸟之类，于是诸僧皆阁笔。"

（二）林逋之诗

林逋诗歌"在咸平、景德间已大有闻"（梅尧臣《林和靖先生诗集序》，《林和靖先生诗集》卷首）。景德（1004—1007）后，他归隐杭州，结庐西湖孤山，养鹤种梅，不娶不仕，自娱自乐，人称其"梅妻鹤子"。林逋诗在一种高逸淡远的境界中求得自我满足，表现出独特的审美风韵。孤山盛产梅花，梅花清淑贞静、孤芳自守的风韵，与林逋追求雅洁的襟怀正相契合，所以他的咏梅诗尤负盛名。其中《山园小梅》其一最为脍炙人口：

林逋像

> 众芳摇落独暄妍，占尽风情向小园。疏影横斜水清浅，暗香浮动月黄昏。霜禽欲下先偷眼，粉蝶如知合断魂。幸有微吟可相狎，不须檀板共金尊。（《林和靖先生诗集》卷二）

全诗章法严整缜密，写花寄意，花品、诗品、人品浑化合一。

林逋诗意境完整，情趣活泼，写景精细，擅长"用一种细碎小巧的笔法来写清苦而又幽静的隐居生涯"（钱钟书《宋诗选注》）。如"夕寒山翠重，秋静鸟行高"（《林和靖先生诗集》卷一《湖楼写望》）、"片月通萝径，幽云在石床"（同上《湖山小隐》）、"雪竹低寒翠，风梅落晚香"（同上《山村冬暮》）等，均有一种天然雅洁的气韵，给人以赏心悦目的画意美。梅尧臣称他的诗"平淡邃美，咏之令人忘百事也。其辞主乎静正，不主乎刺讥"（《林和靖先生诗集序》，《林和靖先生诗集》卷首）。清人也说："其诗澄澹高逸，如其为人。"（《四库全书总目提要》卷一百五十二《和靖诗集》提要）

晚唐体消解了诗歌的社会教化功用，与宋朝士人群体承担的政治使命和文化使命是格格不入的。但是晚唐体却在白体和西昆体之外，提供了一种带着庄、禅意味的隐逸情调和一种追求平淡清远的审美风格，渗透到了宋人的心灵深处。

第二节 宋调发硎

一、“以文为诗”

在仁宗景祐至庆历年间（1034—1048），梅尧臣、苏舜钦、欧阳修三家并时角立，逐渐洗净宋初三体的积习，完成了诗风革新，显示出宋诗独立的面目。严羽所说的“以文字为诗，以才学为诗，以议论为诗”（《沧浪诗话·诗辨》）的“宋调”，在梅、苏、欧三人这里已初步成型。钱钟书说：“文章之革故鼎新，道无它，曰以不文为文，以文为诗而已。向所谓不入文之事物，今则取为文料；向所谓不雅之字句，今则组织而斐然成章。谓为诗文境域之扩充，可也；谓为不入诗文名物之侵入，亦可也。”（《谈艺录》）梅、苏、欧一生便致力于这种“革故鼎新”的诗风革新。

宋人以文为诗的追求，首先见于古体诗的写作。古体诗原本就兼容古拙的散文化句法，杜甫、韩愈（768—824）的古体诗作有意强化了散文句法，而梅、苏、欧更将古体诗的散文句法加以扩充，使之成为宋诗的一大特点。仁宗明道元年（1032），梅尧臣将谢绛（？—1039）的一封记游信改写成记游诗《希深惠书言与师鲁永叔子聪几道游嵩因诵而韵之》（《宛陵先生集》卷二），开始了打通古文与古体诗的尝试。这种打通诗文的做法，使诗文写作手法技巧的相互借鉴成为可能。梅、苏、欧三家诗中普遍存在散文句法，如清人方东树（1772—1851）说：“学欧公作诗，全在用古文章法。”（《昭昧詹言》卷十二）作为古文大家的欧阳修，不仅在诗里大量使用古文句法，而且“章法剪裁，纯以古文之法行之”（《昭昧詹言》卷十一），使诗歌具有散文般流动的气韵与品格。而且，在梅、苏、欧的笔下，几乎所有的题材都可以谈理寓道。写景，状物，咏史，言情，触处即生议论，或新警精辟，或迂腐生硬，但都充分表现出宋人理性深思的特点。梅、苏、欧的共同努力，打破了唐代三百年形成的诗歌传统、审美情趣及审美观念，宋诗由此进入变唐成宋的新时期。

二、梅尧臣诗清切平淡

叶梦得说：“欧阳文忠公诗始矫昆体，专以气格为主。”（《石林诗话》卷上）但同是追求“气格”，却有两种不同的创作倾向：一是由尚雄豪而出之奇峭，如石延年（994—1041）、苏舜钦；一是化奇峭于平淡之中，如梅尧臣。而梅诗的清切平淡更能体现出宋诗发展的趋向，所以欧阳修说：“文会忝予盟，诗坛推子将。”（《欧阳文忠公文集·居士外集》卷三《答梅圣俞寺丞见寄》）把梅尧臣看作当时诗坛的盟主。刘克庄（1187—1269）也说：“本朝诗惟宛陵为开山祖师。宛陵出，然后桑濮之淫哇稍息，风雅之气脉复续。”（《后村大全集》卷一百七十四《后村诗话》前集卷二）

学术轶事

欧阳修评石延年、苏舜钦诗

庆历元年（1041），欧阳修评石延年：“其为文章，劲健称其意气。”（《欧阳文忠公文集·居士集》卷二十四《石曼卿墓表》）庆历二年（1042）评苏舜钦：“是以子美辞，吐出人辄惊。其于诗最豪，奔放何纵横！”（同上《居士外集》卷三《答苏子美离京见寄》）

梅尧臣早年深受晚唐诗风濡染，他一生苦吟，保持以平淡为主调的诗风和细密的观察力，这都是学习晚唐体留下的印痕。天圣九年到明道二年（1031—1033），梅尧臣与欧阳修等人在洛阳（今属河南）唱和，诗风遽变，形成清切平淡的独特风格。他自觉倡导平淡的诗歌境界：“因吟适情性，稍欲到平淡。”（《宛陵先生集》卷二十八《依韵和晏相公》）“作诗无古今，唯造平淡难。”（《宛陵先生集》卷四十六《读邵不疑学士诗卷……》）所以胡仔称他“工于平淡，自成一家”（《苕溪渔隐丛话后集》卷二十四），严羽说他“学唐人平澹处”（《沧浪诗话·诗辨》）。但他同时也追求“意新语工”，要求“能状难写之景如在目前，含不尽之意见于言外”（欧阳修《六一诗话》引）。因此他所追求的“平淡”并不是指陶渊明（365？—427）、韦应物（737—792）的诗风，而是指一种炉火纯青的艺术境界，一种超越了雕琢绮丽的老成风格。以平淡而求意新，这成为当时诗风革新的审美理想，深得欧阳修赞许。皇祐二年（1050），欧阳修《再和圣俞见答》诗说：“嗟哉我岂敢知子，论诗赖子初指迷。子言古淡有真味，大羹岂须调以齑。”（《欧阳文忠公文集·居士集》卷五）

☞ 多学一点

朱自清说“平淡”

朱自清《宋五家诗钞》说：“平淡有二：韩诗云：‘艰宕怪变处，往往造平淡。’梅平淡是此种。朱子谓：‘陶渊明诗平淡出于自然。’此又是一种。”

梅诗清切平淡的风格，首先渗透着布衣诗人关怀民间疾苦的真切感受。梅尧臣在庆历革新中撰写了一批时事政治诗，表现出鲜明的政治立场和政治态度，但最能显示他创作特色的却是抒写民间疾苦的诗篇。如康定元年（1040）作《汝坟贫女》，借一位贫家女子孤苦无依的沉痛哭诉，描写了平民百姓在兵役中遭受厄运、横尸遍野的惨象：

> 汝坟贫家女，行哭音凄怆。自言有老父，孤独无丁壮。郡吏来何暴，县官不敢抗。督遣勿稽留，龙钟去携杖。勤勤嘱四邻，幸愿相依傍。适闻闾里归，问讯疑犹强。果然寒雨中，僵死壤河上。弱质无以托，横尸无以葬。生女不如男，虽存何所当。拊膺呼苍天，生死将奈向。(《宛陵先生集》卷七)

诗作秉笔直书，感情愤激，以贫家女子口吻自述身世，语言自然朴实，真切感人。以布衣诗人的身份，近距离地观察和体验民间疾苦，投注真诚的关心和深切的同情，梅尧臣的这类诗篇的确深得杜甫“三吏”、“三别”的精髓。

梅诗清切平淡的风格，还表现为刻意熨帖世俗日常生活的艺术追求。从六朝到盛唐，诗人侧重展示高贵典雅的生活情境，大多对凡俗的日常生活不屑一顾。杜甫首开诗境，将审美目光投注到日常生活中；而中唐韩愈、孟郊等诗人，也开始喜好在诗里描绘日常生活中琐屑不雅的情事，但尚未形成风气。直到梅、苏、欧，方始将这片唐贤未及占尽的疆域大大拓展了一番，尽力发掘凡俗平庸中的诗意美境。梅尧臣更是得风气之先，他有诗题名《师厚云虱古未有诗邀予赋之》，所谓“古未有诗”，正表明此类题材是初次进入诗歌殿堂。梅尧臣对苍蝇、蚊子、犬、豕、龟、虾等都要在诗中逐一玩赏。从他《和孙瑞叟寺丞农具十五首》、《和孙瑞叟蚕具十五首》等诗中(《梅尧臣集编年校注》卷二十七)，也不难看出时人兴味之所在。他的尝试有时不成功，但有的诗篇却写得饶有兴味，如《七月十六日赴庾直有怀》写值夜时想念妻儿，《范饶州坐中客语食河豚鱼》描写味美而有毒的河豚等。梅尧臣为宋诗开辟了更加贴近日常生活的走向。

分析举例

宋人写生活琐事之诗

梅尧臣此类作品见《梅尧臣集编年校注》卷二十六《蝇》、《蝉》、《莺》、《鸡》、《鹤》、《挑灯杖》、《蛙》、《鸠》、《蚊》、《鹿》、《犬》、《豕》……

不成功之作如《聚蚊》、《余居御桥南夜袄鸟效昌黎体》、《八月九日晨兴如厕有鸦啄蛆》、《四月十八日记与王正仲及舍弟饮》、《秀叔头虱》、《扪虱得蚤》、《次韵和永叔尝茶》等，写蚊、虱、蚤、袄鸟、鸦啄蛆等丑陋的事物，写喝茶打咕噜、聚餐后害霍乱一类不雅的个人经历，凡庸丑陋，缺乏情韵（见钱钟书《宋诗选注》）。

受梅尧臣的影响，欧阳修也写过《憎蚊》、《和圣俞聚蚊》、《汝瘿答仲仪》等一些诗。但由于他的生活环境和个人情趣，他在描写日常生活中细小事物时，常常注入士人的文化情趣，将俗物雅化，如《尝新茶》、《初食车螯》、《菱溪大石》、《紫石屏歌》等。其后苏轼、黄庭坚等即深受欧诗影响。但肇始之人，还是梅尧臣。

梅诗的清切平淡，更表现为“长于本人情，状风物，英华雅正，变态百出”（欧阳修《欧阳文忠公文集·居士外集》卷二十三《书梅圣俞稿后》）。尤其是他的写景诗，往往新颖工巧而意境含蓄。如作于仁宗康定元年（1040）的五律《鲁山山行》：

适与野兴惬，千山高复低。好峰随处改，幽径独行迷。霜落熊升树，林空鹿饮溪。人家在何许？云外一声鸡。（《宛陵先生集》卷七）

全诗立意新颖，笔墨生动，洋溢着诗情画意，情致深远。又如作于至和二年（1055）的七律《东溪》：

行到东溪看水时，坐临孤屿发船迟。野凫眠岸有闲意，老树著花无丑枝。短短蒲茸齐似剪，平平沙石净于筛。情虽不厌住不得，薄暮归来车马疲。（《宛陵先生集》卷四十三）

融情于景，描绘清淡平远的春日景象，表达幽闲恬适的诗人情思。前者平淡之中有几分清丽，以情韵见长；后者平淡之中颇见老健，且故作枯涩之笔，以思理取胜，正是欧阳修所称许的“初如食橄榄，真味久愈在”（《欧阳文忠公文集·居士集》卷二《水谷夜行寄子美圣俞》）。

由此可见，梅诗风格演变是以偏离唐诗丰神情韵的风格为方向的，虽说这种尝试有时给梅诗带来了词句枯涩、缺乏韵味的缺点，但它最终引导了新诗风的形成。欧阳修在梅尧臣去世后评其诗说：“其初喜为清丽、闲肆、平淡，久则涵演深远，间亦琢剥以出怪巧，然气完力馀，益老以劲。”（《梅圣俞墓志铭》，《宛陵先生集·附录》）龚啸评价他“去浮靡之习，超然于昆体极弊之际；存古淡之道，卓然于诸大家未起之先”（《宛陵先生集·附录》），确为的评。

三、苏舜钦诗豪俊超迈

苏舜钦比梅尧臣和欧阳修更早作古歌诗，“时发愤懑于歌诗，其体豪放，往往惊人”（《宋史·苏舜钦传》），开以文为诗的风气之先。在他的诗作中，批评朝政、指责时弊的作品最多，如《吾闻》、《闻京尹范希文谪鄱阳……》、《望秦陵》、《己卯冬大寒有感》、《吴越大旱》等，强烈地表现出以诗议政的自觉性。其中以作于仁宗景祐元年（1034）的《庆州败》最为著名：

“无战王者师，有备军之志。”天下承平数十年，此语虽存人所弃。今岁西戎背世盟，直随秋风寇边城。屠杀熟户烧障堡，十万驰骋山岳倾。国家防塞今有谁？官为承制乳臭儿。酣觞大嚼乃事业，何尝识会兵之机？符移火急搜卒乘，意谓就戮如缚尸。未成一军已出战，驱逐急使缘崄巇。马肥甲重士饱喘，虽有弓剑何所施。连颠自欲堕深谷，虏骑笑指声嘻嘻。一麾发伏雁行出，山下奄截成重围。我军免胄乞死所，承制面缚交涕洟。逡巡下令艺者全，争献小技歌且吹。其余劓馘放之去，东走矢液皆淋漓。首无耳准若怪兽，不自愧耻犹生归。守者沮气陷者苦，尽由主将之所为。地机不见欲侥胜，羞辱中国堪伤悲！（《苏学士文集》卷一）

此诗具有政论性，整体结构为夹叙夹议，“无战”四句、“国家”四句、“守者”四句，依次言时之机、兵之机、地之机，议论相当精辟。更值得注意的是，在宋代诗坛上，苏舜钦最早以澎湃的激情为保卫祖国边疆而振臂呼唤，如：“男儿胜衣志四海，实耻坐得万户侯”（《苏学士文集》卷三《送李冀州》）；“已知高贤抱器识，因时与国为辉光。……使之当国柄天下，夷狄岂复能猖狂”（《苏学士文集》卷二《寄富彦国》）；“予生虽儒家，气欲吞逆羯。斯时不见用，感叹肠胃热。昼卧书册中，梦过玉关阙”（同上《吾闻》）。

这些以边防和报国为主题的诗篇，表现出强烈的种族自尊思想，同时也流露出壮志难酬的感慨。这些诗篇，以诗艺诗境论，固然粗糙浅率，但以思想感情论，却影响深远。这种思想在南宋时陆游、辛弃疾等人的诗词作品中成为时代的强音。

从总体上看，苏舜钦古歌诗大都感情奔放，但前期俊快爽直，后期沉郁悲壮，略有变化。如《中秋夜吴江亭上对月怀前宰张子野及寄君谟蔡大》中的一段：

> 长空无瑕露表里，拂拂渐渐寒光流。江平万顷正碧色，上下清澈双璧浮。自视直欲见筋脉，无所逃遁鱼龙忧。不疑身世在地上，只恐槎去触斗牛。（《苏学士文集》卷二）

想象奇特，笔力酣畅，格调俊放，本是宁静柔和的月夜也被赋予开阔的意境。这种豪俊超迈之气也渗透到苏舜钦的近体诗中。如庆历四年（1044），苏舜钦被废职为民，退居吴中，作《览照》：

> 铁面苍髯目有棱，世间儿女见须惊。心曾许国终平虏，命未逢时合退耕。不称好文亲翰墨，自嗟多病足风情。一生肝胆如星斗，嗟尔顽铜岂见明。（《苏学士文集》卷七）

全诗以不和谐为主调，贯穿始终，极写不合时宜的牢骚，发抒失意不平的怨气。

由于追求雄豪之气，苏诗语言不免时见粗糙、生硬之弊。宋诗求畅尽而伤直露的特点，在苏诗中已见端倪。但隐居吴中后，苏舜钦诗风渐“趋古淡”（《苏学士文集》卷八《诗僧则晖求诗》），尤其是近体诗，有回归唐风的倾向。极力以重技巧、用典故等宋人技法达到唐诗意境，这一点已开王安石及江西诗派近体诗新变的先河。如《淮中晚泊犊头》：

> 春阴垂野草青青，时有幽花一树明。晚泊孤舟古祠下，满川风雨看潮生。（《苏学士文集》卷七）

正是从此处着眼，方回说：“惜乎子美早卒，使老寿，山谷当并立也。”（《瀛奎律髓》卷二十二）

梅、苏之诗，在当时各擅其长，欧阳修说：“子美笔力豪俊，以超迈横绝为奇；圣俞覃思精微，以深远闲淡为意：各极其长，虽善论者不能优劣也。”（《六一诗话》）清人叶燮（1627—1703）说：“开宋诗一代之面目者，始于梅尧臣、苏舜钦二人。……自梅、苏变尽昆体，独创生新，必辞尽于言，言尽于意，发挥铺写，曲折层累以赴之，竭尽乃止。”（《原诗·外篇》）

四、欧阳修诗雍容雅致

欧阳修兼融梅、苏之长，打通李白（701—762）、韩愈诗风，独造混沌诗境。欧阳修在洛阳交游期间，曾向梅尧臣学诗，直到庆历年间（1041—1048），他的诗一直步趋梅后，时称“梅欧体”。皇祐三年（1051），欧阳修四十五岁，作《庐山高赠同年刘中允归南康》（《欧阳文忠公文集·居士集》卷五），明显地学李白《庐山谣》，欧“自以为得意”，梅尧臣也“击节赞赏”说：“使吾更作诗三十年，亦不能道其中一句。”（《王直方诗话》，胡仔《苕溪渔隐丛话·前集》卷三十五引）以此诗为契机，欧阳修逐渐摆脱了梅诗影响，形成自身的特色。张戒评论说：“欧阳公诗学退之，又学李太白。”（《岁寒堂诗话》卷上）钱钟书评论说：“欧公古诗不尽学昌黎，亦显仿太白，五律往往似梅宛陵，夷陵咏风物排律又逼香山，七律开阖动荡，沉著顿挫，不特杨、刘、苏、梅所未有，即半山、东坡、山谷亦每不及也。”（《谈艺录》）

欧阳修像

欧阳修学韩愈古诗，以议论英发、超俗求新见长，刘熙载（1813—1881）说：“其刻意形容处，实于韩为逼近耳。”（《艺概》卷二《诗概》）如《食糟民》对官卖酒、民食糟的不正常现象的议论，《边户》对朝廷妥协议和政策的谴责，《水谷夜行寄子美圣俞》、《答苏子美离京见寄》则开以古体论诗的先声。受韩愈启发，欧诗尤擅长借鉴散文的叙事手段。如景祐元年（1034）所作《书怀感事寄梅圣俞》（《欧阳文忠公文集·居士外集》卷二），叙述宴游经历，平直周详，深得古文之妙。欧诗中的议论往往能与叙事、抒情融为一体，所以能得韩诗畅尽之致而避免其枯燥艰涩之失。如仁宗嘉祐四年（1059）作的《再和明妃曲》，中有“虽能杀画工，于事竟何益”、“耳目所及尚如此，万里安能制夷狄”、“红颜胜人多薄命，莫怨春风当自嗟”等（《欧阳文忠公文集·居士集》卷八），议论精警，又富有情韵。又如景祐四年（1037）被贬为夷陵（今湖北宜昌）县令时，作《戏答元珍》：

> 春风疑不到天涯，二月山城未见花。残雪压枝犹有橘，冻雷惊笋欲抽芽。夜闻归雁生乡思，病入新年感物华。曾是洛阳花下客，野芳虽晚不须嗟！（《欧阳文忠公文集·居士集》卷十一）

此诗前二联写景，采用逆转法，先果后因，先情后景，先问后答，此为古文章法，与《秋声赋》结构相似。全诗以荒远山城的凄凉春景衬托落寞情怀，篇末故作宽解之言，尤显以顺处逆的旷达情怀，风格清闲自然，平易疏放。

庆历七年（1047），欧阳修贬官知滁州，作《画眉鸟》：

> 百啭千声随意移，山花红紫树高低。始知锁向金笼听，不及林间自在啼。（同上）

诗以画眉鸟自喻，表达诗人摆脱朝廷派别斗争束缚后自由自在生活的愉悦心情，物我交融，意味深长。

学术轶事

宋人评欧诗

叶梦得说："（欧阳修）《崇徽公主手痕》诗：'玉颜自古为身累，肉食何人与国谋。'此自是两段大议论，而抑扬曲折，见于七字之中，婉丽雄胜，字字不失相对。"（《石林诗话》卷上）朱熹也说："欧公文字锋刃利，文字好，议论亦好。尝有诗云：'玉颜自古为身累，肉食何人与国谋。'以诗言之，是第一等好诗。以议论言之，是第一等议论。"（《朱子语类》卷一百三十九）

欧诗的坦荡疏畅则有似李白。欧诗得益于李白诗歌语言的清新流畅和情调的奔放横逸，这与欧诗特有的委婉平易的章法相结合，便形成流丽宛转的风格。如《春日西湖寄谢法曹歌》（《欧阳文忠公文集·居士外集》卷二），写好友万里相思和少去老来的感慨，时空跨度很大，情绪跌宕起伏，但文气仍雍容宛转，娓娓如诉家常。欧诗尤以七律，最见功力，如《初至颍州西湖……》写西湖夜游：

平湖十顷碧琉璃，四面清阴乍合时。柳絮已将春去远，海棠应恨我来迟。啼禽似与游人语，明月闲撑野艇随。每到最佳堪乐处，却思君共把芳卮。（《欧阳文忠公文集·居士集》卷十一）

诗思圆转无痕，情韵充实饱满，雍容平和，雅致流畅，最能体现欧诗独特的艺术魅力。人称欧诗："四时皆是和气，满幅俱同流水。"（曾慥《类说》卷五十七引叶致远语）这一点正与他的文章风格有共通之处，成为欧阳修整体人格的艺术映照。

第三节 荆公体和东坡体

经过梅、苏、欧三家的开辟，从仁宗嘉祐到哲宗元祐年间（1086—1094），宋诗的鼎盛局面终于形成，其标志是出现了有鲜明个性风格的王安石、苏轼、黄庭坚三大诗人及"荆公体"、"东坡体"、"山谷体"。三人诗风各异，但同样重思理，富才学，喜用事，工锻炼，从而将宋调独具的特质发挥到极致。正是到王、苏、黄三人，宋调才真正形成注重高古诗格，讲究用事造语，追求琢句押韵等审美特征。

☞ 多学一点

宋人论王安石、苏轼、黄庭坚诗

陈善（生卒年不详）云：“（欧阳修）能变国朝文格，而不能变诗格，及荆公、苏、黄辈出，然后诗格遂极于高古。”（《扪虱新语》）惠洪（1071—1128）云：“造语之工，至于荆公、东坡、山谷，尽古今之变。”（《冷斋夜话》卷五）“用事琢句，妙在言其用，不言其名耳，此法唯荆公、东坡、山谷三老知之。”（《冷斋夜话》卷三十七）费衮（生卒年不详）云：“作诗押韵是一奇，荆公、东坡、鲁直押韵最工，而东坡尤精于次韵，往返数四，愈出愈奇。”（《梁溪漫志》卷七）

一、雅丽精绝的荆公体

王安石于仁宗皇祐年间（1049—1054）在鄞县、舒州任上所写的政治诗，将梅、苏、欧等的以议论为诗发展成为押韵的公文，虽爽辣明白，却枯燥乏味。嘉祐四年（1059），王安石作《明妃曲二首》，其一云：

> 明妃初出汉宫时，泪湿春风鬓脚垂，低徊顾影无颜色，尚得君王不自持。归来却怪丹青手，入眼平生几曾有？意态由来画不成，当时枉杀毛延寿。一去心知更不归，可怜着尽汉宫衣。寄声欲问塞南事，只有年年鸿雁飞。家人万里传消息，好在毡城莫相忆。君不见咫尺长门闭阿娇，人生失意无南北。（《临川先生文集》卷四）

王安石像

唐人咏王昭君多骂毛延寿，多写昭君顾恋君恩，而此诗却说昭君的美貌本非画像所能传达，昭君流落异域的命运未必比终老汉宫更为不幸，这都体现了在唐诗之外求新求变的精神。而结尾指出王昭君的悲剧乃是古今宫嫔的共同命运，议论精警，突过前人，充分体现了宋诗长于议论的审美特征。《明妃曲二首》善作翻案文章，笔调冷隽，情韵无穷，在当时诗坛引起轰动，欧阳修、梅尧臣、刘敞、司马光等名流纷纷赓和。王安石从中受到启发，诗歌创作进入自觉创意时期。

“意新语工”（欧阳修《六一诗话》引梅尧臣语），原本是梅、欧诗明确的审美追求，而王安石以其特立的个性和政治家的革新意识，更是努力以创意为主。嘉祐（1056—1063）、熙宁（1068—1077）间，王安石创作了大量咏史诗，继承了左思（250？—305?）、杜甫以来借咏史以述志的传统，以勇于翻案、见解新颖而著称。后人称：“荆公咏史诗，最于义理精深。”（曾季狸《艇斋诗话》）“其咏史绝句，极有笔力，当别用一具眼观之。”（李东阳《怀麓堂诗话》）如《贾生》：

> 一时谋议略施行，谁道君王薄贾生？爵位自高言尽废，古来何啻万公卿？（《临川先生文集》卷三十二）

前人咏贾谊，多着眼于其才高位下的悲剧命运，王诗却独排众议，认为贾谊的政治主张多被汉廷采纳，他作为政治家的命运远胜于那些徒得高官厚禄者。此诗借咏史以明志，字里行间隐约可见王安石本人的政治家风采。在咏史诗中，王安石常以古体笔力写近体，又引近体排偶入古体，使古体和近体的写法沟通，从而产生新的美感。

当然，所谓“荆公体”主要还是指王安石晚年的近体诗，如严羽《沧浪诗话·诗体》在“以人而论”时特列“王荆公体”，并加注：“公绝句最高，其得意处高出苏、黄、陈之上。”熙宁十年（1077），王安石再度罢相后，退居江宁（今江苏南京），他的文学思想和创作实践都发生了巨大变化。他自觉吸收禅宗直觉体悟和宁静观照的方式，改变了以往诗作的思辨色彩和议论风范，更倾向于回归重兴象、讲意境的唐诗风神。

在王安石晚年的诗作中，古体减少而近体增多，关心社会现实的诗减少而观照自然山水的诗增多。梅、苏、欧等人主要注重古体诗的新变，对近体诗的新变较少作探讨。而王安石则讲求技巧、法度，以人工匠心独运而臻唐人天然浑成的境地，将近体诗发展为“宋人习气”（李东阳《怀麓堂诗话》）。人们称他“暮年诗益工，用意益苦”（陈师道《后山诗话》），“晚年诗律尤精严”（叶梦得《石林诗话》卷上），正是这种重工巧的表现。他晚年诗歌对对偶、用事、造语等方面都有严格的要求，形成谨严精工的风格。如：

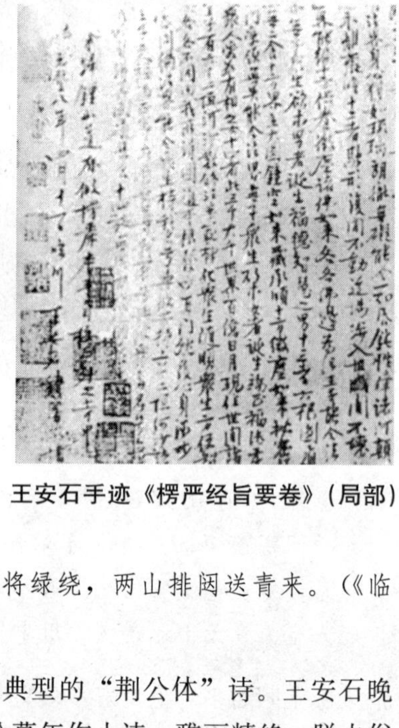
王安石手迹《楞严经旨要卷》（局部）

> 雪干云净见遥岑，南陌芳菲复可寻。换得千颦为一笑，东风吹柳万黄金。（《临川先生文集》卷二十七《雪干》）

> 茅檐长扫净无苔，花木成畦手自栽。一水护田将绿绕，两山排闼送青来。（《临川先生文集》卷二十九《书湖阴先生壁》）

这些诗描写细致，修辞巧妙，用典浑成，韵味深永，是典型的“荆公体”诗。王安石晚年的近体诗受到诗评家的普遍赞赏，如黄庭坚说：“荆公暮年作小诗，雅丽精绝，脱去俗流，每讽味之，便觉沆瀣生牙颊间。”（惠洪《冷斋夜话》引，胡仔《苕溪渔隐丛话·前集》卷三十五）如果说王安石早期诗风显示了直截刻露的宋诗特征，那么其晚期诗歌则以丰神远韵的风格体现出向唐诗的复归。这一点影响了江西诗派。

二、信笔挥洒的东坡体

同王安石相比较，苏轼更富于天才诗人的气质，他的诗作也更富于原创性。苏轼诗歌风格并非一成不变，大体说来，发轫于仁宗嘉祐间（1056—1063），发展于神宗熙宁、元丰间（1068—1085），而变化于哲宗绍圣（1094—1098）之后的岭海远放。就其总体而言，苏诗气宇宏阔，豪健雄放，清旷简远，无所不包。比起梅、苏、欧那种朴质而带生硬的诗风来说，苏轼诗歌要更为纯熟，更为洒脱。清人赵翼评苏诗：“天生健笔一枝，爽如哀梨，快如并剪，有必达之隐，无难显之情，此所以继李、杜后为一大家也。”（《瓯北诗话》卷五）

与梅、苏、欧、王相同，苏轼也擅长“以议论作诗”（张戒《岁寒堂诗话》卷上）。但是，苏诗的议论往往融会着更为深刻的历史思考和更为丰厚的人生体验。苏轼对社会现实中种种不合理的现象常常抱着“一肚皮不入时宜”的态度，诗文创作力求“精悍确苦，言必中当世之过，凿凿乎如五谷必可以疗饥，断断乎如药石必可以伐病”（《苏轼文集》卷十《凫绎先生诗集叙》）。但他对现实的针砭却并未局限于一时的政治措施，而是深揭历代社会中由来已久的弊政、陋习，体现出更为深沉的历史意识。而且，与这种深沉的历史意识相表里，苏轼还“用其作文之意，匠心纵笔而出之”（吴乔《围炉诗话》卷五），尤其是进一步拓展了欧阳修等人古体诗的古文章法，古体诗的创作纵横开阖，跌宕起伏，收放自如。

苏轼像

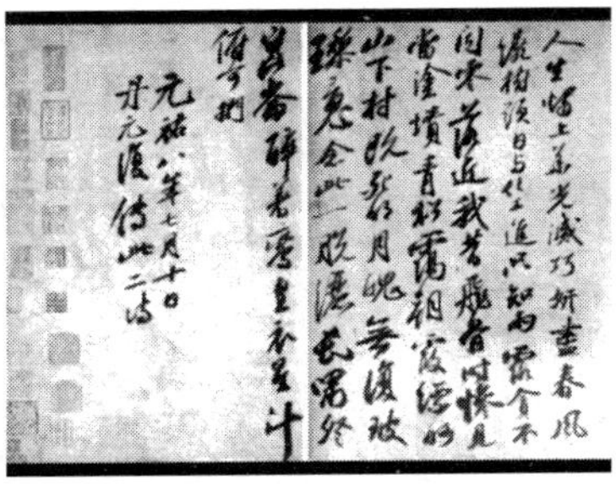
苏轼手迹《人生烛上花》

学术轶事

一肚皮不入时宜

费衮《梁溪漫志》卷四记载：“东坡一日退朝，食罢，扪腹徐行，顾谓侍儿曰：‘汝辈且道，是中有何物？’一婢遽曰：‘都是文章。’坡不以为然。又一人曰：‘满腹都是识见。’坡亦未以为当。至朝云，乃曰：‘学士一肚皮不入时宜。’坡捧腹大笑。”

如绍圣元年（1094）在贬所惠州（今属广东）创作的《荔支叹》：

十里一置飞尘灰，五里一堠兵火催。颠阬仆谷相枕藉，知是荔支龙眼来。飞车跨山鹘横海，风枝露叶如新采。宫中美人一破颜，惊尘溅血流千载。永元荔支来交州，天宝岁贡取之涪。至今欲食林甫肉，无人举觞酹伯游。我愿天公怜赤子，莫生尤物为疮痏。雨顺风调百谷登，民不饥寒为上瑞。君不见武夷溪边粟粒芽，前丁后蔡相笼加。争新买宠各出意，今年斗品充官茶。吾君所乏岂此物？致养口体何陋耶！洛阳相君忠孝家，可怜亦进姚黄花！（《苏轼诗集》卷三十九）

此诗从唐代的进贡荔枝写到宋代的贡茶献花，对官吏的媚上取宠、宫廷的穷奢极欲予以辛辣的讥刺，在自注中甚至对哲宗也略有微词。全诗先言“荔支”，次言“叹”，最后从荔枝说到茶，又说到牡丹，“其胸中郁勃有不可以已者，惟不可以已而言，斯至言之文也”（汪师韩《苏诗选评笺释》卷六）。苏轼从禅宗偈颂、公案的机锋中领悟到句不停机、八面翻滚、口舌伶俐等极具流动性和随机性的说理方式，从道家尤其是庄子那里学到辩驳无碍、纵横捭阖、睿智聪明的思辨手段，因此，他的诗虽然“直涉理路，而有挥洒自如之妙，遂不以理路病之”（纪昀批注《苏文忠公诗集》卷十七）。

苏轼一生宦海浮沉，奔走四方，生活阅历极为丰富。他善于从人生遭遇中总结经验，也善于从客观事物中见出规律。他擅长以灵心慧眼观世体物，所以触处都能发现妙理新意。如：

人生到处知何似？应似飞鸿踏雪泥。泥上偶然留指爪，鸿飞那复计东西？老僧已死成新塔，坏壁无由见旧题。往日崎岖还记否？路长人困蹇驴嘶。（《苏轼诗集》卷三《和子由渑池怀旧》）

横看成岭侧成峰，远近高低各不同。不识庐山真面目，只缘身在此山中。（《苏轼诗集》卷二十三《题西林壁》）

前诗作于嘉祐八年（1063），抒发初入仕途时前途迷惘和人生无常的感受；后诗作于元丰七年（1084）苏轼由黄州量移汝州途经庐山时，表现久历宦海后体味人生、超脱其外的认识。在这些诗中，自然现象已上升为哲理的观照，人生的感受也已转化为理性的反思，而这些观照和反思又融化于生动、鲜明的艺术意象之中，构成名副其实的理趣诗。

丰富的人生体验和深刻的人生思考，使苏轼对仕途的沉浮荣辱往往能超然物外，旷达乐观，所以人们誉之为“坡仙”。他的贬谪诗大多表现了傲视苦难、超越痛苦的人生态度。在他的笔下，山环水绕的荒城黄州是“长江绕郭知鱼美，好竹连山觉笋香”（《苏轼诗集》卷二十《初到黄州》），多石崎岖的坡路是“莫嫌荦确坡头路，自爱铿然曳杖声”（《苏轼诗集》卷二十二《东坡》）。被贬惠州，远赴岭南荒远之地，他却说：“日啖荔支三百颗，不辞长作岭南人。”（《苏轼诗集》卷四十《食荔支二首》其二）及贬儋州，他又说：“他年谁作舆地志，海南万里真吾乡。”（《苏轼诗集》卷四十一《吾谪海南，子由雷州，被命即行……》）苏轼始终有着坚毅的人生信念和倔强的个性特征，所以在逆境中的诗作依然是笔势飞腾，辞采壮丽，并无衰疲颓唐之病，如《六月二十日夜渡海》：

参横斗转欲三更，苦雨终风也解晴。云散月明谁点缀？天容海色本澄清。空余鲁叟乘桴意，粗识轩辕奏乐声。九死南荒吾不恨，兹游奇绝冠平生！（《苏轼诗集》卷四十三）

诗作于哲宗元符三年（1100），苏轼从儋州遇赦北归。全诗前七句句句由逆转顺，末句倒转，竟能以逆为顺，以贬谪为乐，立意超旷，格调飘逸，颇具“坡仙”气质。

与王安石一样，苏轼也颇为讲究以才学为诗，人称："东坡最善用事，既显而易读，又切当。"（胡仔《苕溪渔隐丛话·前集》卷三十八引《漫叟诗话》）苏轼读书破万卷，用典时信手拈来，左右逢源。虽然因用典过多，他有时也招致后人的批评，但大多数苏诗的用典不仅稳妥精当，而且浑然天成，达到了如水中着盐的妙境。而且，苏诗尤善翻新出奇，自创新意，诗中比喻生动新奇，层出不穷，例如"春畦雨过罗纨腻"（《南园》），"相排竞进头如鼋"（《王维吴道子画》），"欲知垂尽岁，有似赴壑蛇。修鳞半已没，去意谁能遮"（《守岁》），都脍炙人口。又如《百步洪》中连用七种形象描摹水势的汹涌："有如兔走鹰隼落，骏马下注千丈坡。断弦离柱箭脱手，飞电过隙珠翻荷。"（《苏轼诗集》卷十七）妙喻连珠，造成很好的艺术效果。

苏轼在技巧、法度方面用力极深，有人甚至认为他"专以刻意为工"（张戒《岁寒堂诗话》卷上）。但他在论述创作时总是强调"信手拈得俱天成"（《苏轼诗集》卷二十二《次韵孔毅父集古人句见赠》），"好诗冲口谁能择"（《苏轼诗集》卷十九《重寄孙侔》）；即使讲究法度，也注重"出新意于法度之中"（《苏轼文集》卷七十《书吴道子画后》），"冲口出常言，法度去前轨"（《竹坡诗话》载苏轼赠明上人诗）。如苏诗中的对仗就既精工稳称又活泼流动，构思常常打破常规。例如"山忆喜欢劳远梦，地名惶恐泣孤臣"（《苏轼诗集》卷三十八《八月七日初入赣过惶恐滩》），"三过门间老病死，一弹指顷去来今"（《苏轼诗集》卷十一《过永乐文长老已卒》），对法生新，不落俗套。正因为苏轼对比喻、用典、对仗等技巧的掌握已臻化境，所以他能够超越技巧，作诗挥洒如意，丝毫看不出锻炼之痕。如《出颍口初见淮山，是日至寿州》：

> 我行日夜向江海，枫叶芦花秋兴长。长淮忽迷天远近，青山久与船低昂。寿州已见白石塔，短棹未转黄茅冈。波平风软望不到，故人久立烟苍茫。（《苏轼诗集》卷六）

看似平淡实则奇警，看似松散实则精练。

而且，苏诗无论是豪放还是清旷，语言都自然流便，似不经意冲口而出。因此苏轼的技巧、法度、学力常被他的天成和才情所掩盖，人们更看重他的天才奔放。这就形成所谓"东坡体"诗，即"随物赋形，信笔挥洒，不拘一格，故虽澜翻不穷，而不见有矜心作意之处"（赵翼《瓯北诗话》卷八）。如神宗熙宁四年（1071）所作的《游金山寺》：

> 我家江水初发源，宦游直送江入海。闻道潮头一丈高，天寒尚有沙痕在。中泠南畔石盘陀，古来出没随涛波。试登绝顶望乡国，江南江北青山多。羁愁畏晚寻归楫，山僧苦留看落日。微风万顷靴文细，断霞半空鱼尾赤。是时江月初生魄，二更月落天深黑。江心似有炬火明，飞焰照山栖乌惊。怅然归卧心莫识，非鬼非人竟何物！江山如此不归山，江神见怪警我顽。我谢江神岂得已，有田不归如江水。（《苏轼诗集》卷七）

全诗将惆怅的心情与潇洒的风度融于一体，"首尾谨严，笔笔矫健，节短而波澜甚阔"（纪昀批注《苏文忠公诗集》该诗评语），是"东坡体"的代表作。由于天才奔放，"东坡体"不仅成为不可逾越的艺术典范，也成为难以模仿的艺术精品。

第四节 山谷体

一、山谷体“自成一家”

在北宋诗坛上，黄庭坚是王安石和苏轼的后辈诗人，但他在北宋末年至南宋初年的影响却远在王、苏之上。

黄庭坚在熙宁（1068—1077）初跻身诗苑，从此佳篇迭出，诗名日著。自梅尧臣以来，北宋诗人都在诗歌艺术上追求“生新”，亦即追求在唐诗之外另辟境界，而黄庭坚在这方面表现出更为强烈的自觉性。他说：“文章最忌随人后。”（《山谷外集》卷十四《赠谢敞王博喻》）又说：“随人作计终后人，自成一家始逼真。”（《山谷外集》卷十二《以右军书数种赠丘十四》）黄庭坚在创作上主张有因有创，他的诗歌创作就始终贯彻“陶冶万物”、“点铁成金”的求新求变精神。

概念解析

点铁成金

黄庭坚主张诗、文写作要善于学习和运用古人语言的遣调造句功夫，把古人用过的语言加以点化，变换语序，增删字句，用到自己的作品里去。“点铁成金”的前提是“陶冶万物”，即对古人用过的语言能融会贯通，然后才能“点铁成金”，化腐朽为神奇。

黄庭坚像

西安碑林藏黄庭坚手迹石刻

黄诗的“自成一家”，首先在于他的诗歌具有比王、苏更为浓厚的士人雅趣。与梅尧臣力破禁忌、专力吟咏浅俗甚至丑陋的日常生活事物不同，黄庭坚更偏于高雅，喜爱吟咏书画作品、亭台楼阁以及笔、墨、纸、砚、香、扇等文人日常用品，这些对象与文人的文化生活密切相关，从而为诗歌涂染了浓重的士人色彩。即使是写其他题材的诗歌，黄庭坚也努力掘发其中的士人情趣。例如，茶本来是一种生活用品，但在黄诗中茶却成为士人雅致生活不可或缺的陪衬，《双井茶送子瞻》写道：

> 人间风日不到处，天上玉堂森宝书。想见东坡旧居士，挥毫百斛泻明珠。我家江南摘云腴，落硙霏霏雪不如。为公唤起黄州梦，独载扁舟向五湖。（《豫章黄先生文集》卷三）

在诗中，茶被置于高雅的文化环境中，并成为士人的高雅活动和高洁志趣的表征，从而赋予茶以独特的文化内蕴。

然而黄诗的“自成一家”，更多地还是表现为对诗歌章法、句法、字法等艺术技巧的琢磨锻炼，从而独创瘦硬峭拔、生新廉悍、老朴沉雄的“山谷体”，并以此成为后人学习的典范。

☞ **多学一点**

山谷体

哲宗元祐二年（1087），苏轼作《送杨孟容》，自注说：“效黄鲁直体。”黄庭坚作《子瞻诗句妙一世，乃云“效庭坚体”……》诗酬和，有“我诗如曹郐，浅陋不成邦。公如大国楚，吞五湖三江”和“句法提一律，坚城受我降。枯松倒涧壑，波涛所舂撞。万牛挽不前，公乃独力扛”（《豫章黄先生文集》卷二）等句，句法奇娇，音节拗健，想象奇特不凡，且有一股兀傲之气，是典型的“山谷体”。

“山谷体”首重章法。黄庭坚强调“文章必谨布置”（范温《潜溪诗眼》），不仅接受了欧阳修等以古文结构入诗的艺术经验，还从杂剧中受到启发，提出“作诗正如作杂剧，初时布置，临了须打诨方是出场”（《王直方诗话》引）。黄诗不论长短，往往章法细密，线索深藏，转折急陡，起结无端。清人方东树称：“山谷之妙，起无端，接无端，大笔如椽，转折如龙虎，扫弃一切，独提精要之语，每每承接处，中亘万里，不相联属，非寻常意计所及。”（《昭昧詹言》卷十一）长篇如《和答元明黔南留别》、《池口风雨留三日》、《次韵子瞻题郭熙画秋山》等，章法错落有致，颇见精心安排。短篇如《和陈君仪读太真外传》其四：

> 朝廷无事君臣乐，花柳多情殿阁春。不觉胡雏心暗动，绮罗翻作坠楼人。（《山谷外集诗注》卷十一）

首两句渲染一派承平晏乐、春景和煦的气象，后两句气氛骤变，情势急转直下。

“山谷体”最重句法。所谓句法不仅包括诗歌的句子结构，而且指诗歌语言运用的法则，包括句中有眼、平仄、用韵等等。黄庭坚对句法的要求，是“领略古法生新奇”（《豫章黄先生文集》卷二《次韵子瞻和子由观韩干马因论伯时画天马》）。他广泛尝试了前人各种常用和少用的句法，从而创造出自己特有的句法。他个人比较得意的诗句有“蜂房各自开户牖，蚁穴或梦封侯王”，“黄尘不解涴明月，碧树为我生凉秋”（《王直方诗话》引），“人得交游是风月，天开画图即江山”（叶梦得《石林诗话》卷上引），“世上岂无千里马，人间难得九方皋”（刘炎《潜夫诗话》引）等。又如《题竹石牧牛》：

野次小峥嵘，幽篁相倚绿；阿童三尺箠，御此老觳觫。石吾甚爱之，勿遣牛砺角。牛砺角尚可，牛斗残我竹。（《豫章黄先生文集》卷三）

这种句法或声调拗峭，或结构怪异，或用语生新，或有单行之气，或修辞奇巧，与唐人流转圆美的句法颇不相同，都是黄庭坚刻意为之的。后来江西诗人用力仿效，成为江西诗派衣钵相传的作诗法门。黄庭坚在诗歌句法尤其是近体诗句法方面所作的努力，完成了梅、欧以来未竟的新变。

“山谷体”亦重字法，讲究务去陈言，力撰硬语，炼字造句，点铁成金，刻意以奇异求生新。如用“煎成车声绕羊肠”来形容煎茶的声音（《豫章黄先生文集》卷三《以小龙团及半挺赠无咎并诗用前韵为戏》）；以古代的志士仁人来比喻竹子的高风亮节：“程婴杵臼立孤难，伯夷叔齐采薇瘦。”（《豫章黄先生文集》卷六《题荣州祖元大师此君轩》）又如“春去不窥园，黄鹂颇三请”（《豫章黄先生文集》卷二《次韵张询斋中晚春》），“从师学道鱼千里，盖世成功黍一炊”（《豫章黄先生文集》卷五《王稚川既得官都下有所盼未归……》其二）等。方东树称：“黄诗秘密，在隶事下字之妙，拈来不测。”（《昭昧詹言》卷十）如作于神宗元丰八年（1085）春的《寄黄几复》：

我居北海君南海，寄雁传书谢不能。桃李春风一杯酒，江湖夜雨十年灯。持家但有四立壁，治病不蕲三折肱。想见读书头已白，隔溪猿哭瘴烟藤。（《豫章黄先生文集》卷九）

语言平易，典故寻常，但构思巧妙，炼语精到，意境奇警，在整体上取得以故为新的艺术效果。

“山谷体”还有声律奇峭的特点。黄诗的句中音节常打破常规，如“心犹未老杯中物，春不能朱镜里颜”（同上《次韵柳通叟寄王文通》）等，矫健奇峭。黄庭坚在律诗中还多用拗句，以避免平仄和谐以至圆熟的声调，如《题落星寺》：

落星开士深结屋，龙阁老翁来赋诗。小雨藏山客坐久，长江接天帆到迟。宴寝清香与世隔，画图妙绝无人知。蜂房各自开户牖，处处煮茶藤一枝。（《山谷外集诗注》卷九）

此诗大拗大救，奇崛劲挺，创造出幽僻清绝的境界。黄庭坚现存三百多首七律，有一半是拗体，这也是形成其生新廉悍风格的重要因素。

综括而言，“山谷体”将唐诗以丰神情韵取胜的圆熟浑成的风格意境，改变成了宋人以筋骨思理为主的拗峭锻炼的风格意境。从这个意义上说，黄庭坚是“宋调”的最终完成者。如果以唐诗为参照标准，在宋诗中无疑“山谷体”最富于创新意义，因此它最典型地体现了宋诗的艺术特征。同时，“山谷体”也伴生了奇险、生硬、矫饰等弊端，所以当后人批评宋诗时，“山谷体”往往首当其冲。

二、晚年黄诗趋于平淡

晚年的黄庭坚仍然保持求新求变的精神，但随着阅历的加深和修养的提高，他的诗歌创作已渐趋炉火纯青、形迹尽泯的境界，用他自己的话来说，就是“简易而大巧出焉，平淡而山高水深”（《豫章黄先生文集》卷十九《与王观复书三首》其二）。如作于徽宗崇宁元年（1102）的《雨中登岳阳楼望君山二首》：

投荒万死鬓毛斑，生出瞿塘滟滪关。未到江南先一笑，岳阳楼上对君山。

满川风雨独凭栏，绾结湘娥十二鬟。可惜不当湖水面，银山堆里看青山。（《豫章黄先生文集》卷十一）

诗中仍用典故成句，字里行间也仍有一股兀傲之气，但意境清新，语言流畅，情调爽朗深沉，已臻平淡的艺术境界。由此可见，平淡之美是宋代诗坛的整体性追求，即使是以瘦硬峭拔、生新廉悍为主要风格的黄庭坚诗，最后也以对平淡美的追求作为终极目标。

☞ 多学一点

黄庭坚之流丽芊绵

生新硬峭，的确是黄诗的创格，也是典型的“山谷体”。但黄庭坚一生中也有浏亮芊绵的诗作，陈丰《辨疑》说：“或谓山谷诗一以生硬为主，何所见之偏也！公诗祖陶宗杜，体无不备，而早年亦从事于玉谿生，故集中所登，慷慨沉雄者固多，而流丽芊绵者亦复不少。……世人未览全集，辄以‘生硬’二字蔽之，不知公时作硬语，而老朴中自饶丰致。”

第五节 江西新变

刘克庄认为：“元祐后，诗人迭起，一种则波澜富而句律疏，一种则锻炼精而情性远，要之不出苏、黄二体而已。”（《后村先生大全集》卷一百七十四《后村诗话》前集卷二）在苏轼主持文坛的时期，宋诗的成就进入了巅峰阶段，近人陈衍甚至认为宋哲宗元祐（1086—1094）时期是中国古代诗歌史的三个黄金时代之一。由于苏轼才大气盛，诗歌创作随意挥洒，不主故常，所以他人难以追随仿效。而黄庭坚作诗极其讲究法度，对诗坛后进影响更大。到了北宋末南宋初，追随黄庭坚的诗人逐渐形成江西诗派，同时江西诗风在承袭“山谷体”的过程中也发生了新变。

☞ **多学一点**

古代诗歌黄金时代

陈衍（1856—1937）《石遗室诗话》卷一：“余谓诗莫盛于三元：上元开元，中元元和，下元元祐也。”

一、江西诗派之发展

江西诗派因吕本中于徽宗政和元年（1111）作《江西诗社宗派图》而得名。在靖康之变（1126—1127）前，诗坛几乎成了江西诗派的天下，这是江西诗派的鼎盛期，也是模仿学习黄、陈的墨守期。《江西诗社宗派图》中的诗人因与黄庭坚交游，在政治上难免有元祐党人之嫌，因此接受了黄庭坚晚年那种内心洞达世事、泾渭分明，而外表和光同尘、淡泊超然的精神旨趣，形成一种退避社会、洁身自好的创作态度。他们醉心于日常生活里的琐事细物、师友朋辈间的情谊交往、参禅问道的生活趣味，以体现其淡泊自甘、回避社会的脱俗和高雅。诗派中人规矩于“山谷体”，吟咏书斋生活，推敲文字技巧，大多不足以创新自立，反而出现生硬奇险、雕琢斧凿的弊病。正是有鉴于此，元好问（1190—1257）说：“论诗宁下涪翁拜，未作江西社里人。”（《遗山先生文集》卷十一《论诗三十首》其二十八）

分析举例

江西诗派脱俗高雅

洪朋（1060—1104）说：“禅心元诣绝，世事更忘机。”（《洪龟父集》卷下《怀黄太史》）谢逸说：“惟体道之士，见亡执谢，定乱两融，心如明镜，遇物便了，故纵口而谈，信笔而书，无适而不真也。”（《溪堂集》卷七《林间录序》）徐俯在回答汪藻（1079—1154）“作诗法门如何入”时说：“即此席间杯盘果蔬使令，以至目力所及，皆诗也。”（曾敏行《独醒杂志》卷四）

建炎初至绍兴末（1127—1162），是江西诗派的自觉修正期，也是江西诗派的始变期。南渡之后，宋高宗赵构（1127—1162在位）为了表示与徽宗有所不同，一度热衷元祐学术。建炎年间（1127—1130），由洪炎（1067？—1133）进《黄庭坚集》，高宗见集中称道其甥徐俯，“乃诏俯文学行义，有闻于时”（《建炎以来系年要录》卷五十一）。孙觌说："至靖康、建炎间，鲁直之甥徐师川，二洪驹父、玉父，皆以诗人进居从官大臣之列。一时学士大夫向慕，作为江西宗派，如佛氏传心，推次甲乙，绘而为图。凡挂一名其中，有荣辉焉。"（《鸿庆居士集》卷三十《西山老文集序》）于是出现了胡仔所说的"近时学诗者，率宗江西"（《苕溪渔隐丛话·前集》卷四十九）的局面。

南渡前后，学杜诗、注杜诗蔚然成风。李纲在《重校正杜子美集序》中说："时平读之，未见其工。迨亲更兵火丧乱之后，诵其辞如生乎其时，犁然有当于人心，然后知其语之妙也。"（《梁溪集》卷一百三十八）江西派诗人经历国破家亡的苦难，从北宋末年以来愈趋内省的士人生活里走了出来，开始正视惨痛的社会现实，描述个人在国难中的经历及悲愤与辛酸，抒发家国之痛。不少诗人也开始反思江西诗派艺术追求的利弊。如徐俯说："涪翁之妙天下，君其问诸水滨。"（周辉《清波杂志》卷五）韩驹说："学古人尚恐不至，况学今人哉！"（《清波杂志》卷八）绍兴三、四年间（1133—1134），吕本中后悔作了《江西诗社宗派图》（见范季随《陵阳先生室中语》，《说郛》卷四十三）。他还批评说："东坡诗有汗漫处，鲁直诗有太尖新、太巧处，皆不可不知。"（《童蒙诗训》）并说："近世江西之学者，虽左规右矩，不遗余力，而往往不知出此，故百尺竿头，不能更进一步，亦失山谷之旨也。"（胡仔《苕溪渔隐丛话·前集》卷四十九）

绍兴三年（1133），吕本中在《夏均父集序》中提出矫正江西诗派弊病的"活法"：

> 学诗当识活法。所谓活法者，规矩备具而能出于规矩之外，变化不测而亦不背于规矩也。是道也，盖有定法而无定法，无定法而有定法，知是者则可以与语活法矣。谢玄晖有言："好诗流转圆美如弹丸。"此真活法也。（刘克庄《后村先生大全集》卷九十五引）

这是黄庭坚"不可守绳墨令俭陋"（《豫章黄先生文集》卷十九《答洪驹父书三首》其三）和苏轼"出新意于法度之中，寄妙理于豪放之外"（《苏轼文集》卷七十《书吴道子画后》）的综合翻版，追求融合清健瘦硬和浑成畅达为一体的诗风。吕本中引入苏轼的天成、自由的诗学思想，以矫正"法度"带来的弊端，实有重大的理论意义。曾几赞赏说："学诗如参禅，慎勿参死句"，"居仁说活法，大意欲人悟"（《两宋名贤小集》卷一百九十《读吕居仁旧诗有怀其人作诗寄之》）。

概念解析

江西诗派

宋徽宗初年，吕本中作《江西诗社宗派图》，尊黄庭坚为诗派之祖师，下面罗列了陈师道、潘大临等二十五人，由于诗派中的黄庭坚、谢逸等十一人都是江南西路人氏，所以得名。江西派诗人论诗多强调活法，崇尚瘦硬风格，喜作拗体诗，要求字字有来历，倡"夺胎换骨、点铁成金"之法，每袭用前人诗意而略改其词，以为工巧。

二、江西诗派代表诗人

江西诗派中成就较高的诗人有陈师道、吕本中、曾几和陈与义。

（一）陈师道诗朴拙隽永

陈师道之所以被方回尊为江西诗派“一祖三宗”之一宗，是因为他最早学习“山谷体”，但却能出入于似与不似之间，为众多江西派诗人树立了榜样。他着眼于黄庭坚的“诗法”（《后山集》卷九《答秦觏书》），在技巧、法度上模拟“山谷体”。但他的个性、生活经历、环境、审美趣味等都与黄庭坚不同，所以他主张作诗应该“宁拙毋巧，宁朴毋华，宁粗毋弱，宁僻毋俗”（《后山诗话》），并在创作中贯彻这种美学追求，形成“后山体”。清人叶燮认为：“宋诗在工拙之外，其工处固有意求工，拙处亦有意为拙。”（《原诗》）陈师道以冥心孤往的苦吟形成的朴拙诗风，正是宋诗“有意为拙”的典范。

陈诗大多感情真醇浑厚，语言朴拙隽永，风韵清劲雅洁。例如：

> 去远即相忘，归近不可忍。儿女已在眼，眉目略不省。喜极不得语，泪尽方一哂。了知不是梦，忽忽心未稳。（《后山集》卷一《示三子》）
>
> 疾风回雨水明霞，沙步丛祠欲暮鸦。九日清尊欺白发，十年为客负黄花。登高怀远心如在，向老逢辰意有加。淮海少年天下士，可能无地落乌纱。（《后山集》卷六《九日寄秦觏》）

陈诗运思遣词，颇见工力，但已绮丽洗净，风华内敛，这正是宋诗以平淡为美、以思理见长的一种表现。陈诗的缺点是过于追求言简意赅，有时把诗句压缩过甚，以至于语意破碎。此外有一些作品质木无文，缺乏情韵，而这些缺点也是刻意求新所造成的。

（二）吕本中诗流动和婉

吕本中和曾几是江西诗派诗风转变的关键人物，刘克庄认为：“比之禅学，山谷初祖也，吕、曾南北二宗也。”（《后村先生大全集》卷九十七《茶山诚斋诗选序》）

吕本中早年作诗，专以黄庭坚为典范，生新刻峭，旨趣幽深。但黄庭坚是主张自成一家的，吕本中对此心领神会，所以他力图创造自己的新风格。两宋之交，大多数文人描述个人在国难中的经历及悲愤与辛酸，谴责统治阶级上层的无能与误国，抒发家国之思。靖康元年（1126）金兵围攻汴京（今河南开封），吕本中正在城中，最早用诗歌记录了那场事变，《守城士》描写了抗金将士的奋勇抵抗，《兵乱后寓小巷中作》刻画了人民遭受战祸的惨状，《城中纪事》控诉了敌军烧杀抢掠的罪行。金兵退后，吕本中又写了《兵乱后自嬉杂诗》二十九首以抒愤，其一写道：

> 晚逢戎马际，处处聚兵时。后死翻为累，偷生未有期。积忧全少睡，经劫抱长饥。欲逐范仔辈，同盟起义师！

沉郁悲壮，写出了爱国士大夫的共同心声。由于世乱的洗涤，“山谷体”的影响在吕诗中逐渐减弱，代之而成的是一种轻快圆美的新风格，例如《春晚郊居》：

柳外楼高绿半遮，伤心春色在天涯。低迷帘幕家家雨，淡荡园林处处花。檐影已飞新社燕，水痕初没去年沙。地偏长者无车辙，扫地从教草径斜。（《东莱先生诗集》卷六）

诗风流动和婉，已与黄诗风格迥然不同了。所以方回说：“居仁在江西派中，最为流动而不滞者，故其诗多活。”（《瀛奎律髓》卷十七）

（三）曾几诗轻快活泼

曾几成名较晚，曾向吕本中请教诗法，对吕本中提出的“活法”甚为服膺。但他后来居上，在吕诗流动圆美的风格基础上更进一步，形成一种清新活泼的新风格，例如：

一夕骄阳转作霖，梦回凉冷润衣襟。不愁屋漏床床湿，且喜溪流岸岸深。千里稻花应秀色，五更桐叶最佳音。无田似我犹欣舞，何况田间望岁心！（《茶山集》卷五《苏秀道中自七月二十五日夜大雨三日秋苗以苏喜而有作》）

梅子黄时日日晴，小溪泛尽却山行。绿阴不减来时路，添得黄鹂四五声。（《茶山集》卷八《三衢道中》）

前一首语言明快畅达，声调委婉和谐，风格轻快流动，情韵宛然。后一首绝句活泼流畅，已开杨万里“诚斋体”的先声。曾几平生以国事为念，即使“年过七十，聚族百口，未尝以为忧，忧国而已”（陆游《渭南文集》卷三十《跋曾文清公奏议稿》）。如《寓居吴兴》：

相对真成泣楚囚，遂无末策到神州。但知绕树如飞鹊，不解营巢似拙鸠。江北江南犹断绝，秋风秋雨敢淹留？低回又作荆州梦，落日孤云始欲愁。（《茶山集》卷六）

诗歌讽刺了宋高宗的逃跑主义，含蕴着深沉的忧国之情。这种爱国思想，对陆游产生了极大的影响。

（四）陈与义诗雄浑深沉

在两宋之交的江西派诗人中，陈与义最富于独创性。陈与义早年学黄庭坚和陈师道，注重刻苦锻炼，一字不苟，取资博洽，善于融化。高宗建炎二年（1128），陈与义避乱南奔，在途中作诗说：“但恨平生意，轻了少陵诗！”（《简斋诗集》卷十七《正月十二日自房州城遇虏至……》）山河破碎的现实和颠沛流离的经历，使陈与义重新认识了杜甫乱离诗的价值，写了大量评议时政、抒发家国之痛的诗篇，表达关怀国运的一腔精诚。建炎四年（1130），金兵由临安（今浙江杭州）、明州（今浙江宁波）尾追高宗直到海上，逃难到邵州紫阳山的陈与义，满怀忧愤地写下了著名的《伤春》：

庙堂无策可平戎，坐使甘泉照夕烽。初怪上都闻战马，岂知穷海看飞龙。孤臣霜发三千丈，每岁烟花一万重。稍喜长沙向延阁，疲兵敢犯犬羊锋。（《简斋诗集》卷二十六）

诗人虽然远离銮舆，忧思痛切，但在听到太守向子諲在潭州奋勇抗敌的消息后，也不禁转忧为喜。全诗雄浑沉郁，忧愤深广，气格浑茫，音调浏亮。陈与义还把爱国的情感渗入到其他题材，如《牡丹》：

一自胡尘入汉关，十年伊洛路漫漫。青墩溪畔龙钟客，独立东风看牡丹。（《简斋诗集》卷三十）

抒写诗人以龙钟之身在异地观看牡丹，勾起对以牡丹闻名的故乡洛阳的深情思念，借景抒情，感慨遥深。

陈与义南渡后的诗风，逐渐偏离“山谷体”和“后山体”，专力学习杜诗沉郁、壮阔的风格，创造出雄浑深沉的诗风，兼有苏诗纵横波澜有气势和黄诗锻炼精确的健劲。所以方回说：“简斋诗气势浑雄，规模广大。”（《瀛奎律髓》卷二十四）如《登岳阳楼二首》其一：

洞庭之东江水西，帘旌不动夕阳迟。登临吴蜀横分地，徙倚湖山欲暮时。万里来游还望远，三年多难更凭危。白头吊古风霜里，老木沧波无限悲。（《简斋诗集》卷十九）

陈诗也有清迥明净之作，尤其是描写山水风光和闲适生活的诗篇，灵秀活泼。如《襄邑道中》：

飞花两岸照船红，百里榆堤半日风。卧看满天云不动，不知云与我俱东。（《简斋诗集》卷四）

但陈与义的主导诗风无疑是雄浑，他“以简严扫繁缛，以雄浑代尖巧”（刘克庄《后村先生大全集》卷一百七十四《后村诗话》前集卷二），在黄、陈以后的诗坛上，如异军突起。

第六节 放翁体

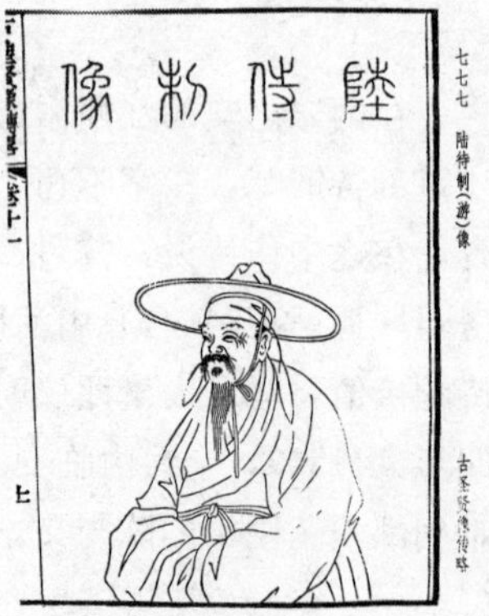

陆游像

孝宗隆兴元年（1163）前后，活跃在诗坛上的诗人，以陆游、范成大、杨万里、尤袤四人最为著名，后人称之为“中兴四大诗人”。其中以陆游的成就最高。

陆游与江西诗派有着深刻的渊源关系。他曾师事曾几，又私淑吕本中，对曾、吕二人服膺终生，尤其对“活法”说深信不疑。然而陆游的艺术个性和才学识力却不是江西诗派所能牢笼的，所以他很快就超越前贤，熔铸屈原（约前339—约前278）、陶渊明、李白、岑参（715—770）、杜甫等人的诗歌艺术，自成一家。他说："文章最忌百家衣，火龙黼黻世不知。谁能养气塞天地，吐出自足成虹霓。"(《剑南诗稿校注》卷二十一《次韵和杨伯子主簿见赠》)

概念解析

放翁体

陆游性格豪放，胸怀壮志，他的诗歌创作擅长表现热情汹涌、流走激荡的阔大气概，兼融李白的飘逸奔放与杜甫的沉郁顿挫于一炉，形成雄浑奔放、明朗流畅的风格，这就是"放翁体"。

一、陆游诗忧国忧民

"忧国复忧民"(《剑南诗稿校注》卷七十《晚春即事》其三)，是"放翁体"的重要主题。陆游接受曾、吕的影响首先在于爱国情操，他少时与曾几"略无三日不进见，见必闻忧国之言"(《渭南文集》卷三十《跋曾文清公奏议稿》)。陆游一生诗作中，最响亮的主旋律是抗敌复国，"其感激悲愤、忠君爱国之诚，一寓于诗，酒酣耳热，跌宕淋漓。至于渔舟樵径，茶碗炉熏，或雨或晴，一草一本，莫不著为歌咏，以寄其意"(《唐宋诗醇》卷四十二)。

陆游诗篇往往悬想戍边将士的壮志成灰和中原百姓的无望等待，深切地表达南宋士民渴望恢复中原、统一南北的时代情绪。作于淳熙四年（1177）的《关山月》，叙写了隆兴和议之后沉闷的社会现实：

> 和戎诏下十五年，将军不战空临边。朱门沉沉按歌舞，厩马肥死弓断弦。戍楼刁斗催落月，三十从军今白发。笛里谁知壮士心，沙头空照征人骨。中原干戈古亦闻，岂有逆胡传子孙？遗民忍死望恢复，几处今宵垂泪痕！(《剑南诗稿校注》卷八)

诗中假托一位戍边老战士之口，痛责统治者以一纸和议抛弃半壁江山，苟且偷生，文恬武嬉，并倾诉了爱国将士和中原百姓的满腔悲愤。直到晚年，诗人渴望恢复的爱国意志仍未见衰减，作于绍熙三年（1192）的《秋夜将晓出篱门迎凉有感二首》其一道：

> 三万里河东入海，五千仞岳上摩天。遗民泪尽胡尘里，南望王师又一年。(《剑南诗稿校注》卷二十五)

泪如黄河之长，恨如华山之高，将遗民的痛苦和失望表达得淋漓尽致。陆游愤怒地指出，正是由于统治者但谋一己私利而置国家利益于不顾，使祖国不能统一："诸公可叹善谋身，误国当时岂一秦？不望夷吾出江左，新亭对泣亦无人！"(《剑南诗稿校注》卷四十五《追感往事》其五）当时"朝廷之上，无不以画疆守盟，息事宁人为上策，而放翁独以复仇雪耻，长篇短咏，寓其悲愤"(赵翼《欧北诗话》卷六)，唱出了时代的最强音。

由于“报国欲死无战场”（《剑南诗稿校注》卷三十五《陇头水》），陆游诗作抒发了壮志难酬的深沉感慨。如作于淳熙十三年（1186）的《书愤》：

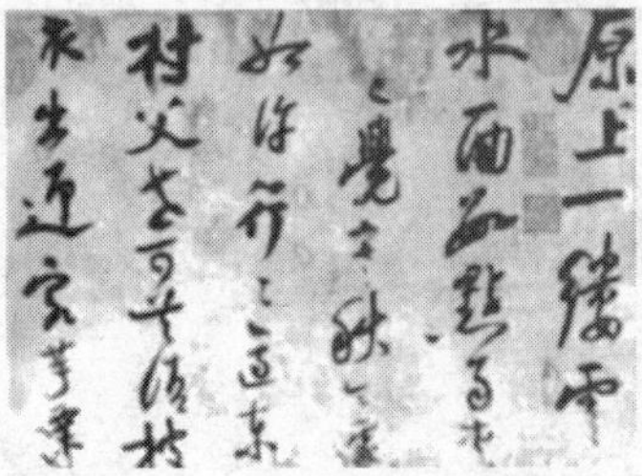
陆游手迹《自书诗帖》（局部）
辽宁省博物馆藏

早岁那知世事艰，中原北望气如山。楼船夜雪瓜洲渡，铁马秋风大散关。塞上长城空自许，镜中衰鬓已先斑。《出师》一表真名世，千载谁堪伯仲间？（《剑南诗稿校注》卷十七）

与一般士大夫的感慨国事不同，陆游从来不满足于纸上谈兵，而是渴望驰骋疆场、据鞍杀敌，自称“平生万里心，执戈王前驱”（《剑南诗稿校注》卷一《夜读兵书》）。因此，他常常用诗篇表现“一身报国有万死”（《剑南诗稿校注》卷十四《夜泊水村》）的英雄气概和牺牲精神。然而，一心报国的英雄却蹉跎岁月，空老荒郊，诗人个人的遭遇也是民族命运的缩影。宋人曾说杜甫“一饭未尝忘君”，陆游则自觉地将“一饭亦忧国”（《剑南诗稿校注》卷四十二《凄凄行》）的精神贯穿于生活和诗歌创作中。举凡日常生活中登山临水、览物赏花、题画作书，触目所见所感，一举手一投足，无不勾起他的忧国心、报国志，并形之于诗章歌咏。当现实和回忆都无法慰藉诗人的失望心情时，他不得不借助梦境来表达恢复统一的强烈愿望：“壮心自笑何时豁，梦绕祁连古战场。”（《剑南诗稿校注》卷十二《秋思》）据清人赵翼统计，陆游的记梦诗共有九十九首，他认为：“人生安得有如许梦！此必有诗无题，遂托之于梦耳。”（《瓯北诗话》卷六）绍熙三年（1192）一个风雨交加的深夜，卧病在床的老诗人还不由自主地梦想为国戍边：

僵卧孤村不自哀，尚思为国戍轮台。夜阑卧听风吹雨，铁马冰河入梦来。（《剑南诗稿校注》卷二十六《十一月四日风雨大作》）

这些记梦诗中所表现的梦思幻想，无不是陆游爱国精神、报国壮志的深刻表现。然而严酷的现实环境毕竟给诗人心灵压上了无法摆脱的重负，梦中的幻境终究是要消逝的，“破驿梦回灯欲死，打窗风雨正三更”（《剑南诗稿校注》卷三《三月十七日夜醉中作》）、“酒醒客散独凄然、枕上屡挥忧国泪”（《剑南诗稿校注》卷八《送范舍人还朝》）等诗句，表现出诗人的真实心态。

二、陆游诗反映农村生活

在陆游的诗集中，反映民生疾苦、描写农村风光的诗歌也独具特色。他热情地讴歌农民经年耕作的辛勤劳动：“冬休筑陂防，丁壮皆云集。春耕人在野，农具已山立。”（《剑南诗稿校注》卷六十八《农家》）揭露官吏残酷压迫、剥削农民：“门前谁剥啄？县吏征租声。一身入县庭，日夜穷笞搒。人孰不惮死，自计无由生。还家欲具说，恐伤父母情。老人倘得食，妻子鸿毛轻。”（《剑南诗稿校注》卷三十三《农家叹》）在《书叹》里，诗人更以犀利的笔锋，抨击官吏对农民的巧取豪夺：“有司或苛取，兼并亦豪夺。正如横江网，一举孰能脱。”（《剑南诗稿校注》卷六十八）由于官吏豪绅鱼肉人民，“常年征科烦箠楚，县家血湿庭前土”（《剑南诗稿校注》卷三十七《秋赛》），广大农民终年辛勤劳作却仍然忍饥挨饿：“碓舂玉粒恰输租，篮挈黄鸡还作贷。归来糠粞常不餍，终岁辛勤亦何得！”（《剑南诗稿校注》卷五十五《记老农语》）诗人愤怒地控诉“富豪役千奴，贫老无寸帛”（《剑南诗稿校注》卷三十一《岁暮感怀……》其十）的不平等现象。直到晚年，陆游仍然是“身为野老已无责，路有游民终动心”（《剑南诗稿校注》八十一《春日杂兴》其四），热切地希望“但得官清吏不横，即是村中歌舞时”（同上《春日杂兴》其三）的太平景象，始终不渝地同情苦难的人民。

陆游另有一类诗篇，闲适细腻，咀嚼出日常生活的深永滋味，熨帖出自然景物的曲折情状，流露出一种和粹之气。无论是高山大川还是草木虫鱼，无论是农村的平凡生活还是书斋的闲情逸趣，他都作了细致入微的描绘。如作于乾道三年（1167）的《游山西村》：

> 莫笑农家腊酒浑，丰年留客足鸡豚。山重水复疑无路，柳暗花明又一村。箫鼓追随春社近，衣冠简朴古风存。从今若许闲乘月，拄杖无时夜叩门。（《剑南诗稿校注》卷一）

诗歌赞美宁静的村景和淳朴的民风，勾勒出一幅色彩明丽的农村风俗画。这类闲适诗，在陆游一生中与忠愤诗并行不悖，构成陆游人格形象的另一面相。

三、陆游的七言诗

陆游的七古诗富于独创性，如作于乾道九年（1173）的《金错刀行》：

> 黄金错刀白玉装，夜穿窗扉出光芒。丈夫五十功未立，提刀独立顾八荒。京华结交尽奇士，意气相期共生死。千年史策耻无名，一片丹心报天子。尔来从军天汉滨，南山晓雪玉嶙峋。呜呼！楚虽三户能亡秦，岂有堂堂中国空无人！（《剑南诗稿校注》卷四）

借咏刀而咏志，以豪壮的气概塑造出高大的诗人自我形象。

又如作于乾道十年（1174）的《长歌行》：

> 人生不作安期生，醉入东海骑长鲸。犹当出作李西平，手枭逆贼清旧京。金印煌煌未入手，白发种种来无情。成都古寺卧秋晚，落日偏傍僧窗明。岂其马上破贼手，哦诗长作寒螿鸣？兴来买尽市桥酒，大车磊落堆长瓶。哀丝豪竹助剧饮，如巨野受黄河倾。平时一滴不入口，意气顿使千人惊。国仇未报壮士老，匣中宝剑夜有声。何当凯旋宴将士，三更雪压飞狐城。（《剑南诗稿校注》卷五）

全诗咏叹个人才能无从施展，贯穿着压抑与反压抑的紧张感，笔力清壮顿挫，气势恢宏雄放，结构波澜迭起，而语言平易晓畅，章法整饬谨严，被后人推为陆诗的压卷之作。

陆游的七律和七绝也名篇迭出。他的七律近千篇，如作于淳熙十三年（1186）的《临安春雨初霁》：

> 世味年来薄似纱，谁令骑马客京华。小楼一夜听春雨，深巷明朝卖杏花。矮纸斜行闲作草，晴窗细乳戏分茶。素衣莫起风尘叹，犹及清明可到家。（《剑南诗稿校注》卷十七）

全诗音韵清亮，笔致流转，情景交融，意蕴丰富，艺术境界臻于炉火纯青。

学术轶事

赵翼论陆游诗

赵翼称陆游诗“意在笔先，力透纸背。有丽语而无险语，有艳词而无淫词。看似华藻，实则雅洁；看似奔放，实则谨严”（《瓯北诗话》卷六）。

又说：“名章俊句，层见迭出，令人应接不暇。使事必切，属对必工。无意不搜，而不落纤巧，无语不新，亦不事涂泽，实古来诗家所未见也。”（同上）

陆游七律尤以对仗工整而著称，刘克庄说：“古人好对偶，被放翁用尽。”（《后村先生大全集》卷一百七十四《后村诗话》前集卷二）清人沈德潜说：“放翁七言律，对仗工整，使事熨帖，当时无与比埒。”（《说诗晬语》）陆诗的对仗常常能做到整齐而不落纤巧，新奇而不至雕琢，体现出平易流畅、动宕流走的风格特色，如“戏招西塞山前月，来听东林寺里钟”（《剑南诗稿校注》卷十《六月十四日宿东林寺》）、“全家稳下黄牛峡，半醉来寻白鹭洲”（同上《登赏心亭》）等。陆游的七绝也多情韵深永之作，如作于乾道八年（1172）的《剑门道中遇微雨》：

> 衣上征尘杂酒痕，远游无处不销魂。此身合是诗人未？细雨骑驴入剑门。（《剑南诗稿校注》卷三）

悲愤的情绪出之以清丽流转的字句，情致深婉，颇有唐人绝句意韵。

第七节 唐风渐起

一、范成大之诗

（一）忧国之作

在“为国忧元元”（《石湖居士诗集》卷十《与王夷仲检讨祀社》）这一点上，范成大与陆游堪称知音。范成大曾长年在各地任地方官，周知四方风土人情，他描写民生疾苦的诗篇继承了唐代杜甫及白居易等新乐府的传统，而且以写法新颖生动而别具一格。在《催租行》中，他戏剧性地展示了官府爪牙的仗势讹诈：

输租得钞官更催，踉跄里正敲门来。手持文书杂嗔喜："我亦来营醉归耳。"床头悭囊大如拳，扑破正有三百钱："不堪与君成一醉，聊复偿君草鞋费。"（《石湖居士诗集》卷三）

按宋代官府规定，农民交田税要加耗（附加税），而且名目繁多，"一石正苗非三石不可了纳"（《文献通考》卷七《田赋考》）。范成大的名篇《后催租行》，便描写了农民在苛税重压下的悲惨情状：

老父田荒秋雨里，旧时高岸今江水。佣耕犹自抱长饥，的知无力输租米。自从乡官新上来，黄纸放尽白纸催。卖衣得钱都纳却，病骨虽寒聊免缚。去年衣尽到家口，大女临岐两分首。今年次女已行媒，亦复驱将换升斗。室中更有第三女，明年不怕催租苦！（《石湖居士诗集》卷五）

虽然皇帝诏书免除灾区租税，但地方官吏仍然严行逼取。儿女生离，剜心割肉，这位老农却以反语自我慰藉，可谓字字真情，声声血泪！诗人含蓄而冷隽的语气，具有催人泪下的艺术魅力。

宋孝宗乾道六年（1170），范成大在奉命使金的过程中，写了一组七言绝句，记述了在沦陷区的亲身见闻感触，描写了山河破碎的景象和中原人民遭受蹂躏、盼望光复的情形，并凭吊古代爱国志士的遗迹以表示自己誓死报国的决心。例如：

狐冢獾蹊满路隅，行人犹作御园呼。连昌尚有花临砌，肠断宜春寸草无！（《石湖居士诗集》卷十二《宜春苑》）

州桥南北是天街，父老年年等驾回。忍泪失声询使者，几时真有六军来？（同上《州桥》）

南宋诗人包括陆游描写中原景象的诗大多是出于想象，而范成大却亲临其境，所以感触格外深刻，描写格外真切，在当时诗坛上独树一帜。

（二）田园诗

从淳熙九年（1182）起，范成大退隐苏州石湖十年，创作了大量田园诗，其中以作于淳熙十三年（1186）的《四时田园杂兴六十首》（《石湖居士诗集》卷二十七）最为著名。这组诗共六十首七言绝句，每十二首为一组，分咏春日、晚春、夏日、秋日和冬日的田园生活。在古代诗歌史上，所谓田园诗大多是士大夫自抒隐逸情怀的诗篇，如王维（701—761）、孟浩然（689—740）诗中的田园风光都是作为诗人静谧心境的外化而出现的。除了陶渊明的少数诗篇以外，古代田园诗中对田园生活最重要的内容——农事——反而是忽略不顾的，偶尔出现的樵夫、农人也往往被赋予隐士的性格。至于农民的日常劳作生活及其种种疾苦，唐代诗人如元稹、张籍（约766—约830）等往往写进《农家词》、《田家词》一类乐府诗中。这些诗中没有田园风光的描写，在习惯上也不被看做田园诗。范成大创造性地把上述两种传统融合为一体，全面而真切地描写了农村生活的各种情景。如：

土膏欲动雨频催，万草千花一饷开。舍后荒畦犹绿秀，邻家鞭笋过墙来。（其二）

蝴蝶双双入菜花，日长无客到田家。鸡飞过篱犬吠窦，知有行商来买茶。（其十五）

昼出耘田夜绩麻，村庄儿女各当家。童孙未解供耕织，也傍桑阴学种瓜。（其三十一）

采菱辛苦废犁锄，血指流丹鬼质枯。无力买田聊种水，近来湖面亦收租。（其三十五）

垂成穑事苦艰难，忌雨嫌风更怯寒。笺诉天公休掠剩，半偿私债半输官。（其四十一）

新筑场泥镜面平，家家打稻趁霜晴。笑歌声里轻雷动，一夜连枷响到明。（其四十四）

万象争荣的盎然春色，安谧宁静的田家生活，耕耘纺织的农事活动，生计艰难的痛苦酸辛，丰年收获的喜悦欢笑，这一切组合成田园生活的丰富场景和多重情调。范成大成功地实现了对传统题材的改造，使田园诗成为名副其实的反映农村生活之诗。

徐晓亭（生卒年不详）《麈谈笔存》说："杨诚斋诗，力求超脱；范石湖诗，力求精工。"范成大诗风格温润轻巧，时涉拗峭生涩，"追溯苏、黄遗法而约以婉峭，自为一家，伯仲于杨（万里）、陆（游）之间，固亦宜也"（《四库全书总目提要》卷一百六十《石湖诗集》提要）。他一方面受江西诗派影响，喜用僻典和佛典，另一方面取径中晚唐诗，晚年诗风趋于清新妩丽，表现出多样的风格。

二、杨万里之诗

杨万里少习理学，讲究品节，关心国事，忧国之念也时常流露在诗歌中。如《初入淮河四绝句》（《诚斋集》卷二十七）：

船离洪泽岸头沙，人到淮河意不佳。何必桑干方是远，中流以北即天涯。（其一）

中原父老莫空谈，逢着王人诉不堪。却是归鸿不能语，一年一度到江南。（其四）

南宋与金以淮河为界，原为宋帝国内河的淮河如今成了天涯，诗人对此感到深深的悲愤。这两首诗分别从淮河两岸着眼，诉说了人民希望统一的心声。诗风沉郁，感人至深。

但是，与陆游、范成大不同，杨万里诗歌以抒写自然风物的意兴和日常生活的情趣见长。杨万里早年学诗也是从江西诗派入手的，绍兴三十二年（1162）后转而学习王安石和晚唐诗人的绝句，至淳熙四、五年间（1177—1178）终于领悟到应该摆脱前人的樊篱而自成一家，他说："传派传宗我替羞，作家各自一风流。黄陈篱下休安脚，陶谢行前更出头。"（《诚斋集》卷六《跋徐恭仲省干近诗之三》）于是形成了别出机杼、独具面目的"杨诚斋体"（严羽《沧浪诗话·诗体》）。

概念解析

诚斋体

杨万里对平凡事物的深入思考使他的诗既有浓郁的生活气息，又富于理趣，读来给人以新鲜感。这类诗妙趣横生、诙谐洒脱，被后人称为“诚斋体”。

学术轶事

杨万里焚诗

杨万里说：“予少作有诗千余篇，至绍兴壬午七月皆焚之，大概江西体也。”（《诚斋集》卷八十《诚斋江湖集序》）壬午当绍兴三十二年（1162），时杨氏三十六岁。

“诚斋体”的特点，首先是善于敏锐地从平常的事物中捕捉到富有情趣的瞬间，在日常景物中发现生机和灵性。钱钟书评道：“放翁善写景，而诚斋擅写生。放翁如画图之工笔，诚斋则如摄影之快镜，兔起鹘落，鸢飞鱼跃，稍纵即逝而及其未逝，转瞬即改而当其未改，眼明手捷，踪矢蹑风，此诚斋之所独也。”（《谈艺录》）如：

> 霁天欲晓未明间，满目奇峰总可观。却有一峰忽然长，方知不动是真山。（《诚斋集》卷三十二《晓行望云山》）
>
> 泉眼无声惜细流，树阴照水爱晴柔。小荷才露尖尖角，早有蜻蜓立上头。（《诚斋集》卷七《小池》）

诗人善于捕捉自然景物或人事活动的瞬间动静，表现诗人心中新鲜生动的感觉。

其次，“诚斋体”长于活处见理，风趣幽默，诙谐洒脱，显露出诗人的透脱胸襟。如《闲居初夏午睡起二绝句》之一：

> 梅子留酸软齿牙，芭蕉分绿与窗纱。日长睡起无情思，闲看儿童捉柳花。（《诚斋集》卷三）

此诗表面写“闲看”，内在却传达出一种意味深长的玄览默察，意境浑成，意趣深长。所以后人从诗中，有的见出其“胸襟透脱”（罗大经《鹤林玉露》卷十四引张浚语），有的见出其“默阅世变，中有感伤”（叶寘《爱日轩丛钞》卷三）。杨万里说：“学诗须透脱，信手自孤高。”（《诚斋集》卷四《和李天麟二首》其一）透脱就是不执著，不滞粘，看事物不拘一迹一象一点一面，而贯通各迹各象各点各面，达到透彻精深的领悟。杨万里是位理学家，《宋史》把他列入《儒林传》。但理学思想并没有窒息他活泼的思绪和透脱的胸怀，却增进了他对平凡事物中蕴涵的哲理的思考，这使他的诗既有浓郁的生活气息，又富于理趣，例如：

野菊荒苔各铸钱，金黄铜绿两争妍。天公支与穷诗客，只买清愁不买田。（《诚斋集》卷十四《戏笔》二首其一）

莫言下岭便无难，赚得行人错喜欢。正入万山圈子里，一山放出一山拦。（《诚斋集》卷三十五《过松源晨炊漆公店》六首其五）

初疑夜雨忽朝晴，乃是山泉终夜鸣。流到前溪无半语，在山做得许多声。（《诚斋集》卷十三《宿灵鹫禅寺》）

景中寓理，想象奇特，笔势跳脱。

最后，“诚斋体”具有明显的谐俗性，大量采用口语俚语入诗，化俗为雅，浅切流易，这迥然不同于江西诗派强调用事取典、无一字无来历的传统。在他的诗中，“只管”、“作么”、“管取”、“只么”、“尔许”、“端的”之类，触处皆是，不仅自然活泼，而且涉笔成趣。

简言之，“诚斋体”的要义在诗歌创作的“活法”，周必大（1126—1207）说：“诚斋万事悟活法。”（《文忠集》卷四十一《次韵杨廷秀待制寄题朱氏涣然书院》）刘克庄也说：“诚斋出，真得所谓活法，所谓流转圜美如弹丸者。”（《后村先生大全集》卷九十五《江西诗派小序》）杨万里晚年自称作诗的状态是“浏浏焉，无复前日之轧轧矣”（《后村先生大全集》卷八十《诚斋荆溪集序》），即无拘无束，信手拈来，这是一种创作自由的成熟境界，“诚斋体”诗因此而成为宋诗中很有特色的一家。在审美趣味的转变中，杨万里的“诚斋体”及其诗论起了关键性的作用。“诚斋体”追求自然天机，从而摆脱了江西诗派矫揉造作的旧格；但因一味追求情趣韵味，又入于晚唐工巧清淡的诗格。在这一意义上，可以说“诚斋体”是宋调的绝响。

☞ **多学一点**

宋人推崇杨万里

在当时，杨万里受到人们的普遍推崇，如周必大认为杨万里“执诗坛之牛耳”（《文忠集》卷四十八《跋杨廷秀所作胡氏霜节堂记》）。陆游也说：“文章有定价，议论有至公。我不如诚斋，此评天下同。”（《剑南诗稿校注》卷五十三《谢王子林判院惠诗编》）

三、唐风其他诗人

（一）朱熹诗清远高旷

尤袤虽然名列“中兴四大诗人”，但其诗集早已散佚，残存诗作如《梅花二首》等，也骨力平弱，无甚佳处。

而同时代的道学家朱熹，虽然自谓“不能诗”（《晦庵先生朱文公文集》卷三十九《答杨宋卿》），有时甚至发誓“绝不作诗”（《晦庵先生朱文公文集》卷二《顷以多言害道，绝不作诗……》），但集中留下一千二百五十多首诗，无论关心国事民生或抒写襟怀情趣，都有不少优秀篇什。朱熹诗风平淡自然，不事藻绘雕琢，颇具魏晋清远高旷、淡雅精微的风神。尤其是一些以生动意象寓托哲理的七绝，灵气秀发，余味无穷。如：

半亩方塘一鉴开，天光云影共徘徊。问渠那得清如许，为有源头活水来。（同上《观书有感》）

胜日寻芳泗水滨，无边光景一时新。等闲识得东风面，万紫千红总是春。（同上《春日》）

朱熹像

朱熹说：“据其已发者而指其未发者，则已发者人心，而凡未发者皆其性也。”（《晦庵先生朱文公文集》卷三十一《答张钦夫论中庸说》）他以人心为活物，主张由已发之人心来体会未发之性，于是鸢飞鱼跃，心无不以，流行发用，皆为源头活水。这两首诗都是从“已发”的情感体验中，写出诗人对儒家圣人之道别有会心时的喜悦心情，寓哲理于生动的意象之中，充满了流动的勃勃生趣。

（二）永嘉四灵之诗

钱钟书认为：“南宋诗流之不墨守江西派者，莫不濡染晚唐。”（《谈艺录》）如陆游虽反对学晚唐，却暗学晚唐，说：“文章光焰伏不起，甚者自谓宗晚唐。”（《剑南诗稿校注》卷四十五《追感往事》其四）又说：“及观晚唐作，令人欲焚笔。”（《剑南诗稿校注》卷七十九《宋都曹屡寄诗且督和答作此示之》）杨万里自称“晚乃学绝句于唐人”（《诚斋集》卷八十《诚斋荆溪集序》），所说的“唐人”即晚唐人，他说：“受业初参且半山，终须投换晚唐间。”（《诚斋集》卷三十五《答徐子材谈绝句》）范成大“初年吟咏，实沿溯中唐以下……《嘲里人新婚诗》、《春晚三首》、《隆师四图》诸作，则全为晚唐五代之音”（《四库全书总目提要》卷一百六十《石湖诗集》提要）。以此为契机，大约在宋光宗绍熙年间（1190—1194），以晚唐诗为宗的“永嘉四灵”便在文坛上应运而生。

“永嘉四灵”指永嘉地区的四位诗人：徐照、徐玑、赵师秀、翁卷。永嘉四灵竭力反对江西诗派，倡导学习晚唐诗风。叶适《徐文渊墓志铭》记载道：徐玑与徐照、翁卷、赵师秀议论说：“昔人以浮声切响、单字只句计巧拙，盖风骚之至精也。近世乃连篇累牍，汗漫而无禁，岂能名家哉?”（《水心先生文集》卷二十一）于是共倡晚唐诗。他们舍杜甫而尊姚合、贾岛，赵师秀编选贾、姚之诗为《二妙集》。他们提倡忌用事而贵白描，重景联而轻意联，立意抛弃“宋调”的议论、用典、以文为诗，但却不丢弃以技巧为诗，刻意在字句上下工夫，“镂心鉥肾，刻意雕琢”（《四库全书总目提要》卷一百六十一《芳兰轩集》提要）。

概念解析

永嘉四灵

徐照、徐玑、赵师秀都是永嘉县（今浙江温州）人，翁卷是乐清县（今属浙江）人，两县当时同属温州，古称永嘉郡。四人均出于叶适门下，因徐照字灵晖，徐玑字灵渊，赵师秀字灵秀，翁卷字灵舒，所以叶适把他们合称为“四灵”（《水心先生文集》卷二十九《题刘潜夫南岳诗稿》），并编选《四灵诗选》，由临安书商陈起刊行。

四灵诗的题材多限于细碎小巧的自然风景和生活体验，“所用料不过花、竹、鹤、僧、琴、药、茶、酒，于此数物一步不可离”（方回《瀛奎律髓》卷十），意境清寒单调；体裁只限于五律及小部分七律，篇幅短小，语言拘谨，人称“敛情约性，因狭出奇”（叶适《水心先生文集》卷二十九《题刘潜夫南岳诗稿》）。但四灵皆讲究苦吟，追求萧散野逸、平淡简远、玲珑幽渺的境界。如徐玑说：“幽深真似《离骚》句，枯健犹如贾岛诗。”（《二薇亭诗集·梅》）赵师秀说：“但能饱吃梅花数斗，胸次玲珑，自能作诗。”（《梅涧诗话》）

☞ 多学一点

四灵之苦吟

翁卷说：“传来五字好，吟了半年余。”（《西岩集·寄酬葛天民》）徐玑说：“磨砻双鬓改，收拾一编成。”（《二薇亭诗集·书翁卷诗集后》）赵师秀说：“一篇幸止有四十字，更增一字，吾未如之何矣！”（刘克庄《后村先生大全集》卷九十四《野谷集序》引）

因此虽然取径过狭，但四灵也颇有些灵动机趣的小诗，如：

数日秋风欺病夫，尽吹黄叶下庭芜。林疏放得遥山出，又被云遮一半无。（赵师秀《清苑斋诗集·数日》）

绿遍山原白满川，子规声里雨如烟。乡村四月闲人少，才了蚕桑又插田。（翁卷《西岩集·乡村四月》）

云麓烟峦知几层，一湾溪转一湾清。行人只在清湾里，尽日松声杂水声。（徐玑《二薇亭诗集·新凉》）

山容水态，姹紫嫣红，摄入笔端，清丽可喜。在四灵的提倡下，晚唐体盛行一时，取代了江西诗派的影响。

从中晚唐之音入，又从中晚唐之音出，宋调始终处于唐音的“影响的焦虑”之中，步履蹒跚地行进了数百年。

【温故知新】

王禹偁咏叹民间疾苦、感慨谪居生活　西昆体诗　晚唐体诗　林逋诗平淡邃美　以

文为诗　梅尧臣诗清切平淡　苏舜钦诗豪俊超迈　欧阳修诗雍容雅致　王安石咏史诗　雅丽精绝的荆公体　苏轼以议论作诗　苏轼超然物外的人生态度　信笔挥洒的东坡体　山谷体“自成一家”　江西诗派鼎盛期　江西诗派自觉修正期　后山体朴拙隽永　吕本中诗流动和婉　曾几诗轻快活泼　陈与义诗雄浑深沉　放翁体的形成　陆游诗反映忧国悲愤、民间疾苦、日常生活　陆游七古清壮恢宏　陆游七律、七绝严谨深永　范成大“为国忧元元”　范成大的田园诗　诚斋体　朱熹诗清远高旷　四灵诗

【请你思考】

1. 宋诗与唐诗的差异主要表现在哪些方面？

2. “宋初三体”的主要特征是什么？

3. 王禹偁的诗歌特色主要表现在哪些方面？

4. 西昆体的特点及衰微的原因是什么？

5. 被并称“苏梅”的苏舜钦和梅尧臣的诗歌特征有何异同？

6. 为什么说欧阳修的诗打通了李白与韩愈的诗风？

7. 简述“荆公体”的艺术特征。

8. 被严羽称为“东坡体”的苏轼诗有何特点？

9. 结合苏轼的诗歌创作，试分析宋诗的“以文字为诗，以才学为诗，以议论为诗”（严羽《沧浪诗话》）。

10. “山谷体”是如何体现出宋诗独特面貌的？

11. 试述江西诗派的形成与演变。

12. 陈师道诗有何特色？

13. 作为“南渡诗人之冠”，陈与义是如何形成其诗歌风貌的？

14. 陆游的诗歌中为何会反复出现对“梦境”的描写？

15. 范成大《四时田园杂兴》的特点是什么？

16. 何谓“诚斋体”？其特色是什么？

17. 简述永嘉四灵的创作特点。

【推荐阅读】

钱钟书选注．宋诗选注．北京：人民文学出版社，1958

（清）王文诰辑注．孔凡礼点校．苏轼诗集．北京：中华书局，1982

周锡䪖选注．王安石诗选．广州：广东人民出版社，1986

（宋）任渊等注．刘尚荣校点．黄庭坚诗集注．北京：中华书局，2003

（宋）陆游．钱仲联校注．剑南诗稿校注．上海：上海古籍出版社，2005

朱东润编年校注．梅尧臣集编年校注．上海：上海古籍出版社，2006

李逸安点校．欧阳修全集．北京：中华书局，2001

辛更儒笺校．杨万里集笺校．北京：中华书局，2007

赵齐平．宋诗臆说．北京：北京大学出版社，1993

刘宁．唐宋之际诗歌演变研究．北京：北京师范大学出版社，2002

第三章 文章的承袭与新变

【导读】

宋代文章的总体成就超过了唐代文章。《全宋文》收作家逾万，收作品约10万篇，达5 000万字，为全唐文的5倍。史称“唐宋八大家”中的六人出于宋代。金人王若虚说：“宋文视汉唐，百体皆异，其开廓横放，自一代之变。”（《滹南遗老集》卷三十五《文辨》）明末艾南英说：“文至宋而体备，至宋而法严。”（《再答夏彝仲论文书》）这是对宋代文章历史地位的公正评价。

宋代文章最重要的成就在古文。柳开明确界定古文特质说：“古文者，非在辞涩言苦，使人难读诵之，在于古其理，高其意，随言短长，应变作制，同古人之行事，是谓古文也。”（《河东先生集》卷一《应责》）释智圆也说：“夫所谓古文者，宗古道而立言，言必明乎古道也。古道者何？圣师仲尼所行之道也……仁义五常谓之古道也。古文之作，诚尽此矣，非止涩其文字，难其句读，然后为古文也。”（《送庶几序》，陶秋英、虞行《宋金元文论选》，16～18页）宋文重“明道”，虽然不同作家所谓“道”的内容各自不同，对“文”、“道”关系的阐释也各自不同。同时，宋人还提倡“文章不为空言，而期于有用”（欧阳修《欧阳文忠公集·奏议集》卷十四《荐布衣苏洵状》）。明道致用，这是有宋一代文章的突出特点。

宋代古文继承唐代古文，尤其是继承韩愈、柳宗元的古文传统，但是只取其“易”的一面，而放弃其“难”的一面，偏重于文从字顺，平易畅达，简洁明快。清人袁枚说：“大抵唐文峭，宋文平；唐文曲，宋文直；唐文瘦，宋文肥；唐人修词与立诚并用，而宋人或能立诚，不甚修词。”（《小仓山房文集》卷三十五《与孙俌之秀才书》）蒋湘南说：“宋代诸公，变峭厉而为平畅。”（《七经楼文钞》）刘熙载也说：“昌黎文意思来得硬直，欧、

概念解析

唐宋八大家

明初朱右编选唐代韩愈、柳宗元，宋代欧阳修、王安石、曾巩、苏洵、苏轼、苏辙等八家之文为《八先生文集》；明中叶唐顺之编《文编》，于唐宋两代独取此八家之文；茅坤继而编成《唐宋八大家文钞》。于是，“唐宋八大家”成为中国文学史上的专有名词。

曾来得柔婉。”（《艺概·文概》）从总体上看，唐文以纵横开阖、波澜起伏、逆折奇崛见长，宋文则以舒徐婉转、曲折挥洒、平易自然称胜；唐文如高山深谷，宋文如平原旷野。两相比较，各擅胜场。从宋代开始，古文成为用途最广的文章体裁。

宋代文章家并不摒弃骈文。一方面，他们的古文创作注重吸收骈文在辞采、声调等方面的长处，以构筑古文的节奏韵律之美；另一方面，他们又借鉴古文手法，改造骈文文体，创造出参用散体单行的四六和文赋。于是，古文和骈文经过取长补短，在宋代都获得了新的活力。程杲说：“宋自庐陵（欧阳修）、眉山（苏轼），以散行之气，运对偶之文，在骈体中另出机杼，而组织经传，陶冶成句，实足跨越前人。”（《四六丛话序》）此外，宋代的笔记文，独具一格，长短不拘，轻松活泼，饶有韵致。

第一节
尚骈与崇散

尚骈与崇散，是宋初文章的两种倾向。时人称骈体文为时文，称散体文为古文。

宋初文章，延续五代文风，形成以南唐降臣徐铉为代表，以陶谷、张昭、张洎、李昉、李至、宋白等为先后羽翼的创作群体。这个群体的作家多是五代入宋的硕学鸿儒，博学多识而尤擅骈体，为文主张文道并重，讲究辞采，风格以典丽俊伟、博雅自然著称。但由于因袭过重，追求骈俪工巧，尚未能呈现新的面貌。

由于历代文人以能赋为荣，科举要考试诗赋，官场诏令书启习用骈文，编纂文集多首列辞赋。所以辞赋写作成为文人积习。着力矫正五代文风、提倡古文的作家，有柳开、王禹偁等。范仲淹说："浸及五代，其体薄弱。皇朝柳仲涂起而麾之，髦俊率从焉。"（《河南穆公集·穆参军遗事》引《尹师鲁集序》）他们以明道、致用、宗经、尊韩相号召，倡导文风复古，力涤排偶之习，崇尚散行之文，要求语言自然平易。

柳开的古文以应用文较多，风格质朴，时有艰涩奇僻之弊。代表作有《扬子剧秦美新解》、《汉史扬雄传论》、《上言时政表》、《上符兴州书》、《代昭君谢汉帝疏》、《东郊野夫传》、《来贤亭记》等。如《扬子剧秦美新解》：

> 剧其秦，谓恶甚也。焚《诗》《书》，大宫室，起长城，巡天下，兼灭其宗周也，故曰剧也。美其新，谓其恶少异于秦也。虽其窃汉祚，与灭宗周同，且无诸秦之所大恶也，故曰美也。（《河东先生集》卷二）

独出见解，明白可读。

一、简易醇质的王禹偁文

王禹偁曾任知制诰，擅长辞赋骈文，如《三黜赋》以赋明心，称颂一时。不过他尤致力于倡导古文，主张："姑能远师六经，近师吏部（韩愈），使句之易道，义之易晓，又辅之以学，助之以气，吾将见子以文显于时也。"（《小畜集》卷十八《答张扶书》）他的文章，大多骈散兼行，节奏明快，"简易醇质，得古作者之体"（沈虞卿《小畜集跋》，《小畜集》卷末）。

王禹偁一生致力于改革弊政，文章最喜议政论事。他自称："深惭专俎豆，长欲议边陲。"（《小畜集》卷八《谪居感事》）后人称他："为文著书，多涉规讽，以是颇为流俗所不容，故屡见摈斥。"（《宋史·王禹偁传》）在太宗时，他献御戎十策；真宗即位，又上书言五事：一曰谨边防，二曰减冗兵，三曰艰难选举，四曰沙汰僧尼，五曰亲大臣、远小人（见《宋史·王禹偁传》）。凡此，大都议论切实精当，有西汉贾谊、晁错之风。王禹偁议政的代表作，是太宗雍熙四年（987）所写的《待漏院记》，文中用正反对比的手法和骈散交错的文笔，揭示贤相和佞相临朝待漏之际不同的思绪和心态：

待漏之际，相君其有思乎？其或兆民未安，思所泰之；四夷未附，思所来之。兵革未息，何以弭之？田畴多芜，何以辟之？贤人在野，我将进之；佞臣立朝，我将斥之。六气不和，灾眚荐至，愿避位以禳之；五刑未措，欺诈日生，请修德以厘之。忧心忡忡，待旦而入。九门既启，四聪甚迩。相君言焉，时君纳焉。皇风于是乎清夷，苍生以之而富庶。若然，总百官，食万钱，非幸也，宜也。

其或私雠未复，思所逐之；旧恩未报，思所荣之。子女玉帛，何以致之？车马器玩，何以取之？奸人附势，我将陟之；直士抗言，我将黜之。三时告灾，上有忧色，构巧词以悦之；群吏弄法，君闻怨言，进谄容以媚之。私心慆慆，假寐而坐。九门既开，重瞳屡回。相君言焉，时君惑焉。政柄于是乎隳哉，帝位以之而危矣。若然，则死下狱，投远方，非不幸也，亦宜也。（《小畜集》卷十六）

全文以“勤”字开端，次以设想“待漏”宰相的所思所想来点明正题，分别引出作者对贤相和佞相的生动刻画和不同评价，最后以“慎”字总结全文，深化“待漏”所蕴含的主题。全文论述如同剥笋，层层深入，脉络分明，一气贯注。以道德言政，正是宋代议政文章的特点。

《黄州新建小竹楼记》写于咸平二年（999），是王禹偁晚年之作，描绘了在寓居竹楼所领略到的独特风光和生活雅趣，勾勒了一位高情旷怀的文吏的儒雅风流。其中描写竹楼风光和谪居乐趣云：

远吞山光，平挹江濑，幽阒辽敻，不可具状。夏宜急雨，有瀑布声；冬宜密雪，有碎玉声。宜鼓琴，琴调虚畅；宜咏诗，诗韵清绝。宜围棋，子声丁丁然；宜投壶，矢声铮铮。然皆竹楼之所助也。

公退之暇，披鹤氅，戴华阳巾，手执《周易》一卷，焚香默坐，销遣世虑。江山之外，第见风帆沙鸟，烟云竹树而已。待其酒力醒，茶烟歇，送夕阳，迎素月，亦谪居之胜概也。（《小畜集》卷十七）

全文文笔优美，意象清迥，声情并茂，是一篇雅素隽洁的抒情文章。

但王禹偁的文章在当时并不为时人所称道，叶适说：“王禹偁文，简雅古淡，由上三朝未有及者。而不甚为学者所称，盖无师友论议之故也。”（《习学记言序目》卷四十九）数十年后，王禹偁的文章才得到认可，成为古文写作的精神偶像。欧阳修说：“想公风采常如在，顾我文章不足论。”（《欧阳文忠公文集·居士集》卷十一《书王元之画像侧》）苏轼说：“故翰林王公元之，以雄文直道，独立当世。”（《经进东坡文集事略》卷五十九《王元之画像赞》）

二、西昆时文与复古反骈

到真宗大中祥符年间（1008—1016），以杨亿、钱惟演、刘筠等为代表的西昆派作家崛起于文坛。他们为文宗法李商隐，贵骈尚丽，讲究辞采声韵，风格富丽精工，宏博典雅，虽有雕琢藻饰之弊，但尤以气势取胜，“无唐末五代衰飒之气”（《四库全书总目提要》卷一百五十二《武夷新集》提要），所以“天下学者靡然从之”（《宋史·穆修传》）。西昆派的时文，以杨亿的作品最具典型，代表作有《陈乞奏状》、《次对奏状》、《处州丽水县厅壁记》、《处州郡斋凝霜阁记》等。

学术轶事

杨亿入馆阁

杨文公亿初入馆，时年甚少。故事：初授馆职，必以启事谢先达。时公启事有曰：“朝无绛、灌，不妨贾谊之少年；坐有邹、枚，未害相如之末至。”一时称之。（徐度《却扫编》卷上）

在西昆派盛行时，倡导复古反骈的有姚铉、张景、穆修等人，俨然与西昆派分庭抗礼。姚铉曾编选《唐文粹》一百卷，文章和诗赋只选古体，骈体文及今体诗一概不录。张景是柳开的及门弟子，曾整理柳开遗稿，辑成《河东先生集》十五卷，代表作有《河东集序》、《河南县尉厅壁记》等。穆修曾认真整理韩愈、柳宗元文集，不遗余力地提倡韩、柳文风（见《河南穆公集》卷二《唐柳先生集后序》）。他的古文较柳开更为平易朗畅，凝练自然，代表作有《唐柳先生集后序》、《送李秀才归泉南序》、《法相院中记》、《静胜亭记》、《上刘侍郎书》、《亳州魏武帝帐庙记》等。但张、穆等人的文章时有辞涩言苦的弊病，所以无法与西昆派技巧圆熟、辞藻华美的骈文相抗衡。

学术轶事

穆修、张景为文

往岁士人多尚对偶为文，穆修、张景辈始为平文，当时谓之古文。穆、张尝同造朝，待旦于东华门外，方论文次，适见有奔马践死一犬。二人各记其事，以较工拙。穆修曰：“马逸，有黄犬遇蹄而毙。”张景曰：“有犬死奔马之下。”时文体新变，二人之语皆拙涩，当时已谓之工，传之至今。（沈括《梦溪笔谈》卷十四）

第二节
文风丕变

从仁宗天圣年间（1023—1032）开始，文坛上逐渐兴起以明道、致用、法唐、崇散为特征的文风。相继而起的作家，有范仲淹、尹洙、石介、苏舜钦、苏洵等，而以欧阳修文名最高，主盟一时。

一、范仲淹的赋体之文

范仲淹虽受西昆派影响，但撰文独能自立。他的奏议大都切合时务，言之有物，文笔晓畅，议论剀切，质实朴素，文多散行，如《奏上时务书》、《上执政书》、《手诏条陈十事》、《再进前所陈十事》等。他的记体文融入排偶，时作藻饰，如作于庆历六年（1046）的《岳阳楼记》：

> 庆历四年春，滕子京谪守巴陵郡。越明年，政通人和，百废具兴。乃重修岳阳楼，增其旧制，刻唐贤、今人诗赋于其上；属予作文以记之。
>
> 予观夫巴陵胜状，在洞庭一湖。衔远山，吞长江，浩浩汤汤，横无际涯；朝晖夕阴，气象万千。此则岳阳楼之大观也，前人之述备矣。然则北通巫峡，南极潇湘，迁客骚人，多会于此，览物之情，得无异乎？
>
> 若夫霪雨霏霏，连月不开；阴风怒号，浊浪排空；日星隐耀，山岳潜形；商旅不行，樯倾楫摧；薄暮冥冥，虎啸猿啼。登斯楼也，则有去国怀乡，忧谗畏讥，满目萧然，感极而悲者矣。
>
> 至若春和景明，波澜不惊，上下天光，一碧万顷；沙鸥翔集，锦鳞游泳，岸芷汀兰，郁郁青青。而或长烟一空，皓月千里，浮光跃金，静影沉璧；渔歌互答，此乐何极！登斯楼也，则有心旷神怡，宠辱皆忘，把酒临风，其喜洋洋者矣。
>
> 嗟夫！予尝求古仁人之心，或异二者之为。何哉？不以物喜，不以己悲。居庙堂之高，则忧其民；处江湖之远，则忧其君。是进亦忧，退亦忧，然则何时而乐耶？其必曰："先天下之忧而忧，后天下之乐而乐"欤？噫！微斯人，吾谁与归！（《范文正公集》卷七）

这篇文章时人或以为俳偕，类似"传奇"之体。其实，这是以赋为文的典范之作，题名为"记"，实为赋体。赋体之文而杂议论，这正是宋代文章的时代特征。

☞多学一点

传奇体

范仲淹撰《岳阳楼记》，“用对语说时景，世以为奇。尹师鲁（按，名洙）读之曰：‘《传奇》体尔!’”（陈师道《后山诗话》）此事并见毕仲询《幕府燕闲录》（《说郛》卷十四）及陈振孙《直斋书录解题》卷十一。

二、尹洙与石介之文

尹洙主张“务求古之道”，“立言矫当时以法后世”（《河南先生文集》卷四《志古堂记》）。他尤善论兵，如《叙燕》、《息戍》、《兵制》等，“其文谨严，辞约而理精，章奏疏议，大见风采”（范仲淹《范文正公集》卷六《尹师鲁河南集序》）。尹洙在洛阳时曾与欧阳修同作《双桂楼记》，欧文千余言，尹止用五百字，欧服其简古，“自此始为古文”（邵伯温《邵氏闻见录》卷八）。尹洙还曾告诫欧阳修：“大抵文字所忌者，格弱字冗。”欧阳修持此说以作文，“尤完粹有法”（文莹《湘山野录》卷中）。欧阳修后来将“简而有法”（《欧阳文忠公文集·居士集》卷二十八《尹师鲁墓志铭》）作为古文写作的基本原则加以肯定，以反对骈文的繁冗芜杂之病。所以清人称：“佐修以变文体者，尹洙。”（《四库全书总目提要》卷一百五十三《宛陵集》提要）

分析举例

宋初文简约之风

朱熹《朱子语类》卷一百三十九载：“顷有人买得他《醉翁亭记》稿，初说滁州四面有山，凡数十字。末后改定，只曰‘环滁皆山也’五字而已。”可见力求简洁，是古文革新的审美倾向。

石介为文，多阐扬儒术，抵斥异端，切责时弊，鉴古论今，“其遇事发愤，作为文章，极陈古今治乱成败，以指切当世，贤愚善恶，是是非非，无所讳忌”（《欧阳文忠公文集·居士集》卷三十四《徂徕先生墓志铭并序》），文风切直峻急，峭刻险僻，多危言高论而缺乏文采。叶适说其：“以其忿嫉不忍之意，发为偏宕太过之词。”（《习学记言序目》卷五十）

三、简古自然的苏舜钦文

苏舜钦曾提出：“尝谓人之所以为人者，言也。言也者，必归于道义。道与义，泽于物而后已，至是则斯为不朽矣。故每属文，不敢雕琢以害正。”（《苏学士文集》卷九《上三司副使段公书》）他的文章，论议颇近韩愈，写景大似柳宗元，风格慷慨切直，瑰奇豪迈，语言劲质明洁，简古自然。如天圣六年（1028）他初为荥阳县尉时，闻玉清昭应宫火灾，即诣登闻鼓院上《火疏》，云：

臣闻烈士不避铁钺而进谏，明君不讳过失而纳忠。是以怀策者必吐上前，蓄冤者无至腹诽，则上下之情不郁，政令之出悦随。然言之之难，不如容之之难；容之之难，不如行之之难。有能言之，则必容之，则必行之，如此则欲治之主、三代之迹也。愿陛下留意焉。（《苏学士文集》卷十一）

文辞激切，气势澎湃，近似秦汉策士之辞。苏舜钦为世传诵的名文，是他晚年所作的《沧浪亭记》，文末有云：

予时榜小舟，幅巾以往。至则洒然忘其归，觞而浩歌，踞而仰啸。野老不至，鱼鸟共乐，形骸既适则神不烦，观听无邪则道以明。返思向之汩汩荣辱之场，日与锱铢利害相磨戛，隔此真趣，不亦鄙哉！（《苏学士文集》卷十三）

将优美而悲愤的心情熔铸为深沉悲壮、雄奇瑰丽的意境，笔法奇绝。欧阳修称：当时时文流行，古文不振，“独子美为于举世不为之时，其始终自守，不牵世俗趋舍，可谓特立之士也”（《欧阳文忠公文集·居士集》卷四十一《苏氏文集序》）。

四、纵横博辩的苏洵文

苏洵为文，学申、韩而出入于荀、孟及《战国策》诸家，文章大率议论兵谋、权力和机变，“以雄迈之气，坚老之笔，而发为汪洋恣肆之文，上之究极天人，次之修明经术，而其于国家盛衰之故，尤往往淋漓感慨”（邵仁泓《苏老泉先生全集序》，清康熙刊本《苏老泉先生集》卷首）。他作文务出己见，不蹑故迹，笔锋老辣，析理精微，纵横博辩，人谓有纵横家之风。如作于仁宗嘉祐元年（1056）的《权书·六国》（《嘉祐集》卷三），有感于北宋统治者屡向契丹、西夏纳贡以求苟安，于是借论六国灭亡之由，以古喻今，针砭时弊。文章开篇先声夺人，说：

苏洵像

六国破灭，非兵不利，战不善，弊在赂秦。赂秦而力亏，破灭之道也。或曰：六国互丧，率赂秦也？曰：不赂者以赂者丧。盖失强援，不能独完，故曰：弊在赂秦也。

文章结尾，笔锋一转，直指现实情势，告诫宋朝统治者不要重蹈六国覆辙说：

夫六国与秦皆诸侯，其势弱于秦，而犹有可以不赂而胜之之势；苟以天下之大，下而从六国破亡之故事，是又在六国下矣。

全文条理清晰，说理透辟，文笔纵横恣肆，雄辩滔滔，有战国纵横家风格。曾巩评苏洵文章特色说："盖少或百字，多或千言，其指事析理，引物托喻，侈能尽之约，远能见之近，大能使之微，小能使之著，烦能不乱，肆能不流。其雄壮俊伟，若决江河而下也；其辉光明白，若引星辰而上也。"（《南丰先生元丰类稿》卷四十一《苏明允哀辞》）

第三节 平易委婉

一、欧阳修文平易委婉的总体风格

欧阳修强调文道并重，以鲜明的理论主张和优秀的创作实践，确立了宋代文章平易畅达的风格和骈散兼行的语言，开辟了宋代文章发展的通途。

欧阳修自幼喜爱韩文，以韩、柳为古文写作的典范，但他仅取韩文文从字顺的一面，对韩、柳古文中奇险深奥的一面则弃而不取。他说："孟、韩文虽高，不必似之也，取其自然耳。"（曾巩《与王介甫第一书》引）同时，欧阳修也兼学骈文，他说："偶俪之文，苟合于理，未必为非。"（《欧阳文忠公集·居士外集》卷二十三《尹师鲁墓志铭》）对杨亿等人的"雄文博学，笔力有余"（《六一诗话》）也颇为赞赏。

欧阳修的文章意蕴含蓄浑厚，章法回环荡漾，语言平易晓畅，形成平易委婉、雍容舒缓的总体风格，在韩文的雄肆、柳文的峻切之外别开生面。平易自然是宋代散文的共性，而委婉曲折则是欧文的个性，正如朱熹所说的："欧公不尽说，含蓄无尽。"（《朱子语类》卷一百一十九）

分析举例

后人评欧阳修文

苏洵称："执事之文，纡馀委备，往复百折，而条达疏畅，无所间断，气尽语极，急言竭论，而容与闲易，无艰难劳苦之态。"（《嘉祐集》卷十一《上欧阳内翰书》）王安石比喻道："其积于中者，浩如江河之停蓄；其发于外者，烂如日星之光辉。其清音幽韵，凄如飘风急雨之骤至；其雄辞闳辩，快如轻车骏马之奔驰。”（《临川先生文集》卷八十六《祭欧阳文忠公文》）金人赵秉文也称：“宋百余年间，惟欧阳公之文，不为尖新艰险之语，而有从容闲雅之态，丰而不余一言，约而不失一辞，使人读之者亹亹不厌。”（《闲闲老人滏水文集》卷十五《竹溪先生文集引》）清人姚鼐形容欧文“如清风，如云，如霞，如烟，如幽林曲涧，如沦，如漾，如珠玉之辉，如鸿鹄之鸣而入寥廓”（《古文辞类纂》）。

欧文的总体风格在不同文体中有不同表现。最能体现欧文风格的是书信、序跋、杂文，大都委婉亲切，层层深入。如作于仁宗景祐三年（1036）的《读李翱文》，主旨是称赞李翱的《幽怀赋》，却先从其《复性书》说起：

予始读翱《复性书》三篇，曰：“此《中庸》之义疏尔。”智者诚其性，当读《中庸》；愚者虽读此，不晓也。不作可焉。又读《与韩侍郎荐贤书》，以谓翱特穷时愤世无荐己者，故丁宁如此；使其得志，亦未必然。以韩为秦汉间好侠行义之一豪俊，亦善论人者也。最后读《幽怀赋》，然后置书而叹，叹已复读，不自休。恨翱不生于今，不得与之交；又恨予不得生翱时，与翱上下其论也。（《欧阳文忠公文集·居士外集》卷二十三）

其后，以韩愈的“光荣而饱”反衬李翱的忧在国家，进而感叹今人的当忧不忧，“又禁他人使皆不得忧”，文章一波三折，感慨遥深。

欧阳修《与尹师鲁第一书》中说：“每见前世有名人，当论事时，感激不避诛死，真若知义者；及到贬所，则戚戚怨嗟，有不堪之穷愁形于文字。其心欢戚，无异庸人。虽韩文公不免此累。用此戒安道（按，即余靖），慎勿作戚戚之文。”（《欧阳文忠公文集·居士外集》卷十七）他在滁州贬所写的《丰乐亭记》、《醉翁亭记》，都不是所谓“戚戚之文”。这是因为，他虽处贬所，却能“达于进退穷通之理。能达于此而无累于心，然后山林泉石可以乐；必与贤者共，然后登临之际有以乐也”（《欧阳文忠公文集·居士外集》卷十九《答李大临学士书》）。如作于仁宗庆历六年（1046）的《醉翁亭记》：

环滁皆山也。其西南诸峰，林壑尤美。望之蔚然而深秀者，琅邪也。山行六七里，渐闻水声潺潺，而泄出于两峰之间者，酿泉也。峰回路转，有亭翼然临于泉上者，醉翁亭也。作亭者谁？山之僧智仙也。名之者谁？太守自谓也。太守与客来饮于此，饮少辄醉，而年又最高，故自号曰“醉翁”也。醉翁之意不在酒，在乎山水之间也。山水之乐，得之心而寓之酒也。

若夫日出而林霏开，云归而岩穴暝，晦明变化者，山间之朝暮也。野芳发而幽香，佳木秀而繁阴，风霜高洁，水落而石出者，山间之四时也。朝而往，暮而归，四时之景不同，而乐亦无穷也。

至于负者歌于途，行者休于树，前者呼，后者应，伛偻提携，往来而不绝者，滁人游也。临溪而渔，溪深而鱼肥；酿泉为酒，泉香而酒洌；山肴野蔌，杂然而前陈者，太守宴也。宴酣之乐，非丝非竹，射者中，弈者胜，觥筹交错，坐起而喧哗者，众宾欢也。苍然白发，颓乎其中者，太守醉也。

已而夕阳在山，人影散乱，太守归而宾客从也。树林阴翳，鸣声上下，游人去而禽鸟乐也。然而禽鸟知山林之乐，而不知人之乐；人知从太守游而乐，而不知太守之乐其乐也。醉能同其乐，醒能述以文者，太守也。太守谓谁？庐陵欧阳修也。（《欧阳文忠公文集·居士集》卷三十九）

全文中心是写“乐”，一切写景都围绕“亭”，一切写“乐”都不离太守，环环相扣，如金线串珠，散而不乱。文章语调精练圆熟，骈散相间，疏朗而有韵致。

欧阳修的政论文往往慷慨陈词，感情激越，既有强大的逻辑力量和充沛的气势，又有曲折动人的韵味。如作于景祐三年（1036）的《与高司谏书》（《欧阳文忠公文集·居士外集》卷十七），本意在谴责高若讷对范仲淹落井下石，但却从与高若讷交往的“三疑之”说起，从容不迫，如话家常，然后才转入辛辣的痛斥，而仍以曲折之笔出之：

安徽滁州琅琊山醉翁亭

夫人之性，刚果懦软，禀之于天，不可勉强，虽圣人亦不以不能责人之必能。今足下家有老母，身惜官位，惧饥寒而顾利禄，不敢一忤宰相以近刑祸，此乃庸人之常情，不过作一不才谏官尔，虽朝廷君子，亦将闵足下之不能，而不责以必能也。今乃不然，反昂然自得，了无愧畏，便毁其贤以为当黜，庶乎饰己不言之过。夫力所不敢为，乃愚者之不逮；以智文其过，此君子之贼也。

以下又反复申辩，严厉斥责高若讷不仅尸位素餐，而且为虎作伥，真是“不复知人间有羞耻事”。全文往复百折，不作一直笔，而气流意转，一派浑成。欧阳修认为，谏官等级虽低，不过七品，但职权重大，“天下之得失，一时之公议系焉”，“天子曰是，谏官曰非；天子曰必行，谏官曰必不可行。立殿陛之前，与天子争是非者，谏官也”（《欧阳文忠公文集·居士外集》卷十六《上范司谏书》）。所以当他在庆历三年（1043）知谏院时，连上奏书，对于内政外交，无不极谏。他的政论文大多剖析时弊，奏陈方策，析理透辟，议论透彻。如庆历二年（1042）《准诏言事上书》概括出“三弊”、“五事”，触及官僚政治的症结，提出系统的变革建议（见《欧阳文忠公文集·居士集》卷十七）。《本论上》针对朝政积弊，标举治国的根本方略，指出“均财而节兵，立法以制之，任贤以守法，尊名以厉贤，此五者相为用，有天下者之常务”（《欧阳文忠公文集·居士外集》卷九）。庆历四、五年间（1044—1045），欧阳修作《朋党论》，针对保守势力诬蔑范仲淹等人结为朋党的言论，提出“小人无朋，惟君子有之”（《欧阳文忠公文集·居士集》卷十七）的论点，有力地驳斥了政敌的谬论，显示了凛然正气和过人胆识。

欧阳修的传记文不乏委婉生动、条达舒畅的描写，如作于熙宁三年（1070）的《泷冈阡表》（本名《先君墓表》，《欧阳文忠公文集·居士集》卷三十九），以其母口述往事，表现其父少孤力学，为官清廉，事亲至孝，为人仁厚，同时也深情地刻画了其母的仁爱有识、治家俭约、教子有方等品德，全文娓娓道来，细腻亲切而情意深长。欧阳修的抒情文更具有一唱三叹、摇曳多姿的特点，如作于庆历六年（1046）的《丰乐亭记》（《欧阳文忠公文集·居士集》卷三十九），用古今几层对比，说明安定环境来之不易，显露出珍惜太平时事的心情，情文并至，深婉有致。

欧阳修在赋和四六的写作上也多有创辟。他对前代的骈赋、律赋进行改造，去除了排偶、限韵的两重规定，改以单笔散体作赋，创造了文赋。仁宗嘉祐四年（1059）所作的《秋声赋》是宋代文赋的奠基之作，在保留骈赋、律赋铺陈排比、骈词俪句、设为问答等形式特征的同时，变旧赋骈偶对仗为奇偶相间的散体，变扬厉的铺张为适当的铺陈，而又注意音韵的铿锵和抑扬顿挫。如写秋声来由的一段云：

> 盖夫秋之为状也：其色惨淡，烟霏云敛；其容清明，天高日晶；其气栗冽，砭人肌骨；其意萧条，山川寂寥。故其为声也，凄凄切切，呼号愤发。丰草绿缛而争茂，佳木葱茏而可悦；草拂之而色变，木遭之而叶脱；其所以摧败零落者，乃其一气之余烈。（《欧阳文忠公文集·居士集》卷十五）

从秋的色、容、气、意、声等方面，进行渲染烘托，把变态百出的秋景写得形、色宛然，惟妙惟肖，以夹叙夹议的手法突出秋声的威力，渲染秋天肃杀寂寥的气氛。

作于英宗治平四年（1067）的《祭石曼卿文》（《欧阳文忠公文集·居士集》卷五十），也是著名的文赋，写生、死、形、名、金玉、荒城，在骈对铺陈中展开对比，悲凉悼伤之情汹涌而出。文句长短错落，转折变化，而一韵到底，又有声调谐和之美。宋初四六皆沿袭唐人旧制，西昆诸子更是严格遵守李商隐等人的“三十六体”。欧阳修虽然也遵守旧制，用四六体来写公牍文书，但他常参用散体单行之古文笔法，且少用故事成语，不求对偶工切，从而给四六文注入了新的活力。他的《上随州钱相公启》、《蔡州乞致仕第二表》等，都是宋代四六中的佳作。

（清）华嵒《秋声赋意图》
台湾故宫博物院藏

二、“文风一变”

神宗熙宁六年（1073），欧阳修去世的第二年，吴充作《欧阳公行状》说：“盖公之文备众体，变化开阖，因物命意，各极其工，其得意处，虽退之未能过。”（《欧阳文忠公文集·附录》卷一）宋代文章到欧阳修，已与唐文判然而别，显示出鲜明的时代风格。韩琦《欧阳文忠公墓志铭》说：“自唐室之衰，文体随而不振。陵夷至于五代，气益卑弱。国初，柳公仲涂，一时大儒，以古道兴起之，学者卒不从。景祐初，公与尹师鲁专以古文相尚，而公得之自然，非学所至，超然独骛，众莫能及。譬夫天地之妙，造化万物，动者植者，无细与大，不见痕迹，自极其工，于是文风一变，时人竞为模范。”（《欧阳文忠公文集·附录》卷二）宋代的“文风一变”，是从欧阳修开始的。在他同时与稍后，文坛上涌现出一批不拘一格的作者，写出了不泥一体的文章。

第四节 文道合一

以欧阳修、苏轼先后为盟主，从仁宗嘉祐年间（1056—1063）开始，绵延至哲宗元符年间（1098—1100），文坛上群英荟萃，各展雄才，形成宋代文章写作的极盛局面。嘉祐七年（1062）欧阳修说：“自唐末兵戈之乱，儒学文章，扫地而尽。圣宋兴，百余年间，雄文硕学之士，相继不绝，文章之盛，遂追三代之隆。”（《欧阳文忠公文集·集古录跋尾》卷四《范文度模本兰亭序》）《宋史·文苑传》也说：“庐陵欧阳修出，以古文倡，临川王安石、眉山苏轼、南丰曾巩起而和之，宋文日趋于古矣。”①

一、舒徐谨严的曾巩文

在文章风格上，曾巩同欧阳修最为相近。清人姚鼐说：“宋朝欧阳、曾公之文，其才皆偏于柔之美者也。”（《惜抱轩诗文集·文集》卷六《复鲁絜非书》）曾巩以儒学为本，经世务实，体道扶教，文章写作原本于六经，斟酌于司马迁、韩愈，纪事言理，自成一家，风格以舒徐委婉、敛迹藏锋见长，较之欧文，更为简古谨严。人称“节奏从容和缓，且有条理，又藏锋不露”（吕祖谦《古文关键》卷下评《战国策目录序》），“气味尔雅深厚”（刘熙载《艺概》卷一《文概》）。曾文往往通过具体事实，阐明道理，更富于学者气息。代表作有《越州赵公救灾记》、《宜黄县县学记》、《战国策目录序》、《上欧阳舍人书》等。如仁宗庆历八年（1048）作《墨池记》，先记王羲之的墨池故迹，接着展开议论：

> 方羲之之不可强以仕，而尝极东方，出沧海，以娱其意于山水之间，岂有徜徉肆恣，而又尝自休于此邪？羲之之书晚乃善，则其所能，盖亦以精力自致者，非天成也。然后世未有能及者，岂其学不如彼邪？则学固岂可以少哉！况欲深造道德者邪？（《南丰先生元丰类稿》卷十七）

全文结合王羲之“临池学书，池水尽黑”的传说，指出学习不可依赖天赋，必须勤学苦练，专心致志，方能取得卓越成就，从而论证后天勤学对培养一个人的学问、道德的重

① 南宋陈宗礼《南丰先贤祠记》、叶适《习学记言序目》卷四十七，都有类似说法。

要性。文章在结构上叙事与议论双线交错并进，作者借事议论，小题大做，以小见大，表现出开阔的思路和高明的见识。全文多用设问句、反问句和感叹句，无一泻无余之弊，有一唱三叹之妙。《宋史·曾巩传》说："曾巩立言于欧阳修、王安石间，纡徐而不烦，简奥而不晦，卓然自成一家，可谓难矣。"

二、峻洁峭厉的王安石文

王安石将宗经复古实用化，提出"通经致用"的主张（《临川先生文集》卷七十五《答姚辟书》），"文章发于经术，雄伟精深，长雄一代"（陈九川《王临川文集后序》，《临川先生文集》卷末）。在宋代文章家中，王安石尤以说理见长。他的文章，大都关涉政令教化，言事明理，适于世用，词简而精，义深而明，笔力刚健，章法谨严。如长达万言的《上仁宗皇帝言事书》（《临川先生文集》卷三十九），针对赵宋王朝面临的内部矛盾和政治危机，提出了陶冶人才以更革法度的系统政治主张，是最早展示王安石变法思想的宏文。作于嘉祐六年（1061）的《上时政疏》，从分析前代的政治事件中，总结出历史教训，建议仁宗正视宋廷的政治危机，更革"因循苟且逸豫而无为"的积习，及早实行"众建贤才"、"大明法度"（同上）的方策。应神宗询问所写的《本朝百年无事札子》，在回顾北宋建国百年以来的历史状况之后，着重剖析了"累世因循末俗"的积弊，敏锐地指出了表面承平的外衣之下所隐伏的各种危机，深刻阐明了变法改革的紧迫性（见《临川先生文集》卷四十一）。盛世言危，这是王安石政论文的文化内涵。

王安石文风峻洁严整，峭厉劲拔，廉悍无枝叶，清人刘熙载称："半山文善用揭过法，只下一二语，便可扫却他人数大段。是何简贵!"（《艺概》卷一《文概》）如《读孟尝君传》：

> 世皆称孟尝君能得士，士以故归之，而卒赖其力以脱于虎豹之秦。嗟乎！孟尝君特鸡鸣狗盗之雄耳，岂足以言得士？不然，擅齐之强，得一士焉，宜可以南面而制秦，尚何取鸡鸣狗盗之力哉？夫鸡鸣狗盗之出其门，此士之所以不至也。（《临川先生文集》卷七十一）

全文不足百字，识度高远，驳俗反常，笔势峭拔，辞气凌厉，雄迈英爽，尺幅中有万里波涛之势，可称短篇中之极则。又如神宗熙宁三年（1070），司马光撰《与王介甫书》（《温国文正司马公文集》卷六十），以 3 403 字的篇幅指责新法，王安石的《答司马谏议书》（《临川先生文集》卷七十三），则仅以 380 字的短书作答，其中说：

> 盖儒者所争，尤在于名实。名实已明，而天下之理得矣。今君实所以见教者，以为侵官、生事、征利、拒谏，以致天下怨谤也。某则以谓受命于人主，议法度而修之于朝廷，以授之于有司，不为侵官；举先王之政，以兴利除弊，不为生事；为天下理财，不为征利；辟邪说，难壬人，不为拒谏。至于怨诽之多，则固前知其如此也。

文章对司马光的指责逐条批驳，直陈己见，语意廉悍，笔力峻拔，简洁老到。

王安石的记叙体文章，也大多不专主叙事，而是借题发意，因事明理，代表作有

《伤仲永》、《王逢原墓志铭》、《游褒禅山记》等。王安石也擅长骈文，前人称骈文“至欧、苏，始以博学富文为大篇长句，叙事达意无艰难牵强之态，而王荆公尤深厚尔雅，俪语之工，昔所未有”（陈振孙《直斋书录解题》卷十八《浮溪集解题》）。

三、理学家之文

与曾、王相先后，还出现了周敦颐、张载、程颢、程颐等理学家兼文章家。他们的文章重在阐道，说理论事，思想博大精深，文辞古朴简洁，自成一派。如周敦颐的《太极图·易说》不足300字，从宇宙本源讲到人性善恶，论述了一个完整的思想体系。又如《爱莲说》：

> 水陆草木之花，可爱者甚蕃。晋陶渊明独爱菊。自李唐来，世人甚爱牡丹。予独爱莲之出淤泥而不染，濯清涟而不妖，中通外直，不蔓不枝，香远益清，亭亭静植，可远观而不可亵玩焉。予谓菊，花之隐逸者也；牡丹，花之富贵者也；莲，花之君子者也。噫！菊之爱，陶之后鲜有闻。莲之爱，同予者何人？牡丹之爱，宜乎众矣！（《周元公集》卷二）

援佛入儒，文字生动优美，言浅意深。张载的《西铭》推理存义，发前人之所未发，将“天道”与“人道”联系起来，意旨精深高远，气盛韵足。尤以开头几句，气势最盛：

> 乾称父，坤称母，予兹藐焉，乃混然中处。故天地之塞，吾其体；天地之帅，吾其性。民，吾同胞；物，吾与也。（《皇朝文鉴》卷七十三）

程颢称道：“《西铭》某得此意，只是须得他子厚有如此笔力，他人无缘做得。孟子以后，未有人及此。得此文字，省多少言语！”（《河南程氏遗书》卷二上）姚鼐《古文辞类纂》，于箴铭一类，只选两家三篇，而以《西铭》为首。程颢的《论王霸札子》、《谏新法疏》、《论十事札子》，联系现实，意深言直，而且骈散并用，笔势流畅。程颐的《易传序》、《春秋传序》论“开物成务之道”和“经世之大法”，文字雅洁，语如贯珠。

第五节 群英荟萃

一、苏轼之文

苏轼的文章，对促进宋文平易自然、流畅婉转主体风格的成熟与定型，起了重要的作用。

（一）纵横驰骋的论事文

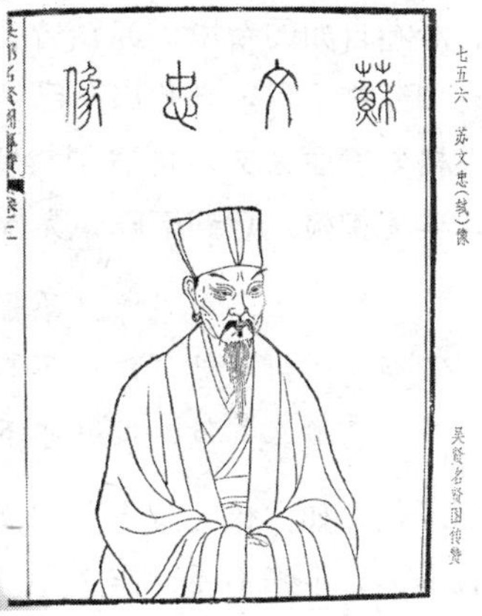

苏轼像

苏轼的文章成就主要在两方面。一方面承其父苏洵，“妄论利害，搀说得失”（《苏轼文集》卷四十九《答李端叔书》），善于以文议政、议史、议事、议人、议物、议理、议道、议艺，卓识博辩，能达古今，以明理适用为要。这类文章，往往视野雄阔，哲思深邃，议论精辟，纵横驰骋。早年作品，如作于仁宗嘉祐元年至六年（1056—1061）的时务策，即以正面设论为特点。如《教战守》（《苏轼文集》卷十七），论点明确，论证严密，设喻浅近，说理透辟。中年以后，苏轼涵纳儒、释、道诸家精华，将事、理、情、景、意、趣融为一体，变化视角，发为议论，既博大精深，又境界高远，豁达通脱。如《超然台记》以“凡物皆有可观”发端，引出议论，而收笔于“游于物之外”（《苏轼文集》卷十一）；《潮州韩文公庙碑》在议论中评述韩愈对儒学与文学的贡献，精深博洽（见《苏轼文集》卷十七）。

☞ **多学一点**

苏轼“论事之文”

叶适谈到苏轼的“论事之文”时说：“独苏轼用一语，立一意，架虚行危，纵横倏忽，数百千言，读者皆如其所欲出，推者莫知其所自来。虽理有未精，而辞之所至，莫或过焉。盖古今论议之杰也。”（《习学记言序目》卷五十）

比之欧、曾、王，从长于议论到精于思辨，是苏轼文章的独创之处。如作于神宗元丰元年（1078）的《日喻》，借“盲人识日”和“北人学没”两则故事，指导后进务学求道。“盲人识日”的比喻说：

> 生而眇者不识日，问之有目者。或告之曰：“日之状如铜槃。”扣槃而得其声，他日闻钟，以为日也。或告之曰：“日之光如烛。”扪烛而得其形，他日揣籥，以为日也。日之与钟、籥亦远矣，而眇者不知其异，以其未尝见而求之人也。道之难见也甚于日，而人之未达也，无以异于眇。达者告之，虽有巧譬善导，亦无以过于槃与烛也。自槃而之钟，自烛而之籥，转而相之，岂有既乎？故世之言道者，或即其所见而名之，或莫之见而意之，皆求道之过也。（《苏轼文集》卷六十四）

设譬精妙，深入浅出。人称苏轼“以文点化人，如佛家参禅妙解”（茅坤《唐宋八大家文钞》卷一百四十四《东坡文钞》卷二十八该文评语），说明了苏文议论富于哲理思辨而启悟人心的特点。

(二) 行云流水的杂体文

另一方面，苏轼沿着欧阳修文章开辟的风格平易自然的方向，把古文推进到天然灵动、舒卷自如的新境。苏轼曾说："余性不慎语言，与人无亲疏，辄输写腑脏，有所不尽，如茹物不下，必吐出乃已。"(《苏轼文集》卷十一《密州通判厅题名记》)具有这样的性格，发而为文，自然别具特点，不但自由随便，而且直抒胸臆，一泻无余，因物赋形，略无拘检，意到笔随，无施不可。他在《文说》中说：

> 吾文如万斛泉源，不择地而出，在平地滔滔汩汩，虽一日千里无难。及其与山石曲折，随物赋形，而不可知也。所可知者，常行于所当行，常止于不可不止，如是而已矣。其他，虽吾亦不能知也。

他要求行文如"行云流水"，"文理自然，姿态横生"(《苏轼文集》卷四十九《答谢民师推官书》)，主张不要"作文"："未尝敢有作文之意。"(《江行唱和集叙》)他使古文由载道、解经、论兵、议政，扩展到任情地叙写日常百事，体现个人性灵，"山川风云，草木花实，千汇万状，可喜可愕，有感于中，一寓之于文，雄视百代，自作一家，浑涵光芒，至是而大成矣"(宋孝宗赵昚《苏轼文集序》,《经进东坡文集事略》卷首)。

概念解析

随物赋形

随物赋形，即按客观事物的本来面貌描绘、刻画事物的形象。这是苏轼提出的艺术表现的最高要求，要求冲破格套的限制，最大限度地发挥艺术的创造力，自由抒写，平易流畅，达到"文理自然，姿态横生"，"出新意于法度之中，寄妙理于豪放之外"。"自然"是苏轼艺术美的最高标准，随物赋形则是达到自然美的基本途径。

如作于神宗元丰二年（1079）的《文与可画筼筜谷偃竹记》(《苏轼文集》卷十一)，名为"画记"，却与一般的画记迥异；实为悼文，也与一般的悼念文字殊别。起笔既不先讲画的内容来历，也不介绍文与可的爵里生平，而是从文与可"成竹于胸中"的画论落笔，神思飙举，进而引出议论：

> 与可之教予如此。予不能然也，而心识其所以然。夫既心识其所以然而不能然者，内外不一，心手不相应，不学之过也。故凡有见于中，而操之不熟者，平居自视了然，而临事忽焉丧之，岂独竹乎？

并借苏辙《墨竹赋》所言，说明人生"大道"也是如此。下文笔锋一转，以叙述为主，详细介绍与"筼筜谷偃竹"有关的几件趣事，最后归结到睹画怀人之悲，痛切肺腑。全文随意所之，信笔而为，无所拘束，波澜迭出，涉笔成趣，仪态横生，极尽灵动活泼之致。短文如《记承天夜游》：

元丰六年十月十二日夜，解衣欲睡，月色入户，欣然起行。念无与为乐者，遂至承天寺，寻张怀民。怀民亦未寝，相与步于中庭。庭下如积水空明，水中藻荇交横，盖竹柏影也。何夜无月，何处无竹柏，但少闲人如吾两人者耳。(《苏轼文集》卷七十一)

全文用少到不能再少的文字，鲜明而又仿佛极不经意地写出一种情调或一片心境，体现与自然无所不适的亲和感受，文笔简洁流畅，飘逸洒脱。

苏轼的赋体之文也写得随便自由，注入散行的气势。两篇《赤壁赋》，都打破了赋之常体，而成为一种新的文体，可以说是游记，也可以说是杂文。其中有叙事，有抒情，有问答，有议论，而且或韵或散，不拘格套，既不同于骚体，也不同于俳体。如《前赤壁赋》开头写道：

壬戌之秋，七月既望，苏子与客泛舟，游于赤壁之下。清风徐来，水波不兴。举酒属客，诵明月之诗，歌窈窕之章。少焉，月出于东山之上，徘徊于斗牛之间。白露横江，水光接天。纵一苇之所如，凌万顷之茫然。浩浩乎如冯虚御风，而不知其所止；飘飘乎如遗世独立，羽化而登仙。(《苏轼文集》卷一)

文笔亦散亦骈，流畅自然。此后运用主客对话的赋体手法，“凭吊江山，恨人生之如寄；流连风月，喜造物之无私。一难一解，悠然旷然”（张伯行《唐宋八大家文钞》评语）。

二、汪洋澹泊的苏辙文

苏轼曾称苏辙的文章：“汪洋澹泊，有一唱三叹之声。而其秀杰之气，终不可没。”(《苏轼文集》卷四十九《答张文潜县丞书》）这种文章风格更接近欧、曾，而有别于其父、兄，所以苏辙说：“子瞻之文奇，吾文但稳耳。”（苏籀《栾城先生遗言》引，《栾城集》附录）苏辙擅长政论和史论，代表作有《上皇帝书》、《新论》三篇、《历代论》等，《宋史·苏辙传》称他“论事精确，修辞简严”。他的书信杂文，写得自由随便，代表作有《上枢密韩太尉书》、《答黄庭坚书》等。记叙文的名篇《黄州快哉亭记》(《栾城集》卷二十四)，作于神宗元丰六年（1083），记录了快哉亭的景色及命名原因：

苏辙像

盖亭之所见，南北百里，东西一舍，涛澜汹涌，风云开阖。昼则舟楫出没于其前，夜则鱼龙悲啸于其下；变化倏忽，动心骇目，不可久视。今乃得玩之几席之上，举目而足，西望武昌诸山，冈陵起伏，草木行列，烟消日出，渔夫樵父之舍，皆可指数，此其所以为“快哉”者也。

接着引据赤壁故实和楚襄王披襟当风的故事，申发人生哲理："士生于世，使其中不自得，将何往而非病？使其中坦然，不以物伤性，将何适而非快？"并赞美了张梦得和苏轼在贬谪时仍能"自放山水之间"的乐观精神。全文语言明畅，修辞谨严，冲和之中自有一股秀杰之气。

三、苏门文人之文

熙宁变法之后，苏轼曾把"复兴斯文"的希望寄托在其后辈身上，《答张文潜县丞书》说："仆老矣，使后生犹得见古人之大全者，正赖黄鲁直、秦少游、晁无咎、陈履常与君等数人耳。"（《苏轼文集》卷四十九）在欧阳修和苏轼的影响下，黄庭坚、秦观、晁补之、陈师道、张耒、李廌等"苏门六君子"的文章，减少了道学气、说教气，增强了文学性、思辨性和鼓动性，出现了多姿多彩的个性风神，但总体成就却难以望苏轼项背。

黄庭坚讲究"作文"，讲文章"关键"，这是与欧、苏不同的。同时，他还强调读书摹古，这种对文章作法的重视，也是与欧、苏不同的。

苏门六君子

分析举例

黄庭坚论文

"凡作一文，皆须有宗有趣，终始关键，有开有合，如四渎虽纳百川，或汇而为广泽，汪洋千里，要自发源注海耳。"（《豫章黄先生文集》卷十九《答洪驹父书》）

"读书不贵杂博，而贵精深。作文字须摹古人。百工之技，亦无有不法而成者也。"（《山谷别集》卷六《论作诗文》）

黄庭坚擅长作赋，记叙文字功力深厚，如《伯夷叔齐庙记》、《出芳亭记》等。题跋尤为精妙，文笔爽畅精警，以妙喻善述而意趣丰饶，与苏轼的杂文小品略近。如《李致尧乞书书卷后》云："凡书要拙多于巧。近世少年作字，如新妇子妆梳，百种点缀，终无烈妇态也。"（《山谷外集》卷九）《书草老妇诗后与黄斌老》云："今来年老，懒作此书，如老病人扶杖，随意颠倒，不复能工。"（同上）又如《书王元之竹楼记后》：

或传王荆公称《竹楼记》胜欧阳公《醉翁亭记》，或曰："此非荆公之言也。"某以谓荆公出此言，未失也。荆公评文章，常先体制，而后文之工拙。盖尝观苏子瞻《醉白堂记》，戏曰："文辞虽极工，然不是《醉白堂记》，乃是《韩白优劣论》耳！"以此考之，优《竹楼记》而劣《醉翁亭记》，是荆公之言不疑也。（《山谷集》卷二十六）

文章简明扼要，不枝不蔓，辩证真伪，要言不烦，继承了苏轼题跋文章的传统。

晁补之"才气飘逸，嗜学不知倦。文章温润典缛，其凌丽奇卓，出于天成"（《宋史·晁补之传》）。清人称其"古文波澜壮阔，与苏氏父子相驰骤"（《四库全书总目提要》卷一百五十四《鸡肋集》提要）。如《新城游北山记》：

去新城之北三十里，山渐深，草木泉石渐幽。初犹骑行石齿间，旁皆大松，曲者如盖，直者如幢，立者如人，卧者如虬。松下草间有泉，沮洳伏见，堕石井，锵然而鸣。松间藤数十尺，蜿蜒如大螈。其上有鸟，黑如鸲鹆，赤冠长喙，俯而啄，磔然有声。

稍西，一峰高绝，有蹊介然，仅可步。系马石觜，相扶携而上。篁篠仰不见日，如四五里，乃闻鸡声。有僧布袍蹑履来迎，与之语，愕而顾，如麋鹿不可接。顶有屋数十间，曲折依崖壁为栏楯，如蜗鼠缭绕乃得出，门牖相值。既坐，山风飒然而至，堂殿铃铎皆鸣。二三子相顾而惊，不知身之在何境也。

且莫，皆宿。于时九月，天高露清，山空月明，仰视星斗，皆光大，如适在人上。窗间竹数十竿，相摩戛，声切切不已。竹间梅棕，森然如鬼魅离立突鬓之状。二三子又相顾魄动而不得寐。迟明皆去。

既还家数日，犹恍惚若有遇。因追记之。后不复到，然往往想见其事也。（《鸡肋集》卷三十一）

文章以游之始末为线索，重点描写一路见闻，绘声绘色，穷形极状，从头至尾，不涉议论，而森然之气逼人，在北宋游记文中可谓别开生面。

此外，秦观、陈师道、张耒、李廌的文章也各有特色。秦观"长于议论，文丽而思深"（《宋史·秦观传》），谈兵议政的策论文章，"灼见一代之利害，建事揆策，与贾谊、陆贽争长"（张綖《淮海集序》，《淮海集》卷首）。《淮海集》中《进策》三十篇、《进论》二十篇，议论精辟，辞采焕发；题跋、记序，如《书晋祠图后》等，兼说理与叙事，妙趣横生。陈师道早年师事曾巩，为文长于论事，严谨有法。黄庭坚称他："至于作文，深知古人之关键，其论事救首救尾，如常山之蛇，时辈未见其比。"（《豫章黄先生文集》卷十九《答王子飞书》）清人认为他"简严密栗，实不在李翱、孙樵下"（《四库全书总目提要》卷一百五十四《后山集》提要）。代表作有《正统论》、《取守论》、《上曾枢密书》、《刘道原画像赞》、

《与鲁直书》等。张耒认为:“故学文之端,急于明理。”(《张右史文集》卷五十八《答李推官书》)他的文章平易自然,明白条畅,汪洋淡泊,有苏辙之风。叶梦得《张文潜集序》称道:“雍容而不迫,纡裕而有余。”“触物遇变,起伏敛纵,姿度百出。”(马端临《文献通考》卷二百三十七引)议论文多鸿篇巨制,如《论法》、《本治论》、《礼论》等。题跋书序,挥洒自如,代表作有《贺方回乐府序》、《答李推官书》、《书赵令畤字说后》等。李廌受教于苏轼,早年喜爱谈兵,文笔飞驰,议论奇伟,“喜论古今治乱,条畅曲折,辩而中理”(《宋史·李廌传》),代表作有《兵法奇正》、《将材论》、《将心论》等。

第六节 动乱之文

一、文采斐然的骈体文

到了宋徽宗政和、宣和年间(1111—1125),文风又“穷极华丽”(李邴《初寮集序略》,王安中《初寮集》卷首),“五季之文靡然遂行于世”(陈亮《陈亮集》卷十六《书欧阳文粹后》)。许多作家精于骈文,杂以古体散句,属对精切,文采斐然,语言自然流畅。代表作家有王安中、汪藻、孙觌、李清照等。

学术轶事

北宋末之骈文

陆游《老学庵笔记》卷五载:“绍兴中,有贵人好为俳谐体诗及笺启……《上汪内相启》云:‘长楸脱却青罗帔,绿盖千层;俊鹰解下绿丝绦,青云万里。’后生遂有以为工者。赖是时前辈犹在,雅正未衰,不然,与五代文体何异!”

王安中(1075—1134)和汪藻都以朝廷制作著称。王安中早年师事苏轼,为文丰润敏拔,典雅凝重,“体大而义严,事核而旨深,奇而不失正,雄而不为夸”,被推为徽宗时期擅制诰的第一人。汪藻“工俪语,多著述,所为制词,人多传诵”,南宋之初,“诏令类出其手”（《宋史·汪藻传》），时称大手笔。他的文章熔铸六经诸史以成对偶，推原天地道德之旨及古今理乱兴废得失之迹，宏丽精深而又文从字顺，体质浑然，“明白洞达，曲当情事”（《四库全书总目提要》卷一百五十六《浮溪集》提要）。《隆祐太后手书》作于靖康二年（1127）四月，当时徽、钦二帝被俘北去，哲宗废后孟氏临朝，议立康王赵构为帝。汪藻奉命为拟手令，既不能回避四海崩溃、宗庙倾覆的严重局势，又要维系人心，号召天下共御外侮，措词实非易事。但汪藻仅用292字，就把上述内容委曲周详地表达出来，而且立言得体，真切动人。如最后一段：

> 缅惟艺祖之开基，实自高穹之眷命。历年二百，人不知兵；传序九君，世无失德。虽举族有北辕之衅，而敷天同左袒之心。乃眷贤王，越居近服，已徇群臣之请，俾膺神器之归。由康邸之旧藩，嗣我朝之大统。汉家之厄十世，宜光武之中兴；献公之子九人，惟重耳之尚在。兹为天意，夫岂人谋！尚期中外之协心，同定安危之至计。

全文既明畅洞达，曲尽情事，又具有激动人心的情感内蕴，成为宋代四六中的名篇。

李清照的文章抒写性情，广寓识见，意蕴丰厚，风格典赡博雅、精秀清婉。代表作有《打马赋》、《贺人孪生启》、《投翰林学士綦崇礼启》、《金石录后序》等。《金石录后序》前半叙述北宋灭亡前夕夫妇安居之乐，后半叙述靖康之变以后流离颠沛之苦，诚如作者所言：“三十四年之间，忧患得失，何其多也！”全文情感凄惨，而词华流溢，清丽婉绝。

二、忠义激愤的论政文

南渡前后，一批抗金将领、志士仁人，主张抗金卫国，收复中原，忠义激愤，正气凛然，形于文章，大都气势磅礴，言辞恳切，在欧、曾、王、苏之外开辟了古文的新境界。李纲说：“文章以气为主……士之养气，刚大塞乎天壤，忘利害而外生死，胸中超然，则发为文章，自其胸襟流出，虽与日月争光可也。”（《梁溪集》卷一百三十八《道乡邹文公文集序》）他们或誓师传檄，或伏阙上书，写作了大量传诵一时、彪炳史册的政论文。如宗泽（1059—1128）《上乞毋割地与金人疏》（《忠简集》卷一），指责朝廷“惟敌言是听，惟敌求是应”，表示欲捐躯报国，文辞感愤激切，人称“虽单言半字，无非从忠义中流出”（楼昉《宗忠简集原序》，《宗忠简集》卷首）。李纲的文章“雄深雅健，磊落光明，非寻常文士所及”（《四库全书总目提要》卷一百五十六《梁溪集》提要），建炎初作《论天下强弱之势》、《请立志以成中兴疏》等，析理精微辩证，深刻婉转。岳飞（1103—1142）的文章忠愤激烈，议论持正，如《乞出师表》、《谢讲和赦表》、《五岳祠盟》、《题广德军金沙寺题壁记》等，豪情激荡，笔势雄劲。《五岳祠盟》是岳飞在戎马倥偬中所作，文中说：

> 自中原板荡，夷狄交侵，余发愤河朔，起自相台。总发从军，历二百余战。虽未能远入荒夷，洗荡巢穴，亦且快国雠之万一。今又提一旅孤军，振起宜兴。建康之城，一鼓败虏，恨未能使匹马不回耳！（《岳武穆遗文》）

慷慨激昂，气壮山河，不愧是出自民族英雄之手的檄文。

胡铨（1102—1180）的文章，“其议论闳以挺，其记序古以驯，其代言曲而严，其书事约而悉”（杨万里《澹庵文集序》）。如《戊午上高宗封事》作于宋高宗绍兴八年（1138），当时秦桧为相，专主和议，副相孙近附和秦桧，王伦则数次出使金国求和。时任枢密院编修官的胡铨对南宋小朝廷的屈膝求和怒不可遏，奋不顾身地上书痛斥秦桧等人的卖国行径：

岳飞像

> 夫三尺童子至无知也，指犬豕而使之拜，则怫然怒。今丑虏，则犬豕也。堂堂天朝，相率而拜犬豕，曾童稚之所羞，而陛下忍为之耶？……臣备员枢属，义不与桧等共戴天。区区之心，愿斩三人头，竿之藁街。然后羁留虏使，责以无礼，徐兴问罪之师，则三军之士不战而气自倍。不然，臣有赴东海而死耳，宁能处小朝廷求活耶？（《澹庵文集》卷二）

措辞尖锐，气势凌厉，锋芒不但直指奸相秦桧，而且指向宋高宗。这是爱国军民声讨投降派的正义檄文。胡铨的上书在当时引起了强烈的反响，秦桧等人惊恐万状，爱国之士则将它刻印流传，金人也为之丧胆。南宋时期的政论文使文章的政治功能和社会意义得到了很大的提高，其气势之雄伟和逻辑之严密比北宋政论文有过之而无不及。

这时期还出现另一类纪实之文，有如过去的野史或杂史，但有所不同，大都是作者于时事剧变中的实录之文，及时记录了形形色色的真人真事。这些纪实之文，作者之众、数量之多，是前所未有的。仅就现存于《三朝北盟汇编》者而言，已不下百种。这是特定历史时期的崭新文字，是极富时代特点的。

嘉定二年（1209）陆游说：“我宋更靖康祸变之后，高皇帝受命中兴，虽艰难颠沛，文章独不少衰。得志者，司诏令，垂金石；流落不偶者，娱忧纾愤，发为诗骚。视中原盛时，皆略可无愧，可谓盛矣。”（《渭南文集》卷十五《陈长翁文集序》）这段话可以概括南北宋之交动乱之文的基本状况和时代风貌。

第七节 理学文章

从宋孝宗隆兴年间（1163—1164）开始，偏安之局已定，宋文发展进入了以理学文章为主的时期。理学文章形成四大流派：一派以陆游、范成大、周必大、杨万里、辛弃疾、陈亮等人为代表，文章务实切用，辞采灿烂；一派以朱熹、张栻、吕祖谦等人为代表，文章学养深厚，华实相符；一派以陈傅良、叶适等人为代表，文章务求实用，意趣高远；一派以真德秀、魏了翁等人为代表，文章穷理致用，讲究辞采。

一、务实切用之文

陆游既工骈体，又精古文，风格接近欧阳修、曾巩，修洁有余，雅健凝练，章法多变，巧于安排。议政奏疏，透析骨髓；志铭记序，深造三昧。《老学庵笔记》载轶闻，评时事，论人物，平允谨严。如：

> 饶德操诗为近时僧中之冠。早有大志，既不遇，纵酒自晦，或数日不醒，醉时往往登屋危坐，浩歌恸哭，达旦乃下。又尝醉赴汴水，适遇客舟救之获免。（《老学庵笔记》卷二）

记一位怀才不遇、佯狂避世的奇士，寥寥数语，即把其愤激矫诡的举止写得栩栩如生，真可谓满纸不可人意。乾道六年（1170）作的《入蜀记》（《渭南文集》卷四十八），叙述长江两岸山川景物、文化古迹与风土人情，将叙事、描写、考证、议论融为一体，文笔生动雅洁，代表了南宋笔记文的特点。陆游文集中还有不少四六精品，如《祭雷池神文》：

> 某去国八年，浮家万里。徒慕古人之大节，每遭天下之至穷。登揽江山，徘徊祠宇。九原孰起，孤涕无从。虽薄奠之不丰，冀英魂之来举。（《渭南文集》卷二十四）

语言浅切而气势雄放，与其诗风颇相近。

杨万里称范成大："至于公训诰具西汉之尔雅，赋篇有杜牧之之刻深，骚词得楚人之幽婉。序山水则柳子厚，传任侠则太史迁。"（《诚斋集》卷八十二《石湖先生大资参政范公文集序》）如乾道三年（1167）的《三高祠记》，在记述先后隐居吴江县的三位隐士范蠡、张翰、陆龟蒙的事迹后，笔锋一转，大发议论：

> 噫！不有君子，其能国乎？今乃自放寂寞之滨，掉头而弗顾，人又从而以为高，岂盛际之所愿哉？后之人高三君之风，而迹其所以去，为世道计者，可以惧思过半矣。至于豪杰之士，或肆志乎轩冕，宴安流连，卒悔于后者，亦将有感于斯堂，而某何足以述之？然屈平既从彭咸，而桂丛之赋，犹召隐士，疑若幽隐处林薄，不死而仙，况如三君蝉蜕溷浊，得全于天者。常试倚楹而望，水光浮空，云日下上，风飙烟艇，飘忽晦明，意必往来其间，何足以见之。（周密《齐东野语》卷十六引）

层次多有转折，周密称之为"天下奇笔"（同上）。淳熙四年（1177），范成大作《吴船录》，描写出蜀东归时沿江的名胜古迹和风土人情，清丽可诵，是南宋笔记文的佳品。

周必大古文明白浅易，骈散兼融，多近口语，如《岳飞叙复元官制》词婉义正，《皇朝文鉴序》典雅优美，皆脍炙人口。

杨万里的政论文有《千虑策》三十篇，议政论事，析陈利弊，精辟周详，曾使虞允文读后惊呼："东南乃有此人物！"（罗大经《鹤林玉露》乙编卷四）他的记、序、碑、传，圆活灵动，自然条畅，思致幽邃，如《义方堂记》、《景延楼》、《诚斋荆溪集自序》等，构思颖异，理胜文雄。

杨万里也擅长骈体，如《海鳕赋》、《浯溪赋》，由凭吊古迹而言及现实，能运散入骈，为人乐道。他的四六则工于偶对，清新自然，如名作《除吏部郎官谢宰相启》中的一段：

> 方揽牛衣而袁卧，惊闻骆谷之冯招。蓬门始开，山客相庆。载命吕安之驾，旋弹贡禹之冠。搔白首以重来，问青绫之无恙。玄都之桃千树，花复荡然；金城之柳十围，木犹如此！（《诚斋集》卷五十三）

虽然多用成语典故，但语气流畅，运转无碍。《四六丛话》卷三十三评道："《诚斋集》四六小简，俱精妙绝伦，往往属对出之意外，妙若天成，南宋诸公皆不及。"

学术轶事

虞允文荐杨万里

虞雍公初除枢密，偶至陈丞相应求阁子内，见杨诚斋《千虑策》，读一篇，叹曰："东南乃有此人物！某初除合荐两人，当以此人为首。"应求导诚斋谒雍公，一见握手如旧。诚斋曰："相公且仔细，秀才子口头言语，岂可便信？"雍公大笑，卒援之登朝。（罗大经《鹤林玉露》乙编卷四）

辛弃疾和陈亮都深受苏洵、苏轼父子影响，健论纵横，气概一世。

辛弃疾以气节自负，以功业自许，"足以照映一世之豪"（陈亮《辛稼轩画像赞》）。他的文章气势浩荡，议论英伟磊落，多承苏洵遗风，风格雅健精美，凝练遒丽，妙语连珠，辞采焕发。长篇如《美芹十论》、《九议》，析理精微，意蕴深厚，沉痛执著，警拔深刻，有一股波澜浩荡的气势，刘克庄评其"笔势浩荡，智略辐凑，有《权书》、《论衡》之风"（《后村先生大全集》卷九十八《辛稼轩集序》）。如《九议》说："一人醒而九人醉，则醉者为醒而醒者为醉；十人愚而一人智，则智者为愚而愚者为智矣。"

短篇如嘉泰四年（1204）《跋绍兴辛巳亲征诏草》：

> 使此诏出于绍兴之初，可以无事雠之大耻。使此诏行于隆兴之后，可以卒不世之大功。今此诏与此虏犹俱存也，悲夫！

绍兴辛巳即高宗绍兴三十一年（1161），亲征诏草为陈康伯所拟，载于《弋阳县志》卷十二《艺文志》。这篇跋文虽然寥寥几十字，却包含了国家兴亡的重大教训和作者的无限感慨。

在政治上，陈亮"修皇帝王霸之学，而以事功为可为"（王袆《王忠文公集》卷五

《宋景濂文集序》)，主张“义利双行，王霸并用”(《陈亮集》卷十一《又甲辰秋书》)。他的文章智略横生，议论风凛，兼有兵家的凌厉气势和纵横家的驰骋风度，风格俊丽雄伟，如珠明玉坚，芒彩烂然，透出纸外。代表作《酌古论》、《中兴论》、《上孝宗皇帝书》等，针砭时弊，指画形势，大笔如椽，气象雄伟。如作于淳熙五年（1178）的《上孝宗皇帝第一书》，力主恢复中原，告诫孝宗不可苟安而痛失良机。文中还痛斥那些空谈性命的道学家：

> 始悟今世之儒士，自以为得正心诚意之学者，皆风痹不知痛痒之人也。举一世安于君父之雠，而方低头拱手以谈性命，不知何者谓之性命乎?

见解深刻，笔锋犀利，一针见血。作于孝宗淳熙十五年（1188）的《戊申再上孝宗皇帝书》写道：

> 京口连冈三面，而大江横陈，江傍极目千里，其势大略如虎之出穴，而非若穴之藏虎也。昔人以为京口酒可饮，兵可用，而北府之兵为天下雄，盖其地势当然，而人善用之耳。臣虽不到采石，其地与京口股肱建业，必有据险临前之势，而非止于靳靳自守者也。天岂使南方自限于一江之表，而不使与中国而为一哉?

有理有据，意高义宏，敢言人所难言，有一股堂堂正正之气。

二、学养深厚之文

朱熹的文章以意实、艺精为胜，词章近于欧、曾，笔势类似苏、王，平正顺畅，浅近易晓，以明理见长，简明而峻洁，“如长江大河，滔滔汩汩”(李耆卿《文章精义》)。庆元（1195—1200）时朱熹入侍经筵，曾面奏四事，对宁宗即位以来的独断专权进行了面对面的尖锐批评：

> 今者陛下即位，未能旬月，而进退宰执，移易台谏，甚者方骤进而忽退之，皆出于陛下之独断，而大臣不与谋，给舍不及议。正使实出于陛下之独断，而其事悉当于理，亦非为治之体，以启将来之弊；况中外传闻，无不疑惑，皆谓左右或窃其柄，而其所行，又未能尽允于公议乎?(《晦庵先生朱文公文集》卷十四《经筵留身面陈四事札子》)

他提出君主必须接受宰执、台谏及臣下等“公议”的监督，不能一人“独断”，即使“独断”正确，也不合“为治之体”，表现出强烈的限制君权的思想，且从“治体”即政治体制的高度来维护这一要求。他甚至疾言厉色地责问宁宗：“陛下自视聪明刚断孰与寿皇（指孝宗赵昚)? 更练通达孰与寿皇?”(同上）这种勇批逆鳞，迹近“大逆不道”的言论，竟然出自一世大儒之口，由此可见，宋代士大夫议政论事的风气是何等之盛!

朱熹的记、序、状、跋诸体，尤见艺术涵养。如《读书之要》提出“循序而渐进，熟读而精思”；《百丈山记》描绘瀑布、云雾，意境奇妙。孝宗淳熙元年（1174）作的《送郭拱辰序》写道：

世之传神写照者，能稍得其形似，已得称为良工。今郭君拱辰叔瞻，乃能并与其精神意趣而尽得之，斯亦奇矣。予顷见友人林择之、游诚之，称其为人，而招之不至。今岁惠然来自昭武，里中士夫数人欲观其能，或一写而肖，或稍稍损益，卒无不似，而风神气韵，妙得其天致。有可笑者，为予作大小二象，宛然麋鹿之姿，林野之性，持以示人，计虽相闻而不相识者，亦有以知其为予也。(《晦庵先生朱文公文集》卷七十六)

文章以议论、事实逐层渲染郭拱辰画技的超凡入圣，构思精妙，章法谨严，语言隽秀凝练。此外，朱熹与友人研讨学术文章的书札，如《答陆子静》、《答陈同甫》等，反复辩难，坦诚规勉，言切意深，时用口语，体现出作者洒脱的胸襟和幽默的情趣。

张栻为文尚理务实，如《尧山漓水二坛记》叙次谨严有法度，《题长沙开福寺》文笔洒落可喜。

吕祖谦最擅议论，宏肆博辩，凌厉壮阔。《东莱左氏博议》虽为课生而作，而“胸中所存、所操、所识、所习，毫衍发谬，随笔呈露，举无留藏”(吕祖谦《左氏博议原序》，《左氏博议》卷首)，所以条理井然，法度分明。记叙文如《入越记》、《入闽录》等，描述会稽、武夷之游和鹅湖之会，清丽优美，引人入胜。

研究进行时

吕祖谦的文学教育

马东瑶指出，吕祖谦撰写《吕氏家塾读诗记》、《左氏博义》等讲义和编辑《古文关键》、《宋文鉴》等选本，向学生鲜明地传达他兼容文学与理学的教育理念，这对文学的发展有着积极的意义。①

三、意趣高远之文

陈傅良、叶适等在理学上形成永嘉学派，注重实学实理，在文章写作上主张“不为奇险而瑰富精切，自然新美”(叶适《水心先生文集》卷十二《沈子寿文集序》)。其中尤以叶适文章成就最高，藻思英发，语势流畅。他的议论文笔力雄放，文思瑰伟；碑志文简洁明快，峻切峭拔；记、序文思致高妙，辞采发扬。代表作有《上殿札子》、《上宁宗皇帝札子》、《陈公墓志铭》、《徐文渊墓志铭》、《播芳集序》、《龙川集序》、《烟霏楼记》、《醉乐亭记》、《湖州胜赏楼记》等。

四、实理致用之文

真德秀（1178—1235）、魏了翁（1178—1237）等人主张取道学家与文章家两派之

① 参见马东瑶：《吕祖谦的文学教育》，载《河南教育学院学报》，2008（6）。

长，以“程、张之学问而发以欧、苏之体法”（吴渊《鹤山先生文集序》，《重校鹤山先生大全文集》卷首）。真德秀为文力倡“明义理，切世用”（《文章正宗·纲目》），代表作有《戊辰四月上殿奏札》、《进大学衍义表》、《代外舅谢丞相转官启》等。如《跋东坡书〈归去来辞〉》文后补录：

近岁有尝登大儒先生之门者，既而党论起，其人畏祸匿迹，过门不敢见，则以书谢曰：“非不愿见也，惧为先生累耳。”先生答曰：“予比得一疾，奇甚，相见则能染人，不来甚善。”闻者代为汗下。吁，之人也，盖以通经学古自名，而其行义，顾出一浮屠下，昌黎墨名儒行之说，渠不信然！因戏书于后，以发千古一笑。（《西山先生真文忠公文集》卷三十四）

借题发挥，暗寓讥讽。魏了翁文章深衍宏畅，豪赡雅健，长于议论，尤善序跋，人称有周秦诸子遗风。代表作有《论士大夫风俗》、《代南叔兄上费参政》、《茂州军营记》等。魏了翁的题跋文字，也短小精悍，余味不尽。

五、金代文章

金初的文章写作特色不鲜明，至蔡珪“遂开金代文章正宗”（庄仲方《金文雅序》，《金文雅》卷首）。元好问（1190—1257）将他列为“国朝文派”“正宗之传”的第一人（《中州集》卷一），郝经赞誉他的文章说：“煎胶续弦复一韩，高古劲欲摩欧苏”（《陵川集》卷九《书蔡正甫集后》）。但他的文章存者甚少。

到金世宗大定、章宗明昌年间（1161—1196），王寂（1128—1194）、党怀英（1134—1211）以高文大册称雄一时。王寂古文博大疏畅，党怀英文风平实畅达，各有特色。而王庭筠（1151—1202）的文章辞理兼备，如《涿州重修蜀先主庙碑》盛赞三国刘备的仁政德化，词雄笔健，议论风生；《五松亭记》、《香林馆记》则以洗练的笔法写景记事，情景俱到，跌宕生姿。

金末刘祁说：“南渡后文风一变，文多学奇古，诗多学风雅，由赵闲闲、李屏山倡之。”（《归潜志》卷八）“赵闲闲”即赵秉文（1159—1232），文章学习欧、苏，重在达意，不事雕琢，“出于义理之学，故长于辨析，极所欲言而止，不以绳墨自拘”（元好问《中州集》卷三）。代表作有《开兴改元诏》、《适安堂记》、《涌云楼记》等。“李屏山”即李纯甫（1177—1223），文章师法《左传》、《战国策》、《庄子》、《列子》，文风雄奇简古。

【温故知新】

五代骈俪之风　简易醇质的王禹偁文　西昆时文　复古反骈　范仲淹的赋体之文　尹洙与石介　简古自然的苏舜钦文　纵横博辩的苏洵文　欧阳修散文平易委婉　欧阳修的书信、序跋、杂文　欧阳修的亭台楼阁记　欧阳修的政论文　欧阳修的赋和四六　舒徐谨严的曾巩文　峻洁峭厉的王安石文　理学家之文　纵横驰骋的东坡论事文　行云流水的东坡杂体文　汪洋澹泊的苏辙文　苏门文人之文　文采斐然的骈体文　忠义激愤的

论政文　实录之文　务实切用之文　学养深厚之文　意趣高远之文　实理致用之文　金代文章

【请你思考】

1. 为什么说王禹偁的散文具有简易醇质的特点？
2. 试与贾谊《过秦论》比较，谈谈苏洵《六国论》的特色。
3. 试述欧阳修文学革新主张的内容及其创新意义。
4. 简述欧阳修散文的艺术成就。
5. 王安石的散文有哪些突出特点？
6. 作为欧苏古文派最杰出的代表，苏轼在散文创作上有何特点和成就？
7. 试分析苏轼小品文的主要特色。
8. 南宋有哪些散文家？简述他们的创作情况。
9. 南宋之初动乱之际的政论文呈现出怎样的风貌？
10. 南宋理学家是如何议论政事的？

【推荐阅读】

沈文倬校点．苏舜钦集．上海：上海古籍出版社，1981

李逸安点校．欧阳修全集．北京：中华书局，2001

（宋）王安石．李之亮笺注．王荆公文集笺注．成都：巴蜀书社，2005

陈杏珍，晁继周点校．曾巩集．北京：中华书局，1984

（宋）苏洵．曾枣庄，金成礼笺注．嘉祐集笺注．上海：上海古籍出版社，1993

孔凡礼点校．苏轼文集．北京：中华书局，1986

邓广铭点校．陈亮集．北京：中华书局，1987

第四章 词的创辟与鼎盛

【导读】

词在晚唐五代仍是诗的附庸，尚被视为小道，到宋代才蔚为大国，逐渐与五七言诗并驾齐驱。宋词流派众多，名家辈出，新声竞繁，词作林立，《全宋词》即辑存词人一千三百多家，词作近两万首，《全宋词补辑》补词人一百家，词作四百三十多首。

词是随着燕乐的兴盛而流行的合乐歌词。燕乐又称宴乐，主要用于达官贵人的歌筵酒席和民间的青楼酒肆之中，是一种由胡夷之声和里巷之曲组成的俗乐。欧阳修等人在《新唐书·礼乐志》里提到的俗乐二十八调即燕乐二十八调之俗名，其特点是音域宽、声调变化大，节奏复杂，旋律委婉曲折，与被称为"华夏正声"的中和平正的雅乐、从容雅缓的清商乐有着完全不同的性质。它哀而伤，乐而荡，多由女声在席间花前演唱，以满足人们的声色之娱。与此配合的歌词多以男女艳情为题材，以婉约清丽为本色。

因此，敢于言情，善于言情，便成为词的专利、特长和强项。查礼（1716—1783）说："情有文不能达，诗不能道者，而独于长短句中可以委宛形容之。"（《铜鼓书堂词话》）王国维（1877—1927）说："词之为体，要眇宜修，能言诗之所不能言，而不能尽言诗之所能言。诗之境阔，词之言长。"（《人间词话》）相比较诗而言，词更善于描写深微细腻、幽约怨悱的感情，侧重于展开人的心绪、心态、心曲。狭细而深长，是词体言情的特质，缪钺说："其文小，其质轻，其径狭，其境隐。"（《论词》）陈廷焯（1853—1892）说："后人之感，感于文不若感于诗，感于诗不若感于词。"（《白雨斋词话》卷首《白雨斋词话叙》）

明人陈子龙（1608—1647）认为，宋人"欢愉愁苦之致，动于中而不能抑者，类发于诗馀，故其所造独工"（沈雄《古今词话·词品》卷上引）。后人将宋词与汉赋、唐诗、元曲等并称，作为一个时代的代表性文体。

☞ 多学一点

文体代兴

王国维《宋元戏曲史序》："凡一代有一代之文学，楚之骚，汉之赋，六朝之骈语，唐之诗，宋之词，元之曲，皆所谓一代之文学，而后世莫能继焉也。"（《宋元戏曲史》卷首）

第一节 慢词新声

南宋王灼（1081—1162后）说："国初平一宇内，法度礼乐，寖复全盛，而士大夫乐章顿衰于前日。"（《碧鸡漫志》卷二）宋太祖（960—976在位）、太宗（976—997在位）至真宗咸平年间（998—1003），44年中，除了李煜等五代词人续有所作以外，新起的词作者如王禹偁、寇准、潘阆、林逋、钱惟演等，词作虽清新可读，但在词境与词艺上均缺乏开拓性和独创性。

柳永像

一、柳永慢词创作

宋词新面貌的创辟，是以柳永大量制作慢词为发端的。

☞ 多学一点

柳永之生卒年

关于柳永的生卒年，尚无定论。唐圭璋认为柳永约生于宋太宗雍熙四年（987），卒于仁宗皇祐五年（1053）。[①] 吴熊和《从宋代官制考证柳永的生平事履》认为柳永生于雍熙元年（984），可参看。[②]

① 参见唐圭璋：《柳永事迹新证》，载《文学研究》，1957（3）；《词学论丛》，598～611页，上海，上海古籍出版社，1986。

② 参见吴熊和：《唐宋词通论》，杭州，浙江古籍出版社，1985。

词体可分为小令和慢词两种。小令的体制短小，一般以62字为小令与慢词的分界。小令篇幅短小，容量有限；而慢词篇幅较大，最长的可多至212字（柳永的《戚氏》），相应地扩充了词的内容含量，也提高了词的表现能力。

慢词原指音乐而言，“盖调长拍缓，即古曼声之意也”（《词谱》卷十）。因为慢词一般字数较多，所以往往与长调混称。慢词起于晚唐五代，而柳永大量创作慢词，应始于真宗景德、大中祥符年间（1004—1016）。从真宗景德至仁宗景祐（1034—1038）这30多年，既是柳永词创作的鼎盛时期，也是词体开始风行于世的重要时期。柳永在词坛上的成功和声誉，大大改变了文士们对词的鄙夷态度，吸引了众多士夫操觚作词。

学术轶事

柳永初为慢词

柳永《巫山一段云》组词，系借游仙而写真宗大中祥符年间（1008—1016）天书降及泰山封禅等事。[①] 此外，《送征衣》（过韶阳）颂贺大中祥符三年（1010）皇子诞生满月，《玉楼春》（昭华夜醮）、（凤楼郁郁）咏写大中祥符五年（1012）真宗延恩殿祀圣祖赵玄朗事，等等。这些词当是应教坊乐工所请而作。叶梦得《避暑录话》卷下载：“教坊乐工，每得新腔，必求永为辞，始行于世。”可知柳永此时词名已极盛。又陈师道《后山诗话》载：“柳三变游东都南、北二巷，作新乐府，骫骳从俗，天下咏之，遂传禁中。仁宗颇好其词，每对酒，必使侍妓歌之再三。三变闻之，作宫词号《醉蓬莱》，因内官达后宫，且求其助。仁宗闻而觉之，自是不复歌其词矣。”这指的也是柳永在仁宗景祐元年（1034）中进士之前的事。

李清照《词论》云：“柳屯田永者，变旧声为新声，出《乐章集》，大得声称于世。”叶梦得《避暑录话》卷下云：“余仕丹徒，尝见一西夏归朝官云：‘凡有井水饮处，即能歌柳词。’言其传之广也。”宋翔凤《乐府余论》云：“按词自南唐以后，但有小令。其慢词盖起于宋仁宗朝，中原息兵，汴京繁庶，歌台舞席，竞赌新声。耆卿失意无俚，流连坊曲，遂尽收俚俗语言，编入词中，以便伎人传习，一时动听，散播四方。其后东坡、少游、山谷辈相继有作，慢词遂盛……余谓慢词，当起耆卿矣。”严格说来，慢词并非创始于柳永，但慢词的奠基者，却非柳永莫属。

整个唐五代时期，词的体式以小令为主。到了宋初，词人擅长和习用的仍是小令。与柳永同时而略晚的张先和晏殊，仅分别尝试写了十七首和三首慢词，慢词占其词作总数的比例很小；而柳永一人就创作了慢词八十七调一百八十余首，占《乐章集》现存词

① 参见钟陵：《柳永早年事迹考辨》，载《南京师范大学学报（社会科学版）》，1994（1）。

二百一十三首的84.5%。

分析举例

张先、晏殊之慢词

据《全宋词》统计，张先存词一百六十五首，晏殊存词一百四十首，二人所写的慢词，仅分别占其词作总数的10.3%和2.1%。而柳永慢词则占其词作总数二百一十三首的57%。

柳永大力创作慢词，从根本上改变了唐五代以来词坛上小令一统天下的格局，使慢词与小令两种体式平分秋色，齐头并进。而且，在两宋词坛上，柳永还是创用词调最多的词人。他现存二百一十三首词，用了一百三十三种词调，其中多为创调。词至柳永，体制始备，令、引、近、慢、单调、双调、三叠、四叠等长调短令，日益丰富。形式体制的完备，为词体表现力的开拓提供了前提条件。[①] 词发展到柳永，乐工歌女之曲与诗客文人之词，音乐的谐美与文辞的流畅，才得到了真正的融合，从而充分显示出词体之有别于五七言诗体的独特个性，正如陈锐（生卒年不详）所说的："词源于诗而流为曲，如柳三变，纯乎其为词矣乎。"（《褒碧斋词话》）

二、柳词视野宽阔

由于运用慢词新声，柳永大大开拓了词的表现对象。历来侈陈都城大邑的壮丽繁富，多以赋体铺写，而柳永却以原本只宜描写珠帘绣幌的小词细笔，描述最能表现社会繁荣的都市生活景象，这是词的题材的一大开拓。柳永的这类词约有四十首，占其全部词作的五分之一左右，数量之多，罕有其比。他对都市生活有着丰富的体验，汴京的"列华灯、千门万户。遍九陌、罗绮香风微度。十里然绛树。鳌山耸、喧天箫鼓"（《迎新春》），使他流连忘返；苏州的"万井千闾富庶，雄压十三州。触处青蛾画舸，红粉朱楼"（《瑞鹧鸪》），也使他赞叹不已。此外，洛阳、益州、扬州、会稽、金陵、杭州等城市的繁荣景象和市民的游乐情景，都在他的笔下得到充分的描绘。其中咏杭州的《望海潮》尤称名作：

东南形胜，三吴都会，钱塘自古繁华。烟柳画桥，风帘翠幕，参差十万人家。云树绕堤沙。怒涛卷霜雪，天堑无涯。市列珠玑，户盈罗绮竞豪奢。　重湖叠巘清嘉。有三秋桂子，十里荷花。羌管弄晴，菱歌泛夜，嬉嬉钓叟莲娃。千骑拥高牙。乘醉听箫鼓，吟赏烟霞。异日图将好景，归向凤池夸。

---

① 关于柳永发展慢词、创用新调的主要方式，可参见吴熊和：《唐宋词通论》，43～144页，杭州，浙江古籍出版社，1985；程千帆、吴新雷：《两宋文学史》，122～125页，上海，上海古籍出版社，1991。

罗大经（1196—1252后）《鹤林玉露》卷一载："孙何帅钱塘，柳耆卿作《望海潮》词赠之。"孙何帅钱塘，在真宗咸平末年（1002—1003），此词作于这两年中。词作铺叙了都市之繁华、游人之盛况、钱塘江之壮美、西子湖之佳丽，展现了一幅都市风情画。人称"歌柳词，闻其声，听其词，如丁斯时"，并可"想见其风俗欢声和气，洋溢道路之间"（黄裳《演山集》卷三十五《书乐章集后》）的社会景况。在朝为官多年的范镇赞赏说："仁宗四十二年太平，镇在翰苑十余载，不能出一语歌咏，乃于耆卿词见之。"（祝穆《方舆胜览》卷十一引）

此后，张先词作也多写都市的景象和市井的繁华，如《宴春台慢·东都春日李阁使席上》写都城汴京，《破阵乐·钱塘》写名城杭州等，与柳词有异曲同工之妙。

三、柳词铺叙委婉

柳永根据大量乐曲（尤其是慢词）两段重复的体制特点，确立了词"前半泛写，后半专叙"（毛先舒《诗辩坻》）的结构模式，前段写景，后段抒情，使感情抒发的层次和音乐旋律的重复互相适应，紧密配合。李之仪（1038—1117）指出，词"至柳耆卿，始铺叙展衍，备足无余"（《姑溪居士前集》卷四十《跋吴思道小词》）。

柳永词的铺叙委婉，是指词的"序事闲暇，有首有尾"（王灼《碧鸡漫志》卷二），情事发展的过程逐次展现，清楚完整。如《夜半乐》：

> 冻云黯淡天气，扁舟一叶，乘兴离江渚。渡万壑千岩，越溪深处。怒涛渐息，樵风乍起，更闻商旅相呼，片帆高举。泛画鹢、翩翩过南浦。　望中酒旆闪闪，一簇烟村，数行霜树。残日下，渔人鸣榔归去。败荷零落，衰杨掩映，岸边两两三三，浣纱游女。避行客、含羞笑相语。　到此因念，绣阁轻抛，浪萍难驻。叹后约丁宁竟何据。惨离怀、空恨岁晚归期阻。凝泪眼、杳杳神京路。断鸿声远长天暮。

词分三阕，分别叙写舟行所经之地，描写舟行所见，抒发离乡怀人之情，极尽精细之能事。小令由于篇幅短小，只适宜于用传统的比兴手法，通过象征性的意象群来烘托、传达抒情主人公的情思意绪。而慢词则可以尽情地铺叙衍展，所以柳永将"敷陈其事而直言之"的赋法移植于词，或直接层层刻画抒情主人公丰富复杂的内心世界，或铺陈描绘情事发生、发展的场面和过程，以展现不同时空场景中人物情感心态的变化。如描写羁旅之愁的名作《雨霖铃》：

> 寒蝉凄切。对长亭晚，骤雨初歇。都门帐饮无绪，留恋处、兰舟催发。执手相看泪眼，竟无语凝噎。念去去、千里烟波，暮霭沉沉楚天阔。　多情自古伤离别。更那堪、冷落清秋节。今宵酒醒何处，杨柳岸，晓风残月。此去经年，应是良辰好景虚设，便纵有、千种风情，更与何人说。

全词采用铺叙衍情的手法，细致描绘别前、别时、别后的环境氛围以及人物的动作、情态、心绪，即事言情，情由事生，抒情中含有鲜明的叙事性和隐约的情节性。清人冯煦称："耆卿词，曲处能直，密处能疏，奡处能平，状难状之景，达难达之情，而出之以自

《雨霖铃》词意图

然，自是北宋巨手。”（《宋六十一家词选例言》）

柳永还善于巧妙利用时空的转换来叙事、布景、言情，创辟独特的结构方式。词的一般结构方式，是由过去和现在或加上将来的二重或三重时空构成的单线结构；柳永则扩展为从现在回想过去而念及现在，又设想将来再回到现在，即体现为回环往复式的多重时间结构，如《驻马听》（凤枕鸾帷）、《浪淘沙慢》（梦觉）、《慢卷䌷》（闲窗烛暗）等。后来周邦彦和吴文英都借鉴了这种结构方式而加以发展变化。在空间结构方式上，柳永也将一般的人我双方互写的双重结构发展为从自我思念对方又设想对方思念自我的多重空间结构，如“想佳人、妆楼颙望，误几回、天际识归舟”（《八声甘州》）、“算得伊家，也应随分，烦恼心儿里”（《慢卷䌷》）。

四、柳词浅近卑俗

柳永词有雅、俗两种格调，前述都市词和羁旅词偏重于雅，而大量描写男女之间冶艳情事的词作则偏重于俗。如果说，慢词的创制主要体现出柳永改革词体音乐体式、结构体制和表现手法的创新，那么，着意运用俗词俚语抒写俗情野趣，则体现出柳永开拓词的审美内涵和审美趣味的努力。北宋陈师道说柳词“骫骳从俗，天下咏之”（《后山诗话》），王灼批评柳词“浅近卑俗，自成一体，不知书者尤好之”（《碧溪漫志》卷二），都揭示了柳词的这一特色。

☞多学一点

柳词之雅俗

近人夏敬观《手批乐章集》说：“耆卿词当分雅、俚二类。雅词用六朝小品文赋作法，层层铺叙，情景兼融，一笔到底，始终不懈。俚词袭五代淫诐之风气，开金、元曲子之先声，比于里巷歌谣，亦复自成一格。”①

柳词的俗首先表现在张扬反传统的自我人格形象，具有强烈的抒情自我化倾向。如早年进士落榜后［约在天圣四年（1026）左右］写的《鹤冲天》：

黄金榜上，偶失龙头望。明代暂遗贤，如何向？未遂风云便，争不恣狂荡。何须论得丧？才子词人，自是白衣卿相。　烟花巷陌，依约丹青屏障。幸有意中人，堪寻访。且恁偎红倚翠，风流事、平生畅。青春都一饷。忍把浮名，换了浅斟低唱。

词作抒发了词人名落孙山之后的愤懑怨望情绪，展现了自甘“堕落”之举的狂放不羁个性。

学术轶事

宋仁宗闻柳词不悦

仁宗闻此词（指《鹤冲天》），甚为不悦，当柳永再次通过科举考试，“临轩放榜，特落之，曰：‘且去浅斟低唱，何要浮名’”（吴曾《能改斋漫录》卷十六）。后虽“有荐其才者，上曰：‘得非填词柳三变乎?’曰：‘然。’上曰：‘且去填词。’由是不得志”（胡仔《苕溪渔隐丛话》后集卷三十九引《艺苑雌黄》）。

由于仕途失意，柳永流落为都市中的“浪子”，混迹于歌楼妓馆，成为歌儿舞女的知音，尤其擅长于表现世俗女性的生活和情感。黄昇说：“（柳永）长于纤艳之词，然多近俚俗，故市井之人悦之。”（《唐宋诸贤绝妙词选》）如《定风波》：

自春来、惨绿愁红，芳心是事可可。日上花梢，莺穿柳带，犹压香衾卧。暖酥消，腻云亸。终日厌厌倦梳裹。无那。恨薄情一去，音书无个。　早知恁么。悔当初、不把雕鞍锁。向鸡窗、只与蛮笺象管，拘束教吟课。镇相随，莫抛躲。彩线慵拈伴伊坐。和我。免使年少，光阴虚过。

词中女主人公追求爱情，大胆泼辣，无所顾忌，如此坦率“粗俗”，据说竟受到同样嗜好曲子词的宰相晏殊的责难。这类充满所谓“淫媟之语”的作品，在《乐章集》中占有相当大的比例，大多以爽快率直的风格、充沛的气势、热烈的感情，描述了男女情爱的自由放纵、追求官能享受的肆无忌惮，表现出特殊的生活态度、文化趣味和审美情调。

① 转引自龙榆生编选：《唐宋名家词选》，87页，上海，上海古籍出版社，1980。

分析举例

浪子文人——柳永

柳永的《传花枝》，便是浪子文人的自我塑像："平生自负，风流才调。口儿里、道知张陈赵。唱新词，改难令，总知颠倒。解刷扮，能兵嗽，表里都峭。每遇着、饮席歌筵，人人尽道。可惜许老了。　　阎罗大伯曾教来，道人生、但不须烦恼。遇良辰，当美景，追欢买笑。剩活取百十年，只恁厮好。若限满、鬼使来追，待倩个、掩通著到。"宋叶梦得《避暑录话》卷下记："（柳永）为举子时，多游狎邪，善为歌辞。"罗烨（生卒年不详）《醉翁谈录》丙集卷二记柳永"居京华，暇日遍游妓馆。所至，妓者爱其词名，能移宫换羽，一经品题，声价十倍。妓者多以金物赠之"。

学术轶事

晏殊责柳永

宋张舜民（生卒年不详）《画墁录》卷一："柳三变既以词忤仁庙，吏部不放改官。三变不能堪，诣政府。晏公（殊）曰：'贤俊作曲子么？'三变曰：'只如相公亦作曲子。'公曰：'殊虽作曲子，不曾道"彩线慵拈伴伊坐"。'柳遂退。"

由于情感表现的率直，柳永常常大量使用白描手法。写景状物，不用假借替代，而历历在目；言情叙事，不需烘托渲染，而直抒胸臆。如《忆帝京》：

> 薄衾小枕天气。乍觉别滋味。展转数寒更，起了还重睡。毕竟不成眠，一夜长如岁。　　也拟待、却回征辔。又争奈、已成行计。万种思量，多方开解，只恁寂寞厌厌地。系我一生心，负你千行泪。

不加任何藻饰，却生动地刻画出主人公曲折的心理过程。柳永不像晚唐五代以来的文人词那样只是从书面的语汇中提炼高雅绮丽的语言，而是充分运用现实生活中的日常口语和俚语，诸如副词"恁"、"怎"、"争"等，代词"我"、"你"、"伊"、"自家"、"伊家"、"阿谁"等，动词"看承"、"都来"、"抵死"、"消得"等。用富有表现力的口语入词，不仅生动活泼，而且像是直接与人对话、诉说，使读者和听众既感到亲切有味，又易于理解接受。严有翼说，柳词"所以传名者，直以言多近俗，俗子易悦故也"（胡仔《苕溪渔隐丛话》后集卷三十九引《艺苑雌黄》）。柳词流传之广，连西夏归朝官都说"凡有井水饮处，即能歌柳词”（叶梦得《避暑录话》卷下），这与柳词语言的通俗化不无关系。

柳永由小令繁衍制作出大量慢词新声，使词由醇雅走向俚俗，由豪门华筵间贵族戏谑之资，演变成为青楼歌馆中平民享乐之具。词的“侧艳小技”地位虽然并未改变，但却渗入了社会下层的平民情感和里巷风调。柳词就像野生的蔷薇一样，迎风怒放，别具风姿。

研究进行时

柳永词学思想

徐安琪认为，“骫骳从俗”是柳永对宋代词学思想史的主要贡献。①

第二节 令词衍变

与柳永大致同时，晏殊、范仲淹、张先、欧阳修等士大夫词人，大都承传西蜀和南唐词风，不出香艳范围。清人冯煦（1842—1927）说：“宋初诸家，靡不祖述二主（李璟、李煜），宪章正中（冯延巳）。”（《宋六十一家词选例言》）吴梅（1884—1939）也说：“大抵开国之初，沿五季之旧，才力所诣，组织较工，晏、欧为一大宗，二主一冯，实资取法，顾未能脱其范围也。”（《词学通论·概论》）这种状况与当时士大夫宴游逸乐、歌舞升平的生活习尚恰相适应。

在这些士大夫词人中，晏殊、欧阳修受南唐冯延巳影响最大，刘熙载云：“冯延巳词，晏同叔得其俊，欧阳永叔得其深。”（《艺概·词概》）

一、珠圆玉润的珠玉词

晏殊著有《珠玉词》，其词作与五代花间词一样，大多是抒写男女之间相思爱恋和离愁别恨的艳情词，如“美人才子传芳信，明月清风伤别恨。未知何处有知音，长为此情言不尽”（《木兰花》）、“无情不似多情苦，一寸还成千万缕。天涯地角有穷时，只有相思无尽处”（《玉楼春》）等。但晏词往往洗刷五代花间词的轻佻气和脂粉气，以淡雅之笔写富贵之态，以清新之笔写男女之情，雍容而典雅，语淡而情深，神清而气远。王灼说：

① 参见徐安琪：《柳永词学思想述论——由“骫骳从俗”的审美趣尚谈起》，载《文学评论》，2008（1）。

"晏元献公、欧阳文忠公风流缊藉，一时莫及，而温润秀洁，亦无其比。"（《碧鸡漫志》卷二）如《蝶恋花》：

槛菊愁烟兰泣露，罗幕轻寒，燕子双飞去。明月不谙离恨苦，斜光到晓穿朱户。昨夜西风凋碧树，独上高楼，望尽天涯路。欲寄彩笺无尺素，山长水远知何处。

写闺中人秋来思夫，情感在时空的流转中愈转愈深，背景富贵华丽，情致低回往复，语言珠圆玉润，风格含蓄蕴藉。

晏殊的闲情词，抒写富贵生活中安逸闲暇的感受，常常表现人生有限的忧思、迟暮落寞的心理和莫名惆怅的情怀，感叹"时光只解催人老"（《采桑子》）、"一向年光有限身"（《浣溪沙》）、"长于春梦几多时，散似秋云无觅处"（《木兰花》）。其名作《浣溪沙·春恨》从闲情中咀嚼升华出人生感触，尤为人所称道：

一曲新词酒一杯，去年天气旧亭台，夕阳西下几时回。　　无可奈何花落去，似曾相识燕归来，小园香径独徘徊。

《浣溪沙·春恨》词意图

全词以小巧玲珑的意象来宣抒幽隐细密的诗情，不言愁而愁苦自见，情中有思，理致深蕴，融铸成浑厚的意境，如清香四溢的龙井茶，似淡雅醇香的茅台酒。

二、深婉疏隽的六一词

冯煦说，欧阳修（号六一居士）词"与元献同出南唐，而深致则过之"（《宋六十一家词选例言》)。欧词仍多以婉约之笔写柔曼之情，但词中的深挚情韵往往出以豪宕笔致，这是他与晏殊的区别所在。如“泪眼问花花不语，乱红飞过秋千去”(《蝶恋花》)、“人生自是有情痴，此恨不关风与月”(《玉楼春》)等。周济说：“永叔词只如无意，而沉着在和平中见。”(《介存斋论词杂著》)这种和婉中正、优游不迫的风格，正与他的人格相映发。

欧阳修在景祐三年(1036)前，特别是在二十四岁中进士后，曾一度过着“游饮无度”的生活，多歌咏艳情。《醉翁琴趣外编》中的艳词，不少写幽期密约、洞房艳遇、床笫柔情，有的写得情致绵密，笔墨发露，体现了俗情与雅词的融汇。这些艳词，从五代花间词对女性体态服饰的描写，转向细腻的内心刻画，使词进一步摆脱歌者之词而转向文人抒情之作，“深婉开子游(指秦观)”(冯煦《宋六十一家词选例言》)。名作如《踏莎行》：

> 候馆梅残，溪桥柳细，草薰风暖摇征辔。离愁渐远渐无穷，迢迢不断如春水。
> 寸寸柔肠，盈盈粉泪，楼高莫近危栏倚。平芜尽处是春山，行人更在春山外。

造语新颖，构思巧妙，委曲婉转，语淡而情深。《蝶恋花》一词也脍炙人口：

> 庭院深深深几许？杨柳堆烟，帘幕无重数。玉勒雕鞍游冶处，楼高不见章台路。
> 雨横风狂三月暮，门掩黄昏，无计留春住。泪眼问花花不语，乱红飞过秋千去。

全词景中寓情，景中有景，情感层深，语意浑成。他的《渔家傲》两套各十二首，模仿民歌鼓子词，吟咏十二月节令风光，也颇有特色。

☞ **多学一点**

《蝶恋花》由谁作?

此词亦见于冯延巳《阳春集》，也有人题为晏殊作。但李清照《临江仙》词序云：“欧阳公作《蝶恋花》，有‘深深深几许’之句，予酷爱之，用其语作‘庭院深深’数阕，其声即旧《临江仙》也。”宋人所选《乐府雅词》、《草堂词余》、《唐宋诸贤绝妙词选》等，均定为欧阳修作，较为可信。

景祐三年后，由于直言遭忌，屡受诬陷打击，欧阳修的处境和人生态度都起了很大的变化，对人生命运的变幻和官场风波的艰险有较深的体验，因而不时地在词中流露出人生感叹，如“世路风波险，十年一别须臾”(《圣无忧》)、“浮世歌欢真易失，宦途离合信难期”(《浣溪沙》)、“如今薄宦老天涯。十年歧路，空负曲江花”(《临江仙》)等。这时，他的词作多抒怀写景，或伤时念远，或放浪形骸，或徜徉山水，词风在和婉含蓄中时带清丽疏放，多一唱三叹之致，“疏隽开子瞻(指苏轼)”(冯煦《宋六十一家词选例言》)。如著名的《朝中措·平山堂》：

> 平山栏槛倚晴空，山色有无中。手中堂前垂柳，别来几度春风。　　文章太守，
> 挥毫万字，一饮千钟。行乐直须年少，尊前看取衰翁。

抒写词人奔放潇洒的旷怀和放浪形骸的豪情，境界开阔，风格疏放。

而那些描写山水自然景物的小词，更为人所称道。如作于神宗熙宁四、五年

(1071—1072）的《采桑子》：

> 轻舟短棹西湖好，绿水逶迤。芳草长堤，隐隐笙歌处处随。　无风水面琉璃滑，不觉船移。微动涟漪，惊起沙禽掠岸飞。

描绘颍州西湖风光，静谧优美，笔调轻松淡荡，风格清疏隽永。

晏、欧词承袭南唐词风而形成了情感蕴藉的基本创作特征，同时又开启了两种发展趋向：一种是以深入细微或刻挚跌宕之笔抒发沉郁之情，可称为“入于其中”，词境以“情”胜；一种是以闲雅、和婉、淡泊之笔抒发恬适之情，可称为“出乎其外”，词境以“韵”胜。晏、欧之后的晏几道、秦观，主要发展前一种倾向；而与晏、欧同时的张先，则更多地采取后一种创作手法，在词坛上突出地显示出宋人尚韵的审美趋向。

三、情韵细婉的子野词

张先长晏殊一岁，但成名较晚，是深受晏殊爱赏的门下士，“每张来，即令侍儿出侑觞，往往歌子野所为之词”（佚名《道山清话》）。张先词主要抒写“心中事，眼中泪，意中人”（《行香子》），并没有超越传统的伤离怀远、相思恨别的范围，尤擅长传达女性的深衷隐曲。如传诵一时的《一丛花令》：

> 伤高怀远几时穷，无物似情浓。离愁正引千丝乱，更东陌、飞絮濛濛。嘶骑渐遥，征尘不断，何处认郎踪？　双鸳池沼水溶溶，南北小桡通。梯横画阁黄昏后，又还是、斜月帘栊。沉恨细思，不如桃杏，犹解嫁东风。

飞絮、池沼、小桡、画阁、帘栊，一一映衬女主人公的“情浓”。结语深思命运，意境浑融，情韵细婉。

晁补之认为“子野韵高”（吴曾《能改斋漫录》卷十六引述）。张先词境中的韵味，根源于他对具体情事的超然淡泊心境。以冷静的笔调着意描绘具体情事过后的闲雅情境，是张先词作的重要特色之一。如作于庆历（1041—1048）初的《天仙子》：

> 《水调》数声持酒听，午醉醒来愁未醒。送春春去几时回？临晚镜，伤流景，往事后期空记省。　沙上并禽池上暝，云破月来花弄影。重重帘幕密遮灯，风不定，人初静，明日落红应满径。

在景语中透露出超脱伤春惜别情怀之后的至闲至静心境。王国维《人间词话》评“云破月来花弄影”说：“著一‘弄’字，而境界全出矣。”所说“境界”，即“人惟于静中得之”的“无我之境”。张先以写影著称，自诩为“张三影”。写“影”的词句在张先词集中颇多，如“柔柳摇摇，坠轻絮无影”（《剪牡丹》）、“日长风静，花影闲相照”（《谢池春慢》）、“中庭月色正清明，无数杨花过无影”（《木兰花》）、“蓬莱犹有花上月，清影徘徊”（《宴春台慢》）等。周曾锦说：“此公专好绘影，亦是一癖。”（《卧庐词话》）舍情取景，舍物取影，都是对所写情事物象的超脱。周济评张先词“清出处，生脆处，味极隽永”（《宋四家词选目录并序论》），刘熙载譬张先词品为韦应物诗品（《艺概·词曲概》），是很有见地的。

学术轶事

“张三影”

《古今诗话》记载：“有客谓子野曰：‘人皆谓公张三中，即心中事、眼中泪、意中人也。’公曰：‘何不目之为张三影？’客不晓，公曰：‘“云破月来花弄影”、“娇柔懒起，帘压卷花影”、“柳径无人，堕风絮无影”，此余平生所得意也。’”（胡仔《苕溪渔隐丛话》前集卷三十七）

张先前与晏、欧、柳并驰，后与苏轼、秦观齐驱，他的词作反映出北宋词的嬗递变化轨迹。陈廷焯说：“张子野词，古今一大转移也。”（《白雨斋词话》卷一）吴梅说：“子野上结晏、欧之局，下开苏、秦之先，在北宋诸家中适得其平。”（《词学通论·概论》）在从词人之词转变为文人之词的过程中，张先作出了独特的贡献。张先交游甚广，词中的唱和寄赠之作近三十首，扩大了词的日常交际功能。以前的文士日常交际中只用正统的诗歌来唱和赠答，词因被视为不登大雅之堂的“小道”而只写给歌妓演唱。张先打破了这种惯例，在文士的社交场合中，也常常用词来酬唱赠别，如《山亭宴慢·有美堂赠彦猷主人》、《木兰花·和孙公素别安陆》、《离亭宴·公择别吴兴》、《定风波令·再次韵送子瞻》等。这些词作展示了士大夫阶层的生活状况和精神面貌。其后唱酬词成为文人词作中的一大支派。

与唱和寄赠相关，张先率先在词中用题序，改变了以往词作有调而无题的传统格局，标志着词由单纯应歌向文士抒写个人情志的转移。他现存一百六十五首词，有七十多首用了题序。虽然大部分词题寥寥数语，但有的词序文字颇长，有一定的叙事性，如《木兰花》（去年春入芳菲国）序云：“去春自湖归杭，忆南园花已开，有‘当时犹有蕊如梅’之句。今岁还乡，南园花正盛，复为此词以寄意。”著名的“六客词”《定风波令》（西阁名臣奉诏行）的词序也长达三十三字。这种缘题赋词的写作路数，使词的题材取向逐渐贴近词人的日常生活，加强了词的纪实性和现实感。

受到柳永的影响，张先也善于择取时调新声以创制新曲，在他所运用的九十三个词调中，自创的新调占到一半。其中《山亭宴慢》、《谢池春慢》、《宴春台慢》、《喜朝天》、《少年游慢》、《剪牡丹》、《熙州慢》、《泛清苕》、《碧牡丹》等，都是慢词。柳永的慢词以“铺叙展衍，备足无余”（李之仪《跋吴思道小词》）取胜，而张先的慢词则“多用小令作法”为之（夏敬观手批《张子野词》），反映出小令向慢词发展的转变特点。

四、开拓词境的词人

与晏、欧、张同时开拓文人之词境界的，还有范仲淹和苏舜钦。范仲淹于仁宗康定元年（1040）任陕西经略安抚副使兼知延州（治今陕西延安），至庆历三年（1043）回朝。四年的军旅生活，拓展了他的艺术视野，丰富了他的人生感受，使他写出风格沉郁苍凉的《渔家傲》：

塞下秋来风景异，衡阳雁去无留意。四面边声连角起，千嶂里，长烟落日孤城闭。　浊酒一杯家万里，燕然未勒归无计。羌管悠悠霜满地，人不寐，将军白发征夫泪。

广漠萧瑟的塞外景象，艰苦孤寂的边塞生活，将士的久戍思乡之情和报国立功之志，以悲凉苍莽的意境体现出崇高的壮美感，开拓了词的崭新的审美境界。

《渔家傲》词意图

☞多学一点

范仲淹数阕《渔家傲》

魏泰（生卒年不详）《东轩笔录》卷十一：“范文正公守边日，作《渔家傲》乐歌数阕，皆以‘塞下秋来’为首句，颇述边镇之劳苦。”

范仲淹的《剔银灯》庄谐兼施，明白如话，具有理趣，发表议论，情调旷达，开宋人以议论入词之先河。苏舜钦仅存《水调歌头》一词，为闲居苏州沧浪亭时（1044—1047）所作，描绘太湖壮阔优美的山水景象，表达愤世嫉俗、抑郁不平的情怀，风格慷慨豪健，为苏、辛一派导夫先路。

稍后的王安石同范、苏一样，虽不以词名家，却颇具开创性。他的词多写景、抒怀、怀古乃至谈禅之作，主要抒发个人的性情怀抱，并进一步由表现个体人生的感受转向对历史和现实社会的反思，使词具有了一定的历史感和现实感。如约作于英宗治平四年

(1067）的《桂枝香·金陵怀古》：

登临送目。正故国晚秋，天气初肃。千里澄江似练，翠峰如簇。归帆去棹残阳里，背西风、酒旗斜矗。彩舟云淡，星河鹭起，画图难足。

念往昔、繁华竞逐。叹门外楼头，悲恨相续。千古凭高，对此谩嗟荣辱。六朝旧事随流水，但寒烟、芳草凝绿。至今商女，时时犹唱，后庭遗曲。

这首词以景衬情，借古讽今，写景如绘，意境高远，下字精审，格调悲壮苍凉，显示出词风向诗风靠拢的倾向。刘熙载说："王半山词瘦削雅素，一洗五代旧习。"（《艺概·词概》）

《桂枝香·金陵怀古》词意图

第三节 以诗为词

11世纪下半叶，柳永等词人先后离开词坛，活动在词坛上的是以苏轼、黄庭坚、晏几道、秦观、晁补之、周邦彦、贺铸等为代表的"元祐词人"。他们活动和创作的年代，主要是在神宗（1068—1085在位）、哲宗（1086—1100在位）和徽宗（1101—1125在位）三朝。这一时期名家辈出，佳篇琳琅。其中创造力最强盛、影响力最深远的是苏轼和周邦彦。他们各自开辟出不同的创作方向：苏轼注重抒情言志的自由，遵守词的音律规范而不为音律所拘，词的可读性胜于可歌性；周邦彦则注重词的协律可歌，情感的抒发有所节制而力避豪迈，对词艺的追求重于对词境的开拓。其后的南宋词，就是沿着这两种方向分别发展的。

一、苏轼"以诗为词"

北宋词在发展过程中涂染了谐俗的平民文化色彩，如柳永在采用市井新声丰富词的艺术表现力的同时，也浸淫了民间秦楼楚馆那种毫无检束的情欲和放荡。苏轼（号东坡居士）革新词风即以柳永为批判对象。

学术轶事

苏轼不满柳词

苏轼不满意秦观《满庭芳》(山抹微云)“学柳七作词”(王奕清《历代词话》卷五引《高斋词话》),“犹以气格为病”(叶梦得《避暑录话》卷下)。到了哲宗元祐(1086—1094)初年,苏轼在翰林院时,更是有意与柳词争胜。宋俞文豹《吹剑续录》记载:“东坡在玉堂,有幕士善讴,因问:‘我词比柳词何如?’对曰:‘柳郎中词,只好十七八女孩儿执红牙拍板,唱“杨柳岸、晓风残月”。学士词,须关西大汉,执铁绰板,唱“大江东去”。’公为之绝倒。”

苏轼以诗为词,直接用词来抒写自己的生活经历和人生感慨,改变了过去那种以歌妓口吻作词以便女声演唱的传统,一洗俗艳香泽之态,注入阳刚豪放之气,使词成为独立的抒情诗体,成为文人士大夫抒情写意的诗体。苏轼称张先:“清诗绝俗,甚典而丽。搜研物情,刮发幽翳。微词宛转,盖诗之裔。”(《苏轼文集》卷六十三《祭张子野文》)词乃“诗之裔”,这是他从张先那里得到的艺术启迪。宋人汤衡说:“元祐诸公,嬉弄乐府,寓以诗人句法,无一毫浮靡之气,实自东坡发之也。”(《张紫微雅词序》,张孝祥《于湖词》卷首)作词“寓以诗人句法”,这是苏轼为元祐词人展示的艺术范式。可见,“以诗为词”是苏轼变革词风的主要武器,这包括两方面:在“道”的层面上,摄诗心入词心;在“艺”的层面上,引诗法入词法。

多学一点

诗词同源说

苏轼认为诗词同源,本属一体,因此他常常将诗与词相提并论。如说柳永《八声甘州》中的名句“霜风凄紧,关河冷落,残照当楼”,“此语于诗句,不减唐人高处”(见赵令畤《侯鲭录》卷七引);称道蔡景繁的“新词,此古人长短句诗也”(《与蔡景繁书》)。

概念解析

以诗为词

苏轼的词题材极为广泛,大凡诗中所咏之题,他也都在词中歌咏,他的词境也就自然与传统的词家有很大的不同。为了加强词抒情言志的效果,他还在词前加小序,交代创作的动机和缘起,又在词中多用典故,这就是以诗为词。

分析举例

以诗为词

陈师道《后山诗话》云："退之以文为诗，子瞻以诗为词，如教坊雷大使之舞，虽极天下之工，要非本色。"这是第一次明确揭示"以诗为词"。又《王直方诗话》云："东坡尝以所作小词示无咎、文潜，曰：'何如少游？'二人皆对云：'少游诗似小词，先生小词似诗。'"（胡仔《苕溪渔隐丛话》前集卷四十二引）"小词似诗"实为"以诗为词"的另一种说法。李清照《词论》也批评苏轼的词"皆句读不葺之诗尔，又往往不协音律"（胡仔《苕溪渔隐丛话》后集卷三十三引）。

现存三百六十二首东坡词中，大多数词作的风格仍与传统的婉约柔美之风比较接近，如晚年所作的《蝶恋花》：

> 花褪残红青杏小。燕子飞时，绿水人家绕。枝上柳绵吹又少，天涯何处无芳草。
> 墙里秋千墙外道。墙外行人，墙里佳人笑。笑渐不闻声渐悄，多情却被无情恼。

全词感情深挚柔婉，清人王士禛说："'枝上柳绵'，恐屯田缘情绮靡，未必能过。孰谓坡公但解作'大江东去'耶？髯（指苏轼）直是轶伦绝群。"（《花草蒙拾》）他如《水龙吟·次韵章质夫杨花词》等，都具有清新婉丽的风格，在真挚与细腻之中，格外显得凝重和醇厚。

但是，东坡词最富于原创性的，却是那些奔放豪迈、倾荡磊落如天风海雨般的作品。可以说，苏轼改革词风的创作实绩，主要体现在突破词为"艳科"、风格婉媚的樊笼，以词体抒写文人士大夫的性情风貌。刘辰翁说："词至东坡，倾荡磊落，如诗，如文，如天地奇观。"（《须溪集》卷六《辛稼轩词序》）刘熙载说："东坡词颇似老杜诗，以其无意不可入，无事不可言也。若其豪放之致，则时与太白为近。"（《艺概·词曲概》）神宗熙宁八年（1076），苏轼知密州（今山东诸城），于祭祀常山的归途中会猎，赋《江城子》：

> 老夫聊发少年狂，左牵黄，右擎苍。锦帽貂裘，千骑卷平冈。为报倾城随太守，亲射虎，看孙郎。　酒酣胸胆尚开张，鬓微霜，又何妨。持节云中，何日遣冯唐？会挽雕弓如满月，西北望，射天狼。

词作一扫传统的柔媚情调和婉丽词风，塑造了一位雄风犹在、气吞山河的豪迈形象，表现了苏轼希望驰骋疆场、以身许国的豪情壮志。在此前后，苏轼创作了《沁园春·赴密州早行马上寄子由》（1074）、《水调歌头》（明月几时有）（1076）、《浣溪沙·徐门石潭谢雨道上作五首》（1078）、《阳关曲》（受降城下紫髯郎）（1078）、《念奴娇·赤壁怀古》（约1082）、《水龙吟》（小舟横截春江）（1082）、《定风波》（莫听穿林打叶声）（1082）、《满庭芳》（1083）、《水调歌头》（落日绣帘卷）（1083）等一大批别有"风味"、"自是一家"的作品。这些作品，用写诗的笔力写词，增强了词作雄健顿挫、屈伸自如的气势，在词坛上开一代新风。宋人胡寅称道东坡词："一洗绮罗香泽之态，摆脱绸缪宛转之度，使人登高望远，举首而歌，而逸怀浩气，超然乎尘垢之外。”（《斐然集》卷十九《向芗林酒边集后序》）揭示出苏轼这类词作所创造的一种新的审美风范。

二、苏轼对词境的外部开拓

晚唐五代文人词所表现的生活场景很狭小，主要局限于封闭性的画楼绣户、亭台院落之中。入宋以后，柳永开始将词境延伸到都邑市井和千里关河、苇村山驿等自然空间，张先则将日常官场生活写入词中。苏轼承张先余绪，也在词中多方描绘文人士大夫的日常交际、闲居读书以及躬耕、射猎、游览等生活场景。其中作于神宗熙宁八年（1075）的《江城子》，以词写悼亡，是苏轼的一大发明：

> 十年生死两茫茫。不思量，自难忘。千里孤坟，无处话凄凉。纵使相逢应不识，尘满面，鬓如霜。　　夜来幽梦忽还乡。小轩窗，正梳妆。相顾无言，惟有泪千行。料得年年肠断处，明月夜，短松冈。

全词感情深挚，往复曲折，正是“肠一日而九回”。

而且，苏词还大量展现大自然丰富多彩的状貌。苏词对自然山水的描绘，或以奔走流动的气势取胜，如“江汉西来，高楼下，葡萄深碧。犹自带、岷峨雪浪，锦江春色”（《满江红》）；或以清新秀美的画面见称，如“山雨潇潇过，溪桥浏浏清。小园幽榭枕蘋汀。门外月华如水，彩舟横”（《行香子·湖州作》）。有时他描写充满泥土芳香和生活气息的乡村，抒发“使君元是此中人”亲和之情，如作于神宗元丰元年（1078）的五首《浣溪沙》组词，多角度地描写了徐州的乡村景色和村姑农叟的生活情态。在其他词作中，他也常表达对农作物丰收的喜悦和对农民生活的关心：“惭愧今年二麦丰，千畦细浪舞晴空。”（《浣溪沙·徐州藏春阁园中》）“雪晴江上麦千车，但令人饱我愁无。”（《浣溪沙·万顷风涛不记苏》）有时他钟情于和谐宁静的自然山水，借以表现忘怀物我、超然自适的人生态度，如作于元丰五年（1082）《西江月》：

> 照野瀰瀰浅浪，横空暧暧微霄。障泥未解玉骢骄，我欲醉眠芳草。　　可惜一溪风月，莫教踏破琼瑶。解鞍欹枕绿杨桥，杜宇一声春晓。

写景优美，写人潇洒，人物化于景物之中，浑然一体。

三、苏轼对词境的内在发掘

苏轼不仅致力于对词境的外部开拓，更值得称道的是对词境的内在发掘。金人元好问说：“自东坡一出，情性之外，不知有文字，真有‘一洗万古凡马空’气象。”（《遗山先生文集》卷三十六《新轩乐府引》）东坡词透露出的独特的情性品格，即胡寅所说的“逸怀浩气，超然乎尘垢之外”（《斐然集》卷十九《向芗林酒边集后序》），刘熙载所说的“雄姿逸气，高轶古人”，“具神仙出世之姿”（《艺概·词曲概》）。如作于熙宁九年

(1076) 的《水调歌头》：

明月几时有，把酒问青天。不知天上宫阙，今夕是何年。我欲乘风归去，又恐琼数玉宇，高处不胜寒。起舞弄清影，何似在人间。　转朱阁，低绮户，照无眠。不应有恨，何事长向别时圆。人有悲欢离合，月有阴晴圆缺，此事古难全。但愿人长久，千里共婵娟。

词人驰骋丰富的想象，在人月对话、天人交融中体味人世间的真情。全词一片神行，“直觉有仙气缥缈于毫端”（李佳《左庵词话》卷下）。又如苏轼谪居黄州时，约于元丰三年(1080) 作《卜算子》：

缺月挂疏桐，漏断人初静。时见幽人独往来，缥缈孤鸿影。　惊起却回头，有恨无人省。拣尽寒枝不肯栖，寂寞沙洲冷。

词中“幽人”与“孤鸿”合二为一，以超脱于尘世的心境观照着人间的无限遗恨，隐寓着词人的身世感慨，寓意深广而词意清空。黄庭坚评道：“语意高妙，似非吃烟火食人语，非胸中有数万卷书，笔下无一点尘俗气，孰能至此?”（胡仔《苕溪渔隐丛话》前集卷三十九引）

有时苏轼把对自然山水的观照与对历史、人生的反思结合起来，在雄奇壮阔的自然美中融注入深沉的历史感和人生感慨。如约作于元丰五年（1082）的《念奴娇·赤壁怀古》：

大江东去，浪淘尽、千古风流人物。故垒西边，人道是、三国周郎赤壁。乱石穿空，惊涛拍岸，卷起千堆雪。江山如画，一时多少豪杰。　遥想公瑾当年，小乔初嫁了，雄姿英发。羽扇纶巾，谈笑间、强虏灰飞烟灭。故国神游，多情应笑我，早生华发。人生如梦，一尊还酹江月。

壮观的景物，杰出的英雄，激烈的愤懑，豪爽的情怀，融合成宏伟峥嵘的意境。全词感情激荡起伏，由苍凉转入高昂，又由高昂转入沉郁，其基调则是雄豪悲壮，“自有横槊气概，固是英雄本色”（徐釚《词苑丛谈》卷三）。“月”和“梦”是苏词中最为常见的意象。如果说“月”象征着苏轼观照万物而无所芥蒂的明澈心境，那么“梦”便象征着苏轼俯视人生而洞达睿智的超脱心境。

苏轼虽然深切地感到人生如梦，但并未因此而否定人生，而是任天而动，始终保持着顽强乐观的生活信念和超然自适的人生态度。如作于元丰五年（1082）的《定风波》：

莫听穿林打叶声。何妨吟啸且徐行。竹杖芒鞋轻胜马。谁怕。一蓑烟雨任平生。

料峭春风吹酒醒。微冷。山头斜照却相迎。回首向来萧瑟处。归去。也无风雨也无晴。

苏词比较完整地表现出作者由积极进取转为矛盾苦闷，又力求超脱自适而不断追求的心路历程和他疏狂浪漫、多情善思的个性气质。

在两宋词风转变过程中，苏轼是关键人物。王灼说：“东坡先生非心醉于音律者，偶尔作歌，指出向上一路，新天下耳目，弄笔者始知自振。”（《碧鸡漫志》卷二）强化词的

《念奴娇·赤壁怀古》词意图

文学性和抒情性，开创词与诗一样的题材广泛性和风格多样性，是苏轼为后代词人所指出的“向上一路”。

研究进行时

“词为艳科”

杨海明认为，“词为艳科”的形成与词人由正统士大夫文人的原型到风流才子的特种角色转换存在着密切的关系。① 王兆鹏考察了宋词的口头传播方式，认为歌姬唱词既促进了宋词的创作和发展，又制约着宋词的题材取向和风格基调的形成。②

第四节 超旷悲慨

王灼说：“晁无咎、黄鲁直皆学东坡，韵制得七八。”（《碧鸡漫志》卷二）黄庭坚、晁补之二人为苏轼门人，学养、性情与苏轼略似。苏轼称黄庭坚“超逸绝尘，独立万物之表，驭风骑气，以与造物者游”（《苏轼文集》卷五十二《与黄鲁直书》）；而晁补之“坦易之怀，磊落之气”亦与苏轼“差堪骖靳”（刘熙载《艺概·词曲概》）。

① 参见杨海明：《角色转换与“词为艳科”》，载《文学遗产》，2004（2）。
② 参见王兆鹏：《宋词的口头传播方式初探——以歌姬唱词为中心》，载《文学遗产》，2004（6）。

一、清旷趣逸山谷词

黄庭坚（号山谷道人）词作有俗词和雅词两类。他的三十多首俗词多写艳情，显然与柳永词一脉相承，有的词作情调比柳词还露骨，语言比柳词更俚俗。当时法秀道人曾当面指责黄庭坚写艳词是“以笔墨劝淫”，黄则不以为然，说这不过是“使酒玩世”（《山谷集》卷十六《小山词序》），即玩世不恭、嘲弄世俗。如《清平乐》：

春归何处？寂寞无行路。若有人知春去处，唤取归来同住。　春无踪迹谁知？除非问取黄鹂。百啭无人能解，因风飞过蔷薇。

全词从虚处入手，以清新和婉的笔调，抒发惜春、恋春的怅惘心情，曲折细腻。

黄庭坚的一百九十多首雅词，沿着苏轼词开拓的方向，首先注重抒情的自我化，即率直地表现刚直倔强的个性风神和旷达乐观的人生态度。黄庭坚晚年两次被流放到边远之地，但始终保持着顽强乐观的人生信念。如约作于元符二年（1099）的《鹧鸪天》：

黄菊枝头生晓寒，人生莫放酒杯干。风前横笛斜吹雨，醉里簪花倒著冠。　身健在，且加餐，舞裙歌板尽清欢。黄花白发相牵挽，付与时人冷眼看。

全词清旷超逸，潇洒俊逸，在旷放之中洋溢着一股傲岸不屈的气概。黄庭坚在戎州（今四川宜宾）贬所写的名篇《念奴娇》（断虹霁雨），也意境高远，洋溢着乐观豪迈的精神。而且，黄庭坚词的题材还进一步贴近个人的日常生活。或抒写闲适与孤独：“万里投荒，一身吊影，成何欢意。”（《醉蓬莱》）或抒写手足之情：“当年夜雨，头白相依无去住。”“阿连高秀，千万里来忠孝有。”（《减字木兰花》）或抒写夫妻相濡以沫的情态：“归来晚，文君未寝，相对小窗前。”（《满庭芳》）“一叶扁舟卷画帘。老妻学饮伴清谈。”（《浣溪沙》）

二、豪健的晁补之词

晁补之“不作绮艳语”（毛晋《跋琴趣外编》，汲古阁本《琴趣外编》卷首），词作风格有豪健的一面，写“解弯弓掠地”（《金盏倒垂莲》）的将军和“青云少年，燕赵豪俊”（《万年欢》）自不必说，即使咏梅花，也写得劲气凛然：

开时似雪，谢时似雪，花中奇绝。香非在蕊，香非在萼，骨中香彻。　占溪风，留溪月。甚羞损、山桃如血。直饶更、疏疏淡淡，终有一般情别。（《盐角儿》）

骨气端详的梅花无疑是作者隐居时自我人格的写照和象征。由于像苏轼一样经历宦海浮沉，屡遭贬谪，因而晁补之词中颇多人生的不平和失意的苦闷。如贬溪山时所作的《迷神引》：

黯黯青山红日暮，浩浩大江东注。余霞散绮，向烟波路。使人愁，长安远，在何处？几点渔灯小，迷近坞。一片客帆低，傍前浦。　　暗想平生，自悔儒冠误。觉阮途穷，归心阻。断魂素月，一千里，伤平楚。怪竹枝歌，声声怨，为谁苦？猿鸟一时啼，惊岛屿。烛暗不成眠，听津鼓。

在山水遣赏之中寄寓身世之慨，在放达情调中寄托沉郁之情，情景交融，意境浑成，语言雅隽。冯煦《蒿庵论词》称晁词“无子瞻之高华，而沉咽过之”。

三、英雄儿女东山词

贺铸著有《东山词》。他像苏轼一样，擅长于揽诗入词，运化典故，“满心而发，肆口而成”（张耒《张右史文集》卷五十一《贺方回乐府序》），着力张扬自我的人格精神。他既有摄取前人丽情藻采，尤其是晚唐诗语遗意，寄托其幽怨情怀的一面；也有运化前人激壮类典事，以铿锵盘硬词语发其悲慨情怀的一面。张耒评云：“盛丽如游金、张之堂，而妖冶如揽嫱、施之袪，幽洁如屈、宋，悲壮如苏、李。”（同上）

《东山词》中的作品以秾丽词笔寓幽洁词情，情思缠绵，组织工丽，以小令为多。如作于徽宗大观四年（1110）前后的名作《青玉案》：

凌波不过横塘路，但目送、芳尘去。锦瑟年华谁与度？月桥花院，琐窗朱户，只有春知处。　　飞云冉冉蘅皋暮，彩笔新题断肠句。若问闲情都几许？一川烟草，满城风絮，梅子黄时雨。

此词点化曹植《洛神赋》及李商隐《锦瑟》的遗意丽语，极写闲情之逸荡，以寄托遐思、幽思、哀愁。虚实交融，情怀凄怨。其中“若问闲情都几许？一川烟草，满城风絮，梅子黄时雨”，连用三种意象表现出愁思的广度、密度和长度，化抽象无形的情思为具体可见的形象，构思奇妙，堪称绝唱。贺铸因此词而得“贺梅子”的雅号，宋金词人步其韵唱和仿效者多达二十五人二十八首。此外，如《思越人》（重过阊门万事非）、《踏莎行》（杨柳回塘）、《石州慢》（薄雨收寒）等词，“胸中眼中，另有一种伤心说不出处，全得力于楚骚，而运之以变化”（陈廷焯《白雨斋词话》卷一）。而这种“伤心说不出处”，隐然潜伏着奇崛之气，如“断无蜂蝶慕幽香，红衣脱尽芳心苦”、“当年不肯嫁东风，无端却被秋风误”（《踏莎行》），“望处定无千里眼，断来能有几回肠”（《减字木兰花》），“欲知方寸，共有几许清愁？芭蕉不展丁香结。枉望断天涯，两厌厌风月”（《石州引》）等，下字用语，断无丝毫柔媚味。

北宋词人大多是儿女情长，英雄气短，而贺铸则是英雄豪气与儿女柔情并存。在慢词创作上，东山词尤能展现英雄豪侠的精神个性和悲壮情怀，如《小梅花》（城下路）、《小梅花》（缚虎手）、《天宁乐》（铜人捧露盘引）、《水调歌头》（南国本潇洒）等，这类词作如火山爆发，烈火燃烧，具有强烈的震撼力和崇高感。其中作于晚年的《六州歌头》，最为沉痛激切：

少年侠气，交结五都雄。肝胆洞，毛发耸。立谈中，死生同。一诺千金重。推翘勇，矜豪纵，轻盖拥，联飞鞚，斗城东。轰饮酒垆，春色浮寒瓮，吸海垂虹。间呼鹰嗾犬，白羽摘雕弓，狡穴俄空。乐匆匆。　　似黄粱梦。辞丹凤，明月共，漾孤篷。官冗从，怀倥偬，落尘笼，簿书丛。鹖弁如云众，供粗用，忽奇功。笳鼓动，渔阳弄，思悲翁。不请长缨，系取天骄种，剑吼西风。恨登山临水，手寄七弦桐，目送归鸿。

英雄豪侠，沉沦下僚，不为世用，无路请缨，词中包含的不仅是人生失意的悲愤，而且含有对国家民族命运的忧虑，开创了南宋词作面向社会现实、表现民族忧患的先河。全词铺张扬厉，淋漓酣畅，节调繁促，声情激越。贺铸的《小梅花》（缚虎手）一词，表现豪侠的困厄和纵酒狂歌的神态，具有李白诗歌的风神，也是北宋词中罕见的别调。

在词史上，东山词一方面沿着东坡词抒情自我化的道路，写自我的英雄豪侠气概，开启了辛弃疾豪气词的先声；另一方面，东山词语言上又承晚唐温、李密丽的语言风格，而影响到南宋吴文英等人。

第五节
伤心之词

与苏轼等人重在打破传统词格，在词作中注入士大夫之气不同，秦观、晏几道、周邦彦等人更重在开拓传统词格，在词作中提升典雅之格。

冯煦说："淮海、小山，古之伤心人也。"（《宋六十一家词选例言》）秦观和晏几道的词风，都兼承晏殊与欧阳修，在词作中进一步融入身世哀怨之感。

一、辞情兼胜淮海词

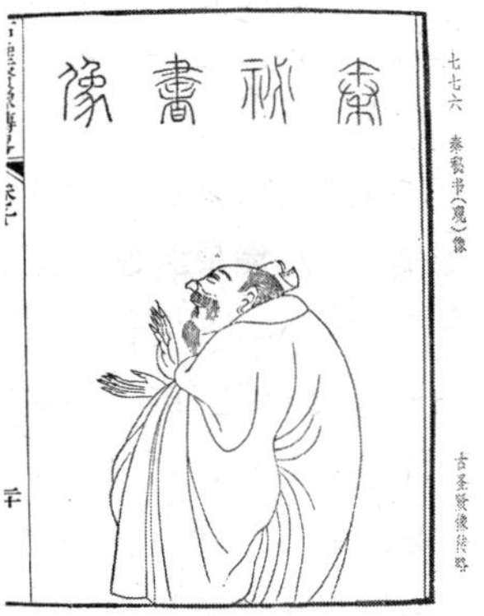
秦观像

秦观号淮海居士，著有《淮海词》。其词偏重于晏殊《珠玉词》和缓浑融的风格，更着意追求下字用语上的深微、轻淡及境界上的自然婉约。如《浣溪沙》：

漠漠轻寒上小楼，晓阴无赖似穷秋，淡烟流水画屏幽。　　自在飞花轻似梦，无边丝雨细如愁，宝帘闲挂小银钩。

在深微细腻的景物及人物举止刻画中透露出词人的伤春幽怨，语言淡雅，境界空灵。

☞ 多学一点

前人评淮海词

“如花含苞，故不甚见其力量。”（周济《介存斋论词杂著》引董士锡语）“少游能曼声以合律，写景极凄婉动人。然形容处殊无刻肌入骨之言。”（贺裳《皱水轩词筌》）樊志厚《人间词序二》说欧阳修“以意胜”，秦观“以境胜”（王国维《人间词话》附录）。

因为屡遭贬谪，秦观后期词作情调转为凄婉悲切。淮海词中浸透着伤心的泪水，充满着揪心的愁恨：“恨悠悠，几时休。飞絮落花时候一登楼。便做春江都是泪，流不尽，许多愁。”（《江城子》）“日边清梦断，镜里朱颜改。春去也，飞鸿万点愁如海。”（《千秋岁》）“天涯旧恨，独自凄凉人不问。”“困倚危楼，过尽飞红字字愁。”（《减字木兰花》）“人人尽道断肠初，那堪肠已无。”（《阮郎归》）正如冯煦所说的：“他人之词，词才也；少游之词，词心也。”（《宋六十一家词选例言》）如约作于元祐五年至绍圣元年（1090—1094）之间的《望海潮》：

梅英疏淡，冰澌溶泄，东风暗换年华。金谷俊游，铜驼巷陌，新晴细履平沙。长忆误随车。正絮翻蝶舞，芳思交加。柳下桃蹊，乱分春色到人家。　西园夜饮鸣笳。有华灯碍月，飞盖妨花。兰苑未空，行人渐老，重来是事堪嗟！烟暝酒旗斜。但倚楼极目，时见栖鸦。无奈归心，暗随流水到天涯。

词写故地重游，忆昔伤今，感慨沦落，愁肠九曲。“暗换年华”与“暗随流水”，一客一主，两相映衬；“到人家”与“到天涯”，一他一我，两相对照，针线极为细密。陈廷焯说：“少游《满庭芳》诸阕，大半被放后作。恋恋故国，不胜热中。其用心不逮东坡之忠厚，而寄情之远，措语之工，则各有千古。”（《白雨斋词话》卷一）淮海词不像东坡词那样直接倾吐内心的苦水，而是把深沉的辛酸苦闷融注在离情别恨之中，即周济所说的“将身世之感打并入艳情”（《宋四家词选》眉批），从而给传统的艳情词注入了新的情感内涵。如作于绍圣四年（1097）的《踏莎行》：

雾失楼台，月迷津渡，桃源望断无寻处。可堪孤馆闭春寒，杜鹃声里斜阳暮。驿寄梅花，鱼传尺素，砌成此恨无重数。郴江幸自绕郴山，为谁流下潇湘去？

全词以凄迷的景色、婉转的格调，表达孤寂迟暮、伤感悲凉的情绪，委婉含蓄，风韵标致。末二句意境最为悠远，言有尽而意无穷，苏轼曾“自书于扇云：‘少游已矣，虽万人何赎’”（《淮海集》张綖本附注）。

秦观对词体的革新，在以小令尤重意韵的作法弥补慢词过于直露的不足，从而达到情韵兼胜的审美效果。宋人蔡伯世早已指出：“苏东坡辞胜乎情，柳耆卿情胜乎辞，辞情兼称者，唯秦少游而已。”（见孙兢《竹坡老人词序》引，《百家词》本《竹坡老人词》卷首）如作于元丰二年（1079）的名作《满庭芳》：

山抹微云，天粘衰草，画角声断谯门。暂停征棹，聊共引离尊。多少蓬莱旧事，空回首、烟霭纷纷。斜阳外，寒鸦数点，流水绕孤村。　销魂。当此际，香囊暗解，罗带轻分。谩赢得、青楼薄倖名存。此去何时见也，襟袖上、空惹啼痕。伤情处，高城望断，灯火已黄昏。

《满庭芳》词意图

此词将令词的韵味带入慢词长调之中，别时的伤感，往日的柔情，别后的思念，词中层层铺叙，但情思并非一泻无余，而是欲吐还吞，意在言外，含蓄而有余味。这首词与柳永《雨霖铃》（寒蝉凄切）一样都写离别情事，但柳词为“向前看”，上片实写临别凄楚之情，下片虚写别后凄凉境况，下语刻挚发越。而秦词则为“向后看”，沉迷于往事之中，上、下片都虚实结合，把过去、现在、将来融为一体，情景交融，语言和婉。这种对慢词结构的讲究，对周邦彦词有很大的启发作用。

淮海词情感真挚，语言优雅，意境深婉，音律谐美，符合词体的本色和当时文人士大夫的审美趣味，在词史上具有独特的地位。陈廷焯说“秦少游自是作手，近开美成，导其先路”（《白雨斋词话》卷一）；“李易安词，独辟门径，居然可观，其源自从淮海、大晟来”（《白雨斋词话》卷二）。

二、清丽顿挫小山词

相比较而言，晏几道（号小山）《小山词》受欧阳修跌宕刻挚词风的影响更多。他将“磊瑰权奇，疏于顾忌”（黄庭坚《山谷集》卷十六《小山集序》）的个性和陆沉下位、辛酸不平的身世悲慨，一一寄托于词作，形成词风上的跌宕盘旋。如“欲尽此情书尺素，浮雁沉鱼，终了无凭据。却倚缓弦歌别绪，断肠移破秦筝柱”（《蝶恋花》），“天涯岂是无归意，争奈归期未可期”（《鹧鸪天》），“梦魂纵有也成虚，那堪和梦无”（《阮郎归》），“泪弹不尽临窗滴，就砚旋研墨。渐写到别来，此情深处，红笺为无色”（《思远人》）等，都以回环曲折的词笔写尽心中刻挚无奈之情。陈廷焯说是“情溢词外，未能意蕴言中”（《白雨斋词话》卷七）；王国维称之为“有我之境，以我观物，故物皆著我之色彩”（《人间词话》）。

晏几道为人执著痴情。因此，以痴感人，追忆往昔失落的恋情，感伤梦里境缘的虚空，表达内在精神的向往，这成为《小山词》中恋情词的一大特色。如为怀念歌女小蘋而作的《临江仙》：

> 梦后楼台高锁，酒醒帘幕低垂。去年春恨却来时。落花人独立，微雨燕双飞。
> 记得小蘋初见，两重心字罗衣。琵琶弦上说相思。当时明月在，曾照彩云归。

极写昨日欢情之易逝，今日孤怀之难遣，明日重会之无期。年年长在的春恨，实际上是青春恋情消逝的长恨。小山恋情词的结构，始终是建立在对过去的温馨回忆和现在的苦闷相思这两重今昔不同的情感世界之间，时空跳跃，情境模糊。由于与热恋的莲、鸿、蘋、云四位歌女生离死别，相见无缘，晏几道常常建构梦境以重温往日恋情的甜蜜。他在《小山词自序》中说："篇中所记悲欢离合之事，如幻如电，如昨梦前尘，但能掩卷抚然，感光阴之易逝，叹境缘之无实也。"（《小山词》卷末）他的二百六十首词作，有五十二首五十九句写到"梦"。他或在梦中追寻："梦魂惯得无拘检，又踏杨花过谢桥。"（《鹧鸪天》）或在梦中相逢："梦里时时得见伊。"（《采桑子》）他的梦，有"春梦"、"秋梦"、"归梦"、"前日梦"、"今宵梦"等等。爱而不得所爱，不得所爱却仍沉溺于爱之中，未尝清醒，从而创出造缤纷多姿、如梦如幻的艺术境界，表现虚幻的现实或现实的虚幻，这成为小山词不朽的艺术魅力。

学术轶事

晏几道之痴情

黄庭坚曾说晏几道有四痴："仕宦连蹇，而不能一傍贵人之门，是一痴也；论文自有体，不肯一作新进士语，此又一痴也；费资千百万，家人寒饥，而面有孺子之色，此又一痴也；人百负之而不恨，己信人，终不疑其欺己，此又一痴也。"（《山谷集》卷十六《小山词序》）

小山词语言艳而不俗，浅处皆深，与淮海词恰成匹敌。清人冯煦评道，二人"其淡语皆有味，浅语皆有致，求之两宋词人，实罕其匹"（《宋六十一家词选例言》）。从疏淡中见浓密，于率直中见沉郁，深曲含蕴，语淡情深，这是小山词的语言风格。他善于用平淡的语言、常见的景物，表现不同寻常的深情。如《少年游》：

离多最是，东西流水，终解两相逢。浅情终似，行云无定，犹到梦魂中。　可怜人意，薄于云水，佳会更难重。细想从来，断肠多处，不与者番同。

云、水本是两种极平常的物象，词人却分别从不同的角度取喻，新奇生动地表达出明知对方情浅意薄而自己仍然执著苦恋的深情。小山词往往委婉细腻，情深意浓，而又风流妩媚，清新俊逸。如"红烛自怜无好计，夜寒空替人垂泪"（《蝶恋花》）、"梦魂惯得无拘检，又踏杨花过谢桥"（《鹧鸪天》），都表现出语言的精度和情感的深度。

小山词以小令为主，承五代花间遗风。《小山词自序》自述："往者浮沉酒中，病世之歌词，不足以析酲解愠，试续南部诸贤绪馀，作五、七字语，期以自娱。"（《小山词》卷末）晏几道词多选体式整齐的词调，如《玉楼春》十三首，《木兰花》八首，《鹧鸪天》十九首，《生查子》十三首，《浣溪沙》二十一首。但是他在创作上刻意争胜，着意修辞，在短幅中展开跌宕有致的波澜，在匀整中注入起伏顿挫的感情，因此"能于小令之中，有长调之气格"（刘永济《唐五代两宋词简析》），显示出生新峭拔的韵味。如《鹧鸪天》：

彩袖殷勤捧玉钟，当年拚却醉颜红。舞低杨柳楼心月，歌尽桃花扇底风。从别后，忆相逢，几回魂梦与君同。今宵剩把银釭照，犹恐相逢是梦中！

全词以相逢抒离别，仍以追忆为主题，情感凡三变：初逢的欢乐与别后的哀愁，梦中的慰藉和梦回的愁怨，重逢的惊喜和再别的担忧。极写离恨之深，辗转腾挪，情境急转，愈转愈深，结构上极盘旋往复之致，有似周邦彦的长调。黄庭坚《小山词序》说是：“寓以诗人之句法，清壮顿挫，能动摇人心。”（《山谷集》卷十六）

第六节 清工雅词

一、典丽精工清真词

周邦彦号清真居士，早于晏几道活跃于词坛，以其成熟的词作，将雅词推向一个新的高峰。

沈义父说：“凡作词当以清真为主。盖清真最为知音，且无一点市井气，下字运意皆有法度，往往自唐宋诸贤诗句中来，而不用经史中生硬字面，此所以为冠绝也。”（《乐府指迷》）作为与苏轼前后相继的词坛领袖，清真词多写恋情与羁旅，意趣、思想不甚高远。但周邦彦创作时精心结撰，刻意追求词作的艺术规范性，融合秦观、贺铸变革柳永词风的艺术成就，以典丽精工的语言救柳词之鄙俗粗率，以缜密回环的章法救柳词之平直发越，形成其沉郁顿挫、典雅浑成的词风。如作于哲宗元祐八年（1093）的《满庭芳·夏日溧水无想山作》：

风老莺雏，雨肥梅子，午阴嘉树清圆。地卑山近，衣润费炉烟。人静乌鸢自乐，小桥外、新绿溅溅。凭栏久，黄芦苦竹，拟泛九江船。　　年年，如社燕，飘流瀚海，来寄修椽。且莫思身外，长近樽前。憔悴江南倦客，不堪听、急管繁弦。歌筵畔，先安簟枕，容我醉时眠。

陈廷焯评道：“此中有多少说不出处，或是依人之苦，或有患失之心，但说得虽哀怨，却不激烈，沉郁顿挫中，别饶蕴藉。”（《白雨斋词话》卷一）的确，这首词抒发贬谪之情，鲜明地体现了清真词含蓄典雅、富艳精工、浑厚温柔的风格。王国维说周邦彦“创调之才多，创意之才少”（《人间词话》），可谓的评。

清真词的章法结构，主要是从柳永词变化而来。夏敬观说：“耆卿多平铺直叙，清真特变其法，一篇之中，回环往复，一唱三叹。故慢词始盛于耆卿，大成于清真。”（《手批乐章集》，龙榆生《唐宋名家词选》）在周邦彦之前，秦观的慢词创作已开始融合传统令曲的含蓄笔法，变柳永的一气贯注、直率发越为欲吐又止、婉曲回环。周邦彦继秦观之后，对柳永的铺叙手法再作变革，往往于关节处以一二句点明旨意，突出骨力，余则往复勾勒，条贯错综，浑厚之中不乏深劲之处。柳词善铺叙，但多是平铺直叙，一般为时空序列性结构，即按情事发生、发展的时空顺序来组织词的结构，明白晓畅，但失于平板单一而少变化。清真词也长于铺叙，但变直叙为曲叙，往往将顺叙、倒叙和插叙错综结合，时空结构上体现为跳跃性的回环往复式结构，过去、现在、未来和我方、他方的时空场景交错叠映，章法严密而结构繁复多变。如约作于徽宗重和元年（1118）的名作《兰陵王·柳》：

柳阴直，烟里丝丝弄碧。隋堤上、曾见几番，拂水飘绵送行色。登临望故国。谁识。京华倦客。长亭路，年去岁来，应折柔条过千尺。　闲寻旧踪迹。又酒趁哀弦，灯照离席。梨花榆火催寒食。愁一箭风快，半篙波暖，回头迢递便数驿。望人在天北。　凄恻。恨堆积。渐别浦萦回，津堠岑寂。斜阳冉冉春无极。念月榭携手，露桥闻笛。沉思前事，似梦里，泪暗滴。

这首词在别情中渗透着江湖漂泊的孤独疲倦和憔悴失意。第一片写自我的漂泊，挽合今昔。第二片写目前送别情景，插入往事的回忆和别后愁苦的设想。第三片又由眼前景折回到别后情怀，正面实写离恨。全词情、景、事相互交错，时空穿插回环，跌宕多姿而针线细密。

清真词的铺叙，还善于增加并变换角度、层次。周邦彦善于把一丝感触、情绪向四面八方展开，又层层深入地烘托刻画，使情思毫发毕现。如《六丑·蔷薇谢后作》：

正单衣试酒，怅客里、光阴虚掷。愿春暂留，春归如过翼，一去无迹。为问花何在？夜来风雨，葬楚宫倾国。钗钿堕处遗香泽。乱点桃蹊，轻翻柳陌。多情为谁追惜？但蜂媒蝶使，时叩窗槅。　东园岑寂，渐朦笼暗碧。静绕珍丛底，成叹息。长条故惹行客，似牵衣待话，别情无极。残英小，强簪巾帻；终不似、一朵钗头颤袅，向人欹侧。漂流处、莫趁潮汐；恐断红、尚有相思字，何由见得？

这是一首咏物名作，借惜花伤春暗寓身世之感，并无出奇之处，但词作多方铺垫，千回百折，如泣如诉，语极呜咽。周济评云："不说人惜花，却说花恋人；不从无花惜春，却从有花惜春；不惜已簪之残英，偏惜欲去之断红。"（《宋四家词选》眉批）文笔跌宕，变幻多姿，将一缕惜花情思表现得淋漓尽致。全词虚实结合，或断或续，承转起落，总不离起拍数句内蕴，结构圆浑，章法缜密。

周邦彦能自铸伟辞，但更善于融化前人诗句入词，浑然天成，如从己出。晏几道、贺铸也善用前人语句，但他们往往是一首词中偶尔化用一两句，而且主要是从字面上化取前人诗句，或是一字不改地全句嵌用，或是句法不变而略改几字。而清真词往往是一首词中数句化用，不仅从字面上化用前人诗句变成新的语言，更从意境上点化前人诗句而创造出新的意境，从而把它发展为一种完备的语言技巧。最典型的是《西河·金陵怀古》：

佳丽地，南朝盛事谁记。山围故国绕清江，髻鬟对起。怒涛寂寞打孤城，风樯遥度天际。　断崖树，犹倒倚，莫愁艇子曾系。空余旧迹郁苍苍，雾沉半垒。夜深月过女墙来，伤心东望淮水。　　酒旗戏鼓甚处市？想依稀、王谢邻里。燕子不知何世，入寻常、巷陌人家，相对如说兴亡，斜阳里。

全词化用唐刘禹锡《金陵五题》的《石头城》、《乌衣巷》和古乐府《莫愁乐》三首诗而成，语言既经重新组合，意境便更饶新意。其名作《瑞龙吟》（章台路）也融化了杜甫、李贺、杜牧、李商隐等十余人的诗句，几乎字字有来历，句句有出处，但不露痕迹。周词融化前人诗句入词，贴切自然，既显博学，又见工巧。陈廷焯说："美成词，熔化成句，工炼无比，然不借此见长。此老自有真面目，不以缀拾为能也。"（《词坛丛话》，唐圭璋《词话丛编》）而且，清真词状物言情，炼字精当，着色浓丽而不俗艳，形成富丽精工的语言特色。

徽宗崇宁四年（1105）设大晟府，政和七年（1117），周邦彦受命提举大晟府，历时一年，与"诸人讨论古音，审定古调……由此八十四调之声稍传。……又复增演慢曲、引、近，或移宫换羽，为三犯、四犯之曲，按月律为之，其曲遂繁"（张炎《词源》卷下）。他善于用歌词自身的节奏变化来体现燕乐乐音运动的旋律，以文字之声律应和乐曲的声律，达到词与乐的完美结合。清人说："邦彦妙解声律，为词家之冠。所制诸调，不独音之平仄宜遵，即仄字中上、去、入三音，亦不容相混。所谓分刌节度，深契微芒。"（《四库全书总目提要》卷一百九十八《清真集》提要）这使词的声律之美能够脱离弦管配乐而独立存在，解决了词在诗化过程中如何保持独特的音律之美的难题。

王国维说，读清真词，"文字之外，须兼味其音律"（《清真先生遗事·尚论三》）。调美，律严，字工，是清真词在音律方面的特点。周邦彦与柳永一样，也长于自度曲。他新创、自度的曲调共五十多调，虽然创调之多不及柳永，但他所创之调，如《瑞龙吟》、《兰陵王》和《六丑》等，声腔圆美，用字高雅，较之柳永所创的部分俗词俗调，更符合南宋雅士尤其是知音识律者的审美趣味，因而受到更广泛的遵从和效法。清真词音律和谐，注重词调的声情与宫调的音色情调协调一致。宫调不同，声情各异，如商调凄怆怨慕，黄钟宫则富贵缠绵。所以周邦彦写离别感伤的《少年游》（并刀如水）选用商调，而写荆州明媚春光的《少年游》（南都石黛扫晴山），则用黄钟宫。为使音律和谐，清真词审音用字，也非常严格精密。他用字不仅分平仄，而且平声字分辨阴阳，仄声字递用上、去、入三声，使语言字音的高低与曲调旋律的变化密切配合。周词与杜诗一样，还特别擅长用拗句，在拗怒中追求音律的和谐统一，这是清真词的独创。王国维称："今其声虽亡，读其词者，犹觉拗怒之中自饶和婉，曼声促节，繁会相宣，清浊抑扬，辘轳交往。"（《清真先生遗事·尚论三》）因清真词法度井然，使人有门径可依，所以后世"作词者多效其体制"（张炎《词源》卷下）。近人邵瑞彭《周词订律序》说，宋代"词律未造专书，即以清真一集为之仪埻"（杨易霖《周词订律》卷首）。

二、清新神骏易安词

如果说清真词开启了宋末吴文英词浓丽质实的创作倾向，那么，李清照（号易安居士）则在变革柳永词风中，"用浅俗之语，发清新之思"（彭孙遹《金粟词话》），形成

"易安体"，开启了南宋中叶姜夔疏宕清空的创作倾向。陈廷焯说："李易安词，风神气格，冠绝一时，直欲与白石老仙（姜夔）相鼓吹"（《词坛丛话》）。

☞多学一点

易安体

南宋侯置（生卒年不详）《眼儿媚·效易安体》、辛弃疾《丑奴儿·博山道中效李易安体》，都以浅近语入律，是为"易安体"之特色。

清人沈曾植（1850—1922）谈到李清照词的接受状况时说："自明以来，堕情者醉其芬馨，飞想者赏其神骏。易安有灵，后者当许为知己。"（《菌阁琐谈》）的确，"神骏"是易安词的风格特质。以靖康之变为界，易安词前期多明快之作，于绵婉中见其"神骏"；后期多凄楚之作，于沉郁中见其"神骏"。前期多闺情词，如《如梦令》：

李清照像

> 昨夜雨疏风骤，浓睡不消残酒。试问卷帘人，却道海棠依旧。知否？知否？应是绿肥红瘦。

借景抒情，表达美质难久、物是人非的深层感慨，语新意隽。黄蓼园说："一问极有情，答以'依旧'，答得极淡。跌出'知否'二句来，而'绿肥红瘦'，无限凄婉，却又妙在含蓄。短幅中藏无数曲折，自是圣于词者。"（《蓼园词选》）再如《醉花阴》：

> 薄雾浓云愁永昼，瑞脑消金兽。佳节又重阳，玉枕纱厨，半夜凉初透。　东篱把酒黄昏后，有暗香盈袖。莫道不消魂，帘卷西风，人比黄花瘦。

写重阳节的愁闷情怀，笔致灵动，结尾三句跌宕生姿，语言则平易自然。又如《一剪梅》：

> 红藕香残玉簟秋。轻解罗裳，独上兰舟。云中谁寄锦书来？雁字回时，月满西楼。
> 花自飘零水自流。一种相思，两处闲愁。此情无计可消除，才下眉头，却上心头。

写闺情别怨，在孤寂的离愁别绪中，含蕴着夫妻心心相印的幸福感，词句浅近，而情调神骏。宋词中女性口吻的相思曲、别离调，多为男性词人代拟，而《易安词》则以女性的敏感来表现女性的柔情蜜意，格外真切动人。王灼说李清照"作长短句，能曲折尽人意，轻巧尖新，姿态百出。闾巷荒淫之语，肆意落笔，自古缙绅之家能文妇女，未见如此无顾忌也"（《碧鸡漫志》卷二），正从反面说明"易安体"深于情、专于情、勇于表露情感的独特内蕴。

靖康难后，李清照漂泊流离，国仇家恨抑郁心怀，词情转入凄楚悲凉，但笔致仍不失疏宕流转之势。如《声声慢》：

寻寻觅觅，冷冷清清，凄凄惨惨戚戚。乍暖还寒时候，最难将息。三杯两盏淡酒，怎敌他、晚来风急？雁过也，正伤心，却是旧时相识。　满地黄花堆积，憔悴损，如今有谁堪摘？守著窗儿，独自怎生得黑？梧桐更兼细雨，到黄昏、点点滴滴。这次第，怎一个愁字了得？

起三句连用七组叠字，造语奇隽，于沉咽之中透出词人怅然、凄凉的情怀，总冠全词，张端义喻为"公孙大娘舞剑手"（《贵耳集》卷上），彭孙遹比作"大珠小珠落玉盘"（《词苑》）。接下来则重笔渲染，层折层进，在饮酒、观雁、赏花、听雨的活动中，展现今昔对比的复杂的人生体验，顿挫有致。尤其是"怎敌他、晚来风急"、"如今有谁堪摘"、"独自怎生得黑"、"怎一个愁字了得"等词句，反诘有力，在浅俗中见新意，于豪宕中见沉郁，最能见出"易安体"的特征。

又如其晚年所作《永遇乐·元宵》：

落日镕金，暮云合璧，人在何处？染柳烟浓，吹梅笛怨，春意知几许？元宵佳节，融和天气，次第岂无风雨？来相召、香车宝马，谢他酒朋诗侣。　中州盛日，闺门多暇，记得偏重三五。铺翠冠儿，捻金雪柳，簇带争济楚。如今憔悴，风鬟雾鬓，怕见夜间出去。不如向帘儿底下，听人笑语。

《声声慢》词意图

全词借美景写哀情，浸透着深沉的伤乱感和忧患感，表达出动荡社会和坎坷人生带给人们的难以磨灭的精神创伤。词中"以寻常语度入音律，炼句精巧则易，平淡入妙则难"（张端义《贵耳集》卷上）。况周颐（1859—1926）说："易安笔情近浓至，意境较沉博，下开南宋风气。"（《蕙风词话》卷四）

研究进行时

女性作词

叶嘉莹认为，在中国词史上，女性词是伴随着男性词的发展而演进的。它受到传统文化、个性才情、文体观念和女性社会地位等诸多因素的影响。①

两宋之交的词学思想也发生了重大的变化。徽宗政和年间（1111—1118），李清照作《词论》，明确提出"词别是一家"的主张，批评说："苏子瞻，学际天人，作为小歌词，直如酌蠡水于大海。然皆句读不葺之诗尔，又往往不协音律者，何邪？"（《李清照集校

① 参见叶嘉莹：《从李清照到沈祖棻——谈女性词作之美感特质的演进》，载《文学遗产》，2004（5）。

注》卷三）所谓“协音律”，不仅指词要能合乐歌唱，还要求词的文字声调的变化必须体现出乐曲的乐音结构和运动法则，化外在曲调的音乐节奏为文字自身的声律。《词论》说：“盖诗文分平仄，而歌词分五音，又分五声，又分六律，又分清浊轻重。……本押仄声韵，如押上声则协，如押入声则不可歌矣。”[①] 李清照在坚持“词别是一家”的前提下，主张注重词的文字声律和语言运用的文学性，以提高词的品位和艺术表现力。如果说苏轼是从诗词同源的渊源论角度提高词体的地位，那么，李清照则是从词的本体论出发确立词体独立的文学地位。[②]

概念解析

别是一家

宋代女词人李清照《词论》中语。意思是说：词与散文、诗歌不能混淆，它独具特点，与诗文有严格界限，另是一体。李清照认为词的特点是它的音乐性，它是可以配乐歌唱的“歌词”。所以词必须“协音律”，分别“五音”、“五声”、“六律”和“清浊轻重”。

三、吴蔡体

况周颐说：“南宋佳词能浑，至金源佳词近刚方。宋词深致能入骨，如清真、梦窗是；金词清劲能树骨，如萧闲（即蔡松年）、遁庵（?）是。南人得江山之秀，北人以冰霜为清。南或失之绮靡，近于雕文刻镂之技；北或失之荒率，无解深裘大马之讥。善读者抉择其精华，能知其并皆佳妙。”（《蕙风词话》卷三）与宋词比较，金词清劲刚方，骨气内蕴，自有其特点。

金代词人，先有吴激和蔡松年，时称“吴蔡体”（元好问《中州集》卷一）。于秀美明丽之中，充塞着清刚壮大之气，这是“吴蔡体”的风格特征。

吴激（1093前—1142），词名籍甚，元好问认为：“乐府‘夜寒茅店不成眠’、‘南朝千古伤心事’、‘谁挽银河’等篇，自当为国朝第一手。”（《中州集》卷一）如《人月圆·宴北人张侍御家有感》：

南朝千古伤心事，犹唱《后庭花》。旧时王谢，堂前燕子，飞向谁家。　恍然一梦，仙肌胜雪，宫髻堆鸦。江州司马，青衫泪湿，同是天涯。（《中州集·中州乐府》）

---

① 关于“五音”、“五声”、“六律”的含义，可参见王仲闻校注：《李清照集校注》，198页注释，北京，人民文学出版社，1979。

② 参见沈家庄：《李清照词“别是一家”说刍论》，见孙崇恩、傅淑芳主编：《李清照研究论文集》，295～309页，济南，齐鲁书社，1991。

以“南人”心态，极写故宫黍离之感，化用前人诗句，剪裁点染，宛若天成，“其思致含蓄甚远，不露圭角”（刘祁《归潜志》卷八）。此词传唱一时，甚至流传高丽（见《词林纪事》卷二十引《居易录》）。陈廷焯也说，吴激“能于感慨中饶伊郁，不独组织之工也”（《白雨斋词话》卷三）。

蔡松年（1107—1159）在北宋末年随父降金，词风疏宕平博，追踪苏轼，与吴激相比，委婉之处似若不及，而壮逸之气似更过之。名作有《念奴娇·追和赤壁词》其一：

离骚痛饮，笑人生佳处，能消何物。江左诸人成底事，空想岩岩青壁。五亩苍烟，一丘寒玉，岁晚忧风雪。西州扶病，至今悲感前杰。　　我梦卜筑萧闲，觉来岩桂，十里幽香发。块磊胸中冰与炭，一酌春风都灭。胜日神交，悠然得意，遗恨无毫发。古今同致，永和徒记年月。（《中州集·中州乐府》）

此词表达了远引辞世的志趣，豪情跌宕，高逸清美，元好问称为“公乐府中最得意者，读之则其平生自处为可见矣”（《中州集》卷一）。

第七节
南渡悲歌

在南北宋之际，与李清照同时代的著名词人，还有朱敦儒、张元干。

一、朱敦儒词婉丽清畅

《宋史·朱敦儒传》称朱敦儒“素工诗及乐府，婉丽清畅”。朱敦儒南渡前的词作，既有沉湎酒色、放荡轻狂的生活吟唱，又有逍遥林下、襟怀狂逸的风致描写。靖康元年（1126），朝廷征召他进京为官，他固辞还山，作《鹧鸪天·西都作》以表心迹：

我是清都山水郎，天教分付与疏狂。曾批给雨支风券，累上留云借月章。　诗万首，酒千觞，几曾著眼看侯王？玉楼金阙慵归去，且插梅花醉洛阳。

从这种批风抹月、萧散疏狂的形象中，可以看到柳永的影子；而其词风清旷豪逸，又受到苏轼影响。南渡后，朱敦儒词风一变为凄苦悲怆，如作于高宗建炎三年（1129）的《相见欢》：

金陵城上西楼，倚清秋。万里夕阳垂地，大江流。　　中原乱，簪缨散，几时收？试倩悲风吹泪，过扬州。

尺幅之中，写景简洁，意蕴深刻，情调悲壮。朱敦儒晚年的隐逸词充满旷达自适的人生态度和浮生若梦的颓废情调，词风清疏晓畅，语言通俗，明白如话，以十首《好事近·渔父词》为代表。

二、张元干词豪放悲壮

张元干早年词风清丽婉约，南渡后一变而为豪放悲壮，《水调歌头》（袖手看飞雪）称："挟取笔端风雨，快写胸中丘壑，不肯下樊笼。"作于建炎三年（1129）的《石州慢·己酉秋吴兴舟中作》抒发壮志难伸的情怀，作于绍兴八年（1138）的《贺新郎·寄李伯纪丞相》声援李纲的上书主战，都是一时名作，于慷慨悲歌中透出雄放之势。高宗绍兴十二年（1142），当枢密院编修胡铨因上书请斩秦桧等人以谢天下而遭到迫害、编管新州（今广东新会）时，张元干激于义愤，写下千古传诵的《贺新郎·送胡邦衡待制赴新州》，为之壮行：

> 梦绕神州路。怅秋风、连营画角，故宫离黍。底事昆仑倾砥柱，九地黄流乱注？聚万落千村狐兔。天意从来高难问，况人情老易悲如许！更南浦，送君去。　凉生岸柳催残暑。耿斜河、疏星淡月，断云微度。万里江山知何处？回首对床夜语。雁不到、书成谁与？目尽青天怀今古，肯儿曹、恩怨相尔汝？举大白，听《金缕》。

全词寄寓着对国土遭受敌人践踏的满腔悲愤，表达了对胡铨的鼎力支持和对投降派的切齿痛恨。尤其是"天意从来高难问"一句，借用杜甫"天意高难问，人情老易悲"（《暮春江陵送马大卿公恩命追赴阙下》）的诗句，隐然斥责决策议和的高宗皇帝。由于这首词作，他被秦桧"以他事追赴大理削籍"（王明清《挥麈后录》卷十）。

三、张孝祥词骏发踔厉

张元干之后，以豪放词风著称，成为辛派词人先驱的有张孝祥（1132—1169）。张孝祥作诗填词以苏轼为典范："每作为诗文，必问门人曰：'比东坡何如？'"（叶绍翁《四朝闻见录》卷二）他作词"笔酣兴健"，风格"骏发踔厉，寓以诗人句法"（汤衡《张紫微雅词序》，《于湖词》卷首）。绍兴三十二年（1162）初，张孝祥在建康留守张浚席上，满怀忠愤地赋《六州歌头》：

> 长淮望断，关塞莽然平。征尘暗，霜风劲，悄边声。黯销凝。追想当年事，殆天数，非人力，洙泗上，弦歌地，亦膻腥。隔水毡乡，落日牛羊下，区脱纵横。看名王宵猎，骑火一川明。笳鼓悲鸣，遣人惊。　念腰间箭，匣中剑，空埃蠹，竟何成！时易失，心徒壮，岁将零。渺神京。干羽方怀远，静烽燧，且休兵。冠盖使，纷驰骛，若为情。闻道中原遗老，常南望、翠葆霓旌。使行人到此，忠愤气填膺，有泪如倾！

此词描述了中原沦陷后惨遭敌人践踏的凄凉景象和遗民渴望王师收复失地的心情，谴责了当权者对敌人的一味妥协投降，倾吐了词人报国无门的满腔悲愤和时不我待的焦虑。

全词声情激越顿挫，风格慷慨沉雄，“淋漓痛快，笔饱墨酣，读之令人起舞”（陈廷焯《白雨斋词话》卷六）。据说当时抗金名将张浚听到这首词，竟激动得食不下咽（见阙名《朝野遗记》）。

☞ 多学一点

《六州歌头》创作时间

按《续资治通鉴》，绍兴三十一年（1161）十一月，张浚改判建康府兼行宫留守；次年（1162）正月，高宗到建康，诏张浚仍兼行宫留守。张孝祥于此年初赴建康，旋还宣城（见《于湖集》卷二十八《题王朝英梅溪竹院》），词即作于此时。此前一年，金主完颜亮大举南侵，宋军于采石矶截击金兵，获胜；此年初战事尚未结束。旧系此词于孝宗隆兴二年（1164），张孝祥任建康留守时作，不确。

张孝祥不仅学苏词的“豪”，也学苏词的“放”，并兼融李白的浪漫精神，以自在如神之笔表现超迈凌云之气和潇洒出尘之姿。如《念奴娇·过洞庭》：

洞庭青草，近中秋、更无一点风色。玉鉴琼田三万顷，著我扁舟一叶。素月分辉，明河共影，表里俱澄澈。悠然心会，妙处难与君说。　　应念岭海经年，孤光自照，肝胆皆冰雪。短发萧骚襟袖冷，稳泛沧浪空阔。尽吸西江，细斟北斗，万象为宾客。扣舷独啸，不知今夕何夕。

词人将苏词中多次吟咏的中秋月夜移至洞庭湖上，创造了一个更为空阔晶莹、表里澄澈的水月相映世界，衬托以词人冰清玉洁的人格境界。王闿运说此词“飘飘有凌云之气，觉东坡《水调》犹有尘心”（《湘绮楼词选》）。其实此词虽有超然出尘之想，却乏俯视人生之感，气虽盛而韵不足。

四、陆游词风格多样

《卜算子·咏梅》词意图

在张孝祥之前，陆游词作风格虽然多样，但未熔炼成独特的个性，其悲壮似稼轩而无辛词的雄奇，其豪放似东坡而无苏词的飘逸，其闲适疏淡似朱敦儒而缺乏朱词的恬静潇洒，有众家之长，“而皆不能造其极”（《四库全书总目提要》卷一百九十八《放翁词》提要）。陆游词作和他的诗作一样，善于将理想化成梦境，与现实的悲凉构成强烈对比，如晚年作的《诉衷情》：

当年万里觅封侯，匹马戍梁州。关河梦断何处，尘暗旧貂裘。　　胡未灭，鬓先秋。泪空流。此生谁料，心在天山，身老沧洲。

词中处处对比，抒发起伏激荡的感情。陆游的咏物词也有佳作，如《卜算子·咏梅》：

驿外断桥边，寂寞开无主。已是黄昏独自愁，更著风和雨。　　无意苦争春，一任群芳妒。零落成泥碾作尘，只有香如故。

写梅的精神品格，恰是写人的精神品格。

第八节 雄奇豪放

一、辛弃疾词雄深雅健

至辛弃疾（号稼轩）出，以内涵博大清深、风格雄深雅健的稼轩词，确立并发展了苏轼所开创的“豪放”词风，而与苏轼并称为“苏辛”。

辛弃疾像

范开说，稼轩词“如张乐洞庭之野，无首无尾，不主故常；又如春云浮空，卷舒起灭，随所变态，无非可观。无他，意不在于作词，而其气之所充，蓄之所发，词自不能不尔也”（范开《稼轩词序》，邓广铭《稼轩词编年笺注》附录二）。辛弃疾这种以词作为性情志趣的陶写之具的创作意识，与苏轼若相契合。但是，“东坡心地光明磊落，忠爱根于性生，故词极超旷，而意极和平。稼轩有吞吐八荒之概，而机会不来，正则可以为郭、李，为岳、韩，变则即桓温之流亚，故词极豪雄，而意极悲郁。苏、辛两家，各自不同”（陈廷焯《白雨斋词话》卷六）。情怀的雄豪激烈，意象的雄奇飞动，境界的雄伟壮阔，语言的雄健刚劲，构成了稼轩词苍凉悲壮、雄深雅健的主导风格。

（一）稼轩词之英雄语

稼轩词是英雄语。辛弃疾强烈崇尚民族正气和勇武之气，如其《九议》所说的：“以气为智勇，是真足办天下之事而不肯以身就人者。”黄榦称他：“以果毅之资，刚大之气，真一世之雄也。”（《勉斋集》卷四《与辛稼轩侍郎书》）辛弃疾平生“以气节自负，以功业自许”（范开《稼轩词序》），渴望成为曹操、刘备那样的英雄：“吴楚地，东南坼。英雄事，曹刘敌。”（《满江红·江行简杨济翁周显先》）“天下英雄谁敌手？曹刘。生子当如孙仲谋。”（《南乡子》）因此，鏖战沙场、志图恢复、奋发有为的英雄气概是稼轩词风格的基调："算平戎万里，功名本是，真儒事，君知否？"（《水龙吟》）"道男儿、到死心如铁。看试手，补天裂。"（《贺新郎·同父见和再用前韵答之》）"举头西北浮云，倚天万里须长剑。"（《水龙吟·过南剑双溪楼》）"平生塞北江南，归来华发苍颜。布被秋宵梦觉，眼前万里江山。"（《清平乐·独宿博山王氏庵》）辞语铿锵，声震金石。辛弃疾闲居上饶灵山时作的《沁园春》，尤能见出他的内心志趣：

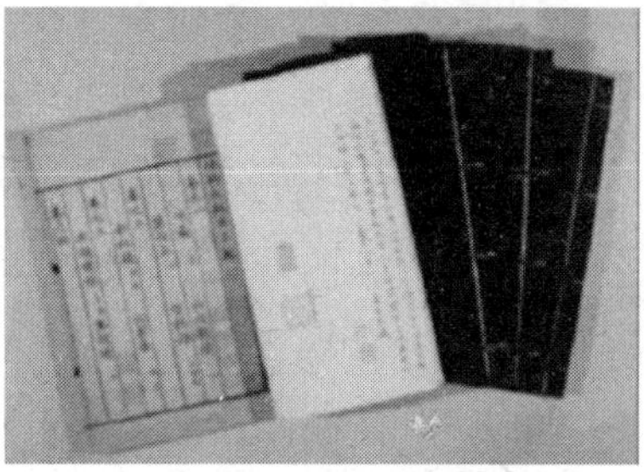

元代大德三年（1299）
广信书院刻本《稼轩长短句》
中国国家图书馆藏

> 叠嶂西驰，万马回旋，众山欲东。正惊湍直下，跳珠倒溅，小桥横截，缺月初弓。老合投闲，天教多事，检校长身十万松。吾庐小，在龙蛇影外，风雨声中。　争先见面重重，看爽气、朝来三数峰。似谢家子弟，衣冠磊落；相如庭户，车骑雍容。我觉其间，雄深雅健，如对文章太史公。新堤路，问偃湖何日，烟雨濛濛？

此词既写山，也写人，山即人，人即山。少年辛弃疾曾是沙场点兵的将帅、执戈横槊的英雄，气势豪迈，虎啸风生，"壮岁旌旗拥万夫，锦襜突骑渡江初"（《鹧鸪天》）。这种跃马横槊的抗敌生涯，在他心中形成重要的英雄情结，支配着他观山临水的独特视角：视群山如万马驰骋，临松林如检阅兵马。全词乃以气为词，充斥着排宕腾跃的气势。

（二）稼轩词之悲士语

稼轩词也是悲士语。辛弃疾南归40余年中闲居20年，出仕也不得其位，不得尽其才，"故其悲歌慷慨，抑郁无聊之气，一寄之于其词"（冯金伯《词苑萃编》卷五引黄梨庄语）。于是激烈难平的幽愤、深沉压抑的怨望、飞动跳荡的激情，构成了辛弃疾独特的生命情怀。他谴责朝廷当局的苟且偷生："渡江天马南来，几人真是经纶手。长安父老，新亭风景，可怜依旧。夷甫诸人，神州沉陆，几曾回首。"（《水龙吟·为韩南涧尚书寿》）痛愤英雄豪杰被压抑摧残："汗血盐车无人顾，千里空收骏骨。"（《贺新郎》）更直接讽刺宋光宗迫使自己投闲退隐："君恩重，教且种芙蓉。"（《小重山·与客泛西湖》）稼轩词尤擅长表现深广的社会忧患和抑郁的人生苦闷。如作于淳熙元年（1174）的《水龙吟·登建康赏心亭》：

> 楚天千里清秋，水随天去秋无际。遥岑远目，献愁供恨，玉簪螺髻。落日楼头，断鸿声里，江南游子，把吴钩看了，栏干拍遍，无人会，登临意。　休说鲈鱼堪脍。尽西风、季鹰归未？求田问舍，怕应羞见，刘郎才气。可惜流年，忧愁风雨，树犹如此！倩何人，唤取红巾翠袖，揾英雄泪？

故国沦陷、国耻未雪的焦虑感，故乡难归、流落江南的漂泊感，英雄无用的压抑感和壮怀理想无人理解的孤独感，交织于胸。因理想与现实的冲突，词人萌生出退隐之念，但英雄无功的羞愧感和执著的进取心促使他放弃了隐退的念头。欲进不能，欲退不忍，刚强孤傲的英雄也禁不住愤然泪下。作于他去世前二年（1205）的登临咏古之作《永遇乐》，更能见出他终生不渝的报国壮志和烈士暮年的悲慨：

> 千古江山，英雄无觅、孙仲谋处。舞榭歌台，风流总被、雨打风吹去。斜阳草

树，寻常巷陌，人道寄奴曾住。想当年，金戈铁马，气吞万里如虎。　元嘉草草，封狼居胥，赢得仓皇北顾。四十三年，望中犹记、烽火扬州路。可堪回首，佛狸祠下，一片神鸦社鼓。凭谁问：廉颇老矣，尚能饭否？

他在对孙权、刘裕的追慕中，慨叹当时无人堪当抗金复国之任；在对刘义隆草率出兵、仓皇败北的追惜中，规劝北伐主将韩侂胄要从容准备；在对青年时代抗金豪举的追忆和对国土沦陷的痛惜中，悲慨暮年壮志无以施展。全词沉郁悲凉，可谓词人悲剧性一生的归结。

受苏轼《浣溪沙》等农村词的启发，稼轩词也生动地描写了农村田园生活和隐逸情趣。如《清平乐·村居》：

茅檐低小，溪上青青草。醉里吴音相媚好，白发谁家翁媪？　大儿锄豆溪东，中儿正织鸡笼。最喜小儿亡赖，溪头卧剥莲蓬。

描写农民的淳朴生活，画面清新，语言质朴，透露出一片野趣和真情，独具风韵。又如《西江月·夜行黄沙道中》：

明月别枝惊鹊，清风半夜鸣蝉。稻花香里说丰年，听取蛙声一片。　七八个星天外，两三点雨山前。旧时茅店社林边，路转溪桥忽见。

描写夏季乡村夜色，动静相宜，画面宁静安谧，意境幽美清新。

(三) 稼轩词“以文为词”

但雄奇豪放、沉郁悲慨，无疑是稼轩词的风格基调。与此相关，稼轩词最擅长以文为词，将古文辞赋中常用的章法、句法结构和议论、对话等修辞手法移植于词作中。如《贺新郎·别茂嘉十二弟》，即采用辞赋的结构方式，“尽是集许多怨事，全与李太白《拟恨赋》手段相似”（宋陈模《怀古录》卷中），章法独特绝妙。又如《西江月·遣兴》：

醉里且贪欢笑，要愁那得功夫。近来始觉古人书，信著全无是处。　昨夜松边醉倒，问松“我醉何如”？只疑松动要来扶，以手推松曰“去”。

短短八句，有对话，有动作，有描写，有议论，全用散文化的句式，音韵节奏却依旧自然流畅，活泼传神。作于庆元二年（1196）的《沁园春·将止酒戒酒杯使勿近》，模仿汉人《解嘲》、《答客难》的宾主问答体，让人与酒杯对话，已是别出心裁；而词中的议论，纵横奔放，又蕴涵着丰富的人生哲理和幽默感，更是余味无穷。用《天问》体写的《木兰花慢》（可怜今夕月），连用七个问句探询月中奥秘，奇特浪漫，理趣盎然。

研究进行时

“以文为词”

李静认为，“以文为词”在结构上表现为音律、句法、话语特征以及叙事性特征等方面的突破，在内在核质上则表现为“以文气为词”。[①]

① 参见李静：《略论“以文为词”》，载《北京大学学报（哲学社会科学版）》，2005（2）。

也正因为雄奇豪放、沉郁悲慨，稼轩词喜用高亢健爽的长调慢词，而且词作语言无所不用，多有创新。

☞ **多学一点**

辛弃疾之慢词

辛词现存六百多首，用调一百零一个，其中《水调歌头》三十七首、《满江红》三十四首、《贺新郎》二十三首、《念奴娇》二十二首、《沁园春》十三首、《水龙吟》十三首。这些词调，声腔昂扬慷慨，音节悲壮激烈，便于表达雄浑激越之情。

稼轩词不仅从前代诗赋中汲取语汇，而且独创性地驱使经、史，拈掇诸子，信手挥洒，皆如己出，空前地扩大和丰富了词的语汇。宋末刘辰翁曾高度评价过稼轩词变革语言之功，说："词至东坡，倾荡磊落，如诗如文，如天地奇观，岂与群儿雌声学语较工拙，然犹未至用经用史，牵雅颂入郑卫也。自辛稼轩前，用一语如此者，必且掩口。及稼轩横竖烂漫，乃如禅宗棒喝，头头皆是。"（《须溪集》卷六《辛稼轩词序》）清人吴衡照（1771—?）也说："辛稼轩别开天地，横绝古今，《论》、《孟》、《诗小序》、《左氏春秋》、《南华》、《离骚》、《史》、《汉》、《世说》、《选》学、李杜诗，拉杂运用，弥见其笔力之峭。"（《莲子居词话》卷一）如作于庆元间（1195—1200）的《贺新郎》：

> 甚矣吾衰矣。怅平生、交游零落，只今余几！白发空垂三千丈，一笑人间万事。问何物、能令公喜？我见青山多妩媚，料青山、见我应如是。情与貌，略相似。
> 一尊搔首东窗里。想渊明、《停云》诗就，此时风味。江左沉酣求名者，岂识浊醪妙理。回首叫、云飞风起。不恨古人吾不见，恨古人、不见吾狂耳。知我者，二三子。

词中不仅点化了陶渊明、李白、苏轼等人的诗句，而且首句和末二句采自《论语》，"不恨古人吾不见"二句出于《南史·张融传》，都从经史中化出，而自饶新意。而且糅入语气虚词，气势流注奔放，感情腾跃起伏。

稼轩词中还习用大量战争和军事活动的意象，以增加词的"硬度"。诸如"千骑弓刀"、"倚天万里须长剑"、"嵯峨剑戟"、"却笑将军三羽箭"、"边头猛将干戈"、"红旗铁马响春冰"和"斩将更搴旗"等军事意象，在稼轩词中频繁出现，构成了词史上罕见的景观。代表作如《破阵子·为陈同甫赋壮词以寄之》：

> 醉里挑灯看剑，梦回吹角连营。八百里分麾下炙，五十弦翻塞外声。沙场秋点兵。　马作的卢飞快，弓如霹雳弦惊。了却君王天下事，赢得生前身后名。可怜白发生。

密集的军事意象群，构成雄豪壮阔的审美境界，慷慨激昂，意气风发。辛词语言雅俗并收，古今融合，骈散兼行，随意挥洒，而精当巧妙。正如清人刘熙载所说的："稼轩词龙腾虎掷，任古书中理语、廋语，一经运用，便得风流，天姿是何夐异！"（《艺概·词曲概》）

(四) 稼轩词风格多样

稼轩词达到无意不可入，无语不可用，合乎规范而又极尽自由的艺术境界。与此相关联，稼轩词的风格也丰富多样，举凡雄深雅健，悲壮沉郁，俊爽流利，飘逸闲适，秾纤婉丽，都能兼收并蓄。而最能体现辛弃疾词个性风格的则是摧刚为柔和亦庄亦谐两种词风。写豪气，而以深婉之笔出之；抒柔情，而渗透着英雄的豪气。悲壮中有婉转，豪气中有缠绵，柔情中有刚劲，这是稼轩的独特词风。如作于淳熙六年（1179）的名篇《摸鱼儿》：

> 更能消几番风雨，匆匆春又归去。惜春长恨花开早，何况落红无数？春且住。见说道、天涯芳草迷归路。怨春不语。算只有殷勤，画檐蛛网，尽日惹飞絮。
> 长门事，准拟佳期又误。蛾眉曾有人妒。千金纵买相如赋，脉脉此情谁诉？君莫舞！君不见、玉环飞燕皆尘土。闲愁最苦。休去倚危楼，斜阳正在，烟柳断肠处。

词作采用比兴手法，表现双重象征：由惜春怨春，象征美人失宠，进而象征英雄失意，生命徒然流逝。全词在芳菲凄婉的情调中，蕴涵不屈不挠的刚健豪气，“词意殊怨，然姿态飞动，极沉郁顿挫之致。起处‘更能消’三字，是从千回万转后倒折出来，真是有力如虎”（陈廷焯《白雨斋词话》卷一）。

稼轩词风格的多样化，还表现在嬉笑怒骂，皆成佳篇；亦庄亦谐，俱臻妙境。北宋神宗、哲宗（1068—1100）两朝，曾盛行过滑稽谐谑词，也包括苏轼在内，整个北宋的谐谑词，都是滑稽调笑，少有严肃的深意。辛弃疾原本富有幽默感，于是创造性地改造了谐谑词，来宣泄人生的苦闷和现实的愤懑，赋予谐谑词以深刻的思想内蕴。如《卜算子》（千古李将军）写贤愚的颠倒错位，《千年调》（卮酒向人时）表现官场上的圆滑，戏谑而不失庄重，严峻而不乏幽默，构成辛词又一风格特色。

二、辛派词人

稼轩词的创造性和开拓性是空前绝后的。刘克庄即说稼轩词“大声鞺鞳，小声铿鍧，横绝六合，扫空万古，自有苍生以来所无”（《后村先生大全集》卷九十八《辛稼轩集序》）。辛弃疾独创的“稼轩体”，影响十分深远。清人说：“其词慷慨纵横，有不可一世之概，于倚声家为变调，而异军特起，能于翦红刻翠之外，屹然别立一宗，迄今不废。”（《四库全书总目提要》卷一百九十八《稼轩词》提要）周济也说：“苏、辛并称。东坡天趣独到处，殆成绝诣，而苦不经意，完璧甚少。稼轩则沉着痛快，有辙可循。南宋诸公，无不传其衣钵。”（《宋四家词选目录序论》）与辛弃疾同时或稍后的陈亮、刘过、韩元吉、袁去华、刘仙伦、戴复古等词人，或与其词风相近，或传其衣钵，“歌词绰有稼轩风”（戴复古《石屏诗集》卷六《望江南》其三），形成辛派词人。这些词人的词作，大多以文为词，喜用《水调歌头》、《沁园春》、《念奴娇》、《满江红》、《贺新郎》等长调，笔力豪纵恣肆，风格豪放苍凉。其中以陈亮和刘过成就较高。

(一) 龙川词雄放恣肆

辛弃疾的密友陈亮（号龙川）是位豪侠奇士，他的龙川词多抒发抗战复仇、救国安民的思想怀抱，他每作一词，"辄自叹曰：'平生经济之怀，略已陈矣。'"（叶适《水心先生文集》卷二十九《书龙川集后》）龙川词以气势见长，往往直抒胸臆，语言斩截痛快，风格雄放恣肆。强烈的现实针对性、鲜明的政治功利性和纵横开阖的议论性，构成了龙川词最突出的特点。如《念奴娇·登多景楼》：

> 危楼还望，叹此意、今古几人曾会？鬼设神施，浑认作、天限南疆北界。一水横陈，连岗三面，做出争雄势。六朝何事，只成门户私计？　因笑王谢诸人，登高怀远，也学英雄涕。凭却江山管不到，河洛腥膻无际。正好长驱，不须反顾，寻取中流誓。小儿破贼，势成宁问强对？

论古讽今，议论精辟，诗情与政论熔为一炉，雄放恣肆，痛快淋漓。作于淳熙十一年（1184）或十二年（1185）的《水调歌头·送章德茂大卿使虏》也是以论入词，大气磅礴，豪情激荡。换头五句"尧之都，舜之壤，禹之封。于中应有，一个半个耻臣戎"，具有撼人心魄的气势，陈廷焯说是"精警奇肆，几于握拳透爪。可作中兴露布读，就词论，则非高调"（《白雨斋词话》卷一）。如果说辛弃疾是以文为词，那么陈亮便是以词为文。

(二) 龙洲词狂逸奔放

刘过（号龙洲道人）非常崇拜辛弃疾，有诗说："书生不愿黄金印，十万提兵去战场。只欲稼轩一题品，春风侠骨死犹香。"（《龙洲集》卷八《呈辛稼轩五首》其五）因此，龙洲词"词多壮语，盖学稼轩者也"（黄升《中兴以来绝妙好词选》卷五），尤其是"激昂慨慷诸作，乃刻意模拟幼安"（况周颐《蕙风词话》卷二）。如作于嘉泰三年（1203）的《沁园春·寄稼轩承旨》：

> 斗酒彘肩，风雨渡江，岂不快哉！被香山居士，约林和靖，与东坡老，驾勒吾回。坡谓"西湖，正如西子，浓抹淡妆临镜台"。二公者，皆掉头不顾，只管衔杯。　白云"天竺飞来。图画里、峥嵘楼观开。爱东西双涧，纵横水绕，两峰南北，高下云堆"。逋曰"不然，暗香浮动，争似孤山先探梅"。须晴去，访稼轩未晚，且此徘徊。

此词为游戏之作，仿效辛弃疾《沁园春·将止酒戒酒杯使勿近》的对话体，请先后相隔几百年的白居易、林逋和苏轼前来说项，"白日见鬼"（岳珂《桯史》卷二），构思极为奇特。全词融化三人西湖诗句，浑然如同己出，化庄为谐，挥洒自如，深得稼轩词豪迈狂放、幽默风趣的神韵，且更为恣肆放纵。此外，如《沁园春·御阅还上郭殿帅》、《沁园春·张路分秋阅》、《沁园春·寄辛稼轩》、《六州歌头·题岳鄂王庙》等，景象阔大，气概豪雄，也都神似稼轩词。刘熙载说："刘改之词，狂逸之中，自饶俊致，虽沉着不及稼轩，足以自成一家。"（《艺概·词概》）刘过与辛弃疾唱和或抒发爱国激情的词，多模拟

"稼轩体"，但他也有婉转之作。如著名的《唐多令》：

芦叶满汀洲，寒沙带浅流。二十年重过南楼。柳下系舟犹未稳，能几日、又中秋。　　黄鹤断矶头，故人今在不？旧江山、浑是新愁。欲买桂花同载酒，终不似、少年游。

全词造语平淡，情致婉转，笔调轻灵，人称"轻圆柔脆，小令中工品"（李佳《左庵词话》）。

概念解析

辛派词人

指南宋与辛弃疾同时或稍后的陈亮、刘过、韩元吉、袁去华、刘仙伦、戴复古等词人，或与其词风相近，或传其衣钵，形成辛派词人。这些词人的词作，大多以文为词，笔力豪纵恣肆，风格豪放苍凉。

第九节 清雅高韵

12世纪下半叶的词坛，并非辛派词人独霸天下。张炎说：高观国、姜夔、史达祖、吴文英等"格调不侔，句法挺异，俱能特立清新之意，删削靡曼之词，自成一家，各名于世"（《词源》卷下）。他们形成一股清雅高韵的审美风尚，与稼轩体词分庭抗礼。

一、清雅高韵的白石词

姜夔号白石道人，是清雅高韵的审美风尚的典范词人。张炎说："词要清空，不要质实。清空则古雅峭拔，质实则凝涩晦昧。姜白石词如野云孤飞，去留无迹。"（《词源》卷下）姜夔的"翰墨人品，皆似晋、宋之雅士"（周密《齐东野语》卷十二载姜夔自述范成大评语），其《白石道人歌曲》具有笔致冷峭、情韵幽远的艺术风格。

白石词意象清冷，境界幽邃。大多数词作着色冷、艳相糅，以清冷之色衬托炽热的情感，在空灵幽韵中寄寓深挚的身世之感或怀人之情，赋予柔思艳情以高雅不群的情趣和超尘脱俗的韵味。陈廷焯说是“感慨全在虚处，无迹可寻”（《白雨斋词话》卷二）。如作于孝宗淳熙三年（1176）的名作《扬州慢》：

淮左名都，竹西佳处，解鞍少驻初程。过春风十里，尽荠麦青青。自胡马窥江去后，废池乔木，犹厌言兵。渐黄昏，清角吹寒，都在空城。　杜郎俊赏，算而今、重到须惊。纵豆蔻词工，青楼梦好，难赋深情。二十四桥仍在，波心荡、冷月无声。念桥边红药，年年知为谁生。

词中“吹寒”、“冷月”，用联觉思维，利用艺术的通感将不同的生理感受连缀在一起，表现某种特定的心理感受。全词写情状物，不是正面直接刻画，而是侧面着笔，虚处传神，表达对扬州残破的深沉感慨。又如作于淳熙十四年（1187）的《踏莎行·自沔东来丁未元日至金陵江上感梦而作》：

燕燕轻盈，莺莺娇软。分明又向华胥见。夜长争得薄情知，春初早被相思染。别后书辞，别时针线。离魂暗逐郎行远。淮南皓月冷千山，冥冥归去无人管。

此词虽是怀念合肥恋人，但并未写艳遇的旖旎风情，而只有魂牵梦绕、铭心刻骨的忆恋。其中“淮南皓月冷千山”一句，更创造出词史上少见的冷境。姜夔偏爱冷香、冷红、冷云、冷月、冷枫、暗柳、暗雨等衰落、枯败、阴冷的意象群，以此来营构幽冷悲凉的词境，表达凄凉悲苦、孤独寂寞的人生感受。

学术轶事

后人评姜夔

刘熙载称：“姜白石词，幽韵冷香，令人挹之无尽。拟诸形容，在乐则琴，在花则梅也。”（《艺概·词曲概》）陈廷焯说：“白石词以清虚为体，而时有阴冷处，格调最高。”（《白雨斋词话》卷二）

白石词秉承周邦彦字炼句琢的创作态度，借鉴江西诗派清劲瘦硬的语言特色来改造传统艳情词、婉约词华丽柔软的语言基调，而创造出一种生新刻峭、清刚醇雅的审美风格。如作于淳熙十四年（1187）的名作《点绛唇·丁未冬过吴松作》：

燕雁无心，太湖西畔随云去。数峰清苦，商略黄昏雨。　第四桥边，拟共天随住。今何许？凭栏怀古，残柳参差舞。

此词从虚处传达出无穷哀感，笔致清虚，意境空灵，清刚冷峭，韵味醇雅。尤其是“数峰”二句，最能见出姜夔本色。姜夔在《白石道人诗说》中，提出“句意欲深、欲远，句调欲清、欲古、欲和”，这突出地体现在他的咏物词中。如作于光宗绍熙二年（1191）的咏梅名作《暗香》：

旧时月色。算几番照我，梅边吹笛。唤起玉人，不管清寒与攀摘。何逊而今渐老，都忘却、春风词笔。但怪得、竹外疏花，香冷入瑶席。　江国，正寂寂。叹寄与路遥，夜雪初积。翠尊易泣，红萼无言耿相忆。长记曾携手处，千树压、西湖寒碧。又片片、吹尽也，几时见得？

姜夔常把梅花作为其恋人的象征，如《江梅引》“人间离别易多时。见梅树，忽相思。几度小窗，幽梦手同携”，即是见梅怀人之作。《暗香》咏梅，也当托寓怀人之情，不过怀人的伤感中包含着自我零落的悲哀。词作以梅的“清寒”、“香冷”的特点略事点染，处处梅与人相映，句句物与情相缠，笔调空灵跌宕，极尽曲折往复之能事，寄深远之意于清峭和雅之句。

概念解析

清空

清空与质实相对，主要指词的语言古朴自然，疏快挺拔。由南宋词论家张炎在《词源》中提出，他认为姜夔的《疏影》、《暗香》、《扬州慢》等词中体现了“清空”的特点。

与周邦彦一样，姜夔也长于自度曲。他的十七首词自注有工尺谱，是今存唯一的宋代词乐文献，在我国音乐史上具有重大价值。有别于柳永、周邦彦的因声制词，姜夔的自度曲多是因词制曲，音乐的节奏更能体现词人情感的律动，所以他的自度曲大都音节谐婉。

自从柳永变雅为俗以来，词坛上一直是雅俗并存。无论是苏、辛，还是周、秦，都既有雅调，也有俗词。白石词则彻底反俗为雅，下字运意，都力求醇雅，在清疏之中寓幽情远致，于辛弃疾之外另开一派，因此在南宋中后期被奉为雅词的典范。清人汪森说：“鄱阳姜夔出，句琢字炼，归于醇雅。于是史达祖、高观国羽翼之，张辑、吴文英师之于前，赵以夫、蒋捷、周密、陈允平、王沂孙、张炎、张翥效之于后。”（《词综序》，朱彝尊《词综》卷首）至清代，浙西词派更奉姜词为圭臬，曾形成“家白石而户玉田（张炎）”（《词苑萃编》卷八引朱彝尊语）的盛况。

二、高、史之词

姜夔的羽翼史达祖（号梅溪），词风与姜有神似之处，尤致力于炼句，张炎最称赏的也是他“挺异”的“句法”（《词源》卷下）。他差不多每一首词都有精警之句，如“做冷欺花，将烟困柳”（《绮罗香》）、“断浦沉云，空山挂雨”（《齐天乐》）、“画里移舟，诗边就梦”（《齐天乐》）等，都属对精切巧妙。清人李调元爱其“炼句清新，得未曾有”，而录其五十条佳句，汇为《史梅溪摘句图》（见《雨村词话》卷三）。梅溪词中最负盛名的是《双双燕·咏燕》：

过春社了，度帘幕中间，去年尘冷。差池欲住，试入旧巢相并。还相雕梁藻井。又软语、商量不定。飘然快拂花梢，翠尾分开红影。　　芳径。芹泥雨润。爱贴地争飞，竞夸轻俊。红楼归晚，看足柳昏花暝。应自栖香正稳。便忘了、天涯芳信。愁损翠黛双蛾，日日画阑独凭。

此词以拟人化手法刻画物态，层次铺叙，工笔描绘，人称“咏物至此，人巧极天工矣”（王士禛《花草蒙拾》）。

高观国（生卒年不详）与史达祖同时，常有词章唱和，并称“高、史”。词作多言情和咏物，善于创意琢句，如“棹沉云去情千里，愁压双鸳飞不起”（《玉楼春》“春烟澹澹生春水”）、“香心静，波心冷，琴心怨，客心惊”（《金人捧露盘·水仙花》）、“开遍西湖春意烂，算群花、正作江山梦”（《贺新郎·赋梅》）等，都颇为后人传诵。但他的词精实有余而超逸不足。

三、金源雅词

与姜夔同时，北方金世宗大定、章宗明昌年间（1161—1196）的词坛，也出现新的面貌。党怀英的词作清雅蕴藉，格高调逸，如《青玉案》：

红纱绿蒻春风饼，趁梅驿，来云岭。紫桂岩空琼窦冷。佳人却恨，等闲分破，缥缈双鸾影。　　一瓯月露心魂醒，更送清歌助清兴。痛饮休辞今夕永，与君洗尽，满襟烦暑，别作高寒境。

这是一首咏茶词，由茶饼而分茶、品茶，层层推进，寓以词人的高逸情怀，词境高朗清美。王庭筠的词作，多在幽峭之中含健举之风、刚强之气，如《谒金门》：

双喜鹊，几报归期浑错。尽做旧愁都忘却，新愁何处著。　　瘦雪一痕墙角，青子已妆残萼。不道枝头无可落，东风犹作恶。

此词抒写漂泊情怀，况周颐称其“间涉幽峭之笔，绵邈之音”（《蕙风词话》卷三）。

【温故知新】

柳永的慢词创作　柳词浅近卑俗　珠圆玉润的珠玉词　深婉疏隽的六一词　情韵细婉的子野词　以诗为词　苏轼对词境的开拓　清旷趣逸山谷词　豪健的晁补之词　英雄儿女东山词　辞情兼胜淮海词　清丽顿挫小山词　典丽精工清真词　清新神骏易安词　吴蔡体　朱敦儒词婉丽清畅　张元干词豪放悲壮　张孝祥骏发踔厉　陆游词　稼轩词雄深雅健　稼轩词之英雄语、悲士语　以文为词　稼轩词风格多样、扫空万古　龙川词雄放恣肆　龙洲词狂逸奔放　清雅高韵的白石词　高、史之词　金源雅词

【请你思考】

1. 晏殊、欧阳修词创作有哪些异同？
2. 如何理解张先、王安石等人对词境的开拓？

3. 柳永对宋词的重大创变主要表现在哪些方面?

4. 如何认识及评价柳永的市井意识与其词作的关系?

5. 陈师道认为苏轼“以诗为词”,“虽极天下之工,要非本色”(《后山诗话》),你如何看待词之“本色”与苏轼的“以诗为词”?

6. 苏轼词对传统的继承和突破分别表现在哪些方面?

7. 晏几道情词创作的主要特色是什么?

8. 如何理解秦观词作“情韵兼胜”的创作特征

9. 如何理解贺铸词作在宋代词史上承前启后的意义?

10. 为什么说周邦彦是北宋婉约词派的集大成者?

11. 简述李清照前后期词风的变化。

12. 简述靖康之变对当时词人创作的影响。

13. 试述辛弃疾词的艺术成就。

14. 简要论述辛弃疾词的思想内涵。

15. 结合辛弃疾及辛派词人的词作,谈谈什么是“以文为词”。

16. 试述姜夔词对传统婉约词表现技巧的创新。

【推荐阅读】

吴熊和,沈松勤校注. 张先集编年校注. 杭州:浙江古籍出版社,1996

(宋)晏殊,晏几道. 张草纫笺注. 二晏词笺注. 上海:上海古籍出版社,2008

(宋)柳永. 薛瑞生校注. 乐章集校注. 北京:中华书局,1994

黄畬笺注. 欧阳修词笺注. 北京:中华书局,1986

邹同庆,王宗堂. 苏轼词编年校注. 北京:中华书局,2002

(宋)秦观. 徐培均笺注. 淮海居士长短句. 上海:上海古籍出版社,2008

李明娜. 小山词校笺注. 台北:文津出版社,1981

(宋)贺铸. 钟振振校注. 东山词. 上海:上海古籍出版社,1989

(宋)周邦彦. 罗忼烈笺注. 清真集笺注. 上海:上海古籍出版社,2008

王学初校注. 李清照集校注. 北京:人民文学出版社,1979

(宋)辛弃疾. 邓广铭笺注. 稼轩词编年笺注. 上海:上海古籍出版社,2007

(宋)陆游. 夏承焘,吴雄和笺注. 放翁词编年笺注. 上海:上海古籍出版社,1981

(宋)姜夔. 陈书良笺注. 姜白石词笺注. 北京:中华书局,2009

施议对. 词与音乐关系研究. 北京:中国社会科学出版社,1985

吴熊和. 唐宋词通论. 杭州:浙江古籍出版社,1985

第九编　分久必合

（宋理宗宝庆元年至元顺帝至正十九年，1225—1359）

第一章 南北文化与雅俗文学

【导读】

13 世纪初到 14 世纪中叶，中国文化的总体趋势是从长期的分裂走向空前的统一，无论是地域、经济、政治，还是意识形态，都是如此。这种文化空前统一的局面，从 13 世纪后半叶开始实现，一直延绵到 19 世纪中叶，历时将近 600 年。分久必合，成为一种历史的必然趋势。与历史趋向同步并行，在文学内部，南北文风的对峙和交融，雅俗取向的分流和汇聚，也逐渐蔚为时代风气。

第一节 从南北对峙到南北融合

一、南北文学分裂期

从宋理宗宝庆元年（1225）至元顺帝至正十九年（1359），共135年。从南方文学与北方文学的相互关系着眼，这一时段的文学可以分为三个时期，即南北文学的分裂期、融合期和繁盛期。

从宋理宗宝庆元年（1225）至宋度宗咸淳五年、元世祖至元六年（1269），共45年，是南北文学的分裂期。

在南方，宋宁宗时的开禧北伐（1206）失败以后，宋室再次与金国签订了屈辱的和议，于是宋、金之间恢复了相对稳定的对峙状态。到了宋理宗端平元年（1234）蒙古灭金以后，南宋又面临着来自蒙古汗国的更加强大的军事威胁，朝政黑暗，国势孱弱。在文坛上，"四灵"中的徐照（?—1211）、徐玑（1162—1214）、赵师秀（1170—1220）已先后去世。从宋理宗宝庆元年（1225）起，陈起（?—1256?）陆续编集《江湖诗集》、《续集》、《后集》等集子，收录穷窘文士、山林隐逸、小职卑官、游幕食客等人的诗作，遂有"江湖诗派"之称，标志着文学新时期的开端。江湖诗派的代表作家有戴复古（1167—1252?）、刘克庄（1187—1269）、方岳（1199—1262）等。他们大抵与"四灵"为同道，诗歌创作的共同旨趣是反江西而崇晚唐，但堂庑较大，取材较广，兼擅用事，与"四灵"实异其趣。以江湖诗风为表征的文坛风气，在总体上呈现出一股衰靡的景象。词坛上则呈现为双水分流的局面：刘克庄、陈人杰（1218—1243）瓣香苏轼（1037—1101）、辛弃疾（1140—1207），词风豪迈奔放；吴文英（1207?—1269?）则承续周邦彦（1056—1121）、姜夔（1155?—1209?），词风密丽深曲。

在北方，金章宗泰和六年（1206），金王朝在蒙古进逼下被迫南渡。随着金国国势的日益衰微，社会动荡不安，人民饱受战乱之苦，南渡后的诗文多流溢着忧时伤乱的情调。元好问（1190—1257）亲身经历亡国惨痛，以诗文作品展现了金、元易代之际的历史画卷，唱出了时代的最强音。同时，新型的韵文文学——散曲——以勃勃生机流行于文坛，杂剧的创始人关汉卿（约1220—约1302）也开始活跃于剧坛，与文人文学风格迥异的通俗自然的平民文学正在北方崛地而起。

二、南北文学融合期

从宋度宗咸淳六年、元世祖至元七年（1270）至元仁宗皇庆二年（1313），共44年，是南北文学的融合期。

宋理宗端平元年（1234），南宋和蒙古联合灭金，从此南宋便直接面临蒙古的威胁。从端平二年（1235）开始，强大的蒙古军队连年南侵，宋军节节败退。到卫王祥兴二年（1279），南宋的最后一个据点厓山被元军攻占，南宋灭亡。这场江山易主的剧烈程度更超过了靖康之难。随着蒙古宪宗七年（1257）北方文坛领袖元好问去世，宋度宗咸淳五年（1269）南方文坛领袖刘克庄去世，文学发展也进入南北融合的新时期。忽必烈（1260—1294 在位）认为："士不治经究心孔孟，而为赋诗，何关修身，何益为国?""由是海内之士，稍知从事实学"（姚燧《牧庵集》卷十五《董文忠公神道碑》）。从至元年间（1264—1294）开始，蒙元统治者的思想先是在北方，统一后又渗透到南方，孕育了一代文坛风气。余阙（1303—1358）说："文之敝至宋亡而极矣。故我朝以质承之，涂彩以为素，琢雕以为朴。当是时，士大夫之习尚，论学则尊道德而卑文艺，论文则崇本实而去浮华。"（《柳待制文集序》，柳贯《待制集》卷首）

这时期南方重要的诗文作家有方回（1227—1307）、刘辰翁（1232—1297）、周密（1232—1298）、文天祥（1236—1283）、王沂孙（？—1291 前）、戴表元（1244—1310）、张炎（1248—1331）、谢翱（1249—1295）、赵孟頫（1254—1322）等，北方重要的诗文作家有王恽（1227—1304）、姚燧（1238—1313）、刘因（1249—1293）等。在南宋末年，要求抗敌御侮的主题一度成为文坛主流，汇聚成一束束灿烂的诗文词作品。到宋亡之后，南方文坛上多为哀以思的亡国之音，并逐渐与北方文坛上的雅正之音相融合。宋、元之际的诗文大率延续金、宋习气，欧阳玄（1272—1357）说："皇元混一之初，金、宋旧儒，布列馆阁。然其文气，高者崛强，下者委靡，时见旧习。"（《雍虞公文序》，虞集《道园学古录》卷首）诗风如清人顾嗣立（1665—1722）所说的："元诗承宋、金之季，西北倡自元遗山，而郝陵川（郝经）、刘静修（刘因）之徒继之，至中统（1260—1263）、至元（1264—1294）而大盛，然粗豪之习，时所不免。"（《寒厅诗话》）于是，南北诗人同时标举"宗唐得古"的旗帜，复古诗风逐渐兴起并形成潮流。虞集（1272—1348）说："我朝混一以来，朔南暨声教，士大夫歌咏，必求正声，凡所制作，皆足以鸣国家气化之盛。"（《中原音韵序》，周德清《中原音韵》卷首）文章作家则或宗唐、或宗宋，提出了理学和古文合一的观点，促进了文章创作的发展。

在宋、元之际的词坛上，词人喜欢结社唱和，咏物词风靡一时。如杨缵（生卒年不详）、张枢（1292—1348）、周密、陈允平（生卒年不详）、李彭老（生卒年不详）、李莱老（生卒年不详）、王沂孙、施岳（生卒年不详）、仇远（1247—1326）、张炎等浙江籍的词人，以临安（今浙江杭州）为活动中心，常常结为吟社，分题定韵赋词，词成后相互审音改字，品评得失。周密、王沂孙、张炎、唐珏（1247—?）、陈恕可（生卒年不详）、仇远等 14 人曾 5 次聚会，分咏龙涎香、白莲、莼、蝉、蟹等物，后来结集为词史上第一部咏物词专集《乐府补题》。词社中的酬和词，大多精雕细刻，音律精严，字句高雅，但有时为应酬之作，所以清人周济说："北宋有无谓之词以应歌，南宋有无谓之词以应社。"（《介存斋论词杂著》）

在这一时期，关汉卿、白朴（1226—1306 以后）、王实甫（？—1324 前）、马致远（约 1250—1321 稍后）等杂剧作家表现出极为旺盛的创作力。徐渭（1521—1593）说："元初，北方杂剧流入南侥，一时靡然向风。"（《南词叙录》）至少在至元二十七、二十八年（1290—1291），杂剧已在南方演出。[1] 到元贞、大德年间（1295—1307），杂剧已是“举世行”了，关汉卿、白朴等人的作品也已“天下流行”（见钟嗣成《录鬼簿》诸作家题词）。南方的风土名物，吸引了大批北方人士，许多剧作家包括关汉卿、白朴、马致远等都先后到过杭州。在政治气候的推动下，在杂剧已具有较高文化品位的影响下，居住在杭州一带的作家像曾瑞（生卒年不详）、施惠（生卒年不详）、乔吉（1280？—1345）、秦简夫（生卒年不详）、萧德祥（生卒年不详）等，也加入到杂剧的创作队伍中。而散曲创作也极为繁盛，在南北方的民间和文坛广为流行。

三、南北文学繁盛期

从元仁宗延祐元年（1314）至元顺帝至正十九年（1359），共46年，是南北文学的繁盛期。

元仁宗皇庆二年（1313），朝廷以行科举诏颁布天下，延祐元年（1314）科举正式实行，文人的社会地位发生了新的变化，文坛风气由质朴而转变为雕饰，南北文学皆趋于极盛。余阙说：“盖久而至于至大（1308—1311）、延祐（1314—1320）之间，文运方盛，士大夫始稍稍切磨为辞章。”（《柳待制文集序》，柳贯《待制集》卷首）戴良（1317—1383）也说：“自天历（1328—1330）以来……一时作者，率皆涵淳茹和以鸣太平之鸿休，其摛辞则拟诸汉唐，说理则本诸宋儒，而学问则优游于周之未衰。学者咸宗尚之，并称之曰‘虞（集）、揭（傒斯）、柳（贯）、黄（溍）’，而本朝之盛极矣。”（《九灵山房集补编》下《夷白斋稿序》）虞集、杨载（1271—1323）、范梈（1272—1330）、揭傒斯（1274—1344）等所谓“元诗四大家”驰骋诗坛，南北诗风融合已成自然之势，欧阳玄说：“我元延祐以来，弥文日盛，京师诸名公，咸宗魏晋唐，一去金、宋季世之弊而趋于雅正，诗丕变而近于古。”（《圭斋文集》卷八《罗舜美诗序》）明人胡应麟（1551—1602）评此期诗风特征说：“皆雄

元代山水图

① 据元淮《金困集》，当时他在江南溧阳（今属江苏）做官，有诗咏及马致远《汉宫秋》、白朴《梧桐雨》等杂剧作品。

浑流丽，步骤中程。然格调音响，人人如一，大概多模往局，少创新规。视宋人藻绘有余，古淡不足”（《诗薮》外编卷六）。

于是，盛之极致而衰象亦露，当时虞集已批评道：“延祐科举之兴，表表应时而出者，岂乏其人？然亦循习成弊，至于骤废骤复者，则亦有以致之者然与？于是执笔者肤浅则无所明于理，蹇涩则无所昌其辞，徇流俗者不知去其陈腐，强自高者惟旁窃于异端，斯文斯道，所以可为长太息者，尝在于此也。”（《道园学古录》卷三十三《庐陵刘桂隐存稿序》）其后杨维桢（1296—1370）也说：“盛极则亦衰之始。自天历（1328—1330）来，文章渐趋委靡，不失于蒐猎破碎，则沦于剽盗灭裂，能卓然自信，不流于俗者几希矣。”（《东维子集》卷六《王希赐文集再序》）至元末，由于社会矛盾日趋尖锐，诗文创作的现实性大大增强，文坛上又奏响慷慨激昂的音调，张翥（1287—1368）、王冕（1287—1359）、杨维桢等的诗文词创作，成为 14 世纪后半叶文学潮流的前奏。

这一时期的散曲和戏曲（包括杂剧和戏文）流行南北，张养浩（1270—1329）、钟嗣成（1279—1360）、张可久（1279—约 1354）、乔吉、徐再思（约 1280—1330 以后）、贯云石（1286—1324）、郑光祖（？—1324 前）、宫天挺（约 1260—?）、秦简夫、高明（1307？—1359）等剧作家驰骋曲坛，佳作迭出。然而，这时的散曲和戏曲文学的创作，曲律趋于严谨，曲辞趋于婉丽，已出现了明显的文人化、士夫化倾向，雅俗文学也呈现出进一步合流的趋势。

第二节
民族关系与文学风貌

一、民族文化交流

从 12 世纪初开始，中国南方和北方长期分裂，文明进展和文化交流在分裂的局面下艰难而坚韧地持续着。到 13 世纪初至 14 世纪中叶，中国最突出的文化现象是蒙古族在北方的崛起，以及由此而形成的复杂的民族关系。在这一时期，多民族文化剧烈地碰撞，密切地交融，形成了一个时代独特的文化风貌，成为这一时期文学发展的基本文化语境。

从公元 9 世纪以后 300 多年来，中国境内宋、辽、夏、金以及吐蕃、大理等政权长期并立。而公元 1279 年元朝的统一，则结束了这种分裂割据的局面，实现了中国历史上空前未有的统一。元朝的疆域，“北踰阴山，西极流沙，东尽辽左，南越海表”（《元史·地理志》），国土比汉、唐时代更为广阔。这种大一统的局面，扩大了国内各地区经济相互调剂的范围，促进了国内各民族文化的相互交流。人口的迁移，交通的发达，民族的杂居，导致各民族文化的融合。蒙军南下时，军旅中多有“回纥、乃满、羌、浑部落及中原人被掠避罪而来归者”（元好问《遗山集》卷二十七《赠镇南军节度使良佐碑》）。他们随军屯驻，大多数成了当地居民。同时，元军兵锋西指，西域归附，驿路畅通，方便了商贾往来，回民纷至沓来。据至元初年统计，在中都路的回民人数，近 3 000 户之多。民族杂处，加深了彼此的友谊和文化的交流。例如北方少数民族乐曲、音调广泛流行，与北方民间乐曲、音调相结合，形成了独特的北方乐曲，大大丰富了中国的戏曲音乐。明人徐渭说：“北曲盖辽金北鄙杀伐之音，壮伟狠戾，武夫马上之歌，流入中原，遂为民间之日用。”（《南词叙录》）杂剧作家们更是大量吸取少数民族的乐曲，以增强作品的表现力，像《唐歹合》、《拙音速》、《风流体》、《六国朝》、《阿忽合》等曲牌，已为汉族民众喜闻乐见。元代还出现了一大批精通汉文化的少数民族文学家、艺术家，在文坛艺苑上辛勤劳作，为中国文化作出了突出贡献。例如贯云石（回纥人）、萨都剌（1305？—1355？，蒙古人）、阿鲁威（生卒年不详，蒙古人）、薛昂夫（1267—1359，西域人）所写的诗词或散曲，造诣颇高；杂剧作家则有李直夫（生卒年不详，蒙古人）、杨景贤（生卒年不详，蒙古人）等。由于东西交通的一度畅通，在元代，中国和西方的交流也较之以往更为密切。中国的罗盘、火药、印刷术等文明的结晶先后传入西欧，西方的天文学、算学等哲人的智慧也陆续传入中国，这都促进了中西方科学文化的发展。

二、汉化的政治制度

元朝的政治、文化制度基本上沿袭宋朝和金朝，同时也保存了蒙古族的某些旧制。这种政治、文化制度的建立，是蒙古贵族统治集团为了适应中原地区的封建生产方式，相应地采用“汉法”治理中原的必然结果。金哀宗天兴三年（1234），成吉思汗（1206—1227 在位）的儿子窝阔台（1229—1241 在位）灭了金国，蒙古王朝统一了北方，开始着力倚用金朝降臣和汉族地主武装的首领人物，在原金朝统治地区逐步建立适应中原封建制度的统治秩序，这就是当时人们所说的实行“汉法”。在这期间，曾为金臣的耶律楚材（1190—1244）起了重要的作用。他主张以儒治国，建议窝阔台推行一系列有利于恢复封建经济的政策、措施，例如反对把农田改为牧地，把大量奴隶改籍为国家编民，实行轻税薄赋的“五户丝制”等。同时，耶律楚材在燕京设立了编修所，在平阳设立了经籍所，搜集和保存文化典籍。1230 年，他还奏请窝阔台批准任用儒者为课税使，一次起用了 20 人，这是蒙古王朝大量任用儒士文臣的开端。在耶律楚材的努力下，1238 年，窝阔台实行了第一次科举取士。

宪宗蒙哥（1251—1259 在位）即汗位后，任命他的弟弟忽必烈执掌漠南汉地军政大权。此后近 10 年间，在忽必烈周围形成一个儒士幕僚集团，其中著名的人物有张文谦（1216—1283）、窦默（1196—1280）、赵良弼（1216—1286）、王鹗（1291—1274）、姚枢（1203—1280）、许衡（1209—1281）、商挺（1209—1288）、刘秉忠（1216—1274）、郝经（1223—1275）等。这些儒士极力说服忽必烈接受和实行中原政治、文化制度，以保护地主阶级的利益；而忽必烈也有意通过这些有影响的儒士来争取汉族地主、军阀和士大夫对他的支持。1260年忽必烈即位后，进一步信用儒臣，更加坚定地实行“汉法”。至元八年（1271），他同意以“元”为国号，取《易经》“乾元”之义，表明他对汉族文明的高度推崇。忽必烈制定的政治纲领是：“稽列圣之洪规，讲前代之定制”（《元史·世祖本纪》）。他要求继承蒙古族的祖宗成法，并采取中原王朝的仪文制度，把两者融合起来。他主持大都（今北京）的兴建，宫阙建筑风格本于汉制，城门、坊名本于《易经》，而内庭摆设又带有蒙古斡耳朵（宫帐）的特色，便体现了民族文化的融汇。在灭宋（1279）时，江南地区封建经济没有像灭金过程中的北方经济那样遭到很大破坏，南方地主阶级的利益也基本上受到了保护。忽必烈采纳儒臣程钜夫的建议，大量起用南方儒士。这样，南方地主阶级对蒙元王朝的态度也由反抗逐渐变为拥护。成宗大德年间（1297—1307）以后，更多的原先持不合作乃至敌对态度的南方儒士，纷纷转变态度，出仕食禄，这实际上表明南方地主阶级对蒙元王朝统一中国的最终承认和拥戴。

三、民族歧视政策

当然，由于元朝是以少数民族中的上层统治阶级统治全中国的王朝，在处理与汉民族的民族关系时，难免存在着民族歧视和民族压迫的现象。例如，在任职制度上，至元二年（1265），忽必烈诏令“以蒙古人充各路达鲁花赤（即第一把手），汉人充总管，回回人充同知，永为定制”（《元史·世祖本纪》）。此外，府、州、县达鲁花赤也都必须由蒙古人充任。各级地方官中的达鲁花赤，即使素质低下，即使不实际理事，也成为高居在上的特殊官员。在选官制度上，元朝仕进多途，或由荫袭，或由科举，或由吏员；即便是由科举入仕，其名额也由四等人（蒙古人、色目人、汉人和南人）均分，从中央到各级地方官署的实权都掌握在蒙古人、色目人手中，汉人、南人难得参与。元末明初叶子奇（生卒年不详）说：“天下治平之时，台省要官皆北人为之，汉人、南人万中无一二。其得为者不过州县卑秩，盖亦仅有而绝无者也。后有纳粟、获功二途，富者往往以此求进。令之初行，尚犹与之；及后求之者众，亦绝不与南人。”（《草木子》卷上《克谨篇》）这实际上不利于人数众多的汉族士子仕进。元朝的法律还规定：“诸蒙古人与汉人争，殴汉人，汉人勿还报，许诉于有司。”（《元史·刑法四》）这种民族歧视政策在政治上产生了恶劣的影响。

四、危机感和愤懑感

这一时期文学的时代特征最直接地同当时各阶层文人的精神面貌有关，而当时各阶层文人的精神面貌又是由他们的生活环境和生活经历所决定和制约的。一方面，忽必烈实行以“汉法”治汉民，继承了唐、宋以来封建统治的经验，辅之以蒙古族的务实作风，社会经济得到了恢复和发展，政治统治是巩固的，民族融合是空前的，统治者充满信心。另一方面，金、宋兴亡的历史变革，社会生活的动荡，严酷的民族压迫和阶级压迫，形成了一种不同于唐、宋时期的特殊的社会氛围。尤其是蒙元历朝统治者一般都重实用，轻文学，如忽必烈即位诏书就称“务施实德，不尚虚文”（《元史·世祖本纪》），因此文人即使入仕，也大多不受重用。因而从整体上看，在至元年间（1264—1294）前后数十年间，文人的社会地位比之唐宋时期显然普遍下降，据说当时社会上流传着“七匠八娼九儒十丐”（谢枋得《叠山集》卷六《送方伯载归三山序》）的说法，在元杂剧作品中也多处引用“儒人颠倒不如人”的俗谚。余阙说：“夫士惟不得用于世，则多致力于文字之间，以为不朽。”（《青阳先生文集》卷四《杨君显民诗集序》）龚璛（1266—1331）说：“一自士去科举之业，例无不为诗。”（《静春堂诗集序》，袁易《静春堂诗集》卷首）大批文人沉溺于文学写作，以超脱困窘的社会处境。而社会地位的普遍下降，激起了元代文人内心中强烈的危机感和愤懑感。这种强烈的危机感和愤懑感，与平民百姓的文化感受和心理情绪相沟通，形成了这一时期特定的社会思潮。这种社会思潮在许多文人身上表现为一种扭曲的心灵状态：表面上嬉笑怒骂，或嘲风弄月，或醉情山林，而内心中却积蓄着深重沉郁的愤懑和不满。这种社会思潮形成这一时期文学艺术的独特情调和风格，充分地表现在各种文学艺术样式中。

元代士人群体

☞ 多学一点

戏曲中的“儒人颠倒不如人”

此语见于《秋胡戏妻》、《荐福碑》、《举案齐眉》、《谇范叔》、《合同文字》、《罗李郎》、《忍字记》等剧。如《秋胡戏妻》中正旦即叹秋胡“他守青灯，受苦辛，吃黄齑，捱穷困，指望他玉堂金马做朝臣。原来这秀才每当正军，我想着儒人颠倒不如人，早难道文章好立身”。

第三节 理学独尊与兼收并蓄

一、理学独尊

与统治政策的兼收并蓄相辅相成，蒙元统治者在思想上也是兼收并用的。他们对各种思想几乎一视同仁，都加以承认与提倡，“三教九流，莫不崇奉”（王恽《秋涧集》卷八十五《立袭封衍圣公事状》）。仁宗尝谓："明心见性，佛教为深，修身治国、儒道为切。"（《元史·仁宗三》）对佛、儒二教都予以优容。

当然，从13世纪初到14世纪中叶，儒学依旧是社会的统治思想。宋理宗宝庆三年（1227），赵宋朝廷将朱熹（1130—1200）编注的《四书集注》定为科举考试的指定参考书，标志着程朱理学已为官方意识形态所接受。在蒙元时期，程朱理学逐渐占据主流意识形态地位。许衡"得朱子《四书》之说于江汉先生赵氏（即赵复）"，始而在民间授徒，继而在元世祖中统年间（1260—1264）又进讲于朝廷，"而朱氏诸书，定为国是，学者尊信，无敢疑贰"（虞集《道园学古录》卷三十九《跋济宁李璋所刻九经四书》）。至元二十一年（1284），许衡奉世祖之命，"议学校科举之法，罢诗赋，重经学，定为新制"（陈邦瞻《元史纪事本末》卷八《科举学校之制》）。这一新制虽未能实行，但许衡提出的"罢诗赋，重经学"的主张，却已在基本的政策导向上，与唐、宋科举制度划分出楚河汉界来。到仁宗皇庆二年（1313），朝廷以行科举诏颁布天下，声明"举人宜以德行为首，试艺则以经义为先"，规定"明经"、"经疑"和"经义"考试都用宋儒朱熹等人的注释（同上），"而曲学异说，悉罢黜之"（苏天爵《滋溪文稿》卷五《伊洛渊源录序》）。这就使程朱理学在中国历史上第一次被自上而下地定为官方学术，确立了在思想文化领域的统治地位，并一直延续到清代。元代定程朱理学为一尊，与汉武帝的"罢黜百家，独尊儒术"遥相呼应，影响极为深远。作为儒学宗师的孔子，因此被封为"大成至圣文宣王"（《元史·武宗一》）。

为了政治统治的需要，蒙元统治者极力倡导理学，标榜德治。而理学家也用他们的哲学义理论证伦理纲常，以倡导和巩固封建统治秩序。元代的文章之学深受理学影响，文章大家几乎全是理学家。[①] 由元入明的宋濂（1310—1381）等人在编《元史》时，一改以往史家将"儒林"、"文苑"分开立传的做法，将二者合而为"儒学传"，并说明其理由："然儒之为学一也，六经者斯道之所在，而文则所以载夫道者也。故经非文则无以发明其旨趣，而文不本于六艺，又乌足谓之文哉！由是而言，经艺文章，不可分而为二也明矣。"（《元史·儒学一》）这既表明了宋濂等人的文学观念，也反映出元代理学与文章合一的情形。

学术轶事

忽必烈问政于窦默

忽必烈未即帝位之前，就曾问"治道"于窦默，窦默首以三纲五常为对，说："人道之端，孰大于此？失此则无以立于世矣。"（《元史·窦默传》）世祖深以为然。仁宗曾举起拳头对臣下说："所重乎儒者，为其握持纲常，如此其固也。"（《元史·李孟传》）

---

① 如郝经、姚燧、卢挚、元明善、吴澄、戴表元、揭傒斯、黄溍、柳贯、虞集、欧阳玄、苏天爵、陈旅等，都列名于黄宗羲、全祖望《宋元学案》之中，王恽则列于《宋元学案》补遗中。

二、文道合一

然而，兼收并蓄毕竟是这一时期的思想主潮。因此元代文章家在思想上虽以程朱理学为依归，但在文论方面却与宋儒异趣。宋儒由重道轻文发展到极端，完全抹杀文的作用，认为作文害道，视作文为玩物丧志，这种观点在元初尚有一定市场，如许衡便有相似的言论，他说："文章之为害，害于道。"（《鲁斋遗书》卷一《语录上》）郝经也有重道轻文的倾向，认为道是本，文是末（见《陵川集》卷二十《文弊解》）。但是元代绝大多数文章家并不赞同宋儒的文道观，如姚燧便指出文与道互相依存、不可偏废的关系，称："然文章以道轻重，道以文章轻重。"（《牧庵集》卷四《送畅纯甫序》）吴澄批评儒者轻文的思想，说："儒者以文章为小伎，然而岂易能哉？……非学非识，不足以厚其本也；非才非气，不足以利其用也。四者有一之不备，文其能以纯备乎？"（《吴文正集》卷十九《元復初文集序》）虞集也批评宋末"说理者鄙薄文辞之丧志"（《道园学古录》卷三十三《庐陵刘桂隐存稿序》）。这都说明元人能洞见宋儒文论的偏颇，对文与道的关系有比较通达的见解。戴表元说："窃独怪夫古之通儒硕人，凡以著述表见于世者，莫不皆有统绪，若曾（皙）、孟（子）、周（敦颐）、邵（雍）、程（颐、颢）、张（载）之于道，屈（原）、贾（谊）、司马（迁）、班（固）、扬（雄）、韩（愈）、柳（宗元）、欧阳（修）、苏（轼）之于文。"（《剡源文集》卷十一《紫阳方使君文集序》）道统与文统相提并论，接续这种传统，对于元人来说，是责无旁贷的。所以，元人认为应该在思想方面继承自孔、孟到韩愈到程、朱的道统，在写作方面继承孟子、韩愈、欧阳修、苏轼等的文统，这就是王恽为刘祁（1203—1250）所作挽诗所说的："道从伊、洛传心学，文擅韩、欧振古风。"（《秋涧集》卷十六《追挽归潜刘先生》）刘将孙（1257—？）也说："以欧、苏之发越，造伊、洛之精微。"（《养吾斋集》卷二十九《赵青山先生墓表》）

三、佛道盛行

除了儒学以外，佛教和道教在元代也十分盛行。尤其是北方的全真教，在金世宗（1161—1189在位）时由王喆（1113—1170，号重阳子）首创，金、元之际丘处机（1148—1227）大加倡扬，并受到成吉思汗的支持，于是风行一时。全真教虽然主张儒道释"三教合一"，但主要的思想乃是避世，即远离社会，修身养性。在金、元之际的社会大动乱中，更有许多文人士大夫纷纷"窜名"全真，全真教几乎成为逸民遗老的逋逃薮，具有士人隐修会的性质。由于元代文人对社会现实极端不满，在他们心中造就了浓重的厌世遁世情绪，因此全真教援引儒学、"不独居一教"的思想原则，和"以识心见性、除情去欲、忍辱含垢、苦己利人为之宗"（徐琰《广宁通玄太古真人郝宗师道行碑》）的修持方法，对文人一直有着强烈的吸引力。全真教思想对元代文学艺术创作也产生了巨大的影响，散曲中"叹世"、"遁世"之作触目皆是，杂剧中神仙道化剧大量产生，无疑都与全真教思想的流行有关。

☞ 多学一点

元代全真教实录

据元代宋子真《通真观碑》记载，当时人对全真教“翕然宗之，由一以化百，由百以化千，由千以化万，虽十族之乡，百家之间，莫不有玄学以相师授，而况通都大邑者哉”！

第四节
文化渗透与雅俗共赏

一、主流文化的渗透民间

在13世纪初到14世纪中叶的中国，出现了一个前所未有的文化现象，这就是社会上层的主流文化大规模地向社会下层渗透，并在民间全面地展开，逐渐在通俗文化领域掌握了主导权。

在这一时期，由于城市的商业化和新兴的市民阶层的出现，中国社会结构发生了极为显著的变化。这种社会变动给中国文化提出了一个新的问题，即如何在新的社会—文化条件下巩固并扩大主流意识形态的教化职能和影响范围。推广主流意识形态，使之进入民众的通俗文化领域，进行文化的渗透，这无疑是最佳的文化统治策略。传统诗文的典雅品格不利于其在民间的普及和流传，于是戏曲、小说这些向来被上层社会认为无足轻重的娱乐形式，便成为主流文化向非主流文化进行文化渗透时激烈争夺的对象，主流文化力图夺取以戏曲、小说为表征的通俗文化的主导权。这种通俗文化主导权的争夺，不同于宫廷政变，在这里找不到有意识的密谋策划；也不同于军事战争，在这里看不到充满血腥的刀光剑影。通俗文化的“拔旗易帜”，是一个没有规划者的规划过程，是一种无序的动态过程。在这一过程中，被上层社会所忽视的失意文人不由自主地成为主流文化介入非主流文化的重要媒介，他们对通俗文化主导权的交替起了决定性的作用。这些失意文人的理想原本是跻身上层社会，扮演“擎天白玉柱，架海紫金梁”的角色，他们进入勾栏瓦舍十有八九是迫不得已的。但是，主流文化在很大程度上便是以他们为媒介而渗入社会下层以及通俗文化领域的。他们带入勾栏瓦舍的，不仅有文学修养和文学技巧，更重要的是他们所受到的正规教育和思想意识。

从北宋开始，科举制度和教育制度的完善与普及，造就了大批失意文人，其中一部分便转向勾栏瓦舍，谋求生存之道。金章宗时《西厢记诸宫调》的流行和南宋时《张协状元》戏文的演出，标志着时至12世纪后期，主流文化向通俗文化领域的渗透在大江南北都已初见成效。而蒙古族入侵中原及其野蛮统治，则促使这一主流文化下移过程的规模和速度陡增。在金、元之际的战乱中，成千上万的文人沦为难以自存的奴隶。蒙古灭金后，从1238年至1313年，科举考试被人为地中止了整整76年，文人入仕的机会相对宋、金时期要少多了，他们有的困于吏役，有的归隐田园，有的游谒贵族，有的流落民间。于是一大批文化精英，如关汉卿、白朴、王实甫、马致远等，被迫转向戏曲剧本的写作，使戏曲这一艺术样式迅速成熟，蔚为大观。元末郑经（生卒年不详）《青楼集序》说，北曲杂剧作家如关汉卿、白朴等，在国破家亡之际，“不屑仕进，乃嘲风弄月，留连光景”（《青楼集》卷首）。明人胡侍（生卒年不详）也说，元代文人“沉抑下僚，志不获展……于是以其有用之才，而一寓之乎声歌之末，以抒其怫郁感慨之怀”（《真珠船》卷四）。

研究进行时

元杂剧作家身份探究

为了说明元杂剧作者并非全是没有教养的市井小民，其中亦有相当数量的士人，他们甚至有着较高的社会地位和文化教养，吉川幸次郎（1904—1980）在《元杂剧研究》一书的《元杂剧的作者（上）前期作者》一章中，集中考证了白仁甫、侯正卿、史九散人、赵天锡四位作家的生平和经历，说明他们都是有名的士人。同时，前期作者中尚有梁进之、赵公辅、高文秀、张时起、姚守中、王廷秀等人均为士人或氏族出身。吉川氏还进一步推测关汉卿、马致远恐怕也是有名的士人。因此他认为，士人是前期杂剧文学创作的中坚力量，并造就了前期杂剧前所未有的艺术水平。①

二、通俗文化的历史使命

在中国文学史上，文人士大夫曾经多次到民间文艺中汲取艺术灵感，吸取文学营养，但是他们往往只是居高临下地从民间拿走某些东西以铸造一种新的雅文化的文学艺术形式。文人士大夫从未有过这种经历，即大批地、长期地离开原有的文化领域，到通俗文化领域里从事文艺创作活动，并以之作为终身事业。而在元代，由于蒙古统治的巨大压力和科举考试的长期中止，一批文人士大夫在相当长的时间里只能迫不得已地在社会下层生活，在勾栏瓦舍里凭借自身的文化修养来谋生度日。文人士大夫与社会下层这种特殊的结合方式，促使一批文人杂剧作家更广泛地接触和了解社会生活，更深切地感受平民百姓的思想感情和生活愿望，表现出与传统文人不同的思想倾向和创作道路，他们

① 参见［日］吉川幸次郎著，郑清茂译：《元杂剧研究》，台北，艺文印书馆，1987。

“心机灵变，世法通疏，移宫换羽，搜奇索怪，而以文章为戏玩”（钟嗣成《录鬼簿》卷下），这对杂剧作品独特的思想含蕴和艺术风格起了重要的作用。

而且，由于社会的激烈动荡，13 世纪初至 14 世纪中叶的中国戏曲所承担的文化功能，在其前其后的戏曲史上都是独一无二的。宋代以后的社会变动，使思想领域产生了理学，并逐渐取代以往的儒学而成为新的主流意识形态，但其工作面和影响力主要限于文人士大夫。在宋、金战争之后，理学特别发达的地区是南部中国，而在北方，理学的势力要弱得多。连年不断的战争，更使北方在 13 世纪初出现了意识形态的真空局面，这突出地表现为当时“风俗媮薄，纲常扫荡”（熊禾《勿轩集》卷一《送詹君履学正序》）的特殊社会氛围。这种特殊的社会氛围，主要由以下两种社会因素造成：

首先，因为金、元之际，兵燹战火，浩劫经年，几乎摧毁了中原地区传统的社会结构和伦理观念，整个社会文化处于分崩离析的状态。刘因说：“昔金源氏之南迁也，河朔土崩，天理荡然，人纪为之大扰，谁复维持之者?”（《静修集》卷六《翟节妇诗序》）宋子贞（1185—1266）说：“国家（元朝）承大乱之后，天纲绝，地轴折，人理灭，所谓更造夫妇，肇有父子者，信有之矣。”（苏天爵《国朝文类》卷五十七《中书令耶律公神道碑》）

其次，蒙古族的道德风俗，借助其政治势力的侵入，广泛流布中原，使中原地区的传统道德受到严重的冲击。蒙古族是游牧民族，“风俗浑淳质朴”（叶子奇《草木子》卷三上《杂制篇》）。入主中原后，蒙古族携带来的草原剽悍之气、清新之风，一扫中原文明古国的彬彬礼仪，在一统南北后影响且及于江南，甚至连社会风俗也发生了变化。宋濂在《汪先生（炎昶）墓铭》中说：“先生壮时，元有天下已久，宋之遗俗变且尽矣，而先生衣冠动作、语言礼度犹宋人也。后生小子去宋远，无从征之，见先生，咸以为前代之遗贤。”（《宋学士文集》卷六十四）汪炎昶（1261—1338）由宋入元，像他这样遵守旧俗的毕竟如凤毛麟角，才值得宋濂极力称扬。

三、道德沦丧的社会氛围

元代社会道德沦丧，连礼仪之邦也不能免俗。在北方，虽然统治者仍在宣扬礼教，“然终无分寸之效者，徒文具虚名而已”（王恽《秋涧集》卷三十五《上世祖皇帝论政事书》）；而在南方，“浙间妇女，虽有夫在，亦如无夫，有子亦如无子，非理处事，习以成风”（孔齐《静斋至正直记》卷二《浙西风俗》）。举世道德沦丧，直如龟烂河决，不可救药。

☞ **多学一点**

元代道德风尚实录

如“曲阜孔氏族人，有相争积年不能解者”（苏天爵《滋溪文稿》卷十二《董公神道碑》）；连士大夫也不顾廉耻，“或值亲丧，岁久弗葬者有之”（《滋溪文稿》卷四《文水王氏增修茔兆记》）。

传统道德的崩溃和涣散，引起一批有识之士的深沉忧患和强烈悲哀，也激发了他们维系纲常、端正人伦的责任感。复兴道德教化，就能挽救社会颓风，再造中华文明，这成为一种普遍的时代意识。而填补民间社会意识形态真空的历史使命便落在新起的戏曲艺术身上，戏曲这种通俗文化样式在特定的历史条件下成为传播传统的文化价值观念和生活方式的重要渠道。13 世纪的戏曲的时代主题，主要不是文人士大夫的失落感，而是在现实社会中其政治势力被剥夺之际，文人士大夫重建文化秩序的努力。文人士大夫真诚地相信，传统的道德文明，即使因为外族的入侵和别种文化的输入而暂时蒙尘被难，但最终还是会得到光复，会发扬光大的。中华民族持续了几千年的文明发展史，赋予文人士大夫以坚定的自信心。他们坚信，传统道德是不可动摇的，更是不应变更的，因此是可以复生和再构的。

分析举例

关汉卿杂剧与社会风尚

关汉卿的杂剧正是当时文人这种重建道德文明的文化观念的集中表现，参见郭英德《关剧文化意蕴发微》。①

四、自然朴素的审美思潮

从 13 世纪初到 14 世纪中叶，上层社会以兼收并蓄的方式重建统治阶级意识形态，下层社会则以雅俗共赏的方式维系根深蒂固的传统文化秩序，这两种文化趋向几乎同时发生，齐头并进，并最终实现了元明之际正统文化的复兴。

而且，在“敦尚实行，放斥浮辞”（许谦《白云集》卷二《送尉彦明赴开化教谕序》）的社会风气制约下，雅俗共赏的文化趣味渗透到这一时期的各种文艺样式中，使文学艺术的时代风格在总体上呈现为以自然本色为主流。人们评元代北曲（包括散曲和杂剧）“主慷慨，其变也为朴实”（王骥德《曲律》卷一），评元末南戏“句句是本色语”（徐渭《南词叙录》），评元代诗文“崇本实而去浮华”（余阙《柳待制文集序》，柳贯《待制集》卷首）、“元诗多清丽，近太白”（宋荦《元诗选序》，顾嗣立《元诗选》卷首），评元词“伉爽清疏，自成格调”（况周颐《蕙风词话》卷三），评元代绘画“至平，至淡，至无意，而实有所不能不尽者”（恽向《宝迂斋书画录》），说的都是这一特点。元代文学艺术显现出的自然朴素美，成为 13 世纪以后中国文艺的一股重要的审美思潮。

正是这种以自然朴素为美的审美思潮，成为通俗文艺在 13、14 世纪迅猛发展的温床。包括说话、诸宫调等在内的通俗说唱文学在宋代即有迅速的发展，在元代又加入了

① 载《戏曲研究》，第三十辑，北京，文化艺术出版社，1989。

散曲、杂剧、南戏等通俗文学样式，形成一股声势浩大的通俗文学创作潮流，为明清小说、戏曲、说唱艺术的发展奠定了坚实的文艺基础。于是，雅文学与俗文学的分庭抗礼与融会贯通，便成为14世纪以后中国文学的基本格局。

【温故知新】

元代民族关系　理学独尊　文道合一　元代宗教状况　雅俗共赏　通俗文化的历史使命

【请你思考】

1. 元代的民族关系对传统汉族知识分子的境况与写作带来了怎样的影响？在对个体的影响中其促进了哪些方面的转变？又带来了文体发展格局的何种变化？

2. 如何看待元代理学的地位和其兴盛的原因？其在文学中表现为何？可否通过具体的一两位作家来具体剖析下你所认为的理学与文道的关系？

3. 雅俗文化之间到底有着怎样的分野到互动再到相互影响合流而变异的文化历程？试以元代文学文体为例加以分析。

【推荐阅读】

（清）顾嗣立辑．元诗选．北京：中华书局，1987

（明）陈邦瞻原编．（明）臧懋循补辑．（明）张溥论正．元史纪事本末．北京：中华书局，1955

［德］傅海波，［英］崔瑞德编．史卫民等译．剑桥中国辽西夏金元史：907—1368年．北京：中国社会科学出版社，1998

第二章 诗文词的承前启后

【导读】

从宋理宗宝庆元年（1225）江湖诗派崛起开始，南宋和金源的文风都先后发生了变化。就诗歌而言，南方和北方宗唐复古（即古体宗汉魏两晋、近体宗唐）的诗风由兴起到繁盛，成为一代诗坛的潮流，乃至元末人有“举世宗唐”（瞿佑《鼓吹续音·自题诗》）之说。就文章而言，“唐宋八大家”逐渐成为作文典范，宋人谈理派和论文派的分歧，在元代明显地趋于调和，主张理学和古文合一。这就使南宋后期至元末的散文偏于经世致用，而乏情性抒发；偏于纪事明道，而乏绘句摛章。就词而言，金、元之际的北方词人宗奉苏轼和辛弃疾，倾向豪放旷达的词风；宋、元之际的南方词人则师法周邦彦和姜夔，倡导清丽骚雅的词风。至元成宗延祐年间（1314—1320）以后，南北文化沟通，豪旷和清雅两种词风逐渐融汇。

第一节
江湖诗风

一、江湖派的成立

南宋后期，一些未能入仕的游士流转江湖，以献诗卖文维持生计，成为江湖谒客。当时的杭州书商陈起，喜欢结交文人墨客，其中有低级官员、隐逸之士，更有许多江湖谒客。从宋理宗宝庆元年（1225）开始，陈起为上述诗人刻印诗集，总称为《江湖集》。于是，后人便称这些以江湖谒客为主的诗人为“江湖诗派”。

在陈起始刻《江湖集》的前一年，即宋宁宗嘉定十七年（1224），权相史弥远（1164—1233）擅行废立，次年又逼死了已被废黜的济王赵竑。史弥远为了钳制舆论，便从新刊的《江湖集》中找出若干诗句，诬为讥刺朝政，对诗作者进行迫害，《江湖集》被劈板禁毁，且诏禁士大夫作诗。“江湖诗祸”的发生，一方面制约了江湖诗人创作的现实取向，另一方面却也使得江湖诗派名扬一时，反而提高了他们在诗坛上的声誉。

研究进行时

《江湖集》文献与研究

《江湖集》因被毁板而失传，今存《江湖小集》、《江湖后集》等均为后人重辑，已非原貌。参见方回《瀛奎律髓》卷二十刘克庄《落梅》诗后所记之事，《四库全书总目提要》卷一百八十七《江湖后集》提要，及胡念贻《南宋〈江湖前、后、续集〉的编纂和流传》。①

《江湖集》收录诗人的标准虽然并不严格，但收入集中的多数诗人仍被公认为江湖诗派。②

☞ 多学一点

江湖诗祸

罗大经（1196—1252 后）《鹤林玉露》正编卷四“诗祸”条载：“宝（庆）、绍（定）间，《中兴江湖集》出，刘潜夫诗云：‘不是朱三能跋扈，只缘郑五欠经纶。’又云：‘东风谬掌花权柄，却忌孤高不主张。’敖器之诗云：‘梧桐秋雨何王府，杨柳春风彼相桥。’

① 参见中华书局编辑部编：《文史》，第十六辑，北京，中华书局，1982。

② 参见张宏生：《江湖诗派研究》附录一《江湖诗派成员考》，北京，中华书局，1995。

曾景建（极）诗云：‘九十日春晴景少，一千年事乱时多。’当国者见而恶之，并行贬斥。”又见方回《瀛奎律髓》卷二十刘克庄《落梅》诗后评语，及周密《齐东野语》卷十六“诗道否泰”条。

江湖诗派成员众多，人品流杂，其中大多数人不甚关心国事政治，但也不甘于清贫寂寞的隐逸生活。他们热衷于交游、结社、互相标榜，甚至以诗歌作为干谒权贵、谋取钱财的工具，极力追求社会的承认以及由此而带来的实际利益。江湖诗人的人品往往不高，他们创作了大量献谒、应酬的诗篇，不是歌功颂德，就是叹穷嗟卑。这些作品往往是即席而成，率意出手，有时甚至逞才求博，以多相夸，结果辞意俱落俗套，在艺术上相当粗糙。清初钱谦益（1582—1664）说：“诗道之衰靡，莫甚于宋南渡以后，而其所谓江湖诗者，尤为尘俗可厌。盖自庆元、嘉定之间，刘改之、戴石屏之徒以诗人启干谒之风……当时所谓处士者，其风流习尚如此。彼其尘容俗状填塞于肠胃而发作于语言文字之间，欲其为清新高雅之诗，如鹤鸣而鸾啸也，其可几乎？”（《牧斋初学集》卷三十三《王德操诗集序》）

江湖诗人以“四灵”为先驱，极力标榜晚唐诗，鄙夷江西诗风。[①] 他们注重诗歌的形式美，主张“繁浓不如简澹，直肆不如微婉，重而浊不如轻而清，实而晦不如虚而明”（刘克庄《后村先生大全集》卷九十九《跋真仁夫诗卷》）。他们一般重近体而轻古体，近体中又重五律而轻七律，讲究锻字炼句而无心寓意构思，技法上喜白描而忌用典。江湖诗人最擅长的题材是写景抒情，深受“四灵”的影响，字句精丽，长于白描，但境界较为开阔，稍胜于“四灵”。例如：

天阔雁飞飞，松江鲈正肥。柳风欺客帽，松露湿僧衣。塔影随潮没，钟声隔岸微。不堪回首处，何日可东归？（陈允平《青龙渡头》，《江湖小集》卷十七）

应怜屐齿印苍苔，小扣柴扉久不开。春色满园关不住，一枝红杏出墙来。（叶绍翁《游园不值》，《两宋名贤小集》卷二百六十）

连天芳草晚萋萋，蹀躞花边马不嘶。蜂蝶已归弦管静，犹闻人语画桥西。（方岳《秋崖集》卷一《湖上八首》其六）

概念解析

“四灵”与江湖诗派

严羽（生卒年不详）说：“近世赵紫芝、翁灵舒辈，独喜贾岛、姚合之诗，稍稍复就清苦之风。江湖诗人多效其体，一时自谓之唐宗。”（《沧浪诗话·诗辩》）刘克庄也说：“今江湖诸人竞为四灵体。”（《后村先生大全集》卷一百一十一《跋满领卫诗》）清人说：“（许）棐生当诗教极弊之时，沾染

① 赵子固说：“窃怪夫今之言诗者，江西、晚唐之交相诋也，彼病此冗，此訾彼拘。”（《彝斋文编》卷三《孙雪窗诗序》）

于江湖末派，大抵以赵紫芝为矩矱……以高翥等为羽翼……以书贾陈起为声气之连络……以刘克庄为领袖……而流波推荡，唱和相仍。终南宋之世，不出此派。”（《四库全书总目提要》卷一百六十四《梅屋集》提要）①

江湖诗人大多未能自成一家，只有戴复古、刘克庄二人，不止于步趋“四灵”，较能自出机杼，别立诗格。

二、戴复古诗平而尚理

戴复古早年曾从陆游学诗，后来一度崇尚晚唐，但受陆游雄浑诗风的影响最深。他的诗作多用白描，少用事典，在朴素平淡的语言中见出工致典雅，人称“平而尚理，工不求异”（赵汝腾《石屏诗集序》，《石屏诗集》卷首）。他虽然身在江湖，但作诗则继承杜甫、陆游的传统，主张写“人间有用诗”（《石屏诗集》卷七《论诗十绝》其五），如《庚子荐饥》等诗指斥朝政，反映民瘼，绝少顾忌。其伤时忧国的作品如《频酌淮河水》：

有客游濠梁，频酌淮河水。东南水多咸，不如此水美。春风吹绿波，郁郁中原气。莫向北岸汲，中有英雄泪。（《石屏诗集》卷一）

这里借水为喻，表达对中原故土的思念之情，沉郁之中有一股雄放之气。当时人王埜为《石屏诗集》作序，说他“长篇短章，隐然有江湖廊庙之忧，虽诋时忌，忤达官，弗顾也”（《石屏诗集》卷首）。

三、刘克庄诗明快雄健

刘克庄在当时被视为文坛宗主（见林希逸《后村先生刘公行状》，《后村先生大全集》卷一百九十四）。他早年受“四灵”影响，后来推崇杨万里和陆游，既批评江西诗派“资书以为诗失之腐”，又批评晚唐体“捐书以为诗失之野”（《后村先生大全集》卷九十六《韩隐君诗序》）。他的诗歌融汇江西派和晚唐体，以使事用典见长，方回批评他是“饱满四灵，用事冗塞”②。但从总体上看，他的诗风并未尽受“四灵”的束缚，例如《郊行》：

一雨饯残热，忻然思杖藜。野田沙鹳立，古木庙鸦啼。失仆行迷路，逢樵负过溪。独游吾有趣，何必问栖栖？（《后村先生大全集》卷四）

此诗思新语工，文字却不甚雕琢，风格平易明快。

---

① 转引自胡明：《江湖诗派泛论》，载《文学遗产》，1987（4），88～96页。

② 方回《瀛奎律髓》评语。钱钟书解释说：“一个瘦人饱吃了一顿好饭，肚子撑得圆鼓鼓的，可是相貌和骨骼都变不过来。”见钱钟书选注：《宋诗选注》，249页，北京，人民文学出版社，1989。

而刘克庄感慨国难与咏叹时艰的作品，则大多慷慨悲壮，笔力雄健。如《军中乐》：

行营面面设刁斗，帐门深深万人守。将军贵重不据鞍，夜夜发兵防隘口。自言虏畏不敢犯，射麋捕鹿来行酒。更阑酒醒山月落，彩缣百段支女乐。谁知营中血战人，无钱得合金疮药！（《后村先生大全集》卷八）

此诗以叙事笔调，描写将军行营的荒唐放荡生活，讽刺辛辣，描写生动，仍是一派宋调余音。

第二节 沧桑之痛

一、遗山诗慷慨悲歌

13世纪前半叶，当南方的诗人沉溺于江湖风气而不可自拔的时候，北方却出现了杰出的诗人元好问。元好问以北人慷慨悲歌之风欲救南宋之失，所以屏除江西、四灵、江湖诸派，提倡盛唐遒健宏敞的风格，张扬“金人疏越跌宕之音”（欧阳玄《圭斋文集》卷八《萧同可诗序》）。他的诗歌规模李、杜，力复盛唐之音，“奇崛而绝雕刿，巧缛而谢绮丽”（《金史·元好问传》），自成一体。

清人赵翼（1727—1814）说：“国家不幸诗家幸，赋到沧桑句便工。”（《瓯北集》卷三十三《题元遗山集》）近人钱钟书（1910—1998）也说：“元遗山以骚怨弘衍之才，崛起金季，苞桑之惧，沧桑之痛，发为声诗，情并七哀，变穷百态。”（《谈艺录》）综观元好问现存的一千四百余首诗歌，以写于金亡前后抒发黍离之悲的“纪乱诗”特色最为鲜明。他以“挟幽并之气，高视一世”（郝经《遗山先生墓铭》，《遗山集》附录）的艺术禀赋，将国破家亡、生灵涂炭的一腔幽愤化为慷慨悲歌，往往情感悲凉，骨力苍劲，大气包举，感荡人心。

元好问像

赵翼说：“唐以来律诗之可歌可泣者，少陵十数联外，绝无嗣响，遗山则往往有之。”（《瓯北诗话》卷八）如金哀宗正大八年（1231），元好问在南阳（今属河南）县令任上，闻凤翔（今属陕西）失陷于蒙古兵，遂用杜甫“西忆岐阳信，无人遂却回”（《喜达行在所》）句意，作《岐阳三首》，其二云：

百二关河草不横，十年戎马暗秦京。岐阳西望无来信，陇水东流闻哭声。野蔓有情萦战骨，残阳何意照空城。从谁细向苍苍问，争遣蚩尤作五兵？（《元遗山诗集笺注》卷八）

诗作重在写实，描写陇水哭声，野蔓战骨，残阳空城，构成一幅凄恻哀婉、惨绝人寰的三秦战乱图。全诗感情沉痛，风格哀婉，辞精语工。

金哀宗天兴元年（1232），蒙古军围攻汴京，元好问困在风雨飘摇的围城中，作《壬辰十二月车驾东狩后即事五首》，其二云：

> 渗澹龙蛇日斗争，干戈直欲尽生灵。高原水出山河改，战地风来草木腥。精卫有冤填瀚海，包胥无泪哭秦庭。并州豪杰今谁在，莫拟分军下井陉。（《元遗山诗集笺注》卷八）

诗作重在抒情，感触时事，声泪俱下，在苍莽雄阔的意境之中，表现悲壮慷慨的感情。颔、颈两联，于严整工炼之中流露肝肠迸裂之痛。

二、诸体皆擅

元好问擅长各种诗体，除了七律以外，七古也气势磅礴，风骨遒劲，意象奇特壮伟，人称“气王神行，平芜一望，时常得峰峦高插，涛澜动地之概”（沈德潜《说诗晬语》卷下），如《涌金亭示同游诸君》、《南冠行》、《游黄华山》等。其五言古诗古朴清醇，浑融含蓄，而“构思窅渺，十步九折，愈折而意愈深，味愈隽”（赵翼《瓯北诗话》卷八）。代表作如《颖亭留别》，其中“寒波澹澹起，白鸟悠悠下”二句，被王国维（1877—1927）称为“无我之境”（《人间词话》）。其五律也格律工稳，雅正淳静，如《阳翟道中》、《不寐》等。清人李调元（1734—1803）说：“元遗山诗精深老健，魄力沉雄，直接李、杜，能并驾者寥寥。”（《雨村诗话》）可谓的评。

三、论诗绝句

元好问作于金宣宗兴定元年（1217）的《论诗绝句三十首》（《元遗山诗集笺注》卷十一），以深厚的理论修养和渊博的诗学知识，评论了自汉魏下迄宋季1 000余年间的重要诗人及诗派，极力推重风雅传统，重视自然天成的意境，提倡雄放壮伟的风格，标示了超越江西派，“以唐人为指归”（《遗山先生文集》卷三十六《杨叔能小亨集引》）的审美风向。如：

> 沈宋横驰翰墨场，风流初不废齐梁。论功若准平吴例，合著黄金铸子昂。（其八）
>
> 池塘春草谢家春，万古千秋五字新。传语闭门陈正字，可怜无补费精神。（其二十九）

金亡之后，元好问为了保存金源一代的文献，编成《中州集》十卷，附《中州乐府》一卷。全书收录金代二百五十一位诗人的二千零二十六首诗作，且每人名下各系小传，或叙生平事迹，或评所作诗文，旨在以诗存史。《中州集》不仅在文学史上具有重要的文献价值，而且是金代历史的宝贵史料。

四、文天祥诗悲怆激奋

在宋元易代之际，南方诗人有的奋起抗敌，以死殉国，如文天祥；有的隐居守节，不仕异族，如谢翱、谢枋得（1226—1289）、林景熙（1242—1310）、郑思肖（1241—1318）等。他们在危急存亡之秋，以诗言志，表达故国哀思、悲愤情怀和凛然节操，风格也大都慷慨悲壮。

文天祥早年受江湖风气影响，从宋恭帝德祐元年（1275）开始，诗风遽变。收录于《指南前录》、《后录》的三百七十九首诗歌，既有无畏奋斗的抗争纪事和遇难历险的逃亡实录，更有国破家亡后身陷囹圄的壮烈悲慨，感情充沛，气势强盛，语简意赅，明白易晓。

分析举例

《过零丁洋》

辛苦遭逢起一经，干戈落落四周星。山河破碎风抛絮，身世浮沉雨打萍。皇恐滩头说皇恐，零丁洋里叹零丁。人生自古谁无死，留取丹心照汗青。（《文山先生文集》卷十四）

此诗作于祥兴二年（1279），悲怆激奋，大义凛然，尾联蕴涵人生哲理，脍炙人口，传诵千古。

学术轶事

《过零丁洋》故闻

《过零丁洋》原诗后有注："上巳日，张元帅（即张弘范）令李元帅过船，请作书招谕张少保（即张世杰）投拜。遂与之言：'我自救父母不得，乃教人背父母，可乎？'书此诗遗之。李不能强，持诗以达张，但称'好人好诗'，竟不能逼。"（《文山先生文集》卷十四）

元世祖至元十八年（1281），文天祥在大都（今北京）狱中，又作《正气歌》（《文山先生文集》卷十四），颂扬前哲先贤的高风亮节，从儒家传统道德中寻求精神支持，用以抒发为正义而献身的信念。全诗格调庄重，语言刚劲，充满凛凛正气。

杜甫诗歌传统对南宋诗坛的深刻影响，凝聚成文天祥绝唱《集杜诗》（见《文山先生文集》卷十六）。文天祥在燕京狱中把杜甫的诗句重新组合成诗，共得五言绝句二百首，《自序》说："予所集杜诗，自余颠沛以来，世变人事，概见于此矣，是非有意于为诗者也。"这些诗记录了宋亡前后的历史，表达了诗人深切的感受，如：

握节汉臣回，麻鞋见天子。感激动四极，壮士泪如雨。（《至福安第六十二》）

天地西江远，无家问死生。凉风起天末，万里故乡情。（《思故乡第一百五十六》）

前一首写从元军中逃出，历尽艰险回到温州朝见宋端宗的情景。后一首写身处穷北狱中对江西故乡的怀念。情真词挚，意境完整，与杜诗构成独特的"互文本"，熔铸了深厚的文化内涵。

五、其他遗民诗

宋亡后的遗民诗歌，时有佳作。如谢枋得的《武夷山中》：

十年无梦得还家，独立青峰野水涯。天地寂寥山雨歇，几生修得到梅花。（《叠山集》卷一）

诗歌托物咏志，表现孤高绝俗、不愿与世沉浮的崇高品节。

谢翱作有悼念文天祥的《西台哭所思》：

残年哭知己，白日下荒台。泪落吴江水，随潮到海回。故衣犹染碧，后土不怜才。未老山中客，惟应赋八哀。（《晞发集》卷五）

此诗作于至元二十七年（1290），文天祥就义已八年。诗歌悲切哀怨，沉痛悲凉，意旨深密，辞意精警。

此外，林景熙的《读文山集》，悲愤激昂，明人推为"元初绝唱"（胡应麟《诗薮·外编》卷六）。郑思肖的题画诗《一百二十图诗集》，讽刺"忘了堂堂六尺身"（《南柯蚁梦图》）的降元宋臣，表达了"钓得清风满汉家"（《严子陵垂钓图》）的政治愿望。

汪元量（1245？—1331）是南宋宫廷琴师，诗风受江湖派影响。他的诗歌被称为"宋亡之诗史"（李钰《湖山类稿跋》）。如《醉歌十首》（《增订湖山类稿》卷一），记录了宋恭帝德祐二年（1276），都城临安（今浙江杭州）沦陷的史实；《湖州歌九十八首》（《增订湖山类稿》卷二），记录了诗人随宋宗室被押往大都（今北京）时沿途所见，以及初到大都的情形。这些组诗随感而赋，记述国破家亡的历史巨变，抒发悲凉愤慨的亡国之情。例如：

乱点连声杀六更，荧荧庭燎待天明。侍臣已写投降表，臣妾佥名谢道清。（《醉歌十首》其五）

一掬吴山在眼中，楼台叠叠间青红。锦帆后夜烟江上，手抱琵琶忆故宫。（《湖州歌九十八首》其五）

前者叙写谢太后乞降的惨剧，后者描写被俘的宋朝宫女乘舟离开临安的情景。

第三节 举世宗唐

一、王恽与刘因

元朝统一全国（1279）以后，北方与南方的诗风不尽相同。北方诗歌源于金末赵秉文、元好问，学习苏轼，虞集说："国初中州袭赵礼部、元裕之之遗风，宗尚眉山之体。"（《傅若金诗集序》，《傅与砺诗文集》卷首）而诗歌理想则在盛唐王、孟一派。南方诗歌则承袭宋季浮靡之风而有所变化，以《国风》、《雅》、《颂》为本，要求恢复盛唐之音，诗歌风格趋向清婉深秀。而无论是南方还是北方，在整体上表现出弃宋溯唐的审美取向。

北方诗坛的代表诗人为王恽和刘因。王恽尚有金源遗风，论诗提倡宗唐，尤其推崇平淡温醇的王、孟诗风。代表作如《过沙沟店》：

> 高柳长途送客吟，暗惊时序变鸣禽。清风破暑连三日，好雨依时抵万金。远岭抱村围野色，行云随马弄轻阴。摇鞭喜入肥城界，桑柘阴浓麦浪深。（《秋涧先生大全集》卷十七）

诗作描写细腻生动，景物鲜明而情致清淡。

刘因论诗提倡风骨，标榜沉郁悲壮和清刚劲健之气。他的七律、七古多学元好问，由于生活在蒙古统治的北方，他对宋、金时事多有与众不同的卓见。如《白沟》：

> 宝符藏山自可攻，儿孙谁是出群雄？幽燕不照中天月，丰沛空歌海内风。赵普元无四方志，澶渊堪笑百年功。白沟移向江淮去，止罪宣和恐未公。（《静修先生文集》卷九）

诗中指出北宋开国以后一贯的对外妥协政策，种下靖康南渡的祸根，精辟深刻，能言人所未能言。

刘因的五古颇似陶渊明，七绝、五绝则有"诚斋体"的风味，往往富于理趣，别开生面。如：

> 马蹄踏水乱明霞，醉袖迎风受落花。怪见溪童出门望，鹊声先我到山家。（《静修先生文集》卷十二《山家》）

> 邻翁走相报，隔窗呼我起：数日不见山，今朝翠如洗。（《静修先生文集》卷十一《村居杂诗》五首其一）

诗作景物优美，格调清新活泼，情境自然朴素。

二、戴表元与赵孟頫

南方诗坛的代表诗人为戴表元和赵孟頫。戴表元论诗主张宗唐得古（《剡源戴先生文集》卷九《洪潜甫诗序》），诗风“清深雅洁”，“类多伤时闵乱、悲忧感愤之辞”（顾嗣立《元诗选》初集卷八小传）。他的五律大多潇洒闲适，清新自然。例如《苕溪》一诗：

> 六月苕溪路，人看似若耶。渔罾挂棕树，酒舫出荷花。碧水千塍共，青山一道斜。人间无限事，不厌是桑麻。（《剡源戴先生文集》卷二十九）

景物如画，色彩鲜明，节奏流畅，格调轻快。

赵孟頫的诗风也多受唐诗影响，戴表元评道：“古诗沉涵鲍、谢，自余诸作，犹傲睨高适、李翱云。”（《松雪斋诗文集序》，《松雪斋集》卷首）他身为宋宗室后裔，诗歌颇多怀念故国之作，如《和姚子静秋怀》、《钱塘怀古》等，流露出国破家亡的悲痛。例如《岳鄂王墓》一诗流传最广：

> 鄂王坟上草离离，秋日荒凉石兽危。南渡君臣轻社稷，中原父老望旌旗。英雄已死嗟何及，天下中分遂不支。莫向西湖歌此曲，水光山色不胜悲。（《松雪斋集》卷四）

“南渡”两句，深含感慨，尤为沉痛。

赵孟頫是当时的书、画大家，题画诗也多有佳作。例如《题所画梅竹赠石民瞻》一诗：

> 故人赠我江南句，飞尽梅花我未归。欲寄相思无别语，一枝寒玉澹春晖。（《松雪斋集》卷五）

诗作写得亲切动人，显出志趣的高洁。

三、虞集诗清和淡远

元仁宗延祐年间（1314—1320）以后，南北文风逐渐融汇，崇尚唐诗，形成雅正之音。欧阳玄说：“我元延祐以来，弥文日盛。京师诸名公咸宗魏、晋、唐，一去金、宋季世之弊，而趋于雅正，诗丕变而近于古。”（《圭斋文集》卷八《罗舜美诗序》）当时有虞集、杨载、范梈、揭傒斯，号称“四大家”。尤以虞集为文坛领袖，领导南北文家驰骋竞进。清人称：“有元一代，作者云兴，大德、延祐以还，尤为极盛，而词坛宿老，要必以集为大宗。”（《四库全书总目提要》卷一百六十七《道园学古录》提要）

☞多学一点

“四大家”各具特色

虞集曾说：仲弘诗如“百战健儿”，德机诗如“唐临晋帖”，曼硕诗如“美女簪花”（一作“三日新妇”），而他自己的诗则如“汉廷老吏”（见陶宗仪《南村辍耕录》卷四）。明胡应麟说：“百战健儿，悍而苍也；三日新妇，鲜而美也；唐临晋帖，近而肖也；汉法令师，刻而深也。”（《诗薮》）这些比喻虽未必恰当，却表现了他们的不同风格。范、揭二人的写作技巧不如虞、杨，且受到江西诗派影响，有的作品不免模仿和生硬。但范、揭诗作内容题材广泛，多触及社会上某些不合理现象，又非虞、杨所能及。清翁方纲（1733—1818）以为“四大家”之称，不过“援虞以重其名耳”，杨、范、揭三人实在不能同虞集匹敌（《石洲诗话》卷五），这有一定道理。

虞集的诗作大都清和淡远，一派承平气象，风格严谨，声律圆熟。例如《送袁伯长扈从上京》一诗：

> 日色苍凉映赭袍，时巡毋（毋）乃圣躬劳。天连阁道晨留辇，星散周庐夜属櫜。白马锦鞯来窈窕，紫驼银瓮出蒲萄。从官车骑多如雨，只有扬雄赋最高。（《道园学古录》卷三）

诗中以“天连”形容阁道，高险并见，以“星散”状喻周庐，形象逼真，清人视为炼字范例。

他有些诗也表现强烈的民族意识。例如《挽文山丞相》一诗：

> 徒把金戈挽落晖，南冠无奈北风吹。子房本为韩仇出，诸葛安知汉祚移。云暗鼎湖龙去远，月明华表鹤归迟。何须更上新亭望，大不如前洒泪时。（《道园遗稿》卷三）

全诗表达了对宁死不屈的南宋忠臣文天祥充满哀悼之情，言词流畅宛转，结语尤极沉痛。

四、马祖常与萨都剌

元代徙居中原的各族人，学习汉文化，涌现出不少运用汉文写作的诗人，如贯云石、马祖常（1279—1338）、萨都剌、迺贤（生卒年不详）、丁鹤年（1335—1424）、高彦敬（生卒年不详）等，其中以马、萨二人最享盛名。马祖常诗学汉魏盛唐，风格清壮。他擅长抒写各地区、各民族的风土人情以及社会状况，如《河湟书事》、《丁卯上京四绝》、《河西歌效长吉体》、《缫丝行》、《踏水车行》、《室妇叹》、《马户》、《宿迁县》等。这些诗或展示边塞风光，民情习俗，逼真如画；或关心民生疾苦，抨击大官僚、大商人荒淫无耻的生活，爱憎鲜明。萨都剌诗风清丽俊逸，亦时有豪放之作。他的山水诗颇见功力，尤其是描写塞外风光的诗篇，粗犷有致，或婉丽，或洒脱，韵味较浓。如作于元统元年（1333）的《上京即事》（《雁门集》卷三）：

祭天马酒洒平野，沙际风来草亦香。白马如云向西北，紫驼银瓮赐诸王。（其七）

牛羊散漫落日下，野草生香乳酪甜。卷地朔风沙似雪，家家行帐下毡帘。（其八）

紫塞风高弓力强，王孙走马猎沙场。呼鹰腰箭归来晚，马上倒悬双白狼。（其九）

萨都剌的宫词和艳情乐府，在元代诗歌中也别具一格，虞集称其“最长于情，流丽清婉”（《傅若金诗集序》，《傅与砺诗文集》卷首）。

第四节 不拘常格

一、王冕诗纵逸高洁

在举世宗唐的风气中，14 世纪中叶诗坛上出现了两位不拘常格的诗人——王冕和杨维桢。

王冕“天才纵逸，其诗多排奡遒劲之气，不可拘以常格。然高视阔步，落落独行，无杨维桢等诡俊纤仄之习，在元明之间要为作者”（《四库全书总目提要》卷一百六十九《竹斋集》提要）。王冕诗风朴直豪放，但刻意模仿李白、杜甫，时或生硬粗糙。他创作了一批描画百姓困苦情状和战乱动荡年代的诗歌，以写实见长。如《伤亭户》写盐民之家在课税催逼下全家丧亡的悲剧，《悲苦行》写“前年鬻大女，去年卖小儿”的惨景，《江南民》写人民在差役、兵灾之下辗转呻吟，《痛哭行》写“京都大官饫酒肉，村落饥民无粒粟”，《冀州道中》刻画北方农村的贫困萧条等等。而他最富于个人特色的诗篇，则表达了轻视功名利禄、不甘随俗浮沉的志向，追求清雅高洁的情怀，尤以咏梅诗著称于世。

分析举例

咏梅诗篇

平生固守冰霜操，不与繁花一样情。岁晏溪头春意足，是谁看得最分明？（《竹斋诗续集·素梅》）

我家洗砚池头树，朵朵花开淡墨痕。不要人夸好颜色，只留清气满乾坤。(《竹斋诗续集·墨梅》)

荒苔丛篆路萦回，绕涧新栽百树梅。花落不随流水去，鹤飞常带白云来。买山自得居山趣，处世浑无济世才。昨夜月明天似洗，啸歌行上读书台。(《竹斋集》卷上《九里山中》)

二、铁崖体瑰奇绮丽

杨维桢是元末文坛的泰斗，“吴越诸生多归之，殆犹山之宗岱，河之走海，如是者四十余年”(宋濂《杨铁崖墓铭》，《明文海》卷四百二十九)。杨维桢论诗主张写个人性情，反对元初以来在宗唐风气中出现的模拟弊端，说：“诗者，人之情性也，人各有情性，则人有各诗也，得于师者，其得为吾自家之诗哉?”(《东维子文集》卷七《李仲虞诗序》)他的诗论在当时独树一帜，开明代公安派、竟陵派诗论的先声。

杨维桢尤以古乐府见称于时，张天雨称：“上法汉魏，而出入于少陵、二李（按，指李白、李贺）之间，故其所作古乐府辞，隐然有旷世金石声，人之望而畏者。又时出龙鬼蛇神，以眩荡一世之耳目，斯亦奇矣。”(《铁崖先生古乐府叙》，《铁崖古乐府》卷首)他的古乐府，题目多新创，题材或翻新故事，或描写世故，爱用古韵，诗风瑰奇绮丽，时称“铁崖体”(《明史·杨维桢传》)，并因此形成“铁崖派”(《东维子文集》卷十《一沤集序》)。代表作有《庐山瀑布谣》、《皇娲补天谣》、《古愤》、《盐商行》、《贫妇谣》、《城门曲》、《食糠谣》、《鸿门会》、《五湖游》等。这些古乐府诗根柢于博学，驰骋于才情，表现出奇艳诡谲、雄健纵横的风格。

分析举例

《五湖游》

鸱夷湖上水仙舟，舟中仙人十二楼。桃花春水连天浮，七十二黛吹落天外如青沤。道人谪世三千秋，手把一枝青玉虬。东扶海日红桑樛，海风约住吴王洲。吴王洲前校水战，水犀十万如浮沤。水声一夜入台沼，麋鹿已无台上游。歌吴歈，舞吴剑（一作“吴钩”），招鸱夷子狎阳侯。楼船不须到蓬丘，西施郑旦坐两头。道人卧舟吹铁笛，仰看青天天倒流。商老人，橘几奕；东方生，桃几偷；精卫塞海成瓯窭，海荡邙山漂髑髅，胡为不饮成春愁！(《铁崖古乐府》卷三)

诗中仙境与人世杂陈，战争与游乐更迭，时空随意转换，想象跳跃奇幻，人称“真天仙之悟民”。

"铁崖体"诗的出现是为了力矫时弊，清人说："元之季年，多效温庭筠体，柔媚旖旎，全类小词。维桢以横绝一世之才，乘其弊而力矫之。根柢于青莲、昌谷，纵横排奡，自辟町畦，其高者或突过古人，其下者亦多堕入魔趣。故文采照应一时，而弹射者亦复四起。"（《四库全书总目提要》卷一百六十八《铁崖古乐府》提要）此论较为公允。元末诗人如张宪（生卒年不详）、郭翼（1305—1364）、张昱（生卒年不详）等，皆属"铁崖派"诗人。明初开国诗人杨基（1326—1373后）、袁凯（生卒年不详）等，也皆出于铁崖之门。

三、杨维桢的小诗

杨维桢的竹枝词、宫词和香奁诗也很著名。清人翁方纲说："廉夫自负五言小乐府在七言绝句之上。然七言竹枝诸篇，当与小乐府俱为绝唱。刘梦得（即刘禹锡）以后，罕有伦比。而竹枝尤妙。"（《石洲诗话》）佳作有《西湖竹枝歌》、《海乡竹枝歌》等。

> 劝郎莫上南高峰，劝我莫上北高峰。南高峰云北高雨，云雨相催愁杀侬。
> 湖口楼船湖日阴，湖中断桥湖水深。楼船无柁是郎意，断桥有柱是侬心。
> 石新妇下水连空，飞来峰前山万重。妾死甘为石新妇，望郎忽似飞来峰。

这些诗构思新巧，语言清新优美，饶有民歌韵味。

杨维桢的宫词和香奁诗，则表现了他"耽好声色"（陶宗仪《南村辍耕录》卷二十三）的放荡性格。

第五节 文道合一

一、元好问文清新刚健

13世纪初到14世纪中叶的文章写作，在整体上表现出文道合一的审美趋向，但文章风格则出现多元化的局面。

元好问主张诗文同体，说："诗与文特言语之别称耳，有所记述之谓文，吟咏情性之谓诗，其为言语则一也。"（《遗山先生文集》卷三十六《杨叔能小亨集引》）他的文章接欧、苏正轨，语言平易自然，通达流畅，风格清新刚健，格老气苍，尤长于叙事。如作于金哀宗正大二年（1225）前后的《送秦中诸人引》：

关中风土完厚，人质直而尚义，风声习气，歌谣慷慨，且有秦汉之旧。至于山川之胜，游观之富，天下莫与为比。故有四方之志者，多乐居焉。

予年二十许时，侍先人官略阳，以秋试留长安中八九月。时纨绮气未除，沉涵酒间，知有游观之美而不暇也。长大来，与秦人游益多，知秦中事益熟，每闻谈周汉都邑及蓝田鄠杜间风物，则喜色津津然动于颜间。

二三君多秦人，与余游，道相合而意相得也。常约近南山，寻一牛田，营五亩之宅，如举子结夏课时，聚书深读，时时酿酒为具，从宾客游，伸眉高谈，脱屣世事，览山川之胜概，考前世之遗迹，庶几乎不负古人者。然予以家在嵩前，暑途千里，不若二三君之便于归也。清秋扬鞭，先我就道，矫首西望，长吁青云。

今夫世俗惬意事，如美食大官，高贵华屋，皆众人所必争，而造物者之所甚靳，有不可得者。若夫闲居之乐，澹乎其无味，漠乎其无所得，盖自放于方之外者之所贪，人何所争，而造物者亦何靳耶？行矣诸君，明年春风，待我于辋川之上矣。(《遗山先生文集》卷三十七)

全文兴之所至，信笔所之，情致盎然，气韵悠远。李慈铭评遗山文章“落落大方，殊有风气；而重滞平衍，时亦不免”(《越缦堂读书记·元遗山集》)。

宋、元之际文章的代表作家，南方有谢枋得、文天祥、谢翱、戴表元等，北方有王恽、姚燧、邓牧、刘因等。

山西忻州元好问墓

二、南方文章家

谢枋得“为文章高迈奇绝，汪洋演迤，自成一家”(《叠山先生行实》)。入元以后所作《上程雪楼御史书》、《上丞相刘忠斋书》、《与参政魏容斋书》等文，拒绝推荐，宁死不屈，风格慷慨愤激，斩截豪壮。如作于至元二十五年（1288）的《送方伯载归三山序》：

滑稽之雄以儒为戏者曰：“我大元制典，人有十等。一官二吏，先之者，贵之也；贵之者，谓有益于国也。七匠八娼，九儒十丐，后之者，贱之也；贱之者，谓无益于国也。”嗟乎，卑哉！介乎娼之下、丐之上者，今之儒也。……学官似尊贵，实卑贱。禄不足以救寒饥，甚者面削如，咽针如，肌骨柴如。嘈类啁啾，相呼而谋曰：“我国朝治赃吏法最严，管僧食僧，管医食医，管匠食匠，御史按察不敢问，岂不曰时使之然，法使之然，教之必不改，比而诛之则不忍也？吾徒管儒不食儒，将坐而待毙乎？”……滑稽之雄以儒为戏者又曰：“管儒者益众，食儒者益繁，岂古之所谓兽相食者欤？抑亦率兽而食人者欤？”儒不胜其苦，逃而入僧、入道、入医、入匠者什九。(《叠山集》卷二)

文章描摹了儒者的悲惨景象和惨痛语言，又借滑稽之雄的戏言旁敲侧击，辛辣地讽刺了蒙元朝廷的贱儒政策。

文天祥晚年的文章，如《指南录序》、《后序》、《正气歌序》等，都是纪实之文，指事造语，直抒胸臆，感慨悲歌，真切动人。谢翱曾在文天祥幕中参议过军事，文天祥被捕后，他曾多次在野外哭祭，作于至元二十七年（1290）的《登西台恸哭记》对此有详细记述。此文扣紧“哭”字，层层生发，且哭且叙，在隐约其辞之处传达言外之意，沉郁唱叹，血泪满纸。结末作裂帛之声：

> 呜呼！阮步兵死，空山无哭声且千年矣。若神之助，固不可知；然兹游亦良伟，其为文词，因以达意，亦诚可悲已！（《晞发集》卷九）

邓牧称：谢翱“生不得志，闲居常有忧色，语声甚微，郁积不平之气，壹宣于文，读之使人凄怆”（《伯牙琴·谢皋父传》）。

戴表元的文章以记、序、题、跋等杂著为多，如《通谢张可与参政书》、《二歌者传》、《敷山记》等。送序最能代表其文风，如约作于大德年间（1297—1307）的《送张叔夏西游序》：

> 玉田张叔夏与余初相逢钱塘西湖上，翩翩然飘阿锡之衣，乘纤离之马，于是风神散朗，自以为承平故家贵游少年不翅也。垂及强仕，丧其行资，则既牢落偃蹇。尝以艺北游，不遇，失意。亟亟南归，愈不遇。犹家钱塘十年。久之，又去，东游山阴、四明、天台间，若少遇者。既又弃之西归。
>
> 于是余周流授徒，适与相值，问叔夏何以去来道途若是不惮烦耶？叔夏曰：“不然。吾之来，本投所贤，贤者贫；依所知，知者死；虽少有遇而无以宁吾居，吾不得已违之，吾岂乐为此哉？”语竟，意色不能无沮然。少焉饮酣气张，取平生所自为乐府词，自歌之，噫呜宛抑，流丽清畅，不惟高情旷度，不可亵企，而一时听之，亦能令人忘去穷达得丧所在。……嗟乎！士固复有家世材华如叔夏而穷甚于此者乎？（《剡源戴先生文集》卷十三）

张叔夏即著名词人张炎。文章描写世态炎凉，感慨易代之际文人士大夫的流离失所，深致感切，行文流转自如，极见风采。清人卢文弨为戴表元文集作跋，称其文“和易而不流，谨严而不局，质直而不俚，华腴而不淫”（《抱经堂文集》卷十四《剡源集跋》）。

三、北方文章家

王恽的文章学韩愈、欧阳修，尤受元好问影响（见《秋涧集》卷四十五《遗山先生口诲》），主张“以自得有用为主，浮艳陈烂是去，方能造乎中和醇正之域”（《秋涧集》卷四十三《遗安郭先生文集引》）。如《烈妇胡氏传》（《秋涧集》卷四十九）描写一柔弱妇女，为救夫而抽刀杀虎，“知有夫，不知有於菟也”，形象动人。

姚燧著有《牧庵集》，是元前期盛世之音的代表，清人黄宗羲甚至说他的文章“非有明一代作者所能及”（《明文授读序》，黄百家《明文授读》卷首）。他的文章多为碑、铭、诏、诰等应用文，很少抒情写景之作，但文风质朴平实，结构谨严，叙事简要，层次分明，文笔常有变化，气势流畅，格调高古。代表作有《送雷嗣辉序》，说士大夫怀才未必见用；《序江汉先生事实》，描写元兵屠杀百姓的残酷；《归来堂记》，不满官场黑暗；《序牡丹》，写各地牡丹情状，文字生动活泼；《书米元晖画山水》，则简当古朴。《元史·姚燧传》称其："为文闳肆该洽，豪而不宕，刚而不厉，春容盛大，有西汉风，宋末弊习，为之一变。"

邓牧（1247—1306）主张"文章当出胸臆，自成一家"，反对"记问优赡，必欲中古人绳墨乃已"（《伯牙琴·谢皋父传》）。他的《伯牙琴》中《君道》、《吏道》两篇，统观历史，推究根本，见解透辟，语词激切。如云：

> 天生民而立之君，非为君也，奈何以四海之广，足一夫之用邪？故凡为饮食之侈、衣服之备、宫室之美者，非尧舜也，秦也；为分而严，为位而尊者，非尧舜也，亦秦也。后世为君者，歌颂功德，动称尧舜，而所以自为，乃不过如秦，何哉？

刘因的文章也有佳作，如《孝子田君墓表》揭露蒙古兵南侵金朝时残酷洗杀保州居民的罪行；《辋川图记》指责王维有失节行为而自命清高；《退斋记》赞成儒者之"退"，反对老氏之"退"，借题发挥隐指当世"以术欺世而以术自免"的行为；《上宰相书》痛切陈情，极力辞官；《唯诺说》、《唯诺后说》主张做唯唯诺诺的人，暗寓无可奈何的苦衷。这些文章多情真意切，清朗可读。

四、雅正之音

元中期的文章风气趋于雅正，代表作家有虞集、马祖常、欧阳玄。苏天爵说："我国家平定中国，士踵金、宋余习，文辞率粗豪衰苶……延祐以来，则有蜀郡虞公、浚仪马公，以雅正之音鸣于时，士皆转相效慕，而文章之习，今独为盛焉。"（《滋溪文稿》卷二十九《书吴子高诗稿后》）

虞集的文章多为应酬文字，颂扬权贵，倡导理学，在延祐（1314—1320）、至顺（1330—1333）间极负盛名，"一时大典册，咸出其手"（《元史·虞集传》）。欧阳玄说："皇元混一之初，金宋旧儒布列馆阁，然其文气，高者崛强，下者委靡，时见旧习。"而虞集的文章则表现出"治世之音"，"粹然成一家之言"："公之临文，随事酬酢，造次天成，初无一毫尚人之心，亦无拘拘然步趋古人之意。机用自熟，境趣自生，左右逢源，各识其职。"（《雍虞公文集序》，顾嗣立《元诗选》虞集小传引）

如其《尚志斋说》以孟子"尚志"为旨，开篇即设喻，说：

> 亦尝观于射乎？正鹄者，射者之所志也。于是良尔弓，直尔矢，养尔气，畜尔力，正尔身，守尔法，而临之。挽必圆，视必审，发必决，求中乎正鹄而已矣。正鹄之不立，则无专一之趣向，则虽有善器强力，茫茫然将安所施哉？况乎弛焉以嬉，嫚焉以发，初无定的，亦不期于必中者，其君子绝之，不与为偶，以其无志也。善为学者，苟知此说，其亦可以少警矣乎？夫学者之欲至于圣贤，犹射者之求中夫正鹄也。不以圣贤为准的而学者，是不立正鹄而射者也。（《道园学古录》卷九）

全文遣词造句，雍容典雅，中正和平，纯然"治世之音"。

此外，如《陈炤小传》写宋代进士陈炤固守常州，以身殉城（见《道园学古录》卷四十四）；《答刘桂隐书》称赏刘氏不出仕，如“霜降水涸而松柏后凋，沙砾汰除而黄金独耀”（《道园学古录》卷三十九）；《松友记》赞扬宋云举“屹乎独立不为势利之所移”（《道园学古录》卷八）的道德风貌，都较有特色。

马祖常作文取法先秦两汉，简洁新奇，朴质无华，条理明晰，代表作有《记河外事》、《小石山记》、《息氓传》等。元明善批评他：“子之修辞，几于古矣，然于质实则过之，于藻丽则乏矣。”（马祖常《石田文集》卷九《杨玄翁文台序》引）马祖常亦心许之。

欧阳玄论文主张取法欧阳修的“温柔敦厚”和苏轼的“明辩疏隽”（《圭斋文集》卷八《刘桂隐先生文集序》），并独师心源。他的文章多为盛世之文，以应用文字为多，宋濂说：“凡宗庙朝廷雄文大册，颁示万方，制诰多出公手……羽仪斯文，黼黻治具，公之功为最多。”（《欧阳公文集序》，《圭斋文集》卷首）如碑铭墓志之类，写得十分平实，力去浮夸，不肯涉及虚夸妄诞之言（见孔齐《至正直记》）。他的短文小品艺术性较高，如《读书堂记》：

> 庐陵永和萧尚宾，为医十有一世，能根柢儒业，非但缘饰表襮而已也。六世祖子信，能属文，善胡忠简公。公予田赠金，辞；荐以官，又辞。问所欲，则曰：“富贵非所愿，但得世世子孙读书立身，以广活人之功，则亦足矣。”忠简笑曰：“君所谓薄于利而厚于德者乎?”书“读书堂”三大字以遗之，使以扁其后人焉。至其大父震甫，号竹轩，又绎其说曰：“医道由儒书而出，非精于义理者不能。舍儒而言医，世俗之医耳。”尚宾之父德祥，乃拓室之东偏，作读书堂，揭忠简公之扁，以志其先训焉。
>
> 尚宾游京师，具颠末，谒余为之记。夫儒者读书以正心术为务，医者读书尤以正心术为急。心术正则学术亦正；心术偏则学术亦偏。正则人受其赐，偏则人与己皆为所累矣。近世儒家子孙往往擢科第，人以为有阴德行。斯阴德自心术始，故为萧氏愿之。（《圭斋文集》卷六）

清新简练，富有情趣。揭傒斯序其集，称：“其为文丰蔚而不繁，精密而不晦者，有典有则，可讽可诵。”（《欧阳先生集序》，《圭斋文集》卷首）

五、杨维桢文坦夷平实

元末文章以杨维桢为巨擘。他的文章学先秦两汉，风格朴雅精练，宋濂说他“大肆其力于文辞，非先秦两汉弗之学。久于俱化，见诸论撰，如睹商敦周彝，云靁成文，而寒芒横逸，夺人目睛”（《明文海》卷四百二十九《杨铁崖墓铭》）。因此成为明代前后七子的前驱。但他的文风与诗风略近，大抵近邪而非正，以致明初王彝作《文妖》讥诮说：“观其文，以淫词谲语，裂仁义，反名实，浊乱先王之道。顾乃柔曼倾衍，黛绿朱白，奄然以自媚。”

如其《竹夫人传》：

> 夫人竹氏，名茹，字珍珑，自号抱节君。其先为孤竹君之子，曰智，谏武王伐

纣，不听。遂不食周粟，饿于首阳山。且死，召其族告曰："吾不食死，百世后当有不食饮者，为吾女氏，以捄世之浊热。然未尝如锁子妇之隳其节也。"越若干世，为宋之元祐年，果生夫人。

夫人生而瘠如篾器，成将作匠之罗织。巧慧其中，玲珑空洞无他肠。又善滑稽圆转，虽与人狎，其情邈然如木偶氏。诮夫人者无螽斯分，而善之者则无内荒长舌之祸也。尝见聘赵氏子，充家奴畜之。豫章黄太史庭坚闻其人，作诗雪之，以为憩臂体膝，辱夫人，而况又奴之乎？夫人亦犯而不校。

夫人自以家世素清节，终耻屈身于人，铅华丝枲弗之御，虽荆钗棘簪之微，一皆弃斥。由王后嫔妃，下至公卿百执事，无不器重之。召亦无不往，然所在抱节，终身未尝少污其洁。先是得长生久视术于羿姨氏，用能辟谷导引，以应鼻祖氏之言。其踪迹诡秘，当炎而出，方秋即遁去，囊括其身，自比维有瓮人。或谓尸解，不知其终。

史氏曰：庄周称："姑射山有神人，肌肤若冰雪，绰约若处子。"夫人岂其流亚欤？惟其辟谷不食饮，故老不死，人疑为女仙。后人有见于葛陂者，与壶丈人同蜕去云。(《东维子文集》卷二十八)

杨维桢一生玩世不恭，作此文盖以寓其志，文辞坦夷平实，但自有一股抑郁不平之气，贯穿其中。这种文风，正与宋濂、刘基作于元末之文相近，形成一种时代风气。

第六节 骚雅词风

13 世纪初到 14 世纪中叶的词风，明显地趋于二途：一派承周邦彦、姜夔，词风清丽骚雅，以吴文英为大家，此后有周密、王沂孙、张炎等；一派承苏轼、辛弃疾，词风豪放旷达，在南方有刘克庄、陈人杰等，在北方有元好问等。另有个别词人，融汇两家词风，别出心裁，如 13 世纪的蒋捷（1245？—1310?）和 14 世纪的萨都剌、张翥。

一、吴文英与梦窗词

吴文英（号梦窗）的词现存三百五十六首，创作数量仅次于辛弃疾。典型的梦窗词，是以密丽、深曲、奇幻取胜者。贬之者，如沈义父说："梦窗深得清真之妙。其失在用事下语太晦处，人不可晓。"(《乐府指迷》) 张炎说："梦窗词如七宝楼台，眩人眼目，碎拆下来，不成片段。"(《词源》卷下) 褒之者，如王鹏运称："以空灵奇幻之笔，运沉博绝丽之才。”（《梦窗词跋》）况周颐说：“梦窗密处，能令无数丽字，一一生动飞舞。如万花为春，非若雕璚蹙绣，毫无生气也。”（《蕙风词话》卷二）戈载评：“以绵丽为尚，运意深远，用笔幽邃，炼字炼句，迥不犹人。貌观之，雕缋满眼，而实有灵气行乎其间。”（《宋七家词选》）

梦窗词擅长呕心沥血地描写堕入男女恋情之后幽约缠绵的心态，极写相思之苦，忆念之久，用情之深，刻心铁肝，低回缠绵，真是“愁弹枕雨，衰翻帽雪，为情偢僽”（《宴清都》）。正因为梦窗自写恋情，属于自娱、自赏，本来就不求人知，不求人晓，因此以隐秘含蓄为主旨。正如王国维所说的：“梦窗之词，余得取其词中之一语以评之，曰：‘映梦窗，零乱碧。’”（《人间词话》）

梦窗词惯用跳跃之笔，表达飘忽之思，奇特的艺术想象和心理联想，将时间与空间交错杂糅，实景与幻情胶合一体，创造出如梦如幻的艺术境界。如其游苏州灵岩山时所作的怀古词《八声甘州·陪庾幕诸公游灵岩》：

> 渺空烟四远，是何年、青天坠长星。幻苍崖云树，名娃金屋，残霸宫城。箭径酸风射眼，腻水染花腥。时靸双鸳响，廊叶秋声。　宫里吴王沉醉，倩五湖倦客，独钓醒醒。问苍天无语，华发奈山青。水涵空、阑干高处，送乱鸦、斜日落渔汀。连呼酒，上琴台去，秋与云平。

上片以出人意表的想象，把灵岩山比拟为青天陨落的星辰，在馆娃宫的废墟中幻化出当年采径中的脂香腥味和响屐廊里的木屐声响，似虚似实，亦幻亦真，境界空灵幽渺。

又如在杭州怀念被遣去之妾的《风入松》：

> 听风听雨过清明，愁草瘗花铭。楼前绿暗分携路，一丝柳、一寸柔精。料峭春寒中酒，交加晓梦啼莺。　西园日日扫林亭。依旧赏新晴。黄蜂频扑秋千索，有当时、纤手香凝。惆怅双鸳不到，幽阶一夜苔生。

下片黄蜂扑秋千的意象，本为眼前实景；而因有亡妾生前纤纤玉手在秋千上残留的香泽，才引动黄蜂，则是由于痴迷的忆恋而产生的幻觉。

梦窗词的章法结构，继承周邦彦清真词的传统，并有所开拓。清真词的章法结构往往具有跳跃性，但起承转合，或用虚字转折，或用实词提示，尚有线索可寻。而梦窗词的章法结构往往是突变性的，凭借流动跳跃的心理感觉，时空场景变化不拘，情思脉络无迹可求，从而构成扑朔迷离的艺术境界。长篇如长达二百四十字的自度曲《莺啼序》。

> 残寒正欺病酒，掩沉香绣户。燕来晚、飞入西城，似说春事迟暮。画船载、清明过却，晴烟冉冉吴宫树。念羁情游荡，随风化为轻絮。　十载西湖，傍柳系马，趁娇尘软雾。溯红渐、招入仙溪，锦儿偷寄幽素。倚银屏、春宽梦窄，断红湿、歌纨金缕。暝堤空，轻把斜阳，总还鸥鹭。　幽兰旋老，杜若还生，水乡尚寄旅。别后访、六桥无信，事往花萎，瘗玉埋香，几番风雨。长波妒盼，遥山羞黛，渔灯分影春江宿，记当时、短楫桃根渡。青楼仿佛，临分败壁题诗，泪墨惨淡尘土。
>
> 危亭望极，草色天涯，叹鬓侵半苎。暗点检、离痕欢唾，尚染鲛绡，亸凤迷归，破鸾慵舞。殷勤待写，书中长恨，蓝霞辽海沉过雁，漫相思、弹入哀筝柱。伤心千里江南，怨曲重招，断魂在否？

全词交错穿插思念之情与羁旅之愁，多由情感和景物和片段组成，时空变动不居，情怀隐约闪烁，思绪跳荡流动。

短篇如《浣溪沙》：

门隔花深梦旧游，夕阳无语燕归愁，玉纤香动小帘钩。　落絮无声春堕泪，行云有影月含羞，东风临夜冷于秋。

旧游与新感，时空杂糅，转换频繁，形成错综纷纭的章法结构。冯煦评云：“梦窗之词丽而则，幽邃而绵密，脉络井井，而卒焉不能得其端倪。”（《宋六十一家词选例言》）

梦窗词的语言，生新奇异，意象密集，含意曲折，形成了密丽深幽的风格。梦窗词多凭心理感受运用词语，组合字句，如“飞红若到西湖底，搅翠澜、总是愁鱼”（《高阳台·丰乐楼分韵得如字》）和“落絮无声春堕泪”（《浣溪沙》）等，都是将主观情绪与客观物象直接组合，无理而奇妙。梦窗词的语言富有强烈的色彩感、装饰性和象征性。如写池水，是“腻涨红波”（《过秦楼·芙蓉》）；写云彩，是“倩霞艳锦”（《绕佛阁·赠郭季隐》）；写花容，是“腴红艳丽”（《惜秋华》）、“妖红斜紫”（《喜迁莺·同丁基仲过希道家看牡丹》）；甚至写女性的一颦一笑或深情蜜意，也喜用色彩华丽的字眼加以修饰，如“最赋情、偏在笑红颦翠”（《三姝媚》）、“红情密”（《宴清都·连理海棠》）、“剪红情，裁绿意”（《祝英台近·除夜立春》）。

在词史上，梦窗词因其鲜明的艺术独创性，足以与姜夔的白石词相抗衡。《四库全书总目提要》卷一百九十九《梦窗稿》提要说：“词家之有文英，亦如诗家之有李商隐。”可称平实公允。

二、周密与草窗词

周密（号草窗）之词，融会白石、梦窗两家之长，形成了典雅清丽的词风。周密宋亡前的词作，流连风月，追求格律谨严，结构缜密，意趣醇雅，如描绘西湖十景的组词《木兰花慢》，即以文笔清丽而著称。宋亡后，周密的词风趋于清疏，多有苍凉凄咽的感时之作。宋端宗景炎元年（1276），临安陷落，周密逃难绍兴（今属浙江），作《一萼红·登蓬莱阁有感》：

步深幽，正云黄天淡，雪意未全休。鉴曲寒沙，茂林烟草，俯仰千古悠悠。岁华晚、飘零渐远，谁念我、同载五湖舟？磴石松斜，厓阴苔老，一片清愁。　回首天涯归梦，几魂飞西浦，泪洒东州。故国山川，故园心眼，还似王粲登楼。最负他、秦鬟妆镜，好江山、何事此时游？为唤狂吟老监，共赋销忧。

词作抒发羁旅思乡之情和故国黍离之感，沉痛凄厉，清人陈廷焯评道：“苍茫感慨，情见乎词，当为草窗集中压卷。”（《白雨斋词话》卷二）

周密选辑的《绝妙好词》七卷，以雅正为准绳，选录南宋词人一百三十二家的词作，世称词选善本。

三、王沂孙与碧山词

王沂孙号碧山，“能文工词，琢语峭拔，有（姜）白石意度”（张炎《琐窗寒》小序）。他最工于咏物，今存词六十四首，咏物词即有三十四首。王沂孙的咏物词善于根据主观的意念，巧妙地选取有特定含意的典故与所咏之物有机融合，使客观物象与主观情意相互生发。这就是清人周济所说的：“咏物最争托意，隶事处以意贯串，浑化无痕，碧山胜场也。”（《宋四家词选目录序论》）王沂孙的咏物词还擅长运用象征性的语言，将所咏之物拟人化，使之具有丰富的象征意蕴，被后人认为有深远的寄托。

如作于南宋覆亡前夕的《眉妩·新月》：

渐新痕悬柳，淡彩穿花，依约破初暝。便有团圆意，深深拜，相逢谁在香径？画眉未稳，料素娥、犹带离恨。最堪爱、一曲银钩小，宝帘挂秋冷。　千古盈亏休问。叹谩磨玉斧，难补金镜。太液池犹在，凄凉处、何人重赋清景。故山夜永。试待他、窥户端正。看云外山河，还老尽、桂花影。

全词章法，既有脉络可寻，又时见转折顿挫。在描写新月形象的表面层次上，保持词意的连贯和完整，而在表达寓意的深度层次上，却若断若续，似隐似现，隐含着金瓯难整、复国无望的深哀剧痛。

研究进行时

王沂孙生平研究

有关王沂孙生卒年的考证，参见吴则虞《词人王沂孙事迹考略》（载《文学遗产增刊》第7辑）、杨海明《王沂孙生卒年考》（载《社会科学战线》1984年第3期）、常国武《王沂孙出仕及生卒年岁问题的探索》（载《文学遗产增刊》第11辑）等。

四、张炎与白云词

张炎著有词集《山中白云词》，词风清雅疏朗，与姜白石相近，故与白石合称为“双白”。他在《词源》中主张词要清空骚雅，他的词也大多一气流走，疏宕明快，少用冷僻的事典和艰涩的词语，旨在创造一种高远幽夐的意境。

如《解连环·孤雁》：

楚江空晚。怅离群万里，恍然惊散。自顾影、欲下寒塘，正沙净草枯，水平天远。写不成书，只寄得、相思一点。料因循误了，残毡拥雪，故人心眼。　谁怜旅愁荏苒？谩长门夜悄，锦筝弹怨。想伴侣、犹宿芦花，也曾念春前，去程应转。暮雨相呼，怕蓦地、玉关重见。未羞他、双燕归来，画帘半卷。

词人借孤雁寄寓身世之感，抒写亡国后沦落江湖、羁旅漂泊的遭遇和情怀，同时也隐晦地歌颂了文天祥等爱国志士。全词以意贯串，刻意抒写雁之“孤”，曲折往复，情辞哀苦，使事用典，点化诗句，臻于化境，在苍凉悲壮的风格中，更见意曲情深之妙。

白云词与碧山词相比较，取径较宽阔，词境也较丰富而明畅，因此对清初浙西词派的创作影响甚大。张炎著有论乐理和论词艺词法的词话著作《词源》，提出“清空”、“骚雅”等概念，成为后世词学研究中重要的审美范畴。书中对宋代词人词作优劣得失的评论，也往往成为后人对宋代词人进行评价的基准。

五、蒋捷与竹山词

在宋元之际的词人中，蒋捷（号竹山）之词的风格迥出，兼融豪放词的清奇流畅和婉约词的含蓄蕴藉，既无辛派后进粗放直率之病，也无姜派末流刻削隐晦之失。

如《虞美人·听雨》：

> 少年听雨歌楼上，红烛昏罗帐。壮年听雨客舟中，江阔云低断雁叫西风。而今听雨僧庐下，鬓已星星也。悲欢离合总无情，一任阶前点滴到天明。

抒发人生感慨，以三处“听雨”的对比，概括人生的三个阶段，隐喻时代变迁的慨叹，含而不露，余哀无穷。

又如《贺新郎·兵后寓吴》：

> 深阁帘垂绣，记家人、软语灯边，笑涡红透。万叠城头哀怨角，吹落霜花满袖。影厮伴、东奔西走。望断乡关知何处，羡寒鸦、到著黄昏后。一点点，归杨柳。
>
> 相看只有山如旧。叹浮云、本是无心，也成苍狗。明日枯荷包冷饭，又过前头小阜。趁未发、且尝村酒。醉探枵囊毛锥在，问邻翁：“要写牛经否？”翁不应，但摇手。

抒写胜国遗民漂泊流浪的凄凉感受和饥寒交迫的生存困境，哀怨感伤。今昔对比，物我对照，更写出士人的穷途末路。

第七节 苏辛流裔

与吴文英大致同时，词坛上苏、辛豪迈清旷词风的流裔，南方有刘克庄、陈人杰，北方有元好问。

一、后村词与龟峰词

刘克庄号后村居士，其词有意继武辛弃疾的词风，豪迈奔放，雄健疏宕。他借歌妓之口称："粗识《国风·关雎》乱，羞学流莺百啭，总不涉、闺情春怨。"（《后村先生大全集》卷一百九十《贺新郎·席上闻歌有感》）后村词中多为忧国伤时、愤世嫉俗的作品，表达"国脉微如缕"（同上《贺新郎·实之三和有忧边之语走笔答之》）忧愁和投笔从戎的壮志。如作于理宗宝庆三年（1227）的《贺新郎·送陈真州子华》：

> 北望神州路，试平章、这场公事，怎生分付？记得太行山百万，曾入宗爷驾驭。今把作握蛇骑虎。君去京东豪杰喜，想投戈、下拜真吾父。谈笑里，定齐鲁。
> 两河萧瑟惟狐兔。问当年、祖生去后，有人来否？多少新亭挥泪客，谁梦中原块土？算事业、须由人做。应笑书生心胆怯，向车中、闭置如新妇。空目送，塞鸿去。（同上）

全词意气风发，纵论天下大势，表达盼望收复故土、统一祖国的强烈愿望，显示以天下为己任的崇高精神。

陈人杰（号龟峰）的龟峰词，词风慷慨激昂，代表作有写于理宗嘉熙元年（1237）的《沁园春·丁酉岁感事》：

> 谁使神州，百年陆沉，青毡未还？怅晨星残月，北州豪杰；西风斜日，东帝江山。刘表坐谈，深源轻进，机会失之弹指间。伤心事，是年年冰合，在在风寒。
> 说和说战都难，算未必江沱堪宴安。叹封侯心在，鳣鲸失水；平戎策就，虎豹当关。渠自无谋，事犹可做，更剔残灯抽剑看。麒麟阁，岂中兴人物，不画儒冠？

感慨国势艰危，悲叹英雄失路，抒发报国豪情，意气峥嵘，笔力豪纵。词作前半情调低沉，后半竭力腾踔，以高昂的气势结束，极尽转折变化之能事。

二、遗山词清雄顿挫

元好问号遗山，著有《遗山乐府》，词学苏、辛，说："乐府以来，东坡为第一，以后便到辛稼轩。"（《遗山乐府·自序》）遗山词现存三百八十余首，词风清雄顿挫，闲婉浏亮，有刚柔相济、豪婉兼备的特点，"疏快之中，自饶深婉，亦可谓集两宋之大成者矣"（刘熙载《艺概·词曲概》）。

元好问早年的词作，笔法绵密，情致深婉，代表作有咏赞双蕖和雁丘的两首名作《摸鱼儿》。试举作于泰和五年（1205），后又改定的《摸鱼儿》为例：

> 恨人间、情是何物，直教生死相许。天南地北双飞客，老翅几回寒暑。欢乐趣，离别苦，是中更有痴儿女。君应有语。渺万里层云，千山暮景，只影向谁去。
> 横汾路，寂寞当年箫鼓，荒烟依旧平楚。招魂楚些何嗟及，山鬼自啼风雨。天也妒，

未信与、莺儿燕子俱黄土。千秋万古，为留待骚人，狂歌痛饮，来访雁丘处。

上片以人拟雁，描摹了雁的生活、心理和殉情原因；下片以自然景物描写，衬托大雁殉情后的孤寂凄苦。全词构思巧妙，情调凄婉，风格清丽淡雅，寓缠绵之情于豪宕之中。所以张炎称道遗山此类词："深于用事，精于炼句，有风流蕴藉处，不减周、秦。"（《词源》卷下）

金亡后，元好问怀有"神州陆沉之痛，铜驼荆棘之伤，往往寄托于词"（况周颐《蕙风词话》卷三）。如蒙古定宗元年（1246），元好问过河北临漳，游铜雀台、金虎台、冰井台遗址，作《木兰花慢·游三台》：

> 渺漳流东下，流不尽，古今情。记海上三山，云间双阙，当日南城。黄星。几年长去，淡春阴、平野草青青。冰井犹残石甃，露盘已失金茎。　　风流千古《短歌行》，慷慨缺壶声。想酾酒临江，赋诗鞍马，词气纵横。飘零。旧家王粲，似南飞、乌鹊月三更。笑杀西园赋客，壮怀无复平生。

词人以金遗民身份，凭吊魏都旧墟，怀古寄慨，感叹国土沦丧，生涯漂泊，隐含亡国之恨，气象雄浑苍莽，境界博大壮阔。

三、须溪词沉郁跌宕

宋元之际著名的词人有刘辰翁（号须溪）。其词承稼轩遗风，在豪放雄健之中时饶跌宕之姿，自成一体。清人况周颐说："须溪词，风格遒上似稼轩，情辞跌宕似遗山。有时意笔俱化，纯任天倪，竟能略似坡公。往往独到之处，能以中锋达意，以中声赴节。"（《蕙风词话》卷二）须溪词继承杜甫以韵语纪时事的创作精神，用词作展现时代巨变，如《六州歌头》（向来人道）、《兰陵王·丙子送春》、《柳梢青·春感》等。如作于宋端宗景炎三年（1278）的《永遇乐》：

> 璧月初晴，黛云远澹，春事谁主？禁苑娇寒，湖堤倦暖，前度遽如许？香尘暗陌，华灯明昼，长是懒携手去。谁知道，断烟禁夜，满城似愁风雨。　　宣和旧日，临安南渡，芳景犹自如故。缃帙流离，风鬟三五，能赋词最苦。江南无路，鄜州今夜，此苦又谁知否？空相对，残釭无寐，满村社鼓。

这首词追和李清照的词作，假托李清照自喻，感慨国运如丝的现实，词人自称："虽辞情不及，而悲苦过之。"（词前小序）词中将历史与现实相融汇，概括了深广的历史内容和深沉的兴亡感慨。

须溪词雄浑之气虽不逮稼轩词，而悲愤沉郁则并不多让，堪称两宋豪放词的殿军。

四、元代词坛

元前期词坛上，王恽的词作"清浑超逸，近两宋风格"，刘因的词作"寓骚雅于冲夷，足秾郁于平淡”（均见况周颐《蕙风词话》卷三），亦各有特色。各举一首为例：

秋风湖上水增波，水底云阴过。憔悴湘纍莫轻和，且高歌。　　凌波幽梦谁惊破？佳人望断，碧云暮合，道别后意如何？（王恽《平湖乐》）

未开常探花开未，又恐才开风雨至。花开风雨不相妨，为甚不来花下醉？百年枉作千年计，今日不知明日事。春风欲劝座中人，一片落红当眼坠。（刘因《木兰花》）

到14世纪前期，豪迈与清雅两种词风呈现合流现象，代表词人有张翥和萨都剌。

张翥的词集《蜕庵词》中，有的作品模仿辛词，为后人推崇，如《沁园春·广陵九日，与刘士斡成元璋泛舟邗沟》、《洞仙歌·辛巳岁燕城初度》、《鹊桥仙·丙子岁予年五十，酒边戏作》等。但蜕庵词总体词风仍偏于婉约，代表作有《绮罗香·雨中舟次洹上》：

燕子梁深，秋千院落，半湿垂杨烟缕。怯试春衫，长恨踏青期阻。梅子后馀润留寒，藕花外嫩凉消暑。渐惊他秋老梧桐，萧萧金井断蛩暮。　　薰篝须待被暖，催雪新词未稳，重寻笙谱。水阁云窗，总是惯曾听处。曾信有客里关河，又怎禁夜深风雨。一声声滴在疏篷，做成情味苦。（《蜕庵词》卷上）

写游子别离思乡之苦，触景生情，肝肠寸断。

萨都剌的词作虽不多，但颇有影响，尤以《念奴娇·登石头城》、《满江红·金陵怀古》二首最著名。兹举后一首：

六代豪华，春去也，更无消息。空怅望，山川形胜，已非畴昔。王谢堂前双燕子，乌衣巷口曾相识。听夜深寂寞打孤城，春潮急。　　思往事，愁如织，怀故国，空陈迹。但荒烟衰草，乱鸦斜日。玉树歌残秋露冷，胭脂井坏寒螀泣。到如今只有蒋山青，秦淮碧。（《花草粹编》十七）

此词立意新颖，情景交融，化诗入词，笔墨疏朗，在众多吟咏金陵的诗词中别具一格。

【温故知新】

江湖诗派　江湖集　“四灵”　晚唐诗风　遗山诗文特点　遗民诗人　雅正之音　骚雅词风　梦窗词　草窗词　碧山词　白云词　竹山词　后村词　龟峰词　遗山词　须溪词　苏辛词风　文道合一

【请你思考】

1. 江湖诗派是一个零散的诗人群体，在成员的界定上也界限模糊，那么是否可被认为是严格意义上的文学流派？有人认为，它只是风格相近的“群体”而非“流派”，你赞成哪种观点？

2. 怎样评价元初文坛整体宗唐的风气？

3. 宋元易代之后，各种文体的发展分别体现了怎样的特点和趋势？如何看待它们的发展以及整体的格局？

4. “文道合一”这一文学传统起源于何时？元代知识分子再次拈起这一话题，具有哪些新的内涵？

5. 如何看待元代词风的流变？

【推荐阅读】

杨家骆主编．新校元遗山笺注．台北：世界书局，1982

李修生主编．全元文．南京：江苏古籍出版社，1998

张宏生．江湖诗派研究．北京：中华书局，1995

张瑞君．南宋江湖派研究．北京：中国文联出版公司，1999

王树林．金元诗文与文献研究．北京：中华书局，2008

第三章 散曲的兴起与流变

【导读】

散曲是金、元时期在北方民间流行起来的新的诗歌样式。对戏曲而言，它是一种不具备表演内容的歌曲；对诗词而言，它是一种新兴的诗体。因此元人习称为“今之乐府”(周德清《中原音韵自序》,《中原音韵》卷首）或“今乐府”（杨维桢《东维子文集》卷十一《周月湖今乐府序》)。散曲的流行要早于杂剧，在金、元之交就被文人士大夫所采用。据隋树森（1906—1989)《全元散曲》(北京，中华书局，1962）辑录，金元散曲作家有二百多人，现存小令三千八百五十三首，套数四百五十七套，残曲除外。实际上，现存的散曲作品要超出这一数字。这些散曲作品绝大多数是山林隐逸的吟唱和男女风情的歌咏，此外还有咏史、写景、咏物之作，主要表现了元代文人的精神面貌和审美趣味。散曲在艺术上取得了很高的成就，它以泼辣的作风、活泼的形式、质朴的语言和灵动的气势，在金、元文坛上异军突起，尤其在元代成为最富于生命力的诗歌样式，大大丰富了中国古代的韵文。

第一节 散曲的兴起与体制

一、北方乐曲

长短句歌词在两宋盛极一时，但到了南宋时期，由于作家越来越片面地追求文词的工丽和音律的妍美，词已经成为文人细腻精致的案头之作，原本具有的通俗性和歌唱性特征渐渐消失。同时，在宋、金对立时期，北方民间的俗谣俚曲却仍然不断流行，吸收、融化了民间新兴的歌曲和女真、蒙古等少数民族的乐曲，逐渐形成一种新的诗歌样式，即散曲。散曲大盛于元，这和语言以及音乐的发展有直接的关系。元代民族交融，人口流动频繁，语音、词汇与唐宋时代相比，已有许多变化；北方少数民族音乐传入中原，也使与音乐结合的诗歌创作在格律上有所改变。正如王世贞（1526—1596）所说的："曲者，词之变。自金、元入主中国，所用胡乐，嘈杂凄紧，缓急之间，词不能按，乃更为新声以媚之。"（《曲藻》）

概念解析

散曲

"散曲"之名，最早见于明初朱有燉（1379—1439）的《诚斋乐府》，不过该书所说的"散曲"专指小令，尚不包括套数。明中叶以后的曲论家始用"散曲"兼称小令和套数，与"剧曲"（或"戏曲"）相对称。如王世贞《艺苑卮言》说："周宪王者，定王子也，好临摹古书帖，晓音律，所作杂剧凡三十余种，散曲百余。"至20世纪初，吴梅、任讷等曲学家的一系列论著问世以后，"散曲"作为包容小令和套数的文体概念，最终被确定下来。

二、散曲流行

元末明初陶宗仪（1329—约1412）说："金季国初，乐府犹宋词之流"（《南村辍耕录》卷二十七）。散曲的初步流行大约始于金末。元好问《闻歌怀京中旧游》诗中写他曾在金的都城，同麻革（？—1244以后）、李献甫（1195—1234）一起听人唱散曲《绿腰》（见《遗山集》卷十二）；《赠绝艺杜生》和《杜生绝艺》二诗，则写艺人杜生弹奏散曲（见《遗山集》卷十二、卷十三）。刘祁说，金末哀宗（1224—1234）时，他和王青雄论诗，认为“今人之诗”“虽得人口称，而动人心者绝少，不若俗谣俚曲之见其真情而反能荡人血气也”（《归潜志》卷十三）。文人在称赞民间散曲的同时，也开始创作散曲，于是散曲跃身为文坛上新兴的诗歌样式。由于金末元初宫廷朝会大合乐时多采用散曲，并且由翰苑人物撰写词章，皇帝加以嘉赏，所以散曲地位逐渐提高。但散曲更多地还是由妓女、艺人在酒席宴上歌唱，文人学士为遣怀释闷而作。

三、小令和套数

散曲包括小令和套数两种主要形式。

小令又称“叶儿”，一般是独立的单支曲子，它是散曲中最早产生的体制，是由民间小唱、唐宋诗词发展演化而来的。小令形式短小，语言精练，适合于抒情写景，在散曲中无论是数量还是质量都居主要地位。小令也包括“带过曲”和“重头小令”。带过曲是两支或三支只曲的联合，但必属同一宫调，并且音律衔接，同押一韵。常见的如《双调·雁儿落带得胜令》、《双调·沽美酒带太平令》、《南吕·骂玉郎带感皇恩采茶歌》等。重头小令是由同题同调、内容相连、首尾句法相同的数支小令联合而成，支数不限，每支可各押一韵，而且各支可以单独成立。

套数又称“散套”，沿自宋、金时的诸宫调和唱赚。它由同一宫调的三支以上只曲组成，宫调不同而管色相同者，也可“借宫”，一般套末应有尾声，全套必须一韵到底。受南方音乐影响，元末又出现了南北合套，丰富了套曲的形式。套曲篇幅较长，可以包容比较复杂的内容，既可用以抒情，也可用以叙事，在文学形式上多受到戏曲和说唱的影响。

四、曲与词的异同

宋元之际散曲繁盛的情景

曲的出现是对词的一次重大的变革。词与曲都是乐曲的歌词，都是按流行曲调倚声填词的；又都采用长短句的诗歌形式，具有语体化的特点。在这一意义上可以说，曲是从词演化而来的。但是，由于曲受到金、元时期民间俚曲和少数民族乐曲的影响，在形式上突破了词的某些限制，因而显得更加生动活泼，具有更强的艺术表现力。

在结构形式上，词多为上下两阕，

也有三阕的，而曲却都是单阕体，如有必要，可用《么篇》形式变为多阕；词的字数、句数多有定格，而曲虽大体有定格，却有较大的灵活性和伸缩性，可以增句、减句、拆句、并句，亦可增字、减字等，同一曲牌用于不同场合，句格、字格并不一定相同。在音韵上，词用平水韵，曲用以北方口语为基础的中原音韵；词有入声，曲入派三声，曲韵还分上去、辨阴阳；词韵避同字，平仄往往分押，一首词有的可以换韵，曲韵则不避同字，平仄合押，每首一韵到底。在语言上，曲的语言较为口语化，可以大量运用衬字、虚字，而且用语不避重复，对仗形式也比较丰富，有“合璧对”、“鼎足对”、“连璧对”、“连珠对”、“扇面对”等，这都增加了曲的表现力和生动性。在艺术风格上，诗词贵雅，曲则尚俗；诗词贵含蓄，曲则尚直露；诗词忌纤巧，曲则贵尖新；诗词忌油滑，曲则多带诙谐。

第二节 士夫之曲与文士之曲

金、元散曲的创作大略可以元仁宗延祐元年（1314）为界，分为前后两期。前期是散曲的繁荣期，后期是散曲的变异期。

繁荣期的散曲作家，活动中心在大都。这时，散曲作为一种新兴的诗歌样式，从民间转到文人手中，文人的审美趣味和平民的审美趣味融汇，促使散曲逐步走向繁荣。散曲作家中有地位显赫的达官贵人、文人雅士，也有著名的杂剧作家、书会才人、教坊艺人等。由于作家的社会地位高下不同，思想感情各异，艺术素养悬殊，繁荣期散曲大致可分为士夫之曲与文士之曲，呈现出丰富多彩的创作局面。

创作散曲的达官贵人、文人雅士，虽然对这种新兴的诗歌样式饶有兴趣，但只在游宴应酬场合小试才情，略变写诗填词的方法而为之。因此，他们的作品尽管也有清新之作，却未能充分表现散曲的艺术特点。繁荣期士夫之曲的代表作家，有刘秉忠、卢挚（1235—1300，一作1243—1315）和姚燧等。

一、刘秉忠、卢挚、姚燧

刘秉忠的散曲现存十二首。《蟾宫曲》四首，吊古伤今，格调苍凉。《干荷叶》八首，在保留散曲原有的民歌风味的同时，掺杂着文人的悲秋意绪。如《干荷叶》其六：

干荷叶，色苍苍，老柄风摇荡。减了清香，越添黄。都因昨夜一场霜，寂寞在秋江上。

卢挚的散曲今存一百多首，以怀古题材的作品为多，如《洛阳怀古》、《夷门怀古》、《吴门怀古》等。作者登临凭吊，往往吐露对于时事兴衰、风云变幻的感慨，从历史的角度感叹人生短暂、功业无常。卢挚向往隐居生活，其描写田园风光的作品，质朴自然，意致绵邈。

如《蟾宫曲·田家》：

沙三伴哥来呀，两腿青泥，只为捞虾。太公庄上，杨柳阴中，磕破西瓜。小小哥昔涎剥塔，碌轴上渰着个琵琶。看荞麦开花，绿豆生芽，无是无非，快活煞庄家。

诗篇描写了盛夏农村的景象，清新自然，淳朴亲切。

卢挚抒写恋情的作品，蕴藉秀婉而又不失明晓自然。如《落梅风·别珠帘秀》：

才欢悦，早间别，痛煞煞好难割舍。画船儿载将春去也，空留下半江明月。

诗歌吸收民歌白描手法，直抒离情，感情深挚，风致婉妙。贯云石评道："疏斋媚妩如仙女寻春，自然笑傲。"（《阳春白雪序》，杨朝英《阳春白雪》卷首）

姚燧的散曲作品也很有特色。有的感慨政治风波和宦海浮沉，如《阳春曲》：

笔头风月时时过，眼底儿曹渐渐多。有人问我事如何？人海阔，无日不风波。

居安思危，感触良深。有的描绘思妇之情，如《凭栏人·寄征衣》：

欲寄君衣君不还，不寄君衣君又寒。寄与不寄间，妾身千万难。

诗作表现思妇细腻的情感，熨帖温存，缠绵尽致，描绘真切，人评之"深得词人三昧"（《宸垣识略·识余》）。

二、关汉卿

与士夫之曲相对照，杂剧作家、书会才人和教坊艺人的散曲作品，既保留了民间文艺通俗质朴、平易自然的意趣，又融汇了文人独特的情感和才华，从而大大提高了散曲的艺术境界。

关汉卿的著名套数《南吕一枝花·不伏老》，通过生动的比喻和泼辣的语言，描写了一个书会才人以"浪子班头"、"郎君领袖"自居，坚持"半生来攀花折柳，一世里眠"的生活方式和精神面貌。在元代社会里，书会才人鄙弃功名利禄，不去做帮闲文人，甘愿一生浪迹江湖，与底层人民生活在一起，表现出高尚的志节。而他们那种及时行乐的思想，也寓有向黑暗现实抗议的意思。作品自豪地宣称：

[尾] 我是个蒸不烂、煮不熟、捶不匾、炒不爆响珰珰一粒铜豌豆，恁子弟每谁教你钻入他锄不断、斫不下、解不开、顿不脱慢腾腾千层锦套头。我玩的是梁园月，饮的是东京酒，赏的是洛阳花，攀的是章台柳。我也会围棋、会蹴鞠、会打围、会插科、会歌舞、会吹弹、会咽作、会吟诗、会双陆。你便是落了我牙、歪了我嘴、瘸了我腿、折了我手，天赐与我这几般儿歹症候，尚兀自不肯休。则除是阎王亲自唤，神鬼自来勾，三魂归地府，七魄丧冥幽，天那，那其间才不向烟花路儿上走！

用夸张的语言表现出不向恶势力屈服、不向艰难困苦低头的倔强精神。这篇散套以第一人称自述的口吻，笔调大胆泼辣，风格诙谐滑稽，气势汪洋恣肆，语言本色生动，比喻新奇巧妙，大量使用衬字，增强了作品的气势和节奏感。

关汉卿的散曲里描写男女恋情的作品最多，大都清新秀丽，真切动人。例如：

自送别，心难舍，一点相思几时绝。凭栏袖拂杨花雪。溪又斜，山又遮，人去也。(《四块玉·别情》)

咫尺的天南地北，霎时间月缺花飞。手执着饯行杯，眼阁着别离泪。刚道得声"保重将息"，痛煞煞教人舍不得。"好去者，望前程万里。"（《双调沉醉东风·别情》)

三、王和卿

大名（今属河北）人王和卿（生卒年不详），性格"滑稽挑达"（陶宗仪《南村辍耕录》卷二十三)，与关汉卿交往密切。他的散曲以《醉中天·大蝴蝶》最为著名：

挣破庄周梦，两翅驾东风。三百座名园一采一个空。难道风流种，唬杀寻芳的蜜蜂。轻轻的飞动，把卖花人扇过桥东。

此曲以狂放的气魄、夸张的表达和生动的语言，表现了浪子文人游戏人生、放浪形骸的生活情趣，格调新颖奇特。

四、白朴

白朴"自幼经丧乱，仓皇失母，便有山川满目之叹。逮宋亡，恒郁郁不乐，以故放浪形骸，期于适意"（王博文《天籁集序》，白朴《天籁集》卷首)。他以世家子弟而创作散曲、杂剧，散曲作品常以表面的放旷超脱，来表达内心的抑郁和牢骚，具有浓郁的文人趣味。如以下四首《阳春曲·知几》：

知荣知辱牢缄口，谁是谁非暗点头。诗书丛里且淹留。闲袖手，贫煞也风流。

今朝有酒今朝醉，且尽樽前有限杯。回头沧海又尘飞。日月疾，白发故人稀。

不因酒困因诗困，常被吟魂恼醉魂。四时风月一闲身。无用人，诗酒乐天真。

张良辞汉全身计，范蠡归湖远害机。乐山乐水总相宜。君细推，今古几人知。

在这些作品中，宦途的险恶，社会的黑暗，人生的无奈，生命的短暂，山水的赏玩，交织在一起。这种无可奈何而又深切感悟、看透世事而又眷恋人生的隐逸情调，弥漫于元代散曲，成为元代散曲中的时代情调。白朴抒写男女风情的散曲，感情真挚而热烈，别具一格。如《阳春曲·题情》：

从来好事天生俭，自古瓜儿苦后甜。奶娘催逼紧拘钳，甚是严，越间阻越情忺。

要求恋爱自由，反对家长束缚，言情中蕴涵哲理，语言如同口出。

其套数《仙吕·点绛唇》，也是言情佳作。

五、马致远

在前期散曲作家中，马致远的贡献最大，成就最高。他扩大了散曲的题材领域，提高了散曲的艺术意境，散曲至此堂庑始大，体制始尊。他的散曲，声调和谐优美，语言疏宕豪爽，雅俗兼备，开拓了散曲真率醇厚的独特意境，堪称一代巨手。

马致远散曲现存一百三十多首，题材主要有叹世、写景、言情三类。其中叹世之作最多，既有“老了梁栋材”、“恨无上天梯”的失意感慨（《金字经》），又有“白发劝东篱，西村最好幽栖”的隐逸思想（《哨遍》套），强烈地表现了当时文人仕隐交织的矛盾心理和愤世嫉俗的激烈感情。代表作《夜行船·秋思》套，鄙弃功名利禄，感叹人生若梦，愤慨污浊现实，在内在的深沉反省中表现对人生的领悟和放脱的情怀：

[夜行船] 百岁光阴如梦蝶，重回首往事堪嗟。今日春来，明朝花谢，急罚盏，夜筵灯灭。

[乔木查] 想秦宫、汉阙，都做了衰草牛羊野。不恁渔樵无话说。纵荒坟横断碑，不辨龙蛇。

[庆宣和] 投至狐踪与兔穴，多少豪杰。鼎足三分半腰折，魏耶？晋耶？

[落梅风] 天教富，莫太奢，无多时好天良夜。看钱奴硬将心似铁，空辜负锦堂风月。

[风入松] 眼前红日又西斜，疾似下坡车。晓来清镜添白雪，上床和鞋履相别。莫笑巢鸠计拙，葫芦提一向装呆。

[拨不断] 利名竭，是非绝。红尘不向门前惹，绿树偏宜屋上遮，青山正补墙头缺。竹篱茅舍。

[离亭宴煞] 蛩吟一觉才宁贴，鸡鸣万事无休歇。争名利何年是彻？密匝匝蚁排兵，乱纷纷蜂酿蜜，闹穰穰蝇争血。裴公绿野堂，陶令白莲社。爱秋来那些：和露摘黄花，带霜烹紫蟹，煮酒烧红叶。人生有限杯，几个登高节。嘱付俺顽童记者，便北海探吾来，道东篱醉了也。

这篇散曲语言爽朗流畅，气势挥洒淋漓，元人周德清评其“不重韵，无衬字，韵险，语俊”，堪称“万中无一”（《中原音韵》卷下）；明人蒋一葵评其“放逸宏丽，而不离本色”（《尧山堂外记》）。的确，就艺术技巧而言，此曲可称金元套曲中的压卷之作。

马致远的写景名篇，有被《中原音韵》誉为“秋思之祖”的《天净沙·秋思》：

枯藤老树昏鸦，小桥流水人家，古道西风瘦马。夕阳西下，断肠人在天涯。

自然有致，情趣天成，景物明朗，意韵深远，王国维评道：“寥寥数语，深得唐人绝句妙境。”（《人间词话》）

马致远的恋情之作，则清新动人，深挚婉转，不染脂粉俗气。

第三节
俗风与雅调的合奏

元仁宗延祐年间（1314—1320）以后，是散曲的变异期。这一时期，散曲作家的活动中心逐渐从大都转移至杭州一带。随着散曲的繁盛，出现了一批专攻散曲，或主要精力和主要成就在于散曲创作的作家，如张可久、乔吉、徐再思、贯云石等人。他们勤于探究散曲的体制和规律，创作了大量散曲佳作，讲究清秀华丽、缠绵婉约，或多或少地涂染着江南文学传统的妩媚色彩。同时，变异期散曲也出现了诗词化、规范化的倾向，风格趋于雅正典丽，更注重字句的锤炼、对仗的工整和典故的运用，逐渐失去繁荣期散曲所显示的民间文艺通俗平易的特色和质朴自然的意趣。

一、张可久

张可久是一代曲风转捩的关键人物，享誉当时，成为变异期散曲创作的典范，明初朱权称之为“词林之宗匠”（《太和正音谱》）。他的散曲创作倾向于诗词化，追求雅正典丽的艺术风格。他讲究曲律和音韵，着力于炼字炼句，对仗工整，字句优美，熔铸诗词名句，含蓄蕴藉，贯云石称其“择矢弩于断枪朽戟之中，拣奇璧于破扃乱石之场，抽青配白，奴苏隶黄，文丽而醇，音和而平，治世之音也”（《小山乐府序》，张可久《小山乐府》卷首）。但他的作品有时不免失之于雕琢。

张可久一生生活窘困，所以时有抑郁感愤的作品，如《庆东原·和马致远先辈韵》九首，《卖花声·怀古》、《卖花声·客况》等。《醉太平·感怀》道：

> 人皆嫌命窘，谁不见钱亲？水晶环入面糊盆，才沾粘便滚。文章糊了盛钱囤，门庭改做迷魂阵，清廉贬入睡馄饨，胡芦提倒稳。

揭示当时社会黑白颠倒、贤愚不分的现实，愤世极深。

张可久的散曲以山林隐逸和写景之作最多，也最能代表他的艺术风格。在以“归兴”、“旅思”、“道中”等命题的作品中，他常常表现出无可奈何的悲凉情绪和对安定的田园生活的渴望，与传统的隐逸文学情调迥异。如《沉醉东风·秋夜旅思》：

> 二十五点秋更鼓声，千三百里水馆邮程。青山去路长，红树西风冷，百年人半纸虚名。得似璩源阁上僧，午睡足梅窗日影。

描写了元代文人沉抑下僚、艰辛颠沛的境况。又如《落梅风·碧玉峰书堂》：

> 依松涧，结草庐，读书声翠微深处。人间自晴还自雨，恋青山白云不去。

描写隐逸生活，深婉恬静，疏放优美。

他的写景之作，精致优美，也多有独到之处。如《红绣鞋·天台瀑布寺》：

> 绝顶峰攒雪剑，悬崖水挂冰帘。倚树哀猿弄云尖。血华啼杜宇，阴洞吼飞廉。比人心，山未险。

以雄奇峭拔的笔力，极写山水景物之险，而曲末奇语突兀，寓理于景，别开生面。

二、乔吉

明李开先（1502—1568）将乔吉与张可久相提并论，称为“曲中李杜”（《闲居集》卷五《乔梦符小令序》）。乔吉散曲的风格以婉丽见长，与张可久相近，而构思更为奇巧俊丽，语言不避俚言俗语，李开先评他：“蕴藉包含，风流调笑，种种出奇而不失之怪，多多益善而不失之繁，句句用俗而不失其为文。”（《乔梦符小令序》）他写情必极貌以达意，用辞必勇力而追新，但有时过于纵情，有时又失之浅俗。

乔吉的散曲作品，有的感愤世事，不满现实，如《卖花声·悟世》、《玉交枝·闲适》；有的写客居异乡、穷愁潦倒的生活经历，如《绿么遍·自述》：

> 不占龙头选，不入名贤传。时时酒圣，处处诗禅。烟霞状元，江湖醉仙，笑谈便是编修院。留连，批风抹月四十年。

叙述浪迹江湖的生活，表达旷达超脱的志趣。

乔吉歌咏山水风光、寄情声色诗酒的作品，为数最多，表现了不愿与世浮沉、追求高洁的志向。如：《水仙子·寻梅》：

> 冬前冬后几村庄，溪北溪南两履霜，树头树底孤山上。冷风来何处香，忽相逢缟袂绡裳。酒醒寒惊梦，笛凄声断肠，淡月昏黄。

以“寻梅”表达对人生理想的追求，充满着一种深沉的失落感和孤独感，化词入曲，格调含蓄，境界高远。

三、徐再思和贯云石

徐再思与贯云石的散曲，世称“酸甜乐府”。徐再思的散曲以恋情、写景、归隐等题材为主，也有一些赠答、咏物之作，风格清丽俊巧，体现了南方文学柔婉绵长的特色。代表作有《喜春来·皋亭晚泊》、《水仙子·惠山泉》、《蟾宫曲·春情》、《沉醉东风·春情》等。如《水仙子·夜雨》：

> 一声梧叶一声秋，一点芭蕉一点愁，三更归梦三更后。落灯花棋未收，叹新丰孤馆人留。枕上十年事，江南二老忧，都到心头。

贯云石的散曲风格多样。有的描写山林逸乐生活，如：

弃微名去来心快哉，一笑白云外。知音三五人，痛饮何妨碍？醉袍舞嫌天地窄。(《清江引》)

畅幽哉，春风无处不楼台。一时怀抱俱无奈，总对天开。就渊明归去来，怕鹤怨山禽怪。为甚不功名在，酸斋是我，我是酸斋。(《殿前欢》)

表达复归自然的情趣，风格飘逸俊放。有的抒写男女恋情，如：

挨着靠着云窗同坐，偎着抱着月枕双歌，听着数着愁着怕着四更过。四更过情未足，情未足夜如梭。天哪，更闰一更儿妨什么！(《红绣鞋》)

若还与他相见时，道个真传示。不是不修书，不是无才思，绕清江买不得天样纸。(《清江引》)

此类诗篇格调清新警切，以白描取胜。

此外，其写景之作如《小梁州·春夏秋冬》四首、《清江引·咏梅》等，则以清丽端谨见长。

四、张养浩、睢景臣、刘致

变异期较重要的散曲作家，还有张养浩、睢景臣（生卒年不详）、刘致（生卒年不详）等。

张养浩的散曲多为延祐七年（1320）辞官后所作，具有浓重的文人士大夫情调，语言浅显流畅，感情真朴醇厚，风格以豪放、清逸为主。有的真切地描写了宦海风波和世态炎凉，深寓警戒，如《红绣鞋·警世》：

才上马齐声儿喝道，只这的便是送了人的根苗，直引到深坑恰心焦。祸来也何处躲？天怒也怎生饶？把旧来时威风不见了。

有的抒发归田以后，与鸥鹭为朋，共青山为友，轻松自如的心情，如《水仙子》、《朝天曲》等，往往具有纯然淡泊的境界。著名的《山坡羊·潼关怀古》，写于天历二年（1329）张养浩去陕西救灾途中，表达了他的“民本”思想：

峰峦如聚，波涛如怒，山河表里潼关路。望西都，意踌躇。伤心秦汉经行处，宫阙万间都做了土。兴，百姓苦；亡，百姓苦。

又如《得胜令·四月一日喜雨》、《喜春来》、《一枝花·咏喜雨》套等，真实地反映了陕西灾区人民流离失所的悲惨生活。

睢景臣的套数《哨遍·高祖还乡》，叙写汉高祖刘邦衣锦还乡的故事，对正史作了翻案文章。作品通过一个与刘邦有过瓜葛的乡民的口吻，把皇帝富丽堂皇的排场村俗化、滑稽化，撕下了封建最高统治者神圣尊严的面具，极尽嬉笑怒骂，嘲讽揶揄：

[哨遍] 社长排门告示，但有的差使无推故。这差使不寻俗，一壁厢纳草也根，一边又要差夫，索应付。又言是车驾，都说是銮舆，今日还乡故。王乡老执定瓦台盘，赵忙郎抱着酒胡芦。新刷来的头巾，恰糨来的绸衫，畅好是妆么大户。

［耍孩儿］瞎王留引定火乔男女，胡踢蹬吹笛擂鼓。见一飚人马到庄门，匹头里几面旗舒：一面旗白胡阑套住个迎霜兔，一面旗红曲连打着个毕月乌，一面旗鸡学舞，一面旗狗生双翅，一面旗蛇缠胡芦。

［五煞］红漆了叉，银铮了斧，甜瓜苦瓜黄金镀。明晃晃马蹬枪尖上挑，白雪雪鹅毛扇上铺。这几个乔人物，拿着些不曾见的器仗，穿着些大作怪衣服。

［四］辕条上都是马，套顶上不见驴，黄罗伞柄天生曲。车前八个天曹判，车后若干递送夫。更几个多娇女，一般穿着，一样妆梳。

［三］那大汉下的车，众人施礼数，那大汉觑得人如无物。众乡老展脚舒腰拜，那大汉挪身着手扶。猛可里抬头觑，觑多时认得，险气破我胸脯。

［二］你须身姓刘，你妻须姓吕，把你两家儿根脚从头数：你本身做亭长耽几盏酒，你丈人教村学读几卷书。曾在俺庄东住，也曾与我喂牛切草，拽坝扶锄。

［一］春采了俺桑，冬借了俺粟，零支了米麦无重数。换田契强秤了麻三秤，还酒债偷量了豆几斛。有甚胡突处？明标着册历，见放着文书。

［尾］少我的钱，差发内旋拨还；欠我的粟，税粮中私准除。只道刘三，谁肯把你揪扯住？白甚么改了姓、更了名唤作汉高祖？

作品构思巧妙，结构紧凑，层次分明，形象生动，语言犀利辛辣，具有粗犷朴野的“蒜酪风味”。钟嗣成说：“维扬诸公，俱作《高祖还乡》套数，惟公《哨遍》制作新奇，诸公皆出其下。”（《录鬼簿》卷下）

天历二年（1329），江西大旱，南昌人刘致写了两套散曲，呈给江西道廉访使高纳麟（生卒年不详），这便是著名的套数《端正好·上高司监》。散曲生动地描写了当时灾民的悲惨遭遇，愤怒地斥责了富豪大商趁火打劫的罪行，详细地描述了库藏和钞法的积弊以及吏役与奸商狼狈为奸的情形。以散曲为政论，这是独一无二的。语言直白纯朴，在变异期散曲中也颇具特色。

在元代中后期，随着散曲的繁盛，曲学评论与音律研究也应运而生。贯云石的《阳春白雪序》，是最早出现的散曲评论文章。周德清的《中原音韵》，对曲韵、曲律的研究也是开创性的。此外，还出现了一些散曲总集，以杨朝英（约1280—1351后）《乐府新编阳春白雪》和《朝野新声太平乐府》，人称“杨氏二选”，最为著名。二书均存元刊本，是研究元代散曲的重要资料。

【温故知新】

散曲的体制　小令　套数　士夫之曲　文士之曲　“曲中李杜”　“酸甜乐府”　卢挚　关汉卿　白朴　马致远　散曲的变异

【请你思考】

1. 对于“散曲”的概念，学界是如何定义的？从源流上来看，你对散曲的兴起有何见解？

2. 曲与词有着怎样的源流关系与各自特色？请试加以概括描述。

3. 如何看待士夫之曲与文士之曲的分别？他们各自对后代产生了怎样的影响？

【推荐阅读】

(明) 臧懋循编．元曲选．杭州：浙江古籍出版社，1998

杨义主编．邓绍基，王菊艳选注译评．元曲选评．长沙：岳麓书社，2006

张月中主编．元曲研究资料索引．保定：河北大学出版社，1992

赵义山．20世纪元散曲研究综论．上海：上海古籍出版社，2002

第四章 杂剧的繁盛与衰变

【导读】

金、元北曲杂剧是在13世纪前半叶，即蒙古灭金（1234）前后，以宋杂剧和金院本为基础，融合宋、金以来的音乐、说唱、舞蹈等艺术样式而形成的戏曲艺术，并在唐、宋以来词曲和讲唱文学的基础上，产生了韵文和散文相结合的、结构完整的文学剧本。北曲杂剧先在中国北方流行，到13世纪80年代，即元灭南宋（1279）以后，又逐渐流行到南方。由于北曲杂剧是以中国北方流行的曲调演唱的，因此也简称北剧，同以南方流行的曲调演唱的南戏相对称；而北剧作品，则通称为杂剧。

第一节
杂剧的兴衰与体制

说起元代的文学艺术，古往今来的人们无不公认，杂剧的艺术成就最高。在元代就已出现把“大元乐府”与唐诗、宋词“共称”的说法（元罗宗信《中原音韵序》，周德清《中原音韵》卷首），当时的著名文人虞集更把“国朝之今乐府”称为“一代之绝艺”（孔齐《至正直记》卷三）。他们所说的“乐府”虽然兼指散曲和杂剧，但却是以杂剧为主的。明清以后，人们更一直津津乐道“唐诗”、“宋词”、“元曲”，所谓“元曲”也是侧重于杂剧。可以说，元代是中国戏曲艺术的黄金时代，杂剧作为元代文学艺术的翘楚，堪称中国古典戏曲艺术的一朵奇葩，在中国古代文坛艺苑上吐蕊怒放，馨香四溢。

概念解析

“杂剧”辨证

“杂剧”一词始见于唐李德裕（787—849）《论故循州司马杜元颍追赠状》（《全唐文》卷七百零三），该文叙唐文宗太和三年（829）南诏攻占成都时，掠去“音乐伎巧”四人，其中有“杂剧丈夫两人”。这一“杂剧”所指的表演内容与形式不详，近人任半塘《唐戏弄》认为是“男女合演之真正歌舞戏”，可备一说。至宋、辽、金时期，杂剧一词有两种含义：一是广义的，总称各种表演伎艺；二是狭义的，特称杂戏中的一门，其中包含了大量的戏曲雏形，可以明确认为是早期的戏曲艺术样式。如南宋耐得翁（生卒年不详）《都城纪胜》“瓦舍众伎”条所说：“散乐，教坊传学十三部，唯以杂剧为正色。”可见杂剧在多项表演伎艺中占据主要地位。南宋吴自牧（生卒年不详）《梦梁录》卷二记载北宋教坊杂剧说：“先做寻常熟事一段，名曰艳段；次做正杂剧，通名两段。”又记：“又有杂扮，或曰杂班，又名经（纽）元子，又名拔和，即杂剧之后散段也。”可知北宋杂剧的表演体制一般分三部分：艳段，即正式表演前的歌舞滑稽小段；正杂剧，即滑稽故事的表演；杂扮，扮演杂技或其他技艺。后来的戏曲主要来源于正杂剧。《梦梁录》卷二又说北宋杂剧的特点是“大抵全以故事，务在滑稽唱念，应对通遍”。现存宋杂剧剧目，见周密《武林旧事》卷十《官本杂剧段数》，凡二百八十种，这些剧本都没有流传下来。金代的杂剧也称为院本，其体制大致与宋杂剧相似。金院本剧目见元末明初陶宗仪《南村辍耕录》卷二十五《院本名目》，达七百余种。此外，南宋温州一带又有所谓“永嘉杂剧”，实为南戏的别称。

一、杂剧作家作品

有关金、元时期北曲杂剧作家、作品的著录，首见于钟嗣成的《录鬼簿》，著录作家一百五十二人（其中包括部分散曲作家），作品四百五十余种。明初贾仲明（1343—1422后。一说无名氏）《录鬼簿续编》，补录元明之际的作家七十一人（也包括部分散曲作家），作品一百五十余种。到了明初，北曲杂剧剧本还保留很多，李开先记载："洪武初年，亲王之国，必以词曲一千七百本赐之。"（《闲居集》卷五《张小山小令后序》）其中当有大量北曲杂剧剧本。李开先还称他所藏的杂剧有千余种（见《闲居集》卷五《改定元贤传奇序》）。据说汤显祖收藏元剧也达千种（见姚士遴《见只篇》）。此后北曲杂剧剧本大量散佚。

根据现有资料的统计，现知的北曲杂剧剧目，金、元时期有姓名可考的作家的作品约五百种，无名氏的作品约五十种，元明之际无名氏的作品一百八十七种，总计七百三十七种；现存的北曲杂剧剧本，金、元时期有姓名可考的作家的作品一百零九种，逸曲二十九种，无名氏的作品三十一种，元明之际无名氏的作品七十八种，合计二百四十七种。

☞ 多学一点

元杂剧书录

元代北曲杂剧作品的著录，主要见于钟嗣成《录鬼簿》。现存元代北曲杂剧的各种总集和选集，比较重要的有阙名《元刊杂剧三十种》、明李开先《改定元贤传奇》、明陈与郊（1544—1611）《古名家杂剧》、明臧懋循（1550—1620）《元曲选》、明赵琦美（1563—1624）等《脉望馆钞校本古今杂剧》、明孟称舜（约1599—1684）《古今名剧合选》（包括《柳枝集》和《酹江集》）等。

二、杂剧的来源

从文艺传统来看，北曲杂剧是在前代戏曲艺术和说唱艺术的基础上形成和发展起来的。陶宗仪《南村辍耕录》卷二十五大致勾勒了元杂剧的渊源，说："唐有传奇。宋有戏曲、唱诨、词说。金有院本、杂剧、诸宫调。院本、杂剧，其实一也。国朝院本、杂剧，始厘而二之。"

"杂剧"一词在宋代，广义上总称百戏，狭义上特称杂戏中的一门。狭义的宋杂剧和与它一脉相承的金院本，虽然不都是成熟的戏曲，但是其中包含了大量的戏曲雏形，它们是早期的戏曲艺术形态，成为孕育北曲杂剧的母体。现存宋杂剧剧目见周密《武林旧事》卷十《官本杂剧段数》，金院本剧目见陶宗仪《南村辍耕录》卷二十五《院本名目》，这些剧本都没有流传下来。从剧目内容上看，宋杂剧和金院本有宗教剧、爱情婚姻剧、历史剧等，多以人物分类，奠定了北曲杂剧人物类型化和角色程式化的基础。从表演形式上看，在宋杂剧和金院本中综合运用了说、唱、舞蹈、滑稽等艺术形式，具有了北曲杂剧唱、做、念、打的综合表现形式的雏形。

北曲杂剧在剧本体制上采用曲牌联套形式，这显然受到宋金时期流行的赚词和诸宫调的影响。赚词用套曲形式来叙事，把同一宫调中的若干乐曲联成一套，前有引子，后有尾声，一韵到底，平仄通押，这正是北曲杂剧曲牌联套的基本样式。诸宫调也采用联套形式叙事，而且唱白相间，只是它把同一宫调的曲子联成短套后，再把不同宫调的许多短套联成长篇，歌唱时就要频繁地换宫调，也常换韵。但它叙述故事比赚词更为细腻，着重刻画人物形象，描写心理活动，而且富于文采，这些特征都影响了北曲杂剧。从董解元（生卒年不详）《西厢记诸宫调》看，其中不少曲子实际上是故事中人物的自我倾诉，是人物的唱词，这就蕴涵着从第三人称叙事向代言体转变的契机。北曲杂剧联套中的曲调，既采用了赚词、诸宫调中的一部分，又吸收了当时在北方流行的谣曲。在套曲组合的方式上，杂剧还受到宋代“缠达”的影响。缠达是以一诗一词来回相缠的说唱艺术，而北曲杂剧联套中就有“子母调”的形式，如正宫套中把［滚绣球］和［倘秀才］连续替换，循环歌唱，仙吕套中［后庭花］、［醉中天］、［金盏儿］三调回环往复，即是例证。此外，散曲在金、元之交就被文人士大夫所采用，它的格式和体制更成为北曲杂剧的重要源头。

☞ **多学一点**

杂剧体制的形成

杂剧体制的成熟与杂剧创作的兴盛，是在蒙古王朝改称元王朝（1271）前后。胡祗遹（1227—1295）《赠宋氏序》说：“乐音与政通，而伎剧亦随时所尚而变。近代教坊院本之外，再变而为杂剧。”（《紫山先生大全集》卷八）胡祗遹卒于元成宗元贞元年（1295），上距蒙古王朝正式称元只有二十四年。他所说的“近代教坊院本”，当指金院本。陶宗仪《南村辍耕录》卷二十七也说：“金季国初，乐府犹宋词之流，传奇犹宋戏曲之变，世传谓之杂剧。”

从13世纪初到14世纪中叶，北曲杂剧经历过一个自兴盛而衰微的过程，大致以元仁宗延祐元年（1314）为界，其前是杂剧的兴盛时期，其后是杂剧的衰变时期。

三、杂剧兴盛期

金、元之际和宋、元之际，中国北方的大都（今北京）、真定（今河北正定）、汴梁（今河南开封）、平阳（今山西临汾）、东平（今属山东）等城镇，虽然在战争中遭到不同程度的破坏，但是经济恢复较快。在这些城镇中，传统的诗词歌赋已无法满足人们的文化生活要求，茶馆清唱和“执红牙板”式的歌吟也不能完全适应人们的娱乐需要，于是戏剧这种最富于群众观赏性的文艺形式，便适应城镇环境和商贾市民的生活方式与审美要求，迅速地形成和发展起来了。钟嗣成《录鬼簿》记录的北曲杂剧前期作家和夏庭芝（约1300—1375）《青楼集》记录的北曲杂剧演员，大部分集中在大都、真定等城市，清楚地说明了这一点。随着城镇经济的繁荣，商业性的游乐场所——“构肆”、“勾栏”、“乐棚”等，也日益增多，遍布京城和各地城镇，成为杂剧演出和观赏的固定营业场所，观者往往“挥金与之”（夏庭芝《青楼集志》）。

当时北方农村的经济也迅速地得到恢复和发展，各地农村在节日、庙会常常不定期地开展戏曲活动，这也有力地促进了杂剧的形成和兴盛。农村的戏剧演出也出现了固定的场所——戏台，或叫舞厅、舞亭、舞楼、戏楼。现在晋南地区仍保留着不少金元时期的戏台，大都依庙而设，已初步鉴定的就有襄汾、临汾、洪洞、新绛、翼城、万荣等地的元代戏台八处。在这种戏台上演出的多为专业戏班，如万荣县风伯雨师庙戏台石柱顶部，刻有“尧都大行散乐人张德好在此作场，大德五年三月清明，施钱”字样；山西洪洞县明应王庙内现存元代演剧壁画，帐额上端题有：“尧都见爱，大行散乐忠都秀在此作场，泰定元年四月日”。所谓“散乐人”或“散乐”，当是相对于教坊中人而言，指流动演出的民间戏班。这些遍布各地的戏台成为元代农村戏曲演出繁盛的形象证明。

元代北曲杂剧演员数量极多，元末夏庭芝夸张地说：“我朝混一区宇，殆将百年，天下歌舞之妓，何啻亿万。”（《青楼集志》）知名的演员大多隶属于教坊，据《马可·波罗游记》称，仅大都的教坊演员就有两万多人。夏庭芝《青楼集》记载了一百四十多位戏曲演员，他们往往各务行当，各有专长，有的以“温柔旦”著称，有的以“风流旦”得名，还有的“旦末双全”；有的擅长“闺怨杂剧”，有的擅长“架头杂剧”，有的“长于绿林杂剧”，有的甚至能演“杂剧三百段”。在这些戏曲演员中，有不少人具有相当高的文化素养。如《录鬼簿》记艺人赵文敬、红字李二、花李郎等，都能创作杂剧剧本。《青楼集》记梁园秀“喜亲文墨，作字楷媚，间吟小诗，亦佳。所制乐府……世所共唱之”，张玉莲“诗竹咸精，蒱博尽解……南北令词，即席成赋，审音知律，时无比焉”。艺人的文化素养大大地提高了他们的表演能力，对丰富和提高杂剧艺术起了重要作用。胡祗遹记载艺人赵文益“颇喜读，知古今”，“故于所业，耻踪尘烂，以新巧而易拙，出于众人之不意，世俗之所未尝见闻者。一时观听者多爱悦焉”（《紫山大全集》卷八《优伶赵文益诗序》）。而且，许多演员与杂剧作家有密切的来往，如珠帘秀与关汉卿、天然秀与白朴等，这也使他们能更深刻地理解作家的创作心情与创作意图，有利于提高杂剧表演的艺术水平。

在元朝统一全国（1279）以后，北曲杂剧就开始传播到南方。由于南方经济的恢复和发展比北方快，吸引了各族人民向南迁移，北曲杂剧演出和创作的中心逐渐由大都转移到临安（今杭州）一带。据《录鬼簿》及其《续编》记载，关汉卿、白朴、马致远等著名作家都在晚年来到南方，后期杂剧的代表作家郑光祖、宫大用、乔吉、秦简夫、曾瑞等人，也皆为北籍而久居浙江者。《青楼集》记载的杂剧演员也多从北方来到江南。北曲杂剧演出和创作的中心南移，首先因为自从南宋偏安一隅以来，南方尤其是江、浙一带的经济发展远比北方迅速，江南的湖光山色也比北方优美，这就吸引北方各族人民向南迁移，甚至蒙古贵族也“视江南如在天上。宜乎谋居江南之人，贸贸然来”（郑思肖《心史·大义略叙》）。北人南迁，乐不思蜀，已成普遍现象。而且，江南有众多城市，如杭州、扬州、镇江、南京、苏州等，经济的发展程度和市民的生活水平一般比北方城市高，这也为戏剧活动提供了良好的社会条件。

四、杂剧衰微期

从仁宗延祐元年（1314）开始，北曲杂剧创作渐渐出现衰变，不仅作家作品的数量减少，而且从现存作品看，思想、艺术水平也远为逊色。

北曲杂剧创作的衰变，最重要的原因是由于杂剧演出中心南移，用北方的语言、乐曲演出的、为北方人民所喜闻乐见的杂剧艺术，愈来愈难以适应南方观众的审美需要。北曲杂剧离开了哺育它形成、生长的土壤，成为脱根之花，不免逐渐消歇了它的生命力。

而且，从皇庆二年（1313）仁宗下诏恢复科举制以后，进士名额渐增，为文人重新开辟了仕进的道路。这一方面诱使许多文人纷纷钻研举业，热衷仕途，而致力于北曲杂剧创作的文人不免大为减少；另一方面，文人对自己的政治前途寄予热切的期望，而不是如前期似的绝望，因此他们由于仕途失意而产生的愤懑情绪也不免大为降温。再加上后期杂剧作家多是移居南方的北人或南方人，他们的生活比前期杂剧作家要较为优越和闲适。文人社会地位的变化，使杂剧作家同下层人民的联系日益疏远，这就不能不造成北曲杂剧创作队伍质量的下降。

延祐年间（1314—1320）以后，统治阶级逐渐开始自觉地提倡儒家思想，进一步宣扬程朱理学，如元文宗在至顺二年（1331）就曾12次旌扬孝子贤妇13名，于是大批宣扬传统礼教的杂剧作品应运而生。夏庭芝《青楼集志》说："君臣如《伊尹扶汤》、《比干剖腹》，母子如《伯瑜泣杖》、《剪发待宾》，夫妇如《杀狗劝夫》、《磨刀谏妇》，兄弟如《田真泣树》、《赵礼让肥》，朋友如《管鲍分金》、《范张鸡黍》，皆可以厚人伦，美风化。"（夏庭芝《青楼集》卷首）这类道学味和头巾气极浓的作品大量涌现，不免严重地削弱了杂剧创作的思想价值。

五、杂剧体制

从现存的剧本来看，北曲杂剧的剧本体制有一定的惯例。

研究进行时

北曲杂剧剧本体制研究

关于北曲杂剧剧本体制的详细研究，可参看徐扶明《元代杂剧艺术》。[①] 此外，李鹏也从演员、观众及剧场三个方面考察了北杂剧和南戏文不同剧本体制形成的原因。[②]

① 参见徐扶明：《元代杂剧艺术》，上海，上海文艺出版社，1981。

② 参见李鹏：《北杂剧和南戏文之不同剧本体制成因新探》，载《中山大学研究生学刊（社会科学版）》，1997（1）。

北曲杂剧剧本包括唱词（曲文）与宾白两大主要部分。曲以抒情，白以叙事，这是二者的主要分工，但也经常交错运用。唱词是剧本的主体。宾白在后世戏曲中也叫“道白”或“说白”，明徐渭说：“唱为主，白为宾，故曰宾白，言其明白易晓也。”（《南词叙录》）单宇（生卒年不详）则说：“北曲中有全宾全白。两人对说曰宾，一人自说曰白。”（《菊坡丛话》）二说可并存。宾白还可以分为两类：一类是有韵的韵白，包括上场诗、下场诗等；另一类是无韵的散白。此外，北曲杂剧剧本还规定了人物的动作、表情和舞台效果，通称“科范”，简称为“科”，如“把盏科”、“打悲科”、“内作起风科”等。可见，北曲杂剧剧本已包含戏曲演出的全部要素：唱、念、做、打。

在结构体制上，一本北曲杂剧，根据音乐组织的单元，一般分为四个大的段落，每个段落包括一个场景或若干场景。只有个别剧本，如《赵氏孤儿》、《秋千记》等，分为五个段落。而《西厢记》、《西游记》两剧是连本戏，一剧分为若干“本”，每本再分为四个段落。这四个段落一般是故事情节发展的自然段落，大致对应起、承、转、合的结构体制。北曲杂剧的段落，到明代通称为“折”，相当于现代戏剧的“幕”。大多数杂剧都有一个楔子，个别剧作有两个楔子。楔子篇幅短小，通常放在第一折之前，大约相当于现代戏的序幕；也有的放在折与折之间，相当于过场戏。

在音乐体制上，一本北曲杂剧通常采用四组套曲组合而成，每组套曲用同一宫调的曲牌组成，所用曲子数量不等，少则三支，多则二十多支，通常用十支左右。这种曲牌组织结构，叫做套曲、联套或套数，成为杂剧结构的基础。一部剧本的四组套曲，一般用四种不同宫调，不相重复。在现存元杂剧剧本中，第一折常用仙吕宫，第二折常用南吕宫，第三折常用中吕宫（或正宫），第四折常用双调，楔子则常用仙吕宫。据周德清《中原音韵》记载，金、元时期通行的宫调有十二种，即所谓“五宫七调”。北曲杂剧中实际应用的只有五宫四调，即仙吕宫、南吕宫、中吕宫、黄钟宫、正宫、大石调、双调、商调、越调，后世称为“北九宫”。每一种宫调都具有相应的曲情，如仙吕宫“清新绵邈”，南吕宫“感叹伤悲”，中吕宫“高下闪赚”，正宫“惆怅雄壮”，双调“健捷激袅”（燕南芝庵《唱论》）等等。高明的剧作家善于根据剧情的需要，选用具有相应曲情的宫调，互相配合。元代后期，又有所谓“南北合套”，即在一组套曲中将南曲和北曲的曲牌依一定的规则相间而用。

北曲杂剧演出时，通常一本四组套曲都由正末或正旦一个角色独唱，通称“一人主唱”，其他角色一般只有说白，没有唱词。正末主唱的剧本称“末本”，正旦主唱的称“旦本”。夏庭芝《青楼集志》说：“旦本女人为之”，“末本男子为之”。正末和正旦，一般扮演一个主要人物，如《汉宫秋》中的正末汉元帝，《窦娥冤》中的正旦窦娥。但也有的剧本，正末或正旦的角色不变，主唱人物却可更换，称为“改扮”或“倒扮”，如《张生煮海》、《赵氏孤儿》等。作为变例，有的杂剧剧本，一组套曲可由几个角色分唱，如《西厢记》第五本第四折，末扮张生、旦扮莺莺和红娘，三人分唱《双调·新水令》套曲；有的北曲杂剧剧本穿插有“小曲”或“曲尾”，由正末、正旦以外的角色司唱，如杨显之《潇湘雨》第二折、关汉卿《蝴蝶梦》第三折等。

在角色体制上，北曲杂剧一般分为四大类：一是末，即扮演男性的角色，男主角叫正末，其余有外末、副末、冲末、小末等；二是旦，即扮演女性的角色，女主角叫正旦，其余有外旦、老旦、小旦、贴旦、花旦、搽旦等；三是净，即扮演反面人物或滑稽人物的角色，有副净、净、丑等；四是杂，指以上三类角色之外的登场角色。杂类角色的称谓与人物的性别、年龄、职业、社会地位、性格品性等有关，如皇帝称“驾”，官员称“孤”，老年男子称“孛老”，老年妇女称“卜儿”，小孩称“徕儿”，秀才称“细酸”，强盗称“邦老”等。这些角色的称谓，大多受到宋、金时期杂剧和院本的影响。

北曲杂剧的剧本体制虽然相当完善，但仍有其局限。“一人主唱”的规定，固然突出了主要角色，但却不利于其他角色的充分刻画和角色间的情感交流，而且使舞台气氛比较单调沉闷。一本四折的程式，使得作家有时无病呻吟，画蛇添足，有时削足适履，举措维艰，限制了杂剧的表现内容和作家的创作自由。而每折用一个宫调，曲牌联套还有一定规定，也过于死板，不利于充分发挥音乐的表情能力以适应情节发展的节奏和人物感情的变化。所有这些，成为后期杂剧出现衰变的内因。

第二节 关汉卿杂剧（上）

一、关汉卿的杂剧作品

关汉卿是中国古代伟大的戏剧家，北曲杂剧的奠基者，也是具有世界影响的文化名人。

关汉卿一生创作十分宏富，所作杂剧约六十六种，现存可以肯定为关汉卿所作的杂剧有十六种，即《窦娥冤》、《单刀会》、《哭存孝》、《蝴蝶梦》、《诈妮子》、《救风尘》、《金线池》、《望江亭》、《绯衣梦》、《谢天香》、《拜月亭》、《西蜀梦》、《玉镜台》、《陈母教子》、《鲁斋郎》、《单鞭夺槊》。《裴度还带》和《五侯宴》两种，尚有争议。《哭香囊》、《春衫记》、《孟良盗骨》等三种，存有残曲。

关汉卿是一个执著于现实的人，他的杂剧作品题材广泛，有社会剧、爱情婚姻剧、历史剧、文人逸事剧等，唯独没有宗教剧，从这一点也可以看出他强烈的现实精神。

关汉卿社会剧的代表作有《窦娥冤》、《蝴蝶梦》、《鲁斋郎》等，其中《窦娥冤》的思想艺术成就最高，堪称彪炳一代的悲剧杰作。

二、《窦娥冤》

《窦娥冤》的题材渊源于西汉刘向《说苑》卷五《贵德》篇所记“东海孝妇”故事

（又见《汉书·于定国传》），晋干宝《搜神记》卷十一《东海孝妇》记此故事，以孝妇名周青。但《窦娥冤》却是以元朝当代的社会现实和时代精神作为叙事的背景和内涵。剧中窦娥之父窦天章任“两淮提刑肃政廉访使”，这一官名始见于至元二十八年（1291），则该剧当写成于是年稍后，是关汉卿晚年的作品。

☞ 多学一点

《窦娥冤》的版本

《窦娥冤》现存《古名家杂剧》本、《元曲选》本、《古今名剧合选》本。本书引用原文，据《古名家杂剧》本。

《窦娥冤》的戏剧冲突有三个依次递进的层面，即社会冲突、道德冲突和意志冲突。首先，高利贷如羊羔儿息的经济剥削，地痞流氓如张驴儿的社会恶势力，糊涂官吏如州官桃杌的政治压迫，这“三座大山”是造成窦娥冤案的社会原因、外在机缘。《窦娥冤》的戏剧冲突在两个方面先后展开：一是窦娥同张驴儿的冲突，二是窦娥同桃杌太守的冲突。在作品中，这两方面的冲突不仅仅是两种社会势力之间的冲突，而且深化为传统道德与不道德现实的激烈冲突。在作品中，窦娥与张驴儿的冲突，主要是守节守贞的传统道德同蹂躏节操、鄙夷贞节的不道德行为的冲突。第一折中窦娥埋怨蔡婆婆不该“改嫁”的几支曲子（《后庭花》、《青哥儿》、《赚煞》），就是明证。张驴儿和他父亲乘人之危，以死相要挟，强行入赘蔡家，这种不道德的反常行为，在作品的世界里反而成为一种习以为常、见怪不怪的正常现象，传统道德遭到了现实社会中强权和野蛮的践踏。而窦娥与州官桃杌的冲突，也主要是窦娥相信官府、愿意“官休”的道德行为同州官桃杌弃廉明如敝屣、奉贪酷如神明的不道德行径的冲突。结果道德被愚昧和贪婪所吞噬，窦娥被冤枉地判处了死刑。第四折中窦娥唱道：“我不肯顺他人，倒著我赴法场；不辱我祖上，倒把我残生坏。”（《雁儿落》）窦娥冤案的主要根源，竟然是坚守传统的道德！在不道德的现实社会中，坚守传统的美德反而把人们推向火坑，这正是作品对元代现实社会的深刻揭露。为了突出全剧的道德冲突，作品还在两个方面进行了渲染。首先是窦娥对蔡婆婆的一片孝心，倘若不是出于诚挚的孝心，以窦娥如此刚烈的性格，何至于容忍张驴儿和他父亲死乞白赖地留在家中？又何至于为使蔡婆婆免遭酷刑，竟然屈打成招？其次，作品第四折描写了窦天章对窦娥“十恶大罪”的训斥，其目的也是为了表白窦娥纯洁无瑕的道德品质，同时也为了歌颂“王法”毕竟是维护道德的：“今日个将文卷重行改正，方显的王家法不使民冤。”

除了外在的传统道德与不道德现实的冲突以外，作品还以形象的笔触揭示了表现在窦娥内心的意志冲突，即不安于现状与不得不安于现状、不相信天地鬼神与不得不相信天地鬼神、明知道德无用与不得不遵从道德之间的冲突。这种意志冲突是道德冲突的内化与深化。窦娥对自己三岁丧母、七岁离父、十七岁守寡的悲惨命运，怨愤满怀，难以抑止，一出场就唱道：“满腹闲愁，数年禁受，天知否，天若是知我情由，怕不待和天瘦。”（第一折《点绛唇》）她那颗骚动不宁的心是难以安于现状的。但是，守节尽孝以修来世之福的愚昧认识，又迫使她不得不安于现状，她说：“我将这婆侍养，我将这服孝守，我言词须应口。”（第一折《天下乐》）对天地鬼神的信仰和怀疑，也始终在窦娥心灵里争战不已。她一出场，就对自己的不幸遭遇百思不得其解：“莫不是八字儿该载着一世忧？谁似我无尽头！”“莫不是前世里烧香不到头？今也波生招祸尤，劝今人早将来世修。”（第一折《油葫芦》、《天下乐》）当窦娥蒙受冤屈时，她情不自禁地诅咒天地鬼神的糊涂昏聩：

> 有日月朝暮显，有山河今古监。天也不把清浊分辨，可知道错看了盗跖、颜渊？有德的受贫穷命更短，造恶的享富贵又寿延。天也做得个怕硬欺软，不想天地也顺水推船。地也，你不分好歹难为地；天也，我今日负屈衔冤哀告天！空教我独语独言。（第三折《端正好》）

但她临死时，还是对天发下了三桩誓愿，坚信：“霜降始知说邹衍，雪飞方表窦娥冤！”（第三折《尾声》）最后窦娥还不得不化作鬼魂，亲自为自己诉冤。在窦娥心目中，天地鬼神呈现为一个矛盾的组合体：既昏愦得任意把无罪之民推向死境，又聪明得自觉为蒙冤之人昭显冤屈。天地鬼神的这种矛盾，正是窦娥内心矛盾的形象表现。而且，剧中虽然一再渲染窦娥善良而坚贞的道德品质，以造成感天动地的艺术效果，但在窦娥内心深处，却对传统道德的效用不无怀疑。《元曲选》本第四折窦娥唱道：“本一点孝顺的心怀，倒做了惹祸的胚胎。”（《一煞》）这种认识并非无由而生，而是发自窦娥心声的。遵从传统的美德，反而惹祸遭灾，这竟然是活生生的现实！

《窦娥冤》全剧最后，窦娥的节、孝等道德情操，终因窦娥感天动地的悲剧命运以及清官的秉公执法，得到鲜明的彰显，这表现出作品对仁政德治的理想社会的企望。元代社会传统道德的崩溃和涣散，引起了有识之士的深沉忧患和强烈悲哀，也激发了他们维系纲常、端正人伦的责任感。只有复兴道德教化，才能挽救社会颓风，成为一种时代精神。《窦娥冤》正是把这种时代精神艺术化、审美化为戏剧冲突，借下层平民在信守道德与适应现实的两难抉择中的困境及其解脱，来表现道德破败的社会危机和挽救危机的不懈努力。

三、其他社会剧

关汉卿其他社会剧的艺术构思，也表现了类似的审美特征。《蝴蝶梦》里，皇亲葛彪随意打死王老汉，竟扬长而去，还说：“只当房檐上揭片瓦相似，随你那里告来。”（第一折）王婆婆的三个儿子为了替父报仇，打死了葛彪，却必须要一个儿子抵命。公理简直沦丧到了惊人的地步。这时，王婆婆顾全大义，牺牲亲生儿子王石和来保全前妻的两个儿子。她的贤惠品德感动了清官包拯，他“以情不以理”，以偷马贼做替身抵死，私放了王石和，传统的道德终究战胜了黑暗的现实。《鲁斋郎》里的鲁斋郎是个权豪势要，他“为臣不守法，将官府敢欺压”（楔子《端正好·幺篇》），“倚仗着恶党凶徒，害良民肆生淫欲”（第三折《粉蝶儿》），居然随心所欲地抢夺他人的妻子，肆意蹂躏、公然践踏道德和法律。六案孔目张圭迫于强权，屈辱地将自己的妻子送到鲁斋郎府内；而鲁斋郎却把被他蹂躏的铁匠李四的妻子“酬答”张圭，“全失了人伦天地心”（第二折《一枝花》），社会秩序完全反常、颠倒了。后来包拯决心处斩鲁斋郎，却不得不采用私自修改圣旨的办法，瞒天过海，骗过皇帝。在这些剧作中，传统道德与不道德、反道德的现实的冲突，同时在外部（人物与人物之间）和内部（主要人物内心中）展开，因此显得极为复杂，十分激烈，也颇为深刻。而关汉卿杂剧作品的过人之处，就在于它们丝毫不回避这种冲突，反而淋漓尽致地描绘了这种冲突，使人们在对冲突的欣赏中，认识现实的黑暗，呼唤理性的力量，重建道德的秩序。

第三节 关汉卿杂剧（下）

一、爱情婚姻剧

关汉卿爱情婚姻剧的代表作，有《救风尘》、《望江亭》、《拜月亭》、《诈妮子》等。这些作品从未孤立地描写男女恋情，也很少直接地、细致地刻画青年男女缠绵曲折的情感，而总是将爱情同现实生活、社会矛盾紧密结合，着力展示现实生活中青年男女对幸福生活的追求和向往，并通过这种追求和向往彰显道德的力量。

《救风尘》和《望江亭》的故事截然不同，但却构置了一个大致相似的叙事结构，即以主人公的不道德行为来突显其高尚的道德品质。《救风尘》的表层故事，写的是妓女宋引章、商人周舍和书生安秀实的三角恋爱，但是主角却是侠肠义胆的妓女赵盼儿。赵盼儿为了解救妓女姐妹宋引章，凭借大智大勇，同奸诈狠暴的富贵公子周舍进行了一番激烈的较量。她利用周舍好色的弱点，身入虎穴，虚与周旋，骗得休书，“风月救风尘”，终于使宋引章脱离虎口，和安秀实得以婚配。赵盼儿身陷风尘，心灵却像水晶一样纯洁明亮，她力图在污泥中保持自己的尊严和人格，这种鲜明的性格给人们留下了深刻的印象。《望江亭》叙写这样一个故事：权豪势要杨衙内为了强娶白士中的妻子谭记儿为妾，竟然请到皇帝的势剑金牌，要来取太守白士中首级。谭记儿为了维护自身的爱情和婚姻，不得不铤而走险，乔扮渔妇，以切脍献新为名，在望江亭上尽情捉弄杨衙内，赚得他的势剑金牌，粉碎了他的阴谋毒计。谭记儿老练、机智、勇敢、泼辣的性格，以及她凭借智慧战胜恶势力的奇行异举，可以和赵盼儿相媲美。

《拜月亭》歌颂了王尚书之女王瑞兰对爱情的坚贞不渝，指责了阻碍青年男女婚姻自主的家长制度和门第观念，同时也反映了乱离的时代气氛和侵略战争带给人民的灾难。《诈妮子》叙写一向倔强高傲的婢女燕燕，一时失误，委身于答应娶她作“小夫人”的小千户。当她被小千户抛弃时，她为了争取自己的幸福，大闹婚礼，终于使主人同意她做了小千户的二夫人。在这两部剧作中，王瑞兰和燕燕的痴情，都是通过婚姻所受到的社会性阻碍得以表现的。在她们的理想结局中，或多或少地笼罩着受侮辱、受损害的阴影。这一点，在描写妓女从良的杂剧作品，如《金线池》、《谢天香》中，表现得更为突出。

关汉卿的爱情婚姻剧都是以女主人公为主角的。这些作品着力思考的问题是：在强权社会中，像女性这样的弱势群体，如何凭借人格的力量去赢得并维护自身的利益？这些作品以深切的同情态度和鲜明的对比手法，刻画了一系列被压迫、受迫害的妇女形象，歌颂了她们追求幸福生活和反抗邪恶势力的精神。这些剧本中的女主人公大多闪烁着理想人格的光辉，她们雄浑泼辣而又玲珑剔透，悲壮沉郁而又乐观豪迈，从大苦大难最终演化为大智大勇，依靠自身的努力去争取幸福的生活，成为中国古代妇女形象画廊中一组光彩耀人的形象。

二、历史剧

关汉卿的历史剧，现存《单刀会》、《西蜀梦》、《哭存孝》等。这些历史剧作品，继承宋代说话艺术和杂剧艺术“多虚少实”的创作传统，往往随意捏合历史史料，歪曲历史事实，从现实出发去缅怀历史英雄人物，曲折地表达现实感受和时代精神，借历史之酒杯，浇心中之块垒。因此，这些历史剧往往流溢着悲凉的时代情绪。

《单刀会》是关汉卿历史剧的代表作。作品写三国时，东吴鲁肃邀请蜀国荆州守将关羽过江赴筵，谋求夺取荆州。关羽单刀赴会，大义凛然，气压鲁肃，保全了荆州。按《三国志·鲁肃传》的记载，鲁肃为索取荆州，约关羽相会，并大义凛然地谴责刘备贪而弃义，“备遂割湘水为界，于是罢军”。民间流传的《三国志平话》，却对这一史实做了翻案文章，渲染了关羽以英武风度震慑鲁肃。《单刀会》吸取了民间说话的内容，强烈地肯定蜀汉正统，并藉肯定汉朝正统来肯定汉族的正统。作品通过索荆州和保荆州的斗争，表达了主权不可拱手相送的思想。元代是蒙古族统治的时代，舞台上演出这样的剧作，无疑足以唤起当时汉族人民的民族感情和复仇情绪。关羽义正词严地宣称：“俺王亲合情受汉朝家业，则您那吴天子是俺刘家甚枝叶？”（第四折《沉醉东风》）还带着自豪的口气嘲笑鲁肃：“虽不下老兄心，不去了俺汉朝节！”（《离亭宴带歇指煞》）这种对“汉朝”、“刘家”的肯定和强调，既表达了封建正统观念，又包含着特定的民族感情和爱国思想，在当时的历史条件下有特殊的意义。剧中的关羽形象，具有超凡的勇武、冲天的豪情和凛然的正气，不愧为一位盖世英雄。

分析举例

第四折开场，关羽唱道：

［新水令］大江东去浪千叠，引著这数十人驾著这小舟一叶。不比九重龙凤阙，这里是千丈虎狼穴。大丈夫心别，来来来，我觑的单刀会似村会社！

[驻马听] 水涌山叠，年少周郎何处也？不觉得灰飞烟灭。可怜黄盖转伤嗟，破曹樯橹当时绝，鏖兵江水元然热，好教我心下情惨切：二十年流不尽英雄血！

这两支曲子，在雄壮豪迈之中，透露出一股英雄的悲哀情怀：人生短暂而自然永恒，一世英雄短暂而千古江山永恒。这既包含作者的主观情绪，也是关羽的内心感受，二者融为一体。

《西蜀梦》根据民间传说，写关羽、张飞死后，鬼魂向刘备托梦，请求出兵报仇雪恨，全剧充满强烈的复仇情绪。张飞被作反小军刺死，关羽因糜竺、糜芳献城降吴而被杀，叱咤风云的英雄却丧生于奸人之手，作品对此悲愤不平。《哭存孝》更突出了这一点，剧作写五代后唐勇将李存孝战功卓著，对义父李克用忠心耿耿，却受到小人李存信、康君立的诬陷，含冤而死。李存孝的妻子邓夫人哭祭亡灵，李克用终将存信、君立车裂，为存孝报仇。然而，根据历史和传说，无论是《旧五代史·义儿传》还是《五代史平话》，都记叙李存孝之所以被诛杀，是因为他反叛李克用。《哭存孝》的描写虽然不符合历史事实，却有力地表达了对是非颠倒的社会的愤慨，对阴险毒辣的小人的鞭挞，和对英雄冤死的沉痛的惋惜。

学术轶事

关汉卿与关老爷

相传关汉卿是以三国时蜀汉名将关羽作为自己的祖先和学习榜样的，他在杂剧《单刀会》中精心刻画了这位先祖临危不惧、有勇有谋的崇高形象，尽情抒发了关大王的热血精神。关汉卿把自己的思想感情、胸襟气派都同先辈的热血精神紧密地联系在一起了。有次，关汉卿同妻子发生了生活矛盾，妻子只说了一句：“您哪里还像关王大丈夫的样子啊?”关汉卿马上服帖了。大约关汉卿的妻子死得较早，所以关汉卿写小令追忆说：“糟糠（结发之妻）痛忆泪盈眸!”情深感人。

三、关汉卿杂剧的艺术创造

关汉卿的杂剧堪称北曲杂剧的艺术典范。元末明初贾仲明增补《录鬼簿》挽关汉卿的《凌波仙》词，高度评价了关汉卿其人其作的成就和地位，说：“珠玑语唾自然流，金玉词源即便有，玲珑肺腑天生就。风月情，忒惯熟，姓名香，四大神物。驱梨园领袖，总编修师首，捻杂剧班头。”

关汉卿以其毕生精力从事北曲杂剧创作，并参加了演出实践活动，促使杂剧艺术体制趋于完备。元人周德清说：“新乐府”（概指散曲和杂剧）“其备则自关（汉卿）、郑（光祖）、白（朴）、马（致远），一新制作，韵共守自然之音，字能通天下之语，字畅语俊，韵促音调”（《中原音韵序》，《中原音韵》卷首）。明人王骥德说：“作北曲者，如王、马、关、郑辈，创法甚严，终元之世，沿守惟谨，无敢逾越。”（《曲律》）而关汉卿“初为杂剧之始”（朱权《太和正音谱》），具有草创之功，对完备杂剧体制无疑贡献最大。关汉卿的剧作，不仅在外在形态如一剧四折、一人主唱等方面，进行了可贵的探索；而且，在情节结构戏剧冲突的安排上，也大多简洁、集中、激烈、机巧，意匠惨淡而又流转自然，不但合乎戏剧艺术的基本特征和基本规律，而且体现了中国戏曲的民族特征，成为戏曲艺术的典范之作。王国维说：“关汉卿之《救风尘》其布置结构，亦极意匠惨淡之致，宁较后世之传奇，有优无劣也。”（《宋元戏曲考》）这可以作为关剧情节结构的概评。

关汉卿的杂剧作品题材广阔，无所限制，意蕴深远，丰富多彩，极大地开拓了中国戏曲多方面的表现功能。关汉卿的杂剧作品继承了以往民间艺术的优良传统，无论是平民、显宦、英雄还是闺秀、才子、妓女等人物形象，无论是情爱波澜、人生处境还是弱者抗争、沙场争战的故事情节，无论是雅士轻吟、深闺艳词还是市井俗谑、莽将壮言的戏剧语言，在关剧中几乎无不兼收并蓄。其中最为重要的是，关汉卿的杂剧作品总是让特定的情境和语言为刻画各种人物服务，从而塑造了一大批身份不同、地位不一、性格各异的人物形象，如坚强善良的窦娥、侠义机智的赵盼儿、胆识过人的谭记儿、刚烈贤德的王婆婆、勇武豪壮的关云长、悲愤壮烈的李存孝等等。王骥德曾以王实甫与关汉卿相比较，说：“实甫以描写，而汉卿以雕镂。描写者远摄风神，而雕镂者深次骨貌。”（《校注西厢记·自序》）所谓“雕镂者深次骨貌”，说的就是关汉卿剧作善于洞悉人物的内心隐秘，将人物形象刻画得栩栩如生，惟妙惟肖。

《太和正音谱》评关剧语言风格“如琼筵醉客”，即具有豪放不羁的艺术风格。从杂剧史的角度看，关汉卿是本色派、豪放派的开创者，和他艺术风格相近的杂剧作家，前期有杨显之（与关汉卿同时，生卒年不详）、高文秀（生卒年不详）、纪君祥（生卒年不详）、李直夫、康进之（生卒年不详）、李行道（生卒年不详）等，后期有曾瑞、萧德祥等。王国维《宋元戏曲考》认为：“关汉卿一空倚傍，自铸伟词，而其言曲尽人情，字字本色，故当为元人第一。”此当为的评。关汉卿的许多杂剧作品，在明清两代被改编为各种戏曲形式，在舞台上盛演不衰。一直到现在，关汉卿的一些作品还在戏曲舞台上演出。

世界各国汉学家翻译、研究关汉卿的作品，已有多年的历史。早在1821年伦敦出版的G. T. Staunto翻译的《杜尔扈特汗康熙使臣见闻录1712—1715》，即清人图理琛《异域录》（1821），就有《窦娥冤》的梗概译文和简介，名为《士女雪冤录》（*The Student's Daughter Revenged*）。此后，关汉卿的作品便在欧美、日本等国广泛流传，一直受到各国学者的热情关注和深入研究。

研究进行时

关汉卿海外研究

日本学者吉川幸次郎《元杂剧研究》对关汉卿的社会地位和活动年代进行了研究考证，认为关汉卿是当时的社会名士，是可以仕进的，是杂剧的专家而非业余，其任职"太医院尹"在元代而非金代。① 另一位日本学者金文京《关汉卿身世考》认为关汉卿跟医学有密不可分的关系，他出身医家的事实对理解其生平和作品具有深刻的意义，其重要性远远超过生卒年代以及籍贯的问题。金文京得出结论，元代杂剧的产生和发展主要得力于医家等职业性知识分子这个新兴阶级，关汉卿就是其中具有代表性的人物。②

第四节
《西厢记》天下夺魁

一、版本

《西厢记》是元杂剧中的著名作品，据《录鬼簿》和《太和正音谱》，当为王实甫作。明清两代《西厢记》的刊本很多，至今明刊本《西厢记》尚存近六十种，清刊本《西厢记》也有近四十种。现存最早的明刊本是弘治十一年（1498）金台岳家刻本《奇妙全相注释西厢记》。明清之际金圣叹批改《西厢记》，删去第五折，以《草桥惊梦》作结，现存的最早本子为清顺治年间（1644—1661）贯华堂刻《贯华堂第六才子书西厢记》，此本在清代影响最大。

☞ **多学一点**

《西厢记》作者源流考辨

明代中叶以后，有人认为《西厢记》是关汉卿所作，此说始见于正德八年（1513）刊刻的都穆《南濠诗话》："近时北词以《西厢记》为首，俗传作于关汉卿。"或说是关作王续，此说始见于成化七年（1471）金台鲁氏刊本《新编题西厢记咏十二月赛驻云飞》所收无名氏《驻云飞》："汉卿文能，编作《西厢》曲调精"，"王家增修，补足《西厢》

① 参见［日］吉川幸次郎著，郑清茂译：《元杂剧研究》，台北，艺文印书馆，1987。

② 参见叶长海主编：《中国戏剧研究》，福州，福建人民出版社，2006。

音韵周”。或说是王作关续，此说始见于王世贞《艺苑卮言》：“《西厢》久传为关汉卿撰，迩来乃有以为王实甫者，谓至邮亭梦而止。又云至‘碧云天，黄花地’而止，此后乃汉卿所补也。”凡此数说，皆不足存信。

二、故事来源和演变

《西厢记》杂剧描写崔莺莺和张君瑞的爱情故事，来源于唐元稹的传奇小说《莺莺传》（一名《会真记》）。《莺莺传》写唐代贞元年间（785—805），崔莺莺随母寄居于蒲州以东的普救寺的西厢院，与书生张生陷入情爱，后终遭张生遗弃。这个故事带有自传性质，元稹的朋友杨巨源、李绅曾分别作《崔娘诗》、《莺莺歌》，吟咏此事。

到了宋代，崔、张故事流行甚广。文人诗词以之为典事，如晏殊《浣溪沙》词中借用《莺莺传》中的诗句“怜取眼前人”（《珠玉词》），苏轼《张子野年八十五尚闻买妾述古令作诗》中有“诗人老去莺莺在”（《苏轼诗集》卷八），自注用《莺莺传》事。而苏门文人秦观、毛滂，则分别以崔、张故事为题材，写了“调笑转踏”歌舞曲，摒弃了“始乱终弃”的结局。稍后，曾在颍州作过苏轼属官的赵令畤，把《莺莺传》改编为韵散相间、可说可唱的鼓子词，题为《元微之崔莺莺商调蝶恋花词》，收载于其《侯鲭录》中。鼓子词采用王铚《传奇辨证》以《莺莺传》为“微之自叙”的说法，删去原作中张生诋毁莺莺为“尤物”、“妖孽”和为自己“忍情”开脱的部分，谴责背信弃义的元稹，同情深情坚贞的莺莺，并以莺莺被弃为憾事。

同时或稍后，崔、张故事也进入了民间说唱和戏剧领域。在南方，南宋皇都风月主人《绿窗新话》卷上收有《张公子遇崔莺莺》，元初罗烨《醉翁谈录》“小说开辟”中列有《莺莺传》。元初周密《武林旧事》卷十所记宋“官本杂剧”名目中有《莺莺六么》，明初陶宗仪《南村辍耕录》卷二十五所记金院本名目中有《红娘子》和《拷梅香》，可能就是演崔、张故事的。

在北方，金章宗（1190—1208在位）时人董解元，集其大成，以北宋时期的崔、张故事作品为基础，创作了《西厢记诸宫调》。由于当时流行于北方的诸宫调的伴奏乐器是琵琶和筝，所以这部作品又称为《西厢搊弹词》或《弦索西厢》。《西厢记诸宫调》叙写莺莺和张生的相爱、私奔以至美满团圆，改写了《莺莺传》的悲剧性结局，并以崔、张同崔老夫人的冲突代替了原作张生和莺莺的矛盾，从而在根本上改变了故事的主题。同时，《西厢记诸宫调》又增饰了红娘、惠明和尚等人物，增添了新的情节，曲词也极为精彩动人。

三、改写的修辞策略

王实甫的《西厢记》杂剧以《西厢记诸宫调》为蓝本，重新改写了崔、张故事。《莺莺传》中所宣扬的“始乱终弃”的正面道德价值，不仅仅是元稹个人的自我意识，而且为当时社会的主导价值规范所认可。陈寅恪（1890—1969）《读莺莺传》说：“舍弃寒女，而别婚高门，当日社会所公认之正当行为也。”然而，这种“始乱终弃”的道德正当性，从晚唐北宋以来就一直遭到质疑。于是，赵令畤以“天长地久终有尽，绵绵不似无穷恨”的感慨惆怅（《元微之崔莺莺商调蝶恋花词》），改写了元稹的“善补过”。董解元更以崔、张大团圆取代了莺莺被弃的结局。这些故事改写的执行者均为文人士大夫，这意味着改写的动力并非来自平民阶层，而是来自文人士大夫阶层。他们需要通过改写崔、张爱情故事，重新塑造文人士大夫的形象，以回应对文人士大夫原本持有的婚恋观和人生观的质疑与挑战。而这种质疑与挑战恰恰来自平民阶层，来自民间文化。

如果将南宋时期以“婚变”为主题的南戏作品作为参照，便可以清楚看到这种质疑和挑战。在未经士大夫点染的《王魁负桂英》、《赵贞女蔡二郎》等作品中，负心的士子不是被受害女子的鬼魂夺去生命，便是因遭到天谴而丧生。可见，当时的民众愿望主要表现为强烈的抗议和复仇。这种抗议和复仇的强烈愿望，正是北宋以来社会关系变动的产物。科举制度的广泛普及，促使下层平民获得了进入仕途、改换门庭的机遇，但也同时带来了严重的社会问题，即影响了家庭秩序的稳定。在中国古代社会中，家庭秩序的稳定直接关系到社会秩序的稳定。因此，像崔、张故事这样的传承久远的爱情故事，便不能不重新改写，以突显崭新的时代主题。

《西厢记》改写的着眼点有二：首先，男主人公张君瑞是出身贫寒或家道中落的青年士子，正处于由“民”转化为“士”的关键时期，成为一种特殊的社会角色；其次，张君瑞又是坚贞不渝的情人，具有情感与道德双重完善的人格特征，保证了大团圆结局的实现。与《莺莺传》相比较，在《西厢记》中，张君瑞怀才不遇，湖海飘零，但他却重爱情甚于重功名，在应试途中由于邂逅莺莺而留滞蒲东，将“云路鹏程”丢在脑后。与《西厢记诸宫调》中张生主动提出进京求取功名不同，《西厢记》杂剧将这一情节改为老夫人“逼试”，这就更突出了张君瑞“心不存学海文林，梦不离柳影花阴，则去那窃玉偷香上用心”（第三本第四折《天净沙》）的心理特征。张君瑞对爱情诚挚、执著而又专一，甚而至于近乎痴傻，前人评论张君瑞形象，就常说他是“志诚种”。这就塑造了一种新型的士人形象。这种新型的士人形象负有一项重要的文化使命，即向世人宣告，像张君瑞这样的风流情种并非洪水猛兽或者害群之马，而是家庭、社会和国家的中坚。他们的风流韵事丝毫没有破坏社会的伦理秩序，反而导致了新的社会和谐。与此同时，民众的愿望经过这一故事的长期反复的灌输，同样被系统地改写了，抗议和复仇的怒火渐渐冷却、熄灭，代之以稳定的“大团圆”心理模式。

《西厢记》成功地刷新了崔、张故事的主题，其秘诀不仅仅在于采用了大团圆的结局，而且在于它有意地颠倒了男人和女人在情场上的关系和地位。在剧作中，除了原始冲动这一无可推卸的责任以外，张君瑞沦于全面被动性的境地。由于从晚唐北宋以来，“始乱终弃”的道德正当性就一直遭到质疑，因此以《莺莺传》中的张生为代表的青年士子便处于被追究责任的境地中。如果在经过改写的故事里仍然保持张君瑞在爱情追求中的主动权，即使已经采用大团圆结局，对塑造新型的士子形象仍然是很不利的。因为这样就会留下自我辩解的痕迹和改过向善的印象，而不能完全取消士子之“过”。换言之，保留张君瑞的主动性，必然会保持《莺莺传》原有的“善补过”的道德取向的历史连续性，尽管这种“补过”的内涵有了新的变化。因此，《西厢记》在重新改写故事时，为了彻底抹去这种历史记忆，不仅要在情节上割断张君瑞由“过”向“善”的行动链条，而且要赋予张生以全面的被动性，以便消解崔、张二人在恋情层面的冲突。

如何使得“善”成为原始动机？怎样才能使得“过”不仅被纠正了，而且干脆就不复存在？最好的办法就是制造一种断裂来取代历史的连续性。张君瑞的全面被动性就是《西厢记》用以制造断裂的修辞策略：张君瑞渴望得到爱情，甚至不惜牺牲功名而追求爱情，然而却遭到来自女人（包括老夫人和崔莺莺）的拒绝、阻挠和捉弄；作为爱情的追求者，张君瑞是无辜的也是不幸的。这样一来，“过”的可能性便从起点上被消除了。对张君瑞，观众和读者可能会同情他或嘲笑他，为他着急或者惋惜，唯独不会指责他，因为他是无可指责的。张生对莺莺的追求，自始至终都是一种两情相悦的真诚的追求，而不是一厢情愿的追求，更不是假心假意的追求。这正是《西厢记》改写的主要目标：取消士人被追究责任的可能性。将主动性让给女人，意味着要由她们来承担所有的责任。在这个意义上，《西厢记》不是《莺莺传》的简单改写，而是一个真正的艺术创造。它不仅成功地改写了“始乱终弃”这一受到质疑的道德价值，而且巧妙地运用被动性修辞策略，成功地擦掉了改写的痕迹，从而赋予士人与佳人的爱情故事以前所未有的时代内涵：热情地讴歌张君瑞和崔莺莺自由而真挚的爱情以及他们对爱情的热烈追求，深刻地揭露封建礼教、封建门阀婚姻制度、封建道德观念的虚伪性和不合理性，鲜明地表达了“愿普天下有情的都成了眷属”的美好理想。要言之，《西厢记》是在变动的社会条件下，对人际关系进行想象性修复的总体工程的一部分。它的改写的修辞策略，在高明《琵琶记》那里再度得到了使用。

四、崔莺莺形象

《西厢记》杂剧对崔莺莺在爱情生活中的思想、感情和心理，也作了十分细致而深刻的刻画。崔莺莺是相国小姐，她深沉、含蓄，既有外在的凝重，又有内在的激情。封建家庭的教养，无法完全窒息她内心的青春情感，她一出场就情不自禁地感叹：“花落水流红，闲愁万种，无语怨东风。”（第一本楔子《赏花时·幺篇》）正是这种难以捉摸、无可名状的“闲愁”，使她不由自主地对张君瑞一见倾心，“回顾觑生”，“临去秋波那一转”（第一本第一折）。月下隔墙吟诗时，她大胆地对张君瑞吐露心声：“兰闺久寂寞，无事度芳春。料得行吟者，应怜长叹人。”于是她陷入情网之中而不能自拔，饱尝着相思的痛苦，“神魂荡漾，情思不快，茶饭少进”，“每日价情思睡昏昏”（第二本第一折）。同时她也越来越不满于老夫人的约束，并迁怒于红娘的跟随，她说：“俺娘也好没意思，这些时直恁般提防着人。小梅香伏侍得勤，老夫人拘系得紧，则怕俺女孩儿折了气分。”（同上《天下乐》）

正在这时，变生意外，孙飞虎兵围普救寺，索要莺莺做压寨夫人。张君瑞在危难之机，仗义修书，请好友白马将军杜确前来解围。老夫人当众许婚，后来又出尔反尔，让张君瑞与莺莺以兄妹相称。这一事件实际上代表着一种特殊的机遇，它既赋予崔、张的婚事以外在的合理性，更赋予崔、张的爱情以内在的合理性——老夫人的许婚，不正符合传统的“父母之命”吗？正是这种内在和外在的合理性，成为莺莺敢于冲破老夫人的约束，决心对张君瑞以身相许的潜在动力。

分析举例

《西厢记》第二本第四折莺莺唱段

……俺娘呵，将颤巍巍双头花蕊搓，香馥馥缕带同心割，长搀搀连理琼枝挫。白头娘不负荷，青春女成耽搁，将俺那锦片也似前程蹬脱。俺娘把甜句儿落空了他，虚名儿误赚了我。（《离亭宴带歇指煞》）

但是，冲破内在心理的樊笼毕竟比冲破外在人为的约束还要艰难，于是就有了莺莺的“闹简”和“赖简”。在“闹简”和“赖简”中，莺莺表现出对张生的“假意儿”，这不仅是为了试探红娘是否可靠、张君瑞是否真心，更重要的是披露出崔莺莺要冲破传统的教养、女性的禁忌所应有的反复和艰难。在认可了爱情的合理性之后，莺莺还不能不积蓄相当的心理准备，以便承受这种爱情。而事实是，她终于跨越了“雷池”，大胆地与张君瑞私下结合了。

崔莺莺和张君瑞自由结合的事情暴露后，老夫人以“俺三辈儿不招白衣女婿”为由，逼迫张君瑞上京应考求官，说：“得官呵，来见我；驳落呵，休来见我。”（第四本第二折）崔、张爱情又面临着新的危机。长亭送别时，莺莺既忧虑张君瑞考试落第，婚事终成泡影，更担心张君瑞考取后变心，另就高门，自己被弃置。她承担着如此沉重的精神重压，深深感到：离愁别恨，“虽离了这眼前闷，却在我这心上有；不甫能离了心上，又早眉头。忘了时依然还又，恶思量无了无休”（第五本第一折《集贤宾》）。甚至收到张君瑞高中状元后报喜的书信，也未给她带来欢乐：“早是我只因他去减了风流，不争你寄得书来又与我添些儿症候。”（同上《金菊花》）崔莺莺和张君瑞最后的团圆，实在是得之不易的。

《西厢记》杂剧深刻地揭示了崔莺莺的恋爱心理，即想爱而不敢爱，不敢爱却不由得不爱；并且细致地展现了她内心强烈要求逐步压倒、冲破外部压抑、传统禁锢和心理樊笼的全过程。这样的恋爱心理及其展开过程，是包含着深厚的社会内容和文化内容的。

五、艺术成就

《西厢记》杂剧里的红娘形象也十分生动。红娘是崔家的家生婢女，她对背信弃义的老夫人、仗势欺人的郑恒是反感的，对莺莺和张君瑞的恋爱是全力支持的。她有着过人的胆识和才干，心直口快，泼辣爽直，不仅一手促成了崔、张的私自结合，而且在紧要关头挺身而出，向老夫人陈说利害，维护崔、张的幸福。可以说，没有红娘，崔、张的圆满结局可能是没有希望的。《拷红》这场戏之所以数百年来盛演不衰，正是由于王实甫成功地塑造了红娘这一形象，并通过红娘形象表达了人们对崔、张恋爱的支持和歌颂，以及对纲常伦理的嘲讽和批判。红娘形象代表了正义、智慧和力量。

此外，剧中着墨不多的老夫人形象和惠明和尚形象，也给人们留下了深刻的印象。

明初贾仲明称："《西厢记》天下夺魁。"(《录鬼簿》补撰吊词）王世贞《艺苑卮言》说："北曲故当以《西厢》压卷。"的确，《西厢记》杂剧在艺术上取得了很高的成就。

《西厢记》杂剧是我国较早的一部以多本杂剧连演一个故事的剧本。北曲杂剧一般是一本四折，篇幅比较短小。《西厢记》突破了北曲杂剧的体制，以五本二十一折的长篇演述崔、张故事，而一折戏虽然多以一人主唱，但也有若干折由数人轮唱，体现出作者的创新精神。明人有见于此，所以称《西厢记》为"传奇之祖"。

《西厢记》杂剧在《西厢记诸宫调》艺术描写的基础上，进一步提炼、修饰，情节单纯，结构严谨，而又波浪迭起，悬念丛生。全剧围绕崔、张爱情故事，主要设置了三对戏剧矛盾：老夫人和崔、张、红娘之间的矛盾，崔、张、红娘三人之间的矛盾，孙飞虎的叛军和崔家、张生及普救寺僧人之间的矛盾。三对戏剧矛盾中，老夫人和崔、张、红娘之间的矛盾是贯穿全剧的主线，而崔、张、红娘之间的矛盾则是作家描写的重点。全剧情节单纯而不贫乏，连贯而不平淡，波澜起伏，变故迭生，具有很强的艺术感染力。

在语言运用上，《西厢记》杂剧堪称古代诗剧的一个范本。朱权《太和正音谱》评道："王实甫之词如花间美人。铺叙委婉，深得骚人之趣。极有佳句，若玉环之出浴华清，绿珠之采莲洛浦。"《西厢记》杂剧的语言往往既符合人物性格，又适合舞台演出，在戏剧性和性格化方面取得了突出的成就。张君瑞的唱词爽朗热烈，跟他热情而乐观的性格一致。崔莺莺的唱词则表现出大家闺秀聪慧、优雅而又深沉、多情的风度。红娘的唱词特别泼辣、爽快，表现了她机敏、巧慧、侠心义骨的性格特征。《西厢记》杂剧善于运用各种色调——豪放的、婉约的、本色的、华美的语言写情达意，使剧中"人习其方言，事肖其本色，境无旁溢，语无外假"（臧懋循《元曲选序》,《元曲选》卷首）。

《西厢记》杂剧的语言构成，以当时的民间口语为主体，适量而自然地融化前人诗词文赋中的语句，形成通晓流畅与秀丽华美相统一的艺术风格。第四本第三折《长亭送别》里崔莺莺一出场唱的三支曲子，历来为人称道：

"董西厢"插图《双目送行云》

[端正好] 碧云天，黄花地，西风紧，北雁南飞。晓来谁染霜林醉？总是离人泪。

[滚绣球] 恨相见得迟，怨归去得疾。柳丝长玉骢难系，恨不倩疏林挂住斜晖。马儿迍迍行，车儿快快随，却告了相思回避，破题儿又早别离。听得道一声去也，松了金钏，遥望见十里长亭，减了玉肌：此恨谁知？

[叨叨令] 见安排着车儿马儿，不由人熬熬煎煎的气，有什么心情花儿靥儿，打扮的娇娇滴滴的媚。准备着被儿枕儿，则索昏昏沉沉的睡，唯一任那衫儿袖儿，都揾做重重叠叠的泪。兀的不闷杀人也么哥！兀的不闷杀人也么哥！今已后书儿信儿，索与我恓恓惶惶的寄。

第一支曲子融化了宋人范仲淹的《苏幕遮》词，情景交融，含蓄细腻；第二支曲子借景写情，情溢于景；第三支曲子从文转白，由雅而俗，抑制不住地直抒胸臆。三支曲子紧扣莺莺的情感变化，表情达意，臻于化境。《西厢记》杂剧中的佳句美不胜收，历来脍炙人口，流馨千载。

第五节
白朴和马致远的杂剧

北曲杂剧通常称“四大家”，即关（汉卿）、白（朴）、马（致远）、郑（光祖）。白、马、郑三家与关汉卿不同，都是以文采见长的作家，白、马属前期，郑属后期。白朴和马致远时代相先后，但他们的杂剧作品都同样涂染着浓厚的士大夫色彩。

一、白朴与《墙头马上》、《梧桐雨》

白朴的生活年代与关汉卿相近，是最早以文学世家的名士身份投入杂剧创作的重要作家，现存《墙头马上》和《梧桐雨》二种，都是元杂剧中的优秀作品。

《墙头马上》杂剧取材于唐代诗人白居易的新乐府诗《井底引银瓶》。宋官本杂剧有《裴少俊伊州》（见周密《武林旧事》卷十），金院本有《墙头马》和《鸳鸯简》（见陶宗仪《南村辍耕录》卷二十五），诸宫调有《井底引银瓶》，但都已佚失。白朴大概是根据这些作品进行改编的。剧作写李千金与裴尚书之子裴少俊相爱，私奔至裴家，在后花园同住七载，生下一儿一女。后被裴尚书发现，将李千金驱赶回家。裴少俊中状元后，方得与李千金团圆。剧中的李千金虽然出身于大家闺秀，但她对爱情的追求大胆、率真、泼辣、主动，与《西厢记》杂剧里的崔莺莺性格迥然不同，更多地体现了市民阶层的思想情趣。李千金以私奔司马相如的卓文君自比，毫不讳言自己的私情，率直地肯定私奔的合理性，而且敢作敢为，理直气壮，表现出要求婚姻自主的鲜明倾向。全剧富于清新、明快、风趣的风格，有着浓厚的喜剧色彩。

《梧桐雨》插图

《梧桐雨》杂剧则是一出历史悲剧，取材于白居易的长篇叙事诗《长恨歌》和陈鸿的传奇小说《长恨歌传》，写唐明皇和杨贵妃的故事，包括长生殿庆七夕、沉香亭舞霓裳、马嵬坡杨贵妃之死、唐明皇深秋雨夜哭奠杨贵妃等情节。在金、元人的文集中，诗、词、曲各种文体多有吟咏这个故事的作品，《梧桐雨》最富于时代特色。白朴通过唐明皇的形象和遭遇，概括了一代王朝兴亡的变化，不仅有对亡国教训的总结，更突出地流露出对时世陵替、人生变迁、盛衰转化所流露出的哀愁、凄恻的感伤情绪，这与白朴词作中反复抒发的山川之异和沧桑之变的感叹是相通的。明人孟称舜评此剧："摹写明皇、玉环得意、失意之状，悲艳动人。"（《古今名剧合选》）白朴对唐明皇既有讽刺、批评，又有赞赏、同情：讽刺其昏庸，批评其荒淫，赞赏其风流，同情其遭遇。这就形成唐明皇形象的复杂性，也造成作品内容的复杂性。但全剧却主要是借历史故事来抒发作者深切的现实感受。尤其是第四折的描写，唐明皇忆旧、伤逝、相思、哀愁等感情交织搅扰的心境，同雨打梧桐的凄凉萧瑟的氛围融为一体，构成一种诗剧的境界。

分析举例

《梧桐雨》第四折选段

［黄钟煞］顺西风低把纱窗哨，送寒气频将绣户敲。莫不是天故将人愁闷搅，度铃声响栈道。似花奴羯鼓调，如伯牙水仙操。洗黄花润篱落，渍苍苔倒墙角。渲湖山漱石窍，浸枯荷溢池沼。沾残蝶粉渐消，洒流萤焰不着。绿窗前促织叫，声相近雁影高。催邻砧处处捣，助新凉分外早。斟量来这一宵，雨和人紧厮熬。伴铜壶点点敲，雨更多泪不少。雨湿寒梢，泪染龙袍，不肯相饶，共隔着一树梧桐直滴到晓。

王国维评《梧桐雨》杂剧"沉雄悲壮，为元曲冠冕"（《人间词话》），正是着眼于其悲凉的意境。全剧曲词文采飘逸而又自然生动，具有强烈的艺术感染力。

二、马致远与《汉宫秋》

马致远一生从事杂剧和散曲创作，颇负盛名，人称"曲状元"，"姓名香，贯满梨园"（贾仲明《录鬼簿》补撰吊词）。所作杂剧十五种，今存七种，可分为三类：历史剧《汉宫秋》，文人逸事剧《荐福碑》、《青衫泪》，宗教剧《黄粱梦》（马撰第一折）、《岳阳楼》、《任风子》、《陈抟高卧》。

《汉宫秋》杂剧是马致远的代表作，取材于历史上王昭君出塞和亲的故事。正史记载这一故事的有《汉书·元帝纪》、《汉书·匈奴传》和《后汉书·南匈奴传》，其后较著名的文学作品有《乐府诗集》中的《昭君怨》、晋葛洪《西京杂记》中的《王昭君》和唐代敦煌的《王昭君变文》等。历代诗人吟咏昭君的作品不胜枚举，宋代歌舞曲"传踏"中也有谱写昭君故事的篇章。元代以此为题材的杂剧，还有关汉卿的《哭昭君》、张时起的《昭君出塞》、吴昌龄的《月夜走昭君》（均见钟嗣成《录鬼簿》），但都已佚失。

《汉宫秋》杂剧不拘泥于史实，作者在前人创作的基础上，结合元代的时代精神和自己的现实感受，进行了全新的艺术创作。首先，剧本把故事发生的背景改为匈奴强盛，侵略汉朝，胁迫元帝爱妃昭君出塞，昭君为了汉室江山，不顾个人安危，毅然成行，从而突出了王昭君对祖国的深沉感情。其次，剧本将画工毛延寿的身份改为中大夫，他因索贿未成，将昭君画像献给单于，唆使匈奴攻汉，从贪婪的奸臣发展为“忘恩咬主”、卖国求荣的叛臣。最后，史载昭君和亲去到匈奴，生子育女，并“从胡俗”为两代单于阏氏，剧中则写王昭君未入匈奴便投江殉国，歌颂了她的民族气节，显示了她崇高的悲剧性格。

毛国伦《昭君出塞图》

经过这样的改动，昭君故事被赋予了新的主题，成为金元、宋元之交家国兴亡和民族情绪的曲折反映。作品借汉元帝之口，斥责不能保卫国家的文臣武将：“太平时卖你宰相功劳，有事处把俺佳人递流。你们干请了皇家俸，着甚的分破帝王忧?”（第二折《牧羊关》）“休休，少不的满朝中都做了毛延寿。”（同上《斗虾蟆》）从当时的现实来看，这正是对金、宋亡国之臣的批判。第三折写汉元帝与昭君分别，元帝感叹自己作为一国之主，连心爱的妃子也不能保护，以致演成一幕生离死别的悲剧，充满了爱情破灭和家国之恨的忧伤悲凉的情感。

分析举例

《汉宫秋》第三折选段

[七兄弟] 说什么大王、不当、恋王嫱，兀良，怎禁他临去也回头望！那堪这散风雪旌节影悠扬，动关山鼓角声悲壮。

[梅花酒] 呀！俺向着这迥野悲凉，草已添黄，兔早迎霜。犬褪得毛苍，人搠起缨枪，马负着行装，车运着糇粮，打猎起围场。他他他，伤心辞汉主；我我我，携手上河梁。他部从入穷荒，我銮舆返咸阳。返咸阳，过宫墙；过宫墙，绕回廊；绕回廊，近椒房；近椒房，月昏黄；月昏黄，夜生凉；夜生凉，泣寒螀；泣寒螀，绿纱窗；绿纱窗，不思量！

[收江南] 呀！不思量除是铁心肠，铁心肠也愁泪滴千行。美人图今夜挂昭阳，我那里供养，便是我高烧银烛照红妆。

第四折写昭君去后，汉元帝听到孤雁悲鸣，倍增伤感，在反复吟叹中抒发了他的满腔愁绪，这正是作者借历史上的兴亡聚散抒写自己的时代感受。全剧曲词，写景抒情，隽美当行，为历来论者所称道。

《荐福碑》和《青衫泪》可能是马致远仕途失意时的作品。《荐福碑》杂剧写书生张镐穷途落魄，寄居荐福寺中。寺碑为颜真卿手书，张镐本想拓印后卖钱，作为进京的川资，不想碑又被暴雷击碎。张镐想要自杀，正巧被范仲淹救下，终于得中状元。剧本取材于宋人笔记《冷斋夜话》和《续墨客挥犀》，随意点染，借题发挥，借以抒发作者怀才不遇的愤慨和对功名富贵的强烈追求。《青衫泪》杂剧本于唐代白居易的长诗《琵琶行》，虚构了白居易和京师妓女裴兴奴的爱情故事，渗透了作者仕途坎坷失意的情绪。这两部剧作对贤愚不分、黑白颠倒的现实社会作了尖锐的批判：“这壁拦住贤路，那壁又挡住仕途。如今这越聪明越受聪明苦，越痴呆越享痴呆福，越糊突越有了糊突富。则这有银的陶令不休官，无钱的子张学干禄。”（《荐福碑》第二折《寄生草·幺篇》）同时，也抒写了作者青年时的功名理想和追求。

《黄粱梦》写汉钟离在邯郸路上度脱吕洞宾，《岳阳楼》写吕洞宾在岳阳楼上度脱柳树精，《任风子》写马丹阳在甘河镇度脱屠夫任风子，《陈抟高卧》写宋初隐士陈抟不受功名利禄和美色的诱惑，隐居修道。这几部宗教剧的思想倾向与盛行于金、元的全真教的原旨教义是相当合拍的，有的更直接渊源于全真教传说故事，因此这些剧作通称“神仙道化剧”。在这些剧作中，马致远有力地暴露和谴责了当时险恶的世风和黑暗的现实，强烈地否定功名富贵、酒色财气和人我是非，也表达了逃避现实、提倡修道登仙的消极情绪，在宗教中寻求精神的寄托和慰藉。这些剧作对元末明初宗教剧的创作影响极大。

马致远的杂剧曲文充满强烈的抒情性，随处渗透着作者的主观感情，这就使他的杂剧具有浓厚的士大夫气。他兼有关汉卿的豪放和王实甫的文采，文词典雅清丽，洒落激扬，《太和正音谱》比之为“朝阳鸣凤”。

第六节 恋情婚姻剧举要

除了上述作家作品以外，元代还有许多优秀的杂剧作品，主要包括恋情婚姻剧、社会剧和历史剧三类。

元前期的恋情婚姻剧，往往表达了对封建礼教重压下普通妇女命运的关注和同情，反映了她们遭受的深重苦难，以及她们为改变自己的命运和地位而进行的不懈抗争。杨显之的《潇湘雨》杂剧和石君宝（1192？—1276？）的《秋胡戏妻》杂剧，就是其中的佼佼者。

一、杨显之的《潇湘雨》

杨显之的《潇湘雨》杂剧，写书生崔通起初与失散父亲的张翠鸾结婚，中状元后，为了谋取秦川县令之职，又娶了试官女儿。当张翠鸾孤苦伶仃地找上门时，崔通却诬蔑她是“逃奴”，将她棒责一顿之后刺配沙门岛，并阴谋在路上害死她。这深刻地展现了崔通阴险毒辣的嘴脸和卑污势利的灵魂。剧中第三折，张翠鸾发配沙河岛遇雨，在凄风苦雨的景色衬托下，抒泻悲苦的心境，凄婉动人。后来张翠鸾与官至肃政廉访使的父亲张天觉相遇，抓了崔通和试官女儿，但却只将试官女儿“打做梅香”，而让张翠鸾与崔通破镜重圆。张翠鸾明明知道，“把背飞鸟纽回成交颈鸳，隔墙花攀将做并蒂莲”（第四折《尾煞》），实在于心不甘。但是，“若杀了崔通，难道好教孩儿又招一个?”这是礼教所不容、舆论所不齿的。所以，她直率地告诉崔通：“也非俺只记欢娱不记冤，到底是女孩儿的心肠十分软!”（第四折《尾煞》）她身为一个弱女子，不得不屈服于礼教和舆论的压力。

二、石君宝的《秋胡戏妻》

相比较之下，石君宝《秋胡戏妻》杂剧中的罗梅英，性格就比张翠鸾更为刚烈。《秋胡戏妻》本于汉刘向《古列女传·鲁秋洁妇》及汉乐府民歌《陌上桑》，并加以增饰。剧中女主角罗梅英有见识，有志气，识大体，明大义，对自己所处的社会地位、对婚姻对象的选择、对婚姻的责任感等，都表现出不同凡俗的看法。她认为，婚姻“要的斯敬爱相和顺”（第一折《点绛唇》），即男女双方彼此情投意合，和睦相处，所以她宁可选择家道穷苦艰难的书生秋胡作丈夫，却不愿“拣取一个财主”。结婚三日，秋胡被迫去当兵，罗梅英与人“洗衣刮裳，养蚕择茧”，养活婆母，一直过了十年。她的父母、婆母在李大户的威逼、利诱下，先后前来劝她改嫁，但她却丝毫也不退让。当她在桑园采桑，遇到彼此已不相识的丈夫秋胡的调戏时，她怒斥秋胡是“沐猴冠冕，牛马襟裾”（第三折《耍孩儿》），咒他“地灭天诛”（同上《二煞》），“吃万剐的遭刑律”（同上《三煞》），神态凛然，坚贞不屈。秋胡还家后，罗梅英又气又恼，逼着丈夫索要休书。最后在婆母以死相要挟的情况下，她被迫认了秋胡：“则是俺那婆娘家不气长。”（第四折《得胜令》）剧末罗梅英唱道：“非是我假乖张，做出这乔模样，也则要整顿我妻纲!”（同上《鸳鸯煞》）“整顿妻纲”，就是要为妇女扬眉吐气。罗梅英的做法，实在有其不得已的苦衷。剧作语言本色泼辣，形象鲜明生动，在元杂剧中堪称佳作。

三、郑光祖的《倩女离魂》等

元后期恋情剧，以郑光祖的《倩女离魂》和《㑳梅香》较有特色。《倩女离魂》取材于唐人陈玄祐的传奇小说《离魂记》。剧作写王文举与张倩女经父母指腹为婚，倩女母因文举功名未就，不许完婚。后来文举赴京应试，倩女魂魄相随，结伴至京，同居三年。文举得官，携妻同返故里，倩女灵魂与久卧病榻的倩女躯体合二而一，遂与文举成亲。作品中的倩女形象具有双重身份：一是作为客观实体的人而存在，一是作为虚幻的精魂而存在。这种双重身份，正是古代社会中青年男女在爱情婚姻中人格分裂的艺术象征。作为现实生活中的人，倩女在爱情追求和封建家长的意愿激烈冲突的情况下，始而对母亲的做法埋怨和不满："俺娘向阳台路上，高筑起一堵云雨墙。"（楔子《赏花时》）继而相思成病，饱尝离情别恨，承受着爱情不遂的深沉痛苦。这是青年男女的爱情受到社会压抑的现实形态。第三折中，倩女怀想文举，幽怨婉转地抒发了内心的痛苦：

> [普天乐] 想鬼病最关心，似宿酒迷春睡。绕晴雪杨花陌上，趁东风燕子楼西。抛闪杀我年少人，辜负了这韶华日。早是离愁添萦系，更那堪景物狼藉。愁心惊一声鸟啼，薄命趁一春事已，香魂逐一片花飞。

而作为虚幻的精魂，倩女实现了现实生活中的自己所不能实现的追求，理直气壮地肯定自己私奔的行为："我本真情"，"做着不怕"，置封建礼教规范于不顾；并表示即使王文举考不中，也情愿"荆钗裙布，愿同甘苦"（均见第二折）。这种大胆、果决、执著的性格，赋予倩女形象以耀眼的理想光辉。王实甫在《西厢记》的《草桥惊梦》中，把莺莺和张生团聚的希望寄托于梦境，而郑光祖却把这样的梦境变成了艺术境界中的现实。明人孟称舜评《倩女离魂》杂剧时指出："《牡丹亭》格调原祖此。"（《古今名剧合选》）甚有道理。全剧曲词艳丽流畅，婉转动人，清人梁廷楠称其"灵心慧舌，其妙无对"（《曲话》），王国维称其"如弹丸脱手，后人无能为役"（《宋元戏曲考》）。

《㑇梅香》杂剧是一部爱情婚姻喜剧。作品写婢女樊素为小姐小蛮、书生白敏中代传书柬，从中撮合而成婚事。梁廷楠评道："《㑇梅香》如一本小《西厢》，前后关目、插科打诨，皆一照本模拟。"（《曲话》）但作品曲词意趣盎然，秀丽清新，明人何良俊称之为"真得词家三昧者也"（《四友斋丛说》卷三十七）。作为元曲"四大家"之一，郑光祖的杂剧作品，曲词秀丽流转，音调和谐，王国维称道"清丽芊绵，自成馨逸"（《宋元戏曲史》）。但他的作品思想较为贫弱，艺术上也时有过于雕琢的弊病，钟嗣成说："惜乎所作，贪于俳谐，未免多于斧凿，此又别论焉。"（《录鬼簿》卷下）

四、乔吉的恋情剧

与郑光祖的审美趣味相同，元后期的爱情婚姻剧更多地表现文人才子的风流逸事和青年男女的旖旎艳情。这可以乔吉的作品为代表。乔吉现存的《扬州梦》、《金钱记》和《两世姻缘》三种杂剧，都以爱情婚姻故事为题材。

《两世姻缘》杂剧是乔吉的代表作，取材于唐人范摅《云溪友议》，写妓女韩玉箫与书生韦皋相恋，韦皋进京应试，玉箫思念成疾，临死时嘱其母以自画像往寻韦皋。韦皋功成名就，镇守边疆十八年，班师回朝时，在荆襄节度使张延赏宴席上，见张的义女玉箫与韩玉箫面貌相似，欲娶为妻，遭到张的拒绝。后韩母赶至，出示韩玉箫的自画像，说明张女即韩玉箫转世。双方误会消除，韦皋与玉箫成就了两世姻缘。剧作歌颂了青年男女生死不渝的爱情。乔吉曾与杭州歌妓李楚仪热恋，所以他在剧中写玉箫对韦皋的恋情十分真切，在一定程度上反映了妓女沦落青楼的痛苦生活。乔吉杂剧的曲词以华美流丽著称，明人朱权称："乔梦符之词，如神鳌鼓浪。若天吴跨神鳌，噀沫于大洋，波涛汹涌，截断众流之势。"（《太和正音谱》）

此外，乔吉的《扬州梦》杂剧以杜牧《遣怀》诗"十年一觉扬州梦，赢得青楼薄幸名”命意，取材于杜牧《张好好诗》及《序》，将二事参错成文，写杜牧与妓女张好好的风流韵事，着意表现文人才子的浪漫习气。《金钱记》杂剧本唐人许尧佐的传奇小说《柳氏传》及“韩寿偷香”的故事，虚构了唐代诗人韩翃与京兆府尹王辅之女柳眉儿的恋爱婚姻故事，以御赐金钱作为信物而贯串全剧，情节曲折，曲文华美工丽。

第七节 社会剧撷英

社会剧包括公案剧和家庭剧。元前期杂剧中，出现了一批控诉吏治黑暗的公案剧。其中的包公戏，借北宋故事写元代现实，深刻地揭露了元代官吏的贪赃枉法和草菅人命，歌颂为民做主的清官包拯，表达了当时人民强烈的爱憎倾向和对清明政治的企望。这可以李潜夫（生卒年不详）的《灰栏记》杂剧和阙名的《陈州粜米》杂剧为代表。

一、李潜夫的《灰栏记》

李潜夫的《灰栏记》杂剧，写富翁马均卿娶妓女张海棠为妾，生有一子。马妻与奸夫合谋，毒杀均卿，反诬海棠，并要夺她的儿子，海棠被昏官苏太守判处死罪。后来包拯重审此案，用石灰在小儿周围画一圆圈，令马妻和海棠对拽，说谁能拽出小儿就是亲生母亲。海棠怕伤害儿子，不忍使力；马妻却悍然不顾，将小儿强行拉出。包拯根据“人情可推”，断定小儿为海棠亲生，为她昭雪冤枉。这出戏表现决疑断狱，颇合情理，突出了包拯明断是非的智慧。作品对倚强凌弱、欺诈浇薄的社会风气以及吏治的黑暗，也作了揭露。这种审判二母夺一子的类型故事，在古代印度、希腊、罗马等国家也有流传。此剧于19世纪下半叶流传国外，有英、法、德文的多种译本，德国现代著名戏剧家布莱希特还将之改编为《高加索灰栏记》。

二、阙名的《陈州粜米》

阙名的《陈州粜米》杂剧，写陈州大旱三年，朝廷派权豪子弟刘得中、杨金吾前往救灾。刘、杨二人借机大肆搜刮，并用敕赐紫金锤打死灾民张憋古。张子小憋古上告开封府，府尹包拯微服私访，查明真相，为受难者雪冤。作品再现了元代贫苦百姓在天灾人祸交迫下的不幸遭遇。剧作第一折写张憋古同刘、杨等权豪势要的冲突，歌颂了他义无反顾的斗争勇气和宁死不屈的顽强精神。他说："他若是将咱刁蹬，休道我不敢掀腾。柔软莫过溪涧水，到了不平地上也高声!"（第一折《混江龙》）喊出了被压迫人民的心声。剧作着力刻画包拯刚直不阿、疾恶如仇的性格特征，也细致地描写他在奸邪当道时复杂的内心矛盾。他历尽宦海沉浮，想要急流勇退，产生过辞官归隐的念头。但当他看到现实生活中权豪势要横行不法，穷苦百姓受苦受难，他又下决心要"为百姓每分忧"，与权豪势要作斗争。剧作还描绘了包拯幽默风趣和平易近人的品格。第三折包拯乔装私访的一段表演，洋溢着民间喜剧色彩。第四折计斩杨金吾，让小憋古锤打刘得中，为张憋古报仇，既表现了包拯的智慧，也寄托着人民的理想。全剧结构严谨精巧，人物刻画生动细腻，曲词流畅圆润，宾白质朴平易，且颇富豪迈凌厉之气，具有强烈的艺术魅力。

三、郑廷玉的《看钱奴》

元前期家庭剧的代表作家是郑廷玉，他的剧作大多揭露了贫富不均、贫富对立的社会现象，批判了富人的为富不仁，描绘了在金钱腐蚀下的人情冷暖和世态炎凉，同时也充满了浓重的宿命论思想。郑廷玉的代表作《看钱奴》杂剧，是一部著名的社会讽刺喜剧。作品描写了由穷变富的贾仁为富不仁的行为和周荣甫一家的命运转折，贯穿了"贫与富前定不能移"（第四折）的宿命论说教。在这种宿命的框架中，作品装进了深刻的现实内容，入木三分地刻画了贾仁的刻薄和悭吝。贾仁富可敌国却一毛不拔，他买了穷秀才周荣甫的儿子，反倒向周荣甫索要"恩养钱"。他因为买鸭揩油，被狗舔了指头，一气成病，临死还嘱咐他的儿子用马槽作棺材发送。作者运用讽刺喜剧的夸张手法，淋漓尽致地揭露了这一守财奴为富不仁的本性、贪婪悭吝的心理和伪善狡诈的手段。

四、秦简夫的《东堂老》

元前期有一些家庭剧，通过对封建家庭关系的描写，极力宣扬封建伦理道德，如武汉臣的《老生儿》杂剧、张国宾的《汗衫记》杂剧等。这种创作倾向在元代后期更是甚嚣尘上，尤以秦简夫的杂剧作品最为突出，他现存的《东堂老》、《赵礼让肥》、《剪发待宾》三种杂剧，都是家庭伦理剧。

《东堂老》杂剧是秦简夫的代表作，写扬州富商赵国器之子扬州奴，在父亲死后，浪荡成性，挥霍无度，将家产荡尽，沦为乞丐。其父生前好友东堂老李实，受亡友之托，对扬州奴苦心教诲和帮助，使他痛改前非，终于浪子回头，重振家业。作品歌颂了东堂老忠于朋友的信义行为，并意图通过扬州奴的形象，劝谕败家子弟引以为戒。在具体的描写中，作品反映了元代市民阶层的生活，特别是描写了商人对经商事业的自豪感，及其“为蝇头努力去争”、“万苦千辛积攒成”的发家经历（第二折《滚绣球》），具有鲜明的时代特色。后期杂剧作家大多采正史笔记故事为题材，秦简夫此剧却立足于现实生活，写出商人的独特风貌，的确难能可贵。此剧结构紧凑，形象鲜明，曲词本色当行，描写委曲尽致，堪称元杂剧后期佳作。

第八节 历史剧述略

一、纪君祥的《赵氏孤儿》

元杂剧里有不少以历代军事、政治斗争或文人生活为题材的历史剧。前期历史剧，有的流露出金、宋文人士大夫的故国之思，有的表达了古代人民的英雄主义精神，有的总结历史经验教训，大多带有强烈的现实感。其中纪君祥的《赵氏孤儿》杂剧成就最高，18 世纪还被译为法文和英文，介绍到国外。

学术轶事

《赵氏孤儿》的海外改编演出

1731 年，法国耶稣会传教士马若瑟（J. M. Premare）在中国广州把《赵氏孤儿》译成了法文，该译本由传教士杜布鲁斯（DoBrossy）带回法国，1735 年全文发表在耶稣会会士杜哈德（J. B. DuHalde）编辑的《中华帝国全志》第 3 期上。1755 年巴黎阿·帕金出版社出版了单行本。在 18 世纪里，马若瑟的译文广为流传，英译本、德译本、俄译本相继问世。《赵氏孤儿》还四度被改编上演：1741 年英国哈切特（William Hatchett）的《历史悲剧：中国孤儿》，1752 年意大利麦太斯太西渥（Matastasio）的《中国英雄》，1755 年法国伏尔泰（Voltaire）的《中国孤儿》，和 1759 年英国阿瑟·谋飞（Arthur Murphy）的《中国孤儿》。

《赵氏孤儿》杂剧现存两种传本，一是《元刊杂剧三十种》本，一是《元曲选》本（《酹江集》本基本同于《元曲选》本）。两种版本颇有出入，前者四折，后者五折，曲文也多有差异，前者更接近原作风貌。剧作本于《左传》、《史记》，把晋灵公欲杀赵盾和晋景公诛赵族这两个相隔多年的事件捏合在一起，增添变动了若干情节，着力歌颂了韩厥、公孙杵臼、程婴等人为了保存赵孤，不惜自我牺牲或忍辱负重，前仆后继、不屈不挠地同恶势力作殊死的斗争。韩厥在得知程婴带着赵孤要逃出宫门时，自忖“我若献利便图名分，便是安自己损他人”，于是自刎而死。公孙杵臼倡言：“见义不为非为勇，言而无信成何用。”义无反顾地献身救孤。而程婴不仅牺牲自己的儿子，以“救晋国小儿之命”，而且担下告密卖友的恶名，忍辱负重抚养赵孤成人，表现出沉着、坚毅的性格特点。这是一部正气浩然的悲剧。王国维评论《窦娥冤》和《赵氏孤儿》两部杂剧说：“剧中虽有恶人交构其间，而其蹈汤赴火者，仍出于其主人翁之意志，即列之于世界大悲剧中，亦无愧色也。”（《宋元戏曲考》）剧作还塑造了屠岸贾这样一个邪恶、凶残和阴险的反面形象，并且把“晋灵公江山合是休”的原因，直接归咎于晋灵公和朝廷本身，抒发了“如今普天下居民个个唻”的满腔怨愤，曲折地表达出作者对元代黑暗统治的批判。剧中张扬的强烈复仇精神，和对“赵家”的依恋之情、对“存赵孤”的热切愿望，则多少流露出作者忠宋恋宋的政治感情。全剧结构紧凑、简练，曲词刚健、本色。

二、康进之的《李逵负荆》

前期历史剧中有大量的“水浒戏”，这是十分突出的现象。宋江起义本是北宋宣和年间（1119—1125）发生的真实的历史事件，后来在民间广为流传，派生出许多传说故事。元代水浒戏都是取材于民间传说的，并且都是借水浒英雄扶贫济弱、除暴安良、为平民百姓伸张正义，来表达人民群众的理想和愿望的。因此，更准确地说，水浒戏是一种变形的社会剧。水浒戏中最著名的是康进之的《李逵负荆》杂剧。

《李逵负荆》杂剧写李逵听说酒店老板王林的女儿满堂娇被抢，误以为是宋江和鲁智深干的，愤而大闹聚义堂。后来发现是误会，李逵负荆请罪，还亲手捉了歹徒宋刚和鲁智恩。剧作歌颂了水浒英雄正义的“聚义”事业，强调“替天行道”是为了“救生民”，描写了水浒英雄与人民群众的血肉关系。特别是塑造了李逵这个有强烈正义感，疾恶如仇，勇于承担责任，而又戆直、天真、豪爽、鲁莽的形象，成为一个光彩照人的正面喜剧人物，非常出色动人。全剧由误会造成的冲突建立在人物性格的真实性和生活的必然性上，既一波三折，又入情入理。全剧四折，开合自如，张弛有序，冷热交替，疏密相间，简洁明快，浑然天成。曲词本色、风趣，明人孟称舜评道：“曲语句句当行，手笔绝高绝老。”（《古今名剧合选》）

三、杨梓的历史剧

元后期的历史剧与家庭剧一样，也更多地通过表彰古代“圣君贤相”、“忠臣义士”，要求恢复儒家仁政，振兴封建伦理，以挽救日益加剧的社会危机。这可以杨梓（？—1327）的《霍光鬼谏》、《豫让吞炭》两部杂剧为代表。《霍光鬼谏》杂剧取材于《汉书·霍光传》，写西汉大将军霍光为了辅佐汉室，呕心沥血，死后为鬼仍然大义灭亲。《豫让吞炭》杂剧取材于《史记·刺客列传》，叙晋国智伯的家将豫让为主报仇，竟不惜漆身、吞炭，以避人耳目。这两部作品歌颂了霍光和豫让“为主忘身”、“为臣尽忠”的道德精神，格调慷慨壮烈。霍光说：“与皇家出气力，使杀我也死而无怨。”（第二折《粉蝶儿》）在他们身上渲染了浓厚的孤臣孽子的色彩。作品痛斥那些“油鬏髻上封官，粉鼻凹里受宣”（《霍光鬼谏》第二折《斗鹌鹑》）的宠臣们败坏朝纲，要求君王“去暴除邪，发政施仁”（《豫让吞炭》第一折《鹊踏枝》），以挽救岌岌可危的政局。

四、郑光祖的历史剧

此外，郑光祖的《周公摄政》杂剧取材于《史记·鲁周公世家》，写周武王死后，周公辅佐成王的故事，表达了对仁政理想的追求和对贤臣义士的赞扬。《三战吕布》杂剧以《三国志平话》中的相关段落为蓝本，颂扬刘备、关羽、张飞三人的英勇无敌，嘲笑孙坚的低能可笑，充满浓郁的民间气息。

元前期历史剧中以前代文人事迹为题材的作品，如王伯成的《贬夜郎》杂剧写李白、费唐臣的《贬黄州》杂剧写苏轼，都多少流露出文人对于前途的绝望情绪和鲜明的归隐思想。而后期杂剧却着重表现文人对仕途黑暗的怨愤和对功名富贵的热望，代表作有郑光祖的《王粲登楼》和宫天挺的《范张鸡黍》。

郑光祖的《王粲登楼》杂剧，是据东汉末王粲在荆州依附刘表时意不自得，作《登楼赋》的故事，加以虚构敷演而成，与阙名《冻苏秦》、《举案齐眉》两部杂剧，同为故辱穷交、逼使进取的类型故事。剧作第三折写王粲落魄荆州时登楼赋诗，抒发了游子飘零、怀才不遇的心情，表达了元代后期文人的心声，意象悲壮高远，情感真挚动人，受到后人推崇。

五、宫天挺的《范张鸡黍》

宫天挺《范张鸡黍》杂剧现存元刊本。该剧取材于《后汉书·范式传》，写东汉国子监生范式与张劭的生死友谊故事。剧中插入一个虚构人物王韬（字仲略），借以揭露官场与考场的暗无天日。剧中范式以愤激态度对“选法弊坏”、“豺狼当道”的现实进行了猛烈的抨击：“满目奸邪，天丧斯文也！今日个秀才每遭逢着末劫。”（第二折《一枝花》）他对权豪把持仕途极为不满：“如今国子监助教的，尚书做主人；秘书监著作的，参政是丈人；翰林院应奉的，左丞家舍人。”（第一折《那吒令》）愤激之情，溢于言表：“有一日天打算衣绝禄尽，着这个吊脊抽筋。”（同上《六幺序·幺篇》）言词极为尖锐。他痛心地指出：“士大夫尚风节，恰便似寸草将来撞巨钟，枉自摧折。”（第二折《梁州第七》）

但剧作仍然期待着功名仕进，相信朝廷最终能够合理地起用贤士，恢复纲常："三公若是无伊、吕，四海谁知有范、张?"（第四折《耍孩儿》）死了张劭，"损折了那一条白玉擎天柱"；起用了孔仲山，"赔与这万丈黄金架海梁"（同上《九煞》）。这表现了科举复行后的文人心态。剧作曲词激越豪放，笔力遒劲，明人朱权评道："其词锋颖犀利，神彩烨然，若揵翮摩空，下视林薮，使狐兔缩颈于蓬棘之势。"（《太和正音谱》）

【温故知新】

北曲杂剧　结构体制　音乐体制　永嘉杂剧　历史剧　爱情婚姻剧　关汉卿　白朴　马致远　郑光祖

【请你思考】

1. 对于杂剧的剧本体制，学界都从哪些方面进行了探讨？
2. 关汉卿的爱情婚姻剧所蕴涵的社会意义为何？
3. 与其他历史剧相比，关汉卿在其戏曲中对历史的探讨有哪些独特的视角？
4. 元代的社会剧及其所体现出的社会问题与元代剧作家的独特身份地位有何关系？

【推荐阅读】

蓝立蓂校注．汇校详注关汉卿集．北京：中华书局，2006

[日] 吉川幸次郎．郑清茂译．元杂剧研究．台北：艺文印书馆，1987

马显慈．关汉卿白朴马致远三家散曲之比较研究．北京：中华书局，2004

叶长海主编．张福海等撰稿．中国戏剧研究．福州：福建人民出版社，2006

赵建坤．关汉卿研究学术史．广州：中山大学出版社，2008

陈建华．元杂剧批评史论．济南：齐鲁书社，2009

第五章 戏文和话本的崛起

【导读】

南宋初年，在东南沿海一带出现了南曲戏文。入元以后，南曲戏文在南方民间流传盛广。但是从总体上看，在元代，南曲戏文未能像北曲杂剧那样产生大量著名的作家、作品，并在文学艺术领域中造成巨大的声势。从13世纪至14世纪，南曲戏文主要流行于南方民间，在民间文化丰沃的土壤上滋生蔓长，为明代戏曲的再度繁荣积蓄着丰厚的艺术资源。南曲戏文中大量的作品以爱情婚姻故事为主要题材，此外还有社会剧、历史剧、神仙道化剧等，这些作品大都融入了这200年间平民百姓的思想感情、道德观念和理想愿望，有些作品还渗透了文人士大夫的审美情趣。

说话艺术在北宋时期已开始流行于坊间，至南宋始大盛。入元以后，说话特别是讲史更趋风行。现存的宋代小说话本和讲史平话，多为元代刊刻或经元人修润，所以一般被文学史家概称为“宋元话本”。流传至今的宋元时期小说话本和讲史平话作品，大多文词朴拙，情节简略，基本上还是说话艺术的附庸。但是，宋元小说话本和讲史平话毕竟开创了文人传统和民间传统交相融汇的小说创作道路，为明清时期小说创作的兴盛奠定了坚固的基石。

第一节
南戏的演变与体制

一、南戏在南宋的流行及其特点

概念解析

南戏

宋元时期流行于东南沿海一带的南曲戏剧，简称为南戏；南戏作品，则通称为戏文。明人何良俊说："金、元人呼北戏为杂剧，南戏为戏文。"（《四友斋丛说》卷三十七）

南戏由流行于宫廷和民间的杂剧、唱赚、词、歌舞戏、南方民间乐曲等综合发展而来，大约在12世纪20年代时由温州（今属浙江）一带的艺人创立，到12世纪90年代已流传到南宋都城临安（今浙江杭州），并盛行于今浙江、福建沿海。祝允明（1460—1526）说："南戏出于宣和（1119—1125）之后，南渡之际，谓之'温州杂剧'。予见旧牒，其时有赵闳夫榜禁，颇述名目，如《赵贞女蔡二郎》等，亦不甚多。"（《猥谈》）赵闳夫是宋光宗赵惇（1190—1194在位）的同宗兄弟，他发榜文禁止南戏演出，说明光宗时南戏已有较大的影响。徐渭也说："南戏始于宋光宗朝（1190—1194），永嘉（按，温州古称永嘉）人所作《赵贞女》、《王魁》实首之。……或云：宣和间已滥觞，其盛行则自南渡。"（《南词叙录》）

北宋时期，汴梁（今河南开封）等城市社会繁荣，经济发达，出现许多勾栏瓦舍等演出场所，为众多的民间伎艺提供了有利条件。自南渡之后，宋室定都临安，宗室勋戚、文武百官纷纷南迁。温州是南宋除杭州以外最繁华富庶的商业都市，宋高宗（1127—1162在位）在南渡之初，曾有五年时间在温州居留。随着朝廷南迁，诸色艺人纷至沓来，各种民间伎艺云集于温州，一个新的艺术形式——南曲戏文，也就在这样的土壤中孕育、萌发并发展起来。到了南宋末年，南戏更扩展到江西南丰等处，元人刘埙（1240—1319）说："至咸淳（1265—1274），永嘉戏曲出，泼少年化之，而后淫哇盛，正音歇。"（《水云村稿》卷四《词人吴用章传》）可知当时戏文颇受民众的欢迎，但文人士大夫却把它排斥在"正音"之外（见琐非复初《中原音韵序》，周德清《中原音韵》卷首）。

南戏在南宋时流行于东南沿海一带，在不同地区有不同名称，戏曲样式上也不尽相同，但都共同地丰富了南戏的剧本和演出形式。各地区流行的南戏大多是一种戏曲雏形，采用的乐曲“则宋人词而益以里巷歌谣，不叶宫调”（徐渭《南词叙录》）。其中最成熟的、对南戏艺术形式影响最大的是温州杂剧。现在确知为宋人作的戏文作品，有《赵贞女蔡二郎》、《王魁负桂英》、《风流王焕贺怜怜》、《韫玉传奇》、《乐昌公主破镜重圆》和《张协状元》等六种。《张协状元》现有《永乐大典戏文三种》本，标有“温州书会”字样，它的产生年代甚至早于关汉卿的杂剧，有助于考察中国古典戏曲艺术的早期形态。宋人戏文大都出自书会才人之手，“故士夫罕有留意者”（徐渭《南词叙录》）。当北方关汉卿、白朴、王实甫等具有高度文化水平的作家投身于杂剧创作，使北方的杂剧出现杰作纷呈局面的时候，南方的戏文却仍然处于稚拙的阶段，艺术水平未能得到提高。

二、南戏在元前期的流行及其特点

元灭南宋后，随着北方的政治、军事势力进入南方，北曲杂剧的影响也迅速扩展到长江以南，以其新鲜的内容和精练的形式，获得了南方观众的青睐。而南方戏文“语多鄙下，不若北之有名人题咏也”（徐渭《南词叙录》），因此较之具有高度文学性的杂剧，显然相形见绌。而且，由于元朝统治者的民族歧视和专制禁锢，南戏在元代初期一度受到压制和忽视，有些文人甚至贬称南戏为“亡国搬戏之呼吸”（周德清《中原音韵》卷下）。于是，南戏在元初曾一度衰落。虞集说：“自是北乐府出，一洗东南习俗之陋。”（《中原音韵序》，周德清《中原音韵》卷首）徐渭也说：“元初，北方杂剧流入南徼，一时靡然成风，宋词遂绝，而南戏亦衰。”（《南词叙录》）

但是，由于南戏植根于南方民间文化的土壤，因此并不因为统治者的压制和文人的鄙夷而消绝，相反地，南戏在14世纪上半叶又有了新的发展，显示出其强大的生命力。从元代流行的南戏剧目看，近人钱南扬《戏文概论》收录“宋元戏文二百三十八本”，大部分既非作于南宋，也非作于元末，而是元末以前的作品。从编剧活动看，元时杭州有编《小孙屠》戏文的“古杭书会”、“武林书会”，温州有编《白兔记》戏文的“永嘉书会”，有编《蟠桃会》戏文的“敬仙书会”，可见当时有大批书会才人从事南戏的编撰创作。清张大复《寒山堂新定九宫十三摄南曲谱·谱选总目》记载《牧羊记》戏文为马致远作，恐怕不确实。但该书记载《金鼠银猫李宝闲花记》戏文为“大都邓聚德著”，又记邓氏《三十六琐骨》戏文为“隆福寺刻本”，这应有所依据，说明当时不仅有北人制作戏文，并且大都的书坊也刻印戏文。从演出活动看，元时南戏曾在大都和一些地区广泛流传演出。元初周密《癸辛杂识》别集卷上记载，温州乐清县恶霸和尚祖杰，在乡里横行霸道，甚至“刳妇人之孕以观男女”。广大民众“旁观不平，惟恐其漏网也，乃撰戏文，以广其事。后众言难掩，遂毙之于狱”。成书于泰定年间（1324—1328）的周德清《中原音韵》卷下，在谈到唱曲之法时说：“逐一字调平、上、去、入，必须极力念之，悉如今之搬演南宋戏文唱念声腔。”元末夏庭芝《青楼集》记述演员龙楼景、丹墀秀“专工南戏”，芙蓉秀杂剧与南戏兼工。由此可见，南戏在元朝仍然得到进一步的发展。

三、南戏在元后期的兴盛

到了14世纪中叶，由于戏曲创作和演出活动的重心已经移到了南方，由于南戏吸收了北曲杂剧的艺术经验，也由于南戏自身的艺术形式具有优于北曲杂剧的长处，“忽又亲南而疏北，作者猬兴”（《南词叙录》），南戏渐渐有压倒北曲杂剧的势头。而且，文人作家开始涉足于戏文的写作。据《录鬼簿》记载，元后期沈和甫（生卒年不详）有《欢喜冤家》戏文，“南北调合腔”，“是梨园南北分司”；杂剧作家萧德祥也是“有南曲，街市盛行。又有南戏文”，如《小孙屠没兴遭盆吊》戏文。北曲作家贯云石、杨梓等，也参与了南戏唱腔的改进工作（见姚桐寿《乐郊私语》）。这一时期，“四大南戏”——“荆刘拜杀”（《荆钗记》、《刘知远白兔记》、《拜月亭》、《杀狗记》），以及被后人誉为“曲祖”（明魏良辅《曲律》）、“南曲之宗”（清黄图珌《看山阁集闲笔》）的《琵琶记》先后问世，标志着南戏正逐渐走向兴盛时期。

四、南戏的体制

南戏的体制在元代末年逐步定型，其特点是比北曲杂剧更为灵活。在剧本结构体制上，南戏结构庞大，一部剧本往往十多出或几十出，篇幅长短自由，便于表现比较复杂的故事；一出相当于现代戏剧的一场，每出例有下场诗，重要人物上场时先唱引子，继之以一段自我介绍的长白，叫做定场白。在音乐体制上，一出用多宫调的曲子组成多套曲，每套大抵三、五曲，“曲之次第，须用声相邻以为一套，其间亦自有类辈，不可乱也”（徐渭《南词叙录》）；每套曲词的组织，一般有引子、过曲和尾声；一出中的曲子，不限通押一韵；上场的各种角色皆可司唱，演唱形式非常灵活，有独唱、复唱、接唱、合唱、分唱、轮唱、对唱等；多用南曲，也杂用北曲，称“南北合套”；乐器伴奏以鼓板为主，而不像北曲那样以弦索为主。在角色体制上，以生（男主角）、旦（女主角）为主，还有净、末、丑、外、贴等角色。随着南戏的流行，元末至明中叶，在不同地区先后出现了不同的声腔剧种，如弋阳腔、余姚腔、海盐腔、昆山腔等。明代传奇戏曲大体上沿用了南戏的戏曲剧本体制。

第二节
“荆刘拜杀”及其他

一、宋元南戏的总体特征

据钱南扬统计，宋元戏文存目大约有二百三十八种，其中现有全本流传的有十九种，仅存佚曲的有一百三十四种，完全失传的有八十六种（见《戏文概论·剧本第三》）。

北曲的风格高亢劲切，而南曲的风格则清柔婉转。因此，南曲戏文相对来说更适合于表现情意缠绵的故事。从现存曲目看，宋元戏文作品中表现爱情婚姻和家庭纠纷的题材占最大部分，而表现金戈铁马的英雄题材则极为罕见。显然，南曲音乐的特点影响并且制约了剧作家的创作倾向。

☞多学一点

徐渭论南北曲风

徐渭说："听北曲使人神气鹰扬，毛发洒淅，足以作人勇往之志，信胡人之善于鼓怒也，所谓'其声噍杀以立怨'是已。南曲则纡徐绵眇，流丽婉转，使人飘飘然丧其所守而不自觉，信南方之柔媚也，所谓'亡国之音哀以思'是已。"（《南词叙录》）

宋元戏文作品大多出于民间艺人之手，语言和技巧都较为稚拙。这些作品在长期的传演过程中，经过艺人和书会才人的不断修改和改编，往往没有明确的作者，也没有定本，演员和戏班往往按各自的理解改编演出。所以，宋元戏文大多属于无名氏集体创作的作品，作品的情节和内容往往也在流传过程中因时因地而变化。这种不断改编的情况在明代仍然存在，留存至今的宋元戏文剧本，除《张协状元》、《宦门子弟错立身》、《小孙屠》和《琵琶记》等几种外，大多是明代中后期的刻本，都或多或少地经过明人改写，已经不是宋元旧貌了。

二、"四大南戏"

约在14世纪中叶，出现了所谓"四大南戏"——《荆钗记》、《刘知远白兔记》、《拜月亭》、《杀狗记》，简称"荆刘拜杀"。

☞多学一点

《曲海总目提要》论四大南戏

《曲海总目提要》卷四"白兔"条说："元明以来，相传院本上乘，皆曰'荆刘拜杀'……乐府家推此数种，以为高压群流。……盖以其指事道情，能与人说话相似，不假词采绚饰，自然成韵，犹论文者谓西汉文能以文言道世事也。"

（一）《荆钗记》

《荆钗记》旧题丹邱生作，一般认为丹邱生即柯丹邱（生卒年不详），据明清之际张大复《寒山堂曲谱·谱选总目》注，他是"吴门学究"，"敬先书会"的才人。徐渭《南词叙录》则认为是无名氏作。这部戏文大约在南宋末已经编成，后来经过不断改编。今存多种明刻本，均经过明人改造。其中以影抄明嘉靖间（1522—1566）姑苏叶氏所刻温泉子编集、梦仙子校正的《原本王状元荆钗记》，及署“游星源重订”的明万历间世德堂刻本，比较接近元代剧本的面貌。

《荆钗记》叙钱玉莲鄙弃温州首富孙汝权的求聘，宁愿嫁与一贫如洗、以荆钗为聘的书生王十朋。婚后半年，十朋赴京考中状元，因拒绝丞相逼婚，被改调烟瘴之地潮阳任职。孙汝权偷改十朋家书为“休书”，继续纠缠玉莲。后母逼迫玉莲改嫁，玉莲不从，投河遇救，随恩人远去他乡。十朋闻玉莲死讯，决意终身不再娶。玉莲误听十朋病亡噩耗，也执意不再嫁。数年后，二人在吉安（今属江西）重逢，夫妻团圆。自科举给贫寒士子开辟进身之途以后，尤其是两宋时期，士人新贵大批出现，富贵易妻成了一个相当普遍的社会问题，引起平民百姓的关注，因而宋元戏文中出现了一批批判男子负心的作品，如《赵贞女蔡二郎》、《王魁负桂英》、《张协状元》等。而《荆钗记》则歌颂了王、钱二人坚贞不渝的爱情，描写了他们对黑暗势力的顽强抗争，为人们树立了正面的典范。剧中涉及如何对待贫贱，如何对待富贵，如何处理夫妻关系、继母与前妻子女的关系等等问题，这些都是古代平民百姓深为关切的社会问题。

《荆钗记》全剧情节结构颇为精巧，利用荆钗这一道具贯穿全剧，层次分明地展开戏剧冲突，因而“以情节关目胜”（明徐复祚《曲论》），适宜于舞台的表演。《荆钗记》文词质朴自然，明王世贞评它“近俗而时动人”（《艺苑卮言》），吕天成说它“以真切之调写真切之情，情文相生，最不易及”（《曲品》卷上）。

（二）《刘知远白兔记》

《刘知远白兔记》为永嘉书会才人编撰，在今传本中，以明成化间刊本《新编刘知远还乡白兔记》保存古本原貌较好。剧写后汉开国皇帝刘知远（暠）幼年丧父，为李文奎家佣工，李见他相貌不凡，将女儿三娘许配给他。文奎夫妇去世后，三娘兄嫂不容，知远被迫弃家投军，被岳节度使招赘为婿，带兵平寇，成就功名。三娘不肯改嫁，遭受兄嫂虐待，日挑水，夜推磨。她在磨房咬脐产子，托窦公送往军营。十六年后，咬脐郎猎白兔，偶遇三娘，母子夫妻得以团圆。

刘知远和李三娘的故事不见正史，当系传说，早已在民间说唱艺术中传播，宋话本有《五代史平话》，金代有《刘知远诸宫调》。该剧重写这一传说故事，成功地塑造了受尽磨难而坚强不屈、矢志不二的李三娘形象，对刘知远贫穷时受到的凌辱与欺侮也有较生动的描写，而对他见利忘义、负情三娘的行为则有所讽刺。该剧本还鞭挞了三娘兄嫂势利、贪婪和残忍的品行。剧中的“发迹变泰”思想，在宋元动乱时代里有着深广的影响。该剧富有民间文学的特色，如《报社》、《祭赛》、《保禳》等出，还保存着一些古代农村风俗的情趣。《白兔记》文词朴实流畅，明吕天成评道：“词极古质，味亦恬然，古色可挹。”（《曲品》卷上）

（三）《拜月亭》

在“四大南戏”中，《拜月亭》的艺术成就最高。《拜月亭》的作者一般被认为是元人施君美（生卒年不详），但明吕天成《曲品》说："云此记出施君美笔，亦无的据。"该剧的元人旧本已经不存，今存本中，以明万历间（1573—1620）世德堂刊本《新刊重订出相附释标注拜月亭记》，较近古本原貌，剧终说"书府番誊燕都旧本"（《尾声》），可知它是根据关汉卿同名杂剧改编而成的。其他明代传本，如容与堂本、汲古阁本等，经明人改动较大，戏名也改题作《幽闺记》。

《拜月亭》写金朝末年，蒙古兵南下，金迁都汴梁。兵部尚书王镇的女儿瑞兰在逃难时与母亲失散，邂逅书生蒋世隆，结为夫妇。后与王镇在招商店相遇，夫妇二人被强行拆散，瑞兰随父归家，思念丈夫，焚香拜月，祷祝重聚。最后蒋世隆考中状元，与瑞兰破镜重圆。剧作着力描写蒋、王二人在患难相扶、生死与共中建立起来的纯洁、坚贞的爱情，指斥"倚势仗权，将夫妻苦苦拆散"的王镇为忘恩负义。作品提倡不以贫富为转移的婚姻观，批判以门第为标准的婚姻观，具有浓厚的民间文化色彩。

《拜月亭》的情节起伏跌宕，关目生动。在悲剧性的事件中，巧妙地插入巧合、误会的喜剧关目和机智有趣的对话，使全剧带上喜剧的色彩。如写乱离中兄妹、母女惊慌失散，瑞兰、瑞莲音近，世隆喊妹"瑞莲"，瑞兰误以为母亲喊她，结果与世隆相遇，在旷野中举目无亲的情况下，只得要求与世隆同行；而王夫人喊"瑞兰"，却喊来了瑞莲，两人同病相怜，认了母女。正是这种巧合，使人物的命运发生了始料不及的变化。剧作善于用喜剧手法处理这场具有悲剧性质的戏剧冲突，全剧交织着悲剧气氛与喜剧色彩，充满浓郁的诗情画意。《走雨错认》、《招商成亲》、《幽闺拜月》等出，洋溢着幽默风趣的喜剧情调，历代盛演不衰。《拜月亭》的人物刻画相当成功。特别是对王瑞兰内心的微妙活动以及矛盾心理的描写，更显得细致入微而又富于喜剧性。在旷野中孤零无依时，她无法顾忌自己的身份，只能央求蒋世隆挈带同行，甚至主动提出了"权说是夫妻"的建议；但到达旅舍，当世隆正式提出成亲要求时，她心中愿意，却又故作回避，表现得十分矜持。这是符合尚书小姐的身份和性格的。

《拜月亭》的语言本色天然，吕天成《曲品》评为"天然本色之句，往往见宝，遂开临川玉茗（按，指汤显祖）之派"。李贽在容与堂刊本的总批中也说："曲白都近自然，委疑天造，岂曰人工！"并认为："以配《西厢》，不妨相追逐也。"

(四)《杀狗记》

《杀狗记》相传为元末明初人徐畛（生卒年不详）编撰。但元代南戏《宦门子弟错立身》中已提到《杀狗劝夫婿》，所以徐氏或许是此剧在元末的改编写定者。《杀狗记》元人旧本已佚，只有明嘉靖间刊刻的戏曲选集《风月锦囊》中摘录的几段曲文，尚近旧貌。今存全本只有《六十种曲》本一种，经过明代多人改订。元代有阙名《杀狗劝夫》杂剧，现存《元曲选》本，情节相同，有的论者认为这出南戏是据杂剧改编而成的。

《杀狗记》写财主孙华与市井小人柳龙卿、胡子传结为兄弟，受二人挑唆，把胞弟孙荣赶出家门，寄身破窑。华妻杨月贞屡劝不听，设杀狗劝夫之计，暴露结义兄弟危难时不肯相救的真面目，显示胞弟不计前嫌的情谊，这才使孙华幡然悔悟。于是兄弟和好，共受旌表。剧本提倡"亲睦为本"、"孝友为先"、"妻贤夫祸少"，以宣扬封建伦理道德为主旨，赞美恪守妇道而又能劝夫改过的贤妇，事兄如事父、被逐无怨言的悌弟，以及忠心事主的义仆，充满封建宗法礼教气息。但剧作对封建宗法家庭的矛盾和封建家长的专横有所揭露，其警诫世人不可妄交酒肉朋友，也有一定的社会意义。剧本对柳龙卿、胡子传的游手好闲、招摇撞骗，描绘得颇为生动。语言通俗质朴，但过于俚俗，保持着浓厚的民间色彩。

第三节 《琵琶记》的创新

一、版本与剧情

宋元戏文的杰作，是高明的《琵琶记》。《琵琶记》约作于至正十五年（1355）左右。该剧原本已不存，现存明代刻本十多种，大都经过明人加工，主要有两个系统：一是比较接近原貌的“古本”系统，有清陆贻典抄本明嘉靖间《新刊元本蔡伯喈琵琶记》、明嘉靖间刻《新刊巾箱蔡伯喈琵琶记》、明嘉靖间刻《风月锦囊》摘汇本《蔡伯喈》等；一为昆山腔演唱本系统，经过明人较大的修改，晚明以后流行的刻本均属这一系统。剧作写蔡伯喈同赵五娘新婚两个月，便奉父命赴京应试。伯喈一举中状元，牛丞相奉旨，强行召其为婿。这时家乡陈留郡正遭天旱，赵五娘自食糠秕，以米粥侍奉公婆，公婆恸心，憔悴而亡。五娘将公婆安葬后，一路弹唱琵琶，上京寻夫。最后一夫二妻大团圆，庐墓旌表。

《琵琶记》插图

《柳絮帘栊梨花庭院》

《琵琶记》故事在南宋时已流传民间，南宋诗人陆游听过盲艺人演唱鼓儿词《蔡中郎》，当时还有戏文《赵贞女蔡二郎》的演出。此外，金院本有《蔡伯喈》，元杂剧《金钱记》、《老生儿》、《铁拐李》、《刘弘嫁婢》、《村乐堂》等作品中，也曾一再提及“守三贞赵贞女，罗裙包土将那坟茔建”的“典故”。

二、高明对原有故事的改写

高明在这些流传于民间的传说、戏曲、说唱的基础上，对蔡伯喈和赵五娘的故事进行了根本性的改写。

(一) 蔡伯喈形象的改写

首先，《琵琶记》重新塑造了蔡伯喈形象，把他从故事原型中“弃亲背妇，为暴雷震死”的负心郎，改写成“全忠全孝”的孝子义夫。剧作别出心裁地构置了“三不从”的情节：蔡伯喈不愿远离父母、妻室去参加科举考试，可是却不为父亲所从，父亲要他遵守立身扬名以显父母的“大孝”，他迫不得已，上京赶考；考中状元后，蔡伯喈不愿重婚牛府，可是却不为专横跋扈的牛丞相所从，硬要将自己的女儿嫁给他；蔡伯喈被逼无奈，只好向皇帝辞官，又不为皇帝所从，强迫他在朝任职。“三不从”的情节构置深刻地发掘了蔡家悲剧的成因，蔡家的悲剧已不是蔡伯喈个人道德品质的恶劣造成的，而是父亲、牛丞相和皇帝一手制造的，由此构成全剧悲剧性的社会冲突。

☞ 多学一点

明代学者论“三不从”情节

明人李贽（1527—1602）在《丹陛陈情》一出的评语中指出：“当时若有圣君贤相，自当着他迎养，何有许多话说?”（《李卓吾批评琵琶记》）

徐渭也指出：“《琵琶》一书，纯是写怨：蔡母怨蔡公，蔡公怨儿子，赵氏怨夫婿，牛氏怨严亲，伯喈怨试、怨婚、怨及第，殆极乎怨之致矣!”（毛声山评本《第七才子书·前贤评语》）

蔡伯喈虽然因博得功名而失去了父母，但他的不孝的责任可以推卸给社会，从而使他取得心灵的平衡。但值得注意的是，“三不从”所压制的，主要是蔡伯喈对父母的孝心，而不是对妻子的忠诚。《琵琶记》的悲剧性在于，“三不从”使得蔡伯喈处处陷于违反本心却又无能为力的被动局面，从而成为一个事实上的不孝之子。在这一意义上，《琵琶记》中的蔡伯喈是夹在两种各有其合理性和不合理性的巨大势力中间，不可自主的悲剧形象。蔡伯喈充满矛盾性格，他既执拗迂阔又怯懦动摇，既满腹牢骚又因循苟且。剧作力图把他写成“全忠全孝”，但他实际的行为、心理及其后果，却是既不忠也不孝。在中国古代戏曲文学中，蔡伯喈是第一位充满矛盾性格的文人形象。这样的艺术形象有助于启发人们去思考古代社会中文人士大夫处身于道德准则和现实政治的挤压之间，那种无所适从的两难境地，从而引发出对封建伦理道德自身合理性的深刻怀疑。

（二）赵五娘形象的塑造

《琵琶记》在民间创作的基础上，成功地塑造了赵五娘形象，揭示了她善良、勤朴、坚忍、尽责的精神品质。在蔡伯喈离家以后，赵五娘挑起了维持家庭生活的重担，剧作通过籴米、吃糠、剪发等一系列情节，浓笔重墨地刻画了赵五娘克己为人、忍辱负重的精神品德，强烈地激起读者的同情和赞美。剧作让赵五娘多次自我表白"索性做个孝妇贤妻，也落得名书青史"（第九出《四朝元》之四），有意把赵五娘的贤行孝举升华、抽象为封建伦理道德，力图把赵五娘塑造成一种道德人格，借以宣扬封建伦理道德。在第一出中，高明说："不关风化体，纵好也徒然"，"休论插科打诨，也不寻宫数调，只看子孝共妻贤"。在政治腐败、社会黑暗的元代末年，高明想用封建道德作为医治社会、政治的药方。剧末说："显皇猷开盛治，共说孝男并义女。愿玉烛调和，圣主垂衣。"（第四十二出《尾声》）只要主圣相贤，子孝妻惠，社会秩序就能得到重整，这正是高明所向往的。而剧作将复兴道德的希望寄托在下层妇女身上，这种文化倾向是值得十分注意的。

学术轶事

朱元璋推重《琵琶记》

明太祖朱元璋（1328—1398）便格外看中《琵琶记》，认为这种道德风化思想有助于他巩固新政权，所以说："《五经》、《四书》，布帛菽粟也，家家皆有；高明《琵琶记》，如山珍海错，贵富家不可无。"（徐渭《南词叙录》）

在《琵琶记》里，赵五娘虽然始终是一个恪守妇道的伦理典范，但在她的内心中却始终存在着一种恐惧，生怕丈夫耽于娼女或另娶红楼女，这一心理特征使她被还原成普通的思妇形象。赵五娘形象的这种内在的分裂，显示出一个不可忽视的艺术破绽：在这部剧作里，原本的真正主角应该是被遗弃的妻子，然而她在实际上却成为死于饥饿的公婆的陪衬。剧中频繁使用对照的手法，显示都市的奢华和家乡的饥馑，特别是强烈地渲染赵五娘的一系列孝举。这些触目惊心的描写突出强调了"孝"的严肃性和严重性，使它无可置疑地成为作品中心主题。但是，赵五娘被抛弃的命运该如何处理呢？在剧中，在"孝"的主旋律的激昂慷慨之中，在蔡伯喈对父母的内疚和自责之中，甚至在赵五娘本人忘我的孝行中，她被丈夫遗弃的命运几乎被所有的人遗忘了，成为一个不引人注目的陪衬性事件。而这正是《琵琶记》的改写所要达到的主要目的——传统主题的置换，将婚变的主题置换为孝道的主题。

（三）新立意下的改写

就其立意而言，《琵琶记》与《西厢记》有一种深层意义上的默契：既要彻底改写原来的故事，又要尽可能地切断同改写前故事的联系。第二个步骤之所以必不可少，是因为在指控—辩解这样一个格局中，处于辩解的地位是非常不利的。所以，这两部作品都致力于改变指控—辩解的格局，尽量使辩解成为不必要的事情。如果说《西厢记》的修辞策略是“压抑”的话，那么《琵琶记》为实现同一目标而采取的策略却是“置换”。《西厢记》利用张君瑞在爱情中的被动性，将责任推给女人一方；而《琵琶记》则利用蔡伯喈的被动性，将男女关系（夫妻关系，性关系）置换成为男人之间的关系——父子关系、上下级关系和君臣关系。但二者转移责任的功能是一致的。这两部作品是对同一个社会问题的回应，但是其回应的方式却是将问题取消，亦即抹杀男人抛弃女人——在其深层，是士人抛弃平民——的社会问题。

然而，在《琵琶记》里却留下了一个不容忽视的裂缝：《西厢记》里的张君瑞始终是个忠贞不贰的情人，而蔡伯喈却在事实上先是停妻再娶妻，而后又娶了两个妻子。这道裂缝成为《琵琶记》道德主题的不谐和音，甚至具有解构孝道主题的隐含功能。由此可见，赵五娘被抛弃的命运的被遗忘，以及一夫二妻家庭的被认可，恰恰建立在家族文化和男性中心文化的基础上。蔡伯喈不仅仅推卸了失去父母的“不孝”罪名，而且同时还获得了“义夫”的美称，因为他最终也没有抛弃赵五娘。然而赵五娘呢？在经过剧烈的家庭变动以后，她只能屈辱地忍受一夫二妻的局面。作品在这里巧妙地利用了民众对赵五娘不幸命运的同情与怜悯，强加给赵五娘一个似乎圆满却实则残酷的大团圆结局。

三、结构与语言

为了突显“孝道”主题，《琵琶记》在结构布局上成功地运用了双线并进、交错映照的手法，以蔡伯喈和赵五娘的悲欢离合构成两条戏剧动作线索：仕途与穷途，京城与乡村，富贵与贫贱，安乐与悲苦……交错穿插，两相映照，形成强烈的对比，并逐渐把戏剧冲突推向高潮。写罢蔡父临死前大骂伯喈忤逆不孝，就写伯喈在京城自叹“他乡游子不能归，高堂父母无人管”（第二十四出《喜迁莺》）；写罢赵五娘身无分文，卖发葬公婆，场景旋即转到伯喈托拐子带金珠书信回家；写罢五娘兜土筑坟，就以伯喈对月怀亲相映衬；写罢五娘上路寻夫，就写伯喈与牛氏决意返乡省亲……这种一以贯之的往还对照，将中国戏曲自由的时空观发挥得淋漓尽致，奠定了中国戏曲流线型结构的艺术格局。这种结构布局方式近似于电影的“蒙太奇语言”，给人一种立体的、流动的、联想的审美感受，成为中国传统戏曲独特的审美特征。

在语言艺术上，《琵琶记》善于兼用通俗的口语和秀雅的文词来抒情写物，明王世贞说：“则诚所以冠绝诸剧者，不唯其琢句之工、使事之美而已，其体贴人情，委曲必尽；描写物态，仿佛如生；问答之际，了不见扭造；所以佳耳。”（《艺苑卮言》）剧作善于配合人物不同的处境以及两条戏剧线索的开展，运用两种不同风格的语言：赵五娘一线，语言本色；蔡伯喈一线，词藻华丽。这表明作者充分注意到了语言与环境、性格、心理的关系。同时，作为戏剧作品，《琵琶记》的语言也富于动作性。不少唱词、对白能与角色动作结合，成为韵味深厚的潜台词。如《赏月》一出，面对同一月色，蔡伯喈和牛氏各自发出咏叹，而“牛氏有牛氏之月，伯喈有伯喈之月。所言者月，所寓者心”（李渔《闲情偶寄》卷一），通过唱词，让观众领略到戏中人物在同一场景中相互对立的心境。但剧中有些片断，不免铺锦列绣，骈俪过重，开明代传奇戏曲作家琢句修辞之端。

分析举例

《吃糠》

剧中《吃糠》、《尝药》、《剪发》、《描容》等出，情景相生，意趣深隽，自然流畅，感人至深。如赵五娘吃糟糠时唱的曲子：

[山坡羊] 乱荒荒不丰稔的年岁，远迢迢不归来的夫婿，急煎煎不耐烦的二亲，软怯怯不济事的孤身体。苦！衣尽典，寸丝不挂体。几番拼死了奴身已，争奈没主公婆教谁看取。思之，虚飘飘命怎期？难捱，实丕丕灾共危。

[前腔] 滴溜溜难穷尽的珠泪，乱纷纷难宽解的愁绪，骨崖崖难扶持的病身，战兢兢难捱过的时和岁。这糠，我待不吃你呵，教奴怎忍饥？我待吃你呵，教奴怎生吃？思量起来，不如奴先死，图得不知他亲死时。思之，虚飘飘命怎期？难捱，实丕丕灾共危……

[孝顺歌] 呕得我肝肠痛，珠泪垂，喉咙尚兀自牢嗄住。糠那！你遭砻被舂杵，筛你簸扬你，吃尽控持。好似奴家身狼狈，千辛万苦皆经历。苦人吃着苦味，两苦相逢，可知道欲吞不去。

[前腔] 糠和米，本是相依倚，被簸作两处飞。一贱与一贵，好似奴家与夫婿，终无见期。丈夫，你便是米呵，米在他方没寻处。奴家恰便似糠呵，怎的把糠来救得人饥馁？好似儿夫出去，怎的教奴，供膳得公婆甘旨？

[前腔] 思量我生无益，死又值甚的！不如忍饥死了为怨鬼。只一件，公婆年纪老，靠奴家相依倚，只得苟活片时。片时苟活虽容易，到底日久也难相聚。谩把糠来相比，这糠呵，尚兀自有人吃，奴家的骨头，知他埋在何处？

曲中多用比兴，形象生动。

《琵琶记》是把民间文化与文人文化紧密结合的成功之作，它把南曲戏文作品提高到雅俗共赏的新境界，在戏曲文学发展史上功不可没。徐渭说：“（高明）用清丽之词，一洗作者之陋，于是村坊小伎，进与古法部相参，卓乎不可及已。”（《南词叙录》）

第四节
宋元话本的兴起

一、唐代说话与话本

概念解析

话本

话本原是说话人演讲故事所用的底本，是随着民间说话伎艺发展起来的一种文学形式。

说话这一民间伎艺早在汉魏时就出现了。说话在唐代已相当盛行，从元稹《寄白乐天代书一百韵》诗中“翰墨题名尽，光阴听话移”两句下的自注所说的《一枝花话》(《元氏长庆集》卷十)，和段成式《酉阳杂俎》续集卷四关于“市人小说”的片断记载，可以看到唐代说话艺术的一斑。从敦煌发现的资料看，唐代已出现话本，如《庐山远公话》、《韩擒虎画本》、《叶净能话》等，它们是宋元话本的先驱。

学术轶事

隋唐时的“说话”

隋代笑话集《启颜录》载，杨素手下散官侯白，以“能剧谈”而得到杨的器重，杨的儿子玄感曾对侯说：“侯秀才，可以（与）玄感说一个好话。”这是目前所知关于“说话”的最早记录。

唐郭湜《高力士外传》也提及“说话”：“每日上皇与高公亲看扫除庭院，芟薙草木，或讲经、论议、说话，虽不近文律，终冀悦圣情。”可见唐代宫中已有“说话”活动，它是取悦皇帝的一种方式。

二、宋代说话与话本

到了宋元时代，说话伎艺和话本文学渐趋成熟。在宋代汴京、杭州等工商业繁盛的都市里，为了适应市民的娱乐需要，各种瓦肆伎艺应运而生。瓦肆，也叫瓦子、瓦舍。孟元老《东京梦华录》卷二记北宋汴京的瓦子说："街南桑家瓦子，近北则中瓦，次里瓦，其中大小勾栏五十余座。内中瓦子莲花棚、牡丹棚，里瓦子夜叉棚、象棚最大，可容数千人。"周密《武林旧事》卷六记南宋杭州瓦子有23处，每个瓦子又包含若干座勾栏，如北瓦内的勾栏就有13座。在瓦肆中演出各种伎艺，其中以说话艺人的数量最多。说话艺人还有书会、"雄辩社"等组织，用以出版书籍，切磋伎艺。

概念解析

宋代说话四种"家数"

宋代说话有四种"家数"，即小说、讲史、说经、合生或说诨话，其中以小说、讲史两家为最重要，影响也最大。小说家的话本称作小说，都是短篇故事。讲史家的话本称作平话，一般篇幅较长，讲的是历史故事。还有称作"诗话"的话本，如《大唐三藏取经诗话》，与唐代变文一脉相承，应是说经话本。

说话伎艺在元代仍在流行，这从元代官方制止百姓"搬唱词话"的禁令中可以约略窥知（见《通制条格·搬词》、《元典章》"刑部"下"杂禁"、《元史·刑法志四》等）。词话并不一定只是说话，它也包括其他说唱艺术，但其中应有相当一部分属于说话。元代著名的说话艺人，有时小童母女（见夏庭芝《青楼集》）、高秀英（见王恽《秋涧先生大全集》卷七十六《鹧鸪引·赠驭说高秀英》）、朱桂英（见杨维桢《东维子文集》卷六《送朱女士桂英演史序》）、胡仲彬（见陶宗仪《南村辍耕录》卷二十七）等。据《永乐大典目录》，该书卷一万七千六百三十六至卷一万七千六百六十一，全是评话，其中大部分为元代话本，惜已佚失不传。现存的元代话本以小说和讲史两类为主，有的有元刊本传世，有的散见于《永乐大典》、小说选本和类书之中。

宋元话本是民间说话人的创作，既具有口传文学清新活泼的特色，又发扬了六朝志怪和唐传奇等古代小说的优良传统，具有鲜明的审美特性和较高的艺术价值。宋元话本在文言小说之外开辟了一个广阔的艺术天地，它是中国小说史的一个重要发展阶段，明清的白话小说是宋元话本继续发展的结果。

☞多学一点

罗烨论说话的艺术感染力

宋末元初罗烨说："说国贼怀奸从（纵）佞，遣愚夫等辈生嗔；说忠臣负屈衔冤，铁心肠也须下泪。讲鬼怪，令羽士心寒胆战；论闺怨，遣佳人绿惨红愁。说人头厮挺，令羽士快心；言两阵对圆，使雄夫壮志。谈吕相青云得路，遣才人着意群书；演霜林白日升天，教隐士如初学道。噇发迹话，使寒门发愤；讲负心底，令奸汉包羞。”（《醉翁谈录》甲集卷一《小说开辟》）

第五节 宋元小说话本

“小说”是说话中影响最大的一家。正如南宋时耐得翁所说，当时讲史的“最畏小说人，盖小说者能以一朝一代故事，顷刻间提破”（《都城纪事》）。小说家的话本，一般也称为小说。因为小说多就现实生活汲取题材，形式短小精悍，内容新鲜活泼，因此最为人们所喜欢。

一、现存宋元小说话本

宋代小说话本，据罗烨记载，从题材上分为灵怪、烟粉、传奇、公案、朴刀、杆棒、神仙、妖术等八类，并举出了《红蜘蛛》、《卓文君》、《三现身》、《十条龙》、《拦路虎》等一百零七种话本篇目（见《醉翁谈录》甲集卷一《小说开辟》）。流传至今的，《红蜘蛛》有元刻本《新编红白蜘蛛小说》残页，《三现身》当即《警世通言》卷十三《三现身包龙图断冤》，《十条龙》当即《警世通言》卷三十七《万秀娘仇报山亭儿》，《拦路虎》见于《清平山堂话本》等。《也是园书目》和《述古堂书目》（抄本）所著录的宋人词话，有《种瓜张老》、《错斩崔宁》、《西湖三塔记》、《合同文字记》、《柳耆卿玩江楼记》、《风月瑞仙亭》等；此外尚有未见著录的《快嘴李翠莲记》、《刎颈鸳鸯会》、《定山三怪》（当即《警世通言》卷十九《崔衙内白鹞招妖》）、《碾玉观音》（当即《警世通言》卷八《崔待诏生死冤家》）、《西山一窟鬼》（当即《警世通言》卷十四《一窟鬼癞道人除怪》）、《志诚张主管》（当即《警世通言》卷十六《小夫人金钱赠年少》）、《拗相公饮恨半山堂》（可见《警世通言》卷四）、《闹樊楼多情周胜仙》（可见《醒世恒言》卷十四）等，这些小说作品都见于明人编印的《清平山堂话本》和《古今小说》、《警世通言》、《醒世恒言》等书。

现存元代的小说话本，有《古今小说》中的《简帖和尚》（即《简帖僧巧骗皇甫妻》）、《宋四公大闹禁魂张》、《任孝子烈性为神》、《汪信之一死救全家》等等，以及《醒世恒言》中的《金海陵纵欲亡身》、《清平山堂话本》中的《曹伯明错勘赃记》、《万锦情林》中的《裴秀娘夜游西湖记》。[1]

二、小说话本的体制

宋元小说话本有一定的体制。其文本大体由入话、正话、结尾几个部分构成。入话是小说话本的开端部分，它有时以一首或若干首诗词“起兴”，说风景，道名胜，往往与故事的发生地点相联系，或与故事的主人公相关联；有时先以一首诗点出故事题旨，然后叙述一个与题旨相关的小故事，其行话是“权做个‘得胜头回’”，实则这个小故事与将要细述的故事有着某种类比关系。显然，入话的设置，乃是说话人为安稳入座听众、等候迟到者的一种特意安排，也含有引导听众领会“话意”的动机。正话，则是话本的主体，情节曲折，细节丰富，人物形象鲜明突出。正话之后，往往以一首诗总结故事主题，或以“话本说彻，权做散场”之类套话作结。

三、情恋婚姻类作品

现存宋元小说话本约有四十种，除了元刻本以外，大多经过明人的修改增订。这些小说话本以情恋婚姻和公案两类作品为最多，成就也最高。

以情恋婚姻为题材的小说作品，大多描写了市井细民的日常生活和普通感情，尤其是生动地刻画了下层妇女泼辣、勇敢的性格。

这类作品以《碾玉观音》和《闹樊楼多情周胜仙》为代表。《碾玉观音》的主人公璩秀秀是裱褙铺璩公的女儿，被咸安郡王买作“养娘”，后来她爱上碾玉匠崔宁，二人就趁王府失火，逃至潭州安家立业。后因郭排军告密，郡王抓回秀秀处死。然而，她的鬼魂又和崔宁在建康府同居，最后惩处了郭排军。作品中的璩秀秀为了争取人生自由和婚姻自由而努力抗争，生死不渝，形象十分鲜明。《闹樊楼多情周胜仙》的主人公周胜仙也同样表现了对爱情的大胆追求和执著热情。她在金明池畔遇到青年范二郎，借和卖水人吵架，主动向范二郎介绍自己的身世，表达了爱慕之情。她父亲因范家门户太低，不准他们结婚，她始终没有屈服。为了范二郎，她曾经死过两次，甚至做了鬼还要和范二郎相会，最后又通过五道将军，将范二郎救出监狱。

其他如《志诚张主管》（即《警世通言》卷十六《小夫人金钱赠年少》）写一个白发老人张员外的小夫人，主动追求员外店里的主管张胜，《风月瑞仙亭》写卓文君大胆地私奔司马相如，也都涂染着浓厚的平民思想色彩。而《快嘴李翠莲记》则别开生面，写李翠莲嫁给张郎为妻，因为心直口快，能说会道，不肯逆来顺受，竟敢训斥丈夫，顶撞公婆，终于被休回娘家，又为父母兄嫂所不容，只能出家当尼姑。小说中用李翠莲与他人

① 关于现存宋元小说话本的考证，可参看孙楷第：《中国通俗小说书目》“宋元部”，北京，人民文学出版社，1982；胡士莹：《话本小说概论》第七章“现存的宋人话本”和第九章“元代的说书与话本”，北京，中华书局，1980；程毅中：《宋元小说研究》第十章“宋元小说话本”，南京，江苏古籍出版社，1998。

对话的方式，插入许多段快板式的唱词，酣畅活泼，塑造了一位刚烈泼辣的下层女子形象。

四、公案类作品

公案类的作品大多揭露官场的黑暗，鞭挞堕落的世风，为民间的冤案鸣不平。

《错斩崔宁》写崔宁和陈二姐被误卷入因十五贯钱而引起的谋杀案中，结果在昏官的严刑拷打之下，招供服诬，被判处死刑。作品批判了官府的草菅人命，并告诫官吏："做官切不可率意断狱，任情用刑，也要求公平明允，道不得个死者不可复生，断者不可复续，可胜叹哉！"这个故事流传很广，清初朱素臣据以改编为传奇《双熊梦》（一名《十五贯》），在昆曲中演唱不衰。《简帖和尚》叙述皇甫松被洪和尚施计欺骗，休去妻子杨氏，洪和尚借机占有杨氏，最后由开封府钱大尹侦悉断明，淫僧伏法，皇甫夫妻重圆。作品情节曲折，生活气息浓厚，语言通俗自然，生动地刻画了洪和尚阴险毒辣的性格。《宋四公大闹禁魂张》则塑造了宋四公、赵正、侯兴、王秀等一伙侠盗，他们机智、大胆，劫富济贫，专和官府作对，为穷人伸张正义，闹得整个京师惶惶不安。他们的行动寄托着平民百姓的愿望。

宋元小说作品通篇用通俗、生动的语言叙述故事，标志着我国古代白话文体的正式出现，开创了中国文学语言发展的一个新阶段。与魏晋六朝小说和唐代传奇小说相比较，宋元小说在故事结构上更注重情节的曲折动人，在人物刻画上更讲究细节真实和心理描写，为后代的小说创作提供了宝贵的艺术经验。

第六节 宋元讲史话本和说经话本

一、讲史话本的特点

宋元讲史的话本，通称"平话"。"平话"盖指以平常口语讲述而不加弹唱，即只说不唱；作品间或穿插诗词，也只用于念诵，不施于歌唱。与小说话本不同，平话的篇幅一般较长，不可能在一天内讲完，而是分日分回讲说的。

讲史平话的内容相当广泛，宋末元初罗烨说："说征战有刘项争雄，论机谋有孙庞斗智。新话说张韩刘岳，史书讲晋宋齐梁。《三国志》诸葛亮雄材，收西夏说狄青大略。"

(《醉翁谈录》甲集卷一《小说开辟》)平话大都是根据史书敷演成篇的,受正史的正统历史观影响较大。吴自牧说影戏“其话本与讲史书者颇同,大抵真假相半”(《梦梁录》卷二十),这可以说明平话的基本特点。就现存的作品看,平话大多结构散乱,人物性格模糊,故事、情节前后不连贯,语言文白夹杂,它们可能只是当时说话的提纲或是简单的记录,因此在思想、艺术上都无法与小说话本相比。

二、宋代的讲史话本

宋代讲史家的话本现存极少。有一种《梁公九谏》,收在《士礼居丛书》,写唐代狄仁杰九次劝阻武后传位于武三思的历史故事,文字简略,可能曾经删削。另有《新编五代史平话》,据曹元忠跋说是宋刻巾箱本,但其中“每于宋讳不能尽避”(见《诵芬室丛刊》二编)。有的研究者考证该书的地名,认为该书为金人所作。① 北宋时汴梁有专说《五代史》的艺人尹常卖(见孟元老《东京梦华录》卷五),金国有说书人刘敏曾给完颜充“讲演书籍至五代梁末帝以弑逆诛友珪之事”(《三朝北盟会编》卷二百四十三),可知现存的话本应该是有所传承的。《五代史平话》的大部分文字都采自《资治通鉴》,加以改动,叙述后梁、后唐、后晋、后汉、后周五代的兴亡,多本正史,但在一些情节上有所虚构,大概来自民间传说。如《五代梁史平话》叙述黄巢出世及早年经历,将黄巢塑造成一个有异秉的奇人,富于神异和传奇色彩。《五代晋史平话》写石敬瑭早年与哥哥发生争执,其兄“被敬瑭挥起手内铁鞭一打,将当门两齿一齐打落了”,从此敬瑭不敢回家见父亲,浪荡出走外州,生动地刻画出石敬瑭蛮横的性格。此外,金、元时期流传的刘知远发迹故事、李存孝英雄故事等,在《五代史平话》中也已有简略的梗概。《五代史平话》文言语汇较多,也夹杂不少说话人的用语,似是讲史家粗加修纂而未经修饰的文本,也可能是由听说书的人加以记录,交付书坊刊刻而成。

三、元代的讲史话本

元代讲史话本现存八种,即:《宣和遗事》、《薛仁贵征辽事略》、《三分事略》、《三国志平话》、《武王伐纣书》、《乐毅图齐七国春秋后集》、《秦并六国平话》、《前汉书平话续集》。

《宣和遗事》现存版本分两个系统:一种是二卷本,有旌德郭卓然刻本、《士礼居丛书》本;一种是四卷本,有金陵王氏洛川校正重刊本、吴郡修绠山房刊本。二卷本较近原貌。该书以宋人口吻叙述,但其中也夹有元人的语汇,如“南儒”等,对南宋帝王名字也未尽避讳,似源出宋本,而经元人修订。该书多本宋人记载,叙写王安石变法之祸、梁山泊聚义本末、宋徽宗幸李师师、金兵灭北宋等故事,特别有感于帝王的荒淫误国,

① 参见宁希元:《〈五代史平话〉为金人所作考》,载《文献》,1989(1)。

表达了汉族人民爱国抗金的感情。其中梁山泊聚义本末叙述宋江三十六人聚义故事，情节虽很简略，却是《水浒传》小说的原始雏形。全书用文言和白话拼凑而成，文言部分大抵抄袭宋人的文献资料，白话部分则是民间故事的记载，文笔接近小说。

《薛仁贵征辽事略》原书已佚，仅保存于《永乐大典》卷五千二百四十四“辽”字部，有赵万里辑校本。它以唐王朝伐辽战争为背景，叙述主人公薛仁贵累建战功，却一再为张士贵等人冒名顶替，多次遭受压制，最后在尉迟敬德等人的支持下，澄清事实，获得唐太宗重用。作品依傍正史，间有艺术虚构和捏合。文字古朴简率，叙事紧凑，情节曲折多姿。

《三国志平话》共69节，是在宋元民间“说三分”的基础上积累形成的，大约定稿于金代[①]，是“说三分”话本系列中的一个经过删削的简本。[②] 该书叙事始于汉光武帝刘秀赏春和司马仲相阴司断狱，止于刘渊灭晋。故事情节的主体从桃园三结义到秋风五丈原，演述三国时期魏、蜀、吴三方割据的种种矛盾和斗争。全书基本故事不完全符合历史记载，但和元杂剧中的三国戏大致相同，如张飞见黄巾，史书不载，而与元无名氏《张翼德大破杏林庄》杂剧情节相同；又如刘备黄鹤楼私遁，也和朱凯的《刘玄德醉走黄鹤楼》杂剧相同；至于貂蝉其人其事更是史书中所没有的，但却可见于《董卓戏貂蝉》、《关大王月下斩貂蝉》等元代无名氏杂剧。全书所叙故事带有浓厚的民间传说色彩，如庞统变狗，诸葛亮出身农家，刘备在太行山落草，汉献帝斩十常侍、把头颅拿去招安，虽非史实所有，却为下层平民百姓所喜闻乐道，寄托着人们的某种朴素的愿望，具有丰富的想象力和感动人心的力量。作品流露出鲜明的拥刘反曹倾向，这既表现了封建的正统观念，也反映了宋元时代平民百姓的爱憎感情。作品中的张飞勇敢、爽直，豪放不羁，疾恶如仇，诸葛亮料事如神，老谋深算，形象最为生动。这是一个提纲式的简本，语言简洁朴拙，多有语气不连贯、故事不完整之处，但时有传神之笔。

《三国志平话》和《武王伐纣书》、《乐毅图齐七国春秋后集》、《秦并六国平话》、《前汉书平话续集》，今人合称《全相平话五种》。

概念解析

全相平话

所谓“全相平话”，是综合形式和内容的概括称呼。全书每半叶上栏（约占三分之一的篇幅）为图像，下栏为文字。图的右上角有小字画题，画题与下栏或前后半叶的文字内容大体相一致。这种自始至终以图像和文字并出作为形式特征的讲史话本，即称为“全相平话”。

① 从《三国志平话》里的一些地名看，像是金人的口气。参见宁希元：《〈三国志平话〉成书于金代考》，载《文献》，1991（2）。

② 参见程毅中：《宋元小说研究》第九章“宋元讲史话本”第三节“三国志平话”，南京，江苏古籍出版社，1998。

《全相平话五种》原都是各自独立的讲史话本，元至治年间（1321—1323），书商建安（今福建建阳）虞氏将它们合并在一起，编辑成系列性的丛书。该书原藏于日本东京内阁文库。1928年，张元济（1867—1959）等访日，经多方协商，从东京内阁文库中借出，先后以《元至治本全相平话三国志》和《全相平话四种》两种书籍，由商务印书馆分别影印发行。其后，海宁慎初堂陈氏将《三国志平话》收入《古佚小说丛刊》初集校印刊行。1955年，中国古典文学出版社将此五种平话分别排印出版。另有《三分事略》一书三卷，现存元世祖至元三十一年（1294）建安书堂刊本，较《三国志平话》简略（略去6节，计63节），当为同书异名，书贾重印以牟利，这从侧面表明当时人们对三国故事的喜爱。

《武王伐纣书》，从“汤王祝网”和“纣王梦玉女授玉带”开始，到“八百诸侯会孟津”和“武王斩纣王、妲己”结束。故事多依傍正史，但增添许多荒诞不稽的情节，进行大量光怪陆离的描写，富于神话色彩，为明代小说《列国志传》、《封神演义》所本。《乐毅图齐七国春秋后集》叙乐毅代齐事，但以孙膑为中心，写他破燕、抗齐的种种事迹，全书充满诡异的神怪气氛，与正史多有不同。《秦并六国平话》则基本上忠实于历史，较少虚构成分，文中大量引用诗赋赞词。《前汉书平话续集》写刘邦大杀功臣，死后，吕氏专权乱政，刘泽起兵破吕氏，文帝即位。其中许多情节出于虚构，人名、官名和细节多与史实不符，神怪色彩较重。这四种讲史话本无情地谴责了昏君的残暴不仁和荒淫无耻的罪恶，尖锐地揭露和批判了封建君主杀戮开国功臣的阴谋诡计和背信弃义的行为。作品以改朝换代和兴废争战之事为素材，明确地用正义和非正义或有道和无道的标准来区分对立的双方阵营，并始终让正义的或有道的一方取得最后的胜利，反映了平民的爱憎和人心的向背。在艺术上，这些话本大多文字平实质朴，叙事简略粗率，具有民间说话的特色。

四、宋元的说经话本

说经的原意是演说佛书。现存的宋元说经话本，有无名氏的《大唐三藏取经诗话》残本。这部作品，卷末有“中瓦子张家印”款一行，或断为宋刊，或疑为元刻。

概念解析

《大唐三藏取经诗话》之“诗话”

“诗话”一体，王国维在所作“跋”语中说：“其称诗话，非唐、宋士夫所谓诗话，以其中有诗有话，故得此名。”

该书的写作年代当在北宋，甚至更早一些。[①] 全书分上、中、下三卷，每卷分若干段，数量不等，凡17段。每段均有标题；其末尾必有诗一首或二、三首，总括该段故事内容，揭示佛法无边、信佛则逢凶化吉的宗旨。在书中，猴行者神通广大，已成为取经故事的主角。各段故事有详有略，其中不乏精彩的片段。如“过狮子林及树人国第五”，写师徒一行进入树人国，唐僧命小行者去买菜，小行者被人用妖法变作驴子，猴行者前往解救，将作法者的妻子变作“一束青草，放在驴子口伴”。两相斗法，结果，作法者不敌猴行者。但该书说教意味较重，如“入香山寺第四”，称蛇子国的大蛇小蛇皆有佛性，故它们“见法师七人前来，其蛇尽皆避路，闭目低头，人过一无所伤”。《取经诗话》作为说经话本，从一个侧面反映出中土文化与印度佛教文化交流、融汇的情况。

继《大唐三藏取经诗话》之后，元代出现了话本《西游记平话》。原书已佚，残文见于朝鲜人编的《朴通事谚解》。《朴通事谚解》大约编写于至正六年到元亡（1346—1368）之间[②]，《谚解》中多处引用《西游记平话》，可知《平话》的问世在至正之前。从残文可以看出，《西游记平话》的内容相当丰富，已接近于后来相传的八十一难故事。而且，在《平话》中，猪八戒、沙和尚已经出现，形成了“一僧三徒”的取经队伍。[③] 而明永乐五年（1407）编定的《永乐大典》，在卷一万三千一百三十九送韵“梦”字条里，收有《梦斩泾河龙》一段话文，注明引自《西游记》，也许也是从《西游记平话》里摘出的。

【温故知新】

宋元南戏的演化　南戏的体制　南戏的总体特征　“四大南戏”　《琵琶记》　说话“四大家数”　宋元小说话本体制　“全相平话”　“诗话”

【请你思考】

1. 简述南戏在宋元时代的演化过程以及南戏的体制特点。
2. 以“四大南戏”为例，分析宋元南戏的总体艺术特征。
3. 简要论述高明《琵琶记》对于蔡伯喈故事在前人基础上的改写策略。
4. 举例解析宋代说话的四大家数，并简要分析说话活动在宋代繁荣的主要原因。
5. 简论宋元小说话本的体制，并举例论述其中情恋婚姻类和公案类小说的成就。
6. 举例简要论述宋元讲史和说经话本的特点和成就。

---

① 刘坚从该书的语音、语法、语汇三方面考察，发现它有许多特点与敦煌变文相同，认为“它的时代至迟也该是北宋，因为它的语言确与南宋的话本有所不同”，“这部话本的时代还有可能往上推到晚唐五代”。见刘坚：《〈大唐三藏取经诗话〉写作时代蠡测》，载《中国语文》，1982（5）。参见李时人、蔡镜浩：《〈大唐三藏取经诗话〉成书时代考辨》，见《西游记考论》，61页，杭州，浙江古籍出版社，1991。

② 参见朱德熙：《“老乞大谚解”“朴通事谚解”书后》，载《北京大学学报（哲学社会科学版）》，1958（2）。

③ 元代磁州窑瓷枕（藏广东省博物馆）和元代甘谷县华盖寺壁画《取经归来图》上，都有猪八戒、沙和尚。《取经归来图》见《文史知识》，1991（2）。

【推荐阅读】

钱南扬．戏文概论．上海：上海古籍出版社，1981

胡士莹．话本小说概论．北京：中华书局，1980

程毅中．宋元小说研究．南京：江苏古籍出版社，1998

第十编　死水微澜

（元顺帝至正二十年至明世宗嘉靖九年，1360—1530）

第一章 正统文化与正统文学

【导读】

明代文化的一个基本特征，是最高统治者始终以儒家正统文化的代表者自居，并且极力推行、维持儒家正统文化。因此，皇家文化（或称贵族文化）始终是明代主流文化。至正二十年（1360）三月，宋濂（1310—1381）、刘基（1311—1375）、章溢（1314—1369）、叶琛（？—1362）四位饱学鸿儒，应吴王朱元璋（1368—1398在位）的征召，赴应天（今江苏南京），各陈时务。朱元璋喜形于色，说："我为天下屈四先生。"（《明史纪事本末》卷二《平定东南》，又见《明史·章溢传》）于是诏令创建礼贤馆，颇为优待。同年五月置儒学提举司，以宋濂为提举，命授太子经学。这一事件，标志着以朱元璋为代表的新政权明确表示接续儒家正统文化，并由此自居为儒家正统文化的政治代表和思想代表。中国文学史也因此继西汉、北宋之后，再一次重建起正统文学的规范体系。

第一节
正统文学的凝固与裂变

从元顺帝至正二十年（1360）至明世宗嘉靖九年（1530），共171年，正统文学的规范体系经历了奠定、凝固和裂变三个时期。

一、正统文学奠定期

从元顺帝至正二十年（1360）至明惠帝建文四年（1402），共43年，是正统文学的奠定期。

这一时期的文坛主要以由元入明的文学家独领风骚，以宋濂、刘基、高启（1336—1374）等为代表。他们的文学风格从整体上呈现出由乱世之文、山林之文向治世之文、台阁之文转型的趋向。这种转向，与朱元璋政权在政治上逐步实行专制统治是同步的，更与朱元璋政权在文化上对文人士大夫实行思想钳制是同步的。由于处于转型的过程中，因此，一方面文坛上生机勃勃，姿态百生，大多作家都能独出机杼，自成一家；另一方面，正统文化也逐渐渗透进文学创作之中，使文学家们不得不或真情地或假意地歌功颂德，标榜德治，揄扬伦理，从而奠定了新时代正统文学的基本规范。建文四年（1402）六月，朱棣（1403—1424在位）攻入南京（今属江苏），取代建文帝登基后，杀死不效忠于他的方孝孺（1357—1402），并株连十族，标志着正统文化的最终确立，也标志着正统文学一统天下的实现。

其间，闽中诗人宗法盛唐，发轫于张以宁（1301—1370），发展于林鸿（生卒年不详），到高棅（1350—1423）编纂《唐诗品汇》推向高峰，树立了有明一代诗歌的正宗，影响极为深远。李东阳（1447—1516）在《怀麓堂诗话》里曾经评论道：林鸿专学唐人，袁凯（生卒年不详）专学杜甫，“盖皆极力模拟，不但字面句法，并其题目亦效之，开卷骤视，宛若旧本，然细味之，求其流出肺腑，卓尔有立者，指不能一再屈也”。

这一时期因社会动荡，杂剧呈现衰败的局面。只有以《三国志演义》、《水浒传》为代表的通俗小说在民间广为流行，积蓄着一股民间文化的潜流。

二、正统文学凝固期

从明成祖永乐元年（1403）至明孝宗弘治六年（1493），共91年，是正统文学的凝固期。

到永乐年间（1403—1424），元明之际的作家均已去世，而在明代成长起来的作家开始活跃于文坛。从永乐至天顺（1403—1464）60余年间，文坛上台阁体诗文独尊，代表人物有杨士奇（1365—1444）、杨荣（1371—1440）、杨溥（1372—1446），时号“三杨”。

☞ **多学一点**

钱谦益（1582—1664）《列朝诗集小传》乙集《杨少师士奇》云：“国初相业称‘三杨’，公为之首。其诗文号台阁体。”① 三杨先后仕永乐（1403—1424）、洪熙（1425）、宣德（1426—1435）、正统（1436—1449）四朝，官皆至大学士，权重位尊。

“三杨”作为台阁重臣，倡导古文辞的写作，主张“以其和平易直之心发而为治世之音”（杨士奇《东里集·文集》卷五《玉雪斋诗集序》），形成雍容华贵、平正典雅的文风。“三杨”“柄国既久，晚进者递相摹拟，城中高髻，四方一尺。余波所衍，渐流为肤廓冗长，千篇一律”（《四库全书总目提要》卷一百七十《杨文敏集》提要）。台阁体的羽翼者有胡俨（1361—1443）、黄淮（1367—1449）、金幼孜（1368—1431）、胡广（1370—1418）、陈琏（1370—1454）、曾棨（1372—1432）、李时勉（1374—1450）、王英（1376—1450）、陈敬宗（1377—1459）、王直（1379—1462）、倪谦（1415—1479）等。

到成化年间（1465—1487），以李东阳为首的茶陵派，力图扭转台阁体末流的弊端，论诗主张“求其浑雅正大”（《怀麓堂诗话》），着力复兴典雅正大、雍容和平的文风，但仍不免露出萎弱庸沓的底蕴。同时出现的以陈献章（1428—1500）和庄昶（1436—1498）等人为代表的“性气诗”（人称“陈庄体”），以诗歌为理学语录，俚浅鄙陋，淡乎寡味。就其整体而言，这一时期正统文学在一片花团锦簇的表象之中，隐藏着深刻的文化危机。

这时期的北杂剧创作，在正统年间（1436—1449）以前，以贾仲明（1343—1422后）、朱权（1378—1448）、朱有燉（1379—1439）为代表，呈现出鲜明的宫廷化、贵族化的特点。成化以后，丘濬（1421—1495）等作家力图向民间文学汲取资源，以或通俗或典雅的文词创作《伍伦全备记》、《香囊记》等教化戏曲，文人士大夫开始以居高临下的姿态涉足于通俗文学。但通俗小说却仅仅在民间流传，而没有新的作品问世。

三、正统文学裂变期

从明孝宗弘治七年（1494）至明世宗嘉靖九年（1530），共37年，是正统文学的裂变期。

正统文学的裂变，首先发生于正统文学内部。弘治七年（1494），李梦阳（1473—1530）中进士。其后十来年间，王九思（1468—1551）、边贡（1476—1532）、王廷相（1474—1544）、康海（1475—1540）、何景明（1483—1521）、徐祯卿（1479—1511）等先后中进士。

约在弘治十五年（1502）前后，这些新进进士在京城相聚讲论，不满于台阁体貌似浑雅正大而实则萎弱庸沓的文风，“卓然以复古自命”，“倡言文必秦汉，诗必盛唐，非是者弗道”（《明史·李梦阳传》）。康海称：“我明文章之盛，莫极于弘治时，所以反古昔而

① （清）钱谦益编著：《列朝诗集小传》，上海，上海古籍出版社，1983。

变流靡者，惟时有六人焉：北郡李献吉，信阳何仲默，鄠杜王敬夫，仪封王子衡，吴兴徐昌谷，济南边廷实。金辉玉映，光照宇内，而予亦幸窃附于诸公之间。乃于所谓孰是孰非者，不溺于剖劘，不怵于异同，有灼见焉。于是后之君子言文与诗者，先秦两汉魏盛唐，彬彬然盈乎域中矣。”（《对山集》卷三《渼陂先生集序》）在台阁体诗文流于浮靡萎弱之时，以“弘德七子”为代表的复古派，力挽颓风，冀臻古雅，掀起第一次大规模的文学复古思潮。他们以鲜明的文学主张和丰富的创作实绩，使“当是时笃行之士，翕然臻向”（李梦阳《空同集》卷六十二《答周子书》），将文坛上的帅旗由“台阁坛坫，移于郎署”（陈田《明诗纪事》丁签卷一《李梦阳》按语）。

☞ 多学一点

“弘德七子”之名，始见于嘉靖十八年（1539）李开先（1502—1568）所作《何大复传》（《闲居集》卷十），实本于康海《渼陂先生集序》（《对山集》卷三），又见其《太微山人张孟独诗集序》（《对山集》卷四）。后人为了与后起之李攀龙（1514—1570）、王世贞（1526—1596）等七子相区别，称为“前七子”。

然而到正德（1506—1521）以后，复古派的诗文创作便逐渐出现剽窃拟袭的流弊。嘉靖四年（1525），顾清（1460？—1528）批评说：“近世高才之士，以汉唐而下之文为不足法，而必欲力进于古人，其志甚高，论甚伟。后进习闻其说，而不得其所以然，摆落拘缠，自出机杼，往往未及释氏所谓小乘禅、第二义，而骎寻于外道者有之，其剽猎记诵为口耳之资者，又在所弗论也。”（《东江家藏集》卷三十九《答聂文蔚论文体书》）

学术轶事

同一年，黄省曾（1490—1541）亦云：“诗教之道……本由情流，但世人蔑察自然，咸遵剽假。古途虽践，而此理未逮；艺英虽遍，而正轨未开。”（《五岳山人集》卷三十《上空同先生书》）后来王世贞也批评道：“大梁则人人习古歌诗，后进蹑影，称说李氏家言矣。乃黠者瓜分而蝇袭之，标帜傅响以为己有，而忘其自”（《弇州山人四部稿》卷六十四《李氏山藏集序》）。他指斥追摹李梦阳、何景明的诗人割裂瓜分，蝇趋步袭，不知变化，忘了真我，成了前人的影子，诗文写作只能“流而为似龙，出之无所自，而施之无所当”（《弇州山人四部稿·续稿》卷五十三《姜凤阿先生集序》）。

而且，从正德末年开始，尤其是到嘉靖（1522—1566）初年，复古派作家的思想渐趋转变，开始出现了与湛若水（1466—1560）、王守仁（1472—1529）的“心学”相合流的走向，古文辞的创作面临着新的危机。

研究进行时

关于嘉靖初年复古派作家思想转变的详细描述，可参见简锦松《明代文学批评研究》第五章“正、嘉理学与复古派文学批评之转变”。①

与复古派大致同时，祝允明（1460—1526）、文征明（1470—1559）、唐寅（1470—1523）等吴中派作家崛起，缘情尚趣，追求自适与狂放，呈现出相对独立的文学风貌，以更为鲜明的非正统文化色彩，开启了明后期师心尚俗文学的新潮。

在嘉靖年间（1522—1566），王九思、康海、杨慎（1488—1559）等文人开始参与北杂剧的创作，徐霖（1462—1538）、郑若庸（1489—1577）、陆采（1497—1537）等参与传奇戏曲的创作，戏曲被文人曲家带入了文坛，从正面推进了正统文学的裂变。而《三国志演义》、《水浒传》的文人写定本，在嘉靖年间开始刊刻流行，渐渐引起文坛的普遍关注，则从反面加剧了正统文学的裂变。嘉靖九年（1530），当李梦阳去世的时候，一个新的文学时代已经呼之欲出了。

第二节 一统天下与一统文化

一、实行君主专制政治

经过元末数十年的社会大动乱，公元1368年，由草莽起家的朱元璋在南京（今属江苏）建立了大明王朝，是为明太祖。朱元璋建国以后，与其子明成祖朱棣，先后在政治上大刀阔斧地进行了一系列的官制改革，废丞相制，罢中书省，设六部尚书和行省，扩充监察机构，建立内阁、督抚制度，完备法律制度，设立锦衣卫、东厂，重用宦官，最终确立了“自操威柄”（《明史·职官志》）、政皆独断的君主专制政治。

朱元璋像

二、推行程朱理学思想

同时，朱元璋逐渐在思想文化上画地为牢，极力倡导程朱

① 参见简锦松：《明代文学批评研究》，275～360页，台北，台湾学生书局，1989。

理学一家学说。朱元璋把推行伦理教化作为基本国策，洪武五年（1372），他在听宋濂讲析《大学衍义》后说："人主诚以礼义治心，则邪说不人，以学校治民，则祸乱不兴，刑罚非所先也。"（《明史·宋濂传》）洪武八年（1375），他还命各省择其能文教之士为教谕等官，面谕之曰："致治在于善俗，善俗本于教化。教化行，虽闾阎可使为君子；教化废，虽中材或堕于小人。"（《明通鉴》卷五）朱元璋指示刘基沿袭元朝"皇庆条制"，制定科举制度，专取四书五经命题试士，并明确规定："国家明经取士，说经者以宋儒传注为宗，行文者以典实纯正为主"，"其有剿窃异端邪说、炫奇立异者，文虽工，弗录"[明俞汝楫《礼部志稿》卷二十四引万历三年（1575）敕谕]。朱元璋还设立太学，命许存仁为祭酒，"一宗朱氏（朱熹）之学，令学者非六经、四书不读，非濂、洛、关、闽之学不讲"（丘濬《设学校以立教一》，黄训《名臣经济录》卷二十六）。所谓"濂、洛、关、闽"，指的就是宋代理学的正宗——程朱理学。洪武二十一年（1388），朱元璋同意解缙的建议，拟修经典，"上溯唐、虞、夏、商、周、孔，下及关、闽、濂、洛，根实精明，随事类别，勒成一经，上接经史"，以作为"太平制作之一端"（《明史·解缙传》）。

朱棣秉承父志，更是极力推行程朱理学。永乐十二年（1414），他下诏令儒臣纂修《五经大全》、《四书大全》、《性理大全》等书。次年（1415），书成进览，朱棣亲自作序，随后命礼部刊赐天下，以此作为科举考试的准绳，废"皇庆条制"所定注疏不用，"庠序之所教，制科之所取，一禀于是"（高攀龙《高子遗书》卷七《崇正学辟异说疏》）。三部《大全》的纂修，目的是让天下之人"获睹经书之全，探见圣贤之蕴"，从而"使国不异政，家不殊俗"（朱棣《四书大全序》，朱彝尊《经义考》卷二百五十六引），"俾人皆由于正路，而学不惑于他歧。家孔孟而户程朱，必获真儒之用；佩道德而服仁义，咸趋圣域之归。顿回太古之淳风，一洗相沿之陋习"（胡广《进五经四书性理大全表》，程敏政《明文衡》卷五）。三部《大全》的颁行，标志着明初朱学统治地位的最终确立，其意义决不下于汉武帝的"罢黜百家，独尊儒术"。

三、形成"述朱"局面

从此以后，从中央国子学到地方的书院，以至乡村的社学，都用朱熹的学说进行教育。社会上，家庭里，朱学如水银泻地，无孔不入，制约着人们的言论行为，浸透着文化的方方面面。整个思想文化领域处于一种万马齐喑、死气沉沉的"述朱"状态。明人何乔远（1558—1631）说："明兴，高皇帝立教著政，因文见道，使天下之士一尊朱氏为功令。士之防闲于道域，而优游于德囿者，非朱氏之言不尊。"因此，"有质行之士，而无异同之说；有共学之方，而无专门之学"（《名山藏》之《儒林记》上）。程朱理学的一统天下，严格地禁锢了文人士大夫的思想，腐蚀了文人士大夫的心灵，使他们除了坚定不移地和程朱理学保持步调一致以外，不知道还有什么其他的思想、个人的精神。人们对儒家正统思想亦步亦趋，奉行不悖，不敢持丝毫的怀疑之见，对六经注疏不敢提出质疑，对圣人之道只能述而不作。

学术轶事

时至弘治、正德年间（1488—1521），如章懋（1437—1522）学富五车，才华横溢，可是当有人劝他著书时，他仍然严肃地回答道："经自程、朱后，不必再注，只遵闻行知，于其门人语录，芟繁去芜可也。"（《明儒学案》卷四十五引）同时，人们对异端之学视如寇雠，如号称明初文臣之首的宋濂就曾作《诸子辩》一文，批评诸子学说"汲汲功利"，认为"邪说之害人，惨于刀剑，虐于烈火"（《文宪集》卷二十七）。

杨慎形容在朱学影响下思想文化界的迂腐卑弱称："宋人曰是，今人亦曰是；宋人曰非，今人亦曰非。高者谈性命，祖宋人之语录；卑者习举业，抄宋人之策论。"（《升庵集》卷五十二《文字之衰》）

四、文学的庙堂气象

与此相关，这时期的文坛也展现出一派庙堂气象和宫廷风致。刚刚立国的朱元璋，最喜欢诵读"古人铿鍧炳朗之作，尤恶寒酸咿嚶龃龉鄙陋，以为衰世之调，为不足观"（朱彝尊《静志居诗话》卷一"明太祖"条附录）。上有所好，下必从焉。一时间追求盛世之音，摒弃衰世之调，成为文学的基本要求；铿锵有力，雍容典雅，成为时代的审美风格。当时以"三杨"为代表的"台阁体"诗文，以朱权、朱有燉为代表的北杂剧创作，就是庙堂气象、宫廷风致的文学典范。清初朱彝尊（1629—1709）评论道："成、弘间，诗道傍落，杂而多端，台阁诸公，白草黄茅，纷芜靡蔓，其可披沙而拣金者，李文正、杨文襄也。理学诸公，击壤、打油，筋斗样子，其可识曲而听真者，陈白沙也。"（《静志居诗话》卷十"李梦阳"条）

第三节 正统的逆转与民间的潜流

一、社会危机与思想危机

英宗朱祁镇（1436—1449，1457—1464 在位）正统朝以后，最高统治者日益奢侈腐化。尤其是正德年间（1506—1521），宦官专政，厂卫横行，法制松弛，吏治黑暗，上下玩愒，贪污盛行，内乱外患频仍，政治危机四伏。王守仁说："今天下事势，如沉疴积痿。"又说："今天下波颓风靡，为日已久，何异于病革临绝之时。"（《王文成公全书·文录》卷六《答储柴墟》）

社会危机激发了思想文化的危机，这时整个思想文化界正酝酿着一场深刻的变化。黄佐（1490—1566）说："成化以后，学者多肆其胸臆，以为自得，虽馆阁中亦有改易经籍以私于家者。此天下所以风靡也夫。"（《翰林记》卷十一《禁异说》）

☞ **多学一点**

《明史·儒林传序》更详细地描述了这一变化过程，说：

> 原夫明初诸儒，皆朱子门人之支流余裔，师承有自，矩矱秩然。……学术之分，则自陈献章、王守仁始。宗献章者，曰江门之学，孤行独诣，其传不远。宗守仁者，曰姚江之学，别立宗旨，显与朱子背驰，门徒遍天下，流传逾百年，其教大行，其弊滋甚。嘉（靖）、隆（庆）而后，笃信程、朱，不迁异说者，无复几人矣。

从明前期的"一尊朱氏为功令"、"非朱氏之言不尊"，到成化、正德以后"学者多肆其胸臆，以为自得"的变化，充分表明了文人阶层自我意识的高涨和主体精神的张扬，标志着明代社会意识形态的统治权力从贵族独揽向文人把持的根本性转移。

二、"心学"崛起

陈献章开风气之先。他在成化年间（1465—1487）讲学于山林之中，标立"以自然为宗"（《陈白沙集》卷一《送张进士廷实还京序》）的为学宗旨，"天地我立，万化我出，而宇宙在我矣"（《陈白沙集》卷三《与林郡博》之五）的世界观，以及"惟在静坐，久之然后见吾此心之体"（《陈白沙集》卷二《复赵提学佥宪》之一）的修养方法。这种为学之道，和朱熹理学异趣，而与陆九渊心学同旨。陈献章在朱学独尊的情势下向陆学逆转，表现出过人的胆识和气魄。

浙江余姚王阳明故居

正德三年至五年（1508—1510），王守仁谪居贵州龙场，默坐澄心，始悟"格物致知"之旨，倡导"知行合一"之说，创立了著名的阳明学派，影响极其深远。王守仁以陆学的本心论为主，兼取朱学的理欲、理气论，又熔铸禅宗思想，冶炼成为博大精细的王学体系。他提出“心即理”、“知行合一”、“致良知”的学说，认为“心外无物，心外无事，心外无理，心外无义，心外无善”(《王文成公全书》卷四《与王纯甫二》)，肯定“凡意念之发，吾心之良知，无有不自知者”(《王文成公全书》卷二十六《大学问》)；同时把“唯圣人能致”的“良知”本体下降到人人皆有、圣愚皆同的普及地位，指出“良知之在人心，不但圣贤，虽常人亦无不如此”(《王文成公全书》卷二《传习录》中)。

学术轶事

焦竑(1540—1620)指出，王学一出，“闻者霍然如披云雾而睹青天也”(《澹园续集》卷四《国朝理学名公祠记》)。顾宪成(1550—1612)也说：“当士人桎梏于训诂词章间，骤而闻‘良知’之说，一时心目俱醒，恍若拨云雾而见白日，岂不大快！”(《顾端文公遗书·小心斋札记》卷三)

但是，阳明“心学”对理学的重新阐释，归根结底仍是出于教化目的。王守仁提倡“致良知”，在张扬主体精神的同时，又以“去人欲，存天理”(《王文成公全书》卷一《传习录》上)为宗旨和归宿。他以“良知”取代“天理”，力图激发人们心灵中对封建道德的认同感，借以达到“破心中贼”的目的(《王文成公全书》卷四《与杨仕德薛尚诚》)，这是他一生奉行不悖的行为准则。于是，阳明心学便与程朱理学殊途同归，从不同的角度、用不同的方式同加强了伦理教化。

为了推广“心学”思想，王守仁创建书院，积极进行社会普及性的讲学实践。于是，正德、嘉靖之际“搢绅之士，遗佚之老，联讲会，立书院，相望于远近”(《明史·列传第一百十九》“赞”)，形成书院讲学热潮，彻底打破了成化、弘治以前学术文化暮气沉沉的僵化局面，形成了学术自由的文化氛围。

三、民风与士风

也是从明成化年间(1465—1487)开始，社会上愈演愈烈地煽起了“僭越”之风，冲击和突破了传统的封建等级制。人们一改明前期“民俗勤俭，不竞浮华”的风俗，追逐着与日俱涨的“去朴从艳，好新慕异”(正德《大名府志》卷一《风俗》)的风潮。在服饰方面，一反明前期的质朴、俭薄的风俗，时尚以华美为归趋，从官僚、士子、市民以至乡间百姓，竞相夸耀华美的服饰。人们“不以分制，而以财制”(嘉靖《永丰县志》卷二《风俗》)，一旦暴富，就可以逾越等级名分，乃至“倡优服饰侈于贵族”(嘉靖《广平府志》卷十六《风俗》)。在饮食方面，也逐渐从俭素转向丰盛，不仅豪门大族炮凤烹龙，山珍海错，在一般市民中间，也是“惯习娇吝，互尚荒佚，以欢宴放饮为豁达，以珍味艳色为盛礼”(万历《博平县志》卷四《人道》六《民风解》)。

同时，从明中期开始，士风也发生了剧烈的变化。明中期以后的文人从群体上看，大多性格狂简疏纵，“好轻遽议论，放乎礼法之外，恣恃其私意”（康海《对山文集》卷三十《送苏榆次序》）。张瀚（1510—1593）说：“人情以放荡为快，世俗以侈靡相高，虽逾制犯禁，不知忌也。”（《松窗梦语·风俗纪》）一方面，许多文人热切地追逐物质享受。何良俊（1506—1573）记载松江（今属上海）地区的情况说：“宪、孝两朝以前，士大夫尚未积聚。……至正德间，诸公竞营产谋利，一时如宋大参恺、苏御史恩、蒋主事凯、陶员外骥、吴主事哲，皆积至十余万。”当时举子中进士后，“日逐奔走于门下者，皆言利之徒也。或某处有庄田一所，岁可取利若干；若某人借银几百两，岁可生息若干；或某人为某事求一覆庇，此无碍于法者，而可以坐收银若干；则欣欣喜见于面，而待之唯恐不谨”（均见《四友斋丛说》卷三十四）。

另一方面，更多的文人痴迷地追求感官娱乐甚至放纵情色性欲。南方如吴中祝允明、唐寅辈，“以放诞不羁，为世所指目。而文才轻艳，倾动流辈，传说者增益而附丽之，往往出名教外”（《明史·文苑二》）。唐寅给文征明的信中自称：“寅每以口过忤贵介，每以好饮遭鸠罚，每以声色花鸟触罪戾。”（《唐伯虎全集》卷五《又与征仲书》）北方如康海与妓女同驴，“令从人赍琵琶自随，游行道中，傲然不屑”（何良俊《四友斋丛说》卷十八《杂记》）。

四、文风转移

李梦阳、何景明等复古派便是在这样的时代风会中崛地而起的。李梦阳曾说：“宋人主理，作理语，于是薄风云月露，一切铲去不为，又作诗话教人，人不复知诗矣”（《空同集》卷五十二《缶音序》），“宋儒兴而古之文废矣”（《空同集》卷六十六《论学》上篇第五）。可见他对包括程朱理学在内的宋学颇有点不满，在思想上与王守仁相共鸣。

☞ **多学一点**

嘉靖十三年（1534），崔铣（1478—1541）为罗钦顺（1465—1547）祝寿，撰文称：“弘治中，士厌文习之痿，而倡古作；嗣起者乃厌训经之卑，而谈心学。”（《洹词》卷十《太宰罗公七十寿序》）[①] 即以复古派与王学之兴起相并称。按，弘治十二年（1499）王守仁中进士，观政工部，曾与李梦阳等人为古文辞之倡和；至弘治十八年（1505），始稍以辞章为不足而讲理学，见《王文成公全书》卷三十七附录《阳明先生行状》及《阳明年谱》。

复古派力图以古代诗文的高格逸调来纠正当时萎弱平庸的文风，“倡言复古，文自西京、诗自中唐而下一切吐弃，操觚谈艺之士翕然宗之”（《明史·文苑传序》），文坛风气为之一变。王世贞深有感触地说：“是二君子，抉草莽，倡微言，非有父兄师友之素，而夺天下已向之利而自为德，于乎，难哉！”（《何大复集序》，何景明《大复集》卷首）清陈田总结这一风气转移时也说：“空同（李梦阳）出而异军特起，台阁坛坫，移于郎署”

① 转引自简锦松：《明代文学批评研究》，275页，台北，台湾学生书局，1989。

(《明诗纪事》丁签卷一)。

为了汲取更为深厚的文化资源，复古派还有意倡导重视和学习民歌的风气。据嘉靖间李开先《词谑》记载：

有学诗文于李空同者，自旁郡而之汴省，空同教以："若似得传唱《锁南枝》，则诗文无以加矣。"……何大复继至汴省，亦酷爱之，曰："时调中状元也。如十五《国风》，出诸里巷妇女之口者，情词婉转曲，自非后世诗人墨客操觚染翰，刻骨流血所能及者，以其真也。"

万历间沈德符(1578—1642)《万历野获编》卷二十五亦记载：

元人小令，行于燕赵(今河北、山西一带)，后浸淫日盛。自宣(德)、正(统)至成(化)、弘(治)后，中原(今河南一带)又行《锁南枝》、《傍妆台》、《山坡羊》之属。李空同先生(即李梦阳)初自庆阳(今属甘肃)徙居汴梁(今河南开封)，闻之，以为可继《国风》之后。何大复(即何景明)继至，亦酷爱之。

嘉靖三年(1524)，李梦阳作《诗集自序》，追述弘治时王崇文(1468—1520)的看法说："今真诗乃在民间，而文人学子顾往往为韵言，谓之诗。"(《空同先生集》卷五十)并对这一看法备加肯定。他在杂调曲《郭公谣》跋中还特意强调："真诗果在民间。"(《空同集》卷六)复古派对民间歌谣如此推崇备至，甚至据以贬低文人诗歌，鲜明地表现出超越古典传统、汲取时代新潮的强烈愿望。由于酷爱民间歌谣，复古派还积极地整理民间歌谣，并学习和模仿民间歌谣进行诗歌创作。尽管他们的创作并不十分成功，但他们的艺术追求和艺术实践却标示出一种崭新的审美趋向，即从平民百姓那里获取精神源泉和艺术力量。正是在这样的时代风会中，嘉靖年间(1522—1566)以后，来源于民间的通俗文学，以其不可阻挡的生机和活力，风靡文坛，与正统的雅文学并驾齐驱，甚至有凌驾其上之势。

【温故知新】

正统文学　正统文学的分期　程朱理学思想　"述朱"局面　心学崛起　心学的内涵　僭越之风　士风剧变　文风转移　复古派

【请你思考】

1. 试分析程朱理学一统天下对文人士大夫思想的影响。
2. 试分析这一时期文坛庙堂气象和宫廷风致的特点。
3. 试分析王守仁推广心学的讲学实践的价值与意义。
4. 试分析明中期以后士风的变化。
5. 试分析复古派对民间文化的接受。

【推荐阅读】

汤纲，南炳文．明史(上、下)．上海：上海人民出版社，2003

傅衣凌主编．杨国桢，陈支平．明史新编．北京：人民出版社，1993

陈书录．明代诗文的演变．南京：江苏教育出版社，1996

第二章 诗文散曲的蜕变

【导读】

这一时期的诗文，经历了元明之际的繁盛以后，从永乐年间（1403—1424）开始转入萧条，持续时间达近百年。直到“前七子”和吴中文人相继出现，才有了新的转机。正统文学在被纳入正统文化的轨道之后，反而显得沉寂而滞重，这在中国文学史上并不是一种偶然现象。

散曲在这一时期已融入正统文学之中，更多地呈现出雅化的特点。

第一节
各抒心得

从元顺帝至正二十年（1360）至明惠帝建文四年（1402），诗坛上呈现出“各抒心得，隽旨名篇，自在流出”（陈田《明诗纪事》甲签《序》）的多元化态势。其中成就较大的是一些经历元末社会大动乱的诗人，以刘基、高启最为著名。

一、刘基诗沉郁雄健

元末时，刘基论诗，强调“美刺风戒，莫不有裨于世教”（《诚意伯文集》卷五《照玄上人诗集序》）。这虽然是《毛诗序》等儒家诗论的旧话重提，但在元末明初却大大增加了儒雅文学的广度与力度。刘基的诗歌以乐府诗和古体诗为优，在元末明初的诗坛上独树一帜，形成了一种奇崛雄健与沉郁顿挫相结合的诗风。如古风《蜀国弦》（《诚意伯文集》卷一），借鉴王粲的《登楼赋》和李白的《蜀道难》的意境，倾吐一股激越悲凉之气，笔墨飞扬，诗情酣畅，意蕴深沉，风格奇崛。刘基自称“忧时一夜百回肠”（《诚意伯文集》卷十六《次韵和孟伯真感兴诗》），他的忧时、愤世、伤生之作，往往目击成诗，感事而作，堪称“实录”。

学术轶事

汪端（1793—1838）《明三十家诗选》初集卷一引程嘉燧（1565—1644）评刘基《感时述事十首》等说：“《感时》诸诗，可谓诗史，追配杜老（即杜甫），迈元（稹）、白（居易）矣。”

至正十三年（1353），刘基有《癸巳正月在杭州作》诗，其一云：

春阳动万物，众草皆已抽。嘤鸣亦和悦，我何独怀忧？鲸鲵未菹醢，豺狼满山丘。凤凰窜荆棘，乌鸢自相求。浮云蔽苍穹，天路阻且修。风沙日暮起，铩羽安所投。悲来怛中怀，泣涕从横流。（《诚意伯文集》卷三）

表达迭遭挫折、仕途失意的忧愤，感物伤怀，悲慨苍凉。出仕明朝后，侍奉“雄猜之主”

朱元璋，刘基也常有如履薄冰之感，叹息道："身世且未保，况敢言功勋!"（《诚意伯文集》卷十三《旅兴五十首》其二）感深慨重，言辞激切。

二、高启诗兼师众长

高启论诗主张"兼师众长"，"时至心融，浑然自成"，认为："诗之要，有曰格、曰意，曰趣而已。格以辨其体，意以达其情，趣以臻其妙也。"（《高太史凫藻集》卷二《独庵集序》）他的诗歌"始变元季之体，首倡明初之音。发端沉郁，入趣幽远，得风人激刺微旨"（顾起纶《国雅品》），足以"振元末纤秾缛丽之习而返之于古"（《四库全书总目提要》卷一百六十九《大全集》提要），对元明之际诗风的转捩起到了重要的作用。

高启尤擅长七言歌行，风格多样，或宗法李白而豪放飘逸，或宗法韩愈而奇崛雄伟，或师法高适、岑参而清华瑰丽。

《中秋玩月张校理宅得南字》，不仅写得开合变化，排奡妥帖，融飘逸、奇峭、瑰丽于一体，而且遇景得情，借景传情，中云：

> 南邻歌舞北邻哭，月虽同照异苦甘。何人为我挥天戈，乾坤多难俱平戡。行者得还居者乐，清光所及恩皆覃。悬知此愿未易遂，忧来举盏从沉酣。（《高太史大全集》卷八）

在中秋月景之中，蕴涵着忧国忧民之情和兼济天下之志。诗作结尾以"古桂吹落青毵毵"的景语作结，景中含情，情韵袅袅。又如《明皇秉烛夜游图》（同上），借写夜宴的热烈场景，指斥唐玄宗李隆基（712—756在位）荒淫佚乐，不恤朝政，并且通过乐极生悲的历史变化，寄寓着讽喻垂诫的用心。全诗绘形摹色，铺叙生动，对比强烈，情思宛转，语言明丽，音声和美，堪称儒家讽谕精神与浑雅之美有机结合的佳作。《登金陵雨花台望大江》诗是高启七言歌行的代表作之一：

> 大江来从万山中，山势尽与江流东。钟山如龙独西上，欲破巨浪乘长风。江山相雄不相让，形胜争夸天下壮。秦皇空此瘗黄金，佳气葱葱至今王。我怀郁塞何由开，酒酣走上城南台。坐觉苍茫万古意，远自荒烟落日之中来。石头城下涛声怒，武骑千群谁敢渡？黄旗入洛竟何祥，铁锁横江未为固。前三国，后六朝，草生宫阙何萧萧！英雄乘时务割据，几度战血流寒潮。我生幸逢圣人起南国，祸乱初平事休息。从今四海永为家，不用长江限南北。（《高太史大全集》卷十一）

全诗既激荡着"破巨浪乘长风"的壮志豪情，也流露出沉郁苍凉的历史感慨，还表现了四海统一、向往太平的欣慰之情。全诗四句一转韵，七言中杂以三言、九言，以语言音调表达情感节奏，显得错落有致，气势酣畅而又跌宕多姿，纵横恣肆而又意境浑成。

高启的乐府诗多拟汉魏六朝唐宋，但也时有自出机杼的作品。如《牧牛词》：

尔牛角弯环，我牛尾秃速。共拈短笛与长鞭，南陇东冈去相逐。日斜草远牛行迟，牛劳牛饥唯我知。牛上唱歌牛下坐，夜归还向牛边卧。长年牧牛百不忧，但恐输租卖我牛。（《高太史大全集》卷二）

以古拙质朴的笔触，先写人牛相得之乐，而末句急转，直抒牧牛童内心深处的忧患。

而高启的近体诗随事命意，以诗咏今，更首开明诗的大雅之风。如《送沈左司从汪参政分省陕西，汪由御史中丞出》：

重臣分陕去台端，宾从威仪尽汉官。四塞河山归版籍，百年父老见衣冠。函关月落听鸡度，华岳云开立马看。知尔西行定回首，如今江左是长安。（《高太史大全集》卷十四）

从眼前、身边之事荡开去，遥望云天，驰骋想象，显得气势宏大，浑厚清朗，不愧为朱明王朝的开国颂歌。清人称许此诗："音节气味，格律词华，无不入妙。《青丘集》中为金和玉节。"（沈德潜等《明诗别裁集》卷一）

三、杨基诗清润峭拔

☞ **多学一点**

吴中四杰：与高启同时，杨基（1326—1373后）诗风清润峭拔，张羽（1333—1385）诗风雄健畅朗，徐贲（？—1379）诗作格律谨严，他们三人与高启合称"吴中四杰"。

"吴中四杰"中杨基成就较高。杨基的代表作如《新柳》：

浓如烟草淡如金，濯濯姿容袅袅阴。渐软已无憔悴色，未长先有别离心。风来东面知春浅，月到梢头觉夜深。惆怅隋堤千万树，淡烟疏雨正沉沉。（《眉庵集》卷八）

全诗描绘新柳风姿细致入微，构思新巧，遣词纤丽清新。

但杨诗总体上还没有完全摆脱元末秾丽纤细的习气，明人徐泰（生卒年不详）称其"天机云锦，自然美丽，独时出纤巧，不及高启之冲雅"（《诗谈》）。经历元明之际天崩地裂的时代，又迭遭打击之后，杨基较多地抒写感时伤乱与自叹身世的悲哀，自称："老来诗句疏狂甚，乱后文章感慨多。"（同上《寄杨铁崖先生》）如《遇史克敬询故园》：

三年身不到姑苏，见说城边柳半枯。纵有萧萧几株在，也应啼杀树头乌。（《眉庵集》卷十一）

以质朴的语言，将肃杀之景与身世之悲融为一体。

第二节
崇儒复雅

元明易代之际的文章，既有山林之文，又有台阁之文，二者交相辉映，佳作迭出。这时期文章创作的基调是恢复汉唐，崇儒复雅。代表作家有宋濂、刘基、方孝孺等。

一、宋濂文雍容醇雅

宋濂论文主张“文者，道之所寓”（《宋学士文集》卷五十一《徐教授文集序》），偏向于文以载道的雍容醇雅。而且，他在对台阁文学与山林文学的批评中明确地扬此抑彼，说：“予闻昔人论文，有山林、台阁之异。山林之文，其气瑟缩而枯槁；台阁之文，其体绚丽而丰腴。”（《宋学士文集》卷二十四《蒋录事诗集后序》）

尽管如此，宋濂在元末长期隐居山林，他的“山林之文”最富有文学价值。他往往以传记小品和记叙性文章塑造性格鲜明、栩栩如生的人物形象。

分析举例

《秦士录》一开头便写出秦士邓弼的过人风采：

邓弼，字伯翊，秦人也。身长七尺，双目有紫棱，开合闪闪如电。能以力雄人，邻牛方斗不可擘，拳其脊，折仆地。市门石鼓，十人舁，弗能举，两手持之行。然好使酒，怒视人，人见辄避，曰：“狂生不可近，近则必得奇辱。”

一日，独饮娼楼，萧、冯两书生过其下，急牵入共饮。两生素贱其人，力拒之。弼怒曰：“君终不我从，必杀君，亡命走山泽耳。不能忍君苦也。”两生不得已，从之。弼自据中筵，指左右，揖两生坐，呼酒歌啸以为乐。酒酣，解衣箕踞，拔刀置案上，铿然鸣。两生雅闻其酒狂，欲起走，弼止之曰：“勿走也！弼亦粗知书，君何至相视如涕唾？今日非速君饮，欲少吐胸中不平气耳。四库书从君问，即不能答，当血是刃。”两生曰：“有是哉？”遽摘七经数十义叩之，弼历举传疏，不遗一言。复询历代史，上下三千年纚纚如贯珠。弼笑曰：“君等伏乎未也？”两生相顾惨沮，不敢再有问。弼索酒，被发跳叫曰：“吾今日压倒老生矣！古者学在养气，今人一服儒衣，反奄奄欲绝，徒欲驰骋文墨，儿抚一世豪杰，此何可哉？此何可哉？君等休矣！”两生素负多才艺，闻弼言大愧，下楼，足不得成步。归询其所与游，亦未尝见其挟册呻吟也。（《宋文宪公全集》卷三十八）

接着，文章又记叙了邓弼在泰定间（1324—1328）“造书数千言”，谒见德王，备述天下局势，并披甲驰马，勇试武艺。这两个事例生动地描绘了邓弼狂诞不羁的性格与文武双全的才艺。全文在淋漓酣畅之中凸显出邓弼亦雄亦狂的个性，在文势跌宕之中吐露出愤世不平之气。

此外，《王冕传》多侧面地展示元末诗人王冕亦狂亦狷的奇士风采；《竹溪逸民传》描写一个出世高士的形象，超凡脱俗，杳然空踪，其飘逸之姿和冲融之态，别具风韵；《记李歌》写不幸生于娼门的少女李歌，能断然拒绝豪华生活的诱惑，坚强地保护自己的尊严。宋濂在元末所写的杂著《龙门子凝道记》和《燕说》，往往以生动的故事说明抽象的道理，文字精警，寓意深刻。其中的《尊卢沙夸谈》、《越人溺鼠》等风趣诙谐，味外有味。

宋濂在明初被推为“开国文臣之首”（《明史·宋濂传》），久操制作之柄，一代礼乐典章，由他所裁定者居多。时人有诗赞道：“朝廷礼乐新寰宇，半是先生撰次成。”（孙蕡《西庵集》卷七《送翰林宋先生致仕归金华》二十五首其七）这期间，他着力撰写台阁之文，在朝贺、宸游、台阁应制中寻找创作的题材，热心为朝廷编修国史、宝训，为勋戚名臣撰写炫德耀功的碑志铭文，以应制之文为明王朝歌功颂德。《阅江楼记》是宋濂奉旨撰文中的名篇，歌功颂德之中间有规劝讽谕，纡余委曲而又条达疏畅，庄重典雅而又委婉含蓄。这是一篇颇为得体的台阁应制文章，集中体现了宋濂“醇深演迤”（《明史·宋濂传》）的文章风格。

但是宋濂明初的文章风格有时能摆脱台阁雍容典雅的单一模式而趋于多样化。赠序文如《送东阳马生序》风格温厚和平，语言简洁质朴，明白流畅；《送陈庭学序》在叙述之中有景物的描绘，起伏应合，如峰回路转，结构周密，文势遒逸。写景文如《桃花涧修禊诗序》、《环翠亭记》等，也都风景如画，秀丽清新。

分析举例

《环翠亭记》中的一段写景文字：

当积雨初霁，晨光熹微，空明掩映，若青琉璃然。浮光闪彩，晶荧连娟，扑人衣袂，皆成碧色。冲融于北南，洋溢乎西东，莫不绀联绿涵，无有亏欠。（《宋文宪公全集》卷三十七）

文字清隽雅素，简洁明畅，别有韵味。

二、刘基文气昌而奇

刘基“所为文章，气昌而奇，与宋濂并为一代之宗”（《明史·刘基传》），但与宋濂文风不同。钱基博说：“基雄迈有奇气，而濂自命儒者。然基炼气入遒，而不为濂之泛滥；又造辞欲洁，亦不如濂之曼衍。濂蛟腾凤起，其文赡。基剑气珠光，其辞崭。”（《明代文学》第一章“文”第一节）

刘基写于元末的寓言体杂文最为出色，这些文章主要收录在《郁离子》之中。《郁离子》共三卷十八章一百九十五条①，多者千言，少者百字，是一部含意深刻而饶有风趣的寓言体杂文集。“郁离”，当时人解释为：“离为火，文明之象，用之其文郁郁然，为盛世文明之治。”（徐一夔《郁离子序》）“其意谓天下后世若用斯言，必可底文明之治耳!”（吴从善《郁离子序》）《郁离子》采用寓言形式，取譬事物，讽谕时事，揭露现实，颇有深度。如《千里马》以“非冀产”的千里马被“置之于外牧”，抨击元朝统治者埋没人才的民族歧视政策。《工之侨献琴》揭露真伪倒置、重表象而轻实质的腐败世风。其他如《卫懿公好禽》、《晋灵公好狗》等，抽绎历史，敷演成章，或讽刺淫乐亡国的统治者，或抨击借主子之威而行奸肆虐的小人，意蕴深刻，发人深思。

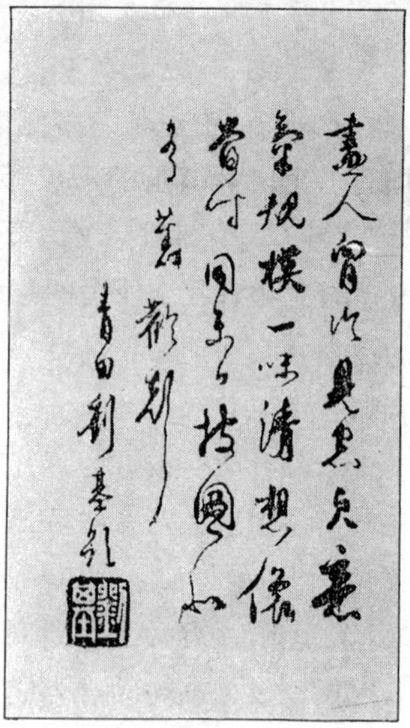

刘基手迹

分析举例

“楚有养狙以为生者”一节：

楚有养狙以为生者，楚人谓之狙公。旦日必部分众狙于庭，使老狙率以之山中，求草木之实，赋什一以自奉。或不给，则加鞭箠焉。群狙皆畏苦之，弗敢违也。一日，有小狙谓众狙曰：“山之果，公所树与?”曰：“否也，天生也。”曰：“非公不得而取与?”曰：“否也，皆得而取也。”曰：“然则吾何假于彼而为之役乎?”言未既，众狙皆寤。其夕，相与伺狙公之寝，破栅毁柙，取其积，相携而入于林中，不复归。狙公卒馁而死。郁离子曰：世有以术使民而无道揆者，其如狙公乎？惟其昏而未觉也，一旦有开之，其术穷矣！（《诚意伯刘文成公文集》卷二）

全文以“养狙”比喻“牧民”，指小喻大，意在言外。

① 此据四库全书本。嘉靖《学津讨源》本及今人魏建猷、萧善芗点校本（上海，上海古籍出版社，1981）《郁离子》为182条。

除《郁离子》外，刘基还有若干文章佳作。如《卖柑者言》借一位卖柑者之言，将讽刺的矛头直指元代上层统治集团，揭露他们“金玉其外，败絮其中”的丑恶本质。文章短小精悍，论述颇有气势。其结尾自问：“岂其忿世嫉邪者耶？而托于柑以讽耶？”（《诚意伯刘文成公文集》卷七）颇有画龙点睛之妙。

此外，刘基的一些山林之文以“诗文自娱”（黄伯生《诚意伯刘公行状》）。如元末羁管绍兴期间所写的《松风阁记》、《游云门》、《出越城至平水记》、《活水源记》、《白云山舍记》等文，放浪山水，舒展性灵，风格冲淡，清俊秀丽，与沉郁而又犀利的忧生愤世之作迥然不同。他的一些台阁之文则以“理明而气昌”见长（《诚意伯刘文成公文集》卷五《苏平仲文集序》），如《平西蜀颂》、《甘露颂》等，歌功颂德，风格平和，优游闲雅，“昔年飞扬硉矹之气，澌然无有存者”（钱谦益《列朝诗集小传》甲前集《刘诚意基》）。

三、方孝孺文纵横跌宕

在宋濂、刘基之后，方孝孺的文章独具一格，纵横跌宕，出入于苏轼、陈亮之间。方孝孺被时人视为“读书种子”（《明史·方孝孺传》），他以当仁不让的姿态复兴儒学，振兴诗文，力倡“文道合一”，说：“文者，道之余耳。苟得乎道，何患乎文之不肆耶？”（《逊志斋集》卷十《答王仲缙》）但是他在文章创作中往往注重直接或间接的社会生活体验，如他在自己写的《越巫》、《吴士》之后有一段附识，说：“余见世人之好诞者死于诞，好夸者死于夸，而终身不自知其非者众矣，岂不惑者！游吴越间，客谈二事类之，书以为世戒。”（《逊志斋集》卷六）

分析举例

如《越巫》刻画鬼迷心窍、至死不悟的越巫形象，讽刺社会上那些招摇撞骗、欺世盗名的人：

越巫自诡善驱鬼物，人病，立坛场，鸣角振铃，跳踯叫呼，为胡旋舞，禳之。病幸已，馔酒食，持其赀去。死则诿以他故，终不自信其术之妄。恒夸人曰：“我善治鬼，鬼莫敢我抗。”恶少年愠其诞，瞯其夜归，分五六人，栖道旁木上，相去各里所。候巫过，下砂石击之。巫以为真鬼也，即旋其角，且角且走。心大骇，首岑岑加重，行不知足所在。稍前，骇颇定，木间砂乱下如初。又旋而角，角不能成音，走愈急。复至前，复如初。手慄气慑不能角，角坠；振其铃，既而铃坠，惟大叫以行。行闻履声及叶鸣谷响，亦皆以为鬼，号求救于人，甚哀。夜半抵家，大哭叩门，其妻问故，舌缩不能言。惟指床曰：“亟扶我寝，我遇鬼，今死矣。”扶至床，胆裂，死，肤色如蓝。巫至死不知其非鬼。

《吴士》是《越巫》的姊妹篇，对夸夸其谈的人作了尖锐的讽刺。《蚊对》从异类相食，谈到同类相食——人吃人的血，揭露人世间吮吸他人鲜血的罪恶之徒的狰狞面目。《指喻》通过一位友人拇指生病的事例，借“喻”立说，强调“宜以拇病为戒”，劝告人们防患于未然（均见于《逊志斋集》卷六）。这些短小精悍的杂文是方孝孺的代表作。

第三节 台阁风尚

一、“三杨”诗文雍容典雅

在永乐至天顺（1403—1464）的文坛上，以杨士奇、杨荣、杨溥为代表的台阁体诗文蔚然成风。“三杨”诗文多写朝贺宸游、巡狩征伐、官场迎送，或宣扬帝王威德，歌咏太平盛世，或表现盛世幻影下自安自得的阁臣心态。在艺术倾向上，他们追求尚雅、尚法、尚平易、尚流利，风格仿佛欧阳修，大多雍容华贵，平正典雅，纡徐委备。

分析举例

奉敕恭谒皇太子谢恩诗

华夷一统戴洪恩，庆衍皇家万万春。总为太平隆景运，正生仁圣福斯民。德如文武成康继，世沐乾坤雨露新。龙凤之姿天日表，大明高祖圣玄孙。（杨士奇《东里续集》卷五十九）

诗篇为拜谒朱元璋的玄孙、宣宗朱瞻基的长子朱祁镇而作，歌颂华夷一统，揄扬宣德之治，风格雍容典雅，但描写浮泛肤浅，是典型的台阁体诗。

当然，“三杨”也有一些较有思想艺术价值的诗文作品，如杨士奇的《次韵黄少保过田家有感》等诗，以沉郁的心情写民生疾苦；杨荣的《诸将继至》、《度居庸关》等诗，以豪迈雄壮的格调展示华夏民族的声威。至于杨荣的《卢沟晓月》、杨溥的《送归州太守复任》等诗，属对工巧，音节和谐，简而有法；杨士奇的《游东山记》等文章，写景清丽，自然流利；杨荣的《溪山清晓》、杨士奇的《清明有感》等诗，性情自然，境界浑融，均各有特色。

二、李东阳诗文雄浑正大

随着台阁体的流弊日趋严重，台阁重臣中的李东阳如“老鹤一鸣”（沈德潜等《明诗别裁集》卷三），力图在“三杨”台阁体之外另辟蹊径，开创新的局面。李东阳在诗文创作中极力“求其浑雅正大，可追古作”，要求诗歌创作在“悠扬委曲”之中追求“起伏顿挫”之美（均见《怀麓堂诗话》），着力提高儒雅文学的品位。

分析举例

咏史诗如《三字狱》：

朋党谪，天下惜，惜不惜，贬李迪。三字狱，天下服，服不服，杀武穆。奸臣败国不畏天，区区物论真无权。崖州一死差快意，遗恨施郎马前刺。（《怀麓堂集》卷二诗稿二）

诗作痛斥秦桧（1107—1187）以“莫须有”的罪名残害抗金英雄岳飞（1103—1142），音律铿锵有力，情绪激烈愤慨，堪称声律与风骨兼备之作。

写景诗如《与钱太守诸公游岳麓寺四首》其三：

危峰高瞰楚江干，路在羊肠第几盘？万树松杉双径合，四山风雨一僧寒。平沙浅草连天在，落日孤城隔水看。蓟北江南俱在眼，鹧鸪声里独凭栏。（《怀麓堂集》卷九十一）

雅致而清澈，律圆而调响，颇有盛唐气象。

成化八年（1472），任翰林院编修的李东阳由京城告假返回祖籍茶陵，写了一组《茶陵竹枝歌》十首（同上），描绘了一幅幅农家风土人情。如：

杨柳深深桑叶新，田家儿女乐芳春。封羊击豕禳瘟鬼，击鼓焚香赛土神。（其二）

银烛金杯映绮堂，呼儿击鼓脍肥羊。青衫黄帽插花去，知是东家新妇郎。（其三）

春尽田家郎未归，小池凉雨试絺衣。园桑绿罢蚕初熟，野麦青时雉始飞。（其七）

这些诗作清新自然，意趣横生，散发出浓烈的生活气息。

李东阳的诗文创作在一定的程度上对“三杨”等台阁体及其末流萎弱浅俗的文风起着纠偏补弊的作用。但由于他“历官馆阁，四十年不出国门”（钱谦益《列朝诗集小传》丙集《李少师东阳》），限制了生活和艺术的视野，所以他未能完全冲出台阁体的樊篱，在“求其浑雅正大”上心有余而力不足，仍然创作了相当一部分气象雍容、典雅和平的台阁体诗文。

☞ **多学一点**

李东阳为官五十年，入内阁十八年，喜欢奖掖后进，推举才士，天下文士多投奔他的门下。其中他的门生有罗玘（1447—1519）、邵宝（1460—1527）、顾清、鲁铎（1461—1527）、何孟春（1474—1536）等，还有他的友人吴宽（1435—1504）、谢铎（1435—1510）、陆钱（1439—1489）、程敏政（1445—1499）、马中锡（1446—1512）、王鏊（1450—1524）、杨一清（1454—1530）、张泰（生卒年不详）等，形成了一个以李东阳为领袖、以他的执友与门人为羽翼的茶陵派。

三、马中锡的诗文

茶陵派文人的诗文风格各有特色。如马中锡的诗歌，铸词凄婉，句律浑成，便与李东阳异调。钱谦益称其："于诗尤工，评者谓其体格早类许浑，晚入刘长卿、陆龟蒙之间。"（《列朝诗集小传》丙集《马左都中锡》）如《帝王庙》抒写游访蓟门元世祖忽必烈（1260—1294 在位）祠堂的所见所感：

> 世祖祠堂带夕曛，碧苔年久暗碑文。蓟门此日瞻遗像，起辇何人识故坟。棹楔半存蒙古字，阴廊尚绘伯颜军。可怜老树无花发，白昼鸮鸣到夜分。（《东田漫稿》卷二）

在凄婉的氛围中进行深刻的思考，即景抒情，咏古叹今，前人评论说："用事典实，铸词凄婉，可称绝唱。"（沈德潜等《明诗别裁集》卷四引曹洁躬语）

马中锡的文章也横逸奇崛，深刻隽永。如名篇《中山狼传》（《东田文集》卷三），是根据古代传说创作的寓言体文章。文中写东郭先生以"兼爱"之心救狼，险遭其害。文中将中山狼人格化，它既有狼的残暴、贪婪的特性，也表现了当时上层社会中那些狠毒、奸诈、自私自利者的卑劣行径。笔调幽默风趣，语言生动活泼，连用典故，辞意隽永。其后康海、王九思都曾将此文改编为《中山狼》杂剧。

《中山狼传》文意图

四、性气诗

在茶陵派盛行之时，成化年间（1465—1487）的诗坛上还流行着"性气诗"。性气诗以陈献章、庄昶为代表，取法宋代邵雍的《伊川击壤集》，时称"陈庄体"（清朱彝尊《静志居诗话》卷七）。他们的诗歌作品大多溺于理学，丧失真趣，俚词鄙语，冲口而出，淡乎寡味，“至于‘筋斗样子’、‘打乖个里’，如禅家呵佛骂祖之语，殆是《传灯录》偈子，非诗也”（杨慎《升庵集》卷五十五《诗话》）。

☞ **多学一点**

如庄昶写的诗，几乎每一首有“乾坤”，每三首有“太极”。而且句调就像打油诗一样，如“太极圈儿大，先生帽子高”，“赠我一壶陶靖节，还他两首邵尧夫”之类。有人有意效仿他的诗，改为《外官答京官苞苴诗》，写道：“赠我一包陈福建，还他两匹好南京。”（见杨慎《升庵集》卷五十五《诗话》）

第四节 复古狂飙

一、复古派崛起

正是不满于茶陵派的萎弱诗风和性气诗的鄙俚格调，弘治、正德年间（1488—1521），以“弘德七子”为代表的复古派异军突起。[①]

学术轶事

《明史·李梦阳传》说：

弘治时，宰相李东阳主文柄，天下翕然宗之。梦阳独讥其萎弱，倡言文必秦汉，诗必盛唐，非是者弗道。与何景明、徐祯卿、边贡、朱应登、顾璘、陈沂、郑善夫、康海、王九思等号“十才子”，又与景明、祯卿、边贡、康海、九思、王廷相号“七才子”，皆卑视一世，而梦阳尤甚。

① 关于复古派的构成，参见简锦松：《明代文学批评研究》，186～187页，台北，台湾学生书局，1989。

复古派以新科进士、郎署少壮派和文学革新者的锐气，与宦官政治、程朱理学、台阁诗文正面碰撞，提倡阅读古书，增长知识学问，开阔心胸眼界，焕发精神才情，这对扫除八股时文的恶劣影响，对抗文坛上的皇家宫廷风致，激发文人学士的主体精神，促进古文辞的创作，起了积极的作用。顾起纶（1517—1587）称赞道："李献吉、何仲默二学宪，气象弘阔，词彩精确。力挽颓风，复臻古雅，遴材两汉，嗣响三唐。"（《雅伦》卷二）复古派的诗文创作在"文必秦汉，诗必盛唐"的审美探究中留下了曲折的脚印：有的作品已步入高格朗调、浑雅正大、意象冲融、神韵飘逸的审美境界，有的作品却跌入模拟古人、刻意深奥、佶屈聱牙、缺乏性灵的泥坑之中。

复古派中诗文创作较有成就的作家，是李梦阳、何景明、王九思和康海。

二、李梦阳拟古与自鸣

李梦阳的诗文创作，着力从格式、音调、声律、句法、气象等方面模拟先秦两汉文章与盛唐诗歌。他虽有借鉴古人的成功之作，如《艮岳篇》、《吹台春日怀古》等七律，《汉京篇》、《去妇词》、《士兵行》等七言歌行。但因过于着重模拟，大多作品不免"泥于格调而伪体出"（清翁方纲《复初斋文集》卷八《格调论上》）。

分析举例

代表作如《石将军战场歌》：

清风店南逢父老，告我己巳年间事。店北犹存古战场，遗镞尚带勤王字。忆昔蒙尘实惨怛，反覆势如风雨至。紫荆关头昼吹角，杀气军声满幽朔。胡儿饮马彰义门，烽火夜照燕山云。内有于尚书，外有石将军。石家官军若雷电，天清野旷来酣战。朝廷既失紫荆关，吾民岂保清风店。牵爷负子无处逃，哭声震天风怒号。儿女床头伏鼓角，野人屋上看旌旄。将军此时挺戈出，杀敌不异草与蒿。追北归来血洗刀，白日不动苍天高。万里烟尘一剑扫，父子英雄古来少。天生李晟为社稷，周之方叔今元老。单于痛哭倒马关，羯奴半死飞狐道。处处欢声噪鼓旗，家家牛酒犒王师。休夸汉室嫖姚将，岂说唐家郭子仪。沉吟此事六十春，此地经过泪满巾。黄云落日枯骨白，沙砾惨淡愁行人。行人来折战场柳，下马坐望居庸口。却忆千官迎驾初，千乘万骑下皇都。乾坤得见中兴主，杀伐重开再造图。枭雄不数云台士，杨石齐名天下无。呜呼杨石今已无，安得再生此辈西备胡？（《空同集》卷二十二）

石将军指石亨（？—1460）。英宗正统十四年（1449），瓦刺也先进逼京师，石亨任右都督，用于谦（1398—1457）之令，击退敌兵。这首诗约作于武宗正德元年（1506），有感于当时边境不宁，希望能有石亨这样的将领再世，以保国安边。全诗声调激昂，笔力雄健，在雄放中不乏细腻的描写，在当时广为传诵。

李梦阳的文学主张中还有强调“情之自鸣”的创新意识（《空同集》卷五十一《鸣春集序》），他认为：“今真诗乃在民间……真者，音之发而情之原也。”（《空同先生集》卷五十《诗集自序》）这也具体地表现在他的文学创作实践之中。诗歌如《朝饮马送陈子出塞》、《玄明宫行》、《君马黄》等，抚时感事，暴露弊政，闪烁着“以我之情，述今之事”的光彩（《空同集》卷六十二《驳何氏论文书》）；《赠青石子二首》等坦露胸襟，发为哀歌，“亦自关性灵，亦自有余于风韵”（清王夫之《明诗评选》卷四）。文章长于叙事，而且意富文约，语言精练，句法紧凑，深得司马迁史传神髓。所以袁宗道（1560—1600）称道：“空同诸文，尚多己意，纪事述情，往往逼真。”（《白苏斋类集》卷二十《论文上》）

分析举例

如《梅山先生墓志铭》中写道：

> 正德十六年秋，梅山子来。李子见其体腴厚，喜握其手，曰：“梅山肥邪?”梅山笑曰：“吾能医。”曰：“更奚能?”曰：“能形家者流。”曰：“更奚能?”曰：“能诗。”李子乃大诧喜，拳其背曰：“汝吴下阿蒙邪？别数年，而能诗、能医、能形家者流!”李子有贵客，邀梅山。客故豪酒，梅山亦豪酒。深觞细杯，穷日落月。梅山醉，每据床放歌，厥声悠扬而激烈，已，大笑觞客；客亦大笑和歌，醉欢。李子则又拳其背曰：“久别汝，汝能酒又善歌邪!”客初轻梅山，于是则大器重之，相结内，明日造梅山邸款焉……（《空同集》卷四十五）

围绕梅山先生的离别、归来、宴饮等事件，描写人物形象，栩栩如生。

三、何景明诗清雅神秀

何景明主张近体诗与歌行学初唐和盛唐，古体诗学汉、魏，在“富于材积，领会神情”中，达到“舍筏则达岸”（《大复集》卷三十二《与李空同论诗书》）的诗歌境界。钱基博评云：“梦阳诗以雄丽胜，景明诗以秀朗胜，同是宪章少陵，而所造各异。”（《明代文学》第二章“诗”第三节）何景明多有针砭现实之作，如《鲥鱼》、《玄明宫行》、《官仓行》、《岁晏行》等，俊语亮节、格调古雅。但最能代表他诗歌风格的，是像《秋江词》、《津市打鱼歌》、《雨夜似清溪二首》之类清雅神秀的作品。

分析举例

津市打鱼歌

大船峨峨系江岸，鲇鲂鲅鲅收百万。小船取速不取多，往来抛网如掷梭。野人无船住水浒，织竹为梁数如罟。夜来水长没沙背，津市家家有鱼卖。江边酒楼燕估客，割鬐砍鲙不论百。楚姬玉手挥霜刀，雪花错落金盘高。邻家思妇清晨起，买得兰江一双鲤。簁簁红尾三尺长，操刀具案不忍伤。呼童放鲤潎波去，寄我素书向郎处。（《大复集》卷十一）

这首诗以鱼市为背景，描写了打鱼、卖鱼、买鱼的生活场景，语言质朴古奥，而又活泼生动。

四、王九思与康海

王九思的诗歌大多抒写仕途失意后的怨怅之情，风格秀丽雄爽。如正德五年（1510）谪官赴寿州途中的《九日》：

客里逢秋秋更哀，细风晴雨负登台。思亲畏说秦山远，忆弟惊看楚雁回。异国浊醪难独醉，故乡黄菊莫争开。帆樯落日聊回首，滚滚长波万里来。（《渼陂集》卷五）

这首诗糅合前人诗句，不露痕迹，凄恻缠绵，以景衬情。

康海的诗文创作大多缘情自鸣，“于文章不复精思，诗尤颓纵”（《四库全书全目提要》卷一百七十一《对山集》提要）。诗作如《秋风词》（《对山集》卷十），倾泻内心中“时势摧人著处生，英雄遇抑常迟钝”的郁愤之情，气势奔放，颇有李白遗风。康海文学创作的实绩主要在古文方面。在他一生所写的三百四十多篇古文中，时有“逸气往来，翛然自异”（《四库全书全目提要》卷一百七十一《对山集》提要）的上乘之作。如《秦州画卦台新建伏羲庙记》、《横渠先生经学理窟序》等，直抒胸臆，切中时弊，文笔酣畅犀利而言简意赅，情理兼备又隽美清新。《与彭济物书》等说理透辟，抒情真挚，寓郁勃于婉转之中，有司马迁《报任安书》的神韵。

第五节 狂士讴歌

在前七子文学复古思潮声势煊赫之时，沈周（1427—1509）、祝允明、文征明、唐寅等吴中文人并不盲目追随他们。他们都是书画名家，性格大多狂放不羁，诗文则不傍门户，自我作古，袒露襟怀，直抒性情，成为万历年间（1573—1620）“师心”文学思潮的先驱。

一、祝允明诗缘情尚趣

祝允明曾以矫枉过正的口吻宣称“学坏于宋”（《怀星堂集》卷十《学坏于宋论》）。他断然绕开宋儒和宋诗，直接宗法唐与六朝晋魏乃至六经，说：“观宋人文无若观唐文，观唐无若观六朝晋魏。大致每如斯以上之，以极乎六籍。”（《怀星堂集》卷十二《答张天赋秀才书》）他的诗歌缘情尚趣，不同流俗，或轻丽绮艳，或刻削古奥。如《春日醉卧戏效太白》：

> 春风入芳壶，吹出椒兰香。累酌无劝酬，颓然倚东床。仙人满瑶京，处处相迎将。携手观大鸿，高揖辞虞唐。人生若无梦，终世无鸿荒。（《怀星堂集》卷三）

诗作以李白式的奇思妙想，抒写独自饮酒的乐趣，在豪放的诗句中展示了直致任真、逍遥自得的心态。

祝允明的文章如《答人劝试甲科书》、《答张天赋秀才书》、《祝子罪知录》等，往往旁征博引，长于议论，潇洒自如，思致冷隽。但也时常放诞自负，持论矫激。

文征明像

二、文征明诗婉丽清淡

文征明“好为诗，傅情而发，娟秀妍雅，出入柳柳州、白香山、苏端明诸公。文取达意，时沿欧阳庐陵”（王世贞《弇州山人四部稿》卷八十三《文先生传》）。他的诗歌大多情思娴静温柔，笔致细润灵动，韵律舒展和谐。如《感怀》：

> 三十年来麋鹿踪，若为老去入樊笼。五湖春梦扁舟雨，万里秋风两鬓蓬。远志出山成小草，神鱼失水困沙虫。白头博得公车召，不满东方一笑中。（《甫田集》卷十）

这是文征明任翰林待诏时的作品，抒写自己的苦闷心情，梦想像功成身退后泛舟五湖的范蠡一样潇洒飘逸。

又如《石湖》：

> 石湖烟水望中迷，湖上花深鸟乱啼。芳草自生茶磨岭，画桥横注越来溪。凉风嫋嫋青苹末，往事悠悠白日西。依旧江波秋月堕，伤心莫唱夜乌栖。(《甫田集》卷六)

诗作展示了鲜丽媚人、娴静温柔的石湖风光，映衬出诗人温文尔雅的个性特征，诗风婉丽，和谐清淡。

文征明的文章，如《太傅王文恪公传》、《明故资善大夫都察院右副都御史致仕盛公墓》等，论及国家、朝政、人品等大事，慷慨陈词，可见高风抗节；又如《南濠居士诗话序》、《焦桐集序》以及大量的书画题跋，多为精粹的文章，简洁平易。人称“衡山之文，法度森严，言词典则”（何良俊《四友斋丛说》卷二十三）。

(北宋) 唐寅《看泉听风图》

三、唐寅诗兴寄烂漫

唐寅是吴中文人的翘楚，以诗著称。

学术轶事

> 钱谦益说：“伯虎诗少喜秾丽，学初唐；长好刘（禹锡）、白（居易），多凄怨之词；晚益自放，不计工拙，兴寄烂漫，时复斐然。”(《列朝诗集小传》丙集《唐解元寅》)

唐寅一生，仕进无门而又不甘消沉，流连酒色而又不忘现实，心态矛盾重重。然而，他诗歌的主旋律仍然是追求自适与狂放，往往在愤世嫉俗中有顿挫之致。如：

> 笑舞狂歌五十年，花中行乐月中眠。漫劳海内传名字，谁论腰间缺酒钱？诗赋自惭称作者，众人多道我神仙。些须做得工夫处，莫损心头一寸天。(《唐伯虎全集》卷二《言怀二首》其二)

> 此生甘分老吴阊，万卷图书一草堂。龙虎榜中题姓氏，笙歌队里卖文章。跏趺说法蒲团软，鞋袜寻芳杏酪香。只此便为吾事了，孔明何必起南阳！(同上《漫兴》其二)

科场蒙冤在唐寅的心灵深处留下的创伤一直难以平复，使他深切地体察到人情冷暖、世态炎凉，在诗歌创作中喷吐出怨愤之气。

唐寅的诗歌，有的流溢着飘逸脱俗之气。如七言古诗《烟波钓叟歌》以烟波浩渺、浪花翻滚的太湖为背景，塑造了一位“不知朝市有公侯，只识烟波好风景”的八十钓叟的形象。在诗的结尾，作者以神奇之笔绘出了他与钓叟豪饮狂歌的游乐图：

> 饮如长鲸吸巨川，吞天吐月黿鼉吼。吟似行云流水来，星辰摇落珠玑走。天长大纸写不尽，墨汁蘸干三百斗。（《唐伯虎全集》卷一）

想象奇特，落笔天纵，连用比喻，大胆夸张，飘然不群，气度不凡。又如《桃花庵歌》写隐居林泉，从另一个角度展示了诗人超尘脱俗的风貌：

> 桃花坞里桃花庵，桃花庵里桃花仙。桃花仙人种桃树，又摘桃花换酒钱。酒醒只来花前坐，酒醉还来花下眠。半醒半醉日复日，花落花开年复年。但愿老死花酒间，不愿鞠躬车马前。车尘马足贵者趣，酒盏花枝贫者缘。若将富贵比贫贱，一在平地一在天。若将花酒比车马，他得驱驰我得闲。别人笑我忒风颠，我笑他人看不穿。不见五陵豪杰墓，无酒无花锄做田。（同上）

诗歌先写醉境，再写醒境，仙界人世，虚实相间，相映成趣，诗意飘忽，意境迷茫，充满飘逸之气。唐寅有时则将目光投向市井，描写世情之美，如《阊门即事》：

> 世间乐土是吴中，中有阊门又擅雄。翠袖三千楼上下，黄金百万水东西。五更市卖何曾绝？四远方言总不同。若使画师描作画，画师应道画难工。（《唐伯虎全集》卷二）

全诗构思新颖，对仗工巧，在市井风俗画中展示了渗透着商业经济等因素的世情之美。

唐寅的记游诗，往往任意挥洒，自写胸次。他时而写壮美之景：“天从西北开天堑，地到东南缺地维。”（同上《焦山》）宏奇伟丽，在高瞻远瞩中展示了自己豁达的胸襟；时而写优美之景：“人行烟霭长桥上，月出蒹葭漫水中。”（同上《松陵晚泊》）笔墨渲染出一派轻柔朦胧的月夜之景，意象缥缈；时而写山野之趣：“眠牛立马谁家牧？鸂鶒鸬鹚无数飞。”（同上《严滩》）山家野趣，生机盎然。唐寅的题画诗，在诗与画的相互渗透、相互补充之中，往往能师法自然而得天然之趣。

唐寅的散文也有佳作，如《与文征明书》（《唐伯虎全集》卷五），写科场蒙冤后心灵的创伤与归家后种种落拓的窘况，词采华美，感情沉郁，意境凄婉。

四、杨慎诗宏博伉爽

在“前七子”复古风气盛行之时，杨慎在文坛上也别张壁垒，独树一帜。

学术轶事

杨慎不满前七子及其追随者的因袭之弊，说：“至李（梦阳）、何（景明）

二子一出，变而学杜（甫），壮乎伟矣。然正变云扰而剽袭雷同，比兴渐微而风骚稍远。”（《升庵集》卷五十四《诗话》）他推崇六朝与初唐诗，倡导绮丽与风骨兼备。

☞ 多学一点

杨慎说：“庾信之诗，为梁之冠绝，启唐之先鞭。史评其诗曰‘绮艳’，杜子美称之曰‘清新’，又曰‘老成’。……若元人之诗，非不绮艳，非不清新，而乏老成。宋人诗则强作老成态度，而绮艳、清新，概未之有。若子山（即庾信）者，可谓兼之矣。”（《升庵集》卷五十四《诗话》）

因此，他的诗作大都挺然崛起，无所依傍。清人说：“升庵以高明伉爽之才，宏博绝丽之学，随题赋形，一空依傍，于李、何诸子外，拔戟自成一队。”（沈德潜等《明诗别裁集》卷六）

杨慎早期诗作，虽有拟古倾向，但宏博绝丽，风格清新；贬谪之后，诗风有所变化，感愤之作颇多，渐趋苍老悲凉。如乐府诗《垂柳篇》，音韵婉转，多用对仗，辞句清美，情兼雅怨，颇似初唐四杰之作。他的七言律诗大多雄深蕴藉，工致绮丽。《春兴八首》仿杜甫《秋兴八首》体制，其六道：

> 平沙落日大荒西，独立苍茫意转迷。蕙畹兰皋愁晚对，竹垣花掖记春栖。摧颓杜甫歌朱凤，憔悴王褒望碧鸡。白首艰难随去住，青云容易坠攀跻。（《升庵集》卷二十六）

感事咏怀，思幽语工，沉丽婉至。七言绝句如《竹枝词九首》写三峡风物，意近情遥，亦雅亦俗，清新圆润，颇得乐府遗韵，于秾丽中自见幽情。兹录其一：

> 神女峰前江水深，襄王此地几沉吟。萼花温玉朝朝态，翠壁丹枫夜夜心。（《升庵集》卷三十四）

杨慎七十二岁卒于云南，临终前作《六月十四日病中感怀》诗：

> 七十余生已白头，明明律例许归休。归休已作巴江叟，重到翻为滇海囚。迁谪本非明主意，网罗巧中细人谋。故园先陇痴儿女，泉下伤心也泪流！（《升庵集》卷二十九）

抒写被枉法羁留的悲愤和作为逐臣的苦衷，血泪交织，尤为感人。

杨慎的文章古朴奔放，多有佳作，记叙文如《碧峣精舍记》，疏奏如《丁丑封事》等，均可诵读。钱基博评为：“博奥奇丽，推本秦汉，与何景明、李梦阳略同，而不为何、李之僻涩。”（《明代文学》第一章“文”第七节）

第六节
散曲变迁

从元代后期到元明之际，散曲作品在内容上较多地集中于吟咏隐逸志趣和抒写女性丽情，在风格上愈趋雅正典丽，注重字句的锤炼、对仗的工整和典故的运用，讲究清秀华丽、缠绵婉约，或多或少地带有江南文学传统的妩媚色彩，总体上出现诗词化、规范化的倾向。这时期散曲的代表作家有汪元亨（生卒年不详）和汤式（生卒年不详）。

一、汪元亨和汤式

汪元亨著有散曲《归田录》一百篇，全部是抒写隐居志向与闲适生活的。它们很可能是作者在中年以后尝受过官场的艰难并彻底失望后撰写的。这些散曲所用的宫调、曲牌以及标题都很集中，分别为《醉太平·警世》二十首，《朝天子·归隐》二十首，《沉醉东风·归田》二十首，《折桂令·归隐》二十首，《雁儿落过得胜令·归隐》二十首。如《折桂令》：

> 二十年尘土征衫。铁马金戈，火鼠冰蚕，心不狂谋，言无妄发，事已多谙，黑似漆前程黯黯，白如霜衰鬓斑斑。气化难参，谲诈难甘，冷笑渊明，高访图南。

尽管他反复抒写归隐的正确和好处，却总是透露着无可奈何、伤感和愤怒的情绪。他的散曲风格直率畅朗，雄豪奔放，讲求精工整练之美，于俗中求巧。

汤式入明后，流寓北方，明成祖朱棣为燕王时，对他宠爱甚厚，永乐年间（1403—1424）常常对他有所赏赐。他的散曲作品有《笔花集》，多为赠妓或纯写女性美丽或寄思念之情的作品，充分展示了文人的风流习性。特别值得注意的是，他写了一些庆贺歌舞升平的作品，例如《端正好·元日朝贺》便描写朝廷四方朝贺、欢乐吉祥的气象。可见在汤式那里，散曲在一定程度上已经不再是文人自我抒情的文学，而是变成赠答或代人而作的一种显示文才的风雅工具。汤式散曲的风格，既雍容悠闲，又艳丽秾纤，有时也偶有沉郁伤感。

二、散曲创作的新生机

到了弘治、正德年间（1488—1521）以后，散曲创作出现了新的生机。一方面，一批未能入仕的文人，如王磐、陈铎、唐寅等，以文为生，表现了放达的品性和世俗的趣味。另一方面，一批文人士大夫，如王九思、康海、杨慎等，官场失意，寄情散曲，提高了散曲的文化品位。

王磐（约1457—1529后）有散曲集《王西楼乐府》，收小令六十五首，套数九支。所用曲调，多为北曲，王骥德（1542？—1623）推崇他是写北曲的“词人之冠”（《曲律》卷三）。江盈科（1553—1605）称他的散曲“材料取诸眼前，句调得诸口头。朗诵一过，殊足解颐”（《雪涛诗话》）。他的散曲多庆节、赏花、记游之作，表现“徜徉乎山水”、“寄兴于烟云水月之外”的生活（张守中《西楼先生乐府序》），所以一般写得幽雅清丽。如《一枝花·村居》写出了一介隐士孤高洒脱的情怀：

不登冰雪堂，不会风云路；不干丞相府，不谒帝王都。乐矣村居，门巷都栽树，池塘尽养鱼。有心去与白鹭为邻，特意来与黄花做主。

另有一些表现胸中浓烈情绪的作品，则呈现出豪放的色调，如套曲《一枝花·久雪》，以大雪的逞威比喻权臣的肆虐，并表达日出雪消的理想。又如《古调蟾宫·元宵》：

听元宵，往岁喧哗，歌也千家，舞也千家。听元宵，今岁嗟呀，愁也千家，怨也千家。那里有闹红尘香车宝马？只不过送黄昏古木寒鸦。诗也消乏，酒也消乏，冷落了春风，憔悴了梅花。

曲作运用对比手法，抒写了今不如昔的现实状况，包含着深沉的感慨。

王磐的咏物之作“首首尖新”（王骥德《曲律》卷三）。最著名的是小令《朝天子·咏喇叭》：

喇叭，唢呐，曲儿小，腔儿大。官船来往乱如麻，全仗你抬声价。军听了军愁，民听了民怕，那里去辨什么真共假？眼见的吹翻了这家，吹伤了那家，只吹得水尽鹅飞罢！

此曲作于正德年间（1506—1521），当时宦官专权，王磐以“曲小”、“腔大”的官船喇叭象征宦官，揭露当时宦官的威风和他们对社会的侵害，充满调侃讽刺意味。

学术轶事

蒋一葵《尧山堂外纪》：“正德间，阉寺当权，往来河下无虚日，每到辄吹号头，齐丁夫，民不堪命。西楼乃作《咏喇叭》以嘲之。”

王磐还有些作品又雅俗相杂，充满谐谑风趣，如《满庭芳·失鸡》、《朝天子·瓶杏为鼠所啮》等，成为明代散曲的别调。

陈铎（约1461—约1521）对于音律十分精通，被当时的歌唱演员称为“乐王”。他创作的散曲数量很多，有《秋碧乐府》、《梨云寄傲》、《滑稽余韵》、《秋碧轩稿》、《可雪斋稿》、《月香亭稿》等多部散曲集，前三部至今尚存。散曲的传统题材，诸如隐逸、闺情、山水、花鸟虫鱼、市井风情等，他都大量吟咏，详细摹写；散曲的传统风格和技法，举凡豪放、清丽、典雅、通俗、诙谐、工巧、尖新，他都有所吸收，不拘格套。

☞ **多学一点**

与其他散曲作家相比，陈铎对散曲这一文学形式的专注程度以及写作的娴熟程度都是极为出众的。汪廷讷（1569？—1628后）称他的散曲："其韵严，其响和，其节舒。词秀而易晰，音谐而易按。言言蒜酪，更复擅场。借使骚雅属耳，击节赏音；里人闻之，亦且心醉。是真词坛之鼓吹，而俳偕之杰霸乎！"（《刻陈大声全集序》）

陈铎对于散曲史的贡献，主要还在于他扩展和深化了散曲对市井风情的描绘。代表作《滑稽余韵》，共有一百四十一首，有意集中地描写市井中的各色人等和生活场面，犹如市井生活画廊。写人物，有儒士、训蒙（教师）、医生、兽医、印刷工、瓦匠、漆匠、木匠、机匠、媒婆、和尚、尼姑、道士等等，涉及了当时的各种职业；写商店，有冠帽铺、颜料铺、茶食铺、棺材铺、生药铺、米铺、香烛铺等等，涉及了当时的各行各业。如：

> 东家壁土恰涂交，西舍厅堂初宽了，南邻屋宇重修造。弄泥浆直到老，数十年用尽勤劳。金张第游麋鹿，王谢宅长野蒿，都不如手镘坚牢。（《水仙子·瓦匠》）
>
> 麻绳是知己，扁担是相识。一年三百六十回，不曾闲一日。担头上讨了些儿利，酒房中买了一场醉，肩头上去了几层皮，常少柴没米。（《醉太平·挑担》）

这些曲作，对辛勤劳动的人赋予同情的笔调，对不劳而获的人则加以嘲讽，语言直白如话，富有生活气息。

唐寅的散曲多写闺情闺怨，间有叹世之作，题材是传统的，但风格纤雅绮丽，翩翩有致，如《南商调黄莺儿》（"细雨湿蔷薇"）、《南商调山坡羊》（"嫩绿芭蕉庭院"）（《唐伯虎全集》卷四）等，都属佳制。尤其是他创制了南调散曲，在散曲史上是值得注意的。

王九思有散曲集《碧山乐府》，康海有散曲集《沜东乐府》。正德六年（1511）他们离官归乡后，"每相聚沜东、鄠、杜间，挟声伎酣饮，制乐造歌曲，自比俳优，以寄怫郁"（《明史·王九思传》）。他们的散曲都是北曲，往往以豪放恣纵的语言，抒写叹世乐闲的思想，在勘破世情、隐居乐道的背后，不时透露出对官场黑暗、人情险恶的不满之情，风格雄爽质朴，浑厚跌宕。如：

> 热功名一枕蝶，冷谈笑两头蛇，老先生到今瞧破些。枉费喉舌，枉做豪杰，越伶俐越着呆。绕柴门山色横斜，扫香阶花影重叠。浊醪沉醉也，稚子紧扶者。嗟！再休去风波里弄舟楫。（王九思《寨儿令·对酒》）
>
> 数年前也放狂，这几日全无况。闲中件件思，暗里般般量。真个是不精不细丑行藏，怪不得没头没脑受灾殃。从今后花底朝朝醉，人间事事忘。刚方，奚落了膺和滂。荒唐，周全了籍与康。（康海《雁儿落带过得胜令·饮中闲咏》）

这些作品放达中寄寓失意，悠闲中含藏不平，刻露了传统士大夫既不愿放弃仕途进取，又对自身遭遇无能为力而聊以自慰的心态。

此外，如王九思《寨儿令·夏日即事》，写端阳节前的农村风光，充满诗情画意，风格清新秀丽。

杨慎的散曲以意蕴胜，如《驻马听·和王舜卿舟行之咏》，写月下舟行幽景，江天一色，月光如水，并畅想驶入长空银河，记叙细腻，意境优美。

到嘉靖年间（1522—1566）以后，继续创作北曲作品，并在题材上有所开拓的作家，有冯惟敏和薛论道。

冯惟敏（1511—约1580）著有散曲集《海浮山堂词稿》，存小令五百零八首，套曲五十篇，作品题材广泛，风格爽朗，语言活泼自然。尤其是用散曲写现实生活，表现出散曲平民化的倾向。如：

> 穿和吃不索愁，愁的是遭官棒。五月半间便开仓，里正哥过堂。花户每比粮，卖田宅无买的，典儿女陪不上。（《胡十八·刈麦有感》四首其一）
>
> 初添野水涯，细滴茅檐下，喜芃芃遍地桑麻。消灾不数千金价，救苦重生八口家。都开罢：荞花，豆花，眼见的葫芦棚结了个赤金瓜。（《玉芙蓉·喜雨》）

前一首揭露了赋税的繁重和官府的勒索，语言通俗，格调沉郁。后一首写农民久旱后得雨的喜悦心情，语言朴素，情调欢快。

薛论道（约1531—约1600）著有散曲集《林石逸兴》，共收小令一千首。作品多描写边疆风光、抒发个人感慨及讽时嫉俗之作，风格豪放悲壮。尤其是描写边塞从军生活的作品，开拓了散曲的题材。如《黄莺儿·塞上重阳》：

> 荏苒又重阳，拥旌旄倚太行，登临疑是青霄上。天长地长，云茫水茫，胡尘静扫山河壮。望遐荒，王庭何处？万里秋霜。

意境雄浑，格调苍凉。

他的一些讽世之作，极尽嬉笑怒骂之情，继承了元曲的传统。如《桂枝香·悭吝》：

> 锱铢毫末，一针不挫。虽有些夹细名声，却无那奢华罪过。说一声客来，魂惊胆破。一身无主，两脚如梭。慌忙躲入积钱囤，说与浑家盖饭锅。

作品以风趣的笔触，揭示了守财奴的卑污灵魂，生动活泼。

万历年间（1573—1620）以后，散曲进一步出现南曲化特征，题材也大多局限于儿女相思之类，风格以婉约缠绵见长。散曲越来越成为文人学士抒情写意的体裁了。代表作家有施绍莘（1581—1640），吴梅认为，明代散曲"要以施绍莘为一代之殿"（《中国戏曲概论》卷中）。施绍莘因仰慕宋代词人张先（字子野）以"张三影"著称，将所作词曲题为《花影集》。他的散曲贵在真趣，如《端正好·春游述怀》，极写"决计疏狂矣，且随喜花边酒里"的放旷生涯；《琐南枝·侫花》，抒写"一生与花作缘"的痴迷情怀。至于充斥《花影集》中的风情闺恨之作，更是"放诞之极，流于淫佚"（任讷《曲谐》卷四）。施绍莘的散曲南北调兼作，风格多样，而以真率爽朗贯穿始终，不愧为明散曲的集大成者。

【温故知新】

刘基　高启　杨基　宋濂　方孝孺　台阁风尚　三杨　李东阳　茶陵派　马中锡　性气诗　复古派崛起　李梦阳　何景明　王九思　康海　前七子　十才子　祝允明　文征明

唐寅　杨慎　散曲变迁　汪元亨　汤式　王磐　陈铎　施绍莘

【请你思考】

1. 简述元明易代时期文章创作的基调。
2. 试分析“三杨”创作的特点。
3. 举例分析复古派文学创作的风格和特点。
4. 试分析唐寅的人生遭际及性格特点对其创作的影响。
5. 概括分析从元代后期到元明之际，散曲作品内容和风格上的变迁。
6. 举例分析弘治年间（1488—1505）以后，散曲创作的新变。

【推荐阅读】

（清）朱彝尊编．明诗综．上海：上海古籍出版社，1993

（清）沈德潜，周准编．明诗别裁集．上海：上海古籍出版社，1979

（清）黄宗羲编．明文海．北京：中华书局，1987

谢伯阳编．全明散曲．济南：齐鲁书社，1993

第三章 戏曲的宫廷化与文人化

【导读】

从元末到明嘉靖年间（1522—1566）以前的戏曲文学，包括北曲杂剧和传奇戏曲两种样式。元明之际的北曲杂剧承绪金元杂剧，进一步走向宫廷化、贵族化的道路，但在杂剧体制上多有创新。到弘治年间（1488—1505）以后，一批文人曲家参与杂剧创作，使杂剧作品出现了新的面貌。传奇戏曲绍祖宋元南曲戏文，在嘉靖以前仍然处于以改编旧剧为主的发展阶段，剧本的基本体制大致沿袭戏文而稍加整饬，教化戏曲成为剧坛主流，文人化的倾向已露端倪。

第一节
宫廷杂剧和文人杂剧

一、朝廷的戏曲政策

明初帝王比较重视戏曲，明太祖朱元璋时期，凡“亲王之国，必以词曲千七百本赐之”（李开先《闲居集·张小山小令后序》）；成祖朱棣在做燕王时，招纳不少精于北曲的作家作为侍臣，“宠遇甚厚”，“恩赉常及”（《录鬼簿续编》）。同时，朝廷对戏曲的内容做了严格的限制。洪武二十二年（1389）朝廷张榜公布：

> 娼优演剧，除神仙、义夫节妇、孝子顺孙、劝人为善及欢乐太平不禁外，如有亵渎帝王圣贤，法司拿究。（清董含《三冈识略》卷一引《遁园赘语》）

洪武三十年（1397）五月刊刻《御制大明律》，重申了这一律令。

永乐九年（1411）又追加了一道更为严厉的命令：

> ……该刑科署都给事中曹润等奏：乞敕下法司，今后人民、倡优装扮杂剧，除依律神仙道扮、义夫节妇、孝子顺孙、劝人为善及欢乐太平者不禁外，但有亵渎帝王圣贤之词曲驾头杂剧，非律所该载者，敢有收藏、传诵、印卖，一时拿送法司究治。奉旨：“但这等词曲，出榜后，限他五日都要干净，将赴官烧毁了，敢有收藏的，全家杀了。”一榜永乐九年七月初一日（明顾起元《客座赘语》卷十《国初榜文》）

对这些律令中所禁止演藏、传诵、印卖的戏剧作品，我们可以权置不论；但这些律令中所提倡演出、收藏、传诵、印出、售卖的戏剧作品，却无疑表现出统治者对戏剧创作和戏剧接受的明确的思想导向，即大力揄扬符合程朱理学思想、有助于封建道德教化的戏剧。

帝王的提倡和导向，促使杂剧文学创作走向宫廷化、贵族化的道路。于是，伦理教化、宗教迷信、歌功颂德，成为明初杂剧的主要思想倾向。

一些由元入明的杂剧作家，如贾仲明、杨讷（生卒年不详）、谷子敬（生卒年不详）等，在永乐年间（1403—1424）成为宫廷的文学侍从，自觉地为最高统治者的审美需要而创作杂剧。

二、贾仲明的杂剧

贾仲明撰有杂剧十四种，以敷演才子佳人风流艳遇的爱情故事和宣扬度脱升仙的神仙道化故事为主要题材。其中《菩萨蛮》、《玉壶春》、《玉梳记》诸剧明显地烙上了现实生活的某些印记，流露出明初御用文人春风得意、风流自赏的狎玩心态。

☞多学一点

《菩萨蛮》全名《萧淑兰情寄菩萨蛮》，演萧淑兰热恋其兄之友张世英，两寄《菩萨蛮》词，倾诉爱慕之情，先遭拒绝，后结良缘的故事。吴梅《瞿安读曲记》评论说："此剧四折皆用窄韵，实是有意显神通，而语如铁铸，不觉选韵之苦，此由才大，非关人力。元人中似此者，亦不多观也。惟剧中情节太简，又专写闺闼，割鸡牛刀，未免小题大做耳。"(《吴梅戏曲论文集》)《玉壶春》和《玉梳记》都是以士子、妓女、商人之间的三角纠葛为题材的爱情戏。《玉壶春》全名《李素兰风月玉壶春》，演才子李斌与名妓李素兰的爱情故事。李斌即明初戏曲家李唐宾，号玉壶道人，与贾仲明交情深厚。此剧或系根据李唐宾的风流艳遇铺排敷衍而成，曲辞华丽工巧，炫人耳目。《玉梳记》全名《荆楚臣重对玉梳记》，演松江府上厅行首顾玉香与扬州秀才荆楚臣的爱情故事，结构精巧，曲词颇富才情，已具有案头剧的某些特征。

贾仲明的《度金童玉女》演西王母命铁拐李度金童玉女还归仙界的故事，《升仙梦》演吕洞宾度化桃、柳树精成仙的故事，都是典型的宗教度脱剧，是适应欢庆节日的庆乐节目。《度金童玉女》在第一折中，插入"细乐"的歌舞，在第四折中演出金童玉女的连舞和八仙的合舞，舞台极其华美，曲词也非常艳丽，开了后来朱有燉歌舞杂剧的端绪。《升仙梦》全剧四折皆用南北曲合套，一折之内末、旦互唱，第四折中还出现有末、旦合唱，打破了元杂剧固定的体式格局，显示出南北曲合流的艺术趋向。

三、杨讷的《西游记》

明万历四十二年（1614）
刻本《西游记》剧本
插图之《女王逼配》

杨讷"善琵琶，好戏谑，乐府出人头地。锦阵花营，悠悠乐志"(《录鬼簿续编》)。撰有十八种杂剧，今存《西游记》、《刘行首》两种。《刘行首》全名《马丹阳度脱刘行首》，叙演王重阳、马丹阳二仙度化鬼仙（托生后为名妓刘倩娇）的故事，事本全真教流传故事，曲词典雅活泼，饶有韵味。《西游记》为六本二十四出的大型连台本杂剧，是现存最早的以《西游记》故事为题材的戏曲剧本。主要情节取材于《大唐三藏取经诗话》和以玄奘西游传说为依据的宋元南戏和金院本，但经过了作者创造性的加工和改造。故事起于陈光蕊赴任遭劫，玄奘复仇报本，终于孙悟空、猪八戒、沙僧西天圆寂，玄奘回归东土大唐，历经磨难而功成名满，正果朝元。这部杂剧演述了长篇章回小说《西游记》问世以前最完整的唐僧西天取经故事，结构宏伟，首尾照应，是元明杂剧中的巨制。经过作者匠心独运的经营组织，剧中虽难免粗疏漶漫之处，但西游故事主干已较为清晰，孙悟空、猪八戒等主要人物已给人留下深刻印象。全剧除第一本为正旦扮玄奘生母主唱外，其余各本皆由正旦、正末分唱，打破了北曲杂剧的体制。

四、朱有燉的杂剧

明前期以宗室藩王而兼曲家的，有朱权和朱有燉。他们的作品是杂剧宫廷化、贵族化的代表。

☞ 多学一点

朱权自称作杂剧十二种，他的《太和正音谱》是研究元明戏曲的要籍。

朱有燉通晓音律，留心翰墨，以曲闻名，李梦阳《汴京元夕五首》其三云："中山孺子倚新妆，郑女燕姬独擅场。齐唱宪王春乐府，金梁桥外月如霜。"（《空同集》卷三十五）明人王世贞评论说："虽才情未至，而音调颇谐，至今中原弦索多用之。"（《艺苑卮言》附录一）沈德符也说："虽警拔稍逊古人，而调入弦索，稳叶流丽，犹有金元风范。"（《顾曲杂言》）从永乐二年（1404）创作《辰勾月》，到正统四年（1439）去世前编撰《灵芝庆寿》和《海棠仙》，朱有燉的戏曲创作生涯长达35年，大部分杂剧作品都创作于洪熙元年（1425）袭封周王以后。他的《诚斋乐府》所录三十一种杂剧，可分为侠义贞烈、文人逸事、烟花粉黛、神仙道化、祥瑞庆赏等五类，以后三类所占比重较大。

朱有燉杂剧为人称道的主要有《义勇辞金》、《香囊怨》、《仗义疏财》和《豹子和尚》等数本。《义勇辞金》全名作《关云长义勇辞金》，作于永乐十四年（1416）。本事出自《三国志平话》，写汉末曹操、刘备交战，刘备大败，关羽为保护两位嫂嫂，不得已暂依曹操。为报曹操知遇之重，关羽刀劈袁绍手下大将颜良。后闻知刘备消息，当即挂印封金，挑袍谢曹，跃马而去。祁彪佳（1602—1645）《远山堂剧品》将此剧列为"雅品"，评论说："不但关公之义勇，千古如见，即阿瞒笼络英雄之伎俩，亦现之当场矣。每恨关公未有佳传，得此大畅。"吴梅评论说："剧中事实虽本稗官，而词语古拙，雅有元剧风格。"（《瞿安读曲记》）

分析举例

《香囊怨》全名作《刘盼春守志香囊怨》，创作于宣德八年（1433）。自序称，剧中所写乃河南乐籍实事，因"怜其生于难守节之所，而又难能表白于后世，可为之深叹也矣"。剧叙乐户之女刘盼春与书生周恭的爱情悲剧。《远山堂剧品》评论说："此剧毫锋铦利，以现成语簇出新裁。元人'韦曲'之调，当无能出其右者。"吴梅《香囊怨跋》称赞此剧："在烟花粉黛剧中，可云巨擘焉。"（《瞿安读曲记》）

《仗义疏财》和《豹子和尚》都是参照正史和民间传说改写成的水浒戏，创作于宣德八年（1433）。《仗义疏财》全名为《黑旋风仗义疏财》，演梁山头领李逵、燕青行侠仗义，为民除害的故事，本事当出自民间流传的水浒故事，不见于今本《水浒传》小说。《远山堂剧品》评论说："粗豪之曲，而独于假新妇处泠然入趣。即如货郎数调，反令元人望后尘矣。北词五折，两人唱，此变体也。"《豹子和尚》全名《豹子和尚自还俗》，写鲁智深因擅杀无辜，被宋江责打，一气之下，出家当了和尚。宋江设计将他激怒，使他重回梁山入伙。吴梅评论说："全剧曲文，皆整洁可诵。套数次第，亦有法度。"（《瞿安读曲记》）

朱有燉杂剧作品不仅数量多，而且注重音律，文词雅练，能够妥善地调剂排场的冷热和歌舞的穿插，便于舞台演出。他的多数剧目突破了一人主唱到底的旧格局，在一折之中允许不同角色对唱或合唱，《曲江池》杂剧甚至各个角色都司唱；每剧不纯唱北曲，时用南北合套，多用增句，定场不念诗，而改念词。所有这些都促进了杂剧体制的变迁。

五、文人杂剧

在正德年间（1506—1521），一些文人如王九思、康海、杨慎等，积极参与北曲杂剧创作，为北曲杂剧带来了新的气象。

王九思的《杜子美沽酒游春》，写唐代诗人杜甫不满奸相李林甫（？—752）专权跋扈而退休林下的故事。杜甫实际上是作者自己的化身，他借杜甫之口，痛斥权奸误国，抒写怫郁激愤之情，寄托人生感慨。明人作剧以讥时事，殆以此剧为发端。王九思另有《中山狼》杂剧，主题与康海的《中山狼》杂剧相似，均为谴责中山狼"忘恩负义"。

康海的《中山狼》，根据马中锡《中山狼传》改编，写东郭先生冒险救了中山狼，使它避过赵简子的猎杀。中山狼脱险后，恩将仇报，反欲吃掉东郭先生，幸遇一杖藜老人，将狼骗进书囊杀死。相传此剧为影射李东阳负恩而作，然证据不足。剧作曲文自然朴质，以寓言的形式，批判忘恩负义的小人，具有深刻的哲理意义和强烈的讽刺色彩，同时也流露了作者对"奸邪贪佞，误国殃民"的统治集团人物的不满。

第二节 传奇戏曲的兴起

一、传奇戏曲的兴起

南曲戏文在元末产生了《琵琶记》和"荆刘拜杀"等著名作品，出现了复兴的局面。但明初的戏文创作却难以为继，剧坛一派萧条沉寂。究其原因，主要是因为明初统治者采取了文化禁锢政策，严格控制戏曲创作的基本思想倾向，大肆张扬《琵琶记》“有关风化”的创作原则，使伦理教化之风甚嚣尘上，从而扼杀了南曲戏文创作的勃勃生机。

从明成化年间（1465—1487）开始，越来越多的文人士大夫涉足曲坛，蔚为风气。当时南北方文人士大夫所喜好的，固然有经过改良的、用“弦索官腔”演唱的北曲，也有用南曲演唱的清曲与剧曲，且后者渐有压倒前者的趋势。嘉靖（1522—1566）初年杨慎说：“近日多尚海盐南曲，士夫禀心房之精，从婉娈之习者，风靡如一。甚者北土亦移而耽之。更数十百年，北曲亦失传矣。”（《丹铅总录》卷十四“北曲”条）文人审美趣味潮涌般地注入南曲戏文的肌体，促使戏文开始了彻底文人化的过程，传奇戏曲便应运而生了。

这一时期的文人曲家，最初从整理、改编宋元和明初的南曲戏文入手，吸取北曲杂剧的优点，力图探索、总结和建立规范化的传奇戏曲剧本体制。现存宋元和明前期南曲戏文的整理、改编本大多具有比较规整谨严的剧本体制，与基本保留戏文体制原来面目的剧本那种杂乱无章的状况迥然不同。正是在这种整理、改编的过程中，文人曲家逐步建立起篇幅较长、一本两卷、分出标目、结构形式固定、有下场诗等不同于戏文的规范化的文学体制，以适合文人的审美趣味，并因此成为后代文人传奇戏曲创作的圭臬。传奇剧本体制的定型约完成于嘉靖中后期（1546—1566），它标志着传奇戏曲的真正成熟。

二、《伍伦全备记》和《香囊记》

较早涉足传奇戏曲创作的士大夫曲家是丘濬。丘濬历任翰林院编修、国子祭酒、礼部尚书、太子太保、武英殿大学士等职，以达官显贵的身份创作戏曲，丘濬可谓开一代风气之先。他的《伍伦全备忠孝记》创作于成化年间，是一部“若于伦理无关紧，纵是新奇不足传”（第一出）的传奇戏曲作品。剧中写伍伦全、伍伦备和安克和兄弟三人，忠君、孝亲，夫妻和睦，友于兄弟，信于朋友，“五伦全备”，因此享尽荣华，超升仙界。全剧无论故事情节还是人物形象，都是三纲五常等封建伦理道德的拙劣图解。丘濬在《副末开场》中明白地说明了他的创作意图：

> 这三纲五伦，人人皆有，家家都备。只是人在世间，被那物欲牵引，私意遮了，所以为子有不孝的，为臣有不忠的……是以圣贤出来，做出经书，教人习读，做出诗书，教人歌诵，无非劝化人世，使他个个都习五伦的道理。然经书都是论说道理，不如诗歌吟咏性情，容易感动人心。……近世以来做成南北戏文，用人搬演，虽非古礼，然人人观看，皆能通晓，尤易感动人心，使人手舞足蹈，亦不自觉。但他做的都是淫词艳曲，专说风情闺怨，非为不足以感化人心，倒反被他败坏了风俗。……近日才子新编出这场戏文，叫做《伍伦全备》，发乎性情，生乎义理，盖因人所易晓者以感动之。搬演出来，使世上为子的看了便孝，为臣的看了便忠……虽是一场假托之言，实万世纲常之理。（第一出）

这样的创作意图，就已经注定了这是一部“陈腐臭烂，令人呕秽”（徐复祚《三家村老委谈》）的作品。为了使“街市子弟，田里农夫”都能“易见易知”，便于“劝化”，《伍伦全备记》的语言平实质古，以至于俚浅板滞。

紧步《伍伦全备记》后尘的是邵灿（生卒年不详）的《香囊记》传奇。《香囊记》写宋人张九成与母亲、妻子、弟弟的悲欢离合故事，以宣扬伦理道德为主旨：“忠臣孝子重纲常，慈母贞妻德永臧，兄弟爱慕朋友义，天书旌异有辉光。”（终场诗）全剧结构松散，情节芜杂。作者刻意卖弄才学，强求绮丽，标榜典雅。剧中人物唱词多化用《诗经》与杜甫诗句，道白也多为文言，成为“以时文为南曲”的始作俑者（徐渭《南词叙录》），在正德、嘉靖年间（1506—1566）流弊甚广。

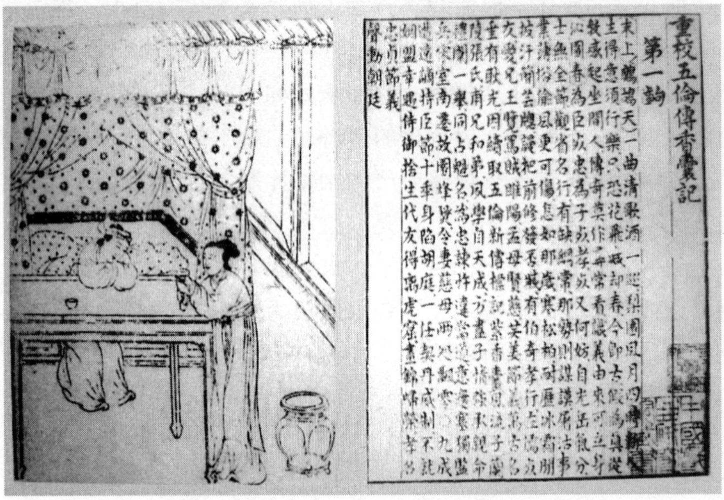

《香囊记》书影　明万历间（1573—1620）刻本

☞ **多学一点**

徐渭批评《香囊记》

徐渭（1521—1593）说：“效颦《香囊》而作者，一味孜孜汲汲，无一句非前场语，无一处无故事，无复毛发宋元之旧。三吴俗子，以为文雅，翕然以教其奴婢，遂至盛行。南戏之厄，莫甚于今。”（《南词叙录》）

在丘濬和邵灿的影响下，教化传奇戏曲的创作成为当时剧坛的一股主流。当然，丘濬以当朝重臣的地位，邵灿以文人学士的身份，来创作“下里巴人”的传奇戏曲作品，把传奇戏曲引入文人士大夫的文化圈里，这对于提高传奇戏曲的地位，扩大传奇戏曲的影响，也起到一定的作用。

三、下层文人的传奇作品

除了文人士大夫宣扬教化的传奇戏曲作品以外，成化（1465—1487）、正德（1506—

1521）年间还有一些下层文人创作的传奇戏曲作品。这主要有两大类：一类是以历史故事为题材的作品，如苏复之（生卒年不详）写战国时苏秦发迹变泰故事的《金印记》，姚茂良（生卒年不详）写唐代张巡、许远坚守睢阳的《双忠记》，王济（1474—1540）写东汉末王允计除董卓的《连环记》，沈采（生卒年不详）写楚汉之争时韩信故事的《千金记》和写唐代裴度故事的《还带记》，以及阙名写岳飞抗金的《精忠记》，写北宋中期宫闱斗争的《金丸记》，写先秦时伍子胥故事的《举鼎记》等等。这些作品的思想倾向，主要是借历史传说故事，阐发封建道德观念，内容贫乏，文笔平庸。另一类是以平民百姓生活为题材的作品，如王錂（生卒年不详）的《寻亲记》、陈罴斋（生卒年不详）的《跃鲤记》、徐霖的《绣襦记》等，虽然也不免涂染着封建伦理道德色彩，但却多方面地反映了地方豪绅的暴虐、宗法家族的禁锢等社会问题，富于生活气息。这两类传奇作品，曲调流畅，语言通俗，便于场上演出，所以为平民观众所喜闻乐见。此外，如李日华的《南西厢记》，用南曲改编王实甫的北曲杂剧原著，在舞台上也极为流行。这些作品，为传奇戏曲在嘉靖年间（1522—1566）以后的成熟积聚着丰厚的艺术力量。

四、文词派戏曲

在正德至嘉靖（1506—1566）初，剧坛上出现了文词派。

☞ 多学一点

什么是“文词派”

文词派是一个典型的文人曲家流派，滥觞于弘治间邵灿的《香囊记》，王济、沈龄（字寿卿，生卒年不详）、郑若庸、陆采等曲家推波助澜。尤其是郑若庸的《玉玦记》传奇，约作于嘉靖六年（1527）或略后，历来被人们认为是文词派正式形成的一个重要标志。王骥德《曲律》卷二《论家数》称之为“文词家一体”，吕天成（1580—1618）《曲品》卷上称之为“骈绮之派”或“《玉玦》派”，祁彪佳《远山堂曲品》称之为“骈丽之派”，凌濛初（1580—1644）《谭曲杂札》称为“吴音一派”或“套词、故实一派”。现代戏曲史家也有称之为“昆山派”的，更侧重于曲家的地域关系。① 本书著者认为，这一流派主要以讲究文词藻丽著称，所以还是称为“文词派”更为贴切。

臧懋循（1550—1620）《元曲选序》说：“至郑若庸《玉玦》，始用类书为之。”（《元曲选》卷首）吕天成《曲品》卷上评《玉玦记》说：“典雅工丽，可咏可歌，开后人骈绮之派。”祁彪佳《远山堂曲品》也说：“骈丽之派，本于《玉玦》。”文词派曲家的戏曲作品，语言风格典雅绮丽，不仅曲词“徒逞其博洽，使闻者不解为何语”，而且“宾白尽用骈语，饾饤太繁”（沈德符《顾曲杂言》），散发着浓烈的文人审美趣味。这种典雅绮丽的语言风格奠定了传奇戏曲语言的基本审美格调，标志着传奇与戏文这两种同源异质的戏

① 参见赵山林：《中国戏剧学通论》，267页，合肥，安徽教育出版社，1995。

曲文体的最后分界。从此以后，传奇戏曲的语言风格一直受文词派的影响而不可自拔，典雅绮丽成为明中期以后传奇戏曲语言历百年而不变的主流风格。

五、陆采与《明珠记》

这一时期文词派戏曲创作的代表作家是陆采。陆采撰有传奇《南西厢记》、《怀香记》、《明珠记》等。《南西厢记》是一部将元王实甫《西厢记》杂剧改编为南曲的作品，问世后受到时人瞩目。《怀香记》以元无名氏《韩寿窃香记》戏文为蓝本，写西晋时书生韩寿和司空之女贾午姐私情相爱的故事，全剧多有模仿《西厢记》的痕迹。

真正代表陆采戏曲文学成就的是《明珠记》传奇，本事出自唐人薛调的传奇小说《无双传》，写唐德宗建中年间（780—783），书生王仙客寄居舅父刘震家中，刘震将女儿无双许配仙客，但未完婚。时逢战乱，刘震命仙客携家财出城躲避，无双赠明珠一颗给仙客，作为纪念。不久，刘震被权奸诬陷入狱，无双母女被拘入宫。后仙客在古押衙的帮助下救出无双，结为夫妻。陆采写此剧时年仅十九岁，曾得到其兄陆粲（1494—1552）和吴中曲师的帮助。这部作品人物描写较细致，抒写处有景有情，在遣词造句上，以典丽俊雅见长。《明珠记》传奇中的关键情节，与莎士比亚的杰出悲剧《罗密欧和朱丽叶》极其相似：真挚相爱的男女青年，为了冲破社会阻力得以团圆，只有依靠另一位同情者（前者是侠士古押衙，后者是教士劳伦斯），设计使女主人公吞下诈死之药（前者是仙药，后者是现实世界的草药）。在莎剧中，朱丽叶明知吞食毒药有生命危险，但却毅然决然地甘冒风险，表现出对爱情的热烈追求，而罗密欧则对此事全然不知。莎士比亚清醒而严谨的现实主义精神，使得结局中维罗那城这一对热恋的情人仍然成为不幸的牺牲者。“人谋”不如“天意”，所谓“天意”即世世代代彼此仇视的封建家庭的野蛮仇杀。在《明珠记》传奇里，王仙客和刘无双都幻想得救，而他们对古押衙的计谋却一无所知，处于被动、随人摆布的地位。最后他们终于在非现实力量的参与下化险为夷，无双得脱宫禁，与仙客喜庆团圆。“人定胜天”，尽管这一胜利染上了一些幻想色彩。中国明清时期的戏曲大多以大团圆结局，洋溢着古典的乐观精神；而古希腊以来推崇悲剧的文化传统，融汇了文艺复兴时期的人文主义思想，则给莎士比亚悲剧涂上了现实主义色调。《明珠记》比《罗密欧和朱丽叶》早出八十多年，两者鲜明地表现出中世纪精神和近代精神的区别。

【温故知新】

戏曲宫廷化、文人化　贾仲明　杂剧《西游记》　朱有燉　王九思的杂剧　康海与杂剧《中山狼》　传奇戏曲　《伍伦全备记》　《香囊记》　文词派　《明珠记》

【请你思考】

1. 试概括从元末到明嘉靖年间（1522—1566），戏曲创作倾向与风格的变化。
2. 说说王九思的杂剧《中山狼》与康海的杂剧《中山狼》各自的特点。
3. 试分析朝廷戏曲政策对这一时期杂剧创作的影响。

4. 试分析传奇戏曲兴起的背景。

5. 试分析南曲戏文对传奇戏曲的影响。

【推荐阅读】

周贻白选注．明人杂剧选．北京：人民文学出版社，1958

赵景深，胡忌选注．明清传奇选．北京：中国青年出版社，1957

郭英德．明清文人传奇研究．北京：北京师范大学出版社，1992

戚世隽．明代杂剧研究．广州：广东高等教育出版社，2001

第四章 章回小说的创辟与典范

【导读】

在中国文学史上，从元顺帝至正二十年（1360）至明世宗嘉靖九年（1530）这个时期中最值得重视的文学现象，就是长篇章回小说《三国志演义》和《水浒传》的出现。它标志着继金元杂剧、宋元话本问世以后，中国文学史又揭开了崭新的一页，具有宏大叙事的文学样式——章回小说以矫健的身姿闯入了文坛。尽管我们现在所能见到的《三国志演义》和《水浒传》的版本大都是嘉靖元年（1522）以后的刻本，但是有一点历史事实却是无法否认的，这就是，在嘉靖元年以前，《三国志演义》和《水浒传》早就以抄本和说书的形式在民间广为流传了。这一历史事实证实着在这一时期章回小说的历史存在和历史影响。

第一节
章回小说的体制

章回小说的体制特征是篇幅较长，分章叙事，分回标目，每回结构相对完整，情节自成段落，但全书又前后勾连、首尾相接，组成统一的整体。

一、宋元讲史话本体制

章回小说主要源于宋元时期的讲史话本。“讲史”为宋代说话四家之一，以讲说历史故事为特点，内容侧重于朝代兴亡和政治军事斗争。由于历史故事的内容丰富复杂，必须用较大的篇幅，分若干次来讲说，所以现存的宋元讲史话本，一般均长达四五万言，而南宋《新编五代史平话》甚至长达十余万言。这种篇幅较长的历史故事，为了便于讲说和阅读，就有分卷分目的必要。现存的宋元讲史话本已经分卷分目，如《新编五代史平话》的《梁史》、《唐史》、《晋史》、《汉史》和《周史》平话便都分别划分为上下两卷，每卷大都分为若干节，每节有简短的节目。如《汉史平话》节目有：“刘知远本沙陀部属”、“刘知远七岁丧父”、“母苏氏告状改嫁”等等。元刊《全相平话五种》则上图下文，图上有题目，如《乐毅图齐七国春秋后集》卷上图上标题“孟子见齐宣王”、“燕王传位与丞相子为王”等等，这些题目用于提示故事情节，功能与节目类似。讲史话本的分卷分目，王国维认为是“后世小说分章回之祖”（《唐三藏取经诗话跋》）。但宋元时期讲史话本的节目，句式不齐，字数参差，未作修饰，形式较为粗糙简陋。

二、章回小说的体制

到明代前期，讲史话本的题目文字有了新的变化。如嘉靖元年（1522）刻本《三国志通俗演义》分为二十四卷二百四十则，每则有单句七字的题目，这大抵体现了明代前期讲史话本标目的样式，并成为章回小说回目的早期形式。至万历间刻本《水浒传》，已取消分卷形式，以“回”为结构单位，每回的题目衍为双句，大致对偶。如明万历十七年（1589）天都外臣（即汪道昆）序刻本《水浒传》已不分卷，而是直接分回，加以对偶的双句回目。不过，明中后期的长篇小说也还有回目单句标目，或双句标目而对仗不工的情况。到崇祯本《金瓶梅》，回目已十分工整完美，所以有人说：“吾见小说中，其回目之最佳者，莫如《金瓶梅》。”（曼殊《小说丛话》）此后，章回小说回目采用工整的对偶句，逐渐成为固定的形式。直到近代，中国长篇小说和中篇小说还大多采用这种分回标目的章回体形式。

除分回标目之外，章回小说还保存了宋元话本中开头用开场诗、结尾用散场诗的结构形式。正文常以“话说”两字起首，往往在情节开展的紧要关头煞尾，用一句“欲知后事如何，且听下回分解”的套语，结束一回，引起下回。小说文本中间，又多引用诗词曲赋，作为场景描写或人物评赞。所有这些，都构成章回小说的基本形式特征。

三、世代累积型作品

元明之际至正德年间（1506—1521），是章回小说发展的起步阶段。这一时期问世的章回小说作品虽然寥寥无几，但都具有较高的文化价值和审美价值。作为章回小说源头的《三国志演义》、《水浒传》以及《三遂平妖传》、《残唐五代史演义》、《隋唐两朝志传》等作品，正是在这一时期开始悄然流传，章回小说逐渐形成不可阻挡的发展势头。由于元明之际至正德年间印刷业尚不甚发达，这些鸿篇巨制的章回小说一开始都是以抄本形式流传的。大量刊刻章回小说，那是嘉靖年间（1522—1566）以后的事了。因此，这些小说的编创方式多属于世代累积型创作，即作品写定之前，在说话艺人、抄录者、编刻出版者等人手上经历了漫长的酝酿、增饰过程；作品写定之后，在传播过程中，又经过评点者、编刻出版者等人多次的修改润饰。这种世代累积型的小说作品，积淀了丰厚的民间智慧和文化内涵，因此往往具有丰富而又复杂的可阐释性。

第二节 《三国志演义》的历史意识

《三国志演义》是中国古代历史演义小说的开山之作。历史演义小说源于“讲史”，是用通俗的语言，将争战兴废、朝代更替等历史题材，组织、敷衍成一篇完整的故事，并以此表明一定的政治思想、道德观念和美学理想的小说类型。

一、三国故事源流

《三国志演义》所写的三国时代，本身就是中国历史上一个龙腾虎跃、风舒云卷的动荡时期。陈寿（233—297）的《三国志》和裴松之（372—451）的注就包蕴着无数生动的故事，为文学家的艺术创造提供了广阔的天地。历代民间也不断流传和丰富着三国的故事。到隋唐时期，宫廷文艺表演及民间说唱艺术中已有三国故事的节目。

☞ 多学一点

据唐颜师古（581—645）《大业拾遗记》载，隋炀帝看水上杂戏，就有曹操（155—220）谯水击蛟、刘备（161—223）檀溪跃马的故事（见《太平广记》卷二百二十六）。初唐时释道宣（596—667）《四分律删繁补阙行事钞》卷下三《僧像致敬篇》有小注云：“似刘氏重孔明等。”为之作注疏的释大觉《四分律行事钞批》卷二十六引“死诸葛亮怖生仲达”的民谚。刘知几（661—721）《史通》卷五《采撰》篇中也提到“诸葛犹存”的故事“得之于行路，传之于众口”。李商隐（813—858）有《骄儿》诗云：“或谑张飞胡，或笑邓艾吃。”（《全唐诗》卷五百四十一）可见到晚唐，连儿童也熟悉三国的故事。①

在宋代的民间说话艺术中，已有“说三分”的专门科目和专业艺人（见孟元老《东京梦华录》）。苏轼（1037—1101）《东坡志林》卷六载：“王彭尝云：涂巷中小儿薄劣，其家所厌苦，辄与钱，令聚坐听说古话。至说三国事，闻刘玄德败，颦眉蹙，有出涕者；闻曹操败，即喜唱快。”可见当时“说三国”的艺术效果很好，而且已有明显的尊刘贬曹的倾向。可惜宋代的这些话本都没有流传下来。

现存早期的三国故事讲史话本，有元至治年间（1321—1323）建安虞氏刊印的《全相三国志平话》和内容大致相同的《三分事略》。其故事已粗具《三国志演义》的轮廓，突出蜀汉一条主线，情节略本史传，掺入大量的民间传说，结构宏伟，故事性强。但是两部书叙事简率，文笔粗糙，保留着讲史“说话人”使用的底本的原始面貌。同时，在戏曲舞台上，金元时期也搬演了大量的三国戏。元末陶宗仪《南村辍耕录》卷二十五曾载有《赤壁鏖兵》等多种金院本剧目；近人钱南扬（1899—1987）《戏文概论》记载，宋元时期有《关大王独赴单刀会》等多种三国故事南曲戏文。今知元代及元明之际的三国故事杂剧剧目约有六十种。从这些剧目和现存的二十一种杂剧剧本的情况看来，半数以上是以蜀汉的人物为中心的，拥刘反曹的倾向十分鲜明，在结构、语言风格等方面具有浓厚的民间色彩。

在长期的、众多的民间传说和民间艺人创作的基础上，大约在明代初年，罗贯中“据正史，采小说，证文辞，通好尚”（明高儒《百川书志》卷六），创作了《三国志演义》这部历史演义小说的典范作品。

清初刻本《三国志演义》插图

二、《三国志演义》的版本

《三国志演义》现存最早的刊本，是明嘉靖壬午（元年，1522）刊刻的《三国志通俗演义》。该书二十四卷，二百四十则，每则前有七言一句的题目。卷首有弘治甲寅（七年，1494）庸愚子（即蒋大器）《序》、嘉靖壬午修髯子（即张尚德）《引》。以后的新刊

① 参见周绍良：《谈唐代的三国故事》，见《绍良丛稿》，济南，齐鲁书社，1984。

本多从此本出，只是在插图、音释、考证、评点和卷数、回目、个别文字等方面有所调整。至万历间（1573—1620）刻《李卓吾先生批评三国志》本，将二百四十则合并为一百二十回，回目也由单句变为双句。此外，今存嘉靖至天启间（1522—1627）刊本中，有不少书名为《三国志传》而非《三国志演义》，如《新刻全像大字通俗演义三国志传》、《新刻按鉴全相批评三国志传》等。这类“志传系统”与“演义系统”版本的不同之处，除了在一些情节、文字上有所出入之外，主要是“志传系统”的《三国》中穿插了关羽次子关索（或花关索）一生的故事。这两种系统的本子孰前孰后，谁接近罗贯中的原本，目前学术界仍存在不同看法。也有一些学者将各本认真比勘后，认为“嘉靖本”和“三国志传本”出于同一源头的抄本，两种系统的差异只是在传抄过程中产生的。

清康熙年间（1662—1722），毛纶（？—1666 后）、毛宗岗（1632—1709 后）父子以《李卓吾先生批评三国志》本为基础，参考了《三国志传》本，对回目和正文进行了较大的修改、增删，并作了详细的评点，定名为《三国演义》，成为清代最流行的本子。本书所引用的原文，据嘉靖壬午本。

《三国志演义》小说采用的是“依史以演义”（清毛纶《声山别集》引李渔《古本三国志序》）的艺术方式。所谓“依史”，就是“事纪其实，亦庶几乎史”（蒋大器《三国志通俗演义序》），即对历史事实有所采择，也有所加工、有所虚构。

概念解析

演义

所谓“演义”，即是小说家在叙写历史、塑造人物时，总是贯穿着特定的历史意识和价值观念。

三、历史意识

《三国志演义》小说的故事，始于汉灵帝建宁元年（168）黄巾起义，东汉趋于分崩瓦解，终于晋武帝太康元年（280）三国归晋，天下统一，历时一百一十三年。毛宗岗说：“《三国》一书，乃文章之最妙者。叙三国不自三国始也，三国必有所自始，则始之以汉帝。叙三国不自三国终也，三国必有所自终，则终之以晋国。”（《读三国志法》，毛宗岗评《三国演义》卷首）小说对历史叙事起讫时间的截取，无疑具有特殊的象征意蕴。如果说，“天下大势，分久必合，合久必分”（毛宗岗本《三国演义》语），这是铁一般的历史规律，那么，小说着意截取从“合”（统一的东汉王朝）到“分”（三国鼎立）再到“合”（西晋统一）的历史过程作为叙事结构，无疑表现出对动乱必将趋于安定、分裂必将达至统一的渴望和信心。小说极力要揭示的是致乱之源和治乱之术，因为小说要告诉人们，动乱和分裂是暂时的、不正常的历史现象，安定和统一才是历史的必然要求。然而，正因为小说瞩目于致乱之源与治乱之术，所以小说描写的重点并不在“合”，而是在“分”。整部小说一百二十回，有90%以上的篇幅描写的是“分”，构成小说中最精彩的部分。

本来，就像“春秋无义战”一样，三国也无所谓正义与邪恶之别。但是由于小说赋予三国中的刘备集团以“占人和”、得民心的客观条件，“上报国家，下安黎庶”的政治理想，以及统一全国、实施仁政的奋斗目标，所以小说中的刘备集团成为光明理想和正义力量的象征，而与之相对立的曹操集团却成为黑暗现实和邪恶势力的代表。出自强烈的道德感，小说明确地突出“尊刘抑曹”的观念，热情歌颂以刘备为典范的仁君仁政，严厉鞭挞以曹操为代表的暴君暴政。可是，严酷的事实是，在历史上真正实现统一的却是邪恶力量曹魏一方，以正义力量刘蜀一方来统一天下终究成为幻灭的理想。

分析举例

诸葛亮临终时不能不哀叹：“吾本欲竭忠尽力，恢复中原，重兴汉室，奈天意如此，吾旦夕将亡矣！”（《三国志通俗演义》卷二十一《孔明秋风五丈原》）

于是，奸臣权相打败了仁君贤相，暴政扼杀了仁政，邪恶淹没了正义，黑暗的现实粉碎了光明的理想。作品所着力张扬的道德信念与三国的历史事实发生了激烈的冲突，恶成了推动历史前进的动力，善最终惨遭毁灭，这就构成了小说的悲剧性质和悲剧特色。西晋的统一并没有给读者带来应有的欢欣，《三国志演义》小说的后半部流溢着浓重的感伤情调，就像铺天盖地的迷雾一样弥漫寰宇，压得人们喘不过气来。

作为对三国历史的总结，小说的结尾引了古风一首，咏叹从汉末动乱到西晋统一的历史，最后写道：“纷纷世事无穷尽，天数茫茫不可逃。鼎足三分已成梦，一统乾坤归晋朝。”什么是茫茫天数呢？是恶者必然胜利，善者终将毁灭吗？还是“天下大势，分久必合，合久必分”呢？究竟是用道德史观来解释历史，更符合历史的发展，还是用历史循环论思想来说明历史，更能窥测历史的真谛呢？或者，这两种观念原本都和历史毫不相干，历史就是历史本身？小说在展示历史风云变幻的同时，给人们留下了难以索解的历史“猜想”。

第三节
《三国志演义》的人物形象

在历史人物的评价方面，《三国志演义》明确地秉持儒家传统的道德观念，痛恨导致天下大乱的昏君贼臣，渴慕创造清平世界的明君良臣。

一、弘毅宽厚的刘备

《三国志演义》在以蜀国为中心，展开三国间错综复杂的争斗故事时，把蜀主刘备塑造成一个仁君的典范。史称刘备“弘毅宽厚，知人待士，盖有高祖之风，英雄之器焉”（陈寿《三国志·蜀志》卷二《先主传》），小说以此为基点，进行了多方面的渲染。刘备从桃园结义起，就抱着“上报国家，下安黎庶”（《三国志通俗演义》卷一《祭天地桃园结义》）的理想。一生“仁德及人”，所到之处，“与民秋毫无犯”，致力于使百姓“丰足”，所以“远得人心，近得民望”，受到民众的普遍爱戴。

分析举例

当刘备被吕布打败，匹马逃难时，“但到处，（村民）闻刘豫州，皆跪进粗食”（《三国志通俗演义》卷四《吕布败走下邳城》）。后来曹操大军南下，竟有十数万百姓随同刘备逃难，虽然情势万分危急，他也不肯暂弃百姓，说：“若济大事，必以人为本。今人归吾，何以弃之？”（《三国志通俗演义》卷九《刘玄德败走江陵》）

刘备是小说中理想的仁德明君，并以此吸引天下英雄，如赵云就明确表示过：“方今天下滔滔，民有倒悬之危。云愿从仁义之主，以安天下。”（《三国志通俗演义》卷二《赵子龙磐河大战》）刘备爱民，也爱才，待士以诚信宽厚，肝胆相照，因此像诸葛亮与五虎将等一代英豪，都能终生相随，君臣间的关系犹如鱼水。

分析举例

诸葛亮在临终前，还手书遗表，教后主“清心寡欲，薄己爱民；遵孝道于先君，布仁义于寰海”（《三国志通俗演义》卷二十一《孔明秋风五丈原》）。

刘备形象所体现的这种“仁义”观念，寄托着小说家仁政爱民的理想。如果说“仁”更多地指刘备的圣君风范，那么“义”表现的则是他的平民气质。他与关羽、张飞名为君臣，实为兄弟，所谓“不求同生，但愿同死”。而关羽之死，直接引发了刘备倾师复仇，破坏了蜀国“北拒曹操，东和孙权”的既定方针，从而导致了“创业未半，而中道崩殂”的结局，造成了蜀汉处于危急存亡之秋的困境。这显然有损正统帝王的形象。然而，平民百姓所喜闻乐道的，正是刘备身上这些具有平民气质的地方。圣君风范与平民气质的统一，构成刘备形象艺术生命力的主要源泉。

二、雄豪奸恶的曹操

与刘备相对照，小说塑造了一个残暴的奸雄曹操。

多学一点

刘备入川时，曾对庞统说："今与吾水火相敌者，曹操也。操以急，吾以宽；操以暴，吾以仁；操以谲，吾以忠；每与操相反，事乃可成耳。"（《三国志通俗演义》卷十二《庞统献策取西川》，按此语见于《三国志·庞统传》）

在《三国志演义》中，曹操也是一个"人杰"，小说中王粲就说他"雄略冠时，智谋出众"，汝南许邵也评他是"治世之能臣，乱世之奸雄"。有时为了谋取人心，他也略施权术，以示有"宽仁大德之心"，因而他能平定北方，入主中原。但是曹操终生信奉的人生哲学是："宁使我负天下人，休教天下人负我。"

分析举例

热情款待他的吕伯奢一家，竟被他心狠手辣地杀得一个不留。他为报父仇，进攻徐州，所到之处，"尽杀百姓"，"鸡犬不留"。对部下更是阴险、残酷，如在与袁术相持时，日久缺粮，就"借"仓官王垕的头来稳定军心。其他如割发代首、梦中杀人等等情节，都表现出曹操工于权谋，奸诈残忍，毫无惜民爱民之心。

小说中的董卓、袁绍、袁术、曹睿、孙皓、刘禅等人，则既无曹操的雄才大略，却像曹操那样轻民、残民，因此也必然走向灭亡。如董卓就将"民为邦本"之说视为"乱道"，说："吾为天下计，岂惜小民哉！"他专肆不仁，杀人如麻，闹得"罪恶贯盈，人神共愤"。最后暴尸之时，"百姓过者，手掷董卓之头，至于碎烂"，"城内城外，若老若幼，踊跃欢忻，歌舞于道"（《三国志通俗演义》卷二《王允授计诛董卓》）。这种对于蔑视黎元、残杀无辜的乱臣贼子的愤恨，从反面表达了平民百姓对仁政的渴慕。

三、忠贞智慧的诸葛亮

在《三国志演义》中，以"忠义"为核心的伦理道德规范得到高度的赞扬。因此，小说对诸葛亮的"忠"和关羽的"义"，倾注了强烈的感情，把他们塑造成恪守伦理道德的理想人格。

在汉末群雄争霸之时，诸葛亮屈居南阳，躬耕垄亩，“非主不依”，“以待天时”（《三国志通俗演义》卷八《玄德风雪访孔明》）。当时北有“挟天子以令诸侯”的曹操，东有踞长江而窥天下的孙权，邻居荆州还有汉宗室刘表，但是诸葛亮却看中了兵不过千、无处栖身的刘备，认定只有刘备才是他一直等待的“明主”。事实正如他所意料，刘备对他推诚相待，君臣投契，如鱼得水，使他得以尽展雄才大略。诸葛亮无疑是明智的，在乱世之中，他保留了从秦朝大一统的专制帝国建立以后人们丧失已久的“择主”的权利，士一旦取得了这种权利，就是获得了政治生活中的自由。《三国志演义》浓笔重墨地描写刘备三顾茅庐，除了夸奖刘备礼贤下士以外，更重要的还是为了突出诸葛亮的“非梧不栖”（同上），主动选择。

而且，诸葛亮在主动选择了“明主”的同时，也主动选择了失败。他的朋友司马徽在他未出山时便深深地感叹：“虽卧龙得其主，不得其时！”（《三国志通俗演义》卷八《刘玄德三顾茅庐》）诸葛亮聪明过人，料事如神，在“隆中对策”时，未出茅庐，已经对天下大事了如指掌，他不可能不知道自己选择的是失败。

湖北襄阳诸葛亮隆中故居

分析举例

在华容道上，他安排了关羽去堵截曹操，连刘备都觉得不合适，说：“吾弟云长，义气深重，若曹操果然投华容道去时，只恐端的放了。”但诸葛亮却回答说：“亮夜观乾象，曹操未合身亡。留这恩念，故意等云长做个人情，亦是美事。”（《三国志通俗演义》卷十《周公瑾赤壁鏖兵》）在六出祁山时，他不采用姜维的奇计，直捣曹魏的老巢许昌，因为他心知曹魏“势不当亡”。

毋宁说，诸葛亮不仅从事的是徒劳无功的事业，而且从事的是自己早已预知徒劳无功的事业，他正是要在这种徒劳无功的事业中考验自己的能力、意志、道德和信念。火烧新野，舌战群儒，赤壁大战，三气周瑜，七擒孟获，六出祁山，他淋漓尽致地施展出“补完天地之手”，充分表现出从孔子以来儒家士人秉持的“明知不可为而为之”的精神风范。他一生“安敢不竭股肱之力也？愿效忠贞之节，继之以死”（《三国志通俗演义》卷十七《白帝城先主托孤》），临死时还感叹：“吾再不能临阵讨贼矣！攸攸苍天，曷我其极！”（《三国志通俗演义》卷二十一《孔明秋风五丈原》）就连他的敌人司马懿，也佩服他“竭尽忠诚，至死方休”（《三国志通俗演义》卷二十三《司马懿谋杀曹爽》）。诸葛亮的功业是失败的，然而他正是在失败的功业中，证明了自身的能力，锤炼了自身的意志，实现了自身的价值，发扬了自身的道德，塑造出一个完美的理想人格。

小说中的诸葛亮不但是忠贞的典范，而且也是智慧的化身。他谙于韬略，善于审时度势，未出茅庐，就已明察天下大势，为刘备定下了鼎足三分、联吴抗曹的战略决策；出山之后，他又以超人的智慧，“运筹帷幄之中，决胜千里之外”，并且折冲于群雄之间，巧妙地利用各种矛盾，在夹缝中求得蜀汉的生存和发展，表现出经天纬地的政治才能和军事才能。他通晓天时地理，“火烧博望”、“草船借箭”、“借东风”……总是克敌如神；他深切地掌握敌方的心理特点，巧妙地使用了骄兵计、疑兵计、伏兵计、反间计等，往往制敌取胜。

☞多学一点

《三国志·蜀志》卷五《诸葛亮传》评道：“亮才于治戎为长，奇谋为短，理民之干，优于将略。”而小说却一反其说，把诸葛亮的谋略胜算写得出神入化。诸葛亮的惊人智慧和绝世才能，成为中国古代历史上各种斗争经验和智慧的结晶。

四、勇武尚义的关羽

《三国志演义》所写武将如云，但形象最为感人的是勇武关羽。

关羽给人的第一个印象，是他的勇武绝伦。在汜水关前，他提刀出阵，只听得关外鼓声大振，“如天摧地塌，岳撼山崩，众皆失惊”，片时，“云长提华雄之头，掷于地上。其酒尚温”（《三国志通俗演义》卷一《曹操起兵伐董卓》）。

在此基础上，小说更着重表现了关羽的义重如山。

分析举例

他被围于下邳，曹操派张辽说降，他慨然表示：“吾今虽处绝境，视死如归!”张辽又以“兄今尽死，其罪有三”说之，关羽仍以“三事”为约：“首言归汉，次言保嫂，末言寻兄。”（《三国志通俗演义》卷五《张辽义说关云长》）威逼不成，曹操又以利诱，而关羽不为所动。曹操赠异锦战袍，关羽“受之，穿于衣底，上用旧袍罩之”，因为：“旧袍乃刘皇叔所赐，常穿上如见兄颜，岂敢以丞相之新赐而忘兄之旧赐乎?”（同上《张辽义说关云长》）曹操赠以赤兔马，关羽则“再拜称谢”，因为“吾知此马日行千里，今幸得之，若知兄长下落，虽有千里，可一日而见面也”（同上《云长策马刺颜良》）。一旦得知刘备在袁绍军中，关羽毅然辞曹，护送二嫂，过五关，斩六将，千里走单骑，追随刘备而去。连曹操也不得不慨叹：“事主不忘其本，乃天下之义士也；来去明白，乃天下之丈夫也。”（同上《关云长千里独行》）

这种忠贞不贰、光明磊落的英雄气节，正是人们常说的相互扶助、知恩必报和有始有终的义气，是平民百姓之间推崇的一种道德准则。而关羽为报昔日之恩，在华容道上放走了曹操，也被小说称为“义重如山”。这种“义”超越了冷酷无情的政治原则，在本质上强调了人与人之间的相互帮助、回报和温情，与江湖民间流行的道德精神是息息相通的。关羽的结局是悲剧性的，为逞个人之能，他结怨东吴，最终被人暗算。关羽的失败是由他自己造成的，但是这个形象的价值就在于置成败于不顾，惟恩怨求分明。英雄的失败在某种程度上更增添了英雄的魅力。小说家迎合了平民的审美心理，从而使关羽逐渐成为明清时期平民百姓顶礼膜拜的神明形象。

第四节 《三国志演义》的叙事艺术

一、虚实结合

《三国志演义》是在陈寿《三国志》及裴松之注、司马光《资治通鉴》及胡三省注等历史记载的基础上，参照历代民间流传的故事，按照一定的美学理想创作的一部历史演义小说。“七分事实，三分虚构”（章学诚《丙辰札记》）。的确，《三国志演义》在叙事艺术方面，正确处理了历史真实和艺术虚构之间的关系，在掌握分析大量史料的基础上，对历史进行总体的审美把握，把小说家的理想、感情熔铸在历史事实之中，并且按照艺术创作的规律，对历史人物进行典型化的概括，对历史材料进行新的排列组合，不仅使作品表现出一定的历史真实感，而且使叙述符合艺术世界的逻辑。因此，《三国志演义》已不是三国历史的实录，而是借三国史实的基干和框架所描绘的一幅波澜壮阔、气势恢宏的历史画卷。

在历史事实的基础上，小说家张开艺术想象的翅膀，改写了历史人物，创造出大量生动的情节，构筑了一个丰富多彩的艺术世界。小说中有的情节在历史事实基础上，妙于生发，善于铺叙。

分析举例

刘备访孔明，《三国志·蜀志》卷五《诸葛亮传》云：“由是先主遂诣亮，凡三往乃见。”《三国志演义》据“三往”二字，敷衍为曲折跌宕的“三顾茅庐”的故事，并且把诸葛亮洞察世事的智者之形象和刘备礼贤下士的王者之风范表现得淋漓尽致。

有的情节为正史所无，纯属虚构。在诸葛亮的有关故事中，舌战群儒、智激周瑜、七星坛借东风、柴桑祭吊周瑜皆于史无据；在关羽故事中，过五关斩六将、华容道义释曹操等，也是作者虚构的精彩的故事。有的情节则重新组织历史事实，穿插布置，巧于构思。“失街亭”和“斩马谡”虽有史实依据，但“空城计”只见于裴松之注所引的《郭冲三事》，本与“失街亭”、“斩马谡”没有必然的联系，作者巧妙地把“空城计”穿插在二者之间，虚实结合，绘声绘色地表现了诸葛亮大智大勇、料敌如神、沉着应变的个性特征，既惊险至极又符合人物性格和事物发展的逻辑。近人觚庵（即俞明震，1860—1918）认为《三国志演义》“虽无一事不本史乘，实无一语未经陶冶”（《觚庵漫笔》，见阿英《晚清文学丛钞·小说戏剧研究卷》），准确地概括了《三国志演义》据史演义、虚实结合的叙事艺术特征。

二、叙事结构

晚清人张冥飞说：“历史小说最难着笔。以其人多事杂，不易抽出线索，无以提纲挈领。次之，则穿插各人各事，为时地所限，不能运用自如。次之，则弃取之间，剪裁恰难悉当，或增或改，煞费经营。”（《古今小说评林》）而《三国志演义》“陈叙百年，该括万事”（高儒《百川书志》卷六），人众事繁，矛盾复杂，却组织得有条不紊，主次分明，充分地显示了小说家的叙事才能。小说的总体叙事以时间为主，同时将各个空间分头进行的故事与时间的推进，从立体交叉的状态，转化成以时间为序的线性流程。全书约可归纳为五条线索：以汉亡为引线，以晋国一统天下为终局，中间的主线是魏、蜀、吴三方各自的兴衰。这几条线索，此起彼伏，交互联络，建构成一个完整的艺术整体。在魏、蜀、吴三条线索中，尤以魏、蜀两大集团的矛盾斗争作为全书的主干；在写魏、蜀两方时，又以刘蜀的故事为主中之主。至于在写刘蜀方面时，则以诸葛亮为中心；在写诸葛亮时，以隆中决策为关键。因此，就故事的布局而言，小说用浓墨重彩所描绘的隆中决策就是全书的主脑，其余枝节，皆从此生出。诸葛亮在隆中决策时所分析的历史形势，从董卓谈到曹操、孙权，实际上就是小说前七卷情节内容的概括。而诸葛亮出山后的主要故事，也就是隆中决策内容的具体演绎。乃至诸葛亮死后，姜维九伐中原，也是“受丞相遗命”，“以继其志”。直到最后一卷，才写三国归晋以作结。这样的艺术构思，使全书的结构既宏伟，又严整，虽头绪纷繁，却脉络分明。在这总体构架中，作者又兼用了顺叙、倒叙、插叙、补叙等不同笔法，时而实写、明写、正写、详写，时而又虚写、暗写、侧写、略写，使全书叙事详略得当，摇曳多姿。

三、战争描写

《三国志演义》以描写战争为主，描写战争的时间之长、次数之多、形式之富、规模之大，在世界文学史中也是罕见的。全书共写四十多次战役、上百个战斗场面，包容了这一历史时期所有的重大战役和著名战斗，而且写得各有特色，绝少雷同。小说家善于把握各次战争的联系与区别，写出战争的个别性。袁曹官渡之战和吴蜀彝陵之战，都是以弱胜强、以少胜多，同时都写了火攻，但是，小说家根据两次战争的不同条件，运用不同的战术，把两次战争写得毫不重复，各尽其妙。赤壁之战和猇亭之战也有相似之处，但正如毛宗岗所说的："曹操赤壁之战，骄兵也；先主猇亭之战，愤兵也。骄兵败，愤亦必败。"（毛评本《三国演义》第八十四回评语）一个因骄傲而麻痹大意，一个因愤怒而失去理智，同工异曲。小说家不是从概念和模式出发，而是从史实、生活出发，写出战争的复杂性。战争并不是一个好汉祭起无敌法宝就能胜券在握，而是智与勇、胆与识、生与死的较量，因此它充满着惊险性、偶然性和复杂性。料事如神的诸葛亮也有街亭之失，无敌的关羽却被偏将马忠活捉。在描写战役、战斗时，小说家不回避胜利一方的某些失误，所以胜利一方常常是大处得胜，小处失败；而失败的一方却是局部取胜，全局惨败。《三国志演义》写战争时，又突出智斗，特别是在写官渡之战、赤壁之战、彝陵之战等重大战役时，都将错综复杂的政治斗争、外交斗争等交织在一起，重视写统帅部分的运筹帷幄，决胜千里。小说家还善于运用动静结合的艺术手法，写出战争的丰富性。战争是残酷的，但是作者往往把紧张激烈的战斗和轻松闲适的描写结合起来，把战争表现得丰富多彩，摇曳多姿。

分析举例

赤壁大战中的群英会、庞统挑灯夜读等情节，都出现在赤壁决战即将引发之际。此外，正当孙、刘一方紧张得透不过气来，长江两岸酝酿着一场生死决战之时，小说家笔锋一转，慢条斯理地描绘起"曹孟德横槊赋诗"这种充满诗情画意的情景（见《三国志通俗演义》卷十《曹孟德横槊赋诗》）。这种忙中偷闲、松紧错落的描写，不仅把战争表现得丰富生动，富有艺术魅力，同时也揭示了曹操骄兵必败的必然结果。

四、人物塑造

作为一部优秀的历史演义小说，《三国志演义》叙事艺术的一个重要方面，就是以夸张的艺术手法，创造出一批具有特征化性格的艺术典型。小说往往以某种道德品质作为基本的性格特征，以聚焦式的审美笔触，塑造特征鲜明的人物形象，如曹操的奸诈雄豪、刘备的仁爱宽厚、关羽的忠义勇武、诸葛亮的忠贞智慧、赵云的浑身是胆、周瑜的心地褊狭、鲁肃的忠厚老实、司马懿的老奸巨猾。小说中人物形象所体现的这种道德品质，虽然具有鲜明的个性特征，但更具有一种"类"的共性特征，甚至是"类"的共性特征的直接呈现。因此，小说中人物形象的性格特征，一般都比较单一，比较稳定，带有类似于戏曲中程式化、脸谱化的表现特征，而缺乏纵向的变化或横向的展开。人物一出场的"亮相"，往往就规定了他一生的行为规范。如写刘备"与乡中小儿戏于树下"的抱负志向，曹操少时诈"中风"以诬叔父的狡诈行为，诸葛亮隐居隆中时的非凡抱负，都可以说是一种性格的“亮相”。

随着小说情节的展开，小说家围绕人物的特征化性格，多角度、多层次地加以强化、深化，使人物性格在单一性和单纯性中，呈现出某种丰富性和复杂性，成为单一与丰富、单纯与复杂的组合体。例如，写曹操的凶残，连续写了他杀吕伯奢一家、杀粮官、梦中杀人以欺全军；写他的奸诈，就写他不追关羽以全其志、不杀陈琳而爱其才、马犯麦田而割发代首、得部下通敌文书却焚而不究；写他的雄豪，则写他棒责蹇硕之叔、献刀刺董卓、矫诏讨董卓、激励关羽斩华雄、青梅煮酒论英雄等等。这样就把一个专横残暴、阴险狡诈，而又豪爽多智、目光远大的“古今奸雄中第一奇人”（毛宗岗《读三国志法》，毛评本《三国演义》卷首）写得血肉饱满。

从总体上看，《三国志演义》中这种具有特征化性格的艺术典型，在整体上呈现出一种单纯、和谐、崇高的古典美，容易给读者造成强烈、鲜明的审美印象，适应并规范了古代读者的艺术欣赏趣味。因此，《三国志演义》一书堪称中国古代塑造特征化艺术典型的范本。

五、文白相兼

《三国志演义》所用的语言是“文不甚深，言不甚俗”的浅近文言（蒋大器《三国志通俗演义序》），并大量引用相关的历史文献资料，形成一种适用于历史演义小说的独特语体。小说从讲史发展而来，并融入了古代史传文章的语言传统，因此偏于叙述而较少描写。小说中的叙述语言，不以精雕细刻或铺张扬厉见长，而以粗笔勾勒见工，形成简洁、明快、雅隽的语言风格。小说中的人物语言，虽然不够口语化，但用于表现古人还是比较适宜的。更可贵的是，小说已自觉地运用这种半文半白的语言，来表现人物的个性特征。

分析举例

《三国志通俗演义》卷一《安喜张飞鞭督邮》一节中，张飞道：“此等害民贼，不打死等甚！”快人快语，疾恶如仇。关羽则说：“兄长建下许多大功，只得县尉之职，被督邮如此无礼。吾思枳棘丛中，非栖凤凰之所；不如杀督邮，弃官归乡，别图远大之计。”显得心高气傲，思虑周全。而刘备则对督邮说：“据汝贼徒害民，当以杀之。吾有所不忍，还官印绶，从此去矣。”就显得既是非分明，又心地宽厚。

六、流传久远

《三国志演义》的问世，使当时的读者“争相誊录，以便观览”（蒋大器《三国志通俗演义序》），同时也刺激了文士和书商们继续编写和出版历史演义小说的热情。形成了一个创作历史演义小说的传统。

☞ **多学一点**

“自罗贯中氏《三国志》一书，以国史演为通俗演义，汪洋百余回，为世所尚，嗣是效颦者日众，因而有《夏书》、《商书》、《列国》、《两汉》、《唐书》、《残唐》、《南北宋》诸刻，其浩瀚与正史分签并架。”（可观道人《新列国志叙》，明末刻本《新列国志》卷首）

《三国志演义》小说脍炙人口的历史故事，也成为后代戏曲、说唱文学和各种文艺创作题材的渊薮。以京剧为例，据陶君起的《京剧剧目初探》著录，三国故事剧目就有一百三十八种。[①]

《三国志演义》不仅受到中国人民的喜爱，数百年来也名播四海，受到世界各国读者的欢迎。早在明隆庆三年（1569），《三国志演义》已传至朝鲜。崇祯八年（1635），有一种明刊本《三国志传》就入藏于英国牛津大学。自日僧湖南文山于康熙二十八年（1689）编译出版日文本《通俗三国志》之后，到目前，朝鲜、日本、印尼、越南、泰国、英国、法国、俄国等许多国家都有本国文字的译本，并发表了不少研究论文和专著，对《三国志演义》进行了多方面的、有价值的探讨。

第五节 《水浒传》的三重寓意

《水浒传》是中国古代英雄传奇小说的典范之作。

学术轶事

英雄传奇小说与历史演义小说的共同之处在于，其主要人物和题材都有一定的历史根据；但英雄传奇小说一般从宋元小说话本中的“说公案”、“朴刀、杆棒，及发迹变泰之事”或“说铁骑儿”之类发展而来，以塑造一个或几个传奇式的英雄人物为重点，故事虚多于实，形成一种独特的小说类型。

① 参见陶君起编著：《京剧剧目初探》，北京，中国戏剧出版社，1963。

一、水浒故事源流

《水浒传》所写的宋江起义故事，在《宋史》的《徽宗本纪》、《侯蒙传》、《张叔夜传》及其他一些史料中都有简略的记载，大致说徽宗宣和年间（1119—1125），宋江等"三十六人横行齐魏"，"转略十郡，官兵莫敢撄其锋"，后被张叔夜设计招降。有的史书如《三朝北盟会编》等，则记载宋江投降后征剿方腊。

从南宋起，宋江的故事很快在民间广泛流传。宋末元初人龚开（1222—约1304）撰《宋江三十六人赞》已完整地记录了三十六人的姓名和绰号，并作序说："宋江事见于街谈巷语，不足采著。"同时代罗烨（生卒年不详）的《醉翁谈录》，已著录了如"石头孙立"、"青面兽"、"花和尚"、"武行者"等说话名目，这显然是一些独立的水浒故事"小说"。而《大宋宣和遗事》则写了杨志卖刀、智取生辰纲、宋江杀阎婆惜、张叔夜招安、征方腊、宋江受封节度使等故事，笔墨虽然简略，但已把水浒故事连缀起来，形成了较为完整的故事结构。元代出现了大批"水浒戏"，已知剧目的有三十三种杂剧（含元明间作），现存的剧本有六种。这些杂剧作品对于宋江、李逵等形象的刻画比较集中，但性格不很一致，也无共同的主题，不过"三十六大伙，七十二小伙"、"寨名水浒，泊号梁山"的说法大体相同。这说明宋元以来民间流传的水浒故事丰富多彩，并正在逐步趋向统一，小说戏曲家们纷纷从中汲取创作的素材。在这一基础上，施耐庵编撰了杰出的章回小说《水浒传》。

☞ 多学一点

《水浒传》作者之辩

关于《水浒传》的作者，明代有四种说法：一、嘉靖间（1522—1566）最早著录此书的高儒《百川书志》（刊刻于1540年）卷六，题作"钱塘施耐庵的本，罗贯中编次"。稍后郎瑛（万历间人）的《七修类稿》卷二十三也有类似的记载。二、稍后如田汝成［嘉靖五年（1526）进士］《西湖游览志馀》卷二十五、王圻（万历间人）《稗史汇编》卷一百零三等，都认为是罗贯中作。三、万历间胡应麟在《少室山房笔丛》卷四十一中，说是施耐庵作。四、明末清初金圣叹在《第五才子水浒传》又提出了施作罗续说，即"施耐庵《水浒正传》七十卷"，后三十回是"罗贯中《续水浒传》之恶札也"。目前学者一般从第一说，认为《水浒传》是施耐庵所作，他的门人罗贯中在他的"的本"（即真本）的基础上再作了一定的加工。但有一些现代学者认为施、罗两人均系托名而实无其人。

二、《水浒传》的版本

《水浒传》的版本相当复杂。今知有七种不同回数的版本，而从文字的详略、描写的细密程度来分，又有繁本与简本之别。繁本有七十一回本、一百回本、一百二十回本三种。简本则有一百零二回本、一百一十回本、一百一十五回本、一百二十四回本等；简本中也有一百二十回本和不分卷本。本书所引用的原文，据明万历三十八年（1610）容与堂刊本《李卓吾先生批评忠义水浒传》。

☞ **多学一点**

《水浒传》的“繁本”和“简本”

在繁本系统中，今知最早的是高儒《百川书志》卷六所记“《忠义水浒传》一百卷”。繁本中的一百回本，今存最早的较为完整的是万历十七年己丑（1589）天都外臣（即汪道昆）序的《忠义水浒传》，此书原刊本也已亡佚，现存清康熙五年（1666）石渠阁补修本。另有明万历三十八年（1610）容与堂刊《李卓吾先生批评忠义水浒传》。以上一百回本在写梁山大聚义后，只有平辽和平方腊的故事，而没有平田虎和王庆的内容。繁本中的一百二十回本，即增加了平田虎和王庆的故事，文字也略有不同，并附有“李卓吾”的评语，所以被称为《李卓吾先生批评忠义水浒全传》，由明末袁无涯刊行。明末金圣叹（1608—1661）将一百二十回本“腰斩”成七十回本，砍去了大聚义后的内容，而以卢俊义一梦作结，名《第五才子书施耐庵水浒传》，有明崇祯间（1628—1644）贯华堂刊本。目前多数学者认为，简本是繁本的节本，而不是由简本发展成繁本。简本一般都有平田虎、王庆两传，但文字简陋。现存较早而完整的简本是明万历二十二年（1594）双峰堂刊的《水浒志传评林》。另外，在明万历四十二年甲寅（1614）刊行的吴从先《小窗自纪》卷三中，有《读水浒传》一文，所载《水浒传》的内容多与今知繁简各本均不同。有人认为此“吴读本”是“古本”，甚至即是“施耐庵的本”，但也有人认为是万历间后出的本子，迄今尚无定论。

三、整体结构

如果说，《三国志演义》小说是在问鼎逐鹿的政权斗争中思考历史兴亡的话，那么，《水浒传》小说则是在绿林好汉的草莽世界中展示社会动乱。小说中所写的宋江起义虽然是北宋宣和年间（1119—1125）发生的一场真实的历史事件，但是关于这场起义的历史记载却相当简略，我们仅仅知道这是一场时间短暂、规模有限的起义。而《水浒传》小说却在民间长期流传的传说故事、说话艺术、戏曲艺术的基础上，将宋江起义演绎成一场绵延持久、组织严密、声势壮大的反抗贪官污吏、豪强劣绅，主持人间正义的斗争，并描写了起义发生、发展和结局的全过程。

《水浒传》小说的故事始于“洪太尉误走妖魔”，洪太尉奉宋仁宗圣旨，到江西信州龙虎山请张天师祈禳瘟疫，擅自掀开上清宫伏魔殿的石板，放出了一百单八个“魔君”——即梁山好汉，散在四面八方；小说的故事终于“宋公明神聚蓼儿洼”，宋江兄弟零落星散后，大半惨死，受玉帝敕封，阴魂聚于蓼儿洼，宋徽宗梦游梁山泊，封宋江为忠烈义济灵应侯，大建祠堂，四时享祭。这一结构昭示出，这部小说着意谱写的是一首“魔君三部曲”，即“群魔”乱世——改邪归正——荣升天神。这部气势雄浑的“魔君三部曲”至少蕴涵着三重寓意，即“官逼民反”、“替天行道”和“忠义之烈”。

四、“官逼民反”

首先，一百单八个“魔君”降生社会的原因，是奉了圣旨的洪太尉“误”放出来的，这隐寓着“乱自上作”、“官逼民反”的思想。

金圣叹在《水浒传序》中说：该书“无美不归绿林，无恶不归朝廷”。在第一回批语中他又说：“一部大书，将写一百八人也，乃开书未写一百八人，先写高俅，则是乱自上作也。”（《第五才子书施耐庵水浒传》卷首）这一番议论是深有见地的。小说第一回写破落户子弟高俅受宋徽宗宠用而发迹，从一个市井无赖很快地升迁为殿帅府太尉，从此倚势逞强，无恶不作。小说由此逐渐展开情节，从手握朝纲的高俅、蔡京、童贯、杨戬，到称霸一方的江州知府蔡九、大名府留守梁世杰、青州知府慕容彦达、高唐知州高廉，直到横行乡里的西门庆、蒋门神、毛太公、祝朝奉，乃至陆谦、富安、董超、薛霸等爪牙走狗，他们相互勾结，狼狈为奸，把整个社会弄得暗无天日，民不聊生。小说由上而下，由点及面，广泛地揭露了朝政、吏治和社会的腐败黑暗，并且揭示了这些腐败黑暗现象与梁山好汉揭竿而起的因果关系，正是因为走投无路，一批忠义之士才不得不“撞破天罗归水浒，掀开地网上梁山”（第三十七回）。这就是金圣叹所说的“乱自上作”，也就是人们常说的“官逼民反”。

在中国古代社会中，当官的往往免不了贪污受贿，倚强凌弱，百姓常说“无官不贪”。所以“官”与“民”之间一向存在着尖锐的矛盾，这实际上是地主阶级国家与普通百姓的矛盾的集中表现。于是，“官”、“民”之间的矛盾便成为中国古代社会中极其突出的社会矛盾，受到百姓的普遍关注，也受到文学家的普遍关注。整部《水浒传》小说，就是由各种各样的“官逼民反”的故事组成的。

分析举例

小说中“智取生辰纲”的故事、鲁智深的故事、林冲的故事、武松的故事、宋江的故事等，都是“乱自上作”、“官逼民反”的寓意的形象展示。这些篇章，构成《水浒传》小说中最为多姿多彩的部分。

五、“替天行道”

其次，一百单八个“魔君”降世，纠集在梁山泊，既扰乱了“大宋天下”，“兀自要和大宋皇帝做个对头”；又成为“宋朝忠良”，力图以违背现实政治秩序的叛逆行为来达到整顿伦理纲纪的最终目的。这隐寓着“替天行道”思想的复杂内涵。

梁山泊杏黄旗上大书着“替天行道”，这是《水浒传》的作者、读者和梁山泊所有好汉都认同的一个口号，但人人认同，正因为它是一个含意模糊的口号。“替天行道”可以是一个造反的口号，俗话说“天无二日”，现在需要有人出来“替天”了，这便说明原来的皇帝（天子）不能代表“天”，必须取而代之。所以，如果不是已经揭竿而起的反叛者，是绝不会用这种口号的。但“替天行道”也可以是一个妥协的口号，在古代社会里，反叛政府的武装力量不愿公然宣称夺取皇位，便可以用这个口号，把“天”说成是当今皇帝，把自己的反叛行为说成是代替皇帝单杀赃官污吏谗佞之人，像《水浒传》小说所说的：“酷吏赃官都杀尽，忠心报答赵官家。”（第十九回）

在《水浒传》小说中，九天玄女教导梁山义军头领宋江说：“汝可替天行道，为主全忠仗义，为臣辅国安民，去邪归正。”（第四十二回）小说第七十一回从天而降的镌有天书的石碣，侧首一边写着“替天行道”，另一边写着“忠义双全”，可以看出这二者是相辅相成的。“忠”是效忠，是下服从上，是中国古代等级制度的行为准则。“义”是结义，是梁山好汉之间平等的、相互约束的行为准则。“忠义”成了《水浒传》一个相当重要的主题，一百二十回本《水浒传》第五十五回说：“忠为君王恨贼臣，义连兄弟且藏身。不因忠义心如一，安得团圆百八人。”

☞ **多学一点**

《水浒传》在明代便被题为《忠义传》、《忠义水浒传》，被称赞为“《水浒》而忠义也，忠义而《水浒》也”（杨定见《忠义水浒全书小引》）；“其人忠义”，“其言忠义”，“所杀奸贪淫秽，皆不忠不义者也”（《刻忠义水浒传缘起》）。正因为如此，“替天行道”本身即显现出小说中所写的宋江起义性质的双重组合。

六、“忠义之烈”

最后，造反与效忠原本是根本对立的两码事，怎么把它们统一起来呢？《水浒传》小说提供了一条可行的道路：受招安。宋江义军受招安的结果，是在现实中遭受政治性的毁灭，而在历史中得到道德性的褒扬。这种“忠义之烈”，隐寓着在古代社会中现实与历史、政治与道德的严重分裂。

由于社会黑暗，奸臣当道，这才使得忠义之士被逼无奈，走投无路，迫不得已地采取先造反而后受招安的“曲线救国”的方式，以达到“为国尽忠”的目的，完成“替天行道”的使命。正因为如此，招安便成为梁山义军的最终目标。

分析举例

小说第七十一回，宋江在“英雄排座次”时写的《满江红》词说得很明白：“……中心愿，平虏保民安国。日月常悬忠烈胆，风尘障却奸邪目。

望天王降诏，早招安，心方足。”后来燕青到东京，又向徽宗进言：“宋江这伙，旗上大书‘替天行道’，堂设‘忠义’为名，不敢侵占州府，不肯扰害良民，单杀赃官污吏，谗佞之人。只是早望招安，愿与国家出力。”（第八十一回）就在“替天行道”、“忠义双全”的旗号下，宋江带领众兄弟惩恶除暴，救困扶危，创造条件，接受招安，征破辽国，平定方腊。

然而，即使“魔君”已经改“邪”归“正”了，但在现实政治中仍然不得善终，而且整顿伦理纲纪的目的也无法真正实现，“正”难以敌“邪”，这批“共存忠义于心，同著功勋于国”的英雄（第七十一回），仍被误国之臣、无道之君一个个逼向了绝路，小说的结局只能是：“煞曜罡星今已矣，谗臣贼子尚依然。”（第一百二十回）尽管受招安的最后结果是一场悲剧，但《水浒传》小说还是把宋江等人当作悲剧英雄来歌颂，丝毫没有怀疑他们所抱动机的正当性。从这点来看，《水浒传》小说所描写的并不是历史上曾经有过的彻底反抗的农民起义，而是徘徊于造反与投降之间、带有妥协性的政治反叛行为。《水浒传》小说给这种妥协性加上“忠孝”、“忠义”的观念，固然掩盖了百姓造反和士阶层卷入造反的真实原因，但客观上也是因为这正是古代社会的百姓和士阶层共同具有的一种政治观念：他们对现存的社会政治秩序本身仍然抱着肯定的态度，即使揭竿而起，他们也从来不肯承认自己是反叛、盗贼，而是尽可能地借助传统的观念为自己的政治行为寻找合理性的解释。而且，这种造反故事一旦形成故事，写成小说，在社会上广泛流传，就更得符合于社会上普遍承认的传统观念，只能歌颂忠臣，不能歌颂盗贼。所以小说最终写道，以宋江为代表的“魔君”虽然惨死，但终究以“忠义”之心感动了天帝，“符牒敕命”，封为神灵，到底还是皈依为善了。

由此，《水浒传》小说引发了一个相当深刻的文化思考，这就是在中国古代社会中政治与道德的严重分裂。梁山好汉究竟是善还是恶？如果是善，何以扰乱“大宋天下”？如果是恶，何以成为“宋朝忠良”？明代万历年间李贽（1527—1602）曾作《忠义水浒传序》，赞不绝口地称扬宋江：“身居水浒之中，心在朝廷之上；一意招安，专图报国；卒至于犯大难，成大功，服毒自缢，同死而不辞，则忠义之烈也。”（明容与堂刊本《忠义水浒传》卷首）然而，《水浒传》小说结构的主体部分，也是最令人感奋激动的部分，绝不是宋江等人“为主全忠仗义，为臣辅国安民”的行为规范，也不是他们“一意招安”、“服毒自缢”的“忠义之烈”，而是绿林好汉们“撞破天罗归水浒，掀开地网上梁山”（第三十七回）的反叛故事，“掀翻天地重扶起，戳破苍穹再补完”（第十二回）的豪情义举，“成瓮吃酒，大块吃肉”（第十五回）的生活追求，“四海之内皆兄弟也”（第四十四回）的道德理想。《水浒传》小说描写了从“散”（梁山好汉散处各地）到“聚”（“众虎同心归水泊”）再到“散”（梁山好汉死伤殆尽）这一梁山起义发生、发展和结局的历史过程，以这种历史过程来结构小说，不禁向人们提出了极为棘手的难题：在历史上，黎民百姓的社会政治理想为什么偏偏难以得到实现呢？于是，小说在赞叹宋江“忠义之烈”的同时，给人们带来了更为深沉的困惑。

对《水浒传》三重寓意的不同解读，引发出对小说主题及意义的不同阐释。可以说，所有这些阐释，从不同的角度、不同的方面，共同构成《水浒传》小说丰富的文化内涵。

第六节 《水浒传》的人物形象

一、人物形象丰富

《水浒传》小说塑造了许多栩栩如生的人物形象，广泛地描写了古代社会三教九流的各色人等：有君临天下的皇帝，也有炙手可热的权臣；有雄霸一方的豪强，也有为非作歹的恶霸；有家藏丹书铁券的前朝王室后裔，也有沦落江湖的破落子弟；有生活优裕、丰衣美食的高级军官，也有屈身下僚、胸怀大志的刀笔小吏；有寄籍他乡的监狱小卒，也有神出鬼没的梁上君子；有文质彬彬的书生，也有性格鲁莽的粗汉；有寄身佛寺的酒肉和尚，也有呼风唤雨的神奇道士；有辛苦劳作的平民百姓，也有招摇撞骗的地痞流氓；有享誉京师的名妓，也有偷鸡摸狗的淫妇。《水浒传》描写人物形象的丰富性，在中国古代文学中是前所未有的。

更重要的是，《水浒传》小说描写人物形象的深刻性、复杂性，在中国古代文学中也是前所罕见的。关于这一点，我们可以举宋江形象为例加以说明。

二、宋江的左右为难

在《水浒传》小说中，宋江做的第一件事，是救晁盖等人。

分析举例

晁盖等人胆大包天，竟然在黄泥冈上，劫走了大名府梁中书送给当朝太师蔡京的生辰纲。消息不慎败露，济州府观察何涛奉命到郓城县逮捕晁盖。这时宋江正在郓城县做押司，听说此事，心里暗暗吃惊，寻思道："晁盖是我心腹弟兄，他如今犯了弥天大罪，我不救他时，捕获将去，性命便休了！"于是他连忙向晁盖通风报信，放走了晁盖等人。

作为江湖上的知名人物，宋江的仗义的确名不虚传，为了知交好友，他竟不惜公然践踏国家法律。《水浒传》小说一方面称赞他的仗义行为，一方面又讽刺他："须知守法清名重，莫谓通情义气高。"是要"守法"的"清名"，还是要"通情"的"义气"呢？

宋江不能不左右为难。要“守法清名”，就不得不眼睁睁地看着知交好友被捕入狱，辱没自己的待士声名；讲“通情义气”，就免不得触犯国家法律，违背职业道德。这种左右为难的特性，成为宋江性格中一个无法解脱的死结。

宋江的身份本来就不那么单纯。他在经济上是小地主，政治上是刀笔吏，文化上是知书识礼的文人，行为上又是行侠仗义的侠士。宋江的绰号也显示了他性格的复杂性。“及时雨”，说的是他仗义疏财，济弱扶倾，就像天上下的及时雨一般，能救济万物；“呼保义”，说的是他有号召力和组织能力，能够把天下的英雄豪杰凝聚成一个坚强的集体；“孝义黑三郎”，说的是他在心底里又想恪守传统的伦理道德，做一个循规蹈矩的忠臣孝子。

不过，传统的伦理道德思想虽然在宋江的头脑里是根深蒂固的，但却不是支配他的行动的主要心理动机。否则，他就不会甘冒触犯法律之大不韪，私自放走晁盖了。让“义气”损害了“清名”，这不是有点得不偿失么？那么，支配宋江行动的主要心理动机是什么呢？不是别的，恰恰是强烈的功名观念。宋江怀抱大志，不甘屈居下僚，总想建功立业，光宗耀祖，名垂青史。但是，在当时奸臣当道、政治黑暗的现实社会里，他要通过正常的途径博取功名，就像水中捞月一样，实在过于虚无缥缈了。而要走邪路，像晁盖他们那样反上梁山，宋江又觉得与他的道德感、荣誉感是格格不入的。正因为如此，宋江才会始终处于左右为难的境地。

三、宋江的人生道路

为了摆脱这种左右为难的困境，宋江几费周折，最后才选定了一条折中的道路：先反上梁山，改变处境，再接受招安，效命朝廷。这就是他所说的：“借得山东烟水寨，来买凤城春色。”所以，宋江的造反，是实反而名不反，行反而心不反。也就是说，宋江不仅口口声声地表白忠义无私，而且心心念念地向往忠君报国。但是，无论是说着忠义无私，还是想着忠君报国，宋江真正的心理动机始终是建功立名。

分析举例

宋江在梁山泊英雄排座次时，苦口婆心地对众兄弟解释道：“今皇上至圣至明，只被奸臣闭塞，暂时昏昧，有日云开见日，知我等替天行道，不扰良民，赦罪招安，同心报国，青史留名，有何不美？因此只愿早早招安，别无他意。”

宋江很明白，忠心耿耿，并不一定就有好结果，但却一定会有好名声，而且是千秋不朽的好名声：“青史留名，有何不美？”宋江也很明白，反上梁山，毕竟是大逆不道的，不管你的动机和目的是什么，那都注定要遗臭万年。所以，宋江虽然选定了“曲线救国”式的折中道路，内心中仍然还是左右为难。

分析举例

宋江是太明白了，因此他死得十分痛苦。当他功成名就之后，蔡京、童贯等奸臣设计陷害他，让他喝下了毒酒。但这时候宋江想的是什么呢？不是报仇，不是后悔，而是怕李逵得知此事，再去啸聚山林，“把我等一世清名忠义之事坏了”。所以他连夜派人把李逵招来，哄他也喝下毒酒。宋江和李逵告别时说：“我为人一世，只主张忠义二字，不肯半点欺心。今日朝廷赐死无辜，宁可朝廷负我，我忠心不负朝廷。”这不禁使我们想起《三国志演义》小说中曹操的一句名言：“宁使我负天下人，休教天下人负我。”曹操之奸和宋江之忠，由这两句截然相反的话，即可见一斑。

四、宋江形象的意义

中国古代的文人士大夫坚定不移地认为：真正的忠义之士，明知朝廷辜负了自己，明知自己受到了冤枉，内心中和行动上仍始终应该是忠诚不渝的。这才是“忠义”的最高境界。但是，对宋江来说，这种“忠义”的最高境界的心理基础，并不是对伦理道德的奉守，而是对“青史留名”的坚信。《水浒传》小说最后，小说叙事者一边哀惋宋江的不幸结局，说：“莫把行藏怨老天，韩、彭赤族已堪怜。”一边又景仰宋江的显赫功绩，说：“生当鼎食死封侯，男子生平志已酬。”自古忠臣无善终，宋江不是不知道这一点。但是他更清楚，真正不朽的是道德名誉。只要能赢得“千载功勋表史册”，“万年青史播英雄”，死又算得了什么？这正是宋江的精神境界远远高于其他梁山泊英雄之所在：其他梁山泊英雄的逼上梁山，仅仅出自满足有生之年生活欲望的现实动机；而宋江的所作所为，却是受到满足有生之年生活欲望的现实动机和力求使自己的存在能够不朽的超越动机双重制约的，建功立业和名垂青史对宋江有着同等重要的意义。正因为如此，宋江无论在野还是在朝，无论活着还是死去，都比其他梁山泊英雄更痛苦，更压抑。

宋江形象左右为难的性格特征，是人类共有的执著现实和追求永恒的两难处境的艺术象征。人们生存于世，不可不明白生活的意义、生命的价值；但是无论人们怎样努力求索，生活的意义和生命的价值终究也是无法真正明白的；倘或人们一旦真正明白了生活的意义和生命的价值，生活就将失去意义，生命就将失去价值。换句话说，生活的意义和生命的价值就在于不断追求的过程之中，一旦追求停止，生命也就停止了。在特定条件下人生选择的两难状况，往往是文学作品所喜爱的一种主题，因为这一主题的严重性有助于增强作品的震撼力。优秀的文学作品总是不相信会出现解决两难状况的奇迹，而是赤裸裸地展示这种两难状况对人们的折磨，从而取得震撼人心的审美效果。在这一方面，《水浒传》小说对宋江形象的塑造是相当成功的。

第七节
《水浒传》的艺术成就

一、人物塑造的个性化

作为一部长篇小说，《水浒传》所取得的最突出的艺术成就，是人物形象塑造。用明人叶昼的话来说，《水浒传》小说塑造人物，“不惟能画眼前，且画心上；不惟能画心上，且并画意外”（容与堂本《忠义水浒传序》）。金圣叹在《读第五才子书法》中说：“独有《水浒传》，只是看不厌，无非为他把一百八个人性格都写出来。”（《第五才子书施耐庵水浒传》卷首）

与《三国志演义》小说塑造人物形象善用粗笔重墨不同，《水浒传》小说擅长以精细的笔墨刻画人物形象。在《水浒传》中，即使是性格相近的人物，往往也能表现出他们各自不同的特征。

☞ **多学一点**

叶昼指出：“《水浒传》文字，妙绝千古，全在同而不同处有辨。如鲁智深、李逵、武松、阮小七、石秀、呼延灼、刘唐等众人，都是急性的，渠形容刻画出来，各有派头，各有光景，各有家数，各有身份，一毫不差，半些不混，读去自有分辨，不必见其姓名，一睹事实，就知某人某人也。”（容与堂本《水浒传》第三回回评）金圣叹也说：“《水浒传》写一百八个人，真是一百八样。……只是写人粗卤处，便有许多写法，如鲁达粗卤是性急，史进粗卤是年少任气，李逵粗卤是蛮，武松粗卤是豪杰不受羁鞠，阮小七粗卤是悲愤无处说，焦挺粗卤是气质不好。”（《读第五才子书法》，《第五才子书施耐庵水浒传》卷首）

例如，鲁智深和武松，一个是“花和尚”，一个是“武行者”，都是赳赳武夫，都与佛门沾点因缘，性格中都有粗犷勇猛、坦率直爽的一面，但是小说中写来却各具特色，决不相混。

在“拳打镇关西”的故事中，鲁智深先是听了金氏父女的控诉，“到房里，晚饭也不吃，气愤愤地睡了”，表现出义愤和急躁的性格。但次日到了郑屠户的肉铺里，他却没有马上发作，而是故意提出一连串刁钻古怪的要求为难郑屠户，激怒对方，使郑屠户忍无可忍地说：“却不是特地来消遣我？”这时鲁智深才怒火中烧地说：“洒家特地要消遣你！”于是狠打了三拳，就把郑屠户打得“口里只有出的气，没有入的气，动弹不得”。这时，鲁智深突然明白自己的急性子造成的严重后果，连忙“拔步便走”，回头还指着郑屠户的尸体骂道：“你诈死！洒家和你慢慢理会！”一面立刻“回到下处，急急卷了些衣服盘缠，细软银两，但是旧衣粗重都弃了，提了一条齐眉短棒，奔出南门，一道烟走了”。可见鲁智深是粗中有细的，虽然性急暴躁，但却不失理智，有放有收，恰到好处。所以金圣叹在这一段描写后批道：“鲁达亦有权诈之日，写来偏妙。”（《第五才子书施耐庵水浒传》）

相比较而言，武松虽然也是性急粗鲁，但在一般情况下他更为虑事周详，善于自制，深藏不露，沉着冷静。在景阳冈下的小酒店里，善良而嘴碎的酒家一再劝武松不要喝多了，宁肯生意不做，也不愿再给武松上酒。对此武松虽然感到烦躁，言辞之间有些按捺不住，却还是照付酒账。当潘金莲勾引武松不成，反而诬蔑武松调戏她时，武松隐忍不发；赴公干临走时，不管潘金莲如何撒泼，他也置之不理，沉着地把事情一一交代清楚。回来后得悉哥哥遇害，他虽然愤怒，却首先暗访街坊知情者，细心地弄清真相，接着备下酒席，请来众邻，当众审讯潘金莲与王婆，录下口供，并签字画押，这才安排杀潘金莲和西门庆。但是，一旦武松动起手来，就凶狠无比，而决不像鲁智深那样心存一点善念。他不仅必欲将仇家置之死地而后快，而且还要赶尽杀绝。对潘金莲，他剖腹取心，断其首级；对西门庆，他生生割下头颅；其后醉打蒋门神、血溅鸳鸯楼，无不狠辣凶残。如果说鲁智深是热心侠士，热中有冷，那么武松就是冷面二郎，冷中有热。这正是金圣叹所说的：“人之不同，各如其面。”（《读第五才子书法》，《第五才子书施耐庵水浒传》卷首）

二、人物性格的发展变化

与《三国志演义》小说擅长于塑造性格少有变化的“扁平型”人物形象不同，《水浒传》小说塑造人物形象的另一特点，是结合人物处境、经历的变动，写出人物性格的发展变化，善于塑造“圆型”人物。

分析举例

在《水浒传》小说中，林冲的形象就有一个从逆来顺受、委曲求全到粗犷雄豪、敢作敢为的变化过程。林冲出身于枪棒教师家庭，又是东京八十万禁军教头，有一定的社会地位，物质生活也比较丰裕，有一个美满幸福的家庭，性格是英武而又稳重。在封建统治阶级内部，他虽然处于较低层次，但他已十分满足于这种安逸生活，从未有过“落草为寇”的想法。当林冲遇到妻子被人无端调戏时，他一开始举拳要打，的确不失英雄本色。但一旦认出调戏者是自己顶头上司高太尉的“螟蛉之子”高衙内，林冲“先自手软了”，急忙出自本能地压抑住内心的怒火，采取了息事宁人的态度。金圣叹在这里评论说：“写英雄在人廊庑下，欲说不得说，光景可怜。”

(《第五才子书施耐庵水浒传》批语)当高衙内跑到林冲家去企图污辱他的妻子时，他忍了；在受到诬陷发配到沧州充军时，他忍了；在充军途中，薛霸、董超对他百般虐待，甚至企图在野猪林谋杀他时，他忍了；甚至在得知陆谦、富安奉高俅父子之命到沧州追杀他时，他还是忍了。林冲一直忍辱偷生，希望有一天重回京城，官复原职。直到陆谦等火烧草料场，必欲置他于死地，他才忍无可忍，手刃仇人，杀死陆谦和富安，并把仇人的头都挑在枪上，放到山神供桌前，这才冒雪而行，奔赴梁山。经历了家破人亡、走投无路的境遇，林冲的性格发生了根本的变化，在梁山上火并王伦时，我们已经看不到那位稳重善忍的林冲了，看见的只是一位粗犷雄豪的英雄好汉。在王伦不接纳晁盖等人时，他“双眉剔起，两眼圆睁，坐在交椅上大喝”，接着又“把桌子只一脚踢在一边，抢起身来，衣襟底下掣出一把明晃晃刀来”，再“拿住王伦，又骂了一顿，去心窝里只一刀，肐察地搠倒在亭上”(第十九回)。这时的林冲与原先的林冲，简直判若两人。

明崇祯(1628—1644)
原刻、清代芥子园重印本
《水浒传》插图《火烧草料场》

三、语言艺术

《水浒传》小说的语言艺术成就也是一直为人称道的。以白话作为文学的载体，虽然古已有之，但从来没有在小说、特别是在长篇小说中表现得像《水浒传》这样充分。唐宋以来，以口头叙事文学为基础的变文、话本之类，是中国白话小说的发轫，但多数写得文白相杂，简陋不畅。就是到《三国志演义》小说，虽以“通俗”标榜，但由于受到“演义”历史的制约，小说语言仍显得半文不白，以致有人说它“是白描浅说的文言，不是白话”(冥飞《古今小说评林》)。而《水浒传》则能娴熟地运用白话来写景、叙事、传神。

分析举例

第十回“林教头风雪山神庙”中的“那雪正下得紧”一句，鲁迅就称赞它“比‘大雪纷飞’多两个字，但那‘神韵’却好得远了”(《花边文学·大雪纷飞》)。因为“紧”字不但写出了风雪之大，而且也隐含了人物的心理感受和烘托了氛围。

特别是在人物语言个性化方面，《水浒传》能“一样人，便还他一样说话”（金圣叹《读第五才子书法》，《第五才子书施耐庵水浒传》卷首），从对话中能看出不同人物的性格。

分析举例

第七回写高衙内调戏林冲妻子，鲁智深赶来要打抱不平时，林冲道：“原来是本官高太尉的衙内，不认得荆妇，一时间无礼。林冲本待要痛打那厮一顿，太尉面上须不好看。自古道：‘不怕官，只怕管。’林冲不合吃着他的请受，权且让他这一次。”而鲁智深则道：“你却怕他本官太尉，洒家怕他甚鸟！俺若撞见那撮鸟时，且教他吃洒家三百禅杖了去！”两句话，鲜明、准确地反映了林冲和鲁智深两人不同的处境、不同的性格：一个是有家小，受人管，只能委曲求全，逆来顺受；另一个是赤条条无牵挂，义肝侠胆，一无顾忌。

《水浒传》作为一部长篇小说，就是用这种在民间口语的基础上加以提炼、净化过了的文学语言，塑造了一大批传奇的英雄。这不但标志着中国古代运用白话语体创作小说的成熟，而且对整个白话文学的发展也具有深远的意义。

四、情节结构

《水浒传》的情节结构是以单线纵向进行的。上半部以人为单元，犹如史书的“列传体”；下半部以事为顺序，犹如史书的“纪事本末体”。

在第七十一回之前，小说往往集中几回写一个或一组主要人物，将他们上梁山前的业绩基本写完，然后引出另一个或另一组主要人物，而上一组的人物则退居次要的地位。这样环环相扣，以聚义梁山为线索，将一个个、一批批英雄人物串联起来。第七十一回之后，就以时间为顺序，写两赢童贯、三败高俅、受招安、征辽国、平方腊，以报效朝廷为主干，将故事贯串始终。

这样的结构，上半部犹如长江的上游百川汇聚，形成主干；下半部则如长江的主流奔腾而下，直泻东海。全书连环勾锁，层层推进，前后形成一个整体，但各部分往往也具有相对的独立性。这种相对的独立性，特别是上半部的连环列传体的结构形式，固然是组织改造原有民间故事留下的痕迹，但也有利于集中笔墨、淋漓酣畅地描写一些主要的英雄豪杰。史进、鲁智深、林冲、杨志、宋江、武松等一些英雄之所以能“千古若活”（金圣叹《读第五才子书法》，《第五才子书施耐庵水浒传》卷首），与这种结构方式不无关系。至于下半部的情节则显得松散、拖沓，多有雷同、失真之处，以致未能生动地揭示水浒英雄的悲剧精神，所以叶昼说：“文字至此，都是强弩之末了，妙处还在前半截。”（容与堂本《水浒传》第九十八回回评）

五、广泛流传

《水浒传》小说刊行不久，嘉靖间的一批著名文人如唐顺之（1507—1560）、王慎中（1509—1559）等就盛赞它写得“委曲详尽，血脉贯通，《史记》而下，便是此书”（李开先《一笑散》）。李贽则把它和《史记》、杜诗等并列为宇宙内的“五大部文章”（周晖《金陵琐事》卷一）。《水浒传》盛行以后，各种文学艺术样式都把它作为题材的渊薮。以戏剧作品而言，明清的传奇就有李开先的《宝剑记》、陈与郊（1544—1611）的《灵宝刀》、沈璟（1553—1610）的《义侠记》、许自昌（约1577—1621后）的《水浒记》、范希哲（明末清初人）的《偷甲记》、金蕉云（清道光间人）的《生辰纲》等三十余种。昆曲、京剧和各种地方戏中，都有许多深受群众欢迎的水浒故事剧目，如陶君起的《京剧剧目初探》就著录了六十七种。至于以《水浒传》为题材的绘画、说唱及各种民间文艺等，更是不可胜数。小说作品中，世情小说《金瓶梅》就是“从《水浒传》潘金莲演出一支”（袁中道《游居柿录》）。清代又出现了《水浒后传》、《后水浒传》和《结水浒传》（《荡寇志》）等续书。后世的侠义小说如《三侠五义》之类虽然命意另有所在，“而源流则仍出于《水浒》”（鲁迅《中国小说的历史变迁》）。《水浒传》作为英雄传奇小说的典范，对于诸如《杨家府演义》、《大宋中兴通俗演义》、《英烈传》等作品的影响更是显而易见的。

《水浒传》小说在世界范围内也得到了高度的评价和广泛的流传。《大英百科全书》说：“元末明初的小说《水浒》因以通俗的口语形式出现于历史杰作的行列而获得普遍的喝彩，它被认为是最有意义的一部文学作品。”英译家杰克逊（J. N. Jackson）说：“《水浒传》又一次证明人类灵魂的不可征服的、向上的不朽精神，这种精神贯穿着世界各地的人类历史。”目前，它已有英、法、德、日、俄、拉丁、意大利、匈牙利、捷克、波兰、朝鲜、越南、泰国等十多种文字的数十种译本。《水浒传》小说不愧是世界文学宝库中的一颗明珠。各国学者还分别对《水浒传》小说作了各具特色的研究，取得了丰硕的成果。

【温故知新】

章回小说　世代累积型作品　《三国志演义》　三国故事源流　《三国志演义》的版本　《三国志演义》的历史意识和价值观念　《三国志演义》的历史阐释　《三国志演义》的人物形象　《三国志演义》的叙事艺术　水浒故事源流　《水浒传》的版本　《水浒传》的寓意　《水浒传》的人物形象

【请你思考】

1. 章回小说是怎样产生的？
2. 章回小说体制的基本特点是什么？
3. 简述明代章回小说的主要类型及其代表作品。
4. 《三国志演义》的“演义”思想是什么？

5. 比较《三国志演义》中的曹操形象与刘备形象。

6. 诸葛亮形象的文化意义是什么?

7. “赤壁之战”战争描写的特点是什么?

8. 简述《水浒传》的版本情况。

9. 如何看待《水浒传》所描写的“农民起义”故事?

10. 从《水浒传》里宋江形象的三个绰号分析其性格特点。

11. 分析《水浒传》里的林冲形象和李逵形象。

【推荐阅读】

(明)罗贯中．沈伯俊校注．三国志通俗演义．上海：文汇出版社，2008

(明)施耐庵，罗贯中．水浒传．北京：人民文学出版社，1997

河南省社会科学院文学研究所编．《三国演义》研究论文集．北京：中华书局，1991

何心．水浒研究．上海：上海古籍出版社，1985

第十一编 风云变幻

（明世宗嘉靖十年至清圣祖康熙十七年，1531—1678）

第一章 文化下移与文学繁兴

【导读】

就审美特征而言，明代正统文学基本上是一种师古崇雅的文学。在16世纪初，虽然由于意识形态的文化权力逐渐由皇家贵族下移到文人士大夫，师古崇雅的文学观念遭到来自各方面的挑战，但却仍然占据着不可动摇的统治地位。然而时过境迁，从16世纪30年代开始，以唐宋派的出现为标志，首先从正统文学的内部滋生出背逆师古崇雅文学观念的因素，随之师心尚俗的文学观念汇为潮流，席卷文坛，一度成为文坛的主流。但是，由于师古崇雅的文学思潮在根本上符合中国古典的文化精神，因此从17世纪初开始，两种文学思潮便出现了合流的趋势。总之，从16世纪初到17世纪中叶的中国文学进入了一个风云变幻的时期，旧思潮与新思潮交相渗透，文坛上呈现出一种多音齐鸣的嘈杂局面。

第一节
师古崇雅与师心尚俗

从明世宗嘉靖十年（1531）至清圣祖康熙十七年（1678），共148年，师古与师心、崇雅与尚俗的对抗与融合，经历了四个时期。

一、师古崇雅思潮鼎盛期

从明世宗嘉靖十年（1531）至穆宗隆庆四年（1570），共40年，是师古崇雅思潮的鼎盛期。

嘉靖九年（1530），前七子领袖李梦阳（1473—1530）去世，但拟古文风依旧余风不泯。嘉靖五年（1526），王慎中（1509—1559）中进士；嘉靖八年（1529），李开先（1502—1568）、唐顺之（1507—1560）等人中进士。他们互相标榜，追随复古派，时有“嘉靖八才子”之称。[①] 到嘉靖十四年（1535），王慎中被召为南京（今属江苏）户部主事，迁礼部员外郎，由“文必秦汉”转向崇尚唐宋，并与唐顺之、李开先等人相互鼓吹，掀起唐宋派古文创作的新潮。其后，归有光（1506—1571）以其创作实绩，茅坤（1512—1601）编选《唐宋八大家文钞》[万历七年（1579）序]，张大了唐宋派古文的声势。唐宋派古文家既肯定秦汉文章，更推崇唐宋古文的继承与发展；既主张学习唐宋文“开阖首尾经纬错综之法”，又力求神似，“法出乎自然”（唐顺之《荆川先生文集》卷十《董中峰侍郎文集序》）。因此，他们的创作在拟古中显示出鲜明的新变趋向。

嘉靖二十七年至三十二年间（1548—1553），李攀龙（1514—1570）、王世贞（1526—1596）、谢榛（1495—1575）、宗臣（1525—1560）、梁有誉（约1519—1554）、徐中行（1517—1578）、吴国伦（1524—1593）等在北京结为七子社，再度宣扬文学复古，时称“后七子”。[②] 他们“相切磋为西京、建安、开元语”（王世贞《弇州山人四部稿·续稿》卷五十一《吴峻伯先生集序》），“其持论谓文自西京，诗自天宝而下，俱无足观，于本朝独推李梦阳”（《明史·李攀龙传》），甚至鼓吹“视古修辞，宁失诸理”（李攀龙《沧溟

---

① 《明史·陈束传》：“嘉靖八年……束授礼部主事。时有‘嘉靖八才子’之称，谓束及王慎中、唐顺之、赵时春、熊过、任瀚、李开先、吕高也。”

② 关于七子社的成立时间及其初期活动情况，可参见廖可斌：《明代文学复古运动研究》，210～215页，上海，上海古籍出版社，1994；李庆立：《明“后七子”结社始末考》，载《山东师范大学学报（社会科学版）》，1996（3），86～92页；郭英德：《谢榛与盛唐诗》，李白杜甫与盛唐文化国际学术研讨会论文，香港，2001年3月。

集》卷十六《送王元美序》)。后七子挟“弘德七子”之余威，风头强劲，在文坛上形成了其势汹涌的复古思潮，其末流沦为“剽窃成风，万口一响”(《袁宏道集笺校》卷十八《叙姜陆二公同适稿》)。

在师古崇雅思潮影响下，这一时期的戏曲创作界几乎是文词派一统天下，李开先、梁辰鱼(1519—1591)、张凤翼(1527—1613)等曲家的创作，无不为文词派戏曲推波助澜。臧懋循(1550—1620)评张凤翼向郑若庸(1489—1577)学习，“转相祖述为《红拂》等记，则滥觞极矣”(《元曲选序》,《元曲选》卷首)。凌濛初(1580—1644)说：“自梁伯龙(即梁辰鱼)出，而始为工丽之滥觞，一时词名赫然。”又评张凤翼：“毋奈为习俗流弊所沿，一嵌故实，便堆砌拼凑，亦是仿伯龙使然耳。”(《谭曲杂札》)

这一时期一些章回小说出现了官刻本①，这不仅成为民间书坊刻印小说的潜在鼓励，而且官刻本往往被民间书坊作为底本加以翻刻，坊刻小说方兴未艾。这时期的通俗小说创作界是历史演义一枝独秀的时期，尤其是熊大木(约1506—1579)编撰的《全汉志传》、《唐书志传通俗演义》、《南北两宋志传》、《大宋中兴通俗演义》等小说，广为读者欢迎。这些书商坊刻小说大抵摹拟《三国志演义》，杂凑史书成文，叙事简陋平板，语言半文半白，艺术成就不高，但却培养了一代通俗小说的读者，成为其后通俗小说发展的沃土。

二、师心尚俗思潮泛滥期

从明穆宗隆庆五年(1571)至神宗万历三十八年(1610)，共40年，是师心尚俗思潮的泛滥期。

☞ **多学一点**

师心尚俗思潮的发展

在后七子甚嚣尘上之际，徐渭(1521—1593)提出“师心纵横，不傍门户”的主张(《徐文长三集》卷十九《叶子肃诗序》)，李贽(1527—1602)提出“天下之至文，未有不出于童心焉者也”(《焚书》卷三《童心说》)的理论。他们的诗文创作独立复古思潮之外，成为万历年间(1573—1620)师心尚俗文学思潮的发源。

隆庆四年(1570)，后七子的领袖李攀龙去世，唐宋派的主要作家王慎中(卒于1559年)、唐顺之(卒于1560年)、归有光(卒于1571年)也都先后谢世。此后，王世贞主盟文坛达20年之久，他一方面继续倡扬师古崇雅，主张在广泛借鉴中“调剂”，说：“大抵诗以专诣为境，以饶美为材师匠宜高，捃拾宜博。”(《艺苑卮言校注》卷一)另一方面受

① 如司礼监经厂刻有《三国志演义》，武定侯郭勋(正德、嘉靖间人)、都察院也分别于嘉靖年间刊印《三国志演义》、《水浒传》。

时代风气的波染，“晚年自悔”（钱谦益《列朝诗集小传》丁集上《王尚书世贞》），由模拟古人转而抒写性灵，走向师心一途，声称：“诗以陶写性灵，抒纪志事而已。”（王世贞《弇州山人四部稿·续稿》卷一百六十八《题刘松年大历十才子图》）与此同时，“七子中最为老寿”（《明史·吴国伦传》）的吴国伦，也极力倡扬“发抒性灵”、“闳襟宇而发其才情”（吴国伦《甔甀洞稿》卷三十九《胡祭酒集序》、《李尚书集序》）等观点。可见以七子派为代表的师古崇雅思潮已经渐次消歇了。

代之而起的是愈益强劲的师心尚俗思潮。如七子派的后劲屠隆（1542—1605），论诗倡导以“适者”（《旧集自叙》）为美，提倡吟写“性灵”（《鸿苞集·文章》）。七子派外的汤显祖（1550—1616），更是批评拟古文风，认为汉、唐以后，“神情声色，已尽于昔人”（《汤显祖诗文集》卷四十四《答王澹生》），主张“世总为情，情生诗歌，而行于神”（《汤显祖诗文集》卷三十一《耳伯麻姑游诗序》）。到万历二十年（1592），袁宏道（1568—1610）中进士，与其兄袁宗道（1560—1600）、其弟袁中道（1570—1623）等人形成公安派。万历二十四年（1596），袁宏道作《叙小修诗》，提出：“大都独抒性灵，不拘格套，非从自己胸臆流出，不肯下笔。”（《袁宏道集笺校》卷四）万历二十七年（1599），他又作《与冯庵师》，提出：“独谬谓古人诗文，各出已见，决不肯从人脚跟转，以故宁今宁俗，不肯拾人一字。”（《袁宏道集笺校》卷十一）公安派的师心尚俗文学主张，深受李贽影响。万历十八年（1590），李贽到公安，袁宏道等往访，谈论禅学，说今论古，甚为投机。

李贽像

学术轶事

袁宏道见李贽

先生（指袁宏道）既见龙湖（指李贽），始知一向掇拾陈言，株守俗见，死于古人语下，一段精光，不得披露。至是浩浩焉如鸿毛之遇顺风，巨鱼之纵大壑。能为心师，不师于心；能转古人，不为古转。发为语言，一一从胸襟流出，盖天盖地，如象截急流，雷开蛰户，浸浸乎其未有涯也。（袁中道《珂雪斋集》卷九《吏部验封司郎中中郎先生行状》）

公安派作家的诗文作品，以眼前之景、身边之事来抒写性灵，张扬个性，风格清新秀丽，生气勃勃，将师心尚俗思潮推向高峰。尤其是他们的小品文，在文体创新上取得了显著的成就。

以“童心”说为核心，李贽非常重视与提倡戏曲、小说。从万历九年（1581）辞官后至万历二十五年（1597）间，他潜心读书著述，包括《西厢记》、《水浒传》的评点。在李贽的影响下，袁宏道等人也自觉倡导戏曲、小说等俗文学，以之作为师心尚俗思潮的辅翼。

学术轶事

李贽读书著述的方式

所读书皆抄写为善本。东国之秘语，西方之灵文，《离骚》、马（司马迁）、班（固）之篇，陶（渊明）、谢（灵运）、柳（宗元）、杜（甫）之诗，下至稗官小说之奇，宋元名人之曲，雪籐丹笔，逐字雠校，肌擘理分，时出新意。（袁中道《珂雪斋集》卷十七《李温陵传》）

在万历前期的曲坛上，梅鼎祚（1549—1615）、屠隆等曲家驰骋竞进，文词派戏曲达到登峰造极的地步。流风所及，连汤显祖作于万历五年至七年（1577—1579）的《紫箫记》传奇，和沈璟（1553—1610）作于万历十七年（1589）的《红蕖记》传奇，也都以骈雅藻丽见称。[①] 只有徐渭约作于万历初年的《四声猿》，超轶流俗，以奇思异想的艺术世界和浅俗泼辣的语言风格，成为“天地间一种奇绝文字”（王骥德《曲律》卷四）。到万历二十年（1592）左右，沈璟的戏曲语言风格从雅丽转为本色。[②] 与此同时，汤显祖在万历十九年（1591）前后，将《紫箫记》改编为《紫钗记》，也表现出摆脱文词派影响的趋向。[③] 其后，以汤显祖的《牡丹亭》、《南柯记》、《邯郸记》为代表的一大批戏曲名作相继问世，戏曲创作呈现出空前的繁荣局面。与此同时，汤显祖与沈璟有关戏曲特征的争论，不仅促进了戏曲理论建设，也激发了戏曲文学创作。

分析举例

名家评《红蕖记》

吕天成（1580—1618）评沈璟《红蕖记》传奇时说：“先生自谓字雕句镂，正供案头耳，此后一变矣。”（《曲品》卷下）

王骥德（1542？—1623）说：“《红蕖》蔚多藻语。《双鱼》而后，专尚本色。”（《曲律》卷四《杂论》下）

---

① 《紫箫记》创作年代，据徐朔方《玉茗堂传奇创作年代考》，见其《汤显祖年谱》附录丙，上海，上海古籍出版社，1980。《红蕖记》创作年代，据郭英德《明清传奇综录》，197～198页，石家庄，河北教育出版社，1997。

② 《红蕖记》是沈璟第一部传奇，约作于其万历十七年（1589）以病告归时或稍后。吕天成《曲品》卷下《玉合记》条云：“（梅鼎祚）又曾著《玉导》，家君（按，指吕玉绳）谓之曰：‘符郎事已引入《双鱼》。’遂止。”《玉合记》作于万历十二年（1584），而梅氏与吕玉绳往来在是年至万历二十年（1592）间（见梅鼎祚《鹿裘石室尺牍》卷九《与吕玉绳》）。然则沈璟的《双鱼记》大约作于万历二十年顷。参见郭英德编著：《明清传奇综录》，202页，石家庄，河北教育出版社，1997。

③ 参见徐朔方：《汤显祖年谱》，上海，上海古籍出版社，1980；《晚明曲家年谱·赣皖卷》，杭州，浙江古籍出版社，1993。

这一时期历史演义小说的创作仍持续不断。同时，随着吴承恩（1500—约1582）的《西游记》和兰陵笑笑生的《金瓶梅》先后问世，并先后刊行①，神魔小说与世情小说的创作异军突起。此外还出现了一批公案小说②，丰富了通俗小说的类型。

三、师古崇雅与师心尚俗合流期

从明神宗万历三十九年（1611）至清世祖顺治四年（1647），共37年，是师古崇雅和师心尚俗两股思潮的合流期。

在万历三十二年（1604），袁宏道已注意到“余诗多刻露之病”（《袁宏道集笺校》卷三十五《叙曾太史集》）。万历三十四年（1606），袁宏道思考公安派理论批评与诗文创作中产生弊端的原因，说：“近俳缘矫激，取态任斜欹。”（《袁宏道集笺校》卷三十四《哭江进之》其九）“刻露”或“近俳”，乃是由于矫枉过正。万历三十八年（1610）袁宏道因病去世，袁中道继续修正公安派“矫枉过正”的文学思想。他正视公安派“矫激”中的得与失，指出：对于七子派“于诗字字取则盛唐”之风，“先兄中郎矫之，多抒其意中之所欲言，而刊去套语，间入俚易”（《珂雪斋集》卷二十四《答须水部日华》）。尤其是“至于一二学语者流，粗知趋向，又取先生（指袁宏道）少时偶尔率易之语，效颦学步。其究为俚语，为纤巧，为莽荡，譬之百花开而棘刺之花亦开，泉水流而粪壤之水亦流”（《珂雪斋集》卷十一《中郎先生全集序》）。为此，袁中道强调：“今之功中郎者，学其发抒性灵，而力塞后来俚易之习。”（《珂雪斋集》卷二十四《阮集之诗序》）他还明确提出调和师心与师古的文学思想，在揭示七子、公安二家的流弊后，重新提倡接受盛唐诗（见《珂雪斋集》卷十《蔡不瑕诗序》）。钱谦益（1582—1664）承公安派后期思想，开始活跃于文坛。

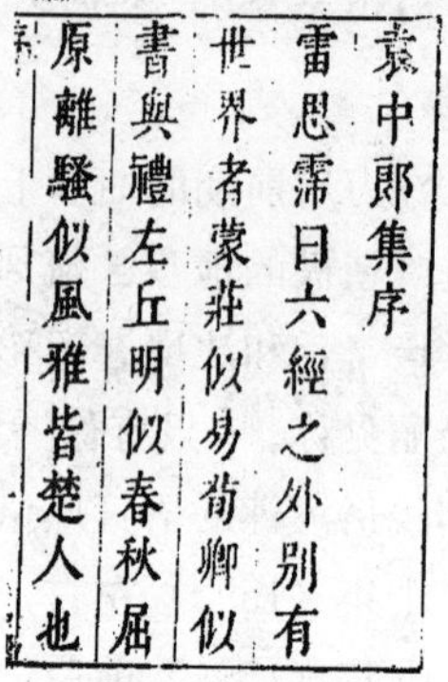
袁中郎集序
雷思霈曰六經之外別有
世界者蒙莊似易荀卿似
書與禮左丘明似春秋屈
原離騷似風雅皆楚人也

《袁中郎集序》书影

到万历四十二、四十三年间（1614—1615），钟惺（1574—1624）与谭元春（1586—1631）合作，评选唐人之诗为《唐诗归》三十六卷，随后又评选唐以前诗为《古诗归》十五卷。他们对公安派的文学主张加以补救，提倡“求古人真诗”，抒写“幽情单绪”（钟惺《隐秀轩集》卷十六《诗归序》）。以钟、谭为代表的文学流派世称“竟陵派”，他们的诗文创作徘徊于师古崇雅与师心尚俗之间。

稍后，以艾南英（1583—1646）为代表的江西诸文社，主张为文应由唐宋入秦汉，继承了唐宋派的观点。以张溥（1602—1641）、张采（1596—1648）等为代表的复社文

① 《西游记》现存最早版本是万历二十年（1592）的金陵唐氏世德堂刊本，全名《新刻出像官板大字西游记》，但这之前尚有“鲁府”、“登州府”刊本（见周弘祖《古今书刻》著录）。《金瓶梅》至少在万历二十四年（1596）已经以抄本形式流行于世（见《袁宏道集笺校》卷六《董思白》），万历三十八年（1610）吴中始有刻本（沈德符《万历野获编》卷四），现存最早版本是万历四十五年（1617）署刊的《新刻金瓶梅词话》。

② 如万历二十二年（1594）书林朱氏与耕堂刊本《包龙图百家公案》，万历二十五年（1597）万卷楼本《新镌全像包孝肃百家公案》，万历三十四年（1606）李春芳（1510—1584）序本《海刚峰先生居官公案传》等。

人，则以通经学古为宗，重视人品学问的修养，在文学创作上大致承袭七子派的主张。陈子龙（1608—1647）等几社文人更以古文辞为尚，主张“文当规摹两汉，诗必宗趣开元，吾辈所怀，以兹为正”（陈子龙《陈忠裕公全集》卷十二《壬申文选凡例》）。但他们注重文学经世致用的功能，尤其强调以“忧时托志”为“诗之本”（《陈忠裕公全集》卷七《六子诗序》），发展了后七子的理论。陈子龙与几社名士李雯（1608—1647）、宋征舆（1618—1667）合称“云间三子”，开创云间词派，始振有明一代词风之衰。

而张岱（1597—1679）少学徐渭和袁宏道，后来又学竟陵派，最后认识到：“用学问者多失之板实，用俚语者多失之轻佻。”（《琅環文集》卷一《桂铭抄自序》）于是自出手眼，独树一帜。他和王思任（1574—1646）、刘侗（约1594—约1637）等作家，承“性灵”之说，又融合陈子龙“忧时托志”的文学思想，创作了一批空灵之美与充实之美相结合的小品文。徐弘祖（1587—1641）的《游记》更以科学与艺术的兼容，成为“千古奇书”（钱谦益《嘱毛子晋刻游记书》）。

这时期剧坛上流行才子佳人戏曲，周朝俊（万历后期人，生卒年不详）、吴炳（1595—1648）、孟称舜（约1599—1684）、阮大铖（1587—1646）等剧作家的传奇戏曲作品，表达了情理合一的审美观念，也体现了才情文辞与结构曲律兼美的创作特征。同时，以李玉（1602？—1676？）为代表的苏州派曲家也开始在剧坛上崭露头角，出现了李玉的“一笠庵四种曲”、《清忠谱》等佳作。

由于受到文人作家的重视、社会读者的欢迎和书商赢利的刺激，章回小说在这一时期的创作数量仍然有增无减。除了历史演义小说、英雄传奇小说、神魔小说、世情小说等类型外，这时又出现了以当代政治为题材的时事小说。在天启、崇祯年间（1621—1644），以冯梦龙（1574—1646）、凌濛初为代表的一批文人，应书贾之请，编撰话本小说，由此形成了短篇白话小说创作的高潮。

四、经世求实观念盛行期

从清世祖顺治五年（1648）至圣祖康熙十七年（1678），共31年，是经世求实文学观念的盛行期。

顺治四年（1647），江浙抗清运动失败，清政府已基本上取得了大江南北的统治权。前一年（1646）冯梦龙、王思任、艾南英等作家相继去世，这一年陈子龙、李雯、夏完淳（1631—1647）等去世，后一年（1648）张溥、吴炳等相继去世。上一时期文坛上最活跃的一批作家大都退出了历史舞台。

在明清易代天翻地覆的历史巨变之中，吴伟业（1609—1672）、黄宗羲（1610—1695）、顾炎武（1613—1682）等文学家，反思晚明士风与文风，明确提出了经世求实的文学观念。如顾炎武在《日知录》卷十九中，提出了文须“有益于天下，有益于将来”的时代命题。经世求实的文风集中体现在这一时期抗清志士和遗民作家的诗文作品中，前者如瞿式耜（1590—1651）、张煌言（1620—1664）等，后者如黄宗羲、顾炎武、王夫之（1619—1692）、杜濬（1611—1687）、钱澄之（1612—1693）、归庄（1613—1673）、吴嘉纪（1618—1684）、屈大均（1630—1686）等。他们经历了明清易代的社会大动荡，大都具有强烈的民族意识和救时济世的社会责任感，因而强调文学要参与现实，抒写真性情。他们情感郁积厚，艺术功力深，登山临水，长啸短吟，缘情叙事，语切景真，形成了各具面目的风格。

而屈节仕清的钱谦益和吴伟业，以高赡的才华学识，先后领袖文坛，对转变晚明的诗文风气起了一定作用。他们的作品，从另一个角度反映了明清易代之际的社会状况和文人士大夫的复杂心态。侯方域（1618—1654）、魏禧（1624—1680）、汪琬（1624—1691）等人的文章创作，也为开启有清一代文风做出了努力。另有一批成长于清朝的诗文作家，如宋琬（1614—1673）、施闰章（1619—1683）、朱彝尊（1629—1709）、王士禛（1634—1711）等，他们的作品不再鲜明地表现亡国之恨、故国之思，而以抒情怀古、摹写山水为主，更多地致力于艺术技巧的追求，奠定了清诗的基本风貌。尤其是王士禛首倡"神韵"诗说，继钱谦益与吴伟业之后，成为康熙前中期的诗坛领袖。

这一时期云间词派的宋征舆仍活跃于词坛。顺治十五年（1658）王士禛中进士后，谒选得扬州（今属江苏）推官，在任上与彭孙遹（1631—1700）等词人文酒唱和，合编大型词选《倚声初集》，影响广远。此后词坛上出现了以陈维崧（1625—1682）为首的阳羡派和以朱彝尊为代表的浙西词派，词学呈现一派生机勃勃的中兴局面。

这一时期的戏曲创作主要有三大流派：一是以李玉为代表的苏州派，以较完美的传奇艺术形式敷演伦理意向鲜明的戏剧性故事，他们的剧作有着旺盛的舞台生命力；二是以李渔（1611—1680）为代表的一批风流文人，以日益完美的戏曲艺术形式敷演既风流自赏又不悖礼教的才子佳人故事，表现出文人趣味和平民趣味的巧妙融合；三是以吴伟业、尤侗（1618—1704）为代表的正统文人，借戏曲创作抒发故国情思、兴亡感叹、身世感伤、风化意图、报应思想和隐逸情趣，同时也借戏曲创作显示渊博的学识功底和深厚的文学造诣。

章回小说在这一时期虽然没有出现杰出的作品，但《水浒后传》等英雄传奇小说、《醒世姻缘传》和一大批才子佳人小说，共同为下一时期小说的发展蓄积了基础。文人话本小说则出现了李渔的《无声戏》、《十二楼》等杰作。而且，金圣叹（1608—1661）对《水浒传》、毛宗岗（1632—1709后）对《三国演义》、张竹坡（康熙间人）对《金瓶梅》的评点，更使中国古代小说美学开始形成较为完整的体系，并对文人的通俗小说创作造成巨大的影响。

《明史》书影

康熙十七年（1678），清廷举行博学鸿词科。次年（1679）三月，康熙皇帝亲试博学鸿词科荐到人员，录取为一等的20人，二等的30人，"俱着纂修《明史》"，著名文士如傅山（1606—1684）、朱彝尊等均在其中。这一重要的历史事件标志着清廷对汉族文人士大夫的怀柔政策已取得显著成功，大批汉族文人士大夫开始自觉地与清廷合作，真正体现清朝面貌的文风也开始流行于世。因此，本书将康熙十八年（1679）作为下一个文学时期的开端。

分析举例

文人承认清朝合法性

以黄宗羲为例。从康熙十八年（1679）开始，黄宗羲在文章中大量使用清朝年号，这说明他从此已承认清朝的合法性了。① 在清康熙十五年（1676）以前，黄宗羲尚未刻意对“遗民”作出明确的释义；从康熙十五年黄宗羲六十七岁开始，他就以慧眼看人世、看历史、看自身，一而再、再而三地对“遗民”加以诠释，唯恐人们误解“遗民”的含义，误解他在康熙年间的生存方式和文化活动。②

第二节 政治动荡与社会批判

从明嘉靖十年（1531）至清康熙十七年（1678），这一时期文学创作的一个显著特征，是具有鲜明的现实指向特性和强烈的社会批判精神。这种鲜明的现实指向特性和强烈的社会批判精神，与时代社会政治的激烈动荡密切相关。

一、明中后期的社会动荡

明世宗朱厚熜（1521—1566 在位）嘉靖元年（1522）以后，土地兼并愈益激烈，皇室贵族占有大量庄田，数量之多超过以往任何时代。官僚地主不仅抢掠农民土地，甚至侵占军卫屯田。赋税徭役大大加重，广大农民被迫弃家流亡，流民问题成为嘉靖年间（1522—1566）最为严重的社会问题。到了隆庆（1567—1572）、万历（1573—1620）之际，社会政治已经腐败到“国势如溃瓜，手一动而流液满地”（吕坤《吕新吾全集·去伪斋文集》卷五《答孙玉峰》）的境地。万历初年，张居正（1525—1582）等“慨然以天下

① 参见南炳文：《黄宗羲肯定封建君主专制制度的思想》，见吴光主编：《黄宗羲论——国际黄宗羲学术讨论会论文集》，355 页，杭州，浙江古籍出版社，1987。

② 参见郭英德：《黄宗羲的人生定位与文化选择——以康熙年间为中心》，见陈平原、王德威、商伟编：《晚明与晚清：历史传承与文化创新》，23～41 页，武汉，湖北教育出版社，2002。

为己任”（《明史·张居正传》），实行革新自救，建立考成法，清丈土地，推选“一条鞭法”，力图振纲除弊。但是，张居正的革新终无回天之力，无法阻止腐朽王朝的没落趋势。

到万历后期，明王朝政治危机更加深重，专制统治濒临崩溃的边缘。东北努尔哈赤（1616—1626在位）建州女真部（所谓“夷狄”）入侵的民族矛盾，“万历民变”、白莲教起义和李自成（1606—1645）、张献忠（1606—1646）起义等下层百姓（所谓“盗贼”）与统治阶级之间的阶级矛盾，以及“东林党”与“邪党”（包括昆、浙、宣、齐、楚诸党）、“阉党”等统治阶级内部所谓“君子”和“小人”之间的党争，所有这些矛盾的合力，最终把明王朝推向了风雨飘摇、朝不保夕的绝境。

分析举例

明末动荡原因

李应升（1593—1626）精确地概括道：“盖天下有三患：一曰夷狄，吭背之患；二曰盗贼，肘腋之患；三曰小人，心腹之患。”（《落落斋遗集》卷一《抚时直发狂愚触事略商补救以备圣明采择疏》）

二、文学作品的现实指向

因此，从嘉靖到崇祯年间（1522—1644），无论是师古崇雅还是师心尚俗的文学思潮，都有一个共同的特点，就是作家创作表现出强烈的社会批判精神。师古派作家，如后七子的作品，当严嵩（1480—1567）专权、南倭北寇交相入侵之时，辛辣讽刺横行不法、弄权误国的奸臣，描写天灾与横征暴敛的人祸交相为害，蕴涵着忧国忧民之情；陈子龙生当明季，倡导以“忧时托志”为“诗之本”（《陈忠裕公全集》卷七《六子诗序》），坚持“虽颂皆刺”的诗歌方法论（《陈忠裕公全集》卷三《诗论》），痛心国事，批判奸邪。师心派作家，如李贽“所著书，于上下数千年之间，别出手眼……掊击道学，抉摘情伪”（钱谦益《列朝诗集小传》闰集《卓吾先生李贽》）；汤显祖的传奇戏曲《南柯记》、《邯郸记》，以象征手法，隐寓对晚明社会政治的激烈批判；袁宏道的《猛虎行》、《逋赋谣》、《感事》、《荆州后苦雪引》等诗歌作品，揭露时弊，愤世嫉俗。顾炎武说：“天下有道，则庶人不议；然则政教风俗，苟非尽善，即许庶人之议矣。”（《日知录》卷十九“直言”条）正概括了这一时期文学作品的现实指向。

三、清初的统治政策

清代初年，国破家亡的哀思，腥风血雨的感愤，流离失所的悲凉，兴明复国的希冀，流荡在各种文学作品中，组成了一支凄怆哀伤的“亡国之音”。而清廷强硬推行的“剃发令”、“科场案”和“奏销案”，更对汉族文人士大夫的心灵造成了巨大的打击。顺治二年（1645）六月间，在一些明朝降臣的建议下，清廷下令厉行剃发，一时间，“留头不留发，留发不留头”，成为清廷的一项绝对命令。“剃发令”强烈地触犯了汉族人民的民族感情，因此激起了汉族人民广泛而强烈的反抗，反剃发的斗争席卷江南。在清政府的血腥屠杀下，反剃发的风波很快就被平定了，汉人最终改换了发式，做了满族贵族的臣民。[①] 但是，剃发所造成的精神的侮辱和文明的亵渎，却长时间地在人们心灵上刻下了深重的创伤。

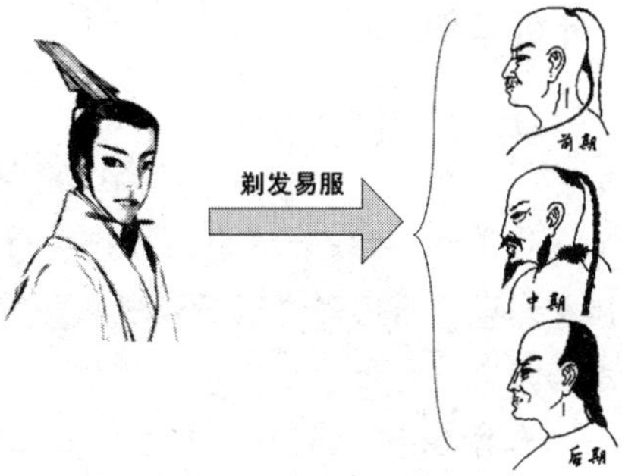

剃发易服

☞ **多学一点**

清廷“剃发令”

遵依者为我国之民，迟疑者同逆命之寇，必置重罪。已定地方仍由明制，不遵本朝制度者，杀无赦。（《清世祖实录》卷十七）

“科场案”发生在顺治十四年丁酉（1657），蔓延几至全国，以顺天、江南两省为巨，次则河南、山东、山西，共五闱。当时的主司、房考及中试的士子，诛戮斩决及遣戍边疆者，无以数计。在丁酉科场案中，清廷不惜草菅人命，甚至弟兄叔侄，连坐而同罚，议罪甚于大逆。[②] 清政府希图借科场案羁络汉族士子，以达到其控制人心、巩固统治的政治目的。“科场案”的余波未已，在康熙初年，又发生了“奏销案”。康熙登极之初（辛丑，1661），朝廷严催顺治十七年（1660）奏销钱粮，仅苏州、松江、常州、镇江四府，就有进士、举人、贡监生员一万三千多人，以“抗粮”的罪名，或革除功名出身，或降级调用，甚或锒铛提解，从重议罪。[③] 一时牵连甚广，周寿昌说：“于是两江士绅得全者无几。”（《思益堂日札》）清政府有意与士大夫为难，这不仅使江南士大夫在经济上受到严重打击，而且在他们的心灵上造成重大的创伤。

清初统治者的这些政治措施，结合改朝换代的社会变动，激发了这一时期文学家的现实意识。于是，这一时期的文学作品，在反清复明的主旋律中昂扬着以天下为己任的浩然正气，以不同形式、不同角度，在不同层面表现出强烈的民族意识和社会批判精神，在社会动荡下，显现出一种幽忧凄厉的文学风格。诗歌是如此，文章、词作、戏曲、小说，又何尝不是如此。

---

① 参见陈生玺：《清初剃发令的实施与汉族地主阶级的派系斗争》、《剃发令在江南地区的暴行与人民的反抗斗争》，见其《明清易代史独见》，141～191页，郑州，中州古籍出版社，1991。

② 参见孟森：《科场案》，见其《明清史论著集刊》，下册，391～433页，北京，中华书局，1959。

③ 参见孟森：《奏销案》，同上书，434～452页。

分析举例

幽忧凄厉的文学风格

钱谦益："兵兴以来，海内之诗弥盛，要皆角声多，宫声寡；阴律多，阳律寡；噍杀恚怒之音多，顺成啴缓之音寡。"(《牧斋有学集》卷十七《施愚山诗集序》)

朱彝尊："曩时兵戈未息，士之栖于山泽者，见之吟卷，每多幽忧凄戾之音，海内言诗者称焉。"(《曝书亭集》卷四十《紫云词序》)

第三节
心学思潮与主情观念

这一时期文学创作的另一个显著特征，是文学与哲学思潮的联姻。

嘉靖年间（1522—1566）以后，王守仁（1472—1529）的"心学"流布天下，王世贞说："今天下之好称守仁者十七八也。"（《弇州山人四部稿·续稿》卷八十六《王守仁传》）在王学诸流派中，尤以泰州学派最富叛逆色彩，先后出现了王艮（1483—1541）、颜钧（生卒年不详）、罗汝芳（1515—1588）、何心隐（1517—1579）、李贽等著名的思想家。

一、泰州学派的思想

泰州学派的思想深受王守仁心学的影响，但是却更加离经叛道。王守仁主张学问贵在有所心得，不盲目地以孔子的是非为是非，对以圣贤为偶像崇拜有所持疑（见《王文成公全书》卷二《传习录》中《答罗整庵少宰书》）。李贽在《答耿中丞》（《焚书》卷一)、《题孔子像于芝佛院》（《续焚书》卷四)、《藏书·世纪列传总目前论》（《藏书》卷首）等文章中，进一步申发了这一观点，指出："咸以孔子之是非为是非，故未尝有是非耳。""夫天生一人，自有一人之用，不待取给于孔子而后足也。若必待取足给于孔子，则千古以前无孔子，终不得为人乎？"

王守仁一贯主张，不必拘泥于六经载籍的陈说旧论，强调以"心"作为裁判六经的标准，“求六经之实于吾心”（《王文成公全书》卷七《稽山书院尊经阁记》）。李贽发挥此说，在《童心说》一文中，认为六经、《论语》、《孟子》等书，不过是当时的“迂阔门徒，懵懂弟子”的随笔记录，大半不是圣人之言；就算有圣人之言，也只是“因病发药，随时处方”，怎能作为“万世之至论”？因此，“六经、《语》、《孟》，乃道学之口实，假人之渊薮也，断断乎其不可以语于童心之言明矣”（《焚书》卷三《童心说》）。

王守仁像

王守仁认为，平民百姓通过“致良知”，就可以达到圣人的境界。因此，“圣人”和“愚夫愚妇”之间并不存在着一条不可逾越的鸿沟（见《王文成公全书》卷二《传习录》中《答顾东桥书》）。泰州学派发扬了这一观点，例如王艮认为：“圣人之道无异于百姓日用，凡有异者，皆谓之异端。……百姓日用条理处，即是圣人之条理处。”（《心斋王先生全集》卷三《语录》）

李贽认为：“穿衣吃饭，即是人伦物理；除却穿衣吃饭，无伦物矣。”（《焚书》卷一《答邓石阳书》）

王守仁要求去人欲而识天理，追求一种摆脱物欲、无所牵挂的“心体”，这种“心体”不能不染上感性情感的色调（见《王文成公全书》卷一《传习录》上）。李贽更大讲“童心”，提倡“私欲”，开辟了近代自然人性论。他在《童心说》中解释道：“夫童心者，绝假纯真，最初一念之本心也。”（《焚书》卷三）在《德业儒臣后论》中说：“夫私者，人之心也。人必有私而后其心乃见，若无私则无心矣。”（《藏书》卷三十二）这就把“私欲”的价值推向了极端。

泰州学派扎根于“工商农贾”之中，活动于“佣夫厮养”之间，“坐在利欲胶漆盆中”，倡导“人欲”，反对“天理”，“掀翻天地”，更“非名教之所能羁络”（黄宗羲《明儒学案》卷三十二《泰州学案》）。从此以后，学术文化再也不像明前期那样由皇家贵族的意旨和风致所绝对支配，而变为随文人阶层的趣味和风尚所转移了。文人阶层取代皇家贵族，成为学术文化领域最为活跃的主角。尤其是李贽，以“异端”自居、自豪，终以“敢倡乱道，惑世诬民”的罪名被捕，死于诏狱。但是他的学说却反而不胫而走。

学术轶事

李贽学说的传播

明人沈瓒（生卒年不详）云：“李卓吾好为惊世骇俗之论，务反宋儒道学之说。其学以解脱直截为宗，少年高旷豪举之士多半乐慕之，后学如狂。不但儒教防溃，而释氏绳检亦多所屑弃。”（《近事丛残》）

二、世俗享乐的生活趣味

在泰州学派的鼓荡下，肯定人的私欲，追求个性自由，张扬世俗享乐，成为嘉靖以后的一股强大的思想文化潮流，弥漫于整个社会。这股思潮首先孕育出一个追求个性解放、个性自由的文化氛围，产生了一大批“狂简”、“狂狷”的文人士大夫，他们不守规范，不受羁锁，率性自为，任情自适，表现出前所未见的人格特征。而且，这股文化思潮具有鲜明的世俗性特征，在社会风俗、社会心理、社会思潮、文学艺术各个层面都是如此。世俗的情趣，世俗的格调，波染甚至替代了传统的文人士大夫的雅正情趣，煽起了如火如荼的世俗享乐之风。

分析举例

追求自由的文化思潮

颜钧：“平时只是率性所行，纯任自然，便谓之道。”（黄宗羲《明儒学案》卷三十二引述）

何心隐：“性而味，性而色，性而声，性而安适，性也。”（《何心隐集》卷二《寡欲》）

李贽：“盖声色之来，发乎情性，由乎自然。”（《焚书》卷三《读律肤说》）

袁宏道：“世果有不好色之人哉?”（《袁宏道集笺校》卷十《解脱集》卷三《花亭记》）

陈确（1604—1677）：“盖天理皆从人欲中见，人欲正当处，即是理，无欲又何理乎?”（《陈确集·别集》卷五《瞽言》四）

这种率性自为的人格理想和世俗享乐的生活趣味，升华为一种慕奇好异、独抒性灵的审美精神。心学特长的内省倾向的思维方式，使人们重一己而轻外物，重冥会而轻实证，更多地追求超脱外物的束缚，满足个人的生活情趣或主观的精神境界。这就构成了嘉靖以后文人士大夫崇尚新奇、标树真情的审美精神。

三、尚奇主情的审美精神

随着王守仁心学的流布，一股主张以个人的主观心灵、真情实感作为文学的本源、对象和功能的“主情”文学观念席卷文坛。于是，在文学创作上，主体意识明显加强，写物欲、写时俗、写性爱、写闲情成为一时风气，肯定人性、放纵个性、歌颂世俗的享受和欢乐、向往个体人格的自由与平等成为鲜明的审美理想。这种审美理想，在清初的黄宗羲、清中叶的袁枚（1716—1797）等人那里，还能听到不同的回响。

分析举例

主情的文学观念

唐顺之主张“洗涤心源，独立物表”，“为文章但直据胸臆，信手写出”（《荆川集》卷七《与茅鹿门主事书》）。

徐渭提出：“古人之诗本乎情，非设以为之者也。”（《徐渭集》卷二十《肖甫诗序》）

李贽以崇尚“自然之性”为基础，倡言：“夫童心者，真心也，若以童心为不可，是以真心为不可也。夫童心者，绝假纯真，最初一念之本心也……天下之至文，未有不出于童心焉者也。”（《焚书》卷三《童心说》）

屠隆：“夫文者华也，有根焉，则性灵是也。”（《鸿苞》卷十七《文章》）

汤显祖宣称：“世总为情，情生诗歌，而行于神。”（《汤显祖诗文集》卷三十一《耳伯麻姑游诗序》）

袁宏道：“大都独抒性灵，不拘格套，非从自己胸臆流出不肯下笔。”（《袁宏道集笺校》卷四《锦帆集》之二《叙小修诗》）

袁中道：“至于今天下之慧人才士，始知心灵无涯，搜之愈出，相与各呈其奇，而互穷其变，然后人人有一段真面目溢露于楮墨之间。”（《珂雪斋集》卷十一《中郎先生全集序》）

谭元春强调：“夫作诗者，一情独往，万象俱开，口忽然吟，手忽然书。即手口原听我，胸中之所流，手口不能测；即胸中原听我，手口之所止，胸中不可强。”（《谭友夏合集》卷八《汪子戊己诗序》）

第四节
实学思潮与经世文风

作为心学思潮的反拨，明代后期出现了实学思潮。实学思潮由万历年间（1573—1620）东林学派开其端绪，至明清之际的顾炎武、黄宗羲、王夫之等人趋于高潮。实学思潮针对宋明理学的日益空疏，尤其是王守仁心学的“禅化”，表现出尚实学、重实证、讲求经世致用、反对空谈心性的基本特点，由学术思想领域而影响及于政治、经济、科学和文学艺术。

一、东林学派的思想

万历年间（1573—1620）以顾宪成（1550—1612）等人为代表的东林学派，在江苏无锡东林书院聚众讲学，鼓荡起一股实学思潮。在政治思想上，东林学派反对封建独裁专制，极力抨击大宦官、大官僚的专权乱政，积极地“讽议朝政，裁量人物”（《明史·顾宪成传》），以期革新朝政。他们一方面积极肯定“清议”的必要性，以“清议”反对当政者，另一方面反对权臣、宦官及其爪牙，反对矿税与贪官污吏，主张改良政治，甚至把矛头指向万历皇帝。

☞ **多学一点**

东林党的政治观

顾宪成认为：“将长安有公论，地方无公论邪？抑缙绅之风闻是实录，细民之口碑是虚饰邪？”（《顾端文公遗书·自反录》）

万历三十年（1602），李三才（？—1623）上书云：“陛下爱珠玉，民亦慕温饱；陛下爱子孙，民亦恋妻孥。奈何陛下欲崇聚财贿，而不使小民享升斗之需；欲绵祚万年，而不使小民适朝夕之乐？自古未有朝廷之政令，天下之情形，一至于斯，而可幸无乱者。”（《明史·李三才传》）

在学术思想上，东林学派把王学末流的空谈心性而不务实学，看成是“以学术杀天下”，把能否治国平天下作为学问是否有用的尺度。顾宪成“论学以世为体”，反对“相与讲求性命，切磨德义”，主张念头要“在世道上”（黄宗羲《明儒学案》卷五十八《东林学案》一）。高攀龙（1562—1626）提出了“学问通不得百姓日用，便不是学问”的观点，提倡“治国平天下”的“有用之学”（《高子遗书》卷五《东林会语》）。

二、复社、几社的主张

崇祯二年（1629），复社成立于吴江（今属江苏），系由云间几社、浙西闻社、江南应社、吴门匡社等十几个社团联合而成。他们认为造成明末吏治腐败、士人无行的原因，就在于“士子不通经术”，在于王学末流“其说汪洋，其旨虚渺”。他们从学术“务为有用”出发，立志事功，务为实学，提倡以通经治史为内容的“兴复古学”（均见眉史氏《复社纪略》卷一），故名为“复社”。其领袖人物张溥、张采，都是太仓（今属江苏）人，时人称为“娄东二张”。复社大规模的集会有吴江尹山大会（1629）、金陵（今江苏南京）大会（1630）和苏州虎丘（今属江苏）大会（1633）。虎丘大会参加者达数千人，共推张溥、张采为盟主。复社本来仅集合太仓一带七郡人物，后来逐渐由江南扩展到江西、福建、湖广、贵州、山东、山西等地。据吴应箕（生卒年不详）《复社姓氏录》载，成员达到两千余人。复社是一个科举会社，他们会文择友，揣摩八股，尊经复古，切磋学问，以古文入时文。许多复社成员相继登第，声动朝野。复社又是一个政治宗派，他们继承东林党，反对魏忠贤（1568—1627）阉党弄权。后来，一部分东林党人后裔加入复社，有“小东林”之称。复社还是一个文学集团，他们在文学思想方面受前、后七子复古主义影响颇深，但反对刻板摹拟，主张“吐华贪实”，“先质后文”（张溥《汉魏六朝百三家集叙》）。而且他们还主张诗歌以反映现实为体：“故习而诗者，其所蓄积也，悯时伤事，而诗亦名。”（吴应箕《刘伯宗癸未诗序》）主张“兴复古学，将使异日者务为有用”（陆世仪《复社纪略》）。

张溥像

云间几社也是崇祯二年（1629）创立，倡建者为夏允彝（1596—1645）、杜麟征［崇祯四年（1631）进士］、周立勋（生卒年不详）、徐孚远（1599—1665）、彭宾（生卒年不详）、陈子龙等，世称“几社六子”（《明史·夏允彝传》）。社名的含义是：“几者，绝学有再兴之几，而得知几其神之义也。”（杜登春《社事始末》）几社的宗旨是兴复绝学。所谓绝学，乃是他们认为被释老二氏及公安派、竟陵派所排斥淹没了的古学。几社曾并入复社，但又保持自己的相对独立性，沈眉史（生卒年不详）《夏公彝仲传》说：“复社重经术，以醇雅相尚；而几社则讨论时务，为有用之学，以公（指夏允彝）与陈公（指陈子龙）为领袖。”陈子龙主张研究“时王所尚，世务所急”的“实学”（《皇明经世文编序》，《皇明经世文编》卷首），于崇祯十一年（1638）编成《皇明经世文编》五百卷，网罗有明一代臣僚奏疏三千余篇，270年间的治乱事迹与制度沿革因之明备灿然。

夏允彝父子像

这时的一些学者还从务实出发，积极从事自然科学活动，为实学思潮的兴起推波助澜。如徐光启（1562—1633）提倡富国强兵之旨，编撰《农政全书》，引进西方历法、数学，徐弘祖在《徐霞客游记》中倡导实地考察之学，宋应星（1587—约1666）在《天工开物》中提出“成务”在人的科技观等等，都成为实学思想的组成部分。

在实学思想的影响下，明末的文学家们便逐渐从主情思潮的狂想中清醒过来，正视活生生的现实政治，提倡求实致用的文学，表现出鲜明的现实批判精神和忠诚的伦理救世思想。人们要求文学责无旁贷地肩负起批判腐败政治、挽救民族命运、寻求社会出路的重任。如陈子龙在肯定“情以独至为真，文以范古为美”的基础上（《陈忠裕公全集》

卷二十五《佩月堂诗稿序》)，特别强调文学的内容要为现实政治斗争服务。卓人月(1607—1637) 相信文学具有平乱治国的政治功能，说："夫儒者以文章为干橹，可以起八代之衰，而不足以平一方之乱者，未之尝闻。"(《蟾台集》卷一《复斋初刻序》)

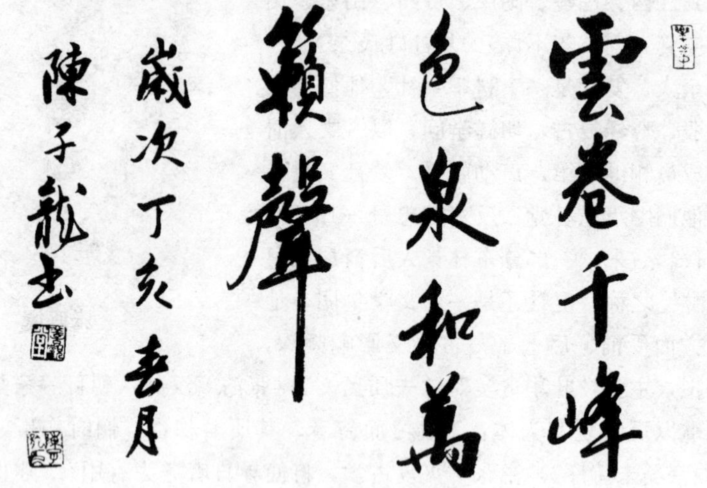

陈子龙手迹

分析举例

陈子龙的文学观

陈子龙提出："夫作诗而不足以导扬盛美，刺讥当时，托物连类，而见其志，则是《风》不必列十五国，而《雅》不必分大小也，虽工，而余不好也。"(《陈忠裕公全集》卷二十五《六子诗序》) 他认为，"诗之本"是"忧时托志"，痛斥"后之儒者"秉持"忠厚"诗教："曰'居下位不言上之非'，以自文其缩然。自儒者之言出，而小人以文章杀人也日益甚。"(《陈忠裕公全集》卷二十一《诗论》)

三、清初实学思潮

清代前期，明王朝覆亡的现实，促使许多文人清醒地认识到：晚明理学的空疏无本是导致明王朝覆亡的重要根源。于是，他们在痛苦的反思中提出"救弊之道在实学，不在空言"，必须以有用之"实家"取代"明心见性"之空谈，这就把晚明兴起的实学思想推向了高潮。陈确、傅山、黄宗羲、方以智 (1611—1671)、顾炎武、王夫之、唐甄(1630—1704)、颜元 (1635—1704) 等思想家，是这一时期实学思想的杰出代表。

在政治思想上，他们表现出强烈的批判精神。他们怀疑君权，批判君主专制制度，如顾炎武认为君主是“为民而立”的，不应有“绝世之贵”，更不应“肆于民上而自尊”（《日知录》卷七“周室班爵禄”条）。黄宗羲指出：“为天下之大害者，君而已矣。”（《明夷待访录·原君》）唐甄认为：“自秦以来，凡为帝王者皆贼也。”（《潜书》下篇下《室语》）他们严厉批判科举制度，如黄宗羲指出：“自科举之学盛，世不复知有书矣。”而八股文使“数百年亿万人之心思耳目，俱用于揣摩剿袭之中，空华臭腐，人才阘茸”（《黄宗羲全集》第十册《南雷诗文集·传是楼藏书记》）。顾炎武痛心疾首地说：“八股之害，等于焚书，而败坏人才，有甚于咸阳之郊，所坑者但四百六十余人也。”（《日知录》卷十六“拟题”条）

在学术途径上，实学思潮的学者深感心学空疏误国，反对空谈心性，力倡务实之风，正如顾炎武所说的，摒弃“明心见性之空言”，代之以“修己治人之实学”（《日知录》卷七“夫子之言性与天道”条）。面对心学的禅化以至整个理学的衰败，清前期的许多学者在反思宋明理学的过程中，探索和开辟“经术所以经世”（全祖望《鲒埼亭集》卷十一《梨洲先生神道碑文》）的治学新路。如陈确公开怀疑《大学》、《中庸》等理学经典的正确性和权威性；顾炎武以经学济理学之穷，试图发扬儒学通经致用的优良传统，以复兴经学；傅山独辟蹊径，开创诸子之学的研究；王夫之潜心于“经世之大略”的史学研究（《读通鉴论》卷六《光武》）；顾炎武、黄宗羲等提倡研究各种切用于世的学问，如农田、水利、河渠、盐政、田赋、漕运、边防、兵法等，讲求实用，注重实绩；方以智、梅文鼎（1633—1721）等则转向“质测之学”的自然科学；颜元设计的新学校分为“文事”、“武备”、“经史”、“光能”四斋，其中包括自然科学的科目。他们从不同方面推波助澜，把实学思潮推向高潮。

四、文学的务实倾向

在实学思潮的影响下，清初文学也呈现出“务实”的风貌，以“经世致用”作为基本准则。人们倡扬具有“经世”内容的文学作品，而摒斥非“经世”的闲言碎语。魏禧说出了当时人们的普遍看法：“读书所以明理也，明理所以适用也。故读书不足经世，则虽外极博综，内析秋毫，与未尝读书同。”（《魏叔子文集外编·答曾君有书》，《宁都三魏全集》）读书就要读“经世”之书，著书就要有“经世”之举，这是清初文人的共识。在文学创作的功用方面，人们讲求“致用”的目的。如顾炎武提出“文须有益于天下”的时代命题，他要求人们：“凡文之不关于六经之指、当世之务者，一切不为。”（《亭林文集》卷四《与人书三》）魏禧说：“予平生论文，主于有用于世。”（《魏叔子文集外编·俞右吉文集序》）

☞ **多学一点**

“文须有益于天下”

顾炎武：“文之不可绝于天地间者，曰明道也，纪政事也，察民隐也，乐道人之善也。若此者，有益于天下，有益于将来，多一篇，多一篇之益矣。若夫怪力乱神之事，无稽之言，剿袭之说，谀佞之文，若此者，有损于己，无益于人，多一篇，多一篇之损矣。”（《日知录》卷十九“文须有益于天下”条）

在这种“经世致用”思潮的席卷下，“务实”成为清前期文学的一种重要倾向。人们着重从有关于“当世之务”、“有用于世”的角度，创作和评价文学作品，因此文学活动就不仅仅是一种审美的艺术活动，而且是一种现实的社会活动。鲜明的现实指向性，成为清初文学的突出特征。

第五节 雅文学与俗文学的交融

同以往各时期相比较，世俗化也是这一时期文学创作的显著特征。

一、新的文坛格局

在这一时期，正统的雅文学与非正统的俗文学既相互抗衡，又相互渗透，形成一种崭新的文坛格局。一方面，诗、文、词等雅文学虽然显现出不可抑止的衰微趋向，但仍然一直固执地占据着文坛的正统地位；同时，小说、戏曲等俗文学蓬勃兴起，大有凌驾于雅文学之上的气势，但却一直无法摆脱“末技”、“小道”的非正统的地位。另一方面，文人士大夫纷纷涉足小说、戏曲创作，带来他们独特的审美趣味和艺术风格，促使俗文学逐渐文人化，这既大大提高了俗文学的文化品位和审美价值，也不可避免地使俗文学逐渐脱离民间文化的沃土；同时，文人文学也出现通俗化的趋向，追求世俗之趣，即作品题材重日常琐事，艺术表现多率真自然，语言风格尚俚俗明白，审美效果重怡心悦目，这不仅是俗文学的艺术趣味，也成为许多雅文学作品的艺术趣味。

二、肯定俗文学的价值

这一时期的文人士大夫在理论上愈益明确地肯定俗文学的价值。在嘉靖年间（1522—1566），王慎中、唐顺之等人将《水浒传》与《史记》并称（见李开先《词谑》）。万历以后李贽、袁宏道、汤显祖、冯梦龙等人更进一步为俗文学大声疾呼，着力提高小说、戏曲的社会地位。李贽认为，一代有一代的文章，《西厢记》、《水浒传》也是“古今至文”（《焚书》卷三《童心说》)，又将《水浒传》与《史记》、杜诗等并列为宇宙内“五大部文章”(周晖《金陵琐事》卷上)。汤显祖在《宜黄县戏神清源师庙记》等文中详细地论述了戏曲具有强烈的艺术感染力和巨大的社会教化作用，认为是“以人情之大窦，为名教之至乐”(《汤显祖诗文集》卷三十四)。袁宏道将词、曲、小说与《庄》、《骚》、《史》、《汉》并提，称《水浒传》、《金瓶梅》等小说为“逸典”(《袁宏道集笺校》卷四十八《觞政·十之掌故》)。他在诗中推崇《水浒传》的奇变。当《金瓶梅》还只是抄本时，他与画家董其昌(1555—1636)以及袁中道等人相互借阅讨论，并大力称赞《金瓶梅》。冯梦龙的《古今小说序》也从教化功能出发，认为《论语》、《孝经》等经典的感染力都不如小说“捷且深”(《喻世明言》卷首)。他对民歌同对戏曲、小说一样倾注了极大的心力，认为“但有假诗文，无假山歌”，在整理编辑民歌时明确地抱着“借男女之真情，发名教之伪药”(《序山歌》)的宗旨。

学术轶事

袁宏道读《水浒》、《金瓶梅》

《金瓶梅词话》书影

袁宏道称《水浒》：“少年工谐谑，颇溺《滑稽传》。后来读《水浒》，文字益奇变。六经非至文，马迁(司马迁)失组练。一雨快西风，听君酣舌战。”(《袁宏道集笺校》卷九《听朱生说〈水浒传〉》)

袁宏道称《金瓶梅》：“云霞满纸，胜于枚生(枚乘)《七发》多矣。”(《袁宏道集笺校》卷六《董思白》)

万历以后，文坛舆论大力宣扬的是“寄意于时俗”(欣欣子《金瓶梅词话序》)，从“耳目之内，日用起居”中极摹“世情”(凌濛初《拍案惊奇序》，《拍案惊奇》卷首)，欣赏“最浅最俚亦最真”(冯梦龙《挂技儿·别部》)的语言，提倡文章之用即在于“供人爱玩”(郑超宗《媚幽阁文娱自序》，《媚幽阁文娱》卷首)、“足资谈笑”(天许斋《古今小说题辞》，冯梦龙《古今小说》卷首)。这种世俗化的审美趣味和文学观念，同当时市民阶层的壮大、新的读者群和作家群的形成、文学的商品化倾向等因素结合在一起，有力地促进了小说、戏曲和各类通俗文学创作与传播的繁荣。

三、市井平民的审美趣味

嘉靖以后，手工业的生产工具和生产技术得到进一步提高和改进，并逐渐形成地区间手工业生产的专业分工，如苏州（今属江苏）是丝织业中心，松江（今属上海）是锦织业中心。官办手工业的主要地位，已经逐渐被民间手工业所代替。在家庭手工业之外，江南地区还出现了手工业工场。其中机工与机户的关系，已经具有雇佣劳动者与资本占有者的关系的性质。特别是江南一带的织造机户争相崛起，如苏州到了嘉靖年间（1522—1566）已是“比户皆工织作，转贸四方”（嘉靖《吴邑志》）。明中叶以后，政府抑商政策有所松动，隆庆（1567—1572）后海禁一度解除，海外贸易日趋活跃，商品流通也相当活跃，促进了经济的繁荣和城市的兴旺。市井平民阶层迅速扩大，人员构成复杂，包括商人、作坊主、手工业工人、自由手工业者、艺人、妓女、隶役、各类城市贫民、一般文人士子等。明代中叶以后，仅苏州一地从事丝织业的人数就达近万名；景德镇10万人口，从事陶业的手工业人口即有数万。

这些市井平民不仅在政治上、经济上的势力较明前期有所增长，更重要的是在文化上成为最为活跃的阶层。明中期以后小说戏曲的兴盛便与商业市镇的发展及城市人口的分布具有高度的一致性，当时发达的工商业城市如南京、苏州、杭州、湖州、北京、福州等，都是小说戏曲刊刻和传播的中心地区。作为最富有城市特性的文化现象，小说戏曲适应了都市社会的需要，适应了不断发展壮大的市井平民阶层的需要，读者群不断扩大。明末社会识字率有所提高，出现了新的识字阶层如小商人等，成为小说戏曲的热心读者。对小说戏曲，市井粗识文字之人，都乐于观览，甚至妇女也沉迷于小说戏曲的阅读。而且市民的审美趣味进一步成为引导社会文化发展的重要力量，大量文人士子开始从追随传统儒学转向亲近市井平民文学，他们不仅对小说戏曲表现出强烈的阅读兴趣，而且参与到小说戏曲的创作、评点、写序作跋乃至校勘出版中，极大地推动了小说戏曲的繁荣。

分析举例

平民文学的发展

钱谦益记载：“王行，字止仲，长洲人。髫时，从其父为阊门南市人市药，籍记药物，应对如流。迨晚，为主媪演说稗官词话，背诵至数十本。”（《列朝诗集小传》甲集）

又如：“今之雕印，佳本如云，不胜其观，诚为书斋添香，茶肆添闲。佳人出游，手捧绣像，于舟车中如拱璧。”（清白堂1642年刊本《蔬果争奇》跋语）

四、印刷技术的发达

明代是中国传统的造纸工艺及印刷技术的集大成时期，为小说戏曲的刊刻创造了良好的条件。刻印小说戏曲的技术条件在这一时期已经成熟并日臻完善。经过前代各地刻工的技术实践和经验积累，嘉靖（1522—1566）时研制出了一整套适于工笔白描的刀具和雕刻方法，在印墨技巧上也有改进，同时彩印技术开始被尝试并改良，活字印刷也有长足发展，这一套印刷技术被广泛应用于小说戏曲的刊刻。明代的图书刊刻中心集中在安徽、江苏、浙江、福建一带，刻工名手如云，而且流动性大，带动了版刻技术的推广、交融与提高。由于“小说淫词”为官刻、私刻所不齿，故多出于书坊。万历以后，坊刻小说戏曲盛极一时，书坊对小说戏曲的繁荣功不可没。明中期以来的书坊，多集刻、印、销售于一体，书坊主人扮演了作者与读者、文化与商业的中介角色，大大提高了小说戏曲的创作数量与出版速度。有些书坊主人甚至亲自操觚，编撰小说戏曲，如熊大木、余象斗（万历间人）、陆云龙（约1586—1653）、袁于令（1592—1674）等，自编自刻自销，加速了小说戏曲的流通。

五、雅俗文化的互动

俗文学的发展，推动和刺激了雅文学向世俗化的方向演变，而俗文学自身也在雅文学的规范、熏陶下逐渐趋向文雅化，这种雅俗文化的互动关系成为这一时期文坛的新景观。例如，从李梦阳到徐渭，再到袁宏道、张岱等，在俗文学的滋润下，创作了一大批通俗如话、自由活泼而又俗而有趣、浅而不俚的诗文作品。流风所向，以至清初王夫之批评说：“文之俗陋，亘古未有。”（《薑斋诗话·夕堂永日绪论外编》）而“鄙俚浅近”（王骥德《曲律》卷四《杂论》下）的戏文，在文人的参与下，演变为文雅的传奇戏曲。章回小说和话本小说的编辑、改写或创作，也大都从文言小说、三教经典、历史文本、诗词散文中汲取养料，在创作意趣、题材取向、表现手法、语言运用等方面也越来越趋向雅化。雅文学和俗文学的交融渗透，大大改变了作者队伍的面貌，造就了一批新型的雅俗兼长的作者群，如李开先、吴承恩、徐渭、屠隆、汪道昆（1525—1593）、汤显祖、冯梦龙、吴伟业、李渔等，这种文学现象是前所未有的。雅文学和俗文学的交融渗透，也双向地重塑了雅文学和俗文学各自的审美风貌，俗文学的雅化和雅文学的俗化成为这一时期突出的文学现象。

分析举例

袁宏道对俗文学的提倡

世人以诗为诗，未免为诗苦，弟以《打草竿》、《劈破玉》为诗，故尤足乐也。（《袁宏道集笺校》卷十一《伯修》）

第六节
文人标榜与流派迭兴

从明中期开始，文人标榜之风大盛，于是集团林立，流派蜂起，门户角立，党同伐异，形成与唐、宋、元各代迥然不同的文坛风气，这是这一时期文学的又一显著特征。

一、文学团体的三种类型

明代初年，文人学士往往以审美趣味相结合，同声相应，同气相求，形成兴趣型的文人社团，此后在历代都延续不断。弘治年间（1488—1505）“弘德七子”兴起以后，文坛上出现了以文学主张相结合的文学流派，不同的文学流派在文学观念、文学思想上标新立异，争讼不息，如唐宋派、后七子、公安派、竟陵派等等，此起彼伏。到了万历年间（1573—1620），国事日非，文人结社大多指斥朝廷，臧否人物，议论时政，原本文艺性、学术性的团体渐渐染上鲜明的政治色彩，成为一种政治性的社团，如明末的复社、几社，清初的惊隐诗社等。总体上看，这一时期的文学团体大致可以归为兴趣型、主张型、政治型三类。①

二、文学流派的此起彼伏

在诸种类型的文学团体中，主张型的文学团体往往形成声势浩大的文学派别，互相争辩，此起彼伏。如复古派倡言“文必秦汉，诗必盛唐”（《明史·李梦阳传》），先后引起唐宋派、公安派、竟陵派等从不同角度对他们的理论主张加以修正或批评。明代弘治年间（1488—1505）以后的文学创作史和文学批评史，可以说就是一个流派纷争的历史。

☞ 多学一点

评流派争论

万历年间范景文（1587—1644）说：“往者代生数人，相继以起，其议如波。如吴下之正用修（即杨慎），近代之翻王（世贞）、李（攀龙），后必非先，沿为故事。今则各立

① 参见郭绍虞：《明代的文人集团》、《明代文学批评的特征》等文，见其《照隅室古典文学论集》，上编，上海，上海古籍出版社，1983。

户庭，同时并角，其议如讼。拟古造新，入途非一；尊吴右楚，我法坚持。彼此纷嚣，莫辨谁是。”（《文忠集》卷五《葛震甫诗叙》）

归有光像

嘉靖（1522—1566）初年，前七子的文学思想流布文坛。王慎中“为文，初主秦汉，谓东京下无可取”（《明史·王慎中传》）；唐顺之“素爱崆峒（李梦阳）诗文，篇篇成诵，且一一仿效之”（李开先《闲居集》卷十《荆川唐御史传》）。后来，他们在王守仁尤其是王畿（1498—1583）“心学”的影响下，于自省中转变，由“文必秦汉”转向崇尚唐宋古文，主张师法韩愈、柳宗元、欧阳修、三苏（苏洵、苏轼、苏辙）、曾巩、王安石等八大家的古文。其后，归有光对李攀龙、王世贞等后七子“追章琢句，模拟剽窃”（《震川集》卷二《沈次谷先生诗序》）等风气大加挞伐，指责当时称霸文坛的李、王等人为“一二妄庸人为之巨子”（同上《项思尧文集序》）。茅坤编《唐宋八大家文钞》，进一步提倡唐宋文，“其书盛行海内，乡里小生无不知茅鹿门者”（《明史·茅坤传》）。后人把王慎中、唐顺之、归有光、茅坤等为代表的文学流派，称为“唐宋派”。

到嘉靖末年，又有所谓“后七子”，以李攀龙、王世贞为冠，此外尚有谢榛、宗臣、梁有誉、徐中行、吴国伦等。后七子力倡复古，继前七子之后，掀起一股声势浩大的复古文学浪潮。后七子中，王世贞“始与李攀龙狎主文盟，攀龙殁，独操柄二十年。才最高，地望最显，声华意气笼盖海内。一时士大夫及山人、词客、衲子、羽流，莫不奔走门下，片言褒赏，声价骤起。其持论，文必西汉，诗必盛唐，大历以后书勿读。而藻饰太甚”（《明史·王世贞传》）。但他不像李攀龙那样持论过严，而是主张广泛地借鉴，并提出结合师古与师心。他晚年“阅世日深，读书渐细，虚气销歇，浮华解驳，于是乎澳然汗下，蘧然梦觉，而自悔其不可以复改矣”（钱谦益《列朝诗集小传》丁集上《王尚书世贞》），甚至倾向于倡导“性灵”，称人说：“先生于文好之两司马，于诗好之李、杜，然至所结撰，必匠心缔而发性灵。”（《弇州山人四部稿·续稿》卷三十五《封侍御若虚甘先生六十序》）“诗以陶写性灵，抒纪志事而已。”（《弇州山人四部稿·续稿》卷一百六十八《题刘松年大历十才子图》）

分析举例

后七子的复古观念

人谓李攀龙：“其持论谓文自西京，诗自天宝而下，俱无足观，于本朝独推李梦阳。”（《明史·李攀龙传》）“与前七子隔绝数十年而此唱彼和，声应气求，若出一轨。”（陈田《明诗纪事》己签《序》）

王世贞则曰："自今而后，拟以纯灰三斛，细涤其肠，日取六经、《周礼》、《孟子》、《老》、《庄》、《列》、《荀》、《国语》、《左传》、《战国策》、《韩非子》、《离骚》、《吕氏春秋》、《淮南子》、《史记》、班氏《汉书》，西京以还至六朝及韩（愈）、柳（宗元），便须铨择佳者，熟读涵咏之，令其渐渍汪洋。遇有操觚，一师心匠，气从意畅，神与境合，分途策驭，默受指挥，台阁山林，绝迹大漠，岂不快哉！"（《艺苑卮言》卷一）

到万历中期，在徐渭、李贽、汤显祖等人影响下，袁宗道、袁宏道、袁中道三兄弟提倡独抒性灵，因为他们的籍贯为湖广公安（今属湖北），所以称"公安派"。公安派的其他重要成员还有江盈科（1553—1605）、陶望龄（1562—1609）、黄辉（生卒年不详）、雷思霈（1564—1611）、曾可前（1572—?）等。袁宏道力倡"独抒性灵，不拘格套"、"宁今宁俗"等观点（《袁宏道集笺校》卷四《叙小修诗》、卷二十二《与冯琢庵师》），一时师心尚俗之说流行文坛。

☞ **多学一点**

钱谦益评公安派

中郎之论出，王（世贞）、李（攀龙）之云雾一扫，天下之文人才士始知疏瀹心灵，搜剔慧性，以荡涤摹拟涂泽之病，其功伟矣。（《列朝诗集小传》丁集中《袁稽勋宏道》）

公安派末流造成流弊，使文坛在复古思潮沉落之后又出现了"狂瞽交扇，鄙俚公行，雅故灭裂，风华扫地"（钱谦益《列朝诗集小传》丁集中《袁稽勋宏道》）等倾向。公安派之后，发掘师心之说而略作修正的有竟陵派。竟陵派以钟惺、谭元春为首，两人都是竟陵（今湖北天门）人，因此他们倡导的文学风格，人称"竟陵体"；他们创始的文学流派，人称"竟陵派"。

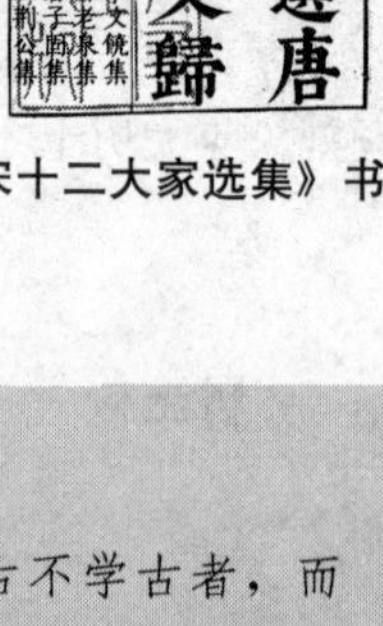

《宋十二大家选集》书影

分析举例

钟惺自评

惺与同邑谭子元春忧之。内省诸心，不敢先有所谓学古不学古者，而第求古人真诗所在。真诗者，精神所为也。察其幽情单绪，孤行静寄于喧杂之中；而乃以其虚怀定力，独往冥游于寥廓之外。（钟惺《隐秀轩集》卷十六《诗归序》）

稍后，艾南英与同郡章世纯［天启（1621—1627）间举人］、罗万藻［天启七年（1627）举人］、陈际泰（1567—1641）等结为带有政治性质的文社，号“章社”，以改革八股文为己任，并将他们四人写的不合时俗的八股文刻印且行之于世。艾南英反对前后七子“文必秦汉”的观点，倾向于唐宋派的主张（见《答陈人中论文》）。他编选了《历代诗文选》、《皇明古文定》，示人以为文鹄的。又编选《文剿》、《文妖》、《文腐》、《文冤》、《文戏》，来说明如何避免七子派、公安派、竟陵派及谀墓之文等的弊病。

三、文学流派的激烈纷争

到明清之际，师古崇雅与师心尚俗两股思潮渐次合流，但由于学唐与宗宋之争日趋水火，文坛上又形成新的诗歌流派。

《列朝诗集小传》书影

钱谦益提倡宋诗，编纂《列朝诗集》八十一卷，对前后七子和竟陵派大加挞伐，斥为“俗学”，对当时浮廓空疏、僻涩幽仄的诗风进行了猛烈抨击。乔亿说：“自钱受之力诋弘（治）、正（德）诸公，始缵宋人余绪，诸诗老继之，皆名唐而实宋，此风气一大变也。”（《剑溪说诗》卷下）钱谦益曾以“组唐纬宋，缘情匠意”（《孙遹子长诗引》）称许诗人，提出“夫诗之为道，性情学问参会者也”（《尊拙斋诗序》），形成综汇师古与师心的诗学。以他为首的诗歌流派，世称“虞山诗派”。

黄宗羲也提倡尊崇宋诗，说：“天下皆知宗唐诗，余以为善学唐者唯宋。”（《姜山启彭山诗稿序》）他认为宋人之所以善学唐，就在于能脱去形似而得其神理，广采博收而成一家之学，就在于创新求变，不落庸熟。受他影响的诗歌流派，世称“浙东诗派”。

朱彝尊认为诗歌要“本乎自得”，说：“惟夫善诗者，畅吾意所欲言，为之不已，必有出于古人意虑之表者。”（《曝书亭集》卷三十九《忆雪楼诗集序》）他力图把“言志”与“缘情”统一起来（见《曝书亭集》卷三十八《王先生言远诗序》），认为诗歌抒写心中的感情与诗歌的教化作用是一致的（见《曝书亭集》卷三十一《与高念祖论诗书》）。为此，他主张诗人要根本经术以涵养性情（见《曝书亭集》卷三十六《黄先生遗文序》、卷三十七《秋水集序》），并认为“论诗必以取材博者为尚”（《曝书亭集》卷三十九《楝亭诗序》）。他坚持尊唐的立场，但并不完全排斥宋诗，表现出兼容唐宋的创作倾向。以他为首的诗歌流派，世称“浙西诗派”。

王士禛提倡唐诗，并力主“神韵”。早在顺治十三年（1656），他就提出了“典、远、谐、则”的“谈艺四言”，作为论诗的标准（见《丙申诗旧序》），其中已经谈到了“神韵”。他在理论上明确标举“神韵”，见于《池北偶谈》卷十八：“汾阳孔文谷（天胤）云：‘诗以达性，然须清远为尚。’薛西原论诗，独取谢康乐（灵运）、王摩诘（维）、孟浩然、韦应物，言：‘“白云抱幽石，绿筱媚清涟”，清也。“表灵物莫赏，蕴真谁为传”，远也。“何必丝与竹，山水有清音”，“景昃鸣禽集，水木湛清华”，清远兼之也。总其妙在神韵矣。'‘神韵’二字，予向论诗，首为学人拈出，不知先见于此。”王士禛的“神韵”诗说，渊源于唐司空图“自然”、“含蓄”和宋严羽“妙悟”、“兴趣”之说，把“不著一字，尽得风流”视为诗歌的最高境界（见《香祖笔记》卷八）。他曾选唐五、七言近体诗编为《神韵集》（已佚），后又选《唐贤三昧集》来标举他的创作主张和论诗标准。以他为首的诗歌流派，世称“神韵诗派”。

王士禛像（一）

☞ 多学一点

王士禛评兴趣说

严沧浪论诗云：“盛唐诸人，唯在兴趣，羚羊挂角，无迹可求，透彻玲珑，不可凑泊，如空中之音，相中之色，水中之月，镜中之象，言有尽而意无穷。”司空表圣论诗亦云：“味在酸咸之外。”康熙戊辰（二十七年）春杪，日取开元、天宝诸公篇什读之，于二家之言别有会心，录其尤隽永超逸者，自王右丞（维）而下四十二人，为《唐贤三昧集》，厘为三卷。（《渔洋文集》卷一《唐贤三昧集序》）

为什么明中期以后流派纷争如此激剧呢？夏允彝分析道：“唐宋之时，文章之贵贱操之在上，其权在贤公卿；其起也以多延奖，其合也或贽文以献，挟笔舌权而随其后，殆有如战国纵横士之为者。至国朝而操之在下，其权在能自立；其起也以同声相引重，其成也以悬书示人而人莫之能非。故前之贵于时也以骤，而今之贵于时也必久而后行。”（《岳起堂稿序》，陈子龙《陈忠裕公全集》卷首）其实，操文章贵贱之权，在明初还是台阁公卿的专利，其下移是弘治年间（1488—1505）前七子兴起以后的事情。王世贞称：“是二君子（指李梦阳、何景明）抉草莽，倡微言，非有父兄师友之素，而夺天下已向之利而自为德，於乎，难哉！”（《弇州山人四部稿》卷六十四《何大复集序》）清陈田

(1849—1921)也说："迨李、何起而坛坫下移郎署。"（《明诗纪事》丁签卷一）可以说，操文章贵贱之权的下移和文学流派的兴起是互为因果的。正因为操文章之权的下移，使明代文人只能靠独自树立，才得以在文坛上占据一席之地，因此他们就不能不"以同声相引重"，"以悬书示人而人莫之能非"，高自标帜，互通声气，张大羽翼，激扬名望，这就造成了文学流派纷争的局面。

四、流派纷争的功能

明中期以后文学流派的纷争，固然造成标新立异、矫枉过正、分门立户、党同伐异的文坛风气，但是也同时在文学理论和文学创作方面促进了文学的发展和新变。由于传统的宗派意识作祟，文坛上的流派纷争往往易走极端，出主入奴，党同伐异，顺我者昌，逆我者亡，以形成一股劫持的力量，博取众人的附和，占据文坛的坛坫。如袁宏道批评后七子说："盖诗文至近代而卑极矣，文则必欲准于秦汉，诗则必欲准于盛唐，剿袭模拟，影响步趋，见人有一语不相肖者，则共指以为野狐外道。"（《袁宏道集笺校》卷四《锦帆集》之二《叙小修诗》）后七子自居于正统正宗的地位，而以他人为旁门邪道，表现出浓厚的宗派习气。这种宗派习气，不仅不利于文学的发展，也极大地束缚了文学流派自身的文学理论建设和文学创作。

从另一方面看，流派纷争的确有利于打破文坛的沉闷空气，催生各种新的文学观点，促使百家争鸣，各抒己见，并通过争论使不同流派的观点得以深化、发展或修正、折中。例如，前、后七子倡导复古，其流弊是形成摹拟剽窃的风气，遭到时人激烈的批评。如唐宋派古文家归有光说："仆文何能为古人？但今世相尚以琢句为工，自谓欲追秦汉，然不过剽窃齐梁之余，而海内宗之，翕然成风，可为悼叹耳。"（《震川集》别集卷七《与沈敬甫十八首》之十八）后七子中李攀龙拟古倾向最重，虽一时被奉为文坛主盟，但当时便已不能服众，王世贞《书李于鳞集后》称："而最后集刻行，则叛者群起。"（《读书后》卷四）这种情势，不能不引起七子派对自己的文学主张进行反思和补救。如王世贞晚年深自反省，对当时拟袭的流弊多所抨击，说："彼见夫剽拟而少获其似以为真，曰：'吾司马、左氏矣。'所谓生气者安在哉？"（《弇州山人四部稿》卷六十七《五岳山房文稿序》）又说："弘正间，李、何起而正之，天下彬彬然知向风云。而其下者至或好为剽窃傅会，冀文其拙……若倚门之妓，施铅粉，强盼笑，而其志矜国色犹然哉？"（《凤洲笔记》卷六《明诗评后叙》）同时，他对李攀龙"拟议以成其变化，为文章之极"的文学观点也提出异议，主张"以日新之与变化，皆所以融其富有拟议者也"（《弇州山人四部稿·续稿》卷二百《与屠长卿》）。兼容众说，务求通达，成为王世贞后期文学思想的一个突出特点，这在很大程度上反而扩大了七子派的社会影响。与此相应，后七子派中年岁较晚者，如王世懋（1536—1588）、屠隆、李维桢（1547—1626）、胡应麟（1551—1602）等人，也都不再墨守七子派的成规，而有所扬弃，有所变化，有所创新，纷纷提出"神韵"与"性灵"的文学观念，汇入晚明主情文学思潮之中。

又如，公安派是从批评后七子剽窃拟袭中脱颖而出的，力排拟古狂澜，主张"独抒性灵，不拘格套”（《袁宏道集笺校》卷四《锦帆集》之二《叙小修诗》）。但在袁宏道去世以后，袁中道静观反思，对七子派的文学主张已不是一味贬斥，对公安派流于俚易的弊病也不稍事姑容。他力图在“独抒性灵”的基础上，融合七子、公安二家，扬长避短，略取所需。这种调和、修正的观点正确与否且不论，但它无疑正是流派纷争的产物。

分析举例

袁中道的反思

袁中道在揭示七子、公安二家的流弊后提出：“……当熟读汉魏及三唐人诗，然后下笔，切莫率自肸臆，便谓不阡不陌，可以名世也……山中清寂，取汉魏、三唐诸诗，细心研入。合而离，离而复合，不效七子诗，亦不效袁氏少年未定诗，而宛然复传盛唐诗之神，则善矣。”（《珂雪斋集》卷十《蔡不瑕诗序》）

文人标榜与流派迭兴，使这一时期的文坛呈现出百家争鸣的热闹局面。这一局面大大促进了文学理论、文学批评的发展，也大大促进了文学创作的发展。

【温故知新】

师古崇雅　师心尚俗　前七子　后七子　唐宋派　童心说　公安三袁　独抒性灵　竟陵派　小品文　一笠庵四种曲　云间词派　浙西词派　苏州派　李玉　李渔　泰州学派　王守仁　心学　东林学派　复社　几社　流派纷争

【请你思考】

1. 明代文学的复古主张及其流变是怎样的？
2. 各流派的文学主张是什么？造成了怎样的流弊？他们是如何反思的？
3. 雅文学和俗文学经历了怎样的发展与融合？
4. 明代印刷术和书坊的发展给文学发展带来了怎样的契机？
5. 为何明代文学流派发展迅速？流派纷争造成了怎样的结果？

【推荐阅读】

（清）钱谦益．列朝诗集小传．上海：上海古籍出版社，2008

（明）归有光．周本淳校点．震川先生集．上海：上海古籍出版社，2007

陈古虞，陈多，马圣贵点校．李玉戏曲集．上海：上海古籍出版社，2004

钱伯城笺校．袁宏道集笺校．上海：上海古籍出版社，2008

第二章 诗歌的师古与师心

【导读】

在明世宗嘉靖十年（1531）至清圣祖康熙十七年（1678）的诗坛上，为了标称和弘扬古典的审美理想，诗歌创作领域中师古崇雅之风始终盛行不衰。而另有一批诗人，则大力提倡师心自用，言情尚俗。这两股思潮到万历（1573—1620）后期渐趋合流，在共同标举“诗言性情”的传统命题的同时，是宗唐还是学宋又成为诗坛上的热门话题。当然，无论是师古还是师心，是宗唐还是学宋，都有不少诗人力求创新，形成了各自不同的诗歌风格。

第一节 师古独霸

后七子的领袖人物是李攀龙和王世贞，此外尚有谢榛、宗臣、梁有誉、徐中行、吴国伦等。后七子力倡复古，继前七子之后，掀起一股声势浩大的复古文学浪潮。后七子中，以谢榛、李攀龙、王世贞的诗歌作品，成就较为突出。

一、谢榛诗气逸调高

谢榛年长于李攀龙和王世贞，诗名早著。他的诗论主要见于《诗家直说》（或称《四溟诗话》），以"崇唐"和"气格"为主调，以"妙悟"、"天机"、"景媒情胚"、"变俗为雅"等为变调，强调"苦心须求格调工，寄兴莫与凡流同"（《四溟集》卷二《江南李秀才过蔽庐……》）。他的诗歌创作，以五律、七律的数量最多，"句烹字炼，气逸调高，七子中故推独步"（沈德潜等《明诗别裁集》卷八）。如《榆河晓发》：

> 朝晖开众山，遥见居庸关。云出三边外，风生万马间。征尘何日静，古戍几人闲？忽忆弃繻者，空惭旅鬓斑。

写塞北风光，气势不凡。此外，如《百花叹》、《秋暮书怀》、《秋夜登覃怀城楼》等诗，以"孤雁"、"征鸿"、"独鹤"等意象来象征"百年一流寓"的自我形象，抒写颠沛流离、怀才不遇的凄苦情怀；《吊古战场》、《塞上曲四首》、《胡笳曲四首》、《冬夜闻笛》等诗，或忧愁边事，"弹剑悲歌气未平"，或将他长期游历秦、晋、燕、赵时所见的塞外风光付诸笔端，都各具特色。

二、李攀龙诗拟古求新

在后七子中，李攀龙的文学复古主张和实践最为偏激，当时王世贞就批评说："于鳞拟古乐府，无一字一句不精美，然不堪与古乐府并看，看则似临摹帖耳。"（《艺苑卮言》卷七）如《东门行》、《战城南》、《陌上桑》等，便是"临摹帖"式的作品。但他也有一些情真言切的诗作。如《挽王中丞八首》之二：

> 司马台前列柏高，风云犹自夹旌旄。属镂不是君王意，莫作胥山万里涛。
>
> 幕府高临碣石开，蓟门丹旐重徘徊。沙场入夜多风雨，人见亲提铁骑来。（《沧溟集》卷十三）

此为哀悼王世贞之父王忬而作，感情浓挚，沉雄有力，而“忠厚之意宛然”（沈德潜等《明诗别裁集》卷八评语）。此外，如五律《寄许殿卿》等，被王夫之称为“破尽格局，神光独运”（《明诗评选》卷五）；七律《初春元美席上赠谢茂秦得关字》等，堪称观照心灵、以形传神的佳作；七绝《于郡城送明卿之江西》、《寄王元美》等，“有神无迹，语近情深”（沈德潜等《明诗别裁集》卷八）。

三、王世贞诗才学富赡

王世贞的诗文创作，“才学富赡，规模终大，譬诸五都列肆，百货具陈，真伪骈罗，良楛淆杂，而名材瑰宝，亦未尝不错出其中”（《四库全书总目提要》卷一百七十二《弇州山人四部稿》、《续稿》提要）。他作有不少感时伤世的诗篇，以《乐府变十九首》、《乐府变十章》为代表。如《钦䲹行》：

飞来五色鸟，自名为凤凰。千秋不一见，见者国祚昌。飨以钟鼓坐明堂，明堂饶梧竹，三日不鸣意何长。晨不见凤凰，凤凰乃在东门之阴啄腐鼠，啾啾唧唧不得哺。夕不见凤凰，凤凰乃在西门之阴媚苍鹰：“愿尔肉攫分遗腥。梧桐长苦寒，竹实长苦饥。”众鸟惊相顾，不知凤凰是钦䲹。

这首寓言诗，以钦䲹比喻欺世盗名、贪婪成性的严嵩之流，赋予《山海经·西山经》中的“钦䲹”传统意象以新意，具有浓郁的民歌风味，而且柔中有刚，神韵遒上。虽有模拟《木兰诗》的痕迹，但尚有新意。

学术轶事

王世贞以诗讽严嵩

嘉靖四十一年（1562），权奸严嵩及其子严世蕃罪行败露，王世贞以《袁江流钤山岗当庐江小妇行》一诗（《弇州山人四部稿·续稿》卷二），一吐积压在心头多年的怨愤。该诗先以浓墨铺写严嵩父子横行不法、弄权误国的累累罪行，结尾写“为子能负父，为臣能负君。遗臭污金石，所得皆浮云”，义正词严，掷地有声。此诗拟《孔雀东南飞》之体，嬉笑怒骂，酣畅淋漓，清人朱彝尊评道：“长篇不费剪裁，滔滔莽莽，洵有大海回澜之势。”（《静志居诗话》卷十三）

王世贞的诗歌作品虽然病在拟古与爱博，多有庸俗的应酬之作，但他的《乐府变》“奇奇正正，易陈为新，远非于鳞（李攀龙）生吞活剥者比。七律高华，七绝典丽，亦未遽出于鳞下。当日名虽七子，实则一雄。其自述云：‘野夫兴就不复删，大海回风吹紫澜。'言虽大而非夸"（朱彝尊《静志居诗话》卷十三）。如五律《登太白楼》，颇能写出李白的胸襟气魄：

昔闻李供奉，长啸独登楼。此地一垂顾，高名百代留。白云海色曙，明月天门秋。欲觅重来者，潺湲济水流。（《弇州山人四部稿》卷二十四）

学术轶事

王世贞学宋诗

晚年王世贞耽于苏轼诗，时作宋调，如《九友斋十歌》中云："何必要什袭藏名山，何必要咸阳市上千金悬。归去来，一壶美酒抽一编，读罢一枕床头眠。天公未唤债未满，自吟自写终残年。"（《弇州山人四部稿》卷二十二）清透明快，俨然宋调。

第二节 性灵诗风

晚明性灵诗风，以徐渭、李贽为先驱，以公安派为鼎盛，以竟陵派为变调，在复古诗风之外另具一番景观。

一、徐渭诗奇瑰纵恣

徐渭论诗主张独创，本乎性情，反对拟古，认为诗歌"不出于己之所自得，而徒窃于人之所尝言"，不过是"鸟之为人言"（《叶子肃诗序》）。他的诗作，内容多为酬赠、题画、咏物、抒怀，风格奇瑰纵恣，气势飞动，"为公安一派之先鞭"（《四库全书总目提要》卷一百七十八《徐文长集》提要）。有的作品歌颂抗倭战争，描写边塞风光。如《龛山凯歌九首》其一：

徐渭像

短剑随枪暮合围，寒风吹血着人飞。朝来道上看归骑，一片红冰冷铁衣。（《徐文长三集》卷十一）

此诗作于嘉靖三十四年（1555），全诗以将士之血为线索，连贯一气。徐渭的七古、七律，尤为世人称道。七古如《杨妃春睡图》、《观猎篇》等，兼有李白的飘逸和李贺的险怪风格。张谦宜评《杨妃春睡图》云：“如此熟题，看他设色遣调，苍沉老辣，故是作家开生面处。”（《沉斋诗谈》）七律如《续白燕二首》、《寓穿山感事》等，长于炼句，用词精警。

二、李贽诗朴实无华

李贽平生作诗不多，往往信手写来，不事雕饰，而语言清净，时有感慨之作。《哭怀林》哀悼龙潭芝佛院的小僧，抒写生死交情，真实凄怆，在朴实无华、自然流畅的诗句中表现了诗人的刚强个性与处世态度。《系中八绝》是他被捕系狱时所写的八首七言绝句，其中《老病始苏》抒写诗人老病刚复苏时的感慨，表现了镇定从容的斗争意志和幽默诙谐的人生态度。

分析举例

《石潭即事》其四

若为追欢悦世人，空劳皮骨损精神。年来寂寞从人谩，只有疏狂一老身。

《老病始苏》

名山大壑登临遍，独此垣中未入门。病中始知身在系，几回白日几黄昏。

三、公安派诗风

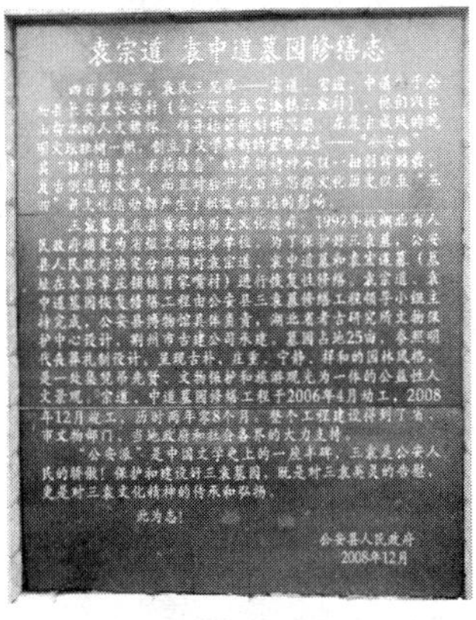

新修三袁墓

性灵诗风的典型是公安派袁宏道、袁中道的诗歌。他们的诗歌，有的宣泄苦闷，舒展心灵。如《戏题斋壁》：

一作刀笔吏，通身埋故纸。鞭笞惨容颜，簿领枯心髓。奔走疲马牛，跪拜羞奴婢。复衣炎日中，赤面霜风里。心若捕鼠猫，身似近膻蚁。举眼无尽欢，垂头私自鄙。南山一顷豆，可以没馀

齿。(《袁宏道集笺校》卷三)

此诗为袁宏道于万历二十四年(1596)在吴县令任上所作。诗作生动地描写了做官所受的种种辛酸和屈辱，抒发仕宦生活的无聊与苦闷，并流露出想要挣脱官场束缚而寄身田园生活的愿望。这种苦于做官的思想，在袁宏道《与何湘潭》、《与丘长孺》等文中也多有表现。如《显灵宫集诸公以城市山林为韵》其二：

野花遮眼酒沾涕，塞耳愁听新朝事。邸报束作一筐灰，朝衣典与栽花市。新诗日日千余言，诗中无一忧民字。旁人道我真聩聩，口不能答指山翠。自从老杜得诗名，忧君爱国成儿戏。言既毋庸默不可，阮家那得不沉醉?眼底浓浓一杯春，恸于洛阳年少泪。(《袁宏道集笺校》卷十六)

此诗作于万历二十七年(1599)，原诗共四首，此为其二。全诗以反讽的笔调，自嘲自讽，直抒胸臆，长歌当哭，感情激切，坦率真诚。袁中道的诗作也多写“哀生失路之感”(《袁宏道集笺校》卷四《叙小修诗》)。如《感怀诗五十八首》其六：

步出居庸关，水石响笙竽。北风震土木，吹石走路衢。蹀躞上谷马，调笑云中姝。囊中何所有?亲笔注《阴符》。马上何所有?腰带五石弧。雁门太守贤，琵琶为客娱。大醉砍案起，一笑捋其须。振衣恒山顶，拭眼望匈奴。惟见沙浩浩，群山向海趋。夜过虎风口，马踏万松株。我有安边策，谈笑靖封狐。上书金商门，傍人笑我迂。(《珂雪斋集》卷五)

这首诗是袁中道游历生活的写照，风格豪爽放逸，刻画出诗人落拓不羁的放旷气度和怀才不遇的抑郁心情，纯任性情，不复修饰。

公安派诗人也时有揭露时弊、愤世嫉俗的诗篇，如袁宏道的《猛虎行》、《逋赋谣》、《感事》、《荆州后苦雪引》等。万历三十年(1602)，袁宏道作《竹枝词》十二首，其二道：

雪里山茶取次红，白头孀妇哭春风。自从貂虎横行后，十室金钱九室空。(《袁宏道集笺校》卷二十七)

诗作辛辣地抨击横征暴敛、敲骨吸髓的税监，折射出诗人愤世嫉俗的性格。

四、竟陵派诗风

竟陵派的钟惺和谭元春仍以性灵为宗，他们的诗歌具有两种不同的风貌。一种风貌是以阴壑寒泉、幽林古渡、枯松残梅、孤鹤坠蝉等象征内修清节、不阿于世的人格，抒写“幽情单绪”，诗风冷隽奇奥，孤寂清邃，如钟惺的《桃花涧古藤歌》、《玉泉寺铁塔歌》、《省鹤》、《樯山》、《坠蝉》、《三月三日雨中登雨花台》，谭元春的《青溪春雪引》、《和伯敬省鹤》等。这些诗歌往往有含蓄幽深之美、虚无缥缈之美或奇奥险怪之美。然而，他们有时因过于局限在幽独的感遇、僻涩的意境之中，刻意求幽求深，追求奇字险韵，在拗折孤峭之中造成了一种艰涩隐晦的弊端，“舍崇旷而入莽榛，薄亮音而矜细响”(陈田《明诗纪事》庚签卷五《钟惺诗》按语)，不免“纤僻流为鬼趣”(陈田《明诗纪事》庚签《序》)。

另一种风貌是尚今写实，尚俗采风，以平易坦挚的语言显示清新俊快的审美特征。如钟惺《江行俳体》其二：

虚船也复戒偷关，枉杀西风尽日湾。舟卧梦归醒见水，江行怨泊快看山。弘羊半自儒生出，馁虎空传税使还。近道计臣心转细，官钱曾未漏鱼蛮。(《隐秀轩集》卷十)

从横征暴敛的税吏，写到为虎作伥的儒生，再写到挖空心思盘剥百姓的朝廷“计臣”，层层推进，深化主题，讽刺鞭挞之意十分强烈。又如钟惺的《秣陵桃叶歌》是一组风俗诗，其中既写赠物定情的市井男女，又写春心萌动的朱楼女娘；既写为鱼价减半而伤心的渔夫，又写因青黄不接而犯愁的老农，“俚而真，质而谐”(《隐秀轩集》卷十四《秣陵桃叶歌序》)，间有清新隽永之处。

王思任像

五、王思任诗才情烂漫

王思任的诗歌时出谐谑，在竟陵派之外另立一宗。

☞ 多学一点

钱谦益评论王思任

季重为诗，才情烂漫，无复持择，入鬼入魔，恶道岔出。如《天长道中》云：“地懒无文章，天愚多暗云。”《雨泊》云：“春霖篷翕蝶，江浪舵（柁）餐猪。”《快雨》云：“荷静香催嚏，楼竦气破笼。”又如《口占》云：“乌纱实负青纱债，腰痛何如脚痛轻。”《陈眉公寿诗》云：“帝欲见公公不见，蒙方求我我何求。”《中秋示儿》云：“饼缺先谁啮，瓜圆是我期。”《美人斗草图》云：“大姨夸什锦，小妹赛三鲜。打臂轻还褪，羞颐骂复前。”《有所思》云：“傥得身相近，应怜玉臂多。”此皆胡钉铰、张打油之所不为也。季重颇负时名，自建旗鼓，钟（惺）、谭（元春）之外又一旁派也。(《列朝诗集小传》丁集中)

第三节 诗坛盟主

在明末清初，扭转明末诗坛风气，先后成为诗坛盟主的，有钱谦益和吴伟业。

一、钱谦益情真体大

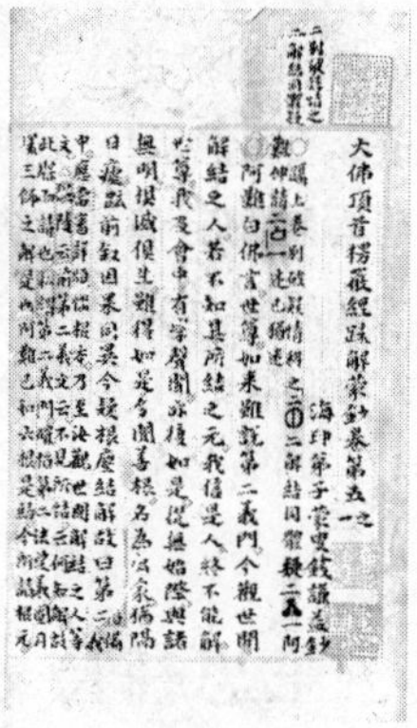

钱谦益手迹

钱谦益的诗歌创作初学盛唐，后广泛取法唐宋各大家而又能不为其所囿，转益多师，抒写性情，才气横放，学问淹博，往往力厚而思深，情真而体大。钱谦益明末的诗作藻思洋溢，人称："感时独抱忧千种，叹世常流泪两痕。"（程先贞《海右陈人集》卷下《阅牧斋初学集却寄》二首之一）如《狱中杂诗三十首》其一：

支撑剑舌与枪唇，坐卧风轮又火轮。不作中山长醉客，除非绛市再苏人。赭衣苴履非吾病，厚地高天剩此身。老去头衔更何有，从今只合号罢民。（《初学集》卷十二）

二、《有学集》隐晦曲折

经历了故国沧桑、中原板荡以及身世荣辱的巨大变故之后，钱谦益在清初的诗歌集中抒写家国兴亡之感，托旨遥深，哀感顽艳与苍凉激楚合而为一，形成其沉雄博丽的总体风格。钱谦益降清以后，并没有得到重用。仕清仅仅五个月，他就托病辞归，隐居乡里。不仅如此，年过花甲的钱谦益还秘密地从事抗清复明活动，与举着降旗俯首称臣时，简直判若两人。钱谦益的晚年诗集《有学集》，表达了对朱明王朝的深切怀念和对满清新贵的深切仇恨，如："楚奏钟仪能忘旧？越吟庄舄忍思他？"（《有学集》卷一《见盛集陶次他字韵诗重和五首》其二）"梦华乐事满春城，今日凄凉故国情。"（《有学集》卷二《人日示内二首》其一）

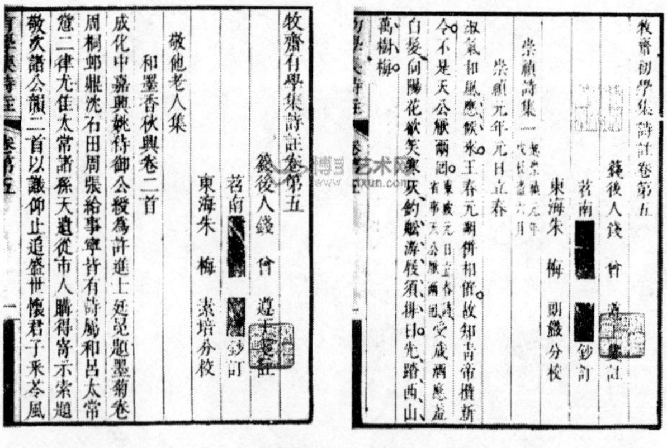

《有学集》书影

学术轶事

钱谦益抗清复明的活动

南明永历朝文渊阁大学士兼兵部尚书瞿式耜是钱谦益的学生，著名的抗清将领郑成功也曾拜他为师。钱谦益同他们都有联络，积极为之出谋划策，筹措军饷，提供情报。顺治六年（1649），他给瞿式耜写了一封密信，“规划形势”，以下棋为喻，设“全着”、“要着”、“急着”三局，瞿式耜称之“了如指掌，绰有成算”，“忠驱义感，溢于楮墨之间”（《瞿式耜集》卷一《报中兴机会书》）。顺治十六年（1659），郑成功采纳山阴反清团体的建议，率水师攻入长江，钱谦益曾亲自到军营会商军事。而这个山阴反清团体的主要人物魏耕、朱士稚等人，都和钱谦益有密切的交往，所以郑成功此举可能同钱谦益有关系。此外，钱谦益还和黄宗羲、吕留良、归庄等抗清志士及明朝遗民，始终保持密切的交往。

三、《投笔集》长歌当哭

在钱谦益的《投笔集》中，这种怀念故国、斥责新朝的情感表露得更为直率和强烈。《投笔集》的命名，取西汉班超投笔从戎的典故，始作于顺治十六年（1659）郑成功和张煌言兵入长江之际，显然隐寓着诗人抗清复明的志向。该集形式上步和杜甫的七言律诗《秋兴八首》，所以总题为《后秋兴》，共十三叠一百零四首，另附自题四首。诗中记述南明水师抗清斗争的史实和自身的所历所感，寄寓沧桑兴亡之感，结构宏大而思致深慨，被称为“明清之诗史，较杜陵尤胜一筹，乃三百年来之绝大著作也”（陈寅恪《柳如是别传》第五章“复明运动”）。在集中，诗人毫不掩饰地为南明水师的胜利高唱凯歌。《后秋兴》第一叠《金陵秋兴八首次草堂韵，己亥七月初一作》之二云：

> 杂虏横戈倒载斜，依然南斗是中华。金银旧识秦淮气，云汉新通博望槎。黑水游魂啼草地，白山战鬼哭胡笳。十年老眼重磨洗，坐看江豚蹴浪花。

当时南明军队收复了长江沿岸许多州县，直逼南京城下，东南半壁江山为之震动，诗人抑制不住内心的喜悦，表达了“依然南斗是中华”的热切希望。而当南明永历帝被清兵俘虏遇害时，诗人则以哀婉之诗，倾泻了无限的悲痛。联系钱谦益晚年与抗清势力的关系，我们可以肯定《投笔集》所表达的情感是真实的。

作为诗坛盟主，钱谦益还在清初编纂完成《列朝诗集》八十一卷，收录明代诗人一千八百三十二家（包括附录的诗人），“以诗系人，以人系传”（《列朝诗集序》），成为一代诗史。在该书中，他极力抨击前后七子和竟陵派，提倡学宋诗以救肤廓空疏之病，对扭转一代诗风起了重要作用。

四、吴伟业的诗史

吴伟业像

陈文述（1771—1843）《读吴梅村诗集，因题长句》说："千秋哀怨托骚人，一代兴亡入诗史。"（《颐道堂诗集》卷一）这可以总括吴伟业诗歌的主要内容。他在清初创作的诗篇中，最富于时代特色并取得最高成就的，是大量描写社会动乱和历史变迁的叙事诗。描写社会大动乱中人民悲惨命运的诗篇，如《芦洲行》、《捉船行》、《马草行》、《临顿儿》、《堇山儿》、《直溪吏》等，明显受到杜甫、白居易新乐府精神的影响。而反映明清易代之际重大历史事件的长篇歌行，如《圆圆曲》、《萧史青门曲》、《永和宫词》、《思陵长公主挽歌》、《洛阳行》、《雁门尚书行》、《临江参军》、《松山哀》、《听女道士卞玉京弹琴歌》、《临淮老妓行》、《楚两生行》、《后东皋草堂歌》等，几乎完整地反映了明清易代的全过程，艺术地展现了那一时代的风云变幻。清初诗人反映社会动乱和历史变迁的作品数量极多，但像吴伟业这样着眼于易代过程中影响巨大的历史事件，采用叙事诗的形式进行全景式的刻画，涉及内容如此之广，还是不多见的。

☞ **多学一点**

赵翼评吴伟业

梅村身阅鼎革，其所咏多有关于时事之大者。……事本易传，则诗亦易传。梅村一眼觑定，遂用全力结撰此数十篇，为不朽计。此诗人慧眼，善于取题处。（《瓯北诗话》卷九）

五、吴伟业诗的抒情色彩

吴伟业对"诗史"有自己独到的理解，他认为诗歌就是"史外传心之史"（《且朴斋诗稿序》）。因此，吴伟业的叙事诗具有浓厚的抒情色彩，绮艳哀怨，凄切感人。他所叙述的大多是悲剧性的历史事件，其中所抒之情，浸透了亡国破家的悲哀和身世之感，因而内涵深厚，感人尤深。如《听女道士卞玉京弹琴歌》一诗（《梅村家藏稿》卷三），借卞玉京的所见所闻，叙述南都陷落，弘光帝诏选的宫妃连君王的面都没见到便成为清兵的战利品，其描摹刻画，如急管繁弦，凄清入耳，又如惊风骤雨，荡人心魄，全诗笼罩着一片悲凉的气氛。吴伟业也有很多以抒情为主的诗歌，所抒写的感情同样以悲哀为主。他晚年对自己屈节仕清悔恨万分，难以自解，其自怨自艾的感情，时时流露。如《过淮阴有感二首》其二：

登高怅望八公山，琪树丹崖未可攀。莫想《阴符》遇黄石，好将《鸿宝》驻朱颜。浮生所欠只一死，尘世无由识九还。我本淮王旧鸡犬，不随仙去落人间。（《梅村家藏稿》卷十五）

这样坦率地抒写自己贪生怕死而遗恨终生的痛苦，在中国古代士大夫中是罕见的。它从反面显示了中国传统文化中重人格、重气节的价值观，以切身的经历警戒世人，充满了悲剧感，也赢得了人们的深切同情。

六、“梅村体”的艺术造诣

吴伟业对古典诗歌的创新着重体现于大大开拓了歌行体的表现艺术，取得了很高的成就，后人称他的歌行为“梅村体”。“梅村体”超迈前人的艺术造诣主要表现在四个方面，即用典精当、声律和谐、辞藻华丽、叙事婉转。

☞ 多学一点

袁枚、赵翼评梅村

袁枚评曰：“梅村七言古用元、白叙事之体，拟王（勃）、骆（宾王）用事之法，调既流转，语复绮丽，千古高唱矣。”（《吴诗集览》卷四附录）赵翼亦称吴伟业“以唐人格调写目前近事，宗派既正，词藻又丰，不得不推为近代中之大家”（《瓯北诗话》卷九）。

吴伟业的七言歌行用典相当频繁。如《楚两生行》写评书艺人柳敬亭：“一生拄颊高谈妙，君卿唇舌淳于笑……途穷重走伏波军，短衣缚裤非吾好。抵掌聊分幕府金，褰裳自把江村钓。”写戏曲歌唱家苏昆生：“一生嚼徵与含商，笑杀江南古调亡……一丝萦嵲曳珠盘转，半黍分明玉尺量。最是大堤西去曲，累人肠断杜当阳。”（《梅村家藏稿》卷十）几乎句句用典，甚至一句二典。王国维对此颇有非议，说：“以《长恨歌》之壮采，而所隶之事只‘小玉’、‘双成’四字，才有余也；梅村歌行，则非隶事不办。白吴优劣，即于此见。”（《人间词话》卷上）的确，元稹、白居易的歌行，以通俗晓畅为尚，自然很少用典。吴伟业作长篇歌行，有意衣钵元、白，曾自称“一编我尚惭长庆”（《梅村家藏稿》卷十《秋日锡山谒家伯成明府，临别酬赠》）；但限于时势不同，他不能不用大量典故，表达隐秘的心曲。“梅村体”诗往往通过用典来描述现实事件，借助典故使历史与现实融汇迭现，给人以深厚的历史感，似真似幻，含蓄蕴藉，余味无穷。例如吴伟业《鸳湖曲》中“芳草乍疑歌扇绿，落英错认舞衣鲜”两句（《梅村家藏稿》卷三），初看以为白描，细思方知用典：它融化了北宋晏几道“舞低杨柳楼心月，歌尽桃花扇底风”（《鹧鸪天》）和明初高启“下侯墓上迷芳草，卢女门前映落花”（《清明呈馆中诸公》）等诗词名句。诗人嵌入“乍疑”、“错认”，化实为虚，表达了对往日繁华的留恋和对眼前凄景的凭吊，浓重而深切。这样的用典堪称臻于化工。

声律和谐，也是“梅村体”的突出特点。为了增强七言歌行的音乐性，吴伟业首先在转韵上下工夫，赵翼称，梅村“古诗擅长处，尤妙在转韵。一转韵，则通首盘脉，倍觉灵活”（《瓯北诗话》卷九）。“梅村体”在转韵上刻意追求整齐划一，大多四句一转韵，其中以一、二、四句押韵为常见，而且大多平声韵与仄声韵每隔四句交替出现，形成非常谐和的音乐美。其次，吴伟业在歌行中还多用律句，有些诗篇甚至采用类似若干首平韵七绝和仄韵七绝交互衔接的形式，使歌行在韵律上带有近体诗的味道，读起来朗朗上口。如《圆圆曲》的开头：

> 鼎湖当日弃人间，破敌收京下玉关。恸哭六军俱缟素，冲冠一怒为红颜。红颜流落非吾恋，逆贼天亡自荒宴。电扫黄巾定黑山，哭罢君亲再相见。相见初经田窦家，侯门歌舞出如花。许将戚里箜篌伎，等取将军油壁车。（《吴伟业诗选注》卷三）

平韵七绝与仄韵七绝交替重叠，整齐中显出变化，变化中带有整齐，造成跌宕流动、回环往复的音乐美。这样的歌行既发挥了古诗转韵自由、流转如珠的长处，又汲取了近体诗格律严整、节奏鲜明的特点，熔为一炉。

“梅村体”的语言以华美清丽见长，辞藻缤纷，工于设色。仍以《圆圆曲》为例，写到陈圆圆身陷李自成乱兵中时，诗中道：“可怜思妇楼头柳，认作天边粉絮看。遍索绿珠围内第，强呼绛树出雕栏。”“思妇楼头”，用唐人王昌龄《闺怨》诗，说明圆圆已为吴三桂之妾。“粉絮”即杨花，比喻妓女，指圆圆被乱兵视为妓女。绿珠是晋代石崇的爱妾，绛树是汉末著名的舞妓，这里都指圆圆。而“绿”、“绛”呈现出绚丽的色调，加上杨柳之翠、粉絮之白、雕栏之美，构成一幅色彩极为浓艳鲜明的画面。又如《鸳湖曲》通过竹亭湖墅的盛衰变化抒写富贵难久、人生无常的感慨，先极写鸳湖之美、盛筵之欢：“主人爱客锦筵开，水阁风吹笑语来。画鼓队催桃叶伎，玉箫声出柘枝台。轻靴窄袖娇妆束，脆管繁弦竞追逐。”（《梅家村藏稿》卷三）接下来写主人因事被法，鸳湖遂败落荒凉，“烽火名园窜狐兔”。但即使是写荒凉，色泽依然浓丽，如“芳草乍疑歌扇绿，落英错认舞衣鲜”，突出诗人“烟雨台空倍惘然”的复杂感受，其辞甚艳，其旨甚哀，通过对比造成强烈的艺术效果。

“梅村体”最突出的艺术造诣，应当说是它的叙事方法。吴伟业将史传文章的叙事方法成功地引入长篇叙事诗中，从而使古典叙事诗的叙事艺术别开生面。他不局限于传统叙事诗常用的顺叙方式，或设悬念，或用倒叙，或将高潮设置于前，或借插叙拓宕情节，结构布局波澜起伏，不拘一格。例如，《圆圆曲》开头半空落笔，从吴三桂“破敌收京下玉关”说起，点出全部故事中最精彩的一幕；然后转笔倒叙吴、陈的初次相见，又回溯圆圆的籍贯出身，于是才顺序展开吴、陈不同寻常的际遇。在写到圆圆的显达时，还穿插了“浣纱女伴忆同行”的悲哀。《圆圆曲》打破了古典叙事诗严格遵循时空逻辑直线发展的通例，以顺叙为主，兼用倒叙、插叙等叙事方法，这样的叙事结构有效地继承了古代史传文学的传统，在古典叙事诗中堪称凤毛麟角。《楚两生行》则借鉴了史传中“合传”的体裁，一开始概括地介绍柳敬亭和苏昆生这“楚两生”的情况，然后分写柳、苏技艺的高超；接着以“忆昔将军正全盛”一句引起，倒叙左良玉在世时与两生不同寻常的交情；又以“祁连高冢泣西风”一句逆挽，顺叙左良玉死后两生的萧条；最后抒写对楚两生的希望和劝诫。全诗时而合写，时而分写，时而过去，时而现在，大开大合，交相呼应，造成一气呵成的艺术效果。吴伟业还通过叙述人称的灵活运用来造成诗意的跌宕和结构的变化，许多诗中第一、第三人称交错运用，而且大多略去了明确的提示与过渡，这就使诗歌的情节跳跃多变，拓展了诗歌的容量，显示了诗人驾驭复杂题材的能力。

“梅村体”在中国古代诗歌史上占有十分重要的地位。《四库全书总目提要》卷一百七十三《梅村集》提要评道：“格律本乎四杰而情韵为深，叙述类乎香山而风华为胜，韵协宫商，感均顽艳，一时尤称绝调。”有清一代叙事诗蔚为大观，大都以“梅村体”为圭臬。

第四节 乱世悲歌

明清易代之际壮怀激烈、悲歌慷慨的乱世诗人，大抵上可以分为两种类型：一种类型是抗清复明、成仁取义的志士，另一种类型是缅怀故国、坚守气节的遗民。他们共同奏响了时代的最强音。

一、抗清志士的诗作

抗清复明、成仁取义的志士，有瞿式耜、陈子龙、张煌言、夏完淳等。

瞿式耜在明末的诗作，多抒写田园生活的闲适情趣。经历了明清易代天崩地裂的时代和抗清复明的艰难斗争，他转而主张文学创作应张扬正气，慷慨悲歌：“其人为宇宙之真元气，其诗则今古之大文章。吐词而神鬼胥惊，摇笔而星河如覆。”（《浩气吟序》）他的诗作中充满着爱国热情与浩然正气。如《庚寅元日感怀》：

瞿式耜像

> 株守荒城年复年，何时祲扫息狼烟？郊原寂寂无青草，瘴雾漫漫掩碧天。但听马嘶先罢市，何来牛种问耕田？瞻依舜日悲衰老，清泪潸然到枕边。

此诗为永历四年（1650）所作，表现了国破家亡之悲和对人民灾难的深切关怀。同年被清兵俘虏后，他在狱中所写的《浩气吟》组诗，展示了视死如归、为国献身的精神。如《浩气吟》其七：

年逾六十复奚求？多难频经浑不愁。劫运千年弹指到，纲常万古一身留。欲坚道力凭魔力，何事俘囚学楚囚？了却人间生死业，黄冠莫拟故乡游。

陈子龙的文学思想深受前、后七子影响，认为“文当规摹两汉，诗必宗趣开元”（《陈忠裕公全集》卷十二《壬申文选凡例》）。但他并不主张泥古不化，而是提倡“情以独至为真，文以范古为美”（《佩月堂诗稿序》）。他尤其倡导以“忧时托志”为“诗之本”（《陈忠裕公全集》卷七《六子诗序》），同时倡导“虽颂皆刺”（《陈忠裕公全集》卷三《诗论》）的诗歌方法论。陈子龙的诗歌风格，早年格调偏胜，“少过浮艳”；中年以后“骨干老成”（均见陈田《明诗纪事》辛签卷一），声律风骨兼备，沉雄清丽，苍劲浑雅。吴伟业称道：“诗特高华雄浑，睥睨一世。”（《梅村诗话》）陈田评道：“殿残明一代诗，当首屈一指。”（《明诗纪事》辛签卷一）

陈子龙像

陈子龙的五古崇尚汉、魏，出入于大、小谢之间，多雄丽之作；七古远尊盛唐的李颀，近学明中叶的何景明，才气俊逸，色泽瑰丽；五律清婉，绝句雄丽。如《岁暮作》：

黄云蔽晏岁，壮士多愁颜。终年无奇策，落拓井臼间。已迟青帝驾，而悲白日闲。胡我常汲汲？天路难追攀。蕙兰不多采，将无忧草萱。茫然一俯仰，徒见云雨还。美人在层霄，春风鸣佩环。望之不盈咫，就之阻重关。西驰太行险，东上梁父艰。握中瑶华草，三顾泪潺潺！

表达了建功树业的志向与壮士失意的胸臆。他最为擅长的是七律，格清气老，秀亮澹逸而又沉雄豪迈，颇多意格浑雅之作。如《辽事杂诗》八首、《感怀》八首、《秋日杂感》十首等，以七律组诗的形式“忧时托志”，大多具有充实之美与浑雅之美。

分析举例

《秋日杂感》十首其一

满目山川极望哀，周原禾黍重徘徊。丹枫锦树三秋丽，白雁黄云万里来。夜雨荆榛连茂苑，夕阳麋鹿下胥台。振衣独上要离墓，痛哭新亭一举杯。

此诗作于抗清兵败、避居吴中时，诗人面对国破家亡时荒凉衰败的景象，忧伤抑郁，痛绝发愤，凄怆悲壮。

张煌言在极端艰苦险难的条件下坚持抗清长达19年，是一位至死不屈的爱国英雄。他著有《奇零草》，诗歌作品大多描述抗清生活，抒发豪情壮志，既才笔横溢，藻采缤纷，又悲慨激昂，格调苍凉。如《辛丑长至舟次祝圣二首》其二：

岁华方剥极，何意泰重来。国脉真如线，天心未似灰。山呼愁节脱，海晏待槎回。赖有黄钟动，梅花雪自开。

此诗作于顺治十八年（永历十五年，1661），展示了南明抗清将士们在险恶环境中的内心世界。康熙三年（1664），张煌言被捕，转解至杭州（今属浙江），作《甲辰八月辞故里》其二：

国亡家破欲何之？西子湖头有我师。日月双悬于氏墓，乾坤半壁岳家祠。惭将赤手分三席，敢为丹心借一枝。他日素车东浙路，怒涛岂必属鸱夷！

表明他将追随民族英雄岳飞和于谦而从容就义，并且要像伍子胥（？—前522）那样将冤魂化作钱塘江的怒潮，寄慨深沉而又激烈昂扬，在张扬民族气节中蕴涵着悲壮之美。

张煌言像

陈子龙的弟子兼战友夏完淳，诗格高古。顺治四年（1647），他遭清兵逮捕，临行诀别故乡，作《别云间》：

三年羁旅客，今日又南冠。无限河山泪，谁言天地宽！已知泉路近，欲别故乡难。毅魄归来日，灵旗空际看！（《夏完淳集》卷四）

诗篇抒发国仇未报、壮志未伸的悲痛和誓死复国、不甘屈服的决心，也流露出对故乡的依恋之情，慷慨悲壮，激昂高亢。

二、学者诗人的诗作

据卓尔堪《明遗民诗》辑录，清初的遗民诗人有四百余人，诗歌近三千首。这些缅怀故国、坚守气节的遗民诗人，又可分为两类：一类是以学人而兼为诗人的，如黄宗羲、顾炎武、王夫之等；另一类是以诗名家的诗人，如杜濬、钱澄之、归庄、吴嘉纪、屈大均等。

黄宗羲的诗歌具有幽折峭拔、沉郁激烈的独特风格。如《山居杂咏》六首其一：

锋镝牢囚取次过，依然不废我弦歌。死犹未肯输心去，贫亦其能奈我何！廿两棉花装破被，三根松木煮空锅。一冬也是堂堂地，岂信人间胜著多。

他善于运用虚词和峭拗的句法，造成诗意的转折和深入，显示出傲兀孤行的个性。他的同学好友罗万藻曾评道："太冲英才磊落，挟以少年之气，今其诗幽折峭拔，而忳悒多思，与老成积于世故者相类……何其情之峭以深也？"（《南雷集·南雷诗历》卷首）

顾炎武生性耿介兀傲，不谐于世。在诗歌创作上，他主张"诗主性情，不贵奇巧"（《日知录》卷二十一）。沈德潜评他的诗歌："词必己出，事必精当，风霜之气，松柏之质，两者兼有。就诗品论，亦不肯作第二流人。”（《明诗别裁集》卷十一）“生无一锥土，常有四海心”（《亭林诗文集·亭林诗集》卷三《秋雨》），“苍龙日暮还行雨，老树春深更著花”（《亭林诗文集·亭林诗集》卷四《又酬傅处士次韵》其二），这是他一生遭遇和志向的写照。

如其《精卫》一诗：

> 万事有不平，尔何空自苦？长将一寸身，衔木到终古。我愿平东海，身沉心不改。大海无平期，我心无绝时。呜呼！君不见，西山衔木众鸟多，鹊来燕去自成窠？（《亭林诗文集·亭林诗集》卷一）

这首诗以精卫填海的神话故事，暗寓自己为了复仇兴国而永远守志的宏愿，并且辛辣地讽刺了那些如鹊燕般谋求私利的变节事敌者。著名的《海上》四首，以凝练沉重之笔，抒发登高望海的悲壮情怀，林昌彝评为：“独超千古，直接老杜。”（《射鹰楼诗话》）

分析举例

《海上》四首其一

日入空山海气侵，秋光千里自登临。十年天地干戈老，四海苍生痛哭深。水涌神山来白鸟，云浮仙阙见黄金。此中何处无人世，只恐难酬烈士心。（《亭林诗文集·亭林诗集》卷一）

朱彝尊称顾炎武：“诗无长语，事必精当，词必古雅。”（《静志居诗话》卷二十二）真切的现实内容和沉郁的情感格调，形成顾炎武诗歌沉郁苍凉、刚健古朴的风格。

王夫之对诗歌理论的建设和诗歌发展史的总结有重要的贡献，著有《夕堂永日绪论》、《诗绎》、《南窗漫记》等诗学著作。他还对从先秦到明代的诗歌进行了清理与批评，著有《诗广传》、《楚辞通释》、《古诗评选》、《唐诗评选》、《明诗评选》等。他的诗歌学六朝盛唐，取径甚高，以抒写亡国悲痛、故国哀思的作品最为感人。这些诗作悲凉慷慨，风格遒劲，深沉感人。

王夫之像

分析举例

《读指南集二首》其一［作于顺治十二年（1655）］

绛节生须抱璧还，降笺谁捧尺封闲？沧波淮海东流水，风雨扬州北固山。鹃血春啼悲蜀鸟，鸡鸣夜乱度秦关。琼花堂上三生路，已滴燕台劲血殷。（《姜斋诗文集·五十自定稿》）

《初度日占》六首其一［作于顺治十八年（1661）］

横风斜雨掠荒丘，十五年来老楚囚。垂死病中魂一缕，迷离惟记汉家秋。（《姜斋诗文集·五十自定稿》）

三、以诗名家的诗人诗作

杜濬在诗歌创作上，追求雄浑高古、沉郁悲壮的审美风格。慷慨高歌的激烈情怀与艰难悲苦的身世遭遇，是形成他诗歌风格的内在原因。他往往能于写景状物中寄寓对时局的关注与对人生的慨叹，沉郁中见苍凉。如《古树》：

松知秦历短，柏感汉恩深。用尽风霜力，难移草木心。

该诗借物咏怀，表达不肯向清廷屈膝的心志。杜濬的五言律诗成就颇高，《游金山》、《焦山》等诗最为人所称道。他的七言古诗豪放宏宕，挥洒淋漓，如《初闻镫船鼓吹歌》以秦淮河上观灯听鼓的风俗为线索，从明代万历时国势的强盛，一直写到南明福王政权的灭亡，以灯船的盛衰展示时代的变化，以小见大，寄寓亡国的悲哀，浸透着深沉的历史感。后人曾评道："集明诗大成者，惟黄岗杜茶村先生。茶村诗雄浑高确，能直摅其胸臆，而含蓄蕴藉，无卑俚易尽之陋。"（鲁元裕《变雅堂诗钞序》）

钱澄之身历明清易代的社会动荡，满腔抑郁悲忧都寄寓在诗文之中。他的诗歌作品真实记录了当时人民的苦难，并表达了深切的同情，如七古《捉捕行》、《催粮行》、《水夫谣》、《乞儿行》、《捉船行》、《秋水叹》等。他的五古多学陶渊明，抒写田园生活，诗风平淡，如《田园杂诗》十七首、《田间杂诗》、《夏日园居杂诗》等。但许多风格旷达悠远的诗章背后，隐含着他力求解脱而又无法解脱的复杂心态。

分析举例

《效陶渊明饮酒十二首》中的两首

心岂可无乎？无之患转深。惟有随所遇，与之相浮沉。

惟有大觉人，心知梦所作。颠倒梦境中，自云得解脱。

浓烈的爱国精神与闲适的田园生活融为一体，是钱澄之田园诗的重要特色。朱彝尊认为钱澄之诗风屡变，"要其流派，深得香山（白居易）、剑南（陆游）之神髓而融会之。昔贤评陶元亮（陶渊明）诗曰：'心存忠义，地处闲逸。情真景真，事真意真。'《田间》一集，庶几其近之"（《明诗综》卷七十八）。

归庄主张诗歌要反映社会现实，认为："士虽才，必小不幸而身处厄穷，大不幸而际危乱之世，然后其诗乃工也。"（《归庄集》卷三《吴余常诗稿序》）他身历国祸家难，发为诗歌，往往铺陈扬厉，郁勃尽情，具有慷慨淋漓的特点，如《读心史七十韵》、《哭张十翰林四十六韵》、《除夕七十韵》、《伤家难作》等。归庄推崇韩愈独辟蹊径、个性鲜明的诗歌创作风格，他自己的诗歌也偏向于怪怪奇奇。他崇尚宋诗，驱遣经史，嬉笑怒骂，淋漓尽致。如《卜居十二首》、《落花诗十二章》等，往往于慨叹中挟议论以行，笔杂风雨，骨腾肉飞，令人读其诗想见其为人。

归庄像

吴嘉纪入清后虽居处荒僻之地，诗歌创作上却有超迈古人的心胸和气概，以振兴风雅为己任。在艺术风格上，他追求一种清寒古淡的审美境界，人称“幽淡似陶（渊明），沉痛似杜（甫）”（夏荃《退庵笔记》卷八）。他的诗中多悲愤哀怨之音，尤擅长古题乐府，语言简朴通俗，以白描见长，用一种冷峻的态度审视现实，描写了在清初“户庭难得曙，天地正无情”（《蟋蟀》）的黑暗时代里，人民所处的悲苦无告的境遇。如《绝句》：

> 白头灶户低草房，六月煎盐烈火旁。走出门前炎日里，偷闲一刻是乘凉。（《吴嘉纪诗笺校》卷一）

该诗明白如话，不假雕饰，质朴古淡，真切感人。陆廷抡说：“读《陋轩集》，则淮、海之夫妇男女，辛苦垫隘，疲于奔命，不遑启处之状，虽百世而下，了然在目。甚矣，吴子之以诗为史也！”（《陋轩诗序》）

在遗民诗人中，屈大均行辈较晚，却是其中的佼佼者。他的许多诗篇，吊古伤今，怆怀故国，充满深沉的感情。如《壬戌清明作》：

> 朝作轻寒暮作阴，愁中不觉已春深。落花有泪因风雨，啼鸟无情自古今。故国江山徒梦寐，中华人物又销沉。龙蛇四海归无所，寒食年年怆客心。（《翁山诗外》卷十）

全诗感情浓烈惨痛，慷慨悲愤。屈大均还经常借吟咏历史上的英雄人物和爱国志士，如屈原、荆轲、苏武、诸葛亮、文天祥、于谦等，托古言志，表达反清复明的志向。他对鲁仲连的“义不帝秦”极力歌颂，说：“从来天下士，只在布衣中。”（《鲁连台》）甚至夸张地说：“鲁连如不死，天下岂为秦！”（《读史》）强烈的反清情绪溢于言表。

屈大均追求“使天地万物皆听命于吾笔端”（《六莹堂诗集序》），充分发挥诗人的主观能动性，自由无碍地驱遣意象来抒写性情。因此，无论是反映时代苦难，还是描绘山川风物，他的诗歌都表现出一种想象奇特和超然独行的特征。如《自白下至槜李与诸子约游山阴》：

> 最恨秦淮柳，长条复短条。秋风吹落叶，一夜别南朝。范蠡湖边客，相将荡画桡。言寻大禹穴，直渡浙江潮。

全诗一气神行，情韵充沛。屈大均善于熔铸众家之长而形成自己的风格，影响广泛，当时吴越间有许多诗人师法屈大均，形成“翁山派”。清初诗坛上，屈大均又与陈恭尹（1631—1700）、梁佩兰（1629—1705）齐名，并称“岭南三家”。

第五节 宗唐学宋

在明清之际，除了抗清复明、成仁取义的志士和缅怀故国、坚守气节的遗民以外，尚有一批入仕清朝的诗人，以他们的诗歌创作展现新朝的气象。在这批诗人中，宋琬与施闰章齐名，在顺治年间（1644—1661）世称“南施北宋”。

一、宋琬诗雄健磊落

宋琬的诗歌主张和创作属于尊崇盛唐的一派，早年追慕明代前、后七子，提倡格调气象；但中年以后，诗歌风格转向兼取宋诗，对清初诗风的转变有一定影响。沈德潜说：“宋以雄健磊落胜。”（《清诗别裁集》卷三）宋琬的诗歌多写个人仕途的失意和惆怅，情调凄清怨苦。他曾效法杜甫的《同谷七歌》抒写不幸遭遇，后又有《九哀歌》，历数家人兄妹的苦难，长歌当哭，凄怨沉痛，施闰章说是：“摧折惊魂断，哀歌带血腥。”（《施愚山全集·学馀诗集》卷四十三《临江答宋荔裳西湖见寄》）他善于通过渲染环境气氛，选择富有象征意味的景物来抒情写意，如《听钟鸣》、《悲落叶》、《蟋蟀行》、《双燕歌》、《病榆行》等，大都借景抒情，景中有情。宋琬晚年入四川所作的诗歌，个人磊落不平的心态与险怪奇丽的山川形胜交相激发，光怪雄奇，磅礴郁蒸，显示出深厚的艺术功力，尤以七言古诗最为擅长。

二、施闰章诗含蓄温丽

施闰章的诗歌深刻表现了清初战乱中人民的苦难。如著名的五言长诗《浮萍兔丝篇》（《施愚山全集·学馀诗集》卷二），写两对夫妇因战乱而离散，各自成婚，后来偶然相遇，互相认出，又重新与原配结为夫妻，寄寓了深刻的悲剧意义。沈德潜评道：“状古来未有情事，以比兴体出之，作汉人乐府读之可也。”（《清诗别裁集》卷三）施闰章诗歌取法盛唐诸名家，工于五言，诗风清新含蓄，温润和雅。他崇尚含蓄温丽、一唱三叹的情致韵味，一些五言近体写得空灵凝练，意境幽远。其写景抒情的诗作大都意境悠远，气象浑厚，诗意盎然，最能体现他空灵淡泊的风格。如《燕子矶》：

> 绝壁寒云外，孤亭落照间。六朝流水急，终古白鸥闲。树暗江城雨，天青吴楚山。矶头谁把钓？向夕未知还。（《施愚山全集·学馀诗集》卷二十四）

该诗描绘长江矶石一带空阔寂寥的景色，冲淡闲远。王士禛评施闰章的五言诗云："温柔敦厚，一唱三叹，有风人之旨；其章法之妙，如天衣无缝，如园客独茧……清词丽句，层见叠出。"（《带经堂诗话》卷十二）

三、朱彝尊诗风格多变

在"南施北宋"之后，康熙初诗坛上又有"南朱北王"之称，指朱彝尊和王士禛。

朱彝尊早年生活贫困，遭逢丧乱，参加抗清，诗歌感慨沧桑，沉痛激切。如《同沈十二咏燕》：

> 节物惊人往事非，愁看燕子又来归。春风无限伤心地，莫近乌衣巷口飞。（《曝书亭集》卷二）

咏物抒怀，借飞燕表达亡国之悲。中年以后，诗风略变，或沉郁怨怒，或清新绵邈，而以后者更能见出清初诗风转移的消息。如康熙十三年（1674）作《鸳鸯湖棹歌一百首》（《曝书亭集》卷九），歌咏民情土风，格调轻扬，别有风韵。

朱彝尊像

分析举例

《鸳鸯湖棹歌一百首》

沙头宿鹭傍船栖，柳外惊乌隔岸啼。为爱秋来好明月，湖东不住住湖西。（其二）

百尺红楼四面窗，石梁一道锁晴江。自从湖有鸳鸯目，水鸟飞来定自双。（其七）

四、王士禛诗神韵悠然

王士禛在顺、康之际极力倡导"神韵"诗，影响极为深广。他认为，所谓"神韵"是一种意味含蓄空灵，境界缥缈清远，语句华美清秀，韵致冲淡清奇的诗境（见《池北偶谈》卷十八、《分甘馀话》卷四等）。为了追求"神韵"，王士禛学诗、作诗，都强调妙悟，主张独创。因此他鄙薄自命高华的腔调，也反对迷恋艳丽的诗风，而提倡风怀澄澹、神韵天然、文雅清丽的艺术风格。

学术轶事

王士禛主张独创

越处女与勾践论剑术曰："妾非受于人也，而忽自有之。"司马相如答盛览曰："赋家之心，得之于内，不可得而传。"云门禅师曰："汝等不记己语，反记吾语，异日稗贩我耶?"数语皆诗家三昧。（王士禛《渔洋诗话》卷上）

王士禛的神韵诗多为记游写景之作。如：

江干多是钓人居，柳陌菱塘一带疏。好是日斜风定后，半江红树卖鲈鱼。(《渔洋山人精华录》卷五《真州绝句五首》之四）

入寺闻山雨，群峰方夕阳。流泉自成响，林壑坐生凉。竹覆春前雪，花寒劫外香。汤休何处是，空望碧云长！(《碧云寺》)

前者宛如一幅风俗画，"江淮间多写为图画"（《渔洋诗话》卷中）。后者颇饶风致，清韵绵长，有天然不可凑泊之致。

神韵诗并非客观写景，全无寄托，只是它的寓意深藏，如撮盐入水，浑然无迹，可以意会，不可以言传。如：

年来肠断秣陵舟，梦绕秦淮水上楼。十日雨丝风片里，浓春烟景似残秋。(《渔洋山人精华录》卷五《秦淮杂诗十四首》其一）

傅寿清歌沙嫩箫，红牙紫玉夜相邀。而今明月空如水，不见青溪长板桥。（同上《秦淮杂诗十四首》其十二）

翠羽明珰尚俨然，湖云祠树碧于烟。行人系缆月初堕，门外野风开白莲。（同上《再过露筋祠》)

第一首写诗人对南京的向往，似乎吐露出对故国的难以明言的怀念之情。特别是把一派"浓春"比拟作"残秋"，更隐逗出内心中沉痛的哀愁。第二首描写明末秦淮河一带繁华盛景的流逝，似乎包含着对故国沦亡的凭吊。但是这种故国之情和亡国之痛，却被清新温婉的诗句冲淡成普遍的兴废易代的感伤，显得那么含蓄、朦胧而又空泛。第三首描绘水乡河湖纵横的宁谧景色，宛然如画，特别是风神清秀的白莲，既实写祠外之景，又虚应神像与贞女，引发读者想象和联想的翅膀，余音袅袅。在这里，你看不到剑拔弩张的气势，也听不见慷慨激昂的音调，有的只是流畅清秀的语言和缥缈朦胧的情思——这就是神韵诗的奥义。

虽然王士禛也写了不少非神韵诗，虽然康熙十年（1671）前后他的论诗主张和创作旨趣发生了变化，但神韵诗无疑是他的诗歌主流。后人对王士禛的称赏，大多瞩目于神韵诗。如郑方坤说："其为诗笼盖百氏，囊括千古，而尤浸淫于陶、孟、王、韦诸家，独得其象外之旨、弦外之音，不雕饰而工，不锤铸而炼，气超乎鸿蒙之先，而味在酸咸之外。”（《国朝名家诗钞小传》）而后人对王士禛的批评，也大多针对神韵诗。如赵执信严厉批评“神韵”诗论和诗作，以为王士禛的诗“非所谓诗中无人者耶?”（《谈龙录》）袁枚也指责道：“阮亭一味修饰容貌，所谓假诗也。”（《随园诗话》）平心而论，“神韵”说盛行于康熙诗坛数十年，对纠正明末以来尊唐派肤廓模拟和学宋元者诘屈粗率的弊端有积极的作用。

☞ **多学一点**

神韵说的积极作用

当我朝开国之初，人皆厌明代王（世贞）、李（攀龙）之肤廓，钟（惺）、谭（元春）之纤仄，于是谈诗者竟尚宋元，既而宋诗质直，流为有韵之语录，元诗缛艳，流为对句之小词。于是士祯等以清新俊逸之才，范水模山，批风抹月，倡天下以“不著一字，尽得风流”之说，天下遂翕然应之。（《四库全书总目提要》卷一百七十三《精华录》提要）

【温故知新】

王世贞　《乐府变》　性灵诗风　竟陵派诗风　《有学集》　《投笔集》　梅村体　遗民诗人　南施北宋　南朱北王　神韵诗

【请你思考】

1. 后七子的复古思想与前七子相比有哪些不同?
2. 王世贞的诗文创作有何特点?
3. 公安派所提倡的性灵诗风与竟陵派诗风有何异同?
4. “梅村体”有何创新和特点?吴伟业的乐府创作与元白有何不同?
5. 诗人之诗与学人之诗在风格上有何区别?
6. 如何体会清初明遗民诗人的心态?

【推荐阅读】

（明）袁中道．钱伯城点校．珂雪斋集．上海：上海古籍出版社，1989

王家诚．徐渭传．天津：百花文艺出版社，2008

叶君远选注．吴伟业诗选．北京：人民文学出版社，2000

第三章 文章创新与词学中兴

【导读】

从明嘉靖十年（1531）开始，在文章理论中，先是宗秦汉与尚唐宋之争剑拔弩张，势同水火，到明末则趋向于调和秦汉文与唐宋文。而在文章写作中，则一方面是兼融秦汉文和唐宋文，文风或简古，或平易，但都追求古典的审美理想；另一方面，一些作家力图超轶秦汉、唐宋之争，自出机杼，倡导小品文，形成一时风尚。到明清易代之际，经世之文如政论与传记兴盛于世，文风也发生了遽变。

词学在明前中期趋于衰颓，直到明末云间词派独标赤帜，始振起词风。入清后，王士禛等在顺治后期倡导词学，而陈维崧、朱彝尊更致力于词创作，在康熙年间（1662—1722）形成阳羡、浙西二派，词学上承两宋风范，呈现中兴局面。

第一节 崇尚唐宋

一、唐宋派文论

嘉靖年间（1522—1566），作为前七子文章理论和文章创作的反拨，唐宋派兴起于文坛，代表作家有王慎中、唐顺之、归有光、茅坤等。唐宋派并不全然否定先秦、两汉古文，唐顺之的《文编》便同时选入《左传》、《国语》、《史记》等和唐宋八大家的作品。他们特别提出宗法唐宋诸家古文，是要学其“开阖首尾、经纬错综之法”，又力求神似，“出乎自然”（唐顺之《荆川先生文集》卷十《董中峰侍郎文集序》）。他们将王守仁哲学意义上的“理”演变为文学意义上的“言适与道称”（归有光《震川先生集》卷二《雍里先生文集序》）；将王守仁哲学意义上的“心”演变为文学意义上的“直据胸臆，信手写出”（《荆川先生文集》卷七《答茅鹿门知县》），并且主张将“言适与道称”和“直据胸臆”合而为一，落实到创作实践中。

二、王慎中文春容澹雅

王慎中的文章尤得力于曾巩，铺叙详明而结构严密，语言华美而意味深长，风格春容澹雅。如《游清源山记》、《金溪游记》等，或以历史与现实相交织，或以“有恒”与“无恒”作对比而展开抒情线索，神思妙悟，泓涵演迤，饶有悠情逸韵。又如《海上平寇记》，生动地刻画了明中叶抗倭名将俞大猷（1504—1580）平日温文尔雅而战时勇猛威武的形象，赞美了他身先士卒、为国忘身、与士兵同甘共苦的优秀品质，文章句法多变，宛曲流畅，显得雄奇豪迈，气势磅礴。

唐顺之像

三、唐顺之文简雅清深

唐顺之的文章大半写于四十岁之前，大多直抒胸臆，简雅清深。如《与季彭山》，从一个侧面展示了他自己由崇信朱学转而崇信王学的心迹，文章篇幅不长，但如尺水兴波，笔势奔放，锋芒所触，如金石齐鸣。又如《任光禄竹溪记》，赞赏“凛然有偃骞孤持之气”的任君，情思遐举，而哲理蕴于其中。开头一段以叙事为议论，最有特色：

余尝游于京师侯家富人之园，见其所蓄，自绝徼海外奇花石无所不致，而所不能致者惟竹。吾江南人斩竹而薪之，其为园，亦必购求海外奇花石，或千钱买一石，百钱买一花，不自惜。然有竹据其间，或芟而去焉，曰：“毋以是占我花石地。”而京师人苟可致一竹，辄不惜数千钱，然才遇霜雪，又槁以死。以其难致而又多槁死，则人益贵之。而江南人甚或笑之曰：“京师人乃宝吾之所薪。”呜呼！奇花石，诚为京师与江南人所贵，然穷其所生之地，则绝徼海外之人视之，吾意其亦无以甚异于竹之在江以南。而绝徼海外，或素不产竹之地，然使其人一旦见竹，吾意其必又有甚于京师人之宝之者，是将不胜笑也。语云：“人去乡则益贱，物去乡则益贵。”以此言之，世之好丑，亦何常之有乎？（《荆川先生文集》卷十二）

用自身的见闻感受，说明人世道理，简雅清深，自然流畅。全文不写景物，专发议论，颇有宋人习气。而《信陵君救赵论》有意作翻案文章，巧妙地运用了欲擒先纵法、层层驳入法、反笔敲击法等。

☞ 多学一点

对唐顺之古文的评价

诛信陵之心，暴信陵之罪，一层深一层，一节深一节，愈驳愈醒，愈转愈刻。词严义正，真使千载扬诩之案，一笔抹杀。（吴楚材、吴调侯《古文观止》卷十二）

集中书牍最多，大半肤言心性，多涉禅宗，而喜为语录鄙俚之言，殊为不取。（钱基博《明代文学》第一章“文”第九节）

四、归有光文

（一）理法相生

归有光虽然名列唐宋派，但实际上古文创作风格独异，成绩最为显著，以致连王世贞在晚年也不得不“心折有光”（《明史·归有光传》），说：“当其所得，意沛如也，不事雕琢，而自有风味，超然当代名家矣。”并推崇他“千载有公，继韩（愈）、欧阳（修）”，发出“余岂异趋，久而始伤”（《弇州山人四部稿·续稿》卷一百五十《归太仆赞有序》）的感叹。清初黄宗羲也说：“议者以震川为明文第一，似矣。”（《南雷文定》前集卷一《明文案序》）

归有光的文章往往以朴素的文笔描写时代政治和人情世态。如《西王图序》以虚实相生、借古讽今的方式讥讽迷信道教、惑于神仙的明世宗朱厚熜（1521—1566在位）（见《震川先生文集》卷二），《书张贞女死事》、《张贞女狱事》等揭露恶霸横行、吏治腐败等黑暗现实（均见《震川先生文集》卷四）。

如《尚书别解序》：

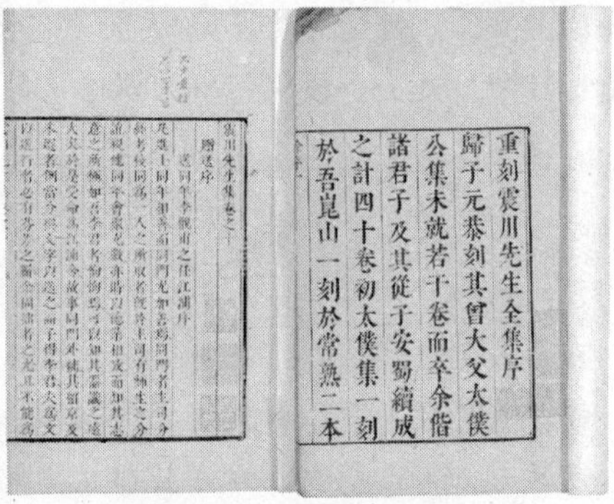

《震川先生全集》书影

嘉靖辛卯，余自南都下第归，闭门扫轨，朋旧少过。家无闲室，昼居于内，日抱小女儿以嬉。儿欲睡，或乳于母，即读《尚书》。儿亦爱弄书，见书，辄以指循行，口作声，若甚解者。故余读常不废，时有所见，用著于录。意到即笔，不得留，昔人所谓“兔起鹘落”时也。无暇为文章，留之箱管，以备温故。章分句析，有古之诸家在，不敢以比拟，号曰《别解》。余尝谓：观书若画工之有画，耳目口鼻，大小肥瘠，无不似者；而人见之，不以为似也，其必有得其形而不得其神者矣。余之读书也，不敢谓得其神，乃有意于以神求之云。（《震川先生文集》卷二）

全文不足三百字，构思新颖，别有一番妙处：一是以家庭生活的乐趣与落第失意的苦闷作对照，苦中作乐，以求解脱苦闷；二是说明家庭生活中的乐趣与读书明理、激发灵感之间相辅相成的关系，乐趣与神理相得益彰。全文又借助对照、转折、比喻等文法，阐明了读书贵在“得其神”的道理，理法相生，形神具备。

（二）不俟修饰而情辞并得

学术轶事

清人方苞评归有光

发于亲旧及人微而语无忌者，盖多近古之文。至事关天属，其尤善者，不俟修饰而情辞并得，使览者恻然有隐，其气韵盖得之子长（司马迁），故能取法于欧（阳修）、曾（巩）而少更其形貌耳。（《望溪集》卷三《书归震川文集后》）

归有光描写家庭生活、抒写日常人伦的文章，发自肺腑，无所藻饰，最为感人，开历来古文未辟之境界。如《项脊轩志》便是他叙写家庭盛衰离合、抒发个人今昔之感的名篇。文章先写项脊轩的情景：

项脊轩，旧南阁子也。室仅方丈，可容一人居。百年老屋，尘泥渗漉，雨泽下注，每移案，顾视无可置者。又北向，不能得日，日过午已昏。余稍为修葺，使不上漏；前辟四窗，垣墙周庭，以当南日；日影反照，室始洞然。又杂植兰桂竹木于庭，旧时栏楯，亦遂增胜。借书满架，偃仰啸歌，冥然兀坐。万籁有声，而庭阶寂

寂，小鸟时来啄食，人至不去。三五之夜，明月半墙，桂影斑驳，风移影动，珊珊可爱。(《震川先生文集》卷十七)

然后笔锋一转，写道："予居于此，多可喜，亦多可悲。"他所喜的，是家庭中昔日的兴盛和睦及慈母、祖母之爱。而他所悲的，是归氏大家庭的分崩离析和家人的生死存亡。文中睹物怀人，借景抒情，在对亲人生前一些平凡小事的回忆中，寄托深切怀念。如云：

余自束发，读书轩中。一日，大母过余曰："吾儿，久不见若影，何竟日默默在此，大类女郎也?"比去，以手阖门，自语曰："吾家读书久不效，儿之成，则可待乎?"顷之，持一象笏至，曰："此吾祖太常公宣德间执此以朝，他日汝当用之。"瞻顾遗迹，如在昨日，令人长号不自禁。

文章的结尾追念亡妻，更显得哀思深沉："庭有枇杷树，吾妻死之年所手植也，今已亭亭如盖矣。"以景结情，情韵无尽。全文布置精巧，组织得体，状物写人，淡而传神，语言平淡自然，神韵条畅。《先妣事略》巧妙地将追忆亡母的真情实感与伦理道德融为一体，如文章的最后回忆母亲死后二十年中的几件事：

孺人死十一年，大姊归王三接，孺人所许聘者也。十二年，有光补学官弟子，十六年而有妇，孺人所聘者也。期而抱女，抚爱之，益念孺人，中夜与其妇泣，追惟一二，仿佛如昨，余则茫然矣。世乃有无母之人，天乎！痛哉！(《震川先生文集》卷二十五)

这段含泪写成的文字，纯是至情至性之语，无一饰笔，真淳自然。又如《寒花葬志》：

婢，魏孺人媵也，嘉靖丁酉五月四日死，葬虚丘。事我而不卒，命也夫！婢初媵时，年十岁，垂双鬟，曳深绿布裳。一日天寒，爇火煮荸荠熟，婢削之盈瓯。予入自外，取食之，婢持去不与，魏孺人笑之。孺人每令婢倚几旁饭。即饭，目眶冉冉动，孺人又指予以为笑。回思是时，奄忽便已十年，吁，可悲也已！(《震川先生文集》卷二十二)

全文仅百余字，描述极平常的人物和极细小的家事，刻画婢女寒花纯朴天真、活泼灵秀的个性，哀伤之情流露在字里行间。这样的文章，正如王锡爵在《墓志铭》中所说的："如清庙之瑟，一唱三叹，无意于感人，而欢愉惨恻之思，溢于言语之外。"

五、茅坤文跌宕激射

茅坤著有《白华楼藏稿》、《续稿》、《吟稿》等。他的文章，时有自具风貌之作。如当他被忌者中伤落职回乡后，写了《岛人传》、《三益先生传》等，坦露他自己那如同"婴儿"一样"朴野澹荡，好慢易人"的性格，并以"三益先生"自况，愤世嫉俗中时有诙谐之趣，颇受韩愈的《毛颖传》和《送穷文》等的影响。他的文章风格跌宕激射，如《青霞先生

茅坤像

文集序》、《韩文公文钞序》、《与查近川太常书》等。但他好摹拟司马迁、欧阳修，形成了写作定势，乃至营造了某种“窠臼”。茅坤的主要贡献，是继唐顺之的《文编》后，编成《唐宋八大家文钞》，“唐宋八大家”的名目因此流行。《四库全书总目提要》卷一百八十九《唐宋八大家文钞》提要指出：“坤所选录，尚得烦简之中，集中评语虽所见未深，而亦足为初学之门径。一二百年以来，家弦户诵，固亦有由矣。”

☞ **多学一点**

茅坤文章不足之处

《四库全书总目提要》卷一百七十七《白华楼藏稿》提要指出：“（茅坤）根柢少薄，摹拟有迹。秦汉文之有窠臼，自李梦阳始；唐宋文之有窠臼，则自坤始。故施于制义则为别调独弹，而古文之品终不能与唐顺之、归有光诸人抗颜而行也。”

第二节 言志抒怀

宗臣像

一、宗臣文泼辣疏爽

在后七子中，李攀龙、王世贞的文章规矩秦汉，但有时能得古人遒峻之气，而不袭其奥僻之词，自有一种跌宕俊逸的面貌。而宗臣则尚学古人，文风泼辣疏爽，成就最为突出。名篇如《报刘一丈书》，描写官场中“上下相孚”的痼习，鞭辟入里：

> 且今世之所谓孚者何哉？日夕策马，候权者之门。门者故不入，则甘言媚词作妇人状，袖金以私之。即门者持刺入，而主者又不即出见，立厩中仆马之间，恶气袭衣裾，即饥寒毒热不可忍，不去也。抵暮，则前所受赠金者出，报客曰：“相公倦，谢客矣，客请明日来。”即明日，又不敢不来。夜披衣坐，闻鸡鸣即起，盥栉，走马抵门。门者怒曰：“为谁？”则曰：“昨日之客来。”则又怒曰：“何客之勤也！岂有相公此时出见客乎？”客心耻之，强忍而与言曰：“亡奈何矣，姑容我入。”门者又得所赠金，则起而入之，又立向所立厩中。幸主者出，南面召见，则惊走匍匐阶下。主者曰：“进。”则再拜，故迟不起，起则上所上寿金。主者故不受，则固请。主者

故固不受，则又固请，然后命吏内之。则又再拜，又故迟不起，起则五六揖始出。出揖门者曰："官人幸顾我，他日来，幸亡阻我也。"门者答揖。大喜，奔出。马上遇所交识，即扬鞭语曰："适自相公家来，相公厚我厚我。"且虚言状。即所交识，亦心畏相公厚之矣。相公又稍稍语人曰："某也贤，某也贤。"闻者亦心计交赞之。此世所谓上下相孚也。(《宗子相集》卷二十)

文中运用漫画式的白描手法，描写干进者的谄媚无耻，权势者的贪污受贿，看门人的敲诈勒索，形神兼备，惟妙惟肖，文笔犀利，叙事简洁，饶有传奇小说的韵味。

二、徐渭文泼辣精警

与后七子同时，徐渭和李贽的文章力主师心，创为别调。

徐渭的古文受苏轼影响，成就颇高，当时唐顺之、茅坤等人都加以推崇。他的言志抒怀之作，写得潇洒自如，别具一格；讽刺模拟剽窃的时风，尖锐犀利。而《郦绩溪和诗序》抒发英雄失路的感慨和愤世嫉俗的胸怀，《书朱太仆十七帖》、《答张太史》等表露"自任野性，傲睨一世"的人生态度，也都意运笔端，精警有味。

分析举例

《叶子肃诗序》阐述文学主张

人有学为鸟言者，其音则鸟也，而性则人也；鸟有学为人言者，其音则人也，而性则鸟也。此可以定人与鸟之衡哉？今之为诗者，何以异于是？不出于己之所自得，而徒窃于人之所尝言，曰某篇是某体，某篇则否；某句似某人，某句则否。此虽极工逼肖，而已不免于鸟之为人言矣。

三、李贽文不阡不陌

李贽以"异端"自居，毕生以反对礼教、抨击道学为己任。他文学思想的核心是"童心"说：

夫童心者，绝假纯真，最初一念之本心也。若失却童心，便失却真心；失却真心，便失却真人……天下之至文，未有不出于童心焉者也。苟童心常存，则道理不行，闻见不立，无时不文，无人不文，无一样创制体格文字而非文者。诗何必古《选》，文何必先秦？降而为六朝，变而为近体，又变而为传奇，变而为院本，为杂剧，为《西厢》曲，为《水浒传》，为今之举子业，皆古今至文，不可得而时势先后

论也。故吾因是而有感于童心者之自文也，更说什么六经，更说什么《语》、《孟》乎？（《焚书》卷三《童心说》）

李贽的“童心”说旨在提倡“真情”，反对假道学，他说：“六经、《语》、《孟》，乃道学之口实，假人之渊薮也，断断乎其不可以语于童心之言明矣。”（同上）因此，他在艺术上提出了要求达到“化工”境界，以自然为美，反对任何人为雕琢（见《焚书》卷三《杂说》）。

学术轶事

名家评李贽

袁中道称：“其为文不阡不陌，抒其胸中之独见，精光凛凛，不可迫视。”（《珂雪斋集》卷十七《李温陵传》）

钱谦益指出：“卓吾所著书，于上下数千年之间，别出手眼……掊击道学，抉摘情伪。”（《列朝诗集小传》闰集《卓吾先生李贽》）

的确，李贽的文章能摆脱传统古文格局，立论大胆新颖，文风豪爽明快。如作于万历十三年（1585）稍后的《题孔子像于芝佛院》：

人皆以孔子为大圣，吾亦以为大圣；皆以老、佛为异端，吾亦以为异端。人人非真知大圣与异端也，以所闻于父师之教者熟也；父师非真知大圣与异端也，以所闻于儒先之教者熟也；儒先亦非真知大圣与异端也，以孔子有是言也。其曰“圣则吾不能”，是居谦也；其曰“攻乎异端”，是必为老与佛也。儒先亿度而言之，父师沿袭而诵之，小子矇聋而听之。万口一词，不可破也；千年一律，不自知也。不曰“徒诵其言”，而曰“已知其人”；不曰“强不知以为知”，而曰“知之为知之”。至今日，虽有目，无所用矣。余何人也，敢谓有目？亦从众耳。既从众而圣之，亦从众而事之，是故吾从众事孔子于芝佛之院。（《续焚书》卷四）

全文不足三百字，却写得尖锐犀利，正话反说，于诙谐中蕴涵辛辣的讽刺，表现出对封建思想权威的叛逆精神。又如《自赞》：

其性褊急，其色矜高；其词鄙俗，其心狂痴；其行率易，其交寡而面见亲热。其与人也，好求其过，而不悦其所长；其恶人也，既绝其人，又终身欲害其人。志在温饱，而自谓伯夷、叔齐；质本齐人，而自谓饱道饫德。分明一介不与，而以有莘借口；分明毫毛不拔，而谓杨朱贼仁。动与物迕，口与心违。其人如此，乡人皆恶之矣。昔子贡问夫子曰：“乡人皆恶之何如？”子曰：“未可也。”若居士，其可乎哉！（《焚书》卷三）

以坦直率真的笔调自我写照，语气酣畅质直。

四、小品文的特点

上引徐渭和李贽的文章，已近于明后期人们所说的小品文。“小品”原是佛家用语，指大部佛经的略本，明后期才被借用来指一种风格独特的文章。明人所说的“小品文”，并不专指某一特定的文体，尺牍、游记、传记、日记、序跋等均可包容在内。小品文这一概念的出现，主要是为了区别于以往人们所看重的关乎国家政典、理学精义之类的“高文大册”，而提倡一种灵便鲜活、真情流露的新格调的文章。

袁中道《答蔡观察元履》称：

> 近阅陶周望祭酒集，选者以文家三尺绳之，皆其庄严整栗之撰，而尽去其有风韵者。不知率尔无意之作，更是神情所寄，往往可传者。托不必传者以传，以不必传者易于取姿，炙人口而快人目。班、马作史，妙得此法。今东坡之可爱者，多其小文小说，其高文大册，人固不深爱也。使尽去之，而独存其高文大册，岂复有坡公哉！……偶检平倩及中郎诸公小札戏墨，皆极其妙。石篑所作有游山记及尺牍，向时相寄者，今都不在集中，甚可惜。后有别集未可知也。此等慧人，从灵液中流出片言只字，皆具三昧，但恨不多，岂可复加淘汰，使之不复存于世哉！（《珂雪斋集》卷二十四）

文中以“小文小说”、“小札戏墨”与“高文大册”相对立，表明了与传统迥异的审美情趣。这里虽然没有标出“小品”的名目，但基本上已点明了“小品”概念的内涵，即体制较为短小，风格轻灵、隽永，富有性灵、情致，饶有风韵、趣味，赏心悦目。

五、公安派的言志小品

晚明小品文大致以公安派为开端。公安派的小品文，有的抒写文人个性受到社会压抑的苦闷之情。如袁宏道作于万历二十七年（1599）的《徐文长传》，扼要地描述了徐渭这一奇人的奇事、奇才、奇文，叙事明快，情感激烈而奔放。其中记徐渭诗文一段道：

> 文长既已不得志于有司，遂乃放浪麹蘖，恣情山水，走齐鲁燕赵之地，穷览朔漠。其所见山崩海立，沙起云行，风鸣树偃，幽谷大都，人物鱼鸟，一切可惊可愕之状，一一皆达之于诗。其胸中又有勃然不可磨灭之气，英雄失路、托足无门之悲。故其为诗，如嗔如笑，如水鸣峡，如种出土，如寡妇之夜哭，羁人之寒起。虽其体格时有卑者，然匠心独出，有王者气，非彼巾帼而事人者所敢望也。文有卓识，气沉而法严，不以模拟损才，不以议论伤格，韩、曾之流亚也。（《袁宏道集笺校》卷十九）

文章刻画徐渭与世异调，屡遭不幸，却仍然保持耿介兀傲的艺术个性，这正是作者的精神向往。在尺牍《丘长孺》中，袁宏道自述为县令之苦，也主要着眼于在官场中人失去了应有的尊严和真实：

弟作令备极丑态，不可名状。大约遇上官则奴，候过客则妓，治钱谷则仓老人，谕百姓则保山婆。一日之间，百暖百寒，乍阴乍阳，人间恶趣，令一身尝尽矣。苦哉！毒哉！（《袁宏道集笺校》卷三）

袁宏道苦于做官，并非因为清高傲世而不愿做官，而是因为做官压抑了自身的个性，限制了生活的追求，反而不得不迁就社会习俗，这是他难以忍受的。

六、公安派的山水小品

为了解脱个性与社会的不和谐冲突，公安派转而将精神追求寄托于山水自然之趣，创作了大量寄情山水、流连光景的小品文。他们以山水为知己，如袁宏道的《西湖》从不同的侧面描写杭州西湖风光，淋漓尽致地表现“目酣神醉”的审美情趣。文中写道：

山色如娥，花光如颊，温风如酒，波纹如绫，才一举头，已不觉目酣神醉。此时欲下一语描写不得，大约如东阿王梦中初遇洛神时也。（《袁宏道集笺校》卷四）

西湖

又如袁宏道的《天池》等游记，既实写目不暇接而又赏心悦目的仲春景物，又虚写那别有洞天、“宛然如画”的天池幽境，实地游赏之趣与梦中回味之趣相互交流，更显得意趣盎然。其名篇如作于万历二十七年（1599）的《满井游记》，描写满井初春生机盎然的景色：

高柳夹堤，土膏微润，一望空阔，若脱笼之鹄。于时冰皮始解，波色乍明，鳞浪层层，清澈见底，晶晶然如镜之新开而冷光乍出于匣也。山峦为晴雪所洗，娟然如拭，鲜妍明媚，如倩女之靧面而髻鬟之始掠也。柳条将舒未舒，柔梢披风，麦田浅鬣寸许。游人虽未盛，泉而茗者，罍而歌者，红装而蹇者，亦时时有。风力虽尚劲，然徒步则汗出浃背。凡曝沙之鸟，呷浪之鳞，悠然自得，毛羽鳞鬣之间，皆有喜气。（《袁宏道集笺校》卷十七）

文章抒写了作者“潇然于山石草木之间”的闲情逸致，文辞清丽雅洁，空灵洒脱，神韵悠扬，陆云龙评道：“写景亦如平芜，淡色清阴，令人意远。”（《翠娱阁文选》本）

袁中道的游记《爽籁亭记》、《游青溪记》、《游岳阳楼记》、《西山十记》、《卷雪楼记》、《游石首绣林山记》，或在想象之中展示山势磅礴的雄壮气象，在形象飞腾之中畅抒性灵，间有神与物游、以形传神之处；或借湖光山色之“秀润以畅性灵”（《珂雪斋集》卷十四《卷雪楼记》），语言轻灵而多趣，结构开合而谨严。他的《游居柿录》是关于日常见闻的札记随笔，其中一些篇章随意抒写，散淡洒脱，趣味盎然。

分析举例

《游居柿录》卷一

夜，雪大作，时欲登舟至沙市，竟为雨雪阻。然万竹中雪子敲忱，铮铮有声；暗窗红火，任意看数卷书，亦复有少趣。自叹每有欲往，辄复不遂，然流行坎止，任之而已。鲁直所谓"无处不可寄一梦"也。

公安派还有的小品文，着力描写市井生活和民间风俗，表现市井中的俗情俗趣。如袁宏道的《虎丘》（《袁宏道集笺校》卷四），描述苏州虎丘中秋月下游人云集、游客斗歌的情景，描情摹声，历历如绘。

第三节 小品奇文

经公安派的大力提倡，小品文在明末大行于世，形成一股汹涌澎湃的创作潮流。

一、竟陵派文幽深孤峭

竟陵派钟惺、谭元春的小品文，主导风格与诗歌一样，也是幽深孤峭、奇奥隽永。文艺短论如钟惺的《自题诗后》、《跋袁中郎书》，谭元春的《题秋寻草》等，或奇崛峭拔，或委曲多致，或风趣幽默，以不同的手法展示了他们的艺术心态。书信如钟惺的《与陈眉公》、谭元春的《答袁述之书》等，情趣之中有理趣，往往以寥寥数语"使人卓然自立于灵明洞逵之中"（谭元春《答袁述之书》）。游记文、杂文如钟惺的《浣花溪记》、《中岩记》、《夏梅说》、《秋日舟中题胡彭举秋江卷序》、《五看雪诗引》，谭元春的《三游乌龙潭记》、《题秋冬之际草》、《题秋寻草》、《题湖霜草》等，情怀超脱，境界幽深。如《浣花溪记》中描写浣花溪景色一段：

出成都南门，左为万里桥。西折，纤秀长曲，所见如连环，如玦如带，如规如钩，色如鉴、如琅玕、如绿沉瓜，窈然深碧、潆回城下者，皆浣花溪委也。然必至草堂而后浣花有专名，则以少陵浣花居在焉耳。行三四里为青羊宫，溪时远时近，竹柏苍然，隔岸阴森者尽溪，平望如荠，水木清华，神肤洞达。自宫以西，流汇而桥者三，相距各不半里。舁夫云通灌县，或所云“江从灌口来”是也。人家住溪左，则溪蔽不时见，稍断则复见溪，如是者数处，缚柴编竹，颇有次第。(《隐秀轩集》卷二十)

写景玲珑剔透，渐入幽胜，而幽深孤峭，一尘不染。文章描绘浣花溪“窈然深碧”、幽寂清远的环境，与作者幽恬渊静、胆坚识透的理想人格相互映衬，显示出浊世畸人的孤独感、超脱感。

二、王思任文机趣诙谐

到了明末，王思任和张岱的小品文都或多或少地受到竟陵派的影响，而刘侗的小品文更可谓得竟陵派之真传。

王思任“居官通脱自放，不事名检。性好谑浪，居恒与狎客纵酒，谈笑大噱。遇达官大吏，疏放绝倒，不能自禁。好以谈谐为文”（钱谦益《列朝诗集小传》丁集中）。他反对因袭模拟，主张抒写性灵，尤其推崇寓庄于谐的风格，自称与公安、竟陵“不同衣饭，而各自饱暖”（《心月轩稿序》）。他认为：“文章有二字诀：曰轻，曰活。”（《张郡公减斋近稿序》）他著有《王季重十种》，游记文如《天姥》、《天台》、《孤屿》、《游北固山记》、《游五台山记》等，往往构思奇巧，风格奇谲险怪。《天台》中写道：“孤月洞庭，正尔寂照，忽有天山万里雪，一夜飞来。”又写道：“恍惚幽玄，不记何代，片时坐对，人化为碧。”文章的结尾将天台山的各个风景名胜比喻为一篇篇风格迥异的文章，然后借用科举考试放榜的形式，自己任主考官，逐一加以品第，别出心裁，令人耳目一新。他的不少序跋也写得相当精彩，例如《徐文长逸稿叙》：

不喜富贵人，纵飨以上宾，出其死狱，终以对贵人为苦，辄逃去。与不如公荣者饮即快，卒然遭之，科头戟手，鸥眠其几，豕接其盆，老贼呼其名字，饮更大快。一有当意，即衰童遢妓，屠贩田佁，操腥熟一盛，螺蟹一提，敲门乞火，叫拍要挟，征诗得诗，征文得文，征字得字。见激韵险目，走笔千言，气如风雨之集。

恣意描摹，尽情刻画，将一个疏狂奇傲与拙执放纵的文人形象生动地展示在人们眼前。他也有讽刺之作，如《让马瑶草》一文，抨击南明权奸马士英（约 1591—1646）骄横独断、误国欺君的罪行，义愤填膺，感荡激烈，是正气凛然、脍炙人口的佳作，显出“笔悍而胆怒，眼俊而舌尖”（张岱《王谑庵先生传》）的风格：

即当国破众疑之际，爰立今上，以定时局，以为古之郭汾阳，今之于少保也。然而一立之后，阁下气骄腹满，政本自由，兵权独据，从不讲战守之事，只知贪黩之谋，酒色逢君，门墙固党，以致人心解体，士气不扬。叛兵至则束手无措，强敌来则先期以走，致令乘舆播迁，社稷丘墟。阁下谋国至此，即喙长三尺，亦何以自解？(《文饭小品》)

三、张岱文坚实空灵

张岱也是风流才子。崇祯十七年（1644）明清易代，张岱深切体验到国破家亡的痛苦，始终以气节自重，披发入山，发愤著述，“事必求真，语必务确，五易其稿，九正其讹，稍有未核，宁缺勿书”（《石匮书自序》），在顺治十一年（1654）完成了明史巨著《石匮书》，此后又陆续撰成《石匮书后集》等。

学术轶事

张岱自评

少为纨绔子弟，极爱繁华，好精舍，好美婢，好娈童，好鲜衣，好美食，好骏马，好华灯，好烟火，好梨园，好鼓吹，好古董，好花鸟，兼以茶淫桔虐、书蠹诗魔。（《琅嬛文集》卷五《自为墓志铭》）

张岱的小品文集有《琅嬛文集》、《西湖梦寻》和《陶庵梦忆》等。祁豸佳［天启七年（1627）举人］说：“余友张陶庵，笔具化工。其所记游，有郦道元之博奥，有刘同人（侗）之生辣，有袁中郎（宏道）之倩丽，有王季重（思任）之诙谐，无所不有。其一种空灵晶映之气，寻其笔墨，又一无所有。”（《西湖梦寻序》）的确，张岱的小品文具有多样化的风格，但其主导方面则是“以坚实为空灵”（张岱《琅嬛文集》卷五《跋可上人大米画》）。

张岱的山水小品文往往以“梦忆”、“梦寻”的形式，以对明亡前自娱自乐生活的回忆，表达明亡后的哀怨悲伤，在梦中对山川景物作如痴如醉的游赏。如他在《湖心亭看雪》中写那“雾凇沆砀”、“上下一白”的西湖雪景；在《闰中秋》中写那“泼地如水”的月光，“人在月中，濯濯如新出浴”；在《北高峰》中写那罗刹江面“若匹练新濯，遥接海色，茫茫无际”——凡此，都无不玲珑晶莹，灵动清空，妙趣横生。

张岱的风俗小品文往往追忆明亡前民俗风情中的盛况，以此反衬自己的亡国之哀。《陶庵梦忆》卷五中的《金山竞渡》，追忆崇祯十五年（1642）金山龙舟比赛的盛况，以“惊湍跳沫，群龙格斗”等写龙舟竞渡，以“蚁附蜂屯，蠢蠢欲动”写群众的围观，场面宏大，气氛热烈，群情激奋，如醉如狂。如《西湖七月半》写道：

> 西湖七月半，一无可看，止可看看七月半之人。看七月半之人，以五类看之。其一楼船箫鼓，峨冠盛筵，灯火优傒，声光相乱，名为看月而实不见月者，看之。其一亦船亦楼，名娃闺秀，携及童娈，笑啼杂之，环坐露台，左右盼望，身在月下而实不看月者，看之。其一亦船亦声歌，名妓闲僧，浅斟低唱，弱管轻丝，竹肉相发，亦在月下，亦看月而欲人看其看月者，看之。其一不舟不车，不衫不帻，酒醉饭饱，呼群三五，跻入人丛，昭庆断桥，嘄呼嘈杂，装假醉，唱无腔曲，月亦看，看月者亦看，不看月者亦看，而实无一看者，看之。其一小船轻幌，净几暖炉，茶铛旋煮，素瓷静递，好友佳人，邀月同坐，或匿影树下，或逃嚣里湖，看月而人不见其看月之态，亦不作意看月者，看之。
>
> 杭人游湖，巳出酉归，避月如仇。是夕好名，逐队争出，多犒门军酒钱，轿夫擎燎，列俟岸上。一入舟，速舟子急放断桥，赶入胜会。以故二鼓以前，人声鼓吹，

如沸如撼，如魇如呓，如聋如哑，大船小船，一齐凑岸，一无所见，止见篙击篙、舟触舟、肩摩肩、面看面而已。少刻兴尽，官府席散，皂隶喝道去，轿夫叫船上人，怖以关门，灯笼火把如列星，一一簇拥而去。岸上人亦逐队赶门，渐稀渐薄，顷刻散尽矣。吾辈始舣舟近岸，断桥石磴始凉，席其上，呼客纵饮，此时月如镜新磨，山复整妆，湖复頮面，向之浅斟低唱者出，匿影树下者亦出，吾辈往通声气，拉与同坐。韵友来，名妓至，杯箸安，竹肉发。月色苍凉，东方将白，客方散去。吾辈纵舟，酣睡于十里荷花之中，香气拍人，清梦甚惬。(《陶庵梦忆》卷七)

文章借摹绘西湖游人情态，烘托繁丽热闹的生活气氛，刻画细致入微，生动传神，在白描文字中夹杂着作者留恋于昔日繁华靡丽生活的怀旧情绪。《虎丘中秋夜》则写虎丘中秋之夜民间演唱的盛会，其中既有“席席征歌，人人献技”和“动地翻天，雷轰鼎沸”的群众娱乐场面，也有张岱等辈自娱自乐的情景，可与袁宏道的《虎丘》并观。

西湖七月半

张岱的人物小品，往往“就物肖形”，“下笔描绘，妍媸自见”（《与李砚翁》）。如《柳敬亭说书》中写说书艺人柳敬亭讲说《水浒传》故事：

余听其说景阳冈武松打虎白文，与本传大异。其描写刻画，微入毫发，然又找截干净，并不唠叨，哱夬声如巨钟，说至筋节处，叱咤叫喊，汹汹崩屋。武松到店沽酒，店内无人，謈地一吼，店中空缸空甓，皆瓮瓮有声。闲中著色，细微至此。(《陶庵梦忆》卷五)

文章善于渲染气氛，以烘托人物性格，表现了柳敬亭高超的说书技艺。

四、刘侗文气势奇峭

刘侗的《帝京景物记》作于崇祯年间（1628—1644），记叙北京的城市景物、园林寺观、名胜古迹、山川桥堤、草木虫鱼及民俗风情。文章注重客观的描写，“山川记止夷陵，刹宇记止衰盛，令节记止嬉游，园林记止木石，比事属辞，不置一褒，不置一讥。习其读者，不必其知之，言外得之”（《帝京景物记·略例》）。其中往往能把握景物的特征，如《定国公园》写定园的总体风格是“朴”，《英国公新园》写新园的特色是巧妙地借用园外大自然之景：

> 园亭对者，桥也。过桥人种种，入我望中，与我分望。南海子而外，望云气五色，长周护者，万岁山也。左之而绿云者，园林也。东过而春夏烟绿，秋冬云黄者，稻田也。北过烟树，亿万家甍，烟缕上而白云横。西接西山，层层弯弯，晓青暮紫，近如可攀。

《帝京景物略》以奇见长，常常在寻常景物中写出别趣奇理。如《香山寺》写甘露泉的金鱼：“泉上石桥，桥下方池，朱鱼千头，投饵是肥，头头迎客，履音以期。”又如《云水洞》中写道：“登大小摘星岭，西望胡良拒马大小河，如练，如带，如游丝，在柱杖下，颠则落河中耳。”别出心裁，颇有奇趣。作者有时用节奏紧迫之句以求文势奇僻峭拔，如《白石庄》中写柳：“春，黄浅而芽，绿浅而眉，深而眼，春老，絮而白。夏，丝迢迢以风，阴隆隆以日。秋，叶黄而落，而坠条当当，而霜柯鸣于树。”但有时刻意追求奇峭，显得冷僻艰涩，深受竟陵派影响。

《徐霞客游记》图

五、徐弘祖千古奇书

在竟陵派文章流行于世时，徐弘祖却别出心裁，自撰宏文。徐弘祖号霞客，有“穷九州内外，探奇测秘”（陈继儒《寿江阴徐太君孺人八十叙》）之志，从二十二岁开始，历三十多年，足迹北至盘山，南达广东罗浮山，西至腾冲西境，东边渡海到落迦山，旅泊崖栖，风餐露宿，涉洪流，探洞穴，滑陡坡，攀险峰，日积月累，撰写了六十多万字的《游记》，后人辑刻，题为《徐霞客游记》。

学术轶事

《徐霞客游记》成书及版本

徐弘祖《游记》生前未及整理，逝世后，由王忠纫（生卒年不详）手校，于崇祯十五年（1642）由季梦良（生卒年不详）初次编定成《徐霞客游记》。现存《徐霞客游记》有两个版本系统：一为季梦良整理本的重抄本（残本）；二为李寄（生卒年不详）康熙二十三年（1684）修补，康熙四十九年（1710）杨名时（1661—1737）校录本，即《四库全书》本。现有褚绍康、吴应寿整理标点本，上海古籍出版社1982年版；朱惠荣《徐霞客游记校注》，云南人民出版社1985年版。

《徐霞客游记》用日记形式写游记文章，在晚明文章中可称别调，钱谦益称之为“千古奇书”（《嘱毛子晋刻游记书》）。该书写景记事，实叙见闻，直抒胸臆，不假雕琢，不事矫饰，具有浓厚的生活实感。如《粤西游日记一》对桂林七星岩的描述，与当代地理学家的实测结果十分接近，其目测步量的精确程度，于此可见。又此篇中写桂林——阳朔一带的峰林地形，逼真地展示了“桂林山水甲天下，阳朔山水甲桂林”的设色长卷。

该书详尽摹写，力求精细。如《游黄山日记（后）》描写被人们称誉为黄山四绝的“怪石、云海、奇松、温泉”，文笔细致，犹如工笔画。又如《游雁宕山日记》以屏霞嶂为中心，描写嶂右第一奇和嶂左第一奇的景色，一峰一穴，一石一水，莫不精心描摹，运笔细腻，毫芒毕现；而且文笔生动，语言活泼。《游雁宕山日记》中写道：

> 一转山腋，两壁峭立亘天，危峰乱叠，如削如攒，如骈笋，如挺芝，如笔之卓，如幞之欹。

连用比喻，笔姿灵矫，语言如大珠小珠落玉盘，美不胜收。又如《浙江日记》中写道：

> 江清月皎，水天一空，觉此时万虑俱净，一身与村树人烟俱熔，彻成水晶一块，直是肤里无间，渣滓不留，满前皆飞跃也。

将写景状物与抒情融为一体，使读者不仅领略到自然景物的清空之美，而且感受到作者性灵的冰清玉洁之美，寓情于景，情景交融。

第四节 学人之文

一、明末文章

明末不以小品文见长的文章家，有艾南英、张溥、陈子龙和夏完淳等。

艾南英的文章学欧阳修，如《随社序》等文从欧阳修《丰乐亭记》中化出，具有雅洁明畅的特色，但根柢稍薄，模拟有迹。他的论文诸篇如《答陈人中论文书》等，抑扬爽朗，峻厉刚健。作于万历四十七年（1619）的《前历试卷自叙》（《天佣子集》卷二），具体生动地叙述了明代岁考、乡试的情况和考生所受的折磨，同时揭露了考场的种种黑暗和考官的空疏鄙陋，愤懑之情，溢于言表，而且往返曲折，妙尽形容，颇有沉郁顿挫之美。

复社领袖张溥的文章风格亢爽，文笔跌宕。如《五人墓碑记》叙述颜佩韦等人领导反对阉党的苏州市民暴动，歌颂他们敢于斗争和不怕牺牲的大无畏精神，夹叙夹议，感慨淋漓，激昂尽致，抒发愤慨之情、悼念之意，感情激切，对比鲜明，文字遒劲，气势磅礴。

分析举例

《五人墓碑记》摘选

嗟夫！大阉之乱，缙绅而能不易其志者，四海之大，有几人欤？而五人生于编伍之间，素不闻诗书之训，激昂大义，蹈死不顾，亦曷故哉？且矫诏纷出，钩党之捕遍于天下，卒以吾郡之发愤一击，不敢复有株治；大阉亦逡巡畏义，非常之谋，难于猝发，待圣人之出而投缳道路，不可谓非五人之力也。由此观之，则今之高爵显位，一旦抵罪，或脱身以逃，不能容于远近；而又有翦发杜门，佯狂不知所之者，其辱人贱行，视五人之死，轻重固何如哉！是以蓼洲周公忠义暴于朝廷，赠谥美显，荣于身后。而五人亦得以加其土封，列其姓名于大堤之上，凡四方之士，无有不过而拜且泣者，斯固百世之遇也。不然，令五人者保其首领，以老于户牖之下，则尽其天年，人皆得以隶使之，安能屈豪杰之流，扼腕墓道，发其志士之悲哉？故予与同社诸君子，哀斯墓之徒有其石也，而为之记，亦以明死生之大，匹夫之有重于社稷也。（《七录斋诗文合集·古文存稿》卷三）

陈子龙的文章撷秦、汉之芳华，学韩（愈）、柳（宗元）之笔法，文从字顺，斐然有彩。代表作有《横云山石壁铭》、《仙都山志》、《报夏考功书》、《自强之策疏》、《直陈祸乱之原疏》等，大都风骨遒劲。

夏完淳的文章也多有佳作，如《土室馀论》、《狱中上母书》、《遗夫人书》等。《狱中上母书》是他被捕后在南京狱中写给母亲的绝笔信，抒写国破家亡的深仇大恨，表达对家中“哀哀八口，何以为生”的牵恋及亲恩未报的遗恨，也表露了“人生孰无死，贵得死所耳”的壮心，情调悲愤，笔触细腻，直抒胸臆，简捷酣畅。

二、黄宗羲文严谨峻烈

明清之际，文章繁盛，呈现出汪洋浩瀚的局面。就其大体而言，明清之际的文章可以分为“学人之文”与“文人之文”两大类①，它们从不同的角度和不同的方面，扭转了明末文风，开创了有清一代的文章风气。

《明夷待访录》书影

“学人之文”的代表作家是黄宗羲、顾炎武、王夫之。他们面对明清易代之际动荡的社会现实，积极探求治乱兴衰之道，致力于经世致用之学，文章以内容的深刻和见解的超卓见称于世，功力深厚，朴素自然，具有独特的艺术感染力。

黄宗羲的许多文章记述遗民忠烈的事迹，如为他的老师刘宗周（1578—1645）写的《行状》，叙述其绝食临终前从容镇定的神态，极为真切而充满感情。他的政论文章，以史笔见长，文风犀利，尤以《明夷待访录》气势最盛。全文采用古今对比的视角，创论大胆，词锋峻烈，论证有力，逻辑严密，气势磅礴。

分析举例

《原君》摘选

古者以天下为主，君为客，凡君之所毕世而经营者，为天下也。今也以君为主，天下为客，凡天下之无地而得安宁者，为君也。是以其未得之也，屠毒天下之肝脑，离散天下之子女，以博我一人之产业，曾不惨然，曰：“我固为子孙创业也。”其既得之也，敲剥天下之骨髓，离散天下之子女，以奉我一人之淫乐，视为当然，曰：“此我产业之花息也。”然则为天下之大害者，君而已矣！向使无君，人各得自私也，人各得自利也。呜呼！岂设君之道固如是乎？古者天下之人爱戴其君，比之如父，拟之如天，诚不为过也。今也天下之人，怨恶其君，视之如寇雠，名之为独夫，固其所也。而小儒规规焉以君臣之义无所逃于天地之间，至桀、纣之暴，犹谓汤、武不当诛之，而妄传伯夷、叔齐无稽之事。乃兆人万姓崩溃之血肉，曾不异夫腐鼠！岂天地之大，于兆人万姓之中，独私其一人一姓乎？（《明夷待访录》）

三、顾炎武文淳厚坚实

顾炎武从文以经世的思想出发，严厉抨击拟古摹仿的文风，说：“近代文章之病，全

① 参见郭预衡：《中国散文史》，下册，第七编“清代”第一章“概论”，338页，上海，上海古籍出版社，2000。

在摹仿，即使逼肖古人，已非极诣，况遗其神理而得其皮毛者乎？”（《日知录》卷十九）他认为文章的写作应脱去依傍，“自出己意”，要有创见，“其必古人之所未及就，后世之所不可无，而后为之”（《与人书》十七）。顾炎武经学根底深厚，文风淳厚坚实。彭绍升（1740—1776）评道：“其所为文，至于家国存亡之际，慷慨伤怀，天性激发，或扬声哀号，或幽忧饮泣，以视屈原、贾生诸公，时遇不同，同一天性激发而已矣。”（《亭林先生余集序》）如《军制论》、《形势论》、《田功论》、《钱法论》、《郡县论》、《钱粮论》、《生员论》等议论文章，高瞻远瞩，议论精辟而切中时弊。《复庵记》、《吴同初行状》、《书吴、潘二子事》等叙事文章，表彰节烈，叙述简洁而突出人物精神，于知人论事大有裨益。如《与友人论学书》中的一段：

顾炎武像

> 愚所谓圣人之道者如之何？曰“博学于文”，曰“行已有耻”。自一身以至于天下国家，皆学之事也；自子臣弟友以至出入往来、辞受取与之间，皆有耻之事也。耻之于人大矣！不耻恶衣恶食，而耻匹夫匹妇之不被其泽，故曰：“万物皆备于我矣，反身而诚。”呜呼！士而不先言耻，则为无本之人；非好古而多闻，则为空虚之学。以无本之人，而讲空虚之学，吾见其日从事于圣人而去之弥远也。（《亭林诗文集·亭林文集》卷三）

本文从为学谈及为人，不仅批判空谈心性的学风，提倡经世致用的学风，而且强调“行己有耻”的道德风范，如洪钟大鼓，振聋发聩。

四、王夫之文论析精微

王夫之的史论文章逻辑严密，辨析精微，以思辨见长。如《读通鉴论》及《薑斋文集》中的文章，大多议论透辟犀利，文笔纵横捭阖。

☞ **多学一点**

评王夫之

唐鉴（1778—1861）对王夫之的评价堪称的评：“先生之著书也，大抵为人心之衰，世道之递，学术之不明也。汪洋浩瀚，烟雨迷离，以绵邈旷远之词，写沉菀隐幽之志，激而不尽其欲言，婉而不失其所宜语。盖心中之蕴蓄深，而腕下之枢机密也。”（《清学案小识》）

第五节 文人之文

明清之际“文人之文”的代表作家，是被称为“国初古文三大家”的侯方域、魏禧、汪琬。当时宋荦（1634—1713）曾合刻三家的古文为《三家文钞》。他们的创作是明代唐宋派文风的继续和发展，但也各有特点，清末王韬说：“朝宗，才人之文也；叔子，策士之文也；尧峰则儒者之文也。”（《弢园文录外编·续选八家文序》）

一、侯方域文恣肆夭矫

侯方域富于才气，最为擅长文章。王士禛曾说：“近日论古文，率推侯朝宗第一，远近无异词。”（《西山唱和集序》）侯方域提倡学习韩愈、欧阳修，尊崇唐宋八大家，认为“秦以前之文主骨，汉以后之文主气”，《史记》、《汉书》、唐宋八大家之文，都善于“运骨于气”，于纵横开阖之中“立意不乱”（《壮悔堂文集》卷三《与任王谷论文书》）。他学习《史记》和唐宋文章而得其精神，重视文章的骨力、气势、声情、布局。

侯方域像

学术轶事

对侯方域文章的评价

宋荦评侯方域的文章：“奋迅驰骤，如雷电雨雹之至，飒然交下，可怖可愕，霅然而止，千里空碧。”（《三家文钞序》，《三家文钞》卷首）郑燮评道：“朝宗古文，标新立异，指画目前，绝不受古人羁绁。”（《郑板桥集·家书·潍县署中与舍弟墨第五书》）

侯方域以人物传记见长。如《李姬传》写品行高洁、“能辨别士大夫贤否”的秦淮李香君：

初，皖人阮大铖者，以阿附魏忠贤论城旦，屏居金陵，为清议所斥。阳羡陈贞慧、贵池吴应箕实首其事，持之力。大铖不得已，欲侯生为解之，乃假所善王将军，日载酒食与侯生游。姬曰："王将军贫，非结客者，公子盍叩之？"侯生三问，将军乃屏人述大铖意。姬私语侯生曰："妾少从假母识阳羡君，其人有高义，闻吴君尤铮铮，今皆与公子善，奈何以阮公负至交乎？且以公子之世望，安事阮公？公子读万卷书，所见岂后于贱妾耶？"侯生大呼称善，醉而卧。王将军者殊怏怏，因辞去不复通。(《壮悔堂文集》卷五)

寥寥数语，李香君"侠而慧"、深明大义的形象跃然纸上。全文叙次井然，文笔通畅。《马伶传》(同上)写一个戏曲演员刻苦学艺的故事，马伶扮演的是历史上有名的奸相，却由观察当朝宰相而获得成功，这就含蓄地暗示读者，当朝宰相与历史上的奸相是同类的奸佞。侯方域的人物传记，吸取了传奇小说的笔法，刻画人物，毫发毕现。

侯方域的书札论辩一类文章，如《癸未去金陵日与阮光禄书》、《答田中丞书》、《朋党论》、《王猛论》等，或痛斥权贵，或论古说今，都可见出他的文章恣肆汪洋、夭矫变化的特点。

二、魏禧文峭厉精切

魏禧志在用世，自述为文旨趣"好穷古今治乱得失"(《宗子发文序》)，强调习文要"积理"、"炼识"与"通变"(《答施愚山侍读书》)。他的文章渊源于宋代苏洵、苏轼而有所发展，感情强烈，凌厉雄杰，刚劲慷慨。每遇忠孝节烈之事，尤其感慨激荡，表现出强烈的民族意识。宋荦称他的文章"踔厉森峭而指事精切"(《三家文钞序》，《三家文钞》卷首)。史论文如《伊尹论》、《蔡京论》、《隽不疑论》等，深剖事理，立论超卓。书序文如《与李翰林书》、《复六如书》等，叙写友谊，酣畅真挚，情文并茂。传记文如《大铁椎传》、《江天一传》、《独弈先生传》、《邱维屏传》等，善于抓住人物的个性特征和精神风貌予以简洁勾勒，着墨不多而神情毕现，描摹生动传神，叙事简洁有法。

如《大铁椎传》描写大铁椎的勇猛善战：

时鸡鸣月落，星光照旷野，百步见人。客驰下，吹觱篥数声。顷之，贼二十余骑四面集，步行负弓矢从者百许人。一贼提刀纵马奔客曰："奈何杀吾兄？"言未毕，客呼曰："椎！"贼应声落马，马首尽裂。众贼环而进，客从容挥椎，人马四面仆地下，杀三十许人。宋将军屏息观之，股栗欲堕。忽闻客大呼曰："吾去矣！"地尘且起，黑烟滚滚，东向驰去。后遂不复至。(《宁都三魏全集·魏叔子文集》卷十七)

粗笔勾勒，神采飞扬，刻画出一代奇侠的面貌和气概。全文情节"若灭若没，疑城八面"(《大铁椎传》后彭静庵评语)，以奇文写奇人，突出非同寻常的奇异性。

三、汪琬文疏放挥洒

汪琬治学有独到见解，"无所不通，而其指以六经为归"(惠周惕《尧峰文钞序》，

《尧峰文钞》卷首）。他强调文章要明于辞义，合乎六经意旨，主张文章要讲究才气，但才气要归于节制，所谓“扬之欲其高，敛之欲其深，推而远之欲其雄且骏”（《尧峰文钞》卷三十二《答陈霭公书二》）。他的文章疏放挥洒，议论精辟，叙事有法，颇受欧阳修的影响，近于南宋诸家。计东说：“若其文章，溯宋而唐。明理卓绝，似李习之（翱）；简洁有气，似柳子厚（宗元）。”（《钝翁生圹志》）代表作有《江天一传》、《书沈通明事》、《陈处事墓表》、《尧峰山庄记》、《绮里诗选序》等。汪琬注重文章的艺术性，善于叙事，碑传文尤所擅长。如记叙苏州市民反暴政的《周忠介公遗事》（《尧峰文钞》卷三十六），以周顺昌（1584—1626）事迹为主线，写东林党人与阉党的斗争，突出周被逮时苏州市民仗义执言和群情激愤的热烈场面，有些描写如“众益怒，将夺刀刃（毛）一鹭”，魏忠贤爪牙被打而“升木登屋”、抱头鼠窜，真实生动，堪称佳作。

四、钱谦益与廖燕的散文

钱谦益入清前已是公认的文坛领袖，治学领域涉及经学、史学、文学、佛学等方面，故能合学人之文与文人之文为一体。他的文章取径宋元大家，尤向往归有光，常把铺陈学问与抒写性情融合起来，经史百家，旁及佛乘，无不驱遣笔端，纵横恣肆，规模阔大，一时推为文宗。黄宗羲称他的文章：“叙事必兼议论而恶夫剿袭，词章必贵乎铺叙而贱乎雕巧，可谓堂堂之阵，正正之旗。”（《钱牧斋先生年谱·附录》）如《汤义仍先生文集序》、《兵部尚书中极殿大学士孙遹公行状》、《读苏长公文》、《新刻震川先生文集序》、《答山阴徐伯调书》、《虞山诗约序》等，都可看出他的文章议论通达，气格恢张。

稍后有廖燕（1644—1705），文章以思想新颖、议论大胆著称。学术文《性论一》、《性论二》、《格物辨》等抨击程朱理学，胆识过人；史论文《汤武论》、《高宗杀岳武穆论》、《明太祖论》等，推翻陈说，无所蹈袭。此外，《金圣叹先生传》真实生动，《半幅亭试茗记》抒写性灵，也都文笔疏隽，议论深闳。

第六节 阳羡词风

一、陈子龙、吴伟业、吴绮、顾景星

有明一代，词学衰颓，虽词人辈出，但佳作乏陈。到明末，陈子龙与几社名士李雯、宋征舆合称“云间三子”，开创“云间词派”，上振有明一代词风之衰，下开清词中兴之盛。陈子龙对词仍然坚持“诗庄词媚”的传统，追求婉约浓逸的风格，善于运用明丽的语言妙造画境，情景相生，巧于寄托，音凄而意远。后人称他的词“能以浓艳之笔，传凄婉之神，在明代便算高手”（陈廷焯《白雨斋词话》卷三）。他的词作大多表现男女悲欢离合之情和家国破亡的哀痛，词情悲苦，哀婉凄楚。如《少年游·春情》：

满庭清露浸花明，携手月中行。玉枕寒深，冰绡香浅，无计与多情。　奈他先滴离时泪，禁得梦难成。半晌欢娱，几分憔悴，重叠到三更。

吴伟业不仅以诗称名于时，在词作上也造诣精深，有《梅村词》。陈廷焯（1853—1892）说：“吴梅村词，虽非专长，然其高处，有令人不可捉摸者，此亦身世之感使然。”（《白雨斋词话》卷三）他的词作有一百多首，晚年多作长调，寄托悲慨，流丽深稳，如《沁园春·赠柳敬亭》、《贺新郎·病中有感》，都是传诵很广的名篇。如《贺新郎·病中有感》：

万事催华发，论龚生天年竟夭，高名难没。吾病难将医药治，耿耿胸中热血。待洒向西风残月。剖却心肝今置地，问华佗解我肠千结。追往恨，倍凄咽。　故人慷慨多奇节。为当年沉吟不断，草间偷活。艾炙眉头瓜喷鼻，今日须难决绝。早患苦重来千叠。脱屣妻孥非易事，竟一钱不值何须说。人世事，几完缺？

这首词是吴伟业的绝笔，盖棺论定，含深悔入清不死之意，言辞极其沉痛。

清初以词著称的，尚有吴绮和顾景星。吴绮（1619—1694）才华富艳，词负盛名，他的小令多描写风月艳情，笔调秀媚。如《醉花间·春闺》：

思时候，忆时候，时与春相凑。把酒嘱东风，种出双红豆。　鸦啼门外柳，逐渐教人瘦。花影暗纱窗，最怕黄昏又。（《林蕙堂全集》卷二十三）

因这首词流传甚广，人们称他为“红豆词人”。《浣溪沙·春情》（南浦轻烟蘸碧波）和《浣溪沙·有感》（吴苑青苔锁画廊）两首（同上），也被称为是“含凄古淡，乃为不负”（谭献《箧中词》）的作品。长调如《满江红·岳坟次武穆原韵》、《满江红·金山》、《沁园春·述怀》等，意境和格调都较高。

顾景星（1621—1687）在《汤次曾乐府和序》中，论述了词的发展演变。他的一些词作，表达了故国哀思和黍离之痛。如“永嘉恨，难磨灭，天宝事，何人说？向玄都观里，偷弹泪血”，“问姮娥，何事不长圆？山河缺！”（《满江红·和王昭仪韵》）又如“班超老去，文姬归晚，一样天涯”，“数声玉笛，几阵黄沙”（《柳梢青·题边庭夜宴图》）。这都显示出他悲愤难耐、有恨难诉的情感。

二、迦陵词拈大题目

在清初词人中，真正起衰救弊、开一代词风的，要数陈维崧。陈廷焯说：“国初词家，断以迦陵为巨擘”，“迦陵词沉雄俊爽，论其气魄，古今无敌手，若能加以浑厚沉郁，便可突过苏、辛，独步千古”（《白雨斋词话》卷三）。

陈维崧的《陈迦陵文集》收《迦陵词》三十卷，共四百一十六调，词一千六百二十九首，集外散佚之词还可辑得数十首，填词之多，为古今之冠。而他那光怪陆离的辞藻和雄浑豪放的词风，更令人叹为观止。时人赵吉士《沁园春·题迦陵词》惊叹道："疑有五丁，驱来双腕，重辟词家混沌天。"

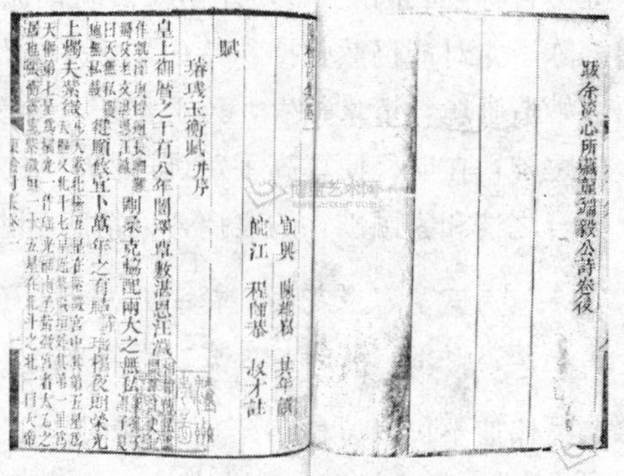

《陈维崧诗集》书影

迦陵词最有价值之处，在于敢"拈大题目，出大意义"（谢章铤《赌棋山庄词话》卷八），在词作内容上发人所未发，言人所未言。陈维崧创作了相当数量抒写民生遭际、感慨百姓苦难的词作，如世所熟知的名篇《贺新郎·纤夫词》：

战舰排江口。正天边、真王拜印，蛟螭蟠钮。征发棹船郎十万，列郡风驰雨骤。叹闾左、骚然鸡狗。里正前团催后保，尽累累锁系空仓后。捽头去，敢摇手？　稻花恰趁霜天秀。有丁男、临歧诀绝，草间病妇。"此去三江牵百丈，雪浪排樯夜吼。背耐得土牛鞭否？""好倚后园枫树下，向丛祠亟倩巫浇酒。神佑我，归田亩。"（《迦陵词》卷二十七）

清初连年用兵东南、西南，捉船抓伕，给江南百姓带来极大的骚扰。此词以小见大，上半阕设置一个广阔的背景，下半阕用特写镜头捕捉一对夫妇生离死别的场面，作细致的描绘，情景十分感人。以词的形式抒写类似杜甫"三吏"、"三别"的题材，这是陈维崧的创新。如《南乡子·江南杂咏六首》、《金浮图·夜宿翁村，时方刈稻，苦雨不绝，词纪田家语》、《水调歌头·夏五月大雨浃月，南亩半成泽国，而梁溪人尚有画舫游湖者，词以寄慨》、《八声甘州·客有言西江近事者，感而赋此》、《塞孤·宣武城外书所见》等，都是这样的佳作，从各个侧面反映出清初的民生凋敝和征战扰民。追怀故国的悲慨，也是迦陵词的一个"大题目"，而且显豁明朗，慷慨激昂。如《夏临初·本意，癸丑三月十九日，用明杨孟载韵》：

中酒心情，拆绵时节，瞢腾刚送春归。一亩池塘，绿阴浓触帘衣。柳花搅乱晴晖，更画梁、玉剪交飞。贩茶船重，挑笋人忙，山市成围。　蓦然却想，三十年前，铜驼恨积，金谷人稀。划残竹粉，旧愁写向阑西。惆怅移时，镇无聊、掐损蔷薇。许谁知，细柳新蒲，都付鹃啼。（《迦陵词》卷十五）

"癸丑"即康熙十二年（1673），上推三十年，正是明朝亡国的甲申年（1644）。而三月十九日，则是这年崇祯帝自缢于煤山的忌日。陈维崧选择此日填词述哀，虽用淡墨轻描勾勒暮春景物，但下阕"三十年前"一句，笔锋一转，顿时将上半阕的旖旎风调"都付鹃啼"，涂抹上一层浓厚的凄清，抒发出一腔深挚的哀愁。甚至是咏物之作，陈维崧也经常感物起兴，伤往悼逝，咀嚼陵谷变迁的苦涩。如《杏花天·咏滇茶》：

秾春冶叶朱门里，弄东风、红妆初试。残莺天气香绵坠，怊怅最宜著此。

见多少、江南桃李，斜阳外、翩翩自喜。异乡花卉伤心死，目断昆明万里。（《迦陵词》卷四）

南明永历帝被俘并遇害于缅甸，是康熙元年（1662）的事，词中“异乡花卉伤心死”，吊唁之意甚明。而“怊怅”、“目断”，透露出难以明言的伤怀之意。

三、雄劲豪放的阳羡词风

迦陵词或歌哭无端，长啸以代暗泣；或直吐苦情，击缶而感现实；或驰骋古今，扣弦纾解抑郁；或亦庄亦谐，酹酒宣泄哀怨。心灵的激荡，情感的勃发，往往直接借助铿锵有力的词句毫无掩饰地加以表现，这就形成了迦陵词独具的总体风格：骨力劲挺警拔，气势浑茫磅礴，神思飞扬腾跃，情致酣畅淋漓。他自诩：“烦君铁绰板，一为洗蓁芜。”（《湖海楼诗集》卷五《和荔裳先生韵亦得十有二首》之六）

☞ **多学一点**

名家评陈维崧

朱彝尊称陈维崧：“擅词场、飞扬跋扈，前身可是青兕？”（《曝书亭集》卷二十五《迈陂塘·题其年题词图》）

陈廷焯评陈维崧后期词：“于苍茫中见骨力，精悍之色，不可逼视”，“气魄绝大，骨力绝道”（《白雨斋词话》卷三）。

这种雄劲豪放的风格，见之于《贺新郎》、《满江红》等慢词长调，多得益于苏轼、辛弃疾。而陈维崧创作出“波澜壮阔，气象万千”的小令，却的确是“旷古绝今”，令人不能不有“是何神勇”（陈廷焯《白雨斋词话》卷三）的感慨。

分析举例

《点绛唇·夜宿临洺驿》

晴髻离离，太行山势如蝌蚪。稗花盈亩，一寸霜皮厚。　赵魏燕韩，历历堪回首。悲风吼，临洺驿口，黄叶中原走。（《迦陵词》卷一）

此外，如《点绛唇·阻风江口》、《醉太平·江口醉后作》、《醉落拓·鹰》等等，也都如“干将出匣，寒光逼人”（陈廷焯《白雨斋词话》卷三）。曹寅（1658—1712）哀悼陈维崧，喟然长叹道：“何物灵均招便去，向词坛直夺将军鼓！”（《贺新郎·读迦陵词用刘后村韵》）

四、阳羡词派

陈维崧还倡导和组织了阳羡词派，提倡尊词体，崇真情，拈大题目，出大意义，有力地冲击了明代以来衰颓的词风。康熙八年（1669）秋，陈维崧开始选编《今词苑》，这是阳羡词派趋于鼎盛期的一个标志，而他的《今词苑序》（一作《词选序》）也就成为阳羡词派词学主张的纲领。其中提出“盖天之生才不尽，文章之体格亦不尽”，宗尚东坡（苏轼）、稼轩（辛弃疾）词风，并非表面地学其豪放用笔，而是要洞察到“东坡、稼轩诸长调又骎骎乎如杜甫之歌行与西京之乐府也”；又响亮地提出词与经史诗文同样重要，词人应“以精深自命”，填词不再是诗余小道，而是要“穴幽出险以厉其思，海涵地负以博其气，穷神知化以观其变，竭才渺虑以会其通”（《迦陵文集》卷三）。这种词学主张，在清初具有振聋发聩的震撼力。

第七节 浙西词风

一、朱彝尊的苦恋之情

顺、康间在词坛上与陈维崧并驾齐驱的，是朱彝尊。康熙七年（1668）秋冬，陈维崧游京师，与朱彝尊唱酬，合刻为《朱陈村词》，流传一时。朱彝尊在康熙十一年（1672）曾自题词集《江湖载酒集》，调寄《解珮令》云：

> 十年磨剑，五陵结客，把平生、涕泪都飘尽。老去填词，一半是、空中传恨。几曾围、燕钗蝉鬓？　不师秦七，不师黄九，倚新声、玉田差近。落拓江湖，且分付、歌筵红粉。料封侯、白头无分。（《曝书亭集》卷二十五）

所谓“老去填词，一半是、空中传恨”，也许正可以概括他一生词作的意旨。

朱彝尊词作所传的“恨”，首先是被压抑、被扭曲的苦恋之情。朱彝尊和他的妻妹冯寿常之间，曾发生过一段难以言说却刻骨铭心的恋情。他著名的《风怀二百韵》诗，写的就是这段情事，他的词集《静志居琴趣》也是抒写这段苦恋的作品。

学术轶事

朱彝尊的恋情传说

冒广生（1873—1959）《小三吾亭词话》记载此事说："世传竹垞《风怀二百韵》为其妻妹作，其实《静志居琴趣》一卷，皆《风怀》注脚也。竹垞年十七，娶于冯。冯孺人名福贞，字海媛，少竹垞一岁。冯夫人之妹名寿常，字静志，少竹垞七岁。曩闻外祖周季贶先生言：十五六年前，曾见太仓某家藏一簪，簪刻'寿常'二字，因悟《洞仙词》云：'金簪二寸短，留结殷勤，铸就偏名有谁认？'盖真有本事也。"

这些抒写苦恋之情的词作，真挚、细腻、缠绵，而又欲言又止，意在言外。如《鹊桥仙·十一月八日》写初始恋情：

> 一箱书卷，一盘茶磨，移住早梅花下。全家刚上五湖舟，恰添了个人如画。
> 月弦新直，霜花乍紧，兰桨中流徐打。寒威不到小蓬窗，渐坐近、越罗裙衩。（《曝书亭集》卷二十七）

情景氛围逼真，清秀婉丽。《摸鱼子》则抒述苦恋哀情：

> 粉墙青、虬檐百尺，一条天色催暮。洛妃偶值无人见，相送袜尘微步。教且住。携玉手、潜行莫惹冰苔仆，芳心暗诉。认香雾鬟边，好风衣上，分付断魂语。
> 双栖燕，岁岁花时飞度。阿谁花底催去？十年镜里樊川雪，空袅茶烟千缕。离梦苦。浑不省、锁香金箧归何处？小池枯树。算只有当时，一丸冷月，犹照夜深路。（同上）

人已离去，处今忆昔，悲不自胜，只有"一丸冷月"，依旧凄清愁苦，犹照当时挚爱之路。《静志居琴趣》中的作品大多真情深挚，细腻缠绵，是清代恋情词的佳作。

学术轶事

朱彝尊的苦恋

朱彝尊对这段恋情生死不忘，因此对抒写苦恋之情的诗词也情有独钟。据说他曾经宣称，宁可身后不得配享孔庙，也决不删《风怀二百韵》。后来乾嘉时期的大诗人袁枚批驳友朋之说，坚持不删集内缘情之作，就曾引朱彝尊为同调（见袁枚《小仓山房文集》卷三十《答蕺园论诗书》）。

二、朱彝尊的故国之思

朱彝尊所传的“恨”，还有难以畅言却永志不忘的故国之思。如《百字令·度居庸关》：

崇墉积翠，望关门一线，似悬檐溜。瘦马登登愁径滑，何况新霜时候。画鼓无声，朱旗卷尽，惟剩萧萧柳。薄寒渐甚，征袍明日添又。　谁放十万黄巾？丸泥不闭，直入车箱口。十二园陵风雨暗，响遍哀鸿离兽。旧事惊心，长途望眼，寂寞闲庭堠。当年锁钥，董龙真是鸡狗。（《曝书亭集》卷二十四）

词中尽情抒发满眼“萧萧柳”的凄哀怨情，在笔下却绝不涉新朝一字。词人并非不能也并非不曾作“秦缶燕筑”的“塞上之羽音”，但即使是引吭高歌，他也往往音调高亢而词意朦胧，这就是所谓“空中传恨”。朱彝尊尤其善于运用传神的笔墨传述一种特定的氛围，在其中注入浓郁的情思，使情与境化合无迹。如《卖花声·雨花台》：

衰柳白门湾，潮打城还。小长干接大长干，歌板酒旗零落尽，剩有渔竿。　秋草六朝寒，花雨空坛。更无人处一凭阑。燕子斜阳来又去，如此江山。（同上）

抚今追昔，感慨物是人非，在若隐若现的意境中饱含着深切的哀感，全词视野开阔，精警有力，句琢字炼，清醇高雅。

朱彝尊的故国之思并非是空泛的兴亡之感，只是在清初愈益严酷的文化高压中，他不能不情非得已地把家国兴亡的悲愤和感伤溶解为淡淡的哀愁罢了。苦恋无着，家国无望，再加上怀才不遇，落魄失意，使朱彝尊晚年时常陷入愤懑悲慨的心境而不可自拔。他的《百字令·自题画像》集中地表露了这一心态：

菰芦深处，叹斯人枯槁，岂非穷士？剩有虚名身后策，小技文章而已。四十无闻，一丘欲卧，漂泊今如此。田园何在？白头乱发垂耳。　空自南走羊城，西穷雁塞，更东浮淄水。一刺怀中磨灭尽，回首风尘燕市。草屩捞虾，短衣射虎，足了平生事。滔滔天下，不知知己谁是？（《曝书亭集》卷二十五）

正是这样一种浮躁不安、渴望知己的心态，终于使朱彝尊难耐寂寞，在康熙十八年（1679）年过半百时，出应博学鸿词科，授任翰林院检讨。从此以后，他的“恨”情就更加冲淡，词风也更加清空了。

朱彝尊是浙西词派的主要开创者，宗尚南宋词人姜夔、史达祖、张炎，提倡醇雅清空的词风。他选录了唐、宋、金、元词人五百余家，词作二千二百五十三首，编为《词综》二十六卷，所选词以雅正为指归，作为词学范本，流传颇广，一时蔚为风气。

三、弹指词清新自然

稍晚于陈、朱的著名词人，有顾贞观（1637—1714）。顾贞观著有《弹指词》，词作重白描，不喜雕琢和用典，风格奔放，感情真切。据杜诏（1666—1736）《弹指词序》说：“先生尝曰：‘吾词独不落宋人圈禨，可信必传！’尝见谢康乐春草池塘梦中句，曰：‘吾于词曾至此境。’”足见他对自己词作的自信，也可见他所追求的是清新自然、自出机杼的境界。他的词最突出的特点是“极情之至”（杜诏《弹指词序》）。如作于康熙十五年（1676）的《金缕曲》二首其一：

季子平安否？便归来，平生万事，那堪回首？行路悠悠谁慰藉，母老家贫子幼。记不起从前杯酒。魑魅搏人应见惯，总输他覆雨翻云手。冰与雪，周旋久。　泪痕莫滴牛衣透。数天涯，依然骨肉，几家能够？比似红颜多命薄，更不如今还有。只绝塞苦寒难受。廿载包胥承一诺，盼乌头马角终相救。置此札，君怀袖。（《弹指词》卷下）

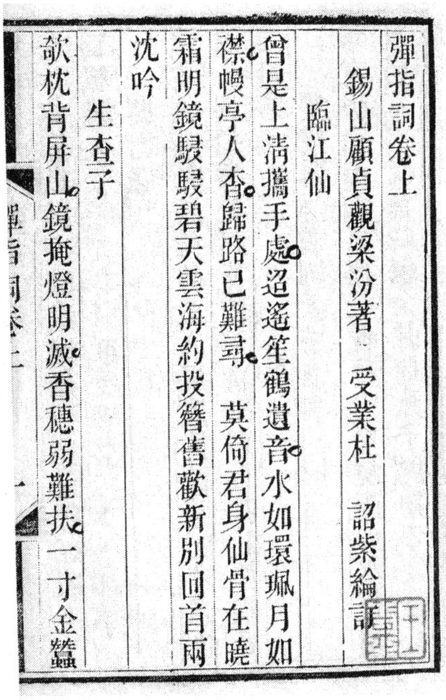
彈指詞卷上
錫山顧貞觀梁汾著　受業杜　詔紫綸訂
臨江仙
曾是上淸攜手處。迢遥笙鶴遺音。水如環珮月如襟。幔亭人杳。歸路已難尋。　莫倚君身仙骨在。曉霜明鏡駸駸。碧天雲海約投簪。舊歡新別。回首兩沈吟。
生查子
欹枕背屏山。鏡掩燈明滅。香穗弱難扶。一寸金鑪

《弹指词》书影

这首词“以词代书”，寄给流放宁古塔的吴兆骞（1631—1684）。陈廷焯评道：“只如家常说话，而痛快淋漓，宛转反覆，两人心迹，一一如见……二词纯似性情结撰而成，悲之深，慰之至，丁宁告诫，无一字不从肺腑流出，可以泣鬼神矣。”（《白雨斋词话》卷三）这二首《金缕曲》“以词代书”的形式，在词史上也是一种创变。

学术轶事

《金缕曲》背后的故事

康熙十五年（1676），吴兆骞出塞十八年之后，他的朋友顾贞观写了两首“寄吴汉槎宁古塔，以词代书”的《金缕曲》，转送纳兰明珠（1635—1708）之子纳兰成德（1654—1685），为营救吴兆骞，向纳兰成德求情。纳兰成德虽与吴兆骞素不相识，但看了这两首《金缕曲》后，深受感动，泣下数行，当即表示：“此事三千六百日中，弟当以身任之，不俟兄再嘱也。”顾贞观屈膝再次相求：“人寿几何？请以五载为期。”（见梁令娴《艺蘅馆词选》附注）纳兰成德的心为之震动，他通过父亲明珠的关系，全力营救，使吴兆骞在五年后得以扶病生还。2009年，当代剧作家郭启宏以此为题材，为北京人民艺术剧院创作了话剧《知己》。

顾贞观的其他抒情词篇，有较多的家国兴亡感慨，如《青玉案》：

> 天然一帧荆关画，谁打稿，斜阳下？历历水残山剩也。乱鸦千点，落鸿孤咽，中有渔樵话。　登临我亦悲秋者，向蔓草平原泪盈把。自古有情终不化。青娥冢上，东风野火，烧出鸳鸯瓦。

意思显豁，语有韵致。他的抒情短章清劲明爽，无柔曼婉约之腔，以“情”为重，但艳而不邪，丽而不佻。杜诏称他：“出入南北两宋，而奄有众长，词之集大成者也。”（《弹指词序》）顾贞观的词作声传海外，他在康熙初年与陈维崧、朱彝尊并称“词家三绝”。康熙十五年（1676），顾贞观馆于纳兰明珠家，对明珠子纳兰成德的词风多有影响。

【温故知新】

言适与道称　归有光　《唐宋八大家文钞》　李贽　小品文　言志小品　山水小品　王思任　张岱　《徐霞客游记》　学人之文　文人之文　迦陵词　阳羡词派　浙西词风　弹指词

【请你思考】

1. 唐宋派的文章复古的观念是什么？
2. 归有光为何被归为唐宋派？
3. 简析唐宋派的名称由来。
4. 公安派与竟陵派小品文的写作特点是什么？
5. 简析《徐霞客游记》的成熟过程及其文学价值。
6. 简析迦陵词和阳羡词派风格特点。
7. 浙西词风是如何形成的？

【推荐书目】

（明）徐霞客．徐霞客游记．北京：中华书局，2009

陈振鹏校点．李学颖校补．陈维崧集．上海：上海古籍出版社，2010

黄毅．明代唐宋派研究．上海：上海古籍出版社，2008

第四章 戏曲文学的典雅与通俗

【导读】

从嘉靖年间（1522—1566）开始，戏曲文学的整体走向是继续趋向文人化和典雅化，越来越染上浓厚的文人趣味，无论是杂剧还是传奇，都是如此。这种浓厚的文人趣味，促使戏曲文学汇聚到当时的文化思潮、文学思潮之中，提升到一个较高的文化层次。而戏曲文化本身，一方面在提高的引导下更为广泛地在平民大众中得到了普及，另一方面也在普及的推动下激发了文人戏曲创作雅俗共赏的审美追求。从文词派到吴江派再到苏州派，文人审美趣味与平民审美趣味的互动，形成这一时期戏曲文学创作的鼎盛局面。

第一节
三大传奇

一、文词派与昆山新声

在嘉靖（1522—1566）至万历（1573—1620）初年，文词派继续在文坛上流行，李开先、梁辰鱼等推波助澜，至屠隆、梅鼎祚而登峰造极。文词派的创作一味追求典雅绮丽的语言风格，以涂金缋碧为能事，以饾饤堆垛为嗜好，将文人才情外化为斑斓文采。他们的创作倾向，大大加强了戏曲剧本的可读性和文学性，提高了戏曲艺术的文化品位，但是却违背了戏曲艺术"模写物情，体贴人理，所取委曲宛转，以代说词"（王骥德《曲律》卷二《论家数》）的文学特性，削弱了戏曲剧本的可演性和戏剧性，使戏曲作品沦为案头珍玩。

大致与此同时，在江苏苏州地区以魏良辅（约1501—约1584）为代表的一批戏曲音乐家，集南北曲演唱经验之大成，对昆山腔进行了全面而成功的改革。这次改革在中国戏曲声腔发展史上产生了重大的影响。格调"清柔而婉折"（顾起元《客座赘语》卷九《戏剧》）的昆山新声的流行，与戏曲作品典雅绮丽的艺术风格埙篪相应，使这一时期的戏曲创作竞奏雅音。

这时期戏曲作品与时代精神的融汇，以李开先的《宝剑记》首开其风，梁辰鱼的《浣纱记》和阙名的《鸣凤记》相互应和，后人将这三部传奇作品称为"三大传奇"。这三部传奇作品的出现，标志着戏曲文学发展到了一个崭新的历史阶段，它已经承担起巨大的艺术使命，广泛而深入地涉及了政治、历史与人生。这三部传奇作品中鲜明的忠奸斗争观念、强烈的政治参与意识和深广的社会忧患意识，成为其后戏曲作品重要的时代主题。

二、《宝剑记》的忠奸主题

李开先的《宝剑记》传奇作于嘉靖二十六年（1547），全剧五十二出，取材于《水浒传》小说中的林冲故事。[①] 剧作写林冲原任征西统制，因上本弹劾童贯而贬官。幸得张叔夜提拔，任禁军教师。后又参奏太尉高俅，被赚入白虎堂，问成大罪，发配沧州。于是发生了解救野猪林、火烧草料场和杀死仇敌、投奔梁山等事。其中还穿插了高俅之子高朋企图占有林冲之妻张贞娘，强逼成婚；贞娘在王媪帮助下，逃出汴梁，在白云庵出家

① 今知《水浒传》各种明刊本，最早的刊刻于嘉靖年间。而李开先《词谑·时调》记《水浒传》"二十册"，可知李开先确曾读过《水浒传》小说，并以之为改编依据。

为尼；以及林冲母亲自尽，丫环锦儿代贞娘而死等情节。最后林冲与宋江等人接受招安，均获封官，朝廷将高俅父子问成死罪，押到军前，任凭林冲发落。林冲与张贞娘相遇，夫妻团圆。

《宝剑记·夜奔》剧照

《宝剑记》传奇与《水浒传》原作的最大不同，就在于把主人公林冲与其对立面高俅父子的冲突由社会冲突改变为政治冲突，突出了二者之间忠与奸的矛盾。作品构置了一场激烈的政治斗争：一边是祸国殃民的权臣奸相，一边是忧国忧民的忠臣义士，忠奸之间水火不容，殊死搏斗。作品把林冲的“忠良”提升到忧国忧民的高度，把高俅等的“谗佞”落实为害国害民的罪行，这就赋予传统的伦理命题以崭新的意味，即突显了反对封建专制统治的时代主题，“足以寒奸雄之胆而坚善良之心”（雪蓑隐者《宝剑记序》）。作品着意以忠臣的末路反衬无边的政治黑暗——政治是如此黑暗，以致像林冲这样的忠臣义士竟然走投无路，逼上梁山：

> 专心投水浒，回首望天朝。急走忙逃，顾不的忠和孝……封侯万里班超，生逼做叛国的红巾，背主的黄巢。（第三十七出《新水令》、《折桂令》）

林冲忠于“天朝”的赤胆忠心，只能以“啸聚山林”的极端方式来表达。全剧以林冲的不幸遭遇体现出这样一种精神：朝廷和皇帝都难免陷入谬误的泥潭，为了国家和百姓的利益，忠贞之士必须敢于起而直谏；如果谏而无效，报国无门，甚至不妨潜迹绿林，分庭抗礼，直至朝廷和皇帝回心转意。在嘉靖年间政治黑暗的社会背景下，《宝剑记》这种“诛谗佞，表忠良”（第一出）的主题思想，具有鲜明的现实意义。

《宝剑记》曲词典雅绮丽，“苍老浑成，流丽款曲，人之异态隐情，描写殆尽”（雪蓑隐者《宝剑记序》）。剧中《林冲夜奔》一出，成为昆曲的传统剧目，并为多种地方戏曲所改编。

三、《浣纱记》的历史意识

梁辰鱼的《浣纱记》传奇（一名《吴越春秋》），约作于嘉靖三十九年至四十四年之间（1560—1565）。[①] 全剧以范蠡和西施的爱情线索串络吴越之间的政治斗争。故事情节

① 序于嘉靖三十八年（1559）的徐渭《南词叙录》，在记载“本朝”戏文时未录《浣纱记》传奇，因此《浣纱记》作期上限不应早于嘉靖三十九年（1560）。汪道昆《太函集》卷一百零七有《席上观〈吴越春秋〉有作凡四首》诗，作于嘉靖四十五年（1566），所述本事皆与《浣纱记》相合（见徐朔方：《晚明曲家年谱·皖赣卷·汪道昆年谱》，杭州，浙江古籍出版社，1993）。而《浣纱记》传奇首见记载于王世贞《艺苑卮言》，称《吴越春秋》，《卮言》之作始于嘉靖三十六年（1557），嘉靖四十四年（1565）脱稿，隆庆六年（1572）增订毕（见王世贞《弇州山人四部稿》卷一百四十四《艺苑卮言序》及《后序》）。据此，《浣纱记》作期下限不应晚于嘉靖四十四年（1565）。

起于吴胜越败，结于吴败越胜。越国反败为胜的原因，在于越王勾践和谋臣范蠡施展了一系列成功的政治谋略。其中最重要的一个计策，就是向吴王夫差进献越国的浣纱美女西施，使之离间吴国君臣，而西施却恰恰是范蠡的未婚妻。最后，沉湎于酒色的吴王夫差终于被卧薪尝胆十年的越王勾践所击败，范蠡功成隐退，携带西施，泛舟五湖。

《浣纱记》目录书影

剧作塑造了沉湎酒色、听信谗言、不纳忠谏的吴王夫差，贪贿卖国、排斥异己、奸诈邪佞的权相伯嚭，卧薪尝胆、发愤图强的越王勾践，忠心耿耿的吴国大夫伍子胥和越国能臣良将范蠡、文种等形象。剧作把伍子胥被害和范蠡功成归湖加以比照，说明即使是在励精图治的越国，忠良功成后也难以自保，以此寄托对当时朝政的不满情绪。剧作还特别注意探讨吴、越两国强弱转化、兴亡代谢的历史运转的奥秘，表达了兴废聚散不定、人生世事如云的消极喟叹：

> 呀！看满目兴亡真惨凄，笑吴是何人越是谁？……人生聚散皆如此，莫论兴和废。富贵似浮云，世事如儿戏。……（第四十五出）

这有趣地表露了中国文人历史意识的二重性：他们既深信历史进程没有不可知的动因和规律，又把这种动因和规律归结为神秘的、异己的超精神力量，堕入宿命论；既对历史兴亡的思考充满强烈的兴趣，又对人类历史活动的意义持怀疑态度，堕入虚无主义；既对历史事件和人物的道德评判秋毫不爽，又对这种道德的维系及其价值在现实政治中的软弱无力深有感触，堕入无是非论。正是功名失意的愤慨和历史兴亡的感伤，交织成《浣纱记》传奇的深层意蕴。

《浣纱记》把男女爱情和国事兴衰巧妙地结合起来，在明清戏曲史上具有开创性的意义，清代洪昇（1645—1703）的《长生殿》、孔尚任（1648—1718）的《桃花扇》等传奇都受到它的影响。《浣纱记》还是第一部运用经过魏良辅改进后的昆腔进行写作的传奇剧本，它既采用悠扬柔美的昆腔，又充分注意曲辞的典雅工丽，标志着传奇戏曲形成了独特的艺术风格。此剧短处是结构相当松散，徐复祚（1560—1630?）评道：“关目散漫，无骨无筋，全无收摄。”（《三家村老委谈》）

四、《鸣凤记》的悲剧精神

《鸣凤记》大约完成于万历初年，吕天成《曲品》中列为无名氏作品，清代有人认为是王世贞或其门人所作，但无确切证据。剧作写明代嘉靖年间（1522—1566），其时权相严嵩及其子世蕃独断专权，残害忠良，杀害力主收复河套的大学士夏言、曾铣。兵部主事杨继盛上奏皇帝，痛陈严嵩五奸十大罪，惨遭杀害，其妻张氏也殉节。朝中官僚吴时来、张翀、董传策等，联名弹劾严嵩，也遭到迫害，发配充军。太学博士郭希颜以“不剪奸雄死不休”的决心，又向朝廷进谏，反遭毒手。最后，进士邹应龙、孙丕扬、林润等人经过曲折的努力，终于战胜了严氏父子。作品称上述十位大臣为“双忠八义”，热情赞美他们前仆后继、成仁取义的精神，把他们喻为“朝阳丹凤一齐鸣”，因此以“鸣凤”为剧名。

☞ 多学一点

《鸣凤记》创作年代考

“相传《鸣凤》传奇系弇州（王世贞）门人作，唯《法场》一折，是弇州自填。词初成时，命优人演之，邀县令同观。令变色起谢，欲亟去，弇州徐出邸抄示之，曰：‘嵩父子已败矣。’乃终宴。”（焦循《剧说》卷三）青木正儿《中国近世戏曲史》引此文后，云：“此事果为事实，而世蕃伏诛既为嘉靖四十四年（1565）事，则此记之成，应在此时。”但是，考剧中所言史实，多有隆庆、万历时事，因此该剧创作年代不应早于万历元年（1573）。①

剧作对严嵩结党营私、把持朝政、误国害民的丑恶嘴脸和无耻行径，极尽揭露鞭挞之能事，对爱国的正派官员夏言、杨继盛等则予以热情歌颂。这种鲜明的政治倾向和大胆的抗争精神，实有振聋发聩的效用。朝廷政治体制的腐朽似乎使作者感觉到，以昏君为靠山的邪恶势力决非孤军奋战的正义力量所能抗衡，而传统伦理意识又使作者摒弃了李开先《宝剑记》所写的绿林道路，于是他有意识地描写了一场十个忠臣在朝廷斗争中前仆后继的英雄壮举，以表达对黑暗政治的激烈抨击。正因为如此，全剧充满了悲壮的悲剧精神。

《鸣凤记》所写多为真人真事，有史实可考。它是以当代重大政治事件为题材的时事剧的开山之作，对后世产生了深远的影响。全剧头绪纷繁，人物驳杂：十个忠臣、五个回合的斗争，三个主要的奸臣，再加上受害者家属的流离失所和外敌的入侵骚扰。而全剧的艺术完整性，主要是由其总体感染的鲜明性得以体现的。作者善于集中提炼典型事例，组成戏剧冲突，使全剧首尾连贯，一气呵成，毫不松懈。《鸣凤记》传奇的语言风格属于文词派，曲辞和宾白都偏重于典雅绮丽，是口味纯正的文人之曲。剧中生扮杨继盛，旦扮其妻张氏，在第十五出以后就不再上场，这一安排突破了传奇以生、旦作为主角贯穿全剧的传统格局，具有创新意义。

第二节 奇绝文字

一、南杂剧与杂剧复兴

由于昆曲的盛行，隆庆、万历年间（1567—1620）的杂剧作品，在体制上、曲调上

① 参见张军德：《〈鸣凤记〉创作年代初探》，载《文学遗产》，1986（6）。

都有了较大的变化。在剧本体制上，短的一折，长的八折，因人而异，因剧而异。用南曲创作杂剧，也成为一时风尚，形成了所谓“南杂剧”。而且，这时期出现了一大批著名的杂剧作家和优秀的杂剧作品，如徐渭的《四声猿》，王衡（1561—1609）的《郁轮袍》，汪道昆的《大雅堂乐府》，王骥德的《男王后》，陈与郊（1544—1611）的《昭君出塞》、《文君入塞》，徐复祚的《一文钱》，叶宪祖（1566—1641）的《四艳记》，孟称舜的《桃花人面》、《英雄成败》等等，杂剧又出现复兴的局面。其中最值得称道的是徐渭的《四声猿》。

二、《四声猿》的奇思异想

徐渭的杂剧《四声猿》，由《狂鼓史渔阳三弄》、《玉禅师翠乡一梦》、《雌木兰替父从军》、《女状元辞凤得凰》四部短剧组成，约作于万历初年。命名“四声猿”，是取“猿啼三声，行人沾衣”的意思。《水经注》引民谚云：“巴东三峡巫峡长，猿鸣三声泪沾裳。”猿啼三声，已足以令人堕泪，何况四声？可见该剧寄寓着作者的悲凉愤慨，更是充满了奇思异想。

《四声猿》书影

学术轶事

“四声猿”的来源

清顾公燮《消夏闲记》说：“盖猿丧子，啼四声而肠断，文长有感而发焉，皆不得意于时之所为也。”

《狂鼓史》写东汉末名士祢衡（173—198）死后，掌管案宗的判官听说玉帝要召祢衡去做修文郎，乃令手下将曹操（155—220）鬼魂招到阎罗殿上，让祢衡把当年击鼓骂座的情形再演述一番，以便留在阴间做个千古话靶。祢衡裸体击鼓，挝鼓一番，骂一番曹操罪恶，直骂到声咽力乏，语犹未止。这时，童男玉女奉旨来请祢衡，判官忙将曹操收监，然后亲自送祢衡到阴阳交界处，彼此拜别。据《后汉书·祢衡传》记载，祢衡原本是在一次酒宴中裸身击鼓，侮辱曹操；后来又再一次在曹操大营前，以杖捶地大骂曹操。此事又见《三国志通俗演义》卷五。徐渭捏合两个故事，并让祢衡在阴间再一次痛骂曹操，把祢衡生前不知道的曹操所做的坏事，统统痛斥一通。据说此剧是“有为之作”（徐复祚《三家村老委谈》），意在抨击当时的权臣严嵩。此剧是对封建专制政治的批判，徐渭借祢衡之口，以无可遏制的狂怒，痛骂历史上与现实中的奸臣奸相残害忠良、涂炭百姓，揭露了他们狠毒伪善、狡诈奸险、草菅人命的罪恶，倾吐了胸中满腔不平之气，给人以振聋发聩的感受。因此前人称赞此剧足以使“奸雄裂胆”（明澄道人版《四声猿》卷首《沁园春》词），并说：“此千古快谈，吾不知其何以入妙，第觉纸上渊渊有金石声。”（祁彪佳《远山堂剧品》）后来昆剧有《阴骂曹》，即本于此剧。

《玉禅师》一名《翠乡梦》，又名《玉通和尚骂红莲》，取材于民间传说的红莲和柳翠的故事，见田汝成《西湖游览志》卷十三、梅鼎祚《青泥莲花记》卷一。元曲中有《月明和尚度柳翠》，《清平山堂话本》中有《五戒禅师私红莲》，冯梦龙《古今小说》中有《明悟禅师赶五戒》，均记此事。剧写临安（今浙江杭州）府尹柳宣教遣妓女红莲勾引玉通和尚，玉通因犯色戒而羞愤自杀，死后投胎为柳太守女儿柳翠，沦为娼妓，月明和尚为她指点因缘，引度出家。剧本以荒诞的手法揭露了宗教禁欲主义的虚伪本质，描写了官场与佛门的尔虞我诈，并通过禁欲主义丧失人性与纵欲破戒照样可以得道升天的对比，嘲讽了宗教戒律。

《雌木兰》又名《木兰女》、《代父从军》，取材于北朝乐府民歌《木兰辞》，叙写北魏人花弧之女木兰替父从军，为国立功的故事。作品突出了英勇爱国和男女平等的思想，在后世广为流传。《女状元》本事出《玉溪编事》，见《太平广记》卷三百六十七，写五代时才女黄崇嘏（字春桃），女扮男装，考中状元，后来不得已改为女装。因周丞相之子周凤羽中了状元，周便将她娶为儿媳。作品抒发了作者对封建社会摧残人才的不满，讴歌才华出众的弱女子。花木兰决定代父从军时唱道：“休女身拚，缇萦命判，这都是裙钗伴。立地撑天，说什么男儿汉！”黄崇嘏决定改装应举时唱道：“词源直取瞿塘倒，文气全无脂粉俗。”她们自豪地把自己比作男子，甚至还不把男子放在话下。花木兰直捣敌营，生擒敌将；黄崇嘏当庭对曲，稳胜须眉。徐渭极力表现她们在文事武功、精神气概上超过男子，热情地歌颂道：“世间好事属何人？不在男儿在女子。”

徐渭的剧作代表了明代杂剧在题材内容上的转变，杂剧已不为狭邪娼优、神仙道化等题材所囿，所以袁宏道称《四声猿》“意气豪达，与近时书生所演传奇绝异”（《徐文长传》）。这四个故事，原本就奇到了极点。而徐渭在写作它们时，又融入了怪诞、瑰丽、幻想的手法，使四部杂剧更为奇特。《狂鼓史》中的阴间与阳间、忠臣与奸相，《玉禅师》中的今生与来世、纵欲与禁欲、僧侣与娼妓，《雌木兰》中的弱女与猛将，《女状元》中的闺阁与金銮——这些原本差别很大、不可相容的东西，在徐渭的笔下被巧妙地揉搓在一起，形成色彩斑斓，对比鲜明，令人目眩神迷的奇妙的艺术世界。

三、《四声猿》的艺术创新

学术轶事

学者评《四声猿》

祁彪佳称《玉禅师》说：“迩来词人依傍元曲，便夸胜场。文长一笔扫

尽，直自我作祖，便觉元曲反落蹊径。如［收江南］一词，四十语藏江阳十八韵，是偈，是颂，能使天花飞堕。”（《远山堂剧品》）

吴梅说：“文长词精警豪迈……余最爱其《翠乡楼》中之［收江南］一曲，句句短柱，一支七百余言……且通首皆用平声，更难下笔。才大如海，直足俯视玉茗也。”（《中国戏曲概论》）

《四声猿》体制灵活，突破了元杂剧的传统格局。在曲调的运用上，或全用南曲（如《女状元》），或南北曲并用，不拘一格。在折数上，《狂鼓史》一出，《玉禅师》、《雌木兰》二出，《女状元》五出。可以说，无论是曲调还是折数，在徐渭那里，都是服从于感情表现的需要的。他的感情像是一条流动的河，感情流动得缓慢，就运用和缓的曲调、较长的篇幅；感情流动得激烈，就运用紧促的曲调、较短的篇幅。《四声猿》文笔犀利，语言泼辣流畅，机趣横生。徐渭在戏曲语言上主张通俗，反对典雅。但是他用辞虽浅，却又精心雕琢，着力锤炼，形成圆熟奔放、气势豪荡的语言风格。他的曲词，词锋辛辣，笔力奔放，洋洋洒洒，一泻千里。

分析举例

《狂鼓史》中祢衡斥责曹操：

［寄生草］你狠求贤为自家，让三州值什么！大缸中去几粒芝麻罢，馋猫哭一会慈悲诈，饥鹰饶半截肝肠挂，凶屠放片刻猪羊假。你如今还要哄谁人？就还魂改不过精油滑。

总之，《四声猿》想象丰富，情节离奇，人物形象鲜明，文笔犀利，语言泼辣流畅，机趣横生。王骥德称道：“高华俊爽，秾丽奇伟，无所不有，称词人极则，追躅元人”，“故是天地间一种奇绝文字”（《曲律》卷四）。袁宏道更称它是“明第一曲”（李调元《雨村曲话》卷下引）。汤显祖也说：“《四声猿》乃词坛飞将，辄为演唱数通，安得生致文长，令自拔其舌！”（王思任清晖阁评本《还魂记序》）

另有《歌代啸》杂剧，传为徐渭作，是一部市井讽刺杂剧。全剧四出，写四个故事：“没处泄愤的，是冬瓜走去，拿瓠子出气；有心嫁祸的，是丈母牙痛，炙女婿脚跟；眼迷曲直的，是张秃帽子，叫李秃去戴；胸横人我的，是州官放火，禁百姓点灯。”（卷首《正名》）全剧以荒诞戏谑的笔法嘲讽世事，嬉笑怒骂，皆成文章。作者自言：“此曲以描写谐谑为主，一切鄙谈猥事，俱可入调，故无取乎雅言。”（卷首《凡例》）

徐渭还著有戏曲理论著作《南词叙录》，有嘉靖三十八年（1559）自序。[①] 南词是南

① 近年来骆玉明、董如龙认为该书非徐渭作，可能是陆采所作，可备一说。见其《〈南词叙录〉非徐渭作》，载《复旦学报（社会科学版）》，1987（6）。

戏的别称。该书是最早的、也是唯一的一部专门记载和评论南戏的理论著作，是研究宋元和明初南戏的重要文献。

第三节
因情成梦

一、临川四梦

在这一时期，汤显祖撰写了《紫钗记》、《牡丹亭》、《南柯梦》、《邯郸梦》四部传奇，合称“临川四梦”，或称“玉茗堂四梦”。“临川四梦”，以淋漓的才华和遒劲的笔墨塑造出丰满而生动的艺术形象，同时也融汇了深刻的思想文化追求，使戏曲艺术接受晚明进步文艺思潮的陶冶，跃进到时代思想文化的顶峰，从而为中国戏曲史、中国文化史留下了辉煌灿烂的一页。

青春版昆剧《牡丹亭》剧照
（俞玖林饰柳梦梅、沈丰英饰杜丽娘）

汤显祖“自谓一生‘四梦’，得意处唯在《牡丹》”（王思任《牡丹亭叙》引）。《牡丹亭》又名《还魂记》，约完成于万历二十六年（1598），是汤显祖的代表作，以深刻的思想内涵和卓越的艺术成就，成为中国戏曲史上不可多得的杰作。沈德符（1578—1642）说：“《牡丹亭梦》一出，家传户诵，几令《西厢》减价。”（《万历野获编》卷二十五）

二、杜丽娘的情感历程

《牡丹亭》取材于明万历初何大伦《燕居笔记》卷九所收话本小说《杜丽娘慕色还魂》（又见余公仁《燕居笔记》卷八）。小说写宋光宗时南雄太守杜宝之女丽娘，在一次游园之中，梦见与一书生在牡丹亭幽会，从此愁闷消瘦，一病而亡。她生前曾自绘小像，死后为柳太守之子梦梅所得。柳梦梅日夜思慕，终于与丽娘的鬼魂幽会。柳梦梅掘墓开棺，杜丽娘起死回生，两人结为夫妇。汤显祖对这一题材重新加以改写，赋予新意，创作出《牡丹亭》传奇。

剧中杜丽娘从小沐浴着封建教养的熏陶，严父、慈母、迂腐的塾师和深寂的闺阁，形成了一个封建礼教的铁樊笼，严酷地禁锢着她的身心。她在刺绣之余偶尔午睡片刻，她在衣裙上绣点鲜艳的花鸟，连这点小事都要受到干涉和责怪。然而，杜丽娘毕竟是一个少女，在她的内心中不能不滚动着青春的热流。她从《诗经》第一篇《关雎》那动人的诗句里，发现连堂堂圣人也不讳言男女之间的恋情，圣人之情居然和自己的青春之情相通！“今古同怀”，这种青春之情岂不是不悖圣教的么？为了消遣内心的郁闷，杜丽娘到后花园作了一次短促的巡行。后花园中“春色如许”，生机勃勃的花草莺燕，激起了她情感的波澜。

分析举例

《牡丹亭》第十出选段

原来姹紫嫣红开遍，似这般都付与断井残垣。良辰美景奈何天，赏心乐事谁家院。朝飞暮卷，云霞翠轩，雨丝风片，烟波画船，锦屏人忒看的这韶光贱！

杜丽娘发现如火如荼的春光竟会被人遗弃，就像自己的青春被人遗弃一样，这是多么可悲的事啊！于是她又获得了一个更重要的发现：对自己的发现，也就是自我的觉醒。她说的“春色恼人”、“春光困人”，不是自然对心灵的压抑，而是自然对青春的催发。杜丽娘的心中充溢着一种紧迫感：要珍惜年华，满足情感，享受青春！

于是，杜丽娘不由自主地做起了大胆的白日梦。在梦中，她第一次享受到美好的爱情。这梦境寄托着杜丽娘全身心的憧憬和追求，是如此宝贵，以至杜丽娘又不由自主地背着人到花园去寻梦。梦不可寻，但又不由得不寻，而且不由得不苦苦追寻。因为这宝贵的梦并不是杜丽娘一时的生理冲动或心理冲动，而是对凝聚着她全部生命的理想的执著追求。她倾诉道：

这般花花草草由人恋，生生死死随人愿，便酸酸楚楚无人怨。（第十二出）

为了实现这一理想的追求，杜丽娘不惜献出自己的生命。她在临终之际，没有表现出丝毫对生的留恋，她尽情抒发的是对青春的珍爱，对美貌的惋惜，对此生此心无可依附的怅惘，对此情此意无处寄托的迷茫。死对于杜丽娘来说，并不是什么痛苦的选择，这是她理想的最高升华，是她在现实之外另辟一条实现理想之路的起点。

所以杜丽娘并没有真正地死去，她化成游魂，继续寻找自己的爱情和幸福。当她终于和意中人柳梦梅会面私合以后，她就获得了新生。梦而不至于死，不足以表现杜丽娘精神企望的热切和强烈；死而不至于复生，也不足以表现杜丽娘实际追求的果敢和坚决。

分析举例

汤显祖的《牡丹亭记题词》

天下女子有情，宁有如杜丽娘者乎？梦其人即病，病即弥连，至手画形容，传于世而后死。死三年矣，复能溟溟中求得其所梦者而生。如丽娘者，乃可谓之有情人耳。情不知所起，一往而深，生者可以死，死可以生。生而不可与死，死而不可复生者，皆非情之至也……人世之事，非人世所可尽。自非通人，恒以理相格耳！第云理之所必无，安知情之所必有邪！

《牡丹亭》所表现的就是这种情和理的冲突，即爱情作为人的自然本性和束缚人们身心的封建伦理道德观念的冲突。作为至情的化身，杜丽娘的冲突对象，不是个别的封建人物如其父杜宝太守，归根到底是山一样沉重、夜一般浓黑的封建社会氛围，是源远流长、盘根错节的封建传统意识。为什么杜丽娘必须经历一番出生入死、起死回生的情感行程呢？这是因为作者认识到，在当时的社会里，要实现正常的爱情理想，要实现个性的自由解放，几乎是没有现实可能的。然而天地间毕竟存在着一种超越生死的男女至情，一种违背理学的人性要求；这种男女至情和人性要求，是应该也可以冲破禁锢人性的黑暗现实的。所以，作者一方面如实地展示了杜丽娘的出生入死，来表现杜丽娘理想实现的痛苦性和艰难性；另一方面又设置了杜丽娘的起死回生，来歌颂至情和人性不可阻挡的巨大力量。

然而，杜丽娘一旦还魂回生，情就不得不向理屈服投降了，所以她对柳梦梅说："鬼可虚情，人须实礼。"（第三十六出）理想的"情"在现实的"礼"的面前，几乎是不堪一击的。剧中最后，柳、杜的婚姻终究落入了"奉旨完婚"的窠臼，恋爱自由、个性自由的追求终究步入了"六宫宣有你朝拜，五花诰封你非分外"（第三十九出）的旧途。《牡丹亭》传奇大团圆结局的色调，同杜丽娘的人性觉醒及爱情追求极不谐调。这种悬殊的反差，反映出汤显祖思想的最高点和最低点，也反映出汤显祖大胆地挣脱传统的束缚而终究又落入束缚之中的思想必然归宿。

三、《牡丹亭》的艺术成就

但是，《牡丹亭》以其深邃的思想内涵，毕竟造成了强烈的审美感染力。杜丽娘如痴如醉的深情，和当时千百万青年男女的感情息息相通；杜丽娘生生死死的追求，对当时人们的爱情向往和理想追求有着巨大的感召力。因此，杜丽娘的形象，成为人们冲破封建束缚、渴望个性自由的艺术象征，产生了极为感人的艺术力量。

学术轶事

《牡丹亭》的艺术力量

当时娄江（今江苏太仓）一位青年女子俞二娘，因读《牡丹亭》断肠而死，汤显祖从朋友处得知此事后，伤感不已，作诗道："何自为情死？悲伤必有神。一时文字业，天下有心人。"（《汤显祖诗文集》卷十六《哭娄江女子二首》之一）

汤显祖曾说过："因情成梦，因梦成戏。"（《汤显祖诗文集》卷四十六《答孙俟居》）正是为了张扬至情，为了表现情与理的激烈冲突，汤显祖才有意构置了杜丽娘出生入死、起死回生的情感历程，以此展现个人与社会、理想与现实、主观与客观之间的冲突与调和。以情与理的冲突为中心线索，《牡丹亭》可以分为三个情节结构段落：从《言怀》到《闹殇》，写杜丽娘的"生可以死"；从《谒遇》到《回生》，写杜丽娘的"死可以生"；从《婚走》到《圆驾》，写柳、杜婚姻的成立。人间——阴间——人间，现实——理想——现实，依次转换的三个场景，既是杜丽娘人生追求的完整的情感历程，也是汤显祖文化探索的完整的精神历程。这一情节结构本身，就包含着独特而深邃的象征意蕴。

《牡丹亭》在人物形象塑造方面也达到了很高的艺术造诣。汤显祖不但善于深入人物的内心世界，寻找其喜怒哀乐的潜在根源，并加以细腻深刻、委婉曲折的表现；而且还善于对人物形象进行艺术虚构、艺术创造，使之形神毕露，从而赋予人物形象以鲜明的性格特征和深刻的文化内涵。

多学一点

王思任点评《牡丹亭》

王思任《批点玉茗堂牡丹亭词叙》称赞道："其款置数人，笑者真笑，笑即有声；啼者真啼，啼即有泪；叹者真叹，叹即有气。杜丽娘之妖也，柳梦梅之痴也，老夫人之软也，杜安抚之古执也，陈最良之雾也，春香之贼牢也，无不从筋节窍髓，以探其七情生动之微也……如此等人，皆若士玄空中增减圬塑，而以毫风吹气生活之者也。"（《清晖阁批点牡丹亭还魂记》卷首）

重抒情，重意境，也决定了《牡丹亭》的语言特色。明茅元仪称："其播词也，铿锵足以应节，诡丽足以应情，幻特足以应态，自可以变词人抑扬俯仰之常局，而冥符于创源命派之手。"（《批点牡丹亭记序》）《牡丹亭》所运用的语言，总体上看是文学语言而不是生活语言，是剧诗而不是口语，许多地方未免过于典雅蕴藉。但是，从汤显祖的创作思想和审美情趣来看，这种典雅蕴藉的语言，却正是他表达浪漫情思所必需的。汤显祖的浪漫情思，本来就难以明言，似浅似深，若有若无，朦朦胧胧，如雾中之花，水中之月。这种情感，可以感受，却不能解释，可以意会，却难以言传，因此只能借用典雅蕴藉的语言加以表达。当然，汤显祖的戏剧语言通俗晓畅，他常常能扣准不同环境、不同身份的人物，采用不同风格的语言。例如，那些艳丽典雅的语言，往往用来描写才子佳人、官宦士夫的生活；而《劝农》一出写到公人、田夫、牧童、采桑女，《冥判》一出写到胡判官，唱词就比较通俗。王骥德《曲律》卷四《杂论》评汤显祖的戏曲语言“在浅深、浓淡、雅俗之间”，这正是文人戏曲追求的最高境界。

第四节 宦海如梦

在写作《牡丹亭》之前，汤显祖先后撰写过两部同题材的作品——《紫箫记》与《紫钗记》。

一、《紫箫记》

万历五年至七年间（1577—1579），汤显祖以唐人蒋防的传奇小说《霍小玉传》为题材，创作了《紫箫记》传奇，只写到三十四出，不及卷首《凤凰台上忆吹箫曲》所介绍的剧情的一半。《紫箫记》在《霍小玉传》的基础上，多所改益，剧中如相会、观灯、成婚、中魁、出征、班师等，皆与原作大不相同。同时该剧兼采《大宋宣和遗事·亨集》，作为历史背景。全剧情节平铺直叙，缺乏精彩的戏剧冲突。而曲词华美，文采绚丽，时人帅机（1537—1595）就指出：“此案头之书，非台上之曲也。”（见汤显祖《汤显祖诗文集》卷三十三《紫钗记题词》引）吕天成则肯定其“琢雕鲜美，炼白骈丽”，批评其“太曼衍，留此清唱可耳”（《曲品》）。

二、《紫钗记》

万历十五年（1587），汤显祖将未完成的《紫箫记》改写成《紫钗记》，全剧五十三出。此剧多本《霍小玉传》，却另出机杼，重新构置了戏剧冲突。作品写霍小玉与李益在上元节之夜相会，以坠钗、拾钗为契机，彼此产生爱慕之情。而后李益受卢太尉迫害，强赴边关，久久难归。霍小玉变卖首饰，祈求神佑，连心爱的紫钗也不得不卖掉。剧中由于增加了反面人物卢太尉，使原作小玉痴情、李益负心的矛盾转变为爱情与强权势力的矛盾。卢太尉在剧中的权力相当于宰相，“坐掌朝枢，出入近乘舆”。他为了胁迫李益入赘为婿，恩威并施，手段险毒，想方设法迫害李益和霍小玉。剧末，汤显祖着重刻画了一位黄衫客形象，他倚仗非凡的力量，把李益从劫持者手中夺回来，送还霍小玉。这一构思寄托了作家的理想，希望有超人铲除不公。全剧曲文时有佳句，尖新俊逸。

三、《南柯梦》

在《牡丹亭》脱稿后两年，万历二十八年（1600），汤显祖完成了传奇《南柯梦》，次年（1601）又创作《邯郸梦》。这两部传奇剧本将笔锋转向广阔的社会政治，表达了宦海如梦的现实感受。

《南柯梦》（又名《南柯记》）共四十四出，取材于唐人李公佐的传奇小说《南柯太守传》。剧中写淳于棼被免职后，每天饮酒浇愁。一日梦中，为大槐安国使者迎去，被国王招为驸马，出任南柯郡太守。在南柯20年，淳于棼极有政绩，把南柯治理得“关津任过”、“夜户不闭”，受到百姓的爱戴。士、农、妇、商歌颂道：“征徭薄，米谷多，官民易亲风景和。”“行乡约，制雅歌，家尊五伦人四科。”“多风化，无暴苛，俺婚姻以时歌伐柯。”“平税课，不起科，商人离家来安乐窝。”（第二十四出）这显然表达了汤显祖的“王术”理想，也隐含着他本人的仕宦经历。

但是，当淳于棼被国王召回朝廷加封左丞相后，他竟日甚一日地腐化堕落起来，加上“君王国母宠爱转深，入殿穿宫，言无不听。以此权门贵戚，无不趋迎，乐以忘忧，夜而继日”（第三十八出），最后发展到同国嫂、郡主、皇姑三人在宫中花天酒地、淫乱无度的地步。淳于棼最后以“非我族类”被驱逐出槐安国，实在是咎由自取。汤显祖的用意似乎在暗示：整个封建统治集团、国家机构的黑暗腐败，就好比一口大染缸，甘为贪官污吏者固然永远沤烂于其中而不可自拔，即使是才干卓具的仁人志士，倘若淹留官场，也终究逃不脱被染黑、被沤烂的命运。症结不在于个别官僚士夫的道德品质，而在于整个统治集团的政治风气。淳于棼的善始而继之以恶终，表现出汤显祖思想的深度。

淳于棼沉梦初醒后，经老僧契玄点破，方知所谓大槐安国就是庭院中一棵大槐树洞里的蚂蚁群。他顿然大彻大悟：“人间君臣眷属，蝼蚁何殊？一切苦乐兴衰，南柯无二。等为梦境，何处生天？”（第四十四出）于是参透情梦，遁入佛门。这样的结局，连同蚂蚁王国最后被暴风雨冲垮，隐含着对现实政治无可救药的失望和感伤。

四、《邯郸梦》

《邯郸梦》（又名《邯郸记》）共三十出，取材于唐人沈既济的传奇小说《枕中记》。剧中写道士吕洞宾下凡，在邯郸道的旅舍里，给士子卢生一只瓷枕，让他入睡成梦。卢生在梦中得妻崔氏，并在崔氏的安排下，进京应试。靠用金钱打通门路，卢生中状元，入翰林。他利用职权，偷写夫人诰命，被奸臣宇文融发现，公报私仇，加以弹劾。卢生被贬往外省，凿石开河；后来又在宇文融的摆布下，前往天山御边；功成回朝，反遭诬陷，免死发配。最后，宇文融被诛，卢生还朝，做了20年太平宰相，封国公，加官上柱国太师，享尽荣华富贵，而且子孙满堂，尽蒙皇恩。忽然梦醒，万物俱空，旅舍锅中的黄粱饭尚未煮熟，卢生恍然大悟："忽突帐，六十年光景，熟不的半箸黄粱!"（第二十九出）

近人吴梅指出："《邯郸》卢生，则佥具夤缘，邀功纵敌，而俨然功臣也。"（《中国戏曲概论》卷中）的确，该剧一反常规，没有以忠臣、孝子、节妇、义夫等作传奇主角，而是让卢生这样一个随波逐流、狡诈机变的中庸之材取代了英雄的地位。卢生从来就机心叵测，行为不轨：他的钦点状元，是用钱买通皇亲贵族得到的；他在翰林院利用兼制诰职权，偷写夫人诰命，朦胧进呈，瞒过皇帝；河功成就，迎驾东巡，他不择手段，弄虚作假，取悦"龙颜"；率师御边，他邀功纵敌，还念念不忘在天山勒石记功；缠绵病榻之际，他仍大权独揽，军国大事俱决于床前；直到弥留之际，他因小妾所生幼子尚未受封，竟久久不得咽气……卢生仕途奔竞的丑态和势焰熏天的权欲，跃然纸上。但是，汤显祖又有意把卢生作为正面人物与权奸宇文融两相对立。卢生累建河功、边功，说明他并非碌碌无为、尸位素餐之辈。他因功被诬，险些斩首云阳，终竟流窜崖州，妻子没为官婢，这种功臣末路也揭露了封建官场的翻云覆雨。在卢生的身上，杂糅着崇高的事功、悲惨的境遇和滑稽的行为、卑劣的心性，这是一个颇具典型性的封建官僚形象。

《邯郸梦》结尾，吕洞宾点醒卢生道："都是妄想游魂，参成世界!"卢生顿然彻悟："人生眷属，亦犹是耳，岂有真实相乎？其间宠辱之数，得丧之理，生死之情，尽知之矣!"（第二十九出）于是尽扫功名富贵之念，拜吕洞宾为师，云游四方，终登仙境。全剧展现了卢生由布衣而登青紫，历宦海而几沉浮，终拜相而享福寿的梦中世界、枕里乾坤，这不仅寓含着汤显祖对文人的人生追求所能达到的最高境地及其虚幻性和短暂性的清醒认识，而且包含着他对龌龊、黑暗、险恶、荒唐的官场况味的深切感受，还隐寓着他梦醒了无路可走，"厌逢人世懒生天"（《汤显祖诗文集》卷十四《达公来自从姑过西山》）的凄凉惆怅的心境。

汤显祖的戏曲创作取得了很高的成就，吕天成称他是"绝代奇才"和"千秋之词匠"（《曲品》卷上）。王骥德说，如果汤显祖没有曲律方面的微瑕，"可令前无作者，后鲜来哲，二百年来，一人而已"（《曲律》卷四）。"临川四梦"在中国戏曲舞台上保持着历久不衰的魅力，近代京剧、川剧、楚剧、徽剧等，多有据"四梦"改编的剧目。从 20 世纪 20 年代末开始，汤显祖的剧作，特别是《牡丹亭》就有了德、法、英、日等各种语言的译本。20 世纪 70 年代以来，美国、德国、日本等国，有一些博士论文以汤显祖剧作为研究对象，汤显祖正日益引起海外学者的关注。

第五节 吴江曲派

在万历年间（1573—1620），当汤显祖以遒劲之笔创作了"临川四梦"，使戏曲创作与晚明进步文艺思潮汇流合脉，跃升到时代思想文化顶峰的时候，沈璟及其追随者们则惨淡经营致力于戏曲音乐体制的格律化，并以大量的创作实践，努力确立昆腔新声在戏曲创作中的一统地位。

一、沈璟意主风世

沈璟的传奇作品有十七种，合称《属玉堂传奇》，今存七种，其中前期作品有《红蕖记》、《埋剑记》、《双鱼记》，后期作品有《义侠记》、《桃符记》、《坠钗记》、《博笑记》。沈璟的传奇作品，大多根据元代杂剧或前代小说改编而成。如《红蕖记》本于唐传奇小说《郑德璘传》，《埋剑记》本于唐传奇小说《吴保安传》，《桃符记》据元杂剧《后庭花》改编，《坠钗记》出于《剪灯新话·金凤钗记》。吕天成说，沈璟“诸传奇命意皆主风世”（《义侠记序》）。“风世”，即以封建伦理道德讽刺社会上堕落的人情世态，这是沈璟传奇的基本主题。如《埋剑记》以郭仲翔、吴保安二人生死不负的友情，抨击虚情假意、见利忘义的世风。《义侠记》取材于《水浒传》小说中的武松故事，把武松士大夫化，突出其忠义和侠烈，表现作者“名将出衡茅”（第一出《家门》[临江仙]）的思想。《博笑记》是一组怪诞的喜剧作品，全剧由十个互不相关的小剧组成，将社会中的人情世态、风情习俗或种种劣迹败行，集中夸大，或歌颂，或讽刺，造成强烈的喜剧效果。如《乜县丞》一剧，写一个愚蠢无能的县丞终日昏睡，不理政事，辛辣地讽刺了当时官场的恶习。值得注意的是，当大多数戏曲作家还在历史传说与文人韵事中流连忘返的时候，沈璟的传奇作品率先着力展示市井风习和平民口味，这在当时实为一种易旧鼎新的文化现象，在明清戏曲文学史上应该大书一笔。沈璟传奇作品中刻意为平民百姓描摹传写的艺术倾向，成为明末清初苏州派传奇戏曲的先声。

二、沈璟和《南词全谱》

从总体上看，沈璟传奇作品的成就并不突出。他之所以在中国戏曲史上占有重要的地位，是因为他在传奇音乐体制上作出了突出的贡献，并以鲜明的戏曲理论主张开创了吴江派。在万历年间，大批文人士大夫因趋慕风雅、宣泄才情而创作戏曲，但他们大多不谙习音律，不熟悉舞台演唱，冯梦龙《曲律叙》曾总结道：“饾饤自矜其设色，齐东妄附于当行，乃若配调安腔，选声酌韵，或略焉而弗论，或涉焉而未通。”（王骥德《曲律》卷首）这种芜杂的状况，不利于戏曲创作的健康发展，有识之士视为“传奇之一厄”（沈德符《顾曲杂言》）。于是戏曲音乐体制的规范划

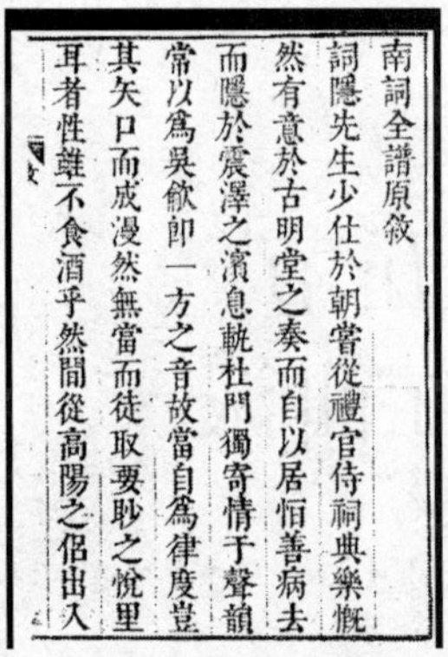
南詞全譜原敘
詞隱先生少仕於朝嘗從禮官侍祠典樂慨然有意於古明堂之奏而自以居恒善病去而隱於震澤之濱息軌杜門獨寄情于聲韻常以爲吳歈即一方之音故當自爲律度豈其矢口而成漫然無當而徒取要眇之悅里耳者性雖不食酒乎然間從高陽之侶出入

《南词全谱》书影

一就被迫切地提到议事日程上来了。沈璟身当其任，“常以为吴歈即一方之音，故当自为律度”（李鸿《南词全谱序》），于是潜心致力于昆腔格律体系的建立。他以蒋孝《旧编南九宫十三调谱》为蓝本，结合昆腔演唱实践，从宫调、曲牌、句式、音韵、声律、板眼诸方面作出严格的规定，于万历二十八年至三十四年（1600—1606）之间撰成《南九宫十三调曲谱》（一名《南词全谱》）。该书辨别体制，分厘宫调，参补新调，增列新曲，校订旧曲，增列新例，标注平仄，附点板眼，对戏曲音乐体制的格律化作出了突出的贡献。徐复祚评道：“订世人沿袭之非，铲俗师扭捏之腔，令作曲者知其所向往，皎然词林指南车也。”（《三家村老委谈》）此后各种曲谱大量涌现，至崇祯、顺治间（1628—1661），戏曲艺术的昆腔格律体制已趋于完善。

沈璟的戏曲理论主张，主要有两点：一是剧本创作必须在音乐上“协律”，即所谓“合律依腔”。沈璟说：“宁协律而不工，读之不成句，而讴之使协，是曲中之巧。”（王骥德《曲律》卷四《杂论》引）二是强调语言必须本色，沈璟自谓：“鄙意癖好本色。”（王骥德《新校注古本西厢记》卷六附录《词隐先生手札二通》之一）这些主张强调注重舞台演出实践，对于当时的“案头之曲”倾向是一种纠正，促进了戏曲艺术的发展。

三、汤沈之争

在戏曲创作理论上，汤显祖主张：“凡文以意趣神色为主。四者到时，或有丽词俊音可用，尔时能一一顾九宫四声否？如必按字摸声，即有窒滞迸拽之苦，恐不能成句矣。”（《汤显祖诗文集》卷四十七《答吕姜山》）这一点恰与沈璟注重曲律的主张相悖，于是在万历三十五年（1607）前后，汤、沈二人之间展开了一场激烈的争论，戏曲史家称为“汤沈之争”。

☞ **多学一点**

王骥德评汤沈之争

王骥德《曲律》卷四《杂论》说：“临川（指汤显祖）之于吴江（指沈璟），固自冰炭。吴江守法，斤斤三尺，不欲令一字乖律，而毫锋殊拙。临川尚趣，直是横行，组织之工，几与天孙争巧；而屈曲聱牙，多令歌者齰舌。”

汤、沈二人的根本分歧在于：沈璟是从曲乐的角度要求文辞服从音律的，因而尤重曲法；而汤显祖则是从曲文的角度要求音律服从文辞的，因而强调曲意。两人各执一隅，相持不下。当然，“固自冰炭”并不等于截然对立，“守法”者并未抹杀意趣，“尚趣”者更非无视格律。因此，“汤沈之争”的结果，是使其后的许多戏曲评论家提出了熔文辞与音律为一炉的理论主张，许多戏曲作家也努力追求文辞与音律两臻其美的创作境界。“守词隐先生（沈璟）之矩矱，而运以清远道人（汤显祖）之才情”（吕天成《曲品》卷上），自此成为戏曲创作的不二法门。

四、吴江派的构成

在万历至崇祯年间（1573—1644），以沈璟为核心，形成了一个声势浩大的戏曲流派——吴江派。吴江派的成员，包括史槃（1531—1630?）、顾大典（1540—1596）、王骥德、徐复祚、叶宪祖、汪廷讷（1569? —1628 后）、卜世臣（1572—1645）、冯梦龙、许自昌（约 1577—1621 后）、吕天成、沈自晋（1583—1665）、范文若（1590—1637）、沈自征（1591—1641）、袁于令等十多人[①]，他们共创作传奇作品约一百一十五种，现存三十七种，改编当代传奇作品二十种，现存十四种，创作杂剧作品约六十五种，现存二十八种，可谓洋洋大观。这些戏曲作品大多以伦理教化或惩劝风世为主旨，一般严守格律，曲辞本色，便于场上演出，构成吴江派戏曲的基本特色。

五、吴江派的作品

吴江派戏曲作品中较为优秀的，有汪廷讷的《狮吼记》、叶宪祖的《鸾鎞记》、袁于令的《西楼记》、范文若的《鸳鸯棒》。《狮吼记》传奇本事出自《宋人小说类编》卷三《调谑》，叙写宋朝陈慥惧内，其妻柳氏性奇妒，多番加以折磨，而苏轼设法惩治柳氏，终使柳氏皈依佛门。剧中兼采诸多惧内故事，堪称惧内故事大全。全剧饶有滑稽戏谑的喜剧格调，所以流行于剧场。《鸾鎞记》传奇虚构唐朝末年杜羔和赵文姝、温庭筠和鱼玄机两对青年男女的爱情纠葛，并穿插贾岛科举落第、削发为僧的故事。剧作的主旨实为抨击晚明腐败的科场，且寄寓作者二十五年科场蹭蹬的不平之慨。该剧用心于结构，颇具匠心。《西楼记》传奇写书生于鹃和妓女穆素徽的爱情故事，相传为作者的自叙传，情节曲折，针线细密，曲律协调当行，盛行剧场。《鸳鸯棒》传奇取材于冯梦龙《古今小说》卷二十七《金玉奴棒打薄情郎》。剧中入木三分地刻画了宋朝临安秀才薛季衡无赖的嘴脸、势利的性格、薄幸的心性、虚伪的文饰、狡诈的品质和无耻的本性。全剧结构精美奇巧，针线细密，详略得当，而且守律极严，便于场上演出。

吴江派的戏曲理论和戏曲创作上承宋元戏文的传统，下启李渔的戏曲理论和苏州派的传奇戏曲创作，为我们留下了丰富的戏曲遗产。

---

① 关于吴江派的构成，参见［日］青木正儿著，郑震编译：《中国近代戏曲史》第九章，上海，北新书局，1933；钱南扬：《谈吴江派》，见《汉上宧文存》，上海，上海文艺出版社，1980；徐朔方：《晚明曲家年谱·苏州卷·沈璟年谱·引论》，杭州，浙江古籍出版社，1993；郭英德：《明清传奇史》，192～193 页，南京，江苏古籍出版社，1999。

第六节
言情与愤世

从万历年间（1573—1620）开始，文人士大夫大多把戏曲活动视为他们生活中不可缺少的一个部分，如痴如狂地创作戏曲，演出戏曲，欣赏戏曲。当时，有一大批文人士大夫投身于戏曲创作中，操觚染翰，卖弄才华。创作队伍人数的扩大，鲜明地标志着这时戏曲文体已经同诗文等传统文体一样，受到文人士大夫的普遍青睐，成为他们表达主体精神、抒发个人情感的文学艺术样式。

☞ **多学一点**

时人评戏曲写作热潮

时人说："近世士大夫，去位而巷处，多好度曲。"（齐悫《诊痴符序》，陈与郊《樱桃梦》传奇卷首）"年来俚儒之稍通音律者，伶人之稍习文墨者，动辄编一传奇。"（沈德符《顾曲杂言》）"今则自缙绅、青襟，以迨山人、墨客，染翰为新声者，不可胜记。"（王骥德《曲律》卷四《杂论》下）

一、才子佳人戏曲

在汤显祖前后，许多戏曲作家创作了大量描写才子佳人恋爱故事的戏曲作品，淋漓尽致地表达内在的情感欲求和情与理的激烈冲突，追求肯定人性、放纵个性、歌颂世俗的享受和欢乐、向往个体人格的自由与平等的近代审美理想，蔚为时代风气。

有的戏曲作品通过才子佳人悲欢离合的故事，鞭辟入里、细致入微地描绘了发生在少男少女灵魂中的情与理的搏斗，热情洋溢地歌颂青年男女对爱情生死不渝的执著追求，并总是以情的实现和情的不朽为理想境界。如高濂（1527—1603以后）的《玉簪记》传奇，写宋朝金兵南下时，少女陈娇莲与母亲在逃难中失散，入金陵女贞观为道姑，法名妙常。观主潘法成之侄潘必正适到观中，与妙常相见而相爱，最终私相结合。后必正赴试得官，迎娶妙常团圆。本事源于《古今女史》，明人杂剧《张于湖误宿女贞观》也演此事。该剧突出了陈、潘二人为了追求爱情幸福，敢于冲破封建礼教和宗教戒律的行为，表现了他们纯真而又复杂的爱情心理。全剧充满了生活气息和喜剧色彩。陈妙常的形象塑造得极其生动，她热恋着潘必正，但却难以直言，直到潘必正已经得到她"思凡"的证据，确知她内心隐秘时，她才大胆地答应了潘的要求。在《秋江哭别》一出里，通过追赶和叙别，陈妙常内心深处的爱情和离别的痛苦都得到富有诗意的表现。而秋江上的一叶孤舟作为背景，更增强了艺术氛围。此剧为各剧种所改编，在舞台上历久不衰。特别是《秋江》一出，更受到广大观众的喜爱。

有的戏曲作品借用前代或当代的传奇小说为题材，进行改写，直言不讳地言情、写情，揄扬至情，赞赏真情，表达了对现实的社会和人生的深切感受。如周朝俊的《红梅记》传奇，取材于瞿佑《剪灯新话·绿衣人传》，写南宋时书生裴禹与权相贾似道之妾李慧娘相遇于西湖，李慧娘表示了对裴禹的爱慕，被贾似道杀害。另有卢总兵之女昭容，折梅花赠裴禹，两人心心相印。贾似道欲强纳昭容为妾，并拘禁裴禹。于是李慧娘鬼魂出现，救裴禹脱险，并痛斥贾似道。最后裴禹中探花，与昭容团聚。此剧借裴、李爱情这一哀恻感人的插曲来揭示贾似道的荒淫无度，借裴、卢爱情这一缠绵悱恻的故事来抨击贾似道的凶狠残暴，这就给爱情故事注入了鲜明的政治内容。剧中刻画了贾似道凶残强暴的奸相形象，塑造了李慧娘不畏强暴、敢于斗争、富于正义感的可贵品格。李慧娘的情节在剧中本不属于主线，但由于她敢爱敢恨，爱得炽烈，恨得深切，特别是《幽会》、《鬼辩》两出突出表现了她的反抗性和复仇精神，所以李慧娘的戏成为剧中最精彩的部分，在后世广为演出。在结构上，该剧以裴禹被拘系贾府为关节，将两条故事线索互相勾连，成为一体，“境界迂回宛转，绝处逢生，极尽剧场之变”（《红梅记总评》）。

二、吴炳、孟称舜和阮大铖

吴炳、孟称舜和阮大铖三位作家，都以男女风情剧见长。就审美趣味而言，吴炳颇饶汤显祖的余韵，张大“至情”旗帜，孟称舜是情欲道德化的代表，而阮大铖则充分地发展了情欲情趣化的倾向，他们对清初李渔等风流文人影响甚巨。

吴炳作有传奇《西园记》、《绿牡丹》、《疗妒羹》、《情邮记》、《画中人》五种，合称《粲花别墅五种曲》或《石渠五种曲》。这些作品都以爱情婚姻为题材，热情赞美了爱情的力量，表达了“情若果真，离者可以复合，死者可以再生”（《画中人》）的思想。这些作品结构严谨，情节紧凑，人物心理刻画细腻，语言秀美工丽，喜剧色彩浓厚，具有较高的艺术价值。代表作《绿牡丹》写翰林学士沈重托名文会，以“绿牡丹”为诗题，考试择婿。应试者中只有顾粲以真才实学自作交卷，其他如柳希潜请馆师谢英代笔，车本高求其妹静芳代笔。最后谢英与车静芳，顾粲与沈重的女儿婉娥，分别结成夫妻。剧本对柳希潜和车本高在考试中的种种作弊丑态，作了淋漓尽致的描绘和辛辣无情的嘲讽，流露出对科场弊端的愤懑之情。全剧充满了喜剧气氛。

孟称舜的代表作是《娇红记》传奇。该剧取材于发生在北宋宣和年间（1119—1125）的真实故事，元人宋梅洞作有传奇小说《娇红传》，孟剧即据以改编。剧中写王娇娘与申纯真诚相爱，明确提出追求“同心子”，即情趣相投、心心相印的伴侣。但是他们的爱情追求却一再受到封建势力的阻挠，终于造成双双殉情的悲剧。作品一方面提出“则愿普天下有情人做夫妻的，一一的皆如心所求”的爱情理想，另一方面又以王、申的爱情为“节义之正”，表现出思想的矛盾。剧中传情写态，全用白描，两位主人公的形象栩栩如生。曲辞华美自然，幽清雅艳，深情绵邈，实为慧心独创。

阮大铖作有《石巢四种》，包括《燕子笺》、《春灯谜》、《双金榜》、《牟尼合》四部传奇。《燕子笺》是他的代表作，写唐代士子霍都梁和名妓华行云、尚书之女郦飞云之间因误会而造成的爱情故事。因剧中有飞云题诗于笺，被燕子衔去，落入霍都梁手中，使两位并不相识的青年双双陷入相思之中，故名《燕子笺》。剧中霍都梁、华行云、郦飞云、鲜于佶等人物形象，个性鲜明，各具特色。结构紧凑严密，照应妥帖。语言精美典雅，韵味隽永。阮大铖的作品内容空泛，情趣庸俗。但他精于词曲，通晓舞台演出伎艺，家中还蓄养戏班，所以在戏曲艺术上取得了较高的成就。他善于运用误会手法安排剧情，注重排场设置，造成较强的舞台艺术效果。同时曲词工丽，富有文采。

三、愤世的讽刺喜剧

由于晚明社会政治极端黑暗，这一时期的戏曲作家在高度激扬主体情感、讴歌至情理想的同时，也表现出对黑暗社会的荒谬感受、对理想政治的迷惘追求和对封建末世的深沉喟叹。孙钟龄（生卒年不详）的《东郭记》就是其中的佳作。该剧把《孟子》一书中提到的一些人物、故事糅合在一起，以《孟子·齐人有一妻一妾》章为主线，虚构成剧。剧中主角齐人，本是东郭墦间的乞食者，但在妻妾面前却吹嘘自己每日赴宴，如此无行之辈后来竟成为齐国上卿。另外的人物，如王子敖，以行窃所得贿赂当道，居然步步高升；陈贾、景丑之流，扮作妇人，谄媚权贵，也得到重用。凡此种种，形象地象征明代社会贿赂公行、毫无廉耻的现实，并以嬉笑怒骂的方式进行辛辣的讽刺，寄托了作者强烈的愤慨。该剧是著名的讽刺喜剧，以夸张的手法，极写社会的丑态，“于庸腐出神奇”（祁彪佳《远山堂曲品》）。

此外，随着明朝社会危机的日益加剧，心学思潮渐次消歇，而实学思潮方兴未艾，于是在明末出现了一批时事剧，表达了清醒的现实批判精神和忠诚的伦理救世思想，开启了苏州派戏曲的创作精神。

第七节
苏州曲派

一、苏州派的构成及特征

江苏苏州是昆曲的发源地。明末清初，在苏州及其邻近地区，昆剧活动极为兴盛，演戏成风，串戏成癖，编戏时髦，形成一时风尚。在这种时代风尚的刺激下，一批以编剧为生的职业剧作家，包括李玉、朱素臣（1621？—1701 以后）、朱佐朝（传为朱素臣的弟弟）、叶时章（1623 前—1707 前）、毕魏（1623—？）、丘园（1617—1690）、张大复（生卒年不详）、陈二白（生卒年不详）等，应运而生。他们往来密切，形成一个势力盛大的戏曲流派，戏曲史家称之为“苏州派”、“苏州作家群”或“吴门戏剧家”。

☞ **多学一点**

苏州词风

清初人沈朝初《忆江南》云：“苏州好，戏曲协宫商。院本爱看新乐谱，舞衣不数旧霓裳，昆调出吴阊。”

苏州派作家多为生活于下层社会的布衣文人，未曾步入仕途，大多是职业剧作家。他们全力从事编剧活动，以戏剧创作、戏剧活动为一技之长，和戏班梨园结下了不解之缘，有的可能就靠卖剧本维持生活。冯梦龙《墨憨斋重订永团圆叙》说李玉：“初编《人兽关》盛行，优人每获异稿，竞购新剧，甫属草，便攘以去。”这就使他们的戏曲创作充满了极为浓厚的平民色彩，并获得了更为深广的群众基础。从苏州派作家的交往来看，他们应该是一个组织比较松散的编剧集团。他们经常“绿窗共把宫商办”（李玉《清忠谱》第二十五折《表忠》[尾声]），有许多合作的作品，如《清忠谱》、《四大庆》、《四奇观》、《一品爵》等等。在曲律方面，他们也常常相互切磋，不断改进。这就使他们的戏曲创作在文化内涵和艺术特色上具有大致相近的特征，形成独具风貌的戏曲流派风格，从而使他们在明清剧坛上独标一帜，光耀百年。而李玉则是这一戏曲流派当之无愧的领袖人物。

苏州派的活动时间长达四五十年，大约创作了一百五十多种剧本。苏州派的整体风格，是以较完美的传奇艺术形式敷演伦理意向鲜明的戏剧性故事。苏州派的戏曲创作在内容上具有三大特色，即讥切时弊、关注现实的现实精神，事关风化、劝善惩恶的教化目的，和“天下兴亡，匹夫有责”的平民色彩。这三大特色，使苏州派戏曲在总体上显现出迥异于明代吴江派作家和其他作家的时代精神和文化风貌。

二、苏州派剧作的文化内涵

苏州派作家敢于面向生活，正视生活。他们的戏曲作品题材虽颇为广泛，但却以描写历史的和现实的政治事件为主。苏州派的作品集中表现了社会矛盾和政治斗争的激烈与残酷，表现了政治领域里的是非正邪之争和现实社会中的善恶曲直之辨，这使他们的作品具有雄健悲烈的基调。例如，朱素臣的公案剧《十五贯》深刻地谴责了主观武断、草菅人命的山阴县令过于执，热情地歌颂了重视民情、实事求是的苏州太守况钟，从而揭露了晚明的政治黑暗和吏治腐败。而朱佐朝的《渔家乐》和丘园的《党人碑》，也借汉代的“党锢之祸”和宋代的“元祐党争”，间接地批判了明末严酷的封建专制主义。又如，李玉的《千忠戮》借明初建文皇帝流亡民间的传说，影射清初统治者令人发指的残酷屠杀和血腥镇压，倾诉了家国兴亡的悲哀和痛斥残虐的怨愤。《惨睹》出写建文帝逃亡，生扮建文帝，小生扮程济，唱《倾杯玉芙蓉》一曲：

> （生唱）收拾起大地山河一担装，（小生合唱）四大皆空相。历尽了渺渺程途，漠漠平林，叠叠高山，滚滚长江。（生白）我自吴江别了史徒出门，师弟两人，一路登山涉水，夜宿晓行。一天心事，都付浮云；七尺形骸，甘为行脚。身似闲云野鹤，心同槁木死灰。（唱）但见那寒云惨雾和愁织，受不尽苦雨凄风带怨长。（生白）徒弟，前面是那里了？（小生）是襄阳城了。（生）是襄阳城了，咳！（唱）雄城壮，看江山无恙，谁识我一瓢一笠到襄阳！

全曲曲词悲壮苍凉，所以当时流传极广，家弦户诵，响彻歌场，当时遂有“家家‘收拾起’，户户‘不提防’”① 的盛况。

苏州派作家在表现了对黑暗势力的满腔愤怒的同时，也宣泄了对封建正统观念的满腔热忱，在他们的作品中总是充满了浓厚的封建说教色彩。苏州派作品中的中心冲突，往往是高尚的道德情操和卑劣的个人欲望的冲突，是纲纪陵夷的社会和洁身守义的个人的冲突。苏州派的作品总是不遗余力地抨击浇薄的世风、混乱的社会、冷酷的人情和卑劣的欲求，热情洋溢的向往清明的政治与安定的社会，讴歌高尚的道德和洁净的节操，从而表现出作家高度自觉的社会责任感和十分强烈的伦理教化倾向。

☞ **多学一点**

吴伟业评李玉

> （李玉）所著传奇数十种，即当场之歌呼笑骂，以寓显微阐幽之旨。忠孝节烈，有美斯彰，无微不著。（李玉《一笠庵北词广正谱》卷首《北词广正谱序》）

当然，与赤裸裸地鼓吹封建伦理道德的教化戏曲不同，首先，苏州派作品既宣泄了对伦理教化的满腔热情，更表现了对非道德的社会现象的满腔愤怒，从而在整体上具有一种文化反思的特点。在苏州派的社会剧中，作家总是以严峻的笔触，披露节、义等道德情操与背信弃义、趋炎附势的不道德行径的激烈冲突，既要“事关风化人钦羡”、“节孝忠贞万古传”（朱素臣《未央天》末出［尾声］），更要“笔底锋芒严斧钺，当场愧杀负心人”（李玉《人兽关》卷末收场诗）。例如，李玉在《一捧雪》中，热情歌颂了义仆莫成的代主而亡、婢妾雪艳的杀贼自尽和友人戚继光的为友仗义，严厉鞭挞了奸诈小人汤勤的忘恩负义、损人利己，从而形成全剧“义”与“不义”两种伦理观念的激烈冲突，体现出劝善惩恶、拯救世风的创作意图。《一捧雪》所构建的这种道德行为与非道德行为的冲突，具有典范的意义，几乎成为苏州派社会剧的基本模式，如陈二白的《双冠诰》、毕魏的《三报恩》、朱素臣的《聚宝盆》、叶时章的《琥珀匙》等作品，都是如此。其次，苏州派作家常常将对黑暗势力的批判和对封建观念的宣扬寄托在平民百姓身上。如叶时

① “收拾起”指［倾杯玉芙蓉］首句，“不提防”指洪昇《长生殿·弹词》［南吕一枝花］首句。

章的《琥珀匙》以明代传说中的翠翘故事为蓝本，谴责了残害百姓的官府，讴歌了为民申冤的江洋大盗金髯翁。据焦循《剧说》引《茧瓮闲话》说，因为剧本中有句云“庙堂中有衣冠禽兽，绿林中有救世菩提”，叶时章竟被捕入狱，险遭不测。现存抄本中这两句已被删除，但第十八出中有这样的唱词：“怪盗跖衣冠，沐猴廊庙，幸官评海岛存公道。”意义相去不远，只是较为含蓄。这样的曲词正包含着对贪官污吏的深切失望，和对民间正义力量的热切憧憬。

苏州派戏曲中的人物形象，虽然也少不了帝王将相、忠臣义士、才子佳人、神仙幽怪之类，但是，最为引人注目的却是形形色色的平民人物形象。织工、行商、坐贾、负贩、轿夫、渔女、穿珠女、妓女、衙役、相士、卜者、菜民、屠户、木匠、说书的、卖唱本的，以至于江洋大盗、市井游民，这些富有明末清初江南下层社会特征的人物形象，在苏州派作家的笔下往往给人留下十分深刻而新鲜的印象。苏州派传奇中的这些平民人物往往富于道德力量，人品高绝，展示了高尚的道德人格。在戏曲作品中，他们最有光彩的活动，不是日常的饮食起居、劳作娱乐，而是自觉地或不自觉地卷入政治漩涡中，表现出过人的智慧、勇气、正直和节操。苏州派作家的这种创作思想，是由明中期以后文化下移趋势所决定的。明中期以后的社会危机和社会动乱，牵动了成千上万的平民百姓的心灵，他们以自身特有的胆气和勇略投身于挽救衰世的斗争，表现出高度的政治觉悟和旺盛的政治热情，从而锻铸出了一种前所未有的独特的道德人格。

三、苏州派剧作的艺术特征

严谨凝练的体制，双线并行的结构，奇正互生的场面，设置均匀的角色，通俗晓畅的语言，构成苏州派戏曲舞台化的艺术特征。苏州派的剧本形式短小精悍，没有士大夫作品长篇大套、连篇累牍的毛病。传奇作品一般在三十出左右，短的只有二十五出，最多的不超过三十二出，这是一种大胆的革新。苏州派剧作故事性强，情节变幻多端，排扬生动活泼，采用双线并进的结构，角色设置也颇为均匀得体。在宫调配置、曲牌联套、四声韵脚上，大都十分工巧，和谐悦耳，文词也都通俗自然，雅俗共赏。所以苏州派的戏曲大都流行于当时和后代的剧场，历来盛演不衰。乾隆年间（1736—1795）钱德苍编刊的戏曲选本《缀白裘》，主要选辑流行剧场的折子戏，其中苏州派的作品就占绝对优势。

四、《清忠谱》的思想取向

苏州派戏曲的代表作是李玉等人创作的《清忠谱》传奇。该剧作于明末，刊于清初，生动地描写了天启六年（1626）前后东林人士周顺昌反对魏忠贤阉党的斗争。崇祯初年，太监魏忠贤倒台以后，以天启年间（1621—1627）东林党人与阉党的斗争为题材的戏曲作品有十多种，《清忠谱》“最后出”（吴伟业《清忠谱序》，清刻本《清忠谱》卷首），却取得最高的艺术成就。

《清忠谱》第一次在戏曲舞台上描写了如火如荼的市民斗争。剧中《义愤》、《闹诏》、《戮义》、《毁祠》等折，写魏忠贤派东厂校尉前来逮捕周顺昌时，消息传出，激起苏州人民的强烈义愤。市民颜佩韦等五义士带头，动员了数万百姓，成群结队地到官府示威抗议。他们忍无可忍，冲进官府，殴打校尉，闹得满城风雨。后来，周顺昌被秘密押解到京师，受尽严刑拷打，不屈致死。五义士为了保全苏州全城，挺身赴难，英勇就义。等魏忠贤失势后，苏州人民自发地组成队伍，毁掉了魏忠贤的生祠："似行兵摆阵，似行兵摆阵，好似天将天神下临苏郡。"该剧表现了新题材、新人物、新主题，这在中国戏曲史上是应该大书特书的。

《清忠谱》以形象的画面揭露了阉党把持的诏狱草菅人命的罪恶。剧中杨涟被打了一百铁杠子，当场死去。左光斗用了三次铁脑箍，两次铜拶子，顿时命绝。魏大中受尽酷刑，陡然气尽。周顺昌被百刑拷打，手足俱折，伤口腐烂，最后被活活用土囊闷死。

阉党的残忍凶暴，严重地践踏了传统道德，威胁到国计民生，这不能不激起平民百姓的普遍愤慨。作品认为，社会之所以黑暗，是因为统治者不施行仁政德治，而推行惨无人道的特务政治和专制统治；权奸邪佞之所以可恶，是因为他们权欲膨胀，图谋不轨，叛逆了正统的封建宗法制度；官场上下之所以腐败，是因为官吏们贪得无厌，损公益私，违背了清廉正直的道德品质，如此等等。因此，作品的创作就是要"更锄奸律吕作阳秋，锋如铁。"(《清忠谱·谱概》)

在作品中，忠臣义士和权奸邪佞的斗争，伦理道德和黑暗政治的抗衡，关系到国运民生。为了道德重整和秩序重建的崇高社会职责，正直的文人士大夫不惜杀身成仁，舍生取义。《清忠谱》的主人公周顺昌，就是一位"既清且忠"的理想人格，他秉赋着一副"白雪肝肠，坚冰骨格"。周顺昌居官多年，仍是一贫如洗，"只留得清风如剪"，具有清廉无私的品质。周顺昌一直志守孤忠，心存廊庙，连睡梦里也想着要"感悟君心"。所以，当魏忠贤派人来逮捕他时，他极力劝阻苏州士民勿生变乱，免得陷自己于"不忠"。他从容不迫，大义凛然地说："大丈夫视死如归"，"我若是回头一步品便低!"真是"血淋淋一点赤心，只是忠君为国。"被捕入狱后，周顺昌受尽酷刑，胫骨几折，手指尽断，伤口腐烂。但他仍然坚守气节，毫不屈服，坚定地说："痛我完身几粉，幸我完心无碍。劲骨千磨不坏，填胸正气，直将厉气冲开!"他决不给魏忠贤下跪，还当面数落魏忠贤的罪恶。门牙被敲掉了，他就用鲜血唾奸臣，大骂道："有口不能咀贼肉，好将碎齿咀奸肠!"直到被秘密处死时，周顺昌还发誓，死后化作厉鬼，击杀奸贼。周顺昌就是这样一位有着清风亮节，而又不畏强暴，拼死捐躯的仁人志士。他置个人安危生死于度外，义无反顾地采取种种激烈的行动，同权奸邪佞直接交锋，殊死斗争，决不苟且偷生，决不阿谀奉承，决不心慈手软。明末复社成员夏允彝曾称赞周顺昌："伟哉，其清中之清，忠中之忠乎!"(夏允彝《幸存录》卷上)

五、《清忠谱》的艺术构思

《清忠谱》之所以能在同题材作品中后来居上，同该剧别开生面的艺术构思有关。明末一般时事剧多沿袭《鸣凤记》传奇的路数，以对忠臣烈士一而再、再而三的上书直谏的描写和奸臣逆党种种暴虐行径的刻画为主要手段，将真实的历史事件平铺直叙地展示在舞台上，事件淹没了人物。而《清忠谱》则避实就虚，不去正面展现魏忠贤乱政的史实，而是集中笔墨刻画周顺昌和颜佩韦等五义士的光辉形象，以他们同阉党斗争的尖锐性表现魏忠贤专制统治的残酷性和两股政治势力冲突的严重性，事件为人物形象服务。而且，《清忠谱》还把东林党人的斗争置于广大人民群众群起呼应的背景之中，表现了一场声势浩大的群众斗争，让正直的士大夫和广大人民在反权奸、反暴政的共同目标下结成精神联盟。在这种精神联盟中，士大夫因其符合民意而更加理直气壮，而下层人民也因精神有所寄托而热情高涨，两相融合，汇成一股在封建主义容许的标尺下达到最高极限的精神洪流。《清忠谱》在坚持"事俱按实"（吴伟业《清忠谱序》）的写实精神的同时，充分发挥了艺术想象与艺术虚构，以便突显主题思想、刻画人物性格和加强戏剧效果。例如，根据历史记载，毛一鹭、李实在苏州为魏忠贤建生祠是在周顺昌死难之后，剧中却安排在周顺昌就逮之前，因此有了《骂像》一折，不仅淋漓尽致地揭露了李实等人谄媚卑佞的丑恶嘴脸，更歌颂了周顺昌疾恶如仇、奋不顾身的斗争精神。

第八节
笠翁十种

一、风流文人剧作的整体风格

清代初年，在苏州派之外，剧坛上还活跃着以李渔为代表的一批风流文人，包括王续古（生卒年不详）、范希哲（生卒年不详）、万树（？—1689）、周稚廉（1662—1690）等十几位作家。他们并未形成一个在时间、地域和交往上相聚一堂的艺术流派，但他们的传奇戏曲作品却呈现出大致相近的整体风格，这就是以日益完美的传奇艺术形式敷演既风流自赏又不悖礼教的才子佳人故事。猎艳逐色的风流情思和名教道学的堂皇标榜，赋予他们的传奇作品以浓厚的喜剧色彩。在艺术上，他们大多追求情节的曲折离奇、结构的精巧细密、语言的秀雅流畅和意境的诗味盎然，把文人趣味和平民趣味巧妙地融为一体。

二、李渔戏曲的文化追求

李渔著有《笠翁十种曲》，包括十部传奇作品。他早期的戏曲作品，沉溺于文人学士的风流韵事和生活理想。有的写一男二女，妻子热心地为丈夫娶妾，妻妾相怜相爱，共事一夫，以表明“真色何曾忌色，真才始解怜才”（《怜香伴》第一出）的主旨，如《怜香伴》。有的写美男丑女、美女丑男互相错位，最后到底丑丑相归，美美相合，各安其位，从而揭明“媸冒妍者，徒工刻画；妍混媸者，必表清扬”（虞镂《风筝误叙》），如《风筝误》。有的写莫须有、想当然的才子佳人配合，让历史上毫不相干的才子和佳人终成眷属，如《意中缘》。这些剧作都有着轻松愉快的喜剧风格。

☞ 多学一点

《笠翁传奇十种》剧目

《笠翁传奇十种》的剧目包括：《奈何天》、《比目鱼》、《蜃中楼》、《怜香伴》、《风筝误》、《慎鸾交》、《凰求凤》、《巧团圆》、《玉搔头》、《意中缘》。

在顺治十二年（1655）以后，李渔的作品一反故态，板起正经面孔，借爱情婚姻故事极力宣扬封建伦理道德。如《奈何天》别出心裁，写貌丑身残的阙素封和三位绝色女子的联姻，刻意褒扬“妇道”，劝那些为人妻妾的要“安心乐意过一世”，欲使“红颜知薄命，莺莺合嫁郑恒哥”。《凰求凤》写才子慕色不淫，得中状元；佳人化妒为怜，互让封诰。连少男少女反抗礼教的壮举，也被他戴上“维风教，救纲常”的冠冕，努力地“思借戏场维节义”，如《比目鱼》。为了让皇帝高枕无忧地热恋妓女，他还“特传妙诀护金汤”，设置群臣“竞义争忠”的背景，以作为“风流保障”，如《玉搔头》。李渔得意地表白：“莫道词人无小补，也将弱管助皇猷。”（《凰求凤》卷末收场诗）

到了康熙五年（1666），李渔认为自己的创作达到了思想追求的最高境界，完成了把风流和道学融为一体的目的。才子的风流艳情既不违背道德，他们的道德观念也不否定风流；道学中充溢情感，风流里暗藏性理。这样一来，李渔自认为就可以弥合道学和风流之间的缝隙了。他的《慎鸾交》传奇收场诗写道：

> 读尽人间两样书，风流道学久殊途。风流未必称端士，道学谁能不腐儒？兼二有，戒双无，合当串作演连珠。细观此曲无它善，一字批评妙在都。

在《慎鸾交》传奇中，李渔塑造了一位风流道学的典型——华秀。华秀在剧中一出场，就言简意赅地表达了明末清初才子们的一种普遍观念。他说：

> 小生外似风流，心偏持重。也知好色，但不好桑间之色；亦解钟情，却不钟伦外之情。我看世上有才有德之人，判然分作两种：崇尚风流者，力排道学；宗依道学者，酷诋风流。据我看来，名教之中不无乐地，闲情之内也尽有天机，毕竟要使道学、风流合而为一，方才算得个学士文人。（第一出）

“道学、风流合而为一”，这可是一种高不可攀的人格典型，是一面耀眼夺目的人生旗帜。剧中描写华秀虽崛然力持伦理道德，却不拒绝游逛妓院，他觉得不这样做，就无法排遣才子的一腔情思。不过，华秀逛妓院可与众不同，他主张择交一定要慎始全终。他与名妓王又嫱相识以后，起初一直忸怩作态，表示冷淡。直到了解了王又嫱的人品心地以后，方才和她定交。一旦定交，他就永不变心。中状元之后，他拒绝了朝廷权贵的提亲，信守婚约，娶了王又嫱。像华秀这样的才子，生性风流，免不得和妓女逢场作戏，这同道学先生的规行矩步无疑是大不一样的。而他嫖妓时讲择交，订交又不负心，彬彬循礼，旦旦守信，这岂不就是风流人物中的端士吗？

从李渔的戏曲作品中我们看到了这样的历史必然性：到李渔的时代，封建道学已经越来越多地显示出自己的滑稽性。僵硬的道学在淫靡的世风中不得不渐渐风化，淫靡的世风则在僵硬的道学中找到自己的理论依据。封建道学和风流艳情公开地握手言欢，以自我败损的滑稽方式，重新构造一种摇摇欲坠的价值体系。

三、李渔戏曲的艺术创造

李渔的戏曲作品在艺术上富有独创精神，在传奇作品的题材、构思、表现等方面，李渔都追求新奇。他曾说："戏法无真假，戏文无工拙，只是使人想不到，猜不着，便是好戏法，好戏文。"（《闲情偶寄》卷之一《词曲部》）因此他往往刻意设置迂回曲折、变幻多端的戏剧情节。他的传奇作品，"结构离奇，熔铸工炼，扫除一切窠臼，向从来作者搜寻不到处，另辟一境，可谓奇之极，新之至矣。然其所谓奇者，皆理之极平；新者，皆事之常有"（朴斋主人《风筝误·总评》）。善于从极平之理、常有之事中创造新奇的传奇作品，这正是李渔过人之处，也是他的传奇作品的艺术魅力所在。

☞多学一点

李渔自评

渔自解觅梨枣以来，谬以作者自许。鸿文大篇，非吾敢道；若诗歌词曲及稗官野史，实有微长，不效美妇一颦，不拾名流一唾，当世耳目为我一新。（《笠翁文集》卷三《与陈学山少宰书》）

李渔的传奇作品总是为演出而创作，自觉地遵循戏剧艺术的特殊规律。因此，李渔的传奇无一不是地地道道的场上之剧，新奇、机趣而通俗，有着强盛的艺术生命力。他的传奇"位置脚色之工，开合排场之妙，科白打诨之宛转入神，不独时贤罕与颉颃，即元明人亦所不及"（杨恩寿《词余丛话》卷二），在清初剧坛上独竖赤帜。他的传奇语言讲究通俗易懂，追求"雅中带俗，又于俗中见雅"（《闲情偶寄》卷三《词曲部·科诨第五》）。杨恩寿批评说："《笠翁十种曲》，鄙俚无文，直拙可笑。意在通俗，故命意遣辞力求浅显，流布梨园者在此，贻笑大雅者亦在此。"（《词余丛话》卷二）这正可以从反面看出，像李渔这样的传奇作家，恰恰是为了适应舞台演出的需要和迎合普通观众的趣味而自觉倡导通俗自然的语言风格的。当然，他的词曲每有市井谑浪之习，露骨秽亵之语，堕入恶趣，沦于下流，这又是与他"传奇原为消愁设"的创作观和工揣摩、打抽丰的帮闲本色分不开的。

☞多学一点

李渔的创作

笠翁手则握笔，口却登场，全以身代梨园，复以神魂四绕，考其关目，试其声音，好则直书，否则搁笔，此其所以观听咸宜也。(《闲情偶寄》卷三《词曲部·宾白第四·词别繁简》)

四、李渔的戏曲理论

李渔杂著《闲情偶寄》中的《词曲部》与《演习部》，被后人合编为“笠翁曲话”，是自成体系的古典戏曲理论专著。李渔的戏曲理论是以舞台演出和观众欣赏为立足点的，因此他能够深刻地认识戏曲作为舞台艺术的特性，要求戏曲真正成为场上之戏而不是案头之作。就作家创作与舞台演出的关系而言，李渔提出“填词之设，专为登场”，要求作家创作时要努力按照场上演出的状况去构思情节、塑造人物。其关键在于代人“立心”，他说：“欲代此人立言，先宜代此人立心。”而且“务使心曲隐微，随口唾出，说一人，肖一人，勿使雷同，弗使浮泛”。就作家创作与观众欣赏的关系而言，李渔强调：“传奇不比文章。文章做与读书人看，故不怪深。戏文做与读书人与不读书人同看，又与不读书之妇人小儿同看，故贵浅不贵深。”因此，他要求戏曲语言应该是“话则本之街谈巷议，事则取其直说明言。凡读传奇而令人费解，或初阅不见其佳，深思而后得其意之所在者，便非绝妙好词”。当然，通俗并非不要文采，所以李渔提倡：“能于浅处见才，方是文章高手。”在中国古代戏曲理论史上，李渔第一次如此明确地阐述了戏曲创作与舞台演出和观众欣赏的关系，奠定了中国古代戏曲坚实的理论基础。以此为基点，李渔不仅从结构、词采、音律、宾白、科诨、格局几方面，系统地论述了戏曲的创作理论和创作手法，而且在指导排练、演员表演以及选择和培养戏曲表演人才上，也都总结出许多真知灼见，被今人看作戏曲导演及其理论的开创者之一。

五、万树的剧作

其后，步武李渔，专写才子佳人艳情故事的戏曲作家有万树。万树撰有戏曲剧本二十余种，其中《空青石》、《风流棒》、《念八翻》三种传奇作品，合名《拥双艳三种曲》，是他的代表作。这三部作品都是以一个才子娶两个美貌女子为故事主线，在整体上体现出文人的审美趣味。作品通过对才子佳人艳情故事的描写，肯定了以情为基础、以个人才能高低为价值标准的爱情婚姻观，一定程度上否定了传统的以门阀、财富为基点的择偶标准。同时作品也揭露了社会中一些丑恶现象，如奸商的非法牟利、昏官的弄权害民、儒士的迂腐无能等。万树的剧作文辞华美，情节离奇，刻画人物、推进剧情手法多样，既善于抒发情怀，又善于滑稽诙谐，而且音律谐协，演出时具有良好的舞台效果。

第九节
以文为曲

一、正统文人的戏曲创作

明末清初剧作家中，还有一批以吴伟业、尤侗为代表的正统文人。他们大都是闻名一时的诗文作家，以创作诗词古文的传统思维模式创作戏曲，借戏曲作品抒发故国之思、兴亡之叹、身世之感，或世外之情、报应之思、风化之意，借戏曲作品显示渊博的学识功底和深厚的文学造诣，他们的戏曲作品突出地表现了上层社会的文化精神、源远流长的文化内涵、发愤著书的艺术传统，和以文字为剧、以才学为剧、以议论为剧的审美追求。这就给他们的戏曲创作带来了主观化和案头化的创作倾向。

二、吴伟业和尤侗

吴伟业除诗文外，还著有《秣陵春》传奇和《通天台》、《临春阁》两部杂剧。《秣陵春》写徐适和黄展娘的爱情故事。徐适原是北宋末徐徽言的从孙，在抗金中殉国，作品把他写成南唐徐铉之子，通过对南唐亡国的凭吊，抒发黍离之情。时人冒襄称之为："字字皆鲛之珠，先生寄托遥深。"（《同人集》卷十）《通天台》杂剧写梁亡后原尚书左丞沈炯流落西魏，在通天台凭吊汉武帝的故事，表达作者不得已被迫仕清的苦衷。《临春阁》杂剧写陈隋之际的谯国夫人冼氏和陈后主的宠妃张丽华，赞扬她们的文武才能，痛斥误国的幸臣和庸劣的武将。这两部杂剧都在绮丽婉约的文词中寄托着深沉的黍离之悲和亡国之痛，"借古人之歌呼笑骂，以陶写我之抑郁牢骚"（吴伟业《北词广正谱序》）。

尤侗的戏曲作品有《钧天乐》传奇和《读离骚》、《桃花源》、《清平调》、《吊琵琶》、《黑白卫》五种杂剧，合集为《西堂乐府》，又称《西堂曲腋》。《钧天乐》揭露科举积弊，写才学拙劣的士子靠金钱或人情得以高中，而博学多才的文人沈白、杨云反而名落孙山。沈、杨二人抑郁而死，在天界赴考，皆优等及第，并得夫妻团圆。尤侗蹭蹬场屋数十年，在剧中借沈白以自况，杨云则为其友汤传楹的写照。《钧天乐自记》说："然登场一唱，座中贵人未有不色变者，其知我者稀，而罪我者已多矣。"《读离骚》根据楚辞《天问》、

《卜居》、《九歌》、《渔父》等篇，写屈原遭谗被放逐的故事，以《招魂》祭祀结束，倾吐作者胸中的不平之气。《桃花源》谱陶渊明故事，写他辞官归家，东篱赏菊，作诗自祭，入桃花源求仙。《清平调》一名《李白登科记》，以杨贵妃为考官，录取李白、杜甫、孟浩然入第，无中生有，作者借以抒发对科举功名的企望。《吊琵琶》演王昭君和番故事，《黑白卫》叙女侠聂隐娘故事。尤侗诸剧，文笔简练朴质，气势慷慨激昂，王士禛称道："可使风云变色，自是天地间一种至文。"（《池北偶谈》）但说白过于古奥，而且动辄千言，不便于场上演出。

三、清初的杂剧创作

清初的杂剧创作非常繁盛。有许多杂剧作家选择历史上那些与民族矛盾或两朝更替相关的题材，借以表达民族情绪，抒发兴亡感慨。如陆世廉（1585—1669）的《西台记》，写南宋文天祥、张世杰（？—1279）抗击元朝、兵败殉国的故事，情调悲壮，寄寓着痛惜南明败亡的感慨。薛旦（约1624—约1710）的《昭君梦》，取材于汉元帝时王昭君出塞的故事，哀叹昭君身入异域的身世，隐寓着作者由明入清的遭遇。清初的一些杂剧还抒发了仕途人生的苦闷和怀才不遇的愤懑和牢骚。如张韬（顺治、康熙年间人）的《续四声猿》仿徐渭《四声猿》的体例，借以抒泄"胸中无限牢骚"（《续四声猿·自叙》）。其中《霸亭庙》一剧写唐代秀才杜默落第后在项羽庙中痛哭的故事，表达了文人失意的愁苦和愤世嫉俗的怨情。廖燕的《醉画图》等杂剧，作家干脆以真名实姓作为剧中主人公，述说个人的处境、志向和烦恼。

同吴伟业和尤侗的作品一样，清初杂剧大都具有强烈的主观化倾向，作品的内容往往重在表现作家的内心思想和主观感情，剧中人物往往带有作家的影子，甚至成为作家的化身，这就使得作品流露出作家浓烈的真情实感，成为作家心灵的艺术表征。同时，清初杂剧还具有强烈的案头化倾向，文学性较强而戏剧性较弱，作家往往以渊博的知识和深厚的文字功夫进行创作，把杂剧作为抒情写意的工具，所以这些杂剧作品的语言风格大多藻丽典雅而不够通俗流畅。总之，清初杂剧具有鲜明的文人写作的特点，这也成为清代杂剧的共同特征。

【温故知新】

三大传奇　文词派　南杂剧　《四声猿》　牡丹亭　临川四梦　《属玉堂传奇》　吴江派　南词全谱　汤沈之争　才子佳人戏曲　《石巢四种》　《清忠谱》　《笠翁十种曲》　以文为曲

【请你思考】

1. 简析三大传奇表现的时代精神。
2. 徐渭的创作在杂剧复兴上起了什么作用？
3. 简析《牡丹亭》中表现的传统与创新。

4. 简析临川四梦的现实意义。

5. 简析以文为曲对杂剧创作的影响。

【推荐阅读】

（明）汤显祖．徐朔方校注．牡丹亭．北京：人民文学出版社，1963

（清）李渔．江巨荣，卢寿荣校注．闲情偶寄．上海：上海古籍出版社，2000

吴炜，刘强民主编．沈璟与昆曲吴江派．上海：上海文艺出版社，2005

第五章 章回小说的繁荣与嬗变

【导读】

自明嘉靖十年（1531）至万历十七年（1589）天都外臣序本《水浒传》行世，章回小说初步呈现繁荣局面。古典名著《西游记》、《金瓶梅》先后诞生。对后世影响极大的《封神演义》、《列国志传》以及熊大木编撰的《全汉志传》、《唐书志传通俗演义》、《南北两宋志传》、《大宋中兴通俗演义》等广受读者欢迎的作品相继问世。小说刊本渐多，尤其是坊刻小说方兴未艾。

从万历十七年至康熙十七年（1589—1678），章回小说在持续繁荣的同时也发生了嬗变。这一时期作家辈出，新作不断，章回小说的创作不仅数量多，质量也较高。随着《西游记》、《金瓶梅》刊本的流传，神魔小说、世情小说的创作风靡一时。众多小说评点本的出现，大大提高了章回小说的创作水平和社会地位，并推进了章回小说的流行。章回小说在艺术形式上进一步完善并逐渐定型，逐步摆脱依附于说书艺术的形式，走向文体独立并日益书面化的倾向。小说刊印的重镇由官府转入书坊及私家，坊刻小说炙手可热。而作者的职业化与小说的商品化又进一步促成了这一时期章回小说的繁荣昌盛。

第一节
《西游记》的多重意义

一、西游故事的演变

《西游记》二十卷一百回，一名《唐僧西游记》，叙唐僧西天取经故事，是神魔小说的开山之作，也是神魔小说的典范之作。

《西游记》的故事经历了一个漫长的演变过程。书中人物唐僧是历史上的真实人物，俗姓陈名祎（602—664），洛州缑氏（今河南偃师）人，少年出家，法名玄奘。他游历全国，博涉经论，因有感于译经讹谬太甚，真伪难辨，于是不顾当时朝廷禁令，孤身一人，不远万里，跋山涉水，历经艰难险阻，到佛教发源地天竺（今印度）访学取经。贞观十九年（645），他以 20 匹马驮负 657 部梵文佛经归国，受到唐太宗隆重礼遇，让他主持弘福寺、慈恩寺，并为他建立译场，翻译佛经。玄奘西游取经达 17 年之久，历经五十余国，目睹异域风光，身逢种种奇遇，特别是他的坚定信仰和顽强意志，具有很强的感染力。由玄奘口述、弟子辩机辑录的《大唐西域记》和门人慧立、彦琮所撰《大唐大慈恩寺三藏法师传》，在记述玄奘西行事迹的同时，引入大量异邦奇闻和宗教幻想，为西天取经故事涂染了宗教传奇的浓厚色彩。

《西游记》插图

此后，西天取经故事不仅在佛教徒中普遍传扬，而且在民间广泛流播，成为民间文艺创作的重要题材。在《独异志》、《大唐新语》等唐人笔记中，取经故事已有越来越多的神异色彩。在五代，扬州（今属江苏）寿宁寺藏经院出现了玄奘取经壁画（见欧阳修《于役志》）。宋代的说话四家中有“说经”一家讲说佛经故事，取经故事应当是最好的题材之一。南宋杭州中瓦子张家刊印的《大唐三藏取经诗话》，是现存最早的以取经为题材的民间艺人传本。在《诗话》中，猴行者成为取经的重要角色，而真正的取经者及取经的意图退居次要地位，仅仅作为故事的框架，实现了从宗教故事向神魔故事的转变。这时取经故事也成为戏曲的题材，宋元南曲戏文有《陈光蕊江流和尚》，金院本有《唐三藏》。元代取经故事又有发展。元代杂剧中有吴昌龄的《唐三藏西天取经》和阙名的《二郎神锁齐天大圣》，元末明初又出现了杨景贤的《西游记》杂剧。元人尚有《西游记平话》，虽已失传，但在《永乐大典》卷一万三千一百三十九“送”韵“梦”条中保存了“梦斩泾河龙”一节，在15世纪时朝鲜人学习汉语的教科书《朴通事谚解》中保存了“车迟国斗圣”一节，参照《朴通事谚解》的几处注文，可知《西游记平话》的故事已经具备现存《西游记》小说的雏形。

二、版本与作者

嘉靖、万历间人周弘祖的《古今书刻》曾著录有“鲁府”和“登州府”刊刻的《西游记》，可惜均佚。《西游记》小说现存最早的版本是万历二十年（1592）的金陵唐氏世德堂（间题“金陵荣寿堂”）刊本，全名《新刻出像官板大字西游记》。万历间还有闽（福建）书林杨闽斋刊本《鼎锲京本全像西游记》和《唐僧西游记》。这三种明刊本均署“华阳洞天主人校”，不题撰人。另有明刊大字本《李卓吾先生批评西游记》一百回，不分卷，也不题撰人。以上版本均无“陈光蕊赴任逢灾，江流僧复仇报本”故事。清初西陵残梦道人汪象旭笺评《西游证道书》一百回，自谓得“大略堂《西游记》古本”，冠以伪撰的元代著名作家虞集序，题撰者为丘处机（1148—1227），首次补入唐僧出身故事。其后的刊本均采用汪象旭一百回本的内容和回目，也沿袭汪本的作者题署。虽有学者对《西游记》作者提出异议，但没引起普遍重视。直到1923年鲁迅撰《中国小说史略》，据明天启（1621—1627）《淮安府志》，并参考清代学者吴玉搢（1698—1773）《山阳志遗》、阮葵生（1727—1789）《茶余客话》、丁晏（1794—1875）《石亭纪事续编》等书，始论定吴承恩是《西游记》小说的最后加工写定者。但学术界对此仍有不同意见。

《西游记》全书一百回，按内容可分为三个部分：第一回至第七回，写孙悟空的出身和大闹天宫故事；第八回至第十二回，写唐僧身世、魏征梦斩泾河龙、太宗入冥故事，交代取经缘起；第十三回至第一百回，写孙悟空皈依佛门，同猪八戒、沙僧一道保护唐僧西天取经，一路上除魔降妖，历经磨难，终于取得真经，修成正果。

三、描写世态，批判现实

作为一部历代累积型的小说，《西游记》构置了一个瑰丽神奇、色彩缤纷的神话世界，而它的取材和创造却又有着广泛的现实概括性，因而具有多重的意义结构。

首先，在社会意义上，《西游记》具有描写世态、批判现实的精神。小说中也不时点出一些明代的建制，如祭赛国的锦衣卫，朱紫国的司礼监和会同馆，灭法国的东城兵马司和巡城总兵，唐太宗朝的大学士、翰林院、中书科，以及大内中著名的谨身殿等等，都表明小说是借神话形式来揭露、批判、嘲讽现实社会的。这正如《李卓吾先生批评西游记》的批语所指出的：《西游记》中的神魔都写得“极似世上人情”，“作《西游记》者不过借妖魔来画个影子耳”（第七十六回总批）。

在小说中，天宫虽然被描绘得富丽堂皇，至高无上，但实际上是人间统治机构在天上的缩影。一方面，神的世界的组织，是以人的社会组织为雏形的。中国古代社会的权力组织，是一种由帝王、公、侯、子、男等构成的等级结构；同样，在神的世界里，也分最高的神、较高的神、神、半神，他们互相勾连，形成权力关系的完整谱系，从而进行对世界的支配。而另一方面，活动在神界的玉皇大帝、神将仙卿，其昏庸无能，奴颜媚骨，尸位素餐，作威作福，实际上就是明代从弘治到万历年间那些荒淫腐朽的世俗帝王及其文武群僚的投影。

在小说中，西行路上经过的诸王国，“文也不贤，武也不良，国君也不是有道”（第六十二回）。那些国王不是怯弱昏庸，就是荒淫无道。在他们的统治下的王国，要么政治腐败，社会黑暗；要么奸佞当权，荼毒百姓。例如在车迟国，国王崇信妖道，驱逐释子，祈求圣水、仙丹，以期延寿长生。在比丘国，南极仙翁的白鹿化身老道，由于献“美后”给国王，就受封为“国丈”。而这位国丈还特地献上一副长生不老的“仙方”，须用 1 111 名小儿心肝做药引，于是比丘国的很多幼童被拘入宫中，养在鹅笼里，等待被挖取心肝给国王煎汤服药。像这类好色、崇道的宫廷丑闻，以残害百姓而求长生的野蛮事件，在明代正德皇帝、嘉靖皇帝的糜烂生活和崇信道教的活动中，都能找到现实的印记。

小说还描写了许多妖魔与神佛有密切关系，如平顶山金角大王、银角大王是太上老君的看炉童子，乌鸡国全真道人是文殊菩萨坐骑青毛狮子，麒麟山赛太岁是观音的坐骑金毛犼，碗子山黄袍怪是上界奎木狼星，天竺国假公主是广寒宫里的玉兔等等，他们均下界为妖，为害一方。黑水河神被鼍龙强占了水府，由于西海龙王是鼍龙的母舅，以致海内无人受理他的状子。狮驼国三大王更是嚣张，“一封书到灵山，五百阿罗都来迎接；一纸简上天宫，十一大曜个个相钦。四海龙曾与他为友，八洞仙常与他作会。十地阎君以兄弟相称，社令、城隍以宾朋相爱”。他竟毫不犹豫地吃掉了狮驼国王及文武官僚，连“满城大小男女也竟被他吃了个干净”（第七十四回）。由此可见，妖孽邪恶的横行，主要是因为有神佛的支持。而那些被粉饰为神圣堂皇的地方，也许正是藏污纳垢之所。阴殿的崔判官徇私舞弊，西方极乐世界的阿傩、伽叶二尊者也贪赃索贿，而最神圣的佛祖反而为他们辩护。所有这些，构成《西游记》小说描写世态、批判现实的社会意义。

四、重建理想的社会秩序

其次，在神话意义上，《西游记》表现出对重建理想的社会秩序的向往。混沌中宇宙秩序的重建，是古代神话的重要主题。共工怒触不周山的神话，是说水神共工破坏了宇宙原有的秩序，而使得“天倾西北”、“地不满东南”；而关于女娲补天治水的神话，则是为了恢复天地原有的自然秩序。于是人类对宇宙变化中秩序重建的追求和诠释，便成为中国神话的主要精神。这种精神延至后代的传说中，如李冰斗怪平灾的传说，宝剑灵物锄妖的传说，乃至妖精怪物之幻想、仙乡乐园之建构等，都是以宇宙天地之秩序重建为基干的。由于自然秩序的混乱而产生怪异，于是“合阴阳”、“法天地”的宝剑就成了锄妖杀怪、重整秩序的神器；由于人生有太多的悲哀，人间有难测的灾异，于是人们便希望超越现实，去建构理想中秩序和谐的仙乡乐园。

而《西游记》则创造了一个奇幻瑰丽的现代神话世界，从而表现出对理想的孜孜探寻，表现出秩序重建主题在新的衍变时期的延续和变奏。《西游记》的核心故事是英雄寻宝，一僧三徒所寻求的宝物是与宗教联系起来的"真经"；而他们之所以寻求真经，则是因为对现存秩序有所不满，想通过寻得真经，以重建理想的秩序。

分析举例

如来佛总论南赡部洲

你那东土乃南赡部洲。只因天高地厚，物广人稠，多贪多杀，多淫多诳，多欺多诈。不遵佛教，不向善缘，不敬三光，不重五谷。不忠不孝，不义不仁，瞒心昧己，大斗小秤，害命杀牲，造下无边之孽，罪盈恶满，致有地狱之灾……虽有孔氏在彼立下仁义礼智之教，帝王相继，治有徒流绞斩之刑，其如愚昧不明，放纵无忌之辈何耶！（第九十八回）

简言之，现实社会已陷入混乱不堪的无序状态。而小说理想中的秩序，则是封建圣王唐太宗治下的大唐帝国，"一天瑞气，万道祥光。仁风轻淡荡，化日丽非常……介福千年过舜禹，升平万代赛尧汤"（第十二回）。要重建这样的秩序，不仅要发扬儒教的忠孝仁义，还要遵佛教，问善缘，援佛入儒，取经救世。正如小说第十三回当众僧议论西行取经的缘由时，三藏所说的：

> 心生，种种魔生；心灭，种种魔灭。我弟子曾在化生寺对佛说下洪誓大愿，不由我不尽此心。这一去，定要到西天，见佛求经，使我们法轮回转，愿圣主皇图永固。

而一僧三徒西行途中的杀伐除恶，既平自然灾害，又除人间患难，其寓意同样是，通过杀伐，通过死亡，通过除恶，力图重建风调雨顺的自然秩序与和谐安乐的人文秩序，这是通过神话主题表现出来的深层的文化意义。

五、深沉的哲理寓意

最后，在象征意义上，《西游记》构置了一个象征性的形象体系，以启发人们对人生哲理的思考。小说围绕着取真经、成正果的中心，设计情节，展开想象，构成了一个假定性的整体形象，一个开放式的象征体系。因此，小说的美学意义不仅仅在于折射现实，也不仅仅在于西行取经，而有着深层的哲理意蕴。如果说"真经"象征着真理，"正果"象征着理想，那么，西行取经则传达出人生进取的顽强品格和人类文明的探求精神，以及这种精神品格背后所隐藏的艰辛与痛苦、希望与成功。例如，在小说中，唐僧和孙悟空的师徒关系是因取经而建立的，他们的目标在于求取真经、劝人为善。而唐僧一念西行的坚强决心和坚定信念，是取经队伍中的任何人包括孙悟空也不能与之相比的。孙悟空之所以师礼唐僧，拜伏在唐僧脚下，根本上就是因为对至善理想的虔诚崇拜。然而，在如何达到“劝人为善”的目的这一问题上，唐僧与孙悟空之间存在着重大分歧，因而衍生出种种矛盾冲突。唐僧“微生不损，见苦就救”（第七十二回），“扫地恐伤蝼蚁命，爱惜飞蛾纱罩灯”（第十四回），企图以“善”的手段求善，以致人妖颠倒，善恶不分，受尽妖精折磨。而孙悟空则主张以眼还眼，以牙还牙，主动出击，除恶务尽，是以“不善”的手段求善，终于降伏一切妖魔，取得真经，成为“斗战胜佛”。小说实际上否定了唐僧的迂阔冬烘，肯定了孙悟空的顽强进取。

再从局部象征看，《西游记》中的八十一难大致分为四类：一是表现自然力和象征自然力的难，一是象征社会种种邪恶势力的难，一是直接来自最高统治者的难，一是取经人主观错误造成的难。既要扫除自然灾害，又要战胜社会邪恶；既要抵抗外来的磨难，又要克服自身的弱点。这种自然与社会、外在与内在的多重象征体系，共同指向人生进取与文明探求这一潜在的哲理寓意。

第二节
《西游记》的人物形象

《西游记》中最为光彩的形象，无疑是孙悟空。一部《西游记》，就是一部孙悟空的英雄史，记录着他从出生、成长、奋斗到“功德圆满”成为“斗战胜佛”的全过程，探求着他追求自由、追求平等、追求成功的人生意义。从象征意义的角度来解读，我们可以说，小说以幻想的形式，把孙悟空置于个人与社会的关系之中，描写了他从自由到不自由再到更大的自由这一曲折的人生历程，蕴涵着极为丰富的人生哲理。

☞ **多学一点**

孙悟空的形象

孙悟空形象的产生，与中国古代神话、民间传说及道、释两教的故事中长期流传着的一些人物和传说，诸如“石中生人”的夏启、“铜头铁额”的蚩尤、“与帝争位”的刑天及一些猿猴成精的奇闻异说有关。比如唐代李公佐的《古岳渎经》所载的“形若猿猴”的淮涡水怪无支祁，其“神变奋迅之状”和叛逆的色彩，就与取经传说中的猴王比较接近。从宋代《陈巡检梅岭失妻记》话本和元代《锁齐天大圣》、《西游记》杂剧以及明代宋濂的《删古岳渎经》等作品中，可以看出这一传说演变的轨迹。而印度史诗《罗摩衍那》中的神猴哈努曼，佛经故事中的求法成正果的猕猴（见《佛说师子月佛本生经》、《六度集经》、《杂宝藏经》等），以及手持金刚棒、身穿虎衣、与须菩提尊者有交情的大力明王孙那利等，也对孙悟空形象的发展有一定影响。

一、对绝对自由的不懈追求

孙悟空原本是天生地长、从石头缝里迸出来的神猴，这使他出生伊始，便摆脱了人世间与生俱来的血缘束缚和社会关系，成为一个原生态的、与自然同体的自由自在的"人"。他受日月精华孕育而生，无父无母，没有家庭关系的束缚；他"不伏麒麟辖，不伏凤凰管，又不伏人间王位拘束"，没有社会政治关系的束缚；他"春采百花为饮食，夏寻诸果作生涯。秋收芋栗延时节，冬觅黄精度岁华"（均见第一回），没有社会经济关系的束缚。于是这位美猴王便进而开始拷问个体生命的存在，追求个体生命的绝对自由。寻仙求道，学得七十二般变化，天上人间，五湖四海，来去自如，他超越了个体生命的能力局限，得到最高的能力，从而获得空间上的绝对自由。大闹冥府，勾销了生死簿，得以"不生不灭，与天地山川齐寿"（第一回），他超越了个体生命的生死局限，成为不生不死的真正的"超人"，从而获得时间上的绝对自由。

这时，美猴王已经"超出三界外，不在五行中"（第三回）了。但在超越和追求的过程中，他却触犯了社会等级制度。在社会等级制度中，这种超越不应是个体努力的结果，而应是天生的禀赋或特权的赐予。因此，社会规范终究要对他加以约束，个体能力终究要受到压抑。美猴王龙宫借宝，地府强销死籍后，玉帝骗他上天，封他为"弼马温"。当他得知这是个不入流的小官时，一气之下反出天宫。玉帝派兵捉拿不成，又请他上天做"齐天大圣"，却有官无禄，瑶池大会竟然不请他参加。于是美猴王偷吃蟠桃仙酒，搅乱瑶池大会，吞食老君仙丹。玉帝派天兵天将花了九牛二虎之力将他捉拿，放在八卦炉中锻炼，却并没将他炼死，只炼成了火眼金睛。他乘开炉之机，蹬倒八卦炉，掣出如意棒，"打得那九曜星闭门闭户，四天王无影无形"。直至请来如来佛祖，他仍愤愤不平地说："他（指玉皇大帝）虽年幼修长，也不应久占在此。常言道：'皇帝轮流做，明年到我家。'只教他搬出去，将天宫让给我，便罢了；若还不让，定要搅攘，永不清平！"这正是："只为心高图罔极，不分上下乱规箴。"（均见第七回）于是，美猴王反叛意识愈益强烈、个人欲望不断膨胀的过程，也是他受到社会规范抑制越来越严厉的过程。凭借一身高超的武艺和一根神奇的金箍棒，他打遍天上、地府和人间，几乎所向无敌，但是他终究逃不脱社会关系之网。个人欲望是永远不可能凌驾于社会规范之上的，触犯社会规范只能受到更为严厉的制裁，个人的能力也因个性的膨胀而被毁灭。因此，美猴王终究被压在五指山下——如来佛那小小的手掌心，正是无所不在、无所不能的社会规范的象征。追求绝对自由的个人，在社会关系中永远也不可能实现绝对自由，而只能终归丧失自由。

二、成人立业的人生道路

但是，一个有序的社会还是能够接纳富有能力的个人的，只要个人愿意接受社会规范的约束，还是可以重新获得自由、重新施展能力的。美猴王接受了保驾唐三藏完成西天取经大业的职责，同时也接受了社会规范的象征——“紧箍儿”的束缚和“孙悟空”的雅称，于是他便超越了对个人绝对自由的追求，走上了成人立业的人生道路了。

西天取经，既是孙悟空从事正义的事业、充分发挥个人能力的过程，更是他收心敛性、“心猿归正”的过程。西天取经，既是对他的人生的考验，也是对他的人格的重塑，更是对他的信仰、意志和心性的挑战和升华。西天取经所经历的八十一难，并没有某种内在的逻辑联系，那些周而复始、形形色色的险阻与妖魔，都不过是用来作为孙悟空修心过程中所遇障碍的象征。小说第十七回写道：“菩萨、妖精，总是一念。”换言之，妖魔实即生于一念之差。所谓“心生，种种魔生；心灭，种种魔灭”。小说描写了八十一难的磨炼，无非是隐喻着明心见性必须经过一个长期艰苦的“渐悟”过程。取经，本是一种事业，但实际上已成了孙悟空坚忍不拔追求的一种理想的象征。为了实现这一理想，他翻山越岭，擒魔捉怪，吃尽千辛万苦，排除重重困难，从不考虑个人私利，一心以事业为重。即使在被人误解，遭到不公正的待遇，甚至被唐僧念着紧箍咒、赶回花果山时，他还是“身回水帘洞，心逐取经僧”（第三十回）。在漫长的取经道路上，孙悟空这种为理想而献身的精神愈益强化。于是，历经艰难险阻，战胜“九九八十一难”，孙悟空取经成功之际，就是他“心猿归正”之时。“紧箍儿”自然消失了，外在的社会束缚已经转化为内在的个人自律，个人与社会终于融为一体，个人终于取得了更大的自由。孙悟空西天取经的人生历程寓意般地告诉人们：个人精神的完善有赖于群体事业的成功，群体事业的成功造就了个人精神的完善，二者是相辅相成的。“成果”与“还本”同一含义。

综观孙悟空的人生历程，揭示出一条颠扑不破的哲理：“成人不自在，自在不成人。”任何一个社会中的人，都面临着“自在”与“成人”的两难处境。追求“成人”的建功立业，便不能不丧失“自在”的人身自由；追求“自在”的我行我素，便无法实现“成人”的人生价值。人们极力企求的，是“成人”的“自在”，或者是“自在”的“成人”。孙悟空人生历程的象征意义正在于，只有把个体自由的追求纳入群体自由的追寻中，才能在战胜重重艰难险阻以建立外在“事功”的同时，追求主体的超越以实现内在的“内圣”，最终达到自由的人生极致。

三、凡夫俗子猪八戒

如果说，孙悟空形象更近于神人，那么猪八戒尽管是天蓬元帅出身，却长得长喙大耳，其貌不扬，更像一个凡夫俗子。猪八戒本性憨厚、淳朴，在高老庄勤快肯干，帮高家“扫地通沟，搬砖运瓦，筑土打墙，耕田耙地，种麦插秧，创家立业”（第十八回）。在取经路上，在斩妖除怪的战斗中，他是孙悟空的得力助手。初入取经队伍，他就一钉耙把虎怪的头颅筑了九个窟窿。大战流沙河时，他“虚幌一耙，佯输诈败”，在勇敢中也常要一点聪明。在顽敌面前，他从不示弱，即使被俘，也不屈服，虽受气而“还不倒了旗枪”（第四十二回），不失英雄本色。八百里荆棘岭，仗他日夜兼程开道；七绝岭稀柿衕，靠他顶着恶臭拱路。十万八千里取经道上，他有苦劳，也有功劳，最后理所当然地取得了正果。

但是，作为一个凡夫俗子，猪八戒有着根深蒂固的人的本能欲求，而且不加掩饰地加以表现。他的食、色两欲，一直难以泯灭，甚至难以压抑。看到美酒佳肴、馒头贡品，他常常流涎三尺，丢人现眼，还多次因嘴馋而遭到妖怪的欺骗。遇见美色艳丽，他更是心痒难耐，出乖露丑，乃至快到西天了，还动“淫心”，扯住嫦娥道：“姐姐，我与你是旧相识，我和你耍子儿去也。”（第九十五回）猪八戒还偷懒自私，贪小便宜，过多地计较个人的得失。他偷懒贪睡，叫他去化斋、巡山，却一头钻进草丛里呼呼大睡。一事当前，他往往不顾同伴的安危，先算计自己不要吃亏，有时因此而临阵逃脱。他还偷偷地积攒“私房”钱，有时还要说谎，撺掇师父念紧箍咒整治、赶走大师兄。他目光短浅，常常嚷着“分行李”，散伙回高老庄。他的这些毛病，无疑有落后、自私、狭隘的一面，但同时往往能获得人们的理解和同情。这是因为，他虽不忘情于世俗的享受，但还执著地追求理想；他虽使乖弄巧，好占便宜，但又淳朴天真，呆得可爱；他虽贪图安逸，偷懒散漫，但又不畏艰难，勇敢坚强——这些原本不相兼容的品性，在猪八戒身上竟然水乳交融，使他成为美中有丑、丑中有美的一位复杂而又单纯的人物形象。

此外，唐僧是佛门金蝉子转世，作为一位高僧，他以慈为本，见苦就救，一念向西，决不回头，有追求事业的执著精神和坚韧毅力。但唐僧又人妖不分，认敌为友，好听谗言，用人不专，软弱无能。这种奇妙的双重性格组合，赋予唐僧形象以特殊的内涵。沙僧则是玉皇殿前卷帘大将军，他顾全大局，任劳任怨，是取经队伍的黏合剂，但又缺少独立个性，给人一种陪衬的感觉。

第三节
《西游记》的游戏笔墨

作为一部神魔小说，《西游记》最主要的审美特征，是在“游戏中暗藏密谛”（李卓吾评本《西游记总批》），在诙谐幽默之中蕴涵着生活哲理。

一、调侃世情

《西游记》善于以游戏笔墨进行世情调侃。小说每每以真作假，以假作真，极尽嬉笑怒骂之能事。正如鲁迅所说的，《西游记》“讽刺揶揄则取当时世态”（《中国小说史略》）。小说往往将现实生活中的一些丑恶现象信手拈来，涉笔成趣，从而把五花八门、形形色色的脸谱世相和那些可笑可怜的社会现象的面纱轻轻地撩开来，抖露出活灵活现、妙趣横生的笑料，使人在笑声中去体会世情调侃的真实含义。如第三回写孙行者入龙宫要宝，入幽冥界大打出手，四海龙王那种百般献媚和肉麻恭维，一殿阎君那种脓包丑态，无疑都是对权威的幽默调侃。第十回写唐太宗至阴司时，带了魏征的一封信送给判官，希望能讲“交情”，“方便一二”，这俨然如人间的“说分上”。第二十九回写宝象国王问群臣谁去救百花公主回国时，“连问数声，更无一人敢答”，这批“木雕成的武将，泥塑就的文官”，真如李贽批评的当朝庸臣“只解打躬作揖，终日匡坐，同于泥塑”，“一旦有警，则面面相觑，绝无人色，甚至互相推诿”（《焚书》卷四《因记往事》）。第七十九回，比丘国“国丈”要孙悟空的“黑心”作药引，悟空“把肚皮剖开，那里头就骨都都的滚出一堆心来”：

> （孙悟空）将那些心，血淋淋的，一个个捡开与众观看，却都是些红心、白心、黄心、悭贪心、利名心、嫉妒心、计较心、好胜心、望高心、侮慢心、杀害心、狠毒心、恐怖心、谨慎心、邪妄心、无名隐暗之心，种种不善之心，更无一个黑心。

真是一幅绝妙的人性漫画。第九十三回写猪八戒狼吞虎咽，沙僧告诫他要“斯文”时，八戒叫起来道：“斯文！斯文！肚里空空！”沙僧笑道：“二哥，你不晓的，天下多少‘斯文’，若论起肚子里来，正替你我一般哩。”这也是对当时一班只知作时文八股的秀才的嘲笑。第九十八回，当取经师徒历经千难万险到达西天时，在庄严静穆的极乐世界里，如来的侍者阿傩、伽叶竟公然向取经人索取“人事”。而佛祖如来非但不加阻止，反而辩护说：“但只是经不可轻传，亦不可以空取。向时众比丘圣僧下山，曾将此经在舍卫国赵长者家与他诵了一遍，保他家生者安全，亡者超脱，只讨得他三斗三升米粒黄金回来，我还说他们忒卖贱了，教后代儿孙没钱使用。你如今空手来取，是以传了白本。”卖经称圣僧，佛祖成财主，庄严跌向滑稽，崇高沦为鄙俗，小说便是以这种居高临下而又宽容大度的幽默态度，抹去佛祖、天尊头上圣洁的光环，暴露人间世态的虚伪丑态。诸如此类的点缀，看似信笔写来，却能机锋百出，调侃世情，隐寓讥讽。

二、形象幽默

《西游记》还善于以游戏笔墨塑造人物形象。《西游记》塑造人物形象，往往做到物性、神性与人性的统一。所谓“物性”，就是作为某一动植物的精怪，保持其原有的形貌和习性，如鱼精习水，鸟精会飞，蝎子精有毒刺，蜘蛛精能吐丝；这些精怪的性格，也往往与他们原本的动植物特性相称，如猴子机灵，老鼠胆小，松柏有诗人之风，杏树呈轻佻之姿。而这些动植物，一旦成妖成怪，就有神奇的本领，具有“神性”，上天入地，变化无端。同时，小说又赋予他们人的七情六欲，将妖魔鬼怪人性化，从而完成独特的艺术形象创造。其中最值得称道的是，小说以俯视人生的审美观照和诙谐剧谈的幽默笔调，塑造了孙悟空、猪八戒这两个空前未有的幽默形象。

孙悟空是神猴，首先有着猴的特性，长得一副毛脸雷公嘴的猴相，具有机敏、乖巧、好动等习性；可纵然他不是普通的猴，而是神通广大，有七十二般变化的本领；可纵然千变万化，往往还要露出“红屁股”或“有尾巴”的真相。同时他又充满人性。他是人们理想中的英雄，有勇有谋，无私无畏，坚忍不拔，积极乐观。他总是保持着旺盛的斗志和乐观的精神，以内在的嘲讽、戏谑、诙谐和机智，战胜貌似庞然大物的外部敌手。无论对天庭玉帝、佛祖天尊、龙王城隍还是妖精鬼怪，孙悟空都能以自由平等甚至居高临下的态度予以蔑视和嘲笑：天庭至尊他直呼“玉帝老儿”，佛祖如来他敢说“妖精是你的亲戚”，至于山神土地更是他经常戏弄的对象。在取经途中，他屡次变化钻入对手的肚里，翻跟头，树蜻蜓，揪着肝花打秋千，迫使对手投降。在灭法国，为了纠正昏君屠杀僧人的行为，他竟一夜之间变化毫毛，剃光了所有王公贵戚、嫔妃宫女乃至皇帝的头发。过狮驼山，孙悟空与机灵的巡山小妖巧妙周旋，弄得小妖晕头转向、真假难辨。但是，孙悟空也是普通的人，心高气傲，争强好胜，容易冲动，好要贫嘴，爱捉弄人，调皮促狭，言谈中时见市井粗话、江湖术语和商人行话，也同样信奉“一日为师，终身为父”，遵守“男不与女斗”的准则。总之，小说中的孙悟空形象是自觉的、肯定型的幽默形象，神通广大，爱憎分明，不怕邪恶，敢于斗争，除恶务尽，勇往直前，既具有英雄主义精神，又机智灵活、开朗乐观、幽默诙谐、狡黠促狭。

而小说中的猪八戒形象则是一个不自觉的、否定型的幽默形象，构成这种幽默性格的基本特点是丑自炫为美，嘲人又自嘲。猪八戒是取经队伍中的丑角，其贪吃好色、自私庸俗、天真愚笨的世俗性格和出家僧人身份的矛盾冲突，使他在取经路上显得生动滑稽。第二十三回在菩萨化作美女试禅心时，他扭捏作态，跃跃欲试，又是毛遂自荐，又是肉麻叫“娘”，结果被吊在树上做了个“绷巴吊拷”的女婿。在取经路上，一个出家人还零零碎碎攒了四钱六分私房钱，央银匠煎成一块塞在耳朵眼里。他没有多大能耐，却总爱夸口，天真呆笨，却偏爱撒谎，结果总是弄巧成拙，洋相百出。但是，八戒可笑却并不可卑，因为他从不自卑、自贱，因为他身上还有一种自嘲嘲人的幽默感。在朱紫国，国王哀求孙悟空救出皇后并愿以王位相让，八戒在旁大笑说：“这皇帝失了体统，怎么为着老婆就不要江山，跪着和尚。”（第六十九回）嘲讽诙谐而深刻。他长得丑却每每解嘲：“丑自丑，还有些风味，自古道皮肉粗糙，骨骼坚强，各有一得可取。”（第九十三回）幽默风趣而不自卑，这是一个具有浓郁生活情趣的幽默形象。

三、喜剧色彩

《西游记》的叙事描写也往往出之以游戏笔墨，能“以戏言寓诸幻笔”（任蛟《西游记叙言》），使全书充满着喜剧色彩和诙谐气氛。在漫漫的取经路上，为了避免一味叙述拼搏厮杀的呆滞单一，小说经常有意识地荡开笔墨，叙写一些幽默诙谐的插曲，多侧面地展示战斗之外师徒之间的人情世故。特别是对猪八戒这位呆头呆脑的师弟身上的毛病，孙悟空不断投以善意的嘲弄和幽默的挑逗，往往使故事平添风波，横生妙趣。如第三十二回，孙悟空探知妖怪“画影图形，要捉和尚，抄名访姓，要吃唐僧”，就借机考验八戒，令他巡山。八戒偷懒的老毛病又发作了：

> 行有七八里路，把钉耙撇下，吊转头来，望着唐僧，指手画脚的骂道：“你罢软的老和尚，捉掐的弼马温，面弱的沙和尚！他都在那里自在，撮弄我老猪来跄路！大家取经，都要望成正果，偏是教我来巡什么山！哈！哈！哈！晓得有妖怪，躲着些儿走。还不彀一半，却教我去寻他，这等晦气哩！我往那里睡觉去，睡一觉回去，含含糊糊的答应他，只说是巡了山，就了其帐也。”

为了把谎编得圆，在睡醒以后，他还把山凹中三块青石头当作唐僧、行者、沙僧三人，朝着它们唱个大喏，呆气十足地作了一番演习。他又生怕忘了，一路念念有词，低着头，口里温习。而这一切，都被孙悟空的化身嘤嘹虫儿看得一清二楚。当他自以为得计、撒谎交账时，当即被孙悟空戳穿，骂道：“我把你个馕糠的夯货！这般要紧的所在，教你去巡山，你却去睡觉！……可不误了大事？你快伸过孤拐来，打五棍记心！”严肃的训诫出之于嬉笑的戏谑，虽然不能就此治愈猪八戒身上的毛病，但也能收到暂时的效果，使八戒勉力前行。然而时过境迁，走不了几程路，八戒的老毛病就又发作了，这就使小说中涉笔成趣的叙事描写，贯穿于情节曲折变幻的进程，从而使紧张的战斗、枯淡的生活显得生气活脱，轻松愉快，使作品的幽默氛围显得更加浓郁。

四、语言风趣

《西游记》的语言通俗风趣，生动活泼。小说往往信手拈来，涉笔成趣，具有浓厚的趣味性和深刻的讽喻性。人物语言如第四十二回写悟空去问观音借净瓶时，观音要他“脑后救命的毫毛拔一根与我作当”，悟空只是不肯，观音就骂道：“你这猴子！你便一毛也不拔，教我这善财也难舍。”这“一毛不拔”就是顺手点缀的“趣话”，给人以轻松的一笑。又如第一百回，当八戒为封得“净坛使者”而表示不满，吵吵嚷嚷时，如来佛道：“盖天下四大部洲，瞻仰吾教者甚多，凡诸佛事，教汝净坛，乃是个有受用的品级，如何不好？”让这尊法相庄严的教主讲出这一连串令人发噱的市井话，浸透着凡俗的趣味。叙述语言如第四十四回写到车迟国国王迫害和尚，各府州县都张挂着御笔亲题的和尚的“影身图”，凡拿得一个和尚就有奖赏。此时叙述者忽然插进一句：“且莫说是和尚，就是剪鬃、秃子、毛稀的，都也难逃。四下里快手又多，缉事的又广，凭你怎么也是难脱。”风趣而夸张的语言，隐含着对明代厂卫密布、特务横行的社会的讽刺。

在《西游记》问世之后，神魔小说的创作一度相当繁盛。《西游记》故事还被改编为各种声腔剧种，在舞台上广为演出。《西游记》小说也丰富了世界文学的宝库，时至今日，日、英、法、德、意、西、俄、捷、罗、波、朝、越、世（世界语）、斯（斯瓦希里语）等文种都有不同的选译本或全译本。

第四节
《金瓶梅》的社会描写

一、文人独立创作

《金瓶梅》是中国长篇世情小说的开山之作。它与《三国志演义》、《水浒传》、《西游记》一起，被称为明代“四大奇书”。

《金瓶梅词话》书影

一般认为，《金瓶梅》的成书与“四大奇书”中的另外三种不同，并没有经过一个世代累积的过程，而是中国第一部文人独立创作的白话长篇小说。[①] 明万历二十四年（1596），袁宏道给董其昌写信时，第一次透露了世上有《金瓶梅》这样一部小说的信息，他问：“《金瓶梅》从何得来？伏枕略观，云霞满纸，胜于枚生《七发》多矣。后段在何处？抄竟当于何处倒换？幸一的示。”（《袁宏道集笺校》卷六《董思白》）大致同时，董其昌也曾对袁中道说：“近有一小说，名《金瓶梅》，极佳。”（袁中道《游居柿录》）沈德符听说后，犹“恨未得见”（沈德符《万历野获编》卷四）。根据这些广闻博识的文人的口气，可以知道这部小说当时可能刚刚成书不久，尚未广为行世。在万历中后期，屠本畯的《山林经济籍》、沈德符的《万历野获编》等笔记，传说《金瓶梅》作于嘉靖年间（1522—1566）。但从20世纪30年代起，吴晗（1909—1969）等陆续发现小说写到了万历年间（1573—1620）的一些历史故实[②]，所以现在一般研究者认为它成于万历前中期，即在董其昌、袁宏道等人看到抄本前不久。这个时代，官商结合，商业经济繁荣，市民阶层正在崛起，人们在贫富两极分化中，受到金钱和权势的猛烈冲击，价值观念发生了急剧的变化，奢华淫逸的风气也弥漫了整个社会。《金瓶梅》便是这个时代的产物。

《金瓶梅》的作者不详。它成书后，最初以抄本流传。万历三十八年庚戌（1610），吴中始有刻本（沈德符《万历野获编》卷四），今不存。现存最早的刊本是万历四十五年丁巳（1617）署刊的《新刻金瓶梅词话》，人称“词话本”或“万历本”。崇祯年间

① 现存的《金瓶梅词话》中存在着一些话本故事、时曲小调等，它们只是“镶嵌”在作家独立构思蓝图上的个别片段，而不是《金瓶梅》的雏形作品，也不能证明小说问世之前曾经有过一部雏形作品。至于小说中留有的说唱艺术的痕迹，有的是由于“镶嵌”所致，也有的是因为模仿所成。

② 参见吴晗：《〈金瓶梅〉的著作时代及其社会背景》，载《文学季刊》，1934（1）。

(1628—1644）有《新刻绣像批评金瓶梅》问世，人称“崇祯本”。一般认为此本是词话本的评改本，即将词话本的回目、正文稍作删改、修饰后，再加评点和图像刊行。评改者尚不详。清康熙年间（1662—1722），张竹坡以崇祯本为底本，修改正文的个别文字，另作详细评点，以《张竹坡批评金瓶梅第一奇书》之名行世，人称“第一奇书本”或“张评本”。本书所引原文，据词话本。

☞ **多学一点**

《金瓶梅》作者论争

现存《金瓶梅词话》卷首有欣欣子所作的序，称“兰陵笑笑生作”。古称“兰陵”之地有二：一为今山东枣庄，另一为今江苏常州，现在尚难考定何者为是。同时代的《花营锦阵》书中，也有署名“笑笑生”的一首《鱼游春水》，但不知两个“笑笑生”是否为一人。万历间人谈及该书的作者时，有的说是被“陆都督炳诬奏”者（屠本畯《山林经济籍》），也有的说是“嘉靖间大名士”（沈德符《万历野获编》卷四），有的说是“绍兴老儒”（袁中道《游居杮录》），也有的说是“金吾戚里”门客（谢肇淛《金瓶梅跋》），都语焉不详，闪烁其词。近年来，有关《金瓶梅》的作者有十数种说法，如李开先、王世贞、屠隆等，但都缺乏确凿的佐证，难以成为定论。有的论者认为《金瓶梅》是集体创作，证据也不充分。

《金瓶梅》的书名，是由小说中潘金莲、李瓶儿、庞春梅三个人物的名字各拈一字合成的。故事开头九回，借《水浒传》中“武松杀嫂”一节加以衍化，写潘金莲与西门庆皆未被武松杀死，潘氏嫁西门为妾。第十回至第七十九回，主要写西门庆的暴发暴亡和以金、瓶为主的妻妾间的争宠妒恨。最后二十一回，写众妾流散，西门庆家族土崩瓦解。

二、寄意于时俗

在《金瓶梅》问世之前，中国长篇小说发展二百多年，主要题材不外讲史和神魔两类，或展示叱咤风云的英雄争霸，或讲述纷繁复杂的朝代兴衰，或敷演诡谲虚幻的神魔事迹。总之，描写英雄世界、历史世界和神魔世界是长篇小说的传统题材。而《金瓶梅》却另辟蹊径，独创一格，“寄意于时俗”（欣欣子《金瓶梅词话序》）。小说的故事背景虽为北宋末年，但所描绘的世俗人情则带着晚明时代的鲜明特征，所以当时的读者读了这部小说之后，认为它是在“指斥时事”（沈德符《万历野获编》卷四）。《金瓶梅》以描写家庭日常生活、社会凡夫俗子为题材内容，借以描摹现实社会的世态人情，标志着中国古代长篇小说题材的重要转变。

《金瓶梅》集中描写了恶霸豪绅西门庆及其一家的日常琐事和兴衰荣枯，并以此为焦点，透视广泛的社会阶层和丰富的社会景象。小说以细腻的笔法描绘了西门庆污秽不堪的家庭生活和家庭内部妻妾之间的争宠斗强，揭露了封建家庭中婚姻制度、奴婢制度、财产私有制度等的腐朽和罪恶。而且，小说所展示的场景并未局限于西门庆一家，而是旁及社会的方方面面。张竹坡在《金瓶梅读法》中说："因西门庆一分人家，写好几分人家，如武大一家，花子虚一家，乔大户一家，陈洪一家，吴大舅一家，张大户一家，王招宣一家，周守备一家，何千户一家，夏提刑一家……凡这几家，大约清河县官员大户屈指已遍，而因一人写及全县。"（《皋鹤堂批评第一奇书金瓶梅》卷首）不但如此，小说还通过苗青害主、贿赂蔡京、结交蔡状元、迎请宋巡按、庭参杨太尉、朝见皇上等一系列故事，从西门一家而写到了天下国家。在小说里，上自朝廷，下至市井，无不众相毕露，情伪昭彰。

三、社会的形象写照

从整体上看，《金瓶梅》是一部"暴露小说"，以大量的篇幅展现了人世间的假、恶、丑。小说"凡所形容，或曲折，或刻露而尽相，或幽伏而含讥，或一时并写两面，使之相形"（鲁迅《中国小说史略》）。所以，东吴弄珠客《金瓶梅序》说："借西门庆以描画世之大净，应伯爵以描画世之小丑，诸淫妇以描画世之丑婆净婆，令人读之汗下。"（万历本《金瓶梅词话》卷首）总之，《金瓶梅》是以恶的形象为基本的人物序列的，是以描写人世间的罪恶和人性的丑陋为基本内容的。

☞ **多学一点**

张竹坡评《金瓶梅》中的人物

张竹坡历数小说中的主要人物时也说："西门庆是混账恶人，吴月娘是奸险好人，玉楼是乖人，金莲不是人，瓶儿是痴人，春梅是狂人，敬济是浮浪小人，娇儿是死人，雪娥是蠢人，宋惠莲是不识高低的人，如意儿是顶缺之人，若王六儿与林太太等，直与李桂姐一流，总是不得叫做人，而伯爵、希大辈皆是没良心的人，兼之蔡太师、蔡状元、宋御史皆是枉为人也。"（《第一奇书非淫书论》，《皋鹤堂批评第一奇书金瓶梅》卷首）

《金瓶梅》所描写的人世间的罪恶，无疑是以现实中的明代社会为蓝本的。例如，小说中写管皇庄的薛太监和管砖厂的刘太监，权势竟在地方军政长官之上（见第三十一回）；殿前六黄太尉为钦差，路经山东，大小官员全都颠倒奉承（见第六十五回）。这正是对明代宦官专权的现实的影射。小说中写道："天下失政，奸臣当道，谗佞盈朝。高、杨、童、蔡四个奸党在朝中卖官鬻爵，贿赂公行，悬秤升官，指方补价。夤缘钻刺者，骤升美任；贤能廉直者，经岁不除。以致风俗颓败，赃官污吏，遍满天下。"（第三十回）这正是对嘉靖、万历间黑暗的社会政治的概括。在小说中，蔡京生辰时，西门庆累次进贡，于是西门庆得以在山东提刑所任理刑副千户。后来蔡京又认西门庆为干儿子，提升他任掌刑正千户。山东巡抚宋乔年因任职期间常受西门庆接济，差满时，举劾地方官员，竟要西门庆举荐人才，西门庆乘机推举曾送过二百两银子给他的荆都监和自己的妻兄吴镗。吏、兵二部居然认为宋乔年的奏本“出于公论，询访得实”，将荆、吴二人特加超擢。真是：“富贵必因奸巧得，功名全仗邓通成。”（第三十回）而贪赃枉法，因私徇情，更是司空见惯。朝中奸臣杨戬坏事，亲党名单中有西门庆的名字，西门庆花费五百两银子，让礼部尚书李邦彦将文卷上西门庆名字改作贾庆（见第十七回）。曾御史弹劾西门庆“贪肆不职”的罪状条条确凿，却由于西门庆“打点”了蔡京，结果一道圣旨下来，曾御史受到处罚，西门庆反而得到了嘉奖（见第四十八回）。这正是：“火到猪头烂，钱到公事办。”金钱成为法律的主人，公道沦为人情的奴隶。被金钱锈蚀了的官僚制度已经腐烂不堪，于是“风俗颓败，赃官污吏，遍满天下，役烦赋重，民穷盗起，天下骚然”（第一回）。所有这些，不正是明中后期社会的形象写照吗？

四、欲壑难填的西门庆

西门庆是这幅社会群丑图的聚焦点。在《金瓶梅》里，西门庆是一个红得发紫的人物，原先人们称他“西门大郎”，后来改称“西门大官人”，最后又变成“西门大老爷”。他兼官僚、恶霸、富商为一身，在山东地面，是个跺跺脚就能震动八方的人物。不过，西门庆说到底还是一个商人。小说第六十九回，文嫂充当“马泊六”，为西门庆拉纤，对林太太说了一番话，简明扼要地概括了西门庆的风范：“县门前西门大老爹，如今见在提刑院做掌刑千户，家中放官吏债，开四五处铺面：缎子铺、生药铺、绸绢铺、绒线铺。外边江湖又走标船，扬州兴贩盐引，东平府上纳香蜡，伙计主管约有数十。东京蔡太师是他干爷，朱太尉是他卫主，翟管家是他亲家，巡抚、巡按多与他相交，知府、知县是不消说。”

西门庆是怎样发家的呢？生药铺原是西门庆的祖业，资金不过数千两。后来他把揽词讼，“说事过钱”，又骗娶了富孀孟玉楼、李瓶儿，发了几笔横财，这才资本雄厚，又开起了解当铺。他成为坐贾兼行商，又放高利贷，也不放过贿赂官府兴贩盐引，和充当官府买办觅钱取利的机会。真正使西门庆大发的是长途贩运。西门庆和他的亲家乔大户合开绸缎铺，派人到杭州、南京等地贩来大批货物，买贱卖贵，利润十分可观。在短短的六七年时间里，西门庆从清河县一个“破落户财主”一跃而成为“山东第一大财主”。

西门庆很善于支配他的巨额财富。除了满足他和他的家庭成员奢侈的生活享受，以及作为商业投资和高利贷资本以外，他用大量钱财来贿赂结交官府，出手极为阔绰，以此来谋求升官晋爵。他为了巴结当朝宰相蔡太师，当蔡太师生日时，他先叫来保和吴主管送生辰担，并专门雇了银匠在家里打造银器；然后亲自进京，送了二十多杠异常丰厚贵重的礼品，其中仅一个“四阳拜寿银人”就有一尺多高。因此蔡太师对他另眼相看，单独召见，还接受他做了自己的“义子”，不久便赏他一个“山东提刑所理刑副千户”的官衔。此外，西门庆还不惜工本地行贿新科状元蔡一泉、宋御史等。由于善于巴结夤缘，西门庆得以由一介商民，平步青云，当上了掌刑正千户，亦商亦官，炙手可热。从此，他可与巡按应酬交往，可与守备等官僚在地方上耀武扬威，可以保荐自己的亲戚做官，甚至有了入朝晋见皇帝的资格。

西门庆有了钱，又有了势，在官商勾结、权钱交易的社会里，不免骄恣放纵，财大气粗。有了钱就有了一切，即使将道德践踏在脚下，也毫不在乎。有了钱就可以为所欲为，哪怕做了千人所指的恶行，也若无其事。西门庆的话，道出了人们在新的现实基础中产生的有悖传统的思想观念，反映了以金钱为主宰的社会的一种心态。

分析举例

金钱社会的表现

西门庆："咱闻那佛祖西天，也只不过要黄金铺地；阴司十殿，也要些楮镪营求。咱只消尽这家私，广为善事，就使强奸了常娥，和奸了织女，拐了许飞琼，盗了西王母的女儿，也不减我泼天富贵。"（第五十七回）

更重要的是，西门庆有着非凡的野性力量和强悍的进攻姿态。这不仅表现在他对金钱的追求和对异性的占有，更表现在他对现实社会秩序的侵扰和破坏。他蔑视朝廷法规，不信因果报应，一味疯狂地追求金钱和女人，尽情地享受人世快乐。西门庆身为一个普通的商民，居然能够凭借金钱的力量，顺利地跻身以维护社会秩序为职能的官僚行列，并且依靠金钱的威力，干预其他官员的升贬，制约社会法律的实施。而且，西门庆还以金钱撑腰壮胆，肆无忌惮地好色纵淫，不管是妓女，是寡妇，是仆人的老婆，还是朋友的妻子，只要他看上了，就一定要弄到手，而且不容别人染指，也不容情人变心。他甚至色胆包天地闯入"世代簪缨"的招宣府，去奸占林太太。西门庆的情欲具有持续狂热、为达目的不择手段的特色。钱能壮胆，西门庆的包天大胆，实在是被他的"泼天富贵"，像吹气球一样吹大的。同时，他的包天大胆，也是被他那永无止境的占有欲，像强大的驱动器一样推动着的。"泼天富贵"和无底欲壑一起，把西门庆推进了死亡的深渊。

西门庆的金钱欲、权势欲、享乐欲，都是与封建社会传统对商人的要求格格不入的。尽管这些欲望的实现都无法和邪恶分开，但它们却代表了历史的必然。这种历史的必然在于，一方面，这些欲望以时代社会心理为依据，是为当时进步学者所肯定和赞赏的"人欲"；另一方面，这些欲望也是以商人心理发展需要为依据的，它表现了商人力图在现实社会中找到自己社会地位的强烈要求。在明中叶以后，由于商业活动的频繁展开，经商赢利得到普遍的肯定，商人的社会地位也有了显著的提高。但是，商人不择手段地满足金钱欲、权势欲、享受欲，往往践踏人类起码的道德，危害他人，危害社会，以谋取私利，像西门庆这样，夺人之妻，占人财产，贿赂公行，贪赃枉法，简直是无恶不作。西门庆的贪财好色完全建筑在摧残他人人性和戕害自身生命的基础之上。他对人欲的贪求已异化为人性的扭曲和人生的毁灭。商品经济的发展，商人地位的提高，不仅催使新人的产生，也催使新恶的产生，这是一种不以人的意志为转移的悲剧性的二律背反。既是历史进步、社会发展的前锋，又是恶的化身、丑的象征，像西门庆这样的商人形象，不能不显现出双重的人格特性。

如果一个人的发展是以牺牲他人的发展为代价，这个人便应该受到道德的谴责。因此，在《金瓶梅》中，西门庆的恶行归根到底是不能被宽宥的：“乐极生悲，否极泰来，自然之理。西门庆但知争名夺利，纵意奢淫，殊不知天道恶盈，鬼录来追，处限临头。”因此，西门庆纵欲身亡，不得善终，一家人树倒猢狲散，那是罪有应得，命中注定。争名夺利，纵意奢淫的结果，便是走向自己掘就的坟墓。

小说第一百回，描写了一个十分可怖的景象。普静和尚劝度西门庆的遗腹子孝哥出家，他对吴月娘说：“当初你去世夫主西门庆，造恶非善。此子转身托化你家，本要荡散其财本，倾覆其产业，临死还当身首异处。今我度托了他去，做了徒弟。常言一子出家，九祖升天。你那夫主冤愆解释，亦得超生去了。”吴月娘不信，普静就略施法术，将手中禅杖向正在沉睡的孝哥头上一点。孝哥忽然翻转过来，竟成了西门庆，项带沉枷，腰系铁索。普静又用禅杖一点，依旧还是孝哥睡在床上。月娘见了才明白，原来孝哥却是西门庆托生。按照佛教因果报应、生死轮回的观念，一个人今生作孽，死后必要受到恶报，按罪行轻重，分别幻变成牲畜、做恶鬼、堕地狱等。但是，《金瓶梅》小说却给罪孽深重的西门庆安排了死后的两个归向：一个是始而受罪，托生为孝哥，受“项带沉枷，不能解脱”的折磨；一个是终而解脱，托生于富户沈通家，继续享受饫甘餍肥的生活。这是多么矛盾的两个归向啊！从这里，我们可以看到小说家对恶的双重感受：一方面，他感到恶危及了社会道德和社会安定，必须对它严加谴责；另一方面，他又看到恶是历史发展的动力和产物，希望将它纳入正轨。这样的结局无疑是极为虚幻的，因为当时的社会现实并没有给小说家提供更加确实的答案，他只能留下这虚幻的构想，让读者去琢磨，去体会。

清人张潮（1650—1709）说：“《金瓶梅》是一部哀书。”（《幽梦影》）《金瓶梅》小说的社会描写具有极为深刻的悲剧意义：它形象地展示了16世纪中国丑恶、黑暗的势力，如何将传统社会推向沉沦和解体；它形象地展示了中国16世纪的新兴商人，在传统社会的诱惑和挤压下，如何沦为丑恶的社会势力；它也形象地展示了人欲的倡扬如何导向了人欲的放纵，从而毁灭了人的自身价值。《金瓶梅》的社会描写及其悲剧意义，为世情小说奠定了坚实的文化基础，后人称《红楼梦》“深得《金瓶》阃奥”（《红楼梦》庚辰本第十三回脂砚斋批语），大抵即着眼于此。

五、两性描写

至于《金瓶梅》用了大量的笔墨，对两性生活作了铺陈淋漓的描写，也引起了历代研究者的关注和评说。尤其是《金瓶梅》中对两性肉体关系的赤裸裸的描写，既是对晚明时期色情纵欲的社会风气的形象展示，也是对中国古代文人的性观念的坦率披露，更是对中国古代性文化、性心理的生动描绘，值得我们进一步深入地分析和冷静地思考。

第五节 《金瓶梅》的艺术创新

《金瓶梅》是中国古代第一部文人独立创作的白话长篇小说，在艺术上有许多创新之处，在中国古代小说史上具有里程碑的意义。

一、网状艺术结构

在结构方式上，《金瓶梅》以丰富的生活画面、细致的情节故事和众多的人物形象，组成网状的艺术结构。以往长篇小说常见的结构方式有两类：一类是组合式结构，即把同一历史背景下相对独立的众多人物和事件，大抵依照时间的推移，组合成总体结构，如《三国志演义》、《水浒传》及其他历史小说；一类是单线式结构，即以一个或几个人物为中心线索，依照他们的活动次第展开情节，如《西游记》。而《金瓶梅》既然以家庭生活、人情世态为主要描写对象，在结构上势必突破传统的样式，把组合式结构和单线式结构结合起来，形成一种独特的网状结构。小说中每一情节故事在直线推进时，常常打断时间顺序，作横向穿插以拓展空间，从而形成纵横交错的网状结构。小说以西门庆为中心人物，以西门庆一家的兴衰为中心线索，描绘了西门庆家庭内部大大小小的生活事件，其中西门庆的活动形成一条情节线，而与此相并行的金莲、瓶儿、春梅等故事也都单独形成一条情节线，它们在一个家庭内矛盾纠葛而联络成一体。在此主线之外，西门庆一家又与市井、商场、官府等横向相连，派生出许许多多的故事情节，它们相互烘托、相互制约，既从各方面展示了西门庆一家的生活环境，深化了主题，也呈现出一幅幅姿态纷繁的社会生活画面。再从局部来看，如第十四回至第十九回，主干情节是李瓶儿与西门庆的偷情以至娶嫁，但在这个情节纵向推进的过程中，横向穿插进许多既与主干相关而又可独立于外的人物和事件，如李瓶儿为潘金莲拜寿，吴月娘为瓶儿做生日，西门庆梳笼李桂姐，杨戬被参，陈洪充军，陈经济带大姐来避祸，以及西门庆派来保去东京行贿等等，各色人物和故事相互交叉，互为因果，像生活本身一样丰富多彩，既千头万绪，又意脉相连。因而全书结构紧凑严密，浑然一体。这种网状的艺术结构，为后来的长篇小说如《醒世姻缘传》、《红楼梦》、《歧路灯》等所继承和发展，成为中国古代长篇小说的一种重要的结构类型。

二、日常生活场面和生活细节

在《金瓶梅》之前，中国的长篇小说多写奇人异事，带有浓厚的传奇色彩，旨在构筑一个非同寻常的艺术世界。而《金瓶梅》则极力摆脱传统的传奇写法，逼真生活，格外注重以白描手法描写日常生活场面和生活细节。小说常常抓住生活事件中的一个侧面、一个片断，随意描写出来，构成一些兴味盎然的生活画面，揭示出一定时空中的人物关系，而情节也就在不知不觉中推进、扩展、深化了。如第六十三回至第六十五回，写李瓶儿丧事，详细描写了寿木、奠礼、吊客、题旌、丧仪、出殡、路祭及分定执事、僧道诵经等，把一个豪富人物的丧事描写得淋漓尽致，同时也隐逗出西门庆家由盛而衰的变迁。小说还津津乐道地描写西门庆一家的饮食、衣饰、器玩以及日常起居，不厌其详，细致入微。如第三十四回写西门庆书房中的陈设，除泛写凉床、帐幔、交椅之外，还醒目地写了书箧内的"往来书柬拜帖"和"中秋礼物账簿"，暗示西门庆与朝中显贵以及地方官吏的密切关系，对表达主题和塑造人物起了画龙点睛的作用。这样的描写触处皆是，有时虽然过于琐细芜杂，缺乏艺术韵味，但却为后人了解16世纪的中国社会提供了极其宝贵的史料。

三、人物性格的复杂化

同《三国志演义》、《水浒传》、《西游记》等从"说话"的基础上发展起来的小说相比较，《金瓶梅》在塑造人物形象方面，更注重人物性格的描写，使人物性格趋于复杂化。《金瓶梅》以前的长篇小说，大多以情节为主，凭借情节故事的离奇曲折引人入胜，并借助于情节来显示人物性格。而《金瓶梅》却以描写人物为主，故事情节反而转为平淡无奇。小说着力描写了许多仅仅有助于揭示或刻画人物性格，却对情节发展并无多大意义的琐事。例如第八回写潘金莲久等西门庆不来，心中没好气，百般焦躁，一会儿要洗澡，一会儿又睡觉，一会儿打相思卦，一会儿又要吃角儿；当发现角儿少了一个时，就将气出在迎儿身上，痛打了她二三十鞭子；放她起来后，又叫她打扇；打了一回扇，又用尖指甲在她脸上掐了两道血口子。这些细节描写，对情节的发展并无影响，但却深刻地刻画了潘金莲百无聊赖的心境和凶残暴戾的性格。此外如第五十四回写西门庆与应伯爵等游郊园，第五十七回写道长老募缘，西门庆施银五百两等，都是着力表现人物性格的"闲笔"。由此可见，《金瓶梅》的出现，标志着中国古代长篇小说的艺术创作由讲故事向写人物的重要转变。

更值得重视的是，《金瓶梅》小说比以往的长篇小说更加注重多色调、立体化地刻画复杂的人物性格。在《金瓶梅》中，许多人物形象都具有生活的原生态，善恶兼具，美丑共生，真伪并呈，显现出复杂的面相。例如，小说中的西门庆无疑是个"混账恶人"，他自私、狠毒、贪婪、好色，但这些恶德的表现形式却极为复杂。以西门庆跟李瓶儿的关系来看，他先奸骗了李瓶儿，并约好六月初四迎娶。但因他所投靠的杨提督突然倒台，他怕受牵连，在家避祸不出，更不把李瓶儿放在心上。等到得知李瓶儿与蒋竹山成婚，他却又对李瓶儿恨之入骨，用计陷害了蒋竹山，强行迎娶李瓶儿，并百般折磨，痛骂毒打，这时他是极端自私与狠毒的。而当李瓶儿给他看了带来的许多金银财宝后，他就变得对李瓶儿言听计从了，这暴露了他的贪婪。但他仍然始终将李瓶儿当作泄欲的工具，即使在李瓶儿的经期，也要满足自己的兽欲，以致李瓶儿“精冲了血管”而死。李瓶儿临死时，潘道士特别告诫西门庆：“切忌不可往病人房里去，恐祸及汝身!”可是他不忍相舍，“宁可我死了也罢，须得厮守着，和他说句话儿”(第六十一回)。当李瓶儿死后，西门庆又表现出相当真诚的悲痛之情，泣不成声，抱着身下有血渍的尸体哭得死去活来，口口声声叫道：“宁可教我西门庆死了罢，我也不久活于世了，平白活着做什么!”(第六十二回)并拿出许多银子给李瓶儿办丧事，还伴灵宿歇。西门庆这个“打老婆的班头，坑妇女的领袖”(第十九回)，在这时不无一点真挚的感情。但这种悲痛的感情和惊人的慷慨，同时却伴随着他的自私与好色：他竟在李瓶儿灵床对面的床铺上，奸污了奶子如意儿！这些生动的描写，向人们展示了一个性格多色调、立体化的活生生的人物形象。此外，如潘金莲、李瓶儿、吴月娘、宋惠莲等人物形象，也都有着复杂的性格特征和丰富的人性内涵，具有多层次、多向度的可阐释性。与阅读《三国志演义》、《水浒传》、《西游记》时的审美感受不同，人们在解析《金瓶梅》小说的人物形象时，更多地获得的不是对人类本质的理性认识，而是对社会众生相的感性体验。

四、语言的口语化、俚俗化

无论是人物语言还是叙述语言，《金瓶梅》都多用“市井之常谈，闺房之碎语”(欣欣子《金瓶梅词话序》)，表现出口语化、俚俗化的鲜明倾向。《金瓶梅》全书用的“只是家常口头语，说来偏妙”(张竹坡第二十八回批语)，并大量汲取市民中流行的方言、行话、谚语、歇后语、俏皮话等等，加以提炼、加工，熔铸成了“一篇市井的文字”(张竹坡《金瓶梅读法》)。尤其是《金瓶梅》的人物语言，大都具有性格化特征，“文心细如牛毛茧丝，凡写一人，始终口吻，酷肖到底，掩卷读之，但道数语，便能默会为何人”(刘廷玑《在园杂志》卷二)。如第七十六回，西门庆从衙门回来，家中正叫了四个唱的在月娘房里。西门庆谈起日间审一起“丈母养女婿”的奸情案，因为使女传于四邻，终得告到官府，两人都成死罪。潘金莲听了说：“要着我，把学舌的奴才，打的烂糟糟的，问他个死罪也不多。你穿着青衣抱黑柱，一句话就把主子弄了。”西门庆道：“也吃我把奴才拶了几拶子。好的为你这奴才，一时小节不完，丧了两个人性命。”月娘道：“大不正则小不敬。母狗不掉尾，公狗不上身。大凡还是女妇人心邪，若是那正气的，谁敢犯他?”连四个唱的都笑道：“娘说的是。就是俺里边唱的，接了孤老的朋友，还使不得，休说外头人家。”潘金莲自己是个私通女婿的小丈母，自甘堕落的荡妇，所以她置奸情于不顾，一味咒骂告发的使女。而西门庆身居理刑千户，自是法官口吻，但他又娇宠潘金莲，所以顺着她的口气，说几句讨她喜欢的话。吴月娘是正妻，表面上是道貌岸然的贤妇，所以专门讥刺淫荡之人，言外不免还有点影射。至于四个卖唱的妓女，则免不得对吴月娘阿谀奉承，巴结一番，而且三句不离本行，拿妓院的常规来比较。一段对话，每个人的身份品性、道德观念，跃然纸上。

《金瓶梅》小说语言的口语化、俚俗化、个性化，对其后的小说写作影响深远。文学语言是社会和文化的产物，一部文学作品的语言体系其实就是一种社会价值体系。特定的语言体系，总是以满足特定社会结构中人们思维、表达和传播的需要为前提和基础的。因此，对《金瓶梅》小说语言趋于口语化、俚俗化、个性化的研究，就不能仅止于各种语汇的梳理和语言运用的赏析，而且应该深入考察这种语言体系与社会、心理、哲学、历史等的复杂关系，借以窥视16世纪中国思维方式、社会心理、审美理想、叙事精神等的历史变迁。

近二十年来，《金瓶梅》研究在中国大陆和台湾地区都有了显著的发展，取得了丰硕的成果。《金瓶梅》也一直受到国外学者的高度重视，迄今为止的外文译本有英、法、德、意、拉丁、瑞典、芬兰、俄、匈、捷、日、朝、越、蒙等文种。国外许多学者还对《金瓶梅》的版本变迁、文化内涵和艺术创新等进行了深入的研究。

第六节 神魔小说的崛起

《西游记》问世之后至明末清初短短的几十年间，涌现出了近三十部内容各异、长短不同的神魔小说，形成与历史演义、英雄传奇明显不同的小说类型。

一、神魔小说的两种类型

神魔小说的第一类作品，是一批《西游记》的续书、仿作、节本，以及与其相配套的系列丛书。《西游记》的续书，如明阙名的《续西游记》一百回，写唐僧师徒历经磨难，保护"真经"回长安。《西游记》的仿作，如方汝浩（生卒年不详）的《东游记》一百回，全称《新编扫魅敦伦东渡记》，一名《续证道书东游记》，写不如密多尊者在南印度、东印度"普度群迷"，继而有达摩老祖率徒弟三人，自南印度至东印度，再往震旦阐扬佛教、扫迷度世。又如吴元泰（生卒年不详）的《东游记》（全称《八仙出处东游记传》）五十六回，连缀了铁拐李等八仙得道的故事。此书为系列丛书《四游记》中的一种。其他三种为：《南游记》，即余象斗编的《五显灵官大帝华光天王传》十八回，演华光救母的故事；《西游记》，即杨志和（一作"杨致和"）删节、改编《西游记》而成的《唐三藏西游全传》；《北游记》，亦名《北方真武玄天上帝出身志传》二十四回，亦由余象斗编，记真武大帝成道降妖事。《四游记》虽在民间颇为流行，但艺术价值不高。

神魔小说的第二类作品，是一批为佛道两教以及民间流传的各类神仙立传的小说。其中有的是独传式，以写一人为主，如达摩、观世音、许旌阳、吕纯阳、萨真人、天妃、钟馗、韩湘子、华光、真武、济颠、关帝、牛郎织女等；也有的是合传式，将数人凑在一起，如二十四罗汉、八仙等。这些作品大都先写传主的出身始末，后叙其降妖除害、济世度人的故事，结构松散，形象单薄，宗教性强，在民间广为流行。

二、《西游补》

在《西游记》的续书、仿作中，董说（1620—1686）作于明崇祯年间（1628—1644）的《西游补》十六回，独树一帜。小说故事插入《西游记》孙悟空“三调芭蕉扇”之后，写唐僧师徒过火焰山后，孙悟空被情妖鲭鱼精所迷，进入梦幻世界，时化美人，时做阎王，经历种种奇遇，最后为虚空尊者唤醒，杀死鲭鱼精，终现真我。小说借孙悟空形象和幻想情节，运用象征寓意手法，旨在演述由情迷而悟道的心路历程，抒发“世界情缘，多是浮云梦幻”（第一回）的思想，表达作者的精神向往。小说字里行间充满着讽刺色彩，以神魔演绎世情，批判明末的腐败政治和轻浮士风，指斥帝王的昏聩荒淫、降臣的无耻卑劣、八股考试的污浊、徇情枉法的时风等，同时也表达了回天无力的绝望心情。小说构思奇特，造境新奇，寓意深刻。小说依据“青青世界”、“古人世界”、“未来世界”的“三界”的时空情境，展开情节，叙次井然有序。语言幽默，处处涉笔成趣。鲁迅评价该书道：“造事遣辞，则丰赡多姿，恍惚善幻，奇突之处，时足惊人，间以俳谐，亦常俊绝，殊非同时作手所敢望也。”（《中国小说史略》）

三、《三宝太监西洋记》

在众多神魔小说中，另有一类作品将神魔故事与历史故事相交融，或将历史故事幻想化，或将虚幻人物历史化，以历史作为一种背景、点缀或舞台，来演出神魔鬼怪的奇事奇境。如万历二十五年（1597）罗懋登（生卒年不详）编的《三宝太监西洋记》一百回，别题《三宝开港西洋记》，简称《西洋记》。小说写郑和（1371—1435）下西洋故事，大半根据郑和随员马欢《瀛涯胜览》、费信《星槎胜览》二书敷陈，所以“书虽浅陋，而历年数百，便有备考证者”（清俞樾《春在堂随笔》）。小说中叙荒诞怪异之事，多受《西游记》的影响，并广搜历来民间传说，如“五鬼闹判”、“五鼠闹东京”之类，使叙述颇能引人入胜。但小说着意于宣扬法力无边，因果轮回，显得荒诞不经。全书几乎全由对话堆砌而成，缺乏细节描写和人物性格刻画，情节枝蔓，文词不佳，因而流传不广。在这类小说中，成就最高、影响最大的要数《封神演义》。

四、《封神演义》

《封神演义》一百回，叙述周武王伐纣，诸神相助争战的故事。周武王伐纣是中国古代历史的一次大事件，春秋以来便有不少零星记载和种种奇闻异说。宋元民间艺人开始完整地讲述这段故事，颇具神异色彩。现在所能见到的元刊《全相平话武王伐纣书》，便是当时说话艺人使用的文本。《封神演义》在这些故事的基础上加工编写而成，一般认为写定于明代隆庆至万历年间（1567—1620），具体年代难以确考。关于该书作者，有许仲琳（生卒年不详）、陆西星（1520—1601后）两说，目前还难以确定。《封神演义》现存最早刊本是明舒载阳刻本《新刻钟伯敬先生批评封神演义》，别题《批评全像武王伐纣外史封神演义》，卷首有李云翔序，现藏日本内阁文库。清覆明刊本别题《封神传》，蔚文堂覆明刊本别题《商周列国全传》，前有周之标序，均藏北京大学图书馆。又有康熙乙亥（1695）褚人获序四雪草堂订正本、乾隆壬寅（1782）茂选楼刊小字本等。

《封神演义》书影

☞多学一点

《封神演义》作者考察

明舒载阳刊本《封神演义》卷二题署"钟山逸叟许仲琳编辑"，鲁迅《中国小说史略》便依此定许仲琳为作者。然而，有关许仲琳的生平事迹，至今几乎一无所知，况且舒载阳刊本仅卷二有题署，也为孤证。孙楷第则据清人石印本《传奇汇考》卷七《顺天时》传奇解题所说"《封神传》系元时道士陆长庚所作"，以及张政烺以"元时"为"明时"之误、长庚乃陆西星字等意见，判定《封神演义》作者是陆西星。陆西星，字长庚，南直隶兴化（今属江苏）人，早年为诸生，曾九次参加乡试，均未考中，于是弃儒从道。著有《南华经副墨》、《方壶外史》、《楞严述旨》等。他是隆庆、万历间的著名道士，儒、释、道三教典籍均颇熟谙，有可能创作《封神演义》。然而，仅凭清人《传奇汇考》的一条解题，似嫌论据不足。

《封神演义》前三十回，除了哪吒出世的情节外，几乎完全根据平话扩大改编，之后便把平话搁在一边，放手专写神怪，伐纣的历史也就是各路神仙摆阵斗法的历史。所以鲁迅称《封神演义》"似志在演史，而侈谈神怪，什九虚造，实不过借商周之争，自写幻想"（《中国小说史略》）。小说深刻地揭露和批判了商纣王残忍暴虐的行径。小说中的纣王终日沉湎酒色，不理朝政，以致豺狼当道，贤良尽戮：老臣商容被抛尸，叔父比干被剖心，赵启死于炮烙，胶鬲投于虿盆，杨任剜去双目，箕子囚禁为奴。建鹿台弄得万民惊恐，家家闭户；造酒池肉林，暴殄天物，伤残百姓。为验证骨髓满浅，竟将无辜老少砍断胫骨；为验证胎儿性别，竟将孱弱孕妇剖开腹腔。这些令人发指的倒行逆施行为反映了封建帝王腐朽残暴的本质。小说在描绘纣王这个专制暴君的形象时，用周文王姬昌、武王姬发父子的仁慈爱民、简朴勤政、礼贤下士、举贤授能作比照，表现了作者对王道仁政社会政治理想的向往与追求。这些思想内容虽有价值，但以前小说多有反映，不能算是《封神演义》的创造。

《封神演义》最值得重视的是对臣伐君、子弑父的肯定性描写。“君君臣臣，父父子子”是维护封建等级秩序的伦理道德基础，不容许怀疑，更不容许否定。然而，小说中周武王以属臣讨伐君主纣王却被视为“灭独夫”的正义之举，理论根据是“天下者非一人之天下，乃天下人之天下也”（第九十四回）。武王誓师伐纣过首阳山时，伯夷、叔齐以“君臣之道”相劝阻，姜子牙予以反驳道：

> 今天下溺矣，百姓如坐水火，三纲已绝，四维已折，天怒于上，民怨于下，天地翻覆之时，四海鼎沸之际。惟天矜民，民之所欲，天必从之。况夫天已肃命于我周，若不顺天，厥罪惟均。且天视自我民视，天听自我民听。（第六十八回）

这种“民贵君轻”的思想虽有历史渊源，但在君主专制发展到极端的明代将这一思想表现得如此强烈，在中国古代小说作品中实不多见。再如对李靖和哪吒父子关系的描写也是对封建伦理道德的批判。哪吒打死了凶恶的龙王三太子，为了不连累父亲李靖，毅然剔骨还父，析肉还母。而胆小怕事的李靖为了自身安全，一再阻挠哪吒魂魄归依，甚至毁坏其庙宇金身。哪吒忍无可忍，在师父帮助下以莲花化身成形后，下山追杀李靖，并公然声称骨肉已还李靖，与他“无相干碍”，定要报一鞭之仇。李靖被杀得狼狈逃窜，若非燃灯道人解救，定会丧命于儿子之手（见第十四回）。对于哪吒的弑父行为，作者一再为其辩护，这就对“父要子亡，子不亡是为不孝”的纲常伦理提出了质疑。在以忠孝为立国之本的中国古代，这些思想具有惊世骇俗的特殊意义。当然，小说也表现了历史宿命论观念和女人祸水思想。

《封神演义》在艺术上的主要特色是富于想象，善于联想和夸张，许多描写出人意表，甚至荒诞不经，但仍合乎逻辑，含有合理成分，有些大胆想象甚至得到了现代科学技术的印证。例如，杨任神目的透视功能与现代X光机，土行孙的土遁、水遁与现代钻探和潜水技术，高明、高觉的“目能观看千里，耳能详听千里”与现代遥感通讯技术等，虽然有幻想和科学之分，但我们很难说它们之间没有某种人类精神的本质联系。从总体上看，《封神演义》中多数人物形象性格不够鲜明，缺少人物心理描写，故事叙述雷同较多，文笔较为粗疏，没有形成独特的叙述风格，因此文学成就远不及《西游记》。

第七节 历史小说的变迁

一、历史演义小说

自《三国志演义》问世以后，从明万历年间到清康熙初年，历史演义小说蔚然大观，几乎历代的题材都有所涉及。其中艺术成就较高的，有列国志系列小说和隋唐系列小说。

嘉靖年间（1522—1566），余邵鱼（生卒年不详）在宋元时期《七国春秋平话》、《秦并六国平话》等讲史话本基础上，编撰成《列国志传》，成为后世列国题材通俗小说的蓝本，现存明万历间（1573—1620）八卷本、十二卷本等。明末冯梦龙参照史实，对《列国志传》进行了较大改编，不仅使内容更加丰富，详略更加得当，结构更加完整，表述更加细致，而且使其更加合乎史籍记载，并更名为《新列国志》，共一百零八回，现存明末金阊叶敬池刻本等。其后，清乾隆十七年（1752）左右，秣陵（今江苏南京）人蔡元放（生卒年不详），对《新列国志》略加修订，增添序、读法、简要注释和详细评语，并改书名为《东周列国志》。

有关隋末唐初群雄争战的历史，历代正史、野史记载丰富，明代则出现了多种演义小说，如罗贯中《隋唐两朝志传》、林瀚《隋唐志传通俗演义》、熊大木《唐书志传通俗演义》、袁于令《隋史遗文》等。

二、杨家府演义

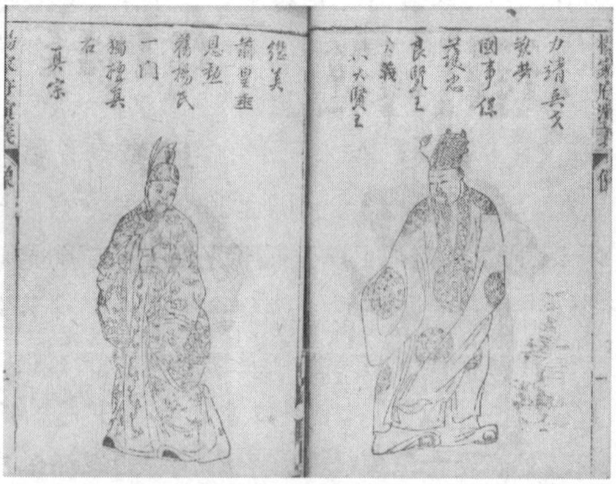

《杨家府演义》书影

在《水浒传》的影响下，从明万历间到清康熙间（1573—1722），出现了《杨家府演义》、《大宋中兴通俗演义》、《英烈传》等英雄传奇小说。其中最著名的是纪振伦（万历间人，号秦淮墨客）校阅的《杨家府演义》八卷五十八则（回），全称《杨家府世代忠勇演义志传》，又名《杨家将演义》、《杨家通俗演义》，现存最早刻本是明万历三十四年（1606）秦淮墨客序卧松阁刻本。北宋时杨家祖孙三代忠勇、抗辽保宋的事迹，《宋史·杨业传》有记载。民间传说更为丰富，南宋时已有《杨令公》、《五郎为僧》等话本，金代有《打王枢密爨》院本，元代有《昊天塔孟良盗骨》、《八大王开诏救忠臣》等杂剧，均叙述杨家故事。明嘉靖间（1522—1566）熊大木撰历史小说《北宋志传》（现存明建阳余氏三台馆刻本等），已将民间传说的杨家故事串联起来。《杨家府演义》前半部即本《北宋志传》而有所润饰，后半部则是作者的创造。小说并不严格依据史传，传说与虚构成分较多，杂有不少怪异荒诞情节，有许多人物于史无证；即使历史上真有其人，事迹也与史实有较大出入。特别是小说中杨家与狄青（1008—1057）的矛盾冲突，更与一般民间传说迥别。作品以杨家将抗击辽国入侵为主线，以朝廷忠奸斗争为副线，两条线索交织演进，表现了杨家的世代忠勇。从杨门七子幽州保驾多数蒙难、老令公与辽军血战撞死李陵碑，到佘太君不顾年迈带头攻阵、柴郡主怀孕参战阵中产子，杨家为了国家利益前仆后继，视死如归。特别是十二寡妇征西，更是惊天地，感鬼神，震撼人心。然而，这一门贞烈，世代忠良，却先后遭受潘仁美、王钦、张茂等权奸群小的百般陷害，死亡大半，最后险些被满门抄斩。杨家的遭遇反映出人们对黑暗政治的深刻认识和要求保护忠良、惩办权奸的强烈愿望。小说结尾写杨怀玉杀死权奸张茂后，举家迁往太行山，耕种田地，并严词拒绝朝廷，不愿回京任职，表现出对社会政治的失望情绪。小说保留了说话艺术故事性强的特点，风格质朴，生动流畅，但结构较松散，形象较粗糙，部分情节过于荒诞。

三、《水浒后传》

《水浒传》的续书主要有《水浒后传》、《后水浒传》、《结水浒传》等，其中《水浒后传》最为优秀。《水浒后传》八卷四十回，现存康熙三年（1664）遗经堂藏初刊本，署“古宋遗民著，雁宕山樵评”。俞樾（1821—1907）据沈登瀛《南浔备志》考定为陈忱（1613—1670?）所作。小说的创作年代在康熙元年（1662）前后。[①] 小说故事取一百二十回本《水浒传》中李俊等不愿为官而驾船出海，后为暹罗国主的情节，再加撰构，描写李俊、阮小七、燕青、李应等未亡梁山好汉三十二人，因贪官污吏穷治“梁山余党”，不得不在登云山、饮马川重举义旗，终于处死蔡京、高俅、童贯等奸臣，并奋起抗击南侵金兵，后来渡海至暹罗国建立王业，但仍心系南宋朝廷安危，不忘复国之志。书中突出反映了北宋末年的政治腐败和金兵南侵的暴行，切齿痛恨卖国权奸，明显寄寓着作者对明朝亡国的隐痛及抗清心理。陈忱自言，该书为“泄愤之书”（《水浒后传论略》），又说：“中原陆沉，海外流放，是得《离骚》之哀。”（《水浒后传序》）小说抒写了亡国孤臣的隐痛、指斥奸佞的愤慨、呼唤英雄的热忱和寄希望于海岛的理想，倾注着强烈的时代情绪。小说中李俊、阮小七、燕青等人物性格，与《水浒传》相比更加丰满，其他人物也写得较有个性，情节设计不乏精彩动人之处。语言自然雅洁，人物对话生动传神，景物描写富于诗情画意，涂染着浓厚的抒情色彩。清乾隆间，蔡元放将《水浒后传》析为十卷刊行，并对回目和文字作了一些修改，卷首有乾隆三十五年（1770）蔡氏序及读法，成为后世通行本。

四、《禅真逸史》

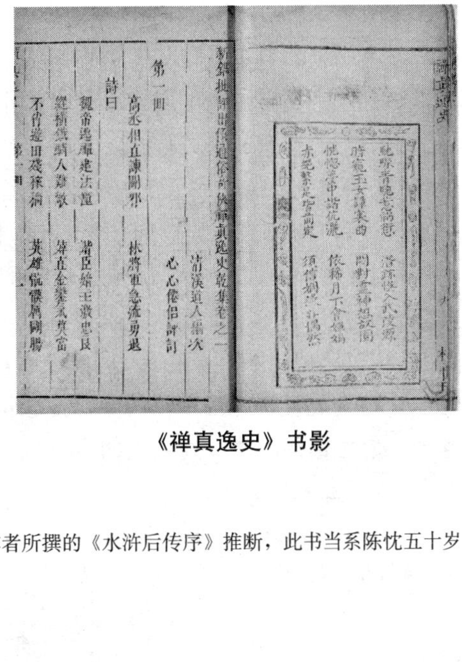

《禅真逸史》书影

由于神魔小说盛行于世，在明末出现了英雄传奇与神魔小说合流的趋向，代表作有《禅真逸史》。《禅真逸史》八卷四十回，全称《新镌批评出像通俗奇侠禅真逸史》，又名《残梁外史》、《妙相寺外传》，现存明天启间（1621—1627）本衙爽阁藏板本等。小说以南北朝时期南梁与北魏对立为时代背景，前二十回写北魏林澹然为人正直，见义勇为，除

① 据《水浒后传》初刊本卷首康熙三年甲辰（1664）作者所撰的《水浒后传序》推断，此书当系陈忱五十岁时所作。

恶锄奸，得天书三卷，能呼风唤雨，召神遣将，后避祸出家的故事。后二十回以林澹然的徒弟杜伏威、薛举、张善相为主角，他们都是含冤负屈者的后代，于是义结金兰，共举大事，报仇雪恨，成就大业，由绿林豪杰、乱世英雄变为朝廷命官、治世贤臣。小说结局写林澹然功成圆寂，三弟子弃家学道，终成正果。作者借历史故事为题材，影射晚明社会的政治黑暗。如小说写梁武帝萧衍（502—549 在位）佞佛废政，放纵僧侣，致使僧侣为非作歹，伤风败俗，梁武帝也落得个饿死台城的可悲下场，影指明世宗朱厚熜信奉道教。写东魏孝静帝元善见（534—550 在位）宠信奸佞，国运衰颓，高欢（496—547）、高澄（521—549）父子残害忠良，祸国殃民，以致邪恶横行，乌烟瘴气，则影指晚明权臣乱政。而小说中林澹然及其弟子的见义勇为、高风亮节、淡泊名利、功成身退，则与龌龊的社会相照映。全书语言通俗易懂，简洁流畅，人物对话生动有趣，且多符合人物身份、地位、性格，但人物描写有欠丰满。小说配合每回情节，融入大量诗词曲赋，特别是当时流行的民间俗曲，雅俗各具，灵活多变，使作品增色不少。

☞ **多学一点**

《禅真逸史》作者考

日本日光晃山慈眼堂藏本序署“瀫水方汝浩清溪道人识”，据此编撰者乃方汝浩，洛阳（今属河南）人，一说郑州（今属河南）人，或疑为杭州（今属浙江）人。《凡例》署“古吴爽阁主人履先甫识”，近人路工（1920—1996）《访书见闻录》认为心心仙侣即杭州人履先甫，也有人认为履先是方汝浩的字。又明末人潘镜若《三教开迷序》称“先严清溪道人”，则另有姓潘者亦号清溪道人。也许清溪道人有二，所以此书作者尚难论定。

五、时事小说

明末清初，身处乱世的人们对时局的变动极为关注，围绕着这一时期的重大历史事件，创作了一系列反映当时历史的时事小说，如《魏忠贤小说斥奸书》、《警世阴阳梦》、《梼杌闲评》、《辽海丹忠录》、《镇海春秋》、《近报丛谭平虏传》、《新编剿闯通俗小说》、《樵史通俗演义》等，成为历史演义小说的一个重要分支。时事小说结构多仿史传，叙事间杂议论，具有独特的艺术风貌。其中代表作是李清（1602—1683）的《梼杌闲评》。[①]《梼杌闲评》五十回。全称《绘图梼杌闲评全传》，又名《明珠缘》。小说叙写晚明的政治斗争，书中最晚的事件发生在崇祯三年（1630），成书大概在明末。全书以明末阉党首领司礼太监魏忠贤的一生经历为基本线索，主要描写天启年间（1621—1627）魏忠贤与熹宗朱由校的乳母客印月相互勾结，擅权乱政的故事。小说前二十回写魏进忠（魏忠贤原名）入宫之前的故事，通过他的生母侯一娘的遭遇，比较真实地反映了民间艺人的血泪

① 原书不题撰人，缪荃荪《藕香簃别钞》、邓之诚《骨董续纪》推测为李清著；欧阳健《〈梼杌闲评〉作者为李清考》又加以论证，载《社会科学战线》，1986（1）。

生活和动乱不安的社会现实。而对魏进忠协助程中书赴湖广清理矿税激起商民暴动的描写，则是万历年间武昌（今属湖北）民变的艺术反映。后三十回描写魏忠贤入宫以后，操纵朝政，揭露了封建政治的黑暗腐朽。其中详细叙述了魏忠贤阉党打击迫害正直士大夫周顺昌等人的罪恶行径，和苏州（今属江苏）市民在颜佩韦等人组织下，扯毁诏书，打死锦衣卫校尉，驱逐苏州知府的正义行动，展现了明末市民阶层力量的不断崛起和壮大。小说取材于现实社会生活，人物事件多有所本，政治倾向相当鲜明。与一般政治历史小说不同，《梼杌闲评》用不少篇幅描写两性关系，如侯一娘与魏云卿（魏忠贤之父），魏忠贤与客印月、侯秋鸿，表现出小说创作中言情与讲史互相融合的倾向。小说塑造了魏忠贤等一批邪佞小人形象，入木三分地刻画了他们的卑污灵魂和丑恶嘴脸，达到了强烈的讽刺效果。

第八节 世情小说的流衍

自《金瓶梅》问世以后，世情小说在明末清初也蔚然成风。

一、《金瓶梅》续书

《金瓶梅》最早的续书是作于明末的《玉娇李》（或作《玉娇丽》）。据沈德符《万历野获编》卷四记载，此书亦出自《金瓶梅》作者之手，袁宏道知道该书梗概："与前书各设报应因果，武大后世化为淫夫，上烝下报；潘金莲亦作河间妇，终以极刑；西门庆则一騃憨男子，坐视妻妾外遇，以见轮回不爽。"沈德符曾见首卷，谓"秽黩百端，背伦灭理……然笔锋恣横酣畅，似犹胜《金瓶梅》"。但此书早佚。清初丁耀亢（1599—1669）作《续金瓶梅》，借吴月娘与孝哥的悲欢离合及金、瓶、梅等人转世后的故事，大写北宋亡国、金人南犯的军国大事，"意在刺新朝而泄黍离之恨"（平步青《霞外捃屑》卷九）。小说充斥过多的因果说教，并不时穿插秽笔，整部作品结构松散。清康熙年间，有人将其中有碍于清朝当局的内容和枯燥无味的说教汰除殆尽，又在情节上稍作整合，并改易了书中人物的名字，用《隔帘花影》之名问世。民国初年，孙静庵（生卒年不详）又将《续金瓶梅》重新删改，在艺术上参考了《隔帘花影》，在政治上保留了所有触犯清政府的违禁之语，迎合资产阶级民族革命的思潮，改名为《金屋梦》。此外，尚有《三续金瓶梅》、《新金瓶梅》、《续新金瓶梅》等，都是一些粗制滥造的恶札。

除了《金瓶梅》的续书以外，明末清初的世情小说大致流衍为三种不同的类别：一是艳情小说，二是家庭小说，三是才子佳人小说。

二、艳情小说

明末清初出现了一大批艳情小说，如《僧尼孽海》、《闹花丛》、《浪史》、《昭阳趣史》、《玉妃媚史》、《弁而钗》、《宜春香质》、《肉蒲团》等，兴趣多在色情肉欲描写。其中如《桃花影》、《灯月缘》、《巫山艳史》、《春灯迷史》等，纯为纵欲宣淫之作；《梧桐影》、《风流和尚》等，稍含警世寓意；《灯草和尚》、《株林野史》等，借“息欲”之名写淫欲；《肉蒲团》、《空空幻》等，虽多猥亵之笔而别有寓意。凡此种种，不一而足。艳情小说的泛滥，原因殊为复杂，有明末纵欲之风影响所致，有书贾为利益所驱加以倡导所致，有无聊文人为宣泄低俗趣味而作，也有文士别有寄托而作。艳情小说从一个角度展示了明末清初的世俗人情、社会心理和文人情趣。

《醒世姻缘传》书影

三、《醒世姻缘传》

家庭小说的代表作是西周生的《醒世姻缘传》一百回，又名《恶姻缘》①，现存最早的版本大约是清顺治间（1644—1661）刻本（周绍良藏）。小说以明代正统至成化年间（1436—1487）的社会为背景，描写了一个冤仇相报的两世姻缘故事。前二十三回为前世姻缘，写山东武城富豪少爷晁源射杀仙狐，又娶妓女珍哥为妾，虐待妻子，使他的妻子计氏自缢。第二十四回以后写今世姻缘。晁源因奸被杀，托生为绣江县明水镇的狄希陈，仙狐托生为薛素姐，计氏托生为童寄姐，二人成为狄希陈的妻、妾，皆凶狠泼悍，狄希陈备受棒打、针刺、火烧、箭射、囚禁等凌虐。珍哥托身为童寄姐的婢女珍珠，终被童寄姐逼迫自杀。狄希陈后经高僧指点，始悟冤仇相聚、因果相报的缘由，于是虔诚持诵《金刚经》一万卷，“福至祸消，冤除恨解”。作品以因果报应作为外在的结构形式，“多善善恶恶之谈”（《凡例》），借神道以设

① 《醒世姻缘传》署“西周生辑著，然藜子校定”。西周生姓名尚难确考。清杨复吉《梦阑琐笔》记载，鲍以文（廷博）认为作者是蒲松龄。胡适亦主此说，指出此书情节与《聊斋志异》中的《江城》、《邵女》等篇相同之处颇多，而且书中多山东方言土语和淄川、章丘一带风俗（见《醒世姻缘传考证》）。孙楷第《中国通俗小说书目》同此。路大荒、金性尧则否定此说（见《聊斋全集中的醒世姻缘与鼓词集的作者问题》、《醒世姻缘传作者非蒲松龄说》等文）；王守义从避讳角度，提出此书为明人写明事（《醒世姻缘传的成书年代》）；田璞从思想倾向出发，论证作者当为丁耀亢（见《醒世姻缘传作者新探》）。日本享保三年（1728）《舶载书目》已载此书，则此书至晚在康熙六十一年（1722）已刊刻，写作与成书当更早，作者应为明人或明清之际人。张清吉《醒世姻缘传新考》（郑州，中州古籍出版社，1991）和徐复岭《醒世姻缘传作者和语言考论》（济南，齐鲁书社，1993）可资参考。

教，细致入微地描写封建社会富豪阶级污秽冷酷的家庭生活，惟妙惟肖地刻画形形色色的人物形象，广泛地描绘当时城镇都市的世俗风情，尖锐地抨击当时社会盛行的种种丑恶现象，如文人无行、买官鬻爵、贿赂公行、科场舞弊、民风败坏等，可供研究 17 世纪中国社会风俗史、教育史、经济史、文化史之用。

☞ 多学一点

胡适评《醒世姻缘传》

胡适（1891—1962）《醒世姻缘传考证》说："有了历史的眼光，我们自然会承认这部百万字的小说不但是徐志摩说的中国'五名内的一部大小说'，而且是一部最丰富又最详尽的文化史料。我可以预言：将来研究十七世纪中国社会风俗史学者，必定要研究这部书；将来研究十七世纪中国教育史的学者，必定要研究这部书；将来研究十七世纪中国经济史（如粮食价格，如灾荒，如捐官价格，等等）的学者，必定要研究这部书；将来研究十七世纪中国政治腐败，民生苦痛，宗教生活的学者，也必定要研究这部书。"①

《醒世姻缘传》是继《金瓶梅》之后又一部重要的世情小说，在题材内容、思想倾向、人物形象、写作手法、语言风格等方面，皆受《金瓶梅》巨大影响。清阮葵生说："后来惟《醒世姻缘传》仿佛得其（《金瓶梅》）笔意。"（《茶余客话》）小说结构完整自然，描写恣肆酣畅，语言泼辣传神，有较高的艺术成就。小说的人物塑造和某些艺术描写手法，对后世小说创作也产生了直接影响。如第四回的童山人、第三十五回的汪为露等形象，给《儒林外史》人物塑造以启发。又如对官场的揭露，第十回写县官下判索贿，第十四回写晁源上下行贿，竟能在牢房里为被判下狱的宠妾修福堂、开寿宴等，实为《官场现形记》的先声。在《金瓶梅》之后，《红楼梦》之前，以描写家庭生活为主的世情小说，《醒世姻缘传》是最有代表性也是最成功的作品。

四、才子佳人小说

才子佳人小说以才子佳人爱情故事为主要题材，兼叙人情世态，是世情小说的别支。明中叶出现了一批文言小说，如《刘生觅莲记》、《寻芳雅记》、《张于湖传》等（均见吴敬所辑明万历间刻本《国色天香》），已经具备才子佳人小说的雏形。明末出现了描写男女爱情的中篇白话小说，如金木散人编《鼓掌绝尘》（明崇祯间本衙藏板本）中的《风集》、《雪集》，但还不算是严格意义的才子佳人小说。直到清顺治年间（1644—1661）《玉娇梨》的出现，才标志着才子佳人小说的正式形成。

明末清初是才子佳人小说的发轫期，天花藏主人是这个时期的代表作家，他的代表作品主要有《玉娇梨》、《平山冷燕》、《两交婚》、《宛如约》等。这些作品都写男女主人公爱情诚恳执著，情真意切，为了爱情可以付出一切，甚至生命。特别是女主人公善良

① 姜义华主编：《胡适学术文集》，1181 页，北京，中华书局，1998。

美丽，富有才情，是这些作品的突出特色。

☞ **多学一点**

天花藏主人考

天花藏主人，一号荑秋散人，姓名、籍贯、生平不详，学术界有嘉兴（今属浙江）张劭（字博山）、嘉兴张匀、秀水（今浙江嘉兴）徐震（字秋涛）等几种说法，尚无定论。现存署天花藏主人“著述”、“新编”或“题序”的小说共十六种。

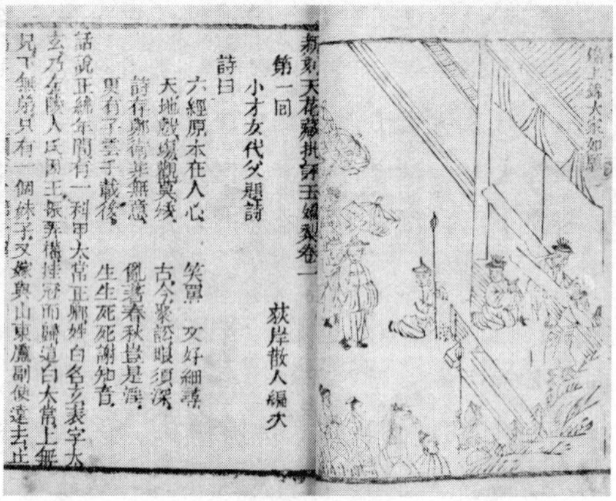

《玉娇梨》书影

《玉娇梨》全称《新镌批评绣像玉娇梨小传》，又名《双美奇缘》，四卷二十四回，现存清顺治年间（1644—1661）刻本等。小说叙写明正统年间（1436—1449），太常卿白玄因不肯将女儿白红玉嫁给御史杨廷昭之子，被迫出使番邦，临行时将女儿寄托其舅父吴翰林。吴恐杨节外生枝，便辞官携红玉回金陵（今江苏南京）老家，红玉改名“无娇”。白玄出使归来，为女儿考诗择婿，红玉选中书生苏友白。苏赴京应试，途中遭劫，恰遇女扮男装的卢梦梨救助，并订婚事。苏友白金榜高中后，娶白红玉和卢梦梨两姐妹为妻。小说中，苏友白对什么是佳人，发表了一番别具一格的见解，他说：“有才无色，算不得佳人；有色无才，算不得佳人；即有才有色，而与我苏友白无一段脉脉相关之情，亦算不得我苏友白的佳人。”（第五回）这可以代表当时人们对理想的爱情婚姻对象的基本认识：作为一种理想人格，无论是佳人还是才子，都应该具有“色”、“才”、“情”三种要素，三者缺一不可。当然，在三者中，“脉脉相关之情”是摆在第一位的，是才子佳人之所以为才子佳人的最本质的人格要素。《玉娇梨》所宣扬的婚姻自主、考试择婿、假斯文行骗出丑、大团圆结局等，成为后来才子佳人小说的情节模式。《玉娇梨》还是中国古代小说中较早传到国外且影响较大的一种。①

《平山冷燕》现存清顺治十五年戊戌（1658）天花藏主人序刻本等，叙述平如衡、山黛、冷绛雪、燕白颔四人的婚姻故事，仿《金瓶梅》命名法，四人各取一字，故书名《平山冷燕》。作品叙写明代大学士山显仁之女山黛才华横溢，因作了一首《白燕》诗得到皇帝的喜爱，钦封为宏文才女，赐玉尺以衡量天下人才。显仁为女儿建造玉尺楼，与天下文人考较诗文，满朝大臣无不败北。山人宋信和窦知府串通，强买扬州村庄大户冷新之女绛雪，赠送山家为侍婢。冷绛雪闻山黛才名，将计就计来到京师，因替山黛作诗献皇帝，被封为女中书。两才女一起生活，彼此敬爱。后来松江才子燕白颔中状元，洛

① 法国人阿贝尔-雷米扎（Abel-Rémusat）翻译的四卷本《〈玉娇梨〉或〈两个表姐妹〉：中国小说》（*Iu-kiao-li ou, les deux cousines: roman chinois*），1826年由巴黎蒙塔迪埃（Moutardier）出版社出版。此译本后被转译为英文、德文，在欧洲流传颇广，产生了较大影响。朱利安（儒莲）（S. Julien）也有法文全译本（*Les deux cousines*. Paris: Didier，1864）。

阳才子平如衡中探花，燕与山、平与冷结为夫妻。作品以显扬女子才情为主题，刻意颂扬女才子，把山、冷二女描绘得才高八斗，学富五车，和她们相比，那些翰苑公卿、玉堂学士、词坛宿彦、诗社名公，通通相形见绌，丑陋不堪。在小说的卷首，作者开宗明义，说："富贵千年接踵来，古今能有几多才?"才远远高于富贵。又说："道德虽然立大名，风流行乐要才情。"（均见第一回）才又非道德能比拟。以才傲视富贵，鄙薄道德，这在当时是需要有相当的勇气的。小说的写作技巧在同类小说中也堪称翘楚。①

明末清初的才子佳人小说作家大都是仕途失意的中下层文人，如天花藏主人、烟水散人、苏庵主人、娥川主人、步月主人等，他们借小说表达文人的人生理想和审美趣味，具有特定的文化内涵。在才子佳人小说中，才子和佳人无不美貌俊俏，才华横溢，情意缠绵；为了寻求知心贴意的意中人，他们大胆地追求自择佳偶，甚至不惜以种种非礼方式私订婚盟；而一旦两情相悦，他们就以坚贞不渝的爱情，同来自各方面的阻挠和破坏相抗争，为了追求爱情理想的实现而万死不辞。最后的结局，往往是"洞房花烛夜，金榜题名时"。这种才子佳人故事的情节模式，实际上是中国古代文人在功名仕途上的失意情绪的发泄，是他们对扼杀人才的现实社会的抗议，是他们对改变自己卑微的社会地位的幻想，更是他们追求自身价值的实现的渴望。从这样的情节模式中，我们看到了封建末世文人的双重心态：他们对现实社会制度既充满怨愤，又抱着幻想；他们不可能、也不愿意超越现实，所以他们只能满足于做一个美好的白日梦。他们的梦是真实的，是他们的心灵的展现，也是现实生活的表现。

【温故知新】

神魔小说　取经故事的演变　《西游记》　《金瓶梅》　四大奇书　《西游补》　《封神演义》　杨家府演义　时事小说　世情小说　言情小说　家庭小说　《醒世姻缘传》　才子佳人小说

【请你思考】

1. 如何理解西天取经故事在民间的流传演变？
2. 简析《西游记》小说的游戏笔墨所体现的现实意义。
3. 如何理解《西游记》的人物形象塑造？
4. 为何称《金瓶梅》为"世情小说"？
5. 神魔小说的崛起和发展轨迹是怎样的？
6. 这一时期的历史演义小说中哪些成就最高？原因是什么？

【推荐阅读】

兰陵笑笑生．金瓶梅词话．北京：人民文学出版社，2008

林庚．西游记漫话．北京：人民文学出版社，2002

周先慎．明清小说．北京：北京大学出版社，2003

① 《平山冷燕》在国外也有一定影响，有翟理思（H. A. Giles）和埃尔夫利达・赫德森（Elfrida Hudson）的英文选译本，朱利安（儒莲）（S. Julien）的法文全译本以及晁德莅（Zottoli）的拉丁文选译本等。

第六章 话本小说的风行

【导读】

从明代嘉靖年间（1522—1566）开始，随着商业经济日益活跃，印刷业迅速发达，文学创作的商品化成为一种新的趋势，大批的文人投身于小说的创作、编辑与刊刻。在长篇章回小说大量刊行的刺激下，天启、崇祯年间（1621—1644），以冯梦龙、凌濛初为代表的一批文人应书贾之请，编撰短篇的话本小说，由此形成话本小说创作的高潮。明末清初一大批话本小说集先后问世，与长篇章回小说形成双峰并峙的局面。文人参与话本小说创作，使话本小说完成了由口头文学向书面文学的转变，这在中国小说发展史上是一次重大的变革。

第一节
“三言”的编选

一、文人模拟话本小说

早在嘉靖年间（1522—1566），文坛上就出现一些文人模拟话本小说的作品。晁瑮［嘉靖二十年（1541）进士］《宝文堂书目》著录了多种单独刊行的文人话本小说，如《羊角哀鬼战荆轲》、《范张鸡黍生死交》、《冯唐直谏汉文帝》、《李广世号飞将军》等。现存第一部话本小说总集，是嘉靖时洪楩（嘉靖、隆庆间人）编刊的《六十家小说》，一名《清平山堂话本》，收录宋、元、明初的话本小说。该书分为《雨窗》、《长灯》、《随航》、《欹枕》、《解闲》、《醒梦》六集，每集分上下二卷，每卷五篇。今存二十七篇，其中五篇残缺，后来又发现两篇残文。万历年间（1573—1620），福建书商熊龙峰也刊行过一批话本小说，今存四种。

“三言二拍”

二、冯梦龙的通俗文学思想

而冯梦龙则是通俗小说的功臣。他凭借丰厚的文字修养和文学造诣，不仅搜集、整理宋、元和明初的话本小说，而且有意识地从事话本小说的拟作，从而提高了话本小说的艺术价值，奠定了话本小说的历史地位。

冯梦龙“酷嗜李氏之学，奉为蓍蔡”（许自昌《樗斋漫录》卷六），他的通俗文学思想深受李贽和公安派的影响。冯梦龙认为，传统的诗文满足着文人的精神生活，通俗文学则适应了平民百姓的艺术欣赏要求（见《古今小说序》，《喻世明言》卷首）。他以“真”、“假”论文学，认为当时存在两种不同性质的文学作品，一种是出自田夫野竖之口的真文学，一种是缙绅学士所津津乐道的假文学。在冯梦龙看来，文学要“真”，就必须自然而然地发于中情；只有自然而然发于中情，才能打动人心：“《诗》三百篇之可以兴人者，唯其发于中情，自然而然之故也。”（《太霞曲语》）而假文学却旨在宣扬虚伪的名教，无真情实感可言，所以他要“借男女之真情，发名教之伪药”（《叙山歌》）。他尖锐指出：“世儒但知理为情之范，孰知情为理之维乎？”（《情史序》，《情史》卷首）甚至提出建立“情教”（同上）的主张，认为通俗文学足以矫正时弊、移风易俗，具有独特的教化功能。他说：由于小说通俗易懂，“谐于里耳”，因此能使“怯者勇，淫者贞，薄者敦，顽钝者汗下。虽日诵《孝经》、《论语》，其感人未必如是之捷且深也”（《古今小说序》）。他在说明为三部话本小说集命名的意图时说：“明者，取其可以导愚也；通者，取其可以适俗也；恒则习之而不厌，传之而可久。三刻殊名，其义一耳。”（《醒世恒言序》，《醒世恒言》卷首）

分析举例

冯梦龙之去假存真

且今虽季世，而但有假诗文，无假山歌，则以山歌不与诗文争名，故不屑假。苟其不屑假，而吾借以存真，不亦可乎？（《叙山歌》）

从万历四十年（1612）开始，冯梦龙就积极从事通俗文学作品的整理和创作，先行编印了两部民歌集《挂枝儿》和《山歌》，在当时“举世传诵，沁人心腑”（沈德符《万历野获编》卷二十五《时尚小令》）。在小说方面，冯梦龙将罗贯中的《平妖传》小说由二十回增至四十回，将余邵鱼的《列国志传》小说增补改定为《新列国志》；编辑印行笑话集《古今笑》（后更名《古今谭概》），编纂《太平广记钞》、《智囊》、《情史》等笔记小说集。此外，他还编写了大量戏剧、散曲、通俗性的史传摘抄等。最为重要的是，冯梦龙在天启元年（1621）编定出版《古今小说》（后更名为《喻世明言》），天启四年（1624）编定出版《警世通言》，天启七年（1627）编定出版《醒世恒言》。[①] 这三部话本小说集合称“三言”，达到了中国古代短篇白话小说的艺术高峰。

三、“三言”的编选和加工

学术轶事

凌濛初评冯梦龙

凌濛初说：“独龙子犹氏所辑《喻世》等书，颇存雅道，时著良规，一破今时陋习，而宋元旧种，亦被搜刮殆尽。肆中人见其行世颇捷，意余当别有秘本，图出而衡之。不知一二遗者，皆其沟中之断，芜略不足陈已。”（《拍案惊奇序》，《拍案惊奇》卷首）

① 传本《古今小说》扉页上有书铺天许斋的三行题识，中云：“本斋购得古今名人演义一百二十种，先以三分之一为初刻云。”而在《古今小说》目录之前，也题《古今小说一刻》。这说明《古今小说》本来是编者给自己纂辑的几部通俗小说选集所拟定的一个总名。当《古今小说一刻》再版时，书名却改为《喻世明言》。而二刻和三刻正式出版时，就分别署名《警世通言》和《醒世恒言》，《古今小说》反而成了《喻世明言》的一个异名。

“三言”共收录话本小说一百二十篇。在“三言”的编选过程中，冯梦龙独具慧眼，去芜存菁，几乎把当时广为流传的、脍炙人口的宋、元和明初的话本小说都网罗无遗。面对浩瀚的宋元明话本，冯梦龙的编选以“谐于里耳”为基础，辅之以“文心”（《古今小说序》），在强调小说教化功能的同时特别注意小说的艺术品格。对比现存的《六十家小说》，在包括残文的二十九种当中，冯梦龙只选用了十一种；而现存“熊龙峰四种小说”，与“三言”相同的只有一种。可见，冯梦龙在刊刻小说之前，曾做过审慎的遴选。他对旧作的改写，在小的方面，包括改订篇目、删除说话人术语、增补头回、增删移易字句、增补情节等等；在大的方面，则自出己意，全部改作。前者如《六十家小说》中的《简帖和尚》接近宋元话本原貌，而冯梦龙将之收入《喻世明言》时改题《简帖僧巧骗皇甫妻》，作了些细节和语言表述方面的修改，可以明显看出说话人口头演说的话本与文人润饰过的供案头欣赏的话本小说的区别。后者如冯梦龙在《古今小说序》中说到的曾入选于《六十家小说》的《柳耆卿诗酒玩江楼记》以及被熊龙峰刊行的《双鱼坠记》，认为它们“鄙俚浅俗，齿牙弗馨”（《喻世明言》卷首），因此不取《双鱼坠记》，而对《玩江楼记》则重新创作，一改原文赞赏柳永风流韵事的鄙俗格调，把柳永写成一个品性高雅、让人敬重的才子形象。可见，冯梦龙对旧作的改编实际上是一种创造性的加工，使之成为结构基本一致、风格整齐划一的短篇白话小说。[①]

除了改编旧作以外，“三言”中还有一批冯梦龙拟作的话本小说。这些作品，有的根据民间唱本改写，如《苏知县罗衫再合》据《苏知县报冤》唱本；有的据史书杂记撰作，如《吴保安弃家赎友》本事出《新唐书·忠义传》；有的采自唐宋传奇，如《杜子春三入长安》，演述唐传奇《杜子春传》；有的采用明人的笔记小说，如《杜十娘怒沉百宝箱》一篇出于宋懋澄（1570—1622）的文言笔记小说《负情侬传》（《九籥集》卷五），《沈小霞相会出师表》的蓝本是江盈科的《沈小霞传》（《明十六种小传》卷三）；有的则出自冯梦龙自己的手笔，如《老门生三世报恩》等。对于这些作品，冯梦龙大多仅采用了故事原有的框架，进行了全新的创造，使之成为面目一新的话本小说。[②]

第二节 “三言”的时代特征

“三言”的一百二十篇话本小说，故事题材广泛，文化内涵丰富。从总体上看，“三

① 参见［美］韩南著，尹慧珉译：《中国白话小说史》第五章第二节，杭州，浙江古籍出版社，1989。

② 关于“三言”中的宋元旧本、明初话本、冯梦龙拟作本的具体情况，学术界尚无定论。参见谭正璧：《话本与古剧》，上海，古典文学出版社，1956；胡士莹：《话本小说概论》，北京，中华书局，1980；程毅中：《宋元小说研究》，南京，江苏古籍出版社，1998；欧阳代发：《话本小说史》，武汉，武汉出版社，1994；张兵：《宋辽金元小说史》，上海，复旦大学出版社，2001。

言”堪称一幅明代社会文化的风俗画。与宋元话本小说相比较，“三言”最大的艺术贡献不在于开拓了小说的题材，而在于在旧有的题材上写出了新意，体现了时代文化的特征。

一、肯定男女情欲

首先，“三言”中最为脍炙人口的是描写男女情恋的作品。这些作品展示了男女恋情的多种样貌，表现出前所未见的性爱观和人格观，标示了独特的人性价值取向。与以往爱情婚姻题材的作品不同，“三言”不仅止于一般地称赞男女的恋爱自由和婚姻自主，而是把“情”和“欲”结合在一起，以此构成男女主人公崭新的人格结构。对男女正当情欲的肯定，成为贯穿“三言”作品的一种强烈的文化观念。

分析举例

对男女之情的肯定

《闲云庵阮三偿冤债》：“奉劝做人家的，早些毕了儿女之债。常言道：男大须婚，女大须嫁；不婚不嫁，弄出丑吒。多少有女儿的人家，只管要拣门择户，扳高嫌低，担误了婚姻日子。情窦开了，谁熬得住？男子便去偷情嫖院；女儿家拿不定定星盘，也要走差了道儿。那时悔之何及！”（《喻世明言》卷四）

《蒋兴哥重会珍珠衫》（《喻世明言》卷一）改编自文言小说，却极为曲折而细腻地展开了人性中“情”与“理”的较量。小说叙写湖北襄阳商人蒋兴哥与妻子王三巧，原本是情爱夫妇，因为兴哥外出经商，逾期不归，三巧被徽商陈大郎勾引成奸。兴哥得知三巧失贞，休弃了三巧，三巧改嫁潮阳知县吴杰为妾。后来几经周折，兴哥娶了陈大郎之妻后，又迎娶三巧为妾。小说整体的情节构成因果报应的结构图式：陈大郎奸人之妻反而失妻于人，王三巧贪图淫欲终究由妻变妾，其表层意义是：“我不淫人妇，人不淫我妻”，“殃祥果报无虚谬，咫尺青天莫远求”。但是小说却以大量的篇幅，不厌其详地描写了王三巧的“失身”过程和蒋兴哥对妻子“失节”的反应，形成叙述者和阅读者的热点所在，揭示出小说更为深层的文化意义。一方面，小说塑造了与传统道德意义上的“失节妇”不同的王三巧形象：三巧的“失身”，客观上因为丈夫久别不归的期盼、薛婆巧舌如簧的引诱和陈大郎不择手段的渔色，主观上则因为女性自身对爱情的渴望，以及三巧自身懦弱的性格。这种对爱情的渴望和懦弱的性格，使王三巧的负情失节“情有可原”。而王三巧在感情上自始至终也没有背弃丈夫，所以最后促成破镜重圆。借助于对王三巧的情欲和性格的深层透视，小说披露了一位普通女性复杂细微的内心世界。另一方面，小说中的蒋兴哥形象更是与众不同，他宽宏大度地体谅三巧的偶尔失足，并不怨天尤人，而是反躬自省：“当初夫妻何等恩爱，只为我贪着蝇头微利，撇他少年守寡，弄出这场丑来，如今悔之何及!”因此对三巧的再嫁并不加阻拦，反而将王三巧的“十六个箱笼”原封不动，当作陪嫁。这既是他的“忠厚”，也是他的“痴呆”，更是他对王三巧的一片深情。他的所作所为，既符合儒家传统的“恕道”，更体现了“宽容”的人性精神，并非一般的伦理道德所能涵盖。小说中的潮阳知县吴杰，从兴哥与三巧见面时的抱头痛哭，便猜出他们绝非兄妹而是夫妻，并成全了他们的伉俪情深，也是别有慧心的。与此类似，在《乔太守乱点鸳鸯谱》(《醒世恒言》卷八)中，当玉郎和刘慧娘的私情被告到官府时，主审其事的乔太守竟将错就错，自愿充任媒人，下令将慧娘嫁给玉郎为妻，又将慧娘以前所定的未婚夫与玉郎的未婚妻指为夫妻，两对青年男女各得其所，皆大欢喜。这种“以情不以理”的审判方式，充满着浓郁的民间色彩。

二、鞭笞邪恶人欲

当然，“三言”在肯定男女情欲合理性的同时，也惊惧于情欲如洪水猛兽般的破坏力，因此不时警诫人们。至于“市门之游”、“女闾之遗”，“不得不谓之邪色”。至如“钻穴逾墙”，“偷暂时之欢乐，为万世之罪人”，“这谓之乱色”。这种对“好色”与“好淫”的辨析，便表现出对健全人性与病态人性、合理情欲与邪恶人欲的文化思考。因此，像《庄子休鼓盆成大道》(《警世通言》卷二)以庄子的妻子田氏为例，指责女性“生前个个说恩深，死后人人欲扇坟”，《明悟禅师赶五戒》(《喻世明言》卷三十)、《赫大卿遗恨鸳鸯绦》(《醒世恒言》卷十五)写和尚、尼姑的淫心不泯甚至超过常人，如此等等，都是“三言”对病态人性与邪恶人欲的鞭笞，从而构成“三言”具有时代特征的性爱观和人格观的另一层面。

分析举例

好色与好淫辩

《赫大卿遗恨鸳鸯绦》入话中有一段关于“好色”与“好淫”的辨析：“论来好色与好淫不同。如古诗云：‘一笑倾人城，再笑倾人国。岂不顾倾城与倾国，佳人难再得。’此谓之好色。若是不择美恶，以多为胜，如俗语所云：石灰布袋，到处留迹，其色何在？但可谓之好淫而已。然虽如此，在色中又有多般。假如张敞画眉，相如病渴，虽为儒者所讥，然夫妇之情，人伦之本，此谓之正色。又如娇妾美婢，倚翠偎红……此谓之傍色。”(《醒世恒言》卷十五)

相比较良家妇女而言，妓女对爱情婚姻和人格尊严的追求则更为艰难。《杜十娘怒沉百宝箱》(《警世通言》卷三十二)便是一曲惊心动魄的悲歌。小说叙写京师绝色名妓杜十娘与“忠厚志诚”的世家公子李甲相爱，但是，受到李甲之父李府尹的家长权威的潜在威胁、富家子弟孙富的金钱诱惑的公开阻挠，再加上李甲的用情不深和生性懦弱，杜十娘对从良生活的追求终于未能实现，而且为此献出了宝贵的生命。杜十娘试图凭借微不足道的个人力量去对抗整个社会的顽固习俗，试图凭借金钱和时间的考验去证明自己对爱情婚姻的坚贞不渝，而她的性格又如此自信自尊、刚强果断、宁折不弯，因此她注定只能承受悲剧的命运。面对“风尘困瘁，甫得脱离，又遭弃损”的致命打击，杜十娘没有抱任何侥幸心理，没有用箱中的百宝去乞求李甲的回心转意，而是怀着满腔的悲愤，当众怒斥孙富，指责李甲，抱持百宝箱，跃身跳进滚滚的波涛。杜十娘之死，是对虚幻的幸福生活的弃绝，更是对神圣的人格尊严的捍卫。与《杜十娘怒沉百宝箱》的悲剧风格迥然不同，《金玉奴棒打薄情郎》（《喻世明言》卷二十七）和《卖油郎独占花魁》（《醒世恒言》卷三）则洋溢着轻松愉快的喜剧风格，前者在男女恋情故事中揭露人性的卑污，后者在男女恋情故事中讴歌人性的纯真。

三、追求人格尊严

其次，“三言”涂染了浓厚的文人色彩，表现出文人特有的价值观念、性格风貌和审美趣味，塑造了一批具有鲜明的时代特征的放荡不羁的文人形象。

例如，《众名姬春风吊柳七》（《喻世明言》卷十二）改编自《六十家小说》的《柳耆卿诗酒玩江楼记》，讲述宋代词人柳永留恋青楼歌妓的生活故事。原作将柳永写成一个性情风流但为人卑鄙的小人，设计强迫妓女顺从自己。改作一方面更为突出了柳永的才气，把他的才气与文人的自负联系起来。小说写柳永“缙绅之门，决不去走”，因为不趋炎附势，结果晋升无路，他愤慨地说：“当今做官的，都是不识字之辈，怎容得我才子出头?”文人的失意源自官场的黑暗。另一方面更重要的是，小说提升了柳永的人格，把他写成对自己爱慕的女子一往情深的情种。柳永珍惜歌妓舞女的感情，且爱情专一，没有喜新厌旧的恶习，对妓女谢玉英的爱情缠绵悱恻。他还帮助其他妓女与相爱的人结合。因此，柳永虽然不见容于官场，却在青楼妓馆中广受欢迎。在小说中，情场远比仕途纯洁，妓女远比官宦富豪有情有义，而柳永在青楼女子中得到的爱情和友情，远比他在官场仕途中失去的功名更有价值。与这篇作品情趣相同的，还有《唐解元一笑姻缘》（《警世通言》卷二十六），小说讲述明代江南才子唐寅的风流故事，他以解元之尊、才子之身，为追求一个身份低微的富豪人家的婢女，竟不惜卖身为书童。柳永和唐寅在被官场弃绝之后，把个人的爱情放到人生中的重要位置，以得到爱情为人生最大的满足，体现出一种崭新的人生价值观念。披示文人以情场得意补偿官场失意的文化心理，这一主题在明末清初的才子佳人小说戏曲和蒲松龄《聊斋志异》的部分篇章中，得到了更为淋漓尽致的表现。

当然，文人的仕途失意，与他们狂傲不羁、负气使性的性格特征并非毫无关系，但是“三言”却往往在个性与社会的激烈冲突中，极力张扬、渲染这种文人性格。如《李谪仙醉草吓蛮书》（《警世通言》卷九），杂取正史轶闻和民间传说，以酒楼纵酒、长安应举、醉草吓蛮书、辞官仙游等情节，塑造了一位一生好酒、才气纵横、不求仕进、不恋荣华、不愿摧眉折腰事权贵的诗人李白形象。《卢太学诗酒傲王侯》（《醒世恒言》卷二十九）以史实为依据，叙写明嘉靖间名士卢楠与县令汪岑的矛盾冲突，刻画了卢楠“为人跅弛，好使酒骂座”、“诗亦豪放，如其为人”（《明史·文苑传》）的文人形象，栩栩如生。

四、表达文人趣味

“三言”中还有些作品，取材于前代文人墨客的奇闻趣事，表现了文人特有的审美趣味。如《王安石三难苏学士》（《警世通言》卷三）中的王安石，博学多识，机智风趣，以才华见称的苏轼在他面前，见闻不广，记诵不精，只好甘拜下风。《苏小妹三难新郎》（《醒世恒言》卷十一）中苏轼的妹妹苏小妹，虽然容貌不算秀美，却灵心慧舌，文采斐然，在与当代才子秦观成亲时，连出三题，要求秦观和诗作对。这些故事多出于虚构增饰，但由于其机智诙谐的审美趣味，在民间广为流传，脍炙人口。

五、描写封建官吏

最后，“三言”中还有一批旨在披露社会真相的作品，有助于人们真切地认识晚明社会的政治、经济和人情。

例如《沈小霞相会出师表》（《喻世明言》卷四十）取材于明嘉靖年间著名的政治事件，写锦衣卫经历沈炼受权臣严嵩迫害致死，其子沈小霞流浪江湖，历尽艰辛的故事。小说中的严嵩，专权误国，卖官鬻爵，遍布党羽，杀戮异己，在官场中造成了“万般皆下品，只有奉承高”的歪风，其罪恶之严重，手段之残忍，典型地反映出晚明社会政治的腐朽黑暗。此外，如《卢太尉诗酒傲王侯》（《醒世恒言》卷二十九）中的“官官相为”，《沈小官一鸟害七命》（《喻世明言》卷二十六）中的严刑逼供，《一文钱小隙造奇冤》（《醒世恒言》卷三十四）中“公人见钱，犹如苍蝇见血”的贪官，都隐隐透露了晚明社会政治的腐败。

“三言”中对封建官吏的描写，最值得注意的是表现了前所未有的新特点——清官的贪婪、昏聩。如《滕大尹鬼断家私》（《喻世明言》卷十）极力描写了滕大尹断案的精明公正，他将个人的智慧与官场的威严、鬼神的传说及故弄玄虚融为一体，巧妙地实现了倪太守为儿子均分家产的遗愿。但滕大尹的精明中却暗藏着狡黠和贪婪，他发现倪太守留下的《行乐图》中隐藏着一份秘密的遗嘱，“开着许多金银，未免垂涎之意”。不过他并不公开贪赃，而是“眉头一皱，计上心来”，装神弄鬼，假托遗言，将地下掘出的银子取出千两，据为己有。在这里，公正贤明与私欲贪婪居然集于滕大尹一身。又如《老门生三世报恩》（《警世通言》卷十八）中的蒯遇时，“为官清正”，从知县“行取到京，钦授礼科给事中之职”，他的升迁与科举考试是紧紧相连的。可是，这样一位“为官清正”

的考官，在选拔人才时却并不清正，而是随心所欲，“不愿文章中天下，只愿文章中试官”。此篇出自冯梦龙手笔，他才高天下却困顿场屋，这种切身体验和满腔忧愤，使他在含泪的苦笑中把明代科举混乱、考官昏聩的荒唐现象揭露得具体真切、深刻辛辣。

六、表现商人生活及公案、宗教鬼神类作品

在中国封建社会中，历代统治者都实行“重农抑商”的政策，因此商人的社会地位低下，人们耻谈财富，商人和金钱在文学作品中往往都是被否定、被鄙视的对象。明中叶后，由于手工业、商业的发展，商品经济开始突破自然经济的樊笼，金钱在社会中显示了它的巨大诱惑力，传统的轻商观念开始淡化。特别是以李贽为代表的社会思潮的出现，更在理论上肯定了商人经商活动的合理性和积极意义。李贽认为“好货”、“好色”都是人类的自然要求，应该充分肯定。这种对商人肯定和同情的态度，深刻地影响了当时的文学创作，尤其在小说创作中，商人已经作为正面形象出现，人们的金钱意识也得到了表现。

“三言”中一些作品细致地描写了商人的经商生活、商品交换和流通过程，以及与之相关的城市丝织业等手工业生产情况。如《杨八老越国奇逢》（《喻世明言》卷十八）从主人公杨复“凑些资本，买办货物，往漳州商贩，图几分利息，以为赡养之资”写起，描述了他行商过程中曲折艰难的经历和家庭悲欢离合的故事。《施润泽滩阙遇友》（《醒世恒言》卷十八）、《沈小官一鸟害七命》（《喻世明言》卷二十六）、《新桥市韩五卖春情》（《喻世明言》卷三）等作品中，也都描写了机户的生活和丝织铺的情况。尤为重要的是，这些作品还表现了市民的思想、情绪、要求和愿望，具有强烈的时代精神。如《施润泽滩阙遇友》（《醒世恒言》卷十八）写施润泽拾金不昧后得到回报以养蚕致富的故事，《吕大郎还金完骨肉》（《警世通言》卷五）写商人吕玉拾金不昧使一家人骨肉团聚的故事，《徐老仆义愤成家》（《醒世恒言》卷三十五）写老仆阿寄帮助颜氏母子经商致富创建家业的故事，都反映了具有时代特征的新的思想观念。

此外，在“三言”中，公案类作品和宗教鬼神类作品也占了较大的比例，体现了当时的读者喜好热闹的俗趣和好奇尚异的心理。在公案类作品中，各种各样的犯罪表现出人性异乎常规的变态和深藏不露的隐秘，以及由此引发的惊心动魄的事件；而破案的过程，既是对智力的考验，也是对人性的拷问，还是对官吏道德品质的检验。因此，公案类作品足以满足时人一种特殊的心理期待和阅读兴趣。在缺乏健全的法律制度的中国古代社会里，犯罪与惩罚的主题传诵广远，历久不衰，在某种意义上充当着一种“精神法庭”的角色。[①] 而在明代社会里，人们一般都相信鬼神的存在，相信因果报应，都有一种泛宗教的信仰。“三言”中的宗教鬼神类作品大多溯源于这种现实的宗教观念，同时表现出强烈的劝诫意味和说教色彩。

① 参见［美］韩南著，尹慧珉译：《中国白话小说史》第二章第二节，杭州，浙江古籍出版社，1989。

第三节 "三言"的叙事艺术

一、严整精致的叙事结构

"三言"的叙事艺术极其精巧，具有严整精致的叙事结构、运用自如的叙事方法、曲折巧妙的叙述技巧和流畅生动的叙述语言，达到了中国古代短篇白话小说的高峰。

"三言"的三部小说集构成一个整体的叙事序列，而"三言"的每一部小说集也具有一个完整的叙事架构。在《醒世恒言序》中，冯梦龙列举了"忠孝为醒，而悖逆为醉；节俭为醒，而淫荡为醉；耳和目章、口顺心贞为醒，而即聋从昧、与顽用嚣为醉"（《醒世恒言》卷首）。这里的"醒"与"醉"，就是冯梦龙编撰"三言"所遵循的基本原则：褒扬"醒"而劝化"醉"。在"三言"的每一部小说集中，每两卷的卷目都形成对偶句，故事内容则大多互相比衬。如《喻世明言》卷一《蒋兴哥重会珍珠衫》和卷二《陈御史巧勘金钗钿》，两篇都是婚恋故事，前者是蒋兴哥的妻子王三巧与陈商私通，陈商客死，陈妻平氏成了蒋兴哥的妻子，王三巧反成了蒋兴哥的妾；后者是鲁学曾的未婚妻阿秀被梁尚宾骗奸致死，梁尚宾伏法，梁妻田氏与鲁学曾结为夫妻。两篇故事不同，结构相似，共同表现"殃祥果报无虚谬，咫尺青天莫远求"（《蒋兴哥重会珍珠衫》）的主题。此外，如该集卷三、卷四共同表现的是"节"、"淫"主题，卷五、卷六表现的是"义"，卷七、卷八表现的是"友"等等。冯梦龙编撰《古今小说》，是将全部作品构造成两两对偶的结构，很可能在编撰过程中正是按照这种对比原则对各篇进行了加工改造，以突出主题。由此，"三言"的每一部小说集都形成了严整精致的叙事结构，有利于作品主题的突出和作者思想的表达。

二、运用自如的叙事方法

尽管"三言"同宋元话本小说不同，基本上是由文人创作、在书斋里产生的书面文字，但是，由于"三言"从说话艺术脱胎而出，因此就叙事体制而言，它仍属于说书体小说。说书体小说具有独特的叙事方法，就是作者化身为叙述者，以说话人的身份介入故事情节中，以全知的眼光叙述一切人物事件，引导听众或读者进入故事，并时时表明主观态度，发挥陈述和评判的作用。在"三言"中，叙述者的陈述和评判作用主要是通过强化题目与篇首诗、入话与头回及篇尾诗的功能表现出来的。首先，"三言"更改了所有入选小说的题目和篇首诗，使之起到标示题旨、传达叙述意图的作用。如将《李元吴江救朱蛇》改为《李公子救蛇获称心》（《喻世明言》卷三十四），不仅点明了救蛇的行动，而且交代了行动的结果，透露出“善有善报”的小说主旨。又如《戒指儿记》的篇首诗既过于冗长又与小说的叙述重心关系不大，《闲云庵阮三偿冤债》（《喻世明言》卷四）则改为：“好姻缘是恶姻缘，莫怨他人莫怨天。但愿向平婚嫁早，安然无事度余年。”道出了祸之所由，点明了训诫意义。其次，“三言”在入话和头回中强化了叙述者的声音。如《蒋兴哥重会珍珠衫》（《喻世明言》卷一），在篇首诗词后就是叙述者的一段解释、发挥性的议论，目的就是引导读者进入故事，同时表明叙述者的主观态度，让读者直接接受小说故事的表层意义。同样，许多头回故事的叙述，往往也是叙述者用来开门见山地点明题旨的。最后，对于篇尾诗，“三言”也很注意卒章显志的功能。《陈巡检梅岭失妻记》的结尾原来是：“虽为翰府名谈，编作今时佳话。话本说彻，权作散场。”《陈从善梅岭失浑家》（《喻世明言》卷二十）改为：“有诗为证：三年辛苦在申阳，恩爱夫妻痛断肠。终是妖邪难胜正，贞名落得至今扬。”从说话套语改为扣题诗结，着重强调小说的主旨。总之，“三言”对旧有文本的改造加工，有意地强调了叙述者的声音。这一声音从话本的题目开始，贯穿全文，统摄全文，并且灵活地调整着叙述者的视角与距离，使得原本分离甚至抵牾的叙述声音与人物声音相统一。同时，这种对叙述的主动控制，由于突显了隐藏于叙述者之后的作者的声音，因而使小说染上某种个性化的色彩。

值得注意的是，“三言”对于旧有文本的修改，有些已触及话本小说的叙事视角与叙事意趣，是超越说话人审美层面而深入叙事肌理的精心改造。如话本《风月瑞香亭》原来重在写“风月”二字，在大胆的描摹之间散发着市井野趣。“三言”把此篇作为《俞仲举题诗遇上皇》（《警世通言》卷六）的头回故事，叙事焦点由风流故事变为贫士发迹，从而使叙事意趣也由市井野性变为儒雅蕴藉。又如话本《柳耆卿诗酒玩江楼记》写柳永利用职权设计谋骗歌妓周月仙，改本《众名姬春风吊柳七》（《喻世明言》卷十二）则作反面文章，写柳永出于义气成全周月仙与黄秀才。这种改变同样是市井趣味向文人趣味的转变：前者从市井角度看文人，风流可以和品行错位；而后者从文人角度看文人，则风流必须和道德相称。而且，《众名姬春风吊柳七》的叙事焦点由原来的“恨柳七”变为“吊柳七”，有才有义的柳七与名姬们的风流恋情，同达官显贵对柳七的忌恨相对比，“可笑纷纷缙绅辈，怜才不及众红裙”，上升到社会批判的高度。这种叙事焦点的转移和置换，使一个“齿牙弗馨”之作“颠倒成了风流佳话”。与此类似，《五戒禅师私红莲记》的改写，也使一则和尚破色戒的轶事升华为社会政治批判的作品，表现了力图救世的文人旨趣。

三、曲折巧妙的叙述技巧

当然，小说离不开对故事的叙述，“三言”的艺术魅力，在很大程度上得之于出色的讲故事的艺术。首先，“三言”在编织故事时，特别注重细节的描写，往往浓墨重笔，勾画渲染。与宋、元及明初的话本小说相比，“三言”的篇幅显然是大大增加了，这既因为故事情节愈加丰富曲折，更因为细节描写愈加细致详尽。《杜十娘怒沉百宝箱》（《警世通言》卷三十二）便善于以精微的细节描写展现人物性格，塑造细腻逼真的人物形象。例如，杜十娘挣脱羁绊跳出风尘时，满怀喜悦，在船上等李甲一回来，就关怀备至，“满斟热酒劝之”，“抱持公子于怀，软言抚慰”，极其温柔体贴。当李甲吐出将她转卖给孙富的实情时，十娘“放开两手，冷笑一声”。顷刻之间，她已下定决心，与李甲决裂。在“抱持”与“放开”，“软言”与“冷笑”的对比中，表现了十娘恩怨分明、处事果断的性格。又如，孙富差家童到船头候信，十娘“微窥公子，欣欣似有喜色”，她彻底地绝望了。这一“欣欣似有喜色”的细节，将李甲冷酷无情、卑鄙自私的性格表现得淋漓尽致。对盐商孙富，作品中也有不少细节描写。此人“若嘲风弄月，倒是个轻薄的头儿”，为得到国色天香杜十娘，他巧言令色，先设法亲近李甲，待李甲说出十娘打算时，他“沉吟半晌，故作愀然之色”，对李甲献出“心腹之谈”时，先勾起李甲兴趣，又故意不说，使李甲对他的话深信不疑。这些细节，表明孙富工于心计，不愧是精明的商人形象。

“三言”还擅长用由表及里、以动写静的方式，透过人物的言行，揭示人物的感情波澜和心理变化。如《玉堂春落难寻夫》（《警世通言》卷二十四）中，写玉堂春智斗亡八、鸨母，夺得人身自由后，对远方的情人王景隆刻骨相思：

> 却说玉姐自上了百花楼，从不下梯。是日闷倦，叫丫头：“拿棋子过来，我与你下盘棋。”丫头说：“我不会下。”玉姐说：“你会打双陆么？”丫头说：“也不会。”玉姐将棋盘、双陆一皆撇在楼板上。丫头见玉姐眼中吊泪，即忙掇过饭来，说：“姐姐，自从昨晚没用饭，你吃个点心。”玉姐拿过分为两半。右手拿一块吃，左手拿一块与公子。丫头欲接又不敢接。玉姐猛然睁眼见不是公子，将那一块点心掉在楼板上。丫头又忙掇过一碗汤来，说：“饭干燥，吃些汤罢！”玉姐刚呷得一口，泪如涌泉，放下了，问：“外边是什么响？”丫头说：“今日中秋佳节，人人玩月，处处笙歌，俺家翠香、翠红姐都有客哩！”玉姐听说，口虽不言，心中自思：“哥哥今已去了一年了。”叫丫头拿过镜子来照了一照，猛然唬了一跳：“如何瘦的我这模样？”把那镜丢在床上，长吁短叹，走至楼门前，叫丫头：“拿椅子过来，我在这里坐一坐。”坐了多时，只见明月高升，谯楼敲转，玉姐叫丫头：“你可收拾香烛过来，今日八月十五日，乃是你姐夫进三场日子，我烧一炷香保佑他。”玉姐下楼来，当天井跪下，说：“天地神明，今日八月十五日，我哥王景隆进了三场，愿他早占鳌头，名扬四海。”祝罢，深深拜了四拜。

这一段心理描写深切感人，相思、痛苦、痴迷、忧愁、感慨、期待、祝福……人物细如丝缕的心理变化和微若涟漪的感情波动，借助于一系列的外在动作，层层揭露出来，从而浮现出玉堂春真情流露的生动形象。

其次，“三言”在编织故事时，善于利用生活中的偶然性因素，巧妙地组织情节，发展情节，从偶然中表现必然，使作品具有一种既出人意料之外、又在情理之中的艺术效果。在《十五贯戏言成巧祸》（《醒世恒言》卷三十三）中，“巧”担当了主要的叙事功能。小说写刘贵得到老丈人资助他做生意的十五贯钱，顺路到也要做生意的熟人家中小酌，这是偶然之事，也许只是一闪念就决定了的，但也在情理之中。而陈二姐开门迟了，刘贵恶作剧地吓唬她一下，虽然这个玩笑开得大了点，但也是可以理解的。凶杀所以能够发生，恰好是因为陈二姐外出借宿，房门没有关好。陈二姐早晨赶路，脚疼走不动，与崔宁搭个伴也是自然的，但这时正好被众人追上，最巧的是崔宁身上也正好有十五贯钱，这是巧中之巧，纯属偶然的巧合，但前面已有一连串的巧做铺垫，读者也就不觉突兀，反而能领会到这是作品艺术创造的需要。正是这合情合理的“巧”环环相扣，一巧套一巧，成了故事叙述的精彩之处，从而把人们不知不觉地带到了特定的情境之中。同样，《杜十娘怒沉百宝箱》中杜十娘江上放歌偶遇“独酌无聊”的孙富，《蒋兴哥重会珍珠衫》中三巧儿楼上望夫偶遇“俊俏后生”陈商等，都是用“巧”来有效地组织和推动故事情节的发生、发展，表现出高超的叙事艺术。

最后，“三言”在编织故事时往往把悬念作为一种独特的叙事结构形式，以引而不发、悬而置疑的手法来推进情节和冲突的发展，使故事的铺展呈现曲折、复杂的曲线形态。在《杜十娘怒沉百宝箱》中，小说先用伏笔来构成“百宝箱”的悬念。百宝箱的第一次出现是在众姐妹为十娘送行之时，谢月朗“命一从人挈一描金文具至前”，却“封锁甚固”，而杜十娘对描金文具“也不开看，也不推辞”，这时读者开始感到这一“描金文具”的诡秘，由此成为故事的悬念。悬念设置后，小说又欲擒故纵，不急于解扣子，让悬念缓缓地起着涟漪。百宝箱的第二次出现是在船上，只见十娘“取钥开箱。公子在傍自觉惭愧，也不敢窥觑箱中虚实”；当十娘从箱里拿出五十两银子交给李甲后，“十娘仍将箱子下锁，亦不言箱中更有何物”。这就进一步激发了读者对百宝箱的好奇之心。最后百宝箱被打开，显露出它的珍贵收藏和真正来历，前面一系列的悬念蓄势，这时就像“银瓶乍破水浆迸”，在镗镗鞳鞳的急促声中，把情节推上最高峰。“三言”作为短篇小说，由于篇幅短，容量少，回旋余地小，因此小说往往有意运用悬念结构来制造引人入胜的戏剧效果。

四、流畅生动的叙述语言

与前此以往的话本小说集相比较，“三言”具有较为统一的叙述语言风格。宋、元及明初的话本小说在叙述语言上并没有形成一个稳定的尺度，而是文白相杂、雅俗混存的。如《六十家小说》中，既有文言之作（如《风月相思》），也有口语之作（如《快嘴李翠莲》）。而“三言”却在兼容传统书面语言和通俗文学语言的基础上，形成了浅近通俗、流畅生动、雅致活泼的叙述语言风格。如《杜十娘怒沉百宝箱》中，写到李甲因为钱财用尽，妓院鸨母限他十日内拿出三百两银子，作为赎出十娘的赎金，否则就不许他再接近十娘。李甲疲于借债，四处碰壁，这时小说细致地描写了十娘的应对筹划：

李公子心上也牵挂着表子，没奈何，只得随四儿进院。见了十娘，嘿嘿无言。十娘问道：“所谋之事如何？”公子眼中流下泪来。十娘道：“莫非人情淡薄，不能足三百之数么？”公子含泪而言，道出二句：“不信上山擒虎易，果然开口告人难。一连奔走六日，并无铢两，一双空手，羞见芳卿，故此这几日不敢进院。今日承命呼唤，忍耻而来，非某不用心，实是世情如此。”十娘道：“此言休使虔婆知道。郎君今夜且住，妾别有商议。”十娘自备酒肴，与公子欢饮。睡至半夜，十娘对公子道：“郎君果不能办一钱耶？妾终身之事，当如何也？”公子只是流涕，不能答一语。渐渐五更天晓，十娘道：“妾所卧絮褥内藏有碎银一百五十两，此妾私蓄，郎君可持去。三百金，妾任其半，郎君亦谋其半，庶易为力。限只四日，万勿迟误。”十娘起身将褥付公子，公子惊喜过望，唤童儿持褥而去。径到柳遇春寓中，又把夜来之情与遇春说了。将褥拆开看时，絮中都裹着零碎银子，取出兑时果是一百五十两。遇春大惊道：“此妇真有心人也。既系真情，不可相负。吾当代为足下谋之。”公子道：“倘得玉成，决不有负。”当下柳遇春留李公子在寓，自出头各处去借贷。两日之内，凑足一百五十两交付公子道：“吾代为足下告债，非为足下，实怜杜十娘之情也。”

李甲拿了三百两银子，喜从天降，笑逐颜开，欣欣然来见十娘，刚是第九日，还不足十日。十娘问道：“前日分毫难借，今日如何就有一百五十两?”公子将柳监生事情，又述了一遍。十娘以手加额道：“使吾二人得遂其愿者，柳君之力也。”两个欢天喜地，又在院中过了一晚。

次日，十娘早起，对李甲道：“此银一交，便当随郎君去矣。舟车之类，合当预备。妾昨日于姊妹中借得白银二十两，郎君可收下为行资也。”公子正愁路费无出，但不敢开口，得银甚喜。说犹未了，鸨儿恰来敲门叫道：“媺儿，今日是第十日了。”公子闻叫，启户相延道：“承妈妈厚意，正欲相请。”便将银三百两放在桌上。鸨儿不料公子有银，嘿然变色，似有悔意，十娘道：“儿在妈妈家中八年，所致金帛，不下数千金矣。今日从良美事，又妈妈亲口所订，三百金不欠分毫，又不曾过期。倘若妈妈失信不许，郎君持银去，儿即刻自尽。恐那时人财两失，悔之无及也。”鸨儿无词以对，腹内筹画了半晌，只得取天平兑准了银子，说道：“事已如此，料留你不住了。只是你要去时，即今就去。平时穿戴衣饰之类，毫厘休想。”说罢，将公子和十娘推出房门，讨锁来就落了锁。此时九月天气，十娘才下床，尚未梳洗，随身旧衣，就拜了妈妈两拜。李公子也作了一揖。一夫一妇，离了虔婆大门。

这一段文字，叙事写人，雅俗相间，细腻清晰，明快生动。十娘虑事的深远与决断，言谈时的绵里藏针、柔中带刚，行事的干脆利落，以及李甲的懦弱无能，鸨母的贪利无情，无不跃然纸上。“三言”这种独特的叙述语言风格，标示了短篇白话小说的语言审美取向，奠定了短篇白话小说的叙述语言尺度，对中国古代小说语言的历史演进作出了划时代的历史贡献。

第四节
“二拍”的文化趣味

在冯梦龙的影响下，天启七年（1627），凌濛初“偶戏取古今所闻一二奇局可纪者，演而成说，聊舒胸中磊块”（《二刻拍案惊奇小引》，《二刻拍案惊奇》卷首），编写成话本小说集《拍案惊奇》四十卷四十篇。该书刊出后极受欢迎，在书贾再三催促下，崇祯五年（1632），凌濛初又编写了话本小说集《二刻拍案惊奇》四十卷四十篇。《初刻》与《二刻》一起，合称“二拍”。今传“二拍”仅收话本小说七十八篇。

☞多学一点

版本考察

初刻《拍案惊奇》现存崇祯元年（1628）尚友堂刊本，藏日本日光轮王寺慈眼堂法库。《二刻拍案惊奇》仅存尚友堂部分原版的重印本，其卷二十三《大姊魂游完宿愿，小妹病起续前缘》系从初刻《拍案惊奇》中移补，卷四十《宋公明闹元宵杂剧》亦为后人补入，另有两卷的版心也与原版不同，故今传《二刻拍案惊奇》至少有两卷已失。

"二拍"中有一部分作品的题材出于野史笔记和说唱话本，如《李将军错认舅，刘氏女诡从夫》（《二刻》卷六），凌濛初便声明是"话本"；《赠芝麻识破假形，撷草药巧谐真偶》（《二刻》卷二十九）也明言："这一回书乃京师老郎（对宋元说话人的尊称）传留，原名为《灵狐三束草》。"但是，"二拍"中绝大多数作品都是凌濛初的创作，即使有所承袭或借鉴，也只是一些零星素材，这与"三言"主要是对"宋元旧种"的整理加工是不一样的。因此可以说，凌濛初是明末独力创作话本小说最多的作家。在"三言"已在社会上产生较大影响的时候，"二拍"能引起读者的重视，也证明了它具有独特的审美价值。

与"三言"相比较，"二拍"更为鲜明地反映了明中后期商人的生活状况和他们的思想意识。如《乌将军一饭必酬，陈大郎三人重会》（《初刻》卷八），写苏州商人之子王生的婶母杨氏教导王生继承父业，王生也自认为经商是自己的正经事业。王生经商被劫，婶母安慰他，鼓励他："不可因此两番，堕了家传行业。"小说表现出新兴商人无所畏惧、百折不回的敬业精神。《赠芝麻识破假形，撷草药巧谐真偶》（《二刻》卷二十九），写汉阳马口地方乡官马少卿，居然也出资经营旅店，并对即将招为女婿的外地商人蒋生说："经商亦是善业，不是贱流。"反映的正是时代的声音。《叠居奇程客得助，三救厄海神显灵》（《二刻》卷三十七），热情地歌颂徽商程宰的囤积居奇，虽然作品把"人弃我堪取，奇赢自可居"说成是海神的指点，但作品肯定自古受到抨击的商人囤积居奇的经商行为，无疑表达的是明中后期市民的新思想。在描写商人的经商活动时，"二拍"在"三言"的基础上也有所开拓和发展。如《转运汉巧遇洞庭红，波斯胡指破鼍龙壳》（《初刻》卷一），写明代成化年间苏州书生文若虚舍弃仕途，转向经商，却屡屡折本，人称"倒运汉"。后来他跟随商船出海到吉零国，因带去的一篓洞庭红橘，意外地获大利。归途中，他在荒岛上拾得鼍龙壳，波斯商人出5万两银子高价购买，文若虚从此发家致富。明中叶后海禁渐宽，东南沿海出海经商的商人日益增加，有人因此骤获暴利。这部小说作品反映的就是明代社会的这种现实，同时也反映当时商人们追求发家致富的强烈欲望，流露出"运退黄金失色，时来顽铁生辉"的天命思想。

"二拍"中描写男女恋情的作品，比"三言"更为激烈，也更为放纵。如《李将军错认舅，刘氏女诡从夫》（《二刻》卷六），写刘翠翠迫使父母放弃"门当户对"的传统观念，而同心爱的人金定结合，后被李将军掳去做妾，却始终不忘金定。金定历经艰辛找到翠翠后，夫妻迫于将军权势不能相认，只得双双殉情以表明心迹。《满少卿饥附饱飏，焦文姬生仇死报》（《二刻》卷十一），批判了满少卿富贵易妻、忘恩负义的丑恶行径，凌濛初借叙述者之口，直言不讳地揭穿了礼教社会中男女之间的不平等：

> 天下事有好些不平的所在。假如男子死了，女人再嫁，便道是失了节，玷了名，污了身子，是个行不得的事，万口訾议；及至男人家丧了妻子，却又凭他续弦再娶，置妾买婢，做出若干的勾当，把死的丢在脑后，不提起了，并没有人道他薄幸负心，做一场说话。就是生前房室之中，女人少有外情，便是老大的丑事，人世羞言；及至男人家撇了妻子，贪淫好色，宿娼养妓，无所不为，总有议论不是的，不为十分大害。所以女子愈加可怜，男子愈加放肆。这些也是伏不得女娘们心里的所在。

基于这样的认识，“二拍”对妇女的贞节表达了不同传统的看法。《酒下酒赵尼媪迷花，机中机贾秀才报怨》（《初刻》卷六），写到贾秀才的妻子巫娘，中了奸人之计而失身，痛不欲生。贾秀才不仅没有埋怨她，反而劝慰她：“不要寻短见，此非娘子自肯失身，这是所遭不幸。”后来夫妇俩将计就计，杀了仇人。巫娘的失身，不仅没有造成夫妇之间的任何裂痕，反而增进了夫妇之间的感情。从此以后，“那巫娘子见贾秀才干事决断，贾秀才见巫娘子立志坚贞，越相敬重”。像巫娘这样被辱失身，完全没有必要一死了事，她继续活下去，仍然会受到人们的敬重，甚至会倍受敬重。“二拍”的这种道德观念，和传统的贞节观相去何止千里！另外，如陆蕙娘（《初刻》卷十六《张溜儿熟布迷魂局，陆蕙娘立决到头缘》）、莫大姐（《二刻》卷三十八《两错认莫大姐私奔，再成交杨二郎正本》）等，也都能突破封建贞操节烈观念而另寻所爱，并以她们的行动得到人们的理解。明代中后期，有不少思想家、文学家对束缚和迫害妇女的封建礼教提出了强烈的抗议。吕坤在《呻吟语》卷五《行道》中，指出传统礼教对男女约束的不平等，认为礼教“严于妇人之守贞，而疏于男子之纵欲”，这是“圣人之偏”。谢肇淛也对“妇节”提出了与众不同的见解，充分肯定妇女丧夫再嫁，极为欣赏“父一而已，人尽夫也”这句话，说它虽得罪于名教，但实堪称格言。因为，在男女关系上，不但“夫择妇”，而且“妇亦择夫”（《五杂俎》卷八）。“二拍”对男女自主择姻的肯定，尤其是对女性的同情，正与这种时代思想一脉相承。

应当指出的是，由于凌濛初在创作这些小说时“意存劝戒，不为风雅罪人”（《二刻拍案惊奇小引》，《二刻》卷首），带有比较自觉的利用小说劝善惩恶的教化目的，因此作品中的封建说教、封建迷信、因果报应和宿命论思想随处可见，从另一个方面体现出当时文人的文化趣味。尤其是“二拍”往往在传统道德的观照下展开人性与道德的冲突，扩展了作品独特的阅读空间。如《西山观设箓度亡魂，开封府备棺迫活命》（《初刻》卷十七），写寡妇吴氏为与西山观道士知观长期姘居，竟向开封府告其子达生忤逆，要将达生当堂打死。吴氏以牺牲母子亲情来换取性爱的残忍心理，表现出在病态的社会里一个女性追求性爱的艰难与可能出现的偏激疯狂。而作品将吴氏塑造成被疯狂的情欲所驱使的寡廉鲜耻、异常狠毒的荡妇，将达生塑造成重情知礼的孝子，无疑信守的是传统的道德观念。又如《程朝奉单遇无头妇，王通判双雪不明冤》（《二刻》卷二十八），写徽州商人程朝奉勾引街坊李方的妻子陈氏被拒绝，便向李方提出，愿以三十两银子为价码，换得陈氏的同意。在金钱的诱惑下，李方夫妇经过痛苦的选择，最终放弃了个人的尊严和家庭的体面，屈从于那三十两银子。这段故事中道德与现实的冲突、良心与金钱的激烈较量，展现了普通人日常生活中的一种人生困惑，表现出独特的人性深度。

此外，“二拍”中还有一些作品暴露了封建官吏的丑恶嘴脸和肮脏灵魂，抨击了明末腐朽黑暗的社会现实。如《青楼市探人踪，红花场假鬼闹》（《二刻》卷四），写贪酷凶残的杨佥宪为官贪婪，卸任后在家蓄养强盗，巧取豪夺，为吞没五百两银子的贿赂，竟杀害五条人命。《进香客莽看金刚经，出狱僧巧完法会分》（《二刻》卷一），写常州柳太守为夺取寺中所藏价值千金的白居易手书《金刚经》，竟暗嘱强盗，诬陷该寺为藏盗之所，肆意迫害寺中住持。《沈将仕三千买笑钱，王朝议一夜迷魂阵》（《初刻》卷八），把那些官宦公子、举人、秀才中的狼心狗行之辈比做大盗，加以猛烈抨击，甚至得出“每讶衣冠多盗贼，谁知盗贼有英豪”的结论，颇为尖锐大胆。

“二拍”学习借鉴“三言”成功的艺术经验，自觉地继承话本小说的艺术传统，善于组织故事情节，刻画细节，人物形象大都鲜明生动，语言也清新活泼，多数篇章具有较强的艺术感染力。

“三言”、“二拍”虽佳作迭出，但“卷帙浩繁，观览难周”（笑花主人《今古奇观序》）。因此在它们问世后不久，便出现了“三言”、“二拍”的选本《今古奇观》。《今古奇观》四十卷四十篇，原名《古今奇观》，又名《喻世名言二刻》，编选者署“姑苏抱瓮老人”，真实姓名与生平事迹不可考。集中所收小说，计《喻世明言》八篇，《警世通言》十篇，《醒世恒言》十一篇，《拍案惊奇》（初刻）八篇，《二刻拍案惊奇》三篇。对所选各篇，编者在文字上略有加工，眉评也可能出于其手。从书中有“皇明”的称谓及将此二字提行顶格书写的格式看，选集编成应在明朝灭亡之前，《二刻拍案惊奇》刊行之后，即崇祯五年至十七年（1632—1644）。该书选目精粹，因而流传广泛，在海内外影响深远。①

☞ **多学一点**

《今古奇观》的选目标准

一曰著果报，二曰明劝惩，三曰情节新奇，四曰故典琐闻，可资谈助。（孙楷第《三言二拍源流考》）

第五节 话本小说的变异

在明崇祯年间（1628—1644），以“三言”、“二拍”为发端，话本小说的创作盛极一

① 参见双翼：《今古奇观杂谈》，天津，百花文艺出版社，1981。

时。较有影响的话本小说集有：陆人龙（生卒年不详）的《型世言》，周楫（生卒年不详）的《西湖一集》、《西湖二集》，席浪仙（生卒年不详）的《石点头》。

一、《型世言》

☞多学一点

《型世言》的主旨

君臣、父子、夫妇、兄弟、朋友之理道，宜认得真；贵贱、穷达、酒色财气之情景，须看得幻。（梦觉道人《序》）

《型世言》十二卷四十回，全称《峥霄馆评定通俗演义型世言》，又名《幻影》、《三刻拍案惊奇》、《型世奇观》，今存明崇祯四年（1631）序刻本。[①] 全书按内容可分为前后两部分。前半部分歌颂忠、孝、节、烈，以为“世型”，即为人们树立道德榜样；后半部分抨击贪淫奸宄，以为“世警”，即让人们明白功名利禄只是幻影。书中没有充斥一般明末拟话本小说的男女恋情描写，主要关注的是社会道德危机。书中认为“天下之乱皆从贪利而生”，皆因“礼义不明，教化不兴”，于是想借助稗官野史、古今奇闻，揭露人情世态，为“善善恶恶”留影。因此书中写了许多贞女、烈女、节妇、孝子、忠臣、义士，来宣扬传统伦理道德。作品在揭露社会道德危机时，较为客观地描写了明末社会的黑暗、官吏的腐败、世风的衰颓，以及下层人民的悲惨遭遇。该书不少篇章故事情节曲折，人物性格鲜明，语言活泼，叙述委婉，颇能引人入胜。作品中保留了大量具有浓厚地方色彩的纯口语性的语言，对研究明代语言很有参考价值。作品中还有许多晚明社会生活风俗场景的描写，如写北京城门、街巷、卖水、缉盗，写湖广、扬州习俗，写广西衙宇、征税，写浙江沿海物产、水灾，写杭州一条街的户籍等等，细致真实，是不可多得的社会经济文化风俗史料。

二、《西湖二集》

周楫的《西湖一集》已佚，现存《西湖二集》三十四卷三十四篇，有明崇祯间云林聚锦堂精刻绘像本。该书均为与杭州西湖有关的故事，主要取材于《西湖游览志》、《西湖游览志馀》、《皇明从信录》等书，间采《酉阳杂俎》、《南村辍耕录》、《太平广记》、《剪灯新话》、《情史类略》等。但该书对原材料加以选择和创造，故事情节曲折，文笔流畅。

① 今存序刻于明崇祯四年（1631），原刻本今藏韩国汉城大学奎章阁，台北“中央”研究院中国文哲研究所1992年影印出版，北京中华书局1993年排印出版，韩国江原大学校出版部1993年出版。明末刻本，藏韩国汉城大学奎章阁，缺第一卷（包括序、目录和插图），正文完好无损。署钱塘陆人龙编撰。每回回首有翠娱阁主人序，回末有雨侯评。翠娱阁是明末著名出版商陆云龙的堂号，雨侯是他的字。陆人龙乃陆云龙之弟，字君翼，斋名峥霄馆，钱塘（今浙江杭州）人，生卒年不可考。尚撰有《辽海丹忠录》小说。

书中不少作品生动地描写了明末政治窳败、官吏贪黩、人才萎靡、民众困穷的社会现实，特别是对官场和考场的污秽黑暗，揭露得尤为淋漓尽致，许多议论尖锐而深刻。例如《愚郡守玉殿生春》写连杜甫诗也不知为何物的赵雄，竟被誉为学识渊博、才智超群，仕途一帆风顺，位至宰相。《巧妓佐夫成名》写妓女曹妙哥用钱开道，竟然扶持只会赌博的相好中了进士。贪官污吏横行社会，正直之士也就必然遭受不幸了。另外，作品对明代社会风俗的描写，也有史料价值。但是作品中说教过多，忠孝节义、因果报应、神仙道化的思想也迂阔陈腐，冲淡了作品的艺术感染力。

《西湖二集》书影

分析举例

深刻的议论

小说明确指出："如今都是纱帽财主的世界，没有我们的世界！我们受了冤枉那里去叫屈？况且糊涂贪赃的官府多，清廉爱百姓的官府少。"（《胡少保平倭战功》）这些官吏"不过做了几篇括帖策论，骗了一个黄榜进士，一味只是做害民贼，掘地皮，将这些民脂民膏回来，造高堂大厦，买妖姬美妾，广置庄园以为姬妾逸游之地，收蓄龙阳戏子女乐，何曾有一毫为国为民之心！还要诈害地方邻里，夺人田产，倚势欺人，这样的人，猪狗也不值！"（《祖统制显灵救驾》）

三、《石点头》

席浪仙的《石点头》十四卷十四篇，别题《醒世第二奇书》、《五续今古奇观》，现存明崇祯间叶敬池刻本。该书意在通过因果报应的故事来劝善惩恶，内容多为宣扬忠孝、节义等封建伦理道德。如《王本立天涯求父》写王本立寻父历尽艰险，终于感动鬼神，使其父子团圆；《江都市孝妇屠身》写宋二娘为让丈夫回乡赡养婆婆，不惜将自身卖与屠户宰杀；《卢梦仙江上寻妻》赞扬李妙惠对公婆尽孝，对丈夫守节等等。该书善于汲取话本小说的特长，所叙故事曲折生动，细节描写真实自然，颇能展现出明代社会的形象图景。如《贪婪汉六院卖风流》写贪官吾爱陶贪鄙凶残，横征暴敛，雁过拔毛，鱼肉乡民，巧取豪夺，惨无人道。王大郎仅说了几句对他不满的话，一家七口竟遭酷刑致死。小说议论道："任你凶如狼虎，若孔方兄（指钱）到了面前，便可回得他的怒气，博得他的喜颜，解祸脱罪，荐植嘘扬，无不应效。所以贪酷之辈涂面丧心，高张虐焰，使人惧怕，然后恣其攫取，遭之者无不鱼烂，触之者无不齑粉，此乃古今通病，上下皆然。”揭露了吾爱陶作为贪官形象的典型意义。又如《侯官县烈女歼仇》写申屠希光在丈夫被劣绅方春迫害致死后，决意复仇，亲手杀死方春等仇人，告慰丈夫魂灵，人物性格鲜明，故事情节动人，有较强的艺术感染力。

四、《醉醒石》

明清之际较有影响的话本小说集，有东鲁古狂生（姓名、生卒年均不详）的《醉醒石》。[①]《醉醒石》十五回，每回演一故事，刊刻于清初。该书的主旨与《石点头》一样，也是借小说以警醒世人，所以集中内容多是劝忠劝孝之类。如《恃孤忠乘危血战，仗侠孝结友除凶》赞扬刘浚父子镇压起兵反叛明朝的陈伯祥等，肯定他们忠于朝廷，诬蔑“人穷必为盗贼”；《狂和尚妄思大宝，愚术士空设逆谋》嘲笑明果和尚痴心妄想当皇帝以致性命不保，劝诫为百姓“都要勤慎自守，各执艺业，保全身家”；《等不得重新羞墓，穷不了连掇巍科》讥讽不耐穷寒而改嫁的莫氏有悖五伦，鼓吹“饿死事小，失节事大”。该书有些作品生动地反映了明末社会生活，有一定的认识价值。如《秉松筠烈女流芳，图丽质痴儿受祸》虽意在表彰程菊英的贞烈，但也深刻地揭露了劣绅徐登第勾结官府强夺民女的罪行，同时也抨击了科举制度的黑暗。《失燕翼作法于贪，堕箕裘不肖惟后》写缙绅吕孝廉花钱买知县，上任后大肆搜刮，积累至十数万两白银，尽管五个儿子吃喝嫖赌，不学无术，屡试不中，但仍能用钱替他们买个中书，揭露明朝官场和科举的弊端颇为深刻。此外，《假虎威古玩流殃，奋鹰击书生仗义》揭露官吏为皇帝采办古董乘机敲诈勒索，《穆琼姐错认有情郎，董文甫枉做负恩鬼》反映官府催收钱粮的种种弊端，都有一定的现实意义。该书语言朴拙犀利，风格独具。

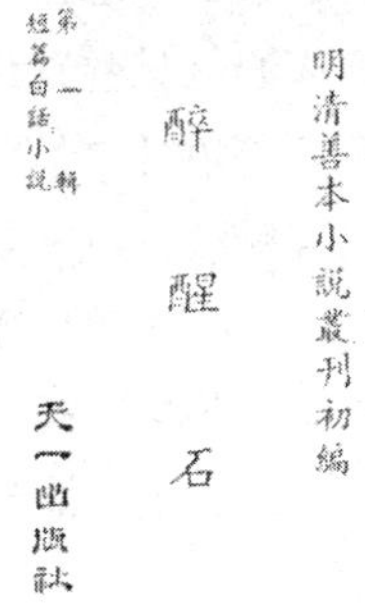

《醉醒石》书影

康熙（1662—1722）以后，话本小说渐趋衰微，数量不少而鲜有佳作。《豆棚闲话》是其中较具艺术特色的一种，该书采用短篇连环式结构将十二则独立的故事连缀成篇，由早春初架豆棚开始，几个人轮流讲述故事，到晚秋拆倒豆棚结束。此外，一些描写地方故事的小说，如取杭州（今属浙江）西湖事迹的《西湖佳话》，写扬州（今属江苏）故事的《雨花香》、《通天乐》，也别具特色。尚值得称道的话本小说集，有康、雍之际的《五色石》和乾隆年间的《娱目醒心编》。

---

① 戴不凡据书中所用衢州（今浙江衢县）一带方言，推测可能是定居衢州的孔氏南宗后人所作（见《小说闻见录》），可备一说。书中所记故事，只有李微化虎事发生在唐朝，其余均在明代，而且写到崇祯年间（1628—1644）事，鲁迅认为成书当在明末（见《中国小说史略》）。但书中多处称“明”为“明朝”，第十五回甚至说“先朝嘉靖间”，又显然不是明人口吻，则此书结集刊刻当在清初。

五、《五色石》

笔炼阁主人的《五色石》八卷[①]，全称《笔炼阁编述五色石》，现存康熙间原刊本。该书每卷演一故事，大致包括才子佳人故事、家庭故事和公案故事，并多与特定时代的历史事件相联系。如卷三《朱履佛》的时代背景是北宋末年张叔夜率宋江镇压方腊，卷四《白钩仙》的时代背景是明成化间（1465—1487）宦官汪直弄权，卷五《续箕裘》的时代背景是明英宗朱祁镇（1436—1449，1457—1464 在位）夺门复辟。小说有感于古往今来善未蒙福，恶未蒙祸，是非混淆，黑白颠倒，所以想学女娲氏炼五色石补天，以补救世道人心（见卷首作者自序）。同时，小说指出："苟曰补天，天非顽石可补，须此文成五色，差堪补之。"（卷八《凤鸾飞》后评语）所以作品想象丰富，情节奇巧，结构紧凑，语言精彩。如《朱履佛》中三个和尚，三样捉法，三样审法，以及最后火化，构思巧妙；《二桥春》中的二桥既是烘托人物的自然环境，又隐喻着两个佳人，还起着情节关合的作用。作品各卷以三字为题，暗示小说的写作技巧和风格特色，又以工整的对偶句回目概括每篇小说的基本情节。这也说明作者是编写故事的能手，有较高的语言文学修养。

六、《娱目醒心编》

杜纲（约 1740—1800）的话本小说集《娱目醒心编》，现存清乾隆五十七年（1792）初刻本。该书十六卷，每卷两三回不等，演一个故事，多取材于史传杂记，间或依傍前人旧作。书中有的故事褒扬忠孝节义等传统道德，如卷四、卷八赞扬烈女贞妇，卷十四彰扬朋友信义；有的鼓吹因果报应，甚至宣传神鬼迷信，意在劝人行善、戒人作恶，如卷九《赔遗金暗中获携，拒美色眼下登科》、卷十《图葬地诡联秦晋，欺贫女怒触雷霆》。其中卷五叙述锄奸反被充军的故事，暴露了明朝嘉靖皇帝的昏庸；卷六叙写一个行贿骗婚的监生，对乡绅贪官进行抨击，较有意义。该书虽然标榜"娱目醒心"，实际上明显倾斜于"醒心"，由此可以看出乾隆间文坛普遍弥漫着劝诫教化的风气。《娱目醒心编》大体规模清初话本小说的体制，创新不多，但它的入话和头回很长，有时竟独立成一回，是话本的一个变体；正话叙述故事，多杂议论；语言严正，充满说教气味，又缺少文采，一改以前话本的诙谐嘲噱风气。《娱目醒心编》作为文人创作的最后的话本小说集，昭示着文人白话短篇小说的创作已走向末路。

---

① 该书刊本题"笔炼阁编述"，卷首自序署"笔炼阁主人题于白云深处"。《禁书总目》"应毁徐述夔悖妄书目"12 种内，有《五色石传奇》，孙楷第《中国通俗小说书目》和胡士莹《话本小说概论》据此定笔炼阁主人即徐述夔。但是徐氏生于康熙四十年（1701），而《五色石》作于康熙末年或康雍之际（1722—1723），以徐氏当时的年龄和生活阅历，他难以创作出这一作品。而且他在乾隆三年（1738）考中举人之前热衷功名，也与作品内容不符。此外，沈德潜应徐氏儿子之请作《徐述夔传》，也未提及《五色石》等小说。况且《禁书总目》的《五色石传奇》是戏剧还是拟话本小说集，也难断定，故以存疑为妥。笔炼阁主人还创作有短篇小说集《八洞天》和《快士传》。

第六节
《无声戏》和《十二楼》

清初最重要的话本小说集，是李渔的《无声戏》和《十二楼》。这两部小说集，使李渔成为清初首屈一指的话本小说作家，在中国古代话本小说史上与冯梦龙、凌濛初鼎足而三。

一、推行教化的创作意图

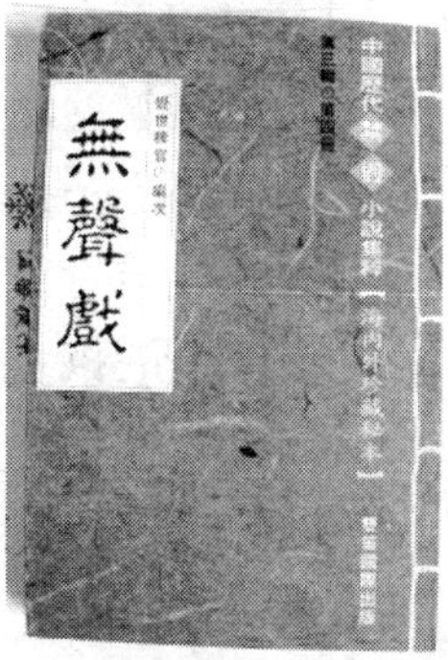

《无声戏》书影

《无声戏》写作于顺治年间（1644—1661），原有《初集》与《二集》，后合为一书，也称《连城璧》。[①]《十二楼》作于《无声戏》之后，有顺治十五年（1658）杜濬序，刊刻也约在这一年或稍后。[②]《十二楼》的十二个故事中都有一座楼，所以得名。每篇故事不但分回，且有回目。多的一篇分为六回，如《拂云楼》；少的只有一回，如《夺锦楼》。这种体制，受明末《鼓掌绝尘》、《鸳鸯针》等小说的影响，打破了“三言”、“二拍”一回叙一个故事的传统话本体制。

尊经阁本《无声戏》题“觉世稗官编次”，《十二楼》每篇前均题“觉世稗官编次”。所谓“觉世”，显然与冯梦龙标称的“喻世”、“警世”、“醒世”一脉相承，都表达了借小说作品宣扬封建道德、推行伦理教化的创作意图。李渔的友人杜濬读了《十二楼》小说以后，便深有感触地说：“今是编以通俗语言鼓吹经传，以入情啼笑接引顽痴”，“于劝惩不无助”（《十二楼序》，《十二楼》卷首）。

例如，李渔认识到“红颜薄命”的事实，却生怕妇人们因此而生出邪僻之心，于是“以愤世之心，转为风世之事”（《奈何天》传奇卷末紫珍道人总评），创作了叙写貌丑身残的阙里侯和三位绝色女子联姻的《丑郎君怕娇偏得艳》（《无声戏》），并据此改编为《奈何天》传奇。

---

① 据《大清历朝实录》卷一百三十九、《清史列传·贰臣传》乙编《张缙彦传》等资料，可以推断《无声戏二集》刻于顺治十一年至十四年之间（1654—1657），《初集》的刊刻当更早。《无声戏》现存版本有：清初精刊本《无声戏》十二回，清顺治间刻本《无声戏合集》（仅残存两篇），三近堂梓行《无声戏合选》（残存四册共九回），日本抄本《连城壁》（现存十六篇），日本佐伯图书馆藏足本《连城璧》（现存十八篇），乾隆、嘉庆间刻本《无声戏》四卷四回。

② 现存较好的版本，有宝宁堂刻本，扉页题“笠翁觉世名言十二楼”；消闲居刻本，扉页题“觉世名言绣像十二楼”。此外还有会成堂重刻本、坊刻巾箱本等。

☞ 多学一点

杜浚之评

此书一出，可使天下无反目之夫妻，四海绝窥墙之女子。教化之功，不在《周南》、《召南》之下，岂可作小说观？

又如《妻妾抱琵琶梅香守节》（《无声戏》），写马麟如家有妻罗氏、妾莫氏和奴婢碧莲，莫氏生有一子。马麟如外出行医，不久误传他因病去世。罗氏和莫氏听到消息后，都急不可耐地改嫁，只有碧莲矢志抚孤。后来马麟如衣锦还乡，大为感动，便娶碧莲为妻。而罗氏、莫氏二人，却先后羞愧而死。这部小说的主旨是表彰碧莲的守节抚孤，谴责罗氏、莫氏的失节改嫁。卑贱的婢女居然肩负起伦理纲常，高贵的妻妾反而背弃了道德节操，小说的褒贬态度是相当鲜明的。与此相辉映的是《儿孙弃骸骨僮仆奔丧》（《无声戏》），小说将忠诚的僮仆百顺与忤逆的儿孙单玉、遗生相对比，感慨地说："可见奴仆好的，也当得子孙；子孙不好的，尚不如奴仆。"

总之，李渔是有意识地为巩固封建皇权的长治久安帮忙的，所以不遗余力地借小说作品宣扬伦理教化，以挽救浇薄的世风。他甚至苦口婆心地教导读者："但凡看书的，遇着忠孝节义之事，须要把无的认作有，虚的认做实，才起发得那种顾慕之心。"（《无声戏·失千金福因祸至》）

二、悖谬乖忤的反讽效果

但是，李渔的本性毕竟偏向于风流放荡。这种风流本性与伦理思想的矛盾，使得他的小说作品中，创作意图与文本结构之间往往产生某种悖谬乖忤，构成了强烈的反讽效果。例如在《丑郎君怕娇偏得艳》中，李渔借叙述者的口吻宣扬"红颜薄命"的天经地义，要女子屈从于命运的安排，这和文本结构所展示的"红颜薄命"的无可奈何情境相比照，便产生了反讽意味。小说的结尾，写吴氏先行悔悟，说服邹氏与何氏，同事阙里侯，设三间房六张铺，相安度日；不上几年，三人各生一子，皆肖其母，阙里侯也得以长寿。这样的结尾保留了阙里侯丑陋恶臭的现实缺憾，所以仍然透露出深深的感慨："饶伊百计何奈天，究竟奈何天不得。"这就使读者读罢小说，不免掩卷长叹。

在《十二楼》的《合影楼》里，这种创作意图与文本结构之间的悖谬乖忤，更构成整部作品的基本意蕴。《合影楼》叙写才子屠珍生和佳人管玉娟的姻缘故事。屠、管两家是内亲，宅第相连，中隔一墙，独有池塘相通，两家各有水阁东西相望。玉娟的父亲管提举为避嫌疑，竟在池塘中砌起一道墙垣来。不料珍生和玉娟偶然从水面倒影上认识对方，于是隔墙细语，借流水荷叶传递诗书，互相倾吐情愫，山盟海誓，私订终身。最终珍生和玉娟结成美满的婚姻，屠、管两家推倒池塘中的墙垣，将两个水阁做了洞房，题为"合影楼"。就作品的文本结构来看，它无疑向人们披示：男女之间的感情是无法阻拦的，“一旦机心一动，任你铜墙铁壁，也禁他不住”。珍生和玉娟仅仅在水中看见了对方的影子，就一见钟情，并终成眷属。这种对男女两性情爱的心理承受力的奇思妙解，表明李渔内心中并不承认在男女中间筑起一道高墙，就可以有效地维护伦理道德。但是，小说叙述者开篇中阐发创作主旨，却冠冕堂皇地说：“我今日这回小说，总是要使齐家之人，知道防微杜渐，非但不可露形，亦且不可露影，不是单阐风情，又替才子佳人辟出一条相思路也。”一方面是“男女授受不亲”、“不见可欲，使心不乱”的道德说教，一方面是“常见可欲”、“司空见惯”的经验之谈，李渔依违于两可之间，既赏鉴男女风流举动，又关怀伦理道德教化，这就不能不使他的小说作品往往产生独特的反讽效果。

分析举例

李渔对人欲的通达

李渔曾通达地说：“使终日不见可欲，而遇之一旦，其心之乱也，十倍于常见可欲之人。不如日在可欲中，与此辈习处，则是司空见惯浑闲事矣，心之不乱，不大异于不见可欲而忽见可欲之人哉?”（《闲情偶寄·颐养部·节色欲第四》）

三、猎奇寻异的创作精神

李渔的小说作品极力追求在表现对象上花样翻新，猎奇寻异。别人写生旦团圆，他偏写丑旦联姻（《无声戏·丑郎君怕娇偏得艳》）；别人写女子失身，忍辱报仇，他偏写女子落难，守身如玉（《无声戏·女陈平计生七出》）；别人写女孟母教子成贤，他偏写男孟母守节抚孤（《无声戏·男孟母教合三迁》），如此等等。在小说创作上，李渔总是自觉地极力避开熟套，另辟蹊径。

分析举例

李渔的猎奇观

《移妻换妾鬼神奇》开篇便说：“从来妇人吃醋的事，戏文小说上都已做尽，那里还有一桩剩下来的？戏文小说上的妇人，都是吃的陈醋，新醋还不曾开坛，就从我这一回吃起。”（《无声戏》）

所谓“陈醋”，指的是妻妒妾；所谓“新醋”，指的是妾妒妻。李渔认为，虽然“醋有新陈二种，其间酸味同之”。但因为陈醋吃的人多，而新醋吃的人少，所以“新醋更加有味，唇边咂尽胭脂”。《十二楼》中的《生我楼》，情节故事更是“奇到极处，巧到至处”：尹小楼卖身欲为人父，恰巧遇到姚继愿意出银买父，此其一；姚继在人行交易场上买得一老妇一少女，而少女正是他到处寻觅的未婚妻曹氏，此其二；姚继买得的老妇，居然和尹小楼是一对失散的老夫妻，此其三；而尹小楼夫妇居然又是姚继的亲生父母，此其四。这真是“造物之巧于作缘”！所以，根据这部小说改编的传奇戏曲，就名为《巧团圆》。但这些情节虽然奇极巧极，但却有着切实的现实依据。在反常的人物行动和偶然的巧合奇遇中，总是包含着合理的因素。正由于李渔刻意求新求奇，所以他的小说作品，部部都戛戛独造，各具风貌，崭新奇巧，出人意表。

☞ 多学一点

杜浚评李渔

觉世稗官所作，事事在情理之中，独有买人为父一节，颇觉怪诞。观者至此，都谓捉出破绽来，将施责备之论矣。及至看到“原属父子，天性使然”一语，又觉得甚是平常，并不曾跳出情理之外。

但是，求新求奇的审美趣味，固然使李渔的小说戏曲创作在题材的选择上戛戛独造，却同时也使他过于迷恋新奇的故事，津津乐道于人物的外在行为，沾沾自喜于表面的道德阐释，而未能深入剖析人物行为的内在动因，披示人物行为的内心矛盾。因求“奇”而欠“深”，甚而导致失“真”，这是李渔小说创作的一大弊病。李渔的小说创作往往以技巧为目的，过多地追求技巧，乃至为技巧而技巧，反而作茧自缚，限制了自身的艺术创造能力。

四、机趣通俗的语言风格

李渔对叙事技巧的兴趣远远比不上他对语言表达的嗜好。他选取并叙述一个新奇的故事，与其说是要显示他的叙事技巧，不如说是想卖弄他的语言能力。在他的小说作品里，人物无论是何身份、在何场合，大多不是健谈者，便是雄辩家，一个个口齿伶俐，妙语横生。在这些作品中，无论是叙述语言还是人物语言，无论是生旦情语还是净丑谑语，几乎都有一种大同小异的风格，即洋洋洒洒，侃侃而谈，妙语连珠。在清初的文学家中，李渔堪称多面手的语言大师，诗语、词语、赋语、文语、曲语、小说语，他几乎无所不能，无所不精。而且，他的文学语言具有一种鲜明的个人风格，这就是机趣通俗，充满着勃勃生气。如《谭楚玉戏里传情，刘藐姑曲终死节》（《连城璧》）里对刘藐姑高超演技的一段描写：

他在场上搬演的时节，不但使千人叫绝，万人赞奇，还能把一座无恙的乾坤，忽然变做风魔世界，使满场的人，个个把持不定，都要死要活起来。为什么原故？只因看到那销魂之处，忽而目定口呆，竟像把活人看死了；忽而手舞足蹈，又像把死人看活了。所以人都赞叹他道："何物女子，竟操生死之权？"

这段叙述语言，用精巧的比喻、俏皮的解释，再加上排偶的句式和流畅的语气，造成极强的艺术表现力。又如《十二楼》的《萃雅楼》，严世蕃的家人劝金、刘二人将权汝修送回严府时，说：

你们两位都是有窍的人，为什么丢了钥匙不拿来开锁，倒把铁丝去拯？万一拯坏了簧，却怎么处？

人物语言都用的是民间俗语，既通俗易懂，又意趣盎然。阅读李渔的小说作品，读者往往会被如此精妙机趣的语言所吸引，从而弥补了小说作品意趣的肤浅和格调的俚俗。

总之，李渔的成功之处，便在于出神入化地运用来自市井民间的话本小说样式，将文人士大夫的审美趣味表达得淋漓尽致。可以说，话本小说的创作到了李渔这里，已经完全脱离了市井平民的审美趣味，而主要成为文人士大夫审美趣味的载体了。然而，一旦脱离了市井平民的审美需求和阅读期待，话本小说便成为无本之木、无源之水了。因此，李渔的话本小说创作，实际上宣告了话本小说艺术生命的终结。

【温故知新】

三言　文人模拟话本　二拍　话本小说　《十二楼》

【请你思考】

1. "三言"的写作艺术与语言艺术是怎样的？
2. "二拍"是如何体现男女平等的？
3. 《型世言》在哪种程度上继承了"三言二拍"的精神？
4. 话本小说的文人化历程是怎样的？
5. 李渔创作的艺术特点和成就是怎样的？

【推荐阅读】

(明)抱瓮老人辑．顾学颉校注．今古奇观．北京：人民文学出版社，1957
(清)李渔．李忠良点校．无声戏．北京：中华书局，2004
孙楷第．小说旁证．北京：人民文学出版社，2000

第十二编　回光返照

（清圣祖康熙十八年至清宣宗道光二十九年，1679—1849）

第一章 集大成的文化与文学

【导读】

从17世纪80年代至19世纪20年代，中国社会经历了历史上所谓“康乾盛世”、“乾嘉盛世”，并在19世纪20年代以后逐渐进入了从古代向近代转型的新时期。这是中国古代文化的一个前所未有的集大成时期。在最高统治者的积极提倡下，文化的各个方面，包括意识形态、学术思想、经典整理、文学创作等等，无不以其恢宏的气魄，建立起各自的摩天大楼。整个文坛呈现出五彩斑斓的状态，无论是雅文学还是俗文学，举凡以往各个时期盛行过、辉煌过的几乎所有文学样式或文学风格，大都在这一时期风华再现，包罗万象，蔚为大观，而且大家辈出，佳作林立，成就辉煌。

然而，集大成的文化往往守成有余而创新不足。综观这一时期的文化，显然以传统的守成见长，而不是以文化的创新取胜。因此，这一时期的文化足以成为中国古老的文化的极致，这一时期的文学也足以成为中国古老的文学的绝唱。然而，这一时期的文化与文学却难以成为中国现代新文化的胚胎，它仅仅是悠久的文化传统的回光返照——“夕阳无限好，只是近黄昏”。

第一节
集大成文学的盛衰

从清康熙十八年（1679）至道光二十九年（1849），共171年，集大成的文学经历了孕育、鼎盛和衰微三个时期。

一、集大成文学的孕育期

从清康熙十八年（1679）至雍正十三年（1735），共57年，是集大成文学的孕育期。

清康熙十八年，康熙皇帝亲试并录取博学鸿词科，标志着一个新的文化转折时期的开端。这一年前后数年间，明清易代之际活跃于文坛上的一批著名作家纷纷去世，如李玉（约卒于1671年）、吴伟业（卒于1672年）、宋琬（卒于1673年）、李渔、魏禧（均卒于1680年）、顾炎武、陈维崧（均卒于1682年）、施闰章（卒于1683年）等。进入17世纪90年代初，硕果仅存的汪琬（卒于1691年）、王夫之（卒于1692年）、黄宗羲（卒于1695年）等也先后谢世。此时文坛上最为活跃的作家，已经是在清朝成长起来的“新生代”了。

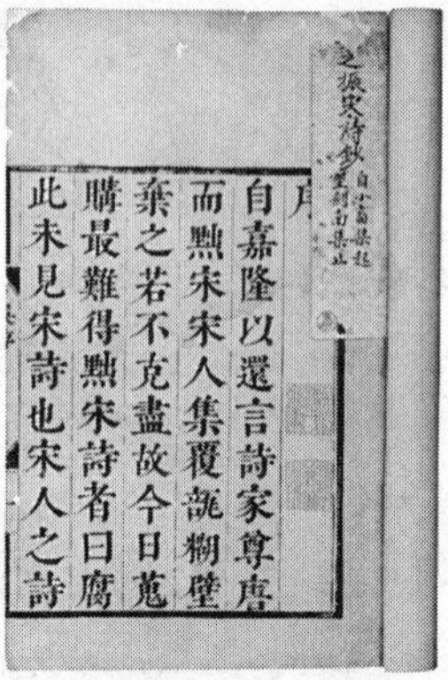

《宋诗钞》书影
清康熙十年（1671）
吴氏鉴古堂刻本

在康熙年间（1662—1722）的诗坛上，学宋取代宗唐，人们纷纷研习、整理、仿效宋诗，蔚然形成一股崇尚宋诗、倡扬宋调的文坛风气。据宋荦（1634—1713）写定于康熙三十七年（1698）的《漫堂说诗》记载：“近二十年，乃专尚宋诗。至余友吴孟举《宋诗钞》出，几于家有其书矣。”（《漫堂说诗》第二条）可见“专尚宋诗”兴起于康熙二十年（1681）前后。清人对宋诗的情有独钟，固然由于旨在纠正宗唐的弊端，而更重要的是因为他们着意以对宋诗的审美态度，来置换内心中澎湃的故国之思和兴亡之感，因此“学宋”风气渗透着深沉的民族感情，蕴涵着深厚的文化内涵。①

☞ 多学一点

清代学人论“学宋”风潮

清四库馆臣说：“明人喜称唐诗，自国朝康熙初年窠臼渐深，往往厌而学宋。”（《四

① 参见张仲谋：《清代文化与浙派诗》，17～20页，北京，东方出版社，1997。

库全书总目提要》卷一百七十三《查慎行集》提要）

黄宗羲（1610—1695）曾称“吾家诗祖黄鲁直（黄庭坚）”（《南雷诗历》卷二《史滨若惠洮石砚》），并亲自参加编选《宋诗钞》一书。

还在康熙十年（1671）前后，诗坛领袖王士禛（1634—1711）就得风气之先，由早期的取法唐诗转向兼取宋元。稍后，文坛耆老朱彝尊（1629—1709）也同样转向兼取唐宋，并影响了浙派诗人查慎行（1650—1727）的审美取向。赵执信（1662—1744）撰写《谈龙录》，批评王士禛的神韵诗论，认为诗应言志，诗中应有人，诗外应有事。他的诗作也表现出由唐音而渐入宋调的特点。

学术轶事

查慎行深得宋诗之味

查慎行是黄宗羲的门人，诗学宋，尤致力于学习苏轼（1037—1101），曾著有《补注东坡编年诗》五十卷，被人推为当时注释苏轼诗集最为精审的一部。查慎行认为诗之厚在意不在词，诗之雄在气不在貌，诗之灵在空不在巧，诗之淡在脱不在易（见查为仁《莲坡诗话》第三十六条）。因此他虽学诗于宋，却不堆砌学问，他认为学问只能当作诗人必须具备的一种修养，而不是诗本身（《敬业堂诗集》卷一《慎旃集》上《与韬荒兄竟陵分手……》）。

这一时期的词坛上，纳兰成德（1654—1685）煽扬起清新自然的词风，推进了由王士禛、陈维崧（1625—1682）、朱彝尊等开创的词坛中兴局面。而阳羡派词和浙派词风行词苑，虽佳作不多，但声势浩大。

到康熙（1662—1722）中期，文章创作风气也发生了历史性的转变，从明代前后七子标榜的“文必秦汉”转变为提倡唐宋古文。方苞（1668—1749）在总结古代文章创作得失的基础上，提倡文章要具备“言有物”、“言有序”的“义法”（《方苞集》卷二《又书货殖传后》），开创了桐城文派。他的古文作品风格严谨雅洁，成为后人学习的典范。

在小说方面，蒲松龄（1640—1715）《聊斋志异》初稿约完成于康熙十八年（1679），嗣后仍有补录。该书继承并发展了文言小说的传统，“一书而兼二体”（纪昀《阅微草堂笔记》卷十八《姑妄听之跋》），将笔记体、传奇体两种体裁并用，“用传奇法，而以志怪”（鲁迅《中国小说史略·清之拟晋唐小说及其支流》），同时也借鉴吸收了白话小说的艺术成就，叙述委曲，描摹入微，将中国文言小说的创作推向了高峰。长篇章回小说中历史小说最为繁盛，如钱彩、金丰（生卒年均不详）的《说岳全传》，褚人获（1625—1682）的《隋唐演义》，吕熊（1642？—1723？）的《女仙外史》等，在民间广泛流传。

在戏曲方面，由于上一时期戏曲创作中社会历史意识的增强和对戏剧剧场意识的注重这两个方面的综合，这一时期出现了一个戏曲创作的高峰。洪昇（1645—1703）的《长生殿》完成于康熙二十七年（1688），孔尚任（1648—1718）的《桃花扇》完成于康熙三十八年（1699），这两部戏曲杰作成为中国古代戏曲的集大成之作。

二、集大成文学的鼎盛期

从清乾隆元年（1736）至嘉庆二年（1797），共62年，是集大成文学的鼎盛期。

清代社会经过康、雍之际持续十多年的政治变动之后，从乾隆元年开始进入了所谓"乾嘉盛世"，集大成文学也随之进入鼎盛期。这一时期诗文作家门派林立，各自在艺术技巧上有不同程度的创新，形成了元明以来所从未有过的文坛盛况。尤其是受统治者稽古右文政策和训诂考据学风的影响，社会上读书风气高涨，文学创作活跃，差不多历代出现过的风格和流派，都有回应和接响。

在诗歌方面，这一时期流派纷呈，设坛立坫，分庭抗礼。康熙五十年（1711），文坛领袖王士禛去世。此后力尊盛唐的有沈德潜（1673—1769），他提出"格调"诗说，编选了《唐诗别裁集》、《明诗别裁集》、《清诗别裁集》等诗歌选本，影响广泛，"海内之士尊（沈德潜）若山斗，奉为圭臬"（王豫《群雅集》卷一）。倡导宋调的有浙派诗大家厉鹗（1692—1752），他主张作诗参以书卷，主空灵与重学问相结合，著有《宋诗纪事》一百卷。他的诗歌取法陶、谢、王、孟，于宋诗尤有会心，转益多师，自成一家，"所作幽新隽妙，刻琢妍炼"（王昶《蒲褐山房诗话》卷一）。

学术轶事

诗坛"厉派"领风骚

厉鹗领袖浙派诗坛多年，形成了所谓"厉派"，主要成员有金农（1687—1764）、杭世骏（1695—1772，或作1696—1773）、全祖望（1705—1755）等，在当时势力颇大，人称："近来浙派入人深，樊榭家家欲铸金。"（洪亮吉《洪北江诗文集·更生斋诗》卷二）

这一时期声势最大的是性灵诗派。"扬州八怪"中的郑燮（1693—1765），论诗提倡"真气"、"真意"、"真趣"（《郑板桥集·家书·潍县署中与舍弟第五书》）。他的诗悯时哀世，直摅胸臆，真趣盎然，成为性灵派的先导。其后有世称"乾隆三大家"的袁枚（1716—1797）、蒋士铨（1725—1785）、赵翼（1727—1814）。袁枚是性灵派的领袖，提倡抒写真性情，在诗歌创作中追求意象灵动新奇，情调风趣诙谐，奇思妙悟，灵机奔注，语言平易流畅而富于表现力。蒋士铨论诗强调要表现合乎儒家伦理道德的"性情之正"，诗歌创作沉雄奔放，“摇笔措意，横出锐入，凡境为之一空”（袁枚《忠雅堂诗集序》，蒋世铨《忠雅堂诗集》卷首）。赵翼才气不凡，学识渊深，论诗与创作都具有宏大的气度与创新的精神，对扩大性灵说的影响起了积极的作用。而黄景仁（1749—1783）一生困顿，英才早逝，坎坷偃蹇的遭遇酿成深挚缠绵的情怀，“其为诗，能诣前人所未造之地，凌厉奇矫，不主故常”（翁方纲《悔存诗钞序》，黄景仁《两当轩诗集》卷首），形成了清越苍凉的独特风格。

作为性灵诗派的反拨，翁方纲（1733—1818）精于金石考据之学，提倡“肌理”说，力图用质实细密的“肌理”来矫正神韵说的空灵、格调说的肤廓和性灵说的浅陋，创作上以学问为诗，讲究用字用典。这是乾、嘉考据学风在诗歌领域中的集中体现。由于翁方纲“负海内清望，垂六十年”①，所以“肌理说”在诗坛上影响深远。直到道、咸年间（1821—1861）的程恩泽（1785—1837）、郑珍（1806—1864）、何绍基（1799—1873）和光绪年间（1875—1908）的沈曾植（1850—1922）、陈三立（1852—1937）等，主张学人之诗，兴起宋诗运动，也还大都瓣香翁方纲的“肌理”说。

在词学方面，浙派词领袖厉鹗与查为仁（1693—1749）同撰《绝妙好词笺》，鼓吹南宋词，继承朱彝尊的雅正之说，追求清、婉、淡、幽的审美特点，认为词应该“远而文，澹而秀，缠绵而不失其正”（《樊榭山房文集》卷四《群雅词集序》）。厉鹗词宗南宋姜夔（1155？—1209?）、史达祖（1160？—1210?）、张炎（1248—1331），迥出流俗，笔调清疏细巧，字句工练，风格幽隽窈曲，被时人奉为浙派词的赤帜。此外，郑燮词作也不主常格，放笔快言，语近情深，笔底如有惊涛奔湍，撼人心魄。蒋士铨心仪陈维崧的雄豪劲健，词风精悍深挚，多奇杰之气，尚有阳羡词风的流风余韵。黄景仁的词则表现出清奇桀骜、晓畅新警的风格。

在文章方面，由方苞所奠基的桐城派文论及其古文创作，在这一时期经刘大櫆（1698—1779）和姚鼐（1731—1815）加以发展，形成了声势浩大的桐城文派。桐城派作家在写作方面努力实践自己的理论主张，文风上追求“清真雅正”，文章写作多有建树。在桐城派之外，郑燮的文章情真语挚，蒋士铨的文章谨严方正，都各有特色。而袁枚的文章直抒胸臆，明白流畅，爽健恣肆，机趣横生，更是倾动一时。

☞ **多学一点**

桐城文派的理论体系

刘大櫆主张“作文本以明义理，适世用”，并标举“行文之道”（《论文偶记》）、辞章之学。姚鼐提出“义理、考据、文章”三者结合的观点（见《惜抱轩文集》卷四《述庵文钞序》），要求把作为“文之精”的“神、理、气、味”和作为“文之粗”的“格、律、声、色”统一起来（《古文辞类纂序目》，《古文辞类纂》卷首），进一步完善了桐城派的理论体系。

骈文继陈维崧、毛奇龄（1623—1716）之后，到乾隆后期大盛，形成与桐城派古文对抗的局面。骈文大盛，既与清代社会环境的压抑、文化学术思潮的复古倾向有关，也和

① 张舜徽：《清人文集别录》，215页，北京，中华书局，1963。

汉学兴盛的学风有关。当时发生的骈文与古文之争，反映出骈文复兴的文学底蕴，就是要求恢复文章的艺术之美。这一时期著名的骈文作家，有胡天游（1696—1758）、汪中（1744—1794）、洪亮吉（1746—1809）、孔广森（1752—1786）、孙星衍（1753—1818）等。

在小说方面，乾隆三十一年（1766）《聊斋志异》的青柯亭刊本行世后，风行天下，掀起了文言小说创作的热潮。浩歌子（？—1788）《萤窗异草》、和邦额（1736—1795以后）《夜谭随录》、沈起凤（1741—1802）《谐铎》等，都是这一时期出现的优秀的“聊斋”体文言小说集。而纪昀（1724—1805）因不满《聊斋志异》的传奇笔法，追踪晋宋笔记体小说，创作了《阅微草堂笔记》，全书诞而近情，趣而寓理，处处洋溢着雅人慧心。

长篇章回小说在这一时期放射出耀眼的光芒，出现了吴敬梓（1701—1754）的《儒林外史》和曹雪芹（1715？—1763？）的《红楼梦》两部巨著。《儒林外史》约完成于乾隆十三年到十五年（1748—1750）之间，以高超的反讽艺术，描绘了形形色色的儒林群相和人情世态，描绘了科举制度下儒林的文化心理及其发展趋向，成为我国古典讽刺小说里程碑式的作品。《红楼梦》约完成于乾隆十九年（1754），叙写了封建贵族大家庭贾府由盛而衰的家庭变迁，描写了贾宝玉、林黛玉和薛宝钗的婚恋悲剧以及一群青春少女的悲剧命运，以深厚的文化蕴涵和高超的小说技巧，把中国古代小说推上了一个前所未有的高峰。此外，世情小说如随缘下士的《林兰香》、李绿园（1707—1790）的《歧路灯》，神魔小说如李百川（1730？—1771后）的《绿野仙踪》、夏敬渠（1705—1787）的《野叟曝言》等，也都各具特色。

在戏曲方面，这一时期出现了作品内容道德化的倾向，戏曲风化观甚嚣尘上，如夏纶（1680—1753后）的《惺斋六种曲》、唐英（1682—1755？）的《古柏堂传奇》、杨潮观（1710—1788）的《吟风阁杂剧》、蒋士铨的《藏园九种曲》等，都以阐扬忠孝节烈之事为职志。同时，这一时期许多戏曲作家以创作诗文的思维方式和表现手法创作戏曲作品，使戏曲创作进一步出现文人化倾向。从总体上看，虽然这时期文人的戏曲作品仍然为数甚夥，但是由于作品在内容上与时代精神脱节而日益理学化，在形式上与舞台实践脱节而日益诗文化，这就大大促进了文人戏曲走向衰落的历史趋势。民间的花部诸腔反而乘势而起，风靡曲坛。而这一时期的说唱文学，如评书、鼓词、弹词、民间小调等也盛行于城市和乡村。

三、集大成文学的衰微期

从清嘉庆三年（1798）至道光二十九年（1849），共52年，是集大成文学的衰微期。

嘉庆二年（1797）袁枚去世，嘉庆十九年（1814）赵翼去世，性灵派诗风渐次趋于消歇。作为性灵诗风的尾声，孙原湘（1760—1829）是袁枚的弟子，直接继承性灵诗派，诗风清丽俊逸。舒位（1765—1815）作诗不为前人所束缚，洒脱自如，郁怒犀利。王昙（1760—1817）慷慨悲歌，诗风纵横豪放。张问陶（1764—1814）力主性灵之说，却不相依傍，有刚劲之骨而少滑易之习，独抒真情，锐意创新。但就总体来说，这一时期的诗歌创作已渐露衰微之象。而龚自珍（1792—1841）以风雷之声起衰救弊，给诗坛带来勃勃生机。他的诗歌创作具有丰富的时代内容、浓重的历史感和杰出的艺术成就，开创了一代诗风，成为中国古典诗歌艺术的殿军。与他同时的林则徐（1785—1850）、魏源

(1794—1857)等诗人，诗歌作品充满批判精神和爱国激情，掀起了反帝爱国诗潮。

康熙以降，词坛多为阳羡、浙西二派所牢笼。嘉庆初年，出现了以张惠言（1761—1802）、周济（1781—1839）为代表的常州词派。常州词派推尊词体，强调诗词同源，认为词在抒写“贤人君子幽约怨悱不能自言之情”方面有独特的功能；他们重视比兴寄托和词的社会意义，主张词要“意内而言外”，要“缘情造端，兴于微言”（均见张惠言《茗柯文二编》卷上《词选序》），同时提出“诗有史，词亦有史”的观点，认为词“非寄托不入，非寄托不出”（周济《介存斋论词杂著·宋四家词选目录序论》）。从此以后，常州词派取代浙西派而主持坛坫，声势盛大，影响词坛百余年。但是由于过分强调寄托，常州词派品评古人词作有时不免穿凿过深，创作中也有流于晦涩雕琢之处。

嘉庆二十年（1815）姚鼐去世后，姚门弟子方东树（1772—1851）、管同（1780—1831）、姚椿（1777—1853）、姚莹（1785—1853）、梅曾亮（1786—1856）等努力赓续桐城文章传统，但古文成就已远逊于桐城三大家。有见于桐城流弊，恽敬（1757—1817）和张惠言开创阳湖文派，既奉行“义法”之说，更提倡以诸子百家济文章之弊，主张骈散合一，写作上善于吸收六朝文章之所长，讲气势，重辞藻，以雄爽博雅取胜。阳湖人李兆洛（1769—1841）编选《骈体文钞》三十一卷，论文则不分骈散，与恽、张被称为“阳湖三杰”。而文坛领袖阮元（1764—1849）更是严申“文笔之辨”，为骈文的发展张大旗帜。

这一时期的戏曲小说创作呈现出全面萎缩的状况。戏曲方面，在花部诸腔竞奏的局面下，文人的戏曲创作愈益强化道德化、诗文化的倾向，已经完全成为文人抒情、言怀、讽世、宣教的文学样式，与传统的诗文几无二致了。小说方面，除了《阅微草堂笔记》的追随者大量仿作，形成了“阅微”体文言小说的创作热潮以外，章回小说只有李汝珍（1763前—1830后）的《镜花缘》一枝独秀。作为神魔小说的别支，《镜花缘》高度颂扬女性才能，尖锐批判现实社会，极力夸耀学问知识，堪称长篇章回小说的一部奇作。

缩结而言，从清康熙十八年（1679）至道光二十九年（1849），集大成的文学一方面将中国文学的古典审美理想推向极致，另一方面也宣告了中国文学古典审美理想的终结。

第二节 文化政策与文学取向

一、民族统治的政权

由于清朝是以人口很少、经济文化相对落后的民族来征服人口众多、经济文化高度发达的汉族的政权，因此从入关开始，清廷就制定了一整套适应其民族统治的政策。清朝统治者基本上承袭了明朝的专制政治制度，同时也承袭了历代少数民族统治政权的相应制度，并且有了进一步发展。

比如，清代的军事、行政、财政大权完全集中在皇帝一人之手，彻底废止了中国古代社会丞相制度的残余和影响。清代虽然同明代一样设有内阁，但内阁权力更小。顺治、康熙年间（1644—1722），清朝重要的国政及军事活动，并不由内阁决定，而是由满族贵族组成的议政王大臣会议来策划，最后由皇帝裁决。雍正十年（1732）以后，为了加强专制统治，适应军事征服的需要，正式设立军机处。军机处总揽全国军政大权，在皇帝直接掌握下施政，内阁更是形同虚设。因此，清朝皇帝较以往各个王朝更加专权，臣下也较以往各个王朝更加驯顺。

☞**多学一点**

清朝“以汉制汉”方针的实质

从表面上看，清朝采取了“以汉制汉”的方针，中央机构如内阁六部、都察院等都是满汉复职制度，即凡官职都是双重的，有一满人，即有一汉人。但是，清朝政权虽然具有满汉地主联合专政的性质，实际上却是以满族贵族为主，政权的重要部门与政事的决定权主要操纵在满族官员之手。正像昭梿（1776—1829）所说的：“满臣权重，汉之六部九卿奉行文书而已。满人謦欬之下，无敢违者。”（《啸亭杂录》卷十“图尔泰”条）清廷虽在政权中设立汉官，但对汉官并不完全信任。而且为了防止汉族官吏势力的增长，保持满族官吏在政权中的优越地位，清廷还制定和加强了一系列相应的配套制度。如在任官制度上，分为满官缺和汉官缺，各自都有固定的缺额，不许混淆。满官缺大都是政权中的主要官职，即使有缺额，也严禁汉官补缺；汉官缺则大多为次要官职，如有缺额，满人也可补充。只有地方州县官吏大批任用汉人充当。这就保证了满族官吏职位的稳定及其在政权核心机构中数量和权力的优势。

因此，清政权民族统治的内涵并不亚于中国古代的任何一代少数民族统治政权。为了巩固民族统治的专制政权，清廷采取了一系列软硬兼施的统治方式，分化涣散、打击削弱汉族自身的民族凝聚力，以减轻民族统治的敌对力量。尤其是在文化方面，清廷采取了各种威吓与笼络兼行的文化政策。

二、大兴文字狱

清王朝控制社会思想的严厉手段是大兴文字狱，其案件之繁多，株连之广泛，惩治之残酷，延续时间之长，超过历史上任何一个朝代。文字狱始于康熙朝，目的是为了遏止反清复明的政治思潮。当时有两次大的文字狱：一次是康熙元年（1662）的庄廷鑨（生卒年不详）私刻明史案，庄廷鑨被剖棺戳尸，家属被杀，凡是作序者、校刻者，甚至售书、买书者也都受到牵连，共杀戮七十余人，充军无数。另一次是康熙五十年（1711）的戴名世（1653—1713）《南山集》案，杀戮近百人，流放者数百人。雍正朝文字狱渐多，著名的曾静、张熙案，追究至已逝世的吕留良的著作，也是为了消除汉族士大夫的反清意识。这时的文字狱已渐次严苛细密，甚至深文周纳，滥杀无辜。如雍正四年（1726），江西考官出八股试题“维民所止”，被指控为“雍正去头”，加大不敬罪，予以抄斩；雍正八年（1730），翰林院庶吉士徐骏（？—1730）诗中有“清风不识字，何故乱翻书”之句，被指为有意讥讪清廷文化落后而犯罪。到乾隆朝，文字狱最为频繁，据《清代文字狱档》记载，从乾隆六年至五十三年（1741—1788），前后48年，共发生63起文字狱。朝廷苛责地方官吏，官吏深恐一并参处，举报之风大增，于是望文生义、捕风捉影、故入人罪的情况便屡屡发生。文人士夫吟诗作文，乃至属联拟题，都有可能被随意引申曲解，招致杀身灭族之祸。

清廷大兴文字狱，有效地加强了统治者对思想文化的极端控制，同时也严重地窒息了文化、学术的健康发展。文字狱屡兴不已，愈演愈烈，在文人士大夫中造成了浓重的恐怖气氛，文人士大夫普遍怀有忧谗畏讥、惴惴不安的心情，形成了畏惧、郁闷的心态和看风使舵的处世态度。乾隆间李祖陶（1776—1858）说：“今人之文，一涉笔惟恐触碍于天下国家……人情望风觇景，畏避太甚。见鳝而以为蛇，遇鼠而以为虎，消刚正之气，长柔媚之风，此于世道人心，实有关系。”（《迈堂文略》卷一《与杨蓉渚明府书》）其结果是逐渐酝酿出“避席畏闻文字狱，著书但为稻粱谋”（《龚自珍全集》第九辑《咏史》）的萎靡的文坛风气。

分析举例

方苞“因祸得福”

康熙五十年（1711），方苞因为戴名世《南山集》作序，受到牵连，被逮入江宁狱，后又解至京师刑部狱。幸亏他颇负时望的古文，早已“简在帝心”。再加上身为当朝显贵的李光地（1642—1718）大力救援，方苞在刑部大牢里整整关了15个月以后，幸运地免死释放，编入旗籍为奴。出狱后，他竟硬赖《南山集序》是戴名世冒他名写的，借此极力为自己开脱罪名。后来，康熙帝亲自下了“方苞学问天下莫不闻”的口谕，将他召入南书房。从此方苞积极地供奉清王朝，官运亨通，一直做到内阁学士兼礼部侍郎。这番起死回生的遭遇对方苞影响极大，他在《两朝圣恩恭纪》里曾说：“惊怖感动，不知涕泗之何从也”，“欲效涓埃之报”（《方苞集》卷十八）。因此他痛定思痛，把《南山集》案引为深戒，一丝不苟地以文字效忠朝廷。清代文字狱扭曲了一代文人的心灵，使文人极力在言论和行动上与清廷保持一致，方苞的因祸得福可为显著的事例。

三、编纂大型图书

清王朝控制社会文化思想的另一文化政策是编纂大型图书。在康、雍、乾、嘉诸朝，清廷一直十分重视图书文化事业的建设，图典之盛带动了学术文化的发达。这正如《清史稿·艺文志序》所说的：“经籍既盛，学术斯昌，文治之隆，汉唐以来所未逮也。”在这期间，清代官修大型图书相继出现，影响巨大。康熙皇帝在三藩之乱即将平定之时，便着手实行“偃武修文”的措施，于康熙十八年（1679）下诏荐举“博学鸿儒”，被荐人数达186人，列取一、二等者50人，开始编修《明史》。康熙四十四年（1705），彭定求（1645—1719）、杨中讷（1649—1719）等奉命编成《全唐诗》九百卷。刊刻于康熙四十九年（1710）的《渊鉴类函》四百四十五卷，是检索文章词藻的大型类书。张玉书（1642—1711）等修成于康熙五十年（1711）的《佩文韵府》四百四十四卷，是专门汇辑诗词歌赋中词藻典故的类书。初刊于雍正四年（1726）的《古今图书集成》一万卷①，是现存最大的古代类书，卷帙浩繁，内容丰富。嘉庆年间（1796—1820），阮元、徐松（1781—1848）等奉命辑录《全唐文》一千卷及《宋会要》全部。

尤其是从乾隆三十七年至五十二年（1772—1787），耗时16年，清廷组织编纂抄写了现存最大的官修丛书《四库全书》。《四库全书》收书数量约三千五百种，为我国古代文化典籍之一大总汇。该书分为经、史、子、集四部，分装三万六千余册，一式缮写七部，分别贮藏于“北四阁”（文渊、文源、文津、文溯）和“南三阁”（文澜、文汇、文宗）。参加编修的名人学士前后达360余人，当时的四库馆可谓鸿才硕学荟萃一堂。主持编纂的纪昀等人还撰成《四库全书总目》，共著录入库古籍三千四百六十一种，七万九千三百零九卷，存目古籍六千七百九十三种，九万三千五百五十一卷，有四百零一部无卷数。②

文澜阁《四库全书》书影

在清廷重视图书文化事业建设的鼓舞下，民间的图书搜集、典藏、编纂、刊印、流通等文化活动极其活跃。例如清代的私人藏书就空前兴盛，据叶昌炽（1849—1931）《藏书纪事诗》所收录，历代藏书家共1 175人，而清代便有497人，几占一半。不少藏书家在书籍的版本、目录、校勘、辨伪、辑佚、考据、刊刻等方面，作出了卓越的贡献。清代的丛书编纂也相当发达，丛书品种之多，搜罗之富，校勘之精，刻印之美，都是以前历代所难以比拟的。

多学一点

《四库全书》开清代辑佚之风

《四库全书》从《永乐大典》中辑出不少古佚书，开清代学者辑佚之风。辑佚的对象扩展至汉唐注疏、唐宋类书、方志总集等，产生了一批有价值的辑佚成果，如严可均（1762—1843）的《全上古秦汉三国六朝文》七百四十六卷，马国翰（1794—1857）的《玉函山房辑佚书》七百六十八卷等。

四、著书但为稻粱谋

但是，清廷在组织编修《四库全书》的过程中，也大量地禁毁、抽毁和删改文化典

① 《古今图书集成》刊刻年代说法各异，此取张秀民之说，见《张秀民印刷史论文集·清代铜活字》，北京，印刷工业出版社，1988。

② 据中华书局1965年版《四库全书总目》出版说明。

籍。最初还只是查禁“有诋触本朝之语”的明季野史，后来更扩大查禁范围，宋人言辽金元、明人言元的著作中“议论偏谬”者，明末将相朝臣的著作，明末清初文人如黄道周（1585—1646）、张煌言（1620—1664）、吕留良（1629—1683）、钱谦益（1582—1664）、屈大均（1630—1686）等人的著作，都在查禁之列。据载，被禁毁的书籍达三千多种，十五万余部，销毁书板达八万块以上，至于民间为避祸而自行销毁之书则无以计数（见孙殿起《清代禁书知见录·自序》）。大量的书籍因有违碍内容而被窜改，以致面目全非，从而造成一次极大的文化厄运。其实，清廷对书籍的禁毁由来已久。例如清朝统治者入关不久，便下令禁止小说作品流传。顺治九年（1652），清廷曾正式下令琐语淫词严禁通行。康熙二年（1663）、二十六年（1687）、四十八年（1709）、五十三年（1714），四次下令严查禁绝“坊肆小说淫词”，并下令烧书毁板。乾隆、嘉庆中又多次禁绝“淫词小说”，甚至罪及印刷这类作品的坊肆、贩卖的书贾和禁书不力的官员（见俞正燮《癸巳存稿》卷九《演义小说》）。

于是，在清廷开设“博学鸿词科”考试和盛世修典的诱导下，在文化专制政策的威慑下，文人的心态也发生了很大变化。乾隆初年杭世骏说：“自吾来京师，遍交贤豪长者，得以纵览天下之士。大抵绨章绘句，顺时以取宠者，趾相错矣。其肯措意于当世之务，从容而度康济之略者，盖百不得一焉。”（《道古堂文集》卷十五《送江岷山知晋洲序》）尽管文学经世精神的消歇有多方面的原因，但清廷的文化政策无疑起了不可忽视的作用。乾、嘉以降，除了极少数特立杰出的文学家的创作以外，各体文学作品普遍存在的“软骨病”，也可以从这里找到深刻的文化根源。

第三节 学术发达与文学精神

清代的学术具有集大成的特点。从总体上看，在康熙十八年（1679）至道光二十九年（1849）期间，程朱理学、乾嘉汉学和启蒙思想是最为流行的三大学术思潮，它们的流行与这一时期的文学精神息息相关。

一、程朱理学与文学精神

清初虽然强制推行野蛮的剃发易服政策，但同时又承袭明朝的学术思想传统，在治国方略中大力维护“三纲五常”等伦理道德，极力尊孔崇儒、提倡理学，充分表现出满族统治者力图与汉族文人在思想学术上沟通血缘联系的政治企图。

满族统治者入关后，立即祭祀“先师孔子”，以孔子后人袭封“衍圣公”，又为孔子加上“大成至圣文宣先师”的头衔。清政府还规定学习四书、五经、《性理》诸书，科举考试仍沿用八股文，取四书、五经命题（见《清史稿·选举一》）。康熙皇帝尤重文教，曾称赞朱熹（1130—1200）的学说，说：“文章言谈之中，全是天地之正气、宇宙之大道。朕读其书，察其理，非此不能知天人相与之奥，非此不能治万邦于衽席，非此不能仁心仁政施于天下，非此不能外内为一家。”（《御纂朱子全书序》）他还任用了一批信奉宋代程朱理学的官员，如魏介裔、熊赐履、汤斌等所谓“理学名臣”，编纂理学图书，升朱熹为孔庙大成殿配享十哲之次，成为第十一哲。

从康熙后期开始，程朱理学被尊为正统，成为朝廷信仰的中心。康熙皇帝玄烨和雍正皇帝胤禛就曾经被人们称为“理学天子”。乾隆皇帝弘历更是对程朱理学推崇备至，他说，理学“由之则治，失之则乱，实有裨于化民成俗，修己治己之要”（《清高宗实录》卷一百二十八乾隆五年十月乙酉条《训诸臣研精理学谕》）。在他的授意下，清廷采取了一系列表彰程朱、强化理学的方针政策，如刊行《十三经注疏》，颁布于学宫等等，箍紧了纲常名教的枷锁。嘉庆皇帝颙琰较之乃父更有过之而无不及，他“夙好程、朱，深谈性理，所著《幾暇余编》，其穷理尽性处，虽夙儒耆学，莫能窥测”。而且，他还“刊定《性理大全》、《朱子全书》等书，特命朱子配祠十哲之列。故当时宋学昌明，世多醇儒耆学，风俗醇厚，非后所能及也”（昭梿《啸亭杂录》卷一“崇理学”条）。可以说，尊孔崇儒，表彰程朱，是有清一代持之以恒的基本国策。

学术轶事

“理学天子”开一代文风

到18世纪，在雍正和乾隆父子两位“理学天子”的积极倡导下，尊孔崇理成为文坛主潮，宗经载道的文学观念甚嚣尘上。雍正初年，桐城派的开山祖师方苞撰《礼闱示贡士》说：“世宗宪皇帝（即雍正）特颁圣训，诱迪士子。制艺以清真古雅为宗，我皇上（即乾隆）引而伸之，谆谕文以载道，与政治相通，务质实而言必有物，其于文术之根源，阐括尽矣。”（《方苞集·集外文》卷八）乾隆皇帝曾经亲定《唐宋诗醇》等书，鼓吹“忠爱之志”，“温厚和平共处之意”，制定了诗歌创作和批评的标准。

康熙以后程朱理学统治地位的建立，促使汉族文人在传统文化的承续上认同主流意识形态，从而强化了清廷的精神统治，并逐渐激发起文人的道义责任，积极提倡宗经载道的文学精神。在康熙年间，如施闰章论诗，便直接以“温柔敦厚”的“诗教”为归（并见《学余堂文集》卷七《佳山堂诗序》、卷二十七《与彭禹峰》）。叶燮（1627—1703）也认为，诗是发展变化的，但其中自有历久不变者，即作为诗歌本旨的“温柔敦厚”的诗教（见《原诗》卷一《内篇上》）。汪琬论文提倡文道合一，肯定“文者贯道之器”（《尧峰文钞》卷二十九《王敬哉先生集序》），以儒家经典为作文的最高典范。戴名世更把“道”规范为朱子之学，要求文学必须载程朱理学之“道”（《戴名世集》卷四《赠刘言洁序》），开启了后来桐城派文人普遍尊重宋学的风气。

帝王的好尚，凭借专制政治的势力风行全国，普及人心，于是宗经载道理所当然地成为当时文坛的主旋律。如沈德潜在《说诗晬语》中大倡“温柔敦厚”的“诗教”，认为“诗之为道，可以理性情，善伦物，感鬼神，设教邦国，应对诸侯”。乾隆年间，他先后编选《唐诗别裁集》、《元诗别裁集》、《明诗别裁集》、《清诗别裁集》等诗歌总集，就是明确不二地以“温柔敦厚之旨”作为选诗标准的（见《清诗别裁集凡例》）。与沈德潜一样，纪昀也重视“诗教”，他以“发乎情，止乎礼义”作为“诗之本旨”（《纪文达公遗集》卷九《挹绿轩诗集序》），并以之作为衡量历代诗歌的标准（同上《诗教堂诗集序》）。纪昀还写了一部笔记小说《阅微草堂笔记》，自称创作主旨是“不乖于风教”，“有益于劝惩”。翁方纲为了宣扬崇奉宋儒的文学主张，不惜抬出杜甫（712—770）这个“诗圣”，有意地“误读”杜甫“熟精《文选》理”的诗句，把“文理”与“义理”画上等号，为自己追本经籍的理论张目（见《复初斋文集》卷十《杜诗熟精文选理理字说》）。常州词派的张惠言、周济等人，注重词的风骚比兴，要求有所寄托，但大都重弹“忠爱”的老调。

分析举例

戏曲作品宣扬理教

影响所及，夏纶作戏曲，“皆意主惩劝，尝举忠、孝、节、义，各撰一种。以《无瑕璧》言君臣，教忠也；以《杏花村》言父子，教孝也；以《瑞筠图》言夫妇，教节也；以《广寒梯》言师友，教义也；以《花萼吟》言兄弟，教弟也”。梁廷楠（1796—1861）称：“事切情真，可歌可泣，妇人孺子，触目惊心，洵有功世道之文哉！”（均见《曲话》卷三）蒋士铨也高标“下笔关风化之旨”（吴梅《中国戏曲概论》卷下），刻意塑造忠臣、孝子、仁人、义士，以“笔墨化工”来“维持名教”（蒋士铨《香祖楼》传奇卷首陈守诒《后序》）。在他们笔下，戏曲作品成为伦理思想和教化观念的图解。甚至焦循（1763—1820）在《花部农谭》中评论戏曲，认为“花部”（即各种各样的地方戏）之所以高于“雅部”（即昆曲），首先由于“其事多忠孝节义，足以动人”。

二、乾嘉汉学与文学精神

乾嘉时期汉学的兴盛，是作为程朱理学的反拨和辅翼而出现的学术文化思潮。皮锡瑞（1850—1908）《经学历史》说：“乾隆以后，许（慎）郑（玄）之学大明，治宋学者已鲜，说经皆主实证，不空谈义理，是为专门汉学。”（《经学历史·经学复兴时代》）

概念解析

乾嘉汉学

由于清廷的文化专制渐趋严酷，乾隆、嘉庆年间，文人学者大多背离了康熙初年顾炎武等人倡导的“通经致用”的实学精神，片面地继承了顾炎武等人讲求音韵、训诂之学的治学方法，局限于古书的辑录、校勘、辨伪和一字一义的考据，说经主实证而不谈论义理，甚至陷入烦琐的训诂考据之中而不可自拔。这种有别于宋明理学的学术风尚，就是所谓汉学。通过古字古音以明古训，通过古训以明经的治经方法，是汉学的主要特征。因此汉学也称为考据学或朴学（就学风比较朴实而言），由于它在乾隆、嘉庆时期达到鼎盛，后人也称为乾嘉汉学或乾嘉学派。

还在康熙年间，阎若璩（1636—1704）、胡渭（1633—1714）、毛奇龄等人，就已不盲目、不轻信传注，重比较归纳，以经释经，在各自的领域中作出了不可磨灭的贡献。他们这种专门解经的治学途径，实开乾嘉汉学方法论之先河，同时也有着乾嘉汉学所少有的反理学的倾向。方东树在《汉学商兑》中总结道：“统观近人所著书，攻道学，攻理学，攻《易》图，攻《大学》，攻《集注》，攻《小序》，攻淫诗，攻禅学，攻言心言性道，攻门户，千条万端，皆意在朱子而已。”一语道破了辨伪考据和反理学倾向之间的内在联系。

到了乾隆中叶，汉学声势浩大，成为显学，甚至有凌驾于宋学之上的气势。这种学术文化现象不能不引起统治者的重视。于是在乾隆三十七年（1772），弘历亲自下谕，既重申了理学的正统地位，也肯定了汉学的辅弼功能。他规定了这样的学术政策：“崇宋学之性道，而以汉儒经义实之。”（阮元《揅经室一集》卷二《国史儒林传序》引）于是朝野汉学家们山呼鼓舞，有的打出“六经尊服郑，百行法程朱”的旗帜，来和朝廷政策相应和。一批汉学家进入四库馆，从事校辑整理典籍的工作，在他们的推动影响下，汉学更得到了长足的发展；迨《四库丛书》编成，风气已开，继之学人辈出，蔚为一代大观。而且汉学的研究范围由群经而旁及诸子列史，几至“家家许郑，人人贾马，东汉学烂然如日中天矣”（梁启超《清代学术概论》）。

乾嘉汉学大体上可以分为两派，即以惠栋（1697—1758）为代表的吴派和以戴震（1724—1777）为代表的皖派。吴派的学风以详博见长，信古尊汉，主张搜集汉儒经说加以疏通考订，而旁及史学、文学，以专宗汉人学说为主，甚至达到唯汉是尊而不论是非的地步，梁启超（1873—1929）概括为“凡古必真，凡汉必好”（《清代学术概论》）。这一派的重要人物，除惠栋以外，尚有王鸣盛（1722—1798）、钱大昕（1728—1804）、江声（1721—1779）、江藩（1761—1830）等。皖派的学风是治学深邃，条理细密，断制谨严，更富有求实创新精神，提倡“实事求是，不主一家”。皖派强调欲明经义，必先考订文字、音韵、训诂，尤其在语言文字、音韵的研究方面作出了卓越的贡献。这一派的重要人物，除戴震外，尚有段玉裁（1735—1815）、王念孙（1744—1832）、王引之（1766—1834）等。

在乾嘉汉学的学者中，有一些人不同流俗，敢于突破汉学束缚。他们的学术研究不完全局限于经典文献的整理和训诂，而是通过注解经书的形式，提出自身的观点，力求解经以明义。戴震、章学诚（1738—1801）、汪中、焦循、阮元等，是这批学者的代表。

作为一种学术文化思潮，乾嘉汉学对18世纪以后学术界的影响是极其广泛的，也是极其巨大的。乾嘉汉学与乾、嘉时期文学精神的关系，突出地表现在注重以学殖作为文学创作和文学接受的要旨。

在诗歌方面，康熙年间有的文人便提倡注重学问。施闰章提倡诗之本在积学，称许杜甫“读书破万卷，下笔如有神”的主张，他的诗就被人称为“学人之诗”（朱庭珍《筱园诗话》卷二）。朱彝尊以博学多闻著称于时，所以他论诗文也屡屡主张欲以经史为根本（见《曝书亭集》卷二十一《斋中读书十二首》其十一）。到了乾嘉汉学盛行之时，这种注重学问的传统，更变本加厉地衍化为以学问为诗，以考据为诗。这可以翁方纲的观点为代表。他认为：“有义理之学，有考订之学，有词章之学”，“三者一原耳”（《复初斋文集》卷四《吴怀舟时文序》）。因此他提出：“士生今日经学昌明之际，皆知以通经学古为本务，而考订训诂之事与词章之事，未可判为二途。”（同上《蛾术集序》）“士生今日，经籍之光，盈溢于世宙，为学必以考证为准，为诗必以肌理为准。”（同上《志言集序》）而充实诗歌肌理的途径主要就是通过钻研古书，培养深厚的学问功力，所以他格外推崇“学人之诗”，极力称道宋人作诗三昧是：“会粹百家句律之长，究极历代体制之变，搜讨古书，穿穴异闻，作为古律，自成一家。”（《石洲诗话》卷四）

☞ 多学一点

翁方纲的“学人之诗”

翁方纲还身体力行地写作“学人之诗”，《清史稿·翁方纲传》评道：“所为诗，自诸经注疏以及史传之考订、金石文字之爬梳，皆贯彻洋溢其中。论者谓能以学为诗。”

乾、嘉时期经学家的文论，更是汉学风气的直接产物。他们大都提倡浸淫儒家经典，以培养学殖。如程廷祚（1691—1767）说：“今欲专力于古文，惟沉潜于六籍，以植其根本。”（《青溪文集》卷十《复家鱼门论古文书》所附尺牍）焦循也说：“词章之有性灵者，必由于经学。”（《雕菰集》卷十三《与孙渊如观察论考据著作书》）他们还大都主张以考据为侧重，来统一义理、博学、文辞三者的关系。如钱大昕说：“诂训者，义理之所由出，非别有义理出乎诂训之外者也。”（《经籍籑诂序》，《经籍籑诂》卷首）段玉裁也声称：“义理、文章，未有不由考核而得者。”（《戴东原集序》，《戴震集》附录二）

而桐城派的集大成者姚鼐将方苞的“义法”二要素扩充为义理、考证、文章三要素，认为三者“异趋而同为不可废”（《惜抱轩文集》卷六《复秦小岘书》），“苟善用之，则皆足以相济；苟不善用之，则或至于相害”（《惜抱轩文集》卷四《述庵文钞序》）。他的观点可以说是经学家文论的辅翼。郭绍虞在《中国文学批评史》中说：“大抵望溪（方苞）处于康雍‘宋学’方盛之际，而倡导古文，故与宋学沟通，而欲文与道之合一，后来姚鼐处于乾嘉‘汉学’方盛之际，而倡导古文，故复与汉学沟通，而欲考据与词章之合一。他们能迎合当时统治阶级的意图而为古文，又能配合当时知识分子所倡导的学风以为其古文，桐城文之所由成派，而桐城文派之所由风靡一时，当即以此。”（第七十六节“方苞古文义法”）

乾嘉汉学成为一种学术文化思潮，也影响了这一时期的戏曲小说创作。戏曲以史为剧，在戏曲作品中极端地征实尚史，曲词道白也追求雅正，卖弄渊博的学识和深秀的才华。这一时期的历史小说尤重叙述历史事件，如蔡元放（生卒年不详）改订《东周列国志》，便自称是“有一件说一件”，“哪里有功夫去添造”，不仅可作“正史”看，而且可学到稽古、用兵之类的学问（见蔡元放《东周列国志读法》）。而且，这一时期出现了一批“以小说为庋学问文章之具”（鲁迅《中国小说史略·清之以小说见才学者》）的作品，夏敬渠的《野叟曝言》、屠绅（1744—1801）的《蟫史》、李汝珍的《镜花缘》等，这些小说作品大体以逞才学为能事，专门卖弄学问，以满足作者矜才炫学的需要。例如在《镜花缘》后半部中，李汝珍居然用了二十七回的篇幅，写书画琴棋、医卜韵算，以及酒令、灯谜、双陆、马吊、斗草、投壶等各种百戏，连篇累牍，烦琐冗长。

在程朱理学与乾嘉汉学流行之际，以晚明时期王学左派为代表的个性解放思潮和以明清之际顾炎武、黄宗羲、王夫之等人为代表的文化启蒙思潮并没有完全消歇，它们携手并进，形成一种新的启蒙思潮，力图突破主流意识形态的束缚，鼓荡一种风标独立的文学精神。其代表人物有颜元（1635—1704）、李塨（1659—1733）、袁枚、戴震、汪中、龚自珍、魏源等。

袁枚《遣兴》诗其二十二道：“郑孔门前不掉头，程朱席上懒勾留。一帆直渡东沂水，文学班中访子游。”（《小仓山房诗集》卷三十三）郑、孔指汉朝郑玄和唐朝孔颖达，他们都是著名的考证、训诂学者。程、朱指宋朝程颢、程颐和朱熹，他们都是著名的理学家。子游名言偃，列于孔门文学科。袁枚不愿为汉学，也不愿为宋学，而立志为文学，以作为一位文学家而自豪。袁枚是有着鲜明个性的文人，一生纵性而为，无所拘束。他在《所好轩记》中就曾自称：“好味，好色，好葺屋，好游，好友，好花竹泉石，好珪璋彝尊、名人字画，又好书。”（《小仓山房文集》卷二十九）因此他热烈地肯定人的情欲，说：“使众人无情欲，则人类久绝，而天下不必治；使圣人无情欲，则漠不相关，而亦不肯治天下。”（《小仓山房文集》卷二十二《清说》）他主张“人欲当处即是天理”（《小仓山房文集》卷十九《再答彭尺木进士书》），并说“圣人不自讳其私”（《小仓山房文集》卷二十《公生明论》），这跟明代李贽的思想是一脉相承的。

学术轶事

袁枚不媚时俗

袁枚在诗坛上公开批评、嘲讽沈德潜的格调说和翁方纲的肌理说，重建和发挥性灵说，主张诗重性情，强调表现真我、真性情，创作重灵机和真趣。袁枚从小就迷恋诗赋，厌弃八股文。后来为了科举功名，他“不得不降心俯首”，昼夜勤习八股文，“如交俗客，强颜以求欢”（《小仓山房文集》卷三十一《与俌之秀才第二书》）进士入第后，他对八股文仍每有非词。时人沈德潜提倡儒家“温柔敦厚”的诗教，否定艳诗，袁枚对此嘲笑说：“（先生）以为艳体不足垂教，仆又疑焉。夫《关雎》即艳诗也，以求淑女之故，至于展转反侧。使文王生于今，遇先生，危矣哉！”（《小仓山房文集》卷十七《再与沈大宗伯书》）他认为，“情所最先，莫如男女”（《小仓山房文集》卷三十《答蕺园论诗书》），一生中写了许多恋情诗、艳情诗。

戴震与袁枚是同时代的人。与对袁枚一样，当时的人们对戴震其人其文，就毁誉抑扬，各趋极端。章学诚记述道，乾隆间的人们对戴震的学说，“皆视以为光怪陆离，而莫能名其为何等学”（《文史通义》外篇三《与史余村》）。这并不奇怪。戴震本来就是一位思想文化的探索者，在给友人的信中，他一再宣称，自己是“不随时俗”的：“志存闻道，必空所依傍。”（《戴震集》卷九《与某书》）他立志要独立思考，实事求是地去探索真理。

戴震所立志要追求的“道”，指的是实体实事，人伦日用。在《孟子字义疏证》里，戴震解释说：“人道，人伦日用身之所行皆是也。在天地，则气化流行，生生不息，是谓道；在人物，则凡生生所有事，亦如气化之不可已，是谓道。”（《孟子字义疏证》卷下《道》）在他看来，“道”不是凌驾于事物之上的绝对精神，而是实体实事的运动形式，是一种客观的物质存在。戴震以渊博的自然科学知识为基础，以自然科学的思想和方法为前提，强烈地反对程朱理学，创建了一整套独成体系的哲学思想，这是他“志存闻道”的核心部分。为此，他呕心沥血地撰著了《孟子字义疏证》，向程朱理学提出了强烈的挑战。

分析举例

《孟子字义疏证》对程朱理学的反拨

戴震在《孟子字义疏证》中指出，当今的统治者根本无视什么体察民情、通达民欲，而是一味地死抱住“理”不放：“尊者以理责卑，长者以理责幼，贵者以理责贱，虽失，谓之顺；卑者、幼者、贱者以理争之，虽得，谓之逆。”以上下论顺逆，所谓“理”岂不就成为封建等级制度的强权工具了吗？“上以理责其下，而在下之罪，人人不胜指数，人死于法，犹有怜之者；死于理，其谁怜之！”（《孟子字义疏证》卷上《理》）在给一位友人的信中，戴震又写道：“酷吏以法杀人，后儒以理杀人。浸浸乎舍法而论理，死矣，更无可救矣！”（《戴震集》卷九《与某书》）“以理杀人”，正是雍正、乾隆时期统治者常用的政治伎俩。为什么理学会沦为杀人的工具呢？戴震在《孟子字义疏证》中分析道：理学家倡言“存天理，灭人欲”，把人的饥寒愁怨、饮食男女、常情隐曲这些正常的感情，统统说成是必须革除干净的人欲，这不是要人们舍弃生养之道，灭绝情欲之感么？所以，理学家顽固强调的“理欲之辨”，就不能不成为残忍杀戮的工具了。同理学家的观点针锋相对，戴震在《孟子字义疏证》中认为，“人道本于性，而性原于天”（《孟子字义疏证》卷下《道》），因而人性是善的；而人欲出于性，也是合理的，是善的，是人类赖以生存繁衍的本性。正当的人欲就是天理，天理寓于人欲之中。他说：“人生而后有欲，有情，有知。”（同上《才》）“人伦日用，圣人以通天下之情，遂天下之欲，权之而分理不爽，是谓理。”（同上《权》）只有从人欲出发去谈天理，才能杜绝借理祸民或者纵欲任性的罪恶行径。

由此可见，戴震是从乾嘉汉学的阵营里脱颖而出，逐渐形成自身独特的启蒙思想的。据段玉裁《戴东原先生年谱》记载，戴震在乾隆二十九年（1764）四十一岁左右时曾经说：“天下有义理之源，有考核之源，有文章之源，吾于三者皆庶得其源。”过了几年，大约在戴震四十七岁（1770）写完《孟子字义疏证绪言》以后，他深有所悟地说：“义理即考核、文章二者之源也，义理又何源哉？吾前言过矣。”（《戴震集》附录三）这是他启蒙思想的形成时期。可惜戴震因劳成疾，不幸在乾隆四十二年（1777）病逝于北京，未能继续弘扬他的启蒙思想。而汉学中的皖派学者却未能承绪戴震的这一传统，于是戴震的启蒙思想便夭折在摇篮之中了。

早于袁枚和戴震，康熙后期的颜元和李塨提倡重经典、讲实事的思想，与顾炎武等人一脉相传，形成颜李学派。吴敬梓交往的好友程廷祚、樊圣谟（生卒年不详）都是李塨的弟子，特别是程廷祚是李塨寄以极大希望的学派传人。吴敬梓撰《儒林外史》，汲汲探求儒林群体的出路，提倡“礼乐兵农”等学务，这可以从颜李学派的著作里发现其思想底蕴。晚于戴震，汪中好古博学，考证古代典章制度，能贯通典籍，发为独见，力图从汉学的壁垒中突围而出，恢复顾炎武的经世致用的精神，宣扬与传统思想相左的观点。他在研讨古“礼”的题目下，反对封建婚姻制度，反对妇女夫死殉节的“妇道”，说：“本不知礼，而自谓守礼，以陨其生，良可哀也。”（《述学》内篇一《女子许嫁而婿死从死及守志议》）但他却因此被世人视为狂徒，甚至被翁方纲指为“名教之罪人”，一生坎坷不遇，靠当幕僚和卖文为生。颜李学派和汪中等人的思想，都成为清中期启蒙思潮的重要组成部分。

三、启蒙思潮与文学精神

到道光年间（1821—1850），汉学虽然驰骋文坛，余势未衰，但却已经渐趋没落了。作为以经古文学为主的汉学的对立面，经今文学派代之而起，其代表人物是龚自珍、魏源等。经今文学派不满于汉学家整日沉溺于名物训诂而无力解决现实社会中的迫切问题，倡导汉代董仲舒等人的经今文学，尤其是利用《春秋》公羊学派的传统和理论，并注入变法革新的时代内容，掀起了新的启蒙思潮。

龚自珍是晚清启蒙思潮的先驱，梁启超说：“龚自珍颇似法之卢骚。”（《清代学术概论》）青年时代，龚自珍从刘逢禄（1776—1829）学习公羊学时，便以研究今文经学为依傍，利用公羊学说的“三世”、“三统”这一进化的历史观和它的“微言大义”，通过谈经论史以讥切时政，宣传变革。龚自珍密切关注现实，讥切时政，在对现实问题的思考中，崇史尊史，从历史中汲取理性，认为“虽天地之久定位，亦心审而后许其然”（《龚自珍全集》第七辑《定庵八箴·文体箴》）。当清王朝在表面上还处于所谓“太平盛世”时，他便透过层层迷雾和假象，预见到封建社会已进入了它的“衰世”，并对封建衰世的弊端进行了深刻的批判，从君主集权、官场腐败、土地兼并、苛捐杂税，到思想禁锢、摧残人才，无一不闪烁着他批判的锋芒。龚自珍作为启蒙思想家，不仅批判、否定和诅咒过去，而且还呼唤、追求和向往未来。他的思想也明显受到明中叶以来伸张个性思潮的影响，重情、重童心，强调“人”、“我”与“心之力”的作用（见《龚自珍全集》第一辑《壬癸之际胎观第一》、《第四》），反对压制与束缚，倡言“好削成，大命以倾”（《龚自珍全集》第七辑《定庵八箴·削成箴》），具有鲜明的个性解放倾向。他呼唤“风雷”，宣传“变革”，追求个性解放，期待着“有大音声起，天地为之钟鼓，神人为之波涛”（《龚自珍全集》第一辑《尊隐》）。

☞ **多学一点**

龚自珍离经叛道

龚自珍思想最大的特色是具有离经叛道的叛逆色彩，魏源评价道：“其道常主于逆，小者逆谣俗，逆风土，大者逆运会。”（《魏源集》上册《定庵文录叙》）他猛烈地抨击封建君主专制制度，认为皇权至高无上正是国家政治腐败，官吏昏庸无能、寡廉鲜耻的根源。他对儒家的独霸天下和六经的至高无上的地位也颇含轻蔑，认为“儒但九流一，魁儒安足为”（《龚自珍全集》第九辑《题梵册》）。

魏源比龚自珍更为强烈地主张变法革新，反对复古守旧。他说：“天下无数百年不弊之法，无穷极不变之法，无不除弊而能兴利之法。”（《魏源集》下册《筹鹾篇》）他对内主张发挥商人作用，对外既坚决反对西方的侵略，又主张学习西方长处，反对闭关锁国。他编著了中国第一部外国历史地理书《海国图志》，自称：“是书何以作？曰：为以夷攻夷而作，为以夷款夷而作，为师夷之长技以制夷而作。”（《海国图志序》，《海国图志》卷首）他认为中国对于西方国家，只要“因其所长而用之，即因其所长而制之，风气日开，智慧日出，方见东海之民犹西海之民”（《海国图志》卷二《筹海篇三·议战》），就一定能赶上西方国家。

龚自珍与魏源的变法革新思想对其后康有为（1858—1927）、梁启超等人的维新思想有着重要的启示和影响。梁启超说：“数新思想之萌蘖，其因缘固不得不远溯龚（自珍）、魏（源）。”（《饮冰室合集·文集》卷七《论中国学术思想变迁之大势》）又说：“晚清思想之解放，自珍确与有功焉。光绪间所谓新学家者，大率人人皆经过崇拜龚氏之一时期，初读《定庵文集》，若受电然。”（《清代学术概论》）

在文学思想上，龚自珍倡导“经世致用”思想和“尊情”说。他认为文学必须有用：

“曰圣之时，以有用为主。”“求政事在斯，求言语在斯，求文学之美，岂不在斯?”(《龚自珍全集》第九辑《同年生吴侍御杰疏请唐陆宣公从祀瞽宗……》)他主张诗风与人格的统一，“诗与人为一，人外无诗，诗外无人，其面目也完”(《龚自珍全集》第三辑《书汤海秋诗集后》)。他大力提倡古人“忽然而自言”，“皆毕所欲言而去”(同上《绩溪胡户部文集序》)的精神，主张摆脱一切束缚，畅所欲言。他的诗文作品，以自由活泼的体式畅所欲言地抒写真知灼见和真情实感，开创了经世致用文风，呼唤着一个新的文学时代的来临。道光五年(1825)，魏源应江苏布政使贺长龄(1785—1850)之聘，编辑《皇朝经世文编》，为经世致用的社会思潮推波助澜。鸦片战争时期，魏源、林则徐等人还一度掀起汹涌澎湃的反帝爱国诗潮。到晚清时期，面向现实、干预政治、抒写个性便成为时代崭新的文学风尚了。

【温故知新】

集大成的文学　文字狱　清代图书编纂　《四库全书》　程朱理学　乾嘉汉学　启蒙思想

【请你思考】

1. 为什么康熙年间诗风从宗唐转向宗宋?
2. 为什么康熙年间出现词坛中兴局面?
3. 桐城文派的古文写作有哪些基本特征?
4. 性灵诗派的诗歌创作有哪些基本特征?
5. 概述浙派词的形成与发展过程。
6. 概述乾隆年间章回小说创作的基本状况。
7. 以蒋士铨等作家的创作为例，分析乾隆年间戏曲作品内容道德化的倾向。
8. 简述常州词派的兴起及其基本特征。

【推荐阅读】

(清)梁启超．朱维铮导读·清代学术概论．上海：上海古籍出版社，1998
赵尔巽等．清史稿．北京：中华书局，1977
郭绍虞．中国文学批评史．上海：上海古籍出版社，1979
(清)王夫之等．清诗话．上海：上海古籍出版社，1978
郭绍虞，富寿荪编．清诗话续编．上海：上海古籍出版社，1983
唐圭璋编．词话丛编．北京：中华书局，1986
中国戏曲研究院编．中国古典戏曲论著集成．北京：中国戏剧出版社，1960
鲁迅．中国小说史略．北京：人民文学出版社，2006

第二章 诗歌流派的更迭

【导读】

纳兰成德在《原诗》中评论清康熙年间（1662—1722）的诗派说：“十年前之诗人皆唐之诗人也，必嗤点夫宋。近年来之诗人皆宋之诗人也，必嗤点夫唐……矮子观场，随人喜怒，而不知自有之面目，宁不悲哉!”（《通志堂集》卷十四）的确，从宗唐转向学宋，是康熙间诗风转移的一大动向。而且，唐、宋诗之争在康熙以后也持续不断。只有一些独立自主的诗人，敢于在宗唐学宋之外，努力创造具有“自家之面目”的诗歌，取得了这一时期诗歌创作的最高成就。

第一节 宗唐与学宋

一、王士禛追慕宋调

从宗唐转向学宋，诗坛领袖王士禛实领风气之先。清康熙十年（1671）前后，王士禛由早期的取法唐诗转向兼取宋元，转益多师，表现出崇尚雄放的倾向和融汇多种风格的恢宏气度。他在诗中曾多次写到对韩愈（768—824）、苏轼、欧阳修（1007—1072）诗歌风格的追慕，如“可使文人有愧辞，韩、欧、坡老是吾师”（《渔洋诗集》卷十四《读范德机到官诗……戏题一绝》）。在创作上，他在兼融唐宋的基础上，力求超越自我，追求新的审美风格。这种倾向在王士禛作于康熙十一年（1672）的《蜀道集》中表现得十分突出。如集中《晚登夔府东城楼望八阵图》诗：

> 永安宫殿莽榛芜，炎汉存亡六尺孤。城上风云犹护蜀，江间波浪失吞吴。鱼龙夜偃三巴路，蛇鸟秋悬八阵图。搔首桓公凭吊处，猿声落日满夔巫。（《渔洋续诗集》卷六）

寓深沉的历史感慨于萧飒高旷的景物渲染之中，写景、抒情与议论融为一体，苍劲雄放，气概不凡，深得杜甫诗歌沉郁顿挫之致。施闰章评道：“往日篇章清似水，年来才力重如山。”（《施愚山全集·学馀诗集》卷四十九《贻上济南书至得盐亭见怀及使蜀诸诗》三首其二）便明确地指出了这一变化。康熙二十四年（1685），王士禛祭告南海，又作《南海集》，诗风或清新自然，或轻捷明快，或格调激越，或旖旎柔媚，表现出多方面的艺术造诣。

王士禛像（二）

二、朱彝尊兼取唐宋

康熙十八年（1679），朱彝尊应试博学鸿词科，入仕清廷后，诗歌风格也发生了显著变化，从坚持尊唐转向兼取唐宋。他晚年的诗歌创作，使事用典，议论生新，不拘一格，格调平和，追求醇雅，安于恬淡。如《池上编篱偶成二首》其二：

> 清时特地许闲身，底用湫嚣傍市尘？著录九经堪送老，拥书万卷不言贫。为农也解量晴雨，置酒浑忘是主宾。寄语岩栖谭给事，何妨近作耦耕人。（《曝书亭集》

卷十六）

意格疏放，透辟精警，明显地带有宋诗的特色。

分析举例

朱彝尊代表诗作评析

最能代表朱彝尊晚期创作风格的是作于康熙四十年（1701）的《玉带生歌》（《曝书亭集》卷二十一）。“玉带生”，砚台名，为宋末文天祥（1236—1283）故物。诗人巧妙地借“生”之名，用拟人化的手法，通过咏砚描述了宋亡的历史巨变，歌咏了文天祥的坚强气节，曲折地流露内心中的愧悔之情，极具艺术感染力。

☞ **多学一点**

后人论朱彝尊诗

查慎行评朱彝尊“不屑随俗波靡，落宋人浅易蹊径。故其长篇短什，无体不备，且无微不臻”（《曝书亭集序》，《曝书亭集》卷首）；沈德潜也说他“集中诗不分唐宋界限，故各体具备”（《清诗别裁集》卷十二）。

三、查慎行刻意学宋

朱彝尊以兼取唐宋的诗歌取向，开创了浙派诗风。作为浙派诗承前启后的大家的，是查慎行。查慎行反对作诗浓妆艳抹，重彩叠色，说：“老夫新句亦平平，要与诗家除粉绘。”（《敬业堂诗集》卷二十《雨中发常熟，回望虞山》）因此他的诗歌擅长白描，气求调畅，词务清新，入深出浅，时见精妙。他年轻时曾在贵州跃马横戈，后又扈从康熙亲征漠北，游历过天下山水之奇，大大开阔了眼界，写下了许多优秀的山水之作。短章如：

> 掀波成山石作底，风平石出波浰浰。秋天一碧雨新洗，大滩小滩如撒米。（《敬业堂诗集》卷二十五《大小米滩》）
>
> 月黑见渔灯，孤光一点萤。微微风簇浪，散作满河星。（《敬业堂诗集》卷九《舟夜书所见》）

长篇如《海螺峰歌》、《中秋夜洞庭湖对月歌》等，也都境界开阔，联想丰富。

学术轶事

后人论查慎行诗

张维屏（1780—1859）称他的诗："极清真，极隽永，亦典切，亦空灵，如明镜之肖形，如化工之赋物，其妙只是能达。"（《国朝诗人征略》卷十九）

赵翼评他的诗："功力之深，则香山、放翁后一人而已。"（《瓯北诗话》卷十）

四、厉鹗自成一家

在查慎行之后，康、乾之际的诗人厉鹗是浙派诗的殿军。厉鹗崇尚宋诗，但兼取陶、谢、王、孟，转益多师，自成一家。厉鹗曾自述"性喜为游历诗，搜奇抉险，往往有得意句"（《樊榭山房文集》卷三《盘西记游集序》）。他尤擅长描写杭州风景，如：

> 夜寒香界白，涧曲寺门通。月在众峰顶，泉流乱叶中。一灯群动息，孤磬四天空。归路畏逢虎，况闻岩下风。（《樊榭山房诗集》卷一《灵隐寺月夜》）
>
> ……里湖花更多，十里无处无。中央通延缘，鱼翠时相呼。忽惊山倒浸，花底烟平铺。安得山雨来，众绿争跳珠。……（《樊榭山房诗集》卷七《汪积山招泛湖上观荷，分得于字》）

大都能于幽新隽妙中融入孤寂冷落之情，合空灵与质实为一。

☞ 多学一点

后人论厉鹗诗

翁方纲评厉鹗诗云："樊榭以精细之思，得韵得味，正亦从书卷中酝酿得来。"（《晚晴簃诗汇》卷六十下引）

王昶（1725—1806）评厉鹗诗云："所作幽新隽妙，刻琢研炼，五言尤胜。"（《蒲褐山房诗话》卷一）

全祖望称厉鹗："最长于游山之什，冥搜象物，流连光景，清妙轶群。"（《鲒埼亭集》卷二十《厉樊榭墓碣铭》）

研究进行时

清初唐宋诗之争研究

台湾中正大学廖淑慧2003年博士论文《清初唐宋诗之争研究》，对清初诗坛宗唐与宗宋的论争进行了深入的研究，并从这个角度探讨了清初诗坛创作比较繁荣、诗歌创作高于清代其他时期的原因。

第二节
性情与学问

从宗唐到学宋，标示了康熙诗坛的风向。但在18世纪诗坛上，也有一些独操别调的诗人，于宗唐学宋之外，另辟蹊径。他们或以性情说诗，或以格调说诗，或以肌理说诗，表现出各自不同的审美追求，但都同样力图超越模拟诗学，寻求自家面貌。

一、赵执信自写性情

赵执信宗法晚唐，自写性情，清新峭拔，劖刻发露，形成独特的诗风。他的诗歌，有的感慨民间疾苦，揭露社会黑暗，意义深刻，如《道旁碑》、《纪蝗》、《后纪蝗》、《纪旱》、《猛虎行》、《吴民多》、《水车怨》等。《氓入城行》记述县令带爪牙鹰犬下乡搜利，百姓奋起反抗："官私计尽生路无，不如却就城中死！一呼万应齐挥拳，胥隶奔散如飞烟。"（《饴山诗集》卷十三《浮家集》）写出了官逼民反、民反官惧的情形。在写到自己谪官之恨时，他还将矛头直接指向清王朝的统治者，如《御沟怨》：

水自御沟出，流将何处分？人间每呜咽，天上讵知闻！（《饴山诗集》卷十六《磺庵集》）

辞气激烈，寓意明白。他的诗歌注重表现自己的真性实情，往往不讲雕饰，信口而出，时近宋调。

二、郑燮主张"三真"

赵执信以性情说诗，由晚唐而近宋调；其后郑燮以性情说诗，则偏重于唐音。郑燮推崇杜甫"历陈时事，一寓谏诤"，主张诗歌应"道着民间痛痒"（《郑板桥集·家书·潍县署中与舍弟第五书》）。他强烈向往英雄名士直摅血性、见解独创的文章与慷慨激昂、剖析时事的宏论，说："英雄何必读书史，直摅血性为文章。"（《郑板桥集·诗钞·偶然作》）又说："文章以沉着痛快为最。"（《郑板桥集卷·家书·潍县署中与舍弟第五书》）因此他的诗歌多揭露黑暗现实，同情民生疾苦，表现心胸磊落的情操。如：

衙斋卧听萧萧竹，疑是民间疾苦声。些小吾曹州县吏，一枝一叶总关情。（《郑板桥集·诗钞·潍县署中画竹呈年伯包大中丞括》）

咬定青山不放松，立根原在破岩中。千磨万击还坚劲，任尔东西南北风。（《郑板桥集·诗钞·竹石》）

十载扬州作画师，长将赭墨代胭脂。写来竹柏无颜色，卖与东风不合时。（《郑板桥集·诗钞·和学使者于殿元枉赠之作》之一）

他所写的言情叙事诗，往往凄恻动人，痛快淋漓，如《悍吏》、《私刑恶》、《孤儿行》、《逃荒行》、《还家行》等，皆言近旨远，直率大胆，风格似白居易、陆游，而沉郁悲凉之气，上追杜甫。郑燮的诗歌取道性情，有感而发，言之有物，意境深远。

郑燮《竹石图》　上海博物馆藏

学术轶事

后人评郑燮诗

徐世昌（1855—1939）说，郑燮诗“自出手眼，实皆胎息于古诗，多见性情，荒率处，弥真挚有味”（《晚晴簃诗汇》卷七十四）。

钱振锽（1873—1944）称：“此公诗，虽学浅，而气清神爽。”（《诗话》卷上）

郑方坤（生卒年不详）说是：“空山雨雪，高人独立，秋林烟散，石骨自青，差足肖之。”（《国朝名家诗钞小传》卷四《板桥诗钞小传》）

三、沈德潜倡导“格调”

在乾隆初年，沈德潜追踪明前后七子，论诗力尊盛唐，倡导格调。他专门标举唐诗的“格调”，认为后世“不能竟越三唐之格”（均见《说诗晬语》卷上）。为使“格高”“调响”，他以唐人为楷式，以古诗为源头，选辑《古诗源》、《唐诗别裁集》、《明诗别裁集》等，树立学诗的范本，影响极大。沈德潜晚年对“格调”说有所补救，批评前后七子只知“学古”不知“通变”（《清诗别裁集·凡例》），特别强调“和性情，厚人伦，匡政治”的社会功用，极力宣传“温柔敦厚”的传统诗教，要求诗歌创作“一归于中正和平”（《重订唐诗别裁集序》）。同时，他主张比兴互陈、反复唱叹的艺术手法，为的是让诗歌含蓄蕴藉，怨而不怒。在诗歌创作上，沈德潜的古诗摹拟汉魏，近体师法盛唐，但少有佳作。

☞ 多学一点

沈德潜论“格调”

“格”的内涵是“一首有一首章法……有起，有结，有伦序，有照应；若阙一不得，增一不得，乃见体裁”（《说诗晬语》卷下）。“调”是指声调韵律，他说：“诗以声为用者也，其微妙在抑扬抗坠之间”。

四、翁方纲标举“肌理”

乾隆中期以后，宗法宋诗的文学思潮与崇尚考据的学术思想两相凑泊，出现了以学问论诗的倾向，其代表人物是翁方纲。翁方纲金石、谱录、书画、词章之学，冠绝一时，精于考订训诂，热衷于义理之学，是当时著名的学者。他在诗学上提出“肌理说”，主张诗人要博学通经，以此作为根基，然后借助于多样的艺术手法和缜密细致的思路，在作品中充分表现符合儒家传统的思想和性情，以昌明世教，推崇学问。这种诗学观产生的背景，是当时朝廷大力宣扬程朱理学，昌明文化建设，引导文人钻故纸堆。而就诗坛发展趋向来看，“肌理说”的提出，旨在以“质实”来补救王士禛神韵派的肤廓流弊，以“义理”来纠正沈德潜格调派的恪守盛唐，摆脱了以时代论诗的旧习。

概念解析

“肌理说”

“肌理”一词的内涵有“义理”和“文理”两个方面。“义理”侧重内容，指的是以六经为代表、合乎儒家道德规范的学问、思想；“文理”侧重形式，是指诗歌的写作方法。翁方纲认为：“理者，民之秉也，物之则也，事境之归也，声音律度之矩也……义理之理，即文理之理，即肌理之理也。”（《复初斋文集》卷四《志言集序》）他说：“士生今日，宜博精经史考订，而后其诗大醇。”（同上《粤东三子诗序》）

翁方纲“所为诗，自诸经注疏以及史传之考订、金石文字之爬梳，皆贯彻洋溢其中”（《清史稿·翁方纲传》）。如《汉石经残字歌》、《汉建昭雁足灯款拓本，为述庵先生赋》等诗，就是以学问为诗，以考据为诗。

学术轶事

后人对翁方纲以考据为诗的批评

袁枚批评他“错把抄书当作诗”（《小仓山房诗集》卷二十七《仿元遗山论诗绝句》其三十八）。

洪亮吉说：“翁阁学方纲诗，如博士解经，苦无心得。”又说：“最喜客谈金石例，略嫌公少性灵诗。”（《北江诗话》卷一）

朱庭珍（1841—1903）也说：“翁以考据为诗，饾饤书卷，死气满纸，了无性情。”（《筱园诗话》卷二）

第三节 性灵三家

乾隆年间（1736—1795），略早于翁方纲，专以性灵说诗的，有袁枚、蒋士铨和赵翼，并称“三大家”。而蒋、赵又推崇袁为第一。

一、袁枚倡导“性灵”

袁枚说：“自三百篇至今日，凡诗之传者，都是性灵，不关堆垛。”（《随园诗话》卷五）所谓“性灵”，首先是指诗人的真性情。袁枚认为：“诗言志，言诗之必本乎性情也。”（《随园诗话》卷三）因此，诗人的真性情是诗歌的本旨：“诗人者，不失其赤子之心者也”（同上），“作诗不可以无我”（《随园诗话》卷七）。袁枚专门在《续诗品》中辟“著我”一品，明确提倡创写“有我”之旨。从“性灵说”出发，袁枚猛烈抨击了当时沈德潜的“格调说”和翁方纲的“肌理说”，并对王士禛倡导的“神韵”诗风也有所批评。

袁枚像

“性灵”的另一层含义是指诗人须培养和提高对诗歌艺术的领悟能力，从而写出能反映真我性情、有独特领会和独到见解的笔力灵活的诗篇。袁枚说："鸟啼花落，皆与神通；人不能悟，付之飘风。惟我诗人，众妙扶智。但见性情，不著文字。"（《续诗品·神悟》）强调从日常生活中，从山川风物虫鸟草木的微妙变化中，去抓住转瞬即逝的诗情画意，并将其活跃有力地表现出来，这样才称得上好诗。所以他认为，学诗既可以师从古人，也可以效法百姓俚语，还可以师心自求。在《诗话补遗》中他说："诗者，人之性情也，近取诸身而足矣。其言动心，其色夺目，其味适口，其音悦耳，便是佳诗。"（《随园诗话补遗》卷一）《遣兴》其七道："但肯寻诗便有诗，灵犀一点是吾师。夕阳芳草寻常物，解用都为绝妙词。"（《小仓山房诗集》卷三十三）同时，灵机与才气、天分与学识要结合并重，"诗人无才，不能役典籍，运心灵"（《小仓山房文集》卷二十八《蒋心馀藏园诗序》）。

☞ **多学一点**

袁枚怀疑儒家经典

由于倡导性灵，袁枚的诗文创作往往表现出独立不羁的精神。他敢于怀疑儒家经典，说："予于经学，少信多疑。"（《小仓山房文集》卷十《虞东先生文集序》）"六经尽糟粕，大哉此言欤！……未必两庑坐，果然圣人徒。"（《小仓山房诗集》卷十三《偶然作》其十三）他常常借诗文坦露自己坦率真诚的性格，宣称："平生行自然，无心学仁义。"（《小仓山房诗集》卷十五《不饮酒二十首》其十一）"郑孔门前不掉头，程朱席上懒勾留。"（《小仓山房诗集》卷三十三《遣兴》其二十二）他还倡言："六经虽读不全信，堪断姬孔追微茫。眼光到处笔舌奋，书中鬼泣鬼舞三千场。"（《小仓山房诗集》卷十五《子才子歌示庄念农》）

袁枚的诗歌以才运笔，抒发性情，形成清灵隽妙的风格。姚鼐称他："于为诗尤纵才力所至，世人心所欲出，不能达者，悉为达之。"（《惜抱轩文集》卷十三《袁随园君墓志铭》）如《沙沟》写北地风光：

> 沙沟日影渐朦胧，隐隐黄河出树中。刚卷车帘还放下，太阳力薄不胜风。（《小仓山房诗集》卷八）

于浑成中见细腻，于精妙中见灵动，耐人寻味。此外，如"雨来蝉小歇，风到柳先知"（《小仓山房诗集》卷十五《起早》）、"十里远遮江店小，半生闲抱酒旗眠"（《小仓山房诗集》卷五《春柳》其一）等诗句，大都意境尖新，韵味绵长，清新灵巧。还有些诗显示出袁枚善于翻新的本事，如《马嵬》其二：

> 莫唱当年《长恨歌》，人间亦自有银河。石壕村里夫妻别，泪比长生殿上多。（《小仓山房诗集》卷八）

以帝妃悲剧与民间悲剧作对比，翻出新意的同时渗透着对百姓疾苦的深切同情。

张维屏称袁枚："七律中酬赠言情之作，无辞不达，无意不宣，以才运情，使笔如舌，此其专独擅者也。"（《国朝诗人征略·听松庐诗话》卷三十）如：

> 出门身在百花前，难免花枝笑独眠。南陌马冲红杏雨，竹楼书锁绿杨烟。长抛春色偏正月，小住名山合四年。薄宦心情江上水，好风吹处便开船。（《小仓山房诗集》卷八《出山词四首》其三）
>
> 宛转牛衣卧未成，老来调摄费经营。千金尽买群花笑，一病才征结发情。碧树

无风银烛稳，秋江有雨竹楼清。怜卿每问平安信，不等鸡鸣第二声。（《小仓山房诗集》卷十八《病中赠内》）

这些诗作，大都落想不凡，新意迭出，能状难显之境，写难喻之情，而且用语通俗，自成一家气象。袁枚的七古也多有佳作，如他年轻时入广西写的《同金十一沛恩游栖霞寺望桂林诸山》（《小仓山房诗集》卷一），描绘七星岩洞和桂林诸山的千姿百态，从神话传说写到诡谲奇形，构想奇特，纵横跌宕，兴会淋漓，诗才如海。总之，袁枚诗歌大都感情奔放，议论新颖，笔调活泼，语言晓畅，句法灵巧，自成一体，在当时影响极大。

二、蒋士铨才大气盛

蒋士铨论诗注重性灵，主张“直抒所见”（《忠雅堂文集》卷二《学诗记》），反对模拟复古，认为“文章本性情，不在面目同”（《忠雅堂诗集》卷十三《文字》其四）。但他所说的“性情”与袁枚不同，更偏于正，包含“忠孝义烈之心，温柔敦厚之旨”（《忠雅堂文集》卷一《钟叔梧秀才诗序》）。

蒋士铨的诗歌创作以才大气盛著称，王昶评道：“自古文辞及填词、度曲，无所不工。而最擅场者莫如诗，当其摇毫掷简，意绪触发，如雷奋地，如风抉土，如熊咆虎嗥，鲸呿鳌掷，山负海涵，莫可穷诘。故论诗于当代，以君为首。而论君之诗，以五、七言古诗为极则。”（《春融堂集》卷五十六《翰林院编修蒋君墓志铭》）他的五言古诗，如《舟中读书》、《三善诗》、《兴安道中》等，表现出“才大而奇，情深而正”的特点；七言古诗，如《开发瀑布》、《送汪鱼亭还里》等，则体现出“气豪而真、力锐而厚”的特点（均见尚镕《三家诗话·三家分论》）。他的纪实性质的诗作，如《京师乐府词十六首》、《禁砂钱》、《弛钱禁》等，记当时风俗，细致如绘，叙市井人情，栩栩如生，后人称为“诗史”。抒写亲情的《岁暮到家》其二，也感人至深：

爱子心无尽，归家喜及辰。寒衣针线密，家信墨痕新。见面怜清瘦，呼儿问苦辛。低回愧人子，不敢叹风尘。（《忠雅堂诗集》卷一）

学术轶事

袁枚品评蒋士铨诗

袁枚称许蒋士铨说：“有所馀于诗之外，故能有所立于诗之中，其摇笔措意，横出锐入，凡境为之一空。”（《小仓山房文集》卷二十八《蒋心馀藏园诗序》）但蒋士铨的诗时有“平直粗犷，不耐咀咏”（钱钟书《谈艺录》）之处，袁枚曾对他说：“子气压九州矣。然能大而不能小，能放而不能敛，能刚而不能柔。”（《随园诗话》卷三）蒋士铨颇以为然。

三、赵翼尤重创意

赵翼也主张独写性灵，标举“诗本性情，当以性情为主”（《瓯北诗话》卷四）。他有感于尊唐、崇宋的模拟之弊，力倡创新，说：“必创前古所未有，而后可以传世。”（同上）他认为创作应该遵循“自然”的原则，不加矫饰，崇尚“不假雕饰，自然意味深长”（《瓯北诗话》卷五）。

赵翼的诗歌作品大都抒发自己的真性情。如《从军行》其二描写了自己内心怕死的心理：“此意黯自怜，未敢向人道。”（《瓯北集》卷十四）足见他的坦率。他有一些诗作描写大西南风光，如《澜沧江》：

> 绝壁积铁黑，路作之字折。下有百丈洪，怒喷雪花热。（同上）

描写澜沧江的奇险景象，如在眼前。

☞ **多学一点**

史学家赵翼以议论为诗

赵翼精通史学，为诗也擅长议论，精警透辟，幽默诙谐，兼杂以雄奇豪放的气概。如《古诗二十首》其一：“世惟视天远，所以肆无忌。”见解深刻。《古诗二十首》其七，称范蠡助越灭吴后“手挟西施去”，是“惟恐浣纱人，又入越王宫”（《瓯北集》卷一），也别出心解。又如作于乾隆五十一年（1786）的《杂书所见》其三：

> 后人观古书，每随己境地。譬如广场中，环看高台戏。矮人在平地，举头仰而企。危楼有凭槛，刘桢方平视。做戏非有殊，看戏乃各异。矮人得意归，自谓见仔细。楼上人闻之，不觉笑喷鼻。（《瓯北集》卷三十）

赵翼的诗作表现出以文为诗的特征，既讲通俗，又主顺畅，近乎自然，趋向口语。

第四节 性灵余风

当袁枚还在世时，性灵诗风便已风靡天下，吸引了当时许多年轻的诗人。

一、黄景仁的“幽苦语”

乾隆四十八年（1783），天才诗人黄景仁不幸早逝，袁枚听到噩耗，不禁发出“叹息清才一代空”（《小仓山房诗集》卷二十九《哭黄仲则》）的深沉感慨。黄景仁天资超迈，但仕途坎坷，这激发了他强烈的挫折感和失意感。他一生与穷、贫、病始终相伴，所以他的诗作“好作幽苦语”（《两当轩诗文集自叙》），多抒发穷愁不遇、寂寞凄怆的情怀。如：“五夜壮心悲伏枥，百年左计负穷耕”（《两当轩集》卷十《将之京师杂别》六首其一）；“惨惨柴门风雪夜，此时有子不如无”（《两当轩集》卷三《别老母》）；“全家都在风声里，九月衣裳未剪裁”（《两当轩集》卷十三《都门秋思》其三）；“茫茫来日愁如海，寄语羲和快著鞭”（《两当轩集》卷十一《绮怀》其十六）。这种“幽苦语”不仅关涉个人身世，而且涉及时代风气，他自称：“我曹生世良幸耳，太平之日为饿民。”（《两当轩集》卷二十二补遗《朝来》）如作于乾隆三十八年除夕（公元已入1774）的《癸巳除夕偶成》二首其一：

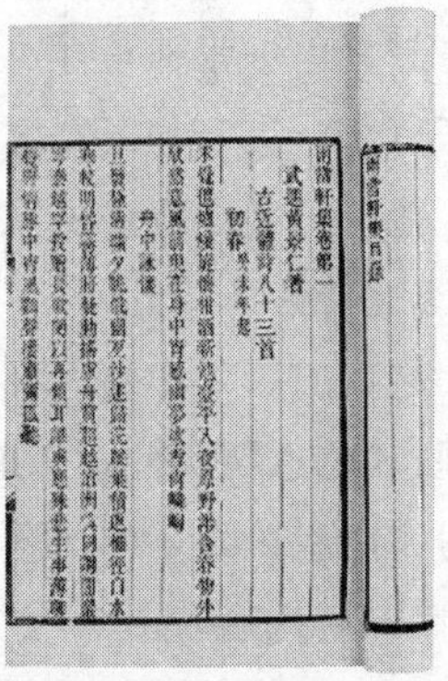

《两当轩集》书影

清光绪二年（1876）刻本

> 千家笑语漏迟迟，忧患潜从物外知。悄立市桥人不识，一星如月看多时。（《两当轩集》卷九）

诗人敏锐地感觉到世事殆将有变的征兆，以自身的忧患隐寓社会的变迁。黄景仁常以“落日”、“西日”、“斜阳”、“暮气”、“晚秋”等意象写景抒情，流露出盛世的衰音。有见于此，洪亮吉称他的诗“如咽露秋虫，舞风病鹤”（《北江诗话》卷一）。

然而黄景仁生性孤傲，自视甚高，以气凌人，因此他的诗风尚有奇肆新警的一面。如约作于乾隆三十三年（1768）的《杂感》：

> 仙佛茫茫两未成，只知独夜不平鸣。风蓬飘尽悲歌气，泥絮沾来薄幸名。十有九人堪白眼，百无一用是书生。莫因诗卷愁成谶，春鸟秋虫自作声。（《两当轩集》卷一）

他的七言古诗则以雄伟的笔触描绘壮丽雄伟的自然景色，抒发磊落恣放的内心情感，跌宕跳跃，盘转横空。有见于此，张维屏称他的诗如“乾坤清气，独往独来”（《国朝诗人征略》初编卷三十九）。

学术轶事

黄景仁诗“一日纸贵”

黄景仁七言古诗《笥河先生偕宴太白楼醉中作歌》恣肆横放，直造李白之室，见者以为谪仙复出。篇末抒写豪情："请将诗卷掷江水，定不与江东向流！"（《两当轩集》卷四）此作使与会八府士子为之辍笔，争相传抄，"一日纸贵焉"（洪亮吉《黄君行状》，《两当轩集》附录二）。

二、王昙的郁愤诗

王昙年岁略少于黄景仁，在乾隆后期诗坛上与黄齐名，当时并称"二仲"（黄字仲则，王字仲瞿）。王昙论诗，强调"须自出机杼，成一家风骨，何能共人生活哉"（《烟霞万古楼文集自序》引祖莹语）。他仕途失意，浪迹江湖，潦倒终生，诗歌作品亦以感叹个人身世为主。他认为西楚霸王项羽（前232—前202）是失败的英雄，因此诗中多痛悼霸王，以此抒发他的郁闷与愤怒。如名作《住谷城之明日，谨以斗酒、牛膏合琵琶三十二弦侑祭于西楚霸王之墓》三首，兹录其一：

> 谷城山晓黛苍苍，弦酌相逢拜愤王。百战三年空地利，一身五体竟天亡。明分天下资刘季，误读兵书负项梁。留部瓠芦全汉在，英雄成败太凄凉！（《仲瞿诗录》卷一）

结合个人遭遇，为怀才不遇者鸣不平。他的诗风格奇肆，不拘格律，自由挥洒，不免带有几分粗豪。陈文述（1771—1843）评论道："奇才也，奇于文，亦奇于诗。言论风采，出以游戏，雄辩博奥，所至倾其座人，类谈天雕龙所为，非狂傲也，而世人咸以狂傲目之。"（《烟霞万古楼诗选序》）

三、孙原湘空灵精切

到乾、嘉之际，诗坛上力倡性灵、驰名一时的袁枚弟子，有孙原湘和张问陶。

孙原湘强调性情是诗的主宰，格律只是诗的皮毛。他认为"情"乃万物之祖，万古之作亦需靠"情"相传；又认为"情"在自身只是情，而能波及他人则是仁（见《天真阁集》卷三十九《释情》）。张维屏曾评孙原湘的诗，"一种以空灵胜"，"一种以精切胜"（《国朝诗人征略·听松庐诗话》二编卷五十五）。以空灵胜者，往往情趣盎然，造句精警，如"黄金能买如花人，不能买取花时春"（《天真阁集》卷四《对酒行同渊如作》）、"比邻香熟开缸酒，深巷红来转担花"（《天真阁集》卷八《喜晴寓吴门作》）等，也都清新秀丽。以精切胜者，有纪行、咏古、写实、抒怀之类的诗篇。如《杂记》诗抒写乾、嘉之际虽然物资滋丰，国力强盛，然而一遇凶荒之年，便出现百姓为求活命而夺米的现象："鉼瓯远携将，竟就粥一勺。食罢更他顾，市头恣拏攫。"更有甚者，有的饥民亡命为盗："盗贼虽亡命，遇人亦先惊……或云是饥民，冒死求一生。"（《天真阁集》卷十四）从诗歌的描写中，可以看到盛世已呈现凋敝的征象，诗人的洞察力可略见一二。孙原湘诗风清丽俊逸，洪亮吉评为："如玉树浮花，金茎滴露。"（《北江诗话》卷一）

学术轶事

孙原湘夫妇琴瑟和谐

孙原湘《还家示内》诗云:“一笑轻裹扫叶空,依然泼茗画堂东。远归只觉贫俱好,天道无如热最公。别后新诗互商略,眼前家事且朦胧。同心喜得黔娄妇,荆布看来黻佩同。”(《天真阁集》卷十四)他的妻子席佩兰也能诗,而且也是袁枚的弟子,被称为“随园女弟子之冠”。

四、张问陶生气盎然

张问陶生平最服膺袁枚,曾将自己的诗集标名为《推袁集》。他在《论文八首》其七中说:“诗中无我不如删,万卷堆床亦等闲。莫学近来糊壁画,图成刚道仿荆、关。”(《船山诗草》卷九)在《论诗十二绝句》中又说:“天籁自鸣天趣足,好诗不过近人情。”(其十二)“模宋规唐徒自苦,古人已死不须争。”(其十)(均见《船山诗草》卷十一)他的诗作往往“生气涌出,生趣飞来”,“几欲于从前诸名家外,又辟一境”(张维屏《国朝诗人征略》初编卷五十一)。如《出栈》、《阳湖道中》等,清警空灵,通俗晓畅,善言情理,工于写景。又如《春日忆内》其一:

> 房帏何必讳钟情,窈窕人宜住锦城。小婢上灯花欲暮,蛮奴扫雪帚无声。春衣互覆宵寒重,绣被联吟晓梦清。一事感卿真慧解,知余心淡不沽名。(《船山诗草》卷五)

抒写夫妻之情,畅所欲言,亲切感人。

☞多学一点

后人评张问陶诗

洪亮吉评论说:“张检讨问陶诗,如骐骥就道,顾视不凡。”(《北江诗话》卷一)

徐世昌也称:“有清二百余年,蜀中诗人无出其右者。”(《晚晴簃诗话》卷一百零八)

五、舒、彭诗精深渊雅

在乾、嘉之际,舒位虽曾与王昙、孙原湘并称为“三君”(《国朝诗人征略》二编卷四十三引法式善《三君咏》)，但诗歌主张却有所不同。舒位兼承袁枚和翁方纲，既主张诗歌要抒发个人性情，又强调注重学问，所以他的诗作喜欢用典，而且尤好用佛经道藏中的冷僻典故。舒位因无官职，家又贫困，所以长期奔走四方，游幕各处，作有不少羁旅行役诗，表现了他的游子倦思与内心的痛苦、郁闷。如《除夕泊衢州城外》二首其二："今夕连樯江上泊，世间大有未归人。"(《瓶水斋诗集》卷九) 故作旷达的后面是一种难隐的辛酸。他描写西南少数民族地区风土人情的组诗《黔苗竹枝词》(《瓶水斋诗别集》卷二)，既有文学意味，又有史料价值。

舒位还写了大量的咏古诗，仅《春秋咏史乐府》一题，就有一百四十首。他的咏史诗有两个特点：一是所咏的历史人物多为名垂千秋的节义之士，如《汤阴谒岳忠武王祠》、《谒文丞相祠》等；二是所咏的历史人物大多生前不得志，往往以悲剧告终，如项羽、岳飞、文天祥等。这些咏史诗大都渗透了诗人强烈的主观感情。陈文述在《书舒铁云诗后》中称他"铁云古诗奇肆而近体独清妙"，"铁云诗学最深于汉魏六朝，以至近人诗无不丹黄甲乙，且与诸子百家无不博览，故造诣如此。如蜂之酿蜜、蚕之作茧，身入其中，与之俱化，乃知内心不深于学问之道，终无当也"(《颐道堂文钞》卷十)。

与舒位相似，彭兆荪(1768—1821) 论诗也以才力为主，反对一味模拟古人。龚自珍曾将彭兆荪与舒位并举，称赞他的诗"清深渊雅"(《龚自珍全集》第十辑《己亥杂诗》其一一四自注)。彭兆荪"一身坎壈，诗多郁抑慷慨之辞，骨力遒上，采色亦足"(李慈铭《越缦堂诗话》卷中・光绪五年二月初七日)。如《迁居诗六首》其一说："阑风伏雨夜茫茫，八口移家上野航。五亩园廛抛栗里，十年封券了巾箱。"(《小谟觞馆诗文集》卷四) 其六说："后夜吟魂定何在，寒天修竹暮云边。"(同上) 表现了他的"郁抑"之辞。又如"寒风悲壮士，终古自飕飗"(《小谟觞馆诗文集》卷一《镇朔楼十二韵》)，则表现了他的"慷慨"之气。他诗作中的幽忧之音，则表现了他对民生疾苦的关注。如《偏灾行》：

> 朝廷恩意官长法，却使奸胥饱筐箧……偏灾由来降自天，谁知偏中复有偏，偏灾人乃分天权。偏灾赈灾弊益多，呜乎全灾更若何?(《小谟觞馆续集》卷二)

这首诗既表现了他对灾民的同情，又揭示了"奸胥"的恶行。这种对社会现实的忧虑与他自身的忧闷相结合，形成特殊的心态，使他的诗"多沉郁之作"(张维屏《国朝诗人征略》初编卷五十九引《听松庐诗话》)。加上他善于把感慨寓于诗中而含蓄出之，因此诗风"沉丽兼之"，"丽在肉彩，沉在神骨"(张维屏《艺谈录》卷上)。

第五节
剑气箫声

到嘉、道之际，诗坛上最著名的诗人非龚自珍莫属。他的诗作具有丰富的时代内容、浓重的历史感受和杰出的艺术风格，开创了一代诗风，影响深远。

龚自珍诗中喜言剑气箫声，如悼念奇才友人的《秋心》其一：

> 秋心如海复如潮，但有秋魂不可招。漠漠郁金香在臂，亭亭古玉佩当腰。气寒西北何人剑？声满东南几处箫。斗大明星烂无数，长天一月坠林梢。（《龚自珍全集》第九辑）

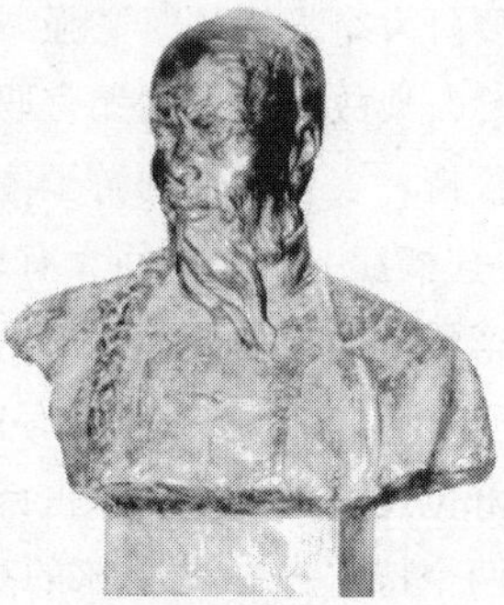

龚自珍雕像

概言之，他诗中的“剑”象征报国立业的壮怀，“箫”象征忧国伤时的情思，如《丑奴儿令》说：“沉思十五年中事，才也纵横，泪也纵横，双负箫心与剑名。”（《龚自珍全集》第十一辑）而剑之“气”、箫之“声”，则体现为龚自珍诗歌凌厉剽悍的气势和瑰伟壮丽的辞采。剑气箫声，构成龚自珍的诗魂。

一、深邃精辟的见识

龚自珍诗歌的剑气箫声，首先表现为以深邃的见识，瞻望时势，洞烛世态，描绘了封建末世的衰败和官僚集团的腐朽。龚自珍的抒情诗常常通过一两句自然景色的白描，来烘托、点染这种衰世的气氛。如作于嘉庆二十四年（1819）的《杂诗，己卯自春徂夏，在京师作，得十有四首》其十二《题陶然亭壁》：

> 楼阁参差未上灯，菰芦深处有人行。凭君且莫登高望，忽忽中原暮霭生。（《龚自珍全集》第九辑）

“忽忽中原暮霭生”，形象地表现出清王朝日趋没落的情势。此外，如“四海变秋气，一室难为春”（同上《自春徂秋，偶有所触……得十五首》其二）、“夕阳忽下中原去”（同上《梦中作》）、“萧萧黄叶空村畔”（《龚自珍全集》第十辑《己亥杂诗》其八十四）等，这些秋色和夕阳无不正显示着封建衰世的到来。而衰世的根源，则在于朝廷的专制统治、官僚的腐朽奢侈和文士的浑浑噩噩。

分析举例

龚自珍批判社会名作评析

龚自珍道光五年（1825）所作《咏史》诗说：

> 金粉东南十五州，万重恩怨属名流。牢盆狎客操全算，团扇才人踞上游。避席畏闻文字狱，著书都为稻粱谋。田横五百人安在，难道归来尽列侯？（《龚自珍全集》第九辑）

这首诗题为“咏史”，实则讽今，深刻而概括地揭露了时代的弊病，讽刺了东南士子卑琐的精神面貌，斥责了朝廷对士子胁以高压、诱以名利的伎俩，感情深重浓郁，语言警拔有力。道光七年（1827）作的《伪鼎行》诗，把伪鼎描绘成一个歪斜扭曲、周身疥癞、干瘪丑陋、千奇百怪的丑恶形象，“内有饕餮之馋腹，外假浑沌自晦逃天刑”（《龚自珍全集》第九辑）。这个“伪鼎”，正是当时清王朝重臣权贵的化身，也是昏庸腐败的官僚集团的一个缩影。

二、放怀无忌的言辞

龚自珍的剑气箫声，也表现为拔俗特立，追求理想，以放怀无忌的言辞，抒发豪杰志士忧国伤时而不见容于世的压抑、孤寂、憧憬和壮怀。如作于道光三年（1823）的《夜坐》其一：

> 春夜伤心坐画屏，不如放眼入青冥。一山突起丘陵妒，万籁无言帝坐灵。塞上似腾奇女气，江东久陨少微星。平生不蓄湘累问，唤出姮娥诗与听。（同上）

置身“一山突起”、“万籁无言”的窘迫处境，感慨“奇女气”、“少微星”的希世难见，诗人深知“《天问》有灵难置对，《阴符》无效勿虚陈”（同上《秋心》其二），只能满怀悲愤，品尝孤独。在极度压抑之中，诗人迫切地希求精神解脱，向往理想境界。如《能令公少年行》，酣畅淋漓地描写了一个想象中的太湖隐居天地，高雅脱俗，自由纯洁，优美充实，与污浊的现实形成鲜明的对比。直到道光十九年（1839）他辞官南归之日，还唱出“落红不是无情物，化作春泥更护花”（《龚自珍全集》第十辑《己亥杂诗》其五）的动人诗句，即使身世已如落花，仍要用自己的全部生命去培植新的花朵。

三、凌厉剽悍的霸气

龚自珍的剑气箫声，沉淀着深厚的艺术传统，是庄子、屈原的艺术精神的发扬光大，展示出旷古未见的剽悍奇丽之美。龚自珍说：

> 名理孕异梦，秀句镌春心。《庄》、《骚》两灵鬼，盘踞肝肠深。古来不可兼，方寸我何任？所以志为道，淡宕生微吟。一箫与一笛，化作太古琴。（《龚自珍全集》第九辑《自春徂秋，偶有所触……得十五首》其三）

他希望融合庄、屈为一，熔铸独特的艺术风格。

☞ **多学一点**

龚自珍诗歌中的隐喻

龚自珍的诗歌多用象征隐喻，想象奇特，文辞瑰玮，而且其中贯穿着一种诗人独有的凌厉剽悍之气，因此精光外射，飞动郁勃，富有力度。如“叱起海红帘底月，四厢花影怒于潮”（《龚自珍全集》第九辑《梦中作四截句》其二）、“西池酒罢龙娇语，东海潮来月怒明”（同上《梦得“东海潮来月怒明”之句……》）、“畿辅千山互长雄，太行一臂怒趋东”（同上《张诗舲前辈游西山归索赠》其三）、“猛忆儿时心力异，一灯红接混茫前”（同上《猛忆》）等，无不灵气飞腾，壮丽奇彩。钱仲联评价说：“其诗笔乃横扫一世之彗星，光芒辐射，拔奇于古人之外，境界独辟。其瑰伟之形象，如天马筡云，不同凡骥，如天魔献舞，花雨弥空。”（《梦苕庵清代文学论集·论近代诗四十家》）

四、瑰丽绚烂的形象

龚自珍的剑气箫声，还幻化为奇特丰富的想象、新颖多彩的比喻、层出不穷的典故、清奇多姿的语言，从而构成瑰丽绚烂的艺术形象。如《西郊落花歌》中描写落花形象：

> 如钱塘潮夜澎湃，如昆阳战晨披靡；如八万四千天女洗脸罢，齐向此地倾胭脂。奇龙怪凤爱漂泊，琴高之鲤何反欲上天为？玉皇宫中空若洗，三十六界无一青蛾眉。又如先生平生之忧患，恍惚怪诞百出难穷期。（《龚自珍全集》第九辑）

诗篇借8种不同的生动形象，采用明喻——借喻——明喻的修辞手法，描写了落花的奇丽壮观。在这里不独比喻本身新颖奇特，生动形象，而且层层递进，由浅入深，从物到人，由地至天，江河古迹，神话传说，纵横开阖，变幻多端，雄奇壮丽，五彩斑斓，带有浓郁绚丽的浪漫色彩。最后两句又将“落花”与诗人平生之忧患联系起来，从幻想世界中回到现实的社会，从而赋予“落花”形象以深刻的文化内涵。龚自珍诗歌的语言瑰丽清奇，大气磅礴，如：

> 九州生气恃风雷，万马齐喑究可哀！我劝天公重抖擞，不拘一格降人才。（《龚自珍全集》第十辑《己亥杂诗》其一二五）

豪气逼人，意蕴深厚。龚诗虽大多为整齐的五七言，但他的古体诗又往往句式长短不一，有四言、五言、七言，甚至八言、九言、十言，句子参差错落，增加了诗的节奏感。

龚自珍的诗歌以剑气箫声为诗魂，诗情浓郁奔放近唐，擅长表意陈述则近宋，近唐而不流于兴象空浮，近宋而不流于枯瘠乏象。他融汇了唐音、宋调的优点而避其流弊，戛戛独造，自成一家，“奇境独辟，如千金骏马，不受绁绁”（林昌彝《射鹰楼诗话》卷十），堪称中国古典诗歌艺术之殿军。柳亚子（1887—1958）推崇龚自珍说：“三百年来第一流，飞仙剑客古无俦。”（《论诗三截句》）① 龚自珍所开创的浪漫诗风，具有奔放的激情、丰富的想象、昂扬的基调和雄浑的旋律，对晚清诗歌影响深远。从魏源开始，中经谭嗣同（1865—1898）、康有为、蒋智由（？—1929），再到南社的柳亚子、高旭（1877—1925）、马君武（1881—1940）、苏曼殊（1884—1918）、王德钟（1897—1927）等，乃至早期鲁迅（1881—1936）的诗歌创作，我们可以清楚地看出这一文学思潮流变的轨迹。

① 柳亚子著，柳无非、柳无垢选辑：《柳亚子诗词选》，北京，人民文学出版社，1981。

第六节 反帝爱国诗潮

一、反帝爱国诗潮

第一次鸦片战争时期，西方国家的入侵，引起中华民族的极大愤慨与震惊，许多诗人忧虑国事，痛斥侵略，抨击投降，讴歌抗战，表现了中华民族反对侵略、热爱祖国的崇高感情，形成空前未有的反帝爱国诗潮，突破了乾嘉诗坛“天教伪体领风花”（《龚自珍全集》第九辑《歌筵有乞书扇者》）的格局。

分析举例

爱国诗歌代表作评析

如张维屏的《三元里》，作于道光二十一年（1841），叙述了广东三元里爆发的平英团抗击英帝国主义侵略的事迹，热情讴歌了三元里人民不畏强暴、痛击侵略者、保家卫国的英勇行为，同时也谴责了清统治者认敌为友、妥协投降、丧权辱国的无耻行径。中云：

> 三元里前声若雷，千众万众同时来。因义生愤愤生勇，乡民合力强徒摧。家室田庐须保卫，不待鼓声群作气。妇女齐心亦健儿，犁锄在手皆兵器。乡分远近旗斑斓，什队百队沿溪山。众夷相视忽变色：黑旗死仗难生还！（《松心诗集》壬集《花地集》卷三）

以昂扬愤激的旋律，传神地刻画出人民群众风起云涌、如火如荼的反侵略斗争场面。全诗场面壮观，感情充沛，酣畅淋漓，气势宏大，语言生动流畅。他的《三将军歌》描述了陈连升（？—1841）、陈化成（1776—1842）、葛云飞（1789—1841）三位将军在鸦片战争中壮烈殉国的史实，慷慨悲歌，催人泪下。这些诗篇，于平易自然中蕴蓄着磅礴之气。

此外，如贝青乔（1810—1863）的《咄咄吟》，金和（1818—1885）的《军前新乐府四首》、《双拜冈纪战》、《兰陵女儿行》、《围城纪事六咏》等，张际亮（1799—1843）的《浴日亭》、《迁延》，朱崎（生卒年不详）的《感事》、《关将军挽歌》，姚燮（1805—1864）的《惊风行》，鲁一同（1805—1863）的《重有感》等，也都是这一时期著名的反帝爱国诗篇。

在这股反帝爱国诗潮中，最为杰出的诗人是林则徐和魏源，他们在政治思想和文学思想上都与龚自珍堪称同志。

二、林则徐的狷狂诗情

林则徐前期的诗作，时有忧国伤时、兴利除弊的咏唱。如《驿马行》、《病马行》，借驿马和病马的遭遇，影射清王朝摧残人才的腐败吏治。又如《题王竹屿都转黄河归棹图》，表现了诗人改革弊政的坚定精神。

鸦片战争时期，日益剧烈的内忧外患，使林则徐“诗情老去转狷狂”（《又和嶰翁中秋感怀原韵》其二），以凌云健笔抒写时代风云。如《中秋嶰筠尚书招余及关滋圃军门天培饮沙角炮台眺月有作》，写虎门焚烟之后，与总督邓廷桢（1776—1846）、提督关天培（1781—1841）赏月于沙角炮台，筹划御敌海防，抒发了扫尽烟毒的豪情壮志：“涵空一白十万顷，净洗素练悬沧洲……蛮烟一扫海如镜，清气长此留炎州。”林则徐被革职后，仍念念不忘抵御侵略者的大事：“余生岂惜投豺虎，群策当思制犬羊。”（《壬寅二月，祥符河复……》其二）道光二十二年（1842），当他在西安告别家人时，写道：

> 力微任重久神疲，再竭衰庸定不支。苟利国家生死以，岂因祸福避趋之。谪居正是君恩厚，养拙刚于戍卒宜。戏与山妻谈故事，试吟断送老头皮。（《赴戍登程口占示家人二首》其二）

路过长城西端嘉峪关时，他沉思历史沧桑，抒发了中华民族决不向英国侵略者低头的悲壮情怀，写作了著名的《出嘉峪关感赋》诗，气象雄伟。民族的灾难和个人的遭遇紧密地连在一起，使林则徐的诗风于苍凉郁勃之中，洋溢着浩然正气，“气体高壮，风格清华”（林昌彝《射鹰楼诗话》卷四）。但他的诗一般含蓄幽深有余，而激厉明快不足。

三、魏源的政治诗与山水诗

魏源在道光年间与龚自珍齐名，人称“龚魏”。他的政治诗着力揭露批判当代政事弊端和阻挠弊政改革的保守人物，从不同侧面反映了鸦片战争前后的社会积弊，呼唤变革图强。代表作有“效白香山体”的新乐府诗《江南吟》十首、《都中吟》十三首，以及《古乐府·行路难》、《君不见》十六章、《北上杂诗》七首。在鸦片战争爆发后的两三年内，他集中地写下了《寰海》、《寰海后》、《秋兴》、《秋兴后》四组诗，全为七律，一诗一事，热情地讴歌以三元里为代表的沿海人民痛击侵略者的英勇斗争，赞扬以林则徐为首的爱国将士禁烟御敌的历史功绩，揭露投降派卖国纵敌的无耻行径，堪称“诗史”。如《寰海》其九揭露靖逆将军奕山的投降行径：

> 城上旌旗城下盟，怒潮已作落潮声。阴疑阳战玄黄血，电挟雷攻水火并。鼓角岂真天上降，深珠合向海王倾。全凭宝气销兵气，此夕蛟宫万丈明。（《魏源集》下册）

这些诗格律严谨，音节铿锵。

魏源癖爱山水，喜游名山大川，写了大量山水诗，自称“应笑十诗九山水”（《魏源集》下册《戏自题诗集》）。在他的山水诗中，有时把山人格化，借以形容山的多姿多态，如《游山吟》；有时借写水凭吊古人，通过古人不同的审美情趣，赞美变化无穷的自然风光，如《西湖夜游吟》。写于道光二十二年（1842）的《钱塘观潮行》最著名，诗中借潮水涨落隐喻清王朝的盛衰，表达了对于清王朝的失望之情。他的山水诗大都写名山大川，以奇伟壮丽的景色为主，但也有一些幽美的山水画面，富有意境神韵，如《三湘棹歌》，其《蒸湘》一首曰：

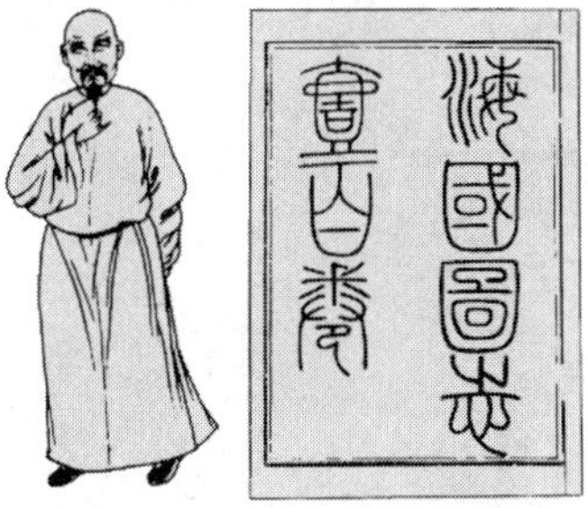

魏源像和《海国图志》书影

溪山雨后湘烟起，杨柳愁杀鹭鸥喜。棹歌一声天地绿，回首浯溪已十里。雨前方恨湘水平，雨后又嫌湘水奔。浓于酒更碧于云，熨不能平翦不分。水复山重行未尽，压来七十二峰影。篙篙打碎碧玉屏，家家汲得桃花井。（《魏源集》下册）

将雨后在蒸湘中行舟所见的景色及其独特感受，传神地表现出来，境界清奇，形象鲜明。

魏源的诗深受宋诗影响，有时用典过多，诗意深奥，未免缺乏诗的韵味与意象。所以陈衍（1856—1937）在《石遗室诗话》中把他归入道光（1821—1850）、咸丰（1851—1861）以来喜言宋诗的人物之一。魏源诗歌的主要风格是奔放苍劲、雄奇壮美，林昌彝（1803—1876）称他“得太白之高奇者”（《海天琴思续录》卷一）。而他的乐府和歌行体诗，则明白如话，具有散文化倾向，如《游山吟》、《游山后吟》等，反映了晚清诗歌发展的一个方向。

【温故知新】

宗唐与学宋　王士禛　朱彝尊　查慎行　厉鹗　性情说诗　赵执信　郑燮　沈德潜　格调　翁方纲　肌理说　性灵三大家　黄景仁　王昙　孙原湘　张问陶　舒位　彭兆荪　林则徐　反帝爱国诗潮

【请你思考】

1. 结合前人研究成果，思考唐宋诗的根本分野在何处，以及这种分野在清代诗歌创作中的体现。
2. 阐释沈德潜所倡导的“格调说”和翁方纲所标举的“肌理说”的诗学内涵。
3. 梳理清代诗坛自袁枚以来的重要性灵派诗人，并总结其诗歌创作特征。
4. 论述龚自珍诗歌的艺术风格及其对晚清诗歌创作的影响。

【推荐阅读】

袁世硕主编．王士禛全集．济南：齐鲁书社，2007

（清）袁枚．周本淳标校．小仓山房诗文集．上海：上海古籍出版社，1988

（清）姚鼐．刘季高标校．惜抱轩诗文集．上海：上海古籍出版社，1992

龚自珍全集．上海：上海人民出版社，1975

（清）沈德潜编．清诗别裁集．上海：上海古籍出版社，1984

（清）袁枚．顾学颉校点．随园诗话．北京：人民文学出版社，1982

钱钟书．谈艺录．北京：中华书局，1984

第三章 文章和词学的兴盛

【导读】

从康熙后期方苞在文坛上崛起开始，古文创作就成为桐城派的天下。桐城古文上承唐宋八大家和明代唐宋派，注重义法，风格雅正，堪称中国古代文章的集大成者，影响及于清末民初。在桐城古文流行之时，另有一批诗人，作文不拘成法，随心所欲，各有所成。而且，在古文大兴之时，骈文也乘时而起，形成中兴局面。

词学承中兴之后，仍有发展。纳兰成德词风清新自然，自成一家。而浙派词因厉鹗而张大旗帜，张惠言、周济又倡导常州派词，另立坛站。此外还有一些风格独具的词人，如郑燮、蒋士铨、龚自珍等，都有佳作。

第一节 古文义法

一、方苞论“义法”

康熙后期以降，桐城派古文就雄踞文坛，历时百年。桐城派古文的开创者是方苞。

方苞少治古文，名誉鹊起。至二十多岁开始潜心研读程朱理学的著作，颇有造诣，《江宁府志》说他：“论学一以宋儒为宗，说经之书，大抵推衍宋儒之学而多心得。”方苞继承明代归有光等“唐宋派”的古文传统，提出“义法”论的文学主张。在《又书货殖传后》中，他说：

> 《春秋》之制义法，自太史公发之，而后之深于文者亦具焉。义即《易》之所谓“言有物”也，法即《易》之所谓“言有序”也。义以为经，而法纬之，然后为成体之文。(《方苞集》卷二)

“言有物”，出于《周易·家人卦》象辞；“言有序”，出于《周易·艮卦》爻辞。以之解释“义法”，是方苞的发明。

概念解析

“义法”

简单地说，“义”指的是文章的思想旨趣，“法”指的是文章的语言表达。在方苞看来，“言有物”的“义”，无可置疑地是要符合孔孟之道和程朱理学，即所谓“阐道翼教”、“助流政教”(《方苞集·集外文》卷四《古文约选序例》)。而“言有序”的“法”，则概括了向来古文家的艺术成就，他还提出了一些有益的见解，例如在章法上要求“明于体要”(《方苞集》卷二《书萧相国世家后》)，注意文章的结构严谨；在语言上要求“清真古雅”，讲究文从字顺，清新流畅；等等。而文章应该做到依义以立法，由法而见义。方苞把道学家之“义”和古文家之“法”融合为一，标举了一种崭新的古文主张。

方苞曾经表白自己的立身志向是：“学行继程朱之后，文章介韩欧之间。”(王兆符《望溪文集序》引方苞语）他的“义法”论，同样也体现出程朱理学和韩欧文章的有机统一。

二、方苞文义正言精

方苞的文章大多载道言志，简洁而有法，义正而言精，不支不蔓，结构谨严。李慈铭（1830—1894）评云："书后之文，语无苟作；墓铭志传，亦多谨严；叙述交游，尤为真挚；与人诸书，无不婉切有味。"（《越缦堂读书记》光绪丁丑正月二十七日）如《狱中杂记》，描写了刑部监狱令人发指的黑暗状况，官吏贪残，枉法苛刑，为所欲为，使人读了感到触目惊心。如写狱中贿赂横行的情况：

> 凡死刑狱上，行刑者先俟于门外，使其党入索财物，名曰"斯罗"。富者就其戚属，贫则面语之。其极刑，曰："顺我，即先刺心；否则，四肢解尽，心犹不死。"其绞缢，曰："顺我，始缢即气绝；否则，三缢加别械，然后得死。"惟大辟无可要，然犹质其首。用此，富者赂数十百金，贫亦罄衣装；绝无有者，则治之如所言。主缚者亦然，不如所欲，缚时即先折筋骨。每岁大决，勾者十四三，留者十六七，皆缚至西市待命。其伤于缚者，即幸留，病数月乃瘳，或竟成痼疾……主梏扑者亦然。余同逮以木讯者三人，一人予三十金，骨微伤，病间月；一人倍之，伤肤，兼旬愈；一人六倍，即夕行步如平常。或叩之曰："罪人有无不均，既各有得，何必更以多寡为差？"曰："无差，谁为多与者？"（《方苞集·集外文》卷六）

这是康熙五十年至五十一年间（1711—1712），方苞因《南山集》案牵累，被关在刑部监狱中耳濡目染的亲身见闻，所以写得如此真切，如此愤慨。对胥吏和刑狱揭露得如此深透，是唐宋以来古文家文章所罕见的。

方苞的文章极力标榜语言的"雅洁"，追求"清真古雅"。沈廷芳（1702—1772）《方望溪先生传》，曾转引方苞的话说："古文中不可入语录中语，魏晋六朝人藻丽俳语，汉赋中板重字法，诗歌中隽语，《南北史》中佻巧语。"（《隐拙斋集》卷四十一）经过这么一番精心洗涤，方苞的文章语言就趋向流利清新，雅洁生动了。例如，方苞的《左忠毅公逸事》，写到明末东林党人左光斗（1575—1625）被捕入狱，惨遭毒刑后，他的学生史可法去探视他，有这么一段描写：

> 一日，使史更敝衣草屦，背筐，手长镵，为除不洁者，引入，微指左公处。则席地倚墙而坐，面额焦烂不可辨，左膝以下，筋骨尽脱矣。史前跪，抱公膝而呜咽。公辨其声而目不可开，乃奋臂以指拨眦，目光如炬，怒曰："庸奴！此何地也，而汝来前！国家之事糜烂至此，老夫已矣，汝复轻身而昧大义，天下事谁可支拄者？不速去，无俟奸人构陷，吾今即扑杀汝！"因摸地上刑械，作投击势。史噤不敢发声，趋而出。（《方苞集》卷九）

方苞认为，"一字不可增减"，是"文之极则"（《方苞集·集外文》卷四《古文约选序例》）。这段描写，就善于用极其简洁生动的语言，刻画左光斗公忠刚直、深谋远虑的性格，十分传神。

学术轶事

方苞言不达意

文章太过于追求简练了，有时也容易言不达意。据《清稗类钞》记载，有一次，方苞把他写的曾祖墓志铭送给侍郎李绂（1675—1750）看，李绂才读一行，就马上奉还。方苞生气地说："某文章竟不足一寓目乎？"李绂回答："是的。"方苞更生气了，非请他说明原因不可。李绂不慌不忙地说："今县以桐名者有五：桐乡、桐庐、桐柏、桐梓，不独桐城也。省桐城而曰'桐'，后世谁知为桐城者？此之不讲，何以言文？"方苞哑口无言，但到底还是依然故我。因此他的文章往往谨严有余而气魄不足。

三、刘大櫆论"行文之道"

方苞以"义法"论为核心的文统，一传于刘大櫆，再传于姚鼐，形成源远流长的桐城文派。

雍正四年（1726），刘大櫆二十九岁，以布衣身份出游京师，以文拜谒盛负重名的同乡方苞。方苞一见，惊叹不已，对人说："如苞何足言耶？同里刘大櫆，乃今世韩（愈）、欧（阳修）才也！"（姚鼐《惜抱轩文集后集》卷五《刘海峰先生传》）从此，刘大櫆的名字传遍京师，远扬海内。

刘大櫆论文，一秉方苞故辙，倡导尊经载道，重在学行。他说："夫与天地日月同其存灭，六经之文也。"（《海峰文集》卷四《见吾轩诗集序》）又说："夫自古文章之传，视乎其人。"（同上《杨黄在文集序》）所以他主张"作文本以明义理，适世用"（《论文偶记》）。而刘大櫆最有贡献的文学观点，是标举"行文之道"、辞章之学。在《论文偶记》中，他认为，"义理、书卷、经济者，行文之实"，是"匠人（文人）之材料"，而"神气、音节者"，是"匠人之能事"。他进一步阐述道：

> 神气者，文之最精处也；音节者，文之稍粗处也；字句者，文之最粗处也。然论文而至于字句，则文之能事尽矣。盖音节者，神气之迹也；字句者，音节之矩也。神气不可见，于音节见之；音节无可准，以字句准之。

而作文之道，就是从字句之微，求得音节之迹，最后达到神气之出："积字成句，积句成章，积章成篇。合而读之，音节见矣；歌而咏之，神气出矣。"这一观点，世称"因声求气"说，是对中国古代文章作法的很有见地的认识。

刘大櫆仕途失意，生活贫穷，为文多写身世感慨，抒发怀才不遇的牢骚，风格上以铺张排比、辞藻气势见长，大多铿锵悦耳，抑扬顿挫，讲究音调之美，是天籁也是人籁。

他的游记文章，如《黄山记》、《游浮山记》等，刻画景物详细具体，篇幅较长，与方苞、姚鼐有别。

☞ **多学一点**

时人评刘大櫆文

姚鼐称道："其体雄豪奥秘，麾斥出之，岂非其才之绝出今古者哉?"(《惜抱轩文集后集》卷五《刘海峰先生传》)

方东树称之为："日丽春敷，风云变态，言尽矣，而观者犹若浩浩然不可穷。"(《考盘集文录》卷五《书惜抱先生墓志后》)

方宗诚（1818—1888）说他的文章"以品藻音节为宗"，"义理不如望溪（方苞）之深厚，而藻采过之"(《柏堂集次编》卷一《桐城文录序》)。

第二节 道与艺合

☞ **多学一点**

"桐城派"之名的由来

大约在乾隆三十九年（1774），安徽桐城人姚鼐在北京任官，以擅长古文盛称于世。吏部主事安徽人程晋芳和翰林编修山东人周永年交相称赏姚鼐的古文，赞叹说："昔有方侍郎（指方苞），今有刘先生（指刘大櫆），天下文章其出于桐城乎!"于是文人学士多归向桐城，号称"桐城派"(见姚鼐《惜抱轩文集》卷八《刘海峰先生八十寿序》)。这就是大名鼎鼎的"桐城派"的由来。

一、义理、考据、文章

姚鼐三十三岁中进士，四十六岁以后谢绝仕禄，一直任书院山长，先后主讲扬州梅花书院、安庆敬敷书院、歙县紫阳书院、南京钟山书院、江宁书院等，历时近四十年。长期主讲江南，奖掖后进，培育人才，这恐怕是姚鼐能够领袖桐城派，跨越前辈，自我作古，垂裕后昆的主要原因。

姚鼐在学术上标榜宋儒，攻击汉学。他认为汉学家比起理学家来，至多不过像星星、月亮和太阳相比一样；汉学说穿了只是“伪论”，顶多只能起到对宋学有所拾遗补阙的作用。在《再复简斋书》中，他说：“儒者生程、朱之后，得程、朱而明孔、孟之旨，程、朱犹吾父师也。”（《惜抱轩文集》卷六）

学术轶事

姚鼐与戴震

在抑汉尊宋这一点上，姚鼐和当时的汉学大师戴震，可以说是“道不同不相为谋”的。姚鼐早年十分钦佩戴震的学问，也曾致函请为弟子，戴震以治学门径不同，回信予以谢绝。但是戴震的治学方法，如他在《与方希原书》中所说的“或事于理义，或事于制数，或事于文章”，到底还是被姚鼐私淑了。

范曾《姚鼐造像》

姚鼐在《复秦小岘书》中说：“天下学问之事，有义理、文章、考据三者之分，异趋而同为不可废……必兼收之，乃足为善。”（《惜抱轩文集》卷六）《述庵文钞序》也说：“余尝论学问之事，有三端焉，曰义理也，考证也，文章也。是三者，苟善用之，则皆足以相济；苟不善用之，则或至于相害。”（《惜抱轩文集》卷四）

二、“文章之原本乎天地”

姚鼐虽有意融合宋学、汉学及唐宋古文于一炉，但他的精神所注更在文章。他说：“文者，艺也。道与艺合，天与人一，则为文之至。”（同上《敦拙堂诗集序》）指出文章是一种独特的艺术，“义理”之“道”与“文章”之“艺”的结合，亦即自然与人工的统一，就是最好的文章。方宗诚评姚鼐说：“经术根柢不及望溪，才思奇纵不及海峰（刘大櫆），而超卓之识，精诣之力，则又过之，盖深于文事者也。”（《柏堂集次编》卷一《桐城文录序》）正因为如此，姚鼐能在方、刘之外，独有所见地标举与“天地之道”相通的文章之美，说：“天地之道，阴阳刚柔而已。文者，天地之精英，而阴阳刚柔之发也。”（《惜抱轩文集》卷六《复鲁絜非书》）又说：“文章之原，本乎天地。天地之道，阴阳刚柔而已。苟有得乎阴阳刚柔之精，皆可以为文章之美。”（《惜抱轩文集》卷四《海愚诗钞序》）

姚鼐尽毕生精力，编选《古文辞类纂》一书，凡七十一卷。全书分古文为论辩、序跋、奏议、书说、赠序、诏令、传状、碑志、杂记、箴铭、颂赞、辞赋、哀祭等十三类，所选作品多至七百一十三篇，上自先秦、两汉，下迄明清，以唐宋八大家为主，明代取归有光，清代取方苞、刘大櫆，以继八家之绪。此书一出，影响深远，后世所谓“桐城选学”，实源于此。在《古文辞类纂序目》中，姚鼐继承刘大櫆“神气”、“音节”交相为用的观点，特别总结了作文之法，进一步提出“神、理、气、味、格、律、声、色”八大准则，说：“神、理、气、味，文之精也；格、律、声、色，文之粗也。”而学习作文章的途径，就是由粗而达其精。姚鼐的这套古文理论，既涵盖了方苞的义理之学，又融汇了刘大櫆的文章之学，再加上得自时风的考据之学，义理、文章、考据三位一体，于是成为“桐城派”的集大成者。

三、姚鼐文谨严雅洁

姚鼐一生致力于古文创作，“瞻于目，诵于口，而书于手。较其离合，而量剂其轻重多寡，朝为而夕复，捐嗜舍欲，虽蒙流俗讪笑而不耻”（《惜抱轩文集》卷六《复汪进士辉祖书》）。他的古文，学唐宋八大家，与欧阳修、曾巩的文章尤其相近，一般材料充实，视野开阔，叙事状物，神气毕现，语言流利清新，雅洁生动，纡徐要渺。在篇章结构上，起、承、转、合，俱臻化境，宛转自如。议论文如《伍子胥论》、《李斯论》、《贾生明申商论》，序跋文如《老子章义序》、《海愚诗钞序》、《荷塘诗集序》、《刘海峰先生八十寿序》，书信文如《答翁学士书》、《复汪进士辉祖书》、《复鲁絜非书》，记传文如《朱竹君先生传》、《袁随园君墓志铭》等，都是他的代表作。管同称其：“上究孔、孟，旁参老、庄，百氏之书，诸家之作，皆内咀含其精蕴，而外沉浸其辞章。”（《因寄轩文集初集》卷十《公祭姚姬传先生文》）

分析举例

姚鼐名作《登泰山记》评析

姚鼐尤以记游写景的文章著称。如《登泰山记》一文，寥寥数百字，以游踪为线索，将泰山的地理形势、景色风光、名胜古迹以及对泰山地名的一些考据组织到一起，章法井然有序。全文写游记而间以考证，考证又力避烦琐而不失雅驯，为人所称道。文中以简洁洗练的笔墨勾画出泰山冬季雪后初晴的景色和泰山日出时的瑰丽图景，很能显示出刚柔相济的审美追求。如描写泰山日出的一段文字：

> 亭东自足下皆云漫。稍见云中白若樗蒲数十立者，山也。极天，云一线异色，须臾成五采，日上，正赤如丹，下有红光，动摇承之。或曰：此东海也。回视日观以西峰，或得日，或否，绛皜驳色，而皆若偻。（《惜抱轩文集》卷十四）

寥寥74字，形象生动地描写了早晨太阳将出、正出、已出的全过程，色彩斑斓，神气流动，句式精练，语言雅洁。

《登泰山记》文意图

四、桐城文派

桐城派的三位创始人，方苞深于学，所以讲义法；刘大櫆优于才，因此谈品藻；姚鼐才、学俱佳，于是兼倡义理、文章、考据。三人取长济偏，一脉相传，而且都享长寿（年过八十高龄），都有弟子，因此桐城派蔚然大观，影响深远。

嘉庆、道光时期，属于桐城派或创作倾向接近的古文作家，主要有方东树、管同、姚莹、梅曾亮、朱琦等。其中古文成就较高的是梅曾亮，道光中后期他在京师中俨然成为古文宗师。他论文主“因时”，主“真”，二者实相辅相成，所谓“因时”，即因文见其“时”之“真”与“人”之“真”。他的文章大体能体现这种精神，以简洁蕴藉的文笔、清明的气体，真切地表现情与事。如《游小盘谷记》写盘谷的形态，以及身处其中的感受，真切传神，一无长语浮词。《钵山馀霞阁记》等也都清隽可喜。论说文如《士说》等，直陈己见，短小精悍。

五、阳湖文派

在乾、嘉之际，出现了桐城派的别支阳湖文派。它的开创者恽敬和张惠言都是阳湖（今江苏常州）人，后继者也多是同县人，所以得名。恽敬和张惠言渊源于桐城古文之学，但又力图突破桐城派的清规戒律，开辟更广阔的境界。恽敬肯定方苞推尊古文文体、力倡“义法”的观点，认为：“古文，文中之一体耳。而其体至正，不可馀，馀则支；不可尽，尽则敝；不可为容，为容则体下。”（《大云山房文稿初集》卷三《上曹俪笙侍郎书》）但恽敬认为方苞等桐城文章虽较为纯正，然范围不免狭窄，才力不免薄弱。要补救这种弊病，必须致力于才能与学识修养的充实提高（见《大云山房文稿二集自序》，《大云山房文稿二集》卷首）。陆继辂（1772—1834）指出，恽敬泛览百家之言，其学由博而返约；张惠言精研经传，其学从源而及流（见《七家文钞序》）。这是他们的治学特点，也是阳湖派文论不局限于桐城派义法说的特征所在。恽敬和张惠言的文章思想见解较为清新，道学气较少。而且他们主张骈散合一，写作上善于吸收六朝文章之所长，重气势，尚辞藻，往往以雄爽博雅取胜。其后，阳湖人李兆洛编选《骈体文钞》三十一卷，论文亦不分骈散，与恽、张被称为“阳湖三杰”。

第三节
诗家之文

在桐城古文盛行之际，有一批诗人，如郑燮、袁枚、蒋士铨、沈复（1763—?）、龚自珍、魏源等，不为桐城“义法”所囿，自出性灵，撰为文章，亦散亦骈，不拘一格，大大丰富了这一时期的文坛。

一、郑燮文情真语挚

郑燮的文章以家书为主，叙述家常，无所不谈，抒情议论，每多独见，且情真语挚，妙趣横生。如《范县署中寄舍弟墨第四书》云：“天寒冰冻时，穷亲戚朋友到门，先泡一大碗炒米送手中，佐以酱姜一小碟，最是暖老温贫之具。”（《郑板桥集·家书》）叙写日常琐碎之事，多用口语，自然流畅。

二、袁枚文爽健恣肆

与姚鼐同时活跃于文坛而主张不同的作家，最负盛名的是袁枚。袁枚的“古文、四六体，皆能自发其思，通乎古法”（姚鼐《惜抱轩文集》卷十三《袁随园君墓志铭》）。他的骈体文被推为名家，清新明丽，抑扬跌宕，有六朝文体格。古文虽不名一家，但也不乏佳篇。

☞多学一点

袁枚《祭妹文》本事

袁枚《祭妹文》作于清乾隆三十二年（1767），是一篇文笔生动、感情真挚的抒情文。据袁枚《女弟素文传》，袁枚的三妹袁机，字素文，与江苏如皋高姓子指腹为婚。后高家因其子恶劣无赖，主动提出解除婚约。但素文囿于礼教，不愿毁约，坚持“从一而终”，与高姓子勉强成婚。婚后，丈夫吃喝嫖赌，无恶不作，素文备受虐待。因丈夫要卖掉她去抵赌债，她不得已与高氏断绝关系，回居娘家。归后，郁郁成疾，于乾隆二十四年（1759）十一月病故，年四十岁。袁枚为之作《祭妹文》，感愤地说：

> 予幼从先生受经，汝差肩而坐，爱听古人节义事。一旦长成，遽躬蹈之。呜呼！使汝不识诗书，或未必艰贞若是！（《小仓山房文集》卷十四）

言外之意，正是误信“节义”之说，才造成了素文的悲剧。文中历数素文生前兄妹情深的小事，说：“凡此琐琐，虽为陈迹，然我一日未死，则一日不能忘。旧事填膺，思之凄梗，如影历历，逼取便逝。”一字一句，如泣如诉。全文寓情于事，因事动情，事真情切，语言朴素，哀婉悱恻。

袁枚的《黄生借书说》，则是一篇短小精悍的议论文：

> 黄生允修借书。随园主人授以书而告之曰：书非借不能读也。子不闻藏书者乎？七略四库，天子之书，然天子读书者有几？汗牛塞屋，富贵家之书，然富贵人读书者有几？其他祖父积、子孙弃者，无论焉。非独书为然，天下物皆然。非夫人之物而强假焉，必虑人逼取而惴惴焉摩玩之不已，曰：“今日存，明日去，吾不得而见之矣。”若业为吾所有，必高束焉，庋藏焉，曰：“姑俟异日观云尔。”
>
> 余幼好书，家贫难致。有张氏藏书甚富，往借不与，归而形诸梦，其切如是。故有所览，辄省记。通籍后，俸去书来，落落大满，素蟫灰丝，时蒙卷轴。然后叹借者之用心专，而少时之岁月为可惜也……（《小仓山房文集》卷二十二）

因黄生借书有感，列举种种有书者不读书的事例，结合自己切身的经验，运用多层对比的方法，阐述了“书非借不能读”的道理。文章语言简洁，论述严密。袁枚的文章大都直抒胸臆，明白流畅，爽健恣肆，机趣横生，倾动一时。

三、蒋士铨以史为文

蒋士铨通籍后所任都是史官，他受中国史官优秀传统的影响较深，平时以血性丈夫自励，这在他待人处世的态度和文学创作中都有鲜明的表现。他的散文以传志、碑表、书事之作最多，叙述懿行，哀恻动人。

四、《浮生六记》

嘉庆年间有《浮生六记》，是沈复的自传性作品，原有六卷，今存前四卷（晚出号称足本中的后两卷，已证实为后人杂凑他书而成的伪作），记述家居及游历生活。前三卷《闺房记乐》、《闲情记趣》、《坎坷记愁》，多述他与妻子陈芸之间的感情和日常琐事，以及因失欢于父母，夫妇被迫离家出走，以致陈芸郁郁而死的痛苦经历。文字细腻，不作装点，“无酸语、赘语、道学语”（俞平伯《重刊浮生六记序》，《浮生六记》附录二），风格明莹纯净，感情真实动人。如文中记沈复与陈芸两人订婚以后、成婚之前的一桩琐事：

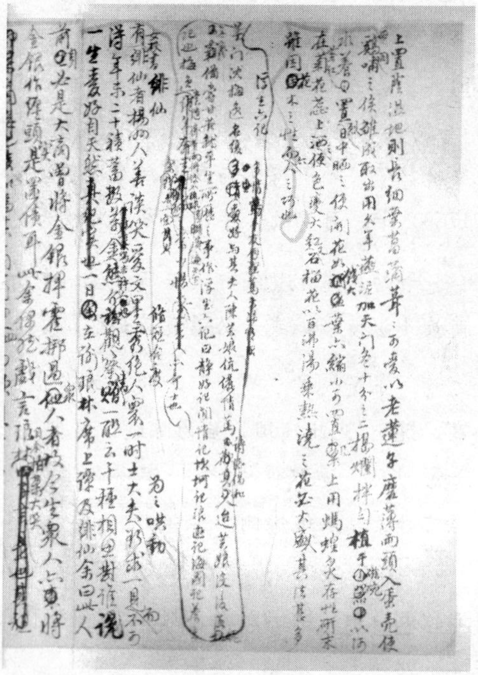

《浮生六记》手稿

是夜送亲城外，返已漏三下，腹饥索饵，婢妪以枣脯进，余嫌其甜。芸暗牵余袖，随至其室，见藏有暖粥并小菜焉。余欣然举箸，忽闻芸堂兄玉衡呼曰：“淑妹速来！”芸急闭门，曰：“已疲乏，将卧矣。”玉衡挤身而入，见余将吃粥，乃笑睨芸曰：“顷我索粥，汝曰尽矣，乃藏此专待汝婿耶？”芸大窘避去，上下哗笑之。余亦负气，挈老仆先归。（《浮生六记》卷一《闺房记乐》）

这种描写为前所未有。

学术轶事

陈寅恪评《浮生六记》

陈寅恪说：“吾国文学，自来以礼法顾忌之故，不敢多言男女间关系，而于正式男女关系如夫妇者，尤少涉及。盖闺房燕昵之情意，家庭米盐之琐屑，大抵不列载于篇章，惟以笼统之词，概括言之而已。此后来沈三白《浮生六记》之《闺房记乐》，所以为例外创作。”（《元白诗笺证稿》）

五、龚自珍文奇崛渊雅

龚自珍的文章突破桐城“义法”，如异军突起，享誉一时，吴兰修（生卒年不详）曾赞龚文“瑰玮渊奥，如黄山云海，不可方物”（《国朝岭南文钞》卷十四《登云山人文集序》）。龚自珍的政论文，阐述政治观点和改革主张，属于“经世致用”之学，一般文笔简洁，表达方式独具一格，在当时影响很大。如作于嘉庆十九年（1814）的《明良论》四篇，从当时的吏治、君臣关系、科举制度、用人路线诸方面，对封建衰世的腐败进行了深刻的批判。作于嘉庆二十一年（1816）的《乙丙之际著议（塾议）》十一篇，强烈抨击时政，倡言变革。

龚自珍的杂文，如《病梅馆记》、《杭大宗遗事状》、《尊隐》、《说张家口》等，意蕴丰富，有很高的艺术性。这些文章好借题发挥，旁敲侧击，讥讽时政，谭嗣同说：“其中颇具微言大义，而妙能支离闪烁，使粗心人读之不觉，亦大奇。”（《谭嗣同全集》下册《致汪康年梁启超（二）》）如作于道光十九年（1839）的《病梅馆记》：

> 江宁之龙蟠，苏州之邓尉，杭州之西溪，皆产梅。或曰：梅以曲为美，直则无姿；以欹为美，正则无景；梅以疏为美，密则无态。固也。此文人画士，心知其意，未可明诏大号，以绳天下之梅也；又不可以使天下之民，斫直、删密、锄正，以夭梅、病梅为业以求钱也。梅之欹、之疏、之曲，又非蠢蠢求钱之民，能以其智力为也。有以文人画士孤癖之隐，明告鬻梅者，斫其正，养其旁条，删其密，夭其稚枝，锄其直，遏其生气，以求重价，而江、浙之梅皆病。文人画士之祸之烈至此哉！
>
> 予购三百盆，皆病者，无一完者。既泣之三日，乃誓疗之、纵之、顺之，毁其盆，悉埋于地，解其棕缚，以五年为期，必复之全之。予本非文人画士，甘受诟厉，辟病梅之馆以贮之。呜呼！安得使予多暇日，又多闲田，以广贮江宁、杭州、苏州之病梅，穷予生之光阴以疗梅也哉？（《龚自珍全集》第三辑）

文章借梅喻人，托物寄志，寓深刻的道理于生活琐事之中，言微旨远，含意深刻。语言畅达明快，风格刚健有力。他还有些文章，叙事委婉有致，语言瑰丽优美，音韵铿锵，而且喜欢以词赋的语汇入文，如《己亥六月重过扬州记》、《送徐铁孙记》、《说居庸关》等。林昌彝说，定庵“古文词奇崛渊雅，不可一世”（《射鹰楼诗话》卷十）。

六、魏源文明白畅达

在《国朝古文类钞序》中，魏源认为六经贯穿着“道”，能从中考察天下治乱，判别学问得失，所以是古今文字的最高准则，因此文章应当遵循六经的旨意。他的文章多涉及时事、政务、兴革问题，论点鲜明，论据充分，阐发事理，深入而显出，具有强烈的说服力，如《默觚》的《治篇》、《学篇》里的一些文章。《道光洋艘征抚记》（上、下）一文，翔实生动地记述了鸦片战争的全部过程，总结战争经验教训，以鲜明的态度激浊扬清，褒贬时事，行文明白畅达，开启了晚清文体趋向解放的风气。一些山水诗前的小序，写得清澈冷隽、豁人耳目，如《华山西谷》诗序、《太室北溪石淙谷三》诗序等，既有明末山水小品的晶莹、旖旎，又有郦道元写景状物的委婉细腻。

第四节
骈文中兴

骈文曾在南北朝时期显赫一时。然而经过唐宋古文运动的扫荡，骈文一再受到非难和打击，早就失去旧日荣耀，几乎一蹶不振了。尽管如此，骈文在文坛上始终不绝如缕，一直是历代文人学士应酬交往、卖弄才情的工具。

一、骈文中兴的背景

至明末，复社作家开始提倡并写作骈文。流风至清初，有些作家就以善写骈文著称，如陈维崧的骈文工整绵丽，雄迈恻挚，情浓气盛，可以颉颃庾信。毛奇龄、吴绮（1619—1694）也工骈文，以秀逸见胜。

到了乾、嘉时期，出现了许多著名的骈文家，如胡天游、汪中、洪亮吉、孔广森、孙星衍、李兆洛等，一时间骈文呈现出“中兴”气象。骈文的中兴与当时学术界中汉学与宋学的对立有关，骈文作家大多持抑宋尊汉的学术观点。骈文的中兴也与文人对以方苞等人为代表的桐城古文的不满有关，文人们有意师法汉魏六朝的文风，稍加变异，提倡一种遒丽富艳而又情深意实的骈文，与桐城派谨严雅洁的文风相抗衡。

二、胡天游文雄声瑰伟

胡天游是开风气之先的作家，《清史稿·文苑传二》说：“俪体文自三唐而下，日趋颓靡。清初陈维崧、毛奇龄稍振起之，至天游奥衍入古，遂臻极盛。”胡天游以骈文名世，造句炼字，独出奇秀，所撰铭、碑、序、记、墓志，当时皆被叹为天下奇作。代表作有《大夫文种庙铭》、《灵济庙碑》、《逊国名臣赞序》、《柯西石宕记》等。齐召南（1703—1768）称道：“诗文工且敏，磊落擅奇气，下笔惊人，矫挺纵横，不屑屑蹈常袭故，雄声瑰伟，足与古作者角力。”（《石笥山房文集序》）

三、汪中文沉博绝丽

在乾、嘉时期的骈文家中，要数汉学家汪中的成就最高。汪中的骈文突破“饰其词而遗其意”的传统作风，悲愤抑郁，沉博绝丽，风格独具。清人刘台拱（1751—1805）《遗诗题辞》称他：“钩贯经史，熔铸汉唐，闳丽渊雅，卓然自成一家。”近人李详（1858—1931）《汪容甫先生赞序》则引用梅尧臣（1002—1060）论诗的话“状难写之情，含不尽之意”，来评价汪中的骈文。

分析举例

汪中《哀盐船文》评析

乾隆三十五年（1770）十二月，扬州仪征县江面上盐船失火，“坏船百有三十，焚及溺死者千有四百”。当时汪中正在扬州探亲，亲眼目睹了这场火灾，事后写了著名的《哀盐船文》（《述学·补遗》）。文中描写火灾发生时，罹难者在火中无处逃生，终于葬身烈焰的惨状，道：

> 于斯时也，有火作焉。摩木自生，星星如血，炎光一灼，百舫尽赤。青烟睒睒，熛若沃雪。蒸云气以为霞，炙阴崖而焦爇。始连樯以下碇，乃焚如以俱没。跳踯火中，明见毛发，痛謈田田，狂呼气竭。转侧张皇，生涂未绝。倏阳焰之腾高，鼓腥风而一吷。洎埃雾之重开，遂声销而形灭。齐千命于一瞬，指人世以长诀。发冤气之焄蒿，合游氛而障日。行当午而迷方，扬沙砾之嫖疾。衣缯败絮，墨查炭屑，浮江而下，至于海不绝。

另一些罹难者在危急之中，投身于水，冀求逃生，但无论会水的还是不会水的，都被汹涌的江水所吞没：

> 亦有没者善游，操舟若神，死丧之威，从井有仁，旋入雷渊，并为波臣。又或择音无门，投身急濑。知蹈水之必濡，犹入险而思济。挟惊浪以雷奔，势若阶而终坠。逃灼烂之须臾，乃同归乎死地。

惨祸发生以后，死者家属悲不自胜：

> 游魂不归，居人心绝。麦饭壶浆，临江呜咽。日坠天昏，凄凄鬼语。守哭迍邅，心期冥遇。惟血嗣之相依，尚腾哀而属路。或举族之沉波，终狐祥而无主。

文章虽用骈体，但因为作者感情诚挚，所以一改往昔骈体文虚夸浮泛、空洞宏肆的毛病，有深切哀悼之情，无隔岸观火之意。全文情感凄婉动人，文笔明丽清雅，用字简练精当，讲究对偶和用韵。杭世骏当时主讲扬州安定书院，为此文作序，称道：“采遗制于《大招》，激哀音于变徵，可谓惊心动魄，一字千金者矣!”（《哀盐船文》卷首）

乾隆四十八年（1783），汪中客居江宁，写了有名的《吊黄祖文》和《经旧苑吊马守真文》，借题发挥，抒发自己仕途失意、不遇知己的苦闷，为时人交口称誉。他又有《自序》、《广陵对》、《黄鹤楼铭》等文，也都传诵一时。汪中自称：“所为文恒患意不称物，文不逮意。”（《述学别录·与巡抚毕侍郎书》）他的骈文的确善于刻画事物，表达情感，穷形尽相，婉转自如。

廣陵通典卷一

江都汪中撰

吳王夫差十年秋城邗溝通江淮楚懷王十年城廣陵秦二世元年七月陳勝等起蘄九月項梁殺會稽守通二年端月廣陵人召平爲陳王徇廣陵未能下聞陳王敗走秦兵又且至乃渡江矯陳王命拜梁爲楚王上柱國曰江東已定急引兵西擊秦項梁乃以八千人渡江而西竟以亡秦漢高帝六年既廢楚王信分其地爲二國正月丙午立從父兄賈爲荆王詔曰將軍劉賈有功及擇子弟可以爲王者羣臣皆曰

《广陵通典》书影

清同治己巳年（1869）扬州书局刻本

四、其他骈文家

林昌彝说，骈体“自胡氏稚威振起衰弱，嗣是洪稚存、孙渊如、孔㢑轩……诸君，皆并世宏材，从而和之，厥道昌矣。”（《海天琴思录》卷八）洪稚存即洪亮吉，孙渊如即孙星衍，孔㢑轩即孔广森，他们和汪中一起，在乾、嘉之际的文坛上鼓荡起一股创作骈文的热潮。其中尤以洪亮吉的骈文高古遒迈，“每一篇出，世争传之”（袁枚《卷施阁文·乙集序》）。如《出关与毕侍郎笺》、《游天台山记》、《蒋清容先生〈冬青树乐府〉序》、《伤知己赋序》、《诫子书》等，都是传世名篇。

到嘉庆年间，文坛领袖阮元更是严申“文笔之辨”，声称只有用骈偶、叶声韵的文章才是美文，而无韵的散行文章只是“笔”，把散文排斥出文学之外（见《揅经室续集》卷三《文韵说》）。他极力倡导骈偶文，批评桐城派古文，反对当时古文平庸艰涩的风格，强调文章的骈俪辞采。他的骈文为世所称，周春（1729—1815）评道：“胸罗四库，笔扫千军……丽藻洪才，贯天、地、人以兼三，通儒硕学。”（《耄余诗话》卷三）

五、新编骈文总集

与阮元同时，彭兆荪也擅长骈文，《清史列传·文苑传四》称他的骈文“鸿博沉丽，力追六朝、三唐，见者以为金玉渊海，卿云黼黻”。在嘉庆末年，姚鼐所编《古文辞类纂》风行士林。彭兆荪在曾燠（1760—1831）幕中曾撰《骈体正宗》，以标示规范，传诵一时。江苏阳湖人李兆洛也对桐城文风深致不满，认为当世治文，只知宗唐宋而不知宗两汉；而欲宗两汉，非自骈文入手不可。于是他编选先秦两汉至隋之文，成《骈体文钞》三十一卷，刻于道光元年（1821），以便学者沿流而溯源。稍后，姚燮在道光年间又编刻了《皇朝骈文类苑》。这些骈文总集的选编，成为乾、嘉时期骈文中兴的总结，为阮元抑散扬骈，倡导“文笔论”，起了推波助澜的作用。

第五节
哀怨之词

纳兰成德步入词坛要晚于陈维崧和朱彝尊。他的词作造诣极高，况周颐（1859—1926）称他为“国初第一词人”（《蕙风词话》卷五），王国维（1877—1927）更是推崇他为“北宋以来，一人而已”（《人间词话》）。他的词集初名《侧帽词》，取晏几道（1083—1110）《清平乐》“侧帽风前花满路”句意。康熙十七年（1678）顾贞观（1637—1714）、吴绮校订刊刻他的词集，更名《饮水词》，取《五灯会元》道明禅师答卢行者“如人饮水，冷暖自知”语。今存词三百五十首左右。

一、哀愁的相思词

纳兰成德席芬名阀，少年科第，本应春风得意，但却形成“哀怨骚屑”（杨芳灿《饮水词序》）的词风，这同发妻卢氏的早逝给他造成的心灵创伤密切相关。

☞ 多学一点

纳兰成德伉俪情深

纳兰成德发妻卢氏是两广总督、兵部尚书、察院右副都御使卢兴祖之女，康熙十三年（1674）十八岁，与纳兰成德结为伉俪，情深意笃，琴瑟和鸣。她虽未工诗，却同纳兰成德有着共同的生活情趣：“抗情尘表，则视若浮云；抚操闺中，则志存流水。”（叶舒崇《皇清纳腊氏卢氏墓志铭》）

纳兰成德一步入仕途，就不得不卷入接二连三的扈驾任务和宫廷轮值，使这对恩爱夫妻少有团圆之乐。有时刚刚相聚片刻，又得忍受再次别离所带来的新愁：“眼底风光留不住，和暖和香，又上雕鞍去。欲倩烟丝遮别路，垂杨那是相思树?”（《饮水词》卷一《蝶恋花》）卢氏体质单薄，多愁善感，每每一听说丈夫又要远行，就禁不住哀怨丛生：“待问归期还未，已看双睫盈盈。”（《纳兰词》补遗《清平乐》）纳兰成德也不得不深深地抱怨：“一生一代一双人，争教两处销魂？相思相望不相亲，天为谁春?”（《饮水词》卷

—《画堂春》）

二、痴情的悼亡词

在频繁而痛苦的离别和相思的熬煎下，卢氏于康熙十六年（1677）郁郁身亡，年仅二十一岁。她的早逝，严重地创伤了纳兰成德的心灵，他几乎天天沉迷于巨大的悲痛之中，难以自拔，词风也愈加凄苦。“人间何处问多情”的失落感（《饮水词》卷一《浣溪沙》），“只应碧落重相见”的断肠情（《饮水词》卷一《采桑子》），使纳兰成德悲从中来，哀不自胜，“悼亡之吟不少，知己之恨尤多”（叶舒崇《皇清纳腊氏卢氏墓志铭》）。

学术轶事

纳兰成德梦中得词

卢氏故后三月余，一夜，纳兰成德梦见亡妻淡妆素服，执手哽咽，絮絮细语，临别吟诗道：“衔恨愿为天上月，年年犹得向郎圆。”醒后，纳兰成德感慨万端，赋《沁园春》词：

> 瞬息浮生，薄命如斯，低徊怎忘？记绣床倚遍，并吹红雨；雕阑曲处，同倚斜阳。梦好难留，诗残莫续，赢得更深哭一场。遗容在，只灵飙一转，未许端详。　重寻碧落茫茫。料短发、朝来定有霜。便人间天上，尘缘未断；春花秋叶，触绪还伤。欲结绸缪，翻惊摇落，两处鸳鸯各自凉。真无奈，把声声檐雨，谱出回肠。（《饮水词》卷四）

伉俪情深的美好往事，印刻在纳兰成德的记忆深处，日日夜夜，年来年往，悲伤不已，无奈之余，只好提笔谱词，聊抒戚戚情肠。

即便后来纳兰成德遵从父命，续娶官氏，但对卢氏的深挚恩爱，仍久久不能忘怀，常常形诸笔墨。康熙十九年（1680）五月三十日卢氏三周年祭日，他作有《金缕曲·亡妇忌日有感》，道：

> 此恨何时已？滴空阶、寒更雨歇，葬花天气。三载悠悠魂梦杳，是梦久应醒矣。料也觉、人间无味。不及夜台尘土隔，冷清清、一片埋愁地。钗钿约，竟抛弃！
>
> 重泉若有双鱼寄，好知他、年来苦乐，与谁相倚？我自终宵成转侧，忍听湘弦重理？待结个、他生知己。还怕两人俱薄命，再缘悭、剩月零风里。清泪尽、纸灰起。（《饮水词》卷二）

全词情伤语痴，流露出极为沉重的失落感，使人肠断心碎。顾贞观曾评道：“所为乐府小令，婉丽凄清，使读者哀乐不知所主”（《饮水词序》），当指此种作品。纳兰成德还常常将永恒的爱情寄托于虚渺的理想之中。如《蝶恋花》词：

辛苦最怜天上月，一昔如环，昔昔都成玦。若似月轮终皎洁，不辞冰雪为君热。无那尘缘容易绝，燕子依然，软踏帘钩说。唱罢秋坟愁未歇，春丛认取双栖蝶。（《饮水词》卷一）

词作渴望爱情能够永生，在凄婉的哀悼中表现出一种炙热人心的执著力量。柔情一缕，真能令九转肠回。

纳兰成德的悼亡词，缠绵悱恻，哀怨凄厉，诚如谭献（1832—1901）所评：“势纵语咽，凄淡无聊，延巳（冯延巳）、六一（欧阳修）而后，仅见湘真（陈子龙）。”（《箧中词》今集卷一）纳兰成德于词推尊南唐后主李煜（937—978），说：“《花间》之词，如古玉器，贵重而不适用；宋词适用而少贵重。李后主兼有其美，更饶烟水迷离之致。”（《通志堂集》卷十八《渌水亭杂识四》）尽管他的经历处境与李煜并不相同，但他善用凝练白描的词笔来表达哀感顽艳的情愫却是相同的。

三、苍凉的边塞词

纳兰成德的边塞词也写得苍凉清怨，独树一帜，从中可看出他对扈从护驾仕宦生涯的厌弃，也可看出他对边域奇山异水的生动描绘，如《台城路·塞外七夕》、《蝶恋花·出塞》、《忆秦娥·龙潭口》、《采桑子·居庸关》、《沁园春·试望阴山》等，都是这方面的佳构。又如“山一程，水一程，身向榆关那畔行，夜深千帐灯”（《饮水词》卷二《长相思》），“万帐穹庐人醉，星影摇摇欲坠。归梦隔狼河，又被河声搅碎”（《饮水词》卷五《如梦令》），在壮阔的塞外背景中表现悠悠乡愁，被王国维赞赏为“千古壮观”（《人间词话》），达到了极高的审美境界。

第六节 词派更迭

一、浙派词

浙派词亦称浙西词派，由浙西秀水（今浙江嘉兴）词人朱彝尊所开创。朱彝尊为振兴词体，编选《词综》一书，大力推崇南宋词人姜夔、张炎，追求词意的清空醇雅，格律的严谨缜密。同时他严辨诗词畛域，认为“词则宜于宴嬉逸乐，以歌咏太平”（《曝书亭集》卷四十《紫云词序》），将词引向了狭窄的境界，适应了清朝文网渐密，文士远祸全身的时代心理。朱彝尊的词论受他同乡前辈曹溶（1613—1685）的影响较深，而协编《词综》的汪森（1653—1726）更把朱彝尊的理论推向极致。汪森的《词综序》是浙派词的重要理论文献，他认为柳永一派“言情者或失之俚”，苏、辛一派“使事者或失之伉”，只有到南宋姜夔、张炎的词出现，词才达到了极致（《词综》卷首）。

在朱彝尊的倡导下，在康熙中后期，秀水同乡李良年（1635—1694）、李符（1639—1689）、沈皞日（1640—1696后）、沈岸登（1650—1702）、龚翔麟（1658—1733）等与他相唱和，号称“浙西六家”，并有《浙西六家词》行世。朱彝尊还重刻了南宋咏物词集《乐府补题》，并大力唱和，于是浙派咏物词风随之广为流传。朱彝尊等人的词作间或有些寄兴之作，包孕着兴亡之感，字句工丽，律度和谐，描写细致，但内容较为狭窄，渐入虚浮空疏之途。

二、厉鹗词幽隽窈曲

至乾隆年间（1736—1795），钱塘（今浙江杭州）人厉鹗成为浙派词的巨匠，继朱彝尊之后进一步扩大了浙派词的声势和影响。厉鹗曾住在天津查为仁的水西庄，与查为仁同撰《绝妙好词笺》，鼓吹南宋词，传诵一时。厉鹗继承朱彝尊的雅正之说，追求清、婉、淡、幽的审美特点，认为词应该“远而文，澹而秀，缠绵而不失其正”（《樊榭山房文集》卷四《群雅词集序》）。但他与朱彝尊首推姜夔不尽相同，而是以北宋周邦彦（1056—1121）为宋代第一人，更重视词的“婉约隐秀，律吕谐协”（同上《吴尺凫玲珑帘词序》）。

厉鹗词宗南宋姜夔、史达祖、张炎，风格幽隽窈曲，笔调清疏细巧，字句工炼。他的词作以记游、写景和咏物为多，擅长描绘山光水色，表现幽隽清冷之美。

分析举例

厉鹗山水词评析

厉鹗《百字令》写月夜富春江之游：

秋光今夜，向桐江、为写当年高躅。风露皆非人世有，自坐船头吹竹。万籁生山，一星在水，鹤梦疑重续。挐音遥去，西岩渔父初宿。

心忆汐社沉埋，清狂不见，使我形容独。寂寂冷萤三四点，穿破前湾茅屋。林净藏烟，峰危限月，帆影摇空绿。随流飘荡，白云还卧深谷。（《樊榭山房集》卷九《词甲》）

全词渗透着词人的淹蹇遭遇、幽怨情怀和孤寂心绪。下阕重在写景，虚实相生，衬托虚淡轻灵的孤寒之意，意境清秀空灵，体现出浙派词“清空”的审美追求。

厉鹗词学在当时影响甚大，谢章铤说：“雍正、乾隆年间，词学奉樊榭为赤帜，家白石而户梅溪。”（《赌棋山庄词话》卷十一）与他同时或稍后的浙派词人，还有马曰琯（1688—1755）、马曰璐（约1701—1761后）、江昱（1706—1775）、陆培（1717—1745）及王昶、赵文哲（1725—1773）等。嘉庆年间的浙派后期词人，有钱塘吴锡麒（1746—1818）、吴江郭麐（1767—1831）、吴县吴翌凤（1742—1819）等人，他们力图以真情有味、富于个性的词论、词作，“写其心之所欲出，而取其性之所近”（郭麐《无声诗馆词序》），矫正浙派词的流弊，但成效不大。

三、常州词派

嘉庆（1796—1820）以前，词坛多为阳羡、浙西二派所牢笼。嘉庆初年，出现了以张惠言、周济为代表的常州词派，取代浙西词派而主持坛坫，影响词坛百余年。

张惠言是常州词派的创始人。他推尊词体，强调诗词同源，词“与诗赋之流同类”，并认为词尤擅长抒写“贤人君子幽约怨悱不能自言之情”（《茗柯文二编》卷上《词选序》）。

☞ **多学一点**

常州词派对浙派词风的矫正

有感于浙派词的一味模拟，题材狭窄，内容枯寂，张惠言以治经方式说词，特别提出“比兴寄托”的主张，强调词作应该“意内而言外”，同于诗之“比兴变风之义、骚人之歌”，“缘情造端，兴于微言”，“不徒雕琢曼饰而已”（《词选序》）。以此为标准，张惠言与弟弟张琦合辑《词选》（又名《宛邻词选》），选录唐、五代、宋四十四家词一百余首，示人以准则，力图纠正浙派词寄兴不高、词格卑靡的弊病。为矫正浙西派和阳羡派末流的弊端，张惠言还提倡“深美闳约”的审美风格，宗奉晚唐的温庭筠为最高的正格。

四、张惠言词深美闳约

张惠言著有《茗柯词》，词作骋情惬意，细致生动，语言凝练干净，不乏情韵，而意旨常在若隐若现之间，如《木兰花慢·杨花》：

尽飘零尽了，何人解当花看？正风避重帘，雨回深幕，云护轻幡。寻他一春伴侣，只断红相识夕阳间。未忍无声委地，将低重又飞还。　　疏狂情性，算凄凉耐得到春阑。便月地和梅，花天伴雪，合称清寒。收将十分春恨，做一天愁影绕云山。看取青青池畔，泪痕点点凝斑。

此词名为咏物，实为抒怀，借杨花吟咏身世之感，体物形神兼备，抒情物我合一，在描摹杨花里寄托追求、失望、游转无定和历经坎坷的心态，是以物写情的传世名作。《茗柯词》有力地荡涤淫词、鄙词、游词的词坛三弊，清词至此，体格一变。朱孝臧称张惠言有“回澜力”，为“词源疏凿手，横流一别见淄渑”（《强村语业》卷三《望江南·杂题我朝诸名家词集后》）。

五、周济词婉秀隐晦

常州词派由张惠言开山，至周济发扬光大，蔚为宗派。在《介存斋论词杂著》中，周济提出“诗有史，词亦有史”的观点。他认为词“非寄托不入，非寄托不出”（《宋四家词选目录序论》），强调在词中寄托感慨，应当与国家的安危盛衰联系起来；同时词人应通过比兴手法，曲折含蓄地把自己的思想感情寄托于具体的艺术形象之中，如盐之溶于水，使读者从更广阔的艺术空间中去驰骋自己的想象。与此同时，他选录《宋四家词选》，以周邦彦、辛弃疾（1140—1207）、王沂孙（？—1291 前）、吴文英（1207？—1269?）分领一代，作为学词者学习的具体门径，即起步从学习王沂孙入手，进而师法吴文英、辛弃疾，最后回到周邦彦情景交融、自然浑厚的境地（见《宋四家词选目录序论》）。这就比张惠言《词选》取法更为宽泛。

分析举例

周济词名篇评析

周济著有《存审轩词》，以咏物词见长。名篇如《蝶恋花》：

柳絮年年三月暮。断送莺花，十里湖边路。万转千回无落处，随侬只恁低低去。　　满眼颓垣欹病树。纵有余英，不值风姨妒。烟里黄沙遮不住，河流日夜东南注。

含而不露，温丽婉秀，幽怨里夹以豪宕之气。

但由于过分强调寄托，周济的大多数词作往往晦涩难懂。吴梅（1884—1939）批评说：“止庵自作诸词，亦有寄旨，惟能入而不能出耳。如《夜飞鹊》之‘海棠’，《金明池》之‘荷花’，虽各有寄意，而词涉隐晦，如索枯谜。”（《词学通论》第九章）

第七节 词人辈出

在18世纪至19世纪上半叶的词坛上，除了浙西词派与常州词派之外，还有一些风格独具的词人，创作了一些匠心独运的佳作。

一、郑燮词风神豪迈

张维屏曾说："余尝谓，蒋心馀、郑板桥之词，皆词中之大文，不得以小技目之。"(《国朝诗人征略》初编卷二十八引《松轩随笔》)郑燮才识放浪，磊落不羁，词作也不主常格，重本色，重经世之意，语近情深，风神豪迈。郑燮的词作多写景状物，酬赠抒怀，锋利辛辣，寓庄于谐，挥洒酣畅，怪怪奇奇，笔底如有惊涛奔湍，撼人心魄。如《青玉案·宦况》，概括了郑燮十多年枯燥无味的官场生涯，说：

> 十年盖破黄绸被，尽历遍，官滋味。雨过槐厅天似水，正宜泼茗，正宜开酿，又是文书累。　　坐曹一片吆呼碎，衙子催人妆傀儡，束吏平情然也未？酒阑烛跋，漏寒风起，多少雄心退。(《郑板桥集·词钞》)

又如《满江红·田家四时苦乐歌》描写冬日之苦道："老树槎枒，撼四壁、寒声正怒。扫不尽、牛溲满地，粪渣当户。茅舍日斜云酿雪，长堤路断风吹雨。尽村舂夜火到天明，田家苦。"(同上)放笔直言，情真意切。陈廷焯称郑燮词"摆去羁缚，独树一帜"，"真词坛霹雳手也"(《白雨斋词话》卷四《云韶集》评)。

二、蒋士铨词精悍深挚

蒋士铨心仪陈维崧的雄豪劲健，词集删除绮语艳句，取名为《铜弦词》。他的词作善写骨肉亲情，词风精悍深挚，多奇杰之气。如《水调歌头·舟次感成》：

> 偶为同命鸟，都是可怜虫。泪与秋河相似，点点注天东。十载楼中新妇，九载天涯夫婿，首已似飞蓬。年光愁病里，心绪别离中。　　咏春蚕，疑夏雁，泣秋蛩。几见珠围翠绕，含笑坐东风？闻道十分消瘦，为我两番磨折，辛苦念梁鸿。谁知千里夜，各对一灯红。

挚情坦露，哀怨感人，而又典重稳称，气溢言外。此外，他的咏物词、题画词中也多有奇作，抒情传恨，无不发自肺腑，嬉笑怒骂，淋漓尽致。

三、邓廷桢词寥廓高健

嘉庆、道光年间著名的词人有邓廷桢、龚自珍和项鸿祚。

邓廷桢是鸦片战争中的爱国将领，惨遭贬谪，他的《双砚斋词》实为“将军白发之章，门掩黄昏之句”（谭献《复堂日记》戊子）。如《高阳台》（鸦渡溟溟）写鸦片之祸国殃民，《高阳台·玉泉山宴集》写报国壮志难展的哀愤，《水龙吟·雪中登大观事》写国势倾危的焦急心绪，都气势寥廓，情韵高健。《酷相思·寄怀少穆》写他与林则徐二人先后任两广总督所面临的困境及忧国深思：

> 百五佳期过也未？但笳吹、催千骑。看珠海盈盈分两地。君住也，缘何意？侬去也，缘何意？　　召缓征和医并至。眼下病、肩头事。怕愁重如春担不起。侬去也，心应碎！君住也，心应碎！

这的确是“三事大夫，忧生念乱”（谭献《复堂日记》乙酉）之作。

四、龚自珍词奇丽飞举

龚自珍不仅是一位诗人，也是一位有成就的词人。他以诗笔为词，直率真切，不拘声律，抒发了建功立业的抱负、忧国忧民的情愫，以及怀才不遇、郁愤不已的感情。他的早期词作如“银碗盛雪，明月藏鹭，中有异境”（段玉裁《经韵楼集》卷九《怀人馆词序》）。如作于嘉庆十五年（1810）的《桂殿秋》：

> 明月外，净红尘，蓬莱幽窅四无邻。九霄一派银河水，流过红墙不见人。　　惊觉后，月华浓，天风已度五更钟。此生欲问光明殿，知隔朱扃几万重？（《龚自珍全集》第十一辑《无著词选》）

词作以夜梦之蓬莱仙境作为理想追求的目标，表现了一种前程难料的迷惘。他中年以后的词作，虽然抑郁之情更为深重，但凛凛傲气，往往跃然纸上。如《人月圆》：

> 绿珠不爱珊瑚树，情愿故侯家。青门何有？几堆竹素，二顷梅花。　　急须料理，成都贳酒，阳羡栽茶。甘心费尽，三生慧业，万古才华。（同上《庚子雅词》）

词以绿珠自比，言辞决绝；驱遣典故成语，运转自如。此外，如《减字木兰花》（人天无据）、《湘月》（天风吹我）、《金缕曲》（我又南行矣）、《点绛唇》（一帽红尘）等，均是传诵一时的名篇。谭献说：“定公能为飞仙剑客之语，填词家长爪梵志也。”（《箧中词》今集卷四）

五、项鸿祚词幽艳哀怨

项鸿祚（1798—1835）有《忆云词》。他生世悲伤，词作运笔空灵，触景起情，多抒哀情凄意，如“阑珊心绪，醉倚绿琴相伴住。一枕新愁，残夜花香月满楼”（《忆云词》甲稿《减字木兰花》）、“阖闾城下漏声残，别愁千万端。蜀笺书字报平安，烛花和泪弹”（《忆云词》丙稿《阮郎归·吴门寄家书》）等等，风格幽艳哀怨，真切动人。谭献推他与纳兰成德、蒋春霖（1818—1868）是“二百年中，分鼎三足”（《箧中词》今集卷五）的人物。

【温故知新】

义法　方苞　刘大櫆　姚鼐　桐城派　诗家之文　郑燮　袁枚　龚自珍　骈文中兴　胡天游　汪中　纳兰词　浙派词　厉鹗　常州词派　张惠言　周济　其他各具风格的词人

【请你思考】

1. 阐释桐城派文章“义法”的概念，并以方苞、刘大櫆、姚鼐的文章为例，论述桐城派古文创作的基本特征。
2. 简述《浮生六记》的艺术创新。
3. 结合骈文家的具体作品，概述清代骈文中兴的几大表现。
4. 总结纳兰性德词的基本意涵及艺术特征。
5. 根据具体词作，简述浙西词派与常州词派的艺术特征。

【推荐阅读】

刘季高校点．方苞集．上海：上海古籍出版社，2008
（清）姚鼐．刘季高标校．惜抱轩诗文集．上海：上海古籍出版社，1992
（清）纳兰性德．赵秀亭，冯统一笺校．饮水词笺校．北京：中华书局，2005
吴梅．词学通论．北京：中华书局，2010
（清）沈复．浮生六记．北京：人民文学出版社，1980
（清）王国维．人间词话．北京：人民文学出版社，1960

第四章 戏曲的盛衰与说唱的流行

【导读】

清康熙五十六年（1717）金秋，浙江会稽文人金埴（1663—1740）前往山东曲阜，访问孔尚任。他索读《桃花扇》传奇后，击节称赏，在卷后挥毫题下两首绝句，其中一首道："两家乐府盛康熙，进御均叨天子知。纵使元人多院本，勾栏争唱孔、洪词。"（金埴《巾箱说》）金埴盛赞亡友洪昇所作《长生殿》、新交孔尚任所作《桃花扇》，两部传奇名满京华，擅场宇内，为康熙一朝的盛事。杨恩寿（1834—1891）也说："康熙时，《桃花扇》、《长生殿》先后脱稿，时有'南洪北孔'之称。其词气味深厚，浑含包孕处蕴藉风流，绝无纤亵轻佻之病。"（《词余丛话》卷二《原文》）

的确，"南洪北孔"，这是康熙后期曲苑文坛的双子星座，至今仍闪耀着熠熠光辉。然而，从明清戏曲史的演进历程来看，在康熙中期昆剧演出急管繁弦，盛极一时，而杂剧、传奇创作却千篇一律，生气索然之际，"南洪北孔"的崛起而立，超迈群伦，固然集文人戏曲创作之大成，树立了两尊不朽的艺术典范，却也同时昭示着文人戏曲创作的衰落。

而这一时期的民间说唱文学，经由明代以来的艺术积累，则结出了一些艺术奇葩，蔚成文坛上的一种奇观。

第一节
钗合情缘

洪昇一生写了不少诗词，他的诗受施闰章、王士禛影响，以神韵见长，“其发者泉流，突者峰峦，而幽者春兰也”（朱溶《稗畦集叙》，洪昇《稗畦集》卷首），足以成家。洪昇所作戏曲，现有名目可考者计十二种，只有《长生殿》传奇和《四婵娟》杂剧尚存。《四婵娟》杂剧作于洪昇逝世前一年，即康熙四十二年（1703），包括四部一折短剧，以古代才女韵事为题材，每剧各写一人一事，依次为：《谢道韫咏絮擅诗才》、《卫茂漪簪花传笔阵》、《李易安斗茗话幽情》、《管仲姬画竹留清韵》。这是案头之作，未见演出。而真正赐予洪昇以不朽荣名的是《长生殿》传奇，现存清康熙间稗畦草堂原刻本等。

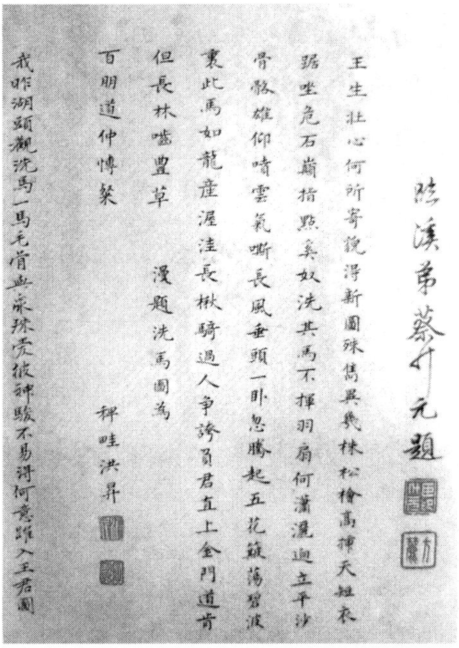

洪昇手迹

一、创作过程

约在康熙十四年（1675），洪昇创作了《沉香亭》传奇，借李白自寓，感慨个人的身世沦落和怀才不遇。康熙十八年（1679），他接受友人毛玉斯的意见，删去前人百写不厌的李白故事，增入“李泌辅肃宗中兴”的情节，改写为以“垂戒来世”为主旨的《舞霓裳》传奇，多少寄寓了兴亡的感慨。这两部传奇当时都曾演出，可惜现已亡佚。后来，洪昇又想到，“情之所钟，在帝王家罕有”，于是“专写钗合情缘，以《长生殿》题名”（《长生殿例言》，《长生殿》卷首）。这次重写历时数年，到康熙二十七年（1688）春，《长生殿》传奇最后修订脱稿。而剧本的刻成，则在康熙四十三年（1704）洪昇逝世之后。

学术轶事

《长生殿》的刊刻

《长生殿》传奇的刊刻，实得力于洪昇的好友吴人（舒凫）。上卷约刻成于康熙三十九年（1700），下卷付刻于康熙四十二年（1703）。直到洪昇去世后才全部刻成，王士禛《挽洪昉思》诗注云："昉思工词曲，所制《长生殿》传奇刻初成。"（《蚕尾续诗集》卷七）

二、"闹热《牡丹亭》"

洪昇酷爱汤显祖（1550—1616）的《牡丹亭》传奇，曾经称赞《牡丹亭》"搜抉灵根，掀翻情窟"、"肯綮在生死之际"（洪之则《三妇评牡丹亭杂记跋》引述）的创作旨趣。《长生殿》传奇刚问世时，有人称道："是剧乃一部闹热《牡丹亭》。"洪昇便颇"以为知言"（《长生殿例言》）。那么，《长生殿》和《牡丹亭》究竟在哪一点上息息相通呢？《长生殿》开宗明义，阐发了洪昇的创作主旨：

> [满江红] 今古情场，问谁个真心到底？但果有精诚不散，终成连理。万里何愁南共北，两心那论生和死。笑人间儿女怅缘悭，无情耳。感金石，回天地。昭白日，垂青史。看臣忠子孝，总由情至。先圣不曾删《郑》、《卫》，吾侪取义翻宫徵。借太真外传谱新词，情而已。（第一出《传概》）

可见，洪昇看中了唐明皇李隆基和贵妃杨玉环的故事这一传统题材，是因为他认为这一题材最足以表达他心目中的理想化的至情及其演进途径。在抽象的意义上，洪昇所歌颂的至情不受空间的束缚，超越生死的界限，可以感动金石，挽回天地，如白日不朽，如青史长存，它所具有的奇异功能，同汤显祖在《牡丹亭题词》里所宣扬的出生入死之情，何其相似乃尔！

☞ 多学一点

《长生殿》、《牡丹亭》"至情"之异

功能的相似，并不能抹杀或掩盖内质的相异。同汤显祖《牡丹亭》传奇所体现的至情观迥然不同，洪昇的至情观秉承孔子不删《郑》、《卫》之"义"，含蕴着深沉的道德理性精神。洪昇对晚明清初盛极一时的才子佳人戏曲，即便不是深恶痛绝，至少也是不屑为伍的。在《长生殿自序》里他说："从来传奇家，非言情之文，不能擅场；而近乃子虚乌有，动写情词赠答，数见不鲜，兼乖典则。"（《长生殿》卷首）因此，他所讴歌的至情，不是浸透感性欲望的少男少女之情，而是“但果有精诚不散，终成连理”的夫妻伦理之情。这正是他的至情可以和“臣忠子孝”互相沟通的内在契机。

三、钗合情缘的理想化

因此，《长生殿》把李隆基和杨玉环的“钗合情缘”理想化，使之净化、升华而成为“真心到底”的不朽至情。《长生殿》对历史上杨玉环曾辗转于寿王李瑁与李隆基之间的事一概不提，并毫不犹豫地删除了杨玉环和安禄山污乱后宫的秽事：“凡史家秽语，概削不书，非曰匿瑕，亦要诸诗人忠厚之旨云尔。”（《长生殿自序》）而且，《长生殿》还对杨玉环的嫉妒之情作了肯定性的描写。在“六宫粉黛”的环境中，杨玉环为了专一地爱李隆基，不能不嫉妒，不能不采取排他的行为，否则就无法维护爱情的长久，终究避免不了被遗弃的命运。在第九出《复召》中，李隆基称赞杨玉环的嫉妒之情是“情深妒亦真”。她的一往情深和固宠希恩是相辅相成的，前者是体，后者是用。因此作品只是刻画了杨玉环的娇惯乃至放肆，却决不涉于恶毒，而且还特别赋予杨玉环的娇惯与放肆以合情合理的戏剧规定情境。

然而，在《长生殿》传奇里，杨玉环这种爱情专一的理想被置于双重现实情境之中，使之发生了不可避免的扭曲、变异以至毁灭。第一重现实情境发生在宫廷内部，即杨玉环的专宠和以梅妃江采蘋为代表的六宫粉黛的失宠的矛盾，以及杨玉环的一往情深和李隆基的二三其德的矛盾。第二重现实情境发生在宫廷外部，即杨玉环的固宠希恩所伴随的严重的政治后果：杨国忠飞扬跋扈，与安禄山狼狈为奸，埋下了安史之乱的祸根；杨氏一门骄奢淫逸，竞造新第，“朱甍碧瓦总是血膏涂”（第十出《疑谶》）；李隆基沉醉在胡天胡地的爱情之中，“弛了朝纲，占了情场”（第三十八出《弹词》），败坏了朝廷政治。这种表现为畸形变态而又赘生着政治恶果的爱情之花，怎能不被动地鼙鼓、连天硝烟摧毁粉碎？

为了使至情理想摆脱令人窘困的现实处境，《长生殿》的下半部刻意设置了一个超越现实的天堂境界。而让至情理想得以超生天堂、圆满实现的转变契机，是李、杨二人的“情悔”：杨玉环后悔自己过分希恩固宠，导致江采蘋惨死于内，杨国忠专权于外；李隆基懊悔自己移情别恋，用情不专，蠹蚀朝政。“这一悔能教万孽清”（第三十出《情悔》），由于李隆基和杨玉环“精诚不散”，他们终究在理想的境界里“终成连理”了。

同《牡丹亭》相比较，《长生殿》似乎有一个相似的情节模式：爱情理想在现实中破灭，在超现实中复生。然而二者的文化内涵和审美色调却是迥然不同的。《牡丹亭》里杜丽娘的爱情是一种无所外求的人的自然情感的外泄，《长生殿》里杨玉环的爱情则是一种有所外求的人的社会情感的表露；杜丽娘的爱情追求充满着主动自觉地为情而死的行动意志，杨玉环的爱情追求则表现为不由自主地激烈竞争的功利目的；杜丽娘与柳梦梅的爱情关系经由起死回生在现实中实现，杨玉环和李隆基的爱情关系则经由出生入死在虚空中团圆。洪昇深深地知道，他所讴歌的至情理想在性质上已缺乏内在的完满性，在形态上又呈现为畸形变态，因此他只能为李、杨情缘谱写一曲深沉的挽歌，在朦胧缥缈的理想底色上涂上极为浓厚的感伤色彩，在貌似执著的追求中包含着无可奈何的悲哀情绪："双星作合，生忉利天，情缘总归虚幻。清夜闻钟，夫亦可以蘧然梦觉矣。"（《长生殿自序》）

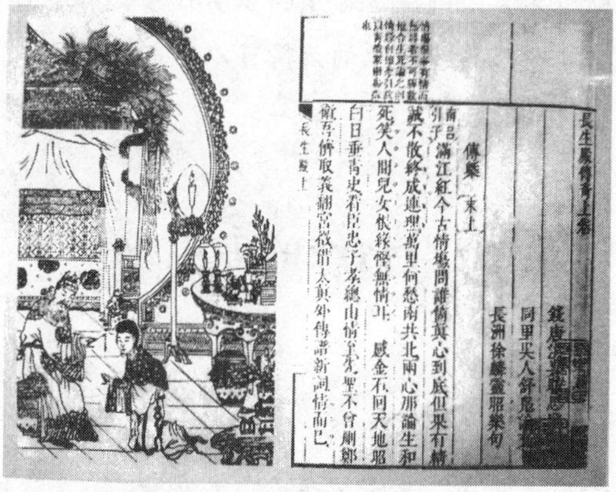

《长生殿》书影

清康熙间（1662—1722）稗畦草堂刻本

而且，在洪昇看来，夫妻之间的爱情专一和臣忠子孝的坚贞不移，二者是相互联系、相互生发的，它们共同构成至情理想的文化内涵："看臣忠子孝，总由情至。"（第一出《传概》）因此他着意刻画了忠君爱国的郭子仪、陈玄礼、雷海青、郭从谨、李龟年等忠臣义士的形象，批判了祸国殃民的杨国忠、安禄山和变节投敌的叛臣贼子，表达了褒忠诛奸的鲜明立场。

四、历史兴亡的感慨

然而，洪昇的审美目光并没有静止地驻留在至情理想的文化内涵上，他对至情理想的现实进程具有更为浓烈的兴趣。当他深有所思地把李、杨爱情悲剧与社会历史变迁合观共视，并且全身心投入地玩味二者之间的哲理象征意蕴的时候，他就情难自已地抒发出隐藏在内心深处的历史兴亡的深沉感慨了："唱不尽兴亡梦幻，弹不尽悲伤感叹，大古里凄凉满眼对江山。"（第三十八出《弹词》）宫廷乐师李龟年的一曲《弹词》，咏叹的虽是李、杨情缘的悲剧命运，流溢的却是一种充沛天地、贯通古今的兴亡之感。当然，《长生殿》所表达的兴亡之感，绝非强烈的反对清廷的民族意识，也不仅仅是传染病似的思念故国的遗民思想，或是时髦的对亡明历史的反思。所有这些，都只是洪昇主体情感的表象，是他的历史兴亡之感的触媒。在这种兴亡之感中，含蕴着洪昇对几千年中华帝国的前途命运的幽怨愁烦和对封建末世的沉重氛围的悲伤感叹。这一点是与孔尚任的《桃花扇》传奇意趣相通的。然而，洪昇审美感受的聚焦点，却显然不是社会历史变迁的思考，而是李、杨情缘的演进。因此，为了保持李、杨情缘的圆满性和理想性，《长生殿》就不能不牺牲了历史兴亡感受的深刻性和现实性。

缩结而言，把对自然情感的激扬转变为对人伦情感的讴歌，使《长生殿》较之其前的《牡丹亭》，无论是叛逆的色彩还是理想的色调，都要远为贫弱，远为暗淡。着眼于把对李、杨情缘的悲剧感受引申为历史兴亡之感，而不是沉浸于对历史兴亡的深刻反思和痛切感受，使《长生殿》较之后出的《桃花扇》，在文化意蕴上也不免稍逊一筹。《长生殿》文化内涵的这一局限，同洪昇别具一格的至情观是息息相关的，同时也与洪昇生活的文化环境有关。洪昇曾追随诗人王士禛，"久于新城之门"（赵执信《谈龙录》），受到王士禛倡导的“神韵”诗的深刻影响，这就使他更倾向于像王士禛那样用含蓄温婉的艺术风格来表达若隐若现的家国兴亡之感。

五、严谨的结构排场

《长生殿》全剧五十出，以杨玉环之死的《埋玉》为界分为上、下两卷，各二十五出。上卷多写实，显得紧凑谨严；下卷多蹈虚，难免冗杂散漫。戏曲家叶堂（1736—1795）曾批评此剧：“于开、宝逸事，摭采略遍，故前半篇每多佳制。后半篇则多出稗畦自运，遂难出色。”（《纳书楹曲谱·正集》卷四）确为的评。但是，《长生殿》全剧的关目衔接，针线绵密，伏笔照应，却极见功力。如剧中对李、杨的定情物钗盒的运用，即颇富匠心。吴人评语云：“钗盒自定情后，凡六见：翠阁交收，固宠也；马嵬殉葬，志恨也；墓门夜玩，写怨也；仙山携带，守情也；璇宫呈示，求缘也；道士寄将，征信也；至此重圆结案。大抵此剧以钗盒为经，盟言为纬，而借织女之机梭以织成之。呜乎，巧矣！”（第五十出《重圆》［玉交枝］眉批）

而《长生殿》精美谨严的排场，在明清传奇史上更是罕有其匹，堪称典范，近人王季烈（1873—1952）评云：“其选择宫调，分配角色，布置剧情，务令离合悲欢，错综参伍，搬演者无劳逸不均之虑，观听者觉层出不穷之妙，自来传奇排场之胜，无过于此。”（《螾庐曲谈》卷二《论作曲》第四章《论剧情与排场》）《长生殿》传奇五十出中，若以故事情节分场，包括开场一出（《传概》），大场九出（即《定情》、《偷曲》、《舞盘》、《絮阁》、《惊变》、《冥追》、《哭像》、《弹词》、《重圆》），正场二十五出（如《贿权》、《春睡》、《复召》等），过场十二出（如《献发》、《闻乐》等），短场三出（即《傍讶》、《献关》、《私祭》）。正场为骨子排场，故占全剧之半。大场场面宏大，依次分配于第二、十四、十六、十九、二十四、二十七、三十二、三十八、五十出，使全剧有波澜起伏之妙。而其他的过场、短场则上下承递，搭架牵索，细密衔接，井然有序。若以表现形式分场，则全剧五十出中，文场计有三十四出，武场、闹场计有十五出，调配其间，恰足以调剂冷热。例如，第二出《定情》是群戏大场，第三出《贿权》是粗口正场，第四出《春睡》是文细正场，第五出《禊游》是热闹大过场，第六出《傍讶》是文静短场……动静、繁简、冷热、唱做等等相映成趣。①

六、精美的曲辞音律

《长生殿》传奇的曲辞音律，也独步一时。吴人评道：“昉思句精字研，罔不谐叶。爱文者喜其词，知音者赏其律。”（《长生殿序》，《长生殿》卷首）

---

① 参见曾永义：《洪昇及其〈长生殿〉》，见其《中国古典戏剧论集》，263～264页，台北，联经出版事业公司，1975；张敬：《明清传奇导论》，127～128页，台北，华正书局，1986。

分析举例

《长生殿》曲词赏析

第三十八出《弹词》：

[六转] 恰正好呕呕哑哑《霓裳》歌舞，不提防扑扑突突渔阳战鼓。划地里出出律律纷纷攘攘奏边书，急得个上上下下都无措。早则是喧喧嗾嗾、惊惊遽遽、仓仓卒卒、挨挨拶拶出延秋西路，銮舆后携着个娇娇滴滴贵妃同去。又只见密密匝匝的兵，恶恶狠狠的语，闹闹炒炒、轰轰剨剨四下喳呼，生逼散恩恩爱爱疼疼热热帝王夫妇。霎时间画就了这一幅惨惨凄凄绝代佳人绝命图。

全曲运用十七个叠字，或单用，或连用，富于变化。又用了五个俗语，即“恰正好”、“不提防”、“划地里”、“早则是”、“生逼散”等。这些叠字与俗语，并不是明清时期的通行语或口语，而是元代杂剧和散曲中特有的语言，即成为定型的“曲语”。洪昇善于得心应手地将元曲特殊的“曲语”组织得巧妙灵活，点缀得出神入化，运用得饶有情趣，从而创造出别具一格的典型的曲辞。这种曲辞，由于积淀了元曲的传统，显得既古香古色，又亲切动人，与清初戏曲家李玉、李渔等人融化明清俗语的曲辞具有迥然不同的审美韵味。

洪昇还善于化雅为俗，化用前代诗、词、曲的名篇佳句，为我所用，形成清雅秀丽的语言风格。如《禊游》出中化用杜甫《丽人行》诗句；《密誓》出用秦观《鹊桥仙》词；《密誓》、《惊变》、《埋玉》、《雨梦》等出，以白朴《梧桐雨》杂剧为蓝本等等。

洪昇的音韵知识受到清初著名韵学家毛先舒（1620—1688）的启迪，在创作《长生殿》传奇时，他又特请《九宫新谱》的编者徐麟帮助“审音协律”。所以《长生殿》在音律上格外精工，不仅曲牌、联套，精选细审，匠心独运，而且用字落韵，心细如发，纤毫不差。吴梅《瞿安读曲记·长生殿》说：“至于音律，更无遗憾，平仄务头，无一不合律，集曲犯调，无一不合格，此又非寻常科诨家所能企及者。”（《吴梅戏曲论文集》）

学术轶事

《长生殿》的演出

《长生殿》传奇一问世，立即引起强烈的反响。徐麟（生卒年不详）说：“一时朱门绮席，酒社歌楼，非此曲不奏，缠头为之增价。”（《长生殿序》）吴人也说：“畜家乐者攒笔竞写，转相教习。优伶能是，升价什佰。他友游西川，数见演此，北边、南越可知已。”（《长生殿序》）清中后期，《长生殿》传奇一直流行剧坛，盛演不衰。清道光间梁廷楠说：“《长生殿》至今百余年来，歌场舞榭，流播如新。每当酒阑灯炧之时，观者如至玉帝所，听奏《钧天》法曲，在玉树金蝉之外”（《曲话》卷三）。清后期至民国初的各种剧种，如京剧、高腔、川剧、汉剧、湘剧、滇剧，都有《长生殿》传奇的改编本。

☞ 多学一点

《长生殿》的海外传播

20 世纪 20 年代，日本学者盐谷温将《长生殿》传奇译为日文。50 年代，中国学者杨宪益与戴乃迭合作，将《长生殿》传奇译为英文。数十年来，海内外学者对洪昇及其《长生殿》进行了深入的研究，取得了突出的成就。

研究进行时

《长生殿》演出史研究

上海戏剧学院朱锦华 2007 年博士论文《〈长生殿〉演出史研究》，对《长生殿》自问世以来至今的舞台生命进行了细致的梳理，深入探究了折子戏、全本戏等不同的演出形态及昆剧、京剧、曲艺等各剧种对《长生殿》的改编。

第二节 以曲为史

与洪昇一样，孔尚任也是以诗文作家的身份而兼作戏曲的。孔尚任论诗主张“各抒性情”（《湖海集》卷十《平山堂雅集诗序》），所以他的诗文佳作大都感情充沛，真挚感人。孔尚任还与顾彩合撰《小忽雷》传奇，根据唐末段安节的《乐府杂录》，写唐朝文宗（827—840 在位）时宫女郑中丞与书吏梁厚本，由名为“小忽雷”的琵琶所引起的一段悲欢离合故事，现存清末暖红室《汇刻传剧》所收本。这部传奇在艺术上并不成功，可以视为孔尚任的练笔之作。

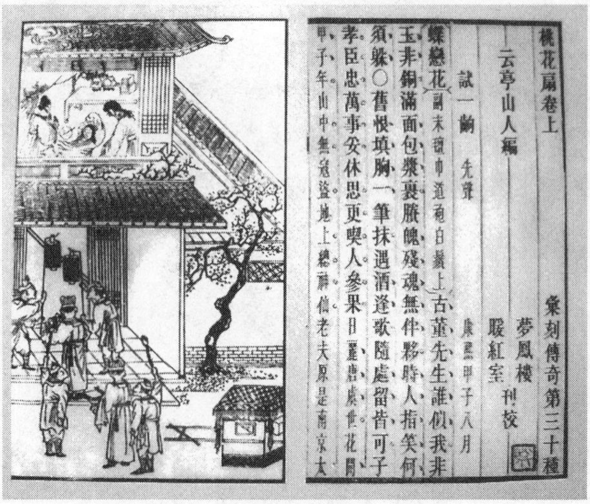

《桃花扇》书影　民国间暖红室刊本

一、创作过程

孔尚任一生作品中最享盛名的还是《桃花扇》传奇。《桃花扇》的创作从构思到成稿，先后经历了近二十年。据孔尚任《桃花扇本末》记载：孔尚任早年从舅翁秦光仪那里听到许多南明弘光朝（1644—1645）的遗闻逸事，所以他三十多岁在石门山隐居时，即已开始勾勒这部传奇的轮廓。康熙二十五年至二十八年（1686—1689）出任扬州期间，孔尚任与当地一些明朝的遗老耆旧，如杜濬、冒襄等，结成世外之交。他还实地考察、凭吊了江苏扬州的梅花岭和南京的秦淮河、燕子矶、明故宫、明孝陵等名胜古迹，有意识地进入了《桃花扇》的草创阶段。康熙三十四年至三十八年（1695—1699）孔尚任在户部任职时，挑灯润笔，依谱填词，呕心沥血，三易其稿，终于完成了《桃花扇》传奇。大约在康熙三十八年三月，填成初稿，作《桃花扇小引》。至六月，改为定稿。剧本得到天津佟蔗村（名鋐）的资助，初刻于康熙四十七年（1708）三月，孔尚任又为刻本作《小识》、《本末》诸文。

二、总结亡明的历史教训

《桃花扇》传奇的故事发生在明朝末年。在明朝江山风雨飘摇之际，忧国忧民的复社名士侯方域（字朝宗）与色艺双全的南京秦淮歌妓李香君相遇，一见钟情。天启年间（1621—1627）扰乱朝政的宦官魏忠贤的余党阮大铖，罢职后居南京，为了讨好侯方域，托杨文骢（字龙友）送来了新婚的妆资。李香君激励侯方域坚持名节，毅然退回馈赠，与阮大铖结下了冤仇。阮大铖借机报复，诬告侯方域勾结武昌（今属湖北省）总兵左良玉谋反，侯方域不得不离别李香君，外出避难。1644年，北京失陷，凤阳（今属安徽省）

总督马士英迎立福王朱由崧，建立了南明弘光小朝廷，起用阮大铖。阮大铖逼迫李香君给漕抚田仰作妾，香君誓死抗争，倒地撞头，斑斑血迹，溅在侯方域新婚之夜送给她的诗扇上。杨文骢目睹此情此景，深受感动，把扇面上的血迹勾画成朵朵桃花，成了一把“桃花扇”。李香君托昆曲艺人苏昆生，带着这把扇子去寻找侯方域。侯方域闻讯赶回南京，竟被捕入狱，李香君也被掳入宫中做歌妓。第二年（1645），清兵长驱南下，南京城破，弘光朝灭亡。兵荒马乱之时，侯方域和李香君分别从狱中和宫中逃出。后来他们在南京城外的栖霞山白云庵不期而遇，感慨时世，一起出家入道。

《桃花扇》记叙的明末及南明史事，大率据实敷写，卷首有《考据》一项，便一一详列了创作传奇所依据的文献的细目。孔尚任说：“朝政得失，文人聚散，皆确考时地，全无假借。”（《桃花扇凡例》）这种竭力忠于客观史实的创作精神，在明清传奇史上实属前所罕见。当然，为了使人物更完整突出，使情节更集中精练，孔尚任并不完全依照历史原型来刻画人物。众多研究成果说明，剧中的侯方域、李香君、史可法、杨文骢、阮大铖、左良玉等人物形象，都与历史人物有所出入。易言之，《桃花扇》中的艺术形象，大多是作者以历史人物为原型而进行的艺术再创造。孔尚任借老赞礼之口，说得很明白：“司马迁作史笔，东方朔上场人。只怕世事含糊八九件，人情遮盖两三分。”（加二十一出《孤吟》）实际上，那些“实人实事，有凭有据”的历史事实，只不过是作为作者的“哭一回，笑一回，怒一回，骂一回”的“兴亡之感”（试一出《先声》）的艺术载体。

当然，《桃花扇》传奇既然取材于明末清初的真实历史，就不能不包含着作者总结明亡教训的用心。与前此以往的传奇戏曲迥然不同，《桃花扇》传奇全由国家兴亡大处感慨结想而成，而并非着眼于儿女风月情事。孔尚任以侯方域、李香君的悲欢离合之情为中心线索，旨在展开明末和南明王朝的兴亡历史，这正如剧中人物老赞礼所说的，是“借离合之情，写兴亡之感”（试一出《先声》）。孔尚任的友人徐旭旦对《桃花扇》传奇的创作意图有一段评论：

> 场上歌舞，局外指点，知三百年之基业，隳于何人？败于何事？消于何年？歇于何地？不独令观者感慨涕零，亦可惩创人心，为末世之一救矣。（康熙间名山藏刻本《世经堂初集》卷十七《桃花扇题辞》。按，孔尚任《桃花扇传奇小引》即据此文改作。）

孔尚任对此是深以为然的。《桃花扇》将南明王朝的倾覆归罪于明末宦官魏忠贤的余孽马士英、阮大铖等人，这种权奸祸国、党争误国的观点，是明末清初许多有识之士总结明亡教训时的共同认识。如《明史·吕大器等传赞》说：“明自神宗而后，寖微寖灭，不可复振，揆厥所由，国是吩呶，朝端水火，宁坐视社稷之沦胥，而不能破除门户之角立。”

有鉴于此，《桃花扇》传奇以形象的画面和诛心的笔锋，展示了权奸祸国的全过程。剧中描写马士英、阮大铖出于一己的私心，迎立福王朱由崧，建立了南明弘光小朝廷。他们“只劝楼台追后主，不愁弓矢下南唐”，唆使朱由崧征歌选舞，声色犬马，荒淫佚乐，做个“无愁天子”，过着纸醉金迷的生活：“万事无如杯在手，百年几见月当头。”（第二十五出《选优》）而马、阮等则攫取军政大权，公开卖官鬻爵，任用亲信，排斥异己，致使“正士寒心，连袂高蹈”，群小当政，朝局日非。剧中特别渲染了马、阮当权后重兴党狱的恐怖气氛，他们罗列黑名单，缇骑四出，大肆缉捕东林党人和复社文人，绝不“剪草留芽”，“但搜来尽杀”（第三十二出《拜坛》）。一时间黑云压城，人心惶惶。正是这伙祸国殃民的奸臣，当清兵南下、国势倾危之际，却只有“跑”和“降”二法（第三十二出《拜坛》）。第三十四出《截矶》中，左良玉痛骂南明昏君佞臣道：“替奸臣复私仇的桀纣，媚昏君上排场的花丑，投北朝学叩马的夷齐，吠唐尧听使唤的三家狗。”真可谓鞭辟入里，一针见血！

南明小朝廷不仅“文争于内”，而且“武争于外”。泗州高杰、庐州黄得功、淮安刘泽清、临淮刘良佐等江北四镇，投靠马、阮，同室操戈，争权内讧，并与武昌总兵左良玉火并。他们信奉的是：“国仇犹可恕，私怨最难消。”督师史可法对此一筹莫展，只能痛恨道：“没见阵上逞威风，早已窝里相争闹，笑中兴封了一伙小儿曹！”（第十八出《争位》）结果河、淮一带，兵势空虚，清兵得以长驱直入，攻陷扬州，史可法力尽沉江，壮烈殉国。弘光朝闹闹哄哄地持续了一年就夭折了，犹如昙花一现。

然而，对亡明历史教训的总结，并不是孔尚任最终的创作目的，而仅仅是他表达兴亡之感的一条艺术途径，一种艺术媒介。说到底，对南明人物的道德评判并不是他的创作主旨，他只是借用传统的说法，来表达自己了然于心却未能了然于口的时代感受。剧中老赞礼说得好：“当年真是戏，今日戏如真。两度旁观者，天留冷眼人。”（加二十一出《孤吟》）当年兴亡，宛如戏剧；而今戏剧，犹似当年。这怎能不使“两度旁观”的“冷眼人”倍觉感伤？

《桃花扇》全剧展现了正、邪两种力量的剧烈搏斗：正面力量有侯方域及其他复社人士，有妓女李香君、李贞丽和说书艺人柳敬亭、唱曲艺人苏昆生等下层平民，还有主张抗清的史可法等官僚；反面力量则以阮大铖为代表，包括弘光皇帝、马士英、田仰等人，世称“弘光群丑”。正、邪两种力量搏斗的最后结局，真正殒命的是阮大铖、马士英，而侯方域和李香君却历经坎坷，最后团圆了。

但是，侯方域和李香君的结合从一开始就带有鲜明的政治色彩，他们的命运是和国家的命运（所谓“南朝气数”）密切相关的，埋葬侯、李爱情的恶势力就是倾覆南明王朝的恶势力。在历经悲离，最终团圆的时候，侯方域和李香君所面对的是一个破碎的国家和呻吟的民族。

分析举例

《桃花扇》中的“亡国之恨”

第四十出《入道》，写侯、李二人劫后重逢，喜出望外，道士张薇批评他们说：“当此地覆天翻，还恋情根欲种，岂不可笑？”“呵呸！两个痴虫，你看国在那里？家在那里？君在那里？父在那里？偏是这点花月情根，割他不断么？”张道士的一番话，说得侯、李“冷汗淋漓，如梦忽醒”。处身如此江山，他们无法找到一块干净安逸的土地生活下去，更不可能以宁静的心境享受幸福的爱情，因此只有出家入道，远离凡尘，去求取心之所安。原刻本这一出的批语说得很明白：“非悟道也，亡国之恨也。”

三、封建末世的时代哀音

侯方域和李香君的出家，史无凭据，纯属孔尚任的艺术虚构。孔尚任似乎觉得，无论是根据史实描写侯方域在清初屈节应试，中副榜，李香君“依卞玉京以终”，与侯未尝再晤，还是屈从传统编造侯方域和李香君洞房花烛，团圆喜庆，都无法表达他内心中翻滚不息的深沉的破灭感。这种深沉的破灭感，不仅仅指明朝的溃亡。因为孔尚任对明季政治的腐败并无好感，对清朝统治者也不乏赞扬，他并没有像明朝的遗老遗少们那么浓烈的亡国哀痛。孔尚任以艺术之笔，强有力地刻画了历史的必然性破败，似乎包含着一种对封建末世的刻骨铭心的感受，对封建社会急剧下沉趋势的无可奈何的叹息。

☞ **多学一点**

历史上的侯方域

据侯洵《侯朝宗年谱》（乾隆间重刻本《壮悔堂文集》附），顺治八年癸卯（1651），侯方域出应乡试，中副榜举人。张问陶《题桃花扇》诗，有“两朝应举侯公子，忍对桃花说李香”（《桃花扇》传奇卷首）之句。

在《桃花扇》续四十出《余韵》中，已经做了渔翁的柳敬亭和已经做了樵夫的苏昆生，相会于山间水涯，有一段沉痛的“渔樵对话”，极富象征意味。苏昆生告诉柳敬亭，他前些天到南京卖柴，凭吊故都遗迹，只见孝陵已成刍牧之场，皇城满地蒿莱，秦淮阒无人迹。他在回来的路上伤心不已，编成一套北曲，名为《哀江南》。他首先描述了自己的所见所闻：

> ［北新水令］……残军留废垒，瘦马卧空壕。村郭萧条，城对着夕阳道。
>
> ［驻马听］野火频烧，护墓长楸多半焦。山羊群跑，守陵阿监几时逃。鸽翎蝠粪满堂抛，枯枝败叶当阶罩。谁祭扫，牧儿打碎龙碑帽。
>
> ［沉醉东风］横白玉八根柱倒，堕红泥半堵墙高。碎琉璃瓦片多，烂翡翠窗棂少。舞丹墀燕雀常朝，直入宫门一路蒿，住几个乞儿饿殍。
>
> ［折桂令］问秦淮旧日窗寮，破纸迎风，坏槛当潮，目断魂消。当年粉黛，何处笙箫？……

面对这一派衰落破败的景象，苏昆生吐露出一种苍老悲凉的历史感受：

> ［离亭宴带歇指煞］俺曾见金陵玉殿莺啼晓，秦淮水榭花开早，谁知道容易冰消！眼看他起朱楼，眼看他宴宾客，眼看他楼塌了。这青苔碧瓦堆，俺曾睡风流觉，将五十年兴亡看饱。那乌衣巷不姓王，莫愁湖鬼夜哭，凤凰台栖枭鸟。残山梦最真，旧境丢难掉，不信这舆图换稿。诌一套《哀江南》，放悲声唱到老。

苏昆生的悲歌，不仅是对回光返照的南明王朝的凭吊，不仅是对三百年大明江山一旦覆亡的伤感，也不仅是对瞬息万变的历史兴亡的慨叹，在这些凭吊、伤感和慨叹的深层，含蕴着对封建社会“忽喇喇似大厦倾，昏惨惨似灯将尽”的历史趋势的预感，唱出了封建末世的时代哀音！在这种时代的哀音中，流溢着封建末世文人心中破败感、失落感、忧患感交织躁动的感伤情怀。

这套《哀江南》北曲，据说是孔尚任借用友人徐旭旦《世经堂诗词钞》卷三十的《旧院有感》套曲，稍加修改而成的。孔尚任还曾将这套北曲，加在他的父执贾应宠的《木皮散人鼓词》后边。孔尚任对这套北曲如此青目独加，不正说明此曲所表达的封建末世的时代哀音，引起了他强烈的共鸣吗？有清一代的汉族士夫百姓，对待清王朝，始终抱着一种既不能接受、又不能不接受的痛苦而矛盾的政治态度。正是这种刻骨铭心的痛苦情感和难以解脱的矛盾心理，酿造出孔尚任对封建末世的感伤情怀和悲剧意识。

四、别出心裁的构思与结构

由于孔尚任深深地沉浸于历史兴亡的感伤情怀，《桃花扇》传奇的艺术构思便不同凡响。孔尚任刻意“借离合之情，写兴亡之感”，以侯方域、李香君的离合之情为中心线索，旨在展开南明一代的兴亡历史。前者是表，后者是里；前者是艺术媒介，后者才是艺术意蕴。这一构思与前此以往的传奇戏曲迥然不同。

《桃花扇》传奇的艺术结构极为精到。全剧四十出，分上、下两本。上本从第一出《听稗》到第六出《眠香》，主要写侯、李的结合，同时描写了复社文人对阮大铖的斗争，给爱情涂上浓重的政治色彩。从第七出《却奁》到第十二出《辞院》，主要写侯、李的由合而离，牵入左良玉东下就粮（《抚兵》），侯方域修书劝止（《修札》），柳敬亭携书投辕（《投辕》），使侯方域与阮大铖、马士英的矛盾渐趋激化，侯不得不离开香君，往投史可法。从第十三出《哭主》到第十六出《设朝》，写南明王朝的骤兴，并预示了其必亡的结局。从上本的第十七出《拒媒》到下本的第三十出《归山》，剧情分为两条线索：一条通过马、阮对李香君的迫害，揭露了南明王朝的腐朽，同时刻画了香君坚定的政治立场和坚贞的爱情；一条以侯方域的活动为中心，写朝廷外“江北四镇”内讧，朝廷内马、阮大兴党狱，揭示了南明王朝内部矛盾的激化。从第三十一出《草檄》到第四十出《入道》，写南明王朝的覆灭，侯、李在家国沦陷之际又由离而合。① 第二十一出《媚座》总批云：“上本之末，皆写草创争斗之状；下本之首，皆写偷安晏游之情。争斗则朝宗分其忧，晏游则香君罹其苦。一生一旦，为全本纲领，而南朝之治乱系焉。”这可以看出孔尚任卓绝的艺术匠心。

作者在人物设置上也别出心裁。他以“离合之情”和“兴亡之感”为尺度，将全剧人物分为三类五部：左部、右部各四“色”，为一类，共16人，与“离合之情”有关；奇部、偶部各四“气”，为一类，共12人，与“兴亡之感”有关；总部经星张道士、纬星老赞礼各一人，为一类，是总括全书的人物。并加以说明：“色者，离合之象也。男有其俦，女有其伍，以左右别之，而两部之锱铢不爽。气者，兴亡之数也。君子为朋，小人为党，以奇偶计之，而两部之毫发无差。张道士，方外人也，总结兴亡之案。老赞礼，无名

① 参见王季思：《桃花扇·前言》，见（清）孔尚任著，王季思等注：《桃花扇》卷首，15～16页，北京，人民文学出版社，1959。

氏也，细参离合之场。明如鉴，平如衡，名曰传奇，实一阴一阳之道矣。”（卷首《桃花扇纲领》）联系到孔尚任在御前讲经时，曾撰写论《易》讲义，不难看出，这种一阴一阳、相对相成的人物设置，包含着作者借助于传统的《易》学对世界人生的抽象认识。

☞ 多学一点

“桃花扇底送春风”

全剧情节纷繁复杂，却以侯方域和李香君的定情物桃花扇贯串始终，一线到底。孔尚任《桃花扇凡例》说：“剧名《桃花扇》，则桃花扇譬则珠也，作《桃花扇》之笔譬则龙也。穿云入雾，或正或侧，而龙睛龙爪，总不离乎珠。观者当用巨眼。”这柄桃花扇，原本只是爱情的象征，但它一旦成为侯、李离合和南明兴亡的历史见证，便被赋予了特殊的理想的象征意蕴。“桃花薄命，扇底飘零”，这本身就给理想带上悲伤情调；而香君的桃花扇又是“美人之血痕”点染成的，这就染上了悲壮的色彩；最后张道士裂扇掷地，含蓄地透露出理想的破灭。于是，“南朝兴亡，遂系之桃花扇底”（《桃花扇本末》）。

《桃花扇》对于传奇戏曲的传统体制也有所创新，《桃花扇凡例》说：“全本四十出，其上本首试一出，末闰一出，下本首加一出，末续一出，又全本四十出之始终条理也。有始有卒，气足神完，且脱去离合悲欢之熟径，谓之戏文，不亦可乎?”在全剧正文四十出以外，孔尚任特意添加了四出戏：上本开头试一出《先声》，下本开头加一出《孤吟》，代替“副末开场”，这是上、下本的序幕；上本末尾闰一出《闲话》，是上本的“小收煞”，下本末尾续一出《余韵》，是全本的“大收煞”。这四出各有起讫，又统一联贯，揭示出“那热闹局就是冷淡的根芽，爽快事就是牵缠的枝叶”（第十出《修札》）的哲理，表达了孔尚任对历史上盛衰兴亡的逆转的深刻认识。梁启超称道：“《桃花扇》卷首之《先声》一出，卷末之《余韵》一出，皆云亭所创格，前此所未有，亦后人所不能学也。一部极凄惨极哀艳极忙乱之书，而以极太平起，以极闲静极空旷结，真有华严镜影之观。”（《曲海扬波》卷一，《新曲苑》册十）

此外，《桃花扇》传奇全剧细针密线，环环相扣，一丝不苟。“每出脉络联贯，不可更移，不可减少。”（《桃花扇凡例》）如第八出《闹榭》总批说：“左部八人，未出蔡益所，而其名先标于第一折；右部八人，未出蓝田叔，而其名先标于第二折；总部二人，未出张瑶星，而其名先标于开场，直至闰折始令出场，为后本关钮。后本二十八、二十九、三十折，三人乃挨次冲场，自述脚色。”蔡益所是当时南京著名书商，蓝田叔（名瑛）是浙派著名画家，张瑶星是崇祯朝时北京锦衣卫仪正，虽然都不是故事情节的关键人物，但却是重要的穿插人物。所以作者预设伏脉于千里之外，可见其文心的细密。而且，作者还用力于情节的曲折变幻，“排场有起伏转折，俱独辟境界，突如而来，倏然而去，令观者不能预拟其局面”（《桃花扇凡例》）。

梁廷楠说：“《桃花扇》笔意疏爽，写南朝人物，字字绘影绘声。”（《曲话》卷三）尤可称道的是，孔尚任在侯方域《李姬传》（《壮悔堂文集》卷五）等素材的基础上，根据李香君“侠而慧”、“风调皎爽不群”的性格特征，不仅增饰了《却奁》、《守楼》的情节，更无中生有地虚构了《寄扇》、《骂筵》、《选优》、《归山》、《入道》等情节，生动地刻画了李香君鲜明的政治立场，高昂的政治热情，清醒的政治头脑，刚烈的斗争意志，和深沉的忧国情怀，塑造出一位具有独立人格和高尚气节的女性形象，在中国古代女性文学形象画廊中别具一格，光彩夺目。此外，如侯方域的才智、气节、深情与悲愤，柳敬亭的忠肝义胆、幽默机智，苏昆生的忠厚善良、古道热肠，杨文骢的八面玲珑、左右逢源，阮大铖的谄媚逢迎、狡诈凶残等等，都给人们留下深刻的印象。

五、有佳词而无佳调

《桃花扇》传奇的曲词说白，亦颇有特色。《桃花扇凡例》说："而词必新警，不袭人牙后一字"，"全以词意明亮为主"。"说白则抑扬铿锵，语句整练。设科打诨，俱有别趣。"其曲词风格，以淋漓酣畅，悲凉沉郁见长。如第二十四出《骂筵》，李香君唱道：

> [五供养] 堂堂列公，半边南朝，望你峥嵘。出身希贵宠，创业选声容，后庭花又添几种。把俺胡撮弄，对寒风雪海冰山，苦陪觞咏。
>
> [玉交枝] 东林伯仲，俺青楼皆知敬重。干儿义子重新用，绝不了魏家种。冰肌雪肠原自同，铁心石腹何愁冻。吐不尽鹃血满胸，吐不尽鹃血满胸。

又如第三十八出《沉江》中史可法和一段唱词：

> [普天乐] 撇下俺断篷船，丢下俺无家犬。叫天呼地千百遍，归无路，进又难前。那滚滚雪浪拍天，流不尽湘纍怨。胜黄土，一丈江鱼腹宽展。摘脱下袍靴冠冕。累死英雄，到此日看江山换主，无可留恋。

但是作者以作词之法作曲，少用衬字，少用俗语，力主"宁不通俗，不肯伤雅，颇得风人之旨"（《桃花扇凡例》），所以"典雅有余，当行不足；谨严有余，生动不足。剧中许多曲词，我们在书房里低徊吟咏，真觉情文并茂；而搬到舞台上演唱，不见得入耳就能消化，这实际上表现了明清之间文人剧作的共同特征"（王季思《桃花扇·前言》）。而且，孔尚任于音律毕竟还未精通，所以也招来"有佳词而无佳调"（吴梅《曲学通论》第十二章《家数》）的讥议。

康熙三十八年（1699）六月，《桃花扇》传奇脱稿后，北京的贵族士夫莫不借抄，一时洛阳纸贵。秋天，宫中侍卫急如星火地索取《桃花扇》，孔尚任觅得一本，当晚就送到内府，呈康熙皇帝阅览。都御史李楠在康熙三十九年（1700）元宵，即聘请演员扮演《桃花扇》。此后，北京城中几乎每天都演出《桃花扇》，同时南北各地也广为演出。当时顾彩改作《南桃花扇》，结尾让侯方域和李香君当场团圆，旨趣低劣，现已不存。但是《桃花扇》传奇在乾隆年间以后，主要是以案头文学的形式流传艺坛的，这与《长生殿》传奇在剧坛上盛唱不衰的情形，截然不同。

☞ **多学一点**

《桃花扇》的改编和流传

清后期至民国初的京剧、桂剧、越剧、扬剧、评剧等剧种，皆有《桃花扇》的改编本，至今仍在各地舞台上演出。20 世纪 20 年代，日本学者盐谷温、山口刚、今东光先后将《桃花扇》传奇译为日文，70 年代英国、美国分别出版了《桃花扇》的英文全译本。20 世纪以来，海内外学者对孔尚任及其《桃花扇》进行了深入的研究，撰著了一批很有价值的学术论著，取得了显著的成果。

第三节 文人戏曲的衰变

一、戏曲的三种演进动向

从康熙年间到道光年间，戏曲发展呈现出三种演进动向。

首先是戏曲作品内容的道德化。这一时期，在程朱理学的影响下，戏曲风化观甚嚣尘上，在戏曲创作中占据主导地位。吴梅说："盖自藏园（蒋士铨）标下笔关风化之帜，而作者皆慎重下笔。"（《霜厓曲跋》卷二《桃溪雪记》）正道出了当时的实况。其中，夏纶、董榕（1735 年贡生）、吴恒宣（乾隆间人）等作家极力地将道德内容审美化，赤裸裸地以传奇教忠教孝，倡导"惟期与伦常有补，风化无颇"（董榕《芝龛记》首出《开宗》）；而蒋士铨、张坚（1681—1763）、石琰（乾隆间人）、沈起凤等作家则倡导戏曲艺术道德化，主张以"笔墨化工"来"维持名教"（陈守诒《香祖楼后序》，蒋士铨《香祖楼》传奇卷首）。一时间理学之风盛行剧坛。

其次是戏曲艺术的诗文化。大多数戏曲作家都以创作诗文的思维方式和表现手法创作戏曲作品，而不是以创作剧本的思维方式和表现手法创作戏曲作品。他们主张以曲为史，强调事有所本，言必有据，力图以戏曲为史传，表现出征实尚史的审美观念，蒋士铨就宣称："聊将史笔写家门。"（《空谷香》卷末收场诗）他们提倡以文为曲，将传奇视为"音律之文"（夏纶《惺斋新曲六种·杏花村》第八出《报仇》眉批），自觉地以文的结构布局取代了戏的排场关目，以事件的来龙去脉压倒了戏剧的动作、冲突和情境，以人物关系的设置淹没了人物性格的刻画，这就使戏曲文学变成辞赋和史传的混合文体。芮宾王（乾隆间人）称许张坚的《梦中缘》传奇说："是编词曲之妙，乃案头文章，非场中剧本。"（《梦中缘跋》，张坚《玉燕堂四种曲·梦中缘》卷首）他们还标举风格雅正，以"虽浓艳典丽，而显豁明畅"（张坚《怀沙记凡例》，《玉燕堂四种曲·怀沙记》卷首）作为传奇的语言风格。戏曲艺术诗文化表现出文人创作与舞台演出的严重脱节。

最后，戏剧文化活动由以舞台表演为中心取代了以剧本创作为中心。正因为文人的戏曲创作日益与舞台演出脱节，逐渐步入穷途末路，所以乾隆年间以后戏剧文化活动的主潮已转向以舞台表演为中心，大量传统剧目的折子戏支配着昆剧舞台，“乱弹”诸腔的蓬勃兴起更繁荣着表演艺术。而戏曲文学创作则迅速地走向衰落。

二、杨潮观的杂剧

这一时期以创作杂剧著称的作家是杨潮观。杨潮观的《吟风阁杂剧》共三十二种，皆为一折短剧。这些杂剧都取材于古事而有所寄托，尤其注重戏曲的讽谕劝惩作用。杨潮观仿照《诗经》和白居易《新乐府》的做法，在每剧前作一小序，说明创作目的。《吟风阁杂剧》对官场积弊、民间疾苦多有描写，表达了对于贤明政治和清廉节操的向往。如《穷阮籍醉骂财神》以阮籍所骂的财神隐指握有金钱的权门豪富，揭露了世道的不公；《东莱郡暮夜却金》写东汉杨震拒受贿金的故事，颂扬了正直清廉的品格，也揭露了官场上钱通关节、勾结营私的真相；《寇莱公思亲罢宴》宣扬孝思，崇尚节俭；《汲长孺矫诏以仓》反映了官场的腐败和灾民的苦难，表彰了汲长孺为了救民所作的权变。但有的作品表现了落后的封建意识，如《感天后神女露筋》宣扬妇女贞节观念。《吟风阁杂剧》形式短小，曲文跌宕爽朗，宾白酣畅诙谐，但只是案头之曲，不便于舞台演出。

三、蒋士铨的戏曲

这一时期最著名的戏曲作家是蒋士铨。蒋士铨是一位以志节自持，重视立身道德的正统文人，因此他的文学创作，包括诗文和戏曲，都鲜明地以表彰节烈、扶植人伦为主旨，“遇忠孝节烈事辄长歌以纪之”（王昶《蒲褐山房诗话》卷二十一），涂染着浓厚的道德色彩。在戏曲创作中，蒋士铨表面上主张泛情论，却自觉地以情的外壳包裹伦理的内核。他说：“万物性含于中，情见于外。男女之事，乃情天中一件勾当。大凡五伦百行，皆起于情，有情者为孝子忠臣、仁人义士。无情者为乱臣贼子、鄙夫忍人。”（《香祖楼》第十出《录功》）在他看来，情就是伦理道德的理性内容的感性显现。因此，在戏曲作品中，他所写的情，不是个性之情，而是人伦之情；他写人物时，不注重内在的性格复杂性和心理活动性，而是追求性格外现的伦理典型性。

蒋士铨一生创作了十六种戏曲作品，其中传奇八种，杂剧八种。其中《康衢乐》、《忉利天》、《长生箓》、《升平瑞》四种杂剧，合称《西江祝嘏》，是专门献给皇帝的歌功颂德之作。其余的作品都以褒扬忠烈节义为主旨。例如，乾隆十六年（1751），蒋士铨正在南昌，有感于明宁王朱宸濠的妃子娄氏生前忠义，多次劝谏宁王不可作乱，最后宁王兵变时，她投江自尽，以保一身清白。历经数百年，娄妃的坟墓已经湮灭，蒋士铨为表彰忠节，恳请布政使彭青原为娄妃立碑，并作《一片石》杂剧以记此事。事隔二十六年，蒋士铨又来到南昌，仍然念念不忘娄妃事迹，又劝江西藩台吴山凤修娄妃墓。蒋士铨复作《第二碑》杂剧以记其事始末。虽然已是一而再了，蒋士铨仍然兴犹未已。在乾隆四十六年（1781），他又再而三，创作了《采樵图》传奇，以娄妃生平为蓝本，淋漓尽致、载歌载舞地描写了娄妃的节烈事迹。对历史上的一个小小的节烈行为，蒋士铨竟然如此念念于心，历三十年而不变，这在文学史上是十分罕见的。

☞ 多学一点

蒋士铨戏曲的取材

蒋士铨的戏曲作品对封建伦理道德的颂扬，有的取材于历史，有的取材于现实，有的甚至纯属虚构。取材于历史的，如《临川梦》写明代戏剧家汤显祖，蒋士铨特别着眼于汤显祖“一生大节，不迩权贵”的高风亮节，详细铺叙了他和当朝权贵张居正等人的冲突，把汤显祖塑造成一位“忠孝完人”（均见蒋士铨《临川梦自序》，《临川梦》卷首）；又如《冬青树》写南宋末年文天祥奔波救国，义不降元，作《正气歌》，最后慷慨就戮，浩气长存。取材于现实的，如《桂林霜》写清初吴三桂叛乱时，广西巡抚马雄镇一家以身殉国的事迹；《雪中人》写清初查继佐和吴六奇肝胆相照，义气相交的事迹；《空谷香》以蒋士铨知交顾瓒园的妾姚梦兰生前的薄命事迹为蓝本，热情地歌颂姚氏的贞烈节义。纯属虚构的，则有《香祖楼》。这部作品和《空谷香》同样描写薄命之妾，立意完全相同，都是揄扬女子的贞节，只是在情节上有意地“同处见异”：《空谷香》着力于得妾前的千磨百炼，《香祖楼》则落笔于得妾后的千回百折。这种“同处见异”，也表现了蒋士铨对道德题材的特殊嗜好。

不过，蒋士铨并不是一味盲目地歌功颂德，乾隆年间尖锐的社会矛盾和丑恶的社会现象，促使他常常运用伦理道德的武器进行激烈的社会批判。出于深切的现实感受，他的剧作的批判矛头指向尸位素餐、鱼肉百姓的贪官污吏和横行乡里、霸道欺市的地痞恶霸。《空谷香序》自称：“他若刻画小人，摹写世态，又二十载飘零阅历所助。知我者何罪焉?”（《空谷香》卷首）在他的剧作中，像《临川梦》中那“箝群口，占朝堂”的权相和“借清议，暗里把持朝局”的隐士，《空谷香》中那“把百姓的膏脂尽量歆，将赤子皮肤剥”的知府和欺软怕硬、卖女求荣的跟班，《香祖楼》中那昏庸无能、见死不救的县令和爱财如命、贪婪狡诈的银匠等等，一个个刻画得活灵活现，令人切齿。虽然他的社会批判总是包含着道德救世的苦衷，但是他能在史称“太平盛世”的乾隆时期，发现并指出封建社会衰败的迹象，以提醒世人，这是他比同时代人略高一筹之处。

作为乾隆时期诗坛的大家，蒋士铨的诗人才气在他的剧作中得到了充分的展现。他的剧本曲词往往文采斑斓，雅俗共赏，尤其善于描摹情景，构造意境。

分析举例

蒋士铨曲词文采斑斓

以白居易《琵琶行》诗为题材的《四弦秋》杂剧，其中《秋梦》一出就一直受到人们的激赏。这出戏写琵琶女独守空船，思念往事，一上场唱［霜天晓角］：“空船自守，别恨年年有。最苦寒江似酒，将人醉过深秋。”一开口，感情已不可抑止，流溢而出。紧接着唱［小桃红］一曲：

曾记得一江春水向东流，忽忽的伤春后也。我去来江边，怎比他闺中少妇不知愁？才眼底又在心头，捱不过夜潮生，暮帆收，雁声来，趁着虫声逗也。靠牙樯数遍更筹，难道是我教他，教他去觅封侯？

融合诗词成语，如盐入水，不着痕迹。写情、写景，写景中情、情中景，无不传神入妙，感人深切。

☞ **多学一点**

蒋士铨戏曲中的“戏中戏”

为了调剂戏剧场面，蒋士铨还经常利用戏中戏的形式，穿插歌舞表演，活跃舞台气氛。如《冬青树》中穿插花灯舞，《临川梦》中由宜黄艺人表演《邯郸梦》，《长生箓》中出现民间神话剧《刘海戏金蟾》的片段，等等。

蒋士铨的十六种戏曲作品，虽然受到当时文坛的高度评价，但除了《四弦秋》以外，其他的剧作在歌场上并不流行。蒋士铨专以阐扬忠孝节烈之事为职志，大力提倡“维持名教”、“笔关风化”，代表了当时昆剧剧坛文人戏曲的共同倾向。这种倾向致命地阉割了戏曲艺术的现实精神，不可避免地导致了昆剧的衰落。

在蒋士铨的影响下，嘉、道年间的文人戏曲越来越趋于案头文章，道德化、诗文化的倾向愈益严重，反而加速了昆剧的衰落。其中较可称道的作品，有沈起凤的《红心词客四种曲》、石韫玉（1756—1837）的《花间九奏》、谢堃（1784—1844）的《春草堂四种曲》、李文瀚（1805—1856）的《味尘轩曲四种》、黄燮清（1805—1864）的《倚晴楼七种曲》等。

四、唐英的戏曲

昆剧的衰落，促使一些戏曲作家转而向民间戏曲汲取艺术养料。这一时期致力于向民间戏曲学习的文人戏曲作家，有唐英和方成培。

唐英的《古柏堂传奇》，包括杂剧、传奇作品共十七种，现存乾隆、嘉庆间唐氏古柏堂刻本。这些作品大多宣扬忠孝节义，时见因果报应思想，如《芦花絮》宣扬愚孝，《三元报》鼓吹贞节，《双钉案》、《转天心》渲染鬼神等等。但有些作品也展现了当时的社会现实，多有可取之处。如《天缘债》颂扬张骨董“割恩全义”的友道，《巧换缘》描写年岁荒歉、民不聊生、贱卖妇女的悲惨景象，《面缸笑》讽刺封建吏治的腐败与黑暗等。《古柏堂传奇》可分为三类：一是唐英的新创作，有《转天心》、《佣中人》、《笳骚》、《虞兮梦》四种；二是对前人作品的改作或增补，有《长生殿补阙》、《清忠谱正案》、《女弹词》三种；三是根据当时流行的地方戏作品改编，包括《天缘债》、《巧换缘》、《面缸笑》等十种。第三类作品数量最大，也最具特色，最有价值。唐英把花部作品改编成传奇或杂剧时，一定程度地保留了地方戏所具有的生活气息和清新活泼的表现手法，并使一些民间广为流传的剧目在艺术上更加完整，从而促进它们在民间进一步流传，在戏曲发展史上尤可称道。

五、方成培的《雷峰塔》

方成培（约1731—1780后）的《雷峰塔》传奇，也是根据民间长期流传的传说故事和戏曲作品改编创作的，写蛇仙白娘子与许仙的恋爱故事。剧作突出了白娘子与法海的激烈冲突，尤以金山水斗一场，写得波谲云诡，极为生动。剧中白娘子、许仙、青儿、法海等人的形象都栩栩如生。但剧中仍有宿命论思想。后世许多地方戏据此剧改编，一直盛演不衰。

京剧《白蛇传》剧照
（梅兰芳饰白素贞，
俞振飞饰许仙，梅葆玖饰小青）

学术轶事

《雷峰塔》的改编流传

乾隆三年（1738），戏曲家黄图珌（1700—1771后）曾根据民间盛传的白蛇故事，编撰了传奇戏曲《雷峰塔》。该剧问世后，一度受到欢迎。但后来舞台上流行的，是经过增删的民间演出本，不知编者姓名。乾隆三十六年（1771），两淮盐商为庆贺朝廷盛典演出《雷峰塔》，用的即是民间流行的无名氏本。这时，文人曲家方成培不满意民间剧本的“辞鄙调讹”，重新编撰了《雷峰塔》传奇，现存乾隆三十七年（1772）序水竹居刻本。在《雷峰塔传奇自叙》中，方成培说明了改编的目的和情况，可知他对曲辞和宾白作了大量的改动，关目也作了增删，但剧作中不同于黄作的主要情节是无名氏本提供的。

方成培改编《雷峰塔》传奇的主要成就在于，该剧使主人公白娘子身上的妖怪气息和人情内涵达到了巧妙、和谐的统一，较为彻底地除去了传说里白娘子行为中妖孽害人的内容，使她成为一个善良美好的形象，从而使她的行为更具有了社会的和世俗的意义，也使得这个剧本表现出扬善惩恶的主题，艺术感染力更强。剧中黄本所没有的“盗草”、

"水斗"、"断桥"、"祭塔"等情节，充分表现了白娘子维护自己所认定的幸福生活和美好爱情的坚定态度。为了实现愿望，她既要与破坏她安宁生活的恶势力抗争，又要向对她缺少了解和信任的情侣许仙剖白心迹。她的刚强而又温柔的性格通过她的一系列行动显示了出来。正因为她是善良的，她的愿望是正当的，所以她的悲剧结局才使人感到深深的遗憾。方成培《雷峰塔》传奇的出现，为白蛇故事在戏曲舞台上广泛长久地流传，起到了推动作用。

第四节 说唱文学的繁衍

明清时期民间的说唱文学样式，有宝卷、弹词、鼓词、子弟书等。它们此起彼伏，在民间广泛流传，成为明清时期一种重要的文学现象。

一、宝卷

概念解析

宝卷

宝卷是明清说唱艺术宣讲宝卷（简称"宣卷"）的演唱脚本。直接渊源于唐五代的变文，大体与变文一样分为讲唱经文和演唱佛经故事两种。体制为散文、韵文相间，韵文多为七言、十言句式。唱腔单调，用打击乐器如鼓、板、木鱼、钟磬等击节，也有用二胡伴奏的。

多学一点

"宝卷"之名的由来

明末朱国桢（1589 年进士）《涌幢小品》卷三十二"妖人物"条，记有明成化年间（1465—1487）"邪教"经典书目《番天揭地搜神记经》、《佛手记》、《金锁洪阳大策》、《弥勒颂》、《玄娘圣母经》等八十八种，已具备宝卷形制。此后有题为正德年间（1506—1521）罗清（1442—1527）著的《正信除疑无修证自在宝卷》，嘉靖（1522—1566）刊本《药师如来本愿宝卷》，始有“宝卷”之名。万历年间（1573—1620），民间秘密宗教组织混元红阳教以宝卷作为布道传经工具，其他秘密宗教如收源教、圆顿教、白莲教等也相继运用。清康熙（1662—1722）以后，随着清廷对民间宗教的镇压，宝卷逐渐衰落，但没有中断，直到道光年间（1821—1850）还在流传。这时期宝卷内容仍以讲述民间秘密宗教的教义为主，间或也有取自佛、道教经文和民间传说的。流行地区在华北各省，尤以河北为盛。

清同治、光绪年间（1862—1908），宣卷由布道劝善发展为民间说唱曲艺。作为宣卷脚本的宝卷，宗教宣传的色彩削弱，内容以民间传说故事为主，不少与弹词相同，如《白蛇宝卷》、《落金扇宝卷》、《双剪发宝卷》、《双珠凤宝卷》等。也有取材于戏曲、小说及社会生活的，如《琵琶记宝卷》、《啼笑姻缘宝卷》、《黄慧如宝卷》等。

现在传世的宝卷除明代的抄本或皇宫太监资助刊刻的印本以外，大多为清末民初的刊本。据统计，共存名目一千五百八十五种，版本五千余种。[①]

二、弹词

弹词是我国传统的民间说唱文艺中的一种重要形式，直至今天仍保持旺盛的生命力。从文学的角度看，它是一种语言通俗、故事性强、韵散相兼的长篇叙事诗；从艺术的角度说，它是一种用三弦、琵琶等弦乐伴奏、有说有唱的曲艺形式。弹词作品大多是长篇的，由说（说白）、噱（穿插）、唱（唱词）几部分组成。说白部分为散文，唱词部分基本上是七言韵文，有时也略有变化，加上三言的衬字，如“奴料你，不是男来还是女，因此上，行藏隐匿语言虚”（《再生缘》第五卷第十七回）；也有将七字变化成两句三言的，如“千虑集，百忧煎，欲遣穷愁愁更添”（《笔生花》第三卷第十二回）。弹词有“国音”、“土音”之分，国音弹词用普通话写，土音弹词用方言写，以吴音弹词最多。

弹词这种曲艺形式，与宋代的陶真、元代的词话，也许有密切的渊源关系，但迄今尚无文献可考。弹词这一名称，最早见于田汝成（1526 年进士）在明嘉靖二十六年（1547）左右写成的《西湖游览志馀》中，该书卷二十记载浙江杭州八月观潮的风俗说：“其时优人百戏：击球、关扑、鱼鼓、弹词，声音鼎沸。”万历间（1573—1620）沈德符（1578—1642）的《万历野获编》卷十八“冤狱”条，记载北京的朱国臣（生卒年不详）“畜二瞽姬，教以弹词，博金钱”。可见明代弹词在南方、北方都有流传。

明代坊间刊刻的弹词很多，清初《天雨花》弹词中说：“弹词万本将充栋。”但流传于世的却很少。可考的只有几部文人作品，如嘉靖间（1522—1566）梁辰鱼（1519—1591）的《江东廿一史弹词》、明末陈忱（1613—1670?）的《续廿一史弹词》等，现均已散佚。郑振铎原藏有明崇祯年间（1628—1644）抄本《白蛇传》弹词，大概是现存最早的弹词作品。明清之际董说（1620—1686）《西游补》小说第十二回《拨琵琶季女弹词》中，形象地描写了明代弹词的演唱情形。

① 参见车锡伦编著：《中国宝卷总目》，北京，北京燕山出版社，2000。

☞ 多学一点

“弹词”流行地域的变迁

明代弹词在南方、北方都有流传。清初北方仍有弹词，乾隆二十一年（1756）李声振（生卒年不详）的《百戏竹枝词》和乾隆年间（1736—1795）蒋士铨的《京师乐府词》中，都吟咏了北方演唱南词的情形。到了乾隆年间以后，弹词流行的地区逐渐缩小为江苏、浙江一带，北方则由以鼓板击节演唱的鼓词代之而兴。弹词吸收吴歌曲调，用吴语说唱，使弹词具有浓厚的地方色彩，得到南方听众的喜爱。到清末民初，弹词与各地方言小调结合，衍化为不同唱调的曲种，如苏州弹词、扬州弦词、四明南词、绍兴平湖调等，一直流传至今。

三、《天雨花》与《再生缘》

现存清代弹词作品，据胡士莹（1901—1979）《弹词宝卷书目》辑录，有二百七十多种，大多作于清中叶以前①，可见弹词的鼎盛时期是在明末至清中叶。其中最值得称道的，是出于女性作家之手的《天雨花》和《再生缘》。

《天雨花》的作者，或说是陶贞怀，或说是刘淑英，尚难定论。原作有清顺治八年（1651）陶贞怀《自叙》，初以传抄本流行，现存最早刻本为嘉庆九年甲子（1804）遗音斋刊刻，共三十回；中国国家图书馆藏有高阳齐氏捐献的清抄本，残存二十六回。近人阿英《读〈天雨花〉旧抄二十六回本札记》，将旧抄本与刻本比较，证明旧抄本更接近于原作。

☞ 多学一点

《天雨花》的作者

嘉庆九年甲子（1804）遗音斋刊刻原作，卷首有清顺治八年（1651）署名梁溪陶贞怀的《自叙》，但蒋瑞藻《小说考证续编》卷一引《闺媛丛谈》以为是假托，应是浙江徐致和（生卒年不详）的作品；或说是刘淑英（生卒年不详）的作品，见熊德基《〈天雨花〉作者为明末女子刘淑英考》。

《天雨花》以明代万历至天启年间（1573—1627）朝廷内部斗争为背景，表现了有正义感的官僚左维明及其女左仪贞等人，与权相方从哲、皇戚郑国泰、宦官魏忠贤的尖锐斗争。作品揭露了明末朝政的混乱黑暗，权臣的贪婪腐朽，豪绅的巧取豪夺，有很浓厚的政治色彩。但书中却有连篇累牍的道德说教。《天雨花》弹词可谓皇皇巨著，“而一韵到底，洵乎杰作也”（蒋瑞藻《小说考证续编》卷一引《闺媛丛谈》）。语言慷慨激昂，如郑国泰篡位后，拟立左仪贞为后，她在行刺郑国泰之前唱道：

① 参见胡士莹编：《弹词宝卷书目》，上海，古典文学出版社，1957。

[满江红] 铁石肝肠，尽一片忠心报国。触目处，珠帘画栋，大明宫阙。八百公侯俱束手，三千甲仗都从贼。蛾眉今日报君仇，心何烈！白璧志，青松节。挟匕首，披丹赤。数迢迢良夜，漏声将彻。龙凤枕前飞白刃，鸳鸯帐里喷红血。料奸雄数尽合难逃，今当绝！(《天雨花》第十五回《女专诸巧计赚贤臣，都御史忠心扶幼主》)

展示出一位不屈于强暴的刚烈女子的性格。嘉庆年间，杨芳灿将《天雨花》与《红楼梦》相提并论，有“南花北梦”之说，稍见过誉，但此书实不愧为弹词文学中的佼佼者。《天雨花》对戏曲颇有影响，清代有孔广林（1746—1813后）据以改编的《女专诸》杂剧；近代有根据此书部分情节改编的京剧《盘龙剑》、评剧《御河桥》、越剧《天雨花》、川剧《三错缘》、闽剧《黄静英迫水》等。

《再生缘》共二十卷，前十七卷为陈端生（1751—1796）撰，后三卷为梁德绳（1771—1847）续，现存清道光元年（1821）序刻本。陈端生字云贞，会稽（今浙江绍兴）范秋塘妻；梁德绳字楚生，杭州（今属浙江）许宗彦妻。陈端生在十八至二十岁间，完成前十六卷，后因家庭变故，辍笔多年。至乾隆四十九年（1784）三十四岁时，她又补写了第十七卷，可仍未终篇。但此书却已经以抄本形式在民间广为流传。后来梁德绳在丈夫许宗彦的帮助下，将该书续成全璧。

《再生缘》的故事发生在元代成宗（1295—1307在位）时，尚书孟士元之女孟丽君与京营都督皇甫敬之子皇甫少华，经双方父母订婚，后遭奸人破坏，几经波折，终于团圆。孟丽君是个压倒须眉的奇女子，她凭借非凡的才华，位列三台，和男人一样出入朝廷，议论朝政是非，办理国家大事，并运用自己的才智为国家铲除了叛国通敌的奸党，恢复了忠良的名誉。她的所作所为，为封建社会中受尽屈辱的妇女扬眉吐气，因此极为感人。《再生缘》事无所本，纯属虚构，情节离奇曲折，波澜起伏，引人入胜。全书约60万字，基本上是七言排律的韵文，其间杂以表叙的说白，是中国古代篇幅最长的叙事诗之一。《再生缘》问世以后，许多曲艺、戏曲都加以改编，产生了广泛的影响。

学术轶事

陈寅恪评《再生缘》

陈寅恪曾作《论再生缘》一书，收入《陈寅恪文集之一·寒柳堂集》，详论陈端生其人其文，肯定陈端生的“自由及自尊即独立之思想，在当日及其后百余年间，俱足惊世骇俗”①。

作为长篇叙事诗，像《天雨花》和《再生缘》这样规模宏大、内涵丰富的作品，在中国古代文学中是独树一帜的。它们不仅在叙事文学的发展史中值得大书一笔，而且在

① 《陈寅恪文集之一·寒柳堂集》，上海，上海古籍出版社，1980。

中国诗歌发展史上也谱写了光彩夺目的篇章。

四、《榴花梦》与《笔生花》

道光、咸丰年间（1821—1861），著名的弹词作品有《榴花梦》和《笔生花》。

李桂玉（生卒年不详）的《榴花梦》，全书三百六十卷，约四百八十多万字，约完成于道光二十一年（1841），未曾刊印，仅以抄本流行于世。作品以浪漫的笔法塑造了唐代女子桂恒魁（桂碧芳）的英雄形象。桂恒魁是江南总督桂凌云的长女，不仅有倾国倾城的容貌，而且文武双全，智勇盖世。后逢乱世，她女扮男装，起兵平定天下，得以裂土封王，建立了赫赫业绩。同时，作品还穿插了有亲戚关系的桓、桂、罗、梅四大家庭生活的描写。该书每卷回目皆以八字句组成，如第一卷："唐天子建储安国本，桓总戎遣子探内亲；贤小姐园中争宝剑，桂舍人月下遇妖魔"。全书基本上以七字句韵文写成，明白流畅，故事情节具有传奇色彩。

☞多学一点

《榴花梦》作者

李桂玉的《榴花梦》完成三百五十八卷，最后二卷由杨美君、翁起前二女士于1939年续成，署名"浣梅女史"。

邱心如（生卒年不详）的《笔生花》共八卷三十二回，现存光绪二十年（1894）上海书局石印绣像本。该书以明代正德年间为背景，写女子姜德华与表兄文少霞悲欢离合的婚恋故事。在作品中，姜德华是一个智勇双全、德才兼备、容貌娇美的女性，她不屈服于邪恶势力，敢于和命运抗争，终于得到圆满的结局。该书写人状物颇为生动细腻，情节安排一波三折，语句清新，富有音乐性，因而成为道光、咸丰年间一部有影响的作品。

五、鼓词

鼓词也是明、清两代流行的民间说唱艺术形式。因以鼓板击节，故名。体制上韵文、散文相间，唱词为七言或十言句，句式较弹词更为灵活。鼓词实际上有两种：一种是又说又唱的成本大书，称鼓词；一种是只说不唱的小段，称大鼓。大鼓是从鼓词中摘唱而来的，出现于清中叶以后，后来演化为一种独立的曲艺形式。

☞多学一点

鼓词的由来

明末清初贾应宠（约1590—约1676）有《木皮散人鼓词》，是现知最早使用"鼓词"名称的作品。但一些民间说唱作品唱词部分采用"赞十字"（三三四句式），则已见于明万历、天启间（1573—1627）刊印的《大唐秦王词话》中；而以鼓板击节的伴奏方式，又见于明臧懋循（1550—1620）《负苞堂文集》卷三《弹词小纪》关于弹词的记载中。所以一般认为，鼓词源于词话，其形成年代当在明万历年间（1573—1620）或更早。现存抄本《大明兴隆传》、《乱柴沟》等作品，可断定为明代的鼓词作品。

清初以后，鼓词演唱相当兴盛，主要流行于河北、河南、山东、辽宁、北京、天津等地。此外，南方也有扬州鼓词、温州鼓词等。北方鼓词也有称为“鼓书”的，并因流行地区和使用方言不同而形成许多曲种。

贾应宠的《木皮散人鼓词》是文人鼓词中的佳作。作品从三皇五帝一直说到明末崇祯皇帝吊死在北京煤山，深刻地揭露和嘲弄了历代帝王的尔虞我诈、假仁假义，批判了天命和宿命的迷信观念，流露出作者的隐居遁世思想。曲词时用乡谚土语，俚不伤雅，尤能音韵铿锵，朗朗上口。

民间鼓词作品多为前代忠臣良将南征北战的故事，源于宋代讲史传统，故事多为虚构，如《呼家将》（一名《肉丘坟》）等。也有写才子佳人恋爱故事的，较之弹词的同类作品，一般来说篇幅要短小得多。其中较好而影响较大的是《蝴蝶杯》，后改编为梆子戏，流行盛广。还有一部分鼓词是据文学名著改编的，有的根据《三国志演义》、《水浒传》、《聊斋志异》等小说改编，有的根据关汉卿的《窦娥冤》、王实甫的《西厢记》、无名氏的《白兔记》等戏曲改编。

六、子弟书

王弘力
《古代风俗百图之清代子弟书》

子弟书是清代的一种说唱艺术形式，是鼓词的一个分支。唱词以七言为体，没有说白，演唱时以八角鼓击节。子弟书渊源于清初八旗军中流行的民间俗曲和满族萨满教的巫歌“单歌词”曲调。相传乾隆年间（1736—1795），伊犁将军阿桂（生卒年不详）所部军士以八角鼓说唱他的武功，称为“八旗子弟乐”。传至北京后，一些旗籍子弟以这种曲调为基础，参照民间鼓词的形式，创造出“子弟书”。曲调有东城调、西城调之分，又称“东韵”、“西韵”。东韵曲调粗犷沉穆，善唱慷慨激昂的历史故事；西韵曲调低缓萦纡，善唱委婉绮丽的爱情故事。嘉庆年间（1796—1820），子弟书传入民间，出现职业艺人。同时，东韵传至盛京（今辽宁沈阳）；西韵传至天津，并与当地民间曲调、方言结合，成为卫调子弟书，又称“西城板”。在北京的子弟书于道光、咸丰年间（1821—1861）又派生出南城调和北城调两个支派。子弟书在光绪（1875—1908）末年趋于衰落，但其曲调和曲目仍保留在北方部分曲种中。

据近人傅惜华（1907—1970）《子弟书总目》著录，公、私收藏的子弟书作品有四百四十六种，实际上尚不止此数。有影响的作者，早期为罗松窗（乾隆年间人），他的作品大多取材于流行的小说、戏曲，以描写爱情故事见长，如《红拂私奔》、《杜丽娘寻梦》、《庄氏降香》、《翠屏山》等。作品文笔细腻清丽，配合西调子弟书婉转而动听的曲调，在民间广为流传。其后有爱新觉罗奕庚（道光年间人），别号鹤侣主人，满族，作有《老侍卫叹》、《少侍卫叹》等，描写伴驾当差的况味；《借靴》、《疯和尚治病》等，以冷嘲热讽的笔触，刻画人情世态，笔力雄健，引人入胜。他的《集锦书目》，撷取子弟书曲名一百五十多种，连缀成曲，是研究子弟书的重要资料。晚清作者以韩小窗（约1828—1890）最有名，著有《长坂坡》、《周西坡》、《草诏敲牙》、《得钞傲妻》、《露泪缘》等三十五种作品（一说二十一种）。

研究进行时

清代说唱文学创作研究

山东大学车振华2007年博士论文《清代说唱文学创作研究》选取《聊斋志异》中的俚曲、女作家创作的弹词、道情、子弟书等作为研究对象，从宏观的层面对整个清代说唱文学的创作情况作了宏观的研究。

【温故知新】

洪昇　《长生殿》及其至情理想与戏剧结构　孔尚任　《桃花扇》及其兴亡感慨与艺术特色　文人戏曲创作的衰落　宝卷　弹词　《天雨花》　《再生缘》　鼓词与子弟书

【请你思考】

1.《长生殿》向以结构排场谨严著称，试论述之。

2.请比较《长生殿》、《桃花扇》二剧对历史事件的处理方式及其中所蕴涵的历史关怀。

3.结合具体剧作家及剧作，谈一谈康熙中后期以降文人戏曲的流变。

4.列举民间说唱文学的几种样式，并结合具体篇章阐述弹词作品的文学性。

【推荐阅读】

（清）洪昇．徐朔方校注．长生殿．北京：人民文学出版社，1983

（清）孔尚任．王季思等注．桃花扇．北京：人民文学出版社，1959

秦学人，侯作卿编著．中国古典编剧理论资料汇辑．北京：中国戏剧出版社，1984

王卫民编．吴梅戏曲论文集．北京：中国戏剧出版社，1983

张敬．明清传奇导论．台北：华正书局，1986

第五章 文言小说的奇葩

【导读】

在中国文言小说史上，明嘉靖十年（1531）至清康熙十七年（1678）的文言小说创作具有兴衰起微的作用。嘉靖以后唐人传奇广泛刊行，“文人虽素与小说无缘者，亦每为异人侠客童奴以至虎狗虫蚁作传，置之集中。盖传奇风韵，明末实弥漫天下，至易代而不改也”（鲁迅《中国小说史略》）。著名的传奇小说有邵景詹（生卒年不详）《觅灯因话》、宋懋澄（1570—1622）《九籥集》及《九籥别集》等，以及张潮（1650—1709）编辑的传奇小说选集《虞初新志》。这一时期的笔记小说创作也出现了新的特点，即向通俗小说靠拢，面向市井，描写其生活及关心的问题，如《杜骗新书》等。值得关注的是，这一时期文言小说专集与总集的编纂出版蔚然成风，如《艳异编》、《国色天香》、《万锦情林》、《绣谷春容》、《说郛》、《续说郛》、《古今说海》、《稗史汇编》、《稗海》、《情史类略》等，这一现象正与晚明话本小说集的编纂相映成趣。

正是在前一时期文言小说创作和编纂的基础上，这一时期产生了中国古代文言小说的奇葩——《聊斋志异》，并出现了一批远绍唐宋传奇小说风貌的“聊斋”体文言小说。而作为《聊斋志异》的反拨，《阅微草堂笔记》的问世，也在清后期催生了一批继承魏晋志怪笔记传统的“阅微”体文言小说。

第一节 《聊斋志异》的小说世界

一、成书与版本

《聊斋志异》是蒲松龄一生心血汇聚的结晶，是中国古代文言小说中不可企及的翘楚。蒲松龄一生生活贫穷，地位卑屈，但这并没有改变他的高节品格，反而砥砺了他的傲世风标。为了摆脱日常生活中令人厌恶的粗俗，为了超越抑郁无聊的精神苦闷，他从二十多岁就开始撰作花妖鬼狐故事。《聊斋志异》初稿约完成于康熙十八年（1679），至康熙四十六年（1707）仍有所补录，前后历时四十余年之久。

蒲松龄像

学术轶事

蒲松龄笔耕不辍

康熙三年（1664）蒲松龄二十五岁时，他的挚友张笃庆（1642—1720）在《答蒲留仙来韵》一诗中说："君自神仙客，吾岂帝王师。"又在《和留仙韵》其二诗中说："司空博物本风流，涪水神刀不可求。"委婉地规劝蒲松龄不要像晋代的张华（232—300）写《博物志》那样，去追求"涪水神刀"之类虚幻怪异的故事。据此推测，蒲松龄在二十多岁的青年时期，就开始创作花妖鬼狐故事了。蒲松龄三十二岁（1671）写的《感愤》诗说："新闻总入《夷坚志》，斗酒难消磊块愁。"从"总入"二字，可见他此时的创作已非常自觉和勤勉。康熙十八年（1679），他将这些故事初次结集，题名《聊斋志异》。次年（1680），他写了《聊斋自志》，同乡前辈高珩为《聊斋志异》写了一篇序言。此后蒲松龄一直没有停止创作。朱缃《观稼楼诗集》有《蒲留仙过访话旧》诗，约作于康熙三十九年（1700），中有"书著山中老更勤"之句，可知蒲松龄此时仍然修改创作不殆。《聊斋志异》标明事件发生年代的作品中，有《化男》、《夏雪》两篇，记述的都是康熙四十六年（1707）的事情。

《聊斋志异》一开始以抄本的形式流传，“人竞传写，远迩借求”（蒲立德《聊斋志异跋》，青本《聊斋志异》）。现存较完善的抄本，有乾隆十六年（1751）铸雪斋抄本、1960年济南发现的二十四卷抄本等。在蒲松龄去世半个世纪之后，乾隆三十一年（1766），《聊斋志异》由任职浙江睦州知州的山东莱阳人赵起杲出资刊刻，这就是青柯亭本（简称“青本”）。

《聊斋志异》故事材料的来源多端，有“耳目所睹记，里巷所流传，同人之籍录”（同上）等等；其中也有一些篇章是蒲松龄为了表达生活感受和理想愿望的需要，运用鬼狐精怪的幻想形式进行虚构创作的作品。从书名来看，“聊斋”是蒲松龄书斋的名称；“志异”，即记述狐鬼妖魅以及其他各种具有怪异特点的人和事。《聊斋志异》四百九十多篇作品，共同特点便是一个“异”字，即作品所写的不是现实中耳濡目染、屡见不鲜的常人常事，而是异常的奇人怪事。具体说来，“异”又可以大体分为三种类型：一是花妖、狐魅、仙鬼、精怪以及与他们有关的各种故事；二是“畸人异行”，即具有奇异的性格、行为和经历的人及其故事；三是现实中奇巧和罕见的自然现象或事件。蒲立德概括《聊斋志异》的内容时说：“其事多涉于神怪，其体仿历代志传，其论赞或触时感事，而以劝以惩；其文往往刻镂物情，曲尽世态，冥会幽探，思入风云；其义足以动天地，泣鬼神，俾畸人滞魄，山魈野魅，各出其情状而无所遁隐。此《山经》、《博物》之遗，《远游》、《天问》之意，非第如干宝《搜神》已也。”（同上）

二、神异奇特的小说世界

与一般写实性的小说不同，《聊斋志异》里的小说世界是双重的，即神怪世界与现实世界。这两个世界并非“天人永隔”，而是彼此交错、相互贯通的。在《聊斋志异》中，阴阳两界来往自由，潜相交通，构成一个神异奇特的小说世界。

分析举例

《聊斋志异》中的双重世界

《画壁》中，书生朱孝廉看到壁画上的仙女美艳动人，不禁恍然凝想，于是飘然进入壁画，与散花仙女成就了一段美满的姻缘。《崂山道士》中，道士剪一片纸贴在墙上，顷刻之间就变成了天上的明月，掷出一双筷子，月中的嫦娥就随之翩翩而下。《陆判》中，秀才朱尔旦勤奋好学而资质鲁钝，和他友好的阎罗殿的陆判官就为他施行了“换心术”，为他换上一副聪颖的心肠，从此朱尔旦文思大进，在科场上轻易中举。

三、花妖鬼狐皆具人情

正因为如此，《聊斋志异》里的花妖鬼狐无不像现实世界里的人物一样，既有七情六欲，也有善恶正邪。他们不仅有现实人类的基本特性，甚至遵守现实社会的某些行为准则，如鲁迅所说的“皆具人情”（《中国小说史略》）；同时，又往往超逸现实社会的种种约束限制，任性而为，飘忽自如。因此，在这些花妖鬼狐的身上，人性的本真和潜蕴得到了淋漓尽致的展现。

《聊斋志异》描写了许多人与异类的情恋故事。在历代民间传说的这类故事中，花妖狐魅既有与人为善者，也有与人为恶者，它们往往以色相诱惑男子，攫取其精气，以便还阳为人。在《聊斋志异》中，也刻画了一些以害人利己为目的的妖魅，但却不占主要篇幅，大多数小说中的花妖狐魅都是风流多情、善良温柔的理想女性的化身。《香玉》结尾“异史氏”说：“情之至者，鬼神可通。”《聊斋志异》中人与异类的情恋故事，实际上就是中国古代社会中像蒲松龄这样的读书人的至情理想的演绎。蒲松龄对现实社会失望之余，不免“以为异类有情，或者尚堪晤对”（余集《聊斋志异序》），遁入非现实的世界之中，在“青林黑塞间”（《聊斋自志》）寻求知己。他把理想的情怀寄托于美丽的神女、狐女、鬼女、花仙，以人神、人狐、人鬼、人花相感相求的动人故事，发抒绵渺而炽烈的理想情思。正如但明伦（1782—1853）所说的：“写情缘于花木，无非美人香草之思；证因果于鬼狐，犹是鸳被燕巢之意。”（《聊斋志异》卷六《绛妃》评语）

在《聊斋志异》中，我们可以看到这样一种屡见不鲜的叙事模式：清贫文人怀才不遇，落魄潦倒，不合时宜，浪迹萍踪；但那些年青美貌、谲慧机敏的女郎们偏偏对他们倍加青睐，乃至主动追求，自愿献身。你看：白秋练被书生慕蟾宫的诗篇深深地吸引了，热烈地爱上了慕生，到了“为郎憔悴”的地步（见卷十一《白秋练》）；连琐与杨于畏因诗相感，“剪烛西窗，如得良友”，吟诗和词，弹曲对棋，常常“乐辄忘晓”（见卷三《连琐》）；小谢、秋容与陶望三以诗书为乐，“时相酬唱”（卷六《小谢》）；乔生“少负才名”，却落拓偃蹇，只有连城称赏他的诗篇，引为知己，生死不渝（见卷三《连城》）；牡丹花精香玉因感黄生“乃骚雅士”，结为生死之交，一旦被游人移植，便“日就萎悴”，而深情不移（见卷十《香玉》）；红玉有感于冯生孤苦坎坷，主动相就，后又多次相助，以至患难与共，使冯家复兴（见卷二《红玉》）。在这样一种叙事模式中蕴涵着蒲松龄什么样的寄托呢？让我们听听他的“夫子自道”吧：

> 异史氏曰：天生佳丽，固将以报名贤；而世俗之王公，乃留以赠纨绔。此造物所必争也……独是青夫人能识英雄于尘埃，誓嫁之志，期以必死；曾俨然而冠裳也者，顾弃德行而求膏粱，何智出婢子下哉！（《聊斋志异》卷四《青梅》）

这正是落魄文人的心声：富贵归于俗士，佳丽属之才人。落魄文人在社会中的沉抑，由在爱情中的殊遇得到了补偿，从而达到灵魂的慰藉和心理的平衡。红颜知己，成为落魄文人称傲社会的精神资本，成为他们抚慰心灵的灵丹妙药，也成为他们发泄“天生我才必有用”的欲望的艺术媒介。

☞ **多学一点**

蒲松龄的“红颜知己”情结

蒲松龄对红颜知己的渴望和迷恋，简直到了病入膏肓的地步，使他“日有所思，夜有所梦”。康熙二十二年（1683），蒲松龄正在毕际有家坐馆，倦极而卧，悠悠入梦。梦中，花神绛妃因不堪狂风骚扰，久闻蒲松龄文高八斗，特地遣使相邀，款以酒宴，敬请属檄，声讨风神。蒲松龄欣欣然应诺前往。至绛妃府中，他受到热情的欢迎：“诸丽者拭案拂座，磨墨濡毫。又一垂髫人，折纸为范，置腕下。略写一两句，便二三辈叠背相窥。余素迟钝，此时觉文思若涌。少间，稿脱，争持去，启呈绛妃。”（《聊斋志异》卷六《绛妃》）这是何等荣耀，何等豪情！蒲松龄博学多才，自视甚高，但终其一生，却沉沦潦倒，他的才华不为世人看重，又怎能不在梦幻中企望于鬼神的赏识呢？

分析举例

花妖狐魅的人格魅力

《聊斋志异》中的这些花妖狐魅，还往往有着非同寻常的个性特征和光彩耀人的人格魅力。如《葛巾》篇写书生常大用爱上牡丹花仙葛巾，葛巾却端庄娴雅，婉言谢绝。后来常大用以他的一往情深感动了葛巾，二人结为夫妻。葛巾还将自己的妹妹玉版介绍给常大用的弟弟，双双为常氏兄弟生下儿子。但常大用心存疑虑，非得究根问底，探寻葛巾姐妹的来由。于是葛巾姐妹将怀中儿子掷在地下，飘然而去。几天以后，儿子坠殁的地方生出两株牡丹，一夜径尺，当年就开出一紫一白两朵硕大如盘的牡丹花。情挚则合，情疑则离，这是葛巾独具的个性。与葛巾不同，《荷花三娘子》里的狐女荷花三娘子，在男女欢爱方面爽朗果决，毫不忸怩作态，来去自由。她与书生宗湘若一见如故，便以身相许。共同生活八年后，她忽然自称“夙业偿满，请告别也”，不顾宗生苦留，飘然逝去。《婴宁》篇写狐女婴宁天真活泼，笑口常开，聪明狡黠，淳朴自然而又忠贞深情。她外拙而内秀，总是在憨憨地笑着。可笑的时候，她笑；不可笑的地方，她还笑，似乎总带着几分憨气与痴性。蒲松龄把婴宁比喻为一种叫“笑矣乎”的草，并将她与故作姿态的“解语花”相比较，突出其“合欢”、“忘忧”的特性与质朴自然、纯洁可爱的性格特征。花妖狐魅性情的善和美，使这类作品更如朝花带露，沁人心脾。总之，《聊斋志异》中的花妖狐魅大都可亲可爱，甚至可钦可敬，寄托了作者对真挚感情的渴望，也寄托了作者对美好人性的憧憬。

四、现实社会鬼魅横行

正因为阴阳两界潜相交通，融为一体，在《聊斋志异》中，现实世界的人物也往往具有非现实世界的特点。在神怪虚幻的描写中，作者寄托了对现实社会的强烈不满和激烈批判。

《聊斋志异》描写了许多有关科举考试的故事，往往真幻相间，以具体形象的故事表现了蒲松龄对试官、科场、举子的深刻观察，记录了他在长期的科举经历中积聚的怅恨、迷惘的情感。在蒲松龄的笔下，科举考试往往“黜佳士而进凡庸”（《聊斋志异》卷十《三生》），“陋劣倖进，而英雄失志”（《聊斋志异》卷九《于去恶》）。

分析举例

科场鬼魅横行

《叶生》篇写叶生才冠当世，文章远近闻名，却一直科场失利，最终伤心而死。他死后化成鬼魂，用自己的文章，教育他的恩师丁乘鹤的儿子，帮助他考中了举人。他说：“借福泽为文章吐气，使天下人知半生沦落，非战之罪也，愿亦足矣。”当然这还不够，最后叶生的鬼魂还是考了个举人，衣锦还乡。为什么有才华的文人屡试不中？蒲松龄认为，主要原因在于考官的素质不高，“心盲或目瞽”（《聊斋诗集》卷四《试后示篪、笏、筠》）。《司文郎》篇写一位出身文章世家的盲和尚，擅长于用鼻子闻出文章的优劣来，可是得到他好评的文章却偏偏没有考中，不被他看好的文章却居然榜上有名。他辛辣地讽刺道：“仆虽盲于目，而不盲于鼻；帘中人并鼻盲矣!”因此，有才华的文人要考取功名，便不得不糟蹋自己的文章，去迎合考官的品味。《贾奉雉》篇写贾奉雉“才名冠一时”，但却一直名落孙山。仙人郎秀才强迫他背诵一些“鄙弃不屑道”的八股文章，说是“帘内诸官皆以此等物事进身，恐不能因阅君文，另换一副眼睛肺肠也”。贾奉雉用这样的文章参加考试，果然高中经魁。羞愧之余，贾奉雉不得不“遁迹山林，与世长辞”。长期的科场失利，往往扭曲和腐蚀了士子的灵魂。《王子安》篇写士子王子安屡试不第，在一次临近放榜时喝得大醉，片刻间梦见自己中举人、中进士、点翰林，于是一再大呼给报子“赏钱”，又想到应“出耀乡里”，因长班迟迟而至，便“捶床顿足，大骂‘钝奴焉往?’”酒醒之后，始知虚妄。篇末“异史氏”的议论，总括秀才入闱前后，忽异想成狂，忽沮丧欲死，神昏志迷的情态，令人感慨不已。

蒲松龄从十九岁“初应童子试，即以县、府、道三第一补博士弟子员，文名籍籍诸生间”（张元《柳泉蒲先生墓表》）。从此以后，除了每年按例接受学台检查学业的岁试以外，每逢子、卯、午、酉年，他都要到济南乡试，“惨淡经营，冀博一第，而终困于场屋”（蒲箬《柳泉公行述》）。直到五十多岁，他还想去考试，妻子刘氏劝阻道：“君勿须复尔。倘命应通显，今已台阁矣。山林自有乐地，何必以肉鼓吹为快哉?”（蒲松龄《聊斋文集》卷八《述刘氏行实》）蒲松龄方才打消了进取的念头。仕途失意，给蒲松龄的心灵造成巨大的创伤。只要他活着一天，这创伤就一天无法愈合。久经世态炎凉，他深深地知道：“频居康了之中，则须发之条条可丑；一落孙山之外，则文章之处处皆疵。”（《聊斋志异》卷一《叶生》）文人的才华、学识、文采、捷思，要得到天下人公认，只有凭借科举入第这唯一的机会；否则你再有文才，别人也只是嗤之以鼻。因此，他借这些有关科举考试的真幻相间的鬼神故事，表达了“叶公元不爱真龙”（《聊斋诗集》卷一《寄孙树百》其三）的愤慨，“斗酒难消磊块愁”（同上《感愤》）的愿望，以及“此生所恨无知己”（《聊斋诗集》卷二《偶感》）的寂寞。

《聊斋志异》还描写了许多有关官场黑暗、豪强肆虐的故事，也往往入乎现实之中，又出乎现实之外，表现出一种居高临下的批判态度。《促织》篇写明代宣德皇帝爱好斗蟋蟀，州县官吏下令百姓捕捉蟋蟀充当贡赋。书生成名好不容易捕得一只，却被儿子不慎弄死，夫妻惶恐不安。儿子吓得投井自尽，化身为一只小蟋蟀，贡进京城，所向无敌，成名得以免去劳役，入县学就读。结尾“异史氏”说：

> 天子偶用一物，未必不过此已忘，而奉行者即为定例。加以官贪吏虐，民日贴妇卖儿，更无休止。故天子一跬步，皆关民命，不可忽也。

言简意赅地揭示了成名家不幸遭遇的根源所在。《席方平》写席方平得知他的父亲在阴间受豪绅羊某凌辱，一气之下，灵魂飞入阴间，为他父亲鸣冤叫屈，向城隍、郡司、冥王告状，但这些冥司官吏都得到羊某的贿赂，一再对席方平施以酷刑。这正是：“金光盖地，因使阎摩殿上尽是阴霾；铜臭熏天，遂教枉死城中全无日月。”最后席方平向二郎神和九王子告状，才得以报仇雪恨，使他父亲还魂再生。在这里，阴间的无官不贪、无吏不酷，无疑是阳间司法制度的形象写照。《续黄粱》篇写曾孝廉梦中做了宰相，便擅作威福，草菅人命，侵人田产，夺人妻女，他卖爵鬻官、枉法霸产所得的银子竟有320万两。《梦狼》篇写白翁梦中进入了儿子白甲的官署，见“堂上、堂下，坐者、卧者，皆狼也，又视墀中，白骨如山”。篇末“异史氏”道：“窃叹天下之官虎而吏狼者，比比也。即官不为虎，而吏且将为狼，况有猛于虎者耶!”这些小说作品以丰富的想象和生动的形象，深刻地暴露了贪官酷吏的贪婪、残忍、酷毒及其带给百姓的无穷灾难。

此外，《聊斋志异》还有几十篇作品描绘了存在于平民百姓、一般家庭间的人情事态，表现了美好、善良、正直、无私的人性同丑恶、暴戾、褊狭、自私的人性之间的矛盾；有十多篇公案小说，称扬与蒲松龄同时代的施闰章、周元亮等官员明于折狱及其仁者之心，针砭了当时狱讼中普遍存在的武断案情、酷刑取供、制造冤狱、株连无辜等弊端；有十多篇描写虎、犬、蛇、猫等动物的小说，借动物表现出来的“智”和“义”，鞭笞、嘲讽世态人情。另外还有数十篇记述鬼怪妖异、奇人奇事、罕见景观、殊国异民等的单纯的志异之作，不具备小说性质。

蒲松龄在《聊斋自志》中说：“集腋为裘，妄续幽冥之录；浮白载笔，仅成孤愤之书。”他的《聊斋志异》既像刘义庆（403—444）的《幽冥录》那样，记载的是虚无荒诞的鬼怪故事；又像韩非子的《孤愤》那样，倾吐着自己胸中的块垒。可见，他不是为志异而志异，而是自觉地将记述怪异与现实批判、抒情言志结合在一起，创造独特的小说世界。蒲松龄长期的乡居生活和屡试不第的科举经历，使他身受、目睹了苛捐杂税的残害百姓、贪官污吏的荼毒生灵、科举制度的流弊和现实社会的种种不公平现象，郁积了满腹不平之气，这使他的小说创作超出简单的述奇记异或遣兴娱情，而成为抨击时政窳败、揭露社会痼疾、表现至情理想的媒介。

五、文言小说的社会功能

《聊斋志异》问世之前，文言小说的社会功能一直是比较狭窄的。魏晋南北朝的志怪小说主要是明神道之不诬，证报应之不爽，言长生之可求，多数作品缺乏深厚的现实生活内容的蕴涵。南北朝以后的文言小说，也主要用来“资治体，助名教，供谈笑，广见闻”（曾慥《类说序》，《类说》卷首），多数作者都把文言小说看作遣兴娱情、逐奇猎异的工具，看作偶一为之的“小道”，极少有人把文言小说创作当作严肃的事业来对待。而《聊斋志异》对现实生活的反映、干预则超出了任何时期的文言小说，从而大大拓展了文言小说的社会功能。

第二节 《聊斋志异》的艺术创新

一、用传奇法而以志怪

在中国古代小说史上，《聊斋志异》继往开来，创造了一种崭新的文言小说文体规范。全书四百九十多篇作品，从文体上大致可以分为两大类型：一种类型是接近传统文言小说的作品，篇幅短小，记述简略，文笔精约，这类作品约占全书的二分之一；另一种类型是别开生面的文言小说作品，篇幅繁衍，情节曲折，叙事写人，文笔生动，被鲁迅称为“用传奇法，而以志怪”（《中国小说史略》），这类作品也约占全书的二分之一。后一类作品继承了司马迁、班固纪传体文章和唐代优秀传奇作品的叙事艺术传统，集中代表了《聊斋志异》的艺术成就，正如冯镇峦（1760—1830）所说的：“此书即史家列传体也，以班、马之笔，降格而通其例于小说。”（《读聊斋杂说》）《聊斋志异》每篇作品的开头往往先行交代主要人物的姓名、身份、性格特征、生平简历等，结尾则常常采用“异史氏曰”的一段议论结束全文（《聊斋志异》有“异史氏曰”的作品近二百篇），这种结构方式最能表现出它与纪传体文章的因缘关系。但是《聊斋志异》毕竟是小说而非史传，其中的作品，大多不像史传文章那样着意详述人物一生完整的经历，而是抓住人物生活经历中的一个或几个片段，加以细致的描写，生动传神地展示人物的精神风貌和性格特征。这一叙事特征则多得益于唐传奇小说的艺术滋养。

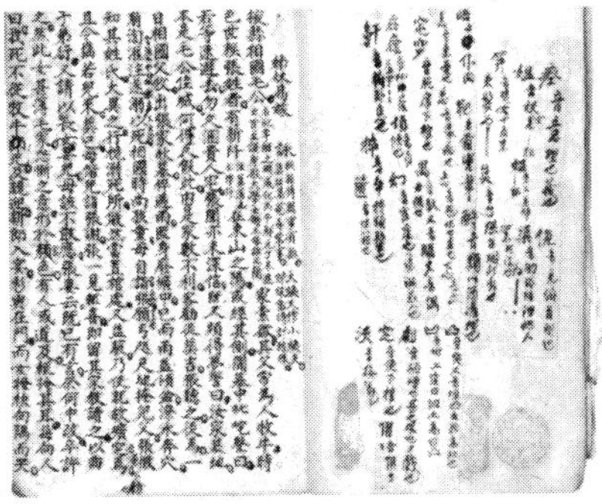

《聊斋志异》书影　旧抄本

二、繁衍的才子之笔

传统的文言小说往往篇幅短小，以记述遗闻异事为主。而《聊斋志异》中却有许多篇章，以文笔“繁衍”（冯镇峦《读聊斋杂说》引袁枚语）著称，是“才子之笔，非著书者之笔也”（盛时彦《姑妄听之跋》引纪昀语，《阅微草堂笔记》卷十八）。这种“繁衍”的“才子之笔”，给蒲松龄提供了广阔的小说空间，使他可以尽情地驰骋文思，发挥想象，叙事状物，刻画细微。《聊斋志异》的艺术成就，恰恰是建立在这种“繁衍”的“才子之笔”之上的，是依赖“繁衍”的“才子之笔”才得以实现的。《聊斋志异》的情境描写和人物刻画往往细致入微，绘声绘色。

分析举例

《婴宁》写花写笑的繁衍之笔

以《婴宁》一篇为例，情境描写如书生王子服往见婴宁时：

> 但望南山行去，约三十余里。乱山合沓，空翠爽肌，寂无人行，止有鸟道。遥望谷底，丛花乱树中，隐隐有小里落。下山入村，见舍宇无多，皆茅屋，而意甚修雅。北向一家，门前皆丝柳，墙内桃杏尤繁，间以修竹，野鸟格磔其中。意其园亭，不敢遽入。回顾对户，有巨石滑洁，因据坐少憩。俄闻墙内有女子，长呼“小荣”，其声娇细。方伫听间，一女郎由东而西，执杏花一朵，俯首自簪。举头见生，遂不复簪，含笑捻花而入。审视之，即上元途中所遇也。

这是一种“桃花人面相映红”的情境。在写到婴宁家居的庭院居室时，蒲松龄又重笔描绘道：

从媪入，见门内白石砌路，夹道红花，片片坠阶上。曲折而西，又启一关，豆棚花架满庭中。肃客入舍，粉壁光如明镜，窗外海棠枝朵，探入室中，裀籍几榻，罔不洁泽。

在这般雅洁优美的情境中生活的人物，怎能不超逸凡尘，恍如仙人？紧接着蒲松龄写人物的言行动作，也是极尽生动细致之笔：

良久，闻户外隐有笑声。媪又唤曰："婴宁，汝姨兄在此。"户外嗤嗤笑不已。婢推之以入，犹掩其口，笑不可遏。媪嗔目曰："有客在，咤咤叱叱，是何景象？"女忍笑而立，生揖之。媪曰："此王郎，汝姨子。一家尚不相识，可笑人也。"生问："妹子年几何矣？"媪未能解。生又言之。女复笑，不可仰视……生无语，目注婴宁，不遑他瞬。婢向女小语曰："目灼灼，贼腔未改！"女又大笑，顾婢曰："视碧桃开未？"遽起，以袖掩口，细碎连步而出。至门外，笑声始纵……穿花小步，闻树头苏苏有声，仰视，则婴宁在上。见生来，狂笑欲堕。生曰："勿尔，堕矣！"女且下且笑，不能自止。方将及地，失手而堕，笑乃止。生扶之，阴捘其腕。女笑又作，倚树不能行，良久乃罢。

但明伦评论此篇道："未写其人，先写其笑，写其户外之笑，写其入门之笑，写其见面之笑，又照应上元之言，照应上元之笑。许多笑字，配对上许多花字……写花写笑，双双绾住。然后再写花，再写人，再写笑，树上写笑，将堕写笑，堕时写笑，堕后写笑。"（中华书局会校会评会注本《聊斋志异》卷二《婴宁》评语）这种不厌其烦地写花、写笑，正是袁枚所批评的"繁衍"。但假如没有这样的"繁衍"之笔，能收到如此生动精彩的状物绘景、叙事写人的艺术效果吗？

三、栩栩如生的人物形象

《聊斋志异》塑造了数以百计的艺术形象。打开这本文言小说集，众多栩栩如生的人物形象纷至沓来，熙熙攘攘，几乎令读者应接不暇。在《聊斋志异》中，无论是现实生活中的"畸人"，还是幻化成人、跻身人类社会的花妖狐魅，多数都"同于化工赋物，人各面目"（冯镇峦《读聊斋杂说》），具有鲜明的个性特点。其中一些最优秀的篇章，读了之后，人物謦咳声口如萦耳际，音容笑颦如在目前。《聊斋志异》中塑造非现实形象的基本方式，是以他们作为"人"（具有现实真实感的个性特征、思想感情、人际关系等）的社会性为核心，自然巧妙地融合进他们作为"物"（他们的本体是动物、花木、鬼、仙等）的自然属性或幻想属性，使之成为一种"人性"和"物性"复合统一的艺术形象。如《绿衣女》中的绿衣女，她的本体是一头绿蜂。绿衣女唱歌时"声如细蝇"，"宛转滑烈"的音量音质，正像一只绿蜂在耳际鼓翼而飞；她身着"绿衣长裙"，"腰细殆不盈掬”，又掩映着绿蜂的体态和羽翅。在这里，绿蜂的固有气质被融合进人物的形象塑造中。又如《阿纤》所写的阿纤是鼠精，她除了具有少女的性格特点外，还长于积粟，并且搬迁、出走都是在夜间，这也在人物身上融合进了动物的自然属性。非现实性艺术形象“人性”和“物性”复合统一的特点，一方面使这类形象具有充分的社会性，得以寄托作家在现实中产生的思想、情感和理想；同时这类形象所蕴涵的各种形式的非现实性，又契合着读者传统观念中积淀的对花妖狐魅等异类的认识，从而使其具有了特殊的真实感。而且物性本体所固有的气质、自然属性以及精怪的神异性，也使读者感到陌生、新颖，从而大大增强了形象的美感。

四、幻想性的情节逻辑

《聊斋志异》无论是写世人还是写鬼怪，情节往往带有浓厚的虚幻性色彩。但是情节的发展无论怎样光怪陆离、幻诞诡谲，在作品提供的特定情境之内，却又都顺理成章，生动感人。冯镇峦评道：“聊斋短篇，文字不似大篇出色。然其叙事简净，用笔明雅。譬诸游山者，才过一山，又问一山。当此之时，不无借径于小桥曲岸，浅水平沙。然而前山未远，魂魄方收，后山又来，耳目又费。虽不大为着意，然正不致遂败人意。又况其一桥一岸，一水一沙，并非一望荒屯绝徼之比。晚凉新浴，豆花棚下，摇蕉尾，说曲折，兴复不浅也。”（《读聊斋杂说》）

在《聊斋志异》作品虚幻的情节中，往往蕴涵着令人信服的人物性格的逻辑。《聊斋志异》往往在一篇作品的开头，就以一两个细节，一两句话，点示出人物的基本性格，以后的情节发展即使幻象丛生，人物的性格逻辑却像一根彩线贯穿始终，读者也不由自主地以幻为真。如《续黄粱》写曾孝廉“高捷南宫”时，在禅院向一卜者询问：“有蟒玉分否?”一句话就表现出他垂涎朱紫的思想。卜者“正容许二十年太平宰相”，曾孝廉“气益高”，“便指同游曰：‘某为宰相时，推张年丈作南抚，家中表为参、游，我家老苍头亦得小千把，于愿足矣’”。进一步表现了他贪鄙庸俗的灵魂。以下，作品就遵循这种性格逻辑展开了曾孝廉在梦幻中做宰相的一系列情节，写他穷奢极欲，无所不为。这些情节虽然是在法术的操纵下实现的，却是现实中人物性格的合乎逻辑的发展。

《聊斋志异》虚幻性情节的另外一种内在逻辑是幻想的逻辑。如《宦娘》中的鬼女宦娘，帮助知交温如春与良工成婚，小说借助了宦娘作为鬼的神异性特点，靠非现实的幻想逻辑推动情节的转换、发展。这种幻想性的情节逻辑，往往夸张、放大了所塑造的人物形象和所表现的主题。如《阿宝》中，痴情、迂讷的孙子楚在别人的怂恿下向“绝色”的阿宝求婚，遭到拒绝后“曩念顿冷”。清明节郊游时看到阿宝果然“娟丽无双”，他的灵魂竟不由自主地离开躯体，跟随阿宝而去。这一虚幻情节生动地渲染了孙子楚内向而痴迷的性格特征。而《司文郎》中，为了讽刺试官的有眼无珠，让瞎和尚用嗅纸灰的办法鉴别文章的优劣，试官赏识的文章竟然使他“向壁大呕，下气如雷”，这样的虚构情节就有效地夸大了题旨。《聊斋志异》的虚幻性情节使得人物性格和作品主题读来分外真切鲜明。

五、优美典雅的小说语言

《聊斋志异》在文言小说的语言创新上也取得了很高的艺术造诣。王士禛《题〈聊斋文集〉后》称赞道：

> 八家古文辞，日趋平易，于是沧溟、弇州辈起而变之以古奥；而操觚家论文正宗，谓不若震川之雅且正也。聊斋文不斤斤宗法震川，而古折奥俏，又非拟王、李而得之，卓乎成家，其可传于后无疑也。(《聊斋文集》附录)

的确，举凡秦汉时期史家之文的高古，魏晋之际邺下之文的通脱，南北朝时期骈俪之文的典丽，唐宋八大家之文的抑扬顿挫，乃至于明清时期八股文的起承转合，《聊斋志异》都能熔为一炉，锻铸出自身独特的艺术风格。尤其是运用文言来叙事状物，描摹对话，《聊斋志异》能够做到惟妙惟肖，生动活泼，贴切传神，的确非大手笔不能为之。它采用的是优美、典雅、精练、传神的文言，又做到了文言体式和生活神髓的高度统一，以致任何白话翻译都无法与原作的精妙相媲美。《聊斋志异》中无论是人物语言还是叙述语言、描写语言，都在文言形式中蕴涵着强烈的生活气息。

分析举例

《聊斋》语言的生活气息

例如《翩翩》写仙女翩翩与罗子浮结为夫妻后，又一仙女来访翩翩：

> 一日，有少妇笑入，曰："翩翩小鬼头快活死！薛姑子好梦，几时做得？"女迎笑曰："花城娘子，贵趾久弗涉，今日西南风紧，吹送来也！小哥子抱得未？"曰："又一小婢子。"女笑曰："花娘子瓦窑哉！那弗将来？"曰："方呜之，睡却矣。"于是坐以款饮。又顾生曰："小郎君焚好香也。"生视之，年廿有三四，绰有余妍。心好之，剥果误落案下，俯假拾果，阴捻翘凤……城笑曰："而家小郎子，大不端好。若弗是醋葫芦娘子，恐跳迹入云霄去。"女亦哂曰："薄幸儿，便直得寒冻杀！"相与鼓掌。花城离席曰："小婢醒，恐啼肠断矣。"女亦起曰："贪引他家男儿，不忆得小江城啼绝矣。"

两位仙女的对话，用的是文言的形式，"薛姑子好梦"、"瓦窑"、"肠断"等文言典故信手拈来。但同时蒲松龄吸收了大量民间口语，略加提炼，使文章读来充满浓郁的生活气息。再如《饿鬼》这样描写一个学官的形状："(年)六十余，补临邑训导数年，曾无一道义交。惟袖中出青蚨，则作鸲鹆笑，不则睫毛一寸长，棱棱若不相识。"这段文字中"青蚨"典故和文言词语、句式的运用，使其具有典雅的语言感觉。但作者又用鸬鹚的笑声来形容学官见钱眼开的丑态，用“睫毛一寸长，棱棱若不相识”来刻画学官不见钱时面目冰冷的形象，这就逼真生动地表现了一个贪官的特点，可视而又可感。

《聊斋志异》的语言中所蕴涵的生活神髓，有助于增强花妖狐魅、畸人异行的现实真实感；而文言体式和生活语言的差距，则又与艺术形象的神秘特点相适应。二者的有机融合，使作品字字珠玑，创造了一种独特的灵动传情的语言风格。

六、流传与影响

《聊斋志异》书未脱稿，便在朋辈中传阅，连当时的刑部尚书、文坛盟主王士禛也读过蒲松龄的手稿，并题诗云：“姑妄言之姑听之，豆棚瓜架雨如丝。料应厌作人间语，爱听秋坟鬼唱时。”（王士禛《蚕尾诗集》卷一《戏书蒲生〈聊斋志异〉卷后》）《聊斋志异》问世后，陆续出现了多种抄本、刻印本、评注本。道光四年（1824），段栗玉（生卒年不详）为《聊斋志异》刻印本写的序言说：“余自髫龄迄今，身之所经，无论名会之区，即僻陬十室，靡不家置一册。”可见当时《聊斋志异》已经家喻户晓。直至今天，《聊斋志异》仍脍炙人口，它的丰富的艺术智慧留给后人无穷的启迪。据不完全统计，《聊斋志异》至今已有英国、法国、德国、意大利、西班牙、荷兰、比利时、挪威、瑞典、捷克、罗马尼亚、波兰、匈牙利、保加利亚、俄国、越南、朝鲜、日本等18种外文的几十种译本，在世界各地拥有众多的读者。

第三节
“聊斋”体小说

《聊斋志异》初因蒲松龄生活窘困，无力梓行，仅以抄本传世。乾隆三十一年（1766）青柯亭刊本行世后，风行天下，掀起了文言小说创作的热潮。不少文人作家近承《聊斋志异》的笔意，远绍唐宋传奇小说的风范，创作出一批优秀的“聊斋”体文言小说，如和邦额的《夜谭随录》、沈起凤的《谐铎》、宣鼎（1832—1880）的《夜雨秋灯录》、《续录》等。

一、《夜谭随录》

《夜谭随录》一百四十篇，有四卷本和十二卷本。该书真人真事与幻化情节相结合的构思，以志怪的笔法志人传奇，都继承了《聊斋志异》的艺术特色。所以钱钟书（1910—1998）称道："模拟《聊斋》处，笔致每不失唐临晋帖。"[①] 卷首乾隆四十四年（1779）作者自序，云："予今年四十有四矣，未尝遇怪，而每喜与二三友朋，于酒觞茶榻间，灭烛谭鬼，坐月说狐。稍涉匪夷，辄为记载，日久成帙，聊以自娱。昔坡公强人说鬼，岂曰用广见闻，抑曰谭虚无胜于言时事也。故人不妨妄言，己亦不妨妄听。"由此可见他的创作主旨及创作态度。该书多述神鬼怪异的故事，有的作品侈谈鬼神，多率易不经之语；有的作品则旁敲侧击，在谈神论鬼中藏有深意。如《陆水部》写陆生楠遣谪察哈尔途中的故事，对他从军途中落拓无依，遭受凌辱，表示同情和哀叹。昭梿《啸亭续录》曾说："陆生楠之事，直为悖逆之词，指斥不法，乃敢公然行世，初无所论劾者，亦侥幸之至矣。"（卷三"夜谭随录"条）昭梿的不满，正从侧面说明了《夜谭随录》的思想价值。书中还有对炎凉世态的描绘，如《铁公鸡》、《梁生》等；有对宗教禁欲的嘲讽，如《闵顶》、《柏林寺僧》等。有的篇章继承《聊斋》传统，歌颂男女真情，如对男女间至死不渝、死而复生爱情的描绘（卷九《倩儿》），对人狐相恋的梁生、狐女情事的褒扬（卷三《梁生》），对藕、菱幻化的少女藕花、菱花与书生爱情的叙述（卷十二《藕花》），均想象优美浪漫，描写传神动人。和邦额广见博闻，《夜谭随录》所涉地域辽阔，所记事物繁多。书中描绘各地的风物、习俗、人情世态，宛然若现，栩栩如生。

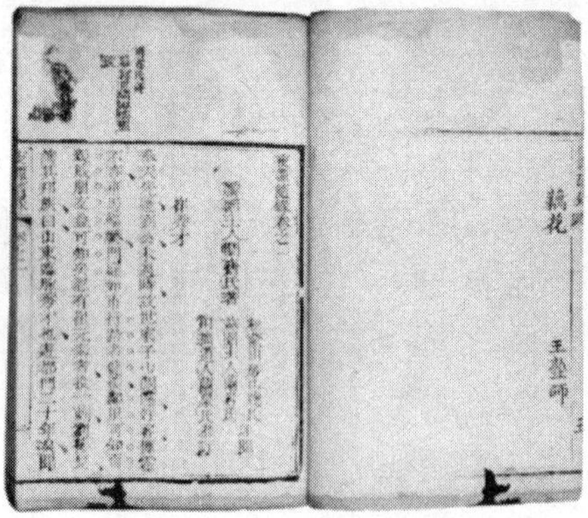

《夜谭随录》书影　清刻本

二、《谐铎》

《谐铎》十二卷一百二十篇，现存清乾隆五十六年（1791）藤花榭刊本、乾隆五十七年（1792）巾箱本等。该书是模仿《聊斋》之作中较为优秀的一部，时人称："《谐铎》一书，脍炙人口，《聊斋志异》以外，罕有匹者。"（蒋瑞藻《小说考证》卷七引《春灯轩快谭》）书名"谐铎"，寓有作者深意。书后马惠跋曰："《搜神》点鬼，志怪《齐谐》；发聩振聋，徇人遒铎。""本恻怛慈悲之念，为嬉笑怒骂之文；借蛇神牛鬼之谈，寄警觉提撕之慨。"由此可见作者的创作主旨是"寓庄于谐"，于嬉笑怒骂中惩创人心。该书内容多写花妖狐怪、

① 钱钟书：《管锥编增订》，64页，北京，中华书局，1982。

奇闻异事，而于荒渺的异闻故事中，出笔辛辣，针砭时弊，具有强烈的讽刺色彩。有的作品讥弹前朝百官公卿皆类乞儿，讽刺其媚骨佞舌风行天下的丑态（见卷十二《贫儿学谄》）；有的嘲笑文人无行，骄横空疏（见卷十二《才士惩骄》、卷七《巾帼幕宾》）；有的批判官吏之狼餐虎噬、贪得无厌的本性（见卷六《森罗殿点鬼》、卷八《棺中鬼手》）；有的揭露科举蒙蔽人心、荼毒灵性的弊害（见卷三《读书贻笑》）。该书多取近闻，夹杂奇想，随笔点染，妙手生发，描摹世相，深刻犀利。其中最为著名的是《桃夭村》，构想奇特，结局诙谐，表达了作者的立意："钱神弄人，是非颠倒。岂知造化弄人，更有颠倒钱神之柄哉!"《谐铎》作品多具诙谐色彩，情节设置往往奇思妙想，出人意料，文笔流畅，文词华美。如《鲛奴》篇写陶万珠拜祷慈云座下的描写："白莲合掌，细柳低腰，弄影流光，皎若轻云吐月。"颇为传神。该书体制上也有新意，相连两篇的题目，两两对偶，如《隔牖谈诗》与《垂帘论曲》，《讼师说讼》与《名妓沽名》。篇末效仿《聊斋志异》的"异史氏曰"为"铎曰"，表明作者观点、见解。

三、《夜雨秋灯录》

《夜雨秋灯录》初版于光绪三年（1877），《续录》初版于光绪六年（1880），均为上海申报馆仿聚珍版印。全书共十六卷二百三十篇，始撰于同治十一年（1872）。该书的创作宗旨是抒写孤愤，消除块垒，蔡尔康（1851—?）说："美刺悉本《风》诗，事属子虚而不害；毁誉总存直道，言虽孤愤而何伤。"（《夜雨秋灯录》蔡序）作品选材广泛，有的作品描述世态炎凉、人情浇薄的世风，如《银雁》、《绿蓑钓翁》；有的作品抨击黑暗社会的不法官吏，如《父子神枪》、《柴秀才》；有的作品歌颂真挚的情感，如《麻疯女邱丽玉》、《蚌珠》；有的作品揭露妓家的骗术，如《珠江花舫》、《沉香街》；有的作品想象域外奇国、海天遨游，受到近代文明的影响，如《冰炭缘》、《清波公子》；有的作品叙述中国人受洋商凌辱的故事，从侧面反映了列强入侵中国的悲剧，如《长人》。书中故事多半直接取材于现实生活，其他写神怪鬼狐的作品也以人事为主干，体现了作者关注现实、关注民生的情怀。也有一部分作品写得空灵奇幻、瑰丽多彩，富有浪漫的奇思妙想，如《冰炭缘》对冰国"雪海雪山，环植琪花瑶草"、炭国"火山火井，环植火树银花"的描绘，令人神往。作者精于结构，巧于剪裁，叙述故事跌宕起伏，波属云委，使小说具有很强的可读性。《夜雨秋灯录》、《续录》在清末影响较大，"一时传布颇广远"（鲁迅《中国小说史略》）。

第四节 《阅微草堂笔记》及其他

乾隆、嘉庆年间（1736—1820），与"聊斋"体小说相抗衡的，是纪昀的《阅微草堂笔记》。

一、《阅微草堂笔记》的成书与刊刻

纪昀像

《阅微草堂笔记》是纪昀晚年的作品，从乾隆五十四年（1789）至嘉庆三年（1798）陆续写成。全书共二十四卷，一千二百一十八则，依次包括《滦阳消夏录》六卷，《如是我闻》四卷，《槐西杂志》四卷，《姑妄听之》四卷，《滦阳续录》六卷。当时每脱稿一种，就被亲朋好友竞相传抄刻印，流行海内。嘉庆五年（1800），全书由纪昀门人盛时彦（生卒年不详）合刊印行。

二、《阅微草堂笔记》的叙事风格

纪昀极不赞成《聊斋志异》“摹绘如生”的“才子之笔”，主张采用“引经据古，博辨宏通”、“简淡数言，自然妙远”的叙事风格（《阅微草堂笔记》卷十五《姑妄听之序》）。因此，与蒲松龄《聊斋志异》“用传奇法，而以志怪”（鲁迅《中国小说史略》）不同，《阅微草堂笔记》秉承的是魏晋六朝志怪的传统衣钵而有发展变化，“叙事简，说理透，垂戒切，初不屑屑于描头画角”（俞鸿渐《印雪轩随笔》）。该书记录见闻不铺张渲染，多简约勾勒，而章法谨严，不冗不滞，意境淡远。少数篇章叙事委曲周至，类似传奇，称得上是意味隽永的小品。该书尤其长于议论，或直抒己见，或借他人之口，持论平允，鞭辟入里。语言简朴平实，看似随兴所至，信笔挥洒，平淡无奇，实则字斟句酌，摇曳多姿，天趣盎然。

☞ **多学一点**

考据与小说

受到乾嘉学派考据之风的濡染，《阅微草堂笔记》“必取熔经义，而后宗旨正；必参酌史裁，而后条理明；必博涉诸子百家，而后变化尽”，“至于辨析名理，妙极精微；引据古义，具有根柢，则学问见焉”（盛时彦《姑妄听之跋》，《阅微草堂笔记》卷十八）。在小说中，考据既作为一种重要的手段被使用，同时又构成作品的重要部分。

《阅微草堂笔记》旨在借“原不入儒家”（《阅微草堂笔记》书后自题诗）的笔记小说，“有益于劝惩”（《阅微草堂笔记》卷一《滦阳消夏录序》），“不乖于风教”（《阅微草堂笔记》卷十五《姑妄听之序》）。但该书毕竟是纪昀官务之暇的消遣之作，如《滦阳消夏录》和《姑妄听之》序言说，他的创作缘于“昼长无事”、“时拈纸墨，追录旧闻”、“消遣岁月”，显示出一种平和安详地看待人生的态度和恬淡洒脱的心境。因此全书诞而近情，趣而寓理，处处流溢着雅人慧心。正如李慈铭所说，《阅微草堂笔记》“虽事涉语怪，实其考古说理之书”（《越缦堂读书记》光绪丙子七月初六日）。

三、通情达理的论事标准

纪昀志怪，常常以是否通情达理作为论事的标准，如卷七“史太常松涛言”条云：“其事极奇，而实为情理所必至。”卷十“任子田言”条云：“圣人通幽明之礼，故能以人情知鬼神之情也。不近人情，又乌知《礼》意哉!”所以，纪昀记事不偏颇一隅，论事也不固执一理，而是设身处地，以情度事，“揆事势之利害”（卷九“吴惠叔言”条），因此往往能对人情事理别有所见，洞若观火。

分析举例

节妇的肺腑之言

《阅微草堂笔记》卷十一载：

> 交河一节妇建坊，亲串毕集。有表姊妹自幼相谑者，戏问曰：“汝今白首完贞矣，不知此四十余年中，花朝月夕，曾一动心否乎?”节妇曰：“人非草木，岂得无情?但觉礼不可逾，义不可负，能自制不行耳。”

节妇的这番肺腑之言，在理学家看来，无疑是大逆不道的，因为节妇既然高张礼义贞节的大旗，就必须也必然要完全泯灭自身的感情和欲望。如此赤裸裸地表白情欲，岂不是往节妇脸上抹黑吗?但是纪昀却不以此为然，他引王梅序的议论说：“此妇子孙，颇讳此语。余不敢举其氏族。然其言光明磊落，如白日青天，所谓皎然不自欺也，又何必讳之!”这也正是纪昀的态度。有情有欲，而又能“自制不行”，这不是更真实，也更难能可贵吗?

四、哲理性的思考

纪昀志怪，在注意怪异故事的真实性和趣味性的同时，还常常借题发挥，引申出对生活的体验和对人生的思考，赋予故事以独特的哲理性。试比较以下两段类型相似的记载：

> 江淮有妇人，为性多欲，存想不舍，日夜常醉。旦起，见屋后二少童，如宫小吏者。妇因欲抱持，忽成扫帚。取而焚之。(《太平广记》卷三百六十八引《幽明录》)
>
> 奴子王廷佑之母言：青县一民家，岁除日，有卖通草花者，叩门呼曰：“伫立久矣，何花钱尚不送出耶?”诘问家中，实无人买花。而卖者坚执一垂髫女子持入。正

纷扰间，闻一媪急呼曰："真大怪事，厕中敝帚柄上，竟插花数朵也。"取验，果适所持入。乃锉而焚之，呦呦有声，血出如缕。此魅既解化形，即应潜养灵气，何乃作此变异，使人知而歼除，岂非自取其败耶？天下未有所成，先自炫耀；甫有所得，不自韬晦者，类此帚也夫！（《阅微草堂笔记》卷七）

比较这两段关于器物怪的描写，后者不仅让事情发生在众目睽睽之下，使人信而不疑，也不但文笔曲折有致，饶有趣味，更值得注意的，是纪昀借题发挥，因事说理，采用了类似于寓言的手法，让人读了之后，细加品味，多有启迪。

五、存疑的态度

纪昀志怪，于所记之事，并非全信，亦非全然不信，而是常常遇事存疑，启发读者分析、思考、评论或判断，从而对生活的复杂性得到更为深刻的领悟。如卷十五记载了这么一件事：

乌鲁木齐牧厂一夕大风雨，马惊逸者数十匹，追寻无迹。七八日后，乃自哈密山中出。知为乌鲁木齐马者，马有火印故也。是地距哈密二十余程，何以不十日即至？知穹谷幽岩，人迹未到之处，别有捷径矣。大学士温公，遣台军数辈，裹粮往探，皆粮尽空返，终不得路。

此事的确离奇古怪，其中究竟有什么奥妙呢？纪昀并没有简单地给出一个现成的答案，而是借他人之口，提出了多种猜测："或曰：'台军惮路远，在近山逗遛旬日，诡云已往。'或曰：'台军惮伐山开路劳，又惮移台搬运费，故讳不言。'"——这是从台军的角度落想的。"或曰：'自哈密辟展至迪化（即乌鲁木齐城名），人烟相接，村落市廛，邮传馆舍如内地，又沙平如掌。改而山行，则路既险阻，地亦荒凉，事事皆不适，故不愿。'或曰：'道途既减大半，则台军之额，驿马之数，以及一切转运之费，皆应减大半，于官吏颇有损，故阴掣肘。'"——这是从官吏的角度推测的。"或又为之说曰：'失马谴重，司牧者以牢醴祷山神，神驱之，故马速出，非别有路也。'然神能驱之行，何不驱之返乎？"——这又是从神怪的角度曲为之解的。纪昀根据现实社会的人情事理，对离奇事件的解释提供了多种可能性，但自己却以"终不可解"一笔荡开，让读者去进行选择、判断。的确，提出难解的疑问，比起给出现成的答案来，岂不是更益人神智，也更动人耳目？这正是纪昀的雅人慧心所在。

六、其他志怪小说

《阅微草堂笔记》问世后，在文人学者中广泛流传，成为清代最有代表性的拟魏晋志怪类小说，也是继《聊斋志异》之后影响最大的笔记体小说集。与《阅微草堂笔记》大略同时，袁枚创作了笔记小说《子不语》，一名《新齐谐》，"广采游心骇耳之事，妄言妄听，记而存之”（《自序》）。全书文笔清新自然，朴实无华，亦庄亦谐，妙趣横生。但过于率意，时有芜秽。在《阅微草堂笔记》之后，道光年间（1821—1850）出现了一批“阅微”体的文言小说集，如许元仲（1755—1827后）的《三异笔谈》、慵讷居士（1755—1821）的《咫闻录》、梁章钜（1775—1849）的《归田琐记》、俞鸿渐（1816年举人）的《印雪轩随笔》（道光二十五年序）等。这些作品大都仿效《阅微草堂笔记》，采用严谨的考据文章形式，材料详尽，广征博引，推理严密，行文中详加注解。“阅微”体的余绪至晚清而不绝，俞樾（1821—1907）的《右台仙馆笔记》、《耳邮》亦属此类笔记小说。

【温故知新】

蒲松龄的生平经历　《聊斋志异》的版本　花妖鬼狐与现实社会　用传奇法而以志怪　《聊斋志异》的语言艺术　“聊斋”体文言小说　《阅微草堂笔记》　“阅微”体文言小说

【请你思考】

1. 结合具体篇章，谈谈《聊斋志异》中花妖鬼狐的世界与现实世界的对立。
2. 联系后人评论，分析蒲松龄“才子之笔”的具体含义。
3. 论述《聊斋志异》小说语言所取得的艺术成就。
4. 根据例证论述“聊斋”体小说对《聊斋志异》艺术风格的继承与发扬。
5. 比较《阅微草堂笔记》著述风格与《聊斋志异》及“聊斋”体小说的异同。

【推荐阅读】

（清）蒲松龄．张友鹤辑校．聊斋志异会校会注会评本．上海：上海古籍出版社，2011

（清）纪昀．阅微草堂笔记．上海：上海古籍出版社，1980

蒋瑞藻编．江竹虚标校．小说考证．上海：上海古籍出版社，1984

朱一玄编．聊斋志异资料汇编．郑州：中州古籍出版社，1985

第六章 章回小说的高峰

【导读】

在18世纪中叶的中国文坛上，《儒林外史》和《红楼梦》的出现，把中国古代白话小说从俗文学提升到雅文学的文化品位，并将中国古典章回小说推向了当时世界小说艺术的最高峰。然而盛难为继，在这两部小说名著之后，作为雅文学的章回小说创作随之沦于衰落的境地，于是章回小说又重新走向了民间。

第一节
《儒林外史》的文化反思

一、成书与版本

清雍正十一年（1733）二月，吴敬梓携续弦夫人叶氏，自家乡全椒（今属安徽）移居南京（今属江苏），寄居于秦淮水亭。他布置了文木山房，作为他的书斋，在这里开始撰写杰出的长篇讽刺小说《儒林外史》。历经十余年，大约在乾隆十三年到十五年（1748—1750）之间，《儒林外史》基本完成。

学术轶事

吴敬梓的著述生涯

吴敬梓在为友人王溯山所画的《左茅右蒋图》题诗中，曾叙述到自己的著述生涯："几年卜筑板桥住，秦淮水色钟山树。木兰舟内急觞飞，杨柳桥边歌板度。著书仰屋差自娱，无端拟献金门赋。"（《文木山房集》卷二·诗一《题王溯山左茅右蒋图》）板桥是南京秦淮河上的一座桥梁，吴敬梓在雍正十一年（1733）三十三岁移家南京所居住的秦淮水亭，就是"卜筑"在板桥附近的。"著书仰屋"乃是用南朝梁萧恭的故事，据《梁书·南平元襄王伟传》，萧恭曾对人说："下官历观世人，多有不好欢乐，乃仰眠床上，看屋梁而著书。千秋万岁，谁传此者?"由此可知，吴敬梓移家南京后就开始创作《儒林外史》了。其至友程晋芳（1718—1784）说："《外史》纪儒林，刻画何工妍。吾为斯人悲，竟以稗说传!"（《勉行堂诗集》卷二《怀人诗》十八首其十六）该诗见收于《春帆集》，该集诗作均编年，根据编年次序，《怀人诗》当作于乾隆十四年（1749）秋。据此可知，《儒林外史》在此时已定稿，并在友朋中流布。①

《儒林外史》完稿后，长时间未曾刊刻。吴敬梓于乾隆十九年（1754）病逝以后，他

① 参见陈美林：《吴敬梓评传》，438～443页，南京，南京大学出版社，1990。

的至友程晋芳于乾隆三十五年到三十六年（1770—1771）之间撰《文木先生传》，文中提到《儒林外史》时，还只说“人争传写之”。《儒林外史》目前可以见到的最早刻本，是嘉庆八年（1803）卧闲草堂本。此本卷首有署名“闲斋老人”者作于乾隆元年（1736）的序，计五十六回，其中五十回附有未署姓氏的回评（四十二、四十三、四十四、五十三、五十四、五十五等六回无评语）。其后有嘉庆二十一年（1816）艺古堂本、清江注礼阁本，同治八年（1869）群玉斋活字本，同治十三年（1874）申报馆活字本、齐省堂增订活字本等。因金和在《儒林外史跋》中说“幽榜”一回为“后人妄增”，因此，20 世纪 50 年代以后出版的排印本，大都删去第五十六回，成为五十五回本。1984 年北京人民文学出版社重印南京师范大学整理本时，将“幽榜”一回作为附录缀于书后。光绪十四年（1888）还出版了增补齐省堂本，为六十回。其中增添的四回书，与全书主旨和风格不一致，鲁迅斥其“事既不伦，语复猥陋”（《中国小说史略·清之讽刺小说》）。

吴敬梓像

☞ **多学一点**

《儒林外史》的刊刻

金和在《儒林外史跋》中说：“是书为全椒金棕亭先生官扬州府学教授时梓以行世。”棕亭，即金兆燕，他在乾隆三十三年到四十四年（1768—1779）之间任扬州府学教授，从程晋芳在乾隆三十五、三十六年之际说的“人争传写之”来判断，金兆燕如果确曾刊刻过《儒林外史》，当在他任职后期，不过这一刻本却始终未曾见有传世。

二、整体结构

《儒林外史》假托明代故事，除了楔子写元明易代时王冕的故事外，正文从明宪宗成化（1465—1487）末年写到神宗万历二十三年（1595）为止，历时一百多年。其实，小说展示的是 18 世纪清代中叶的社会风貌，尤重在“穷极文士情态”（程晋芳《文木先生传》），生动地展示了清代科举制度中读书人的生活状况和精神面貌。在整体结构上，小说第一回通过“楔子”以“敷陈大义”，“隐括全文”，然后又以第五十六回“幽榜”回应“楔子”，首尾呼应，浑然一体。除“楔子”和结尾外，全书主体可分为三部分：第一部分，自第二回至第三十回，以二进（周进、范进）、二王（王德、王仁）、二严（严贡生、严监生）等人为代表，以莺脰湖、西子湖、莫愁湖聚会为中心，主要描写科举制度下文人的堕落，暴露科举制度下文士的痴迷、愚昧和卑劣；第二部分，自第三十一回至第四十六回，以修祭泰伯祠、奏凯青枫城、送别三山门为中心情节，塑造了杜少卿、迟衡山、庄绍光、虞育德、萧云仙等真儒名贤的形象；第三部分，自第四十七回至第五十五回，叙写社会风气日趋恶劣，文人名士更加没落，最后以“四大奇人”的故事，表达对文人出路的探索。

三、儒林心史

闲斋老人的《儒林外史序》，简要地说明了小说的基本思想：

> 其书以功名富贵为一篇之骨：有心艳功名富贵而媚人下人者；有倚仗功名富贵而骄人傲人者；有假托无意功名富贵自以为高，被人看破耻笑者；终乃以辞却功名富贵，品地最上一层，为中流砥柱。(卧闲草堂本《儒林外史》卷首)

无名氏评语也说：“功名富贵四字是全书第一着眼处”，“是此书之大头脑”。《儒林外史》正是以“功名富贵”为焦点，站在俯视整个封建文化的高度，对科举制度中的儒林群相和儒林心态作了深刻的剖析，因此堪称一部“儒林心史”。正如程晋芳所说的：“外史纪儒林，刻画何工妍。”(《勉行堂诗集》卷二《怀人诗》十八首其十六）杨宪益等英译本即题名为 The Scholars。的确，《儒林外史》的伟大之处，不仅仅在于对科举制度的反思，尽管即使在这一点上，这部小说也比前人和同时代人走得更远。《儒林外史》的伟大之处在于，鲜明地提出了儒林群体的命运这一历史的课题，并孜孜不倦地探求儒林的真正出路，力求从总体上描绘出儒林的文化心理及其发展趋向。

四、心灵扭曲

在小说中，平民出身的读书人周进、范进，长时间如痴如醉地热衷于科举，精神变得反常变态。第二回写周进只因不曾进学，六十多岁的人还要受年轻秀才梅玖的揶揄取笑。当周进遇到中了举的王惠时，更是相形见绌，不得不奴颜婢膝地侍奉他。这些遭遇一次次地在他受伤的心灵上增添伤痕。于是当他见到南京贡院号板时，便万感俱发，“一头撞在号板上，直僵僵不省人事”。被人救醒之后，还是“伏着号板”，“放声大哭”，“满地打滚”，“直哭到口里吐出鲜血来”。这岂止口里流血，心也在淌血！第三回写范进年过五十岁，考了二十多次，次次落榜，但仍不死心。他面黄肌瘦，胡须花白，穿着麻布的直裰，头戴破毡帽，还是“冻得乞乞缩缩”地进了考场。一旦中举，范进脆弱麻木的神经无法承受巨大的欢喜，喜极而狂，自己把两手拍了一下，高声地说了一声：“噫！好了！我中了！”说完之后，他往后一绊就跌倒了，不省人事。旁人把他灌醒后，他还是迷迷瞪瞪地，笑着就往外跑：“散着头发，满脸污泥，鞋都跑掉了一只，兀自拍着掌，口里叫道：‘中了！中了！’”

为什么周进、范进等人如此热衷于科举呢？小说中马二先生一语泄露天机：“人生世上，除了这事，就没有第二件可以出头”，“只是有本事进了学，中了举人、进士，即刻就荣宗耀祖”（第十五回）。天目山樵也评道：“何以要做举业？求科第耳。何以要求科第？要做官耳。儒者之能事毕矣。”（申报馆第二次排印本天目山樵识语）而社会上衡量人物的标准，又全看其是否考中功名，如小说中鲁编修所说的："若果有学问，为什么不中了去?"（第十回）高翰林评论杜少卿道："他果然肚里通，就该中了去。"（第三十四回）施御史也以为："有操守的，到底要从科甲出身。"（第四十九回）因此，全国士人对于八股举业无不趋之若鹜，如痴如狂，以致身心受到腐蚀毒害。周进、范进的故事告诉人们，在科举制度盛行的社会文化背景中，读书人是怎样一年又一年地跋涉在科举的漫漫长途上，在这个过程中，他们的心灵、他们的人格又是怎样受到巨大的扭曲。

名门世族出身的蘧駪夫与庄农人家出身的匡超人，则是受人引诱的读书人形象。蘧駪夫风流俊逸、超然不群。他瞧不起八股文，可是他的岳父偏偏是以八股文起家的鲁编修，他的妻子又偏偏是一位有家学渊源、精通八股的鲁小姐；他对科举不感兴趣，一度想超脱科考，但由于小康家境的衰落，想做名士而无望。加上马二先生的鼓吹，于是，他便由对抗转向软化、妥协，终至投降，成为一个庸俗的八股文评选家。匡超人曾经是一个单纯淳厚、勤劳俭朴的青年，由于马二先生一番"文章举业"是人生唯一可以出头之事的启蒙教育，由于知县李本瑛对他的一番抬举，还有假名士、市井恶棍的熏陶、教唆，于是便从科举的道路走向卑鄙的深渊，吹牛撒谎，停妻再娶，卖友求荣，忘恩负义，成了一个丧失灵魂的衣冠禽兽。

小说中的马二先生似乎是清醒明智的读书人。他不像周进、范进那样一生迷醉于通过科举升官发财，而是一个精明能干，对社会、人生有很实际的了解的人；他又不同于蘧駪夫、匡超人，他不仅自己是封建文化的受害者和牺牲品，同时还要招呼、引诱更多的人一起朝着明知没有出路的死胡同里走。他不仅把自己的全部精力献给八股选政，还到处鼓吹宣传："书中自有黄金屋，书中自有千钟粟，书中自有颜如玉。"（第十五回）他认为世界上除了时文而外就没有其他文章，人生除了举业以外就没有其他的事业。孔孟程朱的语录，使他失去了自己独立思考的能力；封建的蒙昧主义，又使他窒息了人所具有的爱美天性。这是一个看似清醒明智实已失去自我的封建文人的典型。

未得科第者多为"稂不稂莠不莠"，已入科第者又怎么样呢？他们大多最终像王惠太守、汤知县、严贡生、严监生等人那样，出仕则成为贪官污吏，居乡则成为土豪劣绅。第八回写王惠由举人而进士，补授南昌知府，一到江西就打听："地方人情，可还有什么出产？词讼里可也略有些什么通融?"为了实现"三年清知府，十万雪花银"的发财梦，他把原任衙门里的"吟诗声、下棋声、唱曲声"换成了"戥子声、算盘声、板子声"，"衙役百姓，一个个被他打得魂飞魄散，合城的人无一个不知道太爷的利害，睡梦里也是怕的"。而严贡生等则在乡里为所欲为，戕害百姓。科举制度就是这样无所不在地扭曲人性，腐蚀人的灵魂，不断地为政治腐败输送"人才"。

五、名士山人

科举入仕之途是走不得的，那么，"名士山人"的终南捷径又如何呢？小说通过莺脰湖边、西子湖畔和莫愁湖上的庸俗闹剧，揭开了"名士山人"们麒麟皮下的马脚：他们有着肮脏的灵魂，无聊的生活，丑恶的行径。如娄三、娄四作为相门公子，只因“科名蹭蹬，不得早年中鼎甲，入翰林”而转为“名士”。于是，他们或模仿文人骚客之调，在酒酣耳热之际高谈阔论，以卖弄浅薄；或模仿礼贤好士之风，不惜出重金和屈尊“三顾茅庐”，招揽杨执中、权勿用等一些所谓“高人”、“贤士”于门下，日夜置酒莺脰湖里，浅斟低唱，作乐寻欢。如果说，二娄的礼贤之举表现的是封建末世名士们精神的空虚，那么，表面装着清高绝俗而灵魂卑鄙龌龊、言若清磬而行同狗彘的杜慎卿，则表现了没落文人精神道德的虚伪与腐朽。杜慎卿号称“名震江南”的才子，生活却荒淫无耻。他在江州纳妾，在神乐观追逐男色，在莫愁湖招集戏子，还暗中攒钱，准备捐个科举功名。原来，“名士山人”在骨子里，还是念念不忘功名富贵的！《儒林外史》以犀利的笔触揭露了这些由封建道德文化孕育出来的假名士的伪善和伪君子的丑恶灵魂。

六、豪杰之士

于是，吴敬梓的目光转向了豪杰之士和真儒贤人。豪杰之士的代表是沈琼枝、杜少卿。沈琼枝由于婚姻不幸逃到南京卖艺，具有坚强不屈的反抗精神、沉着灵活的应变机智和精工巧妙的生活技能。豪奢的富商大贾，如狼似虎的衙门差役，在她心目中视如无物；南京城里啧啧可畏的人言，她毫不在乎，独来独往。她能在污浊的社会里争取女性人格的独立，而这种人格的独立又是建筑在自食其力的基础上的。这是一个前所未有的新女性形象。杜少卿这个形象，人们认为多少寓有吴敬梓自己的影子。他不守家业名声，蔑视科举功名，讲究“文行出处”，对那些“灰堆里的进士”根本不予理睬，摒弃传统的读书做官的人生道路。当安徽李巡抚准备荐举他应博学鸿词之试时，他却装病辞荐，对知县说：“治晚不幸大病，生死难保，这事断不能了。”（第三十四回）因为他清醒地看到：“正为走出去做不出什么事业，徒惹高人一笑，所以宁可不出去的好。”（第三十三回）因此他宁愿保持自己的独立人格，“逍遥自在，做些自己的事”（第三十四回）。杜少卿傲视权贵，乐于助人，尊重女性，尊重个性，既讲求传统的美德，又追求恣情任性、不受拘束的生活，在当时堪称豪杰之士。但他只能“独善其身”，却难以“兼济天下”，在当时的社会里不免陷入苦闷和孤独。

七、真儒贤人

真儒贤人如庄绍光、虞育德、迟衡山、萧云仙等人，看不起“只不过讲个举业”的“读书的朋友”，说：“讲学问的只讲学问，不必问功名；讲功名的只讲功名，不必问学问。”（第四十九回）虞育德身为南京国子监博士，却居然对他负有管辖、教育责任的生员武书说：“我也不耐烦做时文。”（第三十六回）他只是为了养活夫妻两个，不致饿死，才勉强继续做官。他还教育儿子在“读书之余”“学个医，可以糊口”（第四十六回），力图为后代设计一条摆脱读书——科举——做官的生活道路。文武兼备的戍边将领萧云仙在青枫城带领农民垦田植树，兴修水利，开办学堂，开启民智，具体实施“礼乐兵农”的社会改造方案。这些真儒贤人鼓吹著书立说，大兴礼乐兵农，想要成就人才，辅助政教，挽救社会人心，但结果却“也有老了的，也有死了的，也有四散去了的，也有闭门不问世事的”，“渐渐销磨尽了”（第五十五回）。这真是：“风流云散，贤豪才色总成空。”（第五十四回）《儒林外史》精心地编织了豪杰真儒的花环，又冷静地描绘了它的枯黄萎败。

八、市井奇人

小说第五十五回写了四位市井奇人：在寺院里安身的季遐年，卖纸火筒的王太，开小茶馆的盖宽，做裁缝的荆元。这四位奇人不贪富贵，不畏权势，无拘无束，自由自在，既自食其力，又文采风流，实际上是穿着市井衣饰的读书人。他们的做人理想是：“每日寻得六七分银子，吃饱了饭，要弹琴．要写字，诸事都由得我。又不贪图人的富贵，又不伺候人的颜色，天不收，地不管，倒不快活？”季遐年不愿为施御史之孙写字，因为不慕他的势，不借他的光；荆元乐意为灌园的于老者弹琴，因为他们彼此尊重、平等对待。“四客”之所以能如此，是因为他们依赖自己的劳作和技艺获得生活之赀，经济上的独立是人格独立的保证，从而能够“不降其志，不辱其身”（《论语·微子》）。他们的生活情趣、人生理想，与生活在封建科举制度下的一般士人大不相同，小说以赞赏的笔触对他们做了充分的描写，表现出为士人探寻一条新的人生道路的努力。然而，在污浊的现实社会里，这些市井奇人也只能“弹一曲高山流水”：

> 荆元慢慢的和了弦，弹起来，铿铿锵锵，声振林木，那些鸟雀闻之，都栖息枝间窃听。弹了一会，忽作变徵之音，凄清宛转。于老者听到深微之处，不觉凄然泪下。

在举世混沌如梦的世界里，真正清醒的人总是感到无限孤独的。对于现实社会来说，他们似乎是多余的人，因为他们既不属于过去，也不属于现在，应该是属于将来的。

吴敬梓以耳闻目睹的文人士大夫为蓝本，在《儒林外史》中生动地展现了清代社会中的儒林群相。金和跋《儒林外史》说：“若以雍、乾间诸家文集细绎而参稽之，往往十得八九。”[1] 天目山樵评道：“描写世事，实情实理，不必确指其人，而遗貌取神，皆酬接中所频见，可以镜人，可以自镜。”（申报馆第二次排印本天目山樵识语）正因为如此，人们读《儒林外史》时，就常常把它当作清代儒林群相的一面镜子来看。惺园退士序说：“慎勿读《儒林外史》，读之乃觉身世酬应之间，无往而非《儒林外史》。”这种在政治制度制约下或扭曲变态或艰难生存的士人心态，直到今天还具有深广的认识意义。

---

① 转引自何泽翰：《儒林外史人物本事考略》，上海，上海古籍出版社，1985。如庄绍光以程廷祚为原型，马二先生以冯粹中为原型等。

学术轶事

张啸山现实世界重温《儒林外史》

徐珂《清稗类钞·诙谐类》记述了这样一段趣事："张文虎字啸山，南汇人，好诙谐。晚年居钱氏复园，为其校勘书籍。丹铅余暇，辄步行出园，至西门外茶寮小憩。茶寮无雅座，流品混淆，或语之曰：'此间烦嚣乃尔，君何耐之?'则曰：'吾尝阅全椒吴敬梓所撰《儒林外史》，其书于人情世故描写尽致，此间形形色色，悉能肖之。吾至此，不啻重温此书一过也。'言毕大笑。"（《清稗类钞》卷三十五）

从总体上看，《儒林外史》始终为找不到儒林士子真正的人生出路而彷徨、而探索，为看不到民族理想的文化形态而苦闷、而呼唤，因此，《儒林外史》的文化反思带着浓厚的悲剧色彩。当作为社会的良心、人类的精华、民族的中坚的儒林士子，都如此堕落、如此萎靡的时候，这个社会再不变革，还有希望吗?

第二节 《儒林外史》的反讽修辞

一、秉持公心

中国古代的讽刺文学作品，可以追溯到先秦时期的诸子寓言。但真正达到讽刺文学高峰的，却不能不数《儒林外史》。鲁迅指出："迨吴敬梓《儒林外史》出，乃秉持公心，指擿时弊，机锋所向，尤在士林；其文又戚而能谐，婉而多讽：于是说部中始有足称讽刺之书。"（《中国小说史略·清之讽刺小说》）中国古代文学中从来就有讽刺的传统。如《诗经》的"美刺"，其意义在于以讽刺的言词针砭现实。鲁迅认为讽刺的目的在于"希望他们改善，并非要捺这一群到水底里"（《且介亭杂文二集·什么是讽刺》）。吴敬梓创作《儒林外史》的意旨也在于此，闲斋老人认为该书可以起到如下功能："善者，感发人之善心；恶者，惩创人之逸志。"（《儒林外史序》）金和也认为作者的"苦心"在于"警世"（《儒林外史跋》）。的确，《儒林外史》对儒林的无情嘲讽实际上是出于有情挽救的，因此小说中的讽刺构成了意蕴深厚的反讽修辞。

《儒林外史》反讽修辞的精髓，在“秉持公心”四字。鲁迅从讽刺的意义考察这部小说，认为“讽刺小说是贵在旨微而语婉的，假如过甚其辞，就失了文艺上底价值”（《中国小说史略》附录《中国小说的历史的变迁》）。

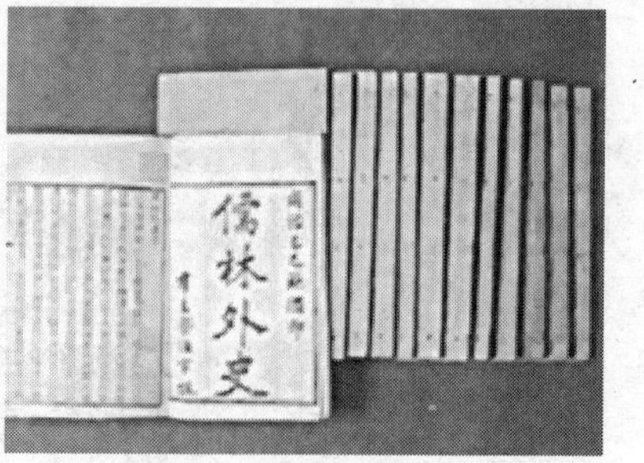

《儒林外史》书影

清同治八年（1869）刻本

二、以真实为讽刺的生命

“秉持公心”，首先体现为《儒林外史》明确地以真实作为讽刺的生命。闲斋老人解释书名说：“夫曰‘外史’，原不自居正史之列也；曰‘儒林’，迥异玄虚荒渺之谈也。”（《儒林外史序》）《儒林外史》的创作自觉地继承了中国古代史学的深远传统，遵循“明镜照物，妍媸毕露，虚空传响，清浊毕闻”的叙事原则，努力使诙谐的讽刺和严肃的写实得到高度的统一，塑造内涵丰富的人物形象。

分析举例

马二先生的性格特征

如第十四回马二先生游西湖的一段描写，历来脍炙人口。西湖的秀丽景色，在马二先生的眼中浑如无物，而酒店里挂着的透味的羊肉，盘子里盛着的滚热的蹄子、海参、糟鸭、鲜鱼等，却使他馋得嘴里直咽唾沫，他没有选择地“每样买了几个钱，不论好歹，吃了一饱”。他见了游西湖的女客，低头不敢仰视，却忍不住偷看女客更换鲜丽的衣裳。见到仁宗皇帝的御书，他连忙把扇子当笏板，扬尘舞蹈，毕恭毕敬地拜了五拜。在书店里看到自己的八股选本，他又情不自禁地打听它的销路。遇到丁仙祠里扶乩，他就想问功名富贵。洪憨仙引他抄近路，他以为神仙有缩地腾云之法。这些逼真的描写，既传神地揭示了马二先生头脑的迂腐和精神的空虚，又带有浓厚的喜剧色彩，使人觉得他迂得可爱，傻得可怜。而他江湖浪荡到处为家，却耿介端方，没有染上欺骗、逢迎等恶习。他还富有热情，笃于友谊，为救人之难而慷慨解囊，为抚人之心而谆谆劝解。这些又显示出他性格中可贵的一面。庸俗、迂腐而又耿介、热情，共同构成马二先生生动的性格特征。

三、掌握讽刺的分寸

“秉持公心”，还表现在《儒林外史》运用讽刺手法时，能够掌握分寸，针对不同的人物作不同程度的讽刺：对南昌太守王惠、高要县汤知县等贪官污吏，严监生、严贡生等土豪劣绅，进行无情的揭露和严厉的鞭挞；对周进、马二先生这样的迂腐儒生，则既有讽刺，又有同情；如此等等。而且，小说的讽刺还往往随着人物的社会地位和思想品质的变化，分别表现出不同的态度。

分析举例

讽刺范进的前后分寸

例如，在范进未中举前，小说对他的同情多于讽刺；而在他中举之后，小说就对他投以辛辣的讽刺了。小说第四回写范进在母亲去世以后，“遵制丁忧”，去汤知县处打秋风时，汤知县设宴款待：

> 席上燕窝、鸡鸭，此外就是广东出的柔鱼、苦瓜，也做两碗。知县安了席坐下，用的都是银镶杯箸。范进退前缩后的不举杯箸，知县不解其故。静斋笑道：“世先生因遵制，想是不用这个杯箸。”知县忙叫换去，换了一个磁杯，一双象箸来。范进又不肯举。静斋道：“这个箸也不用。”随即换了一双白颜色竹子的来，方才罢了。知县疑惑他居丧如此尽礼，倘或不用荤酒，却是不曾备办。落后看见他在燕窝碗里拣了一个大虾元子送在嘴里，方才放心。

居丧尽礼，原来只是表面文章，虚应故事，范进的“孝行”竟如此虚伪！小说在不动声色之中，披示了范进的丑恶灵魂。范进后来又中了进士，更是忘乎所以。本来没有什么学问，甚至连苏轼是哪一朝代的人也不知道，但是他却到处卖弄自己的学问，让人家仰慕他（见第七回）。这种淡淡的描写，通过人物的言论、行动，揭露了他既无知又无耻的嘴脸。这体现了小说对科举制度扭曲人的人格、心灵的社会现象的入木三分的揭示。

四、罪在社会与文化

《儒林外史》的讽刺“秉持公心”，更重要的在于小说始终注意把矛头指向扭曲儒林士子的罪恶的社会制度，而不是单纯地进行人身攻击。儒林士子之所以甘居下流，之所以人格扭曲，之所以龌龊卑鄙，在小说看来，是封建统治制度之罪，是封建道德文化之罪。因此，《儒林外史》的讽刺往往不是烈火般炙热的讥刺，而是一种带着悲怆和忧郁的嘲笑。如第四十八回写王玉辉当了三十年的秀才，考不上举人，爬不进官场，却立志要写三部“嘉惠来学”的书，其中第一部就是礼书，将“事亲之礼，敬长之礼”等分类编纂，“采诸经子史的话印证”，“教子弟们自幼习学”；还有一部是“添些仪制”，目的在“劝醒愚民”的《乡约》书。他对吃人的礼教不仅不惜以残年之力进行宣传，而且还身体力行。当女儿提出要以死守节这样悖逆情理的想法时，他不但没有劝阻，反而大加鼓励：“我儿，你既如此，这是青史上留名的事，我难道反阻拦你？你竟是这样做罢。我今日就回家去叫你母亲来和你作别。”这分明是在催促女儿义无反顾地走向礼教的刑场。当他得知女儿从夫自尽的噩耗时，他心满意足地安慰妻子说：“只怕我将来不能象他这一个好题目死哩！”还仰天大笑：“死的好！死的好！”王玉辉是一位受封建礼教毒害极深而几乎丧失了人性的迂拙夫子，同时又不自觉地成了封建阶级以礼教“杀”人的帮凶。但是，在王玉辉的“仰天大笑”之中，我们也可以窥见他一颗流血的心灵。小说在写他的两次“仰天大笑”之后，又写了他的三次触景生情，伤心落泪。从笑到哭，从理到情，从父训到父爱，层层荡开，层层剖析，展示了在封建礼教、封建道德约束下的一个活生生的灵魂。《儒林外史》生动地展示出儒林阶层中人物性格戚谐组合、悲喜交织的二重结构，从而引起读者掺和着泪水的笑声。

五、白描手法

“秉持公心”，还表现为《儒林外史》在描写人物形象时，往往既不表述主观的见解，也不涂染感情的色彩，而是把合理的夸张和冷静的描述有机地结合起来，用白描手法刻画人物自身的言行举止，从而造成强烈的讽刺效果。从平淡和寻常的生活现象中发现其不合理性，将荒谬可笑的事物按照它本来的面貌加以描写和叙述，让讽刺意味从描写和叙述中自然地流露出来，使读者从中领悟出深刻的审美内涵，这是《儒林外史》成功的一条重要经验。鲁迅称赞它：“无一贬词，而情伪毕露，诚微词之妙选，亦狙击之辣手矣”（《中国小说史略·清之讽刺小说》）。第五回严监生死不咽气的一段描写，便堪称神来之笔。严监生是个有十多万银子的大地主，临死之时，他伸着两个指头，总不肯断气。几个侄儿和一些家人都来乱哄哄地问，有说为两个人的，有说为两件事的，有说为两处田地的，纷纷不一，严监生只管摇头。还是他的小妾赵氏深知其意，分开众人，走上前道：“爷，只有我能知道你的心事。你是为那灯盏里点的是两茎灯草，不放心，恐费了油。我如今挑掉一茎就是了。”说罢，忙走去挑掉一茎。众人看严监生时，他点一点头，把手垂下，登时就没了气。一位死不瞑目的吝啬鬼形象，就这样活灵活现地跃然纸上。

《儒林外史》还善于揭示人物言行之间的矛盾，让人物不由自主地陷入自我暴露、自我嘲弄的处境，显示其内在的虚伪性和可笑性。比如第四回，写横行乡里的恶绅严贡生正在范进和张静斋面前吹嘘：“小弟只是一个为人率真，在乡里之间，从不晓得占人寸丝半粟的便宜。”言犹未了，一个小厮进来说：“早上关的那口猪，那人来讨了，在家里吵哩。”正如卧闲草堂本的评点者所批：“才说不占人寸丝半粟便宜，家中已经关了人一口猪，令阅者不繁言而已解。使拙笔为之，必且曰，看官听说，原来严贡生为人是何等样，文字便索然无味矣。”

《儒林外史》中许多具有浓厚讽刺意味的场面、细节，表面上运用了夸张的手法，其实质却仍是写实的。如第十二回写权勿用戴个高高的孝帽在人丛中乱撞，恰好高帽子撞到一个乡下人掮的扁担上去，把高帽子悄悄地挑走了。乡下人没看见，权勿用摸摸头，才发现没了帽子，急得乱叫乱跑，追着乡下人要帽子，却不料一头撞到一顶轿子上，差点把轿里的官儿撞跌下来。这种描写同样也是看似夸张的写实。权勿用的生活方式已经形成了一种惯性，一旦有个东西出来阻止他的惯性，他必然应付不了，必然仓皇失措，丑态百出。还有第三回写范进中举后的失态，第七回写梅玖要和尚把周大老爷的亲笔写件揭下来裱藏，第三十七回写成老爹的眼睛随着滚动着的元宝而滚动，等等，都是由于小说突出地描写了人物的可笑可鄙之处，写实也就成了讽刺。

总之，《儒林外史》的反讽修辞，并不借助于外在形式的神秘、混乱、荒唐，而是凭借对儒林群体既平淡、琐细、惯常而又离奇、愚昧、可笑的生活的描写和叙述，深刻地表现了文人内在生命的慢慢萎缩，社会精神支柱的缓缓倒塌。因此，小说透露出一种深沉的哲学的诗意。

☞ **多学一点**

《儒林外史》的身后荣名

乾隆十九年（1754），当吴敬梓的灵柩运往南京时，金兆燕（生卒年不详）曾题诗说：“著书寿千秋，岂在骨与肌。”（《棕亭诗钞》卷五《甲戌仲冬送吴文木先生旅榇于扬州城外登舟归金陵》）的确，《儒林外史》一书为吴敬梓赢得了不朽的身后荣名。20世纪以来，《儒林外史》先后有英、法、德、俄、越、日、韩、捷克、匈牙利等语种译本。欧美诸国以及俄罗斯、日本等国均有研究《儒林外史》的论著发表和出版。《儒林外史》已经成为世界精神文化的珍贵遗产。

第三节 《红楼梦》的悲剧意蕴

《红楼梦》小说具有深邃的悲剧意蕴和卓越的艺术成就，达到了中国古典小说的顶峰，是中国文学宝库乃至世界文学宝库中的稀世瑰宝。

一、成书与版本

曹雪芹像

《红楼梦》原名《石头记》，前八十回的作者是曹雪芹。有关《红楼梦》的具体成书过程，研究者意见不一，因资料缺乏，目前还没有确切、一致的结论。《红楼梦》的具体写作年代，限于资料同样难以确知。据现在所掌握的资料可以推知，曹雪芹大约在乾隆九年（1744）前后，即其三十岁左右时，开始动笔写作小说。据小说第一回中“曹雪芹于悼红轩中披阅十载，增删五次”之语可知，作者为创作该小说，曾呕心沥血，费时十载，这正如甲戌本第一回“凡例”中所说的：“字字看来皆是血，十年辛苦不寻常。”大约在乾隆十九年甲戌（1754），小说基本完成，因这时已有抄本出现和流传。其后直到曹雪芹去世之前，他可能主要进行一些修改、整理工作。遗憾的是，他生前只整理出八十回，八十回后的一些手稿片断，当时就已迷失难寻，给后人留下永久的遗憾和悬念。乾隆后期，由高鹗（约 1738—1815）续补四十回，成为一百二十回本《红楼梦》。

☞ **多学一点**

曹雪芹卒年的两种说法

曹雪芹的生年无文献资料记载，只能据卒年推算。但卒年有两种说法，一说为乾隆二十七年壬午（1762）除夕，一说为乾隆二十八年癸未（1763）除夕。曹雪芹的友人张宜泉《春柳堂诗稿》中《伤芹溪居士》题前有小注“年未五旬而卒”，另一友人敦诚（1734—1791）《四松堂集》中《挽曹雪芹》有“四十年华付杳冥”之句，由此可知曹雪芹享年四十多岁。以享年四十八九岁来推算，其生年约在康熙五十四年（1715）左右。

学术轶事

《风月宝鉴》与《红楼梦》

《脂砚斋重评石头记》甲戌本第一回的一则朱笔眉批云：“雪芹旧有《风月宝鉴》之书，乃其弟棠村序也。今棠村已逝，余睹新怀旧，故仍因之。”据此，曹雪芹在写作《红楼梦》小说之前，还曾写过一部名为《风月宝鉴》的小说，有些研究者认为《红楼梦》正是在《风月宝鉴》的基础上写成的。

☞ 多学一点

高鹗续写《红楼梦》

高鹗的亲友曾明确记载："传奇《红楼梦》，八十回以后俱兰墅所补。"（张问陶《船山诗草》卷十六《赠高兰墅同年》诗注）

《红楼梦》小说由于屡经增删修改，且长期以抄本的形式流传，所以版本问题非常复杂。一般来讲，《红楼梦》的版本分脂评本和程刻本两个系统。脂评本多是只有八十回的传抄本，因有署名脂砚斋等人的评语，所以习惯上称为"脂评本"或"脂本"，现存较重要的有甲戌本（1754，残存十六回）、己卯本（1759，残存四十一回又两个半回）、庚辰本（1760，残存七十八回）、甲辰本（1784，存八十回）以及列藏本、戚序本等。程刻本是指由程伟元（1745？—1819？）用木活字排版刊印的一百二十回本，主要有程甲本［刊于乾隆五十六年（1791）］和程乙本［刊于乾隆五十七年（1792）］。现在流传最广泛的是根据程甲本或程乙本整理校点的版本。

二、悲剧意识

曹雪芹在《红楼梦》的开头说明自己的创作动机时，一再强调："'梦'、'幻'等字，却是此书本旨"。这"梦"、"幻"，恰恰是曹雪芹从回顾一生，幡然悔悟中得来。他说：

> 今风尘碌碌，一事无成，忽念及当日所有之女子，一一细考较去，觉其行止见识皆出我之上。我堂堂须眉，诚不若彼裙钗，我实愧则有余，悔又无益，大无可如何之日也！当此日，欲将已往所赖天恩祖德，锦衣纨裤之时，饫甘餍肥之日，背父兄教育之恩，负师友规训之德，以致今日一技无成、半生潦倒之罪，编述一集，以告天下。知我之负罪固多，然闺阁中历历有人，万不可因我之不肖，自护己短，一并使其泯灭也。（第一回）

学术轶事

曹雪芹的身世与创作

曹家为清内务府汉军旗人，从曾祖曹玺（顺治、康熙间人）起，历代连任江宁织造，为康熙皇帝的股肱之臣，给家族带来了繁荣昌盛。可是雍正皇帝即位（1723）后，曹家骤然被抄家，成了政治斗争的牺牲品。曹氏家族由盛而衰、由贵而贫的巨变，岂不是犹如梦幻一般？青年时期以后，曹雪芹的生活境遇一落千丈，在贫病交加中度过了凄凉的后半生。在经历过一番梦幻般的生活之后，曹雪芹终于“翻过筋斗来”，对世事幡然大悟。但他并没有甩手天涯，逃避人世，而是在愧悔之余，发愤著书，借“通灵”说“石头”故事，表达自己对社会、人生和生命的悲剧意识和感伤情怀。

王国维认为“《红楼梦》一书与一切喜剧相反，彻头彻尾之悲剧也”（《红楼梦评论·红楼梦之美学上之价值》）。的确，《红楼梦》小说是封建文化由盛而衰的社会悲剧，是青春少女由生而死的人生悲剧，也是青年男女理想失落的婚恋悲剧，这些悲剧触及社会人生的各个层面，使整部小说成为一曲深沉哀婉的社会人生悲歌。

三、社会悲剧

首先，《红楼梦》小说是封建文化由盛而衰的社会悲剧。在小说中，贾府是“昌明隆盛之邦”的“诗书簪缨之族”，曾有过“烈火烹油，鲜花着锦”的极盛时光，但这时却早已“渐渐地露出下世的光景来了”。小说形象地展示了贵族大家庭贾府不可抑止地走向衰亡的过程，成为封建文化“夕阳西下几时回”的悲剧象征。

贾府的衰朽腐败，首先表现为日常生活的穷奢极欲，入不敷出。贾府拥有名目繁多的珍贵器玩，小说里说：“别讲银子成了土泥，凭是世上有的，没有不是堆山积海的。”（第十六回）日常饮食也极其考究，如一顿普通的螃蟹宴，便需花费二十多两银子，刘姥姥叹道：“这一顿的钱够我们庄稼人过一年了。”（第三十九回）一遇婚丧喜庆，更是极尽挥霍之能事，如元妃省亲时，光买戏子、彩灯等就花了五万两银子，这在当时可买四万担粮食，足够一万人一年的口粮！维持这一家族的庞大开支，主要依靠残酷的封建地租剥削，小说第五十三回描写的“乌进孝缴租”，便画龙点睛地描写了贾府豪贵的剥削本性。由于过度挥霍，不善经营，贾府在经济上早已入不敷出，日益枯竭了，不得不靠典当、变卖来支撑豪华的生活排场。古董商人冷子兴早就旁观者清地说：“如今外面的架子虽没很倒，内囊却也尽上来了。”（第二回）管家的王熙凤也说：“出去的多，进来的少，总绕不过弯儿来。”（第八十三回）

贾府的腐朽衰败，还表现为贵族家庭内部的钩心斗角，尔虞我诈。在这个家庭里，嫡庶之间、母子之间、夫妻之间、兄弟之间、妯娌之间，“一个个不像乌眼鸡似的，恨不得你吃了我，我吃了你”（第七十五回），从内部消解着这个大家庭的凝聚力。贾探春痛心地说：“可知这样大族人家，若从外头杀来，一时是杀不死的，这可是古人说的，‘百足之虫，死而不僵’，必须先从家里自杀自灭起来，才能一败涂地呢！”（第七十四回）

贾府的腐朽衰败，更表现为贵族子弟普遍的腐化堕落，冷子兴说：“如今养的儿孙，竟一代不如一代。”（第二回）年长的一代已是“箕裘颓堕”（第五回），且不说自称“老废物”的贾母，即如弃官修道、梦想成仙的贾敬，纵情享乐、荒淫残暴的贾赦，昏庸无能、虚伪专横的贾政，又有哪一个堪称“廊庙之才”？年轻的子弟更是“垮掉的一代”，如贾珍、贾琏、贾环、贾蓉之辈，聚赌嫖娼，淫纵放荡；贾宝玉也不务正业，游手好闲。整个贾府的贵族男性大都荒淫堕落，追逐声色犬马，难怪柳湘莲愤激地对贾宝玉说："你们东府里，除了那两个石头狮子干净罢了！"（第六十六回）古人说："君子之泽，五世而斩。"贾府子弟的一代不如一代，怎能不导致家族的败亡？

☞ **多学一点**

盛极必衰——《红楼梦》的总体结构

盛极必衰，是《红楼梦》小说的总体结构。还在贾府有着"烈火烹油，鲜花着锦"的外观时，秦可卿的鬼魂就清醒地提醒王熙凤说："月满则亏，水满则溢。"（第十三回）丫头小红也愤慨地说："千里搭长棚，没有个不散的筵席。"（第二十六回）盛之极即衰之始，这是《红楼梦》小说自觉揭示的历史辩证法。秦可卿出丧、元妃省亲等喧腾热闹的场景，只不过是"盛世"的回光返照，贵族家庭的危机已是一触即发，封建社会的衰亡已是无可避免，真是"忽喇喇似大厦倾，昏惨惨似灯将尽"（第五回）。小说家对即将爆发的社会危机的预感，对盛极而衰的历史趋向的担忧，凝聚在《红楼梦》小说的社会图景之中，散发在《红楼梦》小说的形象画面之外。曹雪芹身处"康乾盛世"，目光却投向了种种奢华表象背后的末世征兆，这种敏锐的危机感使曹雪芹成为中国古代最伟大的小说家。既然荣辱兴衰是周而复始的，是不可挽回的，那么，在这样的命运面前，人实在显得过于渺小了。第五回《红楼梦曲》最后唱道：

> 为官的，家业凋零；富贵的，金银散尽。有恩的，死里逃生；无情的，分明报应。欠命的，命已还；欠泪的，泪已尽。冤冤相报自非轻，分离聚合皆前定。欲知命短问前生，老来富贵也真侥幸。看破的，遁入空门；痴迷的，枉送了性命。好一似食尽鸟投林，落了片白茫茫大地真干净！

尽管如此，《红楼梦》还是要极力探求家族兴衰、历史发展和文化变迁的现实原因。"命"、"运"、"数"等等，只是终极原因，可以意会，不能言传。真正的文学家，是不会心甘情愿地在终极原因面前止步不前的，他们总是力图对终极原因做出实实在在的现实解释。所以，曹雪芹以如椽的艺术之笔，创造了《红楼梦》小说的艺术世界，令人信服地揭示了贾府不可避免的衰败过程，并悲天悯人地表达了对这种衰败过程的思考和探索，动人心弦地倾诉了对这种衰败过程的感慨和哀伤。

四、人生悲剧

其次，《红楼梦》小说是青春少女由生而死的人生悲剧。《红楼梦》着墨最多的是女性，尤其是那些天真烂漫、洋溢着活力的妙龄少女。曹雪芹曾明确地说，他的创作意图之一就是要"使闺阁昭传"（第一回）。在小说第五回，贾宝玉梦游太虚幻境，所饮茶酒名为"千红一窟"、"万艳同杯"，实则暗喻"千红一哭"、"万艳同悲"的意思，小说便是要为这些“千红”、“万艳”的少女吟唱哀歌。

小说的前半部为贾府中的贵族少女设计了一个“人间伊甸园”——大观园，在大观园中，她们结社赋诗、宴饮嬉戏，无拘无束，尽情展示生命所赋予的青春活力。这种充满欢快、浪漫气息的详尽描绘，使小说后半部少女们先后的死亡和离散，反衬得格外凄清悲凉。贾府中的贵族少女，有的夭折，有的远嫁，有的出家，有的守寡，纷纷陷入社会的泥潭之中，而且纷纷承受了悲剧的结局。贾府一共有四个女儿，即元春、迎春、探春、惜春，她们的名字据说谐音“原应叹息”，这也许正隐含着曹雪芹对她们的人生命运充满了感慨。元春被选入皇宫，最后悲戚地死在深宫中。迎春不幸误嫁匪人，被蹂躏至死，“金闺花柳质，一载赴黄粱”。探春“才自清明志自高，生于末世运偏消”，落得远嫁他乡的结局。惜春更是看破红尘，带发修行，“独卧青灯古佛旁”。此外，史湘云虽然英豪阔大，爽朗乐观，“终久是云散高唐，水涸湘江”，命运坎坷。李纨终身守寡，谨守妇道，但仍摆脱不了“枉与他人作笑谈”的悲剧。自动遁入空门、带发修行的妙玉，“欲洁何曾洁”，到头来依旧是“终陷淖泥中”（以上引文均见第五回）。

至于贾府中身为下贱的侍妾和丫鬟使女，命运则更为悲惨。如投井身亡的金钏儿，抱屈惨死的晴雯，撞壁自尽的司棋，悬梁上吊的鸳鸯，走投无路只好出家的芳官、藕官、蕊官等人，哪一个不是备受凌辱，沦于不幸？小说第一回说：“其中大旨谈情，亦不过实录其事。”小说正是以“实录其事”的笔调，为青春少女倾吐了一曲“情”的挽歌。

小说第二回借贾宝玉之口说：“女儿是水做的骨肉，男人是泥做的骨肉，我见了女儿便清爽；见了男子便觉得浊臭逼人。”在小说中，女儿被看作是天地间的灵气所钟，是生命的精华；而男人是渣滓浊沫，是与女儿悲剧相对立的悲剧制造者：这也反映出曹雪芹对人生和生命的独特理解。青春少女无疑是人间最美好事物的象征，因此少女的悲剧成为人生理想的悲剧的象征。一个社会如果连世间最美好的东西如青春、浪漫、真情都无法维护，都不得不毁灭的话，这个社会存在和持续的合理性就要受到质疑。伴随着红消香断、群芳凋零的，只能是社会的末世和理想的破灭。《红楼梦》曾经企图借助对青春少女的讴歌，在“大荒无稽”的现实世界中寻找真情，但是终究却只能在虚无缥缈的太虚幻境里树立“情榜”。太虚幻境是个“孽海情天”，宫门上的对联大书道：“厚地高天，堪叹古今情不尽；痴男怨女，可怜风月债难酬。”正室墙上也有一副对联，写道：“幽微灵秀地，无可奈何天。”（第五回）这两副对联，表达了小说对“情”的深刻认识：“情”是不朽的，“情”是深挚的，“情”也是虚幻的，是无奈的。太虚幻境里的“情”尚且如此，又何况人世间的“情”呢？

五、婚恋悲剧

最后，《红楼梦》小说是男女青年理想失落的婚恋悲剧。在《红楼梦》中，贾宝玉与林黛玉的爱情悲剧，贾宝玉与薛宝钗的婚姻悲剧，两相纠葛，构成全书的情节主线。

贾宝玉和林黛玉缠绵悱恻的爱情悲剧，感人至深，催人泪下。最早的《红楼梦》小说评论者就称道说：“颦颦宝玉两情痴，儿女闺房笑语私。三寸柔毫能写尽，欲呼才鬼一中之。”（永忠《延芬堂集·因墨香得观红楼梦小说吊雪芹三绝句》其二）小说详细描绘了贾宝玉和林黛玉从相知相爱到生离死别的全过程。宝、黛的爱情本乎性情，不只是在形貌上相互吸引，更多的是在心理上情投意合、情深意长。神瑛侍者和绛珠仙子的神话，赋予他们的心理契合以深邈的精神渊源和幽邃的文化内涵。因为观念上的不同和性格上的差异，宝、黛曾经相互猜忌、误会、争吵，正所谓“未形猜妒情犹浅，肯露娇嗔爱始真”，“不是冤家不聚头”（第二十九回）。最后他们终于达到了灵魂深处的默契与沟通，共同细心地呵护着珍贵的爱情。然而，由于贾宝玉思想观念与行为方式上的特立独行、卓然不群，林黛玉性格感情与处世态度上的孤高自许、不同俗流，他们之间的爱情本身又带上了一种异端性和叛逆性，成为贾府社会里的“异类”，与当时正统的思想观念和处世方式格格不入。尤其是林黛玉，总是我行我素，以高傲的性格与环境相对抗，以诗人的才华去抒发对命运的悲剧感受：

> 愿奴胁下生双翼，随花飞到天尽头。天尽头！何处有香丘？未若锦囊收艳骨，一抔净土掩风流。质本洁来还洁去，强于污淖陷泥沟。（第二十七回）

林黛玉和贾宝玉都不能采取更加果敢，更加坚决，也更加有效的行动，去促成爱情的实现。他们只能痴情地等待着，热切地盼望着，痛苦地哀叹着，用真挚的“木石前盟”去对抗世俗的“金玉良缘”。爱情给予林黛玉的只有感伤和悲哀，她最后用宝贵的生命去殉宝贵的爱情，因为爱情就是她的生命。林黛玉生下来就是为了还泪的，泪还尽了，生命也就终结了。“苦绛珠魂归离恨天，病神瑛泪洒相思地”（第九十八回），林黛玉走了，贾宝玉却仍然在抛洒着痴情的热泪。《红楼梦》小说不仅细致入微地展开了宝、黛爱情交往和心灵碰撞的曲折过程，而且擘肌入理地揭示了宝、黛爱情走向毁灭的必然趋向。可以说，《红楼梦》刻意地构置了一场注定要毁灭的宝、黛爱情悲剧，借以衡定青年男女爱情的力度、深度和浓度。因此，同以往中国小说戏曲中一见钟情、诗书订盟的才子佳人爱情故事相比较，《红楼梦》小说对宝、黛的爱情描写达到了一种前所未有的社会深度和心理深度。

作为贾宝玉与林黛玉“木石前盟”的反衬，《红楼梦》小说还描写了贾宝玉与薛宝钗的“金玉良缘”。薛宝钗也是才貌兼具的绝世佳人，但她与林黛玉的性格截然相反。她城府很深，精明干练，持重圆滑，聪明乖巧，喜怒不形于色，言行举止无不合乎礼教，合乎道德规范，博得上下一片的赞扬。她信奉传统道德，认为“女子无才便是德”，教训黛玉“你我只该做些针黹纺绩的事……最怕看了这些杂书，移了性情，就不可救了”（第四十二回）；她有浓厚的封建等级观念，对金钏的投井，对尤三姐、柳湘莲的悲剧，都采取了冷漠的态度。她的家庭背景，她的品格才干都很符合封建家长的要求，是贾母等人心中宝玉理想的妻子。薛宝钗多次规劝贾宝玉追求读书仕进，这自然会激起宝玉的反感，使其感情天平偏向林黛玉。在这一意义上，贾宝玉对“木石前盟”与“金玉良缘”的选择，是对情与礼的选择，实际上意味着对生存方式的选择。是本乎情性地生存，还是严守礼法地生存？贾宝玉毫不犹豫地选择了前者。在后四十回中，这种选择被王熙凤所设下的“掉包计”戏剧性地毁灭了，在宝玉和宝钗成亲的鼓乐声中，林黛玉泪尽而逝，“木石前盟”化作永恒的遗憾。但“金玉良缘”最终也使薛宝钗成为受害者，贾宝玉的撒手出家，使薛宝钗同样陷入婚姻的悲剧。在这场爱情婚姻的角逐中，宝、黛、钗三人都是失败者，都是悲剧的承受者。警幻仙子演奏的《红楼梦曲》唱道：

都道是金玉良姻，俺只念木石前盟。空对着，山中高士晶莹雪；终不忘，世外仙姝寂寞林。叹人间，美中不足今方信：纵然是齐眉举案，到底意难平。（第五回）

是啊，作为爱情的实体的生命可以终结，然而，作为爱情的结晶的真情却是永生永存的。这种永生永存的真情，无论什么也不能将之扼杀！

六、痴情与梦幻

《红楼梦》一书有一个异名，叫做《情僧录》。小说第一回写道："从此空空道人因空见色，由色生情，传情入色，自色悟空，遂改名情僧，改《石头记》为《情僧录》。"在这一"空——色——情——空"的哲理性逻辑结构中，作为运转的中介的无疑是"情"。正是"情"而不是"空"，成为《红楼梦》全书的主旋律。这种"情"，包含着宝玉和黛玉的炽烈缠绵的爱情，包含着"十二金钗"等少女的薄命感伤的哀情，包含着贾府"忽喇喇似大厦倾，昏惨惨似灯将尽"的悲情，还包含着"落了片白茫茫大地真干净"的幻灭之情，如此等等。也许可以说，正是在曹雪芹对痴情的苦苦追寻和最终幻灭中，中国的古代社会走向了终结。

曹雪芹创作《红楼梦》，有着难与人言的隐衷。潘德舆《读红楼梦题后》说得好："吾谓作是书者，殆实有奇苦极郁在于文字之外者，而假是书以明之。故吾读其书之所以言情者，必泪涔涔下，而心怦怦三日不定也。"这种"奇苦极郁"是什么呢？曹雪芹自己和他的密友脂砚斋的表白更为贴切。第五回《红楼梦曲》的引子唱道："开辟鸿蒙，谁为情种？都只为风月情浓。趁着这奈何天，伤怀日，寂寥时，试遣愚衷。因此上，演出这怀金悼玉的'红楼梦'。"甲戌本《红楼梦》第一回，一僧一道和石头在长谈中说道："瞬息间则又乐极生悲，人非物换，究竟是到头一梦，万境归空。"脂砚斋评语说："四句乃一部之总纲。"是啊，《红楼梦》的真正旨意，不是感慨家世，不是影射政局，不是哀悼爱情，而是表达一种无可奈何的人生空幻的悲叹，一种不可救药的末世衰颓的感伤，一种犹如梦幻般缥缈难寻的愁思，一种梦醒了无路可走的苦痛，一种明知不可为而为之的探索。历时悠久的传统文化的精髓是什么？它在浩浩荡荡的历史发展中将向何处去？悲欢喜怒的人生的真正意义是什么？它在瞬息万变的现实社会中能有什么价值？春花秋谢般的生命为什么存在？它在大千世界里怎样确立自身的位置？——曹雪芹迷惘地询问着，痛苦地思索着。

请再读一读《红楼梦》第一回脂砚斋写的标题诗吧：

浮生着甚苦奔忙，盛席华筵终散场。悲喜千般同幻渺，古今一梦尽荒唐。谩言红袖啼痕重，更有情痴抱恨长。字字看来皆是血，十年辛苦不寻常。

曹雪芹是苦闷的，因为他始终未能找到社会、人生和生命的真正出路和真实意义，他只能深切地感慨社会的荒唐、人生的无谓和生命的幻灭。曹雪芹也是不朽的，因为他留下了一部惨淡经营的《红楼梦》，留下了一道文化探索的深深足迹，更留下了一颗灼热真诚的赤子之心，一片憧憬理想的炽烈痴情。

第四节
贾宝玉和王熙凤

一、贾宝玉的文化性格

在《红楼梦》中，贾宝玉既是悲剧的承载者，也是悲剧的感知者。可以说，小说中的贾宝玉形象是用悲剧之锤一下一下锻铸出来的情的使者和悲的精灵。正如鲁迅所说的："悲凉之雾，遍被华林，然呼吸而领会之者，独宝玉而已。"（《中国小说史略》）通过贾宝玉形象的塑造，小说表现了人的生存悲剧。

（一）贵族子弟的本性

生活在贾府这口堕落腐败的大染缸之中，贾宝玉不免染上了贵族子弟游手好闲的纨绔习气，所谓"潦倒不通庶务，愚顽怕读文章"（第三回）。贾政要他刻苦攻读，结交官场人物，他却看不起科举仕宦，认为这只是"须眉浊物"、"国贼禄蠹"之流用以沽名钓誉的手段。有人劝他谈些"仕途经济"的话，他就大觉逆耳，斥为"混账话"（第三十二回）。他成天无所事事，只爱混在女儿堆里，为女儿捣胭脂、调口红，人称"无事忙"。贾芸到怡红院看他时，他同贾芸谈论的不过是谁家的戏子好，谁家的花园好，谁家的丫头标致，谁家的酒席丰盛，谁家有奇货，谁家有异物，完全是个地地道道的膏粱子弟。但这些都是"小节"，在"大节"上，贾宝玉则是聪明乖巧、知书达理的，深知他的贾母说得好："可知你我这样人家的孩子们，凭他们有什么刁钻古怪的毛病儿，见了外人，必是要还出正经礼数来的。若他不还正经礼数，也断不容他刁钻去了。就是大人溺爱的，是他一则生的得人意，二则见人礼数竟比大人行出来的不错，使人见了可爱可怜，背地里所以才纵他一点子。若一味他只管没里没外，不与大人争光，凭他生的怎样好，也是该打死的。"（第五十六回）

但是，在贾府的贵族子弟中，贾宝玉之所以出类拔萃，与众不同，并不是因为他长得俊美，也不是因为他衔玉而生，更不是因为他能"与大人争光"，而是恰恰是因为他"行为偏僻性乖张"（第三回），有着一般的贵族子弟所不具备的真诚而深挚的"性灵"。这种性灵，表现为一种对迈入成年门槛的深沉恐惧，一种感知社会人生的热切温情，一种憧憬人生理想的虚幻追求。

（二）对迈入成年门槛的恐惧

随着年龄渐增渐长，贾宝玉在走出童年、步入少年的时候，首先深切地感受到个人在社会中无可选择的痛苦和屈从世俗的无奈。作为贾府的继承人，贾家兴旺的希望所系，宝玉原本应该走一条科举荣身之路，以便立身扬名，光宗耀祖。但他却厌恶八股文，“最不喜务正”，不愿走仕途经济的人生道路，反而喜欢“杂学旁收”，成天与姐妹们厮守。这种生活方式与社会对他的定位和家族对他的期许是相悖逆的，这就使得他在言行上违背了封建家庭为他预先规划的生活道路，成了不折不扣的“不肖子孙”。其实他并未坚决地反抗读书做官的传统人生道路，只是在内心中始终不愿意承担社会和家庭的任何责任，只想挣脱名缰利锁，做一个自由自在、无拘无束的“富贵闲人”。因此，对贵族家庭中的种种热闹繁华，他表现出异乎寻常的冷漠。元春封为贵妃，“宁荣两处上下内外人等莫不欢天喜地”，只有宝玉置若罔闻。甚至连从不理事务的林黛玉，在听说贾家入不敷出时还会发些感叹，而宝玉却不以为然地说：“凭他怎么后手不接，也短不了咱们两个人的。”（第六十二回）可见贾宝玉完全是一个自我中心主义者，是封建大家庭的一个局外人。如果说，小说中的贾母虽然想做乐享天年的“老废物”，但还不得不始终操心着家族的未来，那么，贾宝玉就是一个自觉放弃社会责任的“小废物”，对社会、对家族怀着铭心刻骨的冷漠心态。这种冷漠，一方面源自对家庭溺爱的逆反心理，另一方面更源自贾宝玉迈入成年门槛时的深沉的恐惧感。他始终沉溺于童年时代无忧无虑、天真烂漫的生活幻境中，而不愿意长大成人，去承担“成人不自在”的社会重负。

（三）感知社会人生的温情

然而，与对社会和家庭的冷漠心态相辅相成的，却是贾宝玉对人生和生命发自内心的热情和关爱，以至到了“无故寻愁觅恨，有时似傻如狂”（第三回）的地步。警幻仙姑说贾宝玉“天分中生成一段痴情”，名之为“意淫”（第五回）。

☞ 多学一点

宝玉的“痴情”与“意淫”

贾宝玉的这种“痴情”和“意淫”，不仅仅表现为对黛玉的钟情，还表现为对所有少女美丽与聪慧的欣赏，和对她们不幸命运的深切同情，是一种泛爱生命、博爱美好的情感。即使是与他不甚相关的女子，他也常常投之以关爱和同情。如第三十回，当他看到龄官画蔷时，就想到她“心里不知怎么熬煎呢！看他的模样儿这般单薄……可恨我不能替你分些过来”。忽然一阵雨来，他首先想到的是提醒龄官避雨，却忘了自己也站在雨中，身上淋湿了都不知道。他对遭受欺凌的女儿更为体贴，一有机会便以自己的一腔柔情去抚慰那些受伤的心灵，俨然是大观园中的“护花使者”。如第四十四回，因见平儿受到贾琏和凤姐的打骂，贾宝玉感叹不已：“忽又思及贾琏惟知以淫乐悦己，并不知作养脂粉。又思平儿并无父母兄弟姊妹，独自一人，供应贾琏夫妇二人。贾琏之俗，凤姐之威，他竟能周全妥帖，今儿还遭荼毒，也就薄命的很了。想到此间，便又伤感起来。”

贾宝玉有着一颗极其敏感的心灵，过早地感知到青春流逝、生命短暂的悲哀，而且这种悲哀在他心中还与时俱长。当黛玉痛吟“葬花词”，伤感一己的悲哀的时候，旁听的宝玉“不觉恸倒山坡上”，他不仅想到“黛玉的花颜月貌，将来亦到无可寻觅之时”，而且举一反三，“推之于他人，如宝钗、香菱、袭人等，亦可以到无可寻觅之时”，甚至想到“斯处，斯园，斯花，斯柳，又不知当属谁姓矣”（第二十八回）。当他看到大观园中山石后面那“狂风落尽深红色，绿叶成阴子满枝”的杏树时，仲春美好的景色反而勾起他潜伏在心底的深沉的伤生意识。他呆呆地“仰望杏子不舍”，对邢岫烟择夫之事反复推求，“不免伤心，只管对杏叹息”。正在悲叹时，“忽有一个雀儿飞来，落于枝上乱啼”，于是他触景生情，心下想道：“这雀儿必定是杏花正开时他曾来过，今见无花空有叶，故也乱啼。这声韵必是啼哭之声……但不知明年再发时，这个雀儿可还记得飞到这里来与杏花一会不能？”（第五十八回）晴雯去世后，宝玉前去哭吊，未能如愿，又听说宝钗已搬出大观园，“怔了半天，因看着那院中的香藤异蔓，仍是翠翠青青，忽比昨日好似改作凄凉了一般”。他悲从中生，“忽然又想到了司棋、入画、芳官等五个，死了的晴雯……大约园中之人不久都要散的了”（第七十八回）。由此可见，宝玉的痛苦并不是对所爱之人红颜老逝的痛苦，并不是对所处家庭趋于破败的痛苦，也超越了情感受到压抑和摧残的个人痛苦，而是深感人生转瞬即逝、生命脆弱无依的刻骨铭心的痛苦。

(四) 憧憬人生理想的追求

呼吸并领会着这种“遍被华林”的“悲凉之雾”，成就了贾宝玉对人生和生命的存在意义的精神启悟。人生如此悲苦，生命如此短暂，因此，贾宝玉宁愿始终沉迷在虚幻的人生理想之中。人生理想的追求成为贾宝玉生命的价值，而人生理想的幻灭则意味着他生命的毁灭。脂砚斋评道：黛玉“喜散不喜聚”，宝玉则“喜聚不喜散”。喜散不喜聚，这是“却道天凉好个秋”的成年心态，虽然悲观，但实为彻底的超脱。而喜聚不喜散则是恐惧成年的少年心态，表面上的乐观隐藏着深入骨髓的悲观心理。有生必有死，有聚必有散，人生不可能长生不死，也不可能永聚不散。贾宝玉深知此理，而更恐惧此事。为了从心灵中拂去最终死亡和离散的阴霾，贾宝玉只能一厢情愿地陶醉在当下的少女温情之中。他说：“我能够和姐妹们过一日，是一日，死了就完了。”又对袭人说：“比如我此时若果有造化，该死于时的，如今趁你们在，我就死了，再能够你们哭我的眼泪流成大河，把我的尸首漂起来，送到那鸦雀不到的幽僻去处，随风化了，自此再不要托生为人，就是我死的得时了。”（第三十六回）他还对紫鹃说：“我只愿这会子立刻我死了，把心迸出来你们瞧见了，然后连皮带骨一概都化成一股灰——灰还有形迹，不如再化一股烟——烟还可凝聚，人还看见，须得一阵大乱风吹的四面八方都登时散了，这才好。”（第五十七回）对生命的唯一慰藉仅仅是少女的眼泪，但是这就足够了。而且贾宝玉痛苦地绝对不希望获得第二次体验人生的机会，宁可化灰、化烟，“再不要托生为人”，这就遁入了绝对的虚空。因此，他最终弃绝俗世，撒手悬崖，以自我放逐的方式彻底摒弃了现实人生，继续追寻虚幻的理想。

对待社会、人生和生命，贾宝玉无疑是消极的，因为他放弃了社会责任，放弃了人生追求，也放弃了生命的真实存在。但是，贾宝玉同时也是积极的，因为他始终叩问着、追寻着生命存在的意义，力图以此赋予人生以不朽的理想和价值，并烛照出社会的污浊与龌龊。

二、王熙凤的人格特征

（一）权势欲和金钱欲

如果说，《红楼梦》中的贾宝玉在社会上一味畏惧退缩，挣脱名缰利锁，始终沉迷于虚幻的人生理想中，寻求“彼在”的生存意义；那么，与之相形对照的，则是王熙凤在社会上的不懈奋发进取，追逐功名利禄，始终驰骋在真实的人生沙场上，获取“此在”的生存满足。

单就人物形象心理内涵的复杂性而言，《红楼梦》小说中的王熙凤也是说不完、道不尽的。王熙凤“少说也有一万个心眼”，但她最核心、最活跃的心理要素，乃是她那深入骨髓、难以遏止的权势欲和金钱欲。她临死前反省自己的一生，说是：“人家没见的也见了，没吃的也吃了，也算全了，所有世上有的也都有了，气也算赌尽了，强也算争足了。”（第一百零一回）的确，王熙凤的一生，就是在财富权势的疆场上驰骋追逐、争强斗胜的一生。在权势欲和金钱欲的驱动、支配和影响下，她在贾府内外，心狠手辣，刻薄阴毒，刁诈机变，哄上压下，骄大专横，虐人成癖，无所不用其极。手下人形容她：“‘嘴甜心苦，两面三刀’，‘上头笑着，脚底下就使绊子’，‘明是一盆火，暗是一把刀’：他都占全了。”（第六十五回）李纨半开玩笑地说她：“专会打细算盘，‘分金掰两’的……天下人都叫你算计了去。”（第四十回）用她自己的话说便是：“凭是什么事，我说要行就行。”（第十五回）

（二）才智超群的巾帼英雄

不过，王熙凤也确实才智超群，“杀伐决断”，“历练老成”，称得上“脂粉队里的英雄，连那些束带顶冠的男子也不能过”。她实际上是贾府特别是荣府的栋梁之材，铁腕人物。贾府中的人，在理家治事上，绝大多数是废物，是寄生虫，或者干脆是挖墙脚的害虫。只有王熙凤是唯一的一直掌着权、用着权，也会掌权、会用权，能把一个大家族上上下下、主主奴奴玩转了的人物。她自己说：“那一处少得了我？”（第十五回）这话一点也不过分。王熙凤在讨好贾母时的机敏诙谐，在与众姐妹周旋时的干练圆滑，在为自己增加私房钱时的贪

王熙凤形象

娄卑鄙，在对待下人时的精明老到，无论哪一方面，都显示出她的智力力干是贾府中的芸芸众生所难以企及的，“少说些有一万个心眼子”（第六回）。

分析举例

王熙凤协理宁国府

王熙凤才能高超，智力过人，不仅足以胜任荣府这个大家族的日常行政管理，甚至还有余力“协理宁国府”。《红楼梦》第十四回，写王熙凤代宁府操办秦可卿的丧事，极力“写凤姐之珍贵，写凤姐之英气，写凤姐之声势，写凤姐之心机，写凤姐之骄大”（甲戌本《脂砚斋批评石头记》第十四回脂砚斋评语）。而所有这些，又无不根基于她的权势欲。第十三回，当贾珍向王夫人苦苦哀求，请王熙凤到宁府主持家政时，小说这样写道：

> 王夫人心中为的是凤姐未经过丧事，怕他料理不起，被人见笑。今见贾珍苦苦的说，心中已活了几分，却又眼看着凤姐出神。那凤姐素日最喜揽事，好卖弄能干，今见贾珍如此央他，心中早已允了。又见王夫人有活动之意，便向王夫人道：“大哥说得如此恳切，太太就依了吧。”王夫人悄悄的问道：“你可能么?”凤姐道：“有什么不能！算外面的大事，已经大哥哥料理清了，不过是里面照管照管。便是我有不知的，问太太就是了。”

“最喜揽事，好卖弄能干”，这正是王熙凤压抑不住的权势欲的天性流露；而借协理宁国府来树立威信，制伏人心，强化已有的“当家”权势，则是她深藏内心的行为动机。协理宁国府，给王熙凤的才能提供了难得的用武之地，又是她树立管家少奶奶形象的天赐良机，而且还使她的权势欲和好胜心在精神上得到极大的满足和补偿。在操办秦可卿丧事的过程中，王熙凤任专权大，“威重令行，心中十分得意”；所有的亲朋堂客，迎来送往，也“独是凤姐一人周全承应”；她趾高气扬，“不把众人放在眼里，挥霍指示，任其所为，目若无人”。

（三）聪明反被聪明误

在贾府中，王熙凤是一个最务实的人，在她的意念中几乎只存得下名利得失和利害关系。她咄咄逼人，弄权使巧，事事做绝，连贾琏也讥讽她：“太要足了强，也不是好事。”在她短暂的一生里，她把利欲、智谋、机巧、私心都毫无遮掩地呈露做尽了。然而，“凡鸟偏从末世来”（第五回），面临家道中落、危机四伏的衰颓时运，王熙凤只能落得个聪明反被聪明误的凄凉下场。小说第五回《红楼梦曲》写道：

机关算尽太聪明，反算了卿卿性命！生前心已碎，死后性空灵。家富人宁，终有个，家亡人散各奔腾。枉费了意悬悬半世心，好一似荡悠悠三更梦。忽喇喇似大厦倾，昏惨惨似灯将尽。呀！一场欢喜忽悲辛。叹人世，终难定！

这是卖弄聪明才智者的悲哀，更是争夺权势财富者的尴尬。在小说的第一百零一回中，王熙凤抽得了一支签，上面写道："去国离乡二十年，于今衣锦返家园。蜂采百花成蜜后，为谁辛苦为谁甜?"这对于王熙凤的身世际遇来说，是嘲讽，却也凝结着凄凉；是感慨，却也饱含着悲悯。

但王熙凤毕竟是王熙凤，她虽然也曾自我反省："若按私心藏奸上论，我也太行毒了，也该抽回退步"（第五十五回），可她始终是执迷不悟的。她自称是"从来不信什么阴司地狱报应的"（第十五回），所以她贪得无厌地在名利场上玩火，不到"生前心已碎，死后性空灵"的结局决不肯罢休。名利熏心，机关算尽，争强好胜，执迷不悟，这就是王熙凤的典型性格。"枉费了意悬悬半世心，好一似荡悠悠三更梦。"（第五回）——王熙凤一生中对名利的强烈欲求，最后化作悠悠梦幻。她的过人之处，就在于她宁愿沉迷在梦幻之中，也不愿意清醒地面对人生，思考人生。

第五节 《红楼梦》的艺术成就

一、网状的结构方式

《红楼梦》小说内容丰富，几乎包罗万象。书中人物众多，事件纷繁，上至皇妃王爷，下至村妪农夫，大到省亲仪式，小到日用家常，全方位、多层面地展现了一幅立体式的生活风俗画卷。为了展现生活的丰富性、复杂性，小说借鉴并发展了《金瓶梅》的艺术经验，建构了一种精致细密、包容广大的网状结构方式。在小说中，石头故事和太虚幻境的神话世界，大观园的理想世界，贾府的现实世界，这三个世界相互映衬、相互沟通，构成全书虚实相生的宏大的象征体系。青埂峰下的顽石由一僧一道携入红尘，经历了人间的悲欢离合，又由一僧一道携归青埂峰下；太虚幻境中的十二金钗下凡历劫，最终又归入"情榜"——这一神话世界为全书构建了一个契合天地循环的严密的圆形结构。在这个神话世界的统摄之下，以大观园这个理想世界为舞台，小说着重展开了宝玉、黛玉、宝钗三人的情感纠葛和婚恋悲剧；以贾府这个现实世界为舞台，则展开了贾府及整个社会由鼎盛而衰败的过程。这两条情节线索紧密纽结，互为表里，贯穿全书，其间又穿插一些小的情节线索，错综交织。全书的结构如一张精致、细密的网络，主次分明，几乎每个人、每件事都联系着方方面面，牵动着各种矛盾，可谓“提一发则五官四肢俱动”。全书中的各个部分都与其他部分有着千丝万缕的联系，不可能抽出来成为独立的部分。清代评点家王希廉（1805—1877）对此大加赞赏，说：“结构细密，变换错综，固是尽美尽善。”（《新评绣像红楼梦全传》卷首《红楼梦总评》）

同时，《红楼梦》小说的网状结构又是逐层铺展形成的。宝、黛间的爱情纠葛是全书的核心情节，这一爱情悲剧展开的背景是贾府整个家族的兴衰，进而牵涉到与贾府命运攸关的其他家族（如薛家、王家、史家等），再进而又牵涉到整个社会，如朝廷官衙、寺庙道观、市井民巷、乡野村落：全书结构密而不乱，条理分明。小说匠心独具地安排事件的展开，控制叙述的节奏，使全书疏密有度、张弛相宜，如同惨淡经营的中国古典建筑，既有宏伟醒目的殿堂大厦，又有精巧怡人的亭台水榭；既有绵延迂回的小径曲廊，又有兀立挺拔的假山巨石。书中事件有大有小，有闹有静，有重有轻，无不精心穿插，巧妙布置，缜密严整而又灵活多变，仿佛一支节奏和谐、悦耳动听的交响曲，如同一幅章法相宜、气韵生动的山水图。正如王希廉所总结的：“错综变化，如线穿珠，如珠走盘，不板不乱。”（《新评绣像红楼梦全传》卷首《红楼梦总评》）

二、复杂的人物描写

《红楼梦》小说擅长刻画描写人物。据统计，全书所写有名有姓的人物达四百八十多人，其中性格鲜明、给人留下深刻印象的也有几十个人物。小说注重人物形象的真实性，按生活的本真形态如实描摹，很少戏剧化的夸张，也并不作有意的讳饰。如史湘云显然是作者所欣赏喜爱的人物，但作者并未将她完美化，偏偏写出她“咬舌”的生理毛病及性格中急躁、莽撞的一面。对此己卯本第二十回有一则夹批称赞道：“真正美人方有一陋处，如太真之肥，飞燕之瘦，西子之病，若施于别个不美矣。今见‘咬舌’二字加以湘云，是何大法手眼，敢用此二字哉？不独不见其陋，且更觉轻俏娇媚，俨然一娇憨湘云立于纸上。”再如贾雨村，作者显然对他多有贬斥，但并未简单地将他丑化或脸谱化，而是写他“生得腰圆背厚，面阔口方，更兼剑眉星眼，直鼻方腮”（第一回），外貌相当英俊。小说十分注意人物性格的多面性、复杂性及其形成变化的过程。如王熙凤既精明干练，又贪婪狠毒；薛宝钗既温柔贤惠，又老于世故；林黛玉既单纯直率，又尖刻多疑。小说中的许多人物都是集各种秉性于一身的，正如第二回中贾雨村所说的“正邪交赋，善恶相兼”，难以用好坏是非来简单判断。

小说还善于将不同人物，特别是相近人物进行复杂性格之间的全面对照，使他们个性的独特性在对比中凸显出来。如薛宝钗、林黛玉两个人，都是美丽多才的少女，但一个是“行为豁达，随分从时”，有时则矫揉造作，一个是“孤高自许”，“目下无尘”，有时不免任性尖酸；一个倾向于理智，是“任是无情也动人”的冷美人，一个执著于感情，具有诗人的热烈的感情和冲动；一个以现实的利害来规范自己的言行，一个以感情的追求作为人生的目标。这样两个难以调和的性格在对比中，其独特性就异常鲜明地呈现出来。

配合人物形象的塑造，小说作者巧妙娴熟地运用了各种文学技法，如以富有特色的环境描写衬托人物性情，以风格鲜明的诗词文赋表现人物个性，以细致入微的心理描写展现人物内在的精神世界等，所写人物无不逼真传神，栩栩如生。《红楼梦》小说写出了人物性格的独特性、复杂性，并多层次、有变化地展示人物性格，对中国古典小说的人物塑造进行了一次历史性的总结和突破性的开拓。

三、精美的小说语言

《红楼梦》小说的语言也是有口皆碑的。曹雪芹具有良好的文学素养和高超的表达才能，既通晓上流社会的文语雅言，又熟悉下层民众的俚词俗语。在他的笔下，《红楼梦》小说成为一部精巧绝伦、异彩纷呈的语言艺术精品，“敷华掞藻，立意遣词，无一落前人窠臼”（戚蓼生《石头记序》）。小说的叙述语言简洁传神，极富艺术表现力。如第二十九回，写贾宝玉和林黛玉吵架后的一段文字：

> 原来那宝玉自幼生成有一种下流痴病，况从幼时和黛玉耳鬓厮磨，心情相对，及如今稍明时事，又看了那些邪书僻传，凡远亲近友之家所见的那些闺英闱秀，皆未有稍及林黛玉者，所以早存了一段心事，只不好说出来，故每每或喜或怒，变尽法子暗中试探。那林黛玉偏生也是个有些痴病的，也每用假情试探。因你也将真心真意瞒了起来，只用假意，我也将真心真意瞒了起来，只用假意，如此“两假相逢，终有一真”。其间琐琐碎碎，难保不有口角之事。即如此刻，宝玉的心内想的是：“别人不知我的心，还可恕，难道你就不想我的心里眼里只有你？你不能为我解烦恼，反来以这话奚落堵噎我。可见我心里一时一刻白有你，你心里竟没我了。”宝玉是这个意思，只口里说不出来。那林黛玉心里想着：“你心里自然有我，虽有‘金玉相对’之说，你岂是重这邪说不重我的？我便时常提着‘金玉’，你只管了然无闻的，方见得是待我重，无毫发私心了。如何我只一提‘金玉’的事，你就着急？可知你心里时时有‘金玉’的，见我一提，你又怕我多心，故意着急，安心哄我。”
>
> 看来两个人原本是一个心，却多生了枝叶，反弄成两个心了。那宝玉心中又想道：“我不管怎么样都好，只要你随意，我便立刻因你死了也情愿。你知也罢，不知也罢，只由我的心，那才是你和我近，不和我远。”那林黛玉心里又想着：“你只管你，你好，我自好。你何必为我把自己失了？殊不知，你失我也失。可见，你不叫我近你，你竟叫我远你了。”如此看来，却都是求近之心，反弄成疏远之意。此皆他二人素习所存私心，难以备述。

在这段文字中，既有对人物各自的心理状况的精确刻画，也有对人物之间心理流动的形象摹绘，还有对人物“口里说不出来”的内心隐秘的直接披露。由于叙述者准确地把握了贾宝玉和林黛玉各自特有的处境和心态，所以能像一位高明的心理医生一样进行细致的心理分析，为我们生动地展示了中国古代社会贵族青年男女特有的谈恋爱的方式和过程。

分析举例

“百笑图”中众生相

再看第四十回贾母在大观园设宴的场面描写：

贾母这边说声“请”，刘姥姥便站起身来，高声说道：“老刘，老刘，食量大如牛，吃个老母猪不抬头！”自己却鼓着腮帮子不语。众人先还发怔，后来一听，上上下下都哈哈大笑起来。湘云撑不住，一口茶都喷了出来。林黛玉笑岔了气，伏着桌子只叫“嗳哟！”宝玉滚到贾母怀里，贾母笑的搂着叫“心肝”。王夫人笑的用手指着凤姐儿，却说不出话来，薛姨妈也撑不住，口里的茶喷了探春一裙子。探春手里的茶碗都合在迎春身上。惜春离了坐位，拉着他奶母叫“揉一揉肠子”。地下无一个不弯腰屈背，也有躲出去蹲着笑去的，也有忍着笑上来替他姐妹换衣裳的。独有凤姐鸳鸯二人撑着，还只管让刘姥姥。

这是一幅精妙绝伦的“百笑图”，以人物的动作描写为主，既有整体的鸟瞰式的场面描写，也有各具一格的特写式的人物描写，在湘云、黛玉、宝玉、贾母、王夫人、薛姨妈、探春、惜春八个人各自不同的笑的动作中，反映出每个人不同的身份、性格、年龄、体质状况。

小说人物语言最本质的特征是个性化。鲁迅曾称赞“《水浒》和《红楼梦》的有些地方，是能使读者由说话看出人来的”（《鲁迅全集》第五卷《花边文学·看书琐记》）。如第三十四回写宝玉挨打后，薛宝钗与林黛玉前来探视，小说通过两个人不同的话语，凸显了她们不同的性格特征。宝钗比黛玉先到怡红院，光明正大地来给宝玉送药。问候了宝玉一句“这会子可好些”之后，她便点头叹道：“早听人一句话，也不至有今日。别说老太太、太太心疼，就是我们看着，心里也……”宝钗是一位大家闺秀，平时城府极深，庄重谨慎，罕言寡语。这一次不由自主地开启了少女的心扉，仍是欲言又止，吞吞吐吐。接着，当宝钗问起宝玉挨打的原委时，袭人转述了焙茗的话，说是因为薛蟠的挑唆。宝钗笑道：“你们也不必怨这个怨那个，据我想，到底宝兄弟素日肯和那些人来往，老爷才生气。就是我哥哥说话不防头，一时说出宝兄弟来，也不是有心挑唆：一则也是本来的实话，二则他原不理论这些防嫌小事。”这番体贴入微的劝慰和不卑不亢的对话，充分表现出宝钗性格更主要的一面——绵里藏针，心存主见，善于做人。相比之下，黛玉的出场全不像宝钗这般有声有色。她是在宝玉昏昏沉沉、半梦半醒之时，独自悄悄地出现的。与宝钗的“轻怜痛惜”不同，黛玉的伤心发自肺腑，“虽不是嚎啕大哭，然越是这等无声之泣，气噎喉堵，更觉利害”。她对宝玉有千言万语要说，却不知从何说起，半天才抽抽噎噎地说道：“你从此可都改了罢！”这一句没头没脑的话，饱含着勉强和无奈的情感，更反衬出黛玉对宝玉的深挚的知己之情。而宝玉回答得也很坚决：“你放心，别说这样话。我便为这些人死了，也是情愿的。”他这番不知悔改的话，也只能对像黛玉这样的知心朋友诉说。

《红楼梦》小说的语言平淡朴实，但又十分贴切允妥，蕴涵着浓郁的诗意，用书中薛宝钗《咏白海棠》中诗句“淡极始知花更艳”来形容全书的语言风格，十分恰当。《红楼梦》小说熔中国古代的雅文学和俗文学为一炉，推陈出新，既有《西厢记》、《牡丹亭》等戏曲的意境和韵味，又有《水浒传》、《金瓶梅》等小说那种对人情世态的酣畅描绘，有人称《红楼梦》为诗体小说，这是有一定道理的。

四、流传与影响

《红楼梦》小说的巨大成功，既是曹雪芹呕心沥血、惨淡经营的结果，也有赖于他对文学传统的创造性继承。在《红楼梦》小说问世之前，中国古典章回小说早已发展成熟，无论是题材选择、叙述方式，还是结构布局、语言运用，都积累了丰富的创作经验。从《红楼梦》一书中，不仅能看到明后期以来世情小说的浸润，也能找到中国古代史传、诗词、曲赋的滋养。《红楼梦》小说正是在这片具有悠久文化传统的沃土上，才开放得如此艳丽，如此光彩夺目。

《宝黛共读西厢图》

《红楼梦》小说在清后期极为流行，京城流传的《竹枝词》说：“开谈不说《红楼梦》，纵读诗书也枉然。”（得舆《京都竹枝词》）李放《八旗画录》后编卷中记载：“光绪初，京师士大夫尤喜读之，自相矜为‘红学’云。”受《红楼梦》小说的影响，清代嘉庆、道光年间（1796—1850），仿作续书鹊起，掀起一场“续红”创作热潮。据一粟《红楼梦书录》中所收，这一时期《红楼梦》小说的续书多达三十余种。除续书之外，《红楼梦》小说还被改编成各种剧种的戏曲作品，如昆曲、越剧、秦腔、川剧等；也被改编为子弟书、马头调、弹词、大鼓等曲艺形式，广为传唱。20 世纪以来，《红楼梦》小说又先后被改编成话剧、电影、电视剧、广播剧、舞剧等，家喻户晓，妇孺皆知。

越剧《红楼梦》剧照

（徐玉兰饰贾宝玉，王文娟饰林黛玉）

五、“红学”

《红楼梦》小说也在世界上享有很高的声誉，迄今为止已有英、法、德、日、俄、意、越南、泰等十几种文字的全译本、节译本。世界各国许多汉学家和读者都对《红楼梦》有很高的评价。各国较重要的百科全书如《大英百科全书》、《美国百科全书》等，都列专条评介，将《红楼梦》小说与俄国托尔斯泰的《战争与和平》、日本紫氏部的《源氏物语》等并称，作为世界文学中无与伦比的小说经典巨著。

《红楼梦》小说问世不久，便已有了随文批注的评点及一些随感式的评论，影响较大的有脂砚斋、王希廉、张新之（出卒年不详）、姚燮等诸家评点。到民国初年，出现了以钩稽小说人物故事本事、探究小说作者意旨为主的索隐一派，如王梦阮（生卒年不详）、沈瓶庵（生卒年不详）的《红楼梦索隐》、蔡元培（1868—1940）的《石头记索隐》、邓狂言（裕厘，1870—1921）的《红楼梦释真》等。他们以只言片语为据，多穿凿附会之论，直到今天，此派衣钵仍有传人。1904 年，王国维撰《红楼梦评论》一文，以叔本华等人的悲剧理论观照《红楼梦》小说，开《红楼梦》小说现代研究之先河。20 世纪 20 年代，胡适（1891—1962）《红楼梦考证》、俞平伯（1900—1990）《红楼梦辨》等专著相继问世，标志着现代"新红学"的建立。其后，对《红楼梦》的研究成为专学、显学，吸引了一大批国内外优秀的专家学者，其研究范围之广泛、问题争论之多、研究者之众，皆非其他文学作品可比，红学已发展成为以文学研究为主，兼及历史、民俗、艺术等学科的一门独特的专学。

第六节 世情小说与历史小说

从康熙十八年到道光十九年（1679—1839），在《儒林外史》和《红楼梦》问世前后，章回小说的创作相当繁荣，呈现出良莠不齐杂长丛生的局面。这一时期章回小说的主要类型有世情小说、历史小说和神魔小说，各种类型的小说作品往往出现杂糅的现象。

在这一时期的世情小说创作中，喧嚣一时的才子佳人小说和艳情小说已成强弩之末，而家庭小说则方兴未艾。

一、《好逑传》

受到中国传统伦理道德观的影响，清代才子佳人小说家对于"发乎情，止乎礼义"的古训总是坚信不疑而且贯彻始终的。所以，在他们的笔下，才子佳人的爱情从来也没有仅仅驻足于一己私情，更不会堕落为粗鄙的欲望，而终究要升华为浸透着伦理道德的情感。署名"名教中人"的《好逑传》小说（一名《侠义风月传》），就是宣扬这种伦理道德情感的一个生动的标本。小说四卷十八回，现存康熙二十二年（1683）独处轩刊大字本等，叙写铁中玉和水冰心偶然相遇，患难相扶。他们虽然相互爱慕，却丝毫也没有苟且的举动。后来，他们通过“父母之命，媒妁之言”，得以如愿成婚。但是为了最终能够粉碎权奸小人的阴谋，杜绝权奸小人的毁谤，他们婚后一直没有同床。所以，当权奸参劾他们成婚之前“不无暧昧之情”、“实有伤于名教”的时候，他们得以理直气壮地上疏朝廷，为自己辩冤。皇帝特命皇后查验水冰心，见她果然还是处女，这才真相大白。最后，皇帝令铁中玉和水冰心重结花烛，借以光扬名教。铁中玉和水冰心二人，在结婚之前，肝胆相照，知己相托，只有朋友之义，没有苟且之情；在结婚之后，举案齐眉，保持童贞，虽成夫妻之礼，却无男女之事。他们是富于感情的青春男女，但他们的感情又是绝对符合伦理道德的，是一种无可非议的伦理道德感情。这种感情植根于悠久而深厚的中国文化传统，所以小说认为，像铁中玉和水冰心这样冰清玉洁的才子佳人，才算得上是“好逑中出类拔萃者”。小说中铁中玉丰神俊秀，性格刚毅，急公好勇，行侠仗义，不同于一般白面书生，而水冰心不畏强暴，“临事作为，却又有才有胆，赛过眉须男子”，也与一般柔媚佳人有别，在明末清初众多才子佳人小说中可谓别具一格，因而受到人们的青睐。18 世纪时，《好逑传》流传到欧洲，连伟大的德国文学家歌德，都为它所表现出来的这种道德情感和理性精神所震惊。他发现，在中国这个古老的文明国家里，的确蕴藏着一种神奇的理性的力量（见《歌德谈话录》）。日本江户时期著名汉学家泷泽马琴（1767—1848）所作《侠客传》，便是据《好逑传》改写而成的。

☞ **多学一点**

《好逑传》的外文译本

现在所能见到的最早英译本是 1761 年伦敦 R. &. J. 多利兹出版社出版的由托马斯·帕西编辑整理的《好逑传》第 2 版。据不完全统计，迄今为止，该书的各种外文选译本和全译本已达三十种。

二、《林兰香》

家庭小说的佳作有《林兰香》和《歧路灯》。

随缘下士的《林兰香》八卷六十四回，现存清道光十八年（1838）本衙藏版本。从作品夹批回评及卷首蕣蕣子序提及《金瓶梅》而不及《红楼梦》来看，其成书年代可能在《红楼梦》之前。书名《林兰香》模仿《金瓶梅》，从书中三位女主人公林云屏、燕梦卿、任香儿的姓名中各取一字而成，其中燕梦卿以“兰”代称乃用“燕姞梦天使赐兰”的典故（见《左传·宣公三年》）。小说叙事起自明洪熙元年（1425），终于明嘉靖八年（1529），以明朝开国功臣泗国公耿再成后裔耿朗及其子耿顺两代的兴衰荣辱为基本线索，以耿府日常生活和矛盾纠葛为故事中心，着力描写了燕梦卿、耿朗、林云屏、任香儿几个主要人物，旁及帝王更替、忠奸斗争、地方叛乱、外敌入侵、宫廷暴动等重大历史事件，另外还成功地塑造了一批婢仆娼优、侠客高士、流氓恶霸、奸商妖人等市井人物。小说对燕梦卿倾注了较多的情感，描写也较为细腻。在她即将与耿朗完婚前夕，父亲燕玉突遭冤狱，她为救父亲，上书乞将身没为官奴，以抵父亲远窜之罪。耿朗则因皇帝恩准而另娶御史之女林云屏为妻。后梦卿父亲冤案昭雪，梦卿不愿另嫁而甘为耿朗侧室。另有宣爱娘、任香儿、平采云等，因家遭不幸，先后嫁与耿朗为妾。耿朗妻妾中惟梦卿德才俱备，但却受林云屏的压抑和任香儿的嫉妒，又因常常劝耿朗莫恋酒色，为耿朗所不喜，终于悒悒而殁。小说以贵族家庭矛盾为背景，记闺中情事，叙日常生活，热情讴歌女子的才智、容貌和品德，为她们的不幸命运而叹惋和不平。小说的艺术描写简洁生动，没有《金瓶梅》淫秽和俚俗的毛病，为《红楼梦》的创作提供了良好的经验，可以看做从《金瓶梅》到《红楼梦》的过渡性作品。

三、《歧路灯》

李绿园的《歧路灯》一百零八回，约始撰于乾隆十三年（1748），至乾隆四十二年（1777）定稿，历时 30 年。传世最早抄本为乾隆四十五年（1780）过录本，郑州中州书画社 1980 年出版栾星校注本，最为完备。小说以清代康熙、雍正、乾隆时期的社会生活为背景，叙写富家子弟谭绍闻由于母亲溺爱骄纵、塾师错误引导以及浮浪子弟诱惑，逐渐腐败堕落，终致倾家荡产的详细过程。这一描写生动而完整地展示了清代社会广阔而丰富的生活场景，以及各种错综复杂的社会关系和社会矛盾。书中宦门豪族、富商大贾、清客帮闲、胥吏衙役、腐儒酸丁、牙行经纪、赌徒游棍、优伶娼妓、僧尼道姑、巫婆篾片、江湖术士，三教九流，无所不包。小说以谭绍闻为中心，集中塑造了纨绔子弟盛希侨、夏逢若、张纯祖、管贻安等一群败家子。他们或粗鄙，或懦弱，或狡诈，或下流，但却一样地守业无方，败家有术。这样集中描写封建官僚家庭的败家子群像，揭示封建官僚地主阶级一代不如一代的危机，在中国小说史上尚不多见。小说把谭绍闻等人的堕落归因于社会环境与家庭环境，也从客观上揭示了封建社会伦理道德的全面危机以及社会秩序的混乱。小说后半部叙写谭绍闻在饱受沦落穷困之后，逐渐清醒悔悟，在父亲朋友的诲谏、义仆王忠的感召和族兄谭绍衣的提携下，终于浪子回头，改邪归正，重振家业。小说名为《歧路灯》，就是希望以此教育世家子弟迷途知返，引以为戒。小说结构滴水不漏，圆如转环，脉络贯通；语言朴实无华，富于河南乡土气息；人物多姿多态，如闻其声。但“后半笔意，不逮前茅”（《歧路灯自序》）。

四、《说岳全传》

这一时期的历史小说为数不少，在民间影响很大，但艺术上鲜有创获。其中的英雄传奇小说以朝代系列和家将传系列的作品蔚为大观，“说宋”故事尤多，有《飞龙全传》、《万花楼》、《说呼全传》、《五虎平西前传》、《五虎平南后传》、《后宋慈云走国全传》等。此外，描写奇女英雄的《双凤奇缘》、《忠孝勇烈木兰传》及写忠臣良将故事的《粉妆楼》、《平闽全传》在民间流传也很广。较著名的英雄传奇小说有《说岳全传》、《隋唐演义》、《说唐演义全传》和《女仙外史》。

清康熙间人钱彩、金丰编写的《说岳全传》二十卷八十回，全称《精忠演义说本岳王全传》，现存最早刻本为康熙二十三年（1684）金丰序锦堂春藏板本。小说叙述南宋将领岳飞（1103—1142）抗金的故事，吸取了嘉靖三十一年（1552）刊行的熊大木《大宋中兴通俗演义》（又题《大宋演义英烈传》，改题《武穆精忠传》），以及崇祯年间（1628—1644）刊行的于华玉《按鉴通俗演义精忠传》的创作经验，既不“尽出于虚”，也不“尽由于实”，而是“实者虚之，虚者实之”（金丰《说岳全传序》），在基本尊重历史的前提下，广泛吸收民间传说，大胆进行艺术虚构，着力刻画人物形象。小说以忠奸斗争为中心线索展开故事情节，歌颂了以岳飞为代表的南宋抗金英雄可歌可泣的英勇行为，揭露了以秦桧为首的投降派的丑恶嘴脸和卑污灵魂。在人物形象塑造上，小说中的“岳武穆之忠，秦桧之奸，兀术之横”（金丰《说岳全传序》），都给人留下深刻的印象。牛皋的形象也塑造得比较成功，个性较为鲜明。

《说岳全传》书影　清扫叶山房刊本

五、说唐系列

褚人获重编的《隋唐演义》二十卷一百回，现存清康熙三十四年乙亥（1695）四雪草堂重订本。小说所叙历史起自隋文帝起兵伐陈，终于唐明皇还都而逝，共一百七十多年。叙隋史多采《隋唐两朝志传》、《隋炀帝艳史》和《隋史遗文》，叙唐史多采《隋唐两朝志传》和唐卢肇的《逸史》（今已佚）。小说以隋炀帝和唐明皇为全书前后呼应的两个中心人物，中间插入秦叔宝、单雄信、尉迟敬德等隋末乱世英雄的传奇故事。小说通过对隋炀帝杨广和唐明皇李隆基两个封建帝王宫廷生活的细致描写，揭示了封建帝王骄奢淫逸、醉生梦死的糜烂生活，以及宫廷内部尔虞我诈、邀宠争权的种种丑态，同时也反映了帝王奢靡带给人民的苦难，如开凿运河、征召秀女等等。小说叙事受《三国志演义》影响，但塑造草莽英雄又颇类《水浒传》，呈现出历史演义与英雄传奇的合流。作品所叙故事大都曲折生动，行文较为活泼流畅，人物塑造也比较成功，在同类题材的小说中是成就较高且影响最大的一部作品。

而同题材的《说唐演义全传》十六卷六十八回，则广泛吸收民间传说，不拘泥于史实，因而具有较鲜明的民间文学色彩。该书亦名《说唐全传》，署“鸳湖渔叟校订”，现存最早刻本是乾隆四十八年（1783）观文书屋刊本，卷首有乾隆元年（1736）如莲居士序。小说主要描写隋末群雄争夺天下的斗争，尤以瓦岗寨英雄群体为重点。小说充分发挥了民间说唱文学善于铺叙故事和塑造人物形象的特长。例如对瓦岗寨聚义过程的叙述，情节曲折生动，描写也粗犷生动。小说对瓦岗寨群雄的刻画也颇有特色，书中人物多具传奇色彩。如秦琼的仗义任侠，罗成的少年气盛，尉迟恭的勇猛果敢，单雄信的豪爽暴烈，徐茂公的巧谋神算，都给人深刻印象。而作为瓦岗寨“混世魔王”的程咬金既是一介莽夫，又是一员福将，性格直率暴躁又机智诙谐，十分讨人喜欢。该书的续书有《说唐后传》（包括《说唐小英雄传》和《说唐薛家府传》）、《征西说唐三传》、《反唐演义传》等，都有模仿《说唐演义全传》的痕迹，艺术成就不高。

六、《女仙外史》

吕熊的《女仙外史》一百回，约成书于康熙四十三年（1704），现存最早刻本为康熙五十年辛卯（1711）钓璜轩本。小说描写了明初山东蒲台女英雄唐赛儿聚众起义，讨伐永乐帝朱棣（1402—1424 在位），力图扶助建文帝朱允炆复辟的故事。唐赛儿事迹，见于《明史·成祖纪三》，谷应泰《明史纪事本末》记载较详，民间传说也复不少。小说前二十回略据正史而加以发挥，叙述唐赛儿奇异诸事，以及燕王朱棣起兵靖难，族灭方孝孺（1357—1402）、景清（？—1402）、铁铉（1366—1402）等建文帝诸臣，篡夺皇位。后八十回多属虚构，叙写唐赛儿集合景、铁诸人后裔，以拥立建文帝为号召，于青州（今山东益都）起事，建都济南，大河南北望风响应。朝廷集重兵镇压，义军终因寡不敌众而失败。后永乐帝在榆木川为赛儿飞剑所诛，太子继位，赛儿回返月宫。历史上“靖难之役”结束于建文四年（1402），而唐赛儿起义发生于永乐十八年（1420），小说把这两个本不相关的史事联结在一起，将作者平生的学问心事，皆寄托其中。小说事极怪诞，却能有无相因，虚实相生，匠心独运，新人耳目。至于将魔、仙、佛并称三教，夹杂大量神仙魔怪情节，则堕入神魔小说窠臼。

七、《东周列国志》

这一时期的历史演义小说表现出有意补古来演义之缺的意图，主要有《后三国石珠演义》、《北史演义》、《南史演义》、《大明正德皇游江南传》等。乾隆十七年（1752）前后，蔡元放对冯梦龙的《新列国志》略加修订，增添序、读法、简要注释和详细评语，并改书名为《东周列国志》，共一百零八回，现存清乾隆间（1736—1795）星聚堂本、义和斋本等。小说叙事起自周宣王三十九年（前 789），止于秦始皇统一全国（前 221），包括春秋、战国时期五百余年的历史，头绪纷繁，人物众多，矛盾错综复杂。小说围绕列国大事和关键人物，娓娓道来，眉目清楚，详略得宜，使整个历史的发展变化得到比较清晰的展现。一些重要的历史故事被描写得生动曲折，如卫懿公好鹤亡国、晋公子重耳出亡、伍子胥复仇、荆轲刺秦王等。一些著名的战争被渲染得有声有色，如齐鲁长勺之战、晋楚城濮之战、秦赵长平之战等。不少人物形象个性鲜明，如管夷吾、鲍叔牙、介子推、孙膑、庞涓、廉颇、蔺相如、文种、范蠡等。由于作品以演述历史为主，时间跨度又长，不可能有贯串整个历史时代的人物和事件，因而难免情节不够集中，主旨不够明朗。

第七节
《镜花缘》与神魔小说

这一时期的神魔小说作品迭出，具有更为浓郁的文人寓言的特点。代表作有《绿野仙踪》、《野叟曝言》、《何典》，而以《镜花缘》成就最高。

一、《绿野仙踪》

李百川的《绿野仙踪》一百回，始作于乾隆十八年（1753），乾隆二十七年（1762）完稿，国内现存抄本。小说以明嘉靖朝（1522—1566）为历史背景，叙写士子冷于冰赴京应试，因触犯权臣严嵩（1480—1567）而仕途阻隔，深感人生无常，功名利禄犹如过眼烟云，于是抛下妻子，外出寻仙访道。几经磨难，幸遇真仙火龙真人，传授法术法宝，并告诫他只有广积阴德才能修炼成仙。冷于冰谨遵教诲，数十年间，走南闯北，济困扶危，斩妖除魔，惩治贪官污吏，击退海盗骚扰，度脱连城璧、金不换、温如玉等人出家，甚至劝化狐精妖猿等兽类改邪归正。被冷于冰弟子救助的林润中进士得官后，与邹应龙（1172—1244）等人一道弹劾严嵩父子，忠奸判分，善恶终报。冷于冰功德圆满，在一派仙乐声中乘仙鸾飞升天宫，被上帝仙封为“靖魔太史兼修文院玉楼副史”，享尽殊荣。小说熔讲史、神魔和世情于一炉，取材于现实人物，以“绿野”为“仙踪”，“总缘蓬行异域，无可遣愁，乃作此呕吐生活耳”（李百川《绿野仙踪自序》）。小说对明代社会政治的描写，特别是对官场黑暗与腐败的揭露，对严世蕃、赵文华以及冯家驹、朱一奎等大小官员勒索赃银、搜刮民财、制造叛案、贿结海盗等倒行逆施的口诛笔伐，表达了对封建官僚政治的深恶痛绝，寄托了作者的牢骚和感慨。小说说教成分较浓，还有少量淫秽描写，也代表了当时士人的审美趣味。小说语言通俗流畅，描写技巧纯熟，笔墨横恣可爱。

☞ **多学一点**

《绿野仙踪》的版本

《绿野仙踪》有一百回抄本和八十回刻本两个系统。一百回抄本可能是原稿，现藏北京大学图书馆，由北京大学出版社1986年影印出版，同时出版侯忠义校点本。八十回刻本与一百回抄本故事情节大体相同，文字多有删省增补，可能是修订稿，有清道光十年（1830）刻本，现藏伦敦英国博物院，书题《绣像绿野仙踪全传》，北京人民文学出版社1987年出版程匡校点本。

二、《野叟曝言》

夏敬渠的《野叟曝言》，约成书于乾隆四十四年（1779）。小说初以抄本流传，至清光绪七年（1881）始有毗陵（今江苏常州）汇珍楼活字本，一百四十八回；光绪八年（1882）有上海申报馆排印本，一百五十四回。小说以“奋武揆文，天下无双正士；熔经铸史，人间第一奇书”二十字，将全书分为二十卷，“是作者意匠经营，浑括全书大旨”（阙名《野叟曝言凡例》，《野叟曝言》卷首）。小说以明代成化（1465—1487）、弘治（1488—1505）两朝为背景，叙写了文素臣一生英雄业绩。文素臣只崇正学，不信异端，因为成化皇帝和皇子治愈沉疴，被钦赐翰林学士，东宫太子尊以师礼。其后他戡平景王谋反，辟除佛道，东破日本，南服印度，北平蒙古，使拜佛之国尽崇儒术，功高盖世。《野叟曝言》是神魔小说和才子佳人小说的混合体，“惟以异端易魔，以圣人易才子而已”（鲁迅《中国小说史略》）。文素臣虽非科甲出身，却位极三公，惩恶扬善，平叛戡乱，征讨异域，铲除异端，文治武功，登峰造极；家中有二妻四妾，均才貌双全，生男 24 人，子孙繁盛、六世同堂。母亲百龄华诞，献寿者达 70 余国。凡人臣所有的荣华富贵，皆集于文素臣一身。这种梦想不仅反映出作者对功名富贵的痴迷，也衬托出他对现实景况的怅惘，表现出封建末世理学之士污浊阴暗的心理。在作品中，文素臣连篇累牍地谈经讲史，论诗说医，炫示学问，更使作品不堪卒读。

三、《何典》

张南庄（乾隆、嘉庆间人）的《何典》十回，初刻于清光绪四年（1878），由上海申报馆出版。小说通篇描写鬼蜮世界发生的事，以阴山下鬼谷中三家村财主活鬼及其子活死人为主人公。作品虽语涉不经，但是“谈鬼物正像人间，用新典一如古典”（《鲁迅全集》第七卷《集外集拾遗·〈何典〉题记》），在嬉笑怒骂之间，表现了作者愤世嫉俗之情，尤以对官场黑暗的揭露与鞭挞最为真实深刻。如第二回写活鬼得子演戏酬神，黑漆大头鬼在戏场上打死了破面鬼，三家村土地饿杀鬼不去追查真凶，却把活鬼拘捕到案，只因活鬼是个有钱的暴发户，可以向他勒索钱财；第八回写识宝太师女儿因妒忌，乱棍打死豆腐西施，受理此案的饿杀鬼却把荒山里的两个大头鬼抓来抵罪，以向太师献媚，太师则将城隍美差送给饿头鬼做。是非颠倒的鬼蜮世界，正是人间投影。小说几乎全用吴语方言写成，大量使用俚语俗谚，转义借义，信手拈来，笔墨恣肆，酣畅淋漓，诙谐幽默，令人解颐，但时或失之油滑浅薄。

四、《镜花缘》

作为神魔小说的别支，《镜花缘》取得了较高的艺术成就。李汝珍创作《镜花缘》，历经初稿、二稿而最后定稿。大约在嘉庆二十年（1815）或二十三年（1818）春，江宁（今江苏南京）桃红镇就有按照第二稿抄本私行刊刻的本子。这时李汝珍正在苏州（今属江苏）按定稿刊刻，此后有道光元年（1821）刻本、道光八年（1828）芥子园新雕本、道光十二年（1832）芥子园重刻本、道光二十二年（1842）广东英德堂刊本等。

学术轶事

《镜花缘》的成书

《镜花缘》第一百回说：“恰喜生逢圣世……读了些四库奇书，享了些半生清福，心有余闲，涉笔成趣，每于长夏余冬，灯前月夕，以文为戏。年复一年，编出这《镜花缘》一百回……小说家言，何关轻重。消磨了三十多年层层心血，算不得大千世界小小文章。”由此可知，李汝珍在中年时即着手创作《镜花缘》小说，直到晚年才定稿。

小说第一百回之末道：“编出这《镜花缘》一百回，而仅得其事之半。”可见李汝珍原先是准备将这部小说写成二百回的，但如今传世的只有这先行付印的一百回。这一百回可以分为两部分。前五十回写唐朝武则天称皇帝，令百花寒天齐放，使百花仙子同九十九位花神遭到天谴，贬谪人间。百花仙子托生为秀才唐敖的女儿唐小山。唐敖因曾与反对武则天的徐敬业结为兄弟，由探花被贬为秀才，和林之洋、多九公三人出海游历各国。当时唐敖等人路经几十个国家，见识了许多奇风异俗、奇人异事、野花仙草、野岛怪兽，并且结识了由花神转世的几十名德才兼备、美貌妙龄的女子。后来唐小山出海寻父，遍历艰险，并未得见。后来遇到樵夫，得到父亲手信，令她改名“唐闺臣”以图日后再会。于是小山改名，上船回国应考。后五十回写武则天开科考女试，录取一百名才女，即一百位被谪花神。她们多次举行庆贺宴会，并表演了书、画、琴、棋，赋诗、音韵、医卜、算法，各种灯谜，诸般酒令，以及双陆、马吊、射鹄、蹴球、斗草、提壶等游艺，尽欢而散。唐闺臣二度出海，重入仙山。最后徐敬业、骆宾王等人的儿子，起兵讨武，中宗继位。

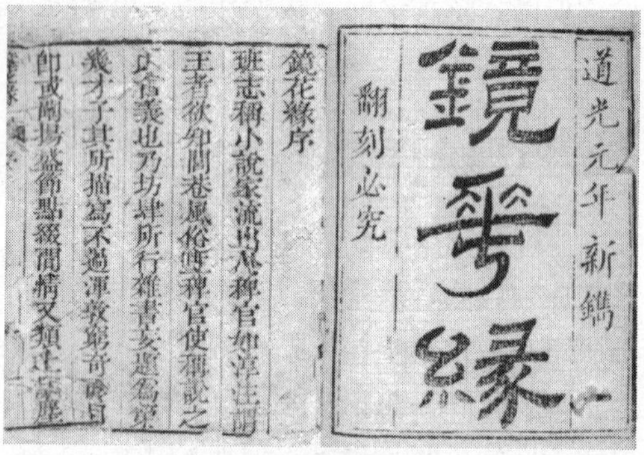

《镜花缘》书影

清道光元年（1821）刊本

☞ 多学一点

《镜花缘》对女性的赞扬和体谅

这部小说最令人耳目一新之处，是对女性才能的高度颂扬。作品一开始就写了“女魁星北斗垂景象”、“百花获谴降红尘”的神话，借以说明“今日灵秀”乃在女子的缘故。在小说中，女子的智慧才干远迈须眉。像黑齿国的亭亭和红红，小小年纪，竟把天朝大贤、满腹才学的多九公问得“汗如雨下”，“抓耳搔腮”，“满面青红，恨无地缝可钻”（第十八回）。此外，如上官婉儿学问非凡，才情敏捷，出口成章；颜紫绡女中剑侠，飞檐走壁，神出鬼没；枝兰音、林婉如精通音韵；米兰芬俨然是位数学家：如此等等，无非巾帼奇才。时人咏诗道：“一时粉黛尽含羞，说部谁怜枉汗牛。试看此书初出处，玉环微笑正回头。”更有甚者，作者异想天开地构造了一个“女儿国”。在此国中，“男子反穿衣裙，作为妇人，以治内事；妇子反穿靴帽，作为男人，以治外事”。女子竟然成为社会生活的主角和中坚，如此奇特的设想，在中国古代文学中真是石破天惊！不仅如此，作者还将封建社会中女子身受的一切摧残都转嫁到男人头上。林之洋被选入宫，封为“王妃”，强行接受一整套对待女人的“礼遇”：穿耳、缠足、洗身、敷粉，稍有造次，便遭痛打：

> 那黑须宫娥取了一个矮凳，坐在下面，将白绫从中撕开，先把林之洋右足放在自己膝盖上，用些白矾洒在脚缝内，将五个脚趾紧紧靠在一处，又将脚面用力曲作弯弓一般，即用白绫缠裹。才缠了两层，就有宫娥拿着针线上来密密缝口。一面狠缠，一面密缝。林之洋身旁既有四个宫娥紧紧靠定，又被两个宫娥把脚扶住，丝毫不能转动。及至缠完，只觉脚上如炭火烧的一般，阵阵疼痛，不觉一阵心酸，放声大哭道：“坑死俺了！”（第三十三回）

“粉面郎缠足受困”的精彩描写，真是天下奇文。用这种“性别倒错”的荒诞手法，作者让男人设身处地地体验了一番女子所遭受的苦楚，从而揭露了现实社会的丑恶和残酷。

“君子国”则表现了作者的社会理想。这是个“好让不争”的“礼义之邦”，城门上大书“惟善为宝”四字。“国主向有严谕，臣民如将珠宝进献，除将本物烧毁，并问典刑”。这里的宰相“谦恭和蔼”，“脱尽仕途习气”，使人感到可亲可敬。人民互谦互让，“士庶人等，无论富贵贫贱，举止言谈，莫不恭而有礼”，“耕者让畔，行者让路”。卖主力争少要钱，售出上等货，买主力争付高价，买取次等货，彼此相让不下（见第十一回）。这种充满着理想色彩的社会，不正是对专横跋扈、贪赃枉法的封建官场和尔虞我诈、苞苴盛行的现实社会的讽刺吗？

有趣的是，作者还以漫画的手法，嘲讽了种种品质恶劣和行为不端的人们。“两面国”的人天生两面脸，对着人一张脸，背着人又是一张脸。即使对着人的那张脸也是变化无常的：对“儒巾绸衫”者，便“和颜悦色，满面谦恭光景”；对破旧衣衫者，则冷漠轻视，傲然不理。在他们的浩然巾后面，隐藏着一副狰狞的本相。“无肠国”里的富翁刻薄肮脏，用粪做饭，供应奴仆。“穿胸国”的人，心又歪又偏。“翼民国”的人，都因好听奉承话，个个头长五尺。“结胸国”的人，由于好吃懒做，人人胸前高出一块。“豕喙国”的人善于撒谎，都长着一张猪嘴。这些近乎寓言式的形象，恐怕既不是海外游历亲眼所见的如实描述，也并非得自古书的记载，而是作者根据自己的生活经验，对现实社会中种种类型的人们作的夸张写照。此外，如“白民国”里装腔作势的学究先生，不学无术，居然把《孟子》上的“幼吾幼以及人之幼”，读作“切吾切以反人之切”；“淑士国”里的儒者举止斯文，满口“之乎者也”，却出奇地吝啬，酒足饭饱后连吃剩下的几个盐豆都揣到怀里，一根用过的秃牙杖也要放到袖子里。这种对儒士的辛辣嘲讽，也是有感而发的，真可与《儒林外史》相媲美。

李汝珍一生博才多学，读书不屑于章句帖括之学，对壬遁、星卜、象纬、篆隶以及琴棋书画等等，无不涉猎。他的博学多识，也使《镜花缘》成为一部夸耀学问和知识的小说。乾嘉考据之学盛行，影响所及，一些小说便以炫耀才学为旨趣。与《镜花缘》相类似的有《野叟曝言》、《蟫史》、《燕山外史》等，皆以小说显示才学，数典谈经，罗列才艺，虽然别具情致，却偏离了小说艺术的本质。

【温故知新】

《儒林外史》的结构　《儒林外史》的人物群像及反讽艺术　《红楼梦》的社会悲剧、人生悲剧与婚恋悲剧　贾宝宝与王熙凤形象的文化内涵　《红楼梦》的网状结构、人物描写和语言艺术　清代前中期的各类白话小说　《好逑传》　《镜花缘》

【请你思考】

1. 结合具体篇章，分析《儒林外史》中不同类型的人物形象及其深层意涵。

2. 联系中国小说的讽刺传统，阐释《儒林外史》反讽修辞的几大重要特征。

3. 论述《红楼梦》在个人、家庭、社会等不同层面的多重悲剧。

4. 从人物形象的塑造、情节结构的设置、语言技巧的运用等方面分析《红楼梦》的艺术成就。

5. 简述《镜花缘》的社会理想。

【推荐阅读】

(清) 吴敬梓．李汉秋辑校．儒林外史汇校汇评．上海：上海古籍出版社，2010

(清) 曹雪芹，高鹗．启功等注释．红楼梦（注释本）．北京：中华书局，2010

(清) 李汝珍．张友鹤校注．镜花缘．北京：人民文学出版社，1955

李汉秋编．儒林外史研究资料．上海：上海古籍出版社，1984

朱一玄，刘毓忱编．儒林外史资料汇编．天津：南开大学出版社，1998

陈美林．吴敬梓评传．南京：南京大学出版社，1990

朱一玄编．红楼梦资料汇编．天津：南开大学出版社，1985

鲁迅．中国小说史略．北京：人民文学出版社，2006

第十三编　衰极而变

（清宣宗道光三十年至清宣统三年，1850—1911）

第一章 古代文化与古代文学的尾声

【导读】

本书将清道光三十年（1850）至宣统三年（1911）的文学称为“晚清文学”。晚清文学无疑是古代文学的尾声，然而它为历史所注定的最为显著的文化特征，则是一种过渡状态的文学，无论是文学思想、文学意蕴还是文学形态，都呈现出明显的过渡性。这种过渡性文学的整体社会—文化语境，是中国从闭关自守被动地转变为向世界开放的社会—文化形态。在这样的社会—文化语境中，古老的中华文明既要应对古典文化与现代文化的冲突，也要应对中国传统与西方文明的碰撞，还要应对二者之间的历史张力。在这种冲突、碰撞与张力中，走向现代的历史趋向与眷恋古典的历史记忆，中国传统的自尊自豪与西方文明的新奇魅力，相互纠缠，相互扭结，相互渗透，相互排斥，中国社会、中国文化、中国人的心态都处于激烈的动荡和躁动之中。而文学，则以其鲜明的文化风向标的特质，形象地展示了晚清这一过渡性的时代和晚清人的过渡性的心态。

第一节
古代文学的终结

从清道光三十年（1850）至清宣统三年（1911）这 62 年的晚清文学，以光绪二十年（1894）中日甲午战争为界，可以分为前后两期。

一、晚清文学前期

从清道光三十年（1850）至光绪十九年（1893），共 44 年，是晚清文学的前期。

道光二十九年（1849），一代朴学大师、文坛领袖阮元（1764—1849）去世。在他前后，开创一代诗风的龚自珍（卒于 1841 年），常州词派领袖周济（卒于 1839 年），桐城派后劲方东树（卒于 1851 年）、姚莹（卒于 1853 年）、梅曾亮（卒于 1856 年）等先后去世。

道光二十年（1840）第一次鸦片战争之后，咸丰元年（1851）至同治三年（1864）太平天国起义，咸丰六年至十年（1856—1860）第二次鸦片战争，光绪十年至十一年（1884—1885）中法战争，清王朝迭遭内忧外患，迅速地进入了衰世，根深蒂固的封建文化出现了日益深重的衰暮气象。伴随着社会的变迁，文坛风气也发生了变化。魏源（1794—1857）于咸丰元年（1851）被革职，到咸丰七年（1857）去世前，一直隐居江南，皈依佛教，文风亦变，不复再有变法的呼声。早期改良派作家退出了文坛，而传统文学则大有卷土重来之势。

而尊奉宋诗的风气从道光后期初兴，在咸丰、同治年间（1851—1874）趋于极盛。代表作家先有程恩泽（1785—1837），既而有祁寯藻（1793—1866）、何绍基（1799—1873）、郑珍（1806—1864）、莫友芝（1811—1871）、曾国藩（1811—1872）等。尤其是曾国藩，以其显赫的政治地位和领袖文坛的身份，为宋诗派推波助澜，造成宋诗运动的强大声势。

☞ **多学一点**

尊奉宋诗的风气

曾国藩自称："自仆宗涪公（黄庭坚号涪翁），时流颇忻向。"（《题彭旭诗集后》）

施山（生卒年不详）说："今曾相国酷嗜黄诗，诗亦类黄，风尚一变。大江南北，黄诗价重，部值千金。"（《望云楼诗话》）

到同治、光绪之际，沈曾植（1850—1922）、陈三立（1852—1937）、陈衍（1856—

1937)、郑孝胥（1860—1938）等诗人崛起，他们把自己与当时仍健在的宋诗派名家何绍基、莫友芝等并称为“同光体”诗人（见陈衍《沈乙庵诗序》），极力标榜崇尚宋诗的诗歌倾向。陈衍从光绪九年到十二年（1883—1886），日渐鲜明地打出“同光体”的旗号。光绪十二年（1886），王闿运（1832—1916）在长沙创立碧湖诗社，同邓辅纶（1828—1893）一起倡导汉魏六朝诗派，势力渐大。同年，易顺鼎（1858—1920）在苏州创立吴社联吟，一时颇盛，他与樊增祥（1864—1931）齐名，皆以学晚唐香艳体为主，于是晚唐诗派也角逐诗坛。其中“同光体”诗人最多，影响最大，直到“五四”新文化运动时白话诗兴起后，“同光体”仍作为旧体诗的代表与之对峙发展。

与宋诗派称霸诗坛相辉映，常州派一时横行词坛。谭献（1832—1901）承周济之后，提出“于忧生念乱之时，寓温厚和平之教”（《明诗》），发展了常州派的理论。陈廷焯（1853—1892）著《白雨斋词话》，选编《词则》，提出“温厚以为体，沉郁以为用”的词学主张（《白雨斋词话》卷一），张大了常州派词学。而王鹏运（1848—1904）从同治七年（1868）起，用二十多年时间校勘《花间集》以及宋元诸家词，光绪十四年（1888）刻为《四印斋所刻词》，光绪十九年（1893）续刻《四印斋汇刻宋元三十一家词》，在词坛上影响极巨。他与郑文焯（1856—1918）、况周颐（1859—1926）创作了一批优秀的词作，以警醒浑厚的词风挽救传统词坛的颓势。

曾国藩像（一）

在咸丰年间（1851—1861），随着方东树、姚莹、梅曾亮等人的先后去世，桐城古文已逐渐呈现衰飒之气。同治年间，曾国藩起而鼓吹中兴桐城，在姚鼐“义理、考据、词章”之外，增加了“经济”一目，“并功、德、言为一途”（黎庶昌《续古文辞类纂序》），使桐城古文适应复杂多变的社会现实。他还主张骈散兼容，编选《经世百家杂钞》，树立作文典范。在曾国藩门下形成一个不小的作家群，其中著名的有被称为“曾门四大弟子”的张裕钊（1823—1894）、黎庶昌（1837—1894）、薛福成（1838—1894）、吴汝纶（1840—1903），后来被称为“湘乡派”。桐城古文一时出现“中兴”气象。在桐城古文之外，冯桂芬（1790—1874）的《校邠庐抗议》和王韬（1828—1897）的《弢园文录外编》，在写作实践上开辟了新体政论文章的道路。尤其是王韬的报章体文章，在中国文章发展史上有着划时代的意义。

咸丰以后的古典小说创作，在文化品位上明显地呈现滑坡趋势。这时的小说大体可以分为两派：一派是与说话艺术有渊源关系的侠义公案小说，如文康（1795？—1865前）的《儿女英雄传》、阙名的《施公案》及其续集、问竹主人等的《三侠五义》及其续集等；另一派是文人创作的狭邪小说，如陈森（1797？—1870?）的《品花宝鉴》、魏秀仁（1819—1874）的《花月痕》、韩邦庆（1856—1894）的《海上花列传》等。侠义公案小说承《水浒传》、《龙图公案》一脉，狭邪小说承才子佳人、《红楼梦》一脉，但在时代文化氛围的制约下，都有了明显的转向，更突出了市井民间的审美趣味。

在晚清前期的剧坛上，昆剧雅部继续急遽衰落，较著名的杂剧传奇作家，有黄燮清（1805—1864）、杨恩寿（1834—1891）、许善长（1823—1889后）、陈烺（1822—1898后）、刘清韵（1841—1900后）等。他们的戏曲作品虽然也多少表现了风云变幻的时代特征，但在基本的思想倾向上，却仍然是传统文化的因袭和延续。而花部乱弹则蓬勃兴起，特别是在后世有“国剧”之称的京剧开始发展起来，到光绪年间，成为全国影响最大的一个剧种。但是这时的京剧和各种地方戏大都沿袭或改编自旧有剧目，或改编自旧小说，少有新的剧本创作。这既是因为清中期以后很少再有优秀的文人投身于这方面的创作，也和戏曲越来越偏重唱工与做工有关。

二、晚清文学后期

从清光绪二十年（1894）至宣统三年（1911），共18年，是晚清文学的后期。

光绪二十年（1894）爆发中日甲午战争，中国军队的战败彻底暴露了清王朝的腐朽无能，民族灾难空前深重，亡国之祸迫在眉睫。衰极而变，在新的社会情势下，救国图强的资产阶级改良思潮逐渐形成一个相当广泛的政治和文化运动。从光绪二十一年（1895）康有为（1858—1927）等“公车上书”，到光绪二十四年（1898）的戊戌变法维新，改良运动达到了顶点。到世纪之交，西方列强加紧了对中国的侵略，中国进一步沦为半殖民地，激起了中国人民对帝国主义的强烈仇恨和顽强抵抗，如光绪二十六年（1900）的义和团运动与抗击八国联军之战等。这些对外斗争充分暴露出清政府丧权辱国、腐败无能的本质，在国家处于危难之际，而从最高统治者慈禧太后（1835—1908）到一般官僚，仍然过着骄纵奢侈、醉生梦死的腐朽生活。于是资产阶级民主革命运动继之而起。光绪三十一年（1905），许多革命小团体联合成立了“中国同盟会”，它标志着中国资产阶级民族民主革命已走向高潮。宣统三年（1911），孙中山（1866—1925）领导的辛亥革命终于爆发，一举推翻了清王朝统治，结束了两千多年的封建帝制。

作为资产阶级改良运动的一个有机组成部分，晚清后期文坛上兴起了一浪高过一浪的文学改良运动。

光绪二十四年戊戌（1898）前，维新派的康有为、夏曾佑（1863—1924）、谭嗣同（1865—1898）、梁启超（1873—1929）等人，开始以《时务报》、《国闻报》、《湘学报》等为舆论阵地，在宣传变法思想的同时，倡导文学改良，主张文学要为变法运动、政治运动服务，强调文学的改良政治功能和社会教育作用，强调文学的政治性和普及性。他们汲取西方资产阶级文化，以批判的眼光重新审视传统文学，并以“新学之诗”、“新文体”进行改良尝试。这时，以“新派诗”取得初步成就的是黄遵宪（1848—1905），以“新文体”影响广大读者的是梁启超。黄遵宪的“新派诗”大量引进新名词，反映新事物，描绘中国以外的风土人情，构造新境界，大大改变了中国古典诗歌的面貌，令人耳目一新。“新派诗”虽然还是采用古典诗歌的形式，也没有能够真正吸纳西方文化的内在精神，但在推进诗歌变革上却起了重要的作用，成为从旧体诗到新体诗之间的一种过渡。梁启超发表于报刊的许多文章，虽是为政治宣传而作，而且仍是文言体式，但写得流利明畅，富有情感，具有很强的煽动力，与向来

康有为像

的古文大不相同，“一时风靡海内”，“举国趋之，如饮狂泉”（梁启超《清议报一百册祝辞并论报馆之责任及本馆之经历》）。这种“新文体”也是文言文向白话文过渡的桥梁。此外，在戊戌变法前后，陈荣衮（1862—1922）、裘廷梁（1857—1943）等提出语文合一的文体改革主张，认为文言是“祸亡中国”的一端，“白话为维新之本”，主张“崇白话而废文言”，“报章宜改用浅说”。同时长江下游各省白话小报纷纷出现。这一白话运动虽然没有取得全面的、彻底的胜利，没有代替传统古文的统治地位，但它从语言、形式上否定了古文的表达作用，对晚清的文体解放运动是有很大的促进作用的。

孙中山像

变法运动失败后，以孙中山为代表的革命派争取与维新派的联合。梁启超曾经动摇于二者之间，而一些维新派的有识之士也因对清王朝的绝望而转向革命。于是两派之间在舆论战线上形成了暂时的联合，从而推动文学改良运动进入高潮，不仅阵容和声势有所扩大，而且有了明确的纲领。光绪二十五年（1899），梁启超在赴夏威夷日记中，首先提出“诗界革命”和“文界革命”的主张。“诗界革命”的理想是以古人之风格来表现新的生活内容与人生精神——包括对西洋文化精神的吸纳。它在实践上并未获得真正意义上的成功，但毕竟代表了比黄遵宪“新派诗”更进一步的变革要求。光绪二十八年（1902），梁启超在《新小说》创刊号上发表《论小说与群治之关系》一文，系统地阐述了“小说界革命”的理论，同时发表了政治小说《新中国未来记》，倡导“新小说”。许多作家都来探讨小说理论，肯定小说的社会作用，提高小说的文学地位。当年梁启超还创作了《新罗马传奇》、《侠情记传奇》、《劫灰梦传奇》等剧本，倡言“戏曲改良”。光绪三十年（1904），《二十世纪大舞台》创刊，柳亚子（1887—1958）在《发刊辞》上正式打出“戏剧改良”的旗帜。这些“革命”、“改良”的口号，出于对中国传统文学的批判，和对欧美、日本等国资产阶级文学的借鉴。在梁启超等人的倡导下，一时间应者云集，除在理论上推波助澜之外，在创作实践上也呈现出繁荣局面。晚清文学出现了焕然一新的局面，并成为“五四”新文学革命的先导。

尤其是活字印刷业的发展、文学期刊的兴盛、稿费制度的鼓励等因素，促进了小说的繁荣。康有为说：“经史不如八股盛，八股无如小说何。”（《闻菽园居士欲为政变说部诗以速之》）新小说成为晚清思想启蒙和文学改良运动中成绩最为卓著的文体。新小说作为抉发时弊、开启民智的利器，一方面以其干预现实、踔厉风发的思想锋芒震撼文坛，出现了被鲁迅（1881—1936）称为“谴责小说”的四大名著：李宝嘉（1867—1906）的《官场现形记》、吴沃尧（1866—1910）的《二十年目睹之怪现状》、刘鹗（1857—1909）的《老残游记》和曾朴（1872—1935）的《孽海花》；另一方面，新小说也以其勇于变革的崭新姿态，汲取西方小说的艺术经验，突破了传统小说的叙事传统，展示出小说叙事模式的转变。

这时期剧坛上也出现了大批内容新颖、形式独特的杂剧传奇作品，成为戏曲改良的丰硕实绩。光绪三十三年（1907），春柳社在日本东京演出了《茶花女》和《黑奴吁天录》，标志着文明新戏的正式开端。此后上海有春阳社（成立于1907年）、进化团（成立于1910年）的新剧演出，为中国话剧奠定了最早的基础。

随着资产阶级民主革命的不断深入和中国同盟会的成立，是革命还是保皇、是民主共和还是君主立宪的论争日益激烈。维新派在论战中日渐失去民众支持，陷于孤立，梁启超经营的《新民丛报》和《新小说》先后停办，文学改良运动因此趋于衰落。资产阶级文学改良运动虽然还不能彻底摆脱传统文学的束缚，但却大大推进了中国文学近代化的过程。

在资产阶级民主革命运动中，出现了章炳麟（1869—1936）、邹容（1885—1905）、秋瑾（1877—1907）、陈天华（1875—1905）等诗文作家，用文学作品宣扬革命思想。宣统元年（1909）11月13日，以中国同盟会为背景，柳亚子、陈去病（1874—1933）、高旭（1877—1925）等人发起成立了“南社”，这是晚清第一个具有民族民主革命意识的文学团体。在辛亥革命前夕，南社文人以更为激进的姿态鼓吹反清革命，他们的文学创作也大多充满更为奔放的革命热情。

晚清后期传统诗文流派仍然流布文坛，但在充满近代精神的文学的比照之下，却显得黯然失色。“同光体”诗人如沈曾植、陈三立、陈衍、郑孝胥等，都曾参与过“百日维新”。戊戌变法失败后，他们也写过不少愤时伤乱、悲天悯人的诗作，但在整体上却日趋消沉。汉魏六朝诗派和晚唐诗派的诗人虽然仍有大量创作，但却更加萎靡不振。光绪二十二年（1896），朱孝臧（1857—1931）在京师应邀加入王鹏运倡举的词社，与王鹏运、郑文焯、况周颐并称“四大家”，多有忧生念乱、悲怆伤感的词作。桐城古文的殿军林纾（1852—1924）坚持“学非孔孟皆邪说，语近韩欧始国文”（《留别听讲诸子》），但也已略变桐城文风。到辛亥革命（1911）以后，这些诗派、词派的作家大多以清朝遗民自居。到20世纪30年代，随着朱孝臧、樊增祥、陈三立、陈衍、郑孝胥等人的相继去世，这些古典诗派、词派终于走完了最后的路程。

晚清文学的整体走向，宣告了中国古代文学的终结，也昭示了新型文学的诞生。中国文学易旧鼎新的现代化过程，则要从辛亥革命以后才逐渐展开。而晚清文学，尤其是晚清后期文学面向西方文明、面向现实社会、面向普通大众的文化精神和审美特征，则成为“五四”新文学的先导。

第二节 西学东渐与中西对话

一、闭关锁国

在清代前、中期，中国的外交态度和外交政策仍然根植于深厚的传统文化，主要表现为以中国为世界的中心，采用古老的朝贡制度维系中国与周边国家的关系。在中国四周，作为清朝的属国定期朝贡的，有朝鲜、琉球、安南、缅甸、廓尔喀、暹罗、浩罕等国。除属国之外，还有不少算不上属国，但向清朝朝贡的小国。

但是这种传统的外交态度和外交政策在处理中国与欧美等殖民主义国家的关系时，却逐渐把中国推向了被动挨打的地位。康熙、雍正时期的对俄外交，已经显露出中国在对外关系上被动应付的端倪。雍正年间的禁止传教和乾隆年间的限制通商，虽然多少遏制了西方殖民列强对中国的侵略和掠夺，但是这种闭关锁国的政策却严重地阻碍了中国的文明进步，成为鸦片战争以后中国社会半殖民地化的重要根由之一。

到了清代后期，中国与殖民主义列强的关系逐渐成为清廷外交的中心问题和头等大事。第一次鸦片战争、第二次鸦片战争、中法战争、中日战争这些屈辱的历史，一方面表明殖民主义列强步步紧逼，用坚船利炮打开了闭关锁国的中国大门，企图瓜分中国；另一方面揭示了清统治者软弱无能，以卑躬屈膝的态度不断地割土赔款，不惜丧权辱国。在中国向半殖民地半封建社会沉沦的同时，救亡图存也日益成为不可抗拒的时代精神，中华民族走上了吸收西方文明、改造传统文明的漫长而痛苦的历程。

二、接受西方文明

当封闭的中国社会被迫向世界开放，正面接触以西方为代表的现代资本主义文明的时候，对于中国的知识界来说，这种文明既是新鲜的和先进的，又是同殖民主义侵略及民族耻辱感相伴随的。对西方文明，是接纳还是排拒？如何处理西方文明与中国传统文明的关系？当时围绕这些问题形成了激烈的争论和痛苦的探索。大要而言，中国知识界对于西方文明的态度，在晚清时期经历了以下几个重要阶段：

第一是“道器论”的阶段。无论是被誉为首先睁开眼睛看世界的林则徐、魏源等先驱者，还是道光皇帝，他们所关注的只是先进的西方技术，认为西方所凭借的只是这种技术性的“器”，而并没有考虑到产生这种技术的社会体制和文化思想，即所谓“道”的问题。他们认为只需“师夷之长技”，招“西洋工匠”和“西洋柁师”，选精工巧匠而习之，便可以达到强国的目的（见魏源《海国图志·筹海篇》）。但即便是这样的见解，也遭到保守派的强烈反对和重重抵制。

第二是“中学为体，西学为用”的“变法论”阶段，这是以曾国藩、张之洞（1837—1909）为首的洋务派的主要观点。随着民族危机的深化和西方文化的不断传入，人们逐渐感觉到，西方文化和中国文化是不同质的东西，西方除了技术性的“器”，还有他们自成体系的“道”。这种“中学为体，西学为用”之论，力图在保存中国旧有文化传统的基础上吸收西方文化，它比“道器论”的眼界要宽广得多，如张之洞在著名的《劝学篇》中，就主张“西政之可以起吾疾者取之”。但这一派人士在维护“纲常名教”上，仍是不肯动摇的。如王韬对资产阶级设立议院的民主政治颇为向往（见《纪英国政治》），因此提出要改变中国社会的积弊，“必须悉行之以西法”。但他又强调：“所欲变者器也，而非道也。”并解释说：“器”，指的是包括轮船、枪炮、火车在内的科学；“道”，指的是万世不变的“孔子之道”（《杞忧生易言跋》）。甲午战争以后，这种变法论愈加高涨。如严复（1853—1921）认为，欲救中国之亡，则虽尧舜周孔生于今，“如果不通知外国事者，其道莫由”（《严复集·救亡决论》）。他指出，西洋在政治、经济、法制、军事、工业等方面都胜过中国，因此必须全方位地向西方学习。

第三是以进化论为中心的“革命论”阶段。戊戌百日维新失败后，人们对清王朝完全失去信任，这个政权本身也摇摇欲坠。这时期由严复翻译的《天演论》所表述的进化论观点，在中国知识界引起了石破天惊般的巨大反响；此外，西方的民权、民主等思想理论也不断被更多的人所接受，因此倡言“革命”的理论日益风行。这种“革命论”的核心是主张历史在不断的变革中进步，认为革命是“天演之公例”（邹容《革命军》），而革命的目标是西方式的共和国。因此，传统政治文化、道德文化受到更多的怀疑乃至否定。但是直到清末，知识界绝大多数人对于作为现代资本主义文化的西方文化与中国封建时代传统文化之间的本质区别，还缺乏深刻的认识，因此并未能对传统文化造成摧毁性的冲击。这一任务的完成只能有待于继之而起的“五四”新文化运动。

三、中西文明的对话

晚清时期中国的经济状况和社会生活方式也发生了巨大的变化。西方工业国家的产品凭借军事强权的支持和自身的竞争力，从沿海渐渐深入内地，无情地撕裂着中国自给自足的传统经济的网络。而受到这种刺激，中国的官办工商业和民间工商业也日渐兴旺，城市出现畸形的繁荣。在各个通商口岸的外国租界，作为半殖民地中国的怪胎，在当时的政治与经济文化生活中扮演着奇特的角色。它是外国资本吸取中国血汗的孔道，又是中国了解世界、吸纳西方文明的窗口；它是藏污纳垢之地，又是革命的温床，是各种新文化、新事物得以生长的土壤。清末文化的众多现象，均与租界有关。例如当时众多的新式报刊，就差不多全是以租界为基地的。

当西学东渐形成一股时代狂飙的时候，人们第一次“睁眼看世界”，发现在中国悠久古老的文学传统之外，还有一大片西方文学的绚烂绿洲。因此，对西方文学观念和文学作品的引进、译介、模仿、改造，如潮涌般地在文坛上掀起层层巨澜。晚清文学改良运动的兴起，便与接受西方近代革命思想有着密切的关系。以黄遵宪为代表的“新派诗”诗人也大量抒写西方世界的新事物、新思想、新知识等等。如轮船、火车、电报、海洋、外国风习，如民主、自由、平等、进化、革命，如宗教、科学等等，无不成为他们歌咏的对象。而且，他们在歌咏西方文明时，也往往表现出中国传统与西方文明之间的对话和碰撞，表现出中国知识分子在接受西方文明时的复杂心态。这种中西文明的对话，在“五四”新文化运动中成为一大时代主题。

第三节
传统的残月与近代的曙光

一、传统文学观的流布

晚清时期，程朱理学与乾嘉汉学对文坛仍然产生着巨大的影响。恪守儒家“温柔敦厚”的“诗教”传统，以“兴观群怨”为文学的正宗，强调文学的“美刺”功能和“教化”作用，张扬“中和之美”，始终是文坛上的一股强大的势力。如属于宋诗派的何绍基一再宣扬：“‘温柔敦厚，诗教也。’此语将《三百篇》根氐说明，将千古做诗人用心之法道尽。”（《东洲草堂文钞》卷五《题冯鲁川小像册论诗》）文学观念的这种老调重弹，无疑包含着晚清时期的文人士大夫重整纲常、挽救末世的一片苦心。常州词派的谭献就说，诗人应该“折衷礼义，为专门之著述，于忧生念乱之时，寓温厚和平之教”（《复堂类稿》文一《明诗》）。乾嘉汉学的余绪也延绵不绝，以穷经富学为本，仍然是文坛上的老生常谈。如何绍基说：“六经之义，高大如天，方广如地，潜心玩索，极意考究，性道处固启发性灵，即器数文物，那一件不从大本原出来？”（《东洲草堂文钞》卷五《与汪菊士论诗》）莫友芝说：“而古今所称圣于诗，大宗于诗，有不儒行绝特，破万卷，理万物，而能者邪？”（《巢经巢诗钞序》，郑珍《巢经巢全集》卷首）桐城派的林纾说得更明白：“何谓正言？本圣人之言，所以抗万辩也。何谓体要？衷圣人之言，所以铸伟词也……至于语录，成万古正言之鹄。”本于此，林纾提倡“积理厚，凡所吐属，皆节节依经而附圣”（《春觉斋论文·述旨》）。甚至连激进的改良派文人谭嗣同，在评价陶渊明的诗“多中正和平”时，也认为是“涵养深纯，经术之效也”。他着意强调“涵养深纯”是诗人的根本，至于陶渊明是否果真饱学经术，本不在他的思考之中。所以他说：“学诗宜穷经，方不终身囿于词人。”（《谭嗣同全集·致刘淞芙书》）

二、改良派的政治主张

鸦片战争前后，由于清廷的腐败，国势日蹙，加上西方新思潮的输入和传播，提高了人们对旧制度的认识和批判能力。道光年间（1821—1850），龚自珍、魏源开思想学术新风气，利用今文《春秋公羊传》经义，发挥政见，抨击封建专制，鼓吹改革和变法，成为晚清维新思想者的先驱。后来的冯桂芬、王韬、郑观应（1842—1921）等，更多地接受西方学术文化的影响，要求实行君主立宪，进行社会改革，御侮图强，成为晚清改良思想的代表人物。甲午战争之后，民族危机加剧，改良运动也走向高潮，领袖人物是康有为。他继承了龚自珍、魏源的“今文派”经学思想传统，又接受了西方资产阶级政治和文化的影响，屡次上书清廷，痛陈时局危急，请求变法维新，呼吁救亡图存。著名翻译家严复翻译了不少西方学术名著，如《天演论》、《原富》、《社会通诠》、《法意》、《名学浅说》等，其中尤以《天演论》一书对清末思想界起了振聋发聩的启蒙作用。光绪三十一年（1905），资产阶级革命派组成中国同盟会，创办了刊物《民报》，与改良派展开了激烈论争。许多革命报刊和文学刊物纷纷出现，标志着中国资产阶级民族民主革命已逐步走向高潮。

晚清改良派不满于汉学家整日沉溺于名物训诂而无力解决现实社会中的迫切问题，因此倡导汉代董仲舒等人的今文经学，尤其是利用《春秋》公羊学派的传统和理论，“以经术作政论”（梁启超《清代学术概论》），注入变法革新的时代内容，结合西方资产阶级思想，“讥切时政，底排专制”，提出了“更法”、“变古”、“改制”的创议，寄希望于中国富强以抵抗外国殖民主义者的侵略，反映了时代思潮的新动向。

在政治上，改良派主张变法改革，反对复古守旧。如康有为指出：“以皇上之明，观万国之势，能变则全，不变则亡，全变则强，小变仍亡。”（《康有为诗文选·上清帝第六书》）改良派反对君主专制，提倡君民共主或民主。梁启超指出：“君权日尊，民权日衰，为中国积弱之根源。”（《饮冰室合集·文集·在时务学堂批改学生作业中的话》）谭嗣同认为君主是人民选举出来的，因而也“可共废之”，他主张“君民共主”（《谭嗣同全集·仁学》）。康有为杂采庄子之自由、墨子之兼爱，以及西方资产阶级倡导的平等、自由、博爱之旨，结合佛家平等、救世的妙谛，与《礼记·礼运》的大同说相附会，写成《大同书》，企图以师法英国、日本等国的君主立宪政治作为救世良药。书中描绘的乌托邦式的大同世界，梁启超称其“与今世所谓世界主义、社会主义者，多相符契”（《清代学术概论》）。

与改良派的改革思想、批判态度相关，他们的文学思想具有强烈的功利主义倾向。改良派强烈要求文学必须为政治服务，成为政治斗争的有力工具和战斗武器。如黄遵宪要求以“鼓吹文明之笔”来产生“左右世界之力”（《与丘菽园书》，《人境庐诗草笺注》卷首）。陶佑曾（1886—1927）认为文学的根本作用是“载道、明德、纪政、察民”（《中国文学之概观》）。他们还纷纷把戏剧、小说的社会功用无限夸大，说成是“移挽”“神州陆沉”和变乱世为治世的万灵药方（见康有为《闻菽园居士欲为政变说部诗以速之》，《南海先生诗集》卷五《大庇阁诗集》），是“拨乱世致太平”[1] 的有效途径。尤其是梁启超，他以文学进化观为依据，认为：“中国结习，薄今爱古，无论学问、文章、事业，皆以古人为不可及。余生平最恶此言。”（《饮冰室诗话》）所以，他反对模古、拟古，崇尚创新精神，明确指出俗语文学代表了文学发展的主流：“文学之进化有一大关键，即由古语之文学，变为俗语之文学是也。”“自宋以后，实为祖国文学之大进化，何以故？俗语文学大发展故。”（《小说丛话》）俗语文学，主要是指小说和戏曲，一向为正统文人所鄙视。梁启超则推尊小说“为文学之最上乘”，甚至将小说的作用过分地夸张，说：“欲改良群治，必自小说界革命始，欲新民，必自新小说始。”（《论小说与群治之关系》）

① 夏曾佑：《小说原理》，载《绣像小说》，1903（3）。

三、改良派的文学主张

正是有见于小说所具有的独特而又巨大的社会政治功能，梁启超一方面极力贬低古典小说，认为“较其大宗，不出诲淫诲盗两种”（《饮冰室合集·文集·译印政治小说序》）。他认为，在中国文学接受史上，古典小说几乎成为当时中国在一切方面落后腐败的渊薮，中国人状元宰相的思想来自小说，佳人才子的思想来自小说，江湖盗贼的思想来自小说，妖巫狐鬼的思想来自小说，乃至风水迷信、名节扫地、权谋诡诈、沉溺声色、绿林豪杰等社会落后现象，无一不是小说造成的。他深深地感叹：“小说之陷溺人群乃至如是，乃至如是！大圣鸿哲数万言谆诲之而不足者，华士坊贾一二书败坏之而有余。”（《论小说与群治的关系》）另一方面，梁启超又充分肯定了在西方文化史上小说所起的积极的进步作用，指出，西方各国变革之始，政治小说对社会意识的影响很大。政治改革家创作小说，“于是彼中缀学之子，黉塾之暇，手之口之，下而兵丁、而市侩、而农氓、而工匠、而车夫、马卒、而妇女、而童孺，靡不手之口之，往往每一书出，而全国之议论为之一变”（《译印政治小说序》）。无论是反面的批判还是正面的肯定，梁启超都无限夸大了文学的社会功能。这种文学功利观念有效地抬高了文学的社会地位，促使人们充分地正视文学创作对社会意识形态所起的重大作用，从而因势利导地运用文学创作作为一种特殊的文化手段，达到摧毁或者创建社会意识形态的目的。然而，这种文学功利观念也过高地估计了文学的社会功能，过分地强调了文学的意识形态特性，把文学无限度地吹嘘为具有无所不能的社会政治功用，从而造成深远的流弊。

在文学功利观念的直接制约下，晚清改良派的文学创作，无论是诗文还是小说、戏曲，大多展现时代风云，涉及时事政治，密切结合现实的重大政治斗争，甚至直接配合改良运动。无论是黄宗羲的“新派诗”，梁启超的“新文体”，吴沃尧、李宝嘉等的谴责小说等“新小说”，梁启超等的改良戏曲，还是南社的诗文作品，都以不同的文体、从不同的角度，广泛地揭露了清末政治统治的黑暗、西方列强侵略的罪恶、社会道德风尚的堕落，并表达了对社会变革、救亡图存的强烈愿望，和对理想政治和理想社会的热烈向往。

四、过渡的时代

同时，与变法革新的时代思潮相表里，晚清文学的体式，包括文学风格、文学结构、文学技法和文学语言，也发生了显著的变化，总的趋势是向着通俗化和多样化的方向发展。如黄遵宪的“新派诗”“以旧风格含新意境”（梁启超《饮冰室诗话》），梁启超的“新文体”“务为平易畅达，时杂以俚语韵语及外国语法，纵笔所至不检束”（梁启超《清代学术概论》），以及“新小说”对叙事模式的探索、改良戏曲对杂剧传奇体制的突破等等，都表现出对改革传统文学形式的初步尝试。

当然，无论是新锐思想的张扬还是新型体式的探索，在晚清时期都呈现出斑斓多彩的复杂样貌：有的是用旧风格、旧形式表达新思想、新观念，有的是用新风格、新形式表达旧思想、旧观念；改良派的文学风靡一时，“诗界革命”、“文界革命”、“小说界革命”、“戏曲改良”等此起彼伏，而传统诗文流派如宋诗派、桐城派、常州词派等仍盛行不衰，影响广泛；随着社会形势的发展变化，不少新进作家往往表现出前、后期思想和创作倾向的不同。如此等等，都说明晚清文学呈现出一种过渡的性质，传统的残月与近代的曙光交相辉映。晚清时期正是绵延数千年的古代文学向“五四”新文学发展的过渡时代。

【关键词】

同光体　常州派　新诗派　春柳社　春阳社　南社　道器论　变法论　革命论　改良派文论

【请你思考】

1. 简述晚清文学对前代文学的继承和新变。
2. 简述常州派的词作观念及其影响。
3. 改良派在文学观念上的改变是什么？
4. 西方文明与中国本土文学的矛盾与接受是怎样的？

【推荐书目】

（清）梁启超．朱维铮导读．清代学术概论．上海：上海古籍出版社，1998

郭延礼．中国近代文学发展史（共三卷）．济南：山东教育出版社，1990—1993

第二章 诗文词的守旧与革新

【导读】

晚清诗文词的审美追求，表现为守旧与革新截然相反的两大倾向。守旧的诗文词坚持弘扬中国古典审美理想，仍旧在唐宋诗文词典范的圈子里打转，虽然有的也古色古香，但无论是意蕴还是体式都大多缺乏新鲜感，而且还不时透露出衰飒甚至朽靡的气息。革新的诗文则多少泼染着西方与日本的思想风潮，努力探寻中国古典审美理想的近代化，力图突破唐宋诗文的种种规范和羁缚，开拓新的意蕴，尝试新的体式。虽然革新的诗文仍与传统风格有着千丝万缕的联系，有的作品还伤于粗糙、平直、简陋，但却如初生牛犊，虎虎有生气，成为现代新诗文崛起的先声。

第一节 宋诗派及其他

宋诗运动在清后期成为一大潮流，宋诗派风靡诗坛，势力大张。从道光到民国初年，诗坛上最为活跃，声势也最为浩大的诗歌流派，无疑是宋诗派。

宋诗派的发展大致经历了前期、中期、后期三个阶段。

一、宋诗派前期

宋诗派前期，从道光（1821—1850）后期至同治年间（1862—1874），代表作家有程恩泽、祁寯藻、何绍基、郑珍、莫友芝、曾国藩等。他们强调以学问为诗，标举“人与文一”，即道德与学问一致的“不俗”境界，并主张学古不依傍前人，能就现在之情理，通过变化来摆脱旧的窠臼（见何绍基《符南樵寄鸥馆诗集序》）。他们的诗歌内容比较狭窄，或题咏金石，或唱和酬答，或范山模水。艺术上追求奇崛生涩，讲究锤炼，而往往失之于枯滞。

前期宋诗派中成就较高的是郑珍。他的诗富于开拓精神，语辞洗练，音节造句力求顿挫硬折，浅俗而不流易，沉实而不奥僻，风格朴瘦坚劲，尤善描写贫士生活。如《题新昌俞秋农汝本先生〈书声刀尺图〉》写道：

> 女大不畏爷，儿大不畏娘。小时如牧猪，大来如牧羊。血吐千万盆，话费千万筐。爷从前门出，儿从后门去。呼来折竹签，与儿记遍数。爷从前门归，呼儿声如雷。母潜窥儿倍，忿顽复怜痴。夏楚有笑容，尚爪壁上灰。为捏数把汗，幸赦一度笞。

写贫家母的慈爱与教诲顽童，形象生动，意趣盎然。他也善于描写自然景物，如《晚望》：

> 向晚古原上，悠然太古春。碧云收去鸟，翠稻出行人。水色秋前静，山容雨后新。独怜溪左右，十室九家贫。

字面平易而用意生新。

二、同光体与宋诗派中期

宋诗派中期，从光绪元年至二十三年（1875—1897）。

学术轶事

同、光之际，沈曾植、陈三立、陈衍、郑孝胥等年轻一代的诗人崛起，他们把自己与当时仍健在的宋诗派名家何绍基、莫友芝等并称为“同光体”诗人（见陈衍《沈乙庵诗序》）。

同光体诗人标明不墨守盛唐而崇尚宋诗的诗歌倾向。他们的诗歌创作比前期宋诗派诗人要贴近现实生活，并进一步发扬了前期宋诗派中少数诗人如郑珍的感时伤世的传统，提倡“以突兀凌厉之笔，抒哀痛逼切之辞，甚且嬉笑怒骂，无所于恤”（陈衍《小草堂诗序》）。

☞多学一点

同光体诗人因其具体宗尚不同，又有浙派、江西派、闽派之分（见钱仲联《论同光体》）。陈衍将道光以来宋诗运动的诗歌分为“清苍幽峭”和“生涩奥衍”两派，前者“体会渊微，出以精思健笔”，后者“语必惊人，字忌习见”（《石遗室诗话》卷三）。大体说来，闽派近于前者，浙派、江西派近于后者。

沈曾植有“同光体之魁杰”的称号（陈衍《沈乙庵诗序》），是同光体中浙派的代表。他主张学诗应由宋代元祐年间（1086—1094）的苏轼（1037—1101）、黄庭坚（1045—1105）等人，上溯到唐代元和年间（806—820）的韩愈（768—824）、孟郊（751—814）、李商隐（813—858）等人，再上溯至南朝宋文帝元嘉年间（424—453）的颜延之（384—456）、谢灵运（385—433）等人，这就叫做过“三关”，从而克服了宋诗派诗人取径褊狭的缺陷。他的诗“雅尚险奥”，大多“聱牙钩棘”，但也有一些“时复清言见骨，诉真宰，荡精灵”（陈衍《沈乙庵诗序》）的作品。如《杂题》其一：

> 榆叶干青柳叶黄，淡云斜日蜀东冈。秋心总在无人处，坐看凫翁没野塘。

用笔沉炼而词不奥衍，富有诗情意趣。

陈三立是同光体中江西派的代表人物，被近代宋诗派诗人推为宗师。他初师韩愈，后学黄庭坚，避俗避熟，力求生涩，追求一种精思刻练、奇崛不俗而又能达于自然、不见斧凿痕迹的境界（见陈衍《石遗室诗话》卷十四）。如《十一月十四夜发南昌月江舟行》中写道：“露气如微虫，波势如卧牛。明月如茧素，裹我江上舟。”比喻、描写都超逸庸常，而又如出自然，不见刻炼之迹。陈三立擅长以诘屈的语言营造隐晦的意境，如作于光绪二十七年（1901）的《遣兴二首》，其一云：

> 九天苍翮影寒门，肯挂炊烟榛棘树。正有江湖鱼未脍，可堪帘几鹊来喧。啸歌还了区中事，呼吸凭回纸上魂。我自成亏喻非指，筐床刍豢为谁存？

哀婉感伤，曲折隐晦。

同光体中闽派的代表人物是陈衍，他是同光体的理论家。他提出：“诗至唐而后极盛，至宋而益盛。”(《自镜斋诗集序》)因此主张宗法唐玄宗开元年间（713—741）、唐宪宗元和年间（806—820）和宋哲宗元祐年间（1086—1094）的诗人，即所谓的“三元”说（见《石遗室诗话》卷一）。他还提出“学人之言与诗人之言合”(《石遗室诗话》、《近代诗钞序》卷八）的创作标准。陈衍在位卑失意的宦途上，选择了一条淡泊利禄的诗人“荒寒之路”(《何心与诗序》)。他在诗歌创作上侧重于师法杨万里，诗风平易朴拙，代表作有《冬述四首视子培》、《将至水口山势甚峭》、《清明日怀尧生荣县》等。他主张诗歌要“兴象才思两相凑泊”（陈衍《海藏楼诗叙》)。他有的诗富于兴象，而笔墨清隽峭硬。如《十一月二十三日出京道中杂诗》其十七：

扬州在何许？帆影乱烟树。南风且莫竞，我欲过江去。

三、宋诗派后期及其他诗派

宋诗派后期，从光绪二十四年（1898）至民国初年。同光体诗人如沈曾植、陈三立、陈衍、郑孝胥等，都曾参与过“百日维新”。戊戌变法失败后，由于帝国主义侵略加剧，民族危机日益严重，宋诗派诗人写过不少愤时伤乱、悲天悯人的诗作，但在整体上却日趋消沉。辛亥革命（1911）后，他们又以清朝遗民自居。他们的诗歌创作也由抒发具有忧患意识的爱国热情，转变为吟咏“无可奈何花落去”的遗民情调。直到20世纪30年代后期，随着陈三立、陈衍、郑孝胥的相继去世，宋诗派，包括同光体诗派在内，作为中国文学史上最后一个古典诗派，终于走完了最后的路程。

同治以后的诗坛上，还先后出现了汉魏六朝诗派和晚唐诗派。

☞ **多学一点**

湖湘派

汉魏六朝诗派的主要代表人物有邓辅纶、王闿运，他们都是湖南人，所以又称湖湘派。

汉魏六朝诗派中的是王闿运，在当时有“诗界旧领袖”（汪国垣《光宣诗坛点将录》）之称。他认为“诗必法古”：“古人之诗尽美尽善矣。典型不远，又何加焉?”(《湘绮楼说诗》)他提出：“取古人陈作，处处临摹，如仿书然。”(《论文法——答张正旸问》)还说：“作诗则必先学五言，五言必读汉诗，而汉诗甚少，题目种类亦少，无揣摩处，故必学魏晋也。”(《论诗示黄镠》)所以王闿运的诗也多为五言，以学习谢灵运为主。陈衍称道：“湘绮五言古沉酣于汉魏六朝者至深，杂之古人集中，直莫能辨。”(《石遗室诗话》)他的《拟焦仲卿妻诗一首，李青照妻墓下作》，记述佣人李青照妻美艳，被主人逼迫出逃，又受到恶少欺凌，抱子投江而死，她的丈夫闻讯后自缢。诗歌虽对主人渔色、李青照投诉无门的现实有所谴责，但却重在讴歌烈妇义夫。王闿运也有一些感慨时事的诗，如曾被传诵一时的《圆明园词》，借圆明园的兴废，写清王朝的盛衰，寓以讽谕之意。又如《形势感赋》，抒发了对国家面临豆剖瓜分形势的忧愤。他的一些悼亡诗和记游之类的诗，写得情深意切，情景交融，在学古中能熔铸自我，如《重悼师芳》、《斗姥宫尼院》、《雪霁登玉皇顶》等。

☞ **多学一点**

晚唐诗派

晚唐诗派兴起于光绪年间（1875—1908）至民国初年，代表人物为樊增祥、易顺鼎。他们提倡宗法晚唐诗人温庭筠（约812—866）、李商隐、韩偓（842—923），兼及中唐白居易（772—846）、元稹（779—831）。他们的作品多为艳体诗，以辞采华丽、对仗工巧取胜。

晚唐诗派中樊增祥生平以诗为茶饭，无日不作，无地不作，但多吟风弄月及酬唱之作，往往失之于浮艳俗滥。甲午战争、庚子国变、日俄战争，使他有感于国家民族的危难，写了一些愤世伤乱之作，如《有感》、《书愤》、《马关》、《再阅邸钞》、《庚子五月都门纪事》、《闻都门消息》、《营州》等。长篇歌行体《彩云曲》、《后彩云曲》，借名妓傅彩云事，敷陈庚子事变前后史实，诗篇秾艳工丽，音韵铿锵，得“梅村体”之神韵。易顺鼎一生作诗近万首，多为游山览水、咏物、艳情之作。早年因愤于甲午战败，他慷慨上书，反对割地求和，并两赴台湾帮助刘永福（1837—1917）抗日，诗歌作品写得热情奔放，昂扬悲壮。著名的有《至天津闻和议，即日赴阙上书有作》、《书愤》、《金陵上刘岘帅四首，时以倭警被召》、《自京赴关感怀留别》、《闽舟感怀》、《寓台感怀六首》。但易顺鼎志趣卑微，喜好声色，诗风不免浮艳。

第二节 “新派诗”与“诗界革命”

一、黄遵宪“新派诗”论

早在同治七年（1868），黄遵宪就对“俗儒好尊古”提出批评，宣称“我手写我口，古岂能拘牵”（《人境庐诗草笺注》卷一《杂感》其二），表现出鲜明的诗歌革新意识。到戊戌变法（1898）前夕，他提出了“新派诗”的名目，说：“废君一月官书力，读我连篇新派诗。”（《人境庐诗草笺注》卷八《酬曾重伯编修》其二）

☞ 多学一点

黄遵宪对“新派诗”的解释

光绪十七年（1891），他在《人境庐诗草自序》中提出“新派诗”的纲领：“诗之外有事，诗之中有人。”并主张运用古人的比兴之体，以单行之神运排偶之体，写“古人未有之物，未辟之境，耳目所历，皆笔而书之”，而又不名一格，不专一体，“不失乎为我之诗”（《人境庐诗草笺注》卷首）。

黄遵宪具有丰富的生活阅历、强烈的忧患意识、崭新的审美理想，以及勇于探索、敢于革新的艺术创新精神，这使他突破了古典诗歌的传统天地，形成了足以自立、独具特色的“新派诗”，被梁启超誉为“独辟境界，卓然自立于二十世纪诗界中”（《饮冰室诗话》）。

黄遵宪“新派诗”最鲜明的特色，是运用古典诗体，畅写新事物、新学理，以构成新意境。丘逢甲称道：“茫茫诗海，手辟新洲，此诗世界之哥伦布也。”（《人境庐诗草跋》）黄遵宪长期担任外交使节，“百年过半洲游四”（《人境庐诗草笺注》卷九《己亥杂诗》其一），“足遍五洲多异想”（《人境庐诗草笺注》卷七《以莲菊桃杂供一瓶作歌》），因此他的诗歌较早地描写了海外世界以及伴随近代科学而涌现的新事物，拓宽了诗歌题材内容的领域。

分析举例

如黄遵宪作于光绪十六年（1890）的《今别离》四首（《人境庐诗草笺注》卷六），分别吟咏在出现了轮船火车、电报、照相片，和已知东西两半球昼夜相反的新世界里，夫妻离别的新况味，别开生面。如其二咏电报：

> 朝寄平安语，暮寄相思字；驰书迅已极，云是君所寄。既非君手书，又无君默记；虽署花字名，知谁箝缗尾。寻常并坐语，未遽悉心事，况经三四译，岂能达人意？只有班班墨，颇似临行泪。门前两行树，离离到天际，中央亦有丝，有丝两头系。如何寄君书，断续不时至？每日百须臾，书到时有几？一息不相闻，使我容颜悴。安得如电光，一闪至君旁。

又如作于光绪十一年（1885）的《八月十五夜太平洋舟中望月作歌》（《人境庐诗草笺注》卷五），以流美豪宕的笔墨，勾勒出太平洋上夜航独有的情境，表现出中国人与世界的对话，遐思远举。作于光绪十九年（1893）的《以莲菊桃杂供一瓶作歌》（《人境庐诗草笺注》卷七），“半取佛理，又参以西人植物学、化学、生理学诸说”（梁启超《饮冰室诗话》），将新学理融入诗意内涵，以表现同种一家等人生理想和事物变化转换之理，别饶兴味。

黄遵宪的诗歌还描写了异国风光、民俗人情，如《樱花歌》、《伦敦大雾行》、《登巴黎铁塔》、《番客篇》、《日本杂事诗》等，奇思妙想，纷至迭出。当然，这些"新派诗"在文化底蕴上大抵还仅仅浮于表面，"差能说西洋制度名物，掎摭声光电化诸学，以为点缀，而于西人风雅之妙、性理之微，实少解会。故其诗有新事物，而无新理致"（钱钟书《谈艺录》）。

黄遵宪"新派诗"第二个鲜明特色，是以史为诗，内涵丰富，形象生动，有"史诗"之称。在他的诗中，从抵抗英法联军到庚子事变，当代重要的历史事件都得到精彩的叙写。特别是光绪二十年（1894）中日甲午战争爆发后，他写下了《悲平壤》、《哀旅顺》、《哭威海》、《台湾行》、《渡辽将军歌》等系列诗篇。他尤其擅长于构置鸿篇巨制，着意于铺写一个较长时段的历史，如《番客篇》近于华侨南洋开发史，《逐客篇》堪称赴美华工血泪史，《拜曾祖母李太夫人墓》不啻作者的家族史与童年生活史等等。他的诗叙事成分增多，善于以细致的笔墨叙事、状物、写景，铺排场面，勾画人物。

分析举例

黄遵宪作于光绪十一年（1885）的《冯将军歌》（《人境庐诗草笺注》卷四）中写道：

> 将军一叱人马惊，从而往者五千人。五千人马排墙进，绵绵延延相击应。轰雷巨炮欲发声，既戟交胸刀在颈。敌军披靡鼓声死，万头窜窜纷如蚁。十荡十决无当前，一日横驰三百里。

将中法战争中爱国将领冯子材鸷猛无前的英雄形象和冯军排山倒海的气势，活现在纸上。又如作于光绪二十一年（1895）的《渡辽将军歌》（《人境庐诗草笺注》卷八），以幽默之笔，生动地刻画了湖南巡抚吴大澂的骄矜虚夸。在中日甲午战争爆发时，吴大澂恰好购得一枚汉印，印文为"渡辽将军"，自以为是封侯之兆，遂请缨出师。诗作开篇写其出征时的豪气冲天："闻鸡夜半投袂起，檄告东人我来矣。此行领取万户侯，岂谓区区不余畀！"篇中写其朝会诸将的场面：

> 岁朝大会召诸将，铜炉银烛围红毡。酒酣举白再行酒，拔刀亲割生彘肩。自言平生习枪法，炼目炼臂十五年。目光紫电闪不动，袒臂示客如铁坚。淮河将帅巾帼耳，萧娘吕姥殊可怜。看余上马快杀贼，左盘右辟谁当前？鸭绿之江碧蹄馆，坐令万里销锋烟。坐中黄曾大手笔，为我勒碑铭燕然！

吴大澂大言不惭之态、不可一世之概，活灵活现。然而"两军相接战甫交，纷纷鸟散空营逃。弃官脱剑无人惜，只幸腰间印未失"。前之气势如虎，后之怯懦如鼠，强烈的反差有力地勾画了其丑陋形象。

黄遵宪“新派诗”的第三个鲜明特色，是以文为诗，即所谓“以单行之神运排偶之体”，“用古文家伸缩离合之法以入诗”（《人境庐诗草自序》）。黄遵宪喜用古体，因为古体诗不限制字数，句式多变，韵律较宽，容量较大。他的许多古体诗，句式参差变化，伸缩自如。如作于光绪七年（1881）的《赤穗四十七义士歌》（《人境庐诗草笺注》卷三），从五言、七言、九言到十数言，最长一句竟达二十七字，全诗错落有致而神气贯注，胡适称赞此诗“在‘以古文家抑扬变化之法作古诗’的方面，成绩最大”（《胡适文存二集》卷二《五十年来中国之文学》）。黄遵宪诗歌对散文句式的运用，有继承传统杂言诗的因素，同时也是诗人在追求诗体解放方面的一种新探索。他善于汲取古人以文为诗的长处而避其短处，在诗歌的篇章结构上，注意波澜曲折，长而不板；叙写上多用比兴与描写，减少抽象直陈；议论尽量精要，并安置于描写之后，使之有水到渠成、画龙点睛之妙。同时，他还广泛采择语言资料，“自群经三史，逮于周秦诸子之书，许郑诸家之注，凡事名物名切于今者，皆采取而假借之”（《人境庐诗草自序》），同时又不排斥“流俗语”（《人境庐诗草笺注》卷一《杂感》其二）。这使他的诗歌词汇丰赡，富于表现力，典雅之中多生气与变化。但他的诗歌仍然使用了过多的雅词典故，时或显得艰奥晦涩。

二、“诗界革命”

在戊戌变法前一两年，夏曾佑、谭嗣同曾试作“新学之诗”，其特点是“颇喜挦撦新名词以自表异”（梁启超《饮冰室诗话》）。如谭嗣同所作的“纲伦惨以喀私德，法会盛于巴力门”、“三言不识乃鸡鸣，莫共龙蛙争寸土”之类。

☞多学一点

“喀私德”是Caste的译音，指印度社会的等级制度；“巴力门”是Parliament的译音，英国议会名。“龙”指孔子，“蛙”指孔子信徒。

对这类诗，他们颇为“沾沾自喜”，但“若非当时同学者，断无从索解”（梁启超《饮冰室诗话》）。但是他们对于用诗歌反映新思想、新意境的尝试还是可贵的，堪称“诗界革命”的前驱。

戊戌变法失败后，梁启超亡命日本，著《饮冰室诗话》，首先提出“诗界革命”的口号，力图把已有的诗歌变革推向深入，并加以理论化的解释。他批评“以堆积满纸新名词”的诗风，提出“能以旧风格含新意境，期可以举革命之实矣。苟能尔尔，则虽间杂一二新名词，亦不为病”。在《夏威夷游记》中，梁启超又就“诗界革命”的方向提出兼备三长的主张：一为“新意境”，二为“新语句”，三为“以古人之风格入之”。他认为诗人之“锐意欲造新国

梁启超像（一）

者，莫如黄公度”，但也指出黄遵宪诗歌的不足之处在于“其所谓欧洲意境语句，多物质上琐碎粗疏者，于精神思想上未有之也”。实际上，梁启超所期望的真正意义上的“诗界革命”并没有在文坛上取得真正的成效，他本人后期对诗歌的态度也向古典传统回归，向“同光体”靠拢，更宣告了这一“革命”的结束。

三、谭嗣同、康有为和丘逢甲

谭嗣同除了“新学之诗”以外，还有一些传统的诗作。他十一岁随父赴任，二十年中走遍大半个中国，写了不少吟咏山水名胜的作品。如作于光绪八年（1882）的《潼关》：

终古高云簇此城，秋风吹散马蹄声。河流大野犹嫌束，山入潼关不解平。

他的一些诗作伤时忧国，充满真挚的爱国热忱。如作于光绪二十二年（1896）的《有感一章》：

世间无物抵春愁，合向苍冥一哭休。四万万人齐下泪，天涯何处是神州！

他的歌风格恢阔豪迈，刚健遒劲，自谓“拔起千仞，高唱入云”（《报刘淞芙书》）。

康有为肯定诗歌创作应该“新世瑰奇异境生，更搜欧亚造新声”，“意境几于无李、杜，目中何处着元明”（《与菽园论诗兼寄任公、孺博、曼宣》）。以戊戌变法为界，康有为的诗歌创作可分为前后期。其前期的作品多表现忧国忧民、以天下为己任的情怀和矢志变法革新的壮志。如光绪十五年（1889）他第一次上书为顽固派所阻后，出都抒怀时所作《出都留别诸公》五首其二：

天龙作骑万灵从，独立飞来缥缈峰。怀抱芳馨兰一握，纵横宙合雾千重。眼中战国成争鹿，海内人才孰卧龙？抚剑长号归去也，千山风雨啸青锋！

康有为后期的诗歌作品，大多充满羁旅孤臣报君无门的悲愤之感和幻灭茫然的故国之思。但他毕竟“游三十一国，行六十万里”（《开岁忽六十篇》），异域的风光名胜、民情世俗，以及资本主义社会的科学文化、物质文明，都成了他咏歌的内容。这些诗颇富异国情调，诗中的意境往往给人耳目一新的感受。康有为的诗富有丰富多彩的想象力和气势磅礴的激情，手法曲折含蓄，辞采生动瑰丽，梁启超称道：“元气淋漓，卓然称大家。”（《清代学术概论》）

丘逢甲（1864—1912）被梁启超称为“诗界革命一巨子”（《饮冰室诗话》）。他论诗主张“诗无今古真为贵”，并提出“米（美）雨欧风作吟料”（《论诗次铁庐韵》十首）。他还主张把诗歌的创新作为改造社会的武器：“完全主权不曾失，诗世界里先维新。”（《海上观日出歌，由汕头抵香港作》）丘逢甲的歌行体诗富有新意，如《七洲洋看月放歌》，把失去故土的切肤之痛，与李白、杜甫未曾经历的境界，加上奇妙的幻想，熔铸于写景、抒情和议论之中，显示了他的创新才能。又如《汕头海关歌寄伯瑶》，抒写在不平等条约下对帝国主义经济侵略后果的深切忧虑，叙事、议论、抒情完美结合，具有发人深思、警醒世人的力量。他的近体诗也多表现因台湾沦陷而引发的悲愤感情和志在光复失地的豪迈情怀，风格雄直劲健，充满阳刚之美。如作于光绪二十二年（1896）的两首七绝：

春愁难遣强看山，往事惊心泪欲潸。四百万人同一哭，去年今日割台湾。（《春愁》）

沦落天涯气自豪，故山东望海云高。西风一掬哀时泪，流向秋江作怒涛。（《去岁秋初抵鮀江，今仍客游至此，思之怃然》其二）

丘逢甲诗如其人，名重一时。黄遵宪称他的诗“真天下健者也”（《与梁启超书》）。柳亚子也说：“时流竞说黄公度（指黄遵宪），英气终输仓海君。”（《论诗六绝句》其五）

第三节
南社诗人及其他

一、南社的兴起、发展与衰落

宣统元年（1909）11月13日，由陈去病、高旭、柳亚子等人发起，南社成立于江苏苏州。

☞ **多学一点**

南社之名的由来

南社一名的由来，宁调元（1883—1913）说是：“钟仪操南音，不忘本也。”（《南社》第二集《南社诗序》）陈去病说是：“对北而言，寓不向满清之意。”（《南社长沙雅集纪事》）柳亚子说得更明白：“它底宗旨是反抗满清，它底名字叫南社，就是反对北庭的标帜了。”（《南社纪略·新南社成立布告》）

《南社》于宣统二年（1910）开始出版，分文录、诗录、词录三部分，到1923年共出版了二十二集。1917年又出版《南社小说集》一册。辛亥革命前，南社社员发展到二百余人；辛亥革命后，更剧增至一千多人，网罗了绝大多数革命文化人，成为民主革命派的文化大军。至1923年，南社解体。

南社的文学宗旨是激励民族气节，鼓吹民族民主革命，用文学为革命事业服务。翻云覆雨的晚清民初社会直接影响了南社诗歌的风貌。辛亥革命前，反清是南社诗人的创作主题。他们常常通过表彰凭吊宋遗民、明遗民的忠节，抒发自己反清的情怀和不屈的气节，如柳亚子的《题张苍水集》、《题夏内史集》、《读松陵诸前辈遗集尚论其人各系以诗》，陈去病的《四月二十五日偕刘三谒苍水张公墓并吊永历帝》、《自武林入越道出草桥门有悼吴长兴二绝》、《辑陆沉丛书初集竟题首》等诗。甚至殷周之间的伯夷、叔齐，金元之际的河汾诸老，都成了他们生发感兴的对象。辛亥革命成功后，推翻了以满清王朝为代表的封建专制统治，南社诗人曾有短暂的欢悦，如柳亚子说："土室生埋几岁年，喜闻羽檄动南天。"(《寄赵伯先香江》)但是袁世凯（1859—1916）称帝时，许多南社的革命家惨遭屠杀，南社诗歌表现出青磷碧血迸发出的哀愤迷茫之情。从1917年开始，南社由于唐宋诗之争而发生了内讧，开始衰落分化。然而在分化的过程中，也跃挺出一支迎接新文化的先驱，如马君武（1881—1940）、吴虞（1872—1949）等人，从不同的角度为五四新文化运动的到来鸣锣开道。

二、南社代表诗人

陈去病有"南社社长"之称，他的诗歌鼓吹反清革命，凭吊宋元之交、明清之际仁人志士，悼念辛亥革命死难烈士，抒发伤时忧世的情怀，风格质实劲健，格调沉抑凝重。高旭在南社诗人中理论色彩较强，他于1909年发表的《南社启》，把呼唤"国魂"作为南社的文学宗旨。后来他撰写《愿无尽庐诗话》，编选《变雅楼三十年诗征》，提出了明确的诗学主张，号召南社文学要"鼓吹人权，排斥专制，唤起人民独立思想，增进人民种族观念"。高旭诗风恣肆放纵，《自题花前说剑图》诗概括了他本人以及部分南社诗人做风流英雄的人格追求，因此不仅高旭诗中有不少表现花魂剑魄的诗篇，而且南社诗人的唱和之作也极多。

南社最有成就的诗人是柳亚子，他是南社的发起者和组织者，素有"南社灵魂"之称。他的诗慷慨悲歌，苍凉激越，感情饱满，形象鲜明。如他于光绪二十九年（1903）写的五言长诗《放歌》，抨击专制制度，倡言平等自由，风发泉涌，豪气袭人。此后的《哭威丹烈士》、《吊鉴湖秋女士》、《孤愤》以及一系列哭烈士的诗篇，无不悲愤淋漓。柳亚子的七律诗较多，成就也高，文辞典雅，流转自如，高旭说："翩翩亚子第一流，七律直与三唐俦。"(《天梅遗集·诗中八仙歌》)柳亚子代表作有作于光绪三十四年（1908）的《自题题剑室诗词后》：

> 剑态箫心不可羁，已教终古负初期。能为顽石方除恨，便作词人亦大痴。但觉高歌动神鬼，不妨入世任妍媸。只惭洛下书生咏，洒泪新亭又一时。

诗中感叹祖国沉沦，而书生报国无门，在严整的格律中流荡着一股激昂豪宕之气。

苏曼殊（1884—1918）在南社诗人中颇富诗人气质，风格也与其他诗人迥异。他的诗歌表现了辛亥革命前后中国知识分子的孤独、迷惘、苦闷、彷徨以及失望感伤的心态。如"孤灯引梦记朦胧，风雨邻庵夜半钟"(《燕子龛诗笺注·过若松町有感》)，"契阔生死君莫问，行云流水一孤僧"(《过若松町有感示仲兄》)；"独有伤心驴背客，暮烟疏雨过阊门"(《吴门依易生韵》其一)。茫茫世界，诗人竟不知"天涯飘泊欲何之"(《东居杂诗》其十四)；芸芸众生，诗人却觉得"孤愤酸情欲语谁"(《本事诗》其三)。这种悲情伤感形成了他诗歌哀婉低沉的感伤色彩，诗中愁风泪雨，扑面而来。苏曼殊写了许多爱情诗，他想要以僧人的戒律禁锢自己，沉浸于"斋罢垂垂浑入定，庵前潭影落疏钟"(《住西湖白云禅院作此》)的清新无欲的境界，但又无法抑制内心的爱情骚动，爱心与禅心一直相交战。他以七言绝句见长，清灵隽永，柔婉动人。如：

> 蹈海鲁连不帝秦，茫茫烟水着浮身。国民孤愤英雄泪，洒上鲛绡赠故人。(《以诗并画留别汤国顿》其一，作于 1903 年)
>
> 孤村隐隐起微烟，处处秧歌竞插田。羸马未须愁远道，桃花红欲上吟鞭。(《淀江道中口占》，作于 1909 年)

苏曼殊触景即诗，遇境成章，字字从肺腑中流出，倩丽绵眇，自然轻灵，“小小诗篇万汇情”(章行严《题曼殊上人诗册》)，具有一种深远绵长的意味。前人评价他的诗：“旷观海内，清艳明隽之才，若曼殊者，殊未有匹焉。”(王德钟《燕子庵遗诗序》)

晚清时期，南社之外重要的革命派诗人是秋瑾。秋瑾的文学创作有文、诗、词、歌、弹词，以诗歌的成就最高，风格刚健遒劲，浑雄豪放。她的诗歌创作，大体可以 1904 年东渡日本为界划分为前后两期。前期诗作多写闺秀生活，风花雪月，离情别绪。她的咏物诗色调丰富，大多是借物喻人、托物言志，从中可以看出诗人的人格和品德、苦闷和追求。这时秋瑾还写有传诵一时的名篇《剑歌》、《宝剑歌》、《宝刀歌》，颇“有上下千古，慷慨悲歌之致”(吴芝瑛《纪秋女士遗事》，《秋瑾集》附录)。秋瑾的后期诗作更充满丰富的时代内容，发出感世忧时的悲愤、振聋发聩的呼喊。如《黄海舟中日人索句并见日俄战争地图》：

> 万里乘风去复来，只身东海挟春雷。忍看图画移颜色？肯使江山付劫灰！浊酒不销忧国泪，救时应仗出群才。拼将十万头颅血，须把乾坤力挽回。(《秋瑾集》)

全诗洋溢着爱国主义、革命英雄主义和自我牺牲激情，既有坚定的理想追求，又有凌厉的气势，独具一种巾帼英雄的雄豪气概。

第四节 桐城中兴与“新文体”

一、桐城中兴

时至道光、咸丰年间(1821—1861)，桐城派古文已逐渐趋于空疏、狭小、窳弱、拘谨，呈现衰飒趋势。于是，在同治年间(1862—1874)，曾国藩起而鼓吹中兴桐城派，“扩姚氏而大之，并功、德、言为一途”(黎庶昌《续古文辞类纂序》)。他提出“有义理之学，有词章之学，有经济之学，有考据之学”，“此四者缺一不可”(《求缺斋日记类钞》)的主张，并将此四者比之为孔子的德行、文学、言语、经济四科（见《劝学篇示直隶士子》)。他在兼收汉学、宋学的同时，又增加了经济的内容，使桐城古文由封闭、狭窄而趋于开放、恢宏，更能切实地表现复杂多变的社会现实。他主张骈散兼容，在编选《经世百家杂钞》时，未收录方苞（1668—1749)、刘大櫆（1698—1779）的文章，反而选录了《与陈伯之书》、《哀江南赋》等骈体名作。由于曾国藩煊赫一世的地位，并与清王朝的政治“中兴”相呼应，文坛上出现了古文“中兴”的局面。

曾国藩像（二）

二、湘乡派

曾国藩的文章器识宏深，议论精悍，气势遒劲，意象恢宏，奇偶错综，单复间侧，声彩炳焕，有博大雄奇的阳刚之美。

☞ 多学一点

湘乡派

湘乡派是在曾国藩门下形成的一个很大的作家群，一时蔚为声气，其中著名的有被称为“曾门四大弟子”的张裕钊、黎庶昌、薛福成、吴汝纶等。

其中吴汝纶致力于湘乡派古文向桐城派古文的回归，晚年主讲莲池书院，广收门徒，俨然成为后期桐城派的领袖。而薛福成的文章则能打破桐城派的模式，以平易畅达的文笔，寓以富有时代精神的内容。为了富国强兵，抵御外侮，他撰写了一些切中时弊、富有卓见的文章，如《应诏陈言疏》、《筹洋刍议·变法》、《上李伯相论赫德不宜总司海防书》等，大都无拘无束，洋洋洒洒，酣畅淋漓。薛福成旅欧时的《出使日记》，记述西方山川风物、政教民情，写得清丽自然，饶有情趣。如《观巴黎油画记》，寄寓深意，为世人所传诵。

三、吴敏树和林纾

略年长于曾国藩的吴敏树（1805—1873)，不肯参加曾国藩幕府，也不承认自己属桐城派，但他的古文作品显然受到桐城文风影响。他的一些作品如《说钓》等，讽刺世态，刻意描写，较有特点。

桐城派古文的殿军是林纾。他论古文以“义法”为准的，认为：“学非孔、孟皆邪说，语近韩、欧始国文。”(《留别听讲诸子》)表现出顽固守旧、泥古不化的态度。直到临终时，他还在儿子手上写道："古文万无灭亡之理!"但是，林纾的古文并不像桐城派古文那样谨严，如《冷红生传》、《先妣事略》、《苍霞精舍后轩记》、《赵聋子小传》等，都善于以含蓄隽永的笔墨叙事抒情，文风平顺，生动感人，时或杂以诙谐。如《苍霞精舍后轩记》写母病时，夫妇治庖情事：

> ……宜人病，常思珍味，得则余自治之。亡妻纳薪于灶，满则苦烈，抽之又莫适于火候，亡妻笑。母宜人谓曰："尔夫妇呶呶何为也？我食能几，何事求精？尔烹饪岂亦有古法耶?"一家相传以为笑。

寥寥数语，情境毕现，深得归有光文章的神韵。

四、王韬、康有为和谭嗣同

还在桐城"中兴"之时，就有一些文章家反对桐城义法，主张文体革新。其中最著名的是王韬。他宣称桐城文"蕴蓄以为高，隐括以为贵，纡徐以为妍，短简寂寥以为洁"，与自己"格格而不相入"（《韬园尺牍续钞自序》)。他提出"文章所贵在乎纪事述情，自抒胸臆，俾人人知其命意之所在而一如我怀之所欲吐，斯即佳文"（《韬园文录外编自序》)。王韬的文章直抒胸臆，立意新颖，自然流畅。其记游文善于叙事写景，娓娓道来，引人入胜。其政论文往往一事一议，证据充足，说理透彻，富有论辩的力量。尤其是他的报章文体，打破了传统古文、骈文的模式，堪称晚清文体革新的先导。梁启超说："自报章兴，吾国之文体，为之一变，汪洋恣肆，畅所欲言，所谓宗派家法，无复问者。"(《中国各报存佚表》)

康有为和谭嗣同的文章堪称梁启超"新文体"的前导。康有为的文章以政论、杂文最多。如《上清帝第二书》、《上清帝第三书》、《上清帝第五书》、《请废妇女裹足折》、《上海强学会后序》、《应诏统筹全局疏》、《日本书目志序》等。这些作品散行俪句相杂，气势恢宏，热情奔放，笔锋犀利，议论纵横，证据古今中外，很有感人的力量，与"新文体"颇多相近之处。其中《上清帝第二书》即著名的"公车上书"，文中以深刻的析理、贴切的比喻、充分的事证、铺张的叙说，详论"下诏鼓天下之气，迁都定天下之本，练兵强天下之势，变法成天下之治"的必要性，极富说服力和鼓动性。

谭嗣同的文章气势磅礴，笔带感情，汪洋恣肆，辞藻华美，骈散结合，叙事言情，皆出于天然，十分感人。代表作有《远遗堂集外文初编自叙》、《刘云田传》、《仁学自叙》等。三十岁（1894）以后，他为宣传变法维新，提倡文体解放，写有"报章体"之作，文章充溢着爱国思想与民主思想，气势充沛，笔锋犀利，条理清晰，语言畅达，句子长短不齐，又杂以俚语、外国语，突破了桐城"义法"的束缚，促进了文体的解放。

五、梁启超与"新文体"

而梁启超既是"文界革命"口号的提出者，又是"新文体"的成功创造者。他在

《清代学术概论》中，对他的“新文体”做过恰当的评说：“务为平易畅达，时杂以俚语韵语及外国语法，纵笔所至不检束，学者竞效之，号为‘新文体’。老辈则痛恨，诋为野狐。然其文条理明晰，笔锋常带感情，对于读者，则别有一种魔力焉。”这种“新文体”的代表作，有《论进取冒险》、《论进步》、《少年中国说》、《呵旁观者文》、《近世第一女杰罗兰传》等，都曾经风靡全国，产生过广泛影响。

分析举例

如作于光绪二十六年（1900）的《少年中国说》开篇写道：

日本人之称我中国也，一则曰老大帝国，再则曰老大帝国。是语也，盖袭译欧西人之言也。呜呼！我中国其果老大矣乎？梁启超曰：恶，是何言！是何言！吾心目中有一少年中国在。

欲言国之老少，请先言人之老少。老年人常思既往，少年人常思将来。惟思既往也，故生留恋心；惟思将来也，故生希望心。惟留恋也，故保守；惟希望也，故进取。惟保守也，故永旧；惟进取也，故日新。惟思既往也，事事皆其所已经者，故惟知照例；惟思将来也，事事皆其所未经者，故常敢破格。老年人常多忧虑，少年人常好行乐。惟多忧也，故灰心；惟行乐也，故盛气。惟灰心也，故怯懦；惟盛气也，故豪壮。惟怯懦也，故苟且；惟豪壮也，故冒险。惟苟且也，故能灭世界；惟冒险也，故能造世界。老年人常厌事，少年人常喜事。惟厌事也，故常觉一切事无可为者；惟好事也，故常觉一切事无不可为者。老年人如夕照，少年人如朝阳。老年人如瘠牛，少年人如乳虎。老年人如僧，少年人如侠。老年人如字典，少年人如戏文。老年人如鸦片烟，少年人如泼兰地酒。老年人如别行星之陨石，少年人如大洋海之珊瑚岛。老年人如埃及沙漠之金字塔，少年人如西伯利亚之铁路。老年人如秋后之柳，少年人如春前之草。老年人如死海之潴为泽，少年人如长江之初发源。此老年与少年性格不同之大略也。梁启超曰：人固有之，国亦宜然。

全文极力赞扬少年的精神作用，大量运用排比、递进与比喻手法，往复百折，说理透彻，妙趣横生。语言或奇偶相间，或文白并用，通俗酣畅，抒写自由。文末作者又以奔放的热情对未来的中国作了生动的描绘：

红日初升，其道大光；河出伏流，一泻汪洋；潜龙腾渊，鳞爪飞扬；乳虎啸谷，百兽震惶，鹰隼试翼，风尘吸张；奇花初胎，矞矞皇皇；干将发硎，有作其芒，天戴其苍，地履其黄；纵有千古，横有八荒；前途似海，来日方长。美哉我少年中国，与天不老！壮哉我少年中国，与国无疆！

气势高昂，淋漓尽致，有极大的鼓动性和强烈的感染力。

梁启超的这种文章，“开文章之新体，激民气之暗潮”（梁启超《清议报一百册祝辞并论报馆之责任及本馆之经历》），形成浩大声势，强烈震撼文坛。胡思敬（1869—1922）说：“当《时务报》盛行，启超名重一时。”“自通都大邑，下至僻壤穷陬，无不知有新会梁氏者。”（《戊戌履霜录·党人列传》）“新文体”形式自由解放，不受束缚，成为中国文章由文言向白话过渡的桥梁，是“五四”时期“文体改革的先导”（郑振铎《梁任公先生传》）。

六、邹容和章炳麟

光绪二十九年（1903），邹容撰写了二万余言的《革命军》，章炳麟作序，由革命党人集资出版。《革命军》一针见血地揭露了清王朝的民族压迫和封建专制的罪恶，提出中国革命具有争取民族解放和民主自由的双重使命，号召推翻封建统治，为建立中华共和国而斗争；为达到这一目的，必须对国民进行革命教育，创立革命大军。在当时，这是最激进的革命纲领。《革命军》以尖锐泼辣、晓畅明白、嬉笑怒骂的语言，在叙事明理的过程中，用慷慨昂扬的抒情笔调，形成一种撼人心魄、催人奋起的气势。在民主主义革命高潮即将来临之际，《革命军》犹如振聋发聩的雷霆之声，在神州大地引起了巨大反响。

《革命军》书影

章炳麟早年不满桐城派的为文标准，推崇魏晋时的名理文，文章中喜用古字，深奥难读。后来文学观念有所变通。在光绪二十九年（1903）所作的《革命军序》中，以太平天国的失败为教训，认识到舆论宣传和革命成败的关系，并批判了束缚思想、压制抗争意识的儒家诗教，高度评价了《革命军》浅近直截、昂扬激烈的战斗文风，称为“义师先声”。晚清时他还写了不少宣传革命、批判保皇的战斗性文章，鲁迅称这些文章“真是所向披靡，令人神往”（《关于太炎先生二三事》）。如《驳康有为论革命书》一文，以不可辩驳的事实和强大的逻辑力量，把康有为反对革命、坚持保皇立场的谬论批得体无完肤，言辞激烈奔放，行文酣畅淋漓，充满着革命义愤和昂扬斗志。

章炳麟为了反清排满，极力鼓吹华夷之辨，在辛亥革命前后形成一股国粹主义的文化思潮。与之相呼应的便是国粹文学的兴起，它在民国初年流行一时。

第五节 常州词派及其他

晚清时期，与宋诗派称霸诗坛互相辉映，常州词派一直执词坛牛耳，名家迭出，佳作如林。

一、谭献与陈廷焯

在常州词派的发展过程中，谭献是一位承前启后的作家，龙榆生（1902—1966）称他为近代词坛一大宗师（见《近三百年名家词选》）。谭献尤以词学理论的建树见长。

☞ 多学一点

谭献的词论散见于文集、日记和他所选编的《箧中词》及所评周济的《词辨》中，后由其弟子徐珂（1869—1928）辑为《复堂词话》，收入唐圭璋《词话丛编》（北京，中华书局，1986）。

谭献坚持常州词派提倡的比兴寄托主张，尤为欣赏伤时忧世的“清商变徵之声”。他在评周济的《词辨》时，认为周济所说的反映乱世的“变声”就是“正声”，并要求词像史诗一样反映历史的真实面貌。当然，这种反映应当怨而不怒，哀而不伤，所谓“于忧生念乱之时，寓温厚和平之教”（《明诗》）。谭献在论及比兴寄托时，提出“作者之用心未必然，而读者之用心何必不然”（《复堂词录序》）的观点，肯定了读者在审美接受时，根据自身生活体验，具有能动的再创造或充分联想的自由。谭献著有《复堂类集》，他的词题材比较狭窄，多抒写文人士大夫的情趣。因过于强调寄托，词意深婉隐曲。

稍后于谭献，陈廷焯著《白雨斋词话》，把常州词派推重《风》《骚》比兴之旨、于“温柔敦厚”之中抒写家国身世之感的主张纳入“沉郁说”中，并从“沉郁说”出发选编《词则》四集二十四卷，收词二千二百六十首，以补张惠言（1761—1802）《词选》和周济《宋四家词选》的不足。“沉郁说”的含义，一是词人把情感寄寓于相应的艺术形象中时，必须委婉含蓄，若隐若现，欲露不露，不许一语道破，要做到深沉厚积；二是在抒写因内忧外患而触发的哀怨时，要做到温厚和平，哀而不伤，怨而不乱。这就是陈廷焯所标举的“温厚以为体，沉郁以为用”（《白雨斋词话》卷一）的艺术准则。陈廷焯的词学主张，发展了常州词派的理论，产生了深远影响。

☞ 多学一点

《白雨斋词话》的刊刻与版本

《白雨斋词话》初撰时为十卷，在陈廷焯生前未刊。后由其门生许正诗（生卒年不详）等整理，陈廷焯的父亲铁峰（生卒年不详）审定，删并为八卷，刊行于世。《白雨斋词话》现存清光绪间刻本，北京人民文学出版社1962年出版杜维沫校点本。

二、王鹏运词沉郁悲凉

☞多学一点

清末四大家

到了光绪年间，常州词派中又有具“清末四大家”之称的王鹏运、郑文焯、朱孝臧、况周颐活跃于词坛。

王鹏运在“四大家”中年岁最长，从事词的理论研究和创作最早，所以被推为“四大家”之冠。他用汉学家治经治史的方法来治词，刊刻《四印斋所刻词》，校勘精审，对衰微已久的晚清词坛产生了很大的影响。王鹏运著有《半塘定稿》、《半塘剩稿》。他的词作，早年学王沂孙，多写身世之感，后学辛弃疾，多有感时伤世之作，风格沉郁悲凉。

中日甲午战争时，侍御史安维峻上疏弹劾李鸿章，语涉对慈禧的微讽，被革职发往军台，王鹏运作《满江红·送安晓峰侍御谪戍军台》：

荷到长戈，已御尽、九关魑魅。尚记得、悲歌请剑，更阑相视。惨淡烽烟边塞月，蹉跎冰雪孤臣泪。算名成、终竟负初心，如何是？　天难问，忧无已。真御史，奇男子。只我怀抑塞，愧君欲死。宠辱自关天下计，荣枯休论人间世。愿无忘、珍惜百年身，君行矣。

词中抒发清流议政的豪慨，表达壮志未遂的惋叹，格调颇为高昂。但他的词作有时用典过多，不免流于晦涩，这也是常州派词的通病。

三、郑文焯词句妍韵美

“四大家”中，郑文焯最精音律，作词讲求选辞切律，易顺鼎称他的词“体洁旨远，句妍韵美”（《瘦碧词序》）。如《浣溪沙·从石楼石壁往来邓尉山中》：

一半梅黄杂雨晴，虚岚浮翠带湖明，闲云高鸟共身轻。　山果打头休论价，野花盈手不知名，烟峦直是画中行。

他在庚子前后所写的《贺新郎·秋痕》、《汉宫春·庚子闰中秋》等感时伤事，大都情感深厚，哀婉动人。

四、朱孝臧词绵邈隽永

“四大家”中朱孝臧词的艺术成就最高，被奉为词坛宗匠，甚至被视为自唐宋以来词家的殿军。朱孝臧著有词集《强村语业》。他的词作多写时事，如《鹧鸪天·重过刘光第旧宅》、《烛影摇红·晚春过黄公度人境庐话旧》、《齐天乐·鸦》等，大都饱含着深沉的家国之痛。朱孝臧词用典繁多，王国维称他是“学人之词”的“极则”（《人间词话》）。他善于把典故的审美意象所含蕴的人生哲理或情感体验，熔铸在词中，不仅没有堆砌的痕迹，反而显得辞彩丰赡，自然隽永。如光绪二十六年（1900）为伤悼珍妃而作的《声声慢》：

鸣螿颓城，吹蝶空枝，飘蓬人意相怜。一片离魂，斜阳摇梦成烟。香沟旧题红处，拚禁花、憔悴年年。寒信急，又神宫凄奏，分付哀蝉。　　终古巢鸾无分，正飞霜金井，抛断缠绵。起舞回风，才知恩怨无端。天际洞庭波阔，夜沉沉、流恨湘弦。摇落事，向空山、休问杜鹃。

以象征珍妃命运的落叶贯穿全词，把眼前景物与历史典故融为一体，将帝妃的遭遇若隐若现，欲露不露，反复咏唱，一再渲染，营造出浓郁的悲剧氛围，格调沉郁顿挫。

朱孝臧词取径吴文英，曲折绵密，绮丽精工，晚年又融合苏轼豪放词风于沉郁绵邈之中，往往以深远悠长的寄寓和低回缠绵的旋律，在讥弹时事、忧生念乱之中，流露着忠厚之气，成为常州派词的典型。如作于光绪二十七年（1901）的《鹧鸪天·庚子岁除》：

似水清尊照鬓华，尊前人易老天涯。酒肠芒角森如戟，吟笔冰霜惨不花。抛枕坐，卷书嗟。莫嫌啼煞后栖鸦。烛花红换人间世，山色青回梦里家。

他的词较之王鹏运多些书卷气，词语稍见刻炼。朱孝臧在词的创作之外，尤精于词籍的校勘。所刊刻的《强村丛书》，辑录唐、五代、宋、金、元词一百六十三家，是比较完善的词作大型总集之一，现存民国十一年（1922）归安朱氏刊本。

五、况周颐词豪放激越

况周颐与王鹏运同乡，又位居同僚，常以词学相切磋。他承继王鹏运的观点，在《蕙风词话》中标举“重、拙、大”的创作原则，要求词作立意应从国家兴衰等大处着眼，做到情真理足，寓意深厚，大巧若拙，浑然天成。他还分别从“词心”、“词径”、“词笔”、“词境”诸方面提出自己的创作理论（见赵尊岳《蕙风词话跋》），形成较为完整的词学体系。朱孝臧称《蕙风词话》是“自有词话以来，无此有功词学之作”（龙榆生《词学讲义附记》引）。况周颐著有《蕙风词》。他的词风格豪放，如《南乡子》：

秋士惯疏萧，典尽貂裘饮更豪。况有鸾笙丹凤管，良宵。不放青灯照寂寥。一笠一诗瓢。随分沧洲听雨潮。何止黄花堪插帽，娇娆。江上芙蓉亦不凋。

活画出一个狂放名士的形象。

他在中日甲午战争前后，写了不少声情激越、伤时感事的词作。如《苏武慢·寒夜闻角》、《唐多令·甲午生日感赋》、《摸鱼儿·咏虫》、《水龙吟·二月十八日大雪中作》等，都是一时传诵的名篇。这些词都写得自然流转，音韵和谐，流露出对江河日下的时局无可奈何的悲怆。

在晚清大动荡的时代氛围中，常州词派强调词之意，变通词之格，以警醒浑厚的词风挽转了词坛的颓势。常州词派取代浙派词成为词坛盟主，直至民国初年，历时一百余年。清亡以后，常州词派作家多以遗民自居，作品的基调与时代前进的步伐相背离。随着五四新文学运动的兴起，常州词派也便走完了自己的路程。

六、蒋春霖词凄婉悲凉

道、咸之际，不受常州词派拘囿的词人有蒋春霖（1818—1868）。他的词初近浙派词，后又兼取常州词派之长，最后形成自己的独特风格，讲究律度，工于造境。他尤喜纳兰成德（1654—1685）的《饮水词》和项鸿祚（1798—1835）的《忆云词》，所以自署书房为“水云楼”，并用作词集名。他的《水云楼词》的基调，和《饮水词》、《忆云词》相似，极尽凄婉悲凉。所以谭献称蒋春霖与纳兰成德、项鸿祚在清二百年中“分鼎三足”（《复堂词话·箧中词》）。

蒋春霖生值衰世乱离，哀情郁结，发为词作，多抒天涯沦落之感。如《甘州》（怪西风偏聚），化用元人马致远《天净沙·秋思》中“断肠人在天涯”和唐人白居易《琵琶行》中琵琶、荻花、泪湿青衫的诗意，营造出一幅凄婉愁绝的意境，把同是落拓江湖、异乡重逢的故友的万千感慨，表现得淋漓尽致。又如《琵琶仙》（天际归舟）写他与爱姬黄婉君泛舟黄桥，望中烟水，抒发有家难归、漂泊沧桑之悲，酸楚至极。这些作品都写得自然工丽，情真意切。他善于寓情于景，刻画衰飒意境，再现战争灾难，如《台城路》：

> 惊飞燕子魂无定，荒洲坠如残叶。树影疑人，鸮声幻鬼，攲侧春冰途滑。颓云万叠。又雨击寒沙，乱鸣金铁。似引宵程，隔溪磷火乍明灭。　　江间奔浪怒涌，断笳时隐隐，相和呜咽。野渡舟危，空村草湿，一饭芦中凄绝。孤城雾结。剩胃网离鸿，怨啼昏月。险梦愁题，杜鹃枝上血。

此词有感于友人从太平军占领的南京城中逃出而作，描写其惊魂不定的神情，从视、听、触、味等感觉精雕细刻，烘托陪衬，气氛浓郁，堪称刻画入神，但抒发的则是对太平天国运动的不满。

七、文廷式词豪放悲怆

光绪年间独张一帜的词人有文廷式（1856—1904）。文廷式论词提倡“照天腾渊之才，溯古涵今之思，磅礴八极之志，甄综百代之怀”（《云起轩词自序》）的词作。他著有《云起轩词》，承苏、辛词风，吟咏时事，不拘一格，自写胸臆，豪迈劲健，朱孝臧称“拔戟异军成特起”，“兀傲故难双”（《强村语业》卷三《望江南》）。如《水龙吟》：

> 落花飞絮茫茫，古来多少愁人意。游丝窗隙，惊飙树底，暗移人世。一梦醒来，起看明镜，二毛生矣。有葡萄美酒，芙蓉宝剑，都未称，平生志。　　我是长安倦

客，二十年、软红尘里。无言独对，青灯一点，神游天际。海水浮空，空中楼阁，万重苍翠。待骖鸾归去，层霄回首，又西风起。

志士不得施展报国之怀的无比压抑之感，喷薄纸上，感情激越，而又不率不露，深情大愤寄寓于悲凉凄怆的意象之中，自饶深韵。

【温故知新】

宋诗派　同光体　汉魏六朝诗派　晚唐派　新派诗　黄遵宪　诗界革命　南社及南社诗人　桐城中兴　新文体　湘乡派　常州词派

【请你思考】

1. 请论述晚清诗文词的审美追求。
2. 试分析宋诗派前中后期艺术创作风格的变化。
3. 试分析桐城派得以中兴的推动因素。
4. 评价梁启超的“新文体”创作。
5. 为什么说黄遵宪是诗界革命中最有实绩的诗人？
6. 结合作品分析黄遵宪诗歌的艺术成就。

【推荐阅读】

柳亚子主编．南社诗集．上海：上海开华书局，1939

钱仲联编著．近代诗钞．南京：江苏古籍出版社，1993

梁启超．林志钧编．饮冰室合集．北京：中华书局，1989

莫立民．近代词史．北京：人民文学出版社，2010

第三章 戏曲的蜕变与话剧的萌芽

【导读】

晚清的戏曲作品，以其总体思想倾向的转变和文体特征的纷杂为标准，大致以光绪二十三年（1897）为限，可以分为前后两期。前期的戏曲创作，虽然也表现了风云变幻的时代特征，但在基本的思想倾向上却仍然是传统文化的因袭和延续，戏曲文体也大致承袭明中叶以来的体制规范。后期的戏曲创作，作为戏曲改良运动的重要组成部分，则表现出与世俱迁的鲜明的时代特征，在思想倾向上与风起云涌的社会变革密切联系，成为社会变革的锐利思想武器之一，戏曲体制也趋向于纷杂，从而使戏曲艺术面貌焕然一新。到世纪之交，又出现了话剧的萌芽，昭示着更大规模的戏剧革新。

第一节
因袭传统

在光绪二十年（1894）以前，戏曲创作，无论是昆剧、京剧，还是各种地方戏，虽然多多少少感受到社会的动荡，泼染了时代的色调，但基本上仍然因袭传统的审美规范，老调重弹，旧样翻新，大多散发着糜烂的封建文化气息。

一、黄燮清的剧作

道光（1821—1850）、咸丰（1851—1861）时期，著名的戏曲作家有黄燮清。黄燮清的前期作品有《茂陵弦》（1830）、《帝女花》（1833）、《脊令原》（1834）等，多为才子佳人故事。其中《帝女花》最负盛名，全剧结构严谨，“哀感顽艳，声情俱绘，一时传览无虚日”（《倚晴楼七种曲》刻本卷末黄际清跋）。道光二十年（1840）第一次鸦片战争以后，黄燮清“自悔少作，忏其绮语，毁板不存”（《倚晴楼七种曲》刻本卷末冯肇曾跋）。所以他的后期戏曲作品取时事为题材，充满悲伤凄婉的情调。如作于道光二十七年（1847）的《桃溪雪》，写康熙间永康烈妇吴绛雪牺牲贞操和生命，以保全家乡的故事，意在扶植伦纪。约作于咸丰四年（1854）的《居官鉴》，叙鸦片战争至太平军时期，滇南郡守王文旸以其父所授《居官鉴》作为座右铭，为官清廉的故事，感慨国势飘零，并“聊借管弦鸣吏治”。该剧中《海誓》、《解囊》、《议抚》、《愤边》诸出，表达了鸦片战争时期禁烟主战、抵御外侮的思想和情绪，暴露了清朝政府的腐败无能和西方殖民主义者的侵略野心。

分析举例

第二出《海誓》，西洋岛国夷酋乌延障说：

我国炼得相思膏一味，偷贩中华，诱他吸食。谁知不上数年，弄得那些百姓们朝朝想慕，个个沉酣。不论银穴铜山，尽付一星楚炬；便有琼田珠户，都销三月秦灰。俺这里粪土化黄金，他那里黄金变粪土。这种便宜交易，真乃古今所无。

将帝国主义贩卖鸦片的丑恶用心和盘托出。

面临昆剧发展的困境，黄燮清的剧本创作在审美风格上有所转变，逐渐开始注重文武兼备。如作于咸丰二年（1852）的《绛绡记》传奇，剧中《蛟变》、《荡寇》等折就安排了多种武打场面，热闹紧张，与以往的昆曲传奇显然有异。剧中还频繁地使用撒火彩的特技，以增加场上演出的气氛。《绛绡记》传奇今存手稿本，封面有收藏者的署名："维雅堂曹春山"。按，曹春山是当时北京四喜班的昆剧名演员，据说他"十行脚色全扮"，尤擅"摔派软功"和"靠把武功"，"其艺并臻上乘"[①]。可以推知，黄燮清可能是应曹春山或其他昆剧演员之请而作此剧，并与演员们配合，为发展昆剧表演艺术作了些探索。

二、杨恩寿和许善长

同治（1862—1874）、光绪（1875—1908）之际的戏曲作家，以杨恩寿和许善长较为有名。杨恩寿著有《坦园六种曲》，包括《姽婳封》（1860）、《理灵坡》（1870）、《桂枝香》（1875）、《桃花源》（1875）、《麻滩驿》、《再来人》。这些作品皆脱胎于蒋士铨的《藏园九种曲》，然而老气横秋，词采既不如蒋士铨清丽，也不如黄燮清绚烂。但因为他是个出名的戏迷，《坦园日记》中就颇多观剧记录，所以他创作戏曲，更讲究排场的设置与宾白的技巧。许善长的戏曲作品有《瘗云岩》（1870）、《茯苓仙》（1876）、《风云会》（1877）、《灵娲石》（1883）、《神仙引》（1884）、《胭脂狱》（1884）等，皆收入光绪十一年（1885）刻《碧声吟馆丛书》。这些作品大都以孔尚任《桃花扇》传奇为蓝本，"为文以细意熨帖为主"（《瘗云岩》刻本卷首海阳逸客跋），讲究气格风调，别有韵致，但却仅供案头玩赏，不合场上搬演。

三、陈烺和刘清韵

光绪前期的戏曲作家，以陈烺和刘清韵创作最为丰富。陈烺著有《玉狮堂传奇十种》，现存光绪十七年（1891）刻本。其中《仙缘记》、《蜀锦袍》、《燕子楼》、《海虬记》、《梅喜缘》五种，皆作于光绪八年至十一年间（1882—1885），通称"前五种"；《同亭宴》、《回流记》、《海雪吟》、《负薪记》、《错姻缘》五种，皆作于光绪十六年至十七年间（1890—1891），通称"后五种"。这些戏曲作品都是陈烺晚年之作，"音节苍凉，情词宛转"（《玉狮堂传奇十种》刻本卷首俞樾《总序》），而且讲究文章结构，有较强的文学性，但大都不便于场上演出。女戏曲家刘清韵现存戏曲十种，光绪二十六年（1900）合刻为《小蓬莱仙馆传奇》，包括《黄碧签》、《丹青副》、《炎凉券》、《鸳鸯梦》、《氤氲钏》、《英雄配》、《天风引》、《飞虹啸》、《镜中圆》、《千秋泪》。俞樾（1821—1907）评道："余就此十种观之，虽传述旧事，而时出新意，关目节拍，皆极灵动。至其词则不以涂泽为工，

① 曹心泉口述，邵茗生笔记：《近百年来昆曲之消长》，载《剧学月刊》，第2卷，1933（1）。

而以自然为美，颇得元人三昧，视李笠翁《十种曲》，才气不及，而雅洁转似过之。”（刻本卷首《小蓬莱仙馆传奇序》）此评不免溢美。刘清韵诸剧，情节尚奇而关目板滞，曲词雅洁而文情枯淡，与李渔传奇的便捷清丽，实不可作同日语。

由于从乾隆后期开始，各地民间戏班兴盛，乱弹诸腔竞奏，而文人的昆剧剧本创作却越来越走向案头，因此导致了剧坛上由创作为主向表演为主的根本性转变，传统戏曲审美意识由重曲逐渐转变为重戏，角色唱念做打的表演艺术成为舞台演出的中心。

在乱弹诸腔中，皮黄腔后来居上，成为影响最大的声腔。皮黄腔形成于道光初年，由于徽班在北京称盛，道光中期或后期促成以皮黄腔为主的北京皮黄戏的形成。咸丰年间以后，皮黄戏盛行于北京，所以人们又称之为“京剧”或“京戏”。到了光绪年间，京剧更加兴盛，成为全国影响最大的一个剧种。

四、板式变化体戏曲音乐

京剧确立了规范化的板式音乐体系。中国戏曲在历史上形成了两种不同的音乐体制：曲牌联套体和板式变化体。古典戏曲从杂剧、南戏，直到昆腔、弋阳腔，都是采用曲牌联套体，按照宫调将多首曲牌连缀成为一套套的组曲。及至梆子腔、皮黄腔兴起，创造了以板式变化为主的板腔结构，即以一种曲调为基础，运用各种板式（节拍形式）的变化，将这一基本曲调作种种不同的变奏以构成唱腔。板式变化体与曲牌联套体有如下不同：第一，曲牌联套体是长短句；板式变化体是整齐的七字句或十字句。第二，曲牌联套体以一支支完整的曲牌为基本结构单位，有一定的句数、字数、平仄、用韵的格律要求；板式变化体则以一对上、下乐句为基本结构单位，有规律地押着韵，自由灵活，长可达数十对，短可只有一对。第三，曲牌联套体需将每出（折）戏的音乐用若干支曲牌按一定章法组合而成，形成曲牌联套；板式变化体则以不同的板式，如三眼板、一眼板、流水板、散板等，相互连接和变化，作为构成整场戏或整出戏音乐陈述的基本手段。板式变化体始由梆子腔、皮黄腔发展，后由京剧集其大成，使中国的戏曲音乐发展到了一个新阶段。

五、京剧剧目

京剧拥有十分丰富的剧目，晚清时期在舞台上经常上演的京剧剧目已有七八百出之多。到辛亥革命前后，流行的京剧剧目已达一千一百多出，其中三国戏、杨家将戏、水浒戏、包公戏为四大支柱。陶君起《京剧剧目初探》收入京剧剧目一千三百八十三种，周明泰《五十年来北平戏剧史料》收入剧目二千多种，数量可谓夥矣！京剧流行剧目很多，如三国剧目《群英会》、《定军山》、《空城计》等，水浒剧目《挑帘裁衣》、《坐楼杀惜》等，东周列国剧目《文昭关》、《搜孤救孤》等，隋唐剧目《当锏卖马》、《罗成叫关》等，杨家将剧目《探母》、《碰碑》等，包公案剧目《乌盆记》等，施公案剧目《恶虎村》、《连环套》等，源于话本小说的剧目《玉堂春》、《鸿鸾禧》等。许多京剧剧目，经过几代艺人的琢磨，内容充实，技艺精湛，在舞台上长演不衰。如《四进士》由汉剧剧目改编，演被革职的刑房书吏宋士杰仗义执言，为受害民妇杨素贞越衙鸣冤告状，告倒了贿请关说、贪赃枉法的官吏。全剧结构洗练紧凑，突出了宋士杰刚肠嫉恶、惯喜打抱不平的豪爽个性。又如《打渔杀家》（又名《庆顶珠》）从秦腔移植而来，取材于《水浒后传》，演梁山好汉萧恩和女儿反抗恶霸丁自燮迫害的故事，塑造了萧恩这位绿林好汉豪气冲天的形象，也刻画了丁府教师爷吹牛拍马、仗势欺人的性格。

马连良之《空城计》
与张君秋之《玉堂春》

第二节 与世俱迁

一、戏剧改良运动

光绪二十三年（1897）十一月至十二月，严复、夏曾佑在天津《国闻报》上连载了《本馆附印说部缘起》一文，率先提出小说、戏曲是“使民开化”的重要工具，标志着剧坛风气的根本性转变。光绪二十八年（1902）二月，《新民丛报》（半月刊）在日本横滨创刊，主编梁启超在创刊号上发表了《劫灰梦》传奇楔子一出《独啸》，借剧中人物杜撰之口，倡导要以编写传奇来尽“国民责任”，“把一国的人从睡梦中唤起来”。《劫灰梦》传奇系“庚子事变”后感时之作，发泄对帝国主义、清朝政府和无耻汉奸的不满情绪，虽然仅成楔子一出，但是它的问世，却标志着传统的杂剧传奇已从供少数人玩赏的贵族艺术，转变为面向现实，面向民众，旨在“振国民精神”的资产阶级启蒙武器；从以宣扬封建伦理道德为主的封建阶级文艺，转变为以宣扬资产阶级民主主义和民族主义思想为主的资产阶级文艺。这是一个具有时代意义的转变。[①] 梁启超还先后在

① 参见连燕堂：《梁启超与晚清文学革命》，282页，桂林，漓江出版社，1991。

《清议报》、《新小说》等报刊上发表了《译印政治小说序》(1898)、《论小说与群治之关系》(1902)、《小说丛话》(1903)等一系列论文，把小说、戏曲提高到至高无上的社会地位，从而正式揭开了晚清戏曲改良运动的序幕。

概念解析

戏曲改良运动

戏曲改良运动，亦称戏剧改良运动，是对辛亥革命前后戏剧改革的一种泛称，包括传统戏曲（传奇和杂剧）的改革、京剧及地方戏的改革，以及新剧（文明戏）的出现。它起于20世纪初，一直延续到“五四”前后。所谓“改良”，主要不是政治意义上的“改良”，而是文学艺术上的“改革”、“革新”。倡导与参与戏曲改良运动的，以政治分野论，虽有资产阶级维新派（如梁启超），但更多的是属于资产阶级革命派和具有民主思想的知识分子。①

光绪三十年（1904）十月，南社诗人陈去病、柳亚子等创办了《二十世纪大舞台》（月刊），自觉地把“改革恶俗，开通民智，提倡民族主义，唤起国家思想”，作为编辑刊物的“唯一之目的”（《〈二十世纪大舞台丛报〉招股启并简章》，《二十世纪大舞台》创刊号）。在创刊号上，柳亚子发表了《发刊辞》，正式举起“戏剧改良”的大旗。他主张，戏曲应表演“扬州十日之屠，嘉定万家之惨，以及虏酋丑类之慆淫，烈士遗民之忠荩”，和“法兰西之革命，美利坚之独立，意大利、希腊恢复之光荣，印度、波兰灭亡之惨酷”，这样才能教育人们“崇拜共和，欢迎改革”。在此前后，欧榘甲（1870—1911）的《观戏记》(1903)、陈去病的《论戏剧之有益》(1904)、三爱（陈独秀）的《论戏曲》(1904)、蒋观云的《中国之演剧界》(1904)、天僇生（王钟麒）的《剧场之教育》(1908)等论文纷纷发表。戏曲改良运动犹如燎原之火，在中国戏剧界蓬勃燃烧。

二、戏剧功利观念

戏曲改良的成效，首先表现为戏剧功利观念的风靡一时。在戏曲改良运动中，人们清醒地认识到：“故欲善国政，莫如先善风俗；欲善风俗，莫如先善曲本。曲本者，匹夫匹妇耳目所感触易入之地，而心之所由生，即国之兴衰之根源也……中国不欲振兴则已，欲振兴可不于演戏加之意乎?”（欧榘甲《观戏记》）因此，不少文人作家把戏曲作品当作改造社会、移风易俗的锐利武器，当作表达进步思想、鼓吹改良革命的有力工具。萧山湘灵子《轩亭冤》传奇卷首《叙事》说：“合古今未有之壮剧、怪剧、悲剧、惨剧，迭演于舞台，以激励我二百兆柔弱女同胞。”这简明地概括了这一时期戏曲作家的创作目的。

① 参见郭延礼：《中国近代文学发展史》，第3卷，2268页，济南，山东教育出版社，1993。

三、新题材、新思想、新人物

其次，戏曲改良的成效，更突出地表现为戏曲剧本出现了新题材、新思想、新人物。这时期的戏曲作品，或破除迷信，或讽刺时政，或表扬忠义，或排斥异族，大都具有鲜明的政治倾向性，“皆激昂慷慨，血泪交流，为民族文学之伟著，亦政治剧曲之丰碑”（阿英《晚清戏曲小说目》卷首《叙记》引郑振铎语）。这个时期的杂剧传奇作品，就其题材内容而言，大而别之，约有三类：

其一，借歌颂古代英雄人物事迹，鼓舞革命斗志的历史剧。由于处身于清朝统治、家国危亡之秋，戏曲作家最感兴趣的题材，是宋金、宋元和明清之际汉族与少数民族争战的故事，如幽并子《黄龙府》（1904）写岳飞抗金的事迹，觉佛《女英雄》（1904）写梁红玉抗金的事迹，虞名《指南公》（1906）、川南筱波山人《爱国魂》（1908）、孤《指南梦》（1911）写文天祥义不事元的事迹，刘翌叔《孤臣泪》写南明史可法部将刘应瑞父子起兵复明的故事，吴梅（1884—1939）《风洞山》（1905）写南明瞿式耜抗清的事迹，浴日生《海国英雄记》（1906—1907）写郑成功抗清的事迹，洪炳文《悬岙猿》（1907）写南明张煌言、瞿式耜抗清的事迹等等。

其二，描写当代政治斗争，宣扬民主革命的时事剧。如光绪三十三年（1907）七月，一代女杰秋瑾响应徐锡麟发动的安庆起义，不幸在浙江绍兴殉难。此事成为一时戏曲创作的热门题材，数年之内出现了古越嬴宗季女《六月霜》、萧山湘灵子《轩亭冤》、吴梅《轩亭秋》、华伟生《开国奇冤》等十几种杂剧传奇剧本。此外，写维新变法运动的，有吴梅《血花飞》（1903）、阙名《维新梦》（1904）等；写反抗帝国主义侵华战争的，有钟祖芬（1847—1911）《招隐居》（1894）、陈时泌（季衡，1865？—1906?）《武陵春》（1901）、梁启超《劫灰梦》（1902）、南荃居士（贺良朴）《海侨春》（1906）等；宣扬妇女解放、提倡女权的，有玉桥《广东新女儿》（1903）、柳亚子《松陵新女儿》（1904）、大雄《女中华》（1904）等。

其三，借外国资产阶级革命故事，宣扬资产阶级革命和民主、自由、平等思想，借以振奋民族精神的外国历史剧。如梁启超《新罗马传奇》（1902）和《侠情记传奇》（1902）、玉瑟斋主人《血海花》（1903）、春梦生《学海潮》（1903）、感惺《断头台》（1904）、刘珏《海天啸》（1905）等。这些剧作把外国资产阶级革命的历史故事编成戏曲作品，让外国的英雄豪杰活动于中国舞台，从此中国戏曲舞台上便增添了崭新的艺术形象，丰富了中国戏曲舞台的形象系列。

上述这些历史剧、时事剧和外国历史剧，往往以热情奔放、激昂慷慨、明朗乐观为基调，成为时代的战鼓和革命的号角。但这些剧本大多为案头之剧，极少正式搬演。这些戏曲作品大多发表于报纸杂志，成为一种独特的“报刊戏剧”。当时《新民晚报》、《小说月报》、《小说林》、《女子世界》等刊物还专设“传奇”一栏，这既刺激了传奇杂剧剧本的创作，又通过“纸上戏剧”的形式，传播了新思想、新观念。

四、突破传统戏剧体制

戏曲改良运动的成效，还表现为对传统戏剧体制的超越和突破，所谓“既创新格，自不得依常例矣”（梁启超《新罗马传奇》第一出扪虱谈虎客批注）。以梁启超的《新罗马传奇》为例，该剧打破了生旦俱全作为贯穿全剧主人公的传奇惯例，主人公意大利三杰均为男性；也打破了第一出由正生或正旦登场的惯例，以净丑上场；还突破了曲律的束缚，如第三出《党狱》两支［混江龙］曲，连曲带白600多字，一气鼓荡，汪洋恣肆；而且曲词也向散文化、通俗化、口语化发展，甚至新旧杂糅、中西合璧。

如第一出《会议》：

> ［字字双］区区帝国老中堂，官样。揽权作势尽横行，肥胖。说甚自由与平等，混账。堂堂大会俺主盟，谁抗。

曲中有中国官名“老中堂”，有外来新词“自由”、“平等”，有俚语“肥胖”、“混账”等等，杂凑成一个大拼盘。同时，服饰、道具与动作等也开始由古典化、程式化趋于现代化、写实化。如《新罗马传奇》“生扮玛志尼墨衣学生装上”，迎接其母，“以吻接老旦额介”。所有这些都突破了传统戏曲程式化的表演艺术规范，而表现出写实化的艺术追求。

研究进行时

晚清杂剧传奇演变

关于晚清杂剧传奇艺术的嬗变，可参见梁淑安《近代传奇杂剧的嬗变》，载《中国社会科学》，1983（3），181～198页；《近代传奇杂剧艺术谈》，见中山大学中文系编《中国近代文学研究》第二辑，70～92页，广州，广东人民出版社，1985；康保成《中国近代戏剧形式论》，桂林，漓江出版社，1991；郭英德《明清传奇史》，620～656页，南京，江苏古籍出版社，1999。

五、汪笑侬和黄安吉

晚清戏曲改良运动也同时波及皮黄剧和各种地方戏。例如，皮黄剧的革新家汪笑侬（1858—1918）便以创作和改编历史剧著称于世。汪笑侬的戏曲创作始于1894年，约创作剧本三十余种。其创作的如《哭祖庙》、《受禅台》、《纪母骂殿》、《长乐老》、《缕金香》等，改编的如《党人碑》、《洗耳记》、《桃花扇》、《博浪锥》等，都具有强烈的现实感，甚至是紧密配合当时重大的政治事件而作的。如《党人碑》以北宋书生谢琼仙反抗蔡京等迫害“元祐党人”的故事，影射谭嗣同等“六君子”的被害，便有强烈的现实批判精神。光绪三十一年（1905）周善培在成都倡议成立了“戏曲改良公会”，指导川剧改良工作。著名的川剧作家黄吉安（1836—1924）创作改编剧本多达百种，其中影响最大、成就最高的，也是歌颂反抗异族侵略的民族英雄和爱国志士的历史剧，如写文天祥的《柴市节》，写岳飞的《朱仙镇》，写梁红玉的《黄天荡》，写文天祥、陆秀夫、张世杰殉国的《三尽忠》（即《崖山恨》），写屈原的《忠烈图》等。

同时，皮黄剧和地方戏也产生了一批时事新戏。皮黄剧如汪笑侬的《瓜种兰因》（1904），又名《波兰亡国惨》，据《波兰衰亡史》改编，写波兰与土耳其开战，兵败求和的惨痛历史，以此警告中国人民当以波兰作为前车之鉴。北京玉成班班主田际云（1863—1925），在光绪三十一年（1905）编演《惠兴女士》一剧，表现当时杭州贞文女校校长惠兴女士因募捐助学，为杭州将军瑞兴所侮辱，服鸦片自杀的故事，在社会上引起了巨大的反响（见《京戏谈往录》）。光绪三十四年（1908）爱国艺人潘月樵（1869—1928）和夏月润（1868—?）、月珊（1878—1931）兄弟创建上海“新舞台”，这是中国第一个采用新式舞台与布景、上演新戏的重要场所，并大量演出时装京剧，先后演出了《潘烈士投海》、《玫瑰花》等剧目，使京剧改良运动达到高潮。黄吉安的川剧作品，也有歌颂抗英禁烟的《林则徐》、主张严禁吸毒的《断双枪》、提倡妇女放足的《凌云步》等。

如果说，杂剧传奇借助报刊的力量，主要影响于知识阶层；那么，这些花部剧作则具有强盛的舞台生命力，在民间产生了广泛而深远的影响。杂剧传奇和花部剧作汇成一股汹涌澎湃的戏剧文化潮流，把中国剧坛从因循守旧的古代迅速地推进到日新月异的近代。

第三节 话剧的萌芽

一、文明新戏

话剧是一种不同于中国传统戏曲的新型剧种。它不用歌唱，以对话和动作为主要表现手段，着时装，分幕，采用灯光布景等，属于写实主义的戏剧类型。中国新兴话剧萌芽于晚清，其早期形式是文明新戏。文明新戏的滥觞可以追溯到19世纪末上海出现的学生演剧。如1899年上海圣约翰书院的中国学生，在圣诞节晚会上演出了一出“时事新戏”——《官场丑史》。此剧情节套用旧剧《送亲演礼》和昆剧《人兽关》中的《演官》，但却“既无唱工，又无做工”（汪仲贤《我的俳优生活》，《社会月报》第1卷第1期）。学生演剧受到欧洲戏剧的启发，趋向以散文化语言和非程式化动作作为主要表现手段；但在戏剧结构与演出方式上，又明显地模仿了当时盛行的“改良京剧”，因此并没有从根本上突破“唱、念、做、打”的戏曲程式规范，处于“非橘非枳”、“不土不洋”的过渡状态。

二、春柳社演剧

光绪三十二年（1906）年底，在日本东京的中国留学生曾孝谷（1873—1937）、李叔同（1880—1942）等组织了我国第一个戏剧团体——春柳社。春柳社旨在“研究新旧戏曲，冀为吾国艺界改良之先导”（《黑奴吁天录》演出题词，转引自陈丁沙《春柳社史记》）。次年（1907）春，在中国青年会举办的一次赈灾游艺会上，春柳同人演出了法国小仲马《茶花女》的第三幕。张庚（1911—2003）认为：“这是真正由中国人用中国话所演出的第一个话剧。”（《中国话剧运动史初稿》）同年6月初，春柳社又在东京大戏院本乡座，公演了由曾孝谷根据林纾、魏易的同名翻译小说改编的大型剧本《黑奴吁天录》。欧阳予倩（1889—1962）认为这“可以看作中国话剧第一个创作的剧本，因为在这以前我国还没有过自己写的这样整整齐齐几幕的话剧本”（《回忆春柳》）。该剧以对话与动作为主要表现形式，完全采用了现代话剧的分幕结构，它的问世标志着文明新戏的正式开端。该剧的演出不仅轰动了留学生界，而且得到日本舆论界的广泛好评。《早稻田文学》刊物发表了长达二十多页的剧评。《黑奴吁天录》所体现的摆脱奴隶悲惨命运、争取独立自由的抗争精神，以及它那全新的逼真于生活的演出形式，激起了国内外的强烈反响。此后春柳社队伍继续扩大，又陆续演出了《热血》等剧目。但是春柳社的话剧活动受到日本新派剧的直接影响，而新派剧作为改良的歌舞伎，未能脱尽伴奏音乐、表演程式、角色类型、“花道”等旧痕，与中国传统戏曲有天然的相通之处。所以春柳社的演剧在骨子里仍然承继着传统戏曲的艺术规范。

春柳社《黑奴吁天录》演出报

光绪三十三年（1907），受春柳社的影响，王钟声（1880—1911）在上海组织春阳社。该社于同年在兰心大戏院公演了《黑奴吁天录》，由于在艺术表现上新旧混杂，演出不很成功。次年（1908），王钟声与任天知（出卒年不详）合作创办通鉴学校（培养戏剧人才的学校），于春仙茶园演出《迦茵小传》，话剧形态比较分明，张庚称之为“中国本土”上始见的“真正的话剧”（《中国话剧运动史初稿》）。

1912年，春柳社成员陆镜若（1885—1915）、欧阳予倩归国后，在上海召集春柳社成员，组织新剧同志会，倡导“春柳派”新剧。他们辗转江浙两湖地区进行演出活动，1914年回到上海，易名“春柳剧场”。他们的演出在内容上大多是传奇意味较浓的家庭剧，讲究情节完整曲折，在悲欢离合中透示社会伦理，如《家庭恩怨记》、《不如归》等，与中国传统戏曲无疑有着天然的联系。但春柳派新剧在戏剧技巧上比较注重正规、严谨，舞台动作与对白较少有戏曲味，而偏向于写实型戏剧，这都为中国话剧奠定了最早的基础。

三、进化团演剧

在文明新戏高潮时期，最有影响的演出团体是任天知在上海创办并领导的进化团。进化团创办于宣统二年（1910）11月，是中国现代戏剧史上第一个话剧职业剧团。次年（1911），进化团到南京演出《血蓑衣》、《安重根刺伊藤》、《新茶花》等剧，标出“天知派新剧”的旗帜。上海光复后，进化团回到上海，在张园演出歌颂南京光复的《共和万岁》和劝募国民支援革命的《黄金赤血》，此时进化团达于鼎盛。进化团的新剧演出在当时比春柳派更受欢迎，影响更大。之所以如此，除了其剧目富有时代感和现实针对性，“百分之八九十都有它宣传（革命）的目的”（欧阳予倩《谈文明戏》）以外，最重要的还是因为它更多地吸收了戏曲艺术的特点，带有鲜明的民族色彩，因而为广大民众所喜闻乐见。这主要表现在：第一，在戏剧观念上，进化团派的演出不以制造舞台上逼真的生活幻象取胜，不避讳在“演戏”，而是处处为观众着想，常用自报家门、背躬、插科打诨，甚至直接演讲的方法，与观众交流思想感情。第二，在编剧方法上，进化团派主要效法传统戏曲，注意剧情的连贯性、完整性，不仅讲究故事的悲欢离合、通俗易懂，传奇和抒情的色彩很浓，而且采用章回体叙述方法，有头有尾，原原本本，多用明场，剧中时空处理相当灵活。在结构上习惯采用戏曲顺序展开剧情、主线一贯到底的“开放式”布局方法，而不用西方话剧的“三一律”式回溯、倒叙结构，或“人像展览”式散文化结构。因此，进化团的剧目往往分为十几场，甚至多达二三十场。第三，在表演形式上，进化团派新剧或多或少地保留着中国戏曲以演员为中心的演剧体制，不但惯用幕表制、即兴表演，而且角色常以性格分派，使舞台形象偏向于类型化。① 后期的春柳派演剧也主动地向进化团靠拢，或采用幕表制，或将流行的弹词、唱本改编上演，以适应观众的需要。此后踏上文坛的则是“五四”文学革命时期罗家伦（1897—1969）等翻译的易卜生《娜拉》和胡适（1891—1962）创作的《终身大事》等话剧剧本了。

四、中国现代话剧的形成

由此可见，文明新戏是在改革戏曲的基础上，学习西方戏剧的艺术形式和艺术技巧而逐步形成的。它在本质上与中国民族传统的戏曲艺术有着紧密的联系，因而为广大民众所喜闻乐见。在接受、吸收西方的戏剧形式时，文明新戏总是根据中国的实际和民族的习惯，加以变形、改造和融合、同化的。因此，中国现代话剧并不是西方舶来之物，而是在中国、西方文化的碰撞下，以中国源远流长的戏曲艺术传统为本体，采用西方戏剧的某些艺术内容、艺术形式和艺术技巧，重新组构而成的中国式的新剧。这也是中国新诗、散文、小说等进行现代性转型的基本规律。

---

① 参见陈白尘、董健主编：《中国现代戏剧史稿》，67～70页，北京，中国戏剧出版社，1989。

【温故知新】

乱弹诸腔　皮黄腔　皮黄剧　地方戏　京剧演变　昆剧演变　板式变化体音乐体制　黄燮清　杨恩寿　许善长　陈烺　刘清韵　戏剧改良运动　戏剧功利观　戏剧体制突破　汪笑侬　黄安吉　文明新戏　春柳社　进化团

【请你思考】

1. 请简要概述晚清剧坛以舞台为中心的转向带来的创作、演出等各个方面的变化，并结合黄燮清或陈烺等人的剧作加以分析说明。

2. 戏剧改良运动的核心在于什么？它经历了怎样一个过程？这种改革是在怎样的具体背景下发生的？包含了当时知识分子怎样的寄寓？

3. 晚清的杂剧和传奇体制之间有着怎样的互动与变异关系？请举一类戏剧加以分析。

4. “文明新戏”的概念是如何提出的？此后又引起了怎样的论争历程？如何评价“文明戏”？

5. 请简要评述春柳社与进化团的演剧活动及其历史意义。

【推荐阅读】

阿英编．晚清戏曲小说目．上海：古典文学出版社，1957

郭英德．明清传奇史．南京：江苏古籍出版社，1999

么书仪．晚清戏曲的变革．北京：人民文学出版社，2006

田汉等编．中国话剧运动五十年史料集．北京：中国戏曲出版社，1985

陈白尘，董健主编．中国现代戏剧史稿．北京：中国戏剧出版社，1989

第四章 章回小说的末流与新变

【导读】

晚清时期的章回小说界，一方面，传统的古典小说呈现出全面衰落的局面，虽有大量侠义公案小说和狭邪小说在市井民间广为流行，但其文化品位一般都较低，小说艺术也大多因袭传统，少有创新。另一方面，在“小说界革命”的鼓荡下，新小说层出不穷，不仅表现出强烈的现实批判精神，更在小说艺术上努力探索，打破了传统小说的叙事传统，成为现代小说的先驱。

第一节
古典小说的没落

晚清时期的古典章回小说，最为流行的是侠义小说（及其变种侠义公案小说）和狭邪小说两种类型。

概念解析

侠义公案小说

清中叶，侠义小说与公案小说合流，形成侠义公案小说，这类小说将英雄行侠仗义与清官断案折狱结合在一部书中，其中既有清官断案的曲折情节，又有侠客打斗的惊险场面，符合市民阶层的欣赏心理。代表作有《忠烈侠义传》等。

狭邪小说

指清末以娼妓优伶为主要描写对象的章回小说。早期的狭邪小说或暴露妓院的龌龊肮脏，或反映妓女的痛苦不幸，描写比较真实，有一定的社会意义。发展至后期，一些作家以欣赏的态度叙写嫖客对妓女的玩弄，品位低下。代表作有《品花宝鉴》、《风月梦》、《花月痕》、《青楼梦》、《海上花列传》等。

一、侠义公案小说的特征

侠义小说的典范是文康的《儿女英雄传》①，约成书于咸丰四年（1854）。

多学一点

《儿女英雄传》

《儿女英雄传》原名《儿女英雄传评话》，又名《金玉缘》、《日下新书》、《正法眼藏五十三参》、《侠女奇缘》，共四十一回，现存最早版本为清光绪四年（1878）北京聚珍堂活字本。

① 参见林薇：《〈儿女英雄传〉作者文康家世、生平及著述考略》，载《文史》第18辑，1983（7）。

小说描述了一个因祸得福、五伦兼备的家庭由衰而盛的发迹过程，以及世家公子安骥和侠女十三妹（何玉凤）的爱情故事。小说从忠、孝、节、义等伦理道德出发，将忠臣孝子塑造成既有英雄本色又有儿女情怀的"儿女英雄"，借以"点缀太平盛世"（首回《缘起》）。作家自称："有了英雄至性，才成就得儿女心肠；有了儿女真情，才作得出英雄事业"（同上）。小说中的十三妹心高气傲，豪爽天真，口角锋利逼人，又带几分诙谐风趣，更重要的是兼具英雄的豪侠仗义和儿女的绵绵情长。小说前半部着重刻画她拯人于穷途末路的义骨侠肠，从悦来店寻根究底，到能仁寺歼灭凶僧、赠金联姻、借弓退寇，生动地表现出她襟怀磊落、肝胆照人的豪侠气概。小说后半部则笔锋一转，让她最终成为安家的贤德媳妇，恪守三从四德，热衷荣华富贵，人物形象前后面目迥异。

《儿女英雄传》以精细的笔触勾勒出一幅 19 世纪中国社会风俗画面，描写真切，细致生动。小说以评话的形式讲述故事，采用纯熟流利的北京口语，描写人物，通俗晓畅，风趣传神，堪称京味小说的滥觞，在小说史上别开生面。

乾、嘉之际，侠义小说与公案小说合流，形成侠义公案小说，阙名的《施公案》为其发轫之作。

☞多学一点

《施公案》

《施公案》也称《施公案传》、《施案奇闻》、《百断奇观》，八卷九十七回，现存道光四年（1824）刻本，有嘉庆三年（1798）序文。小说主角施仕纶，原型是康熙年间（1662—1722）的施仕纶，字文贤，汉军镶黄旗人，《清史稿》有传。

小说写施仕纶的审案与剿寇，大都出于虚构。书中所写的侠客黄天霸，出身绿林，去邪归正，改名施忠，充当官家的护院，帮助施仕纶剿杀群寇。小说语言通俗，善于铺排，波澜跌宕，但艺术上相当粗糙。此书问世后，产生很大影响，在同治、光绪间曾续至十集，共计五百二十八回，续作者真可谓乐此不疲，也由此可见出其风行之状。

在《施公案》及其续书的影响下，在光绪年间，《三侠五义》、《小五义》、《续小五义》、《彭公案》、《永庆升平前传》及《后传》，以及《李公案》、《刘公案》、《于公案》、《张公案》等相继出版，并因受到广泛的欢迎而一版再版，形成了侠义公案小说风行的局面。这类小说延绵不绝，在清末民初侠义又与公案分道扬镳，衍变为武侠小说。

与侠义小说和公案小说相比，侠义公案小说至少有三个特点：第一，侠客和清官不再分别作为侠义小说和公案小说的主人公，而是共同作为侠义公案小说的主要角色。其模式大体是这样的："虽意在叙勇侠之士，游行村市，安良除暴，为国立功，而必以一名臣大吏为中枢，以总领一切豪俊。"（鲁迅《中国小说史略》）第二，侠义小说中的侠客大多"以武犯禁"；而侠义公案小说中的侠客虽然仍有粗豪的风范，却大都是封建政权和封建官吏的卫士，有的甚至不惜叛卖绿林弟兄，而甘当统治者的鹰犬。第三，公案小说多写清官的刚正不阿，不畏权贵，公正清廉，断案如神，精明才干；而侠义公案小说却着重突出清官的忠君思想。可见，由侠义小说和公案小说演变为侠义公案小说是一种文化思想的倒退，是清代封建统治者实行文化专制政策的产物。当然，侠义公案小说的流行也折射出乱世之人的心态：由于政治腐败，生灵涂炭，民众热切地呼唤惩暴护民、伸张正义的清官，向往铲除恶霸、扶危济困的侠客。而侠义公案小说则将这种民众心态纳入封建秩序所允许的范围之内，既在一定程度上符合了民众的心愿，又颇适应鼓吹休明、弘扬圣德的需要。

侠义公案小说的代表作是《三侠五义》。《三侠五义》原名《忠烈侠义传》，石玉昆（约1805—1871）讲述，问竹主人、入迷道人（生卒年均不详）等改定，现存清光绪五年（1879）北京聚珍堂刻本。

☞ **多学一点**

石玉昆与《三侠五义》

石玉昆字振之，天津人，咸丰、同治间著名说书艺人。他以演唱包拯（999—1062）故事著称，现存说唱作品《龙图公案》，一名《包公案》，曾经石玉昆徒弟和其他说书艺人修改整理。他的说书艺术吸引了一些文人前去欣赏，这些文人将他所说的故事记录下来，删去唱词，增饰为小说，题《龙图耳录》。至迟在同治十年（1871），问竹主人加以修改润色，更名为《忠烈侠义传》，集成一百二十回。光绪元年（1875），入迷道人又重新校阅，改名《三侠五义》，于清光绪五年（1879）北京聚珍堂首次刊印。后俞樾重撰第一回，改书名为《七侠五义》，于光绪十五年（1889）作序刊行，成为后来最通行的本子。

三侠指南侠展昭、北侠欧阳春、双侠丁兆兰与丁兆蕙兄弟。五义指钻天鼠卢方、彻地鼠韩彰、穿山鼠徐庆、翻江鼠蒋平、锦毛鼠白玉堂。《三侠五义》的前二十八回集中写清官包公断案故事和诸侠义归依包公的过程，其中有一部分来自明代的《龙图公案》和说唱词话，有一部分则是石玉昆自己编撰的，例如三、四回包拯在隐逸村除妖及与李天官之女联姻的情节，即为新编部分。从二十八回开始，小说转向对侠客义士故事的叙述，主要写剪除谋叛的襄阳王及其党羽。其中，关于“御猫”南侠展昭与“五鼠”争胜的情节，来源于明代罗懋登长篇通俗小说《三宝太监西洋记通俗演义》第九十五回。小说将历代流传的包公故事与侠客义士故事糅合在一起，借他们除暴安良、主持正义，并让他们共同反对朝廷中的奸臣，使政治清明，表达了市井细民对于贤明政治的渴望与幻想，具有浓厚的市井文化色彩。

《三侠五义》出自说话艺人之口，因而继承了古代话本小说的优秀品质，即情节曲折，悬念迭生，有强烈的吸引力。俞樾激赏此书：“事迹新奇，笔意酣恣，描写既细入毫芒，点染又曲中筋节。正如柳麻子说《武松打店》，初到店内无人，蓦地一吼，店中空缸空甏皆瓮瓮有声；闲中着色，精神百倍。”（《重编〈七侠五义〉序》）小说描写细致，擅长人物形象刻画，包拯的儒雅精明、展昭的武艺和侠义、卢方的兄长风度，都给人留下了深刻的印象。尤其是白玉堂这个人物，既有襟怀磊落、敢作敢为的侠义品格，又骄傲任性，桀骜不驯，逞强好胜，是个性鲜明的悲剧英雄形象。小说语言充分体现了评话艺术的魅力，声口宛肖，俚俗中带着朴野、粗犷的平民气息。此外，小说中有相当多的心理描写，在缺少心理描写的中国古代小说中显得别具一格。

《三侠五义》在当时的问世，使人有耳目一新之感，续书层出不穷，多至二十四集，以《忠烈小五义传》、《续小五义》二种成就较高。它还被改编为多种剧目广为排演，同治年间仅北京庆升平班戏目里就有九出戏上演《三侠五义》的重要关目。

此外，光绪十七年（1891）出版的《彭公案》，写康熙时清官彭朋办案故事，有些情节与《施公案》前后延续，可视为姊妹篇，写法上也一脉相承。该书的续书也连绵不绝，到《八续彭公案》共计五百一十回。

二、狭邪小说的文化形态

狭邪小说是世情小说在晚清时期出现的新类型，以描写妓女或优伶（演员）生活为主，展现了青楼风月、菊部春秋、京华尘污、洋场喧阗，乃至官幕两途、绅商二界的众生法相。狭邪小说的作者多为浪迹江湖的幕僚文人与失意文人，他们出入名公巨卿之宅，混迹戏馆妓院之地，为排遣内心的抑郁和苦闷，抒发功名与爱情的幻想，于是模仿《红楼梦》的笔意，描写男女之间的病态恋情。这类狭邪小说实为市井文化的组成部分，其中古老的中国传统文化与近代都市畸形文化相混融，文雅和世俗的文化品位相渗透，构成一种特殊的文化形态。

陈森的《品花宝鉴》开晚清狭邪小说的先河。《品花宝鉴》又名《怡情佚史》，约完稿于道光二十九年（1849），共六十回，现存该年初刻本。小说写才子梅子玉与男伶杜琴言的缠绵情意，反映出自乾、嘉以来的狎优之风和同性恋的病态生活，描写了优伶的尴尬处境及狎客和市井小人的龌龊低俗，展示了一幅“魑魅喜人过”的浮华世相。

魏秀仁的《花月痕》，又名《花月姻缘》，五十二回，卷首有咸丰八年（1858）自序，现存光绪十四年（1888）初刻本。这是一部长篇自叙式抒情小说，展现了一个潦倒名场、桀骜不驯的读书人奋争与失败的心路历程。小说写才子韦痴珠、韩荷生和妓女刘秋痕、杜采秋之间的恋情。韩荷生功成名就，累迁至封侯，采秋也封一品夫人；而韦痴珠则贫穷潦倒，一病而亡，秋痕也殉情而死。小说借这种鲜明的对比，抒发自身怀才不遇的感慨和对功名利禄的渴望。小说直承才子佳人小说余韵，书中充满诗词简启，尽情抒写内心情感。符雪樵评《花月痕》说：“词赋名家，却非说部当行。其淋漓尽致处，亦是从词赋中发泄出来，哀感顽艳。然而具此仙笔，足证情禅。”准确地指出了它以词赋体而为说部的叙事特色。

韩邦庆的《海上花列传》，又名《青楼宝鉴》、《海上花》，首刊于光绪十八年（1892）创刊的《海上奇书》，三十四回，未能完稿，现存光绪二十年（1894）初刻本。小说以赵朴斋、赵二宝兄妹的生活经历为主要内容，广泛涉及上海的官僚、名士、商人、买办、纨绔子弟、地痞流氓等人的狎妓生活。小说以平淡自然的写实手法刻画了上海十里洋场光怪陆离、纸醉金迷的都市风情，描写了人性在铜臭熏天、人欲横流的浮华世界里的沉沦。小说结构精巧，文笔洗练，塑造了一批性格鲜明的人物形象。该书是吴语小说的开山之作，人物对话全用苏白，所有那些酒筵酬酢、鬓边絮语，乃至相调相侃、相讥相詈，无不声口妙肖，充分显示了吴侬软语的魅力，并因此使作品具有浓厚的生活气息和鲜明的地方色彩，在晚清小说中别具一格，胡适称之为“吴语文学的第一部杰作”（《海上花列传序》）。

狭邪小说仿效《红楼梦》的笔法而弃其神髓，思想内容大都比较平庸，但在艺术上有些新的创造。狭邪小说借鉴了《红楼梦》的创作经验，注重人物形象的刻画。如《花月痕》、《海上花列传》中，不仅众多的妓女各具面目，而且嫖客、仆役也有不同的性格。因此，尽管书中人物众多，却大都能给读者留下深刻的印象。狭邪小说的艺术结构和叙事方法也有特色。如《花月痕》以韦痴珠和刘秋痕的爱情悲剧故事为主，以韩荷生、杜采秋的团圆喜庆故事为辅，双线推进，交替发展，穿插巧妙而又井然有序。《海上花列传》的结构从《儒林外史》脱化而来，将几个故事打通，同时展开和进行，以人物作为故事与故事之间的过渡，而又穿插巧妙，善于用伏笔、设悬念，使故事情节波澜迭起，引人入胜。这些小说的艺术结构，同古代小说中传统的单线纵贯和单线组合的结构相比，有了明显的发展。

后来狭邪小说由言情小说演变为社会小说，出现了《九尾龟》、《海上繁华梦》等作品，成为描写才子加流氓嫖妓的教科书。此外，狭邪小说在题材、艺术风格等方面，对清末民初的“鸳鸯蝴蝶派”小说也产生了一定的影响。

第二节 “小说界革命”和新小说

一、“小说界革命”的发生

光绪二十三年（1897），严复、夏曾佑在《国闻报》上发表《本馆附印说部缘起》，论证了小说、戏曲对开发民智、推动变革的社会作用，并以人性论、进化论的观点阐释小说的本体特征与审美心理。光绪二十八年（1902），梁启超在《新小说》创刊号上发表《论小说与群治之关系》，文章疾呼“欲新一国之民，不可不先新一国之小说”，并响亮地提出“小说为文学之最上乘”，成为“小说界革命”的纲领。这一纲领把原处于文学结构边缘的小说推到中心地位，把原先流行于市井间的小说变成知识阶层自觉运用来进行觉世新民、疗救社会的利器。于是，“登高一呼，群山响应”（包天笑《钏影楼回忆录·编辑杂志之始》），很快形成一个小说刊物勃兴、小说批评和理论研究活跃、新小说创作空前繁荣的局面。

梁启超像（二）

这一时期，许多“小说界革命”的倡导者、鼓吹者都积极投身到小说的创作与出版发行活动之中，创办报刊，购置印刷设备，为小说的传播提供了人力资源。西方近代印刷技术的传入特别是石印术的普及，则提供了技术上的保障。报刊作为新兴的传播媒介，在晚清小说的传播中发挥了重要作用。从1902年《新小说》创刊到1910年，短短数年间就出现了十九种小说杂志。自1872年创刊的第一份文艺期刊《瀛寰琐记》开始，到1911年的《谐铎报》，仅上海地区创办的文艺报刊就达七十五种之多，其中十八种以小说命名，三十五种以重要篇幅刊载小说。新小说大多先经报刊连载，再单行出版。此外，由报馆确立的稿酬制度，刺激了文化商品市场的形成，极大地提高了作者的积极性，也使其在创作中少文禁之虑，从而推动了晚清新小说的兴盛。

二、新小说的内容特点

1902年《新小说》创刊号发表了梁启超的政治小说《新中国未来记》，以60年后的中国维新成功为故事开端，表达了维新派的政治理想。在写法上，该小说融入了大量的诗文、演说、口号、章程、条例，故事性不强。这部小说的问世，标志着新小说的诞生和小说史新纪元的到来。新小说的内容特点是与政治结下了不解之缘，举凡政治小说、科学小说、社会小说、历史小说，无不与救亡图存、改良群治息息相关，从而刷新了中国小说的格局，揭开了小说史上新的一页。

自光绪二十九年（1903）开始，新小说的创作进入了高峰时期，出现了新小说中成就最为显著的小说流派——谴责小说。其中李宝嘉的《官场现形记》、吴沃尧的《二十年目睹之怪现状》、刘鹗的《老残游记》和曾朴的《孽海花》，被小说史家称为“四大谴责小说”。①

从事谴责小说创作的作家，思想倾向并不完全一致，但其中的主流是在当时救亡图存的社会潮流推动下，借小说以发表自己的政见，或发泄对政局、时弊的不满情绪：有的对腐败的官场进行了不同程度的揭露、鞭挞，有的表现出对列强侵略罪行和清政府屈膝媚外的愤慨，有的对社会弊病和道德沦丧作了辛辣的嘲讽。谴责小说的作家的思想水平一般都超不过维新派，不少人的认识还跳不出洋务派“中学为体，西学为用”的窠臼。他们在揭发弊恶，抨击时政方面，笔墨有力，不乏动人之处，但多数仅止于热骂，缺乏批判的力量和深度，更不能为作品中提出的种种问题提供切实可行的解决途径。所以不少作品中充满着失望情绪，笼罩着一层感伤的氛围。

谴责小说基本上沿用古典小说的章回体，直接取材于现实生活，从不同的角度广泛地描绘了晚清社会面貌。多数作品采取若断若续、把一个个故事连缀为长篇的结构手法，并以嬉笑怒骂之笔，直接地进行谴责、嘲讽，也有的借鉴了西方小说的一些技法。但由于梁启超等人过分地宣扬小说的社会作用，而忽视小说自身的艺术规律，仅把小说作为政治主张的传声筒，所以许多作家未能很好地继承古典小说的艺术成就。一般地说，他们还认识不到人物形象的塑造在创作中的价值，只着重以离奇、夸张的情节增强故事性。这些作家思想认识方面的局限，使他们不可能从较深的层次上发掘和反映社会生活的本

① 有关晚清谴责小说的详尽研究，可参见林瑞明：《晚清谴责小说的历史意义》，台北，台湾大学出版委员会，1980；陈幸蕙：《二十年目睹之怪现状研究》，台北，台湾大学出版委员会，1982，等等。

质，塑造出具有丰富时代内涵的艺术形象。

三、新小说的繁盛

除了谴责小说以外，在新小说中，写官场生活的，有张春帆（1872—1935）的《宦海》、八宝王郎（生卒年不详）的《冷眼观》等；写假维新人物的，有无名氏的《官场维新记》、浪荡男儿（生卒年不详）的《上海之维新党》等；写实业家、投机掮客和买办的，有姬文（生卒年不详）的《市声》、大桥式羽（生卒年不详）的《胡雪岩外传》等；写反华工禁约活动的，有无名氏的《苦社会》、中国凉血人（生卒年不详）的《拒约奇谭》、碧花馆主人（生卒年不详）的《黄金世界》等；写庚子事变的，有连梦青（生卒年不详）的《邻女语》等。还有《瞎骗奇闻》、《扫迷帚》、《玉佛缘》等小说，意在揭示民众之愚昧、习俗之鄙陋，以唤醒民众，救亡图存；《女狱花》、《女娲石》、《黄绣球》等小说，呼唤中国女豪杰，提出妇女解放问题；《血泪痕》、《血痕花》、《英雄国》、《痛定痛》、《亡国恨》、《瓜分惨祸预言记》、《洗耻记》等小说，提出亡国灭种的警告，表达了炽烈真挚的爱国激情；《仇史》、《洪秀全演义》等小说，取材于清史，用以宣传排满的种族革命等等。凡此种种，汇聚成晚清新小说的滚滚洪流。新小说在整体的艺术面貌上具有明显的过渡色彩，标志着小说艺术由古典向现代的转变。

概念解析

小说界革命

1902年梁启超发表《论小说与群治之关系》，明确提出“小说界革命”的口号，强调小说的政治功用，肯定小说对社会发展的巨大作用，并将被传统文论视为“小道”的小说称为“文学之最上乘”，全面抬高了小说的文学地位。他还主张小说革新，以新小说取代“诲盗诲淫”、“鱼烂风气”的旧小说。

第三节 谴责小说双璧

在晚清众多的谴责小说中，《官场现形记》和《二十年目睹之怪现状》出类拔萃，堪称双璧。

一、李宝嘉与《官场现形记》

李宝嘉的《官场现形记》是晚清谴责小说的开山之作。小说共六十回，最初在光绪二十九年（1903）至三十一年（1905）的《世界繁华报》上连载，后来集结成单行本出版。小说写了三十二个官场故事，涉及的官吏有一百多人，上自太后、皇帝、军机大臣、太监总管，下至知州、知县，乃至佐杂小吏，应有尽有。作品深刻揭露了他们贪赃枉法、营私舞弊、祸国殃民的罪行，描绘了一幅以前的文学作品中从不曾有过的千奇百怪、惟妙惟肖的官场群丑图。

《官场现形记》抨击得最厉害的，首先是当时官场中盛行的卖官鬻爵的风气，很多官缺明码标价：朝廷卖的上海道一职要五十万两白银，江西代理巡抚何藩台卖的官缺最高的价格是二十万两，大官小官，肥缺瘦缺，价钱都不相同（见第二十二回）。而且，只要有钱，不管是什么样的人都能当官。目不识丁的盐商黄三溜子、地痞无赖田小辫子，都花钱买了官。山东藩台听说两个月后停止捐官，不仅给大姨太生的七岁的儿子捐了个道台，而且给二姨太尚在腹中的孩子捐了知府，三姨太还未怀孕，也预先捐了个知府等着（见第六十回）。这种权钱交易的结果，是使得一大批奸商市侩、地痞无赖掌握了国家的权柄，从而造成了吏治的腐败。

官吏贪赃枉法，损公肥私，更加剧了官场的腐败。当时的官吏对传统的“治国平天下”的信念丧失殆尽，他们精神空虚，无所作为，于是就拼命追求物质刺激，不择手段地搜刮钱财。而那些花钱捐官的人，更是要靠做官盈利：“统天底下的买卖，只有做官利钱顶好。”（第六十回）因此，“千里做官只为钱”成了当时官场普遍奉行的信条，连慈禧太后也说：“通天底下一十八省，那里来的清官!”遇到自己赏识的人，就赏给他一官半职让他去“捞回两个”（第十八回）。《官场现形记》所写的不是个别的贪官污吏，而是整个政治体制的腐朽，无官不贪，无吏不污，卖官鬻缺、贪赃纳贿已成为官场的运行机制。

《官场现形记》还揭露了晚清官吏在伦理道德方面的堕落。他们厚颜无耻，唯利是图，儒家传统的道德观念成了他们用以遮羞的伪装。例如：浙江巡抚傅理堂在下属面前极力标榜自己的“慎独功夫”，可是刚一回家，就有他在北京结交的妓女带着私生子来找他（见第二十二回）。绿营管带冒得官为了保官，逼着亲生女儿让上司羊统领蹂躏（见第三十回）。还有许多官吏，拼命地巴结外国人，因为“将来外国人果然得了我们的地方，他百姓固然要，难道官就不要么？没有官，谁帮他治百姓呢?”（第五十四回）他们不仅丧失了民族自尊心，也丧失了起码的人格。人性的堕落与异化到了触目惊心的地步，小说直斥为“畜生的世界”（第六十回）。

《官场现形记》虽然猛烈地抨击了晚清的政治黑暗，却并没有进而提出推翻封建制度、从根本上改变社会现状的要求，只是苦口婆心地劝诫官吏们改恶从善：“编几本教科书教导他们”，“专门指摘他们做官的坏处，好叫他们读了知过必改”（第六十回）。在政治危机、民族危机都空前严重的晚清时期，这种改良方案根本行不通。但是，由于作品全面而深刻地揭露了当时官僚制度的窳败，读后能够激起人们对黑暗现实的痛恨，所以在客观上对于增强人们的反封建意识、促进人民的觉醒，有明显的积极作用。

《官场现形记》受《儒林外史》的影响很大。在结构上，它没有贯穿全书的中心人物、中心事件，而由许多相对独立的短篇故事连缀而成。由于这些故事紧紧围绕同一主题展开，所以彼此之间仍有紧密的内在联系。《官场现形记》以讽刺的笔触，塑造了众多的晚清官僚的形象：如杀人不眨眼的胡统领，见了外国人就吓昏了头的文制台，地痞无赖出身的黄三溜子、田小辫子等，都给读者留下了鲜明的印象。在塑造这些反面典型时，小说往往通过一些典型的细节和一两句对话，就把一个人物的性格活灵活现地勾画出来。如第五十三回写文制台接见洋人：

> ……巡捕见问，立刻趋前一步，说了声“回大帅的话：有客来拜”。话言未了，只见拍的一声响，那巡捕脸上早被大帅打了一个耳刮子。接着听制台骂道：“混账忘八蛋！我当初怎么吩咐的！凡是我吃着饭，无论什么客来，不准上来回。你没有耳朵，没有听见？”说着，举起腿来又是一脚。那巡捕挨了这顿打骂，索性泼出性子来，说道：“因为这个客是要紧的，与别的客不同。”制台道：“他要紧，我不要紧！你说他与别的客不同，随你是谁，总不能盖过我！”巡捕道：“回大帅：来的不是别人，是洋人。”那制台一听“洋人”二字，不知为何，顿时气焰矮了大半截，怔在那里半天；后首想了想，蓦地起来，拍挞一声响，举起手来又打了巡捕一个耳刮子。接着骂道：“混账忘八蛋！我当是谁！原来是洋人！洋人来了，为什么不早回，叫他在外头等了这半天?”巡捕道：“原本赶着上来回的，因见大帅吃饭，所以在廊下等了一回。”制台听完，举起腿来又是一脚，说道：“别的客不准回，洋人来，是有外国公事的，怎么好叫他在外头老等？糊涂混账，还不快请进来！”

这段生动的描写，把文制台对内飞扬跋扈、对外胆小如鼠的特点刻画得穷形尽相。为了使讽刺取得更好的艺术效果，《官场现形记》还普遍运用了夸张的手法，使人物、事件的主要特点反映得更为鲜明。由于这种夸张手法不够含蓄，“辞气浮露，笔无藏锋”（鲁迅《中国小说史略》），使得这部小说不像《儒林外史》那样耐人寻味。然而，这种浅显明快的风格，却更适合市民读者的口味。《官场现形记》的语言也流畅、精练，富有趣味性和幽默感。

最初发表于1903年至1905年《绣像小说》的《文明小史》，是李宝嘉另一部写得较好的作品。这部小说共六十回，从不同的角度、不同的层面，反映了中国维新运动时期的社会现实。作品抨击了清朝官员的对内专横残忍，对外卑躬屈膝，展示了世态民俗的守旧、愚昧，也揭露了官吏和所谓维新派人物的假维新。作品以大量的事例，揭示了新旧过渡时期出现的一些繁杂丑陋的现象，较《官场现形记》更具时代色彩。此外，《活地狱》描写清朝下层官场的黑暗腐败，把州府衙门比做“阳世的地狱”，生动地描写了官吏施行的各种惨不忍睹的酷刑。《中国现在记》主要揭露捐班出身的官吏的昏庸无能和道德败坏。这些作品的风格，与《官场现形记》大体相同。

李宝嘉是晚清小报的鼻祖，又是利用小说描摹世风、抨击时政的首开风气者。尽管在我国古代小说中，对官吏的暴露批判屡见不鲜，但所批判的都是个别的贪官污吏；把对整个官僚体制的讽刺批判作为整个小说创作中心的，自《官场现形记》始。

二、吴沃尧与《二十年目睹之怪现状》

稍后于李宝嘉，吴沃尧创作了《二十年目睹之怪现状》。小说原刊于1903年至1906年的《新小说》，全书共一百零八回，写了189件“怪现状”。由于作品的主旨是揭露晚清社会风气的堕落，所以小说涉及的范围相当广，上自部堂督抚，下至三教九流，举凡贪官污吏、讼棍劣绅、奸商钱虏、洋奴买办、江湖术士、洋场才子、娼妓娈童、流氓骗子等，无所不包，描绘了一幅色调惨淡的封建王朝末日的图卷。

小说把批判锋芒首先对准了官场。书中大大小小的文武官吏，大都是灵魂肮脏、荒淫误国之人。在列强侵略中国时，他们卑躬屈膝，卖国求荣，丧尽民族气节。而在营私舞弊、敲诈勒索方面，这些大小官僚却又各显其能，狡诈凶狠。如贯穿全书的苟才，“行止龌龊，无耻之尤”，夤缘苟且，几度宦海沉浮，为求官星照命，竟将如花似玉的寡媳献与制台大人。小说痛斥道：“这个官竟然不是人做的，头一件先要学会了卑污苟贱。”（第五十回）由这样的官僚治理国家，只能使国家更为贫弱。

小说最富有特色的部分是通过对种种家庭丑剧的解剖，揭示了宗法制度、伦常关系的败坏。封建的伦理纲常已不能维系人心，极端的利己主义和赤裸裸的金钱关系已完全撕去了笼罩在家庭关系上的那层温情脉脉的面纱。一些人口里讲的是仁义道德、孝悌忠信，行动却是背信弃义，男盗女娼。如九死一生的伯父子仁就是一个典型的凉薄无行的伪君子。他堂而皇之地贪没亡弟万金遗产，夺取孤侄寡娣的养命钱，几令九死一生流落街头。其人不苟言笑，动辄严斥子侄，而所做暧昧情事，令人齿冷。这种“礼崩乐坏”的局面的出现，正是封建社会面临崩溃的征兆。

小说还讽刺了那些不学无术的洋场才子。他们失去了中国传统士子的学问与气节，更无经邦治国的理想与才干，一味徜徉花国酒乡，厚颜无耻，胸无点墨，招摇撞骗，斯文扫地。此外，小说还描写了那些靠外国人的势力欺压中国民众的巡捕、教民；谎称找到“真命天子”，害得别人家破人亡的相士；帮助儿子谋死老子的医生……真是千奇百怪，应有尽有。总之，小说从不同的角度，不同的层面，广泛而又深刻地揭示了晚清社会道德风尚的腐败和堕落，表现了强烈的忧国忧民思想，具有深刻的社会历史认识价值。

小说也反映了作家追求与幻灭的心史历程。书中着意推出一些正面人物如吴继之、九死一生、文述农、蔡侣笙等，寄托着作家的理想和追求。但是，这些正面人物无一不被人欲横流的尘嚣浊浪所吞没，“实业救国”、“道德救国”一一破产，体现了作家“救世之情竭，而后厌世之念生”（李葭荣《我佛山人传》）的心灵搏斗历程。

在晚清众多的小说家中，吴沃尧是最注重对小说艺术进行创新的人。《二十年目睹之怪现状》设置了一个贯穿全书的人物——九死一生，采用第一人称的叙事方法，把社会上形形色色的“怪现状”，都归结为“我”（即九死一生）20年来的亲见亲闻。这样，既使得全书的故事前后连贯，读来又给人一种真实感和亲切感。这种结构在中国长篇小说史上实属首创。

吴沃尧的其他小说作品，也都表现了鲜明的社会批判精神和改良社会的理想，以及对小说艺术的探索。如《九命奇冤》据清嘉庆年间（1796—1820）安和（生卒年不详）的《警富新书》改写而成，描写雍正年间（1723—1735）的一大冤案，揭露了当时官场的黑暗和司法的腐败。小说借鉴西方侦探小说的写法，将最惊险的攻打石室的场面作为全书的开端，使得故事情节突兀而起，一下子抓住了读者；然后一波三折，层层推进，最后才真相大白。全书情节紧凑，布局严谨，格外引人入胜。小说中对恶霸凌贵兴、苦主梁天来的心态，都作了细致、生动的描写。小说语言通俗、形象，贴近口语，富于表现力。

此外，《痛史》是一部借古讽今的小说，叙写南宋时期奸臣当道，政治腐败，国家终为异族所灭的故事。书中极力歌颂文天祥、谢枋得等民族英雄为国献身的精神，抨击贾似道、张洪范之流陷害忠良、荒淫误国的罪行，表现了强烈的民族意识和爱国精神。阿英认为："在晚清的讲史中，这是最好的一部。"[1] 言情小说《恨海》、《劫余灰》分别以庚子事变和反美华工禁约为背景，反映了西方列强的入侵给中国人民造成的灾难。这两部小说对男女青年爱情的描写真挚感人，对后来的"鸳鸯蝴蝶派"小说有一定影响。

第四节
《老残游记》及其他

同《官场现形记》和《二十年目睹之怪现状》并称为四大谴责小说的，还有《老残游记》和《孽海花》。

概念解析

清末四大谴责小说

指李宝嘉的《官场现形记》、吴沃尧的《二十年目睹之怪现状》、刘鹗的《老残游记》和曾朴的《孽海花》，当时人称之为社会小说，今人据鲁迅的说法称之为"谴责小说"。

一、刘鹗与《老残游记》

刘鹗的《老残游记》，共二十回，另有《老残游记》续集遗稿九回和《老残游记补

① 阿英：《晚清小说史》，178页，北京，东方出版社，1996。

编》一卷。小说创作于 1903 年至 1907 年之间，创作主旨在第一回自评中说得很明白："举世皆病，又举世皆睡，真正无下手处，摇串铃先醒其睡。无论何等病症，非先醒无治法。"显然，作者作此书的目的是唤醒民众，根治社会。小说写一个摇串铃走江湖的郎中——老残的所见所闻，反映官吏的愚昧无能给中国带来的灾难。小说第一回，象征性地把中国比作一条破旧不堪的大船，在浓云密布的时候行驶在惊涛骇浪之中，又迷失了方向，情况十分危急。老残驾小船给船主送上最准的罗盘、纪限仪等器械，想让大船辨明方向，尽快登岸，不料却招致一片"卖船汉奸"的骂声，而且还把他的小船打得粉碎。这个故事寓言性地说明，大船的危险主要还不是来自惊涛骇浪，而是来自船上人的守旧、愚昧，而这正是老残要摇串铃唤醒民众的原因。

小说的正文，重点写了三个故事：玉贤缉盗、史均甫治河和刚弼断案。玉贤缉盗的故事，主要向人们揭露了那些治国能匠的"才干"，实际上是对无辜百姓的血腥镇压。玉贤是曹州的候补道，一不懂得军事，二不侦察盗情，他缉盗的唯一办法是用衙门前的二十架站笼惩治人，不到一年时间，就站死两千良民，而真正的强盗一个也捉不到。他还用故意在路上放置东西诱杀百姓的办法，创造了"路不拾遗"的政绩，成为朝野公认的"有才"的官吏，被破格补了曹州道的实缺。真是"冤埋城阙暗，血染顶珠红"。史均甫治河的故事，则揭露了官吏的厚古薄今，泥古不化。黄河连年决口，观察史均甫不进行实地考察，却到古书中去找治理的办法，搬出了汉代贾让用过的"不与水争地"的方法，"废了民埝，退守大堤"，任河水淹没了大量的田园村庄，老百姓淹死、饿死的不下几十万人。书中评论道："天下大事，坏于奸臣者十之三四；坏于不通世故之君子者，倒有十分之六七也。"（第十四回）刚弼断案的故事，描写了没有真才实学，只凭清廉办事的官员给百姓造成的苦难。刚弼是个"清廉得格登登的"官，他自恃清廉，刚愎自用，断案不调查取证，详察案情，却认定谁花钱打点他，谁就是罪犯，结果问成了天大的冤案。以前的小说描写官吏时，总是着眼于品质，把"清"与"贪"作为衡量官吏好坏的唯一标准。《老残游记》则着眼于官吏的才干，第一次把清官作为批判的对象，深刻地揭示了理学蒙昧主义给中国社会造成的危害。

《老残游记》是一部游记体小说，突破了传统的全知叙事方法，将叙事者由说书人转变为隐含作者——旅人，小说视角也由传统的全知叙事转为第三人称限制叙事，把心理描写局限于旅人的视听，把故事讲述安排给旅人的耳目，使情景事物呈现自旅人的观感，前后连贯，视角统一。美籍华人夏志清说："这游记对于布局或多或少是漫不经心的，又钟意貌属枝节或有始无终的事情，使它大类于现代的抒情小说，而不似任何形态的传统中国小说。"（《〈老残游记〉新论》）

而且，《老残游记》还体现了中国小说由叙事型向描写型的转变。《老残游记》叙景状物，兼采诗歌和散文的笔法，文笔清丽潇洒，意境深邃高远。例如写明湖居白妞说书，用了一系列的比喻、烘托，把这个曲艺演员宽广的音域、回环跌宕的音调和绝妙的演唱技巧，刻画得穷神尽相。写大明湖的水色，千佛山的梵宇僧楼、翠柏丹枫，桃花山的雪景，黄河的冰封棱怒，也都给人以强烈的美感。

☞ **多学一点**

胡适评《老残游记》的描写

胡适在《老残游记序》中说："《老残游记》最擅长的是描写技术：无论写人写景，

作者都不肯用套语滥调，总想熔铸新词，作实地的描写。在这一点上，这部书可算是前无古人了。”（《胡适文存》第三集第六卷）

在人物塑造方面，《老残游记》时或采用讽刺笔法，但比《官场现形记》等小说要深沉、含蓄。如第三回写王贤所创的“路不拾遗”景象：“曾走曹州府某乡庄过，亲眼见有个蓝布包袱弃在路旁，无人敢拾。某就问土人：‘这包袱是谁的？为何没人收起？’土人道：‘昨儿夜里，不知何人放在这里的。’某问：‘你们为什么不拾了回去？’都笑着摇摇头道：‘俺还要一家子性命吗！’”看似纯客观的描写，实际上却把玉贤用故意在路上放置东西诱杀百姓的方法创造“路不拾遗”景象的卑劣行径，刻画得入木三分，确有《儒林外史》“无一贬词，而情伪毕露”（鲁迅《中国小说史略》）的遗风。

《老残游记》的续集主要写老残与他的妾环翠、德慧生等听斗姥宫尼姑逸云谈自己从世俗走向彻悟，以及老残游阴曹地府的故事，思想性、艺术性均较前集逊色许多。另有《老残游记补编》残稿一卷，描写老残与东阁子、西园子谈论清廷颁布新政后，北京街头布满巡警的景况，表明对新政的不满。因行文粗俗，日本学者樽本照雄认为此系伪作。

二、曾朴与《孽海花》

曾朴的《孽海花》，最初版本署“爱自由者发起，东亚病夫编述”，后来才改署曾朴著。“爱自由者”是金天翮（1874—1947）的笔名，他在1903年开始撰写《孽海花》，写了六回后，便交给曾朴续写。两人共同拟定了全书六十回题目。光绪三十一、三十二年（1905—1906），曾朴对前六回作了修改，并续写至二十回，由小说林社在东京出版。光绪三十三年（1907），又由《小说林》杂志发表至二十五回；此后二十七年中断续写成三十五回。1927年《真善美》杂志陆续发表至三十五回。

《孽海花》以金雯青和傅彩云的故事为线索，贯穿了许多达官、名士的琐闻逸事，展现了同治到光绪甲午战败30年来的文化和政治状况，反映了日益加深的民族危机和新旧政治力量的斗争与兴衰。小说揭露了帝国主义的侵略野心，清政府的无能与腐败，封建士大夫的昏庸与堕落。全书共写了278个人物，展现了宽广的社会生活，内容相当丰富。其中如金雯青、傅彩云、李纯客、大刀王二、夏丽雅等人物，形象生动，个性鲜明。

☞ **多学一点**

《孽海花》人物原型

书中人物，大都有历史原型。如金雯青原名洪钧，字文卿，1868年中状元，1886年纳傅彩云为妾，1888年出使德、俄、荷、奥等国，彩云同行，1892年回国。后因错将中国土地划给俄国，从此郁郁不乐，约1894年去世。傅彩云即赛金花，少年为妓，嫁与洪钧后，曾私通洪家俊童，又与八国联军统帅瓦德西有染。随洪钧出使回国后，结识名伶孙三，并和他结婚。后来脱离孙三，重操旧业，一生事迹充满传奇色彩。

小说着重表现了在中西文化冲突中传统士大夫的尴尬处境。传统士大夫虽然有高雅的文化素养，论金石，谈考据，俨然饱学之士，一派斯文气象。但是，在社会巨变中，他们大都不堪重任。如在中法、中日战争中，书生庄仑樵与何珏斋徒托空言，终无大用。云卧园名流雅集的翰墨场中怪杰李纯客，自命清高，疏狂傲世，其实却还是十里软红尘中的名利客。尤其是主人公金雯青，早年在上海一品香宴集上，面对那些学贯中西的新潮人物，已手足无措。当他荣膺使节，一踏上德国萨克森号轮船，便立即成为任凭环境摆布的傀儡。西方流行的各种社会思潮，令他大惊失色，一副冥顽不灵之态。在柏林、圣彼得堡，他的爱妾傅彩云占尽风光，而他作为堂堂使臣反倒成了配角，每日杜门谢客，蛰居书室。这位攀上中国科名高峰的状元，虽已置身蓊郁葱茏的现代文明中，却不敢一觑新世界的万花筒。而他无论是在官场上还是在情场上，都成为恓恓惶惶的败北者。他的凋零，意味着一个历史时代的沉沦。

《孽海花》才情纵逸，寓意深远，文笔娟好，词采华披。小说采用了"珠花"式的结构艺术，从苏州阊门外彩灯船上金雯青与傅彩云邂逅，到水逝云飞的最后结局，围绕男女主人公命运这一中心主干，把许多原本散漫的故事结成枝叶扶疏的整体布局，并以盘曲回旋之笔，精心设计了几次高潮，结构极为精巧。此书出版后风靡一时，评论、考证、续作，蜂拥而出，形成一股"赛金花热"。曾朴的同乡张鸿（1867—1941），受曾朴之托，撰《续孽海花》（自三十一回至六十回），于1943年出版，是最好的续作。

三、林译小说

除了谴责小说以外，翻译小说也是晚清小说的重要组成部分。张坤德（生卒年不详）译英国侦探小说《歇洛克呵尔唔斯笔记》（1896），梁启超译日本政治小说《佳人奇遇》（1898），林纾译法国言情小说《巴黎茶花女遗事》（1897），薛绍徽（1866—1911）译法国科学小说《八十日环游记》（1900），代表了晚清最受欢迎的四类翻译小说。

其中尤以林纾的译作最多，影响最大，时称"林译小说"。光绪二十三年（1897），林纾与王寿昌（生卒年不详）合作，译成《巴黎茶花女遗事》，书中男女主人公的爱情悲剧，引起了在封建礼教桎梏下没有婚姻自由的中国青年的共鸣。再加上该书译笔哀婉清丽，一时风行海内。严复在留别林纾的诗中说："可怜一卷《茶花女》，断尽支那荡子肠。"（《甲辰出都呈同里诸公》）这意外的成功，引起了林纾翻译西洋文学的兴趣，此后一发不可收。林纾一生翻译小说达一百八十多种，约一千二百万字。翻译较好的作品有四十余部，大多是在1913年以前完成的。他译得最多的是英国哈葛德的小说，有《迦茵小传》、《鬼山狼侠传》等二十种。

林纾像

分析举例

“林译小说”中的世界名著

“林译小说”中属于世界名作家和世界名著的，有俄国托尔斯泰的《现身说法》等六种，法国小仲马的《巴黎茶花女遗事》等五种、大仲马的《玉楼花劫》等两种、巴尔扎克的《哀吹录》、雨果的《双雄义死录》，英国狄更斯的《贼史》等五种、莎士比亚的《凯撒遗事》等四种、司各特的《撒克逊劫后英雄略》等三种、笛福的《鲁宾孙漂流记》，美国欧文的《拊掌录》等三种、斯托夫人的《黑奴吁天录》，希腊伊索的《伊索寓言》，挪威易卜生的《梅孽》，西班牙塞万提斯的《魔侠传》，日本德富健次郎的《不如归》等。

林纾在译述大量外国文学作品时，对西方社会的认识还是比较客观的。他告诫人们不要盲目地醉心于西方世界，应该借鉴学习他们好的方面，也应当警惕消除他们丑恶的东西。他对西人文章妙处也颇有体会，提出融合西文、中文于一炉，推动文学创作发展的主张（见《洪罕女郎传跋语》）。他最为推崇以英国狄更斯为代表的批判现实主义作家的笔法，描写“下等社会家常之事”，刻画家常事的景象得曲尽其妙，从而把那种竟然与中国相同的窳败的政治、社会积弊揭示出来，使当政者知道（见《孝女耐儿传序》）。而且，林译小说还在中国小说史上第一次明确地提出了“专为下等社会写照”的命题（《孝女耐儿传序》），建构了新的小说审美规范，文学的主人公由英雄豪杰、才子佳人转为卑微的小人物，昭示了“平民意识”的崛起与“人”的觉醒。

林纾本人不懂外语，只能通过别人口译，再用古文写下来。因此林译小说一方面具有独特的美学风貌，既有古文简洁、隽永的风韵，又兼有西方文学的灵思美感，为小说的创作提供了典范。但是另一方面，不免疵误累累，与原著相去甚远。如他译雨果的《九三年》（译名《双雄义死录》），把原文改去大半；译塞万提斯的《堂·吉诃德》（译名《魔侠传》），竟删去原文的三分之二。他甚至把莎士比亚、易卜生的剧本译成小说，完全丧失了原作的风格。

尽管“林译小说”有不少缺陷，但毕竟顺应了时代的潮流，通过文学作品的艺术形象，展现了西方资本主义社会的政教、风情，开阔了人们的眼界，使人们从中有所醒悟，有所警惕，具有一定的文化启蒙意义。同时，西方文学的创作方法、风格流派的引进，对中国小说创作走出传统，从内容到形式趋向近代化、现代化，也起了极大的推动作用。

【温故知新】

《儿女英雄传》　《三侠五义》与侠义公案小说的特征　《品花宝鉴》与狭邪小说的文化形态　狭邪小说的艺术创造　“小说界革命”的发生　新小说的繁盛及内容特点　谴责小说的叙事结构与形象　官场黑暗与道德沦落　社会风气的普遍堕落　唤醒民众和揭露清官　游记体和描写型　士大夫的尴尬处境　“珠花式”结构　“林译小说”的特征及影响

【请你思考】

1. 简述《三侠五义》的语言艺术。
2. 简述《儿女英雄传》的思想倾向，并结合作品加以评析。
3. 简述“小说界革命”的历史和文学背景。
4. “小说界革命”后，近代小说的创作发生了怎样的变化？
5. 清末谴责小说的代表作有哪些？
6. 简述《官场现形记》的创作特色。
7. 简述《二十年目睹之怪现状》的主要表现内容。
8. 简述《老残游记》的艺术成就。
9. 简述小说《孽海花》的结构特点。

【推荐阅读】

（清）文康．松颐校注．儿女英雄传．北京：人民文学出版社，1983
（清）石玉昆述．王述校点．三侠五义．北京：人民文学出版社，2001
（清）李宝嘉．官场现形记．北京：人民文学出版社，2000
（清）吴趼人．二十年目睹之怪现状．北京：人民文学出版社，2000
（清）曾朴．张明高校注．孽海花．北京：人民文学出版社，2006
（清）刘鹗．老残游记．北京：人民文学出版社，2000

图书在版编目（CIP）数据

中国古代文学史（上下册）/郭英德，过常宝著．—北京：中国人民大学出版社，2011.9
21世纪中国语言文学系列教材
ISBN 978-7-300-14070-4

Ⅰ.①中… Ⅱ.①郭…②过… Ⅲ.①中国文学-古代文学史-高等学校-教材 Ⅳ.①I209.2

中国版本图书馆CIP数据核字（2011）第179008号

21世纪中国语言文学系列教材
中国古代文学史（上下册）
郭英德　过常宝　著
Zhongguo Gudai Wenxueshi

出版发行　中国人民大学出版社
社　　址　北京中关村大街31号　　　**邮政编码**　100080
电　　话　010－62511242（总编室）　　010－62511398（质管部）
　　　　　010－82501766（邮购部）　　010－62514148（门市部）
　　　　　010－62515195（发行公司）　　010－62515275（盗版举报）
网　　址　http://www.crup.com.cn
　　　　　http://www.ttrnet.com(人大教研网)
经　　销　新华书店
印　　刷　北京市鑫霸印务有限公司
规　　格　185 mm×260 mm　16开本　　**版　　次**　2012年1月第1版
印　　张　77.5 插页2　　　　　　　**印　　次**　2012年1月第1次印刷
字　　数　1 744 000　　　　　　　**定　　价**　128.00元（上下册）

关联课程教材推荐

书号	书名	作者	定价
978-7-300-07592-1	中国文学史（上、下）	袁世硕 张可礼	65.00 元
978-7-300-12623-4	新编中国文学理论史	成复旺	78.00 元

配套教学资源支持

尊敬的老师：

衷心感谢您选择使用人大版教材！

秉承“出教材学术精品，育人文社科英才”的出版理念，我社为教材打造配套教学资源，帮助老师拓展教学思路，革新教学方式。相关的配套教学资源，请到人文分社网站（www.crup.cn/rw）下载，或是随时与我们联系，我们将向您免费提供。联系人信息：

地址：北京海淀区中关村大街 31 号 201 室　龚洪训 收　邮编：100080

电子邮件：gonghx@crup.com.cn　　电话：010-62515637　　QQ：6130616

欢迎您随时反馈教材使用过程中的疑问、修订建议等，让我们与教材共成长。建议一经采纳，即有好书奉送。

如有相关教材的选题计划，也欢迎您与我们联系，我们将竭诚为您服务！

选题联系人：	电子邮件：	电话：
刘　汀	bukecunzhuang@163.com	010-62513897
黄海飞	llqhhf@163.com	010-62513587

俯仰天地　心系人文

www.crup.cn/rw

中国人民大学出版社　人文分社网站

欢迎登录浏览，了解图书信息，下载教学资源

金田一探案集 ⑬

犬神家族

〔日〕横沟正史 著　于壮 译

南海出版公司

新经典文化股份有限公司
www.readinglife.com
出　品

目录

发端

信州商界巨头之一、犬神财阀的创立者、被称作日本生丝大王的犬神佐兵卫，于昭和[①]二十 × 年二月，长眠于信州那须湖畔的家中，享年八十一岁。

犬神佐兵卫是一位白手起家的人物，他的奋斗史在过去几十年里出现在许多报纸和杂志上，广为世人所知。对此研究最详尽的，是其死后由犬神奉公会发行的《犬神佐兵卫传》。

据这本传记记载，幼年便成为孤儿的佐兵卫，十七岁那年流落到信州那须湖畔。他不知道自己故乡何处，甚至连生在何处、父母何人也一概不知。连“犬神”这个奇怪的姓氏，也不晓得是不是他的真正姓氏。

一般的人发达后总想矫饰自己的出身门第，佐兵卫却对这种虚荣毫不在意。他经常对左右的人说，每个人生来都是赤裸裸的，也

①日本裕仁天皇在位期间使用的年号，时间为 1926 年到 1989 年。

曾经平淡地说过：“我长到十七岁的时候，还像个乞丐一样，在全国各地流浪。直到来到这里，承蒙野野宫先生的照顾，才算是转了运。”

这位野野宫先生，叫作野野宫大贰，是那须湖畔那须神社的神官。此人对佐兵卫来说是终生的恩人，恩重如山。卓尔不群的佐兵卫在谈及此人的时候，也要正襟危坐。

佐兵卫终生对大贰怀有感谢之情，对他的后代也竭力报恩，堪称美谈。可是，凡事都要有个限度。佐兵卫死后，犬神家族里发生的血腥杀人事件，正是发端于佐兵卫对野野宫家后代过分的报恩。这样想来，即使是出于善意，一旦处理方式错误，也会引起莫大的惨祸。这也算是一个教训吧。

此事暂且不表。

佐兵卫第一次见到野野宫大贰，是如下这番经过：

如同佐兵卫自己说的那样，当时他和乞丐差不多，在全国各地流浪，某一天像一条狗一样倒在了那须神社的前殿下面。当时已是深秋，在严寒的那须湖畔已经要靠暖炉来取暖了。

佐兵卫当时穷得只有一身破烂衣服和一根腰带，而且已三天没有吃过像样的食物。饥饿和寒冷让年轻的佐兵卫清楚地意识到了死亡。实际上，如果当时野野宫大贰再晚些才发现他，他肯定就倒毙路旁了。

野野宫大贰在前殿下面发现了这个小乞丐，很吃惊，把他抱回了家里，并且让妻子晴世无微不至地照顾他。这是大贰和佐兵卫最初的缘起。

据《犬神佐兵卫传》记载，此时大贰四十二岁，妻子晴世二十二岁，两人年龄相差悬殊。佐兵卫说，晴世不仅像女神一样温柔，也像女神一样漂亮。

经过野野宫夫妇悉心的照料，本来身体素质不错的佐兵卫很快就恢复了健康。此后大贰也没有丢下他不管。大贰听了佐兵卫可怜的身世，让他住在自己家里，住多久都没关系。佐兵卫也不想离开这个温暖的家。就这样，他以食客兼仆人的身份，留在了那须神社神官身边。他没上过学，目不识丁。大贰像对待自己的孩子一样，谆谆教导着他。

大贰如此喜欢佐兵卫，自然有看中其聪敏的一面，此外据说还另有一个原因，《犬神佐兵卫传》里没有提到过。佐兵卫是个罕见的美少年。晚年的佐兵卫脸上，还能依稀看出年轻时的美貌。据说他年轻的时候，完全称得上是珠玉之姿。

大贰非常喜欢佐兵卫的容貌，传说两人之间有同性恋关系。最有力的证据是，佐兵卫安住下来一年多之后，像女神一样温柔的晴世有一阵子回了娘家，据说是因为大贰只宠爱佐兵卫，忽视了妻子。

但是，夫妻不合随着佐兵卫离开这个家而化解，不久，晴世又回到了野野宫家。两个人的感情好像也很深厚，数年之后，晴世生下了一个孩子，取名祝子。祝子长大成人，招女婿入赘，生下的孩子叫作珠世。珠世就是这个故事的主人公。这件事还是放到后面说吧。

离开野野宫家的佐兵卫，在大贰的介绍下，进了一家小小的缫丝工厂。这就是构筑后来日本商界一方霸主——犬神财阀的第一步。聪敏的佐兵卫用一年就掌握了一般人几年才能掌握的知识。他虽然离开了野野宫家，但绝没有与之断绝来往，还经常出入那里，接受大贰的教诲，学识修养也渐渐地加深了。晴世虽然曾经因为他而离家出走，后来好像也释然了，像对待弟弟一样照顾他。

佐兵卫进入缫丝工厂，是在明治[1]二十年左右，正是日本缫丝工厂的摇篮时代。他在工作的同时，掌握了缫丝工厂的组织构造，学习了贩卖生丝的商业手段，不久就出来创业，开了自己的工厂。提供原始资金的，也是野野宫大贰。

佐兵卫的事业逐渐上了轨道。随着甲午战争、日俄战争，以及第一次世界大战，日本国力充实的同时，生丝出口成了支柱性产业，犬神缫丝公司也随着局势成了日本一流的大公司。

野野宫大贰在明治四十四年去世，享年六十八岁。他实际上是犬神佐兵卫事业的最初投资者。佐兵卫曾经把他的投资加上丰厚的利息还给他，但说破了嘴，大贰也决不接受。他一生都在神官的职位上工作，过着清贫的生活。

大贰死后不久，遗孤祝子招夫入赘，继承了神官的职务，这都是佐兵卫在其中安排。祝子夫妇很长时间都没有孩子，结婚后十几年，才在大正[2]十三年生了一个女儿，即珠世。

珠世诞生的时候，外祖母晴世已经去世。珠世快到二十岁的时候，父母也相继离世。她被接到犬神家，并且受到特殊的礼遇——被当作尊主的遗孤，尊为贵客。

不知什么缘故，犬神佐兵卫一生都没有立正室夫人。佐兵卫有松子、竹子、梅子三个女儿，三人的生母各不相同，但都不是他的正妻。三人都招了上门女婿，也都有了孩子。长女松子的丈夫在那须总店，次女竹子的丈夫在东京分店，三女梅子的丈夫在神户分店，

---

①日本睦仁天皇在位期间使用的年号，时间为 1868 年到 1912 年。

②日本嘉仁天皇在位期间使用的年号，时间为 1912 年到 1926 年。

都担任经理。佐兵卫到死都把犬神财阀的巨大实权攥在手里，对女婿们决不让出分毫。

昭和二十 × 年二月十八日，犬神佐兵卫临终，侍奉在床前的犬神家族有以下诸人：

首先是长女松子。她五十岁出头，在犬神家族中是最孤独的，因为她丈夫前一年去世了，唯一的儿子佐清被抓去当兵，还没有复员。本来战争结束后不久，就收到缅甸来信，知道他还活着，但是不知道何时复员。所以，佐兵卫三个外孙里面，只有佐清没有出现在临终告别式上。

然后是次女竹子和她丈夫寅之助，还有两人的孩子佐武和小夜子兄妹。佐武二十八岁，小夜子二十二岁。

还有三女梅子和其夫幸吉，以及唯一的儿子佐智。佐智二十七岁，比佐武小一岁。

以上八人，加上未复员的佐清，一共九人，是和佐兵卫有血缘关系的人，这是犬神家族的全部成员。

在佐兵卫的临终告别式上，除了上述诸人外，还有一个和佐兵卫渊源颇深的人守在床前。不用说，是野野宫家唯一的遗孤珠世，时年二十六岁。

众人守着气息逐渐微弱的佐兵卫，像石头一样一言不发。奇怪的是，从他们每个人的脸色中都完全看不到亲人临终的悲哀。不，不仅没有悲哀，除了珠世以外，其他人的脸上都浮现出焦躁。他们似乎非常焦急，不仅如此，还在互相猜测，目光从生命逐渐消逝的佐兵卫身上移开时都充满猜疑，互相看着同族的亲戚。

他们之所以焦急，是因为不知道佐兵卫的遗嘱。巨大的犬神财阀由谁来继承、巨额遗产如何分配，佐兵卫对此从来没有表明过态度。

他们的焦躁和担心还有一个原因。不知为何，佐兵卫对他的女儿们没有一点亲情，对女婿们自然更是连小指尖儿般的信任都没有。

主治医生把着脉，佐兵卫的生命迹象逐渐衰弱。长女松子忍不住了，跪着挪到父亲前面："父亲，遗言是什么？遗言？"

佐兵卫似乎听到了松子的声音，微微睁开了眼睛。

"父亲，要是有遗言的话就请讲吧。大家都在等父亲的遗言。"

佐兵卫似乎明白了松子的意思，微微一笑，举起颤动着的手指，指着末席的一个人。那人是犬神家的顾问律师古馆恭三。

古馆律师清了清嗓子："老人的遗嘱确实在我这里。"

古馆律师的一句话，仿佛在寂静的临终告别式上投放了一颗炸弹。除了珠世，其他人都愕然望向他。

"有遗嘱吗？"喘着粗气说话的，是次女竹子的丈夫寅之助。他说完慌忙从衣兜里掏出手绢，擦去额头上渗出的汗，尽管这是寒冷的二月。

"那么遗嘱什么时候公布呢？社长去世后马上……"询问的是梅子的丈夫幸吉。他的脸上也浮现出强烈的焦躁。

"不，不是那样。按照老人的意思，遗嘱要在佐清复员回来后开封公布。"

"佐清……"竹子的儿子佐武低声说道。他的脸色万分不安。

"可是，要是佐清不能复员回来……虽然我这话不吉利……"说话的是竹子。松子听到后，露出了凶恶的眼神。

"竹子说得有道理。虽然还活着，毕竟是在遥远的缅甸。回国之前，也许还会发生什么事情。”梅子说道。她不管姐姐的表情如何，语气相当毒辣。

“那种情况的话……”古馆律师轻轻地干咳了一下，“就在老人的一周年忌日公布。这期间，犬神家一切事业和财产的管理，都由犬神奉公会代为行使职权。”

不快的沉默一瞬间笼罩在诸人身上。除了珠世以外，每个人的脸上都是同样的焦躁和担忧，甚至流露出一种怨恨。松子凝视着佐兵卫的脸庞，眼神中混杂着希望、不安、渴望和怨懑。

佐兵卫的嘴角依然挂着淡淡的微笑。他睁开空茫的眼睛，从松子开始，扫视着众人的脸庞，最后眼神落到珠世身上，再也不动了。

把脉的医生庄重地宣布：“请节哀顺变。”

犬神佐兵卫结束了纷繁的八十一岁的人生。然而现在想来，这个瞬间，是后来犬神家血腥案件的开端。

第一章　绝世美人

犬神佐兵卫去世八个月后的十月十八日，一位客人来到那须湖畔的那须宾馆，要了一间房。

这位客人年纪三十五六岁，一头鸟窝似的乱发，是个其貌不扬的小个子。他穿着皱巴巴的哔叽上衣和同样皱巴巴的裤裙，开口说话时有些口吃。登记在旅馆花名册上的名字是金田一耕助。

如果各位读者朋友读过《本阵杀人事件》以来的一系列侦探故事，就不用介绍这个人了。但为了第一次看到他的读者朋友，还是略微费些笔墨吧。

金田一耕助是一位相当飘逸超然的侦探。乍一看，他身上哪里都没有亮点，是个其貌不扬的男人，但其缜密的推理手法，已经在《本阵杀人事件》《狱门岛》和《八墓村》等案件中得到证明了。此人有个毛病，只要一兴奋，口吃就变得严重，还不停地挠他那一头乱发，实在是个不高雅的毛病。

先介绍到这里。金田一耕助被带到面向湖水的二楼房间，马上就用室内的电话拨通外线，打到了某个地方：“啊，是的，要一个小时是吗……好的，知道了，我在这里等。那么……”

挂了电话，他回头对女佣说道：“一小时之后，有个人来找我，请马上把他带到这个房间来。我叫什么？金田一耕助。”

金田一耕助随后冲了个澡，回到房间，表情严肃地从旅行箱里拿出一本书和一封信。书是一个月前由犬神奉公会发行的《犬神佐兵卫传》，信是那须市古馆律师事务所的若林丰一郎所寄。

金田一耕助坐在外廊的椅子上，面向湖水，胡乱翻着已经看过几遍的《犬神佐兵卫传》，然后放到一边，从信封中取出若林丰一郎的信。信的内容相当奇怪，大致如下：

金田一耕助阁下亲启：

深秋时节，谨祝阁下身体康健、事业顺利。

鄙人与阁下素昧平生，皆因有求于阁下，突然致信，叨扰阁下清闲，不胜惶恐。

随信奉上《犬神佐兵卫传》，所求不为别事，乃是关于犬神佐兵卫的遗族。鄙人甚为担心，近期犬神家族将要发生不同寻常的事件。所谓不同寻常的事件——就是属于阁下负责范围内的流血事件。犬神家族中的数人，恐将成为受害者——考虑至此，鄙人夜不能寐。不，不是将来将要发生，而是现在正在发生。如果任其发展，恐怕会酿成惨祸，为防患于未然，想请阁下前往那须调查，故冒昧致信。恐阁下读罢此信，或以鄙人癫狂，然鄙人实未疯未癫，乃过于忧虑、过于不安、过于恐惧，望阁下垂怜。阁下前来那须之时，请致电古馆律师事务所，鄙人随即拜访。切望阁下勿等闲视之。

若林丰一郎 敬上

附记：此事万勿告知他人。

此信措辞生硬，好像是一个习惯了白话文的人故意用文言文写的。素来冷静的金田一耕助看到这封信也不由得吃惊。信中说不要把他当作疯子，然而所述之事不得不让人觉得这人疯了，或者觉得他在开玩笑。

流血事件也好，几个受害者也好，恐怕都是写信的人空想出来的。否则他是怎么知道的呢？预谋杀人的人是不会告诉其他人的。即使在心中盘算杀人，也不会贸然施行。可是，写信的人却认为谋杀必然会发生，不由得让人觉得奇怪。

退一步讲，就算有杀人计划，他又因故知道了这个计划，那么为何不通知将成为被害者的人呢？现在案件还没有发生，如果不方便报警，悄悄通知被害者总是可以的。如果不能明说，可以寄匿名信，总有通知的办法。

金田一耕助最初想付之一笑，可是他不由得注意到一个细节。那是信中的一句话："不，不是将来将要发生，而是现在正在发生。"

难道奇怪的事情已经发生了？

另外一个引起金田一耕助注意的地方，是写信人在律师事务所工作，大概是律师或实习律师。这种人也许知道其他家庭的秘密，也有可能知道了杀人计划。

金田一耕助反复读了几遍信，然后看了随信寄来的《犬神佐兵卫传》。得知了犬神家复杂的家庭背景后，他的兴趣被激发了。

金田一耕助知道，犬神佐兵卫于今年初春去世。他还在什么地方看过，佐兵卫的遗嘱要等到其中一个外孙复员回来后才公开。耕助的好奇心更强了，于是快速地结束了手中的案子，提着旅行箱飘然来到了那须市。

金田一耕助把信和书放在膝盖上，出神地思考着。女佣进来上茶。

“啊，你，你。”女佣上完茶后正要离开，耕助急忙把她叫住，“犬神家的宅子在哪边？”

“就是对面那个。”

金田一耕助顺着女佣手指的方向看过去，果然，离宾馆几百米远的地方，有一座美丽的淡黄色西式建筑，有着结构复杂的日式大屋顶。犬神家的后院直接面向湖水，有一个大水门，看起来似乎和湖水连在一起。

“果然是座气派的房子啊。听说佐兵卫有个外孙还没复员，后来怎么样了？还没有消息吗？”

“不，您说的是佐清吧？听说前几天到博多了，他母亲高兴地去接他。现在大概在东京的家里，再过两三天就该回来了。”

“哦？要回来了。”金田一耕助心中不由得涌起阵阵不安。

正在这时，犬神家的水门缓缓地向上打开，从里面划出了一艘小船。小船上只有一个年轻女人，一个男人在水门外面的堤坝小路上目送着她。

两人说了几句话，女人挥了挥手，男人慢吞吞地走进了水门里面。女人熟练地划着船桨，轻快地划了出去，看起来好像很高兴。

“那个女人是犬神家的人吗？”

“那是珠世小姐啊。虽然不是犬神老爷的亲骨肉，却被当作继承人呢……而且人又那么漂亮。大家说那么漂亮的人，恐怕全日本也找不出第二个吧。”

“哈，还是个美女。我怎么着也要看看她长什么样子。”

尽管觉得女佣夸张的说法有些可笑，耕助还是从旅行箱里拿出了望远镜，对准了船上的珠世。他凝视着镜片上映出的脸庞，一股战栗不禁爬上后背。

啊，女佣的话并不夸张。金田一耕助从来没有见过这么美的女人。珠世略低着头，愉快地划着双桨，其容貌世上绝无仅有。发梢整齐的头发，珠圆玉润的脸庞，长长的睫毛，线条漂亮的鼻子，让人忍不住想亲上去的嘴唇。运动裙紧贴在柔美的身体上，曲线之玲珑几乎无法用语言形容。金田一耕助屏住呼吸，盯着珠世的身体。正在这时，珠世的神态突然变了。

珠世停止划桨，环顾小船，不知为何突然大叫起来。船桨随之脱离了控制，小船大幅度地摇晃起来。珠世站在小船里，瞪着充满恐惧的双眼，发疯似的挥着双手。她脚下的小船渐渐没入水中。金田一耕助像被弹起来一样，从藤椅上一跃而起。

卧室里的蝮蛇

金田一耕助当然没有忘记会有客人来访。但他觉得还有段时间，而且不能眼看着人淹死不管，于是跑出房间，飞快地奔下楼梯。现在想来，此事是导致犬神家一案困难重重的起点。

要是当时珠世没有落水，或者金田一耕助没有出去，犬神家发生的案件肯定会更早地解决。

这些暂且不提。金田一耕助飞奔到楼下。紧跟过来的女佣说道：“先生，走这边……”

说着，她光着脚出了院子，先跑到了后门。金田一耕助跟在她后面跑。打开后门，外面紧挨着湖水，小小的栈桥下面拴着两三艘小船，是那须宾馆专用的，为划船游玩的客人而准备。

“先生，您会划船吗？”

“嗯，没问题。”

耕助对划船还是有自信的。他一跳上小船，女佣就快速地解开了绳子。

“先生，多留神哪。”

“好了，别担心。”

耕助握紧双桨，使出全身力气划了出去。

湖心附近，小船已经有一半没在水中，珠世在慌张地求救。

那须湖并不深，正因如此，反而危险。湖底有长达丈余的水草，在水里像女人的头发一样缠绕在一起，如果不小心被缠上，即使是游泳好手，也难免溺水，死后尸体却浮不上来。

对面租船屋的人也听到了珠世的叫声，比耕助稍微迟了一些，也有两三艘船划了出来。或许是得到了女佣的通知。耕助身后，那须宾馆的经理和男佣也喊着号子划过船来。

耕助全力划桨，冲在所有船只的最前面。正在这时，刚才见过的那个男人从犬神家的水门里面跑到堤坝小路上。他看了一眼水面，飞快地脱掉了上衣和裤子，几乎光着身子跃入湖水，冲着即将沉没的小船游了过去，速度奇快。

他的两只胳膊像水车一样转动，溅起剧烈的水花。他简直像银蛇一样，在身后留下长长的水波，笔直地向小船游去。

他最先游到了珠世身边。

耕助划近时，珠世的小船的船舷都已没入水中。珠世在水中被男人紧紧地抱着。

“真够受的，快上来吧。”

“多谢了，那小姐就拜托您了。我来扶着船。”

“好的，那把小姐……”

“接稳了。”

珠世靠着耕助的胳膊，终于坐到了小船上。

“你、你、你也上来吧。”

“好，多谢。麻烦您先压住船的那一边，别让船翻了。”

男人轻松地上了船。金田一耕助第一次从正面打量此人，顿时产生了一种不可名状的异样感觉。

这人的脸像极了猴子，额头窄小，眼窝深陷，脸颊瘦得厉害，丑到了极点。可虽然丑，他的一举一动都透着诚实。

男人好像在责备珠世：“小姐，不是我说你，我都那样提醒你注意了……这已经是第三回了。”

“第三回”这个词清楚地传到了耕助耳中。

耕助望着放松下来的珠世，珠世好像小孩子恶作剧被发现了一样，边哭边笑着说道：“可是，猿藏，没办法呀。我一点儿都不知道小船上有个洞。”

“小船上有个洞？”

耕助不禁瞪大了眼睛，看着珠世。

“嗯，是的，有个东西把洞塞上了。结果塞进去的东西掉了出来……”

这时，宾馆的经理、租船屋的客人纷纷划了过来。耕助思索了一会儿，对经理说道：“你、你是经理吧。趁那艘船还没沉下去，能把它拖到岸上吗？我想再调查一下……”

“嗯？”

经理一脸疑惑，耕助又把头转向珠世。“我送你回家吧。到家了就马上泡温泉，让身体暖和起来，不然该感冒了。”

“啊，谢谢您。”

耕助把吵吵嚷嚷的经理和看热闹的人甩在身后，缓缓地划动了小船。

珠世和猿藏坐在耕助面前。珠世把头埋在猿藏宽阔的胸膛里，看起来非常安心。猿藏虽丑，但体格强健如岩石一般。珠世被猿藏粗壮的手臂紧紧抱着，仿佛缠绕着古松的可怜的蔓草。

尽管如此，这样近距离看到的珠世，其美丽仍非比寻常。容貌之美自不必说，被水浸润的皮肤下泛着淡淡的血色，光彩夺目。从来没对女人动过心思的金田一耕助，此时也不禁热血沸腾。

耕助长时间呆呆地盯着珠世的脸庞。珠世发现了，脸上倏地染上红晕，耕助这才慌忙咽下一口唾沫。

耕助有些不好意思，冲着猿藏说道：“刚才你说的话有些奇怪啊。好像说什么这是第三回了？就是说，经常发生这样的事情吗？”

猿藏一下子睁大了眼睛，谨慎地盯着耕助，语气沉重地说：“是的，最近经常有奇怪的事情，所以我才担心。”

“奇怪的事情是指……”

“哎呀，没什么啦。猿藏你太傻了，还在意那件事，那些全都是事故而已。”

“事故？小姐，稍有差错可就没命了。我总觉得不对劲。”

“嗯？差点没命，到底是什么事？”

“一次是小姐的被子里有条蝮蛇盘成一团。幸亏发现得早，要是不小心被咬了，不死也得重伤。第二次是汽车的刹车不好使了，小姐的车差点儿从悬崖上掉下去。”

“不是的，不是的，这些都没什么，是偶然碰上的。猿藏，你想得太多了。”

“可是，这种事发生了好几回，也许什么时候还会发生呢。这么一想我就担心得不得了……”

“傻瓜，以后还会发生什么呀。我运气好，运气好的话不管遇到什么都能得救。要是像你这么担心，反而让自己心情不好。”

珠世和猿藏争吵的时候，小船进入了犬神家的水门。

耕助把二人放在了堤坝小路上，待二人道谢之后，划船回宾馆，一路上想着猿藏刚才说的话。

卧室里的蝮蛇和汽车故障，再加上今天船上的洞，难道真的像珠世所说，是偶然的巧合吗？还是有什么人的意志在其中运作呢？或许，这些事和若林丰一郎不好的预感之间有着什么联系？对了，问问若林吧。他应该已经到宾馆了。金田一耕助用足力气划起了小船。

回到宾馆，若林丰一郎果然来了。

“我看到客人来了，先带他到房间去了……”

听了女佣的话，耕助急忙上了二楼，却没看到客人的影子。可是，客人的确来了。烟灰缸里有烟头，房间的角落里放着一顶没见过的帽子。

也许是去卫生间了吧……耕助想到这里，坐到了藤椅上，但客人始终没有出现。耕助等不下去，按铃叫来了女佣。

“客人怎么回事？我没看到啊。”

“哎？没看到？这是怎么回事？是去上厕所了吧。”

“就算是上厕所，时间也太长了点。不是弄错房间了吧？你去找找看。”

“真奇怪，到底去哪儿了？”

女佣奇怪地走了出去。没过多久，就传来一声尖叫，是女佣的声音。

耕助一惊，循着声音跑过去，女佣脸色铁青地呆立在洗手间前面。

“你、你，怎、怎么了？”

“啊，先生……客人……客人……”

耕助顺着女佣手指的方向看过去，洗手间的门微微开着，能看到倒在地上的男人的脚。耕助一下子屏住了呼吸，打开门走了进去，瞬间呆住了。

洗手间的白色瓷砖地面上趴着一个戴墨镜的男人，看起来倒下去之前剧烈挣扎过，大衣的衣襟和围巾很凌乱，两只手的手指抠着地面，连指甲都要抠进去似的。白瓷砖上面还沾着男人吐出的点点血渍。

耕助像冻住似的顿了很长时间，才靠近握住男人的手腕。已经没有脉搏了。

耕助摘下男人戴的墨镜，回头问女佣：“你、你、你认识这个人吗？”

女佣害怕地看了一眼男人的脸。

“啊，是若林先生！”

这句话让耕助的心脏猛地一震。

他再次茫然若失地站在那里。

古馆律师

对于金田一耕助来说，没有比这更大的侮辱了。

金田一耕助认为，私人侦探和委托人的关系，与神父和忏悔者的关系相同。

罪恶深重的忏悔者对神父说出所有的秘密，同样，案件的委托人把不能对外人说的事全部交给侦探，这是因为完全相信对方的人格。正因如此，被委托人必须对得起委托人的信赖。

金田一耕助一直贯彻这一方针，而且从未辜负过委托人的信赖。

可现在呢？这个案子的委托人出现不久就被杀害了，而且是在自己的房间里……对于耕助来说，还有比这更大的侮辱吗？

甚至，反过来想，杀死若林丰一郎的人得知若林要把秘密都告诉金田一耕助这个侦探，为防止这种情况，才采取了这样残忍的手段。换言之，这一案件的凶手已经知道金田一耕助的存在，并向他发出了挑战。

如前所述，耕助最初对这个案件的态度是半信半疑。若林丰一郎所担心的事情是否真的会发生，他怀有疑问。可是，这些疑问现在全都不见了。这个案件有着比若林丰一郎信中所述更深的内情……

这些暂且不提，金田一耕助从一开始就面对一个非常不利的局面。他毕竟不是夏洛克·福尔摩斯，远没有名闻天下，因此对闻讯赶来的那须警察局的局长和办案人员解释自己的身份非常困难。

还有，若林丰一郎的那封信如果马上公开，金田一耕助肯定会被当作白痴。所以，如何让对方理解他来那须市的目的也非常头疼。

果然，办案人员怎么也不放过金田一耕助，刨根问底地询问他和若林丰一郎的关系。他不得已，只好敷衍道自己是受到委托前来进行某种调查，但由于委托人死了，现在也不清楚他到底要委托什么。

办案人员委婉地要求耕助留在当地，耕助对此并无异议。他已经下定决心，案子解决之前，绝不离开那须市。

若林丰一郎的尸体当日就被解剖并确认了死因，他果然是被毒死的。奇怪的是，毒素不是从胃里而是从肺里发现的。那么，若林丰一郎不是吃下而是吸入了毒药。

于是，若林丰一郎在烟灰缸里留下的烟头就值得注意了。这是一种外国烟，分析发现，毒素果然混在了香烟里。而且奇怪的是，只有一个烟头里有毒。

若林丰一郎的烟盒里还有几支香烟，从中没有发现特别奇怪的物质。这样看来，凶手没有计划具体什么时候杀死若林丰一郎，无论何时，无论早晚，只要让他死了就可以。

这种杀人手法相当从容不迫。但是，其中却隐藏着巧妙且阴险的目的。和其他毒杀相比，用这种手法被怀疑到的概率大大减少。

金田一耕助不得不对这种阴险至极的手法大为惊叹。现在向他发起挑战的对手，不是个简单的人物。

这些暂且不表。若林丰一郎暴毙的第二天，有位客人来那须宾馆拜访金田一耕助。

女佣拿来的名片上写着“古馆恭三”。

耕助看到名片，不由得瞪大了眼睛。

古馆恭三肯定是古馆律师事务所的所长。这人还是犬神家的顾问律师，及犬神佐兵卫遗嘱的保管者。

古馆恭三是位肤色浅黑、表情严肃、微微有些衰老的绅士。他的眼神带着职业性的锐利，滴水不漏地观察着金田一耕助，只说了些初次见面的正式问候，以及对突然来访的歉意。

金田一耕助来来回回地挠着头发，说道：“哪里哪里，我该道谢才是……昨天真是把我吓着了，您也很吃惊吧？”

“是的，事情意外得让我觉得不是真的……其实，我今天就是为这件事来的……”

“这样啊。”

“刚才听警察说，若林好像委托您做一些调查……”

“是的，但是在听他说之前就发生了那种事……所以我也不知道他到底要委托我什么事。”

“可是，您大概知道些线索吧。我想他是写信联系您的……”

“啊……”金田一耕助一直盯着对方，“古馆先生，您是犬神家的顾问律师吧？”

“是的。”

“也就是说，您要维护犬神家的名誉，是吗？”

“那是当然……”

“实际上，古馆先生，”金田一耕助突然降低了声音，“我也是考虑到犬神家的名誉，觉得不乱说为好，才没有对警察说。实际上我从若林先生那里收到了这样一封信。”

金田一耕助出示那封信，并且密切注意古馆律师读信时的表情。

古馆的脸色渐渐阴沉得可怕，浅黑的额头上刻着皱纹，沁出了大量的汗珠，拿着信的手也在颤抖。

“古馆先生，您对信的内容有什么看法吗？”

古馆好不容易才平静下来，被耕助这么一问，肩膀一下子又颤抖起来。

“啊，没有……”

“我可是觉得非常不可思议。犬神家将发生什么事情，若林先生怎么会知道呢？看这封信，若林先生好像对这件事非常确信。他为什么这么确信呢？古馆先生，您对此没有什么看法吗？”

古馆脸上的表情剧烈地变化，他好像知道些什么。

耕助向前挪了一步，说道：“古馆先生，您对这封信的内容完全不知情吗？若林先生究竟要委托我调查什么……”

“我不知道。现在想来，若林的样子确实很奇怪，总是害怕什么似的，战战兢兢的……”

“害怕什么？”

“啊，是的。若林被杀之后，我才想起来。”

“他究竟怕什么？您对此注意到什么了吗？”

“哎，那个呀。”古馆仿佛在一番天人交战后终于下定了决心，“实际上我也是为此才想和您谈一谈……关于犬神佐兵卫老先生的遗嘱……”

“啊？遗嘱……怎么了？”

“遗嘱放在我事务所的保险柜里。昨天发生了若林的事，我觉得不安，看了一下保险柜，发现遗嘱好像被谁看过。”

耕助不由得正襟危坐：“遗嘱……被人看过？”

古馆脸色阴沉地点了点头。

耕助呼吸急促，问道：“如果遗嘱被人看过，后果很严重吗？”

“这份遗嘱早晚都要……佐清马上就复员回来了，两三天之内就要公开。我常觉得遗嘱一旦公开，怕是要引起骚动。”

“遗嘱里有什么奇怪的地方吗？”

“非常奇怪！”古馆用力说道，“奇怪得脱离了常识，简直是为了让后人互相憎恨而设计的遗嘱。我极力劝阻过老人，可佐兵卫就是那样一个人……”

“遗嘱的内容可以告诉我一些吗？”

“不行不行。”古馆挥挥手，“那可不行。根据逝者的意愿，佐清回来之前，绝对不能公开……”

“我知道了，这不能勉强您。可是，您觉得遗嘱被人看过……对遗嘱内容感兴趣的，只有犬神家的后人吧，谁把保险柜……”

“可是，那不可能，犬神家没人有机会打开那个保险柜。所以我想若林怕是被人收买了……若林是能打开保险柜的。说不定他被犬神家的某人收买，复制了遗嘱，可是其结果是给犬神家带来了奇怪的事情。若林也许是害怕这个。”

“犬神家发生了奇怪的事情？”

古馆试探地看着金田一耕助：“关于这件事，我想您大概也察觉到了。据说昨天在湖里发生了些奇怪的事情……”

耕助像被弹起似的向后退去：“啊，那艘小船……”

“嗯，是的。听说您在调查那艘船……”

“对，对，我调查了。船底钻开了一个洞，用泥堵上的。这样说来，遗嘱中也提到珠世了？”

“是的，她在遗嘱中有很重要的地位。犬神家族的遗产继承方面，她占据着非常有利的继承顺序。只要她不死，就有权决定谁是犬神家的继承人。”

金田一耕助猛然想起昨天见过的美丽女子。

啊，那个举世无双、像女神一样散发着光辉的美女，犬神佐兵卫究竟给她安排了什么样的命运呢？

沐浴着夕阳余晖沉没的小船，在船上拼命求救的珠世背后，有一只渐渐迫近的幕后黑手，如幻似影地出现在耕助眼前。

佐清归来

昭和二十 × 年十一月一日——金田一耕助来此已两周——信州那须湖畔的那须市，从早上开始就笼罩着令人烦闷的空气。

从南方复员归来后不知为何一直停留在东京的犬神家嫡外孙犬神佐清，和去接他的母亲松子，昨天深夜突然回到那须市家中，消息瞬间传遍了全市。

那须的繁荣和犬神家的命运息息相关。

犬神家的繁荣就是那须市的繁荣。这个位于寒冷山地、物产并不丰富的湖畔村落，之所以能发展成有十几万人口的城市，全都仰仗犬神财阀巨大资本的力量。随着资本如种子般发芽、成长、繁荣，周边的土地也繁荣起来，以此构成了那须市这样一个近代城市。

住在那须市及周边的人们，不管和犬神财阀的事业有没有直接关系，都或多或少蒙受犬神家的恩惠，全都仰仗犬神家的事业来生活。犬神家是那须市事实上的主导者。

正因如此，全体那须市民都非常关心犬神家族。特别是佐兵卫去世以后，犬神家的命运成了全体市民关注的核心，这样说并不为过。

决定犬神家命运的，是松子的独生子佐清。那须市民都知道，等到他复员，佐兵卫的遗嘱才会公开。因此民众和犬神家族的人一样，甚至比他们更加热切地盼望佐清复员。

佐清终于复员回来了。他在博多登陆的消息像电流沿着电线一样传到那须市民中间。他们热切期待着这个人——或许会成为自己新主人的人尽快回来。

可是，佐清和去迎接他的母亲松子住进东京的家里，怎么也不见动静。一天两天还好，等到松子母子在东京住了一周、十天的时候，不安的空气飘荡在那须市民中间。

佐清为什么不回来？为什么不想早点回来，公开外祖父的遗嘱？松子应该比谁都清楚为什么。

有人认为，佐清可能生病了，也许是在东京的住所静养呢。

可是，持反对意见的人提出反驳的观点。如果需要静养，和东京相比，那须当然更合适。既然有力气从博多到东京，再多走一点，回到信州不是更好？如果不能坐火车，坐汽车也行，以犬神家的财力完全可以办到。另外，医生方面，以犬神家的财力，也可以从东京聘请名医。而且，佐清从小就不喜欢东京的生活。他非常热爱故乡那须湖畔的风景，对自己出生的湖畔有着强烈的眷恋。经历了长时间战争和管制生活的佐清，如果生了病，那须湖畔的家是最合适的疗养所。所以，佐清母子长时间留在东京，不是因为生病……

但是，持这种观点的人也无法解释为什么母子二人要留在东京。究竟佐清和松子为什么要让犬神家族和那须市民陷入焦急呢？

与那须市民相比，犬神家族众人的焦虑更深。

奇怪的是，独自去迎接儿子的松子给两个妹夫发了电报，说即将回到那须市，让众人等着。因此，竹子和梅子两家分别从东京和神户赶回了老家，在那须湖畔翘首盼望着松子母子的归来。

然而松子母子到了东京的住所后，半个月都没有消息。老家发来电报催促，总是说今天回来，明天回来，实际上没有动身的迹象。

更加不可思议的是，等不及的竹子、梅子姐妹偷偷派人打探松子母子的情况，全都无功而返。松子和佐清躲在东京住所里，谁都不见。

松子母子滞留东京一事越发可疑，再加上若林丰一郎被杀，一股不可名状的不安笼罩在那须市上空。

这些且按下不表。这天——十一月一日早上，金田一耕助睡了个懒觉，过了十一点才吃了早午饭，把椅子搬到能观赏湖水的檐廊，呆呆地摆弄着一根牙签。这时来了一位客人。

不是别人，正是古馆恭三。

"哎呀，真是——今天能看到您，真让我意外。"

向来为人和气、善打交道的金田一耕助微笑着向律师问候，古馆却依然眉头紧锁："为什么这么说？"

"为什么这么说？佐清不是终于要回来了嘛。马上就要公开遗嘱，今天一整天您都应该在犬神家忙得不可开交才是。"

"啊，是啊。您已经听说了。"

“听说了。毕竟丁点大的小城市，而且犬神家对这里的百姓来说，好比以前的城主，犬神家发生一点事，马上就传遍全城。今天我刚起来，女佣就来报告了——啊哈哈，失礼了，您请坐。”

古馆轻轻地点了下头，站在檐廊上，越过湖水眺望着犬神家的建筑，不一会儿耸了耸肩，无声无息地坐在金田一耕助对面。

古馆穿着晨礼服，腋下夹着一个大号公文包。他轻轻地把公文包放到藤桌上，一言不发。

金田一耕助默默地观察着他，不久挠着头发说道：“怎么回事？您一副心事重重的样子。穿得这么正式，是要去哪儿啊？”

“啊，没有。”古馆律师像刚回过神来一样，清了清嗓子，“我马上要去犬神家，在那之前，突然想见您一面。”

“哈哈，您有什么事？”

“不，并没有什么事……”古馆律师有些含糊，终于用郑重的口气说道，“我为什么要去犬神家就不用多说了，如您所说，是去公开佐兵卫的遗嘱。所以我直接去犬神家，在他们一家人面前宣读遗嘱，我的工作就完成了，没有什么好犹豫的……既然如此，我为什么还在犹豫呢？我心里在盘算什么呢？还有为什么到您这里来，说这些蠢话呢……不知道，我自己也不明白。”

金田一耕助看着律师，似乎有些不耐烦，长长地叹了一口气：“古馆先生，您是过于疲劳了，肯定是。不注意身体可不行。那么……”

耕助说到这里，故意挤了挤眼睛，“您为什么来我这里……我是清楚的。那是因为，不管您意识到没有，您已经开始逐渐信任我了。”

古馆扬了扬眉毛，一动不动地盯着耕助，过了一会儿露出了苦涩的微笑：“也许是那样吧。实际上，金田一先生，有件事我必须向您道歉。”

“咳，有事向我道歉？”

“不为别事。我其实拜托了东京的同行，对您，金田一耕助做了些调查。”

这下连耕助也吃了一惊，眼珠子都快掉出来了。他长时间呆呆地盯着古馆，过了许久才爆发出一阵大笑。

“这、这、这实在是……哎呀！实、实、实在是……我身为私家侦探，结果反而被别人调查。但是……不不不，您用不着跟我道歉，这对我而言是一次很好的教训。事实上，因为我相当自信，以为‘金田一耕助’这个名字应该已经传遍天下，所以才……啊哈哈，算了！别提这些玩笑话了，总之，调查结果怎么样？”

“是这样的。”古馆有些坐立不安，说道，“对您评价非常高。本领高强，为人也绝对值得信任……他们是这么对我说的……”

尽管如此，古馆的脸上还是有一抹半信半疑的神色。

“哎呀，这么说我可太不好意思了……”金田一耕助又犯了老毛病，五根手指反反复复地抓着鸟窝似的乱发，“原来如此，所以您想在公开遗嘱之前，先来我这里。”

“也可以……这么说吧。以前我就说过，我不喜欢这份遗嘱。虽然必须遵从委托人的意愿，但这份遗嘱实在太诡异了，简直是要把犬神家的后人们扔进以血洗血的旋涡里。一旦公开，不知会引起什么样的骚动……被委托制作遗嘱的时候，我就隐隐觉得不安。前一阵子又发生了若林的案子，这件事还没解决，佐清就要回来了。对于犬神家来说不知道算不算好事，至少对佐清来说，长期在外面吃苦的人能回来，还是值得祝贺的。可是，佐清为什么要避人耳目不回来呢？为什么极端讨厌被别人看到相貌？这一点我死活不能理解。”

古馆的话逐渐多起来，一直侧耳倾听的耕助听到这里，感觉奇怪似的扬了扬眉毛：“您说佐清避人耳目？”

“是的。”

“还说他讨厌被别人看到相貌？”

“是的，金田一先生，您还没听说过这件事吗？”

耕助呆呆地摇着头，古馆猛然把身子探到茶桌上方：“金田一先生，我从犬神家的用人那里听说，昨天夜里，松子夫人和佐清没有任何征兆地回到家里。他们大概是坐末班车回来的。天色很晚的时候，大门的铃响了，看门的还疑惑是谁，打开大门才发现是松子夫人。看门人吓了一跳。松子夫人身后跟着进来一个男人，竖着大衣衣领，还包着一块黑色的头巾，把脸裹得严严实实的。”

金田一耕助突然瞪大了眼睛。他只是听律师这么说，就涌起一种不祥的预感。

“头巾……”

“听说是的。看门人不知所措，松子夫人只说了一句‘是佐清’，就径直从大门口走到了自己的房间，把那个人也带进去了。听到看门人报告后，犬神一家乱了套。次女竹子、三女梅子两家两周前就住进来了，正等着两人回来，听看门人这么说，马上到房间去探望。松子夫人只说佐清和自己都累了，明天再说，怎么也不让她们见佐清。这是昨晚的事，今天早上还是一样，据说谁都没见到佐清的样子。只有一个女佣说看到一个酷似佐清的人从厕所出来。当时那个人也是用黑头巾把头裹得严严实实。听那女佣说，头巾上眼睛的位置开了两个小孔，她被小孔后面可怕的眼神盯着，着实害怕。”

金田一耕助无法抑制心底涌上来的激动。此中必有隐情。松子母子令人不解地滞留东京，不让人看到面目的佐清，这其中有什么异常的东西。事情越是异常，就越勾起金田一耕助的兴趣。

耕助兴奋地不停挠着头发，说道：“可是，古馆先生，佐清总不能一直藏着。为了证实自己就是犬神佐清，总要摘掉头巾吧。”

“那是当然。今天就要公开遗嘱，必须确认回来的确实是佐清才能公开。所以我坚决主张摘掉头巾。但是想到头巾下面究竟会现出什么，心里总不太舒服。”

耕助想了很久，表情严肃地说道：“不，正相反，也许没有什么。他是上过战场的人，也许脸上有伤什么的……也许是这样。和这个相比，倒是若林先生的问题……”

耕助突然凑近茶桌。

“后来知道若林把遗嘱的内容透露给谁了吗？”

“不知道，警察连若林的日记都仔细调查了，目前什么线索都没发现。”

“可是，和若林接触最密切的人……就是说最容易收买若林的人……”

“啊……”

古馆的眉梢现出了皱纹。

“这样想也没什么发现。佐兵卫去世的时候，犬神一家全都在场，后来的法事上也都在。要是收买若林，谁都有机会。”

“这要看对方是谁了，若林也不会轻易被谁收买吧。要是他主动为某人……有没有人会让若林主动这么做呢？”

耕助若无其事地这么一问，击中了对方的内心。古馆突然屏住呼吸，眼神空茫地呆立了许久，最后掏出手帕，缓缓地摇着头：“那、那、那是不可能的。因、因、因为，那个人最近接连遭遇危险。”

这下轮到耕助喘不过气了。他瞪大了眼睛盯着古馆律师，许久才用嘶哑的声音悄声说道：“古馆先生，您、您、您说的人是珠世吗？”

“啊？啊，是、是的。若林的日记里可以看出，他暗恋珠世。要是珠世求他，他什么事都会干吧。”

“古馆先生，听说若林前一阵子找我之前去过犬神家，当时他见过珠世吗？”

“那我倒是没听说……可是，即使见过，难道珠世会把毒香烟……那么漂亮的人……”古馆语无伦次，擦着额头上的汗，“而且，当时犬神一家都在，只有松子夫人去了东京……”

“古馆先生，那个猿藏是什么人？好像他很服从珠世——”

“啊，糟了。”古馆慌忙看了一眼手表，“已经这个点了。金田一先生，我要告辞了，犬神一家还在等着我。”

“古馆先生！”

古馆夹着公文包，慌慌张张地离开房间，耕助追了上去：“公开遗嘱之后就没问题了吧，可以把遗嘱的内容告诉我吗？”

古馆一下子站住，看着耕助：“啊，当然，没、没问题。是的，那我回来的时候再来拜访您，咱们接着谈。”

古馆说完，夹着公文包，逃也似的噔噔噔走下那须宾馆的楼梯。

可是，耕助比预想的更早就得到了知晓遗嘱内容的机会。

第二章　斧·琴·菊

古馆律师走后，耕助长时间地睁着茫然的双眼，靠在檐廊的藤椅上。

山国秋意渐浓，和煦的风吹拂着碧琉璃似的湖面，波光粼粼。日头刚到正午，对面犬神家洋房的落地玻璃上反射着秋日的阳光。

一切都如平静的风景画一般。尽管如此，越过湖水眺望犬神家庞大的建筑时，金田一耕助不知为何，背后涌起一股战栗。

佐兵卫的遗嘱即将公开。听古馆律师说，遗嘱似乎有爆炸性的内容。遗嘱被公开的时候，那幢美丽的建筑里面究竟会发生什么呢？

金田一耕助又拿起了《犬神佐兵卫传》，反反复复看了大概一个多小时，突然从湖那面传来呼叫声。他吓了一跳，抬起头来。

抬眼一看，宾馆的栈桥下有一艘小船，站在船里挥手的人正是猿藏。金田一耕助皱了皱眉头，从檐廊探出身去。猿藏似乎在挥手招呼他。

“你是在叫我吗？”

猿藏用力地点头，似乎表示肯定。金田一耕助感到异样的烦躁，急忙下了楼梯，来到后面的栈桥。

“找我有什么事？”

“古馆先生说要请您过去。”猿藏还是用粗鲁的口气说话。

“古馆律师？犬神家发生了什么吗？”

“不，没有……他说马上要宣读遗嘱，方便的话请您过去。”

“啊，好的。那我收拾一下，你等我一会儿。”

耕助回到房间，脱下旅馆的棉和服，换上哔叽裤裙，再回来时小船已经划过来了。

“你、你、猿藏，犬神家的人都知道我要去吗？”

“夫人也是这么吩咐的。”

“你说的夫人是昨天回来的松子夫人吗？”

“是的。”

也许古馆把松子夫人外出时发生的若林丰一郎的谋杀案，以及他不祥的预感告诉了松子夫人，并向松子夫人建议，为对遗嘱公开后可能发生的凶案防患于未然，请金田一耕助来。

耕助内心很激动。不管怎样，和犬神一家接触的机会意外地提前了。

“你、你、猿藏，小姐她后来没什么事吧？”

“嗯，托您的福……”

“上次那艘船，犬神家还有别人用吗？”

“没有，那是小姐专用的船。”

金田一耕助的内心更加烦乱了。如果那是珠世专用的船，在船上打孔的人就是想要珠世一个人的命。

“猿藏，你上次说了很多奇怪的话啊。你说珠世最近经常遭遇一些不明所以的灾难。”

“是的。”

“那都是什么时候发生的？”

“什么时候……对了，从春天结束的时候。”

“那么，就是佐兵卫老先生去世后不久喽？”

“是的。”

“到底谁会这么做呢？猿藏你知道吗？”

“要是知道的话，”猿藏一下子露出凶残的眼神，“我可不会饶了他。”

“珠世到底是你什么人？”

“珠世是我最重要最重要的小姐。过世的佐兵卫老爷托付我，拼了命也要保护好小姐。”猿藏露出牙齿，一副凛然的样子。

金田一耕助看着这个丑陋的巨人像岩石一样结实的胸膛、古树一样粗壮的手臂，又涌起一阵奇怪的烦躁。即使是被这个巨人憎恨也是一种灾难。这家伙肯定像狗一样忠实地守护在珠世身边，要是有人敢动珠世一根手指，他会马上跳过去拧断对方的脖子。

“对了，猿藏，听说昨天佐清回来了。”

“是的。”猿藏又恢复了刚才的口气。

“你看到佐清了吗？”

“哪能，还没人见过他呢。”

“佐清他……”耕助还没说完，小船就驶进了犬神家的水门，停在府内的船埠上。

走出船埠，首先让耕助感到震惊的是，宽阔庭院内随处可见巨大的菊花花盆。耕助对花卉并没有什么特别的兴趣。但是，看到盛开得异常繁盛的菊花海，他还是不由得瞠目结舌。庭院一角甚至还有用来御冬的方格花纹的菊花大棚。

“这个真了不起。这些都是谁弄的？”

“我弄的。因为菊花是这家的传家宝。”

“传家宝？”耕助不禁脱口问道，但是猿藏没有回答，飞快地走在前面，把他带到内院的大门口。

“客人来了。”猿藏一喊，马上从里面出来一个女佣。

“请进，大家都在等您。”说完女佣在前面带路。耕助经过一条长长的长廊，不知道会通向哪里。长廊本身就像迷宫一样，两旁有无数房子。但是哪间房子里都没有人，四处像墓地一样寂静，让人当真觉得马上要发生什么大事。

金田一耕助终于被带到众人聚集的客厅。

“我把客人带来了。”女佣拉开拉门，犬神一家人的目光瞬间聚集到金田一耕助身上。古馆律师在上首的位置行了注目礼：“辛苦了，请坐在那里。让您坐在下首，真是失礼了……”

耕助轻轻地挠了挠头，坐下了。

“各位，这位就是我刚才说的金田一耕助先生……”

犬神一家都面向耕助施礼。

金田一耕助等着众人的视线从自己身上挪开，转回古馆律师那边，慢慢地环视房间。突然，他后背又涌起那股莫可名状的战栗。

那是一间把两个十二叠[①]的房间打通连成的客厅，正面的白木供坛上供放着被大朵菊花簇拥的犬神佐兵卫的照片。供坛前面坐着三

①日本计量房屋面积的单位，1 叠约为 1.62 平方米。

个穿着黑纹礼服的男青年。看到坐在最上首位置上的那个人时，耕助心跳骤然加速。那人用一块纯黑的头巾把头包得严严实实。头巾上眼睛的位置开了两个孔，但因为他一直垂着头，看不到孔的后面。不用说，这肯定是昨晚回来的佐清。

坐在佐清旁边的两个青年，金田一耕助记得在《犬神佐兵卫传》里的照片上看到过，是次女竹子的儿子佐武和三女梅子的独生子佐智。佐武较胖，身体呈四方形，佐智则身材苗条，细皮嫩肉。佐武总绷着脸，给人难以接近的感觉。与之相比，佐智的眼珠一直滴溜溜乱转，表情有些轻薄且狡猾。两人形成了鲜明的对照。

距三人稍远些的地方，珠世一个人端坐着。安静端坐的珠世，其美丽越发不同寻常。她没有穿平常的衣服，而是穿着白色衣襟带家徽的黑色服装，虽然看起来老了一些，但那种女神才有的美丽反而更加突出了。

古馆律师坐在离珠世稍微远一点的地方。

珠世对面依次坐着松子、竹子、竹子的丈夫寅之助、佐武的妹妹小夜子，还有梅子和丈夫幸吉。

小夜子也非常漂亮。如果珠世不在，她也算风采动人。可是，在珠世世所罕见的美貌之下，她的美貌就明显不如了。她大概也意识到了这一点，偶尔看向珠世的眼神里流露出非同寻常的敌意。那是一种非常阴险的美丽。

“那么……”古馆轻咳一声，拿起放在膝盖上的厚厚的信封，“现在要宣读遗嘱，在这之前，需要松子夫人做些事情……”

松子一言不发地看着律师。这个五十多岁的女人似乎完全没有反应。

“这封遗嘱，必须等佐清复员，在所有人面前才可以开封……”

“我知道。佐清已经回来了……”

“可是……”律师有些含糊，“坐在那里的真的是佐清吗？不，我绝没有怀疑您，只是要确认一下……”

松子的眼睛顿时闪露出凶光。

“这是什么话？古馆先生，你是说这个佐清是假的吗？”声音虽然低沉，却怀着强烈的恶意。

“不不，那是不可能的……大家觉得如何？这样就可以吗？”

“那可不行。”竹子插嘴道。松子虽瘦，体质却如青竹一样强劲。和姐姐相比，竹子微胖，像座小山一样。她还有双下巴，给人感觉精力充沛。这个胖女人没有一点寻常人的优点，其恶毒和姐姐不相上下。

“梅子，你怎么想？必须得摘下头巾，让我们看看佐清的样子才是。”

“那是当然。”梅子说道。三个异母姐妹中，梅子最漂亮。但就恶毒程度来说，她是三人中最厉害的。

寅之助和幸吉也赞同竹子的话。

寅之助五十出头，脸庞红润，目光锐利，身体强健。佐武魁梧的身体和傲慢的态度就是从父母那里遗传的。和寅之助相比，幸吉身材短小，皮肤白皙，一眼看上去面相和蔼。但他和儿子一样，眼珠乱转，内心邪恶的想法都写在脸上，嘴唇很薄，总让人感觉笑得轻薄。

瞬间，在座众人安静下来，松子发出尖锐的声音：“佐清，把头巾摘下来。”

佐清包着头巾的脑袋略微一动。过了好久，他颤颤巍巍地抬起右手，把头巾从下往上卷起。

摘掉头巾后佐清的面容——金田一耕助还记得《犬神佐兵卫传》

里插入的照片。可是，那张脸！那张脸太奇怪了，一动不动，仿佛冻住了一样。打个不吉利的比方，那张脸像死了一样，毫无生气，完全没有血色。

“啊！”小夜子叫了起来，同时在座诸人间掀起了巨大的波澜。在嘈杂声中，响起了愤怒已极的松子歇斯底里的叫声：“佐清的脸受了重伤，所以我做了这个面具让他戴上。我们在东京待了很长时间，就是为此。我在东京找人做了一张和佐清原来的脸一模一样的面具。佐清，把面具掀起一半给大家看看。”

佐清颤抖的手指触到了下巴。然后，好像把脸上的皮扒起来一样，一转眼把面具从下巴处卷起来。

“啊！”小夜子又惨叫了一声。

面对这令人毛骨悚然的情形，金田一耕助也忍不住两腿打战，好像吞了个铅块似的，腹部瞬间变得无比沉重。

精巧的橡胶面具下面，露出了和面具一样的下巴和嘴唇，并没有什么异常。可是，佐清把面具翻到鼻子附近的时候，小夜子第三次惨叫起来。

那里没有鼻子，取而代之的是黏糊糊的红黑色肉块，像脓液破开一样裂着口子。

“佐清！够了！把面具戴上！”

佐清把面具放下，大家都不由得松了一口气。要是看到那黏糊糊的肉块上面的样子，估计谁都会吐出来。

“古馆先生，这样疑惑就消除了吧。他肯定是佐清。容貌虽然变了，但作为母亲，我可以保证，这是我的儿子佐清。请你快宣读遗嘱吧。”

古馆律师喘不上气来，呆呆地瞪着双眼，被松子最后一句话提醒，才环顾四座。没有人提出异议。

竹子和梅子以及她们的丈夫，在这强烈的冲击下吓得够呛，忘了平日里的恶毒。

古馆用颤抖的手指打开那个贵重的信封。

然后他用低沉但有穿透力的声音开始宣读遗嘱。

“第一……象征着犬神家全部财产及所有事业继承权的三样传家宝——斧、琴、菊，在以下条件下归野野宫珠世所有。”

珠世美丽的脸庞一下子变青了，其他人的脸色也不比她好多少。充满憎恨的目光像燃烧的箭一样射向珠世。

古馆不管这些，接着宣读：“第二……但是，野野宫珠世的配偶必须从犬神佐兵卫的三个外孙——佐清、佐武、佐智中选择。选择谁是野野宫珠世的自由，如果珠世不和三人中的任何一人结婚，选择了其他配偶，珠世就丧失了斧、琴、菊的继承权。”

犬神家的全部财产和所有事业，会落在佐清、佐武、佐智三人中能赢得珠世爱情的那一位手中。

金田一耕助被一种莫名的激动击中，不禁全身战栗。而遗嘱中还有奇特的条款。

飞血的遗嘱

古馆律师继续用颤抖的声音宣读遗嘱：“第三……野野宫珠世必须在遗嘱公开三个月内，选择佐清、佐武、佐智中的一人作为配偶。如果珠世选择的人拒绝和珠世结婚，即认为他放弃了犬神家的继承权。如果三人都不愿意和珠世结婚，或者三人都死亡，珠世则从第二项的义务中解脱，可以和任何人结婚。”

房间里的空气越发紧张。珠世完全失色，低低地垂着头，但从她不停颤抖的双肩可以看出，她确实非常激动。犬神一家落在她身上的充满憎恨的目光越发露骨和恶毒。如果眼神能杀人，珠世一瞬间就会被杀死。

在这种紧张、充满杀气的氛围下，古馆继续用颤抖、有穿透力的声音，像念咒语一样继续，仿佛从地狱深处召唤复仇的恶鬼……

“第四……如果野野宫珠世失去了斧、琴、菊的继承权，或者在遗嘱公开之前或公开之后三个月内死亡，犬神家的所有事业由犬神佐清继承，佐武和佐智两人继承他们父亲现在的职务，辅佐佐清。犬神家的全部财产，由犬神奉公会平均分成五份，佐清、佐武、佐智各领五分之一，剩下的五分之二赠予青沼菊乃的儿子青沼静马。但接受财产之时，需各自拿出百分之二十交予犬神奉公会。”

听到青沼菊乃的儿子青沼静马这个新名字，金田一耕助吃了一惊，微微蹙眉，但众人的惊讶却不止于此。对于犬神一家来说，这个名字宛如炸弹一样。古馆念出这个名字的一瞬间，犬神家众人都愕然失色，尤其以松子、竹子、梅子最为震惊，以致她们的身体几乎向后倒去。她们面面相觑，眼中都燃烧着同样憎恶的火焰，其程度不亚于古馆说出遗嘱的第一项，即犬神家的财产都由野野宫珠世继承时。

青沼静马是什么人呢？金田一耕助反反复复地研读过《犬神佐兵卫传》，书中没有提到这个名字。

青沼菊乃的儿子青沼静马——他究竟和佐兵卫有什么关系，能领受这样莫大的恩惠？松子、竹子、梅子三人为什么又对他这样憎恨呢？难道只是因为他夺去了自己儿子应得的那部分？

不！不！

里面还有更深、更复杂的原因。

金田一耕助用充满好奇的眼神打量着犬神家众人的脸色。古馆轻咳一声，接着宣读遗嘱："第五……犬神奉公会在遗嘱公开三个月以内，全力寻找青沼静马的下落。如果在这期间没有消息，或者确认他已经死亡，他应得的全部财产交予犬神奉公会。但是，如果国内没有发现青沼静马，或者他有活在国外的可能性，从遗嘱公开之日起三年，其财产由犬神奉公会保管。这期间如果青沼静马回来，赠还予他；如果没有回来，全部归入犬神奉公会。"

在座诸人陷入死一般的沉默，那是一种无可名状的恐怖的寂静。像冰一样寒冷的寂静之中，金田一耕助感到一种未知的邪气和妖气，不禁脊背发寒。

古馆喘了口气，接着宣读遗嘱："第六……野野宫珠世失去斧、琴、菊的继承权，或者在遗嘱公开之前或公开之后三个月内死亡，佐清、佐武、佐智三人中又发生不幸，安排如下：第一，佐清死亡，犬神家的全部事业交给佐武和佐智，佐武和佐智具有同等权力，必须协同一致守护犬神家的事业。但是，佐清应得的财产交予青沼静马。第二，佐武、佐智中任何一人死亡，其财产交予青沼静马。以备万全，做如下说明：三人中不论谁死亡，其财产均交予青沼静马，寻找青沼静马则按前一条处理。如果佐清、佐武、佐智三人都死亡，犬神家的所有事业和全部财产全归青沼静马所有，斧、琴、菊三样传家宝也交予青沼静马。"

犬神佐兵卫的遗嘱实际上更长，其中对野野宫珠世和佐清、佐武、佐智三兄弟，以及青沼静马这五人的生死，像拼图一样，按照各种可能性进行了组合。

这太过烦琐，笔者比较喜欢删繁就简，这里就省略了。通读过上述条款，谁都可以发现，野野宫珠世处于绝对有利的位置。

野野宫珠世三个月内自然死亡是绝对不可能的，所以犬神家所有事业和全部财产的继承人是谁，都要遵照她的意思，即佐清、佐武、佐智的命运，左右于她的一颦一笑。

其次就是让人产生奇异联想的青沼静马。仔细研究这份遗嘱就会发现，青沼静马这个人仅次于野野宫珠世，处于第二有利的位置。

佐清、佐武、佐智三人若想不被野野宫珠世的意志所左右，还要拿到遗产，只能是珠世放弃继承权或死亡。在这种情况下，青沼静马会怎样呢？

他当然不能参与犬神家的事业。但是在财产分配上，他所得比其他人多出一倍。即使他死亡，佐清三人也什么都得不到。相反，佐清三人中有人死亡，其财产就会落入他囊中。如果野野宫珠世和三兄弟都死亡，犬神家的所有事业和全部财产都将归于这个谜一样的人一身。

即根据这份遗嘱，犬神家的所有事业和全部财产，最初掌握在野野宫珠世手中，最后落在青沼静马肩上。

而佐清三人都没有机会独吞犬神家的事业和财产。即使三人中只活一人，包括野野宫珠世、青沼静马在内的其他人都死了，他也不能掌握犬神家的所有事业和全部财产。

这是多么奇特的遗嘱！

简直是充满着诅咒的遗嘱。金田一耕助这才明白，为什么古馆律师会说这份遗嘱将让犬神一家陷入以血洗血的旋涡。

犬神佐兵卫写这份遗嘱的时候，神志清醒吗？如果当时他的精神状况非常正常，为什么对自己的外孙如此苛刻，却对野野宫珠世和青沼静马这个神秘人物如此宽厚仁慈呢？

不，在佐兵卫的遗嘱中被冷落的不只是佐清三兄弟。更受冷落的是三兄弟的母亲和她们的丈夫。他们在遗嘱中完全被无视了。

松子、竹子、梅子三人是佐兵卫的亲女儿，在遗嘱中却被完全排除在外。

佐兵卫生前就对女儿们很冷淡，竟然这样极端……

金田一耕助体内涌起一股剧烈的战栗。他观察着犬神一家人的脸色。

带着令人毛骨悚然、妖气重重的面具的佐清，虽然被面具遮挡，看不到表情，但从他抖动的双肩可以看出受了相当大的冲击。放在裤裙膝盖上的双手像犯了疟疾一样抖动，面具下汗如雨下，从下巴流到脖子。

身材魁梧的佐武茫然地瞪着双眼，盯着面前榻榻米上的一点，桀骜不驯的他也被外祖父奇特的遗嘱沉重打击，额头上沁出了层层汗珠。

一脸轻薄的佐智则没有一刻静得下来。别人越是在意他，他越是一边摇晃身体，一边用闪电般锐利的眼神窥探在座每个人的表情。当他的目光移到珠世身上时，嘴角轻轻浮现出一抹夹杂着希望和担忧的笑容。

佐智的这一举动，没有躲过佐武的妹妹小夜子的眼睛。她手心出汗，全身像石头一样僵直，看着表哥轻薄的笑容，无声的祈祷和诉求如电波般从全身传送出去。她也知道这些祈祷和诉求不具任何效果，因此每当她将卑微的目光投射到珠世身上时，一定会紧咬下唇，一脸悲凄地低下头。

松子、竹子和梅子三人都成了愤怒的化身。深不见底的憎恨——大概是针对亡父佐兵卫的吧——让三人精神抖擞。意识到憎恨的对象已经去世后，她们的憎恨又重新回到了珠世身上。三人恶毒的眼神无以言说。

寅之助表面平静，可是内心也燃烧着怒火，一张红脸涨得越发地红，简直让人觉得快要脑出血了，双眼也像藏了毒针似的，随时会射向除妻子以外的其他人。

幸吉的眼神和被人欺负的野狗没什么区别。他畏畏缩缩地观察着众人的脸色，可是剥开外皮，里面却有令人不得不防的阴险。他对儿子佐智以外的所有人都不怀好意，包括对妻子梅子，眼神也并不柔和。

遗嘱全部宣读完之前，珠世的态度也值得一提。

古馆一项一项地宣读遗嘱，珠世随之逐渐平静下来。古馆读完时，她虽然脸色仍然发青，但毫不怯懦动摇。

珠世正襟危坐，像一尊美丽的塑像一样，安静或者说默默地坐着。难道她没有注意到犬神一家人憎恨的眼神像燃烧的箭一样射过来？她只是端庄地坐着，瞳孔里闪出异样的光辉，好像是追逐梦想和幻影的恍惚的光辉。

突然，有人大叫起来。“假的！假的！遗嘱是伪造的！”

金田一耕助吃了一惊，望了过去。是松子。

“假的！假的！那不是父亲真正的遗嘱。有人……有人……”松子的肩膀剧烈地抖动着，“这是为了抢夺犬神家财产写出的剧本，从头到尾都是假的！”松子尖锐的声音像喷火一样。

古馆律师皱了皱眉，急切地想说什么，马上又注意到什么，掏出手帕擦了擦嘴角，然后竭力用沉稳的口气说道：“松子夫人，我也觉得这份遗嘱要是假的该多好。即使这份遗嘱是佐兵卫老爷本人真正的意愿，我也希望它形式上有欠缺，在法律上无效。可是，松子夫人，不，不光松子夫人，我想对大家说，这份遗嘱绝对不是假的，而且具备法律上的所有条件。如果你们对这份遗嘱有异议，要上法庭的话，那是你们的自由，但恐怕会以你们败诉而告终。这份遗嘱是生效的。无论你们说什么，这份遗嘱的一字一句都会被严格遵守，并被逐一执行。”

古馆详细地向众人解释，目光从戴面具的佐清开始，扫过犬神家的人，最后落在金田一耕助身上。不安、担心和恐惧像洪水一样从他的瞳孔中涌出来。

金田一耕助微微点了点头，目光落到律师手里的遗嘱上，感觉那里似乎要飞出血来，一种不祥的预感升上心头。

犬神家谱

“我……”金田一耕助一副欲言又止的样子，低沉的声音宛如从屋檐上落下的雨滴声。

“我……”不一会儿，古馆律师也说出相同的话，声音低沉得近乎绝望，并不逊于耕助。

两人一言不发，目光越过湖水望着犬神家宏伟的建筑。山国的秋季天黑得早，犬神家已经陷入苍茫的暮色之中，在古馆眼中仿佛披上了一层不祥的丧服。他的膝盖微微颤抖，没有逃过金田一耕助的眼睛。

也许是刮风了，湖面泛起细细的波纹。

如同一桩大事已了，倦怠瞬间涌上古馆的身体，他又用低沉、机械的声音说道："我……"

两个人待遗嘱公布之后，就离开了犬神家。

遗嘱中难以破解的不祥的分配方案，给两人留下挥之不去的压力，之后他们基本没有开口，径自走回那须宾馆。两人一起回到耕助的房间，坐到檐廊的藤椅上，又很长一段时间没有说话。

金田一耕助把没抽几口、燃得精光的香烟猛地扔到烟灰缸里，吱的一声挪动了藤椅，突然身体前倾："古馆先生，请说吧。遗嘱公开了，您的任务结束了，秘密也不再是秘密。您对那份遗嘱有什么看法，都告诉我吧。"

古馆脸色阴沉，似乎有些害怕。他看着金田一耕助，终于用无力的声音说道："金田一先生，如您所说，秘密已经不再是秘密了。可是，我要从哪儿说起呢……"

"古馆先生。"耕助用低沉但有力的声音说道，"接着上午的话说吧。就是您去犬神家之前，来我这里谈的话……古馆先生，您不是怀疑收买若林偷看遗嘱的人是珠世吗？"

古馆闻言像伤疤被揭开似的身体一震，马上又平静了气息："为、为什么这么说？不，谁收买了若林，谁看了遗嘱，我不知道。不不，遗嘱到底有没有被偷看过，我也不清楚。"

"哈、哈、哈，古馆先生，现在才这么说可没有用。珠世接连遭逢的灾难如果都是偶然，您不觉得太过巧合离奇了吗？难道您……"

"对呀，对呀。"古馆好像恢复了活力，"珠世不是遇到好几次危险吗？正因为如此，珠世才不可能是收买若林的人。或许真的有人收买了若林，看到了遗嘱……”

金田一耕助露出意味深长的微笑：“可是，珠世为什么会遇到各种各样的危险呢？稍不留神就会有性命之忧……”

“所以说，是某个看过遗嘱的人想杀珠世……毕竟对犬神一家来说，珠世是他们的眼中钉。只要珠世活着，犬神家的继承者就得听从她的摆布。”

“但是，为什么那个人总是失败呢？卧室里的蝮蛇、汽车事故，第三次是最近的小船事件……每次都是失败。为什么不做得更漂亮一点呢？”

古馆用恐惧的眼神看着耕助。他的鼻孔张开，额头上渗出涔涔的汗珠。最后，他嘟囔着，嗓子好像被塞住了似的：“金田一先生，我不明白您的意思。您究竟在想什么？”

耕助缓缓地摇了摇头。“不不，您知道。您不但知道，还故意想打消这个念头。您肯定是这么想的，卧室里放蝮蛇、汽车刹车失灵、小船底部钻洞再堵上，做这些的不是别人，正是珠世自己。”

“她为了什么？珠世为什么要那样做？”

“为即将到来的事件做准备……”

“即将到来的事件？”

“佐清、佐武、佐智连环杀人事件……”

古馆额头上的汗哗哗地流下来，从额头淌过脸颊，几乎要滴到身上。他并不打算擦，双手死死抓住藤椅，好像随时要跳起来。

“佐清、佐武、佐智连环杀人事件？谁、谁要杀这三个人？这又和珠世的事情有什么关系？”

“请听我说，古馆先生。珠世被赠予了庞大的财产，并被拟任为庞大权力的继承人。可是，对她来说有个致命的条件，就是她必须与佐清、佐武、佐智中的一人结婚。如果他们三个都死了，或者三人都拒绝和珠世结婚……但后面这种情况肯定不会发生吧？珠世那么漂亮，而且和她结婚就能掌握犬神家庞大的财产，再傻的傻瓜也不会拒绝这桩婚姻吧？今天我清楚地看到，佐智已经开始用眼神向珠世示好了。但是……”

“但是什么？”古馆鹦鹉学舌般问道，声音里有种挑战的意味。

“但是，如果珠世对这三人都讨厌，或者有其他的情人……不想和这三人中的任何一人结婚，但又不想失去犬神家的财产……那么珠世只有一条路，就是三人都死亡，所以珠世决定依次杀死三人。她接连遭逢的危险，就是作为准备活动，演给我们看的。即她把自己伪装成受害者……”

“金田一先生！”古馆像吐出一个火球似的，剧烈地喘着气，然后按摩了几下喉结说道，“您真是个可怕的人。您的脑袋里怎么会有这么恐怖的想法？做你们这行的都是这样多疑吗？”

金田一耕助微微一笑，摇摇头：“不不，我不是怀疑，只是在探寻可能性。有那种可能而已……反过来想，也有这种可能，珠世遭遇的灾难不是她自己的伪装，确实有人想要杀她。这种情况下，谁是凶手？目的又是什么？”

“对，对，这种情况下，谁是凶手？目的又是什么？”

“如果是这样，佐清、佐武、佐智三人都有可能是凶手。没有赢得珠世芳心的人，只能眼睁睁看着其他人把珠世娶走。如果三人中的某人和珠世结婚，其他两人就会被剥夺犬神家的遗产继承权。比较而言，杀了珠世，多少还能分到一点……”

“可怕，太可怕了！金田一先生，您……可是您说的都是空想，又不是小说，人怎么会变得那么冷血……”

“不，已经变得冷血了。某人……不是已经用那种方法杀死若林先生了吗？但是，古馆先生，现在是探寻可能性，可能是凶手的，除了佐清、佐武、佐智三人之外，还有三人的父母，甚至妹妹也可以算进去。自己的儿子或哥哥得到遗产，自己也能分一杯羹……那么，往珠世的卧室里放蛇，弄坏汽车，在小船上打孔，谁最有机会这样做？古馆先生，您认为呢？”

古馆吓了一跳，重新打量着金田一耕助，面露困惑。

“啊，古馆先生，果然您有些想法。那人到底是谁？”

“不不不不，我不知道。每一个人都有可能。”

“每一个人？”

“是的，除了最近复员的佐清以外。金田一先生，请听我说。犬神一家每个月都会在佐兵卫去世的那天回到那须。当然他们肯定不是来悼念佐兵卫，是为了互相打探，不让人抢了先机。珠世遭遇的灾难总是在大家聚在一起的时候发生，这次也是……”金田一耕助不由得吹了一声尖锐的口哨，用五根手指刺啦刺啦地挠着鸟窝似的乱发。

“古馆先生，这、这、这就有意思了。凶手不管是谁，绝不会让自己暴露出来。”

他继续旁若无人地挠着乱发，好半天才渐渐停下来，看到古馆用湿润的眼睛看着自己，不好意思地笑了笑：“哈、哈、哈，失礼了。我一兴奋就这个样子，您不要见怪。但是……我刚刚想到有两种可能，珠世的遭遇是伪装的，或者不是……对吧？如果是后者，还有一个强有力的嫌疑人。此人有没有看到遗嘱的机会暂且不论……”

“那人是谁？”

“青沼静马！”

一直忍耐着的古馆发出轻微的叫声。

“古馆先生，那人有没有机会暂且不说，但他有强烈的动机置珠世和其他人于死地。为什么这么说？只要珠世不死，他就绝对拿不到遗产。珠世是否选择佐兵卫的三个外孙，他无能为力。如果他想分到遗产，首先必须杀死珠世，而且之后佐兵卫的三个外孙都要死去，他才能掌握犬神家的所有事业和全部财产。古馆先生！”

金田一耕助加重了语气：“青沼静马是什么人？和佐兵卫是什么关系？为什么他会蒙受这么大的恩惠？”

古馆深深地叹了口气，然后用手帕仔细地擦了擦汗，脸色阴沉地点了点头。

“青沼静马是在佐兵卫晚年一直困扰他、给他带来苦恼和悲伤的人。佐兵卫在遗嘱中给他相当大的利益，并不是没有道理。青沼静马是……”古馆稍作停顿，吐掉喉咙里的痰，有些结巴地说道，“佐兵卫的私生子。”

金田一耕助眉毛一扬。“私生子？”

“是的。对佐兵卫来说，是唯一的儿子。”

“可是……可是……那为什么……不，《犬神佐兵卫传》上没写过。”

“是的，如果写上的话，势必会揭露松子、竹子、梅子三人残忍的行径。佐兵卫……”古馆像念经一样用毫无抑扬顿挫的声音说道，“过了五十岁的时候，第一次恋爱。佐兵卫以前有三个妾，分别生下了松子、竹子和梅子，他并不特别宠爱三个妾中的任何一个，只是为了发泄生理需求才找她们。可是过了五十岁，他真的爱上了一个女人。这个女人叫作青沼菊乃，是犬神缫丝工厂的女工，年龄据说比松子夫人还小。在交往过程中，菊乃怀孕了，这给松、竹、梅三人带来了极大恐慌。她们生母不同，从小关系就不好。不，不仅是关系不好，始终都是仇敌，互相憎恨。只在菊乃这件事上她们才团结一致，因为菊乃怀孕对她们来说是最可怕的。”

“为什么？为什么菊乃不能怀孕？”

古馆有些累，微笑着说：“这不是很明显吗？如果菊乃生的是男孩的话……佐兵卫这么喜欢她，她又生了一直盼望的男孩，佐兵卫也许会立她为正室，然后犬神家的全部财产也许都会归那个孩子。”

“原来如此。”金田一耕助强忍着内心的战栗，缓缓地用力点头。

“三人团结一致对付菊乃，她们攻击菊乃的手段实在是没法说。菊乃终于受不了了，如果再这样下去，不久就会被这三个人弄死，所以她逃出了佐兵卫那里。松、竹、梅三人松了一口气，可在菊乃逃走之后才知道，佐兵卫早已把斧、琴、菊三样家宝赠给了菊乃。”

“啊，等等……斧、琴、菊是怎么回事？”

“以后我再说吧，就像遗嘱里写的那样，那是象征着犬神家继承权的传家宝。佐兵卫把这些给了菊乃，相当于表示如果生了男孩，就拿着传家宝来相认。三人更加恐惧也就可以理解了。当她们听到菊乃平安无事地生了男孩的传言时，终于坐不住了。三人像恶鬼一样闯进了菊乃的住所，逼迫产床上的菊乃承认这个孩子不是佐兵卫的，并且抢回了斧、琴、菊三样家宝，得意扬扬地回来了。佐兵卫晚年之所以对松、竹、梅三人像冰一样冷淡，就是这个缘故。”

金田一耕助又想起松子、竹子、梅子三人恶毒的表情，再想到她们年轻时泼妇的样子，不由得起了一身鸡皮疙瘩。

“原来如此……然后菊乃母子怎么样了？”

“是这样的，当时她对松、竹、梅万分恐惧，写下了保证书后，想到以后说不定还有什么迫害，就抱着婴儿——就是静马……去向不明了。现在母子二人依然杳无音信。如果静马活着，应该和佐清同龄，都是二十九岁。”古馆说到这里，微微叹了一口气。

这时，一种不祥的念头就像一团乌云笼罩在金田一耕助心头。

恐怕犬神佐兵卫的遗嘱从一开始就是抱着邪恶的目的写的。佐兵卫盼望着自己死后，松子、竹子、梅子三人之间发生流血纠纷，所以写了这样奇怪的遗嘱。

金田一耕助花了很长时间，来清理胸中块垒，终于掏出钢笔，做了如下记录：

犬神家谱系图

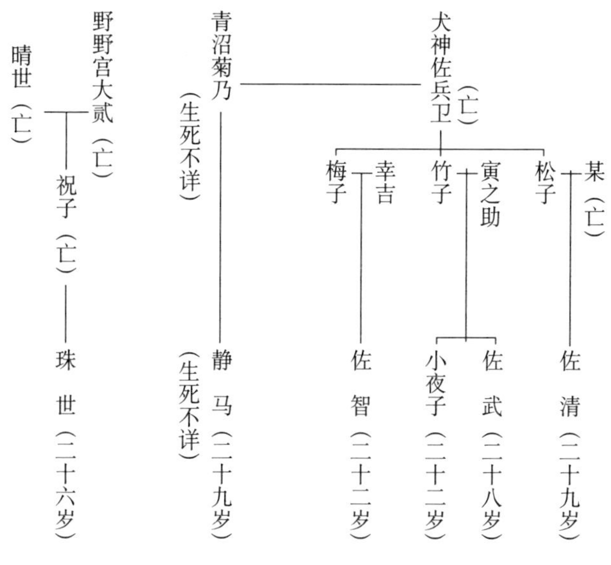

金田一耕助似乎想从这个谱系图里找出什么，对着看了很长时间。

诸位读者朋友，刚才讲述的，就是骇人离奇的犬神家连环杀人事件的开端。

流血惨剧的第一幕即将拉开。

可疑的猿藏

犬神佐兵卫那份奇特的遗嘱，对于贪婪的记者来说是个绝好的话题。

遗嘱的内容以及围绕遗嘱的犬神一家冰冷的关系，经过某通讯社报道，见诸全国各地的报纸。

虽然一流的报纸并不青睐这种私人话题，但二流三流的报纸全都大篇幅地报道，而且是用猎奇性的描写手法……

所以，犬神家的继承问题已经不只是本地事件，而且成了全国性的话题。稍微富于好奇心的人，都对野野宫珠世选谁作为配偶表示出几分关心，据说还有人为此下赌注。

尽管受到全国的关注，那须湖畔的犬神家却安静得令人窒息。竹子和梅子两家还住在这里，但她们和松子母子几乎没有交流，只是待在自己的房间，互相察言观色，钩心斗角。

现在犬神家利害关系错综复杂，有四个台风中心——松子一家、竹子一家、梅子一家，再加上野野宫珠世……

其中珠世的处境最为堪忧。松子、梅子、竹子三姐妹及其家人，虽互相敌视，但在憎恨、诅咒野野宫珠世这方面却是团结一致，只是谁都不表现出来。松子、竹子、梅子心中藏着毒针一样的嫉妒，对珠世却是万般恭维和亲切。同时，她们又对不得不恭维这个年轻的孤儿感到愤懑，因此对珠世有了双重的憎恨。

佐武和佐智大概受了父母的唆使，最近每天都围着珠世。桀骜不驯的佐武一开始还端着架子，没有拍什么浅薄的马屁。轻薄的佐智则像条狗一样，围着珠世，摇头摆尾，哼哼唧唧，极尽讨好献媚之能事。

珠世这个女人很不简单。她非常敏感，全身上下都能感受到犬神一家对自己的憎恶和诅咒，却完全不当一回事。她总是美丽端庄，对高傲自信的佐武也好，对轻浮毛躁的佐智也好，态度几乎没有什么变化。在自己房间里见他们的时候，总是不忘让猿藏守在旁边的房间。

珠世还一点儿都不害怕戴着古怪面具的佐清。佐清从没有主动拜访过她，她倒去了佐清的房间。据传，这样的见面非常奇怪。珠世拜访佐清的时候，总是不忘带上猿藏；佐清见她的时候，总是让母亲松子作陪。两人的见面在松子夫人和猿藏的陪同下进行，往往也说不了几句话。

戴着奇怪面具的佐清似乎意识到自己容貌丑陋，基本上不开口，说话的主要是珠世。然而当她提问或话题涉及佐清的过去时，总是由松子夫人代为回答。夫人若无其事地回答之后，又巧妙地把话题转移开。据说每到这时珠世的脸色就相当不好，好像还微微颤抖。

这些暂且不提，她置身于日渐焦急的佐武和佐智的包围，而没有遇到什么危险，完全是猿藏的功劳。

把珠世占为己有，最快的办法……是用暴力或其他手段把她征服。这个道理佐武和佐智不可能不知道。事实上，他们流露出这种露骨的态度也不是一回两回了，之所以没能碰珠世一根手指头，是因为有猿藏这个人。如果佐武和佐智想对珠世施暴，马上就会被丑陋的巨人拧断脖子。

“啊，猿藏这个人啊。”古馆律师曾经向金田一耕助这样介绍猿藏，“他本来不叫猿藏。他有本名，不过你看，他长得那么像猿猴，所以从小就被叫作猿猴、猿猴的，现在好像成了他的名字，连我都把他的真名给忘了。他从小就是个孤儿，珠世的母亲祝子可怜他，把他养大。对，从小和珠世一起长大。珠世的父母去世后，珠世被接到犬神家，他也一起跟过去了。虽然人有些傻，但他对珠世绝对忠诚，甚至可以说是盲目地献身。珠世说的话他都去做。珠世要他杀人，他也会毫不犹豫地杀人。”

最后一句应该是为了形容猿藏对珠世盲目的忠诚，无意间说出的。但一瞬间，古馆和金田一耕助都吃了一惊，面面相觑。

古馆显得有些后悔，干咳了一声。金田一耕助故意引开了话题：“对了，猿藏在犬神家养菊花什么的……”

“啊，是的，您看到菊花了吧。猿藏虽然有点傻，但特别会种菊花。那是祝子的亡夫、那须神社的神官教他的。菊花和那须神社以及犬神家有很深的渊源，比如斧、琴、菊……”

“对了，斧、琴、菊到底是什么由来？和那须神社有什么关系吗？”

“当然有。斧、琴、菊最初可以说是那须神社的神器。东京的演员尾上菊五郎的家族不是有‘斧琴菊’的箴言吗。那须神社的斧、琴、菊和那个倒没什么关系，乃是佐兵卫的恩人大贰，就是珠世的祖父，想出了这句话，作为守护那须神社的箴言，因此用黄金制作了斧、琴、菊作为神器。后来佐兵卫开创事业的时候，为了祝福他的前途，大贰把箴言和神器都赠给了他。因此现在成了犬神家的传家宝。”

“这些传家宝现在在哪儿？”

“由犬神奉公会保管。当珠世从佐清、佐武、佐智三人中选择一人作为配偶的时候，就转交给他们。其实斧、琴、菊都是一尺大小的迷你黄金模型。”

古馆说到这里，皱了皱眉。

“本来斧琴菊是野野宫大贰赠送的，在佐兵卫死后返还给大贰的子孙，情理上也无可非议，但与犬神家巨大的财产和事业牵扯在一起，事情就非常复杂了。佐兵卫为什么要想出这种办法呢？”古馆叹道。

金田一耕助的眼神显得思虑重重：“如此说来……斧、琴、菊这三个字以及黄金模型本身没有什么特别的，如果不是象征着犬神家继承权的话……”

“是的，是的。说是黄金的，其实是镀金，本身没有多高的价值。问题在于犬神家的继承权。”古馆若无其事地说道，但后来想想，他弄错了。

斧、琴、菊——这三个字还隐含着莫可名状的恐怖含义。

这三个字的发音连起来和“祝福”同音。在佐兵卫活着的时候，这三个字守护着犬神家。可是，佐兵卫死后还会如此吗？不，不，不，现在想来，这三个字反而一直在诅咒着犬神一家。

但即使是金田一耕助，当时也没注意到，直到恐怖的事件接连发生，才引起他的注意……

“还有青沼静马这个人，有他的消息吗？”

“是啊。遗嘱公开之前就在全国寻找他的下落，现在还完全没有线索。就算青沼菊乃把他平安无事地养大，但赶上了这次大战，也不知道会怎么样……”

金田一耕助脑中突然闪出了一个恶魔般的念头。他被这个突如其来的念头弄得不知所措，但是无法打消：“古馆先生，您说猿藏是孤儿对吧，年龄也和几个小辈差不多。您知道他的身世吗？”

古馆闻言愕然地瞪大了眼睛盯着金田一耕助，然后颤声说道：“您在说什、什么？金田一先生，您认为那个人是青沼静马？怎、怎么可能……”

“是的，我突然冒出这样一个想法。哎呀，我还是收回刚才的提问吧。我的脑袋今天是怎么了？也许佐兵卫把私生子托付给了珠世的母亲……我是这么想的。可如果是那样，早就被人发现了。”

“是啊。而且佐兵卫是个非常清秀的男子。我没见过菊乃，但既然能得到佐兵卫的宠爱，肯定也是个美女。这两个人不可能生出猿藏那样的丑儿子。猿藏——那家伙不过是个傻乎乎的会种菊花的人。他现在还一天到晚做菊人呢。”

“菊人？”金田一耕助皱着眉头。

“是的，以前他也听从佐兵卫的命令，按照佐兵卫的样子，把菊花做成人偶。估计是想起了以前的事，今年也在努力做菊人呢。当然，不会像以前那样大张旗鼓。那家伙只要不被惹毛了，就是个无关紧要的人。可是……我倒是从来没问过他的身世。好吧，既然有这样的疑问，我就调查一下。”

古馆的脸色渐渐地平和下来。

供奉的手印

十一月十五日——佐清归来后刚好半个月，金田一耕助来这里整一个月。

这一天是犬神家族发生第一起血案，恶魔终于开始行动的日子。在谈及杀人事件之前，有件小事或许可以成为杀人的前奏曲，姑且一记。

“金田一先生，您有客人。”

十一月十五日下午三点左右，金田一耕助照常把藤椅搬到宾馆的檐廊上，恍恍惚惚地陷入沉思，女佣的声音打破了他的冥想。

“客人？是谁啊？”

“是古馆先生。”

“古馆先生？请他来我房间吧。”

“不，古馆先生在车里等您。他们好像要去什么地方，说如果您不忙的话，请您一起去。”

“啊，好的。”

金田一耕助从椅子上跳起来，把旅馆的棉和服脱掉，换上皱皱巴巴的短外褂和裤裙，乱发上扣一顶变形的破帽子，急急忙忙地跑出宾馆大门。

宾馆门前停着一辆汽车，古馆律师从车窗探出头来。

“让您久等了。这是要去哪儿？”

耕助一路小跑到汽车旁边，一只脚刚踏上车，不由得怔了一下。

车上坐着的不只古馆律师，还有身材魁梧的佐武和狡猾如狐狸的佐智。

“啊，你们也一起……”

“请上车吧。”

古馆换到副驾座，金田一耕助坐到佐智旁边。汽车马上行驶起来。

“你们到底要去哪儿？”

“去那须神社。”

“那须神社？去干什么？”

“嗯，那个……等我们到了再说吧。”也许是顾忌司机在旁边，古馆干咳了几下，含糊地回答。

佐武交叉着双手，嘴唇撇成一条线，一言不发。佐智冲着车窗吹着口哨，腿乱颤个不停。佐智的震动随着汽车的颤动传过来，让耕助双腿发痒。

那须神社距市中心约四公里。汽车离开城镇，奔驰在落叶的桑田之间。桑田对面是广阔的稻田，稻子已经收割了，泥土上只留下黑色的秸秆，一派萧条景象。稻田对面，湖面像剃刀一样闪着光芒，从那里吹过来的风已经刺入肌肤了。信州的冬天来得早。越过桑田，远远地可以望见富士山的皑皑顶峰。

汽车不一会儿就停在了巨大白木建成的神社大门前。

那须神社历史悠久，面积宽广，巨大的杉树高高耸立，排成一排的石灯笼上长着颜色美丽的青苔。耕助踩上铺在地面的沙子，一股紧张感从体内油然而生。佐武还是一言不发，紧闭着嘴唇。佐智依然像狐狸一样四处打量。谁都没有开口。不一会儿，众人来到神社的办公室。

“啊，欢迎欢迎。我听到汽车声，心想可能是你们。”

办公室里走出来一个穿着浅黄色裤裙和白色便服的中年男人，头发很短，戴着铁框眼镜，浑身上下没什么特别之处。金田一耕助后来得知，此人是那须神社的神官长，名叫大山泰辅。

众人被大山神官长带到里面一间打扫得干干净净的八叠大的房间。庭院里也盛开着菊花，香气环绕在周围。房间中央有一个火盆，炭火烧得恰到好处。

众人就座，互相问候之后，佐智等不及似的先开口："大山先生，能让我们看看那个东西吗？"

大山一脸犹豫地看着金田一耕助问："请问这位是……"

"没关系，这位是……"古馆接道，"请不用担心，这是金田一先生，这次会帮我们很多忙。佐武和佐智都在等着，还请您……"

"好的，那么请稍等片刻。"

大山走出房间，不久恭恭敬敬地捧来一个白木供盘，上面放着三卷锦缎装裱的卷轴。大山把供盘放在众人面前，逐一打开卷轴。

"这是佐武的卷轴，佐智你的卷轴在这儿。"

"我们的不用看。给我们看看佐清的。"狐狸般的佐智用焦急的声音催促道。

"这就是佐清的卷轴。请看吧。"

佐武还是一言不发，接过卷轴打开草草看了一眼，马上交给了佐智。那是一卷宽约一尺二寸、长约二尺、装裱过的卷轴，佐智接到后非常兴奋，能看出他的手都在颤抖。

"佐武，这确实是佐清的卷轴。"

"错不了，上面写着外祖父的字，佐清的署名也没有错误。"

"太好了，只要有这个……古馆先生，您请看。"

卷轴交到古馆律师手里，坐在旁边的金田一耕助也看到了内容。耕助仿佛脑袋里被打入一个楔子，感到强烈的冲击。

白色的丝绸上清晰地印着右手手印，手印上面写着“武运长久”，左边用不同的笔迹写着“昭和十八年七月六日，犬神佐清，二十三岁，酉年生”。

这个手印是完全毁容的犬神佐清的手印！

金田一耕助这才知道众人此行的目的，同时一股莫名的激动叩打着他的胸腔。

“金田一先生，请您也看看这个。”

古馆把卷轴交给耕助。

“我看到了。这到底是做什么用的？”

“您还不明白吗？这个用来验证刚回来的那个戴着奇怪面具的人，到底是不是犬神佐清。人类的指纹没有相同的，而且指纹一生都不会变……金田一先生，您一定知道这一点吧？”

佐智的口气仿佛在猎物面前舔着舌头，有一种野兽的残忍。金田一耕助忍着黏在身上的冷汗，说道：“那当然。可是，这里为什么会有这种东西？”

“是这样的，金田一先生。”古馆辩解道，“这一带的人去参战之前，都把按了手印的木片供奉在神社里，也就是祈求武运长久的意思。佐武和佐智，还有佐清，这三个人和这座神社渊源颇深，所以用丝绸代替木片，供奉在神殿深处。我们全都把这事忘了，是大山先生想起来，觉得是不是能帮上什么忙，昨天特地通知了佐武和佐智。”

“这位神官长……”

大山被金田一耕助看着，显得有些狼狈：“啊，不，实际上……关于最近回来的佐清有些传言，我想弄清楚为好……”

“所以您怀疑那个人也许不是佐清？”

“当然了，能相信一个完全毁容的人吗？”佐智说道。

“可是，他母亲松子夫人那么肯定……”

“金田一先生，您不了解我大姨这个人。如果佐清死了，她可能会找个替身来。她不想把犬神家的财产给我们，所以如果妨碍她的话，弄个冒牌货也不无可能。她肯定会说那就是自己的儿子。”

一股战栗又爬上金田一耕助的后背。

“古馆先生，请在手印旁边签名。金田一先生，也请您签一个。我们要把这个拿回去，和那个面具男的手印对照，可不希望它被当成赝品，所以请您做个证人，在手印旁边签名。”

“可是……如果佐清不配合你们呢？”

“什么，他不想按手印？”佐武挪动小山一样的身躯，第一次开口说道，“他要是不干，就摁住他让他按。”

他咬牙切齿，齿间几乎就要流出血来。

第三章　噩耗传来

十一月十六日早上，金田一耕助一反常态地睡了个懒觉，十点钟还躺在床上。

这是因为他昨晚睡得很晚。

昨天，在那须神社，拿到佐清手印的佐武和佐智决意回去后让戴面具的男人重新按一个手印，以验明正身。他们还想请金田一耕助做证，耕助拒绝了。

如果真的发生了什么案件自然可以，但现在什么都没发生，过多介入他人家庭的私事，无论谁都会觉得奇怪，耕助可不喜欢这样。

“是吗？那我就不勉强了。反正古馆先生会跟着我们。”魁梧的佐武马上放弃了。

“但是，如果有人怀疑这卷轴是假的，还是要请您当个证人，证明这确实是从那须神社里拿出来的。”狐狸般的佐智加了一句。

“那是当然。这上面有我的署名，我自然脱不了干系。可是古馆先生……”

“啊？”

“刚才说过，我不太适合参与这件事，但却想尽早知道结果。不管那个戴着面具的怪人是不是佐清，您能通知我结果吗？”

“可以。我们回去的时候把您捎回宾馆吧。”

汽车把金田一耕助载到宾馆前面，随后径直回了犬神家。

当晚十点钟左右，古馆如约造访了金田一耕助。

“怎么样？结果是……”看到古馆脸色的一刹那，耕助有一种不好的预感，不由得急切地问道。古馆的脸色阴暗严肃，充满了猜疑。

古馆用力地摇着头：“没成功。”

“没成功？没成功是什么意思？”

“松子夫人无论如何都不让佐清按手印。”

“她拒绝了？”

“嗯，很强硬……完全不听佐武和佐智说什么。劝说肯定是行不通了，要想拿到佐清的手印，除了佐武说的暴力手段，也没有别的办法了。没想到会走到这一步。反正今晚这事没弄明白。”

金田一耕助感到腹部一下子沉重起来。

“可是……可是……”耕助舔着干涩的嘴唇说道，“那样不是欲盖弥彰吗？”

“是的，所以我费尽口舌劝说松子夫人。可是她什么都听不进去，相反还大动肝火，骂起我来了。那人就是这种性格，一旦说出口，绝对不会听从别人的意见。”古馆长叹一口气，声音阴沉幽暗。然后他像是吐出什么脏东西似的，讲述了夜里的经过。金田一耕助听着叙述，脑中清晰地描绘出当时的情景。

事情发生的地点还是宣读遗嘱的那个房间。

犬神全家聚集在供奉着犬神佐兵卫照片的白木供坛前面，以戴着阴森诡异的橡胶面具的佐清和松子为中心，佐武和佐智以及他们的父母和妹妹围成了一个圈。圆圈中还有珠世和古馆律师。

戴着面具的佐清前面，放着从那须神社取回的卷轴、一张白纸、一支笔和朱砂墨砚台。

虽然佐清戴着面具，看不到脸色，但其肩膀微微颤动，透露出他也非常激动。犬神家其他人注视着面具，眼神中充满猜疑和憎恨。

“大姨，您是说绝对不让佐清按手印？”

长时间充满杀气的沉默之后，魁梧的佐武诘问道，声音听起来咬牙切齿。

“当然，绝不！”松子强硬反击，然后用锐利的眼神环视众人，“这算怎么回事？相貌虽然变了，这个孩子肯定是佐清无疑。我这个亲生母亲可以保证，还有比这更能证明的吗？你们竟然听信那些市井流言……不说了，不说了，你们，你们……”

“可是姐姐，”从旁边传来竹子的声音，听上去虽然安静沉稳，却潜藏着许多恶意，“这样不更应该让佐清按个手印吗？不，我根本就不怀疑佐清的身份，可别人怎么说是管不住的……要想消除流言，只要让佐清按个手印就解决了。梅子，你怎么看？”

“是的，我赞成竹子姐姐。松子姐姐和佐清要是一直不答应，别人就更得起疑心了……哎，你们都是怎么想的？”

“确实如此啊。”寅之助随即开口，“不光是外人，如果大姐和佐清还是拒绝的话，连我们都要怀疑了。幸吉，你说呢？”

“是、是的。”幸吉有些害怕似的说道，“都是一家人，本来不会互相怀疑的。可大姐和佐清这么不配合，恐怕……”

“有些告不得人的事情吧。”竹子恶毒的嘲笑仿佛钉钉子般尖锐有力。

“闭嘴！闭嘴、闭嘴、闭嘴！”松子的愤怒爆发了，“你们在说什么！佐清是犬神家的嫡外孙，嫡外孙就是继承人。[①]如果父亲不立那种奇怪的遗嘱，犬神家的事业和财产应该全归他所有。这孩子才是正宗的，是嫡外孙，搁到以前就是殿下，是主人，佐武、佐智都是他的家臣。可竟然……可竟然……要抓住这个孩子按手印、取指纹，跟对付罪犯一样……不行，不行，我决不让他受这种侮辱。决不！决不！佐清，我们走！”

松子踢开坐垫，站了起来。

佐武脸色瞬时大变。

“大姨，那您可就……”

“不，不，佐清……”

面具佐清缓缓地站起来，松子抓住他的手。

“大姨，那我们……”佐武狠狠咬住牙，望着两人的背影，发出恶毒的声音，“今后可不承认那个人是佐清！”

“随你怎么说！”松子拉着面具男，重重地走出了拉门。

“嗯。”听完古馆的讲述，耕助刺啦刺啦地胡乱挠着一头乱发，“事情变得紧迫了。”

“是啊。”古馆眼神黯然地说道，“松子夫人那么顽固地拒绝。佐武的方式也确实过分，一开始就把人当作罪犯。心高气傲的松子夫人一下子……一旦惹了她，她就会非常顽固，像她这样的人有这种

①按照日本当时的法律，由嫡长子继承全部财产。

反应也不奇怪……可是问题没有解决。如果那真是佐清……我当然相信是佐清，让他清清白白地按个手印不是更好吗？”

“那么，今晚松子夫人的态度可以有两种解释，一种是对佐武和佐智的态度不满，另一种是像佐武和佐智怀疑的那样，面具男确实不是佐清，而且松子夫人明知这一点……”

古馆点了点头：“我当然认为是第一种解释，可是只要松子夫人不交出佐清的手印，就无法排除第二种解释的嫌疑，不，反而让第二种解释更占上风。”

古馆谈到十二点才回去。金田一耕助之后不久就上了床，熄灯之后却始终睡不着。

戴着奇怪邪恶的橡胶面具的男人形象，和印在丝绸上的右手手印，在黑暗中浮现出来，让他很晚才睡着。

突然，枕边的电话铃声响起，金田一耕助一下子醒了。

他在床上趴着，把电话拉过来，抓起听筒，电话那头是前台经理。

“是十七号客人金田一耕助先生吗？有古馆先生的电话。”

“啊，好的，帮我接一下。”

电话那头马上传来古馆的声音：“金田一先生，打扰您休息了，想请您快来……很着急……非常着急……”

古馆的声音尖厉且颤抖。耕助一惊：“去哪里？”

“犬神家……犬神家。我派车接您，请马上来。”

“知道了，我马上去。古馆先生，犬神家发生什么事了吗？”

“是的，发生了，发生了非常严重的事。若林的预言……而且……而且非常奇怪……总之快来，来了就什么都清楚了。我等您。”

电话那头传来咔的挂电话的声音。金田一耕助像被弹起来一样从床上一跃而起，打开了一扇防雨窗。外面如泼了薄墨一样阴暗，湖面落着凄清的细雨。

菊花田

金田一耕助此前经手过许多案件，恐怖如噩梦般的尸体也不少见。

比如本阵杀人事件中倒在血泊里的新婚夫妇，狱门岛一案中被倒吊在梅树上的女人及其被关在大钟里闷死的姐姐，夜行一案中被斩首的男女二人，八墓村中被毒死和勒死的数人。

所以他对什么样奇怪恐怖的尸体都应该免疫了，但遇见犬神家一案中奇特的杀人，他还是不免呼吸急促，动弹不得。

很快，犬神家来接他的汽车就到了。他匆匆吃了饭，上了汽车。

耕助一路上想从司机口中打探些消息，但不知是被下了封口令，还是真不知道，司机的回答没有什么帮助。

“我也不是很清楚，就听说有人被杀了，也不知道是谁，好像乱成了一团……”

汽车不一会儿就停在了犬神家正门前。

车一停好，古馆就从门里跑了出来。

“金田一先生，您来了可太好了。总算、总算……”古馆大概失去了理智，抓着耕助的胳膊，后面的话怎么也接不上。能让沉着的律师这么慌张，究竟发生了什么事？耕助不由得心中一惊。

“古馆先生，到底是怎么……”

“跟我来，到这边来。您看了就知道了。太恐怖了……太恐怖了……不是正常人干的，是恶魔干的……到底是为了什么要做这么恐怖的事情……”

古馆语无伦次，简直像被什么东西攫住一样，眼睛充血，嘴角尽是唾沫，抓着耕助手腕的手掌热得像要着火一般。

耕助被拽着默默前行。

门里是长长的车道，能看到对面有个车库。古馆没走那边，从旁边的木门走进了庭院。

犬神家的宅邸是佐兵卫事业刚刚起步之时在此修建的，当时并不是很大。后来，随着事业不断扩展，犬神家逐渐购买了周围的土地，一座一座扩建，所以全部建筑像迷宫一样复杂，还划分为几个部分。如果金田一耕助一个人进来，肯定会迷路。

古馆对宅邸相当熟悉，没有任何犹豫，带着金田一耕助不断地向里走去。

穿过西洋风格的外院，便来到了日式内院。这里有许多警察，冒着细雨来回走动。

走到内院尽头，穿过一扇柴扉，金田一耕助眼前豁然出现一片广阔秀丽的菊花田。没有什么美学细胞的金田一耕助也对这片菊花田的宏伟叹为观止。

地上铺了一层白沙，对面有一座小小的像是茶室的建筑，周围整整齐齐环绕着一大片位于黑白花纹的花棚下的菊花田。花棚下面开着各色品种的大朵菊花，在蒙蒙细雨中散发着馥郁的芳香。

“就在那里，那里有可怕的东西……”抓着耕助胳膊的古馆低声说道。

耕助望过去，茶室正面，菊花田前，几名警察像被冻住一样呆呆站立。古馆把耕助拽到那边。

“请看，金田一先生，那个……那张脸……”

金田一耕助拨开警察，来到菊花田前，马上想起古馆曾经说过的话：“猿藏特别会种菊花。现在还在一天到晚做菊人。”

是的，这是菊人，而且还是歌舞伎剧目《菊花田》[①]中的场景。

中间站着的是披头散发的鬼一法眼，他身边是穿着宽袖和服的皆鹤姬。鬼一的前面，梳着刘海的仆人虎藏和智慧内蹲在左右两旁。敌人笠原淡海在舞台深处幽暗的地方，像怪物一样站着。

金田一耕助乍一看，就发现了一个特点，这些菊人的脸都酷似犬神家的众人。

鬼一是去世的佐兵卫，皆鹤姬是珠世，虎藏（实际上是源义经）酷似戴着面具的佐清，智慧内（实际上是鬼三太）像狐狸般的佐智，演敌人的笠原淡海则……

金田一耕助把目光投向舞台深处，一瞬间，身体像被电击一般痉挛起来。

笠原淡海——当然就是那个魁梧的佐武。

可是……笠原淡海应该是梳着发髻的。然而……这里的笠原淡海留着现代人的分头，而且，那张青黑色的脸！

金田一耕助剧烈颤抖，不由得向前迈出一步。

---

①《菊花田》是歌舞伎剧目《鬼一法眼三略卷》中的一折，讲述的是日本平安时代末期的故事。阴阳家鬼一法眼与当政的平清盛交好，收平家武将笠原淡海为剑术弟子，并想把养女皆鹤姬嫁给他。可皆鹤姬不喜欢高傲的笠原淡海，喜欢俊秀的仆人虎藏。虎藏的真实身份是被平清盛迫害的源义经，鬼一法眼的弟弟鬼三太为了帮助他，让他化名为虎藏，自己则化名为智慧内，潜伏在鬼一法眼身边。最终虎藏通过皆鹤姬得到了鬼一法眼的兵书，笠原淡海发现了他的真实身份，要去告密时被智慧内斩杀。

“那是……那是……”他的舌头抵着上颚，想说话却说不出来。

金田一耕助身体前倾，紧握着青竹栅栏。正在这时，笠原淡海似乎在点头，动了两三下之后，脑袋从身体上掉了下来。

耕助像被踩到而濒死的青蛙一样发出大叫，下意识地往后躲去。

笠原淡海——不，佐武的脖子被砍断的伤口涌出大量红黑色的血，上面爬满了小虫子。佐武的头颅催人呕吐，令人毛骨悚然，宛如地狱的图景。

“这、这、这是……”仿佛被冰冻一般的沉默之后，金田一耕助怯生生地嘟囔着，“被、被杀的，是佐、佐武吗？”

古馆和警察们默默点头。

“然、然后，凶手砍下脑袋，安在菊人的脖子上？”

古馆和警察们又点了点头。

“可、可是……凶手为、为什么要这、这么做？”

没有人回答。

“砍头这种事以前也不是没有。无头案……的确有这样的案例。可是，那是为了掩盖尸体的真实身份。那种情况下，人头一般会被藏起来。可是……可是，这颗人头为什么摆在这么显眼的地方？”

“金田一先生，问题就在这儿。凶手……还不知道是谁……总之有人杀了佐武。而且凶手不知出于什么目的，没有扔下尸体不管，而是砍下头，特意带到这边，安在菊人脖子上。这是为什么呢？”

“为什么？这到底是怎么回事？”

“这个……我也不清楚。”

说话的是那须警察局的局长，姓橘。此人一头斑白的短发，个子不高，身材矮胖，啤酒肚，但身体比例很协调。他有个外号叫狸猫。

局长认识金田一耕助，耕助也认识他。

如前所述，若林丰一郎被杀时，金田一耕助也受到了调查。橘局长向东京警视厅申请调查金田一耕助的身份，回信对金田一耕助相当有利。从那以后，橘局长虽然半信半疑，但对这位身材矮小、其貌不扬的鸟窝头既怀有好奇心，又感到敬畏。

耕助又看了一眼那个恐怖的菊人。幽暗的舞台深处，站着像怪物一样没有头的笠原淡海。菊人脚下躺着佐武可怕的头颅，酷似佐兵卫、珠世、佐清和佐智的菊人穿着红白相间的菊花衣服立在旁边，一副冰冷的表情。

凄冷的阵雨敲打着黑白花纹的花棚——所谓阴气逼人，大概就是指这种场景吧。

金田一耕助擦去额头上渗出的汗。

“那……那……身体在哪儿？脑袋下面的身体是怎么处理的？”

“还在找，估计不会在很远的地方。您看，‘菊花田’这个舞台没有被破坏得多么严重，所以杀人现场在别处。如果知道了……”橘局长说到这里，立刻闭上了嘴，因为他看到两三个便衣警察啪嗒啪嗒跑过来。其中一人跑到局长身边耳语了几句，局长眉毛一扬，马上把脸转向耕助。

“杀人现场找到了，您也一起去吧。”

局长一行带路，金田一耕助和古馆肩并肩跟在后面。

“古馆先生。”

“啊？”

“那个……谁最先发现了佐武的脑袋？”

“是猿藏。”

"猿藏？"金田一耕助害怕似的皱着眉。

"是的，猿藏每天早上都要来照料菊花，今天早上来菊花田一看……就是那样了，然后马上通知了我……大概是九点刚过。我听到通知后马上跑过去，当时已经乱成一团了。犬神一家全都围在菊花田前面，竹子夫人又是哭又是喊，简直都快不成人样了。当然这也可以理解。"

"松子夫人和佐清……"

"当然也来了。可是看到佐武的脑袋，马上又回房间了。我是真看不透这两个人。佐清戴着面具，松子夫人您也知道，性格像男人，轻易不流露感情。两个人看到佐武的脑袋后究竟怎么想，我可真不知道。"

金田一耕助默默地思考着，不一会儿好像想起了什么："那卷轴，就是有佐清手印的那卷……是在佐武手里吗？"

"不，卷轴由我保管，装在我这个公文包里。"古馆打开夹在腋下的公文包看了看，突然声音嘶哑地说，"金田一先生，您认为佐武是因为卷轴被杀的……是这样吗？"

金田一耕助没有回答。

"犬神家的人都知道卷轴由您保管吗？"

"是的，除了松子夫人和佐清。两人离开之后，大家商量的结果是由我保管。"

"那么，松子夫人和佐清两个人不知道。"

"是啊，如果没有人告诉他们。"

"有人对他们说……这种事不用考虑吧。佐清母子和其他人不是一直对立吗？"

“这么说也是。可是，难道那两个人……”

这时局长一行已来到面向湖水的船埠旁。这个船埠就是遗嘱公开那天，猿藏用小船接耕助来的地方。

船埠全部用钢筋水泥构筑，是一个盒子一样的长方形建筑物。屋顶上是一个瞭望台。

局长一行登上通往瞭望台的狭窄楼梯，金田一耕助和古馆跟在后面。踏上瞭望台的一刹那，耕助不由得瞪大了眼睛。

瞭望台上，圆藤桌的周围有五六把藤椅，其中一把倒在地上。地上有大量血迹。

没错，犯罪就是在这里进行的。可是，尸体呢？瞭望台上没有尸体。

菊花胸针

“局长，犯罪就发生在这儿。凶手杀死佐武之后，砍下脑袋，把尸体从这里扔下去。您看，这里……”

果然，从血泊中心有一丝血痕延伸到瞭望台的边缘。下面就是湖水，阵雨在缓缓翻滚的波浪上拍出点点波纹。

“啧。”局长望着水面，懊丧地咂了咂嘴。

“这种情况，不打捞就……”

“湖深吗？”

“没那么深，但是您看。”局长指着湖心说道，“那儿有个泛着大波纹的地方。那里叫作七釜，湖底有温泉涌出来，因此这一带的水不停地形成旋涡。如果尸体是从这里扔下去的，现在肯定被卷到远处某个地方了。”

这时，一个便衣凑到局长身边。

“局长，捡到了这样一个东西。”

那是一枚直径一寸左右的菊花形胸针，黄金的菊花底座上镶着一大颗红宝石。

“是在对面倒着的藤椅旁边捡到的……”

古馆突然发出奇怪的叫声。

局长和金田一耕助吃了一惊，回头看去，只见古馆瞪大了眼睛，目不转睛地盯着胸针。

“古馆先生，您见过这枚胸针吗？”

听到局长问话，古馆掏出手帕，慌忙擦去额头上的汗。

“啊，那、那是……”

“是谁的胸针？”局长追问道。

“那是珠世的。”

“珠世？”

金田一耕助向前迈出一步。

“即使这是珠世的，也不能肯定她和这个案件有关系吧。也许是昨晚之前就掉在这里的。”

“不，其实……”

“其实什么？”

“不是您说的那样。我清楚记得，昨天晚上珠世还戴着这枚胸针。昨晚我回去的时候碰上了珠世，当时这枚胸针还划到了我的衣服上……所以我记得很清楚……”

古馆心神不定地擦着脖子上的汗。局长和金田一耕助交换了一个意味深长的眼神。

“那是几点钟的事情？”

“快到十点的时候，因为是我回家的时候……”

那么，珠世在那之后来到了瞭望台。她为什么要在那个时间来这种地方呢？

这时，楼梯上传来脚步声，猿藏那张丑陋的脸出现在瞭望台的入口。

“古馆先生，您过来一下。”

“啊？找我有什么事？”

古馆走到猿藏身边，说了几句，马上返回来：“松子夫人好像有话对我说，我去一趟。”

“好的，麻烦您让珠世过来一下。”

“知道了。”

古馆下去后，猿藏并不打算离开，站在楼梯中间畏畏缩缩地观察着瞭望台。

“猿藏，你还有事吗？”

“嗯，有点儿……有个奇怪的地方……”

“你是指？”局长问道。

“嗯，有一艘小船不见了。”

“一艘小船？”

“是的，我每天早上起床后都要在宅子里四处看看，今早起床后来这里，发现水门是打开的。水门昨天天黑时肯定是关着的，我觉得奇怪，看了一眼船埠，原先有三艘船，其中一艘不见了。”

局长和金田一耕助面面相觑。

“昨天夜里有人划走了一艘？”

“嗯……我也不清楚，总之有一艘小船……”

“而且水门还开着？”

猿藏默默地点了点头。

金田一耕助本能地回头望向湖水，落雨的湖面上没有任何船只。

“这家里的小船有什么标记没有？”

“家里的小船上都用黑漆写着‘犬神家’几个字。”

局长叫了一声，马上有三名便衣跑下瞭望台，估计是去寻找失踪的小船了。

“猿藏，谢谢你，要是又注意到什么奇怪的地方，还来通知我。”

猿藏笨拙地行礼，噔噔噔走下楼梯。

局长回头对金田一耕助说：“金田一先生，您对此怎么看？凶手难道把佐武的无头尸体装进小船运走……”

“这个……”金田一耕助远望着烟雨蒙蒙的湖面说道，“这样说来，凶手就是外面的人了，因为划出小船之后并没有回来。”

“不，也可能是中途把尸体扔进湖，自己在某处停船上岸，然后走山路回来。”

“可是这样太危险了。把脑袋明目张胆地插在菊人脖子上，就没有必要冒这种危险隐藏尸体了。”

“嗯，这么说也有道理。”

局长出神地看着地面上恐怖的血痕，突然用力地摇了摇头：“金田一先生，我怎么也弄不明白。凶手为什么要砍掉脑袋，又为什么要把脑袋插在菊人脖子上。真是恶心……我都有点起鸡皮疙瘩了。”

这时珠世走了上来。她脸色铁青，双目无神。即便如此，她的美貌还是没有一丝变化。不不，这种我见犹怜的感觉让她越发美丽可爱。用个过时的比喻，仿佛带雨的海棠花那般柔弱，反而更凸显出她的美丽。

局长轻轻干咳了一下，说道："麻烦你过来一趟，真抱歉。请坐。"

珠世看到恐怖的血迹，害怕似的瞪大了眼睛，马上把脸背过去，迟钝地坐在一把藤椅上。

"叫你来不为了别事，你认识这枚胸针吗？"

珠世看了一眼局长手中的菊花胸针，一瞬间身体僵硬了。

"啊……那个……认识。那是我的胸针。"

"嗯，那么你还记得是什么时候丢的吗？"

"啊……大概是昨晚……"

"在哪里？"

"可能是在这里掉的……"

局长和金田一耕助互相看了看。

"你昨晚来过这里？"

"是的。"

"几点钟？"

"十一点左右。"

"这么晚来这里干什么？"

珠世两手攥着手绢，几乎要把手绢揉烂了。

"事到如今，请你有话直说。究竟来这里干什么？"

珠世好像突然下定决心，霍地抬起头来。"昨晚我在这里见佐武。因为我有秘密想对他讲。"

她的脸颊一下子失去了血色。

局长又看了金田一耕助一眼。

印着指纹的怀表

“你说昨晚在这里见过佐武？”橘局长眼中浮现出微微的疑惑。金田一耕助也诧异地皱着眉，凝视珠世没有血色的苍白侧脸。

珠世美丽的脸庞像斯芬克斯一样隐藏着秘密。

“你找他有什么事？啊……不，是佐武有事找你吧？”

“不，不是的。”珠世用坚定的口气说道，“是我要佐武十一点左右来这里的。”

她一说完，无力的目光就转向湖面。好像刮风了，落在湖面的雨水乱飞，更加猛烈，也许会变成暴风雨。

局长和金田一耕助面面相觑。

“啊，这么说来……”局长好像有些喘不上气似的，吐了一口痰，说道，“那么……你有什么事？你刚才说要和佐武讲什么秘密？”

“是的，我想不让任何人知道，只想悄悄地对佐武说。”

“什么？”

珠世突然把目光从湖面转到局长脸上：“既然如此，我就什么都说了。”

她下定决心，定了定神，开始讲述：“我非常受祖父……犬神家的祖父的喜爱，小的时候被当作亲孙女一样宠着。我想您也知道吧？”

金田一耕助和橘局长都知道这些情况，看佐兵卫的遗嘱就知道去世的佐兵卫是如何宠爱珠世。

珠世看到两个人默默地点头，目光又落在远处，接着说道："祖父给过我一块表。不是最近，是我还是个小孩的时候。那是一块双盖的金质怀表，虽然不是女式的，不知道为什么，我小时候非常喜欢，只要祖父在身边，就要他把表拿出来给我玩。有一天祖父笑着说，要是喜欢这表，就给你吧。可是这是块男表，你长大后就不能用了。对了，到时可以送给你丈夫。你要好好保管到那时候。这当然是玩笑话，就这样他把怀表给了我。"

局长和金田一耕助一脸疑惑地看着珠世的侧脸。昨晚的事和这块怀表之间究竟有什么样的关系?

但是，两人怕中途打断珠世，一直忍着。尽管面对这里血腥的场景，谈到佐兵卫的时候，珠世的眉毛、瞳孔、嘴唇还是涌动着温柔的眷念之情。

珠世依然望着远方，继续说道："我高兴得不得了，当时一刻都不让怀表离身，睡觉的时候也放在枕边。嘀嗒、嘀嗒……听到清脆的响声，心里就高兴。我非常、非常珍惜这块表。可是，不管怎么说还是个孩子，有时候会把珍贵的怀表弄坏，比如发条上多了，不小心掉在水里了……这时候，我就去找佐清修理。"

佐清——这个名字的出现，让珠世遥远的梦幻般的故事多少带有了些现实的意味。橘局长和金田一耕助稍微有些紧张。

"佐清和我只差三岁，他从小就非常聪明，喜欢摆弄机械。组装收音机，做电力火车，特别擅长这些事情，所以修理怀表对他来说是小菜一碟。他总是说，珠世你又把表弄坏了，这样可不行。虽然责备我，看到我难过的样子，他又说好了，我帮你修，明天给你，我今晚就修……这样，第二天修好的怀表就又回到了我手上。这时候他总是半是关心半是嘲笑地说，你可要好好珍惜这块表，你长大嫁人的时候，这块表可是要给自己丈夫的，不好好珍惜可不行，说完用食指戳我的脸……”

说这些话的时候，珠世脸泛红潮，水灵灵的眼眸中闪着光芒。

金田一耕助蓦然想起那个戴着恐怖橡胶面具的佐清。佐清现在已面目全非，整天戴着面具。但据说面具是完全按照佐清以前的样子做的，单看面具还有几分美貌。

耕助看过《犬神佐兵卫传》中的照片，知道佐清是个俊秀的美男子。佐兵卫因美貌被珠世的祖父野野宫大贰宠爱，佐清的容貌就遗传自佐兵卫吧。

珠世刚刚说的这些事，大概发生在珠世是小学生、佐清是中学生的时候。当时，这对像雏鸟一样的璧人之间有着怎样的情愫？看着两人长大的佐兵卫，心中又是什么想法？

金田一耕助骤然想起刚刚看到的菊花田中的场景。

《菊花田》这出戏中，鬼一法眼把《六韬三略》传给假扮成下人虎藏的源义经时，也把养女皆鹤姬许配给他。

刚才看到的菊人里，鬼一酷似佐兵卫，源义经和皆鹤姬分别很像佐清和珠世。难道佐兵卫曾经设想过让佐清和珠世结为夫妇，把斧、琴、菊的继承权给他们？

当然，菊人是猿藏做的，不能断言它表达了佐兵卫的遗愿。可是，制作菊人的猿藏既不是聪明人，也不是个一般人，而是有些傻。傻子的直觉往往在常人之上。也许猿藏以他特有的方式揣测到了佐兵卫的心思？或许佐兵卫喜欢猿藏的淳朴，把心中的计划告诉了他？

因此猿藏为了对抗犬神家中混乱的气氛，假托《菊花田》这幕戏剧，创作了那些人偶？这样想来，是不是佐兵卫的意志暂且不论，至少在猿藏眼中，珠世的结婚对象除了佐清没有别人，斧、琴、菊三样传家宝应该交给这两个人。

可是，佐清他……

问题在于佐清已经不是从前的佐清了，曾经罕见的美貌已经面目全非。

金田一耕助想起那团黏黏糊糊的恶心肉块，感到恐怖的同时，又有一丝难以形容的悲悯。

金田一耕助徘徊在死胡同里的遐想不久就被打断了。珠世停了一会儿，又接着说道："那块表在打仗的时候坏了，而能修好它的佐清也不在了。他被抓去当兵，派到了南方前线。"

珠世的声音有些阴郁，她马上清了清嗓子："我无论如何都不想送到钟表店去修。一个原因是我经常听说送到钟表店修的话，里面的零件会被偷偷换掉。另一个原因，是我总觉得只有佐清能修这块表，我不想把这块表交给别人，哪怕只是一会儿。这样那块表就一直坏着，直到佐清最近复员回来……"

珠世在这里停顿了一下，接着说道："万幸佐清回来了。说来有些不好意思，等佐清渐渐安定下来，大概四五天前，我去找他，请他修这块表。"

金田一耕助突然兴奋起来。一兴奋他就开始挠那一头乱发。

耕助还不完全理解珠世说的话，也不知道她心里到底藏着什么想法。可是，有什么东西刺激着他，令他不由自主地挠头。

"所、所、所以，佐、佐、佐清帮你把那、那、那块表修好了？"

珠世缓缓地摇了摇头。

“没有，佐清拿起表看了一阵子，说现在没有心情，以后再说，把表还给我了。”

说完，珠世一下子闭上了嘴。局长和金田一耕助以为还有下文，屏气凝神地看着她。她面向湖水，不见嘴唇张开的迹象。

局长困惑地用小拇指挠着鬓角：“嗯……可是，这件事和昨晚的事之间有什么关系吗？”

珠世没有回答，突然说起别的话题。

“昨晚这个家里发生了什么，二位应该清楚吧。佐武和佐智从那须神社拿回佐清的……供奉手印，以此为证据，让佐清……我该怎么说，验明正身……”珠世的双肩微微颤抖着，“话虽然不好听，事实就是如此。为了验证他真实的身份而闹起了纠纷。松子阿姨无论如何不让佐清对手印，佐武和佐智的尝试不了了之。当时我突然想起来，最近去找佐清修表，被他拒绝了。我回到自己的房间后打开表盖看了看，里面清晰地印着佐清右手拇指的指纹。”

金田一耕助像被雷击了一样身体颤动着。

啊，原来如此，刚才刺激他的——就是这个。

金田一耕助又用五根手指刺啦刺啦地挠着鸟窝头。

局长吃惊地看着珠世，问道：“可是，你怎么知道那是佐清的指纹呢？”

啊，真是个愚蠢的问题！这还不明白吗？珠世说她偶然发现那里印着佐清的指纹，恐怕不是事实。她肯定从一开始就打算获取佐清的指纹。

刺激耕助的就是这个——珠世果然非常聪明，同时也非常狡猾。

“嗯……我想应该没错。带着怀表去佐清那里之前，我彻底擦了一遍，而且碰过表的人只有我和佐清，那个指纹又不是我的……”

看吧，果然如此！珠世一开始就有打算，才擦好了表。怀表盖的内侧，这是多么好的想法。对于保存指纹来说，没有比这更好的地方。

局长终于同意了珠世的观点：“原来如此。然后？”

“啊，然后……”珠世迟疑地说道，“昨晚气氛剑拔弩张的，肯定是拿不到佐清的手印了。而这样下去，佐武和佐智以及他们父母的怀疑只会越发加深。因此我想到怀表上佐清的拇指指纹，虽然有点多管闲事，我想这种事情还是尽快弄清楚为好，所以想请佐武对比怀表上的指纹和卷轴上的手印……”

“哦，所以把佐武叫到这里谈这件事？”

“是的。”

“时间是昨晚十一点？”

“我离开房间的时候正好十一点。如果告诉猿藏，他肯定要跟来，那样就比较麻烦。所以我回到卧室，等到十一点才悄悄溜出来。”

“啊，等一下……”金田一耕助第一次开口，插了一句，“当时的情况能说得再详细点吗？你离开房间刚好是十一点，来到这里应该是十一点过两三分。当时佐武来了吗？”

“来了，站着那边，看着湖水，正在抽烟。”

“当时……你上来的时候，周围有其他人吗？”

“嗯……我没注意到。因为昨天晚上天非常阴沉，一片漆黑，就算有谁也注意不到。”

“好的，然后你跟佐武说了怀表的事？”

“是的。”

“怀表呢？”

“交给佐武了。佐武非常高兴，说明天就让古馆律师带着卷轴来对比。”

“佐武把表放在哪里？”

“放在外套的兜里了。”

佐武的尸体现在还没有发现，不知道怀表是否还在外套的兜里。

“然后，说这些话用了大概多长时间？”

“五分钟不到。我不想和佐武单独待在这个地方，所以尽可能快地说完了。”

“那么十一点过七八分就结束了。谁先离开的？”

“我。”

“佐武一个人留在这里。当时他做了什么？”

珠世的脸上突然泛起红潮。她攥着手绢，目视前方，生气地摇着头：“佐武对我做了非常失礼的行为。我要走的时候他突然扑上来……我想胸针就是那时候掉的。要是猿藏不来，不知道我会被他怎么样。”

局长和金田一耕助不由得面面相觑。

“猿藏也来这里了？”

“是的，我本来是想瞒着他溜出来，可他还是发现了，跟了过来。但幸亏他来了，否则……”

“猿藏对佐武做了什么？”

“我也不清楚，当时我被佐武紧紧抱住，正在挣扎……佐武突然大叫一声，倒下去了……椅子也是当时打翻的。佐武和椅子一起倒在地面上。我一看，猿藏站在那里。我精神恍惚地被猿藏救下，离开了这里。当时佐武还跪在地面上，嘴里骂个不停。”

“嗯，这么说之后凶手来到这里，杀了佐武，砍下脑袋。你离开的时候注意到周围有人吗？”

“没有，没注意到。刚才也说了，周围一片漆黑，而且我完全慌了神……”

珠世的叙述到此结束。

“还是谢谢你，特意把你叫过来……”

“不用谢。”珠世站起来，对局长说道。

“请等一下。”这时金田一耕助补充道，“还有一个……只有这一个问题了。你是怎么想的？那个戴面具的人……你认为他真是佐清吗？还是……”

一瞬间，珠世脸色煞白。她直直地盯着金田一耕助，然后用没有起伏的声音说道：“当然，我相信他就是佐清。佐武和佐智的怀疑实在太不应该了。”

尽管如此，她还是设计获取了那个男人的指纹。

“谢谢你，那么……”

珠世略施一礼，下了瞭望台。古馆律师几乎同时登上瞭望台。

“你们还在这儿啊。松子夫人想请大家过去。”

“有什么特别的事吗？”

“是的。”古馆的表情略显疑惑，“就是上次那件事，那个手印……她要在众人面前，让佐清按下手印。”

第四章　遗弃的小船

刚刚开始刮起的风渐渐变成风暴，凄风冷雨叩打着湖面。

山国的风暴猛烈异常。乌云密布，将湖水映衬得乌黑浑浊，波浪和泡沫与大海无异。看着风暴中的湖水，发现其中还有如女人黑发一样纠缠不清的大片水草，那种异样的恐怖更让人不寒而栗。一只鸟被风暴像箭一样斜着卷入湖面，如同飘荡的魂魄。

被风暴笼罩着的犬神家，也充满令人窒息的紧张气氛。还是在那个两间十二叠房间连成的客厅，犬神一家聚集在佐兵卫的照片前面，保持着安静，人人都忍受着不亚于风暴的澎湃心情。

正面坐着戴面具的佐清和松子，面前放着卷轴，还有一张白纸、朱砂墨和一支笔。

被杀的佐武的母亲竹子哭得眼睛红肿，一蹶不振，但偶尔投向松子的目光中包含着非同寻常的杀气。佐智神色胆怯，频繁地咬指甲。

金田一耕助按顺序观察一家人的脸色，最感兴趣的是珠世，但他却看不出珠世的心情。

她只是脸色发青，一副冰山美人的模样。她亲自获取了佐清的指纹，应该对这个面具人怀疑很深才对。佐清自己提出按手印，她内心肯定会有反应。然而她只是冷淡以对，依然美丽。

这时，一个一望便知是警察的人进来，向众人施礼，坐到局长旁边。他是橘局长叫来的鉴定科的人，姓藤崎。

“那么……”局长催促似的说道。

松子点点头：“那么就让佐清按手印吧。可是，在这之前，我有几句话对大家说。”

松子轻轻地干咳了一声：“局长大概也听说了，实际上，昨天在这个房间也出现了今天的场面。佐武和佐智无礼地逼迫佐清按手印，我当时断然拒绝了。为什么拒绝呢？因为这两个人的态度太过无礼，从一开始就把佐清当成罪犯……实在是太过分，我无论如何也不能同意这种轻率的举动。可是，现在事情发生了重大变化，佐武遭遇了那种恐怖，而且……”

松子向妹妹竹子投去毒辣的目光：“这些人会认为是我和佐清干的。不，虽然嘴上没说，从脸色上也能看出来。但仔细想想，他们也不是没有道理。我们也确实有错。昨天晚上我那么强硬地拒绝按手印——可能因此让人觉得佐清有什么不可告人之处。或许佐武因此被杀……让人这么怀疑，是我们的过错。我今天早上反省这件事，确实不能一直这么顽固下去……出于这种想法，我请局长来，在大家面前让佐清按手印。我想大家明白我的苦心了。”

松子结束了长篇大论，环顾众人。谁都没有出声，没人提出疑问。局长点点头，说道：“那么，佐清……”

面具佐清伸出了右手。或许是过于激动，手掌在颤抖。松子用笔蘸满朱砂墨，涂在佐清的手掌上。手掌全被涂红之后，她说道：“好，印在纸上。”

佐清张开五指，稳稳地按上白纸。松子用力按住他的手，用恶毒的眼神环顾四周：“好了，大家请看，佐清按上了手印，没有任何花招。局长，您可以做证吧？”

“当然可以。夫人，行了吧。”

佐清抬起手，局长站起来拿走了那张纸。

“卷轴在哪儿？”

“啊，在这里。”古馆交出了卷轴。

“藤崎，这些就交给你吧。需要多长时间能鉴定出来？”

“要提交科学完整的报告需要很长时间，如果只判断这两个手印是否相同，一个小时后就可以告诉大家。”

“那就去做吧。我跟大家说，这位藤崎可是鉴定指纹的权威。虽然咱这里是个小地方，这点我还是能保证的。那么藤崎，拜托你了。”

“知道了。”藤崎站了起来。

“请等一下。”松子说道，“一个小时是吗？”

“是的，一个小时之后我来这里报告。”

“好的，那么请大家一个小时之后再回到这个房间。局长、古馆先生，还有金田一先生，我准备了些粗茶淡饭。那佐清，咱们……”松子拉着佐清的手站起来。

众人各怀心事，离开了房间。局长仿佛松了一口气：“这下可放心了。是不是太紧张，我都有点饿了。古馆先生、金田一先生，别客气，咱们去吃饭吧。”

女佣把他们带到别的房间。刚吃过饭，两个浑身湿透的刑警慌慌张张地跑进来。是刚才去找小船的两人。

“局长，嗯……”

“哎呀，辛苦你们了，饿了吧？这都准备好了，你们也来吃吧。”

“啊，谢谢。但有个东西先要给您看……”

从刑警的脸色来看，似乎发现了什么。

“这样啊，好。金田一先生，您也来吧。”

风暴相当猛烈，暴雨横着刮下来。众人打着雨伞，在刑警的带领下来到了水门前。那里有两艘用绳子拴着的船像树叶一样漂浮在水面上，后面的那艘用帆布盖着。

“啊，发现那艘小船了。”

“是的，我们发现它被遗弃在下那须的观音岬旁边。您安排得正好，要是再晚些，这场大雨就把重要的证据冲走了。”

一个刑警坐上前面的船，用绳子把后面那艘拖过来，掀起盖着的帆布。一瞬间，局长和金田一耕助不由得瞪大了眼睛。

船里有恐怖的血迹。黏稠浓黑的血液遍布小船，船底反光的血液看上去沉甸甸的，令人不寒而栗。

局长和金田一耕助沉默良久，凝视着这些恐怖的液体。最后局长干咳了一声，转向金田一耕助：“金田一先生，看来您输了。凶手确实是用小船把无头尸体运出去的。”

耕助还在以模糊的眼神呆呆地看着被雨打湿的血迹。

“是啊，有这么确切的证据，确实是我输了。可是，局长，”耕助的眼神突然变得热切，“凶手为什么非要这么做呢？脑袋明目张胆地插在菊人的脖子上，身体为什么非要藏起来？这对他来说太危险了。”

“这我也不知道。可是，既然知道是用船运出去的，不从湖里打捞是不行了。你，还有你，吃完饭马上去准备。”

“是，知道了。局长，我们还打探到一些奇怪的信息。”

“奇怪的信息？”

“是的，泽井把证人带来了……啊，在那里。”

大雨中，刑警带来的是一位四十岁上下、穿着藏青棉布和服、系着藏青围裙的男人。刑警称此人是下那须经营下等旅馆的老板，叫志摩久平。说是旅馆，其实叫家庭旅店更合适，名字是柏屋。

那须市刚刚升级为市，十年之前分为上那须和下那须。犬神家在上那须城郊，周围两公里没有人家，下那须在对面沿湖散布。

柏屋老板志摩久平说道：“刚才我对警察也说了，昨天晚上我那里来了个奇怪的客人……”

那是个复员归来的人，穿着军服和军靴，肩上背着个大口袋。这倒没有什么特别的，奇怪的是，那人的军帽遮住眉毛，围巾卷到鼻子上面，脸上只能看到两只眼睛。

当时老板和女佣按他的要求提供了一间屋子，送去了晚饭。可是，送饭的女佣回到前台报告说：“老板，那个客人可真奇怪，进房间也不摘围巾。我伺候他吃饭，他却让我出来，好像不想让别人看到他的脸。”

久平听后略感不安，拿着花名册去找那人。那人吃完饭，还是规整地戴着帽子，将围巾缠在脸上，除此之外也没什么异常。老板把花名册递过去：“客人，您写一下。”

老板一边对局长讲，一边拿出一个花名册。

“就是这个。”

上面写着：东京都麹町区第三街二十一号、无业、山田三平、三十岁。

“泽井，你查一下这个地址和姓名。”

“是，知道了。”

“马上联系东京方面。不知道是不是真的……你接着说。”局长催促道。

“啊，我忘说了，那个客人来的时候是八点左右。十点左右，他说附近有个熟人，要出去一趟。当然他还是用帽子和围巾挡着脸。过了约两个小时，嗯，就是十二点左右，我正打算关大门，那个客人回来了。现在想来他慌慌张张的，但是当时我也没多留意……”

“啊，你等一下。”金田一耕助插了一句，“当时也蒙着脸？”

“那当然，最后我们谁都没看到那个客人长什么样……今天早上五点左右他突然离开了旅馆，账昨晚就结了。总之是个奇怪的客人，肯定有什么事。我正和老婆说话呢，打扫房间的女佣发现了这个东西。”

老板摊开一条日本手巾。局长和金田一耕助顿时不由得瞪大了眼睛。

复员援护、博多友爱会——手巾上印染着这几个字，很明显这是博多复员援护局给复员军人发的手巾。手巾上沾着浓黑的血迹，明显是擦过沾满鲜血的手。

金田一耕助和局长再度面面相觑。

两人脑中闪现出最近从博多复员的面具佐清。可是佐清昨天夜里八点到十点之间，不是在两间十二叠房间连成的客厅里，被犬神一家围着吗？

可疑的X

志摩久平的证言给犬神家最初的惨剧投下了一个大大的谜团。他的证言内容归纳如下：

昨晚，距犬神家两公里左右的旅馆柏屋，来了一个复员军人模样的男人，要求住宿一晚——假定他是X。

X来到柏屋是八点左右。

X不让任何人看到他的脸。

X自称山田三平，住所是东京都麹町区第三街二十一号，无业。

X十点左右说去见熟人，离开旅馆。

X回到旅馆是十二点前后，当时他的样子有些慌张。

X今早五点突然说有事要办，离开了旅馆。

X住过的房间里发现染血的手巾，手巾上印着“复员援护、博多友爱会”。

以上是X从昨晚到今早的活动。和昨晚犬神家发生的杀人案相对照，可以发现许多饶有兴味的一致点。

第一，根据珠世的证言，佐武被杀可以被认定在十一点十分以后。十点左右离开下那须柏屋的X有充分的时间来犬神家。

第二是小船。满是鲜血的小船是在下那须的观音岬附近被发现的，那里到柏屋不足五分钟的路程。而且，假设有人十一点半左右把佐武的无头尸体装上小船，划到那里，中途到湖心扔下尸体，再去观音岬，十二点左右到达柏屋，时间上相当充裕。据此，可疑的

X 的活动和昨晚的杀人案在时间上有一致性。

“金田一先生，这家伙太奇怪了，看来是他杀了佐武。”

“局长，这样判断未免过早……”金田一耕助的眼神似乎望着远处，“且不管他是否杀了佐武，这些事情是确定无疑的，他把佐武的无头尸体装进小船，从这里划走……我对这一部分非常感兴趣。”

“嗯，怎么说？”局长疑惑地看着耕助。

“局长，这个案子里，要隐藏无头尸体的理由，我怎么也想不出来。我刚才已经说了好几次了，脑袋明目张胆地插在菊人脖子上，再隐藏尸体不就没有意义了吗？而且这种没有意义的事又非常危险。这是为什么？为什么非得这么做……刚才我一直在想这件事。听柏屋的老板说完，我感觉终于找到了理由。”

“那理由是？”

“局长，柏屋的老板为什么这么快就来举报 X 这个人呢？不是因为有染血手巾这种很明显的证物吗？要是没有这条手巾，X 这个人的行动虽然怪异，也不至于这么快就被人举报。开旅馆的人最怕给自己惹上麻烦。这样想来，X 是想让旅馆老板尽快通知警察，故意留下了染血的手巾……不是只能这么认为吗？这么重要的证物怎么会随随便便忘了呢？”

“我明白了。金田一先生，您是说 X 故意让注意力集中到自己身上，才采取了这些行动？”

“是的，是的。局长，同时那艘沾满血的小船也可以这么解释。故意把不用运出来的尸体装到小船里，把沾满血的小船停在柏屋附近的山岬……”

橘局长一下子瞪大了眼睛，紧紧盯着耕助。他终于明白了耕助想说什么。

“金田一先生，就是说，按您的想法，他是为了包庇某人才……是这样吗？”

金田一耕助默默地点了点头。

“是谁？到底在包庇谁？”

局长显得很兴奋。耕助却摇了摇头：“这我也不知道。可是，不管被包庇的是谁，很明显是这个家里的人。为什么呢？可疑的X的活动，是把所有的注意力向外转移，让人们觉得凶手是从外面来的。于是相反，凶手不就是在这个家里吗？”

“就是说，可疑的X不过是一个共犯。真正的凶手在这家里，另有其人……是这样吗？”

“是的，是的。”

“但是，X到底是谁？和犬神一家究竟有什么关系？”

金田一耕助慢慢地来回挠着头发，说道：“局长，这、这就是问题所在……可疑的X是谁……要是知道这一点，就知道凶手了。可是局长……”

耕助转向局长这边：“您知道我现在在想什么吗？”

局长看着金田一耕助，表情奇怪。

耕助露出讽刺的微笑：“昨天在那个房间，全家聚在一起要求佐清按手印，结果没能成功，从八点吵到十点。可是X出现在柏屋是八点左右，到十点之间一直待在旅馆里。这一点对我来说非常难得，首先为我省了很多麻烦，不然我必须调查犬神家每一个人的不在场证明，问他们是不是装成X去了柏屋……”

局长再次瞪大了眼睛。“金田一先生，您是说X还是这个家里的某个人吗？”

“不，我的确这么想过，但刚才说了，并不是这样。可是，局长，可疑的X为什么要蒙上脸呢？X来到柏屋的时候，案子还没发生。X为什么这么谨慎地把脸藏起来？一般来说，不想让人看到长相，有两种可能，一是脸上有丑陋的伤疤……就像佐清那样。另一种是别有隐情，而且知道自己被许多人认识……”

“是啊，这一带都认识犬神家的人……”橘开始咬指甲。这位局长陷入沉思的时候就习惯这么做。

“金田一先生，按照您的想法是这样的。这个家中，某人和某人共谋，一个人作为共犯，昨晚化身为X，出现在下那须的柏屋。然后十一点半左右来这里，把佐武的无头尸体装进小船运出去，将尸体沉入湖底，小船扔在观音岬，自己回到柏屋睡觉。这是为了造成凶手从外面来的假象。并且他把染血的手巾故意留在柏屋，早上早早离开，偷偷回到这里，装作什么都没发生……您是这样想的吧？”

“是的。可是，昨晚有家庭会议……大家都有不在场证明。”

局长的脸色瞬间阴暗下来：“是吗，大家真的都有不在场证明？”

金田一耕助吃惊地看着局长：“局长，难道有谁没有不在场证明吗？”

“有，当然不仔细调查还不知道，我想有个人证明自己不在场会很困难。”

“是谁？局长，那是谁？”

“猿藏！”

金田一耕助的脑袋像被钉入了一个铅质楔子般受到巨大的冲击，瞬间手脚都在颤抖，全身像冰一样寒冷。他死死地盯着局长，好一会儿才用低得几乎听不到的声音说：“局长，按她的说法，佐武非礼珠世之后，猿藏才出现……”

局长斩钉截铁地说道：“珠世的话不能相信。”

局长说完，好像觉得说得过分了，有些后悔似的干咳了一声：“当然这是假设，理论上来讲这种假设是成立的。如果珠世和猿藏共谋，珠世的话当然不能相信。或许珠世的话是真的，但是，即便如此，猿藏十点左右离开下那须，十一点十分也能赶回这里。总之猿藏肯定没有出席家族会议，犬神家的人昨晚只顾着家族会议，也没人注意到他在哪儿。为防万一，我让部下仔细调查猿藏昨晚的行踪，但恐怕没有明确的证据能证明他在哪里，除了珠世的证词。”

啊，珠世和猿藏!

橘局长的怀疑并非没有道理。珠世有杀佐武的强烈动机，同时昨晚也是一个绝好的机会。

把佐武叫到瞭望台的是珠世。同时，对十点钟离开下那须旅馆的 X 来说，有充足的时间。而猿藏又比谁都擅长划船。

引起局长怀疑的不仅仅是这种细枝末节的事实，还有根本性的问题，即珠世本人。她有制订整个计划的智慧，而且猿藏盲从于她，什么都肯做。

金田一耕助想到美丽的珠世和丑陋的巨人，不由得浑身战栗。

琴师

那须湖畔的犬神宅邸构造非常复杂，宛如迷宫。松子夫人和佐清住在迷宫深处像死胡同一样的偏宅里。

虽这么形容，但绝不是说它狭窄。偏宅里有五个房间，有走廊和主屋相连，甚至还有独立的大门。

偏宅里的住户，如果和主屋里的人相处不融洽，只要把走廊用铁链锁起来，就可以过独立的生活了。麻雀虽小，五脏俱全。偏宅外还有一座偏宅的偏宅，里面有大小分别为四叠半和三叠的两个房间，佐清就住在这里。

佐清复员后回家以来，几乎没怎么走出过房间。他每天待在四叠半的房间里，连和母亲松子都很少说话。

那个俊朗却没有表情的橡胶面具，总是一直凝视昏暗房间的角落，谁也无法知道他究竟在想什么。正因如此，他的存在有一种不可言说的恐怖，压迫着犬神家族。

连母亲松子看到这个沉默的橡胶面具的时候，也会汗毛倒立。是的，连松子都害怕这个戴面具的男人，只是她一直克制着不表现出来……

现在佐清坐在四叠半房间的书桌前面，一动不动。他的目光越过开着的圆窗，凝视翻滚的湖水。

大雨和狂风越发猛烈，湖面像旋涡一样翻滚。一艘汽艇和两艘摩托艇顶着风雨，大概是在寻找佐武的无头尸体。

佐清的双手支在书桌上，似乎要伸头从圆窗向外看。这时，从偏宅传来母亲松子的声音："佐清，把窗户关上，要下雨了。"

佐清好像突然打了个寒战，但马上顺从地说："是。"

他关上玻璃窗，无力地耷下肩膀。突然，他看到了什么，神经绷紧了。

他凝视着书桌。擦得干干净净的桌面上，清晰地印着十个指纹，应该是他刚才伸头看窗外时无意间弄上的。他好像见到什么可怕的东西似的盯了良久，然后从袖兜里取出手绢，仔细地擦掉了。擦了一遍还不放心，仔细擦了好几遍……

佐清做这些事的时候，在偏宅的十叠大的房间里，松子和一个怪人相对而坐。

那个人年龄和松子不相上下，是个短发老妇。她穿着朴素的纯黑色和服，披着朴素的纯黑色披风。她像得了甲亢一样，一只眼睛极度凸出，一只眼睛又极度凹陷，额头上还有一个大伤口。如此凶恶的相貌，从这位老妇人脸上却看不出来，反而透着高贵和优雅，大概是因为她身体里流露出修为和教养之美。

这人叫宫川香琴，每三个月或半年从东京来拜访一次，是生田流派的古琴教师，从这一带一直到伊那有着众多弟子。她每次来那须时都住在犬神家，以这里为中心去各个弟子家。

“老师，您是什么时候来的？”

“昨晚到的。我本来想马上来这儿，但时间有些晚了，不想打扰您，就住到了那须宾馆。”

“您太客气了。”

“不，要是只有夫人您一个人倒还好说，我看到亲戚们都在这里，所以……”香琴老师眨着有毛病的眼睛，静静地说道。她的声音纤细、干净，语气沉着。“我住在宾馆也好，听说昨天夜里，这儿发生了什么恐怖的事情。”

“是的，老师也听说了？”

“听说了。真是太恐怖了……这里肯定乱成一团。我想干脆直接去伊那吧，可既然来到这边，总要打个招呼……毕竟这件事太出人意料了。”

“倒是我麻烦老师您了。不过好不容易来了，不如指点我一下，去伊那前先在我这里住一阵子。”

“那恭敬不如从命……”

这时偏宅的女佣走过来：“夫人，局长和金田一耕助先生说要见您。”

香琴闻言站了起来：“夫人，那我就先告辞了。我去伊那前再来拜访您，或者打个电话……”

局长和金田一耕助进来的时候正和香琴擦肩而过。金田一耕助看着香琴瘦小而端庄的身姿，说道：“是个奇怪的客人啊。”

“啊，她是我的古琴老师。”

“眼睛有毛病吗？”

“是的，虽然不能说一点都看不见……局长，手印鉴定出来了吗？”松子面向局长说道。

“不，还没有。有个东西要先让佐清看一下……”

松子怀疑地看着两人，叫了佐清的名字。佐清马上走了进来。

“佐清，不好意思叫你出来，我们想给你看这个东西。”

局长把沾满黏稠血迹的日本手巾摊开的时候，松子瞪大了眼睛：“哎呀，这东西是在哪儿发现的？”

局长简单地复述了柏屋老板的话。

“大概情况就是这样，这里不是印着‘博多友爱会’吗，我想问一下佐清有没有印象。”

佐清默默地思考着，不一会儿对松子说：“妈，我复员的时候从博多领的东西放在哪儿？”

“我都归在一起放进柜子了。”

松子打开柜子，取出一个布包。她解开布包，里面有军服和军帽，还有一个大口袋。佐清打开口袋，从里面拿出一条日本手巾。

“我当时用的是这个……”

手巾上印着“复员救护 博多同胞会”。

“哦，这么说当时发的东西也不一样。佐清，你对这个人有印象吗？他自称山田三平，住在东京都麹町区第三街二十一号。”

“什么？”松子突然尖叫起来，“东京都麹町区第三街二十一号？”

“是的。夫人，您知道吗？”

“知道，那是我们在东京的住所！”

金田一耕助突然像吹口哨似的发出尖锐的声音，胡乱地挠着头发。橘局长的眼神也一下子紧张起来。

“这样啊，这更证明那个人和昨晚的案件有关。佐清，你对那个人有印象吗？复员回来的战友……对你怀有深仇大恨……”

佐清缓缓地摇着戴面具的头。“没有，我参战很长时间，也许向谁说了东京的地址。可我想不出谁会特意来那须。”

“局长，”松子在一旁说道，“您说是对佐清怀恨的人，可被杀的不是佐清，是佐武呀。”

“对。”局长挠着头说，“是佐武，他也参军了吗？”

“当然也被抓去当兵了。可那孩子运气好，一直待在国内，战争结束之前是在千叶还是哪里的高炮团。您去问竹子会更清楚。”

“我过后再去问问。夫人，我还有一个问题。”

局长瞥了耕助一眼，气运丹田，深呼吸了一下。

“关于猿藏，猿藏也被抓去当兵了吗？”

“当然被抓去了，那种体格。”

"战争结束的时候是怎么回来的？"

"我记得他是去了台湾，但运气很好，很早就复员了，应该是战争结束那年的十一月。可是，猿藏有什么……"

局长没有回答。

"从台湾复员回来，也是从博多上岸吗？"

"也许是吧，我记不清了。"

"夫人，"局长稍微调整了语气，"昨晚的会议上，只有亲戚在场吗？"

"当然。虽然珠世没有血缘关系，也和亲戚一样……另外还有古馆先生。"

"古馆是有任务在身，那猿藏……"

"怎么可能！"松子感到非常意外，瞪大了眼睛，"他不可能出席。他只是个下人……而且是没有资格进入那个房间的下人。"

"是这样啊。我是想问问猿藏昨晚在哪里做什么，看来夫人也不知道。"

"不知道，也许是在补渔网什么的吧。昨天傍晚他还找我要旧琴弦。"

据松子所言，猿藏是个织网好手，佐兵卫在世时经常带他到湖里捕鱼，甚至还大老远地跑到天龙川撒网。

可是战争期间渐渐买不到渔网了，连想修理残破的渔网都没有绳子。于是猿藏想到琴弦，把旧琴弦拧细来编网，非常好用。以前他好像都是这么干的。

"他的手还挺巧的。可猿藏有什么……"

"不，没有什么。"

这时一个刑警匆匆走进来。佐武的尸体浮上来了。

珠世沉默

风暴令佐武的尸体比预想的要早一些浮了上来。

一发不可收拾的风暴阻碍了所有调查，却让沉在湖底的佐武的尸体意外地浮出水面。

听到消息，耕助和橘局长跑到水门，拨开一群警察，看到一个戴防水帽、穿防水外套、全身湿淋淋的男人从摩托艇上下来。

“昨天谢谢您了。”

那人突然对耕助寒暄。耕助吓了一跳，看着对方。那张戴着铁框眼镜的脸好像在哪儿见过，一下子又想不起来。耕助正愁怎么回答，那人呵呵笑着说：“您把我忘了吧？我是那须神社的神官长。”

耕助一下子想起来了。正是大山泰辅。

“哎、哎、真、真、真是不好意思。您穿这么一身，没认出来。”

“哈哈，大家都这么说。可下这么大的雨，不能穿着神官的衣服上路啊。打仗的时候我都穿着神官的衣服呢。”

大山拍了拍夹在腋下的旅行包，里面大概装着神官的衣服。

“您是坐摩托艇来的？”

“是的，那样比较快。下这么大的雨，反正都得变落汤鸡了，不如咬咬牙从湖上穿过来，没想到途中撞上个东西。”

“佐武的尸体？”

“是的，我是第一个发现的。就是您说的无头尸体，真是恶心……”大山皱着眉，像狗一样抖了抖身体。

“真是辛苦您了。”

“哪里……以后再说吧。”

大山又像狗一样晃着身体，等全身平静下来后，提着旅行包要走，金田一耕助从在后面喊道：“大山先生，请等一等。”

“有什么事吗？”

“我有件事想问您一下，过后说也行。”

“好的，不知道您有什么事，我随时都可以。那先告辞了。”

大山走后，金田一耕助回头望着湖水，水闸外面停着警察的汽艇，还有两三艘摩托艇，像树叶一样漂浮着。尸体好像放在汽艇上，戒备森严，只有巡警出入。耕助在其中发现了橘局长。

耕助有点无所适从。他对尸体没有特别的兴趣，就没有上汽艇。鉴定尸体就交给医生和局长好了，没必要对着尸体让自己不适。

等了好一会儿，局长才汗涔涔地从汽艇上下来。

“怎么样？”

“虽然这是我的工作，被迫看那种尸体，肯定也不会高兴吧。”局长苦着脸，用手绢不停地擦额头。

“确定是佐武的尸体吗？”

“当然，虽然要让家属看过才可以，但楠田以前给佐武检查过两三次身体，他说不会错的。”

楠田是镇上的医生，受警察的委派而来。

“那就没问题了。死因查到了吗？他的头部没什么致命伤。”

“查到了，从后背到胸口被捅穿了。楠田说一下子就被刺死了，估计连声音都没发出来。”

“凶器是什么？”

“楠田说可能是日本刀之类的。这个家里可有许多日本刀，是佐兵卫当时收藏的。”

“哦，用日本刀捅死后再砍下脑袋……是这样吧？切口怎么样？”

“是个外行。楠田说花了不少工夫。”

“可是，局长，”耕助突然加强了语气，“关于无头尸体的整体印象，有什么必须隐藏尸体的秘密吗？”

橘局长一脸苦涩地挠着鬓角：“我倒是没有发现什么特别不一样的地方。唉！我真不懂，凶手何必大费周章地把尸体丢入湖中呢？”

“外套的口袋里找了吗？珠世交给他的怀表……”

“当然找了。没有找到。可能凶手拿走了，或者掉进湖里了……但无论怎么说，也不会为了藏一块表而把尸体扔进湖里不是？金田一先生，也许还是您说得对。”

局长思虑重重，摸着下巴。这时一个刑警从雨中一路小跑过来。

“局长，鉴定科的藤崎要见您。手印的鉴定出结果了。”

“啊，好。”

局长看了一眼耕助，眼神中露出不由自主的紧张。金田一耕助回看他一眼，咽了一口唾沫。

“我马上去。还有，让犬神家的所有人都到房间去。”

“知道了。”

剩下的事情都分配给部下，局长和金田一耕助来到刚才那个房间。其他人都没有来，只有大山一个人，穿着神官服，拿着笏板端坐在那里。

两人一进去，大山便眨着眼睛说道：“啊！有什么事要在这个房间里举行吗？”

“对。不过您在这里也无所谓，您也是相关人员之一。”

“哎呀，到底有什么事啊？”

“就是手印那件事，从您那里拿回来的……刚才把那个手印和佐清新按下的手印比较了一下，马上要公布结果。”

“原来如此。”大山扭动着身子，干咳了一声。金田一耕助一直盯着他。

“大山先生，刚才我说了，有件事想问您。大山先生，对比手印可是您出的主意……”

大山吃了一惊，看向金田一耕助，但又马上把视线挪开，从怀中掏出手绢，擦去额头上的汗珠。

金田一耕助直直注视着他：“看来还是有人让您这么做的。我从一开始就觉得奇怪，像您这样的人……对犯罪调查和侦探小说没什么兴趣的人，为什么会想到指纹和手印上来，挺不可思议。到底是谁让您这么做的？”

“不，没有人让我这么做。是前天，有个人来我的神社，说这里有佐清供奉的手印，能不能看看。我早把那卷卷轴给忘了，他一说我才想起来。那也不是什么过分的要求，我把卷轴拿给他看，他一直不说话，看完了说声谢谢就回去了。只有这些。正因如此，我反而觉得奇怪，那个人到底为什么要来看佐清的手印呢？我这么想，一下子想到了指纹，所以昨天通知了佐武和佐智……”

金田一耕助和局长面面相觑。

“是这样啊。那么那个人是为了暗示您才来看卷轴的。大山先生，那个人到底是谁？”

大山有些口吃，好像突然想起来：“是珠世。您知道，她本来就是在那须神社里长大的，经常来玩。”

听到珠世名字的一瞬间，金田一耕助和局长的眼中似乎迸出了火花。

又是珠世！不不，全都是珠世……珠世美丽的容貌之下究竟隐藏着什么计划？

珠世现在也像斯芬克斯一样神秘，面无表情。

犬神家众人围着面具佐清和松子夫人，或多或少都有些激动，只有珠世端坐一旁，像女神一样安静。金田一耕助厌恶她那种安静，害怕她那种面无表情，恐惧她非凡的美貌。

众人安静下来。在充满紧迫感的安静中，鉴定科的藤崎有些激动地干咳了一声：“那我现在就公布研究的结果。详细的报告要提交给局长，现在省去专业术语，只下最简单的结论……”

藤崎又清了清嗓子，说道：“这两个手印完全相同，坐在这里的肯定是佐清。这两个手印是最有力的证据。”

房间里安静得掉下一根针也能听见——这个句子大概就是描写这种情况。没有人开口。大家好像没有听到藤崎的话一样，呆呆地望着前方。

可是，金田一耕助发现了一点。珠世好像要说什么，正想张嘴……但下一个瞬间，她又抿起嘴闭上了眼睛，然后像斯芬克斯一样，神秘而面无表情。

金田一耕助心底升起一股莫名的焦躁，怎么也抑制不住。珠世到底想说什么？

第五章　唐柜之中

手印鉴定结束了。

戴着奇特面具的人就是佐清。佐武和佐智的怀疑——某人乔装成佐清，也不过是空中楼阁。

但为什么无法释然的空气依然笼罩着房间？为什么每个人的脸色都像是嘴里塞了什么一样？

大概是这样。两个手印也许是相同的，可指纹上说不定有什么手脚。即使指纹上没有手脚，说不定整件事又有什么隐情。

从犬神一家充满恶意的脸色中就能读出无声的抗议，这并不奇怪。奇怪的是连松子看起来都有些混乱，这是怎么回事？

那里坐着的确定是佐清无疑——鉴定科职员藤崎下结论的一刹那，松子脸上瞬间露出无法理解的疑惑，到底是因为什么？

松子到底是个难以对付的人，马上收起了疑惑，用不怀好意的眼神环顾四周，以强硬的口气说道："大家都听到了吧？有人还有异议吗？要是有就在这儿说出来。"

大家都有异议，可是不知道怎么抗议才好。众人默默无言，松子又重复道：“如果什么都不说，就是没有异议，大家都认为这个人是佐清。局长，谢谢您。佐清，我们走吧……”

面具佐清跟着松子站起来，脚跟有些不稳。可能是长时间跪坐令腿脚发麻的缘故。

就在这时，金田一耕助再次看到珠世好像要说什么，微微张开嘴唇。

金田一耕助感到奇怪，手心出汗，凝视着珠世的嘴角。然而珠世再次闭上了嘴……然后一直低着头。

松子和佐清已经不在房间里了。

珠世到底想说什么呢？两次都要开口，从她当时的脸色来看，好像要说什么不同寻常的话。正因如此，金田一耕助对她的犹豫感到一股莫名的焦躁。后来耕助想，当时应该让珠世开口，那样犬神家一案的谜团至少就能解开一半，对于后来将要发生的犯罪也许能防患于未然。

“话说回来……”犬神家的众人三三两两地离开房间后，橘局长松了一口气，“明确戴面具的人的真实身份，也算向前迈了一步。整个案子就像剥洋葱，只能一个一个地解开谜团，除此之外别无他法。”

从湖水中浮上来的佐武的尸体当天就被解剖，然后交予犬神家。根据解剖结果，死因是从背后到胸部的贯穿伤，死亡时间在昨晚十一点到十二点之间。

值得注意的是，从伤口的形态来看，凶器鉴定为短刀之类。

金田一耕助听完报告，非常感兴趣，因为短刀虽然可以夺人生命，但砍下脑袋就难以办到了。所以凶手准备了两样凶器，短刀和斩首的工具。

佐武的尸体已被交还给犬神家，当晚，犬神家有一个形式上的守夜。犬神家信奉神道教，所以所有的事情都交给大山神官长操办。

金田一耕助也参加了守灵仪式，席上，从大山那里听到了一件奇特的事。

“金田一先生，我最近发现了一个有意思的东西。”大山肯定是喝醉了，否则不会主动和金田一耕助说这些话。

“什么？”

金田一耕助刚问完，大山微笑道：“不，虽说是有意思的东西，其实是故人……佐兵卫的秘密。不对，说是秘密，其实也是公开的秘密，这一带的人都知道。我最近掌握了铁证。”

“佐兵卫的秘密是什么？”金田一耕助被勾起了兴趣，不由得问道。

大山堆满脂肪的脸上浮起笑容，笑得令人厌恶：“就是那件事。您不知道吗？不能吧。提起佐兵卫，最后肯定要加上这个故事。”他略带鄙夷地说道，“就是珠世的祖父野野宫大贰，和佐兵卫之间有同性恋关系。”

“什、什、什、什么？”金田一耕助不禁叫出来，但马上意识到失态，看了看四周。所幸守夜的人都围坐在对面，没人注意到他。他慌忙把杯里的茶喝干。

对于金田一耕助来说，大山这句话犹如晴天霹雳。因为这件事没有写入《犬神佐兵卫传》，耕助这是第一次听说。

耕助太过吃惊，反而吓了大山一跳，他直眨眼睛："金田一先生，这么说来您不知道这件事？"

"不知道，毕竟《犬神佐兵卫传》上也没写。佐兵卫和野野宫的关系，书上还写得挺详细的……"

"那当然，这种事怎么能放到台面上来！可这一带的人都知道。古馆先生没说吗？"

古馆律师是一位绅士，大概不会随便透露别人的秘密吧。

但这件事——野野宫大贰和犬神佐兵卫之间有同性恋关系，好像给这起案件提供了线索。

金田一耕助茫然得如同目视深渊，思考了许久之后，终于抬起头来："嗯，您刚才说掌握了铁证，那是什么？"

大山好像这才发现自己的不谨慎，但还是忍不住想把自己的发现向人炫耀。

"是这样的。"他正了正身子，喷着酒气讲了起来。

大山最近整理了那须神社的藏品，发现了一个古老的唐柜埋在堆积如山的杂物下面，落满灰尘。他以前不知道有这么一个唐柜，仔细一看，箱子和箱盖之间还郑重地贴着封条，上面有墨字。箱子非常古老，封条也发黑了，开始怎么也辨认不出写的是什么。费了一番工夫，终于读出来了，文字如下——野野宫大贰、犬神佐兵卫两人共同封印，明治四十四年三月二十五日。

"明治四十四年三月二十五日……读到这里，我吃了一惊。看过《犬神佐兵卫传》就知道，野野宫大贰是在明治四十四年五月去世的，所以唐柜是在大贰死前不久由两人封印的。恐怕是大贰知道自己命不久矣，和佐兵卫一起把什么东西封存在唐柜里……我是这么想的，所以……”

“您打开了封印？”金田一耕助语气尖厉地问道。

大山慌忙摆了摆手：“没有没有，不能说是打开了封印。我刚才讲过，箱子非常古老，封条也全被虫子蛀了，破不破坏封条，都能把箱子全打开。”

“哦，然后您就看里面了吧？里面到底有什么？”

“是大量的文书，满满一箱子文书。有书信、流水账，还有日记和备忘录……因为是以前的东西，全是用日本纸写的，全是那样的东西。我拿了一小部分信来读，原来是情书。大贰和佐兵卫老先生之间的……不，老先生那个时候还是娇嫩欲滴的少年呢。”

大山神官长不好意思地笑了笑，但随后就辩解道：“金田一先生，您要是认为我是完全受好奇心的驱使，那可就错了。我非常尊敬佐兵卫老先生，甚至是崇拜。佐兵卫老先生不仅是我们那须的恩人，还是信州第一伟人。我想了解伟人真实的面貌。如果有机会，我想写一本传记。不是像《犬神佐兵卫传》那样为尊者讳的传记，而是赤裸裸地写一个人。我想这绝对不会伤害传主，反而能传播他真正的伟大之处。从这个意义上我才打算彻底调查唐柜，也许从那里能得到其他所有人都不知道的珍贵文献。”

大山说着醉话，自己也陶醉其中。他其实对自己所说的并不确信，但他猜中了。

不久，大山从唐柜中发现的秘密极大地影响了一系列事件。事后金田一耕助每念及此，就不由得心生寒意。

石榴

如今，基本上没有哪个家庭会真正地守夜，一般晚上十点或十一点就结束，即通常说的半守夜。

像犬神家这样成员间互相憎恨的家族，除了死者的父母和妹妹，没有人打算整晚都待在那里。而且待在一具头颅和身体分开的尸体旁边，谁都不会心生快感。所以古馆律师提议守夜在十点结束。

当时风暴虽然停歇了，天空还密布着墨汁一样的黑云，残雨还会突然横着掠过来。

金田一耕助跟着古馆律师冒雨回去。此后，犬神家又发生了一件事。

这件事和昨晚佐武的案子以及后来发生的两起杀人案相比，一眼看上去似乎微不足道。但后来才明白，其中包含着非常重大的意义。

此事的中心是珠世。

守夜结束之后，珠世马上回到自己的房间。忘了说明，珠世的房间也在一座偏宅，和主屋用走廊连接。这座偏宅和松子与佐清住的偏宅一样，有五个房间，还有独立的大门和浴室，唯一的不同之处在于这座偏宅的主体是西式风格。珠世数年来都和猿藏住在这里。

珠世回到偏宅后，小夜子也跟来了，似乎有什么话想和珠世谈。珠世从早上就处于持续不断的紧张中，非常劳累，想泡个澡尽快睡觉，可又无法拒绝小夜子。于是她把小夜子请到客厅。她们谈了什么呢？

“我只是想问一下哥哥的事。听说我哥哥被杀之前去见你了，我想听你亲口说一下当时的情况。”

第二天接受警察调查的时候，小夜子是这样说的。珠世也做证确实如此。可是，一个知道犬神家内情的人透露，两人的谈话不止这些。

小夜子是来询问珠世的想法的，想问问珠世对佐智的态度。

小夜子是个可怜的姑娘。她并不丑，如果只看她一个人，也是百里挑一的美女。但是，因为和珠世这样的美人住在一起，而珠世有着无与伦比的美丽，她的美貌就明显暗淡了，就像月亮旁边的星星失去了光彩。

佐兵卫的遗嘱公开之前，小夜子在珠世面前还没感到太自卑。不，应该说是不太把珠世放在眼里。

珠世确实美丽，可她不过是一个孤儿，是靠他人怜悯才能生存的食客。自己也许在容貌上比不过珠世，可是其他东西应有尽有。作为佐兵卫的外孙女，肯定会获得大量财产。所以如果让男人比较自己和珠世，只要不是傻瓜，肯定会选择自己……小夜子对此深信不疑。事实上，佐智也毫不犹豫地选择了她。

小夜子从小就喜欢表哥佐智，长大之后，这种感情就变成了爱情。而佐智是怎么应对的呢？他肯定也不讨厌小夜子。

佐智的感情有没有小夜子的那么热切，这值得怀疑，但他接受了小夜子的爱情。他狡猾的父母为了尽可能多获得一些犬神家的财产，认为让他和小夜子结婚更好，说服他去讨小夜子的欢心。

可如今局势陡然一变。小夜子原本被当作能下金蛋的鸡，现在完全没有用处了。相反，原先不被看好的珠世，一下子散发出光辉。浅薄的佐智父子对小夜子翻脸不认人，也就可以理解了。现在佐智对珠世开始摇头摆尾。

小夜子来见珠世，就是为了这个问题，想打探珠世内心的想法。这对小夜子来说肯定是难以忍受的屈辱。但她不得不来，因为这天早上以来她已经身心俱疲。

佐武死后，珠世选择佐智的概率就大大增加了。因为剩下的两个候选人里，佐清的容貌极其恐怖，让人不敢直视。

在珠世的客厅里，两个女人之间有什么谈话，现在永远不可能知道了。让小夜子自己说，比让石像开口还困难。珠世这样谨慎的女子，也不会故意触及小夜子的耻辱。

她们大概说了半个小时。珠世送走小夜子后，马上回到客厅旁边的卧室，打开了门。珠世的客厅和卧室都是西洋风格，除了从卧室通向客厅的门，没有其他出入口。

珠世困倦不堪，马上打开卧室的门，按下墙上的电灯开关。一瞬间，一声恐怖的尖叫从她的喉咙里迸发出来。

珠世第二天接受橘局长的询问时说道："是的，我打开开关，点亮电灯，有人从卧室里跳出来。实在太快了，没看清楚。是的，肯定是个穿军服的男人，戴着军帽，用围巾蒙住脸……两只眼睛特别有神，我到现在还记得很清楚。他像阵黑旋风一样，向我猛扑过来……我吓得大叫一声，那个人放开我，从客厅跑到走廊。后面的事，请您问其他人吧。"

"珠世，那个人为什么藏在你的卧室？对此你有什么看法吗？"

珠世答道："我想是这样的。昨晚我回来的时候，因为是和小夜子一起，没注意到，后来发现好像有人翻动过客厅。倒是没丢什么东西……我想那人可能是在找什么，因为我和小夜子回来了，才躲到卧室里去。您看，卧室只有一个出口，没有其他的门，窗户全都锁着，打开会弄出声音。所以没办法，小夜子离开之前他就一直躲在卧室。”

“嗯，这样就说得通了。那个人在这里找什么呢？你有什么他要找的东西吗？”

“这我也不知道。但不管那个人要找什么，肯定是一个很小的东西，比如戒指、耳环之类放在抽屉里的东西。”

“什么都没丢？”

“是的。”

那么，潜入者从珠世的卧室出来后干了什么？

珠世的尖叫传遍了犬神家的各个房间，有意思的是，因为这声尖叫，犬神家所有人都有不在场证明。

佐清当时在自己的房间，即松子的偏宅里。不光松子，大山神官长也可以证明。大山当晚住在犬神家，当时正和松子说话，听到了尖叫。

回忆当时的情况，大山是这样说的：“是的，大概十点半左右吧。我在松子夫人的房间里说话，突然听到一声女人的尖叫。我吓了一跳，站了起来，佐清从旁边跑进来，说是珠世的叫声，光着脚跑到院子里了。我吃了一惊，也跑到檐廊上去看，已经看不到佐清了。昨晚特别黑，当时不巧还下着大雨……”

佐武的父亲寅之助正和妻子在儿子的尸体旁边守夜。不只妻子竹子，还有三个女佣可以证明，女佣们当时在收拾守夜后的座位。

寅之助听到尖叫，并没有站起来。

佐智和父亲幸吉听到尖叫的时候正在自己的房间，打算睡觉。梅子和铺床的两个女佣可以证明。

佐智听到尖叫，脸色骤变，不听母亲的劝阻跑了出去。幸吉也追出去了。

听到尖叫后离珠世最近的是小夜子。她离开珠世的房间，走在通往主屋的走廊上，听到尖叫后吓了一跳，马上折返回去。她来到珠世的客厅前面时，看到走廊尽头有两个人影纠缠在一起。

一个是穿军服的男人，另一个是猿藏。

“啊？什、什么？猿藏和军服男人扭打在一起？”

听到这句证词，橘局长一惊，不由得重新问了一遍。这也难怪，他本来怀疑穿军服的男人就是猿藏，如今怀疑被一举粉碎了。

“是的，肯定没错。我不仅亲眼看见，之后还马上问过猿藏。”小夜子肯定地说道。

当时和猿藏扭打的军服男人找了个空当，一下跳到走廊外面。走廊的尽头是法国风格的窗户，他跳出窗户，从露台跳到院子里。

“当时我要是想追他肯定能追上，但担心小姐……”猿藏这样叙述当时的场景，然后又讲述了当晚自己的行动：犬神家的气氛很不平静，他四处巡视着宅院。他以为守夜要持续到早上，并不知道已经结束了，也不知道珠世已回到偏宅。突然，他听到了那声尖叫。

“我吓了一跳，从露台翻进窗户，一下子撞见那个穿军服的男人……但没看到长相，他用围巾包得很严实……”

猿藏和小夜子来到客厅，照顾珠世，紧跟着赶来的是佐智和幸吉。众人正议论纷纷，突然又听到一声惨叫，声音尖锐，尾音又拖得很长，还夹杂着风雨声。

众人不由得面面相觑。

“是男人的声音。”珠世说道。

“在瞭望台那边。”佐智胆怯地瞪着眼睛小声说。

“可能是佐清哥哥。”小夜子颤声说道。

珠世像被弹起来似的倏然起身。“去看看吧，大家都去。猿藏，你带着手电筒。”

大雨下个不停，众人挤作一团，跑在雨中，寅之助和大山从对面走过来。

“刚才的声音是怎么回事？”寅之助咬着牙问道。

“不知道。或许是佐清。”佐智答道。

众人向瞭望台跑去。

发出惨叫的果然是佐清。他躺在瞭望台的台阶下面，珠世第一个跑到他身边，蹲下来神情恍惚地喊道：“快来人……猿藏，用手电……”

手电筒的光照亮了佐清的脸庞。一行人全都忍不住叫了出来，并纷纷向后退了一大步。

佐清没有死，而是被一记重击打昏过去。面具在倒地时脱落了，露出一张极其可怕的脸！从鼻子到两侧脸颊全是黏糊糊的红色肉块，像石榴一样四分五裂。

小夜子看到这里，啊的一声捂住眼睛。珠世却相反，睁大眼睛看着那张恐怖的脸。

佐智伸出魔爪

第二天，金田一耕助被叫到犬神家，听局长讲述昨夜发生的事情后，陷入了沉思。

“局长，佐清怎么说？”

“佐清说听到珠世尖叫后跑出去，看到那人跑向瞭望台，就追了过去，在楼梯下面被猛地打晕了。”

“这样啊。”

“佐清今天早上非常沮丧，因为他在失去意识的时候被人看到那么丑陋的面容。别人还好说，最让他难过的是被珠世看见了。”

“局长，关于穿军服的男人，查出下落了吗？”

“现在还没有，可是这城市这么小，应该马上就能抓到。”

“听说发现了那个男人的痕迹？”

“是的，珠世的客厅和卧室里有许多鞋印，但是房子外面就非常难找了。昨晚还在下雨，足迹都被冲走了，所以他躲在哪里又逃到哪里，不是很清楚。”

金田一耕助默默地思考着，不一会儿轻轻地挠了挠头发，说道：“局长，昨晚这件事对我们来说意义非常重大。蒙着脸的复员军人……这个人不是犬神家的，但确实存在，昨晚已经得到明确的证明了。并不是像我们之前所想的那样，是家里的某个人假扮的，而是另有其人，确凿无疑。”

“我也是这么想。金田一先生，这究竟是什么人？在这个案子里究竟扮演什么角色？”

金田一耕助轻轻摇头：“我也不知道。如果知道，或许这案子就解决了。可是局长，不管怎么说，此人肯定和犬神家有极深的渊源。他在旅馆登记的地址是犬神家在东京的住所，昨晚又在珠世的房间找什么东西……”

局长吃惊地看着金田一耕助：“是啊，他对这房子的构造相当了解。”

“是的。说到这房子，您也看到了，结构相当奇怪复杂。我来了两三回也弄不清楚。如果他就是要来珠世房间里找东西，则对房子的情况很了解。”

局长沉默地思考着，然后大口呼吸，自言自语般断言道：“管他呢，只要抓住他就明白了。对，关键在于抓住他。我们以前以为他是家里某个人假扮的，没有放开手去调查。现在弄清楚了，肯定马上就能抓到。”

可是，事实并不像他想的那么顺利。

那个蒙面的复员军人来自哪里又去了何方，在警察竭力搜索之下，依然杳无踪迹。

不，应该说他来自哪里不久就弄清楚了。

十一月十五日——即佐武被杀那天的傍晚，有许多人看到一个那样的男人在上那须下了火车。那是从东京出发的下行列车，所以那人可能是从东京来的。还有许多证人看到，那人从上那须走到了下那须。

这样想来，那人真正要去的地方是上那须。因为下那须也有火车站，如果要去下那须，应该在那里下车。可是那人徒步走到下那须，住进了柏屋，可能是因为上那须的旅馆有什么不方便。

那人在离开柏屋之后还曾被几个人看到，其中三人证实，在后面的山里见到过他。警察因此非常兴奋，搜遍了湖周围的山，却徒劳无功。

可能那人当天离开柏屋之后，在后面的山里藏了一天，晚上来到犬神家，然后潜入珠世的房间，又打昏了佐清逃了出来。之后就全然失去了踪影。

五天过去了，七天过去了，在警察的焦躁中，时间到了十一月二十五日，正是佐武被杀后的第十天，发生了第二起恐怖杀人案。不可思议的是，这起案件的核心依然是美丽的珠世。

十一月二十五日，山国的湖畔已完全是一派冬日景象。隔湖远望，连绵的山峰上每天都会多些白色。每天早上，湖岸边还结着薄冰。

没有比这个季节的晴天更惬意的时候了。这是一年之中最爽朗的季节。虽然多少有些风，但在向阳的地方，浑身上下都会暖洋洋的。

这天珠世沐浴着日光，在湖里划船。当然她是瞒着猿藏一个人出来的。自从上次小船出事以后，猿藏严禁珠世划船。珠世像小孩子偷偷跑出去玩一样，悄悄地划船出来。

自佐武被杀以来，珠世内心一直非常忧郁，每天都被疑心重重的警察询问，还要忍受犬神家众人对自己憎恶、敌视和嫉妒的目光。她心力交瘁。

其中她最不能忍受的是佐智一家的攻势。

以前看都不看自己的佐智父子，最近像牛皮糖一样黏住自己不放。珠世想想都觉得直打冷战。

珠世许久都没到湖上玩了，心情因此变得轻松不少。她想放空自己，忘掉一切，就这么漫无目的地划船。

风有些冷，阳光却温暖舒服。珠世不知不觉远远地划到了湖心。

捕鱼的季节结束了，湖面上几乎看不到钓鱼的小船。除了下那须附近有一艘渔船在撒网，此外再无船只。一个多么安详平静的午后。

珠世放下桨，仰面躺在小船里。天空逐渐变得又高又远，令人吃惊。长时间地望着天空，感觉整个人都被拉上去一样。珠世闭上了眼睛，眼中渗出浅浅的泪水。

不知待了多长时间，直到远处传来摩托艇嘈杂的马达声。一开始珠世没有在意，渐渐地声音到了身边，她才坐了起来。

坐在摩托艇上的是佐智。

“原来在这儿啊，我找了你半天了。”

“有什么事吗？”

“局长和金田一耕助来了，说有重大的事情要说，让马上集合。”

“好的，那我马上回去。”珠世拿起了双桨。

“划船回去太慢了。”佐智说着，把身子靠到摩托艇一侧。“坐我这个回去吧。局长非常着急，分秒必争……”

“可这小船……”

“过后让人来取吧。快上来，磨磨蹭蹭的，不知道局长会发多大的火。”

佐智的态度和言辞没有任何不自然的地方，说得好像确有其事。珠世上当了。

“这样啊，那就麻烦了。”珠世把小船划到摩托艇旁边。

“你把船桨放上去，漂走了就麻烦了，我扶着小船。你行吗？注意点……”

“不要紧的。”珠世敏捷地走过去，可小船突然剧烈地一晃。

“危险！”

珠世一个踉跄，倒向佐智的胸口。一刹那，佐智趁机猛地捂住了珠世的鼻孔。他手中握着湿漉漉的手绢。

“你、你干什么！”珠世拼命反抗。可是，佐智的胳膊紧紧地箍住她，控制着她的身体。那块湿漉漉的手绢更猛烈地压住她的鼻孔。

一股酸甜的味道从鼻孔进入脑袋。

“啊，啊，啊啊啊啊啊……”珠世的反抗渐渐微弱，最后她在佐智的手臂中沉沉地睡着了。

佐智轻轻抚摸珠世的乱发，然后轻轻地在她的额头上亲了一口，露出了狡黠的微笑。

他的两只眼睛燃烧着情欲的火焰，闪闪发光。他咽了一口唾沫，像野兽一样舔了舔嘴唇。

他让珠世睡在一边，猫着腰开动了摩托艇，朝着犬神家相反的方向……

天空中有一只鹰盘旋。没有人发现这里发生的事情。

影子

那须市对岸约四公里处，是一个叫丰畑村的贫寒村落。

这里素来贫穷，生丝行情高涨时得到过一些好处，最近生丝出口不景气，整个村子都一蹶不振。当然这不仅仅是丰畑村的问题，而是那须湖畔一带普遍面临的困境。

这个村子的西边尽头有一条小河。小河注入那须湖的地方突起了一块大三角洲，面积每年都在变大，因为小河带来的泥沙常年堆积在这里。现在三角洲满是干枯的芦苇，十分萧条。

佐智来到这里，降低了速度，将摩托艇停在生满芦苇的河口，用狐狸般的眼神打量四周。目光所及之处，只有随风摇曳的干枯芦苇，一派萧瑟，收获完的稻田和桑田里也不见人影。

天空中盘旋的那只鹰守望着这一切。

佐智为自己的幸运暗自得意，猫着腰避人耳目，驶入芦苇。不久，苇穗中忽然现出一座西式建筑。这建筑已异常荒废，但能看出过去相当宏伟。

这样的地方有这么一座建筑——第一次看到的人都会觉得有些奇怪。但如果知道来历，就不会觉得不可思议了。

丰畑村是犬神家的发祥地，芦苇间的建筑是佐兵卫最初建的宅邸。由于丰畑村交通不便，他把事业重心移到了上那须，在那里建了新的宅邸。丰畑村的住宅不再有人居住，成了无用之物，只作为犬神家的一个纪念物保存下来。随着战争爆发，渐渐疏于修缮。看家的男佣被抓去当兵，只好任其荒废。特别是犬神佐兵卫去世后，没有人留恋这座古老的建筑，荒废的同时，最近还被称作鬼屋。

佐智要去的就是这里。

这座建筑以前应该是临湖而建，但因为三角洲每年都在扩大，现在已经远远地离开了水面，被遗忘在萧条的芦苇丛里。

佐智溯流而上，在洋房外面的芦苇丛里拴住摩托艇。这一带水浅泥深，无法驾驶。

佐智好不容易才拴好，迅速登上三角洲。突然，从芦苇深处飞出两三只鸟，把他吓了一跳。

“可恶，吓我一跳。”

佐智咂了咂舌头，拽着缆绳拖起摩托艇，想藏到隐蔽的地方。将其完全拖进芦苇丛后，他才松了一口气，一边擦着额头上的汗，一边看着昏睡在船上的珠世。

一股让他牙齿打架的战栗涌上全身。

无邪地睡着的珠世真是太美了！刚才被迷药迷昏的时候，被弄乱的秀发还斜挂在双眉之间，但丝毫不损她的美丽。芦苇间流泻的阳光在有些汗渍的脸上闪现出金色的斑点。佐智的呼吸逐渐变得粗重。

佐智咽下一口唾沫，然后慌张地环顾四周，仿佛害怕其他人觊觎这份美味大餐。

佐智在芦苇丛中蹲了很长时间，端详着船中珠世的睡姿，一方面是因为怎么看也看不够，另一方面是他还没有彻底下定决心。

他蹲在芦苇中不停地啃指甲，一边看着珠世，就像恶作剧的孩子在最后时刻犹豫是不是要做一样。对方实在太美了，反而削减了他的勇气。

“管他呢，有什么关系，反正早晚都是我的。”

他自嘲般地嘀咕了一句，伸开双臂，把珠世抱了起来。摩托艇微微摇晃，像泥鳅在芦苇里钻来钻去。

咕咚——珠世温热的体温，如新鲜水果般的处女芳香，娇嫩肌肤下血管的跳动……佐智已经受不了了，强忍着沸腾的血液。

佐智双眼充血，抱着珠世，拨开芦苇。他汗流浃背，满脸汗水，虽然是在十一月的寒冷空气中。

穿过芦苇丛有一道残破的墙，涂着白油漆的木栅栏大部分都坏了，满是泥土。墙里面也是一派萧条的干枯芦苇。佐智抱着珠世一路小跑，来到墙后。

佐智身子压得极低，像趴在芦苇中一样，逐步靠近了空屋，仿佛口中叼着猎物的狐狸。佐智不想被别人发现，也不能被别人发现，他在湖面上的时候也时刻注意着陆地上的情况。

佐智喘了一口气，伏身在芦苇丛里。他长时间地抱着珠世，身体像石头一样僵硬，观察着四周的情形。

好像有人在看自己！他强烈地感觉到。

一个瞬间——又一个瞬间——

佐智心脏狂跳，沾在额头的汗珠被风吹干了。

可是……什么都没有发生。四周恢复了寂静，只有随风摇曳的芦苇叶发出摩擦声。

佐智抬起头，胆怯地看向对面洋房的窗户。刚才他确实感到窗户里有东西在动。

一阵风吹过。没有玻璃的窗户内，发黑的破烂不堪的窗帘啪嗒啪嗒地晃动着，拍打着窗户。因为窗帘破得不成样子，才没有被偷走，还留在古老的建筑里。

佐智懊恼地咂了咂嘴，重新抱起珠世，再一次侦察了周围的情况。他像脱兔一样钻出芦苇，从古建筑的阳台跳进了大厅。

霉味刺鼻。蜘蛛网从墙壁和天花板上像流苏一样垂下来。

湖水中有无数小虫子，为了捉虫，蜘蛛在所有地方都结了网。佐智踏进去的一刹那，粘在蜘蛛网上的还活着的虫子一起晃荡起来，垂着的蛛网如同遇见风暴一般剧烈地摇荡着，同时一股腐鱼的臭味强烈地刺激着佐智的鼻子。

佐智背过脸，看着大厅，走上楼梯，随即又猛地吃了一惊，站住了。

最近肯定有人上过这楼梯，上面清晰地印着鞋印……

佐智好像碰上了恐怖的东西，屏息凝神，马上又长长地舒了一口气。鞋印不止一种，从大门口到走廊，到处都是不同模样的新鞋印。

佐智想起，最近警察为了搜寻复员军人调查过这座空楼。这些足迹不就是他们的吗？

佐智摸摸胸口，蹑手蹑脚地上楼梯。稍微踏出脚步，整个房子都发出开裂的声音。他每走一步都冒出一身冷汗。

二楼也不比楼下好多少，一样非常恶心。所有的窗户都没有玻璃，连门上的合页都残缺不全了。

佐智好像事先有所准备，踢开一扇门，走了进去。这个房间没有任何装饰，很简陋。房间的一角放着铁床和结实的椅子，床上放着露出填充物的草垫子，当然没有被褥一类的东西。所有东西都符合萧索废墟的特点。

佐智把珠世放在草垫子上，一边擦汗，一边用狐狸一样的双眼不停地观察四周。

一切都很顺利，没有人知道佐智把珠世带了到这片废墟，一切都将在此时解决。事成之后，不管珠世怎么哭，都得听他的。那时他就将同时拥有美色、金钱和权力了。

佐智全身颤抖，像战士临阵一般。因为激动，他口干舌燥，双膝发颤。

他哆嗦着解开领带，然后扒掉外衣，脱下衬衫，把衣服扔在椅子上。窗户上既没有窗框，也没有窗帘，天色过于明亮。

他咬着指甲环顾房间。

“还犹豫什么，又没人看见……而且她又睡得那么死。”

佐智趴到床上，一件一件地脱去珠世的衣服。柔滑的双肩下出现胸部隆起的曲线，佐智再也按捺不住兴奋。

他指尖不停颤抖，喘着粗气。

正在这时……

佐智像蚂蚱一样从床上跳起来，做出一副防备敌人来袭的姿势，注意着周围的动静。但他再也没有听到声音。

他仍然担心，走出房间，在房子里四处走动。哪里都没有异常，只有厨房的角落里有个田鼠的巢穴，母鼠正在分娩。

什么啊！原来是这东西发出的声音……

佐智懊恼地登上楼梯，正要推开门，突然吓了一跳。

刚才出去的时候门应该是敞开的，现在却关着，怎么回事？难道是因为什么自己关上的？

佐智抓住把手，小心翼翼地打开了门，房间里好像没有什么异常。他松了口气，走到铁窗前，顿时脑袋里像被钉入铁钉一般，吓得浑身筛糠。躺在那里的珠世的胸口上盖着一件上衣！

佐智的腿像被吸在地面上一样，一动不能动。他本来就不是个胆大的人。不不，甚至胆小如鼠。所以他今天能有这样的举动，是下了相当的决心，动手之后也总是畏畏缩缩。

佐智出了一身冷汗，口干舌燥，喉咙要被烫伤似的。他想说什么，舌头却不听使唤。

“谁……谁在那……”他终于说出这句话。仿佛是在回答他，通向旁边房间的门的对面，发出吱的一声摩擦地板的声音。

啊，有人……在旁边的房间……刚才从窗户里窥视的眼睛，那果然不是错觉……他在这个房子里，而且就藏在旁边的房间……自己为什么没有早点发现？

“是谁？出来！藏在那儿的是谁？”

门打开了，一点点地，极其缓慢地……佐智马上看到了站在那里的男人。

一个压低军帽，用围巾蒙住脸的复员军人。

过了一个小时。

犬神家的猿藏接到了一个奇怪的电话。

“猿藏吗？是猿藏对吧？肯定是你。我是谁无所谓。我想提醒你珠世的事情。珠世现在在丰畑村的空屋里，就是很久以前犬神家住的房子，她在二楼左手边最里面的房间。你马上去接她，但不要告诉其他人，否则会让珠世蒙羞。一切都由你一个人来做可以吧？珠世可能还在睡，这点请不用担心，药效过了自然会醒来。那就拜托你了，请尽快来。再见。”

第六章　琴弦

窗外隐约传来的鸟叫声渐渐闯入了现实世界，珠世终于睁开了眼睛。

她缓缓睁开双眼，下意识想伸出双手坐起来，以摆脱沉重的压迫感。

虽然她已经清醒了，但一时之间仍弄不清楚自己究竟身在何处，只好睁着大眼睛环视四周。

她觉得头疼，而且全身发软，连起床都很困难，和每天早上醒来不同，没准是生病了……

珠世正在思忖，脑中突然浮现起湖面上发生的事。在摩托艇上被佐智紧紧抱住，压住鼻孔的湿漉漉的手绢……之后就是一片空白。

珠世突然从床上跳起来，好不容易才控制住尖叫，却止不住全身颤抖，皮肤忽热忽冷。

珠世掀开睡衣，凝视着自己的身体。

这不是那个的证据吗？这样的头重脚轻……不就是被玷污了的

证据吗？

珠世气得浑身发抖，随即又涌起莫可名状的悲哀和绝望。

她坐在床上，一动不动地大睁着眼睛。因为绝望，仿佛周围都是一片黑暗。

可是，珠世马上注意到奇怪的地方。她现在在自己的卧室，睡的是自己的床，穿在身上的睡衣也是自己的。

这到底是怎么回事？

难道佐智为了侮辱自己，而把自己带到这个房间？不不，那不可能。或者佐智在实现了邪恶的愿望之后，把自己带了回来？

珠世心中再度涌起悲愤。

这时，门外传来轻微的响动，珠世慌忙用被子遮住身体。

“谁？”她尖厉地问道。

没人回答，她又加重了语气问了一次：“谁在那儿？”

“对不起，小姐，你好些了吗？我有些担心……”是猿藏的声音，还是那个没有任何伪饰的朴实的声音，包含着浓浓的牵挂。珠世没能马上回答。

猿藏知道了吗？佐智也许让自己蒙受了女人无法接受的耻辱……

“啊，我很好，没什么特别的。”

“哦，那就好……小姐，有个东西你一定要看……我想你越早看越好，能让小姐放心……”

“什么东西？”

“一张小纸条，很小的一张纸条。”

“你说我看了纸条之后就能放心？”

“是的。”

珠世略微思索了一下：“那就从门缝里塞进来吧。”

她还不想见任何人，即使是猿藏。

“好的，那我从这里塞进去……你看了就放心了。等你休息好了再慢慢说，现在好好睡一会儿吧。”

猿藏像保姆一样照顾着珠世。珠世不禁落下眼泪。

“猿藏，现在几点了？”

“刚过十点。”

“这我当然知道……”珠世看着枕边的表说道。

猿藏注意到珠世的声音不对：“啊，是我不好，我理解错了。现在是第二天了，已经过了一晚上，现在是早上十点……你明白了吧？”

“我知道了。”

“那我把纸条从这里塞进去，你看完后好好休息。局长还在叫我，我要去一趟。”

猿藏的脚步声离开走廊，渐渐地远去了，珠世才从床上下来。纸条从门缝里露出一角。

珠世拿起回到床上。小纸条像是从笔记本上撕下来的，写着一些难以辨认的字。珠世打开了枕边的电灯。

怎么看都像是故意为了隐藏笔迹而写歪的，字像蚯蚓似的歪歪扭扭。珠世读完之后，感到全身冰冷，下一个瞬间，全身又热得像着火一样。

纸条上写着这样一句话：

佐智失败了。现在的珠世和以前没有区别，一样纯洁。我可以证明。

影子

这是真的吗？这个影子到底是什么人？不不，应该问猿藏为什么有这张纸条？

"猿藏！猿藏！"珠世慌忙叫喊，但没有回答。

她稍一思考，就下了床，匆忙地换衣服。身体还有些颤抖，但也顾不得了。这个疑惑——要从这个疑惑中解脱出来，越早越好。

换好衣服，简单地化了妆，珠世来到走廊寻找猿藏。偏宅里不见他的踪影。

刚才他说局长叫他过去——珠世想到这一点，穿过走廊，来到主屋。许多人聚集在大厅的门前。

"啊，是珠世！"最先看到她的是小夜子，"听说你不舒服，现在觉得怎么样？你的脸色不大好呢！"

小夜子的脸色也非常差。

"谢谢你，小夜子。"珠世看了看大厅里的人，皱着眉问道，"又发生什么了吗？"

包括橘局长和金田一耕助在内，犬神家的人都在大厅，但不见佐智，而猿藏脸上露出相当固执的神情。珠世心头一沉。

"嗯……"小夜子用怀疑的眼神看着珠世，说道，"佐智不见了，从昨晚开始……"

珠世的脸一下子红了。难道小夜子知道昨天的事，故意来嘲讽自己吗？

“啊，然后呢？”

“梅子姨妈和幸吉姨夫非常担心，给局长打了电话。或许……又发生了什么也说不定……”

因为担心，小夜子的脸可怜地扭曲着。恐怕最担心佐智的，除了他的父母梅子和幸吉，就是小夜子了。

橘局长从大厅中笑呵呵地走出来：“珠世，听说你身体不好，不要紧吧？”

“是的……”

“如果不要紧的话，能来这边吗？有事情需要你帮忙。”

珠世看着局长，又看了一眼大厅里的猿藏。猿藏瞪着眼睛望着她。

珠世不解地问局长：“那……到底是什么事？”

“请到里面说吧。”

珠世只好走进大厅，坐在局长指定的椅子上。小夜子不放心似的来到旁边，站到椅子后面。佐智的父母、竹子夫妇，还有松子和佐清母子，分别坐在四周。金田一耕助站在稍远处，若无其事地观察着众人。

“请你帮忙，不为别事。你应该听小夜子说了，佐智从昨晚就失踪了。也许并没发生什么，但现在这种情况，父母非常担心，让我们马上去寻找。可是……”局长用怀疑的眼神看着珠世，“调查的过程中，我们想到猿藏可能知道些什么，其他人也这么认为。向猿藏问话的时候，猿藏说这件事关系到小姐，没有小姐的允许决不透露一个字……他是这么拒绝的。要你帮忙的事情，就是让猿藏开口。”

珠世感到全身冰冷。她发现自己处于进退两难的局面。局长什么都不知道，正因如此，才能这样平静地请求自己。珠世紧紧闭上双眼，突然有人用力地握住了她的胳膊。珠世睁眼一看，是小夜子，含泪的双眼哀求似的紧盯着自己。珠世手里握着“影子”的字条，不由得攥紧了。

“这件事……这件事，我也想问问猿藏。但听猿藏说之前，还是先听我说吧。如果不这样，就理不清前后顺序了。”

珠世面无血色，放在膝盖上的双手微微颤动，但依然毫无保留地向众人讲述了昨天在湖面上的经过。那本就不是一个很长的故事……

众人听完，惊讶地看着她。佐智的父母、梅子和幸吉面面相觑。橘局长也觉得自己逼问珠世说这些有些过分，不停地干咳。小夜子则瞪大了眼睛，握紧了珠世的手。

珠世也握着小夜子的手，说道：“因此，上了摩托艇之后的事情，我什么都不知道。被佐智带到了哪里，他对我做了什么……”

珠世稍微喘了一口气，又鼓起勇气说：“我完全没有记忆，刚才一睁眼就躺在自己床上。好像猿藏知道事情的经过。大家都盼着我来，其实我最想听猿藏怎么说。我非常想知道，佐智究竟对我做了什么……”

她尽力沉着冷静地说，但难以控制的愤怒像火焰一样燃烧，她的声音在颤抖。小夜子伤心地握紧了她的手。

“猿藏，你说吧，不要有什么顾虑，把你知道的都说出来。不管有什么，在这里全都讲出来，这总比以后再推测要好。你准备好了吗？”

“小姐，你看过那张纸条了？”

“看过了。你把纸条的来龙去脉讲一讲。”

猿藏舔着嘴唇讲起昨天的经过。他不善言辞，故事一长，就有些讲不清楚。所以局长和珠世中途又插进去一些话，好让他讲完。

猿藏是这样说的：昨天傍晚四点左右，有一个不知从哪里打来的电话找他，告知了珠世在哪里。猿藏不太明白是什么意思，对方说如果把事情弄大，会让珠世蒙羞，不要告诉任何人，悄悄地来接珠世，说完就挂了电话。

“然后你就去接珠世了？”

“对。他说不能告诉任何人，我就偷偷划船去了。”

“珠世果然在丰畑村的空房子里？”

“是。”

“当时的情形能再讲详细一点吗？佐智当时不在那里？”

“小姐睡在床上，我以为她死了，脸色非常差。但马上又发现不是，小姐是被迷药迷昏了，嘴角有浓烈的药味儿。”

“佐智……佐智怎么了？”梅子歇斯底里的喊叫声打破了大厅里的寂静。

听她这么喊，猿藏猛地回头，用凶恶的眼神死盯着她。

“佐智？啊，那个王八蛋啊，那个王八蛋还在那儿。在同一个房间，但那小子已经没有危险性了。他光着上身，被五花大绑在椅子上，还被堵着嘴。哼，那副惨象。”

“猿藏，是你捆的吗？”金田一耕助沉稳地插了一句。

“不是，我才没有，我才没有，可能是给我打电话的‘影子’捆的。”

“影子？”局长皱了皱眉头，“影子是什么？”

“小姐，你还拿着纸条吗？”

珠世默默地把纸条交给局长。局长看完后扬起眉毛，马上递给了金田一耕助。耕助也吃惊地皱了皱眉。

“猿藏，纸条是在哪儿发现的？”

“在小姐的胸口，用别针别着。”

“哦，局长，这个纸条请一定保存好。”

“那就先由我保存吧。”局长把纸条塞进兜里，说道，“猿藏，你后来做什么了？带珠世回来？”

“是的。对了，去的时候是划船去的，回来的时候坐摩托艇。肯定是佐智那个王八蛋的摩托艇，我就开回来了。”

“佐智……佐智怎么样了？”梅子尖厉地问道。

“佐智，他还在那个屋子里吧。我可没道理把他也带回来。”猿藏冷笑一声，“被五花大绑……嘴里还塞着东西……”

梅子发出一声惨叫。

“嘿嘿嘿，是的，而且还光着上身。我嫌跟他说话会弄脏我的嘴，所以就让他坐在那儿挣扎。不只是这样，临走前我还赏了他一记耳光，哈哈哈哈哈……”

梅子发疯似的站了起来，嚷道：“谁去救救那个孩子……那孩子要冻死了！”

不久，那须湖的水门里开出一艘摩托艇。橘局长、金田一耕助、幸吉和猿藏坐在上面，猿藏负责带路。小夜子说无论如何都要去，也一起上了摩托艇。

来到丰畑村的三角洲，猿藏昨天扔下的小船还在芦苇间摇摆，看来佐智应该还在空房子里。

猿藏带领众人走进那个破败的卧室。佐智赤裸着上半身，嘴里塞着东西，手被绑在椅子后面，无力地垂着头。

“哈哈哈哈，这小子昏过去了！是应该给他点教训。”猿藏恶毒地说道。

幸吉急忙跑过去，拿掉佐智嘴里的东西，把儿子的头抬起来。

突然，幸吉发出一声尖叫，放开了手，佐智的脖子立刻像折断一样又低下去。同时人们看到，佐智的脖子上缠着奇怪的东西。

是琴弦。琴弦在佐智的脖子上缠了三圈，勒出了恐怖的紫斑。小夜子发出一声惨叫，倒在地上。

痛苦的小夜子

琴弦，琴弦——闻讯赶来的那须警察一片混乱，金田一耕助呆呆地看着他们调查现场，脑中盘旋着恐怖的联想。

佐武被杀的时候，他的脑袋被砍下来，插在菊人的脖子上。当时耕助不明白其中的意味，很是苦恼。现在第二具尸体的脖子上缠着琴弦，一个恐怖的疑问像闪电一样闯入他的脑袋。

琴和菊——这不都是犬神家的传家宝吗？这样想来，这次的连环杀人案和犬神家的传家宝之间有什么联系。对，一定有！如果只有佐武被杀时的菊人，可以当作是偶然；第二次与琴相关，再视为偶然就说不过去了。

是的，连环杀人案肯定和犬神家的传家宝有很深的关系。凶手在故意凸显这一点……金田一耕助想到这里，突然又想到了一个恐怖之处，全身如坠冰窟。

斧、琴、菊之中，琴和菊已经被使用过了，斧一定也会被使用吧？但是，谁会被……

金田一耕助的视网膜上浮现出戴面具的佐清。菊是佐武，琴是佐智，剩下的斧只有用在佐清身上……想到这里，他不寒而栗。因为他想起来，如果三个人都被杀掉，谁最能获利。

这个先按下不表。负责拍照的警察按照橘局长的命令，从各个角度拍摄了被捆在椅子上的佐智的尸体，这时楠田医生跑来了。

"橘先生，又有人被杀了？"

"啊，医生，不好意思。碰到这种事情总是找你……解开绳子吧。"

"不，请等一等。"楠田仔细观察佐智的尸体，然后说道，"好，请解开绳子吧。照片呢？"

"已经照完了。川田，把绳子解开。"

"请稍等！"刑警正要解开绳子，金田一耕助从旁叫住，"局长，不把猿藏叫进来吗？解绳子之前再确认一遍。"

猿藏被刑警叫进来，一副不耐烦的表情。

"猿藏，为防万一，再确认一次。你昨天来这里的时候，佐智确实被绑在这里？"

猿藏表情厌恶地点了点头。

"当时佐智还活着吗？"

"对，还活着。"

"佐智当时说什么了吗？"

"他好像要说什么，因为被堵着嘴，没说出来。"

“你没有把他嘴里的东西弄出来吗？”

猿藏瞪了金田一耕助一眼，马上又把目光移开：“我要是知道会发生这种事，别说是把嘴里的东西弄出来，还会把绳子解开的……当时我可是快气疯了……”

“你说打了他一个耳光？”

猿藏不情愿地点了点头，好像在后悔当时的所作所为。

“好，我都清楚了。你把珠世从这里带走是……”

“嗯，四点半或接近五点。因为天都快黑了。”

“哦，那么佐智在四点半到五点之间还活着。是不是你临走时杀了他？”

“怎、怎么可能？我不过是打了他一耳光。”猿藏生气地辩解。

金田一耕助带着安抚的语气问道：“最后再问一个问题，你离开时佐智是什么样子？是现在这样吗？比如绳子的打结方式……”

“这个……我当时倒没有凑近去看，所以打结什么的不太清楚，身体大概就是这样吧。”

“好的，谢谢，你可以走了，有事再叫你……局长，您过来看一下。”

猿藏走后，金田一耕助转向局长说道：“解开绳子之前，请您仔细看一下。佐智的上半身，您看，全都是擦伤。这明显是挣扎的时候弄伤的。挣扎得这么猛烈，绳子肯定会相当松弛，可是绳子现在却……”

金田一耕助把手指塞到捆着佐智的绳子中。

“连塞进一根手指都很困难，绳子紧紧地缠在佐智的身体上。这是怎么回事？”

局长不可思议地瞪大了眼睛。

“金田一先生，这、这意味着什么？”

“意味着什么……我也在想。”金田一耕助出神地挠着头，“总之这很奇怪。这一大片擦伤和紧绷的绳子……局长，请牢记这一点。不好意思，请把绳子解开吧。”

绳结解开后，尸体被放到床上。楠田医生检查的时候，一个刑警走了过来：“局长，有点事……”

“什么事？”

“有个东西要给您看。”

“好的。川田，你待在这儿，医生可能会有什么需要。医生！”

“啊？”

“还有一位昏倒的女士在另外一个房间，这里弄完后请您去看看，是犬神家的小夜子……”

金田一耕助也跟着局长出去。刑警带着他们到了厨房旁边的浴室入口。那里有一口炉灶，还有锅碗瓢盆，纸壳箱子里有半箱炭。金田一耕助和局长看到后不由得扬了扬眉毛。很明显，最近有人在这里做过饭。

“局长，”刑警看着两人说道，“佐武的案件发生后，我们调查过这栋空房子，因为觉得住在柏屋的那个复员军人也许藏在这里……当时这里绝对没有这些东西。所以即使有人藏在这里，也是在那之后。”

“原来如此。”金田一耕助高兴地来回挠着头发，“你们调查过这里，所以这里才是最安全的隐藏地点。他也许是这么想的。”

“是的，我也这么认为。看来那人知道我们调查了这里。他怎么知道呢？”

“是、是啊，警、警官先生，我也非常感兴趣……或许你们做的事情，人家全都知道。”

金田一耕助非常高兴，橘局长当然一脸不快：“金田一先生，您这是什么意思？您这样说，好像在这里的就是我们要找的人似的。这可不一定，说不定是别的流浪汉……”

“不，局长，您应该看的不只是这里。”刑警打开通向浴室的门，“请看，藏在这里的人用浴室洗过东西。煮饭其实也可以在那里，但烟容易飘出去，在厨房也会遇到同样的问题，所以除了浴室入口，没有更适合煮饭的地方了。在这里外面绝对发现不了。另外这个浴室里……”

刑警没有必要再说明了。像菜叶一样躺在地上的白毛巾上面，一个巨大的军靴鞋印如印章般清晰可见。橘局长见状不由得低叫了一声。

“当然，即使穿着军靴，也不一定是我们要找的人。但是从前后情况来看……”

“是的，有了这个鞋印，可能性就更大了。西本，把鞋印做成模型。”

橘局长回头看着金田一耕助，生气地说道：“这么说，佐智不知道这里藏着那个复员军人，把珠世带到这里。两人打斗之后，佐智被捆在椅子上。那人随后给猿藏打了电话，告知珠世在这里。于是猿藏赶到，只把珠世带回去，佐智还被绑在椅子上……按照现在了解的，是这样一个情况。可是，金田一先生……”

局长用力说道：“杀死佐智的是谁？难道猿藏走了之后，那个复员军人又回来把佐智勒死了？”

金田一耕助慢悠悠地挠着头发：“局长，我也正在想这件事。如果是他杀了佐智，为什么不在叫猿藏前杀呢？很明显，叫来猿藏，这个房子就暴露了。不知道是幸运还是不幸，猿藏到今天早上都没有开口，可藏在这里的那个人不可能预测到这一点。所以，给猿藏打电话之后再回来是非常危险的。而且……不，不管怎么说，现在佐智被杀一事还没查清，什么都不好说。”

橘局长沉默地思考着，不一会儿转过头来对部下说：“西本，还有什么吗？”

“还有一个，请您看看储藏室……”

储藏室在后门外不远处，大约两坪[①]，堆满废弃物的一角竟有好几捆新鲜的稻草。

金田一耕助和橘局长不由得瞪大了眼睛。

“他在这里睡觉。”

“是的，现在正好是收获之后，到处都是稻草，偷偷拿一点也没有人会发现。您看，”西本踩着稻草堆，“稻草很厚，比一般的薄棉被还暖和。”

“果然。”橘局长盯着稻草做的床铺，“就是说，有人藏在这里已经是不争的事实了。这不会是故意伪造的……”

“故意伪造的？”西本吃了一惊。

橘局长突然加重了语气说道：“金田一先生，昨天这里到底发生了什么，我们还完全不知道。我们确实从珠世和猿藏口中知道了大

①日本计量房屋和土地面积的单位，1 坪约为 3.3 平方米。

概，但没人能保证他们说的是真的。珠世说佐智用迷药迷昏她，把她带到了这里。反过来说，也许是珠世诱惑了佐智，把他带到了这里。而所谓猿藏接到身份不明的人打的电话后来到这里也是假的，他早早就埋伏在这里。金田一先生，您应该记得，猿藏为了修补渔网，收集了许多旧琴弦。”

西本吃惊地看着他：“局长，按您的想法，这里的痕迹是为了迷惑别人。那么，是珠世和猿藏共谋杀死了佐智？”

“不，不能肯定。可是，也不是不能这么考虑。还有这个鞋印，实在太清晰，简直像按上去的一样。可是……算了，你去详细调查吧。金田一先生，楠田的工作也该结束了，我们去看看吧。”

两人回到了二楼，没有发现医生的踪影，一个刑警在看着死尸。

“川田，楠田在哪儿？”

“他去看旁边那位女士了。”

“好，尸检结果如何？”

“要解剖之后才能给出详细报告，我汇报一下大致的情况……”川田看着工作手册，说道，“死者已经死亡十七到十八个小时。按照现在的时间推算，就是昨晚八点到九点之间。”

橘局长和金田一耕助闻言不由得面面相觑。猿藏说离开这里是在下午四点半到五点之间。那么，不管凶手是谁，佐智在那之后三到四个小时还活着，被绑在椅子上。

刑警看着两人的脸色，接着说道：“是的，情况是这样。不可思议的地方不只这个，尸体上的琴弦是死后才缠上去的。楠田先生说，受害者不是被琴弦而是被粗绳子一类的东西勒死的。”

“什、什、什么？”橘局长跳了起来。正在这时，对面的屋子里传来一声女人骇人的尖叫。

金田一耕助和局长吓了一跳，互相望着对方。他们知道是小夜子，但叫声实在过于骇人和悲痛了。

“局长，去看看吧，这声音不对劲。”

小夜子在相隔三个屋子的房间里，猿藏和幸吉在照顾她。金田一耕助和橘局长踏入房间的一刹那，不由得呆若木鸡。

被猿藏和幸吉左右抱住的小夜子露出绝非常人的表情。她眼角上吊，面部肌肉难以置信地抽搐着，而且极其有力，连魁梧强壮的猿藏都有些按不住她。

“猿藏，按紧了。再打一针，再打一针就好了……”

楠田医生快速地打下一针。小夜子又发出两三声肝肠寸断的叫声，也许是药起了作用，逐渐平静下来。不久她倒在猿藏胸前，像个孩子似的睡着了。

“真可怜。”楠田收拾好注射器，沉痛地说道，“歇斯底里。暂时用药压下去。”

橘局长问道：“医生，还会再发狂吗？”

“说不好，可能是受了太大的刺激。局长……”楠田表情为难地看着橘局长和金田一耕助，“她怀孕了，已经三个月。”

食指的血

佐智的尸体被发现的消息，像电流一样从湖对岸传到了犬神家，那里瞬间陷入了恐慌。据报告，最受打击的是佐智的母亲梅子。

梅子昨晚以来一直惴惴不安，随着噩耗传来，她歇斯底里的老毛病彻底爆发了。她过于悲伤和愤怒，对着向她报告的刑警吉井破口大骂。作为母亲，这也可以理解，但这里必须记上一笔，听到佐智惨死的一刹那，她是这么喊的：“浑蛋，浑蛋，松子那个浑蛋！是她杀的，她杀的佐智！警官先生，去抓她，把松子抓住，判她死刑！不，不，死刑还不够，要大卸八块，处以火刑，把头发一根一根拔下来！”

梅子像夜叉一样狂嚎，列举了许许多多酷刑，不久又痛哭起来，冲着吉井说道：“警官先生，你也知道我父亲的遗嘱吧？没有那份遗嘱，松子的那个臭崽子佐清就会继承犬神家的家业。松子也那么打算，到时候好在背后操控佐清呢。可怎么样？我父亲留下那份遗嘱，松子的算盘落空了。要成为犬神家的继承人，必须得和珠世结婚。可她那个崽子佐清，脸烂得像个石榴一样，又脓又肿……真恶心，想起来都直冒冷汗。珠世再喜欢他，怎么可能和那种怪物结婚？佐清从一开始就输了。松子那家伙不甘心，先杀了佐武，然后又杀了佐智，这样珠世再不愿意也得和那个怪物结婚。如果珠世不愿意，就没有继承权，到头来佐清还是一人继承犬神家的所有财产。恶棍、浑蛋、大恶人松子！警官，把她抓住，把松子那个贱货抓起来！”

梅子不停地说着。吉井突然想起，佐智是被勒死的，凶手杀了佐智之后，不知为何在他的脖子上缠上了琴弦。他告诉梅子，梅子吃惊地瞪大了双眼，说道：“琴弦？”

她的眼神非常疑惑，木然地问了一句：“是被琴弦勒死的？”

“不，不是。是用更粗的绳子勒死的，然后凶手在佐智的脖子上缠上了琴弦。局长也很奇怪，为什么要缠上琴弦。”

"琴弦。"梅子缓缓地嘟囔了一句，然后又重复了一句，"琴的弦……琴……"

她反复说着，好像想起了什么，脸色一变："啊……琴！菊！"

她屏住呼吸，一下子陷入了沉默。

受到的打击仅次于梅子的，不用说是小夜子的母亲竹子。但她不是因为佐智才受打击。佐智被杀，她可能没有什么触动，想到梅子和自己一样失去儿子，没准还有几分得意。

可当吉井告知小夜子发狂且怀有身孕的时候，她也和梅子一样歇斯底里，破口大骂，其内容同样和梅子差不多。

竹子同样认为姐姐松子是凶手，为了让自己的儿子佐清获得继承权，杀死了佐武和佐智。

但有意思的是，听到吉井关于琴弦的报告后，她的反应也和梅子一样。

"琴弦……你说琴弦？"竹子开始只是不可思议地侧着头，不一会儿好像想起了什么，深吸了一口气，"啊，琴！"

她的眼神相当害怕："还有菊！"

她大叫一声，再度陷入了思考。不管吉井和寅之助怎么问，她都不回答，最后她铁青着脸站起来："我和梅子谈谈……难道，不可能，太恐怖了……我和梅子谈过之后再说。"

她像幽灵一样蹑手蹑脚地离开了房间。

最无动于衷的是佐清的母亲松子。

吉井最后来到她的房间，她正在古琴老师宫川香琴的指导下练琴。香琴女士在佐武被杀之后去伊那讲学，现在又回到了那须。

看到吉井走进来，面具佐清也从自己的房间出来，默默地站在母亲和香琴女士中间。

因为彼此认识，吉井就没避着香琴老师，讲述了佐智被杀和小夜子发狂之事。松子听后连眉毛都没动一下，甚至还在平静地弹琴，态度相当可憎。

最吃惊的倒是香琴老师。吉井进来的时候，她就停止弹琴，正襟危坐。听完吉井的讲述，她害怕得瞪大了那双不太灵活的眼睛，纤弱的肩膀微微颤抖，长长地叹了一口气。

佐清是什么表情，因为戴着面具，无从得知。白色的面具只有苍白的平静。

一时间，房间里充斥着难以忍受的沉默。松子依然平静地弹琴，可能她也知道妹妹们会如何看自己，为了打破尴尬的气氛，故意虚张声势。

但她的声势马上就被击溃了。吉井说起佐智脖子上缠着的琴弦。“因此，局长也觉得不可思议。如果是被琴弦勒死的就算了，是被别的绳子勒死，为什么要缠上琴弦呢？还弄得好像是被琴弦勒死一样……”

松子弹琴的手逐渐停了下来。显然她被刑警的话吸引住了，可是并没有当即停下。

“所以，凶手……”吉井接着说道，“有什么特别的理由，要把注意力引到琴弦上，只能这么解释。琴弦，或许是琴。佐武的案子里使用了菊人，菊人，就是菊。这次是琴。琴和菊……斧、琴、菊……”

松子的指尖发出铮的一声，一根琴弦断了。

“啊！”松子和香琴老师几乎同时发出叫声。

香琴老师吓得半站起来，松子慌忙拆下贴在右手上的假指甲。她的手被琴弦弄伤了，食指内侧渗出血。

松子从怀兜里掏出手绢，急忙把食指缠起来。

“啊，您受伤了。”吉井说道。

“被刚才断的琴弦割伤了……”

香琴老师仍然半站着，还未平静下来，听松子这么说，疑惑地皱了皱眉。“被琴弦割伤了？”她自言自语似的嘟囔了一句。

吉井一瞬间在松子眼中看到不同寻常的光芒，简直是如同带着杀气般憎恨的眼神。这一瞬之后，又恢复惯常的冰冷神色。吉井弄不清楚，为什么会有如此憎恨的眼神？又是冲着谁？

香琴老师由于眼睛不便，似乎没有注意到，依然半站着，好像在等自己平静下来。旁边的佐清则装得若无其事。刚才香琴老师惊叫着起身的时候，他几乎条件反射似的站了起来，仿佛要把香琴老师按住。

松子奇怪地看着两人，马上把目光移到吉井身上：“那是真的吗？佐智的脖子上缠着琴弦？”

“我先告辞了。”香琴老师说道，然后颤巍巍地站起来。她好像被吓着了，脸色很差，脚下也有些不稳。

“我送您。”佐清跟着站起来。

香琴老师睁大了眼睛：“啊，少爷！”

“没关系，您一个人太危险，我送您。”他温柔地拉起香琴老师的手。香琴老师只得跟着他。

“不好意思。那么夫人，我先告辞了。”

松子侧着头，不可思议地目送着两人，然后又看向吉井。

“警官先生，刚才说的是真的吗？佐智的脖子上缠着琴弦？”她再次问道。

“千真万确。夫人对此有什么看法吗？”

松子默默地思考着，又好像想到什么似的抬起头来。“啊……嗯……我想没有。我妹妹对此说了什么吗？”

“那两位夫人好像知道些什么，但没说。”

这时佐清回来了，他没有坐下，对两人行了个礼，径直回房间了。松子不知为何突然肩头一颤，仿佛佐清经过的时候刮了一阵冷风。

“夫人，您要想到什么，请和我说。这事情还是彻底弄清楚为好。”

“那个……”松子的眼神还是惊疑不定，“这件事我有些想法，但这太难以置信，我要和妹妹们好好谈谈，见到局长后再……”

松子按铃叫来了女佣，让她马上请古馆律师过来，然后又陷入了沉思。

两个小时后，橘局长和金田一耕助从丰畑村回来了。

第七章　可叹！可怜！

犬神家那个两间十二叠房间连成的客厅里，正面的白木灵台上依然供放着大朵的菊花，簇拥着佐兵卫的遗像。遗像中虽然是一位老年人，依稀能看出昔日的俊美。

犬神家众人围坐在遗像前面，今天又缺席了一男一女。最近每次召开家族会议，就像牙齿脱落一样，总会缺一位重要人物。白木灵台上的佐兵卫不知会做何感想。

上次是佐武缺席，今天是佐智和小夜子。小夜子因受了刺激，间歇性地发狂，也许还能恢复过来。而当时正躺在那须医院的手术台上被楠田医生解剖的佐智，则不可能再来参加家族会议了。

和佐兵卫有血缘关系的男性，除了去向不明的青沼静马，只剩下了佐清。佐清依然戴着白色的橡胶面具，像远离人世的深山古沼一样平静得可怕，静悄悄地坐在那里，如同一尊没有血液的塑像。

他旁边是松子，稍稍远离两人的地方坐着竹子和寅之助，再远一点，坐着眼睛哭得通红的梅子和幸吉。

犬神一家现在只有这些人了。珠世在旁边正襟危坐。从昨天开始的一连串打击让她非常疲惫，但丝毫没有影响她光彩照人的美丽。她女神一般的美丽像永不枯竭的泉水，越看越动人。今天比较奇特的是猿藏坐在她身边。

离这些人稍远一点，是从丰畑村回来的橘局长和金田一耕助，还有松子叫来的古馆律师，以及从丰畑村先赶来报信的刑警吉井。马上就要揭开神秘的帷幕，因此大家都屏息凝神。

房间安静得能听到火盆里炭火跳动的声音，和清冽的菊花香一起，在房间中散布着莫可名状的阴森鬼气。

令人窒息的沉默——开口打破沉默的是松子。

“那就由我来回答你们的询问。竹子、梅子，你们要想说什么也可以说。”

她的语气还是那么不容置疑，竹子和梅子怯怯地互望一眼，然后一脸无奈地点点头。

“这是我们之间的秘密，以前从未对别人说过。可能的话，我们一生都不会提起，而且我们共同发誓不会对任何人说。但是事已至此，已经不能再隐瞒下去了。竹子和梅子为了找到杀死自己儿子的凶手，无论如何都要公开这个秘密。听了我下面要说的话，你们怎么看我们，都没有办法。我只是想说，每个人都有自己的立场，每个人都要守护自己的幸福。作为母亲，不仅要守护自己的幸福，还要守护孩子的幸福，不管受到多少非议。”

松子用秃鹰一样锐利的眼神环顾四周，缓了一口气，接着说道：“那是在佐清出生前后，大概三十年之前。当时先父宠爱一个叫青沼菊乃的女人，我想大家都知道。菊乃是先父经营的工厂里的一名女工，当时十八九岁，不是很漂亮，也不是很有能力，非常普通。不知道她怎么搭上了先父，反正自从认识了她，这场黄昏恋就把先父彻底迷住了。当时先父五十二三岁，稳固了犬神家事业的基础，也称得上是日本一流的实业家了。以他这种身份，被自己工厂里一个十八九岁的女工迷住，在外人看来是个很大的丑闻。”

讲述这些好像勾起了松子的愤怒，她声音颤抖地说道：“先父可能忌惮我们，没打算把那女人领进家门，而是在城郊买了一栋豪宅，把她安置在里面。最开始还避人耳目，偶尔去几次，渐渐地就不管不顾了，经常出入那里。请各位想一想，当时我们家里承受的流言蜚语吧。”

松子渐渐提高了音调：“要是一般的有钱人，老了包养个年轻情妇什么的也还好，不会引起舆论风波。可犬神佐兵卫是信州商界巨头，长野县的代表人物，被称为那须町之父。所谓树大招风，先父事业扩大，也有了许多政治上和商业上的敌人。他们当时还把这些事弄上了报纸，有人甚至写了猥亵的歌曲。真是不堪回首。如果只有这些也还好，可是不久我又听到了无法忍受的传闻。”

松子执念很深，似乎现在还无法忘记当时的愤怒，咬着牙说道：“菊乃怀孕了，先父打算把她立为正妻，把我们都赶出去。你们想象一下，我听说这件事后是多么生气。不，不仅是我的愤怒，还有从母亲那里继承下来的怨恨和愤怒。同样感到怨恨愤怒的还有竹子和梅子。”

松子回头看看竹子和梅子，两人点头赞同。在这件事情上，这三个异母姐妹总是意见相同。

“大家都听说了，我们三个人的母亲各不相同。而且三位都不是正妻，一生为妾，她们一直为此感到失望和遗憾。菊乃怀孕的时候，我们三个人的母亲都去世了，但我们都记得，先父对待三位母亲的态度简直不像个人。你们可能都对这房子里到处是偏宅感到奇怪，那就是畜生一样的先父当时生活的残留。他在偏宅里饲养着三个女人。除了饲养，我找不到其他的表达方式。先父对三人没有一点爱情，只是把她们当作发泄情欲的工具而已。岂止是情欲，他心里对她们只有轻蔑。因此三人怀了他情欲的结晶，生下我们的时候，他都很不高兴。对他来说，我们的母亲只要提供肉体就可以了，生孩子是多余的事情。正因如此，你们想一下，对于我们的出生，他是如何冷淡了。”

松子越说越怒不可遏，声音颤抖不已，一字一句充满强烈的恨意，竹子和梅子则频频点头表示认同。

“他之所以养育我们，大概是因为孩子和小猫小狗不同，不能随便丢弃或杀掉，只有这一个理由。他厌烦地把我们养大，对我们没有一点感情。然后他又爱上不知从哪儿来的骚货，要把我们赶出去，立她为正妻……我愤怒至极也不是没有道理了。”

金田一耕助腋下禁不住冷汗涔涔。松子讲述的父女之间的纠葛和憎恨，绝不是寻常人家应有的。

犬神佐兵卫对三个侧室和侧室的女儿竟如此冷淡吗？他是不是有什么人格缺陷？

不，根据《犬神佐兵卫传》的记载，犬神佐兵卫取得了那样的成功，又非常重视情谊。当然书中也许有许多夸张和曲笔，可耕助来到那须以后，听到的基本和书中的内容相同。那须市的人直到现在还觉得佐兵卫老先生像慈父一样。可他为什么对自己的妾和孩子这样冷酷呢？耕助突然想起从大山神馆长那里听说的佐兵卫年轻时的传言——珠世的祖父野野宫大贰和年轻的佐兵卫之间有同性恋关系，或许这对佐兵卫的态度有很大的影响。人生初始阶段的同性恋经历，影响了后来佐兵卫的性生活，让他无法对妾和女儿们怀有正常的感情。可是，只有这点无法解释他对妾和女儿异常冷酷。还有什么，这里面肯定还有什么不寻常的原因。到底是什么呢……

这时松子又说了起来，金田一耕助的联想被打断了。“当时，还有一件事激起了我的愤怒。那时我已经结婚了，春天刚刚生下孩子，就是佐清。父亲绝不会把家业传给我丈夫，而佐清是父亲的嫡亲外孙，要继承家业的，我非常高兴。可是，如果菊乃成了父亲的正妻，又生了一个男孩，她的儿子就是父亲的嫡长子，犬神家的财产都会被那个孩子夺走。我有双重的愤怒，一是从母亲那里继承的仇恨，二是替儿子愤怒。怀有同样仇恨的还有竹子和梅子。竹子当时已经和寅之助结婚，有了怀孕的征兆。梅子还没结婚，但已经和幸吉有了婚约，来年春天要举行婚礼。我们必须为已经诞生和将要诞生的孩子战斗。因此，有一天我们闯入菊乃家，对父亲和菊乃破口大骂。”

松子的嘴唇拧成一条线，言语压不住怒火。金田一耕助腋下又流出冷汗。橘和古馆也皱着眉，互相看着。

“我说了这些话，你们认为我是一个怎样邪恶的女人都无所谓。这就是母亲的行为方式。加上积年的仇恨，我们三人痛骂了父亲一顿。最后我是这么说的，如果你要立这个女人为正妻，我早有打算，我要在这个女人生孩子之前，把你们两个都杀掉，我也自杀。这样犬神家的财产就都是佐清的，即使我儿子要背上母亲是杀人犯的恶名……”

说完这句话，松子嘴角浮现出一丝微笑，环视众人。金田一耕助脊背发凉，橘和古馆面面相觑。这是多么恐怖的血亲相憎，又是多么恐怖的父女相残！耕助感觉坐垫上长出了钉子一样，坐立不安。

松子又道："这下连父亲也怕得要命，可能他认为我肯定做得出来吧，把菊乃立为正妻这件事就不再提了。害怕的不仅是父亲，菊乃是个女人，更害怕。她吓得魂不附体，挺着大肚子离开了家，没了踪影。听到这个消息，我们长出了一口气，非常高兴。其实我们不知道，父亲抢先一步把我们耍了。"

她又看了看众人："大家都知道犬神家有斧、琴、菊三样传家宝，也都知道那对于犬神家意味着什么……菊乃消失之后不久，我们从犬神奉公会的干部那里知道传家宝不见了，好像是被父亲送给了菊乃。当时我的愤怒……我气疯了，几乎背过气去。我下定决心，他不仁我不义，事到如今，不用非常手段是不行了。我们就算掘地三尺也要找到菊乃的藏身地，拿回斧、琴、菊三样传家宝。我雇了许多人打探菊乃的住所，在这个小地方想彻底藏起来是非常难的，没过多久我就知道她藏在伊那的百姓家，听说两周前刚刚平安生下一个男孩。片刻都犹豫不得了。一天晚上，我们三人袭击了在伊那的菊乃。"

说到这里，松子也有些吞吞吐吐了。竹子和梅子可能想起了当时自己残忍的行径，肩膀在颤抖。众人屏息聆听。

"那是一个月亮都要冻住的非常冷的夜晚，地面上全是霜，像雪一样反射着光芒。我事先买通了菊乃借宿的那家主人，让他们一家把房子空出来。犬神家的命令在伊那很管用，我一下命令，没有人敢违背。这样，我们闯入那家，菊乃系着窄腰带，正在给孩子喂奶，看到我们，像见到鬼似的。但下一个瞬间，她抓起旁边的茶壶，朝我们扔过来。茶壶撞在柱子上摔得粉碎，热水从我们头上浇下来，这更把我惹火了。菊乃抱着婴儿，想从檐廊跑出去，我一把抓住她的腰带。腰带一下子被拽掉，菊乃拖着衣服，从檐廊上跳下去。我抓住她的衣领，梅子把婴儿抢了过去。菊乃为了抢回婴儿，脱掉外套，只剩下里面一件衣服，近乎赤裸。我抓住她的头发，把她摔在满是白霜的地上，用扫帚劈头盖脸打过去。菊乃白嫩的肌肤上出现了无数伤口，大量的血渗出来。竹子从井里打了水，泼了她一身，一桶接着一桶……”

讲述这恐怖场景的时候，松子几乎没有表情，脸上仿佛戴了面具，看不出悲喜，声音也像念经一样没有抑扬顿挫。这让讲述的内容越发恐怖，金田一耕助瑟瑟发抖。

“直到这时，我们都没有开口。菊乃叫了起来，你们到底想要我做什么？我说，你心里清楚，把斧、琴、菊交出来，快点交出来。菊乃却出人意料的顽固，怎么也不答应，说那是老爷给孩子的，不可能还给你们。我又用扫帚狠打了她一顿，竹子浇了一桶又一桶的水。菊乃在地上打滚、呻吟，就是不答应。这时，在檐廊上抱着孩子的梅子说，姐姐，不用那么麻烦，我轻易就能让她答应，说着把婴儿的屁股露了出来，用烧红的火钳烫了上去。婴儿像直接被火烧一样大哭起来。”

金田一耕助简直要吐了，一种莫名的恶心从肚子里涌上来。橘、古馆和吉井额头上都汗涔涔的，猿藏也吓得够呛，只有珠世依然正襟危坐。

松子嘴角露出一丝微笑：“梅子总是我们三人中的军师，也最能下狠心。这一击把菊乃彻底击倒了，她哭得不成样子，说把斧、琴、菊还给我们，就藏在壁橱的天花板里面。我本想拿回来就算了，这时竹子说，菊乃，你真是个不要脸的女人，你在缫丝工厂的时候就勾搭男人，后来还一直保持关系，我们都知道，这个孩子是那个男人的野种，你居然说是我父亲的孩子，真不要脸。你写一封信，证明这不是犬神佐兵卫的孩子，是情夫的孩子。菊乃当然不干。梅子又用火钳烫了一下婴儿的屁股，菊乃哭着写了一封信。然后我对菊乃说，你要是想报警也可以，我们会被抓起来送进监狱，但估计不会是死刑，也不会是无期，从监狱里出来再找你算账。竹子也说，菊乃，你不要再见父亲，也不要写信。我们可雇了许多侦探，你有什么小动作，我们马上就能知道，然后找你算账。最后梅子笑着说，今晚的事要再发生两三回，这孩子就死定了。呵呵……我想这么说了，她应该再也不会回父亲身边了。我们放下心来，正要回去，抱着婴儿哭泣的菊乃抬起头来，说道——”

松子顿了一下，环顾四周，提高了音调：“你们真是魔鬼，老天爷不会放过你们。就算老天爷放过你们，我也不会！斧、琴、菊……哈哈哈哈，真好笑。你们永远都会被诅咒，斧、琴、菊马上就会令你们遭到报应！记好了，斧是你，琴是你，还有菊是你……菊乃咬牙切齿，蓬头垢面，嘴角流着血，依次指着我们三个人。我忘了谁是斧、谁是菊、谁又是琴……”

松子说完，闭上了嘴。

旁边的面具佐清剧烈地颤动着身体……

珠世的身世

许久都没有人开口。大概是因为大家听了她的话之后，都感到心中有说不出的嫌恶，所以都只是颤抖着面面相觑。最后橘局长向前挪了一步："原来如此。那么这次案件的凶手是菊乃？"

"不，我没这么说过。"松子不容置喙地说，"只是说这次的杀人案和斧、琴、菊有关系。如果真的有关系的话，只有这件事了。我只说这些。不知道对您有没有帮助，如何判断是各位自己的事。"

这是一个相当恶劣的说法。橘对古馆说道："古馆先生，还没有菊乃母子的消息吗？"

"关于这件事，实际上即使没有夫人的电话，我今天也要来说明。"

"找到什么线索了吗？"

"可以说有，又可以说没有……这点消息完全起不了作用……"古馆从包里取出一份文件，说道，"青沼菊乃从小就是孤儿，基本上没有亲人。调查之后又有些有意思的发现。珠世的外祖母是晴世，即佐兵卫老先生的终生恩人野野宫大贰的妻子。菊乃是晴世的外甥女。"

众人都不由得面面相觑。

"这就可以理解佐兵卫老先生那样宠爱菊乃的原因了。读过《犬神佐兵卫传》的人都知道，佐兵卫把晴世当作慈母和姐姐，像神一样崇拜。菊乃是唯一和晴世有血缘关系的人。佐兵卫之所以宠爱她，要把她的孩子立为继承人，可能有报恩之意。”

松子、竹子、梅子三人一脸恶毒地互相看着对方。松子嘴角浮现出讽刺的微笑，可能是在说怎么会让这种事情发生。

“我再讲一讲后来菊乃的去向吧。菊乃在那晚受到三人的逼迫，万分恐惧，带着静马——名字好像也是佐兵卫老先生起的——从伊那消失了，躲到富山市的一个远亲家。她决定再也不回佐兵卫老先生身边，也没写过信。她和静马在那里生活了很久，静马三岁的时候，她将静马交给亲戚，自己去了其他地方，之后就音讯全无。毕竟是二十多年前的事了，她的亲戚在富山市的空袭中都被炸死，一个人都没剩下。这样就彻底失去了她的线索。好像她们一家人的运气都不好。”

古馆叹了一口气，继续说道：“再说说静马。住在附近的人还记得他，静马的户籍落在那个亲戚家，改姓津田。津田家非常穷，但夫妻俩都很好，而且没孩子，就收养了静马。菊乃离开佐兵卫的时候，除了斧、琴、菊以外，还带了许多钱，她把其中一部分作为静马的抚养费留给了亲戚。静马一直念到中学，然后工作，二十一岁那年被抓去当兵。据说后来退伍后又被征召，总之是昭和十九年的春天或夏天在金泽入伍，后来就没了消息。现在关于静马只知道这些，剩下的都是些不切实际的传言。”

“那么……”这时金田一耕助第一次开口，“金泽的部队被派遣到哪里，这应该能知道吧？”

“不，也不知道。”古馆神色黯然地说道，“战争结束的时候一片混乱，文件也散失了不少。那支部队被派往哪个地方根本无从查起。其他部队都有复员回来的，从他们口中大致能知道未复员者的情况。

但静马的部队没有一个人复员回来。所以可能是遣返途中中了炮弹，全部沉入海底了。毕竟当时海上就是那样的状况。”

金田一耕助听到这里，感到一阵莫名的昏暗。如果这是真的，那静马这个青年可真是集所有不幸于一身了。出生时饱受凌虐，长大成人却又遇上乱世，死的时候也不知是在何时何地。生于黑暗又死于黑暗——静马的一生犹如梦幻泡影一般。耕助不禁动了恻隐之心。

“今后还要继续调查，除了寻访菊乃的下落之外，当然也希望静马能平安无事。现在只能祈求上天保佑菊乃母子了。”古馆说着把文件塞回了皮包。

房间内一片寂静，没有人开口。不知众人在想什么，都眼神空洞地注视着前方。

打破沉默的是橘。他清了清嗓子，面向犬神家众人说道：“那么……现在基本清楚了斧、琴、菊和这一系列杀人案之间的关系。我们回到昨晚的案件上吧。我想大家都听说了，佐智在丰畑村的空屋里被勒死的时间是晚上八点到九点之间。我冒昧地提一个问题，非常抱歉……”

局长环视众人：“请大家讲一下当时都在干什么……松子夫人，从您开始！”

松子不太高兴地盯着局长，不一会儿转头看着佐清，用沉稳的声音说道：“佐清，昨晚老师回去的时候是几点？十点刚过吧。”

佐清默默点头。松子重新面向局长：“您听到了，昨晚黄昏的时候我见过宫川香琴老师，晚饭也是一起吃的。之后直到十点钟都在学琴。大家也都应该听到琴声了。”

说着，她颐指气使地看着竹子和梅子。

“晚饭是几点？”局长问。

“七点左右。之后休息了一会儿，就把琴搬了出来，这可以让老师做证。”

“这期间没有离开过吗？”

松子苦笑了一下：“那可是相当长的时间呢，大概去过两三次洗手间……对了，我为了拿琴弦，来过主屋。不知道您是否清楚，因为大家都住进来，我就搬到了偏宅，平时我都是住在主屋的……去主屋也就五到十分钟吧。”

“琴弦？”局长微微皱眉，马上重新问道，“佐清呢？”

“他在我旁边，听我弹琴，还端茶倒水什么的……他也离开过两三次，不过肯定去不了丰畑村……”

松子又浮现出一丝苦笑：“您去问香琴老师就会清楚。她虽然眼睛不好，但也不是完全看不见，而且感觉非常灵敏。”

这样松子和佐清都有确切的不在场证明。松子就是再大胆，也不会在一问宫川香琴即可明白的事上说谎。

然后橘又面向竹子，梅子突然说道：“竹子姐姐和姐夫的不在场证明，我们夫妇可以做证。从傍晚开始就找不到佐智，我非常担心，去姐姐的房间和她说话。姐姐和姐夫，还有小夜子也非常担心，和我们在一起，往饭店、酒吧打了不少电话。那孩子最近经常在那种地方玩……”

梅子恶狠狠地盯着珠世，说道：“从八点多到十一点，一直在忙活。您问问女佣就能清楚。局长，杀害佐智和佐武的肯定是同一个人，而姐姐和姐夫不可能杀死自己的儿子佐武。”

梅子越说越激动，哇的一声哭出来。

最后轮到珠世和猿藏，局长把矛头对准两人的时候，猿藏马上咬牙大吼起来："小姐刚才都说了，她被迷昏了，什么都不知道。我就是再浑蛋，也不会干这种事。我从昨晚到现在，一直在守着小姐。"

"这有人证明吗？"

"那我不知道。吃晚饭的时候，我跟他们说小姐身体不舒服，我要一直看着，就不吃了。"

"晚饭是几点？"

"我们下人吃饭是每晚七点半左右。"

"猿藏，据说你有很多旧琴弦？"

猿藏目露凶光，但只好生气地点点头。

"好，过后给我看看。"

猿藏和珠世的不在场证明是最薄弱的。可如果猿藏要杀佐智，带走珠世的时候就有机会。难道猿藏回到犬神家之后，又心生杀意，回去把佐智干掉？

金田一耕助突然想到，古馆律师曾经对自己讲过猿藏的事情。

"金田一先生，您曾怀疑猿藏或许就是静马。您想错了。我后来调查了猿藏的身世，他是丰畑村人，五岁的时候父母双亡，被珠世的母亲祝子领养。给他接生的接生婆还活着，可以证明。除此之外，丰畑村还有许多证人，肯定错不了。"

可是，不管猿藏是不是静马，他的举动有许多疑点，这不容否认。如果都是巧合……

这时响起一个语调尖锐的声音，是松子。"局长，丰畑村的空房子里不是发现了复员军人的足迹吗？佐武被杀那晚住在下那须柏屋的复员军人还躲藏在附近。为什么不早点把他抓住？那人到底是谁？”

局长有些招架不住松子严厉的逼问：“不……已经下达了通缉令，但他很狡猾。然后，对了，那人的身份。关于这件事，佐武的案子发生之后，我们就联系了博多的复员援护局，两三天之前收到了回信。十一月十二日，佐武被杀三天前，有从缅甸回来的复员船进入博多，船里确实有个人自称山田三平。而且他写的住址是东京都麹町区第三街二十一号，就是您在东京的住所。他在博多住了一晚，十三号去了东京，所以十五号投宿到下那须柏屋的肯定就是这个人。松子夫人、佐清，我已经问过几遍了，你们对这样的人有什么印象吗？”

面具佐清默默地摇了摇头。松子不可思议地盯着局长，露出苦涩的微笑：“你们能查出这些事也很不容易了……丰畑村的现场，留下了什么鞋印之类的证据吗？”

“啊，嗯，有很多……”

局长刚要说话，金田一耕助突然插道：“不，关于此事，有许多奇怪的地方。”

“奇怪的地方？”

“大家都听说了，佐智上半身赤裸，被绑在椅子上，胸口和胳膊上全是擦伤。也就是挣扎后留下的痕迹。挣扎得这么剧烈，绳子本应该非常松弛才对。而我们发现他的时候，绳子捆得结结实实，一点缝隙都没有。”

松子目不转睛地盯着金田一耕助，不一会儿用镇定的声音问道：“那……那说明什么？”

“不，没什么，只有这些。可是，我总觉得奇怪。还有一个，局长……”金田一耕助催促道。局长从包里取出一件衬衫。

“梅子夫人，这是佐智的衬衫吧？”

梅子眼中充满泪水，看了一眼，默默地点了点头。

佐智的衬衫有个很大的特色，五颗扣子都是菊花形状的，上面镶着钻石，相当奢华。最上面的一颗扣子不见了。

“您知道是什么时候不见的吗？”

梅子摇了摇头：“不知道，应该是佐智出去之后才掉的吧。那孩子非常爱美，绝不会穿掉了扣子的衬衫。现场没有吗？”

“没有，怎么找都没发现。或许他把珠世……那个时候掉在摩托艇里了，我们找过，也没发现。也许掉进湖水里了。要是那样，就没有证据了。”

局长说完，把衬衫交给金田一耕助。就在这时，大山像风一样闯了进来。一个可怕的秘密将被暴露出来……

大山不是个谨慎的人。大概他对自己的发现感到太兴奋了，得意扬扬，如果不把这个大秘密告诉别人……

他环视众人，突然把布包扔到榻榻米上，得意地说道：“我知道了，我知道了！各位，我知道已故的佐兵卫老先生遗嘱的秘密了……佐兵卫老先生之所以给珠世那么有利的地位，并不是因为珠世是恩人的外孙女。珠世实际上是佐兵卫老先生自己的外孙女。珠世的母亲祝子，实际上是晴世和佐兵卫的孩子，而且大贰也知道这件事，并且默认了。”

一开始众人还不明白，一头雾水地看着大山兴奋的样子，不一会儿众人恍然明白了骇人的真相，骚动起来。

珠世脸色铁青，好像就要晕倒。面具佐清双肩剧烈颤动。松子、竹子、梅子三人看起来也是刚刚才知道，用充满杀气的眼神恶狠狠地瞪着珠世。

金田一耕助突然刺啦刺啦地胡乱挠着鸟窝头。

奇怪的谜语

十二月中旬，那须湖开始结冰。一般过了新年之后，一月中旬就可以滑冰。特别冷的年份在年底就可以滑，这样的年份一般五六年轮一次。

这一年正好就是。进入十二月中旬，那须宾馆后的水面就一直结着厚厚的冰，深不见底。十二月十三日早上，在冰中发现了犬神家最后的牺牲者，尸体极其怪异。在讲这件事之前，我们从头看一下整起事件。

当时，金田一耕助每天看着日渐萧条的湖畔，陷入了浓浓的忧郁。

从若林丰一郎请他来那须市，已经过去了两个月，先后有三人被杀了，而案情仍然晦暗不明。

凶手就在附近，就在自己眼皮底下——金田一耕助强烈地这样感觉，也许自己的眼睛里有沙子，无法看清凶手的真实身份——他的烦躁每天都在加深，最近完全静不下心，烦闷不安。

耕助想，如果从头看一下整起事件，说不定能找到什么线索，于是他把最近自己的日记反复看了几遍，找出重要的事情记录下来。

然而能找到的都是众所周知的事情，抓不住烟幕背后摇曳着的神秘影子。耕助挠着鸟窝头，感叹自己真不中用。

笔者把当时金田一耕助写下的重要事件记录在下面。金田一耕助虽然还没有完全看出整起案件的来龙去脉，但这个备忘录里已经隐藏着犬神家恐怖杀人案的谜底。

一、十月十八日——应若林丰一郎之邀，金田一耕助来到那须市。同日珠世遇到小船事故，若林丰一郎被毒杀。

二、十一月一日——戴面具的佐清复员，在犬神一家前公开了佐兵卫的遗嘱。

三、十一月十五日——佐武和佐智对面具人的真实身份产生怀疑，去那须神社取回佐清的手印。（此事有珠世的想法。）

四、同日晚上——松子和佐清拒绝按手印，十点左右不欢而散。

五、同日晚上十一点左右——珠世把佐武叫到瞭望台，交给他一块印有佐清指纹的怀表。（这块表还没找到，也许沉入了湖底。）

六、同日晚上——佐武被杀。作案时间是十一点到十二点之间。

七、同日晚上八点左右——一个自称山田三平的复员军人，蒙着脸投宿在下那须的柏屋，十点左右离开旅馆，十二点左右回来，回到旅馆时非常慌张。

八、十一月十六日早上——佐武的头颅被发现，插在菊人脖子上。犯罪现场被认定为瞭望台。

九、同日——松子和面具佐清自己提出按手印。把这个手印和从那须神社取回的手印比较后发现，二者完全相同。因此可以断定面具佐清就是真正的佐清。（疑问：此时珠世两次要开口，她想说什么？）

十、同日——佐武的无头尸体从湖心浮上来。

十一、同日——运送佐武尸体后沾满血的小船在下那须湖畔被发现。

十二、同日早上五点左右——自称山田三平的复员军人离开柏屋。自始至终都没有人看见过他的长相。

十三、同日晚上——为佐武守灵，十点左右结束。

十四、同日晚上——蒙面的复员军人潜藏在珠世的房间，寻找什么。（疑问：他到底在找什么？是否达到了目的？）

十五、同日晚上十点半左右——珠世发现复员军人，发出尖叫。因为这声尖叫，犬神家一片混乱。

十六、同日晚上同一时刻——小夜子目击复员军人和猿藏打斗。（即复员军人并不是猿藏。）

十七、同日晚上同一时刻——面具佐清听到珠世的尖叫，跑出去，在瞭望台下被人打昏在地。（面具脱落，在众人面前露出丑陋的面容。）

十八、十一月二十五日——佐智欲侵犯珠世，用迷药将其迷昏，开摩托艇将其带到丰畑村的空屋。（但这是珠世的一面之词。）

十九、同日下午四点左右——有人给猿藏打电话，告知珠世在丰畑村的空屋。猿藏马上划小船去丰畑村，发现珠世在床上昏睡，胸前有署名为“影子”的字条。佐智半裸着被绑在旁边的椅子上，嘴被堵着。猿藏没管佐智，带着珠世开摩托艇回来，时间在四点半到五点之间。（但这是猿藏的一面之词。）

二十、同日晚上八九点，佐智被勒死。当时犬神家众人都有不在场证明，即他们中没有人在当时离开过犬神家。

二十一、十一月二十六日——根据珠世和猿藏的话，一行人去丰畑村救佐智，发现半裸着被绑在椅子上的佐智被勒死，脖子上紧紧地缠着琴弦。（疑问：佐智的皮肤上全是擦伤的痕迹，为什么绳子依然捆得结结实实？佐智衬衫上镶着钻石的一颗纽扣不见了。）

二十二、同日——小夜子发狂。

二十三、同日——前往丰畑村的一行人，在那里发现了疑似复员军人留下的许多痕迹。

二十四、同日——松子夫人讲述与斧、琴、菊相关的青沼菊乃的诅咒。

二十五、同日——关于珠世身世的惊人秘密被公开。

实际上，金田一耕助的笔记更加详细，但如果都写出来就太啰嗦了，而且有些地方分条来写也不能完全表达其中的意思。这些放在后面慢慢说，这里只拣出笔记中重要的部分。

金田一耕助反反复复地看着这些笔记，每当他看到第二十五条有关珠世身世的部分时，心中总会涌上无限感慨。

案件结束、所有谜团都解开的时候，再回头看，大山那次不谨慎的举动，将犬神家的杀人案推向了最高峰。

大山从那须神社的仓库里发现秘藏的唐柜，是在佐武被杀的时候。唐柜上有犬神佐兵卫和野野宫大贰共同签署的封印，里面据说是年轻的佐兵卫和野野宫大贰之间古老的情书。

金田一耕助记得，谈到这个唐柜的时候，大山曾得意地说过这样的话：金田一先生，我打算彻底调查那个唐柜，也许从里面会找到以前从未发现的、关于佐兵卫的重要文献。我可不是受好奇心驱使去翻别人的秘密。佐兵卫是我们那须人的恩人，我想了解伟人真实的面貌。如果有机会，我想写一本传记。

世上无难事，只怕有心人。大山终于实现了他的愿望。他仔细地整理了唐柜中种类繁杂的文书，悉心研究，最后终于找到了佐兵卫的秘密。而且，这个秘密还相当可怕。

金田一耕助看过大山整理的文书。那是年轻的佐兵卫和野野宫大贰及其妻晴世三人之间，世所罕见的奇怪的性生活记录，也可以说是三个男女和情欲苦斗的一部病态史。

笔者实在不忍心把这些记录原封不动地公开，就尽可能简单地描述一下事实吧，因为他们的关系违背人伦，太过异常。

珠世的祖父和年轻的佐兵卫有同性恋关系，这在那些文书中得到明确的证明。但这种关系只持续了两三年就结束了。

随着佐兵卫逐渐长大，也许开始抗拒野野宫大贰。另一个原因，从许多文书的字里行间可以看出，野野宫大贰虽然不至于性无能，但至少体格不是很强健。

而且更奇怪的是，大贰对年轻的佐兵卫还能有一点欲望，对妻子晴世则完全提不起兴趣，即他对男性还有微弱的性欲，对女性则完全是性无能。佐兵卫受到大贰宠爱的时候，大贰四十二岁，晴世二十二岁。他们结婚已经三年，晴世却还是处女。

大贰和佐兵卫的关系只持续了两三年，后来佐兵卫作为大贰的忘年交，经常出入大贰家，又和恩人的妻子产生了新的关系。

唐柜中的书信并没有谈及他们究竟是在什么样的冲动下发生了那种关系，但这件事却是影响佐兵卫的个性，以及造成他这辈子性生活悲惨的最大原因。

当时佐兵卫二十岁，晴世年长他五岁。两人都是第一次接触异性，燃烧的情欲火焰非常热烈，同时受到的良心谴责也很剧烈。他们都不是不顾廉耻的人，不能恬不知耻地一错再错。在痛苦不堪的苦闷之中，两人决定服毒殉情。

不知幸或不幸，他们的计划被大贰得知，最终没有实施，同时两人的苟且之事也被大贰发觉。这时大贰的态度非常罕见。

他不仅容忍两人的关系，后来还让他们一直维持，甚至怂恿他们。可能是因为他结婚后在性方面长时间冷落妻子，算是对她的一种补偿吧。而他又顾忌舆论，不能和妻子离婚，公然将她让给佐兵卫。晴世也出于同样的理由不能这么做。于是三人开始了奇怪的关系。

名义上，晴世是大贰的妻子，事实上却是佐兵卫的情人。大贰不仅极力促成他们，而且极力保守这个秘密。两人幽会时都在那须神社的一个房间里。大贰不但不出门避开这种尴尬的场面，反而像只忠心的看门狗般，为了防止妻子和情人幽会的事外泄，自愿担任守门人。

这样，秘密一直没有泄露出去，他们奇怪而不自然的关系保持了很长时间。祝子诞生之后，大贰没有任何犹豫，认她作为自己的孩子。

三人之间没有波澜，虽然不自然，但维持着平稳的生活。但这只是表面现象，暗藏着三个人各自的苦闷。晴世作为女人，肯定特别受到良心的苛责。

当时《查泰莱夫人的情人》还没有面世。丈夫是性无能者，因此容许妻子另有情人，这种宽大的精神在日本人中是没有的。丈夫即使连妻子一根手指头都不碰，妻子也得一直忍耐。这既是常识，也是普通的道德。特别是古风犹存的晴世，这种意识更加强烈，和佐兵卫交往中受到的良心谴责也更深。然而她面对比自己年轻的俊美情人，无法放弃这段感情。她陷入后悔和苦闷，却从身体到心理都渴望和佐兵卫幽会。佐兵卫知道她的苦闷和烦恼，对她的爱情更加深厚。晴世已经等于是他的妻子，而且也为他生下一女，他却始终无法给她一个名分。佐兵卫对于这位不幸女子的怜爱，在他取得成功、成为一流的实业家之后，更加深厚了。佐兵卫终生都没有立正室，原因就在于此。他一直认为晴世才是正室。

佐兵卫同时拥有三个妾，让她们共同生活在一起，过着可憎的生活，大概也是警告自己，不把自己的爱情给晴世之外的女人。

佐兵卫越是成功，就越难以和晴世幽会。为了发泄冲动，需要其他女人。如果只有一个妾，可能爱情会转移到那个女人身上。佐兵卫害怕这一点。同时有三个妾，让她们陷入嫉妒和纠结之中，自己冷眼旁观，才可以不断轻视她们。松子说，佐兵卫只是把三个妾当作发泄性欲的工具，没有丝毫爱情。但佐兵卫其实是为了防止自己心生爱意。

佐兵卫无法爱三个女儿，也是出于同样的道理。他有祝子这个女儿。祝子既是他的长女，也是他唯一爱情的结晶。佐兵卫相当宠爱祝子。尽管如此，他却不能与她相认。犬神家越是繁荣，祝子就越是只能作为贫穷的那须神官的女儿活着。出于对这种不公平的愤慨，在松子、竹子、梅子三姐妹面前，佐兵卫一生都是一位冰冷的父亲。

在这种怨恨、愤慨和怜悯之下，佐兵卫留下了那样的遗嘱。出于对得不到名分的晴世与自己贫穷的长女祝子的怜悯，佐兵卫给了珠世破格的恩典。

金田一耕助察觉到佐兵卫忧郁的内心，不由得心生怜悯。尽管如此，遗嘱是这一系列惨剧的诱因，难道就没有其他办法吗？耕助不由得一声叹息。

时光不断流逝，距离佐智被杀已经过去了近二十天。十二月十三日的早晨，又发生了世所罕见的杀人案。

金田一耕助前一天晚上又陷入沉思，很晚都睡不着，第二天睡了懒觉。在天刚亮的七点钟左右，枕边的电话把他吵醒了。

他拿起听筒，电话那头传来橘局长的声音。

“金田一先生吗？是金田一先生吧？”

局长的声音在颤抖，似乎不是因为早上寒冷的天气。

“金田一先生，请快过来。又出事了。犬神家的第三个人……”

“什么？又出事了，是谁？”金田一耕助不由得握紧了听筒。听筒像冻住一般冰冷。

“别说这么多了，快来！您先从面向湖水的窗子看看犬神家的后院，就知道发生什么了。总之快来，我等着您。浑蛋！真是……真是可恶！”

金田一耕助放下听筒，像蚂蚱一样从床上跳起来，打开一扇面向湖水的防雨窗。冰面上吹来的寒风像针一样扎在只穿着睡衣的耕助身上。

他打了两三个喷嚏，还是从包里取出望远镜，急忙向犬神家后院望去，随即就忘记了寒冷，像被冻住似的僵立原地。

佐武被杀的瞭望台正下方的冰面上，竖着一个奇怪的东西。

那是一个人。但是，从后来弄清楚的那个奇怪的谜语来看，正确的说法应该是“Y”。因为那人的上半身插在冰里，整个人倒立着，穿着法兰绒睡裤的两条腿冲着虚空张开。

那是一种让人牙齿咯咯颤抖的恐怖，又有一种说不出的滑稽。

看到这具倒立的尸体，船埠旁边的小路和瞭望台上，犬神家的众人都僵立在原地。

金田一耕助快速地用望远镜扫视众人，发现少了一个男人，不由得倒吸了一口凉气，瞪大了眼睛。

少的那个人是面具佐清。

染血的纽扣

犬神家最后的案件，通过通讯社出现在全国的报纸上，当天的晚报全都大篇幅地报道了这个案子。

以犬神佐兵卫奇怪的遗嘱为开端的连环惨案，不再仅是地方案件，已经成了全国关注的焦点。

所以，犬神家出现第三个死者（从若林丰一郎算起实际上是第四个），本身就是耸人听闻的报道。更让读者吃惊的是，第三个死者用身体摆出了一个奇怪的谜语。

解开这个谜语的，自然是金田一耕助。

“局长，到、到、到底，那、那、那具尸体是怎么回事？为、为、为什么倒插在那里？”

金田一耕助马上就赶到犬神家的瞭望台，几乎连话都说不清楚了。途中他脑中闪现出奇怪而滑稽的灵感，几乎快把他弄疯了。

“金田一先生，您问我也没用啊。我全无头绪。凶手为什么要在那种地方把佐清倒插在那里……浑蛋，啊，不好，我感觉很不好。”橘局长愁眉苦脸地说道，然后看着眼前那具倒插在冰里的不祥的尸体。

刑警们为了把尸体拖出来而忙得焦头烂额。看起来简单，实际上是相当困难的工作。因为冰还不是很厚，如果贸然弄破，尸体可能会掉进湖里，再用船捞就麻烦了。刑警们一边破冰，一边划船靠近尸体。

可能要下雪，笼罩着湖水的空气凝成一股铅色。

“那具尸体肯定是佐清吗？”

金田一耕助哆嗦着下巴，小声问道。他绝不是因为早上太冷而发抖，而是因为这奇异的场景不寒而栗。

“嗯，这点肯定没错。松子夫人说那身睡衣肯定是佐清的。另外哪里都找不到佐清的踪影。”

“松子夫人……”金田一耕助看看周围，没发现松子。

“她倒挺坚强的。看到佐清的尸体，没像妹妹们一样大哭大叫，只说‘是她，她来复仇了’，说完就回到自己的房间没再出来。这样反而更能感觉出她的仇恨。”

金田一耕助发现珠世站在瞭望台边缘。她竖着外套的衣领，一动不动，俯视那具奇怪的尸体。不知道她在想什么，那张永远不变的美丽面孔，依然像斯芬克斯一样毫无表情。

“局长，局长，谁最先发现尸体的？”

“是猿藏——和以前一样。”局长还是那种要吐出来似的语气。

“猿藏？”金田一耕助看着珠世，叹了口气。不知珠世有没有听到两人的谈话，依然像雕像一样一动不动。

“局长，那佐清的死因是……难道是活着被倒插进去的？”

“还不知道，只有挖出佐清的尸体再看了……或许是用斧头把头砸破了……”

金田一耕助喘了一口气：“佐清被杀，该轮到斧出场了。可是，局长，周围没有血迹，不是很奇怪吗？”正如耕助所说，白色的薄薄冰面上没有血迹。

“我也觉得奇怪……凶手如果使用斧子，肯定是自己带过来的。这家里没有斧子或者类似的凶器。松子夫人袒露从前的事情之后，把这些东西都处理掉了。”

这时刑警们终于把船推到了旁边，两个刑警把倒立着的尸体的双脚放进船里。

“哎，注意点，别弄坏了尸体。”局长从瞭望台上喊道。

“不要紧，我们会注意的。”

第三个刑警把尸体周围的冰弄碎，尸体的肚脐以上都埋在冰里。

“应该可以了，注意点。”

“一、二。”

两个刑警各抬一只脚，把尸体拖了出来。一瞬间，站在瞭望台上的众人不由得发出一声尖叫，互相握紧了手。

佐清没有戴面具。从冰里抬出来的人，有一张像石榴一样、皮肉化脓的丑陋面孔。

在佐清复员回来之后公开遗嘱时，金田一耕助见过佐清把面具卷到鼻子那个位置。这是他第一次正视那副恐怖的面容。如今这张丑陋的面孔在冰里冻了一晚，变成了紫色，其恐怖程度更加夸张了。不可思议的是，尸体的头部并没有橘局长预想的伤口。

金田一耕助凝视良久，转过脸来，一下子注意到了珠世的脸色。

连耕助这个男人都不敢看第二眼的面容，珠世却目不转睛地凝视着。啊，珠世到底在想什么……

刑警们把冻僵的尸体放在小船里运回去，法医楠田来到瞭望台上。一连串的惨案让楠田很厌烦，看见局长也没问好。

“楠田，又得辛苦你了。详细情况要解剖之后才能知道，但先把死因和死亡时间告诉我……”

楠田默默地点头，走下瞭望台。正在这时，珠世开口说道：“请等一下。”

楠田刚迈下一级台阶，闻言吃了一惊，站住了，转回头看着珠世。

“嗯？小姐，有什么事吗？”

“是的……”珠世看着楠田医生和橘局长，略一犹豫，下定决心似的说道，“解剖尸体之前，请把右手的手印……指纹取下来。”

听到这句话的一刹那，金田一耕助仿佛脑袋被一根粗棍子打了一样，一阵眩晕。

"你说什、什、什么？珠世！"他向前迈出一步，不由得大口喘气，"你对这具尸体有怀疑吗？"

珠世没有回答，把目光转向湖水，什么都没说。珠世这女子只会说自己想说的，绝不会因他人的意志而开口，可能是孤独的境遇锻炼了她坚忍的意志。

"可是，珠世，"金田一耕助好像被她的气势压住了，反复舔嘴唇，"佐清的手印，不是已经取过了吗？而且和那个供奉的手印是一样的……"

金田一耕助说到这里，一下子闭上了嘴，因为他注意到珠世的瞳孔里转动着嘲笑的眼神。

但珠世马上就隐去了这一眼神，用低沉安定的声音说道："是的，但是……为了以防万一……而且取下手印也不是什么麻烦的工作……"

橘皱着眉，盯着珠世，马上对楠田点点头："楠田，待会儿你叫个刑警，在解剖之前取指纹。"

楠田默默点头，走下楼梯。珠世向橘和金田一耕助行了个注目礼，快步跟在后面走下去了。

橘和金田一耕助不久也下了楼梯，耕助的脚步好像是喝醉了一样。他脑中刮着恐怖的旋风。

珠世为什么要佐清的指纹呢？指纹已经取过，不是没有疑问了吗？可是……可是……刚才珠世确信的表情……她心里到底隐藏着什么？或许自己忽视了什么重大的东西？

金田一耕助突然停住了，脑中浮现出对比佐清手印时的场景。

鉴定员藤崎宣布两个手印相同的一刹那，珠世不是两度想开口吗？啊，她知道什么。她注意到了自己没注意到的东西。那是什么呢？

金田一耕助和橘在瞭望台下分开。橘跟着楠田进了船埠，耕助苦苦思索，向主屋走去。

竹子夫妇和梅子夫妇聚在主屋的一间屋子里，悄悄地说着什么，看到了从玻璃门外面经过的金田一耕助。

“啊，请等一下。”竹子喊道，打开了檐廊的玻璃门，“金田一先生，有些话想对您说……”

“好。”

金田一耕助走到檐廊旁边。

“这个……就是您以前说的那颗纽扣……”

竹子轻轻地摊开一张柔软的粗草纸。

看到里面包着的东西，金田一耕助瞪大了眼睛。

这不是佐智衬衫上遗失的那颗纽扣吗？

“夫人，这是在哪儿发现的？”

“不知道。今天早上我看到小夜子拿着。您也知道，她那个样子，所以到底是在哪儿发现的……”

“小夜子还是不行吗？”

竹子表情暗淡地点了点头。“不像以前那样发狂了，但总是不见好……”

“金田一先生……”这时，传来梅子的声音，“那天……发现佐智尸体的那天，小夜子也和你们一起去了丰畑村。或许是那时捡到的吧。”

可是，金田一耕助马上否定了。

“不可能，绝对不可能。小夜子一看到佐智的尸体就晕倒了，没有时间。梅子夫人，您先生也知道……”

幸吉点了点头。

“那就奇怪了。”竹子疑惑地说道，“小夜子自从那天被你们带回来以后，一步都没离开过家门……这到底是在哪儿捡到的呢？”

“请给我看一看。”

金田一耕助从竹子手里接过纸包，仔细检查纽扣。那是菊花形黄金底座上镶着钻石的纽扣。底座上有一些黑色污点，怎么看都像是血迹。

“梅子夫人，这颗纽扣肯定是佐智衬衫上的吗？”

梅子默默地点点头。

“或许这样的纽扣还有其他的……”

“不，没有。这种纽扣只有五颗，绝对没有多余的。”

“那么这果然是那天从佐智衬衫上掉下的了。竹子夫人，暂时把纽扣交给我保管怎么样？我想请局长调查一下。”

“请便。”

金田一耕助仔细地把纽扣包在纸里。这时橘局长快步走来：“金田一先生，您在这儿啊。”

橘咯吱咯吱地走到耕助身边。

“这次的案子有点奇怪。我们以为这次杀人只能用斧子，却被凶手给骗了。佐清和佐智一样，是被绳子勒死的。凶手把尸体从瞭望台上倒着扔下去……”

金田一耕助饶有兴味地听着，等局长说完，摇了摇头。

“不，局长，可以了。那还是用斧。”

橘局长皱着眉头："可是，金田一先生，没有斧子的痕迹啊……"

金田一耕助从口袋里掏出笔记本和钢笔。

"局长，尸体是佐清，对吧？佐清的发音是SUKEKIYO。把它倒过来……"

耕助在笔记本的一页上大大写下YOKIKESU。

"而且，倒立的SUKEKIYO的上半身都在冰里……"

他用钢笔涂去了后面的两个音节，剩下的只有yoki，即斧的发音。

局长吃了一惊，简直要跳起来，瞪大了眼睛。

"金田一先生！"他把手握紧又松开。

"局长，是的，是骗小孩的谜语。可是，凶手用被害者的身体来暗示斧。"

金田一耕助嘿嘿笑了出来，声音有些歇斯底里，又很空虚。

铅色的天空果然像预想的那样，飘舞起白色的雪花。

第八章　命运的母子

晚上九点半。

那须湖畔一带从早上就开始下雪，地面像穿了一件厚重的白色大衣。湖水和湖畔周围的城镇以及背后连绵的山峰，在簌簌飘落的大片雪花中湿漉漉地喘息着。

没有风。

只有柔软的雪花在灰暗的天空中不停飞舞。雪夜的寂静沁入骨髓。

在犬神家接待客人的房间里，金田一耕助和橘局长、古馆律师三人围着暖炉，沉默地坐着，仿佛外面的寂静渗入了房间。很长时间都没有人开口。大家沉默着看着壁炉中燃烧的火焰。英式壁炉里发出炭燃烧时噼噼啪啪的声音。

三人在等待，等待解剖的结果，以及鉴定员藤崎来报告手印鉴定的结果——从佐清尸体上取下的手印和供奉的手印是否一致。

金田一耕助把身子埋在一把大安乐椅上，一直闭着眼睛。在他的脑海中，思维旋涡已经凝结成形。以前妨碍其凝结的，是他思维中的一个盲点，今天他终于注意到了。他睁开眼睛，大梦初醒般环顾四周。雪越下越大，柔软的雪花在窗外不停地飞舞、落下。

这时，大门外传来咯吱咯吱的踏雪声，马上又响起了急促的门铃。

三人互相看了看，橘刚要站起来，从里面传来了拖鞋的趿拉声，那人先跑到大门口，在大门口说了几句话，然后拖鞋声渐行渐近，会客室的门被打开了。是一名女佣。

“局长，有客人说要见您……”女佣的脸上露出诧异的神色。

“找我？是什么人？”

“是位女士，自称青沼菊乃……”

一瞬间，三人从椅子上一跃而起。

“青沼菊乃！”

“快，快让她进来。”

女佣马上去通报，一个身材纤弱的妇人随后出现在门口。她穿着黑色大衣，戴着颇具古风的小豆色头巾。可能是坐三轮车来的，大衣和头巾上没有雪。

妇人向众人施礼，背过身去脱掉大衣，摘下头巾，交给了女佣，重新面向众人。她抬头的一瞬间，三人都仿佛失去重心一样站立不稳，屏住呼吸，握紧了拳头。

“您……您就是青沼菊乃？”

“是的。”静静回答的不是别人，正是古琴老师宫川香琴。

金田一耕助呆若木鸡，反反复复地挠着鸟窝头。古馆拿出手绢，不停地擦着双手手掌。

宫川香琴——不，现在应该叫她青沼菊乃，她安静地打量着众人："今天在东京，弟子给我读了晚报的报道……我听说了佐清的事，觉得不能再隐瞒身份了，就连忙赶了过来。"

三人听闻，不由得面面相觑。在东京看到最早的晚报，然后马上坐火车，这个时间到达上那须，也不是不可能。但青沼菊乃是不是在委婉地提供自己的不在场证明呢？橘露出怀疑的眼神。

"是啊，是啊……那么，您是刚刚才到？"

"是的。"

从寒冷的室外进入温暖的房间，菊乃可能脸上有些发热，掏出手绢，慢慢地擦去额头上的汗珠。

"您一个人？"

"不，有一位弟子跟着我来的，她先去宾馆了。我一出火车站就想去找警察，听说局长在这里……"

橘有些失望，轻轻叹了一口气。若是有弟子在一起，菊乃的话应该不会有假。

"那真是麻烦了。请坐吧。"

局长拉过一把椅子，金田一耕助也过去，轻轻地拉起她的手。

"不好意思，不用那么客气……那我……"

菊乃被金田一耕助引导着在椅子上坐下，然后郑重地鞠躬道谢。耕助又来到门口，打开门看了看外面，然后从里面把门锁上。

"您就是菊乃……真是踏破铁鞋无觅处。古馆先生，您完全没注意到啊……"

"一点都没有……毕竟打了这么一场大战。要是不打仗，也许还能多找到些线索……"

菊乃微微一笑。

“也是难为您了。我为了隐藏从前的身份，用了所有的手段……知道我以前身份的，恐怕只有七年前去世的丈夫和富山的两位亲戚了。不过这三个人也都去世了……”

“您丈夫？”耕助问道。

“他叫宫川松风，也是位古琴老师。当年我到富山投靠亲戚的时候，我先生正巧来富山游玩，我们因此成为无话不谈的好朋友。”

“然后就结婚了？”

“没有，其实……”菊乃有些犹豫，“没有结婚。当时他的夫人还活着。”

菊乃脸一红，低下了头。金田一耕助不由得觉得可怜。从一开始就是别人的妾，后来也得不到正式的名分。金田一耕助不禁有些恶毒的想法，这个女人命犯灾星。

菊乃停顿了一会儿才继续说道：“本来我跟了他之后的第三年，他夫人就去世了。当时先生就想让我把户籍迁过来。是我拒绝了。如果回老家迁移户籍，她们就会找到我，说不定还会找到留在富山的孩子，我担心这一点。”

菊乃用手绢轻轻地擦拭眼角。金田一耕助、橘和古馆交换了下眼神，都觉得很可怜。

对她而言，那个寒霜之夜的回忆，已经成了挥之不去的噩梦。那晚松子、竹子、梅子三个女人对她的逼迫已经深入骨髓。就算是这辈子毁了，她也要把自己的孩子藏好。古馆律师怎么找都找不到，也就可以理解了。

“我其实不姓宫川。但是弟子们都不知道，还以为我是我丈夫正式的妻子，所以不知不觉就变成宫川香琴了……”

“是您丈夫教您弹琴的吗？”

“是的。但我从前就喜欢弹琴，和我丈夫认识也是因为琴……”菊乃脸又一红。

这时，橘局长在椅子上换了个姿势，干咳一声：“嗯……留在富山的那个孩子是叫静马吧？后来您见过他吗？”

“偶尔见一次……大概三年一次……”

“那么，静马知道您是他的生母？”

“不，他是小孩的时候还不知道。他入了亲戚家的户籍，改姓津田……他只知道我是个亲切的姑姑。直到他念中学的时候才渐渐从我亲戚那里知道事情的真相。”

“他知道父亲是谁吗？”

“不，应该一点都不知道。我对他的养父几乎没有说过佐兵卫的事情，当然津田可能也略微知道一些……”

“那么静马最后也不知道自己的父亲是谁？”

“嗯……”菊乃拿起手绢擦了擦嘴角，说道，“不知道您是否清楚，那孩子被军队征召了好几次，最后在昭和十九年春天被征召，我当时有种预感，他去了就回不来了，所以无论如何都要告诉他真相。当时他问我父亲是谁……”

“您告诉他了？”

“是的……”

菊乃的病眼里涌出珍珠般清澈的泪水，滑落在脸颊上。金田一耕助看了心里很不是滋味，神色也很落寞。

局长清了清嗓子，说道：“原来如此。那么，嗯，您告诉他为什么离开他父亲佐兵卫了吗？您把那些事都告诉他了？”

“是的，因为……如果不说，他也不会理解……”

“斧、琴、菊的诅咒也说了？”局长尽量装作若无其事地问。菊乃吃了一惊，抬起头来，害怕地看着三个人，然后无力地低下了头。

“是的，我……我想让孩子知道，我受了多大的苦……”

菊乃浑身颤抖，用手绢捂住眼睛。这时金田一耕助插了一句：“当时静马是什么反应？一定很气愤吧？”

“是的……那孩子的性格本来就不老实……他当时什么都没说，但眼睛里全是泪水，脸色铁青，浑身颤抖。”

“然后他就参军，离开日本，到某个不知名的地方去了，是吧？”

金田一耕助神色暗淡，从椅子上站起来，走近窗子，看着外面。雪没有停的迹象，而且还起了风。玻璃窗外面舞动着白色的气旋。金田一耕助出神地看着外面，轻叹了一口气。

想来静马这个青年真是可怜。他刚知道亲生父亲的时候——就是他命运即将结束的时候。刚刚得知父亲的名字，心情沉痛，等待他的却是鱼雷或轰炸机。就算他躲过了这些袭击，现在又活在哪里呢……

金田一耕助突然转身，来到菊乃身边，把手放在她肩上，问道：“菊乃女士，我再问一个关于静马的问题。”

“您说。”

“您知道佐清吧？佐清戴着的那个橡胶面具……”

“我知道。”

“那个面具和佐清的真实面容非常相似。静马和佐清长得像不像？”

金田一耕助最后这句话如同在会客室里投下了一颗炸弹。菊乃僵在椅子上。橘和古馆抓紧了椅子扶手才没有跳起来。

在一种异样压迫的空气中，壁炉里的炭火突然猛烈地跳动了一下。

三个手印

“为什么……为什么您这么认为？”过了好长一段时间，菊乃才开口问道。她把身子缩在椅子里，心绪不稳地擦着额头上的汗。病眼里满是害怕的神色。

“那、那么说，还是很像、像吧？”

菊乃微微点头，用干涩的声音说道：“第一次看到佐清的时候，我真的吓了一跳。当然他的脸不是真的脸，是用橡胶做的面具。但我眼睛又不好，一开始看不清楚，他和我的孩子——静马很像。不不，不只是像，简直是一个模子里刻出来的。我当时甚至觉得就是静马坐在那里。可是，再仔细看看长相，发现不是静马。从眉毛到眼角……还有鼻子附近和静马不一样。尽管如此，他们还是有血缘关系。佐清是佐兵卫的外孙，静马是佐兵卫的儿子，年龄相同，差了一辈，两人都长得很像佐兵卫。”

菊乃平静地说完，用手绢按住扑簌的泪水。大概她想起为佐兵卫生了唯一的儿子，可半生都没有名分，又想起儿子去向不明，心里难受万分。

这时局长突然转头对金田一耕助说：“金田一先生，您怎么知道的？”

“没有，没有。”金田一耕助好像要故意避开局长的视线，侧过脸说，“我不是知道。刚才菊乃说他们之间是舅舅和外甥的关系，而且年龄相仿，我就想会不会长相也相似，倒是没想到长得这么像。”

金田一耕助站在菊乃背后，轻轻地挠着头发，眼里闪出一股异样的光芒。

橘用疑惑的眼神看着他的侧脸，然后转向抽噎着的菊乃：“菊乃女士，您知道静马的消息吗？”

“不，不知道。”菊乃马上笃定地回答，“要是知道的话……”说着，她又用手绢捂住眼睛，哭了起来。

“可是，静马知道您的地址啊。”

“是的。”

“那么，如果平安无事，会给您写信吧？”

“是啊，我也是一直在等。等他给我写信的那天。”

橘有些同情，又有些怀疑，他看着哭泣的老妇人，把手放到她肩膀上。“菊乃女士，您是什么时候来犬神家的？是不是有什么特别的目的……”

菊乃止住眼泪，慢慢抬起头：“局长，我就是为了说这些才连夜赶来的。我来犬神家，绝没有什么不可告人的目的，完全是一个偶然。您可能不知道，前年在这里教琴的是古谷蕉雨老师。蕉雨老师前年中风了，要我代为教课。最初蕉雨老师跟我说的时候，我怎么都不答应。从那须到伊那，是我终生都不想踏足的地方。更何况弟子中还有松子这个人，我更是不可能答应……但是这中间又发生了很多事情，最后无论如何都无法拒绝了。当时我想，已经过去三十年了，我的名字、处境和相貌都完全变了……”

菊乃接着说道：“或许松子也不会注意到，而且我也有些想知道这里的情况，就壮着胆子来了。绝没有什么不可告人的目的。”

“那松子夫人没有发现你？”

“是的。毕竟我现在丑得不成样子了……”

从现在的宫川香琴身上寻找过去的影子已根本不可能。集佐兵卫宠爱于一身的菊乃应该很漂亮，现在的香琴老师，一只眼睛凸出，一只眼睛凹陷，额头上还有一道大伤口，怎么看都看不出曾经是个美人。而且以前她是缫丝工厂的工人，现在是东京有名的古琴老师，即使是松子也想不到吧。三十年的岁月，给人编织了各种各样的命运。

“您是前年来这里的，当时佐兵卫还活着，您见过他吗？”

“没有，一次都没有。当时他已经卧床不起了……而且我现在这个样子……老实说，我也不希望他看见我现在的模样。”菊乃轻轻地叹了口气，“但是，因为我来这里教琴，他去世的时候我参加了葬礼，还在灵前献了花……”

菊乃说到这里，又用手绢捂住眼睛，哭了起来。

如此看来，佐兵卫和菊乃之间并非只是短暂的鱼水之欢，他们彼此心系对方，只是在那三个如泼妇般的女儿牵制下，菊乃虽在身边也不能相认。想到她只能趁人不注意时在灵前献上一束花，金田一耕助也不由得有些哽咽。

橘局长干咳了一声：“好的，我都清楚了。然后就是这次的案件了。您一开始就知道这次的案件和斧、琴、菊有关系吗？”

菊乃微微动了一下：“不，不知道。佐武出事的时候我还不知道。

佐智出事的时候——当时我在教松子弹琴，然后刑警进来……”

“啊，对了。”金田一耕助突然插了一句，“吉井向他们报告丰畑村案件的时候，您正在教松子夫人弹琴。关于当时的情况，我有些事要问……”

“您说。”

“我是听吉井说的，他说到这次的案件和斧、琴、菊有关系的时候，松子夫人猛地弹了一下琴，然后被断开的琴弦弄伤了。”

“是的。”菊乃睁大眼睛，“可是这有什么……”

“没什么，光是这件事没有什么。我想问的是后来的事情……松子夫人被断开的琴弦弄伤手，手指内侧流出血来，然后吉井说‘您受伤了’。这些您还记得吧？”

“是的，我记得很清楚。”

“当时松子夫人说被琴弦割伤，问题在于，听了松子夫人这句话，您皱了皱眉，说‘被琴弦割伤了？’您还记得吗？”

菊乃侧着头，说道：“我倒记得不是很清楚了，也许说过吧……”

“但是，您说完这句话后，松子夫人一瞬间凶相毕露。据说她的眼睛里满是杀气。您注意到了吗？”

“啊！”菊乃喘了口气，“那……我没注意到。毕竟我眼睛不好……”

“不要紧，您别在意。因为事情很古怪，吉井觉得不可思议，才留下了很深的印象。问题在于，松子夫人说被琴弦弄伤了手，您为什么觉得不对劲，又回了一句？听到您这句话，松子夫人为什么又凶相毕露呢？……这是我要问的，您有什么想法吗？”

菊乃睁着眼睛，一动不动地思考着，不一会儿微微颤抖地说：

“我不知道松子为什么变得那么凶恶，但我知道当时为什么回了她一句话。我记不清当时的原话了，但我是觉得不可思议才说的。”

“您觉得不可思议？”

“松子当时确实说被断开的琴弦弄伤了，可那是假话。当时琴弦断了，她的手指上有块皮被弹掉，也确实出了血，但她弄伤手指并不是在那时。”

“那是在什么时候？”

“是前一天晚上。您知道，那晚我在教松子弹琴。”

“前一天晚上？”橘吃了一惊，回头看着金田一耕助。耕助却没有特别吃惊：“就是佐智被杀那晚吗？”

“是的。”

“松子夫人为什么受了伤？菊乃女士，请把当时的情况详细讲一下。”

“好的，那是……”菊乃神色相当不安，攥着手绢说道，“当时我也觉得不可思议。她自己说过，我教琴的时候，她离开过两三次。警察找我问话的时候，我也是这么说的。是的，每次都是五到十分钟……但我记不清是第几次了，等她再回来弹琴的时候，我发现了一件奇怪的事情。我虽然眼睛不好，但不是完全看不见，只是细小的地方看不清楚，而且我有耳朵。不是我自夸，经过长年的练习，我是能分出琴的音色的。我马上就发现松子的手指有伤，是食指。而且她为了掩饰，忍着痛在弹琴。可我注意到了。”

金田一耕助越听越兴奋。一开始只是很慢地挠着头发，渐渐地剧烈起来，用五根手指刺啦刺啦地反复挠开了。

“那、那、那松子夫人对伤、伤、伤口什、什、什么都没说吗？”

“是的，一个字都没提。”

“那、那、那么，您说了吗？”

“不，我也什么都没说。既然松子不想说，我还是不说为好，就故意装作没看到。”

“原来如此，原来如此。”金田一耕助猛地咽了口唾沫，好像恢复了平静，“所以第二天松子夫人说是刚刚被琴弦弄伤的，您才回了一句，是吗？”

“是的。”

“可是，松子夫人那可怕的神情又是为何？”

菊乃渐渐攥紧了手绢：“我也不知道，或许是发现我早就注意到了她的伤口，有些不高兴？”

“嗯，就是说松子夫人不希望别人知道她前一天晚上受伤了。好的，谢谢您。”

金田一耕助停止了挠头的动作，面向橘：“局长，您请问吧……要是还有什么问题的话。”

橘疑惑地瞪大了眼睛：“金田一先生，您刚才说的是什么意思？松子夫人和佐智被杀有关吗？可是，佐智是在丰畑村被杀的，松子夫人一直在家里待着，都没有离开过十分钟以上……”

“不，不，局长，这放在后面研究吧。您要是有什么问题……”

橘有些不满，看着金田一耕助的侧脸，但没有发作，接着问菊乃：“菊乃女士，最后问您一个问题，您怎么看这次的案件？凶手肯定知道三个死者和您的关系，他是谁？如果您不是凶手……”

菊乃身体一震，剧烈地喘着气，盯了橘好一会儿，才慢慢低下头。

“是的，我怕您这么想，才连夜赶过来。如果再隐瞒自己的真实身份，只会引发别人的怀疑……我是这么想的，才来找您。我不是凶手，我也不知道谁是凶手。”菊乃坚定地说道。

菊乃又被问了两三个不太重要的问题。这时一群警察跑过来，她只好先回了宾馆，弟子在那里等她。

跑来的警察是来报告解剖结果和鉴定结果的。

“局长。”鉴定员藤崎不知为何，非常激动。

“啊，请等一下。”金田一耕助按铃叫来了女佣，“请把珠世叫过来。”

不一会儿珠世来了。她向众人默默施礼，坐在角落的一把椅子上，依然像斯芬克斯一样神秘而美丽。

“那就按顺序说吧，先说解剖结果。”

“是。”一个刑警站出来说道，“我简单汇报要点。死因是绞杀，凶器是细绳一样的东西，死亡时间是夜里十点到十一点，但倒插进湖水是在一小时之后。”

“好，谢谢。对了，吉井，纽扣上的血迹查明白了吗？结果如何？”

“查清了，是人的血迹，血型是 O 型。”

“好，谢谢。”

金田一耕助面向藤崎。“藤崎，轮到你了，请说吧……”

兴奋的藤崎用因过于激动而颤抖的手从折叠公文包里取出一卷卷轴和两张纸。

“局长，非常奇怪。您知道，以前取过一次犬神佐清的手印，就是这个。这里写着十一月十六日。这个手印是我从古馆律师那里拿来的，和卷轴上的一致。可是今天从尸体上取下来的这个……这个手印和那两个完全不一样。”

众人如风过麦穗一样乱成一团。局长从椅子上跳起来，古馆屏住呼吸，瞪大了眼睛。

“可恶！可恶！那昨晚被杀的不是佐清……”

“对，从手印判断是这样。”

“可、可上次按手印的时候……”

突然传来一个平静的声音，插话的是金田一耕助。

“局长，那是真正的佐清。这是我的一个盲点。指纹一致，就得到了确切的身份证明。我做梦都没想到，可以利用那个面具来真假互换。”

然后金田一耕助走向珠世。“珠世，你一定知道吧。”

珠世沉默着看了金田一耕助一眼，脸一红，站起来向众人行礼，静静地走出了房间。

雪峰

十二月十四日。

这一天，扑朔迷离的杀人案迎来了曙光。在这个值得纪念的日子里，金田一耕助早上醒来就神清气爽。

以前盘旋在他脑中的暗云一扫而光。昨天一整天，他在脑中架构推理的积木，已经完成了构成各种谜团的复杂结构，剩下的就只有寻找真正的佐清了。这次警察应该成功了吧。因为知道要找的人是佐清，而且也有照片。

时隔许久，金田一耕助终于美美地睡了一觉。他八点左右睁开眼睛，悠闲地泡了温泉，正吃早饭的时候来了电话。

是橘局长打来的。

“金田一先生，金田一先生！”橘的声音透着激动。

金田一耕助皱了皱眉。又发生什么了？应该不会再发生什么才对。“是的，我是金田一耕助。局长，又发生什、什么了吗？”

“金田一先生，佐清出现了！昨天晚上在犬神家。”

“什、什么？佐清去了犬神家？那、那他做了什么吗？”

“是的，但可以说未遂。金田一先生，能马上来警察局吗？我们正在追击佐清。”

“我知道了。”

金田一耕助叫来一辆三轮车，在和服短外套外再披上一件外套，匆匆忙忙离开旅馆。

雪在前一晚停了，这天的天气上佳。结冰的湖面也好，湖畔的城镇也好，乃至后面的群山，都像盖了一层白白的棉被。但因为是鹅毛大雪，很容易化，道路两旁的房子不停传来融雪的声音。

三轮车停在警察局前。三辆载着滑雪用具的汽车停在那里，几名穿戴滑雪装备的巡警来来往往。

金田一耕助走进局长办公室，看到橘和古馆也都穿着滑雪服，戴着滑雪帽。

橘看着金田一耕助的衣服，皱着眉说道：“金田一先生，您这身打扮……您就没有方便一点的衣服吗？”

“局长，您究竟想做什么？难道要把案子放在一边，去滑雪吗？”

“别瞎说。有报告说佐清逃到雪峰上了，我们要去追他，才穿了这身。”

“佐清上了雪峰？”金田一耕助惊讶得不停眨眼，“局长，佐清不是要自杀吧？”

“很有可能，所以要尽早把他抓住。您穿这身可不行。”

金田一耕助嘿嘿一笑。“局长，您可别小看我。我可是在东北出生的，踩滑雪板比穿木屐的时候还多，打生下来就会滑雪。可是没有滑雪板的话……”

“滑雪板我给您准备，立刻行动吧。”

一个刑警慌慌张张地进来，对橘耳语了几句。橘用力点点头：“好，出发！”

前面两辆汽车挤满了巡警和便衣。橘和金田一耕助、古馆坐在后面那辆车上，由一个警察驾驶。汽车在融雪的道路上飞驰。

“杉山，汽车能开到哪儿？”橘问开车的警察。

“这点雪不算什么，大概能开到八合目[①]。就是车打滑得厉害。”

“到八合目就好办了。没想到我这把年纪还要滑雪，本来就不擅长登山。”

橘局长外号“狸猫”，长得也像狸猫，挺着个大肚子，确实不擅长爬山。

“局长，话说回来，到底发生什么了？佐清到底干了什么？”

“对了，我还没告诉您。昨天佐清回来了，要杀珠世。”

“珠世？”金田一耕助不由得瞪大了眼睛。

①将从山脚到山顶的路程分为十个阶段，山脚为一合目，山顶为十合目。

“对。”

原来，昨晚珠世被金田一耕助叫到了会客室。在她离开房间的时候，佐清溜了进去，藏在壁橱里。

珠世十一点左右回到卧室，关灯上床。也许是过于激动，怎么也睡不着，在床上辗转反侧了一个小时，就是觉得壁橱里有什么。是极轻微的动静和人的呼吸声。

珠世是个胆大的女子。她打开灯，穿上拖鞋，走到壁橱前打开柜门。一下子从里面跳出一个男人，把她按在床上，双手卡住她的喉咙。此人用围巾包着脸。声音从走廊传到旁边的房间，惊动了猿藏。

卧室的门从里面锁着，但对巨人猿藏来说没什么用。门被打破，猿藏进来的时候，珠世已经被那人掐晕了。猿藏马上去制止，那人只好放下珠世去对付猿藏。

那人不是猿藏的对手，两三个回合之后，脸上的围巾掉了。猿藏看到那人长相后愣住了，半昏迷的珠世也尖叫一声。

那人是佐清！

佐清撇下愣住的猿藏，跑出卧室，却撞见了寅之助和幸吉。他们看到佐清也愣住了。佐清趁机逃跑到了雪地里。

“我得知消息的时候是一点钟，然后又是拉警戒线什么的，一片混乱。我冒着雪去犬神家，珠世脖子上还有青色的痕迹，歇斯底里地哭着。”

“珠世哭了？”金田一耕助吃了一惊，反问道。

“当然要哭了，都差点被杀了。胆子再大，也是个女人。”

“那松子夫人呢？”

“啊，松子夫人啊，我真受不了她。她始终沉着脸，目露凶光，根本不愿开口说半句话。没人能撬开她的嘴巴。”

“佐清为什么冒着危险去杀珠世？这之前他又藏在哪儿？”

“那只有抓到佐清再说了。”

马上能看到破案的曙光，橘局长很高兴，金田一耕助却陷入了思考。

汽车已经行驶在通往雪峰的盘山路上。经过山谷中的田地，又穿过村庄，再往上就没有人家了。看起来已经有很多滑雪的人走过，雪被踩得很实，汽车行驶起来比预想的要舒服得多。

“局长，看这架势走到八合目没问题。”

“嗯，老天保佑。”

警车来到通往雪峰的登山道，一名穿着滑雪装的便衣警察正在路旁等候。

“局长，就是这条路，其他人已经追上去了。”

“好。”

汽车压着雪一路疾驰。天空像被擦拭过似的晴朗，太阳的光芒在覆盖山谷的白雪的反射下很是刺眼，路旁的树梢上落下大量雪块。汽车不一会儿就开到了八合目的地藏坡。再往上，汽车就上不去了。

众人下了汽车，各自穿上滑雪板。

“金田一先生，您穿着还合适吧？”

“合适，而且看起来相当帅吧。”

金田一耕助那身打扮真是世所罕见。他脱去外套、短外褂，以及裤裙，将裤裙下摆往上翻折，露出保暖用的紧身线裤及袜子，然后套上滑雪板。

“金田一先生，您真是……啊哈哈。”

“可别笑我。给您看看我的技术。”

金田一耕助发出豪言壮语，而一行人中的确数他滑得最好。他两肩扛着滑雪杖，嗒嗒嗒地走着。橘局长挺着大肚子，跟在后面直喘气。

不一会儿，众人走过了九合目，接近山顶。这时一个便衣从上面滑下来。

“局长，请快来，我们发现他了。那小子有手枪。”

“好。”

一行人加快脚步，突然，从上面传来砰砰砰的枪声。

“啊，开始了。”

金田一耕助像兔子一样爬上陡坡。上到山顶的时候，他也不管场合，不由得大喊一声：“啊，真漂亮！”

眼前豁然开朗，白雪缓缓起伏。对面是巍峨的八岳山脉，也被白雪覆盖着，近得似乎就在咫尺之间。藏青色的天空，淡紫色的雪的褶皱……

他的遐想没有持续多久，陡坡下又传来砰砰的枪声。

耕助仔细一瞧，下面不远处有一个穿军服的男人，正被三名便衣紧追不舍。登上山的众人见状纷纷像燕子一样滑下去。耕助也跟着滑下去。

便衣从四面八方包围住那个复员军人模样的男人，他已经开始做困兽之斗了。他扔掉滑雪杖，穿着滑雪板，叉着腿站着，眼睛充血，嘴角也流着血，样子相当可怕。他又开了一枪、两枪。巡警们也用手枪回击。

金田一耕助滑到旁边："不能打死他，他不是凶手。"

那人闻言吃了一惊，仰头看向耕助，眼里突然露出受伤的野兽一样的凶光。

他把枪口一转，指向了自己的太阳穴。

"啊！住手！"

就在金田一耕助惊呼的一刹那，不知谁开了一枪，打在那人手上。他立刻双膝一软，跪在雪地上。几名便衣立即给他戴上了手铐。

橘和古馆走到那人身边。

"古馆先生，您认识这个人吗？"

古馆喘了口气，看着对方的脸，又表情阴暗地转过脸去。

"认识。他肯定是犬神佐清。"

橘高兴地搓着双手，不一会儿又皱着眉头对金田一耕助说："金田一先生，您刚才说的话有些奇怪。这人不是凶手，是什么意思？"

金田一耕助突然开始挠起一头乱发，非常高兴地说："局、局、局长，什、什、什么意思，就是这、这、这个意思，这人不是凶手。或、或、或许他会咬定自己是凶手吧。"

刚才还目露凶光瞪着金田一耕助的佐清，这时听到金田一耕助如此一说，不由得绝望地倒在雪地上。

我的告白

十二月十五日。

从昨天开始一直都是好天气，覆盖着那须湖畔的雪也渐渐化开了。尽管如此，住在那须市及周边的人们中间，依然弥漫着恐惧紧张的气氛。

他们都知道，震撼那须湖畔一带的犬神家连环杀人案最大的嫌疑人，昨天在雪峰被捕了。那嫌疑人不是别人，正是犬神佐清。今天，佐清将在犬神家和案件相关人对质。

他们还知道，从十月十八日若林丰一郎被杀开始的一连串杀人案终于要结束了。但谁都不知道，佐清是不是真正的凶手。今天的对质能弄清楚吗?

所以，住在那须湖畔的人都在关注犬神家。

还是在犬神家那个两间十二叠房间连成的客厅里，每个人都是一副异常紧张的表情。

只有松子还是一脸强硬，身边放着个烟草盒，悠然自得地吞云吐雾。这个瘦弱却十分坚韧的女人，此时此刻究竟在想什么?

她肯定听说了昨天在雪峰抓到了真正的佐清。这样看来……不，不，真正的佐清被抓住以前，她就应该已经根据手印知道，死在湖水里的不是真正的佐清。

尽管如此，她的态度和表情没有丝毫动摇。她根本无视妹妹们充满猜疑和憎恨的目光，相当镇定地用烟管抽着烟，手指也看不到一丝颤抖。

竹子和寅之助、梅子和幸吉坐在稍远之处。和松子的镇定相反，他们都坐立难安。竹子的双下巴因过度紧张而不停地颤抖。

珠世一个人孤零零地坐着。

她依然美丽，与以往没有什么不同。可是，今天的珠世不是以往的珠世，她木然的瞳孔中透着深深的伤痛。以前不管被怎么说，不管被怎么看，珠世都端庄美丽，而今天她第一次有些慌乱。好像一直支撑着她的某根支柱突然折断了一样。猛烈的战栗袭击着她。

距珠世稍远处是宫川香琴，她好像不知道自己为什么被叫来出席。在恐怖的松子、竹子、梅子三姐妹面前，她只是瑟瑟发抖。

离香琴女士稍远一些，是金田一耕助和古馆律师。古馆彻底失去了冷静，不停地干咳、擦额头、晃动身体。金田一耕助很兴奋，看着众人的样子，一直挠着头发。

远处传来铃声，众人一下子紧张起来。不一会儿从檐廊那边传来沙沙的脚步声，最先出现的是橘局长，跟在他后面的是被左右两个刑警夹住胳膊的犬神佐清。他脚步踉跄，戴着手铐的右手上缠着白绷带。

佐清走到拉门外面，好像害怕什么，一下子停住了。他胆怯地看着众人，目光落在松子身上的时候，一下子把脸背了过去。

他的目光和珠世的交会在一起。两人就像塑像一样，互相凝视，一动不动。不一会儿，佐清喉咙里传出啜泣的声音，背过脸去。珠世也落寞地低下了头。

这时，金田一耕助饶有兴味地看着松子。她看到佐清的一刹那，脸微微一红，拿着烟管的手一震，又马上恢复平日冷冰冰的脸色，平静下来，静静地抽起了烟。

金田一耕助不由得惊叹其意志之坚强。

"那么，把佐清带到这里……"

在橘的命令下，一个刑警推了下佐清的肩头。佐清踉踉跄跄地走进房间，按照局长指的方向，坐在了金田一耕助前面。两个刑警为防止意外，紧挨着坐在他身后。局长坐在金田一耕助旁边。

“那么……”短暂的沉默之后，金田一耕助对局长说，“问出什么新情况了吗？”

橘将嘴抿成一条线，从兜里掏出一个皱巴巴的信封。“请您读一下。”

金田一耕助拿过一看，上面写着：我的告白。背面写着：犬神佐清。

字是用粗钢笔写的，很潦草。

信封里面有一张简陋的便笺，用同样的字迹写着：

犬神家连环杀人案的凶手，都是我犬神佐清。其他任何人都与此案无关。自杀之前，特此告白。

犬神佐清

金田一耕助读后没有表现出特别的兴趣，默默地把便笺装进信封，还给橘。

“这是佐清拿着的？”

“对，装在他衣服的内袋里。”

“可是，佐清如果打算自杀，为什么不直接自杀？为什么要那样顽抗警察呢？”

橘皱了皱眉。

“金田一先生，您这是什么意思？您是说佐清没打算自杀？可您昨天也在现场，应该知道，如果当时我们的子弹没打中佐清的右手，这人就已经自杀了。”

“不不，局长，我说的不是这个意思。佐清确实打算自杀，但他是想尽可能引起更多人的关注，要戏剧性地自杀。越是这样，告白书的效果就越强。”

橘还不太理解，金田一没有理会，接着说道：“刚才我说的话里有个错误。我问佐清为什么那样顽抗警察，这是不对的。佐清根本就没想抵抗。只是在做出抵抗的姿态。他的枪口绝对不会对着警察，总是对着雪放空枪。局长，您没注意到吗？”

“这么说，当时我也觉得有些奇怪。”

“啊，看来您也注意到了。”金田一耕助高兴地挠着乱发，说道，“局长，这件事您可得记好，将来判定佐清的罪行时，这是一个反证。”

橘仍一脸茫然，可金田一耕助还是没理会：“局长，佐清在告白书里说都是他干的，具体是怎么干的，他说了吗？”

橘一脸苦闷：“他怎么都不开口，只说所有案子都是自己干的，和任何人都没有关系，除此之外不说一句话。”

“嗯，嗯，我想也是这样。可是，佐清。”

金田一耕助笑呵呵地看着佐清。佐清一直低着头。

他的相貌确实和最近冒名顶替他的男人所戴的面具很相似。唯一不同的是，面具没有活力和表情，而眼前佐清的脸上既有血色，表情又十分沉痛。或许是因为他曾经在南方从军，皮肤略显黝黑，人也憔悴许多。但他的仪表却很整洁，胡子刮了，好像最近刚理了发，从脖子到后脑勺剃得很短，只是发型有些乱了……

不知为何，金田一耕助很高兴地看着佐清理过的头发：“哎，佐清。”

他又说了一次：“你不可能是所有案件的凶手，比如若林丰一郎。

若林先生被杀害是在十月十八日，而你化名山田三平，从缅甸回到博多是在十一月十二日。这是我从局长那里听到的，佐武被杀当晚，就是十一月十五日晚上，一个叫山田三平的复员军人模样的男人在下那须的柏屋住了一晚。此人离开之后，留下了染血的手巾，上面印着复员救护、博多友爱会。警察向博多提出调查申请，得知十一月十二日入港的复员船上确实有个人叫山田三平，此人在汇报住址时说的是东京都麹町区第三街二十一号。这和在柏屋登记的地址一样，是你在东京的住所。你虽然换了名字，但一时想不到合适的地点，就把东京的地址写上去了。可是，你刚复员回来，不知道区名已经换了，原先的麹町区现在叫千代田区。”

佐清依然默不作声，反倒是其他人更认真地听金田一耕助说话。

“山田三平在博多住了一宿，第二天即十三日离开博多去了东京，所以十五日晚上出现在下那须的柏屋也不是不可能。当然，不管是十五日晚上出现在柏屋的山田三平，还是十二日回到博多的山田三平，都是你。佐清，你知道我要说什么了吧？你十一月十二日从博多回来，怎么可能在十月十八日杀死若林丰一郎？”

众人都目不转睛地看着佐清。佐清这时第一次抬起头来：“那……那是……”

他的嘴唇在颤抖：“我不知道若林的案子，我说的是杀死这家的三个人。若林的案子和这次的案件没有什么关系。”

这时，金田一耕助突然反复挠起鸟窝头。佐清还不知道耕助有这个毛病，吓了一跳。耕助挠得实在是太剧烈了。

“局、局、局长，你听到佐清刚才说什么了吧？他已经默认，他就是十一月十二日复员回博多的山田三平，也是十一月十五日出现在柏屋的山田三平。”

完了！佐清的瞳孔一瞬间闪出凶光。可是他马上放弃了，无力地耷拉着肩膀。

金田一耕助呵呵笑道：“不，佐清，我绝不是故意挖陷阱诱导你，可这必须要确认一下，现在省了不少麻烦。佐清，若林一案是否和犬神家的杀人案有关，还没有得到确切的证明。按照常识判断，只能认为是同一人所为。我们先不管它，直接跳到最后一案，就是假佐清被杀。那人被杀是在十二日晚上十点到十一点之间，一小时后，尸体被倒插进湖面。佐清，你当时在那须市吗？”

佐清没有说话。他已经决定不论再发生什么都不再开口。金田一耕助微微一笑，按响了铃。一个女佣走进来。

“你把等在那里的人都叫进来吧。”

女佣很快带了两个男人进来，一个穿着黑色立领制服，一个穿着土黄色军服，都很年轻。橘局长奇怪地皱了皱眉头。

“局长，我给您介绍一下。这位是在上那须车站工作的上田启吉先生，十三日晚上，从新宿发车的下行列车在九点五分到达上那须站，他当时在检票口负责检票。那位是蹬三轮车的，同一时刻在车站门前揽客，叫作小口龙太。那么，上田先生，小口先生，你们对这个人有印象吗？”

金田一耕助指着佐清，两个人马上点了点头。

“这个人……”上田启吉好像事先想好了要说什么，“他是十三日晚上九点五分到达下那须的下行列车的乘客。那天晚上下大雪，而且他的穿着有些奇怪，我记得很清楚。他的票是新宿车站卖出的。”

小口龙太也添了一句：“我对他也有印象。十三日晚上，九点五分那班车到的时候，我正在车站前面揽客，那趟车下来的人很少……我想让他坐我的车，他一声不吭，背着脸冒着雪走了。肯定没错，那天晚上的雪可大了。”

“好的，谢谢。以后可能警察还会去找你们，今天就先到这儿……”

两个人离开后，金田一耕助对橘说：“今早我拿着佐清的照片去上那须站问过，因为我注意到了佐清的头发。他应该刚剪过头发，不超过三四天。可是佐清绝对不可能在这附近理发，因为在理发店不能遮住脸，就算理发店的人不认识佐清，说不定也会有认识佐清的人突然进来，所以他肯定是在其他地方理的。我想知道他是什么时候回到这里的，就去了车站。当时我想，如果佐清还是蒙着脸，我肯定徒劳无功。但我估计他不会那样，因为他穿着军服。现在在那须这一带，大家都睁大眼睛盯着蒙面的复员军人。所以佐清宁愿让人看到，也不会蒙面。所以他才被上田和小口发现了。”

这时金田一耕助转向宫川香琴：“宫川老师，您也是坐十三日晚上九点五分到达上那须的列车来的吧？”

“啊，是的。”

香琴的声音小得几乎听不到。

“您是在东京看了晚报，得知佐清被杀，才赶来的？”

“是的。”

金田一耕助呵呵笑着，回头看看局长：“局长，您明白了吗？宫川老师在晚报上得知佐清被杀，慌忙从东京赶来。这样想来，坐同一班车从东京回来的佐清，说不定也在东京看了晚报。至少有这样的可能性。就是说，佐清也许通过晚报得知假佐清被杀，于是慌忙赶回来。”

“可这是为了什么？”

“为了制造谋杀珠世的假象。”

“假象……你说假象？”

珠世一下子抬起头。她脸色铁青，面无血色，紧盯着金田一耕助的瞳孔里露出异样的感情和光芒。

金田一耕助安慰似的说道：“是的，是假象。佐清没有一丝一毫要杀你的意思。只不过为了加强告白书的效果，做出要杀你的假象。”

一股莫大的感动涌上珠世全身。她身体剧烈颤抖，双目圆睁，紧盯着金田一耕助，眼眶突然湿润了，眼泪夺眶而出。不一会儿，她开始痛哭起来。

静马和佐清

这让金田一耕助也吃了一惊。他长时间地待在原地，安慰着情绪剧烈爆发的珠世。

金田一耕助一直觉得珠世是个坚强的女人。事实上她的确很坚强，耕助因此还觉得她少了些女人味。可是，现在眼前的她却楚楚可怜。痛哭的她全身都在颤抖，仿佛在诉说无助的孤独。耕助觉得第一次触碰到了这个女人的灵魂。

耕助清了清嗓子：“珠世，对你来说，前一阵的事情……佐清来杀你，对你的刺激很大吗？”

“我……我……”珠世把双手捂在脸上，继续呜咽，“我怎么都想不到，佐清会是凶手。所以……所以……佐清要杀我，会不会是怀疑我……我是这么想的，所以我才难过。我被谁怀疑都无所谓，无所谓。但是,只是不能被佐清怀疑。我讨厌那样！我太难过了……”

珠世双肩颤抖，又放声哭了起来。

金田一耕助回头看着佐清：“佐清，你听到了吗？你为了包庇一个人，几乎害了珠世。你要好好考虑了。珠世，你也别哭了。你怎么不明白上次袭击不过是在制造假象呢？佐清可是带着手枪的，要是想杀你，只要一发子弹就解决了。若是为了杀了你之后逃走，他那么做还可以理解。可他已经做了自杀的打算。他在企图杀你之后，被警察追击，不是打算自杀吗？他的兜里放着遗书呢，肯定是从东京出发的时候就写好了。难道谋杀你之后逃到雪地里的佐清，在警察的追击下还要买便笺和信封吗？佐清从离开东京的时候就做好了自杀的准备。打算自杀的人，是不会怕枪声暴露行踪的。所以要是佐清真的想杀你，十三日晚上一发子弹就把你打死了，他也可以自杀。这样想来，那晚的袭击只是一个假象，这还不明白吗？”

“我知道了。”珠世安静地回答。她已经停止哭泣，望向金田一耕助的眼神里还有说不出的温柔和感谢。

金田一耕助第一次听到珠世如此柔和的话语，非常不好意思：“哎呀，被你这、这、这么一说，真、真、真是……”

说着，他不停地挠着乱发，然后咽了一口唾沫：“我们接着说……佐清十三日晚上从东京来到这里，然后袭击了珠世，这不过是假象。可是，这还不能说他和十二日晚上假佐清被杀全无关系。因为他可以十二日晚上杀了假佐清，坐当晚的末班车或第二天早上的早班车去东京，再坐十三日晚上九点五分的车回来。虽说这不是不可能，可怎么想都不合情理。要是那样做的话，为什么不在十二日晚上顺便袭击珠世，再自杀呢？而且，问题最后还出在佐清的头发上。”

金田一耕助含笑看着佐清的头发：“他的头发怎么看都是刚理过不久。如果把佐清的照片拿到东京的理发店去查询，一定能知道他是在哪里剪的。要是光找到理发店还不行，那就循着佐清的足迹，找他十二日晚上身在何处，这样就找到了假佐清被害时的不在场证明。佐清，怎么样，这个办法还可以吧？”

佐清低着头，双肩不停颤动，额头冒出滚滚汗珠。看来金田一耕助刚才的话戳到了他的痛处。

橘局长向前挪了一步：“那么，佐清十三日晚上回到这里，是为了包庇某人，故意让自己成为凶手？”

“是的，是的。假佐清被杀，对于佐清来说肯定也很意外，所以从十三日的晚报上得知这个消息的时候，佐清受到很大的冲击。而且之前佐武和佐智被杀，都是做出凶手从外面来，又逃去外面的假象，这次却没有。如果放任不管，真凶就会浮出水面。所以佐清下定决心，舍身包庇凶手。”

“是谁？凶手是谁？”橘像是被鱼刺卡住了嗓子一样喊道。

耕助不假思索地回答：“我想没必要隐瞒了……就是坐在那里的松子夫人。”

房间里瞬间陷入刺入骨髓的沉默。谁都没有特别吃惊，金田一耕助说到一半的时候大家就知道了。所以当耕助说出名字的时候，聚集在松子身上的眼神虽然增加了憎恶，却没有显示出更多的惊讶。

松子被憎恨的目光包围，依然一副悠然自得的样子，静静地抽着烟，嘴角甚至露出苦涩的微笑。

金田一耕助说道："松子夫人，您说说吧。不，您一定要说。您做这些都是为了佐清吧？如果佐清被当作凶手，您所做的一切就都化为泡影了。"

松子无动于衷，也不看金田一耕助，而是死死盯着儿子的侧脸："佐清，你回来了。如果知道你平安无事回来了，我就不会做那种蠢事，也没有必要去做。珠世肯定会选你。"

这声音简直不像平日里的松子，充满了柔情。珠世闻言脸颊一红。佐清低着头，双肩颤抖。

"佐清，"松子接着说道，"你是什么时候回来的？对了，刚才金田一先生说过，是十一月十二日到的博多。为什么不发个电报呢？为什么不直接回来呢？那样我就不用杀人了……"

"我……我……"佐清嘟囔着什么，马上又身子一震，闭紧了嘴。下一个瞬间，他昂然抬起头来。"不，母亲，您什么都不知道。都是我杀的，我杀了三个人。"

"闭嘴！佐清！"松子的声音像鞭子一样，但马上又恢复了温柔的语调，"佐清，你这种态度真让我为难。你是为我着想，但反而让我痛苦。你要是理解就直说吧，你到底干了什么？砍下佐武的脑袋和把佐智的尸体运到丰畑村，都是你做的吧？我其实不想你那样做。"

金田一耕助突然用力挠起一头乱发。

"那、那、那个果然是你们做的，并不是一般意义上的共犯。佐清在松子夫人不知道的前提下，悄悄地收拾了犯罪现场。"

松子这才转头看向金田一耕助。

"金田一先生，我没打算要别人帮忙，更不会让自己的孩子帮忙……而且，如果知道佐清平安无事回来了，也就没有必要杀人了，不是吗？”

“我知道了。我猜得也差不多。但这里有太多的偶然，必须算在里面……”

“是的，是偶然，可怕的偶然。可怕的偶然重复了好几次。”

佐清低声说道。

金田一耕助用怜悯的目光看着他的侧脸：“佐清，你承认了。对，就是那样。按你母亲说的，都说出来吧。是你说，还是我替你说？”

佐清吃了一惊，重新看了看金田一耕助，看到他充满自信的眼神，马上无力地垂下了头。

“您说吧。我实在……”

“松子夫人，可以吗？”

“请吧。”松子还是慢悠悠地抽着烟，用沉稳的声音回答。

“是吗，那就由我代为发言吧。夫人，佐清，如果有说错的地方请及时更正。”

金田一耕助换了口气，说道：“十一月十二日，佐清化名山田三平回来的时候……刚才也提到过，佐清为什么要化名呢？这我也不知道，本来是想让佐清说的……那么，复员回来的佐清做的第一件事是什么呢？我也有复员的经验，我想，恐怕是去读报纸吧。复员军人对国内的消息如饥似渴，为了满足这样的需求，收容站里到处都能看到报纸的合订本。佐清从博多登陆后，可能最先去看那些合订本。他在报纸上发现了什么呢……”

金田一耕助环顾四周：“大家都知道，在假佐清面前公开佐兵卫老先生的遗嘱，是在十一月一日。这件事成了全国性的新闻，二日的报纸就大篇幅报道了。佐清在博多看到这则报道时恐怕非常震惊，因为有人冒名顶替了他。”

“佐清！”旁边传来松子尖锐的声音，“那你为什么不马上发电报？为什么不告诉我那个人是假的？要是那样……要是那样，就不会发生这种事了。”

佐清要说什么，又忍住了，低下了头。金田一耕助接道：“是的，松子夫人，正如您所说，那样就不会发生这些事情了。可是，佐清有佐清的想法。可能他认识那个冒牌货吧。他并不憎恨那个冒牌货，甚至感到同情，所以没有直接揭露他，而是打算秘密行事，结果却不理想。”

“那个冒牌货到底是谁？”橘局长问道。

金田一耕助犹豫了一下，不忍心说，可又不得不说。他结结巴巴地说道：“这只有问佐清才能知道。要是允许我猜一下，他……他……或许是静马吧。”

“啊，果然……”宫川香琴发出嘶哑的声音。她像游泳一样用手撑着地面，向前挪了两步。

“啊，啊，那果然是静马！前天晚上您问我静马和佐清像不像，我就想那可能是静马。啊，这么说，他牵着我的手的时候，也知道我是他妈妈了。”

香琴女士的眼睛里突然泪如泉涌。

“这实在太残忍了！老天爷实在太残忍了！虽然他不该冒充别人回家，可是，还没和妈妈说上一句话就被杀了，老天爷实在太残忍了！”

香琴女士捶胸顿足，想来他们也是万分不幸的人。静马不知为何要冒充别人，但母亲在眼前却不能相认，还莫名其妙地被杀了。如果这次没有真相大白，他被当作佐清下葬，香琴女士就会永远等着那个不会回来的孩子，永远地等着。

佐清脸色阴沉，叹了口气，竹子和梅子害怕地缩回了肩膀，只有松子夫人依然悠然地吸着烟管。

“佐清，”香琴女士的哀叹多少平息之后，金田一耕助对佐清说，“你在缅甸时和静马在一起？”

“不。”佐清低声说道，“并不在一起，部队也不同。但是由于我们两个长得太像，两边的部队都知道了。一天，静马来找我。他知道我的名字。他告诉我他的身世，我也知道他是谁了。我母亲当然从来没对我说过，但我从去世的外祖父那里听到过。在前线，我们忘记了过去的仇恨。静马不计前嫌，和我握手言和。我们互相讲述了自己的过去。随后战事每况愈下，我们分开了。后来静马听说我的部队全军覆没，认为我肯定死了，而他的脸也受了伤，部队里只有他活了下来，所以决定冒充我的身份。毕竟缅甸前线一片混乱，这种小说里才有的事情，大家也不会注意到。”

说到这里，佐清又深深地叹了口气。

第九章　可怕的偶然

“原来如此，我明白了。所以你不忍心揭发静马，尽可能地秘密行动，回到那须市后，先蒙面住进柏屋。”

“可是，金田一先生，佐清有什么蒙面的必要吗？”橘局长问道。

“局长，这还用说。犬神家里已经有戴面具的佐清了，如果镇上的人又看到一个佐清，那他的良苦用心就化为泡影了。”

“哦，原来如此。”

“可是，当时佐清蒙面回来，对后来的事情有非常大的影响。当然，佐清一开始没有想到这一点。他在柏屋安顿下来后，马上去找静马。佐清，你当时是在哪里和他见的面？”

“在船埠里……”

“船、船埠！”金田一耕助睁大了眼睛，高兴地来回挠着头发，“那、那就是犯罪现场的正下方啊。佐清，你到底要求静马怎么做？”

“我……我……”佐清的声音里有极深的悔恨，“我犯了个大错误。我看的报纸里没写假佐清脸上受了伤，戴着橡胶面具，所以我简单地以为只要和静马换回来就行了。当然，我会给静马……给他一笔相当可观的财产。可是，见到静马才发现……他竟然变成了那副模样，我根本无法悄悄跟他互换身份。正在我们商量对策的时候……”

“佐武到了船埠上面的瞭望台，不久珠世也来了。”

佐清目光黯然地点点头。

众人都很紧张，终于要踏入案件的核心部分了。

“佐武和珠世大概说了五分钟，然后传来了两人扭打的脚步声。我们吓了一跳，随后猿藏赶来，飞跑上瞭望台，马上传来人倒地的声音，又传来快步走下楼梯的声音。我从船埠的窗户往外看，是抱着珠世的猿藏。猿藏和珠世逃跑似的奔向主屋。这时，船埠背后突然出现了一个人。那是……那是……”

“是松子夫人吗？”

佐清用双手捂住脸。

众人看着松子。她仍一脸冰冷，摆弄着烟管。竹子眼中露出憎恨的目光。

金田一耕助说道：“佐清，振作点，这是最关键的部分。松子夫人上瞭望台了吗？”

佐清无力地点了点头。

“正好当时佐武从楼梯上下来，中途说了几句话，两人又走上了瞭望台。没过多久，就听到一声呻吟，有人咚的一声倒在地上。母亲连滚带爬般从楼梯上跑下来。我和静马呆若木鸡，面面相觑。等了许久也不见佐武下来，又听不到任何声音，我们两人就上了楼梯……”

佐清说到这里，又用双手抱住头。也难怪他会觉得苦闷懊恼，因为他亲眼看见自己的母亲杀人，这该是多么大的震撼啊！众人握紧的拳头里渗出大量汗水。

金田一耕助也不忍心让佐清再叙述当时的场景。

“然后，利用面具和围巾，你和静马互换身份的表演就开始了吧？是静马想到这一招的吗？”

佐清无力地点点头。

“从那以后，我们的关系就颠倒了。以前是我责备静马，他听我的。现在全都反过来了。静马并非恶人，但对我母亲和姨妈们的仇恨却非常深。他逼迫我放弃自己的身份。他要永远做佐清，和珠世结婚，继承犬神家。如果我有异议，就揭发我母亲是杀人犯……”

这是多么恐怖的困境。如果要求自己正当的地位，他就要告发母亲；如果要保护母亲，就得把地位、身份、财产乃至恋人都让给对方，一生只能隐姓埋名地活着。这世间还有比这更困难的处境吗？

“你答应了？”

佐清无力地点点头，“答应了。在当时的情况下，只能这样做。静马突然想起当晚要求对比手印的事。那晚因为母亲非常强硬，没有按手印。现在发生了杀人案，第二天肯定是要按的，那样假身份就暴露了。静马也陷入了困境，当时就想到了那个面具。利用那个面具，让我当一天佐清。”

这是个多么奇怪的故事。松子夫人让假冒的佐清戴上橡胶面具，当时做梦也不会想到还有这样的作用。

佐清啜泣着说道：“他说什么，我都只好唯唯诺诺地答应。我心情好像喝多了酒一样，只能听天由命了。静马从瞭望台上下来后，拿来一把刀。我吓了一跳，问他干什么，他说都是为了救你母亲。犯罪手段越残忍，女人越不会被怀疑到……”

后面的话佐清不忍心说，也不想让金田一耕助说。宫川香琴想到自己儿子残忍的行为，颤抖着纤瘦的肩膀。

佐清深深地叹了一口气：“可是，过后想来，他不光是想救我的母亲，也是要实现自己母亲的诅咒。他砍下佐武的头，我们换了衣服，我戴上了那个恶心的面具。当时静马问我是从哪里来的，我说是柏屋，而且蒙着脸，没人看见。静马拍手笑道，好，明天你在这里假扮我，我去柏屋假扮你……”

金田一耕助回头看看局长：“局长，您明白了吧？佐清用围巾蒙住脸，在这里起了作用。十一月十五日到十六日，在这里和柏屋，上演了两场两人共饰一角的好戏。如果只露出眼睛，就不用担心有人会看到静马那张恐怖的脸了。”

故事太不可思议，一切都出于偶然，简直就是各种偶然的集合。可是，要把这些偶然编织成一条线，就需要出众的智慧。静马有这种智慧，巧施妙计，把整起事件伪装成一桩离奇的犯罪。

“静马换了衣服，用围巾蒙住脸，从船埠划出一艘小船。我从瞭望台的边缘把佐武的无头尸体和日本刀扔进船里。小船马上冲着湖心漂走了。我按照静马的命令，把佐武的头颅插在菊人脖子上，然后按静马的要求，回到房间里不再出来。”

佐清脸上露出过度疲劳的神色。他的眼睛失去了光泽，上身颤抖，语调也不平稳。

金田一耕助接过话来：“以上就是十五日晚上发生的事情。第二天对比了手印。这件事情对我来说是致命的盲点。因为人的手印、指纹是最确切的身份证明，我不相信这是个大胆的魔术，所以确信那个脸烂掉的人就是佐清。这极大地妨碍了我的推理。可是，珠世，你当时注意到了吧？”

珠世吃了一惊，看着金田一耕助。

“手印对比结束之后，得知戴面具的佐清就是真正的佐清，你两度想开口。当时你到底想说什么呢？”

“啊，那个……”珠世脸色发青，“我……当时知道。不，不应该这么说，是感觉到。我感觉到，那个脸烂掉的人不是佐清……这就是女人的直觉吧。”

“还是恋人之间的直觉？”

金田一耕助说了一句。珠世脸红了，挺直了身子说道：“也许吧。不，肯定是的。总之我确信那个人不是佐清，可手印又是一致的，我吃了一惊，一瞬间想，这个人真的是脸烂掉的那个人吗？所以我……”

“所以？”

“所以我想说，摘下面具……摘下面具让我看看……”

金田一耕助发出一声深深的叹息：“当时如果你说了这句话……至少后面的事情就不会发生了……”

“对不起。”珠世一脸愁色，低下了头。金田一耕助连忙说：“不不，这不能责怪你。应该责怪我太迟钝了。那晚，佐清和静马又换回来了，是吗？”

佐清默默地点头。

“你在瞭望台下见到静马，然后快速地换了衣服，按静马的要求，你一拳把他打昏，然后逃走。当时静马摘下了面具，故意露出丑陋的面容，这是告诉大家，我没用替身，我还是那个脸烂掉的人。”

佐清又无力地点头，这时，珠世插了一句：“可是，先生，那晚躲在我房间里的到底是谁？”

“当然是静马了。静马来到这里的时候，比约定的时间要早。当时在给佐武守灵，大家都在这里，于是他躲进了你的房间。”

“他为什么……”

“现在静马死了，只能靠想象了。可能静马想取回那块表——印着他指纹的表。”

“啊！”珠世喊完马上闭上嘴。看来她也认同这个观点。

“静马做梦也没想到这里还留着佐清的手印，十五日晚上，因为手印的事起了纠纷，他才发现了你的计策。或许你并不是为了取他的指纹……静马让佐清代他按了手印，他想按了一次，就不会再来第二次了。可如果你拿出那块表，把它和从那须神社拿回来的手印对比，一切就都露馅了。所以他去找那块表，这也说明他十六日不在这里。因为如果在的话，十六日早上你就说怀表给了佐武，然后丢了，大家都知道。这么说来，那块表……”

“表在这里。”松子冷冰冰地说道。她打开烟草盒的小抽屉，从塞得满满的烟叶中取出镶金边的怀表，扔给金田一耕助。怀表在榻榻米上骨碌碌转动，众人不由得汗毛倒立。这块表不就是有力的证据吗？拿着这块表的人，就是杀佐武的凶手。

“我不知道指纹的事情。但是，我从后面捅死佐武的时候，佐武倒下去，胸前掉出这块表。我拿到手里一看，是珠世让佐清……让假的佐清修，被他拒绝的那块表。我不知道为什么会在佐武手里，总之不放心，就拿回来藏在这里。”

这又是一个偶然。松子并不是知道这块表真正的价值才把它藏起来的。事实就是如此。这样大部分谜团都解开了，但还有许多有待讲述……

悲哀的流浪者

“松子夫人，谢谢。能找到这块表，就水落石出了。”金田一耕助清了清嗓子，转向佐清，“佐清，按你刚才说的，大概弄清了第一个案子。我们开始说第二个案子吧。我看你太累了，就由我来提问，你适当地回答，可以吗？”

佐清无力地点点头。

“那么，十一月十六日晚上，跑出这里之后，我不知道你潜伏在哪里。第二个案子发生在十一月二十五日，你在丰畑村的空屋。佐智把珠世带到那里，欲行不轨之事的时候，你跳出来和他格斗，最后把佐智绑在椅子上，然后给猿藏打了电话。”

佐清有气无力地点点头。

“是，我想猿藏来救珠世的时候，就会解开佐智的绳子。”

“嗯。可是猿藏撇下佐智不管，只带走了珠世。佐智过了很久才耗尽全身力气把绳子挣开，这时大概七点到八点。佐智解开绳子后，穿上衬衫和外套来到外面。摩托艇被猿藏开走了，佐智就划着猿藏来时用的小船回家……”

“什、什、什么？那晚佐智回家了？”橘局长惊讶地问道。

“是的，局长，您也看到了，佐智的皮肤上到处都是绳子擦伤的痕迹。擦伤得那么严重，绳子应该非常松才对。而我们发现的时候，绳子紧得一点缝隙都没有，紧紧捆住佐智光着的身体。所以这证明绳子是后来捆上去的。还有，小夜子捡到了佐智衬衫上的纽扣。小夜子从那以后一天都没有离开过这房子，不管她是在哪里捡到的，肯定是在这房子里。所以我断定佐智那晚肯定回来了，然后在房子周围的某个地方被杀了。”

橘低声表示赞同：“然后佐清又把佐智的尸体运回了空屋？”

“我想是这样。佐清，我想听你说，你为什么还要回来？”

佐清又剧烈地颤抖着，没有光泽的眼睛紧紧盯着榻榻米，低声说道：“可怕的偶然。好像我被诅咒了。我离开丰畑村的空屋之后，决定再也不回去了。虽然没有让佐智看到脸，但他马上就会告诉警察，一个蒙面复员军人藏在那里，警察肯定会加紧追捕。之前我一直难以离开湖畔，在四处躲藏，这时已经毫无办法了。只能去东京，我这样想，但这需要很多钱才能办到。于是为了交涉这件事，我偷偷溜回去，用口哨招呼静马出来。实际上以前也有一次，我去找静马要钱，他马上就出来了。我们照常在船埠里见面。我讲述了这些天的经过，说决定去东京，静马非常高兴。他一直想把我从那须湖周围赶走。可是正说着话，有人从水门外面回来了。那人看到水门没开，就翻墙进来。我们吃了一惊，从船埠的窗户悄悄向外看，发现是佐智。”

佐清说到这里，喘了口气：“我吓了一跳，因为我以为猿藏帮他解开了绳子，他早就回来了。佐智相当狼狈，经过船埠前面，踉踉跄跄地向主屋走去。我们看着他的背影。这时，黑暗中突然伸出两只胳膊，从后面用绳子勒住了佐智的脖子……”

佐清停了下来，浑身颤抖，用右手的绷带擦了擦额头的汗。刺入骨骼的沉默充满了整个房间。梅子和幸吉的眼睛里燃烧着憎恨的黑色火焰。

“打斗一瞬间就结束了，佐智软软地倒在了地上。勒死佐智的人从黑暗中走出来，看了一会儿佐智的尸体，又站起身看看四周。我……我……”

“你知道是谁？”

佐清点点头，又浑身颤抖。这又是多么可怕的偶然，佐清两次目击到母亲残忍的行为。世间还有比这更残酷的命运吗？

“当时我……”说话的是松子。她完全无视众人恶毒的目光，像念经似的说道：“我正在练琴，有事去了佐清的房间一趟。大家可能不知道，从佐清房间的圆窗户可以看见一部分湖面。当时圆窗户正好开着，我无意间向外看了一眼，发现有人划小船回来。不久船停在船埠后面，我觉得那人好像是佐智。我还知道，从傍晚开始，梅子就说佐智不见了，闹了半天……所以我离开偏宅，躲在暗处，发现来的果然是佐智，就用腰带从后面……佐智看起来很虚弱，基本没有抵抗……”

松子脸上浮现出可怕的微笑。梅子歇斯底里地痛哭起来，金田一耕助没有理她：“那时你被佐智衬衫上的纽扣弄伤了右手的手指，同时纽扣掉了……”

“大概吧。可当时我根本没注意到，回到偏宅才发现手指受伤了。所幸血止住了，我就忍着痛弹琴，但好像还是被香琴老师看破了。”

松子脸上仍然浮着可怕的微笑。恐怕这就是杀人恶魔的微笑了。

金田一耕助转向佐清：“佐清，该你接着说了。”

佐清生气地瞪着金田一耕助，但没有办法，他继续这个不祥的话题："看不见母亲的踪影后，我们跑到了现场。我和静马把佐智的尸体抬到船埠，给他做人工呼吸，但不起作用。静马怕时间太长惹人怀疑，暂时回了主屋。之后我又拼命地给他做人工呼吸。大约过了半个小时，静马回来了。他看还是没有活的希望，说把尸体扔在这里肯定不行，让我带回丰畑村，像原先那样脱光佐智的上衣，将他绑在椅子上，让人以为他是在那里被勒死的……说完静马给了我去东京的钱和琴弦，并告诉我琴弦的用途。"

佐清的声音越来越低，几乎听不见了。他鼓起最后的力气说道："当时，我还有什么办法呢？只能听命于静马。静马打开水门，佐智坐的小船就在外面。我划向丰畑村。静马在后面关上了水门。我来到丰畑村的空屋，按静马说的那样处理了尸体，然后从陆路来到上那须，马上去了东京。前天看到晚报之前，我都在东京，过着没有希望的悲哀流浪者的生活。"

说完，佐清泪如雨下。

静马的困境

太阳可能渐渐被遮住了，刚才一直吱吱作响的雪融声也停止了，客厅内的各个角落都让人感到冰冷。可是，让金田一耕助哆嗦的不仅是身体上的寒冷，还有精神上的寒冷。松子像恶鬼一样残忍的行为自然算在内，更让耕助感到冰冷彻骨的是佐清被迫所处的位置，以及命运的残酷。

可是，现在不是感慨这些的时候。他面向松子，说道：“松子夫人，那该轮到您了。请说吧。”

松子用秃鹰般的眼神打量着耕助，露出苦涩的微笑：“好吧，我来说说。我说得越多，这可怜的孩子的罪就越轻吧？”

“请您从若林的案子说起……”

“若林？”

松子吃惊地瞪大了眼睛，马上呵呵笑起来。

“是的是的，有这么一回事。那是在我外出的时候发生的，全给忘了。嗯，对，是我命令若林复制了遗嘱。当然，若林开始坚决拒绝，但我威胁他、利诱他，而且以前我帮过他的大忙，最后他也无法拒绝，按我说的去做了。你们想象一下，我看到若林复制的遗嘱之后是多么愤怒。虽然是恩人的后代，但父亲竟然给了她那么有利的地位。我对珠世憎恨至极，简直想把她大卸八块。于是我下定决心，珠世必须死……既然下了决心，我就开始动手。在卧室里放蛇，在汽车刹车上做手脚，在小船上钻洞，可每一次都被猿藏破坏了计划……”

松子喘了口气，说道：“在这个过程中出现了问题，若林开始注意到我的举动。他非常喜欢珠世，珠世不断地遇到危险，他自然开始怀疑我。我觉得这不保险。将来不管发生什么，如果有人知道我偷看了遗嘱，就很麻烦。所以我去接佐清之前，把有毒的香烟给了他。我倒是没想到他在那个节骨眼上被毒死了。”

松子邪恶地笑了：“毒药的来源嘛，这个还是不说了，要牵连到其他人……在去接佐清的途中，我突然改变了想法。我细细地研究了遗嘱，发现珠世死后，犬神家的所有事业虽然都归佐清，可是财产要分成五份，佐清只能拿到五分之一，青沼菊乃的那个小杂种竟然能拿到佐清的两倍！”

说到这里，松子仍无法消除怒气，咬牙切齿地说道：“而且，在仔细研读遗嘱后我发现，青沼菊乃的小杂种虽然能得到遗产，但必须是珠世死亡，或者珠世讨厌三个人，放弃继承权，只限于这两种情况。我这才惊叹于父亲的周密计划。父亲非常了解我们，为了防止我们加害珠世，用青沼菊乃的孩子来牵制我们。因为父亲切身地体会到，我们十分憎恨菊乃母子。为了不让菊乃的小杂种分到遗产，我们一定会让珠世活着。这个想法真是太巧妙了！”

金田一耕助也注意到了这一点。正因如此，当他听说珠世总是从各种灾难中平安脱身的时候，认为一切都是珠世制造的假象，一直怀疑是珠世诱惑了若林，偷看了遗嘱。

松子接着说道：“要让珠世活着，就必须让她和佐清结婚。这一点我有自信。珠世对佐清是有好感的。不，不仅仅是好感这么简单，我看得很清楚。所以我充满自信地来到博多，而看到佐清第一眼的时候，这些自信都烟消云散了。那时我是多么吃惊和绝望……你们想象一下吧。”

松子喘着粗气。这时，金田一耕助向前挪了一步：“不好意思打扰您……您完全没注意到那个脸烂掉的人是假的佐清吗？”

松子不怀好意地看了金田一耕助一眼：“金田一先生，我就是再不通人情，也不会明知是假的还带回家里，更不会为一个冒牌货做那些恐怖的事。我当时一点都没发现，倒是经常觉得他有点奇怪。可是他说脸被炸烂的时候，脑袋也受了震荡，以前的事情都忘了……他总是用这种话敷衍……对了，最奇怪的是按手印的时候，我虽然强烈反对，但内心希望他自己提出按手印对质。可是那个人一听我反对，也没有按手印。这时我才觉得有些可怕。或许真的像佐武和佐智说的那样是个假货……我脑子里有了这样的疑问。这个疑问马上就打消了……因为到了第二天，他突然主动提出要按手印，当时我真是高兴极了，再加上比对的结果又证实他的确是我儿子，我高兴得几乎晕过去了。我甚至觉得以前的种种怀疑都是不对的。这样，直到后来，我都再没有怀疑过他。”

松子略一停顿，说道：“话题再回到当时，脸烂成那个样子，当然不能直接带回来，那样肯定会被珠世讨厌的。反复考虑之后，我在东京做了一个橡胶的面具。那是完全按照佐清以前的样子做出来的，或许能让珠世想起一点从前的事，获得她的爱情。”

松子叹了口气。

“可是，这些良苦用心都白费了，谁都看得出来珠世讨厌他。我刚听说珠世是觉得他是冒牌货才讨厌的，可我以前又怎么会知道呢？所以我想，既然不能让珠世选中，就只有让佐武和佐智死了……”

“于是你就开始动手了。”

松子大笑道：“是的。前面说过，我一下定决心就放手去做。可是，这里要事先声明，无论是杀佐武还是佐智，我都没有想过要隐藏自己的犯罪行为。我只要杀了他们两个就够了，之后被抓住判死刑也好，都无所谓。我只要除掉佐清的竞争者就可以了，自己的性命算得了什么。”

恐怕这才是绝世杀人恶魔的真实想法。

“尽管如此，在发现有人巧妙地隐藏了犯罪的痕迹后，你一定很吃惊吧？”

“当然吃惊，同时也产生了怀疑。我怀疑这些事情和戴面具的佐清有关系，怀疑的同时又感到可怕。我们从没有谈起过这件事情，进展却这么顺利，实在是不可思议，我甚至觉得他是恐怖的怪物。”

金田一耕助转向橘：“局长，您明白了吧。这个案件真正的凶手没有任何技巧。这些全是那两位事后共犯在命案发生之后故布疑阵造成的，所以这些命案才会充满戏剧性和破案难度。”

局长一边点头，一边向松子迈出一步：“那么松子夫人，请讲一讲杀死静马的经过吧。这是您一个人动的手吗？”

松子点点头。

“您为什么想这么做？最后还是发现了他的真实身份？”

松子又点点头。

“是的，我知道了他的身份。至于是怎么知道了……我还是从这个讲起吧。佐武和佐智死了之后，就只剩下他了。这时我反复劝说他向珠世求婚，可是他怎么都不答应。”

局长皱着眉头说道：“这是为什么？刚才佐清说，静马要取代佐清，和珠世结婚，不是说得清清楚楚吗？”

“是、是、是这样的，局、局、局长，当、当、当时静马是打算和珠世结婚。”

金田一耕助来回挠着一头乱发，严重口吃地说道，“静、静、静马至、至、至少在十一月二十六日发现佐、佐、佐智的尸体之前，都是这、这、这么打算的。”

金田一耕助说到这里，才发现自己口吃，咽了口唾沫，等平静下来后继续说道：“但是，发现佐智的尸体之后，那须神社的大山神官长投出了一颗炸弹，就是唐柜里的秘密。珠世并不是恩人的外孙女，而是佐兵卫自己的外孙女，所以静马不能和珠世结婚。”

“为什么？”局长还没有理解。

金田一耕助笑道：“局长，您还没明白？静马是佐兵卫老先生的儿子，珠世是佐兵卫的外孙女，这不是舅舅和外甥女的关系吗？”①

“啊！”橘惊呼一声，“原来如此。原来如此，是啊，静马陷入了进退两难的境地。”

橘用一块大手绢频繁地擦着肥胖的脖子。金田一耕助笑着说：“是啊，现在想来，大山神官长暴露出那个秘密，是这个案件的最高潮。静马此时完全陷入了困境。当然，在户籍上，静马和珠世都同佐兵卫没有关系，所以不存在法律上的问题。可考虑到血缘，静马不能和自己的外甥女结婚。这是静马的困境。按佐清的说法，静马并不是特别坏的人，只是有着强烈的复仇心。在对待乱伦的问题上，他的态度和我们一样。”

金田一耕助又深深地叹了口气，重新面向松子：“那么松子夫人，您什么时候知道了静马的真实身份？”

“十二日晚上十点半左右。”松子苦笑了一下，“那天晚上我们两人为了结不结婚的事发生争执，最后静马终于忍不住，把不结婚的理由全盘托出。其实现在想来，就算他把一切都说出去，曝光我的秘密，又能怎样呢？但请想象一下我当时的震惊和愤怒。我彻底昏了头。尽管如此，我还是问了他一些有疑惑的问题。这时他注意到我面相恐怖，想站起来逃走，这更惹恼了我。我回过神来的时候，他已经在我的腰带里断气了。”

---

①按照日本当时的法律，表兄妹之间可以结婚，但跨辈的亲属之间结婚属于乱伦。

“啊”的一声，香琴倒在了榻榻米上。“太可怕了，太可怕了！你是鬼，你不是人！太恐怖了！”香琴浑身颤抖，痛哭起来。

松子眼睛都没眨一下。“杀死他我一点都没后悔。反正这是早晚的事情，三十年前就该做，只不过放在今天来做而已。那孩子也是个灾星。可是，如何处理尸体倒让我非常为难。局长，金田一先生，这真是个讽刺。杀佐武和佐智的时候，我完全没想过要隐藏什么，反正被抓到就结束了。可是这次我不想被抓到，我还想多活一段时间。但是当时已经没有人来帮我处理尸体了……”

“请等一下。”金田一耕助插了一句，“这次为什么不想被抓住？”

“这还用说？当然是因为佐清。既然手印一致，说明当时佐清还活着。静马也是这么说的。他把我惹火了，我忘了问他佐清的行踪。见到佐清之前，我不能死。”

“所以你把尸体弄成那个样子？”

“是的，想出这个办法花了一个多小时呢。我脑子没那么好用。但通过这个谜语，能让人认为死者就是佐清。如果确信死者是佐清，身为佐清母亲的我就安全了。”

静马策划的斧、琴、菊诅咒就这样完成了，最后是用静马的身体……

“想法成熟后，我马上把尸体拖到船埠，放在船上，从水门出去。然后尽量找了个水浅的地方，把尸体倒着插进泥里。当时冰还没有那么厚。过了一夜之后，结了那么厚的冰，才形成了那样奇怪的尸体。”

大团圆

松子的讲述结束了，和这一系列案件相关的所有谜团也都解开了。

但是，众人的心情并没有轻松多少。相反，面对过于阴暗惨淡的真相，每个人都如铅块压身般沉重。

房间里一片寂静，寒意愈重，天空依然阴暗。

“佐清！”松子突然叫道，简直像深山中怪鸟的叫声。佐清吃了一惊，抬起头来。

“你为什么要匿名回来。你做了什么见不得人的事吗？”

“妈妈！”佐清深情地喊道，环视众人。他脸上有一股异样的愤慨。

“妈妈，您说的见不得人的事情，我从来都没做过。要是知道国内发生了这么大变化，我是不会隐姓埋名的。可我不知道，以为现在还是那个重视牺牲、重视勇士的日本呢。我在前线犯了一个很大的错误，因为我指挥失误，导致部队全军覆没。我和一个部下在缅甸的内陆流浪。当时，我几次想切腹谢罪，我还有什么面目回到祖国……我当时就是那么想的。后来那个部下也死了，我成了俘虏，于是用了化名。作为一个俘虏，我不配用犬神家的名字。可是……可是……回到国内才发现……”佐清声音颤抖，吐着热气。

佐清化名并伪造身份回国，原来是出于这样的目的。这样的行为有些不合常理，可对战前的日本人来说，谁都有这样的自尊心和责任感。佐清一厢情愿地认为，这种自尊心和责任感会一直持续到战后。可是因为他的一厢情愿，没能对这一系列令人心酸的案件防患于未然，留下了永远的遗憾……

“佐清，你说的都是真的？你用化名就是因为这个？”

“妈妈，是真的。我没有什么不可告人的事情。”佐清深情地说道。

松子微微一笑：“我放心了。局长。”

“啊？”

“佐清会被判刑吗？”

“那个……应该会吧。”局长用干涩的声音说，“有很多罪名……事后共犯，还有非法持枪……”

“那些罪很重吗？”

“这个……”

“不会被判死刑吧？”

“那当然……而且还会酌情考虑减刑……”

“珠世。”

“在。”突然被松子叫到，珠世吓了一跳。

“你能等到佐清从监狱里出来吗？”

珠世面色蜡黄，不一会儿脸上又涌上血色，瞳孔里闪着光芒。她下定决心，断然答道："我等他。十年也好，二十年也好……我只等着佐清……"

"珠世，对不起。"佐清低着头，双手放在膝盖上，手铐发出碰撞声。

这时，金田一耕助对古馆耳语了几句。

古馆听后，用力点点头，拖过身后的一个大布包。众人都被这个布包吸引住了。

古馆打开布包，里面露出一个长约一尺的长方形桐木箱子。这样的箱子一共有三个。

古馆提着箱子走到珠世面前，轻轻地将箱子放在她眼前。

珠世不可思议地瞪大眼睛，想说什么，嘴唇微微颤动。

古馆逐一打开盖子，取出里面的东西。众人同时发出感叹声，一瞬间，房间里像风吹过苇塘一样嘈杂。

那是犬神家的三样传家宝，金灿灿的斧、琴、菊。

"珠世小姐，"古馆感慨地说道，"根据佐兵卫老先生的遗嘱，将此赠送给你。你把这个送给自己选择的人。"

珠世脸上一下子泛起羞赧的颜色。她环顾四周，眼神和金田一耕助的目光相撞，便定住了。耕助笑着点点头。珠世深吸了一口气。

然后她用几乎听不到的声音说道："佐清先生，请收下它……恕我鲁莽……"

"珠世，谢、谢谢。"佐清用包着绷带的手擦着眼睛。

犬神家庞大的事业和财产就这样决定了由谁来继承，尽管继承人未来几年要面临牢狱之灾。

松子满足地看着这一切，又拿了一点烟叶，放进烟管。如果这时金田一耕助多加留意，就会发现烟叶并不是从刚才的烟草盒里拿出来的，而是出自烟草盒的小抽屉，即刚才拿出怀表的那个抽屉。

“珠世。”松子一边抽着烟一边说。

“您说。”

“我还要求你一件事。”

“什么事？”

松子又从小抽屉里取了些烟叶塞进烟管。

“不是别的，是小夜子的事。”

“您说。”

听到她提起小夜子，竹子和梅子吃了一惊，看着松子。松子还是悠然地抽着烟，又添了几次烟叶。

“小夜子马上要生孩子了，孩子的父亲是佐智。那么这个孩子既是竹子的外孙也是梅子的孙子。珠世，你明白我的意思吗？”

“是的，我明白。那么……”

“我求你不为别的，孩子长大之后，把犬神家的财产分一半给他。”

竹子和梅子吃了一惊，互相看了看。珠世当即说道：“阿姨，不，妈妈，我知道了。一定照您说的做。”

“好，谢谢。佐清，你也要记住。古馆先生，您是证人。如果那孩子是个有用的男人，就让他参与犬神家的事业。这也算是我对竹子和梅子的赎罪……罪……”

“啊，不好了！”

金田一耕助提起裤裙的裤脚，跑了过去，松子手中的烟管已经掉在榻榻米上，整个人也扑倒在地。

“完了！完了！完了！这烟叶，杀死若林的毒药……我没注意到，没注意到。医生……叫医生……”

但是，医生赶到的时候，这个世所罕见的杀人女魔犬神松子已经咽气了，嘴角还留着一丝殷红的血……

此时，外面冷得连雪都要结冰。那须湖畔正值寒冷的黄昏时分。